U0679107

费宏像

状元宰辅坊

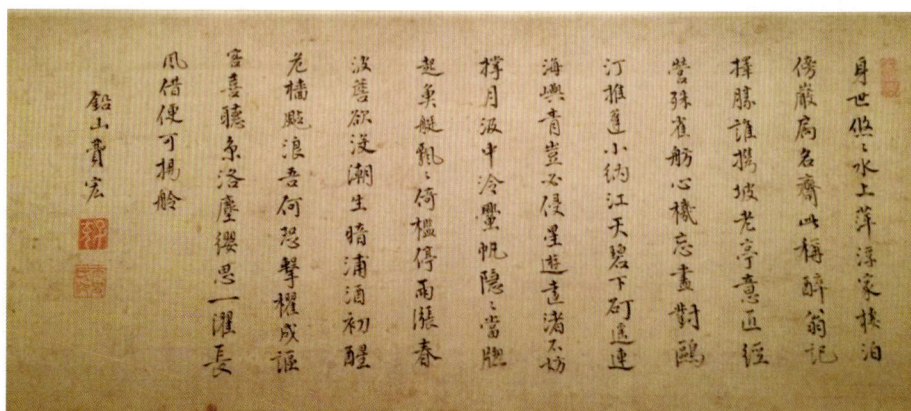

费宏书法

《太保费文宪公摘稿》点校本

铅山费宏研究会资助出版项目

《费正忠文史丛稿》之一

［明］费宏　撰

费正忠　校点

费正忠　整理

中国文史出版社

图书在版编目（CIP）数据

《太保费文宪公摘稿》点校本 / （明）费宏撰；费
正忠校点整理 . —— 北京：中国文史出版社，2023.9
（费正忠文史丛稿）
ISBN 978-7-5205-4239-5

Ⅰ . ①太… Ⅱ . ①费… ②费… Ⅲ . ①中国文学—古
典文学—作品综合集—明代 Ⅳ . ① I214.82

中国国家版本馆 CIP 数据核字（2023）第 154705 号

责任编辑：李晓薇

出版发行：中国文史出版社

社   址：北京市海淀区西八里庄路 69 号   邮编：100142
电   话：010-81136606   81136602   81136603（发行部）
传   真：010-81136655
印   装：三河市龙大印装有限公司
经   销：全国新华书店
开   本：710mm×1000mm   1/16
印   张：30.75
字   数：616 千字
版   次：2024 年 11 月北京第 1 版
印   次：2024 年 11 月第 1 次印刷
定   价：398.00 元（全三册）

文史版图书，版权所有，侵权必究。
文史版图书，印装错误可与发行部联系退换。

总　序

◇ 费先明

　　铅山鹅湖横林费家，是位于鹅湖山下、信江之畔的一个小江村，可在明代中叶的百余年间，这里竟走出了一位状元、一位榜眼、六位进士、十八位举人及众多贡生、国学生、邑庠生等科举精英；更有四人"叔侄同榜"、四人"兄弟同科"，真是盛极一时，创造了江西乃至全国乡村家族的科举奇迹，被誉为"西江甲族""科第世家"。这些士子纷纷走上仕途，其中有内阁首辅大学士一人，尚书一人，入翰林者四人，其余寺卿、部郎、地方封疆大吏、将军、府州县官及佐史、教职、医术等不胜枚举，时人称之为"簪缨之家""冠盖里"。他们秉承儒家的"亲民"思想，忠君爱国、正色立朝、廉洁奉公、勤政爱民，成为彪炳史册的贤良之臣，费宏就是其中的杰出代表。

　　费宏出生于明成化四年（1468 年），二十三年（1487 年）年仅弱冠即状元及第，是有明一代最年轻的状元，时称"少年状元"。他一生两为首辅，三入内阁，历官成化、弘治、正德、嘉靖四朝，出仕近五十年，是明代著名的状元宰辅。他不顾身家性命，坚决与宁王的叛乱做斗争，为维护国家的统一和安定呕心沥血，竭尽全力。他为政宽和，以民为本，不以琐琐取名誉，天下阴受和平之福而人不知，被《明史》誉为"持重识大体"的政治家。他也是铅山唯一能被世人以乡贯赋名的历史人物，在古籍文献中被称为"费铅山""费鹅湖"。毛泽东主席 1959 年在庐山对江西省委负责同志有感而发地谈起了费宏，称"铅山有个费宰相"，并由此引发他要到铅山和赣东北去的感慨。（《长街忆》第 32 页）中国明史学会商传会长也高度评价费宏，称"明代自成化至嘉靖的百年……此时在朝的重臣，或以持正而得清誉，或以变通而应于时运，能得清誉且应时变者，唯内阁大学士费宏一人而已"。（《冠盖里》序言）历代史志和专家学者对费宏亦多有正面的评价，真可谓好评如潮。

　　20 世纪末，费宏研究会成立前后，研究工作逐渐深入开展。首先是修缮了费宏墓，并先后被列为铅山县、上饶市及江西省的文物保护单位。创设了"费宏纪念馆"，恢复了"冠盖里"碑、"状元宰辅"牌坊和状元桥。1994 年后，江西省社科院研究员曹国庆先生、香港大学马楚坚教授先后到铅山采集研究费宏及横林费氏的资料，发表了《明代铅山费氏与宁王宸濠叛乱》《明代江西科举世家的崛起及其在地方上的作用——以铅山费氏为例》等一系列研究成果。2005年我会邀请市、县专家、学者进行研讨，其成果汇集成《冠盖里——江西铅山费氏科第世家寻踪》一书，由百花洲文艺出版社出版。2007年，费正忠与上饶师院副院长吴长庚教授合作校点的《太保费文宪公摘稿》一书，易名《费宏集》由上海古籍出版社出版。2011年，费正忠编撰的《费宏年谱》由线装书局出版。2013年由费正忠主编的《鹅湖横林费氏宗谱》由中国文史出版社出版。我会费荣兴老会长的《冠盖里史话》，费正忠的《持重识大体的政治家——费宏》《费宰相的故事》《冠盖里中话费宏》《费宏诗词选编》及我会编印的《费宏研究资料汇编》等先后刊发，这些都使费宏研究初具规模且蓬勃发展。

费正忠是我会副会长、上饶市政协文史馆特聘馆员，我会资助出版的这个文集，是他经十数年潜心钻研而取得的最新重大成果。文集全三册，共约170万字。其一是《〈太保费文宪公摘稿〉点校本》，《太保费文宪公摘稿》是费宏现今存世的主要文集，明嘉靖刊本，已录入《续修四库全书》。2007年的点校本《费宏集》，因当时的条件所限，发行不广，又为竖排繁体字本，与内地读者的阅读习惯多有不合，且发现其中存在不少校点等方面的问题。这次重新校点，吸取了前次校点的积极成果，纠正了差错，改进了原有的不足，并以横排简体字本面世，定能更好地满足读者的需求。二是《"大礼议"述评》，以大量翔实的史料，揭示了"大礼议"的实质是争夺皇权正统的政治事件，摆脱了历来论者对此多持两个极端，及近年来对议礼双方作标签化解读的现象，全面论证了这一事件对明王朝的深刻影响，指出其核心是：由于君臣在议大礼中顿忘初心，陷入了失去理智的缠斗，从而瓦解了正在形成的君臣共治的政治局面，破坏了刚刚兴起的嘉靖新政，断送了拨乱反正、嘉靖中兴的大好机遇，使明王朝不可逆转地走向了衰败和灭亡。尤其难能可贵的是，《"大礼仪"述评》首次辨证了《明史》中对费宏某些片面性、表面化的论述，还原了费宏在"大礼议"中的独特作用，真实再现了费宏面对议礼中激烈、复杂的政治局面，不忘初心，艰难维持嘉靖新政的历史事实，充分体现了费宏"持重识大体"政治家的卓越风范。三是《读史辨疑录》，把他在长期研究工作中发现的文史差错和疑点进行分门别类，一一加以辨析，并从中引出正确的结论。特别是对费宏研究、费氏宗谱研究及鹅湖横林费氏始迁祖研究中出现的诸多问题进行了全面、详细的辨析，作了十分精到而又令人信服的论证，使这些研究始终保持实事求是的正确方向。

正忠童年失怙，家道艰难，虽历经贫寒困苦，犹坚持奋发自强。他自幼酷爱读书，求知欲望极强，始终自学不辍，不断提高学养。他读过书，务过农，当过兵，做过工，经过商，任过干部，人生经历艰辛而完整。但不管在什么时候、何种岗位，他都刻苦学习、积极工作，在踔厉奋发、勇毅前行的成才路上，努力使自己成为其中的佼佼者。故他的学力、学识总是明显高于他的学历，常常使人惊叹，钦佩不已。尤其是近二十多年来，他潜心于史学研究，笔耕不辍，著述颇丰。这个文集的出版，是他长期在史学研究中坚持"守正创新"的又一成果。文集忠实于"论从史出，史由证来"的宗旨，践行"实事求是"的原则，史料翔实可靠，论证朴实精准；既对学术研究中的不正之风毫不留情，又与人为善，以理服人，对事不对人。且文集提供了大量的史学文献资料，以及精准的、充满正能量的学术观点，其嘉惠士林，当可预卜；且亦将推动费宏研究更加广泛深入地开展，促使更多的新人、新作、新成果不断涌现，这同样也是值得期待的。

　　是为序。

2022 年仲冬于三清玫瑰园
（作者系铅山费宏研究会会长）

前　　言

◇ 费正忠

《太保费文宪公摘稿》，明内阁首辅大学士费宏所著；因逝世时得朝廷赠官太保，谥号文宪，其文集故名。

费宏，字子充，号健斋，一号鹅湖，晚号湖东野老，明宪宗成化四年（1468 年）出生于江西铅山县仁义乡横林（今河口镇柴家埠）。成化十九年（1483 年）16 岁举江西乡荐，二十三年（1487 年）仅 20 岁即状元及第，是有明一代最年轻的状元，时称"少年状元"，（《列朝盛事·少年状元》）授翰林院修撰。孝宗朝改左春坊左赞善，升左谕德兼翰林院侍讲。武宗朝升太常寺少卿兼侍读，充经筵日讲官，历官礼部右、左侍郎，尚书；正德六年（1511 年）以文渊阁大学士入阁预机务。因力阻宁王朱宸濠谋复护卫的叛乱阴谋，为权奸所中，于正德九年（1514 年）被迫致仕。返乡途中被濠党追杀，险遭不测；家居时又屡遭濠党迫害，但仍守正不屈，并在叛乱发生后，全力以赴与之斗争，为平定叛乱尽心尽力。世宗继位，即召还内阁，嘉靖三年（1524 年）遂为首辅，为推行嘉靖新政和妥处"大礼议"事件殚精竭虑、不遗余力。嘉靖六年（1527 年）又为议礼新贵张璁等所挤而休致。嘉靖十四年（1535 年）再召入阁为首辅，朝政易以宽和，举朝士大夫皆慕乐之。而是年十月，竟因积劳成疾在京卒于位，时年 68 岁。世宗为之辍朝，恤典之厚，众官莫得比焉，并遣官护丧归葬于铅山横林。

费宏一生两为首辅，三入内阁，历官四朝，出仕近五十年。他处在明王朝逐渐由强盛走向衰败的转折时期，且又一直处于中央政权的中心，从翰林院修撰历官至内阁首辅，是史上少有的"状元宰辅"。他浮沉宦海，经历了不少政治风浪，之所以能无损清誉，彪炳青史，做出无愧于时代的历史贡献，根本就在于他的"持重识大体"。《明史》本传称他"持重识大体，明习国家故事"，"起家文学，致位宰相"，"却钱宁，拒宸濠，忤张、桂，再踬再起，终亦无损清誉"。又称他为政"易以宽和，朝士皆慕乐之"。明世宗称他"临大事而能济，虽小节而克勤"；（《鹅湖横林费氏宗谱·诰敕》）与费宏同时代的大学士李东阳则赞费宏"论必传正，守不循俗"；（《孝友堂记》载乾隆四十九年《铅山县志》卷 3）中国明史学会商传会长在评价费宏时也认为："明代自成化至嘉靖的百年，乃前期百年之后继，晚明八十年之前奏，恰处于有明一代之中期，诸多的社会转变与旧的传统观念之冲突，已见于端倪。此时在朝的重臣，或以持正而得清誉，或以变通而应于时运，能得清誉且应时变者，唯内阁大学士费宏一人而已。"（《冠盖里·序言》）毛泽东主席 1959 年在庐山，有感于时事，深切地谈起"铅山有个费宰相"，（《长街忆·领袖情》）并由此萌发了要到铅山、赣东北去的感慨。我想，这一切都应是源于费宏的"持重识大体"。

费宏的"持重识大体"，集中地表现在他对宁王叛乱事件的因应上。

宁王朱宸濠是明宗室宁藩的第四代亲王，封地在江西南昌。他自幼轻佻，无威仪，好弄喜兵，嗜利徇色；且有禽兽行，其父康王屡欲杀之。既嗣王，渐骄蹇淫虐，且又野心勃勃，企图利用当时明武宗昏庸荒嬉、朝政紊乱和未建皇储的机会，通过宫廷政变或武装叛乱来夺取皇权。为此他一面贡献奇巧，百般迎合武宗的荒诞，骗取信任，并以此来迫害江西地方官员，几任江西巡抚，不是被毒杀，就是遭贬谪；一面又大肆搜刮民财，残害江西军民，掠得大量金银珠宝向朝中权贵行贿，以求恢复护卫，为夺权进行军事准备。而朝中的权贵们囿于武宗无后，皇权前景不明，害怕影响到自己的既得利益，不是畏缩观望、噤不敢言，就是受其收买，倒向濠党。国家的政治形势变得异常诡谲。

朱宸濠因其王妃娄氏，与费宏从弟费寀之妻，同为南京兵部郎中上饶娄性之女，故利用这种亲戚关系，遣其承奉致赂，欲以此得到大学士费宏对恢复其护卫的支持。而费宏耳闻目睹宸濠在江西的种种恶行，清醒地认识到：如果恢复宁府的护卫，让他掌握了军事力量，必将如虎添翼，加速其武装叛乱的进程。虽然这种皇室内乱造成改朝换代的结果，对费氏家族可能有益无害，但国家却将从此陷入战乱，人民将遭受苦难。且朱宸濠荒淫无耻、凶残歹毒，如让其上台，对国家和人民必将是个更大的灾难，而首当其冲的就是自己的家乡江西。于是费宏明确指出："濠久蓄异志，若与之护卫，是藉寇以兵也。"（《费宏集》附录二《费宏墓志铭》）又在内阁中公开宣示："今宁王以金宝钜万复护卫，苟听其所为，吾江西无噍类矣。"（《明史纪事本末》卷47）旗帜鲜明地反对恢复宁府的护卫。但这却遭到时任内阁首辅杨廷和的奚落，杨廷和在其著作中称："夫宸濠逆谋……及护卫之请……费宏言：'宁府近日驮载金银数骡以谋此事，闻者色变。'是日午后，与费宏同出，至承天门桥，臣语之曰：'公今早数骡之言似太露。昔人云：但可云骊山不可游，不可云游必有祸。我辈但知护卫不可复，银之有无不必问。'"（《杨文忠公三录》卷8）兵部尚书陆完是费宏的同年进士，这时也在朝中以宁王护卫"今恐不能不予"来要挟，费宏亦峻却之。当太监卢铭来找费宏商议恢复宁王护卫之事，费宏仍明确答曰："若宁王得遂所图，则我为乡人也，顾不可乎？但揆诸事理，非所宜耳。"（《武宗实录》卷111）费宏如此刚正坚定的态度，却使自己在朝中完全陷入了孤立。濠党经过一番密谋，乘殿试进士、费宏在东阁读卷时，由陆完"于十四日投覆宁王之护卫疏，十五日中官卢明以疏下阁，密约杨廷和出，下制许之，而宏竟不与闻"。（《明史纪事本末》卷47）对于内阁密撰诏书的是首辅杨廷和还是次辅梁储，史上曾有很多争论，杨、梁二家后人亦互诋不止，至今无有定论。但这时费宏被孤立、不能与闻此事却是不争的事实。正如明代史学家王世贞所指出的："宁庶人之复护卫，大抵钱宁受贿数万，而张雄、张锐辈半之，表里恫胁；而兵部之长陆完，迫于势、诱于利而傅会其说。当时内阁大臣独费铅山持正不肯予，而杨新都、梁南海辈畏祸而莫敢主持。"（《弇山堂别集》卷26）杨廷和、陆完等"惧宏发其状，会言官交章论护卫不可复，乃谋去宏。以宏私其弟费寀入翰林、乡人黄初及第谮之，且曰'乾清宫灾，下诏皆宏视草，归咎朝廷'。传旨令宏致仕"。（《明史纪事本末》卷47）费宏从弟翰林院编修费寀亦一同被迫致仕。在回乡的路上，又遭濠党袭击焚掠，险些丧命。回乡后，费宏仍不改初衷，坚持不受朱宸濠的再三拉拢利诱，由此又招致濠党变本加厉的迫害：朱宸濠派老吏毛让嗾使铅山奸人李镇、周伯龄、吴三八等聚众围攻费氏，费宏的亲人被杀，庐室被焚，祖墓被毁，被迫避入铅山县城；县城遭攻陷，又被迫避入广信府城上饶，相传还一度流落到福建浦城，隐姓埋名当了一名教书先生。但这一切都未能使费宏屈服，他仍顽强地与濠党抗争，并派人向朝廷揭露朱宸濠的阴谋和罪行，以期引起朝野的警惕。

正德十四年（1519）六月，朱宸濠在朝廷对他的夺权阴谋已有所察觉的情势下，急忙在南昌起兵叛乱。费宏闻讯后，立即派从弟费寀间道至提督军务都御史王守仁的行辕，提出"先定洪州以覆其巢，扼上游以遏其归路"（《鹅湖费氏宗谱·文宪公年谱》）的剿濠方略。又致书进贤县令刘源清，肯定其扼守要道、诛杀娄伯以阻截濠党东进招募叛军的行动，并鼓励其同余干县令马津直捣贼巢南昌城。还致书广信府通判俞良贵，告以操练机快，整点窑兵，以俟机会，且勉以忠义，使遍达郡中诸公。当广信知府周朝佐、铅山县令杜民表集义兵进剿叛军时，费宏亦都积极为之赞画，并以大量的书信、诗词联络地方官员和在乡士大夫参与平叛，颂扬江西军民英勇杀贼，出谋划策，鼓舞士气，为剿灭叛军尽心尽力。

宁王之叛，只经历了四十二日，就被江西军民剿灭。久被朱宸濠残害的江西正待喘息复苏，而荒唐的明武宗却顽固地坚持要御驾亲征，派太监张永和安边伯许泰等幸臣率京、边军进驻南昌，以剿捕余贼为名，搜求微隐，罗织平民，妄诛戮以为功，而没其货财；军马驻省城五阅月，靡费浩烦，江西骚然，不胜其扰；甚至公然冲撞江西巡抚王守仁，呼守仁名谩骂，或冲道启衅，企图藉以挑起事端。怎样才能尽快送走这些瘟神，王守仁等江西官员束手无策。后得知张永"志于不朽，雅好文辞，余不足以为赠"，（《费宏集》卷14）就派专使到铅山，请费宏撰文以促张永等离赣返京。张永，正德初总神机营，为刘瑾党羽"八虎"之一。曾监军平定庆府安化王之叛，设计擒诛刘瑾，督宣府、大同、延绥军御边，在太监中唯其卓有功勋，深得明武宗宠信。而费宏为明代少有的状元宰辅，为文典雅，文章行于天下，为时所重，但绝不为宦官、幸臣作，此前就曾因此而得罪佞臣钱宁。钱宁为明武宗义子，赐名朱宁，把持特务机关锦衣卫，怙宠作威，朝野侧目；一日以百金饮器求撰诰文，费宏拒之峻，钱宁怀惭恚，故对费宏恨之入骨，极力助朱宸濠迫害费宏。当此叛乱初平之际，费宏又得到朝野交章赞誉和举荐，官声文名大振，按常理是不可能为张永之流撰文的。但此时为了国家的利益，为了使江西军民早脱苦海、免遭涂炭，他还是应请违心地写下了《奉贺提督赞画机密军务大内相守庵张公献凯还朝序》；在文中曲陈利害，巧达江西军民的愿望，使张永很快就率兵离开了南昌，也促使驻跸南京一年多的明武宗班师回朝。江西军民终于结束了这场旷日持久的灾难，国家大局也渐趋稳定，时人谓此序大有斡旋之功，对费宏的"持重识大体"给予了充分的肯定。

费宏的"持重识大体"，首先来自深厚的家族渊源。其祖父费镇，天性孝友英杰，捐资葺理儒学，程督五子皆有成立，开始致力于以诗礼衣冠振厥宗。其父费璠因父兄早亡而操持家政，不得不弃儒业，故把全部希望都寄托在儿子身上，虽甚钟爱，而教之最严。自能言即诱以远大，既就塾，日有常课，家务之隙，必即塾考其所业。尤谨礼教，言词动止少涉轻肆，必呵责之，拳拳焉惟修饬行检是先。当得知费宏在翰林院与同年进士某公对弈争胜而失和，命老仆送一竹杖并诗一首，有"翰林事业多如许，博弈何劳枉用心"之句，令自朴于京邸；费宏因"持父书及楗三登某公之堂，自朴者三，某公始出，抱首而哭"，遂成刎颈之交；如此严父，时人以为"胡可得也"。（《西园闻见录》卷4《教训》）然而，对费宏影响最大的，还是其二伯父费瑄。费瑄成化十一年（1475年）进士，天性仁厚，诚笃周慎，居官临事必反复商订以求至当，不敢为苟且之政。任工部主事时，督修徐州吕梁洪，历经数年，洪害尽除，且以所省大笔经费赈济穷困军民及儒学师生，徐州百姓立祠祭之。又奉旨以兵部员外郎查勘贵州苗乱，时贵州"守臣希觊升赏，皆主用兵"。（《明宪宗实录》卷281）而费瑄至实地勘察，得知苗无逆谋，面对守臣用兵的要挟，正色而言："诸公觊爵赏以为己利，独不思调发无穷之害耶？"（《费宏集》卷16）为稳定国家大局而持正守实，白苗不反，促成了招抚，使贵州竟无苗患。费瑄好观《自警编》及当代名臣言行可师法者，记忆甚详，且居常诵之以教后进。在群从中他对费宏尤为钟爱，曾带费宏随其宦游读书，"每购经史遗之，又书戒之曰：'古称作史贵有才、学、识，吾谓凡为士皆然，独史乎哉？吾于吾侄，不患其才识之后人，而患其学之不博，无以充其才与识也。'"（《费宏集》卷16）当得知宁王朱宸濠的姻亲上饶娄氏家族为笼络人心，常招费宏饮酒联诗，"公辄呵止，曰此祸机，谨当预避，宏不敢违。惟忠惟孝，公实启之。"（《费宏集》卷20）使费宏对宁府的阴谋早有警惕，牢固地树立起对待国家事务的大体意识。在费宏17岁首赴礼部试落第时，费瑄即贻之书曰："汝脱下第，毋南归，宜入北监读书。"后来费宏问伯父"何以知宏之弗第而必令入北监耶"？费瑄笑曰："此尔远到之兆耳。盖吾尝梦尔入监领班签，签乃彭文宪公故物也。文宪尝游北监、中状元矣，汝第勉之。"（《西园闻见录》卷44《科场》）这梦的神奇且不论，但费瑄以彭文宪公而期待于费宏则是确切无疑的。无独有偶，当费宏在三年之后状元及第拜见恩师内阁学士尹直时，尹直也对他说："吾乡前辈以高科至大位者多矣，而学术醇正，吾尤慕文宪，愿子以为法。"（《费宏集》卷17）彭文宪公即彭时（1416—1475），字纯道，号可斋，明江西安福人，正统十三年（1448）状元及第，历官至内阁大学士。景泰帝易储，彭时据理力争；力主革除中官、后妃干政之弊，减退庄田还民；孜孜奉国，一代名臣。费宏一生奉之为楷模，果不负父辈和恩师的厚望，亦状元及第，位至首辅，正色立朝，忠贞报国，且身后又都得谥为"文宪"；《明史》评价彭时"持正存大体"，评价费宏"持重识大体"，又是何其惊人的相似。

　　费宏的"持重识大体"，是其对儒学亲民思想的忠实践行。在费宏所处的时代，程朱理学已早上升为官方哲学，而陆王心学又大为流传，士大夫中言论空泛、门户林立之风盛行。作为出身寒微的封建知识分子，费宏笃求正学，不喜当时"学士大夫言论过高、好立门户"，（《费宏集》附录二《费宏墓志铭》）坚持践行务实亲民的正统儒学思想。他认为"圣贤之学必切于身心，措诸实用，不在于言语文学之末"。（《费宏集》卷8）而作为儒学思想根本的"性命道德之微，不出乎民生日用彝伦之外"。（《铅山县志》卷5）对君权神授的天命之说，他以为"天命之去留实由于人心之得失"；（《费宏集》卷7）"天之立君，皆以为民也"；（《费宏集》卷9）"民为邦本，所谓心之体、舟之水，存亡载溺胥此焉系而不可忽焉"；因此各级官吏都是为君牧民者，对百姓应该"为之父兄师保而与之最亲，使之乐生兴事而无叹息怨恨之声"。（《费宏集》卷9）而恤民之道的根本是关心民生，"盖衣食足而后民生安，民生安而后和气应"，民生"惟在乎敦本节用以开衣食之源"。（《费宏集》卷11）"理财所以足国，而必先于养民。盖国课不可亏，然山泽之利其生有限，苟民隐不恤而必取盈，吾未见财之能理、国之能足也"；他以当时江西广信府永丰县的银冶盗采为例，说明恤民的重要："吾信之永丰故有银冶，实与浙之温、处相邻。温、处之豪每负课，辄来盗采，扰及鸡犬。追捕之而猎猎拒斗，大为一方之害。以予观之，是岂浙之民得已哉？地利既尽，而民力既穷，理其事者于恤之之道容有未讲也。"（《费宏集》卷10）他极力主张"理财之道必损于上而后益于下"，为此他率先垂范，大幅削减自己及所属衙门的费用，并建议明世宗"上自宫闱，达于监局，凡百冗费痛加裁抑"，（《费宏集》卷6）以此来解决朝廷的财政困难，而不是一味地向百姓加大科索。他对民间的疾苦非常了然，在给明世宗的奏章中，真切地反映了当时两淮水灾的惨状："自扬州北至沙河数千里之地，无处非水，茫如湖海。沿河居民悉皆淹没，房屋椽柱漂流满河。丁壮者攀附树木，偶全性命；老弱者奔走不及，大半溺死。即今水尚未退，人多依山而居，田地悉在水中，二麦无从布种。或卖鬻儿女，易米数斗，偷活一时；或抛弃家乡，就食四境，终为饿莩。流离困苦之状，所不忍闻。"（《费宏集》卷6）在他的诗词中，亦有不少念及民瘼的抒发："是时秦晋正饥苦，不雨经时巫可暴。爷娘食子夫食妻，米石宁论钱一斛"；（《费宏集》卷2）"经时不雨二麦枯，四野极目惟寒芜。民生国计深可忧，何人肯进流移图"；（《费宏集》卷5）"却念民穷欲流涕，采薪剥枣亦劳止。冻或无襦饿蒙袂，吾侪坐食已堪耻"；（《费宏集》卷1）字里行间，透见悲伤，忧国忧民之情跃然纸上。对当时在大同发生的兵变，他坚持认为士兵变出于激，不叛者固多，反对一味镇压，主张用安抚的方法解决。就是对当时被视为盗贼的起义民众，他亦以为"所谓盗贼者，其初皆良民也。困于苛虐，迫于寒饥，贸贸焉求生而无术，乃始猖狂结聚，苟为逸脱逃刑之计，庶几偷一旦之活，而不暇恤于其他"。是牧民者"以盗贼待其民，其民始弃其身于盗贼"；如牧民者能"以齐鲁待其民，民亦以齐鲁之人待其身"。（《费宏集》卷11）所以他认为要使社会稳定，最根本的是要解决民生问题。因此，他在处置救灾、减赋、治河、漕运、兵变、民变、江南织造、宫室营建等重大朝政的措施上，极力主张以仁义待百姓，以民生为根本，殚精竭虑，多有惠政。即使在他远离朝堂而赋闲家居时，仍念念不忘民生，对乡人和宗亲施以仁义。遇灾年即减租，有不能还清债租者，即焚券不复问。捐田以其入为合族祭祖之费，其余赡族之贫者。并在铅山修筑福惠河，开引铅山河水曲折十余里萦绕河口，居民利之；又在铅山清流乡凿石圳上主持修造石桥，方便了民众，促进了民生发展。传说他还为修筑新成坝尽心出力，造福乡梓，县人至今不忘。

费宏的"持重识大体"，为当时的朝堂带来一股清新的问政风格，他曾援引前首辅李东阳的话对阁中的同僚们说："内阁机务重地，事至四面，俱当照管，不可任意图目前。"（《费宏集》附录二《费宏神道碑铭》）所以他的施政总是顾大体，尚宽和，朝士皆慕乐之。他"立朝执政，忠诚直亮，持大体不以琐琐取名誉。故天下阴受和平之福，而人不知。至摧抑权奸，则一以赤心殉国，不复顾其身家"。（《费宏集》附录二《费宏墓志铭》）虽然他这样做有时也会遭到僚友的误解、埋怨，以及政敌的攻讦、陷害，但他始终不渝地顾全大体，鞠躬尽瘁，直至68岁时在北京卒于首辅任上，故历代史家对他多有正面的评价。然而毋庸置疑，费宏作为封建士大夫的一员，必然客观地存在着历史的局限性，他毕生的努力确也未能扭转明王朝颓败的发展趋势。然而他用一生践行了自己的学术思想和政治抱负，在繁杂多变、险恶衰败的历史进程中，竟也发挥了一些正面的作用，这是值得我们肯定的；而作为政治家的"持重识大体"，也是可资今人借鉴的。

费宏不仅是"持重识大体"的政治家，且勤于笔耕，著作颇丰，多见于各种史志及书目中。如《艺文志二十种综合引得》载有《武庙初所见事》《宸章集录》《武宗实录》《武宗宝训》；《明史·艺文志》除《武宗实录》一百九十七卷、《武宗宝训》十卷、《武庙初所见事》一卷、《宸章集录》一卷外，还录有《睿宗实录》五十卷、《睿宗宝训》十卷、《费宏文集》二十四卷；《四库全书总目提要》除《宸章集录》外，载有《费文宪公文集选要》七卷；清同治《广信府志·艺文志》除《宸章集录》外，又录有《湖东集》《自惭漫录》《遗德录》十八卷、《文宪摘稿》二十卷；《文瑞楼书目》载有《鹅湖摘稿》二十卷；《稿本中国古籍善本书目》载有《太保费文宪公摘稿》二十卷、《费文宪公摘稿》二十卷等；《铅山县志》《鹅湖横林费氏宗谱》及《千顷堂书目》等所载亦略同。《中国善本书提要》还载有《明太保费文宪公诗集》十五卷。

上述著作，其中《武宗实录》《武宗宝训》是费宏以总裁官领衔编修成书的，现已录入台湾"中央研究院"所编《明实录》中。《武庙初所见事》已收入《太保费文宪公摘稿》一书中；《宸章集录》是明嘉靖五年费宏奉世宗之命，将帝御平台赐内阁诸臣诗及诸臣和诗、谢表集为一帙；但据现有史料，此书并未付梓，惟以抄本流传，1997年齐鲁出版社出版《四库全书存目丛书》时，以北京大学图书馆藏明蓝格抄本影印出版。《睿宗实录》《睿宗宝训》是费宏承世宗之命，以总裁官领衔为帝生父兴献王所编，实以藩邸内臣所录资料而编，因兴献王实未登帝位，成书时也尚未称宗入庙，故只称《献皇帝实录》；此书《明实录》未收录，不知是否尚有遗存。《费文宪公文集选要》七卷本，已为《四库全书存目丛书》收入。《明太保费文宪公诗集》十五卷，著为"明嘉靖间刻本"，卷内题"后学铅山知县黄中刊行，次男懋良类编，冢孙延之校正"。是目前发现的费宏唯一的诗集。其他一些著作现多已散佚，未见遗存，但有些著作亦可能是尚未刊印前的名称，如夏言在《费宏墓志铭》中所称：嘉靖六年，费宏为议礼新贵所挤，致仕家居九年，自号"湖东野老"，集平生所为文，名曰《自惭漫稿》；由此可见《自惭漫稿》《湖东集》应是费宏生前自定之文集，现不见遗存，或当时未曾付梓，或其内容后已录为《太保费文宪公摘稿》刊行。

《太保费文宪公摘稿》二十卷本，是现存费宏著作的主要文集，嘉靖三十四年刊刻行世，门人徐阶在为该书所作序中称是"公伯子礼部郎中懋贤之所录，仲子尚宝卿懋良、嗣孙官生延之之所校，而巡按江西侍御吴君遵之所刻"。由于战乱频仍，早在清初，此刻本就坊间罕见，据《鹅湖横林费氏宗谱·文宪公年谱》载，乾隆二十三年（1758），费氏族孙费彝昭在为该年谱作序时称："吴侍御所刊行文宪公摘稿，已化为灰烬，惟少湖公手录原本，遗于公叔顺庵公之裔号四必者，复从而抄次焉。国初，族长辈乃合公与从弟文通公二集，略摘数首附梓，以应四方之请。然已大简，请者往往不能厌其意。"据《中国古籍善本书目索引》，此本今仅存于中国科学院图书馆、故宫博物院图书馆、南京图书馆、上海图书馆、甘肃省图书馆、重庆市图书馆、文登县图书馆、台北中央图书馆，世人难得一见。

1995年，江西省社科院明史学者曹国庆教授，到铅山搜集有关费宏及横林费氏的历史资料，受费氏族人所托，1997年从台湾引进了《太保费文宪公摘稿》一书，并嘱费氏族人能将该书"标点整理，交出版社出版，则功莫大焉"。笔者至此方知，台北文海出版社于1970年已将此书录入由沈云龙选辑的《明人文集丛刊》第一集影印出版，同时也是笔者开始得以亲睹费宏的文集。经过几年反复阅读和钻研，在2007年，与吴长庚教授合作，终于将《太保费文宪公摘稿》点校整理，易名《费宏集》在上海古籍出版社出版。这个本子以嘉靖三十四年吴遵刻本为底本，以台湾文海出版社影印本为校本，是首个费宏文集的点校本，为费宏研究提供了翔实可靠的资料。但由于时间紧迫，经验不足，在标点、文字、史实等诸多方面都存在一些缺漏；更加之系竖排繁体，难以适应当下读者普遍的阅读习惯，故发行量不大，影响未广。2019 年"费宏研究会"拟举办费宏国际研讨会；为了给大会准备资料，以扩大和深化费宏研究，笔者再次对费宏文集作了点校整理，以期重新出版一个更为普及的文本。

这次重新点校，吸取了 2007 年点校本的成果，也作了一些变动和改进。首先是改变了版式，将原竖排繁体字版改为横排简体字版。原文中除繁体字外，还有不少古字、异体字、通假字，甚至手写体字等冷僻字，给阅读带来了不少困难，这次均径改为规范简体字；但一些人名和改为简体字后易产生歧义的字仍予以保留。对原校中标点的错漏缺失，一一作了修订。原校的校勘记较简略，且出现了一些舛误，未能全面、真实地反映底本和校本的原貌，故这次作了不少充实和修正。原集的不少诗文标题，在目录和正文中差异较大，不便于阅读查找，这次以目录中的标题为主，参照正文标题，作了规整统一；对正文中原有过长的标题，则以题后小引的形式保留在正文中。对文集名称，考虑到这是著者的摘稿，不是全集，且我们出版的只是它的点校本，故还是保留了原书名《太保费文宪公摘稿》。同样的原因，对原点校本录入的丛刊本增加的附录及新添的附录《宸章集录》，均未保留，以期尽量保持著作的原貌。

本次点校，采用《续修四库全书》中的《太保费文宪公摘稿》二十卷本（下文简称续修四库本）为底本，《明人文集丛刊》中的《太保费文宪公摘稿》二十卷本（下文简称丛刊本）为校本，《四库全书存目丛书》中的《明太保费文宪公文集选要》七卷本（下文简称崇祯本）为参校本，并参考了《明史》《明实录》《明通鉴》《铅山县志》《铅山鹅湖横林费氏宗谱》及一些明人文集等资料。

续修四库本载于《续修四库全书》第 1331 册，上海古籍出版社 2003 年出版，据南京图书馆藏明嘉靖三十四年吴遵之刻本影印成书。该书录有藏者手书藏书记一则，称"太保费文宪公摘稿二十卷，明嘉靖刊本。明费宏撰。宏字子充，铅山人，成化丁未进士，廷试第一人，年才十九，领乡荐年才十六。正德六年以礼部尚书直文渊阁，九年致仕，嘉靖初召还，旋致仕，十四年再召，进华盖殿大学士。卒，年六十八，赠太保，谥文宪。武庙时逆瑾窃柄，凌轹公卿，独肮脏不为意，又以守正拒宁庶人，事详《明史》本传。世庙再起枋政，上时辄与讨论诗词，辄命和御制诗，赐有'眷兹忠良副倚赖''不让前贤专令名'之句。桂尊深忌，疏之'诗词小技，猥劳圣躬，且使宏窥意指，窃恩遇以凌朝士，假饰以饰过'。上览之，弗为动。摘稿二十卷，为诗四百五首，为文四百十篇，伯子懋贤所录，仲子懋良、孙延之所校，巡按江西侍御吴遵所刻。嘉靖乙卯，礼部尚书武英殿大学士门人华亭徐阶序。'四库'不著录，《千顷堂书目》载有《钟石先生文集》二十四卷，又《自惭漫稿》不注卷数，《文瑞楼书目》则称《鹅湖摘稿》二十卷，均未刊以前之名目也。"此记不知为何人所写，但所录内容不虚，且确称《自惭漫稿》《鹅湖摘稿》系"未刊以前之名目"，这是很有见地的；然而却把费宏从弟费案所撰《钟石先生文集》列为费宏文集，似有所误。另文中称费宏中状元时"年才十九"，应是"二十"之误；又称费宏嘉靖"十四年再召，进华盖殿大学士"，亦误，费宏早在嘉靖五年就已进华盖殿大学士了。

丛刊本载于台北文海出版社 1970 年出版的《明人文集丛刊》中，由沈云龙选辑，其首页标明："本书承国立中央图书馆惠借影印"。又在前言中称："国立图书馆庋藏明刊诸家文集至夥，经商得包馆长龙溪先生同意，特为精选二十九种，除编著者生卒不详或待考外，分别系以作者小传，并注明原刊本。"这个刊本注明为台北"国立中央图书馆"藏明嘉靖三十四年江西刊本。该书先后出版多辑，《太保费文宪公摘稿》则列为第一辑首篇。卷首在作者小传中称："费宏（一四六八——一五三五），字子充，号鹅湖，江西铅山人，成化二十三年举进士第一，授修撰。正德中，累官至礼部尚书兼文渊阁大学士预机务。值幸臣钱宁阴党宁王宸濠，欲交欢宏，不得，因构他事罢职。宸濠败，言者文（注：疑为'交'之误）章荐宏。世宗即位，召起加少保，入辅政。宏持重识大体，明习国家故事，迨华盖殿大学士杨廷和去位，遂为首辅，委任甚。后为张璁、桂萼所排挤，致仕，驰驿归里。及萼死，璁罢，帝追念宏，再起故官。年六十八卒，加太保，谥文宪。"小传中对费宏"为首辅""加太保"的叙述似有所误：嘉靖三年，朝中"大礼议"处于白热化阶段，世宗与杨廷和等矛盾激化，半年内三位首辅大学士相继致仕去；二月首辅杨廷和去位，五月继任首辅蒋冕去位，七月继任首辅毛纪去位，此后费宏遂为首辅。故文中直书费宏在"杨廷和去位，遂为首辅"，似不确。另据明代官制，官员在生升职称"加官"，死后升职称"赠官"，故费宏卒后从少师升为太保，实为赠官，应称"赠太保"。

崇祯本载于齐鲁书社 1997 年出版的《四库全书存目丛书》集部第 43 册中，据北京大学图书馆藏明崇祯刻清印本影印成书。此书为七卷本，录入《四库全书》存目，有纪昀所撰提要："《费文宪集选要》七卷，两江总督采进本。明费宏撰，宏字子充，铅山人，成化丁未进士第一，官至吏部尚书华盖殿大学士，谥文宪，事迹具《明史》本传。所著《鹅湖稿本》二十卷。此本乃徐阶、刘同升所选录，非全帙也。"据史料，刘同升字晋卿，一字孝则，明崇祯十年（1637）状元及第，授翰林院修撰。其出生于明万历十五年（1587），卒于南明隆武元年（1646），终年 60 岁，崇祯年间正是他四五十岁的时候，由他选录此书，应无情理上的障碍。而徐阶出生于明弘治十六年（1503），卒于万历十一年（1583），在此四年后，刘同升才出生；再者徐是松江华亭人，刘是江西吉水人，因此应该说两人终生并无交集，现存史料也未发现有徐阶选录费宏著作的信息，说由他二人合作选录此书，使人颇感不确。且此书刻于明崇祯年间，至清初始有印本，而此时由徐阶作序的嘉靖三十四年刻本

《太保费文宪公摘稿》已印行百余年，七卷本也用了徐阶当年所作序，或由此而挂上徐阶之名亦未可知。

续修四库本与丛刊本，皆称是据嘉靖三十四年吴遵刻本重印，且两本版式相同，应是同出一系。而细阅其中内容，却见两本差异很大：续修四库本所用的是南京图书馆所藏嘉靖三十四年吴遵刻本，丛刊本所用的是台北"国立中央图书馆"所藏嘉靖三十四年江西刊本。原以为丛刊本之所以称是"嘉靖三十四年江西刻本"，可能是由于刊刻者吴遵是江西侍御，其实不然。续修四库本只是在徐阶序中称该书是费宏"伯子礼部郎中懋贤之所录，仲子尚宝卿懋良、嗣孙官生延之之所校"；而丛刊本在徐阶序之后、目录之前加载了"较阅世系"一则，列有此书的较阅者："嘉靖丙戌进士男懋贤，尚宝司卿男懋良，太仆寺寺丞孙延之，礼部主事曾孙华，廪膳生员玄孙振畿，以翊戴恩应荫世袭锦衣卫正千户生员冢孙如郊。"比之徐阶序中所列，添加了费宏曾孙华、玄孙振畿、冢孙如郊三人。据《鹅湖横林费氏宗谱》，费华生于嘉靖二十六年，成书的三十四年时才8岁，不太可能参与该书的校阅。费振畿更是生于万历十年，费如郊生于万历三十三年，均在此书刊刻几十年之后。丛刊本之所以载有此"较阅世系"，应该是此书在刊刻几十年后，又经费华等较阅，故推原这是两个不同的藏本。且续修四库本卷首有藏书者手写藏书记一则，丛刊本卷首所列则为一篇作者小传；续修四库本中多处有藏书印，丛刊本则无；丛刊本又在正文后添加了附录两则，即李时所撰费宏《神道碑》及夏言所撰费宏《墓志铭》，而续修四库本均无；续修四库本正文中串页、衍文较多，丛刊本则缺文、错字较多，所幸的是，续修四库本中的串页在丛刊本中均顺畅有序，丛刊本中的缺文在续修四库本中亦多不缺。由此可见，两书虽同原于嘉靖三十四年刻本，但所据藏本原有差异，再加之续修四库本在出版时是照原样影印；丛刊本则可能在重刊时对原版做了一番整理，虽原文中的串页、衍文得以调整理顺，但却出现了缺文、错字增多的状况，抑或整理者所用的藏本问题较多，且所掌握的校对资料不足，故对原文中漫漶不清或破损之处缺乏周到的补充和校正。尽管如此，这两个本子在点校中的互补作用还是较为理想的。

崇祯本只选录了七卷，内容比原书大为减少，些许地方且有差异；不过比二十卷本刊印晚百年，字迹较为清晰，且错讹较少，对本书的点校亦起到了不错的补充作用。

囿于笔者目前所掌握的资料未能周全，点校中诸如费宏为其小女所作《亡女江妇墓志铭》中的阙文等问题尚未得到解决，不免留下一些遗憾。更加之笔者学力不足，水平有限，点校中难免有不当之处，敬请读者不吝赐教。

2020 年秋于孝友堂

序

《费文宪法公摘稿》二十卷，凡为诗四百五首，文四百四十篇。公伯子礼部郎中懋贤之所录，仲子尚宝卿懋良、嗣孙官生延之之所校，而巡按江西侍御吴君遵之所刻也。

昔岁癸未，阶滥出公之门，公[1]尝诏之曰："文章可以观人。其文如长江大河，则其人必能有所容受承载。若如溪涧之流，虽其清可以鉴，然而为用微矣。"阶谨再拜识之，退而考公之文，出入经传，平正弘博，无一不如其言。又退而观公之为人，其度廓乎有容，其气象浑厚惇大，足以任天下之重，又无一不如其文。于是始悟为文之法，而窃自幸独获闻公之教，庶几有所成就，以无忝于门之[2]士。然又尝疑之。自汉以降，士以文章名家者，莫过于韩、柳、欧、苏。四子之中，柳文差伤于峭薄，而其行与业，柳亦在第四。以是质公之言，可谓信矣。然柳子者翘然负秀出之资，其所自待，宜不甘于人下。而顾三子之不能及，此必有物以蔽之。公于人品、文章，兼有其盛，此必有以为之本者。于时阶既未能叩，而公亦不以告，岂其自得之妙不容轻授，姑发其端而使阶深思而自识之欤？

今去癸未余三十年，公已不可复作。而阶亦向老。进修弗力，无以副公之教，惕焉不宁于心，然不敢以身之不肖，使公之言没而弗传也。刻成，因论次所闻，而并及所未能叩者，以告后之君子相与思焉。

公历官至少师、华盖殿大学士。卒赠太保，谥文宪，故稿以"文宪"名。吴君能为文，有古行，故其刻是稿在公卒之后，又以板归尚宝，藏于公之祠。

嘉靖乙卯季春望日，赐进士及第光禄大夫柱国少保兼太子太傅礼部尚书武英殿大学士知制诰、门人华亭徐阶序。

【校勘记】

（1）公　崇祯本作"人"。

（2）之　崇祯本作"下"。

【较阅世系】[1]

嘉靖丙戌进士	男懋贤
尚宝司卿	男懋良

太仆寺寺丞　　　　　　　　　　　　　　　　　　　　　　孙延之

礼部主事　　　　　　　　　　　　　　　　　　　　　　　曾孙　华

廪膳生员　　　　　　　　　　　　　　　　　　　　　　　玄孙振畿

以翊戴恩应荫世袭锦衣卫正千户生员　　　　　　　　　　　冢孙如郊

【校勘记】

（1）本版所列"较阅世系"，底本所无，此据丛刊本增。

目 录

卷 之 一

卷　之　二

卷　之　三

卷 之 四

卷 之 五

卷 之 六

卷 之 七

卷 之 八

卷 之 九

卷 之 十

卷之十一

卷之十二

卷之十三

卷之十四

卷之十五

卷之十六

卷之十七

卷之十八

卷之十九

卷之二十

【校勘记】

（1）寿岳母张太夫人赋　底本、丛刊本目录皆脱，据正文补。

（2）赋得佛郎机　底本、丛刊本目录皆脱，据正文补。

（3）周　底本、丛刊本目录皆脱，据正文补。

（4）周　底本字不清，丛刊本作"间"，据《鹅湖横林费氏宗谱》改。

（5）石淙辞　底本、丛刊本目录皆脱，据正文补。

（6）兰当门　底本、丛刊本目录字皆不清，据正文补。

（7）山水　底本、丛刊本目录皆作"昌水"，据正文改。

（8）分题得碧藕　底本、丛刊本目录皆脱，据正文补。

（9）既去以诗追之　底本、丛刊本目录皆脱，据正文补。

（10）致仕　底本、丛刊本目录皆脱，据正文补。

（11）谢　底本、丛刊本目录皆作"送"，据正文改。

（12）寿孙母王太夫人七言长律　有引　底本、丛刊本目录皆脱，据正文补。

（13）群仙献寿图贺岳母张太夫人　底本、丛刊本目录皆脱，据正文补。

（14）和宁庵韵　六言四句　底本、丛刊本目录皆脱，据正文补。

（15）送大参张廷式之山东　底本、丛刊本目录皆脱，据正文补。

（16）卧游册子六绝　底本、丛刊本目录皆作"六首"，据正文改。

（17）送李御史巡按陕西　底本、丛刊本目录皆脱，据正文补。

（18）一首　底本、丛刊本目录皆脱，据正文补。

（19）张祐　底本、丛刊本目录、正文均作"张祐"，据《鹅湖横林费氏宗谱》改。

（20）安南　底本、丛刊本目录皆作"南安"，据正文改。

（21）共二首,附五言绝句二首　底本、丛刊本目录皆作"四首"，据正文改。

（22）正月初九日　底本、丛刊本目录皆脱，据正文补。

（23）用太宰邃庵韵二首　底本、丛刊本目录皆脱，据正文补。

（24）十二月二十五日　底本、丛刊本目录皆脱，据正文补。

（25）十一日午后　底本、丛刊本目录皆脱，据正文补。

（26）赠姚翁廷佐韵二首　底本、丛刊本目录皆脱，据正文补。

（27）九月十五日　底本、丛刊本目录皆脱，据正文补。

（28）在陇西壁上　底本、丛刊本目录皆脱，据正文补。

（29）一首　底本、丛刊本目录皆脱，据正文补。

（30）一首　底本、丛刊本目录皆脱，据正文补。

（31）奉西涯翁初韵　底本、丛刊本目录皆脱，据正文补。

（32）用王礼侍思献韵　底本、丛刊本目录皆脱，据正文补。

（33）用弋阳令杨云凤韵三首　底本、丛刊本目录皆脱，据正文补。

（34）次吴太守肃威韵　底本、丛刊本目录皆脱，据正文补。

（35）十一月二十六日　底本、丛刊本目录皆脱，据正文补。

（36）君　底本、丛刊本目录皆脱，据正文补。

（37）卜　底本、丛刊本目录皆作"下"，据正文改。

（38）中庸曰　底本、丛刊本目录皆脱，据正文补。

（39）邢　底本、丛刊本目录皆作"刑"，据正文改。

（40）务　底本、丛刊本目录字不清，据正文补。

（41）远　底本、丛刊本目录皆作"送"，据正文改。

（42）宪金　底本目录作"金宪"，丛刊本目录作"忿宪"，正文作"宪金"。

（43）送京卫副千户菊轩孙侯悦吉归德兴序　底本、丛刊本目录皆脱，据正文补。

（44）守　丛刊本目录作"中"。

（45）吴　底本、丛刊本目录皆作"英"，据正文改。

（46）仕　丛刊本目录作"什"。

（47）太　丛刊本目录作"天"，底本目录作"大"，据正文改。

（48）清之　正文作"靖之"。

（49）尝　底本、丛刊本目录皆作"常"，据正文改。

（50）州　据正文，疑为"洲"之误。

（51）少傅　底本、丛刊本目录皆作"少博"，据正文改。

（52）太傅　底本、丛刊本目录皆作"太保"，据正文改。

（53）答王伯安书　丛刊本此篇标题及正文前部均脱。

（54）配　丛刊本目录作"记"。

（55）苏人号杏庄　底本、丛刊本目录皆脱，据正文补。

（56）二府石洲乃尊也　底本、丛刊本目录皆脱，据正文补。

（57）司　底本、丛刊本目录字不清，据正文补。

（58）员外郎　底本、丛刊本目录字不清，据正文补。

（59）右都御史　底本、丛刊本目录皆作"右副都御史"，据正文改。

（60）人　丛刊本作"德"。

（61）光禄大夫柱国少保兼太子太傅户部尚书谨身殿大学士赠太傅谥文正木斋谢公神道碑铭　底本、丛刊本目录皆脱，据正文补。

（62）神道碑铭　底本字不清，据丛刊本及正文补。

（63）正　底本、丛刊本目录字皆不清，据正文补。

（64）丛刊本目录此下有"附录：墓志铭计六叶、神道碑计六叶"。

赋 类

大雅堂赋

　　大雅堂在鄱阳城北，今京尹胡公大声五世祖叔仪之所筑，而其题篆则中书左丞雪坡周公伯琦之手笔也。

　　叔仪之父振祖，当元之季，散家财、募乡兵以捍群盗，从元帅韩邦彦克复郡城，累功擢饶州路判。未几邦彦没，盗复来犯，金院合迷弗能守，出次浮梁。振祖挈家从之，将勉图后功焉。会与邻境他寇遇，相持兼旬，战数勿利，马蹶为所获。义弗降，佯索酒相与酗饮，伺其懈，犹手刃数人乃死，盖至正丙申岁也。时振祖年仅三十有三，叔仪才九龄耳。叔仪之母赵，携孤儿间关万状，始得还故乡，依外氏养姑教子，保有完节。君子谓振祖之为臣，赵之为妇，其死其生，各得其正，斯"大雅"之所由名也。

　　入国朝，叔仪以孝廉尹庆元，其后若永福令奎，成都通守元和，皆能趾美续闻，以无忝于斯堂者。而京尹含忠履洁，素表愈伟。呜呼！天于忠节之报，又岂有僭爽也哉？世之钜人魁士，所以发名堂之义者尽矣。京尹谓予不可无言，予因述短赋以复之。盖秉彝好德，自有不能已焉者尔。赋曰：

　　粤生人之有德兮，各禀受于穹苍。藐中处面无报兮，曰能植夫纲常。情或肆而不检兮，性乃汩而伦亡。羌高都而浓縓兮，入台省其扬扬。宜忠贞以永矢兮，阅百炼逾刚。顾顽钝而无耻兮，类失守于苍黄。道四历而卒于周兮，总三仕而始于梁。丁公受戮于汉祖兮，苏威见斥于唐皇。彼金酉之南寇兮，犹怪夫节士之无双。慨胡元之乱华兮，溃礼俗之大防。非民彝之不可泯兮，将胥入于犬羊。当风尘之澒洞兮，沸四海其如汤。或玩寇以为资兮，或风靡而先降。苟赤心以殉国兮，复诟之为痴狂。伟胡公之特立兮，愤逆竖之助勤。纠义旋而从征兮，思尽瘁于夫天狼。矢剡蒿而苴继兮，马旋泞而非良。岂不知狂澜之冲决兮，非捧土之能当。业已食人之粟兮，又谊笃于维桑。力弗支而殒首兮，固烈士之不忘。脱苟活于斯须兮，亦石火之流光。惟致命而遂志兮，庶令闻之延长。近希踪于信国兮，远袭美于睢阳。使其遭时而结主兮，必能直道以经邦。耻波臮之氾氾兮，效天骥之昂昂。谅平生之意气兮，已孚感于闺房。忍鬈迎而矢复兮，已久涤矢红妆。甘百罹以全孤兮，幸不坠于宗祊。完无瑕之夜璧兮，凛争严于秋霜。仰之山之嵯峨[1]兮，俯鄱水之汪洋。中岿然而独存兮，有数仞之高堂，揭"大雅"之华扁兮，盖历久而弥彰。世歌哭于其间兮，宜后嗣之蕃昌。报以久而后定兮，孰疑天难必而茫茫。述斯文以吊公兮，沾余襟之浪浪。

绿竹堂赋

　　封翰林编修姑苏陈公朝用，好古有志节。舍旁植竹可三亩，水引之若矩焉。结茅其间，读书教子，因以"竹坡"自号。今春坊右赞善子雨，其仲子也，承义方之训，文学性行卓然有闻。尝忤于权奸，勒停家居。会朝廷更化，乃得赐环晋秩。先是，竹且苐，已夷其壤而屋之矣。根移旁隙，郁然复为茂林。人事物类，若有冥会焉者。岂非公好修守约，辛勤植立之报邪？公语赞善君，宜名其堂为"绿竹"。义存交儆，不以安而肆、老而衰，其年与德且将追卫武而并之。仲春望日，公初度之辰也，于是春秋始七十。赞善君限于官守，未能似弟俙称觞膝下。持绿竹摘古五言诗为题凡百，乞词赋，归以寿公，而堂则属予赋。予嘉公之贤，而乐赞善君之孝，不容让也。其词曰：

　　走长沙之坡陀，渺震泽之渟蓄。得数亩之名园，见一林之修竹。子母兮相依，雄雌兮并育。根引兮萌生，柯樆兮叶簇。行枝肃肃，类列营锐士之留屯；儿立森森，岂累世富人之聚族。隐约兮潇湘之浦，依稀乎篔簹之谷。势拂云乎高青，色印波兮净绿。彼美封君，于焉卜筑。大榜悬楣，尘编积屋。如苞兮落以《斯干》，如簀兮取诸《淇澳》。盖有慕乎睿圣武公之芳躅也。嗟乎，人与物接，情随景触。意安于所适，心乱于可欲。若茂叔之爱莲，灵均之颂桔。以气味之相投，乃缔盟而自勖。苟不能深识此君之贤，而欲度以小人之腹。则渭川以亩而等侯，秦地以海而称陆。匪竹之荣，而祇贻之辱矣。若乃溪逸肩随，林贤膝促。逶移家之有癖，喜开轩而疗俗。煨冬苴而饱清馋，扫午阴而忘暑溽。褰衣踏琐碎之金，解带围圆匀之玉，是亦玩华而为目也。乐其外洁中虚，韵高质美，独立不惧，群居不倚。挺英标以抗秋严，凛正色而惭春媚。确乎有不夺之节，浩乎有至刚之气。固前哲所以比德而咏歌，今日所以名堂而砥砺也。是父是子，有之似之。籋龙奋兮霄汉，巢凤鸣兮天池。截筒兮制律，炙简兮摘辞。有斐之文，思以经纬乎天地；至和之音，思以感格乎神祇。皆斯堂之妙用，繇培养其根柢。若作室兮肯构，与过庭兮闻诗。观惟隅之抑抑，瞻彼竹之猗猗。中无忘于儆戒，外必慎于威仪。矢风节之永固，即霜筠以为师。汉庭颂孝，陆疏标慈。信天人之默契，岂草木之无知。不然，何零落者复荣于既瘁，而檀栾者愈茂于重移？望竹坡兮何许，幸桂芳兮有儿。名显扬兮伊始，训周旋兮无违。志意兮孔乐，耄耋兮可期。然则奚羡乎杖鸠之赐，而笙鹤之骑邪？

儿齿赋

　　封太孺人范氏，今翰林院编修兼太子校书京口靳君充道之母也，相赠编修府君为温州经历，以廉能闻。年四十有七，始生充道，复教之为名儒、为良吏，而食其禄，兹春秋九九矣。聪明不衰，齿落复出。《记》云："齿亦龄也。"故《鲁颂》以儿齿为有寿之祥。今于太孺人见之，岂非其笃于仁慈，有以致之欤？宏忝充道同寅，视太孺人犹吾母也，喜贺无已，因作《儿齿赋》。词曰：

润有寿母，疑其女仙。颜还童而孔渥，骨既老而弥坚。忽坠齿之复出，补旧鳞而浑全。状瓠犀兮乍剖，象海贝兮初编。虽小大兮不一，及新旧兮相连。类垂髫兮始乱，俾大耋兮疑年。匪今兹之创见，谓昔者为虚传。尔其就禄于子，荷宠于天。潘舆在御，颖肉陈前。夕膳洗腆，晨羞吉蠲。食列五鼎，箸下万钱。鱼分鲤鳟，豕别猏豣。江瑶海错，或草或鱼。肉瞿草食，或芎或膻。圃甲雨剪，林实霜悬。土英木华，或撷或搴。溪毛石耳，或撴或圆。固乾濡之罔择，亦冷热之皆便。知观颐之甚吉，于噬肺以何艰。衰老韩公，叹语讹而嚼废。耄哉唐姬，赖乳饮而喘延。视阿母之多祉，瞠处后而莫先。右麻姑而挹袂，左王母而拍肩。求兹事于今古，得一二于万千。岂受秘于鸿宝，尝究志于羊鞭。散金砂于五内，蟠龙虎于三田。敦知惟仁则寿，斯理必然。仁哉阿母，温惠静专。相移天于绿鬓，依郡幕之红莲。务抚摩于寒饿，惭醉饱于醲鲜。当及瓜而受代，竟垂橐而言还。蔗倒尝而味永，珠晚出而渊妍。覆不资于一瓦，教必至于三迁。空队鱼之聚戏，蔼雏凤之孤骞。感荣恩之奕奕，勉移孝以拳拳。报称施而自厚，数寓理其奚偏。若乃考其瑞应，又有可言：于国也兆生齿之日盛，于家也卜稚齿之重添。惟勋华之建极，拓寿域于纮埏。矧于闵之顾养，志不懈而深虔。宜年龄之无极，并高山与长川。烂悬门之锦帨，送载酒之玉船。愿岁岁兮兹辰，预歌舞乎玉筵。盖将见云仍之绕膝，岂但含饴以抚弄乎曾玄。

竹岩赋

故河南左布政使程公用也，以竹岩自号，取其所乐者也。而其心志节操，实与竹类，且写竹逼真。位不满德，委祉遗胤。今大参君时昭，侍御君时言，文与行皆世其家，远到大受，以究公之志业可前必矣。予久辱大参君之知，且与时言有场屋之雅。欲永公之传也，乃为作《竹岩赋》。其词曰：

前崇冈之迤逦兮，后峻岭之巉巉。屹巨石之孤耸兮，立万仞之积铁。旁萦纡而带径兮，中谽谺而成穴。宜谷耕而隐郑兮，兼野筑而栖说。岂神剜而鬼凿兮，乃天造而地设。相阳崖而阴壑兮，蓊草树之荫翳。叶音咽。或待春而始荣兮，或望秋而早折。曾日月之几何兮，炫纷华于瞬瞥。独丛筸之秀发兮，贯四时而一节。气飘飘而凌云兮，筠青青而傲雪。陋俗夫之顽懦兮，类正士之高洁。伟伊、洛之苗裔兮，实新安之俊杰。知此君之可友兮，身岩居以相结。心契合而无间兮，如松茂而柏悦。尔其因时培植，抚景盘桓。宁忘肉味，屡阅岁寒。验夜气于息长兮，劳日讯于平安。听风韵之潇潇兮，玩月影之檀栾。试新围于罄带兮，刻秀句于琅玕。惟胶漆之久存兮，岂异好之能干。若乃净拂鹅溪，闲挥免颖；意适神恬，心得手应。假墨君之面目兮，发胸次之高兴。简或止数竿兮，繁或至于千挺。分彭城之流派兮，入洋州之蹊径。匪求工以致饰兮，聊写情而养性。爰离疏而释屩兮，遂腾茂而蜚英。知行检之为重兮，见物诱之为轻。虽襮顺而里方兮，蕲不忝乎斯名。却幕府之厚馈兮，已蚤著夫廉声。辞礼闱之聘币兮，亟见重于宗卿。久敭历于中外兮，需膏泽于民生。名与岩而并峻兮，节与竹而俱贞。然而年未满于百龄兮，位未跻于三事。岂天道之偶乖兮，抑为善之难恃。留未食之余报兮，乃大发于其子。占竹苞之芳茂兮，即《斯干》之兄弟。登岩廊而竟爽兮，嗣德音而不替。彼廷槐之手植兮，亦取必于来世。矧孙枝之森立兮，又武绳而美济。蔼芳誉之永垂兮，疑美人之未逝。辞曰：有斐君子，在淇澳兮。诗人美德，托修竹兮。嗟嗟元侯，蹑芳躅兮。持心操节，异流俗兮。千古斯名，照岩谷兮。

赐同游西苑赋

　　皇上御极之十有四年，秋八月望后二日，圣驾出游西苑，遣司礼监官韦霶召臣宏与臣时从。至无逸殿，皇上御东翼室赐见，谕以暇豫同游之意，遂命遍观殿宇亭榭。臣得伏诵皇考恭睿渊仁宽穆纯圣献皇帝所作《农家忙》律诗，及皇上所题《豳风图》长句与左右二碑。再赐入见，谕以尽心匡辅，有见必陈，拳拳以荐进贤才、民生边事为急。又谓每岁奉慈宫出游西海，但行路祭之礼，为弗敬，命臣等诣北闸口相地立祠。赐对久之，命赐酒馔。既辞而出，又传命，令霶导臣等至清馥殿一游。因得遍观翠芬、锦芬二亭及花卉松竹。乃至北闸口涌玉亭，相立屋祀神之地。折北逶迤，循宫西垣，徐步而归。

　　臣顷年家居，侧闻无逸创殿、豳风构亭，仰见皇上留意诗书，知小民依于稼穑，而欲恤其艰难。一游一豫，惟省耕(2)省敛是务，以勤居逸，朝夕不忘。所以屏嗜欲，啬精神，而延长圣寿，固(3)在于此；所以施仁政、结民心、而巩固皇祚，亦在于此。诚万世太平之基，宗社生灵之幸也。顾远在山林，未亲睹其盛。今蒙恩复用，入朝未几，遂得被同游之宠，惬快睹之愿，实千载一时之遇，何其幸哉。谨撰赋一首，铺张其事。盖皇上之谦恭接下，仁惠爱民，比隆尧、舜，高出近代。臣总史事，当传万世，自不能已于言也。其词曰：

　　由禁门而西出兮，望崇崇之新宫。焕金榜之门悬兮，上辉映于层空。殿录《书》之《无逸》兮，亭为《诗》之《豳风》。本姬篆之肇昌兮，发至理于周公。惟王业之草昧兮，率肇迹于农功。知民依在稼穑兮，必轸念夫鳏穷。仰吾皇之明哲兮，蹑尧、舜之希踪。岂成王之可望兮，乃自抑而谦冲。取周公之训戒兮，独悯闵于村农。当八珍之前列兮，念民腹之未充。躬三推于帝籍兮，亩卦布而横踪。敛嘉谷于秋获兮，需御廪之常供。勖后妃以亲蚕兮，欲稍习于女红。缫柔丝以成帛兮，备祭服之纫缝。以乃勤而处逸兮，惟慎始而图终。属秋气之平分兮，日未昃而方中。忽銮舆之时迈兮，乘御天之飞龙。环太液而周游兮，度柳阴之垂虹。召微臣而同乐兮，曳委佩而景从。前黼座而造膝兮，听玉叶之雍雍。谕缔构之初意兮，令寓目于西东。荷慰谕之拳拳兮，勉匡辅而输忠。又纵观于别殿兮，步徙倚而从容。挹翠栏之芬郁兮，赏锦槛之芳丛。念微臣之与此兮，实千载之奇逢。愧天恩之难报兮，其何以仰副乎宸衷。祈雨旸之时若兮，庆岁事之屡丰。庶皇心宁而圣体健兮，荷百福之攸同。瞻前星之辉辉兮，协吉梦之罴熊。历年迈夏而逾周兮，岂但媲盛于三宗。

寿岳母张太夫人赋[4]

太夫[5]人张氏，为南京吏部尚书冰檗先生谥清简孙公之配，太学生晓、千户暲之母也。公敭历[6]中外，卓尔不淬，可与古之名卿颉颃下上。亦惟夫[7]与公合德，有相之道，能济登兹。其训晓及庠生映，以及于暲，遵公之教，勤学守礼，文与行能世其美。古有女宗夫人，可与匹休而无愧焉。今年寿跻八秩，耳聪目明，步履强健。四月二十五日，实其悬帨之辰。晓、暲率诸孙世光等罗拜膝下，戏彩称觞，上祝千岁寿。亲党交贺，欢声动间，可谓备百顺之福者矣。公以女妻宏，宏受公及夫人之爱实深，今不可见矣。幸夫人之寿犹公之寿，第愧无以发舒庆祝之诚，乃作《寿母赋》以献。其词曰：

瞻银峰兮嵯峨，与崧岳兮争崇。伟哲辅兮世出，实淑气兮攸钟。孙绍祖兮芳躅，名与位兮俱隆。焕台斗兮在望，追袁、杨兮侔踪。窗北堂兮深靓，蔼佳气兮郁葱。前慈竹兮檀栾，后谖草兮丰茸。结彩云于楼阁，纳祥飚于帘栊。爰有太母，作配名公。光膺翟茀，叠荷鸾封。年齿兮已耆，神完兮气充。容观秀整兮昂昂颙颙，礼仪卒度兮肃肃雍雍。雪飘飘兮两鬓，星炯炯兮双瞳。陋先零之弱寿，挺晚翠之贞松。尔其景值夏初，[8]帨悬门[9]右。日北陆而方长，卦应乾而用九。壮子稚孙，[10]竹森[11]兰茂。拂曙盥栉，登堂趋走。悦慈颜，介眉寿。歌南山，酌春酒。奉潘岳之安舆，翻老莱[12]之舞袖。几列五齐，尊储四酎。举□[13]取勺，跪而献斗。煎鸹烹鸨，炮羜脍牡。鼎臑迭进，铁以加豆。类瓜有枣，如船有藕。嘉果芳菹，青黄杂糅。钟鼓具陈，笙歌并奏；抗音高歌，欢声雷吼。红生面颒，辉映绮绣。襟怀怡愉，坐阅清画。茂族华姻，里妪邻叟。筐织纷纶以霞烂，贺车奔驰而辐辏。羡已福之罕俪，祝遐龄之罙久。若乃青鸟远集，玄鹤高翔。譬麻姑之麟脯，御王母之瑶觞。摘璠桃之再实，阅海尘之三扬。咽元和以疗渴，养沉潺以为粮。固将挹仙姝之袂而优游，泮涣同处于长生久视之乡矣。

人亦有言："福非幸至，庆以善积。"贤哉阿母，动遵内则。桃夭凤咏于宜家，枣栗克修乎妇职。相我清简，实媲厥德。食仅草具，服无侈饰。勤约之风，始终弗忒。公遭圣简，凤起虬升。外之则旬宣蜀、浙，绥抚汴、京，中更西秦，迄于南荆。

内之则初赞邦政，荐掌工、刑，秩宗典礼，太宰持衡。敭历诸藩，周旋六卿。师赵抃之简易，慕毛玠之公清。饮冰茹檗，腾茂蜚英。固好修而自立，亦由善助以相成。孰不施而有报，孰能谦而无益。获佑[14]于天，宜登寿域。将劬躬以训后，羌既老而犹绩。幸养志之多贤，能世守夫清白。期华皓之重玄，必永享乎休泽。逮孙曾之显融，尚屡膺夫宠锡。敢窃比于韦皋，独有惭于赏识。记子墨而摛辞，庶少鸣乎贺意。

赋得佛郎机　当入诗内

佛郎机，异铳之名也。王公伯安起兵讨宸濠时，林见素范锡为此铳，且手抄火药方，遣人遗之。伯安有诗记其事，邀予同赋。

谁将佛郎机，远寄豫章城？逆濠无君谋不轨，敌忾赖有王阳明。莆阳林见素，与公合忠诚。身虽家食心在国，恨不手刃除挺枪。火攻有策来赞勇，駃足百舍能兼程。洞濠之胸毁濠穴，见素之怒应征平。濠擒七日铳乃至，阳明发书双泪零。二颜在昔本兄弟，二老在今犹弟兄。吁嗟乎，世衰道愈降，嫉邪余愤常填膺。武安多取汉藩赂，贺兰不救睢阳兵。义殊蜂蚁有臣主，行类鬼蜮犹簪缨。吁嗟乎，阳明之功在社稷，见素之志如日星。臣欲死忠子死孝，讵肯蓄缩甘偷生。走与二老何敢望，朴忠自许为同盟。濠今渐尽无余毒，得随二老同安宁。闻兹奇事不忍默，特写数语寄吾情。

颂　类[15]

上[16]皇太后尊号颂

舜致孝而万国以宁，武达孝而四海以清。孝者，天之经，地之义，人之行。故以格则感鬼神之心，以化则为下土之表。诗曰："孝子不匮，永锡尔类。"又曰："永言孝思，孝思维则。"

惟我皇帝二十有三年夏四月，奉册宝尊上圣母徽号，报功德、参三才也。前此诏书示有司曰："二女嫔虞，帝德用彰。三母归周，王业攸隆。惟我圣母皇太后，凤以粹质，内助先皇。德协《关雎》，贤逾《樛木》。居则有脱簪之助，行则有辞辇之风。著壸范于六宫，表母仪于四海。家道以正，王猷有伦。天监厥衷，庆钟眇质。启迪勤劬，庶以一而识百；日月久照，用咸五而登三。矧于皇太子，遂含饴之欢，贻燕翼之计。厘以士女，国本深固。唐之文德，宋之宣仁，比德课功，曾何足齿？顾尊号未称，朕心慊焉。夫大德必享以鸿名，情文实存于旧典。惟一二执事，其率循而懋明之。幸今海宇砥砺，文教旁敷。期于继志，述事博施。备物表事天之敬，竭爱日之诚。百尔执事，闻诏戒具，质之圣典，协与师虞，佥谓德盛则言固难名，词简则美难遽数。惟我皇太后，母临赤县，质本天成，可谓圣矣。子育苍生，德惟坤厚，可谓慈矣。言不与政，动必循礼，仁也。静重有恒，贞吉无疆，寿也。宜上尊号曰'圣慈仁寿'。"

于是圣心忻然协于群议，爰命太史涓吉举事。先期类圆禋方，飨左祠右。祝以孝告神，神其格思。天子乃以丙午之旦，举玉趾而徐行，虚金根而弗御。虎贲前趋，鹓侣景从，步自法宫，至于长乐。祎[17]褕鞠展之重，厌安翠辇之车。烂其在望，照耀星日。上乃寅奉宝册，跻跻跄跄，称觞为寿，泄泄融融。天人和同，上下交庆。抗音嵩呼者，响振乎镛鼓；顿足兽舞者，影拂乎羽旄。戊申，上乃被衮冕，御明堂，翔鸡树竿，队凤宣制。溥大德，扩洪恩，包海宇于度内，运天下于掌上。敦叙公族，而饥寒者恤其私，婚姻者助其费；存问高年，而有德者荣其身，单丁者复其家。体群吏则阤爵以优其亲，矜旧臣则赐级以优其老。开省视之期，本人情也；申[18]节孝之制，励风俗也。吏士民兵，节之而不尽其力；鳏寡缧黄，处之而各全其生。所谓亲以及[19]亲，乐不独乐。幽室尽晓，枯条遍春，行者途歌，坐者室庆。[20]九族以叙而愿祝，诸藩以职而来贺。兹礼也，其千载[21]之旷仪，而臣工之仅睹者欤。

臣闻孝者万善之本，[22]故尊亲则禄位名寿之必得，立爱则家邦四海之毕孚。以今观之，岂虚乎哉。昔东京元初间，和熹刘太后颇隆德政，刘毅上书安帝，欲令史官著《长乐宫[23]圣德颂》，以敷宣景耀，勒勋金石，崇烝烝之孝。况今兹之事，万万于昔。而臣官忝太史，敢惜辞费，使《思齐》《下武》之雅擅美于前乎？颂曰：

于惟圣母，天厚厥赋，[24]德窈窕兮。王假有家，占淑不假，理阴道兮。笃生圣躬，[25]时乘六龙，重离照兮。天锡之祚，多历年所，享寿考[26]兮。启迪至治，于今二纪，德丕冒兮。耀启前星，万国以贞，承宗庙兮。天子曰："嘻，惟予之施，民胥效兮。圣母之德，昊天罔极，嗟未报兮。咨尔缙绅，旧典是循，定尊号兮。必合于经，必称于情，崇大孝兮。"圣躬虔止，劳心曲体，上册宝兮。爰溥皇恩，被及斯民，涣温诏兮。《行苇》之诗，燕缟之衣，及人之老兮。不严而肃，不戒而服，从厥好兮。仁孝之心，歌舞之音，格穹昊兮。如日之升，如月之恒，愿天保兮。

词 类

奉制恭拟万寿节朝天宫设醮步虚词四首 嘉靖乙未年秋作[27]

圣诞属秋仲，嵩呼溢寰区。皇心感帝赉，仰企钧天居。仿佛古轩皇，探道崆峒墟。遥举遍八极，飚轮翼云舆。广成授真诀，玄妙惟清虚。凝神合元始，浮游入华胥。一气常细缊，万欲都屏除。无为物自化，四海皆娱嬉。遐算谁有极，永与苍穹俱。

圣孝一何切，劬劳念慈亲。欲报冈极恩，祈天属生辰。琳宫集羽士，玉简笺苍旻。青鸟忽翱翔，云旗遂纷纶。为报西王母，来宴瑶池津。袂挹萼绿华，肩差宋灵宾。芝盖翳紫凤，飚车驾青麟。遗言授金箓，永贮仙闱春。蟠桃屡结实，沧海频扬尘。[28]

灏气餐沆瀣，元神合鸿蒙。炼骨成真人，闲居蘂珠宫。高举凌倒景，潜行蹈虚空。悯世或下降，应祈著神功。吾皇契至道，精诚妙相通。锡胤有佳兆，吉梦占维熊。斗枢烁绕电，华渚凝流虹。伫看备鹤驾，问寝龙楼东。两离既明照，令绪传无穷。

汉文除秘祝，万古鸿名传。况我圣天子，上与尧、舜肩。至仁覆海宇，一念恒拳拳。祈天锡百福，必欲均纮埏。高真见精诚，呼召蓬瀛仙。乘鸾曳飞霞，琼佩来翩翩。风伯净氛祲，雨师沺桑田。欲使区中人，生遂无颠连。秋报庆属丰，圣寿千万年。

再拟步虚词五言八句四首

内照存真气，中虚保谷神。阳纯能固蒂，丹熟可轻身。遥集青云表，时游碧海津。永无尘世累，驾凤复鞭麟。

炼得形神妙，看看玉骨轻。刚风生两腋，平步历三清。阙下遗凫舄，山头过鹤笙。尘寰应厌住，仙籍已书名。

羽化能轻举，因时赋远游。先驱腾白虎，后乘拥玄虬。飞步凌三岛，周行遍十洲。旧乡何处是，云气护丹丘。

冉冉辞玄圃，飘飘谒紫微。云随千岁鹤，风扬五铢衣。激电令摇帜，餐霞可疗饥。朱陵有真府，游倦复还归。

秋香玉兔词寿周公仪母太宜人

沉寥兮天高，爽气兮秋多。夜未央兮月吐，前望舒兮逶迤。玉斧兮初捐，兀琼楼兮嵯峨。露满兮桂树，花发兮柔柯。顾兔兮在下，色如玉兮瑳瑳。捣灵药兮欲就，服刀圭兮已沉疴。寿母坐兮秋堂，恍疑见兮姮娥。玉颜顾兮如昨，云发委兮微皤。招群仙兮宴饮，鼓坎坎兮鸣鼍。放童队兮短舞，选从伶兮长歌。歌声发兮悠扬，舞袖举兮婆娑。馔更进兮麟脯，酒频泛兮金波。母既醉兮犹觞，羌独乐兮奈何。嘉桂子兮双茂，进联翩兮鸣珂，鸾回翔兮封诰，鹤盘舞兮香罗。老景憺兮无忧，慈颜蔼兮春和。看卿月兮渐著，沐圣泽兮滂沱。见铜狄兮□□，□□[29]四兮摩挲。固德盛兮报宜丰，知上帝兮无私阿。

荣感词 有序

程君廷臣为水部主事，三年以绩最，蒙恩推赠厥考道渊甫如其官，妣郑氏为安人。廷臣捧诵荣命，追思鞠育成就之恩，感慨悲泣，久不能忘。兹复备述遗德，假缙绅相知者为诗歌，以致其哀思。宏与廷臣有瓜葛，且同年进士也，乃为《荣感词》云。词曰：

有美君子兮山之中，心游古兮迹寄于农。圃蔬兮亩稼，初约兮终充。幼孤兮养不逮，恨祭荐兮徒丰。悦所恃兮以老，瘁其力兮妩容。仁泽溢兮三族，余波及兮四穷。淑彼媲兮克相，身料理兮弗倦。助宾祀兮恒恭，善积兮庆衍。发我后兮敛于其躬。有子兮克肖，移孝兮为忠，厥绩懋兮升闻，推所由生兮锡恩封。慨音尘兮日远，怅荣宠兮迟逢。见慈乌兮反哺，听老树兮号风。寸心兮割裂，双泪兮横纵。创钜兮痛深，欲一鸣兮无从。述潜德兮缕缕，假新词兮致哀悰。有德不朽兮有子不死，噫，其瞑目兮幽宫。

临江仙 立春和韵

春气柔和才满面，少时流布人间。貂裘兽炭渐应闲。河冰消软玉，山色拥去鬟。物到春来都自好，莺娇柳皲花殷。江南候□亦□还。三才天地我，生意□□□。[30]

醉蓬莱 贺吴克温先生尊翁寿[31]

羡沧州吏隐，敕受冰衔，[32]养高尘外。鬓雪皤然，却韶颜犹在。十亩名园，老椿慈竹，桂香秋蔼。[33]甲子无端，年今几许，说方疑亥。　　遥望高堂，寿觞初举，酒似流淮，枣如瓜大。花岛楼居，有众仙来会。共贺尊名，已书金阙，看海田频改，上界郎，[34]收身卿相，犹堪戏采。

过秦楼为族人作贺欧阳举人

恭惟尊亲欧阳先生，春秋鼎盛，才质高明，荷锄经畲，素有大志。掉鞅文苑，早饮香名。虽和璞之三献，昔负屈称；而邻林之一枝，今偿凤愿。光生桑梓，水若增而秀，山若增而奇。喜溢葭莩，强者悦于言，懦者悦于色。某叨光犹切，助喜弥深。爰奉小词一阕，用引贺忱，伏惟电览，幸甚。

永叔渊源，夏侯经学，少年胸罗今古。笔阵蚕声，文场蚁战，共拟穿杨百步。仙籍播桂香浮，琬琰镌名，争先快睹。羡芹泮生奇，鹅湖增翠，大家欢舞。　　始信道，韩子焚膏，范公画粥，富贵必从勤苦。白袍染柳，绿鬓簪花，谩说儒冠多误。从此飞腾看取，骥脱盐车，鸿升云路。更进起家声，春榜早题龙虎。

菩萨蛮用东坡韵　偶阅东坡墨刻有菩萨蛮一词用韵戏作

谁道归来，门堪罗雀，不似麟阁巍峨。古人曾说，安乐值钱多。况是天恩浩荡，无拘束，任汝狂歌。荆溪上，园亭买就，种橘学东坡。　　湖光千顷，似平铺素练，乱掷鱼梭。堪着我扁舟，稳泛鸥波。却忆从前富贵，真个是、一枕南柯。功名梦，如今懒做，夜覆喜渔蓑。

水龙吟寿岳母士斋濮老夫人

旧传谢女能文，阿婆又是天孙手。何须乞巧，等闲拈笔，篇篇锦绣。霜后松枝，雪中萱草，声华似旧。算女流干局，才名可比，奇男子，真希有。　　莫叹老天难必，待少定、孙枝再茂。善门余庆，书香种子，堪娱白首。喜此重来，甥孙绕膝，称觞为寿。愿年强健，[35]常如今日，满斟春酒。

水龙吟送太宗伯松露周公致仕

伏以进礼退义，贤哲之高风；优老隆贤，朝廷之盛典。始终无恨，今古为难。恭惟官保太宗伯松露周老先生，体兼众器，望重四朝。温国闲居，肯负匡时之志；潞公再驾，未忘报国之忠。行止随时，卷舒《道。顾心疲而力倦，复抗疏以陈情。国人重惜夫老成之归，天子愍劳以官职之事，褒书温厚，赐予优崇。士林啧啧，共瞻鸾鹄之高翔；寮属依依，尤念嵩高之失倚。祖筵初袚，短阕载陈，伏惟电览，幸甚。

承恩暂起还归去，正似浮云出岫。保完堂上，天书两纸，锦衣如旧。绿野行藏，赤松伴侣，今无古有。青门别意真堪画，谁是当时妙手？[36]　　共羡英雄回首，类神仙、行圆功就。云霄步武，彝常勋业，鲁公在后。从此身轻，优游晚景，倍增眉寿。想老臣倘有，惓惓忠爱，难忘畎亩。

贺太守朱亨之考满彩帐文代郡僚作　丙子正月作

伏以郡守为吏民之本，宜得循良；宪臣居耳目之司，必先激励。苟荐举不违于众论，则风声可动乎百僚。治化所关，民生攸赖。故汉宣有言，莫重于式千石；而班史所纪，不越乎五六人。恭惟郡伯甓湖朱先生，风神玉粹，德器春温。学古通今，蚤发身于甲第；循资佐郡，继试政于刑名。雷电体皆至之丰，冰蘖励不移之操。乃迁郎署，乃陟台端。志在澄清，屡发登车之叹；材须牧养，适丁佩犊之时。焦心于盗警之祛除，专意于民劳之休息。甫及三年之久，秩然百废之兴。讼理赋均，叹息不闻于田里；民怀吏畏，歌颂已满于闾阎。嘉绩甚多，华旌交下。霄昂螯耸，蔚公望之端倪；云会风期，需皇恩之优渥。岂但光膺于鹗荐，即看荣被于龙章。名实允孚，士民胥庆。赐金增秩，应入补于公卿；截镫攀辕，殆难忘于父母。况谊孚于僚友，若好笃于弟兄。来贡一言，用扬众美。殆以山林逸老，或饫听于民谣；田野公言，可仰俾于史赞。骍朦自幸，辞让未能。僭制荒词，俯陈贺悃。伏惟电瞩，幸甚。词曰：

神明太守，是天上福星，人间慈母。山岳威棱，冰霜节操，不愧乘骢衣绣。阖郡同声赞颂，使者交章驰奏，尽说道，似汉庭循吏，如今稀有。　　非久恩诏下，选补公卿，章佩黄金纽。台斗声华，鼎彝勋业，看取蚩英腾茂。僚友惟知恭蔺，父老犹思借寇。迩今日，持一杯春酒，与公为寿。

满庭芳送节推东美严先生考绩

伏以吏课最严，居是官则尽是职；舆情难协，无其实岂有其名。恭惟大察推东美严先生，器宇恢弘，才猷卓荦。囊萤映雪，早笃志于书林；起凤腾蛟，久蜚英于艺苑。虽云霄锻翮，命与时乖；而文字充肠，德偕年进。士经指授，或芥拾于科名；人有冤称，独镜看于勋业。吴钩不蚀，终腾射斗之光；楚璞在怀，必吐为虹之气。晚登仕版，简授郡僚。食蘖饮冰，不改平生之操；嘘枯沃渴，常存泽物之心。有政事兼有文章，无诡随亦无矫激。允为儒吏，何愧贤科。宦海难凭，每有珠遗之惜；宪台多誉，且闻鹗荐之章。考绩维期，戒行就道。爱孚阖郡，欲卧辙以攀留；谊笃同官，共摻袪而缱绻。乃假词于野老，用代民谣；庶播美于天朝，不惭公论。

玉气为虹，剑光射斗，人豪未必摧藏。乘时效用，何愧甲科郎。三载黄堂赞理，盘错解，鞫谳精详。真堪拟，发硎霜刃，特达似圭璋。　　同官多逊美，谁优政体，又擅词章？看平津晚遇，鼛鼓霄昂。献绩如今北去，书上考、誉岩廊。冰溪上，难分别袂，极目送仙航。

西江月为杜县尹作送高主簿致仕

尝谓壮而仕，老而休，乃人生之常分；进以礼，退以义，实君子之大闲。故必仕，则忘其身；而知止，斯免于殆。

恭惟判簿高君，性禀刚方，心存坦亮，钦奉上命，来佐吾铅。才足以纠正簿书，志在于祛除奸蠹。论事慷慨，有燕、赵之遗风；守职廉勤，仰朱、程之芳躅。诚笃益孚于上下，操持罔间于初终。年虽及而精力未衰，识甚高而摛辞不已。征车欲发，归袂难留。某水某丘，寻童子钓游之旧；一觞一咏，畅晚年闲适之怀。可谓见几，庶乎拔俗。于□□主□笃同□□。(37)然赋别之怀勤(38)甚，赠言之请，为歌短阕，或增祖帗之华。用纳归装，更□□□□(39)喜。

归兴浓于山色，宦情薄似秋光。冥鸿□□(40)忽高翔，不受人间罗网。　　高士层轩犹在，邑人遗爱难忘。井陉北去路何长，回首鹅湖万丈。

水调歌头登严先生祠堂作

八月二十二日，张桐庐邀予登严先生祠堂，酌客星亭上，因次晦翁夫子水调歌头韵。

万古客星阁，高据此江山。夜来应有芒角，闪烁五云端。却笑羊裘老子，不屑攀龙附凤，终把一渔竿。何似磻溪史，肯载后车还。　　拟古狂狷，清绝俗，伯夷班。何须真拜谏议，始可济民艰。两语深忧鼎足，只欲怀仁辅义，已足砭痴顽。后有阿谀者，过此愧林峦。

水调歌头咏莲房

荷叶接天碧，菡萏映波红。谁知妙用含蓄，内有蕊珠宫。浑沌初分孔窍，胸次森罗星斗，神化杳难穷。花落子初结，莫恨雨兼风。　　柄高擎，瓤渐饱，味方浓。昆明池上露冷，愁杀杜陵翁。争似清时黄阁，共对盆池吟赏，诗景较从容。却笑《老饕赋》，茗碗策新功。

沁园春贺民悦侄领乡荐

圣朝取士，以四仲而开科；我祖诒谋，用一经而启后。父子孙传衣于三世，酉卯午领荐者九人。独子年未[41]有科名，在今日又添盛事。惟我民悦春元贤侄，天资颖异，学力精专。雪案萤窗，每潜心于经籍；词源笔陈，久驰誉于文场。士类让其先登，父兄倚为后继。屈称屡负，素志乃酬。萍野鹿鸣，乐嘉宾之在宴；梧冈凤起，庆吉士之登庸。振起家声，延绵世泽。老椿丛桂，拟窦氏之流芳；玉树芝兰，并谢阶之挺秀。山川增重，闾里生辉。二阮同游，更补丑科之捷；双亲未老，即看封诰之颁。缀缉词腔，发舒嘉气。

几度槐黄，大家准拟，虎榜题名。喜一枝丹桂，先期入梦；燕山老树，复吐秋英。竹所储祥，兰阶苗秀，奕世云梯接踵升。从前数，子午卯酉，科第相承。　　十年窗下书声，每夜对、韩膏三尺檠。叹楚璞难酬，昔曾三献；有人识玉，价重连城。鹏鸟博风，蛟龙得雨，此是青霄第一程。更明春，看花得意，平步登瀛。右调沁园春。

沁园春答夏桂洲公

夏桂洲作《沁园春》贺列桥卜筑，用韵答之。

堪叹浮生，不遇知音，笑口难开。正小庄新筑，高轩枉过；穿林度涧，不厌迂回。适意壶觞，忘形杖屦，相与班荆野水隈。会心处，又何须远慕，雁荡天台。

美人自是词魁，有谁似、驱山倒海才。看白玉诗歌，流传禁掖；宣公奏议，震动天阶。琐闼之中，有如公者，信矣黎民有利哉。归朝去，赖匡扶明主，载咏台莱。

沁园春答方金宪

方金宪思道用黄门公谨韵作词贺列桥新居，亦用韵答之。

投老人闲，幽栖地僻，草阁初开。爱草浅坡平，牛羊点缀；渚清沙白，鸥鹭飞回。有约诗翁，多情酒伴，啸傲山椒与涧隈。人尽贺、早归云壑，得谢公台。

谁为吟社之魁，有毛坞、仙人实异才。记豸绣行时，红英满径；兰桡泊处，绿水侵阶。彩笔频挥，芳词立就，吐气如虹亦壮哉。更何日，重临蓬荜，为设菇莱。

沁园春为严四府乃弟用声赋随可斋

流览人生，出处行藏，自合随宜。叹守钱奴虏，甘投祸阱；子官男子，竟蹈危机。日出事生，意长兴短，讵有安闲快乐时。伊谁悟，须流行坎止，与道推移。

可人惟可之随，早家食、能将孝友推。便长裾暂曳，非耽禄仕，扁舟稳泛，不要人知。夏葛冬裘，朝耕暮读，取适还临旧⁽⁴²⁾钓矶。教儿辈，更推明家学，止法宣尼。

念奴娇咏安庆张太守杨守备阻遏宁贼

宁王东下，要把那、龙虎江山占据。安庆城边，却被我、两个忠臣拦住。火箭空多，云梯枉设，贼死应无数。几番大败，痛哭相呼且去。　　闻是守备杨侯，协同张太守，一心防御。遮蔽江淮，功不让、往日睢阳张许。逆贼回舟，魂游江上，已心灰气沮。功劳如此，何人为达明主？

解连环哭巡抚孙公

奇才卓荦。自巡抚江西，不孤重托。谈世事，每蹙双眉，叹蔓草难图，妖氛甚恶。贺罢千秋，猛可里、风波大作。仗孤忠劲节，独障狂澜，宁甘鼎镬。

此心真无愧怍。想那正气如生，⁽⁴³⁾阴扶庙略。⁽⁴⁴⁾驱厉鬼、誓杀奸雄，看吴楚淮南，登时被缚。千里湖山，思惠政、人人落泪。只这死、羞杀奸谀，重于山岳。

水龙吟贺阳明公平宁贼

天生俊杰非凡，为时肯袖擎天手？胸藏兵甲，贼闻破胆，知名最旧。羽扇轻麾，逆巢忽破，遂擒乱首。非丹心许国，雄才盖世，当机会、能然否？　　北望每依南斗。捷书驰、夜同清昼。力扶社稷，此功岂比，寻常奔走。造阁图形，磨崖勒颂，临江醑酒。贺邦家、有此忠臣孝子，加南山寿。

满庭芳为里老贺杜侯望之平宁贼还

切以圣哲训存，有文事必有武备；君亲谊重，为孝子[45]必为忠臣。能勇则见义必为，有才则临事自著。恭惟县生社公，[46]性禀忠贞，心存正直。嘘枯沃暍，惠已洽于闾阎；是治危明，念每切于廊庙。顷缘宗藩不道，祸变忽生。怒发冲冠，誓捐躯而赴难；赤心呼众，期助顺以除凶。乃率义兵，往从主帅。扬旗西指声先振，而叛逆遂平；振旅东归大功成，而室家胥庆。惟兹僚寀，及我士民。击鼓荷戈，虽莫效先驱之力；赋诗醑酒，亦未忘助喜之私。敬制小词，用申下悃，惟电瞩幸甚。

鼓角喧天，旌旗耀日，问公此出何为？主忧臣辱，奔赴岂容迟。听取中流击楫，从湖东，直指江西。貔貅集，龙蛇阵布，枭獍尽诛夷。　　乾坤初整顿，凯歌喧闲，民物恬嬉。看壶浆夹道，争献新词。从此功名日盛，膺鹗荐、稳步鸿逵。朝廷上，还须忠直，重立太平基。

满江红为铅山县官贺周太守平宁贼还

伏以《春秋》大一统，诸侯必谨于尊王；《洪范》叙《九畴》，八政实终于锄乱。惟逆顺之从违既定，斯征讨之功业易成。

恭惟太府鲁轩周公，性秉忠贞，风裁清峻。绣衣持斧，久宣击断之威；画戟凝香，复播循良之誉。近缘宗室忽叛本朝，守在封疆，不负专城之托；望依霄汉，常悬捧日之心。乃奉鱼符，亲提虎旅。鼓角欢亮先声振，而首恶遂擒；油幕笑谈古语传，而群心胥快。惟兹属吏，幸睹成功。喜贺曷胜，惊疑顿释。铅山传远，待纪勤王之勋；磨盾摛词，窃效旋师之凯。伏惟电瞩，幸甚。

畴昔乌台，负重望、能文能武。勿听得、奸雄倡乱，妖言讪主。仗剑拟诛南浦蜃，弯弓欲射西山虎。霎时间，报道汉条侯，平吴楚。　　那元恶，如狐兔。那余党，如豚鼠。喜王师奏凯，民生安堵。洗甲倒倾河汉水，归旗半掩晴空雨。赏功时、准拟进官阶，加封户。

辞　类

石淙辞

石淙在滇南，今太宰邃庵杨公先世所居之地也。公自滇南徙巴陵，再徙丹徒，其藏修之所皆扁曰"石淙"，以示不忘。盖石淙之胜，因公而闻于缙绅、形于述作久矣。走不揣疏陋，乃为之辞。辞曰：

滇之涯，白石齿齿。滇之水，其流弥弥。汹素波兮东趋，屹苍厓兮中峙。势喷薄兮春撞，轰风霆兮震耳。忽山尽兮川平，见蘅皋兮演迤。江有离兮汀有芷，缨吾濯兮无尘，心吾澄兮如洗。写溪声兮朱弦，识高深兮所志。彼美人兮出于其间，实钟奇而肖异。渊有龙兮则灵，鹏处海兮或徙。赋拟兮远游，桂掉兮兰枻。眺君山而泛洞庭，登金焦而乱扬子。听广乐之希声，尝中泠之至味。为达人之大观，陋时俗之拘系。观水兮于澜，在川兮叹逝。著圣者之所存，固斯道之全体。惟动静之相须，必兼资乎仁智。因所遇而变生，悟为文之妙理。发绪余于笔端，亦雄深而巨丽。煅五色以补天，暖霄云而济世。乃举世之所期，繄美人之能事，著精光于浸润，去圭角于磨砺。愿揽结兮相从，望精庐兮伊迩。

歌行类

丹凤朝阳歌

神州有丹穴，凤鸟生其中。毛衣五色备，羽族乌能同。至和孕化不形禅，几千百载难遭逢。圣王临御四海治，穷荒绝域翔仁风。始从千仞一来下，翩跹戏舞多仪容。六龙扶日出海底，鲸呿鳌抃苍波红。晨光曦赫众阴伏，灵物奋起高冈桐。雄鸣雌和殷天地，锵如大吕谐黄钟。民生斯世一何幸，耳闻不觉形神融。古来此瑞仅一再，舜都蒲坂文王丰。端由圣贤巧遇合，庭拥旦奭联夔龙。朝阳君类凤臣类，阳德参会神灵钟。迩来间阔不复至，鲁叟欲见嗟无从。谁将鹦雀诳汉主，当时已自讥黄翁。高堂拭目忽心醉，笔端造化夸良工。方今天子舜文配，德化丕冒扶桑东。图中形似何足诧，巢阿会听鸣邕邕。池头载笔小臣职，准拟作颂尘重瞳。

新渠歌寿表叔祖陈二十丈

丈人本是经纶手，避俗逃名不轻售。庞老躬耕陇上禾，陶潜剩种南山豆。闲来爱读古人书，说义谈仁常在口。独将勤俭贻孙谋，前辈风流真笃厚。猫儿潭决乡人忧，相率以状闻于守。长材自合应时须，受符督役经时久。心知忠爱忘疲劳，出以黎明入恒西。公勤端可一众志，荷锸成云谁敢后。筑堤种柳绿成荫，引水灌田余万亩。田家嬉笑了耕耘，壁间龙骨生尘垢。丈人渐老堤渐坚，里闾年年歌大有。寿筵高映弧南开，欢极如儿得慈母。争持渠水当卮酒，上祝皇天下神后。吾侪何以报深恩，但愿遐龄等山阜。我歌此曲代民谣，浓墨生香笔如帚。秦时郑国汉白公，此誉古今同不朽。丈人听此应开颜，一饮须倾三百斗。

赠徐舜和醉歌

以银相酒斗赠徐舜和，随以醉歌，丙寅腊月念三日也。

寒威奰屃坚冰厚，一噱何由开冻口。惟应呼取高阳徒，日饮忘忧杜康酒。欲言更恐忤曹参，无事真堪效犀首。多情徐邈频中圣，好客苏翁屡谋妇。近来喜我能三蕉，数去烦公陈式缶。更长烛尽已横参，奴倦马疲犹被肘。欲将家酝助豪吞，索之白堕云乌有。徒藏饮器形模古，文外深中号称斗。中疑栗氏熔金锡，外类工人逢杞柳。极知雅称长鲸吸，投赠拟配持螯手。闲中一饮百篇成，诗兴谁甘谪仙后。还看元气归斟酌，器量宽洪宜大受。何时酿熟糟床注，三百青钱欲相就。歌声当醉亦能狂，颦效浑忘捧心丑。

子和[47]有歌贺赐衣用韵答之

黄扉受宠常优隆，凤池只在龙楼东。恩波浩荡海天阔，气类感应风云从。昨荷予衣真自快，却揣职思惭匪懈。亟呼刀尺付缝人，蜿蜒蟠拏多意态。御前报可亲题字，湿处犹看笔端肆。岂胜鳌忭向丹墀，肮脏形容翻妩媚。惟当更爱吾之身，君恩罔极犹吾亲。骈蕃旧渥出笥箧，文禽瑞兽相鲜新。先帝隆儒此初锡，载考前闻亦难得。抚躬自合咏鹈梁，破浪谁能比鲸力。微臣补衮心岂无，愿以开烈承文谟。一人有庆溥黎庶，万世垂拱嗣鸿图。茧丝之请不可忽，念民无袴须宽恤。君不见李秘献身将报德，覆载恩多巾至舄。

题季所朴荣寿图　黄门木清[48]祖

天王御宇追羲轩，敦仁崇孝为民先。湛恩汪濊均敷[49]天，特施章服尊高年。豫章处士老且贤，朱颜绿髓雪满巅。扶杖往听金泥笺，百年稽首心怡然。衣冠伟甚貌转妍，春风华屋罗琼筵。上寿起舞森曾玄，流霞光泛药玉船。人生荣寿能几全，应知世外无神仙。贤孙昕夕红云边，无由得借神仙鞭。缩地一拜高堂前，绘图远托双鱼传。望穿银海心深虔，索我为赋南山篇。愿寿如山水不骞，坐观沧海红尘填。

题渊明归去图

浔阳江头泊归航，松菊未老田园荒。躬耕犹足办酒浆，公田有秫尽可秧。斗米折腰亦何妨，建康铜驼荆棘傍。天门折翼不复翔，股肱苗裔非寻常。晚节恐负秋花香，肯将伪命污冠裳。葛巾一幅联徜徉，生愁醒眼多感伤。醉卧且纳薰风凉，睡乡乐境同羲皇。作诗冲淡味更长，荆轲入咏乃激昂。胸中匕首藏雄铓，知心千载有紫阳。汗青老笔生幽光，诗名康乐与颜颜。追念祖德能揄扬，揭来有意思张良。胡为复绾太守章，竟使首领埋炎方。乃知自立须坚刚，见几而作《易》所藏。披图叹息聊题将，仰止庐阜摩青苍。

贺王御史资博父母七十

紫衣一簇趋班急，杂佩珊珊冠鹔鸘。共瞻御座致嵩呼，赐敕驰封初散给。就中亦有思亲者，反[50]袂沾襟久于悒。手持鸾纸心知荣，但谢不孝嗟何及。临川王氏幸独多，翁妪在堂俱七十。萧萧白发映黄眉，合数真成百四十。封章速寄南归翼，收买冠裳殚俸日。鹭袍珠翟相鲜新，正当设帨悬弧日。阿翁至孝天应知，盛福于人岂虚集。三槐曾为二郎栽，浇灌灵根待成立。冷官复热愿果偿，父作于前子还述。旧物仍骑御史骢，新御且带平阳邑。王君于我为同年，我视阿翁犹父执。寓诗往侑绮筵觞，更祝闲来勤吐吸。贤郎远到此初程，会有殊恩增峻级。

题赠鸿胪山水

长松晴雪纷纷落，饥鸟倦飞山寂寞。山翁独坐两足僵，诗句只就胪头作。大声忽报可人来，呼童急扫门前阶。不嗔染涴琼瑶迹，冻口得向清樽开。清樽酌罢双瓶卧，茶鼎移从煨芋火。囊中琴弦幸未折，刚为知音弹数过。知音四海能几人，炎热可附寒难禁。人生适意此亦足，党进未必胜陶毂。

送抚州饶千户

饶将军，家住抚，大小神童实其祖。盱江临安昔多贤，赠以文章积成部。将军世守万卷书，未必能弯两石弩。胡为文，乃就武，丈夫出处随所遭，贵在乘时报明主。平生企慕卜中郎，耻作山林守钱虏。输材死边无不可，囊橐能倾勇能贾。荒年悬爵招义士，饥口嗷嗷甚庄鲋。力能为国全丁中，享费小嫌俱弗顾。清时且幸少风尘，暇日犹堪业儒素。揭来谢金门，恩宠期不负。复走公卿家，再拜征文赋。西涯大手笔，为序《塘坑谱》。柏崖记其词，守豁铭其母。行装台鼎重，此出良有补。虫衣渐薄蠹在壁，归棹欲伴鸿遵渚。南城太史交谊厚，对席掺尘别怀苦。殷勤斗酒倾未尽，不觉都门日亭午。太史诗成击斗歌，将军酒酣拔剑舞。吁嗟富贵草头露，唯有功名常不腐。将军有志成门户，今日南归岂怀土。拟岘台高试登览，应念昔人羊与杜。率先僚佐奉朝廷，留取芳勋播终古。从来名将出吾儒，何用膂力虓如虎。

题钱世恒吊文山遗墨卷　有序

　　李、杜妙语垂琳琅，仙官好事犹取将。涪翁醉笔扫纨扇，江神贪买竟持献。固知墨宝世罕逢，鬼物所好于人同。何况文山诗与字，楚骚颜帖皆心事。钱君世本忠孝家，千金购得真可夸。岂知赤帝好尤甚，[51] 一赪昆岗玉俱[52] 烬。文章光在万丈长，忽惊五纬潜寒芒。断头以易心所爱，怀璧[53] 抵罪吾何悔。东吴老札曾歌土，《黍离》章句幸未亡。重临一纸付钱氏，故态俨然遗像里。谁道秦劫煨燔余，伏生能记当时书。又知三五真不朽，剑气虽埋尚冲斗。汴、杭、闽、广天使然，此纸完毁宁非天。问天天高寂无语，三复书词泪如雨。

　　钱君世恒，家藏文信公所寄妹氏书一幅。前有小序，中具《过淮乱》《杂歌》并《邳州哭母小祥》三诗。后有嘱妻妾子女等词，盖希世之宝也。后遭郁攸之厄，真迹不存。独幸宰庵公能记其颠末，重录一通以归钱氏。世恒持以见示，命作一诗吊之。说者谓变风发而不能止，此衰乱之世所以多全躯保妻子之臣也。观公书中数语，所以慰藉其骨肉者，恳切恻怛，若不能为情之甚。然卒断之以义，诿之于命。是其从容就死，灼有定见，刚大之气不为柔道所牵。盖不待解衣临刑，而后无愧于圣贤矣。故虽盈尺之牍，其存与亡所关系甚大。予心伤之，不但吊而已也。

题宋仁宗与群臣观欹器图

　　按《宋史》，在皇祐四年夏四月，与观者观文殿学士丁度等也。

　　迩英高阁凌云起，御榻前头设欹器。赤脚仙人握作权，乐与群贤观物理。朝回无事日正长，铜瓶汲水沾银床。侍臣浅注复深注，水气亦似薰风凉。心能持满无倾覆，警戒不妨常寓目。试从图画想当时，一代君臣真穆穆。岂不闻宋家最盛称仁宗，隆儒好古近世谁能同？

恩赐兽炭有感　偶以兽炭见惠感而有作

　　捣炭和膏肖形似，欲像氄毛温厚意。上林灵囿红炉里，燧象火牛看渐炽。猛虎犹存负隅势，狻猊夺攫怒还喜。中最贤者麟之趾，异香细逐东风起。馥馥宜人似兰芷，腐儒见此从今始。却念民穷欲流涕，采薪剥枣亦劳止。冻或无襦饿蒙袂，吾侪坐食已堪耻，岂忍随时恣奢侈。但愿吾君法文帝，事事惜才还惜费，甘曝茅檐成白醉。君不见锦衾中有掉尾鲸，少陵野老叹复惊，此诗谁谓非真情。

机中妇和刘仲素韵

　　予友刘仲素尝为此诗，予爱其词旨高远，辄复步韵，知不免效颦之诮矣。而仲素乃持此轴强予录之。何哉？悦目即为彩，予益知事有偶然者。承恩不在貌，于仲素兹行乌能无介然怀耶。正德九年夏四月十二日书也。

花容玉貌为谁妍，思君一日如三年。绣帘忽卷蛛丝悬，理妆延伫君应还。阶前冷落多苔钱，懒移莲步心茫然。嫦娥月殿甘孤眠，鸳鸯自浴含风涟。回肠欲托回文传，机中锦字如环连。裁衣远备寒时穿，知君怯冷仍加绵。难随鸟翼来君前，孤灯照梦钗虫偏。铁心贮火亦有烟，何由为君解衣舡。念君跃马方垂鞭，壮心总为浮荣牵。黄云白草当穷边，妾不在侧谁君怜？

送顾少参与成之浙江

顾君清澈如秋潭，庭珠岩电光相涵。金绯一旦换袍带，雄藩谋议初陪参。追思释褐几寒暑，英妙今才三十三。浙中山水甲天下，清波倒浸皆晴岚。苏堤最近可时眺，禹穴稍远还穷探。人生富贵在行乐，俗尚颓靡多沉酣。君心独异予所畏，每忧世事真如惔，临分相就索我赠，我无以赠空怀惭。伤哉民力久已竭，君今正复官东南。邻封盗警况未息，境内亦复腾戎骖。岂惟闽左苦征戍，只恐豪右犹难堪。牧民如马在去害，务奖廉靖驱贪婪。若教郡县总循吏，田里自合安农蚕。《甘棠》何故有遗爱，辎车所到仁恩覃。高都厚享君所有，愿立功勋为美谈。

题蜀江图

樊君示我《蜀川图》，万里江山才一握。纸尾亲题出魏公，云是潼川李生作。岷山隐隐插云端，山下寒江经禹凿。神施鬼设露端倪，阴合阳开分脉络。嵯峨雪岭隔蓬婆，袅娜绳桥横滴博。溪流芳腻花曾浣，江色澄鲜锦初濯。蛾眉淡扫月轮高，滟滪孤撑秋水落。白盔赤甲[54]形模异，龙鬖虎须声势恶。影疑百越看山鹠，鸣爱九皋闻聚鹤。群仙戏集自逍遥，神女梦思犹绰约。登龙飞凤入青霄，白马黄牛出丹壑。瞿塘峡口束奔湍，脚底雷霆常喷薄。青螺忽涌白银盘，湖里君山谁划削。披图不觉尘眸豁，奇径可疑还可愕。如朝帝阙拥圭璋，如赴戎行攒剑槊。又如钟磬在高悬，如设丹梯登峻阁。九屏叠秀即匡庐，二室穷深更嵩、洛。就中地胜每因人，终古流芳真荦荦。杜从夔府称诗圣，程向涪中传《易》学。独醒亭畔诵《骚》《辞》，八阵碛边怀将略。图穷尚有岳阳楼，志士登临非取乐。我尝有意赋远游，苦被浮名自缠缚。因图寓目亦欣然，更写此诗存大略。重来借我细临模，画史何人解盘薄。

题三山祝寿图

刘克柔新擢南京尚宝卿，以其父封君友桂翁寿八十，自靖江迎至京口，遍游金焦北固诸胜地，好事者因绘《三山祝寿图》，予嘉其善于孝养也，作诗寄之。

世传海外三神仙，[55]金银宫阙非人间。其中物产悉珍怪，玉芝瑶草服之可以留朱颜。群仙骨体似婴姹，乘虬骖凤常往还。细思此事或迂僻，秦汉求之终未得。卢敖、栾大入海知几年？弱水茫茫远相隔。又兼学道须辞家，离人独立真何益。岂如刘翁大隐居神州，身无利害心无忧。诗书教子学忠孝，屡荷天恩锡封诰。傍人赞诵真神仙，海筹谩记庄椿年。佳儿近擢符台长，六弧正向高门悬。金焦北固沧江下，白云咫尺吾亲舍。彩衣扶持此中游，回视三山应不亚。酿江为酒山为杯，八荒寿域方弘开。秋来卿月清辉好，丛桂漫送香风来。从今几见蓬莱水清浅，鬓髦期颐何足羡。戏题长句助承欢，欲泻江涛入尘砚。

与方寿卿诸公游西湖和东坡游孤山韵

十月十二日，与布政使方寿卿、任自明，参政官仲昭，副使高曾唯、张汝器、罗允迪，参议顾汝成，佥事吴约中、韩汝节、许廷美同游西湖；历招庆、宝叔诸寺，遂拜岳武穆墓，谒郧侯、白传、东坡、和靖祠，将暮，舍舟至净慈而还，因追和东坡游孤山韵。

东望海，西望湖，兹游奇绝昔所无。高冈振步风力劲，暖寒杯酒烦频呼。留连不用愁妻孥，闲身自可穷欢娱。水光山色莽回互，林霜石角相萦纡。每遇胜处多僧庐，入云古塔高而孤。便宜堪跌坐[56]习禅定，结团撷取湖边蒲。雅情最荷诸大夫，追陪不厌日欲晡。试观古迹发慨叹，人生行乐真良图。虚名岂足偿遗余，待年已迫知非蘧。卜居愿效吟梅逋，诗中有画不可摹。

兰当门

兰当门，行者视汝为深冤。只嫌在眼妨疾走，岂复有意怜芳根。呼锄锄去意甚快，朝骤夕驰无所碍。曾不念拔茅连茹以其汇，《易》在扶阳乃为《泰》。嗟兰之生祇合在空谷，蕴蓄馨香闲光彩。却有幽人为汝怜，欲加采掇充囊佩。当门在谷惟所遭，吁嗟乎，汝兰慎勿随时变化而为茅。

山水癖夫卷为临江王生题

王生癖在山水间，眼窥脚历皆名山。复求名笔发真趣，满卷诗句多清潺。持来就我乞一语，意甚恳款忧词悭。看诗掩卷三叹息，欲以至论医生癖。为言祸福人自致，山水于人竟何益。山人请束曾杨书，归来试玩床头《易》。王生听毕发长笑，此论虽高恐非孝。奉亲贵[57]在神灵安，宅兆已卜垂明教。区区应验说或诬，荫骨乘生理真妙。泉蚁万一侵玄宫，衣薪委壑将无同。紫阳夫子岂徼福，五夫恶壤迁新封。

仁人孝子苟知此，奚必立意相排攻。翻作新诗为解嘲，展卷濡毫自挥染。明朝更作子长游，万叠云山供指点。

寿蒋谕德先生乃堂七十分题得碧藕

湘源蒋母本神妪，有儿久向瀛洲住。瀛洲境界非人间，瑶草琪花不知数。石渠覆水多芙蓉，开花非白仍非红。秋来踏取花底藕，(58)异形蜿蜒如苍龙。泥蟠渊蛰已千岁，叶上游龟寿(59)相类。比雪谁夸太华莲，冰桃白橘元相味。北堂二月开琼筵，鞭笞鸾凤来群仙。一片顿能延万寿，岂惟入口沉疴痊。岂不闻穆王昔遇西王母，欢宴瑶池尝此篇。

【校勘记】

(1) 仰之山之嵯峨　底本"仰"不清，"嵯"脱，俱据丛刊本补。

(2) 省耕　崇祯本无。

(3) 固　丛刊本作"同"。

(4) 寿岳母张太夫人赋　底本字不清，据丛刊本补；丛刊本此下自"太夫人张氏"至"其景值夏初"缺 376 字。

(5) 太夫　底本、丛刊本字不清，据文意补。

(6) 敭历　底本、丛刊本作"剔历"，据文意改。

(7) 夫　据文意，此下疑脱"人"。

(8) 此下自"悦悬门右"至"获佑"397 字底本错版于下文《上皇太后尊号颂》"臣闻孝者万善之本"句后，丛刊本错版于下文《奉制恭拟万寿节朝天宫设醮步虚词四首》题后，今据文意正之。

(9) 悦悬门　底本字不清，据丛刊本补。

(10) 孙　底本、丛刊本皆缺字，据文意补。

(11) 竹森　底本字不清，据丛刊本补。

(12) 老莱　底本、丛刊本皆作"老菜"，据文意改。

(13) □　底本、丛刊本字皆不清。

(14) 此下自"于天"至"颂类"356 字，底本错版于《奉制恭拟万寿节朝天宫设醮步虚词四首》题后，据丛刊本正之。"尔其景值夏初"句后，丛刊本错版于《寿岳母张太夫人赋》题后，今据文意正之。

(15) 此下自"上皇太后尊号颂"至"惟我"345 字，底本错版于《寿岳母张太夫人赋》"尔其景值夏初"句后，丛刊本错版于《寿岳母张太夫人赋》题后，今据文意正之。

(16) 上　底本、丛刊本皆脱，据文意补。

（17）祎　崇祯本作"福"。

（18）申　崇祯本作"守"。

（19）亲以及　底本字不清，据丛刊本补。

（20）歌坐者室庆　底本字不清，据丛刊本补。

（21）礼也其千载　底本字不清，据丛刊本补。

（22）者万善之本　底本字不清，据丛刊本补；此下自"故尊亲"至"嘉靖乙未年秋作"327字，底本错版于《寿岳母张太夫人赋》"获佑"句后，据丛刊本正之。

（23）乐宫　底本字不清，据丛刊本补。

（24）赋　底本字不清，据丛刊本补。

（25）圣躬　底本字不清，据丛刊本补。

（26）寿考　底本字不清，据丛刊本补。

（27）此下自"圣诞属秋仲"至"圣寿千万年"360字，底本、丛刊本皆错版于《颂类》题后，据文意正之。

（28）扬尘　底本、丛刊本皆作"杨尘"，据文意改。

（29）□□□□　底本字不清，丛刊本作□□□□。

（30）□　白框处，底本、丛刊本字不清或缺，据《临江仙》词格式补。

（31）尊翁寿　正文题原作"乃翁生日"，从目录改。

（32）衔　底本、丛刊本皆作"街"，据文意改。

（33）桂香秋蔼　依《醉蓬莱》词格式，此句疑缺一字。

（34）上界郎　依《醉蓬莱》词格式，此句疑缺一字。

（35）愿年强健　依《水龙吟》词格式，此句疑缺一字。

（36）自"青门"至"妙手"，此句应有四分句、十五字，底本、丛刊本仅存二分句、十三字，疑缺字。

（37）于□□主□笃同□□　白框处，底本、丛刊本字不清。

（38）丛刊本此下自"甚赠言"至"邑人"，缺57字。

（39）□□□□　底本、丛刊本皆缺。

（40）□□　底本、丛刊本皆缺。

（41）未　底本字不清，据丛刊本补。

（42）旧　丛刊本字不清。

（43）想那正气如生　此句疑衍一字。

（44）庙略　底本字不清，据丛刊本补。

（45）丛刊本此下自"必为忠臣"至下文《满江红》"鼓角欢亮先"，缺388字。

（46）县生社公　据文意疑为"县主杜公"之误。

（47）子和　底本、丛刊本作"舜和"，据目录改。

（48）木清　卷十《送余益辉为卫辉郡博序》作"本清"。

（49）湛恩汪濊均數　丛刊本字不清。

（50）反　丛刊本作"友"。

（51）帝好尤甚　底本字不清，据丛刊本补。

（52）岗玉俱　底本字不清，据丛刊本补。

（53）怀璧　底本、丛刊本作"怀壁"，据文意改。

（54）甲　丛刊本作"用"。

（55）三神仙　据文意，疑为"三神山"之误。

（56）跌坐　底本、丛刊本皆作"跌坐"，据文意改。

（57）贵　底本、丛刊本字皆不清，据文意补。

（58）花底藕　底本字不清，据丛刊本补。

（59）龟寿　底本字不清，据丛刊本补。

诗 类

五言古体

拟宪宗皇帝挽歌二十韵

勋德[1]超三五，哀思倍万千。龙飞欣睹圣，凤纪屡书年。泽厚渐寰宇，功高格上玄。崇儒亲视学，尊本首耕田。左祖[2]时严事，南郊岁致虔。求才频御殿，听讲辄开筵。相职[3]精咨访，言官曲保全。身缘忧旱侧，赋为恤贫蠲。疑罪蒙三宥，微[4]劳荷九迁。余恩完喘蝡。先政轸颠连。[5]御侮曾推毂，防微重守边。诸夷嗟喙矣，四海乐熙然。气运虽逢泰，勤劳尚法乾。贻谋新制训，《资治》续成编。慈极承欢笃，储闱沐爱专。王猷看允塞，帝祚冀绵延。忽讶临朝宴，俄闻遗诏宣。天方悉杞国，日竟坠虞渊。易月哀将脱，因山绋欲牵。小臣专颂述，深愧笔如椽。

喜雪用禁体二十韵

同云初黯黯，冻雨忽纤纤。历乱先投瓦，霏微巧入帘。不缘风自舞，时有霰相兼。贪赏衣从湿，矜奇手自拈。当坳偏厚积，洒壁每虚粘。颣颣排朱闼，轻盈压画檐。竹俄封翠节，松忽变苍髯。四野疑无路，群峰未没尖。儿痴愁遽止，老怯恐无厌。瀹茗资清苦，侵床减黑甜。履穿妨近步，台迥眩遐瞻。纵得幽人爱，还遭俗子嫌。穷阎皆罢市，达道竟遭扶。耸处肩将合，谈时口似箝。腐儒良独喜，丰稔此能占。麦必连云秀，蝗今入地潜。袁门甘暂闭，墨突异常黔。挟册光堪映，论诗禁最严。苦唫毫屡秃，剧饮酒须添。曰[6]战惭前辈，余膏亦可沾。

题王大行孝思堂

王君古纯孝，思亲忘寒燠。悲声常彻邻，暗泪每流腹。吁嗟《蓼莪》诗，哽咽不忍读。回肠岂但九，譬彼车轮辐。笑口等河清，终岁不五六。只今登仕版，奉祭有常禄。何如逮养时，饮啜水与菽。捧檄无欢颜，心旌剧风木。高堂揭华名，夫岂事表暴。吾亲昔生存，于此歌且哭。哀惊虽不忘，庶用徼心目。移孝以为忠，易若手反覆。能子良可悯，能臣端可卜。不见颖封人，食羹还含肉。一言悟时君，母子遂雍穆。不见狄梁公，瞻云太行麓。包羞事女主，竟使唐祚复。思亲如二子，庶可光简牍。不忠亦非孝，此语当佩服。

同丘都宪登青山谒先公陇次韵

都宪爱山游，相携入云际。肩舆疾如飞，征夫汗沾袂。巍然苍崖间，忽见德星聚。光彩慰先灵，威名震山鬼。矧惟葭莩末，欣荣有余地。而我愧多病，展除礼久替。履兹春雨余，山色翠如洗。荐以涧中毛，奠以尊中醴。班荆坐坡陀，饮福到末齿。胜游惬心期，未饮已先醉。翘首仰松楸，低回不能去。

西溪渔乐南山樵隐二诗为吴克温乃叔作

鸟飞乐层云，鱼游乐深渊。人情所乐者，亦若鸟鱼然。身闲寡营虑，意适无拘挛。君看将与相，名期鼎彝镌。浮云竟无用，百虑常忧煎。东门忆逐兔，南征感飞鸢。所以西溪翁，独钓西溪边。垂纶但取适，手倦时一牵。脱身世纲外，人应呼水仙。鱼乐即我乐，相忘两无言。却笑庄、惠徒，哓哓未为贤。

囊储金等土，爨用桂炊玉。富者尚躬樵，樵者将安鬻。先生甘隐沦，雅志良异俗。南山可避世，腰斧不知辱。聊同好锻嵇，亦类喜书旭。看云时矫首，涉涧每濯足。山中饶胜景，俯仰从心目。回头阅世纷，等是蕉覆鹿。当年会稽守，竟坐廷尉狱。诚谙隐居乐，岂胜老岩谷。

寿少师徐公七秩二十韵

海内今方盛，弧南倍有光。天应寿平格，公实理阴阳。履曳星辰上，身依日月傍。利贞符鼎铉，元吉应坤裳。籍系[7]三朝久，名看九德彰。云兴龙在[8]御，梧茂凤鸣冈。识体[9]谁知丙，怜才我爱房。经纶思补衮，襟宇务包。[10]相业堪追古，君思亦异常。制袍麟有角，赐带玉裁肪。利涉凭舟楫，安居倚栋梁。引年徒恳切，答诏更褒扬。司马难归洛，裴公复相唐。忧[11]时心愈赤，谋国发初黄。门下班联笋，朝中士蔚秧。情知爱莫助，犹愿炽而昌。铁杖何劳拄，金丹岂必尝。及人多利泽，度纪定延长。堂覆宫槐影，壶分法酒香。短章难致颂，聊以侑华觞。

送段惟勤更任庐陵

读书贵有用，岂但工词章。出仕贵有补，岂但夸银黄。贤哉新城令，何惭甲科郎。民肥己甘瘠，貌弱志乃强。三年劳抚字，众口称循良。骥足有余力，牛刀蓄雄铓。及兹双凫入，遂见一鹗翔。官仍旧令尹，邑换新封疆。行囊仅衣被，匹夫可携将。依依道旁叟，迎候持壶浆。但怪驺从少，欲前复徜徉。再拜谢明府，得非吾庚桑。为言斗牛分，福星久垂光。庐陵号岩邑，犷俗传殊方。清声已先振，豪右知摧藏。谁当尚杜后，瑶琴且更张。时方重吏治，会复蒙褒扬。悠哉万里途，富矣三月粮。行行不失道，所至安可量。

次韵送马汝砺还庐州

结交贵知心，不论早与暮。譬如同舟人，共齐乃克渡。忆我初识君，时时讶金羽。君方业文藻，三峡水东注。为渊乍洄漩，触石乃号怒。施嚬难强效，隋璧但珍护。知君邦之彦，远到天所作。岂谓千里驹，亦误一蹶仆。达人洞至理，欣然似平素。浑浑璞中玉，圭角肯微露。床头旧韦编，爻象穷变互。因思得与失，等是阖开户。胡为躁妄者，折展或丧屦。试看舄几几，始可大事付。斯言谅非诬，岂必推命数。笑领左官符，往踏庐江路。才高用辄利，志确穷亦固。察隐真如神，不愧袍绣鹭。孤臣恋廷陛，游子忆翁妪。佐郡得王祥，风俗良有助。治官实如家，屡见冠挂树。谁题鹗荐稿，应念马曹污。瞻望长安城，回肠日无度。三年再诣阙，方寸犹未饫。近诵尊翁诗，意君愈开悟。蟋蟀飞虫声，颇似韶与护。何殊盛山作，和者日有慕。聊成巨轴往，汗洽马图负。我竽久不吹，涩语苦难吐。聊将讲旧好，勿诧吾犹故。

送苏伯诚提学江西

铸人如铸金，大冶宜兼收。兼收入模范，始足应所求。以为象物鼎，神奸望而愁。以为作羹铉，调和适刚柔。以为照胆镜，贤否焉能廋。以为耒与镈，农人饱以讴。以为刃与镞，[(12)]谈笑诛胡酋。江西一都会，统十有三州。[(13)]匡庐冠群峰，彭蠡汇众流。往者三品贡，价匪他方侔。迩来似减耗，不能究其由。先生方临炉，顽矿试一搜。岂无铮铮者，可以追前修。文儒宋最盛，发迹由南州。仰惟无极翁，结屋濂溪头。当其官南安，二程实从游。紫阳最晚出，寻源导其流。南康假守日，鹿洞乃重修。飞章乞经籍，立训规朋俦。庶几媚学子，仿佛程与周。先生富道德，久抱斯文忧。行行到庐阜，抚景应淹留。为陈古学奥，一警末俗偷。教人兼体用，长善别刚柔。既令贤者众，亦使恶者瘳。贡之天王庭，以应缓急求。楩楠苟不废，梁栋知先收。

送化成寺僧定澈归当涂用太白韵

寺枕黄山构，门迎姑水开。升公久示寂，尚有翻经台。古来祝发人，多负经纶才。寄迹佛法中，免受外物猜。君看清风亭，不扫元无埃。诗家李与郭，冷然御风来。希声惊俗耳，游者为低徊。衣钵旷浩劫，谁复参黄梅。当时旧金榜，久被尘土摧。澈乎颇好古，志欲响法雷。顷为祠部至，还渡江化杯。成缘想见召，亡亦不须哀。师行听我偈，无火亦无灰。

谢水部王献可馈齑

予自应天北还，道清源，水部王君献可馈齑，作此谢之。

仙郎莅清源，腊毒厌豚牸。园官送菜把，紫芥满筐筥。根肥涵土膏，叶润饱风露。取白会庖厨，为齑间希俎。伪成惭捣韭，烂煮笑烹瓠。芳辛椒桂上，馥烈兰芷伍。殷勤走台馈，粗粝念儒腐。将供苜蓿盘，甚适梨苋肚。癖嗜等酸咸，宫商出含咀。维兹有胜韵，好尚从往古。传欲立冰壶，功夸胜鸢脯。鲜醒何足论，于学良有补。德爽以贪饕，名成必清苦。惨鼻或难禁，蜇喉宁忍吐。人谁堪黯懑，我乃觉微妩。芹茎既美宋，槐叶亦纪杜。至尊如可献，屠□[14]不难赴。举似能诗人，诗人多水部。

送徐舜和使高丽十六韵

圣泽沾殊域，贤劳属近臣。卷书辞翠屋，持节出丹宸。恩饯来蜉蚁，宫袍赐瑞麟。赤心知报国，素志不谋身。四牡遵途急，三韩引领频。华夷元共主，符命此更新。驿路千山晓，王正万里春。鳖桥成幻影，鸭绿是通津。举国郊迎日，诸曹馆伴辰。龙须专宴席，鹘舞乐嘉宾。赋手看前辈，词锋詟远人。端卿名久著，原父博无伦。首夏应旋旆，同官每望尘。神功烦纪录，帝学待敷陈。笔许昌黎直，儒推祖禹醇。依依离合地，执袂更缘循。

送吴克温南归 戊辰正月二十日。

都人望春信，顽阴尚凝寒。白日惨无光，污泥几时干。有客束书卷，仓忙出长安。问之笑不答，但云报恩难。无由絷马足，把袂徒相看。浮云亦易散，离筵勿辛酸。今朝且痛饮，别后更加飧。池头五彩凤，刷羽恒自诧。醴泉始肯饮，腐鼠胡能跨。不效燕雀群，相随入朱厦。儿童怪其然，弯弓共弹射。山中有高梧，栖老亦闲暇。朝阳光景新，览德看复下。

腊八日省牲

腊⁽¹⁵⁾辰方遇八，长至屡逾九。郊埋重省视，臣职在奔走。轩车薄暮出，落日正当西。归鸦自南来，阵阵集官柳。城阘钥未合，阍吏谨迎候。月弦此初上，仰认是何宿。仿佛胃昴间，如弓适盈毂。骑队间篝灯，平沙快驰骤。天门俯而入，咫尺即牲圈。牺人报名物，有兔实居首。次鹿次牛羊，牢豕处其后。旋归不淹晷，北向见珠斗。寒更人欲定，钟鼓应清漏。刮面苦寒风，侵凌透羔袖。还家对妻子，附火索杯酒。却忆去年冬，燕齐半强寇。桑园抵任丘，掠焚遭毒手。都邑数戒严，郊埛谨戍守。苍黄从变礼，奉命当白昼。儿童亦骇愕，此事昔无有。感格极寅恭，犹能彻高厚。如今幸宁谧，一笑可开口。杞人固多忧，眉宇尚双皱。至治有馨香，非登亦非豆。皇祖著明训，心存听斯懋。神灵配上帝，陟降常左右。文孙可无念，或命我膺受。恳悃竟何裨，穹苍庶阴诱。转移谅非难，胤祚保长久。

志喜

逆竖稽诛久，王师返斾迟。釜鱼知假息，沛虎尚怀疑。流涕谁陈疏，祈招或赋诗。圣衷元易牖，仙跸岂难移。天堑看飞度，金陵即远离。射蛟惊汉弩，骋骏异瑶池。凯乐轰轰奏，囚车黯黯随。指挥安社稷，谈笑靖边陲。禁旅功盈籍，⁽¹⁶⁾都人喜溢眉。觅封思剖券，听诏拟扶赢。舜庙思归格，周官重抚绥。处当严伏⁽¹⁷⁾锧，定次谨常彝。首补亲郊礼，仍涓策士期。苍穹诚可达，直对腹应披。敌每忧常胜，邦须保未危。蚡奸宜亟族，黯懑可轻麾。野老愁全减，江乡难已夷。席眠方夕帖，台眺幸春熙。畎亩存余庆，衣裳欲永垂。向来曾载笔，颂已不忘规。

初四日早暄暮寒纪异

初四日早，气甚暄暖。将午，风雨大作，遂复变寒，薄暮乃以飞霰，亦异事也。

暄风应夏律，渐热思挥扇。晴空忽改色，黯惨云如淀。雨势从北来，纷纷散疏点。寒飙透襟袂，乃复呼重练。薄暮雨声急，灯前见飞霰。方旱喜甘霖，少慰农人愿。胡为有此异，二气固多变。调燮非吾忧，问天天甚远。

方思道宪伯见访既去以诗追之

清晨正盥栉，有客来庭前。出迎倒我屐，一见俱欣然。识荆始今兹，慕蔺已有年。我楼扁"至乐"，辱贶《春容篇》。隋珠在筍篋，夜光彻重玄。延之坐楼上，不觉曦轮偏。谈诗剧嗜炙，侧耳闻河悬。奇才信天成，似是诗中仙。但恨不饮酒，空樽对芳筵。别我忽南征，风帆去翩翩。可人莫扳留，展转夜废眠。越南隔绝峤，相望颈屡延。韩、苏旧游处，山水增余妍。登临写高兴，剔藓多新镌。时寄三四幅，赖兹慰勤攀。

江涨十韵

大雨连三日，高溪聚众流。怒号声可畏，凌暴势堪忧。已没垂杨渚，俄穿杜若洲。村孤行径绝，岸阔远山浮。簸荡疑蛟蜃，微茫认马牛。移家思理棹，避湿早登楼。沉灶亦难料，及扉犹未休。花丛低委淖，稻陇半为沟。恐怀曾孙稼，深悲宋玉秋。凭谁笺上帝，一为罪阳侯。

七言古体

过灵济宫

匹马春游困驰逐，解鞍暂憩西城足。巍然双表逼云霄，[18] 阆苑蓬莱惊在目。试窥洞府瞰仙宫，碧瓦朱甍光可烛。檐牙高啄总涂金，殿趾重铺皆砌玉。雕墙画壁拥[19]周遭，塓茜为泥间青绿。诸天相云[20]仅五尺，寸草化身成丈六。尘途仿佛遇群真，世界依稀藏一粟。龟趺屹屹载穿碑，揩眼含辛三四读。乃云二阙在清都，能与苍生造冥福。谁知无益只劳民，骨间推髓心剜肉。神输鬼运谅未难，即使为之应夜哭。忆昔鸠工庀材日，健卒赪肩车折轴。是时秦晋正饥苦，不雨经时巫可暴。爷娘食子夫食妻，米石宁论钱一斛。地下真应有劫灰，人间忍见生妖木。星摇石语皆缘此，下土狂夫谓神酷。神亦何心人自愚，以此事神诬且渎。谁能因鬼见上帝，流涕长吁一披腹。移取寸椽并片瓦，已堪覆庇逃亡屋，百金可惜台可无，薄己忧民除秘祝。归来偶读《汉文纪》，稽首吾君继芳躅。

送永平蒋通判

绿烟侵坐草抽芽，红雨沾衣杏著花。使君拜命班春去，壮哉行色谁能遮。公家爱民不如马，马在偿驹毙偿价。郡人专待福星来，膜拜道旁迎别驾。君今养马先养民，须知马耗由民贫。他年布野如云锦，会有旌章下紫宸。

题广东陈氏雪景图

生绡一幅中堂垂，眼前雪景何清奇，悬崖绝壁光彩发，老树幻出琼瑶枝。云际柴门半欲掩，似是白日将西[21]时。披毡载笠者谁子，冲泥傍险相追随。一人前行仰关进，蹇驴失脚双撑持。仆夫荷杖药瓢举，以袖护顶行迟迟。一人骑马过桥去，桥危溪恶马力疲。二人骑驴各袖手，耸肩觅句寒如痴。鬅鬙指关向翁语，须慎险峻毋遨嬉。中有一人跨牛背，牛行不动如舟移。最后二人从二奚，青骡白马光陆离。囊中琴弦冻且折，志在山水谁相知。吾闻岭南天气暖，群麀见雪嗥而驰。从来此景不易得，固知画者劳心思。坐令炎瘴尽消息，清气散入竺人脾。

寿丘阁老七十

东坡昔住海南日，文益豪宕诗清温。一从仙去今几许，山川拔得英灵存。钟为深翁瑞斯世，前身顿返峨眉魂。所居不偶生灵存，下田信是仙家村。传闻门扉设弧日，琼山草木无株根。童年泮水见鸿渐，拟把文字清中原。万千日吐笔华莹，八九云梦胸中吞。岂惟藻丽斗月露，要以经纬扶乾坤。鸡林行贾颂居易，狗盗御史知文园。高名籍甚满华夏，水之江汉山昆仑。瀛洲金玉快登步，代言应制词澜翻。欧淳柳古韩怪怪，周[22]讴商[23]灏虞浑浑。斯文表表竖赤帜，余子碌碌收降幡。转移聿见士风变，独立不畏时人喧。虎闱十载正模范，鹄袍万计渐渊源。英才辈出国[24]有赖，师道久废人知尊。竭来衍绎治平义，意在仰答生成恩。钩提玄要蒐观阁，安知笔砚堆墙藩。西山条目已补足，南面几务宁忧烦。炳丹垂后照匮室，杀青致远摧轮辕。虞卿穷愁强有作，杨子寂寞多空言。岂如遭际[25]天子圣，付与侍从儒臣论。士忧传写纸踊贵，诏[26]许刊布山遭髡。许身何愧比稷契，措世坐论追羲轩。[27]功高自合福履盛，老至未觉精神昏。起居犹可抵少壮，记诵尚足穷专门。年来总领汗竹事，典册高没薇花垣。大书上继麟趾绝，细字亲作蝇头烦。悬车不听薛公老，锡马会及康侯蕃。只今初度登二膳，宜荐鸡跖羞熊蹯。钟情方赖念雏凤，受贺未忍留班鹓。鄙予旧列弟子籍，非有才力能扳援。俯垂修绠相汲引，遂使弱羽聊飞骞。恩深不报背屡汗，兴至愿颂舌莫扪。祝翁来日如卫武，年过九十仍调元。鹿幡从此始归隐，桄榔为杖榔为尊。承家非但子有子，娱老复见孙生孙。

贺仁仲乃弟发解

眉山巴水相钩连，储英孕秀多名贤。二苏兄弟昔并价，卯金之子今复然。长公博雅感真宰，禄阁文焰嘘藜烟。气温色粹比良玉，近已端笏趋[28]经筵。次公抱负又奇绝，采剥艺苑含芳鲜。秋风桂籍蹑华躅，解首自许名家传。白头柱史今明允，泉上雏凤看联翩。世间此乐更谁有，何妨早卧沧江边。同年兄弟亦手足，心醉盛事真忘眠。无鞭缩地陪燕贺，志喜谩赋《双魁篇》。长安春雨花欲发，枕耳溪水须胪传。

题李白醉中骑驴图

长庚耿耿西方天，光芒下作人间仙。天子豪迈逼《骚》《雅》，万古词客谁能肩？沉香亭上进词日，珠玑错落金花笺。脱靴捧砚若奴隶，贵妃、力士空招权。生来好饮不论斗，醉后梦语皆成篇。诗中说酒常十九，浊醪理趣妙不传。人生荣辱泡幻等，世态俯仰沧桑迁。岂如一醉万虑释，骑驴走马俱悠然。以酒累诗弃不取，浅陋欲议王临川。芙蓉出水本无饰，蚍蜉撼树绝可怜。何时破浪乘风去，寻君遗迹匡庐巅。大鹏若遇希有鸟，飞入云汉双联翩。

送吴克温先生归宜兴

储皇英姿美如玉，碧镂宫中方进读。宫僚番直有常期，翘首少阳思献曝。日承令旨赐龙茶，润燥搜枯香馥馥。銮舆近复幸春坊，肥羜珍醁分内局。吴君何为独[29]南征，马迹金琦车炙毂。黄扉大老得请[30]归，于甥为甥更为属。吾君尚尔念股肱，自出可能忘骨肉。渭阳情厚古今同，万里固宜轻水陆。意将仁孝翊元良，咸烦区区徒册牍。阳羡溪头景如画，画里耽耽千柱屋。笑迎门者翁携孙，白发苍头膺百福。斑斓舞罢朋来簪，喜气回春黍谷。锦衣共羡画行荣，禁鼓不惊朝睡熟。暂离尘土到溪山，未信软红胜净绿。况君久已忆莼鲈，便可翛然居水竹。奈何鸣凤在梧冈，瑞物岂容栖灌木。少师勋业著三朝，也自校书升国轴。初阶岂是偶然同，似舅才华良已酷。君欲乘时报主恩，[31]去莫淹留来愿速。蒹葭[32]我愧倚琼枝，东轩时寓停云目。

马学士先生有诗贺伯父致仕用韵奉答

奎光夜向金陵见，学士声华劳圣眷。江南草木亦知名，不独文人求识面。词臣自古号仙官，留都更与仙官便。禁鼓何妨朝卧稳，名山一任春游遍。乐极惟愁儿辈觉，赋成不托乡人荐。长安见日未忘情，杞国忧天时动念。诗谏应陈创缔艰，笔诛肯伐奸谀传。冷语冰人殊不畏，热官炙手谁能羡。先生有似东坡老，峨嵋也近西充县。奇才昔感先皇知，久次宜联浴堂殿。带看腰下始生花，玉在璞中羞自衒。我嗟蒿倚失长松，史局相望却生怨，代言自合应时须，莲渠[33]重来还焰焰。试看花骥发虽迟，暮刷不教驽足先。庐州别驾亦小坡，便亲少慰看云愿。家庭倡和有新诗，寄我时封三两段。

马公次韵见答复叠前韵奉谢

高情屡向诗中见，凉薄深惭当厚眷。南行未信隔天涯，启箧开缄常对面。李白豪吟少拘束，杜陵即事多流便。自从怀抱得明珠，把玩刹那知几遍。空疏自揣百不能，借誉一言胜鹦荐。又如换骨乞仙丹，静扫从前尘杂念。先生此去赋《两都》，芳誉定垂文苑传。风前斥鷃止逢蒿，九万扶摇空仰羡。文章小技诗余事，才略尤堪苏九县。只今学士试初阶，荐荐彤闱仍秘殿。黄麻紫诰待敷宣，力挽千钧笔端健。新词百首传宫掖，不觉元稹自媒玄。诏书一纸收人心，应似陆贽弥灾怨。闲中袖却经纶手，且弄篇章发光焰。若教[34]拜将筑诗坛，鸣鼓扬旗谁敢先？我闻诗律同师律，趋问下风心所愿。恨无玉案与琼英，难报错刀并绣段。

送少师谦斋徐公致仕归宜兴

海寰阴阳赖燮调，功成身退竟难[35]招。人图任旧弧三诏，风可廉顽动百僚。结主丹心犹恳悃，忧时素发已飘萧。台躔隐约依宸极，野趣优游赴午桥。惜羽岂缘鸿避弋，览辉初见凤翔霄。一时几几歌周鸟，九叙洋洋协舜韶。知足不劳夸广受，闲游真欲伴松乔。煮茶灶向春前筑，载酒船从画里摇。事忆归田欧录备，禄推同姓范庄饶。玉堂入梦常支枕，金错生愁拟报瑶。彦国既还犹仰屋，潞公虽耄复趋朝。试看耸壑千寻木，作柱擎天独后凋。

雪中见梅用东坡韵

阳和迸地回枯槁，花下清樽正堪倒。暗香招我发豪吟，冷艳透人除热恼。连枝开遍到孙枝，岂必南枝开独早。占魁调鼎亦偶然，莫羡王、曾诗句好。正宜腊雪助丰神，树底琼瑶不须扫。阅历风霜知几秋，君看枝柯如许老。枝头菩蕾正含英，雪后壶觞仍藉草。年年见此知天心，何必蓍茎问羲、昊。

贺封编修刘公夫妇七十　有序

公尝为御史按治山东，劾大吏忤旨，谪判郁林。寻升令新涂，因弃职就其仲子仁仲。封公子三，仁仲与今仪部衡仲俱四川解首。惟长子不仕，而其子鹤年又魁乡试。

封君信是散神仙，隐带冰衔号史编。雅量已知今日足，高风不让昔贤专。鸣琴旧政平如水，揽辔遗声下似弦。从古耆英缘德厚，几人福履类公全。游鱼野鸟猜嫌绝，暑簟冬毡乐事偏。双解山尖刚对户，三槐种久欲参天。阴森桥梓常相映，秀发孙枝又更鲜。世翰肯居明允下，勋名定在省华前。鹿车每并鱼轩驾，翟翠能争矜绣妍。霜后松姿看愈茂，枕中鸿宝料曾传。嘉宾宴饮分宫酝，学士荣归自讲筵。圣代弘开仁寿域，蜀乡原有老翁泉。郫筒到处潮生颊，乌帽歌时雪满巅。畎亩丹衷犹耿耿，寻常玄牝自绵绵。从伶啸度将雏曲，朋好仍歌杂佩篇。会胜预占星聚德，阳纯巧遇月当乾。殊遭拟赴蒲轮召，晚节何惭铁杖坚。廿载通家谁具庆，二郎与我故同年，舞夸莱子频挥袖，望极洪崖愿拍肩。翘首坤维难即贺，深情徒寄益州笺。

屋舟为润人钱宗玉作

身世悠悠水上萍，高人栖泊傍岩扃。浮主甫里从无宅，择胜坡翁别有亭。意匠经营殊雀舫，心机忘尽对鸥汀。推蓬小酌江天碧，下碇遥连海屿青。岂必侵星游别渚，不妨撑月吸波泠。鲎帆隐隐当窗起，鱼艇飘飘倚槛停。雨洒春波檐欲没，潮回秋浦酒初醒。危樯飓浪吾何恐，击棹成讴客喜听。京洛尘缨思一濯，长风借便可扬舲。

与诸同年会于城东黄都尉宅分韵得无字

元年三月二十六日，同年二十九人会于城东黄都尉宅，分韵赋诗得无字。

高堂燕席喧笙竽，金珂塞路腾骅驹。宾来不速主谁是，年家意气原相孚。箫楼仿佛郑庄驿，春风拂拂吹行厨。歌喉宛转本燕赵，舞袖独速来巴渝。墙根已报瓶屡卧，椎⁽³⁶⁾泥忽送湘南壶。兄酬弟酢爵无算，已挤酩酊须人扶。忆昔同游杏园里，我初结发犹无须。流光冉冉今七闰，日斜会见搔霜颜。坐中耆艾昔强壮，意外感慨殊荣枯。几人敡历尚台省，大半出牧居江湖。晨星在眼已可数，胜日此会安能无。何时辐辏又簪盍，少尹行且归留都。临溪太守亦北去，典学使者还东趋。信知俯仰是陈迹，暂取笑语真良图。岂能饮食事醄宴，正欲道谊评精粗。寒儒图报从释褐，况此袍带多金朱。雍雍谛听冈上凤，泛泛肯效波间凫。汇征共贺拔茅茹，终誉各拟收桑榆。何妨比美称稷契，相与辅世跻唐虞。

寿忍庵章公八十一 公谢方石先生姻友

雁荡山高高且广，翠满台南如涌浪。山翁筑隐选佳胜，暮霭朝霏千万状。流泉到枕醒尘梦，爽气浮窗惬真赏。居家有政惟孝友，化俗无争尽谦让。山间旧□⁽³⁷⁾神仙侣，酒盏诗筒日还往。就中意气谁最亲，方石先生本姻丈。忍庵心事已高贤，钜笔形容更精当。先生请老今桃溪，白发黄眉两高尚。望海亭中坐几回，不妨砍地歌声放。小春南阁门弧悬，一篇定值千金贶。二郎归贺索荒词，却愧缶鸣真冗长。灵运平生纵游处，万壑千流结遐想。何由一造先生门，亦欲从翁操几杖。

题冒车驾东皋唱和卷

海水西头谁结屋，时时东望醒尘目。苍凉初日挂扶桑，持书步出东斋读。何许醒风暮地来，眼中蜃气成楼台。纷红骇绿忽如市，乱我衷曲增烦哀。宿旧好仙术寻常，□□□□⁽³⁸⁾梦蓬莱。珠宫贝阙容我住，讵似浊世多浮埃。东皋斗绝几千仞，笑口到此还时开。朅来欲续《远游赋》，羽翰未就心悠哉。

井井亭　有序

为吴南夫编修乃尊作。亭在苏之天平山，而井即白云泉之支派也。

一亭稳著吴山巅，行人举首皆欣然。喉干吻燥足力倦，井干列坐斟寒泉。含冰漱玉失道渴，五浆之馈谁争先。银瓶素绠无墨碍，鸱夷谩向征车悬。问谁好事此修筑，往来尽道封君贤。吴中此水称第一，分支远自层云边。荒基断甃纷在眼，昔人遗惠犹流传。泥汗不复飞鸟下，石罅但有鸣蛙专。百年义举一朝复，心有经济真拳拳。惜哉未免行道侧，一勺小试山中权。德丰报厚天可必，词林有子方孤骞。渊澄井冽负公望，克举遗训常周旋。云肤冰气互蒸瀺，从龙行且升于天。天瓢倾注慰高仰，沛为霖雨酾为川。吾诗不忘如左券，贞珉可向亭中镌。

陈斗之母寿七十　陈斗之母寿七十，以陈给舍伯献所写神仙祝寿图求赋。

吾宗长房好仙术，竹杖⁽³⁹⁾随行乃神物。有时化作苍精龙，万里浮游才倏忽。陈家阿母⁽⁴⁰⁾寿古稀，佳儿欲报三春晖。黄门通家亦通谱，为写此画张庭闱。朔风不冻瑶池水，笙歌鼎沸围珠履。舒长化日如壶中，安知不有真仙至。题诗用贺称觞人，迎仙岁岁当兹辰。母慈子孝共眉寿，蟠桃坐阅三千春。

祈雪有应志喜

戊辰一冬无雪，有诏文武大臣各致斋于公所，以十二月十七日祷于都城隍之神。越二日，遂得大雪，天人感通，可谓响应矣。聊作数句，以致愿丰之喜。

经时不雨二麦枯，四野极目惟寒芜。民生国计深可忧，⁽⁴¹⁾何人肯进《流移图》。《桑林》《云汉》有故事，有司上请蒙都俞。分驰牲帛告群望，都城庙祷烦公孤。皇心移转彼苍格，岂必烈火焚尫巫。明朝夜漏下十刻，参旗尚挂东南隅。儿童忽报花雪落，有顷云合天模糊。当空仰面试疏密，衣帽不复忧沾濡。通宵委积已数寸，茫茫九市皆琼珠。丰年有兆众心悦，万岁欲效嵩山呼。行看丞相入表贺，义有将顺非阿谀。欢声所铄融释易，不用木屑中廷铺。春郊翠浪待欣舞，畿甸或可无逃逋。更祈甘澍遍环宇，蚪蛇蟠结盈瓯畲。从今吏课不书殿，幸免陪纳完妻孥。搜肠志喜思得酒，乡人偶馈双麻姑。时清无事倍足乐，饮罄瓶卧还当酤。

寿西涯先生次邃庵韵

文星彻夜映台缠，海屋筹多更纪年。圣主虚怀谘寿俊，后生翘首仰英贤。周情孔思才难及，杜断房谋史必传。名世真应符运祚，降神谁识自山川。霜松耐晚姿偏茂，楚橘宜南性不迁。德业三朝推弼亮，邦基万载卜绵延。从龙屡与时乘会，锡马频蒙昼接专。旱⁽⁴²⁾用作霖无赤地，功看炼石补青天。狂澜不听中流倒，烈火终教美璞全。鼎味调和金饰铉，心源澄澈玉为渊。炬莲曾照罘罳外，班笋高依黼座前。一寸丹心常捧日，数茎华发未盈颠。笔端力可千斤斡，门左弧当六合悬。展庆欲携苏子杖，留宾初秩武公筵。撝谦愈觉尊光甚，善谑微闻笑辗然。似凤人皆争快睹，如泥民⁽⁴³⁾久荷陶甄。虞廷喜起方图治，汉瑟更张适解弦。蚁之⁽⁴⁴⁾醉容倾旧酝，鹤飞歌许和新篇。相如莫问形容异，李⁽⁴⁵⁾泌休论骨法坚。从此蓬莱几清浅，登瀛原是老儒仙。

送张叔诚⁽⁴⁶⁾分教江阴

我迂好看先天《易》，坐对羲图忘寝食。久传邵学派犹存，颇喜张君心有得。前年赴试上春官，朋来实藉多闻益。结交愿化云随龙，晤语不妨朝复夕。齐操岂耐瑟非竽，楚献翻疑玉为石。君知定数已安排，肯效庸流忘欣戚。斗水信有蛟龙藏，一枝自戢鹪鹩翼。即今掺袂将分手，谁向幽斋时促膝。却贺青衿得模范，足教黉舍生颜色。待问高悬在序钟，说经可夺当轩席。虞卿著书赖穷愁，杨子草玄甘静寂。凭将根窟细推寻，更把音声分翕辟。百年绝学如能继，一代坎坷何须惜。从来风教属严师，况也儒官非冗职。逸足终遭伯乐知，名材定荷中郎识。别筵莫漫醉春酌，后会还应更岁历。海滨双鲤须凭致，慰予万里长相忆。

送李汝章知六安州

忆年十二如婴孩，侍武世父京师来。君随乃翁在西署，鬖鬖绿鬓初垂腮。岂缘瓜葛笃情好，早向研席相追陪。长安寓邸通委巷，往还不厌在尘埃。胸中疑义互评骘，使我茅塞时时开。雄姿逸气众所畏，先登拟作群英魁。我惭扬秕真忝窃，君恨锻翻犹迟回。几年屈就吏曹选，一郡小试平生才。翁尝作牧应有谱，事若迎刃非难裁。从来良吏先惠政，愿以生意嘘枯荄。况当戎马始残害，所在凋敝堪怜哀。崇阳茶荈未可拔，渤海榆韭谁能栽。古人事业在自勉，为歌此曲君行哉。

乙亥二月朔雪三日不止　乙亥二月朔日，雪连三日不止，平地深尺余。

一冬无雪怨天悭，谁料春来却倍还。阴壮自能韬白日，望迷何处辩尘寰。远连瀛海看仙阁，高接蓬婆认蜀山。剡棹茫茫应欲返，袁扉寂寂定常关。银杯逐马深仍没，冰柱垂帘冻已顽。擎重独怜霜柏老，开迟共惜野芳孱。生憎兴阻园亭外，翻爱光分几砚间。灵液融香供茗事，飞霙点鬓益诗班。儿童好弄成盐虎，词客多情托素鹓。江上渔舟谁独钓，风前鹤氅有余闲。安居尚觉华堂冷，坐食因思委巷艰。吟罢愀然投彩笔，更呼樽酒破愁颜。

为安三府题所藏史痴翁画(47)二首

雨香云淡东风软，叠叠林峦青似染。翠霭晴岚扑面来，游人选胜开春宴。小小亭台载酒过，深深楼观题诗遍。芳树交加百鸟鸣，清溪掩映千花艳。谁摹此景笔颇奇，无限风光归匹练。使君胸次若藏春，爱此寻常舒复卷。画惟写意不须工，境若会心非在远。阳和有脚望循行，寒谷吹嘘待邹衍。右春景

万壑千崖堆玉尘，老松僵立霜皮皱。行人飞鸟不见影，渔蓑揭揭趋江滨。荒村酒薄鱼可换，径买一醉宁知贫。诗人往往敬画此，不夸锦帐罗浓醇。使君爱诗复爱画，行吟坐对皆天真。高堂六月苦炎热，披图便觉融心神。清飚拂座送凉冷，寒岫照眼增嶙峋。欲凭一问茅檐下，或有扃门高卧人。右雪景

得邸报有异闻感而有作　己卯五月十八日

百年异事骇初闻，反袂开缄老眼昏。太史岂应侵谏(48)职，寒儒自欲报君恩。骊龙颔逆难遭睡，虎豹关严枉(49)叫阍。但使有光争日月，不惭无力正乾坤。妖蟆寸铁心何苦，骏马千金骨仅存。烈士循名元可丧，佞人多巧舌空扪。唐科讵愧刘蕡策，楚些须招屈子魂。事定盖棺真不朽，声缘忧国竟须吞。干将在狱犹冲斗，砥(50)柱当流少遏奔。文运盛衰关世运，长歌写罢不堪(51)论。

送阁老熊峰石公祭告泰山阙里

一函香帛出彤墀，东祀亲烦阁老赍。七十二君封禅地，百千万世帝王师。新朝望秩遵虞典，故国牲牢忆汉祠。祝册御名劳自署，华原使传看先驰。颂声远播怀柔后，道化孚昭感格时。登览杜陵游甚壮，低回迁史去何迟。秦碑细别莓苔字，周桧徐攀雨露枝。秘迹未缘窥玉牒，遗音如或听金丝。长途记述诗偏富，盛礼遭逢兴亦

奇。青简裁成须大手，銮坡翘首数归期。

谢少保砺庵分送葡萄

少保檐前有珍果，老根盘伏庭之左。春深翠蔓走千条，秋半玄珠垂万颗。初尝早已念相知，一物虽微不自私。雕盘分送堆马乳，今我却忆韩公诗。当年此屋我曾寓，高架犹存纳凉处。鸿泥踪迹久东西，岂意复来同啸语。剥极仍看硕果存，实赖诸老扶乾坤。不然铜驼且荆棘，此物安得留株根。龙须远引蒙天泽，发育堪占燮调力。老馋岁岁幸分甘，不愧无功常伴食。琼浆润吻味有余，知公诗思多清腴。搜枯辄拟报嘉惠，砾投讵称累匕珠。

寿孙母王太夫人七言长律　有引

封太夫人王氏为兵部尚书岁寒公之妇，赠南京兵部尚书葵轩公之配，而今南京吏部尚书、我妇翁冰蘖老先生之继母也。以兹九月二十九日，寿跻七秩，其震器正吉先生偕诸子悦吉、敦吉甫，率诸孙献觞膝下，怡怡愉愉，可谓乐矣。宏忝姻末，不胜庆忭，乃赋此诗，遣甥孙懋贤歌于悬悦之辰，庸申祝贺之私云。

岁寒溪畔巧藏春，共贺潘舆送喜频。圣主宠嘉南冢宰，慈闱封进太夫人。秋来鹤发逢初度，天上鸾书及此辰。健甚步随珠翠重，怡愉舞看彩衣新。雏皆威凤贤谁并，德拟巢鸠爱本均。世累公卿皆飨盛，家无赀货不嫌贫。冻皴老手朝犹绩，碧点方瞳夜可纫。萱背气佳常郁郁，兰阶茅苗更振振。宾筵称寿杯浮蚁，仙姝交欢脯擘麟。千里瞻云劳子含，一时献颂集朝绅。蟠桃收取三偷核，瀛海从飞几度尘。寸薄未能歌福履，门高真忝托婚姻。余芳欲附班姑史，善教将依孟氏邻。北望银峰才咫尺，奔趋何日拜芳茵。

群仙献寿图贺岳母张太夫人

钟山之下高堂里，寿母令妻歌燕喜。黄眉高与案相齐，碧眼共看见聚戏。有觞有豆华筵开，非竹非丝笑声沸。百年佳话愧乘龙，万里相望难缩地。窦屏当户散余辉，谢女思亲裁巧制。都将蓬岛飞升瞰，写作庭闱称贺意。慈竹阴中老鹤鸣，瑞莲叶上金龟憩。阿翁宦业出寻常，此母壸范真伉俪。想多隐德活千人，能斡洪钧回一气。椿萱自合更长年，兰玉还期昌后裔。

柳絮

舟中不记春将暮，忽见风中有飞絮。巧能投隙入青廉，媚欲依人沾白综。漫空舞雪真颠狂，天地阔远春茫茫。琼楼玉宇最高处，因风作态随飘扬。毡铺毯转俱无益，雀啄鱼吹供戏剧。儿童欲捉到手难，始终凭藉东风力。柳花飞尽春江头，春光欲去不可留。污池但有青萍合，烟景凄迷柳线柔。

赠程侃

武夷之山信奇绝，幢节罗森屏障列。清溪九曲绕山流，膏黛澄凝罗带折。神仙炼药须名山，遗蜕往往留山间。洞门石扇瞰幽壑，丹梯百丈谁能攀。我家去山才咫尺，屡阅图经常叹息。何时一叶泛扁舟，历览烟霞访仙迹。生今从仕闽关头。兹册应得时时游。沿流击楫棹讴发，可藉胜境消闲愁。山中闻说多瑶草，采服令人却衰老。若得红颜生羽翰，世上浮沉何足道。

【校勘记】

（1）勋德　底本字不清，据丛刊本补。

（2）左祖　底本字不清，据丛刊本补。

（3）相职　底本字不清，据丛刊本补。

（4）徽　崇祯本作"微"，是也。

（5）颠连　底本字不清，据丛刊本补。

（6）曰　据文意疑为"白"之误。

（7）籍系　底本字不清，据丛刊本补。

（8）德彰云兴龙在　底本字不清，据丛刊本补。

（9）识体　丛刊本字不清。

（10）襟宇务包　此句疑脱一字。

（11）唐忧　底本字不清，据丛刊本补。

（12）镞　底本、丛刊本字不清，据崇祯本补。

（13）州　底本、丛刊本字不清，据崇祯本补。

（14）□　底本、丛刊本字不清。

（15）腊　丛刊本字不清。

（16）籍　丛刊本字不清。

（17）当严伏　丛刊本字不清。

（18）霄　底本字不清，据丛刊本补。

（19）拥　丛刊本字不清。

（20）云　据文意，疑为"去"之误。

（21）西　据文意，疑为"酉"之误。

（22）怪周　底本字不清，据丛刊本补。

（23）商　此下至"降"18 字，丛刊本皆不清。

（24）辈出国　丛刊本字不清。

（25）岂如遭际　丛刊本字不清。

（26）写纸踊贵诏　丛刊本字不清。

（27）追羲轩　丛刊本字不清。

（28）端笏趋　丛刊本字不清。

（29）独　底本字不清，据丛刊本补。

（30）请　底本字不清，据丛刊本补。

（31）恩　底本字不清，据丛刊本补。

（32）蒹葭　丛刊本字不清。

（33）须莲渠　丛体字不清。

（34）教　底本、丛刊本字不清，据文意补。

（35）难　丛刊本字不清。

（36）椎　崇祯本作"推"。

（37）□　底本、丛刊本字不清。

（38）□□□□　据文意，此处疑脱四字。

（39）仙术竹杖　丛刊本字不清。

（40）母　底本、丛刊本作"毋"，据文意改。

（41）忧　底本字不清，丛刊本作"有"，据文意补改。

（42）旱　底本、丛刊本作"早"，据崇祯本改。

（43）民　底本、丛刊本作"氏"，据崇祯本改。

（44）之　底本字不清，丛刊本作"之"，崇祯本作"泛"，当以丛刊本为是。

（45）李　底本字不清，丛刊本作"字"，据崇祯本补改。

（46）诚　底本、丛刊本作"成"，据目录改。

（47）画　底本、丛刊本作"书"，据目录改。

（48）谏　丛刊本作"重"。

（49）枉　丛刊本作"娃"。

（50）砥　丛刊本作"□"。

（51）运盛衰关世运长歌写罢不堪　丛刊本作 12 个"□"。

诗 类

五言绝句　附六言四句一首

题吴匏庵东庄诸景二十一首[1]

东城

好[2]景隐城东，宛然村落中。
春风到常早，花木易成丛。

菱濠

暑轩唇吻燥，紫角不论钱。
忽闻采菱曲，催唤濠中船。

竹田

种竹损腴田，爱渠清类我。
春来饭不充，烧笋亦云可。

南港

漫漫身齐水，依依柳带沙。
渔人来往熟，不用觅桃花。

北港

菡萏照溪红，幽香可意浓。
移床溪北去，为欲趁南风。

双井村

寒甃深相并，孤村旧得名。
晓来瓶绠集，卧听辘轳声。

方田

吴城真陆海，有田方如许。
秋熟饱长腰，孤嫠拾遗稆。

果林

嫩[3]棵点微红，尽是林檎树。
众鸟惯窥园，人来□□□。[4]

桑洲

蚕眠[5]条忽尽，蛹弃叶重生。
辛苦洲前树，于人故有情。

朱樱径

步过朱樱下，莓苔一径迂。
闲将寻涧竹，摘取树头枝。

振衣冈

高冈一以眺，披襟爱雄风。
不缘新浴罢，来自洛尘中。

鹤洞

仙洞才容鹤，云门夜自封。
晓来阶下舞，苔径有行踪。

曲池

岸曲水难流，萦回贮秋景。
池莲映不莲，一片红云影。

艇子滨

烟艇寻芳去，常时带月归。
水禽冰上宿，惊落翠毛衣。

芝丘

谁将麦两岐，幻出芝三秀。
东庄有兹丘，流芳千载后。

折桂桥

名桥传自昔，折桂是何人？
有客新题柱，无惭晋郄诜。

全真馆

地接琳宫近，谈容羽士俱。
时窥鸿宝术，人号列仙儒。

续古堂

古人不可作，古道犹可续。
朝出堂前耕，夜归堂下读。

拙修庵

谋己如鸠拙，安居比鹊巢。
市朝无足迹，坐榻已成坳。

耕息轩

卓午牛正疲，深耕恐无力。
归来息轩中，耒耜倚檐隙。

和乐亭

人能知鱼乐，鱼亦解人意。
忽闻扣槛声，出水觅香饵。

过武城渡口

十四日过武城，历渡口驿，细雨顺风，舟行颇速，戏集杜诗。
落[6]日放船好，春帆细雨来。
白鸥波浩荡，坐稳兴悠哉。

题扇赠吴悦之秀才和宁庵韵　六言四句

溪[7]上山如画罨，闲来身似浮云，莫向河梁惜别，扁舟还拟寻君。

七言绝句

题捕鱼图送大参张廷式之山东二首

大藩新政布春和，眼底江山好景多。
试向东人访谣诵，欢声一并入渔歌。

渔人小艇集溪头，竭泽谁当抱此忧。
明日熊车东海去，何如疏网漏吞舟。

送耿司训

奕世衣冠不乏贤，一经仍得坐青毡。
马蹄南下应千里，愿折垂杨更着鞭。

得告初归二首

困时推户枕书眠，饥饭香粳渴饮泉。
山泽癯儒寻乐处，未应多让玉堂仙。

苦缘诗债惊初瘦，战胜纷华喜渐肥。
一顾南山还自笑，如何今日始求归。

谢李汝章送帐蕲簟人参何首乌二首

多病抛书只爱眠，惟君相契更相怜。
帐纱簟竹来当著，一枕清风胜万钱。

乐物分来手自煎，此生真拟鬓常玄。
喜中有恨君知否，犹吝仙家一味铅。

柴埠津

一声两声牛背笛，三只四只渔人舟。
江村风景描难就，倚杖闲行古渡头。

题黄廷用文选卧游册子六绝

杖藜来往独寻春，爱杀诗翁语出尘。却司溪山有真趣，不甘长作市朝人。
廉蔺徒争寸尺功，党分牛李自相攻。谁知揖逊唐虞俗，还在深山矮屋中。
野畦高下水纵横，短短新秋覆陇青。老农倚杖牧黄犊，树杪鹁鸠相对鸣。
社鼠凭依窟穴深，狸奴空守白棕阴。琴中传得宣尼调，未免弦声露杀心。
木莲亦似藕花红，露洗寒妆对晚风。莫笑凄凉类贫女，争妍耻入少年丛。
冰雪肌肤得酒红，漫随桃杏笑春风。枝头一点微酸在，竟毕芳心自不同。

弘治十八年六月二日嗣皇始御西角门视事以诗纪之四首

弘治十八年六月二日，嗣皇始御西角门。百官行奉慰礼，朝者视常日数倍，争先睹圣之同情也。是日，遣保国公朱晖挂印充总兵官，偕右都御史史琳往征虏寇，授以敕书，赐酒饭彩段钞锭而行。既又宣礼部臣，授以敕谕，令集议大行皇帝尊谥。百官出，至阙前跪听而退。因并以诗纪之。

嗣君访落始临朝，西角门前拥百僚。
但愿舜聪能四达，即看新政继神尧。

六月王师未可休，宣王勤励再兴周。
吾君若问安边策，攘外先须内治修。

九重推毂渥恩稠，庙胜分明属壮猷。
会见成功报[8]明主，也应无意觅封侯。

渐远龙髯未可攀，抱弓犹带泪痕班。
称天着语真难甚，课德宜居舜禹间。

文华殿暖阁讲罢蒙赏纪事

九月二十一日，文华殿暖阁讲罢，有旨："与赏赐。"内侍[9]举三案[10]自殿西进至上前，置纱帽衣靴其上。少师臣刘健，少傅臣李东阳、[11]谢迁，率日讲官礼部左侍郎臣王华、右侍郎臣王机，少詹事兼学士臣杨廷和，学士臣白钺、臣刘忠，太常少卿兼侍读臣费宏，列班跪谢。臣健致词云："臣等职分当然，钦蒙赏赐，无所补报，不胜感激。"上复云："先生每辛苦。"臣等以为，得上一言胜于千金之赐也，因以一绝纪之。

衣冠三等列长筵，讲罢承恩暖阁前。
耳畔忽闻天语重，小臣辛苦分当然。

因贤儿诵秋胡诗偶成

贤儿偶诵秋胡诗，有"若使偶然通一笑，半生谁信守孤灯"之句，因成一绝，盖责备之意也。
养蚕成帛待郎归，谁料相逢始愿违。
以死自明还自愧，妇人只合在深闺。

次孙司徒咏竹四首

箱房后丛竹抽简甚多，内直房候朝，与司徒孙公谈种竹事，公诵其在吏部郎署《咏竹四绝》，因次其韵。
竹里亭幽比邵窝，绿筠诗妙忆东坡。
笞钱满地从穿破，我爱龙孙不厌多。

新竹春来日渐添，清阴翠色满疏帘。
此君每见难抛却，不觉孤亭日转檐。

雨叶风稍静每闻，一丛相对换炉熏。
欲从夜气窥神化，试看朝来长几分。

紫箨新翻雨后丛，已含高节待霜风。
行吟坐对多清致，却念前人治圃功。厢房后园亭，创自怡靖白公。

睡起

习闲成懒百无功，尘事难侵世累空。
睡起呼童向篱落，菊花枝上捉青虫。

次韵答谢木亭

东湖吴献臣寄《题至乐楼七言十绝》，辱木亭依数见和，又以东湖"生憎龙虎山中客，半夜敲门借道经"之句轻巧可爱，戏作二绝，仰荷高情，次韵谢答。

未能深隐入山中，小筑楼居湖水东。部使相过谈世故，[12]闲愁尚觉在眉峰。

诗家妙响入云轻，不让昔时刘长卿。题向小楼光焰别，真应角斗避文星。

白鹤双飞忽到家，正从楼外数归家。山妻报道新刍美，何处客来同赏花。

圣主恩深未可孤，尽教烟景扰重湖。危楼块坐无游处，却愧偏舟范蠡图。

敢谓楼居受用多，幸辞尘土与风波。客来莫怪朝慵起，病骨支离奈老何。

云开山翠不须迎，雨过花丛卧复兴。林下偷安无一事，不妨邀客讲丹经。

明月当楼对影三，饮醇谁复羡曹参。高轩肯过花前醉，按节长歌有两男。

太白空歌笑矣乎，胸中闲气自应无。登楼只办观书眼，莫向浮云望国都。

吾道谁应用拙存，已从囊括效柔坤。灌园甘抱楼前瓮。小摘欣看菜有孙。

何须饮酒读骚经，天子临朝最圣明。更赖诸公扶日月，老夫高卧颂升平。

栎寿椿年总化工，仙家何事玩环中。唤回一枕劳生梦，却赖招提半夜钟。⁽¹³⁾

起寻疏菊绕篱行，颇啸陶翁太有情，若使颓龄真可制，无劳更诵换鹅经。

再叠前韵答木亭十首

调燮都归酒盏中，柳堤花径自西东。
为霖幸有群龙在，一任闲云恋碧峰。

茅屋归来万虑轻，弄潮时藉墨为卿。
杜陵不复愁兵甲，真赖文翁是福星。木亭今春统兵来，途
逆寇。

寸心如月遍家家，幽隐难欺攫肉鸦。
野老已忘官长德，酣歌常对榻前花。

我爱庐山与小孤，欲冲烟浪泛鄱湖。
何时得附仙舟往，共写新诗当画图。

水上浮云晚更多，闲随溪友钓沧波。
渔歌一曲从疏放，不奈狂奴故态何。

田父邻翁处处迎，醉眠常带酒痕兴。
浊醪有理谁能赋，欲乞东坡旧著经。

闾巷相逢叹每三，薇垣美政赖公参。
向来泥饮遭村社，最感营农放大男。

矮楼还可摘星乎，小景他乡未必无。
却赖高人为摹写，赋声曾许四三都。木亭作《至乐楼赋》

先天妙理一图存，二气循环次继坤。
识取阴阳有常数，不须乞巧向天孙。

案头兼置《相牛经》，农事年来已渐明。
野老无心歌扣角，惟求二满与三平。

三叠韵答木亭十首

一榻常侵树影中，楼前花竹互西东。
春来翻厌浓阴合，略洗繁枝出远峰。

隐居真觉一身轻，已免呼郎误作卿。
却怪韩公太多事，送穷犹欲使奴星。

愿丰心切本农家，瑞应专期种麦鸦。
但使秫田秋倍熟，不愁无酒对黄花。

林间踪迹未为孤，云满青山水半湖。
颇觉初豪无用处，求田问舍亦良图。

使君吟讽患才多，鳌掷鹏骞涌海波。
独恨野人空抱膝，苦无佳句步阴、何。

湖东父老顶香迎，害待公除利待兴。
诗可观风仍遍采，阴崖穷谷亦频经。

宠锡行看昼接三，一时惠政许谁参。
颇闻舆诵如新息，生子须名伟节男。

青镜频看老矣乎，诗情酒兴未应无。
江天寂寞多云雾，枉沐千旌在浚都。

宝轴牙签旧赐存，恩波浩荡荷乾坤。
寸心缱绻常图报，只用忠贞训子孙。

君臣夷夏本天经，阴曀难韬日月明。
但把诗篇遣愁绪，倚楼行见泰阶平。

木亭发后用韵十首

目随帆影入云中，路出湖山东复东。
无限风光供指点，冰为溪水玉为峰。

琴鹤相随世累轻，循良待补汉公卿。
似闻益部人翘首，已向天边认使星。_{近传刘公有四川方伯}
之擢。

吟社同推老作家，珍函题处字如鸦。
一尊未尽淹留兴，秋晚方看菊有花。

两月诗怀侭不孤，木亭高唱到鹅湖。
阳崖阴谷无边景，总入王维有韵图。

话别还闻感慨多，狂风卷地欲成波。
明公试续昌黎[14]讼，风伯谁云无奈何。

高人别后少将迎，睡到人家饭后兴。
却笑杨雄闲不得，闭门犹草《太玄经》。

南郊黛耜手推三，帝籍颁行旧忝参。
畎亩余忠犹一念，充耘为国合添男。[15]

銮舆暂出盍归乎，还有衣冠扈从无？
未必山翁尽忘世，默存时后梦清都。

剥后还教硕果存，阳和渐次满乾坤。
何曾老悖真堪啸，漫有闲愁到子孙。

独抛三《传》究遗经，褒贬知公字字明。
鲁史王正真待笔，尊周还欲致隆平。

五言律

送张凤翔归番禺

南海三年别，东风万里归。梦随池草变，行逐岭云飞。
宿处檠犹短，唫边笔屡挥。遗珠吾不惜，转眼试春衣。

葛御史巡按广东因归寿母

霜路通南海，星轺赴北堂。舞衣红绣矛，春酒绿盈觞。
剪后垂银发，封余荷衮章。义方真不负，邻里共芬芳。

暮春即事

小艇看山罢，归来日已昏。机春趁晚急，渔火集滩喧。
听树知秋意，观星认帝垣。缘江谙小径，步屟到柴门。

雨霁

雨霁晴方稳，携床出翠微。倦行时小憩，幽讨欲忘归。
傍柳莺移树，穿花蝶在衣。长歌林谷震，真意合天机。

春日偶成

意外尘嚣远，眼中山水清。溪游时命舫，野坐或班荆。[16]
迹任渔樵狎，身兼吏隐名。所惭疏懒甚，何以答皇明。

挽萧封君莘夫　封君抚稚弟五人，甚得兄道，乃子柯为御史。

鹤发今安在，龙塘故自清。貤封宜有子，抚稚不惭兄。
碣称中郎笔，乡传许劭评。悲风撼台柏，彻夜乳乌鸣。

闻警 乙丑年五月十八日

近日公车里，频收赤白囊。边兵多陷没，虏骑正猖狂。
芳雨妨行戍，腥风满战场。庙堂方拊髀，论将忆冯唐。

看雨

春深才得雨，晏坐忽宽忧。红见宫花润，青知陇麦抽。
涸辙呼枯鲋，晴唤屡占鸠。欲动清宵酌，檐声恐遂收。

即事

扶栋初成屋，为园旋筑墙。看山嫌树密，傍砌爱花香。
蝶翅明如画，莺声巧似簧。春光不相负，何必滞他乡。

观涨

云气吞山尽，江流带雨浑。喜晴临野岸，观涨验沙痕。
拘束无官府，追思有弟昆。孤舟横渡口，归憩欲黄昏。

孝惠皇太后挽歌

阅历更三世，贤明冠六宫。脱簪存儆戒，辞辇示谦冲。
共仰承乾德，兼多启圣功。忽看仙驭远，哀感万方同。

安平道中 短述

安平道中，两岸多马兰、羊蹄，弥望不绝。二物皆载之《本草》，医家间亦用之。童仆或采撷入[17]舟，因戏为短述。

覆岸羊蹄草，缘坡马兰花。逢春多发育，得地各萌芽。
紫萼深承露，芳根润带沙。物微皆适用，采撷付医家。

经靳江口 二十一日经靳家口[18]

水浅舟行缓，春深日正长。暖风喧鸟雀，平野散牛羊。

乡国频延颈，农家欲种秧。归田无别梦，念念在耕桑。

雨中理菊　书示星士徐东井

久雨门难出，荒庭日易晡。竹繁教略洗，花罨欲频扶。
迂拙真何用，幽闲且自娱。过从有佳客，无酒亦须沽。

忆至乐楼花竹二首

楼景专林壑，春归客未归。几多巢鷇长，无数槛花飞。
笋尚侵阶出，梅应得雨肥。秖须催酿秫，到日赏芳菲。
又
草阁依清樾，牙签插架齐。平生有闲癖，未老得幽栖。
题竹诗堪赋，听莺酒可携。从人争凤沼，我止忆龙溪。

春雨霁

雨霁郊原润，春深景物妍。暖云低覆树，流水漫成川。
径草碧如剪，槛花红欲燃。呼童理耕稼，生计在农田。

听雨

听雨门常闭，⁽¹⁹⁾看□□曾欹。闲愁喧燕语，浪喜易蛛丝。
润气侵书帙，浮埃满砚池。连朝亲药裹，无兴复吟诗。

游山庄偶书　庄后有泉出石窍，四时不绝，欲名石泉别野。戊子六月

长夏浑无事，山庄漫一游。柴门迎犬吠，樵径突归余。
云物清溪浅，风光碧树稠。石泉尤可爱，滴滴绕阶流。

【校勘记】

（1）崇祯本只存东城、竹田、北港、鹤洞四首。

（2）好　丛刊本作"诸"。

（3）嫩　丛刊本作白框。

（4）人来□□□　底本后三字不清，丛刊本作五白框。

（5）蚕眠　底本字不清，据丛刊本补。

（6）落　底本字不清，据丛刊本补。

（7）溪　底本字不清，据丛刊本补。

（8）报　丛刊本作"我□"。

（9）侍　底本、丛刊本皆作"待"，据崇祯本改。

（10）案　崇祯本作"药"。

（11）阳　底本、丛刊本皆作"旸"，据《明史》李东阳本传改。

（12）故　底本脱，据丛刊本补。

（13）钟　丛刊本作"无"。

（14）黎　丛刊本作"您"。

（15）男　底本脱，据丛刊本补。

（16）荆　底本字不清，丛刊本作"别"，据文意改。

（17）或采撷入　丛刊本作四白框。

（18）目录作"靳江口"，正文作"靳家口"。

（19）常闭　丛刊本作"时雨"。

卷 之 四

诗 类

七⁽¹⁾言律

及第纪恩二首

鹓班济济听胪传，惊喜龙头属少年。明主拔才真十五，寒儒对策愧三千。
百年拜舞天心悦，六字亲题御墨鲜。观榜共随仙乐出，文星灿烂晓云边。

有诏南宫宴茂材，主筵仍遣上公来。需云散彩浮瑶席，湛露分香溢玉杯。
天近帝居春似海，乐兼胡部鼓如雷。宫花斜压夸冠重，知是琼林醉后回。

初入翰林

紫殿东头供奉班，敢期甄录到疏顽。百年史笔追麟⁽²⁾趾，双日经帷侍燕闲。
奎璧弘开天上府，蓬瀛移取海中山。也知尽职惟忠孝，不在区区文字间。

送彭思庵阁老致仕

三千丛里魁多士，四十年来列上公。欧氏文章从古少，韩家名位几人同。
退优暂即江湖远，虚宁还占宠渥隆。黄阁重来头上黑，未应心事付冥鸿。

千秋节文华殿侍班　丁未年七月三日

紫禁清秋气郁葱，百官朝罢赴青宫。春留鹤辇仁风播，天近龙楼圣眷隆。
一德重辉星拱北，两明继照日生东。侍臣鹄立依香案，拟在蓬莱绝岛中。

弘治改元用镜川学士韵

旂常婀娜闪金扉，舜殿初垂五彩衣。潜邸久疑龙或跃，高冈载咏凤于飞。
天将解雨苏穷困，人仰离明照隐微。山野癯儒忧治切，幸逢新政喜将肥。

送李黄门宗岳之南都

汉世龙门重李膺，后来风采属云仍。回天有论看披腹，医国何人是折肱。
咫尺皇威瞻玉陛，万千佳气绕金陵。看君地位居清要，自愧疏闲百未能。

题范天予卷

补庵门下客如云，邂逅尘埃复识君。失士谁应怜李鹰，登科我亦愧刘蒉。
潜珍岂是池中物，汗血还空冀北群。大学斋盐能不厌，令人重忆范希文。

寿陈爱松处士

山林无物扰天和，甲子周来鬓未皤。韵倚紫芝歌甚放，坐招明月饮微酡。
方瞳几阅桑田换，壮志还堪铁砚磨。待得申公年九十，蒲轮定见贲松罗。

送杨润卿使贵州盘粮

花骢蹀躞蹴香尘，南去黄门使节新。自是边人仰庚癸，岂劳朋辈惜参辰。
关心远路山如米，回首长安日似轮。道出湖、襄应有感，奏将图画写流民。

题周公瑞画

溪流涨绿山攒青，红入桃杏尤分明。眼中何处无颜色，春风点缀真多情。
山人楼居敞窗户，随意收春归肺腑。携琴载酒是何人，笑指门前落花路。

禫祭谒陵和匏庵方石二先生赠行韵

锦树芳尘送晚飔，长途酒琖未容辞。豪吟自觉貂难续，奉引真惭马滥骑。
山翠空濛多雨后，川光激滟欲冰时。五云深处频回首，前辈多情有赠诗。

题刘谏议文节祠　志传：蕢葬广西郁林

英风如在凛寒飔，乱世危言死不辞。一日马蹄谁意得，九天箕尾定身骑。
松楸杳杳知何处，苹藻拳拳又此时。谒罢不胜怀古意，都将感慨入新诗。

次谢方石先生赠行韵

陵柏参天舞乱飔，先皇永与万方辞。归来鹤语还相慰，去尽龙媒不复骑。
仁孝共称临御日，华夷亲见太平时。玄宫遇禫惭初谒，忍痛寒儒报德诗。

送刘仁仲先生谒陵用前韵

北望寒生拂面飔，软裘能复忍坚辞。灰怜管吹才三匝，马忆游山已再骑。
四野晴云迎去斾，五陵佳气满清时。日长一线君应惜，添得奚囊几首诗。

贺黄编修乃兄入赀补官

乌纱远寄出词林，为忆年来鬓雪侵。在野本无干进累，输边微露济时心。
山林忽讶头颅别，庭树应知友爱深。料得看云眠白昼，梦回池草续清吟。[3]

送陆庶子令弟下第南还用吴匏庵韵

退鹢[4]南飞趁晚风，休将形迹论穷通。玉还荆国犹堪宝，琴向齐门岂未工。
捧日自应怀冀北，看云谁复忆江东。陆家兄弟今犹古，预识他年事业同。

送华编修伯瞻养疴归蕲州

太瘦真缘苦作诗，归闲自与病相宜。行囊旧畜三年艾，卧簟新裁八尺漪。
养性须凭[5]黄老术，消[6]愁尽付楚人辞。何时勿药来应早，直北红云系梦思。

赠王直古二首

隐者王直古，遨游京师三十余年。与吴匏庵、谢方石、李西涯三先生交最深。顷归黄岩，未几复来。匏庵有诗，因次其韵。

一别霞城知几年，故人多住凤楼前。怀归每笑依刘客，乘兴还登忆戴船。
老去无财非病也，闲来有酒即欣然。能诗自古穷如此，看取吟囊满壁悬。

将诗度日酒为年，风韵谁居此老前。独鹤留看栖隐地，群鸥懒避往来船。
身名自分我为我，世事安知然不然。试向五云深处望，分明有点客星悬。

送兴化王太守分韵得封字

一麾远守闽中郡，何日重闻阙下钟。本为睢阳聊屈黯，应知渤海即还龚。
春庭草色埋三木，夜卷书声蔼四封。儒吏名家真不忝，士民私幸属陶熔。

题骢马行春图送李御史巡按陕西

独骑骢马入三秦，霜路腾骧别有春。黎庶万千蒙雨露，山河百二绝风尘。
埋轮久试摧奸手，叱驭应抛报主身。今日颓纲真委辔，一方元气属陶钧。

闻皇子生志喜

前星隐隐丽层霄，万里祥光接治朝。一索占应归主器，九重欢拟献新谣。
百男复有莘嗣挚，三祝还期舜协尧。不向周南叹留滞，鸾书到处圣恩饶。

食乌饭　有序

　　俗以四月八日为浴佛日，采木叶染米蒸为乌饭，彼此相馈，农家息牛休耕，以为故事。
朝廷是日亦赐群官宴于阙下，其名谓之"不落荚"。予不食乌饭者近十年矣，今又尝故乡之
味，因纪其事。
　　旅食天涯岁屡迁，归来问俗思茫然。休耕有例疲农乐，浴佛无凭异教传。
　　乌饭尝新还此日，黄封与宴忆他年。喜晴预作丰穰贺，蓑笠从知欲覆田。谚
云："四月八日晴，蓑笠覆田塍。"

送陈廷纲归临川

童稚分携岁屡迁，几回相忆耸吟肩。来当今雨情偏厚，坐对春风喜欲颠。
七日豹斑聊隐雾，三年鹏翮拟冲天。江干客舫还无赖，又载离愁入汝川。

雪中次东坡韵二首

冻合寒林噪暮鸦，川无游艇陆无车。幻成海国蓬山景，飞尽天门瑞木花。
独拥渔蓑思钓叟，浅斟羔酒属豪家。梁园谁受相如简，短赋初成手几叉。[7]

风前冻雨晚帘纤，转觉玄冥号令严。体物陈言惭鹤鹭，煮茶清味陋姜盐。
追踪最喜孤迷穴，乏食应怜雀噪檐。晓上南楼穷望眼，分明万点蜀山尖。

游含珠山二首

予以成化癸卯侍叔父雪峰先生讲学含珠山中，是秋遂同领乡荐，往游太学。越四年，忝甲科，官翰林。又五年，始获赐归。每欲登山一赏旧游，则以兹山密迩吾庐，林姿壑态常耳目可见，不果游者久之。兹宗兄顺昌公载邀予同游，乃克偿此欠事。且适当夏初，风日清美，颇足乐也，第追思先叔，则不能为情之甚也。午后将归，因走笔赋二诗，以述今昔之怀云。

举头常爱三峰好，屈指重登十载余。晴霭随风沾客袂，岩花满路送蓝舆。
香林尚记登科谶，向在山中，阶下有小山栀一本，是年始开二花，其一结实。予心异之，已拟有双举者。石室谋藏旧读书。昔李公择读书五老峰白石庵，既而藏书五千卷于山中遗后学。得句欲题修竹上，追思大阮更踌躇。

身在蓬莱绝顶还，旧游乘兴更跻攀。追思岁月遽如许，深觉尘劳不似闲。
冠壁老松常郁郁，入厨流水自潺潺。桂枝谁拟淮南旧，踏遍层楼又下山。

游龟峰 三月二十日，侍伯父及家君游龟峰，和故都宪韩公韵

禅林奇绝隔溪濆，怪石棱层绕洞门。雕琢颇怜真宰苦，往年疑有异人存。
仙将蜕骨留尘世，大得余丹守近村。初到便应忘甲子，却疑钟鼓报晨昏。此山三十二峰，奇形异状，应接不暇，令人神魂飞动，翛然有出尘之想，而仙人、仙獒二峰尤奇绝可爱。

寄汪会元用之

文名籍甚满乾坤，更觉吾乡盛事繁。两姓通家才半舍，七年相继备三元。
风惭后辈弦歌盛，誉重前修德业存。独怪神交先入梦，何时对榻与君论。辛亥九月，谒金相陇，宿山庄，梦用之乃尊太守公着进士巾袍、系银革带相访，其时已知为春榜佳兆矣。

次韵答娄诚善先生见赠五首

乡国衣冠不乏贤，逢人辄赠绕朝鞭。秋风屡献荆山璞，夜雨常疑范帐烟。
百里连魁谈往事，一筹输我在他年。试看耸壑昂霄木，岂是寻常矮屋椽。

骓骝发后到常先，暮越朝燕不受鞭。即拟声光依日月，岂容尘迹久风烟。
杜陵彩笔惊流辈，萧圭清谈记昔年。自得隋珠难去手，余光入夜映华椽。癸卯秋
试，与诚善同寓菩⁽⁸⁾提寺。

骚坛专拜子应先，追逐谁能更着鞭。明月半窗惊笔梦，轻风一榻飔茶烟。
杜诗多具唐家史，陶集惟书晋帝年。室远尚嫌相见少，卜邻须构水西椽。

□⁽⁹⁾第无凭偶占先，斑行随队听鸣鞭。吟边岂有惊人□，⁽¹⁰⁾朝罢空携满袖烟。
笔力惟君堪贾勇，交情与我更忘年。凤楼妙手看新制，愿向工师助一椽。

春来深慕浴沂贤，野外寻芳弹玉鞭。细柳拂衣浓带露，好山迎客淡生烟。
多惭青史曾无补，一卧沧江已有年。心事傍人浑未解，谩夸题柱笔如椽。

诚善用前韵论养生复和一首

道非堪笑未为贤，愿尾青牛为执鞭。兔走乌飞更晦爽，龙吟虎啸蔼风烟。
身中大药银砂土，刻里神功日月年。心事傍人浑未解，谩夸题柱笔如椽。

陪都宪简公宿叫岩寺因次其旧题韵

春风拂面散轻阴，信宿禅房会此心。客思祇应孤雁得，交情大胜碧潭深。
云根穿水孤能立，宰木凌霜老更禁。抚景相看多感慨，浩歌随意辄成音。

次丘公韵题周璘秀才书屋

林泉乐事属专门，殷屋涛声午枕喧。身似虚舟宁有患，事如春梦了无痕。
池随晴雨频消长，山与云烟自吐吞。已结渔樵成逸侣，石床频坐亦微温。

姚秀才书劝予早出以诗答之

静坐闲行困即眠，疏慵近复胜于前。谁知身外元无物，但觉寰中别有天。
晴燕雨鸠俱自适，林花湖草各争妍。早朝不及春游乐，且向沧州住两年。

寄贺谢方石先生致仕

平生踪迹爱方岩，早向云林老一庵。今日斗瞻应更切，旧时心醉尚余酣。

技如已有贤谁似，语必惊人性所耽。龙卧海滨应未稳，苍生忧旱苦难堪。

与饶医士

一卧沧江岁屡迁，几回青琐梦相牵。喜君艺术真奇甚，令我沉疴遂脱然。
把臂不须曾九折，专门知己历三传。蹇予亦有通灵药，要使苍生病尽痊。

苦雨

今⁽¹¹⁾年春雨疑天漏，十日都无一日晴。游处每劳持具出，梦回常厌打窗声。
照泥犹自愁星点，仰瓦何当罪月行。真宰怜民应上诉，须留余沥佐秋成。

九日赠人韵

重阳丛菊雨中开，篱下行吟日几回。老圃秋香人独醉，晚山佳气鸟飞来。
登高旧许君能赋，斗健应偕客举杯。闻道南阳泉石好，何时载酒更徘徊。

游鹅湖

鹅湖自朱、吕、二陆聚讲之后，遂有闻于天下。予生长兹地，未及一游，心甚愧焉。兹幸病体就安，躬谒祠堂，以泄景仰之私，而稽勋阳朔黎公，邑长常⁽¹²⁾熟任侯，邑博定海金君、吴兴沈君，致仕太尹欧文实偕行。登眺之余，感慨无量，因短述写怀。

一从无极分明后，荒径锄茅见讲堂。自古乾坤惟此理，至今山水有余光。
庭空蔓草凭谁薙，涧满香荪欲自将。冠盖追寻恨迟暮，却愁猿鹤笑人忙。

同表弟张祐游清风峡

谁从混沌剖刚柔，石室天成玉不酬。好事客疑探虎穴，钟灵人亦占鳌头。
披襟尚快清风至，洗眼来寻古刻幽。草树荒凉亭馆废，谩赓佳句示同游。

黄上舍团峰草亭

团峰峰下著吾亭，人杰还堪卜地灵。石上晴云浮砚碧，阶前春草入帘青。
坐淹佳客频敲句，庭侍诸郎尽执经。懒我极知风月趣，何时步屧扣岩扃。

和马侍读秋雨吟二首

岁岁重阳讶许同，满城秋意雨兼风。山当西户浮新翠，尘向东华浥软红。
怯冷只疑绵可著，懒朝真愧籍虚通。空阶点点伤心处，几万军储潦土中。

客边今雨坐谁同，独倚秋轩咏晚风。池镜浅涵云影白，檐绅低映菊花红。
更声乱耳凭鸡报，霜信侵衣有雁通。偪侧最怜南北巷，有怀全露短笺中。

送傅冠卿携子南归就试 (13) 冠卿之尊翁体斋，时为礼部侍郎。

归囊剩载读残书，玉笋山中有旧庐。得雨久摒龙起蛰，鸣阳今拟凤将刍。
别当佳节情何限，吟到清秋兴未孤。为襞彩衣留膝下，重来春省即庭趋。

送刘衡仲之濬县 衡仲与乃兄俱四川解元，乃翁尝知余姚。

筮任今兹亦大名，天颜咫尺是郊坰。屏间御笔从君试，花外瑶琴洗耳听。
政在舜江应有谱，魁传巴蜀素通经。极知列宿垂光处，无限疲民待福星。

贺赞善杨知休母李氏夫人八十 少保司徒庄敏公配

春风送喜入华筵，百福谁如阿母全。轩并三鱼惊叠宠，雏将群凤爱孤骞。
蟠桃初见开花日，仙李仍逢指树年。(14) 高会不妨鲜屡击，朝宫 (15) 留得赐时钱。

经筵喜雨

经筵遇雨，衣尽湿。时方大雩，喜而有作，三月二十二日。

讲殿今年此日开，小阍宣唤众官来。上朝退，御板舆至文华殿，坐。众官自左顺门分
班侍于门外，未至百步。两小阍始开门，传："官人每进来。"春衣冒雨何须惜，旱陇祈天
正可哀。

云护彩屏龙蜿蟺，风萦香鼎鹤琶瑟。讲殿中设范金二铜雀于左右，鹤顶各插香二炷。
微臣一字曾无补，也向官筵醉饱回。是日刘侍讲讲《四书》，张中允讲《书经》，罗、吴
二太史展书，予分班侍立而已。

送杨知休乃弟时新归关西

为母东来为母西，秦关百二入轮蹄。寿筵自喜春如海，祖道何妨醉似泥。
食爱园蔬怀旧训，梦牵池草觅所题。无端听雨看云意，长绕官河白玉堤。知休寓
玉河桥东。

送李希贤提学浙江二首

史馆时时接笑谈，大鹏何事忽面南。论文我忆江东白，问礼人遭柱下聃。
养及重闱欢陪百，教孚多士乐成三。公余想到西湖上，画舫摇诗酒半酣。希贤欲
迎乃祖，故有是行。

秋到梧桐十日前，凉风吹送浙江船。远探禹穴真良史，暂去瀛洲岂谪仙。
句里湖山凭细炼，棋中岁月肯闲捐。两斋元是吴兴教，未必当时美可专。

送徐阁老乃叔耕隐宜兴

万里秋同具小舟，客心难恋竹林游。相门霖雨须黄发，耕隐溪山分白头。
春酒介眉看泛蚁，晓关占气漫乘牛。从今识取登瀛路，海屋应添数百筹。

送同年任象之　象之由吉士授御史，以言事谪中部，今改新安。

独骑瘦马出长安，铜墨集然笑里看。作县已无前辈恨，切云何负旧时冠。
花迎雨露天家近，面带风霜驿路寒。况有登瀛仙骨在，尽从凫舄乞神丹。

寄汭川张廿一丈　自号虚庵，又尝营东园别墅。三首

蜗角犹烦两国争，丈人能事在逃名。晴沙日伴群鸥坐，良夜时闻独鹤鸣。
元亮杯深邀客醉，尧天句好共谁赓？五更风雨长安道，却羡山中宰相荣。

遥忆东园万木稠，隐君心迹两悠悠。春来风韵花间鸟，老去行藏果下骝。
寿骨自禁松壑晚，书香不负桂林秋。也知醉里饶诗趣，肯寄蓬山散吏不？

虚庵气象果何如，名利无干乐有余。兴到浅斟仝罢酒，老来闲把读残书。

方塘一鉴风澄后，高阁千寻月上初。此景此情谁会得，静中相忆正愁予。

送陈明之妻兄周佐还盱眙

万里秋风拂袖回，高堂重整旧斑斓。学知顾养谁嗟董，兴在临池已逼颜。
帝阙余情劳客梦，祖陵佳气满乡关。酒醒明日怀人处，几点征鸿度碧山。

送钱世恒知冀州

县花台柏几春秋，符竹徜徉又此州。世味粗尝聊问蟹，刃芒犹在已无牛。
人思范鲦声先振，天入尧封寄易流。蓟屋东来寒切骨，凭君制与洛阳裘。

和内阁赏芍药二首

好花开向禁城阴，咫尺天高雨露深。摹写几经元老笔，栽培要识化工心。
名从小谢诗中著，品入维扬谱内寻。得奉宸游许同赏，徘徊韵险不辞吟。

新从内苑看花归，叹息人间此种稀。露蕊经春含润泽，雨丛当砌弄芳菲。
锦袍烂漫裁新赐，玉带圆匀试旧围。每见群仙心醉后，微吟缓步出黄扉。内
阁芍药有宫锦红、玉带白、醉颜红三种，其名盖李文达[16]公所取也。

谢姜宽送芋子

芋魁相送满筥笼，应念冰盘首蓿空。此日蹲鸱真损惠，当年黄独漫哀穷。
蒸时不厌葫芦烂，煨处还思榾柮红。自是菜根滋味好，万钱谁复羡王公。

蒲团诗次吴匏庵先生原韵呈娄职方二首

织就青蒲露未干，坐来清润透泥丸。双跌得此堪终日，一榻怡然不爱官。
韩子漫歌蕲簟好，申公莫羡汉轮安。兴来聊为茶烟起，似有余光映月团。

三车转水未曾干，坐阅蟾乌跳两丸。恋席已惭希圣哲，无毡坐胜作儒官。
坐腰欲守平时软，容膝方知到处安。多病闭门常藉此，磨驴踪迹只团团。

丙辰殿试与掌卷晚宿礼部有述

禁门半掩日全西，院柳宫花路欲迷。三夜有叨灯下粥，光禄寺每晚供给于礼部，其题本云"众官灯下乞粥一餐"。十年曾试御前题。

群龙接武升霄汉，五纬腾光聚璧奎。明日琼林沾醉后，还须献颂拟凫鹥。

送蔡中书崇喜升南京刑部员外

阙西供奉久迟回，宦辙南游亦快哉。岂必致君须读律，已知能赋是通才。

堤连粉署虹垂涧，山拥皇居翠作堆。高兴不妨公暇遣，诗筒烦寄便鸿来。

王工部天申以得罪权贵请告归永丰

报国方当少壮年，可堪狐鼠竞贪缘。隐如遁叟非忘世，游似留侯亦好仙。

春酒细倾黄菊底，晴沙稳坐白鸥前。无端孝子忠臣事，莫恋孤云待补天。

送张天益同考顺天乡试毕还太平

囊书秋晚出都城，诏许儒林给驿行。得士总输京府盛，持衡应赖主司明。

四方韩孟难相逐，百世朱陈太有情。草草离樽对寒菊，江天极目雁南征。

题李秋官敬敷寿母菊石图

阿母如陶子亦贤，门楣初换慰高年。天留老眼看今日，人道前身是女仙。

霜叶不惭黄发短，云根应似赤心坚。谁从画品论工拙，此意真堪献寿筵。

十月菊

幽花几树傍疏篱，已是冬初十月时。晚节可凭韩相喜，落英堪味屈平知。

匆匆冒雨真何益，浸浸经霜便觉奇。欲把芳辰当重九，临风呼酒更寻诗。

戊午新年以病谢客试老母所寄绿绸袄子感而有作

香尘浮动暖风微，车马填街独掩扉。却病但求虚静药，思亲初试密缝衣。

履端幸与君同庆，乐事还应愿不违。诗景无边花信早，安排佳句待芳菲。

送弟完还家应举

楚天空阔雁成群，执手那堪与子分。夜枕关心初听雨，秋魁入望且屯云。
箦成山后仍须覆，舟济河时便可焚。窦桂无花余十载，孙枝自合吐奇芬。

用前韵寄父母大人

羽仪虽篸渐鸿群，臂握时惊减一分。兀兀心旌偏爱日，悠悠亲舍每瞻云。
学须忠孝惭无补，书得平安喜欲焚。微禄也知迎养足，未应丛桂恋清芬。

又用前韵寄伯父大人

拂衣还入海鸥群，野趣傍人未许分。霜后疏篱开晚菊，雨余深洞驻闲云。
新刍白酒时时醉，别院清香细细焚。老眼天留看胜事，芝兰庭下蔼奇芬。

和张中允天祥次送完弟韵

张中允天祥次送完弟韵凡四首，既登卷后，复作一篇，因督予和[17]章
云淡风清鹤不群，文章正派此仍分。非才却和阳春曲，多病方看白昼云。
唾落珠玑纷可掬，屑余兰麝亦堪焚。不须更浣蔷薇露，读罢君诗手自芬。

送高掌教之清远

披褐谁知玉韫怀，转官仍是旧时阶。才怜郑老余三绝，教喜胡公有两斋。
盘蓿可供贫未厌，泮芹相对乐无涯。潞河秋水催行色，赋别深惭句未佳。

拜墓中途遇雨晚归得诗二首

库书犹未识都凡，偶尔儒林列此衔。深愧渐盘鸿衎衎，生憎附热燕喃喃。
楼前谈尘频挥月，水外行缠屡蹑岩。正恐别怀方作恶，莫烦津吏趣征帆。

雪岩深处自颐神，要作羲皇以上人。听雨每欹山阁枕，看云时岸草堂巾。
治朝谁剡推贤疏，清世犹闲报主身。一鹗自堪当百鸷，岂容江汉久垂纶。

和答娄元善七首

酿佳何用设长杠，名下平教饮者降。诗有林家还李、杜，才非匹锦笑丘、江。
冈头路信筇枝点，果下榴挤帽顶撞。幽兴属公分不得，何时报客鹤飞双。

前席谁甘对鬼神，惟应散地得骄人。松根片石可为枕，花外小车时命巾。
客至便教杯覆掌，山游长带稿随身。斗门我惯茅亭坐，累尺佳鱼看坠纶。斗门
有鱼池颇大。

听公谈剧意超凡，往往青山日半衔。应惹傍人几阔略，已挤更仆厌呢喃。
一泓夜景星涵沼，六月寒光雪[18]逼岩。忽意韦诗增感慨，野舟横渡看扬帆。

故里悬车饰斗杠，高风闻者一时降。买花不厌春游市，爱月何辞夜泛江。
对御欲歌仙老睡，伏床渐受省郎撞。沙头白鸟忘相久，坐对翻飞忽一双。

诗老曾无一字凡，高情远景自相衔。临流独把尘缨濯，谋野应嫌市语喃。
细细荷风吹曲沼，毵毵花雨落层岩。小斋也学欧公舫，骇浪难惊已怕帆。

旆旆吾儒汉壁杠，要令声利望风降。振衣直上侵云阜，濯足将沿入海江。
洞口静看泉布落，湖心闲验石钟撞。先天妙处常拈弄，象数相加只大双。

自古幽人兴不凡，飘然骏马脱重衔。出遭泥饮宁嫌肘，听杂农谈不厌喃。
万古清风传钓濑，一时高誉震耕岩。谢安却是沽名者，何事轻尝渡海帆。

娄诚善用乃兄韵作十二篇见赠依数奉答

诗坛寂寂束空杠，伏起令人便乞降。有轼为兄辙为弟，如星之斗水之江。
唾看的皪珠玑落，梦听彭觥玉板撞。拱璧忽教贫眼眩，照人和璧况成双。

攀附谁夸九仞杠，平生高向[19]未能降。漫歌丛桂将招隐，欲采芙蓉自涉江。
夜钵醉歌犹喜击，晨钟睡美不闻撞。衣冠总被香尘浣，勇决如君亦少双。

浩歌时拊榻前杠，一枕清风万虑降。有客求田从卧地，何人梦渴欲吞江。
违时似瑟谁能好，待问如钟恨不撞。穷甚只缘诗过好，声名官职古难双。

无事已偃市朝杠，犹有诗魔未尽降。卖药名存难出郭，寻花兴剧每缘江。
铁须丹化将求点，钟应霜鸣不待撞。岁晚别不春又尽，灯前谈影几时双。

迥然襟度出尘凡，纸尾常题逸吏衔。烟水多情犹恋恋，风埃闭口不喃喃。
耕劳田父朝翻块，渔信溪翁夜宿岩。红稻紫鳞闲更饱，快哉如挂顺风帆。

楼居迹已判仙凡，散诞从教俗客衔。吟傍小栏花乱发，梦回清画燕双喃。
月如有约常侵户，云类无心渐起岩。小艇思君堪夜榜，不劳人怨橘洲帆。

骅骝坠地已超凡，逸气英姿不受衔。理窟精思穿溟涬，诗家新话听呢喃。
云要突兀多临水，佛刹嶙峋半借岩。只欠镌题留胜赏，欲烦携具共张帆。

高人胸次略荆凡，早脱樊笼谢辔衔。场食空歌驹欲縶，禝祈应候燕初喃。
杜门犹自延风月，写像还堪置石岩。陋我独蒙青眼顾，高楼时盼泊津帆。

冲口诗成妙入神，水边林下一高人。闲寻芳草纫为佩，醉折名花插满巾。
未[20]必鸿飞将避弋，也知龙蛰欲存身。宗工深袖摛文手，却笑吾侪与演纶。

缓体空房保谷神，不将真乐语傍人。崆峒道士知调息，太乙侨翁懒著巾。
忧患备尝犹抱病，方书误信望轻身。愿君乞与还丹诀，肯羡区区草帝纶。

谩夸宦巧说钱神，眼底纷纷总俗人。绣句成时呼纸笔，[21]净琴张处整衣巾。
行穿弱柳风吹面，坐抚孤松露滴身。邵子从不只微醉，饮虽微事系经纶。

每从良月忆风神，欲称晴晖访可人。望望春霖方断脚，看看晚岫又蒙巾。
山林有味归真隐，词翰无功愧此身。未必严陵尽忘世，两言仁义即经纶。

再答元善四首

心战纷华旆两杠，缘公义胜欲应降。力熏蜂鼠难凭杜，目厌鸡虫且注江。
鹅阜晓云看起合，宫亭春浪听春撞。精庐理见榛芜辟，方驾前修愿与双。

山看幽亭涧设杠，气非泉石岂能降。锦囊稿富应充栋，玉砚池深欲涸江。
骏力超群凭后发，金声在乐每先撞。里中也有堪游处，何日从公马首双。

一字安排类有神，聊将余事作诗人。每惊新制思焚砚，频辱笔缄必正巾。
郑谷格卑真后辈，杜陵性癖是前身。谁从碧海夸鲸力，制⁽²²⁾取难凭独茧纶。

道旁渫井共伤神，林密山深老此人。光怪久函冲斗剑，巍峨不愧切云巾。
惓惓畎亩犹怀主，扰扰尘埃早脱身。圣政条分堪补衮，古今谁有此经纶。

诸弟侄送予过常山不忍遽别复同至衢州舟中夜坐

宁、完、宥、寯、寀诸弟及懋中侄送予过常山，不忍遽别，复同至衢州。舟中夜坐，作此示之。

浙水征航晚共移，佽当分处更迟迟。田家谊重看庭树，谢傅情多护砌芝。
此夜便成池草梦，明年应和插萸诗。诸生事业应难料，须办刚肠忍别离。

追忆诸弟侄复次前韵

与诸弟侄别后，连日风雨，追忆相从之乐，不能为情，至瀫水复次前韵。

东下樯乌已屡移，雨中车马定归迟。杜陵别后空眠昼，邵子深情欲种芝。雅意一樽初得酒，前此欲与弟辈酌别而无酒，至兰溪，大尹苏公始馈酒，而诸弟归矣。
寄杯千里只凭诗。行边却羡成行雁，水宿云飞不暂离。

过钓台

汉烬难嘘鼎已移，此堂终古水之湄。病痴谁复非侯霸，立懦真堪继伯夷。
翠壁孤高还独耸，沧江百折必东驰。一竿不为浮沉计，始信先生善钓奇。

至后一日与林都阃大用及诸郡士游龙山二首

至后一日与林都阃大用及郡士谢廷实、胡廷瞻、张柬之、谢天倪游龙山，予弟宦，表弟张天与与焉。

将军好事约登高，远客陵寒不惮劳。落帽尚传前日迹，得名应贺此山高。
旅愁浩浩凭诗遣，风力飔飔仗酒鏖。双鬓耐吹犹未短，整冠仍喜杜陵豪。石罅有一洼处，土人以为落帽之迹也。

远上龙山忆孟嘉，眼中奇石自槎牙。登高岂必逢嘉节，载酒何须对菊花。
漠漠江芦停旅雁，行行堤柳集昏鸦。陶烟起处多新甓，便觉风流未足夸。山前砖窑甚多。

和赵侍御煎茶韵呈巡按陈崇之二首

榻烟轻扬鬓丝虚，纱帽笼头睡起初。手掬小团怜破凤，谁饕美味欲兼鱼。
花瓷琢玉看频洗，松壑翻涛听渐疏。啜罢书生还自笑，肠惟文字更无余。

试探箬笼出先春，敲臼仍呼隔竹人。火拟丹烧分进退，泉将符调别新陈。
对花任杀风前景，当药能醒醉后神。客至莫愁疲捧碗，生平清味最相亲。

挽姑熟诗人杨伯源有序

先生居宋时人郭功甫故里，亦以工吟咏有声于诗。老于布韦，不苟附权势。家无担石，
见寒饿者必恤焉，盖古之隐君子也。其子世荣，学优行笃，未食之报，盖将报[23]于此矣。
诗笔还堪郭氏邻，行穿委巷忆高人。逃名祗为身难屈，轸物浑忘己亦贫。
败廉纵横□[24]积稿，沧江落莫□[25]垂纶。泉台老眼今堪瞑，待表泷阡有凤麟。

对雪用煎茶韵二首

入夜狂风撼太虚，吟眸双眩问裘初。望中素氅看骑凤，画里扁舟忆钓鱼。
排闼冷光先送曙，拂檐寒片巧投疏。诗坛砚冻频呵处，白战犹矜力有余。

只疑风絮已飘春，何事严寒转迫人。杯酒细倾千石酿，衣绵重换几年陈。
瑞占麦陇知无虑，清入梅窗倍有神。高卧不妨门未扫，官曹相类喜相亲。

雪中崇之送麻姑一尊谢以前韵二首

一瓮真成有脚春，雪中谁念闭门人。诗翁菊蕊劳空嗅，富室葡萄陋蓄陈。
仙瓜快爬真类酒，香泉堪酿合称神。醒来重忆看花会，萍海壶觞此又亲。

醒眼寒窗对白虚，马军来值卧瓶初。呼童旋觅团脐蟹，谋妇方烹巨口鱼。
蕉叶浅斟能稍稍，梅花欲放正疏疏。心交久矣醇醪醉，岂必吁泉味有余？

别陈崇之后用煎茶韵奉寄二首

忘形但觉此心虚，风致依然廿载初。诧我共腾霜路马，避钓谁赋御沟鱼。

一冬客抱开仍好，千里神交迹暂疏。笥箧几篇真隽永，怀人常在啜茶余。

周南留滞又逢春，莫讶新年别故人。恨不同舟如李、郭，敢云投漆托陈宙。孟公尺牍藏堪宝，伯玉新诗妙入神。柱下藏书分万轴，因君更与圣贤亲。

过仪真答吕水部　　过仪真，吕水部祖邦以诗送别，用韵答之。二首

旅泊谁嫌度堰迟，旧交真乐胜新知。曹分何逊曾游处，诗逼唐人最盛时。信有瑶琚报桃李，可将憔悴对姜姬。无由得遂云龙愿，笥箧常开慰所思。

静观亭上坐朝曛，诗思飘然又不群。海阔风雄鹏翮键，天高露下鹤声闻。九攻漫尔殚输巧，三舍还应避楚军。留署吟哦有余地，午窗欹枕面生纹。

和李侍御登孔望山望海韵

见说乘骢海畔州，鲸波万顷总安流。地形已信东南缺，天宇还疑日夜浮。妖蜃闻风应远避，神鳌举钓欲兼收。谁赓李白登高句，独愧临河眩马牛。

送余国信归上饶

半年相聚百忧宽，骨肉情深欲别难。樯燕留人空对语，云鹏整翮待高抟。官缪文字今犹冷，士饱诗书岂久寒。客里关心惟弟妹，便鸿常为报平安。

送学士刘司直归陈留展墓

恩光万里照松楸，翰长归从紫殿头。故里时新逢荐麦，高原瑞气协眠牛。离亭雨霁金鞍簇，驿路风轻彩鹢浮。明主缉熙虚讲席，未容乡梓久淹留。

贺永丰周都事寿七十　　永丰周都事寿七十，其子卫经历肃，索诗归贺。

身事初偿便挂冠，寿筵从放酒杯宽。节看篱菊同秋晚，姿拟霜松耐岁寒。清弄江南闻瑞鹤，重恩天上锡回鸾。贤郎志养游方远，老眼披图带笑看。

大司成谢方石先生和赐诗依韵奉答

大司成谢方石先生，相别十有五年矣。予到京，因病未得往见，辄和赐诗叙旧好。谨依韵奉答，用布仰德谢罪之怀。

碧梧威凤又鸣岐，未睹何由慰渴思。舍馆定来凡几日，门墙别去已多时。

非才滥入温公局，愈疟方吟杜老诗。欲拟退之《留孔疏》，苍生早岁有深期。

赠南京前府都事陈允彝

南京前府都事莆田陈允彝，故参赞机务兵部尚书康懿公之子也。公清节过人，先伯尝游其门，予与世彝盖有世契，以诗赠之。

宦游更觉南都好，留钥当年属乃翁。白皙郎君人尚识，清修家学世难同。

红蕖绿水因依处，紫盖黄旗指点中。圣主乘乾新御极，好将忠赤佐元戎。

转官后答毛维之用傅邦瑞韵

攀麟共喜见龙飞，取次恩波到讲闱。访落情深难仰副，卷阿韵在欲重依。

廊东午帷怀传茗，青官讲闱在文华殿东廊北间，每讲罢，令旨"与茶吃"；众官乃叩头出，遂于门外啜茶。梦里晨钟忆倒衣。感极不知图报地，此生忠孝誓无违。

送大参胡大声

时大声自严郡奉表入贺嗣极，未至，已擢参湖藩之政。其归，将过鄱阳，遂省其尊翁。

一函千里贺龙飞，佩取重金下玉墀。夕饮每当冰合处，冬行却喜雪飘时。

扁舟只载桐江月，匹马还寻岘首碑。便道庭趋应不愧，家传清德畏人知。

送杨太守恭甫之常州府

青年美誉动班行，早出郎曹绾郡章。柳拂熊车春问俗，帘垂燕寝昼凝香。

诛求最苦□⁽²⁶⁾依急，抚字谁知汉吏良。极目秋空横一鹗，天书早晚即征黄。

董万英乃兄哀辞

董万英以乃兄将终留别诗见示，求作哀辞。盖万英在钧州闻兄病亟，使人赍药归，而已不能及矣。

当年忍死更题诗，不及钧州药到时。别馆草生犹入梦，空庭花落竟辞枝。
秋风已失登高伴，夜雨长怀对客悲。古有董生今复见，何人煮豆欲燃萁。

送都给事中王文哲奉命祭告南海便道归省

百神受职逢新主，万里乘槎到海湄。事异碧鸡烦汉使，祠临黄木见唐碑。
鳌波翠涌春流外，乌彩红看晓沐时。几度瞻云今最便，谏垣应讶缀班迟。

与侍经筵次杨考功志喜韵

元年二月初开经筵，同年与者七人，学士刘仁伸、谕德傅邦彦[27]及予也。考功杨名甫以
为榜中盛事，有诗志喜，因次其韵。

迩英垂听觉天低，移养谁忧楚胜齐。晓幄文星犹拱极，春空丽日正躔奎。
威颜幸有瞻依地，经史频分进讲题。启沃徒知头瞑眩，愧无良剂献刀圭。

送鲁振之使安南

早衔凤诏到螭坳，应念殊方引领劳。尽海提封归取代，乘槎风景属仙曹。
江山入手多行卷，弩矢趋庭拥赐袍。人向湖南传吉语，寿星光映使星高。

题明山草堂送王户部致仕

题"明山草亭"，送户部侍郎王公民望致仕归华容，和守溪韵。

城南归路踏平芜，望入明山兴不孤。篱菊开迟应待主，沙鸥睡稳亦忘吾。
风流可续睢阳会，烟景谁争贺鉴湖。圣主恩深廊庙远，先忧一念未应无。

和守溪韵送史少参文鉴之蜀

万里西行及早秋，凉生驿路雨初收。筹边小试吾儒术，侧席方劳圣主求。
谁用木牛通远饷，又携琴鹤伴清游。勋名不用频看镜，复始终当继汉侯。文鉴为
汉溧阳侯史崇之后。

送学士石邦彦之南院二首

玉堂学士号仙官，更喜南游惬伟观。日照空台还凤翥，山当留署正龙蟠。

赓歌每忆词臣醉，开创谁知帝业艰。一代《豳风》居合浦，几回云外望长安。

玉骨冰衔一样清，吟髭已白十余茎。欧公自擅人天乐，杜老仍兼吏隐名。
寄远诗筒应不惜，临分酒盏若为倾。两都尚缺当时赋，妙手登高籍墨卿。

寄致仕司空李公时雍次韵

风潭百顷木千章，老向林泉喜欲狂。湍急不妨鸥泛稳，花残应笑蝶飞忙。
独醒忍断杯中物，无病闲抄肘后方。犹有愿丰心未了，每逢邻叟问耕桑。

寿前御史成安尹公性之八十

前御史成安尹翁性之寿八十，其子福州守淳甫考满入京，得便道省觐，索诗为寿。
新秋爽气满庭闱，万里欢传五马归。为寿喜无官下物，停杯看舞膝前衣。
名高柏府霜姿茂，籍系瀛洲雪鬓稀。从此褒书还几度，种槐心事不相违。

送门生常文载出宰昌邑

宴席闻歌鹿食芩，登庸能慰荐贤心。雷封小屈才初试，海国循行泽自深。
风外双凫添别恨，云边一鹗听佳音。极知雅抱非王密，报我应无暮夜金。

郊祀宿西朝房同傅邦瑞联句柬毛维之

郊祀斋宿西朝房，同傅邦瑞联句柬毛维之。维之初约同斋，榻已设矣，既而以病不赴。
斋房久坐玉绳低，珪别署青绫此共携。仙杖欲临行殿外，宏美人只在御墙西。
中宵梦断惊悬榻，珪卓午诗成忆杖藜。勿药渐应筋力健，宏銮回喜听佩声齐。珪

徐殿读禹和宿庆寿寺中用前韵戏柬

容膝斋庐青压低，笔床茶灶也堪携。为邻恨不仍居左，闻舜和旧岁借宿东邻。乐
国何缘却怨西。
僧供每分敲韵钵，予旧同舜和宿寺中，乡僧常设素供。佛灯堪伴校书藜，怀人咫尺
成千里，迎跸还期马首齐。

郊祀礼成韵郊祀礼成，明日雨雪，邦瑞用韵再倡，辄复和之。

长松晴雪影高低，冻笔还因白战携。祈谷辇初回大内，待边人正念征西。
迎春讶有因风絮，照夜疑虚叩阁黎。[28] 忆戴径须乘兴访，香醪频为买青齐。

送知澧州熊一定觐还

承恩拂署出神京，圣代新看觐礼成。梦里钟声犹隐约，敕中天语更丁宁。
班春喜听林莺啭，隔岁先劳竹马迎。欲采澧兰纫作佩，思君南望独多情。

拟御制戒亲王诗 　共二首，附五言绝句二首

居藩胜似为君乐，《祖训》分明不汝欺。只恐宴安偏易溺，可言忧惧未尝知。
初筵醴酒休忘设，暇日遗篇得纵披。天下一家今最盛，相期无负太平时。

从来宗子重维城，勉奉亲王辅大明。樛葛绵绵还自庇，庭花靴靴固多情。
乐知为善方称最，道在持谦每忌盈。历代诸王谁可法，至今惟数汉东平。
善积能延庆，衍微亦致殃。一篇《昭鉴录》，昕夕是羹墙。

派本银潢共，名看玉版联。宗盟宜固守，国祚永流传。

送蒋宫谕令甥俞廷美司训四会

人物官曹一样清，从来似舅即贤甥。师模不愧抠趋地，客袂应多去住情。
遍岭梅花看策蹇，满庭榕叶德啼莺。诗成试拂端溪石，写寄春坊与细评。

望泰陵

几许宫车晏驾时，桥山入望不胜悲。道杨末命亲凭几，探讨微言自得师。
此日尧民犹孺慕，当年汉老每儿戏。小臣幸似三良殉，黄鸟何时更赋诗。

初谒泰陵

春夜西陵拜谒初，恍如前日候宫车。尧仁未拭苍生泪，舜孝何惭太史书。

寂寂云峰扶飨殿，娟娟月出满斋庐。如闻铁马常沾汗，凭藉威灵尚有余。

冬至祀陵答司徒储先生送行韵

崇⁽²⁹⁾冈象设异寻常，六帝乘云共此乡。礼重节祠劳圣念，官分省札属仙郎。
红门匹马能谙路，清夜重裘尚怯霜。忍向西陵歌郢曲，乌号曾把至今藏。

又和柴墟韵

鸾舆仿佛导旅常，天上神灵别有乡。路入昭陵悲壮士，礼沿汉祭感中郎。
龙媒辔策常沾汗，玉殿莓苔不受霜。太史岂劳探禹穴，圣神功德共心藏。

南郊分献得东字己巳正月十三日

牲帛分方礼数同，石坛高峙帝丘东。人传碧海无波⁽³⁰⁾久，我觉神仙有路通。
老柏阴森低印月，祥烟缭绕远随风。频年趋走承恩地，感极深惭赋未工。⁽³¹⁾

赠北潭学士诸弟

予既以诗赠邦振，北潭学士谓其四弟亦欲一诗，乃和前韵赠之。
昆季文章总大方，风潭佳处有书堂。眼中帽影愁波陇，梦里鸿群度野塘。
北海神鹍看速化，南山雾豹且深藏。归来夏课应忙甚，黄入槐花树几行。

游怡靖长官香山别业联句复次韵

四月六日，游怡靖长官香山别业，与寅长介庵，学士邦瑞、维之，侍读宪清诸公联句，
复次韵呈怡靖及海亭阁老。
数亩园林带远山，来时便觉此心闲。几声啼鸟轩窗外，一片寒云棘树间。
花底酒缸和露吸，杖头诗卷贮春还。吟坛老将推刘白，得句须凭妙手删。

送靳公清明谒陵次其赠乔公原韵

客途诗景与春赠，吟社余通欲倍征。拂曙旌旗超北郭，中宵灯火照西陵。
当时冷节悲欢集，恩重先朝俊造升。花柳满川风日好，去年奔走记吾曾。

南郊省牲　十二月初七日

帝⁽³²⁾牛在涤常三月，春省分官又一年。坛树模糊残雪外，笼灯隐约晚风前。牲名拱听牺人报，茗碗多烦羽士传。职在骏奔惭典礼，寅清亦拟格皇天。

正月初九日听警戒阙下候朝对雪

双阙依稀接汉津，天家雪景更清新。飞霙撩乱当檐舞，寒片轻盈缀袖频。独钓却思江上晚，高歌强和郢中春。欲披鹤氅寻仙侣，此意翛然已出尘。

次毛维之分献中镇韵霍山也

灵旗来自岳之阳，月满高堂夜未央。名重职方依海岳，礼严望秩本虞唐。一时佩舄看趋走，万里风烟接渺茫。圣主宅中图治切，共将明德荐馨香。

喜寀弟中进士有感

登科正及少年时，怪底红黄溢满眉。漫说芝兰堆玉树，敢夸桃李有连枝。手擎金榜趋朝早，心醉宫壶罢宴迟。独恨灵椿各凋谢，彩衣无地效儿嬉。

和答林见素二首

清鉴常悬百炼铜，眼前人物最豪雄。囊封信有千钧力，阃制谁论一将功。杜老潭花吟眺里，武侯祠柏梦思中。许身稷、契心伊、吕，旷世神交定两翁。

半生勋业愧表铜，展布输公气概雄。呼吸风雷非易事，品题花鸟有余功。换牛刀剑怀绥后，聚米山川指画中。他日益川传画像，记文谁似老泉翁。

喜寀弟选庶吉士

登瀛妙选重当时，赢得人呼是白眉。天上自连鸿雁影，池头又借凤凰枝。词林进学心方壮，秘阁论文出每迟。圣主储材有深意，制题先欲谨恬嬉。

游涯翁西庄咏芍药用杨邃庵药栏吟韵

四月十八日，游涯翁西庄，庭下有芍药一本，用太宰杨邃庵《药栏吟兴》韵呈翁。

西庄红药许同看，曾是华阶旧属官。郡阁芳名繙逸谱，仙宫清梦倚重阑。
深杯不杀风前景，浩态偏禁雨后寒。爕理功双群物遂，年年容此奉清欢。

和廷尉张大经与同僚赏芍药韵

两丛应自早春移，独殿群芳未讶迟。欢赏欲随鹓侣集，苦吟谁作鹤头欹。
盘笼绿护阶前影，醉颊红添镜里姿。最是帝城花品纪，广陵何地敢争奇。

次太宰邃庵杨公与西涯李公先帝忌辰悲感倡和之韵二首

伤心垂矢与和弓，此日哀思九宇同。花压玉栏应厌世，鸟依金粟自鸣风。
物资乾始疑天坠，忧切丰亨在日中。禁苑久叨供奉职，至今泪血洒残红。

攀号犹抱昔年弓，趋走清班忆会同。汉庙追崇先孝德，尧天偏覆总仁风。
帝乡云气瞻依外，穷谷人心□[33]淡中。几度西陵朝谒罢，夜深灯火映山红。

送杨太常正夫归省次杨邃庵韵四首

送杨太常正夫归蜀省其尊翁封少保留耕先生，次太宰邃庵杨公韵
咫尺天颜许暂违，臣忠子孝本同归。瑞虹亭旧开华宴，正夫生时，少保公有瑞虹之
梦。濯锦江清舞彩衣。
喜信远凭双鹊报，乡心先逐片云归。门迎笑语真堪画，老大全胜玉带围。

驷马归来岂倦游，人间乐事每兼收。暂抛同气离丹禁，代致殊恩慰白头。
九万鹏搏方刷羽，八千椿寿几经秋。经畬剩有贻荣地，一片心田早已留。

一路邮签报水程，真成八月泛槎行。坐宾应避陈尧佐，县吏争迎汉马卿。
泉上凤雏仍挟子，天边雁侣更多情。到家为致元方意，吐握心劳正迂衡。

此行人羡是登山，蜀道从来似上天。汉代家声推石奋，王家世誉数僧虔。
梦依北极常千里，诗补《南陔》可一篇。所至苍生烦问喘，归来宣室待详延。

九月二日侍经筵有述 壬申岁九月二日

讲殿阴森黼座高，朝回毋乃圣躬劳。儒家论治先尧舜，帝代陈谟重禹皋。是日讲
《论语》"舜有臣五人"及"皋陶谟天聪明"二章。

启沃⁽³⁴⁾心存还自愧，游歌地切幸亲遭。裁诗记取深秋景，黄菊当阶映赭袍。文华殿
门外盆菊，有牌系其枝，题曰"黄西施"。

成国公得请北泽山展墓次涯翁韵

北泽山前水尽东，佳城天本属滕公。溪毛特荐秋霜后，宰树遥连瑞雾中。
功在鼎彝何日泯，家传忠孝此心同。郊垌⁽³⁵⁾诏许年年出，云鸟还应识总戎。

寄罗圭峰

南吏侍罗圭峰考满赴京，至良乡，以折臂乞归，中批遽从之，作此奉寄。

咫尺论心恨未能，蓟门南望睇空□。⁽³⁶⁾忧时定复添华发，医国真应属折肱。
归喜冬檐支睡枕，行当霜路蹴层冰。欲知诸老拳拳意，不减韩翁惜孔丞。

郊坛分献得星辰二

泰坛高峙与天参，陪位平分帝座南。献重星辰初得二，光依日月共成三。
履声不觉梯空回，元气还于酌斗惭。欲拟重辉歌一曲，愧无佳句性犹耽。

和邃庵太宰四首

邃庵太宰录其在坛及侍宴所作四篇见示，依韵奉和。

祠坛夜永漏声闻，斋榻新从羽客分。今年移宿马道东处，盖涯翁旧寓也。牲犊荐陈
凡几奠，衣冠沐罢更三熏。

周郊本为民祈谷，汉事徒夸帝祀汾。翌日銮舆应早驾，天门西畔⁽³⁷⁾有红云。右
正月十日⁽³⁸⁾永乐观斋宿有述。

疏钟仿佛枕边闻，为报重城曙色分。九布欢呼瞻晬表，双炉奉引忆香熏。旧在礼
部，与太常导驾入坛，导官以二炉前引。

格天功类虞郊喾，合地祠非汉度汾。独羡马卿常扈跸，飘飘词赋欲凌云。右十一
日候驾。

紫殿三云取次张，彤墀剑佩共跄跄。礼先郊特迁皇步，秀苗芳芝泛异香。风阁诏批催代写，时虏入山西，兵部有疏，就斋官批答。

龙盘珍赐得分尝。穹苍应监忧边意，胡骑潜奔我武扬。右斋官迎驾。

礼文循旧岁华新，内殿恩倾湛露辰。佳气暖浮仙仗远，醉颜红怯御觞频。

游歌盛拟追周宴，曲调高难和郢人。云日宴酣宜燕笑，曾看枯槁尽回春。右庆成宴书事。

送少宰刘东川清明谒陵

系官无地散春愁，却羡朝陵是胜游。郭外望迷山黛远，风前舞爱柳丝柔。
鼎湖弓在劳魂梦，祠馆诗成忆唱酬。往来朝陵，与东川同宿昌平学，初刘谏议祠。
归日锦囊烦见示，嘤嘤谷鸟正相求。

涯翁寿日

昼锦堂高在帝乡，寿筵宾客拥冠裳。极知老去丹心壮，自爱闲来白日长。
早遇得非唐李泌，远游应慕汉张良。龙门幸有追随地，载咏南山第几章。

送宗伯傅北潭致仕用太宰邃庵韵二首

软红香里拂尘祛，鸡距泉头可拔除。白马共传新谏草，碧山犹有旧藏书。
宠恩欲报乾坤大，风节无亏玉雪如。出昼不嫌三宿缓，烦公缘道驻征车。

亲捧鸾书拜墓田，素怀能遂更欣然。沃心望切商[39]岩雨，回[40]首忧深杞国天。
衣锦得归谁不羡，安车未老暂教悬。平生心事惟忠孝，看取荣名万古传。北潭欲给假焚黄。

和子和弟冬至谒陵四首 附五言古体一首

祠傍草树送寒飔。仿佛犹闻愤世辞。晋水不清龙已远，辽城未改鹤堪骑。
豺狼横塞埋轮路，燕雀安居在幕时。千古事几同一辙，吞声潜和旧题诗。

右谒谏议祠

荒祠倚郭路迂萦，谁写椒浆意最诚。降志不惭唐武曌，知心应许汉文成。
苍苔斜日怜曾洗，碧树高风更觉清。望入旧游还自慰，惠连吟眺有新声。
右望狄梁公祠

汉庙衣冠拂旧埃，节祠常遣百官来。云间玉座依稀见，月下金铺次第开。
叠嶂岚浮青拥髻，古松阴重绿生苔。文谟武烈真无愧，万里燕台接凤台。
右谒长陵

游山心在未能灰，梦绕东陵过眼才。一代君臣知最盛，百年林壑有余哀。
玄宫烛影深深见，别署钟声隐隐来。诗客每凭诗遣兴，征鞍应载锦囊回。
右谒景陵

园(41)陵森羽卫，咫尺凛威颜。隐隐金银阙，重重虎豹关。
鼎湖何处是，宾驭几时还。助裸衣犹素，号弓血屡殷。
寒铓冲霭发，野兴惬宽闲。至日长初履，王春朔已颁。
殷宗严配帝，汉礼重因山。祠部专三札，斋庐肃两班。
玉衣晨匣外，仙仗暮云间。迢递冈千仞，萦回水几湾。
呼风时听鸟，赋雪漫思鹇。画觉丹青伪，游贪紫翠环。
岩姿看忽变，磴道喜高攀。石马闻曾汗，龙媒岂在闲。
秦膏嗟短焰，湘竹感余班。创守真能继，谟谋总克艰。
圣图占王气，宸辙隔通关。幽词情无限，豪吟力未孱。
清宵戴星月，荒径踏榛菅。但觉尘眸豁，浑忘肉眼顽。
奚囊收百态，远黛忆双弯。我有西堂梦，诗成不用删。
右天寿山即事

十二月二十五日朝退言怀

城头老树有栖鸟，禁鼓初挝日已晡。尧历又经新岁月，汉宫谁记旧规模。
眼看天际阴犹在，念切民间喘未苏。衮职自惭无寸补，只应投劾卧江湖。

恩赐蟒衣三袭有感

曾于旧邸侍潜龙，在笥频沾宠渥浓。舜典服章存古制，陶梭变化有奇踪。
谁夸锡马蒙三接，早已攀龙近九重。明向南郊扈仙跸，都人拭目似云从。

十一日午后陪石老厚老出城候驾

郊南烟树欲黄昏，车骑喧阗效骏奔。玉烛万枝绿辇路，霓裳五色拥辕门。
宫袍新赐君恩重，诏纸先驱故典存。预识精裎能感格，已飘微雪压春温。

郊坛分献与太宰邃庵又各得星辰因忆去年倡和之作

内坛高峙帝庭西，重上飞空百尺梯。天近静闻金奏合，云深遥认玉绳低。
众星所拱常依斗，五纬何时更聚奎。东望岂胜怀郢客，应将白雪入新题。是夜
有雪。

同少司空豫轩诸公游蜀山书院二首

少司空豫轩沈公，携酒泛舟，邀予及谢宪副德温同游蜀山书院，因用其所和涯翁诗韵。
司空顷常诵和一章，盖为书院落成也。
几间祠屋碧湖阴，草树微凉满客襟。山月江风邀我空，春猿秋鹤识公心。
登高却畏诗坛峻，无事宁辞酒盏深。仿佛扁舟游赤壁，洞箫声断有遗音。

薄暮拿舟傍柳阴，水云多处涤烦襟。漫传蜀客求田事，谁识湘累颂橘心。
俎豆岂缘乡社入，须眉曾照画溪深。试看庑下穹碑在，犹有当时琢玉音。

和宁庵题扇赠姚翁廷佐韵二首

避暑[42]来游东九东，亲交时复一樽同。晴岚只在轩窗外，胜迹却归杖履中。
唧唧虫声方入夜，萧萧落木半随风。傍人尽说归田乐，问稼还应就隐翁。

扁舟系缆五湖东，虾菜忘归兴颇同。几许浮云如梦里，一般真意自环中。
菊花欲冒寒城雨，桂子方飘月殿风。失却鱼矶今始悟，何人得似富春翁。

九月十五日予庄发舟入吴

赢得闲身赋远游，五湖烟水一扁舟。恨无范蠡千金产，空有陈登百尺楼。
盘粟漫劳田父饷，樵歌能和野童讴。丰年处处秋田好，忘却诗翁为国忧。

宜兴乡老苏文举以诗投赠且持卷乞题因次答之

扁舟暂倚钓鱼台，沙畔群鸥自往来。楚橘更凭坡老[43]颂，蜀稷谁乞杜陵栽。
南山正对篱边菊，北海难虚座上杯。客子光阴诗与酒，好怀还为此翁开。

客星亭

山中钓叟赴玄纁，念旧忘形有此君。能以一丝延国祚，自应双足动星文。
乾坤纳纳谁同久，白斗厌厌或不闻。归棹暂从亭下倚，余光仿佛照江濆。

奉答西涯翁二首

翁所寄赠，用去岁吴宁庵邀入荆溪避暑韵，末复及其尝买田阳羡而未遂之意。
襟度休休发兴长，衣痕在眼常淋浪。望依北斗天垣近，坐爱东村夜色凉。翁居第
东有芳园，近改东村，号盖以是也。
霜竹种成凡几个，早梅吟罢有余香。远游莫忆当年赋，大佬惟宜住帝乡。

路入荆溪兴愈长，钓游随处是沧浪。春藏别坞花迎客，暑隔孤亭竹送凉。
蜀阜有碑当健笔，西园无橘噢残香。西归每作扁舟梦，恨不从公老此乡。蜀山书
院为东坡翁筑，翁作碑。

林见素有诗见寄次韵奉答二首

武夷深处倚扁舟，何日从公邀碧流。公来书约游武夷。社稷有臣谁汲黯，神仙无
累漫封留。
鸣阳异[44]翮常千仞，栋国真材必万牛。衮职独惭无寸补，不论迟暮自宜休。

又

老景何须载后车，钓名翻笑渭滨渔。虎声谁共登山月，来书有"持枪玩月"之语，
故云。鹤背能传渡海书。
已后裴翁营秀野，将从詹尹卜幽居。平生梦想壶公胜，还向云庄几里余。

忆予庄集句用宁庵原韵

归梦不知山水长，半山数声渔笛在沧浪。蔡持正清风明月本无价，六一高栋层轩

已自凉。

少陵芳草易生离别恨，孙泰山黄花只是去年香。后山登临正自有佳处，泰山乞取南园作醉乡。薛能

食梅

夏木阴阴雨气寒，半黄肥颗摘林端。齿输赤子先拼软，眉为苍生故自攒。
调剂功微渐玉弦，赐沾恩重忆金盘。一株留取当阶树，赢得花时索笑看。

飞升台在陇西壁上

山庄西望郁崔嵬，闻说飞升旧有台。方士欲寻丹灶诀，仙人爱卧白云堆。
闲中日月樵柯烂，静里笙箫鹤驭回。莫迂迂疏好奇事，子房元为赤松来。

晓枕闻蟋蟀回文一首

秋初夜枕傍鸣蛩，梦短惊传晚漏钟。楼倚独嗟人事异，野耕闲愧我才庸。
留尘旧席吟甘拙，尽量深杯酒爱浓。头白未应浑老却，悠悠自合契乔松。

午睡觉回文一首

明窗一枕午涛春，适意闲来睡眼慵。清瀹茗芽春焙细，便床冷簟夏敷重。
城高过雨闻疏点，野润垂云接远峰。行径绕池秋向晚，鸣蝉几树绿阴浓。

树色花香鸟声鹤舞四首奉西涯翁初韵

指点春光转夕晖，望中全觉旧林非。阴阴茂苑闻黄鸟，历历晴川合翠微。
坐爱烟稍侵竹几，行看露叶拂荷衣。风零剩有游歌地，几度停车晚始归。

冉冉轻枝细细风，小园芳意每从东。坐来不用炉熏换，赏处难教酒盏空。
别坞春光藏未密，仙家鼻观觉常通。何须采摘簪蓬鬈，合在先生杖履中。

抱书丸药揔堪怜，诗景分明在眼前。学语娇儿音乍啭，弄簧织手曲初传。
多情欲涤红尘耳，无梦从惊白昼眠。未必林间岑寂甚，春声殊觉胜鹍弦。

仙客相随是胜流，琴心叠后趣偏幽。梦回蕙怅应无怨，谱按《霓裳》莫浪求。
雪影毵飔轻拂座，露声寥亮早知秋。风前试咏《参军赋》，赵女巴童合自休。

为严编修惟中题钤山堂用王礼侍思献韵

列障齐云锦绣重，独开书阁傍儒宫。岚光滴翠侵衣上，松露飘香入砚中。
长白勋名期范老，太玄心迹陋杨雄。归来乐副烟霞兴，职在论思望已崇。

谢见素林公撰至乐楼记用其旧见寄韵四首

小楼供睡似渔舟，漫拟欧斋泊浅流。已作闲人从偃蹇，每逢佳客可淹留。
云松久种宜巢鹤，尘简高藏欲汗牛。多谢雄文倍增价，大贤胸次本休休。

草阁难招花外车，但从落日见樵渔。庭心有橘谁为颂，墙角多蕉可学书。
农事未谙犹砚食，仙丹须炼且楼居。山房乞取坡翁记，奎璧光华夜有余。_{松橘皆}
楼前实景。

春潮晚渡惜横舟，时论谁当第一流。亭榭直临沧海筑，山庄常为白云留。
鸣闻杜老阶前事，意适陶公画里牛。九曲清溪千里约，歌声欲放肯终休。_{见素号}
云庄散人，有临沧亭。

仙郎远道驻征车，为说尊翁忆老渔。见素子志道为南部职方，今年辱过。放浪自甘
樵客骂，温存犹荷故人书。
常思白帽从贤达，何处红云拥帝居。世道物情同此慨，醉乡堪老不求余。来书有
"物情世局，仰屋切叹"之辞。

田园杂兴回文用弋阳令杨云凤韵三首

苔垣⁽⁴⁵⁾写遍几行斜，癖句多悉鸟与花。梅雪路残销屐蜡，竹⁽⁴⁶⁾风吟罢岸
巾纱。
灰燃夜鼎翻汤蟹，日射晨窗缀室蜗。开眼醉余诗兴遣，雷喧过耳厌声华。

红芳晚对喜澄鲜，野绿连空远抹烟。蜂课办忙喧圃外，鸟巢营近接檐前。
风光醉客吟鞭鞴，水曲传觞舞羽翩。同志我应先和汝，融和景媚日长天。

游春晚兴适西庄，砚池涤深墨清香。薱野杂花闲倚杖，竹园分笋嫩盈筐。
畴平遍插秧丛绿，雨苦嫌多水潦黄。幽静每谈农甚乐，悠怀远幕上歌唐。

又回文和杨云凤前韵三首

苔侵坐榻夕晖斜，醉赏春看几朵花。梅缀远枝疏染壁，树横低牖暗笼纱。
灰藏宿烬嘘炉鸭，雨带腥涎篆壁蜗。开卷旧诗新和遍，雷风快耳播才华。

游人几上水边庄，隔岛花深涨腻香。薱粒细翻红玉碗，杞丛疏映碧筼筐。
畴间稻没群鸥白，草际坡眠双犊黄。幽地卜居闲拟赋，悠悠苦思远宗唐。

红糟酒映白鱼鲑，小艇渔翁老水烟。蜂蝶任翻春苑内，鹭鸥多伴晚溪前。
风随棹远歌声欸，月照蓑轻舞[47]影翩。同醉一尊闲握手，融泥路稳步晴天。

答少师石斋杨公见寄次韵二首

遥从凤阁得希声，不以疏踪替旧盟。勋业再看裴度入，文章得擅老苏名。
谋须黄发神应相，早得甘霖物自亨。厚禄故人怜稚子，衡门何事不怡情。来书念
及儿辈，故戏及之。

不踏逢逢晓彭声，闲眠自与白鸥盟。狂奴本合投林壑，大老何劳记姓名。
玉铉新功凭燮理，鼎联余韵忆彭亨。莫将锦水萦归思，江海朝宗万古情。

杨弋阳报王中丞已克复省城次其感叹时事韵七月二十八日 二首

履霜先已虑纯坤，欲以心攻奉至尊。潜毒每防溪蜮射，老眸还苦战尘昏。
故人或亮能忧国，捷报初传屡及门。四海兵威如此盛，井蛙端合啸公孙。

居藩最乐叛何由，战舰空劳倚浅洲。赖有诸公忧社稷，依然万国仰宸旒。
忠臣就死真无负，逆党偷生甚可羞。屈指邻封多茂宰，义声辉赫动儒流。

得报逆藩已获二首

八月初三日午后，杨弋阳报前月二十六日逆藩已获，置之清军察院。且知中丞王公已差
人止闽、浙兵矣。喜次前韵以复杨君。

中丞有力正乾坤，四海方知一统尊。已痛湖波成赤水，久疑日食似黄昏。甲戌八月辛卯朔，日食昼晦，鸡鹜皆归。其占为"诸侯谋王，其国不昌，终受其殃"。

诸君幸免长从戎，百郡仍看草启门。更祝天王忧社稷，莫教愁乱向儿孙。

折屐呼声不自由，马军持捷过沧州。称兵谁敢侵天阙，拜表还应贺玉旒。天上飞龙须有象，阱中饥虎定含羞。也缘孝庙栽培久，报称今多第一流。

用由字韵哭中丞孙公德成

为臣但识义当由，谁问朝王忽起洲。省城之西有洲名朝王，近忽涌起，奸贼逆谋益甚，无识者或附之以为异征。一死已堪扶社稷，孤忠自合动宸旒。

奸雄既败应追忆，懦竖虽存不掩羞。仿佛英姿犹在日，西风老泪几行流。

用坤字韵哭许宪副

龙战疑阳血染坤，忠臣事主有常尊。舌能骂贼生难屈，公面骂贼，比死，犹挺立不屈。发欲冲冠死未昏。

即拟旌贤崇庙祀，向闻忧乱忆衡门。去冬唐侍御过南昌，公极言地方必乱，慨然有避去之志。妙年英誉传千古，公是睢阳几世孙？公年仅三十有七。

己卯季冬初见雪

檐前风絮忽飞来，已见前峰玉作堆。老子清狂呼鹤氅，小儿痴绝护盆梅。争言细品前人句，对景难忘此日杯。莫效欧公怜铁甲，王师吊伐合迟回。

贺邵二泉升南京礼部尚书

贺二泉邵公升南京礼部尚书，用其旧送予归铅山韵。

名满儒林重斗山，十年高卧在林间。折肱每幸良医遇，袖手那容巧匠闲。郑履有声归帝简，崔舆亲导慰慈颜。凭公莫恋风泉乐，移孝为忠义所关。

用韵谢寿松江曹宪副二首

颜生仆自松江归，道宪副定庵曹公，见问，因用涯翁旧寄公韵作二诗谢，且寿之。公己丑进士，今年八十有九矣。

阅人多后眼偏明，陋我难胜问讯情。洛杜[48]可容陪末坐，诗坛安敢附同盟。
仙家日月应无算，尘世声华本自轻。只恐商岩茹芝老，忧时一念未全贫。

海屋高秋庆大年，西生微月又东圆。寿樽清挹方诸水，仙侣来从小洞天。
张旭好奇传草圣，武公非耄咏宾筵。华亭人和长生曲，真见南飞鹤影偏。

寄进士民受侄用旧韵

紫陌游鞭已出群，彤庭试席几时分。乡山屡茁三华草，太史还书五色云。
别甸[49]銮舆难久驻，御炉香篆侍亲焚。贤科必得真才重，莫让前修擅异芬。

和方伯来轩周公述怀

　　湖广左方伯来轩周公，以元日生。岁庚辰，述职寓京，有诗述怀，南归过横林，诵示诸公和章，邀予同赋。

紫禁烟花接帝畿，远从行在仰重辉。汉仪不废千官拥，杜句休嗟万事非。
巧遇王春传柏孚，岂缘初度赋荷衣。知君自合登台宰，鹗荐方看士论归。

闲中和见素二首

安步真应可当车，不妨踪迹混耕渔。风前细撚花枝嗅，霜后闲将柿叶书。
陶叟白莲难入社，杜陵赤甲可迁居。欲消长日惟诗酒，饮兴吟情颇有余。

湖翁来往信扁舟，湖上柴扉瞰碧流。天凤苔矶堪坐钓，鸟眠沙浦亦淹留。
治生不用陶朱犉，扣角谁歌宁戚牛。只有读书心尚壮，行吟坐讽未能休。

题丁山人溪山胜览卷次吴太守肃威韵

壮游宁厌道途赊，常伴孤云送日华。万里已曾骑筜马，山人曾至云南。十洲犹拟到仙家。
春风短屐闲舒啸，夜雨[50]表灯细拨沙。欲问真源避尘世，烦君试为觅桃花。

赴召登舟谢诸公劝驾

一卧沧江久掩扉，又移尘脚下渔矶。赐环恩重真难避，劝驾情深讵忍违。

再出已挤闻鹤怨，九重何幸见龙飞。微臣只愧迂疏甚，岂有丝纶补衮衣。

至宜兴重游予庄写怀二首附五言律一首

棹入荆溪忆旧游，山庄遥望水东头。飘飘社燕身曾托，杳杳泥鸿迹尚留。
授粲每余阳羡米，忘归欲泛蠡湖舟。他年挹志书流寓，名姓应烦末简收。

三伏昔憩此，七年今再来。赐环真误宠，闻笛可胜哀。
幸健萸重把，怀贤橘欲栽。何当理烟艇，更眺蜀山回。

次清源闻报二首

十月十二日次清源，家人自京师持邸报回，伏蒙诏批"不允辞免"。感激之余，特赋二
律，盖至是再领敕谕奉恩旨矣。

余生自分老渔樵，敢课巢痕在九霄。致士料应先郭隗，事君何幸遇神尧。
飘飘彩鹢冰将合，望望苍龙路尚遥。温诏三回戒濡滞，何时抱笏拜天朝。
再入黄扉分已逾，重劳紫诏礼尤殊。宝图眷命逢真主，华衮荣褒愧腐儒。
自揣但宜安旧隐，仰裨深惧乏嘉谟。誓将忠直酬知遇，忍作波门泛泛凫。

十一月二十六日驾入乾清宫喜雪

拂曙祥光照法宫，刚闻清跸到宫中。休征自合归明主，元化冯谁问太空。
望岁喜看三白后，苦寒思与万方同。格天勋业从今始，更咏周诗庆屡丰。

送彭君济物归兰州

金城迢递接金台，一骑西征晓色催。封拟汉侯功未泯，心依魏阙首频回。
琴樽自取天边乐，林壑宁淹有用才。司马连床重订约，每因风雨忆中台。

次石翁赋砺翁宅水晶葡萄韵

珍果当筵宜献寿，异根常傍玉堂栽。高悬马乳秋初熟，细数骊珠日几回。
盘露味甘分近阙，壶冰光莹照深杯。诗翁赏玩成新句，貂续真惭末坐陪。

喜见素入朝

端笏雍容造治朝，出尘仙骨自飘飘。名高涑水难居洛，愤切昌黎昔贬潮。
龙卧九渊应念岁，凤翔千仞待仪韶。清宵莫作云庄梦，士望从前极斗杓。

九月二十四日视朝甚早次见素志喜韵

九月二十四日视朝甚早，通政司灯下奏事，见素翁有诗志喜，次韵。

勤政从古世道升，朝回华月满觚棱。九重屡答民间奏，六校分携仗外灯。
丹宸箴规劳旧献，青编盛美看新增。老臣幸际明良会，听取欢声万口腾。

贺毛砺庵六十

玉立清班未老身，蓬山相对郁嶙峋。八荒仁寿同跻日，千载明良际会辰。
誓竭赤心长捧日，坐看沧海几扬⁽⁵¹⁾尘。同官更托同年契，欲拟《崧高》颂甫申。

又次雪茶韵

瑶阶飞屑积初盈，茶灶呼童取次烹。腊后春前添一胜，人间天上有双清。
寒声隔竹闻敲臼，乳脚浮资爱琢琼。不用置符仍调水，就中泉品总平平。

郊坛分献得星辰二_{嘉靖元年}

圣王嗣极重郊禋，幽祀分坛属从臣。象纬重光参日月，履声随步上星辰。
望中佳气浮华盖，燎罢祥烟彻汉津。嘉靖纪元真不偶，至和先已格天人。

送陆少参元望之湖广二首

月乡方荷九重知，骥子承恩在一时。分守特教专大岳，报君端合祝繁禧。
濯缨自掬沧浪水，歇马闲寻岘首碑。万里亨衢双鬓黑，好将勋业慰深期。

粉署名郎玉不如，南游荣荷紫泥书。使衔高在云称处，祖载行当雨霁初。
列郡耕桑多客户，群仙香火拥楼居。旬宣肯负天王命，家学何惭陆敬舆。

送大司寇见素林公致仕二首

力扶名教自奇功，出处惟求与古同。贾傅匡时言每激，杜陵忧国句偏工。
千寻翠壁孤能立，万折沧流势必东。目极南天归路远，风前台旆拂云鸿。

清朝再入领儒绅，风度凝然慰玉宸。东海归来今大老，邵州传绪故忠臣。
谋须黄发关时重，道在沧州系梦频。畎亩余情应眷眷，知公忧乐不缘身。

赐宴志感和石翁韵赠四首

清朝礼宴具新仪，上相承恩拜玉墀。象应需云欢意合，歌传湛露醉归迟。
功论定策应无比，日应悬孤似有期。天为邦家福耆俊，《南山》重和《有
台》诗。

勋业何惭郭子仪，丹心炯炯照龙墀。訏谟久赖匡君切，奏对方看出殿迟。
钟鼓一朝承异宠，衣冠千载际佳期。当筵藻思闻新制，远拟周人既醉诗。

三孤三考仍三载，历尽艰危见盛时。国运中兴真有赖，圣恩加厚亦何私。
曲江风度倾朝仰，涑水声名走卒知。力逊穿阶亢盛节，百僚从此更师师。

诏为元勋开绮席，巧当岳降甫申时。人祈寿考多喜乐，天假暄妍亦宠私。
盛德雅宜诸福备，精忠特结九重知。黄扉伴食非今始，心醉寻常得我师。

寿涯翁继母麻太夫人九十

先朝相业颂涯翁，慈训相成与有功。一品鸾封曾再赐，九旬鹤算更谁同。
称觞半是苏门客，勤绩犹存歌母风。况见兰孙仍凤沼，老怀欢适寿何穷。

复严推府寄书兼录示近作

尺素来从甫里塘，隋珠照坐有余光。朝吟风月谕君乐，奔[52]走尘埃愧我忙。
老圃剩裁陶令菊，郡人犹爱召公棠。邮筒不尽相思兴，梦绕吴门夜正长。

初十日郊坛迎驾有飞鱼鸾带之赐

春满南郊日宴温，钟声隐隐到天门。九旗扬旆鸾舆动，万幕依沙铁骑屯。
云护芝房瞻睟表，带颁鲛织拜殊恩。甘泉欲赋无奇思，精力才堪效骏奔。

和石翁得请言怀韵二首

名并三杨福更过，悬车早向锦城阿。封章屡上情词切，祖道旁观感叹多。
经国谋深传视草，游山身健看扪萝。只因畎亩余惠在，梦里犹赓喜起歌。

未老连章恳乞归，岂缘时事与心违？身辞凤阙瞻宸扆，手捧鸾书出太微。
佳兴几人同绿野，清风万古在黄扉。知公见日频回首，尚恐浮云似白衣。

寄石潭

漫倚骚坛赋廪秋，一番凉雨送扁舟。始终不变师丹议，进退常怀范老忧。
梦里莼鲈耽味美，吟边花鸟与心谋。有时还为苍生出，暂向溪亭玩白鸥。

寄太宰白岩乔公

早向天台拂袖归，百年林壑有余辉。极知平北神仙乐，但觉清朝寿俊稀。
千首会增新赋稿，一竿时傍旧苔矶。闲中未必浑忘国，远梦还应绕紫微。

文华殿进遗治疏纪盛

文华殿进遗治疏，敬成短律，用纪一时遭际之盛。
琅函亲向御前呈，辇路中央曳履行。大矣尧言垂琬琰，诚哉舜孝格神明。
周旋仰见天颜喜，继述专期治道成。稽首彤墀真自幸，篇终得附小臣名。

寿董詹事乃翁寿八十

董詹事文玉，乃翁太守公寿八十，以诗庆之，太守致仕已三十余年矣。
未艾归休得自娱，秋园黄菊照霜颜。高年已过磻溪叟，乐地容专贺鉴湖。
扶步不须鸠饰杖，承家惟有凤为雏。天留老眼看余庆，新赐回鸾圣渥殊。

怀熊峰阁老

赐归同日不同辞，感慨仓皇去国时。守道谁能心似矢，忧民久已鬓成丝。
京西匹马还应早，江上扁舟到尚迟。别后重逢更何地，抵⁽⁵³⁾凭鱼雁寄相思。

得赞善弟子和书

手足情多晚更亲，每从忧患见天真。夜床风雨伤心切，春草池塘入梦频。
雁足随云传一札，鹊声喧树解双鞶。玉堂天上回瞻处，喜有衣冠在后尘。

答夏公谨见贺并题象麓草堂共六首

司谏夏公谨，枉驾列桥，用韵见贺，答以二章，其后四章则题其象麓草堂也。
世路崎岖已饱经，归来恐负北山灵。扁舟漫说如张翰，一榻真堪老管宁。
方学野农营稻陇，时招佳客对云屏。句新欲和惭拘窘，班鬓稀疏逼暮龄。

欲从吟社结交欢，菊有秋英正可餐。蓬草劳公能枉顾，林泉幸我得偷安。
寻真未必花源杳，留客初开竹洞宽。莫怪频频劝杯酒，可人常苦盍簪难。

名山卜筑按图经，不向灵氛更乞灵。手种庭兰方长苗，来巢语燕太叮咛。
寻春载酒过花坞，剔藓题诗满石屏。地胜因人非自胜，草堂芳誉阅千龄。

清赏方追往哲欢，有泉堪饮石堪餐。已知画景归摩诘，一任墩名属谢安。
突兀翠屏千仞立，幽闲草屋数椽宽。匡时更仗纡筹策，莫信韩非著《说难》。

崔嵬常戴切云冠，夕拜惟期社稷安。山水幽居虽暂卜，江湖远虑未全宽。
濯缨自掬窗前涧，振袂时登屋角峦。莫为烟霞遂成癖，苍生方仰济时丹。

宇宙从来有此山，高踪远蹑陆文安。尘编日与圣贤对，斗室中藏天地宽。
静坐泉声来涧谷，吟边晚翠滴烟峦。知君妙得诗家趣，怀袖常储点铁丹。

雨中过闲斋少宰和卜居自述韵二首

三月二十一日，雨中过闲斋少宰，止宿宝稿堂，和其卜居自述韵。

青[54]春冒雨款郊扉，共对清樽送落晖。爱客已容分榻卧，怀人常恨出门稀。
云中叠巘犹藏秀，座外流泉可乐饥。从此追随幽兴熟，莫嫌频为倒裳衣。

天外群峰映两扉，稿堂西望待晴晖。庭趋自喜儿能学，酒熟惟愁客到稀。
花径泥香巢燕急，柳塘波涨渚鸥饥。雨中莫叹阴云厚，苍狗还看变白衣。

再和闲斋韵二首

空谷高人独掩扉，一时山水尽含晖。遗荣剩得幽栖[55]乐，仿古犹嫌胜会稀。
饮可称仙不知醉，诗如有癖欲忘饥。深杯对酒频烧烛，坐上轻寒透夹衣。

手栽花竹绕山扉，坐阅朝晖复夕晖。架上古书经眼熟，世间尘务到心稀。
隶鬒不入骚人室，杞菊能充晏岁饥。只恐林泉难久恋，好贤还为赋缁衣。

谢夏官卢师陈见访

夏官卢师陈，来主江西秋试，遂游匡庐、武夷。荷枉顾，诗以送之。

南来不负子长游，健足登高赋最优。碧嶂千寻庐阜鼎，[56]沧溪九曲武夷舟。
已收世彦归罗网，更采民风达冕旒。我有小楼堪眺望，冀留珠玉贲林丘。

【校勘记】

（1）七 丛刊本作"已"。
（2）麟 丛刊本作"□"。
（3）续清吟 底本字不清，据丛刊本补。
（4）鹧 底本字不清，据丛刊本补。
（5）须凭 底本字不清，据丛刊本补。
（6）消 底本字不清，据丛刊本补。
（7）叉 底本作"义"，据丛刊本改。
（8）菩 丛刊本作"善"。
（9）□ 底本字不清，丛刊本作白框。
（10）□ 底本字不清，丛刊本作白框。

（11）今　丛刊本作"念"。

（12）常　底本、丛刊本皆脱，据《铅山县志》补。

（13）试　底本、丛刊本皆作"赋"，据目录改。

（14）树年　底本缺，据丛刊本补。

（15）宫　崇祯本作"官"。

（16）文达　底本、丛刊本皆作"文逵"，据《明史》李贤本传改。

（17）予和　据文意，疑为"子和"之误。

（18）雪　底本字不清，据丛刊本补。

（19）向　丛刊本作"面"。

（20）未　丛刊本作"求"。

（21）笔　底本字不清，据丛刊本补。

（22）制　底本字不清，据丛刊本补。

（23）报　丛刊本字不清。

（24）□　底本、丛刊本字皆不清。

（25）□　底本、丛刊本字皆不清。

（26）□　底本、丛刊本皆作一墨块。

（27）彦　据《明史》卷184疑为"瑞"之误。

（28）阇黎　据文意疑为"阇黎"之误。

（29）崇　丛刊本作"索"。

（30）波　底本字不清，据丛刊本补。

（31）工　丛刊本作"士"。

（32）帝　丛刊本作"常"。

（33）□　底本、丛刊本字皆不清。

（34）启沃　丛刊本缺。

（35）郊坰　据文意，疑为"郊坰"之误。

（36）□　底本、丛刊本皆作墨块。

（37）畔　丛刊本作"声"。

（38）十日　底本字不清，丛刊本作"十四"，这与后文"十一日候驾"相左，据此改为"十日"。

（39）商　底本、丛刊本皆作"商"，据唐·顾云《谢徐学士启》中"周渭、商岩，皆辞钓筑"而改。本书商、商往往不分，此后即据文意判断径改，不再出校。

（40）回　丛刊本作"兴"。

（41）园　丛刊本作"阁"。

（42）暑　丛刊本作"著"。

（43）老　丛刊本作"光"。

（44）异　丛刊本作"兴"。

（45）苔垣　底本字不清，据丛刊本补。

（46）蜡竹　底本字不清，据丛刊本补。

（47）舞　底本字不清，据丛刊本补。

（48）杜　据文意，疑为"社"之误。

（49）旬　崇祯本作"旬"。

（50）雨　丛刊本作"由"。

（51）扬　丛刊本作"阳"。

（52）乐奔　底本字不清，据丛刊本补。

（53）抵　据文意疑为"衹"之误。

（54）青　丛刊本作"有"。

（55）栖　丛刊本作白框。

（56）阜鼎　丛刊本作"追弗"。

卷 之 五

对制策 一道

制曰：自昔帝王创造丕图，必有贻谋以为长治久安之计。夏、商、周之迹见于经，汉、唐、宋之事具于史。朕欲闻其纪纲、统体、制度得失之详。迨其嗣世之君，欲保盈成，以跻至治，一惟旧典是遵是用，其或久也，不能无偏。而不举之处，则亦兴其滞、补其弊，期使斯民得被先王之泽，如夏启、商宗、周宣王是已。而汉、唐、宋之君，亦有能庶几者乎？朕欲究其奋励有为、功业可称之实。夫事不稽古，固无以证今，然徒泛论古之人，而不求今时之急务，亦非纳言之善也。

昔朕太祖高皇帝，奄一寰宇，建制垂宪，万世攸崇。太宗文皇帝，定鼎两京，洪谟远略，光前裕后。列圣相承，益隆继述，斯民乐育于熙皞之治已百二十年矣。然治极而弛，理势自然，祖宗良法美意，岂能悉祗承而无弊乎？肆朕惓惓以法⁽²⁾祖为念，欲俾内外百司群工庶职，咸思奋庸熙载，恪守典训而慎行之，毋滋偏失不举、名存实爽之议。用期吏称其职，民安其业，中国尊而四夷服，风雨时而嘉祥至，谅必有道矣。尔诸生皆学古通经、有志于用世者，其各直述以对，毋有所隐，朕将亲览焉。

臣对：臣闻帝王之御天下也，有致治之道，有保治之道。致治之道存乎法，保治之道存乎勤。非法无以维天下之势，非勤无以守天下之法。故创造丕图者必立法以贻孙谋，嗣守鸿图者必忧勤以绳祖武。曰纪纲，曰统体，曰制度，皆法之具也。而兴滞补弊，则勤之实耳。创之者以法，则国势尊严而有以成长治之业。守之者以勤，则法度修举而有以跻至治之休。帝王御天下之道，夫岂有外于此乎？夏、商、周之治所以卓冠千古，以其创之者其法善，而守之者其志勤也。汉、唐、宋之治不古若，庸非创之者其法有未善，守之者其勤有未至欤？

恭惟皇帝陛下，年当鼎盛，运抚盈成。昧爽临朝，惟祖宗之法是遵。甲夜视事，惟祖宗之法是监。临御以来，于兹二纪，贤才皆已举用，四⁽³⁾海皆已无虞，保治之道盖已默得于圣心之妙矣。犹不自足，乃于万几之暇廷集多士，谘诹治道。首举三代、汉、唐、宋之创业者，而欲闻其纪纲、统体、制度得失之详；中举三代、汉、唐、宋之守成者，而欲究夫奋励有为、功业可称之实；末复以祖宗列圣之所以创守为言，而虑夫成法之弊，且惓惓以法祖为念，期于吏称民安、中国尊而四夷服、风雨时而嘉祥至。

臣伏而读之，有以见陛下知创业之惟艰，念守成之不易，而欲保熙暤之治于无穷也。臣请稽之经、订之史、按之当今之务，为陛下陈之，陛下幸垂听焉。

臣闻：天下，重器也，创之至艰，守之至艰。创之而不知所以创之之道，则无以垂法于百王。守之而不知所以守之之道，则无以保治于万世。创之道无他焉，臣前所谓法是已。守之之道无他焉，臣前所谓勤是已。盖法者，维持天下之具，故帝王创业必建立纪纲，经画统体，条陈制度；以尽天下之法，以贻子孙之谋，以为长治久安之计。自家而国，自国而天下，彼此相维，内外相制；如身[4]之使臂、臂之使指者，纪纲之谓也。或尚宽大，或尚严明；以此而始，以此而终，不朝文而暮质以自溃乱者，统体之谓也。治教、礼乐、田赋、兵刑之类，所以经纬天地，黼黻民物者，制度之谓也。然先王之法必有偏而不起之处，故政有肔而不行。守成者欲保盈成以跻至治，又必勤励不息，兴其滞以补其弊，然后天下之法可以施诸罔极，先王之泽可以被及斯民，而世为有道之国矣。

臣请以创之之法言之。禹之造夏，有典则以贻子孙。观其文命四敷，声教四讫，则有以立乎纪纲。政尚忠朴，治先勤俭，则有以定乎统体。至于建官二百，肉辟三千，设六师以讨罪，辨三壤以成赋；天秩有礼，大夏有乐，教民以序，正朔以寅，其制度又无不备。禹之立法贻谋，其善如此，夏之治安于此乎致矣。汤之造商，昭大德以裕后昆。观其肇修人纪，而九有有截，则纪纲以立；代虐以宽，而兆民允怀，则统体以定。至于建二相以总百官，制官刑以儆有位，公田籍而不税，大辂质而得中；国老养于右学，庶老养于左学，其制度亦无不备。汤之立法贻谋，其善如此，商之治安于此乎致矣。若夫周之文、武，启佑后人，咸正罔缺。风化基于《关雎》，内庭属于冢宰。枢机周密，有以为四方之纲。明德而不敢忽，慎罚而不敢滥，仁爱忠厚，有以为一代之体。其建官也，六卿分职；其制刑也，三典诘奸；田赋有乡遂都鄙之殊，军赋有乡遂丘甸之异。语礼乐，则五礼以节民性，六乐以和民声；语教化，则三物以兴贤能，四术以造俊秀；制度之备，又何如也。周之治安，何莫而不本于立法贻谋之善乎？

下逮汉、唐、宋，创业之君，非不欲致治如三代也，但其法有未善耳。汉之高帝大封同姓，委任大臣，以规模为纪纲；约法顺民，扫除烦苛，以宽仁为统体；命萧何次律令，命孙叔通制礼仪，章程定于张苍，军法申于韩信，所以贻谋者，又有制度矣。然大纲虽正，而终不能无杂伯之非；大体虽宽，而卒不能除参夷之令。庶事草创，而井田不复，学校不兴；礼文多阙，而朔正不改，官名不定，则其法不能以皆善也。唐之太宗，除乱致治，四夷宾服，庶乎知立国之纪纲；屈己从谏，仁心爱人，庶乎知为政之统体。以职事任官，以尊本任众，以租庸任民，以府衞任兵；礼制于房玄龄，乐作于祖孝孙；六学有领，五刑有覆，所以贻谋者又有制度矣。然内多惭德，有夷狄之风，渐不克终。来净臣之疏，法度之行，礼乐之具，拟之先王未备；田畴之利，庠序之教，拟之先王未详，则其法不能以皆善也。至若宋之太祖，以忠孝廉耻为纪纲，而五事之美千古所无。以偃兵息民为统体，而五季之弊一朝顿解。两府台谏，官之总察有方；三衙四厢，兵之简阅有道；幸学有训，均田有令，而教养之法可观；温叟制礼，和岘制乐，而礼乐之文可取，又有制度以贻谋矣。然宗室则无选举教训之实，宿卫则聚卒伍无赖之人；官司之课试不严，学校之作成无要；兵士每杂于疲老，农民常苦于征繇，其法又岂能尽善哉？由是观之，则圣策所谓"纪纲、统体、制度得失之详"，可得而知之矣。

臣请以守之之勤言之。夏当有扈违命之时，三正怠弃，五行威侮，禹之法不能无偏而不起之处也。启则敬承继禹之道而奋励有为，兴滞补弊。召六卿以行天讨，申赏罚以肃人心，卒使民被先王之泽，而讴歌有归，有夏盈成之治以勤而保矣。商自盘庚既没之后，赏罚僭滥，荆楚叛背，汤之法不能无偏而不起之处也。高宗则监于先王成宪而奋励有为，兴滞补弊，求良弼以代王言，衰荆旅以昭殷武，卒使民被先王之泽而小大无怨，有商盈成之治以勤而保矣。至若周自厉王之烈，《小雅》尽废而四夷交侵，上帝板荡而下民卒瘅，文武之法不能无偏而不起之处矣。宣王由是奋励有为，兴衰拨乱。车攻复古，明文、武之功业；六月出师，复文、武之境土；卒使王化大行，流离还定，周之盈成何莫而不保于兴滞补弊之勤乎？

下逮汉、唐、宋守成之君，非不欲保治如三代也，但其勤有未至耳。汉之宣帝、光武，庶几法祖之君也。或承武、昭虚耗之弊，而综核名实，信赏必罚，伸威北狄，功光祖宗；或鉴西京不竞之祸，而明慎政体，总揽权纲，身致太平，恢复前烈，其兴滞补弊之功业有可称者。惜夫神爵之后，颇尚荒唐，建武之中，竟行封禅，则其勤有未至焉。唐之玄宗、宪宗，庶几法祖之君也。或革前朝权威之弊而励精政事，开元之际几至太平；或惩德宗姑息之祸而纪律必张，元和之初威令复振，其兴滞补弊之功业有可称者。惜乎天宝之末，嗜欲滋生，平蔡之后，侈心遽动，则其勤有未至焉。至若宋仁宗承宫闱专政之后，裁抑侥幸，锐意太平；神宗当累朝委靡之余，勤俭有为，励精求治，亦可谓善法祖宗而兴滞补弊之功业有足称者。惜夫一则仁柔有余，而刚断不足，一则听言太广，而进人太锐，其勤又岂能至哉？由是观之，则圣策所谓"奋勤有为、功业可称之实"，可得而知矣。

大抵三代之法尽善尽美，故其子孙有所据依，而为治也易。至于政弊然后变其小节，而其大体则不可易。汉、唐、宋之法不过因陋就简，以苟一时之近功，其善者常寡而不善者常多，其善者常小而不善者常大；立之未几而弊已随之，后世之君区区修补，百孔千疮，随乱随失。虽欲言治，皆苟而已。

洪惟我太祖高皇帝，混一区宇，建制垂宪，而法之贻于后者至精而至备。太宗文皇帝定鼎两京，訏谟定命，而法之光于前者愈盛而愈彰。请举其大者言之：宫闱雍肃而无出阃之言，左右忠勤而谨戴盆之戒。任府部为股肱而事权不紊，倚台谏为耳目而国论有归。宗子分封以广维城之助，三司并置以革藩镇之专。申明典常而有以正天下之大谊，诛逐胡虏而有以严天下之大防，则纪纲之善无异乎三代矣。治本人情而广孝悌之化，仁同一视而无南北之殊。施猛政以济宽，用重典以平乱。惠鲜鳏寡，贪墨之加害者必惩；怀保小民，豪强之凌暴者不贷，则统体之善无异乎三代矣。至若审官立铨选考课之方，育才设学校科目之典；财以足国，而赋税漕运有其经；兵以卫民，而番上分屯有其备；礼仪有式，宴享有章，而和敬之风以著；令教于先，律齐于后，而钦恤之意攸存，则制度之善又无异乎三代矣。祖宗之所以创业者，其法既善。自是而后，若仁宗昭皇帝之励志图治、推诚任人，宣宗章皇帝之偃武修文、五伦攸叙，英宗睿皇帝之乾纲独断，克复旧物，莫不以勤而继守之。传至陛下，又能绍列圣之忧勤，守祖宗之成法，斯民乐育于熙暭之治盖已百二十年，虽三代治安之长久不是过矣。圣策乃谓"治极而弛，理势自然，祖宗之良法美意岂能悉祇承而无弊"。臣知此固圣人忧勤不已之心，臣敢不俯陈狂直，以副圣心之万一乎？

臣惟法之立也，本无不宜；法之行也，始有其弊。因其弊而救之，则存乎其人。古人有言："救弊者莫如修德。"又曰："救弊者莫如责实。"臣愚窃谓今日救时之急务，亦惟修德、责实，益致其勤而已。盖德者法之本也，德之修万一有不慎，则其流之弊必至于纵欲以败度。譬之人伤其气而寒暑易侵，木伤其根而风雨易折。法虽具也，亦徒法而已矣。实者，名之主也，实之责万一有不核，则其流之弊必至于欺谩以成风。譬之抟土为舟，不足以利涉；画地为饼，不足以充饥。名虽美也，亦虚名而已矣。故以舜之重华协帝，而伯益犹以"罔失法度"为言。以舜之庶绩咸熙，而皋陶犹以"屡省乃成"为戒。正以无虞之世，其修德责实之功不可少怠耳。今陛下有加矣。而臣子之心，每以有加无已而望陛下，此臣所以拳拳以勤为献也。况我祖宗之法，莫不以勤而创之。臣尝观祖宗之谕近臣，有曰："朕念创业之艰难，日不暇食，夜不安枕。"又曰："人君日理万几，怠心一生则庶务壅滞，其患不可胜言。"又曰："天下之大，庶务之殷，岂可须臾怠惰，一息惰[5]则百度弛矣。"凡此皆勤之准的也。陛下既知惓惓以法祖为念，又可不法祖宗之勤乎？

臣请以勤之说，为陛下别白而重言之。夫君者，天也。天惟聪明刚健，动而不息。是以其光为日月，其文为星辰，其威为雷霆，其泽为雨露。而万物之生于动者，各得其职。天之行也，一息有不继则运动无常，而不能以宰万物矣。人君之御天下，以其能宪天聪明、体天刚健，而惓惓焉勤励不息也。一或怠焉，则德有不修，实有不责，先王之法委靡废放、日趋于弊而已，又安能保天下之治哉？臣愿陛下所其无逸，罔或不勤，宪天之聪明以为聪明，体天之刚健以为刚健。一念之萌，必谨而察之曰："此与吾法，得无有所害乎？"一令之出，必反而思之曰："此与吾法，得无有所紊乎？"无所害也，无所紊也，然后从之，不然不敢从也。如是则人欲净尽，天理昭融，圣德益修，而所以救弊者有其本矣。由是条天下之事，其大者有几；表天下之人，其可用者有几。鸡鸣而起，曰："吾今日为某事、用某人。"他日又曰："吾所为某事，其事果济矣乎？所用某人，其人果才矣乎？"事果济也，人果才也，然后已之，不然，不但⁽⁶⁾已也。如是则为之而成，革之而服，名实相须，而所以救弊者有其要矣。陛下如是二者，果能惓惓焉不违于心，则勤之实以尽，内外百司、群工庶职孰敢不体仰陛下法祖之心、奋庸熙载、恪守典训而慎行之乎？以是守祖宗之纪纲，必能开众正之门，杜群枉之路。威福得以专，而无侵挠之患；政事得以修，而无阿私之失。以是守祖宗之统体，必能存仁厚之风，行宽大之政，垂旒黈纩而黜其聪察，藏疾纳污而务于包涵。以是守祖宗之制度，必能惜名器，公用舍，以精吏治。必能重师儒，慎科贡，以正士风。理财也，必能罢无名之征，停不急之务。理兵也，必能稽私役之卒，惩贿求之将。礼乐则必能革奢僭之习，放淫哇之声。刑政则必能除惨刻之科，重威福之罚。将见滞无不兴，弊无不补，今日之急务无不治，良法美意可以祗承，而无偏失不举、名存实爽之议。由是而吏称其职，由是而民安其业，由是中国尊而四夷服，由是风雨时而嘉祥至。凡陛下所期无不如志，可以保盈成于万世之久，可以跻至治于三代之上矣，区区汉、唐、宋之功业，乌足言哉？

陛下之所以策臣者大略如此，而于其终复策之曰："诸生学古通今，有志于用世者，其各直述以对，无有所隐。"且宠之以"朕将亲览"之一言。臣荷陛下生成之德，沐陛下教养之恩，学虽不足以通经，而志于用世也久矣。今幸一登文石之陛，陟赤墀之途，承问而对，臣之职也；直言无隐，臣之忠也，况陛下导臣而使之言哉？臣复有一言以为陛下献者，惟欲陛下终始以勤而已。昔周公之于成王，有"无逸"之戒；宋璟之于玄宗，亦有"无逸"之图。二臣之言，初非有异；二君之治，乃有不同。盖成王听周公之言而无间，故卒至凫鹥之休；玄宗用宋璟之言而不终，故卒成天宝之⁽⁷⁾祸。是则人君之治莫不兴于勤而废于逸，人君之勤鲜克善其始而慎其终，此⁽⁸⁾前代彰灼著明之效，有国者不可以不慎也。伏愿陛下以成王为法，以玄宗为戒，以臣之言为不欺；慎终如始，不敢逸豫，则祖宗之法有不难守，天下之治有不难保矣。惟陛下留神省览，果如圣谕，则臣之幸也，宗社之福也，天下万世无疆之休也。臣干冒天威，不胜战栗之至。臣谨对。

册文类

圣母章圣皇太后册文   嘉靖三年四月十六日

伏以立爱始于家邦，所以修生人之纪；事亲极其尊养，所以用孝子之情。惟大宗之继在正统，固欲致隆；然一体而分于至亲，亦宜兼尽。据儒先之绪论，酬罔极之洪恩，特议徽称，似非过举。

恭惟本生圣母兴国太后陛下，渊穆温恭，聪明淑哲，言动式遵夫国史，步趋必应乎珩璜。上俪⁽⁹⁾先君，备《关雎》窈窕之懿；内勤国政，有《鸡鸣》儆戒之风。

诞育眇躬，早荷慈荫。遂仰膺夫历数，以入奉乎宗[10]桃。王迹肇基，爰及远从于冰
浒；徽音克嗣，笃生允[11]自于维莘。肆当嗣极之初，聿举尊亲之典。恩深九地，犹
未极其推崇；美并二《南》，尚少存于撝挹。每念昊天之德，曷胜爱日之诚。若非饰
盛礼以加称，何以立表仪而成教？宁为亲而过于厚，忍泥古而薄于亲？率吁群心，
参稽故实。惟坤元至大，道有协于含章；而胎教不凡，德实符于明圣。

谨率文武群臣，恭奉金册金宝，更上尊号曰"章圣皇太后"。仰祈尊鉴，俯慰愚
衷，眉寿无疆，永享璇宫之乐；德音不已，式增瑶牒之辉。

表 类

恭遇尊上圣母章圣皇太后尊号礼成群臣贺表

某官某等，兹恭遇本生圣母章圣皇太后陛下诞膺尊号，大礼告成，谨上表称贺
者。臣等诚欢诚忭，稽首顿首上言：

伏以文母《思齐》，有圣人而为之子；重华至孝，以天下而显其亲。尽本生难已
之情，举旷古未行之礼。三灵协佑，万国交欢。

恭惟本生圣母章圣皇太后陛下，幽闲贞静，光大含弘。钟灵应怀月之祥，蕴美
具倪天之质。懿行克配于献帝，贤声独冠于亲藩。电绕虹流，诞育神明之胄，[12]龙飞
虎变，茂膺历数之归。深恩莫大于劬劳，圣意欲隆夫尊养。博谘廷议，再上徽称。
宝册勤崇，耸四海九州之瞻仰；宸闱展庆，备五车六服之仪文。惟徽音远嗣乎后妃，
故盛祚克超乎今古。臣等幸联鹓序，与被鸿休。朱芾斯皇，愿益衍震男之庆；黄裳
元吉，惟永符坤母之占。臣等无任庆幸踊跃之至，谨奉表称贺以闻。

恭遇册立中宫礼成命妇贺寿安皇太后表

太子太傅成国公朱辅妻夫人姜氏等，兹者恭遇册立中宫，诚国家万万年之庆，
谨奉表称贺者。姜氏等诚欢诚忭，稽首顿首上言：

伏以礼谨大婚，实重五伦之首；诗歌淑女，乃开万福之源。庆集宫闱，欢腾臣妾。
恭惟寿安皇太后，安贞应地，柔顺承乾。多男应带韣之祈，弄孙遂含饴之愿。庆源流
衍，历数攸归。保翼功多，代邸入承夫汉统；尊崇礼备，太任思媚于周姜。择贤而配圣
人，乃正长秋之位；受福于其王母，仰怡重庆之颜。锡祚胤于室家，袭休祥于莞簟。益
光慈训，上嗣徽音。养以九州，方那居乎长乐；庆兹百顺，将久阅乎太平。

姜等叨际明时，欣瞻盛事。伏愿皇图巩固，天以清而地以宁；国统绵延，星重
辉而海重润。

恭遇册立中宫礼成命妇贺兴国太后表

太子太傅成国公朱辅妻夫人姜氏等，兹者恭遇册立中宫，诚国家万万年之庆，谨奉表称贺者。姜氏等诚欢诚忭，稽首顿首上言：

伏以王假有家，式重二《南》之化；天作之合，聿观六礼之成。谋协神人，欢均中外。恭惟兴国太后陛下，柔嘉维则，淑慎自持。相献帝于亲藩，心存儆戒；逮寿安于晚节，躬尽孝诚。行协图篯，庆留苗裔。盖圣明绍统，适文王嘉止之期；而长子维行，将挚仲徽音之继。简求必慎，册立惟贤。总内理阴，仰赞一人之治教；相禋左馂，下端六寝之仪刑。王教攸关，人伦伊始。男正外，女正内，四方成大定之风；乾资始，坤资生，万物遂成咸亨之愿。

姜等昌辰幸际，(13)盛典获观。近祎翟之光华，仰(14)轩龙之朗润。伏愿绳绳蛰蛰，衍本支百世而无疆；穆穆皇皇，歌景命万年之有象。

册立中宫礼成命妇贺表

太子太傅成国公朱辅妻夫人姜氏等，兹者恭遇殿下茂膺册宝，正位中宫，诚国家万万年之庆，谨奉笺称贺者。姜氏等诚欢诚忭，稽首顿首上言：

伏以两仪并立，坤道上配乎乾元；一德相成，国治内资于家理。有夏因涂山而衍庆，成周缘渭涘以延休。(15)盛典继新，舆情胥悦。

恭惟皇后殿下，秀钟禹甸，系出虞宗。懿质侔天，窈窕甚宜于圣配；柔仪应地，齐庄克嗣乎徽音。谋协蔡蓍，事关宗社。爰受谷圭之聘，入居椒寝之尊。钟鼓琴瑟，发咏歌之至乐。祎褕鞠展，备服御之多仪。光辅中兴，聿修内治。礼虔枣栗，助孝养于三宫；种献棱稑，相精禋于九庙。于以奉神灵之统，方将发濬哲之祥。允称母仪，用基王化。

姜等幸际光华之旦，获陪朝谒之班，喜忭惟深，名言莫罄。伏愿鸡鸣有儆，鱼贯无尤。吉兆燕禖，锡万年之祚胤；仁孚麟趾，致四海之雍熙。

恭遇加上昭圣太后徽号礼成群臣贺表

某官某等，兹遇圣母昭圣康惠慈寿皇太后陛下诞膺尊号，典礼告成，谨上表称贺者。某等诚欢诚忭，稽首顿首上言：

伏以尊处慈闱，安享九州之至养；光新孝理，茂登一代之徽称。惟功并德以兼隆，斯情与文而具备。臣民交庆，夷夏同欢。

恭惟昭圣康惠慈寿皇太后陛下，坤载含弘，柔仪淑慎。祥早储于沙麓，瑞丕应于轩星。作配孝皇，克赞成于圣治；诞生武庙，益保艾于重熙。国势岌乎危疑，人心翕然安定。拥佑明圣，缵绍洪图。绥福祉于九重，著仪刑于四海。时期雍睦，化藉转旋，虽徽誉之已尊，顾渊衷之犹歉。昔汉文入继，聿承长乐之欢；而宋孝嗣兴，载展寿慈之号。匪唯彰统绪之重，式以申崇戴之忱。宝册腾辉，袆褕增耀。盖承颜顺志，固一心爱敬之莫加；肆播美扬休，岂数字形容之可尽。春回禁蘂，风动寰区。实前代之希闻，亦我朝所仅见。

臣等久钦懿范，幸睹旷仪。伏愿社稷奠安，侈鸿名于有永；本支□□□□□□□□□□。[16]

恭遇加上昭圣太后徽号礼成命妇贺表

某官夫人妾某氏等，兹者恭遇圣母昭圣康惠慈寿皇太后陛下诞膺尊号，大礼告成，谨上表称贺者。妾等诚欢诚忭，稽首顿首上言：

伏以宗社奠安，中外久饮夫功德；名称崇重，仪章兼备于情文。圣孝益隆，群心胥庆。

恭惟昭圣康惠慈寿皇太后陛下，聪明贞静，诚一端庄。善行内修，凤祇承于孝庙；徽音茂嗣，诞佑启于武宗。拥翊今皇，缵绍正统。定危疑于呼吸，绝奸宄之觊觎。文母兴周，丕显思齐之咏；明德祚汉，益敷好俭之风。欢欣交洽于宫闱，崇显载陈于典册。应元加于天圣，而四方多事；明慈上于淳熙，而一隅偏安。孰如徽号极域中之尊，惟此至仁为天下之母。盛德光于竹帛，大义重于彝伦。岂惟冠古而冠今，抑且得名而得寿。

妾等目观钜美，躬际昌辰。伏愿慈极春回，安享九重之孝养；嘉祁天锡，永延万代之鸿图。

恭遇加上章圣太后徽号礼成命妇贺表

某国夫人妾某氏等，兹者恭遇本生圣母章圣皇太后诞膺尊号，典礼告成，谨上表称贺者。妾等诚欢诚忭，稽首顿首上言：

伏以德懋慈闱，议拟莫殚于懿范；治隆圣孝，显扬务极于徽称。重念本生，久膺至养。载举非常之礼，益崇莫大之名。喜溢六宫，光腾四表。

恭惟本生圣母章圣皇太后陛下，道协坤仪，性全天禀，动必体珩璜之节，居惟循图史之规。基业兴周，允匹休于太姒；讴歌载夏，实兆瑞于涂山。俭每存乎练裳，惠尝逮于《樛木》。持心仁厚，已形麟趾之风；约己恭勤，夙著《鸡鸣》之戒。阴功允积，庆泽弘延。眷上圣之诞生，为中兴之令主。仁施海宇，孝奉宗祧。佩至训以难忘，报深恩而罔极。参稽故实，率吁群情。爰献吉于良辰，肆致隆于缛典。黄金镂字，焕宝册之增辉；翠翟蟠云，俨袆褕之动色。沸韶音于大内，趋法驾于禁中。声气并和，礼容咸备。盖昭代之所创见，亦前史之所未闻。

妾某氏仰睹鸿仪，欣逢景运。望云霄而致祝，效葵藿以倾心。伏愿皇祚永安，慈龄绵茂。龙楼日晓，时闻视膳之勤；凤阁春生，早遂含饴之乐。

恭遇两宫尊号礼成群臣贺表

某官某等，恭遇两宫尊号礼成，谨奉表称贺者。臣某等诚欢诚忭，稽首顿首上言：

伏以圣人抚运，九畴式叙夫彝伦；至孝因心，四海仪刑于德教。礼惟从厚，文必称情。盖事冠于古今，宜欢腾于中外。

恭惟皇帝陛下，聪明睿智，文武圣神。一德昭升，应五百年之历数；群心推戴，为亿万世之君师。秉离照以继明，奋乾刚而独断。惟皇作极，敛五福而锡厥庶民；率下以仁，由一家而推之万国。大义特隆于正统，至情兼尽于本生。奉宝册以扬鸿，伏璇宫而展庆。更遗定策，未忘拥护之功；委祉储休，每念劬劳之德。盖致养殚万方之富，犹未慰满于圣心；而勒崇范九牧之金，将以阐扬其休烈。德先睦族，荡荡乎尧大难名；志在顺亲，业业焉舜忧方解。嗣三母之徽音于往昔，成二《南》之美化于斯今。

臣等忝立清朝，幸遭华旦，喜实深于鳌抃，心尤切于葵倾。伏愿祝应多男，衍百斯之庆泽；类虽锡祚，享万有之年。⁽¹⁷⁾

代丰城侯李旻作谢恩表　正德戊辰年六月⁽¹⁸⁾

丰城侯臣李旻，伏蒙圣恩，念臣先世微劳，赐臣袭封侯爵。臣诚欢诚忭，稽首顿首，谨上表称谢者：

非功不侯，国家之彝典；必嫡而立，今古之大伦。事或出于非常，恩尤难于为报。伏念臣生自将门，而序则为庶；长于圣世，而身未履军。讵有他肠，惟安素分。盖才如飞将，犹恨不逢汉祖之时；即相若亚夫，敢觊必为绛侯之后？属适弟年龄之不永，而本宗胤系之无传。顾惟曾祖之始侯，本自文皇之靖难。龙鳞凤翼，已⁽¹⁹⁾幸遂于攀援；海誓山盟，又苟及于苗裔。兹虑庆延⁽²⁰⁾之中绝，乃援功载以上陈。荷仰圣慈，恪守剖符之信；历稽庙籍，具知推毂之勤。邑畴不改于初封，禄食尚仍其故秩。敢云复始，但惧逾涯。兹盖伏遇皇帝陛下睿知有临，英明无对。讲武于恬嬉之际，或轼怒蟥；论功于开创之初，犹思故树。是以如线之绪，得援若砺之恩。

臣敢不佩服诰词，践修世业。效谋效力，庶能策阃外之勋；惟孝惟忠，必不贻陇西之耻。顾涓涘之奚补，亦犬马之微诚。伏愿圣寿延长，万岁协嵩呼之祝；皇图巩固，百男衍磐石之宗。

代安乡侯⁽²¹⁾臣张坤作谢恩表

伏蒙圣恩，念臣先世微劳，赐臣袭封伯爵。臣诚欢诚忭，稽首顿首，谨上表称谢者：

伏以开国承家，龙虎庆风云之会；论功延赏，山河重带砺之盟。知报称之为难，每省循而益惧。兹盖伏遇皇帝陛下英资天挺，圣德日新。皇步帝趋，政令动遵乎旧典；文经武纬，甄收罔问于微材。念高皇创起中都，而先臣已委身于帐下；及文庙入平内难，而先臣又效力于兵间。阶尺藉以进操分阃之权，锡跗圭而卒受通侯之赠。给券许传于永世，赐封屡荷于先朝。故臣虽童稚之年，得位列公侯之次。劳非汗马，愧甚续貂。

誓惟远慕乎诗书礼乐之风，脱去乎纨绮膏粱之习。臣忠子孝，后先克绍乎家声；师律兵谋，缓急不孤于器使。于以答乾坤之覆载，敢云助海岳之涓尘。伏愿建用禹畴，敛福率归于有极；卜逾周历，咸休可至于无穷。

代庆云侯周英作谢恩表

庆云侯臣周英，伏蒙圣恩，念臣世忝戚属，赐臣袭封侯爵。臣诚欢诚忭，稽首顿首，谨上表称谢者：

任姒相承，锡胤衍万年之祚；勋华在御，覃恩先九族之亲。怀感惟深，名言莫馨。伏念臣质本驽庸，生而优逸。享美饭温衣之奉，亦知过分而忧惭；无搴旗斩将之能，讵敢觅封于谈笑。第以萝茑仰攀于长乐，葭莩不弃于皇朝。越在先臣，久叨上爵。为申伯而营谢邑，预期奕世之功；以彭祖而食南皮，幸缵宗门之绪。犹惧根伤于再实，极知锡过于百朋。兹盖伏遇皇帝陛下性禀聪明，孝隆继述。尊居五位，不忘燕翼⁽²²⁾之谋；养极两宫，辄慕含饴之爱。爰旁推于戚畹，得窃比于勋臣。不缘汗马之劳，永假传龟之宠。

念惟谦退，冀获保全。必远希阴识之贤，庶免蹈崔骃⁽²³⁾之戒。伏愿缉熙纯嘏，享圣寿于无疆；保合太和，迓天休于滋至。

代兴安伯徐良作谢恩表

兴安伯臣徐良，伏蒙圣恩，念臣先世微劳，赐臣袭封伯爵。臣诚欢诚忭，稽首顿首，谨上表称谢者：

汉重军功，守初盟而不替。周行仁政，继绝世于无穷。稽故典以皆然，幸隆恩之亲被。伏念臣材能谫薄，齿发衰迟。阀阅相承，虽世将古云有种；干戈弗用，而封侯今实无阶。卫青绝望于显融，宋药甘心于阱澼。顾继别之宗既殄厥世。而始封之祖难泯微劳。礼制甚明，子必在于立长；谱图具在，弟不可以先兄。敢饰让以为名，乃陈情而上请。师言既定，出幽亟遂于观光；锡命载颁，受服犹嫌于以讼。叨荣莫比，怀感尤深。

兹盖伏遇皇帝陛下乾元广覆，离照旁通。抚髀求材，思得如虤之勇；论功延赏，深知汗马之劳。谓高庙开基，而臣祖屡经大战；及文皇靖难，而臣祖首预密谋。食封既听其畴庸，世宥复申于剖券。春无私泽，欣木蘗之敷荣；海有余波，导江沱而濛润。遂令末品，得次通侯。貂蝉岂出于兜鍪？雀鼠徒糜于仓廪。

臣敢不策驽砺钝，逮膂力之未衰；趋事赴功，庶宠荣之少答。丹心自警，白首为期。伏愿帝德诞敷，干羽效两阶之舞；皇图巩固，本支延百世之休。

代袭清平伯吴杰谢恩表

清平伯臣吴杰，伏蒙圣恩，念先世微劳，赐臣袭封伯爵。臣诚欢诚忭，稽首顿首，谨上表称谢者：

大人世及以为礼，彝典攸存；明君内恕而隆名，恩施弗替。顾惟孱弱，何以堪承。伏念臣身不胜衣，未克挽缰而超乘；年几弱冠，亦思奋迹以图劳。重惟先世之兴，实在文帝之始。佐平内难，既尝推褒、鄂之诚；从讨北胡，又屡献甘、陈之勇。迨仁、宣之继体，锡诰券以酬功。禄食千钟，爵传三代。当圣哲握符之日，正庸愚拜璧之初。童子何知，辄沥请封之恳？皇慈有眷，曲推成物之仁。俾就学以待年，且恤私而与粟。顷已再更于岁籥，犹惭未读于文书。窃觊误恩，复烦睿听。乃荷乾坤之大造，俯怜虮虱之微生。功载是稽，具得攀龙之状；邑畴仍旧，弗渝刑马之盟。何以仰酬，徒深感激。

兹伏遇皇帝陛下至仁天覆，大度海涵。赏必世延，即虞帝好生之得；善不尔掩，轸商宗图旧之怀。故以匹夫之微，叨居五列之贵。丹书铁券，幸哉先绪之传；玉带婵冠，甚矣宠荣之被。

臣敢不韬铃[24]是习、夙夜惟勤？貌不逾中，或壮猷之可勉；心知报上，庶乳口之逃讥。伏愿四海无虞，弓矢干戈之永戢；一人有庆，禄位名寿之咸归。

代泾阳伯神英作谢恩表

泾阳伯臣神英，伏蒙圣恩，念臣久尘任使，曾效微劳，俯徇下情，特赐封爵。臣诚欢诚忭，稽首顿首，谨上表称谢者：

爵沿周制，伯实亚于公、侯；封剖汉符，国欲及于苗裔。恩深莫报，感极难言。

伏念臣材本驽庸，敢谓兼资于智勇；官叨将领，固尝陈力于驰驱。始戍西陲，末临北镇，大小几百余战，前后历五十年。誓效死而报国家，常轻身以先士卒。裹疮饮血，劳不惮于星霜；折馘擒俘，勋屡策于行阵。岁时虽久，功次具存。六级少差，赏未行于魏尚；一章自讼，邑竟畀于陈汤。惟帝德之好生，故功疑而从重。衣寇挂神武之门，已甘休退；带砺申丹书之誓，复荷宠荣。询谋必取于金同，激劝每烦于诏谕。据鞍而示可用，幸矍铄之未衰；藏袴以待有功，识笑嚬之不苟。

兹盖伏遇⁽²⁵⁾皇帝陛下，仁同覆载，明并照临。安不忘危，闻鼙鼓则思将帅；动非无事，因游豫以诘戎兵。凭车或取于怒蟷，识道尚存于老马。故于朽钝，特赐甄收。愿益励于初心，庶仰酬于大造。来归受祉，适元戎班六月之师；拜稽扬休，惟天子享万年之祚。

【校勘记】

（1）月十五日　丛刊本脱。

（2）法　丛刊本作"去"，底本此下自"祖为念"至"举用"353字，与后文自"四活皆已"至"相制如身"343字错版，据丛刊本正。

（3）四　底本字不清，据丛刊本补。

（4）底本此下自"由是而民安"至"此前代彰"衍317字，据丛刊本删。

（5）惰　底本、丛刊本皆作"隋"，据崇祯本改。

（6）但　据文意，疑为"敢"之误。

（7）卒成天宝之　底本除"宝"字外，其余皆不清，据丛刊本补。

（8）于逸人君之勤鲜克善其始而慎其终此　底本除"善"字外，其余皆不清，据丛刊本补。

（9）俪　崇祯本作"洒"。

（10）奉乎宗　底本字不清，据丛刊本补

（11）音克嗣笃生允　底本字不清，据丛刊本补。

（12）胄　底本、丛刊本作"胃"，据崇祯本改。

（13）昌辰幸际　底本字不清，据丛刊本补。

（14）华仰　底本字不清，据丛刊本补。

（15）休　底本、丛刊本字皆不清，据文意补。

（16）□□□□□□□□□□□□　此12字底本字不清，丛刊本缺。

（17）底本、丛刊本此下皆有空白，依上一句格式，疑脱一字。

（18）辰年六月　底本、丛刊本皆缺，据《明史·功臣世表》二补。

（19）已　丛刊本作"之"。

（20）延　丛刊本作"元"。

（21）安乡侯　据正文及《明史·功臣世表》二，疑为"安乡伯"之误。

（22）燕冀　据文意，疑为"燕翼"之误。

（23）騆　丛刊本作"騆"。

（24）韬铃　据文意，疑为"韬铃"之误。

（25）伏遇　底本此下自"皇帝陛下"至"万年之祚"脱92字，原注"下缺"，据丛刊本补。

卷之六

奏疏类

考察自陈疏 正德四年三月，时为礼部右侍郎。

臣由进士入翰林、改春坊，叨尘法从几二十年。恭遇皇上嗣登大宝，以从龙恩例擢贰卿寺，仍侍讲筵，寻复进升今职。自受命以来，夙夜策砺，勉图报称。而才识驽下，无补毫厘。顾犬马之私，犹切恋主，未能遽自引退，尸素之责，诚所难逃。

近该吏部奏请考察庶官，其品秩稍崇者特容自劾。是盖皇上轸念股肱，优加体貌，天地涵育之恩，可谓至矣。臣窃惟皇上简用贤才，更新庶政，凡百执事，务欲得人。而况台省之长，职任尤重。如臣之不肖，自度无以少副九重图治之心，岂可久玷清班，以防贤路哉？

伏望圣慈容令休致，臣幸得免于咎谴。退处山林，侈悬车之荣而安农圃之业，日与田夫野老沐浴膏泽而咏歌太平，实皇上保全终始之深恩也。臣无任恳切之至。

修实德以谨天戒疏

司礼监太监高永传奉圣[1]旨："京师地震，朕心惊惕。尔文武百官同加修省，致斋三日，祭告天地、宗庙、社稷、山川。礼部知道。"

臣等伏读明诏，仰见陛下畏天省己、不敢宁居，是即帝舜滐水儆予、周宣遇灾而惧之意也。然必常存警惕之心，克尽修省之实，而后可以感动天地，转灾为祥。若行于上者，不过瓣香束帛以隆祭告之虚文；行于下者，不过黑带布袍以应因循之故事。三日之后，一祭之余，君臣上下弛然自肆，如是而欲求消复之效，臣等知其必不能也。夫同加修省，臣下诚当战兢惕励，以仰体陛下之心，而修省之本，则又在于陛下。盖陛下为天之子，为天下民物之主。天地之位，万物之育，皆系于陛下之一心。心有敬肆，而安危治乱恒必由之。

天心之仁爱陛下，盖欲其长治久安，而恐其至于危乱也。故变异之来，实所以警告陛下，若有不能忘者。今兹地[2]震之变，其占"阴盛阳微，兵乱不息"；而又发于宸极所临之地，陛下可不增修实德，以仰体上天警告之心乎？诗曰："敬天之怒，无敢戏预。敬天之渝，无敢驰驱。昊天曰明，及尔出王。[3]昊天曰旦，及尔游衍。"言天道昭明，凡人君出入往来之顷，优游暇逸之时，天之监临无乎不在，为人君者，盖不待变异失常然后知警。而至于变异之作，则又深自戒惧，不敢戏预而驰驱，此古之帝王所以克谨天戒，而欲保治安于长久也。

臣等仰窥圣心之警惕，固知所以敬天矣。伏愿陛下持守此心，始终不怠，以尽敬之之实。昧爽临朝，修举圣政，必欲体天行之健者，此敬也。数御经筵，缉熙圣学，必欲同天德之纯者，此敬也。安居法宫，颐养圣体，必欲祈天命之永者，此敬也。持衡之势，此重彼轻，戏预驰驱，自不暇及。由是阳德日亨而群阴消铄，兵乱渐息而治安可图，实宗社万万年无疆之休也。臣等不胜忠爱愿望之至。

辞免礼部尚书疏 正德五年九月二十九日，时礼部左侍郎。

窃以文昌之司，上切台斗；秩宗之职，兼治神人。其官既尊，其责亦重。必年德耆俊，始足以餍服众心；才识通明，始足以综理庶务。矧当皇上更新化理，修举旧章，建明尤在于得人，选任岂容于代匮。

顾臣才疏识寡，资浅望轻，乃沐殊恩，遂居此位。非惟超躐贤豪，不免积薪之诮；抑恐难胜重任，将有栋挠之虞。熟自揣量，分宜辞避。再念臣草茅下士，僻远孤踪，遭遇圣明，多窃荣宠。方龙潜之日，已劝讲于青宫。及虎变之初，复执经于翠幄。虽佐理职司之事，犹叨随禁从之班。皆迈常流，殊无寸补。幸屡逭滥竽之责，敢复萌曳履之图。昨与再推，实出望外。惟满盈之是惧，甚局蹐而不安。

仰惟皇上甄陶万类，每垂矜察之仁；体念群臣，曲尽保全之道。伏望收回成命，别授贤能；俯徇愚衷，使仍旧职。庶几下免侥逾之议，上无滥予之嫌。

乞禁约狼兵私收俘获人口疏 时礼部尚书兼文渊阁大学士。

臣原籍江西广信府铅山县人。近年饶州姚源、抚州东乡等处盗贼窃发，其地皆与臣本府相邻。臣闻各贼流劫乡村，尤恶大姓，寡母婺[4]妇多受奸污，骄子爱女多被虏掠。怒发为之冲冠，悲感至于流涕。今年四月来，又闻调到狼兵将带所掠子女载至南京贸易货物。臣痛念乡邦重罹荼毒，恨处之未能尽法，而师律益以不臧，至今地方未能安靖。自愧非才，误蒙简擢。经武遏乱，与闻政机。盖四郊多垒之辱，固有不遑启处者。况同室缨冠之救，又忍不以为意邪？

近有同县人来，臣询问乡里消息及用兵进止。其人说称：广西副总兵张勇，曾差头目以童男童女各二人送至臣家，但臣弟完寄有家书，不曾开写。以理度之，臣弟亦知非义，决不肯留。弟[5]恐勇方领兵征剿邻境，流贼望其驱逐，乡间赖其保障；穷乡寒士，利害在前，一时思虑未周，亦或隐忍容受。

臣自得此信，寝食不宁。窃惟军中所得幼小男女，系俘获贼属，法当收养听取；若是被虏良家，法当招认给领，岂可以之充人事而结私交也哉？臣料勇虽武臣，亦知事体，决不为此以陷罪愆。或是调来狼兵掠卖既多，恐其不便，却乃假勇名目送至臣家；一则欲臣感其私惠而默不复言，一则幸臣中其阴计而嗫不敢言。顾臣受国厚恩，方图报称，克己自励，日乾夕惕。若因响沫之小利而误军戎之大计，避矫激之小嫌而昧取与之大义，则其贪冒之行无异于狼兵，而残忍之心有同于流贼，陛下亦将焉用之哉？臣已一面寄书与臣弟完，若有前项人口，未受则已，万一误受，速送至本县，差人转解总制都御史陈金处，以凭依法行遣。

臣又虑狼兵尚在南昌、华林等处攻剿山寨，犹未回还，或仍前虏掠贩卖，为害未已；则军法不肃，盗贼难平，一方之民何时可安，九重之忧何时可释？伏乞圣明特敕兵部，将臣此奏转行江西镇、巡及纪功科道官，严加禁约，痛革前弊。庶几师律严明，人心警畏，群盗可以早灭，民生可以早安。

辞免恩命奏

臣自正德九年五月放归田里，今已八年。杜门谢事，每怀静观世变之忧；焚香祝天，常有早生圣人之愿。幸而祸乱未甚，历数有归。钦惟皇帝陛下以上圣之资，□[6]中兴之运。刚健中正，体乾元之不息；聪明睿智，□[7]离照之无私。涣发纶音，鼎新几务，大奸尽逐，宿蠹尽除。敷天之下，环海之内，[8]凡有血气得于听闻，莫不呼忭舞蹈，以为尧、舜复[9]生，太平立见。而臣外□□[10]平，沾被余休，从此永享[11]夫暑簟寒檐之乐，岂复有昔年忧乱惧祸之心？

至六月二十六日，敕使临门，钦蒙召用，赐之驰驿，戒以"毋或稽迟"。臣俯伏受命，且感且惭，自度才识驽下，学术粗疏，岂足以当新朝之宠命、副图任之隆音？分宜辞避，庶免讥评。然而夙夜熟思，心口相语，圣作则物睹，君令而臣恭。在《易》有龙飞之象，则皆欲利见圣人。在《诗》有凤鸣之歌，则皆将思媚天子。故古之圣臣如伊尹者，犹以亲见尧、舜为荣。而况疏远孤踪，自分永弃；一旦得遭盛世，特被简知，真千载之奇逢、三生之大幸，而可迟回顾虑、以辞让为事乎？于是冒昧治装，迤逦就道，庶几早赴阙廷，得瞻天日之表；勉竭驽钝，少摅芹曝之诚。

近日行至中途，再三筹虑。切惟圣明御极，贤俊满朝，善治之化已更，嘉靖之休可致。虽遗簪坠履，荷陛下不弃于旧用之臣；而乘雁双凫，在臣愚何补于维新之政？若忘分亟进，觍颜苟得，必至掇覆𫗰之患、贻伴食之讥；上累知人之明，下为斯文之玷。伏望圣慈俯察愚衷，追寝前命，容臣照旧致仕。臣优游林壑，洗涤笔砚，尚当歌颂圣德以播之万方，窃录圣政以传之万代。是亦天地覆载之洪恩，雨露涵濡之余泽也。

辞免升职奏

准吏部咨，正德十六年十月二十九日，该本部钦奉敕："太子太保户部尚书兼武英殿大学士费宏加少保，着照旧与杨廷和办事。如敕奉行，钦此。"移咨到臣，钦遵施行。

臣奉命自天，措躬无地。切念臣之才识实为驽钝，臣之学术实为迂疏。粤在先朝，待罪馆阁，虽职专劝讲，而愧未能奏启沃之功；虽志在匡时，而恨未能弥权奸之变。奉身以退，乃分之宜。恭遇圣明，复蒙召用，延数月而未至，稽迟之罪已不可言；廑再使以传宣，眷念之恩愈加崇重。况控辞未奉于俞旨，而慰谕屡见于温纶：一则曰"辅佐先帝，屡效忠谋"；二则曰"日侍讲读，备著忠勤"；一则曰"寻以直道见忤权奸"，二则曰"遭谗去官，舆论称重"。盖虽一字之褒，荣逾华衮；重以十行之诏，炳若日星。不图摈弃之余，有此殊常之宠。怀感甚切，报称为难。夫犬马微贱，犹有衔结之诚；风云感会，孰无攀附之愿。况陛下之中兴，真所谓千年一圣；而孤臣之再入，亦可谓千载一时。时不易逢，圣皆快睹。备股肱于圣代，论袜线固都无一缕之长；幸遭遇于清时，在铅刀亦思效一割之用。兹蒙委任，仍与事枢，岂敢涉伪而屡辞？但合竭诚以图报，惟忠惟直，自誓不移。盖陛下之用臣以此，而臣之事陛下，又安忍背恩而自弃耶？

第新进官阶，臣难辄受。诚以官阶之进必有所为，或以年劳既久，例合叙迁；或以绩用有成，礼宜超擢。一阶半级，激励所关，资浅才微，岂应辄得？仰惟嗣极之始，诏告万方，无功而升职者不得苟容，冒名而冗食者悉在查革。正欲节财用以苏四海，慎爵赏以励庶官，宿弊一清，人心痛快。所贵守之不易，行之不疑，令焉必从，言焉必践。然后纲纪大定，治安可图。如臣者起自山林，始还位著，于新政未有涓尘之助，于当官未效丝粟之劳。而乃误宠荐颁，嵩阶遽进，心实自恶，人其谓何？爰敢披沥衷恳，仰干皇慈。伏望俯听臣言，收回恩命，容臣以旧官在阁办事，庶几不逾涯分，可免饥评。即同不次之迁，尤戴曲成之赐。

辞免恩赏奏

该监察御史刘源清称，宸濠之变，臣腾书邻县，谕以忠义，劝其死守。兵部复议，谓宜褒奖赏赍。节奉钦依赏银五十两、纻丝四表里。

臣窃惟国家养士，正欲得其力于缓急之秋；臣子事君，自当用其情于危疑之际。此古今之大义，亦职分之当为。逆濠之叛，愧不能荷戈以从王师、毁家以纾国难。虽腾书之勤恳，亦徒抱于空言。而台臣曲赐齿牙，该部遂为覆奏，乃荷不赀之赏，实增过分之愆。

况当时内阁辅臣如杨某、蒋某、毛某，先事折奸，欲潜消其祸变；当几画策，又多效于忠谋。乃避远嫌疑，力辞赏典，而臣则何功之有，辄冒殊恩？心实不安，义难苟受。伏乞圣慈容臣辞免，庶朝廷无僭赏之议，愚臣免冒宠之讥。

重请诰封奏

臣以弘治十八年七月，由左春坊左谕德兼翰林院侍讲升太常寺少卿兼翰林院侍读，当年蒙两宫尊号恩，诏给赐四品诰命。至正德四年，历升礼部左侍郎，遇蒙恩旨，给赐三品诰命。正德五年，升任礼部尚书，遇蒙两宫徽号恩，诏给赐二品诰命；上自祖考，下及妻室，叨荷宠命，存没有光。臣屡承华衮之褒，勉图犬马之报。然而才不逮志，器匆适时，后至正德九年四月，终有旨传出，令臣回话，容臣致仕。其时促迫就道，仓卒束装，虽诰轴所当珍藏，亦不及留意收拾。至五月十七日三更时分，行至临清戴家湾地方，臣已睡熟，舟中火发，莫测其端。臣与妻怆惶避灾，幸免焚溺，衣囊家具悉为煨烬，前项诰轴亦皆烧毁残缺。臣不能戒慎之罪，固不可逃。但臣之归也，说者谓由于沮止逆濠护卫之请，触忤钱宁，以及于祸。而舟中回禄之变，濠实为之，则其情亦可悯矣。

兹幸天日复明，圣皇嗣统，臣首被简召，再立清朝。近荷覆恩之诏，上及三世，秩俱一品。天地之德，下洽于重泉；日月之光，委照于遐壤。臣虽殒首捐躯，惧未能报称于万一也。前此既毁之轴，屡欲陈乞重赐，而深恐不免于得陇望蜀之讥。但龙凤之章，方将夸示姻族，以为乡荣；纶綍之训，方将传及孙曾，以为家宝。一旦毁坏，心实痛之。伏望圣慈察其致毁之所由来，怜其重请之非得已，敕下该部，再给应得⁽¹²⁾之轴，重写前日之词。所有毁坏旧轴，容臣送进内府，年终烧毁。则先臣虽在九泉，使其有灵，犹当感至仁而图报，况愚臣方备驱策，敢昧于覆载生成之大造耶？

辞荫奏　嘉靖元年三月十五日

伏蒙陛下念定策迎立之功，有推恩延赏之典，而滥及于臣，荫一子锦衣卫指挥使世袭。臣闻命惭悚，罔知攸措。切惟赏以酬功，必有功而后赏。若功无可录，而赏亦滥加，则朝廷之赐予不足以为劝，而臣子之叨冒适足以取讥。

仰惟陛下以天纵非常之圣，承天序当嗣之统。当时内阁辅臣如杨□、蒋□、毛□，⁽¹³⁾定大策于事变危疑之际，安社稷于奸臣跋扈之秋。陛下念其功劳，厚其爵赏，可也。顾臣时方谢事，政不与谋，初无翊运之功，敢叨延世之赏？况臣自废处田里，值逆濠阴蓄异图，内倚权奸，肆行毒虐。臣恐祸乱之及，朝夕自危。而世道更新，圣⁽¹⁴⁾明御极，龙飞虎变，坤转乾旋，始无性命之忧，得见太平⁽¹⁵⁾之盛。而乃首蒙召用，再立清朝。风云之会，方自庆于遭逢；天地之恩，实难图于报称。每虞瘝旷之谴，岂意误宠之加，心甚不安，义当辞避。

伏望圣慈俯察愚衷，收回成命，庶庆赏之典不至于滥及，而愚臣之分亦得以苟安。

再辞荫奏

近该臣具疏辞免荫子世袭之恩，伏奉圣旨："卿先朝旧臣，德望素重。先在内阁之日，抗言守正，悉心匡弼。权奸中伤，逊避而去。逆濠之变，移书起兵，忠义显著。召还原任，随事启沃，备竭诚悃。朕心喜悦，特加荫录，以答旧功。宜勉承恩命，用副朕倚毗至意。所辞不允。钦此。"

臣伏念昔备台鼎，愧乏才猷，早合退休，自分永弃。幸遭圣主，重与事枢。自惟再实之木，或至于伤根；过饱之儿，不免于致病。安敢复荫非分之望，以重不职之愆？顷闻敕旨之颁，莫测推恩之故。省躬无措，对众自惭。俯沥愚诚，欲恳辞于新命；仰承褒慰，乃追念于旧功。夫权奸之乱政也，臣虽志存匡辅，而实未能尽补衮之忠；逆濠之犯顺也，臣虽奋欲陨躯，而实未得与荷戈之列。若滥蒙武荫，延及云仍，固物议所不容，岂儒生之敢受？盖陛下优待股肱，恩礼每从于厚；而臣下保全名检，辞受当审其宜。故虽有协谋定策之功，犹不敢轻受儋爵析圭之命；况实无廓清摧陷之绩，乌可以膺传龟袭紫之荣乎？

伏望圣慈矜臣之愚，即赐俞允，毋致烦琐之章屡渎天听，庶几僭赏之典不累圣明，臣之感幸尤甚于恩命之承也。

奉圣旨："卿先年辅政，当权奸坏法之时，同寅协恭，随事匡弼，近古社稷之臣。遭谗去任，后遇逆濠之变，抗言倡义，奋欲捐躯。忠谋直节，朕所简知，加以荫录，实不为过。而乃再疏辞免，不允所辞。务勉受荫，以表朕怀，该部知道。"

三辞荫奏

伏蒙陛下以定策之功推恩内阁，而滥及于臣，亦荫其子。天地之德，务从于宽大；雨露之泽，似欲其均沾。陛下之所以待臣如此其厚，使功有可录，义不必辞。臣敢不仰体德意以为荣幸，而乃故违恩命以为名高？第臣初无丝粟之劳，遽冒世官之赏，揆之于义，而实为未当；概之于心，而实有不安。是以具[16]疏再辞，备陈情悃。顾未蒙于俞允，反屡荷于褒嘉，熟自省循，倍增惭悚。

窃惟锦衣卫处禁旅之先，指挥使为武阶之首，得之不易，授之不轻。或一人身经百战，由少至老而树立奇功；或一家更历百年，由祖至孙而积累劳阀，乃能至于此职，讵可畀之无功？臣明居辅导之官，与有表仪之责，若辞受有乖于大义，则讥评难免于人言。故《晋》之锡马，在陛下虽以昼日三接为恩；而《讼》之受服，在愚臣且以终朝三褫为虑。惟误宠之难荷，故祈请之益坚。言盖由衷，情非冈上。

伏望俯垂照察，即赐矜从，臣心既安，自可勉其职业，以摅报国之忠。臣子虽愚，犹可教之诗书，以备贤科之选，陛下之为赐大矣。

圣旨："朕以报功宜厚，屡有成命，欲卿勉受，以纾朕怀。而乃累疏恳辞，朕不能强，特允辞荫挥使，全卿廉让之节。还荫世袭正千户，可不必固辞，仍写敕褒谕，赐宴礼部，用表朕眷注至怀。卿宜益竭忠诚，赞成维新之治。该部知道。"

辞免文武录荫及赐宴进阶疏

先该臣疏辞锦衣卫指挥使世袭之荫，幸蒙俞允。节该奉圣旨："还荫世袭正千户，仍写敕褒谕，赐宴礼部"，用表"眷注至怀"。又为乞允舆情、议处恩荫事，该兵部题节奉圣旨："荫一子七品文职，世世承袭。仍进一阶，便着各衙门拟授职衔来看。钦此。"

臣伏读纶音，仰窥圣德，恩尝从厚，意在劝忠。眷注之情不足，故武荫之辞未尽，而又欲秩加于旧。然而宠遇难胜，感深益惧，不容不以情恫再为陛下陈之。盖朝廷之官赏，当视其功；臣子之辞受，当揆于义。功不当赏而赏，则无以激励乎人心；义不当受而受，则难以苟逃乎公论。今日之事，臣于定策迎立实无毫发之功，而亦随众受赏，岂有可受之义哉？夫冒无功之赏而昧辞受之义，以致激劝之典由此而僭滥，台谏之议由此而沸腾。是臣愚之所以事陛下，固未得为忠；而陛下之宠臣，亦岂所以保全而爱惜之耶？况台谏之疏，以为大学士杨廷和等无与于定策，不可以言功，固于事情未审，持论未平；若以论臣，则其言皆当，盖知臣实无功而不当赏。陛下宜慎重恩典，不轻于赐予也。所有前项赐宴、进阶及文武录荫，臣决难强受。至于褒谕之敕，亦非臣所敢当。

伏望陛下俯鉴愚衷，亟寝前命，庶臣之心迹稍白，不蹈危机，陛下之为赐大矣。

赐彩币玉带谢恩奏

今日早，伏蒙皇上遣司礼官颁赐臣彩装大红蟒龙纻丝纱罗、白玉束带。

伏念臣退处山林，召还禁闼，甫经旬日，未效涓埃。乃蒙眷遇之隆，遽有便蕃之赐。衣颁玄黼，[17] 与兽锦以争鲜；带琢琳琅，觉虹光之上达。臣省躬弗称，揣分奚堪？服以拜恩，幸子衣之安吉；勉焉图报，庶袞职之少裨。

乞休奏

臣自正德甲戌废弃归田，已历八载。恭遇皇上入绍大统，过听人言，召臣复入内阁照旧办事。臣感激天地之恩，朝夕黾勉，思效涓埃之报。但自幼多病，形气早衰，旧冬以来，加以胸膈痞闷，郁痛无时，饮食少进，肌体消瘦。[18] 自觉不能供职，惟当退处田野，庶不误国妨贤。

伏望皇上察臣恳悃，容臣休致，俾得苟延残喘，则自今以至未死之年，皆皇上之所赐也。

乞休第二疏

臣自揣衰病不职，昨者具奏乞休，钦奉圣旨："卿内阁元臣，忠诚端亮。朕所倚托至重，岂因泛言欲乞休致？可即出安心供职，勿负朕意。吏部知道。"

伏念臣材质驽下，学识疏庸，遭际圣君，特蒙召用，与参机政，误受简知。事有所疑，则手降纶音而欲订其可否；劳无足取，乃面承天语而辄奖其忠勤。兹者复荷华褒，勉留供职，岂忍固为辞避，上负圣心？但臣器本杯盂，而所受已逾于沼沚；用宜榱桷，而其材岂中夫栋梁。畏盈满之难居，念止足之当戒。此臣自揣分量，而不可不去者一也。况地居禁近，位躐豪英。过被宠荣，如女入宫而难免于媢嫉；久妨贤路，如兰当户而必见于锄芟。若力为争胜之谋，岂得为盛德之事？此臣审察事机，而不可不去者二也。且众口难调，人言可恤。挟私仇者，既含毒而巧于射影；持公议者，亦闻风而涉于同声。则是由臣贪恋，以致烦言，其于俗化所累不小，此臣顾惜国体，而不可不去者三也。

臣用[19]是再沥愚衷，仰祈天鉴，伏乞特赐俞旨，容臣早归。臣优游林泉、吟弄风月，辟张良之谷，假仙术以引年龄；卖疏傅之金，侈上恩而光族里。则臣之荣幸多矣。

又乞休疏

臣才识粗浅，学问荒疏，误蒙召用，勉强就列。上无补于圣德，下无益于生民，内自循省，实多愧赧。然且隐忍而未即去者，实以陛下之恩天高地厚，欲图万一之报也。况臣尝奉敕纂修皇考《恭穆献皇帝实录》，设若不终其事，委之而去，何以仰副陛下纯孝之心，亦岂臣子事君之道哉？

今实录完矣，可以去矣。且臣蒲柳之质，多病早衰，肌体羸弱，惴惴焉旷职废事、误国妨贤是惧。熟自揣量，惟决于一去，乃臣之分之宜。伏乞陛下之所赐也。

辞免加俸升级奏

该吏部节该钦奉手敕，内开："《恭穆献皇帝实录》纂修已完，朕念他每勤劳，总裁官费宏着支正一品俸，改兼华盖殿大学士少师兼太子太师，尚书仍旧。钦此。"钦遵誊黄赍捧到。

臣仰承恩命，感惧交并，锡予过优，实难负荷。敢沥诚恳，上渎天聪。盖百官之禄，莫厚于正一，而惟功之懋者所宜飨；殿学之衔，莫荣于华盖，而惟学之优者所可兼。顾臣伴食台司，功无可录，滥竽史职，学不足称。厚禄荣衔，岂宜辄受，受之则于心有愧，辞之则于分为宜。

昨者伏闻圣谕，以为"《实录》加恩，累朝故事，岂可因皇考已之"？是盖推尊亲之孝，广逮下之仁。故虽一发之劳，亦轸九重之念。臣自揣见闻孤陋，无由备悉夫丕显之谟；才识疏庸，未能发扬夫至纯之德。方虞罪谴，深自忧惶。况左言右动，多得诸藩邸之旧人；而方矩圆规，上赖于圣心之裁定。反复循省，臣有何劳？若徒冒宠而贪荣，是为薄功而厚飨。况臣曩从摈斥，自分沉沦，遭际圣明，首蒙召用。孤卿秘殿，再进华阶；玉带蟒衣，三叨渥赐。至于谗言交毁，又特荷于保全；罪戾最多，每曲蒙于涵贷。恩同父母，德并乾坤。盖虽捐躯毕命，未足以称塞乎至仁；即使因事效劳，亦安敢辄希夫[20]厚报。此臣所以恳辞恩命而不敢轻受之愚诚也。

伏望特赐谕音，收回新命，容臣以旧俸、旧衔供职。庶朝廷之恩典不为滥予，而臣愚之心迹可以少安。

乞休奏

臣自正德甲戌废弃家居，辛巳之夏，恭遇皇上龙飞，首蒙召用，勉供厥职者五年于兹矣。大礼既成，信史既纂，庙制既定，皇上尊亲之孝至备至隆。臣周旋其间，与观盛典，无所赞助，深愧上孤眷注之恩。乃荷大度优容，不加谴责。

今年三月以来，屡出宸章会臣编集。文华听讲之余，既受渥赐；平台召见之日，复荷褒嘉。盖右文之主，近代所无，而遭际之奇，实出于望外也。然臣之私心，则恐吟咏频数，圣虑过劳。每托散本官转告司礼监官，欲为上达天聪，保爱圣体，以锡福于天下，延休于万世。岂敢徼一时之宠，而为一身势利之计耶？今忌臣者乃以此为臣之罪，欲加陷害，从而媒蘖其短。仰恃圣明必能洞察，臣岂敢深辩以上烦圣听。但物忌太盈，分当知足。臣荷宠过厚，盛满难居。惟宜决[21]于永去，庶可免于罪戾。况臣赋质素弱，百病交侵，近日胸膈痞满，饮食减少，精神疲困，心志灰颓。当皇上励精图治之时，臣衰羸若此，岂能仰赞庙谟，裨益政化？若不早去，为罪愈重。

伏乞皇上怜臣之力实不能强，察臣之心非敢负恩，容臣致事，退处田野。得遂闲适，调理残躯。则自今以至未死之年，皆皇上之所赐也。

因灾自劾奏

近该礼部题称："四方灾异非常，人妖物孽有自古所未见者，圣心惕然，谕令百官同加修省。"是即古帝王克谨天戒、侧身修行之心也。

臣自召用以来，六年于兹。仰惟皇上以聪明天纵之资，而又加以逊敏日新之学，一政一令必参稽其可否，一言一动必求合乎准绳。郊禋荐享，斋祓一心，对越神明，周旋中礼，可谓极其敬矣。上法祖(22)训，慎守旧章，崇奉两宫，动求意惬，可谓极其孝矣。轸念穷民，屡加赈贷，矜恤刑狱，不忍轻杀一人，可谓极其仁矣。早朝宴罢，躬亲庶政，万几之暇，又辄留意词翰，未尝厌倦，可谓极其勤矣。用舍予夺，断自宸衷，人之情伪，莫能逃于洞察，可谓极其刚且明矣。凡盛德至善，自古人君不能具有者，皇上皆兼而有之。是宜和气充周，休征毕应，立至太平之盛，而犹有人妖物孽如四方之所奏闻者，果何故耶？实以臣等大小臣工，未能仰体圣心，勉修职业；上之德意或壅遏而不能下流，下之民情或蔽抑而无由上达，是以愁怨之气上干天和，灾变之来致烦圣听。皇上顾乃过为谦抑，引咎自归，臣等之心岂能自安，而其罪不可逃矣。

如臣又以非才，误蒙宠任，叨居百僚之首，躐处贤豪之上。望不足以服众，道不足以匡时。皇上之于论学甚专也，而臣无沃心训志之益；皇上之于图治甚锐也，而臣无兴滞补弊之能。虽意在调和，庶几济事，而人将责备，难免讥评。每负愧而怀忧，恐妨贤而病国。盖群臣之中，惟臣官最尊，不职最甚，而致灾之罪，臣尤不得而辞也。

伏望皇上宽臣诛谴，容臣罢归，别任老成，付以政柄，则转移之间大有妙用。自能消弭灾变，和同天人，上以慰皇上之心，下可答天下之望。

又自劾奏

臣揣分量材，处非其据。兼以素多疾病，志倦力疲，盖怀欲去之心久矣。近尝因灾自劾，乃荷温旨慰留。高厚之恩，感深刻骨，即陨首捐躯，无以为报。此臣所以辄复靦颜就列，而未敢汲汲以去为请也。

兹者皇上涣发德音，谕令百官同加修省。而又自谓心有未纯，德有未一，上无以格于高穹，下无以宁夫兆庶，惕然儆畏，引咎自归。臣仰见皇上体道谦冲，克谨天戒，即禹、汤罪己之意。然而皇上敬天勤民，励精图治。一心既正，宜诸福之毕集；五事既修，宜休征之协应。乃今灾变稠叠，实由臣下不职有以致之。而臣官阶最高，责任最重，致灾之罪尤不可逭。

盖古者三公论道以燮理阴阳，三(23)孤弘化以寅亮天地。若阴阳不和，天地不位，皆不能以无责。臣所居则三孤之官也，所修则寅亮之职也。观四方之所奏报，非天反时而为变，则地反物而为妖。是臣于寅亮之职不修，孤卿之官有愧。循名责实，安可复居是位，以上负倚毗之至意哉？虽(24)圣慈隐恻，许臣自新，然如臣之不职，无补政化；若又苟贪禄位，久在班行，恐民怨日以益深，而天灾遘难消复，何以副皇上求治之诚，何以答苍生愿治之望？

伏乞矜臣之愚，不加诛谴，早赐谕旨，容臣罢归。别任忠贤，责以辅导，则必能尽弼亮之忠，而无依违之罪。由是灾异顿消，祯祥日至。臣退居田野，躬课农桑，沾雨旸时若之休，沐乾坤覆育之泽。庶几和康衢之谣，而幸见尧仁之远被，犹能效华封之祝，而仰祈舜寿于无疆也。

问安奏

臣旧患头风，近复举发，血气虚弱，医药效迟。连日病卧，尚未盥栉。伏闻圣躬偶感风寒，欲暂调理。恨不能趋赴阙下，以申问安之敬。窃伏枕席，神魂飞越，蹐高蹐厚，无地自容。

仰惟天相，圣明即当康复。但臣子之于君父，心切恋慕，无时敢忘。伏愿顺天地闭藏之候，静以养之。身心则务欲安闲，而不可过于烦劳；药饵则先宜和解，而不可过于疏泄。数日之后，元气既复，而邪气自除，诚天下臣民之幸也。臣无任忠爱恳悃之至。

奉圣旨："朕体平复，正欲安养。览奏具见悃诚。卿疾既痊，可即出供职。礼部知道。"

乞恩给假调理奏　二通　四年十二月二十四日

臣形体清癯，禀受孱弱；加以少年多病，气血早衰，外感内伤，辄生疾患，其状难以枚举。近日以来则胸膈气滞，痞塞不通，每至日西，牵引作痛。四肢拘倦，行坐不安，饮食减少，肌肉消瘦。臣年已近六十，而多病如此，心实忧之。但以上受简知，忝居辅弼，恩深未报，不忍遽去。犹抱病以供职，常裹药以自随。然而拘于寅入酉出之制，不免于早作昼动之劳。是以药疗罔功，元气未复，诚恐积日渐深，所患转剧。臣惟臣之于君，即子之于父也，既病切膏肓，事关躯命，安得不披露肝胆，仰祈矜怜。

伏望圣恩，容臣在于私家静坐一月或二十余日，得以屏绝尘劳，专心调理，庶几正气充实，痞塞自通。若臣病未剧而即瘳，臣身已衰而复健，皆陛下曲成之赐，而臣犬马之报犹可勉图于将来矣。

奉圣旨："内阁机务繁重，卿偶有微疾，宜即出办理，以副委任。不必给假。该部知道。"

又　四年十二月二十七日

臣于本月十六日以病体羸弱，觉难勉强，具本乞容调理。至十八日，臣同僚大学士石珤、贾咏前来相候，云司礼监官谕圣意，着臣即出理办事务，不必给假。

臣伏枕闻之，不觉泣下。顾臣何人，仰荷陛下眷注之勤至于如此？虽抱病以奔趋，捐糜以图报，盖亦甘心而不容辞矣。但数日以来，病势未退，检方用药，诊视日每数医，杜门静坐，糜粥不能多进。是以心虽欲出而力不能支，只得仍注门籍，以俟少愈，乃图朝谒。

今日巳刻，忽见内阁遣官前到臣家，又传上意，促臣早出。臣闻命惶恐，措身无地。若臣无病，而假托偃蹇以遂己私，则其罪自不容诛矣。缘颜色之憔悴，形容之消瘦，内阁所遣官得之亲见。臣自料非逾旬日，决不能趋走殿陛以仰瞻清光也。

伏乞圣恩矜怜，容臣给假，庶臣闲静之中安心调理，神思舒泰，病可早安。深恩厚德，臣固不能图报于万一，而图报之诚，则不敢不勉竭于将来也。臣无任惆怅拳切之至。

奉圣旨："卿前疏欲乞给假，已有旨不允。况内阁机务日多，如果有疾，暂准调理。稍愈宜即出赴阁办事，以副朕重托至意。吏部知道。"

乞恩休致奏　五年十月二十三日

臣于本月十五日疏陈衰病不职，乞休致以养残躯。钦奉圣旨："卿自召用以来，忠诚体国，勤劳茂著，朕所倚任。岂可以疾为辞，遽求休致？宜即出供职，所辞不允。钦[25]此。"捧诵温纶，过于褒惜。感幸之极，涕泣交流。盖虽竭糜陨之诚，未足报生成之德。但臣名位已极，涯分已逾。福过灾生，宜疾病之交作；心疲力倦，觉奔走之尤难。重负远途，岂驽骀之力所能强；长林丰草，乃麋鹿之性所甚安。况君子之去就，贵于见几，而臣已恨审之不早；人臣之常病，在于伤宠，而臣实惧荷宠之过优。爰敢再沥愚衷，仰干聪听。

伏乞俞臣所请，赐臣早归。若羸弱之体得全于闲适之余，则覆育之恩尤深于召用之日矣。臣不胜待罪祈恩之至。

奉圣旨："卿内阁首臣，才望素著。顷以疾具奏乞休致，已有旨慰留。可即出供职，以副朕倚重至意。不必再辞，吏部知道。"

乞休奏

臣于嘉靖六年二月初七日具疏乞休，钦奉圣旨："卿先朝旧臣，学行素著。朕召用以来，论思辅导，多效忠勤。方切倚毗，岂可偶因浮言遽求引避？宜安心供职，以副优眷，所辞不允，吏部知道。钦此。"

臣捧诵温纶，倍增感愧。窃以浮言汹动，谗焰方张，孤踪危疑，祸阱莫测。乃荷圣明洞察，大度含容：廷鞫无私，正欲究是非之实；疏辞不允，又特加慰谕之词。德并乾坤，恩逾父母。臣安敢不图报塞，自择便安？顾惟眷遇过优，益甚满盈之惧，倚毗虽切，惭非辅导之才。熟自揣量，分宜引避。若犹贪夫宠禄，必再致夫讥谗。况臣年至六旬，已迫桑榆之景；身婴百病，难禁蒲柳之秋。力不任于尘劳，心每关乎药裹。忆童稚钓游之处，惟林泉闲适之安。用是再沥悬诚，上渎天听。

伏乞俯垂怜悯，早赐允俞。臣得辞鞅掌之劳，遂栖迟之愿，全身远害，习静引年，则犬马余生皆皇上所赐也。

奉圣旨："卿内阁首臣，练达事体，辅导朕躬，委任至重。既以疾辞，特准所请，着致仕，驰驿还乡，该衙门知道。"

乞恩奏 为男懋贤上，六年二月二十二日。

臣昨具疏乞休，钦蒙准臣致仕，驰驿还乡。臣仰荷厚恩，曷胜感幸。顾犹有私情不容已者，不敢不为皇上陈之。盖臣男费懋贤，荷蒙作养，由嘉靖五年进士改翰林院庶吉士，在馆读书。臣亦欲其成材，上报国恩。但赋质虚弱，素多疾病。今见臣休致，行当远离，父子之间不免感伤，前疾愈加增进。虑恐臣既去之后，臣男形影单只，忧病相仍，学问无成，虚糜廪禄。

伏望圣慈矜悯，容其伴臣南归就医调治，痊可之日，即当前来效用，以图报补。臣无任恳悃之至。

奉圣旨："费懋贤准随卿回还养病。病痊之日，前来照旧作养听用。吏部知道。"

自劾不职乞恩休致奏

臣[26]以草茅陋质，章句腐儒，误蒙圣恩，擢居内阁，将三年于此矣。学不足以启沃君心，才不能以匡济时务。顷岁以来，阴阳乖错，水旱频仍，人民困穷，盗贼充斥，天下之势将日入于敝坏。臣叨陪辅导之末，与有调和之责，而不能效一得之愚，补毫发之阙。乃徒日费餐钱，岁请俸券。是其报称之功，曾犬马之不如；而蠹耗之害，与鼠雀之何异？跼高蹐厚，负愧怀忧，欲退伏田里，以苟免罪戾者，为日久矣。然犹栖迟恋慕，未能遽去者，诚以陛下生成之恩如天地父母，臣虽未能自效于既往，而庶几图报于将来耳。

迩者寝室罹回禄之灾，上天示仁爱之意。伏见陛下避坐易服，敕谕群臣省躬思咎。诏告天下，盖宵旰惶惶，惕然有转移之机；而中外欣欣，颙然有太平之望。臣于是益知陛下天资高迈，可以为圣贤之学，可以兴帝王之治。第臣等愚陋苟简，不能悉心开导，以仰神聪明；鞠躬尽瘁[27]，以赞襄治化。尸素之罪，愈不可逭。若复随行逐队，冒宠贪荣，虽陛下曲赐优容，不即斥逐，而臣之心亦岂能苟安而无愧耶？况大臣之职，在于为上为德，为下为民而已。臣内自循省，上之既不能匡辅圣德，以自尽其纳诲之诚；下之又不能泽润生民，以少解其倒悬之苦。犹是饰辕之车不足以致远，折足之鼎不足以大烹，陛下亦将焉用之哉？用是俯沥恳诚，仰渎聪听。

伏愿悯臣之愚，早赐罢黜。别选英俊，以充任使。庶几弊政可革，灾变可弥。上无累于圣明，下无妨于贤路。

慎始修德以隆治化疏

臣等窃惟天下之治，必本于一人之身，而圣德之修，必慎于更新之始。兹者新宫甫成，而陛下入承大统，安处其中，所以革故鼎新、迓续天命，实有待于陛下。由此日新圣德，慎始图终，以延本枝于百世，固宗社于万年，则臣等不能不深望于陛下也。所谓慎始修德，固非一端，而其大者，则在所亲必正人，所闻必正道，所行必正事，所发必正言。

伏愿陛下退朝之暇，静处法宫，取太祖高皇帝所编《祖训》及真德秀《大学衍义》，返复熟玩，以涵养圣心，详审治体。凡百举动，必以尧、舜、禹、汤、文、武为法。群臣章奏，有关于圣躬，切于治道，置诸坐右，时赐睿览，见诸施行。至于左右侍从，乞选老成静重之人，勿杂以憸邪狎昵之辈。而凡奸声乱色，奇技淫巧，皆不得导诱意向，蛊惑聪明。务使精神内固，血气凝定，本源澄澈，心志不移。由是充养完粹，德性纯一，则万寿无疆，永作臣民之主；诸福骈集，益绵胤祚之休。天下后世称治化之隆者，必首及于陛下，岂不足以追配二帝三皇之盛哉？

臣等职在辅导，无任恳切愿望之至。所有慎始修德事目，随本上进，乞写成牌扁，悬置殿壁，以备接目儆心之助。慎始修德事目：

一敬天戒。人君奉天命，为天子，当常存畏敬之心。其仁爱人君，有所谴告见于灾异，尤当儆惧。即今金星昼见，冬不严寒，各处水旱为灾，天意不和。宜正心修德，施惠泽，除弊政，以召休祥。一应修斋设醮、务为禳祷之事，豫绝其端，不可轻信。

一法祖训。祖宗列圣，弘规大法，备载《宝训》诸书，而太祖高皇帝《祖训》尤为切要。宜时常省阅，凡事遵行，自无过举。

一隆孝道。圣孝纯笃，三宫在上，奉养之礼谅无少缺。而慈寿皇太后断自圣心，首定大策，迎立我皇上入绍大统，功德甚隆，一切奉事供养尤宜从厚。

一保圣躬。皇上春秋甚富，气血未定，务宜收敛放心，保养元气。饮食起居，皆宜有节。至于声色玩好，足以乱聪明、惑心志者，尤宜屏绝，此实享国永年之本。

一勤民事。即今天下百姓艰难，近京地方盗贼纵横。宜留心民隐、访问下情，大小章奏，躬亲省览。凡言及闾阎疾苦、减赋轻徭等事，须即下该部加意赈恤。

一勤学问。每日视朝听政之暇，宜亲近儒臣，诵读经书，披阅史册，讲明义理。考见前代某君可法，某君可戒，以为龟鉴。如宋儒真德秀《大学衍义》一书，尤为切要，更宜留神熟玩。

一慎命令。朝廷命令，必须审处而行。既行之后，不宜因一人私爱、一言蛊惑复为更改。使国有定法，人可遵守。

一明赏罚。赏功罚罪，乃朝廷大政。凡官[28]赏必当其功，有功者即宜加赏，无功者不宜滥及。刑罚必当其罪，无罪者不宜滥罚，有罚[29]者不宜轻纵。如此则人有劝惩，纪纲振举。

一专委任。凡朝廷大臣，宜开心委任，推诚付托。言议当理者即与施[30]行，不宜为谗言所惑，致生疑沮，以妨善政。

一纳谏诤。凡臣下直言规谏者，即是忠臣，宜深加容纳，即与施行；仍记其人姓名，渐次任用。若巧言媚说，希图宠幸，不宜听信，致伤治道。

一亲善人。凡左右前后、朝夕承事，必须简任忠厚勤慎之人。一切谗佞憸巧之徒，不宜在侧，恐被诱引，移易心志，致损圣德。

一节财用。即今民穷财尽，府库空虚，边饷缺乏，宜躬行节俭，凡事减省。服食赏赐，悉依旧典，不宜妄费财物，以供无益。

论慈寿皇太后徽号疏

连日伏蒙陛下特遣司礼监太监萧某等传示圣意，以圣母皇太后徽号"昭圣慈寿"四字之上再加二字。仰惟陛下尊奉圣母，孝心纯笃，臣等岂不欲勉徇曲从，以上体圣心哉？但先朝典礼，历历可称，未闻于四字之上再有增加字数者。如成化二十三年所上皇太后周氏徽号，止于"圣慈仁寿"四字。正德五年所上太皇太后王氏徽号，止于"慈圣康寿"四字。前此若景泰间皇太后孙氏，止于"上圣"二字。成化初皇太后钱氏，止称"慈懿"二字，则又不以四字为尊矣。

臣等职在辅导，凡有议拟，欲遵国家之旧典。若少有违越，勉强加增，虽足以取容于一时，然有由此变乱祖宗之成法，以亏损慈寿皇太后之盛德，岂不得罪于公议耶？况尊上徽号，必有册文，圣母皇太后之大功懿德备见于称述之间，固不在于字数之多少。而陛下之于圣母，朝夕奉养，每欲致隆，则自足以尽报称之真情，而不在于虚名之崇重矣。

臣等伏蒙陛下谦虚垂问，不忍欺蔽，辄敢尽言，伏希听纳，幸甚。

乞量减史馆供应疏

臣等切惟理财之道，固必损于上，而后益于下。人臣之分，尤在先其事，而后食其食。今天下财用日竭，所在仓库空虚。朝廷之日用虽有常例，而每苦于浮费之难继；府县之岁办虽有定额，而每苦于积欠之难完。是以在京诸司屡以缺用上闻，催征下督，若欲如数解纳，则民生益至困穷。臣等猥蒙任使，职在辅导，恨无济时之策，难逃窃禄之讥。为今之计，惟力行节俭，尽去浮冗，而后国用可足，民力可宽。

且如臣等日食厨料已为甚多，近以纂修倍加支给。盖该寺止据旧例，以为当然，不欲裁减。而臣等自揣功不称禄，心实不安。况闻牲口价值拖欠几及数万，若复因仍冒昧，贪取苟得，岂人臣先事后食之义哉？伏乞圣明俯察愚悃，特谕所司，将臣及翰林春坊五品以上官员日给酒饭，减去十分之六，其余纂修人员皆亦量从减省。惟不失国家待士之礼，庶可免臣等饕餮之羞。

且一事之省必有一事之益，一分之宽必有一分之赐，未可以为所减不多而无补于时也。更望上自宫闱，达于监局，凡百冗费，痛加裁抑。古人有言："所省者一，即吾之一，所省者二，即吾之二。"数年之后，积少而成多，转贫而为富，不难矣。

讲学疏

窃惟人君之治天下，其所当务者有二焉：曰勤政，曰讲学。二者之中，讲学尤为急务。

盖人君之政，实由一心而推，心苟不正，则发于政事必有不当于理[31]者。况一心之微，众欲攻[32]之。人君居崇高富贵之位，在深宫独处之时，所以[33]娱耳目、惑心志者，杂陈于前，皆足以为政事之害。一有所好而不知察，则始焉虽勤，终必流于荒怠而不能以自致。惟勤于务学，日以圣贤义理涵养本原，不使之昏昧放逸，而又究观古昔治乱[34]兴亡之故，随事省察，惕然警惧；然后心无不正，政无不善，而天下可保其常治也。

仰惟陛下即位之初，频御经筵，讲明圣学。天下臣民得于闻见者，莫不私相庆幸，以为尧、舜复生，欣欣有太平之望。盖以为陛下心存务学，则必能明义理，屏嗜欲，以端为政之本，清出治之源，何患于政事之不修明，治道之不隆盛哉？然去秋罢讲太早，今春出讲太迟，人心未能无始勤终怠之惑。

臣等叨旨禁近，职在辅导，自侍朝数刻之外，不得瞻奉天颜，无由少效忠悃，亦甚愧焉。伏愿自今以后，时御便殿，容臣等率领讲官日执经史，敷陈治道，以仰裨圣性之聪明。至于宫中无事，复取既讲之书，反复玩味，期于贯通浃洽。不徒以空言视之，将见讲诵之乐，自足以遏怠[35]荒之念。所以延宗社无疆之庆，所以答臣民望治之心，实在于此。

请宽释工部郎中叶宽翟璘疏

臣等窃惟都督同知陈万言，以椒房至亲，屡有明旨，欲与修盖房第。工部不即奉行，委系违慢，以致圣心震怒，下郎中叶宽、翟璘于狱。该部尚书赵璜等自知有罪，踧踖不安。

但原其遣官至皇亲处请问之情，亦是彼此商量，欲要事体稳便，非敢欺慢。况叶宽、翟璘述其堂上之语前去请问，初非有意唐突，其罪尤轻。臣等窃意皇上一时震怒，因有拿问之旨，谅天威少霁，必不深加谴责，所以未即有言。今科道等官连章论救，诚为烦忧。臣等已遵圣谕，拟诘责。然圣德莫先于纳谏，政体惟在于宽仁。臣等职在辅导，荷国厚恩，岂可忍默，使德政有一毫之阙。

伏望俯从众论，特下明旨将叶宽、翟璘即赐释放，房第听该部次第修盖。则雷霆之威既足以警有司之怠弛，而天地之量尤足以致群下之感孚。

乞正谷大用罪疏

臣等今早文华殿进讲之后，伏蒙特赐宣召，得亲御座商略大政。仰瞻天颜和粹温润，俯[36]听玉音从容委曲，真大圣之资，帝王之度。臣等何幸，得备任使，而遭此休明之运，荷此希阔之恩。退至内阁，更相庆忭，以为有君如此，何忍负之？

窃惟圣明所谕"御马监草场地土钱粮，仍听本监管理，原差踏勘太监李玺等免其提问"。俱已仰遵圣意，票拟施行。惟谷大用窃弄威权，蛊惑先帝，假勘地之名混占产业、庄田至一万有余顷，侵欺子粒官银至百万有余两。利归私室，怨及朝廷，情罪深重，神人共怒，必须从公究问，然后国法可彰。

圣谕以为地土乃祖宗之旧制，然额外有所侵占，以剥害小民，致其嗟怨，则非祖宗设立之初意也。圣谕以为踏勘奉先帝之成命，然历年有所侵欺，以餍饱奸贪，私于一己，则先帝亦不得而知也。自陛下即位以来，踏勘见于诏旨，官经屡遣，岁已三更。今草场之界额既明，大用之恶状益著，若不明正其罪，何以警戒将来？况今水旱相仍，人民十分饥困，追其所侵赃银之半，足以少备赈济之需。与其积于一家以利蠹国之盗臣，孰若散于穷民以溥朝廷之恩泽。

伏望俯纳臣等之言，以正清朝之法，将谷大用提问追赃，则可以平人心之怨愤，可以彰天讨之至公。天下幸甚，臣等幸甚。

两淮水灾乞赈济疏

窃见今年以来，四方无不告灾，而淮、扬、庐、凤等府，滁、徐、和等州，其灾尤甚。臣等询访南来官吏，备说前项地方自六月至于八月，数十日之间淫雨连绵，河流泛涨。自扬州北至沙河，数千里之地无处非水，茫如湖海。沿河居民悉皆淹没，房屋椽柱漂流满河。丁壮者攀附树木，偶全性命；老弱者奔走不及，大半溺死。即今水尚未退，人多依山而居，田地悉在水中，二麦无从布种。或卖鬻儿女，易米数斗，偷活一时；或抛弃家乡，就食四境，终为饿莩。流离困苦之状，所不忍闻。

臣等窃惟各府、州处南北之冲，为要害之地，圣祖之创造帝业，实以此为根本；江南之输运钱粮，实以此为喉襟。况自古奸雄启衅召乱，多从此地，若不急议赈恤，深恐冬尽春初米价愈贵，民食愈难，地方之变殊不可测。盖小民迫于饥寒，岂肯甘就死地？其势必至弃耰锄而操梃刃，卖牛犊而买刀剑，攘夺谷粟，流劫乡村，虽冒刑宪有所不恤。啸聚既多，遂为大盗，攻剽不已，且有逆谋。于是欲招之则法废而人玩，或未必从；欲剿之则兵连而祸结，或未必胜。贻害不小，善后实难。孰若思患而预防，乃可渐消而默解。

臣等尝伏读圣祖之训，有曰"凡每岁自春至秋此数月，尤当深忧，忧常在心，则民安国固。盖所忧者惟望风雨以时，田禾丰稔，使民得遂其生。如风雨不时，则民不聊生，盗贼窃发，豪杰或乘隙而起，国势危矣。"此盖我祖宗保有四海之心法也。今前项重地有此灾伤，陛下尤当仰遵祖训，深加忧念，恤民生以固邦本。

乞敕户部会集廷臣，讲求赈救之方，各衙门一应岁办、额办钱粮，在此地方者俱宜暂从蠲免。庶几德泽下而人心咸服，未死之民得以延其残喘，未萌之变可保其或无矣。

止差官织造疏

近该司礼监官连日宣示圣意，催促差官织造敕书。臣等非敢抗违触忤，自取谴责。但以陛下奉天明命，为民父母，其道在于节用省费以宽恤民力，布德施恩以固结民心，然后万姓悦服，乃能保天位于无穷。一切举动，伤民之力而拂民之心者，皆不宜轻举而妄动也。

今四方灾异频仍，而淮、扬、庐、凤、苏、浙等处，百谷不熟，饥荒尤甚，父子相食，僵死满途。仰荷圣心恻念，遣官赈济，诏旨一出，闻者无不感戴圣恩，称颂圣德。然饥饿之人甚多，银米之发有限，赈济之惠犹恐未能遍及，地方之变将来大有可忧。臣等备员辅导，日夜警惶，休戚相关，岂忍坐视。若织造差官不暂停免，则科派供应必为一方之扰，而愁怨叛乱难免意外之虞。此臣等所以展转顾虑，宁逆陛下之意，而不敢轻易撰敕，以误国家之事也。

臣等愿望陛下俯察愚衷，特降明旨，织造官暂且停差，待秋成之日再议。料至彼时，民食已足，地方已安，凡百事务易于办集。不过迟缓半年，供用亦未久缺。如此则陛下恤灾爱民、克己从谏之德，可比隆于尧、舜而传播于万世矣。

议迁观德殿疏

前日伏蒙皇上遣司礼监官谕及："观德殿在奉慈殿后，出入不便，欲迁于奉先殿之东。"臣等以为孝惠皇太后居西，今所欲迁在东，似宜从。旧虽曾有此论，而未敢具题者，盖以为皇上之意或未即行，姑待再谕，而明白开陈，亦未晚也。

兹者伏承御札，谓"庙殿重叠，乃前日仓卒之制。况前面丹墀不过数尺之地，似乎太窄。又世庙在太庙之东北，今所欲迁之地，可内外相对，与奉慈无干。此举非为害礼，卿宜回具揭帖，开陈可否，以遂朕意。"臣等仰见皇上之孝之纯，永言终慕，无时无地而不在念，盖与虞舜异世而同符也。

乞敕礼、工二部，仰遵圣意，卜日兴工。或因旧增修，或更新改造，期于完洁宽敞，足以揭⁽³⁷⁾虔妥灵，以称皇上尊亲之孝。待殿宇告成之日，奉安神位，则大礼益备，而皇上以孝为治之德，益光于四海矣。

请徙庆庶人疏

今日蒙发下刑部等衙门会官议处庆庶人台浤事情，皇上亲御宸翰，以"其事勘问既明，已发落处置，不必又议迁徙"；欲臣等"再票拟来"。

仰窥圣明笃念亲亲，惟恐被人妄意扰害，即古帝尧亲睦九族之意。窃谓亲亲固为治所先，而地方关系重大，倘有他变，事干宗社，尤不可不虑。所以累朝列圣，于各宗藩过之小者，薄示惩戒；过之大者，未尝轻处，割爱正法，皆非得已。

查得先差内外勘官所奏，台浤罪犯不为不重，且称其远在边陲，习成稔恶，武夫悍卒，易于招呼。若从轻典，恐异日厉阶蔓延，有安化之变。节该多官议请遵照孝宗皇帝处置代王聪沭事例，迁徙陕西省城居住，以消其衅。奉旨降作庶人，着在本府居住，又岁给膳养米三百石，恩已过厚。台浤不知改过自新，却又私交匪人，轻戕人命，怙终干纪，踪迹诡秘，诚不可测。宁夏镇、巡官员以地方事重，利害切身，不得不言。刑部等衙门多官查照先今论奏，揆之事体，稽诸国法，所引代王聪沭事例最为亲切。台浤所犯，比之聪沭殆有甚焉，而大同之迁山西，与宁夏之迁陕西，亦正相合。

况台浤虽称革爵，其内外各衙门所管人役不下数千，宫府深密，镇、巡难以关防，出入又难禁绝。又闻有土达二百余人，先年不知何故听其役使。今罪状已露，衅端已开，若使元恶不离本土，群下素惮其凶虐，孰敢不听驱遣？而边极之地密迩贼巢，人心易于摇动，奸凶易于召集，将来变生不测，谁任其咎？

伏望皇上再加审处，合无仍照臣等昨所票拟发出施行。倘或圣心未协，乞照今票拟，令各官再行会议停当，奏请定夺，庶免后艰，不致重贻地方患害。臣等所见如此，伏乞圣明裁处。

请差官治河疏

惟黄河之为患久矣。禹治洪水以河为先，汉、宋以来皆专设行河使，讲求治河之策。盖以河流变迁不常，其性湍悍，所决之处，官民庐舍田地悉皆漂没。故尝预筑堤以遏其势，虽有所劳费，不暇恤也。

我朝河势南趋，自入河南地方，即分为涡河等河下流，各由淮入海。其势既分，故虽有冲决之害，亦不甚大。惟天顺、弘治间尝决张秋坝，即命大臣兴工修筑，竭数年之力，所费以钜万计，然后决口乃塞，运道乃安。至于正德之末，闻涡河等河日逐淤浅，黄河大股南趋之势既无所杀，乃从河南北界径由山东曹、濮地方，奔赴丰、沛、飞云桥等处，分为三口，悉入运河；泛滥弥漫，茫无畔岸，自徐州至于清河，数百余里一望皆水。田地悉在水中，居民依山栖泊，耕种失业，递年粮草无从办纳，民生困苦之状所不忍见。官民船只南去北来者，通无牵挽之路，必待顺风乃能前进，此则前数年河溢之患也。

近日以来，又闻沛县、沙河等处浮沙涌塞四十余里，随浚随涌，河流不通，一应舟楫由昭阳湖取道往来，其势似为可虑。况昭阳积水不多，春夏之交湖面浅涸，则运道不免阻塞，京师岁收四百万之粮石，何由可达？官军数百万之众，何所仰给？此则可忧之甚也。为今之计，必须涡河等河如旧通流，分杀河势，然后运道不至泛滥，徐、邳之民乃得免于漂没。若不作急整理，将来河复北决，意外之虑又有不可言者。

伏乞敕下户、工二部，协同计议；即于大臣中推举通时务、识地理、能任大事者一人，带领有才干部属官二员，前去山东、河南、南直隶地方，多方询访，相度水势，应该作何区画。下流可浚，故道可复，合用人工若干，钱粮若干，星驰奏报。上紧用功，虽有劳费，亦难顾恤。庶几运河可保无虞，而国计不至于缺乏也。此系今日急务，臣等日夜筹度，心窃忧之。为此谨具奏以闻，伏候敕旨。

进览润色御制诗题本　二通

伏蒙皇上以臣等调和诗句，面赐慰劳，加以浓赏，且谕令宜益用心供职。臣等仰荷天地之恩至高至厚，其将何以为报哉？

是日午后，又蒙遣司礼监官宣示御制《四景诗》十二律，欲臣重加润色。臣仰叹圣学之勤，圣德之谦，皆有不可及者。谨更定数语，录上用尘[38]御览。臣窃窥圣制，每及于农事之艰苦，此可见近日所注《无逸》，盖深知小民之依在于稼穑。而一话一言忧念不置，故于吟咏之间往往见之。由此一念扩充，必能崇俭素、节浮费、薄赋敛、省征徭，仁政之及于天下者多矣。商之三宗，周之文王，又岂多让耶？臣不自揣，辄敢依韵恭和，而讽劝之意亦寓乎其中，伏惟圣明[39]留意。

又

臣待罪家居，今日午后，内阁典籍郭昊忽捧御制诗章一摺，云是司礼监官在左顺门发出，令伊送至臣家，欲臣润色。臣谨遵圣意，更定数字，谨录进呈，并原草封上，伏俟圣裁。臣不胜恐惧之至。

复召命题本

臣待罪家居，伏蒙皇上再遣司礼监文书房官颜智赍捧御笔旨意，谕臣"明日即出供职"。臣感激厚恩，誓当以死图报，安敢复辞，有负圣意？钦遵圣谕，明日即出趋朝。

应制撰进祈雪告文

臣钦蒙圣恩，给假在家调理。闰十二月初七日早，该内阁制敕房办事官捧到御笔旨意，以一冬无雪，欲于初十日拜祈于上天，令臣撰告文一通。臣稽首顿首，拜受伏读。仰惟皇上敬畏上天，遇灾而惧，即帝舜以洪水儆予、成汤忧旱以六事自责之心也。

顾臣何人，卧病家居，乃蒙温旨咨访，且谕令"体朕是心，撰拟告文"。臣感激厚恩，虽捐躯殒首无以为报。臣身虽未甚健，即当出供臣职，所有告文，谨以撰讫封进。

奉命看详御制疏

昨者伏蒙皇上以所制《敬一箴》《斋暇治志》二篇，遣司礼监官垂示。臣等拜命伏读，仰见皇上潜心圣学，念念不忘。知君位之当慎也，则笃于持敬，而欲造乎纯一之德；知祀事之当严也，则志在图治，而欲慰乎祖考之灵。且正心诚意，莫先于慎独；敬天勤民，莫急于用贤。而圣作皆归重于此，此乃尧、舜、禹、汤、文、武传授之心法，唐、虞、夏、商、周致治之本源。自汉、唐以下之君，鲜有知者。而皇上独见之真、论之切，所谓有天德、可语王道者矣。由此进而不已，二帝三王岂得专美于前古耶？

臣等相与叹服，且自庆得遭圣明之君，而与闻精密之论，真千载一时之快事也。二篇之文，见理分明，用意深远，非臣等所能企及。其中间有简古奥妙、读之未易领会者，则臣等略加补缀，谨录呈上，伏候圣裁。臣干冒尊严，不胜恐惧之至。

应制撰次尚书三篇注解疏

该司礼监官送下御笔旨意一道，欲再注《尚书·伊训》，并圣祖所注《洪范》，与近日御注《无逸》，分为三册，共成一书。臣等仰惟陛下缉熙圣学，稽古右文，究心二帝三皇之道，玩味伊尹、周公之训，拳拳如此，真近世人君所不能及，而可以同符于圣祖矣。

窃惟三篇之序，则当以御制《洪范》居首，次《伊训》，又次《无逸》。盖《洪范·九畴》虽演于箕子，而其源则出于夏禹，实在《商书》之先，又其注出于圣祖，故其序之先后宜然也。除《伊训》注容臣等仰体圣意，以次撰拟以呈，今将装演⁽⁴⁰⁾次第，谨具题知。

伏蒙皇上赐诗表谢再厪宸翰批答陈悃疏

臣等昨者伏蒙⁽⁴¹⁾皇上召至平台，各赐以诗而加褒谕。感幸之极，无以为报。乃假俪语，少陈谢悃，其中颂美之词，岂能揄扬圣德之万一？盖帝尧之大，荡荡如天，因不可以言语形容也。顾蒙各赐批答，又特遣司礼监官谕臣等，谓"表中称颂大过，朕弗敢当。览之数日，足见忠诚。宜用心辅导"。

臣等拱听纶音，伏读宸翰，仰惟圣心谦抑，不自满假，是即古帝王之盛节。而况兢业万几，筹画精密。一举一指，随事而应之，各当其可；一言一语，因人而施之，各适其宜。非天纵聪明，日新圣学，岂能至此？第臣等愚陋，不足以当付托之重。夙夜皇皇，恒以为惧。

兹承圣谕，惟相与罄竭此心，勉图报塞，以期无负于天地父母覆育生成之德耳。臣等诚不胜拳拳。

【校勘记】

（1）圣　底本、丛刊本字皆不清，据文意补。

（2）地　底本字不清，据丛刊本补。

（3）王　丛刊本作"二"。

（4）婺　据文意，疑为"嫠"之误。

（5）弟　据文意，疑为"第"之误。

（6）□　底本、丛刊本字皆不清。

（7）□　底本、丛刊本字皆不清。

（8）内　底本字不清，据丛刊本补。

（9）复　底本字不清，据丛刊本补。

（10）□□　底本二字皆不清；丛刊本一作白框，一字不清。

（11）享　底本字不清，据丛刊本补。

（12）得　丛刊本作"侍"。

（13）杨□、蒋□、毛□　底本、丛刊本三白框处皆作三墨块。

（14）圣　底本字不清，据丛刊本补。

（15）太平　底本字不清，据丛刊本补。

（16）具　丛刊本作"其"。

（17）繡　底本字不清，据丛刊本补。

（18）廋　据文意，疑为"瘦"之误。

（19）用　丛刊本作"目"。

（20）夫　底本、丛刊本皆作"大"，据文意改。

（21）宜决　丛刊本脱此二字。

（22）祖　底本字不清，据丛刊本补。

（23）三　丛刊本作"一"。

（24）虽　崇祯本作"惟"。

（25）钦　此下底本、丛刊本皆有一墨块，疑误，实应为一正常空格，故删除。

（26）臣　底本脱，丛刊本作白框，据《明武宗实录》补。

（27）瘁　底本、丛刊本皆作"庠"，据文意改。

（28）官　《明世宗实录》作"爵"。

（29）罚　《明世宗实录》作"罪"。

（30）施　丛刊本作"便"。

（31）理　底本字不清，据丛刊本补。

（32）攻　底本字不清，丛刊本作"次"，据崇祯本改。

（33）以　底本字不清，丛刊本作白框，据崇祯本补。

（34）乱　底本字不清，丛刊本作"流"，据崇祯本改。

（35）怠　丛刊本作"熊"。

（36）俯　据文意，疑为"伏"之误。

（37）揭　据文意，疑为"竭"之误。

（38）尘　崇祯本作"陈"。

（39）圣明　底本、丛刊本字皆不清，据崇祯本补。

（40）潢　据文意，疑为"潢"之误。

（41）底本此下自"皇上召至"至篇末"不胜拳拳"，脱239字，据丛刊本补。

卷之七

三年八月十八日起讲十九日讲纂要代充道

三十六岁，商汤嗣为诸侯，始居亳。商自契以来八迁，汤始居亳，为夏方伯，得专征诸侯。与葛为邻，葛伯放而不祀，汤使问之，答以牺牲粢盛不给。汤使遗之牛羊，复使亳众往为之耕，其不祀自若。有馌者，葛伯杀之而夺其食，汤始征之，汤征自葛始。东征西夷怨，南征北狄怨，皆曰"奚独后予？徯我后，后来其苏"。

契是商始封之祖。方伯是诸侯之长。征是正人之罪。葛是国名。牺牲是牛羊，粢盛是黍稷，皆是祭祀的品物。馌是田家以酒肉送饭。奚是何。徯是待。后是人君。我后指成汤说。苏是死而复生。商自契始封以来，凡迁都八次，至夏桀三十六年，成汤嗣为诸侯，始迁都在亳，遂为有夏诸侯之长。诸侯有罪的，许他专征。汤与葛是邻近地方，葛国的诸侯放纵无道，不祭祀他的祖宗。祭祀是国家的大事，汤使人去问葛伯何故不祭，他答说无牛羊以供牺牲，无黍稷以供粢盛。汤乃使人送与他牛羊，又使亳国的民众去替他耕田种稻。葛伯也不肯祭祀，只与往日一般。亳众耕田时，有童子以酒肉送饭，葛伯杀了这个人，夺了他酒肉。汤见葛伯杀这无罪的童子，才方兴兵去正他罪。盖汤之征讨诸侯，自这葛国起手。然夏桀之时，四方人心都叛背了。汤去东边征讨，则西夷抱怨；去南边征讨，则北狄抱怨。都说道："汤何故先征别国，独留我国在后？我每被桀虐害已将死矣，专待我君来救，我君既来，其将死而复生乎。"

汤之得民心如此，所以遂有天下，成一代之业。

诗云乐只君子民之父母民之所
好好之民之所恶恶之此之谓民之父母

这是《大学传》第十章，说人君能絜矩以平天下的效验。《诗》是《诗经·南山有台》之篇。乐是人心欢喜、爱戴的意思。只是语助辞。君子是指人君说。民是天下的百姓。《曾子》上面说"平天下在于絜矩"，此乃引《诗》说。人君以一身居万民之上，须要得民之心，然后可以保守天位。那可嘉可乐的君子，能尽絜矩之道，把百姓的心做自家的心，爱百姓如爱自家儿女一般。百姓每因其君与之同欲，莫不欢喜爱戴，也如儿女爱他自家的父母。所以说"乐只君子，民之父母"。

如何见得是把百姓的心做自家的心？盖百姓每心里所同好的，便是理所当好；百姓每心里所同恶的，便是理所当恶。比如用一个忠直的好人在朝廷之上，他必能引进一类好人辅佐人君，行出恭俭宽仁的好政事，使天下皆蒙其惠。这是百姓每所同喜好的，君子便依着人心，也喜好他。任之专，信之笃，谏则必行，言则必听，不徇着一己的私意憎恶他。又如用一个奸邪的小人在朝廷之上，他必引进一类的小人蛊惑人君，做出奢侈暴虐不好的勾当，使天下皆被其害。这是百姓每所同憎恶的，君子便依着人心，也憎恶他。疏远之，放流之，迸诸远方，绝其党类，不徇着一己的私意喜好他。夫人君能以民心为己心，使天下之大各得遂其所好、违其所恶，如此则与父母之爱其儿女真无少异，而民之亲爱其上，岂不如儿女爱其父母哉？这三句是曾子解释诗意，所以说"民之所好好之，民之所恶恶之，此之谓民之父母"。

臣尝通考此章之义，言天下之事，莫大于用人理财，必好恶聚散合乎人心，而后治平可至。然用人又为理财之本。盖人君所用者果是君子，那君子之心公，必能节用爱人，人心既归，则财用不患于不足。所用者果是小人，那小人之心私，惟务剥民奉上，财货虽聚，而人心离矣。此所以好恶尤不可偏也。稽之往古，若舜举元恺而罪四凶，于是天下感服而四夷来王，所谓好恶一出于公，而为民之父母者也。纣用蜚廉而弃三仁，于是四海愁怨而前徒倒戈，所谓好恶怫人之性，而为天下之大僇者也。由此观之，天命之去留，实由于人心之得失；人心之得失，实由于好恶之公私。有天下者可不慎哉？

仰惟皇上承祖宗统绪之传，有父母斯民之责。伏愿念天命之不常，畏小人之难保。一用一舍，必求合乎众论，不恣己以徇私；一赏一罚，必思顺乎群情，不咈人以从欲。外而百司庶府，内而左右近习，如其守法持正，敢言极谏，有爱君忧国之诚，此即民心之所同好者也；当推心而委任之，使得以行其志。如其阿意顺旨，希恩固宠，负欺君误国之罪，此即民心之所同恶者也；当割爱而疏斥之，使不得肆其奸。夫然后弊政可革，治功可兴，人心可保其常怀，天命可保其不坠矣。

然非诚意正心以胜一己之私，则不能以一人之好恶为千万人之好恶；非格物致知以通天下之志，则不能知千万人之好恶犹一人之好恶。此用贤图治，又以修身为大本也。更乞视朝之暇，频御经筵以讲明义理，时召大臣以咨访政务，亲阅章奏以博采群言。使古今治乱之故，日达于天聪；生灵向背之由，常关于圣虑。则此心惕然，必知敬畏当崇，逸欲当戒，而不敢肆意于游观；必知言行当谨，威仪当正，而不屑于狎昵乎群小。由是吾身既修，有以为取人之则，而好恶用舍，自不至怫人之性矣。此实天下臣民，惓惓属望于今日者，伏惟圣明留意。

象以典型流宥五刑鞭作官刑朴作教刑金作赎刑眚
灾肆赦怙终贼刑钦哉钦哉惟刑之恤哉

这是《虞书·舜典》篇，史臣记帝舜立法制刑的事。

如何说"象以典刑，流宥五刑"？象是立法示人如天象，昭然可见。典刑是墨、劓、剕、宫、大辟五样常用的肉刑。流是流徒。宥是宽宥。帝舜制为常刑，使人不敢轻犯，与[1]上天垂象一般，所以待夫元恶大憝、杀伤淫盗、与凡重罪之不宥的。若人虽犯五刑，而情有可矜，法有可疑，与夫亲贵勋劳而不可加以刑的，则遣他远去，如水之流。是因其罪稍轻，而以此宽宥之也。如何说"鞭作官刑，朴作教刑，金作赎刑"？鞭是本末垂革。朴是夏、楚二物。金是黄金。赎是赎罪。帝舜又以皮鞭为官府之刑，夏、楚为学校之刑。凡吏不修职业，生徒不率教训的，用此治之。若犯这轻罪，而情法犹有可议的，则许纳金赎罪，而免其鞭朴也。这五句从重入轻，各有条理，法之正也。

如何是"眚灾肆赦"？眚是一时过误。灾是出于不幸。这等的非是有心为恶，情尤可矜也。不流徒他，也不要他赎罪，而直赦免之也。如何是"怙终贼刑"？怙是有所倚恃。终是累犯不悛。贼字解做杀字。这怙[2]终的，却是有心为恶，情所难容。则虽当宥、当赎也，不听许，而必以典刑鞭朴加之也。这两句或由重就轻，或由轻就重，盖用法之权衡，所谓法外意也。

帝舜立法制刑之本末，大略于此矣。然又说"钦哉钦哉，惟刑之恤哉"者，钦是敬谨的意思。恤是忧念的[3]意思。那刑之轻重取舍，阳舒阴惨，虽有不同，而帝舜之心，惟恐议拟之间失于审察，则无罪者或至于滥刑，有罪者或至于幸免。所以敬而又敬，常常忧念着这个刑法，而不敢任情肆意，致有冤枉。盖轻重毫厘各有攸当者，乃天讨不易之定理，而钦恤之意行乎其间，则圣人好生之本心也。

臣尝观尧、舜之治天下，兢业万几，固无一事而不用[4]其敬；儆戒无虞，固无一时而不致其忧。至于刑罚将以戕人之性命，憯人之肌[5]肤，故其用之尤不敢勿。当时，明刑弼教付之皋陶，可谓得其人矣。而舜必以钦恤之心主之于上，盖以轻重毫厘各有攸当。若当轻而重，虐及无辜，固有乖于育物之仁；当重而轻，务为姑息，亦有害于正民之义。此二者足以致人心之愁怨，伤天地之和气，不可以不慎也。惟舜能敬畏忧勤，不敢怠忽，其详明审慎，既允合乎天讨之公；而仁爱忠厚，又每行于常法之外。然则民协于中，而四方风动，岂不宜哉？

洪惟我太祖高皇帝，创业垂休，法式具备。制刑有律，而裁定多出于宸衷；垂后有训，而贻谋必主于仁厚。百四十年以来，[6]列圣监成宪而无衍，有司慎法守而不废。逮我孝宗皇帝，惠爱民生，尤重刑辟，其钦恤之心，真可与虞舜异世而同符也。仰惟皇上，谨初服以隆继述之孝，讲圣学以求尧、舜之心。伏愿励精政治，舍己从人，敬主于中，而不以几微为可忽；忧先于事，而不以逸乐为可安。则中外臣庶钦承德意，为君子者，益思奉公守法，而纪纲不至于大坏；为小人者，罔敢背公沮法，而刑狱可至于清平。帝皇之治将复见于当今，宗社之休必延绵于万世矣。臣不胜颙望之至。

曰若稽古大禹曰文命敷于四海祗承于帝曰后克
艰厥后臣克艰厥臣政乃乂黎民敏德

这是《虞书》述大禹陈谟的事。曰若是发语辞。稽是考。文命是文教。敷是布。祗是敬。后是君。克是能。乃是难辞。乂是治。敏是速。史臣将述大禹所陈之谟，先说道：我尝稽考古时大禹之事。当时大禹佐帝舜，既平了水患，定了贡赋，东渐西被，声教四讫，文教已敷布于四海之内矣。在他人必以为治定功成，君臣上下可以⁽⁷⁾安享太平之乐。而禹之心惟知天下之不治，不自知其文命之四敷也。于是又尽⁽⁸⁾其责难之恭、陈善之敬，以承于舜。

其所陈之谟说道：人君处至尊之位，操威福之柄，孰不以为至易也。然君者所以代天出治，一念不谨，或以贻四海之忧；一日不谨，或以致千百年之患。此为君之所以难也。人臣享爵禄之荣，受股肱之托，孰不以为至易也。然臣者所以佐君行政，上而忧国，恐政事之未修；下而忧民，恐民生之不遂。此为臣之所以不易也。若君臣一心，夙夜敬惧：为君的务尽其为君之道，而不敢忽；为臣的务尽其为臣之职，而不敢怠。君臣能克难如此，则政事自然修治，黎民自然敏德。

盖朝廷的政事，如刑赏黜陟，皆属人君主⁽⁹⁾张，而大臣相与辅佐之。惟君臣克艰，然后赏当功，罪当罚，举措皆得其宜。所以说"政乃乂"。天下的百姓至愚而神，若朝廷刑赏黜陟皆合道理，则人心观感兴起，速化于善，自不容已。所以说"黎民敏德"。盖政事之修，民心之化，皆自克艰中来也。

臣尝论之，为君而至于舜，为臣而至于禹，可谓无以复加矣。然犹以为艰而不敢易，盖君臣之道难尽如世。⁽¹⁰⁾古称为君难，为臣不易，正谓此也。虞夏君臣更相救戒，是皆可为后世法矣。

恭惟皇上以圣德受命，任贤图治，盖已知克艰之道矣。兹复频御经筵，讲明圣学，即大舜圣不自圣之心也。所谓嘉言罔攸伏，野无遗贤，万邦咸宁之效，将复见于今日矣。臣等不胜庆幸。

郑伯克段于鄢

弘治十八年，初与经筵讲官，拟四月二十二日轮讲此章。是日传免，自后孝宗不豫，遂至上宾，不及讲矣。

这是《春秋》鲁隐公元年夏五月内的事，圣人书之以明兄弟之伦。郑是周家同姓的国名，伯是列爵中第三等。这个郑伯名寤，庄公，僭称。克是以力胜人之词。段是庄公同母弟共叔段。鄢是地名，即今河南鄢陵县。

按《左氏传》，初，郑武公娶夫人姜氏，生庄公及叔段。夫人素恶庄公，偏爱叔段，欲立叔段做太子，武公不从。及庄公即位，夫人请以制邑封段。庄公说："制是岩险之邑，不可以封。"夫人又请以京邑封段，庄公从之，号做"京城大叔"。郑大夫祭仲谏说："京城太广，不合先王之制，恐叔段据之为害。"庄公说："母心欲之，安能避害？"祭仲对说："必须早为区处，若使如草延蔓，则难图也。"庄公说："叔段据有大邑，多行不义，必自灭亡，姑且待之。"既而叔段命郑国西北二边之邑两属于己，郑太夫公子吕对说：[11]"国家不可两属，请除去段叔，勿长其恶。"庄公说："不用除他，祸将自及。"叔段又收两属的邑为己私邑，公子吕又谏说："叔段土地丰厚，将得众心。"庄公说："不义之人，不为众所亲昵，所积既厚，必将倾坏。"后来段叔整理甲兵，将袭郑国，庄公乃命公子吕帅车二百乘以伐京。京人叛叔段，段走入鄢地。庄公伐鄢，叔段乃出奔共地。

孔子修《春秋》，书曰："郑伯克段于鄢。"盖叔段以弟篡兄，罪固当诛。然庄公怀母氏偏爱之恨，忘同胞一气之恩；授以大邑，不为善处，纵使为乱，然后以叛讨之。始虽强从母命，其处心积虑，实欲陷叔段于罪恶，所以专罪郑伯。又以叔段强大，如二君相敌，以力胜之，所以书曰"克"。且兄弟之义既绝，有如路人，所以不称为"弟"，[12]而直书曰"段"。若使庄公有孝友之诚心，而又明于予夺之大义；委曲承顺，而区处得宜；防微杜渐，而制裁有道，岂至斁坏天伦而得罪名教也哉？圣人书此，其垂训之意至矣。

臣尝论之：人君之于族属，固主于亲睦之仁，而不可无裁制之义。过于仁而无义以为之权度，将宠爱极而祸乱作，僭拟甚而逼夺[13]生，于是乎情不能堪，而法亦终不可贷。始之爱[14]之，适所以害之，而不足以为仁矣。必如舜之处象，封之有庳，以富贵之，斯可谓仁之至；使吏治国，而象不得有为，斯可谓义之尽。彼庄公者，不仁不义，固不足责也。载考汉事，若景帝之于梁王，始以母后宠爱之故，纵之太过，赐之太厚；金玉宝器多于京师，旌旗警跸拟于天子。故其心益骄，其怨日积，率用邪臣之谋，犯禁挠法。后乃穷治其罪，过于严峻，而骨肉之好，终不克全。所以爱弟之心虽与庄公不同，而梁王之陷于罪恶，则与叔段无异。亦惟不知其裁制之义，故无以全其友爱之仁，此皆后世之明鉴也。

仰惟皇上天资仁孝，睦族有恩，可以比隆尧、舜。然宗支日繁，民力有限，常禄之给犹且虑其难继，无厌之请恐未可以曲从。盖必杜其骄溢之源，以为保全之计，而后能近守祖宗垂裕之训，远体孔子示戒之心，庶社稷有不拔[15]之基，藩国有咸休之庆矣。伏惟圣明留意。

中庸曰天命之谓性率性之谓道修道之谓教[16]

《中庸》乃书名，乃孔子之孙子思所作。命是□□。[17]率字解作循字。修是品节。

真德秀引《中庸》说：上天以阴阳五行之气化生万物，各成一个形质，其理就赋与他，比如命令一般。于是人物之生，个个禀得这所赋之理，以为健顺五常之德，这便是天命之谓性。人物各循其性之自然，则日用之间，莫不各有当行的道路。如父子有亲，君臣有义，夫妇有别，长幼有序，朋友有信。这等道理，都性分中固有的，这便是率性之谓道。然性、道虽同，而气禀或异，不能无大过、不及之差。圣人因人物所当行的道理，又为之品节立个法则。如制作礼乐，明伦行政，都是要世间万物各得其所，这便是修道之谓教。

子思这三句言语，乃《中庸》一书之纲领也。

致语类

元宵节皇上宴致语

伏以汉祠太乙，上元纪令节之名；周宴镐京，《小雅》咏那居之乐。赖一人之有庆，幸四海之无虞。与物皆春，受天之佑。

恭惟皇帝陛下，光膺宝历，嗣守鸿图。尧德巍巍，全备乃圣神文武；文心翼翼，无淫于观逸游田。布声教于万方，混华夷于一统。履兹献岁，载举彝章。植壁南郊，已庆成于大祀；奉觞东内，甫致孝于慈闱。爰肆绮筵，薄将火戏。珠星璧月，辉煌不夜之城；蜃海鳌山，幻化无边之境。备既醉太平之福，乐来游岂弟之慈。云上天，需玉食享大庖之献；雷出地，豫金丝喧法部之音。人心尽仰夫九重，天意永亲夫一德。三称万岁，延闻灵岳之呼；一刻千金，少尽清霄之乐。

臣等欣逢盛事，叨备从伶，冀悦威严，敬陈口号：

春霄如画月初圆，内殿张灯簇绮筵。鳌极远连沧海上，虹桥高映彩云边。霏霏烟雾香浮鼎，隐隐雷霆乐在悬。圣主忧劳方此宴，山呼处处祝尧年。

元宵节乾清宫坤宁宫并宴致语

伏以地天交泰，播和气于阳春；日月双明，扬清辉于元夕。仰宫筵之胥乐，乐实治化之所基。

恭惟皇帝陛下，聪明先物，刚健法天。帝德罔衍，媲美乎尧仁舜孝；王心允塞，同符于禹俭汤宽。恭惟皇后殿下，厚法坤元，质惟天妹。母仪赤县，夏殷有赖于涂、娀；子育苍生，文、武允资于妊、姒。际虎变龙飞之远，绍《关雎》麟趾之风。阴阳理而品物咸亨，内外正而家邦底定。爰因令节，特启华筵。云近蓬莱，俨神仙之庆会；灯燃火树，灿锦绣之交辉。寿觞举而百戏具呈，天乐张而八音并奏。洋洋盈耳，丰年有调笑之声；郁郁当空，治世蔼祯祥之气。莫不敬，莫不悦，莫不尊亲，惟四海声名之洋溢；使多寿，使多福，使多男子，愿万年福禄之攸同。

臣等忝尘工瞽之班，欲效华封之祝。载陈鄙句，仰助宸欢：

深宫欢宴庆良宵，璧月团圆傍紫宵。千丈彩棚当宝扇，六宫珠翠拥星桥。冀阶春早光风转，椒寝天连瑞气饶。文、武兴周任、姒圣，万方翘仰大明朝。

嘉靖五年元宵节皇上宴致语

伏以万烛当楼，值三春之令节；一人御极，庆四海之升平。华宴初开，寿觞载举。

恭惟皇帝陛下，聪明先物，刚健法天。听政惟勤，恒宵衣而旰食；养心以学，每日就而月将。匹高宗嘉靖之休，法⁽¹⁸⁾文、武弛张之道。乃当元夜，载举旧章。火树星桥，驾鳌山于海上，霓旌宝扇，迓凤辇于云中。乐与民同，福惟天保。管弦迭奏，写遐迩之欢声；灯月交辉，蔼乾坤之佳气。

臣等幸逢清世，德仰余光。愿切嵩呼，祝万年之圣寿；伎惭瞽诵，陈四韵之俚：⁽¹⁹⁾

紫禁清宵万烛然，天颜有喜坐琼筵。弦歌韵远风初度，台殿光多月正圆。游豫俯同民庶乐，太平方听颂声传。镐京春酒常开宴，周历应过八百年。

章圣皇太后圣旦宴致语

伏以春日载阳，四海庆长春之节；寿筵诞启，一人竭介寿之诚。喜溢宫闱，欢均臣庶。

恭惟章圣皇太后陛下，质惟天姝，道协坤元。圣德难名，拟周家之妊、姒；母仪不忒，陋宋代之高、曹。辉光上应于轩龙，仁瑞远符于麟趾。有圣人而为之子，以天下而养其亲。值兹悬帨之朝，特举称觞之礼。风和日丽，喜阳德之方享；□⁽²⁰⁾舞鸟歌，见物情之大顺。弦管备九成之凤律，阶墀戏五色之龙章。孝本因心，报德难忘于九我；慈能□⁽²¹⁾后，享年奚止于千龄。频频添海屋之筹，岁岁开瑶池之宴。

臣等叨尘法部，幸际昌辰。敬赓《击壤》之歌，用效呼嵩之祝：

春景融和日晏温，东朝介寿酒盈樽。九重欲报劬劳德，万姓同沾覆育恩。添后海筹应满屋，生来锦帨尚悬门。明年此日称觞处，定拟含饴弄圣孙。

章圣皇太后圣旦答皇上宴致语

伏以天开寿域，老人增宝婺之辉；春满慈闱，仙母陈瑶池之宴。臣民共仰，遐迩均欢。

恭惟皇帝陛下，聪明天挺，德业日新。圣政义而万国咸宁，皇极建而九畴攸叙。文王有母，《思齐》歌《大雅》之诗；虞舜尊亲，至养遂圣人之愿。悬帨值长生之节，称觞致介寿之诚。惟爱敬之交通，宜献酬之备举。蟠桃会里，送驼峰麟脯之珍；韶乐声中，见兽舞凤仪之瑞。信矣母慈而子孝，昭然地察而天明。

臣等叨与从伶，幸逢盛世。仰九重之春色，欲助宸欢；撰四韵之俚言，敢尘聪听：

春画深宫设绮筵，仰承慈闱乐无边。花飘异馥薰帘幕，鸟弄歌声飘管弦。至孝每隆天下养，遐龄欲并洞中仙。今朝再献南山曲，戏彩应过[22]万万年。

万寿节[23]章圣皇太后答皇上宴致语

伏以文母思齐，锡胤受万年之命；重华至孝，宁亲得四海之心。宴以示慈，善宜有庆。礼屡行于宫掖，化益被于寰区。

恭惟皇帝陛下，圣惟天纵，德乃日新。睿知聪明，皓皓乎不可尚已；文章功业，荡荡乎无能名焉。劬劳欲报夫亲恩，斋果必供夫子职。虹流电绕，聿当初度之辰；乾始坤生，载念诞弥之月。式陈华宴，仰慰兹颜。南极老人，绚祥光之高烛；西池王母，注寿斝以相酬。蟠桃荐蓬莱之珍，广乐闻钧天之奏。有是母乃有是子，年年承长乐之欢；愿多寿而更多男，处处效华封之祝。

臣等欣逢盛世，叨备从伶。窃赓天保之诗，特致嵩呼之意：

呼嵩佳节啸声频，紫禁天高爽气新。环海倾心歌圣主，瑶池送喜仰慈亲。云韶奏罢来威凤，仙脯传时擘瑞麟。万国从今开寿域，八千秋更八千春。

中秋节皇上宴章圣皇太后致语

伏以天宇澄鲜，万里仰中秋之月；慈颜悦豫，一人举上寿之仪。美景难逢，欢声初沸。

恭惟圣母章圣皇太后，斋庄中正，勤俭慈仁。懿质侔天，嗣徽音于妊、姒；柔仪法地，并逸驾于涂、娥。德俪先皇，庆钟圣子。千秋万岁，方坐阅乎太平；四海九州，宜永安乎至养。当此月华之盛满，乃维秋气之平分。桂魄团圆，转玉盘于银汉；椒涂严邃，陈绮席于瑶池。九奏春容，八珍联络。铿金戛玉，恍闻彩女之霓裳；煮凤烹龙，美甚仙家之麟脯。恰又是佳儿佳妇，诞节相连；正相宜此日此时，称觞为乐。蹁跹彩袖，周旋黼座之傍；潋滟金波，满注琼卮之内。想处处讴歌称至孝，愿年年欢赏似今宵。

臣等供奉黎[24]园，奔趋枫陛。清辉照夜，每叨被乎余光；慈寿齐天，欲求绥乎福履。敬陈俚句，仰助宸欢：

冰轮初出五云边，良夜璇宫设绮筵。至孝欲崇天下养，慈亲元是女中仙。十分瑞彩当楼阁，万国欢声沸管弦。但愿年年当此夕，圣心常乐月常圆。

万寿圣节致语

伏以五百年而生圣哲，丕承莫大之基；八千岁以为春秋，茂衍无疆之庆。方高张于镐宴，共遥听于□□□□□□□□□□□□□[25]

恭惟[26]皇帝陛下，聪明睿智，齐圣广渊。应历挺生，有电绕虹流之瑞；受天眷命，协龙飞虎变之占。运际丰亨，年方鼎盛。诞敷圣德，舞干羽于两阶；尽抚周邦，执玉帛者万国。维此长生之节，盖当极治之时。郁郁祥云，常盘旋于紫禁；葱葱佳气，每簇拥乎彤闱。大开锦绣之筵，仿佛瑶池之会。龙笙凤管，频催万寿之觞；火枣交梨，迭献千年之果。敛箕畴之五福，应华祝之三多。纯佑益隆，绵延不替。家家户户，喜寿域之弘开；岁岁年年，保圣躬之康泰。

臣等幸生清世，叨与从伶。仰奉宸欢，倾北斗以斟春酒；敬陈俚句，续《南山》而采民谣：

秋来南极丽层霄，冠佩欢呼拥圣朝。寿斝满斟浮沆瀣，宫悬并奏协箫韶。筹添海屋应无算，茂比椿龄永不凋。四海人人沾福泽，华封随处祝神尧。

千秋节乾清宫坤宁宫并宴致语

伏以乾称父，坤称母，两仪并立而万物咸亨。日主阳，月主阴，二曜代明而四□□□。[27]庆寿筵之高启，举春酒而同斟。喜洽宫闱，欢腾海宇。

恭惟皇帝陛下，聪明天授，德政日新。言有物，行有当，是以家齐而国治；功已成，治已定，宜乎礼备而乐和。恭惟皇后殿下，贞静自持，柔嘉维则。宜家宜室，嗣太姒之徽音；维肃维雍，配文王之盛德。千秋令节，年年巧遇中秋；万寿圣君，永永同跻上寿。九奏设称觞之宴，二《南》陈正始之风。宝婺当空，光彩遥连乎南极；云旗耀日，神仙庆会于西池。俨龙衮之端居，绚凤冠之辉映。冰桃碧藕，牙盘内仙果成堆；麟脯猩唇，御庖中珍羞杂进。珠翠纷纷呈舞队，宫商缓缓啭歌喉。和气春融，笑声雷动。共仰着帝如天、后如地，咸蒙覆载之恩；但愿取福如海、寿如山，常作生灵之主。锡胤协熊罴之梦，且有百男；诒谋应麟趾之祥，可传万世。

臣等叨尘法部，幸侍禁庭。俚言窃效于三呼，异宠觊蒙乎一笑：

银汉辉煌宝婺悬，内庭华宴聚神仙。难逢美景秋方半，可爱清光月正圆。寿酒满倾金掌露，舞衫轻拂玉炉烟。从今屡献长生曲，二圣齐眉万万年。

中秋节皇上宴致语

伏以九十日秋光将半，美景难逢；三五夜月色初圆，今宵尤胜。当此太平盛世，宜开赏玩华筵。[28] 仰奉宸欢，俯同民乐。

恭惟皇帝陛下，受天之命，如月之恒。有三皇五帝之经纶，嗣一祖七宗之历服。验雨旸之休咎，恒省夫岁月日时；知稼穑之艰难，罔淫于游畋观逸。乃若四海无虞之际，万几有暇之余。坐对冰轮，仰瞻银汉。固可挹清辉而澄志虑，何妨假宴乐以息疲劳。[29] 雉扇初开，宝鉴乍依于宝座；鹤觞载举，金波满注于金壶。管弦写玉笛之声，干羽效霓裳之舞。蟾入河而不没，兔捣药以长生。处处被皇风，何止方千里者九；人人祝圣寿，尝闻呼万岁者三。

臣等身处掖庭，职叨乐部。无以奉吾君乐，将如此良夜何？敬献工歌，仰尘天听：

玉宇琼楼灏气清，御筵歌管送金觥。月当今夜十分满，节到中秋万宝成。桂殿仰看蟾兔影，梧冈遥听凤凰鸣。天心眷佑天颜喜，环海人人贺太平。

重阳节皇上宴章圣皇太后致语

伏以天高气爽，逢九日之良辰；物阜民安，值三登之乐岁。尽南面奉亲之孝，献东朝为寿之觞。喜溢宫闱，欢腾都邑。

恭惟圣母章圣皇太后殿下，天资窈窕，坤道含弘。德协二《南》，允矣女中贤圣；身膺百福，宛如天上神仙。诞育明君，丕承大统。竭一心之敬爱，报九我之劬劳。节届重阳，时维秋季。授衣纳稼，方歌大有之年；泛菊囊萸，载讲登高之礼。回阳春于飚馆，驻美景于瑶池。炰凤烹龙，备九鼎八珍之甘旨；铿金戛玉，极五音六律之谐和。祝明年强健胜似今年，愿一世太平延于万世。

臣等执伶官之末技，缀殿陛之清班。辄献俚言，仰尘聪听：

登高故事说重阳，圣主承颜举寿觞。插鬓几枝萸实紫，当阶万朵菊花黄。笙簧迭奏歌声缓，珠翠缤纷舞袖长。子孝母慈真乐事，华夷处处颂吾皇。

冬至节宴昭圣皇太后致语

伏以律应黄钟，四海庆履长之节；祥开紫极，一人致献寿之诚。美化风行，欢声雷动。

恭惟昭圣康惠慈寿皇太后陛下，懿淑侔天，安贞应地。恭勤俭约，正六寝之仪刑；福寿康宁，阅三朝之熙皞。挈神器归于真主，措海宇安若泰山。当此一阳来[30]

复之朝，正值万邦无虞之际。鸿钧气转，吹葭动六管之灰；化国日长，刺绣添五纹之线。献袜永绥乎福履，称觞用悦乎慈颜。炰凤烹龙，陈天厨之珍味；乘鸾驾鹤，集蓬岛之真仙。盏斝序行，弦歌迭奏。

臣等叨备从伶之末，曷胜祝圣之情。仰助宸欢，敢陈俚句：

暖⁽³¹⁾律初回又一阳，九重天子庆慈皇。瑶台共仰祥云见，宫线方随化日长。蓬阆景中开绮席，笙歌声里献霞觞。吾君仁孝通天地，寿域弘开遍八荒。

启祥宫两宫并宴致语　嘉靖乙未冬作也

伏以宝殿告成，表祯祥之肇启；寿筵并设，蔼慈孝之相孚。惟孙谋赖丰水之贻，故宴乐同镐京之盛。缛礼创行于大内，欢声洋溢于寰中。敬仰纯皇，麟趾衍多男之庆；笃生献考，熊占协吉梦之祥。岿矣旧宫，郁然佳气。文孙天挺，绍大统而作君师；圣德日新，永孝思而尊祖祢。乃一新于轮奂，实追念其本源。严训不忘，俨羹墙之如见；休征未泯，焕虹电之交辉。奉两宫并坐于一堂，爱由亲始；祝二圣同跻于万寿，文与情俱。

惟昭圣康惠慈寿皇太后，有美倪天，备二《南》之淑德；无疆应地，阅三世之升平。圣母章圣慈仁皇太后，涂山相禹，克生继志之贤；大姒兴周，茂迪不承之烈。当甲观更新之日，享辰居至养之尊。侍膳礼严，见龙楼之早辟；宜家道洽，仰凤辇之同来。献春酒以介眉寿，仙掌上分来玉露；睹云旗之翻画影，禁苑内移取瑶池。十月阳春，由至和而酝酿；万年景命，以孝德而凝承。

臣等幸际昌辰，叨居法部，鲸钟鼍鼓，随舞队以铿锵；凤管鸾笙，闻歌声而缥缈。心诚愿祝，喜极难言。惟祈考室攸宁，遂见前星之耀；含饴自适，益隆长乐之欢。猥献俚言，上尘聪听：

西内深宫复一新，弦歌声里宴初陈。寿觞双举慈颜悦，和气交通圣孝纯。天欲启祥延胤祚，皇惟建极福臣民。周年八百何劳数，宝历应过万万春。

【校勘记】

（1）轻犯与　底本字不清，据丛刊本补。

（2）怙　丛刊本字不清。

（3）念的　底本字不清，据丛刊本补。

（4）用　丛刊本字不清。

（5）饥　据文意，疑为"肌"之误。

（6）百四十年以来　底本字不清，据丛刊本补。

（7）可以　底本字不清，据丛刊本补。

（8）尽　底本字不清，据丛刊本补。

（9）主　丛刊本字不清。

（10）世　丛刊本作"此"。

（11）吕对说　底本脱，丛刊本作三白框，据《左传》补。

（12）弟　丛刊本作"君"。

（13）逼夺　底本字不清，据丛刊本补。

（14）爱　底本字不清，据丛刊本补。

（15）拔　丛刊本字不清。

（16）教　底本、丛刊本脱，据目录及《中庸》补。丛刊本此下自"中庸乃书名"至"受天之佑恭惟"脱322字。

（17）□□　底本字不清。

（18）法　底本字不清，据丛刊本补。

（19）陈四韵之俚　据上文"祝万年之圣寿"，此句疑脱一字。

（20）□　底本字不清，丛刊本作白框。

（21）□　底本字不清，丛刊本作白框。

（22）过　底本字不清，据丛刊本补。

（23）万寿节　底本空白，丛刊本字不清，据目录补。

（24）黎　崇祯本作"梨"，是也。

（25）□　底本一行字不清，丛刊本作十四白框。

（26）恭惟　底本、丛刊本皆脱，据文意及前文格式补。

（27）□　底本三字不清，丛刊本作三白框。

（28）当此太平盛世宜开赏玩华筵　崇祯本脱。

（29）固可挹清辉而澄志虑何妨假宴乐以息疲劳　崇祯本脱。

（30）来　丛刊本作"表"。

（31）暖　崇祯本作"胺"。

卷 之 八

记 类

补庵记

京口费先生，官大学九年于兹矣。其始至也，览堂之后西北有隙地可庵焉，于是斥而营之，垣而圃之。斗室肩墙，可琴可书。落成之日，先生以"补"名其庵。模范之隙，退食之时，经于斯，史于斯，出入于斯。

客有过先生者，拜而请其义曰："自古在昔，所以名庵者多矣。若胡忠简公之以'澹'，朱文公之以'晦'，其义概可知已。先生之庵以'补'名，补云补云，何取于补也？"

先生应之曰："庵必有名，所以自况也，所以自适也，所以自期待也。予朝夕优游，不愿乎外。自念夫有生于天地之间，农者耕焉，吾得而食之；桑者织焉，吾得而衣之；工者器焉，吾得而用之；贾者通焉，吾得而资之。惟研核今古，日盘桓于是庵中，暇则绸缪其户牖，补葺其漏罅，自适者如是，是之取尔。"

客复进曰："先生自道也。先生之补，殆不止是也。然则先生之所补，将曷补耶？予知有补于义理者焉，有补于士类者焉，有补于天下者焉。盖先生以名世之材，为任重之器。其始官翰林也，载笔玉堂，以文字为职业；缀缉圣人之遗书，而补其阙略，如束广微[1]之拟《华黍》，白乐天之续《汤征》，则有补于义理也。迨今官太学也，雍容璧水，宗主教化，刮磨洗濯天下士而补其不足；如阳城之以忠孝勉诸生，胡安定之以体用植人材，则有补于士类也。至其位槐庭而调梅鼎，可旦夕冀耳，则又将谋王断国，纳海论思，上有益于吾君，下有益于吾民；如仲山甫之补衮，汲长孺之补过，程御史之补阙，则有补于天下也。义理微矣，而先生补之；士类多矣，而先生补之；天下大矣，而先生补之。然则先生之所补，岂曰小补之哉？补庵之名，先生岂徒然哉？先生向以语予者，岂但若彼而已哉？"

先生笑而颔[2]之，若有契于其心者。须臾，客去，宏因退而记其语。

向阳书屋记

岁丁丑，春，京口费先生由翰林编修迁国子司业。惟时会重修国子监，殿堂门庑焕然改观。而堂之背为司业署者，旧矣，先生因葺而新之。为书屋若干楹，南方临诸生，己则委蛇其中焉。屋之位南，南方在先天之卦位为乾，在后天之卦位为离，盖阳位也，故其屋以"向阳"为名也。而日者，阳之宗，君之象，向乎阳即向乎君矣。此"向阳"之所以名也。不曰向君，而曰向阳者，何也？君之清光不得非时密迩，而日则往来于屋，朝夕与之俱有忠爱之诚者，面乎日，必能心乎君也。

屋之中无尤物焉，聚书千余卷。先生于是书，譬之河海，然既已涉其流而探其源；譬之蔬果，然既已采其华实而咀嚼其膏味矣。然而好古之心老犹不已，种学续文日大以肆，向君之诚根于心而寓之书者，未尝斯须替也。端居书屋之中，或读《易》至《乾》，则思夫吾君之刚阳之刚也，向之之心惕然矣。或读《易》至《离》，则思夫吾君之明阳之明也，向之之心惕然矣。故朝焉而向夫阳，则运甓以惜崇伯子之阴；夕焉而向夫阳，则焚膏以继昌黎伯之暮；夜焉而向夫阳，则坐以待姬公之旦。而须东方之明，将以其所得而施之践履也。

虽然，孔子有言曰："仁乐山，智乐水。"盖仁者之重厚与山类，智者之周流与水类，故其所乐在于是也。今先生之道方事实，与阳之刚者类；察微知著，与阳之明者类；色温气和，与阳之和者类。正考亭所谓"光明正大，疏畅洞达"；东莱所谓"君子阳类，用则升其国于明昌"者也。其向乎阳而心乎君者，固宜；其以"向阳"明[3]屋也，亦宜。呜呼！使世之居槐棘者惟阳是向，居台谏者惟阳是向，居藩臬者惟阳是向，居郡县者惟阳是向，居阃外而拥貔貅者惟阳是向；与夫百尔有位，皆能心先生所向之心，则泰阶之平，可万世保矣。

宏无似，辱从先生游，尝以是跪进于先生，盖欲以笔舌鼎彝先生之心，使不至莫落耳。先生奖而诱之曰："子之言是也。亦有负暄之爱者乎，何其形容之善也？其笔之以为同志励，且予向阳之心，或因是亦有所起。"宏以言之芜秽，不足补先生之所须，让之数四，不获，退而窃喜。先生名满天下，如宏之贱，得托名于屋壁之间，幸矣。因书以为记。

应山新建四贤堂记

天下之有贤人，在一郡则一郡重，在一邑则一邑重。宁独如此而已，其流风余韵，波及后世，犹可兴化而善俗。《传》曰："百万之众，不如一贤。"信哉。

今夫平居，相与语古今，论人高下，必及其言行之详与乡里之所在。曰某某某有某善，其人何许人也。若其地多贤不乏，则欣欣负德色。否则必有"秦[4]无人"之诮，而言者亦且气短而色沮矣。夫贤之多寡，于己何预？而人每相夸耀、相诟病，于此可以见秉彝好德之良心，而贤人之重于天下后世也。

岁丙午，应山令王君述，以职事京师，谒予而告曰："应山故有'四贤堂'。四贤者，赵宋时郡人宋氏兄弟，邑人连氏兄弟也。堂始建于元献公之孙羲年，迄述承乏时，中间不知几废几兴，而复废矣。前规不葺，后观斯替。其为此惧，亟庀工新之。增庳而崇，培下而高。经始于某时，落成则某时也。"语次复出文一篇，曰：

"堂之始建，谯国张公文潜尝为记之。今先生名位视谯国过之，述重修以垂不朽，敢有请焉。"

予谓四贤以文章节义表名当世，而增重郡邑，盖一代之杰。然者昔堂之建，以应山之俗由四贤而化也。乃今新之，岂美观是侈？四贤之遗化是继耳。《礼》曰："祀先贤于西学，所以教诸侯之德也。"兹堂也，其所以教民之德乎？是邑之人乐祠宇之鼎新，拜庙貌之尊严，将必有挹其流风、和其余韵而兴起焉者。曰某也，是昔之以文章立朝者也；某也，是昔之以节义守己者也。于是达者益笃于文章之修，穷者益励其高尚之操，应山之俗与堂而俱新可卜矣。

呜呼，崇礼教以化百里之民，是惟有司之职；而移风易俗，吏之所能为也。王君新是堂于政修人和之余，民不劳而事集，固足以见其能矣。矧堂之一新，而兴化善俗胥此焉出，不亦美乎？世之绾铜章、佩墨绶，往往饬厨传以悦人，增庙刹以佞佛者，视斯堂之新，其损益何如也？

予既慕四贤之著于乡，而又多王君之善于政，而堂不为徒建也。于是乎书。若四贤履历之详，则有国史若谯国之记在。

龙塘书屋记

溯赣江而上，抵万安界中，有小水入于江者，曰蕉川。又溯蕉川可十里，有小水入于川者，龙塘之委曲也。复行一里许，群山环合，如小邑之郭；其秀而并列者如笔格，美而横者如蛾眉，首昂昂而尾伏者如怒猊，顶锐而肩丰者如菡萏。而群山之间有潴水，汪汪然方广百亩，如镜仰，如膏渟。小石岛突出其中，丛竹冠之，如磬浮，如龟曝。山磎之注是者，数其络得老阳之策。而其傍秔秫之畴，仰溉以有成者，亩以千计。是即所谓龙塘也，而萧氏之书屋在焉。书屋之西山下，萧氏之族屋焉。盖自其居东望则山之西，折而北、而东、而南，驰入于水涯者，宛如龙。然其岛之突出而浮动，又如龙玩其颔下之珠也。故塘以"龙"名。或曰堪舆家以山左蟠者，拟东方苍龙七宿。兹塘北涯之山，实蛇蜒萧氏所居之左。而塘又与山属也，故名云。

初，萧氏世家龙泉之尚洲。至唐，北金紫世范之子讳子厚字希宗[5]者，始卜是地，自尚洲徙而居之，遂即其龙山之尾建屋藏书，以待子孙之愿学焉者。由其居而游趾不数举，倏已坐其斋中，与古之因门辟塾，奚以甚异？凡龙塘之山与水，居者钟其秀，而学者揽其奇。东西相望，彼此负胜。至于倚槛瞻眺，临川觞咏，清风徐来，縠皱鳞蹙。取砚以涤，濯缨而歌。须眉可烛，鱼鸟驯狎。云影画彻，月华宵浸。虚明滉漾，境与心会。俯仰各足，非喧非寂。则书屋于塘之胜，得三之二焉。矧兹塘之水，其行而有渐，有《蒙》之象也，而教者以之；其虚而能受，有《咸》之象也，则学者以之；说而相益，有《兑》之象也，而朋友讲习者以之。希宗甫之贻谋，固甚远矣。希宗之后数世，继以万三、万六、万七昆季，而屋之敝者一新。中更多故，尝废矣。又数百年，端云、云岩父子相继而起，讲堂、燕室、庖库、门庑之规辄复其旧，然久无以文学显者。云岩之孙萃夫先生，早有志大振其宗，亟从而修饰之。其孙升荣，由是登甲科，游翰林，拜御史。以其尝学于是者，出而用于时，志高行古，居然远到之器重。岂非龙塘之灵，郁之既久，而将大发于今欤？岂非萧氏之先，为善不倦，报虽迟，而将绵延于后欤？

顷升荣语予故，欲为记之，曰："庶几萧氏之子孙，继自今而学者，不忘其始而不懈其终也。"噫，以萧氏之大，据龙塘之胜，而所以启夫后之人者。且有藏修游息之所，其始创不论也。敝而葺，葺而废，废而复葺，历世数十，累年数百，至升荣乃始获为学之利焉。余益信夫为裕后之谋者，在虑之长，持之久，不可惩一动之无功而遽厌且怠也。开升荣之先者，由是有所征而信；继升荣之后者，由是有所慕而兴。虽龙塘之灵，亦由升荣而显，是乌可以无记乎？予，升荣之同年友，子孙将世讲焉，于记是也，又乌敢辞？

宝坻县重修庙学记

宝坻之庙与学，不葺也久矣。梁楶朽腐，蕃[6]拔级夷。黝[7]垩彤髹，漫漶陊剥。而又重门未备，过者弗肃；斋庖未洁，祭者弗虔；退息无所，教者弗励。惟是邑密迩京师，夙被声教；濒海衍沃，既庶既富。遭令之贤而有志于学，则士喜而奋，民乐而趋，事可旬月而集也。然弃儒从吏，孰念其源？右政左教，孰敦其本？故虽饮于斯，射于斯，考业劝且惩于斯，释菜若奠于斯，而皆侏盲蓄报，苟且从事，卒以其敝坏遗后之人。

磁人武侯尚信，盖贤者也。以弘治丙辰来为令，方视学谒庙之初，即仰而叹曰："庙以祀吾师孔子，学以养吾师孔子之徒也。微吾师之六经，则三纲奚以正，九法奚以叙？微吾师之徒抱遗经而诵且习之，则正者从而倾，叙者从而斁矣。教道之所关若是。使吾于是而无志焉，吾则谁师，吾则谁之徒也？"越明年，政渐有绪，乃奋曰："吾可以有为矣。"以春二月丙申经始之。有谓侯："《春秋》之法，凡土功不时，则讥，讥防农也。"侯曰："吾固知之。然有托焉。《礼》不曰'建国君民，必先教学'也乎"？于是庀工聚材，并手偕作。作之几百日，为五月辛酉而功告讫。内饰精丽，外隅完密。凡今之新者，举加于故。故所无者，乃今有之，其劳其费亦大矣。

乐其成者入而问之侯，侯曰："非吾之能，吾民之好义者有助焉。"出而问之民，民曰："吾侯为之，吾弗知也。"即学而质之士，士曰："民之言然。然侯之举是为吾士也，则不可以不知。使侯有举而无述，与昔之侏盲蓄报者俱就于湮没，而谁其思之，而谁其嗣之？"因相与奢石，谋于学之教谕齐君济周，司训欧阳君源、吕君昂，来求予记。予谓侯以儒饰吏，达于本源，且勇于有为，庶几知《礼》之经、《春秋》之权者。遂不辞，而为之书。

道乡书院记

书院在无锡县泰伯乡之塘庄，县人邹君显之，为宋道乡先生忠公而作也。公讳浩，字志完，哲宗元符中为右正言，随事论列，忤时相章惇，三上章疏劾惇罪。会贤妃刘氏立为后，公极论其不可，惇乘间排诋，削[8]官羁管新州。徽宗立，召还旧官，历迁吏部侍郎。时蔡京用事，惇党也，知公还朝，奏对言谏草已焚，使人撰伪疏，坐公诬谤。于是再责衡州别驾，永州安置，寻窜韶州。五年始得归，乃以道乡自号。

盖公之殁，于今四百年矣。显之则公兄子朴十有二世孙，有志趾公之美，而[9]因以公谥为名。其筑塘庄之第，一堂一斋必以修身正家额之。于室之将筑，首为庙以祀其先，礼也。既而叹曰："吾邹世望晋陵，自委溯源，[10]惟公之故，吾乌敢忘也。吾拘于礼，固不得加公于庙祀之上。然吾闻礼以义起，吾取诸祀贤教德之义，而以公为吾党之先师，不亦可乎？"遂于堂之西，配庙以塾。塾深百步，乘其中之隙为堂，以妥公灵。而其翼庑通塾中，储书万有余卷。既成，统以"道乡书院"扁之。五子诸孙，实朝夕弦诵于斯，优然肃然，如公之见。且延名士正宾席，庶几有如田画者来游其间。而公之世德，嗣续不坠，此其志也。

主客钱君世恩，于显之为子婿，间以其事语予，而求为之记。嗟乎，秉彝好德，人孰无是心哉？惟胶于权利而不能自拔，始有丑正恶直、不顾得罪于名教者，若章、蔡之于公是也。然公之方斥，王回[11]等甘受祖公之罪，未尝悔恨。为舟子者，亦欣然载公赴贬所，誓不取公一钱，此可以见人心之同然矣。故自公既殁，忌公者与其党皆已响灭迹熄，而公之言论风采愈远愈彰。凡公平生所至，如新、如韶；且有幸其来，悲其去，思见其人，尸而祝之，社而稷之者。况道乡为公父母之邦，显之为公同室之裔，其欲俎豆公于贤人之间，何足异也？虽然昔有嘉良臣之烈，思识其子孙者。公之子孙至于今不绝，亦予思之足慰矣。而又有贤如显之者，能旁推远绍，留意于宗佑礼文之事，君子之泽，吾不谓其五世而斩也。而显之之志，实欲以忠孝之业成其家、而风其宗党。彼以虚声而笼俗誉，何如也？其行之成、效之见，由一家一乡而达之四方，其不有慕公而兴起者乎？然则书院之关于世教，岂小小哉？是不可以无记，故书之以告来者。

琴鹤遗音记　乙丑夏六月

宝应朱君升之，以地官主事自南京来，奏其三载之绩。谓予辱有斯文一日之知也，手一卷曰《琴鹤遗音》，而属为之记。

予曰："声之微妙至矣，其入乎耳，感乎心，有不可以口述而言传者。譬之于风，于影，系之而不能留也，捕之而不能执也。吾子于二者之音，欲从而记之，可乎？而况所谓'遗音'者，一叹之余，寂无留响。欲从而追记之，可乎？然而吾子必有得于斯也，请试以意言之，而予以意听之可也。"

于是升之作而对曰："此先大父謦欬之余，家君传之，肃乎常若有闻。而予小子，惴惴焉惧其久而不传者也。盖先大父讳璀，字楚琦。天资迈爽，标格峻整，纷华盛丽不能入乎其中。惟是二物者，偶与心会，因取其材之中于谱而相之合于经者，畜而玩之。穷经观史之暇，辄据槁梧，理朱丝，一再搏拊。于以禁止邪心而涵养正性，发舒志意而咏歌太平。愔愔乎采兰之幽(12)也；雍雍乎熏风之畅也。既而新声间作，清徽中奏，则胎仙有感而来集矣。延颈舒翼，且鸣且舞，应节赴会，若解宫商。或秋高露下，夜漏将半，戛然有警声彻寥廓。不觉披襟起坐，呼烛拊弦。或攫或醳，以写其嘹亮飘扬之韵。于是乐之终身，不慕进取，遂以'琴鹤道人'称之。其高尚廉退之节，拟诸古昔，庶几戴安道、张天骥之俦匹也。及先大父谢世，家君某甫勉承往训，以应有司之求。乃领荐书，历壮县。在鄞，在长阳，在江陵，清慎一节，囊无长物，则又仰法乎赵清献简易之规。而于先大父所未及(13)试者，将以推行而充广之，不敢忽且忘焉。虽然世更则泽熄，岁远则念移。微先生之言，何以昭德音于不忘，永孝思于无已？予小子，亦奚所据依而自警耶？"

予见升之笃学嗜古，其文词已骎骎乎作者之列。以为天将和其声，而使鸣国家之盛，孰知为之先者，其贤固已然乎？夫道人之于琴鹤，所谓寓意于物者也。洗筝笛之耳，而远慕乎淡泊纯古之风；息鸡鹜之争，而独适(14)乎清远闲放之趣。使其列于位著，见于猷为，将民愠是解，而声闻于天。岂肯营营龊龊，苟利其身谋而已乎？若江陵，其亦善继人之志者矣。而蜚英腾茂，大振于时，则升之之责也。

吾闻琴之古者，其声益和，可以升奏于庙堂之上。而老鹤胎化，圣人在位，则与凤凰翔于甸。以数论之，其在升之无疑矣。尚勖之哉。

山东察院题名记

以御史监郡始于秦，而汉因之。至唐乃有巡按之名，九条六察，其法意盖无甚异。然元封之中止，垂拱之纷更，皆未及百年而遽变。未有若我皇明之制，可以万世而无弊者也。粤自高皇帝二十六年，诸司职掌既成，而出巡之条格于是具备。两畿诸道，岁有常遣，盖已百二十年于兹矣。而山东察院，故未有题其名氏者。

弘治乙丑，四明金君惟深以才御史奉命而来。修明宪度，百废具兴，以为此亦缺典也。爰属济南守安成赵侯廷实，讨诸故牍，由君而上，仅得五十人。既耆石刻之，因走使京师，请识其始。

予素知君，君岂汲汲于名哉？顾惟因人论世，存往诏来。前事或可以师，而前车或可以监。[15]故虽邑丞书记在簿，领笔札之末，犹不忘前政，将以备异时文献之徵。而况风纪耳目之司，昔人谓其功可百于他吏者。则牵连大书，图久其传，是未可以为细故而后之也。

盖天下之势，譬则人之一身，其精神息脉，表里上下，实[16]相维系。而必使之流通输布，无所壅底，然后四体安和，可以久生而无患。此必然之理，不可易也。然自封建之制不复，而时巡之礼亦因以废。人君深居高拱，其视与听，每以[17]远而多蔽。所恃以承宣其令而致之民者，莫亲于郡县之吏也。而民之所恃以致其情于上者，亦然。然而[18]岂惟不能致之，人从而壅阏焉者居多。如是而欲天下之流[19]通输布而无患也，不亦难乎？惟御史为吾君之耳目，而其出也，实假之以时巡黜陟之权。故一岁之内，一方之大，弛张废置，惟其所闻见，而未尝以文法拘之。即藩臬大吏升沉淹速，亦惟其臧否之视，况其下者乎？

于乎其任可谓重矣。使当时任者果其人也，则激扬之下，风裁凛然，殃民者有所畏而不为，爱民者有所恃而能立，其为利不亦博哉？此所谓可师者也。万一非其人焉，则其为害亦有不可胜言者，而所谓可监[20]者是也。凡人之自待，孰不欲为可师？而或陷于可监[21]焉者，惟其无所警焉耳。然则兹石之在东藩，未为无补。而予之记之，固不得辞也，于是乎书。

三一居士记

同知太平郡事平湖屠公元明，自号"三一居士"。其子武库主事奎来求予记。卷首大书，则少司冦白洲李先生之手笔也。

公以乡进士初授武昌推官，未几陟建昌同知。以母忧去，服阕，乃改太平。自筮仕以来，官再转而任三迁，皆一身子处，未尝以家累随，用是者有"三一"之号。由中庸之道论之，公所处疑于过高，而在《易》亦有苦节不可贞之训。然世衰俗薄，士君子往往为妻妾之奉而丧其本心。如梁冀之居第，冯球之首饰，穷奢竞侈，虽玷行殒身而弗恤。盖其尤显著者，即贤如王旦，素以俭约自持，而花篮火筒之玩，不免动心于姬侍既具之后。则吾人守身之法，又岂可以立异为嫌、矫枉为病哉？此王仲子、陶元亮、张乖崖所以卓然独立，而公之高自标榜，固不得以好名訾之也。况节每移于晚，而守或变其初。如公之久而不渝，诚可以为难矣。

予尝以事过太平，入公廨宇，见其四壁萧然如禅室，如逆旅，如环堵布衣之士。其守周公绍立，以得公为佐自庆。郡之人士，莫不惮公之威严，而爱其惠化之洽也。既而访诸建昌，其人士皆曰公良吏也，无异词焉。访诸武昌，其人士又皆曰公良吏也，无异词焉。盖公之在武昌，尝辩诬发伏，治狱必情之得，人服其明，以为神。在建昌，值益王就国之初，内侍籍富民抑配子钱，能以理谕止之，威名遂振。

嗟夫，明出于公，而威非廉不立。由公之治状观之，可以见清心洁己，实莅官行政之本。而"三一"之号，岂无其实而饰其名者哉？公虽屈于甲科，而所至有声。在武昌已用最荷褒嘉之敕，赠其父西溪公如公初阶，封其母庞、配陆皆孺人。武库及其弟进士垚，方以清才伟器见重缙绅，天之所以报公，亦称其所施矣。而武库又能勉继家声，汲汲张公之美。呜呼，震有秉而杨氏之业不衰，质有威而胡氏之名不替，是尤足以为公贺也。武库为己未进士，于予有斯文一日之知，予亦因以自贺焉。

节义堂记

杨为吉水著姓。其先有讳用能者，今希贤甫之五世祖也。起家蒙古学正。胜国运终，起义兵保乡里，没于兵，乡人至今德之。故其后世世以读书执礼为事，而有节义之风焉。

希贤之曾伯祖讳鼎原。鼎原早世，其配李，年二十有一，其孤子恭，甫三岁。李孀居抚子恭，率克有成，洪武中诏旌其门。而希贤之父讳弘渊，弘渊卒时，其配边之年如李，而希贤之年如子恭。边啮指誓不忝其家世，卒如其言。至希贤子恕，复早丧，子妇李氏，年二十余，抱孤女孀居者且十年于此矣。盖杨之妇以节著者三人焉。希贤之叔祖讳济之，尚义轻利，岁戊子，尝出粟累百，助有司赈饥，恩授之品官。乙巳、丙午岁，邑复大侵，有司下劝分之令，时闾右争匿财，而希贤复毅然应。意欲辞品官，而请追旌母边之节，以例不可乃止。盖杨氏之以义称者二人焉。

呜呼，何杨氏之德其盛如此也？节义，人之大闲也，然昏于利欲者多矣。富如文君，甘受当炉之耻；文如蔡琰，不免胡骑之辱。至若积而不散，则朱公子以杀其弟、石季伦以殒其身而不恤，视杨氏之事，不亦可嘉矣哉？东汉二百年，烈女见于传者十有七人，其以节著者，仅足以视杨氏之数。而孝武之世，独卜氏欲父子死边，输财县官，后虽尊显之以风百姓，卒无应者。而杨氏先后以义称者，又或过之。然则杨氏之德，不亦重可嘉矣哉？矧三节皆女妇，二义皆齐民也。世之自幸为男子者，死生之际，顾忄六忄六恧恧，不复知人间有羞耻事。而自分为王公大夫者，于取与之际，乃能熙熙攘攘，拔一毛而利天下不为焉。是又杨氏之罪人也。

夫节义之事，昭乎与日月争光，巍乎与泰、华争高，凛乎与秋霜争严，固无庸于言也。而节义之堂，则杨之子孙歌于斯、哭于斯，不可以无言。故邑大夫龙居时敷请予为杨氏记之，予不让。

崇正书院记

辰州府崇正书院既成，太守婺源戴侯敏，白于巡抚都宪安城刘公文焕，使来请记；而自以书语故，曰："辰与沅陵之学，地皆狭隘，诸生肄业者无所容。兹惟敏责，方亟图之。已而得淫祠一所，因念吾儒之教，谓必绝神奸，而人始知为善也。乃毁而鬻之，取其直以成是院。有文会之堂，有宝经之阁，有郡贤之祠。择士之秀者，群居而讲习焉，此'崇正'所由名也。"又曰："祠凡十有六楹，其所祀，首濂[22]溪，盖楚产也。明道、伊川、晦庵，则以其或生于黄陂，或游于湖、湘、楚，得从而附焉。横渠则以其与四先生并称，理难独废。南轩则以其尝学于潭，湖、湘之游实因之。大都欲学者观感仿慕，而正道由之以兴起也。"

于乎，世之为有司者，惟催科听断是急，而戴侯[23]独急于风教，又特揭"崇正"之名，以昭示众目，端其向往，岂不贤远于人哉？

盖古人之论学，必归于正。其体则所谓正心以修身也，其用则所谓正人之不正也。虽其规模节目，非一言可得而尽，要之在循理遏欲，以公灭私，而复乎吾性之善。人知之，则随其所处，而必有益于时，此盖伊尹之志也；人不知，则乐之终身，而不失其所守，此盖颜子之学也。自孟轲氏既没，惟濂溪以是上接洙、泗之统，而后诸子继之。其在当时，既往往作新学校以成就人材，而又著书立言传之后学，欲以此道相承而不绝，其用心亦勤矣。顾世之学者，迷溺乎记诵文词、科名功利之习，而正路之榛芜日甚。学于是者，可不体侯之心而各自致其力乎？今濂、洛、关、闽之绪论具在，诚能探讨服行，反观内省，由濂溪之说而知事天、事亲之为一致；由晦庵之说而知尊德性、道问学之不可偏；由南轩之说而知为己者在无所为而为，平居必以正人自期待、自树立。修之于身，推之于家、国、天下，莫不一出于正，等而上之，将为大人焉。正己而物自正，斯于侯"崇正"之心为无负矣。

宏自愧谫陋，无能为役。然都宪公与侯之意，不可以虚辱也。姑诵所闻以复，使学者皆知所励，而且以自励焉。

金溪县儒学尊经阁记

金溪儒学，久未有尊经阁，有之自知邑事方公信之始。公鄞人也，以弘治己酉莅邑。治尚严肃，务锄犷恶，膏枯醒渴，用植善良。既旬岁，政举令修，诸偷屏息，夜户不闭。公知民渐裕而力可用也，乃礼饰典祠，次及馆署，即徼巡之舍，亦必焕然更新，而尤拳拳焉兴学造士。一日，进诸生而叹曰："阁以尊经，在他学皆然，独吾邑缺焉，可乎？兹非观美之徒事也。三才之道，四德之用，五伦之教，罔不于六经乎载之。自古迄今，与有君师之责者；金华所讲，蓬观所校，兰台所藏，未有不于此乎尊者也。况列之学宫，且设科条，曰师，曰弟子，相与授受；童而习之，实望其始乎士而终乎圣贤，尊主庇民胥此焉。本吾于典不可缺者，而犹缺焉，可乎？"爰相厥址，得文庙之东隅，隆因洼益，巩用珉坚，而阁于其上。中为三间，翼以□□□□[24]余四十尺，深与广称焉。经始于辛亥孟秋，越明年春季落之。

升阁而望，卓笔绣墩，鹧鸪上幕，诸峰莫不回巧露异于轩窗之下，而金川、清江二水，左右映带。心澄目豁，观者谓山川之秀，有兹阁焉，斯足以凝之。自是贤俊之钟，当倍于前日矣。最役程佣且以万数，其劳与费盖亦甚大也。然皆取诸罚锾，民不与扰。仅数月而伟观聿成，非公之才之敏，能若是乎？阁成之明年，公去为御史，提学南畿。又擢参山东宣使之议。邑士用明经取上第、蜚英而腾茂者，科不乏材，谈者往往归功于兹阁。然久而弗葺，且日就于颓陊矣。矧公之成绩，亦未有识之者。

正德甲戌，公乡人黄侯嘉会来为邑长，复从而整饬之。顷砻石欲永公垂，会公之姐子、端公屠安卿按行兹邑，侯因以请焉。遂属庠生毛凤、陈礼、蔡渊、陈嘉言、黄纶，备述公之善政，而专使来征予记。夫处剧而办，处脂而洁，吏能是足矣。至如饰以儒术，治以弦歌，则必才且贤者乃优为之。由俗吏而观兹阁之建，若不足为有无者。然意向所示，瞻听耸然。吾道若加而崇，斯文若增而重，实俗化攸关而不可缺也。公不诚[25]贤哉？公之意无议矣。执经于此者，知所以学而无买椟[26]还珠之失。所谓始士[27]终圣，尊主庇[28]民，亦儒生分内事耳。若徒拾青紫以阶利禄，陈车服以侈宠荣，非建阁藏经、尊崇启迪之所望也。予既重黄请，又慨念端公有渭阳之感，乃为其书始末如此。

呜呼，公之去邑几三十年矣，而人犹思不忘，不近于古之遗爱耶？公讳志，信之其字，与予皆成化丁未进士。尝佐公建阁，及令兹相与龚石者，则县丞郑熙、林文，主簿解文相、李琳，典史王纶、何彦芳，教谕徐恒、陈廷用，训导蔡材、林挺、颜钦也。法得牵联附书，并书之。

平浰头记

惠之龙川，北抵赣，其山谷贼巢亡虑数百，而浰头最大。浰之贼肆恶吾民者，亡虑数千，而池仲容最著。仲容之放兵四劫，亡虑数十年，而龙川、翁源、始兴、龙南、信丰、安远、会昌，以迩巢受毒最数。

正德丁丑之春，信丰复告急于巡抚都御史王公伯安。伯安召诸县苦贼者数十人，问何以攻之。皆谓非多集狼兵弗济，又谓狼兵亦尝再用矣。竟以招而后定。公曰："盗以招蔓，此顷年大弊也。吾方惩之。且兵无常势，奚必狼兵而后济耶？若等能为吾用，独非兵乎？"乃与巡按御史屠君安卿、毛君鸣冈，合疏以剿请。又请重兵权，肃军法，以一士心。诏加公提督军务，赐之旗牌，听以便宜区画。惟公之有成，不限以时。

时横水、桶冈盗亦起，而视浰为暇。公议先攻二峒，乃会兵以图浰。凡军中筹画，多咨之兵备副使杨君廷宣。副使君请汰诸县机兵，而以其佣募新民之任战者，取赎金、储谷、盐课以饷之，而兵与食足焉。

二峒之攻，虑仲容乘虚以扰我也。谋伐其交，使辩士黄表、周祥谕其党黄金巢等，得降者五百人，藉以为兵。仲容独愤不容，闻横水破，始惧，使弟仲安率老弱二百人来，图缓我兵，且觇我也。公阳许之，使据上新地，以遏桶冈之贼，而实远其归途。

阅月，仲容闻桶冈破，益惧，为备益严。公使以牛酒饷之，贼度不可隐，则曰："卢珂、郑志高、陈兴，吾仇也。恐其见袭而备之耳。"珂等皆龙川归顺之民，有众三千，仲容胁之不可，故深仇之。公方欲以计生致仲容，乃阳檄龙川，廉珂等构兵之实，若甚怒焉。趣湘刊木，且假道以诛珂党。十二月望，珂等各来告"仲容必反"。公复怒其诬构，叱收之，阴谕意向，使遣人先归集众。时兵还⁽²⁹⁾自桶冈，公合乐大犒，散之归农，示不复用。使仲安亦⁽³⁰⁾领众归，又遣指挥余恩谕仲容毋撤备，以防珂党。⁽³¹⁾仲容益喜，前所遣辩士因说之亲诣公谢，且曰："往则我公信尔无他，而诛珂等必矣。"仲容然之，率四十人来见。公闻其就道也，密饬诸县勒兵分哨。又使千户孟俊伪持一檄，经湘巢，宣言将拘珂党，实督集其兵也。贼导俊出境，不复疑。闰十二月下弦，仲容既至赣。是夕，释珂等驰归，縻仲容，令官属以次犒饷。明年正月癸卯朔，公度诸兵已集，引仲容入，并其党擒之。出珂等所告，讯鞫⁽³²⁾具状，亟使人约诸兵入巢。

越四日，丁未，同时并进。其军于龙川者，惠州知府陈祥，率通判徐玑等，从和平都入。指挥姚玺，率新民梅南春等，从乌龙镇入。孟俊率珂等，从平地水入。军于龙南者，赣州知府邢珣，率同知夏克义、知县王天与等，从太平保入。推官危寿，率义官孙舜洪等，从冷水径入。余恩率百长王寿等，从高沙保入。军于信丰者，南安知府季教，率训导兰铎等，从黄田冈入。县丞舒富，率义民赵志标等，从乌径入。公自率中坚，督以捣下湘大巢，副使君督余哨会于三湘。贼党自仲容至赣，备已弛矣。至是，闻官兵骤入，皆惊惧失措，乃分兵出御，而悉其精锐千余，迎敌于龙子岭。我兵聚为三冲，掎角而前。恩以寿兵首与贼战，却之。奋追里许，贼伏四起，击寿后，寿乃以芳兵鼓噪往援。俊复以珂等兵从旁冲击，呼声震山谷，贼大败而溃，遂并上、中二湘克之。各哨兵乘胜奋击，是日遂破巢十一：曰熟水，曰五花障，曰淡方，曰石门山，曰上下陵，曰芳竹湖，曰白沙，曰曲潭，曰赤塘，曰古坑、三坑。⁽³³⁾明日，探贼所奔，分道急击。己酉，破巢凡六：曰铁石障，⁽³⁴⁾曰羊角山，曰黄田坳，曰岑冈，曰塘含冈，曰奚尾。庚戌，破巢凡二：曰大门山，曰镇里寨。辛亥，破巢凡九：曰中材，⁽³⁵⁾曰半迳，曰都坑，曰尺八岭，曰新田迳，曰古城，曰空背，曰旗岭，曰顿冈。癸丑，破巢凡三：曰狗脚坳，曰水晶洞，曰蓝州。丙辰，破巢凡二：曰风盘，曰茶山。

其奔者尚八百余徒，聚于九连山。山峻而衺，东与龙门山后诸巢接。公虑以兵进逼，其势必合，合难制矣。乃选锐士七百余人，衣所得贼衣，若溃而奔，取贼所据崖下涧道，乘暮而入，贼以为其党也；从崖上招呼，我兵佯与和应。已，度险，扼其后路。明日，贼始觉，并力来敌。我兵从高临下，击败之。公度其必溃也，戒设伏以待。乙丑，覆之于五花障，于白沙，于银坑水。丁卯，覆之于乌虎镇，于中村，于北山，于风府。奥分逃余孽尚三百余徒，各哨乃会兵追之。二月辛未，复与战于和平。甲戌，战于上坪、下坪。丁丑，战于黄田坳。辛巳，战于铁障山。癸未，战于乾村，于梨树。乙酉，战于芳竹湖。壬辰，战于北顺，于和洞。乙未，战于水源，于长吉，于天堂寨。

谍报各巢之稔恶者，盖几尽矣。惟胁从二百余徒，聚九连谷口，呼声称乞降。公遣㭋往抚之，籍其名，处之白沙。公率副使君及祥，历和平，相其险易，经理立县、设隘，庶几永宁，遂班师而归。盖戊寅三月丁未也。计所捣贼巢三十八所，擒斩大酋二十九人，中酋三十八人，从贼二千六十八人，俘贼属男妇八百九十人，卤获马牛器仗称是。是役也，以力则兵仅数千，以时则旬仅六浃，遂能灭此凶狡稽诛之虏，以除三徼数十年之大患，其功伟矣。

捷闻，有诏褒赏，官公之子世锦衣百户，副使君加俸一级。于是邢侯、夏侯、危侯，偕通判文侯运、吴侯昌，谓公兹举足以威不轨而昭文德，不可以无传也。使人自赣来，请予书其事。嗟呼，惟兵者不祥之器。王公用儒者谋谟之业，而乃躬擐甲胄，率先将士，下上山谷，与死寇角胜争利；出于万有一危之途，岂习为杀伐之事，而贪取摧陷之功以为快哉？顾盗之与民，不容并育。譬则莠骄害稼，而养之弗蓐；纵虎狼之强噬，而听犉牧之哀耗。此必仁者所不忍为，而公亦必不以不仁自处也。

公之心予知之，公之功则播之天下、传之后世，何俟于予之书之也。然而人知渠魁之坐缚、凶孽之荡平，以为成功如此其易；而不知公之筹虑如此其密，建请如此其忠；上之所以委任如此其专，宪副君之所以赞任如此其勤，文武将吏之所以奔走御侮如此其劳，而功之所以成如此其不易，是则不可以不书也。予故为备书之，以昭示赣人，庶其无忘且有考焉。

杨公遗爱祠记

故都宪阳城杨公，讳继宗，字承芳。以成化己酉[(36)]来守嘉兴，满九载而去，去且五十年矣。郡人之思如一日。其小民皆曰："公之德在我，我死，其遗德在我子孙，我于公固不能忘。世更事远，则何以使我子若孙知公之德而不忘也？"其君子则曰："公之报有奉尝可举，[(37)]公之传有金石可托。其为不忘，虽百世可也，而况于吾之子若孙乎？"

会贵溪徐君来为郡守，历三载，百废具兴。范生言等，乃以众志告君，君遂度招提之故址，取民所乐助之赀，庀工从事。间又毁淫祠，取材以佐之。经始于庚辰之三月，越九月而功讫。有前后之堂，有东西之庑，有内外之门。烹有庖，涤有井，储有库。缭以周垣，表以华扁。于是乎杨公遗爱之祠，崇深壮丽，足以慰其民之思矣。落之日，老稚手香帛，具牢醴，从君罗拜庭下。且喜且悲，真若慕其考妣。然者公德之入于人心，何为深且久如此也？众又以丽牲之石不可虚，徐君乃遗言及乡进士项锡，以州守戴君经所述状来请予记。

古称郡守，吏民之本，本之治乱而末必从之，其所系不为不重也。然常病乎其人。其人不才，则饿豹之贪，乳虎之酷，鱼肉其民弗爱焉，而民且仇视之，孰彼爱哉？其人才矣，苟不能以诚与才合，将树立之志弗胜其浮沉之念，刚大之气往往为柔道所牵。苦制肘或替初心，保名誉或愁冷语，欲竭才尽力，以洽其爱于民也固难，是民之爱亦乌能久而不忘耶？公之才既杰出，而爱民之心又极其诚。志操之坚定，意气之豪迈，庶几于富贵不能淫，威武不能屈者。嘉兴之治，守之以至廉，而民不知有一毫之扰；行之以至公，而民不闻有一言之议。虽挟尊怙势、与公不合者，皆惮公威名，忸怩自失，不能挠其权以瘀其泽。久而士民感化，奸暴革心，讼平赋均，风清弊绝。嘉禾呈瑞，年谷屡登。无远无近，莫不传播公之德政，想闻公之风采。上而禁掖，亦知公为清白吏，而菲薆之谤莫能中焉。非诚，其曷克臻兹哉？夫诚，格鬼神，及豚鱼，且将与天地同久。故郡人思公，必欲俎豆尸祝以为公报。岂公之威灵，能感动其遗黎如此耶？在汉始元中，诏祠卿士百辟有益于民者，蜀郡以文翁，九江以召信臣应。延熹之毁群祀，惟密之卓茂，洛阳之王涣，特存而弗绝焉。吏之遗爱，孚于上下固如此。若公者，载诸秩祀，礼亦宜之。且可以劝来者，独民思之慰云乎哉？

予少日即知颂公之贤，既忝从史氏后，尝以为公之树立，视班、范所书尤卓。卓不可遗也，故因徐君之请而特书其大节，以见郡人思公之故。若公为政之美，则载述备矣。徐君名盈，字子谦，其风节类公。顷岁奉职入觐，治行为天下最。郡人惟恐其右擢以行，而不能借留以终其爱也。吾闻诸舆诵云。

南康府新城记

《春秋》书城筑数十，《传》谓"慎土功，重民力"。故虽时必书。然虎牢之书，特责郑之不能有。盖地所必据，城有所必守。虎牢岩邑，可以限荆楚，制诸侯。而郑之君臣乃忽焉弗图，卒以资敌取侮，岂足与论王公设险之义哉？

南康前潴彭蠡，后拥匡庐，控楚引粤，为江右喉襟最要地。顾九江置戍，声援相及，平时城类可缓，恬嬉既久，芽蘖莽伏，变起仓猝，则保聚罔所恃焉。前此北寇南侵，浮江奄至，守者瘁于防遏，民苦焚掠，迄今尚心悸。[38]太守陈侯时雨，每慨然念之曰："吾朝廷守土吏也，守之不固，责将谁逶耶？"乃请于巡抚都御史孙公燧，巡按御史屠公侨，及分守参议黄君宏、杨君学礼，分巡佥事师君夔、王君崇仁，募工伐石，筑为新城。始于戊寅正月，至明年五月成。其门五：浔阳、彭蠡、建昌、匡庐、星子也，而疏冰之关附焉。其环郭箭台三十二，其周丈千，其高丈有八。其形势壮伟，足以保障一方。其趾坚厚，可永可久而无坏。侯之功于是大矣。

侯以正德丁卯由中台来为守，未几以忧去。壬申复来，前后在郡凡十有余年。尝再筑土垣，堙山实壑，崎岖万状，辄坏⁽³⁹⁾于雨。易以叠石，久而坏于雨者又过半焉。及是乃就绪，其志可谓勤矣。侯欲后之人知所由始而图其终，爰走使来征予记。侯持己莅官，老成谨厚，政先惠利，务实远名，久益孚于上下。故屡兴大役，民不怨讟，当道皆以罚锾帑金佐之。城事既毕，其功之著于人目，殆与山而俱崇；泽之洽于人心，殆与湖面⁽⁴⁰⁾俱深，又何侯于予之书之耶？

予独有感焉。使侯不久于兹郡，则虽有志城筑，亦无由尽其经画之才。使侯如他吏，无爱民之诚，则虽才足以有成，而亦未必能劳官事如此其不懈也。如是知用世者必在于戴⁽⁴¹⁾与才合，而用人者不必骤迁数易，必在于久任以责其成。夫然后天下之功可立，而天下之民可安矣。兹城也，陈侯始之。使来者皆侯之诚，能时而葺之，其为民利庸有既乎？此则予之欲书而不容已焉者也。

侯字如霖，弘治癸丑进士，治郡多美政，屡膺剡荐，城特其一事。时相侯者，同知张君禄，通判某，推官某，而星子知县王渊之，则尤有劳于督役云。

重建九峰书院记

武夷二曲之内，故有堂曰"咏归"，回挹玉女、大王、铁板、狮子诸岩岫之胜。盖九峰蔡先生之子、参知政事文肃公，因祖父藏修之旧堂而构焉者也。自宋迄今三百有余年，遗址仅存，鞠为茂草。

先生之十世孙、司训珙，尝慨然有志兴复，顾其力弗逮也。正德癸酉之冬，寓书京师，以其事恳。适台察张君廷宾出按八闽，宏以珙意谋之；张君曰："此崇儒急务也，吾其敢辞？"至则属建宁道分守少参彭君师舜，分巡佥宪胡君文振、蔡君成之，相与图之。经始于乙亥季冬，会巡按胡君士宁继至，谋诸提学副宪姚君英之，又助以罚锾若干。越明年，丙子八月，功乃告讫。其中为堂三间，以奉安先生之像。旁为庑各数楹，左以延庋止之客，而右以处先生子孙之居守者焉。其前为门，门之楣额曰"九峰书院"，"咏归"之故，于是乎鼎新矣。嗣是以巡按至者，若周君文仪，则给官田若干亩，以佐岁时祭祀之需。若沈君文灿，则给其门者一人，以供朝夕扫除之役。时少参魏君某，佥宪萧君必充，及同府姜君梦宾，皆协心赞决，移县遵行，期于久而弗替。而珙又虑文不足征，无以彰诸君之美，见复兴之难，而示其子孙以保终之训也，乃复即宏而告焉。

宏窃尝闻之，斯道之在天下，必有托而后传。所谓尧传之舜，舜传之禹，禹传之汤，汤传之文、武、周公。载诸虞、夏、商、周之书，浑浑焉，灏灏焉，噩噩焉，盖尤明著而详备也。慨自夫子没而微言绝，斯道晦蚀，遂失其传。我文公朱子训传诸经，以远绍群圣人之统，独《书传》晚未及成，环眠门人，求可付者，乃以属之先生。先生亲承师指，考序文之误，订诸家之说，以发明二帝三王为治之心。《洪范》《洛诰》《泰誓》诸篇，往往有前人所未及者。则其羽翼斯道之功，顾不伟欤？今经筵之劝讲，科举之取士，于《书》皆主兹传。而庙廷之从祀，爵邑之追封，亦可谓隆且重矣。顾讲学藏修之地，榛[42]芜未剪，苹藻未洁，墨池笔冢，埋没于荒烟白露之中，宜珙之所为动喟而不能已也。然非诸君子有崇儒重道之诚，殆将以弥文末务视之，珙虽孚号焉，而莫之恤，欲复前规于久湮之后，岂不诚难乎哉？

　　大都秉彝好德，人心所同，有触其端，未有不油然而兴起者。今遗迹既著，过者必式焉。轮奂之加美，俎豆之加崇，又安知其不有异于今日也。为先生之子孙者，其尚来游来歌，读先生之遗书，进德修业，勉勉不息，以延世泽，以为儒族之光。斯不负诸君子崇重之意，其亦珙之志也。

延平李先生祠堂记

　　延平先生得伊、洛之传于豫章罗氏，而授之晦庵朱子，其有功于继往开来为甚大。晦庵[43]状先生之行，至以依乎《中庸》遁世不见知而不晦处之，则其所至允矣。为成德君子，而庶几优入于圣域矣。

　　盖道以中庸为至，自尧、舜以来，心相授受，未有能外乎此者。先生之学，则欲默坐澄心，以验夫喜怒哀乐未发前气象。而求所谓中者，以涵养其本源。故所见卓然，持守益固，心境融释，事理贯通。体之于身，施之于家，泛应曲酬，发皆中节。推而极之，虽经纶参赞之功可以驯致，非真得夫道统之传，未有能与此者也。先生虽超然远引，不及进用，而忧时论事，感激动人。兴隆初，晦庵将趋召命，问所宜言，先生谓"三纲不振，故中国之道衰而夷狄盛；义利不辨，故人心陷溺而主气孤"。晦庵遂用其首说以对，使当时采而行之，则颓风可拯，人极可立，而宋事不至于日非矣。其本末具备如此，又岂空言无补者哉？论者乃以著述少先生，不知圣贤之学，必切于身心，措诸实用，不在于言语文字之末。况晦庵之探讨圣经，发明斯道，几无余蕴。而往复问辩，得于师说者为多，天下后世溯渊源而思浚导之德，乌能忘耶？

　　剑浦为先生邑里，故有书院在九峰之麓。今天子正德十有四年，知府事欧阳侯铎始至往谒，慨其荒陋，亦既葺而新之。然揭虔妥灵，犹病其未称也。会厘革淫祠，城内佛老之宫不下十数，其名"大竺堂"者，适与先生之家族邻，侯请于巡按御史沈公文耀，即是为先生祠。复虑其劳与费之及民也，则稽淫祠所入，付义民王文俊，督配徒并力营之。堂庑门垣既严且邃，召先生之后裔庠生昂，授之扄钥，俾司启闭而时洒扫焉。顷以成告于沈公，谓丽牲之碑不可无述。而提学副使胡公铎，分巡副使黄公昭，分守参政宋公冕，佥以为宜。侯乃偕同万君廷彩，推官陈君韶，遣使来征予记。

宏惟先生之贤，夫人知慕之。故识者往往以从祀为请，况兹生长游歌之地，宜尸祝俎豆之不容缓。然缺焉未备，岂所谓州县之政，非法令所及，则世不复议，其固然乎？今诸公与侯同德一志，汲汲焉举未备之典，可谓不安于流俗，而知为政之先务矣。且兴革之间，昭示好恶。所以崇正学，辟异教，善民俗，实于是乎在。是即情之发而中乎节者，非知道，其孰能然哉？宏乐其成，惧来者莫知其始作之故也，于是乎书。

井陉县重修庙学记

井陉高君绅，以天子命吏来主吾铅山之簿，民宜之。上官知君之勤慎笃实，往往优加礼遇。予亦雅重君之为人，与之交久，而益乎不厌也。

一日，君过予，请记其乡邑庙学之成。予不能辞，则问其改作之故，若规制之详。君曰："学之始建，实与庙东西并峙。邑之山水，若所谓凤岭绵河，莫不呈奇献巧于堂所之间。游歌之士，取科第位显荣者，盖代有其人焉。至正统间，迁庙居前，而置明伦堂于后。自是人才衰耗，无复登贤能之书者矣。术者谓山川之秀有所蔽亏，盍左庙右学，以还旧观。绅之友张应魁及二三同志以谋于绅，绅复谋于乡之致仕二守李盘，及耆民毕宗伊等，咸曰兹盛举也，宜速图之。相率捐金三百余两，庀工从事。经始于正德甲戌之秋九月，越明年八月而成。庙之为殿，为庑，为门凡二十六间。学之为堂，为斋，为号舍，其间如庙之数而加二焉。于是山若累而高，水若浚而深。人之襟抱视瞻，亦若廓而通之，不自知其舒且畅也。"

予尝考之《汉志》，形法家有《宫宅》《地形》诸篇。班固以为形法者举九州之势以立城廓、室舍，盖《诗》"升虚望楚"，《礼》"辩方正位"之遗意也。而惟岳降神生，甫及申则《崧高》尝歌咏之。岂山川人物，形气流通，而灵杰感会，理有固然者乎？故诸君改作之举，律以圣人之训，若谓志远恐泥而不必为。然欲凝成秀异，钟之于人，以仰赞国家兴学育才之意，固事之依乎义而无害焉者也。且叔世鲜知好义，所谓"锥刀之末，将尽争之"，孰能捐不訾之费以兴此迂缓之役乎？以彼较此，诸君之贤岂不甚异于流俗哉？由此邑之子弟，睹高山而兴仰止之思，临逝川而知不息之体，锐乎进学，期于有成，达而用于时焉。随其所至，必秉忠持正，不愧为名卿材大夫。即隐处于家，好修自重，亦思以孝弟忠信美其俗化，而不失为一乡之善士。

盖诸君一念之义，即转移感动之机，固不专恃夫形法家渺茫之说。然则改作之[44]功，顾可泯哉？予为特书其事，以告夫邑之人，而因以勖之。

吴氏塘坞祠堂记

吾铅东吴氏之新祠既成，其彦晟，介予从子懋和以记请。既又率其弟昺，暨时，暨旦，暨其子经，从子绩，来致其叔母詹孺人之意。若谓"未亡人无禄，既嫠[45]且孤，且老即死矣。幸祠堂之成，可以见吾夫地下。然而不得一言以为不朽托，吾夫与未亡人之目，其将能美瞑乎？"

予闻而悲之，曰："贤哉孺人，不图于吾邑见之。"进晟昆季，而问其故。乃知兹举实其叔父常润翁之志，而孺人则代之以有终也。翁素慕为善之乐，事其兄常达先生甚恭。教其子昶与兄之次子旭，学皆有成。旭以弘治乙卯领荐书，而昶乃不幸早卒。孺人为公置妾，竟无出，丐其兄以幼子后之，即旦也。翁尝喟然语孺人："后虽以旦，而祢之卜，鱼菽之供，不可不豫为之所。况吾闻君子将营宫室，以先宗庙，吾父兄盖尝有志焉。而皆缘循弗果。吾与汝勉而成之，岂不举一而两得乎？"青乌子谓塘坞之上可葬，且负廓近地也。翁乃嘱孺人脱簪珥买之，并买缘山之田三十亩，约可给四时之祭。既又相山间之址，规为堂若干楹，以祠其所谓四亲者。而翁及孺人之祔食，亦将在是焉。祠之后则欲建书屋五楹，翼以旁室，以为晟等子若孙游学藏修之所。绪未就，而翁病不可作矣。孺人奉翁之命，葬之兹山，而祠及书屋旁室，比皆以次基构，不衍于素。晟等乃迁其高王父文升，曾王父景谅，王父仕显，考常达，及翁之主龛于祠内，岁取其田之所入而俎豆焉。翁墓木拱矣，其欲为之志，至是卒成而无憾，岂非吴氏一大美事哉？

昔我文公辑有家之礼，实以祠堂冠诸篇端。盖祖考之神灵于是乎萃，子孙之爱敬于是乎生，族属之恩义于是乎笃。所以报本追远，开业传世之大本大端，举于是乎？在故，古之君子恒汲汲不敢缓焉。而其建必于宗子之家，其位必于正寝之东，盖经常不易之礼也。今塘坞之祠稍从权变，以与古殊。然而尊祖、敬宗、穆族之道，则与古一，可谓权而合中，变而不失其正者矣。且翁念父兄，图继其志，不以老而忘，不以无后而坠，兼孝与达，异乎流俗。而孺人终之，晟昆季赞之，具是众美，皆有足言者。予故乐道而亟书之，以为吴之来世告，且以为流俗劝也。呜呼，九原可作，翁亦自幸其死而不朽也夫。

进士题名记

上纪元嘉靖之二年，为岁癸未，例当开进士之科。礼部如制，群天下所贡士试之，得其文之中式者李舜臣等四百人。三月之望，上临轩策以治道。盖先是所举，有以故而未奉大对者十人，亦与焉。越二日，上亲定甲乙，赐姚涞等进士及第、出身有差。其余诸恩赉，皆举行如制。故事，必立石题名国学，工[46]部以请，诏臣宏为之记。

臣惟人君图治，莫大于求贤；天佑人君，莫大乎以贤遗之。故在昔高宗恭默思道，则梦帝赍之良弼，[47]而傅说出焉。霖雨之喻，股肱之喻，高宗之望，于说者甚勤。说于高宗之命，抵若对扬，亦惟恐未能仰副旁求之意。君臣上下，感孚固结，而卒以复殷道之隆，成中兴之治，岂偶然哉？

惟我圣天子应运而起，侔迹商宗，宵旰励精，修政务学，盖欲远追。嘉靖之治，惟兹求贤之科，循用故典，罔有弗饰。仰窥渊衷，寤寐豪俊，岂不庶几有如说者出乎其间、以为中兴之良弼耶？诸士子当圣作物睹之期，乘千载一时之盛，舒英奋翘，颙然而出，以应侧席之求，亦岂无以古之名臣自期待，而不欲其专美于前者耶？

夫士之进也，莫重乎其始。故朝廷于士之始进也，亦必重乎其名。扬于庭，则有鸿胪之传唱；揭诸门，则有黄榜之悬布；颁之天下，则有《登科录》之梓行；而又勒诸琬琰，树立贤关，所以图其不朽者。其勤如是，果何为而然哉？盖欲与是选者，顾其名而思所以自重，各求无负于吾君，无负于所学。由是砥砺奋发，卓然树立，以为一代名臣，而有闻于数千百载之后焉耳。

自国初至于今，兹科凡几开，石凡几立，名凡几题；其卓然有立、而磊落轩天地者谁与？其泯然无闻、而与草木俱腐者谁与？其为奸为佞、甘以小人自处者又谁与？诸士子指其名，论其世，好恶之公，盖昭昭乎其不能掩[48]也。后之视今，犹今之视昔：有美焉，有刺焉，有劝焉，有惩焉。然则可不慎于自重，以副国家重士之典，以慰中兴圣主求贤图治之心乎？臣谨记。

陈州修学记

陈之学，创于宋熙宁州守陈襄。我太祖高帝纪元洪武之三年，诏天下设学养士。当是时，刘恭献守陈，乃即故址而修举其废坠焉。嗣是屡坏屡葺，而殿堂斋庑以次告成。葺之者，在永乐中，守为曹铎；在景泰中，守为唐铨，为万宣；在成化中，守为戴昕；在弘治中，守为倪诰，为白恩义。迨今逾二十年，向之所葺，复日就于颓坏矣。

嘉靖二年，桐庐叶侯淳奉命来领州事。庙谒之始，周回瞻顾，仰而叹曰："政莫先于兴学，兹可缓乎？"于是庀工从事。先礼殿、讲堂，各因其故而新之。次两庑、三斋，次诸生会食之所、藏修之舍。次名宦、乡贤之祠，皆更新而撤其故。故尊经无阁，乃复创而为之。视其基，则隘者拓而弘矣。视其位，则卑者增而崇矣。视其材，则腐者易而固矣。视其规制，则昔焉未备者，而今盖罔缺矣。其费多出经画，而取诸淫祠之毁者十一。其力率以钱募，而借于农隙者，不能十二三。其月日，则始于是年季夏之初，而成于季秋之终也。予弟宁，司训于陈，以书述侯意，欲予记。既而掌教郭君纲，复具事之始末而来速焉。

陈，庖牺氏故都也。其则图画卦，以为万世斯文之鼻祖，实于是乎。在阁之所尊，惟《易》，乃《六经》之源，非学者所当先治者乎？叶侯之于是学，饰坏取诸《蛊》，去故取诸《革》，图新取诸《鼎》；易挠为隆，取诸《大过》。可谓善于体《易》者矣。虽然，亦岂徒饰美观、逭吏责而已耶？盖其教于是者，必如《蒙》之养正，以收作圣之功。学于是者，必如《兑》之讲习，以求丽泽之益。由是出而用世者，必如《泰》之拔茅茹以汇，而皆为君子之朋。倾《否》亨《屯》，观人文以《贲》饰天下，乃侯所以兴学待士之本意也。若修己治人之道，具在《六经》，为士者探讨服行，皆当于是乎致力。

予特以陈为古圣人作《易》之地，故因学之成而辄及之。陈士勖哉，使人才由此焉倍昔而盛，则侯之愿遂矣。

城阙里记

新筑阙里城，衍圣公知德谓"兹举为国家盛事，不可使无闻于后也"。以书来属宏为记。

阙里与曲阜相去十里，故皆无城，而阙里尤为孤旷，守望无所恃焉。正德辛未，盗入兖，以二月二十七日破曲阜，焚官寺、民居数百，虐焰所及，不崇朝县治为墟。是夕移营犯阙里，秣马于庭，污书于地。虽庙宇林墓幸而不虞，然族属散走，神人震恐，岌岌乎危亦甚矣。监司议遣兵四百来戍，贼众我寡，又望风辄溃，于防御固无济也。

维时今按察使潘君珍，方以佥事按行东兖，谓"县、庙必相以守，盍即庙为城，而移县附之"。旬甫浃，遂疏于朝。会科道纪功兹土者，亦以为请。下之司徒，司徒曰："是举一而两得之事，宜亟图之。"下之抚按，抚按合藩臬咸曰："境内之事，孰有重于是者，其何可[49]缓？"群议既协，诏从之，爰命司空庀工而令役焉。其基八里三十六步，而益以负郭之田。其版筑用丁夫万人，而取诸农务之隙。其材用为银三万五千八百余两，多出于诸司罚锾，而复募高赀好义者助之。经始于癸酉之秋七月，讫工于嘉靖壬午之春三月。视其外，则高墉深沟，与泰山、洙、泗映带而萦回。视其内，则庙貌公府，伉然中居。而县治、儒校、行台、分司以及市廛门巷，卦布环列，雅足以增宫墙之重。前此千百年之缺典，乃今始克举之。后此千百年或有外侮焉，于是乎庶几无患者矣。

夫恃而不备，君子以为莒罪。故勇夫重闭，王公设险，概有不容已者也。而《春秋》书城筑数十，《传》乃谓"凡急皆讥"。盖养民在爱其力，非时与制而轻用之，圣人于此诚不能无虑焉。然事有至重且急，而关于天下之故，不可以劳民而但已。故虎牢之城，以夷、夏之防所当严也，则许之。成周之城，以君臣之分所当正也，则善之。至若閟宫之复，泮宫之修，以宗庙、学校为有国者所当先务，则又录而不弃，是可以测圣人之深意也。万世而下，三纲叙正而诸夏乂安，实惟夫子之道焉是赖。顾兹阙里，以庙则通祀之宗也。以学则立教之首也。因盗警而慎未然之防，城筑以致尊崇之意，在今日恶得而缓？此诸臣之议，天子之诏，所以无悖于圣人之训，而遂成千百年创建之功也。

宏不佞，无能为役，幸执事从史氏后，于国之大事得述焉，故不辞而记之。当是时，与其议者：司徒则孙君交，司空则李君鐩，纪功则给事中柴君奇、御史吴君堂，巡抚都御史则今司空赵君璜，巡按御史则李君玑；在藩臬为布政使，则今司徒秦君金，及按察使吴君学，参政孙君祯，副使王君金，参议闵君楷，佥事盛君仪、蔡君芝。董其役者，则知府童旭，同知李钺，知县孔承夏。于法皆牵联得书者也。

贵州儒学重修记

学校之设，择秀民群处其中，而以六经之道训而迪之。盖欲其明大伦，崇正学，达政体，探化原；以成士君子之行，以备公卿百执事之选，以收正朝廷、治天下之功。而人才之盛衰，俗化之厚薄，恒于是乎系，实治道之最先且急者。

我太祖高皇帝得国之初，即诏天下郡县建学立师，以兴起文教。贵州虽远在西南，为《禹贡》荒服之域，而宣慰[50]司之学，已建于洪武甲戌。前礼殿，后讲堂，旁为斋若庑，而外表之以门，具如法式。景泰间，御史杨纲，副使李睿，尝因旧而增修之。则又建尊经阁于堂之后、育英堂于阁之前，翼之幕室，以处诸生讲肄者。于是乎规制大备，而为国作人之意益以广矣。百五十年来，此邦之士，往往以明经效用齿于内地，岂非以上之声教所及既远，而下之振励又得其人故耶？

比者阁日就颓，而所谓育英堂者，仅存故址。御史江君汝器，以清戎至，见其然而叹曰："《春秋》大复古，古之不复，可以为非吾之责耶？"谋于巡抚都御史杨君子山，巡按御史刘君器重。议既克协，遂卜日庀工而从事焉。堂暨幕室，皆基构如初。阁故二楹，今增而六。已而巡按复用佥事赵君渊之议，并建神厨及祭器二库，徙泮池祀乡贤，凡位置名物之有阙于学者，罔有弗饰。经始于癸未之冬某月，而以甲申之秋某月乃告厥成。其材与力，皆江君以罚锾给之，而劳费不及于民。其董治则布政使梁君材，按察使于君鳌。其图议则布政使杨君惟康，按察使徐君赞，参政郑君锡文、于君湛，参议江君玠、李君楫，副使舒君表，佥事杨君薰、成君周。而都指挥顾侯恩、刘侯麒，亦皆与焉。比者使来请记。在《易》之《蛊》："先甲三日，后甲三日。"《传》曰："终则有始，天行也。"盖兴坏相仍，亦事物自然之理。然常其坏也，苟不更新以饰乎其始，丁宁以备乎其终，则已坏者不可复兴，而已兴者且将速坏，岂君子振民育德之义哉？诸君于兹学协心毕力，易故为新，而又欲纪以昭之，庶几久而不废，何其勤耶？

士之藏修于此者，其惟学殖之不可荒。而圣贤之道，非六经无所就正。日取遗编而玩之，精思力践，卓然以天下英才自期待，由是进而为百执事，为公卿。遭时之泰则怀仁辅义，以尊主庇民；脱弗遇其时焉，犹必仗节死义，以勉尽乎忠孝。夫然后无负于今兹育材报国之意也。若徒志拾青紫，买椟而还珠，则阁之所尊与堂之所育，岂端使然哉？

张氏祀先堂记

石首张氏祠堂成，大参东轩公请于宫保莆见素公，公颜以"祀先"；复命其子宫谕崇象征予为记。

张，石首望族也。东轩厥考讷庵府君，卜居与学宫相值；东轩又于其左别筑以居。绣山江水襟带于前，马鞍、龙盖诸峰屏峙于后，盖邑之最胜处也。顾祠宇未建，祀先之礼弗备，东轩谓崇象："《礼》，营宫室必先宗庙，兹可缓乎？"乃复即其左构屋三楹，以奉四代之主。厥位南面，美轮美奂。每岁时祭享，必用朱氏礼。又买田若干亩，以供俎豆及墓祭之需。有余以备赈赉，而族人之告急者赖焉。

夫祭之为义大矣，仁人孝子所以致其报本追远之情，实于是乎在。故古者自天子至于官师，率皆有庙。虽其多寡之数随分不同，而宗器之藏，神灵之妥，固必有一定之所。盖以为子孙者歌斯、哭斯，既有宁居；而吾之所自出，肃然若见其容，忾然若有闻其叹息之声者，忍使其徬徨无依，栖栖焉类若敖氏之鬼乎？况有祖而后有宗，有宗而后有族。族之分也，渐远渐疏。且有喜不庆、忧不吊，如途之人者。惟统之以宗，溯其源而上及于祖，水木之念油然而生，自有不能不合焉者矣。在《易》之《萃》与《涣》，圣人皆以王假有庙系之。盖聚天下之心而合其离涣之势，莫大于立庙已，岂可以虚文末务视之耶？

然自三代而下，天下之庙已非古制。下逮臣庶，固难乎其责备矣。何则？封建既罢，则国家无世臣；宗庙既废，则郡邑无世族。士大夫起于委巷，礼不素习，虽欲致其孝享，而寝祭简陋，未免侪于庶人，亦其势也。且礼教既坠而难复，习俗既成而难变。唐王珪位至侍中，不立私庙，至为执法所纠。宋仁宗尝诏定群臣庙制，公卿中倡而为之者，独平章事文潞公一人，余无闻焉。然则东轩兹举，可谓能自拔于流俗之中，而有志于古人之礼者矣。岂不诚贤乎哉？

予闻张氏世有积德。讷庵起自天顺庚辰进士，历刑曹，陟金蜀臬；谳大狱多所开释，抚定寇乱，齐民不冤死于兵。东轩继之，倅凤阳，均平徭赋，赈恤荒饿；复楚相故所筑溉田之塘，为惠甚大。其后守南阳，擢副晋臬，乃参其藩之政，所至有遗爱在民。今崇象又方以文学为天子法从，德器凝重，可远可大，伟然士林之望。非其世泽之深长，不能然也。兹堂之建，上以聚祖考之精神，下以序子孙之昭穆。既孝且仁，引而勿替。张氏其一乡之世族，而且为一代之世臣矣。予喜东轩之崇尚礼教，可以为缙绅家楷范也。于是乎书。

新设峡江县记

临江所领县三，惟新淦最大。环其境将及千里，盖兼古巴丘、石阳二废县之地而有之。其旧属二县者，去理所远皆百里，深蹊峻岭，必信宿乃达。民负恃险僻，习为顽犷，赋役之输供不时，井税户口至有不登于版籍者。豪猾武断，莫敢孰何。盗贼纵横，虽追捕甚严，亦不能戢，其为弊也久矣。

自成化改元以来，上自抚、巡、藩臬、郡守、县令，下及耆民之更事者，往往以分地设县为请。中更多故，寝而弗行。大中丞武陵陈公，尝以大参分守兹郡，知设县之不可已。及嘉靖甲申，奉玺书有巡抚之托。会是邑盗起，部落鼓鸣，乃与镇守太监黎公鉴，巡按御史秦公钺、陶公俨谋曰："是由地广人稠，而统之无法，县之增设可容缓乎？"以前议申请于朝，既得允，赐名峡江。公乃与巡按御史徐公岱，以营建之事属诸分守大参方公楷，少参陆公溥，分巡金宪高公贲亨。而又躬亲临莅，相基奠位，定成式授之有司。峡江盖郡中一雄镇也，去古巴丘仅二里许。其地东俯大江，西挹玉笥诸峰，最为壮丽。而城隍之庙，岿然尚存。遂即镇筑城十里，拓巡司故址以为县治，拓驿舍以为学宫。又择其隙地为台院，为分司，为府馆。凡山川、社稷、邑厉诸坛，及仓储、局务、阴阳、医学之属，以序毕举。经始于丙戌之秋九月，讫功于丁亥之春三月。董其役者：实郡守钱君琦，清江令狄君冲，新淦令俞君稷，而新喻令董君寅与相其成。及邑令朱君簠继至，盖亦有图终之力焉。县既鼎新，公谓宜有述以垂久远，复遣邑博李君公达来求予记。

惟天下之事，有弊在于法者，有弊在于人者。弊在于人，则当因地择人，而不可归罪于法。弊在于法，则当因时更法，而不可归罪于人。夫先王之法，体国经野，设官分职，以为民极。其大小繁简，各当其可，盖鲜有不便于民者也。今以一人而统数百里之县，疆域大广，约束为难。山谷桀骜之民，自相雄长，不知有朝廷官府。因循不治，且将如边鄙溪峒之夷，卒未酿乱而胎祸。是盖法之不善，譬诸琴瑟不调，所当改而更张。然则分地设县，诚有不容缓者矣。顾议者弗决，久无成功。盖筑室道旁，欲画肘掣，未有心切民隐，而毅然以为己任者也。陈公子视吾民，既仁且勇，一请不得，必再请而后已。举数百年废坠之典，而成于期岁间。问其材，则出诸公帑，而民不知其费。问其役，则取诸佣直，而民不知其劳。且一时同事诸公，罔弗协谋毕力，以为经久之计。遂能旋斡治机，移易民俗，除一方之患，遗百世之安，可谓兹役为无补耶？自今而后，专意抚字，力行教化，使向治之民守条死要，相安于田里。桴鼓不警，而吠庬无声，则存乎其人矣。《易》所谓"先甲三日，后甲三日"，得非公所以谨始虑终之至意耶？

公名洪谟，字宗禹。在江西剔蠹兴利，惠泽之及人者甚多。兴复县治，盖特其一事云尔。

【校勘记】

（1）微　底本、丛刊本皆作"徵"，据《晋书·束广微传》改。

（2）颔　丛刊本字不清。

（3）明　据文意，疑为"名"之误。

（4）秦　丛刊本字不清。

（5）字希宗　丛刊本字不清。

（6）朽腐蕃　丛刊本字不清。

（7）黜　丛刊本作"点"。

（8）削　丛刊本作"割"。

（9）美而　丛刊本字不清。

（10）源　丛刊本不清。

（11）回　丛刊本作"四"。

（12）幽　底本、丛刊本字皆不清，据文意补。

（13）及　丛刊本字不清。

（14）适　丛刊本字不清。

（15）监　据文意，疑为"鉴"之误。

（16）实　丛刊本字不清。

（17）以　丛刊本作"云"。

（18）而　丛刊本作"以"。

（19）天下之流　丛刊本作"八口之直"。

（20）监　据文意，疑为"鉴"之误。

（21）监　据文意，疑为"鉴"之误。

（22）濂　底本、丛刊本皆作"廉"，据文意及本篇后文改。

（23）侯　底本、丛刊本皆作"侯"，据文意改。

（24）□□□□　底本字不清，丛刊本作四白框。

（25）诚　底本字不清，据丛刊本补。

（26）棲　底本字不清，据丛刊本补。

（27）始士　丛刊本作"妇壬"。

（28）庇　丛刊本作"亦"。

（29）兵还　丛刊本作二白框。

（30）安亦　丛刊本作二白框。

（31）党　丛刊本作一白框。

（32）鞠　据文意，疑为"鞫"之误。

（33）坑　底本字不清，据丛刊本补。

（34）障　底本字不清，据丛刊本补。

（35）材　据文意，疑为"村"之误。

（36）己酉　查明成化无己酉年，据文意，疑为"乙酉"，即成化元年。

（37）举　丛刊本作"誉"。

（38）悖　底本字不清，据丛刊本补。

（39）坏　丛刊本作"环"。

（40）面　据文意，疑为"而"之误。

（41）戴　据文意，疑为"德"之误。

（42）榛　崇祯本作一墨块。

（43）晦庵　丛刊本字不清。

（44）之　底本字不清，丛刊本作一白框，此据文意补。

（45）婺　底本、丛刊本作"婆"，据文意改。

（46）工　崇祯本作"二"。

（47）弼　丛刊本字不清。

（48）掩　丛刊本字不清。

（49）可　丛刊本作"下"。

（50）慰　丛刊本作"若"。

卷 之 九

序 类

送山西布政使司左参议陈君五器序

为西曹郎署之长，其外擢得副按察司之事，用人者若以是为常格焉。岂以其于明刑折[1]狱为独优耶？夫百官之事，各有司存，固当因能而专任之。然顾有才识通明，体兼数器，惟其所用而咸宜者，则又不可拘拘于常格矣。

陈为莆中望族。五器之尊翁、员外郎阇斋先生，及其兄庶吉士五端，从兄提学副使子居，学得于家传世习。五器之素所讲明，有不待于外求者，故其才识器业自异于人。五器初中乙科，尝署掌教事，则能育人材，底成绩。既登甲科，尝出知南乐县事，则能立异政，名荐书。及入为郎属，在户部屡督国储，迁刑部屡听大狱。则人皆以廉能著，[2]盖所谓"惟其所用而咸宜者"。兹由西曹郎署之长，而往参山西布政司之议，用人者之于五器，殆不拘拘于格乎？

嗟呼，天之立君，皆以为民也。治之而争夺息，导之而生养遂，教之而伦理明，三者盖不容一废。故设官分职，虽各有攸司，而皆不可以轻视焉。若刑狱以治其争夺，学校以明其伦理，循行劝课以遂其生养，五器已历试而优为之。然向之所处犹卑，譬则水之在泽，其势不能以旁流而远济也。概之于心，宜有未慊焉者。今地望既尊，统理益广，犹决川灌物，沛然而莫之御。吾见五器之贤声，将由此而益著也。虽然，今吾民方苦群盗攻城邑、剽村落，所在烽起，争夺之患已非刑所能禁。闾左之民，漠然无亲上死长之义，乃或交臂而从之，伦理亦晦而不甚明矣。推原弊端，大都由于生养之未遂。而所以遂其生养者，则在藩牧诸公诚心端己，以倡率守令，讲求利病而行罢之。

闻五器之治南乐，道不拾遗，蝗不入境，此古良吏之事，非诚心端己不能致也。倡率守令，使守令皆若而人，又何患斯民生养之不遂乎？是惟藩牧之体，而亦用人者所以简任贤才之意也。五器行，其同寅孙君德君辈，来征予言以为赠。予于五器，有场屋一日之雅，乃不辞而为之言。

赠弋阳医学训科黄君廷珍序

黄君廷珍，故廉宪石崖公之季子也。幼尝习举子业，濒于成矣。公既即世，廷珍以母老，为人子者不可以不知医也。因弃其所学，留意于轩岐之术，久之若有得焉。顷弋阳医学训科员缺，邑大夫举廷珍可代，上之天官曹。天官曹试可，遂命往即其任。凡吾郡人士[3]之寓京师者，莫不为廷珍喜。予及乡贡进士杨君成之，太学生张天秩，与廷珍有瓜葛，其喜尤深。廷珍将归，二君固以赠言为请，予不能辞也。

惟黄为吾郡著姓，自廉宪公以诗书起家，兄弟子姓接迹仕途。今廷珍又以医进，褒衣危冠，优游乡梓，亦可以为荣矣。况医，仁术也。昔人有言，士达则为良相，不达则为良医。盖以六气外淫，七情中荡，而人之疾生焉。圣人为之医，所以补泄节宣，济其夭札而跻之于仁寿之域也。使医诚得耶，则调燮之功，济人之效，实可与相埒。今一邑之间，有廷珍以为医之领袖，讵非斯人之幸哉？虽然，弗可以易视之。传世不三，不可以为医也；折臂不九，不可以为医也。今通都大郡，精于医者尚难其人，而况于偏州下邑乎？医而不精，则以阴为阳，以阳为阴，实其实而虚其虚者有之矣。廷珍之于医，可不慎哉？《周礼》，医师掌医之政令。凡邦有疾病疕疡者，使医分而治之，岁终稽事制食。十全为上，十失一次之，十失二次之，十失三次之，十失四为下，盖欲人知所慎也。

廷珍归，能勉尽其职，凡一邑之业于医者，必稽其功之上下而劝惩进退之，则人之得[4]济者，皆廷珍之赐。而阴德所钟，必食其报，黄之蕃衍昌大，且将有过于今日者矣。斯言也，亦仁者赠人之义，廷珍毋以为迂而不信也。

送署指挥同知陈君节之守备山阴序

山阴守备员缺，兵部言义勇左卫指挥同知陈君节之可用。诏是之，听以都指挥体统行事。司谏周君子庚素知节之，喜其见用于时，且将树功勋以展才略也。以予与节之有瓜葛，请言为赠。予知节之而为之喜，亦不在周君后，即无请，或不容默，况重以请耶？

节之性颖敏，髫年即知力学。既长，世其官为忠义左卫指挥佥事。弘治甲寅，大司马钧阳马公虑武弁不知将略，请择其子弟之秀异者入武学，以时肄习，而节之与焉。于时节之甫弱冠，能尊师取友，相与探讨，期底于成，以称上意。越五年，遂中武举。升署职，得入团营，为立威营把总。莅训练之务，凡在营十有三年。以廉自励，士皆畏服，大司马华容刘公亦器重之。先帝因山陵之举，改忠义左卫为泰陵卫，其属欲得节之莅卫事。刘公谓教阅尤重，乃留居义勇，仍旧职。顷者，有诏大臣各举将材，而大傅新宁伯谭公首以节之荐。予间与节之论[5]弥盗方略，节之举卜式开仓赈民之事，谓可以收人心、伐盗谋。此亦儒家[6]子或不能悉，而节之乃心存之，诚可谓武弁之杰然者矣。

兹擢也，或者犹为节之不满，岂以山阴僻小而不足为耶？昌黎有言："天下之患，莫大于不足，而才力不足者次之。不足为者，敌至而不知备。材不足者，先事而思，其于患也，有间矣。"然则节之之自处，将安所择耶？况臣子之于王事，无险易，无大小，无轻重，惟其所在则尽力焉。盖事无常势，以为易也，而或险；以为小也，而或大；以为轻也，而或重。燕之攻齐，既已下其七十余城，则惴惴即墨，若不足下矣。然田单守即墨，卒不能下，七十余城皆复为齐。[7]此昌黎所以谓"守备在得人"，而"不足为"一言，天下之大患者也。近日山东之事可鉴矣。小邑得人，则城池如金汤，而贼不敢犯。大郡非人，则开门延敌，而卒以歼焉。节之慎哉，慎毋以山阴僻小而不足为也。

双节诗后序

信之境，山奇而峻，水清而驶。而人生其间也，亦或肖之，顾不能摧戢蕴藉，以就夫浑厚和平之气耳。亦宜有以使之也。然其矜严尅励，以志节相高，乡有其俗，而人安其习，则又有足多者矣。

葛源在郡治西北数十里，其山水清奇，尤为予所赏爱。予虽未即其地，跂而望之，意必有高洁不凡之士，钟其灵秀而出于其间，以显名于当世。既而得今夏官主事郑君毅，见其笃志好修，卓卓朋侪中，固已心异之。然忧患相仍，不见君者久矣。顷至南都，君持其所集《双节诗》见示。予读之，知君之贤盖有所本，而葛源之灵秀，不独士君子钟之，虽妇人女子亦无愧于览结之名胜也。

"双节"者，祝为姑，归孔贯甫，年仅二十有六而嫠，孤一曰麒，于时才六岁。刘为妇，归麒，年三十有二而嫠，孤一曰润，于时才十岁。郑氏一脉之微，至麒与润，岌岌乎殆甚矣。赖二母辛勤鞠养，几绝而续。润今且六十，以毅封贵，而毅之才猷德器，可以远到无疑。二母之有功于郑氏，何其大哉！夫抗志抱节，在士君子犹以为难。故当流离颠沛之秋，往往丧心失守，蒙诟而贻笑。况于瓦弄阒观，无境外之志者，乃能卓然有立，矍然不缁，与峻岭清流争高斗洁于覆载之间，盖甚难矣。而况姑始之，妇终之，挺乎贞松劲柏之并耸，炯乎坚冰美玉之交辉，求之叔季颓靡之余，尤不易得也。是不足以见乡邦习俗之美耶？

昔游女有难犯之贞，共姜守靡他之誓，皆见于《国风》。盖人伦之大，王化之端，有不可泯焉者。然则诸公之作萃于兹集，固秉彝好德、不容已之良心，而其有关于世教也大矣。予况乡郡，于是可无言乎？因书以为《双节诗后序》。

送湖州府推官俞君显之序

永丰俞君显之，与予生同郡，举于乡同年，情好甚笃也。累上春官不利，今兹始授湖州府推官以行。

予贺曰："大郡得良有司。"君逊谢曰："某，凡品也。佐兹大郡，不敢不勉焉，以求无负于明天子、贤公卿择人任事之意。虽然，窃有憾焉。今之用人也，甚拘崇库显晦，率循其始进之资。某既摈于贤科，其途甚隘。虽心之克尽，亦岂能凌厉霄汉，而副其初志也耶？”

予因谓之曰：“君之族在国初有为都御史、而受知于高皇帝者矣。其人实起草莱，固非由科目出也。特以其操履之正，材器之优，遂陟显融、树功业，载之简册，播之乡邦，至于今不衰。君可画于常调，而怀苟且之念乎？矧今上明习政体，总揽权纲，方留神于群吏之治。而冢宰马公又能因时用法，以望权资，自下位而超迁者往往有之。盖以振士气而作人心，运治机而弘化理，其道固宜尔也。君兹行，惟其画而怠焉，弗尽其心则已矣；苟能不画而怠，吾见其进未可量也。君之职主于听狱，狱始于有所争，争始于有所欲也。有所欲者，其是非曲直不能自辩，故求明决者而听之。而听之者非一无所欲，其明与决必有时而不能用，欲任之称，亦难矣。而湖实大郡，物丰民阜，趋欲而群争者，视他或相倍蓰。君之心尤不可以不尽也。尽其心能举其职，斯可以获乎上而治乎民。歌誉之著闻，官资之崇显，莫不自我致之。所谓勤于职事，乃所以求知，非欺我也。若其心既尽，职既举，而人不我知；宜歌而谤兴，宜誉而毁至，此其责盖有所在，吾可以无与焉。亦何憾哉？昔程淳公之为令也，以‘视民如伤’四字揭诸座隅。范文正公之为司理参军也，日抱具狱与守争是非，未尝少挠。持二公之心，虽天下之刑可理也；而施之州县之间，亦无毫发之不尽，君于是乎可以得师矣。矧出遭盛时，吏课明而贤路广。君行矣，惟心之不尽、职之不举焉是惧，又何憾哉？”

君矍然起谢曰：“非年家契分之厚，不如是之拳拳也。其愿勉之。”予遂次第其语，以为君赠。

寿封翰林编修栗斋先生罗公七十诗序

封翰林编修栗斋先生泰和罗公，以丙寅夏四月初吉寿七十。中朝大夫士作诗贺之，从其季膳部主事钦忠允恕之请也。

公尝为国子助教，其长子允升既及第，入翰林，遂致其事而归，时公年仅六十。后数岁，其仲允迪及允恕复同年登进士第。公里居家食，养无所托，允升乃出翰林，往为南京国子司业，因迎公就禄于官，而允迪且为两浙转运之倅。公往来其间，游观极湖山之胜，甘旨享水陆之珍，自他人处之，亦甚乐矣。然公之心拳拳以奉先恤族为务，其就养也，桑梓之念未尝少忘。今年春，司业君乃疏请扶杖而还，当公悬弧之旦，获称觞膝下以为寿。而运倅官所去庭闱亦仅千里，起居之间可以时通。独膳部廖京师，南望孤云，尤切旦暮。于是往干能者，作为此诗，将寓归以致其祝愿之意。间持以示予，欲一言冠其端。

予与司业君在史馆为同官，契谊甚厚，而运倅及膳部又辱有场屋斯文之雅，于公之祝，乌能忘言哉？既诺膳部，取诗而观之，其题皆传记所录神仙之事。如曰华阳巾，曰灵寿杖，曰鹤翎扇，曰鹿皮冠，则仙家被服也。曰安期枣，曰韩终李，曰玄鹿脯，曰青精饭，曰麻姑酒，曰王母桃，则仙家之食饮也。曰钟山芝，曰甘谷菊，曰金茎露，曰石髓泥，则仙家之方饵也。膳部岂不知神仙之说，渺茫荒忽而不足尽信哉？况公以居泽之儒，标登瀛之号，而无上界官府之烦，安闲荣名[8]实兼有之。使世外果有神仙，未必能拟公之乐也。第自周末以来，其术已蔓延于天下，士大夫往往喜语巫访，冀遇其真，亦惟尊生而自爱焉耳。人子于其所生，爱之尤切，则膳部于公，又乌能不托是以致其祝愿之私耶？

夫早服重积之道，以静为本，即吾儒所谓仁者静而寿之意也。公为人孝友慈惠，其引年又在未老之日，性尚恬淡，世味一切，泊然不以累心，非所谓仁而静者欤？今兹之寿，固非偶然而致者矣。

闻公步趋尚健，聪明未衰，终日手一卷不释。兴寄所到，发为文词，犹欲与少壮者角其才力。遇乐境，挟亲友登览吟啸，不以倦辞，此上寿之征也。司业君文行高古，望负台鼎。运倅及膳部，贤声宦绩，皆蔼然有闻。荣名盛福之集于公者，殆不可以一二数。谓神仙不足以拟公之乐，殆非夸诞之语矣。诸诗之意，大抵因题致祝，而于此未及焉。予故推广之，以为公寿。

送长芦运使邢君时望序

盐课仰以给边，苟其法常通而无弊，即有缓急，可以纾吾民飞挽之劳，而消意外难防之患。其在古，则刘晏足国之功不可诬也。然今之弊也甚矣。先皇帝励精庶政，亟□[9]厘而正之，故□□[10]上即位之初，以其意载诸诏令，虽贵臣尝被横赐者，悉夺其引目，宁偿□[11]大农之价。议者又虑夫隐利宿蠹未能旁搜而尽剔[12]也，请遣大臣持宪节分行南北，咨访而革之，可谓[13]重矣。予以为弊端未易卒除，而使者不能岁遣。曷若精择盐司，如刘晏所谓"通敏廉勤之士"，重其任而责其成焉。则勾检出纳之间，自不至背公鬻法。牢盆之课，何患其复亏？入中之利，何患其复壅也？

顷长芦运使缺，吏部疏用武库郎中邢君时望补之。君在郎署以通敏廉勤闻，是诚得其人矣。而谈者犹拘拘于年资地望，疑君未能意满。殆未尝深察用人者之意，而亦非君子用世之心也。夫苟为官择人，则虽筦库之微，犹不可以非才处之，而况运使实盐官之长乎？苟有意于安边足用，则虽法令修明、财货充美之时，犹必求奉公忧国之吏焉。而况当敝政废弛之余，所赖以举偏救弊，尤不可以不慎乎？才如邢君，其自待宜不在晏下。乃今居晏之任，亦可以行其用世之志矣。异时建明树立，果与晏同，使当时赖之，后世称之，则区区荣次，何足芥蒂于其间耶？虽然，处腴者每嫌于自润，近腻者常恐其易污。在我处之，惟确乎其不可拔。宁严无弛，宁激无随。而后昔之弊庶乎可革，今之利庶乎可兴，不然未见其能济也。

君将行，其僚友李君承裕来徵予言。予与君为同年友，故以是赠之，而无所讳焉。

送乐君鸣殷令宣城序

鸣殷之志不凡，而其才则初试于宣城也。人之才因事乃见，而予于鸣殷之往，必其为良吏无疑，则以其志知之也。鸣殷天资颖敏，能日记数千言。其少也，困于贫寒，无以为游学之资。年近弱冠，始从其从父潘之来京师，受业于太史濮君和仲。

太史，予妻之兄也。岁乙卯，予复至京师，太史为予言鸣殷敏[14]而好学，其志甚笃。使其不怠，当必以博雅有闻，于一第若芥拾而无难者。不数年，鸣殷遂成进士，如所期，在乐氏可谓亢宗之贤子弟矣。而其向往甚正，行义甚高。太史之捐馆也，鸣殷服心丧甚戚，不远数千里，自临川趋姑熟，拜其墓，慰其老母、孤儿，历数旬而不去。盖弟子之于师，能笃终始之谊，而不以存亡异态，如吾鸣殷者，亦流俗之所仅有也。

仕常为身择利，往往以州县为徒劳。鸣殷念其亲春秋既高，则惟禄养之急，甫释褐，[15]将以情乞为学职，庶几致一日之养以为亲娱。[16]今兹之行，安舆就禄，于计甚便。察其意甚乐，喜溢眉宇，与一岁九迁类。视彼志于速化、将乎外以为亲荣者，其诚伪何如哉？《传》曰："民生于三，事之如一：父生之，师教之，君食之。非父不生，非食不长，非教不知。生之族也，故一事之。"鸣殷于其生之、教之者，既能以诚报之矣。则其于忠事吾君也，宜终身之，而况于筮仕乎？虽大且重者，将优为之，而况于一邑乎？

盖仕非无才之病，惟志之病。有其才，而志不足以帅之者，有之矣。未有有其志而无其才者也。鸣殷之所持循树立，不苟如是，非所谓有志者欤？然则食吾君之禄而怠于其职，牧吾君之民而掊且毒之；早作夜思，惟贵与富之为图，而不克自拔于流俗，虽忝所生、诚负所学，而莫之愧焉。即好名畏法者，犹知所择，而谓有志者为之乎？此予于鸣殷之往，逆知其为良吏无疑也。鸣殷尚益坚所志，斯其才亦随以廓，而其利于人也，将益弘矣。

送何君一元知富川县序

予性疏慵，苦酬应。一日自史局归，将入门，豫戒从者勿通刺谒，冀静坐片饷，以少祛俗虑。而乐安何君一元，已张拱候于门内。予肃之以入，□之□而之，以书[17]发而读之。其言文甚，殊不类其貌也；其志壮甚，殊不类其年也。

《传》谓孔子取人，犹失于子羽；而叔向之于籫蔑，必以其言知之，岂虚乎哉？其后侍御陈公崇之与予邂近，又亟称君之文行，曰："君久困于有司，而其事亲甚孝。居丧在垩室，不御酒肉，皆如礼无违。"公，予同年友也，尝长君乡邑，知君为深，则君固非空言无实之士矣。盖君之先以儒业相禅，代不乏人。在宋有讳时、字了翁者，与文信公别[18]第进士，勤王之举，实从公；崎岖兵间，濒九死而不悔。在元有讳中、字大虚者，以请[19]父尝为宋士，耻臣异代；而其学弘深该博，为吴文正、揭文安、元明善、袁伯长诸公所推服。其忠贞高尚之迹，载之史传，耿耿不磨。君之志不以迟暮而衰，岂汲汲于名者哉？殆欲仰继家声，不愧为忠臣高士之后耳。

顷者君拜富川令，就予告别，因恳请一言为赠。且曰："纯之先托交名钜，皆辱赐之文词，具在家乘。先生毋纯弃也。"顾予学殖荒疏，愧无以副君之请。况君笃于孝行，而念念不忘其先，则必能移之以为忠，推之以为政，而何俟于予言之赠耶？虽然，予尝以中外之官，自公卿以至百执事者，不可以轻授也，而县令为尤重。百官之职，非其人皆未易以称也，而县[20]令为尤难。夫民为邦本，所谓心之体，舟之水，存亡载溺，胥此焉系而不可以忽焉。为之父兄师保，而与之最亲，使之乐生兴事，而无叹息愁恨之声者，令之责也。是不亦重乎？下之察我者详，而上之临我者众。名办集，或于民有刻核之怨；先爱利，或于公有懦缓之讥。是不亦难乎？奈何世之类以为轻且易，而莫之恤也。故少壮者耻于徒劳，则骤迁数易，虽有及民之惠，而未必究其所施。衰迟者自分其途之隘，又往往画而怠焉。如昔人所谓求其贵而不得，则为富之图者亦有矣。

嗟乎，士之幼而学也，靳以见用于当时，而垂声于后世，不徒泯而已矣。如了翁，生当叔代，犹欲勤瘁国难，以为不朽图。[21]而况遭际盛时，天子授以亲民之职，士君子以为至重而难称者。苟其民宜之，而职以称闻，可与古之良吏并，则虽三旌之贵无以易之，而区区之富，又奚足言耶？史氏之法，于良吏必书，君尚勉之哉。予能为君执笔，用附于君家二传之后，夫然后君之孝尤足称矣。君尚勉之哉。

乘骢拜庆序

侍御丰城熊君士选，奉上命出按广东，谓宏有乡曲斯文之雅，将行，过而告曰："吾父封御史介轩先生，及吾母彭孺人，寿皆望七，而吾世父毅轩先生已逾七而望八矣。兹行道出吾里，获登世和堂奉觞上寿，喜慰之极，有不能自言者。幸假辞以发其情，岂惟一时樽俎之华，将熊氏家声之不泯，于是乎有赖焉。"

盖士选以弘治乙卯领乡荐、上春官，明年丙辰遂登进士。由是出宰平湖，又数年用荐入台。计自始别膝下至于今，已余一纪。窃意慈颜入念，匪朝伊夕，即梦寐亦不能忘。特委质公家，义不容顾其私耳。衣绣乘骢，奉使而还，不必回车取道，得拜庆于堂下，诚人生之至荣，人子之至乐也。

予因问"世和"之所以名，又知两先生友于甚笃。毅轩之于士选，抚而教之，与己子同。后以食指渐繁，议将异爨，则曰："吾弟之子能力学以亢吾宗，宜有以资其费也。"介轩曰："吾家之裕，吾兄之力居多焉，宜有以报其劳也。"凡资与产，以义固让，是在世俗所难能而仅见者。《斯干》咏子孙之盛，必始于兄弟之相好。《棠棣》谓妻帑之乐，必归于兄弟之既翕。然则士选之履亨途，享荣名，固两先生和气之所酝酿，乃克致之。而今日之归，非两先生之令德，寿岂亦奚足以为乐耶？在汉，万石君家以孝谨闻。其子庆相齐，齐国慕之，不言而大治。史氏纪之，以为美谈。在唐，狄文惠公尽心用事，功存社稷。君子谓虞渊[22]取日，实瞻云一念之所推。盖忠与孝，常相为用，未有[23]孝弟行于家，而不能尽忠于国者也。士选为人淳口，[24]仁厚廉让，守其家范而不渝。虽道路奔走之间，难口[25]屺瞻依之念，则于扬名显亲，宜终身以之。而其事口[26]之著于天下、于后世，可追逐古人而与之并，无难矣。况行修于己，夫人可以勉而能之。庆出于天，其得与否，盖有不可必者。

宏之先世父少参公，所以爱宏，犹毅轩也。先少卿之所以事兄，犹[27]介轩也。而宏欲如士选今日之归，则已矣乎而莫能[28]遂矣。用是益知士选之荣、之乐为可慕也。士选归，以予言为两先生寿。而先生必呼酒尽欢，以予言几为得其心。若谓是足以张熊氏之家声，则予岂敢。

送吉安太守任君象之序

均之为守，顾郡有大小剧易，而治之异，宜其大而剧者，恒难其人。以其地望之高，非才望之优者弗能称也。

吉安统县惟九，环地二千里，在吾乡为大郡。志称"君子秀而文，小人险而健"。大率民风士俗，好刚负气，耻出人后。士自游乡之校，已能嚣嚣然议政事之得失。闾阎细民，于法比条贯，类知诵习，轻重出入之际，虽老吏或不能欺。故其贤而仕者，往往危言激论，剀[29]切当世，以孤忠直节称重于天下。然豪宗右族，喜争好胜，互相哗讦，宁破家荡产而弗恤。狱讼之多，文移之冗，亦他郡所无。其为剧，而其难理可知矣。而当道顷以属任君象之，非以其才望之优邪？

君尝入读秘书，以文学有声馆阁。出为宪职，数月即能吐直辞以振颓纲，排异教，风裁凛然，虽坐是不容，未尝悔沮。历两县一州，乃守石阡，所在以治行闻。儒术吏事，君实兼而有之，故命下之日，吉之人士莫不以得君为贺。而殿读徐君舜和，侍御萧君升荣，复来督予言，以赠其行。

予幸与君为同年进士，即从君处文墨之地，而于民事、吏责，百不能一二识，世类以儒腐视之，兹将何以为君赠哉？顾尝读史汉《循吏传》，窃以为迁、固之所以名吏为"循"者，盖深惩俗吏专尚严酷以为能，而不知德教礼让可以化民而善俗也。吾何以知其然？当汉之时，颍川多豪强，号为难治。国家尝为选良二千石，赵广汉、黄霸，皆颍川守也。广汉患其俗多朋党，故构会吏民，令相告讦一切，以为聪明。虽奸党散落，威名流闻，而颍川之俗遂多仇怨。及霸代之，力行教化而后诛伐。由是百姓兴于行谊，至于田者让畔，道不拾遗，狱或八年亡重罪囚，治为于下第一。自汉兴，言循吏以霸为首，而广汉不与焉。兹非所谓奉职循理亦可以为治，何必威严之明效耶？

今之吉郡，犹汉之颍川也。先是，尝有效广汉之所为，而立威名以媒进取者矣。然终有愧于胜残去杀之道，而民未必有去后之思也。如霸者有望于君，君固优为之而无所让焉。圣明在上，留意吏治，安知凤凰神爵，不复见于螺川之境邪？若夫采舆人之诵，以续循吏之传，则固舜和职也，予亦不得而辞。

送推官萧君若愚赴重庆府序

甲子之秋，予忝主应天试事，得若愚之文读之，喜其浓郁赡丽，演迤汪洋。如入京、洛，行名园，奇葩异卉，光滟夺目。如观春溪之涨，奔流赴壑，其势沛然而莫之御。因置之前列，决其为魁士无疑也。及开卷题名，监试提调诸公，贺得人如出一口。闱棘既散，见台省诸老先生，贺亦如之。明年，若愚试礼部，其文复在高等。予于是亦自贺鉴识未为甚缪，盖不但为若愚喜也。

比者若愚授重庆府推官，诣予告别，遂作而请曰："世贤向也知诵诗书、弄笔墨，以为文辞而已，民情、政体未⁽³⁰⁾之习也，今兹筮仕大郡，惴惴焉不免于子产之讥是惧，先生果何以厮我乎？"予叨职文字，于民情、政体非所素练，愧无以为若愚告。然尝闻仕之于学，事虽异而理则同，穷经固将以致用也。且古之工文辞者，莫如韩、柳、欧、苏数君子，其装缀割裂，儒者亦当病之。然考其剽历，⁽³¹⁾设施精密卓伟，有吏师所不能及者。惟其平生所学，靳于有用，非特为声华利禄计也。若愚果有志焉，取向者所读之书，体之于身，试之于事，必求不背于古人之绳尺，则考据之博，正所以为设施之资；藻缋之奇，亦足以为缘饰之具，而又何事于他求哉？

抑若愚之所专理者，一郡之刑狱也。刑狱之理，于庶政为最难。非威不足以折刚险之气，非明不足以照奸欺之情，而廉公又其本也。以魏献子之贤，而梗阳之狱诱于重赂，非阎没、女宽之善讽，几以贿丧其名。以君陈之孝友施于为政，宜若无可恨者，而成王之训命，犹谆谆以私徇为戒。盖非廉，则威必有所不行；非公，则明必有所不烛。治狱之道，固莫有切于此者矣。才如若愚，其树立造诣可远可大，于佐郡乎何有，而亦奚俟于予言？然其请不可虚辱也，故以是渎告之。

龙山陈氏谱序

陈氏谱以龙山名，厥惟旧矣。其在临海，则今侍御公崇之，因从父克斋先生之旧而续焉。克斋先生，因曾大父钝静府君之旧而续焉。

由临海之派，上溯于东陈，⁽³²⁾自源而委，几世几人。仕不仕必书，娶某氏必书，享年几必书，卒日、葬地必⁽³³⁾书，嘉言善行必书。呜呼！可谓备矣。家临海者，宗将仕中八府君，以其由仙居而始迁也。家皤滩者，宗左辅府君之次子某，以其由永康而始迁也。家龙山者，宗百二府君之后某，以其由东阳而始迁也。而皆以百二府君为祖焉。支分本一，合之而无遗，拆之而不乱，衍之而无穷，盖仿眉山太宗谱法。呜呼！可谓善矣。其世世传宝之，又必切于谱者，姑存之为别录。呜呼！其于疑信之传，可谓谨矣。

合临海、仙居、永康三邑之族，食指逾万。虽贫富靡齐，而咸知务学好礼，力本勤生，以逐末执艺为耻。虽服属已尽，而岁时庆吊之礼犹相往来，不敢视为途人。且儒绅仕版，代不乏材。其最显、能亢其宗者，在宋则百二府君，为通政；左辅府君为国子司业，文与行重于当时。在元则将士[34]之长子和斋，为上蔡书院山长。在[35]国朝，则克斋先生，继其考勿斋公，俱左布政使。论世者谓勿斋乱而敬，克斋简而廉，皆一代之伟人也。侍御公又能世其家学，所存不苟，所至未可量。呜呼！可谓盛矣。先生与侍御公盖欲保其盛也，故于谱不敢缓焉。而"思孝敬，图显永"二语，实冠诸篇端。恤贫供祀之庄，又以义立斯谱也，岂徒以地望相高者哉？

夫族以氏别，氏有伯仲，歌斯哭斯，势不能久聚也。渐远渐分，则丰约异享，富贵异处。至于相忌相笑，相戕相靡者，或不免焉。惟念其本一也，则于所当爱者自不能疏，其所当尊者自不敢慢，其所当收者自不忍其无所归。先生所谓"思孝敬"者，此也。况夫族之大，由于多贤。而家有余庆，非积善不能致。万石君孝谨之风衰，史氏以为贬。李相昉，子孙能世守其家法，谈者侈之。先生所谓"图显永"者，此也。呜呼！陈氏之子孙，凡通是谱者，尚思所以保其盛哉。

予忝侍御公同年进士，有子孙世讲之好焉，故承命而为之序。

礼科给事中韩愚夫尊翁寿序

封礼科给事中、前苑马录事兹阳[36]韩公，生于我太宗文皇帝之二十有一年，于是岁在癸丑；至今皇帝之十有七年，岁在甲子，盖八十有二年矣。黄小焉于永乐、洪熙，中丁焉[37]于宣德、正统，壮且强焉于景泰、天顺，艾焉且耆焉、老焉于成化、弘[38]治之间。计其生平所历，耳目所闻见，盛衰得失不知几何。而俦侣之鬐并弁合，至于今尚无恙者，不知其复有几也？况有子实贤而贵：长愚夫，以庚戌进士拜礼科给事中，今为户科都给事中，公所从寿封者也；仲文博，与予同登丁未进士，由鄞令擢为御史。前鸿后雁，并处华近，凝然负远致之望。其季历，亦相继禄仕于京。公优游宦邸，就其荣养，视陆贾击鲜之约，盖有间矣。而舍浣涤，犹石家之建、庆也。宾廷序立，犹陈氏之尧叟、尧佐、尧咨也。虽在古，其难哉，而况于今乎？况于俦侣乎？

六月初吉，为公初度之辰。在谏垣与愚夫同官者，之公贺焉。在台端与文博同官者，之公贺焉。在朝著与二君为同年、为同乡者，之公贺焉。公以乌纱白发主初筵而引寿斝，怡愉婆娑，可图可颂，不知人世之福，复何以加乎此也？

予观之，世有笃义方之教成其子者矣，而或不克享其荣；知服饵之术以引其年者矣，而或不克延其寿。有子矣，有年矣，幸逮其养矣，而未必台谏入于一门且膝下也。岂天所以赋授于公，固偏厚之耶？抑公生长太平，钟敦庞粹美之气，独异于人耶？抑赖吾君建其有极，敛福锡民，而休征所感，见诸人瑞固有然耶？然非公德器深厚，足以迓续而[39]膺受之，亦岂能臻兹盛哉？

姚江邵君文盛，罗山刘君东之，临川王君资博，又皆同年也，先贺期来征予言，以助公父子之喜。予非能文者，然谊不可已也，于是乎书。

送山东布使司参政倪君舜薰序

古者卿牧相承，以致阜成兆民之治。牧虽远处外服，而职任之重略与卿等。舜之咨牧，实在分命九官之先。盖天之立君，所以为民也，牧乃为君养民之官，其重可知矣。今诸藩之布政使，即古所谓州牧。而其亚为参政，参政之秩虽稍卑，职任之重亦与使等。仕而至此，一再迁遂可为卿之佐，非中外之资深望著者，固不可以骤得而轻畀也。

乃者觐礼既毕，诸藩多缺员，吏部择可补者列名上荐，而都水郎中上元倪君舜薰，拜山东布政司参政。舜薰以成化丁未中进士甲科，选入翰林为庶吉士，得益读中秘书以充其学识。出为工部主事，克勤职务，再进至郎署之长。今已历官二十年，其资不为不深，而才望在人者久矣。矧以宗伯文僖公为之父，冢宰文毅公为之兄。台阁之仪章，国家之典故，又素所练习焉者。故是擢也，谈者有得人之称。而予辈与舜薰同年者，又喜其柄用之有渐也。舜薰行，地官史君文鉴，考功杨君名父，来就予谋所以为赠者。惟文僖、文毅两公为翰长，天下号称文章家，而舜薰亦尝掉鞅文苑，予将何以为赠哉？然予起自田亩，习知民事，万有一焉可以裨舜薰之闻见者。

顷还位著，仰见圣天子延访听纳，拳拳焉惠爱黎元，可谓千载一遇。则又深为天下喜贺。而欲舜薰上体德意，广布之于穷檐蔀屋之下，于以称承宣之任而无负也。夫今之天下号为治平，户口之盛，汉、唐所不及，然民间之疲弊亦甚多矣。粟米布缕力役，既有常征，而无名之税，不时之需，又纷然杂出乎其间。闾里小民，虽丰岁已无儋石之储，而州郡吏兵之廪，亦或不继。惟其无水旱之厄、夷狄盗贼之扰，上下相欺，犹可以苟安而无恐也。此皆为君养民者，所当夙夜深忧而预为之计。况山东密迩畿辅，西北边馕于此乎仰给，东南岁运于此乎取道，实天下喉襟最要地，尤有不可忽焉者也。除贪刻之害，讲储蓄之利，省无益之文移。因其官而思大舜"惇德允元"之训，因其地而守孔子"节用爱人"之语。则表率端，而多称职之吏；惠泽溥，而多安业之民。承宣之任乃克无负，吾之所望于舜薰者，如此而已。由是副士望，结主知，由岳牧而渐进乎六卿，安知不得继文僖、文毅之芳躅耶？

送四川按察司副使杨君志道序

故少宰文懿杨公，处禁近论思之地四十年，其道德师表海内，而学以六经为本。尝语学者谓"文章不本于经，为无用之文章；政事不本于经，为无用之政事"。故其子弟群从继公而起者，若今少宰碧川先生，廷尉贞庵先生，大参君维德，太守君志仁。其文学之渊懿，宦绩之奇伟，卓然为名卿[40]才大夫，皆无愧于公之家学。缙绅间论族望之华者，必以四明杨氏为首焉。

志道，则公之季子也。往游太学时，大司成丘文庄公，少司成补庵费公，见其文，深器重之，而予亦与赏识之末。自是辱交志道，又因志道而知今侍御金君惟深，三人者气味既投，遂相与为丽泽之会。予每过志道，与之上下，其议论真所谓虚而往、实而归者。盖志道既精于《易》，而于《诗》《书》、三《礼》、三《传》，类能含咀其英华，采剥其膏实焉。其渐于家学者深矣。后二年为成化丁未，予三人俱成进士，为同年。予忝载史笔，处碧川馆末，获受文懿公之教。而志道乃屈为司寇之属，予甚愧之。然[41]予徒污玉署、窃餐钱，于时事无毫发之补。每诵《伐檀》之诗，不觉背汗之流浃也。

志道自主事进员外郎，又进郎中，所历江西、广东二部皆剧地，而广东部兼统禁卫，理之尤难。志道于听讼处当，必核情丽法，讫于威福，人无冤呼。大司寇更数公，皆贤志道，凡章奏必志道看详乃上。议者以奇请他比，猥琐不可行，属志道刊定，布之天下。得非台阁故事，非黄琼不能练习；而用儒饰吏，实倪宽、董仲舒之所优为耶？志道在郎署已久，由是而超迁卿寺之佐者，往往有之，志道无容心焉。于是用荐出副四川臬事，拜命之日，予方有事于南，迨报使而北，则志道西征之轫发矣。闻之金君，志道乃有意于予言。夫以志道文章，予素所推服，而其政事之精练，又予所能窥，固无以为志道赠也。

抑予尝读《易》，窃观《噬嗑》，取用刑为义之象矣。圣人之心，以为成天下之治者，必始于合天下之情；合天下之情者，必始于去天下之间，而去间则在于刑狱之用也。以今观之，朝廷之德泽欲流于四方，有贪吏猾胥为之间焉，则壅而不流矣。闾里之冤抑欲达于州郡，有强宗豪右为之间焉，则蔽而不达矣。用刑去间，以合天下之情，在内服则司寇是已，在外服非监司之责欤？志道初为主事于江西部也，其所噬殆六二之肤。及其郎中于广东部也，其所噬则六三之腊、九四之胏矣。兹行，则其易者可知矣。虽然，于胏固利于艰贞而后吉，于乾肉亦必贞厉乃无咎焉。圣人之戒，不以居尊而遽弛也。志道深于《易》者，于予言其有取乎？若夫位望之崇，如木升鸿渐。以大震其家声，以益享文懿公未食之报，在志道有不必言者矣。

送云南按察司副使王君博资序

圣天子临御既久，图治益勤，中外大吏必择才且贤者用之，庶几克称任使，以辅成天下之化。迩者方岳群有司率职入觐，吏部奉诏考核，有所黜焉；复荐廷臣之可用者往补其缺。于是王君某自监察御史擢提刑按察司副使，而其地则云南也。

云南去京师万里，古为夷邦。至于今列郡尚多瓣[42]发雕题之俗。其西南陲与吐蕃、交趾诸种落犬牙错入，而北抵川、贵，东接广西。大抵皆蛮獠溪峒，喜人怒兽，叛易而服不常。顷年来，辄以变告，故仕者未尝肯择是而往。矧其地黄金、白银、江珠、井实、象齿、犀突、驯禽、义雀、宾㠔、火齐、旄毡、班𦇖诸珍异之[43]货，名于天下。在汉已有居官者富及累世之讥，故好修恶浼者又不乐往焉。

君素励冰蘖贪泉之咏，可以自信不疑，而士大夫独疑君不能无远去之憾。君掀髯而笑曰："有是哉。如仕者必择地而居，则遐方僻壤将举而弃之，何以昭治朝服远之功，而溥王者同仁之泽也？某无似，特临川一布衣耳，遭时释褐，仅二十年已荷金绯之宠。且以平蛮积阀，其俸入视常秩有加。方惴惴焉以未知所报为惧，而奚远近之择哉？"君同台黎君乾兆，及奉常周礼，闻语壮之，以为予告。予曰："王君诚贤矣。然当国者为地择人，而处君于远，则未能无意也。盖古今天下之为治者，期于吏称民安而止耳。吏不能皆称也，民不能皆安也，其污其洁，其戚其休，皆吾君、吾相所欲周知而熟察焉者。而旌纩所蔽，歌谤罕闻，刺举兴革之权，实于监司乎寄之。况乎岭徼之外，荒忽之区，势又不能以远及，而于监司之择，其何可以不慎？则王君之膺是荐，可徒以循资旅进视之乎？"

君初为令在大县，擢御史两按重地。县令之于泽民，职甚亲也，而有德于其民。御史之于按吏，权甚重也，而无愧于其吏。所谓才且贤而可用者，君真其人也。而所存复异流俗，又能不择地而安。如此则轺车所历，吏畏民怀，张乔、贾琮殆不得专美于汉，而九重无南顾之忧必矣。是故可为远人贺也。

既而君将行，秋官黄君汝寅，大理刘君主信，大行人吴君宿威，相率来征予言为君赠。盖诸君皆君同乡，而予实同年也。谊不可辞，遂书以赠之。

送太守张君济民之潮州府序

今天下为郡百五十，其守必进士起家，鲜或由他途以进者。即有之，不能十一也。士登甲科以来，必敦历中外，久之，以才贤著闻，而后乃与兹擢。故或由谏垣，或由台察，或由六曹郎署之长。计其资序，多至二十[44]余年，鲜或以资浅而超迁者。即有之，不能十一也。盖以守之事任为甚重，而其选用不容不重耳。

夫今之为君牧民者，由守而上有监司焉，由守而下有县令焉。县令虽有欲为之志，然其所处者卑，而无遂事之权，事之可与否，系乎其上。上之人有制焉者，莫得而专也。监司虽有可为之权，然其所统者广，而非亲民之职，令之行与否系乎其下。下之人有欺焉者，莫得而知也。惟守处其中，泽可以究乎下，情可以通乎上；上不能抑，而下不能欺者。[45]汉宣帝所谓"平政理讼，使民安其田里而无叹息愁恨之声，独良二千石能之。"信哉斯言，可谓深知其重者矣。然则今之选用，何可以非其人而轻畀之哉？

潮为广左雄郡，顷缺守，吏部请以姚江张君济民补之。济民，丁未进士也，初为仪制主事，寻改驾部，再陟至[46]郎中，在曹属已二十年。而其望与资称，故得与古灵之稿。谈者知济民兹往，可以副重任而无愧矣。而吾侪同年，于济民犹不能忘言者，则以仁者之赠，在汎爱且不斯焉。矧有弟兄手足之情者耶？

始予读《汉书·循吏传》，见其所载者仅六人。蜀则文翁，胶东则王成，颍川则黄霸，渤海则龚[47]遂，北海则朱邑，南阳则召信臣。皆郡守也。盖不能无疑焉，岂吏必守郡，而后可以"循"名乎？既而渐谙时务，得其故如前所云。乃知孟坚所录，深有感于宣帝之言。而欲天下民生之各安其业，非守得其人，信不易致也。其后忝在史氏，每幸百五十郡之守有治行卓卓如六人者，当特笔大书，以增汗简之重。而其人顾不可多得焉，则又窃疑上之人所以综核而勉励之者，或未尽如宣帝之时也。惟今上临御既久，励精政事。二三大臣又能仰体圣意，选用贤良以为天下生灵计，转移感动之间，将必有翘然而起，以蹑古人之芳躅者矣。嗟呼，百五十郡之民，予固愿其举安。而百五十郡之守，予固愿其皆循吏也。然使有如六人者，果出于予之同年，则又区区之私愿焉。济民其懋之哉。

送大参翁君应乾之任广东序

国家设三司以总治于外，其专职民事者，布政也。训迪之初，且以承宣冠之，岂非欲其仰承德泽，而宣播于黎庶乎？王者为天牧民，其德如雨露之涵濡。必匹夫匹妇各得其所，而后其责始塞，其心始慊。然辇毂之下，耳目逮焉，奉行者苟非其人，犹未能保其无所壅淤，况远在万里之外，欲泽之下究，于势尤难。然则承宣之任，又乌可不慎择其人哉？

顷广东参政员缺，吏部请以精膳郎中余姚翁君应乾往补之。广东在岭之南，去京师几万里。连山阴限而钜海阳敌，其间民夷杂居，而海岛诸蕃又环境而内向。不幸抚之非人，则梗化干纪，呼号和应，至贻当宁南顾之忧。如珠崖之在汉，黄贼之在唐，侬智高之在宋，固往鉴之明甚者。故古称岭南置帅，率常重于他镇，非虚器也。而今也，承宣之佐属之翁君，当道者为地择人之意，从可识矣。

翁君之先大父介石先生，以《易》倡于其乡。而其尊甫大参公已成进士，佐方岳。及君复魁乡荐，登甲科，选入翰林，得尽读中秘书，以益充其所学。及出为礼部之属，历主客、祠祭、精膳凡三署，十有七年，其勤劳廉慎如一日。事有未便者，必思厘而正之。予所知者，如籍庖丁之数，俾勾稽者有所据，而冗食者无所容，此亦利民之一事也。所谓文章润身，政事及物，君盖兼而有之。即以为承宣之使，已恢恢乎其有余地，而况于为之佐乎？然君之资历，在部属为最深。前此六七年，今大宗伯盱江张公，已荐君材任藩佐，而今乃始得之，在常情未能无汲黯积薪之望也。

予比数见君，君未尝有几微见于言面，而惟以职之难称为忧。盖君器识过人，而又精于《易》。《易》于屈伸消息之理示人甚悉，而仕进之义，则惟《渐》为正。故以爻位言之，如君之循资而进，不失其序，可谓于盘之衎衎也。兹行勉尽承宣之职，以上结主知，则于陵之应久而必合，岂三四所能终隔耶？

君之行，凡与君同为丁未进士而留任于朝者，谋以言赠。而予以少，谊当执笔，于是乎书。

寿黎母太孺人刘氏八十诗序

应天诸郡巡按者，岁满当代，都御史引御史二人，夹御道东西跪以请。上命居东者往，则新喻黎君乾兆。退就常列，已喜于色。出见同朝，复喜于言。

予窃讶焉，岂其郁郁台居，久无遂事之柄，兹行得如昔人揽辔澄清，以大行其志耶？不然，则奉使而出，亦宪臣之常事耳，乾兆奚为其喜之甚也？因访其乡袞若都谏张君经载，秋官陈君健夫。则知乾兆之母太孺人刘氏，以今年秋七月某日寿八十。当使命之未及也，望云之思，持环之梦，匪朝伊夕，往来于中者久矣。及夫请命之际，东西指顾惟上所向，又有不可必得之虞。乃今缘乘骢之便，遂戏彩之欢，惟忠与孝两尽无憾。然则乾兆之喜，岂不宜哉？

数日，乾兆命画史绘《海屋添筹》之图，将持归以为太孺人祝。又往干大夫士作为诗词，以歌咏之。《四牡》之诗有曰："王事靡盬，不遑将母。"又曰："是用作歌，将母来谂。"盖深念使臣之劳于行役，而阙于孝养也。今上嗣大历服，绍承休烈，方以孝理天下，而乾兆幸际其盛，得假王事以遂其私恩，而无害于公义。诸君子为之助喜，发诸声诗，固明伦厚俗之义欤。且百顺之福，皆人所深愿，而其付与之权，天实司之，不可以必得也。若太孺人之寿，逾耄耋而望期颐；[48]子孙满前，甘旨充足，又以乾兆之贵，享禄养而荷恩封，可以谓之百顺矣。矧乾兆今日之归，豸翟交辉，亲戚具在，寿觞迭举，丝竹骈罗，人生之乐何以加此？是在他人所不可必得者，太孺人盖兼得之，夫岂偶然而幸至哉哉？

惟太孺人天资端淑，其相赠御史竹坡公，克修妇道。竹坡事继母简以孝称，而于异母诸弟，未尝以资产伤友于之爱，太孺人实有助焉。迨竹坡捐馆，每以继述励其诸孤。乾兆与其兄乾明、乾象、乾元，或隐或仕，各修其业。孽子龙最幼，太孺人抚之无异己出，稍长，遣游庠序，学亦有成。夫桃夭之宜家，鳲鸠之一德，在古昔以为难能，而太孺人能之。天之福之，其不以是乎哉？

乾兆志识高远，务为显扬之孝。如不疑之恕，玄暐之廉，孟博之忠，皆其素有蓄积，以求无负于太孺人之训，而将以顺适其心者。吾意太孺人之福，盖未艾也。诸诗以韵限律拘，而于此或未及焉。予故因乾兆之请，而僭一序诸其端。

送福建按察司副使陆公君美序

闽藩统郡惟八，西北抵连山，而东南岸大海。抵山者谓之上郡，则建宁、邵武、延平、汀州也。岸海者谓之下郡，则福州、泉州、兴化、漳州也。琉球、日本诸海国去闽仅数千里，而澎湖、鼋鼊、高华诸岛屿，隐然可数于烟波漾淼之间。奇货珍材以售于华人，获辄数倍。故滨海冒禁之民，往往通贾胡，驾巨舶，倚风涛，旁午出没。或乘以鼓行攻劫，而下郡辄骚动无宁。

居于是，有备倭巡海捕盗之役，各以文武将吏领之，而馈饷输浆，则及于上郡。以其重也，特置副使一人，奉玺书以往莅之。盖蜂虿之毒，不可以不妨；而衣袽之戒，不容于不豫。万一下郡不宁，则上郡之民，岂能帖然按堵？而其意外之变，又不止可为八闽虑也。

顷者副使缺，吏部请以监察御史四明陆公君美往当其任。闽诸君之任于朝者，彼此交贺。问之则曰："公往年尝按吾闽，激扬行罚，动合宪度，风裁凛然。兹其所专莅者，以部特全闽之十五，以事特监司之一职。而山川险易，目所习见也；风土谣诵，耳所习闻。夫以其试诸大且难者，而临其小且易者，则海道必肃以清，而吾八郡相安于无事之区，可坐而待也。"

予以谓"讲武筹边，蓄威待变，固国家设官之本意。然尝观之古人，其弭盗安民，盖不恃乎武力之强；而招诱绥怀，殆有出于兵威之外者。若龚遂之于渤海，张纲之于广陵，祝良之于交趾是也。况陆公先声之所震，恩信之所孚，而又重以今兹之命。吾见致豚鱼之感，革鸣鹗之音，其为可贺，岂特如诸公之所云云而已哉？公之从祖大司寇康僖公，才望器度杰然在人耳目，尝以济美期公。公兹暂司外臬，望与资日深，以重康僖之名位，理可必至。其及人之泽，岂一方所能专？然病之于医，渴之于荫，以争先得之为快，此闽人所为自贺而不能已也。"

诸君闻予言，欲书以为公赠，而试御史李君仲阳实来。予于公雅厚，不能让也。公行取道乡邑，见冢宰碧川先生于甥馆，幸以予言质之。

修江周氏世德录序

福宁州周君公仪之伯兄都宪先生，与先世父少参先生相继登壬辰、乙未进士，同仕于朝。而公仪及予，因得在京师以文字莫逆，于时皆髫稚也。其后予与公仪亦先后登丁未、癸丑进士，同仕于朝。而公仪官西署，职刑狱，号为剧地。剖析之暇，又能以其余力繙阅百家之言，作为文词，称重流辈，即专门名家或不能过，予甚愧之。

公仪顷示予所编《周氏世德录》，予又知公仪昆仲之所以贤而且贵者，盖本诸世美之济。而所谓德厚流光，非虚器也。周故望吉水，由参谋始徙州之巘田。参谋之子贤夫徙十龙故址，荣夫徙丁田，而贤夫之子与闲徙三王巷。与闲子八人，其曰维者，复徙祯溪。源远末分，散处修江之上者，亡虑千突。诗书之泽，流衍益盛，盖自宋迄今，凡八世矣。兹录所纪，合数族仅得若干人，实周氏之贤而有德、可以为子孙之法者。若参谋之仁，至于活千人。贤夫之义，至于捐千金而不惜。视古之厚德自谓必兴者，未知孰重而孰轻也？而周氏福庆之源，于是乎始浚矣。故其后处者以行义闻，仕者以勋名著。若大使之忠，可庵之孝，尤杰然在人耳目。未食之报，遂于公仪昆弟发之。而其将来之福，尚未艾焉。

语曰："一岁种之以谷，十岁树之以木，百岁来之以德。"德修于己，而应出于天。譬之稼而收，植而荫，未有徒勤而无获者。然欲责报眉睫，收功旦暮，其势亦不能。然欲鼻祖耳孙，沿仁袭义，不怠以息，而后荣名盛福可以延绵昌炽于无穷。故有余庆，必归诸积善之家；而积云者，百年必世之谓也，夫且一朝一夕之故哉？观于周氏可见矣。

嗟呼！百金之产，欲守之以为世业；一器之重，欲传之以为世宝。祖考之于后人，莫不以是望之；子孙之于前人，因以是为孝也，而况于世德之懿乎？宜公仪既属殿读徐君舜和各为之赞，以系其后。其于潜德之光发扬褒大，可以百世而不朽矣。而又欲予一言以弁其端，其意若将假予二[49]人者，以警动其后人，俾知兹录之不徒作也。予岂能言哉，于谊有不得而辞者，于是乎书。

送四川少参史君文鉴序

郎中溧阳史君文鉴，在户部几二十年。尝巡牧厩，犒边师，检灾畿内，勘复侵地。分莅纲运而总督边储，以才识行业，受知前司徒阳曲周公。

今天子嗣极，司徒韩公夙夜拳拳于裕国救时之务，日进廷吏咨诹大计，方喜得史君而用之。吏部以年资序迁百僚，于是请陟君为蜀藩参议。而其所专理者，建昌等数郡之兵饷也。谈者谓今兹经费日广，财用日屈，君久于钱谷，究知利病，宜在大司徒左右赞襄谋虑。计其所补，当必优于一方。闻韩公亦以失君不乐，而予辈与君为同年进士者，则又有离合之感焉。于是循故事，责予言以为君赠。

赠之为言，增也，若以增益其所不能也。君负通敏干疆之才，而深沉有度。平居自视慊然，如无所能。遇事小心畏慎，不敢自暇、自逸。以是屡膺任使，无滞务，无乏供。即事之至重且大者，宜优为之，而况于一方参佐、数郡之兵饷乎？然则予何以为赠也？

虽然，予尝闻之，理财者必在于知取予之术，达低昂之变，使足以上供国用，而下于民无损焉。夫然后为策之上。苟徒以取办为功，逃责为巧，则凡少有才力者皆能之，而又何足异乎？夫以戍边之卒倚矛待哺，民间岁输□□[50]虽圭撮莫得而亏，即岁歉，必取盈焉。盖敌攻城，守胥此焉恃，亦其势然也。而其飞挽之劳，不可胜计。大率斛以输斗，两以输铢，其费出于民者甚多，而其实济于公家之用者不能十一。且其出纳之际，贪吏奸民又重为之蠹。有司者苟徒以取办为功，虽吏责可逭焉，而于民病果有瘳乎？

其在汉、唐，橐湟中之谷以制羌变，广振武之屯以偿负租，经营筹画皆出于职守之外。当时用之，足以省费，而民与国两利焉。不知于今之势，为便乎否也？若刘晏所谓"理财必先养民，户口滋多，赋税自广"，实古今不易之论。而尹铎之急于保障，则尤在边者所当知，而不可以为迂缓焉。史君于此讲之熟矣，而又何俟于予言。万一于予言乎有取，虽进而理天下之财可也。

贺咸宁知县赵宗道尊翁八十序

人之所同欲者，官勋也，爵禄也，子孙也。是数者，皆谓之福，而惟遐寿者乃克享之。不然，虽三牲之贵，万钟之富，不能有焉；子孙[51]之多、且显，不能逮焉。则人所最欲者，寿也，而寿非福之首乎？

寿莫永于仙，仙人之居曰蓬莱、方丈、瀛洲。此三神山者，其传在渤海中，去人不远，盖尝有至者。羡门高、安期生及不死之药皆在焉。其物、禽兽尽白，而黄金、银为宫阙。然自齐威、宣，燕昭王，以至秦皇、汉武，皆使人入海求之而不可得。由是观之，仙之有无固不可必。即使有之，亦必居山林，绝伦类，离人而立。于独百顺之福，举无与焉。知吾儒名教之乐者，于此又奚慕哉？

世固有年高福备，夫妇偕老，而子孙众多，目见其荣而躬享其养者。是诚可谓之仙，而仙者或未能及，若封君赵公文祥是已。公少治经，举进士屡试弗利，乃游太学卒所业。久之，主合肥薄，[52]能以清慎自持。成化丙午，公之第三子今大名别驾君宗善举于乡，公曰："是足以偿吾愿矣。"遂拂衣归蓬莱。又十年为弘治乙卯，公之第四子宗道继领乡荐，后四年登进士第，出尹咸宁。又四年，用荐入为御史。以前治县有异绩，天子赐敕褒之，恩隆所生，于是封公如御史初秩，公配徐氏为孺人。

公寿今八十，盖优游林下已二十年，而徐孺人仅少公五岁。其子凡六人，孙、曾合诸妇数十人。岁时二老坐堂上，乌纱翟翠，耀映华发；子妇罗拜庭所，雁鹜行序，捧寿觞以进，顿足抗声，欢动闾里。所谓人生安乐，孰知其他，非虚言也。御史君谦勤慎重，克修宪职，显扬之孝，此其权舆耳。自御史君以下，其季宗德及[53]诸孙应隆，方游庠序，务远大以勉承公志。凡人所欲得者，公概得之，谓公为神仙中人，岂不可耶？矧公之乡邑[54]实以蓬莱名，且公所居芦洋，又蓬莱滨海胜处。于焉吸扶桑之淑景，餐南岭之朝露。境与心会，翛然自得，而福履凝之。所谓三神仙者，果足以胜此耶？

二月十有九日，为公初度之辰。与御史君同在台中者若干人，笃僚友之义，喜公之寿而荣也。乃推王君用揖、张君文翰，征予以为公贺，于是乎书。

梅庄三庆序

庚戌之春，宏以职事，叨今阁老石斋先生杨公同考试礼部试。先生得今尚宝司卿吴君懋贞之文，读而奇之，击节叹赏，声彻旁舍。试请以观，信乎奇气勃勃，非养之深厚者不能造。及见懋贞而誉之，则曰："吾父梅庄之教也。"懋贞入为谏垣，出佐方岳，余二十年。持心制行，确乎不苟，终始如一日。而又以其余力玩索理学，深穷奥窔，所谓无有师保，如临父母者焉者。予每见懋贞而誉之，辄曰："吾父梅庄之教也。"

吾闻梅庄公美姿长髯，读书好古。其赴义勤甚，而计利则疏。其接人和甚，而对妻子则严。其见君子恭甚，而于达官贵仕则不肯少自屈下。盖与梅之甘处寒寂，而不竞春华者类。以之名庄，将以表其所志，而其德诚无愧焉。懋贞又克奉严训，周旋罔失。是父是子，世岂可多得哉？

懋贞之勋名日益以显，而公之寿亦日益以高矣。今年实跻八秩，十月十有九日，为其初度之辰。懋贞縻职守，不得归献寿觞，请予文寓归致庆，盖以养公之志也。

予惟南阳有菊水，味甘而芳，居民饮之多寿，寿或至百余。蜀之老人村有溪，中多枸杞，根如龙蛇，饮水亦寿，有逮见五世孙者。斯二者，徒资杞、菊之芳润，遂能引遐算而制颓龄。矧公以梅自况，守固神完，而形与气随之。是宜天佑神听，其年与德，日进于无疆也。夫福以好德为全，而寿以令德为乐，非德而寿，识者鄙之。故昔人谓灵寿之于孔光，菊潭之于伯始，且将因其所托而辱焉。其词虽激，而充[55]类至义，理有同然者，可以草木为无知耶？若卫武公之进德，老而不倦，《宾筵》之作，《懿戒》之作，人至于今诵之。而《淇澳》猗猗之竹，亦赖以流芳于不朽，斯可谓之寿而乐矣。

然则公之德无愧于梅，梅而有知，安知其不以近[56]公为荣，思永永配[57]公而寿耶？予既乐公[58]之寿，而因[59]以贺梅之遭，于是乎书。其曰"三庆"云者，则[60]以懋贞前此于公之耆、之老，尝一再致庆矣。

送山西提学宪副石君邦秀序

藁城石君邦秀，与其弟学士邦彦，先后魁顺天乡荐，同登甲科为名进士。出知汜水，以廉慎、惠爱、慈祥为良有司。入中台，巡外藩，能恪守宪度，振肃风纪，为[61]才御史。

顷山西提调学校者以病乞归，吏部推君可代，遂擢宪副以往。大夫士莫不为兹藩士类喜，而颂当道之知人也。盖提学之任，在监司为甚重，非文章、政事兼美如君者，莫宜居之。矧君之先大夫尝历兹藩，而其民风士习，又君所饫闻而稔识者乎？

然亦有为君惜者，曰："君受知故院长浮梁戴公，及今院长安成张公，方总领三法司之事，其持论甚正。务欲别白人材，声称凛然，庶几于赵清献。使久于其职，风裁论议裨益于天下者，当不可一一计。而乃以外臬屈君，虽君之心不择官而任，君之才不择地而施，然用人者先一方而后天下，无乃失轻重之宜，而于士论未能[62]尽惬乎？"

予闻之怃然，而亦未敢尽以为然也。盖为治之道，莫急于用人。而学校所以育材，实其本原之地。由今观之，自公卿以及百执事，凡见月[63]于天子者，[64]孰不由科贡以升？而其始，则皆府、州、县学鬈游弁习之士也。《易》之养正也，在于蒙；《礼》之禁恶也，贵于豫。故始进不正，未有能继之以正者。学校之所系，其亦不轻而重矣。譬之作室，必萃众材而拣选之，然后可以备栋梁榱桷之用。而山林培植之始，尤不可不慎焉。万一名材见舍，而散木是珍，一旦贡之明堂，工师苟以代匮而用之，其为害可胜言哉？兹惟提学之责，而升黜劝沮之间，人材之盛衰，治道之隆替，恒必由之，其任顾不重耶？夫别白于人材既用之后，其为力也难；培养善类于未用之时，其为功也大。吾意石君之乐为此，而不慕为彼也。

平阳、蒲阪为尧、舜故都，当时九德咸事，俊乂在官，因本于司徒典乐之教。而河汾大儒，师道克立，则房、杜、温、李彬彬辈出，贞观之盛有赖焉。石君苟有志于行古之道，陶成赏识之下，孰谓无昂霄耸壑之器耶？

君同官何君道亨、赵君时宪，闻予言而是之，请书以为君赠。而予辱与君为同年友也，虽其言不足以为君重，亦乌容辞。

寿封南京吏部主事杨君七十序

封承德郎南京吏部考功司主事杨公元育，明年寿七十，三月五日乃其初度之辰。其子泮为刑部员外郎，每为予言，欲图便展省，称觞膝下。而縻于官守，未能遂也。则来谒予，言将寓归以为公寿。而予同寅毕太史汝舟，复为之致其恳。予之举于乡也，实与刑部同[65]年，于寿公安可辞？

公尝种柏于轩窗之下，因以柏轩自号。即其名，考其实，而得其心之令德而寿岂也。孔子曰："岁寒然后知松柏之后凋也。"故诗人之祝寿，欲其如日之升，如月之恒，如南山之不骞、不崩矣。而必以如松柏之茂，无不尔或承继之。于此见松柏虽微，可与南山、日、月度长絜久，而无疑矣。记礼者又云松柏有心，故能贯四时而不改柯易叶。然则二木之所以独茂而难凋者，惟其贞心劲节，自异于蒲柳耳。

公世家贵溪，为宋宝谟阁学士敬之之裔。世德未衰，而书香渐远，至公复振而发之。与人交诚笃谨厚，恭而有礼。平居自奉不耻俭素，而于周恤贫乏，未尝有靳。自刑部既贵，非公事足迹不入城府。亲故或以私请，必厉色拒之。其训饬刑部，尤拳拳义利之辩。公之持心操节，能异于流俗如此，则其以"柏"名轩，岂[66]徒高自标榜、而务为藻饰者哉？纫兰爱菊，拟于昔贤，盖有气味相符，彼茂而此悦者矣。古服松脂，食柏实，以延其年而登列仙之籍[67]者，彼藉草木之精英以充养其气体，而其功犹然。若公之心、之节，慕与柏同登兹寿域，以为乡社之光，非偶然而幸致也。

公虽老于山林，不获与杶、干、菌、楛并贡于帝庭，以效其用。而刑部方以平恕敬慎有声郎署，其材与器且将备明堂梁栋之需，兹所谓树之以德者欤？矧公聪明未衰，而齿发尚固，由此屡膺锡命之荣，有不可必者？其与轩中之柏，坐阅岁华而永受天泽，又何异焉？此固刑事部寿公之意也。

赠林君贤卿令新会序

莆为人物渊薮，其俗以勋业誉望相高，文章节行相励。故凡由科目而仕于州、县者，在朝之大夫士，例征言以赠之。岂惟叙朋旧之好，道缱绻之情？盖喜其乘时奋迹，而其志可行，且欲勉之以循良之绩，庶几增河西之美，而不贻陇西之惭耳。

林君贤卿，以己酉乡进士往令新会。其姻家黄内翰希武乃以赠言予属，且曰："贤卿行笃而志高，宜不负仁人之赠也。"予问其详，则曰："贤卿幼而失怙，生事窘甚。能力学授徒，取其资以养母，脂膏涤瀡，或与富者不殊。抚其弟，为之再娶。弟殁，则抚其孤侄与子同。其需次于京也，携其孤侄[68]及从弟之贫者以来，□[69]不以桂玉之费动其念，□[70]论内行之淳笃，贤卿殆不[71]愧焉。贤卿之学，于取一第也何有？而乃屈于小官，知者惜之。然贤卿方以职在子民，得行其志为幸。盖民生之戚休，吏治之得失，贤卿自谓能灼知其故。观其高自负许，直欲与卓、鲁齐称。至于处腴自润，则尤贤卿之所耻也。"

予闻而叹曰："贤卿其诚贤哉。使其行日加修，而志不少渝，则岂不足以追逐古人而与之并哉？夫君子之学，莫先于明义利之辩，决取舍之几。苟所喻在利，放于利而行，则谋虑经营惟适己之为便。其几既熟，虽家庭骨肉之际，亦相与以利而相视如途之人。然其视他人之肥瘠，如秦之与越，固宜然矣。若是者举而加诸民庶之上，又何望其能息争而善俗耶？其甚者，处分听断惟贿之得。衰迟者藉是为归老之计，少壮者藉是为速化之资。于是竭田里之储，不足以盈溪壑之欲。奔竞贪残，上下相染，民生日困，而败乱随之。究其源本，则以义利之不明故耳。贤卿有如是之行，可谓笃于亲而厚于义者。使其高居广施，且将以君陈孝友之政，文正赡族之仁，推而及于天下。区区一邑之小，又奚足治耶？昔之为是邑者，若宁都丁侯彦诚，以廉平惠利，亟称⁽⁷²⁾于白沙陈先生。先生，贤者也，不妄许可，作史者将取征焉。百世之下，丁侯可与卓、鲁齐称，而其人为不朽矣。使丁侯亦徒为归老之计、速化之资，则爱民之心何由而遂，及物之泽何由而施？即使贵且富于一时，安知新会之民不虫沙而麟麟之，至于今犹未已耶？贤卿志于卓、鲁，则丁侯不足慕矣。吾见新会之政有成，而莆人之望不虚也。"

希武闻予言，以为可以坚贤卿之志也。遂请书以为赠，予乃书之。

赠南京太仆寺卿魏君秉德序

两京各有卿寺以领群牧，而南寺在滁。魏君居北寺为少卿六年矣，顷用荐陟南寺之卿。为君贺者曰："君以成化丁未登甲科，雍容禁闼，践历华要。仅二十年已居列卿之长，视之同年为最先。如骏马就道，蹀躞腾骧，顷刻已数千里。且其春秋甚富，如日方中，即缓辔徐行，于咸池夕秣无难也。自儒生遭际论之，可谓荣矣。"或又曰："滁自欧阳公作守以来，山泉林壑之美闻天下。诵公之文者，莫不歆慕叹赏，欲往游酿泉幽谷之旁，一快意焉。而况衮衮京尘，素衣尽化，譬则辕驹局促，未必无羁靮之恨。君兹得名胜之地，自公多暇时，一登览咏歌，以陶养性灵，发舒志意，不亦乐甚矣哉？"

予以为是则然矣，而未必得君之心也。夫士负明敏之才，学经济之术，莫不欲见用于当时。而非得位居尊，则势有所不行，而泽有所不及。盐车之骥，见伯乐而长鸣者，正以千里之能无由而一奋耳。故古之君子，遭时遇合，致位卿相，诚幸其志之得行。而凡政务之得失，民生之利病，弛张兴革，汲汲然以为己任，惟后之恐，此其心岂徒荣遇之夸而已耶？

今政之病民者多矣，而马为甚。领养无隙户，孳息有常期，刍牧之地或仅存顷亩之名，南与北皆然也。惟马之务得，而不恤民之劳，未有不为东野毕之御者。斟酌损益，庶几国之利而民罔病，是群牧皆与有忧责焉。而君且为之长，谓其心徒荣遇之夸，岂知君者耶？且游滁者非一人，而欧阳公独有闻于后世，不以其有救时行道之心乎？知公者谓一泉一石，非公之乐也，必其君优游而其民给足，然后公之心始慰满而无恨。君尝在谏垣，材良器伟，向往其正，吾知其所立，必耻出公之后，而不徒志在山水之乐矣。

君将行，其同寅胡君世荣及仪曹许君文厚，谓同年之契，宜有言以为赠也，予遂以是赠之。

送南京兵部尚书参赞机务何公序

南京以文臣参赞机务，昉于正统之初，而首任者，少保黄忠宣公也。盖自永乐之末，文皇帝巡狩北京，仁庙以春宫监国。维时蹇忠定公、杨文贞公，皆以宫僚辅导，实类贞观中房玄龄副留守之意。其后定都于北，则以守备之事悉付之内外重臣。迄于英庙嗣统，文贞方秉国柄，又言根本重地宜择老成忠直之人往赞留务，而忠宣时为南京户部尚书，遂以命之。百余年来，屡更屡代，非其人不肯轻畀。于是兵政肃而民生安，国本固而王业永。辅臣谋虑之远，先朝任相之专，皆可以为万世之式。呜呼，休哉。

顷者参赞缺人，上命择才望素著者以闻。廷臣合荐刑部左侍郎新昌何公可当厥任，诏擢公南京兵部尚书，赠玺书饬遣之。公以己丑进士，歊历中外四十年。在郡县则为循吏，在中台则为才御史，在方岳则为贤监司，至于陟中丞、贰司寇。常职之外，又屡将使命，懋著劳绩。如治东南之水患，按周、潘之大狱，赈徐、兖之荒歉，籍荆、襄之流通。在他人龃龉而踌躇者，公皆谈笑处之，恢恢乎有游刃之地，所谓材全而能钜者也。况位高而心逾下，齿宿而猷益壮。则当新朝，膺重托，孰不以为甚宜而无歉哉？公迁官之明日，大司寇长兴闵公适以老乞归，或者惜公之去而愿其留，恨成命之不可改也。

宏闻而叹曰："是乌知根本所系之为重耶？盖我圣祖龙飞，即都建业，而后四方次第削平。谈者诵其功超越万古，而复诏至谓'子孙百世难忘江左之民'，则南都为根本之重可知矣。夫以文、武之兴，本于丰、镐，而洛⁽⁷³⁾邑之建，徒以便朝贡、蕠殷民而已。然留后保厘，必笃棐如周公，孝友如君陈，克勤小物如毕公者，而后命之。诚以天下之冲，形势所在，防闲备御之机，不可以一日弛。而仪刑镇抚，又不可付之新进喜事之人。惟委任得宜，隐然猛虎之在山，屹若巨防之制水，斯可以折奸萌而消乱衅。此先王驭世之微权，而《毕命》所谓'申画郊圻，慎固封守，以康四海'之意也。况建业固今之丰、镐，其重非洛邑比。则公之建牙而南，岂得以区区远近为劳逸哉？公往，与内外重臣协心一德，奉天子之威命，守圣祖之成规，俾政务秩然而振举，人心翕然而服从。老成忠直之誉，忠宣将不得专美于昔矣。大夫士固以此望公，而亦公之能事也。"

公行有日，西曹故为公属吏者来督赠言。宏素辱公爱，不可辞也，于是乎书。

【校勘记】

（1）折　底本、丛刊本皆作"拆"，据文意改。

（2）著　丛刊本作"者"。

（3）士　丛刊本作"生"。

（4）劝惩进退之则人之得　底本字不清，据丛刊本补。

（5）间与节之论　底本字不清，据丛刊本补。

（6）家　丛刊本作"我"。

（7）齐　丛刊本字不清。

（8）名　底本字不清，据丛刊本补。

（9）□　底本缺字，丛刊本作一白框。

（10）□□　底本缺二字，丛刊本作二白框，据文意，此处应为正常二空格。

（11）□　底本字不清，丛刊本作一白框。

（12）剔　丛刊本作白框。

（13）谓　丛刊本作"请"。

（14）敏　丛刊本字不清。

（15）释褐　底本字不清，据丛刊本补。

（16）致一日之养以为亲娱　底本字不清，据丛刊本补。

（17）□之□而之以　底本字皆不清，据丛刊本补。

（18）别　底本字不清，据丛刊本补。

（19）请　据文意，疑为"诸"之误。

（20）县　底本字不清，据丛刊本补。

（21）图　丛刊本字不清。

（22）渊　底本字不清，丛刊本作白框，据文意补。

（23）未有　底本字不清，丛刊本作二白框，据文意补。

（24）□　底本字不清，丛刊本作白框。

（25）□　底本字不清，丛刊本作白框。

（26）□　底本字不清，丛刊本作白框。

（27）兄犹　丛刊本字不清。

（28）莫能　丛刊本字不清。

（29）剀　丛刊本字不清。

（30）未　底本字不清，据丛刊本补。

（31）剔历　据文意，疑为"歉"之误。

（32）东陈　据下文之述，疑为"东阳"之误。

（33）地必　底本字不清，据丛刊本补。

（34）将士　据前文所述，疑为"将仕"之误。

（35）在　底本、丛刊本此下皆有一墨块，疑此是下文"国朝"前的正常空格。

（36）兹阳　据《大明一统志》，疑为"滋阳"之误。

（37）焉　底本、丛刊本字皆不清，据文意补。

（38）弘　底本、丛刊本皆缺，据文意补。

（39）续而　"续"，底本、丛刊本皆作"绩"，据文意改。"而"，底本字不清，据丛刊本补。

（40）卿　底本、丛刊本皆作"乡"，据文意改。

（41）然　丛刊本字不清。

（42）辦　据文意，疑为"辨"之误。

（43）之　丛刊本作"文"。

（44）十　丛刊本作"千"。

（45）者　底本、丛刊本皆缺，据崇祯本补。

（46）陟至　底本字不清，据丛刊本补。

（47）龚　底本字不清，据丛本补。

（48）望期颐　底本字不清，据丛刊本补。

（49）二　丛刊本作"上"。

（50）□□　底本字不清，丛刊本作二白框。

（51）孙　丛刊本作"系"。

（52）薄　据文意，疑为"簿"之误。

（53）及　底本、丛刊本字皆不清，据文意补。

（54）邑　底本、丛刊本皆作"色"，据文意改。

（55）充　丛刊本作"克"。

（56）近　底本字不清，丛刊本作"迁"，据文意改。

（57）永永配　底本字不清，据丛刊本补。

（58）予既乐公　底本字不清，据丛刊本补。

（59）因　底本字不清，据丛刊本补。

（60）三庆云者则　底本字不清，据丛刊本补。

（61）为　丛刊本作"之"。

（62）能　底本字不清，据丛刊本补。

（63）月　据文意，疑为"用"之误。

（64）者　底本字不清，据丛刊本补。

（65）同　底本、丛刊本字皆不清，据文意补。

（66）岂　底本、丛刊本皆作"宜"，据文意改。

（67）籍　底本、丛刊本皆作"藉"，据文意改。

（68）侄　底本字不清，据丛刊本补。

（69）□　底本字不清，丛刊本作白框。

（70）□　底本字不清，丛刊本作白框。

（71）不　底本字不清，丛刊本作白框，据文意补。

（72）利亟称　底本字不清，据丛刊本补。

（73）洛　底本、丛刊本皆作"答"，据后文改。

序 类

送蒋君诚之登第后归觐诗序

圣天子临御二十有三年于此矣，道化益洽，人文益著。是科所取进士，凡兄与弟同升者最多：涂君邦祥、邦玉出番禺，陈君宗之、亮之出上元，石君邦秀、邦彦出藁城，而蒋君诚之、敬之则出全州，前此未之尝有也。呜呼，盛哉！

予于四氏兄弟皆稔其名，而诚之、敬之则相知尤稔。盖敬之以童子发解，起自远方，隐然名动京邑。今大司成琼台丘公，少司成补庵费公，一见则以远大期之。予曩在穷乡，方执笔学举子业，幸一识其面而不可得。岁甲辰，入太学，忝与之同游二公之门。接其论议，低首畏服，信乎其不可及。询其渊源所渐，则敬之早失所怙，其学业有成，实其伯兄诚之自相师友所致也。今兹进与天下之士角其所长，连枝竟爽，俱取上第；如摘颔髭，如拾地芥，如寓物于人而持券取之，盖非偶然而得者。岂中州清淑之气，蜿蟺[1]扶舆，磅礴而郁积者，始于蒋氏乎发之欤？何其兄弟之皆贤也？顷敬之以选入读秘书，而诚之适在放归省觐之数。拜庆慈萱，光耀乡梓，诚之计得矣。而予与敬之未能无离群之感。敬之乃征诸同年能言者，作诗以道其行，而属予序之。

予尝怪李绛谓“同年乃四海九州之人，登科而后相识，于情何有？”窃意当绛之时，方虞党祸，特有激而云耳。若今之同年，有兄弟手足之谊，所谓“至于子孙犹世讲之者”。固不可以无情处之也。况予与诚之兄弟，稔交于数年之间，又非登科而后相识者，其于离合之际，能忘情乎？故因诚之之行，窃有一言以为告焉。古之论者为士方取以文辞，类若浮文而少实，及其奋于事业，隐然为国名臣。盖言进士之重，而欲登是科者知其重而不自负也。夫苟知其重而不自负，则同道相益，同心共济，勉为国之名臣。凡吾同榜之士，皆不容以少让，而况于连枝竟爽如吾诚之乎？诚之闻此，不当安安而居，迟迟而来矣。敬之笑而颔之，若有契于心者。因强予书之，系以珠玉。成化丁未夏五月望日。

送刘丘仲还高安序

玉不琢无以成其器，人不学无以成其材。何也？声色之乐，易以移人之心也；货利之殖，易以昏人之智也。人[2]而非学，则所以克己者无其要，所以进德者无其资。将见君子之弃，小人之归，欲显于当时而闻于后世也难矣。矧生于素封之家，安于豢养之习，其于嗜[3]欲无求而不得者，尤不可不勤于学乎？

岁乙巳，予识刘君丘仲于太学。见其生质之淳美，言动之安详，而心异之。盖刘氏富甲一州，在他人，鲜不移于僻者。丘仲则布衣蔬食，常与寒畯伍。平居坐一室，左图右书，亲师取友，颉颉焉惟儒业是习。丘仲其知致力于学者欤？能守而不移，则其材可以大成。将必显于时，闻于后，而刘氏之族将益盛也。戊申之夏，丘仲既注选于铨曹，将告于乡衮亚卿陈公而归。公以予稔丘仲者，来征予言赠之。

予之所以赠丘仲者，舍学何以哉？盖理欲之几，非至健者不能决。而人之常情，则遄遄勤始而怠终。自子夏圣门之高弟也，然入闻夫子之道而乐，出见纷华盛丽而悦，二者心战，未能自决，况其下乎？勖哉丘仲，于今兹之归，必沉潜于诗书，优游于礼义，其守确乎而不易，其业充乎而愈修，则异时所立，固不可量。譬之和氏之璞，既琢而成，自可以直连城之价，岂终屈于三刖而已耶？

送虞安甫游南雍序

在熔之金，以百炼为良；在璞之玉，以三献为美。金苟良矣，[4]而不即成，适足以致其精也；玉苟美矣，而不即售，[5]适足以稔其实也。惟人亦然，其进愈滞，其守愈坚，则业之精者将益精，而行之成者将益成矣。君子之所以勉乎在己而顺乎在天者，不以是乎？

金坛虞君安甫，世以赀豪于乡，而能攻苦食淡，与寒畯伍。为弟子员，名誉籍甚。有司较艺，推为先登，可谓业之精而行之成者也。及乎屡进屡屈，人用冤伤，而安甫夷然自励，未尝意怒，非守之坚者欤？岁戊申，安甫赍贡，亟来南宫，试于大庭，遂占高等。将复卒业南雍，以期远到，介其友中书舍人储君世资，求予赠言。

予嘉安甫之志，不能辞也。试以已然之事，为安甫一言之。昔公孙弘尝举贤良，以不中选退归矣。其后再征射策，遂为第一。儿宽贫时尝为弟子都养，时行赁作，带经而锄矣。其后卒为名臣。之二人者，始皆以鸿渐之翼困于燕雀而安，其终则有非等夷所可及者焉。亦惟天久而后定也。学如安甫，行如安甫，又能笃其志而不懈焉，其有得于天者乎？况太学，贤士所关，明师良友，模范具在。安甫往游焉，所谓磨砻去圭角，浸灌著光精，皆无待外求而自足也。异时贡之于九牧，偿之以连城，可以质诸天而无疑。安甫尚勉之哉。

送国博叶先生展省南还序

今制，官于京者，满十稔，听归展墓。亦惟体人子之私，教以孝而劝之忠耳。故凡敬桑梓、悲风木者，及其期，鲜不以请。固有先期而欲之，特拘于法而未能者矣。否则是死其亲，而其所以事君也可知，矧职位师儒，将教人学为忠与孝哉。

太学博士简庵叶先生，未尝一日不以先墓为念。今年秋，适及其期，即具疏上请。诏可之，仍赐宝楮若干为道里费。乡之士夫莫不为先生荣，且欲速其来也。黄门季君本清，乃征予文以为赠。予念在太学时，先生以先伯敏庵同举于乡之故，遇予特厚。予时颇有志经史，学为文辞，先生辄喜动颜面，则先生于予，不可不谓之知己也。今兹之赠，予安敢以不文为辞哉？

夫人能不忝其亲，然后能不忘其亲。若先生之于亲，可谓不忝者矣。盖先生早发科第，经明行饬。初教齐河，齐士鲜知问学，耳不闻《鹿鸣》之歌者已再世矣。前此主师席者，付之时命，积岁待左。独先生不然，至则择子弟员之可进者，集斋舍教之，如其家之子弟。然满考举于乡者三人，果出所教。以是课最，擢掌教松江，未几以忧去。服阕，改顺天。至今二学之士咸曰："是善教我。"及其官太学也，甘守薄盐，处之裕如，人愈贤之。是岂忝于亲者之所[6]能哉？而其不忘乎亲者，固宜然矣。

予于先生之归也，实荣之。矧先生之季子曰圻者，清才博学，咄咄有跨灶风。而其伯子闻，亦俊伟之士。今秋之试，并且与之计偕，偕先生北上，将其荣又有过于今日者。盖世济其美，亦君子忠爱拳拳之心，而贤者之余庆者。予至其时，尚当与季君，持杯酒于城南迓之。

送鄞令韩君文博序

少宰镜川杨公，择可为鄞令者，以庇其乡人，而属诸进士韩君文博，谈者谓得其人。盖公性行峻洁，胸次高朗，素有知人之鉴。文博亦干局不凡，且循循雅饰，足以称厥任故也。

文博行有日，公之子秋官志道，偕中舍陈君凤仪过予，征言以赠。予以所赠、所征皆同年也，义不容辞。

惟君子之仕，莫不欲行其所学以泽斯民。独令于民最亲，施泽尤易。然世道既下，士习愈陋，爱憎乖情，毁誉乱真。凡逢迎监司、优饶豪右者，往往著能声，书上考。虽或朘削小民，弗以为过。于是人无定见，见无定守。虽有爱民之心者，亦且中顾惜而外依违，不能竟其施矣。此其故何也？以无大人君子为之知己矣。昔赵充国以老将屯兵于外，时君所倚重者也。其建屯田之方，沮之者初十八，后十三。苟无魏相在朝，张主而护调之，其事必寝，其功必毁。况今之为令，其委任权力之不同，百十于此者乎？

今天子圣明，冢宰王公、二三大臣皆奉承休德，留意令长，考绩幽明之典必公、必审。有志爱民者，可以自效，固无顾惜依违之患矣。而文博在鄞，且有镜川公在当途为知己。凡民事之善否，民情之利病，公皆得而知之、察之。苟能劳心抚字如杨元宗，挺身为民如何易于，视民如伤如程伯淳，未必有积薪之忧、望尘之叹也。文博其勉尽厥心，以无负公之望也哉。

送嘉兴令黄君文敷序

岁三月，吏部集选人之久次试之，授郡倅、州守、县正有差。于是乡进士黄君文敷拜嘉兴令，乡友曾秋官实夫谒予文赠其行。为予言："黄世望泰和，其先宋太史廷坚先生，尝自国子教授出知太和县[7]事；有遗爱在民，民立庙以祀，至于今不废。今文敷积学励行，无忝世德。然试于春官，屡屈屡进。兹以母老急于禄养，遂得县以去。知者惜文敷非百里才，而实为嘉人喜也。"

予闻而有感焉。当宋之时，太史以文章、孝友名一世，而屈于下僚，未究其用。若章惇、蔡京、赵挺之流，乃窃据高位，显售其奸，如先生者皆置之恶地，中以危法。自常人视之，必以屈伸荣辱为取舍。然三人者误国殃民，当时欲食其肉，后世恶闻其名。而太史则能以儒术饰吏事，所居而民便之，既去而民思之。百世之下，闻者犹欣慕而爱乐之。以此易彼，得失较然可知。文敷能法太史，志于爱民，尚奚择于位之大小哉？然文敷亦知太史之所以得民者乎？周公曰："平易近民，民必归之"。此为政不易之道，亲民者之先务也。史称太史为县以平易治，时课颁盐筴[8]，诸县争占多数，太和独否，吏不悦而民安之。此文敷所宜法也。

盖一县之政，莫大乎赋役、讼狱，平易者均之必恤其贫，理之必求其情。则民不诉而无冤，不谒而得其所欲，将有增赀就算、减年从役，与夫以受杖为耻者矣。否则事催科，专击断，而民不聊生，捕毒蛇，见乳虎，宁甘心焉。况望其悦服乎？嘉兴为东南大邑，《志》称版图之广，他邑不若。民诱于利，谍诉为多。夫版图富，则赋役难均；谍诉多，则讼狱难理。以文敷之贤而往治之，信无难者。然亦不可不慎其事也。文敷终图之。嘉兴之民他日思文敷，安知不若尔邑之思太史哉。

送太平府通守黄秉渊序

国朝选用之法非一[9]途，凡以通滞积、顺人情，使之理民图治而已。若士之愿仕于远方者，有司具以名闻，差其材器，布之郡县。其入仕之期限，视正选率先数岁。

是岂徇人之欲速，而苟且用之哉？盖以人情必安于其官，而后能尽乎其职。远方去京师率万余里，王泽之下究、民情之上达也难。而四遆之人相易而往，必经时累月而后可至。既至，又鲜能谙其风土气候之宜、谣俗习尚之变。则常愁居惕处，以满任代去为幸，而不暇尽心于民事。故选授必因其情者，欲其安于官而尽其职也。夫士君子有志于功名者，常恨用之不早，施之无地。故古之豪杰，每欲乘一障使绝域，以及时策勋万里之外；卒之功以成，名以立，亦惟其情焉耳。今之所谓远方者，犹皆王化所及之民，苟因人情而用之，则安其官而尽其职，又奚俟于强勉而督责之哉？

黄君秉渊，潮之海阳人也。少游邑庠，明《春秋》之学，为当道所器重。试于乡，屡不利，知者以为枉。既膺贡，卒业大学，需次铨曹。怀抱利器者久之，未及试于政也。顷以情言于天官卿，愿得仕远方。天官卿第其文在高等，遂得通守于广西之太平府。太平去京师虽远，自潮视之则如东西州。秉渊之倅于此，其土风气候，吾心安而体习；谣俗习尚，吾饫闻而厌见。所谓愁居惕处，吾知免矣。由是流王泽而达民情，惟不尽其心则已，苟尽其心，又何难哉？秉渊固非假此以图速化者也，必有志于功名者也。安其官而尽其职者也。

乡贡士蔡君廷恩，求予文赠秉渊之行。予喜太平之民将得其所，于是乎书。

赠阴阳训导丘镜序

县必有阴阳学，必有训术一人，统弟子员若干。若颁历授时，挈壶警夜，使序其早晚先后之节；日月薄蚀，水旱为灾，使赞其祷禳奔走之仪。有婚姻宅葬者，使卜其吉凶之宜；有左道惑世者，使息其妖诞之害。任斯职者，必通于阴阳家之术，然后为能职称焉。

铅山之训术缺，而不补者久矣。顷阳朔黎侯来尹兹邑，趋走之吏各饬以事，独阴阳失其官守。乃访通其术者，得今都宪从之从子时明，贡之天官卿。天官卿试可，遂拜命归即其任，乡人莫不为时明喜。

予与有瓜葛之好，其喜尤深。将行，因载酒往饯于都门之外，遂酌而谓曰："训术之秩虽卑，而其职有在。凡职，以称为贤，崇卑弗论也。君往哉，宜懋乃所学，慎乃攸司。求历象于《书》，求上筮于《易》，求五际于《诗》，求灾异于《春秋》，求天文五行于史、志。毋牵于禁忌、泥于小数，毋舍人事而任鬼神，以取昔人之讥。庶乎其职之称。"

又酌而谓之曰："君子居其位而思守其分，故上交不谄，下交不渎，惧至失己也。君其致审于事上接下之间，毋苟媮以取容，毋苟得以纳侮，惟分之固守，以终其身。"

又酌而谓之曰："于古之有乡梓必敬，里门必趋，虽贵富不加于父兄宗族。君出于四[10]宦之家，恭慎谦抑而无膏粱裙屐之习，盖沉酣礼义之教久矣。其毋侈毋傲，以变其初。"

君曰："诺。其何敢以规为嗔？不然，有如此酒。"于是乡之人知君必能称其职、保其位也，又益为之喜，相与书予言，以为归装之赠。

送南昌教谕张朝用诗序

　　京口张朝用，以学问著闻于乡。家故窭，能勤奉养，乐朝夕，以裕其父母。补郡博士弟子员，治经为文，雅有思致，同辈皆推逊以为莫及。岁癸卯，领应天乡荐，试春官不利者再矣。不以罪有司，而益致力于学。今年就试，复屈置乙榜。朝用欣然乐之，曰："吾二亲老矣，敢择禄而仕，以贻不孝之讥？"于是得为南昌县学教谕。

　　太史靳君充道，及予宗兄平父，喜朝用之志有成，而又不能无离群之思也，约缙绅赋诗以赠之，属予为序。其意惟师儒地寒禄薄，无权势辉赫之荣，然簿书米盐，亦邈乎不及。又非抱关击柝者之污贱可得而拟，故为贫而仕，莫宜于此。然其职在于立师道、育人才，以为天下国家之用，能称是职者，盖亦难矣。顾今之士大夫，日志于尊荣富侈，非显爵厚禄不足以满其愿，职之称否不计也。故挟才负气者视儒官若将浼焉，一有为例所拘，则恧嗟惭恚如不能生。其知友邑里亦皆惜之，不以贺，而以唁。噫，师儒果何负于人，而人厌之若是耶？

　　今朝用领乡荐久矣，能以二亲为念，乐就兹职，其所养不有过于人哉？且古之君子，居其官则必安其位，安其位然后能尽其职。以今日之所养，占异日之所成，朝用之于职，吾知其无所负矣。

　　予将何以为朝用告哉？孔子曰："温故而知新，可以为师矣。"孟子曰："人之患在好为人师。"皆言学之不可以自足也。朝用能益充其学，益勤其行，所以教乎人者，必皆躬行心得之余，而不徒事乎占毕铅椠之末。如钟之叩，而大小毕应。如金之铸，而模范不差。则师道以尊，人材以盛。况南昌为诗书礼义之邑，士知务学而俗尚淳厚，教育者苟尽其心，有不能举其职者乎？若乎循资苟禄，其为贫自诿，是乃庸众人所为，固非赠言者之所望于朝用也。

远游清兴诗序

　　游之有益于人也大矣。太史公年二十，则南游江、淮，北涉汶、泗，讲业齐、鲁之都。故其文雄声雅，健如天马骏足，步骤不凡，呈有良史材。后世若康节先生，亦尝逾河、汾，涉淮、泗，周游齐、鲁、宋、郑之墟。今观《经世》一书，天地万物之理，内圣外王之道，深造曲畅，包括无遗，未必非尚友四方之助也。道德，本也；文章，末也。二子之所就，虽本末不同，而游之有益于人，则一也。若拘拘剪剪，自分老于一亩之宫、环堵之室，曰"吾将不出户而知天下，何以游为？"是犹埳穴之蛙，其始也不免贻坐井观天之讥，而其终也不能无望洋向若之叹矣。

　　吾友新会黄君希颜，早以弧矢为志，发轫名场，以魁百越之士。掉鞅文苑，固以友四方之贤，而远游之志不懈，岂非有意于前世之芳躅乎？今将游于吴。吴在汉已为东南一大都会，枚乘所谓"东山之府，海陵之仓，潮汐之地，长洲之苑"，皆当时可游处也。而况今日吴中之盛，倍十汉时，物产人材，皆称雄于天下。黄君兹游，其为益也必多矣。

登名山，则其巍然而高者与节谋；泛重湖，则其汪然而虚者与量谋；访古人之遗迹，则其竦然其可敬者与心谋。道德之加修，文章之愈工，吾固于黄君有深望也。厚黄君者，皆有诗赠，而予最故，故为序。

两京壮游诗序

予间归自史局，日既晡矣。忽新喻傅君曰会过予，示以《两京壮游诗》，欲为之序。予辞不获，则询所以征诗者何？君曰："里有钱氏者，食指近万，为豪族。钱氏之彦有曰襄字宣诰者，予女兄之夫也。宣诰幼警异，弱冠即辟于公，为万石长。凡征输也，必公，乡长老贤之。尝以王事一再至金陵，顷复以予辈久寓京师，比[11]其辕来叙旧好。今将归矣，予壮其尝游两京，此诗之为作也。"

予闻言不能无疑，曰："两京者，皇明先后所都。居中制外，以一统万。龙蟠虎踞之胜，石城汤池之险，紫宫华阙之丽，鸾台凤阁之严，文臣武将之多，通阛带阓之盛，敖仓武库之富。声明文物于此焉萃，礼乐政教于此焉出，其壮固矣。然而环处四维者，心苟欲游，皆可至也。则凡乘坚驱良者，皆可谓之壮游矣乎？宣诰之游，而君辄谓之壮，岂宣诰固有异于是乎？"

君曰："然。宣诰非徒乘坚驱良以为游者也。欲殚见洽闻，以充其未大也。盖昔之好游者，莫如司马子长。子长尝登庐山，观禹疏九河；适北边，观蒙恬所筑长城；过鲁，观大子[12]庙堂、车服；适楚，观春申君城池、宫室；适夫梁，观所谓夷门；适长沙，观屈原所沉渊；如淮阴，观韩信母[13]冢；适丰、沛，观故萧、曹、樊哙、滕公之家。其于遗墟故迹，无不得之目而藏之中，其游壮也。今宣诰两京之游，亦尝网罗名胜以充其未大，有志于子长之游者也。先生奚疑焉？"

予曰："如君言，宣诰之游亦壮矣。"君退，予遂次第所言以为序。君不予鄙，曰："是亦宣诰壮游之所得也。"

赠曹庠少博高孔明分禄养亲序

孝莫大于养。志自叔季以还，民无恒产，士君子欲养其亲者，非禄仕无以为荣。而亲之于子，鲜不以是望之。故必汲汲焉从事于学，内之检身饬行，外之种艺绩文，于以致禄而崇养，然后可以为孝。至于禄之得不得，养之逮不逮，则系于天，非人力所可必也。惟积善之家，天恒佑之，则禄必得，其养能逮者。或绵历累业[14]而不衰，是不亦尤为可贵也哉？

高世为闽巨姓。在前元，则孔明之从高祖德夫，以至正丁巳领乡荐。入国朝，则孔明之高祖善夫，主教龙溪；从曾祖景材，以洪武乙丑进士，丞南康；曾祖紫阳，以乡贡预修《永乐大典》；祖旭，以宣德癸丑进士为黄门，终江西佥宪。禄仕累世，为一方衣冠之望。至孔明之父约斋先生，始家食不仕，然经明行饬，乡邦重之。诸子皆授之经，靳以绍述世美。孔明其主器也，奇傥博雅，尤以继志为务。既而累试不利，乃随赀膺贡，俯就今职。居常节缩百费，以其赢归佐奉养之资。

成化丁未夏，会天子圣母皇太后尊号推恩海内，内外臣工分禄者听。孔明喜动颜面，亟援例请与所司。大夫士荣孔明者，发于诗歌以贺之。予外父未轩濮公掌教曹庠，与孔明有同寅之雅，助喜尤深，因走书京师，命为之序。夫高氏以诗书相承，代不乏材，致位中外，享有禄食。天道与善之公，盖信然矣。然贤如约斋，隐而不仕；学如孔明，仕而不显，何也？此盖天之未定也。今约斋之年鼎盛，而孔明之禄方崇，虽都三旌、食五鼎者，或不能及。则天之所以与孔明父子者，固在此，其他又何足言耶？抑分禄之举在尊，富者行之则宽然而有余。孔明地寒禄薄，乃能甘齑盐朝暮之苦，尽菽水啜饮之欢，所谓养不必丰，要于孝，不其然乎？

虽然，为孝有三：大孝尊亲，其次弗辱，其次能养。若舜为圣人，始可谓之尊亲。曾子为贤人，始可谓之弗辱。孔明可谓能养者矣。然其心未必可以自足也。由此上法圣贤以修其身，必使心术之微，言行之著，皆足以范当时，昭后世。而天之所以与我者，不至于亵且弃焉。然后为能显其亲，而无愧于孝矣。孔明勉之勿怠。

送伯父兵部副郎君归觐序

圣天子在位二纪，孝德益隆不替。乃者念圣母皇太后之号弗称厥功，诏有司饬具议上徽号曰"圣兹仁孝"。以四月十有九日，率群臣奏册宝，献诸东内。群臣窃相庆，谓虞舜、文王之盛美，复见于今日矣。既而翔鸡树竿，坠凤宣诏，则锡类之恩被及海内。凡近臣有父若母，未及貤封之期者，皆特给诰敕。逮[15]其父若母六年，欲归省者，听。

呜呼，仁哉！时伯父自主事擢副郎始半载，祖母太安人周遂加封为太宜人，赐诰及先祖乐庵公，亦进赠如伯父今官。家君五峰、家母余，又以宏贵，推封修撰、安人。咸谓吾门被宠尤盛。然太宜人年益高，副郎君自拜官迄今，违慈侍者实六易寒燠，拜嘉之余，瞻云益切，于是遂援例以请。得请喜甚，治装将归。忽龙驭上宾，号弓未暇，因滞于行。久之，会嗣天子视朝，始获陛辞，就道盖十月既望矣。

惟时草木节解，清风戒寒，骊驹在门，饯者毕至。酒三行，客有稔交者起面而贺曰："乐矣哉，君之归也，而孝道备焉。昔季子佩印于洛阳，相如结驷于成都，荣矣，而孝以悦其亲者未闻；老莱戏舞乎斑斓，潘岳骈罗乎丝竹，孝矣，荣以显其亲者未遂；非至乐也。古人勿论，惟温诏之颁，进封者有矣，或限于年，不得一光乎乡梓；归觐者有矣，或仍其爵，不得再庆于椿萱；非至乐也。今兼而有之，惟君。太夫人童年鹤发，恩典加隆。而君褒衣危冠，拜庆堂下，二美备矣。况棣萼在庭，友于之情怡怡；兰玉在阶，秀发之声赫赫。兹乐也，其可既乎？虽然，古人论悦亲者，归于获上而治民；论显亲者，归于立身而行道。求忠于孝，朝廷之典也。移孝为忠，臣子之职也。君之归而复来，其接渐乎？若流连某丘、某水之间，渔樵之与侣，鸥鹭之与亲，遂以温清之奉、滫瀡之供，为孝之大，是岂前日圣天子覃恩之意哉？君不其然。"

副郎君曰："是吾心也。"从子宏遂请书其言纳之装，以为送行序。

寿任翁廷玉七十序

任世为蒲钜姓，洪武初以高赀实南都，永乐间以扈从再北都，受廛于城之东南隅。廷玉翁盖任之彦也，自幼以勤俭自励，家益饶，遂甲闾右。因入赀，有冠服。平居敦礼节，耻习骄侈。时往来江湖，寄迹商贾间，翛然自适。尤好慕贤士，如恐不及。公卿至其家，廷玉出法书名画相与玩赏，竟日乃去，然未尝资其势也。以是馆阁而下诸缙绅，皆乐与之交，凡有所往，必为诗以华之。

其为人可称道者，大率类此。今寿已七十矣，三月乙巳，实其初度之日。予辈谋所以贺之者，皆谓翁无他好，所好者翰墨而已，乃各以诗词赠之，而属予为序。

予自登第后识翁，遂与翁数数往还。翁年虽高，而进退揖让，未尝苟简。间骑而过我，据鞍上下甚矍铄，如年五十许人，予知其寿未艾也。况富而好德，积而能散，是皆寿之本乎？《礼》七十曰"老"，而《传》谓"传其家事于子"也。翁之子顶，亦朴茂谦慎，善治产业。自今一以家累付之，优游余年，颐养天和，其寿之益高可必矣。

予以为翁之生，当国初盛时，所禀既已淳固。自壮而老，又遭遇亨嘉之运，无事变以婴其心。故能为福履所绥，享有素封之乐。今幸明天子在上，敛福锡民，必欲跻天下于仁寿之域。翁以年高居至近之地，沐至切之化，贰膳常珍，可以自足[16]而无求于外。由是而耄，而期，以为太平之瑞于他日，盖理所必至也。故既以贺且祝之云。

悼贞诗序

金坛段节妇，殁有年矣。其孙敏，以今年始登进士第，亟叩诸缙绅，求为诗歌以悼之。久之，得若干篇，萃成一帙，奉以请予序。

取而读之，因询其生平行实。敏具以对曰："吾祖母姓冯氏，出同邑东洮望族。年二十有二，归吾祖溪山处士，甫四年而寡。时吾父在襁褓，而期功之亲皆以分异，家计萧然，俯仰无足恃者。所亲咸讽其改图，祖母以死自誓，因罄其房奁易产业，为经久计。持身抚孤，辛苦万状，凡四十余年而殁。殁之日，吾父已先逝七月有奇，几无以为葬，此其可悼者也。"又曰："敏闻诸令甲，凡节妇得表诸门，以劝闾右；纪诸史，以垂将来。方吾祖母之未殁也，乡人欲上其事于有司，以旌异之。祖母不许，曰：'妇人不事二夫，分耳。'以是事竟寝。敏惧其遗德将日就湮没，无闻于后，此《悼贞》之诗所由作也。"

嗟夫，诗以美人伦、厚风化，而夫妇实人伦之大、风化之原，所系为甚重。若段妇之贞节，诚无愧于大伦。而其所遭，又有处人情之所不能堪者。则其哀悼之形于诗，固足以为风化万一之助。岂但《薤露》《蒿里》[17]之歌，取于哀死生、相斥苦而已哉？即是而观，其诗之行远传后必矣，又何俟于序耶？然敏之请，于义不可辞。又窃念共姜守义之事，不见于他日，特序《诗》者，以《柏舟》为其自誓之辞，于是后世言节妇者必自姜，则序亦不为无助。遂书此于诗之首简，使后之观者有考焉。

画梅序

江南多梅，不特罗浮、庾岭为然。凡颓垣废圃，山巅水涯，往往有之。冬月花盛开时，出行郊野间，清气凛凛，暗香徐来，令人翛然有出尘之想。其横斜疏瘦，老枝奇怪者，精神意趣尤可玩赏。然而其性不迁，逾淮以北无有也。自予去乡井，不见此者久矣。以为诚得工于画者，写其风景，置之屏障，庶几朝夕赏玩，以忘俗虑而清烦襟，岂非一快事哉？

顷者陈君天章手持画梅一卷，来乞予文为序，曰："此予宗千兵文振所畜，学士西涯李公为题其端曰'江南风景'者也。"予展玩数四，心悦神怡，已若索笑于梨云之下。画虽不知主名，而精神意趣，盖庶几得梅之韵与格者矣。

然梅之为物，以其充鼎和，故自负调燮者爱之；以其冠群芳，故争伦魁者爱之；以其孤洁幽雅，故骚人词客、隐遁林壑者爱之。文振，将家子也。口膏粱而体纨绮，宜其以投石超距、穿域蹴鞠为乐。而乃知梅之可爱，寓其意于图绘词翰之间，是岂无所见哉？

夫当草木摇落之余，冰雪严凝之际，阴正剥而未衰，阳初复而尤稚。此时敷荣，不挠不瘁，其节操之坚可知已。而士处颠沛之时、昏浊之世，乃或偷合苟容，丧其所守，顾鲜有能如梅者。文振之所以有取于梅，而爱之至也。使文振当缓急有为之秋，大而守一城，小而乘一障，必能奋勇敢于矢石之下，效智谋于帷幄之内。不以成败利钝惑其心，不以危疑谗谤易其节，将江南草木服其威名，而无愧于梅矣。

予之于梅，亦非徒玩其风景而已者。因书其略，以复文振之请，愿相与勉之。

故处士尹公有烈挽诗序

君子于亲之终也，固无所不用其诚。然久则惧其德之日泯，而哀之或衰，则又谋为哀辞、挽歌以发其潜德，而泄其余悲焉。是或孝之一道也。

昔者文伯死，敬姜据其床而不哭，曰："始吾有斯子也，将以为贤人也。今其死也，朋友诸臣无有出涕者，斯子也，其多旷于礼矣。"盖哀生于慕，慕原于德。旷于礼则德无可慕，虽欲涕之而无从。故季氏之妇于其子惜之，况仁人孝子之于其亲乎？

若夫有其德而人不知，或知之而未详，知之详矣，而无一言以发其哀慕之意。此则逸民烈女之所赍志而无闻，仁人孝子之所痛心而疾首也。

教谕永宁尹君时，失其怙恃且周星矣，然思慕之心久而不忘。间以职事走京师，乃遍谒缙绅先生，求为歌辞，以发其先德而泄其余哀。时亦纯孝人哉！盖君之父讳昌烈[18]者，其孝友仁义之性根于天，至孚于家庭，著于乡里，而外美克彰。君之母萧，其勤俭慈惠之著，洽于尊卑，范于姻族。

送金君惟深拜靖江令序

进士四明金君惟深，博雅君子也。识足以造谋，才足以成务，介足以持己，量足以包荒。其拜靖江令也，识者宜之，曰"靖民之庆"。或有疑焉，曰："惟深非百里才，当使效官台掖，谋谟庙堂。今屈以铜墨，处雷封，是犹驰骥足于蚁壤，息鹏翮于蓬蒿，其泽将专而不能咸矣。得无使斯人有用违其才之惜耶？"

宏从而解之曰："否。君子患才不足施，或不得施，岂以位之轻重剧易为择哉？矧令之所系也非轻，而欲称之者未易。民腹未果，令之责也。民体穿空，令之责也。民情湮郁，令之责也。是不亦重乎？今之令多矣，然能使通邑之民凶无蒙袂者，谁欤？寒免悬鹑者，谁欤？冤不呼天者，谁欤？是不亦难乎？识如惟深，才如惟深，能持己包荒如惟深，且能不择地而安，固当肆其力，充其职乎？予何惜也？予之所深惜者，独以合之难而别之易耳。前三年，予因杨君志道识惟深京师。假缣纻以寄心，亲芝兰而求益。三人者若有夙契，遂为同年，诚一快事也。间惟深归觐，别且历岁。予辈亟图盍簪，以资丽泽。今乃复去此而官于南，是则乌能无怅然者乎？虽然，今朝廷清明，公诚开布，出入之均也有恒式，殿最之课也无私情。苟才贤著闻，入为近职也无疑。然则惟深之合，可计日以须，予辈且将为挽舟卧辙之民惜矣。"

善惟深者，犹予意也，各为诗赠之，遂以予言置之首简。

黄氏具庆堂诗序

凡天下之可愿者，皆可以智谋而力取。至于富贵利达，以为求之有道，得之有命矣。或者以智力求之，则家累千金，位极卿相者，往往于是系乎天而不可必得。智不能谋，力不能取者，其惟具庆之乐乎？

君子之有志愿于亲者，孰不愿其父母之俱存，庶得以尽菽水之欢，备晨昏之敬。然或瞻依之一无所赖，或怙恃之各得其偏。高堂九仞，曾参有北向之悲；积粟万钟，季路有南游之叹。凡以是也，如天之福，而所愿遂焉，则桑梓生辉，井灶增重。养也，分己之禄；封也，如己之官。庶可以报抚教之恩于万一矣，岂非天地间之至乐哉？

临川黄君翊时，有志显其亲者也。翊时领乡荐，登进士第，无忝所生。而其父乐耕先生，生母王孺人，皆康宁无恙，固可贺矣。岁戊申，嘉平之吉，孺人寿登指使，而先生之年亦且逾五迫六。翊时于王事之隙，荣归里闬，拜庆堂下，服彩衣而辉煌，奉板舆而游宴，尤可贺也。况翊时发轫青云，骎骎未艾。二老春秋鼎盛，好德不衰，享禄养于无穷，膺诰封之有待，皆理所必至也。若翊时者，可谓获佑于天者矣。是岂智谋而力取哉？

翊时额其居第曰"具庆"，以志乐也。同年有为诗歌咏其事者，宏以同举于乡，又加厚焉。且幸己之乐，同于翊时也。

送进士伍君孟伦归省诗序

伍，世家也，代有显人。今大参公以春秋魁两试，由郎中出典州、郡，擢佐方岳，宦愈久，望愈彰，位将愈崇。而父之母弟孟伦，子朝信，偕领癸卯乡荐。朝信登丁未进士第，以才高选读中秘书，表表行辈间，遂擢刑部主事。今年孟伦复登进士第，由是昆弟父子显于一时。其功名富贵，皆与三槐桐木颉颃上下，以播称于谈[19]者之口。虽成安多贤才，仕官者项背相望，然求如伍氏之盛，亦不多见。且大参公自为郎，一时其尊翁已封副郎，母为宜人，迄今二十余年，康健如一日；乌帽翟冠，辉映白发，逮见子孙之盛如此。今孟伦释褐之初，又循例归其乡，得以拜庆堂下，称觞为寿。其乡人莫不啧啧叹喜，父以劝其子，兄以诱其弟，曰："必如某氏而后可以为荣。"其乐何如哉？

予与孟伦、朝信同举于乡，同卒业北雍。而朝信又同举进士，同游翰林，其相知颇深。又识大参公于寓馆，得以修子弟之敬。窃观其渊源所渐，而得其概矣。忠厚坦夷，有受益之理；谦恭慎静，得持满之道。此固功名富贵之所迫逐而不放者也。伍氏之盛，岂偶然哉？始朝信与孟伦同受副郎君之教，以底于成。既登第，縻于官守，不获归省，常往来于怀也。孟伦之归，朝信喜曰："是可以寓吾思矣。"乃合诸缙绅为诗以赠之，而属予以首简。

予方以二亲为念，拘于限年予告之制，莫之能遂。望孟伦之行尘，真若登仙之不可及，益知为孟伦喜也。于是乎书。

送佥宪马君赴任陕西序

河东马君廷玺，以乙未进士授刑部主事，迁员外郎，□[20]据云南司，主畿郡之□。[21]文书动盈几阁，桁杨桎梏，常在左右，视诸司最剧。而势家钜族，务请寄干谒以挠吾法者，日纷如也。君以勤慎自持，遇事剖决如流，无几微见诸色。其为人和易可接，然无敢干以私者。即有之，能以理遣，不为所动。以是有声西曹，大司寇而下咸器重之。

顷者，方岳重臣循故事奉职入觐，天子申敕所司慎黜陟之典。其衰老无状者悉见罢斥，择廉明强干者往代其任。于是台谏郎署出补藩臬之佐者凡数十辈，君遂迁陕西按察司佥事。君同官诸君子，喜君泽将及于一方，而深为陕人幸也，属予言以赠其行。

陕西古为关中，内统历郡，外控三边。赐履所及，不啻数千里。自周历秦、汉，以迄于唐，率都于此。于今犹为京师之脊，盖天下形胜重地也。君往持一方之宪，民生之利病，边事之得失，百司之贤否，无所不与。凡吏胥之受赇戕法，将领之虐军弛备，豪强之武断蚕食者，苟廉知其状，皆得以制于刑辟之中，其责亦重矣。然刑以辅治而用，贵得其平。否则宽纵者网漏于吞舟，严刻者明察于渊鱼，枉直既淆，良恶不白，失人心而伤和气，未必不由此而始。故昔人论水旱，往往归之冤抑，非偶然也。往岁关、陕大侵，民死徙十七八。或诿之天数而已。当是时，司平于兹省者，亦岂能尽道其责乎？今年时和岁丰，民有乐生之虑。然有司所以抚绥而安养之者，尤不可忽。譬犹大病之人，虽已平复，而疗养保全，方劳经画。必攻其淫邪，摄其元气，庶几不至于衰惫也。则夫奖廉戒贪，抑强扶弱，诚抚之急务，乌可不致审于刑辟之用耶？君练达宪度，有可为之才，而又有不可夺之节，于办此夫何难哉？

今天子即位以来，励精图治，寤寝英豪。比因大臣建白，凡藩臬治行显著者，皆待以不次之擢。自宪佥超迁宪使者，累累有之。君往懋哉，行将及君矣。

素庵马先生寿诗序

岁之四月九日，素庵马先生悬弧之旦也。以其子公敏为翰林检讨，日侍皇弟兴王阁中。有诏推恩，官封如其子者，盖一年于兹矣。至是，适北来视公敏。敏甚喜，乃以所给内法之酒，大官之馔，称觞为寿，戏舞膝下。同志之士咸嗟叹以为荣，因赋诗以咏歌之。公敏复征予言，以弁其首。

予询先生之年，曰："所历甲子四百五十余矣。"询先生之貌，曰："方瞳炯炯，发垂两眉如银。其起居饮啖，虽少年有不如。"询先生之履历，曰："前自胄监出绾铜墨，遭污蔑去官，已三十余稔。暇日咏杨恽种豆之诗，歌陶潜归去之辞，放怀自适，怡怡如也。”

古人论善恶之报，以为久而后定。譬之松柏，其始或困于蓬蒿，厄于牛羊，其终贯四时、阅千岁而不改。如先生者，厄于官而丰于寿，困于身而发于子。褫綦带于方盛之年，而膺封典于垂老之日，非所谓久而后定欤？且有年，人之所欲也。有子，亦人之所欲也。然非积善以获乎天，则欲矣而能遂者，十不一二焉。遂矣而能兼者，百不一二焉。先生兼而有之，于天道既定之后，岂非积善之深长者哉？宜君子喜闻而愿颂之也。

今方遭遇盛时，天子笃亲亲之恩，藩邸隆贤贤之礼，其宠渥之及于公敏，而推于先生者，未艾也。他日侈之咏歌，庸讵知有不倍于今日耶？

赠万南和先生序

铅山为州时，万之先有讳让者，尝守兹土，爱鹅湖山水之胜，因家焉。其后子孙沿袭礼教，遂为邑之钜族。予所识者其五世孙希颜甫暨南和先生，皆万氏之杰。然者希颜以戍籍侨寓都下，倜傥饶智，乐义好贤，无侈靡刻薄之习，衣冠多与之交。先生则希颜之群从，其材长于干济，而能勤慎自持，尚礼而畏法。故里人尊其德，邑人慕其名，县大夫至者率加敬礼，赋税狱讼之务，多倚办焉。

顷者催督金缯之税，当输内帑。先生瞿然念曰：“是铢寸皆出诸细民，而将仰给公家者也。输者非其人，则道途之远险，帑藏之艰阻，为累不轻。吾虽老，幸而不衰，是役也，可终辞乎？”会其子廷介就试春官，遂治装偕行。自始事讫竣事，惟虔惟慎，事用以集，归有日矣。其从子仕良从戎于北，以先生之年实登指使，而悬弧之旦迩在孟冬，欲逗行李，奉卮酒为寿。顾征车已膏，不可复梪。乃诣予乞文以献，而伸其情。

予曰：“常情急于私者多不敬于公。即有之，至老不倦则规避自便之不遑，孰肯于垂白之年冒风露、涉波涛，走数千里之外而为人役哉？先生能敬于公，其视马伏波效劳兵间、老而益壮，其贤何如？而况人之寿算，视精力之疲壮，齿发之盛衰。以此卜之，先生之寿盖未艾也。且以廷介实干父亢宗之子，今兹卒业太学，锐志甲科，如蛰屈而必伸，鹏息而必奋。貤封之典，禄位之荣，旦夕可冀。予知先生将自此养高林泉，寄傲风月，于以休倦体，乐余年，为乡党之达尊必矣。由前所称，则先生之来也可嘉。由后所称，则先生之归也可贺。”遂为之书。⁽²²⁾

送柳州府推官吴德昭序

广西，郡⁽²³⁾多被边远，或去京师万里。其疆多大山长谷，苗夷屯⁽²⁴⁾杂其间，性悍轻易怨，观吏厚薄缓急，或帖或閧。⁽²⁵⁾不幸吏非其人，抚治无术，则依险阻，结党仇，以为我民患。而我民穷困无聊者，亦往往逋逃以和应之。甚至者为之乡导，虽毒其井土弗恤。故选用官吏不可不慎。

今制，吏于兹土者多以广东人士为之，自岭北至者鲜焉，自中州至者尤鲜焉。岂不以东封西境，相去伊迩，[26]土风气候，吾苟素谙；谣俗习尚，利害废置，吾苟素察。则吏安于上，无愁居惕处、苟且岁月之患；民安于下，无怨嗟反侧、弄兵潢池之变乎？柳州民淳事简，治阜物殷，号为乐土。然亦被边郡也。广东安定[27]吴公德昭，以乡贡进士为郡推官。自乡邑至官下，亦仅数百里。则风气固吾所谙，民俗固吾所察，可以舒布四体，竭尽心力而施其泽于民矣。

德昭所理则刑，刑以锄强植弱，威暴安民，尤不可不尽其心也。予比入史馆，阅前时两广守臣所上章疏，大抵谓诸苗种类初亦不多；自我闾右诸豪以私威虐用小民，日朘月削，无所厌足，于是扰于居而便于去者，往往亡入山谷，甘与苗伍。岁月愈久，而苗之党愈多，患愈大矣。吾以是求之，岂昔之理刑者，于锄强植弱、威暴安民之说不能无所戾欤？今边陲无狗吠之警，郡国有安堵之乐，以是为言，似非急务也。然君子安不忘危，亦不可不讲求其故。德昭尚尽心于刑，以安吾民也哉。

德昭将之官，其同邑中舍王君士衡来谒赠言。且谓予，吴望定安，德昭二兄亦登名乡书，宦游芳郡，其知宾州曰孟俅者，顷以三考课最，进阶增禄。今德昭操履淳笃，宜称厥任，棠棣之碑可复见也。予用是大为柳民庆，遂书所欲言者以赠之。

送清源令胡君世荣序

昔子夏为莒父宰，夫子告之以政，不及乎他，惟曰："无欲速，无见小利。欲速则不达，见小利则大事不成。"予尝诵之，以为斯言乃古今之大戒，非特为子夏一人而发也。

太史公谓周衰之时，循法守正者见侮于世，奢溢僭差者谓之显荣。自子夏门人之高弟也，犹云"出见纷华盛丽而悦，入闻夫子之道而乐。"二者心战，未能自决，岂夫子之言固有为而发欤？今天下之人苟登仕版，辄欲出入禁闼，周旋台省。委之州县，以为徒劳，辄戚戚不乐。下车未几，即翘首企足冀得殊擢。如农夫望岁，惟恐在后。循良之政，置而不讲。故民冤弗理，吏黠弗禁，百里之内，鲜有异政。是小之为害也。而人莫知所戒，亦独何哉？若胡君世荣之清源，近小之病，吾知免矣。

世荣生长将门，秩为万户，怀黄拖紫，则君有之。而乃乐为儒素，甘抱铅椠，遂贯综百家之学，盖世禄所不能限也。厥后战艺累北，左次委巷，开门受徒，讲习不怠，名以是益振。卒登进士上第，亦穷途所不能屈也。今出宰远县，移家西游，无几微见于颜面。惟职之不称焉是惧，又弊俗所不能移也。凡若此者，岂见小欲速者所能哉？

观人之达，恒试其穷；观人之政，恒察其行。世荣处穷，操行亦既卓然有立，则其达而为政，必不近功是狙、小利是安。他日冤民理而黜吏惩，教化行而风俗美，登名循良之传必矣。同年匡君辅之、曾君复初辈，皆可予言，遂书以为世荣赠。

送徐邦孚王资博陈时济为令序

人之至亲者，莫如父母。我生我鞠，以是称之也固宜。其有亲非骨肉，人之称亦曰父母云者，则上而天子，下而令长。是以天子为天下之父母也，令长为一邑之父母也。天下如是其大，生民如是其众，寒者欲衣，饥者欲食，疲癃残疾鳏寡孤独者欲得其所；莫非天子之责，乌能人人而理之哉？则必择令长而使焉。某邑剧，某人理之，各当其任而已。

若令长之所治，疆可里计，民可籍数。其任小而责专也，则必思艰图易。凡桑麻之利，沟洫之利，补助之利，人缓之而吾急之。布缕之征，粟谷之征，人急之而吾缓之。夫然后吏称其任，民安其业，无愧于父母之名，而无负于天子之宠也。然世之令长，能之者盖亦鲜焉。冒者获民之财以足其欲，虐者戕民之体以快其忿，惰者视民之肥瘠漠然不加喜戚于其心，父母之于子，忍如是乎？故欲求称其名者，必如召、杜之在南阳，贾彪之在新息，而后可以无愧也。不然民将怨且诅焉，其亲爱之，能如子之于父母乎？

己酉仲夏，天官曹选众补职。予丁未同年拜州守者三人，拜县令者二十有三人，皆有为民父母之责。而鄱阳徐君邦孚当诣金华之武义，临川王君资博当诣温州之平阳，新昌陈君时济当诣河南之汝阳。三君予同乡，恺悌之貌各称其心，通敏之才各称其德。所处之邑，虽有剧易之殊，而所施之政，必有缓急之序。他日吏称其职而实称其名必矣，汉之三贤乌能专美于前哉。

戒行有期，予义当赠言，重以同年程君廷臣之命，于是乎书。

送子钦兄南归序

宏别从父伯兄子钦，六年于兹矣。兄顷从仲父复庵先生至京，与宏处数月，怡怡如也。无缘祖母太宜人即世，兄为宗子，当承重，以将别宏而归。因顾谓宏曰："吾宗之起，自王父乐庵公始，公志大而远。赖复庵先生与而父五峰先生克继承而充拓之。悦诗书，敦礼让，[28] 惟先人之忝是惧。故复庵先生起家进士，官至大夫，启封备服，贻荣考妣。五峰先生累于家政，则吾弟代为之早登大魁，骤膺封典。今二父之志愈大而远，所以继承而充拓之者，将不在于吾与吾弟乎？吾归矣，弟其开我以自修之方，示我以速化之术，毋曰切偲非弟责也。"

于是宏再拜上，手进所欲言："宏闻诸古人，善作者不必善成，善始者不必善终。窃以其成、终非难，难乎其继。继之非难，以不知学之为难耳。人苟志于学焉，吾知犹健者之升梯，举足愈多身愈高，人愈仰之。如是而坠其宗、忝其先，岂有之乎？何则？孝弟之行于家，信让之行于乡，仁义之达于邦国、措于天下，其说皆具诸简册，通乎古今。非学莫之能察，莫之能自异于众人，何由而亢其宗、耀其先也？自修之方，速化之术，如是而已。舍是吾无以为吾兄告矣。兄若曰时过而后学，恐勤苦而难成，则宏请以古人之事告焉。若皇甫士安，出后叔父，年逾二十，游荡不学，或以为痴。其所后叔母任氏，因事督教，对之流涕。士安感激，勤学不息，遂博极典籍百家之言，人反以'书淫'目之。则学之晚成者，在晋固有之矣。苏公明允，少不喜学，乡间宗族皆怪之。至年二十有七，始大发愤，闭户读书为文辞。及举进士，茂材异等皆不中，又取所为文焚之，益大究六经百家之说，由是下笔顷刻千言，一时学者皆取以为师法。则学之晚成者，在宋固有之矣。士安终身田里，明允官止簿尉，然人以二子，至今知晋之安定有皇甫氏，宋之眉山有苏氏，而汉之太尉嵩，唐之长史味道有后人。则所必亢其宗、耀其先者，诚贵于学，非必都高位、餐浓禄乃能尔也。今兄之为人后类士安，所后母张夫人贤而善教类任氏，兄发愤之年又类明允，苟确其志而不变，则所谓发之迟而得之精者，又将于兄见之。二父之志可以继承而充拓之矣。吾宗由此而硕大，得不并于古人也哉？"

质诸复庵先生，先生曰"然"。遂书以为兄赠。

送梁惟义任福建参议序

今天下藩臬，惟闽与浙于常员之外特设参议、副使各一人，以专理银冶，而赐之玺书。盖征敛有额，开闭有禁，国计之赢缩，民情之便不便系焉。事至重也。

圣天子即位之元年，更化善治，凡内外百司皆罢黜其不能，而以能者代之。维时闽藩右参议员缺，吏部以梁君惟义往当其任。梁君由进士初官工部，改刑部，历员外郎。中尝奉命按狱于外者三，民不冤呼，盖廉明仁恕，足以济事而泽人也。及是命，凡知君者莫不称道，以为得人。同乡苏君伯诚辈知之尤稔，喜之尤切，乃来征予言为赠。

夫理财所以足国，而必先于养民。盖国课不可亏，然山泽之利其生有限，苟民隐不恤，而必取盈，吾未见财之能理、国之能足也。《语》曰："虞人反裘而负薪，徒惜其毛，不知皮尽而毛无所附。"经国者可不以恤民为先务乎？吾尝有所感矣。吾信之永丰，故有银冶，实与浙之温、处邻。温、处之豪每负课，辄来盗采，扰及鸡犬，追捕之而猖獗拒斗，大为一方之害。以予观之，是岂浙民之得已哉？地利既尽，而民力既穷，理其事者于恤之之道，容有未讲耳。闽之连山复岭，与浙属，其地利之有时⁽²⁹⁾而尽，民力之有时而⁽³⁰⁾穷，当不异于浙也。理其事者，宁可不先事而为之所哉？

昔刘晏之为度支使也，以为户口滋多则赋税自广，故其经国尝以养民为先。凡雨雪丰歉[31]之状，籴粜贵贱之宜，蠲除救助之数，莫不知之详而处之当。行之既久，户口蕃息而赋入倍增，故国用自充而民不困弊。梁君果能推而行之，未必无补于万一矣。

宪副刘君述宪，予乡之望也，于君为同事。其于斯言，亦必有所取乎？

送罗景远归盱江序

盱江罗君景远，同年庶吉士景鸣先生之弟也。景鸣之学，骎骎乎子产、张华之博，虽欲傲之以所不知而不能。其所为文辞必己出，不为渔猎剽窃计。盖有意乎韩愈之奇、樊宗师之澁，非三四读不能以句。游太学，名声藉甚。既而试京闱，遂褎然为举首。明年举进士，辄占上第。选入读中秘书，文名愈益盛，同辈多推服焉。

予谓盱江之秀，当萃于景鸣矣。无何，景远来省兄京师，予胥晤焉。目其貌，肃而温。耳其言，质而不俚。与人交，款款有诚，久而不懈。予间与景鸣语古今事，景远辄从旁酬答，识其大意，而于青乌之术尤得其精。所谓文章不及，而持论过之者。何其生质之美，何罗氏之多贤也？

或谓榜中兄弟同年者凡四姓，以景远之美质，使少加问学，其联青陟华，特易易耳。而布衣韦带，顾与齐民伍，以是为景远惜。予曰："不然。孔子不云乎：'惟孝友于兄弟，施才于有政，是亦为政，奚其为为政？'今景远笃于其兄，友爱天至，长枕大被，相从以居，而景鸣无羁寂之情。干蛊克家，井井不紊，而景鸣无仰事之累。凡景鸣得以专志于功名问学，以成其远大者，皆其助也。则家政有可称者矣。又何必爵位之两崇而后为贵哉？

景远将别其兄而南还，车马有行色，同年各为诗赠之，而恳予为序云。

送训导尹君廷礼之上高序

《传》有之，学之道，严师为难。师严然后道尊，道尊然后民知敬学。所谓严师云者，非特上之人尽崇重之礼而已，盖必有自重之道存焉。国家建学立师非一日矣，迩岁廷臣患学职之太轻，而师道之不立，屡请广进用之途，以寓激劝之意。初议，师能尽其职者，六年得仍就试春官。比欲振拔淹滞，凡其任满谒选者，复听与需次铨曹之士合试而超迁之。苟学行可称而其职不废，往往置在高等，以为郡佐、邑长，其崇重之礼可谓至[32]矣。不知任斯职者，果知自重乎否也？

夫豪杰之材，卓有定见，必能正身化俗，讲学明道，尽其职[33]分之所当为，无俟于激励也。中材之士，可导而上下，则因是而自励者，固宜有之。下此或叹老嗟卑，或贪荣慕进，而于兴学育材之事漫不加意，是乌知师道之重乎？

东莞尹君廷礼，明《春秋》之学，领成化丙午乡荐。今年试春官，名在乙榜，于是得为上高县学训导。训导分斋教士，其责视掌教者为稍专，其课绩亦惟较其所教以为殿最，非若掌教者得泛然以为功也。故士非甚不得已，未有乐为之者。然亦顾人之自重与否，苟知自重之道，则虽淹簿尉、滞笾库，犹足以尽心所事而获上下之心。况为儒官，有教人之责者哉？廷礼兹行，欲资禄以养其母，盖急其所重，不屑屑于名位之尊卑。推此以往，必能知教人之本，于以正身化俗，讲学明道，师道有不尊者哉？若夫进取之利钝，则系于天。君子修乎在己，以俟乎在天者而已，不可汲汲于斯，而因以怠其职也。

进士钱君明道，与廷礼游邑序为同辈，举乡荐为同年，因其行也，来征赠言，予故以"自重"为廷礼赠云。

送司训王丕绩之孝丰序

天下之职，似卑而尊，似易而难者，惟师儒为然。今世俗之所谓尊而难者，如守令，如藩臬，如台谏，如馆阁，如公卿是已。师儒之所教，仅弟子员数十人，无绥抚守牧之责。所护视者，维庙学、祀典、图书、服器而已，无簿书期会之烦。其俸入不足以赡其私，而徒御不足以供其役。无纡朱拖紫、前呼后拥之荣，诚若至卑而易处矣。然世之为守令、为藩臬、为台谏、为馆阁、为公卿者，其始莫不渐摩作养于庠序之中。而其人之贤不肖，其事功之高下，则系于师道之兴废何如耳。

是则师儒之职，果卑而易哉？特世之为师儒者，既不知自是自轨，而上之人亦莫或以是责之，其以为卑而易者亦宜也。故予尝论之，治天下者，必尊师道而难其人。使渐摩涵养之有方，则由是出而为世用者，庶几乎其皆贤矣。

庐陵王君丕绩，由太学生拜湖之孝丰司训，其乡友刘君文焕，欲予言赠之。且谓丕绩，故相国文安刘公之甥，今官僚宣溪王公之族子也。二公以文章道德为庐陵先后之英，丕[34]绩日从之游，其学问之精通，操履之淳笃，必可以师于人。然则所谓尊而难者，丕绩宜知之，予何言？然师道废久矣，使予言之，而丕绩勉之，岂徒然哉？

昔胡安定之在湖学，言行而身化之，使诚明者达，昏愚者励，而顽傲者革。其为法严而信，[35]为道久而尊。行之数年，东南之士莫不以仁义礼乐为学。故出而筮任，往往取高第。及为政，多适于世用。师儒之职尊而难，此其验也。后之言师道者，舍是其谁法也？况孝丰为湖之属邑，其流风遗韵，尤可寻逐。丕绩能加之意，则师道之立，人材之盛，岂昔之然而今之否哉？

送余益辉为卫辉郡博序

黄门进贤季君本清，予同年也。一日诣予言曰："吾友余君益辉，生同乡，学同业，游同庠。自髫龀定交，至于今不衰。顾益辉命乖数奇，抱负利器，屡进屡屈。今兹以太学生简任卫辉少博，有为人师之责。予喜其志之少伸，而惜其才之小就也。将求吾子一言以纾交情。"且曰："益辉之志行纯笃，才识超卓，将于为人师也无愧。吾子幸无惜辞费，使益辉之贤不彰于人。"

予于益辉虽素昧平生，本清之言，信益辉之为贤矣。信其可以为人师矣。本清之为人，端厚淳悫，盖周勃、张相如之流。其于扬善，必非大言以夸人者。而本清荐于乡取解首，升于南宫占上第，用于朝为谏官，华实相副而声闻日隆。考其渊源所渐，则丽泽之益，蓬麻之助，益辉有焉。然则益辉推所以友于人者以为人师，亦何难哉？

然予闻古之君子，不计其职之崇卑，而[36]度其能之称否。故随寓而安，居官可纪。而今也不然矣，职任师儒者往往叹老嗟卑，视教化为文具。此师儒之所以不立，而人材之所以不古若也。以益辉之贤，其所见必远过于今之人。惟益励其志，益操其行，益充其才与识，使师道克立而人文丕变；则卫之人材未必不勃然而盛，栋梁榱桷[37]之咏，载笔者岂无其人哉？此固本清征言之意也，遂书以赠之。

送□君翼如为□□[38]府推官序

今制，天下郡守而下有贰守，有通守，理民与事。而讼狱之决，则推官专任焉。比岁以来，贰守、通守惟以曹监处之，而推官出甲榜者常十八，盖重夫刑也。专而重，则任之者亦难其人矣。同年某君，以名进士出为某府推官。予忝有年好，当有言赠，不容以辞。

惟刑之重于天下也久矣。刑犹药石以伐病，非人之所欲，然而养生亦不可废。刑罚以弼教，非治之所尚，然而治世亦不可无。故刑有道焉，法之所必诛，虽瞽叟杀人，皋陶不得而赦。罪之所必赦，虽愚民犯跸，文帝不得而诛。然亦顾其任之者何如人耳。愚尝窃观古史，博访世务，窃叹夫典刑狱者，不宽而纵，则猛而残。宽者溺于姑息，夺于富威，则攒皮而出羽，网或漏于吞舟矣。猛者溺于私情，流于刻骨，则洗垢而索瘢，政或苛于猛虎矣。是二者之所为，皆过也。在《易》《丰》之象曰："雷电皆至，丰，君子以折狱致刑。"言其明而动也。《噬嗑》之象曰："雷电，噬嗑，先王以明罚敕法。"言其动而明也。呜呼，如电之照，如雷之威，则明足以辨疑，动足以除恶，尚何宽猛之失中也哉？

君行矣，慎毋以州郡为徒劳之官，以法律为仁义之耻。于其明而动者勉焉，于其纵而残者戒焉。昔黄霸变俗吏之酷，宣帝闻之，召以为廷尉正。钱若水辨富民之冤，太宗闻之，擢以为枢密副。今上龙飞，循名责实，考治慎刑，二君不及焉。不冤之声苟彻闻于冕旒之侧，则高爵重禄如之。

先大夫以名进士为司空亚，其兄以名进士为司寇属。其族属科目、官郡县者累累若贯，盖世宦之族也。昔黄香子琼随侍台阁，习见故事，及后居职，达练官曹。今翼如承世德之懿，其于亲民伟士，必知其概矣。其尚益尽乃心，今天子龙飞在天，励精庶政，固邦本也必郡县是先，计吏治也必守令是重。他日玺书勉励，而增秩赐金者，恶知其非翼如耶？

送乐训导序

予尝泛观天下之物，莫不系于所染。丝之素者，染于苍则苍，染于黄则黄。所以入者变，其色亦变，五入而以为五色矣，故染不可不慎也。非独丝有染也，草亦有染。兰槐之根为芷，其渐之滫，[39]庶人不服，君子不近。其质非不美也，所染者然也。非惟草有染也，人之言亦有染。生于齐者不能不齐言，生于楚者不能不楚言。齐、楚之人，生而同声，长而异语，有不系于染乎？非惟言有染也，俗亦有染。瓯、越之人，文身错臂，大吴之国，异齿雕题。各习其习，染使之然也。

非独俗有染也，学亦有染。尧染于君畴，舜染于务成昭，禹染于西王国，汤染于成子伯，文王染于时子思，武王染于虢叔。此数君者，所染当，故功名蔽天地。周之末，孔子有德无位，为世宗师，其染大而远。《语》曰："丹之所藏者赤，漆之所藏者黑。"则其于染也，亦慎矣。孔子既没，七十子之徒咸遵其业而润色之。若子思学于曾子，孟子学于子思，公孙丑、万章学于孟子，皆所染也。当是时，老聃、庄周、列御寇、墨翟、禽滑釐、荀卿之徒，曰师，曰弟子，各以其术染，然恶紫之夺朱矣。汉之世，若田何、伏胜、申培、辕固、韩婴、高堂隆、胡母子都、瑕丘江公、董公仲舒之徒，各守其经以染者也。下及魏、晋氏，则染于清谈。自隋以降，则又染于词章矣。唐之学者不闻有师，有辄哗笑之以为狂人。独昌黎韩愈抗颜而为师，学者靡然复归于正，然犹未能脱词章之余染也。浸淫至于赵宋，故染犹存。安定胡瑗者出，始倡体用之学以染其徒。其徒染之，散在四方者，随其人贤愚皆循循雅饬。下及周子、二程夫子、张子、朱子，又从而光大之，染其徒以性命之学。渊源所渐，遍及海内，孔孟之道赖以复明，当染之功亦不可诬也。近世以来，若许衡之教人，时其动息而弛张之，慎其萌孽而防范之。日渐月渍，不自知其变也，其于染亦几矣。

今之为学者，不知其所以染果当矣否乎？雕虫篆刻者或染于浮华，尺趋绳步者或染于迂阔，呫嗫嗫斯[40]者或染于便佞，突梯滑稽者或染于柔回。若夫豪杰之士，则亦自拔于流俗者耳。而世之人于染忽焉，顾乃轻付之人，亦独何哉？

乐君之教于某邦也，有染之责。其姻兄周君甫敬，征言以赠，故吾以染之当不当语之。于戏，乐君其慎之哉，其慎之哉。

送节推韩君驭民复任南安诗序

韩君驭民，博学能诗，而勤慎朴茂，为广左魁士。领己卯乡荐，试春官累负屈称。久之，拜南安节推。南安，江左剧郡也。与岭南壤地相接，其民喜争讼，而政尚惠文，号为难治。君至，持廉布公，勤于职任，不峻不弛。已而嚣者革心，暴者畏法，狱简而民以安，上下交口誉之曰"良有司"也。既六年，考绩上天官曹，天官曹书课以最。然拘于年资，例复故任，而升迁之典未及。于是时，将办舟南还，其乡人绘图赋诗以赠之。大史⁽⁴¹⁾涂君邦祥辈，复征予言为序，予不能辞。

惟用人致治之法，莫善于久任。汉文帝之时，吏居官者或长，子孙二千石，长吏安官乐职；故上下相安，莫有苟且之意，而海内富庶，兴于礼让。宋元嘉之治见称后代，亦以守宰久于其职，吏不苟免，民有所系故也。今日黜陟之法上师唐虞，以三考为当，可谓善矣。然法久或玩，比者守倅而下，不免骤迁数易之弊，此有志于图回展布者，不能不为之慨叹也。

且以韩君才行之优，政绩之美，虽超迁以宠之可也。然君于南安，既稔其人情，谙其土俗，而郡民于君，亦服其条教，信其恩威。譬则赤子在襁褓之中，而可遽夺其保母哉？故兹行于君似为少屈，而于民则幸矣。君其益坚所守，益懋厥事。使美誉有加，则旌擢之典，亦岂能终吝也耶？于是乎序。

赠揭阳许观授阴阳训术序

圣人以敬天勤民为首务，必慎必详，罔或敢忽。故尧⁽⁴²⁾命羲和以历象授时之事，而必分命其仲叔，使颁布考验于四方。盖以不如是，则无以致其勤敬之心，恐术之违天，而政之失时也。国家稽古建官，置钦天监于京师，以司推步占候之事，可谓审矣。而天下府、州、县又各置阴阳学，学有专官。官在县为训术，统生若干人，使通于推步占候者任之。盖先王命官颁布考验之意，实寓乎此，岂不为重矣哉？

广左潮州之揭阳县，顷者训术员缺，县大夫以邑子许观名上天曹。天官曹试可，遂授以职。今文选郎中吴君敬昆，实揭阳人，而观又吴之自出。吴公甄别流品，随材任用，虽远且疏者，必知其贤而后用之，况近而亲者乎？则观之能贤于人，而能称其职，以上体敬天勤民之意，从可知已。

夫官无崇卑，惟称职为贤。乘田、委吏以大圣人居之，犹必尽其心焉，曰"会计当"而已矣，"牛羊茁"而已矣。况阴阳之职，有系于天人之重，而所任之者，下于圣人万万矣。昔史迁谓阴阳之术太详，而众忌讳，使人拘而多畏。然其序四时之大顺，不可失也。观归，能破拘忌，顺时序，以导民事，使因生民收藏之理，修作讹成易之政，而无玩岁愒日之弊焉，则于职为不负矣。

予⁽⁴³⁾同年进士翁君存道，与观有同乡之雅，喜其进用⁽⁴⁴⁾而怅其将归也。因过予请赠言。予故书此以道其行也，且勉之云。

送潮州推官曾君仁甫序

曾，世望太和，以科目仕州、县者累累有之。仁甫尤杰然可敬，学有经法，而材足以任事。尝以南京水军卫戍籍游应天府庠，领成化甲午乡荐。顷者谒选于天官曹，其四事皆在优等，因授潮州府推官。推官为理刑而设，凡一郡之狱讼曲直，皆取决焉。其职专而要，仁甫由释褐而遂得之，可谓荣矣。

然天下之事，惟刑为要。⁽⁴⁵⁾曲直之间可以生人，可以杀人。苟决之或失其平，则其冤将有所归。居是任者，欲职举而刑当者，不亦难哉？先正有言，古人之论政以宽为本，而今也欲严。犹古乐以和为主，而今也欲淡。盖以今之所谓宽者，乃纵弛；而所谓和者，乃淫哇也。故理官之于刑，亦必以严为体而济以宽，则人知畏法而刑可清矣。

盖民生有欲，而强弱不一，必至于争且乱。圣人为之刑，所以折其欲，治其争，使不至于乱耳。刑不以严为本，则⁽⁴⁶⁾有力者怵我以威，有财者诱我以利，请寄苞苴纷出⁽⁴⁷⁾于吾前。法不能执而曲直或失其平，无罪获收，有罪获脱。非惟民有冤，心将犯者日众，而刑不可胜用。何者？民知法之不足畏也。今天下承平既久，人怀苟且之心，政多纵弛之弊。往哉，仁甫。苟能以严为主，不怵于威，不诱于利焉，则不必深文审比、以刻为明，而刑罚自得其平矣。有其荣而无其难，将不在于此乎？

君将行，潮之人士谋赠以言，而予同年进士谢君有容来致其意，故书此，以见刑之至重而不可忽云。

赠疡医朱君铨序

凡小道之可观者，贵于专。专斯精，精斯验，不专精而能取验者，鲜矣。养叔之射，辽之丸，秋之弈，轮扁之斲，庖丁之解牛，公孙大娘之舞剑；皆精绝一时，足以润身而适于时用，无他，专故也。夫此数端，皆小道中之无益者，然非专犹且不可，况医乃人之司命，不专可乎？故《周礼》医师所掌，有主夫疾痛者，主夫疡者，有主夫食疗者。亦各专其职而使治之，然后责以十全之效焉。以是观之，则医之贵于专也。审矣。

贵溪有朱君铨者，于医之诸科一无所兼，独治疡之法，父子兄弟得其肯綮，世守其业不迁。针砭所加，应手取效，百不一二失，所谓专而精者欤。顷家君病痈，诸医不能治，势甚危迫。惟夏医孟厚者以为可药，日投内补之剂，而外攻之术则犹未尽。时漳守汪公闻之，因以君荐，予亟驰书召之。既至，分廷抗礼未及毕，遂语君以病势，[48] 诘其可治与否。君曰："是虽稍迟，然犹可为也。"入阃诊视，取囊中药屑傅四周，而以纤纳之。且谓其中有积聚如箸者，明日当随纤以出，则疮乃可敛。诘朝导以纤，果得如箸如指者数寸。自是药数易，而痛渐愈，君之功也。

昔扁鹊得长桑君怀中秘药，饮以上池之水，旬月后有所诊候，能尽见五藏症结。今君之奇，庶几类此，不亦可以为难哉？君貌朴言质，不能取名，惟傍[49] 近数十里知其能，[50] 则往来之，稍远已无识君者。而家君乃以为善之报，因太守公而获济于君，予安能忘哉？爰叙此以赠，使凡抱痛者因予言而知君之良，从而访焉，则不独一人之幸矣。

朱君之医，仁者之术也；太守公之荐，仁者之心也。然则予之斯言，盖欲体公之心而广君之术云尔。

送永丰邑庠少博曹君秩满之京序

浙之奉化曹君锡之，其先世有名宦，以诗书礼乐望于乡郡。锡之明敏敦慎，博通经学，故能使其芳润不衰。盖举于有司者屡矣，竟以数奇弗第。及升之太学，遂拜命来贰永丰教事。至则谨模范，公劝惩，循循然一以诚[51] 愿为主，不效今世人叹老嗟卑、苟且岁月之态。[52] 士类薰其德而化之，率知以文行自励，宾兴论秀，岁不乏人。吾所及知者，今黄门周君仲礼，学优器伟，温[53] 雅庄重之质，可敬可爱。问之，则锡之素所器，许将登于籍而以为功者也。若锡之于为师，亦可谓无愧矣。

是岁秩满，北行有期。诸生及邑之人士与善厚者，乐其迁，难其继，而不忍遽视其别。仲礼乃遣其从弟环，偕程君杰，来属予文赠之，予不能辞也。

惟治道以育人材、厚风俗为本。故有天下者，必崇学校、联师儒，使与贤俊之士讲论刮劘，养成其德器材质。于以布之周行，移风易俗，以为仁厚之归，而后治道可兴。然世变日降，浇伪日滋，窃观今之居学校以师、弟子相称谓者，特名存焉耳。横经者倚席不讲，视弟子员如浮萍。而执经者亦视其师长如途之人然，甚者操戈入室，群起而攻之，虽自叛名教，不以为耻。盖忠厚之道，在端本清源之地已无足观，况其余乎，况望其能善俗以兴治乎？今锡之能以师道自立，无不模不范之讥。而其所以教人，又有出于月书季考之外者。其来也，而人化之。其去也，则人慕之。非惟足以见锡之[54] 之贤，而是邑之俗日趋于厚，亦可以占知矣。

夫育材厚俗，乃先王建学之本意，而锡之无愧于此，不亦可以为难哉？锡之由是而去，将需于铨曹，试于馆阁。其课必书上考，其文必置高等。则陟将愈崇，所施将愈大，而人之爱慕者将愈多也。此固诸君之愿望于锡之者。尚勉之哉。

送京卫副千户菊轩孙侯悦吉归德兴序

孙望德兴。悦吉之大父岁寒公，以永乐乙未进士，历官至大司马，正统间屡平闽、浙巨寇，勋业赫奕，为时名臣。其长子司训葵轩公，文与学能世其家，然屈于甲科，仅持教铎。葵轩之仲子冰檗翁，复以成化壬辰进士，历官至大冢宰。赠葵轩为南京兵部尚书，而其继母王在堂，得授封夫人之诰。祖孙八座，先后相望，百年以来，海内缙绅之家鲜有俪者。悦吉即葵轩之叔子，冢宰公之令弟也。

冢宰公既引年得休，王夫人乃始弃养。时值濠构乱，武皇⁽⁵⁵⁾南巡，势不敢以恤典请。去秋，悦吉乃与其同产敦吉、从子东白谋曰："吾母以吾兄之贵，例有恤恩。曩以时变后，吾心缺焉。今幸圣天子在上，敦崇孝理，请可缓乎？"遂治装北上，与其伯兄养正翁之子直阁孟阳谋，疏葬缓之。有司故以请，⁽⁵⁶⁾诏葬如例，遣有司谕祭于家。君子曰："悦吉于是乎可谓孝矣。"

会工部方将营建西宫，议有能捐赀助役者，量所入授之武级。悦吉曰："吾闻卜式在西京，以佐国费称长者。吾世荷上恩，享耕凿之利，幸有赢余。乡邻以急告，尚欲济之，况国乎？"乃入赀若干，拜京闱副千户。君子曰："悦吉之之⁽⁵⁷⁾所存如此，非勉于为忠者能然乎哉？"然又有惜之者曰："悦吉生名家，负才智，濡染诗书，明习世务。使其拜真爵，效一官，于文可为司牧，于武可为干城，乃祖、乃兄之器业勋阶，宜可驯致。而顾老于布韦，隐乎乡井，敛厥干局施之一家。今虽因事效忠，荣受爵级，然徒冒空衔，不得措之行事。譬则千里之骥，老于伏枥；刷燕秣越之技，无所用之，是岂悦吉之所甘心焉者哉？"

予以为："人之志各有适，而其才各有用。古所谓逸民高士，不必颙颙以驰骛表襮为能也。称于家为贤子弟，誉于乡为善士，德足以立其身，行足以范其俗，则亦无愧于平生矣。今悦吉承其先人之训，勉为孝弟忠信，以大振其家声，则虽不以吏治、战功表著于⁽⁵⁸⁾一时，然亦成名德立，与古之逸民高士岂相辽绝耶？兹岂不足以为名家重邪？况其子曙，方以诸生游太学，⁽⁵⁹⁾才良质美，所进未可量。悦吉之所欲为而未遂者，安知其不大发于后邪？"闻者以予之言为然。会悦吉南归，遂书以赠之。

【校勘记】

（1）蟺　底本字不清，据丛刊本补。

（2）人　丛刊本作"是"。

（3）嗜　丛刊本字不清。

（4）良矣　底本字不清，据丛刊本补。

（5）售　底本字不清，据丛刊本补。

（6）底本此下自"禅以俟云"至"活者甚众"358字错版窜入本书卷十九的内容，而自"能哉"至"后十三年"382字丢失，均据丛刊本删、补。

（7）太和县　底本、丛刊本皆作"泰和县"，据后文及《宋史·黄庭坚传》改。

（8）笐　底本、丛刊本皆作"苂"，据《宋史·黄庭坚传》改。

（9）一　丛刊本作"下"。

（10）四　据文意，疑为"仕"之误。

（11）比　据文意，疑为"北"之误。

（12）大子　据文意，疑为"夫子"之误。

（13）母　底本、丛刊本皆作"毋"。据文意改。

（14）累业　据文意，疑为"累叶"之误。

（15）逮　据文意，疑为"违"之误。

（16）足　丛刊本作"近"。

（17）薤露蒿里　丛刊本字不清。

（18）昌烈　依文题，疑为"有烈"之误。

（19）以播称于谈　底本字不清，据丛刊本补。

（20）□　底本字不清，丛刊本作白框。

（21）□　底本、丛刊本字皆不清。

（22）生之归也可贺遂为之书　底本脱，据丛刊本补。

（23）广西郡　底本字不清，据丛刊本补。

（24）苗夷屯　底本字不清，据丛刊本补。

（25）闽　底本字不清，据丛刊本补。

（26）迹　丛刊本字不清。

（27）安定　据下文及《大明一统志》，疑为"定安"之误。

（28）礼让　丛刊本字不清。

（29）时　丛刊本作"恃"。

（30）而　丛刊本作白框。

（31）敛　据文意，疑为"歉"之误。

（32）礼可谓至　底本字不清，据丛刊本补。

（33）职　丛刊本字不清。

（34）丕　丛刊本作"至"。

（35）信　丛刊本字不清。

（36）不计其职之崇卑而　底本字不清，据丛刊本补。

（37）栋梁榱桷　底本字不清，据丛刊本补。

（38）□□□　底本、丛刊本皆作三墨块。

（39）潃　底本、丛刊本皆作"修"，据《荀子集解·劝学》改。

（40）粟斯　底本、丛刊本皆作"粟朝"，据《楚辞章句·卜居》改，

（41）大史　依文意，疑为"太史"之误。

（42）尧　底本字不清，据丛刊本补。

（43）予　底本字不清，据丛刊本补。

（44）进用　底本字不清，据丛刊本补。

（45）要　丛刊本字不清。

（46）则　底本字不清，据丛刊本补。

（47）出　底本字不清，据丛刊本补。

（48）病势　底本字不清，据丛刊本补。

（49）傍　丛刊本字不清。

（50）能　丛刊本字不清。

（51）一以诚　底本字不清，据丛刊本补。

（52）态　底本字不清，据丛刊本补。

（53）温　底本字不清，据丛刊本补。

（54）锡之　底本字不清，据丛刊本补。

（55）武皇　底本字不清，据丛刊本补。

（56）请　底本字不清，据丛刊本补。

（57）之之　据文意，疑衍一之字。

（58）功表著于　底本字不清，据丛刊本补。

（59）游太　底本字不清，据丛刊本补。

卷之十一

序 类

送贵溪令韦君述职赴京诗序

入周而闻《缁衣》之什，则知郑伯之政。入鲁而闻章甫之诵，则知夫子之政。入渔阳而闻两歧之歌，入蜀郡而闻五袴之谣，则知张堪、廉范之政。盖纳言以观治忽，采诗以观民风，听谣诵以审哀乐，乃古今论治者之所尚，不可废也。

贵溪令长兴韦君原载，兹将循比奉职入觐京师。邑博吴时亨、李时中、李敬甫及耆英茂异之能言者，各为诗歌以道其行，其亦窃取此义欤？

宏襄与君同为曲江之游，稔其为人。近得告归，处旁邑，与蒙河润之福，又稔其政。盖君之为人也，慈祥恺悌，有视民如子之心。忠信明决，有听断如流之才。而其为政也，守之以正，将之以诚，催科之中抚字存焉，刑罚之中教化寓焉。故虽不煦煦以为恩也，而孤嫠穷困无不蒙其惠；不察察以为明也，而黠吏猾胥无所用其欺；不皦皦以为廉也，而苞苴请寄无以投其隙；不仆仆以为勤也，而钜政小物无不当其可；不凛凛以为威也，而豪民右族无以逞其诈。

贵溪政[1]繁事剧，号为岩邑，而君特卧治之。居三年，酿为醇俗，薰为至和。农安于野而年谷屡登，士安于学而弦歌方殷，商贾安于市而阛阓旁达，行旅安于途而奸穴窜伏，寮佐安于职而百废俱兴，鬼神安于祀典而妖诞屏息。若君者，可谓无负所学，[2]无忝于贤科，无愧于民之父母矣。予知诸君之作，姑咏其实，固非为过情之誉也。

今上临御日深，励精政事，方大计群吏之治，大明黜陟之典。君兹行，秉衡鉴者必署以上考，则宪台可仰取，郎署可俯拾。其及人之泽，将覃于天下，而不专于一邑矣。然予窃有所感，今天下王泽不流、民生不遂者，郎星未耀而令长难其人耳。间有贤如韦君者，则又骤迁数易，不能竟其所施，使蒙福之民如赤子夺之慈母。虽有借寇之章、挽邓之歌，亦徒付之空言，良可慨也。司国柄者苟能建久任之议，凡守令之贤者，一如汉家故事，玺书勉励，增秩赐金，必政成而后易之，岂非生民之大幸哉？

予既喜韦君之政为人所歌舞，将去是而羽仪于天朝。然又恐既去而思其遗爱者，不能忘也。聊复致拳拳之意云。

赠医师夏君孟厚序

所谓医贵乎老者，岂非以其阅历多而有定见，试验屡而有定守耶？凡初学书者，纸费。学制者，锦费。学医者，人费。人不可多费，则医非阅历多而试验屡者，尚足贵哉？昔齐桓公伐中山，夜迷失道，管仲请择老骥而从之。樊迟问稼，孔子以谓"不如老农"。夫农与骥，无大损益于人，而犹以老为贵，况医乃天下之仁术，群人之司命，乌可不贵于老哉？

夏君孟厚，于艺术无所不学，而尤以医名。医于诸科无所不学，而尤以外科名。春秋已七十矣，鬓髭皤然，谈论亹亹不倦，盖所谓老于医者也。顷家君得痈疾甚危，诸医皆束手无策，举家惶惑忧惕，食不能下咽。予日夜吁天，请以身代。独君与朱铨者，以为无恐，而君主之尤力。每平旦就榻诊脉已，怡然而退。至其处剂，则据古方内补之法，不敢少置增损于其间。旬且浹，病势未杀，君持前说不少变。旁人皆笑，以为非愚则诬，其强者至面嗤之。既又数日，家君之疾果少差，阅月，起居如平时。

盖方疾势危急之秋，譬则乘舟于重湖钜海之中，惊风骇浪，倾樯摧楫，舟中之人皆骇愕失度，委身鱼腹。犹赖长年三老，持柁不废，陷危之众，获济[3]于静定之余，君于是有奇功矣。问之，则曰："吾阅是者数四，苟攻补[4]合宜，无弗愈者。惟医多而药杂，则非徒无益，而反害[5]之。"然则医之贵于老，不于是而尤可信耶？

予载笔玉堂，以文学为职业，然性颇疏懒，于人之请辄以故谢遣之。独以家君即安之故，德君不能忘，念惟赠君以言，庶几可以张君之功而道予之意。且以君亦知重文辞者也，于是乎书。

送弋阳邑博洪君明卿序

昔有人言，周公之富贵，不如夫子之贫贱。盖以周公位冢宰，正百工，然贤如君、奭，亲如管、蔡，而不知其心，则周公谁与乐其富贵？而夫子所与共贫贱者，若颜渊、由、赐，皆天下之贤才，则亦有以乐乎此也。予尝诵之，以为斯言即夫子所谓"有朋自远方来"，孟子所谓"得天下英才而教育之"之意，其大而非夸者欤。

师儒之职甚卑，而其禄甚薄，自世俗志于富贵者观之，诚有不屑为者。然苟能因其材，随其分，尽其心以行其志，如安定之在湖学，推明体用以淑其徒；及其教之既成，贤才辈出，大有益于人国，则名教之乐，亦可窃附于圣贤之后。其视苟富贵、徒贫贱者，其为人，贤、不肖何如哉？

莆阳洪君明卿，以乡贡进士来署弋阳邑庠教事者，九年于兹矣。其容貌庄而温，称为人之模范。其学足以待问，而又恪守夫温故知新之训。其遇弟子员，一惟恩义焉是尚，而于财利尤不屑屑。比岁来，是邑之士登名乡书者倍蓰畴昔。伦魁之选昔所无，而今有之。若翰林庶吉士汪君抑之，秋官方君行恕，进士范君景贤，乡进士李君文卫、杨君诚之、陈君克一、夏君时望、李君汝章、汪君器之，皆尝载名弟子籍中。而其余怀抱利器以应时之须者，不可以一二计。予面明卿者再，未尝见其叹老嗟卑之态，方且欣欣然以得士为喜，明卿其庶几能脱去世俗之乐、而自乐其乐者矣。

今国家修举学校，于师儒之职尤加意焉。故其文行之优者，试于吏部，辄得补郡佐、邑长，以究其长。而其有志于进士举者，又往往得[6]以入奉大廷之对。以明卿之学、之绩，俯拾仰取，惟其所欲，全无难者。使能因其材，随其分，尽其心以行其志，则随试辄效，且将无往而不乐也。

明卿北行有期，文卫辈来征予言为赠，予故以其可乐者赠之。盖孔、颜之事业，曰师、曰弟子云者，固其职分之所当勉者也，岂曰拟非其伦哉？明卿尚益勉之。

赠河南大参刘君博之序

验封正郎东阿刘君博之，顷以太[7]夫人服阕北上。会河南布政司右参政缺，冢宰钧阳马公遂以君荐。今之布[8]政司，即古之州牧也。其职主于承上命，宣德意，以牧养乎斯民。马公掌握邦治，畚作夜思，拳拳焉仰体圣天子奉天惠民之意；凡遐方远郡，与有抚绥责者，必惟其人，而况其父母之邦乎？

君为人温润如玉，自登甲科，官吏部，即受知三原王公。历考功、稽勋、验封，百尔举措，付之公议，未尝意徇。士大夫多爱重君者，于是共贺马公之荐为得人也。或以地望论之，疑君不当远处外服。予则以为贤者之志在于泽民而已，中外远近亦系其所遭，[9]曷尝为身而择地哉？

予不能通晓时事，然窃观藩臬之秩，虽下其使一等，而事权职务无大相远。凡兵民之休戚，风俗之善恶，无不当问。按部所至，守而下必郊迎屏候，庭趋而阶跪。喜怒异态，而荣辱随之，是其所据不亦重乎？一省之地分为数道，道以一人守之而岁易焉。守者有材鄙污洁，而政之兴坠，民之苦乐以之，是其所系不亦大乎？足国之务在赋与役，而其散敛取予，一事之兴不如一事之省。民与国未必能两便也，是其规为措注，不亦难乎？君兹行，在上体君子为官择人之意，以图其重大而难能者。必不若他[10]人校量内外，而以出为劳也。况中朝公卿起自藩服者十八九，君之复入台省者，亦旦夕事耳。

凡与君同进士而仕于朝者，笃年家之义，相率饯君，而必以言赠焉。宏不佞，辱载笔从诸君后，于是乎书。

送张天秩丞攸县序

士君子筮任之初，惟当充其才，励其志，求以能其官而已。禄之浓薄，位之崇卑，不必校也。夫才之赋于天者，虽有限量，然常因事而见。志之所在，才副之。百里之途，苟甘于偃息，其远犹燕、越也。晨起道路，骎骎不已，及晡，固已达于其所欲往矣。三军之士，勇怯不齐，盖有畏敌如虎者。大将援枹而鼓之，亲冒矢石，以成搴⁽¹¹⁾旗斩将之功。夫人可勉而能焉，所谓"有志者，自有成"，非虚言也。

今之仕者，既惟择官于始进，不复需效于终身。禄与位一不如其所望，则临民施政必有无聊不平之意。虽其才猷干局有过人者，亦将薾焉以阻，苟焉以安。况望展布四体，益充其所负挟者哉？盖亦思之，万钟之禄，或积于斗升；三旌之位，或起于莞库。古与今往往皆然。吾何可甘于自弃，而不要其终也耶？使资厄于时，进限于途，而无复高位浓禄之望；苟能用吾才，行吾志，居是位也，则必尽是职，而受直怠事之讥不及焉。斯亦贤矣。

张君天秩，于宏为中表兄弟。而其学也，实以予伯父少参公及叔父乡贡进士雪峰先生为师。宏髫年与君联笔砚，共灯火者，寒暑屡易，赖君丽泽之益为多。君天资朴茂，笃于问学，为文有思致，以之取一第无难也。顾乃淹于胄监，其才与志久未及施。今兹参选于天官，宏意其展露所长，超越流辈远甚；佐上州，长壮县，盖其囊笥中物耳。而又仅得攸县一丞。噫，事之难定固如此哉。昔人有"余不负丞而丞负余"之叹，才优志广者固不屑于此也。然予观今日之事，百里之民，丞得而共理之；一邑之政，丞得而参知之，譬⁽¹²⁾之兄弟，令伯也，丞仲也，与昔之以嫌例不可否事者异矣。士惟无志焉则已，不然则勤政安民，惟才是视，其孰能御之？序进超迁，惟才是论，其孰能量之？

君行矣，尚安其官，乐其职，勿校其始，而要其终。《书》曰"功崇惟志"，固吾与君素所讲习焉者也。

寿封长史竹坡张公序

岁九月十有一日，封长史竹坡先生之初度也。先生之仲子廷哲，以弘治庚戌进士授兴府左长史，而先生与其配袁宜人俱受封诰之恩，至是已十年。其生之年为宣德辛亥，至是盖四百四十甲子矣。其季子廷宾，以己未进士官上饶，欲迎先生至官邸，庶几伸戏彩之私。先生不可，且以书谕之曰："吾老矣，日与昆季子侄宴集笑歌，取适山水，甚乐也。何以就养为哉？"

盖先生同产六人，伯兄少参公，及弟庐陵尹以蒙甫，皆老于家。而仲兄以文、以时，及幼弟当涂司训以震，或隐或仕，友于之爱甚笃。先生子四，长史及上饶虽系于官，弗克称觞膝下，而其伯氏景夔，叔氏景燧，则皆隐居干蛊，未尝去左右。且铅山、鉴湖之胜，足以纵游观；江瑶、海错之珍，足以供奉养。先生以封君之贵，族望之华，一觞一咏，徜徉其间，乌纱白发，耀映先后。虽阳明、天姥之仙，莫或过之，宜非廷宾所能屈致也。

然廷宾意犹郁郁，间语予故，欲假词寓归以为先生寿。予废笔砚久，自度不足补廷宾之所须，然义有不容已者。

夫寿本于德，玉瓒之于黄流，葛藟之于樛木，以类而应，其理然也。吾夫子之言寿也，必归于静；言静也，必归于仁。盖仁者，万寿之长，德莫大焉。予虽未及升先生之堂，而与先生之从子廷良君同为丁未进士，又因廷良而辱少参公之爱颇深，且廷哲、廷宾交游皆最久也。因椿以知津，因建庆以知奋，因仲郢以知公权，则先生之为仁人长者无疑矣。而又安于家食，不屑就养，亦惟恬愉静退、无慕乎其外之心。其享高年，膺盛福，岂偶然哉？况廷哲辅翊亲藩，能效忠秉德，以为维城之助。而廷宾试政壮邑，能奉公持廉，以应列宿之光。所以养其志，逸其心，而迓续方来之休宠者，两无憾焉。先生之寿，张氏之福，盖未艾也。《诗》曰："乐只君子，万寿无疆。"请以为先生祝。

赠永丰令沈侯惟佩序

臣蕲于忠，子蕲于孝；忠孝，臣子之当然也。若忠足以承君之宠，孝足以悦亲之心，则又人所深愿而不可兼得者焉。尽其所当然存乎己，得其所深愿存乎天，己可必而天不可必也。必其可必，而不可必者，亦于我乎应之，其为可贺孰甚哉？

萧山沈侯惟佩，令永丰有年矣。将奏课于天官卿，且以最书。其母卫孺人在堂，年几九十，又得取道拜庆。邑人爱侯，莫不欲为侯贺。而庠生余君舜卿，介其姻正科上饶周君廷宣来恳予言，叠叠道侯不倦，曰："侯，萧山名族也。自宋迄今，宦业不衰。侯承其尊翁知足道人及卫孺人义方之教，以明经领乡荐，来莅吾邑，必勤必慎，惴惴焉惟所生之忝是惧。吾邑俗颇顽犷，号为难治。锄强植弱，抚字有方，振举废坠，类有成绩。尤加意庙学，支倾葺坏，焕然改观，庠游之士心德侯甚。尝署上饶邑事，不旬月民吏畏爱，遂有颂声流闻当途，乃与剡荐。古人未可知，侯于今日，殆可谓良吏矣。且侯政暇念其尊翁，辄动风木之悲。以卫孺人年高不能就养也，陟屺瞻云，尤切感慕。岁之十有二月十有二日，实孺人设帨之旦。侯归，率昆弟子姓，称觞膝下。白发彩衣，辉映闾里，未知天下之乐复何以加此也？窃闻太史氏于循良孝友，例见褒录，言可靳乎？"

予素闻侯贤，乃今得其详矣。昔人谓"求忠臣者必于孝子之门"，而王祥，孝子也，尝治海、沂，竟致邦国不空之谣。忠孝相须，盖万世不易之常理也。今国家以孝治天下，沈君行位孝廉之举，孰不喜谈而乐道之？而况永丰之人士乎？盖侯乃邑人之父母，而卫孺人即其大父母也。必父母之恺悌，而后其子得保其生；必大父母之无恙，而后父母得举其职。吾意是邑之人，莫不欲孺人之寿如冈陵松柏，不骞不崩，庶几久被侯之惠泽也。侯兹行，当书上考，进崇阶，邑人其尚有借寇之章乎？二君揖而对曰："此邑人之意也，足以为吾侯贺矣。"予让不获，于是乎书。⁽¹³⁾

寿建阳卫指挥佥事致仕裴公八秩序

皇明之得天下也，始于南服。而其取南服也，始于太平。故郡之公署、僧庐，往往为我太祖高皇帝驻跸、游居之所。予北上取道至此，将追考其当时创缔经营之实，万有一可，以补日历政记之遗。意郡之耆旧，阅多而闻见广，固有能道其详者乎？或为予言梅坡居士裴公鸣凤，以指挥佥事老于家，春秋今八十矣。悦诗敦礼，有古贤将之风，盖武弁之杰然者，思一访焉。而公之大父子成，实侯于天造草昧之初。当皇祖渡江，拔采石，克太平，下建康，子成皆与有劳勋。裴氏世赏，所由始也。

未几，为公县孤之辰，郡主周绍立先生偕别驾屠君，监郡张君，节推李君，邀予往贺。则见公仪观山立，谈论风生，坐自旦迄晡，爵行无算。酒阑尚能与客战壶矢，无几微倦态，予甚壮之。闻公当未仕时，尝侍先挥使讳谦者征贵州之草塘，湖南之辰、靖，宣力四方，无忝于桑蓬之示，其意气伟然可想矣。兹惟恬嬉无事，可以老也。脱当濒洞勋勤之秋，意公奋行图报，岂在营中伏坡⁽¹⁴⁾下耶？

仰惟我皇祖，起自布衣，成帝业，举海宇，而跻之于仁寿旷古，今始一见之。譬之木焉，兹郡实其根本所在，得气最先而悠久以之。予窃谓长生兹郡者，当多被敷锡之福，甲于天下，而况公之先又有劳于金戈铁马之役者乎？其寿也，固宜然。抑又闻公之先挥使，寿亦甚高。公年四十始世其职，则所谓三世为将，道家所忌者。□⁽¹⁵⁾果足据欤？彼盖以兵为不仁之器，握之者或过焉，斯不利其身与其后。不知善用兵者，仁固寓于其间。除残遏乱，拯斯民于水火，非仁者之功耶？此我皇祖所以寿国脉于亿万斯年之久，而凡与有劳勋如公之先者，皆当无负于爱及苗裔之盟也。

公之子，今指挥佥事纶，来征予文。予嘉纶之孝也，于是乎书。

寿李母黎太夫人序

寿，何事于祝哉？然凡人于其所亲爱者，莫不欲祝之以寿，盖不至于期颐不已也。必曰"万寿无疆"，而后庶几足以满⁽¹⁶⁾其意愿焉。臣之于君，则以是祝之，若《天保》是已。主之于宾，则以是祝之，若《南山有台》是已。公卿之于力农亩者，则以是祝之，若《甫田》是已。是皆出于人合而非有骨肉之恩，然相爱既深，形诸祷颂，亦有然者。况子之于母，喘息交通，德拟昊天，何以为报？虽万寿无疆，殆犹未足以满吾祝愿之私也。

太孺人黎氏，为太平郡推高密李君守仪之母，年七十有奇矣。正月二十日，实其设帨之旦。守仪縻于职守，弗克归膝下献觞。北望孤云，心旌摇摇，以予交谊素厚也，乃授意假辞，将寓归为孺人祝。吾意守仪之祝孺人，虽"万寿无疆"，犹以为未足也。

予闻孺人天性纯懿，事赠兵部右侍郎先生，柔婉淑慎，克修内职。先生弃养时，守仪与其弟守敬皆在髫龀。孺人恐家声之中坠也，虽抚之慈甚，而为教孔严。每夕从外傅归，必篝灯督其讲诵。成化癸卯，守仪昆仲果同领荐书，克成孺人之志。迨守仪之拜郡推也，孺人愀然不乐。或诘其故，则曰："刑官，人之司命也，非练法律者不可居。少失其平，欲人无冤，难矣。"其居家俭约，不肯妄费一钱。见守仪辈服用少华靡，必戒之曰："非俭无以养廉，汝其慎之。"孺人之贤类此。昔柳母贤而仲郢勤于学，隽⁽¹⁷⁾母贤而不疑谨于刑，崔母贤而玄暐甘于贫乏。以孺人观之，古今人岂相远哉？况世之母氏能成其子者有矣，未必能饬之以廉；能廉其子者有矣，未必能导之以恕。而孺人兼之，何其德之盛也？德盛则福随以盛，而寿为之先。有寿，斯诸福毕备。天道与善，信乎其不爽矣。

守仪克体慈训，贤名籍甚，旦夕且有显擢。而守敬抱负利器，方与天下士争先，孺人之福，盖未艾也。予不佞，窃取诗人颂祷之义，姑以"万寿无疆"为孺人祝。

东园文集序

《东园文集》，户部尚书仙游郑公之所作也。公登天顺庚辰进士，入翰林为检讨，以亲老称疾归养，家食廿有余年。成化丙午始复起供馆职，由是出典学政，入长成均，累官至南京户侍。顷者屡疏引年，上高其志，加今职听致其政而归。

自其筮仕，即以文字为业。四五十年之间，旧稿之积，殆将没人。盖缙绅名流欲假言以信今传后者，山镌家刻，壁陷笥藏，往往干公手笔。至于登高而赋，斫地而歌，兴寄所到，又未能郁而不宣。然其随手散逸者，亦已十五六矣。公之子主忠，晚得其类存者，萃为是集。提学御史陈君玉畴，公郡人也，请而刻之。将成，宏适以试事至留都，主忠⁽¹⁸⁾托序其后；时方困怠缘循，未假作也。及归京师，公子婿陈贡士在充，复以公命见督。宏忝甲科，实公门下士也。自顾谫陋，虽不能为役，然骥尾之附，不庶几于千里之致哉。

盖尝思之，古今以文章名世者，非苟然也。惟静深有本，专勤不懈，而后能得之。观昌黎所答李翱书辞，磨砻浸灌之功概可见矣。夫所谓浩乎沛然，岂苟焉袭取而能致哉？公材全能钜，无施不可。居家以余力赡其宗党，率乡人为孝义之行。仕于中外，所至以政事著闻。其文得之天巧，特经济之余绪耳。然窃观公志，亦可谓静而专矣。往年宏请告归，公遗书以早出为戒，叙其少时尝欲入武夷，结庵大隐岩下，读书二十年而后出。盖学而能静，故其得之也深，所谓既溢而流者也。顷泛江道石头城，登观音阁，读楣间公所留题，主僧语予："公入贺万寿节，阻风憩于此，中夜得，亟起索烛书之。"公春秋不为不高矣，而豪吟健作，若与少壮者争能斗锐于笔砚之间，何其勤而不懈乎。

兹集之富而工，固宜后生小子所谓"骇叹而愧服"也。况公齿宿意新，兹归享暑簟冬毡之乐，无游鱼野鸟之猜。日与邻翁田父颂天子之休德，门生族人歌先王之遗风，积以数年，且将继是而有所集云。

贺监察御史张君广汉考最序

君子学焉而仕，固欲有所为于天下。而施之广狭，但视其职之崇卑，此古人所以有为泽、为川之喻也。职可以远施矣，然必其才猷器识有过人者，而后足以称之。

高墉之隼，非弓矢素备，恶能射之而有获哉？虽然，其树立究竟，又顾其志高下何如。盖坚车良马，千里之志，宜无难者。苟王良、造父，惰而息焉，亦未必能秣燕而刷越也。故职之称也，存乎才；才之用也，存乎志。

人君之驭吏，欲称其职而已。况御史为风纪耳目之司，其职之雄峻，固岂群吏可得而例论者乎？夫天下犹一身，然天子其元首也。居其下而为佐者，赞宥密则为心腹，任夹辅则为股肱，司出纳则为喉舌，效捍御则为爪牙。其余与有毫发之劳，皆吾身之用而不可一缺者。然精神风采，犹于耳目乎是寄。故京师以达于徼塞，皆其所按行之地；由岩廊以达于筦库，皆其所刺督之人，其职诚要矣。使居是职者有可为之才，有必为之志，则中外百司皆将奉公忧国，肃然于宪度之中。譬之视听聪明，自足以检乎一身，虽旒垂纩塞，可以远见万里，而无壅蔽之患。由是主威立而国势尊，民生安而王化盛，其为施之大，岂可以一二计哉？

博罗张君广汉，在御史之职三年矣。而其考以称书，亦惟其志操之高，才猷之美，有以取之耳。君发身最少，而其所畜负不凡。出尹建阳，兴废坠，辨冤抑，赈饥遏盗，区画井井如老吏事者，政成而其誉大著。乃以忧去，服阕改尹畿县。政因其俗，而勤励一如建阳，于是有台之召其试职也。即侃侃有所论列，不为媕婀顾慕。寻奉命出按浙江、江西二省屯田，君阴求官属之可用者，委以检核之务。而其旁诹审处必合事宜，故屯得如故额，而无绎骚之怨。是虽未足以究君之才，而君之所至，固可见矣。君还朝，间尝论二省官属，所取必爱民守己者，未尝以爱憎为贤否。若君者，于耳目之司，可谓无愧矣。而其考以称书，不亦宜哉？

端公杨君德夫，举故事谒文贺君，盖寮友寅恭之谊也。而予实君之同年友，不可以不文辞。乃为书此，并致区区之私喜焉。

寿封君自拙陆公诗序

公世居溧阳，自掘其号也。以其子监察御史时休知临川课最，得受县尹之封者，于是将十年矣。五月三十日，为公初度之旦，御史虽不得及其时称觞上寿，兹奉命使云、贵，可便道遂其展庆之私。以公雅好吟咏，尝有声于诗社也，乃干僚友作为诗歌，将持归供一噱之乐。甲倡乙和，遂成其帙。烂乎文彩之盈箧也，璨乎珠玑之在贯也，洋洋乎金石之交奏于堂也。御史谓予有斯文一日之知，复欲有文序其首。

予尝读濂溪《拙赋》，慨世之巧者多而拙者少也。则游心乎千古之上，庶几有默而寡言，逸而知足，德而无伪，吉而有常者，将取其言行而师友之。然念夫耻巧宦之题者，或不免拜尘之辱；摅乞巧之愤者，或不免附党之讥。岂大朴既散，浇风日煽，而能守拙以自修者，世固难其人乎？公之号，既有取于自拙，则其存心制行，必能超越乎流俗，而追逐乎古人。使如公者，而获无疆之寿，备可致之福，岂不可以为后生小子之仪刑也耶？为老、庄之教者，亦曰兰之焚也以其芳，井之竭也以其甘，而栎之寿也以其无用。彼盖恶夫巧者，有激而云然尔。然君子之所贵乎拙，亦岂椎钝冥顽，一无所取之谓哉？务乎其所当为，安乎其所当止，不相时而射利，不饰诈以钓名。穷通得丧，惟其所遇，而不以己私参焉。斯固巧者之所嗤，而拙者之所乐也。

公初尝治举子业，以亲老，己为适子，不可远游以妨养也，于是乎辍进取之谋，而修孝友之政。及御史与其三弟既长而知学矣，则因其才而教育之。御史以明经早登甲科，而曰徽、曰微皆骎骎乎缙绅之列。其叔曰彻者，亦以克家闻于乡。盖尝得公教子之诗而读之，于学必励以修己之方，于仕必勖以及民之泽。和平温厚，蔼然正始之音也。公之以拙自修，于此可以概[19]见。而其福履之盛，自天佑之，亦岂智巧之士可强求而必得也哉？语曰："人无所不至，惟天不容伪。"观于公，其益信矣。

公年既耄，而聪明不衰，进学修德，有少壮所不能及者。幸际盛时，朝廷方隆养老之礼，庸讵知安车蒲轮、束帛加璧[20]之举，不复见于今日乎？予固拙于修辞者，聊以是为公寿。

四封录序

婺源潘氏之子，顷岁累累以进士起家。前大理寺正、今山东按察佥事珍，举于壬戌；户部主事选及郎中旦，举于乙丑；南京大理评事鉴，举于戊辰。而两户部，皆予弘治甲子应天主试时所取士也。间手一册谒予，求叙其事。予取而阅之，其端三大字曰"四封录"。因从而质其详。两户部拱而对曰："吾潘之老，顷以子贵得封者有四焉，兹录之所由名也。盖自其辈行论之，则选之父嵩阳老人，与珍之父闲庵公为兄弟；且之父直庵公，与鉴之父南峰居士为兄弟。自其封秩论之，则闲庵大理评事，阶文林郎，而南峰与之同；直庵为户部主事，阶承德郎，而嵩阳与之同。自其所得论之，则珍与旦以三年考绩之最，实庚午夏秋之交；选与[21]鉴以两宫锡类之恩，盖是冬之十有二月也。"

又曰："愿之切者，每难于自遂；事之盛者，未易于兼全。惟潘之先，有志于用世久矣。嵩阳与南峰者，著美负屈，竟弗获于一试。而闲庵、直庵，储书辟塾，所以教子者尤勤。延及选等，乃始凭藉世积，以克偿厥愿，盖非一朝一夕之故。且珍与旦也，筮任中朝，于貤封为易，而喜惧之载，犹不勉焉。盖选出江山，鉴出诸暨，则何敢厚望而幸皆内徙？适遭事会，先后数月，阃门受宠，而又皆具庆在堂，此于人间之事，似为极盛焉者。吾侪喜极而感，惟侈上恩而昭世德焉。是图不自知兹录之为夸也。"

予又从而思之，其言虽出于一时，而皆发乎性情；其事虽止于一家，而实关乎名教。于子，知其能笃于孝焉；于臣，知其能笃于忠焉；于族里，知其能笃于仁焉。盖守身者求以养亲之志，为善者思以贻亲之名。夫苟念身之所由立，而名之所由成，敬于始必不敢堕于终，荣于前必不敢辱于后。则令闻益彰而显扬益大，不但公卿之爵可貤于亲而已也。非笃于孝者，能之乎？一言之誉犹终身诵之，一饭之德犹中心藏之；况衮褒之荣贲于一门，命服之章被[22]于再世。惟遭逢之不偶，而报塞之当施，则成我之恩与生我等。而臣道之尽，所以为子道之尽也，非笃于忠者能之乎？世降俗薄，闾阎小人，不知本原之为重、而同姓之当敦。至于喜不庆，忧不恤，而相视为途之人者多矣。

夫惟枝叶之泽，同归于一干；举远之化，必先于一家。诸父群从，交欢迭贺。下以兴邹、鲁之俗，上以禅尧、舜之治，非笃于仁者能之乎？孝以基之，忠以成之，仁以充之。然则潘氏之盛，殆未可以今兹为至，而兹录且当屡见于他日矣。诸君尚因予言而益懋哉。

送宪副谢君德温序

国家兴自南服，定都建业，苏、松、常、镇实股肱郡也。其地带江海而襟淮、浙，凶猾之徒，往往驾大舰，乘风涛，规煮海之利，因出没攻剽为患。蜂虿有毒，而蔓草难图，固不可漠然置度外。其上供赋额，当天下三分之一，而田下湿，所谓大湖者支分派接，绵亘数郡。春夏之交，雨连日不止，则巨浸稽天，岁遂不登，至烦发帑蓄、留纲运以振业之。而京师亿万口之所仰给焉者，不得不升以与民。此其利害有关于天下，非独系于一方。以时兴革，而先事备御，实存乎其人，择之固不可不审，而任之固不可以不专也。

吾友谢君德温，尝[23]以监察御史出按兹土，深明宪体，风采凛然，其所以锄奸剔蛊、逆折盗萌，有大造于吾人。又尝特疏于朝，欲疏浚常熟、江阴诸浦，导水东归，以除泛滥之害。于前二事之所当兴革焉者，盖已有概于中久矣。顷缘山东残寇流入江南，一再越留都，乘风鼓行，假息常、镇境上。言官谓四郡饬兵之事在浙宪，虽有水利官兼摄，而其任勿专。今当增置一使，即太仓置理所，庶武备修举，缓急可倚。向所谓凶猾者，诱募训辑，又将入吾彀中，不致于抵禁助逆，重为民毒。其闲暇时，兼督水利，以兴农务。民生既安，则盗患亦当息。廷中议者皆是其言，太宰邃庵公乃剡荐德温往践其任。德温之志、之才，固无往不宜，而骏马轻车，于熟路尤便。公之择人，固如是其审哉。

虽然，自狼山之捷既闻，谈者遂哗然，谓四郡可以高枕，而戎兵可以投戈；德温之往，亦可以缓带雅歌，无复奔走鞅掌之忧矣。吾以为天下之患常生于所勿，而圣贤之训常欲其过慎。譬之爱身者，即当元气完固、肤革充盈之时，而摄养保护之功，亦不可以少废。所谓鞭羊视后，正以患生于所忽，思而防，防而豫，犹惧不免，而可以为无足患乎？今四郡之民，盖已为逆螫所侵，其元气不可谓之完固，而肤革不可谓之充盈矣。摄养保护，方有赖于良医，德温忧民如病，又肯以为无足虑乎？

当元之际，兵起沿江，淮运使宋文瓒[24]言："江阴、通、泰为江海之门户，戍将非人，致贼舰往来无常。宜亟选智勇，以图后功，不然则东南财赋非国家所有。"时不能用。既而张士诚起泰州，旋据有吴中诸郡，京师告饥，至遣使征粮于士诚。使因文瓒之言而能思患预防，岂有是哉？此一方之利害而实有关于天下者，于德温之行一及之。

嗟呼，当全盛之日而为先事之忧，览者未必不以予言为过也。

遗德录序

礼部左侍郎东莱毛君维之，有《遗德录》，录其考赠通议大夫礼部左侍郎养浩先生，及其妣封太淑人刘氏之遗德也。先生与太淑人之德，孚于族里、播诸士林、闻之朝著久矣。其扬于庭，则有褒荣之敕；贲于几筵，则有谕祭之文；纳于幽宫，则有铭；树于墓道，则有碑；藏于家。则有状、有传；哀挽于执绋，则有歌、有辞。皆在斯录，皆所以表章遗德而可传于后世者也。

夫人子之于亲，有遗业焉，将传而守之；有遗器焉，将传而保[25]之；有遗书焉，将传而诵之；而况于遗德乎？故曰传[26]而弗知不明也，知而弗传不仁也。不明不仁，在恒人犹[27]耻之，而况于维之之孝乎？

先生初以明经领荐，既[28]再试礼闱不利，欲得禄养亲，遂司唐山之训。历霍山、[29]故城、杭郡，所至以身为教，口不言利。诸生有贫而不[30]能婚葬者，往往斥所余赈之，是其德之大者。即欧阳子所谓"养不必丰，要于孝；利不必博，要于物。其心厚于仁也"。惟太淑人之于先生，有相之道，而其德合焉，故天之报之亦为甚厚。盖锡之以胤，则其子五人，或隐或仕，皆有贤称，而为之文学器业蔚为公望。其孙、曾二十余人，类秀颖不凡。锡之以祚，则其年皆逾八十，而食子之禄逾二十年，可谓盛矣。况先生捐馆时，维之为谕德，秩才五品，上念春官旧学，特赐之祭葬。今兹太淑人弃养，又赐祭如例，且命有司并治茔域，仪式得如今赠。凡生荣死哀之典，先生与太淑人无弗与者，非德盛岂能致哉？

维之之于遗德，非徒录之，盖思其亲而不可见，见斯录如见其亲。且欲后之子孙，因斯录而览观慕效，庶几以永先生与太淑人之庆于无已也。予既嘉维之之孝，辱为同年，且尝同官，子孙将世讲焉，于是乎书。

送知霍山县吴君时雨考最还任序

鄱阳吴君时雨，以成化癸卯与予同领乡荐，屡上春官不利。弘治丁巳，乃拜庐州霍山令。地故属英山，岩洞回复，囊奸薮盗。有司者以其僻远，于觉察追捕，类多懈弛。其乡豪黠，去理所悬隔，亦自擅击断，无敢孰何。于是乎柔服谨畏之氓，多藏厚积之族，至不能安居以聊生。守臣乃请析为一县，以专治之。未三年，旧令以不称罢归，代之者即君也。

君知其民俗顽犷，非威令所能胜，则遇之以淳诚，狎之以平易。凡利病之当兴革者，汲汲为之，如其家之事然。盗尝犯县郛，率励敢死士追奔数十里，莫敢返斗。后以法擒其渠帅，余党骇迸，桴鼓之声遂绝。公暇辄循行阡陌，劝课农桑。又创筑三眼石等堰，以溉高仰之田。岁旱而祷，斋居虔甚，家人守茹饮之戒，亦不敢违。蝗害稼，以姚崇之策捕之，而患犹未息也。则率吏民诉于天，请吞蝗以祈民命，吞之至数十，见者无不感泣。有顷，雷风交作，大雨如注，蝗悉堕水死，人以为神。君在县至是几十年，百废俱兴，四民安业。廪有陈腐之粟，籍多新附之丁，于抚字之职，可谓称矣。而况设县未几，化理为难，其效能卓卓如是，岂不贤于人远哉？

夫自夸毗修饬者视君，疑君未必能理兹壮县也，而君乃优为之，何耶？盖君之所存既本于诚，诚之所感，虽天地可动也，鬼神可格也。而况血气心知，实我同类，以诚感之，有不翕然而化服者乎？昔欧阳子尝谓吏犹医也，吏之良在便民而已，医之良在愈病而已。苟药施而病愈，则虽举止生疏，言词塞讷，固不失为良医。政行而民便，则虽无赫赫之名，固不失为良吏。以君观之，岂不为尤可信耶？

霍山之民尝以君政绩疏于朝，使在西京，必蒙劳来不息之赏如王成矣；在东京，必蒙恻愊无华之褒如刘方矣。而君已一再奏计，其阶与禄犹未能少进于初，岂用人者拘拘于贯鱼行雁之格，而崇卑淹速，常视其始进之途耶？抑获上治民，必信乎朋友，而君之交游，无有能出力以为之地者耶？虽然，守令为治安之本，莫难于得人，而尤贵于久任。故汉宣、宋文皆缘是致理，而以谣言单辞数易守宰，则光武不免于致饥。君行矣，霍山之民惧君之将迁，而幸君之再至也。安知父老不复腾借寇之章，而其儿童不多骑迎郭之马耶？

顾予于君方盍簪以道旧，遽掺祛而言别，后会何地，情恶能忘？故以是致区区之赠。同予情者，侍御万安萧君升荣、秋官新淦陈君健夫、贵溪杨君文渊，皆与君同荐于乡者也。

送佥都御史柴墟储先生之南京序

柴墟储先生，以成化癸卯发解应天，明年试礼部复为第一。于是隐然名动海内，海内之士莫不倾心向往，庶几星凤之先睹也。时宏亦偕计入都，实识先生于闱棘未撤之日。其后留居太学，先生未尝以败衄见弃，所以期待特异于他人，而宏因得屡承教益，以为甚幸。未几先生官南京吏部，识者有用违其才之叹。盖学问之渊博如先生，文词之深醇如先生，使置之词林册府，必能讨论润色，以鸣国家之盛而无愧也。

然先生自视慊慊，如无所能。在南署笃志励行，不徇流俗。有所纂述，力追古作者为徒，而其名日益彰彻。冢宰卢氏耿公，知先生之贤，不可久居散地也，乃荐为北部考功郎中。于是与先生同在部署者，若今光禄孙公志同，太常乔公希大，提学蔡公介夫，皆卓然魁杰之材。其操存论议，皆欲培养善类，以备缓急之用。而先生于考课黜陟，必惟公论之合，不迁于爱憎毁誉之私。识者又知先生之学，可以见诸实用，与世之徒以记览为富、藻缋为工者异矣。

顷者先生自太仆寺卿进为都察院左佥都御史，奉玺书往南京专理粮储。考功冯君子佩，不能忘情于前政也，合其同官诸[31]君子来督赠言。宏虽忝以文字为职，而学不加进，有愧于先生，其将何以为先生之赠？况先生体兼众器，无往不宜，志在匡时，深明治体。观其布韦登进之始，风檐仓卒之间，已加念于东南之民力，而欲恤之于无事之时。则今兹之赠，虽欲出所见以少效其愚，岂能有加于是语耶？顾诸君子之与先生，于久故游从之中，有先后交承之分。平居道义之切劘，职业之图议，人材之谘访，盖有赖焉。一旦建旆而南，诚不能无介然于怀者。非托之文辞，何以泄之？而宏之感慨与诸君子同，固欲因是而发也。

虽然，如先生者，岂能远去朝廷，而钱谷一事，亦岂足尽其用哉？迟以岁月，且当在三铨之地，佐天子以用天下之贤。兹其去也，特拘于序进之途。而其复来也，必有以慰吾侪之望矣。诸君子闻吾言，谓可以为先生赠也，乃为之书。

赠通守胡君学固进阶致仕序

泰和胡君学固，由陈留学谕课最，陟宁波通守。以内艰去，乃改镇江，而治农其专职也。君为人朴茂勤慎，凡沟防之修筑，履亩出力，罔有弗均。至于治桥梁，创闸堰，或须钱而办者，其数必由府会，秋毫无与。惟役之督，事已则会其余以入于公。用是工曹之治水者贤君，宪臣之按治者贤君，大臣之巡抚者贤君。劳奖之及，殆无虚岁，至是且九年矣。累日计资，固当在叙迁之列。君在郡数以疾辞，抚按者知君之宜民也，皆慰留不听。君乃假贺表入京，以其情疏恳于上。当道贤之，请进君阶为奉训大夫，听致其事而归。

君于年甫六十，乃强壮之时，而遂高上之志，何其决也？昔人谓去就之几譬于食饮，其饥饱寒温取于自适，不可决于人，亦非人所能决。而古今材智之士，以官为家，以去为讳。有其言者盖鲜矣，有其心者加鲜焉，至于有其决者，又加鲜矣。夫荣辱得丧，战乎其中，而轩裳圭组，眩乎其外。必位登三事，而后足以厌其喜权之夸；禄享万钟，而后足以满其殉利之欲。此人之同情，而世之公患也。然侧弁之俄，常由于过醉；婴儿之病，常生于过饱。惟成功之于宠利也亦然。故张良谢病，二疏乞归，君子皆有取焉。惟其达止足之分，而不至于殆且辱耳。若乃萧望之、颜真卿，其清忠峻节，高步一世，而卒为奸谗所中，论者惜之，不以其昧于见几之义耶？即使遭遇日隆，而罪责不及，宜可以群趋旅进而无害也。

然年及矣，而筋骸或不能强；志衰矣，而谋虑或不能周。入辰出酉，王事鞅掌，曷若起居无时之为适？左朱右墨，簿领纷纭，曷若觞咏优然之为乐？东阡北陌，杖屦往来，视前呵后拥之仰给于人者，孰劳而孰逸也？暑簟冬毡，睡余支枕，视鸣玉曳履之徒饰乎外者，孰赝而孰真也？贤哉乎胡君，可进而退，未老而闲，岂非有得于斯而无所蔽焉。其庶几知足以周身，而仁足以自爱者耶？不然，何其勇且决如是耶？

予与君久故，方欲有以赠君，而通政罗君允恕与君有连，又为之请，遂书此以重君之归。岂徒使乡人子弟知君之贤为可法，将天下之人闻君之风，相与慕为冲游之行。而于世道，未必无万一之补也。

送中都留守司断事陈君景昭序

庐陵藤桥之陈氏，自宋以来为宦族。入国朝，景昭之从高祖讳灌，自其乡率义兵见太祖高皇帝于淮甸，得授宁国太守。而其从曾祖讳俨。登景泰甲戌进士，仕至刑部侍郎，则景昭之尊翁也。侍郎公为都宪时，常奉命征贵州叛寇，景昭侍行。御史欲纪其所获之功，公曰："吾可缘兵兴为子孙贵富地耶？"事遂寝。后景昭游邑庠，为名士，及公捐馆，景昭以恩任游太学，学益有成。盖试于有司者屡矣，而屡弗利。兹谒选铨曹，试在高等，遂授中都留守断事。将行，其乡友合浦令刘君叔温来征予言赠之。

中都南控江、湖，北带河、洛，为我高皇帝龙兴之地，犹周之岐、幽，汉之丰、沛而加重焉。留帅之设，所以齐戎务，壮皇威，而固邦本，其亦不轻而重矣。然则景昭往为之佐，庸可不知其任之非轻耶？

　　盖桁杨垂楚，非帅所可亲。巧比微文，非帅所尝习，于是以断事佐之。凡狱之轻重取舍，帅惟总其要，视其成而已，是非曲直，一有不当，皆断事之责也。故必持之以公，昭之以明，使下之人于我有倚任之重，而后吾之职斯为无负矣。况狱之所系，尤为不轻。古人论战，至于小大之狱，或得其情，而后可。岂不以兵者，刑之大也，惟用民者，能重其生于听讼之时，斯可以致其死于兵交之日乎？今承平虽久，而战不忘也。留司之帅，于拊循士卒，必能加之意矣。若夫狱情之察，必尽其心，则景昭之所当勉也。况先侍郎之勋名行业载诸国史，而先太守又尝于是乎有劳。景昭勉之，将不于国为能吏，而于家为贤孙子乎？

送知龙溪县刘君师孟诗序

　　上饶刘君师孟，以弘治壬子领江西乡荐，顷试于铨曹，名在第一，往宰漳郡之龙溪。翰林庶吉士李君子[32]芳，与师孟有连，且同砚席，契谊厚甚，乃干士大夫作[33]诗赠之，而属予为序。

　　师孟之先有讳养浩者，仕宋为国学教授，尝游黄勉斋之门，从事于居敬穷理之学，学者称之为"白石先生"。先生之孙讳光，仕元为翰林国史编修，以其祖道本程、朱，为后学所宗；请立白石书院于其所居之里，置田若干亩，岁入租千石，以给其徒，至于今故址犹存。而子孙克守其业，以明经入仕版者，代不乏人，盖吾信一世族也。

　　师孟学有经法，其存心制行，务合矩度，实无愧于先世。使其遭时显用，所立当不后人。而乃敛厥才美，施之一县，谈者有遗恨焉。虽然，为程、朱之学者，尝谓稷契、伊尹之志，可于一县乎试之。以县于民最近，而令之福泽及民最速故也。故世有官居台鼎，而犹未尝作县为恨者，惟其志在爱人，而欲得亲民之职以行其所学焉耳。

　　然则师孟兹行，其或无所恨乎？夫仕不择官，而后能安其职；能安其职，而后能尽其心；能尽其心，而后于民之利病，能汲汲焉为之趋且避之，令之责斯无负矣。师孟勉之哉。天朝选用良吏，方破常资，盖渐复前时之制。凡士之屈于甲科者，往往入居台宪之任矣。龙[34]溪之治，行且复为第一。吾见君之福泽，不终施于一县而已也。

送鲁府右长史吴君惟聪序

　　吴惟聪先生，由国子学录擢鲁府长史司右长史。吾信之士游太学，与惟聪联桑梓，缔瓜葛，素辱知爱者，造予而请曰："先生之才，之行，足以登贤科，位台省。

而淹于文学之职，不得展布其所长。在太学，朝暮蒧盐，与诸生无以大异。今兹往佐亲藩，问其禄，则下大夫之秩也。问其职，则国之政令无不得与焉。夫以章逢之士，起自草莱，一旦得天子之懿亲朝夕密比；其禄厚，其职专，且将以忠谨受知，腰黄衣绯，骎骎可冀，不亦荣乎？诸生欲有以贺之，敢假辞于执事者。"

宏曰："是未足以为惟聪贺也。予之所以为惟聪贺者，有二焉：盖君臣相择，从古则然。万一相须而不相值，则虽潜心正学，号称醇儒如汉之董子，置之江都，未必能坦然自适，况又有意外之虑乎？今幸朝廷清明，诸藩皆奉法循理，而鲁王殿下尤以贤名。宏忝礼曹，窃观其所上章奏，一惟祖宗之成宪是遵，未尝有非分之请，国中支庶且多以孝友节义闻。列圣嘉之，数下玺书褒奖风励。古之哲王谓'生子当置之齐、鲁礼义之乡'，其信然矣。然则惟聪之往，日惟仰承睿意，优荷宠渥，而无事乎匡弼之劳，此其可贺者一也。士于髫年能诵《论语》等书，即知尊崇孔、颜，思识其生长游歌之地。至于浮泗达济，望岱宗、凫绎诸山，隐隐然出没于烟云之表，又莫不引领徘徊，欲造其下，第縻于行役未之能遂也。惟聪今得遂其所欲矣。至之日首谒孔庙，恍然金丝之接于耳。继窥颜井，而斟挹其余润。纷华盛丽，自不能动乎其中。职务之暇，从容登高，以验'小天下'之言。进修之念，不敢以怠而止，岂非宦游之一快事哉？此其可贺者二也。若诸生之云，恐非惟聪之所以自贺也。"

诸生以告惟聪，惟聪曰："愿以为赠。"予遂书以赠之。

送夔州太守吴君显之序

圣天子嗣极以来，励精政事，明目达聪。凡吏治之得失，民生之休戚，虽远而万里，莫不洞彻于冕旒之下。故偏州下邑牧宰以不肖闻，亟从罢黜，而以贤且能者代之。于是群吏凛然，奉法以修其职，而天下生民颙然有太平之望矣。顷者夔缺守，吏部请以都水郎中吴君显之补之。显之诗礼世家，学有经法，持心操行，必慎[35]必端。自其为庐州察推，即有廉明之誉。及擢[36]工部郎中，历营缮、虞衡、都水，才望益彰，盖所谓贤而能者也。

昔人有重远之论，谓川、峡去京师最远，其吏之贤与不肖，民虽誉歌而讥谤之，不得遽闻于天子、宰相之耳。是以其民常苦于贪暴，而莫之恤。吾尝疑之，以为是特当时法令之不行，而非远之罪也。若今日之事，所谓阶前万里，则誉歌讥谤，可朝播而夕传，又岂有欺蔽之失哉？是虽不肖之吏之所不乐，而贤且能如吾显之，则固以为幸也。

夫蜀民至公，于吏之贤，未尝不誉且歌之。岂惟誉且歌之，盖有社而稷之，如李阳冰，[37]如文翁，如孔明，如张咏者矣。冰之兴水利，翁之崇教化，有爱于民，民之德之也固宜。若孔明与咏，其治蜀皆以严，严则民宜畏且恶之，而乃得其心于百世之后，岂非二公之严不至于苛。譬之霜雪雷霆，主于成物，而其仁爱，固寓于威令之中敆。以显之之贤且能，吾意其利斯民，以庶几古之遗爱，无难能者。而或者乃谓政由俗革，今之为政者贵于严，则显之其将何执乎？严以济宽，如蜀之名臣，使其民爱之不止于一时，而畏之不止于力之所及，此则予之所以厚望于显之也。

显之之仲父运使先生，与少参先伯同为乙未进士，予与显之有世讲之谊焉，于行不可以无赠也。而显之僚友王君宪之，钟君邦臣，又以为请，于是乎益不可辞。显之行矣，方倾耳以须夔人之誉且歌也。

寿隐思吴先生诗序

海虞吴隐思先生之子子声，由弘治己未进士出尹畿县，用荐入为御史，未几遂奉命按吾邦。念自筮任以来，不获承欢膝下以供人子之职者已十年，陟岵之思徒切切于朝夕也。兹行道出故里，而六月二十一日值先生初度之辰，以弭节之暇，遂戏彩之私，于计甚便，而于公亦无所妨。乃命画史绘图，恳朝中大夫士作为歌诗，将持以献诸先生，而致其祝颂之意，复介其同官徐君宾贤来征予言序之。

先生盖文恪公之诸孙也。公以文章道德称重当世，未仕之日，其父沅陵簿被诬逮系，乞以身代，是即古之纯孝。而其清忠直节，实于是乎基。然位止中丞，犹未能慰满天下之望，与世之薄功而厚餐者异矣。有余之庆，宜于后嗣乎发之。故先生之寿，御史君之贵，人固豫必其然。君[38]谓分所当然，而不容以或缺者，此可以见天道之公[39]也。而是父是子，本于义方之教，又有不可诬者。使先生之所存，失其世守，贵籯金而贱经训，喜赀货而厌廉贫，则御史君幼而学也，未必能成，壮而仕也，未必能显。欲图今日之归，亦岂能致耶？

御史君登堂献寿，取诸君子之诗，高歌以侑樽俎。乡间姻戚闻之，为父老者，孰不庶几如先生之寿，而逮见其子之成；为子弟者，孰不庶几如御史君之贵，而娱亲于未老之日哉？将传之他郡邑，以及于四方，凡为乡大夫者，孰不慕文恪公之贤，而庶几如公世泽之远哉？

然则诸诗固有补于风化，而非徒作者矣。抑尝读《诗》之《小雅》，至于《四牡》，又知先王之遣使也，虽欲其勤于王事，而又深探其孝养之情以慰劳之，不以求忠臣必于孝子之门，而公义私恩不容以偏废乎？御史君怀归之念于诸诗见之，殆亦作歌来谂之旨敆？其视文恪公之于亲，虽所处不同，而其为孝则一也。由是移之以为忠，而施之以为政，临莅之下，将不至有祈父之怨、鸨羽之嗟。而其事功名位，又岂不足以追配前人之盛耶？闻先生齿发尚壮，聪明未衰。继自今屡受敕制之褒，而永绥钟鼎之养，为可必矣。

送太子太保刑部尚书东湖先生屠公致仕序

圣天子即位之二年，更新庶政，台省诸大臣皆出简任。于[40]时嘉兴屠公由御史大夫迁大司寇，未几再荷玉带麟袍之赐，遭逢之盛，可谓千载一时矣。岁之二月初吉，公忽以老乞休，诏不允，且有"老成练达，委任方切"之褒。后数日，公复陈乞，而其词益恳。上察其情，愍烦以政，乃加太子太保，赐敕慰谕，俾乘传以归。念其勤之久也，仍命有司月授粲，岁给役夫，皆有常数。又赐诰褒其先代，而及其伉俪焉。于是朝中之卿士，谓公之自处也，不失乎进退之义；而上之优老也，克笃乎始终之仁，莫不荣之。然尝为公属者，不忍公之遽归也，相率诣予，欲一言以为公赠，若将以致其缁衣之好焉。

盖公自成化己丑登进士，迄今已四十年。敭历两京，更践三司，皆不离刑狱之任。其处当之明决，持论之平恕，既足以为吏师；而其听断之隙，往往操觚刻烛，与文人韵士争奇斗健，无有倦意，又所谓以儒缘饰者。夫以公之材全能钜如此，晚生下吏领海益而亲仪轨，为日已久，一旦舍而去之，安能无介然于怀耶？虽然，久劳思逸，乃游宦者之常情；而难进易退，又君子立朝之大节。苟耽于宠利而不知止足，则内必至于失己，外必至于徇人。上之不足以取重于其君，下之不足以取信于其友。所谓漏尽夜行，狐裘羔袖，盖昔人之所交讥而互啸者也。若汉之二疏，晋之颜含，唐之宋璟，宋之范镇，见几于鼎盛之日，而辞荣于未及之年。其高风伟节，传播后世，视苟图荣进于一时者，孰优而孰劣也？

公春秋甫六十有三，聪明未衰，齿发未改，而乃力辞以去；于许国之谊若有未安，为世贪瞀者，亦不能若是恝也。然敦尚风节，以稍振士气，在盛世不可无人。使公得从二疏诸贤之列，其荣孰甚？由是言之，凡为公属者可以释然而进贺矣。宏素辱公知，公其有取于予言乎？

送太守龙君舜卿之任太平序

舜卿，吾表人。其尊翁景昇先生，以工书供事内阁者数十年，累官至太常卿。弘治初，始请老归。未几，舜卿登庚戌进士，拜祠祭司主事，再转为主客郎中。部长、贰凡历数公，莫不才舜卿。盖舜卿生长京师，既习知人情世态，而台省典故又得于家廷议论之余，宜其才足以为也。

顷鸿胪、尚宝、光禄诸卿佐有缺，舜卿皆与荐稿。中使居外服，固当参大藩之政，而于资序，亦非超躐矣。太平密迩南畿，盖所谓股肱郡，屈舜卿往为之守，得非以其地望不在诸藩下耶？古称民为邦本，而又以郡守为民[41]之本，惟其所系之重，而不可畀非其人也。故凡远郡，皆必择人以任之，而况于畿郡乎？

先辈谓我圣祖兴自南服，功高万古。考其渡江之始，首取太平。当时驻跸之区，用武之地，故老往往犹能道之。而复租之诏，轸念拳拳，有"子孙百世难忘"之语。然则兹郡实兴王之根本焉，为民之牧，尤不可不得其人也。舜卿则其人矣。亦尝思郡守所以为民之本之重乎？

夫郡以太平名，固莫知其所始。然予窃闻"太平"之义有二焉：谓古者民三年耕，则余一年之蓄。故三载考绩，三考黜陟。余三年之食，进业曰登；再登曰平，余六年食；三登曰太平，余九年食。然后王德流洽，而礼乐成。此班孟坚之说也。谓天有三阶，凡六星。上阶为天子，中阶为诸侯、三公、卿大夫，下阶为士庶人。三阶平，则阴阳和，风雨时顺，天下大安，是为太平。此东方曼倩之说也。二说若不同，而率皆归诸民事。盖衣食足而后民生安，民生安而后和气应，和气应而后天象顺其轨焉。天人之际，固当贯而为一也。由是观之，则君之所以驭吏，吏之所以行令而致之民者，惟在乎敦本节用以开其衣食之源，而又忍伤其财与力耶？

太平虽辅郡，而地利瘠薄，雨多则下湿病，雨少则高仰病，未闻有全丰之岁。而赋役又重且繁，民力[42]亦云敝矣。以舜卿之才，必能抚而辑之。所谓贤良太[43]守，京师枅櫗河润之福，吾于舜卿乎有望。是固松露周公，泾川张公，与郎署诸君期待之意也。

送湖广布政司左参政刘君咸卓序

吉故多贤才，父子兄弟传圭袭组者，不足论也，而文章勋业亦往往能世其家。若大司寇云庵刘公，与其子方伯安庵先生，居公卿、岳牧中，皆以清风高节有名当世。其后与吾游而最稔者，咸卓及其弟侍御咸粟，莅官持己，皆无愧于前人。咸粟[44]盖安庵之子，而咸卓则云庵之从孙也。

始咸卓在兵部，见重于前司马东山刘公。既而在礼部，见重于故宗伯松露周公。顷自郎中擢光禄少卿，自少卿擢参湖藩之政。又用今当道之荐，则咸卓之为才、为贤，固孚于公论而非予之私言矣。

夫人物之生，囿于气化，不能皆才且贤，其冥顽桀骜者常十八九。一有才且贤者出乎其间，天固以化诲怀服之任付之，而才且贤者亦宜以化诲怀服为己任，诚不忍自有余而已也。故自古操用人之柄者，其于贤才恒爱惜而保全之，使之各得其职，而无不尽其用之叹，凡以遂天地生生之德也。

今蜀寇未平，而湖藩壤地与之相接。比岁饥馑，民弗聊生，闻变和应，所在蜂起。使抚绥非人，不能以化诲怀服为务，而徒欲以威力胜之，意外之患，有大可忧者。当道取咸卓于兹地，得非以其才与识足以当抚绥之寄耶？夫所谓盗贼者，其初皆良民也。困于苛虐，迫于寒饥，贸贸焉求生而无术。乃始猖狂结聚，苟为免脱逃刑之计，庶几偷一旦之活，而不暇恤乎其他。有能以化诲怀服为务，安知其不反而为良民乎？所谓以盗贼待其民，其民始弃其身于盗贼；以齐、鲁待其民，民亦以齐、鲁之人待其身，非文王之虚言也。

以咸卓之才、之贤，所至必尽其心，所处必尽其道，何俟于予言之喋喋？顾其行，不可以无赠，而通政罗君允恕以谊见督，于是乎书以赠之。若其辞支离，而其意不白，则以别怀之，恶有未能尽遣者也？

世义堂序

正统间，湘潭民大饥，有司下令劝分。攸人陈公德仁，输粟千石，朝廷旌其门，绰楔奂然，过者莫不义之。其后岁再不登，翁子铦出粟赈饥如翁所输之数，诏赐之冠服，号为义民。其后岁复不登，铦子国器复为赈饥之举，粟数之输于官者如其祖，而名器之受于上者如其父焉。

三世一义，传袭惟谨，譬之良田美宅，更[45]相授受而不能舍，可谓难矣。于是御史俞公盖，为书其堂曰"世义"以褒之，亦以风励夫不义之徒也。既而闾里弗戒，堂毁于郁攸，国器之子曰诰、曰阊者，复构而新之。某之子伯，顷入太学为诸生，以为凡我后人，得世处斯堂而享其成，实前人尚义之报，不可使其善泯焉而无传也，介其友罗万周，来征予序其事。

夫义之与利，为公为私，为清为浊，如阴阳昼夜，有识者类能辩之。况秉彝好德，人所同有，宜世之趋义者之众也。然环观天下，喻于义者仅十一，喻于利者常十九。利于己则不知恤乎人，利于家则不知恤乎乡。智图力攫，必厌其溪壑之欲而后已。其在平时，固已不仁甚矣。荒歉之岁，蒙袂而辑屦者，方张口以俟黔敖之救。而豪家右族，幸灾射利，乃闭籴以困之。虽比邻亲旧挤于沟壑者枕藉，而漠然不加戚焉，而独何心哉？用是较之，陈氏祖、子、孙三世之好施而尚义，诚可以为难矣。虽然，天于施报之间，盖有恢恢而不漏者。吾尝见专利之徒，固能肥其家、泽其室，沉沉夏屋以为世业，而传之无穷。然身死之后，尽属之于人，一瓦之覆，一楹之植，子孙不能有也。盖当其智图力攫之际，识者已逆知其必至于此矣。

夫利者，人之所[46]同欲也。人所同欲，而欲专之，其能久乎？若陈氏者，祖考以义倡之于先，子孙以义承之于后，积而能施，施而弗倦，故其德于人愈久而不忘。堂虽毁矣，而曾玄肯构，不旋踵而遽复。且以伯之亲贤好学，必将显其门楣，以彰积善之庆焉。然则为义者何尝不利？而彼专利之徒，乃甘为不义之归耶？夫贤者于为义，未必尚名而蕲报也。顾有实有名，有施有报，乃自然之理。故予于慈[47]堂言之，亦将有所风励云尔。

送知饶州府宋君钟秀序

昔汉宣帝谓"使民安于田里，而无叹息愁恨之声，惟良二千石可与共之"。今之知府，即所谓二千石也。识治体者，知宣帝之言为不可易，得非以其所处在上下之间，而其情为易通；所统适大小之中，而其泽为易究哉？然而能以循称如汉吏者，盖亦难其人矣。

祠祭郎中宋君钟秀，顷用荐出知饶州府。与之同为部属者咸曰："钟秀在兹部凡四年，于主客、精膳、仪制诸司之事罔有不详练，不但祠部之优为也。其性度闲雅，容止温恭，而遇事克勤以慎。故上下之交各当其可，有誉重而无訾毁，持是以往，将于郡无难矣。"又曰："往年钟秀在户部，尝督居庸之饷。虏入大同、宣府，又被简⁽⁴⁸⁾命从大臣往饬边防。是固刀触丝棼而难于综理者也，钟秀皆谈笑而处之。则于平时，于内郡，当卧而治，又何足言耶？"于是相率登堂请言，以赠其行。寅长省庵刘公、泾川张公，谓予政务颇简，因属予为之言。

夫军国之需，未有不取给于郡之小民者。姑以钟秀所尝综理者论之，郊庙百神之牺牲、币帛，则出于民也；乘舆宫掖之饔飧、牢醴，则出于民也；宗室戚畹之封拜、祭葬，四夷外国之郊劳赠赆，则又出于民也。至若边陲疆场非常之变，其供亿之出于民，又有不胜其⁽⁴⁹⁾困者。上之人当责办取盈之日，期会少稽，则已愤然欲加之罪，而孰知闾里之间公私赤立，有剥肤椎⁽⁵⁰⁾髓之患哉？

钟秀今知之矣，而惟政之供不能损也。然则宜何如处之？毋亦正身率物，约己裕民，去一切牟食渔侵之政，以固其心而养其力。则民可安，财可阜，而国用亦无不足矣。昔倪宽初以负租课殿，而其后卒以最书，此汉吏之所以为循也。钟秀勉之，予当为饶民贺。信与饶邻，予乡郡也，其将蒙河润之福乎？

送福建布政司右参议裘君本厚序

诸藩旧设参议一员，以总理列郡之粮储，盖专职也。前此以官多民扰而裁省之。冢宰安定张公既膺简⁽⁵¹⁾命，总领众职，思欲辅成吏称民安之治。以为今之监⁽⁵²⁾司道分岁代，视列郡有如传舍，或一事转相付授，首尾衡决，事益棼弗理；不若专以一人领一道、治一事，而后可责其成。疏闻，上嘉纳之。于是诸藩之佐皆有专职，而所谓总理粮储之官，亦复其旧矣。

慈溪裘君本厚，由主客郎中升福建右参议，其所理则列郡之粮储也。本厚以癸丑进士为行人，尝奉命使湖广、河南、福建及辽、周二府。六年考最，升工部员外郎，复往催荆州商税，所至以清谨闻。既升虞衡郎中，丁外艰归。服阕，改除主客。主客之务虽淆冗可厌，本厚从容处之，未尝废滞。久而曹事益熟，大宗伯南宫白公而下莫不重之。兹往参一藩之议，益得展布所长，宜足以仰副责成之望而无难矣。

夫治养相须，兵民相倚，丰凶相代，有无相通，盖理与势之不容已者。故赋敛盖藏，在古具有成法，而今日于此尤拳拳焉，诚先务之当急也。虽然，民为邦本，财为民心；当是任者苟徒以亟疾相高，而无恻怛爱民之念，则虽可取办集之名，书勤能之考，万一伤民之心而激意外之患，亦岂朝廷专任责成之意哉？

予尝读胡氏兰丝之论，而叹其忧乎民也深；读朱子□□□□□⁽⁵³⁾叹其利⁽⁵⁴⁾乎民也大。夫二公皆闽人，其所条之弊必得于舆情，所立之法必宜于土俗。有能酌而行之，虽万世可也。本厚天资多恕，才足有为。尚取致堂之语而验之今日，果有是弊乎，则从而厘革之。又考求晦庵之法而见之施行，将见公家之利既无所亏，田里之民各得其所。邦本深固，而上下相安，可以为古之良臣矣

本厚将行，部之四属欲一言为赠，以笃同官之谊，于是乎书。

送广西按察司佥事万君廷介序

吾邑万君廷介，以己未进士为大理寺右评事，历升寺副、寺正有年矣。顷广西按察司佥事缺，吏部推君往补之。佥事秩正五品，而实居方岳之尊，为列郡之表。一道之刑狱，轻重出入，惟其所理。盖吏治之清浊，民生之安否，至于阴阳之和盩，莫不系焉，其任可谓重矣。

君居大理，理天下之刑。凡西曹郎吏宪臣所鞫之狱，所处之常，孰是孰非，孰得孰失，如持衡以较锱铢，一无所爽。某律某例，可行可罢，又朝夕参之伍之，以求合乎时宜。今兹之往，信如驾轻车就熟路，而王良、造父为之先后也。予得报甚为君喜，意君未必不欣然而自得也。或为予言，故事寺正之擢，多得金绯，而君⁽⁵⁵⁾何为乃有是擢，得非以君老成质朴，而疑于迂阔⁽⁵⁶⁾迟钝者耶？果若人言，予不独私为君喜，而且为广人喜矣。

张释之为廷尉，天下无冤民，非为万世理刑狱者之标准耶？当文帝之幸虎圈，喜啬夫口辩而欲超迁之，释之顾乃亟称言事不能出口之长者，其言曰："秦任刀笔之吏，吏争以亟疾苛察相高，其弊徒文具而无恻隐之实。以致二世而绝，天下土崩。"故于犯跸盗环之当罪，必守吾法，而不苟徇其上之意。文帝之治至于网疏刑措，未必非释之之功，而释之之所称长者，殆亦今之所谓迂阔而迟钝也。自今之能者观之，君诚为迂阔迟钝。然君于亟疾苛察之事，非惟不能为，而亦不忍为。矧广西远在要荒，治尚宽大。慎斯术也以往，岂复有锻炼罗织之狱、衔冤茹痛之民，而至于伤阴阳之和气者耶？夫刑之所系重矣，君子居是官，则思尽是职，而于班资之崇卑不屑屑焉。吾意君闻斯言，又未必不洒然而自释也。

会君之僚友姜君士元来征予言为君赠，予遂书以赠之。

【校勘记】

（1）政　丛刊本作"故"。

（2）负所学　底本字不清，据丛刊本补。

（3）获济　底本字不清，据丛刊本补。

（4）补　底本字不清，据丛刊本补。

（5）害　底本字不清，据丛刊本补。

（6）往往得　丛刊本字不清。

（7）太　底本、丛刊本皆作"大"，据文意改。

（8）布　底本字不清，据丛刊本补。

（9）中外远近亦系其所遭　丛刊本字不清。

（10）必不若他　底本字不清，据丛刊本补。

（11）謇　丛刊本字不清。

（12）譬　丛刊本字不清。

（13）书　丛刊本作"也"。

（14）伏坡　据《后汉书·马援传》，疑为"伏波"之误。

（15）□　底本、丛刊本皆作墨块。

（16）满　丛刊本字不清。

（17）儁　丛刊本作"儒"。

（18）忠　丛刊本作"知"。

（19）概　底本字不清，据丛刊本补。

（20）璧　底本、丛刊本皆作"壁"，据文意改。

（21）选与　底本字不清，据丛刊本补。

（22）被　底本字不清，据丛刊本补。

（23）尝　底本字不清，丛刊本作二白框，据文意补。

（24）宋文瓒　底本、丛刊本皆作"姝瓒"，据《元史·顺帝纪》改。

（25）保　丛刊本作"示"。

（26）曰传　底本字不清，据丛刊本补。

（27）人犹　底本一作墨块、一字不清，据丛刊本补。

（28）既　底本作一墨块，据丛刊本补。

（29）霍山　丛刊本作"霍州"。

（30）不　底本作一墨块，据丛刊本补。

（31）同官诸　底本字不清，据丛刊本补。

（32）子　丛刊本字不清。

（33）作　丛刊本字不清。

（34）龙　丛刊本字不清。

（35）行必慎　底本字不清，据丛刊本补。

（36）擢　底本字不清，丛刊本作"摺"，据文意改。

（37）李阳冰　据后文，疑为"李冰"之误。

（38）君　底本字不清，据丛刊本补。

（39）公　底本字不清，据丛刊本补。

（40）任于　底本字不清，据丛刊本补。

（41）郡守为民　底本字不清，据丛刊本补。

（42）民力　底本字不清，据丛刊本补。

（43）良太　底本字不清，据丛刊本补。

（44）咸栗　底本、丛刊本皆如此，据《明史》卷203、《吉安府志》卷26当作"咸栗"。

（45）更　底本字不清，据丛刊本补。

（46）所　底本、丛刊本字皆不清，据下文及文意补。

（47）慈　据文意，疑为"兹"之误。

（48）被简　丛刊本作"彼闲"。

（49）其　丛刊本字不清。

（50）椎　底本作"推"，据丛刊本改。

（51）简　底本、丛刊本字皆不清，据文意补。

（52）今之监　丛刊本作白框。

（53）□□□□□　底本字不清，丛刊本作五白框。

（54）利　丛刊本作"间"。

（55）而君　底本字不清，据丛刊本补。

（56）迂阔　底本字不清，据丛刊本补。

卷之十二

送浙江按察司副使刘君元充序

皇帝临御之五年，天诱圣衷，权奸伏法。于是纲维振肃而治化更新，中外臣僚黜陟进退，一付之廷议，无所倚。大臣司用人之柄者，衡持鉴拂，式克钦承，一惟才且贤者是崇、是奖，无所私。盖前此地限朋分之党扫除渐尽，而僻远孤立、清修自守之士，往往见用于时而得行其志矣。

元充出吾江右，其身若不胜衣，其言若不能出诸口。所守叙，在西南万里外，五六年来，无音问与知旧通，中朝权贵人无有识元充面目者。以故事例之，守之迁必满三考，吾意元充在叙亦必九年而后迁也。顷铨曹剡荐方岳，而元充乃在荐中，诏擢浙江按察司副使，职专巡海。

忽元充自叙奏课来京师，吾又意元充之来，亦岂谓遂有此擢哉？夫以元充之孤立自守，宜无知而荐之者矣。然古人谓勤于职事，乃所以求知。元充始主南京屯田事，能除仓庾出纳之蠹，均竹木抽分之利，则都宪华亭张公知之。迁北部，在营缮、虞衡，督修神木厂，能取中官所受缗钱以给公用；莅事盔甲厂，能节其饩廪，不糜费于私役之匠，则尚书淳安徐公知之。为都水，巡沛南河道，能根究修堤之费，以安重湖；区画椿草，不使积于无用，则督漕安成张公知之。而况守于民近，宜民之吏，民必誉而歌之。誉而歌之者众，久则洋洋乎达[1]于用人者之耳。然则元充之受知而膺荐，奚足异耶？

大抵济天下之事，患于无才。有才矣，患无诚以将之。吾元充之才犹可企及，独其一念之诚有过人者。故虽不务为赫赫之名，然所在利兴害寝，诚立而名自随之，非幸致也。元充向为郎署，为郡守，即有所行，犹或置于其长，而不得尽展其才。今奉玺书而往莅一方，有遂事之权，利害行罢惟其宜而无所顾，则其绩效将日益以著，而人之知之将日益以众，上之用之将日益以大矣。

予，元充之同年也，于其行，谊不可以无赠，于是乎书。

送徽州府知府熊君世芳序

世芳，予同乡也。弘治己未，予同考礼部试，得其文读之，喜其疏畅雅纯，不为怪奇钩棘之词；而理明意足，如菽粟布帛，适于世用，而人自不能厌。于是时，予虽未尝识其为人，然因其文而占之，知世芳平日必端人正士无疑也。既而默察世芳之言论举止，见其温恭[2]谦谨，无毫发浮诞夸毗之习。而其在家庭乡党，又素以孝弟忠信称。譬之良金美玉，人无不珍爱而誉重之者。予乃以知言自贺，于是时犹未识其为政，然因其人而占之，知世芳异日必名卿才大夫无疑也。

世芳寻拜大理寺评事，历寺副、寺正，职在审刑。刑部及都察院所讯鞫轻重罪囚，必稽于律例，无锱铢不合乃已。其天资明决，事至迎刃辄解，而中存平恕，又惟恐有乖钦恤之仁。西曹僚友多心服世芳，以为不可及。狱之难听者，或就质焉。诸卿佐皆老法吏，亦相与叹赏世芳不容口。逆瑾专政时，专尚苛刻，吏畏祸，不免锻炼迎合。而世芳于奏当之辞，辄援轻比以请，因而开释者甚多。瑾之伏法也，下法司鞫实；其招承议拟诸文字以委世芳，累数千百言，一夕而辩，情罪纤悉不遗，众益能之。是世芳之所负挟，信可以为名卿才大夫。即使居柏台棘寺之佐，宜无难矣。属一郡于世芳，何异责乌获以数钧之任耶？虽然，汉世公卿必历试以民事，安知用人者不姑以试世芳为公卿之地耶？

或谓"徽为东南剧郡，志称其俗杂豪健，民性刚喜斗，宜用柱后、惠文以弹治之。世芳存心厚而持法平，或与其俗戾，则何如耶"？予曰："子亦知黄霸之事乎？当霍光之世，方以刑罚痛绳臣下，俗吏争尚严酷，而霸独用宽和为名。及宣帝之立，知百姓苦吏急也，召霸为廷尉正，数决疑狱，庭中称平。其后更守颍川，颍川之俗雅好争讼、分异，而霸守宽不变，力行教化。至于田者让畔，道不拾遗，狱或八年无重罪囚，丰年屡应，凤凰集焉。于是天子下诏称扬，加金爵之赏。汉世言循吏者，以霸为首，至于今，称之不衰。信矣哉，君子之德，风也；小人之德，草也。然则世芳之所尚正与霸同，旬岁间有以治行第一闻于东南者，非世芳其谁欤？子无为世芳虑。"

世芳行，文选谢君应祥率乡之缙绅征予言以为赠，予因书此赠之。

送九江府知府李君时仲序

李君时仲，初为户部司务，值延绥有警，军饷弗继，例遣郎吏输金往给之。当行者以事辞，时仲毅然请代，不以劳惮。其后大同有警，又继往焉，于是能声蔼然。太宰钧阳马公，谓"铨曹首领视诸司马为重"，因更时仲为吏部司务。时仲感公之知，益自奋励。其才谋拘于职守，虽无所骋，而持身操行终始不渝，考绩一再，皆得"刚直勤慎"之褒。

予时在翰林，无吏责，固已知时仲而心重之矣。既而出佐部政，时仲亦来为精膳员外郎，未[3]几转主客郎中。二三年间，见时仲孜孜政务，夙夜在公，有所诤处，不为阿徇，信"刚直勤慎"之褒非虚得也。予素迂且钝，顷蒙诏恩，擢居此地，方赖时仲辈相与左右赞襄，幸瘝旷之讥万一可逭。当群吏述职之后，予知雄藩大郡当以郎署资深者补之，盖尝言于太宰邃庵杨[4]公，欲留时仲以自助。而时仲竟把一麾往九江，予何能无介然于怀耶？

虽然，古有守颍川而京师并蒙其福者，今九江得贤守，吾信与之密迩，庸讵知不蒙九里之润？予私心固已快然矣。而况饶、抚之间所在盗起，蔓未易图，上厪宵旰之虑，方命大臣自他省征夷兵，越数千里而征。应援供亿，必及于邻境，行赍居送，闾井骚然。缓之则废事，急之则劳人。于是时也，非得良有司为之斟酌损益、区画得宜，则不惟重困吾民，而事亦未必有济。九江固饶之邻境也，而守得时仲，吾又安能不欣然而喜耶？

夫世之为吏者，常患无刚果疆直之操。内焉则不能自胜其贪欲之私，外焉而不能裁断乎艰大之务；下焉则或胁于豪右，上焉则或怵于威权，如是而欲立乎其位，难矣。既刚且直矣，而或弗勤，则政体虽若可观，而于庶务之综理，未必极其周详；风裁虽若可畏，而于闾阎之惠泽，未必极其浃洽。既刚且直且勤矣，[5]而忽之慎，吾恐暮夜之馈谢，且以为无知；文字之涂擦、日月之迁改，且以为无害。恃才自用，而谤议随之，此古今良吏之所以为难得也。今时仲既素有"刚直勤慎"之誉矣，于九江乎何有？惟不怠以止，孰能柅其所进之途而限其所至耶？

时仲行，其同僚请文为赠，予因书此以赠之。

费亨父字序

先师礼部右侍郎补庵公，有子五人，其名类从"行"部。亨父初名衔，盖限于[6]"行"部之隘也。后以衔之义不可以训，乃更名玄。其冠也，宾己字之为潜父矣。

顷其兄祁父拜乐清令，将别予行。为予言潜父之意，以其名与诸季独异，甚不自安，欲更之为"街"，可乎？予曰"可也"。乐清曰："幸为字而序之。"

予于公为族子，为门生，视潜父兄弟也，义不可辞。则请易今字，而因为之序曰："人所由之路，小曰'巷'，大曰'街'。街非城邑都会不得而称，又人所同趋之大路也。譬之于学术，则为天下之达道。譬之于进取，则为天下之正途。而曲艺邪说、旁蹊捷径不与焉。人之学术能行乎达道，进取必由乎正途，则其亨通而远到不难矣。予推亨父之意所以不自安者，正以父子兄弟为人道之大端，一名之异，犹惧其为孝友之累，则其问学也，进取也，肯舍大路而弗由乎？亨父尚益懋之，《易》之《大畜》上九曰：'何天之衢，亨。'予固以是待亨父也。"

送山西右参政于君士达序

山西，尧、舜之故都也，平阳、蒲阪皆在今封域之内。当时协和之化，风动之治，实自此而及于天下焉。舜之即天子位也，首询四岳，即咨十有二牧。已，乃及于九官。虽亮采惠畴，号为百揆者，亦在岳牧之后。类若重外而轻内焉者，此其故何耶？

夫民为邦本，本固而后邦宁。州牧为养民之官，而有固本之责，则其所系诚不为不重矣。今之布政司，与唐、虞之州牧同。盖凡令甲所载，如平徭役，均赋敛，以安民生；奖廉勤，斥贪惰，以严吏治，即舜咨牧之遗爱也。然而唐、虞之时行是数者，不特中国乂安，虽蛮夷亦相率而服。

今则不然，吾之赤子且弄兵于潢池，师行粮随，所在骚动，至上厪宵旰之虑。岂今之民非唐、虞之民耶？抑今之为牧者，不尽如唐、虞之为牧者耶？顷者关东之盗鼓行入山西，守臣以不能防御坐逮，吏部亟请择人补之，而吾友安仁于君士达，由礼科都给事中往参布政司之政。知君[7]者谓其必能尽养民之职，而无负于圣[8]天子之任使矣。

君登壬戌进士，学优识敏，而材器弘[9]远。初为中书舍人，优游散地，人以为用违其才。既而迁给舍，仅三日，即奉使之荆、蜀核边储。是时权奸用事，前所遣台宪以忤意得祸，君嗣行，正欲其媒糵前使之短也。君平心处之，不承望以为阿徇，竟亦无他。其平居论人贤否，必协群议，非其人，即在乡曲不少贷。由此观之，则所谓奖廉勤、斥贪惰，以严吏治者，君固确然有一定之权度矣。

今年夏，上念盗所破诸州小民苦甚，诏去年常赋悉除免之。君言"民间刍粟，大率以岁晏输，度去年之逋负，仅十一二。莫若移所除免者于今年，庶小民得沾实惠，而恩诏不为徒下"。户部议行之。是君于所谓平徭均赋以安民生者，又习知其说。举而行之，不啻若庖丁解牛、郄批窾[10]导，恢恢乎有游刃之地矣。然则兹省之吏称民安，吾固不能无望于君也。

《风》之《蟋蟀》有云："无已太康，职思其外。"说者谓事变或出于平常思虑之所不及，故常过而备之，如良士之蹶蹶。若于君，正所谓勤而敏于事者。兹行也，肯谓盗已出关，而遽弛其备乎？况驭吏恤民，固监司之专责，而不可忽者乎？

君将行，侍御谢君[11]德温、[12]江君汝思来责赠言，予方有感于时也，于是乎书。

送李君维岳知常州府序

常缺守，太宰邃庵杨公择可以补之者，察之众论之公，而属之监察御史李君维岳。余素知李君，为常人甚喜。而李君亦以余为知己也，将行，即余而谋，若欲赠之一言，以增益其所未至焉者。

李君尝尹华亭，下车未几，即以廉平惠爱孚于其民。贤声流闻，乃被宠召入补郎署。今常与华亭壤地接连，人情土俗无大相远。怀柔驯扰，取前日所行之政扩而充之，信乎如王良、造父，驾轻车而就熟路，且驰且止，无弗善者。顷李君由郎吏而迁宪职，在河南道主核群吏之课。某贤某否，可法可戒，宜不能无概于中。及按畿郡，于吏治民事、纲维体要，又益明习焉。则异时以良二千石著闻于大江之南者，非李君其谁与？而李君乃慊慊若不足，余以是重为常人喜也。

顾余性既迟钝，而又以冗惰相仍，姑诺君，而未有以应之。既而李君之旧寅刘君克温、谢君德温，又率全台征余言为李君赠，余于是益不可辞。

惟守之于民，有父母之亲，有表率之尊。汉宣帝谓其可与共理，所当慎择而不敢忽焉者也。当时能以子视其民，而无愧于父母者，吾有取于召信臣。能以德化其民，而无愧于表率者，吾有取于韩延寿。盖信臣之在南阳，出入劝课，稀有安居。其行视水泉，开通沟渎，以资灌溉，岁岁增加至三万顷。卒之郡中蓄积有余，吏民亲爱，至号之为"召父"。延寿之于冯翊，教之礼让，率以孝弟。尝出行，属民有骨肉相与讼田，则闭门思过，感其自悔。卒之郡中翕然转相敕励，莫复以词讼自言。是乃百千万世，为郡者之模范也。以李君之贤能，能无意于是耶？

常为大郡，赋入六十万。比岁水溢相仍，虽高仰亦为巨浸，上供之额至告籴于旁郡。议者谓壅潢绝港须一浚治，使三江入海之道无所壅底，而后屡丰可望。况郡人以富侈相高，不夺不厌，骨肉争讼，亦时有之，兹于风化不为无损。设信臣、延寿尚存，心恻然伤之，居弗能安，而阁宜屡闭矣。李君之所自持，不在古人下，吾固以南阳、冯翊之治行待之。而常之人所以亲爱李君，趋乡[13]李君，宜无异于信臣、延寿也。李君其尚懋之哉。予虽迟钝，常载笔从史氏后，于循良之传有志焉，李君其尚懋之哉。

荣寿诗序

皇帝五年冬，幸中外事变底宁，归功慈极，奉徽号以尊之。而又覃恩赐典以荣廷臣之老，盖凡与被锡命，喜皆过望，而具庆者之喜有嘉焉。于时刑部主事庐陵欧阳子重，得封其父巽斋先生如其秩；其母萧为安人，与先生年方指使，而先生适在宦邸，得服其命服向阙拜恩。明年正月二十有一日为初度，子重又得奉觞称寿于膝下，盖其喜，视具庆者之喜复有加焉。与子重游而厚者，皆津津助喜，发于声诗，久乃联为巨轴。会先生归，子重来征余叙，意欲观者知诸诗为荣与寿而作也。

夫荣与寿，虽系于天，而感召凝承实存乎人。譬之嘉谷，种而生，耕而获，其道然也。若力勤地美，而雨露以时，则其生乃茂，而其获必倍。世固有深耕博种，而厄于水旱，卒无所得者矣。然就其所已得者论之，有不稼不穑而能坐致者乎？故古之君子，不徒责报于天，而必慎修诸己。惟天之道，亦常与善而无所私，于是乎可以观天人之际矣。

先生治经饰行，为乡郡宿儒，甘老环堵，不求闻达。而其斋以"巽"名，盖顾名思义，有取乎称而隐。其事亲也，爱与敬俱；生而养，没而藏，祔而享，动皆以礼。伯兄晚失明，食必相其匕箸。季弟有遗孤，男女为之婚嫁如己子。其于外姻之孤也亦然。可谓物称其宜，而无愧乎德之制矣。安人之德又能与先生合，兹非福之所由召乎？况人情满则怠，怠则止，而先生于子重磨砻灌溉，不谓其宦已成。子重职刑狱，尝出虑囚，屡屡以先世求生之语戒之。是虽不与事权，而仁恕之功阴及于物，亦类乎称而隐。盖所以凝承迓续，固如是也。

初，子重起经生，奉大对直言不讳，遂获重语于公卿。兹在剧曹，不肯弃其余闲，而必择同志以求丽泽之益。譬之于田，肯播肯获，将所树立日跻远大。而福之降于天，思之贶于先生与安人者，未艾也。

先生归哉，乡间族党因予言而概诸心，其亦知荣与寿也之出于自求，而所谓视履考祥者，为可信矣。

送太常少卿杨君正夫归省序

今海内名家，以新都杨氏为第一。前提学金宪、今封少保留耕翁，文学德行宜公宜卿，晚遇早归，用之未究，而大发于其后。翁既以伯子少傅石斋先生，屡受孤卿殿学之封矣。而仲子太常君复篸卿列；少傅先生之伯子慎，复以伦魁为史撰；若乡贡士诚夫二君，方将与昆季联芳竞爽。而史撰之弟、乡贡士惇及中书恒，续闻趾美，又进而未已也。

自昔蜀多名家：以科[14]名宦业，则阆中有陈氏，而省华享其荣。以文书议论，则眉山有苏氏，而老泉浚其始。以儒雅风节，则华阳有范氏，而蜀公为之倡。翁之勇退，犹蜀公也，荣寿犹省华。而一门炳蔚之文，皆出于口讲指画，视老泉亦不多让。呜呼，何其盛哉！

翁春秋今七十有七，聪明不衰，饮啖豪健，居常课其少子廷历、廷中，及诸孙恺、恂辈读书为文，犹若少壮以横经为业者。念四方多事，少傅先生在天子左右有辅导论思之责，平安之报踵至，一不以离忧[15]介怀。而先生思翁甚切，职务之隙，数数以觐省为言。顾于时于义有重，于私情而不暇及焉者。则其兄弟骨肉、家庭聚处之间，其言之数数，又可知矣。

顷者太常君具疏以省翁为请，不以告诸其兄，疏既下，先生始知。天子重违其情，即日报可，又特许乘传，且欲加赠以为翁寿。若曰："朕元臣之父，眉寿而康宁若是，世其有几？"先生知翁雅尚退逊，辞之甚力。君子谓太常君兹归，其诚孝固不必论，而其以义自处，隐然有以成就父若兄之忠爱，而人莫或之识也。

盖翁之才略足以匡时，而未尽用，与其心欲以报国，而不容已者，实付之先生昆季。而先生所处既尊，施泽为易，旋斡[16]之□□□□□[17]然皆奉翁之□□□□□[18]思以竟其匡时报国之愿而已。故今日之义，太[19]常君以得省其亲为孝，而先生则以成亲之志为孝。太常君之归，非所以慰先生不遑将父之情，而庶其一志毕力于王事耶？然则谓其以义自处，隐然有以成就父若兄之忠爱者，非耶？虽然，天下犹一家，然分职授事，良子弟均有其责。而太常君才识英敏，为缙绅推重，行且显用于时，以大展其所蕴。趋庭问安之后，翁又必以责先生者责太常君。虽欲徘徊乡梓，徒以起居甘旨为孝，得乎？

少师西涯李公，少保厚斋梁公，与先生素笃僚友之好，各为诗以赠太常君。学士而下诸君，皆从而和焉。宏辱从先生后，以其拙于韵语也，乃退为序云。

送舒君孔阳知顺德府序

比来畿郡之守恒以才御史补之，亦惟太守为吏民之本，而王畿又四方之本，非才望之优者弗称也。然而自中台出者，往往未能意满，盖守虽右秩，其权出御史下。当御史按郡，守必郊迎庭谒，趋走拜跪惟谨。小有过失，御史得以法绳之。一旦易地而居，遂将从挹损之礼，能洒然而无累，岂不诚难[20]矣哉？

吾饶舒[21]君孔阳，为御史六年于此矣。其仪观秀异，襟宇闿爽，望而知其为远大之器。逆瑾用事时，尝核盐课于长庐，于山东，于淮、浙，处以廉慎，属而无咎。顷出按广西，振肃宪度，风裁凛然。还朝未几，会顺德守缺，吏部遂推君往补。或以常情待君，意君未能无介然于怀也。君曰："吾知尽其在我。吾为君牧养斯民，求无负于职业而已。若夫名位事任系乎天，与人者惟其所遇，而我无与焉。譬则金之在熔也，或为钟，或为鼎，为鉴，为削，为铸器，为斧斤、戈戟、刀剑、诸刃之物。因材致用，一惟治者之所使，而可踊跃以取不祥之诟乎？夫钟以和音，鼎以致养，鉴以辨别好丑，刃以剸裁盘错，固皆器之大者。即镈以治田，削以治简，刀以治庖，其于世皆非无用。顾弗精弗炼、顽钝玷缺焉是忧，而敢有不尽用之叹乎？"间有以君之言告予者，予谓君之往也，必为良二千石而无疑矣。

夫士非无才之患，而无识之患，彼拘拘以名位崇卑、事任轻重芥蒂于中者，皆识度之未优，而不知外诱之无足校也。故其在上也，必骄以下陵；而其在下也，必僭以上援。虽其才有过人，而其心则眩瞀于势利之争，纠纷于得丧之虑，于凡当务者或忽之。欲其安官乐职，有俾于政理，盖亦难[22]矣。舒君之才既优，而又有识如是，其有弗为良吏者乎？

初，君以进士出知乌程，年方英妙，已知勉于职务；如清理田赋，区处驿传，皆能祛宿弊以苏疲人。歉岁多方赈贷，活沟瘠数万。有冤狱，力为辩释，脱之桎梏。此其才之已试于民，而早有誉焉者也。所谓良二千石，亦不越乎政平讼理，使民安于田里，而无叹息愁恨之声耳。君由是益充其才与识焉，异时果以良闻，则玺书勉励，增秩赐金之余，且将入补公卿之缺。如汉家故事，而予亦自幸言之不谬矣。

君将行，端公吴君贵德率同官征言为赠。予嘉君之识远过于人也，乃次第其说以赠之。

松柏长春图诗序

封资善大夫刑部尚书张公，以正德八年九月二十七日寿七十有七，而其配夫人刘氏长公三岁，盖已八十矣。朝之公卿大夫前寿期数日旦，往贺公于公季子刑部尚书君元瑞之邸。公与诸宾献酬揖让，竟日不倦，仪观迈爽，须眉皓白，宛如神仙中人。而况伉俪偕老，子孙满前，贺者皆叹羡其盛，因绘图赋诗，题曰"椿萱荣寿"，谒少师杨石斋先生为序以庆之。尚书君之属吏为公父子助喜，其情尤甚，又绘《松柏长[23]春图》，合幕职郎署凡六十人，人赋诗一章，来征余序以为庆。

去年冬，尚书君拜命之始，喜津津溢颜面，见人辄自贺曰："某幸二亲俱垂白在堂，得此以悦其心，于平生之愿足矣。"而见予亦云然，予因知捧檄心动，出于至情，古今人盖不相远。今兹夏，尚书君遂遣人归藁城，奉公及夫人以来。于是公及夫人之袍带冠帔，犹三品之封典也。秋初，尚书君具疏以请，欲及二亲强健，得今封以为荣。上嘉其孝，不俟所司覆奏，赐允。公与尚书君叩阙躬谢，鹤袍犀带，烂然改观，与耆寿俊之在厥服者无异。

宾客在坐，尚书君左右趋侍惟谨。拟之于古，其汉之石奋乎？周之王祚乎？宋之窦禹钧、陈省华乎？可谓盛矣。况今两京公卿无虑数十人，未有父母具庆如尚书君者。间尝屈指数之，惟石斋先生之尊、少保留耕公长公一岁，而强健如公，荣名盛福，岿然增斯文之重。宗伯东川刘君之母、太宜人邓，都宪姑苏陆君之母、太淑人华，少宗伯建宁杨君之母、太恭人周，久享禄养，年与夫人等，亦足为女史之光。然皆偏侍焉耳，于人子之心岂能慰满？又其地远阻，安舆迎养，不若畿甸之便。公卿大夫即欲奉一觞为寿，如公与夫人今日之事，不可得也。自余若少宗伯上蔡李君之母陆，及予妇父司空鄱阳[24]孙公之母王，虽皆受太淑人之封，然亦继也。由是论之，公与夫人之福履岂易及哉？

《易》称视履考祥，《书》论五福本之，由训与否？盖德者福之本也。公为人孝友仁厚，而夫人之德称之。尚书君由大理为郡守，为方岳，为中丞，以至今官。奉职守法，在在有声，亦惟二亲之慈训是体。盖其家庭父子间，所以迓续天休者，非一朝一夕之故矣。《诗》曰："如松柏之茂无不尔。"或承张氏之福，以之记曰："如松柏之有心，故能贯四时而不改柯易叶。张氏之德，其殆庶几乎？"兹固尚书君之属吏所以绘图之意也。

送黎侯允正被召赴京序

国朝著令，凡以进士补郡推、县令者，苟有治效，则部使以其名上于天官，请表异之；俟风纪有缺，则天官卿以其名闻于上，请召用之。盖以郡县之职于民最亲，关于治体最重，故立为激励之法，使当是任者明白奋扬，励所职以安夫民也。

今上即位之六年，天官卿以风纪多缺员，请迁补如故比，于是郡推、县令见召者二十余辈，而我黎侯允正与焉。召檄既至，有为黎侯荣者曰："侯以阳朔宦族，登贤科，出宰百里，上应列宿。今兹受剡荐，结主知，行将冠豸冠，衣豸绣，乘骢马扬扬入都台。一喜怒之间，可以快恩仇，矜名誉，大丈夫至此亦荣矣。昔人谓被召如登仙，瞻望行尘，咨嗟叹息，恨不为驺从。今日观之，其与登仙何异哉？"

又有为黎侯惜者曰："侯以成化乙未登甲第，出补奉新，寻以忧去，改补铅。计自释褐至今，已二十年矣。与侯同年者，往往佐台省，长藩臬，而侯乃蠖屈小邑，始获一伸。昔人谓用人如积薪，后来者反居上，侯之心岂不以召用迟迟为恨哉？"

予闻而惑焉，曰："君子之幸在行其所志而已，志苟得行，则虽处江湖之远，不足以为辱。[25]志苟不得行，则虽处廊庙之尊，不足以为荣。侯有志于爱民者，故能不择居而安，安而乐，乐而喜从事。若谓其较班资之崇卑，计内外之劳逸，昔焉戚戚，而今焉欣欣，殆非知侯之深者也。"

予所以为侯喜者，则有说焉，曰："令虽亲民之职，然处其上者有监司，有刺史，又有往来群贵人。趋走承命，曲尽其心，仅足以辞棰楚之辱。簿书期会，一有不至，则谴呵及之。职分所拘，事无专制。虽有善政，不得辄施。故虽爱民如侯，然亦不免为簿书掣肘之叹，而卒不能大行其志也。惟风纪为天子耳目，秩虽卑，而权甚重。朝廷之得失，百司之贤否，天下之利病，苟有见闻，无不得言。[26]至于朝仪庙祀，学校科举，金谷兵刑，水利盐法之类，[27]又皆得以监临而纠正之。有志之士率欲为此官，以展其才。侯久淹下僚，默窥世故者熟矣。兹行独持风纪，正埋轮揽辔、得志行道之日。吾知其必有危言激论，入以告于吾君；善教善政，出以施于吾民。他日謇謇谔谔，称为真御史。使天子改容，宰相待罪，群奸敛迹，而万物吐气者，其黎侯欤？"

侯与予伯父副郎君为同年，予辱有世讲之好。侯将行，方欲以此为贺，会邑博金君廷珍及其僚友、生徒又以赠为请，于是乎书。

送李君清之宰宜山序

君子可以责成于己者，惟道德而已。至于功名，则己有命存焉，而况富贵乎？刘蕡之文学，李广之武略，非不优也。然而蕡不第，广不侯。夫蕡以直言为有司所抑，犹诿曰"文宗不之知也，使其知之，未必至于不第也"。广以材力亲幸于文帝，而帝乃曰："惜广不逢时，令在高祖世，万户侯岂足道哉？"文帝操可以富贵人之权，而竟不能侯广，此则所谓命也，若功名，宜可以自致[28]者矣。然孔明之遇[29]先主，如鱼得水，千载一时，可谓[30]奇矣，而犹曰："成功利钝，非臣所能逆睹。"则功之大小，名之显晦，亦非人力之所能。

惟道德则不然，前无御者，欲贤则贤；后无挽者，欲否则否。如同安之簿，扶沟之令，南安之司理，其禄位固不足以动人也，而设施措置，动中绳墨。不求知于人，而求知于天；不求同于俗，而求同于理。岂非内重得深，而功名富贵不足以动其心乎？

李先生靖之，自少警敏不凡。其尊翁世荣甫遣补邑庠弟子员，游今漳守汪公之门，造诣益精以邃。[31] 李所居，吾铅之西乡。著姓凡十余，盖自昔未有以科目起家者，至靖之始领成化庚子乡荐，为一乡后进之倡。既而游太学，与今都谏李君本清、夳史范君文润、文选郑君行之辈寻讨旧业，诸君皆推让靖之，以为先登。于时大司寇盱江何公，大司空豫章谢公，少司空上高陈公，闻靖之贤，皆遣子若孙北面受教。

以予观靖之之才、之学，其掇巍科、跻膴仕，宜若拾芥陛阶而无难者。今乃连试不利，俯同常调，往宰下邑。意者富贵之赋于天，诚有一定之分欤？虽然，此流俗寻常之见耳。如流俗寻常之见，则将厌州、县为徒劳也，则将窃脂膏以自润也。得意则跃跃以喜，失意则[32]将戚戚以忧也。不知圣贤道德之训，固不屑屑于此。周子不曰："束发为学，将有所设施可以泽斯人"乎？程子不曰："一命之士，苟存心于爱物，于民必有所济"乎？朱子不曰："作县非细事，当尽心力而为之"乎？靖之勉焉，将宜山之政，方驾古人而无愧，垂声后代而不衰。而所谓富与贵者，诚不足以累其心矣。

是选也，天官卿实摘许昌靳氏之语为题，以试选[33]人。予故推广其意，以为靖之赠。此固靖之之志，必不以为迂也。

送表弟张天益序

天益颖悟不凡，而性复沉静，无纤芥夸毗儇薄之态。故其习举业虽甚晚，然所进不已，日异而月不同。其为人虽不事表暴，然笃实恭谨，可敬可爱。去岁领乡荐，来试礼部，中乙榜[34]高第，拘于年而未能脱，遂往署当涂县教。予甚惜其所就之小，所施之狭，然犹有喜焉。

盖今之著令，凡郡邑教官，六年有成绩者，听复与礼部试。数科来，由此登第者往往有之。以天益之颖敏沉潜，加以六年之进，其成就设施安可量耶？勾践之败于夫椒，而栖于会稽也，耻甚矣。然其卧薪尝胆，无日忘之，而生聚教训，未尝敢懈，卒以沼吴而伯越。使微夫椒之败，勾践伯业之成否，殆未可知也。天益今日之屈，安知非天之将降大任，必先动心忍性，而增益其所不能乎？

有永暗天益者或曰："教官地寒禄薄，惟为贫而仕也，则宜，非天益之所宜也。"或曰："教官实美职，第天益年甚富，犹可需时而进。一旦强之使从，宜其不乐也。"或曰："天益他日所就，实未可量，然必数年而后遂，恐志在速化者不能一日安于其位也。"

嗟夫，持是说以告人者，谓之不知道，亦谓之不知命。侏儒[35]观戏，乳犬吠声，徒足以发识者之一笑。然听者惑焉，将不怀郁郁不乐之心，而怠勉勉自修之志耶？予以庠序之官，固无势利辉赫之荣，而其职则在于明道育材，修德善俗。推其效之所至，将使朝廷正而天下治，非若抱关击柝者之易称也。彼以教官为禄仕者，果知道者欤？霁出潦处者，因其时也；坎止流行者，因其地也。此君子所以不卑小官，怡然而常乐也。不知卑小官者，果将委而去之乎？抑姑随分而为之乎？况试于礼部，不以日月为断者亦多矣，不知果然一举而售乎？亦将屡举而始获乎？岂亦无终其身而不遇者乎？彼以强从为恨、速化为志者，果知命者欤？

夫进士之科，昉于隋而盛于唐。隋以前无是名也，而建功立业之士不绝于天下。唐以后重是选也，豪杰之士乃不必皆出于此焉。意者吾人重轻，顾自立何如，而不拘拘于一途耶？前辈若祭酒颐庵胡公，尝自乡贡起家为华亭教谕。冢宰文靖魏公，尝自乡贡起家为松江训导。当时士论正而风俗醇，人不以教官为卑，而二公亦能黾黾职业，以师道自任。故出其门者多成贤材，而二公亦卒为名臣，流声来代，以进士举其成就设施之优者，亦不能是过。曰吾人重轻顾自立如何，非耶？天益知道者也，知命者也，第以二公自期，足矣。而况数年之后，犹可取上第，以偿夙志也哉。

初，天益尝学于家伯少参先生，兹又欲留予所，探讨旧业，而予亦将赖其相长之益。且别去，彼此各失所欲，诚有不释然者。予故以远者、大者期[36]天益，慰之且以自慰云。

送亚参孙公之江西序

木之美者，惟松柏为最。丸丸挺拔之材，郁郁后凋之操，楩柟豫章之属，率皆退避而莫之与京。矧树之徂徕、新甫之地，阳和攸钟，生意必遂。则其耸鞚昂霄，可以岁待。匠石过而睨之，取其樛枝旁蘖以为榱桷，犹且有弚有梃而不可及。若其修柯达干，隐然栋梁之器，考明堂，落清庙，固不能舍之而他求矣。

凤阳孙公幼真，天资绝人，所学甚博，而有其要。治《春秋》，得董仲舒、刘蕡家法，处经应变，议论滚滚不穷。文辞数千言，操笔可立就。公为诸生时，今亚卿浮梁戴公方督学政，一见待以国士。后游太学，故内相琼台丘老先生尤器之。成化丁未，与公同年登进士第者余三百五十人，至论材能志操之美，必以公为最，公盖士林之松柏也。

今上嗣登大宝，首开言路，择谏官，公遂拜礼科给事中。越数年，再迁左给事中。累疏论列天下事，剀切精确，不激不随，上辄嘉纳而施行。于是地望益崇，而才美益著。夫人知公可大受，可远到，而属以公辅之器矣。比者，天官卿荐公往参江西布政司议。姑以常资论之，自丁未至今甫十年，而官至方岳、腰黄衣绯者，亦同年所未有；有之自公始，公不亦荣哉。

然谈者犹有"匠人斫而小之"之恨。不知论材者特取松柏之樛枝旁蘖以为楔桷，以暂庇一隅之民。而其修柯达干，所以梁明堂而栋清庙者，固有待也。且江西地方千里，大率土狭而人稠，闾阎小民，虽力作啬用不能自给，操末技以食于四方者恒十之五。加以数年之间，饶、信数郡苦于旱，南赣数郡扰于寇，建、抚数郡又疲于营造之役。如渴行而择荫，遇震风凌雨而思厦屋之帡幪，当《大过》之时而求《大壮》之才，非公，其谁宜哉？

李君克昭尝与公同官，又与宏皆忝同年，且以公所莅实惟父母之邦也，乃授意于宏，使为赠言。顾宏虽浅陋，然于义有不容默默而已，于是乎书。

寿查君孟尝六十序

苟有以济乎人者，岂独人之德之，思有以报之而不能忘哉？天固阴鉴其仁，而欲报之矣。天地生物之仁，欲人人之果其报也。然流行之气，或不能不小失其常。雨旸之弗时，耕收之失绪，则蒙袂辑屦，展转沟壑者往往而是。于此有人焉，藏其余以待其变，推所有以济其无，拔斯人于阽危之中，而处之于并生之域。非其一念之仁，有以佐天地之所不及乎？天地之报之亦宜也。

赵宣子田于首山，见翳桑之饿者灵辄，悯而食之。既而晋侯伏甲将攻宣子，灵辄与公介，倒戟以御，公从而免之。夫宣子于翳桑之饿人，初不蕲其能免己于难也；翳桑之饿人，初未必己之与为公介，而能免宣子也。忽然而遇，如约如盟，冥冥之中若有相者。此可以窥天人之际，[37] 而验仁厚之报矣。

分宁之大姓查氏，世以赀雄[38] 其邑，亦世以乐施予为贫人之母。其彦曰孟尝，又常通诗书，游邑庠，与闻为仁人之说而[39] 益勉焉。环查氏之居，编户累百，口以千万数。其贫而无田而不能力作，能力作而自惰者，望孟尝之廪，墉崇而坻突也，则更相告语，恃以无恐。猝然小饥，负担者已哗然群吁其门。孟尝不必其能偿不能偿，计口而贷，类弃之然。盖其仓，实义，特其名否尔。岁辛丑，值大侵，孟尝又挥金数十镒，以佐有司赈贷之费。虽循例受散官之赏，非其志也。若孟尝甫其菽粟如水火，而又能仁者欤？其得天地生物之心，而能佐其所不及者欤？用是，其乡人之德孟尝者，每忆饥窘时事，必举是而祝曰："庶几使吾翁寿乎。"是非但欲寿孟尝也，孟尝能活沟壑之人，寿孟尝所以自寿也。而天于孟尝亦若矜斯人之贫者，而从其欲。孟尝今年已六十矣，而聪明不衰，齿发益固，其寿盖未可量。二子仲儒、仲道，又方业进士，骎骎向成，孟尝将逮其荣而且享其养也。非天之报孟尝，则何以至此？而世犹以为茫昧者，其果可信也哉？

岁之良月庚子，实孟尝悬弧之旦。其姻家周秋官公仪，征予言以为贺。予谓有可贺者，不辞而为之言。

送二守郭君文华之郧阳序

比岁资格益密，用人者升黜迁转，大都视其始进之途以为轻重迟速，而不尽究其持身莅官之实。其起家乡贡为郡佐、县令者，苟有廉能之状，仅得叙迁则以为荣，求如往时超迁至方岳，或驯致乎公卿者，不可得也。故士之需次选部者，必欲取甲科，以庶几重任速化，卒业场屋，不以为倦。至于屡进辄北，乃从常调，则日暮途穷，多苟且之政，而无策励之心矣。即有杰然自奋于其间者，又虑夫上之人，或不能违时越法以用我也，于是欲前而复却者有焉。

予以为用人者不知法之宜变，而执是区区之例，以阻贤者之进，其责固不可辞矣。然士亦不能无罪。盖士之仕也，将以为民也，非以为己也。仕而为己也，则非巍科显地诚不足快于心。若有志于为民，则虽入赀任子，亦不为辱。而一命之士，于人固有所济。彼黄霸盖起于入赀也，汲黯盖起于任子也，卓茂、鲁恭又徒以密县、中牟而遂有闻于后世也。胡今之士不思仰法古人，而苟徇流俗之见哉？

庐陵郭君文华，与予同领癸卯乡荐。博学有文，仪观甚伟，以之取一进士无难也。五上春官，乃竟弗利，名入仕版，亦既有年。人或谓君春秋去疆仕尚远，宜少待显用者。君断断不可，遂谒选吏部。天官卿以其四事并优，授同知郧阳府事。予于是喜君之识非今人可及，而知其为政将必有古良吏之风也。人患无志，又患不知变通之术。用人者不知通变之术，则将以资格为可久之规；为人用者不知变通之术，则将因资格而自沮。故世鲜良吏，吏无善政，而民多不得其所者以是也。

郧阳为郡未久，介襄、邓、蜀、汉之间，境多大山长谷，流移商贩寄食于此者与主户等。若吏非其人，抚之无术，则往往啸聚为患。兹佐郡得君，予又喜郧阳之民且安其业矣。盖今之资格虽甚拘，然治行卓异果若古良吏，亦终非资格所能抑。然则方岳公卿，固文华所可勉而至者。况其年方英妙，以岁月待之，岂有不至者哉？此则予同年者之私喜也，爱序以要其终云。

冠孙礼咏序

少宗伯新喻傅公，以七月壬□⁽⁴⁰⁾冠其元孙选。筮宾得侍读白君秉德，宏及太史罗君景明、徐君舜和，秋官陈君健夫辈，亦与介宾之列。是日退朝，公卿即归高坡寓第，与诸君揖让入就两序，摈介有司，各趋及事。三加毕，秉德字选曰"金可甫"。于是赞以礼成告，众皆再拜贺公，公遂醴宾以一献之礼。仪文详雅，而礼意周洽，宛然古道之犹存也。其与古异者，特门堂房户之位，衣服冠履之制耳。

古者重冠，盖将责人人以孝弟忠顺之行，而于适子则加重焉。凡适，皆继祢之宗，重冠而尤重适子，所以敬宗而合族也。自宗法既废，而冠礼随之，其图与说，则具于《仪礼》。朱子表章之后，我太宗文皇帝实取而列之学宫，以幸教天下之臣民矣。然间有讲而行之如孙昌胤者，苟荐笏而扬于廷，俗辈未必无郑尹之讥，岂古道之果不可复欤？其亦在位者不能奋然排俗，以古倡之之过也。

金可今实为傅氏继曾祖之宗，责成之礼，有不容不重者。而公又方佐邦礼，任伯夷、周公之责，百尔举措，必考古何如。至于其闲家，肯不以礼处之，至于其孙，肯不以礼成之乎？曰"天下无生而贵者"，故有士冠礼，而无大夫冠礼，言有德乃有位也。《诗》曰："婉兮娈兮，总角丱兮，未几见兮，突而弁兮。"言小之可大，迩之可远，人能循序渐进，可以忽然而至其极也。金可为公之孙，有盛德以浚其源，有素教以敦其习，兹又举重礼以责其成。继今而后，吾见其幼志如弁髦之未敝，成德如元服之累加。于以济美亢宗，如种而获，如炊而熟，凡知公者，可进贺也。

贺以诗者，舜和实倡之二章，章八句。景明、健夫和之，同朝继作者若干篇，其诸异乎郑尹之见，而亦足占世道之渐复于古矣。宏拙于韵语，公乃授简，使为群玉之弁。

送府丞吕公丕文之应天序

新昌吕公丕文，以成化甲辰进士上第，授刑科给事中。寻转右，历左，遂升礼科都给事[41]中，出入禁闼者十余年矣。累上封事言朝政阙失、军民利病，然务存大体，不事矫矫，时论贤之。顷应天府丞缺，吏部推公及户科给事中祝君质夫可任。有诏用公，谈者窃谓今上综核名实，类汉宣帝。

宣帝尝察谏大夫萧望之明经持重，论议有余，欲详试其政事，故既出为平原守，以其在郡日浅，复出为左冯翊。兹吕公自都谏往丞应天，亦何异于望之之试三辅耶？三辅盖汉初都长安所置，秩皆中二千石。及光武都洛阳，更以河南郡为尹三辅，乃陵庙所在，仍其号而减其秩。我朝之顺天，即东都之三辅也。其首京畿，承大化亦相类。然应天实国家根本之地，视东都之三辅尤重焉。

盖我太祖高皇帝，当群雄鼎沸之秋，率众渡江，即居建业，屯兵于此者十有八年。凡城池之筑凿，刍粟之供亿，甲仗之营办，其民效力率先他郡。观当时复租之优诏，恳切谆至，谓"子孙百世不忘江左之民"。则圣祖在天之灵，未尝不以建业为沛乡，而高祖之衣冠、孝陵之松柏固在也。今京府之秩，南北一体。九卿之外，此实要津，尊虽方岳不得而并立。今尹、丞之补，必择才而贤者任之，岂非以其地之重欤？

公在谏职最久，侍上最近，畿邑之乡老里正，每朔望来集阙下，上必诏顺天府尹若丞，谕以乐生兴事，奉法远罪之指，公所熟闻而钦见也。由是推之，则圣祖所拳拳优恤之民，上心肯忘[42]之哉？顾地里辽绝，尹若丞又不可时奉朝请，以口宣诏旨，则惟择其才且贤者往，敬用治而已矣。择丞而得公，固所谓才且贤者。广上德意，怀远为近，使畿民卓成，根本深固。此固公之所以报上，而亦吾党之愿也。

公同寅若叶君廷缙，屈君引之，以公欲南，诣宏责赠言。宏敢以是告公，而贺畿民之遭。

送欧阳汝玉之南海县序

为县令难也，为剧县令又难也，为剧县令于藩臬之下，则又难也。临乎其上者非一人，公移私召，日纷委于其前。方甲之趋，而乙命奄至，虽心知逢乙之怒，而势不能以两全也。于此弗慎焉，则必以为简。县有事，无小无大，可不可，必裁于上。虽于法得以自决，而势不敢以不请也。于此勿慎焉，则必以为专。有简与专之名，则大将求其罪，小将挠其权。权之挠，则虽有志于廉公者，且将变其守；有事于仁惠者，且将倦其施矣。况至于罪之乎？故令尝戴星出入，昼则卑卑焉伺诸使之门，夜乃呼吏张灯坐于庭而治其职。非精悍足以任仆仆之劳，警敏足以应琐琐之务，而又谦下谨饬，有能而不矜，鲜有能济者也。

南海附广东藩臬之下，而吾友欧阳君汝玉今为之令。君为人持重，固非矜其能者。顾叹其精悍警敏或在人后，岂是邑之果难，而君不容以不虑耶？将君实优为之，而虑之过耶？夫诵《诗》可以授政，断狱可以引经，仕之与学，其理同，特其事异耳。君早失怙恃，家中微，同胞无强干可倚者。能下帷发愤，肆力经史，举进士，可谓精悍也已。举业之外，旁贯《离骚》，诗赋累数千万言。书之难读者，一再阅，辄能了其伦类，可谓警敏也已。推之于政，亦不外是，而顾忧其难，非过虑也欤？

夫精悍警敏，固理[43]剧者所不可无。然非谦下谨饬，亦不能济。盖人之屈于下位者，每有不屑为之心，其屑为之者，果廉公而仁惠焉，又未必俛首于趋承之分。盖将有以仆仆为足羞，以琐琐为可厌者矣。故虽精悍警敏百倍于人，而必取夫简与专之罪。惟谦下谨饬者，安其官而乐于从事，则至诚所感，上之人且将略其迹、而亮其心焉。即使力有所不给，而迹疑于简，彼将曰："是其心非欲为简也。"识有所不逮，而迹疑于专，彼将曰："是其心非欲为专也。"由是无洗垢涤瑕之虞，无簿书掣肘之患。吾之廉公由此可以尽于己，吾之仁惠由此可以及于民。如是而有弗能济者乎？若君过虑，固谦下谨饬之一端也，则其他又何足虑哉？

旧令蒋君诚之，于予为同年，其资禀才志实与君类，南海之治行，上下交口誉之。继之以君，固邑人之幸也，亦前政之休也。予不难君之为令，而难君之别。于是乎书以赠之。

赠南京刑部郎中白君辅之序

予每读诸史，见古人父子同传，或云"子某自有传"者，未尝不反复披玩，喜谈而乐道之。其尤盛者，在汉则有若韦贤与其子玄成，杨震与其子秉。在唐则有若李吉甫与其子德裕。在宋则有若王、范⁽⁴⁴⁾两文正与其子懿敏、忠宣之数氏者。其功名富贵，赫然著于当时，昭于后世，可望而不可及。

岂天固私厚其人也？抑亦自致之，而天无与其间耶？意者天人之际，相为流通，德之所在，福必随之。天之佑乎人者，非私厚；而人之得乎天者，非幸致欤？夫韦氏之经术，杨氏之清白，李氏之材略，王氏之忠信，范氏之先忧后乐。计其父子之间，私相传付，以为家法。如田庐珍玩，不忍失坠，则其获厚于天，继世显赫，岂不宜哉？

今大司寇昆陵白公，自谏垣擢京兆，更践台省，进列宫保，从容晚节，⁽⁴⁵⁾享有诸福，可谓显矣。而其仲子辅之及季表之，又皆起家文儒，克承公志。辅之以甲辰进士拜南京户部主事，兹已累迁为刑部郎中。然则白氏之盛，方之古人，亦无以甚异也。盖公素著才望，累建大功，而又谦谨自持，深厚不伐，⁽⁴⁶⁾即《易》所谓"君子劳而谦"者。有子如辅之，贤而且贵，独非盛德之报欤？辅之年甚妙，志甚壮，譬之冀野名驹，可以远到，而况公实导之于先乎？南山美材，辅之⁽⁴⁷⁾名位事功，固当如公今日之显，而韦、杨诸君子，诚不得专美于前矣。

兹辅之来贺三始，亦以宁公。公属吏张君某辈，敦两京僚友之谊，图欲有以为辅之赠也。乃属朱君汝承、周君公仪来责予言。夫古之人，予尝喜谈而乐道之，况今目击公父子之盛，又可以辞让为事乎？遂为之书。

送伍太守序

伍君朝信，擢守宁波之明日，予侍学士碧川杨先生候朝阙左，先生曰："伍君之举进士，与子为同年乎？"予曰："然，且同举于乡也。"先生曰："君所谓才而贤者，吾郡有如是守，民无忧矣。"有顷，复曰："先是嘉兴守缺，少司寇屠公元勋爱其乡邦，实择君及周君伯震荐之冢宰屠公。冢宰于嘉兴既用周君，因以君为吾郡，冢宰固亦爱其邦乡也。"予喜而识之，不能忘。既见君，因以为贺。君但逊谢，未尝有喜色，予益贤之。

或谓汲黯薄淮阳，望之厌平原，仕而择官，贤者不免，疑君未能无怏怏者。予以为不然。盖用人者，诚欲为官而择其人；若夫用于人者，听之而已，奚择焉？彼固有择焉者矣。非日暮途远，欲避近而取径，必其才有所限，此或能而彼否也。

君出世宦之家，历储材之地，才全能钜，无施不可。而春秋又甚富，如武库之珍奇，通都之货，廒仓之粟，骈阗充溢，随用而随给也。如健者之入浮图，循级以进，可不劳而升其颠。如乘轻车骏马，方驾而驰百里，虽援辔收策，屡憩徐行，而必达也。于官尚奚择哉？且择官而仕者，自以为贤，而识者鄙之；自以为巧，而识者嗤之；自以为乐，而识者哀之。曷若君之修职厉⁽⁴⁸⁾行，一听于推择之公，而无愧哉。继今而后，人之择君者将日至矣。而今也为之兆。间以语君，辄逊谢，未尝有矜色。

会同朝士夫谋以言赠君，君僚友陈君健夫，盖亦尝同举于乡者，遂强予书以为序。

鸰原别意图诗序

新喻黎君廷祥，以庚戌拜香山令，至丙辰凡七年矣。乃赴天曹，上其莅政妥民之绩。而其弟乾兆实以是春登进士第，遂为大行人。

廷祥自去香山，逾岭而北，即倚乾兆在京师为北道主人。凡息肩之所，软脚之饷，与夫副急供匮之需，一不置于虑。每逆旅顿宿，惟屈指默数前途犹几，度何时可与乾兆会面而已。而乾兆在京师，亦自计其兄之来。闻檐间鹊声喳喳，亟曳履出伺户外，意廷祥之奄至。否则怅然却坐，无所聊赖，如是者屡焉而不厌。及廷祥既至，乾兆出郊迎劳，导以入其寓馆。长枕大被，相从欢甚。盖廷祥与乾兆别，亦始庚戌。及丙辰，别久而聚，情之所钟，有宜然者。

未几廷祥将复香山，乾兆乃绘《鸰原别意图》以赠之，且征士夫能言者作为诗歌，以泄其感慨离合之情。既又恐夫骤而观者莫究其因也，属予为数语引诸其端。

夫兄弟之亲，如手与足，观《棠棣》所谓宜室家、乐妻孥，⁽⁴⁹⁾必由于兄弟之具翕。则虽饮食寝处之顷，有不能忘情者矣。况宦游四方，别以岁计，暂而合焉，倏而离焉。如是而恝然无动于中，岂人情哉？故二苏兄弟，自少年筮仕，即为连床听雨之约。郑州之别，彭城之别，汝阴之别，往往见诸诗篇。至今读之，犹凄然不可为情。乾兆举此，岂闻苏氏之风而兴起者欤？抑人情之至，古今同然，固非有所慕而为之与欤？

予初识廷祥，无平生欢，而香山又远在千里外，不可考其谣诵⁽⁵⁰⁾之实。然披图诵诗，固已信廷祥之勤政而宜民，不待问而后知、察而后决也。《书》称"惟孝友于兄弟，克施有政"。廷祥非孝友者乎？孔子谓"居下位而获上，治民者在乎悦亲而信友"。廷祥非能悦亲而信友者乎？诗凡若干首，系于左。

赠高生仲仪序

高生仲仪，吾郡故都宪五宜先生之仲子也。其年甚少，其资质甚敏，而其志甚壮，所进未可量，予甚爱之。

昔臧伯谏矢鱼之失，君子知其有后于鲁。管子辞一卿之礼，君子宜其世祀于齐。盖古之名公魁士，为己之心常缓，而为世之心常急；功名之念常重，而富贵之念常轻。故即其功业所施论之，必且受不赀之报，而况其爵禄荣名，食之固有未尽者耶？

惟我五宜先生，以名进士为才御史，历二棘寺，总宪柏台，累以危言奇策上裨庙廊。及其念切亲闱，遂请终养。起平闽寇，行且复用矣，竟以功归他人，甘老林下，是固与臧伯之忠、管子之让无以甚异。而今及见仲仪之质敏志壮，可世其家，于是益信天之报善为不爽，而叹古之君子为知言也。

故事，文臣惟三品以上始得荫子，犹必历三载乃敢以请，所以示恩遇之不滥也。先生官未及三品，天子悯其旧劳，特许仲仪入太学，勉图后效，恩亦至矣。而仲仪处之无赧然，士大夫闻之无异议者，得非先生之功与德孚于人人，而仲仪又足为之子耶？虽然，为世家之子弟者甚易焉，而亦甚难焉。闻其先之遗风可以兴起，席其先之遗休可以进取，此所谓甚易者也。然一言一动不与其先类，白屋之士得从其后侮之，是不亦甚难矣乎？若仲仪者，吾信其有易而无难矣。

其归也，复拳拳乞予言以为赠。噫，予将何以为仲仪赠哉？惟忠惟孝，先生之所以遗仲仪者至矣。仲仪务学以承之，予庶几得窃附于齐、鲁之君子云。

送欧阳君时振知汉中府事序

汉中守缺，吏部请以职方郎中欧阳君时振往补之，盖慎选也。其同为夏官属者，皆曰："太守，下僚；汉中，远都也。以地望论之，为郎中于职方者已不宜外补，况君之才望，固当别论耶？"又曰："今虏方越瓯脱，侵扰缘边，赤白囊旦夕至公车，天子为之旰昃忘食。筹边之务皆职方领之，而君又练习焉者，于是时也而麾之出，不亦非计矣乎？"由是闻者惜之，不但其同官为然。

盖君家世宦业，不与寻常崛起者类。故大司马肃敏余公，又实以子妻之。凡公之忠谋至计，君盖饱闻而熟识之，用是其才与识益充以大。初，君为主事，奉敕阅兵也，所条上事宜皆凿凿中利病，今大司马马公心甚才君。及往按密云边事，亟言潮河川与虏共险，宜城其地，设戍守以防胡虏冲突之患者，识者韪之，而功不能就。及是虏之入也，果从此始。则君之才识，诚可与陈汤、柳浑相下上，论者惜君之出，良有以也。

虽然，天下犹一身，然京师面目也，边境手足也，郡县腹心也。三者之中，腹心为根本。爱身者于面目、手足之不仁，则戚戚焉忧之，汲汲焉攻且疗之。顾于腹心之隐，根本之地，漫不加意，果知爱其身者哉？君审于天下之大计者，苟以爱身之理推之，其不以郡守为轻也必矣。且肃敏非由郎署出为郡守者乎？西安之治行，无愧古循吏，而其勋名亦由此大显。夫人能知之，能言之，君其子婿也，独昧乎哉？如曰："汉中险恶与西安殊，则汉之君相尝用其地以收用巴、蜀，还定三秦，而基四百年之业矣。况假守于斯，而顾有不足者乎？夫汉中北通秦，南引蜀，东接襄、沔，西控岷、洮。譬之腹心，则脉络之交，溪谷之会，针砭药物之施，尤宜慎焉。谓补君为慎选也，非诬矣。而君体兼众长，随用辄效，于办此也，奚劳？"

肃敏之勋名，予知其可坐而俟耳。果若是，则惜君者独不当更以贺乎？于是闻者少变其辞，相率诣予，请以是为赠。予，君之同年友，义不可已也，遂以赠之。

送宗兄顺昌令成之先生致仕序

宗兄成之先生，以弘治己酉拜顺昌令。至则治其县事如家事然，未几，百废俱举：农乐宽征，曹歌于野；士遂藏修，群颂于学；川梁既成，而涉者告利；宾馆增饰，而至者如归；官粟广储，而岁侵有备。部使者岁一人至，至必以兄为才。朝使者岁一人至，至必以兄为才。三年，顺昌大理，而兄有余力也。又共檄兄往城沙县，兄治沙之事，又如治顺昌之事。然区画得宜，不徐不亟。逾年役始罢，而民不知劳，使者愈益才之。然用是因循不得奏成绩，至是将九年，始获上其计簿于天官卿。

天官卿书兄之考当在优等无疑，崇阶右秩可以岁月待也。而兄已浩然有归志，装且束，诣宏语其故。宏窃念亚参公顷既请老归，旬日之间兄复有是举，人其谓何？以谏兄，兄不可，曰："吾之生也，与族父修撰公为同甲，童子时尝同游。修撰公荣膺貤封，眠食任意，束带见客尚以为劳，子乃欲吾以既衰之年、受束缚驰骤之苦乎？况吾幼尝受学于亚参公，用有今日。公今宦成而归，吾得相从，以免危殆之辱，不亦可以远追二疏之风耶？"盖修撰公即亚参之母弟，而宏之父也。宏于是有感焉，因不复止兄，更以其情达诸天官卿，俾趣具疏，庶几兄得早归，以与诸父游。

往时，宏尝读《二疏传》，爱其知止足之计、识进退之机，想慕之余，宛然如身在东都门外，见公卿祖送车马之盛，闻道路聚观叹息之声。然犹怪广之归老，必与受俱，何其勇于忘世之甚耶？及读唐韩愈留孔戣之说，乃知二疏之归，有蔽于私情而不能自胜焉者。愈之言曰：[51]"古之老于乡者，将自佚，非自苦。间井田宅具在，亲戚之不仕与倦而归者，不在东阡在北陌，可杖屦[52]往来也。"汉近古，古意犹有存者。彼广、受相随出关之意，无乃出于此欤？

今予伯父首倡归田，而兄和之，旬日踵去，不谋而合。其勇决高尚，诚与二疏无异，有非今人所可及矣。况予二家所居，仅限一衣带水，各有先人之田庐在。学成者可仕，而无内顾之忧；宦成者可隐，而无怀禄之念。迨今之归，将杖屦之嬉游，不于吾父于吾兄，不以朝则以夕，其俯仰自佚，与韩子所谓"古之老于乡者"亦奚以异哉？宏日夕凝瞻云之目，第还朝未久，不敢遽言其私。数年后，得间而归，索笑于苍颜黄发之侣，其必有日矣。于兄归，序以识之。

送广东按察司佥事徐君朝文序

昔齐、鲁长勺之役，曹刿问所以战于庄公。公谓"小大之狱，虽不能察，必以情断之"。刿曰："忠之属也，可以一战。"于是一战而胜。夫战之胜败决于断狱之间，刿近于迂矣。然而卒以胜者，何耶？岂上之人爱民于闲暇而重其生，则下之人报主于倾危而致其死，理有固然者哉？

由是观之，刑之所系也大矣。理刑者非得忠信明决⁽⁵³⁾之人而用之，则于狱岂能无冤，而于国岂能有益⁽⁵⁴⁾乎？夫惟明决而后能察，惟忠信而后能以情断之。今之制，内有刑部以统理天下之刑，外有按察司以专理一方之刑。选用之际，务用得人。而凡补按察者，又常取诸刑部之郎署。以其擅奉使之权，为郡县之表，制一方之民命，必练习焉者而后称也。

徐君朝文，以庚戌进士为刑部广东司主事，久之转山东司署员外郎。贯穿法律，敏于听断，然不为法家之深刻，自大司寇而下至于僚友，莫不贤之。尝奉命鞠刑淮南、北，郡、县逮于巡抚宪臣者以百数，而纲运吏士又十余万。苟有所犯，收考逮讯，咸属之君。君随事覆案，必附于法。如是者三年，人无冤声，岂非忠信而明决者耶？顷者吏部请擢君往佥广东按察司事，知者为监司得人喜。

嗟乎，今四方县郡之狱，得其情者或寡矣。吏怵于威、诱于货，辄以己意操纵之，虽咈民心、干天和，有所不恤。为监司者，其何可以不慎？况广东去京师特远，连山钜海之间，蛮夷错居，易怨以叛。一有意外之忧，调发供亿必及于民。则闲暇之时，所以哀矜庶狱，重其命而结其心者，又乌可后哉？若君者，吾意其可以办此而无难⁽⁵⁵⁾矣。

君将行，其同官君子欲有⁽⁵⁶⁾以赠之，郎中王君天赐实来征予言，予与君有场屋一日之雅，故以是告之。君果有取于予言，虽进而理天下之刑可也。

送严州府推官夏君汝梅序

夏君汝梅，自登进士第后，人即以台谏拟之。其仪观伟然，则台谏也；材器充然，则台谏也；议论亹亹然，则台谏也。不唯大夫士云然，虽常人俗子以仪观为易易者，亦曰"夏君固台谏，特未真拜耳"。今者君出补严州府推官，向之云然者既失所望，往往咎用人者违君之才，而疑君未能置轻重劳逸之嫌也。

予独知君之见不类于是。盖予尝以为，人才之用于世，犹药物之用于医也。药之品有上焉，有中焉，有下焉，而医用之有君焉、臣焉、使焉。其上者岂必为君，而下者岂必为使哉？亦惟其时而已。时之所值，虽上焉者，不免从佐使之例，而实非医有意于其间也。然而药之为物，亦期于补气丰血、决滞宣和，有益于生人而止耳。其品之高下不自知也，用之贵贱不自决也。况所用应时而变，又安知宜君、宜臣、宜使焉者，不各反其初耶？惟其材质之腐败，气味之薄恶，用之无益于人者已矣。使果材良质坚，⁽⁵⁷⁾气完而味正，医之用之虽有先后之殊，而其成功一也。如君者，非药之材良质坚、气完而味正者欤？宜台谏而外补焉，非以上品而从佐使之例者欤？若补气丰血，期益于生人而无所择，则固君之心也。俟时致用，而品之上者终反其初，则固予之望也。然则又何咎夫用人者违君之才，而疑君有轻重劳逸之嫌耶？

君与予交素莫逆，及闻是，大喜曰："子之见固不与庸人俗子类矣，其以是赠吾行，可乎？"会同郡大夫士亦将有以赠君，遂强予书以为序。

送平凉太守安君行之序

人之才，用事乃见，故用人者必试之以事，而后可知其才也。盖世有良剑直万金者，其锋、其锷、其脊、其镡，其铗，无一不中于度。视切玉也，如切泥然。至于劙盘盂、刌马牛，在所不论。然使匣而藏之，不试于用，则土蚀其腊，⁽⁵⁸⁾而尘栖其茎，将郑刀、鲁削之弗如，亦孰知其为良也哉？有好剑者，求而得之，淬之以清泉，砺之以越砥，莹⁽⁵⁹⁾之以鹈膏，则其炼钢赤刃，烂然型范之初剖。于是直之、举之、按之、运之，惟其所用，无往而不宜矣。予以是知用人者苟不试之以事，未有能尽其才者也。

临汾安君行之，以明经登甲辰进士第。其貌不逾中人，而其沉毅足以立事⁽⁶⁰⁾功，其廉静足以励⁽⁶¹⁾薄俗，非所谓才⁽⁶²⁾者耶？君初为行人，无政务可以自见。而世类以仪⁽⁶³⁾观定人品，又未必能知君，其不迁者久之，亦势然也。及秩满，迁营膳员外郎。以其久郁者施之于政，凡所区处，犁然当乎人心，而簿书条贯若素习焉，于是才君者多矣。故未几，遂迁郎署之长。于兹仅三载，又用荐擢守平凉。譬之于剑，为行人则在匣之时也，为郎署则出而用之矣。兹其为郡守，则所用愈大，而其才有不大著者乎？

嗟乎，天下未尝无才也，惟其沦于卑冗，则虽有超出之才，亦无因而见。而况论才之优劣者，往往以容貌禄位定之，此才之所以见遗，而事之所以多废也。如君之才而得尽其用，则凡有用世之志者，其孰不为之喜欤？与之同乡邦者，又孰不为之喜欤？故予因武库刑⁽⁶⁴⁾君时望之请，而以是赠之行。

送德安通守方君逊夫序

后方君逊夫领乡荐之三年，为成化癸卯，予亦偕计来京师，于是始识君于韶守蒋公之门。公门人甚众，而君独翘然于其间。渊源之学，彪炳之文，皆予所深畏者。意君进与天下士角其所能，必一鼓得隽无难矣。然君自是累进累屈，若予之空疏，乃幸而奏功焉。君弟静夫，去年春亦先君登甲科矣，而实君课祝而成者也。岂非命有利不利哉？然人之待君，不以是为轻重，⁽⁶⁵⁾虽君之自待也亦然。盖君春秋鼎盛，所学益进。在他人且将收合余烬，背城借一，而君乃毅然就选为郡佐以去。君于是乎贤远于人，其佐德安为良吏也无疑矣。

予尝怪今世之士自待甚薄，谓进必由甲科，乃可以为名人；仕必登台省，乃可以为名宦。一不得志于有司，则郁郁嗟怨，如穷人无所归。及出补州县为人之长，亦鲜能勤职励行以自表见于世。

嗟乎，士之仕也，将施所学以润生民而已，崇卑显晦固系乎所遭。所遭者一不如志，遂并其所学而弃之，果足以为士乎？岂其中无所见而然耶？抑牵于流俗而不能返耶？从而诘之，则曰："吾将为川，恶为泽。泽者卑，川者高。高者流而施之易，卑者止而施之难。吾为是郁郁耳。"是有不然者。夫川、泽之施，恒随其力之所及。而其高卑之势，因地而易之，亦系乎所遭也。况泽之施者虽未能如川之溥，然悉而为雨，洒而为渠，固有蒙其利者，又何恶其卑乎？故士贵能安于所遭，安于所遭，则不以崇卑显晦累其心，而必能勤职励行以施其所学矣。然惟厚于自待如方君者，而后能之，予以⁽⁶⁶⁾是知其为良吏也。

君将行，来征予言，予敢以是为赠。君尚益勉之，毋使今世之士谓予言为迂。

送御史刘君文焕出按吴中序

御史奉天子之命出按一方，其责甚专，权甚重。凡三司、郡、县、卫所之将吏，悉以属之。民所便不便，罢行可否，必咨而处。其有异能俊功，非御史剡奏不录。诸抵罪者平反末杀，惟意所向。岁满具疏，诸司贤否，以复于天子。升黜进退，惟其言是据不疑。故御史始至，宣使、监司、分阃之将，相率郊迎唯谨。即行台宣使以下，旬日必再谒。谒必守屏⁽⁶⁷⁾候阍者赞呼乃入，至庭必趋。升堂，御史据横榻，北向独坐，坐三司两序。下必有问乃对，对必离席磬折。问未及，噤不敢吐一语。其心有所愧负者，为礼益恭。即材行卓卓，亦不敢肆。或出行郡县，郡县吏相率郊迎愈虔，望尘跪道左，御史坐舆中自若，得指挥乃敢兴立。自丞簿以至戎伍之帅，不复蒙顾盼。既入据馆，长吏率诸曹以职事见，有废弛稽误，辄免冠谢。倅以下恒不免棰楚，守得脱呵诟幸甚。

其权之重如此，然非苟借之权以快其意也。以为权轻则统纪不一，则虽贤者无以尽督察之能耳。彼徒修边幅，设城府，任喜怒，徇爱憎；知挟权以为威，而不知奉公以忧国，是其为人可知矣。惟忘私而任法，正己以格物。疾无礼也，如鹰鹯之逐鸟雀；尊朝廷也，如猛虎之卫藜藿。使⁽⁶⁸⁾夫君子有所恃而不恐，小人有所畏而不为，斯可⁽⁶⁹⁾以为才御史而无愧也。今之以才称者不少，而吾刘君⁽⁷⁰⁾文焕又其尤者乎？

君故文献家，大父南雄公用廉介树名当世，尊翁孔目先生又以文学鸣。君于二者实兼而有之。由翰林出为御史，持台评侃侃不阿。尝建请考苏民间百年之困。其⁽⁷¹⁾按云南也，恪守宪度，不严而肃。文武吏士以及蛮夷之酋长，惰者奋，贪者儆，暴者戢，一边尽治。天子无南顾之忧，谓之才御史，非耶？兹复奉命往按吴⁽⁷²⁾中，诸郡赋入当天下五分之一，盖尝譬之天下，犹富家之世业，而此其负郭之腴田也。视其受田者之勤惰，而督且教之。驱其豺豕鼠雀，俾不得蠹耗乎其间，御史与有责焉。得才如刘君者而使之，天子复何忧哉？

君将行，同馆诸君子各赋诗赠之，予故推其意以为序。

送知永州府王侯天锡序

予顷卜寓，邸与安福王侯天锡为东西家。侯既拜永州郡守，予走贺焉。而侯之同官于刑部者，已踵接于其门矣。最后至者，山东司副郎舒君楚瞻，主事周君时敏，又侯之同署。予犹有邻好也，亦最后出。因相与赞侯之贤，以为永民贺。而二君皆楚产，知永之风土谣俗为详，则又叹曰："乐矣哉，侯之官兹郡也。郡多名山川，若梧溪以次山著，愚溪以柳子著，濂溪以元公著。至于今人，犹想之不衰。以侯之才，用之弹丸黑子之地而有余。听断之隙，即野而谋胜，不待选而已充羡乎几案之下矣。是其为乐也，不既多乎？"

予曰："然。然尝从外史阅方志，则区区一丘一壑，舍永而求，亦庶几有之，奚胜之足夸？惟九嶷之山，有舜之弓剑在，是为天下奇。伟瑰奇怪之观，而得侯为之主，侯得为之上，均谓之有遭可贺也。夫无为而治，孔子独舜之归。观舜⁽⁷³⁾之《咨十⁽⁷⁴⁾有二牧》，必以'惇德允元，而难任人'终之。意当时诸州所谓侯与伯者，必皆循良之吏，而无有贪冒残忍者厕乎其间。然犹时巡所守，大明黜陟，不以荒远而不至。假令舜至今存，视凡牧民者一非其人，宜为之蹙额焦劳也。况其神灵所托之地，将樵牧是禁，典祀是严，而可无贤者主之乎？昔之慕重华者，尚欲历沅、湘而陈词，廷⁽⁷⁵⁾拜命而往，实为封疆之主，有不肃然致敬、穆然兴思者乎？予固谓兹山与侯均有所遭也。侯幼尝读元公之书，志伊尹之志，而耻吾君不舜若也。及登甲科，历省署，又明习乎秩宗之礼，士师之刑。今也敛厥大惠，施之一郡，行将受车服之宠，与虞迁侯、伯同。循良之声，肯出次山下哉？兹土之士有能言如柳子者乎？则侯于泉石之间，有除残佑仁之志焉，有废贪立廉之志焉。当播诸人人而传于世世，兹其尤可贺者，而游观之乐不足取也。"

二君不陋予言，于侯之行，合其同官来谒，愿书以为赠，遂书之。

【校勘记】

(1) 达　崇祯本作一墨块。

(2) 温恭　底本字不清，据丛刊本补。

(3) 郎未　底本字不清，据丛刊本补。

(4) 杨　底本、丛刊本皆作"阳"，据文意改。

(5) 且勤矣　底本字不清，据丛刊本补。

（6）衔盖限于　丛刊本字不清。

（7）之政知君　底本字不清，据丛刊本补。

（8）圣　底本字不清，据丛刊本补。

（9）弘　底本字不清，据丛刊本补。

（10）簌　丛刊本字不清。

（11）君　丛刊本字不清。

（12）德温　底本字不清，据丛刊本补。

（13）乡　依文意，疑为"向"之误。

（14）科　丛刊本字不清。

（15）离忧　丛刊本字不清。

（16）幹　底本字不清，据丛刊本补。

（17）□□□□□　底本字不清，丛刊本作白框。

（18）□□□□□　底本字不清，丛刊本作白框。

（19）义太　底本字不清，据丛刊本补。

（20）诚难　丛刊本字不清。

（21）舒　丛刊本字不清。

（22）难　底本字不清，据丛刊本补。

（23）长　底本字不清，据丛刊本补。

（24）鄱阳　据《鹅湖横林费氏宗谱》，疑为"饶州"之误。

（25）不足以为辱　丛刊本字不清。

（26）得言　底本字不清，据丛刊本补。

（27）类　底本字不清，据丛刊本补。

（28）自致　底本字不清，据丛刊本补。

（29）遇　底本、丛刊本皆作"逼"，据文意改。

（30）可谓　底本字不清，据丛刊本补。

（31）邃　丛刊本作"遽"。

（32）意则　底本字不清，据丛刊本补。

（33）试选　底本字不清，据丛刊本补。

（34）乙榜　底本、丛刊本皆作二墨块，据文意补。

（35）儒　丛刊本字不清。

（36）期　底本字不清，据丛刊本补。

（37）际　底本字不清，据丛刊本补。

（38）赏雄　底本字不清，据丛刊本补。

（39）而　底本字不清，据丛刊本补。

（40）□　底本、丛刊本均作墨块。

（41）事　底本、丛刊本皆作"士"，据崇祯本及文意改。

（42）忘　崇祯本作"忌"。

（43）理　丛刊本字不清。

（44）范　丛刊本字不清。

（45）节　丛刊本字不清。

（46）伐　丛刊本作"代"。

（47）辅之　底本、丛刊本皆作二墨块，崇祯本空白，据文意补。

（48）职厉　底本字不清，据丛刊本补。

（49）妻孥　底本、丛刊本皆作"妻帑"，据《诗经译注·小雅·棠棣》改。

（50）诵　丛刊本字不清。

（51）言曰　底本字不清，据丛刊本补。

（52）屦　丛刊本字不清。

（53）信明决　底本字不清，据丛刊本补。

（54）岂能有益　底本字不清，据丛刊本补。

（55）无难　底本字不清，据丛刊本补。

（56）君子欲有　底本字不清，据丛刊本补。

（57）坚　底本字不清，据丛刊本补。

（58）腊　丛刊本字不清。

（59）砥莹　丛刊本字不清。

（60）立事　丛刊本字不清。

（61）以励　底本字不清，据丛刊本补。

（62）所谓才　底本字不清，据丛刊本补。

（63）以仪　底本字不清，据丛刊本补。

（64）刑　据文意，疑为"邢"之误。

（65）重　丛刊本字不清。

（66）以　丛刊本字不清。

（67）守屏　丛刊本字不清。

（68）卫藜藿使　底本字不清，据丛刊本补。

（69）斯可　底本字不清，据丛刊本补。

（70）吾刘君　底本字不清，据丛刊本补。

（71）其　丛刊本字不清。

（72）吴　丛刊本字不清。

（73）观舜　丛刊本字不清。

（74）十　底本、丛刊本皆只有一竖，据《尚书注疏·舜典》改。

（75）廷　底本字不清，据丛刊本补。

序 类

送安福令庄侯敦之述职归治序

今年春，天下群有司例入觐上计，有诏天官卿核其贤否。凡鹰鸷豺饿、糜浊而丝棼，为民所憎恶者，既罢黜易置，使无稔毒于下。若治行卓卓，法当进陟者，以其宜乎民，未可遽夺也；则赐以玺书，遣归所治，俾终其惠、需其成而显用之。

于时县令庄侯敦之当还安福，其县人偕计在春官者若干辈，相与谋曰："自吾侯为吾邑，而吾庾有积，吾乡有校，吾步有船、有梁，吾里有鼓也而无桴、有犬也而无声。吾居有门也，而无催租之卒、索钱之吏至焉。吾有子若弟，其贤者力学，愚者力田，而饬财通货者各食其力。吾父兄不烦，优游田里而自足也。吾顾与若皆得以囊书远游，而无内顾之忧，侯之赐多矣。向侯之来也，吾父兄与吾子弟惴惴焉惧。侯之传舍吾土，而遂羽仪于朝，是犹饥者甫饭而夺之盂，乳者未晬而去其母。惟吾二三子亦甚惧焉。而今也幸天子惠爱元元，复畀之，将不有为歌为谣以泄其喜者乎？然其言未必文也，不文则惧其行之不远，亦何以为侯之报？吾闻太史氏于循吏，例得特书，盍往图之。"乃齿让四人，曰罗君复之，胡君崇模，邓君孟骞，李君元来，诣予请。

予询侯所以为邑之实，则曰："侯之美，吾不能遽数。然尝拟侯于古人，其孔姑臧[1]乎？可谓处腴而不润矣。其刘襄城[2]乎？可谓悃愊而无华矣。其薛零陵乎？可谓受直而无怠[3]矣。"予曩在太学，与诸君读史传，未尝不击节叹赏，思见其人。及载笔以来，职在褒贬，征诸耳目，又恨其人之难得也。乃今得庄侯，虽微诸君之请，予犹将张之，况以请之勤乎？

予于是窃有感焉。吉俗号雕悍，吏兹土者，每仇视其民，谓非惠文龁笔，不可以见吾能、起吾誉也，而讥谤亦辄随之。庄侯直儒吏耳，其声与色不足以威劫其民。为邑甫再期，而美誉勃勃如是，果何以致之耶？盖吉之君子务通经学古，而其小人亦明习法比，是非美刺不为苟同。譬之明鉴照物，物无遁形。宜无盐恶之，而西施固以为己利也。如侯之贤，其得誉兹邑也，又何足怪哉？不然岂风俗与化移易，今固异于昔耶？是非予所知也，姑以谂侯，并谂夫天下凡为守令者。

送临安兵备副使王公序

云南之临安，与安南壤地相接，广川大隧，不有以限⁽⁴⁾之，可舟车往来也。其黄金丹砂珠香玳瑁犀象珍奇之货，实中州所利。而我之重宝利刃，阑出于边关者，疑亦有之。禁防稍弛，则召衅启侮，蔓不可图。又其封内夔蛮，类文身雕题之种，奸人怒兽，其性固然。文武将吏控御一失其所，固有伏山箐、挟弩矢、号呼和应以螳臂而当车辙者矣。故议者谓临安要害地也，请于此设副使一人，专饬武备。往则天子赐敕遣之，其振扬兵威，有分阃之寄焉。禁止奸欺，有遂事之权焉。盖思患豫防于既济之时，不可忽也。

比者副使缺，吏部请以御史王公行之往当其任。公家蜀，蜀与云南邻。人谓公兹行，犹长卿谕邛筰、王褒使益州，于宦游最便也。且今安南修职贡唯谨，边狗无夜吠者。公虽在边，以防患为职，固可轻裘缓带，雅歌投壶，用祭遵、羊祜⁽⁵⁾故事，与在廷岂甚相远哉？所谓以小人之腹为君子之心，知公有以自慰矣。

虽然，天下之患，常生于可忽，伏于未然。而智者必豫为之备，故曰"夏资皮，冬资絺。鲁鸡之不期，越鸡之不支"。况军旅之务，夷夏之防，又事之大者乎？吾以为天子、宰辅知安不可恃，而远不可忘也。故择公而任之，岂循资代匮，苟以金绯荣公？公亦岂屑屑远近，以私便其身图耶？而中台士夫亦皆言，王公前理壮县，甚有能声，累按大藩，废置举措，举中宪度。在廷时，于世所通患者，辄先忧之。今行其志于边，防御威附，惟力之视，其能宽天子南顾之忧必矣。

于公将行，欲赠⁽⁶⁾以言。其僚邓君礼方、袁君国佐，实诣余请，于⁽⁷⁾是乎书。

送听泉华先生南归序

国朝以翰林处文学谋议之任，于事至重而难其人。故常于进士中选取其英敏者改为庶吉士，使入读中秘书，纵观人所不见之书，长养其材，需其成而用之。欲其专也，月仅朝朔望；欲其勤也，常禄之外给之朝暮膳，给之笔札，给之膏烛费。有是选者，有道义从容之乐，⁽⁸⁾无案牍鞅掌之劳。故时人荣之，至有列宿登瀛之号。虽朝之诸司，类皆显秩，至论地望，则必以是为荣，往往有仙凡悬隔之叹。叹之不已，则又推本其所由致，曰："是其先岂常有厚施而未食其报者乎？岂尝有其实而辞其名者乎？不然，何以能致是也？"

听泉华先生，为人端谨古朴，读书尚义，而乃布衣韦带，不为世用。今年其子文光与天下士试于礼部，名襄然在第三。入对⁽⁹⁾大廷，复占进士高等，遂得入翰林，为庶吉士。其学问日富，文词日工，而其深厚不露，又隐然远到之器。为文光荣者，知先生逃名而隐德之报在是矣。未几来京师，视文光每食进所给内法之酒、大官之馔，先生捧觞持筯，欲御再辍，顾文光宜拳拳副天子储养之意。先生自视其子，亦恍如神仙中人。感叹之际，必归之祖宗累世之德，而敢以为己能致是哉？

夫荣名峻功，人所同欲。然使我躬为之，宁我后为之。今先生挈所欲为付之子，老而见其成，成而享其养。兴至而游，游倦而归，逃避尘网，翛然自适，则诚与散仙无辨。其视文光，盖犹有上界官府之烦也。文光行且真拜史职，貤封之命可坐而须矣。以儒仙居山泽，而兼有禄养之荣，先生之乐可胜道哉？

先生之族弟济之，与文光同学，而予同年友也，来责赠言。予惧先生之乡人知慕其荣，而不知本其德，故以是告之。

送洗马梁先生使安南序

安南，吾南陲蕃国也。其国王梁灏薨，世子晖当立，遣其陪臣赍宝乞封。天子诏选使往行册礼，大臣言安南奉藩保塞，岁修职贡，甚得畏天、事天大体。将命者不必便捷勇敢，务以折冲，惟其好修持重，酬酢中度，信宿之间，固可成礼而返矣。乃以司经局洗马梁先生充正使，兼翰林院侍读以行。南海人就试京师者重先生之别，诣宏责言为赠。且谓先生以名儒魁天下，入为天子从官，方勤广厦细旃之讲、绸金匮石室之书，不宜勤仆于万里遐绝之外。

宏因告之曰：“我圣祖所以待安南最优，洪武初尝一岁三遣使，皆以儒臣充之。而其人皆效忠秉义，克称任使。故百年以来，遂为彝典，非今始然也。且大丈夫有志六合，自悬弧已然。而周览名山大川，网罗放失，亦太史公家法。先生南行，过铜柱，思马伏波之遗烈，而伤其遭薏苡之谤，宁能不有感于中？度坡垒、隘留诸关，皆王师向所用武地，则文皇帝之庙谟，张忠烈之雄略，访[10]诸故老，庶几犹能道之。北望沧海，见汉所弃珠厓，未必不仰叹宣庙贻谋之远也。兹其游不亦甚壮，而何远之惮？昔入蜀之使，微服而行，人犹以星知之。况奎璧祥光，密迩华盖，芒寒色正，是何星也？又如传乘两马，服视一品，金绯煌煌，从天而下。吾知安南君臣企踵而望先生久矣。”

宏不佞，请以是为先生赠。

寿太安人曾母六十序

称其母者以慈乎，以贤乎？曰：“不若以贤。以贤则兼爱与教，而慈在其中也。”祝母以福乎，以寿乎？曰：“不若以寿。以寿则兼荣与养，而福在其中矣。”悦其母者以物乎，以言乎？曰：“不若以言。以言则其贤与寿闻于人人，而物不足道矣。”

封太安人萧氏，今南雄太守曾君实夫之母，盖贤母也。其生以永乐困敦之岁，历甲子四百八十有奇矣。而六月几望，为其初度之辰。实夫之南雄，得便道拜庆，诣余请曰："吾母贤，非言不足以悦之。前此十年，尝得今宫保西涯公之文，寓归以贺，而吾母喜甚。然縻于官守，恨不躬致也。今虽以直忤时，重以贻父母羞辱为惧。而称觞之期，适当其可。子忍爱一言，不为吾母寿乎？"

实夫自初第进士，予即与之游。尝多其文学之富，则曰："吾未冠，失先大夫，几废所业，赖吾母督而成之。"尝善其用刑之恕，则曰："吾母抚内外诸遗孤有恩，下至臧获，不忍轻加笞辱，吾惧其有闻焉而不食也。"尝誉其守己之洁，则曰："吾诚忍贫，冀吾母闻其不能存而喜耳。"后又识其子婿、今镇江通守胡巩，问其所由成，亦曰："吾少孤，学于曾氏，赖吾妻之母督而成之。"太安人之为母，可谓爱而能教，[11]岂不贤哉？

贤而寿，理之常也，无庸以祝为也，虽无言可也。予独喜实夫之归，及门帨之方悬，跹彩衣之屡舞。板舆前御，皂盖后从。金绯煌煌，辉映珠翟。维荣与养，实兼得之。宗戚之与会者，闾巷之与观者，远近之与闻者，姑以戒妇，姊以训姒，莫不曰："愿如太安人福。"又莫不曰："愿如太安人贤。"斯足以致福，则太安人之寿，非特曾氏一家之庆也，予乌能忘言哉？

昔有耻巧宦之趋，著闲居之赋，以叙其养亲之乐者。其词甚侈，君子犹或称之。况实夫兹行，优游郡斋，咫尺亲舍，无河阳瞻云之系，类相台画锦之荣。虽借力谗夫所得，不能过是。凡予之所不能言，实夫必能赋之。

送郑君元良归玉山序

有巍然而秀，莹然而澄，号为"冰玉溪山"者，是惟吾郡上游之邑。而其间素封右族，项背相望。其人往往矜礼节，好文雅，从贤士大夫游，久而不倦，吾疑其俗固然。然而求之他邑之族，则未有能然者，其亦山川之美使之然也。若郑君元良，与予以最故，则又其杰然者矣。

元良尝辟为县吏，予第丁未进士时，元良适从事京师，为我助喜殊甚。辛亥之夏，予得告归，南道怀玉。于是元良以内艰守制，闻予来，[12]倒屣出见，别久而意益勤。余顷北来，则元良以授冠带、登仕籍，将南还待次于家，欲求一言以道其行，又介其同邑秋官季公敬敷为致其恳。

予揆元良之意，盖慕乎诗书[13]礼义之华，而不屑于刀笔筐箧之习，其古人所谓"以[14]儒术缘饰吏事者"乎？苏编《礼》尝谓"胥吏之贤，优而养[15]之，儒生武士，或所不若"。故汉世功名之士，若赵广汉、[16]尹翁归、张敞、王尊，多出于书佐卒使之中。且谓后世[17]之胥吏，果能择之以才，遇之以礼，贳其小过而录[18]其功，能勿弃之于冗流之间；则彼有冀于功名，自尊其身，不敢不奋，而奇才绝智出矣。如元良之淳厚雅饬，乡慕不凡。使其见知于上之人，而不以常调处之，则岂不能以功名自奋乎？予以是益信苏氏之论为不诬也。惟我国家律令详明，法意良美，有志于功名者，诚讲明而复熟之，则不徒听讼折狱能察其情，使民得以措其手足。至于检身饰行，守法远罪，亦且不为君子之弃而小人之归矣。

元良归，尚益留意于此，他日果以功名显，则予今日之言，其庶几仁者之赠哉。

送佥宪苏君伯诚提学江西诗序

顺德苏君伯诚，以成化丁未进士，选入翰林为庶吉士。既而名益著，遂[19]入史馆为编修。[20]其行己端洁，[21]冰玉皭然，而问学文辞，渊渟泉涌。其志之所存，则又欲有为，以裨益当世。若君者，盖于馆职为无忝矣。

顷者江西提学宪臣缺，请老以归，吏部推君可代，诏升君按察司佥事往践其任，谈者莫不贺选用之得人。然犹以为馆职乃朝廷储养待用之贤，昔人所谓"官不坐曹，居多暇日，而得之自娱于文字笔墨之间"者。仕进得此，盖至荣而甚逸也。君兹出于方岳，固重任，孰远孰近，孰劳孰逸，宁无辨耶？夫君之所存，方欲有为以裨益当世，此其志节之高，诚与世俗趋舍不同。区区出入劳逸，曾何足论。而况提学专职教导，蔚为儒宗，簿书米盐，邈不相及。其宠荣事任，殆与馆职类，以馆职为之，宜无难矣。而君又馆职之贤者，出其绪余以立教条，举职业，如庖丁解牛，乌获扛鼎，殊不足以为劳。而其休暇之日，固可以吟弄风月，登览江山，超然自适，无所妨废，是亦何尝不逸哉？

且君子欲有以为裨益当世者，其务虽殷，而莫大于成人材以备国家缓急之用。何者裨益之？以一己之长，常劳而不足裨益[22]之；以众人之善，常逸而有余也。君之职任在此，而其才[23]与志称焉。异时此邦之士，经品题，蒙赏识，拔茅而[24]征，观光而进者，宜往往有世之英。而君自是日奏其成绩，亦当有木升鸿渐之庆，庸讵知君不以此之逸为劳，而彼之劳为逸乎？

君行有日，馆阁老先生率僚友赋诗赠之，而进某为序。以某此邦人，又尝与君同年进士也。某缘是故敢肆其臆说，以解谈者之惑。

送梅君中实赴永兴司训序

王、杨、卢、骆，以文名当世，岂易得哉？裴行俭乃谓"士之致远，先器识而后文艺。勃等虽有文才，而浮躁浅露，非享爵禄之器也"。晦庵夫子尝取斯言以率教学者，在同安试补弟子员，亦惟拳拳以士之静厚愿悫者为可教。凡纤[25]浮佻巧、偶能文词者，类弃而不录。至引以为诸生师者，又必孝谨诚悫之人焉。

夫文艺所以润身饰物，恶可尽废？而士也，又岂专以[26]爵禄为荣哉？然花之过艳者多不实，器之过饰者多不坚，人之浮华者多不适于用。惟器识沉静之士，持己必端，遇事必敬，与人必信，莅官必忠。是虽不汲汲于功名富贵，而功名富贵将迫逐之而不能舍。公之所以后彼而先此者，良有以也。

今天下风气日开，畎亩之士释耒耜而业诗书者日益众。小县学官弟子已不下数十百员，大县则又倍焉。其能藻缋诵说者，往往而是。然于为己之学，致用之实，则未必皆能知之。甚者群居以嬉，习为鄙秽之谈、险诐之行，而莫之耻。彼其有教养之寄者，苟贤矣，不过督其月书日课，求以逃上之责。若夫名教所系，不惟置之不问，亦或鲜能自砺以率之。呜呼！学校之为益，其亦不小哉。

吾友梅君中实，简静朴茂出于天赋，且尝游秘撰一峰罗先生之门，与闻儒者为学之要。故平居寡言笑，慎交际，不苟取与。在乡邦人士中，盖隐然远到之器，而文艺之工否，有不足论焉。兹以有司岁赋，得教永兴县学，予甚为学校喜。意其必能敦行实、砺名教，率诸生为静厚愿悫[27]之士，而不徒成文艺之名也。

进士欧汝玉，于君为姻弟，君将行，汝玉就予谋所以赠之者。余亦不敢以少文为辞，于是乎书。

送铅山少博曹君宗和序

上元[28]曹君宗和，既授铅山邑庠少博，余即其寓舍访焉。见其朴茂雅驯，言简而当其可，知其中必有所养，而非苟焉以徇禄仕者。于是已窃为吾邑诸生得师喜矣。

既而其师秋官正郎沈公孟伦过余，征言以为君赠，曰："宗和为金陵世家。自其为儿时，以颖异称。洎长而庠游，则又以学行博雅为师友所爱敬。凡七试乡闱，辄见屈于有司，而宗和处之自若也。今年春，膺贡上春官，例分送太学，以需显用。宗和自顾年及强仕，遂就今官，冀朝夕与诸生讲明道义，庶几得以养其高尚之志，而于势之崇卑、利之厚薄，盖泊如也。"余闻沈公之言而益喜焉。

盖世道久丧，势利之诱人也深矣。所谓公卿庶士日志于尊荣，农工商贾日志于富侈者，盖已渐见其端。即有守道明义、特立独行之士，亦且怀兰芷不芳、荃蕙为茅之疑。其流将至于奔竞贪污、鱼烂川溃而莫之遏也。曹君今为师儒，有化民成俗之责，而其于道义势利之间，果能谨其所趋而不反焉，则其所以为教，将有不严而肃、不令而行者矣。余安得不深为吾邑诸生喜哉？

昔有宋晦庵朱先生，尝与东莱[29]吕公、象山陆公，讲明道学于鹅湖之下，至今百里之间犹有高山仰止之思。且淳熙中改筑学官，又辱先生为文以记之。而其所以率教诸生者，盖深致意于成周德行道义之教，无非随事为学，以勉其性分之常。而病夫后之学者诞谩恣睢，割裂装缀，其趋日以卑陋，而惟利禄之知耳。曹君由是而往，寻[30]先生之陈迹，诵先生之遗言，朝夕讲诵之顷，必致[31]审于道义势利之几，而不徒以规绳课业为足以尽其职焉。则吾邑之人材当益盛，风俗当益美，予然后信今日之喜为不虚也。

送泰州学正张翰序

洛阳张君腾霄，通经饬行士也。己酉领荐河南，试礼部再不利，今年复屈在乙榜。腾霄知进取有命，不可以强致。且念师儒为清流，无吏责；横经论道，日与诸生游优名教中，可以乐志，可以育材，而亦廉静者之所宜也。揭晓之明日，趋谢阙下已，乃归寓邸，闭门待选。其流辈亟走银台司，进牒祈免，以图后效者，扰扰尘埃中，怒欲发瘿，见人或称冤不已。而腾霄独怡然自得，有来唁者，辄推分诿命以答之，未尝有几微怨色，于是识者知腾霄之所养为不凡矣。

除目既下，腾霄得为学正于泰州。其友进士刘君元昭来征余言为腾霄赠。

予惟师儒之职，风俗贤才胥此焉系，顾流俗不讲而忽之耳。昔宋胡安定先生，尝为苏、湖二州教授，推明体用之学以淑其徒，而必严条约以身先之，故出其门者，多循循雅饬，稽古爱民。栋梁榱桷之咏，至今侈为美谈。彼固知师道之至重，而必举其职也。其时程明道先生又以儒学废熄，教化未醇，尝逮请于朝，欲择学明德尊者为太学之师，次以分教天下之学，其崇尚教育之法，为说甚详。彼固悯师道之不尊，而思得其人也。今之学者，实则不至，而皆有侈心。师儒之职，非惟己不屑就，他人之乐就焉者，亦每每以相诟病。岂上之人所以风劝而养励之者，无其术欤？抑道学不明，而人自陷于流俗之见欤？

腾霄生长于明道之故乡，而景仰其懿行，将所立不同于古人乎？夫腾霄经已通矣，行已饬矣，可以为人师而无愧矣。因其所已通而益穷其理，因其所已饬而益践其实，明诚并进而教学相长，他日闻有以师道自立于流俗靡靡之余者，其必腾霄。勉之，予日望之。

送新会尹沈君廷相序

沈君廷相，既拜广东新会县尹，是邑乡贡士黄希颜诣余征言，以为君赠。余曰："沈君何如？"希颜曰："君居闽之漳浦，为世家。其大父橰翁与其父克敦先生，皆通经学古为隐君子。成化丁酉，君领乡荐，上春官盖累试累屈，怡然自适，不以罪有司。谓治人由家始也，自戊戌下第归，亟修宗法，建祠堂，创祭田，时享、月荐一遵《家礼》而行。复取'敬义'两言名其所居，以为为学之的。构馆，扁'文会'，聚族人子弟教之，而躬自程督其业。至于郡县私室，非公事未尝敢谒焉。是盖持身不苟者欤？而且能施政于家者欤？"

予虽未会沈君，然闻希颜之言而窃喜焉。夫自俗学之既盛，而古道之不明久矣。彼学之与仕，特异其事耳，同一理也。儒之与吏，特异其地耳，同一人也。道之与政，特作用不同耳，同一本原也。而今之人，类指诗书为学，而法律为仕；迂阔为儒，而办集为吏；窈冥昏默者为道，而设施措置者为政。夫固不知古之为仕者必由于学，若治民治兵，水利筹数，皆学之当务也。古之为吏者必出于儒，若期月而可，三年有成，皆儒之能事也。古之为政者必本于道，若充之保四海，扩之配天地，皆道之绪余也。沈君知政与道一，吏与儒一，仕与学一。由身心以端其本，由家庭以善其则。《书》曰："自作不和，尔惟和哉。尔室不睦，尔惟和哉。"是固君之所已能矣。又曰："尔邑克明，尔惟克勤乃[32]事。"君其有不勉勉者哉？虽然，阅邑谋介，又穆穆在位者之所当留意也。

是邑有石斋陈先生，奋起于俗学卑陋之中，隐居乐道，超然自得，而亦非离人独立、一意忘当世者。"井渫不食"，予心恻焉。往哉，沈君。政有所不通，事有所可疑者，就先生而访之，又岂不能相与以有成哉？如前所称，予既喜新会得沈君之贤，而百里之民必无苛政之毒。如后所称，又喜沈君将见信于石斋，由此获乎上，而民可治也。

希颜曰："是足以为赠矣。"君行甚迫，予不暇櫽括，遂从而书之。

送何君翼海序

仁人孝子之爱其亲者，无所不用其极。虽其遗书、故剑，犹必珍藏而世守之，而况体魄之托，忍使有遗恨哉？故于其葬地也，必卜地之美者以为之幽宫。地美则生气可乘，神灵安而子孙盛，斯理之自然有足信者，虽守经据古之大儒，不之废也。然生气行乎地中，至微至妙，非目力之巧，岂易得而知之？此相地者实难其人，而世之君子往往轻于自用，不知择术之当慎，亦独何哉？

余先伯少参，先考翰撰公，酷嗜青鸟之学，苟通其说者，必延访焉。晚始得丰城何君翼海，服其学之精到，遂委任之，虽群咻众议，不为少动。而君以为知己，亦倾倒无遗，凡葬地经君指点，皆邑中佳山水也。

初，先君阅邑之天柱峰秀拔可爱，因偕君往游。而其阳复有盘谷曰杨梅尖，最险而奥，虽山不老，而人罕有至者。君仰而叹曰："此必有奇处。"明日晨起，扪萝而陟其巅，则异境夷旷，势正形昂，令人乐而忘返，今先母余安人实葬焉。及先考弃养，予谋葬[33]于君，曰："无易于天柱矣。"予眩于俗目，犹豫未决，君主之力甚。且旧所开茔域，众以为偏右，宜左徙。君曰："是其气从耳，入左则气不可乘矣。"予犹未之深信也。穿圹而下，当其东北隅，土晕相间，红黄夺目；而上锐下抱，宛然山之情状，众乃叹服，君目力之巧，一至是哉。

盖君受家学之秘于野云、雪崖二先生，主道奴法，一扫干支星卦之缪。且尝周游名山，历履唐、宋诸贤所葬地，得其榘矱。故凡峰峦有特异者，虽远在数十里外，即望而知之。及其登山定穴，又必环顾谛观，察看其脉络高下浅深，有一定之见，是固非伪师所可窥其门户也。君自负其能，严静简重，非其人不肯轻售，故世鲜有知君者。见余家卜[34]而得吉，则曰："樗里滕公之穴，皆天所授，吾何为焉？"而予实德君，不能忘也，因书此以为君赠。

贺广西道监察御史黄君时济考最序

今之御史以才称者多矣，予固未能尽识其面也。然闻其才辄喜，又辄为天下贺。以其有言责，为天子之耳目，而致治，此其机也。其以才称而予又幸识其面，则虽一朝之好，而未尝不上为天下喜，而下为贺吾私焉。况与之举进士为同年，不惟其面之识，而抑其心之乎，如是而称于天下，曰才御史也。即懦焉者，有不喜于色，而见于言乎？

秦人黄君时济，举进士与予为同年，而尝以其才试于修武。修武之民见时济君治其邑如治其家，洁其身如处子之自洁也，籍籍私语："我明府才行固御史，特章绂异耳。"既而治状上闻，召试台事，满岁为真。为真且三载，尝注[35]通津监竹木之税矣，尝巡畿甸督追胥之役矣，尝出两浙理榷盐之法矣。宦成而怠，腻近而污，难乎不易其故也。而时济之奉职持己如修武令，谨谨不渝。于是称才御史者，必及时济。台之长最其考，移于吏部。部之长最其考，闻于天子。皆曰："才御史，才御史"云。

予懦者也，闻知亦色喜。端公朱君天章辈，谋所以贺时济者，复推其僚陈邦瑞、王朝仪、耿海之三君来强予言。予岂能言者哉？盖尝窃观课吏之法矣，凡大而股肱，小而百体，其殿最黜陟，虽统于吏部，然必付之台评，而论始定。是天子于御史，固寄以言责，而耳目信之不疑也。至于殿最，御史则不徒以其言，而必能行是考者，何耶？岂不以言行贵于相顾，有正人之责者，必先于正己，而后可乎。使己怠焉，而欲责人之勤；己污焉，而欲责人之洁。此之谓明见秋毫，而不见其睫，奚耳目之足贵哉？

勤如时济，洁如时济，惟己之先正汲汲焉，宜其以才称，以最书，而言之疏数不论也。况其持重不苟，有待而言，言而天子信之，将自兹始乎？予见时济继今而可贺者，尚有进焉。书之以俟。

送节推刘君仲素之韶州序

仲素，予畏友也。偕其兄元素领荐书，上春官屡矣。以其素所蓄积，与天下士度长絜大，固宜在甲乙之列。况于今古诗赋又有能名，文章家皆推许之。而乃屡进屡屈于人，岂非命乖数奇而然耶？仲素春秋鼎盛，以亲老欲图荣养，俯就铨试，拜韶之郡推以往。大材小斫，予甚惜之。然其所专理者刑狱也，听断之间，关系最重。古盖有以一夫一妇之冤而致三年之旱、飞六月之霜者。韶兹得仲素，幸亦大矣，予又甚为韶人庆也。

仲素行，予母弟子美及从子懋中方领荐同游太学，偕从弟编修子和，更为之请予赠言，盖仲素意也。予因谓仲素曰："子知韶之所以为善地乎？盖郡有韶石焉。说者谓舜之南巡，尝登兹石，奏韶箫，故因石以名山，因山以名郡。则兹郡者实圣人过化之地，恍然余韵之犹存也。昔伊尹耻其君不如尧、舜，一夫不获，时予之辜。而濂溪周子，欲凡为士者志伊尹之所志。况仲素筮任，乃舜所尝游之地，其夙夜羹墙，宜何如耶？忍不以尧、舜之臣自待，忍使有一夫之不获乎？《志》又称濂溪尝以提点刑狱之命按行兹土，虽荒溪绝岛，必缓视遍立，以洗冤泽物为己任，是即尧、舜其民之心。况仲素之所专理，与濂溪同，伐柯之则，岂远乎哉？

古谓有志者事竟成，吾以仲素之行卜之也，仲素勉乎哉。刑清职举之暇，试为我眺皇冈，酌虞泉，登九成之台，坐望韶、整冠诸亭；取韩昌黎、苏眉山之所题咏而赓和之，以尽发其感慨怀思之兴，则野谋所获，未必无裨于政。世有知我者，且以登高能赋荐之。虽进而理天下之刑，为虞廷之佐，未必不自兹始也。仲素勉乎哉。

送邑博张君廷贵序

予顷作室，命匠市木于通津。值溪流冬涸，山中之筏弗时至，仅得杂木数百章以归。若栟、若楹、若枲、若櫑，皆室之最要者，辄苟以杂木充之。虽肤理之弗甚密，质干之弗甚良，或外坚而中腐、本直而末枉者，弗能弃也。既而春霖沾足，溪水盈溢，巨筏蔽流而下，予之室时犹未完，乃始得名材市之，盖皆中楹、栟、枲、櫑之任者也。而顾用之为榱桷、为枅栌、为阑楔，不免截长而短、斲大而小，虽心甚惜之，而有不能已者焉。

予于是乎有感，因仰而叹曰："木之美恶异类、钜细异宜，盖有本然之则也，而见用于人，乃不能尽当其材，虽抢材者亦不能尽如其意。固如是耶，是岂有数存乎其间耶？然自木石言之，其肤理果密，其质干果良，其中外本末果坚真端直如一，则虽为榱桷、为枅栌、为阑楔，违其能而枉其用，人必以名材待之，而且无挠折弗任之患。视彼楹、栟、枲、櫑之非材而弗称者，亦可以无愧矣。惟人材之见用于世也，亦然。彼宜崇而卑、宜通而窒，负其材而不获尽其用者，世盖往往有之。而知人者亦深惜之，而不能置也。

"若龙泉张君廷贵之器度、之材谞、之操存，使之当事任、理繁剧，岂不可以少试其能、以自表见于时耶？而命乖数奇，弗见录于有司，徒得一教官，淹于黉序，地寒而禄薄，知君者盖甚惜焉。然君能循分守职，未尝有嗟老叹卑之态。在吾铅与诸生处，敦尚行宜，率之以身，宽厚易直，不严而肃。诸生皆敬且亲之，则于模范之任，雅称而无愧矣。

"君兹擢掌始兴教事，诸生不忍其去，而莫能留也，相率来谒予言以赠之行，而邑长张君万里复为之代申其意。予弟完及从子懋中辈，皆赖君训迪以有成，予于赠安可辞？顾予虽知君而惜之，恨力不足以振君，则以予感叹之意发之于文，庶几有因予言而知君之可用不止于此耳。矧近岁朝廷之上，崇重师儒，由此而登进者往往有之。张君勉耶，岂徒始兴之擢而已耶？"

修江先贤录序

《修江先贤录》凡八卷，所录自汉而晋、而唐、而宋、而元，以讫乎我朝，凡六十九人，皆宁产也，以系之修江。

修江，宁望也。江何以名"修"？江自宁入于鄱湖，凡六七百里，其委修而远也。或曰江源修洁，饮者类之，故多贤而可录也。

何贤乎？所录之人，大之以忠孝称，次之以庸勋显，次之以文学名，次之以独行著。盖中闺、异教之在编次者，皆有所节取，而不忍其泯焉无闻于后也。

录之者谁乎？今之贤者闽宪周君公仪，实修江世族也。

公仪自为之录乎？据历代之史，蒐诸家之集，而郡志、家乘以及稗官小说，莫不参稽而互订之，盖甚博而核也。

录之而又为之赞者何？叹赏欣慕，有不容已于言者，史例固然也。

录一也。何以有正集、续集、附集、别集、外集之不同？为乡而录，势不得以太严。为人而评，义不容以太滥。而曰"别"与"外"之区分，又史例然也。

异教，外之矣，又何以贤之？精于其术则贤于其类，贤于其类，则不得不贤于乡也。

昔之贤者，亦有意于录乎？人非愚陋，孰甘与草木同归于朽腐？彼其勤一世以为，心固有待乎其后也。

录贤果足以重其乡乎？干木隐而西河美，李陵降而陇西惭。地非人，固无以为胜也。

是乡之贤，则何以始录于公仪？仕优而学如公仪者，鲜焉尔。然则公仪之录之也，奈何秉彝好德，达[36]之天下，论世尚友始于一乡。贤乎，吾前有所取而法焉。贤乎，吾后有所感而兴焉。其志远，其心公，非徒务为博洽而已也。

录备矣，赞工矣，而予又为之缕缕者，录而非序，则公仪之意或莫之识也。

送府主朱亨之考满序

天下之官，惟守为最重，得人焉而任之，其利于民为最大。盖专城而居，赐履方数百里，介乎藩臬、州县之间。上之泽易流，下之冤易诉，欲而谒者易达也。故古之循良，于畦韭、亭猪、米盐烦碎之事，皆得亲之。而明之所照，可及于撄肉之鸟；威之所戢，可及于吠夜之犬。驯至善政孚感，太和熏蒸，则蝗出境，虎渡江，鸟有凤者且下而来集焉。兹其利不亦大乎？然尝旁观而隐觇之，今之称者亦难乎其人矣。彼庸而弛者不论也，或张而急则近名；乱而听之者不论也，或治而梦则召怨。综合劝阻之典，岂端使然哉？

惟吾信之守罴湖朱公亨之，静而敏，宽而有制，明而不苛，廉而不以为名，仁而不以为惠。如名山之出云雨，滃郁滂霈而不见其运动之劳也。如郛廓之充然有容，而垣墉关键甚严且峻也。如鉴之莹然而妍媸任物，玉之栗然而圭角不露，春风熙然著物而浑乎其无迹也，岂非所谓其人哉？

予素知公，公始有吾信之命，固预以循良处之矣。在郡今三年，其治行之善，不可以一二数。问之于民，民曰："公真吾父母，吾德之而不能报也。"问之于吏，吏曰："公真吾师，吾畏服之而莫之敢负也。"问之于台使、部使，台使、部使皆曰："此真良二千石。"有誉重而无瑕指焉。持是以献天子，有不居治郡之最者乎？公卿有缺，而选诸所表焉，庸讵知非公为之首乎？虽然，民不忍一日去公，闻公行，室议途谋，且必有借留之请。即公之僚友，式守曹君宗器，察推王君仲修辈，亦不能无介然于怀。问之，则曰："公与吾侪，其家之督，衣之领袖，而途之指南也。兹行，殆舍我而仪于天朝矣，吾其如何？"

予闻而疑焉。夫淮阳之汲，平原之萧，虽其居念斯民，欲以庇之，然终非重本之论。使我朱公早践台斗，谋谟庙堂，出一令，行一政，其泽且及于天下矣。独一郡之民之利乎哉？予独惧乎操综核劝沮之柄者，于公未必尽知，而独拘拘常调，淹公于弹丸黑子之地，不足以展公之用焉耳。诸君乃欲先一方而后天下乎哉？于是皆以吾言博而不私也，请书以为公赠，予不能辞。

半江赵先生文集序

宏之成进士也，故广东按察使半江赵先生与典试事，受知颇深。先生之捐馆舍有年矣，宏顷归，道吴江，访其庐而吊焉。

见其子邑庠生禧，问其遗稿，禧出示此编。凡诗六卷，文如之，盖校于乡彦文君璧，而同邑太学生王君明所为锓梓者也。禧谓先生稿甚富，然多散逸不存，此特十一二耳。因以编端之序为请。宏虽芜陋，谊有不可辞者。

盖尝闻之昔人，谓文者气之所形，文不可以学而能，气可以养而致。又谓气之于言，如水之于浮物也；水大则物之浮者小大毕浮，气盛则言之短长与声之高下者皆宜焉。先生之文闳侈钜衍，奔放横逸，若得之甚易者。然而法度从容，意味[37]隽永，读之累日而不能舍[38]去。譬则驾万斛之舟，载百车之货，鼓行于重湖钜浸之中，乘风破浪，浩乎沛然。而蜀锦、越罗、隋珠、和璧，于凡可珍可爱之物，莫不具在，是其气之盛也可知矣。桓谭有言，亲见杨子云容貌不能动人，安能重其书？若[39]先生者，白皙纤弱，身不胜衣。而其气之形于文也，乃若是其盛，读者安知其不谓先生为魁梧奇伟之人乎？盖世之秀慧能文者多矣，然能好者鲜焉；好而不怠以止者，加鲜焉；不怠以止，而能知充养之道者，又加鲜焉。

先生天资颖异，出于流辈，早魁多士，名誉赫然，而尝守之以晦。[40]官西曹，有吏责，日亲朱墨敲朴之务，而复乘其余暇，肆力于经史百氏之书。恬于世利，甘守常调，拔乎流俗，视求田问舍之事若将浼焉。而独汲汲于问学文章，不啻嗜欲饮食。兹非所谓行之乎仁义之途、游之乎诗书之源，而无迷无绝者耶？宏尝惜先生得年不永，而致位未显，志业勋名有遗恨焉。然文不可腐，且其子能传之，在先生亦可以自慰矣。

先生讳宽，字栗夫，半江其别号云。

正德十一年岁在丙子春二月己未赐进士及第荣禄大夫太子太保户部尚书兼武英殿大学士致仕铅山费宏书。[41]

【校勘记】

（1）臧　底本、丛刊本字皆不清，据《大明一统志》补。

（2）城　底本字不清，据丛刊本补。

（3）无怠　底本字不清，据丛刊本补。

（4）限　丛刊本字不清。

（5）祐　丛刊本字不清。

（6）公将行欲赠　底本字不清，据丛刊本补。

（7）于　底本字不清，据丛刊本补。

（8）乐　丛刊本字不清。

（9）对　此下底本空白，丛刊本作一白框，依文意此当正常空格，故删去白框。

（10）访　丛刊本字不清。

（11）教　丛刊本字不清。

（12）来　丛刊本字不清。

（13）诗书　丛刊本字不清。

（14）谓以　丛刊本字不清。

（15）而养　丛刊本字不清。

（16）广汉　丛刊本字不清。

（17）后世　丛刊本字不清。

（18）录　丛刊本字不清。

（19）遂　丛刊本字不清。

（20）编修　丛刊本作二白框。

（21）洁　丛刊本字不清。

（22）裨益　丛刊本字不清。

（23）才　丛刊本作"丁"。

（24）而　丛刊本字不清。

（25）纤　丛刊本字不清。

（26）以　底本空白，丛刊本作白框，据文意补。

（27）悫　底本、丛刊本字皆不清，据前文之意补。

（28）上元　底本、丛刊本皆作"上铅"，据本文"宗和为金陵世家"句改。

（29）东莱　丛刊本字不清。

（30）寻　丛刊本字不清。

（31）致　底本字不清，据丛刊本补。

（32）乃　底本、丛刊本皆作"力"，据《尚书注疏·多方》改。

（33）葬　丛刊本字不清。

（34）卜　丛刊本作"下"。

（35）注　依文意，疑为"驻"之误。

（36）德达　丛刊本字不清。

（37）意味　丛刊本字不清。

（38）舍　丛刊本字不清。

（39）若　底本字不清，据丛刊本补。

（40）晦　丛刊本作"悔"。

（41）文末落款，底本、丛刊本皆无，据《半江赵先生文集》补，原题为《半江赵先生文集叙》。

卷之十四

竹江刘氏族谱序

安成多大族，刘姓居十五焉。相传汉[1]长沙定王发[2]之子礼，[3]尝侯斯邑，故封内往往皆其苗裔。今工部右侍郎兼都察院右佥都御史南峰先生文焕之族，则世居邑东之竹江。而宋宣教竹溪翁则其始迁之祖也。翁盖哲、徽间人，一子为宣议郎，郎再世为仲兴甫。仲兴之子为谋章、谋卿。二谋衍派以迄于今，盖十有二世矣。其在元初，以赀雄乡邑，曰南窗、西窗者，谋卿派也。生宋庆间，以文字友须溪云叟者，谋章派也。云叟四传讳英，负节概，喜吟风月，国初以贤良征。其季子南雄守敬斋，讳实，以其廉介忠鲠纪诸信史。南雄生孔目学古，讳敩，以学行著于词林。孔目二子，长任领乡荐，令武昌，以循良称；次即南峰，以不忝祖风，方为时所倚重。竹江累世之文献，何其盛耶？

初，竹江有《世系图》《宗派录》，南峰十一世族祖梅所翁盖尝修之。学古欲迹为，未竟，而以命南峰昆季。南峰昆季亦以游宦故，久未及成。顷受制命，赠敬斋、学古皆如南峰今官。南峰慨念庆源，冀流泽之远也，乃取其世谱辑之。其图与录一从欧例，有史诸名公序之，亦既详矣。于是[4]南峰以使节往来荆、蜀，复使人自鄂渚走鹅湖，督予言。岂以予忝同年，有世讲之好，不可无言耶？

夫有生而后有姓，有姓而后有氏，有氏而后有族，有族则源远派分，势不能以久聚，而情亦因之以疏。疏斯忘，忘斯薄，薄则如途之人矣。矧贵富贱贫、强弱贤不肖于聚之中，又有不能以不异[5]者。而相凌、相嫉之衅，且从此起，独疏云乎哉？凡谱之作，所以[6]明祖出，重本源，联族谊，崇爱敬。庶几远而不至于疏且薄[7]也，聚而无相凌、相嫉之衅也。如是则彝伦可厚，而民俗可美，治化可成，故君子重之。

予读南峰之所自为引，隐然寓宗法于谱系之间，其言曰："凡吾竹江之族，由今而后，虽至于百世，祭必合，丧必赴，冠婚必会。和而处之，必得其情；梗而导之，必以其方。不振而周恤之，必随其力。"忠厚恻怛，仁人孝子之用心也。且篇终之录于文宪特详，又冀其贤者卓然树立，庶乎鲁穆叔之所云，不徒保姓受氏以守宗祧，如范宣子之夸而已也。

夫人必志于自立，而后知身之当修。知身之当修，则吾身之所出必不敢忽。而吾所与同出者，又安忍疏而薄之、且凌而嫉之？由是而尊祖，而敬宗，而收族，不有根于[8]心，如不容已焉者矣。况族之盛衰，实存[9]乎其人。所谓有其人，虽历千载不绝，岂非述谱之深意耶？

呜呼！立如敬斋，吾信其死而不朽矣。南峰父子又克从而振之，为其后者，盍思所以嗣续于无穷，以为其谱重乎？

南征奏凯录序

比岁，岭南北盗起，甚为民患。巡抚大中丞阳明王公伯安，奉上命合江西、湖广、广东之兵讨之。而宪副孝感杨公廷宜分司南赣，实饬兵以备盗，于时出入行间，效力尤勤。

丁丑夏六月，率南安守季侯敩等莅上犹，破禾沙等巢。秋八月，率指挥冯翔等莅南安，解围城之困。冬十一月，率赣州守邢侯珣等，复莅上犹及南康、大庚，攻横水、桶冈等寨。历半载，境内始平。明年春正月，广东涮头等贼延蔓未绝，又率邢侯莅龙州剿之，阅月乃班师以捷闻。

时宪副公所部捕斩几陆千人，俘获称是。上录其功，加俸一等，而褒擢之恩尚有待焉。凡郡邑游居之良、南北往来之彦，嘉武事之就绪也，民生之底宁也，畏途之兑于相戒也，往往撰述歌诗，以为宪副公贺。于是有《南征奏凯》之录，宁都令王君天与，复专使请序其端。

凯歌昉于轩辕，《周官》："师大献，则奏凯乐。"春秋城濮之捷，晋人振旅凯而入。说者谓天地之怒，散以《凯风》，故凯奏象焉。其在《诗》，则《出车》以美南仲，《六月》以美吉甫，《采芑》以美方叔，《江汉》以美召虎。而周王伐叛救民之功，实于此乎著。大抵皆凯歌之流也。后世有《朱鹭》《芳树》等曲，列于鼓吹，谓之《铙歌》，亦多叙战阵之事。若皇武于度，方城于朔，则又专述其劳，而拟之于雅矣。

夫蛮夷寇贼，猾夏殃民，有国者不得已而征之。君臣上下，劳瘁万状。方事之未集也，诚不能无舆尸喋血之忧。一旦得隽而归，鼓驸车噪，发为讴歌，亦情之不能已者。大夫士从而文之，以明一时之盛，以上附于凯奏之遗音。君子固有取焉，而孰以为侈乎？

宪副公器度才识，闳伟敏达，而又志存体国，念切爱民。事不辞难，谋必虑远，其在闽尝奏武、平之凯矣。今兹岭北之役，帷幄筹画之谞，[10]而出奇制胜，功冠诸军，故谈者翕然美之。盖其大者，若诸县机兵之不可用，则议以所募打手补充，募满万人，皆健斗之兵也。且月省募银八千两，师行凡六阅月，所省募银为四万八千两矣。兵饷则取诸储谷，取诸赎刑，取诸盐课，得米三万石、银三万两。自始事讫于罢兵，初未尝丐贷于[11]公家、科扰于民间也。兹皆兵[12]之先务，而公能处之合宜，他可知矣，凯岂幸而奏哉？

王君起甲科，有志树立，其治兵冲也，与公周旋，忧心孔疚。观兹功之成，宜其喜甚，而欲予张之。予雅辱公知，亦深于助喜者，乃不辞而为之序。

海阳刘氏族谱序

赠户部员外郎东莆居士刘公，尝谱其族而未备也。其子大参君文夫，因旧而增修之，间以諆[13]予，欲为之序其故。盖大参君之先出湖南，胜国时有号玉川者，来为海阳县幕，值世乱途棘，因家海阳。入国朝，占籍东蒲。兵燹之余，旧谱湮没，湖南之族不可详矣。员外公作谱，断自玉川公始，沿玉川而下至于其身，得七世。世系、讳字、卒葬、[14]婚姻之可书者，皆书其大略，而其详犹有所待焉。尝曰："吾刘之种德最厚，久而不发，天道不爽，其将有亢吾宗者出乎？"公殁十有七年，而大参君登弘治己未进士，由户部擢守处州，再进今官。兹谱之修，盖以成公之志也。

谱之系甚重，以尊祖则孝所由兴，以收族则仁所由兴。君子之教于家，未有不先于此者。吾儒悼宗法之既废，幸谱学之犹存。至以为人心之摄，风俗之厚，朝廷之尊，莫不于此乎系，[15]是可以不重乎？然君子之重之也，必务其所以重之之实。使徒知谱之重，而于其实或忽而不图，则义例虽详，籍录虽备，而于孝弟仁厚之道，未必能体而行之。其甚者，骨肉之间已相视如途之人，所谓喜不庆、忧不吊，盖不必至于服杀情尽之时矣。况望其教之行于家乎？况望其施之政事，推之疏远，而有益于人国乎？员外公念祖修德，不忝其世，而豫以亢宗必后之人。此其于谱，盖知所以重之之实也。继其志者有大参君为之后，克奉遗训，周旋罔坠，达于官守，颙颙焉忠厚正直；所至茂著勋业，卓然有闻，而又工于藻缋，其文炳蔚。海阳之族于是乎益大，员外公责报之言，于是乎有征矣。古之为谱例者，固曰："得其人，虽历千岁不绝。"刘氏之谱由大参君而传之，其有穷乎？

夫有家者，孰不欲其谱之常传。然而世变靡定，迁徙不常，故虽有可继之业、善守之人，亦不能保其必传而无虑。惟公卿世臣，笃于忠义，乃能图治弭乱，保其国以及于家。所谓明谱系，守宗祊，足以摄人心、厚风俗而尊朝廷，盖理势相须之必然，非无益之迂论也。

君资望两崇，方将入补台省，以备治朝股肱之任，善俗化以尊国势，予于君有厚望焉。为君之后人者，观于斯谱，盍亦勉忠孝以益振其家声，以无负于作者之意乎？[16]

春晖图序

《春晖图》者，郡侯闽周君献可，寿其母太宜人沈氏所为绘也。太宜人归奉直大夫、刑部员外郎务本先生为继配，有丈夫子六人：长为郡庠生行可，次即郡侯，次朝信、朝侃、朝倧，又次为庚午乡进士朝俛。初，以奉直公贵封安人，及侯贵，复以两宫罩需进今封。嘉平望后二日，实其悬帨之旦，所历甲子盖四百二十余矣。

奉直公之捐馆也，诸孤茕茕，侯亦岁行仅复，太宜人督之力学，靳不坠于先志。未几，侯及[17]伯兄、季弟皆以博雅著称。正德戊辰，侯遂登甲[18]科，任台察，今方为良二千石。太宜人于周氏，可谓有扶微救堕、振坏为兴之功。而其抚立诸孤，则信乎无愧于母道也。

侯念太宜人教育之恩，无以为报，其官于留都也，已迎就禄养。既有山东清戎之命，又援近例，扶持而归。至于东峻，[19]又取道宁亲。去年擢守吾信，又恳请以来。值兹庆诞，又特致迓其伯兄来，群集郡邸，称觞介寿。斯图之绘，盖以致其欲报之情焉耳。予喜太宜人之寿，方谋[20]所以贺之，而侯乃以图属序。侯之僚友桂君用之、安君[21]之享、俞君性之、严君用刚，皆谓予[22]不可以无言也。

维闽昔有蔡母，曰"长安郡太君虞氏"，以其子端明君之贵，尝就养于泉、于福、于杭。服被冠帔之宠，而养极海陆之珍，寿逾九十犹少壮，当时人子欲寿其亲者，莫不以长安君为祝。论者推原其福之备，由于其德之厚，谓非偶然而幸致也。然予尝考求蔡母之德，亦惟曰"在家孝其父母，既嫁孝其舅姑，事长慈幼，既俭且勤，家人宜之，乡党化之"而已。是皆太宜人之所具有者，在他女妇亦可以为贤矣。而予考求太宜人之德，又不止于此焉。

盖侯之兄弟凡九人，次三朝仪，次六朝俨，次八朝佩，庶母林所出也，太宜人则抚之如己子。侯有女兄三人，前母赠安人林所出也。太宜人则待之如己女。侯有季父与奉直公同产，而贫无以为生也。太宜人则以世业之当分者悉推与之，惟务上悦其姑太安人林之心，而一无所较。夫子不偏于私爱，而能推之以为均一之仁；财不吝于私有，而能捐之以成睦家之义。此在大夫士犹或难之，而太宜人有焉，其德之修诸己者，视蔡母不尤厚哉？是以有子如侯，逮其贵，食其禄，聪明康俭，备享诸福。盖天道之公，因材而笃，亦非偶然而幸致也。

矧吾侯甚孝，施于郡政，廉慎平恕，如古之君子，足以慰悦[23]母心。其位与禄方隆未艾，侯兄弟之以博雅著者，蓄久必达巍科，膴仕亦将鼎来。太宜人之寿，由此跻于蔡母，而累膺显命之宠褒，为可必矣。今之为人子欲寿其亲者，得斯图而观之，且有感于予言，又安知其不以太宜人为祝乎？

黄氏族谱序

予始与太平节推新会黄君希颜游，希颜每为予言其先本莆田人也，来居新会之厓门已七世矣。七世而上，失其系次，而又以地理隔远，莫从质究，不胜水木本源之思。盖仁人孝子之不忘其所从出。固如是也。

顷岁，希颜之从弟希仁拜龙岩令，其理所去莆田既近，亟使人访求之，则宋家[24]之谱甚备，自七世而上，其系次皆可考焉。

盖晋有讳岸者，从元帝渡江，为桂州刺史，始居于莆田之黄巷。自是族属蕃衍，散处闽中，或流寓他土，支派甚众。其后有名如轩者，生三子，曰元，曰亨，曰贞。而元之子讳钢，在某时以宣教郎转大理寺某官，出使广左，遂定居新会，则厓门始迁之祖也。以厓门之谱，上接黄巷之谱，支分派别，有条而不紊。而希贤[25]昆仲敦念本源之心，于是乎始慰矣。然希颜复虑后世莫知斯谱之所由合，会希仁以龙岩[26]入觐，道出吾铅，则属之来征予序。

予观是谱所籍黄氏，传龟袭紫，代不乏材，可谓盛矣。而宣教之裔，至于希颜、希仁与从弟休宁学谕希美，又以文学竞爽，继取科第如颔髭地芥，为新会衣冠之族。岂其先世有积德，而其委祉遗休，宜如是其盛且久耶？夫念前人之盛，而必欲修德以光乎前；期后人之盛，而必欲延德以启乎后，此仁人孝子之心，必拳拳于敬宗收族，而谱牒之所由作也。

予年十七游太学，辱希颜之知最深，自是相处如同气。及宦游中外，久不相见则必贻书慰问，未尝少忘。而希仁以其兄相爱之故，每见亦必盘桓眷恋，如不忍别。其昆仲厚于故旧如此，则于敬宗收族，尤所当厚者，又岂忍流于疏薄乎？

君子由是知黄之世泽必延于无穷，而其盛不止于今日也。为厓门之子若孙，益念今日修谱之意，而求以无负于前人乎？

赠袭斋夏伯高序

比年，以先妣余夫人旧茔弗利，体魄未安，将求吉壤而迁之。奔走山谷，不辞险远，卒无足以当意者。每一念之，几于废寝忘食而不能生。今春自郡寓归处先人之庐，偕母弟乡贡士完往游[27]能仁僧寺，爱其前冈[28]峦会合、风气完聚，可以葬焉，且以岁时展扫为便也。

然而穴法之高低，向坐之偏正，时日之宜忌，目眩心惑，不能自决，必待专门者决之。因忆予岳翁太宰冰檗先生之葬其考妣也，皆决于乐平夏嵩伯高氏，岂所谓专门者？即乃遣人走数百里，烦列岳敦吉访其家请焉。

时维春仲，雨潦载途，伯高不以劳惮，携其子云，跋涉而来。既至，即前地裁穴、立向，灼有定见。予心始决，遂涓吉奉先灵往窆。执绋会葬者，皆以为伯高之所主，得山水向背之情，非苟于其术者也。

襄事后，伯高将归，予愧无以赠之，而伯高恳以《袭斋》之卷丐予一言。盖伯高号，有取于下袭水土之义也。《中庸》之所谓下袭焉者，其道甚大，固非青乌子之所敢附也。然而刑法家之学，吾儒概有取焉。其乘生葬止，理有定在，当因之而不容易。苟昧焉而不能知，或知焉而偏徇己见，不能因而定之，则岂不悖于其术耶？伯高知袭之义，可谓不悖者矣。故诸公素重之，而予乃今知之。

予尝慕天下之名山巨镇，方将著谢公之短屐，理杜甫之烟艇，远游历览，以验化工融结之定理。伯高能从吾游乎？而匡庐、彭蠡之间，倘有佳处，则伯高所熟游而先得者也，其必有以语我矣。于其归，序以属之。

芝英应氏家谱序

永康应君天启，持教铎居吾信之明年，以所刻《芝英家谱》来征予序。予取面观之，其前为图，为传，凡六卷。其附录为墓图，为家训，为时文，凡三卷。大概仿欧之法，而复以己见参之。其纪载可谓甚备，义例可谓甚严，而敦叙之心可谓甚切也。

应本出仙居，中徙，谱云宋季讳某者来赘大田窦氏，因家焉。其后胤嗣日蕃，至更名其里曰"诸应"。寻以孝[29]感之瑞，又更"芝英"，盖永康望族也。芝英始迁之祖，其行为九二，而讳阙焉。由九二府君而下，世次、名讳、配嗣、卒葬始明白可纪。四传曰德厚甫，读书好礼，雅与贤大夫游。其没而葬也，嗣子文树、文棋属铭于太史苏公平仲，至以完德之士称之，应氏之泽，已于是乎渐大矣。文树之曾孙尚道，尤以英杰闻于乡邦；尝欲作谱而未成也，晚乃属之天启，曰："吾闻有家者必重其本始，而后世可延。吾应之世，所可知者已十有三传。族属之繁，不啻数千百指。情缘服尽，且有喜不庆，忧不吊，相视如途之人，而忘其本之同出者矣。谱之作，其可缓乎？"天启奉其亲之遗训，罔敢失坠。比年以内艰，读礼之暇，与其姻、乡进士赵君懋德订而成之。其或书、或否，或详、或略，皆著一定之论。

盖图以派分，则宗之大小不至于混而无别；传以齿列，则族之少长不致于紊而无序；墓以图识，则虽祖之迁毁，不至于樵牧弗禁，如后山之所虑也。一披阅之间，而尊祖、敬宗、收族之道，胥此焉在，其纪载不已备乎？然事必阙疑，行必纪实，至于妇节之亏，女德之爽，与为人后者之失，宜与夫甘为俳优，去为浮屠、老子之徒者，皆削而不录，其义例不已严乎？夫纪载之备，所以溥亲亲之恩；义例之严，所以立善善之教。况掌之有专责，而续之有常规，非苟为目前之观美者。应氏子孙能嗣而守之，勉为孝友睦姻之行，则不忍以途人视其同姓。死葬嫁娶必相告，而不绝；孤贫寒饿必相恤，而不至于恝然。应之族，其将日益以大矣，吾固谓其惇叙之心甚切，而非流俗之偷薄可望也。

谱学重于古，至唐末已废不讲，自欧、苏而后重焉。六一谓谱之传，在得其人。老泉又谓贤者之不尽传，由谱不立之过。二说虽小若不同，然其事实常相须，而不可以偏废也。应之先世有隐德，至天启与其从兄高安令天锡，从弟乡进士天监、职方主事天彝，始奋自科第，显用于时，而谱赖以传，谈者谓应氏有子矣。然使谱法不立，则虽其世次之可知者，不数传已莫知详，而况望世德之传与世泽之久乎？此天启之所为汲汲而不敢缓也。且天启方以明伦厚俗为职，而其教能自其家始，予尤贤之，乃推其意而为之序。

留余张先生挽诗序

德兴留余张先生既捐馆舍，同郡乡进士刘君世臣诔之，同邑大方伯舒公本直铭之。凡知先生者，又皆作为挽歌，以写其哀慕之情而不能自已也。积久成帙，其子敔叔成来征予序。予读铭与诔，而考先生之行，其古之笃行君子而能自振于流俗者乎？

盖先生始游邑庠，以能敦尚行检。二亲病，躬事汤沐，衣不解带。居丧柴瘠庐墓，至终丧乃归。其处兄弟，友爱无间，言其驯鸠巢庭、义犬相哺之感。友人有亲丧未葬而赴礼闱之试者，遂与绝交。宪臣行部至邑，而门禁不严，因对策讽切之。其疆直不阿，有人所难堪者。迨其为校官也，又能以师道自立。始居郴，郴俗婚早，有丧则聚饮歌呼以娱尸；境有庙，黥布、柳毅食焉，先生皆恶之，言于上官，竟格其俗、毁其庙，无所顾恤。既擢怀安，怀安之士多走外郡授徒，学规弛甚。先生亟加禁遏，士虽[30]始哗弗服，久乃悟而从之。同类或干提学，多补弟子员规利，先生独否。提学又先生乡衮，且待先生厚，亦未尝一动念也。

《语》曰：“时然而然者，众人也。己然而然者，君子也。”若先生者，笃于守己，耻俗之同，非所谓君子欤？使先生登巍跻腞，得尽用其学，行其志，则必能回淳风、佐盛治，与古之名卿材大夫颉颃下上，其所立当不止此。而不幸厄于数奇，沉于下位，平生挟负，百不一二试。是以知先生者，惜而悲之，岂徒感薤露而歌、闻邻笛而赋者耶？

虽然，人莫贵于有子，有子则其绪弗绝，而凡志所欲为者，皆可托而传焉。今叔成能绍先生之绪，文学行谊远出侪辈之上；又能潜心理数，于邵氏之声音、蔡氏之律吕，深造独得，有所撰述，成一家言，缙绅多推重之。然则先生其果死乎？

先生讳照，字明夫，以怀安教谕致仕。初号勿轩，晚更号留余居士，亦可以见其志也。

孙子要义序

金陵杨君云凤，以丁丑甲科来知弋阳县事。念承平日久，上下习为恬戏，民庶野狎，类以兵非急务；一旦潢池报警，始骇而图之，无补也。乃亲勒民兵，肄练武事，月率有常日，未尝怠废。察其材质之可教者，以《孙子》十三篇授之，俾讲习焉。君于听断之隙，又取其书章断而句释之，名曰“要义”，庶几读者易知，不烦于师授之觏缕也，其用心可谓勤矣。予与君有场屋之雅，君因以序属。

《传》曰：“以不教民战，是谓弃之。”予尝慨近世之所设民兵，大率市儿之游食者也，官府所以教之，实同儿戏。其于坐作击刺之法百不一二识，有警用之，以齿贼锋而绥士气，吾夫子"弃民"之论，岂端为今日设耶？而郡县之吏，往往幸目前之苟安，不复轸事之虑，亦孰知夏之皮、冬之绤，固有不容缓者乎？予于是盖⁽³¹⁾叹杨君之有志于教民，其贤为不可及也。

论者称：武之书，文略意深，其言甚有次序，而旧注汩之或失其意。故曹操、杜牧、陈皞三家之外，又有梅圣俞之注，欧阳子许其可与三家并传。今杨君之说，主于简明，不事繁文，不务援据，得非虑失其意如圣俞之所见哉？兵之机权，诚有书不能尽言、言不能尽意者。史称武初见阖闾，以勒兵之法试于王姬。三令五申，而再鼓之，必左右前后跪起皆中规矩绳墨、无敢出声乃已。其不用命者，虽王之宠姬，必斩以循，王虽欲救之，不听也。则其法令赏罚之施于三军者，其严且明也，又可知矣。使后之治兵者约束严明，能师武之意而行之，又岂有儿戏之讥乎？

武之言曰："以虞待不虞者，胜。"又曰："无虑而易者，必擒于人。"盖兵贵于素练，而虑贵于先定也。故李抱真之为泽、潞，种世衡之在青涧，皆以暇日教民习射，世传其事以为法。吾意杨君之书既行，不独其所治之人通晓战阵，可以应猝制敌，保障一乡；将四方之为郡县者，有慕而取法焉，率为先事之虑，由是转偷惰为精明，易尫羸为勇敢，岂不足以折奸萌、遏乱略而共保太平之业乎？

杨君，儒者也，谨质温恭，言若不能出诸其口，而顾喜谈兵，纚纚不穷。近者逆藩之变，能以忠义自励，蒐兵给饷，不惮劳苦，岂非仁者之勇欤？有知君者，因其能而荐进之，所治愈大，其补益当愈大也。

送察推东美严公考最序

东美公为吴中名士，其在序庠，早以博雅为侪类所服。有司试艺，莫不让为先发。及其门者，往往取高第以去。其游南雍也，枫山章先生方以耆儒宿德为大司成，严师道，不轻许可。公在多士中又蒙赏识，以远大期之，可谓贤矣。然竟以数奇负屈，晚乃循资谒选，来⁽³²⁾佐吾郡。自他人处之，盐车之骥，或不能无郁郁低回⁽³³⁾之态也。而公乃昂昂如千里之驹，朝燕暮越，犹若⁽³⁴⁾有余力焉。岂非其素所蓄负，固出于庸众人万万耶？

宏以愚戆忤时，中于逆藩，愠于群小，其不平之状，公独深知之。虽浮言鼓惑，祸阱在前，公持议不少变。若谓廉冤锄梗，其职方当尔也。叔季多徇，得此甚难，宏之德公，实可以语诸人人而无愧者。公兹满三载，将上计天官，宏恐人之知公未必如宏之详且确也。使宏不悉数之，庸讵知操考绩幽明之柄者，不以常格待公。亦如有司取士，徒拘拘于尺度，公不负屈终身而无所控耶？

盖世之能文词者，或短于剸裁；善政事者，或掘于藻绘。公以儒饰吏，实与华称，遇事迎刃缕解，未尝执⁽³⁵⁾滞。民有所诉，为之剖分曲直，咸中其情。听断之暇，⁽³⁶⁾大篇短章，不废吟讽。虽公移吏牍，亦皆粲然有文，庸众人能然否耶？况治民固在于获上，而奉上或至于剥民。公勤于职事，受知上官，诸所委任，为之必尽其力。即科率诛求，拘于故比，而势不容已者，通融节缩，处之以权；民与受一分之赐，用是上多誉重而下无谤议，庸众人能然否也？且用智者或缺于诚，而负才者或伤于傲。公之御众接人，不设城府，不修边幅，而襟怀坦亮，礼度周旋，见者莫不爱且敬之。与之处者，久而益孚，庸众人能然否也？

脱公生当数十年之前，惟其人不惟其资，则超迁显用以展布其才猷，特易易耳。而今也途拘格限，安得不为颜驷、李广之叹耶？虽然，"穷则变，变则通，通则久"，盖《易》道也。公深于《易》者，其尚安之，庸讵知操考绩幽明之柄者，不因予言而有感乎？

于是太守鲁轩周公，贰守石州桂公，通守半窗安公、勉斋俞公，合郡中大夫士，各赋诗以赠公行，闻予言而然之。遂书以为序。

武夷新志序

武夷山水之奇，神剜天划，不可名状。自我文公创为《棹歌》，来学人人能传诵之。虽不必亲历九曲，遍观三十六峰，盖已心目豁然，脱去尘虑，以为一大快事。

比者巡按侍御周君文翼，清戎侍御周君世亨，以使命莅闽之暇，常游兹山。入五曲，慨文公书院之圮且隘也。偕金宪萧君必克，谋改筑之。规制宏丽，视旧有加。仍增置祭田，择朱氏裔孙一人世主其祀。郡守张君公瑞，又征文以纪其成矣。金宪君以为地因人胜，兹山实文公讲息之所，天下后世朔渊源而勤仰止者，盖将以蒙、峄、濂、洛视之。顾旧志多涉荒唐，于此或轻或略，非所以明教也。乃以重修之事托之太仆杨言恒叔。而太仆之弟春官乾叔，复加仇校焉。其图十三，其卷五，事辞博备，而其意则归重于书院也。

编成，将梓以传，郡倅、前仪曹姜梦宾及建安令夏以元，述金宪君之意，来速予序，予于是有感焉。

文公之在宋季，志于道德，特立独行。时宰恶之，目为伪学，党同希合之徒争排击之，而不少恕。予尝见叶绍翁《闻见录》所编，肆其丑诋，不顾得罪于名教。自俗徇近狃者观之，君子虽强项持正，亦何所利耶？然譬之丹山碧水，终古常新。虽宿霾阴曀，或蒙蔽于顷刻；一旦天日清明，纤云尽卷，其奇伟秀拔之形，清冷莹澈之体，不为少损，见者无不依依然爱且恋之。故宋季鬼蜮声销迹绝，读史者嗼齘焉，唾斥焉，不遗余怒。而文公之道焕然大明，日中天而水行地也。即其偶经暂寓之地，岩泉草木犹有光宠，而况于基构藏修如兹山之重者乎？两侍御及金宪君宗崇兴复之举，宜不忍缓，而兹志之重修，又甚有补焉。序其故，幸挂名编端，予不敢让也。

予家去兹山仅数舍，累欲襆被往游，以偿夙愿，而不果。近岁蒙恩得归，莆阳见素林翁，尝有同游之约，而又以时忤迹禁辞焉。今幸吾乡之逆魁伏法，无足顾虑，可以往矣。而况有金宪君为地主，白饭青刍，谅不为靳也。酌寒泂，采涧毛，遂当释奠于隐屏之丽。于是寻文公所据盘石，与幽人逸士对饮名酒，取《楚辞》而歌之，《志》中佳胜，将不尽为予有乎？

庆太守杜公世美七十序

太守杜公世美，吾铅邑侯望之之尊府。以成化丁酉顺天乡荐，屡上春官弗利，弘治癸丑，始选补文登令。遭外艰，改知夏邑。两地三考，遂荷褒敕，擢辰州通守。未三载，用荐擢陈州守，以忤镇守改知隆庆州。公乐京师，将归老焉，乃陈情欲得京朝官，以图报塞。诏可之。既归，高卧不出，日与乡间耆旧怡情觞咏，一不以世累婴怀。识者谓公福未艾，盖公之才足以有为，而弗究于用。公之年犹未及衰，而遽以谢事请焉。谦而未满，苍苍者自将相之，有弗昌其后而永其所享者乎？

既而吾侯以正德丙子领荐，明年遂登甲科，果酬公志。而公之视听步趋，聪明强健，视初归时无大远也。侯至吾铅，励冰檗之操，膏枯醒喝之惠，日洽于民。逆府之变，能首率义旅，击楫西向，助平大难。于是贤声腾播，上下浩然归重，其殆得于治县之谱乎？公未究之才，于是乎卒用于时矣。

岁之六月十有二日，为公七十初度之辰。侯欲北归，偕其兄民章，率诸子德隆等，称觞膝下。而拘于职守，莫之遂也，则以情告于宏，欲一言以为公寿。侯能继公之志，而贻之令名，所以寿之者至矣，何俟于予言之赞耶？况侯之所以治铅，实惟奉公之教耳。饮者必源之谢，吾意吾铅之人旦夕祝天，以祈公之寿者多矣，又岂待侯之私祝耶？《诗》曰："岂弟君子，民之父母。"盖吾铅之人，以父母视侯，则宜以太父母视公。推爱侯之意以及于公，亦犹寿公之心宜无所不至也。宏自度无以寿公，体一念之孝，惟欲率铅人持盂水献诸寿筵而已。然京师远数千里外，猝不可至，幸侯不鄙予言而有托焉，得藉是以达铅人之爱公之意。公闻其子之操存如是，治绩如是，得民如是，有不欣然而一笑者乎？

铅实弹丸，岂能久淹骥足？侯旦夕且补台谏，施其泽于四方。公之志将日益以慰，显扬褒大之命将日益以隆。惟公之德之盛，实足以凝成之而无愧也。

瀛州⁽³⁷⁾奇处录序

兹录诗文若干卷，乃先师礼部右侍郎补庵先生费公之所录也。公仲子贵溪司训衡刻而传之，谓宏不可无序。宏赖公陶铸而成，其恩与生我者等，愧荒陋无能为役耳，于序安敢辞？

宏尝闻公之教，以为文贵有用，古之所谓"不朽"，必先立德，而功次之，言又次之。故公自为士时，已能饰行检，崇实学，慎于隐微，未尝[38]苟且，温然良玉之无瑕也。而人见公之德器，颙颙昂昂，特达圭璋之表，亦莫不以公辅期之。至于文词诗赋，或谓之小技余事，何足以观公之大者哉？第国家以馆阁储材，将需其成而大用之。处其地者，无辰酉之劳，无米盐之责。得因其暇日，雍容藻缋，以叙幽怀。而名人魁士，气豪才赡，无所于发，又不得不托之乎著述。故欲观其人之忠佞材鄙，亦往往于是焉得之。或谓即末而探其本，可十七八，盖未为无见也。

宏窃观公所为文，虽出于一时应俗之作，而其论必本于仁义道德，其意必主于箴规风劝。庶几人皆忠孝谦让，有士君子之行。而斯世斯民，藉吾侪轸援牖导，共享夫熙皞之休，然后于公之心为无歉。盖不徒以藻缋工者也，非所养之正，其能然乎？昔眉山苏文忠公，号为文章大家，顾独好观贾谊、陆贽之书，其言类多及于时事。至于人之情伪，政之便不便，必反复推究，冀有所感悟裨益，而不为无用之空言。公殆慕文忠而师其意欤？公之官太学也，尊严师道，久而益孚。晚侍讲幄，日乾夕惕，实有古名贤"积诚悟主"之志。惜天夺公速，其经纶之业未及大展，故功绪所就，犹若有遗恨焉。然私评公议，追论名德，殆无贬辞，于此可以观公之大者矣。

司训君勤学励行，思世其家，而厄于数奇，晚始筮仕。地寒禄薄，[39]日用仅仅自足，而乃能留意于此，汲汲焉惟恐其先人之言行泯没无传，是亦可谓孝矣。公所著尚多，司训君力未能尽刻之。而此则公在翰林为史编时所录，故题曰"瀛洲奇处录"云。

庆少傅兼太子太傅户部尚书谨身殿大学士敬所蒋公寿诗序

二月十有二日，为少傅兼太子太傅户部尚书谨身殿大学士敬所蒋公初度之辰，而公之年于是六十矣。少师石斋杨公，少保砺庵毛公，倡诗以为公寿，馆阁诸君从而和者凡若干人，而属宏为序。

宏尝读《诗》至《南山有台》，见其所以祝颂乎君子者，一则曰"乐只君子，邦家之基"；二则曰"乐只君子，邦家之光"。一则曰"乐只君子，遐不眉寿"；二则曰"乐只君子，遐不黄耇"。何其词意之谆复而绸缪如此耶？盖所谓君子者，其存[40]心之正大，持己之端严，节操之坚贞，谋虑之深远，必有以远过于流俗、而裨益于当时。时论之所推尊，人心之所属望，称颂祝愿，自有不容已者。而国家之轻重，天[41]下之安危，实于是乎系焉。故周之盛时，以无忘寿耇[42]为要务。及其衰也，则有罔或耆寿、俊在厥服之叹。[43]由是观之，诗人之于君子从而祝之，岂徒然哉？

少傅公童年发解于乡，已褒然为举首。及游太[44]学，屡魁季试，名隐然动四方。既登甲科，入翰林，涵养造就，纯厚渊博。史局之编纂，经筵之启沃，春宫之辅导，茂修职业，誉望蔼蔚，人固以公辅期之。出佐天曹，铨综甄别，一付之公议，而不以己意与焉。入掌帝制，寻执事枢，代言辅德，夙夜匪懈。尝扈武宗巡狩而南也，孤立于权幸朋比之间，潜消默夺，多所旋斡；其大者如谏沮留都郊祀之举，援据典礼，词严义正，尤人所难为者。至于号弓之日，国统岌岌未有所属，公与石斋公、砺庵公协议定策，翊载天子入正大位。厘革宿弊，剪除奸凶，进用忠良，宣布德泽，为邦家立太平之基。树勋业于一时，垂声光于百代，亦何愧于《诗》之所谓"君子"耶？

惟天纯佑命我国家，保乂之功，固有赖于平⁽⁴⁵⁾格之寿。矧圣明建极，方敛福以敷锡于民，股肱心膂之地，所宜首被焉者。公之德，足以荷天休，称上意，所谓"眉寿"，所谓"黄耇"，盖有无烦于祝愿者矣。然吾侪于公，有同道相益、同心共济之义。其在今日，则《泰》之汇征，《复》之朋来，欣幸喜贺，乌能已于言乎？此二公与诸君倡和以为公寿之意也。宏辄僭书以为群玉之弁。

寿夏母匡太宜人序

昔范忠宣之母，尝以其父砭书之迹示忠宣，故忠宣卒为名臣，而无愧于"先忧后乐"之教。刘元城之母，尝语元城："汝父欲为谏官而弗得，汝幸居此地，当捐躯以报国恩。"故元城明目张胆，直言不讳，遂以"殿虎"名于时。夫母道类坤，坤承乾，以韫养众子，六三所谓"无成"而代"有终"者也。故自古贤士大夫得一淑配焉，以为之相；则平居儆戒相成，既可以慎于进修，免于悔吝，而世德之延，家声之绍，皆有赖焉。此家有贤母，足以为子孙之庆。而其慈训之可传者，必载之史册，播之后世，使人诵之不衰。若夏母匡太宜人之于其子，殆亦闻范、刘二母之风而兴起者乎？

太宜人为临清守象峰夏公之配，从公寓京师数十年。公早知励学，不以家务经心，攻苦食淡，一意讲习。起寒峻，为名进士，出倅大郡，擢知剧州。不以脂膏自润，不以盘错自沮，用廉能为良司。由太宜人志同德协，以勤俭相之于内也。公既捐馆舍，二子曰言，公谨；曰行，公敏，皆未成，太宜人以相其夫者勖其子。

未几，公谨因公之遗业而充拓之，颖脱翘奋，踵登甲第，文学志行，甚为侪辈所推服。兹处谏垣，值圣明嗣极，更新治化，公谨奉诏旨厘正武弁，尽剔冗蠹。圻内民产与皇庄及贵戚田土淆杂而相侵者，悉为正其经界，杜其争端。诸所论列，指切弊源，词锋凛凛，知有是非，不知有利害，士论浩然归之。公敏游太学，亦有志进取，期不坠⁽⁴⁶⁾公之业。

公可谓有子矣，太宜人可谓能代公而有终矣。以太宜人之德、之懿，其与象峰公偕老而贵也则宜。然事乃大缪，视履考祥者惑焉。今就养京师，食子之禄。近以尊号覃恩，锡诰进封，从公旧秩。知者乃叹⁽⁴⁷⁾太宜人晚福之备，以为天必久而后定也。矧天子方以孝治天下，忠励群臣。公谨锐于报恩，笃于养志，职修而誉日著；如健者升梯，必诣其极，宠渥之及于太宜人者未艾也。太宜人年方指使，齿发犹壮，有子能顺其志、大其家，由此跻遐龄、享全盛，岂非理之所有者乎？

孟秋望后三日，为太宜人初度之辰。翟冠霞帔，辉映门阀。公谨兄弟捧觞戏彩，婆娑怡愉，太宜人乐之。谏垣诸君莫不为之赞喜，以予与公谨有连，来征言贺之。予幸太宜人之善于教子，而逮其成也；嘉公谨之善于事亲，而养其志也；重诸君之善于交谊，而推及其母也。于是乎书。

送州佐余君国信之蓬序

仕欲及时，又贵于不择地而安。及时而仕，则精力足以奔趋，智虑足以酬应，不以岁暮日斜而忘奋励之念。不择地而安，则视外如内，视遐如迩，惟其处而乐于从事，不以远客孤寓而怀苟且之心。士之志于用世者，大抵然也。

今制，士之由国学而登仕版者，必若干年乃得仕，其处之率在中州。或未及当选之期而愿仕者，往往以岭海边徼之区处之。自世俗而观，类以为衰老贫窭苟于一得，乃姑就是而无所择焉。夫景迫桑榆，而绝荣进之望；家无儋石，而为禄养之图，则固有然者矣。彼年甫强仕，富能自给，可以少待，而亦汲汲焉甘心速仕，讵非吾所谓仕欲及时者耶？不择地而安者耶？

上饶余君国信，为宋参知政事讳尧弼之裔。幼警敏，其先君嵩山游邑庠，治经为进进不已。先少保五峰府君，为予女弟相攸，得国信，甚爱之。既而试于乡，屡进屡屈，乃循例入太学，友天下士，闻见益博，其于人情故故，皆素讲[48]明习。顷谒选于铨曹，次犹未及，国信奋曰："吾年视疆仕过矣，不及今自[49]效，将奚待耶？"请于天官卿，皆群试居优等，于是往判蓬州。蓬在蜀西南，自京师而往，道余万里。自吾信而往，亦数千里。略计其所经历，沿鄱湖，朔江汉，犯瞿塘、滟滪之险，乃得达焉，可谓远矣。而国信治行李，讯程途，乘风破浪，了无难色，其志一何壮也？

国信将行，复欲予一言为赠，予曰："今之用人者，似若以远为轻。而古之论治者，则尤以远为重。以远为重者，深忧乎州县之吏，或戕民黩货，或庸陋异奰，以为民病，而欲择廉且能者以安之。盖即蜀人为蜀计而发也。国信以鼎盛之年，有用世之志，而官于其地。予度其必将以廉能自持，固不忍黩货以戕民，亦岂甘为庸陋异奰之归耶？虽然，持其志欲定，副其志欲勤。请以行喻：蜀道号为登天，不易至也。国信志欲往焉。登舟戒行，不怠以止，未有不至者也。则其志为良吏，欲廉欲能，亦在乎不怠以止耳。使国信佐蓬有成绩，蓬之人歌之颂之，则国信之乘时远仕，与庸众人苟于一时者不同。嵩山翁之所以教子，与先少保之所以择婿，皆可无恨，岂非予之所深望于国信哉？"

国信作而谢曰："谨受教。"予乃书以赠之。

宜春高氏族谱序

宜春之有高氏，相传自潭州都督长史亿云，盖淮南节度使骈之孙、南平郡王崇文之玄孙也。初，由宜春徙吉之归仙。归仙族蕃，屡徙，其世系无谱可考。元季兵起，有讳彬字用询者，携其子子隆，自安福之笪桥复徙宜春，常称为"归仙后"，实今中丞公德滋之高曾祖也。

用询之徙，与其中表弟刘益偕，国初各占籍为编户。既而益子以文无子，子子隆之次子元亨，生仕贤及连江丞仕忠，若子孙皆从刘姓，盖百二十余年于此矣。中丞公乃连江次子，荐书仕版，因之惧久而昧其本源也，顷者疏请复高姓于朝。会覃恩，有诏赠连江，上及元亨，⁽⁵⁰⁾官皆中丞，而鸾诰之书亦复其始。

中丞公遂用欧阳氏之法，创为《宜春高氏谱》，而断自用询甫为一世。由用询甫而下得七世，盖子隆之季子曰仲芳氏者，其子若孙之传序皆在焉。予素辱公知，公之子乡贡士祉，间述公意，欲予序其故，予不能辞。

夫谱之系于家者，大矣。推本始则知祖之当尊，序继承则知宗之当敬，广恩爱则知族之当收。联疏为亲，合异为同，长仁厚之风，成礼让之俗，率于是乎在，宜中丞公之汲汲焉而不敢后也。

中丞公由甲科历令守、方岳，以至九卿，存诸己有清修之德，施于民有惠爱之政，著于时有匡济之功。既而老而休，又能以行谊范其乡邦，诗书成其子姓。乃享眉寿为耆英，卒荷显荣褒大之命，以乃祖、乃父遗休委祉之光，固足以昌⁽⁵¹⁾高氏之宗而大其族矣。然必著为兹谱，以笃水木本源之念。庶几培植固而枝叶敷，源浚深而派远达，仁人孝子之用心，固是其厚耶？乡贡士又为予言，公于刘氏祠墓之祭，期世守之，曰："吾先人尝食其德，不可忘也。"于是益见公所存之厚。继公而兴，以为谱重者，其可量哉？其可量哉？

公名琬，德滋字也，其才略用之未究。乡贡士博学能文，而谦慎循雅，盖远到之器，将遂继公而兴矣。

石斋集后序

《石斋集》为诗若干卷，文若干卷，少师石斋先生杨公之所著也。

公早慧绝伦，人以李泌、晏殊拟⁽⁵²⁾之，而又好古博雅，力追作者。初践禁垣，声名已轧侪辈。周旋馆阁，历事四朝。史局之编劘，经帏之启沃，密勿之敷奏，撰述所以纪圣政、格君心、代王言、断国论、发舒人文、赞襄治化，皆杰然大手笔。然藏之秘府，施于廊庙，天下之人盖有阴受其赐而不知，或想闻其声光而莫能窥其运用之妙者。

今此集所具，特其平生酬应之作耳。予受而读之，其词清新而伟丽，其气温厚而和平，其体裁谨严而庄重。如春日游洛阳之园，奇葩异卉，呈露天巧，而光艳夺目，令人应接不暇。如雅乐在悬，金石交奏而律吕谐协，听者神怡心醉，自然忘疲。如入明堂清庙，睹其基址之宏阔，位置之整齐，砉斸之致密，而后知工师意匠之经营，自异于寻常也。岂非所谓天将和其声，而使鸣国家之盛者乎？

自古国家盛时，必有伟人钟间，禀以其精英果锐之气，发为言论事功。或以华国，或以济时，卓卓乎其不可及。斯二者得一焉，已为难矣。故曹、刘之事业，姚、宋之篇章，尝恨其不能两盛也，而公则兼之。

正德初，公已入处台鼎，十四五年之中，奸佞继起，擅权乱法，国势岌岌乎。随事匡救，竭忠持正，义所不可，未尝苟徇。而巽行谦守，惟社稷之利，不事危激以钓一时之名。故往往有所调干，上下皆倚公为重。虽穆骏四骋，京师晏然，海内无虞。既而国统中绝，人心危疑，公偕同列首定大策，奉迎真主，入正宸极，以安宗社。时朝政无所禀承者阅月，公备⁽⁵³⁾患防微，虑无遗算。逆彬方统禁兵，势如骑虎，变在旦夕。公又亟请于昭圣慈寿皇太后，以懿旨俄顷擒之，中外相庆，幸不死乱兵之下。史称韩魏公，不动声色而措天下于泰山之安，公亦岂多让邪？登极之诏，草由公视，十余年之宿蠹大奸扫除殆尽；而于忠贞之褒奖，贤哲之荐进，德泽之推广，纤悉备具。至厘革冗滥，岁省太仓之粟百四十余万石。所以感人心，延国脉，陆宣公奉天一制，盖不独能下武夫悍卒之泣而已也。

新政之初，公于大政事、大礼典，必揆之以道，权之以中，惟恐衮职有一毫之阙。譬之于室，向也上下两旁风雨，将倾惧压，左支右拄，得免凌震之难，非公谁赖焉？今则撤⁽⁵⁴⁾而新之，栋隆宇饰，大厦沉沉。凡在骈襁之下者，悠然顺适，相忘于无事之境，殆有莫知其所自者矣。

究公之所以树立，将与古名臣埒，而其文章之盛又如此，非天畀之全，岂能然耶？非公所志者远，所存者正，所养者至深且厚，亦岂能跻登兹耶？公诸子皆远器，可世其家；而太史用修趾美词林，掉鞅摩垒，绰有余裕，苏家父子恐不得专誉于蜀矣。

宏筮仕即受公知，既与事枢，深以得附大君子为幸。中遭谗沮，分弃林壑，泰运汇征，复叨陪辅之末。盖从公者久，窃见公之襟宇，公平正大，疏畅洞达。所谓诡异颇僻，艰深险怪，心诚恶之。故其发之于文，与其为人类焉。宏非知文者，辱公不弃，幸挂名集后，以永其垂也。于是乎赘。

士斋诗集后序

士斋姓邹氏，为赠翰林编修、国子丞未轩濮公之配，以其子编修和仲贵。孺人少聪慧，其父赠御史、郡博益斋先生教之《列女传》诸书，速解冥契。而又博览子史，以含咀其菁华，形诸吟咏；随事摹写，和平庄重，见者无不奇之，以为是无愧于能言之士矣，因以"士斋"称之。

然孺人雅自爱重，未尝苟作，惟未轩公及和仲之尝所往来厚善、有托而求[55]者，乃时作一篇应之，其稿亦多弃不录。宏，其子婿也，自赠寄之外，未尝有见焉。间以为请，则曰："笔札非吾职也，是特纂组之弥文，烹饪[56]之余味耳，何足以传诸人人耶？"比者太平守傅侯希准，奉其母太夫人就养郡斋，以"东山""爱日"十题恳孺人赋之。侯以为能写其纯孝之诚，作而叹曰："郡有班姑、谢娘，可使之泯没而无传耶？"从其诸孙太学生训、得稿阅之，为绣诸梓，而以序属宏。

宏尝评孺人之作，文彩绚烂若机锦之初剪，意味隽永若鼎和之既调，而其音韵铿锵，又若杂佩之交振。盖举女德妇功之懿，而发之于华笺彩翰之间，使其服章缝，厕缙绅，固足以掉鞅文苑，为天下奇男子也。而乃深处中闺，美不外见，其胸臆之奇，盖有无因而尽吐者。昔欧阳子序谢氏希孟之诗，而叹其不幸为女子，莫能章显于世。由孺人观之，岂不信哉？

虽然，韫石之玉，其气为虹，埋岳[57]之剑，其光射斗，物之奇者，亦岂能閟且匿之？今兹集得传后，而不终于泯没，不可不谓之幸焉耳矣。

孺人相[58]未轩公，育材校艺，各称厥任，所至辄有贤誉。励和仲以学始于髫龀，遂以魁多士，蜚英词林。其持身理家，咸中矩则，诚女之有士行者。"士斋"之称，又不但以其诗也。《诗》曰："惟其有之，是以似之。"宏于兹集亦云。

寿封吏部右侍郎菊庄温公诗序

菊庄温公，初为河南参议，会其子民怀趾美甲科，以博雅简入翰林，遂疏请归蜀，徜徉林泉而享有闲适之乐者二十三年于此矣。

今天子绍统御极，民怀日执经史，出入于旂厦深严之地，既而由学士迁少宰，仍与经筵。且数月，援保相刘文和公故事，请以今秩贻公。上方用孝理天下，又念少宰朝夕启沃之勤，疏朝上而俞旨夕下，盖异数也。

少宰函五花之诰、三品之服，西向百拜，授使者，走万里，归献于公。公于时年已八十，九月十一日实其初度之辰。恩命及门，寿筵方启，贺者骈集，闾巷聚观。以时则篱菊初吐，有陶径之秋香；以地则浣花可饮，有南阳之甘味。公以朱颜华发，服宫锦，系重金，对芳丛，酌醇酿。与客相属，悠然自适，人望之宛如神仙中人，何其乐哉？顾少宰靡于官守，不得遂其称觞戏彩之愿，有拳拳焉而不能已者。爰即僚友征诗歌，联为巨轴，将寓归以致其祝庆之情，而来属予为之序。

夫人之所深愿者，有身焉欲其老而且健也，有子焉欲其贤而且贵。兹二者皆出于天，不可以必得，亦不[59]可以兼得。然《易》示积善，《书》称敛福，在吾人亦岂无感通召集之机，而遂以天为难必邪？公以名进士敡历中外，在郎署持正守法，有老成之誉；在藩垣抚民驭吏，有岂弟之政。量资校望，待以岁月，且长方岳，且入台省，皆囊中物也。而乃韫材美于志愿得行之日，啬精神于齿发未变之时。譬之密室之炉，深山之木，有久温而常茂之理。则其康宁夔铄，盖亦自有以致之，而未可尽诿之、或然之数矣。况公于捕盗之举，不忍杀非辜以逭督责，殆与王晋公以百口保符彦卿之意同。则其名与位虽未通显，而未究之业、未食之禄，实将持左券于少宰乎取偿焉。当大耋而受荣驰，夫岂偶然之故哉？且公聪明不衰，兴寄所到，辄觅纸豪吟，与骚人墨客争奇斗健，少壮者或不能及。将来之算，犹未可量。况少宰又方以忠爱结主知，以经纶负时望，崇阶华秩，推及于亲闱者，不可以一二计。

昔尧叟秉钧，省华无恙，盖蜀中故事。而文和之父，竟封保相，少宰援以请焉，岂非其先兆欤？兹举也，盖以启贺公之端，于是乎序。

具庆荣封诗序

圣天子践阼以来，日御经幄，孜孜以讲学为事，盖即古帝王逊志缉熙之盛节也。故一时劝讲之臣，蒙荷恩宠，往往出于常格。

先是侍读学士温君民怀用荐进吏部右侍郎，为其父菊庄先生豫请封典，既有诏与之。比者侍讲学士董君文玉，以史劳进詹事府兼翰林院学士，又具疏言："臣幸昵就旂厦，与温某同；而臣之父视其父加老，臣母亦渐迫耄龄，其应得封典，乞如温某例，先期与之。臣徼陛下之宠，得慰臣父母于生存，为幸多矣。"上复诏与之如例，于是文玉之父颐庵公由中宪大夫进封三品，如文玉之官，其母娄恭人则进淑人。

问公之年，盖已八十有三，而淑人亦七十有六矣。谈者以为人莫难于有子，有子矣未[60]必能逮其荣；有逮其荣者，未必伉俪之偕老也。今公与淑人[61]有文玉为之子，早以奇才博学魁多士、列鼎甲、升华法从，而又并跻寿域，与受封诰，福如此其盛，岂人间所易得耶？是足以为公与淑人贺。或曰公以名进士知黔，有惠政，其去也，黔人思之，至俎豆公于名宦之间。及衣绣冠豸，按行郡国，持宪体棘棘弗徇，中台称才御史必首公。其后擢知滇郡，所理杂氓若獠，公锄梗植弱，各得其宜。诸夷之构乱者，谕以逆顺，无弗帖帖，实古之良二千石也。而乃竟坐前在言路以抗直为枉所忌，会内宫灾变，谗而中之，遂罢郡以去。自人众胜天者观之，公宜通而窒，虽贤亦安所利。然未食之报，卒酬以子，若分所当得而不容已者。淑人素以勤俭成公之德，今亦偕荣而胥乐焉。

夫固知天定之终胜也，是足以为公与淑人颂。既又相率为诗，以致其贺且颂之情。文玉联为巨轴，来属予序。夫贺征诸福，颂本诸德，固皆为公喜且幸之心。予窃度公之喜且幸，殆不止于是也。公志大而才高，方其被谗而归也，年仅五十有三。才与志用而未究，郁而未遂，江湖之忧，畎亩之忠，盖有惓惓而未释者。

兹文玉遭际圣明，以其得诸庭趋者，从容献纳，辅养君德。天子方念其勤劳，而推恩以及其父母，盖必有味乎其言，而契乎其心者，启沃之功，赞襄之泽，且将罩⁽⁶²⁾被于天下矣。若然则公之未究者，文玉能为公究之，而公之志于是乎可遂，兹非公之所谓喜且幸者乎？

予伯父少参公之成进士也，与公同年。今予又与文玉同馆阁，契谊之厚，将世讲焉。故推公之心，以广贺且颂者之意。文玉负雅望，方进未已，其所以增公之重，固将有大于此者也。

送大司寇清溪赵公致仕归序

清溪赵公，以今上即位之初，由大理卿擢刑部尚书而南。越二年，复来视北部之篆。筋力强健，聪明不衰，练达宪典，恪共厥职，谈者以为耆寿俊在厥服，固邦家之盛、之详也。

而公以年既及，浩然有东归之志。所亲或留止之，公曰："七十曰老，老而不知足者，古有'钟鸣漏尽，夜行不休'之讥。吾归矣，庶几免于是焉，又何求乎？"乃入疏以请，请甚坚。上允之，答以温诏，若曰："掌邦禁，持法公平，朕倚任方切，而何为遽以老请，⁽⁶³⁾词若是其恳恳邪？朕重违卿志，其听卿乘传，即安于乡。"又赐之玺书，曲加慰劳，谕有司给之月廪、岁隶，皆逾恒品。盖近日去国大臣所被恩典，鲜有如公之备者，大夫士以叹公之遭际为不可及矣。公将行，嘉其知止，又亲制五言古体赐之。奎章宸翰，增重颜色，藏之于家，子孙将世世宝而传焉。是岂惟近代所无，虽求之古昔亦不多见，何其荣且幸也。

公自释褐以来，敭历中外，四十年于此矣。其尹县则为廉吏，入台则为才御史，守郡则为良二千石，历方岳则为贤监司。及擢中丞，奉命此巡，则以救荒、兴水利，有功于甘肃。按行东南，则以清理盐法，问民疾苦，有功于浙、于闽。盖才因事见，期于有济，与世之矫饰以为名高者不同。比在秋曹，处当奏谳惟其情，一私不徇。大奸之抵罪者有所挟，众莫敢断，公据法当以死。或危之，公曰："吾上知国法，下持公论，祸福非所计也。"赖天子圣明，⁽⁶⁴⁾卒如公拟。由此观之，公当危疑之际，视法就⁽⁶⁵⁾已如鸿毛，脱使不幸以直道忤时而去，度公之心亦必无毫发遗恨。况超然高举，享有荣名如此，则公之自乐当何如哉？宏举进士与公同年，于公之归，不能无晨星落落之感，然观公之所以自处，则未尝不服其决、而美其高也。

夫壮而仕，老而休，功成名遂而退，夫人能知之，能言之。然有其言者非难，而有其心者为难。有其心者非难，而有其决者为难。盖声利溺人，甚于旨酒。嗜其味，忘其醉，往往至于吐茵濡首，则以昧于止足之几，而不能自决之故也。故子房之辟谷，广德之悬车，史皆书之以为美谈。至于二疏之相随出关，好事者则又图画其事，以昭示于人人之耳目，岂非以知止勇退之难其人邪？公盖所谓其人，汗竹之传述，丹青之摹写，可以无愧焉耳矣。

公同署左丞刘公咸栗，右丞王公景昭，亦服公之决、而美其高者，谋于宏，欲有所赠。宏于谊不可让也，于是乎书。

鉴古韵语序

今上以天挺之资，膺眷命，御宸极，其志将追古帝王与之齐。自改元以来，日御经幄，留神古典。既取皋陶、伊尹、周公之谟训，亲加注释，以为《书》之三要。又欲择其大经大法作为诗章，万几之暇以写玩而自适焉。是岂徒稽古右文，姑为粉泽之具邪？盖将因其言、求其心、味其理，由是措之躬行、施之政事，庶几天下生民复蒙至治之泽，必如唐、虞、三代之隆而后已也。

翰林编修华亭孙君贞甫，自陶唐以至胜国，可为劝戒者几六十人，人为五言律一首，以述其贤否之概，而复以数语断之。缮写成帙，献之于上。上[66]览而嘉之，若曰："诸诗皆有关于治乱得失之故，以为朕鉴，非徒作也，其赐名《鉴古韵语》。"于是闻者莫不诵之虚襟听纳，非近代人主所及，又莫不贺贞甫之遭际异常，实千载一时之幸也。

会参政常君文载，部运还山东，欲梓其诗以行。贞甫复介司谏杨君士宜、进士诸君子，俱来征予序。

夫士当穷居草茅，坐诵经史，孰不欲遭逢圣主，一吐胸中之奇，以裨益当时而酬其夙志哉？顾君臣之相值甚难，故齐瑟之鼓，未能投其好竽之意；楚璞之献，反以石视之而遭刖者有矣。今贞甫立清明之朝，供献纳之职，欲吾君以古为鉴，追踪尧、舜。一念之忠，上孚圣意，答以温诏，宠以嘉名，其为荣幸多矣。况上方向治，将取其诗而讽咏之，兴观之妙，或悟于一言，旋斡之功，遂超乎百代，则贞甫之为忠益，岂不大哉？

弘治甲子，予忝主应天乡试，赏识之下，有能以文字效忠如贞甫者，亦可以自贺也。于是乎书。

贺工部尚书西峰赵公考最序

国朝仿周典，建六官以统天下之事。其体尊，其责重。得其人而任之，则操之有要，处之中度，而阜成之效似有不难致者，然而称焉者亦难矣。

工部郎，古之司空，今之所掌不止于居四民、时地利而已。凡朝廷之宫室器用、车旗服御，与夫内监局之百尔营造，莫非其所当总领。盖一役之兴，一岁之用，为材至数百种，为费至数百万。无以应之，则事有不容已者。必如其所需而取足焉，则所储不继，势必取之于下，而民力奚以堪？故当其事者，尤苦于职之难称，而选用之际，每患于其人之未易得也。

天子绍统纪元之冬，会工部尚书缺，诏以西峰赵公补之，佥曰"公真其人哉"。初，公以甲科主都水事，寻改武选职方。屡迁员外郎、郎中，其廉慎勤敏，皆有不可及者。及出济南，治行卓卓，遂召入为顺天府丞。时权幸煽虐，吹求巡抚官过失，公坐累逮系除名。而未尝随俗阿徇以几幸脱，亦不闻怨怼一言。于是大夫士益知公之所养过人，而已卜其为远到大受之器矣。更化赐环，复少尹，擢金都御史，历抚宣府、山东。又擢工部侍郎，总督河事，整饬武备，所在皆著成绩。故望益隆，位益进，而士论翕然归之。自正位以来，剔宿蠹、厘弊政，孜孜焉惟节用爱民是急。利与病有所闻见，必反复为上陈之，岁省冗费盖不可以缕数。彼有求而不能尽遂者，中虽忌公，而竟不能指一眚以为公累。盖公之刚方有执，不屈不挠，如明堂之栋，屹然中立而不倚焉；如百炼之刃，试之盘错而无往不利。其能惬士望，结主知，以增六卿之重，岂不宜哉？

公比以三载课绩，上命仍旧职，⁽⁶⁷⁾以图新功，且赐之宝楮及尊酒、羊羫以嘉劳之。公同郡之仕于朝者，乃来征予言以为公贺。夫世之君子，其议论足以扬榷古今，其设施足以康济民物，往往皆有用之材也。然而见之于用，或不能将之以诚。则谋其国，未必如谋其家，视天下之利病，未必如视其身之利病者多矣。

予每与西峰公言，见其为国惜费，虽一钱不欲妄损；为民节力，虽一匠不忍无故而劳之。其庶乎古之大臣，鞠躬尽瘁，忧国如家者乎？其所谓以诚而用其才者乎？尽公之用，恐不特优于一官。然唐、虞之世，伯夷不敢与知乐，夔不敢与知礼，稷、契、皋陶皆专治教养刑狱之事，亦惟任之久而责其成焉耳。使工部常得公而人，其于天下岂小补哉？予将用是为天下贺，盖公天下之人物，而非徒可以为乡郡之光也。

送大埔县令方君懿卿序

上用广东守臣议，以潮之揭阳邑大地广，析为大埔，特设令以分理之。吏部以为县治初立，非其人不可轻畀。选择于众，属之吾铅分教方君懿卿。方应山西之聘，典文衡，将遂上春官就试，闻命而反。或惜之曰："君尝魁广西乡试，邃于学，其文蔼蔚，擢甲第宜无难者。偶一蹶俯从乙榜，而其志未已也。今兹再奋，持满而发，期得隽以偿夙愿。而柄国者乃循常比而小用之，亦独何哉？君未必无介然于怀也。"又有为君喜者，则曰："君之为师儒也，虽以好修善诱信于上下，然横经倚席，徒事笔砚，即有经济之略无所用。今用之一邑，利可兴，弊可革，环百里之民，将被其膏泽而父母仰之，君之心其不有以自慰矣乎？"或持是二说以质于予，予曰："遭之顺逆存乎时，处之崇卑存乎命，职之称否存乎才，功之成就存乎志。以懿卿之才之美，而不得雄飞远骋以直遂其所欲，盖制于命而因乎时耳。然冲霄之翮不终于枳棘，蹑云之足不终于盐辀。懿卿万里在前，可远可大，一时之得失显晦，何足以芥蒂于其中耶？"

夫令之为位虽不甚崇，而上下之责率于我乎萃焉。一德意之颁而不能下究，令之责也。一冤声之吁而不能上达，令之责也。是其职亦岂易称哉？故非有才者弗称。况新设之邑，百废未兴，众心未一，欲其秩然而举，帖然而从，则尤难矣。惟懿卿之才足以有为，而志又甚壮，故用人者择而使之。懿卿能不择官而仕，不择地而安，以其平生之所蓄负，试之大埔，惟职之求称焉。民志日孚，贤声日著，郎台监察可以俯拾仰取。其与甲科之所就，又何异乎？

懿卿之仲父鹤峰公，与予同为丁未进士，其筮仕尝令宣城。宣城号难治，鹤峰以廉能驰誉，用荐入台，历升宪副、大参，乃请老以去。懿卿之学，实出于鹤峰，于其治县之谱，盖尝有概于其心矣。期岁以往，有以循良闻于岭海之间、而可备台省之选者，非懿卿其谁欤？

懿卿将别，其僚友廖君必周，蒲君惟馨，及诸生刘玑辈来谒赠言。予于懿卿有世讲之谊，不容已也。遂书，得或人所质者以贻之。

贺大中丞阳明王公讨逆成功序

古之君子，能为国家弭非常之变，立非常之功；勒之鼎彝，著之竹帛，垂之百世而不朽者，岂特其才智大过于人而不可及哉？惟其天资高明，器局宏远，而学术之正又超出乎流俗，以故向往图回，卓有定见，虽当事变劻勷、众志惶惑之际，忠义奋发，弗以成败利钝芥蒂于其中。而天之所佑，人之所助，固于是乎在。宜其所立之奇伟卓绝，非常人所能及，兹所谓杰出之才，而世不可多得也。

大中丞阳明王公，学究太原，体兼众器，早以忠直负天下之望。方逆瑾之擅权也，疏陈时弊，言极剀切，甘受摈斥，处远恶而不辞。赖天子圣明，旋复召用。惟其所在，必竭诚图报，而委任亦日益以隆。宏尝谓其操存正大，可拟诸葛亮、范仲淹；言议畅达，可拟贾谊、陆贽。盖古之君子，可当大事而不负其所学者。至于分阃授钺，运筹制胜，则又赵充国、裴度之流，而吾侪咸自叹以为弗及也。

顷缘闽卒弗靖，特命公往正厥罪。公自南赣而东，六月既望至丰城，闻逆藩之变作矣。时江右抚巡、方岳诸官，或戕或执，列郡无所禀承。贼众号数十万，舟楫蔽江，声言欲犯留都。且分兵北上，而万里告急，又不可遽达于九重。公慨然叹曰："事有急于君父之难者乎？贼顺流东下，我苟不为牵制之图，沿江诸郡万有一失焉，旬月之间必且动摇京辅。如此则胜负之算未有所归，此诚天下安危之大机，义不可舍之而去也。"遂徇太守伍文定之请，暂驻吉安，以镇抚其军民。且礼至乡宦王公与时、刘公时让、邹公谦之、王君宜学、张君汝立、李君子庸辈，与之筹画机宜，待衅而动。

会侍御谢君士洁、伍君汝珍，以使归自两广，皆锐意勤王，乃相与移檄远近，号召义勇，期必成讨贼之绩。旬浃，赣守邢君珣，袁守徐君琏，临江守戴君德孺，瑞州通守胡⁽⁶⁸⁾君尧元，率僚属各以其兵至矣。又旬浃，则抚州守⁽⁶⁹⁾陈君槐，信州守周君朝佐，饶州守林君城，建昌守曾君玙，率僚属又各以其兵至矣。

时贼已破南康、陷九江，方围安庆，其东侵之焰甚炽。公议先取其巢，然后引兵追蹑，使之退无所据，而进不得前，庶几其气自沮，而殄灭为易。七月望日，集旁郡先至之兵会于樟树，越五日进克省城，贼遂解安庆之围率兵归援。公曰："吾固料贼且归，归则成擒必矣。"众方汹惧，公设方略，督伍守等严兵待之。又分遣抚、建、饶、信之兵往复南康、九江，以成犄角之势。乙卯，败之于樵舍。丙辰，与战，复大败之。丁巳，用火攻之策，遂擒首恶、逆党若干，前后俘斩无算，其纪诸功载者，实一万一千有奇。首恶累系入城，军民聚观，感泣叹声动地，皆曰："天赐公活吾一方万姓之命，微公，吾其如何？"其君子则曰："惟天纯佑我国家，实生公以拨其变，兹惟宗社之庆，独一方云乎哉？"

盖此贼之恶，百倍淮南。其睥睨神器已非一日，中外之人皆劫于积威，恐其阴中，而莫之敢发。其称兵而起也，吾党之庸懦，类佐吾朱骄如者，犹以为十事九成。四方智勇，即有功名之念，欲与一决，而窃计利害，迟回观望者，又十人而九也。公出于危途，首倡义旅，知道义⁽⁷⁰⁾之当徇，而不知功利之可图；⁽⁷¹⁾知乱贼之当诛，而不知身家之可虑。师以顺动，豪杰响应，甫旬月而大难遂平，不啻如摧枯振落。非忠诚一念，上下孚格，其成功能如是之神速耶？

《传》曰："为人臣而不通《春秋》之义者，遭变事而不知权。"则以⁽⁷²⁾今日之所处观之，语分地则无专责，语奉使则有成命。而忘身赴义，不恤其他，虽其资禀器局向与人殊，然非学有定力，达于权变，亦未必能如此其勇也。

宏昔忝词林，尝从公之尊翁、太宰龙山先生后，因辱公知最深。自愧局量未弘，动与时忤，逆贼再请护卫，尝却其赂遗而力沮之；或以为贱兄弟之归，及归而屡受群凶之侮，皆出于其阴中也。勤王之举，未及荷戈前驱，⁽⁷³⁾有遗恨焉。故公之英声茂实，震耀铿轰，虽无俟于区区之赞颂，然不世之仇赖公一旦除之，则其欣幸宜百倍于他人，乌能已于言耶？故具论公之树立，可方驾古之君子者，以为天下贺，而亦因以致吾私焉。

奉贺提督赞画机密军务大内相守庵张公献凯还朝序

皇上临御既久，益明习国家事。爰举虞、周之典，巡侯甸，四⁽⁷⁴⁾征不廷。于是圣武昭布诸藩，臣庶莫不欣欣然远望旄头⁽⁷⁵⁾之尘，而以利见为幸也

会江西宗室宸濠，衰⁽⁷⁶⁾凶肆虐，谋为不轨，兵号四十万。焚掠沿江郡县，攻围⁽⁷⁷⁾畿辅，直指留都，骎骎北犯。上闻变怒，告谕廷臣，将亲统六师以讨平之。御用监太监守庵张公，奉玺书参密谋、督军务，偕御马监太监张公、安边伯朱公、左都督朱公，率前锋来捣逆巢。惟守庵公尝仰赞庙谟，封⁽⁷⁸⁾寔镭，诛逆瑾，平燕、齐、

楚、蜀诸大盗，天下想望其威名久矣。而况天子自将，师以顺动，势如破竹，先声
所震，人心翕然。一时封疆之臣幸脱于虎吻者，罔不争先敌忾，思欲执讯获丑，以
待俘献。元恶无所逃罪，遂尔成擒。

守庵公仰窥渊衷，以伐罪吊民为急。谓逆贼虽平，而一方之民与吏，呻吟者犹
不能无来苏之望，污染者犹不能无滥及之忧也。乃兼程来莅洪都，敷布德意，以慰
安众志，庶几遗毒余烈一旦悉除。其同事诸公与公协心，罔有猜间，远迩孚感，人
用大宁。上自是脱然无南顾之忧，遂议回銮北归，益修内治，公亦且献凯而还朝矣。

左参议徐君琏，偕其僚邢君珣、周君文光；按察使伍君文定，偕其僚陈君槐、
谢君豸，皆德公甚，而谋所以报之。知公志于不朽，雅好文辞，余不足以为赠也。
乃专使责宏一言，欲以颂公之德之盛。已而巡抚王君伯安，又特贻书来致其拳拳[79]
之意焉。

宏惟公之功在社稷，泽在生民。夫人能知之，能行之，又何俟于宏之缕缕耶？
然其一念体国之忠，艰险纠纷之际，而尝有从容赞画之妙。委曲将顺之内，而常有
匡维旋斡之力，天下实有阴受公赐而未能尽知者。兹行也，戡定祸乱而不必功出于
己，翊戴圣躬而不使过归于上，节省财力而不欲扰及于民，扶持善类而不忍罪坐于
无辜。其诚足以结主知，其公足以萃群涣，其勇足以作士气，其严足以正师律，其
仁足以广上恩，其廉足以励贪求之俗，其谦足以得士大夫之心。萃兹众美，有古贤
臣名将之风，巡抚君及藩臬诸君之所谓感激，盖由衷而不容已，岂以声音笑貌强相
谀说者耶？

刬逆贼之谋，实萌于护卫之复，公之疏瑾也，首及焉。使公久掌枢务，则其再
请之奸必不能遂，而今日之变可逆折而潜消矣。于是乎益见公之早辨豫防，慎大
《易》"履霜"之戒，轸前贤曲突之虑，非忠于体国，能然乎？公兹归，人谓圣天子
必复以枢务付公，延颈企踵，颙然有太平之望。而公亦岂容逊避耶？

宏自明农以来，文辞荒落，何足以为公贺？然诸君之意，实欲致阖省士民德之
之私。而宏之感幸，视士民殆有甚焉。不可以无言也，于是乎书。

辽川汪氏族谱序

汪氏自婺[80]源来居上饶，盖十有五世于此矣。其始迁之祖讳居择，实当宋嘉祐
之时。居择生彦文。彦文五子，曰智，曰仁，曰圣，曰义；而其季曰克俊，皆居辽
川。克俊以赈受赐，为嘉定司户，其子四人：元高迁陈村，元亮迁横山，元凯迁东
岸，元益迁西岸，又皆辽川之分派也。自是族属蕃衍，世有衣冠。

入国朝，曰仲敏者，由太学生官御史。曰仲惠、仲庸者，皆由明经官邑博。吾
所识者，湖州贰守讳贵，领景泰癸酉乡荐，与先伯讳珣者为同年。宁波教授讳绅，
领成化癸卯乡荐，与宏为同年。今大理寺丞荆山先生景颜，登正德辛未甲榜，与予

从弟寀为同年。数上饶甲乙之族，必及辽川，可谓盛矣。

比岁荆山以直道忤时，退处于家，念家政莫先于睦族也，乃取其先之谱，续而修之。叙世系，则上及于还珠，又上及于新安，于南江，于平阳，于颍川。因旧闻以重其本始，不敢遗也。自辽川既迁之后，以世继世，丝牵绳联。讳行必书，生平必书，娶某氏必书，葬某地必书。贤者之行实、仕者之履历必书，则以耳目所逮，可信可传，不敢遗焉耳矣。谱成，荆山以予有世讲之好，来属为序。

夫人必有祖，继祖则谓之宗。而屡迁，族属渐多，流派渐远，则其情渐疏，势将渐散。始有喜不庆，忧不吊，则视如途之人者矣。仁人孝子以为，今之相视如途人者，由不念其初同出一本也。朔流而源，自叶之根，必究厥初之所自出，于是乎谱谍作焉。由吾而后，家藏而世守之，必能油然兴起其孝弟之心，而相率为礼让之行，岂复有忘其祖、忽其宗、而不恤其族，相视如途之人者哉？

汪之先若司户公，所立义规凡数十则，凿凿乎尊祖、敬宗、收族之彝训也。荆山奉以周旋，本之以仁厚，文之以诗书，奋起布韦，升华棘寺。理壮县为良有司，在中台为才御史，治刑狱，处当奏谳必丽于法，无愧于古之名卿，可以为汪氏亢宗之子矣。其为此谱，盖欲凡为司户公之苗裔者，相视相恤，正伦理而笃恩谊，延长世德而振起其家声也。然则与荆山同出于一者，可不各思自勉，以求无负于斯谱乎？

【校勘记】

（1）汉　底本、丛刊本字皆作"漢"，据文意改。

（2）发　丛刊本作"癸"。

（3）礼　据《汉书·诸王表》，疑为"福"之误。

（4）于是　底本字不清，据丛刊本补。

（5）以不异　底本字不清，据丛刊本补。

（6）作所以　底本字不清，据丛刊本补。

（7）疏且薄　底本字不清，据丛刊本补。

（8）族不有恨于　底本字不清，据丛刊本补。

（9）盛衰实存　底本字不清，据丛刊本补。

（10）谙　底本、丛刊本皆作"谂"，字典中未能找到此字，"谙"与文意合。

（11）丐贷于　底本字不清，据丛刊本补。

（12）兵　丛刊本作"予"。

（13）語　底本字不清，丛刊本作"語"，据文意疑为"语"之误。

（14）葬　丛刊本字不清。

（15）系　丛刊本字不清。

（16）意乎　底本字不清，据丛刊本补。

（17）几侯及　丛刊本字不清。

（18）遂登甲　丛刊本字不清。

（19）东峻　据文意，疑为"事竣"之误。

（20）谋　底本字不清，据丛刊本补。

（21）安君　底本字不清，据丛刊本补。

（22）谓予　底本字不清，据丛刊本补。

（23）慰悗　依文意，疑为"慰悦"之误。

（24）宋家　依文意，疑为"宗家"之误。

（25）希贤　依文意，疑为"希颜"之误。

（26）龙岩　丛刊本字不清。

（27）士完往游　底本字不清，据丛刊本补。

（28）冈　底本字不清，据丛刊本补。

（29）孝　丛刊本字不清。

（30）遇士虽　底本字不清，据丛刊本补。

（31）盖　依文意，疑为"益"之误。

（32）来　底本字不清，据丛刊本补。

（33）低回　底本字不清，据丛刊本补。

（34）犹若　底本字不清，据丛刊本补。

（35）尝执　丛刊本字不清。

（36）暇　丛刊本字不清。

（37）州　依文意及本篇末"瀛洲奇处录"，疑为"洲"之误。

（38）尝　丛刊本字不清。

（39）薄　底本、丛刊本皆作"簿"，据文意改。

（40）存　崇祯本作"一"。

（41）重天　底本字不清，据丛刊本补。

（42）寿耆　底本字不清，据丛刊本补。

（43）叹　底本字不清，据丛刊本补。

（44）太　底本、丛刊本皆作"大"，据文意改。

（45）平　底本字不清，据丛刊本补。

（46）坠　丛刊本作"队"。

（47）叹　丛刊本字不清。

（48）素讲　底本字不清，据丛刊本补。

（49）今自　底本字不清，据丛刊本补。

（50）上及元亨　底本、丛刊本皆作"上元及亨"，据文意正之。

（51）以昌　丛刊本作"似"。

（52）拟　丛刊本作"假"。

（53）备　底本、丛刊本皆作"僃"，据文意改。

（54）撤　底本、丛刊本皆作"撒"，据文意改。

（55）而求　崇祯本空白。

（56）饪　崇祯本空白。

（57）岳　据文意及《晋书·张华传》，疑为"狱"之误。

（58）相　底本字不清，据丛刊本补。

（59）不　丛刊本脱，作空白。

（60）未　底本字不清，据丛刊本补。

（61）今公与淑人　丛刊本字不清。

（62）覃　丛刊本字不清。

（63）请　丛刊本字不清。

（64）明　丛刊本字不清。

（65）法就　据文意，疑为"去就"之误。

（66）上　底本、丛刊本皆缺，据文意补。

（67）职　底本、丛刊本字皆不清，据文意补。

（68）胡　底本字不清，据丛刊本补。

（69）抚州守　底本字不清，据丛刊本补。

（70）道义　底本字不清，据丛刊本补。

（71）图　底本字不清，据丛刊本补。

（72）则以　丛刊本字不清。

（73）驱　丛刊本字不清。

（74）甸四　丛刊本字不清。

（75）远望旆头　丛刊本字不清。

（76）袞　底本字不清，据丛刊本补。

（77）围　底本字不清，据丛刊本补。

（78）封　据文意，疑为"讨"之误。

（79）拳　丛刊本字不清。

（80）娑　底本字不清，据丛刊本补。

书启类

贺孙宅重建新居小启

恭喜衮绣画归，华居鼎建，贺同雀跃。值大厦之既成，姻忝龙乘；[1] 幸门阑之多喜，情深颂祷。迹阻抠趋，伏以莱国风清，素乏起楼台之地；于公厚德，当新容车盖之门。谨献菲仪，用将下悃。更愿爱居爱处，无震风凌雨之虞；多子多孙，传食蘗饮冰之业。敷陈罔既，涵贷是祈。

奉林见素书

自弊邑瞻送之后，即遵尘途，追数岁月，忽已四稔。中间奔走碌碌，杂以忧患，遂成虚度。故于执事处，向往徒勤，亦不得一修问候之敬。每一念及，不觉背汗交流。

使来，乃辱垂赐教言。此可见包荒之度、好士之诚，出于寻常万万。顾某何人，奚足当之？惟益深感佩而已。

凤山佳胜，宛然如在目中，恨不撰杖屦往陪幽静之乐。然新天子茕疚访落，方此惓惓。先天下之忧而忧，乃贤者素所蓄负也，亦岂容怀珍自洁、以追逐溪山云月为乐事哉？且敝乡数年来，简易便民之政纷更殆尽，如病者已困，又从而汗下之。吾侪小人，方欲得九折之医，抚摩疗养，庶几渐复。而况湖山千里，尝在峥嵘之下，宜不忍恝然视之，而姑欲自贪高卧之乐也。

某素辱误爱，敢此奉渎，伏惟察其衷而恕其妄。幸甚幸甚。

贺丘琼台先生入阁启

伏自旧冬，恭闻大拜，不徒为执事得君荣，尤深为今日得人贺。

窃惟宰相之职，论道为先，必其素蕴乎明德新民之学，而又善运乎赏善罚恶之机。然后经纶有本，举措得宜，可以正朝廷而统百官，和阴阳而遂万物。叔世以降，实难其人。惟有宋晦庵夫子，惜[2] 温公之史，以默寓褒[3] 贬之权。西山先生衍曾氏之书，以发挥治平之义。深明圣道，允称相才。使其身获显于时，其言得推于用，则二公之事业岂下于伊、傅？[4] 而宋室之治教，可复于虞、周。惜乎有其具而无其位，有其臣而无其君。岂特二公生也不辰，实亦当时民之无禄。

恭维执事老先生，学跻圣涯，识达国体。审旧史以正世纲，可刊晦庵之误；衍遗经以济时务，克补西山之遗。相位宜居，人望久郁。今幸以赤心而受知圣主，以黄发而辅理盛时。凡所著之成书，皆可见之行事。中台既耀，七政为之交辉；上栋攸隆，万宇斯焉宁辑。况文潞公之精练，少年弗如；卫武公之切磋，至老无倦。此实宗社苍生之幸也。

宏宿蒙教养之恩，亦与使令之列。心驰门下，喜盖甚于鳌嬉；身滞周南，愧莫同于燕贺。所愿收奇功于桑榆，以暴白儒效；等高龄于松柏，以仰承天休。狂简之罪，伏乞垂仁矜恕，幸甚。

与江西巡抚任公宗海书

江西之事弊也极矣。所以属望于执事者久矣。简擢之命既下，缙绅交贺，以为得人，而吾乡人士喜溢眉宇，列郡之民自是其有更生之乐乎？

闻姚源逋寇至德兴者，皆愿听抚于执事，《中孚》之感可及豚鱼，盖不诬也。但乡人来者谓弋阳境内尚有余孽数千，亦是姚源流出，岂抚之犹未尽乎？抑延蔓难图也。执事必思所处之，而不致其滋蔓矣。

窃意其中有名首恶不过数人，其余悉出胁诱，未必无自新之意。第晓之或未详明，当时所降黄榜旨意，亦坐不知首恶主名，未及指出。今宜指数其尤恶者数人，明白晓告，惟此数人不赦，自余一无所问。或此数人能自相擒斩以献，并赦其罪，则彼欲驱民以张势、与助盗以为奸者，其必相疑，其党必散。此兵家伐谋之策，且于诛[5]恶之义、宥过之仁两无所失，不知以为何如也？

初，河北群盗不下十数万人，前旨既下，解散者七八万，而刘六、刘七、齐彦名及刘三、赵风子辈，始孤弱溃遁而南矣。亦惟此数万人，多出于胁诱，而非欲死于锋镝之下也。好生恶死，人心同然，江西之民岂独甘就死地乎？在为民牧者有恻怛慈爱之实，而明示以可生之路耳。

传者又谓狼兵未至，贼惴惴有必死之忧，以为其锋不可敌也。及狼兵既至，与之交通，纵其奔逸，则其势益横，略无忌惮。盖往时流劫不过一二百里，犹未敢离其巢寨。今则至德兴，至弋阳，又至上饶，骎骎至徽、衢界上，且有由铅山而入福建之举。是犹病寒之证，传经不已，而且为流注，非有仁心仁术如执事者，其孰能救之？

闻狼兵半已擅归，民固不堪其毒，而深幸其归也。然贼未尽除，兵不可罢，而本地守御之兵及金充机快，皆不足恃，故论者欲所在大家，团结丁壮，自相保障，从前巡抚敕中皆载之。如近日何溪都等处，亦以一二大姓当贼要冲，能合力遏之，而使之不敢远出，此乡兵可用之明验也。

愚意谓今之机兵虽不足用，若能均其役而更其法，则固可转而为精壮之兵也。
盖旧日是役，仅凭该县官吏、里⁽⁶⁾老开报金充，类多私弊。或人丁、事产无大相远，
而有与、有不与，甚者放富差贫，往往有不均之叹。且村落之民，未能去农亩而羁
縻于官府；富室之子，未能脱履屐而甘列于戎行。则必出银若谷，募市井游手之徒
以冒名代役。平时不过用以追呼迎送，而近乃以之拒贼，正所谓"驱市人而战"，徒
足以损我之威、张贼之胆，而岂有毫厘之益哉？

今欲均其役而更其法者，何也？大约机兵一名，每岁雇募须银二十两，假令县
额机兵二百⁽⁷⁾名，则岁费四千两。而此四千两者，宜令该县有田之家通融均出。若
有田四万亩，亩出银一分足矣。况大县之田未必止于四万亩，则其所出至微而易办
也。如此庶劳逸平均，而人无怨者。乃以其银募可以为兵者充之，或募富家佃仆私
习击刺者，或募捕猎人户、力扼虎而射命中者，或募今日听抚恶少之革心者。审其
年力，籍于有司，各足原定机兵之额。择大家父老素有乡曲之誉、而其才又足以驭
众、志又在于立功者统之，县各二人或三人。每月率其所统，一再赴县中，听掌印
官比较武艺，大略如操练之法。视其生熟，严行赏罚，必求实用，不得徒为文具。
一乡有警，防御追捕皆责成于此二三人，有功则赏，或奏请官职，如近日江西听抚
贼首何积玉，及四川领兵吏何定事例。若邻邑、邻郡有警，量贼之多少、事之缓急，
随便调发，互相应援，而其简阅稽考又一属于兵备宪臣。此法既定，三数年间，县
县各有任战之兵。盗知有备，必不敢发，即发，亦可扑灭，自不能滋蔓矣。

兵未易言，事未易集，而区区亦非好为是哓哓、贾憎媒怨也。同室之斗，剥床
之灾，颇切念虑，不能弃置。且幸执事之英明果决，能采而行之，故因奉贺之初，
即敢以是而渎告焉。若夫斟酌损益，务使合于人情、中于事机，则高明自有权度，
而非愚所敢臆断也。恃契妄发，统惟原亮，不宣。

答吴克温

近日刘主事去，曾附小启，不意至湾中发回。数时无便，遂稽裁谢，罪过罪过。

残寇沿江入海，密迩贵邑，不免戒严。初，未得小女到京的耗，忧虑颇切，及
领教翰，此乃始释然矣。闻操江士卒舡只狼狈殊甚，而当事者乃漠然置之度外，卒
然有警，徒效王钦若修禳之举。天下大计，因循废弛一至于此，诚为可笑、可恨。

如近者狼兵越境掠卖人口，法在必诛而不以赦者。不知何人力主移咨总制，不
俟奏请，听其辄便取回，使远夷桀骜之性无所惩创，而江西之事自是愈难措手矣。
此亦计之甚谬者也。全卿委任权力不为不重，而随贼向往之旨，亦可谓谆复切至，
此中方恨其南驰之不早耳。若夫庙堂全不以贼忧，恐传闻之过也。

遭时多故，事势扞格，《易》曰："二多誉，四多惧。"圭峰顷无一字见及，必以
为不足教。然非身当其任、目见其事、心苦其难，虽有喙三尺，固难强人之信也。

所上之疏，不曾送下，意者难处而留中邪？苟得与闻，当力为调护，敢因其言之抵触而置私忌于其间、以犯天下之公议乎？若无益于天下，而徒以直取名、以身尝难，且使毒流缙绅，如陈蕃、窦武，如李训、郑注，如丙寅仓卒之举，则亦不能且不敢也。

宏处非其据，负愧怀忧，日夜忖度，独决然引去，于身计为甚便耳。因来教示及，敢此妄发，惟万万察恕，幸甚。

与吴献臣方伯书

别久，倾注益勤。承赐手教，藏之巾笥，每一展诵，宛如君子之觏。

岭表地重，昌黎固已云然。然若执事望重一时，则恢恢乎游刃之地矣。且按察之兼，又朝廷委重殊典，氓獠循业，风鱼息灾，可不占而决也。第夺我公而他之，湖山千里之恨，谁则平之？况汲长孺之正直，实君子所恃者乎？

宏新筑书楼始成，日常应务之暇，专有几案，颇觉世无他乐。盖尝用韩、杜之句妄作一联云："辛苦三十载，始有此庐；大庇千万间，惭非广厦。"执事知我、爱我，可妄言乎？倘能寄题数语，增重多矣。

桂花茶数叶，因便附上，少助清苦之味。南望五羊，无任惓惓。惟倍自珍啬，以慰斯文之望。不具。

贺曹二府先生受荐

比者侧闻贤监司有刚明之荐，私心不胜喜贺。非为执事也，为公道贺也，为世道贺也。

盖贤者以直言在远外，善类实深忧之。而吾犹及好德者秉彝之未泯，[8]不至混玉以为石，且惜其横弃道侧，欲琼璧之、珪璋[9]之，则所谓毁誉失真之可畏者。吾今可无畏也。兹不足为公道贺邪，兹不足为世道贺邪？

僻在山林，恨未能趋郡阁，少致此情，谨颛舍弟完代谒。况闻介然例不受贺，郡有不腆之仪，徒足以伤贤者之意而无益焉。亦惟托诸手墨，以布区区之私喜。而以粗著数叶，表野人间阔之诚，且庶几有助于清苦之况也。伏惟亮之，不宣。

奉石斋书

奉[10]别忽已八年，瞻恋之私，无日不在左右。己卯[11]之春，拜领台制，[12]垂教勤拳，大君子谊薄云霄，不遗疏远，固如此其厚也。第时以家难甫靖，林壑之栖息未安；自后复以世变日新，而江湖之忧疑亦切。用是久缺修谢，自知罪不可逭矣。

然持汪汪之度，必从末宥，不深谴也。

夏初，伏闻圣明绍统，涣发德音，数十年之巨奸宿蠹，扫除殆尽。我石翁经济大业，奇伟不常，德被生民，功存社稷，真可追古人而并之。宏幸得沾被燮理之泽，咏歌太平之休。自分终老鹅湖，耕宽闲而钓寂寞，岂敢复有他望哉？而乃复荷吹嘘，特被召命。所谓"休休有容，以永荣怀之庆"，固我石翁之素抱，而宏则自愧非其人也。

初以英主龙飞，谬应⁽¹³⁾首举，不敢辞避。且小侄懋中书报，我石翁戒勿迟违。八月初间，已登舟遵途。既而三思，恐难忘分轻进，爰具一疏，遣人上闻。惟我石翁知宏驽下，鞭策难前。俯念衰病，听其自便，不致上累知人之鉴，下贻知我之羞。其成就之恩，亦不浅也。

临启不胜拳拳之至。

答方寿卿

别忽六年，无缘一见，每与文材叹吾松岩，不畏强御之为难及也。小人道长，百倍成化末年，趋者澜倒，莫知纪极；甚至一宴费数千金以悦之，丧百年士大夫⁽¹⁴⁾廉耻之节，而不以惭⁽¹⁵⁾羞。彼方阳为谦恭以诱至吾党，而阴持进退之权以立其威，其为可畏，实不在古之佞幸下。于此时也，士大夫能守静安常，不为阿谄⁽¹⁶⁾足矣。而吾松岩⁽¹⁷⁾乃出与之抗，号于明廷，损其不赀之利，不沮不怵，从容退处。宁弃目前可得台省，而不顾不赀之利，所易及邪？

仆不善处世，困厄数年。近方复旧址，为顽儿毕婚，课农给养，踪迹苟安。然此时此地，忧乱惧祸之心，犹未能脱然于朝夕也。文材归，草此奉布。儿辈荷文材教益甚多，实松岩所赐，并此叙谢，不具。

答王伯安书

日来倾注方切，忽领手翰，无任喜幸。宏素愚戆，不善处世，自陷祸阱。犹赖诸公相念相恤，逆党渐灭，乃有宁居。

兹者复承慰藉拳拳，若以宽释其忧思而抚摩其疾痛者，此斯文骨肉之情谊也。自愧谫薄，何以得此？感刻感刻。备询信使，知行台有相，多纳福庆，甚慰悲秋之感。诚如来谕，林下散人所恃以无恐者，中外诸明公必能并力一心，相与图回翼戴，以庶几于底定耳。

如执事之才望器业，杰出一时，士论浩然归重，何为遽有乞身之请邪？窃意在廷诸老，必不肯苟顺其求而不留自助。况天生异材，必有所拟，彼昂霄耸壑之木，亦必尽其所用，⁽¹⁸⁾然后为无负其材。愿执事且少安之，毋汲汲以求去也。

所示《文公定论》，启封疾读，足见自得之学，守约之功，非流俗所及。因愧平生汨没，漫无所得，望高明时有以警发之，犹庶几所谓顿进，岂非晚年之大幸哉？

使告归甚迫，草草布此，千万照原。不备。

与唐提学书

奉别已经年，怀仰盛德，盖未尝一日忘也。

去秋奉教，曾及逆贼窘辱二令之事，见先生愀然改容，持议甚正，已预忧逆乱之将作矣。不意变出仓卒，一时善类无所于避，遂为衣冠之祸。而又幸天夺其魄，倏尔就擒，诸公之愤可以少泄，岂非千古一大快事？

阳明公及伍、谢二公，皆甚惜先生，敝郡诸学生徒又争上保明文字，公论在人，未尝泯也。顷检宣德初元汉府平定后诏书，有"胁从者释放不问"一语，实窃为诸公喜。谅朝廷率由旧典，必原情放拭蝇矢污玉，又乌足介然于怀耶？

广信郡学生余伯源赴考之便，特修此问，拳拳之私，殊未能尽，万惟原察。不宣。

与汪司成书

去夏，族侄洙以部粮往留都，曾附小启及薄帕致贺。不意变作道梗，未能上达，因循至今，遂成简慢。惟[19]知我者必能亮恕，而鄙人中夜计过，则未能无恨也。

司成模范天下士，以清德粹学处之，磨砻浸灌，必有大效。宋季诸公，将不得专美于先朝矣。非佞，非佞。

宏偷安如昨，近得清湖而卜筑焉。山光水色，环映四座。而风[20]帆沙鸟，隐见出没[21]于行歌坐笑之中，自幸可以终隐而无他慕，此亦余庇所及也。

敝佃去便，谨附此少伸倾注之私。粗币一端补贺意，千万涵纳。不备。

与夏公谨书

己卯季夏之别，不觉两年。当时岌岌忧疑之苦，拳拳报复之情，惟[22]执事见之真而知之悉也。已而逆贼就缚，寒家幸免[23]大祸，料执事为宏助喜，又必有异乎他人矣。

恭喜荣擢[24]谏垣，清才粹学，允惬士望。辱在契厚，助喜之诚，亦自与他人不同。但恨僻在疏冗，未能即致一言之贺耳。

大逆初平，不意事变一至于此，实臣子所不忍闻。幸圣君绍统，付受得人，天下欣欣有太平旦夕望。切惟逆党之罪未正，赏功之典未行，人心解体，忠义沮丧，设复有变，其将谁使？且钱宁、江彬相继擅权，簸弄威福，进退大臣。猿扳狐媚之徒倚为泰⁽²⁵⁾山，奔走其门，扬扬自得，不复知人间有羞耻事。士大夫耳目习玩，以为当然，置而不究，此皆风俗纪纲大坏极弊，所当厘正而不可缓者。新朝清明，君子道长，天下将洗耳以听鸣阳之凤矣。

宏自分林涧，他无所觊，若研丹吮笔，歌颂太平；或从稗官，选野史，以窃记圣政，传之来代，则或能少效其劳也。恃爱妄发，惟心照，幸幸。

答汪景颜书

久别，方切倾注，忽辱颛使赐教，且论行台有相，文侯多福，甚慰下怀。

恭惟圣天子入绍大统，赫然中兴。尽逐⁽²⁶⁾群奸，厘百度如扫除阴晴，而仰见久韬之天日。如旱既⁽²⁷⁾太甚，而甘霖沾需，敷⁽²⁸⁾天草木莫不勃勃然滋长更生。真尧、舜之君，汉、唐而下所罕见。非我祖宗德泽之深长，天下臣民福禄之未艾，安能笃生真主，乘时而起，以致⁽²⁹⁾此太平之盛耶？而执事中途一疏，启迪圣衷，迎其机而发之，坚其志而使之，豫定则赞襄之功亦不小矣。

夫天之将霁，必清风导之；欲雨，必名山之云气从龙而四布，兹非明良相值之奇会哉？由此缉熙圣学，励精政事，荐致唐虞之治，盖有必然之势。而调养防闲，慎微虑远，在吾党尤当留意而不可忽。恃在至契，敢一及之。

宏实迂拙，岂足以首膺召命？幸君子不弃，遂不为明主所弃。进止犹豫尚未决，惟高明其终教之。

使回，谨此裁谢。感荷之私，非书所能尽。

与杨邃翁书

自令郎嘉承先生别后，久缺修问。然明公动履康健，犹如少壮，则南来士夫往往能道之，而宏窃以自慰焉。"井渫不食"，宏之心恻，非一日矣。

兹非边陲多故，武略不竞，整顿图回，非如《易》之所谓"丈人"、《诗》之所谓"元老"，或罔攸济。故廷议推荐，无能出明公之右。当宁简在，亦首及于明公。

夫以台司耆旧，岂应处之阃外，而劳以折冲御侮之事耶？但窃意明公志在天下，先忧后乐，区区内外劳佚，必无所择，乃辄从公议处之。而公概之于心，则甚有不能释然者，明公能谅其情而恕其愚否乎？西事如厝火积薪之下，明公宜及其末然而为之备，恐不可揖逊徐行。辞避之章，决不当再上矣。

拜教之辱，甚感甚愧。使旋，谨此奉布。临书南望，无任勤恳。⁽³⁰⁾伏惟为宗社生灵，倍自保啬，以慰中外拳拳倾仰之私。不宣。

与子美弟

前月望后，汪十四及进禄二人忽到，不知何故，心甚讶。及得贤弟手书，乃知感触时事，过为愚兄忧念，如此拳拳，非笃于孝友者能然乎？

圣性至孝，一二年来，诸老据古礼持之太过，母子间甚不能堪。奸人从旁窥伺，乃特出异论，以投其隙，遂至牢不可破。而[31]吾侪又伏阙哭谏以犯之，死者、斥者几五十人。世道至此，可谓晦盲闭塞之时矣。旋斡之势，不容不少异于前，委曲将顺，乃克有济。然其间苦心极力，盖有不能以告人者，非身经其事，岂能知其难若是耶？

朱县尊有书，以陈曲逆狄梁公之事为谕，其见略同。不徒感其相爱之真，而又服其高识远虑，合于时措，盖济世之奇士也。昨见盛公荐疏，偶遗之，岂以年资之未[32]久耶，抑以同乡而有所避耶？然良金美玉，自有定价，讵能留矿蕴石、久而不伸耶？会间可为一谢之。

吕宅亲事，闻其父母肯亲送，甚善。子和弟来时，可附搭北[33]行，烦浼纪医官一达之。粗重装奁皆不必带，惟该用衣箱三四只随行足矣。此间衣服首饰之类，亦以路远不能附归，俱烦纪备达可也。近日开生员纳粟事例，诸侄中有俯就者乎？懋元父丧后，恐家事累身，不能专务举业，或由此出学求进可也，闲及之。诸不能缕，俟再报。

与朱县尊

伏自执事宠临敝邑，邑人颂治行如出一口，而舍弟书报尤详。万里在前，缓辔徐驱，何所不到？比者两辱手翰，乃过于谦退，若有所避者，岂弹丸之地不足以展布其宏略耶？

仆自愧凉薄，屡荷厚爱，不知所以为报，偶有浅见，不敢不效于左右。夫今之仕者，往往以能自树立为贤，故于酬应之间势或龃龉，必欲强直自遂，利害祸福皆有所不暇顾。以节士观之，可以为难矣。然一遇强敌，争雄角胜，必俱伤两败而后已。至于事休气平，始觉前日之举似或为过当，则已无及而不可追悔矣。故古人有忍事敌灾星之戒，盖深有见乎此，而非谬也。

近闻执事偶因公务与府主张公有嫌，仆不知事之颠末，未能决其是非。然以事体度之，愿执事务从委曲，宁使人谓在上者不能容我，而毋使人谓在下者有不获乎上之迹，不亦庶几于两忘而无累耶？不知高明以为何如。恃爱轻率，千万亮恕，幸甚。

与刘大理汝澄

敝乡己卯之变，逆贼势甚汹汹，气吞列郡。当是时也，观望之徒昧于逆顺，万一有从风而靡者，众志弗固，[34]逆焰遂张，则虽有勤王之师，为力未易。

赖执事以孤忠首植赤帜，力遏其锋。由是人心翕然，乃皆左袒，自进贤以东，无一人陷于逆乱，实惟执事之赐。而宏与逆为仇，自分必死，而又不能避而之他，微执事蔽遮逆党，纵之东行，则且有缚而献之以为功者矣。惟逆党既擒，乃脱于祸，是赐宏尤厚也。况入朝之后，又借之齿牙，闻之当宁，以明宏之心迹，而至于叨赏甚浓。宏尝心口相语，或语诸妻孥，不知何以得此于执事也？执事盖非望报于宏者，第宏每自愧无以为执事之报，而其心实有不能释焉者矣。

惟执事备有雄才，方负重望，不可一日不在[35]朝廷。向也引疾而归，殆欲隆一日之养，尽人子之诚，此忠孝相须[36]之大节也。今大事既毕，祥琴既鼓，固当委身报国，不可家食而肥遁矣，不知有司者能身劝为之驾否也？宏于是实拳拳焉。

得请南归，道经仁里，未能晋谒，姑此奉讯。伏惟亮恕，幸幸，不具。

与少司空章公以道书

黄河为运道之害久矣。沙河之梗，随浚随壅，已为可虑。宏所深虑者，则以徐、淮之间，实南北往来要地，其人多枭雄鸷悍，喜斗易动。叔季之世，往往有启衅首难者出于其间，和应延蔓，遂以贻天下之害。

今河流泛溢已十数年，上下数百里，桑麻之区荡为巨浸，民之衣食无所仰给。而公家之赋役，势不能取诸民者，又或不能尽蠲。饥寒愁苦，无所聊赖，其流为饿殍、去为盗贼必矣，如是安能保其无意外之变乎？此论者所以欲求河之故道，亟为疏浚，以杀其东趋之势，盖所虑者非独为漕挽一事也。

顷在京师，伏蒙教翰，且示疏浚之宜，则执事之于斯事，盖亦勤矣。自玺书委重以来，相度咨访，必有定论。然窃闻或者以为河势东趋，故近岁河南之害十减六七，今欲杀东趋之势，则必复为河南之害，似以疏浚故道未易举行。夫利之与害，当权其轻重而图之。河患之在河南与在徐、沛，其轻重固不同也。河南之利害系于一方，徐、沛之利害关于天下，岂可先一方而后天下乎？

宏南来，冀得与执事一会，迂疏之见，不知执事以为何如？昨在东昌，闻轩车已往金乡，请教无由，特此布恳。去国之人，出位多言，罪过罪过。伏惟亮恕。不宣。

奉木翁书

去岁，令弟方伯公西来，伏蒙赐以教翰，兼承宠贶，感荷[37]盛德，何日能忘。

仰惟明公之出也，天下之人莫不举手加额，以为世道庆，而又豫恐其不能久安于位，窃有忧焉。既而果然，则莫不拊心扼腕，叹君子之难容，犹恨霖雨之泽，未能大慰乎云霓之望也。

夫以道事君，不可则止，乃古大臣之节。与彼务为容悦、患得患失者不同。侧闻明公之再入也，持正守直，视昔不殊，率以不合而去。卷舒进退，惟义之归；高风大节，终始一致，岂不益增邦家之重？此其有补于世道，亦岂小哉？

宏素辱知爱，辄欲以是为明公贺，第以阻修无便而累辍也。表侄李元清随宦庙山，因附此以布下怀。东望会稽，无任倾注。[38]伏惟为道珍护，益绵寿祉，以慰善类[39]拳拳之私。幸甚。

慰林夏官志道

去岁闻尊翁之讣，不胜为吾道恸，为世道恸。值初归扰扰，未得奉慰，罪何可言。

惟我素翁平生之所自立，可以后天地而不朽，高朗令终，夫复何憾？第耆旧凋谢，典刑日远，此吾侪善类所为深悲而永叹也。哭不望帷，葬不执绋，南望云庄，徒切瞻恋而已。瓣香之敬，特附黄友敬修献诸灵筵，以泄哀恸之诚。翁灵赫如其吐之耶？

翁有喆嗣如志道，不死矣。大事未襄，更望节哀保遗，以慰斯文之望。不具。

与张学谕

吾铅昔有群贤堂，取是邑前后名贤之所经历、邦人之有行义、寓客之为时望者，不以爵秩穹卑、姓名显晦，凡有一善言行，皆传之、赞之，又从而俎豆之。其详具于邑志，盖一方之盛典也。然所祀邦人，自状元刘公之道而下，有宗丞虞公泰，刺史祝公可久、辛公祐、龚公敩，及傅长者缜，韩孝廉洙，申孝子世宁，太守胡公濬，宪副胡公汉；屈指数之，才十人而已矣。

某尝恨之，铅之为县几八百年，而其乡人之行义可称者仅止于此，岂此外果无其人耶，抑文献不足而无所于征耶？某尝读晦翁文集，见其与蔡季通书札，谓铅山徐子融老成有守，常作小学，欲延之家塾，为诸子师范。子融，不知为本邑何许人，既为晦翁所重，则其人必贤者也。然吾铅之人鲜有知子融者，使其姓名不载于大贤之集，则遂将与草木同归于朽腐而已。然则谓是邑之贤，果止于所祀十人而可乎？

堂之废，不知在何时，而是邑中乡贤之祠久矣不设，某每病之。盖世多中人，而其特立独行者，千百中不能一二。惟上之人，于其特立独行者能崇重而表扬之，则人有所慕，其可导而上下者，莫不激昂自励而欲为君子之归。此乡贤、名宦二祠，有司不可以不举也。

兹幸先生来署县教，拳拳以尊贤善俗为务。近闻县主王公议祀，乡贤者没而有知，九原之下，必当有以自慰。彼其好修自重，固不负于勤一世以为心也。由是乡人子弟，知为善之名虽久不没，岂无自奋而思齐者乎？然则吾铅之缺典，自先生与王公创之；吾铅之多贤，亦将赖先生与王公作之，岂非一时之大快事耶？

前此铅之所祀仅九人，⁽⁴⁰⁾固甚少也。今兹之举，苟有可祀而无愧者，愿博采而增入之，勿患其人之多。使所举不公，而有愧于俎豆，则一人滥入，已足为此祠之病。使所举无私，而有补于风化，则虽多又何害焉？大都立祠示教，在于至公。欲其多，而不贤者与焉，固非公也；患其多，而贤者遗焉，亦非公也。某方幸兹举为一时之盛典，而辄虑贤者之或见遗，故以此告于先生，惟先生裁之。不备。

与刘进贤书

向年执事在德兴，闻听断之暇，每与诸生商确文字、讲评道义，已窃叹执事之才力过人，其中所养必不凡，非今之俗吏可及矣。既而更治大邑，虽为进贤之民喜，而夺此与彼，亦不能不为德兴之民恨。

乃今事变忽起，而贵治适在疆域之内、达道之冲，实为省东要害。岂非天佑斯人，阴牖当道之衷，而预以贤者处兹要地耶，兹岂偶然之故耶？生初闻难作，虑其放兵四掠，日夜西望，惟恐烟尘之近，寝食几废，且将为迁避之谋。三四日前，人士从西来者，盛⁽⁴¹⁾传执事方且奖率义兵，守御不懈，贼党过者，擒戮⁽⁴²⁾无遗，诚所谓听于下风而窃自增气者。

执事以儒生文士，首与贼抗，挺然为一方忠义之倡，盖与古之柳公权颉颃上下。而其保障东北，预伐叛谋，且使之内顾巢穴、不敢扬帆而南指，则又二颜之事业也。使朝廷养士皆如执事，则淮南之谋自寝，而今日之变可无矣。

仆恨相去隔远，未能朝夕左右有所赞画，而向往之诚匪朝伊夕。闻反贼之兵入湖者已被官兵杀败，而其气甚沮，果尔则亡在旬日。况人知逆顺，皆有击鼓荷戈之志，执事与马余干兵力果足以胜之，何不率之直捣城下，与之一决，以早收成功而上报天子耶？若拘常守故，必待王师之至，则事久或变。况客兵四集，烦费骚然，民之受害益甚矣。往年安化王谋不数日，仇钺、郑乡、⁽⁴³⁾安国等相与聚谋，擒其党何锦、丁广、周昂，而寘鐇⁽⁴⁴⁾遂就缚，亦未尝待王师之至也。乱臣贼子，人得而诛，先发后闻，又儒先明训，执事幸图之。都宪阳明王公亦调兵四集矣。借箸前筹，以为忠义之助。仆虽驽怯，固不惮于一行也。

人回，无任见教，幸甚。

答严四府

日来叠承馈问，甚感厚情。

逆贼之败，初三日午前道路籍籍，已有所闻。至晚，杨弋阳见报，仆犹恨捷书未得。兹承示及，以为有据，则其事可信不疑矣。执事殆亦亮仆忧国惓惓之心，惟恐其闻之不早，故特劳一使走百里，具告以事之颠末，使知其今决无成，若以慰其心而助其喜焉。此情之厚，犹不可言也。脱使仆如何人，或有旁观后觊之私，则执事岂肯开诚以见谕乎？

夫此贼之亡，实天下之大幸，苟非其党，宜无不喜焉者。若寒家受害最深，贱兄弟久处危疑之地，惟其败之不速焉是惧。今见其速败，而幸其无成，其为喜慰又可以言喻邪？

盖癸酉之秋，此贼与方伯郑汝华有嫌，遣人通意，欲中郑以危法。仆以国有正律，不敢从。其冬，请复护卫，又遣其承奉致略，欲必得之。仆时有严禁，不敢受。二事皆大忤其意，未几仆无故骤退，或以此贼中之也。及归，又屡遣所亲，招仆往见；仆以去省甚远，无朝见之礼，且知其异[45]蓄已久，策其反期不远，惟以逊词拒之。

于是此贼之恨日深，见害之谋不已。不幸群从兄弟与李式拾柒等有隙，此贼乃使老吏毛让者嗾之，诬仆兄弟以主令行劫。其意谓朝廷可欺，则贱兄弟罪不可免矣。赖幸庵彭公方掌风纪，参出虚情，止行查勘。此贼始谋不遂，则主令李贼等杀人发冢，以快其愤。每发一家，则毛让令子俣启报，皆厚赏以归。又赖巡抚孙公及执事辈力持公议，请兵擒捕。明旨再下，此贼虽百计阻之而不能得，然其争胜之心，未尝一日忘也。

传闻今年夏五月，欲请敕箝制镇巡三司，擅权肆恶，又妄言李贼等三家之扰乱吾铅、凌十一等群盗之劫害南昌，皆守臣不能抚绥所致。使其计得行，则三家之狱必将反异，而贱兄弟之危如累卵[46]矣。又赖主上开明，赫然大怒，却其贡，逐其使，差官来勘，将必有以处之。此贼度必难免，反计遂决。惟其稔恶已久，罪不容诛，故天夺其魄而速其亡耳。使此贼迁延不灭，贱兄弟未能一日无惧祸之心。

今幸天日昭明，莫余毒也已，贱兄弟之喜，安得不形于言与色耶？况素感执事之知，安得不吐露衷曲、备陈于左右耶？宜雨亭燕喜之约，仆不敢辞，但恐公事扰扰，一时无暇及此耳。

近作数首，具别楮，惟和教，幸幸。

贺中丞王公平定逆藩启

　　兹者恭审纠集义师，削平大难，帡幪所托，庆慰尤深。窃以汉得周亚夫，遂平吴、楚之乱；唐用裴中立，乃成淮、蔡之勋。盖遭变知权，斯不昧被发缨冠之义；当几能断，乃不失乘塘射隼之时。

　　惟此逆藩，久蓄异志。望迷四海，但知蛙井之为尊；梦绕九天，讵意虎关之难叩。险如鬼蜮，暴甚豺狼。窝贼兵以劫齐民，或举室尽遭[47]其屠戮；散舶货以渔厚利，至倾家未厌于诛求。视人命如草菅，渐干侵乎国柄。当此承平之世，忽兴反叛之谋。戕害大臣，胁拘方面。传伪榜以动摇宗室，肆丑诋以讪侮朝廷。皆臣子所不忍言，实神人所同愤怒。扬帆东下，欲首犯于留都；返旆西归，尚思据乎旧穴。恶难悉数，罪不容诛。

　　若非国有忠贤，力扶社稷，飞羽檄以申明逆顺，扬义旗以倡率英豪，则虐焰方张，谁扑燎原之火？狂澜既倒，谁为制水之防？惟人心有所恃，而不震不惊；斯贼计无所施，而浸微浸灭。士鼓登城之勇，首克逆巢；人怀敌忾之诚，争擒元恶。烟销战舰，江湖无喷激之波；鸟避辕门，霜露积严凝之气。行且陈俘执讯，奏凯班师。国法正而逆类潜消，天步安而太平永享。欢腾列郡，荷救焚拯溺之仁；喜溢四方，免居送行赀之苦。聿弭非常之变，实为不朽之功。

　　此盖大提督中丞阳明王公，具文武之全材，讲圣贤之正学。忠孝誓捐于远近，精诚远格于神明。是以动惟厥时，战则必克。扫除氛祲，难韬继照之光；整顿乾坤，永奠居尊之位。芳垂汗竹，绩纪太常。信奇伟而无前，岂寻常之敢望。

　　某身居农亩，未忘廊庙之忧；家在乱邦，恒惧床肤之剥。顷见兵戈之起，已为迁避之图。幸遂底宁，敢忘大惠？烹鱼溉釜，每怀愿助之私；卖剑持醪，莫致趋迎之喜。敬驰尺楮，少布寸忱。伏惟高明照察。不备。谨启。

铭　类

致知铭

　　盈天地之间者惟万物，而理所由寄。吾心之知，虚灵不昧，虽主乎一身，而实妙乎众理。惟物之理有未穷，故心之知有不至。是以善恶不明，莫诚其意，己不可修，人不可治。譬之目焉，内具荧荜，外察险易，然后可以登高望远而致乎千里。若使三年不目，月以矇其精；三年不目，日以矇其视，则荧枯荜沉，亦摘埴索途，冥行而已。

以故君子之学，致知为始云者，因其所已知，而穷其所未知。穹壤之大，毫发之细，古今之远，瞬[48]息之迩，莫不穷其孰恶而非、孰善而是。至于积久贯通，灵襟中启，则物之表里精粗，如烛照数计而龟卜；心之全体大用，如鉴空衡平而水止。知善之可好也，如好色然，欲以足乎己之目；知恶之可恶也，如恶臭然，欲以足乎己之鼻。盖修治之端，实于是乎基。

汝既知，而又铭之，则所以从事简编者，不可徒区区于口耳也。

赞　类

提学佥宪陈君文鸣曾大父讳与彬及其配萧孺人像赞

此隐君子太丘之裔，伟然风仪，廓然胸次。笃孝友之行于家庭，煽仁让之风于族里。左经右史，能含咀其英华；厚地高天，亦穷探其文理。遗埃堨之浮荣，抗烟霞之高志。爰及曾孙，始发其闳。文行既彰于人，而功业方鸣于世。吾于是信善庆之相随，见天人之甚迩。胄于萧，媲于陈。称淑女，宜家人。昌厥胤，麟振振。念遗德，此其真。

同年毛世诚小影赞

其气甚和，其容甚肃。存心坦亮，制行纯笃。[49]守方州则能以惠爱及民，陟刑署则能以明慎折狱。器可远到，胡为夺速？呜呼！世诚，墓草已宿。遗像俨然，可为恸哭。

进士巾服小像赞

汝之学，最出诸人之后；汝之名，误列诸人之前。亦积善之余庆，与天命之偶然。服此巾此，慎旃慎旃。欲不负天地生物之心、朝廷取士之意，尚勉尽乎忠孝、而取法于圣贤。

司马温公赞

其学以诚为本，其行以俭为首。生民之休戚，视其进退；夷狄之强弱，觇其相否。语功烈，当居韩、范、富、欧之前；语[50]道德，可继周、程、[51]张、邵之后。噫，此古之所谓大臣，宋之所谓"迂叟"也耶？

补庵先生赞

稚[52]圭之镇静，屹如山岳；敬舆之言论，炳若丹青；希文之忧乐，知所先后；君实之清俭，本于至诚。我思古人，莫之与京。惟先生奋起乎百世之下，思兼此四老之能。位犹未满其德，实则允胜其名。吾知其遭际盛时，终谟谋于黄阁；推行素蕴，将泽润乎苍生。此盖士大夫之公论，而岂师弟子之私情也耶？

故大理寺丞钟恭愍公像赞

《传》曰："山有猛虎，黎[53]藿为之不采；国有忠臣，奸邪为之不兴。"予尝诵此言，未尝不掩卷而三叹也。如汉之王陵、师丹，唐之张九龄、狄仁杰、李泌，宋之韩琦，皆以身徇国，濒九死而不少屈，卒能定大计于危疑之秋。虽其间有不幸而无成者，然危[54]言激论，足以植人纪、惧将来。至于今诵其言，犹凛凛有生气，忠臣之有益于人国者盖如此。使皆如杨素、许敬宗、李林甫，虽累百辈，乌足齿哉？

故御史钟公同，以直气劲节独立当世，足以追配此六君子耳。当正统之末，宪庙已在东宫，及天子[55]蒙尘，景皇摄政，遂有废易之举。公上疏极谏，谓国本已定，不可复摇。遂婴逆鳞，[56]下狱以死，人咸冤之。厥后天序复常，公之忠义卒白于世。彼波流风靡、阿谀顺旨者，视公之事，宁不有愧乎？

又尝闻之，公之父翰林先生，尝欲有所论列，而沮于乡人，寻以疾卒。公恨焉，每曰："吾父赍志以没，不幸不死于忠，所以不成吾父之志，非夫也。"臣忠子孝，公无愧矣。《语》曰："求忠臣于孝子之门。"以公观之，又岂不信哉？余尝慕公之忠，恨不生当其时，识公之为人。

公之子越，今通政知事，以公之小像示予；语公未第时，窗前有红葵一本，非种而生，岂天将启忠义乎？因敬为之赞云：

不谄不随者，其容之肃；至刚至大者，其气之充。为子也，善继其志；为臣也，不有其躬。捋怒虎之须，竟取成人之美；成潜龙之翼，终收反正之功。若公者，诚疾风之劲草，岁寒之贞松。忆逸马践葵，特隐忧于鲁女；虞渊取日，实借力于梁公。然则窗前之异卉，非天将预启其衷乎？

李德贵像赞 苏人号杏庄

其迹久寄于燕台，而其音未改于吴语也。其心有慕乎种杏之仙，而其系则指树之苗裔也。其学为东垣之派，[57]而其妙若尝饮上池之水也。盖始乎为士，而究乎医。曰医与相，地虽有异，而皆欲跻民于寿域，以普吾之仁施。邯郸女妇，周耄秦倪，惟其所爱，在我咸宜。德必有恒，药非无妄，而耻于射利以乘时。兹所谓志于传道，而宜其贤誉之四驰也。

太常少卿夏公韫辉像赞

于维忠靖，有功有德。德被生民，功存社稷。如宋盛时，有王魏国。魏国有子，克像其贤。庭槐之阴，与世俱延。好德而文，至巩尚然。贤哉奉常，何愧懿敏。早结主知，志效忠荩。先事而忧，宁聒无隐。辉辉卿月，照止符台。有⁽⁵⁸⁾识兴慨，用遗其才。其福未艾，以遗云来。东里之铭，西涯之状。是父是子，宜卿宜相。人之云亡，敬拜遗像。

妻祖吉府良医副杏庄濮公赞

古貌古心，其术孔仁。金鎞刮膜，应手如神。乃膺宠召，供奉禁宸。帝曰汝良，事我懿亲。爰历两藩，恩赉频频。有求辄应，不弃贱贫。既老而休，仕不忘身。有余之庆，以委后人。

妻祖母王氏孺人赞

以柔婉事严毅之姑，而适其意；以俭勤相仁厚之夫，而成其艺；以科名勖克肖之子，而如其志，且显其世。呜呼，孺人，可谓不死。

妻父封翰林院编修未轩先生赞

多文为富，博学而精。华门励志，桂藉蜚英。再持教铎，四秉文衡。青衿之受业者，咸感其恩义；白袍之未遇者，亦服其公明。曾鹗书之屡荐，拟豸绣之超升。乃叙迁于六馆，益驰誉于两京。有子登瀛，不负生平之愿；承恩赐敕，但弛身后之荣。呜呼，仁不必寿，吾悲翁食报之未尽；仁必有后，吾知翁嗣世之当兴也。

妻母士斋老夫人赞

检身缮性，冰寒玉莹。肃我闺门，惟士之行。操瓠染翰，锦烂葩芬。可以行远，乃士之文。孟母乐妻，断机劝学。凤偶鹓雏，卒如所欲。庠黉风化，馆阁声华。鹊巢之应，宜有驺虞。白发朱颜，贞松益茂。一念之仁，必昌厥后。

婺源举人余莹父尚宾母朱氏像赞

白发朱颜，怡怡然类带索之叟；素衣青纯，颙颙然类好古之儒。惟勤生而俭守，不势慕而利趋。早负乡评之重，老宜宾席之居。年高而福自备，善积而庆有余。吾喜其骥子鸂雏，已渐进乎云逵之通显；而桂枝椿树，当并受乎天泽之涵濡也。夫以顺相，子以慈成。紫阳之出，不愧家声。寿虽不遐，德则多有。壶范在兹，以仪尔后。

古耕桂翁小像赞_{二府石洲乃尊也}

九华之麓，十里之间。有隐君子，行与众殊。诚悫无伪，冲澹自如。修德每勤于念祖，睦亲尤笃于遗孤。课仆力田，惟土物之是爱；济人焚券，宁廪积之常虚。庆钟蜇腾，方驰声于别驾；兰孙茂异，复苗秀于庭除。寿始疑于绛老，乐不异于尧衢。礼度可观，肃衣冠之俨雅；纷华久胜，宜气貌之丰腴。是何忝于古耕之号，而实优于列仙之儒。博带峨冠，行见其显被鸾回之诰；束帛加璧，安知其不载蒲轮之车也耶？

简斋赞

莆易⁽⁵⁹⁾史君纯裕甫，性安于简，不屑屑世纷，学成而隐。与仲氏纯彦友爱甚笃，盖质美而知道者也。其子乡贡士文材，博记览，工于藻绘，德器可远大无疑，予甚畏之。因闻君贤，为之赞。赞曰：

简德之大，本乎天真。坤以成物，帝以临民。功出易从，治贵弗扰。士希圣贤，此为最要。彼失则傲，厥赋或偏。必先以敬，斯学之全。有美史君，心渐实学。礼戒伪饰，智惩私凿。辞志于简，宁讷毋枝。动志于简，宁柅毋随。蛇蚓结蟠，虮虱琐细。彼俗纷拏，我惟一致。亩宫堵室，盂饭盘蔬。淳朴未散，匪慢匪疏。家笃于友，里薰美德。畜而未施，知者所侧。有子继志，聿观厥成。我歌其贤，赫赫厥声。

双溪吴君像赞

诗曰："泌之洋洋，可以乐饥。"予有味乎其言，而叹吴君孟阳之隐居为可乐也。

吾铅之上流有大溪，由闽桥而来，至郭东与东洋之水合流西逝。刘之道先生所谓"尘埃远逐双溪去"者，疑即指此。而孟阳之卜筑，实当其会，据其胜，因以"双溪"自号焉。予每至县，必出东郭访孟阳。循清泉，度略彴，俯视流泉虢虢，觉尘襟脱然如洗。座上见鹅湖屏列，笔卓俨乎其前。烟云卷舒，空翠冉冉，欲湿人衣袂。盖恋恋焉不忍遽去，而又爱孟阳之雅洁，无愧于佳山水，宜于此焉托隐而忘世也。

孟阳事其父常达翁以克家闻，兹室之作，可谓肯堂肯构。其旧址有而不居，则以逊其季弟昺，及仲弟乡进士旭之孤绩宁。辛勤营度以自树立，而劬躬厚费有弗较焉。其孝友之行，亦异乎流俗矣。况敦本务实，岁率仆夫力耕溪上之田，以供公税，给日食，而无一毫外慕之念。暇则取古人书传，课子经读之。尝曰："民劳则思，思则善心生。"又曰："学犹植也，不学将落。"此古今要语，吾侪所当服膺而弗失也。故其于先生之业，守而弗失，拓而愈充。

子经之所进修如稿焉，有相秋望不虚，而显扬伊迩，岂不信可乐哉？经亦甚孝，顷尝命工写孟阳之小像，以致其祝寿之私，而又来恳予为之赞。予雅交孟阳，知其贤，又乌能靳。赞曰：

朴乎其外，坦乎其中。修孝友之政，崇礼义之风。选双溪之胜地，筑一亩之儒宫。朝耕夜读，实士名农。望杏瞻蒲，不惮于经营之劳苦；傍花随柳，有慕乎游乐之春容。业思裕后，德始劬躬。观经畲之既垦，知食报之必丰。此国之逸民，乡之善士。予以是式其所居之里，而又为赞其所绘之容也。

咬菜钟公像赞

公讳诚，字儒造，咬菜其别号也。生国家全盛之时，承故族儒雅之风。宅心宽厚，处事公平，乡人敬且爱之。身虽老于布韦，子卿密克承厥志，蜚英甲科。尝知宜兴，有惠政，不让古之循吏。今在中台，又能以树风声、肃宪度为己任，远大盖未可量。兹非公积善之庆乎？予不及登堂拜公，幸见公之遗像，乃为之赞云：

敦庞淳固，得之于天。忠厚朴愿，承之于先。德器温如，风度翛然。乡邦耆旧，山泽儒仙。蓄极乃发，有子斯贤。花封卓异，柏府腾骞。早荣养有遗于列鼎，而恩赆当赍乎重泉。呜呼！早韭晚松，公雅味菜根之淡薄。而左槐右棘，人尚期瓜瓞之绵延也耶？

郑氏姑像赞

先祖赠尚书乐庵府君，生三女，孺人其次也。在室事府君及先祖妣周夫人，柔婉孝谨。府君早世，先伯父少参复庵公及先考赠尚书五峰公为择所归。归郑氏，相其夫处士讳瑢以勤俭，立家益裕。事尊章，处娣姒，遇宗姻，动无违礼，人皆贤之。处士殁，理家事，抚诸子妇，秩然有序，如处士之存也。今年七十有八，动履强健，尚如五六十人。间持其像，命宏为题赞数语，盖欲为不朽图，岂不诚贤乎哉？

宏窃念先考兄弟娣[60]妹凡八人，今惟孺人及蒋氏姑老而且健，犹幸可以想见诸父之形，似以少推吾侪群从孝敬之情，于赞安可辞？赞曰：

为女而淑，为妻而顺。为母而慈，不愧家训。逾七望八，亦既有年。欲名之寿，其志伟然。画史写真，从子作赞。传之云仍，瞻拜咏叹。阿母之贤，可振家声。尔孙尔曾，尚续书馨。

南隐方君像赞

甘于韦布，老于恬熙。抚孤松而毕景，拾芝草以疗饥。此南隐君子，充然自得，而不慕乎人之知[61]也。然而里俗薰良善之德，家政推孝友之施。倾高廪以周急，储珍剂以扶赢。延塾师以成隽异，谨礼教而斥淫祠。卓然独行，厥闻四驰，其所谓"避名而名随之"者乎？夫炳蔚之文，必弸中而彪外；积善之庆，恒子燕而孙贻。以公观之，则天道之公，益可信而无疑矣。

敬斋王先生像赞

行素敦乎孝友，敬无替于周旋。术欲济贫，早研穷于方技；心惟积善，间涉猎于空玄。怡情风月，遁迹林泉。德足以称乎命服，望足以重乎宾筵。[62]老而无营，虽未获施于用；仁而有后，固可以必于天。若先生者，岂非乡邦之耆彦，昭代之遗贤也耶？

王母郑夫人像赞

事尊章也，笃于孝敬；侍姻党也，主于仁慈。律己俭勤，而不忘于亹亹；治家俨肃，而每戒于嘻嘻。是宜其逮子有成，无负于和熊之教；与夫偕老，何惭于弋荇之诗。若夫人者，岂非心存乎《女诫》，而行中于壶彝者耶？

素庵余翁像赞

仁而静，宜其有年；老而健，望之如仙。澹若襟怀，自有以拔乎其俗；纷然机械，盖不能汩乎其天。分安田里，意适林泉。为善者多薰其德，知名者皆慕其贤。贵齿[63]恩隆，固有光于命服；饮乡礼重，实无愧于宾筵。乐哉斯翁，其将永享乎南山之寿，而上应乎南极之躔者耶？

联佩趋朝图赞

安成彭公，讳广，字深博，号约斋。明《春秋》之学，中甲科，历官刑部员外郎。与部长抗辩疑狱，有执法之称。讳正，字深琢，号璞斋，用荐历教抚宁、海盐者，其从弟也。亦著贤誉，尝以考绩入京，与约斋联佩趋朝，因绘图志一[64]时之喜。公子仿，倾介其友袁都宪先生，求予为之赞。赞曰：

贤哉彭氏两弟兄，《春秋》家学同师承。髫年契分如友生，通塞虽异俱驰声。兄由甲科职司刑，两言自矢惟明清。秋卿枉法重所轻，心知有法宁知卿。亢直不愧台中评，忤卿被出甘林垧。濂溪敢与王遆争，百世不泯还齐称。弟由剡荐教抚宁，遗经日就皋比横。天荒已破蜚群英，九年功籍书辄盈。海盐专教加严矜，囊无长物寒毡青。胡公雅誉垂吴兴，材非榱杙堪梁楹。当时联佩趋明庭，居然双璧相和鸣。《易》为鸿渐《诗》鹡鸰，披图尚见怡怡情。史氏作赞贻云仍，后欲论世此可征。

少司成补庵先生像赞

有工于画者，写今少司成补庵先生像。宏尝拜而观之，可谓似矣。然特其外者耳，若其存乎中者，则岂丹青之所能摹写哉？宏虽不敏，辱游先生之门，沐先生之教，而于亲炙之余，窃知先生之为人，庸敬书之卷首以为赞。虽缪悠之说，不能罄盛德之形容，姑致其仰慕之诚。赞曰：

经纬之文，天人之学，覆载之量，治平之略。亲之如丽日和风，望之如泰山乔岳。于乎此所谓百代之伟人，天民之先觉也。

【校勘记】

（1）乘　丛刊本字不清。

（2）惜　依文意，疑为"借"之误。

（3）寓襃　丛刊本字不清。

（4）傅　底本、丛刊本皆作"传"，据文意改。

（5）诛　丛刊本字不清。

（6）吏里　底本字不清，据丛刊本补。

（7）百　底本、丛刊本皆作"伯"，据文意改。

（8）泯　丛刊本字不清。

（9）璋　丛刊本字不清。

（10）奉　底本字不清，据丛刊本补。

（11）卯　丛刊本作"妃"。

（12）制　丛刊本字不清。

（13）谬应　丛刊本字不清。

（14）丛刊本此下自"廉耻之节"至"昂霄耸壑"，脱 386 字。

（15）惭　底本字不清，据文意补。

（16）謟　依文意，疑为"谄"之误。

（17）岩　底本原作"厓"，据前文改，后同。

（18）木亦必尽其所用　丛刊本字不清。

（19）惟　丛刊本作"也"。

（20）凤　丛刊本字不清。

（21）没　底本、丛刊本皆作"殁"，据文意改。

（22）报复之情惟　丛刊本字不清。

（23）免　丛刊本字不清。

（24）擢　丛刊本字不清。

（25）泰　丛刊本字不清。

（26）尽逐　丛刊本字不清。

（27）旱既　丛刊本字不清。

（28）霖沾霈敷　丛刊本字不清。

（29）致　丛刊本字不清。

（30）恳　丛刊本字不清。

（31）而　底本字不清，据丛刊本补。

（32）未　丛刊本作"来"。

（33）北　丛刊本字不清。

（34）固　底本字不清，据丛刊本补。

（35）此下底本作一空格，而丛刊本作一白框，据文意当为正常空白，故删除白框。

（36）相须　丛刊本字不清。

（37）荷　底本字不清，据丛刊本补。

（38）怀东望会稽无任倾注　丛刊字不清。

（39）善类　丛刊本字不清。

（40）九人　据前文所述，疑为"十人"之误。

（41）者盛　底本字不清，据丛刊本补。

（42）擒戮　底本字不清，据丛刊本补。

（43）郑乡　据《明史纪事本末》，疑为"郑卿"之误。

（44）真镭　底本字不清，据丛刊本补。

（45）异　底本字不清，据丛刊本补。

（46）卯　底本、丛刊本皆作"卯"，据文意改。

（47）遭　丛刊本字不清。

（48）瞬　底本、丛刊本字皆不清，据文意补。

（49）纯笃　丛刊本字不清。

（50）前语　丛刊本字不清。

（51）周程　丛刊本字不清。

（52）稚　丛刊本字不清。

（53）黎　依文意疑是"藜"之误。

（54）者然危　底本字不清，据丛刊本补。

（55）天子　底本、丛刊本皆作"大子"，据文意改。

（56）复摇遂嫛逆鳞　丛刊本字不清。

（57）派　丛刊本字不清。

（58）有　底本字不清，据丛刊本补。

（59）莆易　据《绰号异名辞典》，莆田一称莆阳，疑此为"莆阳"之误。

（60）娣　依文意疑是"姊"之误。

（61）知　丛刊本作"如"。

（62）筵　丛刊本作"进"。

（63）齿　丛刊本字不清。

（64）志一　底本字不清，丛刊本作二白框，据文意补。

传　类

浙江右参政知台州事周公传

公讳旭鉴，字同□，[1]广信贵溪人也。姓本丘，宋魏国文定公讳崈之裔。其先以宦寓干越之丘墩，与贵溪周氏为世姻。公父惟政，出为周氏后，因承其姓。

公生而警敏，童年即有志远到，经史皆通涉大义。甫冠，以家贫，从父命废书，然志犹未坠。邑令闻其才，将辟为椽，公耻其事刀笔，力辞不就。索之急，匿山谷中。度势不容已，乃白其情于令，愿得从事邑庠，与诸生游，于是识日以进。

永乐丁亥，文皇帝诏儒臣修《大典》，公用荐者召赴京师，入局预执其事。书成，授迪功郎、顺德府经历。三年得代，改江宁县簿。未满考，又以旧代者至，还吏部。会通政司幕职员缺，当道荐公权知经历司事。值车驾北征，公从幸督饷。以身率下，不避劳瘁，飞挽之役，如程而办。既还，真拜知事。上以京储出纳弊旁午，欲得廉明刚正莅之，吏部尚书蹇公义以公应诏。公受命，深自激励，凡豪猾窟穴仓廪、侵渔公私者，悉抵罪。竣事还任，适南京通政司长、贰缺，上以公进退循雅，奏对详明，特命公往署其事。宣德元年，以内、外艰去。岁辛亥，服阕入京。学士曾公荣，侍郎李[2]公嘉，交荐公材任郡守。吏部侍郎郑诚恶公不己附，沮之。

浙有邑曰黄岩，依山滨海，民性凶犷。尚告讦，俗小忿动以兵斗。其豪黠者把握官府短长，以张势射利。吏稍与龃龉，即群起媒蘖以法，褫职去者接踵，廷臣杂谓非公莫能治。适令缺，乃以属公。公亦喜以盘错自见，无几微忧惧。邑迎者尚待界上，公已潜入邑中，尽得诸豪主名。乘其不测，以一日独坐庭中，召诸曹与定约束。豪来谒者，犹用其故术觇公，公叱左右缚[3]诣狱，当以死，恶党服栗。公犹严备之，夜寝辄四五徙。未数月，纪纲设张。众知公不可动，相戒勿犯。自是力行政教，且爬梳其逸蠹。山海寇出，设方略，剿除殆尽。故庙学毁于飓，师生处草屋数椽，亟撤而新之。奏减军需及风伤田禾，度逋税不能偿者达于监司，议代[4]以钞。编户资产高下之数，悉籍记之，遇役则据以差其轻重。里正之役，必择闾右以充。于是赋平徭均，逃移复业者十七八。以潮饮苦咸而多病也，乃凿[5]山引泉入市，以便民汲。前义士林和，尝割产千亩为县北利涉桥修葺费；岁久为有力者所侵，桥废不葺，往来以艓济，遇涨多覆，公辄复。于潮淤，疏支渠以土壅塞，民利[6]沃饶。其西乡山多猛虎，公率丁壮捕之不获，过[7]一祠，因与神约，厥明虎不获，且焚祠；是夜梦神告虎所在，如其言以往，虎皆就戮。岁甲寅，大旱，公祷甚虔，越三日，大雨，槁苗复苏。是岁，民间麦秀五穗，桑生骈枝，又有灵芝及一乳三子之祥，邑大夫士因绘《四异图》以纪其盛。既数年，黄岩称易治，顽民感化者或图公像以奉于家。邻境民辩事不能直者，亦往往赴公诉，藩臬以最闻。

时三杨先生方掌机务，急于用贤，请于上，升公台州府通判，阶承德郎，仍掌黄岩县事；赐玺书有"廉洁公勤，抚绥良善，芟刈豪强。百里之间，民安其⁽⁸⁾业"之褒。公奉敕益感奋，于郡事多所赞决。正统甲子，台守以事罢，阖郡军民上章愿补公。上特从民请，进阶中顺大夫。公既莅任，其政一如在黄岩时。而崇礼教，饰信令，正己励下，兴学举贤，尤注意焉。无几，五邑民格心归化，争讼灭息，盗去入他境。岁己巳，处州山寇叶宗留倡乱，朝廷命将剿之，有敕公督义兵往赞其谋。公既行，台民皇皇失所恃，屡疏请还公治郡。公督部属，阅丁壮，备器械，躬亲训练，复据括苍之险，奏置巡检司，增兵防御。于时邻郡皆骚动，独台晏然，郡民歌之。是岁嘉禾生郡廨，一茎两穗，有三合颖者。明年⁽⁹⁾景泰庚午，监察御史程昊上公治状，特升浙江布政司右参政，阶亚中大夫，仍掌府事。时公年几七十矣，亟欲抗疏乞休。念初拜宠命，不敢遽言其私，黾勉政务，用图报称。一旦谒文庙还，方莅事，溘然而逝。

公为人短躯丰颡，秀目疏髯，气岸高迈，性度倜傥，所立不肯居古人下。尝以"思诚"榜于座右，存心制行，矢不敢欺。居家以孝友闻，从子处州守祺，诸暨教谕祐，皆赖其教以成。入史局时，即与士大夫游。尚书王直，都御史顾佐，学士解缙、曾棨，庶子周述，修撰李时勉，检讨陈璲，诸先生交最深。然相尚以义，不肯以脂韦取容。前台守李性，尝与公互讦，事白，性被黜徙边，家属尚留郡；公置旧怨，屡加存问，将归，为治行李，人益贤公。永乐间，尝坐累亲挐桎岁余，正统间又被诬下狱数四，处之恬然，不以变故易初节。历试中外，勤于职守，每五鼓视事，至日中始退食，率以为常。入仕几四十年，未尝以家累随，食饮、被服与寒畯伍。其卒也，囊无余赀。父老周甲钱乙辈为治殓具，郡人无贵贱老弱莫不悼怛，其贤者哭奠尽哀。枢行，缟素送者数千人，其厚者执绋至葬所。今三十余年矣，台人士颂公之贤者无异辞。其民相率控当道，捐费立祠，⁽¹⁰⁾扁"遗爱"。

公仲孙瓒，字宗用，以景泰甲戌进士，历官都察院右副都御史，始请复丘姓，又蒙诰赠公如其官。宗用为人刚直不阿，有祖风，而才望尤赫然。以是寡谐偶，因托疾乞归，章数上乃允，识者尤幸其复用云。

论曰：余悼叔世来，不知守令之悬于民也。重年资所及，虽耄昏巽懦，遽以属之，不问其能与否也。间有能其官者，又辄骤迁数易，夺民所好而不知恤。于是州县之治竟不古先逮。于戏，民日瘁，本日摇，其谁念之哉？公生国家盛时，遭值天子圣明，励精图治，而三杨又方在位，以举贤爱民为第一义。故公自京朝⁽¹¹⁾官用荐补黄岩，为倅，为守，为藩臣，褒迁者累矣。然卒不去其旧治，民既安公之政，而公亦习知其民之俗。政成民化，其治行隐然与渤海、颍川相颉颃。民享其利，而公擅其名，此岂非千古之一快事哉？又尝闻之，洪武间有瞽林心月者，年八十余，寓黄岩之西桥，善《易》数，能预占人事吉凶，见其邑弊甚，尝为人言："后此五十年，当有周氏者来为令，民始安。"及公至，黄岩父老忆其岁月，与所言吻契。则人民之安否，其亦有天数也耶？其亦有天数也耶？余以是怅然者久之。

蒋母陈太孺人传

陈[12]太孺人者，右春坊右谕德兼翰林院侍讲湘源蒋冕敬之之母也。为滇之通海人，其父讳俨，母孙氏。

宫[13]谕之先公赠编修讳良，尝令滇之河西，其元配郭孺[14]人病，不能视梱政。及纳太孺人，无何，郭孺人卒。编修[15]公知太孺人，任为内助，钜细事悉以委之。于是宫谕[16]之伯兄、今汝宁守诚之及女兄之适滕氏者，皆尚幼，[17]太孺人抚之甚恩而勤，服食百须一一如其意，不待其有言也。编修公去河西，改广东都司副断事，未几以母滕孺人忧归，归未半岁即谢世。其禄尽入于宗姻朋旧，几无以葬。太孺人脱簪珥授汝宁，使襄事，礼无遗。居[18]常食粗衣敝，怡然安之。用是，为之子者不以服食奉养[19]乱心，得肆力于学。

汝宁既领乡荐，克趾先美。宫谕年方十五，试于乡，复褒然为举首；游太学，名声辉赫，故相丘文庄公留置门下者久之。而太孺人未尝以暌离为念。宫谕之学由是大进，遂为天下士，成化丁未，偕汝宁登进士科。汝宁出令南海，寻擢御史。宫谕入读秘书，寻除编修，擢中允，侍今上讲读于春宫，其禄养视旧日丰矣。太孺人安于俭素，与初丧编修公时无异也。

湘源去京师远，太孺人不欲就养，而宫谕尝再乞归者。初，以为编修所受封敕归寿，太孺人盥手焚香，向阙庭拜；已而诣先祠拜，语宫谕曰："吾母子幸受兹宠，惟尔祖、尔考之施。尔其图报国恩，以毋忝先德。"宗戚诵之，谓其知礼而善教云。后，以为中允所受银币之赐，归寿太孺人，太孺人又语宫谕曰："吾老矣，何幸复见今日之盛？"向阙庭拜，诣先祠拜，皆如前，益恭。间携宫谕上编修公冢，往返五六里，甚健而驶，且饮啖生冷、栉沐风露中，一无所拘。宫谕乃扶持上京师，会今上嗣极，以从龙恩进秩，又以经筵初讲赐银币，潜邸旧学赐腰金，史局肇开日赐厨料。太孺人目击其荣，心甚乐之。

既二年而病，病时值先皇帝命儒臣所修《通鉴纂要》垂成，宫谕每朝罢亟驰归，奉汤剂不暇顾史事。太孺人犹趣之入馆，曰："我庶几勿药，毋废尔职务也。"及且革，处分后事，语数百不乱。最后语宫谕曰："寄声尔兄，善居官，吾不得再见之矣。"遂卒，盖正德丁卯六月十九日也，享年七十。

太孺人奉先甚敬，晨起必诣祠致恭。岁时奠享必亲治其事，时物虽爪果，必荐而后敢尝，忌日必备物以祭。勤于纺织，至老不休。子视臧获，不轻加棰辱。即薪水之用，亦必轸取者之劳，其仁慈盖天性也。

子男三人：长汝宁，名昇[20]，郭孺人出，持身廉慎，在郡县有循良誉。次宫谕，德行醇笃，同辈中自相推让以为不[21]可及，所至皆未可量。次哼，既娶而卒。女二人：婿俞洪、滕晖。孙男若干人，履短、履长、履信。共[22]若干人。

太史氏曰：《语》有之，非是母不生是子。陶桓公之功业，湛氏之教也。欧阳文忠公之文章，郑氏之教也。予与蒋宫谕敬之为同年进士，又同处翰林，见其如辉山之玉、媚川之珠，心窃敬而爱之。要之非山川名胜，岂能孕希世之宝？斯足以验太孺人之德、之懿矣。然不逮其子之大显而遽没，考之二公之母，亦然。将所谓慈颜如春风，不待桃李实者耶？悲夫。

南京吏部尚书致仕赠太子太保谥清简冰檗孙公传

公讳需，字孚吉，姓孙氏，别号冰檗，江西德兴人。祖讳原贞，永乐乙未进士，由礼部郎中历浙江布政使，以屡平巨寇最功升兵部侍郎，参赞军务，进尚书秩，镇闽、浙；文章勋业，取重当时，为一时名臣。后归老岁寒溪，因以"岁寒"自号。父癸轩，讳敏，为人豪迈，领景泰癸酉乡荐，司训扬州，以公贵，累[23]赠南京刑部尚书。

公少颖[24]敏，有大志，岁寒公甚钟爱之，常语人曰："继吾后者，在[25]此子矣。"稍长，补邑庠生，潜心经史，从邑令四川邓公杞学《易》，遂得其传，侪辈皆自屈以为莫及。提学副使夏公寅，阅公所为文，称不容口。成化辛卯，领乡荐为第二人。时巡按御史藁城石公，奇公文，欲置解首；而藩臬有欲拔其厚者，以石公治《易》也，诡言"此士治《易》，诚宜首选"。石公引嫌，而藩臬所厚者遂先公。石公谓"此士名第今虽小屈，然明年甲榜，恐解首未能或之先也"。公果以明年遂登进士第。

释褐后循例省亲，时岁寒尚在堂，年已八十有五，戏谓癸轩曰："古人谓'吾儿不及汝儿'，以今观之，其事岂远也？"当是时，贺客盈庭，[26]莫不献笑为乐。岁寒又顾谓贺者曰："老夫平生无他过人者，惟心地坦夷，始终一致，天其以是为吾报乎？"及公赴选入京，岁寒勉公亲贤务学，而以趋附炎势为深戒，公佩服奉以周旋。

筮任为常州府推官。常俗富侈讼，辄恃贿取胜；公远嫌自洁，勤于讯鞫，惟公惟明，隐奸宿蠹摘抉无所漏，能声骤起。巡抚牟公俸重之，凡狱之难决者，率以属公，及经公听断，无不屈服。运河淤塞，抚按议取径别凿一河，初委他官，延久绪弗就。及属公督理，相地赋役，约先完有赏，民踊跃趋事，不旬月而功告成。三年，例当奏课，牟公疏留治事，不得行。

又三年，为成化戊戌，召入授南京四川道监察御史，风裁凛凛，留都皆严惮之。遇事必极言，无所讳避。妖僧以左道蛊宪庙，率同列斥其罪，请诛之。虽遭重棰，未尝以为悔。尝奉命巡至中都，镇守中官欲谒者由旁门入，且以"文东武西"榜于门。公不入，仅投一刺，将据其所榜以僭劾之，中官惮公严，卒正主客之礼。于是王端毅公方参留务，最慎许可，然辄造公之寓而加礼焉。江盗炽，公巡江，以方略授耆民张礼，捕获几百人。有赃七十箧，公即令锦衣同事简千户识以印缄，送之官。奏礼为巡检，专捕盗事，自是江道宁帖。简尝对众叹公之廉曰："盗赃无籍，使孙公尽取之，固无知者。而公不欺乃尔，何可及耶？"公廉声由此益著。未几，升四川按察司副使，南台升宪副，盖自公始，前此所未有也。

公莅任，会宪长缺，遂署其事，公费率捐己俸给之，略无难色。按部治豪猾，决滞狱，明而不苛。民讼冤，所在奔走，赃吏或望风解印绶去。比归，所得纸札价皆输之公，无毫发私人。蜀守有素以简亢闻者，独见公逊屈如仪。御史陈瑶，素以势凌轹二司，独于公曲[27]加礼敬，又以"公廉严慎，克振风纪"荐之。岁侵籴贵，民死徙过半，公闻湖广[28]仓粟颇多，言于抚按，偕参议金公泽兼程往贷焉，[29]得三[30]十万石而西。分地赈给，所全活甚众，蜀人感之，咸曰：[31]"微孙公，吾皆为道殣矣。"时已历两考，当奏课，巡抚[32]都御史丘公𬭚疏留治事。盖在蜀已余七年，吏部推[33]升者五，邑人有不悦公者，谮于时宰，乃久不迁。而公未尝意动，寻以癸轩忧归。

故事，凡藩臬舟行，以瞿塘、滟滪之险，命有司缚筏翼之，至荆州市其竹木，可数百金；公不欲敛民罔利，竟拒不用，亦竟无他虞。终丧，改湖广。未上，擢浙江按察使。遇大狱必加审覆，未尝轻决。小吏苟无大过，必保全而扶植之。台使荐贤监司，公必首及。弘治庚申，升浙江左布政使。

初，岁寒之在浙也，癸轩以子舍侍养，公实生于是廨焉。五十年复绳祖武，人以为奇。浙，财赋之渊，公志避嫌谤，出纳皆委诸人。公堂诸宿弊厘革殆尽，使无所售其奸。民谣有"前刘后孙，清德著闻"之语，盖以公可继大司马东山之躅也。入觐，例金水手取银为道里费，朝士之贽亦取办焉。公峻拒，贽率从简，论者贤之，第治行又首及公。还浙未浃旬，擢都察院右副都御史，巡抚河南。

时河溢，且啮汴城，民流移载道。公议役以筑堤，而予之佣钱。令出，趋者万计，堤成而饥腹饱，公私便之。群盗横行，命将领督兵擒捕，先后获数十人，复取其赃散州县，以充赈给之费。他若谳狱平赋，锄强植弱，孳孳在念，民所便、不便，皆以次行罢无遗。弘治癸亥，写帖下河南，取牡丹三千本，公疏"耳目之玩，不可劳民"。泌阳知县冯宪忤宗藩，已有旨下抚按官会讯，寻复逮赴诏狱，公疏"令如反汗，殊戾旧法"。孝庙皆纳其言而寝之。

居三年，属吏竞劝，民视公如父母。然镇守中官刘瑯与公水火，瑯剥民自植，公辄以法裁之。有奸民违例赴瑯投诉牒者，公据法配之荒裔。瑯尝跪请于公曰："瑯不能公之廉，公盍稍纵绳墨，使瑯得饮勺水，以相安于此耶？"公心知瑯必害己，亦不为动。瑯日夜阴图中公，大臣之子有怙势横于其乡者，公亦裁以法，于是瑯计得行。

会陕西巡抚缺，遂调公往补，盖大臣而不欲公之久于汴也。公去汴，汴人遮道攀留，呼天而号曰："何为夺我公而他界也。"至陕，经略武备，拊循士卒，取贵臣所私役，复之旧伍。他省有输粟助边者，皆令躬自辇送，无苦边氓。闻虏警，则以义激将士，督之先驱，而亦擐甲从之，不以劳避。缘是，项领为风寒所袭而病，遂乞休。诏不允，乃召还京。去陕，陕人攀号如去汴之日。道彰德，守以铜爵砚赠，公亦弗纳。寓馆陶，坚卧不起，累以疏辞。

时孝庙方命侍郎何公鉴，稽核荆、襄流民，而郧阳其渊薮也，乃改公提督抚治。公至，以文告谕之，愿为编氓者，给牛、种，俾有常业；愿归故里者，给饩遣之。籍管内所得逋逃，盖数万余口。又以教化为抚民急务，乃兴建学舍，择秀民聚讲其中，有暇则亲往课之。未几士习丕变，应试者倍于畴昔。武当在境内，先是国家诸祈祷皆民出，公曰："山有香钱钜万，典守者辄私之，是不可取为享神之用耶？"令有司籍记，悉贮均州，于是祈祷之费不扰于民矣。郧人谓前此抚治，未有如公之精密者。

正德丁卯，升南京兵部右侍郎。过安陆，谒恭穆献皇帝，赐宴，有厚赏焉；公辞不受，帝益贤之。比至留都，值荣王之国过金陵，欲登城一览形胜，公谓法不可擅登，乃止。

己巳，升南京礼部尚书，时逆瑾专政，升者多以贿谢。公方坐崇藩之累，罚输边米数百石，囊如悬磬，盖不能办，而心亦丑之。瑾以公不附己，未数月，矫旨令致仕归。归则故居已毁，几无以为生，公处之裕如也。庚午，瑾败，复用荐起为南京工部尚书。务厘宿弊，不欲以浮冗多耗民财。先是，诸营建给领料价，率匠魁专之，莅部事者，或与为市，故群匠无所得，而工不可速完。公乃令匠魁及群匠同领而均分之，称便如一口出，岁省冗费常数万金。癸酉冬，改南京刑部尚书，诸司狱必亲笔削处，当奏谳皆极审慎，人无冤称。甲戌夏，考最，遂改南京吏部尚书。留都务简，公表以廉静，诸司翕然。

明年，奉命考察庶官，诸所存黜，参之公论，无毫发私徇。其黜者止坐微罪，不忍以泰甚斥之。或曰："如此则彼将不服，且得藉口自文。"公曰："吾蕲服彼之心，苟公矣，他何虑耶？"盖所黜数人颇有时望，闻者始而疑焉，既而廉之，果当黜，于是益服公之明矣。

自是年至于丁丑，凡八上疏乞归，皆不允。戊寅，疏修政、弭灾、戒游畋、抑权贵诸事，以年及，遂停俸恳辞。上悯劳公，特允所请，俾乘传归。赐敕若曰："卿效劳有年，操持清慎，朕方倚卿为留都诸缙绅楷范，而乃浩然有归志邪？其命有司给廪粟月二石，与隶岁三人，以示朕优礼老臣之意。"公归，以晚年余俸创屋数楹，摘敕中"两全"二字以名之。里居自守益严，于州县无所干谒。尝出乘肩舆，少一卒，子侄欲请县索之，公不可，曰："上赐我舆隶，将何为而又须有司别给邪？"其

一介不苟如此

公居家孝友，居癸轩之丧，苦块枢侧，不肉食者三年，乡人以为难。事继母王太夫人，如其所生。与兄养正翁及异母弟悦吉、敦吉处，怡怡如也。平居待亲族，遇僚友，巽言恭色，和粹可亲。然志于洁己，莅政临民，必慎法守，人不敢干以私。遇所不可，虽骨肉之亲，未尝苟徇。历官五十余年，所至为清白吏。而能以俭养之，一切世味，淡然不入其心。化行闺门，其配张夫人，子晓、暎、暲皆不敢违公之教。

其卒也，士大夫惜之。朝廷嘉公之贤，赠其官为太子太保，予之谥为"清简"，可谓存顺而没宁，无复遗憾矣。

宏为公馆甥，受知爱。比岁赴召，往告公别。公时病足，已觉少衰，然语及国事，犹拳拳悯俗忧世，无异畴昔。且谓宏曰："子遭遇圣主，千载一时，当益励忠贞以图报塞。在《易·泰》九二：'包荒，用冯河，不遐遗；朋亡。'相道也，子其图之。"宏每愧不能副公之教。公既捐馆舍，则发挥潜德，以图其不朽，宏责也。乃述其平生行实之大者如右，庶异日史家有所考信，而增汗简之重云尔。

公所自著，则有《冰檗稿》及奏议若干卷藏于家。

论曰：昔伊尹志于尧、舜君民，自任以天下之重；孟子称之，谓非其道义，尹一介不以取与诸人，则取与之关于士行大矣。世有务为阔略以便其私者，类以严于守己为小廉曲谨，亦独何哉？冰檗翁自筮任至于挂冠，恪守清白，始终一节，士大夫皆信服而誉重之。以"清简"易其名，盖非过也。吴司徒宪之为予言，在河南时，恃翁同年，尝以绘一箪为馈，亦牢拒之，其细行必矜如此，他可知矣。翁在蜀时，从弟有入其境者，檄有司械送归乡。在浙时，长婿特来候翁，钥门累日，竟不容一见而去。谈者或议翁过矫。矫，近狷，狷，圣人之所与也。不然，则务为阔略者能谐世以取容，顾不贤于廉谨者哉？

行实类

先君封翰林院修撰承务郎五峰先生行实

先君讳璠，字叔玉，姓费氏。家铅山仁义乡之横林。曾祖讳广成，妣王氏、徐氏。祖讳荣祖，妣曹氏、张氏。考讳应麒，赠奉训大夫兵部员外郎，妣周氏封太宜人。奉训[34]府君五子：讳珣，字伯玉，号敏庵，景泰癸酉乡贡士；讳瑄，字仲玉，号复庵，成化乙未进士，历任贵州布政使司右参议；于先君为兄。讳玙，字季玉，入赀助荒政，授义[35]官；讳瑞，字幼玉，号雪峰，成化癸卯乡贡士；则先君弟[36]也。

奉训府君才性迈豪，襟度旷达。尝自恨早孤失学，既有子，力教之。敏庵颖悟，甚称其意，年二十遂领乡荐。先君质类之，复令业举子，年十五六，能属文矣。会敏庵即世，府君亦弃养，少参公谓先君曰："吾父兄之志，期以诗书大吾门，不幸相继沦丧。成其志者，吾与汝之责也。吾质虽不汝逮，业已游庠校，不可中废，誓卒所业，以瞑吾父九泉之目。然老母在堂，寡嫂在室，弟妹在襁褓、在中闺，吾内顾之忧繁，至于米盐之务类，妨功夺志。非汝弃所学，以为吾佐不可也。"语未毕，泪数行下。先君亦泪数行下，敬对曰："敢不惟吾兄之教是听。"少参公既免丧，遂应限年之贡，北游太学，在外之日十八九。凡小大之事，先君以身任之，公乃得专意仕进，迄于宦成。雪峰先生相继领荐，卒成奉训府君之志。

奉训君平生爱其同产弟笃甚，余赀悉以付之，其卒也，囊无私蓄。先君初主家务，几不能自给。所以内支百费，外应诸役，捋茶蓄租，备尝艰苦。其后资产渐至充裕，视府君殁时至数倍焉。方府君之殁，家难孔棘，而外侮乘之；先君年甫冠，随事御遇，未尝蹉跌，欺孤弱寡者知计不可用，乃更屈服。

先君天性孝友，奉训府君属纩时，适外出未及闻治命，终身以为痛，语及辄泪出盈睫。遇家庆，追慕府君，则泣而叹曰："此吾父之遗休，惜其不及见也。"事太宜人声容柔婉，必适其意。太宜人多病，穷乡医药不便，因自习汤液，广储⁽³⁷⁾ 良剂以备之。逮事继祖母张孺人，晨夜叩寝阁问，必手扪其肌体寒燠，温存再三，得命而后退。张谓人曰："诸孙来问安者，立床前类辟支佛，一呼而退，殊无真情，惟第五孙乃真爱我。"盖先君行也。曾祖妣王孺人墓为盗所发，遗骸散暴灌莽中，诸孙往者疑畏莫敢迫视，先君一一手掇纳诸故轊焉。

长嫂张孺人嫠居，性严毅，⁽³⁸⁾内政赖焉。先君率先姒余安人事之恭甚，遇其怒，却⁽³⁹⁾立壁下，低首屏气；无几，微见辞色，必待其开霁乃敢退休。事少参公及待二弟极其友爱，聚坐⁽⁴⁰⁾谈笑，日以为常，非有故未尝室处，钱帛铢寸不入私房。先姒有嫁田，岁入租数十石，捐之以给众费。⁽⁴¹⁾家事惟少参公之命，未尝避劳。近五十，觉筋力不逮，始委之季玉君，而犹总其大纲焉。

雪峰先生未娶时，游学自远归，病痢危甚；先君特入卧内，昼夜扶持，至亲涤亵器察所下，不以为秽。先生持性敏，累试不利，时其惰而策之。尝聚族别岁，举杯相属不已，先君怒其废业，夺其杯掷之。先生益奋励，是秋遂领荐，宏亦滥与焉。先生顾谓宏曰："汝学岂遽能至是，是天所⁽⁴²⁾报汝父之孝友也。"

弘治戊申，先生在太学感病归，先君犯暑往迎之，相失于淮扬瓜步间；返舟访之，或报已过镇江矣。亟渡而南，则知以病革，实留瓜步也。会日暮，风甚恶，帆不可北张，舟人请少待，先君曰："吾弟忍死我待，天乎其谅我也。"亟麾之北渡，暨见，则将绝矣。获执手诀语数刻，人以为幸。其将绝也，先君呼曰："吾弟有少妻弱息在，独无言乎？"瞪目答曰："吾何言，有吾兄在，吾无虑也。"

先君间念其言，即为之于邑所以抚教其孤寡，视诸从子有加，即农圃细故，必问曰："寯知之乎？毋后时也。"尝夜有盗过家，众已寝熟，先君闻变，亟扣寯卧所，携寓出走；既出，寓犹未瘥。其顾恤群从子妇，恩意备至，疾痛必就视，虽中夜闻呻吟声，披衣而起，寝不能安。

盖总家政四十年，内外辑睦如一日。晚年复与少参公定著家规一编，垂之后裔。其类凡七：曰同居，曰均财，曰奉先，曰训后，曰惇礼，曰守法，曰尚义；皆旧所常行，宜于人情而可久者云。

与先妣相敬如宾，闺门之内无媟容，无戏语。生子十余，其存者宏及完而已；虽甚钟爱，而教之最严，自能言即诱之以远大。既就，[43] 日有常课，家务之隙，必即塾考其所业。尤谨礼教，言词动止少涉轻肆，必呵责之。遇事嘉举奉训府君之言行以为训。宏既领乡荐，试礼闱不第，留太学卒所业，以故大司成琼台丘公、补庵费公为依归，学渐有进，寓书勉之曰："汝勿念父母，但勉成大器，孝之至也。"又以诗戒，有"百倍工夫宜自励，一毫私欲勿相关"之句。已而忝登甲科、备员词林，闻间与朋侪弈戏也，则又以诗戒，有"翰林事业多如许，博弈何劳枉用心"之句。凡书至官下，自谨疾爱身之外，拳拳焉惟修饰行检是先，且曰："吾见士大夫忽略小节而能令终者，鲜矣。汝宜刻于心。"

先考处同姓少长皆无违礼，叔父应麟甫，始分异时情少乖，卒体奉训府君爱弟之意，遇患难必为尽力。应麟甫不时至邑，令欲加笞掠，则以身翼蔽请代，令义而释之。事类此者非一，由是亲睦如初。

先考严厉有威，音吐洪畅，赋性刚直，临事明决。邻族争讼不能直者，辄来就决，一言之下，是非了然。里中小民，有所恃而能自立，欲为不义者，惟恐先君知之。然深嫉武断贪求之俗，或致馈谢，必叱而出之，曰："吾欲吐汝气耳，岂望报乎？"今四川宪副、宁波张公仲明尹铅山时，往往以讼牒付先君，使平其曲直，谓讼者曰："清里正不汝枉也。"

其存心一主于仁厚，邻翁田叟相见时，委曲假借，未尝加以富贵。老不能存者，收而养之，以病告者，界之药，无倦意。初，乡俗贷谷息皆十五，先君独如律，息十三；贫不能偿者，辄焚其券。权量之制，与公家同，乡间依以为信。得赝金，弃不复用，曰："吾为人所欺，可以欺人乎？"岁大侵，谷价腾踊，富家闭廪邀直，先君戒家人减价粜之，曰："幸灾射利，仁者不为也。"商舟载笋脯覆于潭，渔者攘而售之，家人利其贱，窃买以供具；先君知之，则数月不笋食，用以荐羹臛，亦择而弃之。

自负智略足效一官，在田里间熟知民所疾苦，政有不便，为之心恻。藩臬郡县诸公礼于其庐者，必恳恳告之，虚怀尽下者多见采纳焉。然廉介有守，非公事不轻入城府。自少参公贵任以来，亲故或徇势为请寄，先君曰："吾已戒从者持束藁于门矣，能食此者，乃能为汝忍耻。以私干人，吾不能也。"太宜人姐子婺甚，有所干，先考拒如前；其人恳于太宜人曰："业已受某金，且已为衣食费矣，将奈何？"先考惧伤太宜人意，曰："是无难也，宁为汝偿其金。"即如数偿其金而谢遣之。

宏既贵，深以盈满为惧，复作箴以自警，有"毫末之污，终身可耻。心之神明，岂可欺蔽"之语焉。性不喜饮，亦不以酒强人。又尝闻上饶一斋娄先生讲《家人》上九爻义，深与意合，处家以严。不迩声色，房无媵侍。尝自叹曰："吾闻昔人有三不惑，吾其庶乎？"年四十有六，已受修撰之封，处之泊然，不见其少有骄态。非岁时宴会，未尝御绮绣。姻族乡党，莫能瑕疵一言。

先君天分颖敏，于阴阳方技刑法诸家者流，以其切于俗用也，皆通习之。初，葬奉训府君，筮宅未审，谋迁诸吉壤，乃研究地理之术。少参公所购《葬经》，有理致者，往往手自抄集，默诵潜思，契其肯綮。后得吉于县东金相之原，太宜人归窆时，乃改而合之。启故窆，见枢已腐尽，悲惨久之。尝谓"地理家葬心之说，与程、朱所论合，仁人孝子苟爱其先者，必不忍置其体魄于水蚁沙砾之中"。故继祖母张孺人之葬于青山，敏庵及张孺人之葬于石垅，少参公及雪峰先生之葬于芙蓉，皆山水佳胜处。而其冒风露、披荆棘，尽心力以访求之，盖亦勤矣。先师补庵公之捐馆也，亲往吊祭，且挟葬师偕行，图卜其宅兆，曰："吾儿有成，公赐也，吾何以为报乎？"去之日，子寄方卧病，及归，已卒，虽痛甚，未尝以为悔。学士南昌张东白先生，以先君好青乌之学，且以所居南有五峰，称[44]之为"五峰先生"，先君因以为自号云。

先君自弱冠理家，精干勤励，居数日必出行田园，垦辟修筑，惟其能为，[45]不以劳惮。既受封，犹然。宏欲迎就斗升之禄，庶其少息。而先姊以女弟未行，弗许。戊午之春，复申前请，始欣然可之，其冬装已办矣，不幸先姊弃养，而弗果行。宏守制归奉先君，私计服阕时扶持北上，鸟鸟之情倘可少遂。讵意罪逆深重，罹此酷罚，而先考以先姊卒之又明年孟冬，溘然而逝，罔极之恩未能少报。呜呼哀哉，呜呼痛哉！

先是，岁丁未，先君闻邑之白水乡有山曰天柱，最秀。璞被往观，夜宿于城邸，梦人告山中有夫妻相会穴，心异之。厥明，至天柱，果于其南又得高垅曰杨梅尖，实与天柱对峙而争雄也。自是每登而乐之，顾瞻徙倚，移日不忍去。先卒之十日，率宏、完奉先姊之枢往葬焉，而窆期尚远，乃归。归来数刻，头岑岑痛不止，遂卒，盖庚申十月三日也。距所生正统壬戌六月十一日，仅享年五十有九。呜呼哀哉，呜呼痛哉！

先姊余氏，同邑望族处士允徽之女，有贤行，详具西涯李公所为铭。子男三：长即不肖；次完，习举业；次寄，早卒。女二：适广信府学生上饶泸溪余[46]瑞；次许故知宁羌州弋阳张简子锦。孙男若干人：长某，五岁卒夭；次懋仁；次懋贤。孙女三人：长许适宜兴吴骥，今侍讲学士俨之子也；余尚幼。

初，先君四十有[47]一，尝病疫于姑苏，几不救。里中老稚忧之，相率祷于社者数百人，且日至门候问安否；闻其间也，则转相告曰："我公庶几无虑矣。"愈之日，复相率赛神呼笑以为乐。后十年，病疽症尤急，医告技绝矣，众忧而祷之如前，已而竟愈，人以为有相之者。至是暴卒，莫不骇愕，来吊者哀之如所生，邑里有"老成凋谢"之叹。

宏以辛酉八月二十八日奉柩葬于天柱山之阳，从先考之所乐也。

痛惟先君存心制行，不愧古人。处家居乡，迥绝流俗。惜也早罹孤茕，终于韦布。志节才猷，百不一见。不肖兄弟复庸劣寡昧，弗克显扬。幸而苟生，实籍其幽光庇我后嗣。用敢饮泣沥血，直述事行，将丐大君子为幽堂之铭、墓道之表，以垂诸不朽。而荒迷惨塞，弗能成章。伏惟执事，文行高古，望重一时，敢乞矜念存殁，代为次叙，庶作者有所考信。不胜哀恳之至。

先母赠夫人余氏行略

先母姓余氏，宋参知政事上饶郡开国伯讳尧弼之裔也。后以族属蕃衍，自上饶徙铅山之西溪。先外祖父允徽处士，能以勤俭致富，而尤好尚礼义。继娶周氏，有贤行，是生先母。先母生而慧淑，不烦姆教，父母器异[48]之，为择所宜归。时先祖赠资政大夫礼部尚书府君[49]方欲以诗礼振起门户，其于先伯乡贡进士敏庵、参议复庵先生受室也，皆慎其选，及闻先母贤，遂为先考聘焉。

先母年十八归先考，盖先祖及敏庵先生先是已即世矣。先祖母夫人周氏以先祖之志，命先伯参议公专务学业，家政总理悉付先考；至凡闺阃米盐之务，则属之先伯母贞节孺人及先母焉。先母上奉周夫人，时其寒燠饥饱，敬进所欲，晨昏必叩榻问起居。有小恙则骇污终夕，疾已始复，周夫人曰"是能孝我"，每举为姻党告。张孺人性严毅，内治轩然，先母能曲意将顺，居常觇其嚬笑以为忧喜。于是张孺人之教克行于家，顾先母欢甚，盖忘其为寡居也。

乡俗，富者嫁女或割田以资奁具，所入之租，夫之父母兄弟皆不问其出纳。先母之嫁也，有腴田数十亩，谓先考曰："吾家方敦尚孝义，吾岂可私所有哉？"遂捐其租为公费，故姒娌相效，无私蓄焉。先考有弟妹各二人，当先祖殁时，皆稚弱，而先祖母多病倦勤，所以抚助嫁娶，亦惟张孺人及先母是赖。先伯参议公尝语宏曰："吾门之兴，尔祖之志，吾兄弟成之，而实张孺人与尔母内助之力也。"

先母[50]生勤俭慈仁，早岁蚕织所衣，下逮仆妾。时祭节享，涤器治具不以委人。燕[51]馈宾戚，务致丰洁，下至仆隶盘飧，亦手自飣餖，意乃慊然。每向晦，必命徙薪储水，而后即安。牢豕埘鸡，一一经虑。家人毕就寝，独先母室中尚继烛缝纫，刀尺铿然有声。其自奉甚薄，服饰饮啖不厌粗粝。于取人之财惟恐其多，而赒给孤釐[52]贫乏，遇所有无尝靳惜，疏宗远属多感其惠。

生贱弟兄十余人，其存者宏及仲完而已。虽甚慈爱之，然长而就傅，赞先考督教甚严。宏领成化癸卯乡荐，卒业太学三年，不以离忧介怀。丁未，宏忝进士，授翰林院修撰，后一月恭遇恩诏，推封[53]先考如宏官，而先母为安人。宗戚女妇莫不助喜，而先母自处如平时，不见其有矜喜之色，皆窃语曰："余安人不类其官母也。"

先考性亢直，待人不善委曲，先母每因事规之。或以非义相干，有所馈遗者，先母谓先考曰："吾宁贫，不愿苟得。然有急而间，[54]亦人情之常，宜温辞遣之，庶不招怨詈也。"

先母体气素弱，而又劳于家务，宏筮任后，累有迎养之请。先母曰："吾入费氏门三十余年，与诸姒娣分职厘务，甘苦必同，劳逸必均，故众志安定，家法乃立。今以吾既贵，遽图自逸，人其谓我何？"姒娣强之，不听。盖时已感疟矣，自后每劳，[55]疟必作，少间则又给事不辍，其天性勤俭固然也。

弘治戊午秋，宏念遗养日久，复申前请，先母始欣然许之，北上有期。不幸以其年冬十二月三日卒，距其生正统癸亥六月十三日，享年五十有六。呜呼哀哉，呜呼痛哉！

子男三人：长即宏；次完，县学生；次寄，生十岁卒。女二人：长适国子生上泸余瑞；次适弋阳县学生张锦。孙男若干人：长乾孙，六岁而卒；次懋仁、懋贤、懋义、懋礼、懋良、懋智。女孙：长适宜兴吴骥，翰林编修南京礼部侍郎克温之子也；余尚幼。

哀哉，先母以辛酉年正月十二日葬于杨梅尖之陇，少师西涯公既辱赐之铭矣。宏荷遗德覆育，自服阕还朝，屡进官阶，三受诰命。先考由修撰累赠中顺大夫太常寺少卿兼翰林院侍读、通议大夫礼部右侍郎、资政大夫礼部尚书；先母由安人累赠恭人、淑人、夫人。荣养弗逮，痛悼弥深。首相树碑，以侈上恩。是用衔哀沥血，仰干执事赐之雄文，表于墓上。庶先母所以劬躬恭后者，有所托而垂诸不朽。矜而许之，存殁之感，宁有既耶？不肖哀子宏，不胜哀恳之至。

先伯贵州等处承宣布政使司右参议致仕复庵先生行实

先生讳瑄，字仲玉，号复庵，姓费，世居铅山仁义乡之横林。遭元之乱，谱谍不存，自先生而上六世，世未可考。讳友常，配余氏；讳广成，配王氏、徐氏；讳荣祖，配曹氏、张氏；讳应麒，赠奉训大夫兵部武选清吏司员外郎，配周氏，加封太宜人者，先生之高、曾、祖、考妣也。自荣祖而上，三府君皆以勤俭立家，有隐德。至奉训公，始以宦学教子。子五人，名珣者字伯玉，号敏庵，景泰癸酉乡贡进士；名璠者字叔玉，以子宏贵封翰林修撰；名玙者字季玉，以义民入赀赐冠服；名瑞者字幼玉，成化癸卯乡贡进士；而先生其仲也。

奉训公愤己早孤失学，教子甚严。而敏庵进锐成速，甚称公意，至于大受远到，则属望于先生。以先生质虽愚钝，而性宽耐事，不轻喜怒故也。景泰辛未，遣敏庵偕先生补邑庠弟子员。癸酉之试，敏庵领荐，族人有置酒为贺者，先生素善饮，引满无算。奉训公顾谓之曰："今日之会，为汝兄，非为汝也。汝反纵饮沾醉，无惭乎？"先生对曰："儿敢以酒荒业哉？顾乐吾兄之成，有所钦法，可以酬大人之志耳。"于是奉训公尽欢而罢。

又明年，先生从敏庵如京师，游冢宰康懿陈公之门。初习《礼》，至是改治《书》。再期，自京师返，而敏庵即世，奉训公亦弃养矣。服除，遂应限年之贡，升于太学。既而循例得归，与故韶守蒋君钦，今都宪郑公龄，讲学不辍。[56]

成化乙酉领江西乡荐，累试礼部不利，乙未始登进士第。观政工部，累奉使于外，最后使蜀府营葬事，兵民之与役者，皆曰"于我有德"。及归，王所赐橐装直数百金，固辞不受。

己亥冬还，授工部都水清吏司主事，往督徐州之吕梁洪。洪上流支渠泄水，旧以束草阏之，水涨则荡为浮梗以去。会洪，夫所具草束，岁累至二十五万，以钱输者加十有三，而恒劳于修筑。先生至，取州库所储草价，募匠石，调丁夫，辇近洪块石叠为长堤二百六十五丈，其广七丈，而高杀丈之三。又于堤西筑坝口二十余丈，以杀湍悍。或疑堤太卑者，先生曰："为堤者，取其无耗吾经流而已。水有余，固宜纵之漫流其上也。且凡高者，必危而易覆，况奔流怒湍与吾堤斗乎？吾虑之熟矣。"及堤成，甚固。奏减草束岁十余万，民钱至三十余万。又以洪东丛石狞恶廉利，牵挽者出没其间，足不能良步。乃畚瓦砾实其洼隙，而外以石甃之，计其长凡四百一十余丈。功未讫，例当代还，居民数百人诣督漕总兵官陈公锐、巡按御史周君蕃，言先生治洪有方，功绪未就，不可使去。事闻，部[57]长贰请从民愿，复留先生三年。于是东堤之险如失，[58]行者便之，而东堤之东又甃长衢七百九十丈，以折牵挽之壅。至放舟之厅，集夫之厂，积蒿之场，市易之集，与凡祠庙廨宇，有关于洪事者，必尽力焉。

初，二洪居民私造舟以剥载者，例输所得米十分之一，自先生至，水尤涸，所输稍多。于时方事筑堤之役，乃取以为夫匠之廪。辛丑、壬寅，岁侵民馁，徐州、砀山二学师生俸廪亦不继，先生以其米二千余石助有司赈之。己巳春，又以六百石给漕士之归迟而粮绝者。盖刬除修筑，旧敛十去八九。然公私往来者，但见其役之兴，功之就，而不知其劳与费所从出也。其事见阁老西涯李公所为记。丙午春代还，迁兵部武选清吏司主事。

其秋九月，贵州都匀苗盗窃发，守臣以"僭伪号、图不轨"闻，诏择御史、部属各一人往相抚剿轫便。今宫保大司马马公疏先生老成可任，遂升本司员外郎，奉敕以行。时守臣已调近兵二万，结屯寨以俟矣。先生与同事者亲诣都匀、清平，察苗实无逆谋，力主招抚之议。守臣冀有所利，辄出危语劫之，同事者颇为所动。先生曰："君不念敕中'慎之、重之'等语耶？果欲用兵，请君独主之，某不敢与[59]焉。况苗实不反，欲[60]以兵加之，仁者固如是乎？"又谓守臣曰："诸公觊爵赏以[61]为己利，独不思调发无穷之害耶？"于是众稍悟。会苗[62]酋出听抚谕，兵不果用，六七年间贵州竟无苗患，事具载宪庙《实录》。

丁未，授恩诏归省太宜人。明年为弘治戊申，以太宜人忧守制归。服阕，徜徉林泉，有终隐之意。既数年，所亲相与强之，乃复趋朝，遂升职方清吏司郎中，盖甲寅岁也。丙辰春，升贵州布政使司右参议，时已有归志矣。抵任，分守安南道，又为之修学校，葺桥梁，不敢为苟且之政。明年捧表入贺万寿节，将至京师，遂以病乞致仕归。又明年终于正寝，盖弘治戊午六月十二日也。距其所生宣德乙卯七月八日，享年六十有四。

配骆氏，侧室傅氏。子男四人：长寅，早卒；次宪，为敏庵后；次宁，邑庠生；次宦。女二人：长适弋阳邑庠生方且；次许聘顺天府尹德兴张公宪之子。孙男三人，长懋中，次懋和，次未名；女六人，皆幼。

先生为人谨厚诚悫，虑事周详，故在官必勉副委任，多有成绩。读书不务博洽，好观宋人《自警篇》，取其要语以自饬励。当代名臣言行可师法者，得诸故老，往往记忆不忘。其教子弟，亦常诵之。

居家孝友，于奉训[63]公之教，自壮至老，奉以周旋，罔敢失坠。养太宜人务[64]极爱敬。于寡嫂张氏，事之甚恭，家事以付修撰、义民二弟。不私蓄铢金粒粟，俸入所赢，[65]悉与共之。迨其归也，囊无余赀，虽妻子有怨言，不以介意。幼弟乡贡士之学，口自讲授，期以远大。

宏游太学时，适先生在吕梁，每购经史遗之。又书戒之曰："古称作史贵有才、学、识，吾谓凡为士皆然，独史乎哉？吾与吾侄，不患其才识之后人，而患其学之不博，无以充其才与识也。"岁辛亥，闻宏得请告归，躬自迎至天津，故内相丘文庄公闻而叹曰："世人爱其兄弟之子能如是者，鲜矣。"

尝谓"人家孝义衰而覆败相寻者，由分赀异产而休[66]戚不相及也"，乃取浦江郑氏家规仿而行之。平生轻财好施，待人恩意浃洽，处僚友尤必以诚，曰："吾于施不敢薄，而于报不厚望也。"故人无诚愚贤诈，皆自以为难及。其卒也，大夫士知者莫不惜之，而吕梁父老奔走垂涕，请于主事来君伯韶，愿肖像以奉祀云。先生葬于里之芙蓉山，盖卒之明年己未正月二十四日也。

宏于群从中，尤为先生所钟爱，而恨哭不凭棺、窆不临窀，徒抱无涯之悲而已。爰敢述其行实之略，仰干执事先生俯赐一言，垂诸简册，庶几先生之所以自立者，可以不朽矣。伏惟不拒，幸孰甚焉。宏不胜哀恳之至。

费处士行状

处士讳良佐，姓费氏，世为铅山仁义乡人。永乐间盗发宋时冢，得埋铭云："五季之乱，费氏与诸葛氏自蜀徙居铅山，世为婚好。"疑自蜀徙者，即大将军祎之苗裔也。诸费往往聚族以居，有居横林者，有居范坞者，有居费墩者。其谱谍失次，数世以上，莫详其系，而称呼庆吊尚不绝。

处士盖范坞之族，讳德芳，讳思安，讳九思、娶张氏者，处士之曾大父、大父、父母也。处士为人孝友，事父母能服劳干蛊，得其欢心。年二十余，二亲继没，执丧如礼。弟三人，曰良辅，曰良佑，曰良弼，于是皆未冠，处士抚而教之，各底于成。家中微产不能数百金，处士勤身啬用，积铢累寸，渐致饶裕。所创田宅，推及诸弟，不以自私。终公之身，内外良贱将近数百，同釜而食，不忍异爨。良辅早世，遗孤杰，甫三岁，处士视之如子，使有干有室。其先世尝坐累谪戍，处士虑家众彼此规避，遂成斗讼，乃与诸属立约，为期以次入伍，而身先之。次至杰，会调发当之广西剿苗孽，处士握擘号恸，行道闻之，莫不流涕。至于宗族姻戚，待之皆有恩礼。

宏大父赠奉训大夫武选员外郎府君，于处士为父行也；今贵州参议君，则奉训之仲子，于处士弟行也。奉训公见义必为，为乡邑豪杰，以处士机警解事，心甚喜之；百尔区画，辄询之处士。处士亦以得所依为幸，未尝一日去左右。正统末，复修经界之法，乡推奉训公长其役，履亩核实，无毫发欺弊。其籍记之劳，实处士任之。

奉训公自恨孤弱失学，以教子读书为先务，而处士效之，亦惟恐在后。子诚，甫髫龀，即在奉训家塾授《孝经》《小学》诸书。暨长，遣补邑庠弟子员，授业参议君之所。处士殁后六年为成化辛卯，诚领江西乡荐，今为顺昌令。

处士殁以成化丙戌十月晦日，距所生永乐甲午，享年五十有三。配张氏，弋阳名族女，相处士有淑行，奉舅姑能尽枣栗之职。凡有事宾祭，率先诸妇，不惮烦琐。缲丝缉枲，沾及一家，不特能衣其夫。生永乐丙申，后处士九年卒，年五十有九，卒之年月日，实成化甲午某月某日也。

子五人：长侃，次即诚，次某，次某，次广。侃、某、某皆能继勤俭之业，广亦治经知文墨。女二人：长适上饶王叔璘，幼适同邑叶凤。孙男若干人，某、某。女若干人，某适某。

处士以卒之年十二月某日，葬其里芙蓉山先垅之左。张孺人卒，欲合处士葬，以茔域褊小不克容，别葬邑东天柱山下阳坞。盖孺人之葬又十有六年，诚始为令，有禄以养，而处士及孺人皆不能逮。

诚抱终天之恨，无所控告，饮食服御，辄自贬损，不敢安肆。方且勤励职任，冀保贤誉，以为亲显。间尝泣告于宏曰："先人有善而弗知，不明也。知而弗传，不仁也。诚养不逮亲，罪逆深重。而墓上之石，尚未有述，又罹兹不仁之咎，其何颜以与士齿？"乃授处士平生行实，使为之状。庶几文章大家，轸崇孝之谊，宠赐一言，表诸墓道，以为不朽之托焉。谨状。

封奉直大夫左春坊左谕德兼翰林院侍讲毛公行状

公讳敏，字子聪，别号养浩，姓毛氏，东莱掖县人也。曾大父讳士元，大父讳伯全，父讳福英，世以纯德称里中。母王氏有懿行。公生而体貌修整，方颐广颡。自幼凝重，不为儿戏。八岁入里塾，亲严师，闭户诵习，已有钜人之志。当是时，天下士庶犹奉令兼读诰律，公挟册如对君父，未尝有懈容。长老异之，曰："是儿大毛氏之门必矣。"年十三，补郡学弟子员。家贫，艰于得书，从人借录，点勘殆遍。而其学不专口耳枝叶之末，同辈多推让之。

景泰庚午领乡荐，再上春官不利，天顺丁丑，以母老养艰，往司唐山之训。三载，丁母忧，甲申服阕，复分教霍州。成化庚寅，满考，升教故城。所至条约严[67]明，随材启迪，而尤以持心端己、笃诚不欺为本。屏华[68]绝侈，口不言利。诸生有贫而不能婚葬者，往往赀货助之，故士类感奋，多所成就；若今少司马马公天禄，故侍御李君汝弼，皆及门士也。应天甲午之试，聘公同考，方溽暑，危坐舟中，防范甚密。将命者欲有所私，以公严正，不敢近而止。己亥满考，升杭州府学教授。杭为文献大郡，益慎简也。而地当孔道，虽儒校未能无迎送之劳。既五年，公颇厌之，乃请老归。

归三年为丙午，季子维之试于乡，为首选，明年遂登进士，入翰林为史职。弘治癸丑，书最，得敕封公检讨，阶征仕郎。今天子嗣极，维之用春宫讲读之劳，由侍读进奉直大夫左春坊左谕德兼翰林侍讲，公进封亦如之。盖公自归休余二十年，再受恩封，备膺诸福，既荣且寿，世鲜其俪。谈者以为公初屯终泰，窒于身而达于子，天之所以报善，恒迟而不爽，固如是也。

顷，维之复荷腰金之赐，且将援诏例请推及公，而公之讣奄至，实被赐[69]前一日，盖丙寅九月二十日也。距所生洪熙乙巳[70]二月二十一日，享年八十有二。前配赵氏，继刘氏，累封宜人。

子男五：长经，赵所出。次纶，武清县学训导。次绶，次绣，义官。次纪，维之其字也。女一，适监察院御史郭东山，皆刘出。孙男十六：柴、架、橥、㰍、㭋、㮰、荣、架、槃、㰅、渠、樂、栾、業、㮤、集。橥、㭋皆郡庠生。女八。曾孙男一，女三。

公为人质直谨厚，孝友天至。父丧时年方羁丱，哀毁如成人。送终之具，竭赀营办如礼。事母动求志惬，不知其力之匮。二兄子益、子良，虽异爨，常资给之。子良再失配，其娶也，费皆公出。自奉节约，而于宾祭必丰。平居端坐，终日默然。及接人，温厚和易，言论娓娓，听者无不意满。年甫六十，居林下，与姻朋齿德相类者七八人，月必再会，会必馨欢而罢。所谈率依道义，虽洽甚，无一亵语。性嗜学，迄老手不释卷。尝语诸子曰："吾无以遗汝辈，汝辈惟力垦经畬，庶几有获。"故诸子皆知自励，而大发于维之，文行器业蔚为时望。呜呼！公可以无恨矣。

维之守制归，卜以某年某月某日葬公于郡城西北北流之源。固属宏状公之行，将请于文章钜公作为表志，以为公不朽图。宏芜陋，奚能为役？顾维之先是尝再得省公，词林诸君子皆有言以致[71]颂祷之意，而宏坐忧病家食，恨未得挂名其末，今兹[72]之属，于谊安忍辞？遂为叙述如，[73]以俟采择。谨状。

赠中顺大夫太常寺少卿兼翰林院侍读靳公行述

公讳瑜，字廷璧，姓靳氏。其先为庐州人，宋季避乱，家丹[74]徒。曾大父讳实，妣宜人。大父讳诚，妣姜氏。父讳荣，宽厚好义，妣吴氏相之，以严家法称于乡里。子三人，公其季也。幼习诗，游镇江府学，既屡试不利，以贡为南京国子生。天顺壬午，授温州府经历。

温有盘石、金乡诸卫，兵与民错居，且多山依海，伏之盗时时窃发为患，盖剧郡也。公虽处幕下，持身任职，挺特不群。太守莆田周公贤之，凡戢奸兴利之事多以见委，或先他官而不能办者，举属之公，公益感奋自效。

尝所识陈千户者，欲妾民所聘女，而讼于郡。付公听断，公以理讽止之，陈弗窜，更以贿干。公张其贿，诬遂辨，女归聘家。

郡之平定仓，莅其税入者例[75]有赂，吏胥无所忌，并缘为奸。至公，赂不行，宿弊乃革。[76]公儒者，貌不甚扬，人初易之，及是能声藉甚。周太守礼之加厚，燕居相见，至称之为先生。或以事出，则章属公署。公亦慨然尽[77]力，不以摄嫌。

瑞安平阳界上有地岸海，曰沙园，素苦[78]潮溢，民力耕不[79]足以供[80]额税。公为筑石堤，成而固，人德[81]公甚，遂以公姓名塘，曰"靳公塘"云。

民有戴堂者，[82]恃险远，数抵法，官司捕不获，将坐以叛。公曰："罪止堂身，若叛，则其家皆坐矣，吾不忍祸及无辜。"亲至其所居，晓以利害，堂感悟，乃就逮，其家竟得不坐。海盗张亚虎等，横不可制，公画计擒其魁，置于法，支党溃遁，海道以宁。

公持法甚严，而所存仁恕。凡讯狱，务情之得，多所平反。尤留意穷民，每行县，必先存问孤老，或捐己廪以赈之。温尝缺判，郡人请于吏部，乞补公，公适在京师，或谓少事关节，则其事济矣，公不为动。

盖居温八年，久而民益爱之。继周公者邵公某也，待公如周公。及范太守至，礼貌颇衰，公即请老去，时成化壬辰岁也。自是家居十余年，温人道镇江者，必来问[83]安否。其缙绅士大夫，与其家往还如亲戚，至于今不衰。

公为人孝友，公[84]殁，居丧以孝闻。比仕，母已老，不能就养，每得美衣珍味，辄寓归以献。伯兄老，无子，事之甚谨。与人交，襟袍夷坦，不为岸谷，有急辄周之。年逾五十，犹未有子，在温时，其配太恭人范氏，伺公出，阴为置妾。公闻而止之，曰："汝尝孕，而不育，天也。吾且老，安可复累人之女？"遂以银币捐之。无何，生子贵，而范之年已四十有七矣，人以为厚德之[85]报。公得子虽晚，亦[86]不以慈废教，童年为择所事，遣游故宪副丁君玉夫之门。丁君在亲党中行卑年少，时尚未有名，公独器异之，礼之甚恭，可谓有知人之鉴矣。

公之卒为成化壬寅五月五日，距所生永乐辛卯十一月二十四日，得寿七十有二。属纩时，戒其子不得效世俗以饭僧荐福为孝。又以立身扬名勉之。

公卒既八年，为弘治己酉，贵举应天，居首选，明年进士及第，入为翰林编修。满考，蒙恩赠公官如子，阶文林郎。今上在春宫时，贵由编修兼校书，寻充讲读官。顷以潜邸旧学之劳，由谕德进中顺大夫太常寺少卿兼侍读，未几用圣母尊号覃恩，加赠公官，阶亦如之。范氏乐易朴厚，慈仁喜施，事姑以孝称。公既没，每以公志励其子。年七十有三，而少卿始登进士，居京邸，享其荣者十有七年，再封至太恭人，年几九十而卒，耆年盛福，世鲜其俪。

子男一，即少卿也。学行醇备，所至未可量。女一，适士人丁元祐。孙男一人，曰延庆。女二人，长适礼部侍郎补庵费公之子玄，次尚幼。

初，公权葬焦石山之麓，惟兹太恭人之丧，上特遣官谕祭，且命有司营葬事，盖⁽⁸⁷⁾异数也。少卿将图吉壤，启公柩而合窆焉，且将徼赐立言之大君子，发其幽潜，以为不朽计。乃述公生平履历，以状属宏，于谊不可辞也。谨叙次如右，以备采择。谨状。

【校勘记】

(1) □　底本、丛刊本皆空一字，据文意疑脱一字。

(2) 李　底本字不清，据丛刊本补。

(3) 缚　丛刊本字不清。

(4) 议代　底本字不清，丛刊本作"议代"，据文意疑为"请代"之误。

(5) 凿　底本、丛刊本字皆不清，据文意补。

(6) 民利　底本字不清，据丛刊本补。

(7) 过　丛刊本字不清。

(8) 安其　丛刊本字不清。

(9) 者明年　丛刊本字不清。

(10) 立祠　底本字不清，据丛刊本补。

(11) 自京朝　底本字不清，据丛刊本补。

(12) 陈　底本字不清，据丛刊本补。

(13) 宫　底本字不清，丛刊本作白框，据前文补。

(14) 孺　底本字不清，丛刊本作白框，据后文补。

(15) 编　底本字不清，丛刊本作白框，据前文补。

(16) 谕　底本字不清，丛刊本作白框，据前文补。

(17) 幼　底本字不清，丛刊本作白框，据文意补。

(18) 遗居　丛刊本字不清。

(19) 奉养　丛刊本字不清。

（20）昇　据《明清进士题名碑录索引》，疑为"昇"之误，同科进士另有名蒋昇者，祁阳人。

（21）中相推让以为不　丛刊本字不清。

（22）共　依文意，疑为"女"之误。

（23）责累　丛刊本字不清。

（24）颖　底本字不清，据丛刊本补。

（25）在　底本字不清。据丛刊本补。

（26）盈庭　丛刊本字不清。

（27）曲　丛刊本作"典"。

（28）广　底本字不清，据丛刊本补。

（29）焉　丛刊本作白框。

（30）得三　底本字不清，据丛刊本补。

（31）咸曰　底本字不清，据丛刊本补。

（32）抚　底本、丛刊本字皆不清，据《国朝献征录》补。

（33）推　底本、丛刊本字皆不清，据《国朝献征录》补。

（34）训　底本字不清，据丛刊本补。

（35）义　丛刊本作"浚"。

（36）弟　丛刊本作"为"。

（37）储　底本字不清，据丛刊本补。

（38）人娄居性严毅　底本字不清，据丛刊本补。

（39）怒却　底本字不清，据丛刊本补。

（40）爱聚坐　丛刊本字不清。

（41）费　丛刊本字不清。

（42）所　丛刊本字不清。

（43）既就　依文意，此下疑脱一"傅"。

（44）称　底本字不清，据丛刊本补。

（45）能为　底本字不清，据丛刊本补。

（46）余　底本、丛刊本字皆不清，据后篇《先母赠夫人余氏行略》补。

（47）有　底本字不清，据丛刊本补。

（48）异　底本字不清，据丛刊本补。

（49）君　底本字不清，据丛刊本补。

（50）先母　底本字不清，据丛刊本补。

（51）燕　丛刊本字不清。

（52）娄　底本、丛刊本皆作"娑"，据文意改。

（53）封　丛刊本作"到"。

（54）间　底本、丛刊本字皆不清，据后文补。

（55）劳　丛刊本作"荣"。

（56）辄　据文意，疑为"辍"之误。

（57）闻部　底本字不清，据丛刊本补。

（58）如失　底本字不清，据丛刊本补。

（59）敢与　底本字不清，据丛刊本补。

（60）欲　底本字不清，据丛刊本补。

（61）赏以　底本字不清，据丛刊本补。

（62）会苗　底本字不清，据丛刊本补。

（63）训　底本字不清，据丛刊本补。

（64）务　丛刊本字不清。

（65）赢　依文意，疑为"赢"之误。

（66）休　底本字不清，据丛刊本补。

（67）严　底本字不清，据丛刊本补。

（68）华　底本字不清，据丛刊本补。

（69）赐　底本字不清，据丛刊本补。

（70）乙巳　底本、丛刊本皆作"己巳"，据《明史》，洪熙只有元年乙巳一年，据以改。

（71）致　底本字不清，据丛刊本补。

（72）兹　底本字不清，据丛刊本补。

（73）遂为叙述如　依文意，此下疑脱一"右"。

（74）丹　底本、丛刊本字皆不清，据《中国历代人名大辞典》补。

（75）例　底本字不清，据丛刊本补。

（76）革　底本字不清，据丛刊本补。

（77）尽　丛刊本字不清。

（78）苦　丛刊本作白框。

（79）不　丛刊本作白框。

（80）供　丛刊本作"能"。

（81）人德　底本字不清，据丛刊本补。

（82）者　底本字不清，据丛刊本补。

（83）问　丛刊本作"谢"。

（84）公　依文意，疑为"父"之误。

（85）厚德之　底本字不清，据丛刊本补。

（86）晚亦　底本字不清，据丛刊本补。

（87）葬事盖　底本字不清，据丛刊本补。

志 类

明故承直郎吏部稽勋清吏司主事萧君墓志铭

君讳义，字宜之，姓萧氏。其先世为临江新喻人，有讳燧者，仕宋至参知政事。其五世孙曰豳，为袁州教授，始家宜春之南隅，于是为宜春人。豳六传至仲达，君之大父也。君父让，隐居不仕，乐善好施予。母徐氏。

君生而颖敏，游郡庠，种学绩文，华与实称，侪辈皆自屈服。成化元年领江西乡荐，试春官累进累黜，十七年始登进士第。明年，奉命往营代藩葬事，规画井井，功集而人不扰，王贤之甚。癸卯，以母忧归。服阕，授稽勋司主事，勤于职任，稽考精核。又三载，以疾卒，实弘治己酉九月一日也。享年五十有几。娶邓氏，生子男二：曰翰，曰珝。女一，适邑人某。孙男一。

君德性温厚，操履端慎。执父母之丧，哀毁诚尽。与其兄处，始终无间言。宗族乡党，指引皆有恩意。袁士及其门者，多出科目。自禄仕以来，常以亲不逮养为恨，闻有分禄归养者，辄为于悒泪数行下。己酉之春，已得疾矣，犹黾勉事。医有讽其可请告以归者，君曰："吾考绩有期，幸得赠典，以荣二亲于地下，归未晚也。"将革，呼二子谓曰："死生，命也。第吾赖父母之教，以底于成，而不能报，此终天之憾。汝辈宜力学，以成吾志。"言讫而卒，神色不乱。

缙绅知君者，莫不悼惜。其尤厚者，若考功郎中张君廷式，稽勋员外郎孙君志同，既视其殓，又谋其所以归。乃率翰，以萧君子鹏之状来请，曰："翰卜葬在某年某月某日，其葬在某地。幽堂不可无铭，将以累子。"予惜宜之而不能释，其何以辞？铭曰：

发之迟，养之和。奚年之长，而禄之不多？天命则然，吁其如何。铭以识其幽，百世不磨。

奉政大夫湖州府同知汪公墓志铭

公讳贵，字士达，姓汪氏，家广信永丰之严池。曾大父睢宁令，讳景文。大父讳伯京。父讳某，母某氏。

公幼质美，年十三游郡庠。已而父殁，能佐其兄琸经纪家事，不废学业。景泰癸酉，领荐于乡。天顺庚辰，登进士第，观政礼部，以病告归。久之始起，坐前奉使时尝覆舟毁御批，例外补，出知崇明。崇明岸海，多风鱼灾，且军民揉居，强弱不敌。公至，嘘枯掖仆，民力乃裕。再期，丁内艰归。

服阕，值淳安令缺，内相商文毅轸其乡邑，语吏部用公补之。邑多贵宦家，豪右或藉声势挠令肆奸，治之严甚，皆自戢。岁屡侵，尽力赈之，民不病饥。吏胥盗官库物不赀，廉其党，悉抵法。考绩赴吏部者再，皆以最书，寻升湖州府同知。属县上供之赋，岁以数十万计，公催科有方，事集而民不扰。历五年，群民相率疏请补公郡守，则新守已除矣，事乃寝。未几，遂乞归，盖成化丙午岁也。弘治戊午九月十三日，年七十有八，以疾卒。

配黄氏，早卒，无子。继室杨氏，子烨；梅氏，子炳、炜、炤；侧室施氏，子灿，凡五人。烨早世，炳、炤充邑庠生。女四人：长适邑人程桓，次适上饶郑琨，余尚幼。孙男五，女二。

公为人诚朴，不饰言貌，衣食务自贬，以勤俭为子弟先。敦尚孝友，官淳安时，尝取道过家，亟创祠堂以奉先祀。兄早世，抚其二孤，均为己子，田庐即已所市割以畀之，无所私。其施于家者如是，宜其居官从政之可纪也。

炳将以己未十二月十一日葬公于墩丘山之原，奉公友陈郡博元纲所为状来速予铭。予念先伯父敏庵先世尝同公领乡荐，有世讲之好，谊不可让，乃序公行而铭之。铭曰：

近实远华，用植其身。迁之于官，亦阜其民。德音不亡，视此贞珉。

陈节妇郑氏墓志铭

莆[1]田陈节妇郑氏之卒，且三年矣。其孙卫知事永盛，持其妇翁教授徐公所为状，来乞予铭。盖莆俗葬缓，[2]节妇之丧犹在殡，永盛将谋诸其父澂，以某年某月某日，合其祖尚衡甫而葬焉，礼也。予既重节妇之行，又以徐公之言可信不妄，乃为叙而铭之。

陈、郑皆东皋旧族，其居室相比，资产相当。节妇之大父宣平簿孟年，尚衡甫之父奉化簿季节，其年德出处相类，契分相好也。故奉化公为尚衡甫择室，而节妇遂嫔于陈。尚衡甫受室仅再期，偕节妇入京，补大宁戎伍之缺。至福州，遭疾而卒。节妇罄[3]囊赀治敛具，乃讣告其舅及其兄尚恭公，以其柩归。

逆旅中猝遭变故，处之中礼，闻者贤之。当是时，节妇年仅二十有一，遗孤澂甫晬，成立未可知。且姑没舅老，家政一出尚恭，姒洪处节妇恩礼甚薄，尚衡甫当有之产，悉靳不与。或谓节妇盍改图，节妇曰："未亡人即怕寒饿死，异日何面目见吾夫？且吾夫之孤，何赖而有立也？况吾之力足以为养，未必寒饿死乎？"自是深居房闼，容不粉泽，服不华彩。母家虽近咫尺，阅数岁未尝一归。家奴里妇，鲜有见其面者。居常以售布自给，祁寒盛暑，纺织不休。其奉养俭薄，不求滋味。遇尚衡甫愍忌之旦，率澂荐祭，[4]诚腆如仪。澂知学，遣从旧儒黄可献先生游。其冠也，戒会元陈先生为宾。二先生素高介自重，贤节妇，爱及其子。

自是节妇之名彰于人人，尚恭亦感悟，始割其田畀之。节妇年六十，乡人欲上其事，节妇止之，曰："未亡人幸不寒饿死，子之子亦已成人，于分足矣，敢他望乎？"及弘治初元，县大夫奉行即位之诏，乃复以节妇名上。事下核实，如例旌其门，给复终身。又十余年，节妇年八十有二，始卒，盖癸亥九月十四日也。子一人，即澂。孙若干人，长即永盛，次某某。曾孙若干人，长天齐，次某某。

呜呼！妇以节为大闲，故一节而众美备焉。不辱其身，贞也。不负其所事，信也。念其亲惧遗之耻，孝也。鞠遗孤以永其世，慈也。备是四者，以显名于天壤之间，谓之伟丈夫可矣。而一女妇能之，岂不贤哉？是宜铭。铭曰：

恒贞之吉，从一而终。彼不有躬，乃妇之蒙。吁此陈妪，铁石其心。髧髦之念，宁首如蓬。委巷隐隐，达于天聪。门有绰楔，过者必恭。子老孙长，始也孤童。死者复生，弗椒吾容。幽宫之铭，史氏是征。后百千祀，令名其彰。

明故嘉议大夫太常寺卿掌钦天监事吴君墓志铭

君讳昊，[5]字仁甫，姓吴氏。其先居抚之金谿，宋以来代有显者。六世祖名德，始徙临川之稠源。高祖讳友恭，曾祖讳彦成，俱以隐德闻。祖讳永昌，封钦天监五官灵台郎。父讳英，精于历象之学，仕至春官[6]正，食五品禄，以君贵赠中宪大夫太常寺少卿。母杨氏，赠恭人。

君生京师，少颖敏，有志科第，兼通《诗》《易》。既连试有司不利，乃用其家学补天文生。成化间，鄱阳童公士昂。以太常少卿莅钦天监事，独器君稠人中，荐为五官保章正。数年，升秋官正，又升监副，弘治二年升监正。

当是时，敬皇帝新服厥命，奉天勤民，诸卿监皆出慎选。君感激思奋，勉于其职。朝廷有大礼，决择时日，必躬自校核，不以委人。或乾象告异，必直书以奏，无所讳饰，曰："吾无以报上，于此尽心焉耳。"寮属有缺，必其人而后荐之，故监之额员未尝具备。先是，诸生以世业故，多狎玩其官长，漫无体统。及君，严立条教，众乃肃然。

观象台旧制浑仪，黄赤二道交于奎轸，与今之四正庋；其阳经南北轴，不合两极出入之度，阴纬东西窥管，又不与太阳出没相当，故虽设而不用。所用简仪，则郭守敬之遗制也。而北极云柱差短，以测经星，去极亦不能无爽。君言："《授时历》，元起至元辛巳，今已二百一十年，天与岁行差三度余矣。仪象于观天最急，失今不改，恐渐疏而谬。"诏下礼部议，如其说。制木样测验，久之，乃铸为新仪。更二道环交于璧、轸，其经纬、云柱自是皆与天合。

阴阳人素无月廪，贫不自存；君请视医生，量劳逸差其斗食，且复其身勿事；

而天文生又复其家一人，其廪食亦加于旧焉。印历纸取诸外郡，郡征银入市于京，奸民牟利欺公，费多而用不给。部奏君酌定其价及官为收买例，于是宿弊顿除，岁有宽剩。君之孜孜职事，皆此类也。

十年，以监正秩满，进太常寺少卿。正德元年，以少卿秩满，又进太常寺卿。[7] 四年六月二十一日，以疾终于邸第，享年六十有三。其莅监事者二十年，忠勤廉慎，始终如一。大夫士重其人，莫不惜之。配王氏，赠宜人。继岳氏，封亦然。子男三：长琚，先卒；次瑶，国子生，皆王出。次玺，岳出也。孙男六人：长钲，习举业；次鈇，天文生；次钊，次钟，次镗，次铉。

君居家孝友，中宪公与杨恭人之殁，拘于例不得终丧，服墨衰未尝废礼。事其兄昭甫恭甚，待群从子弟人人有恩，处亲故必归于厚。其为监副时，监正适缺，众以属君。于是童公休退久矣，君疏其贤不可及，遂复诏用。及童公以南京礼部尚书再乞休退，又尝以俸余馈之，是皆流俗所难得者。

瑶[8]将扶柩归临川，以某年　月　日葬山之原。偕[9]君之从弟五官挈壶正昇，来乞予铭。予与君同乡，知君之行，宜为铭也。铭曰：

天行至健理最玄，七政列舍相回旋。明时察变职守专，上佐哲后[10]承乾元。在古有训命犹然，太常处位多历年。清台雅誉谁能肩，先皇奉若心乾乾。职思修补敢弗虔？官非旅进惟其贤。今不可作归新阡，为勒铭诗纳重泉。庶不朽者常流传。

明故资政大夫南京工部尚书张公墓志铭

南京工部尚书张公讳宪，字廷式，别号省庵。世居德兴县岁寒溪之东。溪东旧常产芝，及公生，芝不复有，乡长老异之。公自为儿时，已庄重不凡。游县庠，以给事中约斋祝先生为师。约斋乐易善谑，见公矜严好礼，亦心惮之。诸生会讲时，公或特入，必曰："祭酒来矣。"乡贤达兵部尚书孙公，尤重公，高年里居，暇辄招公谈论，竟日乃罢。尝谓人曰："张某，台辅器也。"

成化四年，公年二十有三，领江西乡荐。后三年壬辰，登进士第，观政刑部，即留意法比，部长贰皆贤之。会吏部选科道，偶遗公，众皆疑愕。寻乃授考功主事，盖尚书尹恭简公读公所试，知其所养醇正，而欲留自助也。在考功，历员外郎、郎中，凡十有四年，廉慎公勤如一日。甄别[11]流品，必先志行。遇士夫之贤者，辄以人材访之。有所闻，籍记惟谨，课核之际，以参黜陟。其人可用，即疏远不相识，必阴荐之。

考功以地望例迁卿佐，鲜外补者。弘治初，公资既深，尚书王端毅公探所欲，公曰："惧官之弗称焉耳，奚内外之敢择乎？"遂升山东左参政。行部所至，兴坠典，释冤系，孜孜政务。宗圣公墓在嘉[12]祥，芜秽弗治，公叹曰："事有似缓而实急者，此类是也。"命有司亟为修筑，并葺其祠。辽东僻远，学政颇不修，公督饷之暇，时即黉舍为诸生讲说，其好以经术缘饰又如此。

在山东凡五年，升浙江右布政使。镇守中官纵左右虐民而攫其财，公廉得其人，置于理。岳武穆祠在西湖，故有祭田二顷，为势家所据。公检核畀祠，又访其苗裔，使占籍倚郭，得食其租人，以世其蒸尝焉。交承例阅库藏，主吏报羡银若干，欲以动公。公曰："杭人方苦箧贡，以此助之，岂非一分之赐乎？吾弗能窃取为自殖计也。"仍封识，责之主吏。

升顺天府尹，事虽旁午，公处之裕如。屡请宽恤畿民，以培植根本。旱则竭诚致祷，雨辄应期。久之，望詟权豪，德孚士庶。考最，赐诰有"划除奸蠹，扶植善良"之褒。

升工部右侍郎，总理易州山厂。厂统郡八，[13]役民数万，趋走之吏自郡倅而下余百员，故为奸利囊橐。公曰："近腻者易污，[14]吾其可弗慎哉？"总理用公差，例日廪五升，省八郡当供之馈，簿书有关防，以杜缘绝之欺。柴夫纳银，得痛损加耗之数，皆自公始。于是宿蠹十去七八，而积欠日渐以完矣。

既而还莅部事。会今上即位，诸边告急，户部言"足边赖盐课，而其法久坏，请遣重臣厘正之"。两浙八闽以属公，遂兼都察院右佥都御史以行。亲历诸场，炎瘴无所避。适二品九年考满，升右都御史，仍督其事。事将就绪，而贼瑾专政，议革巡抚，召公还。公畏瑾势，徘徊于道，久之始至，又久之始得莅院事。未几复改南京都察院，历一年，迁南京礼部尚书。瑾终恶公不已附，甫月余，内批致仕。瑾诛，公最先召用，改南京工部，盖正德五年九月也。践任仅一年，以六年二月二日卒位，享年六十有六。上闻讣嗟悼，命礼部赐祭，工部营葬事，皆如制。

公之先出唐相文瓘，其后有讳介者刺杭，值黄巢之乱，避地迁歙之篁墩，由篁墩四迁而至溪东，则公五世祖元祐也。元祐第四子讳里国，初以文鸣，有著述，号东山先生。东山子伯良，伯良子贵承，贵承子仲与，于公为高、曾、祖、考。公尹[15]顺天时，赠祖、考皆通议大夫顺天府尹，妣徐氏、吴氏赠皆淑人。配余氏封淑人，德与公合。子三人：长珂，领顺天府乡荐。次珩，次琨，县学生，皆好修力学，克承公志。女一，早殁。孙男若干人：文表，文博。

公天资淳雅，学识本原。平居习静持敬，无惰容，无厉气，无谑语。酬应事物，一于诚笃。事二亲至孝。历官中外四十年，以畏慎自将，人莫能瑕疵一言。待亲交宁过于厚，训诲后进谆谆不倦。从子栾，经公指授，竟成进士。自少至老，手不卷释，所著有《省庵稿》。公之卒也，珂方就试京师，将奔归奉公丧，以某年某月某日葬某山之原，偕予妻之兄孙孟阳，持状征铭。

宏素辱公爱，知公之行颇详，自度铭公宜无愧。况先伯少参府君实以季女妻琨，于谊亦不可辞也。铭曰：

岁寒之溪，演迤冲瀜。薰为芝英，产溪之东。异人既出，瑞不物钟。爰有佳誉，肇于羁童。乃发贤科，名位日崇。冢宰之属，计吏考功。膝加渊坠，我敢弗公。端表澄源，饰于其躬。越在外服，衍衍如鸿。乃尹京府，乃佐司空。乃长宪台，乃晋秩宗。功恒自考，位必靖共。既废而起，恃我朴忠。原曰长庆，惟公之宫。勒此贞珉，具载始终。庆以喜长，百世其隆。

封文林郎江⁽¹⁶⁾西道监察御史李君墓志铭

封文林郎监察御⁽¹⁷⁾史蒙阴李君之讣至京师，其子太仆少卿尚德守制归，将奉祔于城东先茔之次，乃介其同官兰君文秀来问予铭。按光禄少卿李君遂之所为状，君讳恕，字克己。其先沂州人，金末避乱来居蒙阴之东门庄。曾祖讳海，元季主东门山寨，善于防御，一方赖之。祖讳炋，由省椽为广宗县丞，以廉自守，其致仕归也，仅二驴负衣物，夫妇子女皆徒行。父讳评，有隐德。母包氏。

初，邑人不知问学，君既成童，已甘心于耕牧矣。邑令闻其颖敏，始强之为学官弟子员。岁余通经廪食，年三十有二，遂贡于太学。久之，授修武县丞。县缺令，君实署其事。民有争讼，以情理反复晓之，各悔悟罢去。赋税第严为之限，输者争先，文告箠械，几于无用。然深恶豪猾，必穷治之。岁大侵，多方赈恤，夙夜勤瘁。富室感其诚，相劝出粟，所全活不可胜计。甫十月，以父忧归，囊橐萧然。服除，改丞固始，益励清节，部使者皆优其考。然高抗不屈，其性然也。未期年，入觐，遂托疾乞归，时年仅五十有六，盖成化丁未岁也。

君之出固也，父老追赆于途，皆却不受。及抵家，语次及之，太仆时犹未第，以为赆非无处，而又出于诚，受之未为不可也。君作色叱曰："童子何知，世未⁽¹⁸⁾有施而不报者。吾既决于归矣，而复受邑人之赆，其将何以报之，得无贻欺取之讥邪？"君所存纯朴类如此。

盖致仕余二十年，未尝轻至城市，暇则游田野以农务为业，硗瘠之地往往化为沃饶。又集里社耆民立乡约十余条，如惩强暴、禁原蚕、绝师巫、辟佛老、谨男女之别而严少长之序，皆志于敦本厚俗。又能躬行以表率之，由是一乡化服，以违君之教为耻。其平居家教尤严，及太仆登进士、授行人、陟御史，动以清修，致勖曰："辞受取予，万有一苟焉，终身之玷不可浣也。"故太仆励志砥行，声称完洁。而君逮受其封且十年，晚复见擢居卿寺，为善之报，盖有不可诬者云。

君生于宣德某年正月三十日，卒于正德某年五月十五日，享年七十有七。娶许氏，封孺人。子男二：长勉仁，即太仆。次居仁，邑庠生。孙男三：志绍、志继、志绪；继、绍亦邑庠生。女一，适宁津丞同邑阚公圣之孙虎。葬以某年某月某日。铭曰：

谁哉宦归乃徒步，二驴所载物可数。广宗之节亦良苦，固始居官似其祖。廉声惠利肇修武，余才自谓不丞负。志有弗乐拂衣去，明农我昔起农亩。有余之祉委我后，升华历要大门户。恩封禄养天锡嘏，家传清白惟一矩。尚有褒章贲兹墓，幽室藏铭播终古。

明故奉训大夫礼部精膳⁽¹⁹⁾司署郎中事员外郎唐公墓志铭

精膳司署郎中事唐君原善，予同年友也。其卒也，予方有晨星之感。柩将归葬，君次子侃累然衰绖，介其同邑乡进士张君静夫、顾君德彰，奉翰林庶吉士陆君子渊所为状，来请予铭。予为之泫然以悲，遂诺而铭之。

君讳贞，原善其字。上世本汴州人，至宋，有贵一将仕者，从高宗南迁，居华亭之白沙里。曾祖讳璟，祖讳玉，皆以隐德称。父讳墉，以君贵赠车驾司主事，母周⁽²⁰⁾氏，赠安人。

君自少颖敏淳谨，为乡先生所器重。家故饶，能自裁节，务为清苦之行。读书百里外，止以一仆自随，见者以为寒士也。游金山卫学，领成化癸卯乡荐，登丁未进士。以母忧归，服阕，除兵部车驾司主事。越一年，以父忧归，服阕，改礼部仪制司主事。弘治乙丑，始升主客司员外郎，寻进署精膳司郎中事。

君不事表暴，而才识内蕴，发皆中度。其为进士时，尝奉命诣浙江分纂《宪宗皇帝实录》。循故事往报镇守官，之礼门，中闭，不肯旁趋；取刺授门者，即上马去，闻者以为婉而得体。其⁽²¹⁾所采事实，视他省最为精详。在主客时，哈密贡方物数倍常而滥恶；君阅之，谓其使曰："何为利我优赐，易其物而增之邪？"悉以折估。闻其使者日哗于庭，君使译谕之，将移文边关核实，且致诘其酋长，众乃愕然屈服。在精膳时，天下贡茶至，例附其余为样茶，而其实所司分取，若以为私馈也。君曰："于礼于法，上供物皆不敢私尝。"戒门者弗入其余。盖登第余二十年，回翔郎署，用不及究而卒，实正德丁卯四月八日也，得年仅五十三。

娶，初刘氏，赠安人。继陈氏、王氏。刘安人有男二：长儒，松江府学生；次即侃，亦习举子业。女二：长适松江府学生戴聪；次许嫁宋冬官克辉之孙公选；余一男一女皆幼，侧室王氏所出也。

君厚于伦理，事二亲及兄祚以孝友闻。与人交，不立城府，笑语温然，见者爱之。宜有年而止于此，可哀也已。墓在金汇之原，葬以是年十二月十五日。铭曰：

气醇而厚，中存坦夷。谓必有年，而止于斯。郎署盘桓，未究其施。所未究者，子尚继之。俚辞叙德，以慰吾悲。

明故资善大夫太子少保兵部尚书兼翰林院学士谥文和尹公墓志铭

太子少保兵部尚书兼翰林院学士澄⁽²²⁾江先生尹公，以正德六年十二月一日卒于泰和之里第。天子闻讣悼惜，遣官谕祭者四，命有司营葬如式，谥文和。

公子达，卜以卒之又明年某月某日葬某山之原，以宏公门下士也，授以前御史欧阳云所状公行，属为铭。宏谫陋，奚能为役？窃念初第后见公，公即以彭文宪公勖之，曰："吾乡前辈以高科至大位者多矣，而学术醇正，吾尤慕文宪，愿子以为法。"呜呼！公之所以待宏若是其厚，铭乌忍辞？

公讳直，字正言，别号謇斋，晚更号澄江。尹世为泰和洪富里人，其先有讳绛者，宋景德中以进士为天长簿。大父讳子源，永乐初入翰林，与修《大典》，书成授福清河泊所官。父讳奂重，皆以公贵，赠资善大夫太子少保兵部尚书兼翰林院学士。太母陈、母萧皆夫人。

公在娠，萧夫人梦巨螭入室。其将诞也，族祖仲玉、仲谦见公家紫气腾上，以为失火，既闻公生，相顾贺曰："必此子也，亢吾宗者。"儿时颖异过人，稍长，为文奇逸，侪辈皆出其下。

景泰癸酉，领江西乡荐。明年甲戌，试礼部，中式为第二人，廷试赐高第，改翰林庶吉士。与修《环宇通志》。丙子五月，除编修。天顺改元，奉命祭南海。戊寅，与修《大明一统志》。宪宗御极，充经筵讲官，与修英庙《实录》。

初，景皇帝名号未定，或欲从昌邑、更始例，公力辩不可。成化丁亥，实录成，升侍读，是年与校《贞观政要》。己丑春，祀四陵，以秀王主祭，陪祀官循旧分行，公言："往者两大臣主祭，故陪祀者可分。王今遍诣四陵，陪祀者尚可分邪？"礼官愕然，从之。壬辰，升侍讲学士，所讲必附时政，词意诚恳，上每为感悟⁽²³⁾动容。

乙未，升礼部右侍郎。南京地震，廷臣疏请修省，属公具稿，所陈多触时忌，同列颇难之，公请独任其责。

番夷入贡，诉往年有遗赏数以万计。或谓夷情宜勉徇，公曰："给赏据当时名籍，岂有遗者？若一坠小人欺冒之计，将来何以继之？"未几，来者果踵相蹑，众益服公明决。宣府左卫请度僧行百余人，公曰："是皆在边副卒，岂可空什伍以充梵刹乎？"议通行诸边，禁止之。丙申，以父忧归。己亥，服阕，改南京吏部。甲辰，升南京礼部左侍郎，请汰黜钦天监生徒之冗滥者。

值岁旱，命大臣会法司谳狱，过刻立异者，往往犹欲覆勘。公谓"深求淹系，岂缘旱恤刑意邪"？由是多从轻宥。盖公所存平恕，在两京一再审录，阅其情有矜，辄为辩救，得减死论者数人。

丙午，召为兵部左侍郎。会贵州守臣奏叛苗势甚猖獗，宜合兵亟剿之。公言："此必贪功生事者冀有所指取，苗势未必然也。"力赞大司马马公，请遣郎吏、御史往勘，卒以抚定。其所遣郎吏，盖宏先伯父讳瑄者也。

是年九月，改户部左侍郎兼翰林院学士，入内阁参与机务。寻加太子少保，升兵部尚书，赐麒麟衣一袭。公感激上恩，益图报称。又以首台万文康公为知己，遇事昌言明辩，无所顾忌，裨益为多，一时制诰典册，亦多公手笔。丁未，皇贵妃万氏薨，上谕欲敛以黄，且用后礼葬。公与同官力争，乃止。

时占城王子古来为安南所逼，弃国至广东求援，该部议令守臣送之还国。公言：

"远夷为强国所侵，其来诉者，恃我能为之主也。若徒遣之归，而一无所处，是弃之矣。宜命大臣至广审度事宜，且敕责安南敦睦邻好，庶不失以大字小之体。"因荐都御史屠公往。由是安南敛戢，古来得领封而还。凡边情缓急，公临事以意筹之，多中肯綮。

夏不雨，公与同官疏致旱之由，上为辍建寺工役，省禁中斋醮，放宫女三百余人。逾二日，雨，各赐宫扇一。上绘魏征像，书《御制良臣赋》，盖旌其言之善也。寻以皇子冠，为宣祝使，遂赐玉带。八月三日，宪庙上宾，遗诏中有欲加一二□之数户门⁽²⁴⁾□□□□□□⁽²⁵⁾中旧章示之，乃止。

孝宗既嗣大宝，倚毗益切。公自幸遭际盛时，一意将顺，凡弊政在成化有欲诤而未能者，与同官画一疏请，以渐厘革，天下翕然仰更新之化焉。一日，有旨欲召用内监旧臣之在南都者，公谓"此非初政急务"。而其机已不可遏，乃上章引避，温诏谕以"朕初服，方倚卿辅成治理，岂宜去？"及所召者既至，公与文康盖不可复留矣。

公归老于澄江之上，犹日以讲学为事，士大夫过者必被容接，未尝厌倦。晚年体气益壮，步履如飞，少年或不能及。盖居林下者二十七年，年八十有五而殁。功成身退，兼荣名盛福而有之，世岂易得哉？

元配封夫人曾氏，侧室丁氏，皆先公卒。子男三：长逵，南京中军都督府都事；次即达，国子监典簿；次通。女一，适方伯王用之子绍。孙男十五，女九。曾孙男四，女五。

公长身伟貌，望而知其为台鼎之器。襟宇阔略，论议英发。为文章丰蔚雅驷，其气充然。与丘文庄公、彭文宪公举进士为同年，以博雅更相推服。尝同考会试者二，主考两京乡试及会试者各一，鉴别精确，得人最多；若谢文庄、罗一峰、程篁⁽²⁶⁾墩、吴文定，尤号魁杰之士。平生著述甚富，其最著⁽²⁷⁾有《澄江集》《名相赞》《南宋名臣言行录》《皇朝名臣言行通录》《明良交泰录》《琐缀录》。

门人受公之知而见于颂述者，或称其识敏才充，恒思以身任天下之事，而不为洇涩之态。或惜其孤立寡谐，晚方柄用，而未及竟其所欲为。或谓其文既见畏于人，又自坦夷直谅，荡无城府，而且刚方果毅以临事，固宜人之忌之，而又幸其得全以去。兹于公固非溢美，而世之知公者，亦信其然也。铭曰：

金鱼远与龙州连，西昌出相古语然。皇明有作后继先，东里之盛谁能肩？师垣眉寿称儒仙，公复掉鞅追前贤。瀛洲鸾凤看腾骞，回翔书局入讲筵。论如悬河思涌泉，以人报国尤惓惓。善类自幸蒙陶甄，出佐三礼仍三铨。两京盘桓凡几年，持议棘棘心平平。晚承简命居文渊，典司帝制参化权。其言如纶笔如椽，远慑夷虏苏黎元。孝皇更化锐解弦，台比鼎立公居间。赞襄棐迪孰敢专，功成拂袖归翩翩。穷年兀兀亲丹铅，杀青余业多新编。功未究者形于言，荣名遐寿福既全。恤终有典贲九原，美哉兹丘庆且延。达贤有后要诸天，幽堂奢石铭吾镌。后百千祀声光传。

明故奉政大夫通政司右参议王君墓志铭

君讳萱，字时芳，姓王氏，别号青崖。生有异质，七岁，书过目成诵，十岁能文，十六入邑庠，提学宪臣见其文皆奇之。既冠，魁弘治辛酉乡试。明年登进士，入翰林为庶吉士。自是益肆力于学，馆阁诸老见其文，又皆奇之。越二年，拜刑科给事中。会今上改元正德，太白屡见，君谓"弭灾图治，贵以实应天。今之要务，则在戒因循、广纳听、亲贤臣而已"。盖诸司有所建白，少与时忤，内批辄寝而不行，此因循之大弊也，故君首及之。且其词恳恻，有所感动，上嘉纳焉。阅月，又陈五事：其一谓"古人记人君言动，今既名修撰、编修、检讨为史官，则宜令编录时政，以公是非，用惩劝"。其四事欲惩怠玩以除盗贼，禁科索以苏民困，清冤狱以广仁恩，去奔竞以振吏治。皆时弊所当亟救者，闻者皆称重之。未几，移病乞归。

时逆瑾擅政，以怨除都御史雍泰名，君坐尝荐泰，罚输边米三百石。瑾寻矫令诸请告逾年者皆致仕，君遂废处林下几三年。

庚午，瑾败，君复故职，居兵科。值四方盗起，君条陈八事，谓"其患始于玩忽，而成于蒙蔽。所以御之者多非其人，贼能设覆出奇以待我，而我徒应以不教之民兵，宜屡败而无益也。且诏书有'自相捕斩'之购，[28]而有司概不奉行。卫所虽设官军，而擅调既难，罪责不及。今宜重蒙蔽之罚，开自新之路。更用良吏，广蓄将才。屈群策，募死士。有警听便宜调军策应，不专责州县，庶群盗殄灭有期"。章下兵部，多议行之。

壬申，以四川师久无功，择才往视，众以属君。君被命，誓必灭贼，即条上机宜八事，筹虑精核，类履军而素讲焉者。至汉中，闻贼势未衰，乃复以添设大将请。廷议用都督时源率边兵鼓行而西，又以总制属之都御史彭公济物。于是渠魁廖麻子、喻思俸等诡请听招，要我尽撤诸兵，处其众于开县临江市。巡抚以下皆堕其计，欣然会奏，以为奇功。君方入蜀境，亟移书辩其不可。奏至，朝廷幸贼解散，且降奖励之敕矣。然识者谓廖贼稔恶流毒，决不可原，且君奏未至，亦不能无疑也。不数日，君果以贼徒复叛闻，乃停前敕，用君言，治主招者之罪。君以贼以招误我，且其党骆松祥、度三儿等皆坐招而蔓也，自是督剿益严，诸将吏材鄙勇怯及功过所当刺举者，铢称鉴别，不少假借。当道亦谅君忠恳，言必见从。时方用陈珣代杨宏为总兵，而以兰海代阎纲为副矣。君复疏其不职，竟以徐谦、周诚易之。于是赏罚严明，人思奋励，战始协力。既逾年，诸贼擒馘[29]殆尽，蜀境乃平。上嘉君功，擢通政使司右参议，人以为宜。

君素孱弱，缘军务积劳益病。丙子，使荆府册封王子，得便道归觐二亲。久之，始持节还朝，妻子皆留家侍养。又明年戊寅五月十一日，以疾卒京师，春秋仅三十有七，士大夫惜君之才未究于用，莫不悲之。

王氏初居临川舍岭，七世祖讳贵，元末徙金谿临坊。曾祖讳忠，以太学生任镇峡寨巡检。祖讳吉，与季弟金宪讳稽者自相师友，通五经，以隐终。父序，领乡荐，掌潼川州教，以君贵累封通政使司参议。母曾氏封宜人。配胡氏，同邑司训钟英女也，封如姑。子道统，女静玉；侧室潘氏子道行，俱尚幼。

君自幼负大志，以刚正廉洁自持。其自蜀还，会藩臬郡县，发视笥箧，示不持军中一物。荆王循故事贿赠，固辞。遇事敢言，如在蜀，劾贪吏，举遗贤，表贞烈，请发帑蠲租赈穷。皆非使指所急，然得之闻见，必吐乃慊。性尤嗜学，手不卷释。其诗平淡清逸，为文章力追古人，疏畅警拔。奏议尤明辩峻属，纚纚不穷。尝极论军中"四害"，旁引曲喻，切于事情。诸老亟加叹赏，以为非流辈可及。有《青崖集》若干卷藏于家。

君与母弟刑部员外郎蕡及太学生芹最相友爱，君卒后，员外君得请护丧南归，卜己卯三月三日葬其里富家山之阳。自述君行，走人征予铭，以予雅知君也。予不意君止此，尚忍铭也哉？然义不忍辞。铭曰：

千金之骨，云征电掣。里视国都，胡然中蹶。大厦之支，睨彼昂霄。匠石心恻，仆于狂飙。烈烈王君，逢时而达。天固生之，而乃速夺。其文蔚蔼，施之庙廊。经济之功，著于安攘。年虽弗遐，德则多有。百世之长，是为不朽。

明故南京刑部四川司员外郎张君墓志铭

君讳栾，字叔乔，姓张氏，别号固斋。谱宗唐宰相文瓘，其先由杭徙歙，累迁德兴，居钟和里。曾祖嗣彪，祖琏，父淊，世有厚德。母董氏，继吴氏，俱以贤称。

君自幼器识不凡，受诗学于从父大司空省庵公，公奇之。总角入邑庠，领弘治乙卯乡荐。试礼部连不利，游太学，兼通三《礼》《尚书》。正德戊辰，登吕拊榜进士，明年授刑部云南司主事。

会逆瑾弄权，士往往阿附逃祸井，或见事蜂生，以希进用。君与其同官宥、寀皆愿愿，器弗时合，且次直巡牢，又根究狱卒所在，实长吏及郎署因徇私役弗欲变；所忤益多，竟中之，用瑾例谓"才各有益"，左迁凤阳教授，盖庚午之春也。至则修举学政，旦夕不倦。捐俸刻文公《小学》及《敬斋箴》《太极图解》，畀诸生读之，欲端所习。

是秋，瑾伏法更化，起君同知归德，一方利病多所兴革，当道才之。适开封守缺，代署府事，誉[30]日起。辛未四月，流贼杨虎等将入归德境，势甚张，复奉檄还州，日练士为防御计。州新迁，无城，君议取河夫余价尝乾没于所司者，用以为修筑费，而躬亲程督之，四阅月而成。冬初，虎果率众渡河，君令四境阖家入保，而简其精锐入行伍，一体操习，与卫司画地而守。贼来攻，悉力捍之。卫司或失守，贼有登城者矣。君勒兵死战，家童张海殁焉。君首额俱被创，犹裹疮拒敌，未尝气沮。凡斩首二十五级，生擒三十八名，夺回被掳男女及贼马衣甲无算。贼乃遁，城赖以全。总督都御史幸庵彭公嘉其功，以银牌、文绮旌之。河溢许州及通途，东西行者告病，又檄君疏导，患遂息。在任二年，累以廉能被旌奖之典。

癸酉春，升知柳州。抵任不数日，决宿狱，活死囚九人。未几，以继母忧归，士民惜之。丙子，服阕赴部。会顺天乡试，简入受卷，以勤慎重于诸公。丁丑二月，升南京刑部四川司员外郎，未几遂卒，盖五月四日也，距其生天顺辛巳，享年五十有七。配汪氏，德与公合。子男二：长爵，次圭，皆邑庠生，可继君志。孙男一，德仲。

君居家孝友，既贵仕，恒以亲不逮养为恨，事继母如所生。处兄棨、弟集皆得其欢心。次弟概早亡，为立后以祀之，抚教诸生，均于己子。族子殷幼孤，奴于豪右，赎而归之。性嗜学，尤喜诲人，凡经指授者，多取高第。其貌不逾中人，言若不能出诸其口，见者类以儒生易之。然雅有干局，非与世浮沉者比。故世虽屈抑，而卒能自奋以用其才。其于志业，亦可谓无负矣。

君与予妻翁冰檗孙公有连，其从弟琨实先伯少参公之子婿，故予知君颇深。顷闻君卒，方悲其用之未究也。君将葬，爵等乃奉方伯舒公本直所为状，来征予铭，予顾谊安可辞？盖君之葬以卒之年十二月二十九日，墓在女儿田枫木坞之原。铭曰：

谓儒非吏，特宜横经。时哉时哉，执敢有声。既踬而奋，乃用于兵。裹疮登陴，却敌完城。斯吏斯才，亦儒之能。道固不渝，时或偶乘。我弗群趋，惧忝儒名。既复其始，有衢方亨。孰执其枢，弗久以生。用而弗究，理弗可恁。百世之扬，则有斯铭。

明故石庵屠公墓志铭

鄞有隐君子石庵屠公，蓄德未施，委趾厥后。子安卿由正德辛未进士拜云南监察御史，既三年，且以绩最膺封典矣，而公乃忽捐馆舍。于是御史君方按江西，闻讣悲甚，欲为公不朽图，备述公德，以幽堂之铭见属。宏念昔备卿佐，尝缀公从兄丹山翁之后，而予从弟编修案，又忝御史君同年，契义之厚，不容以"不能"辞。

公讳湖，字朝隐，石庵其别号也。先世汴人，宋南渡，避地无锡，再徙来鄞，居邑之甬东。讳季者，其始迁祖也。曾祖讳顺，以丹山贵赠荣禄大夫柱国太子太傅吏部尚书。祖讳子良，隐而弗耀。考癸轩，讳珍，司训祁州，升教章平。[31]妣陈氏。

公生而朴茂，向往端直。百尔浮趍侈尚、利射机迎之习，不为所染。而持己应物，一惟诚笃谨约。少侍癸轩公于庠，诵法典训，期于有立。以伯兄汉早世，家务系焉，业弗能就。然心潜味得，言论践履，概依于道。作字亦必楷正，师法欧、虞。居常别白音义，务出俚俗之不协者。

癸轩性峻厉，其官于祁也，公偕其配方孺[32]人随侍，辄以鸡鸣盟栉，加[33]寝候问，朝晡供养惟谨。夜必俟就枕，乃敢即安，终九年未尝一日怠弛。方孺人德与公合，公与之相礼如宾，平生无一言抵牾。事寡嫂吴甚恭，孤侄辅，视如己子，所得葵轩俸赢[34]归置产业，必以均之。葵轩与陈孺人之卒，卒[35]章平也。公弟二人亦继殁，惟刘氏妹甫龀，茕茕官下。公自家奔赴，舁四丧以归，葬必诚尽。暨归妹，费赀[36]皆已出，一不吴烦。亲族多归厚焉。[37]

令[38]节祭享，必先饰具，务极丰洁。即岁侵，宁损宴集，而奉尝之礼不废。尝曰："子孙之追孝前人，独此焉赖，废可乎？"其处宗姻乡里，一出于信义恭让。凡贵贱戚疏，少长之交，礼合情洽，人无不爱且敬之。然性禀庄重，不轻语笑，稠人广会中有公在坐，无敢谑浪喧哄。族子以豪夸欺诞自恣者，受公教戒，无不敛肃，因而改行者居多。

其于庭训尤严，御史君兄弟知学，手写《孝经》《小学》诸书以授之。闲居严励，必先孝义右纯朴，盖皆身自为教。而又以志未克伸者激之，必其后之有成也。御史君履洁含忠，一念绍述，跻华历要，如阶初升。荣驰叠锡，方及于公，而公乃不少待，知者伤之。然公自幼迄老，完守无亏，承先裕后，保有世德，可以瞑九京之目，亦何愧哉？公卒以正德戊寅五月乙卯，距其生宣德丙寅，享年七十有三。

方孺人为同邑少参方公信之姐，其卒先公七岁。子男八人：长保，亦先卒；次佑，次佺，次傧，早殇；次侨，即御史君也；次作，领丙子乡荐；次俨，习举子业；次佶。孙男四人，女三人。葬卜某年某月某日，墓在牛星河之原，方孺人实附焉。铭曰：

□[39]俗靡靡，巧趋伪饰。绝绳偭矩，遑恤厥德。嗟嗟石庵，展也如石。我言我动，宁守朴直。我父我兄，弗懈厥职。[40]施及里闬，训我成式。志弗我遂，庆由我积。惟后之成，[41]巍登要陟。我所未施，需为澍泽。荣不卒飨，为我心恻。尚有显命，赍于幽宅。勒诗贞珉，用示无极。

明故中奉大夫广东左布政使方君墓志铭

广东左布政使雪筜方君捐馆之三年，其子重熙偕二弟得吉谋葬，前事告于世父浙江左布政使寿卿及季父太学生良盛，使其族子麟趾，奉山斋郑君汝华状，自莆田来请予铭；别具书，谢不得扶杖踵门之故，其辞哀甚，予读而悲之。

盖君之成进士也，与寿卿同年，皆予所识拔。其后扬历中外，皆著贤声，甫二十余年，皆已涉显位。予度其资、其望、其年，必皆至卿例[42]无疑。顷年寿卿以直道忤贵幸，遂归。君又不幸遂弃其兄而逝，此予之所为悲不能已，然则铭奚忍辞？

君讳良节，字介卿，雪筜其别号也。方望莆，自六桂始，其盛久矣。后棠，宋礼部郎中。仁载，入国朝，鼎为御史。御史从子朝宗为郎中。郎中从父弟、封主客正郎质庵公，讳朝深，娶耆儒巨渊先生之女，封宜人陈氏，君考妣也。质庵刑家有法，宜人用内则[43]助之。

君与寿卿童习端重，持己矜严，已为其世父县尹朝清公所器。既冠，皆精举业，而君尤颖发开悟，夺笔惊人。成化丙午，提学宪臣小试及御史覆试，皆君首列，乡试遂魁多士。弘治庚戌，春官偕天下士试，复中选择为《书》卷第三人，廷试赐进士上第。

授南京户部云南司主事，委督刍粮舟税，皆以办治称。署[44]陕西员外郎，转礼部主客司郎中，簿领之暇，种学绩文，不以宦成自足。每课核辄获重语，故祭酒蔡公介夫偕以材任提学，荐寿卿及君。事未行，君擢知台州。

台剧，能处以静，随事缓急应之。首旌烈妇，按胥吏渔民、妖僧惑众[45]之罪。听决据法，不任情曲直。或涉伦纪，则反复提谕，欲其心革。邵[46]故无晦翁祠，君曰："是不可无也。"亟成之。庙学桥道陂障当修治者，皆汲汲焉不肯后。两浙饥，都御史王公廷彩简良吏分行赈贷，君以劳首被剡荐。会遭质庵公忧去。

服除，改惠州。其治如台，又葺东坡祠，并祀寓惠诸贤，而刻其集。潴丰湖之水，浚公卿桥，以带郡郭。有事于龙川、河源，君属邑也，委邑章，出入兵间，一切调发供亿皆倚办焉。事平，最公居多。时逆瑾擅权，以岭南财贿窟穴，检核旁午，郡邑往往被罪，独惠帑勾稽明甚，莫可瑕摘。总督诸公先后荐闻，遂升广东右参政，分守岭东。值三省会兵剿贼，君独当一面，以俘馘首功受白金文绮之赐。升右□□□□□□□[47]本省政体，民情下上，谙委遗便。隐蠹□□□[48]抉无余。泷水、新会民坐贫啸聚，议者以夷獠□□□[49]意征之，君独以为抚便，竟以抚定。

正德丙子秋，君[50]入觐，舟次韶之白沙，既就寝，溘然而逝，盖八月十一日也，距其生天顺甲申九月二日，得年五十有三。

配黄氏，封宜人，性行慈淑，能为君助。子男三：长男重熙，丙子领乡荐，学优质粹，以荐行闻；次重绍，太学生，敏而才；次重耿，早慧，有大志，皆宜人出也。女一尚幼，许聘副使吴君约中之子某。侧室未出。孙男六：攸暨、攸芋、攸跻、攸宁、攸宜、攸居。女四。

君性禀闳深而以涵揉，举止循雅，器度过人。居家孝友，仁及宗党。敦尚俭朴，不矜贵显。其与人内朗外和，耻为辩[51]察，酬应梦扰，舒徐中度。居官简易平恕，务先惠利，民有遗爱，所去见思。为文辞浑涵隽永，无斧凿餂餖之病。及门经指授者，多取高第：若副使李天衢、佥事吕翀、知府郑璜、主事贾继，其尤显者也。

以君之才之美，所树立未可量，而年仅止此，论者有遗恨焉。然早践亨通，官遂名显，无毫发龃龉，天之畀之，不为不厚矣。矧其嗣之昌又然邪？葬以戊寅十月二十九日，墓在龙塘之原。铭曰：

森森六桂莆之阳，根株始植从李唐。培坚溉沃久益昌，中最盛者推后棠。连枝秀挺天苑傍，为国梁栋专封疆。一家两使参翱翔，浙粤千里遥相望。元方负气正且刚，老干劲节凌秋霜。大材难用犹昂藏，季方翘耸力尚强。谁其蠹之遽催伤，用虽不究泽则长。已有书种传余芳，龙塘幽宅埋铭章。后千百祀垂耿光。

明故奉训大夫浙江按察司佥事李公墓志铭

公卒之明年为弘治甲寅，其冬十二月二十七日葬某山之原，于今六年矣。墓石尚未有铭，其仲子贡士敕，就试京师，介其姻家邓贡士孟骞，奉内翰刘子学先生所为状，来即予请。予伯父参议君稔与公从弟方伯廷章游，而敕又尝同予游太学，于公之行概有闻焉。重以刘先生之状录实可据，乃叙而铭之。

公李姓，瓛[52]讳，廷建字，世居安福之浮山。曾大父伯魁，大父遵武，以公从父绍贵，俱赠礼部侍郎，两妣刘氏，俱赠淑人。父讳组，以公贵赠监察御史，母刘氏赠孺人。

公生而颖秀，仪观伟然。少学《春秋》于侍郎公，文名轧侪类。景泰庚午领乡荐，试礼部累不利，时论冤之。天顺七年，授南京陕西道试监察御史，半岁为真。二年考最，进阶文林郎，貤赠如制。又三年，陟浙江按察司佥事，满考解官归。

归十年乃卒，盖弘治癸丑十二月二十三日也，距所生永乐己亥，享年七十有五。配鲍氏，有贤行，先公卒，赠如其姑。子男二：长敞，邑庠生；次即敕。女二：适同邑管瑚、庐陵郭言逊。孙男、女若干。

公宅心质直，制行刚果，恩笃家庭，溢于外族。学尤邃于经，问难之士恒满门下。若从弟方伯公，及刘郎中厚本，万金事锦，皆公高第弟子也。其为御史，务举宪职。天变，疏陈汰冗官、节贡献等事，皆切时弊。奉命印畿内马，以"岁侵民困"闻，负课者多获免。盗蔓，往捕，区画有方，部落以宁。时院长李公秉、高公明皆器公甚，他道难决狱，往往移鞠于公。公不为势回，贪婪者必绳以法。在浙时，辨奸植懦，民吏畏爱。死狱之断，必焚香以请于天。原请定辟，或时有开释。

然素以刚直自处，可否施罢，必行己志，处其位者不悦，因中以事。公叹曰："古固有以直黜者，吾何愧哉？"既归，却扫一室，读书自乐，城府中无公之迹。呜呼！若公持己莅官，卓卓如是，是宜铭。铭曰：

进岂必甲科，其名始荣。贵岂必台鼎，其绩乃成。贤哉李公，遭时而兴。遂志而行，亦惟其能。无憾而死，无愧而生。其墓予铭，后百祀兮可征。

金溪处士王君稽本寿藏铭

王处士之从弟悦，以□□□□□[53]予门，再拜[54]而请曰：[55]"吾兄生正统己未某月某日，今年五十有八矣，顷已营寿藏于某山之原。暇则从宾友子弟优游其上，荫佳木，班丰草，俯仰自足，若不知死之为悲。顾汲汲于身后之名，砻石一片，时时摩挲数四，则不觉彷徨叹惜，继之以泪。其心诚欲及身存，属名人魁士为铭，以托不朽，庶其悲有时而塞乎？执事方载太史氏笔，与人为善，无问纤钜必录，铭文之述，敢徼惠于执事。"

予未有以应也，悦又进曰："吾王氏本荆国之旁裔，世世勤，喜文词。国初有讳熙者，尝以殖勒名堂，危、宋两学士皆尝辱为之记。而吾遗胤实藉盖覆，得全要领，以从归于九泉。执事终赐之铭，是吾兄能以述祖德于永永也。"

予曰："处士不以死为讳，其达矣乎；知树名以图久存，其贤矣乎；能慕世德而追之，其孝矣乎。是于法宜铭。"乃叙其名、字、世系、行实而铭之。

处士名大，字稽本。其先居金谿之明谷里，至处士九世矣。讳熙者，即其高祖也。熙曾孙宇亮，配周氏，是为处士父母。

处士平居好读书，然不事进取。守先人传付之业，不欲致我废败。勤身啬用，益以完厚。若亲旧闾井，饩遗周恤，则惟礼义是顾，不数数以粒米⁽⁵⁶⁾为忧。少日颇负气，不能下人。既入赀有冠服，益知自戢，为乡邑长。

娶荀氏，生子男一，曰绥。有孙男三：长政，次教、次敩；政聪惠可远到，处士遣入邑庠补弟子员，将以成其欲为之志。铭曰：

繄美王君，宜蜇而伏。孰甘泯泯，为草为木。宁死即朽，维永厥闻。我最君迹，不⁽⁵⁷⁾朽攸存。

明故南京吏部右侍郎赠礼部尚书谥文肃圭峰先生罗公墓志铭

先生卒之又明年，为正德辛巳。圣天子入绍大统，起居旧望，言者不知先生已即世，荐疏交上。既而台使以讣闻，儒绅莫不惜之，曰："天乎，胡为夺圭峰之速也。"所司上先生履历、文行，以赠谥请。诏赠礼部尚书，谥文肃，谕祭营葬皆如制。又荫其子垣为国子监生，儒绅又莫不宜，曰："如圭峰，其无愧于异数矣。"

垣卜以嘉靖癸未某月某日葬先生某山之原，使人至京师求状于考功夏君于中，而以铭属予。予，先生同榜，素厚，恨先生之学不尽其用。自先生捐⁽⁵⁸⁾馆舍，方为斯文悼叹不已，尚忍铭先生也哉？虽然，谊不可辞。

先生讳玘，字景鸣，号圭峰，姓罗氏，世家建昌⁽⁵⁹⁾之南城。曾大父俊杰，用荐任兰溪司税。大父耕隐翁大炬，父⁽⁶⁰⁾西庄翁文程，俱⁽⁶¹⁾以先生贵赠南京吏部⁽⁶²⁾右侍郎，大母傅氏，母傅氏，俱赠⁽⁶³⁾淑人。

先生在孕也，⁽⁶⁴⁾其母梦红光烛天，有物轮囷数十，拖五色云而下。膜拜呼天，熊俄坠压而瘠，越三日，先生生。儿时头角崭异，奇气勃勃，言论动作皆不肯后人。尝与群从兄弟游，遇遗金，众争趋攫，独先生砥⁽⁶⁵⁾视之，未尝色动。读书目数行下，若涉猎不甚经意，而大义了然。西庄遣入邑庠，初谒尹，尹以少易之，试对偶，出奇响应，尹为刮目。初，治《春秋》，既冠，改治《书》。及长乐谢公士元守郡，集群彦讲诵，又改治《诗》。博洽渊奥，侪类皆莫敢望。而文尚奇崛，力追古作。试于乡六七,竟不为有司所知。

成化乙巳,应入粟赈饥之诏,例升国监。时阁老丘文庄公为祭酒,议南士不听北留。先生固以请,至三受朴,而锐不少挫。公心异之,然犹且数之曰:"若能识几字,而崛⁽⁶⁶⁾强乃尔邪?"先生昂首大声对曰:"惟中秘书未尝读耳。"乃姑留之,而识其名于堂柱。越数日季试,先生稿立就,若宿构焉,六馆士数百人,无有能及之者。公惊叹曰:"有士如此而不名荐书,诚有司之过也。"更命作《长安赋》,以为可步《两都》,遇知厚,辄赞赏之。

丙午试京府,时李文正、傅文穆二公同典文衡,得先生文奇之,以魁⁽⁶⁷⁾多士,榜出,相庆以为得人。明年⁽⁶⁸⁾遂登进士,改翰林庶吉士。益肆力古文,欲卓然树立成一家言,同馆类皆推逊。弘治己酉,授编修,名益重,求者户屦相接。然先生益自重,不苟作,有所酬应,常杜门谢客,终日苦思,必得意始命笔。意苟未惬,稿虽数易不厌也。每一篇出,浓郁顿挫,多不经人道语,士林传诵,文体为之一新。

志在经世,限职守郁不得施。遇时事可言者,辄以己见发诸奏牍,而主于开悟调干,非欲激亢以取名也。知武冈刘逊坐忤岷藩被逮,给事中庞泮等救之,触孝宗怒,并下诏狱,先生言:"逊至,付所司鞫辩,公法具在,岂遽按而诛之?即有不白,救之未晚。泮等疏狂,诚可罪。然在陛下,宜优容之,以全国体。"又主事李梦阳者,以论劾张鹤龄忤旨收拷,先生谓"鹤龄在肺腑,陛下固将玉成之。若梦阳万一处死,或自裁,乃滋为鹤龄累"。孝宗感动,薄泮等及梦阳之责。中官李广死,言者劾文武大臣尝以贿交者,欲据广所籍记,大行斥逐。先生谓"具瞻攸系,不必指而暴其恶也。宜谕令自陈,或黜以他事,庶不贻朝廷羞"。识者韪之。

乙丑考满,升侍读。正德丙寅,升南京太常寺少卿,历四年,转本寺卿。寻升南京吏部右侍郎,又尝一再署国监及通政司之事,所在必救弊坏而更新之。堂隶有募役银,相承以给私用,⁽⁶⁹⁾独却弗受。寺外之侵⁽⁷⁰⁾疆既复,遂以是创为吏舍,有余又斥之以新库阁、葺古祠。留守诸权贵见先生挺拔不群,往往严惮自戢。都人遇先生于道,亦皆肃然。

时武宗临御已五年,而前星未耀,中外人人忧惧自危,而莫敢以为言者。先生连疏请早定大计,以系属人心,潜夺奸雄睥睨之念。其言迫切,且侵及当国诸老,一无所顾。盖先生虽远去阙⁽⁷¹⁾庭,而其忧世之心恳恳焉未尝忘也。壬申秋,满三载,入京至良乡,以老请得归。归山中,贻书知旧,犹辄以时事为虑。然绝意声利,城府无先生一迹。

逆濠素忌先生,心甚重之,尝间以金帛,使及门,先生豫走旁邑,避不与接。濠乱,先生已卧病,闻有司将举义,犹豫未决,力疾作书趣之。越二日而卒,己卯七月二日也,距所生正统丁卯,享年七十有三。初娶王氏,赠孺人;继萧氏,封如之。子一,即垣⁽⁷²⁾也。女一,紫玉,适临川饶琪。孙锫、锜、钶、镈。先生居家孝友,处宗党有恩,然义所不可,虽其亲之命不肯苟徇。其事师交友之道,庶几古人。

官两京，乡人以公事至者，恤其艰厄，惟力之视，必归于厚。盖先生钟奇气而生，其心迹类以奇自见，可谓一代之人豪也。铭曰：

盱[73]之山秀，拔而上参。盱之水清，驶而东驰。钟为异人，莹澈魁奇。蓄之既深，其发也迟。艺苑文堂，大放厥辞。呕心掐胃，以古为师。气韵沉郁，周鼎商彝。高骧远驭，天马不羁。行与文类，志弗徇时。回翔两都，矫矫自持。念切国本，欲拯其危。先几冒讳，如公其谁。未老而归，弗究所施。惟其文章，必永厥垂。

明故太傅瑞安侯赠太师谥荣靖王公墓志铭

太傅瑞安侯王公，以嘉靖甲申五月二十六日卒于京师之试第。上闻讣震悼，辍视朝一日，赠公太师，谥荣靖。命礼部谕祭，工部治葬，皆如制，又以布粟赙之。

其子锦衣卫指挥佥事桥等，卜以八月二十八日葬公于都城西玉河乡。葬前，桥衰绖持鸿胪薛君舜辑所为状。介尚宝邵君节夫来请予铭。

按状，公讳源，字宗本，别号观澜。其先世居密云，曾祖讳福，洪武初归附，以军功授密云中卫百户。福长子寿，以父战殁，袭升义勇某卫千户，而其弟讳凤，因占籍应天之上元，公祖也。凤子五人，其次二讳镇，是为公父；娶段氏，生女上俪宪祖为孝贞纯皇后，以恩泽累陟中军都督，而段封夫人。

公为纯皇后长弟，性淳厚，自少以礼自持。[74]成化甲午，都督公既没，遂授锦衣卫都指挥使。壬寅升中军都督府同知，甲辰封瑞安伯，号"推诚宣力武臣"，阶荣禄大夫，勋柱国，岁禄千石。弘治戊申，孝宗敬皇帝以恭上圣母尊号为皇太后，推恩舅氏，益禄百石。越五年壬子，进封为侯，更号"奉天翊运推诚佐理武臣"，阶特进光禄大夫，益禄三百石，锡诰券，子孙世袭；追封其父阜国公，母阜国太夫人。曾祖、祖之赠皆如公之爵邑，曾祖妣高氏、祖妣某氏皆侯夫人。癸亥，加太保。乙丑，武宗毅皇帝以恭上圣祖母尊号为太皇太后，恩加太傅，又益禄三百石。正德戊寅，以太皇太后薨，又益禄三十石。

盖自荷爵命，宠锡骈蕃，昆季子姓，重圭叠组，可谓极一时之盛矣。而公以恬淡处之，服膳舆马不为侈靡，田宅自赐予之外，未尝妄有所干。常以恭慎率其家人，戒饬仆御无得与细民争利，其贤声蔼然著于缙绅之间。而其居家又甚孝友，恨阜国早弃荣养，事太夫人务尽其欢。与其弟崇善伯清、安仁伯濬，手足之情甚笃。太夫人之未老也，一钱尺帛必其手出，室无私藏。视群从类于己子，乡党姻友，不敢以贵富加之。雅好书史，喜吟咏，风晨月夕，往往延贤士夫赋诗饮酒为乐，盖戚里[75]之好德饰文者也。故其卒也，知者莫不惜焉。

公生于天顺戊寅五月三十日，享年六十有七。配柳氏，安远侯浦女；继孙氏，锦衣千户瑀女，皆封侯夫人。子男三：长即桥，嗣侯者也，好学亲贤，可继公美；配马氏，驸马都尉诚女，继张氏，锦衣指挥岳女。次栏，次相，俱锦衣百户。女二：

长适定西⁽⁷⁶⁾侯蒋鏊；次尚幼。孙男二：曰炳，曰炜。

呜呼，自古外戚之⁽⁷⁷⁾家，席椒房之宠，欲餍气盛，鲜有不骄奢淫泆以干挠⁽⁷⁸⁾国宪、而上为后德之累者，所谓"其居使之然也"。惟我纯皇后以《樛木》之仁，衍《螽斯》之庆，其有功于庙社，盖与周之妊、姒同；而不私外家，志存检抑，又远过于汉之明德、唐之文德。故礼让之化，行于戚属，不戒以孚。如公为贵介弟，乃能持盈守谦，深自降抑，无一毫凭籍之态，历事四帝，有誉重而无訾毁。论者盖以樊宏、阴识拟之，于是益足以彰纯皇后之德之盛。铭以著之，岂不宜哉？铭曰：

钟阜储英，笃生圣女。来嫔于京，丽我宪祖。母仪三朝，德配厚坤。爰有恩泽，及其诸昆。贤哉瑞安，谨畏谦抑。曰我所师，惟宏惟识。彼蚡彼宪，岂不宠荣？史册遗秽，我所羞称。晋锡夬扬，膺受多祉。不危以溢，慎终如始。爵列五等，官则三公。有赠有谥，恤典攸崇。殁有美誉，传之戚里。弗坠家声，矧有贤子。玉河之乡，其封若堂。最德勒铭，百世之光。

【校勘记】

(1) 莆 丛刊本字不清。

(2) 缓 丛刊本字不清。

(3) 馨 丛刊本字不清。

(4) 祭 丛刊本作"奈"。

(5) 昊 底本、丛刊本皆作"吴"，据《明武宗实录》改。

(6) 春官 底本、丛刊本皆作"春宫"，据文意改。

(7) 秩满又进太常寺卿 底本字不清，据丛刊本补。

(8) 瑶 丛刊本字不清。

(9) 偕 底本字不清，据丛刊本补。

(10) 哲后 底本、丛刊本皆作"括后"，据文意改。

(11) 别 底本、丛刊本字皆不清，据《国朝献征录》补。

(12) 嘉 底本、丛刊本皆作"加"，据《明史·地理志》改。

(13) 郡八 丛刊本字不清。

(14) 污 底本、丛刊本字皆不清，据《国朝献征录》补。

(15) 尹 丛刊本作"母"。

(16) 封文林郎江 丛刊本字不清。

(17) 御 底本字不清，据丛刊本补。

(18) 丛刊本此下自"有施而不报者"至"兹墓幽"，脱400字。

(19) 膳 底本、丛刊本正文中题、文皆与目录不同，作"缮"，据《明史·职官志》改，下同。

(20) 母周 底本字不清，据丛刊本补。

(21) 其　底本字不清，据丛刊本补。
(22) 澄　丛刊本作“登”。
(23) 悟　底本、丛刊本皆作“悮”，据文意改。
(24) □之数户门　底本字不清，据丛刊本补。
(25) □□□□□□□　底本字不清，据丛刊本补。
(26) 程篁　底本字不清，丛刊本作“□皇”，据《明史·程敏政传》补改。
(27) 最著　底本字不清，丛刊本作“□著”，据文意补。
(28) 捕斩之购　底本字不清，据丛刊本补。
(29) 戠　底本字不清，据丛刊本补。
(30) 府事誊　底本字不清，据丛刊本补。
(31) 章平　据《大明一统志》，疑为“漳平”之误，下同。
(32) 孺　底本、丛刊本字皆不清，据文意及后文补。
(33) 盟栉加　据文意，疑为“盥栉如”之误。
(34) 羸　据文意，疑为“赢”之误。
(35) 卒　底本字不清，据丛刊本补。
(36) 赀　丛刊本字不清。
(37) 厚焉　丛刊本字不清。
(38) 令　底本、丛刊本皆空白，据文意补。
(39) □　底本、丛刊本皆空白，据铭文格式，疑缺一字。
(40) 职　底本脱，据丛刊本补。
(41) 成　底本字不清，据丛刊本补。
(42) 例　据文意，疑为“列”之误。
(43) 则　丛刊本字不清。
(44) 称署　底本字不清，据丛刊本补。
(45) 惑众　丛刊本字不清。
(46) 郘　据文意，疑为“郡”之误。
(47) □□□□□□□□□　底本字不清，丛刊本作白框。
(48) □□□　底本空缺，丛刊本作白框。
(49) □□□　底本空缺，丛刊本作白框。
(50) 君　底本字不清，据丛刊本补。
(51) 辩　底本、丛刊本皆作“办”，据文意改。
(52) 曮　丛刊本字不清。
(53) □□□□□□　底本字不清，丛刊本作白框。
(54) 再拜　底本字不清，据丛刊本补。
(55) 曰　底本、丛刊本皆脱，据文意补。

（56）粒米　底本字不清，丛刊本作"料中"，据文意改。

（57）迹不　底本字不清，据丛刊本补。

（58）捐　底本字不清，据丛刊本补。

（59）建昌　底本字不清，据丛刊本补。

（60）隐翁大炬父　底本字不清，据丛刊本补。

（61）文程俱　底本字不清，据丛刊本补。

（62）以先生贵赠南京吏部　底本、丛刊本皆字不清，据《国朝献征录》补。

（63）赠　底本字不清，丛刊本作"则"，据《国朝献征录》改。

（64）在孕也　底本字不清，丛刊本作"有孕也"，据《国朝献征录》改。

（65）砾　底本字不清，据丛刊本补。

（66）崛　依文意疑为"倔"之误。

（67）魁　底本字不清，丛刊本作"也"，据《国朝献征录》改。

（68）年　底本、丛刊本皆作"平"，据《国朝献征录》改。

（69）用　底本、丛刊本皆作"月"，据《国朝献征录》改。

（70）侵　丛刊本字不清。

（71）阙　丛刊本字不清。

（72）垣　底本、丛刊本皆作"坦"，据前文及《明史·罗玘传》改。

（73）盱　底本字不清，据丛刊本补，下同。

（74）自持　丛刊本作"有时"。

（75）戚里　丛刊本字不清。

（76）适定西　底本字不清，据丛刊本补。

（77）外戚之　底本字不清，据丛刊本补。

（78）干挠　底本字不清，据丛刊本补。

志　类

皇明封太安人舒母聂氏墓志铭

嘉靖四年二月二十一日，舒母太安人聂氏卒于其子修撰芬之官舍。修撰君奉枢南归，将以某年某月某日附葬于新建石砻山其考赠修撰野江先生之墓，自具事状来请予铭。比岁修撰君既荷驰封，屡乞归养而不可得。去年冬十一月，太安人乃就养至京，于是计才百日，而何为遽有此耶？

太安人聪明识道理，无所蔽惑。自幼通《孝经》《小学》等书，日用动静，取为证据，于人之邪正，鉴别无失。遇事吉凶，能豫度其然，已而果然。其教修撰君严，每课读常至鸡鸣，惧其劳伤，又常取药饵之有资于心肺者助之。修撰君既举于乡，会试屡不第，则谕之安命，惟欲以名节自励。及修撰君状元及第，又以不朽谕之。武宗南巡，修撰君抗疏谏止，被棰几殆，遂谪闽中舶官，而太安人未尝沮丧忧惧，盖其贤可拟于柳仲郢、范滂之母也，于铭奚愧哉？

按状，聂为南昌钜族，太安人之父服膺，性豪尚义，能诗词，多交名人。母郑，柔顺恭谨，生四子三女，而太安人最幼，故讳末。年十九归野江，能以孝敬相之。中馈烹饪皆中度，表亲有识者，以为自太安人入舒氏门，酒茗酱醢皆一变，盛之兆也，时祭俎豆，必致其诚。宾客过从，不待野江之命，而佳设已具。事姑樊孺人久而益笃，樊老感奇疾，伏枕十月，衣被垢秽，必亲浣濯，不以委人。遭舅姑之丧，哭必哀尽。于时二兄公俱宦游在外，殡殓之具，赞野江惟厚之从。与其妯娌处，睦而无衅，视二侄如其子然。御童仆庄而能慈，往往有既去而怀恋其复来者。岁凶，邻媪之老羸至，必饭之，曰："吾力虽不能周，而于此见吾之意。"野江性刚嫉恶，喜面折人，乡人及弟侄有过者，或望而避。太安人每婉言劝谕，欲其有容，盖其为妻为妇之贤又如此。

太安人生景泰五年三月三十日，享年七十有二。男止修撰君一人。女二人：长适临川何珍，先卒；次适丰城李浙由进士，今为南京吏部验封司主事。孙男二人：长泰，次奉；女三人：长适同县徐□[1]敬，次适府学生樊夔，其一尚幼。曾孙男一人，在褓褓。铭曰：

惟郢有母，其学乃成。惟滂有母，乃以忠名。学为伦魁，忠犯主怒。人曰贤哉，此子此母。养未五鼎，子心悲伤。名可[2]百世，母志以偿。石砻之铭，德则多有。余庆攸钟，□□厥□。[3]

□□⁽⁴⁾明故封淑人张母段氏墓志铭

淑人姓段氏，出汲望族。为通守讳某之孙，隐君子讳继宗之子。归同邑张氏，为御史健斋府君之妇，致仕左参政卫滨公之妻，故太常少卿衍瑞、今翰林修撰衍庆之母也。

其资禀聪慧，闲于姆训，有柔婉和平之德。在室时，谓母刘氏曰："吾必不为凡子妻。"年十七，以归卫滨公。时御史府君已弃养，公追念遗命，锐志欲续闻成宗，而身为家督，弗得专于学也，米盐烦琐皆属之。淑人租茶拮据，不以劳惮，公乃日事探讨，工文词，卒成进士。公尝曰："微吾妻，吾乌能纾内顾以成吾志邪？"

淑人痛御史府君弗逮盥馈，时祀俎豆必丰洁如礼。事姑周太孺人，动求意惬，有疾则左右侍汤药必手出，自旦达暮弗忍离。其卒也，哭之哀甚。公二弟仲述早世，慰其嫠恳恫周至，卒使坚守无他。季维亦早世，抚其孤女二，使各有归，厚其资装而遣之。人叹公笃于孝友，而不知由淑人之克相也。淑人平生俭素，从公游宦凡三十年，缕布粒粟未尝妄费。然于姻党之茕独者，见辄怜之，随所有赒之恐后。爱奉常、翰撰甚切，然未第，督之诗书；仕，励其忠义，盖拳拳焉。故先后取甲科、官禁近，能以文学节概绍⁽⁵⁾公之业。

其初封孺人也，以公为评事之最；再封宜人也，以奉常为吏部主事之最；加封淑人也，以翰撰为检讨之最，可谓荣矣。

淑人生以景泰癸酉八月廿九日，卒以嘉靖乙酉三月一日，享年七十有三。子男三：长即奉常，以谏止武宗南巡，由文选郎中左迁府佐；今上嗣极，召还，进秩而卒，复赠太仆卿，以旌其忠。次即翰撰，学醇而行笃，盖致远之器也。次衍祚，方以太学生需次铨曹。女一，适里人邹儒，先卒。孙男九：楮、棐早卒，次模、检、栋、概、朴。女五：长适乡进士陈留、高像，余尚幼。曾孙男、女各一。

大参公将以卒之年月日，葬淑人于城西新阡黄山之麓。翰撰既得请守制，乃具⁽⁶⁾事状，衰绖踏予门求为铭。予与翰撰有斯文之雅，予弟寀又同年世讲也，谊不可辞，遂为叙而铭之。铭曰：

夫有令妻，其学乃专。子有贤母，其业乃传。于家允宜，于身慎淑。封如其德，膺此多福。福有余留，在其孙曾。德可长垂，不腐以形。惟仲之阤，其来未已。最德埋辞，以慰其志。

明故赠承德郎刑部广西司主事杨公墓志铭

友松杨公，卒于正德丙子八月二十三日，其葬礼未备，子濂有遗恨焉。嘉靖甲申，乃自刑部乞归，将卜吉改窆，而持叶太史叔晦之状来请铭。公讳昆，字振瑚，友[7]松其别号也，世居贵溪之罗圹。曾大父文操，大父礼安，父宇彰，母倪氏。

由公而上，皆以隐德称。及公始知问学，通书史。其性警敏，可以宦业显也。而妨于家务，弗克就。及濂少长，亟取旧所蓄编简教之，训戒严甚，择明师为之模范，犹日课所业不少懈。濂领弘治甲子荐，其卒业于南雍也，自载薪米，汛重湖大江往给之，虽触冒风涛之险无所顾。累谕濂必取甲第，勿安于小就，以为此贤俊正途，国朝所重也。

濂果登正德辛未进士，出令南安，公即养，又朝夕以爱民勤政勖之。岁癸酉，大侵，濂给赈少缓，公曰："辙鲋不救，将索之于枯鱼之肆矣，缓可乎？"濂受命，即发仓实予民，其所全活者不可胜数，濂竟以爱惠起誉，得召用为西曹郎吏。今天子嗣极，以恭上三宫尊号，推恩臣庶，乃赠公刑部广西清吏司主事，阶承德郎。公虽不及显用，而其教子之志，于是乎亦已酬矣。

公内刚外和，孝于父母，处二兄一弟以友爱闻。平心率物，为乡人所推服，有争辩不能决者，咸取质焉。家不甚饶，而守分执义，未尝妄取。然性好施予，穷乏有所求，辄随力应之。故基甚隘，濂以己资充拓，诸昆弟无预也，公与之均分而处。会术者谓左吉，视右为优，复虚右，联居于左，其为人仁厚多此类。然则子之有成，讵非为人之报耶？

公生天顺庚辰，春秋仅五十有七。配章氏，封太安人。子男三：长须；次即濂也，今为刑部员外郎；次洛。孙男七：曰会，曰南，曰县，曰仅，曰佛，曰新安，曰瀛海。女五：锦玉，仙玉，带玉，安玉，四玉。墓在里之龙泉山，其葬以嘉靖乙酉九月二十二日戊寅，皆壬面丙从吉兆也。铭曰：

彼松之材，可梁可栋。我其友之，志为世用。志为世用，岂必其身。我用未究，在我后人。善继善述，有子则孝。儒邪吏邪，惟公善教。秋卿之旅，折狱惟良。赠命伊始，公泽甚长。葬[8]也匪缓，慎于卜吉。昭美有辞，藏之幽室。

明故资德大夫正治上卿南京工部尚书赠太子少保丛公墓志铭

南京工部尚书丛公既捐馆舍，上闻讣震悼，赠太子少保，赐二祭，命有司为营葬事。先是，公配邢夫人之葬，已筑圹于某山之原，其子县学生磐，以嘉靖甲申九月二十一日，遵礼制启而合焉，持御史兰君玉甫状，以公治命来征予铭。

公之成进士也，予实滥竽文衡。后以宦寓相邻，数往来讲评数学，契谊益厚。公今已矣，思公而不可见矣，铭其忍辞？

公讳兰，字廷秀，别号半山，世为登州文登县人。祖讳实荣，父讳春，俱以公贵累赠资政大夫都察院右都御史。祖妣马氏、孙氏，妣刘氏，俱累赠夫人。

公生而颖异，弱不好弄，惟耽玩经籍，甚于嗜炙。海滨无市本，往往手自抄录，夜诵达旦。以成化癸卯领乡荐，再试礼部不利，自都下鬻书舆归，益加探讨。自天官三式，兵钤医术算数之类，靡不究心。

弘治庚戌登进士第，明年除户科给事中。巡光禄寺，见有司饰皇坛供器，疏"崇尚异教，为先朝遗弊，当亟罢"。寻以外艰归，八年终丧，复职。巡房山诸草场，莅内库，出纳多所厘正。时灾异叠见，公言："消复当实行，今日之务，在惜人才、慎举措、恤畿民、抚边戎、警怠玩、杜贪残。元恶如中官汪直辈之阴图复用，奸贪如林凤辈之未见罢黜，左道如太常卿崔志端之紊乱旧章，皆宜惩处，以顺上天遏恶之命。"寻升兵科右给事中，内降以署都指挥吴安为都督，及边将姚信以失机获宥，皆极论之。大阅京营，与司马公同心协议，务祛宿蠹。

盖在科十余年，遇事必言，言必尽。中官何文鼎以直言得罪，又尝合台谏救之，至于忤旨下狱，而其志未尝少挫焉。十四年升通政使司右参议，会以灾异求言，公又偕同官疏事列上。又明年，转左参议。适北边有警，经略紫荆等关，塞蹊隧可通胡骑者数百处，复于浮图峪夹岸创起敌楼，增戍兵，易将领，诸所筹虑，皆百年固守计，边人预之。十八年，以内艰归。后三年，终丧还朝，盖正德戊辰岁也，其秋升右通政。

庚午之春，逆瑾请遣官规画边务，兼督粮储、清屯地、抽选军丁，而公得延、绥。至则宁夏之变作矣，延、绥人窃议汹汹，公入境镇之以静，众乃少安。时方核边功，赏不时下；文武官以罚米赔粮系狱，久不克完，其谪戍、除名、没产者多出锻炼；考察之令，一岁至再三举行；边民以催征逋负，逼迫逃窜；将家由武举进者，分隶各镇，类愁寂不能聊生；侦事之卒纷纷四出，所过莫不危惧。公以为此数事皆人心所甚不便，宜速改而不容缓者。疏至，则诏已悉行之。瑾衔其拂己，欲中以祸，公处之如平时。

数月，瑾诛，升通政使。旬未浃，以三边告乏，升户部右侍郎兼都察院左佥都御史，奉敕总督宁夏等处粮储。值岁旱，祷于群望，鞠冤系释之，三边皆雨。先是，关中盐引利皆归于权右，及公来，无敢私谒，商通而事乃济。诸有补于边储者，皆一一条上行之。是年夏，又奉敕兼管固、清等处军务。闻山东、河南群盗猖獗，念内地齐民猝遇兵变，必不胜供亿之苦，亟疏于朝，请别处军饷，以纾民急。会廷议亦念中都地重，兵荒相仍，亟召公巡抚庐、凤、滁、和，并以赈济委之。

七年春，公至凤阳，贼已压境。公督率吏士防遏，缘河诸渡口警报至，即躬擐甲胄，身先士卒，奔走邀击。俘斩二千余人，溺而死者数万。赈济所全活者又十二万六千八百余口，抚释胁从男妇几六百人。事闻，赐敕奖励，赍以金帛。秋九月，师还，老稚攀留满车下，为立生祠。还朝论功，又升俸一级，荫一子为太学诸生，加赐金帛羊酒，宴于礼部。

八年，又以虏警奉敕巡视西路诸关，兼督宣、大军饷。九年春，升右都御史总制宣、大，并山西、偏头、宁武、雁门等关军务。再辞，不允，乃行。至边相地设险，令内地居民各筑堡，入堡亦如塞下。贼尝一再深入，公自驻阳和以当其冲，分部诸将十七人伏兵要害，遣谍者往来传报，或掎或角，贼乃遁。我兵又据⁽⁹⁾险邀之，斩获百有余级，虏酋伤右臂而驰。捷闻，复赐敕奖励。然坐与监军不合，其军功竟为所攘。

十年闰四月，自军中还，命总督漕运兼抚凤阳诸郡。蒐剔宿弊，改立条约，著《漕运录》行于时。权右以私贷祈偿，皆置不问，则相与毁之，遂罢督漕，专理巡抚。值岁饥，民多流移，公奏截漕粟数万石，益以仓储赈之，所全活者视昔加两倍有奇。

水曹王主事銮，以抗直忤中贵史宣，逮系诏狱，公疏宣不法，銮当亟释。中官刘允以迎佛使乌思藏，所过诛求百计，势张甚。公预檄有司毋徇所欲，至淮谒入，公辞焉，遂疏斥佛老无益，乞还允勿遣。高墙庶人有逸而出者，公乞并释其无罪者，以笃亲亲。守备丘德以贪虐扰人，公禁之，德为少戢。

十四年，逆濠变⁽¹⁰⁾起，公率兵御之江，擒伪谋百数。武宗之南巡也，至境⁽¹¹⁾上，见公，犹记公前任总制时，过桑乾坠水事，屡⁽¹²⁾形顾问。驿⁽¹³⁾递例有宴设，多侈费⁽¹⁴⁾求媚者，公惟金酒卮一事，余皆磁漆进献，物视他郡仅十一二。逆彬数有谗言，竟亦无他。

十五年，以六年考满进阶资德大夫，勋正治上卿。其冬，升南京工部尚书，闻报即乞归展扫，已决退休之计矣。明年，上继大统，方任耆旧，公三请老，不允。公以濠平，复升俸一级。嘉靖元年，屡疏，上察其诚，乃允休，赐敕褒谕，且有月廪岁夫之给，士论高之。

逾年，而公不起矣，盖嘉靖癸未二月二十六日也。距其所生景泰丙子十二月二十五日，享年六十有八。配邢氏，封夫人。三子：长即磐也，次砻，次礜，俱用荫入太学。继王氏，一子曰礐。女三：其婿为太学生孙棠、于璋，宁海卫指挥王瀛。孙男三：栋，府学生；次楫，次模。女四：长许聘浦御史之子珠，余尚幼。

公气度闳伟，才识英敏。所学期于经世，而言论足以发之。自筮任以来，屡将使指，经营四方，未尝以艰险避。威名在边塞，利泽在生民，功业在国家，可谓一代之名卿才大夫矣。而孝弟笃于家庭，信义孚于交友。俭约廉慎，终始不易，又人所难及者，于铭允宜。铭曰：

士类能言，用则或违。或优于易，剧乃弗宜。充位苟禄，曷裨于时。于半山翁，挟负实奇。才任应变，事察其几。锟铻之剑，视玉如泥。大宛之骥，蓊云而驰。近之省闼，远之边陲。惟所任使，不计险夷。民苦盗警，我脱其危。民苦岁侵，我恤其饥。众望攸属，天子倚毗。烈烈勋名，弗愧常彝。勒之幽宫，爰永其垂。

明故特进光禄大夫柱国太傅
兼太子太傅新宁伯谥庄僖谭公墓志铭

嘉靖乙酉九月十二日，太傅新宁伯谭公以疾卒于家，上闻讣震悼，为之不视朝一日，命礼官谕祭者十四，其葬之费皆有司给之。又赙以粟布若干石疋，而其谥则庄僖也，盖所以恤其终者厚矣。

公子纶⁽¹⁵⁾卜以⁽¹⁶⁾某月某日，奉公附于宛平县石经山先茔之次。前葬，持尚宝张君子材所为状来请予铭。予与公同朝三十年，谊素厚，故不忍辞。

按状，公讳祐，字元助，别号云谿。其先为滁州清流县人，曾大父渊，由燕山右护卫副千户，从太宗文皇帝即位，论功定爵，赠奉天靖难推诚宣力武臣特进荣禄大夫柱国，追封为崇安侯，谥壮节。而命其子为新宁伯，锡诰券，子孙世袭，盖公之大父也。既卒，公父璟嗣，尝奉命守浙，卒于官。母张氏，封太夫人。

公以天顺元年嗣爵，时年甫十有二，态度凝重，见者必其远到。成化乙酉，宪宗纯皇帝即位，奉香帛祭告皇陵，并寿春等王。丙戌，充正使持节册封庆、韩、代三府。己丑，督马政于南畿。辛卯，用荐坐立威营，兼掌府军前卫事。戊戌，奉敕往南京协同守备，兼掌右军都督府事。己亥，召还，充总兵官，提督神机营，掌前军都督府事。辛丑，加太子太保，以北虏有警，命练团营士马，待报而行。丙午，加太保兼太子太傅。丁未，宪庙册诸妃、冠皇子，命大臣为正使，公与焉。

弘治己酉，命督十二团营，仍兼督神机营。是年芦沟河涨坏堤，统军夫二万人兴工修筑，其劳勋具于御制之碑。丙辰，改掌中军都督府事，兼提督九门锁钥。戊午，加太傅，仍兼太子太傅，以所加秩貤封三代。念大父战殁，乞建祠墓所，孝宗可之，赐祠额如其谥，谕有司以春秋荐事。庚申，以坠马辞团营，专督神机。癸亥，改掌右军都督府事。己丑，葬泰陵，与董其役。

岁丙寅，武宗改元正德，命侍经筵。丁卯，以演武厅岁久倾颓，奏请修茸。己巳，改提五军营，加特进光禄大夫柱国。辛未，命暂督三千营。甲戌，复提督十二团营，兼五军营，掌后军都督府事。乙亥，以建乾清、坤宁二宫，督军营作，日给酒馔，具疏言："臣叨厚禄，方惧无以为报，请勿给，以少节大官之费。"丁丑，孝贞皇太后合葬茂陵，复董其役。

己卯，以足病累辞营府之务，诏不允。及上登大宝，复恳辞，诏若曰："卿勋旧重臣，谙练戎务。朕于新政之初，方倚重焉，而乃以疾辞。恳恳若是，其何忍违？"于是得疾养疴。

盖三年而始卒，距其生正统丙寅某月某日，享年八十。配柳氏，太傅安远侯溥之女，封夫人。侧室吴氏、黄氏。子男二：长勋卫纶，应嗣为伯，黄出也。次前任锦衣都指挥使纲，吴出也。女三：长适魏国公徐璧奎，次适伏羌伯毛江，次适阳武侯长子薛藩。孙女一尚幼。

公天资惇厚，襟宇和粹，临下有威，望之俨然。平居寡默，在大廷群议中，言论亦不敢发，而胸中确有定见，朝论多之。值时承平，无征战之功，而远识雅量，安闲镇静，足以增邦家之重。其督营务、治军旅，号令明肃。至于廉静寡欲，人尤难及。虽居穹爵，享浓禄，家无声色之奉。父丧时，甫三岁，赖母太夫人抚教有成。

嗣封之后，备极孝敬，动求意惬。教诸子慈而严，待宗族咸有恩谊。叔父瑛待公甚薄，瑛殁，公抚其子女孤孙，为之婚嫁，盖无异瑛之犹生也。若公者，可谓一代之老成矣。铭曰：

谭氏之显，昉于壮节。捐躯夹河，其气烈烈。内难既平，追赠五列。带砺之盟，百世勿绝。三传至公，遭世承平。由保而傅，其阶屡升。念我始封，弗祠于茔。俎豆以时，副我孝诚。公督诸营，迭莅五府。夙夜在公，为国讲武。缓带雅歌，折冲尊俎。鸣剑抵掌，匪公所慕。高都浓馐，循矩履绳。平居简淡，宛然儒生。耳目之奉，匪色匪声。世禄侈纵，盖公所惩。年登大耋，亦既寿只。归于九京，可无恨矣。帝有恤恩，赐葬与祭。华衮之荣，易名有谥。石经之麓，惟旧有阡。若马之鬣，新封岿然。我最其德，乐石是镌。埋之幽宫，用永其传。

夏母匡太宜人墓志铭

太宜人为吾铅人，归贵溪夏氏，为临清守象峰公讳鼎之配。嘉靖元年，以其子兵科给事中言贵，封如夫阶。顷卒于给事中之官舍，给事君将奉枢归，状其行，以葬铭予属。予交君父子余四十年，君之子敬承为予弟完之婿，予弟密之子懋乐又君女弟之夫也。于是有世好焉，铭奚容辞？

匡之先皆里居耕稼，其配傅氏能通书传，太宜人之太母也。太宜人生而端重明秀，与凡女异，父母爱之，为慎择所归。会象峰公以从戎，偕伯兄奉其母徐孺人亦寓京师，而丧其初偶吴。知太宜人贤，以继室请，年十七，遂归夏氏。事姑能顺适其意，与娣姒处，雍睦无间言。

时公犹未第也，太宜人佐以勤苦，执女红，侍灯火，恒及丙夜。成化庚子，公领京闱乡荐，试礼部连不利，则以授徒自给。太宜人时其饥渴，为治饮馔，饫及诸生，莫不益劝[17]而忘其讲习之劳也。弘治癸丑，公游倦南还，卜象山之侧而居焉。赖太宜人为理资产，不以忧衣食乱心，得时时温习旧学，丙辰竟以进士酬其夙志。及出倅严郡、守临清，往往以廉能获重语于当路，虽公之持守卓有定力，亦以太宜人克相于内也。

公既殁，太宜人惧其遗绪或坠，恒谆谆督励其孤。正德丁丑，给事君复登进士，尝以行人奉使过家拜庆，太宜人叹曰："汝父未究之业，吾固于汝乎望之，乃今吾可少塞未亡人之责矣。"庚辰，给事君有谏垣之擢，亟迎太宜人就养。至则首语给事君曰："汝父素志此官而弗得，汝幸得之，惟赤心报国，以成汝父之志，是死犹未死也。"时给事君方奉诏裁武弁冗员，检核皇庄及诸勋戚所兼并民产，持法棘棘，无毫发私徇，诸不便者谋中以祸，人皆危之。太宜人不为少动，且谕给事君曰："汝所为不负国家，有俾新政，祸福奚足计邪？"其言之依于忠孝类如是。

太宜人之封，适寿六十，贺者见其强健，以为其年未艾。越二年，幼女讣闻，恸甚，忽感疾，遂不起；盖嘉靖三年五月一日也。距其生天顺癸未闰七月十八日，得年六十有二。子男二：长即给事君，次为国子生行。女二：长适同邑参政徐公浤之次子概，幼即适予从子者也。孙男二：敬承、克承。女二：淑清、淑秀。其葬为某年某月某日，墓在某山之原。

太宜人性至孝，德与公协，以恤贫赒急为务，而自奉俭薄，食粗衣敝不以为嫌。比受封，给事君为备命服，拜恩毕藏袭惟谨。给事君献所得赐币，诸妇请制锦衾，太宜人曰："君赐，恶敢亵。"易箦时犹在箧中。平居端默，无大喜愠，尤[18]以专制自遂为耻，有所行，必公与给事君知。终其身未尝[19]私购一物，是何愧于铭？铭曰：

敦大节，相[20]我特。起[21]寒素，登桂籍。耻膏润，守清白。世其家，有贤息。绍甲科，[22]居谏职。佩慈训，效忠赤。施孔厚，报终食。晚膺封，服霞翟。胡弗延，子心恻。藏幽宫，砻乐石。勒兹铭，发潜德。昭壸彝，示无极。

明故资政大夫都察院右都御史张公墓志铭

公讳纶，字大经，别号敬轩，姓张氏。其先鄱阳人也，在宋高宗时，有为宁国路总管者，因家宣城，于是为宣城人。曾祖讳原甫，乡人称"留福处士"，以仲子皞贵封武略将军、富峪卫副千户。祖讳晔，为湖广右参政。父讳[23]辅，号逸庵，俱以公贵赠资政大夫都察院右都御史。祖妣某氏，母李氏，俱赠夫人。

公少敏知学，及冠，师阁老晦庵刘公，学益邃，名公见其文异之。成化癸卯，领乡荐，明年登进士第。初知盐山，即明习吏事。首除民害数人，取贵戚所侵田归之业主，设义仓以备岁凶，抚按官交章荐之。弘治辛亥，以风宪召。且行，民遮送，恨不能留。

壬子，授浙江道监察御史。监芦沟税，巡内库，巡光禄寺，皆以严办闻。甲寅，巡居庸诸关，边备必饬。武臣有纵恣者，绳以法，风采凛然。寻以内艰归，丁巳终丧，改云南道，按真定诸郡，赃吏望风敛戢。任县令以非法杀人，罪未正，鞫实坐之。富民被盗，诬[24]仇家，煅炼狱成，公察其冤，脱论死者十三人于桎梏，他平反又百十余人。平乡令欲增淤田之税且百顷，公曰："河滨淤决不常，可遗民他日患邪？"事遂寝。

会清宁宫灾，陈时弊十事，多见采纳。壬戌，以久次升光禄寺少卿。时藏用不足，公疏浮费所当节者数事。尚膳中官索上供逾额，诋侮僚属，又疏请司礼监惩之。尝助献内坛，上顾问近臣："是非张御史邪？"盖孝庙临御既久，方畴咨俊义与共理天下事，以公屡尝建白，故属意焉。

刘瑾旧尝识公，正德初擅政，恨公疏己，欲中以祸，赖李文正公力救始免。寻擢通政司右通政。戊辰，又擢都察院右佥都御史。瑾焰日炽，缙绅多罹危中，御史有枷项于通衢者，公亟偕僚长救之。未几，擢大理卿，奏谳辄忤瑾意，时时与辩，逢瑾怒不为少动。

致仕都御史张珍，家为仇所讦，三子论斩，坐没入。江南民吴某，沿俗竞渡，侦事者诬以为私造龙舟，亦坐没入。皆赖公力辩，得末减。兴、襄二府讼田不决者二十年矣，公往处帖然，归奏称旨，有牵醪宝楮之赐。岁辛未，中贵录囚，欲脱豪右杀人者罪，公不可，拟竟如初。高阳民王豸为奸僧所罔，刺臂肉为龙形，捕获者欲坐叛侈功，公谓"法止枭首"，用是不合，调工部右侍郎。癸酉，改刑部侍郎，寻转左。

时侦卒多罗织无罪，公言于僚长，务核实，毋致枉人。乙亥，往核代府博野王兄弟互讦事，会晋府庆成王狱久不决，亦以命公。公讯鞫详明，奏当皆丽于法，因疏处宗室选婚又禄米折银二事。侦卒获入京房谍，连引且至百人，会鞫欲尽坐，公曰："谍若是其多邪？"止罪二，余尽释。丁丑，以九年满，升都察院右都御史。时方奉命南行，还历淮、泗，目击水灾，虑民穷盗且延蔓，乃以给赈、蠲征诸事宜上请，所司皆议行之。山东民赵万兴假妖言惑众，取美女以后称，有二儒生从之，为渔猎计也。侦事者获之，将以叛论。公辩其非叛，得不族。

盖公留意法律，善察奸伪，而断狱平恕，未尝过求。故自任台宪，以至持天下之平，于死囚多所开释，庶几于民自不冤。及今上登极，方穷治正德间诸恶党，系台狱者数十人，公乃数其罪状，以为当诛而不可赦，其严于惩恶又如此。然连及巨珰，疏入，月余不报。公疑焉，焦劳感疾，乃恳乞退休。疏八上，始得俞旨，有月禀岁隶以宠其归。

归逾年，忽构疾而逝，盖嘉靖癸未四月某日也。巡按御史以讣闻，上恻然，赐祭葬如制。公享年七十，配邵氏，累封夫人。有子四：长乾，次干，皆领乡荐；次韩，以荫为国子生；次翰。侧室宋氏、周氏，生三子：曰斡，曰韴，曰韝。孙男、女各二人。

公内行甚笃，自逸庵殁后，家益落，授徒以供母，养能裕其蛊。高祖葬柏山，久失守，倍价赎之。从兄纲老而无子，以田赡之终身。从子鉴少孤，以故居畀之；其夫妇继没，葬皆公治，且为抚其诸孤，各有室家。又尝修谱系，置墓田，为收族计甚悉。治家严肃，尝语诸子："当以谦持盈。"因书《柳氏家训》以警之。性慈仁，行道见骴骼必瘗，虽蝼蚁弗忍残，与人交不以存亡异情。自筮任以来，所居官必尽职求称。其在言路，持论必存大体，耻掇拾长短以自为名。李文正公知公最深，尝谓公"苦自树立，与世之徇势浮沉无所顾惜者不类"。平生所著有《出巡录》《宪台奏议》《棘台驳稿》《三使录》。晚效文正公，为诗浑厚清婉，有《敬亭稿》若干卷藏于家。

葬以卒之年　　月　　日，墓在某山之原，从新兆也。乾、干持兵部左侍郎李公处夫所为状，征予铭。予素与公厚，不容辞。铭曰：

于邑有惠，于台有声。跻于九列，蔚为名卿。汉有张季，守法持平。公其后邪，休绪是承。狱无小大，必以其情。恻彼非辜，弗得其生。惟律之据，匪纵以轻。一妇不冤，尚□厥闳。如公仁人，后有弗兴？水曰宛溪，山曰敬亭。归休于兹，遂卜新茔。恤终有典，恩笃股肱。勒铭幽宫，以永令名。

明故封通议大夫顺天府府尹万公配淑人饶氏合葬墓志铭

公讳福，字季崇，姓万氏，世为进贤折桂里人。曾大父俊卿，大父德铨，皆乡长者。父元和，通《诗经》，领永乐庚子乡荐，终大理府儒学教授，所至以善教闻，累赠通议大夫顺天府府尹。母牛氏，累赠淑人。

公幼颖异，日记数千言，童年与群士试，辄首列。成化辛卯，荐于乡，丁未登进士第。以宪庙史事使蜀，所修纂(25)义精事核。时冢(26)宰王端毅公欲择人分理鹾政，以公副两淮转运。公惩(27)宿弊，独不取分司盐引余银，严遇豪商，庭见外毋敢私谒。诸场存积盐，岁久消耗，灶户贫不能偿，为白于抚按，奏除之。居七年，弊绝课登，屡膺旌荐。弘治丁巳，升南京刑部湖广司员外郎，寻转山西司郎中。以平恕听断，不尚刻核，然无敢以势夺者，大司寇戴恭简公甚器重之。

乙丑，升知金华府事，痛节侈费。大旱，徒行雩祷，既而大雨，岁乃稔。时逆瑾专政，遣其党分侦郡县，有司觊免祸，多贿之。公曰："贿出于民，吾忍剥民自利邪？"侦娈者校尉樊信也，恨弗贿，诬以废(28)事报，瑾嗾吏部罢公。

先是，御史胡文璧以稽核至郡，才公，将特荐之，而公以致仕归矣。及瑾败，信逮讯吐实，公诬益白。或劝公自辩可复出，公以母老不能违养辞。自是徜徉林壑者几二十年，子若孙踵接科第，显于一时，遂以京尹封。人谓施厚必报，天盖久而后定也。

公性孝友，痛其父及前母张淑人早背，忌日哭必尽哀。牛淑人晚婴末疾，坐卧食饮，必躬亲扶掖荐进。处兄弟及其群从，恩意甚勤。与人交，始终如一。平生以恭俭自持，既仕且老，非宾会礼，服无重帛，食无兼味。里居恒徒步，遇乡人必加礼敬。世玩淡不留意，独喜观书。诸子及孙既贵，常寓书以忠孝勉之。故其仕于中外，能卓然树立，为名卿才大夫，以毕公未究之志。

嘉靖壬午之冬，公为牛淑人治葬，过毁，冒寒得疾。一日晨起，沐浴索衣冠，坐正寝，呼家人与诀，遂瞑目而逝。盖十二月十有三日也，距所生正统丁卯年，享年七十有六。

配饶氏，封淑人，亦邑著姓也，父昌与教授公相善，因以淑人归。淑人归公，每夜读必纺织与俱。宾友过从，或脱簪珥，供具未尝怠倦。其后从公游宦，辄扃钥门户，防禁严甚。薄于自奉，欲以俭成公之廉。父晚盲，归宁见之，辄涕泣不能自已。其孝姑训(29)子，谦抑慈恕之德，多与公合。公既卒，念之弥笃，因卧病弗起，盖甲申正月二十三日。生先公一年，而其寿多公三年。

子男五，皆淑人出：长镒，正德戊辰进士，今为严州府知府；次钦，早卒；次锐，习举子业有成；次铣，领正德癸酉乡荐，亦先卒；次镗，弘治乙丑进士，今为顺天府府尹。孙男七：长津，县学生；次潮，正德辛未进士，为仪制主事，时尝以直言除名，今为浙江提学佥事；次澜，次达生、启生、瑞生、老生。女二：长适吴某，次许按察使傅之男守忠。曾孙男四：大庆、重庆、衍庆、多庆。女一，许提学副使杨二和之男瀚。

初，公讣至京，京尹以请，诏赐祭，命有司营葬事，且筑淑人圹。及淑人殁，复赐祭如公，皆异数也。严州君昆季卜某年　月　日合葬于某山之原。以予公同年进士，命佥事君奉状请铭，予谊不得辞。铭曰：

维积孔厚，维施弗究。人或厄公，天卒公佑。彼显于身，谁如公后。维京有尹，维郡有守。亦有外臬，皆可大受。最公之积，维孝维友。维廉维恕，官慎厥守。人亦有言：有子不死，有德不朽。媲美同归，矧有贤偶。天光赫然，贲兹异阜。我铭幽宫，昭示永久。

明故奉[30]直大夫河间府同知张君墓志铭

君讳珂，字子文，姓张氏，居德兴岁寒溪之东，为南京工部尚书省庵公讳宪之长子。其曾祖讳贵承，祖讳仲与，俱以省庵贵赠顺天府尹。曾祖妣某氏，祖妣某氏，赠皆淑人。母余氏，封如之。

君生而颖异，省庵奇之。弱冠游邑庠，试辄优等。弘治癸亥，以省庵三品最，荫太学生，明年甲子领顺天荐。屡试礼部不利，正德丁丑，铨试上第，授磁州知州。

磁，故邯郸地，有恒、代遗风。属桴鼓方绝，民生凋瘵，前守稍绳以法，俗顽犷不可治。君曰："张急丝梦，非治民之术也。"乃条其便不便白于监司，请无以文法束缚，得以次行罢，如民之欲。监司器之，君于是从容展布，不以掣肘为虑。

旬岁，令行职修，流逋[31]闻之，多自旁郡来归。君复其业，贷其负租，良民故坐累代输者，乃皆脱免。州当迳道，迎送旁午，民有事诉于马首，君每为按辔处分，百姓称"张公马上按"。即疑狱，剖以数语，无不输服。其自悔愿解者，听，不强以法，讼由是大简。

初视学，见其敝陋，喟然叹曰："是可少缓邪？"即虑事庀工，葺文庙讲堂，皆加于旧。旧所缺者，如棂星门，乡贤、名宦二祠，更创为之。且授其师以训迪之规，公暇辄即学课其勤惰，自是磁诸生□□□□□□□□[32]守。

先是河北寇至，民讻惧，往往奔入郡郭。君完而甓之，复浚其隍，屹然金汤之固。滏带郭，旧有石梁，啮于涨，君命工相水势易其趺而广之。两涯复叠石为岸，各长百尺，涨不得冲。既成，行者便焉。辛巳夏，今上自郓入，道磁，君预涓幄殿，除驰道。比至，大小诸司供张，粮糈车马之奉，靡不周悉当圣意。盖在磁多异政，如蝗不入境、雨不出疆二事，人尤以为奇。

居三年，上官奖劳者六七，吏部考最，授奉直大夫，寻复任。巡抚何公道亨，巡按汪公景颜，又交章荐之，乃给诰褒宠其妻室，省庵公进阶资政大夫，余淑人加赠夫人。明年七月，擢同知河间府事，磁民不忍君去，遮留不得，乃请崔太史子钟纪其遗爱。

君素弱，勤于职业，不以劳辞。既至瀛，抚按闻其能，数数以剧务委之。莅事八阅月，而行部于外者逾半岁。王事鞅掌，不胜其困，且念省庵公迁厝浅土，归兴浩然。疏已具，而疽发背，遂卒，知者惜其才用之未究云。

君生于成化辛卯某月某日，其卒为嘉靖癸未六月二十七日，享年五十有三。初娶孙氏，继朱氏、董氏、汪氏。子男三：长文表，侧室马氏出，先卒；次文博，董出；次文迪，汪出。

君弟琨娶予从妹，而予继室以孙，又与君连袂，稔知君贤，得讣尤惜之。文迪奉君枢归，将以　年　月　日葬　山之原，使人[33]请君之族兄国博君叔成为状，来征铭，予乃序而铭之。铭曰：

舒翘英兮续[34]前绪，牧支郡兮能愈著。民乐生兮饮甘澍，辕莫杭兮以迁去。勒遗爱兮穹石树，佐畿辅兮方轩翥。命不延兮谁龃龉，埋兹铭兮永其誉。

明故颐元高先生墓志铭

先生讳博，字德宏，姓高氏，颐元其号也。始予偕计北上，遇先生于徐、沛之间。时春初，冻且解，相与击冰而进。周旋月余，遂定交，久而益笃，每见必剧谈治道，于民所疾苦尤切切念之。顾厄于数奇，百不一试，予未尝不服其才之卓迈，壮其气之豪雄，而悲其身之坎壈也。

先生既卒且葬，其子国华以予知先生，不远千里，持事状来请予铭。予方事明农，笔砚尘积，以先生交谊素厚，不忍辞。

先生上世为汴人，宋南渡，徙华亭，居谷阳河桥之侧。大父讳琪。父讳平，号梅轩，以赘于杨，为编修琪之婿；再徙东门，遂家焉。先生，梅轩仲子也。幼端重慎默，甫龀，母杨病，日侍汤药不暂离，闻呻吟声，辄泣下不止。梅轩公爱之，曰："亢吾宗者，必此子也。"

长业儒，博及经史，多所自得。游郡学，文誉蔼蔚，侪辈[35]无不推服。郡博[36]鲁公玓，籍弟子学行，必首先生。提学[37]戴公珊、娄公谦，皆一代伟人也，见先生，待以魁士。成化癸卯，遂领乡荐，为《书》魁之亚。然八试礼闱辄不利，念梅轩公既老，勉就乙榜，授学正，将之信阳，途闻公讣归。

守制终丧，改武冈，取道拜母。江行遇风波，有溺者，先生见而感之曰："吾有垂白之亲，忍犯险远游，以重倚门之念邪？"即飘然弃官而归。家居以清介自持，无所附丽。惟日与定轩曹公、一庵许公，及乡之诸缙绅，以赋诗饮酒为乐，优游桑梓几二十年而终。盖嘉靖丙戌二月二十三日也，距其生正统戊辰十二月十九日，享年七十有九，知先生者莫不哀之。

配王氏，礼部正郎皋之女弟也，有内行。子男三：长即国华，太学生；次国容，邑庠生；次国宾。女二：其婿为卫庠生王梁，邑庠生周廷宪。孙男六：长节；次士，邑庠生；次才，次科，次年，次位。女八。曾孙男三：承祥，承裕，承僖。女一。

先生事父母、处兄弟极其孝友，闺门之内，与王孺人相敬如宾。性坦率，喜延纳。情谊蔼然，而胸中权度精甚。遇不当意者，未尝假借。薄于自奉，不徇俗为封殖计。然亲交邻里有贫乏者，必捐赀以周恤之。或被诬罹于罪罟，必极力营救，以脱为快。输京物料之出松者，如赭黄罗诸色，费重病民，先生恳于京尹樊公莹，得请减免，至今松民被其惠焉。

郡尝大侵，疫疠交作，太守陈公威，就先生问计。先生请出在库羡银以散给饥民，又请以"圣子方"饮诸病者，所活之人无虑数万。先生又自祷于长春、蓬莱二院，终日百拜，祝天无降灾于民，盖其忧世之心拳拳如此。使得效用于时，尽展厥蕴，则其所树立，岂出古名卿才大夫下邪？然有才无命，赍志以殁，此予所以悲之而不能已也。先生之葬为戊子　月　日，其墓在盘龙塘，祔先兆。铭曰：

物之显晦，实系于逢。阘茸得志，愈于豪雄。骥弗骖乘，徒羡驽庸。吁嗟先生，吾悯其穷。为述厥美，藏之幽宫。

亡女江妇墓志铭

吾女卒之明年八月，其夫邑庠生江以郊于吉，请于其父宪副石峰公及母詹孺人，将葬之唐源山麓，以[38]志铭请。吾悲不自胜，尚忍铭吾女哉？然度吾女有知，弗得铭无以自慰，乃收泪而铭之。

盖吾为礼部侍郎之明年，为正德戊辰，娶故冢宰谥清简德兴孙公之女为继室。明年己巳五月十五日，而吾女生。于时武宗皇帝推恩赐诰，封孙氏为淑人，故吾女以"淑恩"名。幼警慧，习纂组辄工，又好为亨饪酒浆之事，吾及其母爱之，为慎择所归。辛巳之夏，今[39]□□□□□□[40]伯于吕梁之浒，虽职守宜尔，而予之德君，盖不能忘[41]未有以许也。

嘉靖甲申，石峰公介其族子、少司成懋榖，及吾从弟庶子子和，为于吉媒。吾念江、费世睦，又闻于吉有异质，乃许之。其秋，石峰公自蜀使人纳币。乙酉之冬，于吉来迎妇，丙戌二月，乃以吾女归之。逾年为丁亥，吾释位南归，时吾女方有娠，黾勉遵途，舟车撼顿，劳苦万状，吾心忧悬悬。至五月抵郡，寓于官舍，生一女，幸而无恙。然在蓐病甚，旬七浃乃克归江氏，谒舅姑，行盥馈礼。自是体犹未健，吾女惧伤父母之心，不轻以闻。

戊子之夏，病齿、病疡，血气日虚，至冬而痰喘作矣。吾遣其兄懋贤往视，知病已革，乃自往视之。见吾女嬴甚，知不可为。然其神尚爽，间语及两家诸务，详而不乱。石峰公设酒，乐作于堂，吾惧其病喧而止之。吾女谓"吾舅燕客必作乐，以为常，慎勿以吾病而妨其乐也"。盖自吾至之三日，喘若少宁，石峰公与吾皆窃喜，庶几无事。不数日，喘复大作，遂不起，盖季冬之朔日也。

呜呼，吾女归江氏仅三年，年二十而卒，天于吾女胡夺之如是其速耶？吾女虽生长富贵，服饰简素，不务华靡。处闺中宴坐终日，足不逾阈。衣履顿置有常所，不肯[42]辄迁。其静专俭朴，盖天性然也。

其归也，吾惧其以病，或不能曲尽妇道。及卒之日，[43]石峰公哭之甚哀，乃谓"吾妇甚贤，事舅姑甚孝。每晨兴盥栉甫毕，必命小环奉汤茗以进，顷病甚，尚然，未尝一日废也。其督诸婢纺绩，日有常限，布材已绩满筥筴，可服数人。吾儿所用或少奢，必劝止之，谓'来日甚长，不节恐匮而难继'。其忧深思远如此。讵意其止此而不能享耶，岂吾门寡佑而不能有此贤妇耶"？

吾闻而益悲。呜呼，吾女胡为有德而无年邪？吾女所生女，娟秀可爱，岁已再周，吾庶其长而有归，以延吾女之一脉。于吉颖敏博赡，与[44]诸昆竞爽，吾望其翱翔于霄汉，即[45]有赠典，[46]以增墟墓[47]之光。吾女有知，或不自悲其不幸而夭矣。吾女之葬，实嘉靖己丑八月二十七日。铭曰：

数定于天兮，不能汝延。幸逮舅姑兮，以汝为贤。形必有尽兮，惟德可传。滴泪写兹铭兮，吁嗟乎天。

明故南京刑部员外郎张君墓志铭

张君之擢刑部而南也，予喜其进用有阶，而犹惜其相去之远。未几君之甥钱铸状君事行，偕君之从弟沂，忽来乞铭。予骇焉，问之，则知君以去年冬季卒矣。呜呼，往年予被诏[48]北上，君[49]方知徐，徐[50]人颂君惠政不容口，予甚重君。既而君以洪民之意申请于朝，祀先伯于吕梁之浒，虽职守宜尔，而予之德君，盖不能忘也，则于铭忍让哉？况如君贤，固宜铭也哉。

君讳淮，字本豫，号嵩泉。其先籍密云，由君之曾祖始以匠版来隶京卫。祖讳福海，父讳永，母何氏。

君生而颖敏，儿时即有志儒业。弱冠丧父，家空四壁，无以为养也。然其时都人士已知君名，率遣弟子来从君学，乃开门讲授，因取资养母。而其造诣日益深，同辈皆翕然推之。正德丁卯，乃领顺天之荐。试礼部不利者三，君念何孺人春秋既高，将禄养焉。何孺人呵止之。越三年丁丑，果登进士。

明年知徐。徐民久苦河患，君屡以蠲租请，诏辄报可，民德君如其所生。会武庙南巡，权贵人倚宠横索，众无敢忤，君独犯乘舆大呼陈状。上知君意在为民，而亦不之罪也。然竟以谗中，收系岁余，众皆谓祸且不测，君未尝意动，曰："吾职在牧民，民之弗恤，吾罪也。若为民而死，死职耳，吾何恨哉？"

其后，今天子嗣极，遂出君，复其初职。再逾年，君以母忧归矣。终丧，铨部稔知君能，遂拟君南京刑部福建⁽⁵¹⁾清吏司员外郎。抵任仅三月而卒，盖嘉靖四年十二月二十二日也，距生成化十五年二月九日，春秋四十有七。娶高氏，继室以田氏、刘氏、蔡氏，俱无子。女一人，田出也，适李鉟。其葬以卒之明年五月二日，墓在顺义之龙山村，实祔先茔。

君性至孝，父尝被诬坐大辟，君曰："吾男子也，顾不若缇萦一女子，何以生为？"诉于官，愿代死。当道者悯之，事乃白，得从末减。父寻卒，毁几灭性，苫块更三年，不内处。每遇忌，哀如初丧。母性严，君终身奉教惟谨。叔鉴及姊李，老而贫，君事之如父母；既没，抚其子女无异同胞。其待交游也厚，所尝受业师魏志刚，死而无嗣，岁时必为位祭之。

其平居言动不苟，矜严好礼，学必以古人自励。未第时，见时事可忧，辄颦蹙竟日。尝曰："范文正做秀才便以天下为己任，吾人可诿之分外耶？"故君之居官虽未甚久，而其风节卓卓如此，是于铭固宜。铭曰：

发之也迟，官仅一迁。其年弗永，其世弗延。命实为之，归咎于天。我生我食，忍弗死报？为臣则忠，为子则孝。兹惟不朽，长短奚校。龙山之村，有封峛然。女弟之子，求铭以镌。弗愧予辞，百世其传。

【校勘记】

（1）□　底本、丛刊本皆白框。

（2）可　底本、丛刊本字皆不清，据文意补。

（3）□□厥□　底本字不清，丛刊本作"□□厥□"。

（4）□□　底本为正常二空格，丛刊本作二白框。

（5）节概绍　丛刊本字不清。

（6）具　丛刊本作"其"。

（7）友　底本字不清，据丛刊本补。

（8）葬　底本字不清，据丛刊本补。

（9）据　底本、丛刊本皆作"遽"，据《国朝献征录》改。

（10）变　丛刊本字不清。

（11）至境　丛刊本字不清。

（12）屡　丛刊本字不清。

（13）驿　丛刊本字不清。

（14）费　丛刊本字不清。

（15）纶　底本、丛刊本皆作"论"，所本篇后文改。

（16）以　丛刊本字不清。

（17）劝　据文意，疑为"勤"之误。

（18）尤　底本字不清，据丛刊本补。

（19）未尝　底本字不清，据丛刊本补。

（20）敦大节相　底本字不清，据丛刊本补。

（21）起　底本字不清，据丛刊本补。

（22）息绍甲科　底本字不清，据丛刊本补。

（23）讳　底本字不清，据丛刊本补。

（24）诬　底本字不清，据丛刊本补。

（25）纂　底本、丛刊本皆将部首竹字头误为草字头，据文意改。

（26）冢　底本字不清，据丛刊本补。

（27）惩　丛刊本字不清。

（28）废　底本字不清，据丛刊本补。

（29）其孝姑训　底本字不清，据丛刊本补。

（30）明故奉　底本、丛刊本字皆不清，据目录补。

（31）逋　丛刊本字不清。

（32）□□□□□□□　底本、丛刊本字皆不清。

（33）山之原使人　底本字不清，据丛刊本补。

（34）续　底本字不清，丛刊本作"终"，据文意改。

（35）辈　底本字不清，据丛刊本补。

（36）博　丛刊本字不清。

（37）学　底本字不清，据丛刊本补。

（38）以　底本字不清，据丛刊本补。

（39）今　丛刊本作"会"。

（40）□□□□□□　底本、丛刊本皆空六格，疑脱六字。

（41）底本、丛刊本自"伯于吕梁"至"盖不能忘"20字为衍文。同时，据文意此处疑缺20字。

（42）肯　丛刊本作"旨"。

（43）曰　底本字不清，据丛刊本补。

（44）敏博赡与　底本字不清，据丛刊本补。

（45）即　底本字不清，据丛刊本补。

（46）典　底本字不清，据丛刊本补。

（47）增墟墓　底本字不清，据丛刊本补。

（48）呜呼往年予被诏　丛刊本字不清。

（49）君　丛刊本字不清。

（50）徐徐　丛刊本字不清。

（51）福建　底本字不清，据丛刊本补。

碑　类

拟严子陵祠堂碑

严之七里滩，有严先生祠堂。始构者高平范公，公之后屡葺屡圮。我朝维持俗化，载在礼典，比不葺者有年矣。郡守某，惧无以竭虔妥灵，请缮之，且言丽牲之碑不可无述。诏许之，以命臣某。

呜呼！节义者君子之大闲也，风俗者国家之元气也。故世有节义之士，人主能从而崇重之，则天下知所观感兴起，风声俗化惟正而趋。及其积之既久，则名教所在如川之防，如邑之墉，虽匹夫匹妇知守死而不移。即有乱臣贼子，将逡巡畏抑而不敢发，节义之可重固如此。东汉之兴，得先生一人焉，岂非幸哉？

盖两京自孝宣以来，正人既斥，谀佞成风，至于哀、平，弊也极矣。故莽奸得遂，公盗神物，罔有赧色。其时吏民上书颂德，蚁附蝇集，虽号为大儒者，亦且其言献谀，自取投阁之辱。而清名之士，往往屈受伪官，不以为耻。独先生养高晦迹，污命不至其门，所以自立何如也？及光武之兴，鳞攀翼附，争欲效尺寸以垂名竹帛者何限。而先生其故[1]人也，方且变易姓名，隐身不出。及帝思其贤，三聘[2]乃至，未尝少动，其自立又何如也？

或曰："先生年尊德劭，帝之征也，不以手书，而以诏旨；其处之也，不以师傅，而以谏职。视商、周之待伊、吕者有间，故先生不屈。"是亦知先生之浅者也。夫达人哲士，譬之神龙灵凤，翱游云表，而岂功名宠禄所得而豢养乎？

或又曰："圣人之道，用行舍藏，先生之迹固高矣，然未免于矫也。"是亦非深知先生者也。先生之心，诚见夫天下之俗，波流风靡，其流之弊有不可胜救者；故宁矫无随，以为世范，使人主不敢轻视其臣，人臣不肯轻待其身；则君不至骄，臣不至谄，庶几俗可少回，而治可成矣。

幸而光武能遂先生之高，故终汉之世，多直节守义之士。至于桓、灵，衰亦甚矣。然上下之间，或用公义以扶其危，或发私论以救其败，犹能延数十年之国脉，本先生能首倡节义、而光武能首正风俗之功也。虽然，岂惟汉哉？至于今，闻先生之风者，尚有奋发兴起之意。而所谓"怀仁辅义天下悦，阿谀顺旨要领绝"，则实万世为人臣者之戒，非特为侯霸发也。此岂不有益后世乎？祠宇之新，实名教攸系。既叙论其故，复系以诗。诗曰：

堕名废节，元、成以还。国亦何赖，竟以佞倾。东都肇兴，悯俗思治。贤哉先生，首倡节义。抑有贤君，克遂其高。万乘虽尊，轻如鸿毛。手抚其腹，腹乘其足。以崇雅望，以风衰俗。代多介士，守义以终。国衰不绝，伊谁之功？云台诸将，上应列宿。徒为夸诩，其迹已朽。隐隐客星，悬象著明。岩岩钓石，屹峙不倾。七里之濑，遗迹所止。昉于高平，构屋以祀。匪荣先生，惟教之崇。庶几有感，以立厥躬。于我有国，载诸祀典。守侯承之，处用不厌。奠此新宫，守侯图之，天子有诏，诗以铭之。

桂氏义仆碑

嘉靖三年秋七月，大同叛卒戕将领及其巡抚宪臣，知罪不可赦，胁亲藩为之请诏贷死，疏一日三四至，变且不测。上命都督桂侯勇为元帅，以钺往镇之。

众方汹汹，视镇城如虎穴，以入为难。都督既佩印，厉兵秣马，率妻孥治行，无几微忧惧之怀。顾独念平居未尝蓄死士置之帐下，缓急无可为腹心者，步于庭而叹者屡焉。其童曰全胜、曰彪、曰锦、曰麒、曰俊者，奋而前曰："国之臣，家之仆，分虽殊，而心一也。主翁为天子元帅，能忠于国而弗爱其身，仆辈乃不能忠于家而忍负其主乎？况犬[3]马受豢养之恩犹知报焉，仆辈肯犬马之不如耶？"都督闻其言而壮之，遂与偕行。

既至镇，叛者疑未释，讹言王师且来屠城，相煽以乱。事闻，下廷臣议，议必剪首恶以除祸本，得其主名若干，遣文武大臣率禁旅及邻镇兵凡数千，将临城取之。然宗室懿亲数十百，居民之无罪者数十万，皆杂处城中，昆冈之火，盖有不容以轻纵者。主兵者约都督以计擒之，全胜辈用其主命，协力取郭鉴等十一人，尸于幕府，逆党股栗，城中为之少定。

初，议首恶既得即班师，主兵者未之思也，又传檄将有事于镇城，叛者复疑，复乱。鉴之父疤子，挟其徒徐毡儿五十余辈，火都督之门，索都督欲甘心焉。全胜持弓矢捍御，首犯其锋。彪、锦、麒、俊相继殊死斗，悉为所害，至裂其肢体悬庭树，惨不可言。曰驴儿、回子、喜孙者，全胜与彪之子也，皆见杀如其父惨。逆党愤少泄，都督乃幸得全，盖一时之大变也。

然自鉴等既诛，向焉未正之法于是始正，武夫悍卒亦知从逆之祸卒不可免，而有革心效顺之机。后月余，城中人相率缚疤子辈献于官，无一脱者，而边城晏然以靖。谓非全胜辈仗节死义，首为之倡，有以感其心而作其气耶？

当全胜遇害时，都督之妻田夫人及侧室王氏皆被创绝，上悯之，亟召还京，升其秩，进旧阶一等，伤者皆厚加优恤，死事录其孤儿。

全胜与彪盖已无噍类矣。都督恻然，恐无以慰其忠魂，谋伐石即死所镌其名为不朽计，屡诣予请曰："全胜、彪、锦、麒，皆非勇族，特因其孤贫而子之，遂承勇姓而命之名。俊则大同前卫千户李英之弟，于勇不过姻娅之好耳。今皆捐生赴难，如子之于父，此勇所以哀之而欲著其志节于来世也。"又曰："郎之战，公叔禺人耻士弗能死，与其童汪踦死焉。孔子谓踦能执干戈以卫社稷，许其勿殇，又特传其事载之简册，千载而下知踦名，以有《春秋》之笔也。公肯微全胜辈而靳于辞乎？"

予惟死者，人所甚恶，即士君子犹必致审于熊鱼之辨，乃能舍生而取义。况求之厮养，可易得乎？全胜之辈感主之恩，效臣之节，不避艰险，视死如归，可谓明于大义，而无愧于士君子之流矣。

夫一世为短，百世为长，故苟知死义之为荣，而苟生之为幸，则有可以得生而不用，可以避患而不为者。都督为予言全胜辈死时，其皆未三十，自俗世论之，若以为短折矣。然其身虽死，而生气凛凛，后千载犹不死，其名之寿何如哉？视彼偷生而苟免者，其为荣何如哉？呜呼！读是碑者，其将有所感也夫，其亦有所励也夫。

碑铭类

光禄大夫柱国少保兼太子太傅户部尚书谨身殿大学士赠太傅谥文正木斋谢公神道碑铭

孝宗敬皇帝临御十有八年，敬天法祖，任贤使能，中国乂安，四海宾服。其继体守成，治化之美，上媲圣祖，驾轶帝王。一时辅臣则有若太师晦庵刘文靖公、西涯李文正公，太傅木斋谢文正公，至与孝庙相终始，明良相值，于斯为盛。孝庙上宾，预受顾命，逮事武宗，功成身退，卒归于正。若夫里居二十余年，再蒙召用，遐寿合终，子孙振振，克绍世美，若木斋公者，又二公所不逮也。呜呼！休哉。

公且卒，谓其子中书舍人正、太常少卿兼侍读丕曰："神道之碑，必属费君。盖馆阁旧人，惟费君尚在，其知予之详，亦莫费君若也。"二君遵公治命，遣其曾孙敏行，持公门人倪君本端所为状，造予庐而请焉。予素辱公爱，诚如公言，谊不忍辞。

按状，谢氏之先出河南阳夏，太傅文靖公安，显于东晋，遂寓会稽，后徙台之临海。而少傅丞相惠正公深甫，又显于南宋。其行、长二处士者，则自临海徙余姚之始祖也。五传而至见贤，见贤生原广，原广生莹，号直庵，仕终福建布政司都事。莹生恩，号简庵，则公之高、曾、祖、考也。自原广而下，俱以公贵，屡赠少傅兼太子太傅礼部尚书武英殿大学士。曾祖妣严氏，祖妣余氏，妣邹氏，俱屡赠一品夫人。正统己巳十二月二十八日，甫迁新居，而公生，直庵公因以为公名，后字之曰"于乔"，学者称为"木斋先生"。

直庵在闽治盗，多开释无辜，人谓其必有后。及公生而聪慧异常，年数岁，属对即有音句，且志趣不凡，皆以远大期之。且曰他日名位，视晋太傅、宋少傅盖不多让。况当天下全盛之时，其勋烈之隆殆将过之也。

成化甲午，乡试为第一人，乙未会试为第三人，廷试为一甲第一人。授翰林院修撰，奉诏入馆，进学勤而且谦，为诸元老所重。御史某骤升都宪，台中循例请公为文以贺，峻拒之，众遂知公正直，不可妄干矣。辛丑，同考礼部，一甲三人，其二皆公所取士也，人咸服其精鉴焉。癸卯冬，满九载，升右春坊右谕德。甲辰，再同考礼部。孝宗皇帝毓德春宫，慎简侍从，首及公。乙巳，充经筵讲官。

丁未，孝宗登极，推恩宫僚，升左春坊左庶子兼翰林院侍读，仍加俸一级。初开经筵，奉敕为日讲官，与修宪庙《实录》。内侍郭镛[4]者请选妃嫔以备六宫，公言："上方谅阴，岂宜有此？俟山陵既毕，徐议之未晚也。"命礼部议，如公言。上方勤学公务，积诚以开悟圣聪，每先期辄焚香庄诵，如侍天颜。及当讲，敷畅详明，甚称上意。庚戌，以省亲请，上嘉其孝，听给驿往，且赐金帛为道里费。辛亥，《实录》成，升詹事府少詹事兼翰林院侍讲学士，加俸如前。冬十月，母邹氏宜人卒，癸丑，简庵公又卒，讣闻，皆蒙特恩赐葬祭。盖上念公春宫旧臣，且在讲筵，眷注甚切，思有以柄用之矣。

乙卯春，诏以本官入阁办事，时犹未终丧。八月服阕，赴京疏辞，不允，且升詹事，兼秩如旧。盖皇太子将出阁读书，欲重储端之任，故以辅臣领之也。丙辰，命主会试，所取多知名士，是岁累有鹤袍犀带之赐。丁巳，敕修《大明会典》，为总裁官。戊午春，皇太子出阁，奉敕升太子少保兵部尚书兼东阁大学士。公因上疏，以"亲贤远佞，勤学戒逸"为皇太子劝，上嘉纳之。

清宁宫灾，上疏请修人事以应天变，词甚剀切，且引咎避位，不允。己未，赐一品服。太监李广死，例加恩典，公力陈其不可。辛酉，虏犯大同，上为之旰食，公疏上安边机宜以进，上即行之。本兵预虑军兴或乏，欲加南方折银每石三之二，公曰："先朝以官田税至重，故立折银以宽之。今再加，民不堪命矣。盍节用以纾之乎？"虏骑寻遁，国用不乏，其事遂寝。时视朝稍晏，诸司章奏或有不报者，兼以工役颇繁，公累言之，皆见采纳，且有玉带蟒衣之赐。癸亥，《会典》成，升[5]太子太保礼部尚书武英殿大学士。武冈蛮寇平，赐俘奴一人。甲子，以灾异再乞避位，不允。孝肃太后崩，礼官预拟与孝庄太后并祔太庙，公请命集众议，以正典礼，寻别立奉慈殿礼之。

时承平既久，政渐宽弛，而近习怙侈尤甚。有齐玄者，奉使武当山，欲载"激浊扬清，便宜行事"等语于敕中；辽东守将张天祥妄杀冒赏，近幸欲曲庇之；公皆执不可，触圣怒不恤也。内府各库及诸仓场马坊，莅事内臣多作奸索赂，民不胜其害。而御马监军士自以禁旅不隶本兵，虚名冗食，莫敢谁何，其弊尤甚。一日，忽召对，命通行禁约，且令所司搜剔弊端，严立科条，有犯者必惩不贷，皆从公之请也。公知上图治甚切，委任甚隆，思尽革诸弊以肃政化。若军匠之旷缺，户口之衰耗，以及屯田、盐法、马政等事，将渐次修举以复旧。事方就绪，而宫车晏驾矣。忧[6]世者有遗恨焉。时己丑五月也。上大渐，召至御榻，执公等手，谕之曰："朕在位十八载，所命相惟卿等数人，皆与朕相知。朕今弗兴弗悟，其善辅嗣君。嗣君聪明仁孝，可劝之进学，无忘朕今日之命也。"公等悲恸而退。

武庙登极，敕加少傅兼太子太傅，余秩如旧。纂修孝庙《实录》兼总裁官。初开经筵，赐冠带衣履，盖追念先帝遗命付托之重，待公等甚厚。但近习蠹政，渐不可长。户部尚书韩忠定公率百官伏阙论之，赖公等主张于内，将置诸犯于法。会事预泄，遂不克，公等皆不能安于位矣。十月，一再引疾乞休，遂允之，赐敕给驿，月廪五石，岁隶八名，仍赐金币袭衣。公等既去，吏部尚书焦芳入阁，而太监刘瑾擅权于内，芳急于幸进，憾公尝举王文恪、吴文定二公，而不及己。瑾又以公等先尝裁抑其党，及今廷论之，故尤切齿焉。二人乃深相结纳，欲甘心于公，因遣侦卒四出伺察公事，竟无所得。会乡人有以贤良应荐者，瑾谓违诏格，以为公咎，与刘公俱褫职。又矫旨令公弟武选员外郎迪致仕，子编修丕除名，且欲追夺公诰敕，会瑾败而止。

公之去位也，台谏交章奏留，皆逮系诏狱，备遭惨毒，至死不悔，亦可见天理[7]之在[8]人心，不容泯灭矣。公既归，瑾意叵测，人皆危之。公[9]曰："天佑皇明，我当无他。不见刘元城之事乎？"遂处[10]之裕如，日与客围棋赋诗以自娱，若不知有忧患者。岁尝大饥，出粟以赒贫乏，旅[11]党乡闾赖之。祠堂成，每旦必具衣冠，率子孙焚香恭谒。忌辰必茹素，祭物丰洁，其仪一遵文公家礼，俾世守焉。庚午，瑾诛，诏复职，致仕。乙巳，今上登极，台谏连疏荐公，遣行人赍敕存问，复官廪与隶如旧，而增其数焉。武选君起为参议，编修复任。公遣正入谢，温旨褒答，荫为中书舍人。时徐夫人卒，正乞终制，仍赐祭葬如例。癸未，复命有司时加存问。

丁亥二月，遣行人陈侃起公于家，且命镇巡藩臬敦请上道。十月抵京，敕进户部尚书谨身殿大学士。初，以衰病将乞休，曾具疏举公自代。宏去，而遂庵杨公又以公荐，意若虚元佐以逊公者，天下皆相庆公复入，而贤遂庵之能让。及公至京，而遂庵以官视公为尊，不肯处公之下，乃竟违初志，舆论颇少遂庵。然公盛德，不与之较也。公在舟中尝具二疏，大意以安静宽厚为本。及入朝，自度衰年，且难徇时，力求生还，遂不果上。然[12]上之待公甚隆，尝以天寒，免朝参；以除夕，赐御[13]制诸诗；以郊祀，赐锦织大带；以疾在告，遣太医视药饵，遣中官赐酒米；少间则遣鸿胪卿趣出视事，而公竟以疾辞。上察公诚恳，特从所请，诸凡恩泽视前加厚焉。中书奉旨护送以归。少卿亦欲请行，公曰："汝方侍日讲，岂可恤其私？宜尽心职业，勿以我为念也。"

公归，适生玄孙，五世相见，人以为难。己丑九月，病颇亟，寓书二子，以不及见为恨。会中书以疾请告，少卿亦侍母还，相见甚欢，疾遂愈。又明年辛卯二月十八日，乃考终于正寝，享年八十有三。讣闻，上震悼，辍视朝一日，赠太傅，谥文正，遣官谕祭者九，遣工部主事罗余庆治葬事，葬以是岁冬十二月十有八日，葬在杏山之麓，与徐夫人合。

夫人出同邑浒塘巨族，处士讳旻之女，贤淑可范，累受一品之封。子男六：长即中书，老成博雅，无忝世休，方以翰墨供奉内阁；次即少卿，以进士及第入翰林，累迁今官，德望[14]文学推重于时，可以继公相业，为公仲弟于五公后；次豆；次亘，荫补国子生，为公季弟方伯石厓公后；次至，次垔，皆郡庠生。女二：长适提学副使冯公兰之子汝才，次适都御史宋公冕之子惟昭。孙男八，女十。曾孙一，即敏行。玄孙男一。

公器宇丰厚，风神秀朗，见者知为寿俊元臣。其忠诚端悫，始终不渝。所谓"清白之操。百练愈精；刚毅之气，万人必往"，诚如圣谕。其学以明义理为先，为文正大温厚，不事雕琢，可以垂之不朽。在内阁时，刘公敢于任事，而资公之谋断；李公长于为文，而资公之典则。公可否其间，不阿不激，同寅协恭，所以辅成盛治者，端在是也。

宏在翰林时，侍[15]公最久，凡此皆身亲见之，倏忽数十载矣，赫赫如前日事。感今思昔，惟以永叹。衰病侵寻，旧殖荒落，莫能阐公邃美，姑叙述大都，俾刻于石，而系以铭。铭曰：

天惟纯佑，命我皇明。至于孝宗，实抚盈[16]成。任贤图治，日惟励精。孰其辅之，二三名卿。公起南服，魁于大廷。翊学青宫，久属圣情。遂膺简擢，作我股肱。惟时笃棐，竭其忠诚。裁抑幸滥，百度惟贞。十有八年，顾命是承。爰辅嗣皇，明勖宣乘。成功弗居，高举冥冥。宦竖渎经，奇祸是撄。天久乃定，既困而亨。今皇绍统，大化一更。乃遣敕使，存问于庭。恩数稠叠，类彼籹宁。安车载迎，为时保衡。公弗时徇，力辞宠荣。令德眉寿，全节完名。亦有哲嗣，克绍芳馨。如吕如范，竞爽同升。杏山之原，峣然佳城。帝有恤恩，[17]贲于泉扃。崇碑峨峨，显刻兹铭。惟德不匮，惟贤可征。后千百祀，[18]以俟云仍。[19]

明故资政大夫都察院左都御史边公神道碑铭

嘉靖甲申之夏，南京刑部尚书边公，用荐改都察院左都御史。公趋命北上，入舟而病，未几过家，遂以讣闻。诏有司谕祭营葬如制。前葬，公弟中允汝明，及其子太学生偁，奉礼部侍郎李君宗易所为状，属予为铭，将刻诸墓道焉。

按状，公讳宪，字汝成，别号桂岩，世家河间之任丘。曾祖讳复，初以从太宗文皇帝靖难授百户。祖讳永，以正统乙丑进士历户部郎中，后俱以子贵赠都察院左副都御史。父讳铺，累官至南京刑部右侍郎，母徐氏封太淑人。公之生，侍郎公有异梦，因以命名。甫十岁，能为韵语，书过目辄成诵。既长，学于少傅邃庵杨公，与太宰乔公希大、司马金公舜举为同门，蔚有文誉，杨公以远大期。

成化癸卯，举于乡，明年遂登进士，授青州府推官。时甫弱冠，人皆以少易公，公发奸谳狱，乃如老吏，郡中无不畏服公者。青滨海，海溢坏民田庐，将及城，公率众筑堤障之，城中人恃以无恐。值岁饥，议赈，抚按以其事檄公。公计口给食，处之有法，所全活者甚众。又属[20]公均六府之役，其轻重盈缩，一视赀之高下，里书奸莫能售，民皆便之。

弘治癸丑，擢湖广道监察御史。奉命按山西，复按宣、大，所在白别贤否，裁抑贵势，风采凛然。陈边务数事，皆为上所嘉纳。又奉命至辽东，核实边储，诸宿蠹剔抉殆尽。兵出宣、大，受纪功之命，人不敢请寄，冒赏尤以为难。比还，升淮安知府，以父忧归。服除，改知凤阳。不两岁，积备赈之米至万余石。

正德丁卯，升浙江按察司副使。时逆瑾窃政，欲士夫阿己，往往假他事罗织为罪，而讨[21]米以困之。公所罚二千余石，然竟不肯少挫以阿瑾意。庚午，升按察使，寻升布政司右布政，皆有政声。辛未，升都察院右副都御史，巡抚山东。畿甸贼流入界内，公遣官分御，多所斩获。尝荷敕奖励，且有金帛之赐。明年，贼势益炽，至命近臣统诸将，以边兵剿之。师久无功，言者请罪一二重臣以示警，公与保定巡抚萧公翀乃俱就逮系狱。旬岁贼平，始得释，以旧职谢病家居。公处之恬然，未尝少有尤怨。

甲戌，复起公巡抚宁夏，至则筑垣堑，蓄刍粮，凡边之备，罔有不饬。尝御虏于花马池，斩馘若干，虏遭挫衄而遁。又御之于红儿山，五日七捷，[22]事闻，奖赍有加。丁丑，升南京刑部右侍郎。己卯，改[23]北京户部右侍郎，以母忧归。服除，以旧官总督太仓，疏漕运数事，皆利病所当兴革者。未几转左，莅部事，乃南迁，寻复有中台之擢。

其卒为十月十二日，距生天顺甲申年六月七日，春秋六十有一。配于氏，克修闺[24]范，封恭人。子男一，即偶也。女二：长适县学生房大有，次适国子生刘永阜。其葬为某年某月某日，祔城西祖茔之次。

公资禀笃实，容观简重。孝友为乡邦所称，有时鲜必荐，然后入口。徐淑人既老失明，公左右扶掖未尝少离。兄弟七人，家居时日常聚食，遇亲友恩礼曲至，口未尝及人过失，有犯亦不与较。居官清慎，严取与，夙夜奉公。尝曰："食一日之禄，则当修一日之职。否则，太仓之鼠雀矣，于心安乎？"盖边为河间望族，相传汉有司马者，其大冢至今犹存。入国朝，则户部登甲科，为郎吏，其心存甚厚，号称长者，而位不满德。故其子孙多彬彬以文学起家，而公遂至九卿之长，以功名终，可谓盛矣。铭曰：

边之在瀛，最久而著。靖难而从，肇迹以武。户部继之，遂显于文。厚施未食，委祉后昆。维少司寇，荐升台省。至公益大，为卿之正。公推东郡，早以能称。台察之擢，大振厥声。乃牧乃监，乃抚齐、鲁。才以事见，惠施斯溥。盗不猝得，欲济以权。匪我实罪，秩弗我镌。既仆而兴，往殿西鄙。均佚而还，国庚是莅。秋卿南迁，乌府北旋。惟圣天子，简用才贤。弗究以殂，知者所惜。我扬其休，载于兹石。

明故资德大夫正治上卿南京刑部尚书致仕赠太子少保吴公神道碑铭

公讳洪，字禹畴，姓吴氏，居吴江之六子桥已十世矣。曾祖绍宗，妣汤氏、陈氏。祖昂，父璋，俱以公贵赠中顺大[25]夫太仆寺卿。祖妣陆氏，妣施氏，俱赠淑人。

公少颖拔，年十二补县学弟子员。动必循礼，尝与同舍生奉诏下属司开读，旁近富人欲招致宴饮，而其词涉倨，同舍生以贫故弗校。公曰："此非所谓呼尔之食耶？"谢不往。学官有过严者，诸生至诉于御史，欲逐之。公曰："师与父同，可叛乎？"卒不署名，于是识者已必公为远器矣。

年二十四，举成化辛卯应天乡试。又四年，登乙未进士科。初授南京刑部主事，历员外郎、郎中。诸所听断，都人无不屈服。而疑狱，大司寇必属之公。公恒存钦恤，囚病辄捐俸为糜啖之。丁未升贵州按察司副使，南都郎属有此迁，实自公始，盖冢宰李公裕在南台知公故也。未几，以内、外艰居丧五年。癸丑服阕，[26]改广东，巡视海道。

海滨素称利穴，或摄醒政，则亦有私其羡利，而商以迟留，反受飓风之患者。至，于秋毫无犯，弊革且尽，越人歌之。御史王公哲欲葺诸公署，而费用无所从出，筹之公，公曰："盐司有旧引若干，旧为权豪所专，不及于商。今请以给商，可得钱数十万，其事济矣。"如其言而费遂给。中官守两广者，令四驿各以一舟听役，舟敝，又令输金，已而两征之，民盖不堪。御史汪公宗器将革之，且欲追所得之金，公曰："往者不可追，追之已甚，况未必能追乎？第自今厘正，勿病吾民足矣。"如其言，而中官帖然。有叔侄同行异宿，其叔宿树下，为渔人所杀，投池中。侄意其宿于别馆也，讼馆人及池旁居者数家，械系且死，众莫能辩。公以计廉得其情，乃以渔人偿死，尽破械脱诸冤者，人以为神。官军滥杀邀赏，诸死者之家以冤闻，遣廷臣按验，公与焉。悉心推访，尽正滥杀者之罪。尤尚儒术，所至进诸生试之，凡经公赏识，多中高第。

己未，升福建按察司按察使。濒行，有闽帅以犀珠走间道为馈，公谢之，帅曰："公去矣，某无所干，且人无知者，何损公名？"公曰："若意善矣，然非知我者。"卒不受。闽俗嚣讼，公听之必以其情，民率悦服。明年，建宁、延平大水，民贫[27]且互劫，公辄以便宜发粟赈之。汀、漳军饷缺，盗贼将起，公取商之羡赈之，而民始安。土徭戍者有所索，守臣集三司议焉，公曰："不与则致叛，与之则为例，不若以贷为名，而姑与之。"群僚叹服。富家之主尝乘舆他出，以一奴随，中道忽弃舆与奴返步，遣归还，则为典财者所害。主家讼奴及二佣之舁者于官。奴曰："佣见吾归而杀吾主。"佣曰："奴引主去而杀之耳。"吏莫知所坐。公曰："三人者同发主家，顾不畏其家属而中道杀主乎？"访其里妪，知典财者有手血溅衣之迹，捕其人置于法。布政司之吏有微罪，镇守中官衔其使，欲公重吏罪，以为使累，公厉声曰："杀人以媚人，吾不为也。"其遇事类多如此。辛酉，入为太仆寺卿。时方多事，公正群仆，修马政，边陲倚之。

乙丑，进工部右侍郎，督理易州山厂，于薪炭羡余及公廨邸舍之息，一无所取。正德丙寅，迁左侍郎，入视部事。会有党逆瑾、怨司马刘公大夏而诬以重罪者，武宗下大臣议，公力辨之，人多公勇于附善、不避权幸。乙巳，东部长缺，资望及公，而瑾方纳赂，为有力者所得，公弗意动。未几，遂有留都司寇之命。宁河王邓愈之后，有兄弟争所赐田宅者，诏南京三法司核之。其兄倚瑾为援而求⁽²⁸⁾胜⁽²⁹⁾焉，公不从，遂忤瑾，令公致仕。

公曰"是吾志也"，飘然归⁽³⁰⁾吴江，杜门谢事，惟日课子孙读书、奴婢耕织，暇则啸歌⁽³¹⁾自乐。里之后生考德问业，及郡邑大夫从而谘政者，公酬应无倦。缙绅道于其境，必求公之庐而礼焉。辛未，公之子山以刑部主事遭恩例，进封公资政大夫。公益自感激，每贻书戒子以竭忠报国为务。今上入正大统，又进公资德大夫正治上卿。家居十五年，庙堂之忧无日不往来于怀，遇贺万寿，必夙兴恐后。吴中族寖盛，公惧其久而渐疏如途之人也，作谱以明其⁽³²⁾宗。嘉靖甲申，得末疾，继闻仲子岩之讣，遂不复省⁽³³⁾事，乙酉二月十九日溘焉而逝，距其生正统戊辰正月八日，享年七十有八。

公为人和而不移，庄而不倨。始仕即以立斋自号，故其所立卓然有可观者。然行之以恕，辄因人而体其心，不徒取快于一己也，评者谓公庶几能与人为善。公之去易，属吏有以金遗公之奴者，奴却之，君子又知公之道行于家，而其教孚于天下也。

公初配邑城王氏，赠夫人；继以夏忠靖公之孙女，赠淑人；又继以邑之丘氏，封夫人。子男四：长即山，今为浙江布政司左参政；次岩，与山同⁽³⁴⁾登戊辰进士，官亦如之，先公卒；次峤，以荫补国子生，授⁽³⁵⁾南京光禄典籍，调萧山县丞；次崑，学生。女二：长嫁副都御史徐源之子窠，⁽³⁶⁾次嫁副都御史毛埕之子锡畴⁽³⁷⁾。孙男十一人：邦栋、邦柱、邦模、邦桢、邦本、邦杰、邦棐、邦荣、邦楷、邦材、邦□⁽³⁸⁾。女八人。公讣上闻，诏礼部赐二祭，工部为营葬事，复赠其官为太子少保，锡诰命以宠嘉之。

山卜以岁之闰十二月六日葬公于邑西梅里村虚字圩祖茔之次，而属同邑给事中沈君汉状公之行，来问予铭，将刻之墓道焉。予伯父少参公讳瑄，与公同年进士，盖有世讲之谊，而予昔二礼部，又同朝，素辱公爱，于铭安可辞？铭曰：

古有不朽，在于所立。曰德功言，各居其一。惟大司空，以立自期。由童而白，其志弗移。贫吾难侮，师不可叛。卓哉斯言，盖方羁贯。郎曹筮仕，迄于为卿。惟清惟慎，耻利之征。德则多有，其功可数。历广历闽，威行惠布。狱以情断，人服其明。事以权济，人服其能。叙迁及我，宁远无近。法守在我，宁忤无徇。奉身而退，其乐也全。继志以子，佑我者天。高朗令终，恤典既渥。虚字之圩，有碑嶷嶷。叙述终⁽³⁹⁾始，吾铭是镌。公所自立，百世其传。

明故光禄大夫柱国太子太保户部尚书赠特进光禄大夫太傅谥忠定韩公神道碑铭

士有负正气、怀直道、愤世嫉邪，以身犯难、婴龙鳞、撩[40]虎尾、不少顾恤；虽阽危濒死，得奇祸于一时，然高风大节，天下仰之，后世颂之。视彼脂韦泄沓，丧名辱身，以苟目前之富贵者，其品流区别也相十百。况天定胜人，剥终必复。其名位福履，分所当得者，卒之若持券取偿，无一缺焉。岂非所谓"君子以得福为常，而得祸为不幸"耶？求之于今，则公庶几乎无愧于此矣。

当正德之初，中官刘瑾等嬖于武宗，滋肆蛊惑，潜移政柄。公时为户部尚书，曰："乱其始此矣。为人臣子，忍坐视而无言耶？"率百寮伏阙流涕，请诛瑾等。武宗几悟，将以瑾等置于理。公同列有乘时规相位者，与瑾等和应害其成。瑾愈肆，遂入中枢，赏罚黜陟悉由己出。衔公入骨髓，矫诏罢之。给事中徐昂上疏救公，瑾黜昂，再镌公秩。寻令以冠带闲住，其子高唐知州士聪、刑部主事士奇皆黜为民。瑾怒未已，乃假公在部时计簿有遗失者，以为公罪，遣官校械系至京，将煅炼杀之。公在狱，与司马东山刘公倡和如平日。瑾吹求既无所得，乃矫诏勿拟公罪，罚米千石，又缘他事罗织而罚之者倍之。自是家业尽破，几无以为养。

越五年，瑾诛，有诏复公旧职，廷臣荐公百疏，而瑾党尚在，卒不行。今天子嗣极，悯公守正罹害，赐[41]敕褒慰，[42]特加公太子太保，阶光禄大夫，勋柱国，锡诰赠其三世，复荫孙一人为光禄署丞。及公捐馆，讣闻，上悼念不已，再赐诰，赠特进光禄大夫太傅，谥忠定，仍遣官谕祭、营葬。

呜呼！公以孤忠报主，甘受奇祸，一时缙绅莫不为公扼腕。而彼恶直丑正之徒，则或旁观窃笑，以为公为不智其甚者，忿公异己且从而下石焉，其亦可慨也。已然贞松劲柏，挺立于岁寒之后，完名盛福，公卒兼而有之。非公之所立无愧于天，无负于国家，曷克以臻兹耶？

公以某年某月某日卜葬大锡沟之原，士奇与其从子廷伟衰绖诣予，欲一言铭公墓道，予素荷公知，安敢辞？

公讳文，字贯道，别号质庵，姓韩氏。其先世为相人，盖魏公之裔也。谱称七世祖讳永，值金兵之乱，去相徙居山西之洪洞，于是为洪洞人。曾大父讳昌，祖讳渊，父讳肃，皆以公贵赠光禄大夫柱国太子太保户部尚书。曾祖妣张，祖妣李，妣吉，赠皆一品夫人。

公将生，吉梦紫衣人抱送文潞公与之，因名文。幼负奇质，才思溢发。既长，从太史襄阳邢公逊之游，学益渊博。领成化乙酉乡荐，登丙戌进士第。初拜兵科给事中，持节封韩府高平王，诸馈遗悉不受。会左都御史王越总边事，徽功启衅，率同官列其罪状。又论荐前冢宰李公秉、司马王公竑可大用，语涉宫禁，纯皇帝震怒，逮至文华殿，拷掠几死。陕西纪功郎中张谨疏总兵等官杀降罔上，命公往核之，率以情之轻重具实还奏，人服其公。乙未，升右给事中，以直言为当道所忌。戊戌满考，始升湖广右参议，提督太岳、太和宫，分守荆南，谈者以用非其地，为公负屈，而公处之裕如。勤[43]于其职。分守中官与其下皆严惮敛戢，境内赖之。又稽核诸宫羡银，易谷创庾，以为荒备。越三年，用巡抚吴公克诚荐，改理司事。会九溪酋长白嘴鼻与邻境争地相攻，抚按属公往视，其争遂息。历七年，以右转左，闻者骇然。未几，以外艰归。

弘治戊申，终丧赴部，冢宰王端肃公知公久滞，升山东左参政。济南之俗，乘旱辄聚众发人墓而暴其尸，谓之打魃。公曰："是甚于尪巫之暴矣。"亟下令禁之。越二年庚戌，用宗伯倪文毅公之荐，超升云南左布政使。先是，土官袭代，旁支恃贿与力，辄相仇夺；土吏满两考者，例不赴京，复于境内转相参补，皆宿弊也。至，公始立法以厘正之。越三年癸丑，升都察院右副都御史，巡抚湖广地方，兼赞理军务。武昌诸郡岁歉，疏乞蠲逋赋，以苏穷民。乙卯，改抚河南，值怀、孟以北旱饥，令所司发银赈贷，复竭诚雩祷致雨，岁乃大熟。丙辰，转户部右侍郎。丁巳，以内艰归。庚申，终丧，改吏部。明年转左，铨综平允，士论浩然归之。癸亥，升南京兵部尚书，参赞机务。先是，会守备中官议事，多逊避不发一言，或探其意向以为可否。公曰："事之可否，有理与法，吾惟以无私处之，可拱默为避祸计耶？"遇事辄昌言商榷，闻者无不敬服。时值水旱相仍，民饥而死者相继，公移文户部，欲预支三月粮以平粜价。所司疑未决，公请以身任之，竟发米十六万石，民赖以安。甲子，改户部尚书。于是，敬皇帝励精图治，公感激遭遇，早夜勤瘁，期于足国。早朝毕，尝被召至榻前，谕以盐法废弛，边饷空虚，属公稽考旧制及诸沮坏之弊。公疏陈六事，极其剀切，皆嘉纳之。时监军以征虏宿兵近塞，日费不赀；戚畹中贵往往侵民田，窝占盐引。黄冠又以左道祷禬，蠹耗帑积，公锐欲抑之，虽怨谤弗恤也。

盖公自筮仕以来，敭历中外几四十年，凡职所当为为之，未尝不尽其力。[44]晚节末路，以身殉国，尤极忠恳。不以利害得丧易其所守，凛乎有古大臣之风。此后生小子所为仰其声光，咨嗟愿慕，而自有不容已焉者也。公将逝，雷电交作，天色晦冥，吊者如市，莫不悲号哽咽。盖嘉靖丙戌二月二十三日也，距其生正统辛酉九月二十六日，享年八十有八。

配张，德与公合，先公三十年卒，赠夫人。子男三：长即士聪，中壬子乡试，以知州致仕；次即士奇，登壬戌进士，今为湖广左参政；季士贤，中乙卯乡试，授开封府同知，以乞侍公养，进阶两淮运司同知致仕。孙男七：廷彦，以荫补国子生，授光禄寺典簿；廷臣，中壬午乡试；次廷瑞，即所荫署丞者也；廷采，国子生；廷伟，登丙戌进士，今为南京户部主事；次廷谏、廷选，[45]俱习举子业。孙女四：长适国子生郭瑶，次适李旦，次适副都御史张润之子元宪，一尚幼。曾孙五：曰景休、景维、景愈、景复、景偓。曾孙女三：长聘御史南全之子有考，次聘都司副断事郭鎏之子维屏，一尚幼。

所著有《质庵奏议》《质庵存稿》《归田稿》藏于家。公风骨玉立，凝重和粹，有若天成。加以奋励充养，学知原本，动必志于远大。故平生所立卓然不苟，卒以勋业振耀，为时名卿。其子若孙，又能奉公之教而世其业，公可谓死而不朽矣。铭曰：

士贵自立，保终为难。志不物挫，斯谓之完。志不物⁽⁴⁶⁾挫，斯谓之完。宋有名臣，曰魏国韩。社稷赖之。如河如山。⁽⁴⁷⁾初终一节，罔避险艰。公岂其裔，向往凤端。以身许国，丹心桓桓。起家青琐，乃历屏翰。回翔台省，衎衎鸿磐。国有桑雍，公嫉其奸。曰此巨蠹，治乱所关。首倡百僚，伏阙叩镮。危言劘切，烈甚舆棺。刚大之气，可激懦顽。我道盖是，宁我失官。如彼砥柱，屹于狂澜。壁立万仞，可望莫攀。圣明御极，进公穹班。褒忠嘉直，恩纶屡颁。麟袍玉带，鹤发朱颜。声光烨然，洋溢区寰。如彼松柏，挺于岁寒。风饕雪虐，不摧以残。抑有子孙，如玉如兰。趾美续闻，世其衣冠。公死不朽，既顺且安。忠定之谥，在公无惭。岿然堂封，过者耸观。

明故镇国将军辽东副总兵韩公神道碑铭

公讳斌，字廷用，姓韩氏。由辽东宁远卫指挥使，屡用荐为将守边，其在辽阳最久，有功最多。今上二年，公老而卒，且葬几十年矣，辽阳人思之，愿公庙食其土。诏可之，额曰"褒功"，都司官岁以春秋谒祭，其不朽之立，盖无待于金石矣。公仲子知建昌府辙，犹恨墓铭之刻太缓也，因勋部夏君子中，遣使来请。予伟公以忠自树，而嘉建昌君之孝，诺而铭之。

公少孤，年十六袭职，莅其卫事，已若素练焉者。尝御虏小团山，能突阵，馘其一酋以败之。天顺初，升辽东都司都指挥佥事，备御宁远。虏复入小团，戕将领，官军陷焉。公驰赴，手刃数贼，围遂解。时义州屡失事，总兵官成山伯王琮被敕责，恐甚。公请当先自效，琮以五伯人属公拒贼，遇之于八塔儿；贼众四千围我，阙其一面，或幸焉，公曰："是将误我，不可忽也。"令营中联马，死斗而出，且擒一人，斩首十三级，获马五百。捷闻，受彩段白金之赏。寻奉敕守备义州，协赞怀柔伯施聚，筑堡为耕牧护。坐宁远误事，贬二秩。巡抚都御史滕昭、巡按御史常振、刑部主事丘霁，惜其才，交章荐之；礼送至京，命署都指挥佥事，充参将、征四川。未行，捷至，留京营督练。寻充左参将，分守延绥西路。时北虏毛里孩拥众十余万人定边营，公率五千骑，伺其归击之环县，擒一人，斩首六十七级。比收兵，虏众猝至，围之数重，约日⁽⁴⁸⁾出，将蹂躏焉。谍以告，公度众寡不敌，难久支，出不可缓，令⁽⁴⁹⁾我军悉衣白以自别。或谓东南围薄，可出也，公曰："若然，虏将弱我而乘之矣。"乃向虏众奋呼而出，有所斩获，公戒勿顾。比出，犹存七级焉。已而虏复入花马池，有众三万，公度其难以战胜，列车城下，出精兵三千阵前。贼知有备，不敢近。

成化三年，建州贼数扰边，都御使李秉荐公武略出众、深知夷情，敕改充游击将军，驰驿还辽。领右哨，从出清河，抵其巢，斩首二百余级，俘男妇一百七十余口。论功实授都指挥佥事，以游击分守辽阳诸地。明年，改充副总兵，分守开原，兼提督辽阳。镇巡诸官以为辽阳东南境与建州接，守将非专任弗可，请复辽阳。公与众筹，必堡兵而后能守，亲历缘边，相贼所出没处，创东州、马跟单、清河、碱场、叆阳及凤凰镇、东镇、夷草河、汤站等堡。密烽堠，增戍卒，自抚顺迄于鸭绿，南北几千里，声势联络，居民因得垦灌，莽田之屯利日广，而虏深入之谋杀矣。九年，贼屡犯广宁，总兵官欧信会公出义州，直抵兴中，斩首六十二级，论功升署都指挥同知。廷臣会推天下武臣可大将者三，而公居一焉。贼尝入清河堡，匿深谷中，以数骑薄城挑战，将佐争欲击之。公曰："此饵也，勿贪。"已而伏果起，公乃背而阵，番休更战。贼既遁，复出碱河、十岔口等处，捣其巢，斩首百余。贼大举寇叆阳而还也，邀其归路。值淫雨连日，令士卒下马徒行，多怨者，公曰："马疲则遇贼不可用矣，我岂欲劳人乎？"至，将在峪部分将士举号火，纵骑追奔，马有余力，遂斩六十三级。公纪律严明，下莫敢犯。颊中流矢，能权词以安众心。部卒有被矢中目者，亦能坚立不移，拔镞还射。仓卒遇敌，必谋而后战，缓急合宜。前后八九年，屡与虏斗，未尝败衄。为同事忌功者所中，坐累复贬三秩，知者冤之。

十五年，抚宁侯朱永等受命征建州，公及总兵官侯谦复为右哨，出鸦鹘关，抵泊珠江，斩首一百五十级，俘男妇三百八十九口。虏首有宋管只八者，据山险，欲夜劫公营。公令译大呼曰："韩马法在此，汝尚欲为偷乎？""马法"者，虏所谓大人也。贼众愿一见公，公免胄示之，皆弃弓矢拜马前请降，军遂还。公度暮至黑松林，贼必有后邀者，约谦军其地以待之，而谦爽约先归矣。公至黑松林，贼果[50]突出，公急令立营，一麾而定，贼不能扰，其料敌应变类此。抚宁即军前奉钦给勘合，升公指挥使。捷闻，上以公当一面，复升都指挥佥事。明年，北虏侵开原，而建贼复扰辽阳。时公遭谗淹系，上素知公，薄其罪，释而用之，俾职任皆仍其旧，且命亟行。北虏闻公至，即遁去。十七年，公乃诣抚顺关招建贼卜花秃等，以恩威谕之，皆叩头誓无再犯。公知虏情多诈，严兵碱场等堡以备之，累以擒斩功受赏。

二十三年，追剿朵颜虏寇至半边山，获原掠人畜而还。上念公久劳，特赐蟒衣一袭。大理寺丞李介，通[51]政使田景旸，先后各荐公可主将，廷论多归之者，而公浩然将老矣。弘治二年，公确辞至再，遂老焉。于时年甫六十，日置酒会亲宾以为乐，时政物评未尝口挂。后十有一年，得年七十有二而卒，盖弘治十三年七月二十二日也。即以其年九月二十二日葬辽阳城东高峰山之阳。

公之先为山后兴州人，祖原福，洪武末占籍密云。考春，从文皇帝征讨，历升东胜卫指挥使，调守辽东，选莅宁远卫事，以公贵，皆赠镇国将军。祖妣、妣赠皆夫人。配杨氏，封如之。杨氏有男四人：长辅，袭定辽中尉指挥使，历[52]升署都督金事，佩印充总兵官，镇守辽东，入中府金书莅事；次轨；次辙，即建昌君，以廉能闻；次轩。女一人，嫁前屯卫指挥同知邓俊。侧室王氏，有男三人：轼，习兵策；轮，大学生；辂，庠生。孙男六人：长玺，由武举历升署都督金事，今佩印总兵官，镇守辽东；次玠、璧、玖、玮、瑶。曾孙男三人：承恩、承庆、承训。

公生长边陲，身长七尺有咫，膂力过人。精技射，多智略，善以寡击众。然不恃己长，每战必胜。参谋而采用之，与士卒同甘苦；尝雪夜追贼，道卧以伺，禁毋爇火，一军未食，不辄先。稚童儒生，遇暇必延至诵说史传。常恨养不逮父，事[53]其母至孝。家庭之训，一以忠义为主。故武功之立，遂[54]为东陲世将。而保障之泽，垂于永永，至尸祝而俎豆之，非其志业有大过人者，乌克臻兹？兹其可铭也已。铭曰：

维将在边，实庭所恃。厥倚维何，曰惟忠义。武弁如麻，匪无勇智。孰类韩公，桓桓厥志。结发行阵，东陲西鄙。谋定乃战，不专力恃。锐锋所向，万众披靡。献馘与囚，皇心载喜。屡用多绩，以先虎士。剡荐交腾，英声大起。遭谗而跌，卒莫我弃。辽阳之防，开拓千里。中居者狎，外觇则悸。损我亡矢，益我屯利。无穷之功，粤自公始。公弗庙食，我能怛已。牲斯帛斯，公我祖祢。提将之符，矧公有子。抑又有孙，是述是继。文武忠孝，美能世济。有穹者碑，在墓之隧。我显志之，爰示无止。

墓表类

翰林院侍读学士徐君舜和墓表

呜呼，此吾友舜和之墓。舜和才气英锐，欲以博雅追逐古人，而又愤世嫉邪，过于刚直，盖所谓"劬书甚嗜炙，见恶逾探汤"者。其病也，予屡往候之，见其陈书满前，犹为人酬应不辍。间及时事，必愀然不乐，而于其身之安否，君[55]委之定数，无所系累。予觉其形神瘠悴，心窃忧之。然又意天之生才，殆非偶然，况舜和之才，卓荦奇伟，尤不易得，造物者必有以栽培而成就之，不但已也。今则已矣。呜呼！孰谓才如舜和而止于此邪？舜和之子永年，将扶柩归，以某年某月某日葬于某山之原。少师西涯李公既畀之铭，以掩诸幽矣。而又即予，图所以显刻诸墓者。予素知舜和，不忍以无能为役辞。

舜和讳穆，姓徐氏，吉安吉水人。高祖子暄，曾祖彝伦，祖少安，世有隐德。至舜和贵，乃封其考闇斋为翰林编修，母曾氏为孺人。舜和生数岁，能日记数千言。姻家刘静学多藏书，舜和游其门，读《易》之暇，旁及百家，才思溢发。成化丙午，中江西乡试第二人，再试礼部不利，入太学，益务为精深浩博，名隐然动京邑。弘治癸丑，中礼部试，入奉大对，故相丘文庄公得其文奇之，叹赏不置，遂赐进士及第第二人。入翰林为编修，磨砻浸灌，未尝少懈。六经十九史，下及诸大家文集，其切要处舜和辄能成诵。至于国朝典故，时政利病，与夫天下之山川险易、物产丰约、风俗浇淳，以及人情事势、常变真伪，一一谙练，每论及，口如悬河。为诗文水涌山出，若不经意，识者谓其宗尚欧、曾，⁽⁵⁶⁾气昌词健，自不可及。尝同考礼部试事者再，己未得⁽⁵⁷⁾今谕德伦君伯畴，乙丑得今编修董君文玉，皆置首选，他所识拔，尤多名士。与修《通鉴纂要》，宋、元二代之事，出舜和删润者十五六。

上初即位，命充正使颁正朔于朝鲜，服视一品。及境，译告国王不郊迎候诏、不道跪，舜和援古礼、稽今制，反复辨析，必如仪乃止。王屡遣陪臣代质疑义，剖析不遗。却其馈献，归橐无朝鲜一纸，其人皆感愧屈服。与修孝庙《实录》，去取必当，是非不谬。充经筵讲官，举止详雅，词色温和。岁丁卯，值《纂要》成，故事，纂修官例得进秩。于是逆瑾专政，怒翰林不己屈，摘其中字画小小讹舛者以为罪，阴险小人又从而从谀之，乃皆夺俸两月，舜和与焉。明年，闇斋弃养，舜和奔丧。归来未几，《实录》成，瑾怒未解，史官当进秩者各不与，又谬谓文士不谙世故，摘其所深恶者十余人，改部属扩充政务。舜和虽家食，犹不免，由侍读迁南京礼部员外郎。盖舜和初奉命教内馆，尝与瑾邂逅，至是瑾欲牢笼才俊，冀舜和一谒通，而舜和屹不为动，瑾以是衔之故也。庚午，服除赴阙，未至，改南京兵部。会瑾诛，言官请复旧制，舜和始再入翰林为侍读。

今年二月，命清理武官贴黄，时已肺逆，犹力疾入阁西治事。既而内阁以翰林春坊多阙⁽⁵⁸⁾员，请以资望之当迁者补之，舜和次当为侍读学士。报至，叹曰："命也。"明日竟卒。永年以其情请于朝，吏部谓拟升已有俞旨，且疏其次所当得，命如初拟，亦异数也。

舜和生成化戊子正月九日，其卒以正德辛未五月十一日，年仅四十有四。配赵氏，封孺人。侧室顾氏，子男三：永年其长，慧而知学；次有年、乔年。女二：长适知府周伯承之子侃。

舜和事亲孝，登第后欲归觐，格于例，乃请告以行。与其兄顺美，友而恭。性慈仁，虽喘蝡之物，不忍轻杀之。至所交际，乃肮脏不能少降。稠人广坐中，言议英发，略无讳避，非其人则一语不交。逆瑾之横，缙绅虑祸及，朝夕惴惴，独西涯公负天下重望，尝受先朝顾命，遇事犹力争之，君子恃此而无恐。舜和，公门下士也，出入受教，踪迹不能不亲。忌公者乃并及舜和，数辈沮之百计，而舜和处之泰然，所守益确。

呜呼！使舜和不死，假以数年，名位勋业必不在人下。而天遽夺之，赍志以殁，岂非命耶？虽然，命赋于天，即圣哲有不能必，君子惟尽其在我求无愧而已矣。如舜和之所立，可以无愧，则于其所难必者，又奚恨焉？予是以表而出之，后之欲知舜和者，其尚有征于此乎？

明故江西左布政使祁公墓表

公以弘治丁巳十一月六日卒于位，享年六十有四。卒之又明年己未正月十有六日，葬于东莞牛眠石金钗岭之原，盖十有三年于兹矣。其子户部郎中敏，以公墓上之石未有所述也，自状公行，即予图之。公有惠政在吾乡，予奚容以辞让为事？

公讳顺，字致和，姓祁氏，别号巽川。其先有仕至银青光禄大夫者，自南雄徙东莞。曾大父以泰，大父振宗。考秉⁽⁵⁹⁾刚，赠奉直大夫户部员外郎。妣卢氏，封太宜人。

公生十有七年，以《春秋》领广东庚午乡荐。天顺庚辰，始登进士第，拜兵部主事，镇山海关。代归，改户部，督饷临清，累升本部郎中。寻升江西左参政，坐累左迁石阡府知府。以太宜人忧去，服阕，升山西右参政。历福建右布政使、江西左布政使以终。大廷之对，传者谓公宜举首，以其姓与名皆近英庙御讳，于胪传弗便也，乃抑署第二甲第二人。

成化己丑，尝同考礼部试，藻鉴精甚。乙未，以建储奉诏谕朝鲜，赐一品服。前此往者，从关人数百，阴有所挟，以规厚利。公不许，止土兵三十人从。其王迎诏不拜，谓故事则然，公以礼谕之，乃拜。馆其国，恪守使规，诸所馈遗，悉拒弗顾。乃遣陪臣入谢，并刻其所为诗文以献焉，由是声称益重朝著。石阡自开郡⁽⁶⁰⁾来无贡举，亲为讲授，居六载，彬彬多秀异之士。又为辟屯田，除虎患，民赖以安。抚按之使交章论荐，三原王端毅公在吏部，亦疏引之。然公雅尚恬退，虽中遭挫抑，而志操益励。宫保丘文庄公与公同乡，少师晦庵刘公，公同年友也；知公才可大用，而屈于下位，当是时皆欲荐公才，公未尝念动，辞以书甚力。

历官四十年，家业视初仕无所增。在江西，积纸价至三千金，病且革，或谓公之子："盍因修纂志书。取而用之，毋徒为来者所得。"语闻，公戒其妻、子曰："吾平生爱名，欲无少玷。吾即死，汝辈若惑于人言而用此金，吾目必不瞑矣。宁归而饿死可也。"将易箦，犹谆谆及此。盖公以清约自守，虽隐微之间、生死之际，亦不少变，是可以为难矣。

配钟氏，赠宜人。继室廖氏。子男五人：长即敏，次孜，次政，次敕，次敦。孜、敕皆乡贡进士。女若干人，其婿某某。孙男若干人，孙女若干人。

公最孝友，弟颐，领乡荐，早世，抚其二女，视己女有加焉。族蕃以大，奉先故无祠，捐赀创建，又买田以供。伏腊祭之日，少长毕会，恩谊蔼然。性好学，自少至老，未尝一日去书不观。年著有《巽川稿》《使东稿》《倡和录》《宝安杂咏》等录藏于家。

呜呼！人之能各有所偏，故长于著述者，试之以烦剧，常病于迂。善于剸裁者，试之以藻缋，常病于陋。即使二者兼长，而操存践履或有所亏，则亦浮华鄙秽之流耳。若公者，博雅疏通，名誉蔼蔚，廉介之节，确守不渝，岂不贤于人哉？位虽未满，其德才虽未尽其用，然[61]即其所已立者而观之，固足以垂诸不朽而无愧。况户部君克承厥志，学与行皆世其家。公之所已施而未食其报者，当于此乎酬之，公宜无遗憾矣。

封南京翰林院侍读学士奉直大夫吴公墓表

封南京翰林院侍读学士吴公之卒，且再期矣，而其子克温始克葬公于邑南簽岭之原，与其先宜人合。盖体魄所托，屡卜而后定，非敢缓也。前葬数月，克温遣人持宪副邵君所为状，自其家数千里走京师，属宏为文以表公墓。宏与克温举进士为同年，在讲筵、史局为同官，而弱女又适公之孙骥，于纪次公德，谊不可辞。顾其言无足为公重者，谓当属之名笔，庶于公无歉焉。克温断断不可，复遣人来督，且曰："某自废弃以来，杜门敛迹，[62]于当途久故不敢一致书问。惟吾亲之教之负为深惧，子所知也。而今以是强之，人其不谓我为干进乎？"宏甚愧乎其言。盖方逆瑾之横也，克温以肮脏遭谗而归，人意公未能无郁郁者；而不知公尝贻书克温，戒毋速进，见其归，更以为荣。公卒未几，而瑾果败，朝廷起克温，复其官，且大用之，而公乃不及见。宏于是服公之识而悲之，则于克温之属，又安忍终以辞让为事邪？

公吴姓，讳经，字大常，世为宜兴钜族。曾祖德明，妣周氏；祖以中，赠户部员外郎，妣汤氏，赠宜人。父玉，户部员外郎，母徐氏，封宜人。公少时随侍京师，从莆田顾孟乔氏受《尚书》之学，同学之士无虑数十百人，精敏博雅，无能出公右者。太师徐文靖公时在翰林为编修，深器重公，因以女弟妻之。及归，游邑庠，名益起。然屡屈，则以其业授之克温，不数年遂成进士、入翰林，而公亦且充贡矣。公曰："吾之志，吾儿成之，吾可以终养吾母矣。虽然，不可不一面吾君也。"弘治初，赍贡亟北上，试即拂衣而归。时徐宜人年逾八十，而公亦近六十，母子欢适，既寿且荣，乡邦慕之。

户部公为吏以清白闻，其殁时，所遗田仅百亩，兄弟复三分之。公勤生节费，卒致饶裕。而自奉甚薄，盘蔬盂饭，[63]不欲与寒素异，因自号为"味菜"。子孙未冠，及冠而学业未成，不许帛衣食肉。有服涉华美者，辄手裂之。然志于利济，人以急贷，未尝吝，前后负公者不可胜数，而公终不以是易其心也。为人淳朴坦夷，晚年与邑之卿大夫高年里居者，月为真率会。会者凡十余人，皆心醉公德，曰："是真率者矣。"生平寡嗜好，屏声伎，不多饮酒，日惟手一编以自娱。夜必呼灯课诸子诵说经史，有疑义辄为剖析。尤善论事，每取古人所已行者断之，其后成败，无不如其言者。盖其才识荦荦，宜为世用，乃以数奇不遂，敛而施之于一家，君子有遗憾焉。然有子如克温，学行器业卓然自振，凡公之所欲为者，克温能继承而光大之，公宜含笑而往矣。

公之生为宣德乙卯五月十二日，其卒为正德己巳闰九月十三日，享年七十有五。元配徐宜人，赠少师兼太子太师吏部尚书华盖殿大学士讳某之女，即文靖公女弟也。继室许宜人，太子赞善许公胜之孙，皆先卒。子男三：长俨，即克温，今以翰林院侍读学士起为南京礼部右侍郎，徐出；次俭，许出；次傅，太学生，侧室潘氏出。女一，许适沈敕。孙男三：长即骥，邑庠生；次骃；次骖。女五人：长适任竔，次适徐文炯，皆太学生，余尚幼。其葬之年月日，为卒之又明[64]年辛未十二月二十六日云。

明故坦庵严公墓表

昆山沉翔圩之源，有一墓合焉，盖坦庵严公与其配华孺人之所葬也。公卒于成化丙午九月二十四日，葬以其年十二月八日；孺人卒于正德戊辰九月八日，葬以卒之五年癸酉三月十有五日。幽潜之德，闷而未耀。嗣子节推君用刚尝悼念之，若有待焉者，自述事行，稽颡以授于宏，欲一言表诸其隧。且曰："孤不肖，效用于时，幸有斗升之禄，皆二亲之教。今养既不逮，无以为吾亲报矣。惟是不朽之图可复缓乎？"予受而读之，其事备而核，其文工而不侈。以之显刻，固足以传，而无俟于予言矣。而君之请甚恳，岂以予尝备史氏，铭述懿行，固其职耶？是则予之所不得辞也。

公讳宗启，字以诚，号坦庵，世居苏之昆山。洪武中以高赀徙实京师，后得归籍于长洲，居甫里。其父讳能，母施氏也。公幼则好文，涉猎史传，既冠而羸，[65]度难以儒进也，乃事废著，取其赢以资奉养，遂致饶裕。事父母极其孝谨，言不敢哗，即暑见未尝袒露，常率诸子戏膝前以悦其心。父母既殁，母弟欲求分异。公以先世之故语之，至于涕泣曰："而不闻祖考以来，尝慕普明张公艺之风，而书其事于堂楣乎？且先世兄弟颇多，犹终身聚食，吾与汝仅两人，乃欲析而二耶？"弟虽不听，而公爱之弗衰。弟无嗣，听其以所析归之赘婿，俾世掌之，不贪取其圭撮。母党死于疫，其仅存者一姑，年八十，一子未离褓襁，公收而养之；老而葬，壮而婚，以为己任。与人交，一主诚信，狡诈不屑与游。性好施，假借不能偿，辄已之，岁久敝券盈箧，率投之火。病革将终，惟以不及葬父为恨，其孝义天性也。

孺人之族与公同邑，少端敏，精女事。父子荣、母金钟爱之，择对得公。既归，为严氏冢妇，孝敬俭勤之德，雅与公合。其性亦好施，而又欲受之者不至于糜费也，其心乃惬。邻媪有姑之丧，贫无以祀，每值七，授之斗粟。婿贫，月给以食，食尽则复给之，不过予焉。节推君兄弟既长，拳拳以友爱教之，曰："而翁之待汝叔，道盖是也。"彼此或少有言诉于孺人，孺人必曰："渠宁有是？传之者误耳。"及见所诉者，又必以所闻委曲开谕，使知自省。其教诸妇亦然，以其故，子舍辑睦，称于里闬。中岁家颇落，节推君游学无以为资，孺人至脱簪珥以佐之。见其学有成，试于邑常先多士，则喜动而言，且以为坦⁽⁶⁶⁾庵贺曰："家虽落。有此儿殖，可待矣。"坦庵之弃养也，孺人恸哭几绝，且谓节推君兄弟："丧，贵戚耳，毋虚糜，毋徇俗。"节推君乃节缩百费，克襄大事。复奉其大父之丧，与公同窆，以成公志。自是日勖诸孤，欲锐志以光门户。公虽早世，而男有立，女有归，家有余庆，宛如公存。亲党贤之，皆叹羡孺人能代公，以有终而无愧也。

公寿仅五十，孺人之寿多公二十二年。子男五：长铠，即节推君也；次钺；次镃与镗，皆仕于兴府，镃良医，镗典膳也；次录，县学生。女一，适张节。孙男七人：重、密、整俱太学生；毅为楚府引礼；恪、肃、恭皆知学。女十七人。曾孙男七人。

予顷与节推君游，见其襟宇之平夷，履检之修饬，酬应之详密，文学之优长，多非流辈所及。而其佐理公勤，听断明决，又深得上下之心。私窃以为非世积之厚、家训之严，其贤未必至此。乃今得公与孺人懿行之详，然后知天下之士，未有无所自而有成者也。公老于布韦，无以自见，休闻弗章，节推君有遗恨焉。然古之所谓不朽者，先于立德，而功与言次之。故曰："能修于身。虽不施于事，不见于言，可也。"公之好友笃于家，仁厚孚于乡，可谓修诸身而无忝矣。其文章勋业，蓄而未发者，又于其后嗣发之。然则天之与善，必久而后定。世之为善者，乃欲数数然较身外之纷华，而急目前之速效，可乎？史于逸民烈女，法所不遗，予故于公与孺人之行缕缕书之，盖将以为世劝也，岂特以慰节推君之哀思而已哉？

明故中宪大夫瑞州府知府赠江西布政使司左参政邝公墓表

公以正德十六年十二月十七日卒于家，明年，公子乡贡士涛、澡、沨将奉公祔于邑之东阜门先茔，乃疏公知瑞时讨寇之功，以赠请。大司马核功载参赏格，谓有遗报焉。天子追赠公为江西布政使司左参政，于是公从子编修灏，备述公行，来征予表其墓上之石。予素知公，不忍辞。

按状，公讳璠，字廷瑞，别号阿陵，姓邝氏。其先世为广东高要人，公大父讳福，始徙任丘。父讳观政，⁽⁶⁷⁾丞海盐，母尹，封太宜人。孕公时，海盐梦异人以"犊角马蹄，麋身牛尾"书其门，觉而公生。自幼以颖异闻，弱冠学于莆阳陈秉善，淹贯群籍。

弘治壬子，以《书》魁顺天乡试，明年登进士。出知吴县，下车即有能名。中使道吴，知公不可犯，例给外一无所索。或冒贵戚来谒，势张甚，发其奸，并余⁽⁶⁸⁾党拟配。朱氏子以贩漆富，谋杀弟，母曲庇⁽⁶⁹⁾之，官数易，弗得其情，御史以属公；夜梦所杀来诉，语刺刺含糊莫辩，似谓其嫂氏与兄子害之。公曰："是必断其舌矣。"明日，使人抶其口验之，果然。狱遂成，御史神之。邑五万户，其贫富公辄知之，及定役，参之里甲，不数日而竣，亡以不均诉者。阊门富室沈甲，规避重差，诈为悬鹑状，匍匐庭下，公曰："若顾欲欺我，若向尝纨绮而嬉于市，谓我不能记乎？"遂惶惧自占上户。盖公尝一见之，遂不忘，其聪明识事类如此。在吴八年，奏蠲洞庭荒山之税六千三百石。梁西成之渡，疏普安、归泾之壅，皆便于民。辟学宫，建社学，公庾、坛壝、祠宇，其钜丽皆加于故。以忤权贵，仅转徽州府同知，吴士民数千伐石纪其遗爱。

暨至徽，今大司马彭公方典郡，一见莫逆，疑牒辄移决焉。武弁之狱，恃资多，数年不决，及公至，乃决。郡俗送葬舆马咸办自丧家，贫者病焉，宁缓葬，至有三丧弗克举者。公以礼刻期谕戒，逾月，葬者万计。壬戌，进表入京。故事，率挟当输之税，利其羡为道里弗，凡数百金，公却之。道闻海盐忧归，终丧，改金华。俗嚣讼，公尝署篆，郡庭阒然。中人家以厚嫁破产，故女多不育，公严谕之。属县兰溪民居栉比，素弗戒于火，乃拓其衢，率五门濬水一瓮，自是不复延烧，邑人因命曰"邝公街"。正德丁卯，以太宜人忧归。终丧，改河南。初，河南有督驿传马价于吴者，邻盗窃其百金，易以砖，椟封如故，误其所主且逾岁。公验诸邻灶，有取砖故隙，与所易合，盗遂服。邮于河南，故河南闻公翕然仰之，尝署篆事，办治如金华。

辛未，擢守瑞。时盗魁陈福一等寨华林，拥众来犯，公亲擐甲胄，登谯楼御之。毒矢雨下，殪三十余人。贼纵火，且逼楼，公吁天，风反，贼乃退。追数十里，多所擒获。总制都御史陈金奇之，上其功。嗣是，筑城浚隍，为固守计。又于治东之阜建明远楼，楼建演武亭，以时训练，严赏罚，遂多劲卒。壬申六月，率众薄华林，分令僚属营于渚岭，于遶城，于南北岭，檄乡人随城地分戍。适获贼谍，斩以徇，仍焚近山之聚。贼大惧，乃分寨玛瑙山、仙女岭，公复攻围之，擒斩无算。福一等穷蹙，率妻孥降。公即遣降者，攻其余孽，而陈于其后，鼓行而前，连大捷。盖大小百余战，公危死至再，仆勤竟死之。时饶之姚源盗方炽，提督都御史俞谏又檄公往剿。公提兵夜入三十里，贼谍知之，曰："瑞兵至矣。"相戒勿动，旦日悉众来犯，公挥兵奋击，斩首数百。参将桂勇与公连营，亦服公之神速。暨还瑞，盗复百人挟异术撼众，公歼之，御史以闻，武宗降温旨犒奖。府面锦江，春夏涨辄没两厓庐舍。公廉得其故，以市河为豪强所侵，悉力濬之，潦患遂绝。学宫毁于贼，完旧，新创钟秀、进贤、昭文三楼。拓仓址建官廨、庠舍，又建筠阳书院，延经师以课诸生。敞狱舍数楹，囚免瘐(70)死。置黠吏及奸民于理，珥笔之风少衰。乙亥，考迹(71)北上，亡赖子汪凤等乘间纵横，公旋，悉磔于市。

逆濠以亲藩怙宠，胁削郡县。属县新昌刘氏以富闻，濠利其财，遣校尉持伪券责偿。公密令抗而殴之，一无所得，乃噪而之公诉焉。公曰："彼敢抗亲藩，何有于郡吏耶？某固靖民者，华林幸辑，而敢激彼使变乎？"濠闻恚甚，欲致公以泄其怒，公峻绝不为所动。又喻象贤者，以非罪忤濠，捕急，连及姻友，破数十家，公庇之获免。濠智竭不得逞，乃嗾当道罢公，公曰："吾活瑞百万生灵，功成身退，抑复何愧？当卧视此辈败矣。"瑞民闻公去，彷徨若失父母，乃建祠、肖像事之。里居数年，犹问遗不绝。

公平生好文，所至精于吏事，而每以儒缘饰，彬彬可观。晚归，亦唯以觞咏自适。建阿陵书院，日课群从。三子[72]森然秀发，所就未可量，盖犹有未食之报云。性孝友，[73]终其身与兄弟相爱不衰。[74]仕宦几三十年，未尝厚自封殖。与人交，洞见肝肠，而言议爽迈，风格出尘。为政主于爱民，终于靡懈。义所不可，甘与时忤，不阿徇为自全计。故虽为逆党所中，而君子则深惜之。

春秋仅六十有四。配宜人徐，有令德。继曹。子男三：涛、澡、汴也。女三：适张芝、韩永祯、张绣。孙男四人：渠、乐、荣、臬。女二。

呜呼！学贵有用，仕贵有泽加于人也。而惟郡县亲民，施泽为易。顾世之志于速化者，视令为徒劳，孰能俯首抑心，勉修职业，以行其学而利其人哉？公初理大县，更历名郡，明足以烛奸，才足以应变。本之以诚，持之以慎，用之以勤。随其所试，辄有成绩。盖无负于所学，无愧于古循良之吏矣。至于力抗逆濠，遏其虐焰，卒不能流毒于瑞之人，斯其所尤难者。使向之吏于吾土者，皆公而人，讵不足以折奸萌而弭祸变耶？予用是贤公而表之。

明故赠承德郎刑部河南清吏司署郎中事主事质庵唐公墓表

质庵唐公，以正德壬申六月二十四日考终正寝，而以卒之明年十二月二十六日葬于庙泾之原矣。越五年丁丑，乃以子锦贵，蒙恩赠刑部郎中。于时锦用荐擢宪副典江西学政，而予方谢事里居，持事状来请墓表，曰："先公不朽，将以托焉。"予雅厚宪副，弗敢辞。

公讳琛，字廷璧。其先为灵石人，高祖讳英，国初来监上海乌泥泾税，因家上海。曾祖讳文祥，祖讳以忠，考封衢州府知府讳昭，妣恭人张氏。公生而警敏，恭人之卒，甫三岁，能如礼躃踊，见者异之。稍长，究心经史，通《毛氏诗》，谈历代君臣贤否、世道理乱，如河悬珠贯，视荣宦可指取无难。会仲兄拙庵登甲科，縻于官守，公念衢州之养不可缺也，乃弃捐举业，旦夕娱侍亲侧，弗忍远去。四方珍味，惟其亲所嗜，必极力致之。事继母沈恭人如其所生。衢州病革，公日侍汤药，夜不就枕者数旬，虮虱至丛生衣带间，不暇顾也。衢州且属纩，曰："吾儿之孝至矣，天必昌汝后，以为汝报。"公孺慕柴瘠，终三年，其戚如初。事二兄友于甚笃，拙庵由谏苑至都台，历官三十余稔，一不以家务累心，实赖公经纪之。其后致政家居，公日与觞咏为乐，怡怡然可以忘老。衢州之卒，二庶弟并幼，公抚教周至，卒皆有成。人谓如公之厚于昆弟，世亦不多见也。其处宗姻，率从厚。与人交，然诺必信。在侪众中，方严简重，不为苟徇，不肯同俗作软媚语。有过必加呵责，即其人面颈发赤不少容。族有凌孤弱而利其赀者，公责以大义，其人惧而寝。里有争，必赴公诉焉，出一言为剖曲直，罔不悦服。性好施予，以急告者必随事周[75]之。值死丧，辄界之槥。

成化间，以岁歉劝分赐爵，公曰："吾拘于分，而泽弗得施，此不足以行吾志乎?"捐赀助赈，例援金山卫指挥使，秩三品，服金紫，武弁为穷阶，而公恒自韬戢，弗以为荣。诸子学，即躬自督之，期以文显。弘治丙辰，宪副登进士，出尹东白，公曰："令在爱民，非公廉无以广吾爱也，汝其勉之。"宪副如公教，乃以称职召入为兵科给事中。时贼瑾专政，欲箝制言官，公曰："宁忤权幸，不可得罪名教。"宪副如公教，竟以持正外斥。其后瑾诛，而宪副起为南京工部主事，恩诏下，公可貤封，以弃养不能逮矣。

公生宣德己酉正月十七日，享年八十有四。配徐氏，庄顺端静，克修内政，先公三十七年卒。继赵氏，与俪德。子男五：长锐，工部司务；次铣；次鉴，邑庠生；次錞，国子生；次即宪副。女五：其婿为李荣、周迟、顾源清、盛珊、陈熊。孙男十五：敫、徽、彻、文，国子生；微，庠生；昊、鋆，国子生；稷、致、敔、敏、交、燮、斓、斌。女八：其婿则陆轩、顾棣、周盛时、谈宝之、戴愿、秦文侊、王应辰、刘人奇。曾孙六：继恩、继祖、继科、继宪、继芳、继相。女二。

呜呼！世之评隲人品者，类以名位崇卑决之。幽谷之兰，虽芳而弗采；在璞之玉，虽美而弗售。此隐居求志之士所以声沈迹泯，而往往无闻于世也。不知务实者耻于近名，充乎内者，固无待乎其外，区区名位，乌可以为人之轻重耶？如公者，辱在泥途，老于韦布，蓄负才美，郁不得施，固无所表见于世。然孝友之德，追配古人，月旦之评，重于乡国，在史氏自当以逸民独行处之。然则予之表公之墓，岂容已耶，岂容已耶？

明故巩昌府知府赠光禄寺卿曹公墓表

呜呼，是为赠光禄寺卿秀山曹公之墓。公资禀刚毅，志行高洁，所谓能自树立、不与世浮沉者也。当武宗之世，钱宁以嬖孽上冒国姓，权倾一时，士大夫畏之如虎，无敢正言不讳以发其奸者。正德壬申，今中丞玉岩周公充之为御史，心嫉宁，上疏历数宁罪，遂谪为岭外驿官。无耻者犹以好名诋之，虽得罪公议不顾也。而公独直前论救，谓"嬖幸当远，忠直当容"，竟以朋比为罪，由主事左迁河南府通判。宁以为谪近，命下未一日，又改调云南寻甸，公怡然就道，未尝沮丧。寻量移黄州，未几升广信府同知。岁丁丑，乃擢巩昌府同知。将之任，道病还，卒于家。

及瑾败，今上绍统，诏前此守正罹害之当褒恤者，所司具以名闻。[76]于是巡按御史王君仲修，列公见斥之故，上悯之，加赠公官，遣庐州府长吏谕祭其墓。公之所负，虽不获大用于时，然直节正气，不物以腐者，固可垂之百世而无已也。公卒丁丑九月五日，葬以戊寅十一月二十五日，至是已十年矣，而墓上之石尚未有为之表者。冢嗣采，奉其同邑张经历善所为状，来谒予文。初，公之来倅吾信也，予方以忤宁退处于家，公一见莫逆，每过吾庐，必竟日而后别。其英风义概，盖有著乎心目而不能忘者，于兹表，其忍辞邪？

公讳琥，字瑞卿，别号秀山，姓曹氏，世为巢人。其先祖讳贵，从高皇帝起兵，以功累官至指挥佥事。曾祖讳仪。祖讳享，知安邑，有惠政。考讳广，为虞城学谕，以善教称。妣高氏，生子二人：其长为南安教谕环；次琥，即公也。公与南安儿时皆颖敏异常，少长通经学古，文誉日起。弘治辛酉，与南安同举于乡。乙丑，登进士第，观政户部，奉命至辽左犒军，归授南京刑部主事。丁虞城及继母王氏之忧，终丧，改户部主事。既外调，所在皆以廉勤著闻。

其在吾信，尤拳拳民务是恤。便不便，当行罢者，可专专之，不可则恳于当路，期必有济。时逆濠及镇守中官假进献郡中茶、葛诸物，符檄旁午，濠倚宁虐焰熏(77)天，人尤莫敢轻忤也。公言"此非额课"，抗不与，以状申台使，且将疏诸朝，期必寝乃已。濠及中官闻之，皆自沮，是岁郡乃宴然。天旱，又率吏民竭诚雩祷，大雨如注，郡人歌之。署事未及一年，惠之及民者无算。守缺，民幸公补之，会公入觐，有巩昌之命，民闻之莫不怅(78)然曰："何为夺我公而他畀邪？"使天假公年，才得尽用，则其泽且咸于天下矣。胡为夺之之速邪？

公生于成化戊戌某年(79)某月某日，年仅四十。配张氏，生四子：长即采，次本，俱邑学弟子员；次泉，次承，出后南安，皆明敏可继公志。孙男一人尚幼。

公性孝友，养继母如其所生。善事南安。南安卒，柩自闽还，公叩关迎候，缘道号哭，闻者莫不酸楚。其学以砥砺名节、崇尚忠义为本。平生甘淡薄，务勤苦。登第时，有司例外馈赆，一无所受。历官中外逾十载，无一陇之植、一瓦之覆以遗诸孤。其卒也，赖郡守向公文玺，高公之节，为之经纪丧事，乃克葬云。

呜呼！俗之偷也久矣。士大夫贪慕荣利，以失德为患，惟势所在争趋之，盖灶媚穴窥，曾是不耻，而反以为工巧焉。公于波流风靡之中，乃能党正击邪，甘蹈祸穽，岂不诚难乎哉？况挫之而愈励，其真心雅操，一初终而无变邪？夫(80)一世甚短，万世甚长，彼偷合苟容者，高都浓飨，非不足以取快目前。然自公视之，不啻如秽蜣膻蚁，何足为重？况盖棺论定，公议终不可掩，得如公之死而不朽乎？墓木既拱，宿草萋萋，予恨不能为公致只鸡之酹。勒予辞以坚珉，其尚有以慰公于冥漠也。

【校勘记】

（1）故　底本字不清，据丛刊本补。

（2）底本此下自"乃至未尝"至"抑有贤"脱400字，同时又自"胜焉公不从"至"以荫补国子"窜入399字，皆据丛刊本补、删。

（3）犬　底本、丛刊本皆作"大"，据文意改，下同。

（4）镛　丛刊本字不清。底本此下自"者请选妃嫔"至"上即行之本"脱376

字，同时自"又属公"至"欲济以"窜入 799 字，均据丛刊本补、删。

（5）升　丛刊本作"陆"。

（6）底本此下自"权匪我实"至"癸丑服阕"窜入 366 字，同时自"世有遗恨者"至"可见天理"400 字错版在后二页，均据丛刊本删、正。

（7）理　底本字不清，据丛刊本补；且底本此下自"之在人心"至"以除夕"错版在后二页，同时自"改广东巡视"至"大水民贫"窜入 400 字，均据丛刊本正、删。

（8）之在　底本字不清，据丛刊本补。

（9）公　底本字不清，据丛刊本补。

（10）处　底本字不清，据丛刊本补。

（11）旅　据文意，疑为"族"之误。

（12）然　底本字不清，据丛刊本补。

（13）御　底本字不清，据丛刊本补。

（14）望　丛刊本作"里"。

（15）侍　丛刊本作"待"。

（16）盈　底本字不清，丛刊本作"靖"，据《国朝献征录》改。

（17）恩　丛刊本作"息"。

（18）祀　底本缺，丛刊本字不清，据《国朝献征录》补。

（19）底本此下自"祀以俟云仍"至"所全活者甚众"脱 258 字，同时自"又属公"至"大水民贫"1565 字交替错版，均据丛刊本补、正。

（20）又属　底本字不清，据丛刊本补。

（21）讨　据文意，疑为"罚"之误。

（22）七捷　底本字不清，据丛刊本补。

（23）改　底本字不清，据丛刊本补。

（24）闻　丛刊本字不清。

（25）大　丛刊本作"太"。

（26）底本此下自"世者有遗恨焉"至"亦可见天理"衍 390 字，同时自"改广东巡视"至"延平大水民贫"400 字错版，均据丛刊本删、正。

（27）贫　底本、丛刊本字皆不清，据文意补。底本此下自"且互劫"至"为援而求"脱 400 字，同时自"之在人心"至"可徵后千百"衍 1176 字，均据丛刊本补、删。

（28）底本此下自"胜焉公不从"至"以荫补国子"399 字错版，据丛刊本正。

（29）胜　底本字不清，据丛刊本补。

（30）归　底本字不清，据丛刊本补。

（31）啸歌　底本字不清，据丛刊本补。

（32）其　丛刊本字不清。

（33）复省　丛刊本字不清。

（34）同　底本字不清，据丛刊本补。

（35）授　丛刊本字不清。

（36）桼　丛刊本字不清。

（37）锡畴　丛刊本字不清。

（38）□　底本、丛刊本皆缺一字。

（39）述终　丛刊本字不清。

（40）撩　底本字不清，据丛刊本补。

（41）赐　丛刊本字不清。

（42）褒慰　底本字不清，据丛刊本补。

（43）勤　底本、丛刊本皆作"动"，据文意改。

（44）力　底本字不清，据丛刊本补。

（45）选　丛刊本字不清。

（46）物　底本字不清，据丛刊本补。

（47）如山　底本字不清，据丛刊本补。

（48）日　底本、丛刊本皆空白一字，据《国朝献征录》补。

（49）令　底本、丛刊本皆作"今"，据文意改。

（50）贼果　底本字不清，据丛刊本补。

（51）介通　底本字不清，据丛刊本补。

（52）使历　底本字不清，据丛刊本补。

（53）事　底本字不清，据丛刊本补。

（54）遂　底本字不清，据丛刊本补。

（55）君　底本字不清，丛刊本作"君"，据文意，疑为"则"之误。

（56）曾　底本字不清，据丛刊本补。

（57）得　底本字不清，据丛刊本补。

（58）多阙　底本字不清，据丛刊本补。

（59）秉　丛刊本字不清。

（60）自开郡　底本字不清，据丛刊本补。

（61）其用然　底本字不清，据丛刊本补。

（62）自废弃以来杜门敛迹　丛刊本字不清。

（63）而自奉甚薄盘蔬盂饭　丛刊本字不清。

（64）又明　底本字不清，据丛刊本补。

（65）嬴　据文意，疑为"赢"之误。

（66）坦　底本字不清，据丛刊本补。

（67）政　丛刊本作"改"。

（68）余　丛刊本字不清。

（69）母曲庇　丛刊本字不清。

（70）廋　据文意，疑为"瘦"之误。

（71）迹　据文意，疑为"绩"之误。

（72）群从三子　底本字不清，据丛刊本补。

（73）性孝友　底本字不清，据丛刊本补。

（74）衰　底本、丛刊本皆空白，据《国朝献征录》补。

（75）周　丛刊本字不清。

（76）闻　底本字不清，据丛刊本补。

（77）熏　底本、丛刊本皆作"勲"，据文意改。

（78）帐　底本、丛刊本皆作"帐"，据文意改。

（79）某年　疑为衍文。

（80）夫　底本、丛刊本皆作"大"，据文意改。

卷之二十

祭文类

祭祖母周氏文

维弘治二年，岁在己酉，春二月己丑朔。越十日戊戌，孝孙费宏谨南向稽颡，缄辞归祭于故祖母太宜人周氏之灵曰：

呜呼！天欲福人之子孙，必生起家之祖，而又有温良贞静者以为之配，然后能辅成乎基业，而显耀其族类。否则如无根之木、无源之水，乌能流而不竭、茂而不瘁？

惟我祖之为人，志贯金石，胸吞⁽¹⁾湖海；乐善如贪，恶恶如浼。尽孝弟而有诚，悦诗书而无怠。而祖母之来归，实颡颜而无愧。言不涉于外阃，职惟修乎中馈。敦行勤俭，厌斥华靡。持柔顺以为正，感悍妒而知悔。礼宾有截发之风，劝学有和丸之美。我祖早世，长孤幼晬。慨世道之浇漓，外侮兴于室内，赖祖母之勤渠，而门户之不坠。施及子孙，渐膺禄位，启封备服，诸福用萃。人皆荣羡，以为难及，而子孙报德之心，盖歉焉而未遂。

宏自领乡书来游于太学，于今六载，欲觐者而无由，徒扪心而痛喟。讯起居之无恙，聊强颜而自慰。顷伯父之来，语我以慈履之康疆，愈涣然而无虑。追叔父之讣既闻，伯父始有忧焉，曰："此情之所钟，将不留西山之余曧。"讵意夫子丧未返，母疾弗起，旬日之间，奄然弃背。

嗟呼，何彼苍之降凶，一至于是耶？宏縻于兹，病不能亲夫汤药，敛不能视夫含襚，窆不能临，虞不能醊，负恩无报，无所逃罪。寓此哀辞，言言涕泪，谅坟土之未干，而神灵之不昧，尚其歆之。呜呼哀哉，尚飨。

祭叔父雪峰先生文

某年月日，侄宏谨南向稽颡，缄辞寓归，昭告于故叔父雪峰先生之灵而言曰：

呜呼！宏侍叔父也久，而叔父有功于宏也大，宏之报叔父也未尽，而有负于叔父也实多。宏童年侍教左右，朝夕无间。癸丑之秋，叔父乡试得隽，而宏亦追逐后尘。其冬北上春试，宏从行。明年入太学，宏从居，未尝一日离也。其后叔父循例归省，止宏游补庵公之门，不见者久，惟是时为然。既二年，叔父自南来，宏郊迎十里，喜见眉面，于是复合矣。

明年丁未，宏赖教益忝登进士第，而叔父乃见枉有司，复留国学。宏念再进必遂所图，则骨肉之间当久相与处。呜呼！孰谓叔父以疾而归，竟离我而寝乎？念祖宗积德百年而始发，且叔父盛德，初无所负，必食报于天，享有诸福。至于疾之既感也，犹恃此而无[2]恐。呜呼！孰谓叔父之年仅止于此乎？祖宗之泽或蒙之而或否乎？盛德如叔父者，乃弗克食其报乎？岂所谓天者茫茫而不可必，所谓数者断断而不可移乎？抑吾家迩来庆吉既多，而庆吊相仍，理有固然者乎？

叔父之疾，每上念老母，下念孤儿，恨不能乘风而归。初秋稍平，其念愈甚，决意南往。宏止之不可，心旌摇摇，则亦恃先世之德泽，冀天道之福善，庶几归路之无虞也。秀夫之来，乃得吾父舟中之报。呜呼！何人生之不幸一至于此乎？虽然垂绝之际，吾父适至，执手永诀，魂有所依，此犹幸也。老母虽感伤致疾，相继[3]即世，然高朗令终，且远不相闻，亦未为不幸也。至于恩、昌二子，幸皆岐嶷可教，且有诸父抚之，天道久而后定，自当获报，必无足虑。然则叔父之目可以瞑于地下矣

呜呼！其有知乎，其无知乎，其果能达生知命而自慰乎？宏性本顽戆，幼不更事，负叔父多矣。叔父下第之后，郁郁无聊，宏不能开陈譬解，其失一也。卧病之时，适尘事碌碌，不能择医慎药，其失二也。病久思归，不能反复劝止，卒使客死于途，凡附于身者，未能无悔，其失三也。死逾月而讣始闻，弗能凭棺而哭踊；葬弗能临，虞弗能奠，其失四也。此心何时而安，此恨何时而释乎？阅数岁，当请告归省，遂拜展坟[4]墓。教训遗孤，必使二子各守一经，以偿叔父之志，则宏之恨庶可释其万一。若夫既往之悔，则已无及矣，夫复何言？呜呼哀哉，尚飨。

祭镜川先生文

维弘治三年，岁在庚戌，二月初吉。门下生铅山费宏，谨为文致祭于故吏部右侍郎兼詹事府丞文懿杨公先生之灵曰：

呜呼，公之学直贯旁穿，海涵地负，人能不服其博？公之文合正出奇，日光玉洁，人能不服其精？至于重望[5]高风，山巍斗焕，清心劲节，井冽渊澄；真可以警[6]末俗之偷薄，为后生之仪刑。盖其涵养玩索，必推[7]明乎一理，而根据乎六经。故自史职而擢宫僚，[8]自宫僚而佐铨衡。凡编纂经公之手者，皆大制作。奏疏出公之口者，皆大建明。而拘儒曲士，肤见薄识，乌足以测其涯涘而瞰其门庭？然人恨用公之迟，而天何夺公之速。忍使星拆台而木雨冰，此岂公之不幸？而哲人之生死，允系乎世道之降升。

宏生也晚，犹幸托交令子，获出门下，被容接而蒙赏识，以慰区区倾慕之诚。岂陋质谫材可以受教，而公拳拳汲引者，其德孔厚而难名。今则已矣，其谁能作公于九京？陈词一奠，有涕沾膺，匪但恸吾之私，实为斯文悼恨而莫胜。呜呼哀哉。

祭妻兄濮和仲文

呜呼哀哉！何庆门之不幸，见大祸之相连？痛亲丧兮未举，复子寿兮不延。莫究推乎常理，徒仰吁乎昊天。

慨予齿之髫稚，已慕君之才贤。迨姻好之日笃，又科第之争先。忝官同而事协，每席接而珂连。岁己未之仲夏，始别君而南旋。闵在疚之茕茕，致慰问之拳拳。寻报予以在告，怪攻疗之迟痊。当客岁之中秋，喜吾翁之南迁。虽违养于官邸，乃密迩乎乡廛。何庐庆而门吊，奄(9)馆舍之已捐。言抱病而闻变，积五内之忧煎。欲走慰而未能，恨阻隔于途川。

屡见君于梦寐，虑毁瘠之难全。相君心与其貌，必仁者之长年。顷赴召而北上，将问君之沉绵。得凶报于姑苏，步欲进而难前。缘道左而行亟，心摇摇如旌悬。矧大事之未襄，知君心之拳拳。乃取道而滞此，为营建其新阡。

维金山之龙脉，自高垅而平原。势隐然之甚吉，君祔窆其东偏。幸遗孤之凭藉，冀书香之可传。果不食于既剥，木期蘖于将颠。天以久而复定，君瞑目乎重泉。寄深悲于斯文，尚降格乎灵筵。呜呼哀哉！

祭太学生秉钧白君文

惟灵席台斗之休光，为华腴之令族。早系藉于贤关，期趾美于先躅。发邺架之牙签，继韩檠之膏烛。漱芳润于遗编，核异同于汗竹。累战艺于广场，竟负冤于献玉。

既需次于铨曹，将荣被乎章服。鹗且抟而铩羽，骥方骧而蹶足。久病末于房帷，犹怡情于简牍。苟副墨之稍奇，必染翰而亲录。盖壮志之未衰，冀家声之不辱。

矧昆季之皆贤，而闺门之雍睦。对子瞻于连床，侍公绰于归沐。酾美酒而盈缸，赓新诗而满轴。幸渐脱于沉绵，以同膺于晚福。谁入壑而负舟，乃闻皋于升屋。匪鹏啸之为祥，殆凫胫之难续。

某等交元方而心契，闻懿行而耳熟。感手足之多情，伤才贤之不淑。敬致奠而陈词，亦何胜其惨蹙。呜呼哀哉，尚飨！

祭侍读学士南峰徐君文

嗟嗟徐君，胡遽至此？奇伟之才，远大之志。上溯六经，下沿百氏。直贯旁穿，穷探深诣。故典时宜，人情物理。峡倒河悬，有源有委。发为文词，闳衍钜丽。倚马万言，金声掷地。

所自期待，在于经济。中有定见，正而弗泥。目无全牛，体兼众器。馆阁翱翔，不愧良史。文衡再典，屡收名士。经筵晋讲，敷说有体。出使夷邦，务存典礼。清修之节，耻随俗靡。奋励之心，进而未止。

君子我知，小人我忌。欲以盐车，困我骐骥。皇路清夷，奸谗失势。范我驰驱，可以千里。一疾沉绵，乃竟不起。天之生才，岂其无意。成之孔艰，夺之何易？平生抱负，百不一试。识与不识，尽然动唱。

惟宏与公，生同戊子。公齿为兄，视我如弟。骨肉之爱，金兰之契。乃遽哭公，令人短气。形容在目，笑谈在耳。旬月不见，若公未死。公丧在车，益增我涕。文以叙哀，莫罄公美。呜呼哀哉，尚飨！

祭保相澄江尹公文　癸丑年作[10]

呜呼，维我謇翁，一代英豪。伟乎其器，耸塈昂霄。蔚乎其文，起凤腾蛟。蚤擢儒林之秀，遂振词苑之镳。执经鳌禁，载笔螭坳。冀有裨于启沃，庶不谬于贬褒。

及秉抡才之鉴，累收多士之髦。施于有政，历佐诸曹。宁昂昂而骥展，耻泛泛之凫漂。练达世务，雅志本朝。晚承简命，乃冠百僚。宣皇仁而泽霈春雨，断国论而辩涌秋潮。

逮事孝庙，以舜绍尧。涉险之舟，方期于共济；和羹之鼎，每苦其难调。忽谢簪组，往即林皋。时事或遗，幸欧公之有录；古方多效，劳陆相之亲抄。身与名而俱泰，德并年以弥高。宜益深于寿域，胡遽解乎天弢。

某之始进，实荷甄陶。追忆明训，维以长号。恨百身之莫赎，徒六合之旁招。遥望几筵，寓奠桂椒。翁其不吐，灵爽于昭。呜呼哀哉，尚飨。

祭吴宁庵文[11]

呜呼，公至鹅湖，于今七载。怀玉之别，期公再会。宏今复来，公乃相背。寿甫于六，胡不少待。姻娅之契，交游之爱。追念畴昔，曷胜感慨。

嗟哉叔季，风俗颓败。面友不心，炎凉异态。宏昔忤时，亟请休退。亲交皆惧，以累得罪。患难我恤，独公不改。

予庄之留，情谊蔼蔼。华屋犹存，故人安在？望帏一哭，致兹薄酹。尚其鉴之，公灵不昧。呜呼哀哉！

过吕梁祭告伯考复庵公文

呜呼，昔我伯考，于此分司。宏以羁卯，囊书相随。督我勤学，戒我游嬉。国监之入，公梦甚奇。已而忝窃，果如所期。素荷钟爱，喜溢双眉。

乡有宵人，为宗室妃。华而不实，结士求知。辄欲招宏，饮酒联诗。公辄呵止，曰此祸机。谨当豫避，宏不敢违。惟孝惟忠，公实启之。

公殁一纪，宏忝黄扉。逆藩蓄异，果有私薪。宏忆公教，惟义是思。护卫之沮，君弗忍欺。虽遭谗言，幸脱危疑。嗟公先见，允如蓍龟。

逆藩既败，公论谬推。圣主嗣极，任旧不遗。敕使远召，乘传北驰。非公启佑，曷克臻兹？

公之积庆，钟于孙枝。顷复及第，集于凤池。公在九原，能不解颐？恨公不见，我心伤悲。道出祠下，俯伏陈词。我牖我相，尚有远祈。公灵不昧，来鉴一卮。尚飨！

再祭吴宁庵文

呜呼，天之生才，夫岂无意，胡用之也难，而夺之也易？惟公之才识英明，足以仰赞庙谟；文章炳蔚，足以入掌帝制。方未用也，皆惜公见用之迟；及既用也，又何为溘然而逝耶？

然而以正学日侍经筵，以直笔与修国史，碑版照映乎四方，藻鉴甄收乎多士。出佐春官，荐掌邦礼，与执政枢，屡陪廷议，亦少展其才，而渐行其志矣。况正言高论，曾见忤于权奸；静处徐行，常乐居于散地。欧公集思颍之诗，杜老悲拂衣之未。志恒慕乎古人，行不同于污世，固非若旅进旅退、而虚生虚死者也。第善类之消长，实世道之攸系；忽正人之云亡，宜斯文之动喟。

宏少与公同登甲第，公不鄙外，遂为姻契。虽离合之靡常，盖相亲之罔替。岁在甲戌，宏归故里，亲交惧谗，莫不引避；公独劝我为避暑之行，假我以予庄之第。伤叔季之浇漓，感薄云之高谊。明年冬仲，公奉使旨，道出吾庐，于焉留憩。约扁舟以往来，共⁽¹²⁾优优于晚岁。辱契分之素深，谅斯言之非戏。送⁽¹³⁾公东归，未忍解袂，握手叙别，玉溪之涘。

追忆岁月，迨今五祀。书问勤渠，不知几纸。窃忆数年之后，公果得请，当访公于荆溪之上，以卒酬乎夙愿，而顿忘乎俗累也。讵知凶问之遽传，而良会之难继。欲哭而未能，徒欷歔而反袂。瓣香之奠，哀悸莫既。呜呼哀哉，尚飨！

修金相祖墓祭文

窃念宏等诸孙，从仕于外者，弗能随时偷合，以取恶于权奸；隐处于家者，弗能过慎撝谦，以见忌于乡曲。讼端互构，凶焰遂张，以致害及先茔，有人子所不忍言者。宏等诸孙，不孝之罪无所逃矣。

自丁丑孟秋以迄于今，宏等虽偷存视息，实切愧恨。况恶党未绝，戒心犹在，展扫之礼，因循莫举。每一念及，不如无生。今幸逆贼谋反既已伏诛，人心渐定，踪迹少安。询之术者，以为岁月甚吉，可以修筑。乃敢含哀菇痛，匍匐墓域，勉尽此心，以上慰祖考妣在天之灵。

仰惟我祖，禀性英烈，襟怀明达，平生启佑后嗣，必以忠孝廉介为先，而利害祸福有所不计。宏等仰藉余庆，致位于朝，□□[14]却逆魁之赂，而阻其护卫之求。正恐染于污腻、陷于逆乱，以玷我祖平生之志行也。

论者谓郭子仪之见忤于权奸也，盗亦尝发其父冢。然则使宏等果能慕子仪之忠，则前日之祸，我祖固知其终不可避。九原可作，安知我祖不恕其愚、而末减其罪耶？修筑之始，特此虔告。呜呼痛哉，尚飨！

天柱山先陇焚黄告文

呜呼，宏自终丧之后，复仕于朝，始由宫谕，遂晋奉常。继佐礼曹，荐正卿位，三被显命，皆出异恩。赠阶历二品之崇，锦轴烂五云之织。每荷荣宠，无任感伤。

惟吾考笃于教子，斯足以成其名。惟吾考勤于修德，斯足以衍其庆。然而禄不逮养，痛何能堪。及夫得请南归，燎仪将举，而又忽遭横逆，[15]延及幽冥。震惊之惨，有不忍言。稽慢之愆，其何能逭。

兹堂封[16]之载整，适逆魁之既诛，冤恨少平，英灵必喜。爰奉帝制，告于墓庭。尚其慈荫，启佑子孙。延世泽于无穷，跻荣贶于极品。宏等瞻望恩灵，不胜感慕之至。

新开山先妣墓焚黄告文

呜呼，宏不肖，仰荷遗休，忝列法从。虔奉慈训，幸免官尤。自今上龙飞之初，实屡受鸾回之诰。报先源而后委，泽自叶而流根。肆名号之累加，乃服章之益备。

惟温恭淑慎之德，素孚于族党；而显扬褒重之语，无愧于丝纶。然而鼎钟不逮，徒深风树之悲；衣线犹存，莫效春晖之报。况中遭横逆，改卜玄封。阅历岁时，久稽黄燎。不孝之罪，其何能逃。

兹以逆魁既诛，冤恨少释。乃择仲春之吉，往修先考之茔。遂捧玺书，告于天柱。慨兹墓之既远，怅展礼之难同。载涓良辰，式举祀事。备誉三命，达诸九原。想灵爽之如存，服训辞而歆喜，尚祈慈荫，启佑子孙。延德泽于无穷，跻荣贶于极品，宏等不胜哀慕之至。

祭詹敬之文

嗟嗟敬之之志，于忠义一何勇，宁批龙鳞、捋虎须而无恐也。意欲柅南巡之车驾，而正吾君之举动也。虽一死可哀，而真若太山之重也。

忠非期报，死非期名，而遭遇圣天子之嗣统也，赠有官，谕有祭，孤儿有荫，而实非常之宠也。谅敬之死而不朽，当有烈日争光，秋霜争严，百世之下，闻其英声而敬耸。

予素知敬之，而恨未能哭敬之之冢也。祭以斯文，侑以瓣香，而姑以泄予之恸也。呜呼哀哉，尚飨！

祭枫山章公文

呜呼，儒[17]者之学，莫先于义理。而体道之[18]实，在养其性情[19]。必此心之无伪，如赤子之纯明。斯里襮同符，而初终一辙；言行相顾，而德业可成。此坤之直内，在于以敬；而乾之闲邪，所以存诚也。

惟公禀天地之淑气，萃河岳之英灵；沉潜正学，探讨遗经；志惟切于道义，动必合乎准绳。彼徇俗之贵富，与谐世之功名，凡众之所争趋而力夺，乃公之所厌薄而羞称。其进也，以引君当道为急，而谠论忠言已著闻于筵任；其退也，以安贫守道为乐，而清风高节尤见重于公评。惟操存之笃实，故树立之坚贞。左迁而出，未尝以为辱；被召而起，未尝以为荣。斯文恃之以为元气，学者尊之以为仪刑。

某凤仰山斗，幸及门庭。既觌德而心醉，且清诲之屡承。辛巳之秋，赴召北行，停舟侍教，至于深更。上拳拳于君德，下数数于民生。尽老成之忠恳，犹雅意于朝廷。胡昊天之弗吊，忽耆旧之殂倾。

昔也闻公之讣，既[20]惊悼而无已；今也过公之里，益凄恻而难胜。喜遗孤之有立，见天道之足征。舒哀愫于一诔，庶感格于幽冥。呜呼哀哉！

祭见素林公文

呜[21]呼，世之无禄，失我素翁。典刑日远，[22]吾将谁从？拟翁如山，[23]乃岱乃嵩。拟翁于木，乃柏乃松。为国元气，卓哉孤[24]忠。廉顽立懦，伯夷渊龙。

今上中兴，翁庆遭逢。幡然赴召，期志之同。每有大议，耻徇以通。如彼坚金，百炼弗熔。如彼江河，万折必东。一偶不合，复为冥鸿。才不尽用，声垂无穷。

宏受翁知，谊笃初终。明珠拱璧，辄有诗筒。去岁之春，得请明农。意翁犹健，庶蹑高踪。武夷烟艇，遍历群峰。凶讣忽闻，旧约成空。思翁不见，有泪沾胸。炙鸡絮酒，莫奠新封。缄辞千里，少叙哀悰。翁灵赫如，或鉴愚衷。呜呼哀哉！

祭松厓[25]方公文

呜呼，公顷延南巡之辙，访我于高溪之滨。忆睽违之日久，感情好之弥真。偶语及于时事，觉眉宇之双颦。盖宦情之既薄，欲高蹈以全身。俄飞章而谢老，遽返棹而还闽。何昊天之弗吊，乃降祸于正人。虽崇阶之渐陟，弗及拜于恩纶。

呜呼，世方好进，甘于媚灶，公宁忤嬖幸之意，而不欲斯民之困于贪暴；人或忘亲，忍于绝裾，公宁辞抚治之命，不以易慈闱一日之欢娱。惟孝惟忠，公实无愧。行洁才优，况兼众美。盖棺论定，公殁已宁。闻笛情伤，我涕欲零。[26]□[27]觞之奠，千里未能。[28]缄辞写哀，庶慰公灵。呜呼哀哉，尚飨！

祭太傅韩忠定公文

呜呼，士必论其人[29]节，节莫难于保终。不有狂澜，何以见中流之砥柱；不有寒沍，何以知晚岁之贞松。

惟公钟两间之正气，为一代之豪雄。才识敏达，器度恢洪。不矫以为异，不翕以为同。在谏垣即言论不阿，而常存大体；历方岳则旬宣罔倦，而茂著勋庸。台省迭进，望实加隆。乃掌国计，独念民穷。

属世道之多变，而权幸之内讧。如云蔽日，如隼在墉。方逞奸而煽乱，且鞠虐而哀凶。遂抗章而伏阙，敢首犯其危锋。虽卒陷于祸阱，庶无[30]愧于苍穹。

逮圣明之继统，乃鉴烛其丹衷。[31]恩重[32]沾于黄发，秩超进乎青宫。寿俊有光于里社，士林共仰其高踪。胡为天不遗一老，讣勿闻于九重。褒恤之典，既优既备。易名之谥，以定以忠。公可谓德修诸己，而获报之丰者矣。

宏于名德，素所推崇。恸老成之凋谢，托遗响于悲风。诔以斯文，少露哀悰。

杂著类

武庙初所见事

弘治十八年六月初三日，群臣以登极覃恩称谢，退诣东阁议尊谥及庙号。其议出内阁，礼部官簿列与议者衔名。阅议毕，各书题字名下。盖武职惟公、侯、驸[33]马、伯，文职则三老先生而下，有九卿、学士、春坊、[34]祭酒、司业，凡号为堂官者，以至科道之长，皆在焉。

先是，列圣帝谥上十六字，必以"孝"总之。至大行皇帝，乃以"孝"为庙号，盖举其重者称之，不必泥于故常也。敬闻圣母王太后传谕内阁云："自古帝王能孝亲修德如大行皇帝者，恐不多得。三先生须定一好谥，传之万世。"呜呼，尧舜之道莫先孝弟，文王之敬孚于宫闱。观圣母之谕，则先帝正身齐家之实德，盖有人不及知而民无能名者。表扬鸿美，传示永永，岂非天下之公议哉？

初四日，上御西角门，群臣先行四拜礼毕，礼部侍郎奏云："上大行皇帝谥号议。"上起立，英国公张懋捧议文由中道升阶，上受之，宣唤"翰林院来"。内阁大臣升阶，上遂以议文付之，复致属一二语，群臣不得与闻也。内阁大臣受谥议退，群臣复行四拜礼，上乃退朝。

初七日，上尊谥。是日免朝。质明，群臣入候于阙内。时内司已置册宝案于奉天门口，[35]上亦候于便坐。辰刻，举案由中阶而升。上步从至丹陛下，乃御素舆从行，由右顺门至思善门而入。上入后，门即闭，群臣班于桥南旧临之所。良久，内赞者传出赞礼，拜兴甚速，或云朝廷之礼然也。然中外隔远，礼仪亦未及详示，不免有少误云。

记尚书张庄简公录示养生要语

"节饮食以养其体，节嗜欲定心气。午后饮食宜少，不以脾胃熟生物、暖冷物，不以元气佐喜怒。欲心一萌，当思礼义以制之。夏至节嗜欲，冬至禁嗜欲。嗜欲四时皆损人，但二至阴阳分之时，尤损人耳。第能于怒时遽忘其怒，而观礼之是非，亦可见外诱之不足怒，而于道思过半矣。人能于病中移其心，如对君父，谨之畏之，静久自愈。"

宏自丁未忝窃科名，即病痰火。重以庚戌春闱，[36]叨与试事，校阅颇劳，下部因病疮，久不能较。且先母余夫人在家病疟，亦念宏甚，宏欲展省，则拘于六年之例，而不敢请也。明年辛亥，乃乞养病以归。时张公为吏部右侍郎，特蒙枉顾，备述其平生多病之状，慰谕拳拳，移时乃别。将别，以一封见赠，宏视其题封，则曰"字扇一握，手帨一条"而已。私心颇讶其物之太简。既而启封，则扇面备书前语，乃知公之所以爱念，不减于骨肉之厚也。

病中佩服，常若闻公之教，于饮食嗜欲喜怒，颇敦[37]敬焉。自辛亥[38]迄今，盖几三十年，公所赠扇，中遭多故已不存，文乃[39]记录如右。见前辈爱士之心如此，其至为后生者所当取法而不敢忘，且使儿辈奉以周旋，则此数言者，实却疾养生之要旨也。

公讳悦，字时敏，松江华亭人。历官至南京兵部尚书参赞机务，纳政归数年，年八十余乃卒。自言为刑部主事时，常奉使暑行，渴甚，见井泉欲饮；不敢，但含漱数过，旋即吐之。公移属稿，亦瞑目端坐，但以意授之笔吏，其慎疾如此，宜其享有永年而不罹于阴阳之患也。

公操履纯洁，始终一致。弘治初，与三原王公宗贯、安成刘公绍和，同心辅政，选举公明，前后皆不能及。虽自律甚严，而待物不苟，有为四川监司者，诣公请教，公曰："川行甚险，州县小官携妻孥往者，实以躯命博升斗之禄，脱有不测，则举家葬鱼腹矣。君辈幸毋以微罪而去其前程也。"闻者多服其言，以为得大体云。

其为浙江提学，深得士心，凡公卿子弟，即学业未精，亦听与广场之试，但列名最后，而廪膳之补则不容滥与也。每见后进，辄教以读书在多识嘉言善行，不必徒作诗文。《自警编》一书朝夕在手，扃中所示，多节取焉。盖公之学以治心养性为本，而非眩博争妍以逐时好者也。

镜川杨文懿公尝为宏言，其平生交友，惟公及广昌何公廷秀、莆田彭公凤仪，皆出刑部，盖皆一代之端人，谨并识之。

正德十三年五月八日寓郡城，雨中书。

读诗林偶书

"大弦春温和且平，小弦廉析[40]亮以清。"此东坡《听贤师琴》也。吴诗僧义海谓"坡诗词气，倒山倾海，然未知琴。'春温'、'廉析'，丝声皆然，何独琴也"？蔡正孙又谓"闻者以海为知音"。

予谓此乃驺忌子对齐威王论琴之语，坡特引用而少变其词耳。若直谓坡"未知琴"，可乎？盖驺忌子以"春温"属君，"廉析"属臣。丝声中惟琴最雅，故可以此二语形容之，恐非他筝、篡、琶、阮辈之可比也。

其下文又曰："攫之深而醳之愉者，政令也。钧谐以鸣，大小相益，回邪而不相害者，四时也。夫复而不乱者，所以治昌也。连而径者，所以存亡也。故曰琴音调而天下治。"岂海未尝读史，而但据臆决，遂为此评乎？

偶书

观书当如酷吏断狱，用意深刻，而后能日知其所无。记书当如勇将决胜，焚舟沈甑，而后能月无忘其所能。

读东里集偶记

宏偶读《杨文贞公集》，至《蜀江欧阳氏族谱序》，盖序考功主事泰和欧阳哲所作谱也。其中云："哲又参校文忠、监琼二谱，有不同者。其大者，琼率州人捍黄巢事。据史传，盖文忠一时传闻之误。然余考《文忠集》，其石本所载如此，而集本无之。岂非集本后出，已审其误而去之欤？"

宏因取《欧文外集》考之，捍巢事，集本、石本皆有之。石本见"吉州府君"条下，集本见序中。文贞，一代儒家，所考必精核，而于此忽之，何邪？二本之异处颇多，石本序止见前，次列谱图，次录事迹，而终之以谱例。集本序颇详而截，盖自亭侯蹄以下，置谱图之后，其末分注云："此后历序谱中名字、官爵、寿数、丧葬及夫人名字，有事迹可纪者，各随其人纪之。"亦以谱例终焉。其后考异者乃云："不敢专以碑为正，而存集本为后。"盖因公跋昌黎《盘谷序》之说，而以集本为改定者也。

然宏细读二本，恐石本乃文忠手定，故刻之以楬示族人，而集本或其初稿也。盖石本之序虽简，而其意已足。况首尾完备，自是成书。集本之序虽详，而词觉太多。如所谓涿郡太守之夫人为春申君女，巨之夫人为戴德女，巨子远字叔游之夫人为倪宽女，远子高字彦士之夫人为孔安国女。此等事，文忠已自知其可疑，特姑存之，则此谱似当以碑本为正矣。大抵碑版文字若山镵冢刻，出于他人，虽作意未有安，难于追改。其所窜定，惟家集可以见之，则当以集本为据。至于家谱之传，必商榷已定，然后登石。即有改窜，为之在我，不妨重刻。然则何必拘拘于集本之从耶？

尊阁信石，不惟其当，而惟其名。此晦翁所以力辩考韩者之非也。宏浅陋，安敢妄评大家之文，姑书之，以俟读者决择焉。

四月十一日偶书

史绳祖《学斋占毕》云："聂夷中《伤田家》诗，最得风人之体。但二月无丝，恐当作四月。"此说非也。盖农桑之家，苦于征科，艰于衣食，多先期质于富人。或指箔上之丝以贸谷，或指田中之谷以贸银，惟图得价以应目前之急，则快于心矣。岂必有见丝、见谷而后卖且枭之耶？下文所谓"医得眼前疮"是也。

偶笔

河南府夕阳亭，《一统志》云："昔晋贾充出镇长安，百僚饯送于此，自旦及暮，故名。"然后汉《杨震传》载：震因忤樊丰、耿宝，遣归本郡，行至城西夕阳亭，因饮鸩而卒，则亭之得名非为饯充也。自汉故已然矣。

"借"字皆读为子夜切，而杜集作《郑[41]典设自施州归》一篇，其中有云："乃闻风土质，又重田畴辟。刺史似寇恂，列郡宜竞借。"则又读为咨昔切矣。

柳州《行路难》三首，皆托物讽谕之辞。其一篇谓"夸父逐日，奔走而死于道路。狞人滴饮粒食，而终其天年。"以讽世之志大无成，不若安常而守分也。其次即匠石以求橡杙,并群材而坏之,以讽君相之于人材,当爱惜养育,乃能不乏。其三以寒暑相推,时序变易,洞房炽炭忽焉为露榭风亭,以讽炙手可热者之不足恃。其词虽皆环丽奇诡,而其意固如是而已。恐儿辈初读,茫无归着,因书以示之。

严子陵

《子陵传》称,光武即位,光变姓名,隐身不见。而《任延传》又称,延为会稽都尉,时天下新定,道路未通。会稽颇称多士,延到郡,聘请高行如董子义、严子陵等,敬待以师友之礼。岂任延为会稽,光武犹未即位,而光犹未变姓名邪?

韩文

昌黎《送殷侑使回鹘》首云:其"选学有经法,通知时事者一人,与之为贰",末云"士不通经,果不足用"。非泛论也。盖侑常注释《公羊传》,以序属退之,故送行即道其实云尔。然《公羊注释序》不见集中,岂李汉之所采摭未能无遗邪?

读正蒙发明

横渠先生尝嗜孙、吴矣,得《中庸》于范公,而后知名教之乐。尝逃佛、老矣,得《易说》于程氏,而后知道学之要。其归自洛,又危坐一室,左右简编,俯读仰思,有得则笔之,盖即《正蒙》等书也。

观其十七篇中,无非发明六经、《语》《孟》之奥旨,而于吾道异端之辩,尤致其严。惜今之士类,以科举妨功,虽明白可玩者,非关系举业,已不挂眼,况龃龉难通者,又安暇致思于其间耶?义理之学不明于天下,其以是欤?

进士兰溪童君廷试,尝著《正蒙发明》卷,每篇每章,各为本其出处,究其指归。于先生立言之意,十得七八,斯[42]亦勤矣。先生曰:"吾学既得于心,则修其辞。命辞无差,然后断事。事无失,吾乃沛然。"读者以是求之,乃知《正蒙》之不徒作,而《发明》之不可无也。

窦公

汉孝文时,得六国魏文侯[43]乐人窦公,年一百八十岁,两目皆盲。文帝奇之,问曰:"何因至此?"对曰:"臣年十三失明,父母哀其不及众技,教臣鼓琴、导引,无所服饵。"瞽,废视心静,又能导引,宜其寿也。

回县司呈送子入监文书

　　铅山县二十八都里老张景春，呈为申明旧例以重恩典事。蒙本县差委，本役亲赍手本，前到先任礼部左侍郎、历升太子太保户部尚书兼武英殿大学士致仕费处，请照该部原行事例，将应荫一子送县，以凭转送施行。即将手本送讫，奉本官回书一纸，内开：

　　"王者之政，以世禄为仁。近代之恩，以荫子为重。当职误蒙圣简，位居三品之尊；幸免官尤，任历三年之久。在旧例以应得荫，为斯世岂敢矫情？但自念崛起寒微，躐跻华要，随行逐队，已难逃乘雁之讥；厚飨薄功，又多冒从龙之宠。若复滥叨世赏，不无重取人非。熟自惴[44]量，深怀惭愧。故当乞之恩，已迁延于一纪，而未完之卷，至阅历于诸公。所见既偏，未能迁就。况京堂乞荫，旧皆自陈，而该部申明许为代请。正欲全士夫廉耻之风，见朝廷恩典之重。彼子之曾荫与否，部案可查，而荫之有碍与否，公论具在。今必勘结明白，文移展转，是以诈冒见疑，市道相待。于荫子视之太重，太[45]臣视之太轻。使父兄有自重之心，子弟有可进之路，或未必志于速化，又岂肯甘受猜嫌？盖给俸耻于请历，教官耻于求试，皆先儒之明训，君子之大节。凡我士类，忝备大僚，颇通诗书，少知礼义。考若未满，必不肯诈称已满。子如已荫，必不肯诈称未荫。今乃以里老邻佑为可信，而公卿大臣为可疑，所得几何，所损甚大，此又本职所为深慨而不能苟从者也。当蒙本官分付，将书呈禀本县，烦为备云。"

　　前项情词，转申刷卷衙门知会施行。为此遵依具呈须至呈者。

说　类

去鼠说

　　鼠之为物，贪而怯者也。曰鼫，曰鼢，曰鼶，皆鼠之别名。自予之舍客邸，有黠鼠百辈，大为吾患。昼则累累然循墙而走，不复持两端之首。夜之啮物有声，止而复作，若将怙其奸而人斗。大瓮小盆，残羹剩炙，少有不密，辄为所有。砚墨椠膏，文房所宝，伺寐方成，如饮醇酎。况乃穴屋而居，千蹊百径，欲熏之不可，欲灌之不可。

　　晨且起，愤然不乐，将鼠是务去，因叹曰："天生物以利于人也。生谷粟以食之，生桑麻以衣之，生六畜[46]以养之，鼠何为者也？岂天不欲大利斯人，而固以是害之欤？窃[47]念昔有祝鼠赴水而死者，安得起斯人而祝之耶？"

时同舍有一儒生，顾予而笑曰："子何计之疏也？如子之计，是投之以器，执之以牛，射之以千钧之弩也。计则不善，而徒怨天为恶可哉？盖天以二气迭运，五行顺施，刚柔杂糅，美恶不齐。万物固不能以害人，而亦不能皆利于人也。况天壤之间，人其形而鼠其心者何限？其桑麻而衣则人也，其六畜而养则人也。其阳施阴设，神出鬼没，扳援肺腑，簸弄威福，流毒于四海，则甚于鼠也。《诗》刺食苗，《易》讥窃位，若是者，子能尽愤[48]之哉？子之计亦疏矣。"

予闻之若惊，因请曰："计将安出？"生曰："万物之灵，惟人为最也。斩蛟扰龙，圈虎槛豹，皆人之所能也，而何患于鼠乎？苏子不云乎，养猫以去鼠也。子诚得一猫而养之，则向之为子患者，皆将屏迹藏踪，不寒而栗。然吾复告子焉，凡猫必择其类虎者，鼠然后畏之。不幸而获不捕之猫，则其性也仁，其质也脆。见鲜则趋，见鼠则惧甚焉，同穴而乳矣。若是者，又何利耶？"

予闻之若赏，曰："生之计诚善，诚善。然则以生之说，推之天下可乎？"生笑曰："吾知去鼠而已，天下之大，则鄙人何能知？然尝闻之久矣，国有忠臣，奸邪不兴。故登车揽辔，则四海澄清；当道埋轮，则豺狼屏迹；望威称职，则邪佞胆落。有若而人，则人其形而鼠其心者，不至于怙奸稔毒，天下可几而理矣。用是观之，去鼠去邪，其事将无同乎？"言既已，予乃罄折谢生，因叙之为《去鼠说》云。

牧说赠同年作县

进士某君，为某县令。将行，宏辈追而送之。骊驹在门，因指而告之曰："君知马之所以引重致远，而利天下乎？牧者之责也。夫马，必居之得其所，驭之得其要，饮食之得其时，驾税之得其节，攻治之得其方，孳息之得其利。无以居之则逸，无以驭之则不可制，无以食饮之则力不足，无以驾税之则劳而疲，无以攻治之则恶，无以孳息之则耗。通于此说者，其知所以牧民矣乎？虽然，此一马之说也，吾将语君以众马之说。有乘焉，有皂焉，有系焉，有厩焉，有校焉。其马愈众，其牧之责愈重。然而其道则无异乎一马之说也。定故物而居之，存乎皂栈。操纵而缓急驭之，存乎辔策。时其饥渴以食饮之，而尽其材，存乎刍秣。节之而不竭其力，存乎驾税。化驽为良，存乎攻特。因害而防之，以蕃其生，存乎禁原蚕。然后马良且蕃，随所用而无不备。今夫牧民者，能以小喻大，而取则焉。域四民而不紊其职，不淫其心，若皂栈之居。立纲纪，严禁令，使奸民黠胥常在伸缩进退之中，若辔策之驭。因所利而利之，若食饮之齐。均徭省赋，而不尽其财与力，若驾税之节。平政理讼，怀诈增暴者必刑，若蹄啮之攻。除弊政，去蠹右，若原蚕之禁，庶乎牧民之善矣。《诗》曰：'思无邪，斯马斯徂'。又曰：'秉心塞渊，騋牝三千'。无邪则正也，塞渊则诚也。斯有牧人、牧马之本乎？噫，邦政莫急于马，邦本莫先于民。吉行毛而颁之，师行物而颁之，马不可忽也。平居以守，有事以攻，民不可忽也。今有受人之马而为之牧之者，马弗良且蕃，则其责有在矣。况受天子之良民而牧之乎？以某君之才之学，于牧一邑也何有？由此益尽其心，则由邑而郡，而蕃⁽⁴⁹⁾臬，而公卿，其所牧将愈重，则其为利不亦愈博哉？"

予与君为同年，有责善之道，故说牧以申赠云。

友梅说

君子之修德立心，必资于学。而学之讲明，又未有不资于友者。气味之相投，习尚之相染，规观⁽⁵⁰⁾之相切劘，其为益也大矣。然择之弗慎，则无益而有损。故曰"芝兰异于鲍肆，蓬麻异于途泥"。皆圣贤托诸物类，以蕲益乎人人之深意也。而君子之好修者，佩必芳草，荫必嘉木。又尝以人视物，而不苟于所择。若橘之于灵均也，菊之于靖节也，莲之于茂叔也。缔交契合，相视莫逆，遂以有闻于千古。然则取友⁽⁵¹⁾必端，得非吾人修德立身之要道耶？

祁门仰廷玉氏，尝问学于其舅父西山谢先生。先生曰："人莫⁽⁵²⁾贵于有恒，行莫先于孝友。而兄弟三人，皆我之自出，盍⁽⁵³⁾亦各保真心，久而不渝，如所谓岁寒之友乎？"盖世以松与竹、与梅为岁寒三友故也。廷玉行最幼，于是遂以"友梅"自命。顾名思义，恒欲不忝于渭阳之教。间⁽⁵⁴⁾乃即予而问其详焉。

夫梅之为物，独立霜雪之余，迥出风尘之表。标格孤高，风韵雅洁，与幽人逸士为宜。自古迄今，见诸题咏者甚富，而林逋则其尤著者也。然逋以称重于时，亦惟其隐居尚志，与世俗之所好不同。是以其德无愧于梅，而誉亦随之，岂徒寻芳索笑、玩物以窃名耶？西山于廷玉，固以古人望之，欲其德之修者，无愧于梅耳。

盖吾侪性禀之善，本无异于古之贤哲，物以其受变于俗，甘以污下自居，则或仕或隐，与世浮沉，不能卓然自立以取重于天下。苟视梅如友，资其高洁，以求丽泽⁽⁵⁵⁾之益，将俗焉可医，过焉可寡，行焉可修，由是而进于古人，亦何难也。

廷玉幼孤，与其二兄友爱甚笃，无忝于岁寒之盟。予顷听其言论必曰西山，西山，盖亦所谓凯风寒泉之思，实钟厥心者。故缙绅大夫见廷玉，多敬爱之，足以验友梅之益矣。然公尚友之志，不可以自足也。廷玉盍因予之说而益勉之。

题跋类

跋李恒斋遗教后

顷者，平轩李君由陕西大参进浙江布政使。不数月，其弟舫斋君又以山东宪副进福建按察使。越在外服，二使实为之长，其员仅若干，内之台省大僚由此次补，可谓荣且重矣。而李君昆仲一时并进，何其盛也。

方其时，舫斋使至，得其尊翁恒斋先生遗教，读之三复叹息，宜其能致今日之盛。盖流俗之见，大都慕为贵人，而不慕为好人。先生于二君髫稚时，已以好人勉之，非所见超迈，能然哉？而二君奉遗训周旋不坠，其敭历华要，固非徒以资深而序进也。

题少宰孙公志同所集晦翁书后

少宰九峰孙翁，集晦庵先生书为六巨帙，凡人间之所传刻者，略备于此矣。先生之手泽，夫人知宝而藏之，然未有如是富者，可以见公尊贤好古用心之笃也。

集首于《与造物游》，而终之以《出师》一表，编次后先类有意。谓观者因其迹而求其心，则所谓□□厥德[56]者，可于点点画画之间而得之矣。

跋晦庵先生墨迹后

晦庵先生尝因程子作字甚敬之说，铭诸座右。又尝取古诗，依其声之平侧而拟之。则于字画诗句，岂若世人卤莽灭裂而为之者哉？然其学，主于为己，归于求心，而非有争妍斗靡之意。故其形于歌咏，则古澹和平；见诸翰简，则萧散闲逸，非流俗所敢望。而人之宝之，盖又不专在于语言文字之间也。

宜兴少司空豫轩沈公，示予此卷，乃先生所和南轩张子《城南》诸[57]诗，意必先生游衡、湘时所作。世传先生雅好佳山水，所至闻有胜处，虽迂途数十里，必往游焉。故其南游过予乡邑也，于紫溪、石井、章岩皆有诗载诸集中，具可考见。

恨予生也晚，不得操几杖、执笔砚，从先生历览名胜，以快平生之愿。然谛观手泽，恍如聆謦欬而亲仪矩，亦何幸哉？因端拜稽首，书于卷末，庶几托以传诸不朽云。

跋黄堂懋绩卷后

方伯安成伍公，尝守广[58]州。及既满而去，郡人士相与撮公治郡实绩，厘为十一题，写图赋诗以赠公行。此卷题曰《黄堂懋绩》是也。盖公在郡日久，其德之入人也深，故人爱之也至，知之也详，而言之也切。使其无德以及人，则将有苦其留、幸其去者，又岂能致其歌舞耶？

某素知公之贤，可与古循吏埒，然不能尽知其某事某事为可法也。今披阅诸作，广所未闻，可以备纂录之缺，岂非一快事哉？天下列郡多矣，诚得如公百辈，错布其间，则其民皆愿歌舞之，未必出广人下也。然如公者亦鲜。

公子朝信，某同年友也，敏而勤，和而介，廉明而不苟，为人大率类公。兹擢宁波，其将继公而有闻乎？

题跋宸翰录后

安成王君磷，筑祠于家，祀其始祖宋直阁泸溪先生。录乾道中所得孝宗制命一通，藏诸祠舍。复集其从祖参政讳芳荪，从父监察御史讳让、兵部主事讳高，乃父宁陵令讳孟常，宣德、正统间所受诰敕，通为一帙，题之曰"宸翰录"。

盖泸溪之王，自先生始著，而参政以下，实其嫡派。此录所由作也，磷之子和，游太学，间示余求题。余窃高先生之节概，而喜其嗣世之盛，不能无慨焉者。

按传记，先生登第在政和八年，初授迪功郎，调茶陵丞，以上官不合[59]去。隐泸溪，作诗，遇胡忠简公在绍兴十二年。秦桧憾忠简不己附，嗾谏官罗汝楫劾其饰非横议，自威武军签判再窜新州。故诗有"痴儿不了公家事，男子要为天下奇"之句。流辰州在绍兴十八年六月，以邑人欧阳某告诗谤讪忤桧，时年已七十矣。又历七年，为绍兴二十五年，桧死，始得自便，除国子监簿。在孝宗即位初，寻以老求去，主管台州崇道观。再召在乾道六年，逾年至，特受左宣教郎直敷文阁，仍予祠禄，时年九十有二。明年春，遂卒。

观制辞[60]所谓"少而力学，长而有闻"，及考忠简所赓二诗，有[61]"万卷不移颜氏乐，一生无愧伯夷班。万牛回首须公起，大厦将颠要力持"之句，则先生恬退之行、刚直之操，为世推重久矣。而桧不能及其未老荐之于朝，乃以微言得罪，摈弃远州。虽晚年见录，亦在散地，不能究其所用，固可为世道深慨也。

夫逆桧挟虏自重，致位宰辅，贤士正人窜逐殆尽，濒死犹进爵为王。自一时视之，人定似能胜天；不知天之所以报善与恶，久而后定。身殁之日，无以异于若敖氏之鬼矣。如忠简及先生之子孙，愈久益昌。入国朝，胡文穆公为内相，掌几务。而王氏则大参以下，御史致宪副，主事至方伯；宁波之外，为副郎者一，为州守者一，为县令者五，为学职者二。褒功之宠，上晖映于日月；冠冕[62]之华，下贲饰于桑梓，何其盛哉。

今磷能创祠割产，岁时尽追远之诚。而和承严训，骎骎光荣，又将上继前人绪。是皆先生积善之余庆也。因拜手恭题《宸翰》之后，后之观者，知庆泽所自，其必以节概自励而无怠云。

题王宪副与时甲辰所得廷试策题后

右策一道，乃宪宗纯皇帝，成化甲辰临轩试士所赐问也。其中立志、责任、求贤三言，取诸宋儒程子之说，君天下之道，信莫有先于此者矣。

我皇明求贤之典，以进士科为第一途。士由此进者，汉之公卿，唐之省寺，宋之两府，皆可坐至。而其事功之成就，又系于所遇之时，此则在乎上之人立志、责任何如耳。然必在我所养有贤之实，诚足以应上之求，副上之任，而后遭时致主，有以见诸事业。不然则虽积日累资，跻华蹑要，徒以浮沉取容，而负乘覆铄之讥，可终免乎？

宪副安成王君与时，盖是科进士也。以此装潢为卷，持以示宏，俾题其后。呜呼！世之学士大夫，类[63]以科第为进取之阶。迨其既显，则惟汲汲然荣利之计，视其平生所学若鱼兔筌蹄，而不复留念者多矣。宪副知宝此卷如乌号之弓，则追忆先朝赐对之荣，岂不欲图报于今日？穷居待问之切，岂不能力践其所言？由此长岳牧，进台省，卓然树立，其必有可观者乎？

宏与宪副同领成化癸卯乡荐，后三年丁未，亦忝甲科，皆宪庙时所录士也，愿相与勖之。

跋监察御史李艾所藏弘治乙丑科廷试制题

孝宗敬皇帝在位十有八年，凡临轩策士者六，此则末年乙丑科所赐策问也。叔世视策士类若虚文，未必有详延之实。

惟我敬皇帝禀仁圣之资，廓覆载之度，其于人材实欲翕受敷施，以共图天下之治。圣问所谓治道、治法，虽词臣视草，而亦仰体渊衷，庶几得识治之士而用之耳。盖其清闲之燕，防检甚严，尝谕中官之近侍者曰："帝王之身，必自加管束，而后可以无过，非他人所能与。"及其临御既久，益明习国家事，数召大臣咨诹时弊。方欲以渐行罢，不幸龙驭上宾，其功未竟。□□□□[64]今上嗣极之诏，皆先志也。然则为治之道与法，实有概于圣[65]心，岂以虚文求士者可同日而语哉？

监察御史臣艾，是科进士也，以此纸示臣。臣仰荷□□□□[66]莫退，捧[67]诵哀感，奚啻乌号之弓。谨稽首恭题其末。御史幸相与勉修职业，以图报称于万一云。

恭题刑部右侍郎何鉴所奉孝庙敕书录本

孝宗敬皇帝十三年五月，遣刑部右侍郎臣何鉴往讯周藩狱情，而此其敕也。故事，凡臣下所领玺书，事竣报使则进缴。臣鉴遭遇先帝，荷简任之恩，奉纶言之重，欲子孙万世如见，乃具录如右，以示臣宏，俾识于其左。

臣观于《易》之《贲》，其《象》曰："山下有火，君子以明庶政，无敢折狱。"盖以天下之政，莫有重于狱者也。听之者明不及远，则收者茹冤，脱者肆恶，而其害不可胜言矣。

先帝好生之德、钦恤之心，同符大舜，虽编氓贱隶，不忍使有冤抑，而况宗室之懿亲乎？故兹互讦之狱，诏河南守臣讯之，及不能结，臣鉴乃奉命即讯。敕末数语，申戒饬之意，盖拳拳焉。臣鉴仰体圣心，必中必正，处当列上，各得其情。由是大狱遂决，而群议帖然。其在《易》之《旅》，所谓火在山上，"君子以明慎用刑而不留狱"者欤？于是足以见当宁知人之明，而任使[68]之当也。

比者，先帝念天下久安，而民数每不逮，退朝之际，召辅臣至榻下，谕之欲遣使分行检括。所司言荆、襄地重，多流逋，非重臣抚视不可，而臣鉴复被简命以行。鸣呼，鼎湖之驭未远，而号弓之痛方殷。臣鉴所以追感畴昔，而图报方来，宜如是拳拳而不容已也。

题王水部所藏欧阳文忠公遗墨后

欧公以古文方驾昌黎，所谓能自树立，不与世浮沉者也。字画，世以为童学耳，而公晚更留意。即雨雪片时[69]之暇，几案幅楮之佳，亦不忍虚度浪费。盖苏、蔡之论交，金石之考信，类皆有所为而为之。观水部王君天申所藏数帖，其用笔结体往往出规入矩，则世俗之苟简，岂不诚可叹哉？公尝曰："书[70]之传者，兼取其人也。其人贤，其传乃久。"则公之所自处，固又有在矣。

跋朱希召所藏睢旸五老图临本

姑苏朱君懋化之先，有为兵部郎中讳贯者，实睢阳会中第四人。故《五老图》小像初本，至今藏朱氏。

曩予欲从懋化之兄学士君懋忠借观，而未暇也。懋化兹自贵州奉表朝正，道出吾信，以此卷见示，乃其乡画[71]史周舜卿用初本临之，其精神风度，懋化以为逼真。第历宋[72]至国初，诸名公题跋皆未备，独我鲍翁先生有数[73]语在焉。其所称乡贡士，则懋化之尊翁宪副公天昭[74]也。懋化既令舜卿作临本，偶从旧箧败楮中又得此跋，不胜喜幸，因附像后。

鸣呼！睢阳之会以祁公倡之，故百世之下，欣慕而景仰者不衰。然非兵部公之后世世有人，则其兹图未必能久传如此，文献亦何从而征？然则懋化此举，可以备参稽，广流布。如书之副墨，又岂可少哉？

题彭氏族谱后

昔人谓"宗法立，则公卿各保其家，忠义岂有不立？忠义既立，朝廷之本岂有不固？"又谓"求忠臣者，必于孝子之门"。岂其事理相须，实有贯通联[75]属之义，然能知此意者亦鲜矣。

太子少保右都御史兰州彭君济物，以其所修族谱示予。述祖德、叙宗亲，断自可知，灿然明备。而所以重本源、崇爱敬者，固于是乎在，仁人孝子之用心也。

君敷[76]历中外，忧国如家，卓然以忠义自励，实自一念之孝扩而充之。故随所付托，必有成绩。顷受诏督军河南，不数月遂奏平贼之功，献俘还朝。复有川陕总制之命，捍患救民，朝廷方倚重焉。

亦惟济[77]物之志，将以大彭氏之族，而有光于兹谱也。然则[78]昔人之论，其固有以哉，其固有以哉。

跋少司空沈公所藏山谷真迹后

予尝慕涪翁书，在京师时见一二卷，皆临摹旧本。顷避暑入荆溪，寓居予庄，司空沈公见访，语次，顾从者自舟中持此卷见示，盖翁所书坡老《后赤壁》也。

古昔盛时，君子以同道为朋，不惟勋业节概，欲共济而相益。至于词翰之末，亦类以韵格相高，议论上下，未尝不尽。其有所推逊，则又与人为善，若己有之之心，非苟为谀悦而已也。观翁之书，此赋可知矣。

翁之寓荆州也，尝为寺僧书塔记，部使者环观挥笔，面[79]请附名而不可得。然则此赋之书，又岂徒以其文耶？

司空公宝爱此卷如拱璧，故舟行亦携以自随。予闻观江之神知爱翁书而不释，公鼓柁于朝波浩漾之间，安得而不虑乎？

题四府严公所绘广信地理图

信之境东抵浙，南抵闽，其北与西接饶、抚二郡。山之大者若怀玉、鹅湖、龙虎，皆有闻于天下。水贯其中，清澈湍驶，朱文公所谓"高溪"也。数百里间，山川厄塞，虽不可以悉绘，然观于兹图，已得其涯略矣。

先是信俗醇朴，号称善地。顷缘盗起邻封，愚民习见劫夺，渐濡顽犷，风俗于是乎坏。故去岁吾铅三叛孽汹汹弗靖，驯至大变，至鏖当道诸公疏请调兵以讨捕之，盖逾年而后定。兹图则绘于用兵之时，实我东美严公之所指画而裁订者也。公自始事迄于罢兵，设谋效力，劳苦万状，谤毁丛集，而名亦随之。故一岁之间三膺劳典，多获重语。比者巡按屠公之褒公也，有云"秉公勤以施干济，且达刑名；经委任而涉艰难，克有成绩"，盖亦及于斯事，闻者以其言为切当而犹有遗美焉。

兹幸事变底定，民生小安，以治于既乱，保于未危，庶几图[80]中境土复为善地，又不能无望于公。公暇日披图而[81]观，谅亦不能无概于中也。盖天下之患常始于微，及其微而遏之则易，待其著而图之则难。《易》于童牛豶豕两致意焉，岂非为治者之所当鉴乎？

宏之德公，则所谓江上丈人，誓当没齿而不能忘者。间因公示此图而追思往事，窃有所感，故漫及之。公深于《易》者，不知以为然乎否也？

跋枫林先生传后

大参郑君立之，慨其高王父枫林先生之志不获大行，且其行不显闻来裔也，属见素子为之传。予因悉先生之为人，而喜谈乐道不能已焉。于乎求先生于叔季，可多得耶？

古所谓君子者，必卓然树立，不与世浮沉取容。寒饿瘁抑，以为分内，甘心焉而弗悔。先生之志行皭然若是，非所谓古之君子耶？兹岂叔季可多得耶？世岂无长鬣富都，智巧便佞，善谐俗取宠，以倾动[82]一时者？然运去势移，声销焰灭，笔诛口伐之士，亦得肆其公议而弗之贷。於乎，一世甚短，万世甚长，宁为我而不屑为彼，如先生其诸所学之异乎人欤。

先生有家训二十四则，见其所学之涯略。大参君奉以周旋，好修自重，士论归之。其不获大行者，大参君且将持左券取之矣。

题云凤所藏二卷及地理释疑

凡述作，必性能而好乃工。予既非能者，又不甚好，欲其工难矣。是卷诸作工，独予赠云凤诸诗甚可笑，而云凤乃不能掩其效颦之丑，欲揭而出之，岂爱我者哉？甚愧，甚愧。

云凤喜文事，重交谊，忠厚广大。故于人之笔札，皆收录无遗。如此即是推之他日大用，于竹头木屑，肯辄弃乎？逆濠之乱，予有数札达邻境诸公，多及兵事，已置祸福于度外。倥偬中率无稿，其柬云凤者，赖是犹存，而予之朴忠因得不泯，亦幸矣。

青乌之学，士大夫皆喜谈之，然鲜有中其肯綮者。观杨君[83]云凤所著《地理释疑》，能遍引诸家要语，而己言折衷之，可谓精矣。予雅好山水，恨无由蹑谢公之屐，与云凤历览名胜，以验前术也。

跋知稼黄公告

此宋绍兴戊午状元知稼[84]黄公，授金判时所得告也。公之十世孙汝行持以见示，考其年为登第后四年壬戌，至是几四百年。

公官止考功郎中，志称公被召入对，乞总权纲、厚风俗，上嘉纳之。时秦桧方主和议，挟金虏之势以迫胁高宗，异己者辄见摈斥，公所论得非愤桧之奸而虑鼠之为虎邪？公以是忤桧，故不大用。

然其后益远益盛。入国朝，以仕为翰林，为台谏，为大行人，为宪副、宪金，为郡守、县令，为邑博士者十有七人。其领荐而待用者又三人。若汝行，博雅温厚，无疑远到。则公虽屈于一时，未足恨也。彼奸者桧，簸弄威福，气焰赫然，岂不快甚？然未死已绝，至取他人之孽子以为后，天于忠佞之报，何其明邪？

告中前后具桧名衔，予因有感，故及之。

书陈方伯子鳌杨溪书屋卷[85]

锡山陈君鳌，结屋于里之杨溪而学焉。暇则往来溪上，观水以自娱。顷年，侍其尊翁方伯先生来游宦邸，意未尝不在杨溪也。间命画史图杨溪之景，而复来求予言以发之。

夫陈君之乐斯溪，岂徒以水木之清华、云物之晃漾，为足以娱其目耶？岂徒以潆人之击汰、渔父之鸣榔，为足以娱其耳耶？其殆有慕乎孔子之在川、孟子之观澜，而将因水以闻道乎？彼如斯之叹，有本之取，皆谓道体无穷，而欲吾人体道者，自强而不息也。

至程子之论，则又谓其要在于谨独。骤而观之，谨独亦何与于水哉？盖不能谨独，则欲肆理微，而不息之机或几乎息矣。惟于独而谨焉，一几之萌，必念必敬，行不影愧，寝不衾愧，又岂毫发之间断耶？

夫是之谓不息，夫是之谓体道，夫是之谓学，夫是之谓孔孟之徒。陈君其有取于是乎？

君之乡先辈二泉邵公，盖得之于水，而其学之为渊源者也，君试以予言质之。

引 类

词林会别诗引

宁庵吴先生，所学甚正，以直谅多闻为朋侪所推让。义苟不可，虽利害在前，未尝少动。人或不当其意，即尊行亲交，未尝苟同也。

其以史事自南都召入翰林，适[86]逆瑾专政，欲牢笼天下豪俊，声生势长，日益以横。[87]士大夫未能无旦夕身家之虑，往往逊言恭色，以免祸为幸。宁庵自负肮脏，不为贬徇，且从而诟病焉。瑾[88]闻而衔之，思中以法，其党乃相与造为不根之谤。正德戊辰，会诸司奉职入觐，吏部疏当黜者以请，瑾因矫诏罢宁庵及一御史。朝之大夫士相顾骇愕，莫知其故，然无敢为之讼屈者。

宁庵既归宜兴，吾侪合并之际，每道论故旧，则低徊太[89]息者久之，未知后会何地也。越三年庚午，瑾败，圣政更新，宁庵遂复召用。明年辛未，起[90]为南京礼部侍郎。明年壬申，奉表来贺万寿，向之思宁庵[91]者屈指计日，喜晤语之有期。既至，郊劳邸谒，匪朝伊[92]夕。又以次酿会，不醉无归，游从之乐殆未有[93]加于此者。阁老戒庵靳先生首倡一诗，闻者从而[94]和之，不数日忽成一卷。

夫《伐木》之什次于《棠棣》，盖以友道之相须，至于形忘意契，有若异姓而同产者。诸君之于宁庵，未见则思之而不能忘，既见则乐之而不能已。倡予和汝，以泄其感慨之念，亦人情之常，有不足异者矣。

而宏于是则窃有所感焉。方宁庵被谤而归，忧世者茫然无税驾之所，实有不遑假寐焉者，岂独为一人一事惜哉？幸而天日开明，邪不胜正。朋来于阳复之后，汇征于交泰之初。《匪风》《下泉》，卒从[95]夫思治之欲，则今兹之会，又非独为一人一事喜也。况背正者暂荣而即瘁，嫉邪者始否而终亨，以宁庵之进退观之，则人之自立不可不慎，能不重有所感乎？

宁庵雅尚退逊，为学士即求南署，又甚乐今官，惟北辕之是恐也。然圣天子侧席正人，而尤拳拳旧学，则其羽仪于天朝，或终不可辞避，而吾侪之别思，渐当释然矣。

诗凡若干首，自戒庵之外皆同年。继有作者：少师西涯李公，少傅石斋杨公，少保厚斋梁公、邃庵杨公，皆与宁庵游而最厚者[96]也。

云舍椿年诗卷引

六月十有一日，日之将晡，予与从弟乡进士寀小集寓舍，享祠先之胙，而馆宾周聪敬之与焉。

时雨初霁，晚色澄鲜，意侍御张君天益必散道而归矣。使人邀之，欲藉是以叙雅怀而破孤寂也。君初辞不赴，予讶焉。寀弟曰："君之尊翁怡轩先生亦以今兹初度，君必有家集，宜不能来。"予欲造君贺，而仆夫已散，亦不能去。及复使人强君，君遂携酒肴来助。彼此酬酢，主客两忘。予方追忆先侍郎府君，盖强饮以自宽耳，因叹尊翁之福与君之乐为不可及。君作而拱曰："某忝台职，每[97]歌《驷牡》之诗，不能无介然于怀。今兹良会，亦不易得，得一言寓归为寿，以纾望云之思，岂非人子之幸耶？"

予与君世有姻连，先伯母贞节孺人实君之姑。而予在群从中最钟爱，儿时数从至君家，群聚嬉戏，诚无异同队之鱼。一旦遭逢，幸与君同朝于此，盖皆前人之余庆也。通家助喜，百世同之，祝颂奚可辞？爰与周君及寀弟联句，得一章成君之志。君之寮友闻而和之，璧连珠贯，忽成巨轴，予题其端曰"云舍椿年"，引以数语，见诗之所由作。

翁方七十有二，精力甚强，恩封禄养，[98]将由是至于期颐未艾也。予尚能屡屡为翁赋之，此[99]特其兆耳。

贺司徒梅轩蒋君联句引

南京户部尚书梅轩蒋公，乃少傅兼太子太傅户部尚书谨身殿大学士敬所先生伯氏。成化丁未，与少傅公同登甲科，出补县令，入为台察，擢郡守，副方岳；旋以都宪领巡抚之寄，乃晋佐民部，陟大司徒。其器宇温和如玉，其操存确乎如金。敭历中外，恪修职业，所至誉望蔼蔚，人不能瑕疵一言。盖与少傅公同志协德，联辉竞爽，古所谓"元方难为兄，季方难为弟"，验之于今，为益信矣。

公顷自留都亟疏请老，少傅公知公雅[100]志，为达于上。遂得俞旨，且褒以玺书，听乘传归湘源；命有司月继廪粟，岁供夫役，优老之恩出于寻常。非公之所存、所立终始不渝，焉能永誉以亨兹盛福耶？

少师石斋杨公，素知公昆季，而少保砺庵毛公及宏又辱同榜，于公之得请而休也，实深赞喜；且皆少傅公同官，因联句以为公贺，情之所至，少傅公亦不能已于言焉。是日视草之余，昼漏仅数刻，得诗四首，将寄纳公装，石翁因属宏述其故。

夫少而学，壮而仕，老而归，乃士君子出处之常道也。然晚节末路，昧于止足[101]之戒，则所谓"钟鸣漏尽，夜行不休"者，往往如是。盖有平生事业盛大烜赫，而迟回顾恋，不保厥终，竟贻狐裘羔袖之诮者，此萧何之所以不如张良，而颜鲁公之所以来致堂之议也。

公兹归，完名全美，绰有余裕，固[102]宜有以贺之。联句之作，殆[103]不徒区区为交游之好。公归，当暑箪冬毡，闲适无萦之际，取而观之，其亦当欣然而自贺乎？

归囊珍赠引

余生之先，有仕宋至太师谥忠惠者，在慈溪为世族。生挟相人术，客京师，其言[104]人显晦通塞，验不验，予不能知也。然王公大人往往可生，生必有以取之也。生最后及予门，其言予显晦通塞，验不验，予不能信焉。[105]然见生好礼敦义，非营营于悬薄，非津津于赀货，而又非矜以夸众、神以诬人者，乃意诸公之可生，殆以是也。

生将归，已诹吉日。往于王公大人为诗若歌，珍视之而纳诸其囊，来告曰："锦观世之人，挟方技而游于王公大人者，概有利焉。得钱若帛，铢积而缕收之，将归以为求田问舍之计耳。锦自分骨法不可易，其藿食以终其身，而无所复觊焉。独未能忘意于名，以为名有所托，固可千万年而不朽也。故兹汲汲而不后念，尤辱爱于公。公千里骥也，一蝇之附，肯于锦惜，而使锦有遗恨乎？"

予姑诺之，而未暇作。生坐是改诹归日，度其意，非得予言不肯发，盖有不容拒者。既而思之，古之精于形法而泯然无所闻者，盖多矣。惟内史叔服以左氏而传，姑布子卿、唐举、许负以司马氏而传，袁天纲、乙弗弘礼、张景藏、梁金凤以宋氏而传。生之汲汲于名，亦有志于自立，而知所择焉。可重也，遂书此畀之，不知于生之囊，其足为珍否乎？

虽然，诸公之作犹珠焉，诚足珍也，得吾说而贯之，可累累而把玩矣。

江湖壮游诗引

仕以入帝城、附清光为至荣。然拂曙揭揭，晨无甘寝；[106]穷日仆仆，衣尽缁尘。惫极而感，必有缰锁柴栅之厌。于是时也，挟宾从，走郊坰，偷一适于觞咏须臾之间，亦足以为快矣。而况奉使，华脱朝籍，遵途脂车，乘流鼓枻，括囊远景，徜徉大观。其为拘纵劳适，万万不侔。自恒情处之，史君之游江湖，岂不诚壮矣哉？

虽然，微西北之宸居，无以宁海宇；微东南之岁漕，无以给京师。脱河流稍梗，纲运愆期，上自尊官，下延斗食，皆凛凛乎其可惧。天下之命，实于万艘乎寄焉。法久而玩，今之弊也极矣。史君朝夕图虑，肯宁居乎？先天下之忧而忧，古之君子视江湖犹庙廊也。

史君行，赠言满卷，或以"江湖壮游"题之。君顾谓宏曰："子于同年，亦徒四韵而已乎？"乃复为之引。

【校勘记】

（1）吞　丛刊本作"君"。

（2）而无　底本字不清，据丛刊本补。

（3）继　丛刊本字不清。

（4）坟　丛刊本作"请"。

（5）至于重望　底本字不清，据丛刊本补。

（6）真可以警　底本字不清，据丛刊本补。

（7）索必推　底本字不清，据丛刊本补。

（8）僚　底本字不清，据丛刊本补。

（9）门吊奄　底本字不清，据丛刊本补。

（10）癸丑年作　费宏一生只经历一个癸丑年，即弘治六年；此文系为祭恩师尹直而作，而尹直卒于此后十八年的正德六年（辛未），故疑此为"辛未年作"之误。

（11）祭吴宁庵文　本卷此后还有同题祭文一篇，故目录将后篇题作"再祭吴宁庵文"。而据二文所述内容，此篇当在先，故二文题目应对换为是。

（12）以往来共　底本字不清，据丛刊本补。

（13）戏送 底本字不清，据丛刊本补。

（14）□□ 底本、丛刊本字皆不清。

（15）忽遭横逆 底本字不清，据丛刊本补。

（16）兹堂封 底本字不清，据丛刊本补。

（17）呜呼儒 底本字不清，据丛刊本补。

（18）体道之 底本字不清，据丛刊本补。

（19）情 底本字不清，据丛刊本补。

（20）既 丛刊本字不清。

（21）呜 底本字不清，据丛刊本补。

（22）典刑日远 底本字不清，据丛刊本补。

（23）拟翁如山 底本字不清，据丛刊本补。

（24）孤 底本字不清，据丛刊本补。

（25）松厓 正文题作"松崖"。

（26）涕欲零 底本字不清，据丛刊本补。

（27）□ 底本、丛刊本皆空白，疑脱字。

（28）未能 底本字不清，据丛刊本补。

（29）人 据文意，疑为"大"之误。

（30）祸阱庶无 底本字不清，据丛刊本补。

（31）衷 底本字不清，据丛刊本补。

（32）重 丛刊本字不清。

（33）侯驸 底本字不清，据丛刊本补。

（34）春坊 丛刊本字不清。

（35）□ 底本、丛刊本字皆不清，疑脱字。

（36）闲 丛刊本字不清。

（37）敦 底本字不清，据丛刊本补。

（38）辛亥 底本字不清，据丛刊本补。

（39）文乃 底本字不清，据丛刊本补。

（40）廉析 底本、丛刊本皆作"廉拆"，据《东坡全集》原诗改。本篇下同。

（41）郑 丛刊本字不清。

（42）斯 丛刊本作"所"。

（43）侯 底本、丛刊本皆作"候"，据文意改。

（44）惴 据文意，疑为"揣"之误。

（45）太 据文意，疑为"大"之误。

（46）畜 底本字不清，据丛刊本补。

（47）窃 此下底本空白二格，丛刊本作二墨块。

（48）能尽愤　丛刊本字不清。

（49）蕃　据文意，疑为"藩"之误。

（50）规观　据文意，疑为"规劝"之误。

（51）取友　丛刊本字不清。

（52）莫　丛刊本字不清。

（53）盍　丛刊本字不清。

（54）教间　丛刊本字不清。

（55）泽　丛刊本字不清。

（56）□□厥德　底本前二字不清，丛刊本作四白框。

（57）诸　丛刊本作"语"。

（58）守广　底本字不清，据丛刊本补。

（59）官不合　底本字不清，据丛刊本补。

（60）观制辞　底本字不清，据丛刊本补。

（61）诗有　底本字不清，据丛刊本补。

（62）冤　据文意，疑为"冕"之误。

（63）夫类　丛刊本字不清。

（64）□□□□　底本空白四字位，丛刊本作四白框，疑是正常空格。

（65）概于圣　底本字不清，据丛刊本补。

（66）□□□□　底本字不清，丛刊本作四白框。

（67）莫退捧　底本字不清，据丛刊本补。

（68）而任使　底本字不清，据丛刊本补。

（69）时　底本字不清，据丛刊本补。

（70）书　丛刊本字不清。

（71）乡画　底本字不清，据丛刊本补。

（72）真第历宋　底本字不清，据丛刊本补。

（73）有数　底本字不清，据丛刊本补。

（74）昭　底本字不清，据丛刊本补。

（75）通联　底本字不清，据丛刊本补。

（76）歝　底本、丛刊本皆作"剔"，据文意改。本篇下同。

（77）惟济　底本字不清，据丛刊本补。

（78）然则　底本字不清。丛刊本作"然也"，据文意改。

（79）面　丛刊本作"而"。

（80）庶几图　底本字不清，据丛刊本补。

（81）披图而　底本字不清，据丛刊本补。

（82）动　底本字不清，据丛刊本补。

（83）君　底本字不清，据丛刊本补。

（84）稼　丛刊本字不清。

（85）卷　正文题原作"后"，据目录改。

（86）适　底本字不清，据丛刊本补。

（87）横　底本字不清，据丛刊本补。

（88）病焉瑾　底本字不清，据丛刊本补。

（89）太　底本、丛刊本皆作"大"，据文意改。

（90）年辛未起　底本字不清，据丛刊本补。

（91）万寿向之思宁庵　底本字不清，据丛刊本补。

（92）郊劳邸谒匪朝伊　底本字不清，据丛刊本补。

（93）乐殆未有　底本字不清，据丛刊本补。

（94）者从而　底本字不清，据丛刊本补。

（95）卒从　底本字不清，据丛刊本补。

（96）游而最厚者　底本字不清，据丛刊本补。

（97）职每　底本字不清，据丛刊本补。

（98）恩封禄养　底本字不清，据丛刊本补。

（99）翁赋之此　底本字不清，据丛刊本补。

（100）公雅　底本字不清，据丛刊本补。

（101）昧于止足　底本字不清，据丛刊本补。

（102）固　丛刊本字不清。

（103）殆　丛刊本作"贻"。

（104）其言　底本字不清，据丛刊本补。

（105）焉　丛刊本字不清。

（106）寝　丛刊本字不清。

征引参考书目

《列朝盛事》　　明·王世贞著　　载《明代笔记小说》第二册　　河北教育出版社 1994 年版

《明史》　　清·张廷玉编　　中华书局 1974 年版

《明通鉴》　　清·夏燮撰　　中华书局 1959 年版

《铅山县志》　　海南出版社 2001 年影印清乾隆四十九年本

《铅山县志》　　南海出版公司 1990 年本

《艺文志二十种引得》　　原燕京大学引得编纂处编　　中华书局 1960 年版

《四库全书总目提要》　　清·纪昀等撰　　中华书局 1965 年版

《广信府志》　　清·蒋继洙编　　清同治十二年本

《文瑞楼书目》　　清·金檀编　　清末抄本

《千顷堂书目》　　清·黄虞稷撰　　上海古籍出版社 2001 年版

《中国善本书提要》　　王重民撰　　上海古籍出版社 1983 年版

《中国古籍善本书目》　　中国古籍善本书目编辑委员会编　　上海古籍出版社 1998 年版

《太保费文宪公摘稿》　　明·费宏撰　　载《明人文集丛刊》第一辑　　台北文海出版社 1970 年版

《太保费文宪公摘稿》　　明·费宏撰　　载《续修四库全书》第 1331 册　　上海古籍出版社 2003 年版

《明太保费文宪公文集选要》　　明·费宏撰　　载《四库全书存目丛书》集部第 43 册　　齐鲁书社 1997 年版

《长街忆》　　方志纯著　　百花洲文艺出版社 1992 年版

《冠盖里——江西铅山费氏科第世家寻踪》　　百花洲出版社 2005 年版

《明书》　　清·傅维麟丛书集成本　　商务印书馆 1936 年本

《明实录》　　台湾中央研究院历史语言研究所影印本

《费宏集》　明·费宏撰　吴长庚、费正忠点校　　　　　上海古籍出版社 2007 年版

《明史纪事本末》　清·谷应泰著　　　　　　　　　　　中华书局 1977 年版

《杨文忠公三录》明·杨廷和著　载《四库全书》428 册　上海古籍出版社 1987
年影印本

《国榷》　　　　明·谈迁著　载《续修四库全书》第 361 册　上海古籍出版社
2003 年版

《弇山堂别集》　　明·王世贞著　载《中国野史集成续编》第 11~12 册

　　　　　　　　　　　　　　　　　　　　　　　　　巴蜀书社 2000 年版

《鹅湖费氏宗谱》　　　　　　　　　　　　　　　　　民国三十六年重修本

《鹅湖横林费氏宗谱》　　费正忠主编　　　　　　　　中国文史出版社 2013 年版

《西园闻见录》　明·张萱著　　　　杭州古籍旧书店据民国二十九年哈佛燕京学社
印本 1985 年复印本

《中庸》　傅云龙、蔡希勤编注　　　　　　　　　　　华语教学出版社 2006 年版

《晋书》唐·房玄龄等撰　载《二十五史》第二册　　　浙江古籍出版社 1998 年版

《宋史》　元·脱脱撰　载《二十五史》第六册　　　　浙江古籍出版社 1998 年版

《大明一统志》　明·李贤撰　　　　　三秦出版社 1990 年影印明天顺原刻本

《后汉书》　　　南朝宋·范晔撰　　　　　　　　　　中华书局 1973 年版

《元史》明·宋濂等撰　载《二十五史》第七册　　　　浙江古籍出版社 1998 年版

《荀子集解》　王先谦著　载《诸子集成》第二册　　　上海书店 1986 年版

《诗经译注》　袁梅撰　　　　　　　　　　　　　　　齐鲁书社 1981 年版

《尚书注疏》　汉·孔安国传、唐·孔颖达疏　载《四库全书》经部二　上海古籍出
版社 1987 年影印本

《楚辞章句》　　　　　汉·王逸撰　　　　　　　　　中华书局 1973 年版

《春秋左传正义》晋·杜预注、唐·孔颖达等正义　　　上海古籍出版社 2014 年版

《明史纪事本末》　清·谷应泰撰　　　　　　　　　　中华书局 1977 年版

《绰号异称辞典》　谢苍霖编　　　　　　　　　　　　江西高校出版社 1999 年版

《半江赵先生文集》　明·赵宽著　载《四库全书存目丛书》第 42 册　齐鲁书社
1997 年版

《明清进士题名碑录索引》　朱保炯、谢沛霖编　　　　上海古籍出版社 1980 年版

《中国历代人名大辞典》　张撝之、沈起炜编　　　　　上海古籍出版社 1999 年版

《东坡全集》宋·苏轼著 载《四库全书》集部三　　　上海古籍出版社 1987 年版

朱见深（1447—1487），即明宪宗。明英宗长子。明朝皇帝。1464—1487 年在位，年号成化。画像明宫廷画师绘，藏台北故宫博物院。

杨一清（1454—1530），字应宁，号邃庵，安宁（今属云南）人。明大臣。成化八年（1472 年）进士，授中书舍人，官至内阁首辅大学士。画像载《中国全纪录》，台北锦绣出版公司 1990 年版。

杨廷和（1459—1529），字介夫，号石斋，新都（今属四川）人。明大臣。成化十四年（1478年）进士，授检讨，官至内阁首辅大学士。像载《三才图会》，明王圻辑，明万历刻本。

费宏（1468—1535），字子充，铅山（今属江西）人。明大臣。成化二十三年（1487年）状元，授修撰。官至内阁首辅大学士，谥文宪。像载《三才图会》，明王圻辑，明万历刻本。

毛澄（1460—1523），字宪清，号白斋，昆山（今属江苏）人。明大臣。弘治六年（1493 年）状元，授修撰。官至礼部尚书。像载《吴郡名贤图传赞》，清顾沅辑、孔继尧绘，清道光九年（1829 年）刻本。

朱祐樘（1470—1505），即明孝宗。明宪宗第三子。1487—1505 年在位，年号弘治。画像明宫廷画师绘，藏台北故宫博物院。

明孝宗后（？—1541），女，张氏，兴济（今河北青县东南）人。寿宁侯张鹤龄姐。谥孝康。画像明宫廷画师绘，藏台北故宫博物院。

朱祐杬（？—1519），明宪宗第四子，世宗父，成化间封兴王。藩王。画像明宫廷画师绘，藏故宫博物院。

　　张璁（1475—1539），字秉用，后赐名孚敬，字茂功，永嘉（今属浙江）人。明大臣。正德十六年（1521年）进士，授南京刑部主事，历兵部侍郎迁华盖殿大学士。画像载《中国全纪录》，台北锦绣出版公司1990年版。

　　严嵩（1480—1567），字惟中，一字介溪，袁州分宜（今属江西）人。明大臣。弘治十八年（1505年）进士，授编修，官至内阁首辅大学士。媚上专政二十年，后革职为民。画像载《中国全纪录》，台北锦绣出版公司1990年版。

杨慎（1488—1559），字用修，号升庵，新都（今属四川）人。杨廷和子。明官吏，文学家。正德六年（1511年）状元，授翰林修撰。能诗、文、词。

朱厚照（1491—1521），即明武宗。明孝宗长子。1505—1521年在位，年号正德。画像明宫廷画师绘，藏台北故宫博物院。

明武宗后（？—1535），女，夏氏，上元（今江苏南京）人。正德元年（1506年）册立为皇后。谥孝静。画像明宫廷画师绘，藏台北故宫博物院。

徐阶（1503—1583），字子升，号存斋，华亭（今上海松江）人。明大臣。嘉靖二年（1523年）进士，授编修，官至内阁首辅大学士，谥文贞。像载《三才图会》，明王圻辑，明万历刻本。

朱厚熜（1507—1566），即明世宗。宪宗孙，兴献王朱祐杬子。1521—1566 年在位，年号嘉靖。画像明宫廷画师绘，藏台北故宫博物院。

明世宗后（？—1528），女，陈氏，元城（今河北大名）人。嘉靖元年（1522 年）册立为皇后。谥孝洁。画像明宫廷画师绘，藏台北故宫博物院。

『大礼议』述评

费正忠　著

铅山费宏研究会资助出版项目

《费正忠文史丛稿》之二

中国文史出版社

图书在版编目（CIP）数据

大礼议述评 / 费正忠著 . -- 北京 : 中国文史出版
社 , 2023.9

（费正忠文史丛稿）

ISBN 978-7-5205-4239-5

Ⅰ . ①大… Ⅱ . ①费… Ⅲ . ①政治制度－研究－中国
－明代 Ⅳ . ① D691.2

中国国家版本馆 CIP 数据核字（2023）第 152193 号

责任编辑：李晓薇

───────────────────────

出版发行：中国文史出版社

社　　址：北京市海淀区西八里庄路 69 号　　邮编：100142

电　　话：010-81136606　81136602　81136603（发行部）

传　　真：010-81136655

印　　装：三河市龙大印装有限公司

经　　销：全国新华书店

开　　本：710mm×1000mm　1/16

印　　张：30.75

字　　数：617 千字

版　　次：2024 年 11 月北京第 1 版

印　　次：2024 年 11 月第 1 次印刷

定　　价：398.00 元（全三册）

文史版图书，版权所有，侵权必究。

文史版图书，印装错误可与发行部联系退换。

导　言

16 世纪前期，在古老东方的中国大地上，正是明朝中叶。历经 150 余年的大明王朝，已被折腾得千疮百孔，危机四伏。

明武宗正德十六年三月十四日（1521 年 4 月 20 日），凌晨的北京，虽时已季春，却乍暖还寒。紫禁城西面的豹房中，一改往日的喧闹，阴沉死寂，了无生气。年仅 31 岁的正德皇帝朱厚照面无人色、气息奄奄地躺在昏暗摇曳的灯光下，身边只有太监陈敬、苏进二人。自年前南巡回京即染重病的他，此时自知大限将至，断断续续地对陈、苏二人说："朕疾殆不可为矣。尔等与张锐可召司礼监官来，以朕意达之皇太后：天下事重，其与内阁辅臣议处之。前此事皆由朕而误，非汝众人所能与也。"（《武宗实录》卷 197 第 3680 页）俄顷，即逝去。陈敬急忙奔大内仁寿宫报予武宗皇帝之母慈寿皇太后，并赴内阁告知大学士杨廷和。杨廷和等当即以大行皇帝遗命及皇太后懿旨迅速果断地处理一切后事，乃从豹房移殡于大内，严密布置京城防务。是日传遗旨谕内外文武群臣曰："朕疾弥留，储嗣未建。朕皇考亲弟兴献王长子厚熜，年已长成，贤明仁孝，伦序当立。已遵奉祖训'兄终弟及'之文，告于宗庙，请于慈寿皇太后，即日遣官迎取来京嗣皇帝位，奉祀宗庙，君临天下。"（《武宗实录》卷 197 第 3680 页）这就是所谓的"武宗遗诏"。"遗诏"中所遵奉的"祖训"即《皇明祖训》，是明太祖朱元璋所著，其中关于皇位继承的规则是"父死子嗣，兄终弟及"。可武宗死后的皇位继承却超出了这个规定的范围，出现了朱元璋始料不及的情况：武宗死时虽已大婚 16 年，却无子嗣；他又是孝宗皇帝的独生子，即且无兄弟；况他生前是只顾荒唐嬉戏，并未明确皇位继承人，这就引发了明王朝皇位继承的空前危机。

明太祖朱元璋惩于历朝历代的教训，明成祖朱棣又有了自身藩王夺位的经历，先后都采取了一系列巩固皇权的措施，较好地屏蔽了诸王、后宫、外戚、宦官、权臣、藩镇等对皇位的觊觎。武宗皇帝虽荒诞不经，但对这国之大者却还算是保持了清醒，遗命以此事由皇太后"与内阁辅臣议处之"，使这个烫手的山芋落到了以杨廷和为首的内阁手中。以当时皇室大宗无后的现实情况，迫不得已只能采取从旁支小宗中挑选皇位继承人这一中国专制帝国特别的皇位继承模式。按照《皇明祖训》"兄终弟及"的规定，武宗既无嫡弟，又无庶弟，只能在其从弟中选择继位人。而从封建宗法观念来讲，应是"有嫡立嫡，无嫡立长"，即从诸从弟中立其年长者。当时最年长的是益王的长子朱厚烨，24 岁，已封为益府世子；另有次子、三子、四子也俱已成年，都被封为郡王；排在第五的才是兴王府世子朱厚熜，年 15 岁，而《武宗遗诏》却确定由他继位。这份"遗诏"无疑是由杨廷和为首的内阁拟定的，我们今天已无法确知杨廷和为什么会做出这种选择，但从他们一开始就安排朱厚熜以孝宗继子来继承皇位的做法，揣测是欲按儒家"大宗不绝"的要求行事的，即"继统又继嗣"，可这层意思在"遗诏"中却又没有明确的表述。于是朱厚熜坚决不同意，而是强调"遗诏"是以自己"伦序当立"，是来当皇帝而不是当皇子的。这样双方各执己见，就引发了一场旷日持久的"大礼议"事件，对当时朝政的发展方向和嗣后整个明王朝的兴衰，均产生了极其广泛而深刻的影响。

"大礼议"从其内容和目的上来讲，应有狭义和广义之分。狭义的"大礼议"，是指从"大礼议"开始至左顺门事件结束；经过三年的激烈争斗，最后嘉靖帝以君权高压和锦衣卫血腥武力达到了尊崇自己生父母为帝、后的目标。但羽翼已丰满的少年天子并不满足于此，他在"大礼议"中已体会到了皇权的无上威严，决心要建立起自己一系的皇室正统。于是他不断更定朝廷祀典，反复变动大庙规制，达到了把自己没有做过皇帝的父亲兴献王称宗入庙的目标，并采取一系列措施巩固这一成果，从这个意义上来讲，广义的"大礼议"贯穿于嘉靖朝的始终。

对"大礼议"的研究和评价，从明代至今，已有太多的著作，且大都局限于狭义的范畴，缺乏对整个事件全面的把握，故对事件的性质和人物的评价都或多或少存在一些片面性。如有人认为"大礼议"是议礼派与守礼派的对立，是忠与孝的矛盾；甚而把杨廷和等议礼廷臣说成是保守派，是既得利益集团，而议礼新贵张璁等却是革新派，是新兴力量的代表。更有人声称"大礼议"是嘉靖革新的前奏曲，促进了嘉靖革新，重塑了皇权；议礼新贵是嘉靖新政的主角，从而为他们大唱赞歌。对此笔者不敢苟同，认为有必要对这一事件从广义上作深入透彻的研究，以便使其是非曲直更加公允明确，对其影响所及的了解更为全面精到；尤其是面对当前史学界在此问题上的一些奇议宏论，作全面的研讨，仍有剩义，似有必要。

正如习近平总书记所指出的那样："对历史人物的评价，应该放在其所处时代和社会的历史条件下去分析，不能离开对历史条件、历史过程的全面认识和对历史规律的科学把握，不能忽略历史必然性和历史偶然性的关系。"（习近平《在纪念毛泽东同志诞辰 120 周年座谈会上的讲话》）本文试图在广义的"大礼议"层面上进行研究，分为上、中、下三篇：上篇介绍"大礼议"产生的背景，中篇收集了研究"大礼议"的有关资料，下篇是对"大礼议"的评价。

"世上绝没有无缘无故的爱，也没有无缘无故的恨。"（毛泽东《在延安文艺座谈会上的讲话结论》）全面了解"大礼议"发生时的情况，对我们理解两个阵营不同态度的根源是很有必要的。故上篇列有四章，分别介绍武宗皇帝及其父孝宗、母张太后以及杨廷和等内阁成员，又介绍了兴世子朱厚熜及其父兴献王、母兴王妃和张璁等议礼新贵此前所处的地位。杨廷和等历经了成、弘、正三朝，艰难地维护明王朝的朝政，亟欲借新帝登基而拨乱反正、推行新政，故他们维护正统的执拗态度就是必然的。朱厚熜以兴世子入继大统，皇室旁支的身份自卑，必然促使他要建立自己一系的皇权正统，而这一切都必须从尊崇生父母为帝、后开始，故义无反顾地挑起了"大礼议"。张璁等议礼新贵其时位处下僚，郁郁不得志，尤其是张璁，年已47岁了才刚中进士，按正常的规制必然没有什么好的仕途前景。可天赐良机，千载难逢，"大礼议"一开始，他就不惜与举朝士大夫为敌，公然迎合帝意，抛出"继统不继嗣"的政治主张；并引导帝以武力残害同类，由此得君，短短几年就从一个县级官员蹿至内阁大学士的极品。对此，嘉靖帝与张璁们开始均矢口否认，可没过几年，帝在下诏谴责张璁等的恶行时就称："朕习以大礼未明、父母改称时，张璁首倡正议，奏闻更复，后桂萼赞议。自礼成之后，朕授官重任，盖以彼尽心救正、忠诚之故。今彼既顿失前志，肆意妄为，负君忘义，自取多愆，朕不敢私。"（《世宗实录》卷104第2445页）这里明确表达了张璁等是因赞议大礼而得"授官重任"的，从而也印证了上篇中所介绍的"大礼议"产生的背景并非虚言。

论从史出，史由证来，历史是对过去发生的事实的再现和还原的一门学科，研究历史必须用证据来说话，证据为王，不能靠拍脑子、想当然。笔者在做这一课题时，尽可能多地收集相关资料，但不可能将其全都用到行文中去，故在中篇罗列出这些资料，一是使读者能直观地从资料中作出判断，二是给有志于研究这一课题的读者提供一些资料上的帮助。全篇分为16章，分别对是皇子还是皇帝、帝母兴王妃进宫之仪、帝父兴献王尊号、帝祖母寿安皇太后丧葬礼、帝父兴献帝陵庙祭祀之礼、皇考及大内立庙、兴献帝陵迁陵、立世室与入太庙、"议大礼"中所兴各大狱、章圣皇太后谒世庙礼仪、编纂大礼集、更定各祀典、武宗皇后丧祭礼及尊号、兴献帝称宗入庙、重建太庙、方皇后丧葬祔庙礼等专题的相关资料分门别类列出，以方便读者阅读和使用。资料的来源主要是《明史》《明实录》《明通鉴》《国榷》《明史纪事本末》等正史，但也从《中国野史集成》《明代笔记小说》等野史，及《弇州山人四部稿》《太保费文宪公摘稿》《杨一清集》等明人文集中收集了大量资料。特别注重从议礼当事人的有关文集中收集资料，如嘉靖帝的《谕对录》，杨廷和的《杨文忠三录》，张璁的《太师张文忠公集》，分别都录入了不少资料，以便读者从中对比和实际感受，从而做出切合实际的判断。

下篇分为九章，分别从"大礼议"与"祖训""遗诏"，与皇族正统，与皇权变化，与忠孝思想，与嘉靖新政，与司法体制，与言官制度、与嘉靖性格，与士风民风九个方面进行评论。这里要特别强调两点：一是对参与"大礼议"的双方阵营不要作出简单的划分和评判，纵观其全过程，在议礼各个阶段双方的阵营是不同的，应分别作出具体的分析。毫无疑问，议大礼的主导方始终是嘉靖帝，提出"继统不继嗣"、改称"皇考"、大内立庙、兴献帝迁陵、更定祀典、太庙改制、兴献帝称宗入庙、方皇后牌位提前入太庙等议题的都是他自己，而支持和反对的人员则各有不同。如张璁等议礼新贵支持帝"继统不继嗣"，可不久后却一致反对兴献帝入太庙，在维护皇室正统上与举朝士大夫们是一致的。支持迁兴献帝陵的只有百户随全、光禄寺厨役王福、顺天府儒士潘谦、锦衣卫军匠金桂等数名杂役；支持立世室、入太庙的只有光禄寺丞何渊、扬州府同知丰坊等个别下僚；对于方皇后牌位提前入太庙，则朝中更是无人支持，群臣只是迫于帝的淫威不敢反对而已。故把议礼双方说成议礼派与守礼派、革新派与保守派的对立，是太过牵强、缺乏根据的。至于《明史》"费宏本传"中称"大礼之议，诸臣力与帝争，帝不能堪。宏颇揣知帝旨，第署名公疏，未尝特谏，以是帝心善之"。这一说法也是片面和表面化的，费宏在左顺门事件后给胞弟费完的家信中袒露了真情："圣性至孝，一二年来诸老据古礼持之太过，母子间甚不能堪。奸人从旁窥伺，乃突出异论，以投其隙，遂至牢不可破。而吾侪又伏阙哭谏以犯之，死者、斥者几五十人。世道至此，可谓晦盲闭塞之时矣。旋斡之势，不容不少异于前，委曲将顺，乃克有济。然其间苦心极力，盖有不能以告人者，非身经其事，岂能知其难若是耶？"可见费宏对杨廷和等廷臣因议礼与帝尖锐对立是不赞同的，但他毕竟以朝臣为"吾侪"，视张璁等以议礼求仕途速化者为"奸人"，故不能公然反对，只能"第署名公疏，未尝特谏"，这是他在复杂政治情势下不得已而采取的态度，并不是"揣知帝旨"所为。对于廷臣采取过激行动反而促使帝倒向张璁等一边，给士大夫带来惨祸，给嘉靖新政造成破坏的后果也有清醒的认知，故采取"委曲将顺"的变通措施，抑制奸人，保护善类，"苦心极力"地维护嘉靖新政。这些都说明我们对"大礼议"中的历史人物的研究应严谨、公允，切不可作简单化、标签式的评判。其次是对"大礼议"的影响要作出实事求是、客观公正的评判。"大礼议"对明王朝的影响是全面的、深刻的，而最关键、最核心的是它破坏了君臣共治的政治局面。嘉靖帝甫登基，面对着武宗朝的累累弊政，决心要做一个中兴之主，与杨廷和等救时宰相、忠直大臣同心同德，雷厉风行地推行嘉靖新政，成果斐然，天下向望。可随着"大礼议"的深入发展，君臣顿忘初心，纠缠于古礼，并把这种观念上的分歧迅速演化成政治上的对立、人事上的分化；朝堂上血雨腥风，昔日的师保大臣乍成罪人、敌人，一些下僚却因迎合皇上议礼而"以片言通显"，蹿至六卿、宰辅；正人君子被窜遭贬，远离朝堂，阿谀奉承、谄媚迎合之风盛行，政治风气日益败坏。嘉靖帝也从经筵日讲、诗词唱和的亲近贤臣、儒臣，转而宠信"青词宰相""秋石尚书"，甚而方士、道士，日渐腐化堕落。杨廷和等朝臣在"大礼议"中执拗地坚持"继统必继嗣"，使嘉靖帝不是皇室大宗的自卑感常常萦绕心头，他以皇权压服群臣而达到了重建皇室正统的目的，尝到了甜头。他时时戒备群臣，乾纲独断，喜怒无常，威慑百僚，处处体现皇权正统的威严。失德朝臣的奉迎谄媚，更使他打心眼里就蔑视士大夫，不再礼貌相待，动辄厉辞谴责，随意进退，就连亲信如张璁、夏言辈亦不能幸免。如此恶劣的君臣关系，根本就谈不上君臣共治，而一个失去君臣共治的王朝，必然弊端丛生；不仅使开局良好的嘉靖新政半途而废，而且朝臣党争不断，内忧外患，财政状况江河日下，国家逐渐趋向衰败，并不可逆转地走向灭亡。有学者认为，正德朝虽小荒诞，但有内阁诸良臣相辅，亦无伤国本，然嘉靖朝的所作所为，则流弊甚远。联系到明后期的政局发展，笔者以为，此乃的论。从我们对"大礼议"的深入研究中，亦可看出嘉靖朝的流弊实始于"大礼议"，而其要害即是君臣共治的局面遭到破坏，从这个意义上来讲，明王朝始亡于嘉靖，实肇于"大礼议"。

本文所引用的资料大都来自未经点校的古籍，笔者在引录时作了标点，对其中的疑误之处分别作出注释以说明。对引文中的繁体字、古字、通假字、异体字，俱径直改为规范简化字，但对部分易引起歧义的古人名，则予以保留原字。对于人物的称谓，尽量依据实际情况予以变更，如朱厚熜登基前称"兴世子"，登基后称"嘉靖帝"，死后称"世宗"；又如张璁，改名前仍旧称，改名后即称之"张孚敬"；但对引文中的原称谓俱不作改动，敬请在阅读或引用时加以关注。囿于笔者学力不足、识见浅陋，文中难免错漏不足之处，祈盼批评指正。

2021 年春于孝友堂

目 录

上 篇

中 篇

下　篇

第一章　正德皇帝及其父孝宗皇帝、母慈寿皇太后

"大礼议"的缘起，是正德皇帝不仅死后无嗣，且生前未能立储。而要探寻形成这一局面的原因，我们不得不回顾其十分荒唐的一生。

正德皇帝朱厚照（年号正德，庙号武宗，谥号毅皇帝，陵号康陵，后面引文中出现这些称谓，不再列注）是明王朝第八代第十帝。

正德帝的父亲朱祐樘（年号弘治，庙号孝宗，谥号敬皇帝，陵号泰陵，后面引文中出现这些称谓，不再列注）身世坎坷，且颇具戏剧性。据《明史》卷113载，其父朱见深（年号成化，庙号宪宗，谥号纯皇帝，陵号茂陵，后面引文中出现这些称谓，不再列注）专宠万贵妃；妃系山东诸城人，四岁被选入宫，为宪宗生母孙太后宫女，且侍帝于东宫。宪宗18岁即位，妃已35岁，但为人机警，善迎帝意，遂谗废皇后吴氏，六宫希得进御；帝每游幸，妃戎服前驱。但因年岁已大，成化二年（1466）产下皇第一子，旋即夭折后，遂不复娠。然帝犹专宠不已，妃益骄，中官用事者一忤其意，立见斥逐。宫中御幸有身者，被其用药伤坠者无数，后孝宗出生时头顶寸许无发，人或以为是被药所中。这样就使宪宗久不得皇子，中外以此为忧。孝宗生母纪氏，广西贺县人，本蛮族土官女，成化中征蛮被俘入内庭，因警敏通文字，授女史，守内藏。一日宪宗"偶行内藏，应对称旨，悦，幸之，遂有身。万贵妃知而恚甚，命婢钩治之，婢谬报曰'病痞'，乃谪居安乐堂。久之，生孝宗，使门监张敏溺焉。敏惊曰：'上未有子，奈何弃之。'稍哺粉饵饴蜜，藏之他室，贵妃日伺无所得，至五六岁未敢剪胎发。……成化十一年，帝召张敏栉发，照镜叹曰：'老将至而无子。'敏伏地曰：'死罪，万岁已有子也。'帝愕然，问安在，对曰：'奴言即死，万岁当为皇子主。'于是太监怀恩顿首曰：'敏言是，皇子潜养西内，今已六岁矣，匿不敢闻。'帝大喜，即日幸西内，遣使往迎皇子。使至，妃抱皇子泣曰：'儿去，吾不得生。儿见黄袍有须者，即儿父也。'衣以小绯袍，拥至阶下，发披地，走投帝怀。帝置之膝，抚视良久，悲喜泣下曰：'我子也，类我。'使怀恩赴内阁具道其故，群臣皆大喜。明日，入贺，颁诏天下。移妃永寿宫，数召见。万贵妃日夜怨泣曰：'群小绐我。'其年六月，妃暴薨，或曰贵妃致之死，或曰自缢也。"（《明史》卷113第3521页）张敏惧，亦吞金死。时孝宗帝年仅六岁，哀慕如成人，同年十一月，被立为皇太子。为安全起见，乃养于奶奶孝肃皇太后的仁寿宫中。"一日，贵妃召太子食，孝肃谓太子曰：'儿去，无食也。'太子至，贵妃赐食，曰：'已饱。'进羹，曰：'疑有毒。'贵妃大恚曰：'是儿数岁即如是，他日鱼肉我矣。'因恚而成

疾。"（《明史》卷113第3522页）其时佞幸钱宁、梁芳等皆假借贡献，苛敛民财，倾竭府库，以结贵妃欢；见宪宗后宫生子渐多，芳等惧太子年长即位后，将被治罪，故与贵妃合谋"劝帝易储，会泰山震，占者谓应在东宫，帝心惧，事乃已。"（《明史》卷113第3525页）孝宗即位时，众朝臣纷纷上疏请削贵妃谥号，捕治妃党及万氏家属，究问当时纪氏死状，而孝宗以这会重违先帝意，已之。

　　孝宗即位后励精图治，昧爽视朝，退御经筵，咨询治道。凡国家大事，召见辅臣及尚书刘大夏等面议。"刘健确直，李东阳敏达，谢迁方质，三人同心，时人语曰：'李谋刘断谢侃侃'。"（《玉剑尊闻》卷6第427页）故能祛弊兴利，政治清明。弘治中，周经为户部尚书，孝宗欲起别宫，患缺用；"左右曰：'何不取之户部？'上曰：'周经得无不可乎？'左右曰：'皇上取之，经岂不与？'命下，经曰：'此军储也，不可动。'奏上，上曰：'已之。'左右曰：'命既下，岂可中止。'复下之户部，左侍郎韩文公复上奏，上亦欲已之。左右曰：'不准尚书奏，岂可准侍郎？'复下之部，右侍郎许公进上奏，上顾左右：'朕谓不可，果然。若不已之，明日科道又言矣。'遂罢。"（《西园见闻录》卷34第18页）孝宗能恤人言，据《妮古录》卷1载，孝宗在朝政、讲读之余，雅好弹琴，台谏官员上疏谏止，"上笑谓左右曰：'弹琴何损于事？劳此辈云云。'然不以为忤也。吴贾得古琴曰'霹雳'携入都，介巨珰以献，上试其音清越，喜甚，出内帑千金以赐。又一日，赏画工吴伟辈彩段数匹，命曰：'急持去，毋使酸子知道。'"《皇明书》卷9亦言："敬皇帝尝引青宫夜出宫，间行至六科廊，青宫大声言：'此何所？'上摇手曰：'若无哗，此六科所居。'太子言：'六科非上臣乎，何畏也？'上曰：'祖宗设六科纠君德阙，违脱有闻，纠劾疏立至矣'。"他对臣下也非常体恤，凡九卿大臣不轻更易，以年致仕者，进阶赐金，续以舆廪。"孝宗皇帝尝问一内侍：'今各衙门官每日早起朝参，日间坐衙，其同年同僚与故乡亲旧亦须燕会，那得功夫饮酒？'内侍答云：'常是夜间饮酒。'孝宗曰：'各衙门差使缺人，若是夜间饮酒，骑马醉归，那讨灯烛？今后各官饮酒回家，逐铺皆要笼灯传送。'两京尽然，虽风雪寒凛之夕，半夜叫灯，未尝缺乏，乃知孝庙体悉群臣，可谓备极。"（《四友斋丛说》卷18第156页）故王元美在《弇州山人四部稿》卷106中称："我祖宗功莫盛于太祖高皇帝，德莫盛于孝宗敬皇帝。……孝宗皇帝承列圣之贻范而丕显之，深仁厚泽，沦浃民志，迄于今过一甲子，而讴谣之不衰。"有鉴于此，无怪乎"大议礼"中，群臣拼死要维护孝宗的皇族大统，除却根深蒂固的皇权正统观念以外，孝宗德泽深入人心，亦应是重要的原因。然而他却因专宠皇后张氏，给皇权正统的继承带来了隐患。

　　张氏（谥孝康皇后袝庙），北直隶兴济人。其父张峦，一介儒生；其母金夫人"梦月入怀生后。后当适人，其所当适者忽大病；及选为太子妃，则前所当适者病已。"（《胜朝彤史拾遗记》卷4第1页）成化二十三年（1487）选为太子妃，是年孝宗即位，立为皇后。笃爱无比，宫中同起居，有如民间伉俪情深，并无别宠。据《万历野获编》卷3载，有明一代，前此诸帝，太祖妃嫔共四十人，太宗（即成祖）有十六妃祔，仁宗有七妃祔，宣宗有八妃祔，英宗有十八妃祔，宪宗有十四妃祔，"惟孝宗只有孝康皇后，宝山双峙即泰陵，祭祀更无一妃旁侍侑食，盖自青宫婚后，未几登大位，无论鱼贯承恩，即寻常三宫亦不曾备，以至上仙，真千古所无之事。"其后武宗亦有二妃祔，世宗则有妃三十人、嫔十六人祔。对于孝宗的专庞，内外臣工多有疏谏。弘治元年（1488年）太监郭镛就请选女子备册妃，以广衍储嗣；因当时孝宗正在三年守孝期，左庶子谢迁上疏谏止，从而被人攻击为"谀词献谄，以误孝宗继嗣之不广"。（《孝宗实录》卷11第256页）次年礼科右给事韩鼎又以皇嗣未广为忧，上言"古者天子一娶十二女，以广嗣储，重大本也。今舍是弗图，乃信邪说，徒建斋醮以徼福，不亦惑乎？"（《国朝献征录》卷30第498页）当时人以为中宫已擅宠，专以祈祷为求嗣法，上虽是韩鼎之言，但终不别广恩泽，盖为皇后所制也。张皇后在弘治四年（1491）产下正德帝后，虽再举蔚悼王，不久夭折，后无再举，故孝宗只存一子。孝宗颇优礼外家，追封后父为昌国公，后弟鹤龄封寿宁侯、延龄封建昌伯。二龄"并注籍宫禁，纵家人为奸利，中外诸臣多以为言，帝以后故不问。"（《明史》卷114第3528页）然亦不至放纵，常阴为之解。张后欲制珠袍，请帝差管宝藏库太监王礼到广东珠池采取，孝宗不听，命人从宫中内藏检给，并责王礼曰："内帑尽有好珠，汝却藉此欲往广东，生事坏法，扰害百姓，彼何以堪？这遭将就罢，今后再敢来说，必剥皮示众。"（《治世余闻录》卷1第494页）原来王礼进银数千两，托皇后母金夫人疏通，以便能去广东采珠而谋利，不想被孝宗识破，心甚惊怖，自此更不敢有失。"山东副使杨茂元以河决论事，言水阴象失职以后故。后怒甚，必欲杀茂元。上为后征茂元，至，薄谪之。而御史胡献论延龄、鹤龄，上下之狱，竟解。户部主事李梦阳言二龄，二龄奏梦阳谤讪母后，当斩。金夫人入泣诉，上下梦阳诏狱。他日，上与后夜游南宫，二龄侍酒半，上召鹤龄膝前，解之曰：'毋使我以外戚杀谏臣。'鹤龄免冠谢乃已。"（《胜朝彤史拾遗记》卷4第1页）遂有所收敛。由于张后擅宠，当时京师遂生出一些浮言，说太子非中宫所出，其生母为郑金莲。"郑金莲者，初名王女儿，武成中卫军卒郑旺女也。初鬻之高通政家，因采入内，备选侍，得侍上寝。其后迁周太后宫侍太后，名郑金莲，宫中有讹言皇太子为郑金莲生者。时皇太子已册立，会金莲父旺阴结内使刘山求自通，山遂与言：'若女郑金莲即皇太子母也，在周太后宫，汝何不潜发其事而受尊享焉？'旺闻之大喜，遂稍稍播其语。语闻孝宗，孝宗怒，磔山于市，并论旺死罪，寻赦免。至武宗嗣位，旺悻悻以为及今不即发，则何待矣，仍为浮言如初。而市侩王玺觊与旺共厚利，因于正德二年十月二十八日，玺密携旺潜入东安门，喧言'国母郑娘娘幽居太后宫若干年矣，欲面见皇上有所奏'。东厂执以问，下刑部讯，无实，拟妖言律。两人不肯伏，大理寺驳谳者再，乃具狱诬罔，议如山例，置极刑，郑金莲不罪。"（《胜朝彤史拾遗记》卷4第7页）至于宁王宸濠起兵反叛时，称正德帝非张后所生，系抱养的民间子，故其奉张太后密旨，领兵入朝监国。这种自相矛盾的无稽之谈，不过是要为其恶行找一个口实罢了。张后恃宠甚骄，袒护娘家，两个弟弟作恶多端，正德十年（1515）"浙民日者曹祖，告其子鼎为建昌侯张延龄家奴，与延龄谋不轨状，击登闻鼓上诉。诏下之狱，将集廷臣鞫之，祖忽仰药死。时上颇疑延龄，复命刑部穷诘祖死状，而狱无佐证，事遂寝。然自是上亦疏鹤龄兄弟，遂罢朝参。"（《明通鉴》卷46第1487页）只是碍于母后，未能严惩。后二龄在嘉靖朝不得善终，虽系受"大礼议"之连，却也是罪有应得。尽管如此，但张后却颇知大体，不干政事，亦缺乏政治才干。她在正德朝为皇太后16年，对儿子正德帝的荒诞未能施加任何正面的影响，以致遗患无穷。正德帝死后，朝中大事虽是以皇太后懿旨行之，其实都是杨廷和的决策，她只起了一个橡皮图章的作用。据《皇明辅世编》卷4载：一日，不知受了谁的蛊惑，她竟让散本官至内阁要求将她的懿旨改为圣旨。杨廷和言："今日之事，祖宗功德深厚，上天眷佑，宗社灵长。有老太后在上，当此大变，嗣君未至，凡事皆以懿旨行之，尽善尽美，万世称颂。若欲改为圣旨，事体似有未妥。"遂以祖训中"皇后不许干预朝政"、律法内"皇后称懿旨"等条规示之。几日之后她又传谕"前代有称圣旨是如何？"杨廷和对曰："世代不同，法度亦异。如前代宰相封王，童贯内臣亦封王。此等事，今日行得否？老太后盛德大功，为女中尧舜，我辈岂敢不成就盛美，以致贻讥后世耶。"（《杨文忠三录》卷4第12页）遂不复言。其时吏部尚书王琼欲借太后干政说事，一日以"天象可忧"对杨廷和说："不见日色乎？日色正赤，岂不可忧？"廷和曰："久旱故耳。"王琼又说："占书不然，主'女主昌'。"廷和曰："今以懿旨行事，非女主昌而何？"王琼再言："恐应不止此。"廷和以"天道远，非人所易知"回应之。王琼此言有幸乱意，正如当时阁臣蒋冕、毛纪所言："譬如应试秀才文字不得意，但欲科场失火耳。"（《杨文忠三录》卷4第12页）幸亏杨廷和处置得当，不给对手留下女主干政的口实。至于她在"大礼议"中进退失据的表现，更凸显其政治才能的缺乏。

正德帝生于弘治四年（1491）九月二十四日申时，所值支辰，日为丁酉，月为戊戌，年为辛亥，串联起来为申酉戌亥，连如贯珠。这种支辰世所罕见，据说类似明太祖朱元璋的支辰，当时自然无比珍贵。而更为珍贵的是，孝宗皇帝与皇后张氏虽此后再育一子，但不幸早夭，且此后再无生育，故正德帝不仅是嫡子，又还是独子；而明代此前的宣宗、英宗、宪宗连续三朝皆无嫡子，只能立庶子为皇太子而继位。且他又长得粹质如玉，神采焕发，自幼举止异常，故出生翌年即被立为皇太子。

孝宗对太子钟爱无比，举朝上下也欣然相贺国本已立，对太子寄予莫大的期望，切盼能将太子培育成神圣明君。弘治七年（1494）在太子四岁时，兵部尚书马文升即请"早谕教，择醇谨老成、知书史如卫圣杨夫人者保抱扶持。凡言语动作，悉导之以正。若内廷曲宴、钟鼓司承应、元宵鳌山、端午竞渡诸戏，皆勿令见。至于佛、老之教，尤宜屏绝，恐惑眩心志。"（《明通鉴》卷38第1239页）这充分体现了当时朝臣要按儒家思想来塑造太子的愿望，不曾想这些应屏绝的东西往后竟然都成了太子的最爱。对马文升的建言，孝宗虽"深纳之"，但过于溺爱太子，并不急于让他就学，直至弘治九年（1496）才应大学士徐溥等大臣之请为太子慎选宫僚以充辅导等官，命侍读学士王鏊兼左谕德，侍读杨廷和、侍讲张天瑞改左、右中允，修撰费宏、杨时畅改左、右赞善，编修吴俨、靳贵俱兼校书，左寺副周文通、右寺副刘榖俱正字，少詹事兼侍讲学士张昇及右谕德王华、洗马杨杰，仍以旧职供事。然虽有如此阵营强大的侍从辅导班子，但并未实施讲学。延至弘治十年（1497）礼科给事中叶绅等再上疏请教太子读书，礼部亦上请，孝宗才不得不应允"待明年春暖以闻"。

弘治十一年（1498）三月，皇太子已8岁，终于出阁就学。朝廷亦再度充实了教读班子，以太常寺卿兼翰林院侍讲学士程敏政、侍读学士杨守阯、左春坊左谕德李旻、司经局洗马梁储充侍班官；太常寺少卿兼侍读学士李杰、太常寺少卿兼侍讲学士焦芳，侍读学士兼左谕德王鏊，右谕德王华，洗马杨杰，侍读刘机、江澜、白钺，侍讲武卫，左中允杨廷和，右中允张天瑞，左赞善费宏充讲读官；编修兼校书吴俨、靳贵，礼部员外郎兼正字周文通，大理寺右寺副兼正字刘榖俱更直供事，仍命大学士徐溥、刘健、李东阳、谢迁提调各官讲读。一看这份名单，就知这是集中了当时朝中所有精英的超强辅导班子，可见对教导太子的重视。这些儒臣轮流入侍讲筵，太子也容仪庄重，未尝少肆，讲官退必恭送，很快对翰林春坊参与讲读的众多官员，皆能识其姓名；或有的官员因故未至，必问左右"某先生今日安在邪？"当辍朝之日，见有的学士误束花带而入，又对左右说："是在朝班中，必以失仪为御史所纠矣。"（《武宗实录》卷1第2页）对所授课业，亦能熟悉，其聪颖类此。孝宗也常来检查他的学业，太子率宫僚趋走迎送，合于礼节，问安视膳，恭谨无违；孝宗十分喜爱，有所游幸必让太子从行，有所见也必随事启迪。

然而太子对这种刻苦地讲读并不喜爱，而是颇好骑射、嬉戏。当时东宫的近侍太监们为了能操控太子，亦不想让太子过多亲近儒臣，故经常引导太子荒嬉，使讲读不能正常进行。于是詹事吴宽上疏曰："东宫讲学，寒暑风雨则止，朔望令节则止；一年不过数月，一月不过数日，一日不过数刻。进讲之时少，辍讲之日多，岂容复以他事妨之。古人八岁就傅，即居宿于外，欲令离近习、亲正人。庶民且然，况太子天下本哉。"（《明通鉴》卷38第1239页）孝宗虽然采纳这一意见，但又"以为克诘戎兵，张皇六师，亦安不忘危之意，弗之禁也"。（《武宗实录》卷1第2页）明太祖起自布衣，以武力定天下，嗣后历朝皆重视武事；而至宪宗、孝宗朝，文教洽熙，息马投戈，俨然两代太平天子。此时的皇太子好骑射、喜武事，好像并不过分，亦不违祖训。谁知太子竟由此好而滑向荒唐嬉戏，坏了天下大事。这是孝宗所万万没有想到的，故他在临终之际，顾命辅臣刘健等时，犹极称太子质之美。

弘治十八年（1505）五月六日，孝宗病危，召大学士刘健、谢迁、李东阳至乾清宫东暖阁，握着刘健的手说："东宫年幼，好逸乐，先生辈善辅之，令成令主。"

刘健等皆饮泣承命。又召谕皇太子曰："后事悉如先帝遗典，祭用素羞。社稷事重，孝奉两宫。进学修德，用贤使能，毋荒怠也。"次日驾崩，留遗诏曰："朕以眇躬，仰承丕绪，嗣登大宝，十有八年。敬天勤民，敦孝致理，夙夜兢兢，惟上负先帝付托是惧。今遘疾弥留，殆弗可起。生死常理，虽圣智不能违；顾继统得人，亦复何憾。皇太子厚照，聪明仁孝，至性天成，宜即皇帝位。其务守祖宗成法，孝奉两宫。进学修德，任贤使能，节用爱人，毋骄毋怠。中外文武群臣，其同心辅佐，以共保宗社万万年之业。"（《国榷》卷 45 第 2830 页）

十八日，皇太子即位，改明年为正德元年，故史称正德皇帝。说起这个年号，《继世纪闻》卷 1 称"正德号前代有之，宋世西夏乾顺尝建此号也。时内阁大学士则刘少师健、李宫保东阳、谢宫保迁与礼部官皆未之深考耳。马冢宰文升因考科道出题'宰相须用读书人'，盖指此也"。其实"正德"这个年号，不仅宋时西夏崇宗赵乾顺（1127—1134）用过，而且唐肃宗李亨上元二年（761）时的李珍和宋时大理国主段思廉（1044—1053）也曾用过。改元新建年号，竟是前此已多次被人使用过的不说，又还都是短命王朝；顾命大臣、饱学之士，亦如此不学、如此不慎，故遭时人讥讽，也就在所难免了。此是题外话，就此打住。

正德皇帝登基时年方虚龄十五，此时明王朝已立国 140 年，国家安定；虽皇帝年少，但顾命大臣却十分得力，如君臣均能遵孝宗所嘱行事，守成天下应无大碍。然而历史的进程并没有按照孝宗的期望发展，正德皇帝即位不数月，即重用宦官，"以神机营中军二司内官太监刘瑾管五千营。瑾，陕西兴平人，故姓（淡）[谈]（据《明史》卷 304《宦官传》改），景泰中自宫，为刘太监名下，因其姓。成化时领教坊见幸。弘治初，摈茂陵司香，其后得侍东宫，以俳弄为太子所悦。太子即位时，瑾掌钟鼓司。钟鼓司，内侍之微者也。瑾朝夕与其党八人者，为狗马鹰犬、歌舞角抵以娱帝，帝狎焉。八人者：马永成、高凤、罗祥、魏彬、丘聚、谷大用、张永，其一瑾，瑾尤狡给，颇通古今，常慕王振之为人。至是，渐用事。"（《明史纪事本末》卷 43 第 629 页）于是顾命大臣刘健等上言历数朝政之失："陛下即位之初，天下引领太平。而朝令夕改，迄无宁日。百官庶府，仿效成风，非惟废格不行，抑且变易殆尽。建白者以为多言，干职者以为生事，累章执奏则曰再扰，查革弊政则曰纷更。忧在于民生国计，则君罔闻知；事涉于近幸贵戚，则牢不可破。臣等叨居重地，徒拥虚衔。或旨从中出，略不预闻；或有所拟议，径行改易。臣等心知不可，义所当言，累有论列，多不见允。"（《国榷》卷 46 第 2855 页）礼科给事中周玺等亦言："陛下即位以来，今日饲鹰，明日饲犬，如是不已，则酒色游观、便佞邪僻。凡可以役耳目、变心志者，将日甚焉，宁止鹰犬哉？光禄寺九月内添席七十有奇，增费五千余金。兵荒财匮，将何取办？愿修身养德，放鹰犬，止浮办，节国家之财。"（《国榷》卷 46 第 2855 页）正德帝虽然之，而终不能改。

正德元年（1506）十月，大学士刘健等以内侍刘瑾等"八党"蛊惑皇帝，连章请诛之，皆被留中不出。司礼监太监陈宽、李荣、王岳同至内阁商议，且有发刘瑾等到南京新房闲住之意。刘健等大臣以为处之未尽，皆厉声曰："先帝临崩执老臣手付以大事，今陵土未干，而使嬖幸若此，他日何面目见先帝于地下乎？"（《武宗实录》卷18 第533页）户部尚书韩文又率诸大臣上疏力陈"八党"之罪，且云"我高皇帝艰难百战，取有四海，列圣继承，传之先帝，以至陛下。先帝临崩顾命之语，陛下所闻也。奈何姑息群小，置之左右，为长夜之游，恣无厌之欲，以累圣德乎？窃观前古阉宦误国，其祸尤烈，汉十常侍、唐甘露之变是其明验。今永成等罪恶既著，纵而不治，为患非细。伏望陛下奋刚断、割私爱，以回天地之变，泄神人之愤，潜消祸萌。"（《皇明书》卷9 第4页）面对朝中诸大臣交章请处"八党"，正德帝惊泣不食，遣司礼监太监赴阁商议，谕阁臣言："朕已悟，痛修改。所劾内官姑留"。（《皇明书》卷9 第4页）而内阁大臣坚持欲捕治，并集体请求去位。太监王岳素忠直，且提督东厂，亦为帝所信任，这时也密奏"外朝多官劾奏刘瑾等，不可不从。"（《纪录汇编》卷91 第3页）正德帝不得已，遂允之。这时天已晚，准备次日早发旨捕八人下狱。而刘瑾等已惊觉，遂连忙围在正德帝前，俯伏哀号，哭诉王岳等勾结朝臣，欲害内臣、控制皇上；"狗马鹰兔，何损万几？今左班官敢哗无忌者，司礼监无人也；有则惟上所欲为，谁敢言者？"（《明史纪事本末》卷43 第631页）并说"若待明旦，臣等再不得见天颜矣。须今晚拿岳等三人送狱方可"。（《继世纪闻》卷1 第316页）正德帝竟然答应了他们。是夜，刘瑾遂传命榜笞王岳等于内门，并使刘瑾入司礼监与执事枢，以为脱祸固宠计。次日早，刘健等率九卿科道官员方伏阙诤争，"俄有旨宥瑾等，遂皆罢散。健等知事不可为，即日疏辞政柄。故事，辅臣乞休，必俟三四疏乃允。于是八人者惟恐健等去之不速，上意亦以健等数有直言逆耳，遂听之。"（《武宗实录》卷18 第544页）

　　这一事件发生在丙寅年，史称"丙寅之变"。此时正德帝登基才1年多，政局就骤然转折。顾命阁老三已去二，六部尚书先后去位，阉党遂把持朝政。当时次辅李东阳虽也累疏请致仕，但被慰留，相传是他在阁议处理"八党"时"少缓，故不及。健、迁濒行，东阳祖钱，泣下。健正色曰：'何泣为？使当日多出一语，与我辈同去矣。'"（《明通鉴》卷41 第1339页）不仅同僚埋怨他，且朝中"气节之士多非之，侍郎罗玘上书劝其早退，至请削门生籍"。（《明史》卷181 第4823页）甚至有士人投绝句云："才名直与斗山齐，伴食中书日又西。回首湘江春草绿，鹧鸪啼罢子规啼。"（《国榷》卷50 第3110页）盖讥其依违隐忍，不能与刘、谢同去位也，识者悲之。在上所引文卷中，周圣谟亦对此批曰："果如所见，是使朝廷之上有小人便无君子，成何世界？且西涯（注：李东阳号）受顾命，不幸而当逆瑾，疏论廷辨无所避忌，非伴食者。后生轻薄，恣其绮舌，乃至于此，后世岂无公论哉？"诚然，假若李东阳当时亦与刘、谢同去，虽个人有直名，但奈朝政何、奈天下何？事实上，刘瑾擅政，狎视公卿，惟重东阳。东阳亦随事弥缝，去其太甚，维持政局，保护善类，否则衣冠之祸正不知何所极也。他为首辅7年，援王鏊、杨廷和、费宏等正人入阁，遏制了阉党，这种潜移默夺，不为无功。而明代士大夫中的"气节之士"对此却不以为然，多有类此只顾个人清誉，不管天下苍生的事例发生，如本文所及的"大礼议"、泰昌元年的"移宫"等，便都是因此等士大夫太爱惜自己的羽毛，而未能审时度势、正确决策，从而引发朝政大坏的。正德七年（1512），大学士费宏谈及自己在朝中的艰难处境时亦论及此事："然非身当其任、目见其事、心苦其难，虽有喙三尺，固难强人之信也。所上之疏不曾送下，意者难处而留中邪？苟得与闻，当力为调护，敢因其言之抵触而置私忌于其间、以犯天下之公议乎？若无益于天下，而徒以直取名、以身尝难，且使毒流缙绅如陈蕃、窦武，如李训、郑注，如丙寅仓卒之举，则亦不能且不敢也。"（《费宏集》卷15第513页）费宏正是这种不"徒以直取名"，但以是否有"益于天下"作为言行的最高准则，才决定了其在"大礼议"中的政治态度，这是后话。

刘瑾为了窃取朝廷大柄，每日构杂艺俟上玩弄。在宫中仿设市井，正德帝"身衣估人衣与贸易，据簿握筹，喧訽不相下。更令作市正调和之，拥至廊下家。'廊下家'者，中官于永巷所张酒肆也。坐当垆妇其中，上至，杂出牵衣蜂簇而入，醉即宿其处。"（《明通鉴》卷42第1363页）又于"西华门别构院籞，筑宫殿而造密室于两厢，勾连栉列，命曰'豹房'。……朝夕处其中，称之曰'新宅'。日召教坊乐工入新宅承应……不复入大内矣。"（《明通鉴》卷42第1363页）而刘瑾则故意在玩乐时把朝中的章奏拿来请帝省决，玩兴正浓的正德帝哪还顾得了这些，"每曰：'吾用尔何为，乃以此一一烦朕耶？'自是瑾不复奏，事无大小，任意剖断，悉传旨行之，上多不知也。"（《明通鉴》卷42第1360页）朝中批答章奏，刘瑾辄持归私第处理。内外所进章奏，先具红揭投刘瑾，号"红本"；然后上通政司，号"白本"，行文皆称"刘太监"而不名。都察院奏谳偶误其名，刘瑾大怒，数责之，都御史屠滽竟率十三道御史跪阶下，皆以首触地，毋敢仰视。刘瑾矫旨将刘健、谢迁等53位大臣列为奸党，榜示朝堂。并在朝罢时，传宣朝中群臣跪于金水桥南，以私草的敕文授鸿胪寺官员宣戒之。又创"罚米之例"，凡忤己者，悉诬以旧事，罚米输边，使之顷刻家业荡然，中外文武官员皆无宁日。当时已设有东西二厂，特务横甚，道路以目。刘瑾犹嫌不够，复立内厂，自己统领，尤为酷烈，中人以微法，无得全者；凡一家有犯，邻里皆坐；或向河而居者有犯，竟以河外居民连坐。屡起大狱，冤号相属。况朝中官员，又皆以媚刘瑾得迁擢，故其势倾中外，公侯勋爵莫敢钧礼，诸司科道以下，私谒皆相率跪拜；"每上视朝毕，群臣向东北斜揖，为瑾在上左也，人谓瑾曰'站的皇帝'，谓上曰'坐的皇帝'。"（《弇州史料后集》卷36第5页）故时人称之为"九千岁""立皇帝"。

尽管刘瑾气焰不可一世，朝堂上仍有很多正直的官员不为所动。据《国榷》卷47所载：正德三年，刘瑾得知翰林院学士吴俨家中富足，派人上门索金，并许以美官，又以考察罢官相胁。吴俨宁肯致仕而去，绝不向其低头。又据《明语林》卷 11 和《鹅湖横林费氏宗谱·文宪公年谱》等记载：吴俨的同年、亲翁费宏，亦对这个"威轹公卿"的刘瑾"不为之屈"；正德三年（1508）五月五日，正德帝在万寿山河前阅走骠骑，赐朝中大臣一同观看，又在文华门之东大宴群臣。席间，时为礼部侍郎的费宏与一官太常卿的同年好友相互谦让，并以长少易位次。刘瑾适从旁经过，欲调侃羞辱二人一番，遂云："费秀才以牛易羊"，说罢促狭地大笑；不想这时费宏应声对曰："赵中贵指鹿为马"。刘瑾大窘，怫然而去，一时人心大快。不仅朝臣，就是内臣中也有不少人对刘瑾心怀不满。据《国榷》卷 47 和《明史纪事本末》卷 43 所载，正德三年（1508）六月二十六日早朝毕，在御道上发现一匿名信，正德帝命拾以进，信中揭露了刘瑾的种种罪行。刘瑾大怒，矫旨将正要退朝的群臣罚跪在奉天门下，追查写匿名信的人，并让内臣立门东监督。太监黄伟曰："彼掷此，宁复立故所乎？徒枉人耳。"刘瑾欲搜诸家，黄伟又曰："彼宁留草也。"时值酷暑，热渴难耐，刑部主事何钺、顺天推官周臣俱渴死，还有十数人昏厥。黄伟故愤然对群臣曰："书中所言，皆为国为民。好男子死即死耳，何不自言，嫁祸他人为？"刘瑾怒目曰："是何好男子，不露章，乃匿名。匿名，固死耳。"恨恨而入。奉命监视的太监李荣即叫众人起身稍息，又令小内竖送冰瓜给众人解渴。刘瑾出，李荣又招呼众人复跪如故。刘瑾对李荣怒目而视，却又无处发作。至晚，仍未查出任何线索，竟擅自将朝士 300 余人尽逮下诏狱。京中卖饭的市人争相给这些官员送饭，并不索值。此夜，进士陆伸惨死狱中，都人汹汹罢市。次日，刘瑾微闻匿名信是中官所为，大学士李东阳又极力疏救，才不得已作罢。不想正德帝看了匿名信后竟说："汝谓贤，吾故不用；汝谓不贤，今用之。"遂令李荣闲住，将黄伟贬往南京，任刘瑾益专。

正德帝的倒行逆施，也更加激化了内臣间的互相倾轧。刘瑾欲尽除违己者，伺间撺掇正德帝将"八党"之一的太监张永贬往南京；旨还未下，就逐其上路。张永察觉，直接跑到正德帝前，诉己无罪，为刘瑾所害，并欲奋拳殴打刘瑾。正德帝无奈，只得劝解，令诸内臣置酒和释。藉此，刘瑾愈擅权乱政，致民怨沸腾，四川等地先后爆发农民起义；宁夏庆府安化王寘鐇亦以诛刘瑾为名起兵反叛。朝廷起都御史杨一清，并命太监张永提督讨之，但不待大军来到，这场短命的藩王之乱只 18 天便告平定，然而却引发了消除国家大患刘瑾的事变获得成功。据《国榷》卷 48 所载：正德五年（1510）"八月甲午，张永自宁夏还，俘寘鐇及其亲属十八人，上御东安门受之。何锦及从逆者数百人，皆反接由东华门入。献俘既毕，金鼓之声彻于大内。是日，刘瑾谋反事发。初，瑾在八党中尤狡悍，为七人所推。及专政，七人有所请，瑾俱不应，咸怨之。及张永方向用事，奉诏西征，上戎服送之东华门，宠遇甚盛，瑾俞忌之。永至宁夏，杨一清与之结纳，相得甚欢，知永与瑾有隙，乘间扼腕言曰：'赖公力定反侧，然此易除也，如国家内患何？'遂促席画掌作'瑾'字。永难之，一清慨然曰：'公亦上信臣，今讨贼不付他人而付公，上意可知。曷以此时功成奏捷，请间论军事，因发瑾奸，极陈海内悉怨，恐变生心腹。上英武，必听公诛瑾。瑾诛，公益柄用，悉矫弊政，安天下心。吕强、张承业暨公，千载三人耳。'永曰：'脱不济，奈何？'一清曰：'言出于公，必济。万一不信，公顿首据地泣，请死上前，剖心以明不妄，上必为公动。苟得请，即行事，毋须臾缓。'永勃然起曰：'老奴何惜余年不以报主哉！'意遂决。时瑾信术士俞日明言，谓其从孙二汉当大贵，遂谋不轨。会瑾兄都督同知景祥死，将以八月十五日，俟百官送葬，因作乱。及永奏捷至，请以是日献俘。瑾使缓其期，欲事成并擒永。或驰告永，永先期入。献俘毕，上置酒劳永，瑾及马永成等皆侍。比夜，瑾退，永密白瑾反状，且出袖中奏，数其不法十七事。上已被酒，俯首曰：'奴负我。'永曰：'此不可缓，缓则奴辈当齑粉，陛下安所归乎？'永成等亦助之，乃命执瑾。瑾宿于内直房，闻喧声，问曰：'谁？'应曰：'有旨。'瑾披青蟒衣出，就缚之。夜启东华门，系之菜厂。己未，上出张永奏示内阁，谪瑾奉御，凤阳闲住"。次日"上亲籍其家：黄金二十四万锭又五万七千八百两；元宝五百万锭，银八百万锭又百五十八万三千八百两；宝石二斗，金甲二，金钩三千，金银汤鼎五百；衮服四，蟒服四百七十袭；牙牌二柜；金龙甲三十，玉印一，玉琴一，狮蛮带一，玉带四千一百六十。又得金五万九千两，银十万九千五百两，团扇饰貂皮中置刀二，甲千余，弓弩五百，他物称是"。本来正德帝既谪瑾，犹不欲立诛之。及是籍其家，不仅得金银珠宝无算，还搜出"衮衣、玉带、甲杖、弓弩诸违禁物，又所尝持扇内藏利匕首二。上大怒曰：'奴果反。'趣付狱。于是六科给事中谢讷、十三道御史贺泰等列奏瑾罪凡十九事，请亟赐诛戮。上是之，令法司、锦衣卫会百官鞫于午门外。都给事中李宪，瑾私人也，至是亦劾瑾，瑾闻之，笑曰：'宪亦劾我邪？'鞫之日，刑部尚书刘璟嚓不敢声，瑾大言曰：'公卿多出我门，谁敢问我者？'皆稍稍却避。驸马都尉蔡震曰：'我国戚，得问汝。'即使人批瑾颊曰：'公卿皆朝廷用，云何由汝？抑汝何藏甲也？'曰：'以卫上。'震曰：'何藏之私室？'瑾语塞，狱乃具。……即依凌迟律磔市三日，怨家争购其肉生啖之。瑾从孙二汉及张文冕等俱坐反逆，并瑾亲属刘杰等十五人皆论斩，妇女送浣衣局"。（《明通鉴》卷43第1394页）

　　刘瑾伏诛后，朝廷开始拨乱反正，采取了很多措施，纠正刘瑾所变乱之法，朝政渐如旧制。然而年已二十的正德帝仍荒嬉不已，不仅继续宠信内臣，又加上义子和边将。正德七年（1512）九月"赐义子百二十七人国姓，皆中官苍头及市猾，偶当上心，辄云义子。永寿伯朱德，都督朱宁、朱安外，朱国……并都督，朱春……并都指挥使，朱钦等指挥，朱璋等千百户，镇抚或旗舍，列籍锦衣、腾骧诸卫。而朱采……皆亡虏，亦至千户。自后赐姓日广"。（《国榷》卷48第3035页）还不断扩建豹房，前后五年，所费白金数十万两，遂"加天下赋一百万。"（《明史》卷16第207页）又召边将江彬、许泰入卫，收为义子，赐国姓，日夜同处豹房作乐，致使"帝狎虎被伤，不视朝。"（《明史》卷16第207页）在江彬、许泰的诱导下，正德帝渐渐不再满足在宫中嬉戏，而是迷上了出宫游戏；不仅近郊，而且宣大关陕，无不巡幸，朝臣屡谏不听，中外皆隐忧。而更为荒诞不经的是，他竟任命自己为"总督军务威武大将军朱寿"，令自己"亲统六师，肃清边境，特加封镇国公，岁支禄米五千石，吏部如敕奉行"；（《明史》卷16第210页）并以这般小儿"过家家"式的把戏，公然带领几个亲信，长期离京在各边镇游幸。江彬又"为上营镇国府第于宣府，辇豹房珍玩女御其中，时时入民家益索妇女以进，帝乐之忘归"。（《明史纪事本末》卷49第724页）又"输帑银一百万两于宣府"，（《明史》卷16第209页）以供其挥霍。北边玩腻了，又起意南巡。正德十四年（1519）二月，自加太师，"制下南巡，上欲登岱宗，历徐、扬，至南京，临苏、浙，浮江、汉，祠武当，遍观中原。时宁王宸濠久畜异谋，制下，人情汹汹，翰林院修撰舒芬等约群臣上疏乞留，俱会阙下"。（《明史纪事本末》卷49第726页）诸疏既入，正德帝与诸幸臣皆大怒，"三月癸丑，以谏巡幸，下兵部郎中黄巩六人于锦衣卫狱，跪修撰舒芬百有七人于午门五日。金吾卫都指挥佥事张英自刃以谏，卫士夺刃，得不死，鞫治，杖杀之。乙卯，下寺正周叙、行人司副余廷瓒、主事林大辂三十三人于锦衣卫狱。戊午，杖舒芬等百有七人于阙下。……四月戊寅，杖黄巩等三十九人于阙下，先后死者十一人。"（《明史》卷16第210页）"然当廷杖时，死者伤者相继，上亦为之感动，竟罢南巡，盖诸臣力也。"（《明通鉴》卷48第1550页）

正德帝的无度荒戏，不仅影响了朝政，而且国本久不立，给皇朝的稳定带来了致命的隐患。他16岁即大婚，立皇后夏氏，又立沈氏、吴氏为妃；可他长期生活在豹房等处，不入后宫，故十几年来，众多的后妃嫔御，竟没有为他产下一男半女；更有甚者，据传皇后夏氏至死还是个处女。有人怀疑正德帝有生理问题，不知确否。但据史料记载，他在明代皇帝中，是最崇奉藏传佛教的，"自号大庆法王，所司铸印以进。"（《明史》卷16第203页）还封授了八位法王。据《万历野获编》卷4载，皇帝们尤为迷恋藏传佛教中的"秘密教"，即房中术，"至是番僧循用其教，以惑圣主"。正德帝对此更甚，整日与藏僧、幸臣混处狎昵于豹房中；不仅大肆抢夺民女供他们淫乱，而且对"人妻"特别感兴趣。"陕西总兵马昂，初以事革任，结太监张忠觊复用。其妹已嫁指挥毕春，有娠矣。因忠献与武宗，与分守阳和太监许全，率弟炅及昶、昊至春家，夺取进之。昂以是大被宠幸，传升右都督，近侍皆呼为'马舅'。兄弟并召入朝，赐蟒服。昂又进其美妾杜氏，炅传升都指挥，进豹房，昂于是买扬州美女四人谢恩。"（《世庙识余录》卷1第8页）"先是，上在偏头关，索女乐于太原。晋府乐工杨腾妻刘氏，善讴，上悦之，载以俱归，大见宠幸。左右或触上怒，阴求之，辄一笑而解。江彬与诸近幸皆母事之，称'刘娘娘'。"（《明通鉴》卷47第1524页）依明廷规制，宫中备有六局官，其中尚寝者，专司皇帝寝处事；又有文书房内官，每日记皇帝所在及所幸宫嫔的名号和时间，以俟稽考。正德帝将这些统统废除，以便他能更加毫无顾忌地淫乱。就是这样一个寡廉鲜耻、无情无义的性变态狂，当下有的文艺作品竟真名实姓地将其描写成一个仁爱忠诚的情圣。如京剧《游龙戏凤》（或称《梅龙镇》），将这个住在"北京城里那个大圈圈，大圈圈中那个小圈圈，小圈圈里那个黄圈圈"中的正德帝与梅龙镇饭馆美女招待李凤姐的浓情蜜意，描绘得淋漓尽致；越剧《皇帝与村姑》，更是把正德帝与一村姑的爱情，渲染得忠贞不渝、生死不顾。真不知其所据为何，立意何在？此是题外话，且打住。

《弇州史料后集》卷31载："毅皇帝狎太原妓刘良女，携以从，大爱幸之，上至临清，复乘飞舸至张家湾，挟刘而南。道遇湖广右参议林文绩，入其舟，夺一妾而去。至大同，娶都督马昂妹。至绥德，幸总兵戴叙家，取其女。正德十六年，诏有'回回人于永擅入豹房，蛊坏先帝'等语，初不知所始；考之其事在正德初。永，色目人，善壮阳，诱上为秘戏，得幸，擢为锦衣卫都指挥同知。复上言回回女白皙而丽，大胜中国，上信之。时都督昌佐亦色目人，永矫旨勒取其家女乐善西域舞者二十人以进。又讽请悉召色目侯伯家妇女入内教之，中外切齿。上遂欲召幸永女，永以邻人白面子女充以应，惧事觉，乞休，犹擢其子指挥同知。史有不可志者，盖上习永术，阳道虽伟，而失其性，不能恒御女，以致有宗祧之恨。"而这"宗祧之恨"又引来了宁王朱宸濠的叛乱。

朱宸濠，宁藩第四世王。其先祖朱权，明太祖第十七子，时称其善战。洪武二十六年（1393）就封北方巨镇大宁，带甲八万，革车六千，是当时兵力最强的藩国。"靖难"之役，他助燕王朱棣夺得天下，却被迫改封江西南昌，郁郁不得志而死。弘治十年（1497）三传至宸濠嗣宁王，其人轻佻无威仪，而善以文行自饰。正德中，国本不立，朝政紊乱，宸濠遂信术士妖言，觊觎皇权。朝臣数请召宗室子为储，而宁府属宗室疏支，不在皇权正统直系，故以重金珍宝深结朝中幸臣，在帝前称其贤。又献奇玩异端以迎合帝之所好，"上每岁张灯，费浮数万，及是，宁王宸濠别为奇巧以献，令所遣人入宫悬挂，多著壁附柱以取新异。上复于庭轩间依栏设毡幕，贮火药其中，偶不戒，延烧宫殿，乾清以内皆烬焉。上往豹房临视，回顾光焰烛天，犹笑语左右曰：'是一棚大烟火也。'"（《明通鉴》卷45第1456页）由于宸濠深得正德帝的宠信，致使江西数任抚按大员均因对抗其逆谋而遭重谴，甚至引来杀身之祸。为了筹集阴谋活动的资财，宸濠"尽夺诸附王府民庐，责民间子钱，强夺田宅子女，养群盗，劫财江、湖间，有司不敢问。"（《明史》卷117第3594页）搞得江西商旅不行，民怨沸腾。同时他又极力加紧叛乱的军事准备，先是通过重赂刘瑾，得以恢复早已革去的护卫；正德五年（1510），刘瑾伏诛，护卫再次革去。正德九年（1514），宸濠辇金宝至京，"分馈诸权要，大学士费宏知之，宣言曰：'今宁王以金宝巨万复护卫，苟听其所为，吾江西无噍类矣。'"（《明史纪事本末》卷47第690页）费宏是江西铅山人，悉知宸濠的倒行逆施，虽然其从弟费寀与宸濠是连襟，宸濠也曾多次重赂这个亲戚，欲使之助其复护卫；但费宏兄弟为了国家的安定、地方的福祉，凛然拒之，决然阻止。王世贞在《弇山堂别集》卷26《史乘考误七》中说："宁庶人之复护卫，大抵钱宁受贿数万，而张雄、张锐辈半之，表里恫胁。而兵部之长陆完迫于势、诱于利，而傅会其说。当时内阁大臣独费铅山持正不肯予，而杨新都、梁南海辈畏祸而莫敢主持。"（注：费铅山、杨新都、梁南海分别为费宏、杨廷和、梁储的乡贯称谓。）可见费宏当时在朝中陷于孤立，而濠党竟乘费宏在东阁读殿试卷时，下诏复宁府护卫，并罗织罪名，迫费宏兄弟致仕去。对此，朝中竟无一人为之辩白疏救。这实在是因朝中的政治氛围太诡异了，根源仍是正德帝无嗣，朝廷的政局变数太大，且无方向；明于斯，面对这些乱象就不足为怪了。宸濠谋得护卫后，如虎添翼，加速了叛乱的步伐。正德十四年（1519）六月十四日，遂乘其生日后，江西镇巡三司等官进王府称贺宴请之机，"宸濠出立露台，大言曰：'孝宗为李广所误，抱养民间子，我祖宗不血食十四年于兹矣。太后有旨，令起兵讨贼，共伸大义'。"又指责正德帝"建寺禁内，杂处妓女、胡僧，玩弄边兵；身衣异衣，至于市井屠贩、下流贱品事，靡不乐为；置弃宗社陵寝而造行宫于宣府，称为'家里'；黩货无厌，荒游无度，东至永平诸处，西游山陕三边；所过掠民妇女，索取赎钱。常悬'都太监'牙牌，称'威武大将军'。既夺马指挥妻，称'马皇后'；复纳山西娼妇，称'刘娘娘'。原其心不能御女，又将假此妇人以欺天下，抱养异姓之子如前所为也。"（《古今图书集成》官常典、宗藩部卷20汇考十二之六）宸濠的这套说辞，不过是要为他的叛乱编一个理由而已。江西巡抚孙燧、副使许逵当场予以揭穿，坚决反对叛乱，惨遭杀害。其他官员或被扣押，或被胁迫从逆。宸濠欲即登基称帝，改号"顺德"，李士实等劝其攻下南京后再行；遂率兵出鄱阳，下九江，声言直取南京，不想在安庆被阻，迁延不得前进。这时，宸濠叛乱已激起了江西军民的极大愤慨，汀赣巡抚佥都御史王守仁率吉安知府伍文定等各府、州、县义兵，月余即克复宸濠的老巢南昌。宸濠进退失据，慌忙回兵救援，半道上大败，被万安知县王冕所部兵生擒。从起事至此，只四十有三日。可这短命的叛乱却给正德帝的出游提供了一个绝好的借口，终于圆了他的南巡梦。

叛乱发生后近一个月的七月十三日，朝廷接到的报，一面清除钱宁、臧贤等濠党，一面筹划集兵征讨，而正德帝却下旨"朕当亲统六师，奉天征讨，不必命将"。（《武宗实录》卷176第3416页）时"诸边将在豹房者各献擒濠之策，上亦欲假亲征南游。太监张永等见钱宁、臧贤事败，又欲因此邀功。于是上自称'奉天征讨威武大将军镇国公'。边将江彬、许泰、刘晖、中贵张永、张忠等俱称将军"。（《明史纪事本末》卷47第703页）于八月二十二日从京师出发南征；其实在此前的七月二十六日，叛乱就已平定，只是捷报尚未传到而已。八月二十六日，师至涿州（或谓良乡），平濠之奏已至，正德帝却不顾随行大学士梁储、蒋冕的劝阻，坚持仍要南征。意欲将宸濠等叛贼"纵之鄱湖，俟上亲与遇战，而后奏凯论功"，（《明史纪事本末》卷47第703页）简直把平叛当作了儿戏。王守仁冲破重重阻力，将宸濠等押至杭州，交与先期到达的张永，以阻帝南征。经张永调停，正德帝派张永、许泰等领兵到江西搜捕宸濠余党，自己仍一路南下渔猎游戏，"又遣官校四出至民家，矫传上旨，索鹰犬、珍宝、古玩，民皆惴惴不敢诘，近淮三四百里间，无得免者。……至扬州，太监吴经矫上意，刷处女、寡妇，民间汹汹，有女者一夕皆适人，乘夜争门逃匿不可禁。……忽夜半，遣骑卒数人开城门，传呼驾至，令通衢燃炬如白昼。经遍入人家，捽妇女出，破垣毁屋，必得乃已。寻以诸妇分送尼寺寄住，有二人愤恚不食死。……上阅诸妓于扬州，抚按官具宴，却之，令折价以进。……至仪真，幸民黄昌本家，阅太监张雄及守备马炅所选妓，以其半送舟中。"（《明通鉴》卷48第1556页）这样一路逍遥，十二月二十六日才至南京。同时张忠等领京、边军在江西清剿宸濠余党，军纪败坏，靡费浩繁；又纵士兵旦暮呼王守仁名谩骂，或冲道启衅，地方骚然，官民不胜其扰。王守仁等江西地方官员，苦于无计送走北来的京、边军，探知太监张永"志于不朽，雅好文辞"，即投其所好，贻书致意并派专使至铅山，请致仕家居的大学士费宏作文以促张永早日还朝。费宏系状元宰辅，颇有文名；因阻宸濠复护卫而遭迫害，庐室被焚，祖坟被毁，亲人被戮；却不屈不挠，初心不改，仍以一族之力抗拒宁王宸濠，故平叛之后，声誉日隆。可费宏一生清谨，从不为宦官佞幸作文，当年就曾坚拒锦衣卫都督钱宁厚赂求文，而此时为了江西军民早得安宁，不得不违心地应请写了《奉贺提督赞画机密军务大内相守庵张公献凯还朝序》。（《费宏集》卷14第503页）张永得文大喜，不日即率军北还南京，"说者谓此序大有斡旋之功"。（《鹅湖横林费氏宗谱·文宪公年谱》第167页）而驻跸南京的正德帝不顾大学士杨廷和等反复敦请，不肯返京，朝中祭祀、殿试等大典均无法举行，而他却仍在南京优游荒戏；曾两度到南京布衣徐霖家的快园，"钓鱼于园池，得一金鱼，宦官高价买之，武宗取笑而已。又失足落池中，衣服尽湿。"（《金陵琐事》卷4第422页）在南京嬉戏得还不够，"群小犹欲导上游浙西，泛江汉，储、冕益惧，复手疏跪泣行宫门外，历未至酉。上遣人取疏入，谕之起，储等叩头言：'未奉谕旨，不敢起也。'上不得已许不日还宫。"正德十五年（1520）闰八月初八，王守仁遵帝命，重上捷书，节略前奏，加入江彬、张忠等人的功劳，正德帝才在南京接受献俘。"上欲自以为捷，命设广场，戎服树大纛，环以诸军，令释逆濠等，去桎梏，伐鼓鸣金而擒焉。然后置械，行献俘礼。"（《明通鉴》卷49第1576页）演完这套把戏后，于二十二日才离南京还朝。仍一路游玩，至清江浦，"上自泛小舟渔于积水池，舟覆，溺焉；左右大恐，争入水掖之出，自是遂不豫。"（《明通鉴》卷49第1576页）正德帝至通州处死宸濠，十二月初十才回到北京，至是已离京近17个月。三日后，他在南郊祭祀典礼上呕血仆地，不能成礼，遂一病不起。翌年三月十四日，在豹房中出现了本文"导言"开头所述的场景。对其中太监所传正德帝临终遗言，《明通鉴》卷49引《三编》御批之论："武宗为宦官所误，至于元气屡削，不克享年。乃回顾生平，不惮引为己愆，而于群小则特明其无预。武宗固蛊惑滋深，亦不应始终不悟若此。当时豹房寝疾，左右无人，其言仅出自中涓之口，安知非若辈恐朝臣追论其罪，故矫传此命以托为解免之由，岂足为凭哉。"此论虽不无道理，但却似认定了"武宗为宦官所误"。愚以为正德帝固为太监、幸臣所误，或许其临死时真的有所醒悟，明白了自己的责任，虽然这种可能性不大，但却比较接近事实真相。正如程演生在为《明武宗外记》作序时称："武宗实造成内乱之主动者，而刘瑾、钱宁、江彬则又助长其凶焰者也。"总之，至此正德帝已结束了他荒诞的一生，却留给了后人一大堆问题；首辅杨廷和等不得不艰难应对，由此引发的"大礼议"也行将登场。

第二章　首辅杨廷和等阁僚

"大礼议"一开始，以杨廷和为首的内阁大僚老臣，就成了坚决维护孝宗、武宗皇族大宗的坚强核心，且他们也是艰难维系正德朝政局的中坚力量。杨廷和等历任成化、弘治、正德、嘉靖四朝，详尽地了解他们的经历，有助于理解他们在"大礼议"中的立场和言行。

1. 杨廷和（1459—1529），字介夫，号石斋，明四川新都人。"四岁知声律，七岁日诵书数卷。"（《皇明辅世编》卷4第1页）成化七年（1471）13岁举于乡，成化八年（1472）14岁即参加会试，虽下第，却才名大著，遂入太学。成化十四年（1478）20岁，先其父刘春而登进士，入选翰林院庶吉士。"廷和为人美风姿年，性沉静详审，为文简畅有法，好考究掌故、民瘼、边事及一切法家言，郁然负公辅望。"（《明史》卷190第5031页）时前辈兵部尚书余子俊对其"夙重之，归老之日，独持《大明律》与别曰：'介夫当相天下，为我熟此，以助他日谋断。'"（《熙朝名臣实录》卷12第8页）首辅李东阳亦尝语人曰："吾于文翰有一日之长，若经济事，须归介夫。"（《熙朝名臣实录》卷12第8页）历官翰林院检讨、修撰、侍读，弘治初改左春坊左中允，侍皇太子讲读。弘治十五年（1502）《大明会典》成，杨廷和当迁官，吏部拟左春坊大学士，孝宗"令中官至内阁问曰：'所拟廷和官岂误耶？'阁臣李贤对曰：'其人资望两隆，且东宫侍讲，启沃有年，纂述之功亦异流辈，拟此官酬之，非误也。'中使以闻，上曰：'朕亦久知其人，岂吝此官乎？'旨下，士林惊喜，盖是官辅臣居内阁之衔，不设者五十余年矣。"（《皇明辅世编》卷4第1页）遂超升杨廷和左春坊大学士，未几又充日讲官。

正德帝即位，以春宫旧僚升詹事府少詹事、詹事，入东阁专典诰敕。时刘瑾乱政，杨廷和侍讲筵时，以"远小人、戒游逸"为言，忤刘瑾，遂被传旨改为南京吏部左侍郎，寻迁南京户部尚书。一日，"上退朝，思廷和，问曰：'杨学士何不在？'瑾对曰：'今为南京户部尚书。'上曰：'杨廷和已入东阁矣，户部岂翰林官耶？'明日有诏敕取廷和内阁办事，驰驿来京，改兼文渊阁大学士。"（《皇明辅世编》卷4第2页）入阁后，助首辅李东阳委曲剂救，维护大局。正德八年（1513）继李东阳为首辅，艰难维持朝政。正德帝虽被群小包围，不听劝谏，但对杨廷和却颇礼遇，赏赍丰厚，不次加官；处理朝政亦多倚仗，即便杨廷和奔父丧，亦不愿其离去，三请乃准；去不三月，即遣人促其还朝；只是由于杨廷和的坚持，才勉强得以终丧。服阕的第二日，就差人与当地镇巡三司、府县官同诣杨家宣玺书，促其即刻返京。时"帝恒不视朝，恣游大同、宣府、延绥间，多失政。廷和未尝不谏，俱不听，廷和亦不能执奏，以是邑邑不自得，数移疾乞骸骨，帝亦不听。中官谷大用、魏彬、张雄、义子钱宁、江彬辈，恣横甚，廷和虽不为下，然亦不能有所裁禁，以是得稍自安。"（《明史》卷 190 第 5033 页）

正德九年（1514）复宁府护卫草敕及十四年（1519）正德帝自封"威武大将军"南巡草敕，有人说是杨廷和所为，也有人说是梁储所为，且两家后人亦争讼不已，莫衷一是。据《明通鉴》卷 45 载：宁王为复护卫、屯田，遣人赍金帛巨万，遍遗用事贵人，属幸臣钱宁为内主，兵部尚书陆完应之。大学士费宏知之，极力阻止。一日费宏入朝，陆完迎谓曰："宁王求护卫，可复乎？"费宏曰："不知当日革之何故？"陆完曰："今恐不能不与。"费宏怫然曰："公自任之。"这两个同年进士，为此竟成水火。三月十五日，费宏充廷试读卷官在阁读卷，宁王奏至，中官以疏下内阁拟旨，竟许之，费宏全不知情。是时大学士杨廷和在内阁为首辅，不能力争，时论以是惜之。《明史》杨、梁二人传中均不及此事，但杨廷和在《杨文忠三录》中对此有所辩解，声称其曾极力谏止，然考之《武宗实录》等正史，皆未述及。《武宗实录》首任总裁就是杨廷和，其子杨慎亦是主要撰稿官，如其确有谏止的言行，当会有所记载。而在《杨文忠三录》卷 8 中其自述道："夫宸濠逆谋，臣料之久矣。……及护卫之请，臣与同官费宏极力谏止。臣谓'伊祖以谋逆而革，刘瑾复之，方才革还，朝廷岂可又从其请？'费宏言'宁府近日驮载金银数骡以谋此事，闻者变色。'是日午后，与费宏同出，至承天门桥，臣语之曰：'公今早数骡之言似太露。昔人云：但可云骊山不可游，不可云游必有祸。我辈但知护卫不可复，银之有无不必问。'宏因举手揖谢。"这寥寥数语，亦可见杨廷和态度暧昧之一斑。且其在殿试后的三月十六日即以父老乞归省，未获准；四月下诏准复宁府护卫，六科给事中、十三道御史等上疏力争，也不见杨廷和有一言；五月费宏与从弟费案被迫致仕，亦不见其论救。凡此种种，虽不能断定复护卫诏是杨廷和所拟，但可印证本文第一章所引王世贞关于"当时内阁大臣独费铅山持正不肯予，而杨新都、梁南海辈畏祸而莫敢主持"的说法是比较接近事实真相的。

正德十四年（1519）六月，宁王朱宸濠在江西反叛，正德帝亲征南巡，杨廷和奉命留守京师；历时近 17 个月，请回銮疏数十上，帝皆不省，"而廷和颇以镇静持重为中外所推服。"（《皇明辅世编》卷 4 第 13 页）次年十一月，"上还，住通州，召廷和至行在，令拟旨先诛宸濠，然后入宫。廷和曰：'宗室有罪，必先告庙，令文武群臣议罪，而后诛之，此先朝故事也。今于通州行之，臣不敢奉命。'上曰：'先生亦为此言耶。朕尝检宸濠私簿，朝中大臣多受贿者，独先生无之，故以此委托。若入京后，恐我亦不得自主张矣。'时上疾已笃，且无主嗣，又深疑左右幸臣，廷和知不必再执，遂拟旨进焉。"（《皇明辅世编》卷4第13页）在通州处死宸濠后，正德帝回京，遂一病不起。据《武宗实录》卷197和《皇明辅世编》卷4所载：翌年三月，太监魏彬、张锐传旨言："郊祀大礼未举，朕心未安"；又言"太医院用药无功，求草野医人，希冀万一"。杨廷和知帝此话意有所指，非求医也，似嘱以后事。此时群小在帝侧，江彬握重兵在京，形势非常危急，而以杨廷和为首的内阁别无所恃，只能慎筹划，善借力，乃谓魏彬等曰："若有大变，公等祸福在反掌间。"魏彬等不知何谓祸福，廷和暗示曰："我辈与闻，处之如伦叙，天下以安，内外同福。反是，公等先受祸，次及我辈矣。"魏彬算是明白了几分，当下表示愿"听老先生处分"。这就先行稳住了正德帝身边的一些人。

十四日，少监陈严仓卒来内阁报："驾崩于豹房矣，以皇太后命移殡于大内。"当时朝中权奸各欲在宗室中立其所私、所亲，相求如市，借以贪功避罪，在新朝谋得一席之地。杨廷和洞悉此情，当机立断，急令闭内阁门，对陈严说："亟启太后，取兴长子来继大统。"少顷，太监谷大用、张永、张锐至阁中，将正德帝的遗命交给杨廷和："说与苏进、陈敬，我这病则怕不好的，你每与张锐叫司礼监来看我，我有些好歹，奏娘娘与阁下计较，天下重事要紧。不关你众人事，是我误天下事。"杨廷和读罢，举哀毕，让群臣止哭，遂取《皇明祖训》示诸司礼太监："大行皇帝未有后，当遵祖训'兄终弟及'之文，急启昭圣慈寿皇太后降懿旨、大行皇帝降敕旨，遣司礼监、文武大臣各一员，迎兴长子来即皇帝位。"内阁梁储、蒋冕、毛纪咸赞成，议遂定，派中官入启皇太后，杨廷和等候于左顺门下。顷之，中官奉所拟皇太后懿旨、正德帝遗诏，就左顺门宣谕，一如内阁所请，众皆跃然大呼"天下事大定矣"。

是日，又以正德帝遗旨的名义传令"太监张永、武定侯郭勋、安边伯许泰、兵部尚书王宪，选各营马步官军，防守皇城四门、京城九门及草桥、卢沟桥等处。东厂、锦衣卫缉事衙门及五城巡视御史各督所属巡逻，毋得怠玩。"命令下达后，许泰邀王宪同至内阁，欲言又不语，杨廷和知其有诈，勉慰之曰："危疑之际，所仗在提兵诸公；诸公中倚公尤重，报国正在今日。欲言则直言，何令我辈揣摩耶？"原来许与江彬同为帝亲信，见防守没有江，心生疑虑，想为江出头，又以江彬心腹李琮凶狠相威胁。杨廷和以"团营根本"，让江彬和孙太监专主调发，"诸公在此专主防守，各有专责，庶不误事。……有诸公在，琮不足忧，亦无能为也。"都督张洪又来言要提防江彬，意在试探，且为江彬游说，杨廷和故作惊愕地说："君何疑江反耶？江征流贼，回豹房过队，先帝见其耳带箭镞，喜其骁勇，因留置之左右。既而扈从巡狩，一时随驾者内外文武皆有之，不独江也，江何罪而欲反耶？伊盖不必自疑，人亦不必疑之也。近反者内有真镭、宸濠，以诛君侧之恶为名；外有刘七、兰五、鄢老人等，迫于饥寒，各啸聚至数十万，皆随起随灭。朝廷何负于江彬，彬以何为名而欲反耶？江即欲反，虽其家丁亦不肯从。假萌非望，即顾盼间齑粉矣。若江能与诸公趁此危疑之时，协力共济，嗣君至日，闭门辞爵，不失富贵，何必疑而自疑，人亦不须疑而疑之。此在诸公本部，安所出策？我书生，握数寸管，无能为也。"这番软硬得体的说辞，颇有操纵，江彬闻之稍安，亦稳住了其同伙。接着又传遗旨："豹房随侍官军劳苦可悯，令永、勋、泰、宪提督统领，加意抚恤。罢威武团练营官军还营，各边及保定官军还镇。革各处皇店管店官校并军门办事官、旗校尉等，各还卫。其各边镇守太监留京者亦遣之。哈密及吐鲁番、佛郎机等处进贡夷人，俱给赏令还国。豹房番僧及少林寺和尚，各处随带匠役、水手及教坊司人、南京马快船，非常例者俱放遣。"这些都是当时最明显极端的弊政，虽以正德帝末命亟革之，实是杨廷和请于皇太后而行。或曰此等事何不留待新君即位后再行，杨廷和说："机会间不容发，时权奸人人自危，兵柄利权所在，若不急解之，仓卒有变，谁能制耶？"西官厅旧有参将宋赟，其先四川人，杨廷和让许泰把他从午门找来，当面亲切地嘱咐："总兵乡兄，今夕之事，一以付君。嗣君至日，我辈为君具奏之，作一知证人也。"宋赟领命，将其三千健卒分部于京城各门，基本控制了大局。是夕，京城街市闻人马介介有声，以为是江彬的人马，人心惶惶，城中人欲避走城外，城外人欲躲入城内，私下传言江彬要反了。又闻江彬在家不肯成服，也不入宫斋宿，杨廷和深忧之，即以一书致江彬："谢江公，大事多赖镇定。"江彬喜，不再以杨廷和为虞。

十五日一早，杨廷和即向郭勋、许泰、王宪查询防守落实情况，三人竟以权不在手、张太监不配合等为辞搪塞，廷和厉声曰："懿旨既下，即权之所在，若只一束草，亦当听受节制。两总兵皆世受国恩，司马掌九伐之法，如何可为此言，朝廷何所赖耶？"三人语塞，立即去找张太监商议。中午，与太监张永、张忠同至内阁，杨廷和对张永说："公朝廷重臣，平宸濠，擒刘瑾，威望久著。今日之事，内外倚重。"又对张忠说："公朝廷近臣，久在大行左右，能直言，为大行所亲信。今危疑之际，同心共济，嗣君至日，自有恩典。"张忠却以"无名目、无敕书、无关防"不便行事来推诿，廷和笑曰："仓卒之际，岂能铸关防；懿旨一下，即是敕书；提督防守，即是名目。嗣君旬日之间可至，我辈臣子当此有事之时，大率各尽忠心，随事效力，恐嗣君闻之，亦无不乐也。"张永当即表示，防守人马会拨已经分布。即日，又遣内阁大学士梁储，司礼太监韦霦、谷大用、张锦，定国公徐光祚，驸马都尉崔元，礼部尚书毛澄往安陆迎兴世子。杨廷和持金牌、信符授之，初不欲遣谷大用，但时在危疑中，恐相左不利大局，故隐忍不改。

十六日，颁正德帝遗诏于天下："朕以菲薄，绍承祖宗丕业十有七年矣。图治虽勤，化理未洽，深惟先帝付托。今忽遘疾弥留，殆弗能兴。夫死生常理，古今人所不免。惟在继统得人，宗社生民有赖，吾虽弃世，亦复奚憾焉。皇考孝宗敬皇帝亲弟兴献王长子厚熜，聪明仁孝，德器凤成，伦序当立。已遵祖训'兄终弟及'之文告于宗庙，请于慈寿皇太后，与内外文武群臣合谋同辞，即日遣官迎取来京嗣皇帝位。内外文武群臣其协心辅理，凡一应事务，率依祖宗旧制，用副予志。嗣君未到京之日，凡有重大紧急事情，该衙门具本暂且奏知皇太后而行。丧礼遵皇考遗制，以日易月，二十七日释服。毋禁音乐嫁娶。宗室亲王藩屏攸系，毋辄离封域。各处镇守、总兵、巡抚等官及都、布、按三司官员，各固守疆境，抚安军民，毋擅离职守；闻丧之日，止于本处哭临三日，进香遣官代行。广东、广西、四川、云南、贵州所属府州县并土官，及各布政司、南直隶七品以下衙门俱免进香。京城九门、皇城四门务要严谨防守，威武团练营官军已回原营勇士并四卫营官军，各回原营，照旧操练，原领兵将官随宜委用；各边放回官军每人赏银二两，就于本处管粮官处给与。宣府粮草缺乏，户部速与处置。各衙门见监囚犯，除与逆贼宸濠事情有干，凡南征逮系来京、原无重情者，俱送法司查审明白，释还原籍。各处取来妇女，见在内府者，司礼监查放还家，务令得所。各处工程，除营建大工外，其余尽皆停止。但凡抄没犯人财物及宣府收贮银两等项，俱明白开具簿籍，收贮内库，以备接济边储及赏赐等项应用。诏谕天下，咸使闻之。"这一遗诏为杨廷和所草拟，将正德朝的重大弊政基本革除殆尽，为嘉靖新政铺平了道路，也给"大礼议"留下了隐患，给议礼新贵留下了口实。

十七日，京师人藉藉言江彬反，杨廷和之子亦言之；廷和虽连日对此介介于怀，但当时江彬手握重兵，自己稍有不慎，即坏大局，故其在家庭中亦不敢疏忽，只是说："逆节未萌，何以擒之？"太监魏彬之弟魏英与江彬是亲家，恐为己累，故面请杨廷和对江彬多加扶持。杨廷和笑曰："公亲家，朝廷大总兵也，安用扶持。"十八日，司礼监官与内阁集文华殿为大行皇帝写铭旌，杨廷和对魏彬说："古人大义灭亲，周公诛管蔡，王导灭王敦，至今流芳青史。公虽与江为亲，乃勉奉大行命，非本意也。今外言纷纷，若不早请太后擒之，恐彼不自安，将遗嗣君以忧，未免为大功累也。"太监张锐疾言"彬有何罪？"廷和曰："如擅入边军禁内，擅立威武团营，擅改团营为西官厅，擅立镇国府；所犯不一，死有余戮在。"魏彬见状，为不受牵连，只好同意。而张锐仍极力为辩，杨廷和曰："不须回护，我辈言出祸随，已委致身家。公虽无子孙，独不念祖宗坟墓与兄弟耶？嗣君途中万一闻变而惊，张公请保任其责也。"太监陈严见廷和辞色俱厉，即赞之曰："且收得在。"廷和亦即应之曰："嗣君或宽宥之，未可知也。今且拟旨监候耳。"张锐仍曰："公何大亟。"廷和曰："此等事间不容发，顾可缓耶？"当即拟旨，让太监们去请皇太后懿旨，而与蒋冕候于阁中。其后久不见旨下，杨廷和曰："权珰对我辈言，尚百计拦截，在宫闱岂肯赞成乎？若不捷，祸必先我二家，我辈岂肯离此地。诚死此，亦得死所矣。"正疑惑间，忽有宣到左顺门候旨。久之，太监陈严来报："江彬已擒矣。"原来此日坤宁宫安兽吻，江彬奉命吉服入宫行礼，依例家众不得随入，祭毕，欲出宫。太监张永颇知擒彬之谋划，遂留彬在宫中共饭。俄顷，皇太后有旨下，江彬先已微觉，即直奔西安门，以取西官厅文书为名，中道折向北安门。当关者高叫"有旨留提督"，江彬斥之曰："皇帝何在，安得有旨乎？"即殴打守门者。守门人群拥之，追者亦至，遂缚之，拔其须几尽。京城中观者塞衢，欢声雷动，民谣传曰"拿了江彬，朝廷安稳"，盖以"吻"为"稳"也。不一会儿，江彬家众及同伙李琮等亦逮至。李琮对江彬骂曰："汝早听我言，岂至于此。"原来李琮尝劝江彬速反，不胜则北走投胡；且当日江彬已分布腹心于东、西、北安三门，带甲裹粮，立马以伺动息，只是未下决断而已，对此江彬亦悔之无及。若非杨廷和先以计安之，使其迟疑不决；继又果断定策，出其不意而逮之，京师将百万流血，成败未可知也。

二十二日，杨廷和以皇太后懿旨，遣司礼太监温祥、提督团营太监孙和、惠安伯张伟、兵部侍郎杨廷仪，领京营官军六千前往黄河北迎护嗣君。又命户部左侍郎郑宗仁主馈饷，工部右侍郎赵璜治道路，以确保嗣君能顺利进京。二十四日，吏部尚书王琼要府部科道来言，各衙门官员都欲前往奉迎嗣君，杨廷和对曰："二十四监局诸贵幸皆欲去，恐其途中诸间迎合，有先入之奸，已力止之矣。诸公若去，彼将有辞也。"次日，礼、兵二科言官又来言："闻诸贵幸多赍金帛前去行赂，须科道各遣二人往，时监察之，庶有所警。"廷和云："彼有所赂，岂令人知。若随路纠劾，恐惊疑人心，事体不便。万一发之不中，嗣君之心先疑矣。"太监张永也欲前往迎驾，杨廷和推托说："行止在公，不敢与知也。"武定侯郭勋、安边伯许泰再三使人来言要求去接驾，廷和谕之曰："公受命防守，委任最重。若必欲远去，各门之事能保无他虞乎？"太监张锐也使人来言要去迎驾事，廷和曰："我辈但知公领敕提督官校京城缉事耳，他非所知也。"这些人欲前去迎嗣君，实各有所图，果成行，后果将十分严重。杨廷和皆既坚定又巧妙地一一予以制止，杜绝了节外生枝，维护了大局的稳定。

四月二十二日，嗣君至京，是日即皇帝位。自三月十四日正德帝崩，至此已历三十七日，国无君主，朝有幸臣，边军在侧，京师险恶。杨廷和明达有谋，敢于任事，总揽朝政，承虚宸总，奸弊尽除，海内晏然。真不愧为社稷之臣。

2. 梁储（1451—1527），字叔厚，号郁洲居士，晚号厚斋，明广东顺德人。成化十四年（1478）会元，二甲头名进士，改庶吉士，授编修，寻兼司经局校书，侍孝宗于东宫。弘治四年（1491）进侍讲，改洗马，又侍武宗于东宫。弘治十一年（1498）充正使册封安南国王，却其馈；后二年，擢翰林学士。弘治十五年（1502）与修《大明会典》，书成，进少詹事，迁吏部右侍郎。正德初改左侍郎，进尚书，专典诰敕，掌詹事府事。以忤刘瑾调南京吏部尚书，瑾败，召还，以吏部尚书兼文渊阁大学士入阁预机务。

正德九年（1515）复宁府护卫，时论谓其与杨廷和不能主持，或称是他草拟了诏书。次年杨廷和因父丧去位回乡守制，梁储遂为首辅，进少师、太子太师、华盖殿大学士。时正德帝宫殿劳作，大兴土木，梁储切谏，不听。正德十一年（1517）又以"国本未定，请择宗室贤者居京师，备储贰之选，皆不报。"（《明史》卷190第5040页）帝好微行，常出宫夜行，经宿返，梁储劝谏，不听。正德十二年（1518）

帝竟微服从数十骑出京奔昌平，梁储率阁臣追至沙河不及，连疏请回銮，亦被置之不理。梁储等无奈，再以"国无储君，而帝盘游不息，中外危疑，力申建储之请，亦不报。……当是时，帝失德弥甚，群小窃权，浊乱朝政，人情惶惶。储惧不克任，以廷和服阕，屡请召之。廷和还朝，储遂让而处其下。"（《明史》卷190第5041页）对此，士论颇称其谦抑有让。

正德十三年（1519）帝欲自称"总督军务、威武大将军、总兵官朱寿"巡边，令内阁草敕。杨廷和等谏争未果，皆托疾在告，梁储独廷争累日，帝竟不听。逾月，帝又自加封"镇国公"，梁储又上言："公虽贵，人臣耳。陛下承祖宗业，为天下君，奈何谬自贬损。既封国公，则将授以诰券，追封三代，祖宗在天之灵亦肯如陛下贬损否？况铁券必有免死之文，陛下寿福无疆，何甘自菲薄，蒙此不祥之辞。名既不正，言自不顺。臣等断不敢阿意苟从，取他日戮身亡家之祸也。"（《明史》卷190第5041页）帝不报。正德十四年（1520）帝又欲以"威武大将军"南巡，命内阁草敕，杨廷和等苦谏不听，只得引疾。帝御左顺门，召梁储草敕，"储奏曰：'臣不敢草敕。'帝震怒，手剑立曰：'不草敕，齿此剑。'储免冠解衣带，伏地泣曰：'臣有罪，今日就死，他日陛下犹悯臣。若遂草敕，他日陛下觉而怒曰：储无礼，以臣名君，臣罪不可赦。'武皇帝乃察其诚款，掷剑起，不促草敕矣。"（《熙朝名臣实录》卷12第16页）如前所述，此敕及复宁府护卫敕，有人说是梁储所为，亦有说是杨廷和所为，二人均受诟病。霍韬在所撰"梁储传"中为梁储辩："公立朝四十年，其功多矣，乃自掩蔽，不肯以功自夸，故人不得知。公闻谤不辩，故谤言日积。平生好施德于人，人或赖公以自庇，反操戈向公。故海内后进之士，未尝面公者，徒闻谤公云云，亦附和而毁公也。正德间，秦王请陕之边地以益封壤，嬖臣江彬、朱宁及宦官张忠皆助为之请，武皇帝诏与之。兵曹及科道各执奏不可，武皇帝曰：'朕念亲亲，与之勿拒。'大学士杨公当草制，曰：'若遂草制，畀地秦藩，恐贻后虞。执不草制，则忤帝意。'遂引疾不视事。大学士蒋公继引疾。武皇帝震怒，内臣督促，公承命草上，制曰：'昔太祖高皇帝著令曰此地不畀藩封，非吝也。念此土广且饶，藩封得之，多畜士马，饶富而骄，奸人诱为不轨，不利宗社。今王请祈恳笃，朕念亲亲，其畀地于王。王得地宜益谨，毋收聚奸人，毋多畜士马、听狂人劝为不轨，震及边方，危我社稷。是时虽欲保全亲亲，不可得已，王其慎之，毋忽。'武皇帝览制，骇曰：'若是，其可虞，其勿与。'回天之力，决于数词，伟矣哉。"（《熙朝名臣实录》卷12第16页）翟韬系议礼新贵，又与梁储为南海同乡，此处其褒梁抑杨之意甚明，他甚至言之凿凿地断定复宁府护卫敕"实石斋杨公当制，正德九年三月十五日之为也。盖旧例凡阁下当制拟旨，人亲署衔著笔迹，故不得而诬也"。（《熙朝名臣实录》卷12第17页）此言虽不足为信，但综合其他史料，此二敕不是梁储所为，却大致不谬。

宁王宸濠反，正德帝亲征南巡，留杨廷和、毛纪京师居守，梁储、蒋冕扈从。半道闻叛乱已平，连疏请驾旋，不见允，且滞留一年有余。梁储在帝前精心调护，请还京疏凡八九上，帝殊无还意。时国本未立，帝久离京师，四方灾异、边警，人情益惊，梁储危言切谏，帝颇心动。然江彬一伙犹欲导帝游浙西，泛江、汉，继续南巡。梁储益惧，遂手疏跪泣行宫门外西阶，帝遣中使取疏入，谕之起；储叩头言："未奉谕旨，不敢起。"历时数个时辰，帝不得已，许不日还京，梁储才叩头出。返京途中至德州，梁储即上疏自劾请罢，帝不允。还京后，再疏请罢，又不准。遂杜门求归，言"妻丧未葬，先垄未修，老病之躯无所陈力。"（《熙朝名臣实录》卷12第14页）而正德帝固留之，且遣官为其妻治葬事，修葺其先人坟墓，并赐祭典。

正德十六年（1521）正德帝崩，梁储力赞杨廷和定策迎兴世子入继大统。按惯例，迎立需内阁一大臣与中贵、勋戚偕礼官同往。杨廷和欲留蒋冕协助自己处理朝中大事，想让梁储前往，可又怕其以年老相拒，遂佯惜其老惫，劝之勿去。储奋曰："事孰有大于此者，敢以惫辞！"（《明史》卷190第5042页）遂成行。嘉靖帝即位第六日，给事中张九叙等劾梁储结纳权奸，持禄固宠。储默而不辩，即上疏求去，且三疏固求。帝"察其诚恳，许之。特赐给驿以还，遣官护行。仍荫子若孙一人为中书舍人。有司月给米六石，岁与夫八名。"（《世宗实录》卷2第79页）此时新帝即位只13日。

3. 蒋冕（1463—1533），字敬之，号敬所，明广西全州人。成化十三年（1477）中广西乡试解元，时年仅虚岁15。成化二十三年（1487）与其兄昇同登进士，选庶吉士，授翰林院编修。弘治十三年（1500）皇太子出阁，兼司经局校书，侍正德帝于东宫。正德中，以春宫旧僚累官至吏部左侍郎，改掌詹事府事，典诰敕，寻进礼部尚书，仍掌詹事府事。蒋冕茂修职业，誉望蔼蔚，人固以公辅期之，正德十一年（1516）以文渊阁大学士入阁预机务。明年改武英殿，加太子太傅。时主昏政乱，冕持正不挠，多有劝谏，有匡弼功。正德帝沉湎于游乐，欲以威武大将军巡边。蒋冕虽因病在告，犹上疏切谏："陛下自损威重，下同臣子，倘所过诸王以大将军礼见，陛下何辞责之？曩睿皇帝北征，六军官属近三十万，犹且陷于土木。今宿卫单弱，经行边徼，宁不寒心？请治左右引导者罪。"（《明史》卷190第5043页）帝置之不省。

正德十四年（1519）宁王宸濠反，扈从帝南征，孤立于权幸朋比之间，与梁储同心协力，潜消默夺，多所旋斡。南征还，加少傅兼太子太傅、户部尚书、谨身殿大学士。正德十六年（1521）帝崩，国统岌岌未有所属，政局危疑，冕全心协同杨廷和定策迎兴世子入正大位；又助草拟正德帝遗诏和嘉靖帝即位诏，厘革宿弊，剪除奸凶，进用忠良，宣布德泽，为邦家立太平之基，是杨廷和最得力的助手。

4. 毛纪（1463—1545），字维之，号砺庵，又号鳌峰逸叟，明山东掖县人。成化二十二年（1486）中山东乡试解元，翌年连捷成进士，选庶吉士，入读中秘书。弘治初，授翰林院检讨，进修撰，充经筵讲官，简侍皇太子为东宫讲读。与修《大明会典》成，迁侍读。正德帝即位，以春宫讲读之劳改左春坊左谕德兼翰林院侍讲。因忤刘瑾，被矫旨降为侍读。瑾败，复官。与修《孝宗实录》成，擢侍讲学士，为讲官。正德五年（1510）进学士，迁户部右侍郎。正德十年（1515）升任礼部尚书。时帝崇信乌斯藏佛教，引西僧入豹房、封法王；又信左右言西僧有前知祸福、能知三世上人的"活佛"，遂遣中官刘允进藏迎之，携锦衣官百三十，卫卒及私仆隶数千人，刍粮、舟车费以百万计。毛纪等上言："自京师至乌斯藏二万余里，公私烦费，不可胜言。且自四川雅州出境，过长河西行数月而后至。无有邮驿、村市。一切资费，取办四川。四川连岁用兵，流贼甫平，蛮寇复起，困竭之余，重加此累，恐生意外变。"（《明史》卷 190 第 5046 页）疏数上，内阁亦切谏，皆不听。又以皇储未建，上疏请早定大计，亦不报。寻改理诰敕，掌詹事府事。

正德十二年（1517）以东阁大学士入阁预机务，寻加太子太保，改文渊阁大学士。毛纪有学识，居官简重，正色立朝，文行器业蔚为时望，与杨廷和等阁僚并为士大夫所倚赖。正德十四年（1519）帝南巡，佐杨廷和居守，多有献替。帝还京，晋少保、户部尚书、武英殿大学士。帝崩，支持杨廷和定策和整治朝政，对新朝新政预有力焉。

5. 费宏（1468—1535），字子充，号健斋，一号鹅湖，晚号湖东野老，明江西铅山人。幼岐嶷警敏，聪颖好学，成化十九年（1483）赴江西乡试，年十六即与叔父同中举人。翌年进京赴礼部试，下第，入太学，月、季试每居首列，名动京师，为时所重。成化二十三年（1487）状元及第，时年二十，是明代最年轻的状元，时人称之"少年状元"，（《列朝盛事》载《明代笔记小说》第二册第 386 页）授翰林院修撰。与修《宪宗实录》，弘治中迁左赞善，直讲东宫，进左谕德。正德帝即位，以春宫旧僚擢太常少卿，兼侍讲读。与修《孝宗实录》成，充日讲官，迁礼部侍郎，进尚书。"帝耽于逸乐，早朝日讲俱废，宏请勤政、务学、纳谏，报闻。鲁府邹平王子当潢当袭父爵，为弟当凉所夺，且数年矣。宏因当潢奏辨，据法正之。当凉怒，诬宏受赂，宏不为动。"（《明史》卷 193 第 5107 页）正德六年（1511）以文渊阁大学士入阁预机务，寻加太子太保、武英殿大学士，进户部尚书。费宏持重识大体，明习国家故事，先后协同李东阳、杨廷和维持朝政，献纳良多。且正色立朝，不惧邪恶。宁王宸濠图谋不轨，因其与费宏从弟寀是连襟，欲利诱拉拢费宏助其复护卫；幸臣锦衣卫都督钱宁党宸濠，亦欲以彩帛珍宝交欢宏，均拒却之。在朝堂和内阁中，他旗帜鲜明地反对复宁府护卫。而濠党则乘费宏在阁中读殿试试卷时，背着费宏下敕准复宁府护卫；又恶毒中伤，迫其兄弟致仕去。回乡路上，又遭濠党追杀，在山东临清，"濠党纵火宏舟，衣装毁尽。"（《名山藏·费宏传》卷 72 第 150 页）仅以身免。归家，遂杜门谢客。而宸濠又遣亲信来邀赴省城相见，宏以逊词拒之。宸濠恼羞成怒，派三校尉指使铅山土豪李镇、吴三八、周伯龄率众作乱，专攻费氏，费宏被迫避入县城。李镇等又攻入县城作乱，致费氏室庐被焚，亲人被杀，祖坟被掘，遗骨无存。费宏仍不屈服，一面被迫再避入府城，一面遣弟费完、从子费懋中诉于朝。朝廷下江西巡抚议处，"檄副使王纶剿之，镇等列阵拒敌，久之乃克；镇就缚，伯龄解甲降，三八走匿濠府，诸俘获者，纶希濠旨，多所放纵。"（《武宗实录》卷166第3223页）这些人后来都是宸濠叛乱的骨干分子。正德十四年（1419）宁王宸濠以南昌反叛，费宏闻讯，一面积极策划广信府、铅山等县起义兵平叛，一面派从弟费寀间道赴王守仁处献"先定洪州以覆其巢穴，扼上游以遏其归路"的平濠之策。又致书进贤知县刘源清，为其赞画平叛事宜。叛乱平定后，为江西军民早得安定，又违心地致书在南昌清剿濠党的太监张永，促其与正德帝早日班师还京，为社稷民生可谓尽心尽力。参与平叛的御史、给事中交章颂费宏之功："宏、寀当濠之请复护卫也，抗言力阻，已怀先事之忧；及反谋之成也，间道献策，尤急勤王之义。……宸濠恶宏不附己，于其既归也，要之于路而焚其舟，胁之以盗而破其家，甚至杀其兄弟、掘其坟墓，数年间所以图宏者无所不至。至于今日，宏之心迹始暴白于天下。"（《武宗实录》卷179第3494页）劝帝早日召用，而帝不以为意，只是下其章于所司而已。兴世子在藩邸即久闻费宏贤名，入继大统即位仅三日，即下诏，并遣行人即家起费宏，加少保，入阁辅政。

6. 石珤（1465—1528），字邦彦，号熊峰，明直隶藁城人。成化末举乡试第一，二十三年（1487）与其兄玠同登进士，选庶吉士，授翰林院检讨。因数谢病居家，至孝宗弘治末，始进翰林修撰。正德改元，擢南京侍读学士，"四年，南国子祭酒，公靖方介恪，洁己好修，士类信向。五年召国子祭酒，时浮逐竞进，公独鲠狷有名。八年为南吏部侍郎。"（《皇明词林人物考》卷3第521页）正德十年（1515）召入礼部，进左侍郎。正德帝巡游宣府等边地，石珤上疏力谏，不报。寻改掌翰林院事。帝欲南巡，廷臣交章劝谏，祸将不测，珤不惧风险，极疏论救。石珤为人清介端亮，孜孜奉国，时望大孚。正德十六年（1521）拜礼部尚书，掌詹事府事。

附一：毛澄（1461—1523），字宪清，号白斋，晚号三江，学者称"三江先生"。居明南直隶苏州府昆山之东隅，时其地设太仓州，遂为太仓人。"资性明粹，神采秀朗，容止端洁，行步未尝左右顾。七岁善属对，间为诗歌，传播人口。"（《国朝献征录》卷34第630页）成化二十二年（1486）中乡试，弘治六年（1493）状元及第，授修撰。预修《大明会典》成，进右谕德，直讲东宫。"武宗为太子，以澄进讲明晰称之帝，帝大喜，方秋夜置宴，即彻以赐。"（《明史》卷191第5053页）正德帝即位，推恩宫僚，升左春坊左庶子，兼翰林侍读，直经筵。以忤刘瑾贬侍读，历侍讲学士、学士掌院事、礼部侍郎。正德十二年（1517）拜礼部尚书，时帝好微行，且游巡边地，数疏谏，悉不报。帝谕礼部，欲以"威武大将军"出巡，澄等复上言："陛下以天地之子，承祖宗之业，九州四海但知陛下有皇帝之号，今日'总督军务、威武大将军、太师、镇国公'者，臣等莫知所指。夫出此旨者，陛下也；加此号者，陛下也；不知受此号者何人？如以皇储未建，欲遍告名山大川，用祈默相，则遣使走币，足将敬矣。何必躬奉神像，献宝香，如佛、老所为哉？"帝亦不报。毛澄端亮有学行，论事侃侃不挠，虽不见纳，犹且力争。王琼欲以边事陷彭泽，澄独白其无罪。

正德帝崩，奉命赴安陆迎兴世子，"比至，有议行五拜三叩首礼以见者，公曰：'今遂如此，后当何以加之，且将来劝进、辞让之礼行乎？'上闻而是之，赐彩段十表里、白金千两，下及仆从皆有。斋驾行前后扈从，备竭勤诚，上每加慰劳。既即位，复念前劳，赐白金、彩段各若干，又赐罪人家属一人。"（《国朝献征录》卷34 第631页）

附二：杨慎（1488—1559），字用修，号升庵，又号博南山人、博南戍史、金马碧鸡老兵等，明四川新都人，首辅杨廷和长子。生而岐嶷颖达，幼时其母即教以句读和诗词，祖父"授以《易》，两句而洽，不遗一字。拟作《古战场》文，有'青楼断江粉之魂，白日照翠苔之骨'数句，公极称赏。复命拟《过秦论》，大奇之，曰：'吾家贾谊也。'一日，石斋与二弟观画，问曰：'景之美者曰似画，画之佳者曰似真，孰为正？'慎举元微之诗以对，二叔曰：'诗亦未佳，汝可更作。'慎辄呈稿云：'会心山水真如画，好手丹青画似真。梦觉难分列御寇，影形相赠晋诗人'。二叔曰：'只此四句，大胜前人矣'。时年十二。"（《熙朝名臣实录》卷26 第406页）大学士李东阳见其所拟《出师表》和《黄叶诗》，极称"不减唐宋词人"，感叹"此予小友也"，遂进之门下。正德二年（1507）参加四川乡试，以《易》魁中举。正德六年（1511）状元及第，授翰林院修撰。两年后丁继母忧，回乡守制。正德十一年（1516）服阕，起故官，入翰林院为经筵展书官，参与校《文献通考》。次年为殿试掌卷官，得舒芬对策，推荐给主考官，使之状元及第。时正德帝频频微行，竟北出居庸关，慎抗疏净谏，不听，遂以养病辞官回乡。正德十五年（1520）还朝复职。嘉靖帝嗣位，任经筵讲官。其时太监张锐、于经因在正德朝所犯罪恶论死，或传言其进金银以获宽处，杨慎在为帝讲《舜典》时，直言"圣人设赎刑，乃施于小过，俾民自新。若元恶大奸，无可赎之理。"（《明史》卷192 第5081页）嘉靖二年（1523）与修《武宗实录》，因其练习朝典，事必直书，总裁官蒋冕、费宏认为他"官阶虽未及，实堪副总裁"，（《熙朝名臣实录》卷26 第407页）故委以重任，尽以稿草付之刊定。次年，竟以议大礼遭廷杖、谪戍。

第三章 兴世子及其父兴献王、母兴王妃蒋氏

兴世子朱厚熜（1507—1566，登帝位后年号嘉靖，庙号世宗，谥号肃皇帝，陵号永陵，后面引文中出现这些称谓，不再列注）是明王朝第八代第十一帝。他本是宪宗皇帝之孙，其父兴献王是宪宗皇帝庶第四子。此时，兴献王已前于正德十四年（1519）卒，武宗命朱厚熜以世子摄府事，并给养赡米三千石；正德十六年（1521）三月初九日，因兴献王妃蒋氏奏请兴世子预袭封为王，武宗又诏复许之。《明史》卷17《世宗本纪》中则称其"未除服，特命袭封"，故言"以遗诏迎王于兴邸"。（《明史》卷17 第215页）《国榷》也在此年三月载："辛酉，兴长子厚熜嗣兴王。故事，亲

王薨，子未封，止给赡粟二百石，俟释服袭封。至是，世子母妃蒋氏乞豫袭，特许之。"（《国榷》卷51第3213页）好像朱厚熜即皇帝位之前已经是兴王了，有学者也持此看法，其实这是个误解。这些信息在《武宗实录》正德十四年六月十七日兴献王薨条下并未载，只是在正德十六年三月辛酉（注：初九日）条下载："先是，今追尊恭穆献皇帝之薨也，上命今上皇帝以嗣子暂管府事，仍给养赡米三千石。至是，今章圣皇太后奏'岁时庆贺祭祀，嗣子以常服行礼非便，请预袭封为王'，诏复许之。旧例，亲王薨，子未封者，上给养赡米二百，袭封必俟释服，此皆上特恩也。"（《武宗实录》卷197第3678页）可见这里讲的只是"预袭封"和禄米，并未真袭封，正式袭封为王要待其守制期满；或因此后四日武宗即驾崩，预袭封敕书尚未下达，不然《武宗遗诏》仍称其为"兴献王长子"，要之则尚未真成王也。总之，此时其身份尚不是兴王，故以"兴世子"称之更为妥帖。

兴献王朱祐杬（1476—1519，嘉靖"大议礼"中被追尊为兴献皇帝，庙号睿宗，陵号显陵，后面引文中出现这些称谓，不再列注。）自号纯一。宪宗皇帝第四子。母邵氏，明浙江昌化人，出身贫寒。年十四，先后来聘者七人辄死；有官指挥者聘之，已上马迎亲，亦堕而死。遂被卖给杭州镇守太监，"太监爱其慧，为授书，读唐诗、诗余数千首。稍长，有容色，知礼，太监携还京。会中宫选掌礼嫔妃，应选。时万贵妃妒甚，妃托微疾，居外宫，未进也。偶夜坐自咏所制'红叶诗'，宪宗过，闻之，大喜，遂召幸。"（《胜朝彤史拾遗记》卷3第10页）生三子：成化十二年（1476）生兴王祐杬，十四年（1478）生岐王祐棆，十七年（1481）生雍王祐橒。先册为宸妃，后进封为贵妃。朱祐杬"资禀异常，神采秀发，甫髫龀，端严颖悟，宪庙甚钟爱之，授以诗书，日千百言，朗诵不遗"。（《武宗实录》卷175第3387页）二十三年（1487）祐杬被封为兴王，时万贵妃专宠，亲信梁芳、韦兴辈皆"假贡献科民财，中外骚扰。至为妃求福，凡一切祠庙宫观斋醮忏礼之费，竭水衡输之，宫中帑藏为之一空。上尝指语芳、兴曰：'帑藏之空，由汝二人，汝知之乎？'兴惧，不敢言，芳仰言曰：'臣为陛下造齐天之福，何谓藏空？'即以所建祠宇历数之。上曰：'我或恕汝，恐后人无汝恕者。'盖指东宫也，芳等退而惧。时上方钟爱兴王，或为芳等谋曰：'不如语昭德劝上易立兴王，是昭德无子而有子，兴王无国而有国，如此则共保富贵无已，岂直免祸哉？'然之，言于妃……力劝上易储。会泰山震，台官奏'东朝有戒心'。上览奏，悟曰：'天意也'，事遂寝。"（《胜朝彤史拾遗记》卷3第14页）弘治四年（1491）正月，兴王成婚；九月，命建兴王府邸于德安；十月，兴王以此地"瘠洼，河水泛滥，不可立府，请改封湖广之安陆。从之。"（《孝宗实录》卷56第1080页）不想德安日后竟成了其胞弟岐王祐棆的封地。

弘治七年（1494）兴王之国，"孝庙笃友于之爱，以帝好学，特赐中秘书若干卷，他所赐予若车服宝器土田湖池之类，皆甲于他藩。甫出张家湾，怀恋孝惠不已，即具请迎养。"（《武宗实录》卷175第3389页）但依律其生母邵贵妃不得从，遂作"思亲诗"上妃，妃亦答之，只得黾勉茹痛而南。在前往安陆途中，"舟次龙江，有慈鸟数万绕舟，至黄州复然，人以为瑞。谢疏陈五事，孝宗嘉之。"（《明史》卷115 第3551页）治国勤勉，"日必御朝，朝退即御便殿，进长史、伴读等官更番讲经史，旁及治体民情。……作字、赋诗、鼓琴每日亦有常数。在位二十余年，未尝废。故持身甚严，不甘旨酒，不迩声色，不殖货利，不耽玩珍奇，不谈术数，不狎倡优，不崇尚仙佛，言谈必谨，衣冠必正。……念益府诸昆弟各守藩封，不得聚处，则恒遣使通问。岐、雍二王薨而无后也，各厚致奠赗，并相其丧事，柩及宫眷还京，皆遣人护行。"（《武宗实录》卷175 第3389页）身虽处外藩，而心常在朝廷，弘治十四年（1501）北寇犯边，派内官李荣献银千两助买马，得到孝宗皇帝的玺书褒奖；正德五年（1510）又以"湖广连岁兴师讨贼，发白金千两助军饷。总制、尚书洪钟以闻，上曰：'王轻财尚义乃尔，其即降玺书褒谕之。'"（《武宗实录》卷69 第1532页）闻知正德帝出京巡游，忧形于色，及得回銮之报，乃始释然。大饥之年，出银两买米赈济，出粟为糜以食灾民，前后全活者无算。又募人收葬道死者之尸。佃农以旱灾请免租，核实后辄免；有缺牛具种子者，又辄助之。汉江泛滥溺人，募人驾舟抢救。其后又出资粮、命官筑堤四十里，自是水患乃绝，而军民濒水之田皆恃以安。而自奉甚俭，非公宴不设牲醴。然持法甚严，有犯者必严惩不贷。平素喜以诗文自娱，曾著《易诗书直解》《通鉴节要》《医方选要》《外科经验方》《本草考异》《食品便览》各一册，俱亲为序跋，梓行于世。楚地俗尚巫觋而轻医药，乃选布良方，设药饵以济病者。其在序《医方选要》中说："人所自致之病，是方或可活之，若其病于冻馁，病于徭役，病于征输，病于锋镝之患而不能起者，则惟圣天子得贤执能相与消息调停，方可跻于仁寿之域焉。"（《武宗实录》卷175 第3392页）其济世救民之志可见一斑。当时巡抚都御史秦金上疏奏兴王的行为可作为天下藩王的楷模，正德帝闻而贤美之。

兴王天资高明，加以潜心问学，充养完粹，具有首天下之德，同时又有幸遇上了两个良长史。一是张景明，明山阴人；一是袁宗皋，明湖广石首人，俱弘治三年（1490）进士。时兴王等四王将建府就藩，故吏部在此科进士中选六人为检讨，俟出府授王府长史。因明代中后期朝廷对藩王控制很严，"分封而不锡土，列爵而不临民，食禄而不治事……贤才不克自见，智勇无所设施。防闲过峻，法制日增。出城省墓，请而后许，二王不得相见。藩禁严密，一至如此。"（《明史》卷120 第3659页）兴王两个胞弟，同分封在湖广，岐王祐橰近在德安，雍王祐橒亦在不远的衡州，但终不得相见。藩王尚如此不得志，况王府属官，故进士一旦做了王府官，就等于仕途到了头；因此众人不乐此选，竟相约到吏部吵闹诋毁，极言吏部偏私，选推不当，不肯就职。当时的吏部侍郎吴宽是此科的考官，即对他们说："汝诸子务进取，常拟董生、贾傅，向二人亦曾为王傅，然后名高百世。而诸子纵傲，辄毁主司，厌弃斯职，使选举从人自择，可乎？不思汝辈皆某所取士也，所学何事？"（《治世余闻录》

卷 1 第 493 页）众人方才退去。事后朝廷对此予以严惩，为首者从军，余皆从吏，纪纲乃张。而选为兴王府的"长史马政辈以不职罢，孝宗皇帝命吏部择可为代者，尚书王恕以景明为左长史，袁宗皋为右长史，人多惜此两人不得他用者。景明曰：'贾谊、董仲舒不有闻于时乎？'忻然入谢，兴王于诸王馆中谕之曰：'卿等皆名贤，当大用，今屈卿为辅，幸其黾勉，以善闻于世耳。'景明等顿首谢。明日上疏劝兴王正心诗学，以周公及汉东平、河间为期，深见嘉纳。又献'为善最乐诗'以寓规讽。"（《国朝献征录》卷 105 第 163 页）对袁宗皋，兴王也是极为赞赏，"事无大小，悉裁决，降温旨：'袁长史厚内方外，正学笃行，盛德长者也。'公见信任，鞠躬尽瘁，厘弊戢奸，布德兴利。卫从有强取民财者，公廉之不少贷，由是府中惮公严肃，无敢扰，州民赖以安堵，举手加额德公者载道。"（《国朝献征录》卷 15 第 532 页）于是兴王更加远佞亲贤，常与群臣宾从登临府邸旁的阳春台，吟诗唱和，畅抒胸怀，多有如《农家忙》之类反映农民稼穑艰辛的诗文。

兴王"体貌英伟，声音洪重，平居无疾，至是伤暑，浃旬遂薨，享年仅四十四岁"。（《武宗实录》卷 175 第 3393 页）时正德十四年（1519）六月十七日，武宗赐谥曰"献"，故称"兴献王"。

兴王妃蒋氏，"其先徐州人，以尺籍隶京师"，（《胜朝肜史拾遗记》卷 5 第 1 页）遂为明直隶大兴人。其父敩，初授兵马指挥使，嘉靖中进赠玉田伯。妃通诗书，尝著《女训》十二篇。弘治四年（1491）与兴王成婚，翌年被册封为兴王妃。生二子一女，次子即厚熜。

朱厚熜，正德二年（1507）八月初十日出生于湖广安陆的兴王藩邸。兴献王和妃蒋氏的子嗣艰稀，他们婚后第十年才生下长子，府中自然一派喜庆，但五日后即被殇子之痛所替；此子连名字也来不及起就夭折了，直至嘉靖四年（1525）才得赠名厚熙，追赠为岳王，谥曰"怀献"。虽然次年又生下嫡长女，再二年又得一庶女，却始终不见王子的降生；而长女在四岁时又早夭，次女亦早夭，后来与岳王同日分别被追封为长宁公主、善化公主。就在兴王夫妇婚后 17 年时，王子朱厚熜终于在父母殷切的企盼中降生了，这对兴王府来说当然是一件天大的喜事，在后来纂修的正史中更是赋予此事以十分神秘的色彩：说是朱厚熜诞生这日，兴王府"宫中红光烛天，远近惊异。其年黄河清，庆云见于翼轸者，楚分也，盖识者已知为受命之符矣。"（《世宗实录》卷 1 第 1 页）这些与前面在兴王之国时"慈鸟数万绕舟"的描述同出一辙，都是极力渲染朱厚熜日后入继大统的瑞兆宿命。而其时在当地百姓中又流行着一个更为离奇的传说：朱厚熜诞生之日的中午，兴王正在宫中伏案小憩，朦胧中见与自己相交甚笃的当地玄妙观纯一道长来到宫中，正欲上前寒暄，却闻宫人前来报喜，说是王妃产下了小王子，方知刚才竟是一梦。笃信道教的兴王，当然确信此子的诞生是道教的灵验和厚报，而日后朱厚熜十分崇信道教，究其渊源，亦是其来有自的。

兴王夫妇多年苦盼终得嗣子，喜爱呵护之情自不必言，在这棵独苗身上也倾注了他们所有的爱。虽是钟爱，却也并不宠溺，教子之道亦甚严。小厚熜聪颖过人，大异于一般幼童，五岁时兴王即亲自教他读诗，不过数遍就能熟练背诵。又教以"读书、作字、问安、视膳之节与夫民间疾苦、稼穑艰难，靡不领略。稍长，通《孝经》大义，问'先王至德要道之旨'，献皇帝为之讲解，上意感悟。献皇帝大奇之，每遇祭祀及拜进表笺，献帝必辟珥指示诸仪节甚悉，上进止凝重，周旋中礼，俨然有人君之度。"（《世宗实录》卷1第1页）由此很得当时的湖广提学副使张邦奇的赏识。张邦奇，字常甫，明浙江鄞县人，年十五即能著书立说，作《易解》及《释国语》，弘治十八年（1505）22岁登进士，改庶吉士，授检讨，出为湖广提学副使。他要求学子以程、朱儒家正统为宗，学行端正，曾"下教曰：'学不孔、颜，行不曾、闵，虽文如雄、褒，吾且斥之。'在任三四年，诸生竞劝。时世宗方为兴世子，献皇遣就试。乃特设两案，已居北，而使世子居南。文成，送入学。"（《明史》卷201第5316页）明代律条禁止宗室子弟参与科考，朱厚熜此次入考虽不能取得什么功名，但给他留下了终生难忘的美好记忆和学识自信，也成就了他与张邦奇的一段不解之缘。按明代科举考试的制度，每逢丑、辰、未、戌为会试、殿试之年，时在二月、三月；每逢子、午、卯、酉为乡试之年，时在八月。朱厚熜这次是奉父王之命就试，推之最晚应是己卯年（正德十四年，1519）的湖广乡试，其年只有13岁；而这年的乡试在八月初七至十九日，兴王却已于六月十七日"伤暑"而薨，世子不可能带孝入试，故这极有可能是上科丙子年（正德十一年，1516）的乡试，其年他就只有10岁了。嗣后他13岁就以兴世子"摄治府事，事皆有纪，府中肃然"；（《世宗实录》卷1第2页）15岁便登皇帝位，即位之前，面对以杨廷和为首的朝廷大臣们将他作为皇子的安排，又十分及时精准地提出了"遗诏以吾嗣皇帝位，非皇子也"（《世宗实录》卷1第4页）的根本性命题，拉开了"大礼议"的帷幕；此时他父王早已故去，母妃又不在身边，随从的长史袁宗皋也只是在听到此言后称赞他"主上聪明仁孝，实天启之也"。（《国朝献征录》卷15第533页）可见这是年仅15岁的少年（其实只有13岁多）独立做出的政治判断和重大决策，真是不可思议。行文至此，令人不得不喟然兴叹：此真神童也。

朱厚熜的早慧，在当时好像并不是一个孤立的现象，有明一代乃是个神童辈出的王朝。上文已经提到，兴献王幼时即能日读诗书千百言，朗诵不遗。正德帝幼年为太子时，即能熟知朝仪，娴于礼节；同样15岁当上皇帝，也是有模有样，至于后来走入邪路，那又另当别论。还有如前所述，杨廷和4岁知声律，7岁日诵书数卷，13岁举乡试，20岁先其父中进士；其子杨慎幼时即以文学著称，被誉为"不减唐宋词人"。费宏16岁与叔父同中举人，20岁状元及第，是明代最年轻的状元，时人称之"少年状元"。蒋冕15岁中广西乡试解元。毛澄7岁善属对，间为诗歌，传播人口。此外，据《列朝盛事》卷2第383页载，明代还有很多早慧的人物，如赵时春

14岁中经魁，18岁中会元；杨一清14岁中乡试，18岁中进士；王臣16岁登进士；何景明16岁中解元、20岁中进士；王献、张灿、王廷幹17岁中进士；马拯、佘毅中17岁中解元；沐昂17岁以战功金都督；陈景18岁中探花；王伟、王洪、洪钟18岁中进士；王慎中4岁能诵诗，18岁中进士；李泰、白圻、何孟春、陈耀、蔡克廉19岁中进士；邹守益、伦以训20岁中会元；戴大宾20岁探花及第；张益、王云凤、胡汝砺、李昆、盛应期、向宝、李如圭、王用宾、方逢时俱20岁登进士。还有解缙，幼颖敏，"七岁时，其母居孀，苦于里胥催征之急，解具诉于县宰，并系以诗曰：'母在家中守父忧，却教儿子诉原由。他年谅有相逢日，好把春风判笔头。'邑宰意其假手于人，即指堂边小松为题，令再赋，应声曰：'小小青松未出栏，枝枝叶叶耐霜寒。如今正好低头看，他日参天仰面难。'邑宰大奇之，遂蠲其税。"（《蓬窗日录》卷8第43页）后以18岁中解元，20岁中进士。李东阳4岁能做径尺书，景帝召试之，甚喜，抱置膝上，赐果钞，命入京学。程敏政10岁被巡抚以神童荐，英宗召试之，悦之，诏读书翰林院。李东阳、程敏政"少小时俱以神童被荐，英庙亲试之对句曰：'螃蟹一身鳞甲'；程即应声曰：'凤凰遍体文章'，上加称赏；李尚伏地，徐对曰：'蜘蛛满腹经纶'，上大异之，曰'是儿他日作宰相'，俱赐宝镪而出。"（《明李文正公年谱》卷5第45页）后以16岁中举人，18岁中进士。这些早慧的神童后来均仕途早达，且功业、文章俱有不俗的表现；而那些科举、仕途未显的各界神童更是不胜枚举。有鉴于此，我们对朱厚熜在"大礼议"初期年少沉稳的表现就不难理解了。

　　正德十六年（1521）三月十四日，正德帝驾崩，即日传遗诏以兴世子朱厚熜入继大统，次日迎驾的队伍就从京城出发；随后又下敕加派张太后的弟弟寿宁侯张鹤龄前往。经过12天的奔波，于二十六日到达兴府的封地湖广安陆。当地官府已得快报，早在列队迎候。将至，迎驾大员们对采取何种仪式去兴王府宣旨，产生不同的意见，一些人主张破格以最隆重的朝见天子的规格去见兴世子。礼部尚书毛澄以为不可："今既如此，后何以加？岂劝进、辞让之礼，当遂废乎？"（《明史》卷191第5055页）大家认为其言之有理，遂定下了以正常的仪礼晋见。此时的兴王府，安静中透着祥和，朱厚熜已得知朝中的情势和迎驾队伍到达的消息，又忧又喜：忧的是眼下国家形势危疑，凶吉难料；喜的是自己的"白头"之梦竟然成真。据《钟祥县志》卷28载，传说朱厚熜曾对本府官员钱定讲述自己在梦中发现头发全白了，不知是何征兆；钱定对曰："王上添白，其吉可知。"殊不知"王"字上头加个"白"字，岂不就是一个"皇"字。这传说难辨真伪，依笔者看来，只不过是其祖先燕王朱棣"白帽子王"之说的翻版而已。而此时年少的兴世子就要当皇帝了，王府上下正在紧张有序地进行各项准备。而此时前来迎驾的司礼监太监谷大用，却瞒着众人偷偷来到王府门前，请求单独谒见。朱厚熜深知这谷大用是臭名昭著的"八虎"之一，作恶多端，此时来见，不过是重施旧技，取悦新君，以邀宠脱罪。况且在此十分敏感的时候，背着迎驾的朝廷重臣，私自单独相见，不定会节外生枝，惹出其他事端来。故朱厚熜委婉推辞不见，只是让王府官员出面草草与其一晤了事。迎驾的队伍来到王府，朱厚熜亲自到府门外迎接，"至承运殿行礼，开读毕，升座，藩府及安陆文武官侍班，乃进金符，上亲受之，诸臣行礼见礼。"（《世宗实录》卷1第3页）这场意义非凡的仪式，既按部就班，又庄重简洁，通过仪式，兴府世子已正式成为准皇帝了。

四月初一日，朱厚熜到安陆城外松林山，向父亲兴献王的墓园辞行，"伏地恸哭，左右扶而起，从官莫不感泣。"（《世宗实录》卷1第3页）初二日，朱厚熜带领迎驾的队伍和王府随行人员离开安陆向京城进发；拜别兴王妃时，母子们呜咽涕泗，"蒋妃戒曰：'吾儿行，荷重任，毋轻言。'帝呜咽曰：'谨受教。'"（《皇明永陵编年》卷1第1页）为了不骚动沿途官民而顺利到达京师，朱厚熜"戒扈从诸臣，沿途务安静毋扰。经诸王府，设供馈悉谢不受。敕有司膳羞廪饩止用常品，他珍异皆却之。行殿惟取朴质，有过侈者辄去不视。诸治道仓卒不及备，亦不问。"（《世宗实录》卷1第4页）十几天后，渡过黄河，与前来迎护嗣君的司礼太监温祥、提督团营太监孙和、惠安伯张伟、兵部侍郎杨廷仪等所领的六千京营官军会合，一路北向再行。经过20天的长途跋涉，四月二十一日到达京城西面七十里顺天府的良乡，"大礼议"的大幕也就此拉开。

第四章　张璁等议礼五臣

"大礼议"一开始，兴世子就面临杨廷和等大臣欲其以皇子身份先继嗣后继统的安排，而他提出的"继统不继嗣"的观点却遭到朝中群臣的坚决抵制。幸而当时就有待对廷试的中式举子张璁声言支持，后又陆续得到张璁等议礼五臣的奥援，使之信心大增。详细了解五臣此前的处境和经历，对我们理解其在"大礼议"中的立场和言行是十分必要的。

1. 张璁（1475—1539），字秉用，号罗峰；嘉靖中，年已57岁的他一再上疏自请避讳，嘉靖皇帝赐名孚敬，字茂恭，号罗山，明浙江永嘉人。"貌魁杰，有大志。"（《弇州山人四部稿》卷3第82页）弘治十一年（1498）他24岁以诗经中乡试，而嗣后却命途多舛，累赴礼部试皆落榜下第，"归而聚徒教授姚溪山中，扁其读书所曰'罗峰书院'。人或谓公'去诸生何几，而书院为？'公笑曰：'诸生不当书院耶，我胡以不当。'故自若，而其所持论慷慨中巅，即游于监司守相间，毋能难之矣，遂为诸生祭酒。"（《弇州山人四部稿》卷3第82页）当时文徵明的父亲文林在永嘉任太守，对张璁也是非常赏识。可他虽"读书负伟人志，而性褊迫，与物多忤，乡里贱之"，（《国朝献征录》卷16第552页）然而命运也好像故意与其作对，在第七次赴礼部试下第后，自度与进士无缘，无奈只好准备去吏部参加谒选，以便能谋得个一官半职，虽下吏不辞。浙江同乡、御史萧鸣凤善星术，其时劝他不要去谒选，说他"从此三载成进士，又三载当骤贵"。（《明史》卷 196 第 5173 页）张璁将信将疑，不得已仍回乡待考。正德十五年（1520）张璁第八次上京赴礼部试，这时他已 46 岁，好不容易终于中式，眼看经过殿试就要成进士了。可这时正德帝却正假亲征宁王朱宸濠而待在南京不返，殿试一直无法举行。是年底，正德帝虽回京，却又一直病体缠身，殿试时日也一延再延。正德十六年（1521）初，礼部又请殿试期，"得旨以二月十五日，会上不豫，乃改三月初一日。"（《武宗实录》卷 197 第 3676 页）可到了三月初七日，因正德帝在病中，殿试仍未能举行。不得已，礼部至此再请殿试之期，如是几经推迟的殿试终于定在三月十五日要举行了。可到了此前一日的三月十四日，正德帝驾崩了，这一迟到的殿试再次被无限期推延，这也意味着张璁要圆的进士梦还遥遥无期。幸亏兴世子朱厚熜在嗣帝位后不久的五月十五日，终于补行了这延迟一年又两个月的殿试，张璁成为二甲第 77 名进士，这年他已 47 岁了，是一个不折不扣的大龄进士。这科是有明一代九十一场殿试中唯一一场在蛇年举行的殿试，也是唯一一场与会试不同年举行的殿试，很有些特别。而张璁先是以"待对公车举人"的身份涉足议礼风波，嗣后又风云际会，在"大礼议"中大显身手，数年之间即显贵，成为一颗迅速升起的政治新星，在明代二万四千多名进士中也是非常特别的一员。

2. 桂萼（？—1531），字子实，明江西安仁人。"生平大节在读书好古，笃志躬行，孝友介特，甘贫尚志，以贤圣行业为己任。……少与其兄古山先生师事康斋吴聘君门人张先生，方在布衣，即有匡济天下之志。"（《国朝献征录》卷 16 第 554 页）正德二年（1507）赴江西乡试得中举人，正德六年（1511）又中进士。可"入仕之始，颇多坎坷。其初任丹徒知县，以性情刚烈，意气用事，屡屡得罪上司，调任青田知县，不赴。后被荐起为武康知县，不久又见忤上官而被下为吏员"。（《明代江右闻人》第 169 页）嘉靖初"令成安，下车即询问风俗。知民间无蓄积而尚奢靡，于是核田亩，减供需，汰夫役，厘弊剔蠹，期于便民。又辟小学，设师儒，立科条以端蒙养。每戒民勿轻讼，邻邑有疑狱久不决者，多来质成，片语折之，两造俱服。期年擢南刑部主事"。（《饶州府志》卷 21 第 2240 页）可见其入仕十多年间，官职品秩均未提升，又处南京闲散之地，更加郁郁不得志。而这时张璁亦因议礼被除为南京刑部主事，桂萼恰与之同官，于是也就高调介入了"大礼议"中。

3. 方献夫（1485—1543），初名献科，字叔贤，号西樵，明广东南海人。生而孤，"自幼颖敏，举止端庄如成人。六七岁即勤苦力学，不问寒暑。"（《国朝献征录》卷 16 第 556 页）弘治十七年（1504）始弱冠即魁于乡，次年又登进士第，入选翰林院庶吉士。得请归南海迎养母黄夫人，正准备北上，而黄夫人卒，遂在乡丁忧。终丧，起复授礼部祠祭司主事，寻改吏部验封司主事，历文选诸司主事，进员外郎。"王守仁时起自谪所，为主事，官阶亚于献夫，而讲学能文章，有时誉。一日献夫与语称服，忻然即前拜，献夫愿受弟子职，时人贤献夫能师人。"（《国朝献征录》卷 16 第 557 页）正德七年（1512）以养病得请归南海，杜门十载，读书西樵山中，故朝中天子更替、"大礼议"起，他均不与。嘉靖元年（1522）春，以荐起复，授吏部考功司员外郎。此年夏天，他在进京途中，闻知朝中"大礼"未定，遂草疏洋洋万言，力劝嘉靖帝崇尊生父，不为孝宗之后。奏疏草成后，因见当时朝中廷臣极力排斥异议，返京后竟惧不敢上。后被桂萼发现，遂与席书疏并表上之。就这样，方献夫也义无反顾地参与到"大礼议"的风波之中。

4. 霍韬（1487—1540），字渭先，始号兀厓，后更为渭厓，明广东南海人。"少有异质，诸经子史，过目不忘。"（《皇明词林人物考》卷6第15页）"年十九始就小学，即大揭'居处恭'三字，坐立相对，出则矍然，目不旁观，众识为远大器。……诸经俱旁通，子史无不淹贯，尤喜《大学衍义》。时有老儒说'太极图'，听者如堵，公徐登堂辨析奥义，老儒惊曰：'吾不如也。'"（《国朝献征录》卷18第727页）正德七年（1512）充郡庠生，明年领乡荐得第二，又明年赴礼部试，中会元；"廷试仍拟大魁，偶封卷中舍倒用官衔印，更之复尔，主者咸谓天数，遂置二甲第一。"（《国朝献征录》卷18第727页）登第后在吏部观政，目睹时事纷乱，不欲即出仕，遂以尚未娶妻为由引例告归，读书西樵山中。正德十二年（1517）又丁父忧，服阕仍不出。直至正德十六年（1521）嘉靖帝即位，才被正式任为兵部职方主事。甫上任，"即上三札，首论学与政，次六部掌故，次中外时弊，侃侃数万言。"（《国朝献征录》卷18第727页）帝嘉纳之。时"大礼议"方兴，廷臣皆主张嘉靖帝"父孝宗而母昭圣"，以亲生父母为叔父母，霍韬却以为"天亲不可为，天下未有无父之国。若以付畀神器之故而更父母之称，是利天下而忘亲，不可为训"。（《国朝献征录》卷18第727页）遂私作《大礼议》驳之，但迫于当时的情势，嫌于出位干宠，只是私下告之辅相和礼官，希望得到他们的认同，以成全嘉靖帝的圣孝。然而经过三次上书与礼部尚书毛澄反复质难，却丝毫未能改变他们的固执，知其意不可回，又"见张璁言欲用"，（《明史纪事本末》卷50第738页）遂上疏力陈所见，批驳礼官执议之失，详辩《礼经》为人后之文，成为议礼五臣之中坚。

5. 席书（1461—1527），字文同，号元山，明四川遂宁人。"少颖敏强记，既冠，为文有时名，补县学生。"（《国朝献征录》卷15第539页）弘治二年（1489）乡试中举，次年中进士。弘治五年（1492）授山东郯城知县，劝导县民开垦荒地，发展生产；号召邑内义民输粟赈济饥民，全活颇众；修葺县学，鼓励士子向学；又效古人立保甲之法，盗贼莫敢入境。弘治十一年（1498）召为工部都水司主事，督清江厂漕舟税，不事苛刻而财用日裕。弘治十三年（1500）改户部，进员外郎。弘治十七年（1504）升任河南按察佥事，督理屯政。正德四年（1509）擢贵州提学副使，"时王守仁谪龙场驿，书择州县子弟，延守仁教之，士始知学。"（《明史》卷197第5202页）次年丁父忧回乡守制。正德八年（1513）服阕北上，升任浙江按察使，审积案断决如流。次年迁山东右布政使，又丁母忧去官回乡。正德十二年（1517）服阕，补云南镇霡益州，平土官之乱。再迁福建左布政使，正德十四年（1519）"宁王宸濠反，急募兵二万讨之，至则贼已平，乃返。寻以右副都御史巡抚湖广。中官李镇、张旸假进贡及御盐名敛财十余万，书疏发之。"（《明史》卷197第5202页）又揭长沙知府宋卿贪赃以万计，使之坐此谪戍。嘉靖元年（1522）春，改南京兵部右侍郎，奉命到江北赈济，令各州县每十里设一粥厂，全活饥民无数。"初，书在湖广，见中朝议'大礼'未定，揣帝向张璁、霍韬，献议言……议既具，会中朝竞诋张璁为邪说，书惧不敢上，而密以示桂萼，萼然其议。三年正月，萼具疏并上之，帝大喜，趣召入对。"（《明史》卷197第5202页）从此，正式进入了议礼五臣的行列。席书虽参与议礼较晚，但由于他是议礼五臣中唯一出仕较长、职级较高的官员，故一开始就颇得嘉靖帝的重用。

附：杨一清（1454—1530），字应宁，号遂庵，时人称石淙先生，明云南安宁人；后因父丧葬丹徒，遂居丹徒。"少能文，以奇童荐为翰林秀才，宪宗命内阁择师教之。"（《明史》卷198第5225页）年十四中顺天乡试，成化八年（1472）登进士。以父丧去官丁忧。"服除，授中书舍人，职务清简，横经授徒，从者日众，以其教魁天下、魁两京诸省、登显位者百余人。"（《国朝献征录》卷15第521页）成化二十三年（1487）出为山西提学佥事，力祛宿弊，学政肃清。丁母张夫人忧，弘治四年（1491）服阕，补陕西提学副使；创建"正学书院"，亲为督学，故"院中士连魁天下为状元者二人，其以学行功业著闻者甚多"。（《国朝献征录》卷15第522页）在陕八年，又以其暇研究边情，于边事甚悉。入为太常寺少卿，弘治十四年（1501）进南京太常寺卿。明年，北虏入寇，马政废弛，擢都察院左副都御史督理陕西马政。严禁私弊，尽笼茶利于官，番马大集。弘治十七年（1504）北虏从花马池大举进犯，一清受命为陕西巡抚，仍督马政；"甫受事，寇已退。乃选卒练兵，创平虏、红古二城以援固原，筑垣濒河以捍靖虏，劾罢贪庸总兵武安侯郑宏，裁镇守中官冗费，军纪肃然。"（《明史》卷198第5226页）弘治十八年（1505）冬，北虏入侵宁夏，又乘胜直抵固原，而总兵曹雄军相隔不相闻，情势危急，一清率轻骑五十余人趋会曹雄。部众以一路绝无行人，十分险恶，遮道争谓不可。一清不听，径昼夜行，抵曹雄军，为之节度，多张疑兵胁寇，寇遂遁去。"正德改元，朝廷以边患方炽，兵权大分，命总制全陕三边军马。一清以宁夏花马池系要害地，虏数出以入，率官属沿边巡视，议处方略。上疏极陈战守之策：修浚垣堑以固边防，增设卫所以壮边兵，经理宁夏以安内附。"（《熙朝名臣实录》卷12第188页）正德帝采纳了这一建议，大发帑金数十万，使一清修筑边墙。而太监刘瑾憾其不依附于己，正德二年（1507）迫使其引疾罢归，边工亦止。明年又诬其冒破边费，逮下锦衣卫狱。大学士王鏊言于瑾曰："一清有高才重望，为国修边，可以为罪乎？"（《明史纪事本末》卷43第642页）大学士李东阳亦力救，事乃得解，但仍令其致仕归，先后被罚米六百石。正德五年（1510）宁夏庆府安化王寘鐇以诛刘瑾为名起兵反叛，诏即家起一清总制军务，率军西讨，而太监张永监军。未至，一清旧部将仇钺已捕执之。一清驰至镇，宣布德意，稳定了边镇。事平后，深与张永结纳，相得甚欢，遂说服张永谋去刘瑾，并与之精心策划。张永班师回京后，竟依计得诛刘瑾，为国家消除了心腹大患，亦以是德一清。是年八月，得召还，擢户部尚书，加太子太保。翌年改吏部尚书，晋少保兼太子太保。一清于时政最通练，对刘瑾弄权所带来的弊端大力纠正，并上书言朝政得失，因引疾乞归，帝慰留之。正德十年（1515）大学士杨廷和丁忧去，遂受命以武英殿大学士入阁参机务。翌年，因灾异上书自劾，并极陈时政，中有"狂言惑圣听，匹夫摇国是；禁廷杂介胄之夫，京师无藩篱之托"等语，得罪了钱宁、江彬等幸臣，被迫致仕归家。正德十五年（1520）一清"以次揆少傅居丹阳，适武宗南巡，以征宁庶人为名幸其第，留车驾，前后凡三至焉。上赋诗绝句十二首赐之，杨以绝句贺上圣武，数亦如之。又有应制律诗诸篇，刻为二编，名《车驾幸第录》。吴中王文恪为诗四章侈其事，其最后一律云：'漫衍鱼龙看未了，梨园新部出西厢'。想其时文襄上南山之觞，以崔、张传奇，命伶人侑玉食，王诗盖纪其实也。杨是时特荷殊眷，徒以邀至六飞为荣，而不能力劝旋轸，仅以《册府元龟》等书为献，似乖旧弼之谊。"（《万历野获编》卷1第63页）"世宗为世子时，献王尝言楚有三杰，刘大夏、李东阳及一清也，心识之。及即位，廷臣交荐一清，乃遣官赐金币存问，谕以宣召期，趣使有言。一清陈谢，特予一子官中书舍人。"（《明史》卷198第5229页）会"大礼议"起，一清在家见到张璁议礼之疏，非常赞同，遂寄书门人、吏部尚书乔宇，说"张生此议，圣人复起，不能易也"。（《明史》卷198第5230页）又劝席书早日赴召北上，以定大礼。张璁等此时因议礼在朝中十分孤立，难得有此耆旧老臣的公然认同和支持，倍感珍贵，故颇引一清为同志。杨一清在"大礼议"开始时，虽因当时家居未能直接参与，但却是耆旧老臣中唯一公然支持嘉靖帝者，故也颇为帝所倚重。

中篇

第一章　是皇子还是皇帝

　　正德十六年（1521）四月初六日，兴世子朱厚熜随迎驾队伍在途中，礼部员外郎杨应魁呈上登基"礼仪状"，这是大学士杨廷和命仪部郎中余才撰写的。拟定兴世子以藩王世子入嗣孝宗为皇太子，而后再即皇帝位，故按藩王入宫、皇太子即位的礼仪：由东安门入禁城，暂居文华殿，次日百官三上笺劝进，待应允后，再择日行登基礼。是月二十一日，兴世子朱厚熜一行抵达京郊良乡，看到了礼部所上"礼仪状"，即对扈从的兴府长史袁宗皋说："遗诏以吾嗣皇帝位，非皇子也。"首先明确提出了"继统不继嗣"的命题，从此拉开了"大礼议"的序幕。次日至京师，朱厚熜一行止于城外不前，杨廷和等固请按礼部所拟状施行，朱厚熜坚持不允。而此时国家已近四十天没有皇帝了，杨廷和等无奈，只好声称慈寿皇太后有旨："天位不可久虚，嗣君已至行殿，内外文武百官可即日上笺劝进。"于是就在城外行殿中由百官上笺劝进，一日三上，两辞后依允。即日进城，由大明门入宫，派员祭告天地、宗庙、社稷，朱厚熜亲自祭拜正德帝灵柩，谒见慈寿皇太后、正德帝皇后、祖母邵太妃毕，出御奉天殿，此日日中即皇帝位。这第一回合，双方都做出了变通和让步，且都假慈寿皇太后的懿旨说事，也为此后在"大礼议"中化解一些矛盾创造了一个不错的模式。

　　资料摘录：

　　（正德十六年四月）丁卯，（注：查此年四月无丁卯日，三月倒有丁卯日，即十五日，是正德帝驾崩的第二日，此时朝中无暇也不太可能处理这件事，故疑此是笔误。据《皇明永陵编年信史》《皇明肃皇外史》，此事在四月丁亥，即四月初六日）礼部员外郎杨应魁上礼仪状，请由东安门入，居文华殿。翌日，百官上笺劝进，俟令旨俞允，择日即位。大学士杨廷和命仪部郎中余才所拟也。壬寅，车驾至良乡，帝览礼部状，谓长史袁宗皋曰："遗诏以吾嗣皇帝位，此状云何？"癸卯，至京师，止城外。廷和固请如礼部所具状，帝不许。乃御行殿受笺，由大明门入，日中即位，以明年为嘉靖元年。（《明史纪事本末》卷50第734页）

　　（正德十六年四月）丁亥（注：初六日），礼部员外郎杨应奎上礼仪状：请由东安门入，居文华殿，翌日百官朝见，三上笺劝进，俟令旨俞允，择日即位。乃大学士杨廷和命仪部郎中余才所拟也。壬寅。车驾至良乡，帝览礼部状，谓长史袁宗皋曰："遗诏以吾嗣皇帝位，此状云何？"癸卯，至京师，止城外，廷和固请如礼部所拟具状，帝不许。乃御行殿受笺，由大明门入，日中即位。（《皇明肃皇外史》卷1第3页）

　　世宗入绍礼：世宗从兴邸入缵，初至京城外，驻跸行殿，礼部具仪如皇太子即位礼。上谓长史袁宗皋曰："遗诏以吾嗣皇帝位，非皇子也。"辅臣杨廷和等请由东安门入，居文华殿，以待劝进。上不许，辅臣辈不得已，乃以慈寿皇太后令旨，内外臣民即于行殿上笺，行三劝进礼。盖上"继统不继嗣"之说早已定于圣心，张、桂等建白，不过默窥其机耳。（《万历野获编》卷2第67页）

　　世宗入缵，初拟"绍治"为号，而上不用。此未必薄弘治为不足绍，而"继统不继嗣"之意已蓄于隐微，特辅臣不及窥其端耳。（《万历野获编》卷1第43页）

　　（正德十四年四月）壬寅（注：二十一日），车驾至良乡。癸卯（注：二十二日），至京城外，驻跸行殿。初，礼部具仪请如皇太子即位礼。上览之，谓长史袁宗皋曰："遗诏以吾嗣皇帝位，非皇子也。"至是，大学士杨廷和等请上如礼部所具仪，由东安门入居文华殿，上笺劝进，择日登极。上不允。会慈寿皇太后有旨曰："天位不可久虚，嗣君已至行殿，内外文武百官可即日上笺劝进。"于是上遂从行殿受笺。文武百官军民耆老人等魏国公徐鹏举等奉笺劝进，其词曰："大德受命，乃抚运以乘时；继统得人，斯光前而裕后。盖义望情地之攸属，故内外远近之同归。恭惟大行皇帝英明御极，雄断成功。内靖萧墙，法不疏于漏网；外清疆场，业再奠于缀旒。共期治日之方升，岂意乘云而长往。弥留之际，付托尤勤，亟诏辅臣，爰颁顾命。奉《皇明祖训》之典，稽'兄终弟及'之文，佑启圣人，传授神器。敬惟殿下聪明天纵，仁孝成性，以宪宗皇帝之孙，绍孝宗皇帝之统。名正言顺，天与人归。温恭允协乎重华，声光加于率土。是以含华夷而共戴，冠古今而无前也。臣等窃思九庙神灵，不可一朝而乏飨；万几裁处，不可一日而暂虚。虽在谅闇之中，当以继述为大。请采周康王元之制载，参汉文帝代邸之仪，俯顺舆情，早登宝位。出潜离隐，立旋乾转坤之基；居高听卑，慰就日瞻天之愿。"上答曰："予抱痛方殷，嗣位之事，岂忍遽闻。所请不允。"徐鹏举等再奉笺曰："大统有归，将嗣兴于景运；群心胥悦，咸趋就于皇仁。况在天属之至亲，允符圣祖之明训，兄终弟及，天与人归。此诚臣民之同情，国家之大计也。粤自我朝之创业垂统，皆由太祖之用夏变夷；历承列圣之重光，益固万年之丕绪。逮我大行皇帝，承桃践祚，奉天临民，讫声教于八弦，来梯航于回表。以雄纲克平内变，用英武有事外攘。虽在戎马不暇之时，已有天位当传之语。暨凭玉几而扬末命，遂挈神器以授圣人。敬惟殿下天表清明，圣心仁孝。睿智察于庶物，慈俭冠乎群伦。暨三灵宗社之咸休，将亿载基图之永赖。已见周勃，奉玺而迎。代邸不烦内吉，奏记以美曾孙。举恩款以乐推，可逡巡而固拒？伏望仰遵遗诏，勉抑哀情，念祖宗创造之隆，体先帝付托之重，勿事南向、西向之再让，深惟一日、二日之万几。早登宸极之尊，以慰群生之望。覆帱寰海，统和神人。神祚延长，从今无极；生灵鼓舞，自此太平。"上答曰："览启益增哀感，即位之事，岂忍言之？所请不允。"鹏举等三奉笺曰："人君之大宝曰位，岂一日而可虚；上天之历数在躬，合万方而均戴。宗桃为重，统绪攸归。恭惟殿下日表殊姿，天潢近派。

聪明之懿，凤禀于生。知仁孝之纯良，由于至性。储祥已久，毓德惟深。眷遗命以恭膺，实天伦之定序。奉玺代邸，至德之让已三；飞辔周京，俟后之诚惟一。物方快睹，天有攸从。纵哀痛之孔殷，岂继承之可缓？矧万几之物沓至甚繁，而四海之心向往切殊。伏望殿下仰遵祖训，俯顺群情，少抑冲怀，亟登大位，庶几天地神人有所依赖，凡夫礼乐刑政从此设施。上以绍祖宗百五十年创业之基，下以开宇宙千万亿载太平之治。"上答曰："再三览启，具见卿等忠爱至意。宗社事重，不敢固拒，勉从所请。"乃谕礼部曰："予钦奉皇兄大行皇帝命'遣官迎取来京'，奉慈寿皇太后懿旨'天位不可久虚'，命以四月二十二日即皇帝位；尔文武百官及军民耆老合词劝进，至再至三，情辞恳切。勉从所请，其具仪来闻。"于是礼部尚书毛澄等进即位仪注……上从之。是日日中，上由大明门入，遣武定侯郭勋告天地，建昌侯张延龄告宗庙、社稷，上亲告大行皇帝几筵，谒见慈寿皇太后、武庙皇后、宪庙皇妃毕，出御奉天殿，即皇帝位。（《世宗实录》卷1第4页）

辛巳（注：正德十六年），武宗晏驾，今上入继大统，方在冲龄。登极之日，御龙袍颇长，上俯视不已，大学士杨廷和奏云："陛下垂衣裳而天下治。"圣情大悦。（《说听》卷上第183页）

辛巳（注：正德十六年），今上入继，公（注：兴国长史袁宗皋）扈从，至良乡，上览礼部具仪，谓公："遗诏以吾嗣皇帝位，非为皇子。"公曰："主上聪明仁孝，实天启也。"跸次京城行殿，辅臣杨廷和固请上由东安门入，公曰："今上继序即帝位，可复行藩王礼耶？"因正色厉声呼开大明门，入登大宝。（《国朝献征录》卷15第533页》）

第二章　帝母兴王妃进宫之仪

正德十六年（1521）四月二十五日，嘉靖帝即位后的第三日，即遣官往湖广安陆迎母妃蒋氏进京。此时他虽已称慈寿皇太后为圣母，称武宗为皇兄，声言入继大统"未敢顾私恩"，但却首先提出了"大统既承，义贵致专于所后；至情攸系，恩当兼尽于本生"的命题，希望所后与本生、义与情能兼顾。他对迎母入京是高度重视的，先是派出了司礼监、内官监的太监往迎，接着又遣驸马都尉和大学士前往通州奉迎，并命兵、工二部和地方抚按等官治道、供具。虽数敕奉迎官员要"悉从简约，勿生事扰民"，但仅从地方上报的"用船四千艘、人夫四十万，濒河丁男数不能给"的情况来看，这奉迎的阵仗之大、费用之繁，是不言而喻的了。然而杨廷和等阁僚、礼部尚书毛澄等朝臣对嘉靖帝这一义和情兼顾的想法并不认同，坚持要他为孝宗后，不能顾私情。随着帝父兴献王尊称的争议不断激化，对帝母入宫之仪也争论不休。礼部再三坚持要帝母以藩王妃的身份和仪礼入宫，而不顾其母子情何以堪。对此，嘉靖帝皆不听，自断由中门入，谒太庙，并命锦衣卫以母后仪驾及太后法服以俟。举朝却皆以为不可，一时竟僵持不下。无奈帝母蒋氏止于京郊通州而不入，嘉靖帝则涕泗号泣，面见慈寿皇太后，提出愿意避位，奉母归藩。对此，群臣一时皆惶惧，不知如何处置。礼部尚书毛澄认为这义和情的处置，"有密勿之地、腹心之臣在，非臣等有司所敢专也。"把责任推给了内阁。杨廷和等阁僚只好再次搬出慈寿皇太后的懿旨，以嘉靖帝的名义，一方面肯定朝臣"累次会议正统之大义、本生之大伦，考据精详，议拟允当。"一方面又声称"奉慈寿皇太后之命，以朕既承大统，父兴献王宜称兴献帝，母兴献后。"这样帝母就可以"兴献后"的身份进宫了，仪礼也就自明。

十月四日，帝母至京，由大明中门入，帝亲候迎于午门内，但只入见奉先殿、奉慈殿，未再坚持谒太庙。

资料摘录：

（正德十六年四月）丙午（注：二十五日），上谕阁臣曰："朕入继（注：原文作"继入"，据文意改）大统，虽未敢顾私恩，然母妃远在藩府，朕心实在恋慕。可即写敕遣官奉迎，并宫眷内外员役咸取来京。兵、工二部仍各差郎中一员治道（注：此字不清，据上下文意定）供具。"于是遣司礼监太监秦文，内官监太监邵恩等捧笺诣安陆奉迎圣母。笺曰："钦承圣母慈寿皇太后诰谕、皇兄武宗皇帝遗诏嗣位，敬惟母妃殿下远在藩邸，特奉笺迎请。伏以大统既承，义贵致专于所后；至情攸系，恩当兼尽于本生。爰展孝怀，庸伸至养。恭惟母妃殿下，钟祥茂族，媲美先王。性每笃于仁慈，化素彰于俭约。仰惟圣德，诞育眇躬。属缘伦序之宜，入嗣基图之重。恭承九庙，日理万机。虽允慰乎众心，实仰成于慈训。顾瞻左右，念省问之音疏；徙倚晨昏，眷暌违之地远。劬劳罔极，慕恋弥深，特遣近臣，往迎旧邸，共享升平之福，永膺寿考之休。"初，上之发安陆也，不忍遽离，圣母呜咽涕泣者久之。及在途，尤思慕不已，故登极甫三日，即有是命，盖圣孝纯笃，得于天植如此云。（《世宗实录》卷1第41页）

（正德十六年四月）丙午（注：二十五日），谕阁臣曰："朕入继大统，虽未敢顾私恩，然母妃远在藩邸，实切慕恋。即遣司礼监官奉迎。"（《皇明永陵编年信史》卷1第2页）

（正德十六年四月）丙午（注：二十五日），遣官往迎帝母兴献妃。初，帝在中途思圣母，辄垂泣。故即位三日，即遣司礼监官秦文、邹（注：《世宗实录》作邵）恩等赍笺往迎。（《皇明肃皇外史》卷1第4页）

（正德十六年七月）丁巳（注：初六日），遣兵部车驾司郎中查仲道治舟迎圣母。（《世宗实录》卷4第171页）

（正德十六年七月）丁卯（注：十六日），以奉迎圣母敕谕太监秦文等，令以长行船数及夫役多寡示所过有司，如数为备。内外官随侍者皆宜安静行事，供应悉从简约，勿生事扰民。……湖广左布政使周季凤等言："圣母还京，人船供亿之费不赀，若加敛于民，民必重困。其禄粮旧逋，皆以灾伤故不能输，若并征之，势必转徙。

臣等议以便宜，发库银给诸费，徐以有司赃罚补之，庶事济而民不劳。"上以处置得宜，报允。仍命行两直隶及山东诸司知之。……巡抚凤阳等处都御史臧凤言："顷者遣官迎圣母，有司传报用船四千艘、人夫四十万，濒河丁男数不能给。陛下方蠲租除敛，与民休息，而动众劳民，恐非圣心所安。请敕内外官，所至供应悉从简约，仍阅实其数，明示有司，无生事扰民。"上谓"奉迎内外官前已降谕饬戒，其船、夫供应之数，悉如湖广例行。"（《世宗实录》卷 4 第 186 页）

（正德十六年八月）辛卯（注：十二日），上以圣母将至，命礼部议奉迎仪。尚书毛澄等言："宜豫遣文武大臣各一员于通州境外奉迎。至日，母妃由崇文门入东安门，上具黑翼善冠、黑□带、素袍，于东华门迎候，文武百官各具青素服，于会同馆前东西序立候，母妃舆过，退。次日早，上御西角门，百官致辞行庆贺礼。若至期在山陵事毕之后，上具翼善冠服，文武百官具锦绣服，照前迎候。次日，上御奉天门，百官致辞庆贺。"议入，得旨："奉迎遣文武大臣，依拟。入门礼仪再议以闻。"……癸巳（注：十四日），上以圣母将至，命兵、工二部各差属官一员豫治沿途供应。（《世宗实录》卷 5 第 220 页）

（正德十六年八月）壬午（注：二十七日）遣驸马都尉崔元、大学士蒋冕奉迎圣母，礼官复议入门之仪，欲由正阳左门进大明、承天、端门、午门之东王门入宫。上不允发，命再会多官议之。（《世宗实录》卷 5 第 227 页）

（正德十六年九月）己酉（注：初一日）圣母舟将抵潞河，上敕各抚按等官严督所属备车徒奉迎。（《世宗实录》卷 6 第 241 页）

（正德十六年九月）丁巳（注：初九日），礼部会议圣母入门之仪，言："臣等初议由崇文门进东安门，再议由正阳左门进大明等门东门，而皇上仍令集议以闻。臣等受命虚心讲求，思称德意。窃以母妃南来，必由大道进京，自通州至朝阳门，路直且顺。从此进东安门，便。"上不从，乃亲定其仪曰："圣母远来，定从正阳门由中道行入朝庙，其宫眷进朝阳、东华等门。"……戊午（注：初十日），命都指挥王京率官军五百员名往德州迎扈圣母。敕兵部严谕有司预备军饷，仍戒领军官务约束其下毋扰民。（《世宗实录》卷 6 第 246 页）

（正德十六年九月）癸酉（注：二十五日）圣母至通州，礼部议由东安门入，上不听。复议大明左门入，亦不听，断由中门入，谒太庙，举朝以为不可。帝命锦衣卫以母后仪驾及太后法服以俟。圣母闻朝议欲考孝宗，恚曰："安得以吾子为人子？"诘从官曰："尔侪已极显荣，独不为献王地乎？胡尊称至今未定也？"因留通州不入。帝闻之，涕泗号泣，启慈寿皇太后，愿奉母归藩。群臣惶惧，不知所裁。（《皇明永陵编年信史》卷 1 第 6 页）

（正德十六年九月）兴献王妃至通州。先是，礼部具仪："圣母至京，宜由东安门入。"帝不从。再议由大明左门入，复不从。帝断议由中门入，谒见太庙。朝议哗然，以妇人无谒庙礼，大庙非妇人宜入。张璁曰："虽天子，必有母也，焉可由旁门入乎？古者妇三日庙见，孰谓无谒庙礼乎？九庙之礼后与焉，孰谓太庙非宜入乎？"上又命驾仪奉迎圣母，礼部请用王妃仪仗逆之，帝不从，命锦衣卫以母后驾仪往。又命所司制太后法服以待。至是，圣母至通州，闻朝廷欲考孝宗，恚曰："安得以我子为人之子！"谓从官曰："尔曹已极宠荣，献王尊称胡犹未定？"因留通州不入。帝闻之，涕泗不止，启慈寿皇太后，愿避位奉母归，群臣惶惧。（《明史纪事本末》卷 50 第 737 页）

（正德十六年十月）己卯（注：初一日）礼部尚书毛澄等言："皇上孝心纯笃，念兴献王嗣绪无人，徽称未定，亲洒宸翰，谕之至情，欲委曲折衷，以伸其孝，天地百神实所共鉴。但臣等一得之愚已尽于前议，兹欲仰体圣心，揆量事体，使宜于今而不戾于古，协乎情而无悖于义，则有密勿之地、腹心之臣在，非臣等有司所敢专也。"上曰："卿等累次会议正统之大义、本生之大伦，考据精详，议拟允当。朕已知。钦奉慈寿皇太后之命，以朕既承大统，父兴献王宜称兴献帝，母兴献后、宪庙贵妃邵氏为皇太后。朕辞之再三，不容逊避。特谕卿等知之。……壬午（注：初四日）圣母至京，由大明中门入，上候迎午门内，入见奉先殿、奉慈殿。"（《世宗实录》卷 7 第 271 页）

第三章　帝父兴献王尊号

正德十六年（1521）四月二十七日，嘉靖帝登基后第五日，即命礼部集议其父兴献王的尊号及主祀礼仪。礼部尚书毛澄请于大学士杨廷和，廷和将汉定陶王、宋濮王的事例交给他，说："此篇为据，异议者即奸谀当诛。"其时中式举人张璁正在京等待殿试，闻知此事，即对其乡人、礼部侍郎王瓒说："帝入继大统，非为人后，与汉哀、宋英不类。"对此王瓒也赞同，并在朝中宣言此意。杨廷和得知，即示意言官以他事劾之，将其出为南京礼部侍郎。毛澄会公卿台谏等官六十余人上议，请嘉靖帝按宋英宗模式，以孝宗为皇考，以兴献王及妃为皇叔父母，自称侄皇帝；而令益王嫡二子崇仁王主考兴献王，叔益王。帝览奏，愤然曰："父母可移易乎？"命再议。于是杨廷和、蒋冕等复上言坚持'濮议'，并许诺现暂以崇仁王主兴献王祀事，将来可以皇上自己的次子为兴国之后，而改原为郡王的崇仁王为亲藩王。毛澄等朝臣六十余人亦赞同杨廷和所言。嘉靖帝不听，仍命博考典礼，以求至当。已而杨廷和复以舜不追崇瞽叟、汉光武帝不追崇南顿君的事例上言，毛澄等七十余人又以兴献王不可加称上议，并录魏明帝关于旁支入继的诏文以上，皆留中不报。

五月初七日，毛澄会文武群臣六十余人又以汉定陶王、宋濮王事例上议，反对帝为生父加尊号，请称兴献王为"皇叔父兴献大王"，兴献王妃为"皇叔母兴献王妃"。帝虽坚持不从，且心中不悦，但迫于众论，一时也无法实现自己的愿望。为改变在朝中孤立无援的局面，帝即破格任命随同入京的原兴府长史袁宗皋为礼部尚书兼文渊阁大学士入阁预机务，但袁宗皋却以有病坚辞不赴任，且不久又病故，帝的愿望再次落空。

七月初三日，大理寺观政进士张璁以"礼为人情"之论上言议礼，反对廷臣执汉定陶王、宋濮王故事而称"为人后者为之子，不得复顾私亲"的观点，主张追尊兴献王号。得此疏，嘉靖帝非常高兴，说："此论一出，吾父子必终可完也。"马上命所司议闻，又遣司礼监官送至内阁，谕曰："此议实遵祖训、据古礼，尔曹何得误朕！"而杨廷和却说："书生焉知国体！"在朝的廷臣对此亦大怪骇，并交起攻击张璁，而执议如初。湖广道御史方凤等也上言劝帝早定大礼，兴献王称号宜如礼官所议，帝报闻面已。七月十五日，嘉靖帝御文华殿，召大学士杨廷和等人，当面以御批礼部会官所议称号疏示之，并说："至亲莫如父母，卿等宜体朕意。"杨廷和等退而上疏，以御批首言"卿等议得是，朕已知悉"，说明朝臣所议的意见，皇上亦以为是对的；仍坚持"为人后者不得复顾其私亲"的观点。疏入，留中不下。其时，南京礼部以武宗皇后徽号未定，庆贺笺文有碍题称，请暂称皇后为"武宗皇后"，帝命如议暂行；六科给事中俞敦等、十三道御史王溱等上疏请以礼官及廷臣集议兴献王称号行之，帝俱命所司详议。

八月初一日，礼科都给事中邢寰请上武宗皇后及宪庙皇妃徽号，帝命礼部会议；礼部以为"武宗皇帝亲挈神器授之皇上，名虽兄弟，实犹父子；皇后与之齐体，于皇上有母道焉。崇异之典，宜俟慈寿皇太后徽号既加即当举行。"又称帝宜考孝宗皇帝而母寿慈皇太后，宪庙皇妃邵氏宜称太皇太妃。疏入，报闻而已。于是给事中朱鸣阳、史于光等，御史王溱、卢琼等复上疏，以为兴献王尊号未定，是张璁之邪说所至，批驳张璁"统、嗣不同"和"别庙兴献王于京师"的邪说，请将张璁斥罚。礼部亦赞同此说，上请嘉靖帝，为不使其"上摇圣志，下起群疑，宜将张璁戒谕"，帝皆不听。

九月，帝母即将抵京，因兴献王称号未定，廷臣乃欲帝母以王妃身份入宫，帝不得已，于二十八日再命内阁详议大礼称号，杨廷和等仍持前议。嘉靖帝深感失望，动情地说："朕受祖宗鸿业，为天下君长；父兴献王独生朕一人，既不得承绪，又不得徽称，朕于罔极之恩何由得安始终？劳卿等委曲折中，为朕申其孝情，务加追尊美号，于安陆立祠，以为永久奉养，使朕心安而政治，父神有所依倚。"杨廷和等仍以"大礼关系万世纲常、四方观听"，持之益坚，并以病再三请辞；其他内阁大学士和各部大臣亦纷纷请辞，帝皆婉留不允。这时，帝母已到通州，闻朝议欲以嘉靖帝考孝宗，恚曰："安得以我子为他人子？"于是滞留通州不进京。嘉靖帝闻之，悲愤异常，涕泗不止，即启慈寿皇太后，愿避帝位以奉母归藩。对此，群臣惶惧，不知所处。张璁闻之，十分高兴，乃为《大礼或问》一帙，析统、嗣之异及尊崇墓庙之说甚悉，且曰："非天子不议礼"，鼓动嘉靖帝"奋独断，揭父子大伦明告中外"。草疏由吏部主事彭泽录送内阁及礼官，劝他们改前议，不得应允，张璁乃带着草疏至左顺门上之。杨廷和令修撰杨维聪等阻之，不得。帝览之，亦留中不下。毛澄等知势不可已，乃谋于内阁大学士，请以皇太后懿旨行之。

十月初三日，嘉靖帝颁诏，敕礼部："朕遵奉圣母慈寿皇太后懿旨，朕既承大统，本生父兴献王宜称兴献帝，母兴献后，宪庙贵妃邵氏皇太后。仰承慈命，不敢故违。"次日，帝母至京师，遂以兴献后的身份由大明中门入宫，谒奉先、奉慈二殿；初欲庙见，亦因廷臣反对而止。一场议礼风波，再次以慈寿皇太后的名义，在双方都做出让步的情况下暂时化解，但朝中议礼的斗争却仍在进行。其时都御史林俊致仕家居，上疏反对嘉靖帝尊崇其所生父母，杨廷和遂奏起林俊为工部尚书。巡抚云南都御史何孟春上言以为兴献王不宜称考，杨廷和乃擢孟春为吏部侍郎。给事中熊浃上言以帝父母不得以诸王礼处之，当称帝、后，而祀兴献于别庙，乃被出为按察司金事。兵部主事霍韬见张璁言将用，亦上言以"礼官持议非是"；私为《大礼议》驳礼部尚书毛澄考孝宗之说。巡抚湖广副都御史席书见朝中议大礼未定，揣上意向张璁、霍韬，因献议赞同张说，称兴献王宜加称"皇考兴献帝"；而因"献"是谥号，不可加之今日之帝母。帝母应称"皇母某后"。同知马时中、国子监诸生何渊、巡检房浚，也各上言如璁议，嘉靖帝益为之心动。十月十六日，杨廷和以追崇礼成，拟上慈寿皇太后及武宗皇后尊号，嘉靖帝即遣司礼监太监谕廷和，欲邵太后、兴献帝、后也各拟上尊号。杨廷和等上言此不可同时举行，要待来年皇帝大婚礼成后方能加上，以明正统与旁支的不同。帝亦无奈。

十一月二十三日，下张璁《大礼或问》，命礼部看详。二十六日，乾清宫成，嘉靖帝自文华殿入居新殿，四川道监察御史郑本公为此上疏，备述此宫在正德朝被毁的原因，请帝远小人、近贤臣，永以先朝为鉴。帝嘉纳之。

十二月初，帝传命欲加称兴献后尊号；杨廷和等拟进以"兴献太后"之称；至初十，帝又下御批欲再加一"皇"字。次日，杨廷和等上疏以为不可复加，坚持帝既以慈寿皇太后为母，本生之母分义自有不同，名称亦宜有间，不得私厚于本生。并指出此是帝迫于帝母的不得已之举，劝帝在朝见兴献后时，"即以臣等愚见从容开导"。乃封还御批，仍依原拟上进。十九日，帝即命"可承朕命，以表衷肠。慎无再拒，勉顺施行"，坚持要在兴献帝、后称号上各加一"皇"字。次日，杨廷和等以为此不合典礼，是"忘所后而重本生，任私恩而弃大义"，事关正统，"虽君上有不得以自专者"。仍坚持"为人后者为之子，不得复顾其私亲"的观点，并请辞位。嘉靖帝虽承认他们"所言皆推大义"，却又强调自己"所奉昊天至情"，要求内阁"不必拘于史志，可为朕申明孝义，勉录皇号施行，庶安朕母子衷心。"而对他们的再三请辞，又皆优旨慰留。二十一日，慈寿皇太后诰谕礼部，以皇帝年及婚期，命预先用心求淑女以为配。二十七日，吏部尚书乔宇等在京九卿大臣28人连名具疏，言兴献帝不宜称皇号，"正统大义惟赖'皇'字以明，若加于本生之亲，则与正统混而无别。揆之天理则不合，验之人心有未安，非所以重宗庙、正名分也。"嘉靖帝即再次搬出慈寿皇太后，以"慈寿皇太后懿旨有谕：'今皇帝婚礼已命行，其兴献帝宜加与皇号，母兴献皇太后。'朕不敢辞。尔群臣其承命"而答之。礼部尚书毛澄等又上言，请纳内阁大臣的直言规谏。帝仍强调"懿旨谕及不可违，宜承休命"。于是给事中朱鸣等105名朝臣皆疏称兴献帝不当加皇字，并劾"张璁倡邪说以惑圣聪，霍韬附议以坏典礼，并乞罢斥。"疏入，俱不报。是月，杨廷和授意吏部，将大理寺观政进士张璁任为南京刑部主事，并寄语张璁"子不应南官。第静处之，勿复为大礼说难我耳。"璁怏怏而去。先是，帝下《大礼或问》于礼部，时杨一清家居，遗书门人吏部尚书乔宇曰："张生此论，圣人不易，恐终当从之。"乔宇不听。

嘉靖元年正月十一日，大内清宁宫后三小宫发生火灾，钦天监掌监事光禄寺少卿华湘即上言，以正德朝乾清宫火灾来喻今清宁宫火灾，说这是上天示戒，请帝"祗严天戒，益修德政，以弭灾变。"疏下所司知之。十四日，礼部尚书毛澄上言请帝"充其惧灾忧变之心，而致夫顺天悦亲之实。"帝表示愿以天戒而警惕，与朝臣同加修省，以回天意。毛澄等又上言，以帝御批父母尊号各加一皇字，于正统之亲混同无别，恐不可以告于郊庙而播之天下。帝仍以"此慈寿太后懿旨，不必更议。"是日，科道官交章论谏，给事中安磐则谓"'兴'为藩国，不可加于帝号之上；'献'为谥法，不可加于生存之母。本生、所后，势不俱尊；大义、私恩，自有轻重。"御史李俨则谓"慈寿、母妃，分均体敌，恐生群小之心，渐构两宫之隙。"程启充则谓"虞舜不后瞽叟，光武不封南顿；礼无二本，自古已然。今帝、后之称既行，庙享之礼何祔？疑逼之名不正，上系之统何承？"疏入，帝俱以"有前旨"下所司知之。大学士杨廷和、蒋冕、毛纪、费宏上言："火起风烈，此殆天意。况迫清宁后殿，岂兴献帝、后之加称，祖宗神灵容有未悦乎？"给事中邓继曾上言："五行之德，火则主礼。五事惟火曰言，言生于名，礼兴于言；名不正则言不顺，言不顺则礼不兴。"以为宫灾是"废礼失言之效也"。主事高尚贤、郑佐也相继上言："郁攸之灾，不于他宫，而于清宁之后；不在他日，而在郊祀之余。变岂虚生，灾有由召。"嘉靖帝看了这些奏疏，不禁为之心动，乃决定听从杨廷和等所议，称孝宗为皇考，慈寿皇太后为圣母，兴献帝、后为本生父母，而"皇"字也不再加。并于二十二日谕礼部："慈寿皇太后加上尊号为昭圣慈寿皇太后，皇嫂皇后加上尊号为庄肃皇后，本生母兴献后加上尊号为兴国太后，宪庙贵妃邵氏皇太后加上尊号为寿安皇太后。"命所司择日具仪以闻。

二月初三日，帝母生日，因还未上尊号，不得已传令免贺。此日，礼部上言："兴献帝陵寝上册宝，宜如长陵例，不用乐，止令太常寺遣官带乐舞生二名以供宣册、宣宝、赞礼、读祝等用。"帝从之，仍令玉册、玉宝收贮家庙享殿，香册、香宝收贮陵寝。初四日，帝谕内阁，欲在上兴献帝的册文中自称子。大学士杨廷和、蒋冕、毛纪、费宏上言："陛下追崇兴献王为帝，若以子自称，非所以后孝宗、承祖宗之统也。臣等稽经考古，不敢曲从。"仍以原拟册文封进。越三日，帝复遣司监官至内阁，仍坚持自己宜称孝子。杨廷和等复上言："兴献帝册文首称'恩重本生'，又称'以长子入继大统'。已见陛下是兴献帝亲子，但陛下后孝宗、承祖宗之统，于本生父自难称孝子。请勉从正礼。"帝不报。初十日，以上昭圣慈寿皇太后、庄肃皇后尊号，遣公、侯勋臣祭告天地、宗庙、社稷。十一日，以上寿安皇太后、兴国太后尊号，遣官祭告如前。这种安排，是为显示正统、旁支之别。三月十五日，帝御奉天殿颁诏，慈寿皇太后加上尊号为昭圣慈寿皇太后，皇嫂皇后加上尊号为庄肃皇后，本生母兴献后加上尊号为兴国太后，宪庙贵妃邵氏皇太后加上尊号为寿安皇太后。并广加恩泽于天下。

三月二十一日，遣官诣安陆上兴献帝尊号，礼部侍郎贾咏题神主时，遵杨廷和所指，题其主曰"兴献帝神主"，不称"考"及"叔"，亦不叙子名。看来这场议礼风波，由于以杨廷和为首的朝臣们的不懈坚持，更因为一场意外的宫廷火灾，双方都做出了一些让步，形成了暂时的妥协。朝臣们不再坚持帝父母的藩府地位，尊号由"兴献大王、兴国太妃"成了"兴献帝、后"。嘉靖帝也已然接受了"正统""旁支"的安排，尊孝宗为皇考、慈寿为圣母。然而由于"兴"是藩国名，不可加于帝之尊号上，"献"为往生藩王谥号，不可加于在生帝母尊号之上，这就给以后的"大礼议"的纷争埋下了伏笔。就在此不久后的四月十七日，嘉靖帝即进封自己的大姐长寿郡主为长公主，使之享有皇帝长女或皇帝长姐的恩荣。八月，帝又命司礼监官传谕内阁，欲以大婚礼取到女子赴宫简选，按照祖母寿安皇太后旨意进行。大学士杨廷和等再疏论其不可，称"去年宣谕礼部奉行，今春分遣司礼监官选取，皆由圣母昭圣慈寿皇太后诰谕，在廷之臣与天下之人皆知之。今日传旨改从寿安，事不归一，礼不由正，何以昭示中外？"帝不得已，只好仍命"奉昭圣懿旨行之"。其时，帝欲采治中王槐建议，在安陆设祠祭署，以外戚蒋荣主行祀事。给事中底蕴上言力陈不可，并请按廷臣之议立崇仁王为兴国后，台谏官亦交章赞同。刑部尚书林俊又上疏引汉定陶共王、宋濮安懿王故事，请会议兴献帝立后、主祀之礼。御史储良材、朱实昌亦以为言。嘉靖帝对此不予理会，却命集议兴献帝家庙用乐。礼部因此上言，以林俊等所奏关系典礼，请并会官详议以闻。帝又以"奉祀已有成命，不必议，议用乐"答之。十一月二十日，南京礼部尚书杨廉等疏奏"申明大礼以息群议"，请早择亲藩之子为兴献帝后。嘉靖帝只是将其疏下所司知之，并不采纳，这也就预示着大礼议之争还远未结束。

资料摘录：

（正德十六年四月）戊申（注：二十七日）命礼部会官议兴献王主祀及封号以闻。……辛亥（注：三十日）诏改礼部左侍郎王瓒为南京礼部侍郎。初，吏科给事中阎闳劾瓒议礼多谬，未报。至是瓒自疏乞休，故有是命。（《世宗实录》卷1第47页）

（正德十六年四月）戊申（注：二十七日）命礼官集议崇祀兴献王典礼。礼部尚书毛澄请于大学士杨廷和，廷和出汉定陶王、宋濮王事授之，曰："此篇为据，异议者即奸谀当诛。"时有待对公车举人张璁者,为礼部侍郎王瓒同乡士,诣瓒言:"帝入继大统,非为人后,与汉哀、宋英不类。"瓒然之,宣言于众。廷和谓瓒独持异议,令言官列瓒他失,出为南京礼部侍郎,而以侍读学士汪俊代之。尚书毛澄会公卿台谏等官六十余人上议:"汉成帝立定陶王为嗣,而以楚王孙后定陶,承共王祀,师丹以为得体。今上入继大统,宜以益王子崇仁主后兴国。其崇号则袭宋英故事,以孝宗为考,兴献王及妃为皇叔父母。祭告上笺称侄,署名。而令崇仁主考兴献王,叔益王。"帝览曰:"父母可移易乎?其再议!"于是廷和及蒋冕等复上言:"程颐'濮议',最得礼义之正,皇上采而行之,可为万世法。兴献祀事,今虽以崇仁主,异日仍以皇次子后兴国,而改崇仁为亲藩。天理人情,庶两无失。"尚书澄、侍郎俊等六十余人,亦复如廷和言。帝不听,仍命博考典礼,以求至当。已而廷和复上言:"舜不追崇瞽叟,汉世祖不追崇南顿君。皇上取法二君,斯圣德无累。"澄等七十余人又上议:"武宗皇帝以神器授之陛下,有父道焉。特以昭穆既同,不可为世。孝庙而上,称祖、曾、高,以次加称,岂容异议!兴献王虽有罔极恩,断不可以称孝庙者称之也。"因录魏明帝诏文以上。留中不报。御史周宣,进士屈儒、侯廷训亦各奏议如礼官指,帝终不从。六月敕修《武宗实录》,仍命礼官集议追崇大礼。(《明史纪事本末》卷50第734页)

(正德十六年四月)戊申(注:二十七日)命礼官集议崇祀兴献王典礼。帝命集议兴献王主祀及追崇尊号。礼部尚书毛澄请于大学士杨廷和,廷和出汉定陶王、宋濮王事授之,曰:"此足为据,异议者即奸谀,当诛矣。"出礼部侍郎王瓒于南京。有待对公车举人张璁者,瓒同乡也,诣瓒言:"帝入继大统,非为人后,与汉哀、宋英不类。"瓒然之,宣言于众。大学士廷和谓瓒独持异议,令言官列瓒他失,出为南京礼部侍郎,而以侍读学士汪俊代。(《皇明肃皇外史》卷1第4页)

(正德十六年五月)戊午(注:初七日)礼部尚书毛澄等会议兴献王主祀及称号,奏曰:"考之汉成帝立定陶王为皇太子,立楚孝王孙景为定陶王,奉共王祀。共王,皇太子生父也,时大司空师丹以为恩义备至。今皇上入继大统,宜如定陶王故事,以益王第二子崇仁王厚炫继兴献王后,袭封兴王,主祀事。又考之宋濮安懿王之子入继仁宗后,是为英宗。宰臣请下有司议礼,时知谏院司马光谓'濮王宜尊以高官大爵,称皇伯而不名'。判太常寺范镇亦上言'陛下既考仁宗,若复以濮王为考,于义未当'。乃诏立濮王园庙,以宗朴为濮国公,奉濮王祀。程颐之言曰:'为人后者谓所后为父母,而谓所生为伯、叔父母,此生人之大伦也。然所生之义至尊至大,宜别立殊称曰'皇伯叔父某国大王',则正统明而在所生亦尊荣极矣。今兴献王于孝宗为弟,于皇上为本生父,与濮安懿王事正相等,皇上宜称孝宗为皇考,改称兴献王为皇叔父兴献大王,兴献王妃为皇叔母兴献王妃。凡祭告兴献王及上笺兴献王妃,皇上自称侄皇帝,则隆重正统与尊崇本生,恩礼备至,可以为万世法。"疏入,上曰:"藩府主祀及称号,事体重大,再会议以闻。"(《世宗实录》卷2第81页)

（正德十六年五月）戊午（注：初七日）毛澄会文武群臣六十余人上议曰："考汉成帝立定陶王为皇太子，立楚孝王孙为定陶王，奉共王祀。共王者，皇太子本生父也，时大司空师丹以为恩义备至。今陛下入承大统，宜如定陶王故事，以益王第二子崇仁王厚炫主后兴国。又考宋英宗以濮安懿王之子入继仁宗，司马光谓濮王宜尊以高官大爵，称皇伯而不名。范镇亦言'陛下既考仁宗，若复以濮王为考，于义未当'。乃立濮王园庙，以宗朴为濮国公，奉濮王祀。程颐之言曰：'为人后者谓所后为父母，而谓所生为伯、叔父母，此生人之大伦也。然所生之义至尊至大，宜别立殊称，曰皇伯、叔父某国大王，则正统既明，而所生亦尊崇极矣。'今兴献王于孝宗为弟，于陛下为本生父，与濮安懿王事正相等。陛下宜称孝宗为皇考，改称兴献王为皇叔父兴献大王，妃为皇叔母兴献王妃。凡祭告兴献王及上笺于妃，俱自称侄皇帝某，则正统、私亲，恩礼兼尽，可以为万世法。议上，上大愠曰：'父母可更易若是邪？'命再议。"（《明通鉴》卷49第1580页）

（正德十六年五月）壬戌（注：十一日），敕升吏部侍郎兼翰林院学士袁宗皋为礼部尚书兼文渊阁大学士入赞机务。宗皋具疏辞免。上答曰："卿学行老成，藩邸效劳年久，内阁重任，特兹简命，宜勉副朕意，不允辞。"（《世宗实录》卷2第91页）

（正德十六年五月）丙寅（注：十五日）上亲策贡士张治等于廷，……己巳（注：十八日）赐杨维聪等三百三十人进士及第出身有差。（《世宗实录》卷2第95页，注：张璁中是科二甲第77名进士）

（正德十六年五月）乙亥（注：二十四日）礼部尚书毛澄等复上兴献王主祀称号之议曰："《礼》：为人后者为之子，自天子至于庶人，一也。兴献王之子惟皇上一人，既已入继大统，奉祀宗庙，是以臣等前议欲令崇仁王厚炫主兴献王祀。但今山陵未毕，慈寿皇太后、中宫皇后、宪庙皇妃皆未上尊号，则兴献王继祀袭封之礼似当有待。宜先令崇仁王以本爵奉祀兼理府事。兴献王称号，臣等前议皇上宜称为皇叔父兴献大王，自称侄皇帝名，实以宋儒程颐之说有可据也。本朝之制，皇帝于宗藩凡在尊行，止称伯父、叔父，自称皇帝而不名，。今皇上称兴献王曰皇叔父，曰大王，又自称名，尊荣之典可谓至矣。臣等不敢复有所议。"因录程颐代彭思永上宋英宗议濮王礼疏进览，上命博考前代典礼，再会官详议，务求至当以闻。"（《世宗实录》卷2第105页）

（正德十六年七月）壬子（注：初三日）进士张璁上言："孝子之至莫大乎尊亲，尊亲之至莫大乎以天下养。陛下嗣登大宝，即议追尊圣考以正其号，奉迎圣母以致其养，诚大孝也。今廷臣乃执汉定陶、宋濮王故事，谓'为人后者为之子，不得复顾私亲'。夫天下岂有无父母之国哉？《记》曰：'礼非从天降、非从地出也，人情而已。'夫汉哀帝、宋英宗固定陶、濮王子，然成帝、仁宗皆预立为嗣，养之宫中，其为人后之义甚明，故师丹、司马光之论行于彼一时则可。今武宗皇帝嗣孝庙十有七年，未有储建，比于崩殂，而执政大臣方遵祖训定大议，以陛下'聪明仁孝，伦序当立'，迎继大统。岂非以天下者祖宗之天下也，故遗诏直曰'兴献王长子'，而未尝著为人后之义。则陛下之兴，实所以承祖宗之统而顺天下之心，比之预立为嗣、养之宫中者，亲疏异同较然矣。议礼者皆谓孝庙德泽在人，不可无后，假令圣考尚存，嗣位今日，恐弟亦无后兄之义。《礼》：长子不得为人后，况圣考惟陛下一人，利天下而为人后恐子无自绝其父母之义。宋儒程颐有曰：'《礼》长子不得为人后，若无兄弟，又继祖之宗绝，亦当继祖。'此正陛下今日之谓也。故在陛下，谓入继祖后而得不废其尊亲则可，谓为人后以自绝其亲则不可。夫统与嗣不同，非必父死子立也。汉文承惠帝后，则以弟继；宣帝承昭帝后，则以兄孙继。若必夺此父子之亲、建彼父子之号，然后谓之继统，则古有称高伯祖、皇伯考者，皆不得谓之统矣。或以魏诏谓由诸侯入继大统，则当明为人后之义，此为外藩援立者防，非经常之典也。故曰'礼，时为大，顺次之'。臣窃谓今日之礼，宜别立圣考庙于京师，使得隆尊亲之孝，且使母以子贵，尊与父同。则圣考不失其为父，圣母不失其为母矣。今议者不稽古礼之大经，而泥末世之故事；不考圣贤之成法，而率曹魏之旧章，此臣之所未解也。乞以臣言下礼官详定。"初，上即位即命礼官会议兴献王称号，言者纷纷皆谓"为人后者为之子，不得复顾私亲，宜如汉定陶、宋濮王故事"。上心殊不悦，然夺于众论，未有以折之。及得璁奏，喜曰："此论一出，吾父子必终可完也。"亟下所司议闻。（《世宗实录》卷4第162页）

（正德十六年）七月，观政进士张璁上《大礼疏》，……疏入，上遣司礼监官送至内阁，谕曰："此议实遵祖训、据古礼，尔曹何得误朕！"杨廷和曰："书生焉知国体！"（《明史纪事本末》卷50第736页）

世宗初践祚，议追崇所生父兴献王。廷臣持之，议三上三却。璁时在部观政，以是年七月朔上疏，……帝方扼廷议，得璁疏大喜曰："此论出，吾父子获全矣。"亟下廷臣议。廷臣大怪骇，交起击之，礼官毛澄等执如初。"（《明史》卷196第5174页）

（正德十六年七月）癸亥（注：十四日）湖广道御史方凤等上言三事：一定大礼，兴献王称号宜如礼官议。……疏入，上报闻。……甲子（注：十五日）上御文华殿，召大学士杨廷和等，以御批礼部会官所议称号疏示之，且谕之曰："至亲莫如父母，卿等宜体朕意。"廷和等退而上疏曰："近日臣等恭诣文华殿，进呈《祖训序文直解》，伏蒙皇上赐茶，且进臣等于黼座之前，特以礼部会议兴献王称号本并御批旨意授与臣等。退而伏读，仰见皇上欲拟尊崇所生，先谕臣等，犹有从容商量之意，则圣心于此犹有不自安者。又御批首言'卿等议得是，朕已知悉'，则多官所议者，皇上亦未尝不以为是也。特以圣孝纯笃，故御批旨意既谓'父母生育之恩不能忘'，又面谕臣等谓'至亲莫如父母'，臣等岂不欲仰体圣意，实以为人后者为之子，既为人后，则不得复顾其私亲，此天地之常经、古今之通谊也。舜、禹有天下，而天子之号不加诸瞽叟与鲧；舜、禹岂不孝其父母者？盖天下万世公议，诚不可以一人之私情废也。宋英宗欲追崇所生濮王，亦竟以众论不合而止。皇上方将上法舜、禹，顾可使所行反出英宗下耶？此国家典礼，关系至重，臣等实不敢阿谀顺旨。谨以钦奉御批礼部本并原票封进，伏望圣明俯纳群臣之议，仍依原票发出，则圣孝光于舜禹，而臣等辅导之责亦可以少尽矣。"疏入，留中。（《世宗实录》卷4第180页）

（正德十六年七月）己巳（注：二十日）南京礼部以武宗皇后徽号未定，庆贺笺文有碍题称。且笺文旧式有"中宫协相"之文，尤非今日所宜，移文礼部，议请暂称皇后为武宗皇后，笺文旧式稍加删正，颁示在外文武诸司。上命如议暂行之。……庚午（注：二十一日）六科给事中俞敦等请早定大礼以隆大孝，言"礼官及廷臣集议兴献王称号，皆稽经订史，酌古准今。幸皇上断在不疑，以成一代典礼"。十三道御史王溱等亦以为言。上俱命所司详议。（《世宗实录》卷4第190页）

（正德十六年八月）庚辰（注：初一日）礼部尚书毛澄等言："兴献王称号，臣等前已二次会议，皆据宋儒程颐'濮议'，以为皇上宜称兴献王为皇叔父兴献大王。夫兴献王于皇上为本生父，必改称叔父者，明大统之尊无二也。然加皇字于叔父之上，则凡为皇上伯叔诸父，皆莫能与之齐矣。加大字于王之上，则天下诸王皆莫得而并之矣。兴献王称号既定，则王妃称号亦随之，天下王妃亦无以同其尊矣。况皇上养以天下，所以乐其心，不违其志，岂一家一国之养可同日语哉？此实孔子所谓事之以礼者。其他推尊之说、称亲之议，似为非礼。推尊之非莫详于魏明帝之诏，称亲之非莫详于宋程颐之议，至当之礼要不出于此矣。并录魏明帝诏进览。"上命再会官详议以闻。礼科都给事中邢寰请上武宗皇后及宪庙皇妃徽号，疏下礼部会议言："武宗皇帝亲挈神器授之皇上，名虽兄弟，实犹父子；皇后与之齐体，于皇上有母道焉。崇异之典，宜俟慈寿皇太后徽号既加即当举行。考之宋太宗称太祖后宋氏为开宝皇后，其后哲宗后孟休号元祐皇后；开宝、元祐皆年号也。孝宗称高宗后为皇太后，光宗即位时，以孝宗尚在，故更称高宗后为寿圣皇太后，而尊其母但称寿成皇后。今日若依开宝等称号用之，虽无不可，然揆之寿成故事，似为周详。宪庙皇妃实诞生兴献王，乃皇上之所自出也。皇上既入继大统，则宜考孝庙而母寿慈皇太后矣。孝庙于宪庙皇妃宜称皇太妃，则于皇上宜称为太皇太妃。盖孝庙，子行也；皇上，孙行也。如此则名正言顺，彝伦既正，恩义亦笃矣。"疏入，报闻。（《世宗实录》卷5第211页）

于是给事中朱鸣阳、史于光等，御史王溱、卢琼等复奏："兴献王尊号，未蒙圣裁，大小之臣，皆疑陛下垂省张璁之说耳。陛下以兴献王长子，不得已入承大统，难拘'长子不得为人后'之说。璁乃谓统嗣不同，岂得谓会通之宜乎？又欲别庙兴献王于京师，此大不可。昔鲁桓、僖宫灾，孔子在陈闻火，曰：'其桓、僖乎？'以非正也。如庙兴献王于京师，在今日则有朱熹两庙争较之嫌，在他日则有鲁僖跻闵之失。乞将张璁斥罚。"奏入，俱命礼部议。八月，尚书毛澄等仍议："给事中朱鸣阳、御史王溱等，皆欲皇上早从原议，盖有见于天理人情之公断，不容以私恩为初政累也。御史卢琼、给事中史于光历数张璁建议之偏，若与仇者，岂得已哉！诚惧

其上摇圣志，下起群疑，宜将张璁戒谕。"不听。（《明史纪事本末》卷50第736页）

（正德十六年九月）乙卯（注：初七日）礼部尚书兼文渊阁大学士袁宗皋卒。宗皋，湖广石首县人，由进士选兴府长史，事献皇帝以端慎闻。上即位，录藩邸旧劳，升吏部左侍郎兼翰林院学士，寻入阁办事。至是卒，上嗟悼之，赐祭特加二坛，并敕有司营葬。赠太子少保（注：《国榷》作太子太保），谥荣襄。（《世宗实录》卷6第245页）

（正德十六年九月）庚午（注：二十二日）吏科给事中史于光、福建道御史卢琼上疏言："兴献王称号典礼，廷臣集议再三，咸合理义，乞早赐俞允。"并指进士张璁议为非，乞加黜罚。礼部复请如于光言，上不听。（《世宗实录》卷6第255页）

（正德十六年九月）丙子（注：二十八日）上命内阁详议大礼称号，杨廷和、蒋冕、毛纪上言："此礼重大，将以昭示天下后世。今多官会议如此，臣等二三人岂敢妄有更定，请复会官详议。"上曰："朕受祖宗鸿业，为天下君长，父兴献王独生朕一人，既不得承绪，又不得徽称，朕于罔极之恩何由得安始终？劳卿等委曲折中，为朕申其孝情，务加追尊美号，于安陆立祠，以为永久奉养，使朕心安而政治，父神有所依倚。"廷和复上言："圣谕令臣等委曲折中以申孝情，切念大礼关系万世纲常、四方观听，议之不可不详，处之不可不审，必上顺天理、下合人心，祖宗列圣之心安，则皇上之心始安矣。"报闻。（《世宗实录》卷6第261页）

（正德十六年九月）丁丑（注：二十九日）礼部尚书毛澄集廷臣议言："先王制礼，本乎人情。昔武宗无子，又无同产弟，援立陛下于宪庙诸孙之列，是武宗以陛下为同胞之弟。陛下昔考献王，今考孝庙，人情之所安也。夫人情安，斯天理得，由是推之，则陛下所以待本生之亲者可知。已考孝庙、母慈寿，则不当复父母其所生；由旁支绍正统，则不当私帝后其所生。此理易见，无难知者，苟舍此他求，而创因仍苟且之议，则人情不安。名不正言不顺，将其不胜其悔矣。惟陛下如臣等议，断自宸衷，必行无惑。"上曰："兹匪细故，大伦大义攸系，卿等博采舆论，参酌具奏。"（《世宗实录》卷6第264页）

（正德十六年九月）戊寅（注：三十日）大学士杨廷和言："臣以菲才遭逢盛世，历仕一十五转，在官四十四年，猥蒙四朝之恩，久玷三孤之位。自从召起，卧病上请凡十二章。今事圣明，陈辞恳乞者亦已三疏。数蒙恩诏，曲赐慰留，申命礼官枉临宣谕。窃念先帝之山陵未毕，皇上之哀慕方淫，强扶衰羸，黾勉从事，迁延弥月，转益旧疴。敢贪廊庙之荣，实切山林之望。况老当致仕，非以为名；而病冀得闲，本其至愿。伏望圣慈早赐俞允。"上曰："卿累朝元老，德望素隆，翊载赞襄，功在社稷。今方励精图治，虚怀倚毗，宜益竭忠诚，展布四体，以成维新之化，岂得引疾求退？"仍命鸿胪寺官造其第谕留之。（《世宗实录》卷6第265页）

（正德十六年）冬，十月己卯朔（注：初一日）追尊父兴献王为兴献帝，祖母宪宗贵妃邵氏为皇太后，母妃蒋氏为兴献后。先是，尊崇礼未定，会母妃在通州，又闻朝议考孝宗，恚曰："安得以我子为他人子？"于是张璁益喜，著《大礼或问》上之，且曰："非天子不议礼，愿奋独断，揭父子大伦明告中外。"章既下，毛澄等知势不可已，乃谋于内阁，请以皇太后懿旨行之，遂颁诏。壬午（注：初四日）兴献后至京师，谒奉先、奉慈二殿。初欲庙见，以廷议而止。（《明通鉴》卷49第1583页）

（正德十六年）冬十月己卯（注：初一日）张璁赍疏至左顺门，杨廷和令修撰杨维聪偕庶吉士十余人阻之。张璁不听，遂上疏及《大礼或问》以进。上览之，留中。（《宪章录》卷47第21页）

（正德十六年）冬十月，张璁上《大礼或问》。初，璁上言大礼，御史卢琼、给事中史于光交章劾璁惑乱宸聪，宜加斥罚，不报。已而礼官复集群议上言不当帝后所生，留中不下。于是毛澄等以琼、于光言上请，乞戒谕璁，亦不报。九月丙子，帝谕廷和曰："朕父独生朕，不得承绪，复不得徽称，罔极何由报！终劳卿等折衷，伸朕孝思。"廷和等仍守前议不欲变。及圣母留通州不入，帝欲避位，璁乃复为《或问》一帙，析统嗣之异及尊崇墓庙之说甚悉。吏部主事彭泽录遗内阁及礼官，劝改前议，不从。璁乃赍至左顺门上之。廷和令修撰杨维聪等阻之，不得。帝览之，留中不下。辛巳，尊邵贵妃为皇太后，兴献王与献妃为帝、后。廷和见势不获已，乃草敕下礼部曰："圣母慈寿皇太后懿旨，以朕缵承大统，本生父兴献王宜称兴献帝，母宜称兴献后，宪（注：原文作献，据文意改）庙贵妃邵氏称皇太后。仰承慈命，不敢固违。"帝从之，廷和意假母后，亦非廷议意也。（《肃皇外史》卷1第11页）

尊本生父母并邵贵妃尊号敕（正德十六年十月初三日）皇帝敕礼部："朕遵奉圣母慈寿皇太后懿旨，朕既承大统，本生父兴献王宜称兴献帝，母兴献后，宪庙贵妃邵氏皇太后。仰承慈命，不敢故违。合行礼仪，尔礼部详具以闻。故谕。"（《皇明诏令》卷19第436页）

（正德十六年十月）丙午（注：二十八日）命召至太子太保户部尚书兼武英殿大学士费宏照旧入阁办事。（《世宗实录》卷7第282页）

（正德十六年十月）壬午（注：初四日）兴献后至自通州，由大明门入，帝迎于阙内。朝议不谒太庙，止见奉先、奉慈二殿而已。兵部主事霍韬见张璁言欲用，亦上言"礼官持议非是"。时同知马时中、国子监诸生何渊、巡检房浚，各上言如璁议，帝心益为之动矣。甲午（注：十六日）杨廷和以追崇礼成，拟上慈寿皇太后及武宗皇后尊号，帝因遣司礼监谕廷和曰："邵太后，兴献帝、后亦各拟上尊号。"廷和等上言："不可，宜俟明年大婚礼成，庆宫闱，加之可也。"巡抚云南都御史何孟春上言以为兴献王不宜称考。廷和览疏，乃擢孟春吏部侍郎。给事中熊浃上言："皇上贵为天子，圣父母以诸王礼处之，安乎？臣以为当称帝、后，而祀兴献于别庙。则大统之议、所生之恩兼尽矣。"乃出为按察司佥事。浃，大学士费宏乡人也，宏虑廷和疑己，故出之。（《明史纪事本末》卷50第738页）

（何孟春）巡抚云南，平苗有功。上即位，迁南京兵部右侍郎，半道，复被召佐吏部。先是孟春在云南，闻大礼议起，驰疏奏曰："臣惟前世帝王，自旁支入奉大统，推尊本生，得失之迹，具载史册。宣帝不敢加号于史皇孙，光武不敢加号于南顿君，晋元帝不敢加号于恭王，抑情守礼，宋司马光所谓'当时归美，后世颂圣'者也。哀、安、桓、灵乃追尊其父、祖，犯义侵礼，司马光所谓'取讥当时，见非后世'者也。《仪礼丧服》：'为人后者'，《传》曰：'何以三年也？受重者必以尊服服之。''为人后者为其父母报'，《传》曰：'何以期也？不二斩也。重大宗者，降其小宗也。'夫为人后者为之子，不敢复顾私亲。圣人制礼，尊无二上，若恭敬之心分于彼，则不得专于此故也。今者廷臣祥议，事犹未决，岂非'皇叔考'之称有未当者乎？抑臣愚亦不能无疑。礼：'生曰父母，死曰考妣。'有'世父母'、'叔父母'之文，而无'世叔考'、'世叔妣'之说。今欲称兴献王为'皇叔考'，古典何据？宋英宗时有请加濮王'皇伯考'者，宋敏求力斥其谬。然则'皇叔考'之称，岂可加于兴献王乎？即称'皇叔父'，其义亦未安也。经书称伯父、叔父，皆生时相呼，及其既没，从无通亲属冠于爵位之上者。然则'皇叔父'之称，其可复加先朝已谥之亲王乎？且天下者，太祖之天下也。自太祖传孝宗，孝宗传之先皇帝，特简陛下，授之大业。献王虽陛下天性至亲，然而所以光临九重，富有四海，子子孙孙万世南面者，皆先皇帝之德、孝宗之所贻也。臣故愿以汉（注：原文作'当'，据《续修四库全书》本《明通鉴》改）宣、光武、晋元三帝为法，若非古之名，不正之号，非臣所愿于陛下也。"（《明通鉴》卷50 第1605页）

（巡抚湖广副都御史席书）在湖广，见中朝议大礼未定，揣上向张璁、霍韬，因献议言："昔宋英宗以濮王第十三子出为人后，今上以兴献王长子入承大统。英宗入嗣，在衮衣临御之时；今上入继，在宫车晏驾之后。议者以陛下继统武宗，仍为兴献王之子，别立庙祀，张璁、霍韬之议未为非也。为今日议，宜定号曰'皇考兴献帝'，别立庙大内，岁时祀太庙毕，仍祭以天子之礼，似或一道也。盖别以庙祀，则大统正而昭穆不紊，隆以殊称，则至爱笃而本支不沦。尊尊亲亲，并行不悖。至慈圣宜称'皇母某后'，不可以'兴献'加之。献，谥也，岂宜加于今日？"议既具，会中朝竟诋张璁为邪说，书惧，不敢上，而密以示桂萼，蕚然其议。（《明通鉴》卷50 第1606页）

都御史林俊致仕家居，廷和寓书于俊，以定国是。俊上疏曰："孔子谓'观过知仁'，陛下大礼未协，过于孝故耳。司马光有言：'秦、汉而下，入继大统，或尊崇其所生，皆取讥当时，贻笑后世。'陛下纯德，何忍袭之？"疏入，留中。廷和遂奏起林俊为工部尚书，俊力辞，不听。（《明史纪事本末》卷50 第739页）

（正德十六年十月）毛澄等之考孝宗也，时兵部主事霍韬私为《大礼议》驳之。澄贻书相质难，韬上书力辩其非。已，知澄意不可回，是月，韬上疏，其略曰："廷议谓陛下以孝宗为父，兴献王为叔，考之古礼则不合，质之圣贤之道则不通，揆之今日之事体则不顺。《仪礼丧服章》云：'斩衰为所后者。'又云：'为人后者为其父母报。'是于所后者无称为父母文，而于本生父母又无改称伯叔父母之云也。汉儒言

'为人后者为之子'，果如其言，则汉宣帝当为昭帝后矣。然昭为从祖，宣为从孙，孙将谓祖为父，可乎？是考之古礼则不合也。天下者，天下之天下，非一人所得私也。孟子言'舜为天子，瞽叟杀人，皋陶执之，舜则窃负而逃'，是父母重而天下轻也。若宋儒之说，则天下重而父母轻矣，是求之圣贤之道则不通也。武宗嗣位十有六年，孝宗非无嗣也。今强陛下重为孝宗之嗣，是孝宗有两嗣子，而武宗无嗣子，可乎？若曰武宗以兄固得享弟之祀，则孝宗独不可以伯享侄之祀乎？既可越武宗而继孝宗，独不可并越孝宗直继宪宗乎？武宗无嗣，无可如何矣。孝宗有嗣，复强继其嗣而绝兴献之嗣，是于孝宗无所益，而于兴献不大有损乎？是揆之今日之事体则不顺也。"已而巡视松潘御史熊浃亦驰疏如韬言，而是时兴献帝、后之称已定，俱下所司。（《明通鉴》卷 49 第 1584 页）

（正德十六年十一月）甲戌（注：二十六日）乾清宫成，上自文华殿入居之。张璁《大礼或问》留中者，始下礼部看详）。（《宪章录》卷 47 第 21 页，注：下张璁疏事，《世宗实录》卷 8 第 299 页记在辛未，即二十三日）

（《大礼或问》疏）：臣张璁谨奏：臣叨逢圣明，议当代典礼，为万世法程。廷臣乃固执汉定陶王、宋濮王故事，以致皇上恩纪不明，而父子大伦废矣。夫帝王中天地而立，为三纲五常之主，而废大伦，岂小故哉？臣不得已，乃据礼书别异同、明是非。上呈（注：原文作塵）圣览。然此非臣一人之见，凡有识者所共知也。间有一二台谏不能开陈，又从中附和，交章击臣，目为谄谀，诋为希进。由是有识之士虽有章奏已具，皆钳口畏祸，无复敢献，遂使万世公议阻于上闻。祗见臣说孤立，似一人之私也。夫礼以非礼为非，而非礼亦以礼为非，此臣所以不能自已于言者也。唐陆贽曰："上不负天子，下不负所学。"臣愚，虽未之学也，其不敢负天子之心，天地鬼神实临之也。伏惟皇上聪明仁孝，理无不烛，必将从众议乎？则众议未见其可。将违众议乎？而谦抑之心未必肯遽违者也。臣窃谓非天子不议礼，愿皇上奋然裁断，揭父子大伦，明告中外以"皇叔父、母"不正之名决不可称，则大伦正而大礼定矣。诚又虑乎皇上大孝之心，郁郁不明于天下后世，臣之罪也，谨录与或人问答之词以闻。《大礼或问》：或问：今之典礼，议者必以我皇上宜考孝宗，而以兴献王为叔父，谓之"崇大统"也，"割私恩"也，汉、宋之故事也。举朝无明其非，子独以为言者，何也？臣答曰：此臣甚不得已者也。盖礼之大者，变者也。议之失得，万代瞻仰也。此璁甚不得已者也。予不求诸汉、宋之故事乎？成帝无子，立定陶共王之子为嗣；仁宗无子，立濮安懿王之子为嗣。则哀帝、英宗者，乃是预立素养，明为人后者也。故当时师丹、司马光之论于事较合，于义似近矣。今孝宗皇帝既尝以祖宗大业授之武宗，但知武宗为之子也。武宗嗣位又十有七年，未有储建，是武宗无嗣也。且孝宗宾天之日，我皇上犹未之诞生也，是孝宗固未尝以后托。武宗宾天之日，我皇上在潜邸也，是武宗又未尝托为谁后也。其与汉、宋故事大不相类者矣。今者必欲我皇上为孝宗之嗣，承孝宗之统，则孰为武宗之嗣，孰承武宗之统乎？窃原孝宗既以大业授之武宗矣，其心岂肯舍己之子而子兄弟之子，以绝其统乎？武宗既以大业受之孝宗矣，其心岂肯舍己之父而不之继，而委叔兄弟继之，以自绝其统乎？兹议也，二宗在天之灵果足慰乎？夫父子之恩，天性也，不可绝者也。知孝宗与武宗之心，则知兴献王与我皇上之心矣。问者曰：然则我皇上于大统也，将谁继乎？臣答曰：继武宗之后以承祖宗者，盖尝三复迎立之诏矣，曰"兴献王长子伦序当立，迎取来京嗣皇帝位。"议之公也。又尝三复劝进之笺矣，曰"以宪宗皇帝之孙，继孝宗皇帝之统"，说之变也。由前之言，则我皇上所继者武宗也，是武宗虽无嗣而有统矣。由后之言，则我皇上所继者孝宗也，是武宗虽有统而无传矣。问者曰：统与嗣有不同乎？臣答曰：不同。夫统乃帝王相传之次，而嗣必父子一体之亲。谓之统，则伦序可以时定；谓之嗣，则天恩不可以强为矣。今之议者不明统、嗣二字之义，而必以为嗣谓之继统，且曰"帝王正统自三代以来父子相承，厥有常序"。曾有自三代以来之正统，必一于父子相承者哉？盖得其常，则为父子；不得其常，则有为兄弟、为伯、叔、侄者也，此统所以与嗣有不同也。问者曰：议者谓武宗以大业授我皇上，有父道焉，故皇上执丧尽礼，无非尽子道也。但昭穆之同，不可为世，故止称皇兄。又谓我皇上既兄武宗，自宜父孝宗。兹言何谓也？臣答曰：父子之恩，天性也，不可绝也，不可强为也。方武宗宾天，群臣定议以迎我皇上也，遵祖训也，"兄终弟及"之文也。何也？孝宗，兄也；兴献王，弟也。献王在，则献王天子矣。有献王，斯有我皇上矣。此所谓"伦序当立"，推之不可，避之不可者也。果若人言，则皇上于武宗，兄弟也，固谓之父子也；于孝宗，伯侄也，亦谓之父子也；于兴献王，父子也，反不谓之父子而可乎？问者曰：我皇上嗣兴献王，藩王也，今嗣大统，天子也，恩亦极矣。不正父子之名，得乎？臣答曰：天下，外物也；父子，大伦也。瞽叟杀人，舜窃负而逃，知有父而不知有天下也。而况今天下者，祖宗之天下，天下之天下也。孝宗于我皇上，固不得以私相授受者也。今欲我皇上舍天性之父子，而反称伯侄为父子，谓之崇大统也，割私恩也，汉、宋之故事也。是天下重而大伦轻也，可乎？问者曰：如子之言，则孝宗不果于无后乎？臣答曰：孝宗有武宗为之子，孝宗未尝无后也。臣子于君父，一也。今者不念无嗣之武宗，而重念有嗣之孝宗者，何欤？兹果孝宗之无后乎，抑武宗之无后乎？虽然自古帝王之无后者，岂惟我武宗然哉？而其相传之统，则固未尝绝也。汉惠帝无嗣，而文帝继之，未闻汉之统绝也。唐中宗无嗣，而睿宗继之，未闻唐之统绝也。是谓兄终弟及也。非必父死子立之谓也。今孝宗之统传之武宗，武宗之统传之皇上，一统相承，万世无穷者也，又何必强置父子之名而后谓之继统也哉。问者又曰：子必以我皇上不当考孝宗，岂以兴献王不可无后也？议者以我皇上考孝宗，而又以益王子崇仁王考兴献王，是或一道乎？臣答曰：父子之恩，天性也，不可绝也，不可强为也。以我皇上考孝宗，而又以崇仁王考兴献王，是强为父子也。使孝宗不得子武宗，又使兴献王不得子皇上，是绝人父子也。夫古之为礼者，将使无后之人有后，今之为礼者，将使有后之人无后矣，而可乎？问者曰：然则我皇上于孝宗也、武宗也，其享祀也如之何？臣答曰：自古帝王之继统者，得其常则为父子，不得其常则有为兄弟、为伯、叔、侄者也。但主其丧而已，主其祀事而已，不必一于父子之称也。唐玄宗于中宗也，其祝词则曰皇伯考；德宗于中宗也，其祝词则曰高伯祖也，不必一于父子之称也。曰：然则我皇上于孝宗也，何称乎？曰：皇伯考，其正也。于武宗也，何称乎？曰：皇兄，其正也。于享祀兴献王也，则曰：皇考，其正也。如此则我皇上于父子也、伯侄也、兄弟也，皆名正而言顺矣。问者曰：礼，长子不得为人后，则我皇上将不可入继大统乎？臣答曰：长子不得为人后，是谓皇上不可以继嗣也，非谓不可入继大统也。程子曰："礼，长子不得为人后，若无兄弟，又继祖之宗绝，亦当继祖。"此固尝以义起而泛论之也。今皇上为兴献王长子，遵祖训"兄终弟及"，属以伦序，实为继统，非为继嗣也。设皇上若有兄弟，亦自当入继大统，有不得为逊避者矣。问者曰：魏明帝之诏，议者传以令众者也，子独以为不足征者，何也？臣答曰：此魏太和三年之诏也。按诏曰："皇后无嗣，择建支子以继大统，则当纂正统而奉公义，何得复顾其私亲哉。"又曰："后嗣万一有由诸侯入奉大统，则当明为人后之义。"盖是时皇后无嗣，明帝以外藩援立，故预为此诏以坊（注：《世宗实录》作防）之。至太和五年，始立齐王芳为太子，厥后高贵常道援立皆不外尊可见也。故璁曰"有为之私，非经常之典也。"问者曰：子欲为兴献王别立庙于京师，亦有说乎？臣答曰：立庙京师，取古迁国载主之义也。夫长子不得以离其父者也，今夫士大夫之仕于他方也，若长子，虽有庶子，亦载主而行也。谓别立庙，则固无干于正统者也。问者又曰：如子之言，而论者乃惧以鲁桓僖宫之灾，且谓有朱熹两庙争较之嫌、鲁僖跻闵之失者，何也？臣答曰：孔子在陈闻鲁庙火，曰："其桓僖乎？"以为桓僖亲尽，无大功德，而鲁庙不毁，故天灾之也。宋群臣祧僖祖而正太祖东向之位，故朱子谓使两庙威灵相与争较。鲁闵公无子，庶兄僖公代立，其子文公遂跻僖公于闵上，故《春秋》讥其逆祀。今别为兴献王立庙，所以祭祢也，非毁庙不当复立也。何天灾之足惧乎？谓别立庙，则固未尝升兴献王主于太庙也，何两庙争较之嫌、鲁僖跻闵之失乎？不其谬哉？问者曰：然则在藩之墓如之何？臣答曰：墓与庙不同也。尝闻易墓非古也，夫墓所以藏其体魄，而庙所以奉其神灵者也。立庙京师，崇四时之祭，孝子之心也。问者曰：舜受尧禅而不尊瞽叟，禹受舜禅而不尊鲧。然则兴献王追尊之礼宜如之何？臣答曰：追尊，非古也，自文、武以来未之有改也。舜不尊瞽叟，不知以尧为父乎，瞽叟为父乎？禹不尊鲧，不知以舜为父乎，鲧为父乎？夫以今日之急务，正名也，名正则言顺，事成则礼乐兴矣。是在我皇上之心而已。夫士阶一命，无不欲尊其亲者也。今尊崇之礼未定，覃恩之典未举，然其授官之与未授者，固已有先后得失之心矣。是非亟其欲也，孝子之诚也。何独至于我皇上而疑之，而使君之尊亲不如己之尊亲也？是爱君不如爱己也。问者曰：或以兴献王妃不可奉迎者，何也？臣答曰：此胶崇仁王为后之说者也。以崇仁王嗣兴献王，则不可奉迎也。夫有天下而不得养其母，岂人情哉？今迎之而至，天子之母也，为天子之母袭王妃之号，则朝廷之相临，宫闱之相接，皆当谨守臣妾之礼矣。已为天子母，为臣妾，窃恐我皇上之心有不能一日自安矣。问者曰：议者以汉宣帝中兴，不尊史皇孙而嗣昭帝；光武克复，不尊南顿君而嗣元帝，以为可法者，何也？臣答曰：此不知正踵其非者也。璁尝按其故：昭帝亡矣，又立昌邑王废矣，宣帝姑以兄孙入继；当时惟嗣昭帝后而已，固未尝知其为子乎，为孙乎？必也升一等而考昭帝，则又将降一等而兄史皇孙矣，可不可乎？当时有司奏，固执 "为人后者为人子，不得复顾其私亲" 之说，故未有所处，姑缘其所生父称之曰皇考而已。固未尝以昭帝为父而以史皇孙为兄也。光武乃长沙定王之后，景帝七世之孙，上嗣元帝。夫元帝有成帝为之子，有哀帝、平帝为之孙，凡三传矣。又孺子婴立，凡四传矣。时王莽篡立汉祚，既灭，而光武乃崛起者，犹嗣元帝，可不可乎？当时张纯、朱浮奏亦固执 "为人后者为之子，不得复顾其私亲" 之说，故别为南顿君立庙，称皇考而已，亦未尝以元帝为父，而以南顿君为叔也。夫以宣帝嗣昭帝，世数未间，谓之统则可；光武嗣元帝，世数已间，既不可谓之嗣，又不可谓之统矣。要之皆统、嗣二字之义不能明辨，故其弊必至于此耳。然则使二帝寡恩而不得尽尊崇之礼者，正以俗儒之说误之也。是尚可为法也哉？问者又曰：如子之言，则历代之故事不足征乎？臣答曰：以经议礼，犹以律断狱。则凡历代故事，乃其积年之判案耳。苟不别其异同，明其是非，概欲以故事议礼而废经，犹以判案断狱而废律也。是又何足与议也。问者曰："为人后者为之子，不得复顾其私亲"，其说如之何？臣答曰：此非圣人之言，汉儒之说也。《礼丧服记》止云 "为人后者为其父母报"，至开元《开宝礼》始云 "为人后者为其所生父齐衰不杖期，为所后父斩衰三年。虽所生、所后，皆称父母，然未有改称伯、叔之文也"。宋 "濮议" 方有称皇伯父之说，而又加以程子之议，故人皆宗之。但朱子犹有未安之论，亦可见也。夫常人之于伯、叔也，其爱敬之心固未尝不在者也，今日 "为人后者为之子，不得复顾其私亲"，是以父母为伯、叔，不复有爱敬之心，如路人矣。故曰 "非圣人之言，汉儒之说" 也。况我皇上乃入继大统，非为人后者也，其说又焉可用哉？问者曰：或以子之说嫌于迎合，当闻于人，而不当闻于上也。如之何？臣答曰：璁于人未尝不闻也，闻之，以说为邪，故不必闻也。昔司马光尝谓朝廷阙政，但于人主前极口论列，未尝与士大夫闲谈，以为无益也。故闻于上也，苟嫌于迎合也，则必匡救其恶，然后为忠，而将顺其美者，皆不得称为忠矣。问者曰：子之言备矣，人以为邪说也，奈何？臣答曰：不求人知，而求天知也。不求同俗，而求同理也。孔子曰 "事君尽礼"，人以为谄。吾夫子，大圣人，犹所不免；璁，小子，何能敢避此不韪之名也邪？问者曰：子以至寡之力而欲抗在朝之议，恐三人占当从二人之言，如之何？臣答曰：臣子之事君也，知无不言，言无不尽，自尽其心而已。使璁之言是，虽不用，犹是也；使璁之言非，虽用之，犹非也。夫事固难明于一时，而有待于后世者也。今士大夫之达于礼义者，固已涣然而释其疑，有不待于后世者矣。问者曰：犯众议也，子于利害也，不计也夫？臣答曰：璁不敢为终身谋也。小失则入于夷狄，大失则入于禽兽，璁惧夫礼之失也，故不敢为终身谋也。谨具奏闻。正德十六年十月初一日。奉圣旨：已有旨了，礼部知道。钦此。（《谕对录》卷1第3页）

（正德十六年十一月）丁丑（注：二十九日）四川道监察御史郑本公以上入居新宫上疏曰："乾清之为宫也，八年营构，一旦落成。陛下践祚之初，适与期会，固居安之日，亦当思危之时也。臣以为不在远思，惟即此宫而致其思耳。盖其事之可思者有六：夫此宫之初灾者何也？良由先朝群小逢迎宴游无度，俾夜作昼，遂至焚烧。然则远群小而节宴游，以防一朝之患者，陛下可不思乎？先朝营建此宫已有年，惟不以后事为念，故一日之安未享，万几之后无托，而顾以属之陛下。然则重妃匹而广继嗣，以为子孙千万世之计者，陛下可不思乎？新宫之成，陛下未敢遽进，必祭告郊庙、社稷而后入者，所以敬其始而祈其佑也。然则致敬于未入之前，则不可怠忽于既入之后；陛下得不思慎终如始，兢兢业业，常如天地祖宗临之于上，而不敢以幽独肆乎？陛下昔居文华，密迩外廷，朝奏夕下。今一入深宫，臣恐天地辽绝，壅蔽易生；由近侍以传言，将因鬼而见帝，陛下得不思求言益切，访政益勤，以防壅蔽之患乎？陛下昔居文华，侍从简朴，供御俭素。今一入深宫，臣恐百种列珍奇之玩，六宫备妖冶之仪，耳目或乱其聪明，心志将为之蛊惑。陛下得不思圣持圣心，疏远货色，以防宴安鸩毒之患乎？斯宫始作，劳费实多。殚天下之财力而不顾，失天之人心而不恤，陛下仰视轮奂之美，独不思竭民之膏脂几何，疲民之筋骨几何，而重兴作、惜财力，永以先朝为鉴乎？"上嘉纳之。（《世宗实录》卷8第317页）

（正德十六年）十二月，除张璁南京刑部主事。先是，帝下《大礼或问》于礼部，时杨一清家居，遗书吏部尚书乔宇曰："张生此论，圣人不易，恐终当从之。"宇不听。至是，廷和衔璁，授意吏部，除为南京主事。尚书石珤语璁曰："慎之，大礼说终当行也。"廷和寄语曰："子不应南官。第静处之，勿复为大礼说难我耳。"璁怏怏而去。（《明史纪事本末》卷50第739页）

（正德十六年十二月）己丑（注：十一日）大学士杨廷和等上言："近该司礼监传示圣意，欲加称兴献后尊号；臣等辄拟进兴献太后之称，所以仰体圣心，自以为至矣，尽矣，不可以复加矣。昨奉御批加一皇字，臣等极知圣孝纯笃，有甚不得已之情。但职在辅导，不容曲从阿顺以损圣德。陛下入继皇考孝宗之统，而以慈寿皇太后为母，则于本生之母分义自有不同，名称亦宜有间。若私厚于本生，略无异于所继，紊一代纲常，拂万世公论；臣等复隐忍不言，使陛下得罪祖宗，取谤后世，是臣等负陛下之简知而不能尽忠匡救，何颜立清朝、食厚禄、冒当辅导之任耶？兹敢封还御批，仍依原拟上进，伏乞朝见兴献后时，即以臣等愚见从容开导，仰冀俯从。"上曰："卿等所言至意，朕已悉知。但哀哀之情不能自已，罔极之恩报亦无方。可承朕命，以表衷肠。慎无再拒，勉顺施行。"（《世宗实录》卷9第327页）

（正德十六年十二月）戊戌（注：二十日）大学士杨廷和等言："昨奉御批，于兴献帝、后尊号上各加一皇字。随该礼部并科道等官具本执奏，皆以为不合典礼。臣等拟票，未蒙俞允。仰惟圣孝固有不能自已者，然于此有礼焉，虽君上有不得以自专者。皇上承武宗皇帝之统，嗣孝宗皇帝之后，正《礼》所谓'为人后者为之子，不得复顾其私亲者'是也。舜受尧之天下，禹受舜之天下，当时未闻帝其所生万世称圣焉。汉宣帝继孝昭后，追谥史皇孙、王夫人曰'悼孝、悼后'而已。光武上继元帝，钜鹿、南顿君以上立庙章陵而已，皆未尝有追尊之号；而考、后之称，后之议者犹非之。晋元帝由琅邪王入继大统，止立皇子为王，奉父共王祀，先儒以为定其大义，不失统纪。宋英宗议加濮王典礼，久而不决，光献太后乃以手诏尊濮王为皇、夫人为后。英宗愿下诏让而不受，亦未尝侈然自加尊称也。今日兴献帝、后之加，较之前代，尊称已极；揆诸典礼，亦已过矣。若复欲加一皇字，而与孝庙、慈寿并焉，恐非'尊无二上'之义也。忘所后而重本生，任私恩而弃大义，臣等有不得辞其责者，愿罢归。"上曰："卿等所言皆推大义，朕之所奉昊天至情。不必拘于史志，可为朕申明孝义，勉录皇号施行，庶安朕母子衷心。卿亦毋托此为辞，宜照旧办事，辅襄国政。"廷和等复引古谊，抗章求退，上皆优旨留之。（《世宗实录》卷9第345页）

（正德十六年十二月）己亥（注：二十一日）慈寿皇太后诰谕礼部："皇帝年及婚期，宜简淑以为配。尔礼部其榜谕北京、直隶、南京、凤阳、淮安、徐州、河南、山东，于大小官员、民庶善良之家，预先用心选求，务探其父母行止端庄、家法齐整；女子年十四、十五，容貌端洁，性资纯美，言动温恭，咸中礼度者；报名在官，待差员再行访选，堪中者，有司以礼令其父母亲送至京。钦哉，故谕。"（《世宗实录》卷9第347页）

（正德十六年十二月）乙巳（注：二十七日）吏部等衙门尚书乔宇、孙交、郑宗仁、毛澄、彭泽、俞琳，侍郎罗钦顺、秦金、邹文盛、贾咏、汪俊、李钺、颜熙寿、臧凤、童瑞、陈雍，都御史金献民、刘玉，通政柴义、张瓒、安金，参议陈霈、陈卿、万镗、周伦、张缙，寺丞张璿、刘源清连名具疏奏兴献帝不宜称皇号，言"正统大义惟赖'皇'字以明，若加于本生之亲，则与正统混而无别。揆之天理则不合，验之人心有未安，非所以重宗庙、正名分也。"上曰："慈寿皇太后懿旨有谕：'今皇帝婚礼已命行，其兴献帝宜加与皇号，母兴献皇太后。'朕不敢辞。尔群臣其承命。"礼部尚书毛澄等复奏曰："皇上考孝宗、母慈寿，本生之亲既尊为帝、后，而又欲于帝、后之上有加，则于正统之亲无别，恐不可以告郊庙而布之天下也。内阁大臣尽忠竭诚，直言规谏，乞降俞。"上曰："懿旨谕及不可违，宜承休命。"于是给事中朱鸣、田赋、储昱、李锡、刘最、张九叙、黄臣、阎闳、史于光、邵锡、徐景嵩、巴思明、张润身、陈洸、张汉卿、夏言、邓继曾、裴绍宗、许相卿、许复礼、刘夔、刘穆、顾济、刘世扬、沈汉、韩楷、余瓒、胡沇、安磐、杨秉义、张原、陈江、易瓒、郑庆云、鲁论，御史程昌、樊继祖、张翰、周宣、向信、曹嘉、熊荣、林钺、涂敬、马纪、程启充、杨谷、张鹏翰、汪渊、郑本公、刘栾、朱衣、谢汝仪、毛伯温、黎龙、成英、朱豹、李镇、张仲贤、王以旂、孙元、李俨、屠垚、陆翱、徐州、陈察、张景华、葛桧、王钧、黄国用、杨秦、董云汉、王禄、方凤、陶麟、熊允懋、李维宗、曹轩、喻汉、杨鐅、吴彰德，编修陈沂，南京大理寺寺丞黄巩、郎中黄伟、俞文义、吴天俸、曾大庆、张思聪、魏纶、刘梦诗，员外郎姜炯、叶铁、郁浩，主事徐灏、高第、龚亨、伍希周，大理寺寺副沈光大，评事林希元、孙甫、刘近光、赵杲、钟云瑞、朱珮、严志迪皆疏称兴献帝不当加皇字，而黄巩、曹嘉及黄伟等，沈光大等疏中遂并劾"张璁倡邪说以惑圣聪，霍韬附议以坏典礼，并乞罢斥。"疏入，俱不报。(《世宗实录》卷9第352页)

　　(正德十六年十二月)戊申(注：三十日)山东济南府历城县巡检房潜奏："伏闻建议之臣援引前代以拟皇上，谓不宜追隆所生者。臣愚以为皇上承统之大义，与前代不同。汉宣之不加尊于卫太子者，以其得罪祖宗而不敬，私也。孝哀为成帝太子亦既有年，及即位，乃欲追尊所生为考、后，是忘为人后之义，不当尊而尊之；师丹之说是，而董宏之说非也。光武中兴，再造汉室，宜追崇本亲以彰孝理，奈时无建明之臣，故止称祖考，是自薄其亲而不详思之也。宋仁宗育英宗于宫中者数年，及即位，遽欲追尊濮王、夫人为考、后，是忘继大宗者降少宗之义，不当为而为之；司马光之议得，而欧阳修之议失也。皇上龙飞潜藩，入登宝位，既未尝为孝宗之所子，又未尝为武宗之储式，而乃称兴献皇为叔父，礼典名义何所据也？臣闻之，出于天性之自然者之谓亲，缘于人情之至当者之谓礼。以天性之至亲，而欲不尊以崇隆至当之徽称，恐非礼之情实也。今宜早定皇考兴献皇之庙号、皇母皇太后之尊称，以副皇上孝思罔极之至情，以彰皇上孝理天下之要道，以为万世法。更愿思承统之重，虔恭于孝宗、武宗之神器，一如宪宗、皇考兴献王之至敬；尽孝于慈寿皇太后，尽敬于武宗皇后，一如孝养圣母皇太后之至诚。诚孝笃尽，礼意并隆，则天人交悦，祖宗慰安，宫闱雍睦，化孚四表矣。"下所司知之。(《世宗实录》卷9第358页)

　　(嘉靖元年正月)己酉朔(注：初一日)礼科右给事中熊浃奏："武宗皇帝临崩，重念宗社大计，特请慈寿皇太后，迎立陛下。先时未尝育之宫中，立以为后，如宋英宗故事，则兴献王固陛下之父，不得以濮王为比。而陛下之继武宗，自有《祖训》'兄终弟及'之文可据，不得曰'为人后者为之子'也。必曰为后而以继嗣为名，则陛下将直继武宗为之后乎，抑追继孝宗为之后乎？武宗本无后，而陛下以弟为之后；孝宗已有后，而陛下又越武宗而重为之后，无一可者也。且兴献王、母妃无后，陛下舍所当后而后他人，抑帝、后之尊称，附伯叔之疏属；援不必避之嫌，割不容已之爱，人情、天理其果安乎？夫礼以义起，政由时异，今殊爵显赏加于藩邸旧臣，不为进越；而使至尊至亲独蒙旧号，虚皇仪而不展，此臣所谓舛已。愚以为兴献王宜尊以帝称，别立一庙，而徽号如'恭仁康定'之例，以示不敢上跻于列圣。加上慈寿皇太后及武宗皇后徽号，而母妃则尊为太后，徽号如慈寿之例。庶继统之义、报本之恩并行而不悖矣。"疏下所司知之。（《世宗实录》卷10第362页）

（嘉靖元年正月）己未（注：十一日）清宁宫后三小宫灾，钦天监掌监事光禄寺少卿华湘言："正德十六年二月火星犯鬼宿，冬十一月金星犯键闭。臣谨按占书，并主火灾。后至五月，乾清宫内火。今正月清宁宫内火，上天示戒，端不虚也。臣等去岁尝奏太白昼见，秋当大，金木相犯，兹皆变之大于火者。伏望皇上祗严天戒，益修德政，以弥灾变。"疏下所司知之。（《世宗实录》卷10第370页）

（嘉靖元年正月）壬戌（注：十四日）礼部尚书毛澄言："皇上郊祀甫毕，禁中失火，密迩青宫，变不虚生，宜应之以实，法成汤之自责，效周宣之侧身思礼乐教化之感愆，念庆赏刑威之有失，充其惧灾忧变之心，而致夫顺天悦亲之实。"上曰："上天示戒，朕心警惕，与卿等同加修省，以回天意。"澄等又言："陛下升自外藩，嗣登大宝，考孝庙，母慈寿，诏敕颁布，协于群情。已复加恩于本生，尊兴献王为兴献帝，母为兴献太后。臣等仰体圣心，委曲将顺，亦既无所不至矣。今御批直曰：'父母又各加一皇字'，则似乎于正统之亲混同无别，恐不可以告于郊庙而播之天下也。内阁大臣竭诚尽忠，陛下不可不听。"上曰："此慈寿太后懿旨，不必更议。"是日，科道官交章论谏，给事中安磐则谓"'兴'为藩国，不可加于帝号之上；'献'为谥法，不可加于生存之母。本生、所后，势不俱尊；大义、私恩，自有轻重。"御史李俨则谓"慈寿、母妃，分均体敌，恐生群小之心，渐构两宫之隙。"程启充则谓"虞舜不后瞽叟，光武不封南顿；礼无二本，自古已然。今帝、后之称既行，庙享之礼何祔？疑逼之名不正，上系之统何承？"疏入，俱以"有前旨"下所司知之。（《世宗实录》卷10第371页）

（嘉靖元年正月）丁卯（注：十九日）时兵科给事中邓继曾亦言："去年五月朔日精门灾，今年正月二日长安榜廊灾，今月郊日内宫小房灾。夫五行之德，火则主礼。五事惟火曰言，言生于名，礼兴于言；名不正则言不顺，言不顺则礼不兴。今未期而灾者三，臣虽至愚，知其为废礼失言之效也。"疏入，皆报闻。（《世宗实录》卷10第379页）

（嘉靖元年正月）庚午（注：二十二日）谕礼部："慈寿皇太后加上尊号为昭圣慈寿皇太后，皇嫂皇后加上尊号为庄肃皇后，本生母兴献后加上尊号为兴国太后，宪庙贵妃邵氏皇太后加上尊号为寿安皇太后。所司择日具仪以闻。"（《世宗实录》卷10第384页）

世宗嘉靖元年（壬午，1522）春正月，郊祀甫毕，清宁宫小房灾，杨廷和、蒋冕、毛纪、费宏上言："火起风烈，此殆天意。况迫清宁后殿，岂兴献帝、后之加称，祖宗神灵容有未悦乎？"给事中邓继曾上言："五行火主礼。今日之礼，名紊言逆，阴极变灾。臣虽愚，知为废礼之应。"主事高尚贤、郑佐相继上言："郁攸之灾，不于他宫，而于清宁之后；不在他日，而在郊祀之余。变岂虚生，灾有由召。"帝览之心动，乃从廷和等议，称孝宗为皇考，慈寿皇太后为圣母，兴献帝、后为本生父母，而"皇"字不复加矣。巡抚湖广都御史席书具疏曰："迩者，廷议大臣，比之宋事。窃谓英宗入嗣，在衮衣临御之日。皇上入继，当宫车晏驾之后。比而同之，似或未安。故皇上嗣缵大业，非继孝宗之统，继武宗之统也；非继武宗之统，继祖宗之统也。以皇上承继武宗，仍为兴献王子，别立庙祀，张璁、霍韬之议，未为迂也。礼本人情，皇上尊为天子，慈圣将临，设无尊称，于情难已。故追所生曰帝后，上慰慈闱。今逾年改元，尊号未上，明诏未颁，毋乃拟议之未定乎？臣愚谓宜定号'皇考兴献帝'，别立庙于大内，每时祭大庙毕，仍祭以天子之礼。盖别以庙祀，则大统正，而昭穆不紊；隆以殊称，则至爱笃，而本支不沦。尊尊亲亲，并行不悖。至于慈圣，应称曰皇母某后，不可以'兴献'加之。"吏部员外郎方献夫亦具疏曰："陛下之继二宗，当继统而不继嗣；兴献之异群庙，在称帝而不称宗。继统者，天下之公，三王之道也；继嗣者，一人之私，后世之事也。兴献之得称帝者，以陛下为天子也；不得称宗者，以实未尝在位也。请宣示朝臣改议，布告天下。称孝宗曰皇伯，称兴献帝曰皇考，别立庙祀之。夫然后合于人情，当乎名实。"二疏俱中阻，不果上。（《明史纪事本末》卷50第740页）

（嘉靖元年二月）庚辰（注：初三日）兴国太后诞节，以未上尊号、册宝，免贺。（《世宗实录》卷11第401页）

（嘉靖元年三月）庚戌（注：初三日）礼部言："兴献帝陵寝上册宝，宜如长陵例，不用乐，止令太常寺遣官带乐舞生二名以供宣册、宣宝、赞礼、读祝等用。"从之，仍令玉册、玉宝收贮家庙享殿，香册、香宝收贮陵寝。辛亥（注：初四日）谕内阁："兴献帝册文，朕宜称子。"杨廷和、蒋冕、毛纪、费宏上言："陛下追崇兴献王为帝，若以子自称，非所以后孝宗、承祖宗之统也。臣等稽经考古，不敢曲从。"仍以原拟册文封进。越三日，上复遣司监官至内阁，谕："兴献帝册文还宜称孝子。"廷和等复上言："兴献帝册文首称'恩重本生'，又称'以长子入继大统'。已见陛下是兴献帝亲子，但陛下后孝宗、承祖宗之统，于本生父自难称孝子。请勉从正礼。"不报。（《世宗实录》卷12第421页）

（嘉靖元年三月）丁巳（注：初十日）以上昭圣慈寿皇太后、庄肃皇后尊号，遣定国公徐光祚、武定侯郭勋、惠安伯张伟祭告天地、宗庙、社稷。……戊午（注：十一日）上寿安皇太后、兴国太后尊号，遣官祭告如前。（《世宗实录》卷12第427页）

（嘉靖元年三月）壬戌（注：十五日）上御奉天殿颁诏曰："自古帝王以孝治天下，尊亲之礼其来远矣。仰惟圣母慈寿皇太后，敬相皇考孝宗皇帝，训育皇兄武宗皇帝，含弘光大，蔚有显闻。皇兄奄弃臣民之日，中外岌岌，赖我圣母，上念宗社大计，拥翊冲人入继大统；又剪除凶逆，潜消祸变，呼吸之际，安定家邦，功德并隆，揄扬莫既。不举尊崇之典，曷伸孝敬之诚？皇嫂皇后，巽顺含章，安自应地，克俪宸极，表正宫闱，母仪有年，名称宜异。重念圣祖母贵妃，圣善慈仁，静专明哲，事我宪祖，赞理内庭，燕梅兆祥，泽隆佑启。本生父兴献王，聪明天授，仁孝夙成，河间好礼，东平乐善，余庆流衍，垂裕后人。本生母兴献王妃，庄敬提身，俭勤治内，媲德妊姒，逮嗣徽音，诞育眇躬，丕承前烈；虽传序之统，义有所专，而天性之恩，自不容已。用是逮诸载籍，博采公言，率领文武群臣，谨奉册宝，上圣母尊号曰昭圣慈寿皇太后，皇嫂曰庄肃皇后。又奉圣母懿旨，上圣祖母尊号曰寿安皇太后，本生父母曰兴献帝、兴国太后。大礼既举，洪恩诞敷，所有合行事宜条列于后：一宗室有年七十以上者，各赐米一十石，绢十疋；凡一应礼仪，有衰病不能自行者，子为代行，以示优老之意。一宗室为庶人者，各赐米八石，绢八疋；其子女赐米五石，布五疋，年及婚配者，所司具名以闻，照例选婚，量助嫁娶之资，俱令有司办给。一凤阳高墙庶人，还查原犯情由罪轻重来看，一军民之家有年七十以上者，许一丁侍养，免其杂泛差役；八十以上者，仍给与绢一疋，绵一斤，米一石，肉十斤；九十以上者，倍之；其男子八十以上者，有为乡里所敬服者，加与冠带，以荣其身。一军民之家有五世同居共爨不分异者，有司具实奏闻，照例旌表；诏书到日，先给羊酒奖励。一孝子顺孙，义夫节妇，有司具实奏闻，照例旌表；其已旌表、年及六十者，另予冠带荣身，妇人照八十以上例给赐绢、绵、肉、米。一各处帝王陵寝、名臣贤士坟墓，有被人毁发者，所在官司即时修理如旧；令附近民人一丁看护，免其杂泛差役；其余坟墓，但有露棺暴骨者，悉与掩埋。一近年各处盗起，有贞烈女妇被贼残害、志节不屈、行绩显著者，抚按官查勘是实，明白具奏，俱与旌表门闾。一各处用兵地方，军民职官有没于战阵者，抚按官查勘明白，具奏定夺；军民死于锋镝及冻馁死亡、无人收埋者，所在官司俱与掩埋，毋至暴露。一弘治十八年以后内外大小官员死忠者，及正德十四年文武官员人等因谏止巡游、已经各衙门奏请追赠荫叙者，其父母、妻室不拘存没，俱得受封赠；亲老、寡妻无人侍养者，有司量加优恤。一文职致仕，一品未受恩典者，有司月给食米二石，岁拨人夫二名应用；二品以上年及八十者，俱彩币羊酒问劳；九十以上者，进散官一阶；其中廉贫不能自存、众所共知者，每岁仍给米四石，以资养赡，不许徇情滥给。一两京文职官员未及三年考满者，俱与应得诰敕；若父母见存，先已受封，其子官职迁转者，服色许与子同，后不为例；其曾经奏准给予诰敕、未曾关领者，因事降调、非贪淫酷刑者，给原诰敕。一武职应得诰敕年远未曾撰黄，誊黄官上紧查撰；兵部奏请关轴书写给散。一各王府官有年老愿致仕者，进散官一级，其历俸三年以上、父母见存，该受封者，给敕封，不为例。一军官老疲不能任事、告替职者，准令儿男赴部替职，免其自来。一弘治十八年以前军职有纪功核实、曾经查革者，兵部还查奏定夺。一军职先年降调两广等处病故，子孙为因路远不能承袭，许令原卫承袭，带俸差操。一将军年及五十岁，侍卫二十年以上者，不拘在役、退闲，俱与冠带，以荣终身。一吏部给由等项听选官，取至未到，愿告致仕者，俱升职一级致仕；监生不愿出仕者，已有授职事例，今后还填注衙门，给予散官、吏员冠带；听选愿告回家不出仕者，照依资格填授衙门职名；闲住在原籍者，俱各赴该司府衙门，告勘给授仍类册奏缴部，以凭查考。一内外卫所军士月粮，多被该管官旗假以公用为名扣除剋减，不得全支，老幼无所养赡；在外沿边收粮官攒人等，通同势要、亲属包揽，插和沙土糠秕，虚出通关，至令仓库空虚，支给不时，军士困苦；令所在风宪官员访察，拿问追究，治以重罪。一各处府州县预备仓粮赈济饥荒，有例见行，官吏人等奉行不至，多无实效；今后务要设法措置，验时丰凶敛散，年终收除实在数目开奏。有能多积至数万石以上者，量加授权，巡按、守巡官时常往来督理。一各处僧道，有父母见在，无人侍养，不问有无度牒，愿还俗养亲者，听。一在京、在外有鳏寡孤独废疾不能生业者，即便收入养济院，照例给与衣粮，毋令失所；已收养者，人各赐米三斗。其各州县贫难户丁，例该优免者，不许一概编当差役。一诏书内各项恩典，军卫、有司务在看实举行，不许虚应故事。呜呼，爱由亲始，广孝必因乎心；恩以序推，为治可运于掌。诏告天下，咸使闻知。"（《世宗实录》卷 12 第437 页）

（嘉靖元年三月）戊辰（注：二十一日）遣官诣安陆上兴献帝尊号。命太监温祥督礼仪，成国公朱辅恭上册宝，礼部侍郎贾咏题神主。先期遣定国公徐光祚、驸马蔡震、武定侯郭勋祭告天地、宗庙、社稷。（《世宗实录》卷 12 第 441 页）

（嘉靖元年）三月，上孝宗太后尊号曰昭圣慈寿皇太后，武宗皇后曰庄肃皇后，圣祖母邵氏曰寿安皇太后，本生父曰兴献帝，母曰兴国太后。先是，司礼监传谕《兴献帝册文》："朕宜称子。"廷和等上言："不可。"得传谕宜称"孝子。"廷和等言："册文称'长子'、'本生'，文情自明，请勉行正礼。"从之。遣官诣安陆，上兴献帝尊号。命司礼太监温祥督礼仪，成国公朱辅上册宝，礼部侍郎贾咏题神主。咏遵廷和指，题其主曰"兴献帝神主"，不称考及叔，亦不叙子名。（《明史纪事本末》卷 50 第 741 页）

（嘉靖元年四月）癸巳（注：十七日）进封皇姐长寿郡主为长公主。（《世宗实录》卷 13 第 461 页）

（嘉靖元年四月）甲辰（注：二十八日）起用刑部尚书林俊在途引疾恳辞新命。上曰："卿承召远来，已见忠爱，何又屡辞。宜即日赴京，不允。"俊又上言："天下有不能已之情，有不可易之礼。子女之于父母服三年，无贵贱一也。子为人后，女为人妇，则所生隆降期焉。至于嗣子所得赠封，尽移所后，而不及所生，制于礼也。故司马光谓'秦汉而下自旁支入承大统，推尊所生者，皆取讥当时，贻笑后世。陛下何忍袭为之？"因辑尧、舜至宋理宗事凡十条以上，诏付所司。（《世宗实录》卷 13 第 469 页）

（嘉靖元年四月）乙巳（注：二十九日）寿安皇太后令旦，免百官及命妇朝贺。（《世宗实录》卷 13 第 469 页）

（嘉靖元年）是夏，吏部员外郎方献夫自家还朝，道闻大礼议未定，乃上疏，略曰："先王礼制，本缘人情；君子论事，当究名实。窃见近日礼官所议，有未合乎人情，未当乎名实；一则守《礼经》之言，一则循宋儒之说也。臣独以为不然。据《礼经丧服传》曰：'何如而可以为人后？支子可也。'又曰：'为人后者孰后？后大宗也。大宗者，尊之统也，不可以绝。故族人以支子后大宗也。嫡子不得后大宗。'为是礼者，盖谓有支子而后可以为人后，未有绝人之后以为人后者也。今兴献帝止生陛下一人，别无支庶，乃使绝其后而后孝宗，岂人情哉？且为人后者，父尝立之为子，子尝事之为父，故卒而服其服。今孝宗尝有武宗矣，未尝以陛下为子；陛下于孝宗未尝服三年之服，是实未尝后孝宗，而强称之为'考'，岂名实哉？为是议者，未见其合于《礼经》之言也。又按程颐《濮议》，谓'英宗既以仁宗为父，不当以濮王为亲'，此非宋儒之说不善，实因今日之事不同。盖仁宗尝育英宗于宫中，其不同者一；孝宗有武宗为子，仁宗未尝有子也，其不同者二；濮王别有子，可以不绝，兴献帝无别子也，其不同者三；岂得以濮王之事比今日之事哉？为是议者，未见其善述宋儒之说也。若谓孝宗不可无后，故必欲陛下为子，此尤不达于大道也。推孝宗之心所以必欲有后者，在不绝祖宗之祀，不失天下社稷之重而已，岂必拘拘父子之称而后为有后哉？孝宗有武宗，武宗有陛下，是不绝祖宗之祀，不失天下社稷之重矣，是实为有后也。且武宗君天下十有六年，不忍孝宗之无后，独忍武宗之无后乎？此尤不通之说也。夫兴献帝当父而不得父，孝宗不当父也而强称为父，武宗当继也而不得继，是一举而三失焉，臣未见其可也。且天下未有无父之国。瞽瞍杀人，舜窃负而逃。今使陛下舍其父而有天下，陛下何以为心哉？臣知陛下纯孝之心，宁不有天下，决不忍不父其父也。孟子曰：'孝子之至，莫大乎尊亲。'岂有子为天子而父不得称帝者？今日之事。臣尝为之说曰：'陛下之继二宗，当继统而不继嗣；兴献之异群庙，在称帝而不称宗。'得称帝者，以陛下为天子也；不得称宗者，以实未尝在位也。伏乞宣示朝廷，复称孝宗曰'皇伯'，称兴献帝曰'皇考'，别立庙祀之。夫然后合于人情，当乎名实，非唯得先王制礼之义，抑亦遂陛下纯孝之心矣。"报闻。(《明通鉴》卷50第1608页。注：此疏《明史》卷196第5188页载："疏具，见廷臣方抵排异议，惧不敢上，为桂萼所见，与席书疏并表上之。")

(嘉靖元年八月）丙子（注初三日）昭圣慈寿皇太后懿旨："大婚选到女子，宜进宫简选，钦天监其择日以闻。"先是，司礼监官传谕内阁，以大婚礼取到女子赴宫简选，欲从寿安皇太后传旨。大学士杨廷和等再疏其不可，云"去年宣谕礼部奉行，今春分遣司礼监官选取，皆由圣母昭圣慈寿皇太后诰谕，在廷之臣与天下之人皆知之。今日传旨改从寿安，事不归一，礼不由正，何以昭示中外？"乃传"奉昭圣懿旨行之"。(《世宗实录》卷17第520页)

(嘉靖元年八月）辛卯（注：十七日）刑部书林俊引汉定陶共王及宋濮安懿王故事，请会议兴献帝立后、主祀之礼。御史储良材、朱实昌亦以为言。时上已采治中王槐奏，添设祠祭署，以蒋轮子荣除奉祀令，世袭，供祀行礼。会有旨集议兴献帝家庙用乐，礼部因言俊等所奏关系典礼，请并会官详议以闻。上曰："奉祀已有成命，不必议，议用乐。"（《世宗实录》卷 17 第 527 页）

（嘉靖元年十一月）壬戌（注：二十日）南京礼部尚书杨廉等奏"申明大礼以息群议"，杂引程颐、朱熹言及《濮议》为证，且言"今之异议者，卒祖欧阳修。然修于'考'之一字，虽欲加之于濮王，未忍绝之于仁宗。今乃欲绝之于孝庙，加之于兴献帝，此又修所不忍言者。愿皇上尊信孔、孟、程、朱，未勿迁惑于众口。"又请早择亲藩之子为兴献帝后。章下所司知之。（《世宗实录》卷 20 第 592 页）

附录：治中王槐上议："宜置安陆祠祭署，以外戚蒋荣主行祀事。"帝从之。给事中底蕴力言不可，乞立崇仁王为兴国后。于是台谏官交章赞行蕴议，礼部亦言之。俱不报，槐议亦寝。（《肃皇外史》卷 2 第 10 页）

第四章　帝祖母寿安皇太后丧葬礼

嘉靖元年十一月十八日，帝祖母寿安皇太后去世，大学士杨廷和等以为嘉靖帝已为孝宗之后，寿安皇太后虽是帝之亲祖母，却是孝宗之庶母，不得持祖母承重服；又摘《大明律令》"孙为祖服齐衰期年"之文以示同官，礼部也赞同此议，上丧礼仪注，以十三日而除。帝不从，令丧制二十七日而除。然而亦采纳杨廷和等所言，不颁遗诰，仅行二十七日之服于宫中。稍后，又命议上寿安皇太后尊号并择葬地。廷臣议择葬橡子岭，而帝欲择葬在祖父宪宗皇帝的茂陵附近。杨廷和等以祖陵不当数兴工，以免惊动神灵而阻之，坚持葬于橡子岭。帝不从，数降旨命集议，廷臣亦数上疏持原议，故久拖不决。礼部尚书毛澄等深知帝孝思不已，不敢力争，上奏持两端之议，帝遂命择日在茂陵兴工。杨廷和等又极言不可，至此，杨廷和因议礼，已先后四次封还御批，执奏几三十疏，故嘉靖帝心中常忽忽有所恨；朝中有人即把这当成了机会，乘间攻击杨廷和恣无人臣礼，以此迎合帝意。言官史道已放外任，心生怨恨，因上疏指杨廷和为"漏网元恶"；并言杨廷和在正德朝"交通逆濠，诌附钱宁、江彬，纳贿专权之罪"，且抓住杨廷和在议大礼中的执拗，说"先帝自称威武大将军，廷和未尝力争；今于兴献帝一'皇'字、'考'字，乃欲以去就争之，实为欺罔。"御史曹嘉亦以"大臣专权不可制"来攻击杨廷和，把大礼议中朝堂上的情势归于"为大臣者真能擅威权以移主柄，党大臣者真能取容悦以惑圣听"。杨廷和上疏自辩，并乞致仕，朝臣亦群起而攻史、曹。帝虽优诏肯定杨廷和的功绩，并薄责史道、曹嘉以安杨廷和，然内心对他的信任却已转移，朝中议礼的形势亦有了微妙的变化。寿安皇太后服除的前三日，毛澄等请帝即吉服御奉天门视事。议再上，帝以自己正哀伤而不许，命考皇祖宪宗皇帝生母孝肃太皇太后的丧礼行之。毛澄等又言孝肃太后丧礼与今事体不同，考虑到帝孝思不已，只是可以不御中门及不鸣钟鼓。帝不得已，久之乃允，仍免朔望日升殿，并令不鸣钟鼓、不鸣鞭，以示致哀。

十二月二十二日，尊上寿安皇太后的谥号为"孝惠康肃温仁懿顺协天祐圣皇太后"；又从礼部侍郎贾咏等所奏，更定葬地于茂陵玄宫之右，命所司择日兴工。嘉靖帝欲推尊亲生父母，尝遣中官向礼部尚书毛澄谕意，至在其前长跪稽首。毛澄骇愕，急忙上前扶他起来。其人说："上意也。上言：'人孰无父母，奈何使我不获伸。'必祈公易议。"并出囊金献给毛澄。毛澄十分惊愕，奋然曰："老臣悖耄，不能赞典礼。独有一去，不与议已耳。"即抗疏引疾请辞，至五六上，帝辄慰留不允。嘉靖二年二月疾甚，复力请，乃许之，并给予很优厚的待遇。

嘉靖二年二月二十五日葬孝惠皇太后于宪宗皇帝茂陵玄宫之右，十一月二十五日奉安孝惠皇太后神主于奉慈殿。这样，关于嘉靖帝祖母寿安皇太后的丧葬之礼和谥号的争论有了一个初步的结果，同样这也是一个妥协的结果。按照杨廷和等廷臣的观点，寿安只是宪宗的妃子、藩王的生母，只能称太皇太妃，不能祔葬宪宗皇帝的茂陵。而按照嘉靖帝的要求，寿安的孙子继了帝位，儿子也追封了帝号，可以称太皇太后、祔葬茂陵。斗争的结果，只能称皇太后，虽葬在茂陵旁，但神主却奉安在奉慈殿。这是因为嘉靖帝曾祖英宗皇帝之妃、祖宪宗皇帝之生母孝肃周太后，虽在宪宗皇帝即位后尊为皇太后，孝宗皇帝即位后尊为太皇太后，卒后合葬于裕陵，但也只是别祀于奉慈殿，不祔庙，仍称太皇太后；孝宗皇帝生母孝穆纪太后，卒后封淑妃，孝宗即位，虽追封为皇后，迁葬茂陵，但也是别祀于奉慈殿。这都是因为她们生前不是皇后，虽儿子当了皇帝，但还是嫡庶有别，何况寿安的儿子并未即帝位，故只能是"皇太后"这样不伦不类的称号。

但随着议礼的深入，嘉靖帝逐渐无所顾忌，在嘉靖七年七月初十日，追尊自己的祖母为太皇太后；十五年十月十六日，又罢奉慈殿之制，将祖母改称为宪宗的皇后，神主迁入宪宗陵庙供奉，并把前朝孝肃、孝穆二太后也照此法安排，这也就成了明代此后皇帝安排自己非皇后的生母后事的惯例。

资料摘录：

（嘉靖元年十一月）庚申（注：十八日）寿安皇太后崩，礼部上仪注……十三日而除……制曰可，丧服二十七日而除。（《世宗实录》卷20 第585页）

（嘉靖元年十一月）庚申（注：十八日）寿安皇太后崩。后，宪宗贵妃也，生兴献帝，壸为寿安皇太后。杨廷和议哭临一日，十三日除服，移文南京，不布诏。帝不从，命以二十七日。丙寅（注：二十四日）礼官请素服御西角门，帝曰："朕哀慕方切，安忍为此。"（《明永陵编年信史》卷1 第20页）

（嘉靖元年十一月）庚申（注：十八日）寿安皇太后邵氏崩。初，兴献之藩，太后时已进封贵妃，留京师。及上嗣位，太后已老，目眚矣，喜孙为皇帝，抚之自顶至踵。至是崩，上尊谥曰孝惠皇太后，别祀奉慈殿。七年七月，改称太皇太后。寿安太后之崩也，大学士杨廷和等谓上为孝宗后，不宜为孝宗之庶母持祖母承重服，因摘《大明律令》"孙为祖服齐衰期年"之文以示同官。礼部如其议上之，上不从，

令丧制二十七日而除。然以廷和等言，不颁遗诰，仅行二十七日之服于宫中。(《明通鉴》卷 50 第 1610 页)

(嘉靖元年十二月) 甲戌 (注：初二日) 谕礼部："朕祖母寿安皇太后，夙事皇祖宪宗，诞生兴献帝，壸范明于宫掖，庆祚衍于后昆。肆至眇躬，入承大统，方隆尊号，期享遐龄；孝养未终，奄忽违弃，追惟懿德，宜有徽称，用垂于永世。"命翰林院撰拟谥册，礼部具仪、择日以闻。(《世宗实录》卷 21 第 601 页)

(嘉靖元年十二月) 癸未 (注：十一日) 时议择寿安皇太后葬地，日久未决。文武大臣争言橡子岭地形高敞，可以卜葬。而上意必欲附近茂陵，已降旨集议者数矣。礼部尚书毛澄等雅知上孝思深至，不敢力争，因持两端以奏，上遂命择日兴工。大学士杨廷和等极言："昔宋宁宗欲祔孝宗于裕、思诸陵之旁，朱熹累疏谓'祖堂之侧不当数兴工作，惊动神灵'。先年孝穆皇太后祔葬，与宪庙玄宫同时掩土；其后孝贞皇太后亦不过开圹即葬。今欲祔寿安皇太后于茂陵左右，旋开金井，大兴土功，宪祖在天之灵能自安乎？且其襟抱疏浅，利害所关不细，臣等知而不言，是为负国。请如原议，卜宅橡子岭便。"上犹豫未允，命礼部、钦天监再行看择茂陵近地，会官定议可否具奏。(《世宗实录》卷 21 第 606 页)

(嘉靖元年十二月) 丙戌 (注：十四日) 时礼部议拟是月二十二日卯时上寿安皇太后徽号。(《世宗实录》卷 21 第 610 页)

(嘉靖元年十二月) 戊子 (注：十六日) 兵科给事中史道已升山西佥事，上言："臣顷在谏垣，尝指目大学士。草劾欲上，为廷和所觉，亟出臣外任。臣诚无状，恐一旦得祸以忧臣母。惟陛下赐之致仕，全臣母子微生。"因以原奏封上。其言廷和交通逆濠，诏附钱宁、江彬，纳贿专权之罪，且云"先帝自称威武大将军，廷和未尝力争；今于兴献帝一'皇'字、'考'字，乃欲以去就争之，实为欺罔。"廷和上疏自辩，因乞致仕。上曰："卿以正学直道辅佐先帝，随事匡救，备竭诚悃；力阻护卫，谏止巡游，以死自誓，不附权幸，不作威武大将军敕书、彩帐。先年闻父讣音，旬日之内，连章乞归终制，忠孝大节，中外共知。及国势危疑之际，又能计擒逆彬，俟朕从容嗣统，功在社稷。更化以来，议处大礼，厘革弊政，诛逐奸党，褒进忠贤，知无不言，罔顾利害，勋望隆重，朝野称述。简任在朕心，方切倚毗，岂可偶因一人谗佞排陷之言，辄求休退。鸿胪寺其往谕朕意，令即出供职，不允所辞。史道已升外任，却乃挟私妄言，颠倒是非，巧佞迎合，摧辱大臣，变乱国是，吏部亟参看以闻。"既而吏部尚书乔宇论"道挟私妄言，乞正其罪"。上下之诏狱。兵部尚书彭泽亦奏"廷和定策讨逆，忘身尽忠，乃为史道所构，引嫌乞休，大臣人不自安。"因劾"道尝力救奸党许泰、张宏、王琼、陆完，自知素行不齿士论，猥以搏击当路，藉口为名，真奸人之雄，不可不治。"上曰："杨廷和事朕以来，辅德佐政，备竭忠诚，剪除奸逆，不顾身家之祸，定策翊戴，有功不居，诚古社稷之臣。朝廷方切倚毗，鸿胪寺官宜往谕朕意，即出供职。史道捃拾浮言，横肆诽谤，大伤国体，沮坏新政，已有旨逮治，中间果有朋奸党恶，纳贿实迹，具讯本末以闻。今灾异频仍，正上下交相警戒之时，若谗佞得志，公议不明，正人君子不安其位，相率避嫌求退，天下治乱安危之机所系，此岂国家之福？览奏具见卿忠愤所激，为世道远虑，奉公体国至情。"（《世宗实录》卷 21 第 614 页）

（嘉靖元年十二月）兵科给事中史道以救王琼忤彭泽，廷和出为佥事，道遂劾廷和"贪定策功，徼封侯。而寿安皇太后崩，擅议短丧，无所忌惮；武庙称大将军，廷和草敕，不闻匡救，乃争兴献一皇字。且交通钱宁，主复宸濠护卫；及武宗南征凯旋，而锦衣迓贺。其子修撰慎、中书恒，前后归里，携橐中装无算。从子进士恂以'吾家卓、桧'目之，舆论可知。宜速罢斥，以快人心"。廷和疏解辩，且讦道"伸救王琼、陆完、许泰，通贿市"。事下吏部，尚书乔宇与本兵彭泽言："道怀私市恩，宜系讯置理。"乃下锦衣卫收鞫，科道论救，不报。刑部论输赎谪滁州判官。（《明永陵编年信史》卷 1 第 21 页）

（嘉靖元年十二月）己丑（注：十七日）上御西角门，服黑翼善冠，素服乌吊带，不鸣钟鼓。文武百官俱浅淡色服，乌纱帽，黑角带，侍班奏事如常仪。礼毕，上还宫，仍素服。先是三日，寿安皇太后服除，部臣毛澄等请上即吉御奉天门视事。议再上，不许，命考孝肃太皇太后丧礼行之。澄等又言："孝肃太后崩时，距葬期不远，故暂尔持凶，以待山陵事竣，与今事体不同。况当正旦朝元之会，亦不宜素冠缟衣临见万国。若孝思未忘，第毋御中门及不鸣钟鼓足矣。"上不得已从之，仍免朔望日升殿。（《世宗实录》卷 21 第 617 页）

（嘉靖元年十二月）甲午（注：二十二日）上寿安皇太后谥为"孝惠康肃温仁协天祐圣皇后"（注：此处似有误，据《明史》卷 113 载，当为"孝惠康肃温仁懿顺协天祐圣皇太后"，称皇后在嘉靖十五年）。更定葬地于茂陵玄宫之右，命所司择日兴工。从侍郎贾咏等奏也。（《世宗实录》卷 21 第 620 页）

（嘉靖元年十二月）丁酉（注：二十五日）上始御奉天门朝见群臣。时礼部及科道官俱言寿安皇太后服制已满，宜渐从吉典，御奉天门视之，久之乃允。仍令不鸣钟鼓、不鸣鞭。（《世宗实录》卷 21 第 622 页）

（嘉靖二年正月）甲辰（注：初二日）命工部左侍郎童瑞、丰城侯李昊督造寿安皇太后山陵。（《世宗实录》卷 22 第 632 页）

（嘉靖二年正月）丙辰（注：十四日）御史曹嘉上言："窃闻大顺之道大臣法。夫法者，人君与天下共者也，孰可以不法而独责之大臣？盖大臣者，近君秉政权以统摄庶官者也。夫君近则势易逼，秉权重则事易擅，统众则下之附者易以合。三者之形成，然后大臣之强不可制，君威弱而国法斁，治乱安危之几转目变矣，此大顺之道所以必言大臣法也。顷者佥事史道劾大学士杨廷和，严旨切责，下之诏狱，至廷和疏辩及尚书彭泽讦奏，则温旨慰奖，谆谆数百言，且正德间权奸用事，直言触忤者辄下诏狱，以箝天下之口，此尤非圣世所宜有。"疏下所司。（《世宗实录》卷 22 第 639 页）

（嘉靖二年正月）戊午（注：十六日）大学士杨廷和以曹嘉之论求去益力，上曰："卿累朝勋旧，德望素隆，赞理天工，多效劳勋，勿以人言自沮。其亟出供职。"大学士蒋冕亦上疏求去，上亦温诏答之。于是数日辅臣无至阁者，上累遣内臣及吏部、鸿胪寺官至其家宣谕敦促廷和等，廷和上疏谢宣谕恩，复固辞乞休。上曰："卿肝胆忠义，有功社稷，公论难泯，简在朕心。内阁典司政本，卿与同官累日俱避位，于事体非便，朕甚不悦，故遣官责以大义，其遵朕命，勿更固辞。"（《世宗实录》卷22第641页）

（嘉靖二年正月）乙丑（注：二十三日）御史张衮言："史道、曹嘉极论杨廷和，至大小臣工互相诋訾，此非社稷之福也。廷和当武庙时，权奸窃柄，既不能积诚意以格君心，又不能决去就以明臣节，是则可议。自陛下登极以来，拨乱反正，足称救时宰相矣。史道一旦指为元恶，不已甚乎？夫避人焚草，入以告后，此言官之体；而道乃先扬其声，邀人挽上，及至外补而始发之，此其心迹诡秘可见。陛下何不以此罪道，而概以排陷大臣下之理，是使道之有辞也。且廷和因史道之论而累疏乞休，同官以廷和之去而骈迹求退，臣恐政柄潜移，隐忧可畏。幸敕吏部谕廷和等亟出视事，毋要洁己之名以妄委身之义，庶几古大臣之用心。"诏下其章于吏部。（《世宗实录》卷22第644页）

（嘉靖二年二月）丙子（注：初五日）镇抚司以史道狱词上闻，得旨责道"先任言官，不顾公论，救有罪之人。既升外任，仍冒旧衔，肆为挤排。姑贷罪降二级用"。遂谪道河南南阳府通判。（《世宗实录》卷23第653页）

当是时，廷和先后封还御批者四，执奏几三十疏，帝常忽忽有所恨。左右因乘间言廷和恣无人臣礼。言官史道、曹嘉遂交劾廷和。帝为薄责道、嘉以安廷和，然意内移矣。（《明史》卷190第5038页）

（嘉靖二年二月）丙申（注：二十五日）葬孝惠皇太后于茂陵。先是，杨廷和等请别择葬地，不从。礼官集议，侍郎贾咏等乃请定葬于茂陵元宫之右，至是遂祔焉。（《明通鉴》卷50第1612页）

（嘉靖二年二月）丙申（注：二十五日）孝惠皇太后梓宫至山陵，遣成国公朱辅、武定侯郭勋、镇远侯顾仕隆、丰城侯李旻祭告后土、天寿山及七陵。是日奉梓宫葬茂陵毕，辅等仍各祭告如仪。（《世宗实录》卷23第675页）

（嘉靖二年二月）辛丑（注：三十日）礼部尚书毛澄乞休，许之。先是，澄屡疏乞归，上遣医赐药，优诏谕留。至是以衰年久病疏辞恳甚，上曰："卿老成旧德，供奉累朝。逮事朕躬，忠勤益著，考礼建议，裨益良多。新政之初，方切倚任，乃屡以疾辞，情词恳切，特准致仕调理。照前敕加太子太傅，仍赐敕奖谕，驰驿以归，差本部司属官一员护送。有司月给米四石，岁拨夫四名应用，时加存问，病痊具奏起用。"（《世宗实录》卷23第677页）

（毛）澄端亮有学行，论事侃侃不挠。帝欲推尊所生，尝遣中官谕意，至长跪稽首。澄骇愕，急扶之起。其人曰："上意也。上言：'人孰无父母，奈何使我不获伸。'必祈公易议。"因出囊金畀澄。澄奋然曰："老臣悖耄，不能隳典礼。独有一去，不与议已耳。"抗疏引疾至五六上，帝辄慰留不允。二年二月疾甚，复力请，乃许之。舟至兴济而卒。（《明史》卷191第5058页）

（嘉靖二年十一月）辛卯（注：二十五日）奉安孝惠皇太后神主于奉慈殿。（《世宗实录》卷33第857页）

（嘉靖六年七月）丙戌（注：十一日）上以孝惠祖妣尊谥问学士张璁等，璁言："臣等切详此实世代尊卑称号所在，关系非小。夫自古及今，凡开国太祖、妣，俱当以高帝、高后称之，无敢与敌者，故不加太字。自此以下，则有世代先后之别。凡帝母之称，止曰皇太后，所以别于中宫皇后也。凡帝祖母之称，必曰太皇太后，所以别于帝母皇太后也。今孝惠皇太后邵氏，实皇上祖母，犹孝穆皇太后纪氏，实武宗皇帝祖母也。武宗皇帝登极，止尊宪庙祖妣王氏为太皇太后，不复加称孝穆皇太后纪氏为太皇太后者，以太皇太后王氏为嫡，尚在万寿之日，实有所压故也。及太皇太后崩逝之后，于奉慈之祭，已宜加孝穆皇太后为太皇太后，然而未之加者，实当时礼官未有此请，乃礼官之失也。今孝惠皇太后同奉享奉慈殿，止称曰皇太后，以同于圣母章圣皇太后之称，实非圣祖母之称，恐非推献皇帝追尊之心也。夫礼所以辨尊卑别嫌疑，此一太字之加，决然不可少者也。夫生当尊称，死当追尊，事死如事生，礼一而已。其圣慈康寿太皇太后王氏，今配享宪庙，止称曰孝贞纯皇后者，盖缘太庙中列圣同堂合祫，一帝一后；世代已明，故生虽各有太皇太后之称，没若复俱以太皇太后称之，又恐混于无别。故如称孝贞纯皇后者，止宜概以谥称之也。今孝穆皇太后、孝惠皇太后，乃别祀奉慈殿，非配于、祫于太庙中，与一帝一后者事理不同，故自加称太皇太后，乃见皇上之祭祖母也。或谓称孝惠太皇太后，似有加于昭圣皇太后。殊不知昭圣皇太后自与章圣皇太后为等辈况（注：疑此为衍字），况孝惠已崩逝，今加太字正别庙中世代之称，夫何嫌哉？然须与孝穆皇太后一同加称，此实皇上推献皇帝尊亲之心，补武宗皇帝未行之缺典。此举宜待进书之后，与章圣皇太后亦并加尊称二字，诏示天下，乃皇上孝之大者也。"（《世宗实录》卷78第1735页）

（嘉靖七年六月）戊申（注：初八日）敕谕礼部曰："朕承天命入缵祖宗丕图，嗣统之初，祖母寿安皇太后方在万福之时，宜加上太皇太后尊号。而当时礼官昧于正礼，谬执偏见，止加称皇太后。朕亦不明于礼，而后每念及此，心实不安。今宜追上为太皇太后，尊谥仍旧。又仰思我皇考罔极之恩莫可名言，虽追尊天子之称，用天子礼乐，而尊谥止于'恭穆'二字，似与藩王无异。今宜加上数字，以进朕追慕之情。及我圣母章圣皇太后，诞育眇躬，恩德浑厚，徽号亦似太简，宜加二字，以申朕爱敬之诚。尔礼部便会同翰林院，将合行一应礼仪详议以闻。"（《世宗实录》卷89第2018页）

（嘉靖七年七月）戌（注：疑为戊之误）子（注：初九日）以恭上孝惠太皇太后尊

号、皇考献皇帝尊谥、圣母章圣皇太后徽号礼成，上御奉天殿，文武百官上表称贺，遣使颁诏天下，诏曰："朕闻圣人之孝，以尊亲为大；人君为治，以孝敬为先；匪泥情率意之所敢私，实古圣帝英王之要道也。朕以藩服仰荷天命，奉我皇兄遗诏，遵我圣祖'兄终弟及'之文，令朕入奉祖宗大统。自即位之始，首命礼官会廷臣集议称号等项。奈何左右大臣缪主非礼之议，春曹卿佐妄考不经之言，谓父子可绝其亲，执后世为人后之说；是以统嗣无分，纪纲堕失，人伦几致不明，考议几于聚讼。当是其时，朕徒存追报之诚，见闻罔有所得。上赖皇天鉴佑，赉我贤良，大名大伦已各正其天序，尊称尊号尚未合乎彝章，是非奸党所能为，实由朕冲昧无知之所致也。今追惟我皇祖妣孝惠皇太后，夙事皇祖，勤俭斋庄，其尊称未尽。我皇考恭穆献皇帝，玄德昭彰，宽仁纯粹。圣母章圣皇太后，静善淑哲，克裨内治，诞育朕躬，深恩罔极。慕鞠劳训诲之无可酬，肆洪仁峻德亦曷以颂。追报之忱既莫能伸，揄扬之诚又未少馨。兹复参稽典制，爰据舆情，遣官祇告于天地、宗庙、社稷，于今年七月初十日恭奉册宝，追上皇祖妣尊号为孝惠康肃温仁懿顺协天佑圣太皇太后，加上皇考尊谥为恭睿渊仁宽穆纯圣献皇帝；十二日恭奉册宝，加上圣母徽号为章圣慈仁皇太后。大礼告成，所有应颁恩赉条示于后：……"（《世宗实录》卷90第2064页）

（嘉靖七年七月）己卯（注：初十日）上奉册宝诣奉慈殿，追上孝惠皇太后尊号曰太皇太后，"孝惠康肃温仁懿顺协天佑圣太皇太后"。（《世宗实录》卷90第2060页）

孝惠邵太后，宪宗妃，兴献帝母也。……世宗入继大统，……尊为皇太后，嘉靖元年上尊号曰"寿安"。十一月崩，帝欲明年二月迁葬茂陵，大学士杨廷和等言："祖陵不当数兴工作，惊动神灵。"不从。谥曰"孝惠康肃温仁懿顺协天佑圣皇太后"，别祀奉慈殿。七年七月改称太皇太后。十五年迁主陵殿，称皇后，与孝肃、孝穆等。（《明史》卷113第3523页）（注：孝肃周太后，嘉靖帝曾祖英宗皇帝之妃，祖宪宗皇帝之生母，宪宗皇帝即位，尊为皇太后。孝宗皇帝即位，尊为太皇太后。弘治十七年三月崩，谥孝肃贞顺康懿光烈辅天承圣睿皇后，合葬裕陵。以大学士刘健、谢迁、李东阳议，别祀于奉慈殿，不祔庙，仍称太皇太后。嘉靖十五年，与纪、邵二太后并移祀陵殿，题主曰皇后，不系帝谥，以别嫡庶。孝穆纪太后，宪宗皇帝时宫中女史，偶得幸，生孝宗皇帝，成化十一年暴卒，谥恭恪庄僖淑妃。孝宗即位，追谥为孝穆慈慧恭恪庄僖崇天承圣纯皇后，迁葬茂陵，别祀奉慈殿。）

（嘉靖十五年七月）庚午（注：十七日）诏礼部会廷臣议奉迁三后神主于陵殿。先是，上谕尚书夏言曰："庙重于陵，礼制故严。庙中一帝一后，陵制则二三后配葬。今别建奉慈殿，不若奉主于陵殿为宜。且梓宫配葬，而主乃别置，近于黜之，非亲之也。此关典礼，其会议以行。"言既会内阁覆奏上，上曰："然此与崇先殿不同。周人祀后乃始祖之母，今奉慈殿，但名存耳，四时之祭，舞乐俱无。其会官议闻。"至是礼部会廷臣上议曰："自古天子惟一帝一后配享于庙，所生大母别荐于寝，身没而已。斯礼之正，故《礼》有享先妣之文，周闷宫，宋别殿，皆此义也。我孝宗皇帝于奉先殿侧特建奉慈殿，别祭孝穆皇太后，后祔孝肃太皇太后，近复祔孝惠太皇太后。盖子祀生母以尽终身之孝焉尔。然《礼》于妾母不世祭,《疏》曰不世祭者,谓子祭之,于孙则止;明继祖重,故不复顾其私祖母也。今陛下于孝肃,曾孙也;孝穆,孙属也;孝惠,孙也;礼不世祭,义当拟祧。若崇先殿之建,则陛下以子事考庙,当世享,故世庙配太庙而作,崇先殿配奉先殿而作也,义不侔矣。臣考宋熙宁罢奉慈庙故事,与今事略同,但祧义惟迁主为重,若当时瘗主陵园,则袭古人栗主既立及埋桑主之说而误用之,非礼也。今圣谕迁主陵庙,岁时祔享,陵祀如故,尤为曲尽,非前代所及。请诹日具仪行。"报可。(《世宗实录》卷189第3991页)

(嘉靖十五年九月)是月,罢奉慈殿。初,孝宗建奉慈殿祀孝穆纪太后,其后孝肃周太后、孝惠邵太后皆入祀焉耳。至是,上以"三太后别祀奉慈殿,不若奉于陵殿为宜"。下廷臣议言:"古者天子宗庙惟一帝一后,所生母荐于寝,身没而已。孝宗奉慈殿之祭,盖子祭生母,以尽终身之孝耳。然《礼》:'妾母不世祭';《疏》曰:'不世祭者,谓子祭之,于孙则止,以继祖重,故不复顾其私祖母也。'今陛下于孝肃,曾孙也;孝穆,孙属也;孝惠,孙也,礼不世祭,议当祧。考宋熙宁罢奉慈殿故事与今同,宜迁主陵庙,岁时祔享如故。"……从之。(《明通鉴》卷56第1836页)

(嘉靖十五年九月)己巳(注:十七日)先是,礼部尚书夏言等奏:"悼灵皇后神主,先因祔于所亲,暂祔奉慈殿孝惠皇太后之侧。兹三后神主既拟迁于陵殿,则悼灵主亦且暂迁奉先殿旁室,岁时享祀;及有祭告祖宗,则一体设馔,而但不启主匣,不见祝称,斯为全礼。又先皇后正位中宫七年,懿行纯德,足以母仪天下,其原谥悼灵,考之谥法,在悼虽协年中早夭之义,而灵义有六,类非美大之称。请下翰林院更议褒称,垂示后世。"上从其言,诏改谥曰孝洁。……辛巳(注:二十九日)改题迁安孝洁皇后神主于奉先殿西室。(《世宗实录》卷191第4037页)

(嘉靖十五年九月)辛巳(注:二十九日)先是,上在沙河面谕礼卿夏言曰:"三后神主称皇太后、太皇太后者,乃子孙所奉尊称;今既奉迁陵殿,实同帝后之列,揆之名实,于礼未宜,似当更正。卿其会翰林院、礼科详议具闻。"至是,言等议曰:"《礼》,天子惟一帝一后配享于庙,礼之正也。兹三后神主,礼不祔庙,义当从祧;已经圣明定制,奉迁陵殿,深合典礼。但三后称皇太后、太皇太后于奉慈殿,乃子上尊号于母、孙上尊号于祖母,礼也。若今日孝肃太皇太后奉迁于裕陵,实在英宗睿皇帝、孝庄睿皇后之侧;孝穆皇太后、孝惠太皇太后奉迁于茂陵,实在宪宗纯皇帝、孝贞纯皇后之侧;则当各从夫妇之义,而不当仍袭子孙之称。臣等据礼金议,请改题孝肃皇太后神主止称孝肃贞顺康懿光烈辅天成圣皇后,不用睿字;孝穆皇太后神主止称孝穆慈慧恭恪庄僖崇天承圣皇后,孝惠太皇太后神主止称孝惠康肃温仁懿顺协天佑圣皇后,俱不用纯字;则嫡庶之称有别,夫妇之分无嫌,而尊尊亲亲之道并隆而无失矣。"上曰:"卿等既会议金可,其如拟行。"(《世宗实录》卷191第4040页)

(嘉靖十五年十月)戊戌(注:十六日)改题三后神主。时礼官言:"奉慈殿之祀，乃子上尊号于母，孙上尊号于祖母，故有'皇太后''太皇太后'之称。今迁于陵殿，实在裕陵、茂陵之侧，宜去子孙之称，仍从夫妇之义，乃定制止称皇后，谥号去'睿'字、'纯'字，以别于嫡。"制曰"可"。(《明通鉴》卷56第1836页)

（嘉靖十五年十月）己亥（注：十七日）奉迁孝肃皇后神主于裕陵神寝，孝穆皇后神主、孝惠皇后神主于茂陵神寝。(《世宗实录》卷192第4058页)

第五章　帝父兴献帝陵庙祭祀之礼

嘉靖元年，巡抚湖广都御史席书上疏，赞同张璁、霍韬之议，主张嘉靖帝继祖宗之统，仍为兴献王之子，在皇宫大内别立一庙祭祀生父。吏部员外郎方献夫也具疏请尊兴献帝为皇考，别立庙祀之。并称"兴献之得称帝者，以陛下为天子也；不得称宗者，以实未尝在位也。"但二人迫于当时朝中议礼的情势，具疏后并未呈上。

嘉靖元年九月二十六日，吏部听选监生何渊上言，请在太庙东北立世室以奉祀兴献帝之神位，这样帝母死后亦得配享于京城，不必远祔安陆。这一建言极合帝意，即命所司会议以闻。

十一月二十日，南京礼部尚书杨廉等疏奏"申明大礼以息群议"，请早择亲藩之子为兴献帝之后，主兴献帝祀事。

十二月二十六日，南京十三道御史方凤等上疏，辩论"吏部员外郎方献夫与张璁、霍韬议礼非是，及欲为兴献帝立庙京师，尤不可。"因请"黜浮言，早定大礼，为献帝立后，祀于安陆"。嘉靖帝只是将这些章奏下所司知之，虽未采纳立庙京师之议，但仍坚持用外戚蒋荣主持安陆兴献帝陵庙祀事。

嘉靖二年二月二十四日，帝命将兴献帝在湖广安陆的陵庙改覆皇家专用的黄瓦，并命南京兵、工二部及湖广抚按官加紧修缮。同时，蒋荣以安陆陵庙祭器乐舞的标准为请，太常卿汪举上言宜如太庙仪制用十二笾豆，帝欣然从之，但为言官指摘；汪举不但不认错，反而说这是当时礼部尚书毛澄所议定的，现在诸臣并未参与，故有不同。此说遭到礼部仪制司郎中余才的驳斥，认为这是对已故毛澄的诬蔑，又是陷皇上于非礼，请治其罪，帝不从。礼部再请设置安陆陵庙奉祀官，帝却命杨廷和等集议陵庙乐舞，于是礼部侍郎贾咏会公侯九卿等上言："正统、本生，义宜有间。八佾既用于太庙，安陆乐舞似当少杀，以避二统之嫌。"帝仍坚持用八佾。于是何孟春及给事中张翀、黄臣、刘㝡，御史唐侨仪、秦武等，南京给事中郑庆云各上言力争，帝皆不报。御史黎贯言："陛下信一谀臣之说，委祀事于署官，兴献帝必不享。请选宗室近属者主之。"沈灼又言："古有七世之庙，无墓祭之文。庙祭当隆，陵祭当杀。今陵祀不用乐，凤阳诸陵皆然，何独安陆？"六科给事中底蕴等亦请如前议，册立崇仁王袭封兴国以主兴献帝祀。对监生何渊上言请立世室于太庙东北，给事中章侨、周琅皆极陈其不可。于是，礼部请以先后诸疏下廷臣会议。至是，议言："帝后尊称原于圣母之懿旨，安陆立祠成于皇上之独断，情孝已两尽矣。然正统、本生义宜有间，乐舞声容礼无可别。八佾既用于太庙，则安陆庙祀自当有辨，以避二统之嫌。"时廷臣集议者数四，疏留中凡十余日，而帝最终下特旨竟用八佾。

七月十三日礼部左侍郎贾咏上言，以近日言官论列，皆以献庙用八佾为过，可帝概回以"有旨"；劝帝收回成命，使正统、本生两无所嫌，而帝则以"乐舞已定"答之。此时，上任仅三个月的刑部尚书林俊以老请辞，并以孝宗朝君臣相得、天下大治的事例劝帝事事皆与台阁议当而行，以求天下大治。帝虽优旨褒奖林俊，却马上准其休致，这也是"大礼议"中第二位因议礼不合而请辞去位的尚书。十月，户部尚书孙交、兵部尚书彭泽又先后请辞致仕去，给朝政和"大礼议"都带来不小影响。

嘉靖三年十月二十四日，显陵祠祭署世袭奉祀外戚蒋荣上疏，以为显陵陵祭归己，而庙祭分委外官，不合太庙之制。帝将疏下礼部覆议："汉有南阳、春陵二园之祭，光武委之郡县；我朝有凤阳皇陵之祭，太祖归之留守。今显陵祀典与此略同，故臣等议以陵祭属之署官，庙祭属之州官，非荣一人所得而兼也。"帝是其议，敕工部缮治祭器，命布政司堂上官主显陵之祭，而府内庙享专以属荣。

嘉靖四年，司设监太监杨保以显陵规制应与北京诸帝陵同，而明楼尚缺，疏请修建。工部覆议，请并改陵名、卫名。帝意犹未决，命会官议拟。四月初九日，会议疏上，帝命改恭穆献皇帝陵司香署为神宫监，安陆卫为显陵卫，殿宇俱改黄色，添立红门，盖造神厨，其明楼已之。

资料摘录：

（嘉靖元年）巡抚湖广都御史席书具疏曰："迩者，廷议大臣，比之宋事。窃谓英宗入嗣，在衮衣临御之日。皇上入继，当宫车晏驾之后。比而同之，似或未安。故皇上嗣缵大业，非继孝宗之统，继武宗之统也；非继武宗之统，继祖宗之统也。以皇上承继武宗，仍为兴献王子，别立庙祀，张璁、霍韬之议，未为迁也。礼本人情，皇上尊为天子，慈圣将临，设无尊称，于情难已。故追所生曰帝、后，上慰慈闱。今逾年改元，尊号未上，明诏未颁，毋乃所以拟议之未定乎？臣愚谓宜定号'皇考兴献帝'，别立庙于大内，每时祭太庙毕，仍祭以天子之礼，盖别以庙祀，则大统正，而昭穆不紊；隆以殊称，则至爱笃，而本支不沦。尊尊亲亲，并行不悖。至于慈圣，应称曰皇母某后，不可以'兴献'字加之。"吏部员外郎方献夫亦具疏言："陛下之继二宗，当继统而不继嗣；兴献之异群庙，在称帝而不称宗。继统者，天下之公，三王之道也；继嗣者，一人之私，后世之事也。兴献之得称帝者，以陛下为天子也；不得称宗者，以实未尝在位也。请宣示朝臣改议，布告天下，称孝宗曰皇伯，称兴献帝曰皇考，别立庙祀之。夫然后合于人情，当乎名实。"二疏俱中沮，不果上。（《明史纪事本末》卷50第740页）

（嘉靖元年九月）己巳（注：二十六日）吏部听选监生何渊上言："请权宜礼制，

量立世室于太庙东北之地，奉兴献帝之神，如周祀文王于世室遗意。则陛下四时躬祭便适，而事生事存之心始得以自尽，太后千秋万岁后亦得配食太庙于无穷，不必远祔安陆，幽明之心俱安，陛下笃孝之心亦安矣。"上命所司会议以闻。(《世宗实录》卷 18 第 555 页)

　　(嘉靖元年十一月) 壬戌 (注：二十日) 南京礼部尚书杨廉等奏"申明大礼以息群议"，杂引程颐、朱熹言及《濮议》为证，且言"今之异议者，卒祖欧阳修。然修于'考'之一字，虽欲加之于濮王，未忍绝之于仁宗。今乃欲绝之于孝庙，加之于兴献帝，此又修所不忍言者。愿皇上尊信孔、孟、程、朱，未勿迁惑于众口。"又请早择亲藩之子为兴献帝后。章下所司知之。(《世宗实录》卷 20 第 592 页)

　　(嘉靖元年十二月) 戊戌 (注：二十六日) 南京十三道御史方凤等上疏，辩论"吏部员外郎方献夫与张璁、霍韬议礼非是，及欲为兴献帝立庙京师，尤不可。"因请"黜浮言，早定大礼，为献帝立后，祀于安陆"。章下所司。(《明通鉴》卷 50 第 1611 页)

　　(嘉靖二年二月) 乙未 (注：二十四日) 易兴献帝陵庙用黄瓦，命南京兵、工二部及湖广抚按官修置。(《世宗实录》卷 23 第 675 页)

　　(嘉靖) 二年 (癸未，1523) 春二月，太常卿汪举上言："安陆庙宜用十二笾豆，如太庙仪。"从之。礼部请置奉祀官，又言："乐舞未敢轻议。"帝命杨廷和集议之，礼部侍郎贾咏会公侯九卿等上言："正统、本生，义宜有间。八佾既用于太庙，安陆乐舞似当少杀，以避二统之嫌。"帝曰："仍用八佾。"于是何孟春及给事中张翀、黄臣、刘最，御史唐侨仪、秦武等，南京给事中郑庆云各上言力争。不报。(《明史纪事本末》卷 50 第 742 页)

　　(嘉靖二年四月) 乙未 (注：二十四日) 始命兴献帝家庙享祀乐用八佾。初，蒋荣以上命奉祀安陆，乃以祭器乐舞为请。礼部议如凤阳例，用笾豆十二，无设乐。奏凡再上，不允。御史黎贯言："陛下信一谀臣之说，委祀事于署官，兴献帝必不享。请选宗室近属者主之。"沈灼言："古有七世之庙，无墓祭之文。庙祭当隆，陵祭当杀。今陵祀不用乐，凤阳诸陵皆然，何独安陆?"六科给事中底蕴等亦请如前议，册崇仁王袭封以主世祀，然后集廷臣议定乐制，期于得中。是时监生何渊又上言请立世室于太庙东北，给事中章侨、周琅皆极陈其不可。于是，礼部请以先后诸疏下廷臣会议。至是，议言："帝后尊称原于圣母之懿旨，安陆立祠成于皇上之独断，情孝已两尽矣。然正统、本生义宜有间，乐舞声容礼无可别。八佾既用于太庙，则安陆庙祀自当有辨，以避二统之嫌。"时廷臣集议者数四，疏留中凡十余日，特旨竟用八佾。(《世宗实录》卷 25 第 727 页)

　　(嘉靖二年六月) 乙丑 (注：二十六日) 礼部仪制司郎中余才奏："太常寺卿汪举，先因陈请十二笾豆有乖典礼，为言官指摘，不自引罪，乃曰'此系尚书毛澄所议，见在诸臣未与，故有异同'。臣惟大礼之议，在廷之臣无不据程子之正论，遵国朝之服制，而尚书毛澄主议尤力，何尝有十二笾豆之请耶？且今日府部即前日会议之官，而侍郎贾咏见在，安得谓之未与耶？今澄已故，举乃诬之，藉以自解，不独使澄之心不白，且误陛下于非礼，宜按其罪。"不从。（《世宗实录》卷28第777页）

（嘉靖二年七月）辛巳（注：十三日）礼部左侍郎贾咏言："迩者言官论列，皆以献庙八佾为过，似宜听纳。而陛下概回'有旨'，臣等闻命惊惶，上惧仰答之无状，下畏职守之不专。义不容默，伏望收回成命，勿惮改更，使正统、本生两无所嫌，朝廷、王国等威有辨。庶皇上之纯孝无累，而臣等之责少塞矣。"上曰："乐舞已定，宜设官管理。其祭服、祭器、舞生、斋郎，各令所司备之。"（《世宗实录》卷29第786页）

（嘉靖二年七月）庚寅（注：二十二日）刑部尚书林俊请老，因言："方今圣明在上，朝多君子，而将归之言惟圣明纳焉。自古未有不亲大臣而能治者，我孝宗皇帝天启其衷，大臣如刘健、谢迁、李东阳、刘大夏辈，时赐宣召幄前，咨议移时方退，乃叹曰'岂知民贫至是'。又问：'安得太平如帝王时？'大夏对曰：'但事事皆如近日与台阁议当而行，久之自治。'孝宗信用其言，自是大治。今大臣如健、如大夏者不少，陛下宣召果如孝宗，事事皆与台阁议当而行亦果如孝宗，大治未有不如孝宗者。若徒取文具，何俾政理？伏望圣明用臣之言，遂臣之去。"上曰："卿先朝旧臣，自召用以来，慎重守法，屡进谠言。新政之初，方切委任，何乃固求休退。再览今奏，益见恳切忠爱，特从所请，给驿以归。仍加太子太保，有司月给食米三石，岁拨人夫四名应用，岁时以礼存问。"（《世宗实录》卷29第789页）

（嘉靖二年十月）辛亥（注：十五日）户部尚书孙交屡乞致仕，上以所奏诚恳，特允之。命加太子太保，驰驿还乡，令其子编修元侍行。仍敕有司月给米三石，岁拨夫四名，岁时以礼存问。（《世宗实录》卷32第840页）

（嘉靖二年十月）辛亥（注：十五日）户部尚书孙交致仕，进太子太保。（何乔远曰："世宗即位，林俊、孙交、彭泽、乔宇并以耆德宿才列长六卿，未几皆去，海内皆惋惜之。四君子者，或凤峙鸾骞，羽仪朝宁；或周鼎商彝，序列庙堂，则天下人所用政迹而追风者与。"）（《国榷》卷52第3289页）

（嘉靖二年十月）己未（注：二十三日）太子太保彭泽乞致仕。上曰："卿先年总制军务，屡平剧贼，劳绩懋著。起用以来，清忠体国，时进谠言，新政之初，方切委任，乃固求退。特允所请，加少保，写敕奖谕。给驿还乡，有司月给米三石，岁拨夫四名，岁时以礼存问。"（《世宗实录》卷32第842页）

（嘉靖三年十月）乙卯（注：二十四日）初，上既命设祠祭署于安陆州，以皇亲蒋荣世袭奉祀，主显陵元旦、清明、中元、冬至、忌辰之祭，而四孟朔日则令州官置祭于府内之家庙。至是蒋荣奏言："祖宗以来，太庙四时之祭，非天子躬亲对越，则遣驸马、皇亲代之。今臣亦以近亲叨奉陵祀，而庙祭分委外官，似于事体不便。"疏下，礼部复议："汉有南阳、舂陵二园之祭，光武委之郡县；我朝有凤阳皇陵之祭，太祖归之留守。今显陵祀典与此略同，故臣等议以陵祭属之署官，庙祭属之州官，非荣一人所得而兼也。因进显陵祭仪并应造器皿，凡遇忌辰及元旦、清明、中元、十月朔、长至、万寿节俱如七陵之制，遣官致祭如常仪。"上是其议，敕工部缮治祭器，命布政司堂上官主显陵之祭，而府内庙享专以属荣。（《世宗实录》卷44第1149页）

（嘉靖四年四月）戊戌（注：初九日）命改恭穆献皇帝陵司香署为神宫监，安陆卫为显陵卫。先是，司设监太监杨保以显陵规制一准诸陵，而明楼尚缺，疏乞修建。工部覆议，并乞更陵、卫名。上意未决，命会官议拟。至是，会议疏上，诏易陵、卫名，殿宇俱改黄色，添立红门，盖造神厨，其明楼已之。（《世宗实录》卷50第1252页）

第六章　皇考及大内立庙之争

嘉靖二年十一月，南京刑部主事桂萼上《正大礼疏》，反对朝臣"为人后论"，主张称孝宗为皇伯考、兴献帝为皇考、兴国太后为圣母，立庙大内，并录席书、方献夫之疏以闻。帝得疏大喜，于嘉靖三年正月手批"此祀关系天理纲常"，命"会文武群臣集前后章奏详议尊称、合行典礼以闻"。

嘉靖三年二月十一日，大学士杨廷和以议大礼、谏织造累忤帝意，帝方得桂萼等人疏，虑再为杨所持，遂准其致仕。虽言官交章请留，均不听，朝中议礼情势为之一变。二月十三日，礼部尚书汪俊会廷臣上大礼议，驳斥桂萼之论，力持考孝宗；朝中同此议者有八十余疏、二百五十余人；同桂萼议者只有进士张璁、主事霍韬、给事中熊浃。嘉靖帝将汪俊疏留中，并亟召桂萼、席书、张璁、霍韬赴京。二月三十日，昭圣慈寿皇太后生日，帝下诏免命妇朝贺，御史马明衡、朱浙以"前者兴国太后令节，朝贺如仪，今相去不过数旬，而彼此情文互异"疏谏；帝大怒，以"离间宫闱，归过于上"，令逮镇抚司拷讯。修撰舒芬等多官论救，亦被谪、罚，帝必欲杀此二人，在阁臣蒋冕膝行顿首泣请下，才准杖八十，除名为民，二人遂废。吏部尚书乔宇等疏论大礼，主张"所后者固名父母，所生者亦名父母，盖有本生二字以冠之，则与所后有别，犹存一本之义"。而帝以"朕尊奉正统，未尝偏厚本生"，下其章于所司。

三月初一日，帝御平台，召大学士蒋冕、毛纪、费宏论加尊号，并命礼部在圣母昭圣慈寿皇太后称号前加二字，尊为昭圣康惠慈寿皇太后；又尊兴献帝为本生皇考恭穆献皇帝，并立庙京师祭祀；兴国太后为本生母章圣皇太后。乔宇、汪俊等廷臣极谏，遭帝切责。费宏亦上《论慈寿皇太后徽号疏》，以先朝加称号只有四字，主张"尽报称之真情，而不在于虚名之崇重"，亦不听。三月初四日，翰林院修撰唐皋、编修邹守益等，礼科都给事中张翀等，御史郑本公等俱上疏，极论考兴献帝、立庙大内之谬。帝览奏不悦，以邹守益等"出位妄言"，姑置不问；而责唐皋阿意二说、张翀及郑本公等"朋言乱政"，各夺俸三月。三月初五日，帝下诏亲定其父安陆州松林山陵为显陵。汪俊再上疏极言立庙大内有干正统，帝命礼部会同多官议拟建室礼仪。三月十四日，汪俊会廷臣上《大礼疏》，说明奉先殿乃孝宗皇帝为祀生母而设，仍坚持不能在大内建室祀本生父。嘉靖帝不听，仍命亟议。三月十五日，詹事府掌府事吏部尚书兼翰林院学士石珤等上《大礼议疏》，反对为献皇帝立庙京师；是日，国子监祭酒赵永等疏同上，帝令并付所司。三月二十一日，乔宇等再疏请罢内殿建室之议，帝仍命"照前旨议拟来闻"。于是张翀等及山西道御史任洛等皆以为言，帝下旨切责之。南京刑部主事张璁、桂萼各上疏争大礼。张璁疏中指出"今兴献帝之加称，不在于皇与不皇，实在于考与不考"。坚持反对"为人后"之说，主张"皇上遵《祖训》入继大统，固非执政大臣之所能援，亦非执政大臣之所能舍也"；应"称孝宗为皇伯考、兴献帝为皇考、武宗为皇兄"，又指朝臣"不顾礼义，党同伐异，宁负天子而不敢忤权臣"，把大礼之争与君权和相权、奸臣朋党联系在一起，以此激帝怒。桂萼在疏中以史上"女后、奸臣利于立昏"来影射慈寿皇太后及执政大臣，以行离间；主张"考兴献帝、继统武宗"。帝得疏后，以所言关系典礼，命礼部一并会议以闻。汪俊再乞休致，帝以其职司邦礼，近奉议尊室未成，故引疾求退，责以"违悖正典，肆慢朕躬，令其回籍"。已而吏部推左侍郎贾咏、右侍郎吴一鹏代汪俊，帝皆不允，竟特旨用南京兵部右侍郎席书为礼部尚书。三月二十三日，帝初以大礼已定，从户部侍郎胡瓒等言并止张璁等勿来京。时张璁、桂萼已抵凤阳，见邸报敕加尊号，乃同上疏极论两考之谬，指此为在朝诸臣欺蔽皇上，主张下诏"改称皇伯考孝宗敬皇帝、皇伯母昭圣慈寿皇太后，直称皇考恭穆献皇帝、圣母章圣皇太后，亟去本生二字"；并请求进京"与礼官面质是非，宣昭大义"。帝得疏，复命召张璁等进京。蒋冕言："二人来，必朴杀之"，帝不问，而遣人趣使速来。三月二十八日，大学士蒋冕上疏驳张璁等议礼之论，指出帝继承皇位"固因伦序素定，然非圣母昭圣皇太后懿旨，与武宗皇帝遗诏，则将无所受命"。故应"兄武宗，考孝宗，母昭圣"，以示继统承祀之义，而不应为本生父立庙大内。并请求休致，帝慰留不允。朝臣纷纷上疏谏阻张璁等进京，给事中安盘等言"大礼之失，自霍韬、张璁欲考本生，而邪说始起；自桂萼进席书、方献夫之论，而邪说益张。乞寝书新命，治萼等奸罪"。张汉卿等亦言"书督赈乖方，煮粥误民，致死生民数万，宜正国法，以快人心"。南京给事中黄仁山等亦言"书巧诈邪佞，私蓄议稿而不自进，阴托桂萼代奏干宠。而璁、萼每造书所，必在暮夜，其为阴类憸人无疑。乞加罢斥，召还汪俊"。南道御史田麟等亦言"汪俊、席书，邪正相反，进退失宜。且祖制上卿俱推举简用，今何取于书而出自内降耶？乞同璁、萼并黜，以避贤路"。帝俱不报。

　　四月初一日，给事中张嵩、曹怀、章侨、安盘各疏论"主事张璁、霍韬首为厉阶，侍郎席书、员外郎方献夫私相附和，而主事桂萼窃众议以济己私，攘臂不顾，仰惑圣听。今萼等取用，书进礼卿，用非其宜，请并斥之以谢天下"。盘疏又谓"今欲别建一庙于大内，则是明知恭穆万万不可入太庙矣。夫孝宗既不得考，恭穆又不得入，是无考矣。世岂有无考之太庙哉？此其说之自相矛盾者也。"帝将疏并下所司。南京刑部主事黄宗明、都察院经历黄绾同张璁、桂萼上言大礼，大率如前指，帝亦报闻。四月初四日，乔宇等九卿合疏谏"罢汪俊，召席书，取桂萼、张璁、霍韬、黜马明衡、季本、陈逅等"；又指席书"不与廷推，特出内降，升为尚书，百余年来所未有者。请收回成命"。疏入，帝报闻而已。四月初八日，礼部会文武群臣上言驳桂萼、张璁"继统公、立后私"，"统为重、嗣为轻"的观点，反对改称孝宗为皇伯考，称"历稽前古庙制，未有皇伯考神主之称，惟天子称诸王曰伯叔父则有之。请罢建室之议，立庙安陆，而以萼、璁付法司论治。"帝曰："朕承天命，起自亲藩，祗奉宗祀，孝养圣母，岂敢违逆？朕本生圣母躬亲奉侍，但本生皇考寝园远在安陆，于卿等安乎？"命下再四，帝责以"尔辈党同，败父子之情，伤君臣之义，欺朕冲岁，甚失纲常"；命亟修奉先殿西空室，胁以"仍执违者，罪无赦"。四月十五日，帝命恭上昭圣康惠慈寿皇太后尊号，次日上章圣皇太后尊号。四月十六日总理粮储都御史吴廷举上言以议大礼久未定，请令天下亲王、两京各衙门、十三省抚臣各谕属类奏，两京科道听自为奏，而致仕在家的重臣也令各具奏，并下礼部、翰林院、国子监详订是非，兼总条贯，既具以闻；又召二三大臣，日坐便殿，采择施行，类编成书，以成我明一经，正前代之谬。时大礼已定，帝报闻。既而给事中张原劾廷举首鼠两端，阴附邪说。给事中刘祺亦劾廷举欺罔九罪，帝亦不报。四月十九日，帝御奉天殿诏告天下，称"皇兄武宗皇帝""皇考孝宗敬皇帝"，加上"圣母尊号曰昭圣康惠慈寿皇太后，兴献帝尊号曰本生皇考恭穆献皇帝，兴国太后尊号曰本生圣母章圣皇太后"。并发布各项推恩事宜，令着实举行，天下大庆。使三年的议大礼，有了两皇考、两圣母这样一个"义专隆于正统，礼兼尽夫至情"的结果。四月二十二日，都给事中李池曾等、御史胡琼等各上疏言席书不堪任礼部尚书。而吏部尚书乔宇等亦以璁等"曲学邪说，妄议典章"，上疏力阻重用桂萼、张璁、席书、霍韬、方献夫，帝皆不听。四月二十六日，吏部员外郎方献夫上《大礼论》，以为"天子、诸侯无为人后之礼"，而"兄终弟及"非为人后之礼。"兄终弟及者，继统也；为人后者，继嗣也。"把继统和继嗣区别开来，反对廷臣"天下为重，父子为轻"的观点，主张考献帝、母兴国，但又要"不以尊尊害亲亲""不以亲亲害尊尊"；"兴国虽得称母，而不得抗礼于两宫，犹献帝虽得称考，而不得入太庙，此正统之别也。"奏入，帝命留中。四月二十七日，编修邹守益上疏反对尊献皇帝为皇考，并为"群臣据礼正言，至蒙天语诘责"鸣不平，指嘉靖帝处此是"喜怒好恶不无少失其平"，请帝"屈己从善，不吝改过。察群臣之忠信而用之，斥绝奸人，无使动摇国是、窃弄威福"。疏入，帝怒，以邹守益出位渎慢，令锦衣卫逮下镇抚司拷讯。

五月初一日，大学士蒋冕上言请停在大内"修饰空室以尽追孝礼仪"，又再请休致。疏入，帝责冕"内阁重臣，多事之际，正宜竭忠辅导，乃固引疾求退。又牵大礼、灾异为由，咎归于上，故言辞乞，有负重托，非大臣事君之义"。遂允所请，令驰驿还乡。都给事中李学曾等，广东道御史陆翱等上疏请留，帝只将疏下所司知之。翰林院修撰吕柟以修省自劾不职十三事，内以圣学少怠，圣孝未广，大礼未正，谄祀日崇，忠谏受祸，元恶失刑，贵幸滥泽，以及军民利病数事皆灾变所由致；而引以为己不能献纳之罪，言甚切直。帝谓 "大礼已定，柟巧拾妄言，事涉忤慢"，下镇抚司拷讯。五月初十日，吏部尚书乔宇上疏请宥免以言事下狱的修撰吕柟、编修邹守益，帝报闻而已。科道官也交章论救，帝俱下所司知之。不久，还是下旨降邹守益广德州判官，吕柟山西解州判官。五月十三日，帝敕司礼监太监赖义、京山侯崔元、礼部左侍郎吴一鹏诣安陆恭上恭穆献皇帝册宝，改题神主，并迎请来京。一鹏等上言以 "历考前代史册，并无自寝园迎主入大内者"，请改题神主奉安陆庙中。帝以有旨，戒勿复扰，仍促令具仪，不必会议。五月十九日，巡抚凤阳侍郎席书进《大礼考议》，反对朝臣为孝宗立后之说，主张嗣献皇帝，赞同别建室于奉先殿侧。疏入，帝留中不下。五月二十四日，桂萼、张璁至京，复同上疏反对上尊号的诏令和典礼，并言七事：强调嘉靖帝入继大统实以其为 "献皇帝之子" 和 "高皇帝之训"，指 "擅拥立功者，欺天甚矣"；以 "献皇帝未尝命皇上为孝宗子也，孝宗又未尝命皇上为之子也"，反对帝考孝宗；以唐、宋已有皇伯考之称，主张称孝宗皇伯考；以 "本生父母对所后父母而言"，既 "尊称献皇帝为皇考，章圣皇太后为圣母"，就不当 "仍系本生二字"；以 "称两皇考是二本"，反对两考之礼；以母子之称不可苟，反对称昭圣皇太后为圣母；又主张应为献皇帝立庙。并指朝臣议大礼 "始之以不学无术，终之以相助匿非"。疏入，帝亦留中。

六月初三日，御史王泮因灾异上言，请召还蒋冕等去位大臣、刘最等被遣言官，斥憸人迎合之妄，罢织造之官，停土木之役。都给事中刘济等亦以此为言。帝皆命所司知之。六月初五日，礼科都给事中张翀等三十余人、御史郑本公等四十四人连章、御史戴金、章衮、张日韬、郭希愈、沈教、涂相等连章、给事中谢贾连章累上，齐攻张璁等，帝将章奏皆下所司。六月初六日，户科都给事中张汉卿上疏劾席书奉敕赈济反伤民命，请遣官往勘以正其罪；户部亦同议请，帝从之。帝欲以乐舞供奉观德殿祀献皇帝，教乐卿汪举、礼部侍郎朱希周上言谏止："国朝设神乐观，其乐舞生有定额，自足偈宗庙之用，似不必于内府更设。" 帝以 "朕皇考不得享于外庭，止于内殿奉祀，其乐舞之议，必不可阙"；并责 "汪举等轻率妄奏"。六月初九日，主事张璁、桂萼等以前所条上大礼七事，疏未下，朝议攻之甚急，复同上疏攻执政大臣和众朝臣，以 "礼官失礼于初，匿非于后"；"今臣等所据者，先王之礼也；群众所挟者，奸臣之权也；奸臣之权敢以胁天子，先王之礼独不足以绳权臣乎？" 又指言官 "相率甘为权臣鹰犬"，请准 "据典籍以折再诏之误、两考之非"。疏入，复留中。张璁、桂萼至京后，廷臣欲捶击之，举朝无一人与其通，遂称病不敢出；退朝时又怕被人袭击，避入武定侯郭勋家，遂与之结为内助。张璁又通过武定侯郭勋而得夜见嘉靖帝，挑动帝以锦衣卫力士来对付廷臣。台谏官交章攻击张、桂，并请刑部定其罪，扬言"若得俞旨，便朴杀之"。帝知此情，便于六月十三日降中旨，命桂萼、张璁为翰林院学士，方献夫为侍读学士，并切责台谏等官。于是翰林院学士丰熙、修撰杨惟聪、舒芬、编修王思皆不欲与萼等同列，各疏乞归。帝皆不允。御史刘谦亨以"萼等曲学偏见，骤得美官，天下士自此解体"，请赐罢黜，帝将其章下所司。六月十八日，桂萼、张璁、方献夫各上疏辞学士，并请面折诸臣"两考"之谬；帝以他们升翰林官非因议礼故，不准辞。吏部尚书乔宇上言以降内旨升官"多施于佞幸之人"，请寝其命。帝以宇言忤违，切责之，并令璁等视事。已而，吏科都给事中李学曾等二十九人，河南道监察御史吉棠等四十五人并上疏反对桂萼等以传奉升学士；御史段续、陈相又特疏极论席书及桂萼等罪状，请正典刑。帝怒，诘责学曾等，令对状，而以续、相欺罔妒贤，逮下镇抚司拷讯。刑部尚书赵鉴上疏言张璁等之罪，被帝勒令自劾。吏部员外郎薛蕙上《为人后解》二篇，《为人后辩》一篇，驳斥张璁等"入继大统，非为人后"的邪说，帝以蕙出位妄言，轻率浮躁，令逮送镇抚司拷讯。于是张璁、桂萼同上疏议礼为十三事，指廷臣强执皇上为孝宗后、不遵高皇帝训强以皇上与为人后、违武宗之诏、背献皇帝之恩、轻本生之重、妄言不可称伯考、反对为献皇帝别庙京师、牵合强比宋英宗、言史籍无迁主事、假昭圣懿旨为、于寿安皇太后不得终三年、误导皇上新颁两考诏、朋党比周等十三条欺妄大罪。帝亦留中不下。六月二十二日，修撰杨慎、张衍庆等三十六人上言：以"与桂萼辈学术不同，议论亦异"请辞；帝以"杨慎不能安分，率众求去"，处以夺俸。六月二十五日，鸿胪寺右少卿胡侍疏辩张璁、桂萼所条大礼七事，指按《祖训》"兄终弟及"之文，不能"妄以兄为孝宗，非武宗；弟为献皇帝，非陛下"；"纵使武宗崩时献皇尚在，受遗诏为天子，亦是受之于侄，岂得直谓受之孝宗"；若执孝宗为兄之说，则武宗崩时孝宗诸弟尚有在者，继位岂不另有其人？这一观点彻底驳斥了张璁等以嘉靖帝继皇位不以孝宗、武宗，而直以其父兴献王的说法，使"继统者不必继嗣"之说不能成立。帝以胡侍不是言官，非有言责，辄出位妄言，下诏逮问，后谪山西潞州同知。

　　七月初二日，太医院冠带医士刘惠、周序欲投帝所好，上疏言"观德殿名不称皇上尊亲之义"，请改名"圣孝"。帝怒，以"观德殿名，朕所亲定，用伸孝敬之情，额既悬矣"，将其逮下镇抚司考讯。七月初四日，方献夫以自己参与议礼"未尝有一毫希合干取之意"，再疏请辞翰林之命，帝不允。七月初六日，试监察御史王时柯言："桂萼辈以议礼迎合，传升美官，薛蕙、陈相、段续、胡侍等连章论劾，实出公论。今诸人超迁而群言获罪，臣恐海内闻之，以为陛下乏包荒之量也。臣愿陛下采忠直之言，消朋党之祸，于薛蕙等特赐宽宥，以示优容；方献夫、席书从其辞免，以全名节；张璁、桂萼改除别职，以保全之，则人心悦服。"疏入，上以王时柯玩法奏扰，切责而宥之。七月十二日，帝谕礼部更定章圣皇太后尊号，欲去"本生"之称。大学士毛纪等皆力争不可，帝御平台，召毛纪等责以"尔辈无君，欲使朕亦无父乎"。七月十四日，南京兵部右侍郎席书上言自己奉命赈恤有功，却"以大礼建议为诸臣所嫉，竞相排击"请派多官勘明。帝令派员"从公查勘，具实以闻"。礼部右侍郎朱希周等上言劝帝不要更改已颁的诏书，不要去"本生"二字。帝以"敕谕已行，不必再议，其速具仪以闻"。于是礼部具上更定诏书仪注。其时六部等衙门尚书秦金、都御史王时中、侍郎何孟春等，翰林诸臣、侍郎贾咏、学士丰熙等，太常寺等衙门卿汪举等，六科给事中张翀等，十三道御史余翱等，吏部郎中等官余宽等，户部黄待显等，兵部陶滋等，刑部相世芳等，工部赵儒等，大理寺正母德纯等，行人司正高节等，各上疏极言"不当去本生二字"。而此时南宁伯毛良、千户聂能迁、百户陈纪、教谕王价、录事钱子勋等各疏论前此议礼之差，请予更正。疏入，俱留中。内阁大学士毛纪、石珤并疏劝帝不去"本生"二字，不更诏天下。帝只报以"有旨"。七月十五日，朝罢，群臣以此前争"本生"之疏留中未下，相率至左顺门跪伏哭呼，帝以更定诏书仪具已定，令群臣退，不听。大学士毛纪、石珤亦至跪伏。至午，帝命录诸臣姓名，执为首者学士丰熙等八人下诏狱。于是修撰杨慎、检讨王元正乃撼门大哭，一时群臣皆哭，声震阙庭。帝大怒，命逮五品以下员外郎马理等一百三十四人悉下诏狱拷讯，何孟春等二十有一人、洪伊等六十有五人，姑令待罪。这即明代第二次群臣伏门哭争事件，朝中形势迅速恶化。七月十六日，帝亲上生母尊号为圣母章圣皇太后，去"本生母"之称，并在册文中又自称"子皇帝"，彻底否定了廷臣的谏言，张璁等建议得逞。如是九卿大臣吏部左侍郎何孟春等二十八人合疏详尽逐条驳斥张璁对朝臣的十三项指斥诬陷，称其"皆托名将顺，务为导谀激怒倾狡之术"，尤其是其重改新颁诏令，伯孝宗、去"本生"，指大臣为专权、朝臣为朋党，实质是造"党祸以空人国而自便利之私"。疏入，帝责何孟春等"任情奏扰，毁君害政，变乱是非"，并以"张璁等所上十三条尚留中未发，安得先知有此论奏"而追究通政司不谨；处何孟春夺俸一月，并戒群臣"毋得轻言"。又以尊上圣母册文时，尚书秦金等不赴行礼，诘责对状。时尚书金献民、赵鉴、赵璜，侍郎何孟春、朱希周，都御史王时中，大理少卿张缙、徐文华俱不至，于是金及献民等合疏伏罪，帝复切责而宥之。七月十八日，礼部右侍郎朱希周以恭穆献皇帝神主将到，请释被逮诸臣，帝不允。七月十九日，大学士毛纪请宥逮系诸臣，亦遭帝切责。七月二十日，帝以群臣"擅入朝禁，聚朋哭喊，假以忠爱为由，实为党私"，命拷讯丰熙等八人，并予谪戍；其余四品以上官员夺俸，五品以下官员各杖之，王思等十六人被杖死，一时朝野为之震动。七月二十一日，奉安献皇帝神主于观德殿，上尊号为"皇考恭穆献皇帝"，亦去"本生"二字。此前，又命勋爵大臣到定兴奉迎献皇帝神主。七月二十六日，以大学士毛纪再疏请宥伏阙哭争诸臣，帝怒责纪"要结朋奸，背君报私"，遂准其致仕去，费宏继任首辅。短短半年不到，竟连去三首辅大学士，朝臣士气为之大沮。七月二十八日，帝因有人言杨慎等实纠群臣伏阙哭争者，大怒，命复廷杖杨慎等七人，给事中张原被杖死，杨慎、王元正、刘济充戍，安磐、张汉卿、王时柯俱削籍为民。

八月初一日，帝听信陈洸之言，以议礼亲疏而处官员去留。八月初七日，又不顾大学士费宏劝阻，差多官会勘席书赈济江北凤阳等府事。八月初九日，正在养病的兵部主事霍韬上言，以为既尊孝宗为皇伯考，又尊献皇帝为皇考，是"汉人二父之失"；又担心慈寿皇太后改称，"大有非人情所堪者"，怕构两宫之隙，故请圣母"时自谦抑"，对慈寿皇太后"以示尊敬至意"；对武宗皇后"不可轻忽"，把"宫闱大权一归昭圣"，以求"宗统正而嫌隙消，天下万世无所非议"。帝深嘉其忠义，又促其速赴召命。八月十四日，显陵司香太监杨保以为显陵规模狭小，上言请按"天寿山诸陵制更造"。工部尚书赵璜等以为陵制规模"当与山水相称，恐难概同"，上言"不必大为改作"。帝从部议。八月十八日，礼部左侍郎吴一鹏等曾上疏驳斥给事中陈洸"妄谓陛下生于孝宗殁后三年，即位于武宗殁后二月，无从授受"，"慨伤寿安皇太后丧礼不为三年"，及"谓家相强执其主为人后"等谬论，请加痛惩，以防效尤。疏入，留中者久之，至是，帝始将此疏与前侍郎席书《大礼考议》，员外郎方献夫《大礼论》，主事张璁、桂萼前后三奏，并南宁伯毛良等疏俱下礼部，令集群臣博考论礼，再议以闻，并"戒勿仍前执悖"。南京吏部尚书杨旦等以张璁、桂萼"学识颇僻，心术好回，徒以一言偶合，蹭升清秩，非所以示大公于天下"。帝则以为"璁等所言，实典礼之正，何谓之'偶合'？"八月十九日，南京国子祭酒崔铣以灾异自陈求退，并对张璁等以议礼超迁，蒋冕等以议礼或从摈斥、或下诏狱的现象表示担忧，"恐侥幸之徒踵接而至矣"；请帝"无轻正统，无拂群情，无恃威可作，无谓己可纵"。帝览疏不悦，令崔铣致仕。八月二十二日，给事中陈洸上奏，以对议礼之臣"虽罪遣数人，未尽其党"，并攻大学士费宏，尚书金献民等一大批朝臣为朋党，荐致仕南京兵部尚书廖纪等可用；又请召熊浃等因"建议此礼而被外迁者"。章下所司。于是费宏、金献民等俱上疏乞致仕。帝优诏答费宏而挽留，对金献民等亦皆以优诏留之。

九月，廷臣集议大礼，汪伟、郑岳、徐文华等与张璁等力争大礼不可更。九月初三日，锦衣卫革职百户随全、光禄寺革职录事钱子勋希旨言"献皇帝梓宫宜改葬天寿山"。事下工部，尚书赵璜等以高皇帝、文皇帝不曾迁祖陵，反对改葬，五官灵台郎吴昇曾参与修显陵，亦上言以为不可迁。帝仍命礼部集廷臣会议以闻。九月初五日，帝听从席书、张璁、桂萼、方献夫的建议，始决定更定大礼：称孝宗为皇伯考，昭圣皇太后为皇伯母，献皇帝为皇考，章圣皇太后为圣母。但席书等仍认为献皇帝神主应"别为祢室""不入太庙"，"于正统无干"。九月初九日，大学士石珤上疏反对更定大礼，劝帝不要被"疏贱小人辄行离间"和"谄夫佞人但知迎合取宠"所迷惑，而是按郑岳、徐文华所拟及内阁的原议，不要更定大礼之议。帝以大礼屡经集议，既有定论，责石珤"无大臣奉国事君之道，戒勿复言"，又夺郑岳、徐文华俸各三月。而武定侯郭勋却说"《祖训》如是，古礼如是，璁等言当"；席书又说：

"人臣事君，当将顺其美。"席书、张璁、桂萼、方献夫会同公张鹤龄，侯郭勋、仇鸾等64人上言从帝之议。于是，九月十五日，帝御奉天殿颁诏，以更定大礼尊号，诏谕天下。在诏书中，帝以自己"本宪宗纯皇帝之孙，孝宗敬皇帝之侄，恭穆献皇帝之子"，仰遵圣祖"兄终弟及"之训，伦序嗣皇帝位。否定了前此三年"大礼议"的结论，重新确立了非为人后及继统不继嗣的观点。对此前"大礼议"的失误，也以"是岂徒礼官之失，亦朕冲年未能抉择之咎"而承担了责任。确定"称孝宗敬皇帝曰皇伯考，昭圣皇太后曰皇伯母，恭穆献皇帝曰皇考，章圣皇太后曰圣母"。希望改变大礼议以来"君臣之际未免少乖，举措之间或多违戾"的局面。要求在大礼告成后，内外诸司百僚，"有官守者修其职，有言责者尽其忠，凡旧章未复，弊政未除，人才未用，民生未安，边备未饬，军储未充，一切有裨于政理、利于军民者，其一一条具奏闻，朕将举而行之"，以期天下至治。九月二十五日，张璁、桂萼、方献夫以大礼既成，请求退休，帝皆优答不允。九月二十九日，南京给事中王仁山等上疏请宽恕论谏大礼哭门之臣，帝怒其狂渎，夺俸二月；十月二十四日，御史王木亦就此上疏，帝只"下所司知之"；而十二月初一日，大理寺右评事韦商臣就此事上疏，却被降二级调外任。

　　嘉靖四年正月，江西巡抚陈洪谟上言请宥伏阙号泣议礼诸臣，帝不报。三月，巡按云南监察御史郭楠疏请优容跪门叫号诸臣以收人心，帝命锦衣卫逮治之。三月初十日，行人司右司副柯维熊上疏劝帝亲信君子、摈斥小人，又为伏阙诸臣和上言遭责谴诸臣求宽宥，帝令将其章下所司知之。致仕刑部尚书林俊亦上疏为议礼得罪诸臣请命，并指廷杖坏人身体以至于死，非祖宗仁厚之意，帝亦下其章于所司。三月十九日，张璁、桂萼以被柯维熊论为小人，各上疏乞休，帝优诏留之。

　　三月二十三日夜，仁寿宫火灾。次日，帝谕礼部欲与"文武百官痛加修省，以回天意。"四月十三日，礼科给事中杨言等以仁寿宫灾上言，指"迩来贤否混淆，进退失当：大学士蒋冕、尚书林俊相继去位，学士丰熙、编修王相、给事张汉卿等并以抗疏坐谴；张璁、桂萼始逢迎以窃清秩，终怙势以诬重臣，而不知所忌"等时弊，帝却责其"疏内多浮谤"。会监察御史涂敬等上疏，大略如杨言所奏；兵科给事中刘琦亦陈亲贤去邪等七事，乞倚大臣为腹心，开言路为耳目，以答天戒。章俱下所司。

　　十月十四日，致仕县丞欧阳钦，以其祖欧阳修祠的湖地被浸没，祠宇改僧尼废庵，乞为查处。又言席书、张璁、桂萼"引臣祖修遗言以正典礼，而诸臣争之以被谴谪；请宽诸臣以慰人心，给书等诰命以示劝奖"。疏下礼部，科臣驳"钦托言大礼，求济己私"。时席书已掌礼部事，遂言"其事或出于假托，言亦不可终弃"。帝令有司核湖池地，又给席书等诰命。于是给事中韩楷言："书等任未满，不当以钦言而遽封。"帝曰："书等奋义赞成朕孝，特恩报功，非钦言也。"切责韩楷而宥之。

　　嘉靖五年七月十九日，帝以奉祀其父献皇帝神位的观德殿在奉慈殿后，地势迫隘，欲迁于奉先殿左。工部尚书赵璜及给事中张嵩、御史郭希愈等均极力劝止，礼部尚书席书亦以"赋役未停，财力俱屈"，请"量宽一年，使民力少纾，民财少裕"再议。世宗不听，又传谕大学士费宏，并以"考礼之正莫大于五伦，凡为人未有无父母者"为由，详述迁殿原委。费宏等因上言请帝命礼、工二部"仰遵圣意，卜日兴工，或因旧增修，或更新改造，期于完洁宽敞，足以竭虔妥灵，以称皇上尊亲之孝"。帝随即下旨"别建观德殿，主位已有定所，工部亟兴工修盖"。

嘉靖七年六月初八日，帝在敕谕礼部改称祖母寿安皇太后为太皇太后尊号时，又称己父"虽追尊天子之称，用天子礼乐，而尊谥止于'恭穆'二字，似与藩王无异。今宜加上数字，以进朕追慕之情"。又及帝母章圣皇太后的徽号"亦似太简，宜加二字，以申朕爱敬之诚"。七月初一日，又亲改礼部所上"世庙改题神主仪"，令"凡恭穆献皇帝神主降座、升座，俱改拟'亲捧'"。于是尚书方献夫复具仪以请。七月初九日，以恭上孝惠太皇太后尊号、皇考献皇帝尊谥、圣母章圣皇太后徽号礼成，帝御奉天殿，遣使颁诏天下。在诏书中再次重申自己"以藩服仰荷天命，奉我皇兄遗诏，遵我圣祖'兄终弟及'之文"入奉祖宗大统，批驳廷臣的非礼之议、不经之言，强调此时加上尊称是"参稽典制，爰据舆情"，并大赦天下。七月初十日，帝恭奉册宝，追上皇祖妣尊号为孝惠康肃温仁懿顺协天佑圣太皇太后，加上皇考尊谥为恭睿渊仁宽穆纯圣献皇帝；七月十二日，帝恭奉册宝，加上圣母徽号为章圣慈仁皇太后。

嘉靖十五年十月，分建宗庙后，帝谕礼部尚书夏言："前以皇考庙比世室之义，即名世庙。今分建宗庙，惟太宗世祭不迁，恐皇考亦欲尊让太宗。且世之一字，来世或用加宗号，今加于考庙，又不得世宗之称，徒拥虚名，不如别议。"夏言议未上，帝又复谕皇考庙名题为"献皇帝庙，庶别宗称，且见推尊之意"。于是，夏言等援考古今，谓"圣谕允当，庙以谥名，既合周典，而尊号昭揭，又与列圣庙号同符"。十月十七日，更定世庙名为献皇帝庙。并以谕议宣付史馆，昭告来世。

资料摘录：

（桂萼）嘉靖初，由成安知县迁南京刑部主事。世宗欲尊所生，廷臣力持，已称兴献王为帝，妃为兴国太后，颁诏天下二岁矣，萼与张璁同官，乃以二年十一月上疏……帝大喜，明年正月手批议行。（《明史》卷196第5181页）

（嘉靖三年正月）丙戌（注：二十一日）南京刑部主事桂萼上《正大礼疏》，其略曰："臣闻古者帝王事父孝，故事天明；事母孝，故事地察。未闻废父子之伦而能事天地、主百神者也。今礼官以皇上与为人后而强附末世故事，灭武宗之统，夺兴献帝之宗，识者咸心知其非，而未闻有所规纳者，何也？盖自张璁、霍韬上议，论者指为干进，故达理者不敢遽论其误，遂因循至今日耳。然是失也，纲常所关，诚非细故。切念皇上在兴国太后之侧，慨兴献帝弗祀三年矣，而臣子乃肆然自以为是，岂一体之义乎？臣愿皇上速发明诏，循名考实，称孝宗曰皇伯考，武宗曰皇兄，兴献帝曰皇考，而别立庙于大内；兴国太后曰圣母，则天下之为父子君臣者定。至于朝议之谬，有不足辨者，何也？彼所执不过宋濮王议耳，臣按宋臣范纯仁告英宗曰：'陛下昨受仁宗诏，亲许为仁宗子。'至于封爵，悉用皇子故事，与入继之主，事体不同，则宋臣之论亦自有别。今皇上奉《祖训》入继大统，果曾亲受孝宗诏而为之子乎，果曾亲许为孝宗子乎？则皇上非为人后，而为入继之主也明矣。然则考兴献帝、母兴献太后者，质诸鬼神而无疑，百世以俟圣人而不惑者也。臣久欲以请，乃者复得见席书、方献夫二臣之疏，以为皇上必为之惕然更改，有无待臣之言者。至今未奉宸断，岂皇上偶未详览邪，抑二臣将上而中止耶？臣不敢爱死，再申其说，并录二臣之疏以闻。"疏奏，上曰："此祀关系天理纲常，便会文武群臣集前后章奏详议尊称、合行典礼以闻。"（《世宗实录》卷 35 第 884 页）

（嘉靖三年二月）丙午（注：十一日）少师兼太子太师吏部尚书华盖殿大学士杨廷和致仕，以大礼、织造积忤，乞归。礼部尚书汪俊曰："公去，谁可主者？"言官交章请留，不听。（孙鑛曰：公在正德末名污，然功有可述；在嘉靖初名高，然功勿克终。先冢宰尝曰："以杨石斋之宏达，际肃皇之明圣，使议礼时稍低回其间，则丕熙必迈于成、弘，于社稷不亦康乎？"嗟夫，英主自外来，而敬皇之德入人深，举朝不回，公如众何？）（《国榷》卷 53 第 3295 页）

（嘉靖三年二月）丙午（注：十一日）大学士杨廷和致仕。廷和以议礼不合，累疏乞休，语露不平；又以谏织造忤旨，力求去。而上方得桂萼诸人疏，虑为所持，勉留至再，遂许之。赐敕、驰驿、给廪如例，仍敕吏、兵二部拟论功世荫以闻。言官交章请留，不报。廷和既去，而大礼议复起。（《明通鉴》卷 51 第 1641 页。注：杨廷和致仕，《世宗实录》《明通鉴》《国榷》《明史·宰辅年表》等均记为嘉靖三年二月，《明史》杨廷和本传及《明史纪事本末·大礼议》记为嘉靖三年正月，而《鹅横林费氏宗谱·文宪公年谱》则记为嘉靖二年冬月。）

（嘉靖三年二月）戊申（注：十三日）礼部尚书汪俊等遵诏会文武大臣、科道官上大礼议，极辨桂萼等议礼非是，其略曰："《祖训》'兄终弟及'指同产言，则武宗为亲兄，皇上为亲弟，自宜考孝宗、母昭圣，何谓与为人后而灭武宗之统也？《仪礼传》曰：'为人后者孰后，后大宗也。'汉宣起民间，入嗣孝昭；光武中兴，犹考元庙；魏明帝诏王后无嗣，择建支子以继大宗，何谓入继之主与为人后者不同也？宋范纯仁谓英宗亲受诏为子，与入继不同，盖言恩义尤笃，尤当不顾私亲，非以生前为子者乃为人后、身后入继者不为人后也。又谓孝宗既有武宗为之子矣，安得复为立后？臣以为陛下自后武宗而上考孝宗，非为孝宗立后也。又谓武宗全神器授陛下，何忍不继其统？然彼议亦以武宗为皇兄，岂忍改孝宗称伯，乃为继其统乎？又谓今礼官不过执宋濮议，臣等愚昧，所执实不出此。盖程颐之议曰：'虽专意为正统，岂得尽绝于私恩？故所继主于大义，所生存乎至情。'又曰：'至于名称统绪所系，若其无别，斯乱大伦。'殆为今日发也。今欲推尊本生，立庙大内，臣愚不知其所执者何？臣谨集前后章奏，惟进士张璁、主事霍韬、给事中熊浃与萼议同；其两京尚书乔宇、杨濂等，侍郎何孟春、汪伟等，给事中朱鸣阳、陈江等，御史周宣、方凤等, 郎中余木、林达等, 员外郎夏良胜、郁浩等, 主事郑佐、徐浩等, 进士侯廷训等凡八十余疏、二百五十余人皆如臣等议。"议上, 留中。有旨亟召桂萼、席书、张璁、霍韬于南京。至是旬有五日, 乃下谕曰:"朕承奉宗庙, 正统大义不敢有违, 第本生至恩, 情欲兼尽, 其参众论详议至当以闻。"(《世宗实录》卷36第900页)

(嘉靖三年二月) 乙丑 (注: 三十日) 下御史朱浙、马明衡于狱。先是, 昭圣皇太后生辰, 有旨免命妇朝贺。浙言:"皇太后亲掔神器以授陛下, 母子至情, 天日昭鉴。若传免朝贺, 何以慰亲心而隆孝治?"明衡亦言:"暂免朝贺, 在恒时则可, 在议礼纷更之时则不可。且前者兴国太后令节, 朝贺如仪, 今相去不过数旬, 而彼此情文互异。诏旨一出, 臣民骇疑, 万一因礼仪末节稍成嫌隙, 即陛下贻讥天下, 匪细故也。"时上亟欲尊崇所生, 而群臣必欲上母昭圣, 相持未决。二人疏入, 上恚且怒, 立捕至内廷, 责以"离间宫闱, 归过于上", 趣下诏狱拷讯。修撰舒芬言:"昭圣皇太后圣旦, 乃陛下爱日承欢之会, 而诸命妇朝驾, 则又得天下之欢心以事其亲者也。今遽传免, 恐失轻重。况陛下于所生有加称之议, 此报一出, 人心惊疑。伏乞别降谕旨以彰至孝。"诏以舒芬出位妄言, 夺俸三月。已, 御史萧一中言:"朝廷设台谏为耳目之官, 所以防天下之壅蔽。今御史马明衡、朱浙言涉狂直, 遽下诏狱, 臣恐中外闻之, 将谓陛下以言为讳, 虽有奸邪欺罔之情, 何由上闻? 乞赐矜宥, 以彰圣德。"章下所司。于是御史季本、陈逅, 户部员外郎林应璁相继论救, 上怒, 并下诏狱, 皆论谪。时上必欲杀浙、明衡二人, 变色谓阁臣蒋冕曰:"此曹诬朕不孝, 罪当死。"冕膝行顿首请曰:"陛下方兴尧、舜之治, 奈何有杀谏臣名?"良久, 色稍解。欲戍之, 冕又固请, 继以泣。乃杖八十, 除名为民, 二人遂废。(《明通鉴》卷51第1462页)

(嘉靖三年二月) 乙丑 (注: 三十日) 昭圣慈寿皇太后圣旦, 先期有诏免命妇朝贺。御史马明衡、朱浙各疏言"前者兴国太后令旦, 朝贺如仪。今昭圣皇太后相去未逾月, 乃辍而不行, 臣民疑之。陛下仁孝夙成, 恩礼之隆, 宜无不至, 万一因礼文末节稍成嫌隙, 此非细故。"疏入, 上怒曰:"免贺自昭圣皇太后懿旨, 孝奉两宫, 朕岂敢间越。明衡等妄言离间, 并逮下镇抚司拷讯。"翰林院修撰舒芬言:"昭圣慈寿皇太后圣旦, 乃陛下爱日承欢之会, 而诸命妇朝贺, 则又得天下之欢心以事其亲者也。今遽传免, 恐失轻重。况近因陛下于所生有加称之议, 故此报一出, 人心惊疑。乞别降纶音, 以彰至孝。"上以舒芬出位妄言, 命夺俸三月。御史萧一中言:"朝廷设台谏为耳目之官, 所以防天下之壅蔽。今御史马明衡、朱浙言涉狂直, 遽下诏狱, 臣恐中外闻之, 将谓陛下以言为讳, 虽有奸邪欺罔之事, 何由上闻? 乞赐矜宥, 以彰圣德, 以回天变。"疏下所司。既而御史季本、陈逅, 户部员外郎林应璁相继论救, 章连上, 上怒, 并下诏狱拷讯。后谪林应璁为广东徐闻县县丞, 季本揭阳、陈逅合浦, 各主簿。……吏部尚书乔宇等疏论大礼言:"今之为议者有二: 礼官之议欲考孝宗, 为隆正统, 存所后者父子之名; 萼等之议欲考兴献帝, 为厚私亲, 存本生者父子之名。但重所后者有拂皇上未安之心，重本生者适中皇上易从之意，此国是所以难定也。臣等窃惟皇上以长子入继武宗之统，必以孝宗为考而后宪宗之大宗为不绝，此所谓以义起礼，合乎天理之正、人心之安者也。今之争论不决者，独于名称之间，欲求父子两全而无害者。臣等复有一说：我太祖高皇帝'兄终弟及'之言载在《祖训》，万世不易。今之《大明律》，亦圣祖所定者，考其服制所称，则所后者固名父母，所生者亦名父母，盖有本生二字以冠之，则与所后有别，犹存一本之义也。伏望皇上遵圣祖律文定拟名称，于孝宗称皇考，于兴献帝称本生考，隆杀轻重自别，庶几正统之传、一本之义、君臣之分、父子之名可以兼全而无害矣。"上曰："朕尊奉正统，未尝偏厚本生，奏中何说'易从朕心'？姑不究。"下其章于所司。（《世宗实录》卷36第912页）

（嘉靖三年三月）丙寅（注：初一日）敕礼部："圣母昭圣慈寿皇太后，拥护朕躬缵承大统，仰荷慈训，恩德难名，兹特加上尊号为昭圣康惠慈寿皇太后。尔礼部其择日遣官祭告天地、宗庙、社稷，恭上册宝，仍通行天下宗室及文武衙门知之。所有合行礼仪，开具以闻。"是日又敕谕礼部："朕恭膺天命，入继大宗，祇奉祖考，孝养宫闱，专意正统，罔敢违越。顷岁仰承圣母昭圣皇太后懿旨，以所生至恩，亦欲兼尽，尊朕本生父为兴献帝，本生母为兴国太后。朕心犹未慊然，特命文武群臣集议，皆谓宜加称号，以极尊崇。今加称兴献帝为本生皇考恭穆献皇帝，兴国太后为本生母章圣皇太后。尔礼部其择日遣官祭告天地、宗庙、社稷，更上册宝，仍通行天下宗室及文武衙门知之。所有合行礼仪，开具以闻。"先是，礼部尚书汪俊等言："顷遵诏再集文武群臣、科道等官会议大礼，伏奉明旨谓'朕奉承宗庙，正统大义不敢有违。但本生至恩，情欲兼尽。'命臣等参酌众论，议拟以闻，岂非以所生之义至尊至大，虽当专意于正统，岂得尽绝于私恩？臣等愚昧，窃谓兴献帝、后已极推尊，而圣孝无穷，莫能称塞。请于兴献帝帝字上、兴国太后太字上，更增一字，以全尊号，庶上慰圣孝，下答群生。所谓爱敬尽于事亲，而德教加于百姓，刑于四海，盖天子之孝也。"疏上，复留中十余日，至是得旨："朕于本生，欲兼尽至情，尊号已别有敕谕，仍于奉先殿侧立一室，以尽朕以时追孝之情。礼部具仪，议拟来闻。"于是，礼部尚书汪俊等复执议言："陛下欲改称庙号，自尊本生，立庙大内，臣等窃念此举所系甚大。陛下入奉大宗，不得祭小宗，亦犹小宗之不得祭大宗也。故昔兴献帝奉藩安陆，则不得祭宪宗。今陛下入继大统，亦不得祭兴献帝，是皆制于礼而情有所屈也。然兴献帝不得迎养寿安皇太后于藩邸，陛下得迎养兴国太后于大内，受天下之养，而尊祀兴献帝以天子之礼乐，则人子之情可谓获自尽矣。乃今圣孝无穷，臣等敢不将顺？但于正统无嫌乃为合礼，臣等不自揣度，窃效其愚：兴献帝徽称之上仍宜冠以兴字，盖献帝初封兴国，识者知为今日中兴之兆；其名大而且美，自于本生不失尊崇，而于正统无所嫌二，圣孝弥彰而人心大定矣。"上曰："立庙原无著议，止于奉先殿侧别建一室，以伸朕追孝之情。迎养藩邸，祖宗朝无此

例，何当饰以为词，著从实自陈。"俊随具疏伏罪，上切责而宥之，夺司务范韶等俸一月。（《世宗实录》卷37第917页）

（嘉靖三年）三月，奉兴献帝为本生皇考恭穆献皇帝，兴国太后为本生母章圣皇太后。初，帝召张璁等，都御史吴廷举恐璁至，不变初说，请敕诸生及南京大臣及耆德旧臣，各陈所见，以备采择。璁、萼乃复上疏，申明统嗣之辩。璁且曰："今之加称，不在皇与不皇，实在考与不考。若徒争一皇字，则执政必姑以此塞今日之议。臣恐天下知义礼者，仍必议之不已也。"帝嘉纳之。是日，帝御平台，召冕、纪、宏，谕加尊号及议建室。冕对曰："臣等愿陛下为尧、舜，不愿为汉哀。"帝曰："尧、舜之道，孝弟而已矣。"冕等不能对。乃命草诏加上尊号，给事中张翀等，御史朱实昌等交章力谏，帝切责之。敕礼部曰："圣母昭圣慈寿皇太后特加尊号为昭圣康惠慈寿皇太后。"又敕曰："本生父兴献帝、本生母兴国太后今加称为本生皇考恭穆献皇帝、本生母章圣皇太后。"又曰："朕本生父母，已有尊称，仍于奉先殿侧别立一室，尽朕追慕之情。"礼部尚书汪俊上议曰："皇上入奉大宗，不得祭小宗。为本生父立庙大内，从古所无。惟汉哀帝尝为共王立庙京师，师丹以为不可。请于安陆庙增饰为献皇帝百世不迁之庙，俟他袭封兴王子孙，世世奉享。陛下岁时遣官祭祀，亦足以伸至情矣。"上曰："朕奉太庙，岂敢间越，与汉哀帝不同，务协公论，以伸至情。"吏部尚书乔宇等复奏曰："皇上圣睿，于宗法大小，必洞然无疑。故曰建室，以避立庙之名也。于奉先殿侧，以避大内之名也。推此，则专于大宗，必降于小宗。安陆祭祀，无庸改议矣。"时湛若水、石珤、张翀、任洛、汪举等皆具奏，不听。（《明史纪事本末》卷50第745页）

连日伏蒙陛下特遣司礼监太监萧某等传示圣意，以圣母皇太后徽号"昭圣慈寿"四字之上再加二字。仰惟陛下尊奉圣母，孝心纯笃，臣等岂不欲勉徇曲从，以上体圣心哉？但先朝典礼，历历可称，未闻于四字之上再有增加字数者。如成化二十三年所上皇太后周氏徽号，止于"圣慈仁寿"四字。正德五年所上太皇太后王氏徽号，止于"慈圣康寿"四字。前此若景泰间皇太后孙氏，止于"上圣"二字。成化初皇太后钱氏，止称"慈懿"二字，则又不必以四字为尊矣。臣等职在辅导，凡有议拟，欲遵国家之旧典；若少有违越，勉强加增，虽足以取容于一时，然有由此变乱祖宗之成法，以亏损慈寿皇太后之盛德，岂不得罪于公议耶？况尊上徽号，必有册文，圣母皇太后之大功懿德备见于称述之间，固不在于字数之多少。而陛下之于圣母，朝夕奉养，每欲致隆，则自足以尽报称之真情，而不在于虚名之崇重矣。臣等伏蒙陛下谦虚垂问，不忍欺蔽，辄敢尽言，伏希听纳，幸甚。（《太保费文宪公摘稿》卷6第194页）

（嘉靖三年三月）己巳（注：初四日）翰林院修撰唐皋、编修邹守益等，礼科都给事中张翀等，御史郑本公等俱上疏极论，守益等言："礼者所以正名定分、别嫌明微，以治政安君也。君失礼则入于乱，臣失礼则入于刑，不可不慎也。今陛下受先帝遗诏、昭圣皇太后懿旨，入缵大统，此正先儒程颐所谓'继祖之宗绝亦当继祖，故虽长子为人后而不可辞也。'夫所继之祖，乃百世不迁之祖，大宗之统也。我太祖高皇帝至于列圣相继之统，不可一日不续者也。特以武宗为兄，不可以分昭穆，故考孝庙、母昭圣以缵正统，此天经地义，质诸圣经而无不合者也。至于本生之恩，特加帝后之号，则于私亲不可谓不隆也。乃又加以皇考之称，去其始封之号，则于正统略无分别矣。夫天下无两重之理，尊无二上，是以我太祖高皇帝制《孝慈录》以教天下，其叙五服之制有曰：'为人后者为所后父母服三年，为所后祖父母承重，为本生父母降服期年。'即丧服之隆降，则庙制祭法皆可类推矣。伏望陛下恪遵祖训，毋为异论所惑，于兴献帝尊称避皇考之嫌，存始封之号，庶于正统不至僭逾。"皋疏略如守益言，请于本生备其尊称以伸隆孝之道，系其始封以远二统之嫌。翀及本公等则谓"今天下太祖高皇帝之天下，八传而至陛下，借曰'孝宗未尝亲子陛下'，其守此鸿业而传之以及陛下，子子孙孙万世相承者，果谁之德与？故陛下在藩之日则可曰孝宗之侄、兴献王之子，今在御之日则当曰孝宗之子、兴献帝之侄，可两言而决也，奚待于纷纷哉。至于立庙大内之说，实为不经。献帝之灵既不得以入太庙，又空去一国之祀而姑托享于大内焉。陛下之享太庙，其文必曰'嗣皇帝'，于献帝之庙则又当何称？爱敬精诚，两无所属，窃恐献帝之神且将蹩然不安，是陛下之孝既不得专致于太庙，而于所以奉献帝者，反为渎礼而不足以尽其心矣。"上览奏不悦，以守益等'出位妄言'，姑置不问；而责皋阿意二说、翀及本公等'朋言乱政'，各夺俸三月。（《世宗实录》卷37 第920 页）

（嘉靖三年三月）庚午（注：初五日）礼部尚书汪俊等遵前旨具仪上请，极言"立庙大内，有干正统，臣实愚昧，不敢奉诏。"上曰："建室礼仪，礼部还会同多官明白议拟来闻。"（《世宗实录》卷37 第922 页）

（嘉靖三年三月）己卯（注：十四日）礼部尚书汪俊等遵旨会廷臣上《大礼疏》，其略曰："恭惟皇上断自圣衷，裁定大礼，正统之义既明，本生之恩亦尽，幽明感悦，中外归心。伏奉明诏，又欲于奉先殿侧别建一室，以伸追孝之情。既该礼官执奏，复令臣等明白议拟以闻。臣等仰窥圣意，岂非以奉慈之建在先朝已有故事乎？臣等谨按：奉慈之建，盖孝宗皇帝为孝穆皇太后祔葬初毕，神主宜有奉享之所而设也。当时议礼之臣，皆据成周特建庙以祀姜嫄而言，盖古今之通义也。至于为本生父立庙大内，则从古以来未之或有，惟汉哀帝尝为定陶共王立庙京师，辅臣师丹献议以为不可，哀帝不听，卒贻后世之讥。臣等窃惟陛下尊崇本生，其礼已极，其情已尽。若曰礼不得立庙而可以建室，礼不得主祭而可以追孝，则是陛下有可为尧舜之资，而臣等乃导以衰世之事，罪将奚正。请于安陆府中特建献皇帝百世不迁之庙，俟他日袭封兴王子孙世世奉享，陛下岁时遣官持节奉祀，是亦足以伸陛下无穷之至情矣。"上曰："朕奉太庙宗祀，岂敢间越，与汉哀等帝王不同。还照前旨亟议，务协公论，以伸朕情，勿得仍前执拗。"（《世宗实录》卷37 第925 页）

（嘉靖三年三月）庚辰（注：十五日）詹事府掌府事吏部尚书兼翰林院学士石珤等上《大礼议疏》，其略曰：“古者宗庙之制，天子七，诸侯五。其始祖之庙皆百世不迁，自三代以来莫之有改。陛下入继大统，考孝宗，兄武宗，以承太祖、太宗之绪，所谓天子宗庙之礼如此。若献皇帝诞育圣躬，恩固罔极，然实王国始封之祖，亦百世不迁之庙，恐不得以追慕之情遂变千古不易之礼也。况今虽云建室，实则庙同，揆之正统，不无嫌二设。若欲少损规制，始便缞献，则又执与五庙之制之为尊严而广大也。伏望皇上以先王之礼为礼，以继述之大为孝，建室之议即赐停止，仍于始封之国崇建庙祀，长为不迁之祖，体统既尊，恩义亦尽。”是日，国子监祭酒赵永等疏同上，并付所司。（《世宗实录》卷37第926页）

（嘉靖三年三月）丙戌（注：二十一日）吏部尚书乔宇等再疏请罢内殿建室之议，上曰：“朕祗奉宗祀，罔敢违礼，卿等还照前旨议拟来闻。”于是礼科都给事中张翀等、山西道御史任洛等皆以为言，有旨切责之。南京刑部主事张璁、桂萼各上疏，璁曰：“皇上遵祖训入继大统，固非执政大臣之所能援，亦非执政大臣之所能舍也。夫何礼官不考而强比为人后之例，以皇上为孝宗之嗣，绝兴献帝父子一体之恩。继孝宗之统，失武宗兄弟相传之序，遂至皇上父子、伯侄、兄弟名实俱紊，凡有识之士靡不痛惜者也。臣初叨进士，尝再上议，及著为答问，论辩其非。但言者不顾礼义，党同伐异，宁负天子而不敢忤权臣，此何心也？伏见当时圣谕，有云：‘兴献王独生朕一人，既不承绪，又不得徽称，朕于罔极之恩何由得安？’于是执政妄意窥测皇上之心，有见于推尊之重，未见于父子之切，故今日争一帝字，明日争一皇字，而陛下之心，日亦以不帝不皇为歉。既而帝兴献帝，以为皇上之心既慰矣，故留一皇字以觇陛下将来未尽之心何如耳。遂敢以皇上称孝宗为皇考，称兴献帝为本生父，父子之名既更，推尊之义安在？遽尔诏告天下，自以而今而后决然不可改者。乘皇上之不察，误皇上以不孝，亦既甚矣。《记》曰：‘君子不夺人之亲，亦不夺其亲也。’皇上尊为万乘，父子之亲人可得，可得而夺之乎，又可容人之夺之乎？兹伏承圣谕‘会文武群臣集前后章奏详议’，臣知皇上以万世之礼付之天下之公矣。然久而未决，容有心明而面阿、理屈而词执者，所谓宁负天子而不敢忤权臣如此者，非臣子也。臣闻有言者曰：‘皇上已受昭圣皇太后懿旨为之子矣，今焉可背之？已考孝宗，诏天下矣，今焉可改之？但可于兴献帝之称加一皇字耳。’此正臣所谓留一字以满皇上未尽之心者也。切谓皇上初奉武宗遗诏为继大统，非奉皇太后懿旨为之子也，何背之有？皇上自藩邸为兴献帝子，服父服矣。迎立之诏嗣皇帝位，继武宗统矣，此复其初，何不可改之有？故今兴献帝之加称，不在于皇与不皇，实在于考与不考。推尊者，人子一时之至情；父子者，万世纲常不可易也。若徒争一皇字，则执政必以是而塞今日之议，皇上亦姑以是而满今日之心，臣窃恐天下知礼义者必将议之不已。皇上聪明日开，孝德日新，必亦不能自已也。伏乞再诏中外，必称孝宗为皇伯考、兴献帝为皇考、武宗为皇兄，则陛下父子、伯侄、兄弟名正言顺，事成而礼乐兴矣。此天下之望、万世之望也。"尊等疏曰:"帝王传统,体天地之心,尽君师之道,以开万世太平,非若一家一人之私者也。故统为重,嗣为轻。尧以不得舜为己忧,不闻以陶唐氏失天子之祀享为己忧也;舜以不得禹皋陶为己忧,不闻以有虞氏失天子之祀享为己忧也。夏商之间皆立弟而不立子。周虽立子,至六传无嗣,立王叔父辟方以继统;匡王无嗣,立弟瑜而周赖以不坠。夫唐虞三代岂皆无子行可以为继后图哉,重继统之得人而不重己之得嗣,为天下谋而不以一人之私干之,此仲尼之徒所以深鄙夫为人后者也。后世为人君者,不计天下之安危;为人臣者,不知事君之大节;女后、奸臣利于立昏,西汉舍长兄弟而立孺子婴,东汉舍长兄弟而立质帝,凡若此类,其间岂无贤而长者可立哉,以继嗣私情为重,而不知国无长君将宗社沦丧,其何利之有哉?我太祖高皇帝深惩其失,独取法于二帝三王,以'兄终弟及'之文定为祖训。故皇上以兴献帝长子缵祖宗之统,事法三代,义合唐虞,无容议矣。昔先王立极以祭祀教敬。皇上即位以来,天地则祀之于郊矣,祖宗则享之于庙矣,独能遗其父乎?夫考兴献帝、继统武宗,此天理人心,推之为尧舜人伦之至者。执政乃以为不可,何也?愿特赐裁断,建中立极,以答天下仰望之心。"上览其疏,以所言关系典礼,命礼部一并会议以闻。礼部尚书汪俊再乞休致,上以俊职司邦礼,近奉议尊室未成,故引疾求退,责以'违悖正典,肆慢朕躬,令其回籍'。已而吏部推左侍郎贾咏、右侍郎吴一鹏代俊,特旨用南京兵部右侍郎席书为礼部尚书。"(《世宗实录》卷 37 第 928 页)

(嘉靖三年三月)戊子(注:二十三日)初,上以大礼已定,诏桂尊等不必来京。时尊与璁已趋召至凤阳矣,闻命,乃同上疏曰:"臣等蒙召来京,盖欲与礼官面质是非,宣昭大义,此真皇上公天下万世之心也。臣等闻命奔走,至凤阳,道伏睹圣谕,已加称兴献帝为本生皇考恭穆献皇帝,兴国太后为本生母章圣皇太后,是又诸臣巧饰考孝宗之初谬耳。其设心以为皇上但见有皇考、皇帝、母皇太后之称,必自喜慰,殊不知本生父母对所后父母而言,实阳与阴夺之也。皇上岂能遽察其欺乎?遂使皇上于此宗祝致辞,既称皇考献皇帝,又称皇考孝宗皇帝,是两皇考矣。曾有一人两考之礼乎,孝宗皇帝有灵而信乎,献皇帝有灵而慰乎,皇上两考之而安乎?臣知仍加'本生'二字,绝非皇上之心,必出礼官之阴术,欺皇上以不察也。及奉圣谕'朕本生父母尊号已有敕谕,还于奉先殿侧别立一室,尽朕追孝之情'。夫别立祢庙如奉慈殿之例,不干正统,所以明天下之分不废尊亲,所以教天下之孝于礼合矣。但云'朕本生父母',岂皇上亦自不察以本生二字为亲之辞,斯不失为献皇帝子矣。不知礼官正以此二字为外之辞为也,皇上为孝宗之子云耳。皇上不亟去本生二字,则献皇帝虽称皇考,实与皇叔无异,不知礼义者将妄引汉宣帝、光武非礼故事,以为不当为献皇帝立庙京师,必此二字有以启之也。夫此二字,实礼官欺皇上之阴术,故不徒能使人附之,而不改又能使皇上由之,而不觉其欺矣。又奉圣谕'今大礼既定,桂尊等不必取来'。臣等闻命中止,切以大礼如此为定政,臣等所谓徒争一皇字，礼官必姑以是而塞今日之议，皇上亦姑以是而满今日之心者也。盖礼官惧臣等来京面质其非，故先为此术遂其私，而天下后世公议终不可泯，臣等切惟皇上聪明日广，孝德日新，本生、所后之欺蔽，必自察之。在礼官，今日固自以得为计，臣等知其将无所逃罪者也。谨按：三代以上立君者以贤，嫡长继统为重，并无立嗣之说。末世诸侯之大夫以下，始有与为人后者。故仲尼射于矍相之圃，使子路延射者曰：‘偾军之相，亡国之大夫，与为人后者不入，其余皆入。’此可见与为人后者，仲尼之徒所深鄙也。今礼官不成皇上为入继大统之君，而忍比皇上与为人后之例，盖不过强附汉定陶王、宋濮王不同之故耳。宋儒朱熹谓‘古礼坏于定陶王’，盖成帝不立中山王，以为《礼》兄弟不得相入庙，乃立定陶王，子行也。孔光以《尚书》盘庚之及王，争之不获。当时濮庙之争，都是不曾读古礼，见古人意思。夫仲尼，大圣人也；朱熹，大儒也。礼官皆不考其说，必求遂欺蔽之私，此何心哉？故今日典礼，必当改称皇伯考孝宗敬皇帝、皇伯母昭圣慈寿皇太后，直称皇考恭穆献皇帝、圣母章圣皇太后，亟去本生二字。敕谕礼部诏告天下，则继统之义始明，为人后之说不得乱乎其间，而人心信从矣。”疏奏留中，仍诏蕚、璁来京。（《世宗实录》卷 37 第 933 页）

（嘉靖三年三月）癸巳（注：二十八日）少保兼太子太保户部尚书谨身殿大学士蒋冕疏乞休致，其略曰：“臣闻古人有言：‘有官守者不得其职则去。’臣备员内阁，与闻大政，心知其非而事失其守者不一而足，其为不职甚矣。误国负君，义当罢黜。两月以来，我皇上欲加称本生父母尊号，固无容议。惟建室之议，今犹未有当上意者。臣与同官毛纪、费宏反复论奏数千百言，仰惟皇上天纵圣人，嗣承大统，至亲伦序，天与人归，固不待赞。然非圣母昭圣康惠慈寿皇太后懿旨传武宗皇帝遗命，则将无所受命，大义不明。今既受命于武宗，则即嗣武宗之统，为武宗之后，以奉祀宗庙。特兄弟之名有不容紊，故但兄武宗、考孝宗、母昭圣，而于孝庙、武庙皆称嗣皇帝，称臣，称御名，以示继统承祀之义。所后、所生，称号之间未有浑然无别。既而特颁御札，欲为本生父母立庙奉先殿侧。责臣等不能将顺议拟。臣等又极言其不可，节蒙圣谕：‘朕于正统大义不敢有违。’则圣心固已洞烛臣等之愚言矣。及礼部会官上议，又奉旨有‘与汉哀等帝王不同’之谕。臣窃以为，自古人君嗣承天位，谓之承祧践阼。祧谓宗祧，阼谓庙之阼阶，皆主宗祀为言。《礼》为人后者惟大宗，以大宗尊之统也，亦以宗庙祭祀而言。自汉至今千六七百年来，未有为本生父立庙大内者。汉宣帝以兄孙继统，为叔祖昭帝后，止立所生父庙于原葬广明苑北，谓之奉明园。光武扫平僭乱，奋然崛起，盖取天下于新莽，非继正统于平婴；一闻张纯、朱浮建议，即尊事大宗，继统元帝，降其私亲四世祀于原葬之地章陵。宋英宗皇帝所生父濮安懿王，亦止即园内立庙。我皇上先年有旨立祠安陆，其事与汉之宣帝、光武，宋之英宗适同，礼虽非正，犹有可诿。今乃宣帝、光武、英宗之不如矣，岂臣愚所望于皇上哉？皇上既后武宗而继其统以考孝宗，祗奉祖宗列圣之祀，则大宗庙祀身既主之，今又欲兼奉小宗庙祀，情既重于所生，义必不专于所后。孝宗、武宗在天之灵果将谁托乎？祖宗列圣神灵必不能安，窃恐献帝神灵亦将自不能安也。考之圣经，质之古礼，已该臣等言之，九卿言之，科道等官言之，皇上奈何一切拒之而不听哉？近该礼部尚书汪俊乞休，乃遽允其还乡；南京刑部主事桂萼、张璁有言，乃命会官并议，且各行取来京。其日天气本是清明，午后陡变为阴晦，至暮而风霾尤甚。天心仁爱，尤极惓惓，皇上其可不思所以奉慰祖宗之心，以上回天意哉？臣官冒孤卿，职惭匡正，积诚未至，不能上格渊衷，不职之愆，万死莫赎，岂敢复腼颜班行之上。伏望皇上深惟宗庙事重，关系纲常，毫发僭差，有干正统，揆情准礼，俯从公议，仍乞特垂矜察，罢臣职务政事，放归田里。"上曰："卿忠诚体国，议论正直，朕方倚任，共图治理，岂可引疾累疏求退。宜即出供职，以副眷注至意，慎勿再辞。建室礼仪，朕自有处置。"（《世宗实录》卷 37 第 943 页）

　　（嘉靖三年三月）户部侍郎胡瓒等上言："大礼已定，席书督赈江、淮，实关民命，不必征取来京。"上从之，并止璁等勿来。时璁、萼已抵凤阳矣，见邸报敕加尊号，乃复上疏，极论两考之非；且曰："臣知本生二字，绝非皇上之心所自裁定，特出礼官之阴术。皇上不察，以为亲之之辞也，不知礼官正以此二字为外之之辞也。必极去二字，继统之义始明，而人心信从矣。"疏入，上命复召来京。蒋冕言于帝前，曰："二人来，必朴杀之。"帝不问，而遣人趣使速来。遂降中旨，以书为礼部尚书。给事中安盘等上言："大礼之失，自霍韬、张璁欲考本生，而邪说始起。自桂萼进席书、方献夫之论，而邪说益张。乞寝书新命，治萼等奸罪。"张汉卿等亦上言："书督赈乖方，煮粥误民，致死生民数万，宜正国法，以快人心。"南京给事中黄仁山等亦言："书巧诈邪佞，私蓄议稿而不自进，阴托桂萼代奏干宠。而璁、萼每造书所，必在暮夜，其为阴类憸人无疑。"乞加罢斥，召还汪俊。南道御史田麟等亦上言："汪俊、席书，邪正相反，进退失宜。且祖制上卿俱推举简用，今何取于书而出自内降耶？乞同璁、萼并黜，以避贤路。"俱不报。（《明史纪事本末》卷 50 第 745 页）

　　"大礼"议起，（蒋）冕固执为人后之说，与廷和等力争之。帝始而婉谕，继以谯让，冕执意不回。及廷和罢政，冕当国，帝愈欲尊崇所生，逐礼部尚书汪俊以忤冕，而用席书代之，且召张璁、桂萼。物情甚沸，冕乃抗疏极谏曰："陛下嗣承丕基，固因伦序素定。然非圣母昭圣皇太后懿旨，与武宗皇帝遗诏，则将无所受命。今既受命于武宗，自当为武宗之后。特兄弟之名不容紊，故但兄武宗，考孝宗，母昭圣，而于孝庙、武庙皆称嗣皇帝，称臣，称御名，以示继统承祀之义。今乃欲为本生父母立庙奉先殿侧。臣虽至愚，断断知其不可。自古人君嗣位谓之承祧践阼，皆指宗祀而言。《礼》为人后者惟大宗，以大宗尊之统也，亦主宗庙祭祀而言。自汉至今，未有为本生父立庙大内者。汉宣帝为叔祖昭帝后，止立所生父庙于葬所。光武中兴，本非承统平帝，而止立四亲庙于章陵。宋英宗父濮安懿王，亦止即园立庙。陛下先年有旨，立庙安陆，与前代适同，得其当矣。岂可既奉大宗之祀，又兼奉小宗之祀？夫情既重于所生，义必不专于所后，将孝、武二庙之灵安所托乎？窃恐献帝之灵亦将自不能安，虽圣心亦不能自安也。迩者复允汪俊之去，趣张璁、桂萼之来，人心益骇。是日廷议建庙，天本晴明，至暮风雷大作。天意如此，陛下可不思变计哉？"因力求去。帝得疏不悦，犹以大臣故，优诏答之。未几，复请罢建庙之议，且乞休，疏中再以天变为言。帝益不悦，遂令驰传归，给月廪、岁夫如制。(《明史》卷190第5044页)

(嘉靖三年四月)乙未(注：初一日)给事中张嵩、曹怀、章侨、安盘各疏论"主事张璁、霍韬首为厉阶，侍郎席书、员外郎方献夫私相附和，而主事桂萼窃众议以济己私，攘臂不顾，仰惑圣听。今萼等取用书进礼卿，用非其宜，请并斥之以谢天下"。盘疏又谓"今欲别建一庙于大内，则是明知恭穆万万不可入太庙矣。夫孝宗既不得考，恭穆又不得入，是无考矣。世岂有无考之太庙哉？此其说之自相矛盾者也"。疏并下所司。(《世宗实录》卷38第949页)

(嘉靖三年四月)乙未朔(注：初一日)给事中张嵩、曹怀、章侨、安磐等各驳张璁、桂萼等议礼之非，上切责之。……南京刑部主事黄宗明、都察院经历黄绾同张璁、桂萼上言大礼，大率如前指。报闻。(《国榷》卷53第3298页)

(嘉靖三年四月)戊戌(注：初四日)九卿吏部尚书乔宇等合疏言："顷者罢汪俊，召席书，取桂萼、张璁、霍韬，黜马明衡、季本、陈逅等，举措异常，中外骇愕。夫以一二人之偏见，挠天下万世之公议，内离骨肉，外间君臣，名曰效忠，实累圣德。且书不与廷推，特出内降，升为尚书，百余年来所未有者。请收回成命，令俊与书各守职如故，矜宥明衡者，止召萼、璁。"疏入报闻。(《世宗实录》卷38第950页)

(嘉靖三年四月)壬寅(注：初八日)礼部会文武群臣上建室议言："汉宋以来，入继大统之君间有为本生立庙园陵及京师者，第岁时遣官致祀，寻亦奏罢，然犹见非于当时，取讥于后世。至于立庙大内而亲祀之，从古以来未之有也。故今群臣先后论建室之非，不约而同，诚畏公议，宁得罪于陛下，不欲陛下失礼于天下后世。萼、璁之言曰'继统公，立后私'，又曰'统为重，嗣为轻'。臣等窃惟正统所传之谓宗，故立宗所以继统，立嗣所以承宗，宗之与统，初无轻重。况当大明传子之世，而欲仿尧舜传贤之例，拟非其伦。且继统则法尧舜，而宗祀何独不然？又谓'孝不在皇不皇，惟在考不考'，遂欲改称孝宗为皇伯考。臣等历稽前古庙制，未有皇伯考神主之称。惟天子称诸王曰伯叔父则有之，恐非所以加于宗庙也。前称本生皇考，实裁自圣心，乃谓臣等'留一皇字以觊陛下'，又谓'百皇字不足以当父子之名'，何其肆言无忌若此？请罢建室之议，立庙安陆，而以萼、璁付法司论治。"上曰："朕承天命，起自亲藩，祗奉宗祀，孝养圣母，岂敢违逆？朕本生圣母躬亲奉侍，但本生皇考寝园远在安陆，于卿等安乎？命下再四，尔辈党同，败父子之情，伤君臣之义，欺朕冲岁，甚失纲常。往且弗问，见奉先殿西空室，所司其亟修葺，以尽朕

岁时迫切之情。礼官即诹日具仪。仍执违者，罪无赦。"（《世宗实录》卷38第958页）

（嘉靖三年四月）己酉（注：十五日）恭上昭圣康惠慈寿皇太后尊号，次日上章圣皇太后尊号。（《世宗实录》卷38第960页）

（嘉靖三年四月）庚戌（注：十六日）总理粮储都御史吴廷举上言："尊崇典礼，议有子贵妃服制，因持一说，迄今未定。洪武中议之三年，而群臣各集众稽古，著成《孝慈录》，以为世法。今宜遍敕天下亲王各具一疏，敕两京五府、六部、都察院、通政司、大理寺谕属建白各类奏，敕十三省抚臣各谕属类奏亦如之，两京科道听自为奏，而致仕在告家居大学士谢迁、梁储、杨一清，尚书韩文、邵宝、王守仁、邓庠、吴洪、林廷选、蒋昇，都御史陈金、王璟、李承勋、方良永，卿孙绪，少卿潘府、都穆，参政朱应登，副使李梦阳、洪范、魏校，金事姜麟、盛端明，知府刘绩、刘武臣；皆累朝旧臣，一时士望，当专使赍敕至其家，令各具奏，量地远近，克期上之。陛下留中览观，并下礼部、翰林院、国子监详订是非，兼总条贯，既具以闻；因召二三大臣，日坐便殿，采择施行。类编成书，上告天地、宗庙、社稷，下诏中外华夷臣民，成我明一经，正前代之谬。"时大礼已定，上报闻。既而给事中张原劾廷举首鼠两端，阴附邪说。给事中刘祺亦劾廷举期罔九罪，不报。（《世宗实录》卷38第961页）

（嘉靖三年四月）癸丑（注：十九日）上御奉天殿诏告天下曰："朕恭膺天命，嗣承皇兄武宗皇帝大统，祗奉宗祀。惟我皇考孝宗敬皇帝，神谟圣政，是继是行，夙夜孜孜，图惟化理。以治本于孝，故虽天子必有所尊。仰惟圣母昭圣慈寿皇太后，拥翊之功至大，莫罄名言。本生父母兴献帝、兴国太后，鞠育之恩至深，罔殚报称。尊称未极，恒用慊然。爰稽旧章，祗告于郊庙、社稷，率文武群臣，恭奉册宝，加上圣母尊号曰昭圣康惠慈寿皇太后，兴献帝尊号曰本生皇考恭穆献皇帝，兴国太后尊号曰本生圣母章圣皇太后。义专隆于正统，礼兼尽夫至情，既举缛仪，肆张大庆，合行推恩事宜条列于后：……诏书内各项恩恤事宜，军卫有司务在着实举行，不许虚应故事。于戏，爱敬始于家邦，致一人之达孝；仁恩遍于海宇，得万国之欢心。布告臣民，俾咸知悉。"（《世宗实录》卷38第964页）

（嘉靖三年四月）丙辰（注：二十二日）都给事中李池曾等、御史胡琏等各疏言："秩宗重任，非席书所能堪。"会方献夫亦引疾求退，吏部尚书乔宇等以"曲学邪说，妄议典章，而萼、璁尤狠愎，朋奸乱政，宜罢。书仍守旧职，而黜萼、璁及韬，听献夫致仕"。不听。（《世宗实录》卷38第972页）

（嘉靖三年四月）庚申（注：二十六日）吏部员外郎方献夫上《大礼论》曰："天子、诸侯无宗法，盖降其父母则为子臣父，不降则为两父，无往不可。故天子、诸侯无为人后之礼也。然则天子、诸侯之无嗣，其礼若何曰'兄终弟及'者，即天子、诸侯之礼也。斯礼也，自夏太康、仲康，商外丙、仲壬而已然矣。故我太祖高皇帝之训，乃百代王者家传之法也。然则'兄终弟及'非即为人后之礼乎？曰：非也。

兄弟不相为后，兄终弟及者，弟继兄位也，非弟为兄后也。兄终弟及而不必为后，其义云何？曰：为人后者必以支子，天子、诸侯则先嫡长，贵伦序，若必为后，则恐礼得为后者或无其人；或有其人而幼弱，非社稷之福。故兄终无嗣，直及其弟，为天下社稷计也。盖社稷为重，而立后为轻矣。是故承继之义有二：继统也，继嗣也。兄终弟及者，继统也；为人后者，继嗣也。天子者，天下之统；诸侯者，一国之统。继天子者，继天下也；继诸侯者，继国也，何区区为人后之足云？故继统之义大，为后之义小。宣帝，继统昭帝者也，未尝不考史皇孙。光武，继统元帝者也，未尝不考南顿君。是继统不继嗣也。若成帝必立哀帝为嗣，而后与之者，私也。宋嗣必育于宫中者，则又私之甚矣。故废百代王者之法，而成一己儿女之私，夺人之嫡嗣而泯人之天伦者，成帝也。且使后世奸臣乘之利于立幼，而平、婴、桓、灵遂以亡汉。若成帝，其万世之罪人乎？"又曰："今日之事，其道有三：曰祖宗之统不可私也，君臣之义不可废也，父子之伦不可泯也。必后孝宗，则私祖宗之统也。不继武宗，则废君臣之义矣。不考兴献帝，则泯父子之伦矣。夫天下者，祖宗之天下也。自祖宗列圣而传之武宗，孝宗不得而私也。武宗无嗣而传之皇上，武宗不得而私也。此正所谓'兄终弟及'而不必为后者也。若必欲立后，则当为武宗立后，安得为孝宗立后乎？夫天下者受诸其兄者也，既不必为其兄立后，又何必追为其伯立后乎？然弟继其兄之统，则其兄之嗣未尝绝也。其兄之嗣不绝，则其伯之嗣又何尝绝乎？若止为其伯立后，则其兄之嗣反绝矣。此'兄终弟及'虽继统，而实寓继嗣之义，真万世无弊之道也。故曰'祖宗之统不可私'者也。夫兄弟相授以国，则传之者虽非其父，亦犹父道也。所传者虽非子，亦犹子道也。存当以臣子叙之，死当以昭穆正之。汉之惠、文，亦兄弟相继，而当时议者推文帝上继高祖，而惠帝亲受高祖之天下者，反不与昭穆之正。夫己实受之后君，今乃自继先君，不惟弃后君命己之命，又废先君命兄之命，岂所以重授国之意哉？此宋儒刘敞之议，可考也。今皇上不继武宗，则前说数失，安得免乎？故曰'君臣之义不可废'者。此也孝子莫大于严父，由严父之义而推之故尊祖，尊祖故敬宗，无父则曷从而推乎？此圣人制礼之意。权衡轻重之极，天理人情之至也。今献帝只生皇上一人，别无支庶，欲使皇上不父其父而出为人后，父子之伦安在哉？或曰'天下、社稷之重矣，岂不可乎'？曰：非也，曰天下为重、立后为轻，可也；曰天下为重、父子为轻，不可也。夫天下所以为天下者，君君臣臣父父子子而已，舍父子而为天下，吾不知也。故曰'父子之伦不可泯者'，此也。然则孝宗称皇伯，有据乎？曰：唐玄宗于中宗称皇伯考，德宗于中宗称高伯祖。又宋真宗称太祖曰皇伯，仁宗称太祖曰皇伯祖，见于宋初祖宗配侑议之文，可考。且今日之兄，即他日之伯也；今皇上既兄武宗，则他日皇太子必伯武宗。他日既可伯武宗，今日独不可伯孝宗乎？然则献帝称皇考可乎？曰：皇考者，自汉以来，上下之通称也，而况天子之父乎？然则献帝何以祀乎？曰：当别庙也，如宣帝之皇考庙、光武之四亲庙是也。夫皇上虽继武宗而考献帝者，不以尊尊害亲亲也。虽考献帝而不得入太庙者，不以亲亲害尊尊也。然则昭圣、庄肃、兴国相接之礼若何？曰：孝宗传之武宗，武宗传之皇上者，外之统也。昭圣传之庄肃，庄肃传之今皇后者，内之统也。兴国虽得称母，而不得抗礼于两宫，犹献帝虽得称考，而不得入太庙，此正统之别也。"奏入，留中。(《世宗实录》卷38 第975页)

(嘉靖三年四月)辛酉(注：二十七日)编修邹守益疏言："皇上欲隆本生之恩，屡下群臣会议以求天下之公；而群臣据礼正言，至蒙天语诘责。由是人怀畏惧，不敢复言。昔曾元以父寝疾，惮于易箦，爱之至也；而曾子责之曰'爱以姑息'。鲁受天子礼乐以祀周公，尊之至也；而孔子伤之曰'周公其衰矣'。臣愿陛下勿以姑息事献帝，而使后世有其衰之叹。且群臣之议谓当存始封之号，避皇考之嫌，陵庙岁时重臣代祭；皇嗣既蕃，立后安陆，全百世不祧之尊，皆为陛下谋也。今不察而督过之，谓忓且慢，喜怒好恶不无少失其平。臣历观前史，冷褒、段犹之徒，当时所谓忠爱，后世所斥以为邪媚也；师丹、司马光之徒，当时所谓欺慢，后世所仰以为正直也。后之视今，犹今之视昔也。伏望陛下屈己从善，不吝改过。察群臣之忠信而用之，斥绝奸人，无使动摇国是、窃弄威福，庶圣志一定，国论自明，而大孝光于四方矣。昔先帝之南巡也，群臣交谏沮之，先帝赫然震怒，岂不以为欺慢可罪哉？然皇上在藩邸闻之，必以是数臣者为尽忠于先帝也。今日入继大统，独不能容群臣之尽忠于陛下乎？"疏入，上怒，以为出位渎慢，诏锦衣卫逮下镇抚司拷讯。(《世宗实录》卷38 第981页)

(嘉靖三年五月)乙丑朔(注：初一日)少傅兼太子太傅户部尚书谨身殿大学士蒋冕言："臣近者自陈衰病，恳乞罢归。圣慈未赐矜允，臣虽愚昧，宁不知仰戴殊恩，勉图报称，何敢轻于进退以孤九重之眷注哉？况臣所论大礼，节奉御批：'朕于大宗之义未尝有间'，今又加称圣母尊号，诏谕已颁，孰不仰叹皇上专意正统、孝养宫闱之盛美。惟修饰空室以尽追孝礼仪，该部奉旨欲会臣等议拟。是日风霾蔽天，人心惶惧。窃惟修饰空室，不特创建，臣仰知圣心亦有不自安者。第今推崇尊号，圣孝已为极尽，前项礼仪乞免，臣等会议以全皇上祗奉宗庙之大孝。实臣愚所眷眷望于圣明者也。况臣老病侵寻，日甚一日，有负任使。伏望乞皇上鉴其义有未安，悯其其情非得已，特垂睿照，赐以残体，俾归老于故丘，庶粗全于晚节。"疏入，上责冕"内阁重臣，多事之际，正宜竭忠辅导，乃固引疾求退。又牵大礼、灾异为由，咎归于上，故言辞乞，有负重托，非大臣事君之义"。遂允所请，赐驰驿还乡，仍令有司给月米、岁夫如例。其前次论功恩荫，吏部议拟以闻。吏部复言"冕既辞免伯爵，而钦蒙改荫武职，及再荫文职，但尚未领受"。诏嘉冕劳绩，其照前旨荫一子锦衣卫指挥同知，世袭。既而都给事中李学曾等，广东道御史陆翱等并言："冕先朝旧臣，不宜以一议不合遽听其去。"疏下所司。翰林院修撰吕柟以修省自劾不职十三事，内以圣学少怠，圣孝未广，大礼未正，谄祀日崇，忠谏受祸，元恶失刑，贵幸滥泽，以及军民利病数事皆灾变所由致；而引以为己不能献纳之罪，言甚切直。上谓"大礼已

定，柟巧拾妄言，事涉忤慢。"下镇抚司拷讯。(《世宗实录》卷 39 第 985 页)

(嘉靖三年五月) 甲戌 (注：初十日) 吏部尚书乔宇言："皇上以天变非常忧形辞色，诸凡宴乐俱已停罢。又谕中外同加修省，恪供厥职。此古帝王遇灾而惧之盛心也。但迩者修撰吕柟、编修邹守益各以言事下狱，人心惶惶，以言为讳。臣等窃观祖宗以来，翰林官员日传禁道，待之以优礼。今当修省之时，而二臣相继下狱，恐刑罚不中，无以感格天心。况兹天气炎蒸，法司罪人俱蒙释减，若此文学侍从之臣，仰知圣慈必在矜悯。伏惟特赐宥免，或准令致仕，则于圣德修省之实非小补矣。"疏入，报闻。已，科道官交章论救，俱下所司知之。寻有旨：降守益广德州判官，柟山西解州判官。(《世宗实录》卷 39 第 990 页)

(嘉靖三年五月) 丁丑 (注：十三日) 敕司礼监太监赖义、京山侯崔元、礼部左侍郎吴一鹏诣安陆恭上恭穆献皇帝册宝，改题神主，迎请来京。于是一鹏等上言："历考前代史册，并无自寝园迎主入大内者，此天下后世观瞻，非细故也。况安陆乃恭穆启封之疆，神灵所恋；又陛下兴龙之地，王气所钟。故我太祖之重中都，太宗之重留都，皆以王业所基，永修世祀。伏望皇上俯从臣等所言，改题神主奉安陆庙中，以正百世不迁之祀。其观德殿追孝礼仪，别立神位香几，以慰时常孝思，则本生之情既隆，而正统之义亦尽，陛下纯孝可传后世矣。"上以有旨，戒勿复扰，仍促令具仪，不必会议。(《世宗实录》卷 39 第 994 页)

(嘉靖三年五月) 癸未 (注：十九日) 巡抚凤阳侍郎席书进《大礼考议》，其略曰："臣闻父子君臣，天经地义，非人所能改也。执政初议曰皇上宜为孝宗后，又改议曰继武宗而为之后。北礼官迁词曰非为武宗立后，南礼官又迁词曰武宗为父立后。前后相左，南北背驰，其事既讹，其言自遁也。"又曰："礼臣误引礼经者，不法三代故也。魏元氏之臣如宇文泰者，犹知依仿三代，岂堂堂天朝，顾不如哉？夫父死子继，兄终弟及，亲亲尊尊，昭穆有序，家齐国治而天下平，此三代之事也。"又曰："父子伯侄，天定也。改伯为考、侄为子、父为本生，人为也。至位不能易至亲，人为不能夺天属。礼官曰'考孝宗、母昭圣，纯乎天理之正，即乎人心之安'。夫弃而君臣，灭而父子，如天理人心何？宋儒论濮事曰：'始于讲学不明，终于固执私意'，正今日诸臣之谓也。臣谓皇上不继统武宗，君臣之分不正；不嗣献皇帝，父子之伦终亏，求免后世之议，难矣。"又曰："皇上欲别建室于奉先殿侧，于昭穆不紊，于孝思不忘，似无不可。周后稷为百世不迁之庙，别立庙以祀姜嫄；而本朝于奉先殿侧别立庙以祀孝穆皇太后，何诸臣之失考也？"又曰："今上入继大宗，献皇帝弗得子焉。为斯言者，正咸丘蒙谓父不得而子，非君子之言也。"奏入，留中。(《世宗实录》卷 39 第 996 页)

(嘉靖三年五月) 戊子 (注：二十四日) 桂萼、张璁至京，复同上疏曰："顷者诏令虽再颁，而典礼益甚乖舛，谨复条七事。"其大略不出前言，而提纲或便圣览。"一曰高皇帝独取'兄终弟及'为训者，盖父子相传为常，有不必训；兄弟相传不常，故为之训也。夫献皇帝实孝宗亲弟，虽未尝有天下以传皇上，而皇上之有天下，实以献皇帝之子也。高皇帝虽未尝以天下授皇上，皇上之有天下，实以高皇帝之训也。擅拥立功者，欺天甚矣。二曰宋英宗初名宗实，为濮王允让第十三子，时方四岁，仁宗取入宫中，命曹后抚鞠之。二十八年，命学士王珪草诏立为皇子，盖濮王亲尝命之为仁宗子也，仁宗亲尝命之为子也。今献皇帝未尝命皇上为孝宗子也，孝宗又未尝命皇上为之子也。况献皇帝止生皇上一人，为嫡长子，又非若英宗之多兄弟可比，而同之乎？三曰宋真宗咸平元年三月，诏议太祖庙号，太祖称伯。张齐贤等上议云：'天子绝期丧，安得宗庙中有伯氏之称？' 诏礼官别加详定。礼官仍议称太祖室曰皇伯考妣。又云唐玄宗朝禘祫云：'布昭穆之坐于户外，皇伯考中宗、皇考睿宗并列于南厢，北向同列穆位。' 又郊祀录德宗庙祀文，以中宗为高伯祖。又云唐玄宗谓中宗为皇伯考，德宗谓中宗为高伯祖，则伯氏之称，复何不可？今孝宗称皇伯考，名斯正矣。四曰本生父母对所后父母而言，《礼》于所后者服三年，名曰重。于本生父母服降为期，同于伯叔父母，名曰轻。今皇上尊称献皇帝为皇考，章圣皇太后为圣母，是明为父母所当重矣。若仍系本生二字，则又同于叔父、叔母，所当轻矣。五曰孟轲氏曰：'天之生物，使之一本。' 称两皇考是二本也，曾有两考之礼乎？夫三尺之童，强以两考之称，必赧然不从，敢加之万乘之尊乎？今试坐孝宗皇帝于此，又坐献皇帝于此，皇上趋于其前，其何以称诸？以是播诸宗祝，窃恐二帝在天之灵不享也。六曰《礼》：'慈母如母'，谓妾之无子者，妾子之无母者，父命妾曰：'女以为子'；命子曰：'女以为母'，贵父之命也。由是推之，母子之称，夫岂可苟乎？今昭圣育武宗为之子，复以皇上为子；章圣止生皇上，而不得为之子；为兹议者，果为全两宫之好乎，启两宫之嫌乎？诚母为母，伯母为伯母，以母事母，事伯母犹母，大孝无间言矣。七曰《丧小记》云：'王者禘其祖之所自出，以其祖配之，而立四庙，庶子王亦如之。' 陆氏谓若汉光武有天下，既立七庙，则其曾祖祢当别立庙祀之，故曰 '庶子王亦如之'。臣惟汉有司有议之者，正缘谬以光武当考元帝，而不当考南顿君故耳。今之议者，亦缘谬以皇上当考孝宗，而不当考献皇帝，故谓不应为献皇帝立庙。夫始之以不学无术，终之以相助匿非，不亦异乎？" 疏入，留中。（《世宗实录》卷39 第999页）

（嘉靖三年六月）丙申（注：初三日）御史王洋言："近者雷电失期，雨旸衍候，伊洛秦楚同日地震，江淮曹宋之间人有相食者。此其变不虚作，而皇上欲图治以弭之，惟在任贤纳谏而已。大臣去位如蒋冕、陶琰、汪俊、林俊，则宜还秩。言臣被谴如刘最、邓继曾、陈逅、季本、马明衡、朱浙、林应骢、吕柟、邹守益，则宜赐还。孝养两宫，当思昭圣援立之恩。裁定大礼，当斥憸人迎合之妄。罢织造之官，停土木之役。谨名器，杜请托，黜贪残，汰浮冗。藏闾阎之富，广边储之蓄。日御讲筵以论道，时召臣僚以访求政理，则圣德日新，圣业日广，而天变不足弥矣。" 已而都给事中刘济等亦言 "吕柟、邹守益、邓继曾、马明衡、朱浙、陈逅、季本、林应骢言虽有激，意

在纳忠，乞赐宥免"。上皆命所司知之。(《世宗实录》卷40第1005页)

（嘉靖三年六月）戊戌（注：初五日）礼科都给事中张翀等三十余人连章言："皇上命取桂萼、张璁入京，萼称疾不出，璁于数日后始朝见，不意二臣恣肆若此。盖自二臣进言以来，半祀于兹，朝讲一皇字，暮议一考字，纷纷不已。万一皇上惑于其言而轻改之，纵我孝庙如在之神歆否不可知，其如母后心何，其如天下臣民心何？此二臣者，赋性奸邪，立心险恶，变乱宗庙，离间宫闱，诋毁诏书，中伤善类。据其见，不止于冷褒、段犹；推其凶，直浮于章惇、蔡卞。望亟罢之，以为人臣不忠之戒。"御史郑本公等四十四人连章言："桂萼首倡乱阶，张璁再肆欺罔，黄绾如鹰犬张喙而旁噬，黄宗明如奴隶攘臂以横行，方献夫居中内应以成夹攻之势，席书阴行间谍以伺渔人之功。卒之尚书之命由中而下，行取之旨已罢再颁。大臣因此而被逐，言官因此而得罪，虽当时瑾、宁之奸，其流祸亦不至此。"御史戴金言："萼等既被召命，而从容道路；诏令已布，而肆为奏扰。"御史章衮言："萼、璁以新诏为误诏，而诡言欺诞；以定礼为非礼，而妄意更张。"御史张日韬言："席书等乘机献谀，阳疏议礼之文，阴怀干进之路。"给事中谢贲，御史郭希愈、沈教、涂相等章累上，皆下所司。(《世宗实录》卷40第1006页)

（嘉靖三年六月）己亥（注：初六日）太常寺协律郎崔元祈、乐舞生二十余人将诣内府，教乐卿汪举以其不奉明诏越例入，请按元祈罪。上命遣寺官一员同元祈等入府教习。礼部侍郎朱希周言："国朝设神乐观，其乐舞生有定额，自足偈宗庙之用，似不必于内府更设。"上命如前旨行。已而汪举复言："臣顷闻皇上命令工部查太庙祭器之数及神乐观祭服之式。兹复有内府教乐之命，则是观德殿将有笾豆、乐舞之祭矣。我祖宗列圣崇报之礼，惟于太庙设笾乐舞，而奉先殿及诸陵未尝用。今献皇帝既用之安陆家庙矣，复欲设观德殿，未免隆杀失均，乞赐寝罢。"上曰："奉先殿不用乐舞，以见于太庙故也。朕皇考不得享于外庭，止于内殿奉祀，其乐舞之仪，必不可阙。汪举等轻率妄奏，姑宥之。"(《世宗实录》卷40第1008页)

（嘉靖三年六月）壬寅（注：初九日）主事张璁、桂萼等以前所条上大礼七事，疏未下，朝议攻之甚急，复同上疏曰："礼官失礼于初，匿非于后。伏承明命三至，促臣等来京，盖欲令与面决是非，亲赐宸断。臣等至京朝见，尚有大臣浮言恐吓，必使变其初说，务相和同，以掩己之罪也。昔孔子有曰：'自反而缩，虽千万人，吾往矣。'今臣等所据者，先王之礼也；群众所挟者，奸臣之权也；奸臣之权敢以胁天子，先王之礼独不足以绳权臣乎？祖宗言官之设，为天子耳目，乃今相率甘为权臣鹰犬，甚可耻也。伏望皇上亲御便殿，集执政、礼官，许臣等据典籍以折再诏之误、两考之非。"疏入，复留中。(《世宗实录》卷40第1010页)

（嘉靖三年六月）壬寅（注：初九日）张璁、桂萼再陈大礼。时入京，廷臣欲捽之，绝勿与通。数日始朝，亟出东华门，走武定侯郭勋所，勋喜甚，约为内助。给事中张翀等、御史郑本公等交章沮之，不听。勋即奏其事，上夜召璁，曰："祸福与尔共之，如众汹汹何？"对曰："彼众为政耳，天子至尊，明如日，威如霆。畴敢抗者，需锦衣卫数力士足矣。"上颔之。（《国榷》卷53第3302页）

（嘉靖三年六月）璁、萼至京，复同上疏条七事，极论两考之非，以伯孝宗而考兴献为正。俱留中不下。……初，张璁、桂萼至京师，廷臣欲捶杀之，无一人与通，璁、萼称疾不出。数日后，退朝班，恐有伺者，出东华门走入武定侯郭勋家。勋喜，约为内助。台谏官交章攻击，以为当与席书并正其罪。章十余上，俱报闻。给事中张翀取群臣弹章奏发刑部，令拟璁等罪。尚书赵鉴曰："若得俞旨，便朴杀之。"帝廉知之，遂降中旨，命桂萼、张璁为翰林学士，方献夫为侍讲学士，切责翀、鉴，罪之。（《明史纪事本末》卷50第748页）

（嘉靖三年六月）丙午（注：十三日）上命主事桂萼、张璁为翰林院学士，方献夫为侍读学士。于是翰林院学士丰熙，修撰杨惟聪、舒芬，编修王思皆不欲与萼等同列，各疏乞归。上皆不允。御史刘谦亨言："萼等曲学偏见，骤得美官，天下士自此解体。宜赐罢黜，以惩奸党。"章下所司。（《世宗实录》卷40第1012页）

（嘉靖三年六月）辛亥（注：十八日）桂萼、张璁、方献夫各上疏辞学士；萼则"请令臣扶病与臣璁面折诸臣之非，改两考之谬"；璁则以"两考之失未更，万世之笑未已，容臣进讲破邪谋"；献夫则言："士以节义为本，使臣以言迁官，臣节何在？且国家用人自有资格，岂宜滥及。"上皆报曰："迁秩非以汝议礼故，而汝亦非用是说以希进者。忠诚学行，简在朕心，故特抡置翰林，以成朕纳贤之治，不必再辞。"已而吏部尚书乔宇言："前者席书以内旨升尚书，臣等已力陈其不可，今复有升萼等学士之命。夫内降恩泽，多施于佞幸之人。皇上御极，凡先朝传旨升官，虽匠役、军校，亦尽黜革。若士大夫一与其列，即不为清论所齿。今言官论劾萼等前后凡二十疏，夫圣朝养士，当以名节自爱；翰林学士之职，其选甚重，而使萼等居之，则凡储才翰苑者，谁复与之同列班行哉？乞寝其命。"疏上，上以宇言忤违，切责之，且曰"任用才贤，自古帝王之治。萼等执经论礼，岂悦朕心以干进者？其即令视事"。已而，吏科都给事中李学曾等29人，河南道监察御史吉棠等45人并疏言："萼等皆曲学偏见，紊乱典章，在圣世所必诛，岂得以一言之合骤迁美秩。矧以传奉而及学士，其为圣德之累不小。"御史段续、陈相又特疏极论席书及萼等罪状，请正典刑。上怒，诘责学曾等，令对状，已而学曾等上疏伏罪，乃宥之。而以续、相欺罔妒贤，逮下镇抚司拷讯。……刑部尚书赵鉴言："桂萼、张璁之罪，诚有如张翀诸臣所论者，宜付臣等置之于理。"上曰："赵鉴既居法曹，宜奉君命，何乃朋邪弄法，勒令自劾。"已而鉴疏伏罪，上复切责而宥之。吏部员外郎薛蕙上《为人后解》二篇，《为人后辩》一篇，极辩张璁等说，大略谓"璁以《祖训》止有'兄终弟及'而无立后之文。《祖训》曰：'凡朝廷无皇子，必兄终弟及，须立嫡母所生者。'此则朝廷亲弟也。若先帝有次子，仍上考先帝，先帝本统不移，安用立后？是《祖训》之意在于辩嫡庶，非及为人后者也。且传记凡言'兄终弟及'者，及每与'父死子嗣'对言，所以列兄弟传国之名，不同于父子继世者耳，岂谓兄弟传国，遂可不为人后而顾其私亲乎？前代之君有异父兄弟三四人，若殷阳甲、盘庚，不专一所后而各亲其亲，则统绪纷然，庙祀无常，典礼不扫地者几希。又谓'陛下入继大统，非为人后'。夫为人后者，谓受祖考之祀于所后也。汉文帝让位之辞曰：'奉高皇帝宗庙。'宣帝朝有司奏曰：'陛下为昭皇帝后，承祖宗之祀。'师丹告哀帝曰：'陛下继统元帝，承宗庙天地之祀。'此可见自古继统者皆以奉祖宗之祀，即为人后者也。又谓'宋仁宗亲命英宗为子，孝宗未尝命陛下为之子。'晋杜瑗曰：'所谓为人后者，有先人之命也，言其既没以承之，非并存之谓也。'子夏曰：'族人以支子后大宗，明为人后者，实宗子已没，而族人立之，非宗子存而立之也。'故生前有子者，但曰'立嗣'。而身后入继者，始谓'为人后'耳。又谓'孝宗传位武宗，未尝无后，陛下不当复后孝宗'。按汉殇帝嗣和帝，无子，邓太后立和帝兄清河王庆子祐，与今事相类，而其诏曰'昆弟之子犹己子'，不以父命辞王父命，正可援以为今日据者。又欲以伯考称孝宗，乃言'宋真宗诏议太祖庙号曰伯考'，而复以唐中宗、睿宗为拟，不知当时言庙号者止谓僖祖，而太祖称伯初非庙号。睿宗尝为天子，而玄宗则受天下于其父。孝宗之视中宗，献帝之视睿宗，又岂可同日语哉？前代诸侯入继而称天子曰伯考者，惟元魏庄宗，此非中国之君也。而当时临淮王或切谏之，曾谓二臣不如或乎？又欲陛下去'本生'二字，其言'按礼经，本生父母对所后父母而言'。夫《礼》无是文也。惟欧阳修'濮议'摘《丧服传》为所后者二字，因开元《开宝礼》文有所生父，遂每以所后、所生为言。璁上诵修之言，不加深考，妄援礼文，不甚可笑哉？又谓陛下'宜责名实，全两宫之孝'。以为昭圣太后于陛下实非母子，章圣太后于陛下实为母子。此正不知名实者也。夫为人后者，实也；称所后曰父母，名也。出后于人，实也；改称其父母，名也。此皆随实而立名者也。至谓'昭圣未尝有子陛下之心，且亦不得专制干预'。夫先帝崩殂，昭圣太后属心于陛下，天下臣民谁不知之？陛下未至时，皇太后不得专制，孰为专制乎？臣惟昭圣太后有不可忘之德，有不可加之尊。近者上昭圣太后徽号，次日始及章圣太后，此天秩自然之礼也。陛下即此推广之，则孝思不遗矣。又谓宜别为献帝立庙大内，引《丧服·小记》云：'王者禘其祖之所自出，以其祖配之而立四庙，庶子、王亦如之。'夫庶子者，盖指世子父之庶子，非支属之庶子也。乃不思所指，遂据陆氏之误，以为汉宣帝父史皇孙，光武父南顿令，不知光武后因张纯之言改四亲庙于南阳春陵，师丹告哀帝以不得奉定陶共皇祭入其庙。陛下当念师丹之言，而以光武事为法可也"。奏入，上以璁出位妄言，轻率浮躁，令逮送镇抚司拷讯。于是璁、萼同上疏曰："今日典礼之议，是非异同，与礼官论辩明白犹恐无征不信，谨条为十三事：曰三代以前天子无嗣者皆兄终弟及，无立后之礼。故《商书》凡兄弟相及者，不称嗣子，而称及王，议者畔古礼书，强执皇上为孝宗后，此欺妄一也。《祖训》'凡朝廷无皇子，必兄终弟及，须立嫡母所生者'。曰'必兄终弟及'，则不立后可知也。曰'须立嫡母所生者'，则伦序可知。议者强执皇上为孝宗后，不惟畔古礼书，虽高皇帝训示亦不之遵，欺妄二也。孔子射于矍相之圃，使子路延射曰：'偾军之将，亡国之大夫，与为人后者不入。'议者强以皇上与为人后，欺妄三也。武宗遗诏初无继嗣之说，比皇上登极，始变其说，以皇上为孝宗子，使皇上违武宗之诏，背献皇帝之恩，欺妄四也。《礼》于所后父母名曰重，于本生父母名曰轻。孝宗、昭圣本皇上之伯考、伯母，反称曰皇考、圣母，为重。献皇帝、圣母本皇上之父母，反称曰本生皇考、本生母，为轻。轻者反重，重者反轻，欺妄五也。《祖训》'凡亲王若天子之侄，称天子曰伯父、叔父'。夫生可称伯父，死独不可称伯考乎？欺妄六也。汉宣帝别为父史皇孙立皇考庙，光武别为父南顿君立皇考庙，礼也。议者以为不当为献皇帝别庙京师，欺妄七也。宋仁宗取宗实入宫立为皇子，大儒朱熹尝并定陶王事论其坏礼。议者牵合强比，欺妄八也。皇上宜迎献皇帝神主奉安别庙，盖取古者迁国载主之义也。议者以为史籍无迁主事，欺妄九也。《祖训》'皇后许内治中宫，宫门外事毋得干预'。况立君继统，实遵《祖训》，议者每假昭圣懿旨为词，欺妄十也。皇上于寿安皇太后，不得率天下终三年丧，虽欲追悔而不可及者，欺妄十一也。新颁诏令，决宜重改正，今皇上改诏在一言之决，不改为百世之羞，欺妄十二也。古者三公论道，九卿分治，台谏明目达聪。今连名之疏岂议论尽同哉？朋党比周耳。欺妄十三也。"疏奏，留中。

（《世宗实录》卷40 第1013页）

（嘉靖三年六月）乙卯（注：二十二日）修撰杨慎、张衍庆等三十六人言："臣等与桂萼辈学术不同，议论亦异。臣等所执者程颐、朱熹之说也，萼辈所言者，冷褒、段犹之余也。今陛下既甄录萼等，以其言为是，而臣等所言皆圣明所不取。臣等不能与之同列，愿赐罢归。"上曰："朝廷储才，处之史馆，宜勉修职业，涵养德性，以需异日之用。杨慎不能安分，率众求去。张衍庆等同声附和，轻肆殊甚。姑夺慎俸两月，衍庆等一月。"（《世宗实录》卷40 第1022页）

（嘉靖三年六月）戊午（注：二十五日）鸿胪寺右少卿胡侍疏辩张璁、桂萼所条大礼七事："一璁等引《祖训》'兄终弟及'之文，妄以兄为孝宗，非武宗；弟为献皇帝，非陛下。特陛下以献皇帝子，故当立，意若武宗无与焉者。夫献皇帝虽孝宗弟，然不身有天下；而陛下受武宗遗诏嗣皇帝位，乃谓武宗无与，不知何说也？纵使武宗崩时献皇尚在，受遗诏为天子，亦是受之于侄，岂得直谓受之孝宗，以为兄终弟及耶？献皇崩，赖陛下克缵鸿绪，若执孝宗为兄之说，则当时孝宗诸弟尚有在者，不知置陛下于何所也？一璁等引遗诏云：'嗣皇帝位初无为孝宗之子之说。'臣按璁等尝倡议，谓继统乃帝王相传之次，嗣必父子一体之亲，继统者不必继嗣。夫使嗣必父子之亲，则遗诏不当言嗣皇帝位，使廷臣称嗣为不经，则遗诏称嗣何以独为继统而非继嗣也？按《仪礼·丧服》有'为人后'之说，《春秋·公羊传》又有'为人后者为之子'之说。盖谓之人，则非父；谓之为后，则非子而使之为子也。又有'为人后，为其父母期'之说，盖谓父母者，著本也；为之期，则伯叔之矣。而以为强称、强夺，可乎？翟方进谓'兄弟之子犹子'。定陶王宜为嗣，晋庾永请以同母弟琅琊王岳为成帝嗣，使必父子之亲也，则亦何假嗣言哉？又谓'宋仁宗尝亲命英宗为子，孝宗未尝亲命陛下为之后'，似矣。夫《礼》大宗不可绝，族人以支子后大宗，若必亲命之而后为子也。假令宗子不及亲立后而无嗣以死，则族人遂将听其大宗之绝乎？汉昭帝崩后，霍光始立孝昭嗣。光武中兴，去孝元崩四十余年，自以昭穆次第当为孝元后。孝宣、光武何尝亲受孝昭、孝元之命哉？其为入继之君，何算也？若皆以未尝受命为子，曰'吾自继统，非为后也'，而不以臣子之礼事其先君，则将使后世亡嗣者皆不忍以国与其宗；而宗人之乘其崩殂之时，无论亲疏昭穆，皆可拨以自立，是兆乱无穷也。又谓'献皇止生陛下一子，长子不得为人后'；按《礼》，别子为祖继别，为宗继祢者为小宗。宋儒程颐尝曰：'《礼》虽有长子不得为人后之文，若无兄弟，又继祖之宗绝，亦当继祖。'可谓通其变，善发圣人之蕴者矣。盖其所谓'祖'，即别子为祖之祖，乃族人之公祖，非专谓王父也。'亦当继祖'，谓代为继祖之宗也。璁等不识继祖之义，乃谓陛下当直继宪祖，于献皇帝自不失为继祢，且又援一身事五宗之说以佐之。殊不知宗法所谓一身事五宗者，谓族人一身事乎继祢之宗也。今武宗即继祖之宗也，祖则太祖皇帝之谓也。陛下以小宗继之，是谓继祖，非谓继宪祖而已也。继祖则身为宗子，族人皆宗之。若又献皇帝之继，是兼继乎祢也，是大宗事小宗。故今日之议，当专继大宗，而别为献皇立后以继小宗，乃万世不易之理也。一璁等谓唐玄宗称中宗为皇伯考，宋真宗咸平中，廷臣尝据此以议太祖庙号，与今日事体相类。臣按《春秋》之义不以亲亲害尊尊，唐睿宗尝亲为中宗臣，宋太宗尝亲为太祖臣，是以宋臣张齐贤等以为天子绝期丧，安得宗庙中有伯氏之称？唐、五代有称者，皆非正典也。况玄宗之父睿宗尝嗣兄中宗而立，拟之献皇，又复不伦。今礼经正条、历代旧典一切置之不论，而所宗者乃魏孝庄夷狄之诡号，所据者乃冷褒、段犹委巷之谀谈，犹且扬扬引类以攫美官，何其无忌惮也。一璁等先尝谓'为人后者为之子，非圣人之言'。《礼·丧服记》云：'为人后者为其父母报'，是所后称父母，无改称伯、叔之文。续又谓'非父子而为后者为强称'，至是又引礼经'本生父母''所后父母'之言，前后矛盾，此天夺璁等之魄也。且'为人后者为其父母报'，《礼·丧服记》并无是文。而礼经亦无'所后父母''本生父母'之文，惟《仪礼》丧服疏衰下见之。璁等不曾详考礼文，道听途说，可耻之甚。今所后、本生之别，具有《丧服制》可考，本生二字断不可去。一璁等又设为孝宗、献皇诘责陛下之词，谓考孝宗则二帝不享，尤非人臣所当言。夫陛下嗣登大宝，太祖、太宗之统赖以有托，献皇帝神灵当亦欣庆，必不肯私己而轻祖宗也。假令孝宗在御，献皇在邸，陛下方以亲贤建为太子，则祗奉孝宗自宜专一，岂得复顾献皇之养，献皇亦岂得忘宗统而不以陛下子孝宗哉？陛下母事慈寿，在《礼》本自当然，今宫闱之间慈孝罔间，不知璁等疏远小臣何缘知太后衷曲，谓其无子陛下之心？至谓陛下自遵《祖训》入继，与慈寿无预。呜呼，此言出而天理

灭、纲常绝矣。夫武宗遗诏明有'请于慈寿皇太后遣官迎取'之文，然后陛下得据
此以践大位。假令武宗不及遗诏而崩，太后亦不及出旨迎立，而宸濠适又不死，称
词犯顺，陛下虽伦序当立，宁能不待懿旨晏然践祚耶？夫太后亲授陛下以天位，功
存社稷如此，璁等乃谓无所干预、专制，岂复有人心耶？一璁等又欲为献皇帝立皇
考庙，如汉宣之于史皇孙、光武之于南顿君，且引《丧服·小记》有庶子王立庙之
文为证。臣按《丧服·小记》曰：'王者立四庙，庶子王亦如之。'郑玄注曰：'世
子有废疾，不可立，而庶子立，其祭天立庙亦如世子之立。'是庶子乃指与世子同祢
者，非旁及私亲也。若光武四亲庙远在章陵，未尝立庙京师；若孝宣则以孙继祖，
嫌于昭穆难次，故得为史皇孙称考立庙，当时有识之士已自非之。今陛下于孝宗非
有昭穆之嫌，承诏继统非中兴比，而欲特考献皇，立庙大内，臣以为过矣。何者？
昔汉安帝起于清河桓帝，兴自蠡吾，虽尝荐其私亲加称皇号，然皆仍其故号托祀于
嗣王，至宋英宗亦遵斯典。其立庙禁阙者，惟魏以丑夷、陈以闰位、汉哀当炎运式
微之日，礼文苟简，贻讥至今，岂可复为小人藉口之资乎？臣又按璁等前后所议，
大抵祖欧阳修之说，而空疏不察，又失修义者有五：修云'为人后者为之子，非圣
人之言，是汉儒之说'。璁等祖其说，以为果非圣人之言也。而此言实出公羊高，高
亲受之子夏，子夏受之孔子，谓孔子为圣人非耶？高亦非汉儒，此其一也。修云
'《仪礼·丧服记》曰为人后者为其父母报'。修云'《仪礼》增一记字'，然有仪礼
字标首，犹无大害。璁等辄乃妄去仪字，则直谓《礼记·丧服·小记》有是文矣，
二也。修云'检详仪礼，为人后者为其父母报，及令文五服年月敕'；并云'为人后
者为所父斩衰三年，为其父母齐衰期，于所继、所生皆称父母'。其所谓令文敕，盖
宋朝之制也。璁等乃云礼经'本生父母对所后父母而言'，盖误认令文与敕皆为礼仪
篇目，三也。修于英宗止是欲称安懿王为亲，未尝敢以仁宗为不可考也。璁等乃欲
陛下不考孝宗，四也。修谓'定陶恭皇而不系以国，则有干统之渐；又立庙京师，
则乱汉宗庙'。璁等乃谓直称'皇考献皇帝'、立庙京师为宜，五也。疏入，上以侍
非有言责，辄出位妄言，诏逮问。寻以言官论救，谪山西潞州同知。"（《世宗实录》
卷 40 第 1024 页）

（嘉靖三年七月）乙丑（注：初二日）太医院冠带医士刘惠、周序言："观德典名
不称皇上尊亲之义，请敕礼部更新名以昭圣孝。"上怒曰："观德殿名朕所亲定，用
申孝敬之情，额既悬矣。惠等不务本职，出位妄言，欺慢无礼，逮下镇抚司拷讯。"
（《世宗实录》卷 41 第 1035 页）

（嘉靖三年七月）丁卯（注：初四日）吏部文选司员外郎方献夫再疏辞职，言
"臣之所以固辞此官而必求一去者，实所以为陛下明此礼也。窃以大礼之议乃天地间
不可泯灭之理，故不得不言，初未尝有一毫希合干取之意。乃论劾诋毁者无虑数十
辈，臣以为此理不可口舌争，惟有去就可以明此心耳。盖臣不去，则论者必谓臣诚
有所观望，所言虽是而亦非矣。今陛下果以官授臣，是使论者前言皆中，而臣心没

没无复可言也，岂不大为此礼之累耶？望陛下体臣之心，容臣之去，臣实不敢拜命。"上曰："此疏所言甚明，第已有旨，不允所辞，宜即出供职，以副朕图治至意"。（《世宗实录》卷41第1036页）

（嘉靖三年七月）己巳（注：初六日）试监察御史王时柯言："桂萼辈以议礼迎合，传升美官，薛蕙、陈相、段续、胡侍等连章论劾，实出公论。今诸人超迁而群言获罪，臣恐海内闻之，以为陛下乏包荒之量也。臣愿陛下采忠直之言，消朋党之祸，于薛蕙等特赐宽宥，以示优容；方献夫、席书从其辞免，以全名节；张璁、桂萼改除别职，以保全之，则人心悦服。"疏入，上以时柯玩法奏扰，切责而宥之。（《世宗实录》卷41第1039页）

（嘉靖三年七月）乙亥（注：十二日）谕礼部更定章圣皇太后尊号，去"本生"之称，趣令具仪。初，上用桂萼等议，欲亟去"本生"二字，屡遣司礼监至内阁谕大学士毛纪等，皆力言不可。乃御平台，召纪等责之曰："尔辈无君，欲使朕亦无父乎！"纪等惶惧退。（《明通鉴》卷51第1647页）

（嘉靖三年七月）帝采璁议，遣谕纪等去"本生"字，纪复力争之。帝御平台，召纪、宏、瓛责之曰："此礼当速改。尔辈事君不以忠，朕亦不以礼耳。尔辈无君，乃欲使朕无父乎？"纪等皇怖而退。上召百官至门，敕曰："圣母更定尊号曰圣母章圣皇太后。"（《皇明永陵编年信史》卷1第52页）

（嘉靖三年七月）丁丑（注：十四日）礼部右侍郎朱希周等言："皇上入继大统已越三年，大礼之议至重且大，考孝宗、母昭圣，孝心纯笃，天日可鉴。顾惟本生之亲亦欲兼尽，乃加称兴献帝为本生皇考恭穆献皇帝、兴国太后为本生圣母章圣皇太后。尊崇之典，载籍所无；诏令一颁，圣孝昭著。夫何未及三月，忽奉更定之谕？窃惟前诏皆陛下断自圣心，所后之亲称考、称母，正统大义万世不可易者。故于所生之亲特加本生二字以别之，义隆所后，恩尽所生，并行而不悖，诚大圣人之所作为也。况已奉上册宝，诏谕天下，告于郊庙、社稷，稽之众谋金同。今更定之旨忽从中出，则明诏为虚文，不足取信于天下，祭告为烦渎，何以感乎于天神？甚非祗奉宗庙、恩义兼尽之盛节也。且本生二字亦无贬辞，但欲不妨于正统，而亲亲之意亦默寓焉，又何嫌于此而必欲去之，以起天下之惑哉？"上曰："敕谕已行，不必再议。其速具仪以闻。"于是礼部具上仪注。……六部等衙门尚书秦金、都御史王时中、侍郎何孟春等，翰林诸臣、侍郎贾咏、学士丰熙等，太常寺等衙门卿汪举等，六科给事中张翀等，十三道御史余翱等，吏部郎中等官余宽等，户部黄待显等，兵部陶滋等，刑部相世芳等，工部赵儒等，大理寺正母德纯等，行人司正高节等，各上疏极言章圣皇太后尊号不当去本生二字。疏入，俱留中。于是内阁大学士毛纪、石瑶（注：应为瓛之误）并疏言："臣等先蒙召问，备言宗庙之礼至重且大，本生二字尤为紧要，不宜轻有更易。愚诚虽切，未蒙俞允。兹者吏部诸司及翰林、科道诸臣皆执论以为非礼，此见人心之公不可泯灭，非独臣等及诸臣之心为然，推之天下之心，亦有莫不然者。陛下奉承天命以临九有，所持者人心耳，若不揆之于理，舍己从人，亦将何以为治？伏望皇上熟思颖悟，大发纶音，明示臣民以宗庙之礼决不改称，亦不更诏天下。则九庙神灵皆安，献皇帝之心亦安，而臣民仰戴，圣明永保雍熙之治矣。"得报：有旨。（《世宗实录》卷41第1042页）

（嘉靖三年七月）戊寅（注：十五日）群臣以前疏不下，朝罢则相率诣左顺门跪伏，或大呼太祖高皇帝，或呼孝宗皇帝，声彻于内。是日，上斋居文华殿，遣司礼监官谕令退。群臣固伏不起，求俞旨，上乃遣司礼监官传谕曰："恭穆献皇帝神主将至，册文、祝文悉已撰定矣。尔等姑退。"群臣仍伏不起。及午，上命录诸臣姓名，执为首者学士丰熙，给事中张翀，御史余翱，郎中余宽、黄待显、陶滋、相世芳、寺正母德纯凡八人下诏狱。于是修撰杨慎、检讨王元正乃撼门大哭，一时群臣皆哭，声震阙庭。上大怒，命逮五品以下员外郎马理等一百三十四人悉下诏狱拷讯，四品以上及司务等官姑令待罪。（《世宗实录》卷41第1049页）

（嘉靖三年七月）戊寅（注：十五日）帝朝罢，斋居文华殿，金献民、徐文华倡曰："诸疏留中，必改孝宗为伯考，则太庙无考，正统有间矣。"何孟春曰："宪宗朝尚书姚夔率百官伏哭文华门争慈懿皇太后葬礼，宪宗从之。此国朝故事也。"杨慎曰："国家养士百五十年，仗节死义，正在今日。"王元正、张翀等遂遮留群臣于金水桥南，曰："万世瞻仰，在此一举。今日有不力争者，共击之。"何孟春、金献民、徐文华复相号召，于是秦金、赵鉴、赵璜、俞琳、朱希周、刘玉、王时中、张润、汪举、潘希曾、张九叙、吴琪、张瓒、陈霑、张缙、苏民、余瓒、张仲贤、葛桧、袁宗凡二十有三人，贾咏、丰熙、张璧、舒芬、杨维聪、姚涞、张衍庆、许成名、刘栋、张潮、崔桐、叶桂章、王三锡、余承勋、陆钺、王相、应良、金皋、林时、王思凡二十人，谢蕡、毛玉、曹怀、张嵩、王瑝、张翀、郑一鹏、黄重、李锡、赵汉、陈时明、郑自璧、裴绍宗、韩楷、黄臣、胡纳凡十有六人，余翱、叶奇、郑本公、杨枢、刘颖、祁杲、杜民表、杨瑞、张英、刘谦亨、许中、陈克宅、谭缵、刘翀、张录、郭希愈、萧一中、张恂、倪宗岳、王璜、沈教、钟卿密、胡琼、张濂、何鳌、张日韬、兰田、张鹏翰、林有孚凡三十有九人，余宽、党承志、刘天民、马理、徐一鸣、刘勋、应大猷、李舜臣、马冕、彭泽、张鹍、洪伊凡十有二人，黄待显、唐昇、贾继之、杨易、杨淮、胡宗明、栗登、党以平、何岩、马朝卿、申良、郑漳、顾可久、娄志德、徐嵩、张庠、高奎、安玺、王尚志、朱藻、黄一道、陈儒、陈腾鸾、高登、程旦、尹嗣忠、郭日休、李录、周绍、戴亢、缪宗周、丘其仁、祖琚、张希尹、金中夫、丁律凡三十有六人，余才、汪必东、张聰、张怀、翁磐、李文忠、张澡、张镗、丰坊、仵瑜、丁汝夔、臧应奎凡十有二人，陶滋、贺缙、姚汝皋、刘淑相、万潮、刘漳、杨仪、王德明、汪溱、黄嘉宾、李春芳、卢襄、华钥、郑晓、刘一正、郭持平、余祯、陈赏、李可登、刘从学凡二十人，相世芳、张峨、詹潮、胡琏、范禄、陈力、张大轮、叶应骢、白辙、许路、戴钦、张俭、刘士奇、祁敕、赵廷松、熊宇、何鳌、杨濂、刘仕、萧樟、顾铎、王国光、汪嘉会、殷承叙、陆铨、钱铎、方一兰凡二十有七人，赵儒、叶宽、张子衷、汪登、刘玑、江珊、金廷瑞、范锶、庞淳、伍余福、张凤来、张羽、车纯、蒋琪、郑骊凡十有五人，母德纯、蒋同仁、王玮、刘道、陈大纲、钟云瑞、王光济、张徽、王忝、郑重、杜鸾凡十有一人，俱赴左顺门跪伏，有大呼高皇帝、孝宗皇帝者。帝闻之，命司礼监谕退，不去。金献民曰："辅臣尤宜力争。"朱希周乃诣内阁告毛纪，纪与石珤遂赴左顺门跪伏。上复遣司礼太监谕之退，群臣仍伏不起，自辰迨午。帝怒，命司礼监录诸姓名，收系诸为首者丰熙、张翀、余宽、黄待显、陶滋、相世芳、母德纯等八人于狱。杨慎、王元正乃撼门大哭，一时群臣皆哭，声震阙廷。上大怒，遂命逮系马理等凡一百三十有四人于狱，何孟春等二十有一人、洪伊等六十有五人，姑令待罪。（《明史纪事本末》卷50 第750页）

（嘉靖三年七月）己卯（注：十六日）以恭上圣母尊号，遣武定侯郭勋、驸马都尉蔡震、镇远侯顾仕隆等祭告天地、宗庙、社稷。是日，上率文武群臣恭奉册宝上圣母章圣皇太后尊号，礼成。其册文曰："子皇帝谨稽首百拜上言：臣闻圣人之教以孝亲为先，天子之孝以尊亲为大。特举殊常之典，用申爱日之诚。恭惟圣母章圣皇太后陛下，承乾以顺，履坤而宁，克相我考，内治允修。贤声已播于藩邦，懿范夙闻于天下。赫赫姜嫄，衍苍姬之昌祚；皇皇简狄，膺玄鸟之贞符。天地垂长发之祥，日月兆重光之象。肆育冲人，早膺慈训；渺予小子，猥荷仁恩。岂但朝抱而夕携，实则手抚而面诲。当皇兄龙驭之升，以伦序入绍大统。实为庆泽之所钟，深赖鞠劳之至德。位为帝母，似无以加；名稽弘德，尚有未尽。匪但徽音之未称，其为孝治之犹惭。况夫圣善安贞，允矣同周任姒；徽柔淑哲，诚哉迈宋宣仁。岂言辞所能揄扬，庶孝诚或亦少罄。爰采公言，用稽群议。兹卜令辰，谨率文武臣工，敬奉册宝，上尊号曰章圣慈仁皇太后。伏愿仁恩广覆，慈寿无疆。名禄兼齐，与天地并久；福履永绥，与日月同长。臣诚欢诚忭，稽首顿首谨言。"九卿大臣吏部左侍郎何孟春等二十八人合疏言："《书》曰：'有言逆于心，必求诸道；有言逊于志，必求诸非道。'尔者大礼之议，邪正不同。若礼官与执政九卿诸台谏匡拂之言，累千万矣。此《书》所谓'逆于心'之言也。陛下亦尝求诸道与否乎？而二三小人，敢为将顺之说，且类招罢闲在家不学无耻之徒，相与依附，设钩钜以导谀圣意，此乃所谓'逊于志'之言也。陛下亦尝求诸非道与否乎？何彼说之易行，而此言之难入也？伏见璁等近日所上十三条，所以讬诸将顺而惑误皇上者，不一而足。至于第六条言陛下只当称皇考恭穆献皇帝、圣母章圣皇太后，亟去'本生'二字；改称皇伯考孝宗皇帝、皇伯母慈寿皇太后。第十二条言新颁诏令，决宜重改。此其说尤为斁彝伦、乱纲常，迹其大逆，罪不容诛，此臣等有死不敢听闻也。而第十三条唱为朋党之说，臣等实窃惧焉。宋欧阳修曰：'小人欲谗害忠良，必指为朋党；欲动摇大臣，必诬以专权。'臣等用是于大礼既成之后，不得已而复有言焉。而必令每条为之辩者，诚望圣明察之而知彼说之欺妄也。宋张方平言：'历代败乱之兆，皆由朝廷立彼之论，彼此立则朋党分而攻夺起。'臣等于此窃惧焉，惟陛下裁察。张璁等所上大礼议十三条，皆托名将顺，务为导谀激怒倾狡之术，诚恐陛下惑其邪说，所损不细。臣请案其欺妄逐条辩之。一自三代以来，父死子继、兄终弟及。曰继、曰及，父子兄弟传位之名以别昭穆尔。《商颂》曰：'嗟嗟烈祖，有秩斯祜，申锡无疆，及尔斯所。'又曰：'顾予蒸尝，汤孙之将。'此商之及王承嗣大宗之一证也。《春秋》以僖跻于闵为逆祀，而著臣子一例之说。汉周举引闵僖事断殇顺二帝昭穆之序，谓殇帝在先，于秩为父；顺帝在后，于亲为子。是以君臣例之父子，有得于《春秋》之义矣。唐宣宗禘祭祀文于穆、敬、文、武皆称'嗣皇帝臣某昭告'，穆、宣皆宪宗子，敬、文、武皆宪宗孙，而宣宗以弟于兄、叔父于犹子前，一皆称嗣、称臣，盖明为人后之义。以君臣例之，与父子无弗同焉。大儒朱熹谓'古礼之坏自定陶王始'，盖讥其听董宏、冷褒、段犹之言尔，非谓定陶不可嗣成帝也。故即接云'当时濮庙之争，都是不曾读古礼为人后为之子，其意甚详'。熹谓'其意甚详'者，《仪礼》曰'为人后者孰后，后大宗也'。大宗者，尊之统也。诸侯及其太祖，天子及其祖之所自出，可见古天子为后于大宗者，重其统也。而彼去朱子'为人后为之子，其义甚详'之语，又去周公《仪礼》'天子后大宗'之文，而谓今议礼之臣为畔古礼书，此其欺妄一也。一《祖训》'凡朝廷无皇子，必兄终弟及，须立嫡母所生者'。夫嫡母所生，则朝廷亲弟也。朝廷亲弟，先弟次子，本统不移旁支，安用立后改其私亲之礼？陛下入继大统，乃孝宗皇帝亲弟所生之嫡。武宗皇帝无皇子、无亲弟，而伦序之当立，属在陛下。璁言'嫡长无嗣，则立次嫡，弟之嫡子不可夺'者，就孝宗视陛下言也，岂非当后于大宗者乎？'国有长君，社稷之福'，是宋杜太后临终命其子太祖舍子传弟之语。《祖训》'兄终弟及'，明云朝廷无皇子，如前日武宗之不幸是也。若有皇子，子自当继，《祖训》岂欲圣子神孙蹈宋之误耶？据所言《祖训》'兄终弟及'，乃为取法帝王，是以父子相继为非可法者矣。异日皇上圣子神孙万世承统，将传子乎，传弟乎？如前日之事，武宗之幸乎，亦不幸乎？其谬误不经，概可见矣。高皇帝稽古垂法，若为人后礼已定于《孝慈录》，其五服之制有曰'为人后为所后父母谓之正服，为其本生父母谓之降服'，此明训具在也。乃尽背之，而反谓礼官不遵《祖训》，此其欺妄二也。一'为人后者'之说，见《仪礼·丧服篇》。'为人后者为之子'之说，见《春秋·公羊高传》。仪礼，周公所制。公羊高，实子夏弟子，其传授有自繇相圃之射揜与后者；先儒训为非其近属，因有所利而求为之，故可揜，孔子非揜为人后者。仪礼传为人后者孰后，后大宗也。大宗不可以绝，族人以支子后大宗也，然则适子不得后大宗，以其有支子在也。汉戴圣曰：'大宗不可绝，适子不为人后者，不得先庶耳。族无庶，则当绝父以后大宗。'魏田琼、晋范汪并同此议。而大儒程颐亦曰：'无兄弟而继祖之宗，绝亦当继。'以此见大宗不可绝也。此今日陛下入继大统之事也。自古帝王无嗣，诸侯入继大统，未有不明为人后之义者。霍光迎孝宣，诏曰：'今迎取曾孙病已为孝昭皇帝。'后魏明帝诏曰：'择建诸侯，以继大统。则当纂正统而奉公议，岂复顾私亲哉？'宋司马光《资治通鉴》惟此诏录全文，顷岁礼官已奏呈御览矣。彼谓'后大宗，大夫士之礼也。诸侯、天子无宗法，天子、诸侯无为人后之礼'。殊不知《仪礼》所载天子及其祖之所自出，而大宗之统即宗法也。且大夫、宗子，收族者耳，尚必以支子后之。诸侯，一国之宗；天子，天下之宗，而可云无为后之礼乎？彼盖有见于适子不得为人后，而不知宗子不可以无后也。夫闾阎小人所为乞养过房者，异姓子也；卿大夫以上明于宗法，则同姓同宗之子。故曰'禽兽知母而不知父'，野人曰'父母何算焉'。大夫及学士则知尊祖矣，诸侯、天子则知尊其太祖及祖之所自出也。陛下之于孝宗，同姓而非异姓，同宗而非异宗也。孝宗有陛下为之子，则大宗之统不绝；武宗有陛下为之弟，大君之统不绝。诗曰'君之宗之'，此之谓也。而彼乃指斥乘舆，比之为乞养之子，以激陛下怒，是何忍也？汉宣帝尝议故太子谥，有司奏曰：'礼，为人后者为之子。'以致翟方进等之告成帝，师丹之告哀帝，张纯、朱浮之告光武，唐陈真节之告玄宗，宋张齐贤之告真宗，司马光、范镇、吕诲等之告英宗，皆引'为人后者为之子'之说。而彼乃言'自古未闻以臣下敢执天子为人后者'，而谓今议礼者'为天地之大变、古今之异事'。此其欺妄三也。一武宗皇帝遗诏迎陛下，不但曰'伦序当立'，而必曰'朕皇考亲弟兴献王长子'者，孝宗皇帝莫亲于献皇帝，而武宗皇帝莫亲于陛下也。皇祖有训'兄终弟及'，则陛下当后大宗、继大统矣。故遗诏曰'伦序当立'，曰'嗣皇帝位'。立者，立后也；嗣者，为人后也。且特重于三年死服祭葬，生事者称谓三年矣。乃今欲抵其隙而背之耶？彼谓陛下登极之日始变其说，以陛下为孝宗之子，继孝宗之统，臣等不知始变其说者谓谁？夫孝宗之统乃我太祖高皇帝之统，传于武宗；武宗之统岂有异孝宗之统乎？彼当又有继统不必继嗣之说，夫统嗣一也，自家天下以来，气脉相承，未有继统不继嗣者。若云只要帝王之统不绝，不必继嗣，则如汤之于桀，夏之统不绝；武王于纣，殷之统不绝，皆谓之继统可也。皇上奉先帝遗诏入继大统，而谓之不必继嗣，彼欲皇上比于汤、武也，将置先帝于何地也？此其欺妄四也。一《仪礼·丧服》'为人后者，《传》曰何以三年也？'受重者必以尊服服之。何如而可谓之后，同宗而可谓之后。又为人后者为其父母期，《传》曰：'何以期也，不二斩也；特重于大宗者，降其小宗也。'此所后、所生之别也。彼尝蹈袭宋欧阳修'濮议'，谓为人后者为之子，非圣人之言。《仪礼·丧服记》'所生称父母，无改称伯叔之文'。而今乃引此言，既言称所后为父母者为非，又言称所后为父母者为是；既曰天子无为人后之礼，而又引所后之文，其自相乖牾如此，非天夺之魄乎？《礼记》曰：'自仁率亲，等而上之至于祖，名曰轻；自义率祖，顺而下之至于祢，名曰重，固有宜不宜也。彼谓'今孝宗皇帝本陛下之伯，慈寿皇太后本陛下之伯母，反称之曰皇考、曰圣母，而为重焉。献皇帝本陛下之父，章圣皇太后本陛下之母，而反称之曰本生皇考、本生母，而轻焉。'彼之云重焉、轻焉者，承其名曰重、曰轻而言也。而其言又若此,其于前日不侔甚矣。此其欺妄五也。一本生二字诚古礼书所无,献皇帝、章圣皇太后称本生,言陛下恭爱之情无穷,必欲尊称献皇帝曰皇考、章圣皇太后曰皇母。而加本生字以别于入继之大宗,此实礼之以义起者也。其为崇隆,自古所无。汉高祖尊太公,宣帝尊悼考,光武尊南顿君,皆不曰皇帝。哀帝尊定陶王曰共皇,安帝尊清河王曰孝德皇,桓帝尊蠡吾侯曰孝崇皇,灵帝尊父曰孝仁皇,皆不曰帝。礼官与执政以陛下孝情所迫而将顺,以至此极也,其亦可以惬矣。献皇帝尝为武宗之臣,初省一皇字,欲有所别,尊无二上之义;今为皇考上加本生字,欲有所别,礼无二考之义。宋王曾所谓称权犹足示后者,礼官与执政于此甚非得已也。皇上爱亲虽有无穷之情,亦有不得自尽之情。人臣事君,虽有必从之义,亦有不容曲从之义。而彼每进危言以激圣怒,而谓执政'留一皇字以待',又谓'百皇字不足以当一考字',何其忍也。陛下于孝宗皇帝称皇考于祀文,于慈寿皇太后称圣母增徽号于册宝,而诏示天下者四年于兹。今欲改称皇伯考、伯母,义岂安乎?彼又举唐玄宗称中宗为皇伯考、宋真宗称太祖室为皇伯考妣为据,与今天日事果类欤?《春秋》之义,臣子一例,不以亲亲害尊尊也。玄宗时,太庙坏,孙平子上言:'臣继君犹子继父,孝和宜迁还庙,何必违礼下同鲁晋?'真宗时,张齐贤等定庙祀,言:'天子绝期丧,宗庙中安得有伯氏之称?唐、五代有称者,礼官之失。'虽其说不行,然真宗既伯太祖,则宜自称,而终其世犹称孝子,当时不能自安之情亦可见矣。且玄宗有睿宗为之考,真宗有太宗为之考,睿宗、太宗尝为天子矣。太庙有考,能承大宗之统矣。献皇帝未尝缵承正统,而陛下特起嗣武宗位,是为武宗后,不假言者;弟于武宗,则子于孝宗,不假言者。而伯之称焉可乎?而可使太庙无孝庙乎?《祖训》'凡亲王若天子之侄,则称伯、叔父皇帝陛下',为进贺表笺言也,何尝谓入继大统之君而可称伯考于庙祀乎?自家天下以来,宗藩入继者惟元魏孝庄以夷狄故敢称高祖谓之伯考,元魏之后,中国之君岂复有此事乎?而彼乃敢为是言,而谓今日礼官弃礼书、背《祖训》,此其欺妄六也。一汉宣帝嗣昭帝后,昭帝,其祖也,得考史皇孙,然止谥为悼,其庙止是因园为寝。汉光武起匹庶中兴,实同创业。及立亲庙,张纯、朱浮谓'继统者不顾私亲',于是为南顿君立庙于章陵,独群臣侍祠而已。宣帝于悼考无两考嫌,光武取天下于既绝,非太平入继之可比,而其臣子议礼如此,二帝俱能从之。彼之所谓礼者,诚是也。汉安帝于孝德皇清河嗣王,奉祠而已;桓帝于孝崇博陵置令丞,奉祠而已;晋元帝于恭王,以皇子琅琊王嗣而已。宋英宗于濮安懿王,以濮国公主祀而已。此诸君者,虽不可比宣、光,犹为不尽弃礼。惟是定陶共皇立庙京师,以后桓帝、灵帝因之,冷褒、段犹遂为万世所唾骂。今彼引此文,增以共皇帝称,又有序昭穆仪如孝元帝之说,绝无可见,特欲争附褒等而妄尊往代以诱今日也。今观德殿成,献皇帝神主奉迎将至,揆诸典礼虽过,而陛下则为至孝。彼言既行矣,而又哓哓焉怙恩求胜,此其欺妄七也。一陛下之入继与宋英宗迹异义同。盖前代选立旁支,或先俾主震器于生前,或令主宗祧于身后，非谓生前为子者可为人后，身后入继者不为人后也。向使英宗未尝育于宫中，爵为皇子，仁宗没而曹太后援立之，遂可不考仁宗、母曹太后乎？晋杜瑗曰：'夫所谓为人后者，有先之名也。'言其既没于以承之耳，非并存之称也。子夏曰：'族人以支子后大宗明为人后者，实宗子已没而族人立之，非宗子存而立之也。'彼谓'孝宗未尝命陛下为子，因非为人后者'，此正不知为人后之礼也。宋仁宗宫中初养二子，其后只立宗实为嗣。若论养育，则其同养而不得立者，亦可谓之为后乎？向使仁宗立皇子后，或亲生有子，则天下必归之，其所立皇子亦未可即谓之为人后者明矣。朱熹答门人'濮议'之问曰：'欧阳修之说断不可。'且如今为人后者，有一日所后父与所生之人对坐，其子过之，无并呼为父的理。仁宗诏曰：'朕皇兄濮安懿王之子，独犹朕之子也。'此甚分明，当时只据此足矣。亚夫问'古礼自何时坏'，起曰'自定陶王时已坏'。盖成帝不立弟中山王，而立定陶王，盖子行也。孔光以《尚书》殷之及王争之，不获当濮殿之争，都是不曾读古礼'为人后为之子'，其义甚详。已上语录之所载也，而彼乃谓'仁宗立濮王子为嗣，大儒朱熹已曾并定陶王事论其坏理'，则是全不识文义矣。此其欺妄八也。一璁等所引迁国载主之礼，是谓本为天子，如盘庚迁都及为诸侯而迁国者，非谓今日以旁支入继大统为子也。向使献皇帝分封已越数世，有继别之宗，有继祢之小宗；或陛下更有亲弟嗣王爵，献皇帝神主有庙，有嗣王共祀，又将何如？彼乃比于古者迁国之事，其非礼无稽，自可见矣。此其欺妄九也。一武宗皇帝遗诏曰：'朕皇考亲弟兴献王长子贤明仁孝，伦序当立，已遵《祖训》'兄终弟及'之文告于宗庙，请于慈寿皇太后（注：原作太皇后，据文意改）。即日遣官迎来京嗣皇帝位，钦此。'继立，大事也，武宗以告于八世之宗庙、太皇太后，孝宗在天之灵实闻之，圣母存焉，则不当请之而使闻之乎？既而慈寿皇太后懿旨云：'皇帝寝疾弥留，已遵奉《祖训》'兄终弟及之文'，告于宗庙，即日遣官迎取兴献王长子来京嗣皇帝位。一应事务，待嗣君至日施行。钦此。'然则慈寿何尝敢违祖宗以干预外事，而礼官又何尝有陷之之事乎？彼尝谓武宗皇帝无子，又无亲弟；献皇帝在则实为孝宗皇帝亲弟，伦序当为天子，以及陛下，故皇帝、皇考皆当追称之者。设使武宗弥留之际，献皇帝无恙，先帝遗诏、母后懿旨、廷臣集议咸以《祖训》初无以叔继侄之文，止迎皇上，则献皇帝方命不遣，是曰'伦序当我立'，可不可也？陛下曰'吾不知有天下，只知有吾父'，卒不受命，可不可也？又其时孝宗皇帝诸亲弟多有存者，设有阴奸如彼者，而在执政之地倡议'献皇帝只生一子，不得为人后'；圣母之意别有所属，陛下果如彼说，直以《祖训》为辞，不用诏旨而自请当立，可不可也？今日神器必归真主，虽皇祖之训、武宗之遗诏，固圣母之意也，欲绝陛下大宗之恩，谓'圣母不得干预'焉者，欲陛下之不母之也，是何心哉？或曰彼尝有正名之说矣，即如其言，谓献皇帝在必为天子。武宗为君，献皇帝为臣，万世定分，将谓以武宗为侄皇帝而可也。夫天下有名有实，去实全名，正名统实，陛下不得考献皇帝者，名也。然一日离潜继统，献皇帝即为天子之父，章圣皇太后又享天下之养，是父母之实也。子孙万世恪守宗祧，陛下之后即献皇帝之后，是有天下之实也。独不念所以致是者非武宗之遗诏乎？孝宗君临天下十有八年，深仁厚泽，士民思之，至今垂涕。昭圣皇太后母仪天下几四十年，属先帝晏驾，恪守《祖训》，虚天下数月以待陛下；不袭垂帘故事，一应政务，旨示群臣，俱待嗣君至施行。若此后德，在古为难，而有功于皇上，不在生育之下。尚赖体念先帝付托之重，孝养备至，亦仅建父母之名于上，而彼又欲夺之，不知所以处庄肃皇后者又何如也，夫岂陛下之所忍闻哉？此其欺妄十也。一寿安皇太后为宪庙贵妃，皇上继统之后，推原本始，故尊称之典隆耳。璁比陛下于嫡孙承重，谓当率天下为三年丧。不知陛下所承何处为重，其果出于何礼也？宪庙正后，孝贞纯皇后也，陛下以嫡孙言，则承重在孝贞纯皇后矣。前此寿安皇太后之丧，礼官议服期哭临一日，丧服十二日。若夫十三日之制，实出宸断，乃不能自已之孝情也。文移行两京，而不以诏及天下，礼官考之先朝故事，或有损益尔。按弘治时，孝肃太后崩，孝宗召内阁诸臣议陵庙事，大学士刘健等言：'先年奏议已定慈懿太后与今大行太皇后合祔裕陵，配享英庙。非臣等今日所敢轻议。其实古惟一帝一后，唐始有二后，宋至有三后并祔者。'孝宗曰：'二后已非，若三后尤为非礼。事须师古，太皇太后鞠育朕躬，恩德何敢忘。但此一人私情。钱太后乃皇祖册立正后，我朝祖宗以来惟一后，今若并祔，乃从朕坏起，后来何有纪极。'遂罢并祔。当时若从在先定议，人无复有言者，而犹必改合于古礼，此孝宗皇帝所以称圣孝也。彼谓以往之事莫大之失，为天下后世非笑，皆是把持君父激怒之说。又谓议礼之臣安然而无愧悟。夫今日之事谓诸臣不能积诚以格圣心，秉礼以回天听，是则有愧焉尔，而非此之谓也。此其欺妄十一也。一陛下迩者尊称大礼颁诏天下，诸藩宗室群黎百姓九夷八蛮闻而遵之，而可改乎？其有改也，必有悔也，使改而理未正，人心未安乎？而彼乃敢昌言'新诏决宜重改'，擅议宗庙，非毁诏书，其为不敬莫于是。至于两考之称，其失不细。今以献皇帝为本生皇考，岂得已哉？故学士丘濬作《世史正纲》，书汉宣帝追尊悼考为皇考，立寝庙，而为之议之曰：'后世自外入继大统，为其本生父母立庙，始此。'夫无子者立兄弟之子以为后，为之后者为之子也。宣帝继孝昭之统，而又尊其所生以为皇考，是其有见于生身之恩，而无见于继统之义，紊伦失礼自此始矣。孝宗皇帝敕翰林儒臣为《通鉴纂要》，书宋仁宗宗实为皇子，而为之注曰：'英宗被召为皇子，戒其舍人曰：谨守吾舍，上有适嗣，吾归矣。'此可见古者大宗之礼、为后之义犹有存者，乃详定官李东阳等笔也。濬成书在成化十七年，东阳等进书在正德二年，当时未有今日事也，其论议、注引已如此。使先朝老臣尚存，为陛下议今日之事，亦不过如此，其不遭璁辈丑诋、指为朋党者，鲜矣。而陛下岂忍深罪之乎？《礼》'齿君之路马者有诛'，而彼欲更易已成之礼，奇衺惑众，而不听悬法象魏者必杀；而彼敢非毁已颁之诏，陛下若再误用彼言，重改诏书，则彼之所谓'百世之羞，万古之笑'者，有在也。此其欺妄十二也。一欧阳修有言：'小人欲空人之国而去其君子者，必进朋党之说，《传》所谓一言丧邦者也。'而彼疏终篇乃有'今日议礼朋党之说'，皇上宪天聪明，岂弗览哉？夫将顺之说便于逢迎，匡拂之言易为沮忤，公议未有能遽合者。今日议礼之事是也。彼又谓'强臣乘君闇弱之渐'，其言'权奸大臣一人'必有所指。若入继之君之为人后，则公议不敢变也。礼官附之，九卿、科道附之，迹或有之，亦是附其公议，非附其人也。我祖宗分任大臣，不设丞相，事权视古为轻。即如彼二三奇衺者，有在千里附驰尺牍，恣意谗说，以动圣听；而师辅之罢，省卿之去，如弃敝屣，臣强君弱，顾有是乎？大礼之义，九卿、六科、十三道及诸部署、南北两京各陈所见，无虑百十章札，皆以遵正统、重大宗为说，人心理义有不约而同者。彼徒掇拾欧阳修'濮议'之绪余以议大礼，而不能鉴欧阳修朋党之说以自昭其奸，而复以惑陛下。于九卿而曰党首，于六科、十三道而曰党与，充是心也，必如汉、唐之季之党祸以空人国而自便利之私乎？此其欺妄十三也"。疏入，上曰："朕奉天命，嗣承大统，祗奉宗庙，罔有间越，尊崇大礼，出自朕心。何孟春等既居大臣，各司所职，乃任情奏扰，毁君害政，变乱是非，姑不究。第张璁等所上十三条尚留中未发，安得先知，有此论奏？其以实对。"孟春等具疏伏罪，言"璁等所条者，于未进之日先以私稿示人，且有副本存通政司，故臣等知之。忝从大臣之后，与议礼之末，窃以璁为欺妄，故昌言辩论，以渎天听，罪当万死。惟望圣明加察，辩其孰正孰邪，孰为忠鲠，孰为逢迎？则臣死亦幸"。上复责孟春等"不以君命为重，肆行奏辩，且聚众昌言。其倡率者是谁，具以实对"。孟春等复言："臣与尚书秦金、金献民、赵鉴、赵璜、俞琳，侍郎王承裕、郑岳、刘玉、陈雍，都御史王时中、张润，通政张瓒、陈霈，参议陈经、葛𬩽，少卿张缙、徐文华，寺丞袁宗儒、毛伯温等俱怀窥豹之忱，欲效涓埃之助。心惟一理，口实一词，不自知其同陷于狂愚，而实无容于倡率也。"上怒曰："孟春结众口为朋俦，因私念而伤大体，岂大臣事君之道。法宜重治，姑从轻，夺俸一月以示戒。通政司职司封纳，何不谨严，乃使人得窥伺也？自今其各勉职业，用图治理，毋得轻言。"……上以尊上圣母册文，尚书秦金等不赴行礼，诘责对状。时尚书金献民、赵鉴、赵璜，侍郎何孟春、朱希周，都御史王时中，大理少卿张缙、徐文华俱不至，于是金及献民等合疏伏罪，上复切责而宥之。(《世宗实录》卷41 第1051页)

（嘉靖三年七月）辛巳（注：十八日）礼部右侍郎朱希周奏奉安恭穆献皇帝神主及上册宝仪注，……制曰"可"。希周因言："昨言事下狱诸臣，狂率之罪固不可道。但今献皇帝神主到京，伊迩必诸臣齐出郊迎，方见尊崇之礼，乞即释之。"不从。(《世宗实录》卷41 第1074页)

（嘉靖三年七月）壬午（注：十九日）大学士毛纪扶病入朝，适逮系言事诸臣候罪阙下，人情汹汹，纪随入疏乞少霁天威以收人心。上令司礼监传谕切责纪等"毖勿重臣，凡国家政事，朕与商确可否施行，何乃信结朋奸，妄背君事，执与私邪。姑不问，自今宜勉修职业，尽力所事"。(《世宗实录》卷41 第1079页)（注："毖勿重臣"中"蜜"疑为"密"之误;"朕与商确"句中"确"疑为"榷"之误。)

（嘉靖三年七月）癸未（注：二十日）锦衣卫以在系官上请，并待罪者凡二百二十余人。上责之曰："何孟春辈擅入朝禁，聚朋哭喊，假以忠爱为由，实为党私，欺朕冲年，任意妄为。"乃令拷讯丰熙等八人，充戍。其余四品以上姑于午门前宣谕停俸，五品以下各杖之。是时诸臣被系死者：编修王思、王相，给事中裴绍京、毛玉、御史胡琼、张日韬，郎中胡琏、杨淮，员外郎申良，主事余祯、臧应奎、许瑜、张灿、段永叙、安玺，司务李可登等十有六人。（《世宗实录》卷41第1080页）（注：此处被杖系而死官员为十六人，《明通鉴》亦同，而《明史纪事本末》记为十七人，但列名亦只十六人；《国榷》则列名有十八人，除上十六人外，还有给事中张原、户部员外郎高平二人。杖责时间，除《明史纪事本末》记为十七日外，其余均记为二十日。）

（嘉靖三年七月）甲申（注：二十一日）奉安献皇帝神主于观德殿，上尊号曰"皇考恭穆献皇帝"。（《明通鉴》卷51第1649页）

（嘉靖三年）七月，献皇帝神主至自安陆，奉命同惠安伯张公伟、驸马都尉邬公景和往迎于定兴。（江汝璧《光禄大夫柱国少师兼太子太师吏部尚书华盖殿大学士赠太保谥文宪费公宏行状》，载《国朝献征录》卷15第60页）

（嘉靖三年七月）己丑（注：二十六日）大学士毛纪致仕。纪请宥伏阙诸臣，上怒，传旨责纪"要结朋奸，背君报私"。纪乃上疏曰："曩蒙圣谕：国家政事，商榷可否，然后施行。此诚内阁职业也。臣愚不能仰副明命，迩者大礼之议，平台召对，司礼传谕，不知其几。似乎商榷矣，而皆断自圣心，不蒙允纳，何可否之有？至于笞罚廷臣，动至数百，乃祖宗来所未有者，亦皆出自中旨，臣等不得预闻。宣召徒勤，扞格如故；慰留虽切，诘责随加，臣虽有匡救之心，不能自尽。夫要结朋奸、背君报私，正臣平日所痛愤而深嫉者，有一于此，罪何止罢黜？今陛下以之疑臣，尚可一日腼颜朝宁间哉？乞赐骸骨归乡里，以全终始。尤望陛下法祖典学，任贤纳谏，审是非，辨忠邪，以养和平之福。"上衔纪亢直，听之去，驰驿、给夫廪如故事。纪有学识，居官廉静简重，与杨廷和、蒋冕正色立朝，并为缙绅所依赖。其代冕为首辅，亦仅三月，遂相继去，论者惜之。（《明通鉴》卷51第1649页）

相纪去，上命宏代之。（《名山藏·臣林记·嘉靖臣》卷72第4375页）（注：费宏为首辅，《鹅湖费氏宗谱·文宪公年谱》记为嘉靖二年十一月，疑误。据《明史·宰辅年表》，嘉靖三年，杨廷和二月、蒋冕五月、毛纪七月致仕。费宏本传亦称"及廷和等去位，宏为首辅"，故当以嘉靖三年七月为是。）

（嘉靖三年七月）辛卯（注：二十八日）后军都督府经历俞敬疏言："迩者翰林学士丰熙及部寺科道诸臣皆以冒触尊严系狱拷讯。臣窃以诸臣迹虽狂悖，心实忠诚。今闻给事中裴绍宗、编修王相、主事余祯等俱已故矣，丰熙等在狱者亦垂亡矣，而呻吟祍席不能起者又不知几矣。内外骚闻，惊惶无措。窃惟恭穆献皇帝神主已奉迎入庙，正宜赦过宥罪，体恤群臣，润泽万民，以张大孝于天下。伏望霁雷霆之威，施雨露之泽，已故者优恤其后，垂亡者宥释其身，使为臣者无复以言为讳，则宗社幸甚。"章下所司。是时，大礼狱已处分，上怒犹未已，有言"当戊寅朝罢，群臣业已散去，乃修撰杨慎，检讨王元正，给事中刘济、安磐、张汉卿、张原，御史王时柯等七人实纠之伏阙哭"。上大怒，诏锦衣卫曰："杨慎辈倡率叫哭，欺慢君上，震惊阙廷，大肆逆悖，其各杖于廷。"于是原杖死，慎、元正、济充戍，磐、汉卿、时柯俱削籍为民。（《世宗实录》卷41第1084页）

（嘉靖三年七月）南宁伯毛良上言："廷和要定策功，沮挠大礼，使陛下失天伦之正，废追崇之典，其罪甚矣。"千户聂能迁、百户陈纪、教谕王价、录事钱子威（注：疑为勋之误）各论奏议礼差谬、更正得宜。俱留中不报。（《肃皇外史》卷4第21页）

（嘉靖三年八月）辛酉（注：初九日）养病兵部主事霍韬奏："陛下不以臣不肖而召臣，臣复病困不能趋赴供职，有所宜言，不敢不一言以负知遇。窃谓大礼之议，两端而已：曰崇正统之大义也，曰正天伦之大经也。徒崇正统，其弊至于利天下而弃父母；徒重天伦，其弊至于小加大而卑逾尊。故臣前日陋议谓陛下宜称孝宗曰皇伯考，献皇帝曰皇考，武宗曰皇兄，此天伦之当辩者也。尊崇之议则姑在所缓，此大统之当崇者也。乃者廷臣议欲陛下上考孝宗，又从陛下兼考献帝，此汉人二父之失也。献帝徽号既极尊崇，圣母尊称亦贰昭圣，此汉人两统之失也。大抵此礼本原既差，则愈议愈失矣。臣之愚虑则愿陛下预防未然之失，毋重将来之悔而已。始者陛下尊昭圣慈寿皇太后为母，虽曰与礼未合，然宫闱之内亦既相安，今一旦改称，大有非人情所堪者。臣愿陛下以臣等建议之情上启皇太后曰：'前日廷臣建议乃仓卒未定之见，今质之天伦名分，委属未安。且孝宗有嗣，武宗无嗣，若上继孝宗，则下遗武宗矣，皇太后独不惓念武宗乎？'如此臣知皇太后必中心豫悦乐从礼义之正而无疑二之隙。万一未喻，亦得归罪臣等，加赐诛斥，然后委曲申请，务得其欢心。陛下于朝夕所以承迎其意，慰释其忧者，亦无所不用其极，庶几名分正而嫌隙消，天下万世无所非议，此臣愚虑者一也。昭圣之嫡嗣，武宗一人而已。武宗皇帝无嗣，庄肃皇后之属望已矣。臣愚虑谓陛下之事昭圣，礼秩虽极尊崇，然其势日轻；陛下之事圣母，尊称虽或未至，然其势日重，故今日执政大臣、礼官、科道惓惓乎以尊大统、母昭圣为请者，盖预防陛下将来之失，而追报孝宗之职分也。臣尝伏读明诏云'正统大义不敢有违'，臣知陛下尊事昭圣，严敬庄肃；真心实德，上质天地，旁孕鬼神，下信士庶矣。但恐给役左右之人不达圣意，妄生疑间；或以弥文小节，遂构两宫之隙，此不可不早虑而预防之也。臣愿陛下以臣等建请之情上启圣母，曰昭圣慈寿皇太后实大统嫡宗，至尊无对；伏愿圣母时自谦抑，以示尊敬至意。庄肃皇后母仪天下十有六年，圣母接见之仪不可轻忽，凡三始贺寿，圣母每示谦让不敢受纳之意，俾宫闱大权一归昭圣，而圣母若无与焉，则天下万世称颂懿德与天无极。万一圣母意犹未喻，亦得归罪臣等，加赐诛斥；然后委曲申请，务得允从，庶几宗统正而嫌隙消，天下万世无所非议，此臣愚虑者二也。至于将来典礼，有因变处权之宜，有崇正守经之法，则陛下有讲读儒臣，有礼官职典，所宜预画，以备咨访，非臣所敢知也。"疏入，上深嘉其忠义，促令速赴如命，用图治理，不必引疾固辞，有负简任至意。（《世宗实录》卷42第1091页）

（嘉靖三年八月）庚戌（注：十八日）礼部左侍郎吴一鹏等奏："大礼一事讲及三年，众议虽有异同，而皆断自圣衷，正统、本生昭然不紊，大诰再颁，臣民胥庆。乃给事中陈洸妄谓陛下生于孝宗殁后三年，即位于武宗殁后二月，无从授受，其言甚为不经。臣等谨按：《春秋》以受命受终为正始，故隐公元年不书即位，谓其上无所承，内无所授，故削之，所以明继统授受之大义也。今陛下承武宗之遗诏，奉昭圣之懿旨，正合《春秋》尊一统之义。而洸谓'孰从授受'，是以陛下为不得受命正始之君矣。洸又慨伤寿安皇太后丧礼不为三年、而为十三日之服；臣等愚昧，以为恭穆献皇帝既压于孝宗，而不得遂迎养之情于居藩之时，今我皇上亦制于正统，而不得隆居丧之礼于登极之日，礼与情一而已矣。故当时礼官有十三日之议，意者拟之三年则不敢，断以期服恐不足；正孟轲所谓'欲终之而不得'，虽加一日，愈于已者，亦不为无见矣。洸又设譬，谓家相强执其主为人后。夫陛下天授神武，礼乐威福，孰非己出，岂臣下所得而强执之哉？其为此言，谓陛下何如主也？若不痛惩，窃恐人人效尤，大礼之议更无虚日，而圣聪亦不胜烦渎矣。"疏入，留中者久之，至是，始得旨，以前侍郎席书《大礼考议》，员外郎方献夫《大礼论》，主事张璁、桂萼前后三奏，并南宁伯毛良等疏俱下礼部，令集群臣博考论礼，再议以闻，戒勿仍前执悖。南京吏部尚书杨旦等言："璁、萼学识颇僻，心术奸回，徒以一言偶合，腊（注：疑为躐之误）升清秩，非所以示大公于天下。方献夫屡陈有疾，臣等未暇论之。望将璁、萼放归田里，献夫准令养病。"疏奏，上曰："录用贤才，出自朝廷。璁等所言，实典礼之正，何谓之'偶合'？且不究。"（《世宗实录》卷42第1099页）

（嘉靖三年八月）辛亥（注：十九日）南京国子祭酒崔铣以灾异自陈求退，因言"近日主事张璁等以献议超迁，大学士蒋冕、尚书汪俊以执议见忤，修撰吕楠，编修邹守益，御史马明衡、段续、陈相，吏部员外郎薛蕙，俱以议礼或从摈斥，或下诏狱。夫皇上求备礼于本生，至孝也。然当详稽礼意，大顺通情，独任己情，亦曷有极？夫人之愿有子孙者，气相传焉，而弗与形俱斩，故绝世者，人之大痛也。先王本其气之所由来，取同宗子为之后，若夫帝统必以长，一统序也。《祖训》继绝必以弟，防立幼也。陛下为弟而长，正当继祖而考孝宗，是故必降于所生，斯谓之后。若与所后等耳，犹弗后也。臣究观议者，其文则欧阳修之余，其情则乘望意向，求胜无已，悍者危法左使以激怒，媚者附灾贺雨以动听。明诏再颁，彼犹异议。夫子事父母，闻有渐尊之者矣。尊而忽改，是以为无系重轻，而忽且易之也。且议非臣子与（注：疑为钦之误）？就令所言，当乃其分，非有元功睿论，胡为赏以官？恐侥幸之徒踵接而至矣。臣闻天子得四海之欢心以事其亲，不闻之于三四人者之同而赏，是自章其为私昵而已。夫守道为忠，忠则多拂；希旨为邪，邪则叛道。蒋冕、汪俊，宿学旧德；吕楠等乘时竭忠，非敢有他。今冕等罢则忠日踈，易者宠则邪日富。一邪乱邦，况可使富哉？望无轻正统，无拂群情，无恃威可作，无谓己可纵，斯四者，庶于圣孝无亏，灾异可弭。故辩忠邪乃今日之急务也。"疏入，上览之不悦，令铣致仕。（《世宗实录》卷42第1101页）

（嘉靖三年八月）甲寅（注：二十二日）给事中陈洸奏："近日议礼之臣大肆欺罔，甚至跪门叫哭，致伤国体。皇上虽罪遣数人，未尽其党。如大学士费宏，持本生之议而主其决；礼部左侍郎吴一鹏，助汪俊之忿而抗廷论；以杨廷和心腹而得司马者，兵部尚书金献民也；往复内阁而强毛纪等以出跪者，礼部右侍郎朱希周也；侍郎汪伟，以汪俊亲弟而居吏部，是谓朋奸；尚书赵鉴，承毛纪风旨而欲置桂萼于狱，是为此（注：疑为比之误）党；倡率跪门，高声叫哭，则礼部郎中余祯、吏部郎中刘天民；附和礼官，妄排正论，则吏部员外郎薛蕙、给事中郑一鹏；之数臣者，皆为邪党，乞亟赐诛遣。臣又访得致仕南京兵部尚书廖纪之清介，服满南京礼部尚书邵宝之正守，皆尝因议礼而见忌于权奸；服满吏部右侍郎胡世宁之刚明，养病祭酒鲁铎之德学，致仕都御史林廷玉之才略，皆素以名望而见嫉于邪党；养病南京吏部郎中姜清、兵部员外郎梁焯、御史马津，服满监丞蔡宗兖，致仕参政王济，朝贺到京参议方鹏，金事李阶，皆卓然有见而达此礼者也；原任左给事中今升参议熊浃，原任都给事中今升参政邵锡，原任御史今升副使张瀚，皆建议此礼而被外迁者也。乞将廖纪等急赐起用，姜清等行取来京，方鹏、李阶即留京改用。仍乞敕谕廷臣自兹以往务和衷一德，开诚布公，共图政理。"章下所司。于是大学士费宏，尚书金献民、赵鉴，侍郎汪伟、吴一鹏、朱希周俱上疏乞致仕。上优答宏曰："卿累朝旧臣，才望素著，召用以来，尤效勤劳。多事之际，方隆委任，岂可偶因人言，辄求休退？宜即出供职。仍令鸿胪寺官宣谕朕意。"献民等亦皆以优诏留之。（《世宗实录》卷42第1104页）

（嘉靖三年八月）胡世宁时居忧里中，亦上言："大礼之议，惟在圣心独断而已。或谓当考孝宗，使献皇承统，亦将考孝宗乎？或谓献皇不当追崇，独不比追王太王、王季乎？或谓宜系'兴国'于帝、后之上，隆新典而仍旧号，可乎？或谓仍祀安陆，献皇只有陛下一子，子在尊位而庙于外藩，可乎？"上嘉纳之。（《皇明永陵编年信史》卷1第55页）

（嘉靖三年九月）丙寅（注：初五日）始定大礼，称孝宗敬皇帝曰皇伯考，昭圣康惠慈寿皇太后曰皇伯母，恭穆献皇帝曰皇考，章圣皇太后曰圣母。命礼官择日祭天地、宗庙、社稷，诏谕天下。上尽下诸司大礼疏之留中者，诏礼部与张璁、桂萼、方献夫会官详议。至是，席书乃与璁、萼、献夫大集廷臣于阙左门，辩议既定，书等乃上言："三代之法，父死子继、兄终弟及。自夏历汉二千年，未有立侄为皇子故事。汉成帝以私意立定陶王，始坏三代传统之礼。宋仁宗立濮王子，英宗即位，始终不肯称濮王为伯。今皇上生于孝宗崩后二年，不继武宗大统，超越十有六年天下，

尚考孝宗，天伦大义已乖悖；又未尝立为皇子，与汉、宋故事大不同。自古天子无
大宗、小宗，亦无所生、所后，礼经所载乃大夫士之礼，不可语于皇帝。且伯父、
子侄，皆天经地义，不可改易。今以伯为父，以父为叔，伦理易常，是谓大变。夫
得三代传统之义，远出汉唐继嗣之私者，莫若《祖训》。今《祖训》曰'朝廷无皇
子，必兄终弟及'，则嗣位者实继统，非继嗣。伯自宜称皇伯考，父自宜称皇考，兄
自宜称皇兄，胡可改也？今皇上于献帝、章圣已去'本生'二字，复下臣等议。臣
书、臣璁、臣萼、臣献夫及文武诸臣皆议曰：'世无二道，人无二本。孝宗皇帝本伯
也，宜称曰皇伯考；昭圣皇太后本伯母也，宜称曰皇伯母；献皇帝本父也，已去本
生，宜称曰皇考；章圣皇太后本母也，已去本生，宜称圣母；武宗仍称皇兄；庄肃
皇后宜加称徽称曰皇嫂，名义如此，允合天理之正，深即人心之安。尤愿皇上仰遵
孝宗仁圣之德，念昭圣拥翊之功，孝敬益隆，始终无间。此正名定分，父得为父，
子得为子；兄授位于弟，臣受位于君，大伦大统，两有归矣。奉神主而别为祢室，
于至亲不废；隆尊号而不入太庙，于正统无干。尊尊亲亲，两不悖矣。是则一遵
《祖训》，允合圣经，追复三代数千年来未明之典礼，尽洗汉、宋悖经违礼之陋习，
非圣人孰能之？"议上，上心允惬，称号遂定焉。(《世宗实录》卷43 第1111页)

（嘉靖三年九月）庚午（注：初九日）大学士石珤上疏曰："臣惟大礼一事，礼官
会议已奉宸断，无可言者。第臣复思之，陛下以事委臣，臣为陛下谋事，若心有未
安而不敢言，言恐触忤而不敢尽，则陛下将焉用臣，臣亦何以报君父哉？仰体陛下
之孝出于天性，尊崇典礼断自圣心，圣心安则行之。孝宗皇帝、昭圣皇太后皆陛下
至亲骨肉，今使疏贱小人辄行离间，臣窃痛伤，不忍见尧舜之圣有此过举也。且幽
明一理，事亡如事存。彼谄夫佞人但知迎合取宠，何尝一一为陛下体悉。即如孟冬
在迩，时享有日，陛下登献对越，如亲见之，宁不少动于中乎？孔子曰'斋明盛服
以承祭祀'，又曰'祭如在祭，神如神在'，言幽明感通之理无少间隔。陛下承祖宗
列圣之祀以总百神、临万方，焉得不加慎重，而顾听细人之说，以干不易之典乎？
请如郑岳、徐文华所拟，及费宏与臣等原议，庶几于礼两全无悖。"上以大礼屡经集
议，既有定论，责珤职居辅导，不宜辄引朋人之词辩奏，将宗庙为言，无大臣奉国
事君之道，戒勿复言；而夺郑岳、徐文华俸各三月。(《世宗实录》卷43 第1116页)

（嘉靖三年九月）丙子（注：十五日）以更定大礼、尊号，诏谕天下……是日，
上御奉天殿颁诏，诏曰："人君为治，必本于孝道；圣人论政，必先于正名。孝在笃
于亲，而名贵循其实，自古及今，未有外是而能化成天下者。朕本宪宗纯皇帝之孙，
孝宗敬皇帝之侄，恭穆献皇帝之子。逮皇兄武宗毅皇帝上宾之日，仰遵圣祖"兄终
弟及"之训，属以伦序当立，遗诏命朕嗣皇帝位。昭圣康惠慈寿皇太后乃懿旨遣官
迎朕入继大统。朕受天明命，位于臣民之上者于兹已三年矣。尊称大礼，屡命廷臣
集议，辄引汉定陶共皇、宋濮安懿王二事为据，至再至三。而其论未定，朕心靡宁。
盖伯侄父子，乃天经地义，岂人所能为乎？况汉、宋二帝，在衣裳垂御之日尝为立

子，而朕则宫车晏驾之后入奉宗祧，实与为人后者不同。今以为继嗣，亦非我圣祖垂训初意。是岂徒礼官之失，亦朕冲年未能抉择之咎也。朕祇承九庙，尊养二宫，正统、大义未尝有间，惕然此心，夙夜不忘。惟恭穆献皇帝、章圣皇太后，朕之父母也。劬劳之恩，昊天罔极。虽位号已隆，而名称未正，因心之孝，每用歉然。已告于天地、祖宗、社稷，称孝宗敬皇帝曰皇伯考，昭圣皇太后曰皇伯母，恭穆献皇帝曰皇考，章圣皇太后曰圣母。各正厥名，揆之天序人伦，情既允称而礼亦无悖焉。犹虑天下臣民未能悉知，特兹诏谕，以伸朕拳拳孝亲之诚。夫孝立则笃近举远，而家邦四海咸囿于至仁；名正则言顺事成，而礼乐刑罚各臻于至理，朕盖庶几于古帝王之盛也。顾惟昔者孝未遂于尊亲，事多拂于天性，君臣之际未免少乖，举措之间或多违戾。今彝伦攸叙，大礼告成，朕方欲同心以和典礼之衷，敬事以建臣民之极。尔内外诸司百僚，务宜体朕之意，有官守者修其职，有言责者尽其忠。凡旧章未复，弊政未除，人才未用，民生未安，边备未饬，军储未充，一切有裨于政理、利于军民者，其一一条具奏闻，朕将举而行之。期于得万国之欢心，致天人之佑助，以成至治，以全大孝，则朕之志于是乎可慰矣。布告中外，咸使闻知。"（《世宗实录》卷43 第 1119 页）

（嘉靖三年九月）改称孝宗敬皇帝为皇伯考、昭圣皇太后为皇伯母。初，集议时，汪伟、郑岳、徐文华等犹与璁等力辩可否，武定侯郭勋遽曰："《祖训》如是，古礼如是，璁等言当。"书曰："人臣事君，当将顺其美。"于是书、萼、璁及献夫会公鹤龄，侯勋、仇鸾等六十有四人上言……议上，从之，称孝宗为皇伯考、昭圣为皇伯母。（《肃皇外史》卷 4 第 23 页）

（嘉靖三年九月）汪伟、郑岳、徐文华与璁等辩论未决，武定侯郭勋遽曰："《祖训》如是，古礼如是。人臣事君，将顺其美。璁等言当。"于是，书、萼、璁、献夫会公鹤龄，侯勋、仇鸾等六十四人上言："三代之法，父死子继，兄终弟及。孝宗有武宗为子，不宜更立皇上为后。人无二本，孝宗伯也，宜称皇伯考；昭圣伯母也，宜称皇伯母，允合天理、协人情。献皇帝别立祢庙，不入太庙。尊尊亲亲，两不悖矣。"乃改尊称，祭告天地、宗庙，布告天下曰："人君为治，本于孝道；圣人论政，必先正名。孝在笃亲，名贵循实。朕本宪宗之孙，孝宗之侄，恭穆献皇帝之子。皇兄武宗上宾之日，仰遵《祖训》，命朕嗣皇帝位，受天明命，于兹三年矣。尊称大礼，屡命廷臣集议，辄引汉定陶、宋濮王为据。汉、宋二帝尝立为子，朕则入奉宗祧，与为人后者不同。是岂礼官之失，亦朕冲年，未能抉择之咎也。朕祇承九庙，尊养两宫，正统大义未尝有间。惟恭穆献皇帝、章圣皇太后，朕之父母也，劬劳之恩昊天罔极，虽位号已隆，而名称未正。因心之孝，良用歉然。今告天地、宗庙、社稷，孝宗敬皇帝曰皇伯考，昭圣皇太后曰皇伯母，恭穆献皇帝曰皇考，章圣皇太后曰圣母。各正厥名，伦序允协。虑天下臣民未能周知，特兹诏谕，以申朕拳拳之诚。"此出阁臣费宏草。（《皇明永陵编年信史》卷 1 第 55 页）

（嘉靖三年九月）丙戌（注：二十五日）翰林院学士张璁以大礼既成，请退休以全臣节，言："臣与桂萼里不同方，官不同署，窃见一时朝议有乖万世纲常，是以见同论同，遂不嫌于犯众，理直气直，乃不觉于成仇。幸获圣心，难胜众口。"是日，桂萼、方献夫亦上疏求退，上皆优答不允。（《世宗实录》卷43 第1129页）

（嘉靖三年九月）庚寅（注：二十九日）南京给事中王仁山等言："臣事君，犹子事父，三谏不听，则号泣从之。今诸臣论谏大礼，不啻再三伏哭阙门，冀有所敢（注：疑为感之误）悟耳。不虞触圣怒，罹死伤至于此极。幸俯赐宽宥，以光圣德。"疏入，上怒其狂率轻渎，夺俸二月。（《世宗实录》卷43 第1132页）

（嘉靖三年十月）乙卯（注：二十四日）御史王木言："陛下议礼出自宸断，纯仁至孝格于皇天。即今卿士四民无不悦服。追惟献议诸臣，互分彼此，力争而不胜，甚至稽颡鸣号，震动宫阙；此其意亦尽忠于陛下，非有他也。乃偶触天威，罪死不测。伏愿陛下推广孝思，曲垂恩宥，谪戍者召还原职，已死者优恤其家，不胜幸甚。"疏入，下所司知之。（《世宗实录》卷44 第1150页）

（嘉靖三年十二月）辛卯朔（注：初一日）大理寺右评事韦商臣言："臣以廷平庶狱为职，请得以狱之大者为陛下评之。群臣以议大礼忤旨调任者，吏部左侍郎何孟春以为首；谪戍者，学士丰熙等八人；杖死者，编修王思等十七人；以拂中使而逮讯者，副使刘秉鉴，布政马卿，知府罗玉、查中道等若干人；以失仪就系者，御史叶奇、主事蔡乾前后五人；以京堂宪台官为所属小民讦奏下狱者，少卿乐護、华湘，御史任洛，副使任忠凡四人。此皆国家大狱，关系匪轻，臣妄议以为诸臣皆所当宥者也。愿陛下大奋明断，复戍者之官，录死者之后，逮系者释之，而正妄讦者之罪。"上以商臣卖直沽名，率意渎奏，令降二级调外任。（《世宗实录》卷46 第1175页）

（嘉靖四年正月）巡抚江西陈洪谟言："臣闻之《礼》曰：'人子事亲，三谏不听，则号泣而随之。'前者议礼诸臣，伏阙号泣，诚为有罪，而揆之于礼，亦有所本。况何孟春、丰熙操履醇固，宜置左右以资启沃；吕楠、杨慎论思有体，宜出禁闼以责后效；张原、毛玉死无以敛，妻孥流落。惟皇上曲赐优贷，使迁谪者得以自效，物故者可以自安，通万国之欢心，致天人之佑助，宜无出此。"不报。（《皇明永陵编年信史》卷2 第2页）

（嘉靖四年三月）甲子（注：初五日）巡按云南监察御史郭楠言："阿意顺旨者未必忠，犯颜敢谏者未必悖。迩群臣议礼，至跪门叫号者，其事以悖，其心固忠也。乃或鞭扑致死，或褫官谪戍，臣不意圣明之世而人臣以忠谏获罪者若此。愿虚心详察，特赐优容，复丰熙等官，而恤死者之家，以收人心。"上以大礼既成，楠违旨渎奏，命锦衣卫逮治之。（《世宗实录》卷49 第1234页）

（嘉靖四年三月）己巳（注：初十日）行人司右司副柯维熊言："君子小人何代无之，惟人君辨之也耳。陛下亲信君子，而君子不得安其位，如尚书林俊、孙交、彭泽之继去是也；摈斥小人，而小人尚得容于侧，如主事黄宗明、桂萼、张璁之进用是也。望虚心鉴别，慎于任用。臣又闻赏罚者人主之大柄也，今伏阙诸臣多被死徙，御史王懋、郭楠相继责谴，臣以为罚过重矣。望矜恤宽宥，以来言者。"章下所司知之。(《世宗实录》卷49第1236页)

(嘉靖四年三月)戊寅(注：十九日)翰林院学士张璁、桂萼以柯维熊论故，各上疏乞休，其略言："《记》曰'礼之于人也，犹酒之有药糵也，君子以厚，小人以薄'。今陛下扩大孝之心，成尊亲之典，是厚也。非薄也。以臣等为君子则不敢，为小人则不甘，惟陛下辨之。苟臣不去，则谗不息，徒使办治之朝为聚讼之所而已。"上优诏留之。(《世宗实录》卷49第1241页)

(嘉靖四年三月)壬辰(注：疑为午之误，二十三日)夜，仁寿宫灾。癸未(注：二十四日)上谕礼部曰："兹者上天示戒，仁寿宫灾，朕心震惊，不遑宁处，思与尔文武百官痛加修省，以回天意。"其择日遣官祭告天地、宗庙、社稷、山川、城隍，文武百官上章奏慰，报闻。(《世宗实录》卷49第1244页)

(嘉靖四年四月)壬寅(注：十三日)礼科给事中杨言等言："迩者仁寿宫灾，特谕群臣同加修省，臣以为责在公卿有司，而不在陛下；罪在谏官，而不在圣躬。迩来贤否混淆，进退失当：大学士蒋冕、尚书林俊相继去位，学士丰熙、编修王相、给事张汉卿等并以抗疏坐谴；张璁、桂萼始逢迎以窃清秩，终怙势以诬重臣，而不知所忌，是吏科诸臣失职也。阳和地土，张仑请索无厌；盐商挂号，崔和敢乱旧章，是户科诸臣失职也。享礼未格于神，至庙社无骈蠓之庇，是礼科诸臣失职也。锦衣多滥冒之职，山海攘抽分之利，匠役从增收之请，升赏逾奏带之额，法度废弛，不知所终，是兵科诸臣失职也。元恶兰华等宽籍没之法，诤臣郭楠等施杻械之刑，轻重失伦，刑罚不中，是刑科诸臣失职也。兴作不常，耗蠹无纪；局官陆宣等支俸逾于常制，内监陈林等抽解及于芜湖，是工科诸臣失职也。凡此皆时弊之急，且大而足以上干天和，臣等鳏旷之衍，其复可道？愿益崇敬畏，念至灾之由，黜臣等以彰不职，而责六卿条利弊兴革之宜，庶可以感天心而弥灾变。"上曰："疏内多浮谤，上天示戒，宜同加修省，勉尽职业，毋徒事虚文。"会监察御史涂敬等上疏，大略如言奏；兵科给事中刘琦亦陈"亲贤、去邪、仁民、恤军、选将、信赏、明罚"七事，乞倚大臣为腹心，开言路为耳目，以答天戒。章下所司。(《世宗实录》卷50第1253页)

(嘉靖四年九月)辛巳(注：二十五日)致仕刑部尚书林俊疏言："议礼如讼，见各不同，包而容之，德之大也。臣伏读明诏，仰见皇上天地之大，日月之明，于议礼诸臣得罪者，若有悔焉。臣窃意存恤叙复，旦夕必且有命，何至今未闻？昔成汤改过不吝，陛下俪德尧舜，于汤何有哉？伏望早降温谕，以答幽明，以慰人望。臣又惟古者挞人于朝，与众辱之而已，非必欲坏烂其体肤而致之死也。成化时，臣及见廷杖三五臣，容厚绵底衣，重毯迭毰，然且卧床数月而后得痊。正德间逆瑾用事，始启去衣之端，酿有末年谏止南巡杖死之惨。幸遇新诏收恤，士气始回。臣又见成化、弘治间诏狱诸旨，惟叛逆、妖言、强盗好生打着问，喇虎杀人打着问，其余常犯,送锦衣卫镇抚司问,镇抚司奏送法司议罪;中间情重者,始有'来说'之旨,部寺复奏始有'降调'之旨。今一概打问,无复低昂,恐失旧典,非祖宗仁厚之意。又见去岁以来,旧臣谢遣殆尽,朝著为空,伏乞圣明留念,既去者礼致,未去者慰留,与二三大臣时加延接。又有硕德重望如罗钦顺、王守仁、吕楠、鲁铎辈,乞列左右,以裨圣德图治。臣衰病待尽,无复他望,诚念受四朝恩厚,未曾为报,敢效古人遗表之义,敬布犬马之心,伏惟圣明裁择。"下其章于所司。(《世宗实录》卷55第1248页)

(嘉靖四年十月)己亥(注:十四日)致仕县丞欧阳钦,以其祖宋太师文忠公祠先朝所给湖地,岁久浸没,祠宇改僧尼废庵,不便宜歆享,乞为查处。会中外方攻席书等,钦因言书及璁、萼"引臣祖修遗言以正典礼,而诸臣争之以被谴谪,请宽诸臣以慰人心,给书等诰命以示劝奖"。疏下礼部,科臣驳"钦托言大礼,求济己私"。时书掌部事,言"其事或出于假托,言亦不可终弃",请允行其所谓宽谴责者,诏令有司核湖池地,听给书等诰命。于是给事中韩楷言:"书等任未满,不当以钦言而遽封。"上曰:"书等奋义赞成朕孝,特恩报功,非钦言也。"切责楷而宥之。(《世宗实录》卷56第1361页)

(嘉靖五年七月)庚子(注:十九日)上命中官韦霈传旨工部:"初,立观德殿在奉慈殿后,事出仓卒,规制窄隘,不足以竭虔妥灵,朕意未惬。今欲于奉先殿左别建一殿,奉安皇考恭穆献皇帝神位,以称朕孝亲之意。"工部尚书赵璜等言:"建殿于奉先殿之左,必与奉慈殿对峙立。孝肃皇太后,献皇之圣祖母;孝惠皇太后,又圣母也。今立殿于其左,窃恐献皇在天之灵未必能安。且奉先殿虽稍高广,乃祖宗列圣同居;观德殿虽稍狭小,乃献皇专祀。况今外有世庙之规一准太庙,则竭虔妥灵莫逾于此,观德殿虽不更可也。如必欲更新,亦须命监、阁、礼、工诸臣恭诣殿左相度方位,务使各全其尊,不失其次。"上曰:"别建已有定所,第如谕行。"于是礼部尚书席书等言:"世庙之建,民劳逾年,今甫告成,力亦当节。况四方灾异非常,报无虚日,而赋役未停,财力俱屈。愿量宽一年,使民力少纾,民财少裕,乃令臣等议请。"上报曰:"览奏深悉忠诚,朕亦念世庙方成,逾年又将有仁寿宫之役,民力不可不惜。但观德殿居奉先殿之后,出入不便,故议改迁耳。况屋宇已具,今第一徙置,所费不多,且业已选日矣。可如议亟成之。"给事中张嵩亦疏言:"殿在大内,密迩宫寝,有所营为,其可轻易?千金之家欲筑一室,必当审岁月之所利,方向之所宜,而况天子之尊、庙祀之重乎?往岁修盖观德殿,皆称详尽矣,未几而有世庙之建。今天世庙甫成,并太庙矣,复有别殿之建。且左右并列,未免祖孙母子之嫌;广狭较量,则有群主专庙之别,诚恐有所未安也。大工玩载有余,世庙方得就绪,军士困欲息肩,蒸黎求缓供办,凡此礼、工二部论之详矣。皇考之盛德,恐未必欲陛下之别建也。"御史郭希愈等亦言:"陛下心法尧舜,政慕唐虞,凡尧之论多见采纳。愿从二部所议,重缓兴作,须年和财丰,然后更议未暮也。且陛下之思所以报献庙者，固惟在于拨乱反正，致礼弘化，以成大业；庇慕之间，感格之际，固在此而不在彼也。"章俱下所司。复传谕辅臣费宏等曰："朕皇祖妣孝穆皇太后，皇伯考之生母，最亲，既不得配皇祖考宪宗纯皇帝享于奉先殿，是以立室于西。又皇曾祖妣孝肃太皇太后，乃我皇祖考之生母，又不得入享奉先殿以配皇曾祖考英宗睿皇帝，奉享于奉慈殿。考礼之正莫大五伦，凡为人未有无父母者。今观德殿在奉慈殿后，庙殿重叠，丹墀窄隘，亦前日仓卒之制，出入不便，故今欲迁于东。且世庙在太庙之东北，可内外相对，于奉慈殿无预，此举非为害礼。"宏等言："皇上孝思纯笃，永言终慕，无时无地不在念。宜敕该部仰遵圣谕，卜日兴工。或因旧增修，或增新盖造，期于完洁宽敞，足以竭虔妥灵，以称皇上尊亲之孝。"随奉旨："别建观德殿，方位已有定所，工部亟兴工修盖。"（《世宗实录》卷66第1522页）

（嘉靖七年六月）戊申（注：初八日）敕谕礼部曰："朕承天命入缵祖宗丕图，嗣统之初，祖母寿安皇太后方在万福之时，宜加上太皇太后尊号。而当时礼官昧于正礼，谬执偏见，止加称皇太后。朕亦不明于礼，而后每念及此，心实不安。今宜追上为太皇太后，尊谥仍旧。又仰思我皇考罔极之恩莫可名言，虽追尊天子之称，用天子礼乐，而尊谥止于'恭穆'二字，似与藩王无异。今宜加上数字，以进朕追慕之情。及我圣母章圣皇太后，诞育眇躬，恩德浑厚，徽号亦似太简，宜加二字，以申朕爱敬之诚。尔礼部便会同翰林院，将合行一应礼仪详议以闻。"（《世宗实录》卷89第2018页）

（嘉靖七年七月）庚午（注：初一日）初，礼部议上世庙改题神主仪，已奉俞允，至是上复谕礼部："世庙改题神主仪，凡恭穆献皇帝神主降座、升座，俱改拟'亲捧'。"于是尚书方献夫复具仪以请。己卯（注：初十日）上奉册宝诣世庙，追加上恭穆献皇帝尊谥"恭睿渊仁宽穆纯圣献皇帝"。（《世宗实录》卷90第2049页）

（嘉靖七年七月）戌（注：疑为戊之误）子（注：初九日）以恭上孝惠太皇太后尊号、皇考献皇帝尊谥、圣母章圣皇太后徽号礼成，上御奉天殿，文武百官上表称贺，遣使颁诏天下，诏曰："朕闻圣人之孝，以尊亲为大；人君为治，以孝敬为先；匪泥情率意之所敢私，实古圣帝英王之要道也。朕以藩服仰荷天命，奉我皇兄遗诏，遵我圣祖'兄终弟及'之文，令朕入奉祖宗大统。自即位之始，首命礼官会廷臣集议称号等项。奈何左右大臣缪主非礼之议，春曹卿佐妄考不经之言，谓父子可绝其亲，执后世为人后之说；是以统嗣无分，纪纲堕失，人伦几致不明，考议几于聚讼。当是其时，朕徒存追报之诚，见闻罔有所得。上赖皇天鉴佑，赍我贤良，大名大伦已各正其天序，尊称尊号尚未合乎彝章，是非奸党所能为，实由朕冲昧无知之所致也。今追惟我皇祖妣孝惠皇太后，夙事皇祖，勤俭斋庄，其尊称未尽。我皇考恭穆献皇帝，玄德昭彰，宽仁纯粹。圣母章圣皇太后，静善淑哲，克襄内治，诞育朕躬，深恩罔极。慕鞠劳训诲之无可酬，肆洪仁峻德亦曷以颂。追报之忱既莫能伸，揄扬之诚又未少罄。兹复参稽典制，爰据舆情，遣官祗告于天地、宗庙、社稷，于今年七月初十日恭奉册宝，追上皇祖妣尊号为孝惠康肃温仁懿顺协天佑圣太皇太后，加上皇考尊谥为恭睿渊仁宽穆纯圣献皇帝；十二日恭奉册宝，加上圣母徽号为章圣慈仁皇太后。大礼告成，所有应颁恩赉条示于后：……"（《世宗实录》卷90 第2064 页）

（嘉靖十五年十月）己亥（注：十七日）更定世庙名为献皇帝庙。先是，上谕礼部尚书夏言："前以皇考庙比世室之义，即名世庙。今分建宗庙，惟太宗世祭不迁，恐皇考亦欲尊让太宗。且世之一字，来世或用加宗号，今加于考庙，又不得世宗之称，徒拥虚名，不如别议。卿可会勋、时慎议以闻。"三臣议未上，上复谕言："皇考庙名，卿可会二臣看详？如题献皇帝庙，庶别宗称，且见推尊之意。"于是言等援考古今，谓"圣谕允当，庙以谥名，既合周典，而尊号昭揭，又与列圣庙号同符。请敕所司恭制匾额，择日告悬，并以谕议宣付史馆，昭告来世。诏悉如议"。（《世宗实录》卷192 第4059 页）

第七章　兴献帝陵迁陵之争

帝父兴献帝的陵寝，在藩封地安陆州松林山，嘉靖三年（1524）三月初五日，帝下诏改名为显陵。

八月十四日，显陵司香太监杨保以"陵殿门墙规模狭小"，请照北京天寿山诸帝陵制更造。工部尚书赵璜等以为"陵制当与山水相称，恐难概同。今殿墙已易黄瓦，但宜添设明楼、石碑及改司香衙门为神宫监，设置护卫曰显陵卫，其余未备房屋，应创新者，另为添造；应仍旧者，止加修饰，不必大为改作"。帝同意部议。

九月初三日，锦衣卫革职百户随全、光禄寺革职录事钱子勋希图得帝宠，上疏言"献皇帝梓宫宜改葬天寿山"，挑起了迁陵之争。帝得疏意动，下工部议，尚书赵璜等以献皇帝体魄所安、山川灵秀所萃、国家根本所在等三条理由，认为"改葬不可"；又据昔高皇帝定鼎南京不曾迁凤阳皇陵，文皇帝迁都北京不曾迁南京孝陵，足以说明显陵之不可迁。如若要迁，"则上启宝山，下瞰金井，梓宫摇撼，圣灵震惊；令数千里外跋涉山川，蒙冒霜露，非仁人孝子之所忍言者"。帝不听，乃命礼部集廷臣会议以闻。时五官灵台郎吴昇尝参与显陵工作，亦上言以为不可迁，帝将其疏下礼官并议。九月二十六日，礼部集廷臣议迁陵事，众皆以为不可。礼部尚书席书言："显陵乃先帝体魄所藏，事体至重。昔高皇帝不迁祖陵，太宗不迁孝陵，盖其慎也。"侍郎朱希周、李时等会公、侯、九卿、翰林、台谏诸臣皆上言反对随全等的妄议，并请重治其罪。帝却以"先陵远在安陆，朕瞻仰哀切"，令再议。于是，席书与张璁等复上言："臣等感陛下哀切之诚，仰圣人孝思之至。但举大事当顺人心，今多官皆曰'帝魄不可轻动，地灵不可轻泄'，人心如此，可不信从？一时或误，千载难追。臣等不敢不尽言。"帝只好命罢议，又命显陵祭如七陵。

嘉靖六年十月十二日，罢官家居的前御史虞守随，将其所撰《皇陵正议》上奏。

帝以为此人"以考察罢去，乃妄议惑人，有希进心"。下御史按问；一面又谕大学士张璁："守随奏进《皇陵正议》，盖此举非常，前已下廷臣及内阁，两议皆云'不可'。彼意盖恐帝、后各处，乃朕失孝，是亦忠意。而朕所未信者，恐一有差误，其为孝也不孝也。"并设想若皇太后"于万年之后奉护慈宫以祔陵室，何不善也"？命张璁与桂萼密议如何择行之。张璁上言："廷臣之议谓'太祖不迁皇陵，太宗不迁孝陵'，皆正议也。"并赞成"圣慈万岁之后，奉祔显陵"。帝嘉纳之，并于十六日亲制显陵碑文。

十一月十六日，光禄寺厨役王福，请迎献皇帝梓宫葬北京宪宗陵旁。帝以"此事朝廷自有处，福敢妄言"，将其下锦衣卫拷讯。

十二月二十九日，锦衣卫百户张德锦上疏请迁皇考梓宫北葬。帝犹豫不决，在给辅臣的谕旨中，一方面以"我皇考陵寝远在数千里之外，岂无南望之哀"？又称"尝面承圣母训告曰：'汝何不启请汝皇考灵驾来京？勿令他日吾异此地。'朕惶惧无知，乃谨对曰：'此举关系不轻，子不敢便承命，须待与大臣议，伏请慈尊安心勿虑。'是以每每未决，朕意实以不动为当"。一方面又因"我圣祖高皇帝，欲迁奉仁祖之陵，旋亦止之。太宗文皇帝迁都北京，亦未迁奉孝陵。此祖宗之盛典，当取法之"。并重申"或于后千百年间，奉还宝驾，同祔陵室，未为不可"。要求"或可就诸于议礼诸臣，或下礼部议。卿等可用心详议，以求停当，以俾朕愆"。再议不决，不了了之。

嘉靖十年八月十八日，光禄寺厨役王福、锦衣卫千户陈昇，俱上疏请迎显陵梓宫葬天寿山，再次挑起了迁陵之争。帝将其疏并下礼部集廷臣议。于是尚书李时等言："顷者皇上因随全之言，下迁陵之议。既而宸衷天启，采群臣之谏，即命罢之，诚从善如流，圣不自圣之心也。今福以屠宰贱夫，剿狂悖之说，以感激皇上哀慕之衷；而昇因希图宠荣，风闻附和。陛下复敕廷臣再申前议，岂以显陵悬隔千里外，必欲移置京师以岁时享献，然后慰于心与？"又以显陵"园寝已经建造，殿宇巍峨，规制壮丽，视天寿诸陵无异。且其山又更名纯德，已载之祀典，实足以表识先皇，昭示万世，与基运、翔圣、神烈列祖之陵园同一规制，有不可复易焉者。……况前席书等建议之详，与皇上罢议之命，载在《明伦大典》，天下莫不知之。若福等之议得行，无籍小人莫不各鼓挟诐词，摇惑国是，莫可谁何。乞敕法司将福等逮治如法，以为小人横议者之戒"。又建议更加完备显陵典礼。帝以其事重，姑从部议，已之。

嘉靖十年十月，是时议迁显陵者数辈，如光禄寺厨役王福、锦衣卫千户陈昇及坐事监生詹嶅、除名兵马周密、致仕金事宁何等，皆倚托地理之说以希进用，谬多不经，帝并下礼部会议。十月初四日，尚书夏言奏："迁陵之议，曩者尚书席书、今大学士李时已极言其不可，而工部尚书赵璜言尤切。"现在再议迁陵，有"动而不可悔之忧，首事、倡和之人，将来有不容诛之罪"，并批驳了议者以帝子嗣未建"咎在显陵"，帝龙飞江汉"福缘显陵"的迷信之说；请帝"留神独断，勿轻为群议所摇惑；即诏罢会议，仍禁绝细人，自今不得复议园陵重事，伤国大体。"帝接受了夏言的建议，下诏罢改迁陵寝之议，并称"朕已奉圣母慈训，谓陵寝根本重地，不可轻动。自后有奏扰者，罪之。"已而。行人赵昊上言，一面以为陵寝不当轻动，一而又将皇太后南祔显陵的悖理之辞奏论。帝怒，令锦衣卫逮送刑部，降一级调外任。其时湖广璧山县听选官员黄惟臣等数奏迁陵寝，帝廉其情有所希觊，命锦衣卫逮送法司拷讯，自是议始息。

五年后的嘉靖十五年，帝亲谒天寿山七陵，并为自己择地预建陵寝，遂又流言四起，哄传将奉迁显陵。四月十六日，顺天府儒士潘谦、锦衣军匠金桂各上疏请迁显陵于天寿山，帝令下礼部参看，尚书夏言等言："往者锦衣卫千户陈昇等尝以奉迁显陵为言，陛下既奉圣母慈训而寝终之矣。"并指出"今潘谦等望风进言，必有奸人指使，以尝试朝廷，希冀非望。不一重示惩创，恐无以警将来"。帝深然其言，以"谦等希图进用，妄议陵寝"，俱下锦衣卫执送法司拷讯。迁陵之议遂再息。

嘉靖十七年十二月初四日，帝母章圣皇太后崩。两天后，帝敕谕礼工二部：以帝父逝日，位处藩服，自己又年幼，所以陵墓山川浅薄，设施狭陋，于天子礼制未称；且远在湖广承天府，不免悔意。并以择得大峪山吉壤，欲迎皇考梓宫北迁。又卜告于高皇帝而得吉占，诸于勋辅近臣又都赞同，便命择日兴工。又特谕礼部，一面分遣重臣于天寿山大峪处建造显陵，一面南奉皇考梓宫来山合葬，并命"其会同皇亲、内阁、六卿共议来闻"。于是武定侯郭勋、大学士夏言等上议均表示赞同，并将显陵奉迁、大峪兴工二仪详拟上闻。帝命如议行。十二月十三日，巡按直隶御史陈让以"葬者藏也，欲人之不得见也"为言，委婉疏请慎重迁陵之举，并建议"奉睿宗皇帝遗衣冠与章圣皇太后合葬于大峪山，又以章圣皇太后遗冠帔奉以合葬于显陵。若必欲迁显陵梓宫于大峪山，则显陵之在承天者，当为二圣衣寇几杖之藏，以当荆襄旺气"。首建南北分葬之议。帝以迁陵已有成命，陈让敢于阻挠，甚为欺妄；"且建二陵用衣冠交葬，从古所无，尤见乖谬"。将其罢黜为民。十二月十五日，帝亲临天寿山，以建造显陵告长陵；又遣大臣朱希忠等分告六陵、祭天寿山及祭大峪等神。是日，大峪山陵兴工。十二月二十日，帝经几日反复思考和与辅臣详议，对迁陵之事心中甚惧，是日谕辅臣，道出疑虑；并引《礼》中明著"子为天子诸侯，父为大夫士，则葬用死者之爵，以安亲为上，不敢强在生之实"为言，"兹决以礼之正、情之安，奉慈宫南诣合葬"；并告将南巡承天，亲处显陵之事。又命辅臣"即将此谕播之群臣，礼官当亟上议。"于是礼部会议上言，以术家地理之说和帝思慕父母之情，仍持显陵北迁之议。帝以"兹所言只重在人情私俗"，不纳。六科给事中奚良辅等上疏请停南狩，亦只报闻。十二月二十八日，帝既定奉慈宫南祔，心复犹豫，乃遣人追至内丘，严命锦衣卫指挥赵俊星夜驰赴显陵，会多官审视地宫实况，即刻星驰回奏，并限次年正月二十六日还抵京。

嘉靖十八年正月元日之夜，帝面谕武定侯郭勋，令其传示礼部，趣原委三命使率原定官役南诣承天，启奉严宫，俟至慈舆发引南祔。礼部尚书严嵩奏请待锦衣卫指挥赵俊归报后再发，帝报曰："优柔不断，乃妇人事，朕意决矣，即择日命官恭奉梓宫南祔显陵合葬。"

二月初八日，九卿大臣吏部尚书许讚等各上疏谏止帝南幸，帝以自己"诣显陵，为亲计"，"既非无事空行，又非人言所导"，戒之"勿为此沽名之举"。都察院左都御史王廷相复特疏进言，以长途跋涉有碍帝身体，劝帝止南巡，帝只以"有旨"答之。十三道御史刘仕贤等疏谏，帝戒以"此辈卖忠取誉，率尔渎扰，再言不宥"。而户科都给事中曾烶等复言之，上怒，责令置对，各停俸二月。南京礼部右侍郎吕楠上言以为合葬承天，非古之义，建议帝南巡"必先立储贰以系属人心"，帝将其章下所司。工部郎中岳伦上疏"请坚北迁之举，不惑群议"。听选岁贡监生陈良鼎上言劝帝不必"躬亲送葬"。上怒，俱命锦衣卫逮讯之。已而，将岳伦革职为民，永不叙用；宥陈良鼎罪，命吏部选授边方杂职。二月十六日，帝自京师出发，开始南巡。南京六科给事中杨雷等上疏请止南幸，下所司知之。

三月十二日，帝抵承天府旧藩邸卿云宫，遂谒皇考神位于隆庆殿。次日至纯德山谒显陵，立表陵寝之北，命改营葬。三月十四日，又命增显陵围垣，遂定新玄宫之式。三月二十日，以大享礼成，帝御龙飞殿受群臣贺，颁诏天下。并特免承天府、湖广地方及直隶、河南二处田税、田租各有差。

四月初六日，帝谕行在礼部："朕思视吉壤一节甚无意义，夫既重卜，何为来此？惟纯德山者，效顺于我皇考圣灵，安悦兹山，宁处久矣，流庆子孙，决勿之他。三处视地悉已之，行宫道路止勿治，卿等可持此赞朕。"是时，帝意欲仍保留纯德山父葬，而别葬母于大峪山，故微示此南北分葬之意。四月十五日，帝还京师。四月十九日，帝谕辅臣："朕复思大峪之工，玄寝已成，不奉梓宫早安，恐夏月大雨漫流而入，可不枉费人力？"明确表示要葬母于大峪山，并定于四月二十七日发引，命辅臣即与礼官面议之。寻复择五月三日子时发引。四月二十八日，帝躬谒长陵致祭，遣文武大臣郭勋、夏言分祭各陵，遂召礼部尚书严嵩于行宫，谕之曰："朕南巡，因谒陵寝，及视大峪已毕，然峪地空凄，岂如纯德山完美？决用前议，奉慈驾南祔。"帝母南祔显陵遂最后确定。

五月初九日，改荆州左卫为显陵卫，移置官军前往护陵寝。仍照凤阳例建留守司，命之曰兴都留守司。序次中都，设正副留守各一员，经历、都事、断事、司狱各一员，统辖显陵、承天二卫。五月初十日，帝敕令工部左侍郎兼都察院右副都御史顾璘专董显陵的重新修造，要求将其父母的玄宫、宝域遵照新降图式建置，并旧邸宫殿垣堵及大小房屋俱重加修葺，务要尽善尽美，克期工完。五月十七日，帝母慈孝献皇后梓宫发引，帝哀服行礼如仪，百官步送于朝阳门外。

嘉靖十八年闰七月十一日，护送帝母梓宫南祔的奠献使京山侯崔元、监礼使礼部尚书温仁和各奏报山陵事竣，帝温旨答之。闰七月十九日，帝谕礼部以八月七日卯刻帝母慈主祔庙，乃遵前谕具上其仪。闰七月二十五日，帝父母梓宫合葬于显陵新寝。

嘉靖三十年三月初九日，帝谕辅臣欲比照天寿山诸帝陵，为显陵增文武二人奉守。大学士严嵩告以"天寿文武奉守，近因防虏添设，事宁省革"。帝只好已之。

嘉靖四十五年十一月二十六日，重修显陵裬恩殿成，帝命将显陵明楼碑题"恭睿献皇帝之陵"，更题为"大明睿宗献皇帝陵"。始将碑题与庙号相合。

资料摘录：

（嘉靖三年三月）丁丑（注：初五日）诏定安陆州松林山陵为显陵。（《世宗实录》卷 37 第 924 页）

（嘉靖三年八月）丙午（注：十四日）显陵司香太监杨保言"陵殿门墙规模狭小，乞照天寿山诸陵制更造"。工部尚书赵璜等言："陵至（注：疑为制之误）当与山水相称，恐难概同。今殿墙已易黄瓦，但宜添设明楼、石碑及改司香衙门为神宫监，设置护卫曰显陵卫，其余未备房屋，应创新者，另为添造；应仍旧者，止加修饰，不必大为改作。"上从部议。（《世宗实录》卷 42 第 1095 页）

（嘉靖三年九月）甲子（注：初三日）锦衣卫革职百户随全、光禄寺革职录事钱子勋希旨言"献皇帝梓宫宜改葬天寿山"。事下工部，尚书赵璜等以为"改葬不可者三：皇考体魄所安，不可轻犯，一也。山川灵秀所萃，不可轻泄，二也。国家根本所在，不可轻动，三也。昔高皇帝定鼎南京，而仁祖之陵远在凤阳；文皇帝迁都北京，而孝陵远在钟山，皆不敢迁改。陛下之视显陵，犹太祖之视仁祖、太宗之视孝陵也。且显陵已更黄瓦，建楼树碑，及设神宫监、显陵卫，臣请增刻诸象卫，皆如二陵制，足以垂不拔之基。若如全等言，则上启宝山，下瞰金井，梓宫摇撼，圣灵震惊；令数千里外跋涉山川，蒙冒霜露，非仁人孝子之所忍言者；为陛下谋，不忠甚矣。请以臣等言下廷臣议"。上乃命礼部集廷臣会议以闻。时五官灵台郎吴昇尝与事显陵，亦上言以为不可迁，疏下礼官并议。（世宗实录》卷 43 第 1110 页）

（嘉靖三年九月）丁亥（注：二十六日）礼部集廷臣议迁陵事，众皆以为不可。于是尚书席书等言："显陵乃先帝体魄所藏，事体至重。昔高皇帝不迁祖陵，太宗不迁孝陵，盖其慎也。臣等博询众论，咸谓显陵形胜，真帝王幽宅。先帝封藏已久，不宜轻动。随全、钱子勋诡谀小人，妄议山陵，宜下法司按问。"上曰："先帝陵寝远在安陆，朕朝夕瞻望，不胜哀痛。其再会群臣熟计以闻。"（《世宗实录》卷 43 第 1131 页）

（嘉靖三年十月）甲辰（注：十三日）礼部尚书席书等奉旨再集廷臣会议迁陵事，复极言其不可，事乃寝。（《世宗实录》卷 44 第 1144 页）

（嘉靖三年十月）议迁陵事：初，帝名安陆松林山为显陵，比七陵焉。及大礼既定，百户随全等请改迁显陵。下工部议，尚书赵璜，侍郎童瑞、陈雍等上言："显陵为先皇体魄所安，不可轻犯；山川灵秀所萃，不可轻泄；国家根本所在，不可轻动。

太祖不迁皇陵，太宗不迁孝陵，愿以为法。"帝命礼部会多官集议。尚书席书，侍郎朱希周、李时等会公、侯、九卿、翰林、台谏诸臣上言："臣等伏闻显陵势如伏凤，气结盘龙，此实山川之胜，帝王之幽宅也。随全等乃肆妄议，乞治其罪。"帝曰："先陵远在安陆，朕瞻仰哀切，其再议上。"书与璁等复上言："臣等感陛下哀切之诚，仰圣人孝思之至。但举大事当顺人心，今多官皆曰'帝魄不可轻动，地灵不可轻泄'，人心如此，可不信从？一时或误，千载难追。臣等不敢不尽言。"帝乃命罢议，命显陵祭如七陵。（《肃皇外史》卷4第25页）

（嘉靖六年十月）（注：十二日）前御史虞守随罢官家居，乃撰述《皇陵正议》数千言以进。上以为"陵寝重事。守随前为言官，不闻献议，而以考察罢去，乃妄议惑人，有希进心。"下御史按问。因谕大学士张璁曰："守随奏进《皇陵正议》，盖此举非常，前已下廷臣及内阁，两议皆云'不可'。彼意盖恐帝、后各处，乃朕失孝，是亦忠意。而朕所未信者，恐一有差误，其为孝也不孝也。夫古者君去国迁庙主而行，主者，阳也，先人之精魂，故谓之神主。墓者，藏先人之体魄，乃阴也，是为玄宫。地道尚静，体魄贵安，岂宜轻举？皇考葬已八年，一旦妄动，岂胜震恐？若于万年之后奉护慈宫以祔陵室，何不善也？卿与尊密议何者为嘉，择而行之。"璁言："廷臣之议谓'太祖不迁皇陵，太宗不迁孝陵'，皆正议也。舜葬于苍梧之野，盖二妃未之从也。季武子曰'周公盖祔此葬之礼'，自周公以来未之有改。圣慈万岁之后，奉祔显陵，在情礼为俱尽矣，惟圣明无贰焉。"上嘉纳之。（《世宗实录》卷81第1800页）

（嘉靖六年十月）庚申（注：十六日）上亲制显陵碑文。（《世宗实录》卷81第1806页）

（嘉靖六年十一月）庚寅（注：十六日）光禄寺厨役王福，请迎献皇帝梓宫葬祖陵旁。上曰："此事朝廷自有处，福敢妄言，下锦衣卫拷讯。"（《世宗实录》卷82第1840页）

（嘉靖六年十二月）壬申（注：二十九日）锦衣卫百户张德锦上疏请迁皇考梓宫北葬。上谕辅臣曰："朕览张德锦所言，虽是爱国之意，但其事甚重。前次多官已议二遍，亦言者不下六七人，但朕未能中断，今与卿等定，可知何行。朕所论之，我皇考陵寝远在数千里之外，岂无南望之哀？但闻庙者安先人之精神也，陵者藏祖考之体魄也。今世庙既成，祭祀有主，不但止于陵前为可。朕亦尝面承圣母训告曰：'汝何不启请汝皇考灵驾来京？勿令他日吾异此地。'朕惶惧无知，乃谨对曰：'此举关系不轻，子不敢便承命，须待与大臣议，伏请慈尊安心勿虑。'是以每每未决，朕意实以不动为当。今欲启奉来京，非为不可，其于皇考圣灵岂不震恐，又梓宫近体得无露乎？至于我圣母之意，惟恐幼子失孝，故往往垂谕，朕安敢弃而违哉？我但日间亦有一等小人，胡言是非，加以怨愁，曰'我辈于此置立庄舍，他日又随南行，此非朝廷不孝，谁乎？'致以上烦慈听，以为怀忧。夫为人子者，岂得不立孝功，以名后世？而此事与孝政无干，为子者于亲则顺志承颜，冬温夏凉；或亲年老，所行有差，则容容进谏，不违悖，不乘危履险以爱身；至于亲亡，则守礼尽哀一如经制，三年不改；亲之善行，继述遗志，奉祀绵绵，此所谓子之孝也。又我圣祖高皇帝，欲迁奉仁祖之陵，旋亦止之。太宗文皇帝迁都北京，亦未迁奉孝陵。此祖宗之盛典，当取法之。或曰'当二祖之时，双亲俱已上宾'，谓朕今时不当同也；以圣母在养，可不早计？夫朕虽无知，岂敢忽略，实于昼食夜寐之间，罔不转加筹虑；恐动之不吉，一或有虞，其过何在？亦或于后千百年间，奉还宝驾，同祔陵室，未为不可，所谓乘凶即事也。今世庙已成，大典已辑，而朕之孝未有尽者。嗣当大婚六年将逾，储嗣未立，实朕咎深德薄所致也。亦或后之不得，朕当自用省责。特与卿等计，或可就诸于议礼诸臣，或下礼部议。卿等可用心详议，以求停当，以俾朕愆。德锦本批该衙门知道。"（《世宗实录校勘记》第 587 页）

　　（嘉靖十年八月）辛丑（注：二十日）改安陆州曰承天府。先是，有请建京师于安陆者，下礼部议，以"京师之建，于典礼无据。太祖发祥濠州，改州为府，核之安陆，事体相同，宜升为府治"。上乃更定府名，又设钟祥县为府治。（《明通鉴》卷 55 第 1791 页）

　　（嘉靖十年八月）己亥（注：十八日）光禄寺厨役王福、锦衣卫千户陈昇，俱上疏请迎显陵梓宫葬天寿山。疏并下礼部集廷臣议。于是尚书李时等言："顷者皇上因随全之言，下迁陵之议。既而宸衷天启，采群臣之谏，即命罢之，诚从善如流，圣不自圣之心也。今福以屠宰贱夫，剿狂悖之说，以感激皇上哀慕之衷；而昇因希图宠荣，风闻附和。陛下复敕廷臣再申前议，岂以显陵悬隔千里外，必欲移置京师以岁时享献，然后慰于心与？臣闻立庙而祀以安魂也，卜地而葬以藏魄也，魄有定宅，而魂气则无所不之。自世庙立，而皇考在天之灵，陟降昭格者已数年于兹矣。显陵固皇考藏魄之所也，况今园寝已经建造，殿宇巍峨，规制壮丽，视天寿诸陵无异。且其山又更名纯德，已载之祀典，实足以表识先皇，昭示万世，与基运、翔圣、神烈列祖之陵园同一规制，有不可复易焉者。昔我仁祖殡于濠梁，太祖岂不能改葬于钟陵？然但培土厚封，不改其制，诚恐发泄地灵、震动丕基耳。今圣子神孙配命无斁者，皆仁祖之遗休也。陛下龙飞郢中，入继大统，显陵庇荫之力已昭然矣。正宜培护根基，固蓄灵气，以荫圣寿于无疆、子孙于千亿者。况安陆至京数千里，如梓宫迁行，舟车扈从跋涉川原，万一风波之险震惊皇考之灵，皇上其能无动于中耶？臣等固知陛下孝心纯笃，不胜其哀慕之诚，然是非利害不可不熟虑。况前席书等建议之详，与皇上罢议之命，载在《明伦大典》，天下莫不知之。若福等之议得行，无籍小人莫不各鼓挟诐词，摇惑国是，莫可谁何。乞敕法司将福等逮治如法，以为小人横议之戒。但显陵典礼容有未备者，今祖宗诸陵除忌辰、正旦、孟冬、万寿圣节遣官行礼外，其清明、中元、冬至盖一岁而百官奉命祭告者三，独于皇考之陵阙而不讲，臣子之心实有深歉。顾显陵去京辽远，难以数数遣官，自今第每岁清明节届，先期遣大臣一员，往显陵斋戒祭告，如长陵之仪。其正旦、孟冬、中元、冬至、万寿圣节及皇考忌辰，仍遣本府等官行礼，庶可以慰陛下追远之心，而求之典礼，无不合矣。"上以其事重，姑从部议，已之。(《世宗实录》卷 129 第 3070 页)

(嘉靖十年十月)甲申(注：初四日)诏罢改迁陵寝之议。是时议迁者数辈，如光禄寺厨役王福、锦衣卫千户陈昇及坐事监生詹啓、除名兵马周密、致仕金事宁何等，皆倚托地理之说以希进用，调多不经。尚书汪鋐疏言不可，上并下礼部会议。至是，尚书夏言奏："迁陵之议，曩者尚书席书、今大学士李时已极言其不可，而工部尚书赵璜言尤切，尝曰'体魄不可轻犯、灵秀不可轻泄、根本不可轻动'，其说良是。岂诸大臣之见，顾不若福等哉？且先皇帝衣冠之藏，历岁已久，园陵之设，制规已备。陛下践祚十载，百禄骈臻，征诸地理庇荫之说，似乎神灵已安矣。今又封山为纯德，名府为承天，则事体已定。而一旦议迁，老成长虑者多为骇愕，诚以关国家祸福，有动而不可悔之忧，首事、倡和之人，将来有不容诛之罪故也。议者至谓陛下震位久虚，以为咎在显陵；又谓陛下龙飞江汉，以为福缘显陵；臣皆以为不然。盖上天笃生圣人为中兴之主，必能生圣嗣以开万世之传，非地灵鬼福所能握其机者。若先皇帝玄宫久閟，体魄久安，譬如木之根本，培植已固；而一旦动摇，似非所以求枝叶茂盛之道，是不可不慎重也。愿圣明留神独断，勿轻为群议所摇惑；即诏罢会议，仍禁绝细人，自今不得复议园陵重事，伤国大体。"上曰："卿言良是。朕已奉圣母慈训，谓陵寝根本重地，不可轻动。自后有奏扰者，罪之。"已而。行人赵昊上言："今海内兵荒旱蝗，所在而有庙堂，不闻举救荒之策，而无故倡迁陵之议。幸陛下重其事，博谋廷臣。然朝野喧传以为此议不可寝，以皇太后有此意也。臣闻舜崩苍梧，而娥皇、女英为湘君、湘夫人，不闻祔于零陵九嶷之冢。禹崩会稽，涂山氏未尝祔也。天子以四海为家，无内外远近之异。故皇陵在凤阳，不闻迁于建业；孝陵在南京，不闻迁于天寿，岂非谓死者各即其所安，而生者无憾乎？或以为圣母万年之后，宜涉数千里以祔显陵；必致之则惮远而不安，不致之则独处而无配，所谓之死而致生之不知，而不可为也，曾可以是望陛下哉？且圣母以尧女舜妻之姿而有圣子神孙，之后序葬天寿，祔于祖功宗德之旁，人之仰之，当出湘君、湘夫人之上。愿抑孝思以从礼制，皇太后必损贞妇之思、隆从子之义矣。"上曰："赵昊既谓陵寝不当轻动，又将悖理之辞奏论。令锦衣卫逮送刑部。"当昊论赎还职，上曰："昊狂悖妄言，姑降一级调外任。"时湖广璧山县听选官黄惟臣等数奏迁陵寝，上廉其情有所希觊，因命锦衣卫逮送法司讯治之。"(《世宗实录》卷 131 第 3103 页)

(嘉靖十年)冬十月甲申(注：初四日)诏罢改迁陵寝之议。是时议迁显陵者数辈，至有谓上震位久虚，归咎于陵寝者。上令廷臣会议，尚书夏言力陈其不可，且请"自后有妄议迁陵者，罪之"。会有湖广听选官黄惟臣等数奏迁陵，上廉其情有所希冀，乃命锦衣卫逮送法司拷讯，自是议始息。(《明通鉴》卷 55 第 1792 页)

(嘉靖十五年四月)庚子(注：十六日)顺天府儒士潘谦、锦衣军匠金桂各上疏请迁显陵于天寿山，有旨下礼部参看，尚书夏言等言："往者锦衣卫千户陈昇等尝以奉迁显陵为言，陛下既奉圣母慈训而寝终之矣。顷以皇上谒见七陵，乃累朝未举之典，而预建山陵，又常情所难之事。愚民不知圣志所在，遂谓将有奉迁显陵之心，且流言喧豗，不独细人而已。今潘谦等望风进言，必有奸人指使，以尝试朝廷，希冀非望。不一重示惩创，恐无以警将来。"上深然其言，诏"谦等希图进用，妄议陵寝，俱下锦衣卫执法司拷讯"。（《世宗实录》卷186 第3937页）

（嘉靖十七年十二月）癸卯（注：初四日）（章圣皇太后）崩，遗诏内外文武群臣曰："予以菲德，配睿宗皇帝奉藩二十九年，不幸先皇帝弃我上宾，茕茕在疚。赖今皇帝入嗣祖宗大位，享皇太后享养十有七年于兹。比患疮疡，屡频危殆，重赖皇帝至孝，躬调药膳，虔祷神祇，备极诚敬，卒延三岁。今疾已弥留不可起，得从祀先帝左右，又复何憾。念惟皇帝负荷祖宗鸿业，艰难重大，尚资宗室诸王及中外文武群臣协心匡辅，共致太平，以垂万世之休。予殁之后，丧礼宜遵先朝旧典哭临三日即止，服制以日易月，二十七日而除，君臣同之。皇帝毋过哀戚，以妨万几；毋废郊社、宗庙、百神常祀；毋禁中外臣民音乐嫁娶。天下诸王不必赴丧，但遣人进香。在外大小文武衙门并免进香。特兹诰谕，其遵行之。"（《世宗实录》卷219 第4495页）

（嘉靖十七年十二月）乙巳（注：初六日）上敕谕礼工二部曰："朕皇考献皇帝显陵在湖广承天府，粤自皇考升遐之日，位处藩服，朕在幼冲，知识何有，实多贻悔。矧山川浅薄，风气不畜，堂隧狭陋，礼制未称。且越阻千里，宁免后艰，每一兴思，惕然伤怛。比三岁春秋展祀山陵，朕周览川原，于我成祖长陵之西南，得一支山曰大峪；林茂草郁，冈阜丰衍，别在诸陵之次，实为吉壤，朕心惬焉。兹欲迎皇考梓宫迁祔于此，爰以事体重大，卜告于皇祖高皇帝，既得吉占；谋之二三勋辅近臣，咸赞曰允宜。兹特敕尔礼工二部，便择日兴工，预告闻于祖宗列圣暨我皇考。及他事宜，即各详议具拟来闻。其奉迁礼，俟陵工告成乃议。"又特谕礼部曰："圣母大行，慈驾退升，卿等谓事莫重于山陵，此孝子第一大事，诚不可缓。其即分遣重臣于天寿山大峪处建造显陵，亟择日恭闻于祖宗列圣，启事兴工。一面南奉皇考梓宫来山合葬，庶慰朕二亲之灵，以伸朕以礼终事之情。其会同皇亲、内阁、六卿共议来闻。"于是武定侯郭勋、大学士夏言等上议言："皇上以皇考山陵远在江汉，每厪时岁之怀；兹遇慈驭上宾，圣情中切，亟以襄事为图。而大峪之择，实天设地藏之胜，建造玄寝，南奉皇考梓宫合葬，揆之古礼而正，即之圣心而安，稽之群议而协矣。顾今日举事二端，一兴大峪之役，一启承天之殡。大峪之役计日可就，而灵驾就途亦克期可至，惟是奉启之仪要在严辩周悉。夫皇考始葬，王礼也；今则天子也，陛下得以天子之贵、天下之富终事其亲，此君父至荣也。兹举为皇上大孝，朝廷大典礼，国家大举措，臣等以为宜备尊谥香册铭旌及诸吉凶仪仗敛衣衮冕之属，奉将以往。其兹驾发引之期，皇堂奉厝之礼，容礼官次第具仪上请。臣等谨先将显陵奉迁、大峪兴工二仪详拟以闻。"……疏上，上曰："奉迎皇考梓宫、迁建显陵，朕今日大事。彼此合行事宜，卿等会议既详，朕心少慰。其如议行。"（《世宗实录》卷219

第 4502 页）

（嘉靖十七年十二月）壬子（注：十三日）巡按直隶御史陈让上言："顷者陛下定大礼，拟合葬睿宗皇帝于天寿山大峪之阳，固以体慈闱之念。然臣闻葬者藏也，欲人之不得见也。今出圣考玉魄于所善藏之地，虽重封累袭，能无疑哉？昔黄帝衣冠之陵在陕西延安府都县，名为桥陵。舜葬九嶷，二女不从。则古人事死之礼，先庙后坟，重魂后魄，盖知鬼神情状之深者也。臣谓宜奉睿宗皇帝遗衣冠与章圣皇太后合葬于大峪山，又以章圣皇太后遗冠帔奉以合葬于显陵。若必欲迁显陵梓宫于大峪山，则显陵之在承天者，当为二圣衣寇几杖之藏，以当荆襄旺气。"疏入，上曰："朕奉迁皇考显陵，乃据礼襄事，国家重典，屡经群臣集议，成命已下矣。陈让辄引渺茫不经之说，敢于阻挠，鼓惑中间，言词展转矛盾，甚为欺妄。且建二陵用衣冠交葬，从古所无，尤见乖谬。其从实以对。"已而，让陈状引罪，且自辩，诏黜为民。（《世宗实录》卷 219 第 4512 页）

（嘉靖十七年十二月）甲寅（注：十五日）上素冠腰绖，以建造显陵告长陵，遣大臣朱希忠、张溶、崔元、邬景和、卫錞、陈鏸分告六陵，尚书严嵩祭天寿山，侍郎周叙祭大峪等神。是日，兴工，驾遂还京师。（《世宗实录》卷 219 第 4513 页）

（嘉靖十七年十二月）乙未（注：二十日）上谕辅臣曰："昨朕与卿面加慎详于迁陵一事，或谓为先入之言。今朕复思一夜，中心甚惧。夫三年之丧，上下一道，故曰虽天子必有父，所以无别，只此一大道理尔。后世日繁万几之务，易月为日，虽圣人复生，朕度必不能复设。使示争于初，必不终于古，徒卖虚名，不若以时为顺，乃为识理之真。至于墓次于庙，礼也。且《礼》亦明著'子为天子诸侯，父为大夫士，则葬用死者之爵，以安亲为上，不敢强在生之实'。矧奉藏体魄将二十岁，忍启露于风尘之间，撼摇于途路之远？朕心既不妥宁，我皇考亦必不宁，我圣母又大不宁也。兹决以礼之正、情之安，奉慈宫南诣合葬。穴中不必粉饰，果有未尽，即彼处置。朕须躬至显陵，亲临调度，此恐与北来为孝之大。卿即将此谕播之群臣，礼官当亟上议。"于是礼部会议上言："灵驾之北来与慈宫之南诣，其理一也。顷岁以显陵远在江汉，深厪圣怀。兹者皇上躬择大峪，地胜而近，春秋展谒，便于修举，不宜舍朝发夕至之地，而远即数千里之外。又如术家地理之说，以龙脉沙水较地美恶，幽宅之中，理难遥度；万一果有未善，一山风气相去不远，别选吉地，仓卒定难。慈宫既南，不可复返，此甚可虑也。臣等咸谓宜如初谕，遣亲重臣及知地理者先诣相度以闻，俟上裁择。即大行几筵安奉慈宁，迟之数月未为不可，若夫乘舆南陟，关系匪轻，又岂容造次轻误而不为长顾却虑也。"上曰："兹所言只重在人情私俗，不思四海非王土欤？即如我皇祖孝陵之在南京，今岁时展谒，得亲睹否乎？又我成祖，岂不永慕皇祖耶？卿等执前议，朕心终不安尔。"乃停崔元等三命使，惟令赵俊赍吉凶仪仗以往。六科给事中奚良辅等上疏请停南狩，报闻。（《世宗实录》卷219 第 4517 页）

（嘉靖十七年十二月）丁卯（注：二十八日）上既定奉慈宫南祔，心复犹豫。乃复敕锦衣卫指挥赵俊："令星夜驰赴显陵，于正月十三日午时会同内官何富，奉祀蒋华，都御史顾璘、陆杰，御史朱篪等，奉启玄宫；审视大内有无蒸润，梓宫安否，据实详具，即刻星驰回奏。限正月二十六日抵京，玄宫可即掩之，毋勿。"是时俊已行，命使趋追，及于内丘付之。（《世宗实录》卷219第4530页）

（嘉靖十八年正月）辛未（注：初二日）上以慈孝送终事大，念之数旬犹未能自决。初命京山侯崔元、尚书张瓒、太监鲍忠南迎睿宗梓宫，比亲视大峪归，又拟奉慈宫南祔，遂停三臣行，令锦衣卫指挥赵俊赉吉凶仪仗往。寻复命俊启视显陵玄宫归报。及元日之夜，又面谕武定侯郭勋曰："所有大事，朕见愚夫细人满世，虽读书号知道者，亦视礼仪为虚文，可慨！人见大峪工复，遂以朕为不断，是安知朕意？卿其传示礼部，趣昨三命使率原定官役南诣承天，启奉严宫，俟至慈舆发引。先朝有制，俱令各司拟行。"尚书严嵩奏："此大事，愚夫细人不足与计，惟仰圣心所安者行之，是即义理之正。请暂缓命使，待赵俊归报后发，庶为详慎。"上报曰："优柔不断，乃妇人事，朕意决矣，即择日命官恭奉梓宫南祔显陵合葬。一应礼仪事宜，各该衙门即逐一具拟以闻。"（《世宗实录》卷220第4533页）

（嘉靖十八年二月）丁未（注：初八日）九卿大臣吏部尚书许讚等各上疏谏止南幸，上曰："朕恭诣显陵，为亲计，度孝诚已发，出自朕心，既非无事空行，又非人言所导。卿等既有此谏，何不早言？今事已定，而乃云云，想惑于群议，非实有谏止之忠。宜思之，勿为此沽名之举。"都察院左都御史王廷相复特疏进言曰："伏自圣谕下议南巡以来，议止者众矣。然其说不过有三：有谓辇路所经，灾荒特甚，人相啖食，盗贼猥兴，恐有萑苻不逞犯属车之清尘者。有谓近边虏酋若花当等部落，日伺边衅，觊乘銮舆远涉，鼓众深入，如往年突至昌平、至京师戒严者。有谓扈卫军校及内外从官人役不下数万，粮草车马供应不赀，而郡县仓库空虚，百姓窜避，有司无所措手者。此皆众人所深虑，然患犹在外，处置得宜，尚可保其无虞。臣之所虑乃不在此。仰惟皇上玉体清胜，常加静养善摄，犹时小有不快。今也登历长途，经涉旬月，冲冒风尘，隔殊水土，六气袭之，五内受之；万一觉至圣体违和，圣心不畅，谁其任之？登顿于山原，不如深宫大庭雍容之为安；触冒乎风尘，不如逸神静志逍遥之为乐。今乃去适就劳，舍静而动，臣安得不为皇上虑也。且巡幸一事所关重大，盖居中可以制外，事势机权尽由之我也；处外必假付托，事势机权半由诸人也。况劳人动众之余，加之苦急无聊之故，变生仓卒，患起不测，又理势之或然者乎？臣观自古人主巡幸之事载在史册，其得失安危之迹，斑斑可为殷鉴。伏望皇上垂鉴往事，而少加察焉。且皇上之与献皇，庙祀矣，荐谥矣，称宗矣，配天矣，而因心之爱无所不极。自临御以来，建皇极，赞天地，康四海，服诸夷，而继述之业日为之隆。此正圣人之德、天子之孝异于凡众者，又何必躬自劳苦，远涉数千里之途，以下同于士庶人之爱敬乎？今日之事，皇上必欲合葬，或送而南，或迁而北，定有宸断。臣请当事自行，皇上安居九重，清穆高拱；臣仰体孝诚，祗服厥事，两月之内，必能办集。即以户部所供粮草、赏赐银两，留为修建显陵之用，不惟免皇上远行之劳，而且大事易襄，无意外之患，一举而三得者也。臣叨任股肱，义同休戚，所有款款之愚，不能自忍，唯明主裁之。"疏入，时上以孝思深笃，南行之议已决，虽知其忠，不及用也，第以"有旨"答之。已而，十三道御史刘仕贤等疏谏，上曰："此辈卖忠取誉，率尔渎扰，再言不宥。"户科都给事中曾烶等复言之，上怒，责令置对，各停俸二月。南京礼部右侍郎吕楠言："舜葬苍梧，二妃未从。禹葬会稽，涂山未祔。献皇帝道同舜禹，陛下固不啻敬承如启而已。故今南郊圆丘，北祀泰折，义正如此，又宁可摇动灵舆，合葬承天，以蹈非古之义乎？万不得已，亦不宜举动卒遽，必先立储贰以系属人心，选于群臣中如汲黯者数人留后居守，而沿边宣大亦先事简调贤将以戒不虞；供亿之费就近酌处，无俾太滥；扈从官军惟足供役，无俾过多，此又不得已之计也。"章下所司。工部郎中岳伦上疏言："梓宫南祔，未足以遂陛下孝思之诚，请坚北迁之举，不惑群议。"已而，听选岁贡监生陈良鼎言："陛下之孝，在于爱养斯民，以衍亿万年无疆之庆，不在乎躬亲送葬之末。"上怒，俱命锦衣卫逮讯之。已而，革伦职为民，永不叙用；宥良鼎罪，命吏部选授边方杂职。（《世宗实录》卷 221 第 4580 页）

（嘉靖十八年二月）乙卯（注：十六日）圣驾发京师，居守大臣及文武群臣送驾于玄武门外。上思恭献皇后，乃制述怀之诗。南京六科给事中杨雷等上疏请止南幸，下所司知之。（《世宗实录》卷 221 第 4598 页）

（嘉靖十八年三月）庚辰（注：十二日）圣驾抵承天府旧邸卿云宫，遂谒后考于隆庆殿。辛巳（注：十三日）谒显陵，驾至纯德山，及红门，降辇稽首，遂骑登陵山，立表皇考陵寝之北。周览久之，命改营焉。壬午（注：十四日）诏增显陵围垣，遂定新玄宫之式。（《世宗实录》卷 222 第 4609 页）

（嘉靖十八年二月）戊子（注：二十日）以大享礼成，上御龙飞殿受群臣贺，颁诏天下。诏曰："朕闻圣人治天下也，率以孝为先，盖所以教民作范焉，弗孝何以上人乎？朕以菲才，叨承天眷，君兹黔首，主御华夷，所事者人极重焉。故首正父子天伦之正，复宗考庙当有之宗。适者积衍冞深，累于圣慈，銮舆遐迈，哀徒摧五内之伤；凤寝再图，礼厥宜二亲之共。匪自经营，何慰夙夜？乃于今年仲春之十有一日，奏告于天地、宗庙、社稷，遍达于百震众秩，于十有六日驾徂荆楚之旧藩，躬视承天之严寝。越二十有五日，驻跸龙飞内之卿云宫，斋洁肃诚，定礼备乐。五日元吉，祗奏告之祀于皇天，奉皇考睿宗献皇帝上配。报生恩而拜谒显陵，答神功而躬祭社稷，以内道经之望遍兼举。诸王群职，迎觐献诚，虽未如四狩之巡，亦以见省方之意。且朕何人，敢尧舜似祗，欲伸送终之遂，以求夫永世之安，庶几教天下也。今玄寝之制置既详，亲体之尊安攸定。但念本根所在百姓，系怀劳扰久时，民艰当轸；承天府自明年为始，特免田税三岁，湖广地方与免明年田租五分之二，直

隶、河南二处亦与免明年田税三分之一，用见朕怀恤之意。……"（《世宗实录》卷222 第 4619 页）

（嘉靖十八年四月）癸卯（注：初六日）上谕行在礼部曰："朕思视吉壤一节甚无意义，夫既重卜，何为来此？惟纯德山者，效顺于我皇考圣灵，安悦兹山，宁处久矣，流庆子孙，决勿之他。三处视地悉已之，行宫道路止勿治，卿等可持此赞朕。"是时，上意欲奉皇考纯德山，而葬慈宫大峪，故微示其意如此。（《世宗实录》卷223 第 4627 页）

（嘉靖十八年四月）壬子（注：十五日）车驾还京师，留守大臣率文武百官俱吉服奉迎彰义关外。（《世宗实录》卷223 第 4630 页）

（嘉靖十八年四月）丙辰（注：十九日）上谕辅臣曰："朕复思大峪之工，玄寝已成，不奉梓宫早安，恐夏月大雨漫流而入，可不枉费人力？兹二十四日奉谢礼毕，二十七日仍可发引，卿等即与礼官面议之。"寻复择五月三日子时发引……是日，上复谕礼部："二十七日子刻驾发京，诣天寿山恭视陵工，亲谒长陵。"（《世宗实录》卷223 第 4632 页）

（嘉靖十八年四月）乙丑（注：二十八日）上躬谒长陵致祭，遣文武大臣郭勋、夏言分祭各陵，从官俱吉服陪拜。是日，上召礼部尚书严嵩于行宫，谕之曰："朕南巡，因谒陵寝，及视大峪已毕，然峪地空凄，岂如纯德山完美？决用前议，奉慈驾南祔。引发吉辰别候。"丙寅（注：二十九日）驾还京师。（《世宗实录》卷223 第 4639 页）

（嘉靖十八年五月）丙子（注：初九日）改荆州左卫为显陵卫，移置官军之护陵寝。仍照凤阳例建留守司，命之曰兴都留守司。序次中都，设正副留守各一员，经历、都事、断事、司狱各一员，统辖显陵、承天二卫。（《世宗实录》卷224 第 4667 页）

（嘉靖十八年五月）丁丑（注：初十日）敕工部左侍郎兼都察院右副都御史顾璘曰："朕皇考睿宗献皇帝显陵之建有年，自朕入承祖统，嗣守天位，瞻望亲园，每兴感怆。比因慈驭升遐，朕心遑遑，故南北之议久焉未决。今朕躬视纯德山，仰睹皇考神寝之制置已详，严体之尊安已定，兹当恭奉皇姒梓宫合葬于此，是为万世永永之图。所有二圣玄宫、宝域，宜遵照今降图式建置。并旧邸宫殿垣墉及大小房屋俱岁久，渐就颓圮漫溃，宜重加修葺。特命尔专董建造，仍会同内宫监太监袁亨，督同镇巡三司等官，即便动支见在官库钱粮，会计物料，委用能干官员监管。尔等宜殚竭心力，综理区画，务要尽善尽美，克期工完，俾朕早襄大事。尔等其钦哉，故谕。"（《世宗实录》卷224 第 4667 页）

（嘉靖十八年五月）甲申（注：十七日）慈孝献皇后梓宫发引，上哀服行启奠、祖奠、遣奠礼如仪。奠献使崔元奉梓宫行朝祖礼，百官步送于朝阳门外。（《世宗实录》卷224 第 4674 页）

（嘉靖十八年闰七月）丙午（注：十一日）奠献使京山侯崔元、监礼使礼部尚书温仁和各奏报山陵事竣，上温旨答之。（《世宗实录》卷227 第 4708 页）

（嘉靖十八年闰七月）甲寅（注：十九日）初，四月间将奉慈孝献皇后梓宫葬于大峪，礼部拟上葬毕祔庙仪注，得旨，令增入皇后亚献仪，未上。至是，慈宫已祔显陵，上谕礼部以八月七日卯刻慈主祔庙，乃遵前谕具上其仪。（《世宗实录》卷227第4712页）

（嘉靖十八年闰七月）庚申（注：二十五日）二圣梓宫合葬于显陵新寝。（《世宗实录》卷227第4719页）

（嘉靖十八年八月）辛未（注：初七日）奉慈孝献皇后神主祔睿宗献皇帝庙，上率皇后及嫔行礼如仪。（《世宗实录》卷228第4725页）

（嘉靖三十年三月）丁酉（注：初九日）上谕辅臣："显陵不异天寿，事体当同。少文武二人奉守。"大学士严嵩言："二圣陵寝所在，委宜崇重，添用奉守官员，圣虑极当。但臣等思得凤阳祖陵止内监守备、武臣留守，显陵设官创制，盖准于此。天寿文武奉守，近因防虏添设，事宁省革，惟圣明裁之。"上是其言，遂不增设。（《世宗实录》卷371第6627页）

（嘉靖四十五年十一月）壬午（注：二十六日）重修显陵祾恩殿成，更碑题曰"大明睿宗献皇帝陵"。先是，显陵明楼碑题曰"恭睿献皇帝之陵"，十七年始上庙号，工部左侍郎顾璘请更题如长陵碑制，上报可，既而止之。至是，都督蒋华谓"碑题与庙号不合，不可以示万世，请更定"。乃更今号云。（《世宗实录》卷565第9057页）

第八章　立世室及入太庙之争

嘉靖四年，陕西平凉县主簿何渊，初为国子生时，首请追上皇考献皇帝尊号并建世室于京师而得升官，廷臣多憎之。及其到任后，累为上官所榜笞，遂自诉乞改内职。二月初二日，嘉靖帝命改何渊为光禄寺珍羞署署丞。

四月十九日，何渊升任后，即上疏请立世室崇祀皇考于太庙。帝下礼部议，尚书席书等议复，回顾了"大礼议"的成果，以为"大伦既正，大统已明。至于祀典别奉祠于大内者，以献皇帝止生皇上一人，家庙之祭不可缺也。太庙不敢议入者，以献帝未为天子，大统之正不可干也"。斥何渊是"私逞小智，妄为谀词"，并逐条驳其无稽之言。首先指出"天子七庙，三昭三穆与太祖之庙而七，一世自立一庙"。立世室是由于"成周庙祭至懿王之世，文王当祧；孝王之世，则武王当祧；以文武并有功德，乃立文世室于三穆之上，武世室于三昭之上，与始祖后稷之庙皆世百不迁"。又指出明代"当以太祖拟文世室，太宗拟武世室。今恭穆献皇帝由藩王追称帝号，未为天子，未有庙号，渊乃欲比之太祖、太宗立世室，以祀太庙，此其言不经"。如欲按何渊之议改世室，则"献皇帝旧在藩国，一旦与祖宗在帝位者并列昭穆之间，非徒献皇帝无以见祖宗，陛下由此亦将取议当时"。并请"正何渊之罪而寝其议",帝不听,命"礼部还会官详议以闻"。

四月二十六日,翰林院学士张璁以席书所上世室议未得帝允,乃以先儒谓"孝子之心无穷,分则有限,得为而不为,与不得为而为之,均为不孝"为言上疏,指出"追尊献皇帝,别立一庙祀之,得为者也";"献皇帝主于太庙,礼之不得为者也";献皇帝庙是私亲之礼,大庙是正统之礼,如献皇帝主入太庙,"不知序于武宗之上欤,抑武宗之下欤?孝宗之统传之武宗,序献皇帝于武宗之上,是为干统无疑;武宗之统传之陛下,序献皇帝于武宗之下,又于继统无谓"。请帝"速敕廷臣罢议"。学士桂萼亦上疏劝帝罢议,帝俱答以"俟会议上,自能审处"。礼科给事中杨言、南京户部员外郎林益也各上疏极言何渊渎乱不经,宜正其罪,以为人臣妄言希进之戒。帝将其章俱下所司。

四月二十九日,礼部会官集议世室,上疏以为"礼莫严于宗庙,分莫大于君臣"。太祖定制"承正统为天子者得祔太庙,系支派封诸王者各祭本国";"今献皇帝分封安陆称藩为臣二十余年,庙祀安陆又三年",大礼议后确定的"建室奉先殿侧,朝夕瞻拜,岁时享祀;上不干祖庙,下合人心,此真可以为万世法"。何渊欲祔祀太庙之说"何其不经之甚"。"自唐虞至今五千余年,以藩王附祭太庙并无一人";如果要祀太庙,"将置主于武宗上欤?武宗,君也,以臣先君,分不可僭;置武宗下欤?献,皇叔也,以叔后侄,神终未安";如别立一庙于太庙旁,这"是两庙、两统"。且"今日祔庙之举,千万人同出一言,无一人以为可者"。请帝"俯纳群言,即赐罢议"。帝不允。大学士费宏、石瑶、贾咏,尚书廖纪、秦金及九卿、台谏官各上议争,帝俱不报。

五月初四日,巡按直隶监察御史陈褒上疏言何渊的世室之说,"紊宗庙昭穆之序,无以示后世子孙"。请正何渊欺罔之罪,罢会议。五月初六日,翰林院学士桂萼、张璁以礼部会议世室未允,复上疏劝罢世室之议。五月初八日,给事中杨言等复上疏,以为"祖宗身有天下,大宗也,君也。献皇帝旧为藩臣,小宗也,臣也。以臣并君,乱天下大分;以小宗并大宗,干天下正统,无一可者"。五月初九日,御史叶忠等上疏言"何渊此举,上得罪于九庙,中得罪于献皇,下得罪于万世清议,虽百死不足以谢天下,何陛下听之过而不察至是哉?"试监察御史侯秩亦言:"往者建观德殿于大内,虽不合古礼,然犹未干正统,天下纷纷,尚谓桂萼等贡谀市宠以误陛下。……萼等曩议礼,累岁穷搜博辩,凡可屈议伸恩以将顺陛下者,何所不至?今顾肯逞臆特议,大拂陛下之情哉?盖必有大不可者以概于其中也。"帝均不听,只是将这些奏章俱下所司;并遣中官传谕尚书席书曰"必祔庙乃已"。席书在上礼部之议后,又密疏陈其不可,帝曰:"卿奏乃怯众饰奸。朕膺天命入绍大统,皇考百世之室,何为不可?卿为礼官,不当以情屈礼,务会议奉安世室,以伸朕孝思,著卿忠诚无忽。"五月十一日,席书等上疏禀报奉旨再议世庙事,以"部臣如吏部尚书廖纪等,勋臣武定侯郭勋等,六科给事中杨言等,十三道御史叶忠等数十百人,咸以为大礼已定，不宜再更"。帝以自己"奉天法祖，岂敢有干太庙。世室之建，自古有之，朕非敢僭拟帝王功德。惟我皇考，抚诲朕躬，罔极之恩，岂可忍忽？观德殿奉祀大内，太常不得行礼，匪合仪制。廷臣反复执奏，违礼悖经"；命礼部博考经典，再会官议拟以闻。五月十二日，吏部尚书廖纪见议久未定，复上疏请罢世室之议，帝不允，仍令博考典礼以闻。于是何渊又上"太庙正议"，再申其说，帝亦将其章下于礼部。张璁、桂萼乃对席书说："观德殿规制未备，宜圣心未慊也，须别立庙，不干太庙。尊尊亲亲，并行不悖。"于是，五月二十二日，礼部复会官上疏言："世室之议，群臣言其不可，章既三上"；遵帝命详考经史，"夏有天下四百年，传统一十六君；商有天下六百年，传统三十君；周有天下八百年，传统三十九君。其间虽间有叔侄相传、兄弟相及，然皆父为天子，未有自藩封入继大统如今日者，不敢强比。再考《六经》《四书》，立言各有指归，亦未有一言一事与立世室、祔太庙事理相符"；只有汉宣帝以昭帝之侄孙入继大统，为其父史皇孙立皇考庙于京师，不列昭穆，与今日事体相类。并依《中庸》"周公成文、武之德，追王太王、王季，上祀先公以天子之礼，葬用死者之爵，祭用生者之禄"；《丧服·小记》"父为士，子为天子、诸侯，祭以天子、诸侯"，建议"于砖城之东、皇城之内、南城尽北或东，立一祢庙，前殿后寝，门墙廊庑如文华殿款制，笾豆牲脯、歌章乐舞一遵天子之仪。当四孟岁暮之期，圣驾及文武百官俱从阙左门进，开一神道，直抵庙所。其营建之制所宜别者则大约有四：一曰出入不与太庙同门；二曰坐位不与太庙相并；三曰祭用次日，使敬心不分于所尊；四曰庙欲稍远，使乐舞不闻于列祖。所谓门不同而势不并者，所以避两庙、两统之嫌也；所谓敬不分而乐不闻者，所以成祖庙独尊之体也。至于服尽之期，亦同孝庙。则既于太庙不预，而君臣之义无逾；然实祢庙有严，而父子之情克尽，尊尊亲亲，可谓两全无废矣"。疏入，帝从之，命礼、工二部即会同司礼监、内阁在太庙左右相度处所，择日兴工，并亲定其名为"世庙"。五月二十七日，帝以礼部疏内有"献皇帝服尽，与孝庙一同"的说法，遣中使谕礼官查议。于是礼部言："礼，天子九庙，亲尽则祧。献皇与孝宗系兄弟，同为一世，自后仁庙而下以次升祧。至九庙已满，孝宗迁祧之日，我献皇帝神主亦同祧迁。"帝又以他日奉祧神主藏所，命礼部再会官议定。于是礼部复上疏以此事"礼旧无载者，当以义起"；"献庙神主，宜于寝殿置一龛室，藏主其中；不设四时之祭，惟岁暮太庙合祭之日，亦出主于本庙前殿，举祭如仪。祀毕仍藏寝室，则献皇神主世居本殿，与太庙同为悠久，皇上孝思亦永无穷矣。"帝曰："皇考生朕一人，入继大统，今特立庙，百世不迁，以伸世享之诚。"乃命工部相地于太庙左环碧殿旁，前殿后寝，制如太庙而微杀之，路由阙左门入。

六月十五日，南京刑部郎中黄宗明、都察院经历黄绾并上疏言"何渊献议谬妄，干天下万世之公议，宜正其罪"。帝俱报闻而已。

十月二十八日，光禄寺署丞何渊以礼部所定新建世庙出入不与太庙同门，神路迁逆未便为由，复上奏以为世庙"宜与庙街同门，直开一路以抵世庙为当。社稷异神尚得合祭同门，献皇帝与祖宗本同一气，乃不得同门耶？"帝以其疏下礼部，令会群臣亟议以闻。礼部尚书席书等复言："如何渊言，未为不可，臣等亦不敢固执前议。第通此街，须毁垣伐木，撤神宫监而后可，于事体不无有碍。请更会官相地定议。"于是内阁、司礼监及诸臣奉旨相度，奏称"庙街之东，中为神宫监，监北为黄瓦房，南为宰牲房，于此通路，似各有碍。从初议便"。席书不敢主议，请帝裁决。帝不允，仍令速议长久便利之策以闻。左给事中韩楷等、御史杨泰等以席书持两端之论，各连章论劾，且谓"垣木宫监皆太庙旧物，一旦欲斩伐拆毁，窃恐列圣之灵不安，上心亦必有所不忍者"。帝怒，诘责科道官，下其章于所司。御史叶忠上疏以"太祖、太宗创业之祖，尚不能独享一庙，且在世庙之右，则献皇尊崇固出祖宗之上，又何必同出庙街门然后为尊耶？"帝益怒，曰："尔谓世庙不当居太庙左，即居何地？"责忠对状，寻夺给事中韩楷等并叶忠俸各二月。工科给事中卫道以为按何渊之言，必"伐其树木，堕其墙垣，拆其房监而后可，祖宗之神安乎？"并指出"异门出入，原出席书初议，今乃谓'应否同街出入，于礼无载，于事无考'，是可同门矣。祭太庙必横过此街，竟往世庙，是同日矣。其言先后反复，忍背其说以从邪议，无大臣体，乞治何渊谄谀之罪，而并责席书以反复之状。"疏入，帝切责卫道："故违前旨，拾掇狂妄，意欲沽名回护，降二级调外任"。大学士费宏力谏，亦不听。大学士石珤上言："连日议改庙街，若欲毁及神宫监者，诸臣皆谓不可。夫宗庙至重，祖宗至尊，孝子之事亲也，事死如事生，事亡如事存。陛下以孝理治天下，宜于祖宗居处经历之所一一保护爱惜，以广孝思。顾于祖庙中百十余年旧物，欲毁而伐之，臣断以为不可。"帝以"朝廷自能酌处"，下其章于所司。议久未决，于是学士桂萼、张璁上言亦如席书持两端之论，以为"议礼之初，争称帝而复争称皇，今争立庙而复争路，实无谓也，是在陛下早决之而已"。疏入，报闻。已，二人又上言曰："近议但云庙街门有干太庙，而不思阙左门有干朝堂也。……同路而未尝同门，何干于太庙乎？诸臣考礼不精，而席书一人难胜众口，臣等据礼奏闻。"又上言曰："神宫监不过守庙者一衙门，宰牲房不过庖厨之所。今移神宫监以通辇路，岂无故而毁之哉？"赞同了何渊之议，并以"若必求众议之同，恐愈议愈谬、愈多愈争"，请帝独断。帝将其章下所司。礼部以会议诸臣坚执不便，不能自持其说，复奏言："各官议世庙神道，同庙街出入，使无神宫监等处阻碍，委无不可。但欲此路可通法驾，必须毁监伐木，恐陛下之心必有大不安者。即欲强穿一路，终是曲径旁通，非朝廷气象。不如由阙左门为正，而祖庙、世庙各全其尊。"而帝卒如何渊所议，径下旨："朕还由庙街门往祭世庙，量拆神监宫北房，取路东行，循沟北入，但仅容板舆通行，不必宽广。"至是，议始定。

嘉靖五年七月二十一日，嘉靖帝以世庙将成，自制乐章，命大学士费宏更定曲名。费宏遂以"献皇帝生长太平，初不以武功为尚"，建议用文德之舞，帝从之。而何渊却上言，以为"世庙乐舞未备"。帝令礼部集议，侍郎刘龙等议"宜仍旧"。帝又谕辅臣再议，大学士杨一清、贾咏、翟銮上言："汉高帝以武功定天下，故奏武德文治舞。惠、文二帝不尚武功，故止用文治昭德。世庙止用文舞，亦此意也，不为缺典。"张璁独上言："皇上身为天子，尊献皇为天子父，宜以天子礼乐祀之，缺一不可。"坚持要以文武舞兼用，帝又即从其议。

嘉靖九年七月初一日，福建平和县知县王禄疏请"建献帝庙于安陆，封崇仁王以主其祀。不当考献帝、伯孝宗，以涉二本之嫌。宗藩之子有幼而岐嶷者，当预养宫中，以备储贰之位"。帝令下巡按御史逮治，而王禄上疏后即解县事归，御史劾其擅离职守。帝下令罢职不叙。

嘉靖十五年十月十七日，帝谕礼部尚书夏言："前以皇考庙比世室之义，即名世庙。今分建宗庙，惟太宗世祭不迁，恐皇考亦欲尊让太宗。且世之一字，来世或用加宗号，今加于考庙，又不得世宗之称，徒拥虚名"；令其与郭勋、李时慎议以闻。议未上，帝复谕夏言，欲将皇考庙名"题为献皇帝庙，庶别宗称，且见推尊之意"。于是夏言等援考古今，咸谓"圣谕允当"，又"请敕所司恭制匾额，择日告悬，并以谕议宣付史馆，昭告来世"。帝下诏悉如所议，遂更定世庙为献皇帝庙。

资料摘录：

（嘉靖四年二月）壬辰（注：初二日）升陕西平凉府县主簿何渊为光禄寺珍羞署署丞。初，渊为国子生，首请追上皇考献皇帝尊号而建世室于京师，章数上，廷臣多憎之。及除平凉，累为上官所榜笞，渊自诉乞改内职，故有是命。（《世宗实录》卷48 第1216页）

（嘉靖四年三月）甲戌（注：十五日）诏修《献皇帝实录》。……初，国子监生何渊，以请建世室除平凉县主簿。既之官，屡为上官所笞辱，遂自陈请改内职，许之，寻授光禄寺署丞，至是复"请建世室，祀皇考于太庙"，下廷臣议。（《明通鉴》卷52 第1678页）

（嘉靖四年四月）戊申（注：十九日）先是，光禄寺署丞何渊上疏请立世室崇祀皇考于太庙。下礼部议，尚书席书等议复，大略言："陛下自入继大统，首以尊号、主祀下廷臣议，釐订三年，更诏二次，论议未合，上下乖忤。昨岁始虚心平气，会疏上议，以孝宗敬皇帝为皇伯考、恭穆献皇帝为皇考、昭圣皇太后为皇伯母、章圣皇太后为圣母、武宗毅皇帝为皇兄，奉迎安陆神主于大内，祀以天子之礼。大伦既正，大统已明。至于祀典别奉祠于大内者，以献皇帝止生皇上一人，家庙之祭不可缺也。太庙不敢议入者，以献帝未为天子，大统之正不可干也。彝伦叙，统纪明，诚可以质鬼神而鉴天地矣。今渊乃私逞小智，妄为谀词，臣谨以其无稽之言辩正一二：夫所谓世室者，王制天子七庙，三昭三穆与太祖之庙而七，一世自立一庙，与今同堂异室规制不同。成周庙祭至懿王之世，文王当祧；孝王之世，则武王当祧；以文武并有功德，乃立文世室于三穆之上、武世室于三昭之上，与始祖后稷之庙皆世百不迁（注：疑为百世不迁），此之谓世室。我国家太祖始建四庙，德祖居北，熙、懿、仁三祖各以昭穆东西相向，后又援汉朝故事改建同堂异室，以从简便。故我朝议祧，当以太祖拟文世室，太宗拟武世室。今恭穆献皇帝由藩王追称帝号，未为天子，未有庙号，渊乃欲比之太祖、太宗立世室，以祀太庙，此其言不经一也。所谓禘祭者，古者祭始祖之所自出，以始祖配之，在周则帝喾是也。我朝列圣相承，迄于今日，推所自出之帝，德祖以上已不知所自，渊乃以献皇帝为所自出，此又其言之不经一也。所谓祢庙者，先日诸臣多谓天下未有无祢之庙，故欲以孝宗称祢考。逮数年论定，改称伯考，而以祢考归于献皇帝，名义始正。今观德殿者，即系祢庙，但不可列序于昭穆间耳。何渊乃曰'祢庙得所而后名位相须'，是本无祢而必欲立一祢于昭穆之间，然后太庙之名始称情也。又曰'祢庙得正而后有光正统'，审如所言，则皇上于太庙中原无祢考，将不得入奉大统之宗祧乎？此又其言之不经一也。昔医士刘惠上言，欲更观德殿名，已蒙圣断发戍边卫。臣尝上《大礼考》议曰：'假使桂萼、张璁谓献帝可以入太庙，非独诸臣欲诛之，臣先攘臂诛之。'今渊欲以御定殿名改同文、武世室，献皇帝旧在藩国，一旦与祖宗在帝位者并列昭穆之间，非徒献皇帝无以见祖宗，陛下由此亦将取议当时，遗讥后世。臣昧死以为不可。乞断自宸衷，正何渊之罪而寝其议，使天下晓然知陛下议礼，乃畴昔咨在廷诸臣，而非憸人利口所能摇惑，则一代典礼足以征信四方、昭训万世矣。"得旨："礼部还会官详议以闻。"（《世宗实录》卷50 第1257页）

（嘉靖四年四月）乙卯（注：二十六日）翰林院学士张璁以礼部所上世室议未允，乃上疏曰："礼缘人情，有中正之则，固不容以毫发损，亦不当以毫发加。昔汉哀帝追尊父定陶共王为共皇帝，立庙京师，序昭穆，仪如孝元帝，万世而下谓为干纪乱统。今何渊请献皇帝主于太庙，不知序于武宗之上欤，抑武宗之下欤？孝宗之统传之武宗，序献皇帝于武宗之上，是为干统无疑；武宗之统传之陛下，序献皇帝于武宗之下，又于继统无谓。若谓祢不可缺，则汉宣帝嗣昭帝后，昭为宣叔祖，史皇孙尝别立庙，未闻有议汉宗庙无祢者。今观德殿为陛下祢庙，犹史皇孙别为祢庙也。若谓献皇帝庙终当何承？臣以为古私亲之庙，亲尽则毁；世数未尽，于太庙当奉以正统之礼，于献皇帝庙当奉以私亲之礼，尊尊亲亲，并行不悖。迨夫孝庙祧，则献皇帝之亲亦尽，古之礼也。先儒谓'孝子之心无穷，分则有限，得为而不为，与不得为而为之，均为不孝。'陛下追尊献皇帝，别立一庙礼之，得为者也。此臣昧死劝陛下为之也。献皇帝主于太庙，礼之不得为者也，此臣所以昧死劝陛下不为也。夫成礼则难，坏礼则易，得为而不为，虽未至于成，犹可为也；不得为而为之，乃遂至于坏，不可救也。陛下尚念此礼大成，原出圣裁，匪由人夺，奈何一旦忍为小人而破坏耶？乞速敕廷臣罢议，无招多口，有渎清朝。"学士桂萼亦上疏，大略言"孝子不顺情以危亲，忠臣不兆奸以陷君。殷高祖独丰祢祀祖乙，且以为言。况如何渊所议，紊昭穆之次，乱统纪之常哉。此不忠于陛下之大者也。乞即赐罢议"。俱答曰："俟会议上，自能审处。"会礼科给事中杨言、南京户部员外郎林益各上疏极言何渊渎乱不经，宜正其罪，以为人臣妄言希进之戒。章俱下所司。（《世宗实录》卷50第1262页）

（嘉靖四年四月）戊午（注：二十九日）礼部会官集议世室，上疏曰："夫礼莫严于宗庙，分莫大于君臣。我太祖稽古定制，圣子神孙承正统为天子者得祔太庙，系支派封诸王者各祭本国，万世纲常，截然不敢毫发僭者。今献皇帝分封安陆称藩为臣二十余年，庙祀安陆又三年矣。当时议祀献皇帝，立论有三：其曰别立嗣王称子主祭者，廷臣初议之言也；其曰岁时遣官致祭安陆者，廷臣改议之言也；其曰当别立庙于大内者，进士张璁、主事桂萼、霍韬等先后建议之言也。皇上折衷群言，建室奉先殿侧，朝夕瞻拜，岁时享祀；上不干祖庙，下合人心，此真可以为万世法矣。署丞何渊乃欲祔祀太庙，何其不经之甚欤。臣等前说，备考古今庙制，申辩何渊谬妄已极详明，皇上再下廷臣会议，臣等尚复何言？大凡百官会议，事有未当者，虽千言不足；事无可议者，即一言而定。皇上议礼以来，厥初称兴献帝，继称本生考，委有可议。近日迎主奉祀之后，明诏一下，人心愉悦。议大本，则祢庙有严而德教之本已立；议大经，则太庙不预而大统之正无干。此非大圣人不能定也，臣等岂敢复有所议，以变乱祖宗之制乎？切惟太庙者，太祖高皇帝之太庙也，陛下不但承大祭之时，洋洋乎如见太祖之在上，即深居法宫，亦当凛凛乎如太祖之降临。脱信何渊之言，臣等不知奉常何以置主，宗祀何以致词？陛下起伏之间能不股栗发悚乎，梦寐之间能不心悸神愕乎？考自唐虞至今五千余年，以藩王附祭太庙并无一人，陛下何所祖而为之？万一为此，将置主于武宗上欤？武宗，君也，以臣先君，分不可僭；置武宗下欤？献，皇叔也，以叔后侄，神终未安；将别立一庙于太庙旁欤？每岁时祫享，既率百官以祭祖庙，又率百官以祭祢庙，是两庙、两统，汉哀故事，陛下岂肯为哀、桓之主，臣等岂肯为冷、段之徒以污圣世青史？在廷群臣，前日称考、伯异同相半；今日祔庙之举，千万人同出一言，无一人以为可者。夫成大谋在集众论，举大事当顺人心。兹当上天垂戒之时，正皇上修德之日，伏望俯纳群言，即赐罢议，无为憸人邪说所惑，举已成之典而尽弃之。古孝子不陷亲于不仁，忠臣不陷君于不义，臣等犬马之心不任惓惓，惟皇上裁择。"上不允，命亟会官更议以闻。

（《世宗实录》卷50第1265页）

（嘉靖四年）夏四月，光禄寺丞何渊疏"孝莫先于享亲，礼莫大于宗庙。恭穆献皇帝乃入继大统所自出之帝，宜于太庙立世室崇祀，以备祢庙之礼"。帝命礼官集议，礼部尚书席书等言："王制天子七庙，三昭三穆。周文、武乃立世室，与后稷庙皆百世不迁。我太祖立四亲庙，德祖而下同堂异室，议祧则德祖拟后稷，太祖拟文世室，太宗拟武世室。今献皇帝追崇帝号，而立世室比太祖、太宗，似为无据。"张璁、桂萼曰："臣与廷臣抗论之初，即曰献皇帝崇祀京师，当别立祢庙，不干正统。汉哀帝尊定陶共王为共皇帝，立庙京师，至今非之。今献皇入于太庙，将在武宗之上乎，抑武宗下乎？此礼之所不得为者。愿陛下勿为。"席书复言："献皇入祀大内，于礼允宜。若祔祭太庙，则昭穆难紊，正统难干。若别立于太庙之旁，是两庙两统矣。"帝仍命会议，璁、萼、席书复上言争之，帝曰："朕奉天法祖，岂敢有干太庙。第观德殿在大内，太常不与，祀典未合。宜将三代典章博考以闻。"大学士费宏等言："太庙昭穆相承，必继统者乃得升祔，未有从他庙祔入者。席书为礼官，尝议大礼以成圣孝，何敢执奏以取违命之罪哉？"尚书廖纪、秦金，九卿、台谏皆力争，圣心未允，书等复言："宜在皇城内择地别立祢庙，不与太祖并列。祭用次日，尊尊亲亲，庶几两全。"乃命卜地拟名以闻。（《皇明永陵编年信史》卷2第4页）

（嘉靖四年）夏四月，光禄寺丞何渊请立世室，崇祀皇考于太庙。帝命礼部集议，尚书席书等上议："王制：天子七庙，三昭三穆。周以文、武有大功德，乃立世室，与后稷庙皆百世不迁。我太祖立四亲庙，德祖居北，后改同堂异室。议祧则以太祖拟文世室，太宗拟武世室。今献皇帝以藩王追崇帝号，何渊乃比之太祖、太宗，立世室于太庙，甚无据。"不报。张璁、桂萼俱言不可。璁曰："臣与廷臣抗议之初，即曰'当改为献皇帝，立庙京师'。又曰'别立祢庙，不干正统'。此非臣一人之私，天下万世之公议也。今渊乃以献皇帝为自出之帝，比周文、武，不经甚矣。上干九庙之威监，下骇四海之人心，臣不敢不为皇上言之。昔汉哀帝尊定陶共王为共皇，立庙京师，比孝元帝，至今非之。今渊请入献皇帝于太庙，不知序于武宗之上与，武宗之下与？昔人谓孝子之心无穷，分则有限；得为而不为，与不得为而为之，均为不孝。别立祢庙，礼之得为者也，此臣昧死劝皇上为之；入于太庙，礼之不得为者也，此臣昧死劝皇上勿为。"席书会群臣复上议争之。大学士费宏、石珤、贾咏，尚书廖纪、秦金及九卿、台谏官各上议争，俱不报。璁、萼乃谓书曰："观德殿规制未备，宜圣心未慊也，须别立庙，不干太庙。尊尊亲亲，并行不悖。"书等遂上议："宜于皇城内择地，别立祢庙，不与太庙并列，祭用次日。尊尊亲亲，庶为两全。"从之。（《明史纪事本末》卷50第755页）

（嘉靖四年五月）壬戌（注：初四日）巡按直隶监察御史陈褒上疏言："世室之说，紊宗庙昭穆之序，无以示后世子孙。请正何渊欺罔之罪，罢会议，以绝天下之惑。"章下所司。（《世宗实录》卷51第1271页）

（嘉靖四年五月）甲子（注：初六日）翰林院学士桂萼、张璁以礼部会议世室未允，复上疏曰："礼之初议也，以献皇宜称皇叔父兴献大王矣，臣等辄敢曰'非礼也'。既而尊称兴献帝矣，臣等犹曰'未成礼也'。既而请去'本生'二字，别庙京师，更诏天下，于是凡有人心、达礼义者，始相庆曰'此礼之大成也'。夫礼者，理也，天下之中正也。不及不可，过亦不可也。陛下作民君师，建中以为民极。使献皇帝当入太庙，臣等当先言之，何待渊也。今者未闻审处之言，而但有再议之命，岂臣等前日之言是，而今日之言非耶？前日之心忠，而今日之心不忠耶？上下之情贵乎流通，古今之理贵乎参酌。臣等愚昧，未知所审处者何在？若曰请入献皇帝主于太庙，援古揆今，未见其可，万死不敢以误陛下。典礼初成，不可遽坏；公论方定，不可复扰。臣等所以义不容默也。"章下所司。(《世宗实录》卷51 第1272页)

（嘉靖四年五月）丙寅（注：初八日）给事中杨言等复上疏乞罢世室之议，其略曰："祖宗身有天下，大宗也，君也。献皇帝旧为藩臣，小宗也，臣也。以臣并君，乱天下大分；以小宗并大宗，干天下正统，无一可者。"章下所司。(《世宗实录》卷51 第1274页)

（嘉靖四年五月）丁卯（注：初九日）御史叶忠等上疏言："陛下聪明神圣，礼之是非，事之可否，靡不洞晰。顷者世室之议，天下皆知其不可，而圣意乃犹迟回未决，岂孝思方切，人言不暇恤乎？臣等不识事宜，窃仰窥献皇生平忠谨之心，而知其有大不安者。正德间刘瑾、钱宁、江彬之徒毒乱天下，天下望治甚于饥渴，寔藩（注：疑为蕃之误）、宸濠辈窥窃神器者何可胜数？当时占天象者则曰'福德在楚'，论昭穆者则曰'伦序在兴藩'，推帝王之德者则曰'我献皇天下归心已非一日'。然献皇方恪守臣节，有事君之小心，万世纲常赖以不坠，盖自泰伯以后一人而已。今顾冒世室之虚礼于身后，以违平生忠谨之心，臣等知献皇在天之灵必不能一日安于太庙之侧也。孝子之祭其亲，虽一饮馔之微，犹不敢拂其平生之所嗜好以致其歆，矧事关名教，乃强所不欲，而处之大不韪之地乎？臣等又以为陛下之心，亦不能一日安也。何渊此举，上得罪于九庙，中得罪于献皇，下得罪于万世清议，虽百死不足以谢天下，何陛下听之过而不察至是哉？"试监察御史侯秩亦言："往者建观德殿于大内，虽不合古礼，然犹未干正统，天下纷纷尚谓桂萼等贡谀市宠以误陛下。今何渊之论乃欲建室太庙，与祖宗君父同一南面，他且未论，献皇帝之灵讵能安乎？顷礼部及桂萼等论奏，可谓详明曲尽矣。萼等曩议礼，累岁穷搜博辩，凡可屈议伸恩以将顺陛下者，何所不至？今顾肯逞臆特议，大拂陛下之情哉？盖必有大不可者以概于其中也。"章俱下所司。(《世宗实录》卷51 第1275页)

（嘉靖四年五月）己巳（注：十一日）礼部尚书席书等上疏言："顷者奉旨集廷臣再议建室祔庙事，乃部臣如吏部尚书廖纪等，勋臣武定侯郭勋等，六科给事中杨言等，十三道御史叶忠等数十百人，咸以为大礼已定，不宜再更。皇上孝心无穷，礼则有限，臣等万死不敢以非礼误陛下。"上曰："朕奉天法祖，岂敢有干太庙。世室之建，自古有之，朕非敢僭拟帝王功德。惟我皇考，抚诲朕躬，罔极之恩，岂可忍忽？观德殿奉祀大内，太常不得行礼，匪合仪制。廷臣反复执奏，违礼悖经，且不究。礼部其以夏、商、周典礼见于经书者，推详博考，再会官议拟以闻。"初，庙祀之再议也，上遣中官传谕尚书席书曰"必祔庙乃已"。既上议，书复密疏其不可，上曰："卿奏乃怯众饰奸。朕膺天命入绍大统，皇考百世之室，何为不可？卿为礼官，不当以情屈礼，务会议奉安世室，以伸朕孝思，著卿忠诚无忽。"(《世宗实录》卷51 第1277页)

（嘉靖四年五月）庚午（注：十二日）世室之议久而未定，吏部尚书廖纪复上疏曰："太庙森严之地，昭穆之位本父子之大伦。臣等据经秉礼，详悉敷陈，已具会议两疏；今经旬月，未蒙采纳。窃以人子孝亲之心无穷，而分则有限。得为而不为，与不得为而为，均为非礼。如何渊之言，是恭穆昔称臣于外藩，今并列于祖宗帝位。不得而为，以之事亲，非孝也。皇上所继者祖宗之统，所守者祖宗之法。如渊之言，必欲以臣而干君，因子而伸父，乱昭穆之伦，蔑祖宗之法，非孝也。臣等又伏思之，皇上每于观德殿祀享之时，洞洞属属，俨然如在思其居处，思其笑语；较之太庙森严之地，孰为亲密？观德殿临近寝宫，岁时风雨，得便瞻拜，朝奠夕献，不妨频数；较之太庙，法从陪位，孰为便宜？况礼有制而不得为，情有限而不得伸，犹足以仰见皇上以礼事亲，大孝出于寻常万万，顾不韪欤？臣昧死请罢勿复议。"上不允，仍令博考典礼以闻。于是何渊复上"太庙正议"，下其章于礼部。(《世宗实录》卷 51 第 1280 页)

（嘉靖四年五月）庚辰（注：二十二日）礼部复会官上疏言："世室之议，群臣言其不可，章既三上，伏蒙圣谕，仍令礼官详考夏、商、周典礼经书；圣意盖以事必师古、义必应经，然后可全一代之礼，垂百王之制也。臣等翻阅经史，考之夏有天下四百年，传统一十六君；商有天下六百年，传统三十君；周有天下八百年，传统三十九君。其间虽间有叔侄相传、兄弟相及，然皆父为天子，未有自藩封入继大统如今日者，不敢强比。再考《六经》《四书》，立言各有指归，亦未有一言一事与立世室、祔太庙事理相符，臣等万死不敢有累盛德。至于立庙京师、别为祭享，此则礼制得为，有可考证。以汉、宋言之，哀、英二帝既为人后，与今不同。若汉宣帝以昭帝之侄孙入继大统，其父曰史皇孙，当时尝立皇考庙于京师，不列昭穆，则正与今日事体相类。及考诸《四书》《六经》，亦有明训。《中庸》曰：'周公成文、武之德，追王太王、王季，上祀先公以天子之礼，葬用死者之爵，祭用生者之禄。'《丧服·小记》曰：'父为士，子为天子、诸侯，祭以天子、诸侯。'皇上统御万方，四时有事，献皇自宜祭以天子之礼，百官陪祀，奉常导引，备礼极乐皆不可缺。臣等谨拟准汉宣故事，于砖城之东、皇城之内、南城尽北或东，立一祢庙，前殿后寝，门墙廊庑如文华殿款制，笾豆牲脯、歌章乐舞一遵天子之仪。当四孟岁暮之期，圣驾及文武百官俱从阙左门进，开一神道，直抵庙所。其营建之制所宜别者则大约有四：一曰出入不与太庙同门；二曰坐位不与太庙相并；三曰祭用次日，使敬心不分于所尊；四曰庙欲稍远，使乐舞不闻于列祖。所谓门不同而势不并者，所以避两庙、两统之嫌也；所谓敬不分而乐不闻者，所以成祖庙独尊之体也。至于服尽之期，亦同孝庙。则既于太庙不预，而君臣之义无逾；然实祢庙有严，而父子之情克尽，尊尊亲亲，可谓两全无废矣。"疏入，上曰："既会议别建一庙奉祀皇考，凡四时岁暮，朕率百官执事躬亲献享，以伸追慕之情。礼、工二部即会同司礼监、内阁，领钦天监官诣太庙左右相度处所，择日兴工。"上亲定其名曰"世庙"云。(《世宗实录》卷51 第 1288 页)

（嘉靖四年五月）乙酉（注：二十七日）初，礼官会议已得旨，别建一庙奉祀皇考，旋以疏内有云"献皇帝服尽，与孝庙一同"，复遣中使谕礼官查议。于是礼部言："礼，天子九庙，亲尽则祧。献皇与孝宗系兄弟，同为一世，自后仁庙而下以次升祧。至九庙已满，孝宗迁祧之日，我献皇帝神主亦同祧迁。但孝宗神主在太庙内，合迁藏于太祖寝殿之后；我献皇别自一庙，神主迁藏之所实当代所未有之典。臣等窃以为百余年后，圣君贤相必有至当归一之论，故不敢预为轻议。"疏入，上曰："别建一庙，不与祖宗昭穆序列，不同门室，他日奉祧藏于何所，礼部其再会官议定，以伸朕世世奉祀之情。"于是礼部复上疏曰："献皇立庙，自汉宣以来，仅以此两礼有载者可以援。礼旧无载者，当以义起。太庙之制，有前殿，有寝殿，寝殿之后别建一室为藏主之所。今天献皇新庙，虽无左昭右穆，亦有前殿后寝。孝宗该迁之期，祧迁夹室，不享时祭，止于岁暮合祭太庙，一出主焉。陛下圣子神孙，传至亲尽当迁之期，献庙神主，宜于寝殿置一龛室，藏主其中；不设四时之祭，惟岁暮太庙合祭之日，亦出主于本庙前殿，举祭如仪。祀毕仍藏寝室，则献皇神主世居本殿，与太庙同为悠久，皇上孝思亦永无穷矣。"疏入，上曰："皇考止生朕一人，入继大统，别无奉祀嫡嗣。今既特立一庙，以后子孙世世献享不迁，伸朕孝思。"（《世宗实录》卷51 第1293 页）

（嘉靖四年六月）席书作庙议曰："亲尽之期与孝庙同。"帝曰："何故？"对曰："德祖、太祖、太宗皆百世不迁，懿祖而下随世递迁。献皇与孝庙宗同世，亲尽则祧。"帝曰："既立别庙，不与祖庙列，奉祧将藏何所？"书曰："藏主寝殿，岁暮祫祭如太庙仪。"帝曰："皇考生朕一人，入继大统，今特立庙，百世不迁，以伸世享之诚。"乃命工部相地于太庙左环碧殿旁，前殿后寝，制如太庙而微杀之，路由阙左门入，名曰世庙。（《皇明永陵编年信史》卷2 第7页）

（嘉靖四年六月）癸卯（注：十五日）南京刑部郎中黄宗明、都察院经历黄绾并上疏言"何渊献议谬妄，干天下万世之公议，宜正其罪"。俱报闻。（《世宗实录》卷52 第1304 页）

（嘉靖四年十月）癸丑（注：二十八日）先是，奉旨建立世庙以祀献皇帝，定于环碧殿旧地，礼部初议：世庙出入不与太庙同门，乘舆既从祝官，宜从阙左门入，别开神路以抵庙所，祭用次日，使敬心不分于所尊。于是光禄寺署丞何渊复奏称"经太庙之后折北而南，复折而东，乃达于世庙，神路迂逆未便。臣以为宜与庙街同门，直开一路以抵世庙为当。社稷异神尚得合祭同门，献皇帝与祖宗本同一气，乃不得同门耶？"上以其疏下礼部，令会群臣亟议以闻。礼部尚书席书等覆言："献皇帝庙议已定，不预太庙而君臣之分严，独尊称庙而父子之恩笃。虽神路稍迂，其一节耳。今议同街出入，驾享太庙毕，即诣世庙，如何渊言，未为不可，臣等亦不敢固执前议。第通此街，须毁垣伐木，撤神宫监而后可，于事体不无有碍。请更会官相地定议。"于是内阁、司礼监及诸臣奉旨相度，奏称"庙街之东，中为神宫监，监北为黄瓦房，南为宰牲房，于此通路，似各有碍。从初议便”。礼官不敢主议，请自上裁。上不允，仍令速议长便以闻。左给事中韩楷等、御史杨泰等以“书议持两端”，各连章论劾，且谓“垣木宫监皆太庙旧物，一旦欲斩伐拆毁，窃恐列圣之灵不安，上心亦必有所不忍者”。上怒，诘责科官，下台章于所司。御史叶忠上疏曰：“太祖、太宗创业之祖，尚不能独享一庙，且在世庙之右，则献皇尊崇固出祖宗之上，又何必同出庙街门然后为尊耶？”上益怒，曰：“尔谓世庙不当居太庙左，即居何地？”责忠对状，寻夺给事中韩楷等并忠俸各二月。工科给事中卫道言：“皇上特立世庙以奉献皇帝之祀，其制与太庙同而高广微减，则礼尽于皇考而敬专于祖宗矣。何渊者乃倡为开通太庙街门之说，已经监、阁诸臣相视，皆言宫监墙垣树株阻碍。夫树株祖宗所培植，监房亭墙祖宗所修盖，俱百年于此矣。即如何渊之议，乃欲伐其树木，堕其墙垣，拆其房监而后可，祖宗之神安乎，否乎？异门出入，原出席书初议，今乃谓‘应否同街出入，于礼无载，于事无考’，是可同门矣。祭太庙必横过此街，竟往世庙，是同日矣。其言先后反复，忍背其说以从邪议，无大臣体，乞治何渊谄谀之罪，而并责席书以反复之状。”疏入，上切责道：“故违前旨，拾掇狂妄，意欲沽名回护，降二级调外任。”大学士石珤亦言：“连日议改庙街，若欲毁及神宫监者，诸臣皆谓不可。夫宗庙至重，祖宗至尊，孝子之事亲也，事死如事生，事亡如事存。陛下以孝理治天下，宜于祖宗居处经历之所一一保护爱惜，以广孝思。顾于祖庙中百十余年旧物，欲毁而伐之，臣断以为不可。”上曰：“览奏具悉忠爱，但事已会多官再议，朝廷自能酌处。”章下所司。议久未决，于是学士桂萼、张璁上言曰：“按《礼·考工记》左祖右社，今端门之外左题‘庙街门’，所以识太庙由此而入，非即太庙门也；右题‘社街门’，所以识太社由此而入，非即太社门也。今所议是与太庙同街，非与太庙同门。以为异庙必异路者，实初议分别之过耳。其曰移神宫监、拆墙伐木，当质之于礼，事苟得为，则毁宗躐行，古礼未尝无之。曾语有惊神灵，而古人为之乎？窃念夫议礼之初，争称帝而复争称皇，今争立庙而复争路，实无谓也，是在陛下早决之而已。”疏入，报闻。已，复上言曰：“近议但云庙街门有干太庙，而不思阙左门有干朝堂也。按古礼，两观在雉门左右，故今午门左右为两阙门，有阙左、右之名。《周礼》每月朔必悬法象魏，实治民之所也。又按古礼图，寝庙社稷出入之路实在库门外之左右，故今端门外有庙街、社街之门，实事神之所也。朱熹亦曰‘雉门之外悬法象’，所以待治民应门之外，宗庙、社稷所以严神位，夫庙街门本事神之所，乃舍之而不由阙左门为治民之所，乃曲引而由之。窃恐是议非惟寝庙之制有戾，而朝堂之位不亦因之而错乱乎？原诸臣之心惟愿陛下尊严太庙，殊不知世庙已杀其制，别为门墙，在礼统于所尊者也。同路而未尝同门，何干于太庙乎？诸臣考礼不精，而席书一人难胜众口，臣等据礼奏闻。”又上言曰：“近议开世庙神路，臣决以为庙街门为事神之所，当由阙左门为听治临民之所，不当由今所碍者神宫监、宰牲房耳。然神宫监不过守庙者一衙门，宰牲房不过庖厨之所。

今移神宫监以通辇路，岂无故而毁之哉？诚如初议，阙左门直通神路，则自后圣子神孙视之端门外一祖庙神路也，午门外又一祖庙神路也。使国门外右一社稷、左二寝庙矣。坏三代朝堂、宗庙、社稷之制者，未必非今日之议也。若必求众议之同，恐愈议愈谬、愈多愈争矣。"章下所司。礼部以会议诸臣坚执不便，不能自持其说，复奏言："各官议世庙神道，同庙街出入，使无神宫监等处阻碍，委无不可。但欲此路可通法驾，必须毁监伐木，恐陛下之心必有大不安者。即欲强穿一路，终是曲径旁通，非朝廷气象。不如由阙左门为正，而祖庙、世庙各全其尊。"得旨："朕还由庙街门往祭世庙，量拆神监宫北房，取路东行，循沟北入，但仅容板舆通行，不必宽广。"至是，议始定。（《世宗实录》卷 57 第 1366 页）

（嘉靖四年冬十月）席书议世庙由左阙门入，何渊言宜从庙街门，谓："国制左祖右社，言社则稷在其中，言祖则祢在其中，社稷尚得合祭，祖祢不得同门乎？"礼官言："直通庙街必撤垣伐木，毁神宫监，乞命官规度。"璁、萼亦主庙街，绘图以进。费宏等力谏，不听。科官卫道、主事曾存仁各辩之，谪补外。帝曰："由庙街，但于神宫监北量撤旁屋，可通板舆耳。"（《皇明永陵编年信史》卷 2 第 9 页）

（嘉靖四年十月）初，世庙之建，礼部议"于环碧殿旧址出入，不与太庙同门。乘舆及从祀官宜从阙左门入，别开神路以抵庙所。"于是何渊奏称"经太庙殿后折北而南，复折南面北，乃达庙所，神路迂远未便。臣以为宜与庙街同门，直开一路以达世庙为当"。庙街者，端门之外，左题"庙街门"，以识太庙由此而入也。上是之。癸丑，下礼部会廷臣议。尚书席书言："献皇帝庙议已定，不预太庙而君臣之分严，独尊祢庙而父子之恩笃。虽神路稍远，其一节耳。若通此街，须毁垣、伐木、撤神宫监而后可，未免有碍。"上不允，仍令廷议。于是给事中韩楷等、御史杨秦等皆言："垣木宫监俱太庙旧物，一旦拆毁斩伐，神灵不安。"御史叶忠亦言："献皇帝别立一庙，尊崇已极，又何必同出庙街门然后为尊耶？"上怒，责忠对状，遂与楷等俱夺俸二月。席书、璁、萼等因持两端议上，上卒如渊议，"量拆神宫监北房，取路东行，循沟北入，但仅容板舆通行，不必宽广"。议遂定。（《明通鉴》卷 52 第 1683 页）

（嘉靖五年七月）壬寅（注：二十一日）上以世庙垂成，自制乐章，示大学士费宏等，命更定曲名。其迎神曰"永和之曲"，初献曰"清和之曲"，亚献曰"康和之曲"，终献曰"冲和之曲"，撤馔曰"太和之曲"，送神曰"宁和之曲"，乃可以别于太庙。宏等以"献皇帝生长太平，初不以武功为尚，其三献皆当用文德之舞"。上从之，遂去武舞生及引舞者六十六人，其乐生及文舞生如太庙制。已而太常请添用武舞，上命礼部会张璁议，且曰："以朕论之，不用武功之舞，所以尊让太庙也，不为缺典。"璁言："乐舞以佾数为降杀，未闻以文武为偏全。若必以武功定天下者得兼用武舞，则禹以揖让得天下者，而《大禹谟》曰'舞干羽于两阶'，此可见古之天子皆兼用矣。《诗》曰'简兮简兮，方将万舞'。《记》曰'壬午犹绎，万人去籥'，万者，舞之总名，可见列国诸侯皆兼用矣。义者谬引汉景之诏为证，夫不知汉人所谓文始昭德者，固未尝无武舞。又不知国朝制度，虽王国宗庙，亦未尝去武舞。使八佾之制用其文而去其武，则两阶之容提其左而阙其右，是皇上举天子礼乐而自降杀之矣，天子父不得享天子礼乐矣，其何以式西（注：疑为四之误）方、出万世也？"疏入，从璁议。（《世宗实录》卷 66 第 1526 页）

（嘉靖六年）（注：此处记为六年，疑误，当为五年事。）费宏等定议世庙乐舞，止用文舞随堂。何渊上言："世庙乐舞未备。"下礼部集议，侍郎刘龙等议"宜仍旧"。帝谕辅臣再议，大学士杨一清、贾咏、翟銮上言："汉高帝以武功定天下，故奏武德文治舞。惠、文二帝不尚武功，故止用文治昭德。世庙止用文舞，亦此意也，不为缺典。"张璁独上言："《王制》有曰'祭用生者'。皇上身为天子，尊献皇为天子父，宜以天子礼乐祀之，缺一不可。且天子八佾，为人六十有四；诸侯六佾，为人三十有六。国朝太庙文武佾各八，计百有二十八人。王国宗庙，文武佾各六，计七十有二人。献皇在藩时，固用七十有二人，今乃六十有四人，可乎？以天子父不得享天子礼乐，何以式四方、法万世？"帝从之。（《明史纪事本末》卷 50 第 758 页）

（嘉靖九年七月）戊子（注：初一日）福建平和县知县王禄疏请"建献帝庙于安陆，封崇仁王以主其祀。不当考献帝、伯孝宗，以涉二本之嫌。宗藩之子有幼而岐嶷者，当预养宫中，以备储贰之位"。疏终又述其治县劳勚，若征科听讼等事。上斥其轻率矜大，下巡按御史逮治。禄疏上即解县事归，御史劾其擅离职守。诏罢职不叙。（《世宗实录》卷 115 第 2722 页）

（嘉靖十五年十月）己亥（注：十七日）更定世庙为献皇帝庙。先是，上谕礼部尚书夏言："前以皇考庙比世室之义，即名世庙。今分建宗庙，惟太宗世祭不迁，恐皇考亦欲尊让太宗。且世之一字，来世或用加宗号，今加于考庙，又不得世宗之称，徒拥虚名，不如别议。卿可会勋、时慎议以闻。"三臣议未上，上复谕言："皇考庙名，卿可会二臣看详？如题曰献皇帝庙，庶别宗称，且见推尊之意。"于是言等援考古今，谓"圣谕允当，庙以谥名，既合周典，而尊号昭揭，又与列圣庙号同符。请敕所司恭制匾额，择日告悬，并以谕议宣付史馆，昭告来世"。诏悉如议。（《世宗实录》卷 192 第 4059 页）

第九章　议大礼　兴大狱

在"大礼议"中，嘉靖帝除了前述嘉靖三年七月十五日因左顺门事件，将廷臣一百三十四人下狱的惊天大案外，还屡兴大狱，并将之作为对付议礼对立面的重要手段。这些冤假错案，给不附和帝意的廷臣以沉重的打击，对"大礼议"产生了重大而深远的影响。这里仅将其中的主要案例略做叙述。

一、李鉴案

嘉靖三年六月初六日，户科都给事中张汉卿劾席书在巡抚湖广时"奉敕赈济，举措乖方，反伤民命"。请遣官往勘其罪，户部复议亦请命官往勘，帝从之。

七月十四日，已升任南京兵部右侍郎的席书，上疏陈自己奉命赈恤凤阳诸郡县的功绩，并言之所以反被言官所劾，是因"大礼建议为诸臣所嫉，竞相排击，臣之心迹终无以自白，乞多官勘明"。帝即下旨"令司礼监、户部、法司、锦衣卫各正官一员，同抚按官从公查勘，具实以闻"。

八月初七日，帝命太监黄伟、户部右侍郎王承裕、刑部左侍郎刘玉、锦衣卫指挥使王兰会勘席书赈济湖广事，大学士费宏等以差官扰民，请行停止，帝不报。

九月二十日，席书上疏言其"巡抚湖广时，所按长沙知府宋卿贪污杀人，事并有验。而御史、按察使挟亲故、徇私情，尽反其词，请遣官覆按。"帝即命前所遣襄府勘事官并鞠以闻。

嘉靖四年正月十六日，勘查席书原赈济江北事的官员，上言以为席书"毕心殚力，无所欺罔。顾所历地广，势不能周，死徒数多，似非其咎"。而钱粮之数的问题是其"所委出纳者未得其人，致多乾没，已将各委官坐罪矣"。疏入，帝命"既会勘明白，如拟归结"。

赈济事勘查结束，又引出了长沙大盗李鉴案。原来湖广长沙豪民李鉴，与其父李华以行劫为业，曾因拒捕杀死巡检冯琳。冯琳子春震讼之于朝，逮李华，瘐死于狱。李鉴脱逃，又继续为盗，烧良民房，坐罪问斩而逃亡，下诏急捕。长沙知府宋卿，四出追逃，捕得李鉴，下狱论死。时席书巡抚湖广，与宋卿不睦，因在论宋卿时，把此事坐为其故意引人入死罪。帝亦遣大臣往勘，还报李鉴已就缚，并输服请死，宋卿所谳非枉，帝又命逮李鉴至京再讯。时席书已因议大礼得帝宠，召为礼部尚书，乃疏曰："臣以议礼忤朝臣，故楚中问官释宋卿之罪，而归罪无辜之李鉴，乞敕法司会勘以辨是非。"

嘉靖五年六月二十四日，帝命刑部会御史苏恩、评事杜鸾审讯此案，刑部合疏上言："李鉴杀官兵，劫人财，烧人屋，昔众证已狱成，今亲审又无辞。而席书欲实其劾宋卿之奏，辄代为死囚辨，且以议礼为言。夫大礼本出圣意，书以一言偶合，援此要挟陛下，以压服满朝，惟上深察之。"于是刑部尚书颜颐寿等请行湖广再勘，帝曰："鉴事既有席书伸理，必有冤抑，不必再勘。"命免李鉴死，发戍辽东。

六月二十六日，给事中管律上疏，言朝中言事者假借议大礼为词以遂其私，"或乞休，或告病，或认罪，或为人辨罪，于议礼本不相涉，而务欲援引牵附"；并指出其目的是"欲中伤乎人，恐非此无以激陛下之怒；欲固宠于己，恐非此无以得陛下之欢故也"，请帝严加戒谕。帝是其言，以为"今大礼既定，内外群臣正当摅诚供职，以赞成嘉靖之治。自今言事者慎勿徇私假借议礼希恩报仇"。并令都察院行两京各衙门，咸使知之。

六月二十八日，广东道监察御史李俨上疏请帝"果断以消朋党"，谓"迩来群臣凡有章奏，动引议礼为言。或以挤排善类，或以翻异成狱，或以变乱朝章，大非清朝盛事。乞察群臣忠邪之实，破背公死党之私。向之议礼是而行事非者，不以是掩非；议礼非而行事是者，不以非没是"。帝将其章下于所司。

七月十四日，给事中陈皋谟上疏论席书以议礼为借口、为死囚李鉴翻案，以为议礼出于帝之天性至情，席书辈不过一言赞成之，"乃贪为己功，动以自负，互相党援，出位论列；挤排宰执，纷更法制，喜怒恣其心，威福柄其手。若李鉴父子拒敌官兵，法官论死，已经会验，书乃曲为申救，至谓众'以议礼憾臣故，因陷鉴于死'。夫议礼者朝廷之公，合与不合，何至深仇。纵使仇书，鉴非书之子弟、亲族、交游也，何乃于鉴甘心邪？"请罢席书，李鉴仍从原坐罪，帝不纳。时南京御史姚鸣凤、王献等亦皆上疏极陈，帝俱下所司知之。

资料摘录：

（嘉靖三年六月）己亥（注：初六日）户科都给事中张汉卿劾"席书奉敕赈济，举措乖方，反伤民命。已经南京御史梁世标、守备魏国公徐鹏举论奏，今当遣官往勘，正其虚糜欺罔之罪"。户部议请命南京都察院及户科择给事中、御史有风裁者往勘，从之。（《世宗实录》卷40第1008页）

（嘉靖三年七月）丁丑（注：十四日）南京兵部右侍郎席书言："臣奉命赈恤凤阳诸郡县，夙夜奔劳，出入于瘟疫之境，所全活百万余人，窃意庶几不负委任。乃以大礼建议为诸臣所嫉，竞相排击，臣之心迹终无以自白。乞多官勘明，臣死无所恨。"得旨："令司礼监、户部、法司、锦衣卫各正官一员，同抚按官从公查勘，具实以闻。"（《世宗实录》卷40第1041页）

（嘉靖三年八月）己亥（注：初七日）敕太监黄伟、户部右侍郎王承裕、刑部左侍郎刘玉、锦衣卫指挥使王兰会勘席书赈济江北、凤阳等府事，大学士费宏等以差官扰民，请行停止，不报。（《世宗实录》卷42第1090页）

（嘉靖三年九月）辛巳（注：二十日）礼部尚书席书自言："巡抚湖广时，所按长沙知府宋卿贪污杀人，事并有验。而御史、按察使挟亲故、徇私情，尽反其词，请遣官覆按。"上即命前所遣襄府勘事官并鞫以闻。（《世宗实录》卷43第1124页）

（嘉靖四年正月）乙亥（注：十六日）礼部尚书席书先任南京兵部侍郎，与巡抚都御史胡锭前后奉命赈济江北饥民，为科道官张汉卿、梁世表等所论，书上疏自辩，请差官查勘。上从书言，遣司礼监太监黄伟、户部侍郎王承裕、刑部左侍郎刘玉、锦衣卫指挥王兰等勘实以闻。至是复勘言："二臣毕心殚力，无所欺罔。顾所历地广，势不能周，死徙数多，似非其咎。其钱粮之数，则以二臣所委出纳者未得其人，致多乾没，已将各委官坐罪矣。"疏入，得旨："既会勘明白，如拟归结。"（《世宗实录》卷47第1202页）

（嘉靖五年六月）乙亥（注：二十四日），宥长沙大盗李鉴。初，席书巡抚湖广，劾长沙知府宋卿贪酷、陷李鉴大辟。而鉴实行劫，杀巡检冯琳。上遣大臣往按之，狱上，如故律。上逮鉴入京，下狱。席书代鉴疏辩曰："臣议礼忤朝臣，故归罪鉴，为出宋卿地。乞敕法司覆谳。"从之。刑部请下抚按再勘，不许，竟戍辽东。谈迁曰："议礼于他事何预，辄引之为重，仇忌中伤，百相饰也。护前不已，转而诬构，席书、桂萼殆甚之矣。今日释李鉴，明日释李福达，维辟作威，维臣行臆，三尺法安在哉？"（《国榷》卷53 第 3338 页）

（嘉靖五年六月）乙亥（注：二十四日）初，长沙豪民李鉴与父李华流劫村落，以拒捕杀巡检冯琳。琳子春震奏状，华坐死于狱，鉴后以劫盗烧毁鲁万章房屋，事觉，当斩。奏上，诏下所司逮捕。知府宋卿捕鉴甚急，时尚书席书方巡抚湖广，论劾宋卿，因指李鉴罪为卿故入。上遣大臣往按之，还言"卿所犯俱无实，鉴已捕获，罪不可原"。上遂命逮鉴来京重治。鉴至，系狱，席书乃为鉴奏曰："臣以议礼忤在朝诸臣，故湖广问刑官以臣所劾宋卿之罪悉为文释，乃归罪李鉴，欲为宋卿地也。乞敕法司会官覆勘，以伸冤抑。"上下其疏于法司，会监察御史苏恩、大理评事杜鸾当讯其事，乃各论奏言："鉴之罪至于杀官兵、劫人财、烧房屋，可谓极矣。昔众证而狱成，今亲审而词服，乃知原问官覆实定拟非有私也。席书以宋卿之故，辄为奏辩，且以议礼为言。夫大礼之议，发于圣孝，而书以一言当意，动辄援此以挟陛下，以压群僚，坏乱政体甚矣。惟陛下深思之，亟以李鉴明正典刑。"于是刑部覆奏，请下湖广抚按官再勘。上曰："鉴事既席书代为伸理，必有冤抑，不必再勘，免死，发戍辽东。"（《世宗实录》卷 65 第 1500 页）

（嘉靖五年六月）丁丑（注：二十六日）刑科给事中管律言："大礼之议，出自陛下至性，为臣子者，第宜钦承以孝治天下之怀，各供厥职，无事希望可也。顾迩来言事者每假借为词，或乞休，或告病，或认罪，或为人辩罪；于议礼本不相涉，而务欲援引牵附，此其故何哉？盖欲中伤乎人，恐非此无以激陛下之怒；欲固宠于己，恐非此无以得陛下之欢故也。乞严加戒谕，令自今诸司言事者，宜据事直陈，毋得假借饰奸以累圣德。"上曰："律所言良是。今大礼既定，内外群臣正当摅诚供职，以赞成嘉靖之治。自今言事者慎勿徇私假借议礼希恩报仇，都察院其行两京各衙门，咸使知之。"（《世宗实录》卷 65 第 1503 页）

（嘉靖五年六月）己卯（注：二十八日）广东道监察御史李俨，以世庙成上疏言二事："一虚心以广圣度，请恤用议礼获罪诸臣。二果断以消朋党"，谓"迩来群臣凡有章奏，动引议礼为言。或以挤排善类，或以翻异成狱，或以变乱朝章，大非清朝盛事。乞察群臣忠邪之实，破背公死党之私。向之议礼是而行事非者，不以是掩非；议礼非而行事是者，不以非没是。使党与潜消，时靡有争，是宗社之福也"。章下所司。（《世宗实录》卷 65 第 1505 页）

（嘉靖五年七月）乙未（注：十四日）给事中陈皋谟言："人臣事君如子事父，子无过孝，臣无过忠，岂有子偶一事悦亲足徼终身之爱，臣偶一言顺旨遂为不世之功？恭惟恭穆献皇帝追崇之礼，乃出陛下天性至情，席书辈不过一言赞成之耳。乃贪为己功，动以自负，互相党援，出位论列；挤排宰执，纷更法制，喜怒恣其心，威福柄其手。若李鉴父子拒敌官兵，法官论死，已经会验，书乃曲为申救，至谓众‘以议礼憾臣故，因陷鉴于死’。夫议礼者朝廷之公，合与不合，何至深仇。纵使仇书，鉴非书之子弟、亲族、交游也，何乃于鉴甘心邪？至于郭勋之诉，尤所不通。勋遗书御史马录为罪人张寅请托，录奏之，乃亦以议礼激众怒为言。岂儒臣、博士之所未深究，而武夫悍将反优为之？此在席书犹不宜自言，而勋又窃其余绪，以欺天罔上，罪不容诛。如问官当张寅以法，勋又且如书之代诉，不至于滥恩废法不已矣。以朝廷纯孝之盛举，遂为权邪营私之窟穴，岂不异哉。乞亟罢书、勋，李鉴仍从原坐，兼按张寅请托事，使人心晓然知权邪之不足恃，公法之不可废，然后逆节销、幸门塞。”不纳。时南京御史姚鸣凤、王献等亦皆上疏极陈，俱下所司知之。（《世宗实录》卷66第1518页）

嘉靖大狱张本：世宗朝李福达之狱，张、桂诸人因结郭勋，以陷多官，天下后世皆知其冤矣，而其端已先见于席书矣。先是，湖广长沙豪民李鉴，与父李华，以行劫为业，至拒捕杀死巡检冯琳，其子春震讼之朝，逮华瘐死于狱。鉴又以为盗，烧良民房，坐斩逃去，诏急捕之。长沙知府宋卿者，四出追逃，时新贵席书尚抚湖广，因论宋卿而引李鉴事为故入。上遣大臣往勘，则鉴已就缚，输服请死，宋卿所谳非枉。上又命逮鉴至京再讯，席书时已入为礼部尚书久矣，乃疏曰：“臣以议礼忤朝臣，故楚中问官释宋卿之罪，而归罪无辜之李鉴，乞敕法司会勘以辨是非。”上下刑部，会御史苏恩、评事杜鸾讯之，合疏言：“李鉴杀官兵，劫人财，烧人屋，昔众证已狱成，今亲审又无辞。而席书欲实其劾宋卿之奏，辄代为死囚辨，且以议礼为言。夫大礼本出圣意，书以一言偶合，援此要挟陛下，以压服满朝，惟上深察之。”于是刑部尚书颜颐寿等请行湖广再勘，上曰：“鉴事既有席书伸理，必有冤抑，不必再勘。”命鉴免死戍辽东。是时席元山虽狠愎，亦未敢遽执其事，尚请复核。而世宗独断，直谓议礼新贵所昭雪，即跖蹻亦必曾史，遂将前后爰书一笔抹杀，此嘉靖五年六月事也。不数日，而山西按臣马录劾张寅、郭勋之疏见告矣。今人但知李福达一案，而不知先有席书、李鉴同在一时，因纪其概。先是，给事升佥事、递解为民陈洸妻郑，以奸离异；其子桓杀人坐死，席书代为称冤云：“洸以议礼为人嫉恶，文致其罪，乞恩稍宽之。”上命洸免递解，妻免离异，子免死戍边。此狱亦不曾再讯，竟以中旨宽释，此先一年事也。盖以议礼为护身之符，以訾议礼者为反坐之案，情况甚易见。上亦心知其然，但虑昔日考孝宗旨，乘机再用，借此箝天下口耳。（《万历野获编》卷18第496页）

二、陈洸案

嘉靖三年八月初一日，帝命原任给事中于桂、陈洸、史道、阎闳，御史曹嘉等俱复原职，降南京太仆寺少卿夏良胜三级调为茶陵知州。原先，陈洸奉使回籍，家居二年后始复命，且在道已知升湖广佥事，竟违制以旧衔上疏，支持张璁等的议礼主张，攻击廷臣群结朋党，议礼抗上。又指责吏部尚书乔宇、郎中夏良胜，用人专擅，且为因议大礼不合阁部大臣之意而调外任的于桂等叫屈，请"削去宇、良胜官职，召还桂等，以作敢言之气"。帝将其章下于吏部，侍郎何孟春言："洸已外补，犹冒旧衔，假以建言，紊乱国典，宜行究问，以绝他觊。"帝不从，而是采纳陈洸之言，遂有是命。

十月十一日，户科给事中陈洸上疏荐致仕大学士谢迁、南京吏部尚书廖纪、起复吏部侍郎胡世宁、南京文选司郎中姜清，劾吏部尚书杨旦、侍郎汪伟、东阁学士吴一鹏、文选郎中刘天民。事下吏部，右侍郎孟春等复："洸所荐四臣诚宜推用。至于旦、伟、一鹏，皆一时人望，而天民久历铨曹，未闻过失。今洸皆目为小人，欲一网尽去之，此必有奸邪欲得其处，故嗾洸使言。"又言陈洸家居时侵牟乡里、坐分盗赃，诬构知县宋元翰等秽行，请罢之。疏入，帝竟从陈洸奏，并切责孟春等阿私奏辩。次日，翰林院学士张璁、桂萼也各上疏荐谢迁、廖纪可任内阁、吏部之职，帝下所司知之。十月十三日，六科十三道赵汉、朱衣等交章论给事中陈洸之奸，因摘发其居乡稔恶数事，有广东道文案及宋元翰《辩冤录》可证。御史张日韬、戴金又特论之。帝责赵汉等挟私奏扰。是日，御史兰田亦上疏指陈洸本尚书席书之党，请治之。帝以"陈洸及宋元翰事情，下都察院从公验问，不许偏私曲法"；又指斥兰田恣意挠渎。十月十九日，礼部尚书席书上疏声言自己与陈洸素无交往，且因御史兰田之劾，请致仕。帝不允。既而席书复固辞，并言："臣应召而来，不避訾毁，为千古纲常争是非，于孔孟家法、朝廷政体一毫不敢有坏。今大礼既定，臣复何求。惟陛下早赐放还，使议礼之臣进得以礼、退得以义，不胜大愿。"帝仍褒答不允。十月二十四日，都察院上奏请将陈洸家居不法状，"行原籍抚按推鞫。洸当如侍郎周季凤事例，回籍听勘"。帝让陈洸不必回避。而令"抚按官即与从公勘结，不许偏向亏枉"。

十一月初五日，左给事中陈洸因被给事中赵汉、御史兰田等所劾，具疏自辩，并讦兰田及吏部郎中薛蕙、刘天民、员外郎刘勋等各不法事。都察院回复以陈洸之语无实，不足信，惟薛蕙"宜回籍听勘"。帝报可。陈洸又上言以都察院和抚按官不可信，"请敕锦衣卫官同巡按御史详鞫。且乞回避还籍"。帝采陈洸言，准其回避，且命刑部差郎中、锦衣卫差千户各一员，会巡按御史勘问。

嘉靖四年二月初二日，礼部尚书席书奏荐致仕大学士杨一清、南京兵部尚书王守仁文武兼资，堪任将相。又斥"今诸大臣多中才，无足与计天下事"。帝指席书身为大臣，"何必自委中才，有负委任"。

六月初八日，广东按察使张祐、副使孙懋因查验到广东密访陈洸事的校尉有无印信公文而得罪被逮。巡按御史杨铨上疏言："给事中陈洸与乡人讦奏，已蒙遣官验问，尚未施行，岂有各官之验问不可信，而顾取信于校尉之访也？"帝将其章下于所司。

十二月二十六日，陈洸案审结。初，因给事中陈洸家居无赖，与潮阳知县宋元翰不相能，令其子陈柱讦元翰，使被谪戍。宋元翰亦摭陈洸罪及帷薄事刊布之，名《辨冤录》，陈洸由是不齿于清议。及张璁、桂萼以议礼骤显，陈洸方调外，因上书附和，得还任给事中职，张璁、桂萼遂引以击异己者。于是言官交章劾之，御史兰田并封上宋元翰《辨冤录》，都御史王时中请罢陈洸听勘。陈洸上奏自辩，且言"群臣恨臣抗议大礼，将令抚按杀臣，请遣一锦衣往"。其意锦衣卫官可利诱，帝即遣刑部郎中叶应骢及锦衣千户李经往。叶应骢与李经焚香誓天，会御史熊兰、涂相等上陈洸罪状至百七十二条，罪极恶，宜斩，妻离异，子柱绞。陈洸惧，复亡阙申诉，帝持叶应骢奏不下。尚书赵鉴等连章执奏，帝不得已，始命复核。而郎中黄绾力持叶应骢之议，桂萼和张璁共奏，谓"洸以议礼为法官所中"。于是帝特宥陈洸死，发回原籍为民。

闰十二月初十日，帝以大礼书成，命礼部录诸尝上议赞大礼而未被加恩赏者。于是尚书席书言陈洸以议礼为人嫉恶，文致其罪，被递解回籍为民，"又诬其妻以奸离异，诬其子柱杀人陷重辟。乞降恩旨，稍为开释"。如是帝令"陈洸免递解，郑氏免离异，柱免死，令戍边"。

嘉靖五年正月二十三日，南京户科给事中林士元等劾奏学士桂萼轻蔑礼法，挠法违君，为陈洸罪犯辩护，"殊失大臣之度"。帝将其章下所司。

嘉靖六年九月二十四日，已削职为民的陈洸上疏自称"前以议礼，为邪党所诬"，请求辩白昭雪。帝又将其事下刑部，暂署刑部事的吏部左侍郎桂萼遂为陈洸讼冤，言"洸通盗无状，而其子杀人无尸，非尽逮诸臣从公鞫问之，不得其情"。帝以为然，诏锦衣卫差官校逮陈洸、宋元翰、叶应骢及续问郎中黄绾等，并词所连及的有关人等，俱至京听理。吏部侍郎方献夫以为"词所连及者不下三四百人，今诏并逮捕，必有无辜蒙害者"。请"不必概捕，致扰地方"。帝从之。

嘉靖七年五月初九日，由于桂萼为陈洸讼冤，帝命械系前后诸问刑官叶应骢等、并取干证人及始末文案至京，下三法司会同九卿、锦衣卫讯问，刑部随即将此案谳上。帝令叶应骢、宋元翰、兰田俱罢职为民，黄绾降二级远方用，而陈洸只冠带闲住。

六月十三日，詹事霍韬因自己此前所进疏稿请加恩陈洸及监生陈云章，俱未被采纳，故疏辞修书升职。帝优诏褒答不允，并令吏部将陈洸、陈云章事查处以闻。六月十九日，吏部尚书桂萼复霍韬论陈洸之枉及监生陈云章之才，上疏极力称赞其在议大礼中的表现，言陈洸"益尽力排众，卒堕祸机，使助礼之人与谋叛同罪。今其事虽白，尚坐闲住，宜视故职量升一官"。帝即从之。

资料摘录：

（嘉靖三年八月）癸巳朔（注：初一日）命原任给事中于桂、陈洸、史道、阎闳、御史曹嘉等俱复原职，降南京太仆寺少卿夏良胜三级调外任。先是，洸奉使回籍，居二年，始复命。在道已闻升湖广佥事，犹以旧衔上疏，言"主事张璁等危言论礼，出于天理之公，人心之正。而当道者目为逢君，曲肆排沮；且群结朋党，必欲陛下与为人后，亏父子之恩。又短寿安皇太后之丧，使陛下不得伸承重之义"。又言"内阁铨衡，所系至重，宜择人居之。今尚书乔宇、郎中夏良胜，用舍任意，挤排豪杰。京缺则专于己，外补则推于人。科道于桂、阎闳、史道、曹嘉素称刚直，或升外任，或摈远方。陛下取用席书等，交章拥沮，以为不由吏部会推，专擅可见。乞削去宇、良胜官职，召还桂等，以作敢言之气"。章下吏部，侍郎何孟春言："洸已外补，犹冒旧衔，假以建言，紊乱国典，宜行究问，以绝他觊。"上不从，特命桂等复职，而出良胜为茶陵知州。（《世宗实录》卷 42 第 1087 页）

（嘉靖三年八月）己亥（注：初七日）敕太监黄伟、户部右侍郎王承裕、刑部左侍郎刘玉、锦衣卫指挥使王兰会勘席书赈济江北凤阳等府事，大学士费宏以差官扰民，请行停止，不报。……南京兵部侍郎席书言："顷者学士丰熙等以议尊号忤旨下诏狱。臣惟议礼之家，名为聚讼，两论相持，必有一是，陛下取其是者，而非者不深较焉可也。乞宥其罪过，俾得自新。"上曰："卿言具见忠爱。丰熙等狂妄奏辩，已有旨处分。卿宜速来供职。"（《世宗实录》卷 42 第 1090 页）

（嘉靖三年九月）辛巳（注：二十日）礼部尚书席书自言："巡抚湖广时，所按长沙知府宋卿贪污杀人，事并有验。而御史、按察使挟亲故、徇私情，尽反其词，请遣官覆按。"上即命前所遣襄府勘事官并鞫以闻。（《世宗实录》卷 43 第 1124 页）

（嘉靖三年十月）壬寅（注：十一日）户科给事中陈洸上疏荐致仕大学士谢迁、南京吏部尚书廖纪、起复吏部侍郎胡世宁、南京文选司郎中姜清，劾吏部尚书杨旦、侍郎汪伟、东内阁学士吴一鹏、文选郎中刘天民。事下吏部，右侍郎孟春等复："洸所荐四臣诚宜推用。至于旦、伟、一鹏，皆一时人望，而天民久历铨曹，未闻过失。今洸皆目为小人，欲一网尽去之，此必有奸邪欲得其处，故嗾洸使言。且洸家居时常（注：疑为尝之误）以侵牟乡里，为小民林钰等所告，下法司行勘未结，又坐分盗赃，诬构知县宋元翰，秽行彰闻。况以外补夤缘还职，乃复诪张大言，欲以微暧风闻变置公卿，援立私党，此清朝大蠹，不宜处位。"疏入，上竟从洸奏，趣召纪、世宁、清入京用之，迁候缺推补，旦、伟皆致仕，天民调外任。仍切责春等阿私奏辩。……癸卯（注：十二日）翰林院学士张璁、桂萼各上疏荐谢迁、廖纪可任内阁、吏部之职，下所司知之。（《世宗实录》卷 44 第 1140 页）

（嘉靖三年十月）甲辰（注：十三日）六科十三道赵汉、朱衣等交章论给事中陈洸之奸，因摘发其居乡稔恶数事，有广东道文案及宋元翰《辩冤录》可证。御史张日韬、戴金又特论之。上谓"洸升用出自朝廷，宋元翰事未经覆实，汉等辄挟私奏扰，且不查究"。是日，御史兰田亦上疏言"洸本尚书席书之党。书自以望轻，躐躐非据，因交结洸等为之羽翼，植私市权，罪恶暴著。书又尝疏陈时政，至比陛下于梁武帝、唐玄宗、宋徽宗，而复高自标榜，谓孝宗尝以其言置之座右。排妒戚畹泰和伯之宠，文致知府宋卿之狱，议加钱子勋、随全辈之赏，皆奸回欺讪大不敬，当治。"上曰："书所陈，朕自有处分。陈洸及宋元翰事情，下都察院从公验问，不许偏私曲法。田，小臣，辄以睚眦恣意挠渎。且不究。"(《世宗实录》卷44第1141页)

（嘉靖三年十月）庚戌（注：十九日）礼部尚书席书言："臣与陈洸素无交往，又所条上十三事，皆肺腑忠赤之言，直欲致君尧舜，不敢以寻常世主相望。而御史兰田欲掇拾臣罪，目为诽谤，虽蒙矜宥，臣何颜复玷班行，愿乞骸骨以明臣节。"上报曰："卿才识老臣，言论切直，邦礼重任方切委用，岂可因人言引疾。所辞不允。"既而书复固辞，言"臣应召而来，不避訾毁，为千古纲常争是非，于孔孟家法、朝廷政体一毫不敢有坏。今大礼既定，臣复何求。惟陛下早赐放还，使议礼之臣进得以礼、退得以义，不胜大愿"。上仍褒答不允。(《世宗实录》卷44第1146页)

（嘉靖三年十月）乙卯（注：二十四日）都察院奏："科道官赵汉、兰田诸臣及民人林钰等所奏陈洸家居不法状，乞行原籍抚按推鞫。洸当如侍郎周季凤事例，回籍听勘。"有旨："陈洸不必回避。林钰等所奏事情，令行抚按官即与从公勘结，不许偏向亏枉。"(《世宗实录》卷44第1150页)

（嘉靖三年十一月）乙丑（注：初五日）左给事中陈洸为给事中赵汉、御史兰田等所劾，具疏自辩，因讦田及吏部郎中薛蕙、刘天民、员外郎刘勋等各不法事。都察院复："洸语无实，不足信。独所称薛蕙交通知州颜木，陷参将石玺父子事情，下河南抚按官验问。蕙宜回籍听勘。"报可。洸又言："兰田所上宋元翰讦词，乃匿名文书之类，法当毁。都察院乃欲据是并勘，意在朋陷。恐抚按望风偏枉，请敕锦衣卫官同巡按御史详鞫。且乞回避还籍。"上准洸回避，而命刑部差郎中、锦衣卫差千户各一员，会巡按御史勘问。(《世宗实录》卷45第1157页)

（嘉靖四年正月）乙亥（注：十六日）礼部尚书席书先任南京兵部侍郎，与巡抚都御史胡铤前后奉命赈济江北饥民，为科道官张汉卿、梁世表等所论，书上疏自辩，请差官查勘。上从书言，遣司礼监太监黄伟、户部侍郎王承裕、刑部左侍郎刘玉、锦衣卫指挥王兰等勘实以闻。至是复勘言："二臣毕心殚力，无所欺罔。顾所历地广，势不能周，死徒数多，似非其咎。其钱粮之数，则以二臣所委出纳者未得其人，致多乾没，已将各委官坐罪矣。"疏入，得旨："既会勘明白，如拟归结。"(《世宗实录》卷47第1202页)

（嘉靖四年二月）辛卯（注：初二日）礼部尚书席书奏荐致仕大学士杨一清、南京兵部尚书王守仁文武兼资，堪任将相。今一清已督三边，守仁当处之内阁秉枢机，无为忌者所抑。且云"今诸大臣多中才，无足与计天下事者。定乱济时，非守仁不可。"上不许，曰："近日边方多事，已命廷臣集议，席书身为大臣，果有谟略，宜即悉心敷奏，共济时艰，何必自委中才，有负委任。"(《世宗实录》卷48第1215页)

（嘉靖四年六月）丙申（注：初八日）广东按察使张祐、副使孙懋以诘忤访事校尉，得罪被逮。巡按御史杨铨上疏言："今天下百司庶府，体统相维，可恃以为信者，上遵玺敕，下凭印信耳。广东僻处岭外，向未有密差校尉诣彼访事者，今一旦有之，初无印信公文可据，安知其为真？且给事中陈洸与乡人讦奏，已蒙遣官验问，尚未施行，岂有各官之验问不可信，而顾取信于校尉之访也？其于事迹实有可疑。祐、懋俱执宪之官，防范讥（注：疑为稽之误）察，乃其职分。今反以微谴见逮，使方面重臣絷绁束缚，累然于道路之间，甚非国家爱惜臣工之体。恐此风一启，后虽有作伪者，无复敢诘也。几微之渐，不可不预防。乞察其职守之愚，特加矜释。"章下所司。（《世宗实录》卷 52 第 1301 页）

（嘉靖四年十二月）庚戌（注：二十六日）先是，给事中陈洸凌虐乡人，为怨家所奏诸不法事，词连者百余人。给事中赵汉，御史朱衣、兰田等交章论其奸恶。而洸亦疏辨，言"先因抗议大礼，以致群奸侧目"。上遣刑部郎中叶应骢、锦衣卫千户李经会广东巡按御史熊兰鞫问之，具列罪状以闻。法司复审无异，坐洸以大辟。上特宥洸死，发回原籍为民。大理寺卿汤沐等争之，言"法者乃天下之公，而非一人之私。据洸情罪深重，详审无疑。而陛下特出之，令为民，是轻重殊科而法不信于天下也。乞收回成命，必置洸法如原拟，庶律法画一而人心畏服"。刑部尚书赵鉴等，刑科给事中解一贯等，亦连章论其非法，俱报有旨。（《世宗实录》卷 58 第 1395 页）

（嘉靖四年十二月）庚戌（注：二十六日）……张璁言："洸，议礼臣也，尝劾费宏，而法官朋党，中于法。"上宥洸死，削籍。（《国榷》卷 53 第 3329 页）

（嘉靖四年十二月）庚戌（注：二十六日）罢给事中陈洸为民。初，洸家居无赖，与潮阳知县宋元翰不相能，令其子柱讦元翰，谪成。元翰摭洸罪及帷薄事刊布之，名《辨冤录》，洸由是不齿于清议。及张璁、桂萼以议礼骤显，洸方调外，因上书附和，得还给事中职，璁、萼遂引以击异己者。于是言官交章劾之，御史兰田并封上元翰《辨冤录》，都御史王时中请罢洸听勘。洸奏："群臣恨臣抗议大礼，将令抚按杀臣，请遣一锦衣往。"洸意锦衣可利诱也，得旨"遣刑部郎中叶应骢及锦衣千户李经往"。应骢与焚香誓天，会御史熊兰、涂相等杂具上洸罪状至百七十二条，罪极恶，宜斩，妻离异，子柱绞。洸惧，复亡阙申诉，上持应骢奏不下。尚书赵鉴、副都御史张润、给事中解一贯、御史郑本公等连章执奏，上不得已，始命复核。郎中黄绾力持应骢议，萼为居间，不能得，邀璁共奏，谓"洸以议礼为法官所中"。沐争之，不能得。已，尚书赵鉴及一贯连章请治洸罪，皆不纳。（《明通鉴》卷 52 第 1684 页）

（嘉靖四年闰十二月）甲子（注：初十日）以大礼书成，诏礼部录诸尝上议未加恩赏者。于是礼部尚书席书言："……助大礼之议者一人，则先任给事中、今递解回籍为民陈洸。"且言"洸以议礼为人嫉恶，文致其罪，又诬其妻以奸离异，诬其子柱杀人陷重辟。乞降恩旨，稍为开释"。得旨："楚王等慰劳。别议、附议诸臣俱升实授一级，内致仕者仍致仕，儒士与冠带。胡世宁升俸一级。陈洸免递解，郑氏免离异，柱免死，令成边。"（《世宗实录》卷 59 第 1398 页）

（嘉靖五年正月）丙午（注：二十三日）南京户科给事中林士元等劾奏学士桂萼"与刑部尚书赵鉴争论陈洸罪犯，至攘臂相加，轻蔑礼法莫此为甚。夫君道友逆，则顺君以诛友。今洸负不赦之罪，而萼乃欲挠法以违君，忿戾横于胸臆，攻击加于班侪，殊失大臣之度"。章下所司。(《世宗实录》卷60第1416页)

(嘉靖六年九月)戊戌(注：二十四日)原问为民陈洸复上疏言："前以议礼，为邪党所诬。御史兰田，知县宋元翰，郎中叶应骢，按察使张祐、周宣，知府唐昇相与罗织成狱。而应骢、宣复杖死其连坐者几三十人，充军者十五人。乞行辩雪。"事下刑部，署部事吏部左侍郎桂萼遂为洸讼冤，言"洸通盗无状，而其子杀人无尸，非尽逮诸臣从公鞫问之，不得其情"。上以为然，诏锦衣卫差官校逮洸、元翰、应骢及续问郎中黄绾等，并词所连及俱至京听理。张祐等俱回原籍待命。已而吏部侍郎方献夫言"词所连及者不下三四百人，今诏并逮捕，必有无辜蒙害者。请较其轻重，非奸盗杀人证佐，皆下所在抚按官勘问，不必概捕，致扰地方"。从之。(《世宗实录》卷80第1786页)

(嘉靖七年五月)己卯(注：初九日)刑部谳上陈洸、宋元翰等狱。洸，广东潮阳人，初以进士守制时，元翰为其县令。洸无行，居乡多不法，而元翰亦贪酷吏，不相能也。洸因令其子柱讦元翰，逮理，于是县人被元翰虐者争蜂起陈状，元翰坐谪戍；以是怨洸，乃捃摭洸诸放利恶迹，并其帷薄事，缉成帙，曰《诉冤录》，刊布之，然多溢辞也。元翰寻遇赦免，洸后任户科给事中。会议大礼，洸亦抗疏附尚书席书议，为科道官所劾。有御史兰田者，因以《诉冤录》上闻，诏遣刑部郎中叶应骢、锦衣卫千户李经赴广东核勘。应骢以洸险佞，为众所恶，欲置洸于法，乃授指韶州府知府唐昇，俾深劾其事；凡《诉冤录》所载及洸怨家陈愬，一切证成之，坐洸妻奸罪离异，子柱殴杀人绞，诸连逮死徙者甚众。是时洸惧为应骢所困，亡诣阙下，上疏自理。应骢即据昇狱词覆奏，并请当洸窝强盗分赃律。上疑之，命法司再问。刑部郎中黄绾谓"洸狱情无枉，请如应骢拟论死"。诏特宥为民，并原其妻、子。已而桂萼署刑部，洸因复上书讼冤，萼为覆奏，诏械系前后诸问刑官叶应骢等，并取干证人及始末文案至京，下三法司会同九卿、锦衣卫问。至是刑部尚书胡世宁等以狱上，得旨："应骢、元翰俱为民，洸冠带闲住，绾降二级远方用。"兰田时已考黜，上以其"不知大体，以谤书入奏，致兴大狱；唐昇承望风旨，锻炼成狱，俱令巡按御史即其家逮治以闻"。各御史随勘上二人罪状，诏"田为民，昇降三级远方用"。(《世宗实录》卷88第1990页)

(嘉靖七年六月)癸丑(注：十三日)霍韬上疏言："……臣先录进疏稿，部臣未见查行，顷白给事中陈洸之冤，及监生陈云章才可用，俱未采纳，则臣之器识未堪骤用亦明矣。与其不自揣量覆败于后，贻陛下知人之羞，孰若自谨于先，全进退之节，犹为名教之一助。且陛下用臣之言，臣荣于升职多矣。"疏入，上复优诏褒答不允。洸、云章令吏部查处以闻，务合公议。(《世宗实录》卷89第2022页)

(嘉靖七年六月)己未(注：十九日)，吏部尚书桂萼复詹事霍韬论给事中陈洸之枉及监生陈云章之才，言："始臣萼被召，适洸复命，闻臣有疏，即公言赞助；众惧沮之，为改其官，赖明主察之，特复故职。洸益尽力排众，卒堕祸机，使助礼之人与谋叛同罪。今其事虽白，尚坐闲住，宜视故职量升一官，以舒愤郁。"从之。（《世宗实录》卷 89 第 2041 页）

三、费宏案

嘉靖四年五月二十三日，兵部以被裁革冒滥官职的季全、王邦奇等至今奏辩纷纭，而帝一日之间并复冗官九十余人，上疏劝帝不要"以左右一二人之私请，而坏祖宗百余年之法度"，请仍将王邦奇等罢革。兵科给事中郑自璧、监察御史任洛等亦以为言，嘉靖帝俱报"有旨"而已。

七月十三日，礼部尚书席书因弟翰林院检讨席春与修实录加恩，升按察司佥事，有憾于大学士费宏，上疏言："历稽累朝实录升官，未有调升外任者。"其实席春原先由庶吉士授御史巡云南，以其兄席书当时为都御史，故依规回避改授翰林院检讨；刘夔也是御史，以其兄刘龙故改授翰林检讨。与修实录成，俱当进秩，费宏以二人系他官避嫌而入翰林，故均拟升外职。帝以席书故，特令升席春翰林院修撰，并升刘夔编修。翰林院学士桂萼、张璁也因此上疏求去，且攻击费宏。于是费宏疏奏辩明"前拟升春副使，御笔改为佥事，实出宸断"。因而请致仕。帝亦优诏慰留。七月十九日，吏科右给事中张翀、浙江道监察御史徐岱等，各劾礼部尚书席书为其弟席春陈请改官，有沾清议；户科给事中郑一鹏、福建道试监察御史聂豹亦以为言，帝皆切责其奏扰。

九月二十二日，礼部尚书席书因被言官所劾，请休致。帝优诏慰留，并戒"两京科道官不许挟私诬害、再来奏扰"。

嘉靖五年三月十七日，陈九川案发。起初，天方国使臣入贡，礼部主客郎中陈九川拣退其不合格玉石，对其所求讨蟒衣、金器皿等又奏不与，题复时又怒骂本馆通事胡世绅等。提督会同馆主事陈邦偁对贡使约束过严，禁其货易，以至回夷商人各怀怨恨。胡世绅等因诈为夷人怨词，讦奏陈九川等。帝怒，令锦衣卫逮讯陈九川。礼部尚书席书为自己部属稍作辩解，即被帝责为"非大臣事君之体"。胡世绅又奏陈九川以贡玉馈大学士费宏制带，于是锦衣卫指挥骆安等请并逮胡世绅，会多官鞫之。帝不允，命世绅免逮，陈九川等照前旨拷问。于是刑科给事中解一贯等言："治狱当服人心，今不逮世绅等，不发番汉原本，独将九川等拷掠，势必诬服。"帝责一贯等恣意回护。锦衣卫奏上狱辞，帝又切责其辗转支调，鞫问未明，革理刑邵辅回卫带俸，命并逮多官验问。

四月初十日，詹事桂萼、张璁奏讦大学士费宏实受陈九川所盗贡玉，又尝纳邓璋、彭夔之贿为之谋职及其居乡不法事。费宏上疏自辩，以陈九川之玉，已奉明旨处分，自己不辩自明。邓璋之任，实由九卿会推起用；彭夔留任也是同官公议，均不是自己私下所为。指出"萼、璁疑内阁事属臣操纵，抑知臣下采物望、上禀圣裁，非可专擅"。而张璁、桂萼所以如此攻击，是因近日选取庶吉士，例有教书官二员，而二人皆不得与，故心中有憾，乃陷以赃罪；"萼、璁又诬臣先茔被发、从兄受祸，皆以为居乡不检所致，不知此皆逆濠欲复护卫，忌臣沮议，阴嗾乡人为之"。并揭"萼、璁之挟私而攻臣者屡矣：不得为经筵讲官则攻臣，不得与修献考实录则攻臣，不得为两京考试官则攻臣，今不得与教书则又攻臣。臣多病无才，岂能复与新进争胜、久履危机"？请求致仕。帝以"卿所奏事情业已处分明白，不必深辨。宜即出视事，以副重托"而慰留；然对张、桂二人的攻讦终不责问，二人遂更加急迫地谋构费宏。四月十六日，御史郑气、郑洛书各疏言："陈九川之事，人谓萼、璁与谋，固已得罪公论。而大学士费宏取予辞受之迹终亦未明，度彼参此，相去无几。"请令三人去位。帝以"大臣进退，朝廷自有处分"，切责郑气等妄言奏扰。次日，费宏称疾再乞休，帝仍优诏慰留不允。

五月二十五日，礼部尚书席书上疏，以大学士杨一清既晋少师，仍兼太子太傅武英殿大学士，而指责大学士费宏的欺罔之罪，并请敕吏部改正。帝曰："内阁加官，皆朕自裁定，宜遵前旨。"

六月初二日，大学士杨一清因席书所言而上疏，谓席书"典章之未明，而发言之太易"。又称"费宏供事内阁已久，臣以阃外被召方来，纵使官秩尽同，亦当序出其下。书言及此，盖不知臣也。书之学识才猷，臣素称许；其性气直率，任情自遂，凡有所见，辄形奏牍，不尽其说不止，终失大臣浑厚之体。乞戒谕之，毋出位轻言以伤治体。"帝曰："此事已有旨矣，卿第安心辅政，不必引嫌深辨。"

九月二十六日，兵部右侍郎张璁以费宏欲用新宁伯谭纶掌奋武营，劾费宏劫制府部。帝以"简用文武大臣，由吏、兵二部推举，宏虽居辅导，点用皆自朕"为费宏辩解；但又称张璁"尔所言良是，以后推用大臣，各部务从公举，以副任用"；欲为两解之。又因帝听政之暇常与费宏讨论诗词，桂萼托言"诗词小技，恐劳圣躬"，攻费宏"窃恩遇以压朝士"，帝以"朕学诗不妨正务。尔言固见忠爱，但宏既居辅导，职在讲论，朕有所疑，亦必咨问"而答之。

十月初一日，费宏次子懋良被张璁、桂萼陷害下狱。十月十八日，费宏因此而引罪求去，帝仍不允。十月二十日，兵部右侍郎张璁、詹事桂萼两疏论大学士费宏专权擅威，大肆奸贪，极言丑诋。帝亦将其章下所司。

十一月初四日，皇宫御道上有匿名帖子二，帝令锦衣卫推究。费宏以为"投匿名文书告言人罪，律有明禁"，为"杜告密之门，不使无辜者受罔"，"即当焚毁，不必上经御览"。帝准费宏所请，命即毁之。时礼科给事中杨言亦以为言，帝曰："比来风俗薄恶，臣下互相倾害，小人又投匿名文书报复私仇，有伤治体。令都察院严禁晓谕，犯者无贷。"十一月二十三日，费宏又以灾异自劾求退，帝仍优诏慰留。于是福建道御史张禄上言，对帝"于宏之疏既温旨以勉留，于璁之奏复常旨以批答"这种"持两可之心"的做法提出异议，请帝对此作出明确决断，或允费宏去，或戒谕张璁等勿肆攻讦。帝仍以"大臣进退在朝廷。费宏乞休，已有旨慰留。子犯罪过，自有公法。朕方欲廷臣同寅协恭以图化理，张璁等已有旨，各修乃职，毋辄肆烦渎"而答之。吏科都给事中解一贯等再上疏极论张璁、桂萼攻讦费宏的阴谋，指出"张璁、桂萼之为人，平生奸险，无一可录，特以议礼一事偶合圣心。自超擢以来，凭恃宠灵，凌轹朝绅。与费宏积怨已久，欲夺其位而居之，其屡所攻讦，非真为国家也，不过假此以报私怨耳"；而朝中言官"不体朝廷至意，或专攻宏，或兼论璁、萼，或对举宏与璁、萼比，盖不知能去宏而不能去璁、萼也；去宏之易，而去璁、萼之难也。何也？君子难进而易退，而小人则不然。宏恤人言、顾廉耻，犹可望以君子；若璁、萼，则小人之尤无忌惮者。臣恐璁、萼之计得行，宏将因此动摇，奸邪之气焰愈增，善类之中伤无已，天下之事将大有可虑者矣"。恳请帝"重戒璁、萼各勉修职业，勿事攻讦"。帝将其疏下所司知之。

十二月十五日，大学士杨一清因灾异修省上言，以为灾异"皆阴阳失常、阴盛阳衰所致"，"乾纲下移而威柄或不自上出"，"所用者未必才、才者未必用"，且言"辅导之官论道为职，公孤之任弘化所关，古之人君多因灾策免公卿"，以年老不职清辞。帝嘉纳之。十二月十六日，礼部尚书席书会廷臣条议修省事，帝命两京官员痛加修省，勉修职业，四品以上官令自陈。大学士杨一清复条陈修省事，内引兵部言先前浙江镇守太监邓文请改敕书事，请予改正。帝命备查先年旧稿来看。十二月十九日，张璁等力攻费宏，疏凡四五上，攻之不克，致以去就争。而帝仍令各修乃职，无再渎奏。

嘉靖六年正月十六日，帝以杨一清所进元宵诗"爱看冰轮清似镜"句类中秋，为改"爱看金莲明似月"。杨一清疏谢，谓"情景曲尽"。而此前帝与费宏等诗词倡和，却遭张璁、桂萼恶言攻击。正月十九日，给事中方纪达等劾张璁、桂萼专攻大学士费宏，恃宠横恣，宜加切责。帝将其疏下所司。正月二十九日，大学士费宏因杨一清疏言镇守浙江太监邓文新换敕书事，上疏自白。帝令"仍查成化、弘治中稿以闻"。

二月七日，费宏再次具疏乞休，帝仍温旨慰留。二月十二日，锦衣卫带俸署百户王邦奇因诏革传奉官而削级，及奏复其旧职，又遭抑，深怨大学士杨廷和、兵部尚书彭泽；乃上疏言哈密失国，皆由此二人所致，请诛二人。时张璁、桂萼日夜求逞私憾，又以议礼恨杨廷和，乃嗾王邦奇劾奏，欲藉此兴大狱。于是王邦奇又言大学士费宏、石珤俱杨廷和党，"欲为弥缝，尝夜过杨一清问计，议论不合而出"。又牵连杨廷和次子兵部主事杨惇、义子侍读叶桂章、女婿修撰余承勋及彭泽弟彭冲等。帝令将杨惇等下狱，敕付外廷集多官会讯。已而鞫出王邦奇所言诬，群臣惶惑，莫敢有为费宏白冤者。都给事中杨言亦同会讯，因上言劾邦奇，言杨廷和"当权奸专横之日，保全神器归于陛下，持危定难有正始之功焉；即所拟诏条或矫枉过直，然事专为国，心本无他。今去国未几，祸延子、婿，臣恐自今全躯保身之臣皆以廷和为口实，谁复为国家任事哉"？帝怒，谓杨言为大臣游说，即朝逮系下镇抚司，亲鞫于午门，备极五毒，卒无挠词。言被逮时，御史陈察当廷大呼："臣察愿以不肖躯易杨言。"群臣咸骇愕引避去。帝目摄察，察不为动，帝亦置不问。会五府九卿合议后，镇远侯顾仕隆等复言"邦奇言皆虚妄"，遭帝切责。御史陈察、程启充等复上疏为杨言辩，并请逮治王邦奇。帝虽不纳，只报闻，然卒以鞫治无状，遂宽杨言狱，以其轻率妄言调外任；又以杨惇隐匿卷宗削职为民，王邦奇陈言希用降总旗，余承勋诈病旷职冠带闲住，仍令督抚勘议哈密事以闻。而费宏、石珤自此去志益决。已而锦衣卫逻校闻大学士费宏命玉工装玉束带，疑是陈九川所索玉，遂入费宏第执舍中儿以去，欲与陈九川对簿。费宏弗敢拒，只是上言："日者臣遗故尚书邓璋以诗，璋酬以玉璞，重若而斤，为束带者三。今天方失玉重若而斤，与臣璞轻重不伦，若之何疑臣受九川献也？九川之诬，据此可辨。"帝置不问，而以温旨慰留。二月十六日，因王邦奇讦奏，费宏与石珤各再疏乞休，帝遂许之，赐费宏敕，驰驿、廪隶如例；而责石珤怨望，一无所予。都人皆叹自来宰臣去国无如石珤者。

三月二十二日，户部尚书秦金、兵部尚书王时中、工部尚书赵璜俱致仕去。是日，给事中彭汝实等上言，以王邦奇奏哈密事多颠倒黑白，"至谓大学士费宏、石珤夜入杨一清之门，此近易可见。今既不闻召问一清，而一清亦久不为白，何也？斯狱也，内关宗社，外系边防，近连辅臣，上摇国是，非小故也"。请将其按诬告之律反坐，并追究主使之人。帝不置，只将其章下所司。三月二十九日，锦衣卫百户张春，校尉何显、翟宇奉诏逮侍读叶桂章，行至柏乡传舍，叶桂章夜自杀死。于是张春等以防范不谨下诏狱。科道官交章劾之，以"桂章，故近侍臣，坐邦奇疏词连及耳，非有殊死罪也。不更窘辱，何遽至此"？已而拷讯张春等，果然是因索贿至叶自杀。狱词上，帝只将"春调发海州卫差操，显、宇充海州卫军"。

嘉靖七年正月二十三日，逮前甘肃巡抚右副都御史陈九畴下狱。初，帝以王邦奇因哈密事讦杨廷和、彭泽，词连陈九畴，乃遣给事中、锦衣卫至边勘状，未还报而狱解。而此时番酋依兰复求通贡，自言"非敢获罪天朝，所以犯边，由冤杀舍音和珊、实巴伊克二人"。于是桂萼欲重兴是狱，胁礼、兵二部尚书方献夫、王时中同上议请穷追此事。时帝方疑边臣虚妄，欲穷治之。大学士杨一清劝罢，帝不听，手诏数百言，切责陈九畴，而戒杨一清勿党庇。遂逮陈九畴，并及尚书金献民、侍郎李昆以下，坐累者四十余人。

资料摘录：

（嘉靖四年五月）辛巳（注：二十三日）兵部以季全等不当令复职再上疏言："令出惟行弗惟反，王者不私人以官。昔在先朝，权奸用事，官职冒滥，至不可言。皇上嗣统，首诏裁革，仕路一清，天下称快。今乃以季全、王邦奇等奏辩纷纭，一日之间而复冗官九十余人。以左右一二人之私请，而坏祖宗百余年之法度，凡在有位，孰不为陛下惜哉。虽奉旨'不许夤缘管事'，而奔竞者效之已成风；'不许比例陈乞'，而奏扰者已踵至。《语》曰：'谁生厉阶，至今为梗'，此之谓矣。望洞察弊源，仍将全等罢革，以息人言，以消天变。"会兵科给事中郑自璧、监察御史任洛等亦以为言，俱报"有旨"。（《世宗实录》卷51第1291页）

（嘉靖四年七月）庚午（注：十三日）初，翰林院检讨席春、刘夔与纂修实录，加恩，以系改除馆职，升按察司佥事。春乃礼部尚书席书之弟也，书因是有憾于大学士费宏，上疏言："历稽累朝实录升官，未有调升外任者。"上以书言，特令升春翰林院修撰，并升夔编修。已而翰林院学士桂萼、张璁上疏求去，语亦侵宏。于是宏疏奏辩明"前拟升春副使，御笔改为佥事，实出宸断"。因乞休致。上优诏慰留之。（《世宗实录》卷53第1317页）

（嘉靖四年七月）时席春由庶吉士授御史巡云南，以兄书为都御史，改翰林检讨；与修实录成，当进秩，公以春由他官入，与检讨刘夔并拟按察佥事，夔亦故御史，以其兄龙改授者也。书大怒，疏言"故事无纂修书成出为外任者"。帝以书故，留春擢修撰，而夔亦留擢编修。由是怨公。（《鹅湖费氏宗谱·文宪公年谱》第169页）

（嘉靖四年七月）丙子（注：十九日）吏科右给事中张翀、浙江道监察御史徐岱等，各劾礼部尚书席书为其弟春陈乞改官，有沽清议。上曰："朕欲大小臣工务各安静，以其共致太平。兹事既有处，翀等又掇拾奏扰，姑不究。"会户科给事中郑一鹏、福建道试监察御史聂豹亦以为言，上皆切责而宥之。（《世宗实录》卷53第1321页）

（嘉靖四年九月）戊寅（注：二十二日）礼部尚书席书再乞休致，上曰："卿忠诚爱君，赞成朕孝，大礼既定，委任方隆。宜安心供职，所辞不允。"仍戒"两京科道官不许挟私诬害、再来奏扰"。（《世宗实录》卷55第1346页）

（嘉靖五年三月）庚子（注：十七日）初，天方国使臣火者马黑木等入贡，礼部主客郎中陈九川拣退其玉石，所求讨蟒衣、金器皿等，奏俱不与。题复又怒骂本馆通事胡世绅等。提督会同馆主事陈邦俦约束过严，禁其货易，以至回夷商人各怀怨恨。世绅等因诈为夷人怨词，讦奏九川、邦俦等。上怒，下锦衣卫逮讯。礼部尚书席书等言："九川等行事乖方，不能抚顺夷人，至生怨谤，罪诚有之。然有进上之物，不得不辨验精详，而拘泥旧规，严禁夷人出入，至待通事人等礼貌过琚，遂使胡世绅挟夷情以快私忿。所属小吏蔑视部官，二臣固不足惜，恐夷人效尤，愈肆桀骜。"上曰："九川等恣肆妄为，堂官不行举奏，反为论救，岂大臣事君之道？"世绅又奏九川浼兵部郎中张聰转与镇抚司指挥佥事张潮，嘱托及番本奏郎中字样。通事龚良臣听大学士费宏令，译作兰州字样，九川因以贡玉馈费宏制带。于是锦衣卫指挥骆安等辞不敢问，请会多官鞫之。上不允，命世绅免逮，九川等照前旨拷问。于是刑科给事中解一贯等言："治狱当服人心，今不逮世绅等，不发番汉原本，独将九川等拷掠，势必诬服，治狱之道恐不当如此。"上责一贯等恣意回护。已，锦衣卫奏上狱辞，上切责安等展转支调，鞫问未明，革理刑邵辅回卫带俸，命并逮张聰、龚良臣等验问，而以夷人求讨蟒衣等奏下礼部查覆。其后竟坐九川侵盗贡玉及番货刀皮，陈邦偶不抚夷情，刁难货易，及张瓛等听嘱、张潮回护。于是谪九川戍边，黜邦偶为民，降张瓛远方杂职、张潮总旗，邵辅、龚良臣等俱罚俸有差。（《世宗实录》卷62第1447页）

（嘉靖五年四月）壬戌（注：初十日）詹事府詹事桂萼、张璁奏讦大学士费宏实受陈九川所盗贡玉，又尝纳邓璋、彭夔之贿，及居乡不法事。宏上疏自辨，以为"陈九川之玉，已奉明旨处分，可以勿论。若邓璋总制，实由九卿会推起用，而其馈玉乃在一年之前，璋不能预知，臣不能专主也。彭夔循谨廉平，力可用事，第以科场与御史争席，致招谗毁，故臣与同官公议拟留，非为私也。桂萼等所以攻臣者，缘近日选取庶吉士，例有教书官二员，而二人皆不得与，故有憾于臣，乃遂陷臣以赃罪，不已甚乎？夫萼、璁之挟私而攻臣者屡矣：不得为经筵讲官则攻臣，不得与修献考实录则攻臣，不得为两京考试官则攻臣，今不得与教书则又攻臣。臣多病无才，岂能复与新进争胜、久履危机？但恨皇考实录未成，臣之心迹未白，所为恋恋阙庭者为此耳。萼、璁又诬臣先茔被发、从兄受祸，皆以为居乡不检所致，不知此皆逆濠欲复护卫，恚臣沮议，阴嗾乡人为之。惟陛下怜察"。上曰："卿所奏事情业已处分明白，不必深辨。宜即出视事，以副重托。"（《世宗实录》卷63第1458页）

（嘉靖五年四月）壬戌（注：初十日）詹事桂萼、张璁以陈九川侵盗贡玉事讦大学士费宏。初，璁、萼骤贵，举朝恶其人，宏在内阁，每示裁抑，遂为所怨。上尝御平台，特赐御制七言一章，命宏辑倡和诗，署其衔曰"内阁掌参机务辅导首臣"，其见尊礼，前此未有也。璁、萼滋害宏宠，萼言"诗文小技，不足劳圣心，且使宏得凭宠凌压朝士"。上置不省。会九川事发，萼遂与璁毁宏于上，言宏纳九川所盗贡玉及受尚书邓璋赇谋起用，并及其居乡事。宏因上疏乞休，其略曰："萼、璁挟私怨臣屡矣，不与经筵讲官则怨，不与修《献皇实录》则怨，不为两京乡试等官则又怨，不为教习则又怨。萼、璁疑内阁事属臣操纵，抑知臣下采物望，上禀圣裁，非可专擅。萼、璁日攘袂搤腕，觊觎臣位，臣安能与小人相龂龂？乞赐骸骨。"上优诏慰留，然终不以谴璁、萼，于是二人益谋构宏。（《明通鉴》卷52第1686页）

（嘉靖五年四月）戊辰（注：十六日）御史郑气、郑洛书各疏言："陈九川之事，人谓萼、璁与谋，固已得罪公论。而大学士费宏取予辞受之迹终亦未明，度彼参此，相去无几。况朝廷自有纪纲，大臣当重进退。窃谓萼、璁与宏皆不可以不去；宏不去，则有持禄保位之诮；璁、萼不去，则冒蹊田夺牛之嫌。幸早赐圣断，各示保全，则公论明而国是定。"疏入，上谓"大臣进退，朝廷自有处分，气等妄言奏扰"，并切责之。明日，宏称疾乞休，上优诏慰留不允。（《世宗实录》卷63第1464页）

"臣自正德甲戌废弃归田，已历八载。恭遇皇上入绍大统，过听人言，召臣复入内阁照旧办事。臣感激天地之恩，朝夕黾勉，思效涓埃之报。但自幼多病，形气早衰，旧冬以来，加以胸膈痞闷，郁痛无时，饮食少进，肌体消瘦（注：疑为'瘦'之误），自觉不能供职，惟当退处田野，庶不误国妨贤。伏望皇上察臣恳悃，容臣休致，俾得苟延

残喘，则自今以至未死之年，皆皇上之所赐也。"（《费宏集》卷 6 第 180 页）

（嘉靖五年四月）癸酉（注：二十一日）大学士费宏再疏乞休，……上仍优诏慰留，趣令即出视事。"（《世宗实录》卷 63 第 1467 页）

"臣自揣衰病不职，昨者具奏乞休，钦奉圣旨：'卿内阁元臣，忠诚端亮。朕所倚托至重，岂因泛言欲乞休致。可即出安心供职，勿负朕意。吏部知道。'伏念臣材质驽下，学识疏庸，遭际圣君，特蒙召用，与参机政，误受简知。事有所疑，则手降纶音而欲订其可否；劳无足取，乃面承天语而辄奖其忠勤。兹者复荷华褒，勉留供职，岂忍固为辞避，上负圣心？但臣器本杯盂，而所受已逾于沼沚；用宜榱桷，而其材岂中夫栋梁。畏盈满之难居，念止足之当戒。此臣自揣分量，而不可不去者一也。况地居禁近，位躐豪英。过被宠荣，如女入宫而难免于媢嫉；久妨贤路，如兰当户而必见于锄刈。若力为争胜之谋，岂得为盛德之事？此臣审察事几，而不可不去者二也。且众口难调，人言可恤，挟私仇者既含毒而巧于射影，持公议者亦闻风而涉于同声。则是由臣贪恋，以致烦言，其于俗化所累不小，此臣顾惜国体，而不可不去者三也。臣用是再沥愚衷，仰祈天鉴，伏乞特赐俞旨，容臣早归。臣优游林泉、吟弄风月，辟张良之谷，假仙术以引年龄；卖疏傅之金，侈上恩而光族里。则臣之荣幸多矣。"（《费宏集》卷 6 第 180 页）

（嘉靖五年五月）丁未（注：二十五日）礼部尚书席书言："大学士杨一清既晋少师，则官衔、殿名皆当递转，不宜仍兼太子太傅武英殿大学士。"因指责费宏靳吝欺罔之罪，乞敕吏部改正。上曰："内阁加官，皆朕自裁定，宜遵前旨。"（《世宗实录》卷 64 第 1485 页）

（嘉靖五年六月）癸丑（注：初二日）大学士杨一清言："自古天子择宰相，宰相择僚庶，故我朝内阁迁除皆由中特降手敕。至于师保之加、殿学之兼，悉出渊衷，内阁不敢专、吏部不得与。今礼部尚书席书乃以臣之兼官轻，有拟议欲敕吏部改正。臣窃谓其典章之未明，而发言之太易也。况人君之御下，在听其言，不在加其秩；人臣之遇主，在行其志，不在荣其身。若使言听志行，官虽不加而其荣已多。倘或事与心违，官秩愈崇，而责愈甚。如臣不肖，位已逾涯，陛下更加以少师，仍兼宫傅，恳辞避未谐，方切愧惧，书安得为此言？况费宏供事内阁已久，臣以阃外被召方来，纵使官秩尽同，亦当序出其下。书言及此，盖不知臣也。书之学识才猷，臣素称许；其性气直率，任情自遂，凡有所见，辄形奏牍，不尽其说不止，终失大臣浑厚之体。乞戒谕之，毋出位轻言以伤治体。"上曰："此事已有旨矣，卿第安心辅政，不必引嫌深辨。"（《世宗实录》卷 65 第 1487 页）

（嘉靖五年九月）丙午（二十六日）张璁论费宏劫制府部，谓其嘱兵部尚书李钺，钺不应也。上不问。（《国榷》卷 53 第 3342 页）

（嘉靖五年九月）丙午（二十六日）先是，奋武营缺坐营官，大学士费宏欲用新宁伯谭纶，而兵部竟以鼓勇营徐源调补。宏又欲以纶补源缺，于是右侍郎张璁论费宏劾制府部。上曰："简用文武大臣，由吏、兵二部推举，宏虽居辅导，点用皆自朕。但尔所言良是，以后推用大臣，各部务从公举，以副任用。"……时，上听政之暇颇事诗词，间与大学士费宏讨论。詹事桂萼以为"诗词小技，恐劳圣躬，且使宏窥伺意指，窃恩遇以压朝士。盖其招权纳贿，怙终不悛，畏陛下察之，姑设是结纳以自救于目前耳。"上曰："朕学诗不妨正务。尔言固见忠爱，但宏既居辅导，职在讲论，朕有所疑，亦必咨问。"（《世宗实录》卷 68 第 1564 页）

（嘉靖五年十月）辛亥朔（注：初一日），下费宏次子编修懋良于狱。璁、萼所陷，寻释。"（《皇明大政记》卷 26 第 18 页）（注：此事《国榷》卷 53 记在十月十八日："费宏子翰林编修懋良为张璁、桂萼所陷，下狱，寻释。"据《世宗实录》及《明史》所记，下狱者为费宏次子懋良，但其并不曾入翰林为编修，时在翰林院为庶吉士者是费宏长子懋贤，与上所引文均有误。）

（嘉靖五年十月）戊辰（注：十八日）大学士费宏上疏乞休言："臣自正德甲戌废弃家居，恭遇龙飞，首蒙召用，勉供厥职五年于兹。大礼既成，信史既纂，庙制既定。臣周旋其间，与观盛典，无所赞助，深愧孤恩。今年三月以来，屡出宸章付臣编集。文华听讲，既受渥赐；平台召见，复荷褒嘉。盖右文之主，近代所无；遭际之奇，实出望外。然臣之私心恐吟咏频数，圣虑过劳，每托散本官转告司礼监官，欲为上达，岂敢徼宠为一身势利之计。今忌臣者乃以此为罪，欲加陷害，从而媒蘖其短，仰恃圣明必能洞察，岂敢深辨。但物忌太盈，分当知足。况臣赋质素弱，百病交侵，皇上励精图治，臣以衰羸，岂能仰赞庙谟、禆益政化？乞怜臣之力实不能强，察臣之心非敢负恩，容臣致事，退居田野。"上优诏褒答不允。寻复疏言："君子之去就贵于见义，而臣已恨审几之不早。人臣之病常在于伤宠，而臣实荷宠之过优。"上仍慰留，复遣鸿胪寺官谕令供职。而宏以次子懋良有罪下狱，按问未明，复上疏引罪求去，上仍不允。"（《世宗实录》卷 69 第 1573 页）

（嘉靖五年十月）庚午（注：二十日）兵部右侍郎张璁、詹事桂萼两疏论大学士费宏专权擅威，大肆奸贪，极言丑诋。章下所司。（《世宗实录》卷 69 第 1578 页）

（嘉靖五年十一月）癸未（注：初四日），是日御道上有匿名帖子二，鸿胪寺以闻，有旨令锦衣卫推究。大学士费宏等言："投匿名文书告言人罪，律有明禁，圣祖造律之初，用意深远。盖以小人欲为中伤之计，又恐陷诬告之罪，设为机阱，隐其姓名；官司若行其言，则人既被诬，而己不受祸，其立心之险诈、情罪之可恶甚矣。故见即烧毁，罪必处绞，盖所以杜告密之门，不使无辜者受罔也。矧朝廷之上又与在外官司不同，无知小人乃敢肆为奸恶，其罪尤为可恶。若缉得其人，决当如律重治，以警刁风。至于所投文书，即当焚毁，不必上经御览。"上命即毁之。时礼科给事中杨言亦以为言，上曰："比来风俗薄恶，臣下互相倾害，小人又投匿名文书报复私仇，有伤治体。令都察院严禁晓谕，犯者无贷。"（《世宗实录》卷 70 第 1585 页）

（嘉靖五年十一月）壬寅（注：二十三日）大学士费宏以灾异自劾求退，上优诏褒留不允。福建道御史张禄上言:"大学士费宏以子懋良犯罪系狱,内自不安,两疏乞休,而陛下慰留之。及侍郎张璁等累疏劾其不职,而陛下又以其疏下之所司。臣窃谓懋良以膏粱子弟恣情犯法,而宏为之父弗能正,若责宏以家法弗严、教子无方,则听其乞休可也。若念宏为先朝耆旧、辅导有功,不忍以其子之小过而遂弃夫国之大臣,则当于璁等之疏而戒其渎扰可也。夫何于宏之疏既温旨以勉留,于璁之奏复常旨以批答,溺三臣之爱,持两可之心,使宏去志不决,辄昧远嫌避位之心;璁等忮心未已,愈肆下井投石之毒。且宏位列公卿、职兼师保,其进退系天下观望。日者夷人告玉已起中外之疑,今复懋良系狱重贻家门之玷,虽圣情忠厚勉留,而宏独能隐忍就列乎?璁荷蒙知遇,不次拔擢,自宜勉修职业,以图报称;顾乃恃宠无忌,出位多言,动事攻讦之私,殊失安静之体。况大臣有协恭之义,卿佐非纠劾之官。纵使懋良之事未发,尚非其所宜言,何况事已下狱,情罪轻重宜俟宸断,而璁等乃乘机倾陷,谓之何哉?即今水旱相仍,变异迭出,正大小臣工修省之时,而宏与璁等为国大臣,顾相诋毁。若此欲其回天意以弭灾变,不亦难乎?伏愿崇廉耻之节,禁朋比之私,将宏与璁等并赐罢黜,则上可以回天谴,下可以协人情。"上曰:"大臣进退在朝廷。费宏乞休,已有旨慰留。子犯罪过,自有公法。朕方欲廷臣同寅协恭以图化理,张璁等已有旨,各修乃职,毋辄肆烦渎。"于是吏科都给事中解一贯等复言:"费宏立朝行事,律以古大臣之义,固不能无议,但其自入仕至今四十余年,未闻有大过恶。虽其子一时有犯,顾于宏大节无损。陛下于其累疏乞休每不之许,此圣君优礼大臣之道也。至于张璁、桂萼之为人,平生奸险,无一可录,特以议礼一事偶合圣心。自超擢以来,凭恃宠灵,凌轹朝绅。与费宏积怨已久,欲夺其位而居之,其屡所攻讦,非真为国家也,不过假此以报私怨耳。陛下于其屡疏,俱付所司,而于其终乃曰'尔等宜各修乃职赞朕至治'。详味皇言,二臣肺肝毕露,所以阴折其奸谋者,辞不迫切,而意已至矣。夫何二三言者不体朝廷至意,或专攻宏,或兼论璁、萼,或对举宏与璁、萼比,盖不知能去宏而不能去璁、萼也;去宏之易,而去璁、萼之难也。何也?君子难进而易退,而小人则不然。宏恤人言、顾廉耻,犹可望以君子;若璁、萼,则小人之尤无忌惮者。臣恐璁、萼之计得行,宏将因此动摇,奸邪之气焰愈增,善类之中伤无已,天下之事将大有可虑者矣。伏望皇上谕宏尽忠辅导,务以古大臣自期待;重戒璁、萼各勉修职业,勿事攻讦,以负国家委用。则邪谋不得逞,大臣得以安位,而协恭和衷之治庶几可成矣。"疏下所司知之。

(《世宗实录》卷 70 第 1591 页)

(嘉靖五年十二月)癸未(注:十五日)大学士杨一清以灾异修省上言:"臣近观礼部所奏今年灾异……岂惟近岁未有,仰亦载籍罕闻。稽诸传记,考其证验,皆阴阳失常、阴盛阳衰所致。请推理论之:以上下言,则君道为阳、臣道为阴,岂乾纲下移而威柄或不自上出与?……陛下端拱九重,委任臣下,将以为百僚供职,庶绩咸熙。然谛观之,则因循玩愒之弊多,精明振励之功少。故所用者未必才,才者未必用；所闻未必实，实者未必闻；所见未必真，真者未必见；所行未必当，当者未必行。是朝廷且未能正，况百官乎、万民乎？……第辅导之官论道为职，公孤之任弘化所关，古之人君多因灾异策免公卿。今在廷大臣无如臣老惫者，亦无如臣不职者，遇灾策免，实其所宜。伏望皇上赐臣罢斥，以警庶官，然后委任忠良，协心匡济，庶几天意可回而灾变可弭。"疏入，上嘉纳之。（《世宗实录》卷71第1602页）

（嘉靖五年十二月）甲子（注：十六日）礼部尚书席书等会廷臣条议修省事，……上曰："近日四方灾变非常，朕心警惕，惟恐政多乖谬，民怨日深，以致上干天和。咎本实在朕躬，谕令卿等开具兴革事宜，今既会议，但所言多非弭灾之术。其速给长单，裁省民运等十六事，俱采择施行。今后科道官果尽谠言，朕自能虚心听纳。两京文武大小官员痛加修省，勉尽职业，以回天意。四品以上官令自陈。在外军卫有贪淫酷虐、坏法扰民、不能抚宁百姓者，亦足召灾，行抚按官严加查访，黜其太甚者，以示警诫。余报罢。"大学士杨一清复条陈修省事宜："……若兵部所言，复职任如浙江镇守市舶太监请改敕书兼管地方，所宜改正。……"上曰："……浙江邓文敕书，备查先年旧稿来看。"（《世宗实录》卷71第1606页）

（嘉靖五年十二月）丁卯（注：十九日）兵部左侍郎张璁等力诋大学士费宏，疏凡四五上，攻之弗克，乃具疏乞休，有曰："臣等既不能积诚以感动圣德，又不能屈意以阿附权臣，有此二罪，难复居官。"上命"各修乃职，共图治理，以副简任，无再渎奏"。（《世宗实录》卷71第1618页）

（嘉靖六年正月）甲午（注：十六日）上政暇辄作诗文，杨一清进元宵诗"爱看冰轮清似镜"，上以类中秋，改"爱看金莲明似月"。一清疏谢，谓"情景曲尽"。初，上与费宏等倡和，张璁、桂萼言"雕虫小技，不足劳圣心"，盖忌其知遇也。（《国榷》卷53第3345页）

（嘉靖六年正月）丁酉（注：十九日）给事中方纪达等劾兵部侍郎张璁、詹事府詹事桂萼"累疏专攻大学士费宏，恃宠横恣，宜加切责，以崇大体"。疏下所司。（《世宗实录》卷72第1634页）

（嘉靖六年正月）丁未（二十九日）大学士费宏言："浙江镇守太监邓文新换敕书，事涉纷更，自礼部会议修省以来，各官条陈时事皆言及此，未蒙俞允。且当换敕时，臣不能力止，今外议籍籍，疑臣私文，若不取回，臣心事终无以自白。幸上垂听，其先年旧稿，不必再查。"诏仍查成化、弘治中稿以闻。（《世宗实录》卷72第1641页）

（嘉靖六年二月初七日）臣于六年二月初七日具疏乞休，钦奉圣旨："卿先朝旧臣，学行素著。朕召用以来，论思辅导，多效忠勤。方切倚毗，岂可偶因浮言遽求引避？宜安心供职，以副优眷，所辞不允，吏部知道。钦此。"（《费宏集》卷6第189页）

（嘉靖六年二月）己未（注：十二日）锦衣卫带俸署百户王邦奇，以传升千户遇诏削级。邦奇以诏出大学士杨廷和手，深怨望之。及奏复旧职，又为兵部尚书彭泽所抑，故又怨泽。乃上疏陈边事，言"今哈密失国，番夷内侵，由泽总督甘肃时赂番求和、邀功启衅，及廷和草诏论杀写亦虎仙所致。宜诛此二人，更选大臣兴复哈密，则边事尚可为"。疏下兵部勘状，部议未具，邦奇复上言"大学士费宏、石珤俱廷和奸党，得奏欲为弥缝，尝夜过杨一清问计，议论不合而出。而廷和之子兵部主事惇藏匿旧牍，令前后奏词皆不得验，其义男侍读叶桂章、婿修撰余承勋及彭泽弟彭冲等人，又为交通请托"。时桂章册封唐府未还，上命下惇等狱，令廷臣鞫之，桂章等械系来京。礼科给事中杨言奏曰："臣闻廉远地则堂高，宏、珤乃天子师保之臣、而百僚之表也。邦奇心怀怨望，文饰奸言，诟辱大臣，惑乱圣听。若穷治不已，株连益多，臣窃为国家之大体惜也。廷和当权奸专横之日，保全神器归于陛下，持危定难有正始之功焉；即所拟诏条或矫枉过直，然事专为国，心本无他。今去国未几，祸延子、婿，臣恐自今全躯保身之臣皆以廷和为口实，谁复为国家任事哉？宜斥谗言以全国体。"上怒，命逮言与惇等并问。至是，镇远侯顾仕隆等覆"邦奇所奏皆虚妄无事实，惟欲假陈言以希进用耳"。上谓仕隆等徇情回护，切责之。以杨惇隐匿卷宗褫职为民，杨言轻率妄言调外任，邦奇陈言希用降总旗，承勋诈病旷职冠带闲住，余释之。哈密事情仍行督抚勘议上闻。（《世宗实录》卷73 第1644 页）

（嘉靖六年二月）逮系郎中陈九川、主事陈邦偁于诏狱。时天方来贡，译使胡士绅言主客郎中陈九川、主事陈邦偁等索受天方玉璞。帝怒，逮赴镇抚司考讯。给事中解一贯奏，乞并逮士绅及天方使人面质，不报。已而锦衣卫逻校闻大学士费宏命玉工装玉束带，疑为九川所索玉也，遂入宏第执舍中儿以去，欲与九川对簿。宏弗敢拒，自上言："日者臣遗故尚书邓璋以诗，璋酬以玉璞，重若而斤，为束带者三。今天方失玉重若而斤，与臣璞轻重不伦，若之何疑臣受九川献也？九川之诬，据此可辨。"帝不问，以温旨慰之。已而，九川竟论戍边。（《皇明肃皇外史》卷6 第2 页）

（嘉靖六年二月）己未（注：十二日）锦衣百户王邦奇上书言哈密事，遂诬奏致仕大学士杨廷和、尚书彭泽，并及阁臣费宏、石珤……其诬蔑妄言，皆承张璁、桂萼指也。初，璁、萼屡构宏不得，会璁居兵部，宏欲用新宁伯谭纶掌奋武营，璁遂劾宏劫制府部。宏屡疏乞休，不允。璁、萼日夜求逞私憾，又以议礼恨廷和，乃嗾邦奇劾奏，欲藉此兴大狱。复内讧于上，上信之，下惇等于狱。于是给事中杨言抗章论奏，略言："故辅廷和，有社稷之勋，阁臣费宏，乃百僚之表。邦奇心怀怨望，文饰奸言，诟辱大臣，荧惑圣听。若穷治不已，株连益多，臣窃为国家大体惜也。"上得疏大怒，并收系言，亲鞫于午门，备极五毒，卒无挠词。既罢，下五府九卿议。镇远侯顾仕隆等复奏"邦奇言皆虚妄"，上切责之。卒以鞫治无状，斥惇为民，余皆调黜有差，狱乃解。宏及珤自此去志益决。（《明通鉴》卷53 第1718 页）

（嘉靖六年二月）逮系都给事中杨言诏狱。初，锦衣卫千户王邦奇者，以汰去求复不得，怒大学士费宏，故诬奏宏诸阴私事。时帝亦厌宏，敕付外廷集多官会讯所讦语。已而鞫出邦奇言诬，群臣惶惑，莫敢有为宏白者。都给事中杨言亦同会讯，因上言劾邦奇。帝怒，谓大臣游说，即朝逮系言下镇抚司，考掠备至。初，言被逮时，有御史陈察者向陛大呼："臣察愿以不肖躯易杨言。"群臣咸骇愕引避去。帝目摄察，察不为动，帝亦置不问。察退而上言："无论邦奇言非是，即大臣不自饰扞文网，无以消厌人议，陛下亦宜体貌终始，听自投劾去。邦奇宜别下司寇狱按治，勿令天下有以窥见风旨。"帝然之，因宽言狱，谪补外。御史程启充等复上言："杨言冒昧陈奏，不知忌避，然其心欲因事效忠耳。顾以敢言获罪，下同舆皂，备尝五毒，复斥之外补，如此用舍，何以励臣工、示天下？乞宥其狂瞽，复还原官，庶听言之知、使过之仁、图治之勇，三者为皆得矣。"报闻。（《皇明肃皇外史》卷7第3页）

（嘉靖六年二月）癸亥（注：十六日）大学士费宏、石珤乞致仕，许之。初，宏、珤以邦奇之疏各疏乞休，上温旨慰谕，不允。至是疏再上，宏疏略曰："顷浮言汹动，谗焰方张，孤踪危疑，祸阱莫测。荷圣明洞照，大度涵容，不即遣诛，特加慰谕。臣无能报塞图，敢图便安？但年至六旬，身婴百疾，心每牵于药石，力不任夫疲劳。诚得全身远害，习静引年，则犬马余生皆皇上所赐也。"上曰："卿内阁首臣，练达事体，辅导朕躬，委任至重。既有疾，准致仕，驰传以归。"珤疏言："臣一节之士也，无他才能，亦无实学，惟有此心不敢欺君耳。今他人间之，君父亦因而疑之，臣知罪矣。臣中年老疾，晚益加惫，驽骀之力，委不能前。伏望圣慈早赐骸骨，归还故土。万一情伪终白，臣心得明，死且瞑目。"上曰："石珤学行，朕所素知，擢居内阁，委任匪轻。乃以人言，内不自安，欲求引避，却又归怨朝廷，谓朕有疑，非人臣事君之体。令致仕。"（《世宗实录》卷73第1647页）

"……窃以浮言汹动，谗焰方张，孤踪危疑，祸阱莫测。乃荷圣明洞察，大度含容。廷鞫无私，正欲究是非之实；疏辞不允，又特加慰谕之词。德并乾坤，恩逾父母，臣安敢不图报塞、自择便安？顾惟眷遇过优，益甚满盈之惧；倚毗虽切，惭非辅导之才。熟自揣量，分宜引避。若犹贪夫宠禄，必再致夫讥谗。况臣年至六旬，已迫桑榆之景；身婴百病，难禁蒲柳之秋。力不任于尘劳，心每关乎药裹。忆童稚钓游之处，惟林泉闲适之安。用是再沥恳诚，上渎天听，伏乞俯垂怜悯，早赐允愈。臣得辞轴掌之劳，遂栖迟之愿，全身远害，习静引年，则犬马余生皆皇上所赐也。'奉圣旨：'卿内阁首臣，练达事体，辅导朕躬，委任至重。既以疾辞，特准所请，着致仕，驰驿还乡，该衙门知道。'"（《费宏集》卷6第189页）

（嘉靖六年二月）癸亥（注：十六日）大学士费宏、石珤俱致仕。先是，宏、珤以邦奇之奏各疏乞休，慰留不允。及见璁、萼交构不已，乃以同日乞骸骨，请得全身远害，上皆许之。珤疏言"臣一节之士，无他才能，惟有此心不敢欺君耳"。上责珤"归怨朝廷，失大臣谊"。惟赐宏敕、驰驿、廪隶如例，珤一无所予，归装袯被车一辆而已。都人叹异，谓自来宰臣去国无若珤者。自宏、珤罢政，迄嘉靖之季，密忽大臣无进逆耳之言者矣。（《明通鉴》卷53第1719）

（注：费宏致仕，《明通鉴》记为"惟赐宏敕，驰驿、廪隶如例"。而《国榷》记为"宏

虽乘传，而金币、廪、役阙如也"。《世宗实录》只记"驰传以归"。夏言为费宏所作墓志铭，亦只记"诏驰驿以还"。）

（嘉靖六年三月）己亥（注：二十二日）户、兵、工部尚书秦金、王时中、赵璜俱罢。（《国榷》卷 53 第 3350 页）

（嘉靖六年三月）己亥（注：二十二日）南京给事中彭汝实等言："顷者王邦奇奏哈密事，先后二疏，始则眩为遑骇之辞，终则杂以鄙亵之语。中所引事，如台泫、如郭勋、如陈纪等，多颠倒黑白，未足深究。至谓大学士费宏、石珤夜入杨一清之门，此近易可见。今既不闻召问一清，而一清亦久不为白，何也？斯狱也，内关宗社，外系边防，近连辅臣，上摇国是，非小故也。上即位之初，裁损冗食数万，大学士杨廷和坐此丛怨罢去，而其长子等以狂愚发遣，亦可已矣。而群小畜忿，株连不已，复构此祸，并其次子与婿又复下狱。夫诬告之律，视其所诬轻重反坐，此国法也。愿察上官之诈、念伏波之冤，追究主使之人与告人同罪，无苟免传讥外夷。"章下所司。（《世宗实录》卷 74 第 1668 页）

《论王邦奇指斥大臣对（一）嘉靖六年二月》："臣某等昨题：昨日，伏蒙发下锦衣卫百户王邦奇奏本，内开本月二十日大学士费宏、石珤夜间到于臣一清家内，商议伊本内事情。切缘王邦奇先次本下之时，臣等四人公同拟票，上请定夺。公事公处，岂有私言。且臣等每日午后出阁回家，抵暮辄将宅门锁闭，不接宾客，并无夤夜往来之事。况秘阁严密，日逐聚会，若有所论，尽可尽言，何必夤夜相遇，自涉嫌疑。各官一出，跟随承差、官吏、皂隶人等数多，众目所睹，岂能相掩？王邦奇所言委варно无根据，臣不敢不从实具奏。及题本内夷情并合问人犯，已有旨着锦衣卫拿监，待斋戒后午门前会官鞫问，但中间又多干碍费宏、石珤私家事情。臣等切思。费宏等辅导有年，荷蒙陛下委任出乎常格，各官亦思竭尽才力以图报称。今王邦奇所指，臣等虽不及知，大约暧昧不明，且以夜过臣家一节观之，可以概见。伏望皇上天包地容，乞敕三法司、锦衣卫，止将甘肃夷情官员人犯鞫问，其费宏等私家事情免于提究，以全优待辅臣之体。费宏幸甚，臣等幸甚。谨题请旨。"《论王邦奇指斥大臣奏对（二）嘉靖六年二月》："臣某谨题为悯无辜、全大体、求罢免以彰公道事。臣于本年正月二十九日，因锦衣卫百户王邦奇奏开称：本月二十日，大学士费宏、石珤夜到臣家，商议伊本内事情。切思臣等备员辅导，圣明在上，公事公处，岂有私言。日逐出阁聚会，若有所言，无不可尽，何必夤夜相遇，自涉嫌疑。且各官若出，跟随人役数多，众目所睹，岂能相掩？王邦奇此言，委无根据，臣不敢不具从实具奏。及照本内夷情并合问人犯，已有旨着锦衣卫拿监，午门前会官鞫问。但中间干碍费宏等私家事情，虽非臣所及知，大要暧昧不明之言，且以夜过臣家一节观之，可以概见。欲望圣度包容，将费宏等私家事情免行提究，以全优待辅臣之体。与大学士贾咏连名具题，未蒙批出。后闻连日内官于午门前用刑鞫问，其事情虚实，臣俱不得与知。但又闻将费宏、石珤本月十九日、二十日跟随承差、皂隶人等严刑鞫问，未审曾否问出何情。既而给事中杨言以王邦奇曾攀指千户聂能迁、叶凤仪等，意若有所教唆，具本论奏。奉钦依"这事情多官会问未结，杨言如何辄来奏扰？锦衣卫拿在午门前与各犯一并会问，是何人教唆来说。钦此。"仰惟陛下明并日月，既命多官审问，盖欲从众论之公，何情不白，何事可枉？杨言乃违众进言，诚为轻率，陛下怒而执之，固不为过。但彼乃言官，言虽激，心则无私。且陛下方将大需恩泽，以宽恤天下之人，将使匹夫匹妇无一不被其泽，而法司乃于阙门之外，将承差、皂隶干连之人严刑拶夹，至再至三，与鞫问人命盗贼无异。彼情罪若当，固不足矜，倘或无辜受刑，不无冤滥，将不有负陛下布德和令之初意哉？况杨言亦系问官之数，被拿与各犯一概受刑，其为班行之辱亦甚矣。及照甘肃夷情并在先各官功过，已该兵部及侍郎张璁题奉钦依："通行提督尚书王宪亲诣彼处，督同镇、巡等官查勘处置。"待其回奏，圣明裁处，有罪者将何所逃。京师万里，固难遥度，臣亦非敢冒昧有言。但前项鞫问本月十九日、二十日事情，皆指臣家而言。王邦奇所攀，杨言所论，亦干涉臣姓名在内，心有未安，言难终默。伏望皇上弘天地之量，宽雷霆之威，乞令法司将问过情由早为覆奏，速赐断决，以慰中外之情。仍将杨言先为释放，用全大体。再念愚臣年老昏昧，志虑疏浅，行不足以浮人迹；每招乎疑议，致起衅端，上干国体，委的有辜委任，罪诚莫赎。伏乞圣慈矜其衰老，早赐罢黜，以杜疑嫌，以彰公道。别求才贤，代居辅导之任，则人心自知，天道自顺，臣一身之私幸，又不足言矣。为此具本，亲赍谨具奏闻。伏候敕旨。"《论王邦奇指斥大臣奏对（三）嘉靖六年二月》："臣某谨题，为宽疑狱以弘圣德事。昨日，发下府、部等衙门，太子太傅镇远侯顾仕隆等会问王邦奇等一干人犯事情本。臣等勉遵圣谕，诘责诸司，欲令再问，务见的实来说，拟票上进。伏而思之，累朝午门前会问人犯，必是干碍人命盗贼、边情不轨、赃私钱粮等项重大事情。今观王邦奇本内，惟甘肃夷情事重，已该兵部并侍郎张璁题奉钦依，备行提督尚书王宪亲诣彼处，督同镇、巡三司官查勘处置，先年有罪官员自不能逃。其余多暧昧不明之言，如正月二十日夜过臣一清家，茫无根据。臣一清已两次从实具奏，不敢再陈。此外有得实者，法司已据供参究，皆认为风闻。且合问人证已严刑夹拶，至再至三。孰不爱其身，彼承差吏卒干连之人，纵使王邦奇所言皆实，亦非各役之罪，既遭严刑，必然吐露，谁肯舍命推受？事理可推。给事中杨言系言官，轻率有言，固为可怒，然其心亦欲为国持法，不系挟私，被拿与各犯一概受刑，不无惩之太过。彼一人不足惜，恐言路相戒，后当言者复忌避不言，所损不细。仰惟陛下仁同天地，惟恐内外法司、有司酷刑伤残人命，节奉明旨戒谕。兹又上体天道发育之仁，当眷颁诏，覃恩四海，而阙门之近，不得早沾需泽。赤子何知，恐生觖望。况闻各犯夹拶伤残已甚，若再提问，未免仍要加刑，因而致死者难保必无。臣等仰探圣意，盖以王邦奇所奏，引譬亲切，料其为实，故疑问官有所宽纵。然各官皆朝廷股肱耳目之臣，事非害己，果何所为而巧为回护，以触上怒？臣等备员辅导，又非诸臣之比，亦何所为而敢于忍心逆理、以重蹈欺君之罪哉？特以此等举措，关系非轻，一有失当，将为圣德圣治之累，故不敢不言耳。臣等冒昧复有所请：费宏、石珤，陛下所眷注、所倚任之臣，被人指摘私家事情，逮其仆从鞠之广朝，纵使得白，所辱已多，恐非圣明平日手足腹心相待一体之意也。自古君之于臣，任者勿疑，疑者勿任。圣心有疑，乘其恳请，罢之可也；念其往劳，留之亦可也。若居具瞻之位而蒙污辱之耻，不加礼貌，何以昭示百官，非所以养大臣廉耻之风也。汉臣堂陛之喻，以为廉远地则堂高，廉近地则堂卑，故重大臣所以重朝廷也。今以一夫疑似之言，而使师保大臣包羞蒙耻，岌岌不自保，中才之臣避谗远怨，孰肯为国任事？可忧方自始矣。《书》曰："眚灾肆赦。"又曰："罪疑惟轻。"前项狱情，以眚灾则当肆赦，以为疑狱亦可从宽。臣等犬马寸心，伏望雷霆霁怒，日月回光，将此一干人犯，俯从法司多官所问，早为发落，不必午门前再问。倘有一二未明事情，或令三法司、锦衣卫照例于京畿道审问，务使有罪不得幸免、无罪不至被诬，庶以广陛下好生之德，全大臣去就之体。斯世斯文，不胜幸甚。臣等干天威，无任悚惧。谨题请旨。(《杨一清集·阁谕录》卷1第827页)

（嘉靖六年三月）丙午（注：二十九日）锦衣卫百户张春，校尉何显、翟宇奉诏逮侍读叶桂章，行至柏乡传舍，桂章夜如厕，袖小刀自刺死。于是春等以防范不谨下诏狱。科道官交章劾之，云："桂章，故近侍臣，坐邦奇疏词连及耳，非有殊死罪也。不更窘辱，何遽至此？"已而拷讯春等，索贿有状。狱词上，得旨："春调发海州卫差操，显、宇充海州卫军。"(《世宗实录》卷74第1674页)

（嘉靖七年正月）丙申（注：二十三日）前甘肃巡抚都御史陈九畴下狱。(《国榷》卷54第3373页)

（嘉靖七年正月）是月，逮前金都御史陈九畴于狱。初，上以王邦奇因番事讦杨廷和、彭泽，词连九畴，乃遣给事中、锦衣卫至边勘状，未还报而狱解。会番酋依兰复求通贡，自言"非敢获罪天朝，所以犯边，由冤杀舍音和珊、实巴伊克二人。"于是萼欲重兴是狱，请留质依兰，遣译者谕其主还侵地，而胁礼、兵二部尚书方献夫、王时中同上议曰："番人上书者四辈，皆委咎前吏，虽词多诋饰，亦事出有因，宜严核激变虚实，以服其心。"时上方疑边臣虚妄，欲穷治之。大学士杨一清以为"事既前决，请毋追论"。上不听，手诏数百言，切责九畴，而戒一请勿党庇。遂逮九畴，并及尚书金献民、侍郎李昆以下，坐累者四十余人。(《明通鉴》卷54第1746页)(注：甘肃巡抚陈九畴，《国榷》作都御史，《明通鉴》作金都御史。据《明史》卷204及《明督抚年表》卷3，陈九畴于嘉靖元年以右佥都御史巡抚甘肃，三年论功进右副都御史，四年春致仕。此处似应作"前甘肃巡抚右副都御史"。)

四、李福达案

嘉靖五年七月初五日，都察院左都御史聂贤等上奏李福达案情：李福达系山西太原府崞县人，以谋反发戍山丹卫。后逃还，改名李五。被清军御史勾发山海卫，又逃还，遂寓居陕西洛川县，自称弥勒佛，诱惑愚众。县民邵进录等俱往从之，李福达以是居积致富，又诳进录等言："我有大分，宜掌教天下，今暂还家，若辈宜聚众俟我。"遂将家还山西。进录等遂聚众为乱，伪授官爵，杀伤吏民，被官兵捕获，供称是李五首谋。李福达闻事发，逃入五台县，改名张寅，往来山西徐闻县同戈镇。后又挟重赀进京，窜入匠籍，以纳资例得为山西太原卫指挥使。其子大仁、大义、大礼俱补匠役，诡称能烧炼和药，与武定侯郭勋家交往甚密。踪迹暴露后又回同戈镇，被其仇人薛良告发。李福达惧，复亡入京，见官司捕得其二子，遂贿求武定侯郭勋为之嘱免，并自行到狱置对。代州知州杜蕙、胡伟先后审理此案，有李景全等作证，遂具狱上报布政司李璋、按察司徐文华等，再复上巡按御史张英，皆如讯定案。独巡抚毕昭谓"福达果张寅，为仇家诬所致"，反其狱，以居民戚广等为证，反坐薛良罪。案未结，毕昭乞侍养去职。会御史马录按山西，接郭勋为之嘱免书，不从，复穷治之，具爰书如前讯；拟福达谋反，妻子缘坐，又飞章劾郭勋党逆贼，并上其手书。帝下旨："令诛福达父子，并没入其财产，妻子为奴；郭勋令对状。"郭勋具服谢罪，帝特宥之。给事中程辂等各上疏言郭勋罪重，不宜宽恕。帝将其章下所司。时席书亦助郭勋为李福达辩解，于是大理寺评事杜鸾上言劾郭勋、席书，乞将二人先正国法，再命多官集议李福达之罪。帝不报，并依都察院所奏，令山西抚、按官将此案移送三司会鞫。于是，御史马录咨于徐沟乡绅给事中常泰、郎中刘仕，复檄取郿、洛父老识福达者辨之，俱以为是真福达。乃檄布政使李璋、按察使李珏、佥事章纶、都指挥使马豸杂鞫之，李福达对簿无异辞，遂附爰书上马录。马录乃会巡抚都御史江潮，上言李福达聚众数千，杀人巨万等罪状，论以极刑；并请对武定侯郭勋依法薄惩。帝将其章复下都察院。

九月二十三日，给事中王科、御史陈察劾奏武定侯郭勋专权贪赃，郭勋亦上疏自辨。于是给事中郑一鹏等、御史程启充等、南京御史潘壮等复言郭勋怙宠售私，及其受张寅贿属等罪，帝俱下所司知之。刑部复言诸臣所奏俱有指实，请下法司勘拟。兵部亦请罢郭勋兵政。帝俱报已有旨。

冬十一月，都察院左都御史聂贤等复奏："李福达逆迹昭灼，律应磔死。"帝从之，锢狱待决。因诘责郭勋，令自输罪。郭勋惧，乞恩，并为李福达代辩，帝置不问。郭勋又指使李福达子大仁具奏，求雪父冤，又让大仁在案不得翻时即亡命。章下，聂贤与原讯御史高世魁知此为郭勋指，奏寝其议。于是给事中刘琦等、御史高世魁等、南京御史姚鸣凤等各劾郭勋交通逆贼之罪；给事中常泰亦上言指郭勋知情、故纵之罪；给事中张逯等亦上言论郭勋移书请托，党护叛逆，不宜轻贷；聂贤亦奏郭勋当连坐。帝俱不从。郭勋亦累自诉，并以议礼触众怒为言，帝信之。

十二月二十六日，山西巡抚都御史江潮、巡按御史马录、兵科给事中郑自璧等，及给事中秦佑、常泰，试御史邵幽等各疏劾武定侯郭勋交结妖贼李福达之罪，帝将章下所司。给事中张逵复奏请按治郭勋。帝以李福达事情重大，命锦衣卫差官逮系来京讯问。

嘉靖六年正月十六日，帝命逮李福达至京，由三法司会审，并戒不得徇私酷拷。

三月二十六日，李福达被逮至京后，刑部尚书颜颐寿等奉命会审。而此时廷臣交章论郭勋不已，郭勋乃乞张璁、桂萼为援。张璁、桂萼亦欲藉是以泄廷臣攻己之愤，乃合谋为蜚语曰："诸臣内外交结，藉端陷勋，将以次及诸议礼者。"帝为之心动，而外廷不知，攻者益急，帝愈疑之。及是法司会审，侍郎王启、刘玉，左都御史聂贤，副都御史张闻、刘文庄，大理寺卿汤沐，少卿徐文华、顾佖，寺丞毛伯温、汪渊及锦衣卫、镇抚司各官会鞫于京畿道，对簿无异辞，奏请论磔。帝不从，命会九卿大臣鞫于午门。时告者薛良、众证李景全等三十人面质，共指李福达，福达语塞。毕昭所引证人戚广却称"我曩未就吏讯，安得此言"？颜颐寿等以其词上，帝心益疑，将亲自审问，阁臣杨一清劝阻，帝乃已。颜颐寿等惧，乃杂引前后谳词，指为疑狱，被帝切责。

四月，马录被逮至京，下镇抚司狱待鞫，帝命仍取原勘各官李璋等诣京即讯。颜颐寿上言以李福达反状甚明，法难轻纵。帝怒，谓"颐寿职司邦刑，朋奸肆诬"，令戴罪办事。四月十四日，刑部主事唐枢上疏极论李福达案，对帝于此案有所谓"谋反罪重，不宜轻加于所疑"，"天下貌有相似"，"薛良言弗可听"，"李珏初牒已明"，"臣下立党倾郭勋"，"崞、洛证佐皆仇人"六大疑点一一剖析；详辨李福达之案不冤，请正之罪。帝怒，立将其罢为民。

七月，刑部尚书颜颐寿等复请会讯，帝从之。乃出马录与李福达对鞫，情无反异，遂复以案情上请。帝以此案屡鞫不决，谓颐寿等"朋比罔上"，乃逮颐寿及侍郎刘玉、王启，左都御史聂贤，副都御史刘文庄，大理寺卿汤沐，少卿徐文华、顾佖，并其原鞫郎中、御史、寺正等官，俱系诏狱待罪。

八月初五日，以会讯张寅、李福达事不称旨，帝命礼部右侍郎桂萼于刑部，兵部左侍郎张璁于都察院，少詹事方献夫于大理寺，各署掌印信，暂管事，仍不妨本衙门事。太仆卿汪玄锡、光禄少卿余才偶语曰："福达狱已得情，何更多事乃尔？"侦事者告之张璁等，璁为奏闻，帝怒，命将二人逮系，并掠之。内阁大学士贾咏与马录同乡，录被逮，曾遗书慰之，为镇抚司缉得之。帝虽不罪咏，咏内不自安，遂求去；八月十八日，帝令咏致仕去。吏部侍郎孟春，以马录书词连及，辞不敢问。上怒春不引咎求退，命法司并收待讯。又搜得都御史张仲贤、工部侍郎闵楷、大理寺丞汪渊、御史张英往来私书；帝责令对状，并皆被逮下狱。

九月初八日，张璁、桂萼、方献夫迎合帝意，复鞫马录等于阙廷，榜掠备至；马录不胜五毒，乃诬服"挟私故入人罪"，李福达案遂尽反。桂萼等因上言指给事中常泰、刘琦，员外郎刘仕三人"声势相倚，挟私弹事，左使马录杀人"；给事中王科、郑一鹏、秦祐、沈汉、程辂，评事杜鸾，南道御史姚凤鸣、潘壮、戚雄等"亦各扶同妄奏，助成奸恶"；给事中张逵、御史高世魁，"方幸张寅之就死，得诬郭勋之谋逆"；郎中司马相"妄引事例，故意增减，诬上行私"。并言"近来科道诸臣缔党求胜，内则奴隶公卿，外则草芥司属。请大奋乾刚，以彰国法"。帝乃命逮科道等官鞫之，桂萼等会鞫明白，上奏称"臣等奉旨鞫审大狱，具得张寅被诬之状"，并指此案"起于马录陷害郭勋，成于常泰、刘琦、刘仕党助马录。既而所在诸司俱听其主持，遂成大狱。幸赖圣明独断于上，多官公审于朝，始冤抑得伸，人咸输服。其原告证佐及中外问官偏听失实者，请坐如律"。帝遂下旨令将"原告薛良依诬告律绞；韩良相、石文举等诬执人死罪，原问官布政李璋、按察使李珏、佥事张纶、都指挥马豸并大理寺少卿徐文华阿附巡按杀人、媚人，俱发戍极边，遇赦不宥；给事中刘琦，御史程启充、卢琼挟私弹劾，亦发边卫；给事中王科、秦祐、沈汉、程辂扶同妄奏，并左都御史聂贤俱为民；刑部尚书颜颐寿，侍郎刘玉、王启，都御史江潮、刘文庄，大理寺卿汤沐，少卿顾佖、汪渊畏避言官，推勘不实，太仆寺卿汪玄锡、光禄寺卿余才逞忿横议，吏部侍郎孟春、工部侍郎闵楷、都御史张仲贤交通私札，各革职闲住"。其余涉案官员亦皆下各该巡按御史勘问。马录以故入人死罪拟徒，帝以为轻，欲坐以奸党律论斩。桂萼等言"张寅未决，而马录代之受死，恐天下不服"，拟发烟瘴地面永远充军，令缘及子孙，遇赦不宥。帝仍对大学士杨一清等说："马如法炮制、首事害人，罪有所归，与其僇及后世，不若诛止其身。"一清等对曰："祖宗制律，具有成法。今录无当死之罪，律无可拟之条，若法外用刑，吏将夤缘以法为市，人无所措手足矣。"帝不得已从之。而张寅父子俱免罪还役。帝命都察院刊布诏条，使中外知之。张璁请刻刊原奉敕谕及大狱招词颁示天下，帝报可；随又召见璁、萼、献夫于文华殿，谕劳之，俱赐二品服色、金带银币，并给三代诰命。后张璁以先后狱词及上所裁定并所赐敕谕辑录成书，分为上下二卷，锓梓进呈，名曰《钦明大狱录》，请颁布内外诸司；而对刑部主事唐枢极论李福达案的奏疏，因其最得要领，最为辨晰，遂删去不载。帝命如拟行。九月二十四日，武定侯郭勋自言"以议礼及两疏奏请文武宴，坐为文法吏所仇疾，乞罢营务，以免后虞"。帝优诏不允。

嘉靖七年正月初八日，御史吴仲劾奏武定侯郭勋京营诸不法事，且言勋借口大礼、大狱，益骄纵自恣，请解其兵柄，按治其罪。帝斥责吴仲假大礼、大狱倾陷勋臣，而赏郭勋勿问。

李福达案，桂萼等三人迎帝旨尽反之，涉案官员之众，受祸之惨烈，故举朝不值萼等。然当时案情反复多变，扑朔迷离，张寅、李午、李伏答、李福达等名字又变幻莫测，颇多疑点。直至嘉靖四十五年正月二十六日，四川白莲教头目蔡伯贯等被擒，自言学妖术于山西李同。李同被捕后供称其"为李午之孙、大礼之子，世习白莲教，假称唐裔，惑众倡乱"；与《大狱录》姓名无异，李同竟伏诛，李福达案也真相大白。会嘉靖帝崩，其子隆庆帝即位，御史庞尚鹏言："据李同之狱，福达罪益彰，而当时流毒缙绅至四十余人，衣冠之祸，可谓惨烈。郭勋世受国恩，乃党巨盗、陷朝绅，职枢要者承其颐指；锻炼周内，万一阴蓄异谋，人人听命，祸可胜言哉？乞追夺勋等官爵，优恤马录诸人，以作忠良之气。"于是李福达之狱始明。

资料摘录：

（嘉靖五年七月）丙戌（注：初五日）都察院左都御史聂贤等言："山西太原府崞县人李福达，初以妖贼王良、李钺谋反事连坐，发戍山丹卫。逃还，改名李五，清军御史勾发山海卫。复逃还，寓陕西洛川县，妄称弥勒佛教，诱惑愚众。县民惠庆、邵进录辈俱往从之。福达以是居积致富，诓进录等言：'我有大分，宜掌教天下，今暂还家，若等宜聚众俟我。'遂将家还山西。进录等事觉，见捕急，遂聚众为乱；伪授官爵，杀伤吏民，官兵捕获，供称李五首谋。福达闻事发，复亡入五台县，易姓名曰张寅，往来山西徐闻县同戈镇。已，又挟重赀来京，窜入匠籍，以赀纳例为山西太原卫指挥使。其子大仁、大义、大礼俱补匠役，诡称能烧炼和药，往来武定侯郭勋家甚密。久之，踪迹颇露，乃回同戈镇，其仇薛良首发之。福达惧，复亡入京，官司捕得其子大义、大礼，案治。福达窘，乃身自抵正，而贿求武定侯郭勋书抵巡按御史马录，为之嘱免。录不从，竟拟福达谋反，妻子缘坐。臣等谨按：福达以妖术惑众，邵进禄等之反，实福达首谋，置之重典，厥罪允宜。但郭勋以勋戚世爵，乃交通逆贼，纳贿行嘱，法不可宥。请并逮治之。"得旨："令诛福达父子，并没入其财产，妻子为奴。郭勋令对状。"勋具服谢罪，上特宥之。给事中程辂、刘琦、王科各言"勋罪重，不宜宥"。章下所司。（《世宗实录》卷66第1511页）

（嘉靖五年七月）丁未（注：十四日）给事中陈皋谟言："大礼之举，出自圣孝至情，而席书乃贪为己功，奏扰挟制。如李鉴父子流劫拒捕，已经会验，法当论死，而书曲为申救，至谓'诸臣以议礼憾臣，遂入鉴罪'。夫议礼者，朝廷之公，合与不合，何至深仇？即使仇书，而鉴非书之子弟亲族交游，何乃甘心诬陷耶？至于郭勋之诉，尤所未喻。勋贻书马录冀脱张寅罪，而张寅之为李福达，供证已明。勋无可辩，乃亦以议礼激众怒为言，岂儒臣博士之所未深究，而武夫悍将反优为之！此在席书犹不宜言，而勋又窃其余绪以欺天罔上，罪不容诛。以朝廷纯孝之盛举，乃为奸邪营私之三窟，岂不异哉！乞亟罢书、勋，李鉴仍从原坐，福达亟置重典。"疏入，不报。时南京御史姚鸣凤、王献亦以为言，俱下所司知之。（《明通鉴》卷52第1688页）

（嘉靖五年九月）附录：都察院复奏李福达罪状，宜行山西抚按官移狱三司会鞫。先是，御史马录谘于徐沟乡绅给事中常泰，泰言"寅为福达不疑"。又谘于谳狱郎中刘仕；仕，鄜人也，其言如泰。录复檄取鄜、洛父老识福达者辨之，俱以为真福达也。乃檄布政使李璋、按察使李珏、佥事章纶、都指挥使马豸杂鞫之，福达对簿无异辞，遂附爰书上录。录乃会巡抚都御史江潮上言："福达聚众数千，杀人巨万，虽潜踪匿形而罪迹渐露，虽变异姓名而恶貌仍初，论以极刑，尚有余辜。武定侯勋结纳匪人，请属无忌，虽妖贼反状未必明知，而术客私干不为避拒，亦宜抵法，薄示惩艾。"章上，复下都察院。(《皇明肃皇外史》卷6第15页)

（嘉靖五年十二月）甲戌（注：二十六日）山西巡抚都御史江潮、巡按御史马录、兵科给事中郑自璧等及给事中秦祐、常泰，试御史邵幽等各疏劾"武定侯郭勋交结妖贼李福达，蔑视国法，恶贯已盈，宜加两观之诛，以谨无将之戒。"章下所司。已，给事中张逵复奏言："妖贼李福达诳惑愚民，称兵犯顺；而郭勋为之馈书远嘱，诡词称冤，党叛逆而背君父，罪不容诛，乞逮问如律。"上曰："李福达事情重大，锦衣卫差官逮系来京讯问。"(《世宗实录》卷71第1620页)

（嘉靖六年正月）甲午（注：十六日）锦衣卫官校逮李福达至，诏三司于京畿道会问，戒毋徇私酷拷。(《世宗实录》卷72第1632页)

（嘉靖六年三月）癸卯（注：二十六日）李福达逮至京师，命刑部尚书颜颐寿等会讯于午门外。初，郭勋以言官交论不已，乃乞张璁、桂萼为援。璁、萼亦欲藉以泄廷臣攻己之愤，乃合谋腾蜚语曰："诸臣内外交结，藉端陷勋，将以次及诸议礼者。"上为之心动，而外廷不知，攻者益急，上愈疑之。及法司集讯，并告者薛良，证者李景全、韩良相、石文举等三十人面质，对众共指之，福达语塞。狱既具，上之，上怒颐寿朋奸肆诬，故入人重罪，将亲鞫之于廷。阁臣杨一清言："有司之职，非人君所宜预。今案牍具明，证词咸在，仍令诸司虑心研审，则真情自得，何至上劳黼扆之尊，下亲狱讼之事哉！"上乃已。(《明通鉴》卷53第1720页)

（嘉靖六年四月）庚申（注：十四日）以论李福达狱，谪刑部主事唐枢为民。枢论是狱，略曰："李福达之狱，陛下驳勘再三，诚古帝王钦恤盛心。而诸臣负陛下，欺蔽者肆其谗，谄谀者溷其说，固位者缄其口，畏威者变其词，访缉者淆其真，故陛下惑滋甚，而是非卒不能明，于是哀矜而至于辟矣。臣窃惟陛下之疑者有六：谓谋反罪重，不宜轻加于所疑，一也。谓天下貌有相似，二也。谓薛良言弗可听，三也。谓李珏初牒已明，四也。谓臣下立党倾郭勋，五也。谓嶂、洛证佐皆仇人，六也。臣请一一辨之：福达之出也，始而王良、李钺从之，其意何为？继而惠庆、邵进录等师之，其传何事？李铁汉十月下旬之约，其行何求？'我有天分'数语，其情何谋？太上玄天垂文秘书，其辞何指？劫库攻城，张旗拜爵，虽成于进录等，其原何自？钺伏诛于前，进录败露于后，反状甚明。故陕西之人曰可杀，山西之人曰可杀，京畿中无一人不曰可杀；惟左右之人曰不可，则不得而知也。此不必疑一也。且福达之形最易辨识，或取验头秃，或证辨乡音。如李二、李俊、李三，是其族识之矣；发于戚广之妻之口，是其孙识之矣；始认于杜文柱，是其姻识之矣；质证于韩良相、李景全，是其友识之矣；一言于高尚节、王宗美，是郿州主人识之矣；再言于邵继美、宗自成，是洛川主人识之矣；三言于石文举等，是山、陕道路人皆识之矣。此不必疑二也。薛良怙恶，诚非善人；至所言张寅即福达、即李午，实有明据，不得以人废言。况福达踪迹谲密，黠慧过人，人咸堕其术中，非良狡猾，亦不能发彼阴私；从来发摘告讦之事，原不必出之敦良厚朴之人。此不当疑三也。李珏因见薛良非善人，又见李福达无龙虎形、朱砂字，又见五台县张子贞户内实有张寅父子，又见崞县左厢都无李福达、李午名，遂苟且定案，轻纵元凶。殊不知五台自嘉靖元年黄册始收，寅父子忽从何而来？纳粟拜官，其为素封必非一日之积，前此何以隐漏？崞县在城坊既有李伏答，乃于左厢都追察，又以李午为真名，求其贯址，何可得耶？则军籍之无考，何足据也！况福达既有妖术，则龙虎形、朱砂字，安知非前此假之以惑众，后此去之以避罪？亦不可尽谓薛良之诬矣。此不当疑四也。京师自四方来者不止一福达，既改名张寅，又衣冠形貌似之，郭勋从而信之，亦事所有；其为妖贼余党，固意料所不能及。在勋自有可居之过，在陛下既弘议贵之恩，诸臣纵有倾勋之心，亦安能加之罪乎？此不用疑五也。鞫狱者曰诬，必言所诬何因；曰仇，必言所仇何事。若曰薛良仇也，则一切证佐非仇也；曰韩良相等仇也，则高尚节、石文举非仇也；曰魏泰、刘永振仇也，则今布、按、府、县官非仇也；曰山、陕人仇也，则京师道路之人非仇也。此不用疑六也。望陛下六疑尽释，明正福达之罪，庶群奸屏迹，宗社幸甚。"上大怒，立罢之。（《明通鉴》卷 53 第 1720 页）

（嘉靖六年七月）帝以福达狱屡鞫不决，谓颐寿等朋比罔上，悉逮治之。其原鞫郎中、御史、寺正等官俱亦逮系待罪。八月，逮系太仆卿汪玄锡、光禄少卿余才于诏狱。时三法司被逮，帝命桂萼摄刑部事，张璁摄都察院，方献夫摄大理寺，玄锡与才偶语曰："福达狱已得情，何更多事乃尔？"诇者以白璁等，璁为奏闻，帝怒，命逮系玄锡、才，并掠之。（《肃皇外史》卷 7 第 8 页）

（嘉靖六年八月）庚戌（注：初五日）以会讯张寅、李福达事不称旨，下刑部尚书颜颐寿等于狱。上命礼部右侍郎桂萼于刑部，兵部左侍郎张璁于都察院，少詹事方献夫于大理寺，各署掌印信，暂管事，仍不妨本衙门事。（《世宗实录》卷 79 第 1757 页）

（嘉靖六年八月）癸亥（注：十八日）内阁贾咏致仕。先是，以李福达事逮巡按御史马录系狱中，咏曾通书于录，为镇抚司缉得之。上虽不罪咏，咏内不自安，遂求去。吏部侍郎孟春，以录书词连及，辞不敢问。上怒春不引咎求退，命法司并收待讯。（《明通鉴》卷 53 第 1724 页）

（嘉靖六年八月）癸亥（注：十八日）少保兼太子太保礼部尚书武英殿大学士贾咏称疾乞致仕，上许之，命给驿以归。时咏以通书马录，上疏引咎。上虽不罪，咏不自安，故求去。吏部左侍郎孟春以马录书词连及，辞不敢问。上怒春不引咎求退，命法司并收讯之。（《世宗实录》卷 79 第 1757 页）

（嘉靖六年九月）壬午（注：初八日）桂萼等治李福达狱具，上之。先是，萼等三人希旨严刑拷讯，以上怒马录甚，搜其箧中书，得大学士贾咏、都御史张仲贤、工部侍郎闵楷、御史张英及寺丞汪渊私书，咏引罪致仕，遂下仲贤等于狱。萼等遂列前后言官诸曹之奏劾是狱者，上言："给事中刘琦、常泰，郎中刘仕，声势相倚，挟私弹事，佐录杀人。给事中王科、郑一鹏、秦祐、沈汉、程辂，评事杜鸾，御史姚鸣凤、潘壮、戚雄，扶同妄奏，助成奸恶。给事中张逵，御史高世魁，方幸张寅速决，得诬郭勋谋逆，连名架祸。郎中司马相，妄引事例，故意增减，诬上行私。迩者言官缔党求胜，内则奴隶公卿，外则草芥司属，任情恣横，殆非一日，请大奋乾断，彰国法。"上纳其言，遂并下诸人狱，前后凡四十余人。先是，廷臣会讯，太仆卿汪元锡、光禄少卿余才偶语曰："此狱已得，何可再鞫！"侦者告萼，以闻，遂被逮。萼等遂拷掠，录不胜刑，自诬故入人罪。萼等乃定爰书，言"张寅非福达，录等恨勋，构成冤狱"。因列诸臣罪名，上悉从之。谪戍极边、遇赦不宥者，徐文华及李璋等凡五人；谪戍边卫者，琦、逵、泰、琼、启光、仕及知州胡伟凡七人；为民者，贤、科、一鹏、祐、汉、辂、世魁、淳、鸣凤、相、鸾凡十一人；革职闲住者，颐寿、玉、启、潮、文庄、沐、佖、渊、元锡、才、楷、仲贤、润、英、壮、雄及前大理丞迁、佥都御史毛伯温凡十七人；其他下巡按逮问革职者，副使周宣等复五人。录以故入人罪未决，拟徒，上以为轻，欲坐以"奸党律"斩。萼等谓"张寅未死而录代之死，恐天下不服，宜永戍烟瘴地方，令缘及子孙"。乃戍广西南丹卫，遇赦不宥。上意犹未慊，语杨一清等曰："与其戮及后世，不如诛止其身，以从《舜典》罚弗及嗣之意。"一清曰："祖宗制律，具有成法，录罪不中死律，若法外用刑，吏因缘作奸，人无所措手足矣。"上不得已从之。以萼等平反有功，劳之文华殿，赐二品服俸、金带、银币，给三代诰命。遂命辑《钦明大狱录》，颁示天下。是狱也，凡前后所争福达事者，悉被株连，惟郑自璧、赵廷瑞、陈皋谟、邵幽、王献、唐枢六人不在萼等指名论劾之列，遂得免。而枢于上疏时已触上怒，斥为民。惟枢论是狱最得要领，及定《大狱录》，恶其词辨晰，删之不载云。（《明通鉴》卷53第1725页）

（嘉靖六年九月）壬午（注：初八日）先是，徐沟县民薛良讦告张寅系妖贼李福达变易姓名。山西巡抚都御史江潮、巡抚御史马录等钩摭其事，按以谋反重罪，妻子缘坐。狱成，都察院按覆，得旨如拟。时武定侯郭勋遗书马录，为讼其冤，录并劾勋。上初不问，以言者数至，责勋对状，已而宥之。给事中张逵等复劾勋党逆，罪不可原。上疑之，因命锦衣卫差官校械系各犯来京，集三法司于京畿道会审。时告人薛良反证者李景全、韩良相、石文举等三十人面指张寅为李福达，寅语塞。刑部尚书颜颐寿等具狱如江潮、马录言。上命会官于午门前再讯良等，仍执前词。颐寿具略节口词上请，上曰："颐寿等职掌邦刑，奉旨推问，不行从公审鞫，乃偏情回护，非止一端。况薛良等已经毕昭勘问招虐，今欲扶同入人重罪，非朕恤刑之意。俟斋祀毕，朕亲鞫于廷。"大学士杨一清言："天子之体与臣下不同，有司之职非人君宜与。今案牍具明，词证咸在，若仍令诸司虚心研审，则真情自得，何至上劳黼扆之尊，下亲狱讼之事哉？"上仍下廷臣会讯。颐寿等乃改拟张寅造妖言律斩，其子张大义等不在连坐之数。上曰："死刑大狱，不可轻有出入。各官所问，先后情词不一。至会问，又多偏听回护。谋反重罪，先乃率意加人，今改拟妖言，亦不见妖书，但朋谋捏诬，泛言奏饰。且不究，俱令戴罪办事。"行取原问原勘官李珏、江潮等面加质证，马录差官校械系来问。潮等至，仍会官廷讯，乃归罪于薛良，言良原与张寅有隙，将李五妄作李福达，李福达妄作张寅。并无聚众谋反、惑众称乱等情。各勘官因石文举妄认张寅，故问拟死罪。疏中不及马录，上怒三法司辗转支调，但以一良当罪。颜颐寿、刘玉、王启、刘文庄、汤沐、顾必、汪渊并聂贤、徐文华及江潮等同各犯俱下三法司署印官用刑推究。又原问官具言"马录主张"，所主何意？又录言"私嘱书帖尚多"，亦要追出查奏。时上以诸臣不称任使，命吏部侍郎桂萼等分署三法司事，谕令"体朕爱人之心，究明奸构大狱"。萼等奉命披抉词旨，究极根因，遂搜马录箧中有大学士贾咏、御史张英、都御史张仲贤、大理寺丞汪渊、工部侍郎闵楷私书。咏以榆次知县尹伦、指挥王宠之为托，英等颇涉张寅事，词连孟春，及郭勋嘱张寅书上之。上责咏对状，咏上疏引罪，得旨令致仕，而逮问仲贤等；勋事已前决，置不问。萼等因言："给事中常泰、刘琦，员外郎刘仕三人声势相倚，挟私弹事；左使马录杀人，人皆畏之，法实难贷。给事中王科、郑一鹏、秦祐、沈汉、程辂，评事杜鸾，南道御史姚凤鸣、潘壮、戚雄等亦各扶同妄奏，助成奸恶，致蒙俞允，几陷张寅灭族。而给事中张逵、御史高世魁，方幸张寅之就死，得诬郭勋之谋逆，率众联名，同声嫁祸；止宜罪其为首，以警其余。郎中司马相，妄引事例，故意增减，诬上行私，莫此为甚。近来科道诸臣缔党求胜，内则奴隶公卿，外则草芥司属。请大奋乾刚，以彰国法。不然则胁从大臣皆系狱，而朋谋小人犹得趋跄于朝，何以威天下、服人心？"上以为然，乃诏逮科道等鞫之，命南京刑部系潘壮、戚雄于狱。复奉旨"昨日会审，乃有卿汪玄锡、少卿余才混扰怀恨，一并逮问来说"。已，萼等会鞫明白，乃言于上曰："臣等奉旨鞫审大狱，具得张寅被诬之状。寅本五台县人，工部漏籍匠户，侨居徐沟，尝出钱贷薛良。良素无赖，欲杀寅以逋责，即指为洛川县妖人李五。又以崞县逆党李福达，前后情词互异，事无左验。初指张英名字诬告于都御史毕昭处，续张寅自诉，方识是张寅，良坐发口外为民，事已白矣。会寅子大仁客京，不知业已问明，抵武定侯郭勋求救。勋与寅旧识，寄书马录。录故忿勋，复文致其事，欲乘机中勋以危法，因傅会薛良以张为李，以五为午，使寅怨家李景全、韩良相、石文举等证成之。而给事中常泰、刘琦，员外郎刘仕同为谩词，以惑朝听。臣等查得成化十八年山西黄册内有李福达名字，彼时方七岁，至弘治二年王良、李钺谋反时，方十四岁，岂有谋反充军山丹卫之说也？计今嘉靖六年，李福达年五十二，今张寅年已六十七，发就种种矣，何得以张寅即李福达也？盖因陕西反贼卷内有李伏答、李五名字，遂妄指张寅即李伏答，李伏答即李福达也；又云即李午，刘琦又将李五改作李午。推厥所由，起于马录陷害郭勋，成于常泰、刘琦、刘仕党助马录。既而所在诸司俱听其主持，遂成大狱。幸赖圣明独断于上，多官公审于朝，始冤抑得伸，人咸输服。其原告证佐及中外问官偏听失实者，请坐如律。"疏入，得旨："各犯朋谋害人，酿成大狱，原告薛良依诬告律绞，韩良相、石文举等诬执人死罪，原问官布政李璋、按察使李珏、佥事张纶、都指挥马豸并大理寺少卿徐文华阿附巡按杀人、媚人，俱发戍极边，遇赦不宥。给事中刘琦，御史程启充、卢琼挟私弹劾，亦发边卫。给事中王科、秦祐、沈汉、程辂扶同妄奏，并左都御史聂贤俱为民。刑部尚书颜颐寿，侍郎刘玉、王启，都御史江潮、刘文庄，大理寺卿汤沐，少卿顾佖、汪渊畏避言官，推勘不实，太仆寺卿汪玄锡、光禄寺卿余才逞忿横议，吏部侍郎孟春、工部侍郎闵楷、都御史张仲贤交通私札，各革职闲住。其出差未至如都御史张润、御史任淳；逮捕未至如给事中常泰、郎中刘仕；行提未至如给事中张逵，御史高世魁、姚凤鸣、张英，评事杜鸾，郎中司马相，俱至京定拟。风闻失实南道御史潘壮、戚雄，下南京法司。失亡案牍副使周宣，给驿送囚副使王昂，指引证佐知州杜蕙、胡伟，镇抚鲍玉，下各该巡按御史勘问。寺丞毛伯温，命差官代还。"马录以故入人死罪，未决，拟徒。上以所拟为轻，令再拟以请。独巡抚毕昭以尝归罪薛良，与张寅父子俱免罪还职、役。上处分毕，因命都察院刊布诏条，使中外知之。上既以马录下法司，另拟欲坐以奸党律。于是侍郎桂萼等谓"张寅未决，而马录代之受死，恐天下不服，宜发烟瘴地面永远充军，令缘及子孙，以示至公"。乃谪录戍广西南丹卫，遇赦不宥。既而复谕大学士杨一清等曰："马如法炮制，首事害人，罪有所归，与其僇及后世，不若诛止其身，以从舜典'罚弗及嗣'之意。"一清等对曰："祖宗制律，具有成法。今录无当死之罪，律无可拟之条，若法外用刑，吏将夤缘以法为市，人无所措手足矣。"上不得已从之。署都察院事侍郎张璁，请刻刊原奉敕谕及大狱招词颁示天下。报可。随召见璁、萼、献夫于文华殿，谕劳之，俱赐二品服色、金带银币，仍令吏部给予三代诰命。后张璁以先后狱词及上所裁定并所赐敕谕辑录成书，为上下二卷，镂梓进呈，名曰《钦明大狱录》，请颁布内外诸司。上曰："大狱赖卿问明，辑录刊印颁布，尤足以广朝廷钦恤之意。如拟行。"（《世宗实录》卷80第1769页）

（嘉靖六年九月）戊戌（注：二十四日）武定侯郭勋自言"以议礼及两疏奏请文武宴，坐为文法吏所仇疾，乞罢营务，以免后虞"。上优诏不允。（《世宗实录》卷80第1786页）

（嘉靖六年十月）张璁、桂萼、方献夫反叛囚李福达狱，释之，论御史马录永戍边。璁等既摄三法司事，遂缘希帝意，复鞫录等于阙廷，箠掠备至，录不胜五毒，乃诬服"挟私故入人罪"。璁等以闻，遂释福达。帝怒录，欲坐以死，璁营解之，得免，乃论编伍南丹卫，子孙及焉。（《皇明肃皇外史》卷7第9页）

（嘉靖六年十月）甲戌（注：三十日）御史张禄言："顷者张寅之狱，始则勘官刻于用法，继则言官误于吠声；固不能仰体钦恤之意，致陛下震怒，命官廷鞫，各以轻重谪罢。此狱成，陛下益疑，言官益畏，言官以言为讳者数月矣。陛下不少霁天威，温旨开谕，恐忠贞之解体也。愿陛下无以听纳为烦，令群臣据实上陈，言可用采之，不可用置之。仍谕以至诚求助之意，而作臣子敢言之气，则不至于长循默之风、成壅蔽之患矣。且侍从台谏各有攸司，彼此侵越殊非国体。愿陛下仍谕二三大臣各专职守，勿得侵越，则言路既辟，体统亦正，天下国家之幸也。"疏奏，上曰："言官以言为职，但须忠谠公直。近来言事者多沽名要誉，毁正附邪，假公为私，雷同烦扰；朝廷不得不薄示惩戒，使人各改悟，以尽乃职。前大狱已处分，亦未尝禁戒言者。禄乃捏造奏渎，欲扬君过。姑不究。"（《世宗实录》卷81第1827页）

（世宗嘉靖五年）（丙戌，一五二六）秋七月，妖人李福达坐死。福达，山西代州崞县人，一名午。初，与妖贼王良谋反，事发，戍山丹卫。逃还，改名五，窜居陕西洛川县；与季父越同倡白社妖术，为弥勒佛，诱愚民，啸集数千人，大掠郿州、洛川诸处，杀掠无算。已而，官兵追剿，捕得越及其党何蛮汉等，诛之。福达跳去，占籍徐沟县，变姓名为张寅，贿县中大姓以为同宗，编立宗谱，涂人耳目。已，又挟重赀入京，窜入匠籍，输粟为山西太原卫指挥。其子大仁、大义、大礼俱补匠役，以烧炼术往来武定侯郭勋。后仍往同戈镇，其仇薛良首发之。福达惧，逸入京。官司捕其二子按系之，福达窘，乃自诣狱置对。先后鞫讯者，代州知州杜蕙、胡伟，证之者李景全等。具狱上布政司李璋、按察司徐文华等，复上巡按御史张英，皆如讯。独巡抚毕昭谓"福达果张寅，为仇家诬所致"，反其狱，以居民戚广等为证，坐良罪。狱未竟，昭乞侍养去。会御史马录按山西，复穷治之，具爰书如前讯。勋为遗书嘱免，录不从，拟福达谋反，妻子缘坐。飞章劾勋党逆贼，并上其手书。帝下之都察院，席书亦助勋为福达地。大理寺评事杜鸾上言劾勋及书，乞将二人先正国法，徐命多官集议福达之罪，不报。都察院覆奏李福达罪状，宜行山西抚、按官移狱三司会鞫。先是，御史马录咨于徐沟乡绅给事中常泰，泰言："寅为福达不疑。"又咨于谳狱郎中刘仕；仕，郿人也，其言如泰。录复檄取郿、洛父老识福达者辨之，俱以为真福达也。乃檄布政使李璋、按察使李珏、佥事章纶、都指挥使马豸杂鞫之，福达对簿无异辞，遂附爰书上录。录乃会巡抚都御史江潮上言："福达聚众数千，杀人巨万，虽潜踪匿形而罪迹渐露，变异姓名而恶貌仍前，论以极刑，尚有余辜。武定侯勋结纳匪人，请属无忌，虽妖贼反状未必明知，而术客私干不为避拒，亦宜抵法，薄示惩艾。"章复下都察院。冬十一月，左都御史聂贤等复奏："李福达逆迹昭灼，律应磔死。"帝从之，锢狱待决。因诘责郭勋，令自输罪。勋惧，乞恩，因为福达代辨，帝置不问。勋又令福达子大仁具奏，求雪父冤。章下，聂贤与原讯御史高世魁知为勋指，奏寝其议。勋谓大仁曰："苟弗解，尔曹姑亡命，勿蹈丛戮也。"于是给事中刘琦、程辂、王科、沈汉、秦祐、郑自璧，御史高世魁、郑一鹏，南京御史姚鸣凤、潘壮、戚雄各劾勋"交通逆贼，明受贿赂。福达既应伏诛，勋无可赦之理"。给事中常泰亦上言："勋以输罪为名，实代福达求理，论以知情何辞？勋为福达居间，画令大仁等事变急亡命，论以故纵何辞？"给事中张逵等亦上言："凡谋反大逆，宜服上刑。知情故纵，亦从重典。今勋移书请托，党护叛逆，不宜轻贷。"聂贤亦奏勋当连坐，帝不从。勋亦累自诉，具以议礼触众怒为言，帝信之。寻命锦衣千户戴伟移取福达狱词及囚佐，下镇抚司羁候会鞫。给事中常泰、秦祐，御史任孚、邵幽，郎中刘仕复交章劾勋。江潮、马录仍会疏极言"福达不枉，乞问如律"。勋乃与张璁、桂萼等合谋为蜚语，谓"廷臣内外交结，借事陷勋，渐及议礼诸臣，逞志自快"。帝深信其说，而外廷不知也。帝命速取福达至京鞫问，刑部尚书颜颐寿，侍郎王启、刘玉，左都御史聂贤，副都御史张闰、刘文庄，大理寺卿汤沐，少卿徐文华、顾仝，寺丞毛伯温、汪渊及锦衣卫、镇抚司各官会鞫于京畿道，对簿无异辞，奏请论磔。帝不从，命会九卿大臣鞫于阙廷。时告者薛良、众证李景全等共指福达，福达语塞。毕昭引证薛良之诬者，戚广也，讯之，复云："我曩未就吏讯，安得此言？"颐寿等以其词上，上心益疑，命"俟斋祀毕，朕亲临鞫问"。大学士杨一清上言："庶狱无足烦圣虑者，乞仍属诸勘官会讯。"刑部主事唐枢言："福达罪状甚明，拟死不枉。"上怒，黜为民。颐寿等惧，乃杂引前后谳词，指为疑狱，帝切责颐寿等。六年（丁亥，一五二七）夏四月，遣锦衣官刘泰等逮马录赴京，下镇抚司狱待鞫，仍取原勘各官李璋、李珏、章纶、马豸诣京即讯。颜颐寿上言："福达反状甚明，法难轻纵。况彼以神奸妖术蛊惑人心，臣等若不能执，一或纵舍，异时复有洛川之祸，臣虽伏斧锧，何抵欺罔之罪？"帝怒，谓"颐寿职司邦刑，朋奸肆诬"，令戴罪办事。颜颐寿等复请会讯，从之。乃出录与福达对鞫，情无反异，颐寿等复以上请。帝谓颐寿等"朋比罔上"，乃逮颐寿及侍郎刘玉、王启，左都御史聂贤，副都御史刘文庄，大理寺卿汤沐，少卿徐文华、顾仝于诏狱，其原鞫郎中、御史、寺正等官，俱逮系待罪。八月，帝命桂萼摄刑部事，张璁摄都察院，方献夫摄大理寺杂治之。太仆卿汪玄锡与光禄少卿余才忽偶语曰："福达狱已得情，何更多事乃尔？"诇者以白璁等，奏闻，帝命逮系玄锡、才于诏狱，并掠之。大学士贾咏与马录俱河南人，录被逮，咏遗书慰之，镇抚司以闻，复搜得都御史张仲贤、工部侍郎闵楷、大理寺丞汪渊、御史张英私书；上责状，咏引罪，得致仕去，而逮仲贤等。九月，张璁、桂萼、方献夫逢合帝意，复鞫录等于阙廷，箠掠备至。录不胜五毒，乃诬服"挟私故入人罪"。璁等以闻，遂释福达。帝怒录，欲坐以死，璁营解之得免，乃论戍，编伍南丹卫，子孙世及焉。帝以群臣皆抗疏劾勋，朋奸陷正，命逮系给事中刘琦、常泰、张逵、程辂、王科、沈汉、秦祐、郑一鹏等，御史姚鸣凤、潘壮、高世魁、戚雄等，刑部郎中刘仕，大理评事杜鸾等诏狱，死榱楚狴犴者十余人，余戍边、削籍，流毒至四十余人。谪大理少卿徐文华、顾仝戍边。初，颜颐寿等既逮治，备尝五毒，闻者惨之，已而皆夺官罢归，独文华、仝论戍边，二人皆与璁等廷争大礼者。江潮、李璋、李珏、章纶、马豸等俱夺官，韩良相及其佐证俱论遣。璁等自谓平反有功，请编《钦明大狱录》，颁示内外诸臣，以明颐寿等之欺罔。从之。四十五年（乙丑，一五六六）四川妖寇蔡伯贯反，已而就擒，鞫得以山西李同为师。四川抚、按官移文山西，捕同下狱，自吐为李午孙，大礼之子，世习白社妖教，假称唐裔，当出驭世，惑民倡乱，与《大狱录》姓名无异。抚按官论同坐斩，奉旨诛之。都御史庞尚鹏上言："据李同之狱，福达之罪益彰。而当时流毒缙绅至四十余人，衣冠之祸，可谓烈矣。郭勋世受国恩，乃党逆寇，陷缙绅，而枢要之人悉颐指气使，一至于是。万一阴蓄异谋，人人听命，为祸可忍言哉？乞将勋等官爵追夺，以垂鉴戒；马录等特加优异，以伸忠良之气。"穆宗从之，凡当时死事、谪戍者，皆得叙录，是狱始明。（《明史纪事本末》卷56第871页）

（嘉靖七年正月）辛巳（注：初八日）御史吴仲劾奏武定侯郭勋京营诸不法事，且言勋借口大礼、大狱，益骄纵自恣，举朝无敢议之者。请解勋兵柄，按治其罪。上责仲假大礼、大狱倾陷勋臣，贳勋勿问。（《世宗实录》卷84第1893页）

（嘉靖四十五年正月）戊午（注：二十六日）四川官军讨妖贼蔡伯贯等，擒之。伯贯，大足县人，以白莲教诳众，党日益甚，遂为乱；号大唐，旬月之间，连破七州县。然乌合无纪律，遇官兵辄乱，诸首恶多被擒拿。伯贯惧，还大足旧巢，官军破巢，擒之，降其众七百余人，伯贯举事凡三十六日而灭。初妖人李福达之狱，桂萼、张璁等反之，举朝不值萼等，而以寅、福达姓名错互，亦有疑者。至是伯贯就擒，自言学妖术于山西李同。所司檄山西捕同下狱，同供"为李午之孙、大礼之子，世习白莲教，假称唐裔，惑众倡乱"。与《大狱录》姓名无异，同竟伏诛。会新君践祚，御史庞尚鹏言："据李同之狱，福达罪益彰，而当时流毒缙绅至四十余人，衣冠之祸，可谓惨烈。郭勋世受国恩，乃党巨盗、陷朝绅，职枢要者承其颐指，锻炼周内，万一阴蓄异谋，人人听命，祸可胜言哉？乞追夺勋等官爵，优恤马录诸人，以作忠良之气。"由是福达狱始明。（《明通鉴》卷63第2131页）

五、杨一清案

嘉靖六年十二月初七日首辅大学士杨一清等上言闲住太监张永在正德朝平宸濠之叛、发刘瑾罪状、计擒江彬等功，请"特赐起用，量加委任"。嘉靖帝采纳此议，令张永"掌御用监印，提督团营兼管神机营操练"。十二月二十九日，杨一清多次上言，以帝视朝太早，祭祀太繁，身体过劳；请帝以"日出为度，或遇大风寒日暂免"，"第宜每日令内侍焚香"。帝以"迩来内外百官偷闲怠惰，不能勤事，故朕以身先之"答之。

嘉靖七年正月初六日，杨一清知帝不悦兵部尚书李承勋班在张璁、桂萼之上，即上言请量加张、桂一品散官。帝对杨一清能在自己刚想到时就即上言，与己同心一德，十分高兴，称其是"伊尹之于成汤"。

七月初四日，大学士张璁不肯居于杨一清之下，遂上言影射杨一清"闲废有年仍求起用"，是"奸人鄙夫占据内阁，贪污无耻，习以为常"；请帝宣谕内阁，以绝谗邪，以清政本。帝为两解之，要求阁臣"同寅协恭，以期和衷之治，庶副朝廷倚毗之隆；勿得彼此相嫉，以负简托"。七月二十七日，杨一清上疏以病乞休，且言"若不早求引退，实恐不得生还乡里"。帝优旨慰留。

八月十五日，詹事府詹事黄绾疏言朝臣之中有如鬼魅狐妖之人，"第论情状而不指斥其姓名"。帝责以 "人臣告君，言当以实，今乃朦胧浮泛，非忠爱之意"；并告诫 "诸臣俱宜勉尽忠诚，修乃职业，勿因此言自怀忧疑"。兵科给事中史立模曾上疏请禁止小人攻击君子，帝是其言，诏部院持明秉公，毋得偏听，悉如立模疏而行。至八月二十二日，帝复谕吏部，以立模之疏 "似为大臣拒绝人言以钳天下之口，非人臣之道"；令前此一切报罢，并将其谪为通州判官。八月二十五日，杨一清复上疏乞休，并指张璁为聂能迁所许，欲重处之，"憾臣拟票太宽"，遂行攻击。又揭张璁志骄气横，狎视公卿，及处理人事问题的自欺欺人等恶行。帝称杨一清 "历陈被人指斥诬害之意，朕已知其久矣"；责张璁 "性资虽敏，奈强梗不受人言"；"其自入阁以来，专恣而自用"；"自伐其能，恃朕所宠"。又责杨一清 "只欲以去为善，是虑国不如虑身也"。一清复惶惧上疏，且谢且请。帝固留之。张璁见上忽暴其短，颇愧沮。

嘉靖八年二月十二日，巡按御史赵镗奏闻武定侯郭勋不法奸赃事，帝诘问郭勋，勋谢无有。帝恶其强辩，下法司议罪，仍谕辅臣杨一清拟旨处分。一清以阁臣中有与勋善者，不敢拟票，请上裁。帝报以 "张璁之所以深结于勋者，初因议礼为合故，他不之察也"；又指张璁、霍韬与郭勋相同扶持，党与既多，处置郭勋，正为保全张璁等。要求杨一清 "亦须尽诚布公，岂可以牵制而难"？已而刑部侍郎许讚等上郭勋狱，帝令 "罢其典兵及保傅官阶，令于中府带俸闲住"。

七月初二日，兵科给事中孙应奎上疏辨析大学士杨一清、张璁、桂萼之优劣，请帝 "鉴别三臣为人之实，以为委任去留之举。" 疏入，帝命杨一清 "安心办事"；张璁 "务同寅协恭，不宜偏执自恃"；桂萼 "洗涤宿过，以体朕怀"；并令 "俱视事如故"。已而一清又上疏求去，帝谕之 "宜展布忠诚，尽心匡辅"。璁、萼各亦上疏自陈，帝谕璁曰："卿性资刚速，或伤于过，宜思所以济者，以协恭辅朕，赞理化机，岂可因言求退。" 又谕萼曰："卿质任宽迂，因致物论。宜加修饬，以副眷任。有疾善加调理，稍愈即赴阁，其勿辞。" 七月初六日，杨一清复上疏请辞，帝责其 "谋身者如是，未见谋国如何，岂爱朕不如爱其身邪？宜即出供职"。一清闻命，惶惧不敢复为辞避。

七月十四日，桂萼再上疏乞休，并自辨。帝令其 "不必深辩，病痊即出供职"。

七月二十日，礼科给事中王准劾大学士张璁所举通州参将陈璠，桂萼所举御医李梦鹤，皆私人，宜罢黜，且乞敕戒璁、萼。帝命所司查奏。于是，张璁复称疾乞休。帝不准，令其 "不必辩，不得因是推避"。已而礼、兵二部言 "梦鹤以考选，璠以荐用，俱非有所援"。帝置之，仍命太医院对所取医士更考察以闻。七月二十二日，张璁以旬日间两遭论劾，再疏乞休，并言 "始臣议礼时，言者无虑数百章，所以甘犯众怒而不忍去者，为典礼之未成也。今圣孝已遂，臣宜去矣"。帝答称其 "赞成大礼，即以此用卿，亦朝廷报功之公典"；不允所辞。

八月十三日，工科给事中陆粲言大学士张璁、桂萼以小臣赞议大礼，不三四年位至极品，恩宠隆异，振古未闻；但乃敢罔上行私，专权纳贿，擅作威福，报复恩仇。并揭其纳尚书王琼之贿，力荐起用；纳邵杰重贿，争袭伯爵；及其铨选要地，尽布私人，升黜予夺，结党营私等罪行，指出朝中"皆阴厚于璁而阳附于萼者也，谄佞之辈相师成风，人心士习败坏极矣。萼等威势既大，党与又多，天下畏之，重足屏息，莫敢公言其非。不亟去之，臣恐凶人之性不移，怙终之恶益甚，将来必为社稷之忧。伏望皇上大奋乾刚，速加诛窜，仍将其心腹及诸阿谀之徒重加惩治"。帝览奏，批称议大礼时，张璁首倡正议，桂萼赞议，礼成之后，授官重任；"今彼既顿失前志，肆意妄为，负君忘义，自取多愆，朕不敢私。张璁仍以本职令回家深加省改，以图后用。桂萼革去散官及学士职衔，以尚书致仕。"对所涉官员分别逮问、革职、致仕，并不许起用。又言"陆粲居言官，何不早奏，坐观至此，乃即上言，非本心之忠也，下法司逮问"。八月十五日，帝谕文武群臣，一面充分肯定了张璁等在大礼议中的功绩和对他们的重用，一面指出"璁等自居官以来，不思图终之难，顿忘谨始之志，自用自恣，负君负国，所为事端，昭然众见。而桂萼尤甚。近以言官屡劾，朕不敢私。论法本当置诸刑典，特从宽贷：璁令回家创悟，以资后用；萼夺其散官并学士职衔，回籍致仕；其余党分别区处"。又对言官有所处置，并戒群臣"毋辄乘此挟私奏扰，敢有违者，重治不宥"。并令礼部、都察院刊布天下，悉使知之。八月二十一日，广西道御史王化劝奏兵部尚书李成勋、王琼等皆阿党张璁、桂萼，助报恩仇，纳贿迁官，假作威福，俱宜罢黜。帝命李承勋、王琼等视事如故，彭泽、叶忠调外任，其余吏部酌议奏请。八月二十三日，十三道御史吴仲等上言劾总制三边尚书王琼、总制两广都御史林富、礼部侍郎严嵩等，并及大批官员，"类皆阿附为非，公论难容，俱宜罢黜"。疏入，帝令王琼致仕，严嵩等如前旨俱留用，其余由吏部酌议去留具奏；又称"人才难得，近来改选及推升官，若非过恶显著，不必泛劾，庶免枉人，且伤治体。"于是詹事霍韬上言为张璁、桂萼颂功鸣冤，揭大学士杨一清之奸赃罪状，如纳张永之馈而为之引荐，受萧敬之馈而为其家人求校尉；及其纳贿赂、坏纪纲、专权误国，与张璁、桂萼积怨已深，党植已分，构谋已密，遂鼓嗾言官攻击璁、萼，滥及善类。又指陆粲等为南直隶人，皆杨一清党；并言"去年议礼，凡攻璁、萼者皆已得罪；今则附顺璁、萼者又复得罪，如是则百官则安所适从也？……且臣与璁、萼俱以议礼进官者，璁、萼既去，臣岂宜独留？乞赐罢黜。仍敕吏部、法司隐核被劾诸臣罪状，果有真迹，即置之市曹，以为奸党之戒；不者亦为辨理，庶为善类之劝。此今日国是之大所宜定者，臣昧死以闻"。并请辞官。帝报以"所奏事情，朕已悉之矣。尔昔赞议大礼，忠诚昭著，宜似旧安心办事，不允辞"。八月二十五日，大学士杨一清因被霍韬所攻，上疏自辨，且乞罢去。帝亦温旨慰留。八月二十六日，吏部尚书方献夫因张璁、桂萼去位，而科道等官论劾与其相交者咸指以为党，称其"详奏内所指，奸恶不容清议者固有，而善类受诬者亦多，一概目以为党，绳之太过，岂不至空人之国乎？且昔年攻璁、萼者既以为党而去之，今之附璁、萼者又以为党而去之，缙绅之祸，何时而已？是宜出自圣断，敕下吏部博稽公论，甄别善恶，不问党与不党，惟考其为人平日何如"；且言"臣与璁、萼二臣同为议礼之人，理宜引避"。帝是其言，令其"不必引嫌求避，宜秉公任事，备考诸人素行，务合公论，以为去留"。

九月初一日，帝以内阁缺人办事，命张璁还内阁。时张璁已南行至天津，帝遣行人周襕奉敕谕诏召之，张璁辞谢，帝以"近令卿归，以避人言耳"；令其即复任办事。九月初三日，工科给事中刘希简上言，称詹事霍韬为张璁、桂萼辩护，又攻击大学士杨一清，实为欺谩之辞，指其为少正卯之流，请帝戒谕之。疏入，帝怒，命锦衣卫将刘希简逮送镇抚司问。九月初四日，吏部尚书方献夫等奉旨详核科道官所论劾党附张璁、桂萼诸臣，上言除已有旨留用外，如南京刑部尚书何诏等大批官员偶有所失，似无大过，"至于桂萼选过大小官，文籍浩繁，无从稽核，请令科道官廉访，果有私厚擅用者，指名参奏，庶事无枉滥而人心不摇。"帝令大部分官员俱供职如故，少数有干清议者令致仕、冠带闲住，又令总制三边尚书王琼照旧办事。九月初九日，吏部已遵旨降工科给事中陆粲为云南嶍峨县典史，时帝怒犹不已，乃再令降谪为贵州都镇驿丞。又谪劾张、桂的行人司副岳伦为山东主簿，给事中王准为云南典史。九月十一日，霍韬再疏为桂萼、王琼辩，时法司治桂萼私人狱犹未解，韬揣上意已变，乃复攻一清，并诬群臣劾桂萼是"臣僚之心也，言官之策也"；"法司承一清指罗织成萼罪"；"岂刑官不畏陛下，独畏科道也？岂刑官谓陛下犹可欺侮，奸赃柄臣独不可触也"？并再劾大学士杨一清诸不法事。于是，帝责杨一清"大肆纳贿，不畏人言，甚非大臣之体"；又责刑部尚书周伦不能从公审断，改令三法司会同锦衣卫、镇抚司杂议。九月十三日，帝令改刑部尚书周伦于南京，升左侍郎许讚为本部尚书。九月十六日，帝令致仕吏部尚书桂萼复少保兼太子太傅吏部尚书武英殿大学士，仍旧致仕。九月十九日，刑部尚书许讚等会官议处大学士杨一清贪赃事，请罢之。帝令一清自陈。张璁再上密疏，佯引一清赞议大礼功，乞赐宽假，实坚上意，俾其速去。九月二十一日，一清复上疏请赐致仕，帝即许之。九月二十三日，帝以"杨一清有罪，科道官无一人言"，夺都给事中刘世扬等，监察御史吴仲等四十九人俸各三月。九月三十日，大学士张璁以杨一清去任，疏请简任"节行道义、足以服人心者"为内阁首辅。帝嘉其退让。

十月初三日，大学士翟銮因霍韬劾杨一清疏中有太监张永馈送金银，"杨一清等皆受之"一语，言"等之一字，虽未知所指名，但臣备员内阁，与杨一清同官，岂敢自安？乞容休致"。帝慰留之。十月初五日，御史梁尚德以大学士张璁、桂萼去而复返，大学士杨一清、尚书高友玑、都御史熊浃先后遭罢而上言，劝帝自后"诏令之出必谨"，"大臣之去无轻"。疏入，帝以"梁尚德沽名奸巧"，罚俸三月。刑部员外郎邵经邦又以"正阳之月日食于朔"，是由于帝"不用善人"；大学士张璁被劾致仕，又以议礼有功见留，是私议礼之臣；"私议礼之臣，是不以所议者为公礼也。夫礼惟当，乃可万世不易；使所议诚非公礼也，则固可守也，亦可变也；可成也，亦可毁也"。帝览疏大怒，以"今大典已定，未见异议，经邦乃敢肆为妄言，谓礼可守可变、可成可毁，煽惑人心，动摇国是"，令锦衣卫逮送镇抚司严加拷讯以闻；又不经都察院论罪，直令兵部将其谪发镇海卫，与杨慎等永远不宥。邵后死于戍所。十月二十一日，南京吏科给事中何祉等、山东道御史朱绥等劾奏翰林院学士席春等皆为大学士张璁、桂萼私党，乞行罢黜。帝诏"春等各供职如故"，责何祉等"所攻者皆赞助大礼之人，不过蹈袭前非，徇私报复"。令各夺俸半年，并命都察院晓示中外。十月二十七日，刑部郎中陈之良、员外郎王行可，因鞫讯李梦鹤等所与桂萼私状，已各首伏，但未及成狱。及霍韬为萼讼诬，三法司奉帝命会审此案，竟以"梦鹤等依借声势、罔利行私，与萼无与"结案；帝令梦鹤、林革职为民，从周论罪如律，而将陈之良、王行可俱革职闲住。

十一月初八日，因史馆儒士蔡圻上疏诵大学士桂萼功，请召还。帝以"萼前建言大礼，赞成朕孝，功不可泯"，令召还照旧供职。

十二月二十五日，听选监生钱潮等疏请遣使趣大学士桂萼还朝辅政。帝以大臣进退断自朝廷，潮等狂率奏扰；又以此倡自蔡圻，俱令法司逮讯。

嘉靖九年二月二十九日，巡抚云南右佥都御史欧阳重因与桂萼同乡，有人目其为桂萼党，乃疏言张璁等"当议礼之后，不能为上从容陈说，使异议诸臣或谪或戍，或罢斥去，又有以钦明大狱逐之者。……愿录议礼、议狱诸臣，而革臣今职"。又揭沐绍勋行贿张璁求调旨庇护，因指璁为佞人，欲上斥远之。张璁上疏自辩，言"谴谪大礼、大狱诸臣及赏贷绍勋，皆出自圣断，非臣所与"。帝览欧阳重疏，恶之，将其黜为民。而慰谕璁。

四月初七日，致仕大学士杨一清因被劾受太监张永贿，再被革职闲住。一清与太监张永同事相善，张永之诛刘瑾也，实一清为之谋；瑾诛，永遂援一清入阁；嘉靖朝，一清又荐永复用，及永殁，复为作志；而永弟张容乞恩得升锦衣卫指挥佥事、兄张富为副千户。后张富家人朱继宗因侵没贰产被责，遂讦奏张永勘事江西时，盗宁王朱宸濠库金二千两，以其半馈一清，转升容等官职。容随具疏辨，帝令法司推鞫，查得张永存日馈一清生日贺礼金百两，及容求文折仪二百两，无馈宸濠金事，张璁乃以此嗾攻一清。帝令革张容职而贳一清罪，所受金帛，令所司追收入官。既而给事中赵廷瑞等阿张璁意复以为言，帝乃令夺一清职闲住。四月二十日，桂萼至京，帝命入阁照旧办事。

九月二十八日，杨一清疽发背而殁。一清因告讦狱被诬革职，大恨曰："老夫乃为孺子所卖。"殁之前数日，犹上疏自解，言"身被污蔑，死不瞑目"。帝闻而悼之，令法司释其赃罪勿问。

嘉靖十二年十月初四日，杨一清孙中书舍人杨元以皇第一子生大赦天下，援恩诏陈乞；帝念一清尝有劳于国家，诏复杨一清少师兼太子太师吏部尚书华盖殿大学士。

郭勋以张永故，有憾于杨一清，乃乘霍韬劾奏一清，使张永奴朱继宗告张容，为飞语流禁中；容与一清俱得罪，而继宗宥不问，自是告讦遂炽。童源又告张容不法，并讦张永坟建造违制有碍皇城龙脉。帝令所司勘查，报永坟与风水无碍，只是侈忕越制。帝令损减如式。事已过久，至嘉靖十三年十一月十九日，张容奴郭禄者为容所逐，思有以倾之。乃祖童源故智，诬称永坟犯龙脉，容不行迁改，又将妻陈氏窃葬兆内，致哀冲太子不永；令其子郭麒持状请丽妃阎氏之父锦衣卫带俸指挥阎纪转奏。事初闻，群情惴惴，惧兴大狱。上览而恶之，令法司逮讯郭麒等，从重问报。郭禄计穷，乃复具疏讦张永，且诬其与亲王交通，中有大奸，令妻陈氏衣男子服，怀疏阑入午门前，为麒申冤。帝令镇抚司执付法司，如前旨从重拟报。法司乃论禄、麒及诸朋谋奸首俱发边卫充军。中外大悦，而告讦之风少衰。

资料摘录：

（嘉靖六年十二月）庚戌（注：初七日）大学士杨一清等言："闲住太监张永，当正德五年宁夏真鐇之变，受命总督军务，能计擒逆党，抚安军民。及回京，奏发刘瑾罪状，下狱伏诛，朝野称快。宸濠之变，随武庙南征，时逆濠已擒，而张忠、许泰辈犹搜求余党，攀引善类。永至，多所开释，一方始安。武庙还至通州，江彬手握重兵，人心惶惑，然卒不敢萌异志者，独畏永耳。及武庙晏驾，遂计擒江彬，提督九门，防奸制变，无所不至。内臣若永者，诚不易得。臣一清尝与同事宁夏，知之为详。武庙末年之事，则臣璁在京所亲见者。今置之闲散，终为可惜。乞特赐起用，量加委任，则凡供职于内者，皆知为善之有益，而勉于效忠矣。"上曰："卿等欲起用张永，足惩忠爱至意。永在先朝多立战功，勤劳茂著。其令掌御用监印，提督团营兼管神机营操练。"（《世宗实录》卷83第1862页）

（嘉靖六年十二月）壬申（注：二十九日）大学士杨一清等言："人主视朝当有常期，古礼'朝辨色始入，君日出而视之'。今天陛下常以昧爽以前视朝，或设烛以登宝座，虽大风寒无间，是固励精图治之心，而圣躬得无因之以过劳乎？伏愿于新岁履端更始之时，仿古礼而行：命鸿胪寺官传示内外，每以日出为度，或遇大风寒日暂免，遂著为令，庶圣躬不致过劳，实宗庙生灵之幸也。"上曰："卿等所言，真师保爱君至意。迩来内外百官偷闲怠惰，不能勤事，故朕以身先之，庶足以警化云耳。古礼谓'辨色入朝，日出而视之'，不独为息养之计，是亦防微之一道也。"一清等又言："陛下一身，乃天地、宗庙、社稷、百神、万姓之主，诚宜重惜以养天和，以绥多福。窃闻每日鸡鸣而起，行礼于奉先、奉慈、崇先三殿之前，出入门枨，上下阶级，已不胜其劳。旋即视朝听讲，退而亲阅章奏，一日万几，向非圣聪天启，睿体神护，何以堪此？切惟三殿之建，本以义起，非庙也。即如庙，亦惟清静，斯神有依。《周颂清庙》《鲁颂閟宫》，未闻有每日瞻拜之礼。太宗文皇帝正以太庙在外，凡朔望荐新、忌辰行礼未便，故建奉先殿于宫内，本以节劳，而今反致劳，是未得初建之意矣。《祭义》曰：'祭不欲数，数则烦，烦则不敬。祭不欲疏，疏则怠，怠则忘。'此固言在庙之礼也。今太庙、世庙已备四时之祭，三殿岂得复为繁缛之礼乎？臣等谨参酌礼仪，自今第宜每日令内侍焚香，朔望及四时节候，圣躬亲往各殿行一拜三叩头礼，如常朝臣子见人君之仪，则不疏以怠、不数以烦，起居有节而烦劳可省矣。于（注：疑衍）至于忌辰，古礼迁主祭，每止于其所当忌而不他及。如有事我皇祖考，但宜及皇祖妣；有事皇祖妣，则不宜及皇祖考。《礼》曰'尊可及卑，卑不可援尊也'。臣等所见如此，惟圣明拣择。"上曰："览卿所奏，甚见诚爱，孰肯言之？夫子孙之于祖父，竭尽其力犹不能报其万一，何敢以劳为言？但人君者既以一身上主郊祀，次则宗社，又次则百神，其重如此。人之精神有限，纵虽强力之人，其能胜乎？我太宗时始建奉先殿，当时止五庙神位，日虽拜之，止五拜。今九庙神位，奉慈三室，崇先亲庙，穿绕往来，登降阶级，所行十三拜礼；凡遇节令祭告忌辰，计三十四拜。朕素禀清弱，拜毕言语促喘；前年病起，益甚不能如仪。卿所议，察礼精当，朕采纳施行。又卿开导储嗣，言造端夫妇，诚不可不重。朕于后与二妃，皆以礼接之，以道率之，亦以正御之。而于多欲之戒，色荒之惧，每兢兢焉。为今婚礼告成将近七载，深感承传为重，恐罹不孝之罪也。因此故切谕之，庶见朕不敢忽之微意耳。"（《世宗实录》卷83第1886页）

（嘉靖七年正月）己卯（注：初六日）时享太庙、世庙，上见兵部尚书李承勋班在张璁、桂萼之上，意颇不悦。大学士杨一清因请量加二臣一品散官，使与承勋相等。上悦，报曰："只才午间，得卿一疏，足见辅导至切。朕复有言：夫君臣一德，上下同心，自伊尹之于成汤，乃克合也。朕又愚昧之人、继承之主，焉敢比成汤？但念卿念念之间凡出于为君、为民，无不尽其忠诚。至于诸凡导告之者，无一毫不与朕合，其议何谓也？且以今此一事告卿：朕于三十日视朝，承勋班在璁之上；初六日陪祀，又见承勋在首列。遂自思之：承勋虽当任用之时，况年资亦深，但璁是辅弼重臣，似或不可，亦未及之尊也。回宫思欲录其意问于卿，而暂回休息。今日巳间亲写帖子与内阁，书终遂思食，食后陈砚纸，而卿之疏已至矣。故朕嘉悦不尽，以其七年始遇卿也。卿之赤诚又迈尹之诚也。尹之辅汤，贤辅圣也，易若今，卿辅朕之切，岂不过尹乎？朕非汤资，卿所告导，岂不难乎？朕非造出之言，其言实自衷出也。卿其益尽言无不尽之诚，庶使朕免于冲昧之失也。"（《世宗实录》卷84第1892页）

（嘉靖七年七月）癸酉（注：初四日）大学士张璁请宣谕内阁，以绝谗邪，以清政本，言："人君以论相为职，宰相以正君为功，任用非人，天下治乱兴亡所关也。我朝太宗皇帝始设内阁，至宣宗朝，用大学士杨荣、杨溥、杨士奇三人而专任之，渐加其官至尚书、师保，后不复变。故自来内阁有声者，称'三杨'而已矣。尔后奸人鄙夫占据内阁，贪污无耻，习以为常。复有闲废有年仍求起用，去而复来，略不惩创前非；来而复去，犹且阴为后计。内阁之地虽重，而居内阁之人品甚轻。且阁中一应事务，不念公家之急虚心博议，但以首臣一人所主，余唯唯无敢可否；一有言者，辄阴挤而斥之矣。故臣自简命内阁，一切陋习窃欲革之，而未能焉。尝奏请严私门之禁，绝请托之交；凡臣之所不为，皆人之所不便，故鼓动谗口，设为阴挤之计，不陷臣于危疑之地不已也。伏乞圣明严加宣谕，令各洗心涤虑，改行从善；毋怀奸以欺君，毋设险以害正，毋诡随以济恶，毋便己以纵谗。若有执私坏法、怙终不悛者，请即加诛斥，以熄谗邪之风。"疏入，上曰："卿所奏，朕已知。辅臣调元赞化，当为上为德，为下为民，同寅协恭；以期和衷之治，庶副朝廷倚毗之隆；勿得彼此相嫉，以负简托。卿等各勉之。"（《世宗实录》卷90 第2051 页）

（嘉靖七年七月）丙申（注：二十七日）少师兼太子太师吏部尚书华盖殿大学士杨一清以病乞休，言："臣老病衰废之人，荷蒙皇上起之田里，授以节钺，又自边关召还纶扉。节陈恳恫乞休，未蒙俞允，力疾供职二年有余。仰荷圣恩，既免常朝，又免朔望朝参；既免日讲侍班，又令辰初方入阁办事。恩礼至优，敢忘报称？自念韦布寒生、蓬蒿贱品，乃蒙累朝作育，登简致位孤卿。逮我皇上，眷遇尤隆，体念尤至；崇阶厚禄，极乎人臣；异恩浓赏，出乎常格。分量已逾，鬼神弗祚，盛满之极，福过灾生。今年七十五岁，体力衰惫至此，将无复瞻天日之期，若不早求引退，实恐不得生还乡里。是以冒死上陈。"上曰："卿辅导旧臣，忠诚端慎。朕方倚赖共成至治，何乃辄求休退？宜即赴阁供职，副朕眷怀。"（《世宗实录》卷90 第2075 页）

（嘉靖七年八月）甲寅（注：十五日）詹事府詹事兼侍读学士黄绾疏言："朝臣之中有饕餮无厌如狼豕之不极，张胆无忌如贯育之敢往，变幻是非如化人之莫测，狡狯闪倏如鬼魅之默运，甜软诱惑如狐妖之媚人，机矢中伤如射工之密发，沦化士习如点丹砂之必变，谋宠固身如饮丸还以起凶，趋利避害如扶灵犀以入水。内侍被其深结内交誉，言官皆其私人而不言。始臣亦以为才，今方觉之。第论其情状而不指斥其姓名，盖欲陛下因情状察群臣之中孰为最似者耳。"上曰："人臣告君，言当以实，今乃朦胧浮泛，非中爱之意。本当究治，姑且不问。诸臣俱宜勉尽忠诚，修乃职业，勿因此言自怀忧疑。"（《世宗实录》卷91 第2092 页）

（嘉靖七年八月）辛酉（注：二十二日）谪兵科给事中史立模为通州判官。初，聂能迁既抵罪，会岁当朝觐，立模因疏曰："臣闻刚正者特立而见忌，诡秘者杂出而难防。以见忌之君子而牵率于难防之小人，苟其术得试，其计得行，虽至于空人之国，亦易易耳。本廉贞也，而谓贪污；本慈祥也，而谓酷暴；或指以闺门暧昧，或诬以暮夜苞苴；或追论其平生，或旁求其近似；非出乡官之多口，则缘吏胥之销骨；非昌言于广坐，则揭帖于幽阴；而巡使监司之考核，任喜怒以为取舍者不与焉。往往以小人一时之言，遂为君子终身之玷；修之岁年而不足，坏之顷刻而有余。请一切禁治。"上是其言，诏部院持明秉公，毋得偏听。先申禁约，悬榜晓示，仍令缉事衙门、巡城御史，但有投匿名文书者，密访擒治。罢闲官吏、革役人等潜住京师，大索逐之，期盖一月。舍者与旁舍不举者同坐，悉如立模疏行。至是复谕吏部："立模前有奏疏，朕已施行，今复思之，似为大臣拒绝人言以箝天下之口，非人臣之道。

且朝觐禁约事宜，祖宗俱有明旨，立模所奏，多致纷扰，难居言路，其调外用。前所行者，一切报罢。"（《世宗实录》卷 91 第 2096 页）

（嘉靖七年八月）甲子（注：二十五日）大学士杨一清言："臣昨乞休，致蒙钦遣鸿胪寺少卿王道中造臣卧内宣谕圣意，臣伏枕叩头。仰惟圣恩高厚，既以悯臣衰老，不欲劳以政机，复以才德见褒，勉其始终辅导。臣敢不鞠躬尽瘁，继之以死，臣之志，亦臣之分也。但年既摧颓，病复荏苒，出处所关，犹有不能自尽者。敢及未填沟壑，为皇上陈之，死不恨矣。臣与张璁同在内阁，原未有隙。比璁为聂能迁所讦，憾臣拟票太宽，奏请宣谕内阁，以绝谗邪，诸所指摘，意阴诋臣。伏蒙圣谕，俾彼此和衷，毋负简任，臣诚震越无措。臣在阁，每事必推让璁，圣明洞察，何敢媚忌？方聂能迁奏下，臣思璁常言昔议礼为众所疾，独能迁深相结纳，多得其力，不知何由失欢，一旦乃有此奏？且又未奉明旨，不敢拟置重典。盖事理固然，岂有他意？若诋毁大臣，同列即置之死地，是将蔽主上之聪明、涂天下之耳目也，臣岂敢哉？至于张浩一节，尤有可言：浩，璁亲也，璁欲用为浙江都司，难于自言，乃谓臣'浩才可用'，臣随告之尚书王时中而推之。今乃谓浩为臣所荐，非自欺乎？先年浩备倭宁波地方失事，与守巡官张芹、朱朝（注：疑为鸣之误）阳俱被勘治。去秋璁署都察院事，以前处分太轻，参芹与鸣阳降级，而浩以专职，独不及焉，此情安可掩也？自今春以来，臣见璁志骄气横，狎视公卿，虽桂萼亦不敢与抗，其余大臣颐指气使，无不如意，百司庶僚，莫敢仰视。臣尝以恭逊劝之，璁口称善而心不平也。黄绾乃璁同乡故友，虽不由科目，颇有文学。顷为少詹事，补经筵，臣以其吴音，未令进讲。比璁欲用为吏部卿贰，又欲用为南京乡试考官，臣皆沮之，以是怨臣。昨所奏虽若泛论，意亦阴诋臣也。臣以老病之躯，处嫌忌之地，唯皇上怜而放免之，俾得远憎怨，保余年，不胜幸甚。"上报曰："卿历陈被人指斥诬害之意，朕已知其久矣。夫人君受天付托，必资老成贤硕以为夹辅，朕所倚卿，不但为己而已，实为天下耳。朕闻先儒有云：'不徒知之，实欲行之。'又云：'凡人之能，不可自伐。'彼张璁也，性资虽敏，奈强梗不受人言，已是不听于众。其忠孝仁义谦恭守廉，彼皆无不通晓，何其自入阁以来，专恣而自用，无复前之初也？且如聂能迁，纵是小人，置之于法，未为不可，但璁仁义不无有亏。如张浩者，朕闻诸人言皆曰：'本是张阁老浼之杨阁老言于王尚书，今日却不认。'朕闻之，心切叹，吁！非自欺乎？又令史立模为言以箝人人之口，指为阴中。朕昨谕内阁云：'大臣不受人言，已有过不能正焉，可正其君哉？'立模之言诌而巧媚，欲悦大臣，不知卿见此谕否？璁未即奉命，反复辩言，朕复下谕，方拟旨行。又黄绾之奏，非忠公为国也，是言也，立党之基也。朕欲重治之，复而思之，绾之言无根据，若罪彼，却似真有这等人而曲庇之也。故令璁票责，谕璁为晓谕。朕复曰：'票责绾之意犹有难辞，朕遂亲作旨行。'彼璁尽忠事君，博见多识，居顾问之允称。可惜者自伐其能，恃朕所宠。呜呼！朕所礼之者，非私恩也，报昔正伦之功。璁当愈加谦逊，谒（注：疑为竭之误）诚图报可也。竭诚者何，推公让贤、谦己容众是也。今却若是，良可叹哉。卿若果于一去，曰'远嫌避谤'，保其终全为善计，朕以为未也。夫既彼攻之，我即去之，恐自此而后仿而为；前进一人，攻之者随之，此风正当今日除去，可使中之也，所留者正欲革此风、制此辈耳。卿果为国尽忠，当于此熟思。若只欲以去为善，是虑国不如虑身也。彼他夕谋之、朝攻之，不足介意，亦不为我政治之害矣。卿其加意而审处哉，慎哉。"一清复惶惧上疏，且谢且请。上固留之，曰："朕以卿为耆硕旧辅，方切倚毗，而卿必欲引退，君臣之义恐弗如是。朕躬多愆，当直言以匡救，何遽舍朕而去？卿其副朕望焉。"（《世宗实录》卷91第2098页）

（嘉靖七年八月）是月，大学士杨一清乞休。初，一清再相，由张璁、桂萼力，既入阁，倾心下二人。而璁终以压于一清，不获尽如意，遂相龃龉。及聂能迁论戍，璁以拟旨轻恨一清，至斥之为"奸人鄙夫"。一清因再疏引退，且刺璁隐情。上手诏慰留，因极言"璁自伐其能，恃宠不让，良可叹息"。璁见上忽暴其短，颇愧沮。（《明通鉴》卷54第1750页）

（嘉靖八年二月）戊寅（注：十二日）初，武定侯郭勋久典兵事，不法奸赃巨万。有知州金辂者，锦衣人也，坐罪充隆庆卫军，勋受其贿，遣人篡取还京。因指挥王臣不从，遂收缚臣及辂以归，臣被掠甚急，用重贿得免。巡按御史赵镗以闻，上诘问勋，勋谢无有。上恶其强辩，下法司议罪，仍谕辅臣杨一清拟旨处分。一清以阁臣中有与勋善者，不敢拟票，请上裁。上报曰："卿以郭勋不道，因朕命拟票，为其难于所拟者，岂无谓乎？勋之过非止此一端，正使众人共讦之，然后服彼之心耳。夫张璁之所以深结于勋者，初因议礼为合故，他不之察也。而霍韬亦与之善，唯桂萼识之者。去年勋与张永争辩，时韬遂责李承勋曰：'汝却不与郭勋同扶持，反与张永同邪？'谓何问于萼，而萼知其嫉承勋，而与之曰：'张永能体敕谕修举戎务，故李承勋与之同。郭勋深忌永，每事自专，故李承勋不为之同。'韬意犹未解，复曰：'郭勋虽不才，然昔日助我辈议礼，焉可不为之相持哉？'萼曰：'以此看来，李承勋专为我辈，于朝廷之计全不以副，可乎？'韬遂无言答，乃实受璁之言矣。朕以尝为璁思之，比与一勋，念昔助议礼之恩，深所卫顾，而于聂能迁之不得其死，是可慨哉。今勋事既露，不可姑息，宜命会官议罪，奏来定夺。又朕记忆去岁言官尝谓'姻连戚里'，指其与陈万言为亲也，故不可姑息以为朝廷之累，当于初二日施行。朕别谕内阁，以使璁知朕意。决治一勋者，正为保全与所交，亦是保全璁耳。彼党与既多，将为国害岂不多？逮所与不可不惜之。待会议奏来，别为议处。卿亦须尽诚布公，岂可以牵制而难？"已而刑部侍郎许讚等上勋狱，当军官犯罪、不请旨及奏事不以实律。上曰："勋受命提督营务，不修职业，专事诛求，威福自恣，怨声盈路。取回钦发军犯，擅罪边卫军官，却又饰词强辩，无人臣礼。本当究治，姑念勋戚世臣，罢其典兵及保傅官阶，令于中府带俸闲住。"（《世宗实录》卷98第2308页）

（嘉靖八年七月）乙未（注：初二日）兵科给事中孙应奎上疏曰："臣惟图治在于

知人，知人当自辅臣始。盖辅臣毗大政、参庶务，必忠厚鲠亮、纯白坚定者乃可任。今大学士杨一清，虽练达国体而情多尚通，私其故旧，此可与谘谋，难独任也。张璁学虽博而性偏，伤于自恃，犹饰励功名，当抑其过而任之。至于桂萼，以枭雄之资、桀骜之性，作威福而沮抑气节，援党与而暗役言官；大私亲故，政以贿成，势侵六官，事多沮挠；上负委任而下贻隐忧，使天下人敢怒而不敢言，特陛下之未察耳。幸鉴别三臣为人之实，以为委任去留之举。"疏入，上曰："一清旧德宿望，朝廷倚毗。近者屡疏乞休，朕未之许，其安心办事。璁务同寅协恭，不宜偏执自恃。萼建言大礼，多效勤劳，既专恣太甚，其洗涤宿过，以体朕怀，以全君臣终始之义。俱视事如故。"已而一清又上疏求去，言"臣等谋议政事，看详奏牍，协心之见固多，龃龉之患不免。或阳诺阴阻，莫测其端；或心知其非，力不能夺。低回逊避，多务包荒，负国之罪，实在于此"。上谕之曰："卿辅导元臣，高年博学，敭历中外，练达政体。屡疏乞休，朕已慰留。鸿胪寺其再往谕朕意，趣出供职。卿宜展布忠诚，尽心匡辅，秉公持正，以为率先，庶副倚毗之重。慎勿再辞。"璁、萼各亦自陈，上谕璁曰："卿性资刚速，或伤于过，宜思所以济者，以协恭辅朕，赞理化机，岂可因言求退。"谕萼曰："卿质任宽迂，因致物论。宜加修饬，以副眷任。有疾善加调理，稍愈即赴阁，其勿辞。"（《世宗实录》卷103第2419页）

（嘉靖八年七月）己亥（注：初六日）大学士杨一清复上疏曰："臣年七十有六，过大夫致仕之期久矣，一宜退。登第拜官五十八年，回视同列之臣，无一在者；乃至门生亲旧，亦复沦谢殆尽，而臣独偓然班行，来日能有几何，二宜退。少患目疾，老而增剧，尪罢之躯，渐成痿废；内阁非养疴之地，辅导非苟容之官，三宜退。自知甚明，岂待人言，且性素疏直，难谐俗好：今之持论者尚多纷更，臣独劝以安静；多尚刻削，臣独矫以宽平；欲变法，臣谓只宜守法；欲生事，臣独谓不如省事；用人则谓才难当惜，断狱则谓罪疑惟轻。凡若此者，其迹诚类乎通，而公是所在，未尝敢挠，因事纳忠，有怀必尽。此惟陛下知之，非外臣所及知也。君臣之间，恩犹父子，伏望矜其愚不录其罪，悯其老俾遂其私。"上答曰："卿屡恳辞，已有旨慰留。谋身者如是，未见谋国如何，岂爱朕不如爱其身邪？宜即出供职，副朕眷注之意。"一清闻命，惶惧不敢复为辞避，以尚病，乞免陛谢。许之，并免外班行礼。（《世宗实录》卷103第2423页）

（嘉靖八年七月）丁未（注：十四日）大学士桂萼再上疏乞休曰："臣感陛下恩，赤心报国，故凡举劾大臣、承袭封爵、罢兵息民、去泰去甚，一切大政，莫不详论极辩，意见之偏，难保必无。至于徇私黩货、背公树党，则皇天后土实所共鉴。但所入告者，一于休养生息，不合同列之议者多矣。臣又思陛下尧舜之主，赫然大有为，百官有司争欲自效；今有百余年宿弊，一旦悉请厘革之者，此廷臣建白、该部议拟、陛下裁断，臣何所与？而弗便者乃侧目切齿，阴嗾于众曰：'某事某建白也，某人某摈斥也'，摇动群情，交构飞语，文致以近似之迹，傅会以暧昧之言。臣拙于谋身，不知形迹之可避；疏于接物，不知背面之不同；祸机藏伏，待时而发，犹且抗直任愚，曾不觉悟。今言者果以'辅臣专恣'独归于臣，身以此为罪，臣复何辞？至谓臣能使'天下敢怒而不敢言'，则臣实恐惧，循省莫知其何所指也。臣何足惜，独上累知人之明，伤国大体，死有余辜。乞许臣去，生免显戮，死得令终，幸甚。"上曰："卿读书见理，但所行事亦须共协商议，勉询公论，合于事情，庶前日之忠不为自负。不必深辩，病痊即出供职，以副朕任用之意。"（《世宗实录》卷 103 第 2427 页）

（嘉靖八年七月）癸丑（注：二十日）礼科给事中王准劾大学士张璁所举通州参将陈璠，桂萼所举御医李梦鹤，皆私人，宜罢黜，且乞戒璁、萼勿私偏比，以息人言。上命所司查奏。初，萼乞休未允，至是璁复称疾。上曰："卿素忠谨，简在朕心。准所言已令查奏，卿不必辩，不得因是推避，负朕所托。"已而礼、兵二部言"梦鹤以考选，璠以荐用，俱非有所援"。上置之，仍命"所取医士恐未精，太医院更考以闻，毋有所避"。（《世宗实录》卷 103 第 2429 页）

（嘉靖八年七月）乙卯（注：二十二日）大学士张璁以旬日间两遭论劾，再疏乞休曰："三让而进，一辞而退，大臣之道也。今为大臣者，能书百忍，甘受万辱，假恩僚属以结其心，纳交科道以灭其口，卒之大道不行、公议不立。有少自树者，则群谤丛至。始臣议礼时，言者无虑数百章，所以甘犯众怒而不忍去者，为典礼之未成也。今圣孝已遂，臣宜去矣。人虽无言，犹将愧之，况有言乎？"上曰："卿学博才优，忠诚素著，朕所简任，非止以议礼一端。且父子天性，方朕冲年寡昧，为人所欺，皇天垂鉴，俾卿开朕心志，赞成大礼，即以此用卿，亦朝廷报功之公典，未为害也。卿其勉尽辅导之职，匡朕不逮，不允辞。"（《世宗实录》卷 103 第 2430 页）

（嘉靖八年八月）丙子（注：十三日）工科给事中陆粲言："大学士张璁、桂萼凶险之质、乖僻之学。曩自小臣赞议大礼，蒙陛下拔置近侍，不三四年位至极品，恩宠隆异，振古未闻。虽捐躯陨首未足以报，乃敢罔上行私，专权纳贿，擅作威福，报复恩仇。璁虽狠愎自用，执拗多私，而其术犹疏，为害犹浅。桂萼外若宽迂，中实深刻，忮忍之毒一发于心，如蝮蛇猛兽，犯者必死。臣请姑举数端言之：尚书王琼，奸贪险恶，在正德间交结权奸，浊乱海内，罪不容诛。而萼受其赂钜万，连章力荐，璁从中主之，遂得起用；乃为之言曰：'使功不如使过，琼虽有过，材不可弃。'昌化伯邵杰，本以邵氏养子，争袭伯爵，人所共知。而萼受其重赂，力为主张，竟使奴隶小人滥膺封爵，勋戚世胄羞与为伍。萼所厚医官李梦鹤，假托进书，夤缘授职；与居相邻，内开便门往来，常与萼家人吴从周及序班桂林，嘱事过钱，道路之人皆知之。又引乡人周时望为文选司郎中，通同鬻选；时望既去，代之者胡森，森与主事杨麒、王激又皆辅臣之乡里亲戚。铨选要地，尽布私人，升黜予夺，惟其所欲。萼典选仅逾年，引用乡故不可悉数：如原任工部尚书、今致仕刘麟，其中表亲也。礼部侍郎严嵩，其子之师也。金都御史李如圭，由按察使一转而径入内台。南京太仆寺少卿夏尚朴，由知府期月而遂亚卿。礼部员外郎张敬，通历律而假以结知，怀金钱而为人请托。御史戴金，承望风旨，甘心鹰犬，此皆萼之亲党，相与比周为奸者也。礼部尚书李时，柔和善逢，狡猾多知。南京礼部侍郎黄绾，曲学阿世，虚谈眩人。右谕德彭泽，夤缘改秩，玷躐青华，此皆阴厚于璁而阳附于萼者也。谄佞之辈相师成风，人心士习败坏极矣。萼等威势既大，党与又多，天下畏之，重足屏息，莫敢公言其非。不亟去之，臣恐凶人之性不移，怙终之恶益甚，将来必为社稷之忧。伏望皇上大奋乾刚，速加诛窜，仍将其心腹及诸阿谀之徒重加惩治，庶几公道昭明，人心痛快。"上览奏批云："朕习（注：疑为昔之误）以大礼未明、父母改称时，张璁首倡正议，奏闻更复后，桂萼赞议。自礼成之后，朕授官重任，盖以彼尽心救正、忠诚之故。今彼既顿失前志，肆意妄为，负君忘义，自取多愆，朕不敢私。张璁仍以本职令回家深加省改，以图后用。桂萼革去散官及学士职衔，以尚书致仕。周时望、李梦鹤、桂林、吴从周令法司逮问。刘麟革去新升职衔，令以原职致仕，不许起用。黄绾、彭泽等并桂萼在吏部所选大小官员，除堪用者弗问，但有私厚不堪用者，吏部会同该科从公查奏定夺。李时安心办事，邵杰、严嵩、李如圭罢。陆粲居言官，何不早奏，坐观至此，乃即上言，非本心之忠也，下法司逮问。"寻命璁驰驿去。(《世宗实录》卷 104 第 2443 页)

(嘉靖八年八月) 丙子（注：十三日）工科给事中刘（注：疑为陆之误）粲劾大学士张璁、桂萼罔上行私、专权纳贿、擅作威福、报复恩仇。……有旨："璁负君忘义，勒回家省改；萼革散官并学士，以尚书致仕。"……吴瑞登曰："璁、萼以议礼得幸，正当退自谦抑，从容自守以需首辅可也。乃相与协谋，务旦夕揽权以逞雄杰之才。连疏攻费宏，宏既去矣，再肆中伤以诉杨一清，一清将不安其位。然卒不能逃世庙之神鉴也。……"(《国榷》卷 54 第 3406 页)

(嘉靖八年八月) 戊寅（注：十五日）上敕谕文武群臣："朕本藩服，以我皇兄武宗毅皇帝青宫未建，上宾之日遗诏命朕入绍大统，以奉天地、宗社之祀，君主臣民。当是时，杨廷和等怀贪天之功，袭用宋濮安懿王之陋事，以朕比拟英宗，毒离父子之亲，败乱天伦之正。朕方在冲年，蒙昧未聪，致彼愈为欺侮。幸赖皇天垂鉴，祖宗默佑，以今辅臣张璁首倡正议，忘身捐命不下锋镝之间；遂至人伦溃而复叙，父子散而复完。厥功具载，匪可泯遗。朕念彼等忠于王事，授以重职，擢居辅导，欲其全君臣始终之义之美。奈何璁等自居官以来，不思图终之难，顿忘谨始之志，自用自恣，负君负国，所为事端昭然众见。而桂萼尤甚。近以言官屡劾，朕不敢私。论法本当置诸刑典，特从宽贷：璁令回家创悟，以资后用；萼夺其散官并学士职衔，回籍致仕；其余党分别区处，庶几恩之中、义之公两尽焉。顾给事中孙应奎、王准、陆粲，居言官之列，有耳目之寄，既知大臣若斯，却乃坐观，至此方行举劾；实非忠爱之本心，亦负朝廷之所任。应奎首为进言，姑免究，并陆粲已究外，王准也令法司逮问。特谕尔文武群臣，令咸知朕意：璁等罪既不可掩，而功尤不可泯。内外大小官员军民人等，毋辄乘此挟私奏扰，敢有违者，重治不宥。尚赖文武群臣协力同心，匡朕不逮。凡近日所行事，有未当者，俱许条奏更正，可行者不许概陈。勿得罔上纵私，仿效为事，事或败露，法典具在，必罪治之。尔礼部便行都察院刊布天下，悉使知之。"（《世宗实录》卷 104 第 2448 页）

（嘉靖八年八月）甲申（注：二十一日）广西道御史王化劾奏："兵部尚书李成勋、王琼，工部左侍郎何诏、刘思贤，南京礼部侍郎黄绾，顺天府尹黎奭，太常寺卿陈道瀛、大理寺左少卿曾直、右寺丞叶忠，兵部武选司郎中刘景寅，云南按察使张祐、佥事樊准皆阿党璁、萼，助报恩仇，纳贿迁官，假作威福。巡抚顺天都御史汪玉，巡抚应天都御史陈祥，巡抚云南都御史欧阳重，巡抚延绥都御史萧淮，右谕德彭泽，编修张衮皆反复小人，倾陷善类，变乱白黑，颠倒是非，俱宜罢黜。"仍自乞诛谴，以为言官不早言事之戒。上命李承勋、王琼、曾玉、陈祥、张衮视事如故，彭泽、叶忠调外任，其余吏部酌议奏请。王化既言事，又认罪，姑置不问。（《世宗实录》卷 104 第 2458 页）

（嘉靖八年八月）丙戌（注：二十三日）十三道御史吴仲等言："总制三边尚书王琼凶恶奸猾，总制两广都御史林富通贿骤迁，礼部侍郎严嵩卑污谀佞，南京礼部侍郎黄绾柔媚奸贪，总督苏松粮储都御史陈祥险恶乖僻，巡抚延绥都御史萧淮狡猾卑污，巡抚顺天都御史汪玉幸迁酷政，顺天府府尹黎奭诙谐狡猾，大理寺左少卿曾直险陋反复、寺丞叶忠阿附忮害，南京太常寺卿方鹏庸鄙猥琐，尚宝司少卿姜清守制预升，右春坊右谕德彭泽行检扫地，中允廖道南奸谀贪墨，翰林院编修金璐趋权通贿；至于待诏叶幼学，吏部郎中胡森，员外郎潘潢、刘一正，主事王激，礼部员外郎张敬，工部郎中丁洪，刑部员外郎张寰，南京刑部郎中刘汝辀，养病都给事中杨秉文、夏言，给事中魏良弼，监察御史储良才、郑洛书、敖铖、刘模、陆梦麟，太仆寺丞姚奎；类皆阿附为非，公论难容，俱宜罢黜。且迩来改选翰林、御史等官，甄别弗精，冒滥殊甚；不次迁擢者，才能未称，资望弗宜，乞敕吏部再加考察，分别等第降调。"疏入，得旨："王琼既屡经论劾，令致仕，别推代之。严嵩、陈祥、曾直、叶忠、彭泽如前旨，并林富、方鹏俱留用。其余吏部酌议去留具奏。人材难得，近来改选及推升官，若非过恶显著，不必泛劾，庶免枉人，且伤治体。"詹事霍韬上言："臣伏见陛下任用璁、萼，真如腹心。璁、萼不善保全，自取黜斥，夫复何言。顾今日之公是公非，关系百世者，臣不敢黜然。臣谨按，璁、萼二臣虽事多专主，然其自视直以为主上如此信任，我虽粉骨碎首亦所甘心，无暇顾避祸福，其心可亮。若杨一清之奸赃罪状，则难以尽言。如纳张永之馈而为之引荐，受萧敬之馈而为其家人求校尉。此犹可言，若去年引门生冯清出镇宣大，交通中盐买窝卖窝，军士激变，科道论劾，遣官往按；而一清遂嗾御史成英奏止之，以掩赃迹；自是边军愈横，边防愈坏，此其纳贿之罪小，坏纪纲之罪大也。知县刘一中考察去官，以书投一清曰：'昔年馈老先生银二千两求行取，今去官矣'；盖欲一清起用之也；一清为作弊，令卖盐取利以偿之，此亦纳贿之罪小，坏纪纲之罪大也。中允廖道南进

《洪范》疏，上感其言，命翰林官轮日入直备顾问；一清恐翰林官在内语及政事，或发其奸，改议翰林官二八日轮两员讲《大学衍义》，仍以大学士一员领之，一以箝讲官之口，一以蔽主上聪明。此其专权之罪小，误主之罪大也。一二年来，灾变屡降，各有事应。为一清者，正宜条陈某灾为某事之应，修省消弭以召太和。乃隐默不言，暗移过失归之主上，俾主上日夕焦劳，莫知为谋。一清又复幸值灾变，暗嗾内官以中伤同列。此其不职之罪小，误国之罪大也。璁、萼每诋一清，一清亦仇璁、萼，积怨已深，党植已分，构谋已密。一清遂鼓嗾言官攻击璁、萼，滥及善类。且一清尝语内臣曰：'张璁、桂萼与霍韬修《大明会典》，查内臣员额，他日额数既定，则将尽革额外冗员矣。'以故内官人人自危，致有今日。彼陆粲、岳伦之疏，皆非其本心，特为一清所诱劫，遂颠倒至是耳。臣姑未尽究粲、伦之说，惟即其害义之大者一二言之：粲之言曰文选郎中周时望、主事杨麟皆江西人也，桂萼亲党也；胡森、王激浙江人也，张璁亲党也。然则陆粲非南直隶人耶，非杨一清亲党耶？又陆粲与侍郎徐缙皆苏州人，陆粲、徐缙又皆王鏊门生；徐缙主考南京，而陆粲中式，律以乡里邻近，则徐缙宜避同门汲引之嫌；律以师门笔砚之情，则陆粲不宜入试。昔陆粲自进其身，则不以嫌疑引避，律人任官则以乡里为讳，何也？岂其明于攻人、暗于省己耶？去年议礼，凡攻璁、萼者皆已得罪，今则附顺璁、萼者又复得罪，如是则百官则安所适从也？臣不能先事调停，致大臣攻击诬及善类，臣之罪固不能辞。且臣与璁、萼俱以议礼进官者，璁、萼既去，臣岂宜独留？乞赐罢黜，仍敕吏部、法司隐核被劾诸臣罪状，果有真迹，即置之市曹，以为奸党之戒；不者亦为辨理，庶为善类之劝。此今日国是之大所宜定者，臣昧死以闻。"上曰："所奏事情，朕已悉之矣。尔昔赞议大礼，忠诚昭著，宜似旧安心办事，不允辞。"（《世宗实录》卷104第2459页）

　　（嘉靖八年八月）戊子（注：二十五日）大学士杨一清上疏乞罢，谓"霍韬以璁、萼之去皆由于臣，诘臣之罪至不容口。果如所言，臣诚无所逃死。臣与璁、萼初甚相欢，比同事久，虽间有异同，旋即如故，二载之间，盖未尝少失和气。韬乃谓二臣每攻诘臣，臣度二臣必不为此。又谓二臣为臣所离间，此则圣鉴自晰，不俟辨也。致谓臣嗾内臣、嗾言官，夫皇上英断御下，岂有左右之人敢进谗说？言官为朝廷耳目，乃听大臣指使，不唯失职，亦不可为人矣。矧孙应奎之奏，臣在劾中，岂亦臣指使耶？初，璁、萼命下，臣与臣銮相顾错愕，莫知其端，因相语'萼之过或有可指，璁之忠岂宜遽弃'？其日皇上亲草敕谕宣示群臣，臣等所以不敢上请留章者，以敕旨方严，恐遽难挽，且聆'还家省改，以图复用'之词，知圣意有在，不敢喋喋尔。比璁与臣别，呜咽无任，盖始终未尝失欢，而韬为此言，何也？至于讦臣奸赃，臣不敢置辨，如得其实，甘伏显戮。臣见韬高文直气，素加推重，但以言多过激，时或议之，盖欲引诸和平，期其远大。岂其怀忿遂至此极，窥人以所无之心，加人以所无之事，肆意诋毁，杳无所根。臣老矣，疾病侵夺，就木有日，愿赐骸骨归"。

上曰:"卿累朝旧臣,才望素著,比者维持议礼。况自召还,匡朕良多,朕深倚任。宜如旧用心辅赞化理,不允所辞。"(《世宗实录》卷104第2466页)

　　(嘉靖八年八月)己丑(注:二十六日)太子太保吏部尚书方献夫言:"近者大学士张璁、尚书桂萼去位,而科道等官论劾其素所与者,咸指以为党,屡下吏部覆奏。臣按,陆粲奏内二十人,岳伦奏内八人,王化奏内二十一人,六科会奏二十八人,十三道会奏三十三人;臣窃详奏内所指,奸恶不容清议者固有,而善类受诬者亦多,一概目以为党,绳之太过,岂不至空人之国乎?且昔年攻璁、萼者既以为党而去之,今之附璁、萼者又以为党而去之,缙绅之祸,何时而已?是宜出自圣断,敕下吏部博稽公论,甄别善恶,不问党与不党,惟考其为人平日何如;果奸险有征,足以害事者,去之;其余迹涉疑似,无有显过者,悉令如旧供职,以安人心,则事无枉滥而国体少全。但臣与璁、萼二臣同为议礼之人,理宜引避,请特命吏部左侍郎董玘等会同九卿堂上官,从公核实奏请。"上曰:"卿言良是。所劾官多诬且泛,一概指以为党,岂不重伤国体?卿职掌铨衡,忠诚直谅,朕所倚任,不必引嫌求避;宜秉公任事,备考诸人素行,务合公论,以为去留。"(《世宗实录》卷104第2468页)

　　(嘉靖八年八月)张璁、桂萼之罢政也。其党霍韬攘臂曰:"张、桂行,势且及我矣。"遂上疏,谓"言官陆粲等受杨一清指使,臣与璁、萼皆以议礼进,二臣去,臣不得独留"。并及一清受张永、萧敬贿。一清再疏辩,乞罢,上慰留之。而是时璁已行抵天津,九月癸巳,遣行人周襌赍手敕召璁还。于是杨一清复上疏乞骸骨,仍慰留之。乙未,工科给事中刘希简言:"张璁、桂萼之去,言官论劾,实出自上裁。而霍韬乃肆为欺谩之词,谓出自大学士杨一清鼓喉言官攻击璁、萼。夫辅臣去留,系国家大事,岂言官为人所使可以击去之耶?孔子谓'少正卯行僻而坚,言伪而辩',韬乃少正卯之流也。愿陛下戒韬以人臣之理,毋得鼓煽私说以惑乱聪明。"疏入,上怒,命锦衣卫逮送镇抚司。辛丑,谪行人司副岳伦为山东主簿,给事中王准为云南典史,工科给事中陆粲为贵州驿丞。癸卯,霍韬疏乞给假省母,不许。时法司治萼私人狱犹未解,韬揣上意已变,狱可反,乃复攻一清,并诬"法司承一清指,罗织成萼罪"。上责刑部尚书周伦不能从公审断,改令三法司会同锦衣卫镇抚司杂议。乙巳,改伦为南京刑部尚书,以刑部侍郎许讚为本部尚书。越五日,讚等议上如韬言"请罢一清令致仕"。上令一清自陈,张璁再上密疏,引一清赞礼功,乞赐宽假,实坚上意,俾速去。癸丑,一清复上疏致仕,许之。(《明通鉴》卷54第1757页)

　　(嘉靖八年九月)癸巳朔(注:初一日)上敕吏部:"辅臣张璁近有旨着回家,今缺官办事,急难得人。朕即位之初,首得璁赞议朕孝,厥后乃获正天伦之序、完父子之亲,皆张璁之力赞成者也。可令复任办事,差行人赍敕守催前来,以慰朕眷注之意。"是时璁始行至天津,行人周襌奉敕谕之曰:"卿以通博之才、贞一之学,首建正议,赞朕冲人,以成大礼。擢卿辅弼,裨益良多。近因人言,乃令还籍,实朕保全之意。今辅导缺人赞理机务,卿即宜疾速返途,勿得推延辞避,匪只误事,且负朕意，卿其钦承。"璁辞谢，得旨："卿忠诚素著，辅朕爱国，效绩良多。近令卿归，以避人言耳。其即复任办事，毋得迁延、违负君命。"璁复上言："皇上召臣之还，盖将责以辅治也。使臣披靡以从众，未免欺君误事，虽进无益；或謇谔以违众，且至构怨灭身，恐将来欲退无及矣。臣之进退实为狼狈，惟圣明察之。"上答曰："卿云于众以从违为难，但当一于持正秉公而已，慎勿过虑。"（《世宗实录》卷 105 第 2471 页）

（嘉靖八年九月）乙未（注：初三日）工科给事中刘希简言："迩者张璁、桂萼去位，虽因言官论劾，实出自皇上神武英断。詹事霍韬乃肆为欺谩之辞，谓大学士杨一清鼓嗾言官攻击璁、萼。夫辅臣去留系国家大事，岂有言官为人所使可以击去之耶？且人之使犬谓之嗾，言官为朝廷耳目，韬乃比之以犬，其轻侮言官甚矣。孔子谓'少正卯行辟而坚，言伪而辩，顺非而泽'，今上有曲全辅世之恩，韬乃启之以衰薄；上有求谏之诚，韬乃启之以猜疑，此正少正卯之流也。愿戒谕韬以人臣之礼惟忠惟顺，毋得鼓煽私说以眩惑聪明，斯不负上知遇，而言官亦无所嫌沮矣。"疏入，上怒，命锦衣卫逮送镇抚司问。（《世宗实录》卷 105 第 2473 页）

（嘉靖八年九月）丙申（注：初四日）吏部尚书方献夫等奉旨详核科道官所论劾党附张璁、桂萼诸臣，除已有旨留用外，如南京刑部尚书何诏，南京礼部侍郎黄绾，顺天巡抚汪玉，云南巡抚欧阳重，延绥巡抚萧淮，太仆寺少卿戴时，南京太仆寺少卿夏尚朴，尚宝司少卿姜清，南京国子监司业江汝璧，右中允孙承恩，翰林院编修欧阳德，都给事中蔡经，给事中李鹤鸣、魏良弼，御史郑洛书、陆梦麟，吏部郎中胡森，员外郎潘潢，主事杨麒、王激，工部郎中丁洪，刑部员外郎张寰，工部员外郎金述，按察使张祐，副使丁汝夔，金事萧璆俱素行无玷。工部左侍郎刘思贤年齿近迈，翰林院编修金璐，都给事中杨秉义，御史刘模、敖铖，太仆寺寺丞姚奎，兵部郎中刘景寅，户部员外郎郭宪，礼部员外郎张敬，南京刑部郎中刘汝輖俱有干清议。御史储良材，待诏叶幼学俱奔竞有迹。金事樊准已经调任，都给事中夏言，御史戴金言事偶失，似无大过。至于桂萼选过大小官，文籍浩繁，无从稽核，请令科道官廉访，果有私厚擅用者，指名参奏，庶事无枉滥而人心不摇。有旨"诏改南京工部尚书绾等俱供职如故；思贤等及景寅等致仕；良材、幼学冠带闲住；准既调任，已之；言屡效忠谠，金亦无罪，俱勿论；他如拟"。总制三边尚书王琼既奉旨致仕，至是因吏部上考议各官疏，复降旨："琼自起用以来，尽心边务，筹画有功，恐代者遽难得人，其令照旧用心办事，毋以人言辞避，致误重委。该部即差人驰示朕意。"（《世宗实录》卷 105 第 2474 页）

（嘉靖八年九月）辛丑（注：初九日）谪工科给事中陆粲为贵州都镇驿丞。初，吏部遵旨降粲云南嶍峨县典史，上怒不已，改谪今职。（《世宗实录》卷 105 第 2482 页）

（嘉靖八年九月）癸卯（注：十一日）詹事霍韬疏乞假省母，因言"臣远离有期，余悃未布。前陆粲劾桂萼纳贿荐用王琼，盖由近日臣僚皆欲倾萼，故借琼以污蔑之。

夫尊虽荐琼，实为杨一清沮止。陛下因臣极力奏荐，乃遂用之。尊荐而不用，臣荐而遂用。今言官不劾臣受赃，而诬尊者，盖尊任事独勇，任怨独多，为众所嫉，故独诬之。使诬尊之计得行，则移以诬臣不难矣。此臣僚之心也，言官之策也。窃闻刑官今犹威逼吴从周、桂林等构成尊之赃罪，盖希望风旨，危人以图全。夫未奉明旨再敕之先，其构此谋犹可言也，今奉再敕，陛下盖已洞知陆粲所言之诬，凡善类多蒙辨雪，乃吴从周等犹被威逼，何也？岂刑官不畏陛下，独畏科道也？岂刑官谓陛下犹可欺侮，奸赃柄臣独不可触也？琼蒙恩起用，在边凡二年，请讨钱粮惟五百二十万而止；一清起用，未到边即奏发太仓银三十万两、盐三十万引，琼有此浪费乎？臣前疏略述一清赃罪，皆有指名，皆有实迹，然犹有不敢尽述者，惧辱国体也。今刑官逼吴从周等证尊赃罪，必将琼与尊逮赴京师同粲面质，乃可辨明有无。臣所开具一清赃罪，乞将一清及赃证人等参提同臣面质，如一清、尊实有赃贿，即显戮于市，为大臣奸污之戒。臣与陆粲妄言，亦显戮于市，为百官欺罔之戒。如刑部党附徇私，亦显戮于市，为百官奸党之戒。如此则法度修明，人心警畏，亦致治一大机也"。疏入，上答曰："尔所言事朕已悉知。近年法官妄构冤狱，自取祸败。屡有旨禁谕，顷又降敕戒百官勿立党邪以伤善类，往往不遵。桂林等奉旨下问，以彰公道；问之既无实情，即当回奏，以俟处断。周伦等乃不从公审鞫，属官陈之良又刑逼招承，任意罗织。此事仍令三法司会同锦衣卫、镇抚司详讯以闻。杨一清位居内阁辅臣之首，乃大肆纳贿，不畏人言，甚非大臣之体。但念系耆旧，法司即会官议奏处置。尔宜即出，用心办事，不准给假。"（《世宗实录》卷105第2482页）

（嘉靖八年九月）癸卯（注：十一日）霍韬疏乞假省母，不许。时法司治尊私人狱犹未解，韬揣上意已变，乃复攻一清，并诬"法司承一清指罗织成尊罪"。上责刑部尚书周伦不能从公审断，改令三法司会同锦衣卫、镇抚司杂议。（《明通鉴》卷54第1757页）

（嘉靖八年九月）乙巳（注：十三日）改刑部尚书周伦于南京，升左侍郎许讚为本部尚书。（《世宗实录》卷105第2485页）

（嘉靖八年九月）戊申（注：十六日）诏致仕吏部尚书桂尊复少保兼太子太傅吏部尚书武英殿大学士，仍旧致仕。（《世宗实录》卷105第2488页）

（嘉靖八年九月）辛亥（注：十九日）刑部尚书许讚等会官议大学士杨一清"官居内阁，秩首辅臣，起自废闲，受国厚宠，正宜清白持身、忠诚奉职。乃晚节昧知止之几，衰年忘在得之戒，大肆纳贿，不畏人言，殊失大臣之体。但系累朝耆旧、内阁重臣，圣明即位之初，首先召用，今其去就实为国体所关。宜将一清罢削官秩，放归田里；或令其休致，以示优容"。上曰："一清历侍累朝，旧臣重望。朕即位之初，首先召用。何乃身任大臣，不顾名节，恣其贪婪，深负朕怀眷之意，法当追究。但念事关国体，辅臣张璁以为涉嫌，三疏奏朕宽处。今屈法从宽，一清着自陈。"初，法司会议疏上，上谕内阁曰："朕惟一清累朝耆旧，朕素礼待，未可以群臣比。

况尝维持伦理，亦与卿璁等相信，同心辅朕。今乃不顾晚节，贪婪无耻，赃迹显著，特以大臣故，下九卿议。朕岂不知古者重大臣，以其近君，但为大臣者每恃之而敢犯法，今当正法而使知警。卿璁必嫌于预此，卿銮其以拟票以闻。"璁乃上疏曰："一清得罪情由，臣曾两请皇上宽法处之。奉旨下法司会议，仰见圣明欲采公论处之以道。兹诸臣覆奏，未奉宸断，重烦圣谕下颁，臣伏读三思，岂一清感愧，臣亦感愧不胜。窃念议礼之初，一清家居，见臣《大礼或问》，极称为正论以释群疑。及臣同席书等被召，一清又尝为书，劝席书宜速北上以定国是。当群议喧腾之时，得老成大臣赞与一言，所助亦不少矣。伏望圣恩体念一清功过所宜相准，特赐宽法处之。况臣复任之初，而一清即有此事；又因霍韬所奏，中外臣工不能无疑。保全一清，实所以保全臣等也。"至是，上答曰："卿三为陈辨，朕知已。杨一清昔赞议礼，不为无功，朕已从宽区处。卿宜安心供职，慎勿介怀，是非曲直，久自明耳。卿宜承朕此意。"（《世宗实录》卷105 第2490 页）

（嘉靖八年九月）癸丑（注：二十一日）少师兼太子太师吏部尚书华盖殿大学士杨一清上疏曰："臣庸陋衰朽，本非致用之具。往者仰承召用，既解边阃之任，仍叨密勿之司，委任优崇，前无与比。奈昏眊之极，不善矜持，交际之间，少存形迹。罪状既著，诛窜何辞？复荷圣慈，不即显戮，容臣自陈，虽天地包容、父母慈爱，不过如此。伏望俯垂矜贷，削职放还，则未死之年，皆上所赐。"上答曰："卿累朝旧臣，朕深倚任。近乃屡疏乞休，情辞切至。特听致仕，仍赐驰驿以归。"一清随上疏谢，又以疾甚不能陛见疏辞。上俱报闻，仍赐白金五十两、钞二千贯、纻丝四表里、衣二袭。（《世宗实录》卷105 第2492 页）

（嘉靖八年九月）乙卯（注：二十三日）夺吏科都给事中刘世扬等、广东道监察御史吴仲等四十九人俸各三月。上以"杨一清有罪，科道官曾无一人言之，非附则畏。令俱从实自劾以闻"。于是世扬、仲等俱具疏伏罪。得旨："我圣祖建置六科十三道，以敷陈得失、纠正官邪。尔等既居言责，自当有闻即告，乃附和畏避，深负朕心。今姑薄责，以后毋得朋谋徇私、害贤媚人，违者治以重罪。"（《世宗实录》卷105 第2494 页）

（嘉靖八年九月）壬戌（注：三十日）大学士张璁以杨一清去任，请"简求节行道义、足以服人心者置之内阁，以为首臣，臣当竭力同心，共图报效"。上嘉其退让，谕以尽心供职，下其章于所司。（《世宗实录》卷105 第2497 页）

（嘉靖八年十月）乙丑（注：初三日）大学士翟銮疏言："詹事霍韬劾大学士杨一清不法事情，内开太监张永馈送金银，闻'杨一清等皆受之'。等之一字，虽未知所指名，但臣备员内阁，与杨一清同官，岂敢自安？乞容休致，终始保全。"上慰留之。（《世宗实录》卷106 第2500 页）

（嘉靖八年十月）丁卯（注：初五日）御史梁尚德上言："顷者诏令不一，人心摇惑。如大学士张璁、桂萼以给事中陆粲论，既宣其过于朝，未几又召璁还、复萼散官。大学士杨一清以詹事霍韬论下法司议，辅臣元老可下法司议罪乎？今春以金辂事罢尚书高友玑，夏又以张柱事罢都御史熊浃；夫过拟一匹夫之刑，而去二大臣，其于国体何如也？况友玑、浃才皆有用，不宜遽弃。夫人君诏令，关百官之视听；大臣进退，系国家之安危。乞俯纳臣言，自今诏令之出必谨，而勿贰于天下；大臣之去无轻，而不伤乎国体。"疏入，上曰："梁尚德沽名奸巧。执法大臣出入极刑，法当重治。若谓匹夫之冤不必恤，非慎人命者，岂告君之言？念系言官，姑罚俸三月。"刑部员外郎邵经邦奏："兹者正阳之月日食于朔，质之《小雅·十月之交》所咏变象悬符，说诗者谓阴壮之甚，由于不用善人，则今之调和燮理之任，得微有皇父其人乎？迩者陛下纳给事中陆粲之言，令大学士张璁致仕，寻复以议礼有功见留，众议汹汹，陛下不之恤也。乃天变若此，安可弗畏？且议礼与临政不同：议礼贵当，临政贵公。正皇考之徽称，以明父子之伦，礼之当也；故虽排众论、任独见，而不为偏。若夫用人立政，则须分辨忠邪，酌量才力，与天下之人共用之，然后为公。尔今陛下以璁议礼有功，乃不察其人，不揆其才，而加之大任，是私议礼之臣也。私议礼之臣，是不以所议者为公礼也。夫礼惟当，乃可万世不易；使所议诚非公礼也，则固可守也，亦可变也；可成也，亦可毁也。陛下果以尊亲之典为至当，而欲子孙世世守之乎？则莫若于诸臣之进退而一付诸至公，厚其赍与，全其终始，以答其议礼之功。然后博选海内硕德重望之质置诸左右，相与讲明励翼，用建正大光明之治，使万年之后庙号世宗，顾不伟与？失此不为，乃过加以非分之任，使之履蹈盈满，犯天人之怒，亦岂璁等福邪？臣抱此区区，窃效茅焦伏质之义，敢不避斧钺，昧死以请。"上览疏大怒曰："经邦谓朕私议礼诸臣，朕惟父子之伦乃万世纲常，诸臣赞议，朕自裁决。今大典已定，未见异议，经邦乃敢肆为妄言，谓礼可守可变、可成可毁，煽惑人心，动摇国是；且自比秦焦茅之谏，其视朕为何如主？殊为讪上无理，锦衣卫其逮送镇抚司严加拷讯以闻，毋得回护。"已，镇抚司鞫上其狱，请下都察院论罪。上曰："此非常犯，不必送拟，令兵部定发边卫充军。"（《世宗实录》卷106 第 2500 页）

（嘉靖）八年（己丑，一五二九）十月朔，日食。刑部员外郎邵经邦上言："《诗·十月之交》，刺无良也。意者陛下以议礼之故，亟用张璁。皇父专权，致召天变，则所议者不为公礼矣。可守也，亦可变也；可成也，亦可毁也。"疏入，帝怒其疏末有引用茅焦语，谪镇海卫，与杨慎等永远不宥。死戍所。（《明史纪事本末》卷 50 第 759 页）

（嘉靖八年十月）癸未（注：二十一日）南京吏科给事中何祉等、山东道御史朱绶等劾奏"翰林院学士席春，太常寺少卿谢丕，太仆寺少卿冼光，光禄寺少卿史道、周文兴，南京刑部主事黄春，广西副使伍箕，两淮运使史绅，右春坊右庶子廖道南，顺天府府尹黎奭，南京礼部侍郎黄绾，总督粮储都御史陈祥，工部郎中丁洪，南京太常寺卿方鹏，太理寺少卿曾直"皆指为大学士张璁、桂萼私党，乞行罢黜。上诏

"春等各供职如故";责"祉等既知,何不早论,乃待今日?所攻者皆赞助大礼之人,不过蹈袭前非,徇私报复。各夺俸半年,都察院仍申明敕谕,晓示中外"。既而春等各自陈乞罢,不允。(《世宗实录》卷106第2517页)

(嘉靖八年十月)己丑(注:二十七日)革刑部郎中陈之良、员外郎王行可职,冠带闲住。初,给事中陆粲,论劾大学士张璁、桂萼信任医官李梦鹤、序班桂林、管家吴从周为之纳贿事,下刑部,逮梦鹤等鞫讯所与萼私状,各首伏。未及成狱,而詹事霍韬为萼讼诬,乃命三法司会审梦鹤等依借声势、罔利行私与萼无与,诏梦鹤、林革职为民,从周论罪如律。以该司郎中等官罗织舍人,下狱拷讯,法司拟之良等杖赎还职。上曰:"顷来刑官专务罗织,屡兴大狱,戒谕不悛。之良、行可敢蹈前非,俱革职闲住。后有犯者,重论不贷。"(《世宗实录》卷106第2520页)

(嘉靖八年十一月)庚子(注:初八日)召大学士桂萼复任。时史馆儒士蔡圻上疏诵萼功,请召还之。上曰:"萼前建言大礼,赞成朕孝,功不可泯。顷以人言,遂令致仕。其亟召还,抚按等官催趣上道。"乃赐萼敕曰:"卿性资笃实,秉心忠诚。先年建言大礼,赞成朕孝,功不可泯。顷因人言,著令致仕,实俾保全。见今内阁缺官办事,特召卿照旧供职。敕至,卿宜上紧驰驿前来,以副朕眷注之怀,勿得辞避迟违。"(《世宗实录》卷107第2526页)

(嘉靖八年十二月)丁亥(注:二十五日)听选监生钱潮等疏请遣使趣大学士桂萼还朝,与张璁共辅政。上以大臣进退断自朝廷,潮等狂率奏扰,法当惩究。又以倡自蔡圻,俱令法司逮讯。(《世宗实录》卷108第2557页)

(嘉靖九年二月)庚寅(注:二十九日)黜巡抚云南右佥都御史欧阳重为民。初,重与桂萼同乡,人有目重为桂萼党者,重乃疏言:"张璁、桂萼、方献夫、霍韬诸臣,当议礼之后,不能为上从容陈说,使异议诸臣或谪或戍,或罢斥去,又有以钦明大狱逐之者。今言者不敢言及所逐之人,以求宽其党锢,而徒于其所用之人概以为党而訾之,不忠孰甚焉。且臣与萼同乡,萼未尝私臣,臣之改用不出于萼,其非党甚明。愿录议礼、议狱诸臣,而革臣今职,则前日之逐臣,以复今日之党议亦明矣。"又言"得沐绍勋所遣百户丁镇家人秦态私书,大抵行贿张璁,乞调旨以庇绍勋也"。因指璁为佞人,欲上斥远之。璁上疏自辩,言:"谴谪大礼、大狱诸臣及赏贷绍勋,皆出自圣断,非臣所与。若私书中所言交关事,请逮其左证验问,以明心迹。"上览重疏,恶之,曰:"重失位怏怏,故为此言,狂妄欺罔,宜置之法。念系大臣,姑黜为民。"又慰谕璁曰:"重意在怨君,诬攻辅臣,陷害忠良。卿不必深辩,且前事皆出朕意,久之自明。第尽心供职,勿虑也。"重又以御史刘臬因回护调官,都给事中夏言因偏徇夺俸,皆以己故,复上疏论救,愿蒙重遣以代言官。上曰:"重意徒怨上无君,市恩取誉耳。"竟如前旨黜之。(《世宗实录》卷110第2612页)

(嘉靖九年四月)丙寅(注:初七日)革原任大学士杨一清职闲住。一清往在陕西,与镇守太监张永同事相善,永之复用也,一清有力焉。及永殁,复为作志。而永弟容乞恩得升锦衣卫指挥金事、兄富为副千户，后富责家人朱继宗侵没贰产，继宗因讦奏永勘事江西时，盗宸濠库金二千两，以其半馈一清，转升容等官职。容随具疏辨，诏下法司推鞫，廉得永存日馈一清生日贺礼金百两，及容求文折仪二百两，无馈宸濠金事。拟容违例乞升，赎徒革职；一清请自圣裁。奏上，诏革容职而贳一清罪，所受金帛，令所司追收入官。既而给事中赵廷瑞等复以为言，乃夺职闲住。（《世宗实录》卷112第2651页）

太监张永之诛刘瑾也，实杨一清为之谋。已，瑾诛，而永遂援一清入阁，二人均有尊主庇民之功，即深相结纳，非为邪也。乃张璁以此嗾攻一清，业去位矣。永既没后，其家人朱继宗上永兄富阴事，词连一清，下法司推鞫，止廉得永存日馈一清生日百金，永弟容求永志文，折仪二百金，此亦大官交际之常，非贿遗也。给事中赵廷瑞阿璁意，复以为言，乃夺一清职，令闲住。（《世庙识余录》卷6第20页）

（嘉靖九年四月）己卯（注：二十日）原任少保兼太子太傅吏部尚书武英殿大学士桂萼至京，命照旧办事。（《世宗实录》卷112第2663页）

（嘉靖九年九月）甲寅（注：二十八日）原任少师兼太子太师吏部尚书华盖殿大学士杨一清卒。一清，云南安宁州人，徙居丹徒，幼以奇童荐为翰林院秀才。成化八年登进士，授中书舍人。历按察金事，提学山陕，入为太常少卿，提督四夷馆；南太常卿，升左副都御史，督理陕西茶马。会虏警急，复改巡抚陕西，升右都御史，总制三边军务。以事忤逆瑾，逮诏狱，罢归。寔镨反，诏复原职讨贼，因留镇陕。瑾诛，召入为户部尚书，加太子太保。改吏部，加少保，寻加少傅兼太子太傅武英殿大学士，入阁办事，俄致仕。嘉靖初，虏大入塞，掠关陇，起为兵部尚书兼右都御史，少傅兼太子太傅如故，提督陕西军务。未几。召还内阁，加少师，改华盖殿。久之，致仕，寻削秩，至是卒。一清识量宏远，有文武长才，沉几先物，果毅好谋，投之艰大，绰有余裕。其功烈，在陕最著。尝创修花马池边墙，图复河套，及拟剿逐西海遍房，皆画有成算，事多未竟。张永之奏诛刘瑾也，谋出一清，故以永荐入内阁，为言者所诋。嘉靖初，大礼议起，一清见张璁《大礼或问》而是之。于是张、桂力加荐引。已而上顾遇一清渐隆，委以心膂，一清亦尽心赞翊，一时庙议殊有可称。是时张、桂既柄用，一时新锐喜事之人争趋附之，多所更建，一清每引故事稍示裁抑，其党积不能平。比张、桂去位，詹事霍韬遂谓一清陷之，乃极力攻一清，诬以赃罪。一清既去，复兴告讦狱，证成其事，诏革职，疽发背而殁。殁之前数日，犹为疏自解，言"身被污蔑，死不瞑目"。上闻而悼之，令法司释赃罪勿问。十二年以恩诏例复其官，至二十七年，始赐谥文襄，赠太保。（《世宗实录》卷117第2778页）

（嘉靖九年四月）丙寅（注：初七日）夺大学士杨一清职。初，一清与故太监张永善，至是，张璁等憾一清不已，乃构朱继宗之狱，坐一清受永弟容金钱，为永志墓，又为容请世袭指挥。诏革容职，而贳一清勿问。已而，给事中赵廷瑞等复希璁批指劾之，遂有是命。一清大恨，曰："老夫乃为孺子所卖。"疽发背卒，遗疏言：

"身被污蔑，死不瞑目。"上闻而悼之。（又按：朱继宗，张永家人也。证之《实录》，继宗讦奏永勘事江西时，盗宸濠库金二千两，以其半馈一清，转升容等官职。下法司推鞫，得永存日，馈一清生日贺金二百两，及容求志墓折仪银二百两，并无馈宸濠金事。此继宗狱之本末也。）（《明通鉴》卷55第2057页）

（嘉靖十二年十月）癸酉（注：初四日）诏复故少师兼太子太师吏部尚书华盖殿大学士杨一清官。先是，一清坐张容事削籍，未几疽背发卒。至是，其孙中书舍人元援恩诏陈乞（注：以皇第一子生大赦天下），上念一清尝有劳于国家，特许之。（《世宗实录》卷155第3500页）

（嘉靖十三年十一月）辛巳（注：十九日）初，童源告故太监张永弟容不法，并讦永坟建造违制，及碍皇城龙脉。诏下所司，勘报永坟与风水无碍，第侈忕越制。诏损减如式，事竣久矣。至是，容奴郭禄者为容所逐，思有以倾之。乃祖源故智，诬称永坟犯龙脉，容不行迁改，去岁又将妻陈氏窃葬兆内，致哀冲太子不永；令其子郭麒牒锦衣卫带俸指挥阎纪所，使之转奏。纪，丽妃阎氏父也。上览而恶之，以其疏示辅臣曰："此疏甚无谓，人命定自天，矧积后人福，则在祖、父为之，顾朕不逮皇祖、皇考深仁厚泽耳。诚如纪言，则举皆可以如是也，有是理耶？"辅臣张孚敬等因奏："近年京师无籍小人，竟为刁辞，挟诈人财。锦衣卫虽现任官无受词例，纪系带俸，乃受郭麒告词，为之转奏，其为郭麒主使甚明。此风若渐长，未免有伤皇上平明之治。请严治之。"得旨："郭麒胁诈害人，主使阎纪渎奏，其令法司逮讯，从重问报。纪姑贷。"禄计穷，乃复具疏讦永如纪奏，且诬其与亲王交通，中有大奸；令妻陈氏衣男子服，怀疏阑入午门前，为麒申冤。诏镇抚司执付法司，如前旨从重拟报。法司乃论禄、麒及诸朋谋奸首俱发边卫充军。诏如拟。始郭勋以张永故，有憾于杨一清，乃乘霍韬劾奏一清，使永奴朱继宗告容，为飞语流禁中；容与一清俱得罪，继宗宥不问，自是告讦遂炽。至此，容凡三被奴告矣。事初闻，众惴惴，惧兴大狱。赖上圣明，察其诞，置诸奸重典，中外大悦，而告讦之风少衰。（《世宗实录》卷169第3699页）

六、张福案

嘉靖八年七月初一日，张福杀母案告结。初，京师民张福诉其母为里人张柱所杀，东厂以闻，嘉靖帝将其下刑部审问，坐张柱死罪。张柱不服，而张福之姐与其邻皆指证是张福杀了其母。帝复命刑部郎中魏应召鞫之，改坐张福杀母罪。而东厂坚持原审，奏法吏错断。帝信之，怒应召擅出入人罪，命三法司及锦衣卫镇抚司将其逮问，且覆查此案。都御史熊浃以"应召已得情"，上议如初。帝以浃徇情曲护，将其解职，令对应召与柱等皆拷讯。侍郎许讚以下皆惶恐谢罪，工科给事中陆粲、刘希简激争之。帝坚不疑人间会有杀母诬人之事，而镇抚司故附东厂中贵，其言又易入；刑部侍郎许讚又不敢争；且张柱实武宗皇后夏氏家仆，是时，帝因议礼方疾孝宗、武宗两皇后家，故必欲杀之。遂大怒，以会问未报，陆粲等妄言，俱下锦衣卫拷讯。其后讃等竟如原拟，以张柱抵死，应召及干证俱发边卫充军，杖福之姐百。以浃尝赞议大礼，令革职闲住。

资料摘录：

（嘉靖八年七月）甲午朔（注：初一日）初，京师民张福诉其母为里人张柱所杀，东厂以闻，下刑部，坐柱死。不服，而福之姐与其邻皆证为福自杀之也。复命刑部郎中魏应召鞫之，罪改坐福。而东厂执奏，语连法吏。上怒，以应召擅出入人罪，命三法司及锦衣卫镇抚司逮问，且覆按其事。都御史熊浃谓"应召已得情"，议如初。上意浃徇情曲护，褫浃职，下应召与柱等皆拷讯。侍郎许讃以下皆惶恐谢罪，工科给事中陆粲言："狱者，天下之大命也，一成而不可变，故圣王慎之。今张福之母之死，自东厂、锦衣卫讯则罪在张柱，为斗殴杀人，绞。自法司讯则罪在张福，为子杀母，凌迟。夫杀母，大恶；凌迟，极刑，陛下疑而慎之，是也。然近从法司会审，自福之亲族、邻里，咸证逆状，而其姐痛愤发于至情。浃等既据此定狱，犹未敢决，请再会审，盖慎之至矣。宜令拘集证佐，隔别审问，参互考验，则杀人之狱必有所归。而乃蒙严谴总宪大臣，且不免其余，谁敢自保？如近日会审，侍郎许讃则嗫不发言，少卿曾直谀辞附和，侍郎闻渊、寺丞简霄俱辞不出，此无他，人务自全也。且东厂、锦衣卫，诏狱所寄，兼有访察之威，人多畏惮，一有所逮，法司常依案拟罪，心知其冤，不敢辩理。而今敢与之争者，实恃圣明在上，能容臣子守法故也。陛下独何诘责之深哉。风纪大臣议狱，一不当意，斥而去之若胥吏，然无乃伤国体乎？臣又恐法吏以浃为戒，无所匡正。弘治时，郎中丁哲辩乐工之狱，敬皇帝不以为然，因罢哲。有小吏徐珪为哲讼，敬皇帝辄召哲还，并珪录用之，帝王之盛节如此。臣愿陛下霁威严，降温旨，令讃等虚心研问，则守法者无所顾忌，而刑罚清矣。"工科给事中刘希简亦上疏曰："狱情幽隐，听之实难。今诏辞严切，臣恐群臣妄意风旨，所当不实，则群臣之罪愈深。夫部院厂卫俱为一体，秉公为国，则无异同。愿明敕在廷，俾勿疑忌，勿主先入之说，勿执一人之见，务平其心，以得其情，庶几罪人无误入之冤而国是明，大臣无观望之过而国体重矣。"上大怒，以会问未报，粲等妄言，俱下锦衣卫拷讯。其后讃等竟如原拟，以张柱抵死，应召及干证俱发边卫充军，杖福之姐百。谓浃尝赞议大礼，姑令革职闲住。（《世宗实录》卷103 第2417 页）

京师民张福诉里人张柱杀其母，东厂以闻，刑部坐柱死。不服，福姐亦泣诉官，谓母福自杀之，其邻人之词亦然。诏郎中魏应召覆按，改坐福。东厂奏法司妄出入人罪，帝怒，下应召诏狱。浃是应召议，执如初。帝愈怒，褫浃职。给事中陆粲、刘希简争之，帝大怒，并下二人诏狱。侍郎许讃等遂抵柱死，应召及邻人俱充军，杖福姐百，人以为冤。当是时，帝方疾孝、武两后家，柱实武宗后夏氏仆，故帝必欲杀之。（《明史》卷197 第5216 页）

京民张福诉其母为里人张柱所杀，东厂以闻，下刑部，始坐柱死，不服。已，福之姐与其邻皆以福自杀之也。复命刑部郎中魏应召鞫之，罪改坐福。东厂执奏，语连法吏。上怒，以应召擅出入人罪，命三法司及锦衣卫镇抚司逮问，且复按其事。都御史熊浃谓应召已得情，议如初。上意浃徇情曲庇，裭浃职，下应召与柱等皆拷讯。侍郎许讚以下不胜惶恐，遂承风旨，反其狱，于张柱如初拟，应召发边戍，浃革职闲住。给事中陆粲、刘希简力陈其不可，弗听。盖上天性素笃于亲，初不疑人间有杀母诬人之事。而镇抚司故附中贵，其言又易入；而讚等复非骨鲠之臣，故隐忍迁就，竟陷主于失刑。（《世庙识余录》卷 6 第 2 页）

七、夏言案

嘉靖九年七月十九日，工科都给事中赵汉因上言桂萼、翟銮称病不去位，张璁专权内阁不荐贤，不称帝意，被夺俸一月。左给事中孙应奎上言吏部尚书方献夫私任亲故冼光、彭泽，方献夫辩称"光、泽与臣同乡，初非亲故"；又称冼光是"汪鋐言其可推金都御史"，而彭泽"特以议大礼，为群情所猜忌"。嘉靖帝优诏褒答，谕令勿辨，但从吏部所请，改冼光南京太仆寺少卿。汪鋐即上疏言冼光足称都宪，"恐不当以言官之论而辄调之。"帝又从鋐言，令光视事如故。于是，次日都给事中夏言亦劾奏方献夫任用官员坏祖宗成法：如将浙江参政黄卿调任陕西，而以温州兵备副使党以平代卿，又以温州知府丁瓒代以平，一时变置上下若弈棋。且此变无他故，只是以张璁的喜怒而定。又将在任的广东佥事刘乔作死亡处置，派员补缺；得知有误又不改正，反将刘乔升任广东副使，易置名器有同戏剧。疏末复有"参照尚书方献夫引用乡曲，布列两京，大开私门，颇彰贿迹。再照少傅张璁，喜怒任己，好恶咈人，擅易天子之命吏，阴使效力于私家"等语，且自请"放归田里，以消众怒"。帝令张璁、方献夫安心供职，又令"今后用人务合公论"，并将黄卿等新任官职作罢，令仍以旧官供职。此时夏言因助帝更定祀典，颇得帝意，于是张璁上疏自辨，称与夏言素有嫌隙，又揭夏言嘱李时求升詹事及报复议大礼之恨等情。帝温旨慰之，以夏言只是偶以郊礼议合正论而用之，且称"至于报复大礼之恨，亦任彼为，明则天下后世自有公议，幽则鬼神察之"。方献夫亦上疏，辩称"黄卿之调，诚得之璁言，然璁为地方计，非私也"。又称夏言疏中"辄云参照臣罪，且照及辅臣张璁，辱又甚矣"；并请休致。帝复优诏慰留。已而夏言上疏辨张璁诬其嘱李时求升詹事事，称已与李时面证。又揭张璁欲曲致其露泄密谕之罪，实是张璁自录御札一道而告之。并辨方献夫论不当用参照二字，是其"昧于事体"。疏上，帝报闻，且令"尔宜用心供事，副朕任用之意"。又复谕方献夫，令黄卿等皆如前拟供职。

八月初八日，给事中薛甲上言四事，其一为正习俗以明体统，指今日倾危之习，"以股肱耳目之臣，而使人得以指摘媒孽，窃恐下陵上替之患不知所止"。帝以其奏下所司看详，吏部复称薛甲言悉当，可采行，"请敕都察院严禁官吏军民诽张乱政者，仍行两京科道及在外抚按官，今后论事必先大体，论人无责小疵，毋伺察间隙以快私，毋苛举细故以逞讦，毋傅至难明之情污人以不根之谤。"议上，报罢。于是刑科右给事中饶秀劾薛甲阿附便佞，称近时"言官未闻有敢议大臣者，独给事中夏言与孙应奎、赵汉三臣，议辅臣不职，及于张璁、方献夫等耳"。"如甲之议，必欲皇上端拱于上，大臣横行于中，群臣缄口于下"；请"亟责甲，以为巧言误国之戒"。帝命吏部再议，薛甲复上疏自理，帝怒其不俟部议辄先奏辩，令降二级调外任用。吏部以甲已奉旨处分，不复更议。帝责其延缓，令置对，乃夺尚书方献夫等俸一月，司官等俸二月，遂补薛甲湖广布政司照磨。

嘉靖十年七月初一日，吏部侍郎徐缙为人所讦，太常卿彭泽欲谋去之而代其位，乃伪为徐缙手书，具黄精白蜡遗大学士张孚敬，以激怒之。孚敬果奏上，将缙劾去，吏部亦以彭泽名上。而此时帝心固以此缺属夏言，遂不允，故泽又思所以陷害夏言。时夏言数以事忤孚敬，孚敬不能堪，以上意方向之，未有以中也。彭泽以议礼故结欢张、桂，孚敬遂倚为腹心，谋所以倾陷夏言。行人司司正薛侃，与夏言、彭泽俱正德十二年进士，自以司正不与考选，无言事之日，乃特为一疏，以帝久乏嗣，请于亲藩中迎取一人入京为守城王。侃为是疏且一年，初以示光禄卿黄宗明，宗明劝勿上。一日，出示泽，泽怀其稿以告孚敬曰："储事，上所讳，而侃与言同年，若指侃疏为言所为，则罪不可解矣。"孚敬以为然。泽寻语侃："张少傅喜公疏，谓'国之大事，其亟上，当从中赞成之'。"乃与约定上奏之日，孚敬因先录侃稿以进，谓出于言，且云："编修欧阳德见其疏，亦以为可进。"又引中允廖道南谓"言交结江西王府有迹"，请帝且勿发，以待疏至。已而侃犹豫，欲止其事，泽数趣之。于是，七月初七日，薛侃上言："乞查复旧典，于亲藩中择其亲而贤者，迎取一人入京为守城王。"帝果大怒，责薛侃狂妄奏渎，大肆奸恶，令法司会文武大臣及科道官，逮至午门前拷问明白，并追查主使者。帝御文华殿，首召孚敬问状，对如初。次召言，以疏示之，问可否，言对曰："陛下春秋鼎盛，前星方耀，此谕不可行。"帝犹疑其诈也，命出对讯。及出，侃已械至，群臣开始会讯。言尚不知意在害己，仍就列听讯。时刑部尚书许赞、都御史汪鋐方被论，闭门待罪者数日，至是孚敬趣其出以助己。孚敬首讯此疏是谁主使，侃虽备受拷掠，坚言"己所自为，无主者"。既累日，词不具，彭泽乃微词挑之，使引言；侃瞑目曰："疏吾所自具，趣我上者，尔谓张少傅则然，于言何与？"孚敬曰："访得夏某与汝同谋，何不明说出？"侃曰："夏某虽同年，久不会面。此奏乃彭泽问过老先生，以为可行，乃进。"汪鋐乃攘臂谓"若不是夏某同谋，我即与你拜城隍"。夏言拍案大骂"奸臣设谋，谗害忠良，此本出自汝意，反以诬我"。几欲殴鋐。给事中孙应奎、曹汴乃揖孚敬，令回避。孚敬怒应奎等，即上疏言状，帝并下应奎、汴于狱。孚敬势焰薰，莫敢与抗，夏言忠直激发，奋不顾身，骂不绝口。孚敬遂趋入左掖门，欲面奏。夏言亦排闼随之，偕至文华殿前，内使以上方御榻少息，令毋扰。孚敬不得已，入阁具奏。夏言即于史馆上疏，及归私邸，有旨拿问下狱。帝时已略知真伪，故谕"夏言不必加刑"，复命武定侯郭勋、大学士翟銮，同司礼监官会府部九卿、科道、锦衣卫官用刑鞠于廷，具得其状；回奏薛侃疏实出其己意，所引夏言是彭泽附会辅臣欲以此中言，泽与侃俱宜重处。夏言因上疏诋彭泽之造谗、汪鋐之党恶，帝乃释言，并出孚敬密疏二示群臣，斥其忮闳。于是御史谭缵、端廷赦、唐愈各疏劾孚敬、鋐、泽等。明日，帝敕谕三法司严处此案，责张孚敬"初以建议大礼，朕特不次进用。既而被人弹劾，有旨令其省改，却乃不慎于思，闳悛于性。朕以心腹是托，奚止股肱而已；望以伊傅之佐，岂惟待遇是隆。乃昧休休有容之量，犯戚戚媢嫉之科，殊非朕所倚赖；专于忌恶，甚失丞弼之任。难以优从，着致仕去"。夏言赦而不问，彭泽充军山西，薛侃纳赎为民。七月十二日，都给事中赵廷瑞劾汪鋐会讯薛侃事，党附权臣，诬陷人罪。帝责廷瑞而宥之。已而，给事中雒昂、陈守愚、陈侃，御史李宗枢、朱廷立各疏劾鋐。帝怒，以"言官畏忌，先期不即举奏"而夺昂等俸各一年、数月不等。汪鋐以被论乞休，帝不允。

九月初九日，巡按直隶御史张寅论张孚敬"谗邪蠹政，上干天和，下失人心"；虽去之犹不足惩后，"宜追夺所赐御札、诰命、银图书，毁其堂楼、书院，徐议其罪，而明正其法"。又言汪鋐"阴贼险狠，卑污苟贱"，请亟罢黜。帝责张寅"肆意劾奏，明是挟私报复"；将其谪为山东高唐州判官。

资料摘录：

（嘉靖九年七月）丙午（注：十九日）工科都给事中赵汉言："桂萼、翟銮称病三越月，未尝恳辞去位，不免鰥旷之讥。张璁久预机务，未闻求贤共济，不免专权之失。若在萼有复悚之戒，在銮有伴食之诮，在璁有夬履之嫌。则有不暇深论者，乞谕萼、銮亟以病去，仍简用两京大臣及家居者旧有才德者，以分璁之责任，庶大臣之礼重，而朝廷体统亦尊。"上责汉疏中误书"聪"字，且谕璁毋事引避，命中使召之。璁赴阙疏谢，上复褒其忠诚，勉以尽职。璁因言："内阁缺员，已上奏请，臣之心惟圣明知之。汉之忠于君谋，当令其疏名以进。臣之庸劣，乞赐退避。"上曰："卿尝请增用阁臣，朕已知悉。赵汉谗间之辞，不必介意。"即令汉举其所言者旧才德者。汉言："臣见陛下日应万机，赞理之助尚在多贤，是以冒昧论列，欲璁引贤共济，因概及两京大臣中必有可用者，初无私主。"上复责汉故违诏不以实对，仍促其以名上，汉对如前，且言："辅臣重任，简命出自朝廷，即有畴咨，亦非小臣所敢干预。"上乃宥之，止夺俸一月。萼、銮亦各引疾求退，上俱不允。左给事中孙应奎言："方献夫当铨衡重任，宜秉公持正，以式百僚。乃于用人之际，不计年资，惟私亲故。衰老如洗光，献夫友也；卑陋如彭泽，献夫亲也。二臣资望未协舆情，而献夫今日推光，明日推泽，庙堂之上，顾岂乏贤，而以若人进？恐自此幸进者多，而守己之士将俛首下僚、无自表见矣。"上曰："彭泽乃朕所自简者，亦以四夷馆责任稍轻，故特用之。但部臣拟升太骤耳。洗光令改用。"方献夫言："光、泽与臣同乡，初非亲故。光历知县、御史，所在有声绩，居乡孝友。汪鋐言其可推金都御史，臣犹引嫌，乃首推林有浮，而以光次之。至若泽之为人，则举实兼茂，士论共与。特以议大礼，为群情所猜忌，太常之推，亦非越次，臣非有私也。"上优诏褒答，谕令勿辩。已而吏部拟改光南京太仆寺少卿，报可。汪鋐言："光之推，实由于臣。臣素知光，足称都宪，故特言之献夫。然而光诚贤也，恐不当以言官之论而辄调之。"上复从鋐言，令光视事如故。丁未（注：二十日）都给事中夏言亦劾奏"方献夫引用憸邪，坏祖宗成法：如浙江参政黄卿，为少傅璁所不悦，辄有陕西之调，而以温州兵备副使党以平代卿，以温州知府丁瓒代以平。卿无他故，以一大臣私怒而斥之；以平与瓒履任未久，以温州故而改补之，一时变置上下若弈棋，然以平及瓒则得计矣。卿何罪焉？既私其乡人黄芳为卿于南京，而兹者太常卿缺，以彭泽补之。泽之邪回见于言官所劾者具在也，顾得逾等躐升，实献夫欲以泽为赤帜，将尽钳天下之口耳。广东佥事刘乔，见任在官，该部误闻其死，谩不加省，而代以员外郎吴翀；既知其非，乃不自检举，而复升乔广东副使，且额员皆足，未有见缺，而易置名器有同戏剧。他如以进表回任者，不逾岁而升迁殆尽；考绩者未出都门，或至中途，而升迁者十常六七；吏部外补及左迁者，无不得美官。知县林初，广东人也，贪酷有声，反推州守。判官吴爵，彭泽亲也，以吏胥而得通判，此其交通贿赂之迹又有可疑者矣"。疏末复有"参照尚书方献夫引用乡曲，布列两京，大开私门，颇彰贿迹。再照少傅张璁，喜怒任己，好恶咈人，擅易天子之命吏，阴使效力于私家"等语，且言"陛下万一以臣为诋斥庙堂，亦乞放归田里，以消众怒"。上曰："彭泽系朕点用。张璁、方献夫令安心供职，勿得辞避。今后用人务合公论，黄卿等仍以旧官供职。"于是璁上疏言："臣与夏言素有嫌隙，今日所以咎臣者，亦有所自。曩者吏部推言为金都御史，时言因人言辞免。一日，李时语臣曰：'夏给事，朝廷今日虽准其辞，待郊坛礼成，将大用之。朝廷称其才不但可为金都而已，此夏给事自传言与人。'臣闻之愕然。近者霍韬以忧去，时复语臣曰：'夏给事欲乘此机推补詹事，已托严侍郎来致其说。'及臣等推顾鼎臣而不及言，言咎臣深矣。参政黄卿，用刑过当，臣乡民多冤之，臣有所闻，尝语献夫。至于党以平、丁瓒之推，吏部自有常格，简用出自朝廷，非臣所常与也。且陛下处臣辅弼之地，凡人才贤否，皆当与闻，况官于臣之本乡者乎？如言所奏，必将使臣如暗如瞆，一无臧否，自此内阁、吏部职守，当尽归言矣，则将焉用臣等哉？"上曰："卿竭诚尽忠，以辅国家。夏言偶以郊礼议合正论，及勘山西事情，多所陈奏，故朕因其辞职，特赐谕其才不止为金都御史耳。昨言论卿等疏末云云，夫言，言官也，职在论列，岂可又怀疑忌？其情伪朕皆具知，故朕昨谕卿云'若我君臣生疑，各自深辩，是动中人之计也'。至于报复大礼之恨，亦任彼为，明则天下后世自有公议，幽则鬼神察之。朕与卿等当益思勉修职业，以副皇天所命，不必介意。黄卿待朝廷再访裁处。"璁又言："献夫所以遭言之言者，实臣招之也。献夫尝作书遗臣曰：'夏言自攻霍韬之后，每悻悻语人云：决不与此辈并立。'臣答之曰：'韬自获罪于君父，非言所能攻。即使言承皇上信任之时而阴为前人行报复之计，言之姓名已大书于《明伦大典》，天下后世自有公论。'今乃不据是非，以泄忿怒如此，果大欲启衅发端矣。使臣果欺陛下，义当与献夫同坐罪也。"上复温旨谕之。方献夫亦上疏言："黄卿之调，诚得之璁言，然璁为地方计，非私也。党以平、丁瓒之推，乃循常格，以为璁指使，以为臣私，尤非也。"亦请乞归。上曰："卿昨以孙应奎言求去，已有旨矣，不必深辨。"献夫复言："言官论列，止宜就事论事。法曹书狱，乃有参照等语，谓之断案。且大臣予夺出自朝廷，非奉诏逮问，不得具参语。而言疏辄云参照臣罪，且照及辅臣张璁，辱又甚矣。言平日疑臣、忌臣之心已见于奏劾霍韬之疏，言云为韬辈侧目。韬辈者为谁？指臣与璁二三人耳。前举言为金都御史，臣尝力荐其才，何尝侧目之，而顾忌以加之罪乎？"上复优诏慰留。已而夏言言："张璁诬臣嘱李时求升詹事，复嘱严嵩转请。昨扈从南郊，得与时面证，时白臣未尝有此言，及嵩亦无所嘱，都御史汪鋐、侍郎蒋瑶及中贵武臣皆预闻者。即曩者臣荐金都御史李如圭，陛下命以臣代之，臣援包拯劾宋郊故事，以避蹊田夺牛之讥。詹事乃韬旧官，臣尝劾韬，顾可蒙是讥乎？金都御史乃风纪重臣，视詹事未可轩轾，臣何故于已得者辞之，而求其不可者乎？今时与嵩固在，陛下试讯之。至又揭臣辞职谕璁之旨，以为臣传与人，盖欲曲致臣罪，谓不当露泄陛下密谕于外耳。然当时璁自录御札一道谕臣，臣因时之问而直告之，意以为此非不可对人言者，岂无故而辄以告人哉？至献夫论臣疏不当用参照二字，夫纠劾大臣、参驳章奏，皆臣等所司。故劾曰参劾，论曰参论，奏曰参奏，驳曰参驳，看曰参看，行曰参行。至举正各司欺蔽，惟曰参照、为照、再照。献夫昧于事体，以臣为不当言，不知何所据也？"上报闻，且曰："尔宜用心供事，副朕任用之意。"彭泽疏辞乞解职，上不允。后上复谕献夫曰："黄卿粗暴成性，地方怨之，本当别处，且并党以平如前调用。夏言妄言奏扰，辄行参照大臣，本当究治，但念言官，亦其职务，故已之。今后务宜慎于事体，以副朕任用。"献夫复以丁瓒为请，上令瓒同黄卿等如前拟供职。（《世宗实录》卷 115 第 2728 页）

（嘉靖九年八月）乙丑（注：初八日）给事中薛甲上言四事："一扩茹纳以来忠谠。草茅之言，不识忌讳，率尔敷奏，或失和平；倘罪罚一行，人怀畏沮，不咎己感格之无术，而疑陛下听言之未至。乞曲赐优容，以作敢言之气。一正习俗以明体统。昔在先朝，权臣窃柄，正气销亡，諂（注：疑为"谄"之误）比成倍。至于今日，遂矫而成倾危之习。如刘永昌以武夫而劾冢宰，张澜以军余而议勋臣。夫以股肱耳目之臣，而使人得以指摘媒蘖，窃恐下陵上替之患不知所止。今之议者未悉此弊，犹复毛举细故，未免推波助澜。愿略苛细之言，以存廉远堂高之义，使小人之攻讦无自而入。一勤延访以尽人材。凡中外臣工章奏，苟有可取，时或召见，以质所闻；则政治得失、生民休戚与人材之短长，皆可参互而知。一养和平以凝天休。陛下宵旰之余，尝游神于文艺之末，玩心于制度之微，考订折衷，悉求精当。然恐用心太过，劳弊精神。夫人君执要，人臣执详，法制文为之详，可无待于陛下之亲为者。伏望息虑凝精，提纲执简，以养和平之福。"上以其奏下所司看详，吏部覆"甲言悉当，可采行。至谓正习俗、明体统，尤深切时弊。请敕都察院严禁官吏军民诪张乱政者，仍行两京科道及在外抚按官，今后论事必先大体，论人无责小疵，毋伺察间隙以快私，毋苟举细故以逞评，毋傅至难明之情污人以不根之谤。"议上，报罢。于是刑科右给事中饶秀劾"甲阿附便佞，甲所谓正习俗以明体统者，其言若是，而其意则非。近时自刘永昌肆言后，言官未闻有敢议大臣者，独给事中夏言与孙应奎、赵汉三臣，议辅臣不职，及于张璁、方献夫等耳。夫汉之言出于无故，已蒙圣明诘谴。至于言与应奎之言，皆系用人、行政之失，而甲概之以为毛举细故，则言官之于大臣，必将无一言已乎，必至于大谴大何而论列之乎？祖宗之法，凡上言大臣德政，皆处极刑，而甲乃称颂大臣不已，甲于辅臣等，犹曰门生座主云耳。若郭勋贪纵之迹，彰彰明著，而甲亦不欲人言其失。如甲之议，必欲皇上端拱于上，大臣横行于中，群臣缄口于下；万一有匪人厕其间，而使言官习于泯默，是甲以一言病天下也。乞皇上亟责甲，以为巧言误国之戒"。上命吏部再议，甲复上疏自理，上怒其不俟部议辄先奏辩，令降二级调外任用。吏部以甲已奉旨处分，不复更议。上责其延缓，令置对，乃夺尚书方献夫等俸一月，司官等俸二月，遂补甲湖广布政司照磨。
（《世宗实录》卷 116 第 2747 页）

　　（嘉靖十年七月）戊午（注：初七日）行人司司正薛侃上言："祖宗分封宗室，留亲王一人在京司香，俗呼为守城王，有事或为居守，或代行礼。其为国家虑，至深远也。列圣相承，莫之或改。正德初，逆瑾怀异，遂并出封。乞查复旧典，于亲藩中择其亲而贤者，迎取一人入京为守城王，选端人正士为辅导。他日东宫生长，其为辅王，亦不可缺。如有以次皇子，则仍出封大国。愿以臣言下廷臣会议。"上怒曰："侃狂妄奏渎，大肆奸恶。法司会文武大臣及科道官，逮至午门前追究明白，要见旧典在何《祖训》？所言亲王，必有交通，及主使者，一一具实以闻。"侃，广东揭扬县人，与太常寺卿彭泽、少詹事夏言，同为丁丑进士。是时，言数以事忤大学士张孚敬，孚敬不能堪，以上意方向之，未有以中也。泽以议礼故结欢张、桂，孚敬遂倚为腹心，谋所以倾言者。侃为是疏且一年，初以示光禄卿黄宗明，宗明靳勿上。一日，出示泽，泽怀其稿以告孚敬，谓"储事，上所讳，而侃与言同年，若指侃疏曰言所为，则罪不可解矣"。孚敬以为然。泽寻语侃："张少傅喜公疏，谓'国之大事，其亟上，当从中赞成之'。"乃与之期日，孚敬因先录侃稿以进，谓出于言，且云："编修欧阳德见其疏，亦以为可进。"又引中允廖道南，谓"言交结江西王府有迹，请上且勿发，以待疏至"。已而侃犹豫，欲止其事，泽数趣之。疏入，上深怒，命法司会多官廷讯，侃备受拷掠，言"己所自为，无主者"。既累日，词不具，泽乃微词挑之，使引言。侃瞑目曰："疏吾所自具，趣我上者，尔谓张少傅则然，于言何与？"都御使汪鋐乃攘臂谓"言实使之"。言拍案大骂，几欲殴鋐。给事中孙应奎、曹汴乃揖孚敬，令回避。孚敬怒应奎等，即上疏言状，上并下言、应奎、汴于狱；复命武定侯郭勋、大学士翟銮，同司礼监官会府部九卿、科道、锦衣卫官用刑鞫于廷，具得其状，言"侃疏实出己意，所引夏言、欧阳德皆诬，实泽附会辅臣，欲以此中言也。泽宜重治，但侃性本猖狂，心尤险诈，摇惑人心，妄生异议，并宜重处"。言因上疏，诋彭泽之造谣、汪鋐之党恶。上乃释言，出孚敬密疏二示群臣，斥其怅罔。于是御史谭缵、端廷赦、唐愈各疏劾孚敬、鋐、泽等。明日，敕谕三法司曰："薛侃以猖狂之性，发不讳之言。据其言似忠谋远虑，但朕非宋仁宗向暮之年；原其心实怀欺罔，忍于言君终无建嗣之期。妄生异议，致惹事端，法当重处，以杜祸源，法司拟罪来看。彭泽质非有用，性本无良，小人狡诈之资，奸邪谲诡之性；往来构祸，搬斗是非，致使薛侃招称有干宗室，伤朕亲亲之情；俾辅臣急于攻击，害朕君臣之义，罪犯甚重，法当处死，姑从宽宥，发边远地面充军。辅臣张孚敬，初以建议大礼，朕特不次进用。既而被人弹劾，有旨令其省改，却乃不慎于思，罔悛于性。朕以心腹是托，奚止股肱而已；望以伊傅之佐，岂惟待遇是隆。乃昧休休有容之量，犯戚戚媢嫉之科，殊非朕所倚赖；专于忌恶，甚失丞弼之任。难以优从，着致仕去。夏言既于斯事无干，不应拍案喧骂，匪徒失仪，亦涉争报。朕念其被害所激，故特赦而不问。孙应奎、曹汴，职在纠举，岂责彼言；但其时事未明白，遽斥辅臣，迹涉回护，故朕并令拿问。今念系言官，亦从赦放。其余见监人犯，悉宥之。此事既经区处，尔在朝大小官员，宜革除私忿，务为尽忠；效古人事君同寅协恭之心，守圣人事君不二、不欺之训，匡朕不逮，以臻至化，庶不负其君、忝其亲，而永有誉焉。"已，所司拟彭泽充军福建漳州镇海卫军，薛侃纳赎为民。兵科给事中张润身等言："泽，广东人，与福建相邻，不宜以附近为边远。"因劾兵部尚书王时中于张孚敬有私。疏下法司查议，谓"泽宜如律改编山西行都司"。诏从之。（《世宗实录》卷 128 第 3047 页）

（嘉靖十年）秋七月壬子（注：初一日）吏部侍郎徐缙为国子生詹啓所讦，太常卿彭泽欲去之而猎其位，乃伪为缙手书，具黄精白蜡遗孚敬激怒之，复劝曰："缙可去也。"孚敬劾去之，吏部果以泽名上，帝心固以缺属夏言矣，遂不允，而泽又思所以陷言也。会行人司正薛侃者，泽同年也，草疏云："祖宗分封宗室，留亲王一人司香，名曰守城王。乞查旧典，择贤而亲者迎取入京。"草具，泽见之，乞携归缔阅，侃信之。泽持以白孚敬曰："此侃疏，夏言所草也，将上矣。"孚敬愕然，密以上闻。泽复给侃曰："相君见疏草，深叹忠爱可行。"侃犹豫，孚敬以诘泽，泽乃亟趣侃分隶为上之。孚敬密疏"出言画也"，帝怒，命逮系，御文华殿召孚敬问状，对如初。次召言，以疏示之，问可否，言对曰："陛下春秋鼎盛，前星方耀，此谕不可行。"帝犹疑其诈也，命出对讯。及出，侃已械至，群臣会讯矣。言不知，仍就列听讯。时刑部尚书许讚、都御史汪鋐方被论杜门，孚敬趣令出以助己。孚敬首诘侃曰："孰使为此？"侃曰："我自为之，非人所使。"孚敬曰："闻夏言主画，宜吐实。"侃曰：

"言虽同年，久不闻问，顷彭泽以白相君，云相君许之，故敢上耳。"汪鋐从旁大嚷曰："言实主之，何得云无？吾与尔矢诸神。"言不胜诬，击案大詈曰："奸贼尔主此画，反以陷忠良耶？"遂与孚敬同入奏，阍者弗纳，乃各草疏上。顷之，命逮言诏狱，谕勿拷掠。侃讯迫，但曰"夏言实不预，见此草者，惟欧阳德、黄宗明及吾弟侨耳"。科臣孙应奎、叶洪、曾汴面斥孚敬憸壬，劾之，孚敬乃奏逮德、宗明、侨、应奎、洪、汴同讯。侃五毒备至，乃曰："必欲扳夏言，当释我系，矢诸天则可。"尚书梁材、大理丞周凤鸣信言果不预也。明日甲寅，慧出东井，帝知言冤，乃命司礼太监张佐出讯，而令孚敬勿至讯所。比会讯，彭泽见孚敬不至，不敢复诬言。侃对簿云："锻炼罗织，非圣朝美事。万死万死，惟侃为之耳。圣上之明，不免为太傅所误；薛侃之愚，宜为彭泽所卖也。"佐等以闻，日晡，特命释德、宗明等。明日，帝召群臣至阁下听谕曰："薛侃猖狂之性，发言不讳，朕非暮年，岂无建储之期？妄生异议，法当重论。彭泽狡诈奸邪，交关口语，致薛侃对簿有连宗室，且使辅臣急于攻击，情犯深重，谪边卫充军。孚敬以大礼不次擢用，被劾，旨令省改；乃不慎于思，网佞于法，负朕倚任，即致仕。夏言既不预知，何为击案喧诟？念为诬陷所激，特赦不问。孙应奎、洪、汴职在纠谬，迹涉回护，念系言官，亦从轻贷。其余一并释之。彭泽戍山西，侃纳赎为民。"（《皇明永陵编年信史》卷2第58页）

行人司司正薛侃，初从王守仁讲学，自以司正不与考选，无言事之日，乃为一疏，以上久乏嗣，诬引《祖制》，"请于亲藩中择其亲而贤者，迎取一人入京为守城王，以俟东宫生长，出封大国。"上怒曰："侃狂妄奏渎，大肆奸恶。法司会文武大臣及科道官，逮至午门前追究明白，需见旧典载何《祖训》？所言亲王，必有交通，及主使者，一一具实以闻。"侃，广东揭扬人，与太常卿彭泽、少詹事夏言同为丁丑进士。是时，言数以事忤大学士张孚敬，孚敬不能堪，以上意方向之，未有以中也。泽以议礼故结欢张、桂，孚敬遂倚为腹心，谋所以倾言者。侃为是疏且一年，初以示光禄卿黄宗明，宗明劝勿上。一日，出示泽，泽怀其稿以告孚敬曰："储事，上所讳，而侃与言同年，若指侃疏为言所为，则罪不可解矣。"孚敬以为然。泽寻语侃曰："张少傅喜公疏，'国之大事，宜亟上，当从中赞成之'。"乃与之期，孚敬因先录侃稿以进，谓出于言，且云："编修欧阳德见其疏，亦以为可进。"又引中允廖道南，谓"言交结江西王府有迹"，请上且勿发，以待疏至。已而，侃犹豫，欲止其事，泽数促之。疏入，随被廷讯，侃备受拷掠，言"己所自为，无主者"。既累日，词不具，泽乃微词挑之，使引言。侃瞑目曰："趣我上者，尔谓张少傅则然，于言何与？"都御使汪鋐乃攘臂谓"言实使之"。言拍案大骂，几欲殴鋐。给事中孙应奎、曹汴乃揖孚敬且回避。孚敬怒应奎等，即上疏言状，上并下言、应奎、汴于狱；复命武定侯郭勋、大学士翟銮、司礼监官会府部九卿、科道、锦衣卫官用刑鞫于廷，具得其状，言"侃疏实出己意，夏言、欧阳德供（注：据文意疑为俱之误）诬引，实泽附会辅臣，欲以中言也。泽宜重治，但侃性猖狂，心尤险诈，摇惑人心，妄生异议，并宜重处”。言因上疏，诋彭泽之造谗、汪鋐之党恶。上乃释言，出孚敬密疏二示群臣，斥其忮罔。于是御史谭缵、端廷赦、唐愈各疏劾孚敬、鋐、泽等。明日，敕谕三法司曰：“薛侃以猖狂之性，发不讳之言。据其言似忠谋远虑，但朕非宋仁宗向暮之年；原其心实怀欺罔，忍于言君终无建嗣之期。妄生异议，致惹事端，法当重处，以杜祸源，法司拟罪来看。彭泽质非才用，性本无良，小人狡诈之资，奸邪谲诡之行；往来构祸，搬斗是非，致使薛侃招称有干宗室，伤朕亲亲之情；俾辅臣急于攻击，害朕君臣之义，罪犯甚重，法当处死，姑从宽宥，发边远地面充军。辅臣张孚敬，初以建议大礼，朕特不次进用。既而被人弹劾，有旨令其省改，却乃不慎于思，罔悛于性。朕以心腹是托，奚止股肱而已；望以伊傅之佐，岂惟待遇是隆。乃昧休休有容之量，犯戚戚娼嫉之科，殊非朕所倚赖；专于忌恶，甚失丞弼之任。难以优容，着致仕去。夏言既于斯事无干，不宜拍案喧骂，匪徒失仪，亦涉争报。朕念其被害所激，故特赦而不问。孙应奎、曹汴，职在纠举，责岂被言；但其时事未明白，据斥辅臣，迹涉回护，故朕并令拿问。今念系言官，亦从赦放。其余见监人犯，悉宥之。此事既经区处，在朝大小官员宜思革除私忿，务为尽忠；效古人事君同寅协恭之心，守圣人事君不二、不欺之训，匡朕不逮，以臻至化，庶不负其君、忝其亲，而永有誉焉。”已，所司拟彭泽边远充军，薛侃纳赎为民。按此举孚敬所为甚辱国体，一经败露，匪特不可以称大臣，亦无人理矣。乃夏言自是得君愈甚，孚敬虽挤之，实引之也。(《世庙识余录》卷7第3页)

(嘉靖十年七月）戊午（注：初七日）张孚敬罢。詹事夏言恃上眷，数以事讦孚敬，孚敬衔之，未有以发。会行人司正薛侃上疏言：“祖宗分封子弟，必留一人京师司香，有事居守或代行祭享，列圣相承，莫之或改。自正德间逆瑾怀贰，始悉令就封。乞稽旧典，择亲藩贤者居京师，慎选正人辅导，以待他日皇嗣之生，此宗社大计。”属稿定，以示太常卿彭泽。泽与侃及言皆同年生，而泽附孚敬；知孚敬方欲倾言，因默计“上方祈嗣，侃所言触上讳，必兴大狱，诬言同谋，可祸也。”给侃稿示孚敬，因报侃曰：“张公甚称善，此国家大事，当从中赞之。”与为期，趣之上。孚敬乃先录侃稿以进，谓“出于言，请勿先发，以待疏至”。上许之。及侃疏上，上果震怒，下狱，廷鞫，究交通主使者。拷掠备至，侃独自承，累日，狱不具。泽挑使引言，侃瞋目曰：“疏我自具，趣我上者，尔也，尔谓‘张少傅许助之’，言何预?”都御史汪鋐欲坐言主使，言拍案大骂，几欲殴之。给事中孙应奎、曹汴乃揖孚敬令回避。孚敬怒，遂疏闻。诏下言并应奎、汴于狱，命郭勋、翟銮及司礼中官会廷臣推鞫再三，“侃疏实出己意，泽诬以言所引，皆无证。”上乃释言等，出孚敬密疏示廷臣，斥其忮罔，于是上颇不直孚敬。会御史谭瓒、端廷赦、唐愈交章劾之，乃听致仕。侃黜为民，泽论戍，独贳言勿问。(《明通鉴》卷55第1790页)

(嘉靖十年七月）癸亥（注：十二日）先是，都给事中赵廷瑞，劾兵部尚书掌都察院事汪鋐会讯薛侃事，党附权臣，意图诬陷人罪。上责廷瑞，宥之。已而，给事中雒昂、陈守愚、陈侃，御史李宗枢、朱廷立各疏劾鋐。上怒，坐以"言官畏忌，先期不即举奏"，昂夺俸一年，守愚半年，侃三月，宗枢四月。以廷立不与会问，风闻言事，特宥之。已，鋐以被论乞休，不允。（《世宗实录》卷128第3054页）

（嘉靖十年七月）癸亥（注：十二日）张公复以揭帖诬先生同谋，天威震怒，祸不可测，中外尚未之知也。七月初一日早，上御文华殿，召臣孚敬先对，次独召臣言，以薛侃建储疏赐谕，面诘可否，以察其真伪。臣言对曰："陛下春秋鼎盛，前星方耀云云，侃之议不可行。"及趋出，侃已拿至午门前，召百官会问矣。先生尚未知意在害己，亦趋列班行。刑部尚书许公瓒，都御史汪公鋐，适被论，闭门待罪者数日，张公至是引其出以助己。张首云："此本谁使汝为之？"薛曰："自为之。"张曰："访得夏某与汝同谋，何不明说出？"薛曰："夏某虽同年，久不会面。此奏乃彭泽问过老先生，以为可行，乃进。"汪曰："若不是夏某同谋，我即与你拜城隍。"先生拍案骂曰："奸臣设谋，谗害忠良，此本出自汝意，反以诬我，我即具奏。"张公势焰薰，莫敢与抗，先生忠直激发，奋不顾身，骂不绝口。张公遂趋入左掖门，欲面奏。先生排闼随之，偕至文华殿前，内使以上方御榻少息，令毋恐。张不得已，入阁具奏。先生即于史馆上疏，及归私邸，有旨拿问下狱。皇上圣明，已洞烛其情，因谕"夏言不必加刑"。于是严刑追究薛公，必欲穷主使者。（《夏桂洲先生文集》首卷第25页）

（嘉靖十年九月）己未（注：初九日）巡按直隶御史张寅论"大学士张孚敬自去京至常州二十日，若孟子所称'小丈夫去则穷日之力'。且其谗邪蠹政，上干天和，下失人心。如薛侃之谋，孚敬实预为之，陛下用其言，则纳交于王府；不用其言，则嫁祸于夏言。其立心奸险类此。陛下虽知其奸而去之，臣犹以为不足惩后，宜追夺所赐御札、诰命、银图书，毁其堂楼、书院，徐议其罪，而明正其法。"又言"都御史汪鋐，阴贼险狠，卑污苟贱，陆贽所谓'谄谀、顾望、畏愞'三弊，鋐兼有之，亟宜罢黜。"上曰："孚敬去位辅臣，鋐总宪重职，已屡有旨矣。张寅肆意劾奏，明是挟私报复。姑从轻，降一级调外任。"寻谪寅山东高唐州判官。（《世宗实录》卷130第3087页）

八、杨名案

嘉靖十一年十月初四日，翰林院编修杨名以星变应诏陈言，劝嘉靖帝"省察其喜怒失中者"，语甚切直。帝不悦，佯答旨褒其纳忠，令尽言无隐。于是，十月初十日，杨名遵旨再上疏，劾吏部尚书汪鋐"心行反覆，举动乖张，志惟务于逢迎，私必期于报复"；武定侯郭勋，"赋性奸回，立心险诈"，并太常寺等官俱不当用；此数人"群心皆曰不当用，而皇上用之，无亦圣心之偏于喜者耶"？又言因建言论劾得罪诸臣谴罚惩创已久，不见宽释起用，是"群心皆曰当宥，而皇上或未释然，无亦圣心之偏于怒者耶"？并谏土木竭财、建醮靡费等事。奏上，帝大怒，谓杨名"罔上怀奸，沽名卖直；托言星异，胁制朝廷；泛引旁牵，诬害忠善；意引党类，以图报复";令锦衣卫执送镇抚司拷讯。既而汪鋐具疏辨，指称杨名是四川人，与杨廷和同里，"廷和与张孚敬议礼不合，顷孚敬去位，廷和之党思为报复，故攻及臣"。帝益怒，命追究主使之人。杨名被刑，濒死者数，竟无所指，惟曾以疏草送编修程文德改定数语。乃并逮文德下狱。于是兵部右侍郎黄宗明上疏救杨名，且谓"连坐非美政"。帝愈怒，竟称"想宗明即主使之尤者"，命锦衣卫执送镇抚司并鞫以闻。杨名累被拷讯，竟不易词。最后认定文德只因同年厚善私为改稿，宗明自以其意论救，皆非主使者。狱闻，帝以法司所拟罪皆不当意，乃特诏杨名谪戍边卫，文德降为广东信宜县典史，宗明外调为福建左参政。

十一月初九日，原任湖广沔阳州判官黄直以服阕赴部，上疏论救杨名、黄宗明，以为帝不依法司据法谳报而重处二臣，是"非体群臣之义"，"亦非敬大臣之礼"。帝谓直恣肆欺讪，命锦衣卫执送镇抚司拷讯。既而法司议罪以论赎还职，帝却以"不宜拟以常律"，令谪发极边卫分，永远充军。

资料摘录：

（嘉靖十一年十月）戊寅（注：初四日）翰林院编修杨名以星变陈言，劝上"省察其喜怒失中者"。上曰："览奏具见纳忠。其'喜怒失中、不合民情者'，宜明言之。"（《世宗实录》卷143第3321页）

（嘉靖十一年十月）甲申（注：初十日）翰林院编修杨名再上疏言："臣顷以灾异修省，妄有建白。蒙诏令臣明言，臣不胜悚惧。以臣之愚，于时务人品固未能一一周知，然得于见闻，实有不容已者，敢昧死为皇上明言之。臣惟吏部诸曹之首，尚书百官之表，而汪鋐者，小人之尤也。鋐心行反覆，举动乖张，志惟务于逢迎，私必期于报复。在位日久，益以逢迎之巧，济其报复之私，其为害可胜言哉？此鋐之不当用也。武定侯郭勋，赋性奸回，立心险诈，阿奉权贵，叨受殊恩，皇上使之久典戎务、与闻机政。勋复不自检饬，肆意猖狂，岂可以为臣工所视效哉？此勋之不当用也。太常寺典司礼仪以事神祇、享宗庙者也，近乃使陈道瀛、金赟仁辈庸恶道流充之，其声音容貌既极粗鄙，而素行复淫秽，饮酒好色，无所不为。一遇祭祀，惟专意于分受品物及香烛、柴炭之类而已，望其诚敬精白以赞明禋之德，非所几矣。此道瀛辈不当用也。夫是数人者，群心皆曰不当用，而皇上用之，无亦圣心之偏于喜者耶？皇上践祚以来，诸臣因建言论劾之间识见偏执，言词纰谬，以触天威，自取罪戾。其迹虽若难恕，其心皆有可原。自蒙谴罚惩创已久，况皆累朝作养，以遗我皇上共成光明之治者，而忍终于废弃老死已乎？虽累有以宽释起用言者，未蒙慨然允行。近见大学士李时以爱惜人才为请，即荷嘉纳，中外臣民不胜欣跃。但该部未见题覆，则臣所谓迟回观望，不能悉力将顺，纵有陈请，不过虚文以塞责者，岂尽无哉？臣窃以为是得罪诸臣，群心皆曰当宥，而皇上或未释然，无亦圣心之偏于怒者耶？推而至于百为，如稽复旧典以备一代之制，真盛举也；但未免工作屡兴，财力并竭；采运木植，烧造砖瓦，装载灰石，所至骚然，民无宁日；则闾阎之下，咨嗟愁叹，以干天和者，亦岂少乎？又如真人邵元节，猥以末术，过蒙采听，常命于内府修建醮事。此虽皇上祈天永命之心不能自已，但祷祠之说自古无验。今乃不惜靡费，使之频举，且命左右大臣奔走供事；遂致不肖之臣妄为依托，且闻有昏夜乞哀出其门下者，恐为市恩播威、黩缘债事之渐也。夫以皇上敬一之心、臣民祝愿之念，感格天地，万寿之福、百男之祥，可以坐致。乃使异端小术攘以为功，言之史册，后世其将谓何？凡此皆圣心之少有所偏者。故臣敢为内照自省及戒谨恐惧之说，盖欲皇上远稽尧舜，务以德高群圣、治冠百王。臣诚不足以致感悟，言无足以备采择，至厪明谕臣实所逃罪。伏望圣明察臣愚直，宥臣狂戆，将汪鋐等早赐罢免，得罪诸臣明敕该部量为议处；及大工完日加意休养，无复有所兴作以重困农民；而祷祠之事，一切远郤。如此而民心有不响应，天心有不潜孚者，臣未闻也。"奏上，上大怒，谓"名既欲纳忠论事，自当吐露真诚，明白指说。却乃罔上怀奸，沽名卖直；托言星异，胁制朝廷；泛引旁牵，诬害忠善；意引党类，以图报复；乱法怨君，殊为无理。令锦衣卫执送镇抚司，用刑拷讯，奏请处分"。既而鋐具疏辩，谓"名，四川人，与杨廷和同里。廷和与张孚敬议礼不合，顷孚敬去位，廷和之党思为报复，故攻及臣。臣为上简用，诚欲一振举朝廷之法，而议者辄病其操切好名。且内阁诸大臣率务和同，植党固位，故名欺肆至此"。上益怒，命所司究名主使之人。名濒死者数，竟无所指，惟以疏草曾遣家童奉友送编修程文德改定数语。乃悉并逮文德及奉友下狱。于是兵部右侍郎黄宗明上疏救名，且谓"连坐非美政，今以名妄言而必究主使之人，则廷臣孰不自疑？况名榜掠已极，当此严冬，万一困毙囹圄，反为仁明之累"。上愈怒，谓"名之罪死有余辜，未伤吾仁明之治。方将究主使之人，而名坚执不报，想宗明即主使之尤者"。命锦衣卫执送镇抚司，并鞫以闻。既而鞫名，竟不易词。文德只以同年厚善，私为改稿。宗明自以其意论救，皆非主使者。狱闻，上以名并文德等下法司拟罪。法司凡再拟，皆不当上意，乃特诏"名谪戍，文德降边方杂职，宗明对品调外任"。已，补宗明福建左参政，支正三品俸；文德为广东信宜县典史。（《世宗实录》卷 143 第 3226 页）

（嘉靖十一年）冬十月甲申（注：初十日）下翰林院编修遂宁杨名于诏狱。先是，名以星变应诏陈言，谓上"喜怒失中，用舍不当"，语甚切直。上衔之，而答旨褒其纳忠，令尽言无隐。至是名再上疏言："吏部诸曹之首，尚书百官之表，而汪鋐小人之尤也。武定侯郭勋奸回险谲，太常卿陈道瀛、金赟仁粗鄙酗淫，数人者群情皆曰不当用，而陛下用之，是偏于喜也。诸臣建言触忤者，心实可原，大学士李时以爱惜人才为请，即荷嘉纳，而吏部不为题复，以虚文塞责。夫此得罪诸臣，群情以为当宥，而陛下不终宥，是偏于怒也。真人邵元节，猥以末术过蒙采听，尝令设醮内府，且命左右大臣奔走供事，遂至不肖之徒有昏夜乞哀出其门者，书之史册，后世其将谓何？凡此皆圣心之稍有所偏者，故臣敢抒其狂愚。"疏入，上震怒，立命锦衣卫执送镇抚司拷讯。鋐疏辩，谓"名乃杨廷和乡人，妄思报复，故攻及臣。臣蒙上简用，欲一振举朝廷之法，而议者辄病臣操切。且内阁大臣率务和同，植党固位，故名敢欺肆至此"。上深入其言，益怒，命所司穷诘主使。名数濒于死，无所承，言"曾以疏草示同年生程文德"。乃并文德下狱。侍郎黄宗明等数救之，先后皆下狱。法司再拟名罪，皆不当上指。特诏谪戍边卫，文德降边方杂职，宗明亦调外任。（《明通鉴》卷55第1795页）

　　（嘉靖十一年十一月）癸丑（注：初九日）原任湖广沔阳州判官黄直以服阕赴部，上疏言："九经之首曰修身，曰尊贤，曰亲亲；其次曰敬大臣，体群臣。属者近臣杨名狂愚，不识大休，致犯天威。侍郎黄宗明抗疏力救，并下诏狱。法司据法谳报，又命更予重比。夫陛下于名之狂言，必欲罪之，恐非体群臣之义；于宗明之论救，又欲并治之，亦非敬大臣之礼。体群臣之义、大臣之敬，既有未尽，则天下后世，将以陛下敬一修身之道亦有所缺矣。乞于名等从法司初议，以尽体群臣之仁；于宗明以礼释放，以致敬大臣之义；则陛下敬一修身，有以为尊贤亲亲之本矣。"上谓直恣肆欺讪，命锦衣卫执送镇抚司拷讯；既而送法司议罪，论赎还职。上谓"直本罪人，乃数建言饰诈，欲掩己过，肆行谤讪，不宜拟以常律。"令谪发极边卫分，永远充军。直前为漳州府推官，疏请早定储议者也。（《世宗实录》卷144第3352页）

九、冯恩案

　　嘉靖十一年十月二十二日，巡按直隶御史冯恩因星变应诏上疏，列举辅臣张孚敬"刚恶凶剧，媢嫉反侧"；大学士方献夫"外饰谨厚，内实凶奸"；兵部尚书、都察院右都御史汪鋐"鄙夫壬人，敢于为恶，巧排正士，明报私仇；纳款佯诚，文奸饰险，此方今天下第一恶毒小人也"；疏中又遍论朝中大臣，各有褒贬。并称"张孚敬根本之彗也，汪鋐腹心之彗也，方献夫门庭之彗也，三彗不去，百官不和。伏愿陛下任贤不贰，去邪勿疑，开众正之门，塞群枉之路，蠲急迫之令，养优裕之休；则善言日闻，善政日布，何天变之不可禳哉？"疏上，帝谓"恩假以星变，妄骋浮词，论列大臣，中藏恩怨，巧事讥评，大肆非毁，必有主使传寄之人"。命锦衣卫逮系来京审问。十月二十四日，大学士方献夫因御史冯恩论劾，具疏乞休，帝不允。十月二十六日，吏部尚书汪鋐以御史冯恩论劾，乃参其巡视任内诸不法事；又称"恩始赂徐缙得选道，顷臣劾缙通贿事，恩遂为缙报复，思所以中伤臣。"帝令巡按御史将疏内所列事情核实以闻，命鋐"安心视事，毋以小人浮言介念"。十月二十九日，大学士李时也因御史冯恩论列廷臣，乞罢免。帝亦温旨留之。

　　嘉靖十二年二月三十日，冯恩被逮至京，下锦衣卫狱，帝命锦衣卫指挥陆松拷讯冯恩，究所主使者。恩自伏狂妄论列，原无主使。帝欲以"上言大臣德政律"杀恩，命严刑拷讯。久之，无所得。恩日受榜掠，备极楚毒，终言他无所主；惟河东巡盐御史宋邦辅尝过江南相会，语次及京师时政并诸大臣得失，遂以建言。陆松以其语闻，上命即逮邦辅并讯之。邦辅至，对状如恩言。上又切责松，仍令加刑拷讯，卒无所指，乃诏法司拟罪。至是，刑部尚书王时中等以"恩言毁誉相参，似非专颂大臣"；欲处以充戍。帝益怒，谓法司徇私回护，责令对状改拟。时中等惶恐引罪，帝手批其牍曰："恩所言专指孚敬三臣，本只因大礼，仇君无上，死有余辜。虽中间毁誉牵连，原非本意。"遂革时中职，令冠带闲住；夺侍郎闻渊俸一年，降郎中张国维及员外郎孙云边方杂职。恩竟坐"上言大臣德政律"论死系狱，邦辅杖赎还职。恩长子行可，年十三，伏阙讼冤，日夜匍伏长安街，见冠盖者过，辄攀舆号救，终无敢言者。时汪鋐已迁掌吏部，王廷相代为都御史，以恩所坐过当，疏请宽之，帝不听。比朝审，鋐当主笔，东向坐，恩独向阙跪。鋐令卒拽之西向，恩起立不屈，卒呵之，恩怒叱卒，卒皆靡。鋐曰："汝屡上疏欲杀我，我今先杀汝。"恩叱曰："圣天子在上，汝为大臣，欲以私怨杀言官邪？且此何地，而对百僚公言之，何无忌惮也？吾死，为厉鬼击尔。"鋐怒曰："汝以廉直自负，而狱中多受人馈遗，何也？"恩曰："患难相恤，古之义也，岂若汝受金钱鬻官邪？"因历数其事，诋鋐不已。鋐益怒，推案起，欲殴之，恩声愈厉。尚书夏言及王廷相以大体为缓解，鋐稍止，然犹署"情真"。恩出长安门，士民观者如堵，皆叹曰："是御史非但口如铁，其膝，其胆，其骨皆铁也。"因称"四铁御史"。恩母吴氏，击登闻鼓讼冤，帝不省。

嘉靖十三年十二月，冯恩系狱待决已久，其子行可上书请代父死，不许。行可乃刺臂血书疏，自缚阙下，谓"臣父幼而失怙，祖母吴氏守节教育，底于成立，得为御史。举家受禄，图报无地，私忧过计，陷于大辟。祖母吴年已八十余，忧伤之深，仅余气息。若臣父今日死，祖母吴必以今日死；臣父死，臣祖母复死，臣茕然一孤，必不独生。冀陛下哀怜，置臣辟而赦臣父，苟延母子二人之命。陛下戮臣不伤臣心，臣被戮不伤陛下法，谨延颈以俟白刃"。通政使陈经为入奏。上览之恻然，令法司再议，得暂免决。

嘉靖十四年六月初十日，冯恩长系狱中，久审不决，法司因谓"恩应诏陈言，欲毁张孚敬之辈，因而过誉李时辈，意在申此而抑彼，初非专颂大臣德政"；原以"上言大臣德政律"处之不妥。尚书聂贤与都御史王廷相亦言："前引律，情与法不相丽，宜用'奏事不实律'输赎还职。"帝不许，命再议。至是，法司复称"恩情重律轻，既非常法可议，请戍边。"帝命"发烟瘴地面充军，不许朦胧起用"。遂遣戍雷州。越两月，汪鋐亦报罢。冯恩后遇赦家居，隆庆初，录先朝直言臣，即家拜大理寺丞致仕，年八十一卒。子行可，亦以孝行旌。

资料摘录：

（嘉靖十一年十月）丙申（注：二十二日）巡按直隶御史冯恩上疏言："顷者彗星再见东井，陛下诏谕群臣勉修职业，又命条列时政得失。臣惟天道远，人道迩，变不虚生，惟人所召，灾异之变，臣下召之也。故举时政之得失以更张，不若举臣工之邪正以进退；进退得人，则政事自举，而阴沴消矣。乞陛下宽臣之诛，容臣悉数左右大臣邪正得失以备黜陟。辅臣张孚敬刚恶凶剧，媢嫉反侧，平日陛下知之已深，近日都给事中魏良弼论之已悉；天下方欢欣鼓舞，望纶音之一决，臣不敢赘矣。大学士李时小心谦抑，资性纯良，忠厚有台辅之器，老成镇浮薄之俗，此辅臣中之巨擘；然任重少力，济时拨乱非其所长，独可谓太平宰相耳。大学士翟銮附势依权，持禄保位，筮任有京油之号，入阁著模棱之讥；虽不能为国荐贤，亦未见其嫉害忠善。古有伴食中书，此其人也。大学士方献夫外饰谨厚，内实凶奸；前在吏部，私厚乡亲，酬恩报怨，无所不至；昨以诈病还籍，陛下特遣行人召之，方且倨傲偃蹇，不即奉诏；继蒙驿骑督趣，有赴京别用之命，然后忻然就道。夫以吏部尚书别用，非入阁而何？及五月至张家湾，则又请容旬日调理，徘徊顾望，如执左契以索负物，且试陛下别用之意何如。虽曰不要君，臣不信也。无才无德，不数年而取高位，得陇望蜀，左右罔利，此登垄断贱丈夫之所为耳。近见邸报，广东佥事龚大稔疏讦献夫侵占山地，事之虚实自有朝廷主之，献夫不自咎请罪，辄肆佞辩；及科道进谒，盛怒不解，器度如此，又何望其容贤纳士以长百官哉？今又以辅导之尊兼冢宰之权，呼引朋类，播弄威福，将不利于国家。故献夫掌部而彗星见，天不可诬如此，此今日所当急黜者也。户部尚书许瓒谨厚谦恭，平易和煦，与人无嫉妒之私，处事有缜密之善，调度之才虽所略短，不经之费保其必无，此亦守成尚书也。礼部尚书夏言多蓄之学，不羁之才，骤迁大任，虽其投机构会，寻掌邦礼，然亦随事效忠；其尤其可喜者，不立党与、扶持正论，陛下驾驭任之，将来缓急得力，亦一救世宰相也。兵部尚书王宪刚直不屈，通达有为，边情习于见闻，典刑熟于耆旧，用掌邦政，优为之矣。刑部尚书王时中进退昧几，萎靡不振，操持不能中立，权贵得以私干，其人无足去取，可谓具臣也已。工部尚书赵璜刚方不昵，廉介自持，久在工曹，制节谨度，不畏强御；陛下复起用之，人惟求旧也。吏部左侍郎周用才猷通敏，学识老成，直谅未见过人，雅度颇能容众，赞理邦治，亦庶几也。右侍郎许诰讲论便捷，学术迂邪，太急功名，全无廉耻；不识圣贤两字，徒能读父之书，妄编道统正传，冒取无知之作；使其当路，偏执拗人，纷更生事，亦所不免。陛下爱惜其学，酌处别用，斯无悔也。礼部左侍郎湛若水强致生徒，勉从道学，教人随处体认天理，处己素行未合人心。臣谓王守仁犹为有用道学，湛若水乃无用道学也。然任以礼卿，亦可勉焉。右侍郎顾鼎臣警悟疏通，和平坦易，文学底于深造，材艺不局偏长，儒臣有此任，重器也。兵部左侍郎钱如京安静为人，操守无议。右侍郎黄宗明文学通儒，因人成事。刑部左侍郎闻渊存心正大，处事精详公明，久蓄于铨曹，质直允乎士论，寄以股肱，不尸位也。右侍郎朱廷声笃实不浮，谦约有守。工部左侍郎黎爽滑稽浅近，才亦有焉。右侍郎林庭㭿才器可取，通达不执。兵部尚书、都察院右都御史汪鋐鄙夫壬人，敢于为恶，巧排正士，明报私仇；纳款佯诚，文奸饰险，此方今天下第一恶毒小人也。臣待罪留都，每读其辩讦章疏，闻其行事奇怪如鬼如蜮，不可测度，每欲求面陛下一辩其奸；但臣尝特疏论劾，指其阿附权门，纵子纳贿之状矣。遂以小人疾之已甚，恐生厉阶而止。今鋐之奸愈肆，臣亦何惜一死而负陛下也。且鋐动言人以私怨欲倾陷之以欺陛下，臣于鋐非有私怨也，顾天下公义决不可掩，君父决不可负，君子小人决不可并立于明时耳。夫都察院为纪纲之首，陛下不早易之以忠厚正直之人，万一各差御史求合称职，效尤刻薄，以败坏天下，辗轹小民；其为邪乱之薮，顾不大哉，此鋐尤当急黜者也。夫左右大臣邪正得失大略如此，此非臣一人之私也，天下共闻共见之公也。但张孚敬之奸久露，汪鋐、方献夫之奸不测，奸不可测，乃奸之深者。自古大奸能不使上知其奸，然后得肆其奸；使知其奸，去之何难。臣见三人声势相倚，而献夫、汪鋐近来威福声势尤不可当。陛下欲去张孚敬而不去此二人，天下之事未可知也。臣谓张孚敬根本之薮也，汪鋐腹心之薮也，方献夫门庭之薮也，三薮不去，百官不和。伏愿陛下任贤不贰，去邪勿疑，开众正之门，塞群枉之路，蠲急迫之令，养优裕之休；则善言日闻，善政日布，何天变之不可禳哉？"疏上，上谓"恩假以星变，妄骋浮词，论列大臣，中藏恩怨，巧事讥评，大肆非毁，必有主使传寄之人"。命锦衣卫官校扭械来京问。（《世宗实录》卷 143 第 3338 页）

（嘉靖十一年十月）戊戌（注：二十四日）大学士方献夫为御史冯恩论劾，具疏乞休，得旨："卿近以疾归，召用未久，奈何复以人言负朕求避，此岂大臣事君之道？"献夫疏谢，且以寒疾乞假旬日。上谕以"加意调理，彼小人报复，不独害卿与鋐，即孚敬已去，且仇君不置。卿可堕其计中，复思去乎？宜益励忠诚，匡朕之治"。（《世宗实录》卷 143 第 3344 页）

（嘉靖十一年十月）庚子（注：二十六日）吏部尚书汪鋐以御史冯恩论劾，乃参其"巡视上江，以辎重慢藏为贼所劫，烧毁官文书，匿不以闻。又枉道还松江，江洋贼横行，而恩漫不戒备。近有旨勒令戴罪自劾，乃复远避徽州，离江五百余里。又妄作威福，擅刑军职。恩始略徐缙得选道，顷臣劾缙通贿事，恩遂为缙报复，思所以中伤臣。惟圣明垂察"。得旨："冯恩已逮问，疏内事情，并行巡按御史核实以闻。卿宜安心视事，毋以小人浮言介念。"（《世宗实录》卷 143 第 3345 页）

（嘉靖十一年十月）癸卯（注：二十九日）大学士李时言"御史冯恩论列廷臣，语多侵臣，意切讥贬，实臣不称简用所至，乞罢免"。上温旨留之，且言"恩泛为讥评，卿何虑焉"？（《世宗实录》卷 143 第 3347 页）

（嘉靖十二年二月）癸卯（注：三十日）先是，上命锦衣卫指挥陆松拷讯冯恩，究所主使者。恩自伏狂妄论列，原无主使传寄。上谓"论列大臣固也，'上言大臣德政律'有明条，恩所言有毁有誉，并传使之人，其益严刑拷讯"。久之，无所得。恩日受捧掠，备极楚毒，终言他无所主。惟河东巡盐御史宋邦辅尝过江南会，语次及京师时政并诸大臣得失，遂以建言。松以其语闻，上命即逮邦辅并讯之。邦辅至，对状如恩言。上又切责松，仍令加刑拷讯，卒无所指，乃诏法司拟罪。至是，刑部尚书王时中等议"往生员张绅上书，坐'上言大臣德政律'斩，恩宜比附绅例。第恩言毁誉相参，似非专颂大臣。绅蒙恩减死充戍，请如绅例发遣"。上益怒，谓法司徇私回护，责令对状改拟。时中等惶恐引罪，上手批其牍曰："恩所言专指孚敬三臣，本只因大礼，仇君无上，死有余辜。虽中间毁誉牵连，原非本意。尔等不顾法守，转相报护，欺公鬻法，殊为无理。"遂革时中职，令冠带闲住。夺侍郎闻渊俸一年，降郎中张国维及员外郎孙云边方杂职。恩竟坐"上言大臣德政律"论死系狱，邦辅杖赎还职。(《世宗实录》卷147第3408页)

(嘉靖十二年二月)是月，下南御史冯恩于狱。先是，恩至京师，下锦衣卫狱，究主使名。恩日受搒掠，濒死者数，语卒不变，惟言"御史宋邦辅尝过南京，谈及朝政暨诸大臣得失"。遂并逮邦辅下狱，夺职，寻复移之刑部狱。上欲坐以"上言大臣德政律"置之死，尚书王时中等言："恩疏毁誉相半，非专颂大臣，宜减戍。"上怒曰："恩非专指孚敬三臣也，徒以大礼故，仇君无上，死有余罪，时中乃欲欺公鬻狱耶？"遂褫时中职，夺侍郎闻渊俸，贬郎中张国维、员外郎孙云极边杂职，而恩竟论死。恩长子行可，年十三，伏阙讼冤，日夜匍伏长安街，见冠盖者过，辄攀舆号救，终无敢言者。时汪鋐已迁掌吏部，王廷相代为都御史，以恩所坐过当，疏请宽之，不听。比朝审，鋐当主笔，东向坐，恩独向阙跪。鋐令卒拽之西向，恩起立不屈，卒呵之，恩怒叱卒，卒皆靡。鋐曰："汝屡上疏欲杀我，我今先杀汝。"恩叱曰："圣天子在上，汝为大臣，欲以私怨杀言官邪？且此何地，而对百僚公言之，何无忌惮也？吾死，为厉鬼击尔。"鋐怒曰："汝以廉直自负，而狱中多受人馈遗，何也？"恩曰："患难相恤，古之义也，岂若汝受金钱鬻官邪？"因历数其事，诋鋐不已。鋐益怒，推案起，欲殴之，恩声愈厉。尚书夏言及廷相引大体为缓解，鋐稍止，然犹署"情真"。恩出长安门，士民观者如堵，皆叹曰："是御史非但口如铁，其膝，其胆，其骨皆铁也。"因称"四铁御史"。恩母吴氏，击登闻鼓讼冤，不省。(《明通鉴》卷56第1824页)

(嘉靖十三年十二月)南御史冯恩系狱待决，其子行可上书请代父死，不许。是年冬，事益迫，行可乃刺臂血书疏，自缚阙下，谓"臣父幼而失怙，祖母吴氏守节教育，底于成立，得为御史。举家受禄，图报无地，私忧过计，陷于大辟。祖母吴年已八十余，忧伤之深，仅余气息。若臣父今日死，祖母吴必以今日死；臣父死，臣祖母复死，臣茕然一孤，必不独生。冀陛下哀怜，置臣辟而赦臣父，苟延母子二人之命。陛下戮臣不伤臣心，臣被戮不伤陛下法，谨延颈以俟白刃"。通政使陈经为入奏。上览之恻然，令法司再议，得免决。(《明通鉴》卷56第1831页)

(嘉靖十四年六月)己亥(注：初十日)宥前建言御史冯恩死，谪戍瘴地。恩先坐"上言大臣德政律"斩，系狱。会廷审以有词，诏更讯。法司谓"恩应诏陈言，欲毁张孚敬之辈，因而过誉李时辈，意在申此而抑彼，初非专颂大臣德政。以此坐斩，情实可矜。第恩自为言官，乃不直陈时政得失，而妄意诋毁大臣，当比奏事不实者律，准赎徒杖还职"。上命再议。至是，法司谓"恩情重律轻，既非常法可议，请戍边"。得旨："发烟瘴地面充军，不许朦胧起用。"(《世宗实录》卷176第3805页)

（嘉靖十四年六月）南御史冯恩既免死，长系狱中，尚书聂贤与都御史王廷相言："前引律，情与法不相丽，宜用'奏事不实律'输赎还职。"上不许。至是复言："恩情重律轻，请戍之边徼。"报可，遂遣戍雷州。越两月，而汪鋐亦报罢矣。恩后遇赦家居，隆庆初，录先朝直言臣，即家拜大理寺丞致仕，年八十一卒。子行可，亦以孝行旌。（《明通鉴》卷 56 第 1833 页）

十、张延龄案

嘉靖十二年十月初七日，嘉靖帝令逮建昌侯张延龄下狱论死，革昌国公张鹤龄爵，降职带俸闲住。鹤龄、延龄皆慈寿皇太后之弟，自先朝凭藉宠灵，颇肆骄横。正德中，曹祖以占候卜筮为业，其子曹鼎为延龄奴，曹祖因以星命得幸。曹鼎尝对同辈马景等称其父有神术能役鬼兵，景等初信之，而曹祖益神化此言。后曹祖父子反目，私相怒骂，而马景等亦讨厌祖，遂谮于延龄，逐之。曹祖忿怨，挟奏延龄与其子鼎及景等阴谋不轨。武宗命逮曹祖等下狱讯，时都督钱宁掌锦衣卫事，太监张锐督东厂，以太后故，皆观望不穷治。武宗命集多官廷鞫，曹祖闻，恐事白，服药自杀。当时涉事狱官陈能等皆得罪，而狱亦以解。延龄奏辞爵，武宗不允。然骄横如故，尝以婢女窃金施僧人，遂执婢及僧杖死，焚其尸。嘉靖初，都督张锐等先后伏法，延龄择其没官庄田之便美者抑价买之，为山池台榭多僭侈逾制。又奴畜指挥司聪为之放款谋利，司聪负延龄五百金，被索之急，遂谋于天文生董昶子董至，以曹祖当年所首事为疏，将讦延龄。董至私下以奏草示延龄邀贿，延龄遂遣人执司聪，搜其家得奏状，将其置幽室中以死，又令聪子司昇焚其尸；司昇嗫不敢言，然常怒骂董至。董至知终为司昇所仇，虑事发，乃于嘉靖十二年九月以司聪前奏上之，期以讦延龄而避祸。时帝以昭圣皇太后遇其母蒋太后无加礼，及帝朝见，太后待之又倨，方衔张氏，得奏欲坐延龄以谋逆族其家。昭圣太后窘迫无所出，哀冲太子生，请入贺，帝谢不见；使人请，不至，至衣敝襦席藁为请，亦不听。于是大学士张孚敬言："延龄，守财虏耳，何能反？若坐谋逆，恐伤皇太后心。"帝手敕报曰："天下者，高皇帝之天下；孝宗皇帝守高皇帝法。卿虑伤伯母心，岂不怕伤高、孝二庙心邪？"孚敬复奏曰："陛下嗣位时，用臣言称'伯母皇太后'，朝臣归过陛下，至今未已。兹者大小臣工默无一言，诚幸太后不得令终，以重陛下过耳。夫叛逆之狱成，当坐诛族，昭圣独非张氏乎，陛下何以处此？"事下刑部，逮延龄并诸奴勘鞫，得其擅买违制田宅及杖杀僧、婢、司聪事有证，阴谋不轨事岁远无左验。于是尚书聂贤等以延龄系应议亲大臣，具狱词献上。帝大怒，责贤等"徇私党比，背义欺罔"，令戴罪办事，并追论此案原问承行各官，屡诏趣具狱。贤等惧，乃以延龄僭侈多端，凶残成性，罪应论列；其兄鹤龄责亦难辞。前任刑部尚书张子麟等迁延疏慢，皆宜追问；马景等按律各罪有差。奏上，帝以"延龄罪在十恶，其迹甚明，宜从重典。第告变人亡，无凭质证。今但以多杀无辜、僭肆不法之罪，按祖宗法诛之。鹤龄同恶相济，姑革其爵"。并对涉案其他人等作了处理。已，延龄上疏自明，帝以延龄罪重，责通政司不该封进其疏，夺通政使等官员俸有差。冬月虑囚，帝又欲杀延龄，复以张孚敬言而止。

嘉靖十三年十月十六日，南京兵部主事刘世龙以南京大庙灾上言三事，劝帝慎举动以存大体，并及"张延龄凭宠为非，法固难贷。然亦孝宗待之过厚酿成此祸，今一旦置之于辟，何以慰孝宗在天之灵而安昭圣皇太后垂老之情乎"？帝以"世龙讪上庇逆，悖慢不敬"，令锦衣卫械系来京，下诏狱拷掠；复廷杖八十，斥为民。

嘉靖十五年十月十六日，张延龄案再起风波。因此案迁延不决，刑部提牢主事沈椿以张是皇亲国戚，不令入重狱，置之别所。后代此职者亦循故放松管制，至脱其刑具，任其家奴出入扶持，因得私通亲知往来，或置酒狱中，谈谐取乐。主事罗虞臣的乡人陈邦宪亦坐死系狱，虞臣又将其置之延龄所，相得甚欢。边将王禄等以大同事系狱，亦与延龄常燕聚，王禄因称贷延龄家人百金。延龄在狱尝书写"君道不明赏罚"六字，后传播于外。有讼棍刘东山以他罪系刑狱，肆行不受狱规，罗虞臣因执而掠之。刘东山恨虞臣，欲报复，遂将延龄前事以"逆恶阴谋"上告，言其妾崔氏动引宫闱为主，延龄又自谓有先朝恩眷，终不至死；又有赐田及别业百余所，令子孙家人多通贿赂以希脱狱；并诬虞臣等党庇逆恶，牵连不下数十百人。奏入，帝令逮疏中有名者并下镇抚司拷讯，责法司"与死囚为党"。于是锦衣卫将刑部前后提牢官吏沈椿等俱逮下镇抚司狱。其时又有奸人刘琦，因延龄重得罪，欲挟诈其间，又诬构延龄谋附权阉传递宫禁内帑金帛贿遗真人邵元节，暗结边官王禄等酿成大患等事。帝又令"逮疏所指名者并下诏狱拷讯"。二疏连累凡百余人，且多诬罔过当，镇抚司以其实闻，帝仍令从重拟罪。都御史王廷相等议：张延龄比骂父者律，仍前候斩，主事沈椿等皆治罪，刘东山、刘琦皆奏事诈不以实，俱发配边卫。帝从其议。

嘉靖十六年十一月十八日，顺天府生员陈瑆男陈大绅、刑部在监犯人刘东山，曾各奏张延龄等奸恶诸事，词连致仕大学士张孚敬；至是镇抚司请旨行提，帝以此事与孚敬无关，不准。张延龄既以罪论死系狱，其兄张鹤龄调降南京，而诸子宗说、宗俭辈凭其故赀富厚仍逍遥京师；一些市井无赖及家奴利其所有，常编造危言恐吓而取重赂；或索赂不得，或虽得而犹不满者则告官。是年冬，有班明、于云鹤上章告变，构及中官、戚里，虽张鹤龄自南京逮赴诏狱瘐死，此二人亦以诬奏充戍，而以此言事者仍不绝。

嘉靖十七年正月二十一日，刘东山以射父亡命，为御史陈让所捕获，欲以告讦张延龄悦上意而脱己罪，遂上书言"延龄夫妻、父子、亲戚魇镇上事皆实，班明等奏不诬"，并取以往张氏奴陈大绅所构奏词，连封以进；诸奸猾小人庞永洪等又群起而和之，言张氏咒诅魇魅事有迹，词连遂安伯陈鏸，西宁侯宋良臣，京山侯崔元，太监麦福、赵稷、贺恩、李勋等数十人。奏入，帝下锦衣卫欲穷治，陈让在狱中上疏言："东山扇结奸党，图危宫禁。陛下有帝尧既睦之德，而东山敢为陛下言汉武巫蛊之祸。陛下有帝舜底豫之孝，而东山敢导陛下以暴秦迁母之谋。离间骨肉，背逆不道，义不可赦。" 疏奏，帝颇悟。会锦衣卫指挥王佐典其狱，钩得东山实情，查清所言事皆无实，法司因言 "延龄罪状多端，久留禁狱，其子侄骄溢敛怨；以至奸人垂涎财物，纷纷告讦，动辄指斥乘舆，干犯宫禁，其于国体所伤匪小。乞将延龄早赐处决，以宗说、宗俭等调发南京，产业查夺。" 奏上，帝令 "延龄仍禁锢候决，宗说调南京锦衣卫带俸，并宗俭家口俱随住，诸所有田宅，户工二部查旧以奏，讨得者悉籍还官，铁券追夺"。乃械死东山，赦让、鏸等。四月二十四日，户部奉旨查处张延龄的庄田：赏赐的三千八百八十余顷，租银解部；奏讨的一千四百余顷，追没入官；自买的四十七顷，许令变卖。帝照准。

嘉靖二十年八月初八日，昭圣皇太后张氏崩。及太后崩后五年的嘉靖二十五年十月初十日，帝竟下令杀故建昌侯张延龄于西市。

资料摘录：

（嘉靖十二年十月）丙子（注：初七日）诏逮建昌侯张延龄下刑部狱论死，革昌国公张鹤龄爵，降南京锦衣卫指挥同知，带俸闲住。鹤龄、延龄皆慈寿皇太后弟也，以恩泽侯，自先朝凭藉宠灵，颇肆骄横。正德中，日者曹祖有子曹鼎为延龄奴，祖因以星命得幸。鼎尝语同辈马景等，谓其父传六甲六丁神术，能役鬼兵。景等初信之，而祖益神其言。后祖父子不相能，每私忿詈，而景等亦厌祖，譖于延龄，逐之。祖忿怨，挟奏延龄与其子鼎及景等阴谋不轨。诏逮祖下刑部狱，而以景等下锦衣卫狱，鼎等下东厂狱。时都督钱宁掌卫事，太监张锐督东厂，皆观望不穷治。会有旨将集多官廷鞫，祖闻，恨悔，仰药死。当时亦以祖暴死为疑，其提狱主事陈能、巡风主事曹春、司狱王子明皆得罪，狱亦以解，时正德十年九月也。延龄德宁、锐，各馈五百金，寻属天文生董昶为草奏辞爵，不允。然骄横如故，尝以婢窃金施僧，遂执婢及僧杖死，焚其尸。嘉靖初，都督张锐及太监佛保、谷大用等先后伏法，庄田第宅当没官，延龄择便美者辄抑价买之，为山池台榭多僭侈逾制。奴畜指挥司聪为之行钱，聪负延龄五百金，索之急，遂谋于昶子至，拾曹祖所首事为疏，将讦延龄。至阴以奏草示延龄邀贿，延龄遂遣人执聪，发其家椟中得奏状，榜聪百，置幽室中以死。令聪子昇焚其尸，乃与昇折券捐责，而稍优遇之。昇噤不敢言，然常愤詈董至，至知终为昇所仇，又别与百户胡经及校尉阮彪有隙；是年九月，遂仍拾聪前奏，连及经、彪等奏之。事下刑部，逮延龄并诸奴勘鞫，得其擅买违制田宅及杖杀僧、婢、司聪事有证，其言阴谋不轨，岁远无左验。于是尚书聂贤等以延龄系应议亲臣，具狱词献上。上大怒曰："夫谋逆者只论谋与不谋，岂论成否耶？" 因责贤等 "徇私党比，背义欺罔。令戴罪会法司及锦衣卫镇抚司从公究诘"。且谓 "司聪非以棰死，其曹祖服毒死，想当时有主使容纵之者。宜并追论其原问承行法司官吏，备列其名以闻"。屡诏趣具狱。贤等惧，乃勘其奴甘元、张辅及马景等，谓 "司聪以绞死。曹祖及鼎为妖言，与景等私相传语 '谋为不轨'。延龄逆谋虽无左证，而僭侈多端，凶残成性，罪应论列。其兄鹤龄居第相连，坐视不谏，责亦难辞。前任刑部尚书张子麟，侍郎张纶、杨茂元及该司郎中祝澜，主事王言、陈能、曹春等迁延疏慢，以致囚死狱中，皆宜追问。马景等按律各罪有差"。奏上，上曰："延龄罪在十恶，其迹甚明，宜从重典。第告变人亡，无凭质证。今但以多杀无辜、僭肆不法之罪，按祖宗法诛之。鹤龄同恶相济，姑革其爵。其奴马景，传用妖言，罪死。甘元等十人俱免死，发边卫充军。百户刘经革职。其僭造台榭山园及强买没官房产，令该部查奏处分。澜等及子麟等各令巡按御史逮赴京师治罪。聂贤罪废之余，特蒙起用，乃不奉公秉法，故徇偏私，姑夺俸一年。该司官下锦衣卫拷讯。"已，延龄上疏自明，上以延龄罪重，责通政司不宜与封进，夺通政使俸半年，左右通政、参议各三月。（《世宗实录》卷155第3502页）

（嘉靖十二年十月）丙子（注：初七日）下建昌侯张延龄于狱。初，正德间曹祖之死，延龄以太监钱宁（注：此处似有误，宁系锦衣卫官，非太监）等之援，狱遂解。其后指挥司聪与天文生董昶子至谋首其事以胁延龄，延龄复执聪，幽杀之，焚其尸。聪子升噤不敢言，常愤詈至，至虑事发，是年九月乃撮聪前奏上之。上以昭圣皇太后遇其母蒋太后无加礼，方衔张氏，得至奏，欲坐以谋逆，族其家。昭圣太后窘迫无所出，欲为之请，上谢不见；使人请，不许。狱既具，大学士张孚敬言："延龄，守财虏耳，何能反？若坐谋逆，恐伤皇太后心。"上手敕报曰："天下者，高皇帝之天下；孝宗皇帝守高皇帝法。卿虑伤伯母心，岂不怕伤高、孝二庙心邪？"孚敬复奏曰："陛下嗣位时，用臣言称'伯母皇太后'，朝臣归过陛下，至今未已。兹者大小臣工默无一言，诚幸太后不得令终，以重陛下过耳。夫叛逆之狱成，当坐诛族，昭圣独非张氏乎，陛下何以处此？"时法司逮延龄及诸奴杂治，延龄尝买没官田宅，造园池僭侈逾制，又以私憾杀婢，事并发觉，竟坐违制、杀人论死。延龄上疏自明，上以延龄罪重，责通政司不宜与封进，夺通政俸半年，并削昌国公鹤龄爵，延龄系狱待决。（《明通鉴》卷56第1826页）

（嘉靖十三年十月）己酉（注：十六日）南京兵部主事刘世龙以南京大庙灾上言三事："一、杜诡言以正风俗。今天下风俗日趋于下，士皆阿比以营其私，与时浮沉者得以显庸，而独立卓行者反见摈弃。惟陛下赫然矫正之，勿以诡随阿谀（注：疑为谀之误）者为贤、正直鲠介者为不肖。更敕大小臣工协和图治，无朋比植党。二、广容纳以开言路。陛下临御之初，一时言官过于狂诞，以获罪遣。乞宥其既往，与之维新，仍命大小臣工并得直言时政，以作其忠谏之气。三、慎举动以存大体。勋旧大臣与国同休戚，张延龄凭宠为非，法固难贷。然亦孝宗待之过厚酿成此祸，今一旦置之于辟，何以慰孝宗在天之灵而安昭圣皇太后垂老之情乎？又神御阁、启祥宫之建，视太庙孰为缓急，时诎举赢，当以其渐，此皆应天以实之道也。"疏入，上以"世龙讪上庇逆，悖慢不敬，令锦衣卫械系来京，毋纵"。（《世宗实录》卷168第3683页）

（嘉靖十三年）冬十月己酉（注：十六日）南京兵部主事刘世龙，以南京大庙灾，应诏陈三事：一杜诐谀以正风俗；二广容纳以开言路；三慎举动以存大体；末言：
"张延龄凭宠为非，法难容假。侧闻长老之言，孝宗待之过厚，遂酿今日之祸。顾
区区腐鼠，何足深惜，独念孝宗在天之灵，太（注：《明史》卷207 第5474 页亦同，依
文意疑衍）皇太后垂老之景，乃至不能自庇其骨肉，于情忍乎？恐陛下孝养两宫，亦
不能不为一动心也。……"疏入，帝震怒，谓"世龙讪上庇逆"，械系至京，下诏狱
拷掠。狱具，复廷杖八十，斥为民。时夏言等以灾为幸，希旨议礼，故世龙首及之。
又上以张太后故，必欲杀延龄，故世龙得罪尤重云。（《明通鉴》卷56 第1830 页）

　　（嘉靖十五年十月）戊戌（注：十六日）始，张延龄之下狱也，刑部提牢主事沈
椿以戚畹故，不令入重狱，置之别所。后代者遂踵其故，脱其桎梏，稍益宽假之；
听其奴出入扶持，因得私通，亲知往来或置酒狱中，令人谈谐以为乐。至主事罗虞
臣有乡人陈邦宪者，亦坐死系狱，虞臣因置之延龄所，相得甚欢，尝为延龄草奏。
时边将郤永、宋赟、王禄者，皆以大同事系狱，亦与延龄常燕聚，禄因称贷延龄家
人百金。延龄在狱尝书圣学心法一幅，而题"君道不明赏罚"六字于其端，或传播
于外。有嚣讼憸人刘东山以他罪系刑狱，犷肆不受囚拘，虞臣因执而掠之。东山恨
虞臣，欲报之。遂摭延龄前事，谓逆恶阴谋，贿结边官为外援，招匿国仇为内党，
因诬构多人，并延龄妻妾子侄奴属皆入奏；言其妾崔氏动引宫闱为主，延龄又自谓
有先朝恩眷，终不至死；又有赐田及别业百余所，令子孙家人多通贿赂以希脱狱。
并诬虞臣等党庇逆恶状，其所连及者不下数十百人。奏入，诏逮疏中有名者并下镇
抚司拷讯。既而镇抚司以其状闻，上怒"延龄明书'君道不明'之词，讪上为逆"。
责法司"非人类，与死囚为党，令备查先、今提牢官吏，俱执付镇抚司拷讯，尚书
唐龙等令从实对状"。龙等随上章引罪，上又责其"欺公鬻法，既引罪，姑不逮，令
戴罪听处"。于是锦衣卫录刑部前后提牢官吏主事沈椿、林允宗、陈钺、周大礼、王
梅、侯宁、吴孟祺、施丙、胡永成、刘昺、沈宏、芋宰、朱怀翰、朱冕、贺思、赵
瀛、舒缨及已升郎中蔡克廉，署员外郎林华、高世彦，改御史何其高，调兵部主事
何城，改光禄寺寺丞叶泰，司狱陈大川，狱典陈铠及见监主事罗虞臣，俱逮下镇抚
司狱。其公差主事陈公升、徐申、陶廉、王椿、饶思聪，升山西佥事赵迎，先革职
曾孔化，改礼部主事公差赵维恒，改南京礼部主事方舟，考察不及主事张宪，革职
谢载，给假主事钟允谦，丁忧主事褚宝，俱命各巡抚御史执赴京师并讯。时有奸人
刘琦，因延龄重得罪，复图挟诈其间，又诬构延龄谋附权阉传递宫禁内帑金帛赂遗
真人邵元节，暗结边官王禄等，酿成大患等事。有旨"逮疏所指名者并下诏狱拷
讯"。二疏所罣累凡百余人，东山所奏多诬罔过当，而琦所连及或不识，而事皆无
迹。镇抚司以其实闻，诏下都察院从重拟罪。都御史王廷相等议："延龄先坐重辟，
不即加诛，乃敢怨望谤诽，当比骂父者律，仍前候斩。主事沈椿等二十四人及郤永
俱赎杖还职，永仍系狱内，椿首纵重囚，置之轻狱。虞臣不畏国法，私其乡人，皆
为干纪，不宜坐以常律，请从重议。司狱陈大川及吏卒张铠等十八人，以先受延龄

枉法财，并坐谪戍。陈邦宪、宋赟皆先论死，王禄先坐谪戍，仍如别案。东山、琦皆奏事诈不以实，东山发配冲驿，琦发遣边卫。余罪有差。"上从其议，以延龄、邦宪、赟俱仍原议处决，永等付廷评。（《世宗实录》卷192第4055页）

（嘉靖十六年十一月）癸卯（注：十八日）先是，顺天府生员陈瑾男陈大绅、刑部见监犯人刘东山，各奏张延龄、张鹤龄等奸恶诸事，词连致仕大学士张孚敬。至是，镇抚司上请应否行提？诏以"延龄等事与孚敬无预，勿问"。（《世宗实录》卷206第4303页）

（嘉靖十七年正月）丙申（注：二十一日）初，建昌侯张延龄既以罪论死系狱，其兄昌国公张鹤龄调降南京锦衣卫指挥，诸子宗说、宗俭辈尚在京师。张氏自弘治、正德时，凭宠肆虐，多行不义，久为中外怨嫉。延龄等既得罪，而诸子席其故赀富厚擅都下，诸无赖子及家奴利其所有，类撰造危言以恐吓之，率胁取重贿。或索贿不得，或得得（注：疑衍一得字）而意未慊者，则首诸官。去年冬，有班明、于云鹤者上章告变，构及中官、戚里，鹤龄自南京逮赴诏狱瘐死，明、云鹤以诬奏充戍，而言者且接踵。未已，有刘东山者以射父坐死在逃，巡视东城御史陈让檄兵马钱珊捕获之。东山故刁狡，尝驱赚宗俭镈银物无算。至是，乃上书言"延龄夫妻、父子、亲戚魇镇上事皆实，班明等奏不诬"。冀脱己罪，并让、珊构致之，仍取张氏奴陈大绅所构奏词一纸，连封以进。诸奸猾小人庞永洪、于良臣、刘琦、郭文振、王文正等又群起而和之，言张氏咒诅魇魅事有迹，连遂安伯陈鏸，西宁侯宋良臣，京山侯崔元，太监麦福、赵稷、贺恩、李勋等，诸所蔓引，无虑数十人。章俱下锦衣卫拷讯，独令鏸、良臣及福侯。讯竟日，奏请"锦衣卫推鞫东山等，所言事皆无实，不可听"。奏上，诏释元等，放稷等三人于南京闲住，余俱付法司会鞫。法司拟东山等枷号三月，满日发极边充军，让、珊赎杖还职，鏸、良臣免究，福等请自圣裁。因言"延龄罪状多端，久留禁狱，其子侄骄溢敛怨；以至奸人垂涎财物，纷纷告讦，动辄指斥乘舆，干犯宫禁，其于国体所伤匪小。乞将延龄早赐处决，以宗说、宗俭等调发南京，产业查夺"。奏上，诏"延龄仍禁锢候决，宗说调南京锦衣卫带俸，并宗俭家口俱随住，诸所有田宅，户工二部查旧以奏，讨得者悉籍还官，铁券追夺。鏸、良臣如旧管事，福等免究。余如拟"。（《世宗实录》卷208第4318页）

（嘉靖十七年四月）丁卯（注：二十四日）户部奉旨"查明革爵重犯张延龄顺天等府庄田：原系节年钦赏者二十四处，共三千八百八十余顷，责令原佃人户照旧承种，征子粒银解部；许每年一次关领，以为家口食费。原系奏讨者九处，计一千四百余顷，查数追没入官。其自买顺义县庄田一处，计四十七顷，许令变卖"。诏可。（《世宗实录》卷211第4358页）

初，兴国太后以藩妃入，太后犹以故事遇之，帝颇不悦。及帝朝，太后待之又倨。会太后弟延龄为人所告，帝坐延龄谋逆论死，太后窘迫无所出。哀冲太子生，请入贺，帝谢不见。使人请，不许。大学士张孚敬亦为延龄请，帝手敕曰："天下者，高皇帝之天下，孝宗皇帝守高皇帝法。卿虑伤伯母心，岂不虑伤高、孝二庙心耶？"孚敬复奏曰："陛下嗣位时，用臣言称'伯母皇太后'，朝臣归过陛下，至今未已。兹者大小臣工默无一言，诚幸太后不得令终，以重陛下过耳。夫谋逆之罪，狱成当坐族诛，昭圣独非张氏乎？陛下何以处此？"冬月虑囚，帝又欲杀延龄，复以孚敬言而止。亡何，奸人刘东山者告变，并逮鹤龄下诏狱。太后至衣敝襦席藁为请，亦不听。久之，鹤龄瘐死。及太后崩，帝竟杀延龄，事详《外戚传》。（《明史》卷114第3529页）

世宗入继，鹤龄以定策功，进封昌国公。时敬皇后已改称皇伯母昭圣皇太后矣。帝以太后抑其母蒋太后故，衔张氏。嘉靖十二年，延龄有罪下狱，坐死，并革鹤龄爵，谪南京锦衣卫指挥同知，太后为请不得。初，正德时，日者曹祖告其子鼎为延龄奴，与延龄谋不轨。武宗下之狱，将集群臣廷鞫之，祖仰药死。时颇以祖暴死疑延龄，而狱无左证，遂解。指挥司聪者，为延龄行钱，负其五百金，索之急，遂与天文生董昶子至谋讦祖前所首事，胁延龄贿。延龄执聪幽杀之，令聪子昇焚其尸，而折所负券。昇噤不敢言，常愤詈至。至虑事发，乃摭聪前奏上之。下刑部，逮延龄及诸奴杂治。延龄尝买没官地宅，造园池，僭侈逾制。又以私憾杀婢及僧，事并发觉。刑部治延龄谋不轨，无验，而违制、杀人皆实，遂论死。系狱四年，狱囚刘东山发延龄手书讪上，东山得免戍，又阴构奸人刘琦诬延龄盗宫禁内帑，所告连数十百人。明年，奸人班期、于云鹤又告延龄兄弟挟左道祝诅，辞及太后。鹤龄自南京赴逮，瘐死，期、云鹤亦坐诬谪戍。又明年，东山以射父亡命，为御史陈让所捕获，复诬告延龄并构让及遂安伯陈鏸等数十人，冀以悦上意而脱己罪。奏入，下锦衣卫穷治，让狱中上疏言："东山扇结奸党，图危宫禁。陛下有帝尧既睦之德，而东山敢为陛下言汉武巫蛊之祸。陛下有帝舜底豫之孝，而东山敢导陛下以暴秦迁母之谋。离间骨肉，背逆不道，义不可赦。"疏奏，帝颇悟。指挥王佐典其狱，钩得东山实情，奏之。乃械死东山，赦让、鏸等，而延龄长系如故。太后崩之五年，延龄斩西市。（《明史》卷300第7676页）

（嘉靖二十年八月）辛酉（注：初八日）昭圣皇太后崩。（《明史》卷18第231页）

（嘉靖二十五年十月）甲午（注：初十日）杀故建昌侯张延龄。（《明史》卷18第237页）

第十章　章圣皇太后谒世庙礼仪

嘉靖五年九月六日，嘉靖帝以世庙建成将奉安神主，欲奉其母章圣皇太后谒庙，因谕辅臣："圣母欲谒世庙，卿谓何如？"大学士费宏、杨一清等因上言："国朝礼制，有皇后初立谒太庙礼，永乐时改谒奉先殿，无复有至太庙者。盖欲正乾坤之位、谨内外之防也。圣母谒庙不可。"帝又宣张璁、桂萼至左顺门，传谕圣母谒世庙事，令其考求典礼以闻。张璁等具列《文献通考》所载唐《开元礼》及《会典》所载高皇帝始定皇后庙见礼，皆备内外命妇陪祀之仪，今章圣皇太后与中宫皇后谒见世庙，是复古制，以后俱应施行。于是，帝以世庙新成，"圣母章圣皇太后有命，欲于奉安之后瞻拜一次，朕不敢违。"命所司习仪、择日议拟以闻。费宏、杨一清等复上言："璁、萼所引《开元礼》不可为法，国初礼又未定之制，二臣欲追复庙见，是彰祖宗之阙也，不可。"礼部侍郎刘龙等复议，谓张璁所引《会典》所载皇后谒庙之仪是大婚之礼，今日世庙新成是大祭之礼；事体不同，例难引用，合行礼仪，不敢擅拟。已而，张璁、桂萼复上疏以《周礼》宗庙之祭，王与后并行礼为据，坚持皇太后谒庙为是，并请令百官行庆贺礼，乃自具礼仪以上。帝以其疏下礼部议，尚书席书遂持两端之议，上疏以为张、桂所引考据已明，"第母后谒庙，事出创见，议礼者实无所据，惟皇上随宜裁定可否。"并赞同百官庆贺。帝嘉其忠诚，命礼部并议以闻。于是礼部复议以为皇太后谒见世庙之礼，有违祖宗家法，不敢轻议，但"如圣母已有成命，陛下不敢重违，亦惟如书所言，伏俟圣明裁定"；因以张璁、桂萼所订仪注一一辩证，互有从违，续具归一仪注上请。帝准议行，决定圣母以是月十九日奉谒世庙。大学士石珤上疏曰："圣孝惟欲速从圣母命耳。但从令固孝，而孝有大于从令者，臣实不敢默默然以误君父于过举也。窃惟祖宗家法，凡后妃已入宫，未有无故复出者。"劝帝"畏祖宗创建之法，谨天下万世之防，务抑其情以合于道，所有谒庙仪注速赐停止，以成大孝"。帝以圣母谒世庙是礼所当行，责其"语欠酌量，非大臣体国、师保爱君之心"。又令"四时岁暮祭享世庙，俱与太庙同日次第行礼"。席书等又请"圣母谒庙，必得上同行，以主斯礼"。帝从之。十一日，奉安献皇帝神主于世庙。十九日，帝奉章圣皇太后谒世庙。

资料摘录：

（嘉靖五年九月）丙戌（注：初六日），初，上览礼部所上"世庙奉安神主仪注"，遣司礼监官徐甫宣侍郎张璁、詹事桂萼至左顺门，传谕"恭穆献皇帝神主奉安后，章圣皇太后欲谒见世庙，其考求典礼以闻"。于是璁等具列《文献通考》所载唐《开元礼》及《会典》所载高皇帝始定皇后庙见礼，皆备内外命妇陪祀之仪，谓"此我太祖稽古定制也。后因大内复建奉先殿，是以续定册后礼仪止于奉先殿谒告，而内外命妇陪祀之仪俱废。此则因循简便，异于初制矣。臣等窃谓礼以义起，今章圣皇太后与中宫皇后谒见世庙，一则妻从夫之义，一则妇见舅之礼也。宜命礼官参酌举行，仍著为令，此后册后庙见之礼必从太庙、世庙，一复古制，勿循简便"。上曰："世庙新成，奉安皇考恭穆献皇帝神主，圣母章圣皇太后有命，欲于奉安之后瞻拜一次。朕不敢违，所司其具仪、择日议拟以闻。"于是礼部侍郎刘龙等覆议，谓"《会典》所载皇后谒庙之仪，乃高皇帝准古者妇有庙见之礼，为大婚册后制耳。然自永乐以后，止于奉先殿行礼，列圣遵承，守为家法。况璁等所引是大婚之礼，今日世庙新成，未安神主，是大祭之礼，事本不伦，例难引用。合行礼仪，臣等愚昧，不敢擅拟"。已而，璁、萼复疏言："议者谓臣所引婚礼与祭礼不同，殆亦未之思耳。

观昔孔子对哀公之言，则冕而亲迎，所以为宗庙也。谒庙者，事宗庙之始也。其后有事宗庙，无不共焉。故《周礼》宗庙之祭，王冕服立于东序，后副袆立于西序。九献之礼，王与后递举焉。后世礼渐湮废，故唐《开元》礼仅存册后谒庙一节。我太祖采而行之，载在《会典》，奈何概从而废之乎？"又言："礼部仪注有'请恭穆献皇帝神主入谒太庙及谒奉先等殿'，臣谓此卒哭祔庙礼也。今献皇帝专享世庙，礼宜从吉，惟先期奉告而已。至日经太庙、奉先等殿，第阖门如常，降舆而过，不宜复渎其请。于奉安次日，皇上御奉天殿，百官行庆贺礼，此则臣子忠爱之心。顷奉旨免行，臣下窃有未安。"诏以其疏下礼部并议。时尚书席书以目疾在告，乃自为疏言："二臣所引考据已明，第母后谒庙，事出创见，议礼者实无所据，惟皇上随宜裁定可否。"又言："献皇帝神主不当入谒太庙，宜从璁言。至于百官庆贺，诚礼不容已。伏乞皇上免从部请，并行天下诸王府进香表贺。仍仿宋郊祀赐赦之典，将先日议礼获罪诸臣次第宽宥，所谓'得万国之欢心以祀先王'，此天子之大孝也。"上嘉书忠诚，命礼部并议以闻。于是礼部覆议："皇太后谒见世庙之礼，臣谨考之祖宗家法，实有不敢以轻议者。如圣母已有成命，陛下不敢重违，亦惟如书所言，伏俟圣明裁定。若书等所请，乞俯从百官上表称贺，及行天下诸王进香表贺，并乞宽宥言礼诸臣，悉宜从之，以昭大庆。"因以璁、萼所参详奉安仪注一一辩证，互有从违，续具归一仪注上请。……上曰："世庙告成大礼既备，朕至孝之心至是少慰。大小百官欲进表称贺，朕不忍拂其至情，准议行；其新拟归一仪注俱依拟。圣母以是月十九日奉谒世庙，不必用陪谒女官、命妇，止用内执事并内司赞女官，还另具仪来看。"大学士石珤上疏曰："臣伏睹御札及传谕，欲于世庙安主后，奉太后谒祭，已同二三辅臣据礼正对，未赐批答。今中官复传圣意，令礼部即具仪注。臣仰窥圣孝惟欲速从圣母命耳。但从令固孝，而孝有大于从令者，臣实不敢默默然以误君父于过举也。窃惟祖宗家法，凡后妃已入宫，未有无故复出者。又太庙尊严，上同于天，乃天子对越神灵之所，非时享祫祭，虽天子亦未有轻易辄入者，况后妃乎？其曰后妃庙见，即今奉先殿是也，圣祖神宗累经参酌，行之百五十余年，列圣相传，已为定制。中间纳后、纳妃不知凡几，亦未有一敢议及，何至今日忽有此说哉？今日之家法，即祖宗当时之家法；今日之治功，即祖宗当时之治功；释此不务而徒纷纷曰'国初之礼有未备，今日之庙有不同'，任意徇情，一切自用，彼容悦幸臣岂有爱君之实哉？陛下聪明天纵，虽曰作者之圣，然圣不自圣，尤见法祖之道；况一代开创之英主，多少运思，多少历事，以立后世之法，亦岂易以度越者哉？臣愚以为，祖宗之法不可轻变者如此。抑又闻之，乾刚坤柔，阴阳定分，各止其所，不相侵越。以陛下刚健中正之资，为天地百神生民之主，致使太后无故辄由正门出入，辄入太庙街门来往；坤行乾事，阴冒阳位，其几既见，不容但已，异时纵无后患，然亦岂可不加之虑哉？臣朴鄙之臣，辅导无状，固不足言。诚恐上累圣德，以故不敢阿谀苟容，狐疑观听，以成君父之过，以负天地之恩也。伏望圣明思乾坤阴阳之义，畏祖宗创建之法，谨天下万世之防，务抑其情以合于道，所有谒庙仪注速赐停止，以成大孝。"上曰："圣母欲一谒世庙，以伸慕思皇考之意，虽奉慈训，而礼制命令皆出乎朕，亦是礼所当行，非为干预外事，有害政体。况册立皇后及各处进皇太后表物皆从正门而入，卿如何说以阴冒阳？又言不可轻出正门，语欠酌量，非大臣体国、师保爱君之心。"礼部奏："世庙祭辰已会议用享太庙次日，盖欲使敬心不分之意。兹太常乃称斋戒省牲先期难于两用，又岁暮之祭次日有碍元旦。今再酌议：其四孟时享宜如前议行，但孟春太庙享祀原无定期，其或大祀天地，卜吉在正月上旬之内，警戒日偶与享世庙期妨，当于郊后择日举行。若大祀在上旬外，自合用太庙次日无疑也。惟岁暮之明日，诚不便举祭。权礼之宜，可同享太庙日先后行之。"诏"四时岁暮祭享世庙，俱与太庙同日次第行礼"。（《世宗实录》卷68第1544页）

（嘉靖五年九月）丙戌（注：初六日）上以世庙奉安神主，宣百官至左顺门，谕以章圣皇太后欲谒见世庙，令考求典礼以闻。大学士费宏、杨一清曰："国初以大婚、册后，定皇后谒太庙礼，自永乐后，改谒奉先殿，无至太庙者。"上以问张璁、桂萼，对曰："唐《开元礼》有皇后庙见仪，国初用之，永乐后此礼遂失。臣谓皇太后宜先见太庙，以补前礼之阙；次见世庙，以成今礼之全。"礼部侍郎刘龙曰："《会典》所载庙见礼，为大婚、册后制耳。璁等所引是大婚礼，今世庙新建，奉安神主，是大祭之礼。事本不伦，例难引用。"璁、萼复折之曰："周天子宗庙之祭，王服衮冕而入，立东序；后服副袆而入，立西序。是天子与后共承宗庙也。皇上毅然举行复古礼，未为不可。"因自具仪以上。于是大学士石珤复上疏曰："我朝家法，后妃入宫，未有无故复出者。太庙尊严，非时享祫祭，天子亦不得入，况后妃乎？萼辈所引庙见礼，今奉先殿是也。圣祖神宗行之百五十年，已为定制，中间纳后、纳妃不知凡几，未尝有敢议及者，何至今日忽倡此议？且阴阳有定位，不可侵越。陛下为天下百神之主，致母后无故入太庙，坤行乾事，阴侵阳位，不可之大者也。"不纳，卒如璁议。时席书以目眚在告，上言："母后谒庙，事出创闻，礼官实无所据，惟圣明裁酌。且世庙既成，宜有肆赦之典，请尽还议礼遣戍诸臣，所谓万国之欢心以事先王，此天下大孝也。"报闻。书等又请"圣母谒庙，必得上同行，以主斯礼"。从之。辛卯（注：十一日）奉安献皇帝神主于世庙。己亥（注：十九日）上奉章圣皇太后有事于世庙。（《明通鉴》卷52第1689页）

（嘉靖五年九月）己亥（注：十九日）上奉章圣皇太后有事于世庙。（《明通鉴》卷52第1869页）

（嘉靖五年九月）己亥（注：十九日）帝奉章圣皇太后谒见世庙。初，帝谕辅臣曰："圣母欲谒世庙，卿谓何如？"费宏、杨一清等因上言："国朝礼制，有皇后初立谒太庙礼，永乐时改谒奉先殿，无复有至太庙者。盖欲正乾坤之位、谨内外之防也。圣母谒庙不可。"帝以问璁、萼，引"唐开元礼有皇后庙见之仪，及国初礼有皇后谒太庙，内外命妇陪祀之文"以对。因言："永乐后止谒奉先殿，皆当时礼官失考，因循简便，非太祖稽古定制也。今皇太后及中宫宜先见太庙，以补前礼之阙；次谒世庙，以成今礼之全。"宏、一清等复上言："璁、萼所引开元礼不可为法，国初礼又未定之制，二臣欲追复庙见，是彰祖宗之阙也，不可。"席书、刘龙等亦上言："高皇帝准古庙见礼，为大婚、册后之制，未及施行，复定册后止谒奉先殿。盖严内外之辨、立万世家法也。璁、萼所引俱大婚礼，今世庙告成，是大祭礼，本不相涉。章圣皇太后宜于奉主之后，祗见观德殿，则祖宗家法守之益坚矣。"璁、萼复上疏言："周天子宗庙之祭，王服衮冕而入，立于东序；后副袆而入，立于西序。九献，皇、后各四，是天子与后共承宗庙也。皇上毅然举行，虽追复古帝王之盛，未为不可。"因自具仪以上，帝命礼部复集议之。于是席书复上疏，遂持两端矣。大学士石珤复上言："祖宗家法，凡后妃入宫，未有无故复出者。太庙尊严，乃天子对越之所，非时享祫祭，亦未轻出入，而况后妃乎？汉唐之季，事不师古，女祸时作，其患不可胜言，可不虑哉？"帝切责之。席书等乃上请"圣母谒庙，必得皇上同行，以主斯礼"。从之。（《皇明肃皇外史》卷6第12页）

第十一章　编纂大礼集

嘉靖三年十二月初七日，为了巩固"大礼议"的成果，侍讲学士方献夫将张璁等人议礼的奏章、礼官的初议及议礼中的会章，编成上下二卷，上疏请刊布天下，以统一朝野的思想。嘉靖帝令礼部刊行。

嘉靖四年十二月十七日，礼部刊《大礼集议》成。原学士方献夫所编是书，一卷为奏议，二卷为会议；帝又命席书辑《大礼集议》，席书因上言，以为原所刊布的多系建言于三年以前，所正取者不过张璁等五人，所附取者不过黄宗明等六人，有同时建议的未经采入，请应其请附名。于是又增侍郎胡世宁所奏及前人议论有关典礼者为第三卷，再增特建世庙议为第四卷。已而学士张璁等复请依《春秋》编年法系以年月，自正德十六年至嘉靖四年；大书其纲，细书其目，并附己意于下，为纂要上下二卷；附录遗议数篇，古今考证数篇，并集议四卷，通为六卷上进。帝命颁布于中外，并诏"大礼已定，自今有假言陈奏者，必罪不宥"。

闰十二月初十日，以大礼书成，帝令礼部录议礼有功而未加恩赏者。于是礼部尚书席书以楚王等名上，并及助大礼之议而今递解回籍为民的陈洸。且言"洸以议礼为人嫉恶，文致其罪，又诬其妻以奸离异，诬其子柱杀人陷重辟。乞降恩旨，稍为开释"。帝下旨令"楚王等慰劳。别议、附议诸臣俱升实授一级，内致仕者仍致仕，儒士与冠带。胡世宁升俸一级。陈洸免递解，郑氏免离异，柱免死，令戍边"。是月，又以《大礼集议》成，加席书太子太保，张璁进詹事兼翰林学士。是时有南京刑部主事陆澄，初极力反对追崇帝父，及大礼已定，张璁、桂萼方用事，乃言"初为人误，质之师王守仁，乃大悔恨"。桂萼悦其言，请除礼部主事，而帝见陆澄前疏，恶之，谪高州通判以去，时论鄙之。

嘉靖五年正月二十五日，陕西道御史张衮以礼定庙成，上疏请原议礼得罪诸臣，帝将其疏下吏部看详以闻。于是福建道御史喻茂坚以帝下张衮奏于吏部，亦上言请将丰熙等从编氓中赦还。时詹事桂萼、张璁亦请曲宥放斥诸臣，御史朱寔昌以武庙实录成，请录丰熙等纂修之劳，复其原职。帝将这些章奏并下吏部。尚书廖纪等乃请如御史张衮等奏，起用以谏去位的大臣，及诸降调行勘、编成为民者皆召复职，仍优恤既死之家，因列需原诸臣杨旦等四十七人之名上之。疏上，帝令报罢。

二月十九日，巡抚辽东右副都御史张琏以谪戍给事中刘济疾笃，上疏乞放生还，兵部亦以为请，被帝切责，不允。二十二日，南京御史赵光等以为席书等议礼五臣以疏远之臣骤至清阶，大礼书成又加迁擢，上疏请听其辞免。帝切责光等轻率狂妄，夺其俸一月。南京六科给事中黄仁山等、十三道御史史梧等各疏言侯秩因反对杨一清以席书之荐召入内阁而遭峻谴，请还其故官，以劝忠直。帝责诸臣不识大体，均被夺俸。

十一月二十六日，参与议礼的闲住光禄寺录事钱子勋以世庙成，陈乞升职；致仕带俸南宁伯毛良亦求录用，同事诸臣聂能迁、陈纪、王价、随全辈皆奏乞恩典。帝令礼部议，礼部以为"但可量与赏赍，不宜遂其妄请"。帝以"诸臣各建议效劳"，竟准其所请。

十二月十一日，上林苑右监丞何渊，复请以世庙议行礼仪如修正尊号凡例，续编刊布，以成《大礼全书》；并乞附其屡年章奏于后，必明著"仿成周世室遗制为百世不迁之义"，不宜从礼官所谓"准汉宣立考庙京师故事"。又言"臣先后所上诸疏，悉因席书嫌其异己，多阻格不复"。于是帝令内阁草敕，命儒臣纂修大礼全书，并将先前所颁集议徼回。席书以何渊章奏"文义悖谬，无足采者"；又以"若今内阁及诸翰林官皆昔日跪门呼号者"，不能参与纂修，宜专用原议礼者霍韬等五人，或起用王守仁。帝从之，命其将续修事理直对以闻。于是席书请以建庙之议编为两卷，续附原编之后；其已成之书，不可更易一语，已颁行者止勿徼回，俟缮完刊定昭示中外，以成一代之典。帝命如议行，后又罢原任监修、总裁官，取原议礼官霍韬等五人至馆供事，以张璁、桂萼充副总裁。

嘉靖六年正月十三日，兵部左侍郎张璁、詹事府詹事兼翰林院学士桂萼各具上纂修《大礼全书》条例，帝令俱付史馆。正月十七日，给事中解一贯等及吏部皆以闲住教授王价、光禄寺录事钱子勋等是考察见黜、例不复叙的官员，今以议礼复用，是坏祖宗百年之制、启小人侥幸之门，请令其致仕。帝乃从之，令其仍以原官致仕。正月二十二日，帝命开馆纂修《大礼全书》，任大学士费宏等为总裁官，谕之"上稽古人之训，近削弊陋之说，参酌诸臣奏论，汇为全书。前集议所编不得更改，可略加润色，以成永久之典"。并御文华殿，面谕总裁等官，各赐金币有差。

二月二十七日，帝观朱熹著作，自得有述一篇，感叹在大礼议中师生、兄弟、朋友被势利所逼，势不两立之风。

三月二十四日，吏部郎中彭泽以考察浮躁降任，兵部侍郎张璁为之讼；言彭泽昔因赞助其议礼而得罪廷臣，今修《大礼全书》备载其事，故廷臣构成虚词，将其列为浮躁，实为陷害忠臣。疏入，帝特诏留彭泽。给事中杨秉义等、御史储良才等复执奏彭泽不当用，且言"璁市私恩、摇国是"。帝怒其狂率，俱夺俸二月。三月二十五日，科道官以考察拾遗劾奏兵部侍郎张璁等，帝以"璁忠诚端直"而将其留用。三月二十七日，张璁上疏乞休，言"臣昔议礼之时，与举朝相抗者四五年，而举世攻臣者百十疏。今又敕修《大礼全书》，元恶寒心，群奸侧目；故'要略'方进，而谗谤繁兴，使全书告成，而诬陷益肆"。又引古语云"去河北贼易，去朝中朋党难"。疏入，帝要"其即出办事，泛论仇攻，不必介意"。

五月二十日，少詹事方献夫、兵部主事霍韬以纂修《大礼全书》赴召，在道上书，主张纂修要"谨按《汉书》《魏志》《宋史》，略采王莽、师丹、甄邯之奏，与其事之始末，及明帝之诏、濮国之议，而各为正论以附其后。乞付之纂修官互考，俾天下臣子知为后之议实起于莽，宋儒之论实出于莽，于以下洗群疑，上彰圣孝"。帝下其书于史馆。

六月二十五日，襄府枣阳王祐楒坐事革爵为庶人，至是以其曾参与议大礼，奏请复爵。帝不许，但念其议礼之功，令每月加其食米二石。

八月十五日，帝览《大礼全书》初稿，以为纪载欠详，论理不足，因此书"不但创行于今日，实欲垂法于万世，以明人伦、正纲纪。'大礼全书'四字未尽其义，宜更名曰《明伦大典》"。张璁等乃加入席书注论四条，帝复命增录欧阳修诸儒之论于父子君臣大伦有所发明者，并将"诸臣所奏，或自疏、或连名、或会官、或奉旨议、或渎乱破礼，宜一一直书，以明是非邪正之辨"。张璁等疏请奏缴内本中关系大礼者，逐一查出，发付采录，以便于考据。帝命查送史馆。

九月初三日，上林苑左监丞何渊进《大礼辑略》《大礼续奏议》各一部，称张璁的"纂要尚有准汉宣立庙京师之说"，又自谓"倡议立庙，反复数千万言，非详具而毕录之，不足以破群疑而一众志。请悉加采集"。帝命付之史馆。次日，帝命张璁以礼部尚书兼文渊阁大学士入内阁办事；旋又命其充《明伦大典》总裁，并谕之"纂修大典，或有易撰者，令詹事韬代之，其余紧要处必须卿撰"。而张璁却以大典一书"不能授之他人，人亦不能受之于臣者也。霍韬自元年五月即谢病去，中间委屈，多所不知。托彼撰述，恐疏略凿空，难成一代大典。必经臣一手，庶得融会贯通"。帝称其独任纂修，"具见竭力为国至意"。

十一月初三日，致仕东昌府学教授王价、光禄寺录事钱子勋，先以议礼得录用，吏部尚书廖纪奏罢之。至是上疏陈乞，礼部亦为之请。帝命授王价国子监学录、钱子勋光禄寺典簿。

嘉靖七年正月二十六日，礼部祠祭司郎中毕廷拱坐考察谪知州，即上书称当年帝母章圣太后欲谒世庙，礼部侍郎刘龙执不可，其与之争而不得。闻得现纂修《大礼全书》，圣母谒庙条下，大书礼官昧礼违诏之失，而系其名于下，甚觉冤枉；并乞以原衔致仕。疏入，帝不省。

六月初一日，《明伦大典》书成进呈，帝亲制序文，命付史馆，刊布天下，并加恩纂述效劳诸臣杨一清、张璁等。六月初三日，帝下敕详述大礼之议，并以"比者命官纂修《明伦大典》，书成进览，其间备述诸臣建议本末，邪正具载，奉天行罚以垂戒后之人，乃朕今日事也"。遂定议礼诸臣之罪，杨廷和、蒋冕、毛纪、乔宇、汪俊、何孟春、夏良胜等均革职为民，毛澄、林俊虽已病故，亦革去生前官职。六月十五日，起复南京刑部山西司署员外郎陆澄上疏，自悔其议礼之非。帝将其疏下吏部，吏部尚书桂萼上言请准其自新，并对如陆澄者，俱听其自陈被逼胁诖误之由，量为录用。帝诏可。六月十九日，桂萼复詹事霍韬论陈洸之枉及监生陈云章之才，又上言极力称赞此二人在议大礼中的表现，主张量升其官。帝亦从之。六月二十四日，詹事霍韬三疏辞礼部尚书之命，并言这是为了证明自己不是苟图官爵，遂阿顺皇上。帝称其退让之美，不准所辞。

七月十九日，锦衣卫指挥佥事聂能迁原附太监钱能，冒功滥升，嘉靖初以例裁免，复因缘议礼而得复秩。至此见《明伦大典》书成，自己不得升职，怨望不平，属闲住工部主事翁洪草疏，诬论新建伯王守仁贿通礼部尚书席书得见举用，词连詹事黄绾及大学士张璁。于是黄绾上章自明，且言聂能迁"意在倾排善类，动摇国是"，并引避请辞。帝令黄绾安心供职。已而审其事尽出诬罔，乃将聂能迁谪戍、翁洪发原籍为民。

十一月十九日，帝以《明伦大典》乃一代典礼，万古纲常所系，准大学士杨一清等请，令将此书颁给各王府并两京文武诸臣及天下诸司。

十二月初五日，帝下诏以《明伦大典》赐建议者诸臣及发明典礼者，仍发福建书坊刊行。十二月十七日，帝览《明伦大典》，见礼部仪制司主事陆澄议礼原疏，遂谕礼部："澄常造悖理之论，惑诱愚蒙，逢迎取媚。又假以悔罪为辞，悖恶奸巧，有玷礼司。"乃谪为广东高州府通判。

嘉靖八年十月初七日，太仆寺寺丞何渊原以太庙世室之说希图进用，见张璁纂修《明伦大典》时削而不录，即私集其说，为五卷进呈；且攻璁引汉哀别庙京师故事，冗复万言。帝十分厌恶，将何渊谪湖广永州卫经历。

嘉靖十年八月十七日，吏部郎中夏良胜在议大礼时有异议，后集其典铨章奏成《铨司存稿》，议礼及执奏传奉尚书、学士诸疏俱载，托其原籍江西参议张怀、南城主簿宁钥刻之。会《明伦大典》成，帝将夏良胜黜为民。其乡人王荣素怨良胜，乃以其书稿封进，并讦良胜诸不法事，帝怒，令捕良胜等下狱拷讯，而三年不决。至是，法司会锦衣卫论当杖赎。帝以为轻，特旨谪戍辽东三万里，逾五年卒于戍所。

嘉靖十一年九月初二日，原任山西霍州知州陈采上疏，以《祖训》"兄终弟及"

指同父而言，武宗遗诏本以"孝宗皇帝亲弟、兴献王长子伦序当立"，非与武宗为兄终弟及。既反对杨廷和的"濮议"，又反对张孚敬"不当继嗣孝宗，止继统于武宗"的观点。谓张孚敬首开言礼之祸，所当先正典刑。并请"将《明伦大典》所载，按原奏事情轻重，各论如律"。帝怒，谓"《明伦大典》朕所裁定，颁行天下久矣。采乃辄敢妄议，令锦衣卫执送法司拷讯"。

资料摘录：

（嘉靖三年十二月）丁酉（注：初七日）侍讲学士方献夫言："大礼之议，仰赖圣明独断，大伦已明，但礼意尚微，国是靡定。彼心悦诚服者固有，而腹诽巷议者犹多。盖缘臣等之议尚未播之于人，虽朝端达士未睹其说之始终，即闾阎小民何知夫事之曲折。臣为是纂辑学士张璁等五人所奏，首以礼官之初议，终以近日之会章，编成上下二卷，冀得刊布天下，使观者具知颠末，而是非自见，不必家喻户晓，而圣孝光四海传后世矣。"诏下礼部刊行。（《世宗实录》卷46第1178页）

（嘉靖四年十二月）辛丑（注：十七日）礼部刊《大礼集议》成，诏于奉天门奏进。原编是书，一卷为奏议，二卷为会议，学士方献夫所纂辑者也。后又增侍郎胡世宁所奏及前人议论有关典礼者为第三卷，再增特建世庙议为第四卷。已而学士张璁等复请依《春秋》编年法系以年月，始正德辛巳，迄嘉靖乙酉。大书其纲，细书其目，开附己意于下。为纂要上下二卷，附录遗议数篇，古今考证数篇，并集议四卷，通为六卷上进。诏颁布于中外。（《世宗实录》卷58第1390页）

（嘉靖四年十二月）辛丑（注：十七日）《大礼集议》成。初，侍讲学士方献夫言："大礼之议，仰赖圣明独断，天伦已明。惟臣等所议未经传布，朝端之士未睹其说之始终，闾巷小民何知大事之曲折？臣于是纂集学士张璁等五臣所奏，首以礼官之初议，终以近日之会章，编为上下二卷。颠末既明，是非自见，不必家喻户晓而圣孝光四海、传后世矣。"得旨令刊行之。已而上命席书辑《大礼集议》，书言："近题请刊布，多系建言于三年以前，若臣书及璁、萼、献夫、韬所正取者不过五人。给事中熊浃，郎中黄宗明，经历黄绾、金述，监生陈云章，儒生张少连及楚王、枣阳王二宗室外，所附取者不过六人。有同时建议若监生何渊、主事王国光、同知马时中、巡检房浚，言或未纯，义多未正，亦在不取。其他罢职投闲之夫，建言于璁、萼召用之后者，皆望风希旨，有所觊觎，亦一切不录。其锦衣百户聂能迁、昌平教谕王价，建言在三年二三月，未经采人，今二臣奏乞附名，应如其请。"于是以献夫所辑上下二卷，增入侍郎胡世宁等所奏为第三卷，世室建议为第四卷。已，张璁复依编年法为《纂要》上下二卷，通为六卷，上之。诏颁布中外，并诏"大礼已定，自今有假言陈奏者，必罪不宥"。（《明通鉴》卷52第1684页）

（嘉靖四年闰十二月）甲子（注：初十日）以大礼书成，诏礼部录诸尝上议未加恩赏者。于是礼部尚书席书言："楚王荣㳃、襄府枣阳王祐楒俱尝陈议，当降敕慰劳，其余诸臣，自臣等正议者五人外，附议者六人，则今参议熊浃、知府黄宗明、南京都察院经历黄绾、知州金述、致仕训导陈云章、儒士张少连；乞早下诏以正国是、定人心者一人，则兵部左侍郎胡世宁；乞附名礼书者二人，则锦衣卫百户聂能迁、致仕教谕王价；请附享太庙者一人，则光禄寺署丞何渊；助大礼之议者一人，则先任给事中、今递解回籍为民陈洸。"且言"洸以议礼为人嫉恶，文致其罪，又诬其妻以奸离异，诬其子柱杀人陷重辟。乞降恩旨，稍为开释"。得旨："楚王等慰劳。别议、附议诸臣俱升实授一级，内致仕者仍致仕，儒士与冠带。胡世宁升俸一级。陈洸免递解，郑氏免离异，柱免死，令戍边。"（《世宗实录》卷 59 第 1398 页）

（嘉靖四年闰十二月）是月，以《大礼集议》成，加席书太子太保，张璁进詹事兼翰林学士。又诏礼部录诸尝上议未加恩赏者，书汇奏上之。于是楚王荣溔、枣阳王祐楒，降敕慰劳，其余附义之六人以下皆升赏有差。初，张璁上疏逾月，而襄府枣阳王奏至，自是希宠干进之徒纷然而起，下至失职武夫、罢闲小吏，亦皆攘臂努目、抗论庙谟。即璁、萼辈亦羞称之，不与为伍，故自正取外，率无殊擢。若聂能迁、王价之辈，则以党璁等附名。而是时有南京刑部主事陆澄，初极言追崇之非，逮服阕入都，大礼已定，璁、萼方用事，澄乃言"初为人误，质之师王守仁，乃大悔恨"。萼悦其言，请除礼部主事，而上见澄前疏，恶之，谪高州通判以去，时论鄙之。（《明通鉴》卷 52 第 1685 页）

（嘉靖五年正月）戊申（注：二十五日）陕西道御史张衮言："今者礼定庙成，孝隆洽洽。若往时议礼诸臣株守师说，不识忌讳，轻犯逆鳞，虽自取罪戮，而其心诚有可原者。惟皇上大赐再造之恩，以顺春生之序，命吏部推择大臣以谏去者，其他谪降及行勘者，即复其职，或以次擢用；死者重恤其家，充军者放还，乡里为民者量复一官。则宥罚咸中，恩威不悖。"疏入，下吏部看详以闻。于是福建道御史喻茂坚言："陛下幸哀得罪诸臣，下衮奏吏部，即尧舜不是过。臣伏请往时同议诸臣无虑数百，至蒙恩贷，独丰熙等见号首事服重辜，今窜身行伍，混迹编氓。赦过宥罪，宜在所急，惟陛下一视同仁，召熙等供职如故。"时詹事桂萼、张璁亦请曲宥放斥诸臣，御史朱寔昌以武庙实录成，请录丰熙等纂修之劳，复其原职。章并下吏部。尚书廖纪等乃请如御史张衮等奏，起用大臣以谏去如杨旦、汪伟者，及诸降调行勘、编成为民者皆召复职，仍优恤既死之家。因列诸臣名上之：降调则郎中刘天民，修撰吕楠，编修邹守益，给事中邓继曾，御史季本、陈相、陈逅、段续、王懋，主事侯廷训、林应骢，评事韦商臣；行勘则员外郎薛蕙；为民则都给事中张汉卿、安盘，御史王时柯、郭楠、马明衡、朱浙；充军则学士丰熙，修撰杨慎，检讨王元正，都给事中张翀、刘济，御史余翱，郎中俞宽、黄待显、陶滋、相世芳，评事母德纯；已死则编修王相、王思，给事中毛玉、裴绍宗、张原，御史胡琼、张日韬，郎中胡琏、杨淮，员外郎申良，主事余祯、臧应奎、许瑜、张灿、殷承叙、安玺，司务李可登凡四十七人。及给事中刘最以被缉事坐窜，鸿胪少卿胡侍坐他事系狱，不预焉。疏上，报罢。（《世宗实录》卷 60 第 1417 页）

（嘉靖五年二月）壬申（注：十九日）巡抚辽东右副都御史张璧奏："谪戍给事中刘济疾笃，乞放生还，以广圣泽。"兵部亦以为请。上以刘济倡率跪门，欺慢君上，张璧党护奏扰，切责而宥之。乙亥（注：二十二日）南京御史赵光等言："席书、张璁、桂萼、霍韬、方献夫以疏远之臣骤至清阶，未及一载，更加迁擢。大礼之成，出自宸断，书等逆探圣意而将顺之，不足为功，宜听辞免。"上谓"书等赞成大礼，特加升用，不为私恩"。切责光等轻率狂妄，夺俸一月。南京六科给事中黄仁山等十三道御史史梧等各疏言"杨一清以席书之荐召入内阁，故侯秩以为不可，虽言词过激，当曲赐优容。今诏旨太峻，谴责太深，非所以开言路而安大臣也。臣请还秩故官，以劝忠直"。得旨责诸臣不识大体，夺仁山等俸三月，梧等二月。（《世宗实录》卷 61 第 1435 页）

（嘉靖五年十一月）乙巳（注：二十六日），闲住光禄寺录事钱子勋以世庙成，陈乞升职。致仕带俸南宁伯毛良亦求录用，同事诸臣聂能迁、陈纪、王价、随全辈皆奏乞恩典。诏下礼部议，谓"能迁与价，往略采其言，已升职矣。良宜令兵部试其才力酌用。子勋三人托名建言，冀幸复职，但可量与赏赉，不宜遂其妄请"。上以"诸臣各建议效劳，良如部议，能迁升副千户管事，纪、全各加一级，价以京职叙用，子勋复原职致仕"。（《世宗实录》卷 70 第 1594 页）

（嘉靖五年十二月）己未（注：十一日），先是，上林苑监右监丞何渊，复请以世庙议行礼仪如修正尊号凡例，续编刊布，以成《大礼全书》；并乞附其屡年章奏于后，必明著"仿成周世室遗制为百世不迁之义"，不宜从礼官所谓"准汉宣立考庙京师故事"。又言"臣先后所上诸疏，悉因席书嫌其异己，多阻格不复"。上谓"议定世庙实与尊号相同"，诏内阁草敕，命儒臣纂修全书，其先所颁集议，且令徼进。时书方病，因奏："顷议礼之初，已有另庙之说。且前建庙卷内所载略具，惟开神道以众论不一，及迁主谒庙之议，稍未编入。宜敕原议礼官如方献夫、霍韬、黄宗明、熊浃、黄绾同本部官增修续之。或召起尚书王守仁，可与诹议。若今内阁及诸翰林官，皆昔日跪门呼号者，无烦使之事事，以启纷更。"且论渊章奏"文义悖谬，无足采者"。上特委曲谕书，命将续修事理直对以闻。于是书请以建庙诸所宜悉者编次为两卷，仍于纂要内次第岁月，提纲分目，据事直言，续附原编之后。其已成之书，不可更易一语；并已颁行者止勿取徼，俟缮完刊定昭示中外，以成一代之典。命如议行，已，复诏罢监修、总裁官，取原议礼韬等五人至馆供事，以张璁、桂萼充副总裁，翰林院修撰等官曩未预修书者五人、礼部司属二人、并韬等五人为纂修官。（《世宗实录》卷 71 第 1597 页）

（嘉靖六年正月）辛卯（注：十三日）兵部左侍郎张璁言："恭穆献皇帝尊号已定，世庙已成。前者翰林院侍讲学士方献夫集诸臣奏议，礼部尚书席书为之纂要，上请颁布矣。今特敕馆阁纂为全书。窃以此礼之争，非今日也，自汉、宋诸君争之矣，自汉、宋诸臣失之矣。今上之改，非改今日也，改汉、宋诸君也；臣等之争，非争今日也，争汉、宋诸君也。前集议成于礼部，犹从案牍之文、有司之书也。今从全书出于史馆，宜从典则之体、天子之书也。有司之书行于一时，以觉凡愚，不可遽废。天子之书传于万世，以著令典，不可苟为。宜仿《通鉴》凡例，以年月日为纲，事关大礼者必书，每书必实。诸臣奏议如礼者必采其精，不必（注：疑此字为衍文）如礼者，亦存其概，备载圣裁，见非天子不议礼也。臣谨自建议以来，备录所识为要略以献。"时詹事府詹事兼翰林院学士桂萼亦具上条例，因言："上初入，不从诸臣于文华殿奉笺劝进，此继统之礼已坏而复正之。由执政欲擅援立功，遽改迎立诏旨，此百官聚讼之由，皆宜谨书之。至于三诏，当备书，志上舍己从人之实；大臣进退、百官谴谪始末，当备书，志上之明断，且存万世公论。诸臣奏议，第据事直书，不加褒贬。"上曰："纂修凡例务宜审定，萼所条、并璁录，俱付史馆采焉。"（《世宗实录》卷 72 第 1630 页）

（嘉靖六年正月）乙未（注：十七日）诏闲住教授王价、光禄寺录事钱子勋仍以原官致仕。先是，上以价、子勋议礼故，有旨复用。给事中解一贯等言："价等自知考察见黜，例不复叙，乃假议礼以图进用，非真忠于陛下者也。今兹复用，则是坏祖宗百年之制，且启小人侥幸之门，故尚书席书、廖纪皆执以为不可，则朝廷公议可见矣。乞从部拟，令其致仕，以为罔上营私之戒。"吏部亦谓"考察黜者，使得复用，将来人相援比，臣等无所据守"。上乃从之。（《世宗实录》卷 72 第 1632 页）

（嘉靖六年正月）庚子（注：二十二日）诏开馆纂修《大礼全书》，赐少师兼太子太师吏部尚书华盖殿大学士费宏等敕曰："朕自继承大统即位以来，朝夕之间惟我皇考、皇母尊称未定，命礼官考详大礼，辄引后世继嗣之说，名实不称，废坏纲常。尚赖天赐良哲正直之士，力赞朕一人正厥大伦，尊尊亲亲各当其宜。位号已定，庙祀已成，岂可无一全书以示后世。虽前命礼官席书纂成集议，其中或有未备，朕心慊焉。今特命尔宏与少师兼太子太师吏部尚书谨身殿大学士杨一清、少保兼太子太保吏部尚书武英殿大学士石珤、少保兼太子太保礼部尚书武英殿大学士贾咏、少保兼太子太保礼部尚书席书为总裁官；兵部左侍郎张璁、詹事府詹事兼翰林院学士桂萼为副总裁官；詹事府少詹事兼翰林院侍讲学士方献夫、霍韬，原任河南布政使司右参议熊浃，福建都转运盐使司运使黄宗明，翰林院修撰席春、编修孙承恩、廖道南、王用宾、张治，南京工部营缮司员外郎黄绾，礼部仪制司主事潘潢、祀祭司主事曾存仁为纂修官。于正月二十二日开馆。尔宏等宜勉尽忠爱，深体朕心，上稽古人之训，近削弊陋之说，参酌诸臣奏论，汇为全书。前集议所编不得更改，可略加润色，以成永久不刊之典。其尚同心协虑，称朕正名崇孝至意，钦哉，故谕。"赐宏等宴于礼部，命英国公张仑侍。至是，上御文华殿，面谕总裁等官，各赐金币有差。（《世宗实录》卷 72 第 1636 页）

（嘉靖六年二月）甲戌（注：二十七日）上观宋儒朱熹著《南剑州尤溪县学明伦堂铭》，自得有述一篇，内云："今世降理微，人欲炽盛，无怪彼之附和者。但可惜者，师生、兄弟、朋友或一气而分，或交以为友亦有不同焉。少师杨一清为乔宇之师，宇受学于一清有年矣，一旦被势利之逼，则师之言不从矣。桂华为少保桂萼之兄，则弟不亲矣。湛若水为尚书方献夫之友，则友而疏矣。吁，信势利夺人之速，可垂世戒。"辅臣杨一清因言："乔宇之不听臣言，湛若水背献夫之论，是诚然矣。若桂华能持正论，且闻萼之学多自其兄启之，未可尽非也。"上报曰："朕阅大典，有得而述，因叹兄弟邪正殊途，桂华、桂萼之如此，方鹏、方凤之如彼，吁嗟之余，扬抑不平。近日多事，未暇检读，依卿言将原稿更之。"（《世宗实录》卷73第1653页）

（嘉靖六年三月）辛丑（注：二十四日）吏部郎中彭泽以考察浮躁降任，兵部侍郎张璁为之讼，言"昔议礼时，泽见臣《大礼或问》，深加赏叹。既劝臣进呈，又为录送内阁，以是大不理于众口。兹者臣进《大礼要略》，备载其事，及徐文华、余才、卢琼排击等语。文华等不胜愤恨，遂谋于乡人御史程启充与都御史聂贤，构成虚词，列之浮躁，启充与琼且欲以次击臣等。夫皇上敕修《大礼全书》将以传之万世，今'要略'方进，而忠臣被黜，使'全书'告成，而忠臣忧惧当如何也？幸上察之"。疏入，特诏留泽。已而泽具疏且自白，曰："即使臣以议礼当上心，亦不容借此为叙复之资。况实无片语上达，廷棰殆毙，人所共睹，欺天行诈，安敢为也。"不听。已，给事中杨秉义等、御史储良才等复执奏泽不当用，且言"璁市私恩、摇国是"。上怒其狂率，俱夺俸二月。（《世宗实录》卷74第1670页）

（嘉靖六年三月）壬寅（注：二十五日）科道官以考察拾遗劾奏侍郎胡瓒、刘龙、赵永、张璁、童瑞、蒋曙、闵楷、韩荆，尚书嵩（注：疑为衍字）张嵩，都御史陈凤梧、王琊、林琦、傅习、毕昭，右通政唐承志，卿崔杰、安金，司业吴惠，中允边宪，编修廖道南，郎中张拱辰、李淛、陈赏、边仲，锦衣卫经历彭应轸。上曰："瓒佐理邦储，龙日侍讲读，璁忠诚端直，瑞勤诚尽职，俱留用，嵩、凤梧、永、琦、杰、承志令致仕，其余吏部会都察院详议以闻。"议上，得旨："琊、楷、惠、宪、道南留用，毕、昭待服阕定夺，荆、曙、金致仕，习调用，拱辰、应轸、仲闲（注：疑下脱'住'字），淛、赏降用。"（《世宗实录》卷74第1671页）

（嘉靖六年三月）甲辰（注：二十七日）兵部左侍郎张璁乞休，疏曰："臣昔议礼之时，与举朝相抗者四五年，而举世攻臣者百十疏。今又敕修《大礼全书》，元恶寒心，群奸侧目；故'要略'方进，而谗谤繁兴，使全书告成，而诬陷益肆。古云'知我罪我，其惟《春秋》'。又云'去河北贼易，去朝中朋党难'。虽圣明刚决，臣无容忧，第以清明之朝而有此攻击之风，亦臣所不敢安也。"疏入，上曰："璁学识深长，至守公正，有诏留用，亦非朕私。其即出办事，泛论仇攻，不必介意。"（《世宗实录》卷74第1673页）

（嘉靖六年三月）丙申（注：二十日）少詹事方献夫、兵部主事霍韬以纂修赴召，在道上书言："臣等谨按：自古力主为后之议者，宋莫甚于司马光，魏莫甚于明帝，汉莫甚于王莽。主濮议者司马光为首，吕诲、范纯仁、吕大防附之，而光之说惑人最甚。主哀帝议者王莽为首，师丹、甄邯、刘歆附之，而莽之说流毒最深。若魏明帝以篡逆得国，本名教罪人，不足多论。惟宋儒祖述王莽之说，以惑万世、误后学，似是而非，不可不辩。臣等谨按《汉书》《魏志》《宋史》，略采王莽、师丹、甄邯之奏，与其事之始末，及明帝之诏、濮国之议，而各为正论以附其后。乞付之纂修官互考，俾天下臣子知为后之议实起于莽，宋儒之论实出于莽，于以下洗群疑，上彰圣孝。"诏下其书于史馆。（《世宗实录》卷76第1703页）

（嘉靖六年六月）庚午（注：二十五日）先是，襄府枣阳王祐楬坐事革爵为庶人，至是以尝议大礼，奏复爵。上不许，念其建议微劳，加食米月二石。（《世宗实录》卷77第1724页）

（嘉靖六年八月）庚申（注：十五日）初，上命学士张璁、桂萼等纂修《大礼全书》，至是，以初稿六册呈览。上曰："朕览稿，具见编摩至意。尚书席书前所著论犹似阙略，纪载欠详，宜通查详定。其先儒所论并汉、魏、宋事，果与礼合，褒进之，使后人有所守。缪而否者，贬斥之，亦使后人无所惑。且斯礼也，不但创行于今日，实欲垂法于万世，以明人伦、正纲纪。'大礼全书'四字未尽其义，宜更名曰《明伦大典》。"璁等乃入席书注论四条，上复命增录古人欧阳修诸儒之论于父子君臣大伦有所发明者。于是璁等先撰稿进呈，上曰："览所撰，具见尔等尽心典礼纲常所系。但诸臣所奏，或自疏、或连名、或会官、或奉旨议、或渎乱破礼，宜一一直书，以明是非邪正之辨。尔等仍会总裁官详议，用心纂修。"璁等疏请该科奏缴内本凡关系大礼者，逐一查出，发付采录，庶便宜考据。上命查送史馆。（《世宗实录》卷79第1756页）

（嘉靖六年九月）丁丑（注：初三日）上林苑监左监丞何渊进《大礼辑略》《大礼续奏议》各一部，言"陛下大孝尊亲，比隆三代，而纂要尚有准汉宣立庙京师之说，恐儒臣习于故闻，溷入纪载，启天下万世之疑"。又自谓"倡议立庙，反复数千万言，非详具而毕录之，不足以破群疑而一众志。请悉加采集"。上命付之史馆。（《世宗实录》卷80第1767页）

（嘉靖六年九月）戊申（注：初四日）命兵部左侍郎兼翰林院学士张璁为礼部尚书兼文渊阁大学士入内阁办事。璁疏辞，上曰："卿才行超越，学术纯正，朕简授内阁，正赖匡弼，以辅德翊治。宜即赴阁供职，以副眷怀。"璁复辞免署都察院事，上曰："卿署事以来，克尽心力，竭诚理政，以赞朕治。若更命一官，恐仍前弊，变卿所行。可不妨内阁纂修兼掌院事如故。夫祖宗创建，朕与卿图复旧政，以泽斯民也。恐卿未知，今特谕之，已有旨令周伦佐理院事，凡杂行事务及承旨奏事，皆伦代行。"旋命璁充《明伦大典》总裁及进讲《大学衍义》侍班官。……上谕大学士张璁曰："纂修大典，或有易撰者，令詹事韬代之，其余紧要处必须卿撰。"璁言："大典一书，皇上提挈万古纲常，其间争论，臣逐一有记，不能授之他人，人亦不能受之于臣者也。霍韬自元年五月即谢病去，中间委屈，多所不知。托彼撰述，恐疏略凿空，难成一代大典。必经臣一手，庶得融会贯通。杨一清尝语臣云：'自古史书必经一手方成一家，文字若参以他人，则错杂矣。'今胡世宁已在途，臣得解院事，尽有余工矣。"上报曰："卿独任纂修，具见竭力为国至意。撰述杂则义不通，诚是。但朕本意恐卿多劳耳。"（《世宗实录》卷81第1792页）

（嘉靖六年十一月）丁丑（注：初三日）致仕东昌府学教授王价、光禄寺录事钱子勋，先以议礼得录用，尚书廖纪奏罢之。至是上疏陈乞，礼部为之请。上命授价国子监学录，子勋光禄寺典簿。（《世宗实录》卷82第1830页）

（嘉靖七年正月）己亥（注：二十六日）礼部祠祭司郎中毕廷拱坐考察谪知州，乞以原衔致仕，上书自言："章圣太后欲躬谒世庙，时侍郎刘龙执不可。臣以为当谒，争之不得。其后臣与龙同受忤旨之罚。近闻将纂礼书，倪于圣母谒庙之条，大书礼官昧礼违诏之失，而系臣名其下，则臣之心不白矣。"疏入，上不省。（《世宗实录》卷82第1840页）

（嘉靖七年六月）辛丑（注：初一日）《明伦大典》书成进呈，上亲制序文，命付史馆，刊布天下，加恩纂述效劳诸臣：少师兼太子太师吏部尚书华盖殿大学士杨一清加正一品俸，荫一子为尚宝司司丞；少保礼部尚书兼文渊阁大学士张璁加少傅、升吏部尚书谨身殿大学士，荫一子为中书舍人；吏部左侍郎兼翰林院学士翟銮升礼部尚书兼文渊阁大学士；太子太保吏部尚书翰林院学士桂萼加少保兼太子太保，荫一子为中书舍人；礼部尚书兼翰林院学士方献夫加太子太保，尚书兼官如故；俱照旧办事，各给诰命。都察院右副都御史熊浃升左副都御史；詹事府詹事兼翰林院学士霍韬升礼部尚书，仍兼学士，掌詹事府事；少詹事兼翰林院侍讲学士黄绾升詹事，兼官如故。（《世宗实录》卷89第2005页）

（嘉靖七年六月）癸卯（注：初三日）敕定议礼诸臣之罪，曰："朕以宗支眇末，膺天命光绍丕图，实惟我祖宗列圣积功累仁，延庆垂祉于我后之人，亦惟我皇考、圣母之鞠育诲导以底于成立。即位六日，辄下群臣议尊崇之礼。不意内阁大学士杨廷和谬主宋之'濮议'，指示礼官；尚书毛澄不能执经据礼，却乃唯唯顺从，欲附朕于与'为人后'之论，谓宜考孝宗、母昭圣，而改称朕本生父母为叔父母。朕思皇兄遗诏乃遵我太祖'兄终弟及'之训，曰'兴献王长子伦序当立，迎取来京嗣皇帝位'。大义甚明，朕乃继统，非继嗣；承武宗之后，非承孝宗之后。若如前议，则悖我太祖遗训，夺我父子大伦，民彝物则，泯灭尽矣。朕心不安，屡命群臣集议，而廷和等力主定陶、濮王不伦之典，妄稽曹魏偏安私己之言，鼓聚朋党，一倡百和，期于必胜。既而执礼之臣先后论列，本之圣经，稽之仪礼，阐明正道，辨别是非。于是父父子子、尊尊亲亲，各得其当。凡有人心者，孰不感悟？而廷和等乃犹执迷不返，蒋冕、毛纪同为辅臣，茫无救正，转相附和，欲遂其非。都御史林俊自远方起用而来，著论迎合。尚书乔宇为六卿之首，不能持正抗议，乃与九卿等官交章妄执。其后汪俊继为礼部尚书，仍主邪议，公言于朝。吏部郎中夏良胜恃铨选之权，胁持庶官，坚其邪志。何孟春以侍郎掌吏部事，鼓舞朝臣伏阙喧攘，猖狂放纵，肆无忌惮，欺朕冲年。朕初见道未明，虽有非彼之意，然而执持不定，屡以'罔极至情'开谕辅臣，使相体悉。而廷和等略不加念，逆天违诏，怗终不悛。朕年稍长，及赖诸臣之论，于义理见之已明，凡三更诏令，而大礼始定，纲常伦礼灿然大明于天下矣。比者命官纂修《明伦大典》，书成进览，其间备述诸臣建议本末，邪正具载，奉天行罚以垂戒后之人，乃朕今日事也。然犹不欲为已甚之举，姑从轻以差定罪：杨廷和为罪之魁，怀贪天之功制胁君父，定策国老以自居，门生天子而视朕；法当戮市，特大宽宥，革了职，着为民。次毛澄，病故，削其生前官职。又次蒋冕、毛纪、乔宇、汪俊，俱已致仕，各革了职，冠带闲住。林俊也革去生前职衔。何孟春虽佐贰，而情犯特重；夏良胜虽系部属，而酿祸独深；都发原籍为民。其余两京翰林、科道、部属大小衙门官员，附名连金入奏，然有被人代署而已不与闻者；有心知其非而不敢言者；事干人众，情类胁从；间有四五党助之者，亦原于势利所夺，俱从宽不究。其间实有出辅臣之门，受其指使，号召众人以济其恶者；当时已正法典，或边戍充军，或削职为民，兹不再究。呜呼，叙典秩礼，圣贤之大道；赏善罚罪，天子之大权。若一概置而不问，无以彰上天讨罪之公，必如是而或可。都察院便刊布天下，使凡为臣工者，皆知伦理之不可干、名义之不可犯，共襄人文之化，以成熙暤之治于无穷焉。尔礼部仍大书一道揭于承天门之外，俾在位者咸自警省。再照斯礼所议之失，原咎皆在朕弗聪弗明所致，内自省究，亦不敢自恕。其凡被胁从者，既以宽宥，勿得自怀忧疑，当思勉尔之职，共图治理，则所行者犹未及焉，顾不美哉。故谕。"（《世宗实录》卷89第2008页）

（嘉靖七年六月）乙卯（注：十五日）起复南京刑部山西司署员外郎陆澄上疏，自悔其议礼之非，"初，为人所诖误，后以质其师王守仁，言'父子天伦不可夺，今上孝情不可遏，礼官之言未必是，张、桂诸贤未必非'。然后大恨其初议之不经，而悔无及也。"疏下吏部，尚书桂萼因言："典礼出于人心自然，虽孩提之童无不明信；特以执政偏谬徇私，牵联百司，张罗伏机，更相倾构；故一时虽智谋之士，明知朝议之非，不过巧为两可之辞，或微示轻重之意，未敢明言以触时忌班里。澄乃修匿不隐，事君不欺，宜听自新。仍行各有司，有如澄者，俱听自陈其逼胁诖误之由，量赐末减，录用如故。"诏可。（《世宗实录》卷89第2039页）

（嘉靖七年六月）己未（注：十九日）吏部尚书桂萼复詹事霍韬论给事中陈洸之枉及监生陈云章之才，言："始臣萼被召，适洸覆命，闻臣有疏，即公言赞助；众惧沮之，为改其官，赖明主察之，特复故职。洸益尽力排众，卒堕祸机，使助礼之人与谋叛同罪。今其事虽白，尚坐闲住，宜视故职量升一官，以舒愤郁。云章绩学有年，不求闻达，议礼一疏，义正文纯；况当朝议汹汹，敢言不顾，及正议既用，寂无一言，宜视国学博士量升一官，以旌恬退。"从之。（《世宗实录》卷89第2041页）

（嘉靖七年六月）甲子（注：二十四日）詹事霍韬三疏辞礼部尚书之命，言："今异议者谓皇上特欲尊皇考，遂以官爵饵其臣。臣等二三人苟图官爵，遂阿顺皇上。

臣因自慨，若得礼定，决不受官，俾天下万世知议礼者非利官也。夫信议礼者非利官也，然后信所议，曰诚是也。若疑议礼者利官爵也，则所议虽是，彼犹曰非也，盖曰为利故也。且璁、萼、献夫三臣在位，可以协力效忠。臣之勿出，可以明三臣无利禄之心；三臣效忠，可以行臣讲礼之志。触怒履危，三臣为其难，以定正议于当时；守静安退，臣独为其易，以定公论于万世。此臣所以辞也。"上曰："卿三疏恳辞，退让之美，朕悉知之。但官以命德，宜勉供职，以副眷怀，慎勿再辞。"(《世宗实录》卷 89 第 2043 页)

(嘉靖七年七月) 戊子 (注：十九日) 锦衣卫指挥佥事聂能迁有罪谪戍。迁初附太监钱能，冒功滥升，后以例裁免，复因缘议礼，且交关大监崔文冒复秩。比见《明伦大典》书成，不得升职，怨望不平，属闲住工部主事翁洪草疏，诬论新建伯王守仁贿通礼部尚书席书得见举用，词连詹事王 (注：疑为黄之误) 绾及大学士张璁。于是绾上章自明，言："迁议礼奏疏，文义心迹非出真诚，故尽黜之。积恨肆诬，无怪其然。意在倾排善类，动摇国是。"因乞引避以谢之。上曰："黄绾学行才识，众所共知。王守仁功高望隆，舆论推重。聂能迁乃捏词妄奏，伤害正类。令法司严加审问，并追究帮助之人。黄绾安心供职，不必引嫌辞避。"已而审其事无左证，尽出诬罔，乃谪戍。翁洪者，福建莆田人，以褫职匿居京城。至是令发原籍为民。(《世宗实录》卷 90 第 2070 页)

(嘉靖七年十一月) 丁巳 (注：十九日) 颁给《明伦大典》于各王府并两京文武诸臣及天下诸司。先是，上谕大学士杨一清等曰："朕惟《明伦大典》与诸书不同；所以明大伦之至要，分邪正之所为，辨公私之得失，论统嗣之不同，著忠欺之情状，昭古今之是非，于以俟来者之圣而不惑者也。其宗室中须使通知，不必止及亲王；外虽不能遍给，令其抄布，其内外衙门官员当给者，可议来行。"于是一清等与礼部尚书方献夫等言："《大典》一书乃一代典礼，万古纲常所系，凡内外官属、师生均宜颁给。第内府所印难遍及，而抄布又易差讹。臣熟计之，在京文武大臣宜人给一部，五品以下则令礼部翻刻小本，以遍给之。在外各王府及各布政司、直隶诸府俱给一部，令再翻刻，遍予所属，庶乎《大典》广布而大礼益明矣。"诏如议。(《世宗实录》卷 95 第 2217 页)

(嘉靖七年十二月) 壬申 (注：初五日) 诏以《明伦大典》赐建议者诸臣及发明典礼者，仍发福建书坊刊行。礼部尚书方献夫言："襄府枣阳王祐楒，楚府仪宾沈宝，代府长史李锡，前给事中史道、陈洸，郎中黄宗明，同知马时中，百户随全、陈纪，巡检房瀋，皆尝建议；郎中毕廷拱，经历金述，生员秦镗，儒士张少连、叶幼学，皆尝发明，并及先大学士席书子尚宝司丞席中俱应颁赐。"上从之。(《世宗实录》卷 96 第 2235 页)

(嘉靖七年十二月) 甲申 (注：十七日) 上览《明伦大典》，见礼部仪制司主事陆澄议礼原疏，遂谕礼部："澄常造悖理之论，惑诱愚蒙，逢迎取媚。又假以悔罪为

辞，悖恶奸巧，有玷礼司，宜出之远方。"乃谪为广东高州府通判。(《世宗实录》卷
96 第 2246 页)

（嘉靖八年十月）己巳（注：初七日）初，太仆寺寺丞何渊以太庙世室之说希图
进用，及张璁等纂修《明伦大典》，削而不用录。渊乃私集其说，为五卷进呈，且疏
璁引汉哀别庙京师故事，冗复万言。上厌恶之，以渊屡疏烦渎，且违例进书，法当
重究，姑降级调外任。寻谪湖广永州卫经历。(《世宗实录》卷 106 第 2504 页)

（嘉靖十年八月）戊戌（注：十七日）谪戍前吏部郎中夏良胜于极边卫充军。初，
良胜既黜为民，乃撮其部中章奏，名曰《铨司存稿》，凡议礼诸疏具在。为仇家所
发，凡两下狱，三年不决。至是，御史秦武始具以进，法司会锦衣卫论当杖赎。上
以为轻，特旨谪戍辽东三万里。逾五年，卒于戍所。隆庆初，赠太常卿。(《明通鉴》
卷 55 第 1791 页)

（嘉靖十年八月）戊戌（注：十七日）吏部文选司郎中夏良胜，当会议大礼时有
异议，后集其典铨章奏成帙，名曰《铨司存稿》，议礼及执奏传奉尚书、学士诸疏俱
载焉。属其原籍江西参议张怀、南城主簿宁钥刻之。会《明伦大典》成，诏黜良胜
为民。其乡人王荣素怨良胜，乃以其稿封进，并讦良胜诸不法事，且言"建昌府知
府郑源涣为良胜违例竖坊，新城知县萧一中贱估籍没逆产以奉良胜"。上怒，诏捕良
胜等下狱拷讯，遣给事中商大节会江西巡按御史鞫其事。会大节以忧去，命巡按御
史勘结，三年不决。至是，御史秦武始具狱以请。时钥已死，怀任广东参政，一中
任南京刑部郎中。事下法司、锦衣卫会拟，当良胜杖赎宁家（注：宁家似为宁钥之
误），源涣降用，怀行广东巡按、一中行南京都察院逮问。得旨："良胜罪恶贯盈，
人神恫怨，难依常典，令发极边卫分充军，源涣降一级远方用，余如拟。"已，南京
都察院及广东巡按御史先后奏上，讯明一中、怀罪状，诏"一中降一级调外任，怀
冠带闲住"。(《世宗实录》卷 129 第 3069 页)

（嘉靖十一年九月）丁未（注：初二日）原任山西霍州知州陈采上疏，谓"《祖
训》'兄终弟及'指同父而言耳，武宗遗诏本谓陛下乃'孝宗皇帝亲弟、兴献王长
子，伦序当立'，非与武宗为兄终弟及也。杨廷和误主'濮议'，与初诏自相矛盾。
张孚敬谓陛下'不当继嗣孝宗，止继统于武宗'，因以为'兄终弟及'。事皆无稽，
难以施诸宗庙。既又明知其非，遂诱成薛侃之谋，以阴坏我祖宗已成之法。廷和虽
蒙黜罚，而心迹不明。张孚敬首开言礼之祸，而乃遗漏天潢，那移《祖训》，诬罔先
帝，疑误圣躬，所当先正典刑。乞将《明伦大典》所载，按原奏事情轻重，各论如
律"。疏上，上怒，谓"《明伦大典》朕所裁定，颁行天下久矣。采乃辄敢妄议，令
锦衣卫执送法司拷讯"。(《世宗实录》卷 142 第 3299 页)

第十二章　更定祀典

嘉靖帝为了彻底改变人们对礼仪的认知，以期进一步巩固"大礼议"所取得的

成果，亲自主导了对朝中一系列祀典的更定。

一、亲蚕礼

嘉靖八年十二月初八日，因吏科都给事中缺员，吏部拟起复刑科都给事中李锡补，帝以吏科为六科之首，命吏部从公推举二三人候选，乃改兵科都给事中夏言为吏科都给事中，而升工科左给事中张润身代言为兵科都给事中。

嘉靖九年正月十五日，吏科都给事中夏言因其先前奉命查勘顺天田土时，曾请改各宫庄田为亲蚕厂、公桑园，令有司种桑柘以备宫中蚕事，未见举行。近陪帝行礼于南郊，见已更定时享之期于郊祀之后，行祝天之礼于正元朝贺之前，遂以"农桑之业，衣食万人，不宜独缺；耕蚕之礼，垂法万世，不宜偏废"，再上亲蚕之奏。帝以其疏示大学士张璁，深嘉纳之。遂敕礼部"自今岁始，朕躬祀先农，于本日祭社稷毕，即往先农坛行礼。皇后亲蚕礼仪，便会官考求古制，具仪以闻"。于是大学士张璁等因请于安定门外择建先蚕之坛，并拟上仪制，帝令如议行。詹事府詹事霍韬却以"皇后出郊，难以越宿"为由，反对郊外别建蚕室，请"择近地便宜"。帝以"耕蚕，衣食之本，王化之先。天子耕于南郊，皇后蚕于北郊，此万世不可易之典"，责其言实为袭故非时之徒启其端。已而户部亦以安定门外水源不通，无浴蚕之所，而请如礼部议建于皇城内。帝责其自相矛盾，前后不一。正月十七日，帝复谕礼部，申明礼乐制度自天子出，亲蚕之议已决，并分析了"今非朕者有五，曰：我太祖范则已定，列圣守之，汝何如是增加？一也。我太祖未尝有此制，列圣不敢议及，汝何擅创？二也。皇后午门尚不敢出，而可远出北郊乎？此祖宗朝所无之事，今日何以是为，岂不有干成宪乎？三也。制礼作乐，出自开创之君，我太祖岂不知此，神谋圣虑，自有定见，何待尔为？亦非汝之所当行，斯非作聪明而何为耶？四也。宫中闻之，人称其难，且有累朝未闻之语，或有蹙额者。五也。斯时邪徒必不出此五者，舍是必又以祸福为恐，外无可造为言者"；令廷臣各以所见上陈。于是，礼部尚书李时等皆上言赞同皇后亲蚕，又上增治茧之礼、定坛壝之向、定采桑之器、择掌坛之官四事，并请"中宫出郊，其一应礼仪、祭礼，必令内臣掌之，以肃宫闱之禁，乞于司礼监择谨厚老成者管理"。奏入，帝嘉纳之，诸礼仪令司礼监奏请以行。正月十八日，礼部上籍耕仪注。

二月初二日，工部上先蚕坛图式，帝亲定其制。二月初九日，礼部奏上皇后亲蚕礼仪。

三月初六日，礼部以亲蚕之礼出于创见，恐一时命妇仓卒入坛，发生错误，请以所绘《采桑图》授之如式演习。并请为北郊坛殿定名，帝即将采桑之所名为"采桑台"。三月二十七日，皇后行亲蚕礼于北郊。嗣后，历年皆行。

嘉靖十七年三月二十日，帝下诏暂罢视蚕礼，遣女官祭先蚕氏之神。

嘉靖二十一年三月十三日，帝令罢皇后亲蚕，遣女官祭先蚕之神。

嘉靖四十一年二月初七日，帝令罢亲耕、亲蚕礼。时耕、蚕礼久不亲行，然每岁礼官犹以故事请，帝均命户部官祭先农、女官祭先蚕。及是，徇例复请，帝谕辅臣曰："耕、蚕二礼，昔自朕作，即亲耕，亦虚渎耳，必有实焉为是。"遂俱罢之。

资料摘录：

（嘉靖八年十二月）庚午（注：初八日）改兵科都给事中夏言为吏科都给事中，升工科左给事中张润身为兵科都给事中。初，吏科都给事中缺，拟起复刑科都给事中李锡补之。上以六科之首，尤当慎选择，命吏部从公推举中直者二三人以名闻；乃改言于吏科，而以润身代言。（《世宗实录》卷 108 第 2543 页）

（嘉靖九年正月）丙午（注：十五日）吏科都给事中夏言奏："臣向被命查勘顺天田土，曾请改各宫庄田为亲蚕厂、公桑园名额，令有司种桑柘以备宫中蚕事，未见举行。迩者陛下有事于南郊，臣猥以侍从之末，叨陪法驾，仰见陛下对越严恪，馨香升闻。又更定时享之期于郊祀之后，行祝天之礼于正元朝贺之前。徂岁之冬，躬祷雪于郊坛，先期避殿减膳，损六军之扈跸，却百官之陪从，罪己之辞形于嘏祝，赞导之臣仰见忧色。所为昭事上帝，轸念民事，已无不尽其诚矣。臣感激之余，窃念向所建亲蚕之议，有助于陛下敬天勤民之事，且足以绍圣祖之制作，补当代之阙遗。夫农桑之业，衣食万人，不宜独缺；耕蚕之礼，垂法万世，不宜偏废。倘蒙采纳，敕礼官会议以闻，令儒臣参酌考订，慨然施行，则天下万世永有瞻仰。"上以其疏示大学士张璁，深嘉纳之。遂敕礼部："朕惟耕桑，王者重事也。古者天子亲耕，皇后亲蚕，以劝天下，朕在宫中每有称慕。自今岁始，朕躬祀先农，于本日祭社稷毕，即往先农坛行礼。皇后亲蚕礼仪，便会官考求古制，具仪以闻。"于是大学士张璁等因请"于安定门外择建先蚕之坛，其制一准于先农坛，坛旁设采桑坛，蚕室别设。采桑坛制仿先农坛籍田之处为之，其别殿量如南郊斋宫之制而少其数。即斋宫之旁起蚕室二十七间，以为浴蚕之所。仿籍田之制，皇后采桑三条之后，用三公夫人采五条，列侯、九卿夫人采九条，仍择民间妇女数十人受桑浴蚕于内，以终其事"。诏如议行。詹事府詹事霍韬言："陛下亲祀南郊，仅及五里，犹先日启行。今皇后出郊，难以越宿。且郊外别建蚕室，则宫嫔命妇又未得亲见蚕事，有文无实，势难久行。乞择近地便宜。"上曰："耕蚕，衣食之本，王化之先。天子耕于南郊，皇后蚕于北郊，此万世不可易之典。尔素谙礼制，何有此言？且出郊古礼，非可以远近计。若就禁内行之，恐不可垂法于后。今袭故非时之徒甚众，而此言实启其端，尔其审思之。"已而户部亦言："安定门外近西之地，虽宽平可用，而水源不通，无浴蚕之所。初，礼部议于皇城内，南城西苑中有太液琼岛之水，况唐制亦在苑中，宋亦于宫中，宜从礼部所议便宜。"上曰："周礼之制，耕蚕分南北郊，唐人因陋就安之制不可为法。初议止于安定门外，而兹复自相矛盾，前后不一。宜照前旨择地奏闻。"戊申（注：十七日）……上复谕礼部曰："疑谋勿成，谓中心疑而未决之事，不必成其事。昨夏言请行亲蚕礼，及卿等奏议已详。此事在朕心决之久矣，得言之奏，甚悦，并无毫末之疑。已有成命，兹申饬卿等，非朕有疑，亦非被惑。而昨者詹事霍韬奏云所以者，朕已谕之，但恐韬奏一出，必有藉彼为言，破政害事，势所不免。夫言之奏有云：'农桑之业，衣食万人，不宜独缺；耕蚕之礼，垂法万世，不宜偏废。'此言已尽，非有他也。朕所纳者以此，亦非有他。夫礼乐制度自天子出，此淳古之道也。故孔子作此言以告万世，如今世人良性固在，本无不同，实人欲炽胜耳。今非朕者有五，曰：我太祖范则已定，列圣守之，汝何如是增加？一也。我太祖未尝有此制，列圣不敢议及，汝何擅创？二也。皇后午门尚不敢出，而可远出北郊乎？此祖宗朝所无之事，今日何以是为，岂不有干成宪乎？三也。制礼作乐，出自开创之君，我太祖岂不知此，神谋圣虑，自有定见，何待尔为？亦非汝之所当行，斯非作聪明而何为耶？四也。宫中闻之，人称其难，且有累朝未闻之语，或有蹙额者。五也。斯时邪徒必不出此五者，舍是必又以祸福为恐，外无可造为言者。故申饬卿等，熟计来闻。仍以此刻布中外，令各以所见具疏上陈。"于是，礼部尚书李时等皆言："中宫出郊，我朝虽无定典，而载于古礼甚明。皇上以宗庙祭服之重，且欲使宫闱知女工之艰难，而因以风励天下，故令臣等讲求古制。而议者恐道途太远，欲行之于禁中。臣等初亦虑及于此，但谓大明门出至安定门外，道路往返之远，则诚然耳。今日凤辇或由东华、玄武二门以出，此固无碍于古道者也。臣等谨熟计之，条为四事以请：一增治茧之礼。夫采桑而不治茧，非礼之全也。及茧成之后，令内臣自北郊捧之献于宫中，仍于宫中隙地量立蚕茧织室，行三盆之礼，以终蚕事。二定坛壝之向。先蚕、采桑二坛，悉仿先农籍田之制，先蚕坛北向，采桑坛东向，如唐开元之制。三定采桑之器。按唐制，皇后既至，尚功奉金钩。夫亲蚕所以识女工之艰难也，金钩则侈矣。宜令造办筐钩，止照民间器用，毋过为雕饰，以失亲蚕之意。四择掌坛之官。中宫出郊，其一应礼仪、祭礼，必令内臣掌之，以肃宫闱之禁。乞于司礼监择谨厚老成者管理。"奏入，上嘉纳之，曰："皇后有事先蚕，宜于玄武门出，以从简便。仪卫令内使陈列，兵卫军一万员名，五千于坛所围宿，五千护列于道。仍择西苑隙地造织室，以终蚕事。坛之制准之先农，而杀其制十之一，数用偶数。不必建斋宫，止建具服殿、蚕室、茧馆，俱如古制。诸礼仪，司礼监奏请以行。"（《世宗实录》卷109 第2562页）

（嘉靖九年正月）己酉（注：十八日）礼部上籍耕仪注。（《世宗实录》卷109 第2564页）

（嘉靖九年二月）癸亥（注：初二日）工部上先蚕坛图式，上亲定其制。……庚午（注：初九日）礼部奏上皇后亲蚕仪。（《世宗实录》卷110 第2585页）

（嘉靖九年三月）丙申（注：初六日）礼部言："亲蚕之礼出于创见，一时命妇仓卒入坛，恐至愆度，请以所绘《采桑图》授之，俾各如式演习。至于北郊坛殿，原图外命妇房在内随侍房北，以有内壝隔别故也。今既省去内壝，当即改外命妇房为内随侍房。"仍请定名。采桑之所，上因名其所为"采桑台"，余皆如义。（《世宗实

录》卷 111 第 2616 页）

（嘉靖九年三月）丁巳（注：二十七日）皇后行亲蚕礼于北郊，祭先蚕氏。（《世宗实录》卷 111 第 2641 页）

（嘉靖十七年三月）癸巳（注：二十日）诏暂罢视蚕礼，遣女官祭先蚕氏之神。（《世宗实录》卷 210 第 4340 页）

（嘉靖二十一年三月）癸巳（注：十三日）罢皇后亲蚕，遣女官祭先蚕之神。（《世宗实录》卷 259 第 5181 页）

（嘉靖四十一年二月）辛酉（注：初七日）诏"罢亲耕、亲蚕礼，所司勿复奏"。时耕、蚕礼久不亲行，然每岁礼官犹以故事请，上常命户部官祭先农、女官祭蚕祇。及是，复请祭蚕祇，上谕辅臣曰："耕、蚕二礼，昔自朕作，即亲耕，亦虚渎耳，必有实焉为是。"遂俱罢之。（《世宗实录》卷 506 第 8344 页）

二、郊祀祭天地礼

嘉靖九年正月二十九日，帝谕礼部，以祭太社、太稷分奉太祖、太宗配，疑为弗当，令详议具奏。礼部以祀事重典，请集多官会议。帝令"亟集廷臣议，同者列名具疏，异者自疏以闻"。至是，大学士张璁、翟銮等各上言表示无异议。帝命预期择日躬告太庙及社稷等。

二月十二日，帝曾多次与大学士张璁讨论祭天等礼仪，疑现行礼制与古礼不合。张璁以祭祀礼仪的沿革上闻，复备述《周礼》及宋熙宁间陈襄、苏轼、刘安世、程颐所议分合异同以对，且言"圣祖之制已定，今无敢轻议"。帝因锐意欲更定四郊之制，卜之奉先殿太祖前，不吉。乃问之大学士翟銮、礼部尚书李时。翟銮具述因革以对，李时则以"人情狃于习见，必以旧章成宪为言"，请待"治化隆洽，上下相信，然后博选儒臣议复古制为宜"。帝意犹不已，再卜之太祖，复不吉，议将作罢。这时给事中夏言上疏请举亲蚕礼，帝大喜，以为古者天子亲耕南郊，皇后亲蚕北郊，适与所议郊祀相表里；因以其疏示张璁，令张璁传旨，要夏言上陈郊议。夏言乃上疏言"国家合祀天地于南郊，又为大祀殿而屋之，太祖、太宗之并配，诸坛之后祀，举行不于长至之日而于孟春，俱不合古典"。请令群臣博考诗书礼经所载祀典，由帝裁定。礼科给事中王汝梅等攻夏言之说非是，帝予以切责和详细批驳，并亲自开列郊祀事宜，令礼部即日刊刻，分布文武衙门、大小官员，限十日以内，三品以上并六科、十三道、翰林院、左右春坊、勋戚武臣，都各自具疏；其余俱依衙门为限，连名具疏，由礼部集议以闻。乃下夏言之疏，称其慎重国典，令礼部一并刊议。

三月初六日，大学士张璁以其所录《郊祀考议》一册进览，并上言请帝"斟酌古今，慎重典礼"。帝以其议留览，下其疏礼部，令取皇祖《存心录》祭祀礼仪书，照前旨会议以闻。时詹事霍韬强烈反对郊议，以"祖制不宜轻议"，责大学士张璁、尚书李时"不能以道事皇上奉天法祖，乃徇给事中夏言妄说，议更郊典，紊乱朝政，变乱成法"。又称考经传无南北郊分祀天地之说，《周礼》是王莽伪书，不足凭据。帝览其疏，不悦，责其谬议，罔上自恣。于是夏言上奏，详尽驳斥霍韬之奏；指出"今之议者往往以太祖之制为嫌、为惧，然知合祭乃太祖之定制为不可改，而不知分祭固太祖之初制为可复也；知'大祀文'乃太祖之明训为不可背，而不知《存心录》固太祖之著典可遵也。且皆太祖之制也，从其礼之是者而已"。且责霍韬因议郊祀而非《周礼》，是启群臣反对更定祀典。又称"圆丘方丘、朝日夕月诸神坛壝规制，自有我太祖刊定之典备在《存心录》一书，不须创设，无所变更，一准乎旧而已"。帝嘉其发明古典，令礼部"据古折衷群议以闻，无得延缓避忌"。三月初九日，帝降敕褒谕夏言"自居官以来，多所建白，皆出为国为民，于朝廷甚有裨益"；并赐四品服色，励其益思尽职，有一见闻，即直言上陈。三月初十日，下霍韬于都察院狱。霍韬因议郊典忤旨，夏言奏辩其失，以帝怒未释，不敢疏辩，乃贻书痛诋夏言，又录其草送法司备照。夏言即上疏陈其状，谓"韬凭高肆虐，怙宠作威，深居詹事府，而阴握内阁、吏部之权，文武内外臣僚无不畏其威者。臣以戆愚，知有朝廷而不知有权臣，其为韬辈侧目久矣。兹者臣感陛下知遇之恩，特建亲蚕、郊祀二议，奸臣以其言不出己，百端沮之，日夜思以甘心于臣，无所不至。韬之言曰：'尔启南北郊之说，将自是而建东西郊矣，将自是而建九庙矣，郊社宗庙之礼皆尔一人乱之。'其欲加臣以不可逃之罪，乃文致若此"；因数霍韬无君之罪七条，并以其私书封进。帝大怒，谓韬"非诋先儒，讥讪朕躬，嫉正怀邪，要名卖直，罪在不宥。锦衣卫逮送都察院，从重治罪以闻"。霍韬恐被杀，从狱中上书哀祈，又贻书大学士张璁求救。张璁再疏申救，帝皆不听。中允廖道南上疏，杂引《周礼》《汉志》《唐六典》诸书及太祖初年郊祀从分祀到合祀的演变，说明郊庙之礼皆所当议；认为"前之分祀，酌万世帝王之道，礼本太始者也；后之合祀，感一时灾异之应，礼缘人情者也"。疏入，下礼臣议，赞善蔡昂，修撰伦以训、姚涞，祭酒许诰，学士张潮，编修欧阳德，给事中陈侃、赵廷瑞，御史陈讲、谭缵皆以合祀为宜。三月十一日，礼部集上群臣所议郊礼，谓"主分祭者，都御史汪鋐等八十二人；主分祭，而以慎重成宪、及时未可为言者，大学士张璁等八十四人；主分祭，而以山川坛为方丘者，尚书李瓒等二十六人；主合祭者，尚书方献夫等二百六人"。并折衷众论，以为从合祭，遵行旧典，最为简易；从分祀则工役浩繁，劳费不赀。帝以此奏未见定议，再开列所议内容，令礼部仍刊布原议各官，再会议明白，上报归一之议。于是大学士张璁、翟銮上言，赞同四郊分建分至行礼，而对冬至祀天以太祖配，岁首祈谷以太宗配表示怀疑，主张二祖并配。帝以"祖宗并配天，不见经传"，命礼官会议。礼部随会各官于东阁集议，上言赞同帝建圆丘、方丘于南北二郊，建朝日、夕月二坛于朝阳、阜成门外，但主张每祭皆以二祖并配。疏入，帝谕内阁，以"二祖并配天地，甚非礼之正"；责阁臣倡此议，使群臣莫敢可否。大学士张璁、翟銮乃上言，仍以太祖、太宗功德并茂，应并配天，劝帝鉴三代损益之宜，以求心安。帝复谕张璁，以为太祖、太宗功德均可配天地，但太祖毕竟是立极创建之君。张璁又以帝今日之有天下，"实以我太宗帝系"，坚持二祖分配未可轻议。帝复示张璁："万物本乎天，人本乎祖，故王者祀天以祖配。天止一个天，祖也止有一个祖；故今日大报天之祀，正当以我皇祖高皇帝配，不当以二圣并配。"并举周文王、武王之例，证实配天配地只以理和义，不以功德论；因责张璁等"皆畏危言，不能从正，其事不如寝之"。已而给事中夏言复上疏力赞帝南北二郊俱以太祖配，岁首祀上帝以太宗配；并称"前日东阁会议，臣见礼臣执并配之说，臣告之曰：'天与上帝一也，二祖分配非有轩轾，宜从圣制。'尔时尚书方献夫亦以臣言为是，不知礼官议奏云何？今疏上九日矣，不奉明旨，外间传闻少傅张璁、大学士霍銮联翩上奏，必欲二祖并配"；劝帝自行决断。帝复示夏言，责礼部止以并配一说具奏，非礼之正，表示自己对此实无毫末之疑，不会被惑。再命"礼部仍速会同原议官申议以闻"。三月十二日，詹事霍韬致书礼部尚书李时，说明其与夏言论郊祀、亲蚕之争。李时以其书封进。帝令都察院并讯以闻。三月二十九日，大学士张璁见帝意已决，郊祀之议将定，遂上疏申分祀从古、并配从今之议，仍欲二祖并配。帝责其"惑于危言、同于邪论，前后变志"，并下其疏于礼部。

四月初九日，帝先前见群议不一，为"告天罢议"文示内阁，欲停此议。而礼部上群臣郊祀配典申议，还是欲二祖并配。帝复谕张璁，要其遵委曲之道，依帝意行之。张璁上奏仍执并配之议，并以发生天灾请帝暂行罢议。帝责张璁如大礼议中的蒋冕等一样"凡遇灾变皆以为大礼所至，如以今日之变为郊议之应"；并责礼部推避，乃下礼部申议疏，命礼部径行之。四月十一日帝敕谕六部、都察院，令"行文巡按御史及大小官员，凡利当兴、害当除者，有所见闻，著即条奏"；对欺隐及不遵的，要从重治罪。又命"目下凡有可救灾济民之宜，著即行奏闻区处施行。都察院还行科道官，俾人各以见上闻，俱不许引郊礼制宜故意违阻，朝廷自有处置"。四月二十八日，霍韬上奏称自己在议郊礼中"不能上体圣心，妄缀狂词，下滋众惑"之罪，表示愿"洗心砺行，图赎往愆"，求帝宽恕。帝令其罚赎还职。

五月二十日，先是，廷臣再推金都御史，夏言与选，帝意犹未决，已命廷臣别推。而御史熊爵上奏，以夏言资望犹浅，不当以建议郊祀、亲蚕之礼骤至尊显，以启献谀干进之门；又引先朝张綵阿附逆瑾、骤升高官为说。帝切责熊爵，慰谕夏言，令勿辩。夏言心中不平，上疏谓"爵不宜指臣议礼为献谀干进，又不当以綵事拟臣"。帝再慰谕夏言，而以张綵事诘问熊爵，竟任夏言为都察院左金都御史、协理院事。夏言固辞不拜，帝深褒美夏言，从其请，乃命加四品俸。熊爵亦具疏谢罪，帝意解，愿熊爵罪，只停俸半年。此月，初建四郊，帝以"分祀良是"，乃命建圆丘于南郊，其北为皇穹宇；建方丘于北郊，其南为皇祇室；作朝日坛于东郊，夕月坛于西郊。

十月十五日，初，帝以更定郊制，欲纂辑成书，以垂永久，谕大学士张璁等议定体例。张璁等议以此书只需录礼文、规制、器数、敕诰为书，不必杂以臣下之奏。帝谓"此事廷议再三，若不书臣下议论，无以示将来"。亲定书分作三册，首卷载神位、礼器、坛制、祝辞、乐舞、仪注之类，其余两卷备书敕谕、诏令，大小官员会章、自疏、告成并各王之奏；并定名为"祀仪成典"。至是乃降敕任命总裁官、副总裁官、纂修官；将夏言升任为翰林院侍读学士，仍兼吏科都给事中，不妨照旧掌科事，并为纂修官。

资料摘录：

（嘉靖九年正月）庚申（注：二十九日）先是，上谕礼部："朕以冲昧入承祖位，敢不率由旧章，以免愆过。顾礼义之实重且大焉，朕每以祭太社、太稷，奉我太祖、太宗配，窃有疑焉。夫天地至尊，次则宗庙，又次则社稷，此次序尊杀之理也。奉祖配天，则正矣。又奉祖配社，岂不失其序欤？或谓以祖配社乃亲之之道也，此我皇祖时礼官之失也。又谓后土勾龙氏乃共工之子，祭之无义。夫勾龙氏有平水之功，故取之配社，犹以后稷配稷同也，未尝论其人，况父不善而可恶及其子乎？至如奉祖配社，尤为弗当，屈其所尊，义实未安，兹乃不可不正之典，亦非变更之者。宜如我皇祖高皇帝之制，太社以后土勾龙氏配，太稷以后稷氏配，其详议具奏。"礼部言："祀事重典，请集多官会议。"上曰："尊祖配天，具载礼制，并无奉祖配社之文。卿等亦曰未闻，其他异论之徒，不足为较，第宜求之人心可与否耳。夫人未有不同，不过是昔非今，破乱吾事。卿等既恐持论不一，其亟集廷臣议，同者列名具疏，异者自疏以闻。"至是，大学士张璁、翟銮等各言："祖宗配位社稷，历代以来祀典不载。我太祖稽古定制，初无配位之礼，后因礼官张筹之请，遂沿袭至今。兹者天启圣衷，独觉其舛，况皆遵复祖制，而非有意于变更。兹会多官，皆无异议。则既得以伸尊祖敬宗之心，又不失乎立法创制之意，所谓礼乐百年而后兴者，真有在于今日。"疏入，上从之，命预期择日躬告太庙及社稷等。（《世宗实录》卷109第2579页）

（嘉靖九年正月）夏言疏："古者祀天于南郊，瘗地于方泽，兆于南郊，瘗于北郊，顺天地之宜，审阴阳之位也。至祖宗之配享，诸坛之从事，合祀之不经，乞敕多官集议，以求至当。"帝加（注：疑为"嘉"之误）纳之，赐四品服。霍韬见夏言以郊蚕议合，乃疏言"亲蚕为乱成法，分郊为紊朝政"。而遗书于言，谓"祖宗定制不可变，《周礼》为王莽伪书，宋儒为梦语"。言得书，飞章劾之。帝怒韬怀奸畜诈，要名卖直，械送都察院议罪，乃命群臣条奏郊典。（《皇明永陵编年信史》卷2第48页）

（嘉靖九年二月）癸酉（注：十二日）先是，上问大学士张璁："朕闻《书》称'燔柴祭天'，又曰'类于上帝'。《孝经》曰'郊祀后稷以配天，宗祀文王于明堂以配上帝'。夫天即上帝，以形体主宰之异言也。朱子谓'祭之屋下谓之帝'，今大祀有殿，是屋下之祭，未见祭天之礼。况今上帝皇地祇合祭一处，似非天也。"又问"大报天而主日配以月，今大明坛当与夜明坛异可也。且日月照临，其功甚大，今太岁等神岁二祭，而日月星辰只一从祭焉，朕疑之，卿言其所以。”璁对言："古者冬至祀天于南郊之圆丘，夏至祭地于北郊之方泽，至敬不坛，扫地行事，其礼至简。至周公制礼，冬至郊天，配以祖，季秋祀帝明堂配以考。至汉成帝时，王莽谄事元后，傅会昊天有成命之诗，合祭天地，同牢而食，殊为渎亵。自此天地遂合祭，至宋神宗始议分祀。迄宋终元，屡分屡合。国初太祖皇帝建圆丘钟山之阳，以冬至祀天；建方丘钟山之阴，以夏至祀地，俱配以仁祖。洪武十年始定合祀之礼，即圆丘旧址为坛，以屋覆之，曰'大祀殿'。后列圣相承，皆以太祖、太宗并配。说者谓上为屋，即周之明堂；下为坛，即周之圆丘，是亦孔子从周之意。至于日月之祀，国初稽古者正祭之礼，筑坛于国城东西，用春秋分朝日夕月，且以星辰从祀月坛，且载旧典。今日月岁止郊坛从祭，而春秋分朝日夕月，不复举行，盖缺典也。"上复谕璁："冬至祀天圆丘，夏至祀地方泽，亿万代不易之理。今之大祀殿，拟周之明堂或近矣。如以为即圆丘，实无谓也。日月运行以成岁功，止一从祭，不得专诚以祭之，其可乎？今宜讲求。"璁复备述《周礼》及宋熙宁间陈襄、苏轼、刘安世、程颐所议分合异同以对，且言："圣祖之制已定，今无敢轻议。若夫朝日夕月之礼，且载《存心录》并祭祀礼仪，皇上欲讲求以复礼制，乃无难者。"上因锐意欲定四郊之制，卜之奉先殿太祖前，不吉。乃问之大学士翟銮，銮具述因革以对。复问之礼部尚书李时，时言："人情狃于习见，必以旧章成宪为言，恐烦圣虑。请少迟以月日，待治化隆洽，上下相信，然后博选儒臣议复古制为宜。"上意犹不已，仍卜之太祖，复不吉，议且寝矣。会给事中夏言请举亲蚕礼，上大喜，以为古者天子亲耕南郊，皇后亲蚕北郊，适与所议郊祀相表里，因以言奏示璁，令璁以上旨示言，令陈郊议。言乃上疏言："国家合祀天地于南郊，又为大祀殿而屋之，太祖、太宗之并配，诸坛之后祀，举行不于长至之日而于孟春，俱不合古典。宜令群臣博考诗书礼经所载郊祀尊祖配天之文，及汉、宋诸儒臣匡衡、刘安世、朱熹等之定论，以及太祖高皇帝国初分祀之旧制，陛下称制而裁定之。此中兴之大业也。"疏入，未下，礼科给事中王汝梅等诋言说非是，上切责之，乃敕谕礼部："朕以（注：原字不清，据文意补）祭祀重典，不可不慎。朕每奉行大祀之礼，见其仪制与我皇祖始制不同，虽行之百数十余年，原非立制垂宪之者（注：疑为意之误），乃系更定之文。朕以冲昧之人，幸绍祖位，当夙夜战兢，以守成宪，为天下先。《书》曰：'监于先王成宪，其永无愆。'《诗》曰：'不愆不忘，率由旧章。'孟轲氏曰：'遵先王之法而过者，未之有也。'朕固不知礼、不知道、不学不聪，经书明训、圣贤格言，岂敢不勉为守行？我《祖训》又有明谕曰：'后世子孙勿作聪明，乱我成法。'朕岂又敢身犯皇祖之训，自速祸亡哉？但义理不容不尽，而心之所获，又不可以自默。今将郊祀事宜开列于后，尔礼部即日刊刻，分布文武衙门、大小官员，都限十日以里，各以所见具疏上闻，不许隐忍含默：一、朕惟天地有南北郊之祀，古之礼也。我皇祖初建之制，今当遵复。一朕先以斯典重大，预告请于皇祖，得报有'过月'之文，遂未降前制，遵我皇祖圣辞。是日夏言即以农桑二事来上，正合南北郊之意，实非人为，非邪徒能言也。朕遂敕行。言于前月二十九日又以大祀更议之奏来上，此又合'过月'之义。朕所以未下言奏于所司者，欲俟祭社毕降敕施行。本月初四日，王汝梅等奏，谓言之奏不可。夫汝梅等非真心爱君慎重之意，或有使之，亦窥测朕意耳。疏内明言'伏俟敕旨，未见明降'，此言不过谓言之前奏即日施行，是朝廷所欲者；此奏四五日不下，必有疑难之意，我当阻之耳。大小官员不许附和为言、谋为朋聚，止许以自己所见上陈。一、王汝梅等所言，姑举一二言之：彼谓《虞书》'类于上帝'为有虞祭天地之制矣。夫类者，乃以仿于祭天之礼而行，非祭天之常典，故谓之类。彼又曰《召诰》中'外用牛二'，分明是合祭天地矣。夫用牛二者，一帝用之，一配位用之，非天地各一牛也。破乱大事之心胜，故贼道叛经至于如此。又援丘濬乖谬之言为可据，难以悉数。一、或有谓天地合祀，乃人子事父母之道，亦为夫妇同牢之义。此等言论，亵慢神祇，渎事祭祀，无礼之甚，莽贼之辞，决不可用。一、朕闻朱子曰：'古者天地一定不合祭，其祭天时，岂可将许多神祇都排作一堆祭？'斯言正大，足可万世为法。一、或谓郊乃祀天，社稷为祭地，古无南北郊。夫社乃祭五土之祇，犹言五方帝耳，非皇地祇也，明矣。圆丘方泽之制，具在《周礼》，则南郊祀天，北郊祀地，又明矣。社之名有不同，自天子以下，皆得随所在而祭之，故礼有亲地之说，非谓以祭社即谓方泽祭地。有谓社亲之，所以母道事之；天尊之，所以父道事之。此语牵绕，于义不合。一、朕闻宋儒苏氏，日月尚可从祭圆丘，皇地祇反不可从？夫祭天，主日，配以月，皆在天之神。月虽为阴，却位列在天，皇地祇自是本位之主。此说只是牵强。一、今之所谓不可者，不过曰朝廷多事，粉饰太平，变乱成宪，轻议祖典；万一祸变之来，天下有声罪之者，悔将何及，谁任其罪？不出此再。又或有心知其是而口道其非者，或阳为其可而阴议其否者，此等之徒，不但欺朕，亦且误国。务要着实吐露直言之。一、或数年行之，无故一旦起此意，恐不可。夫朕祇奉大祀，今已九岁。仰蒙皇天垂鉴，俯赐来享，敢违之而兴变乱？实欲赤心以答报耳。夫人君以修德、法祖、亲贤、爱民，乃为报天之实、尽职之要，不在仪文度数之间，此朕实惟尽在己之诚也。若谓无故而更，此言非诚心。夫待其异变，是何心哉？况朕此意已闻之皇祖，皇天亦无不鉴之理，不敢避人，而止知敬天耳。若以近年灾变，亦以极矣，本虽朕招、朕至，政典亦无不关。况天尊地卑，一定之道，岂可并隆？近年地数震异，有不安之象，亦不可不求其所以。一、大小官员都着依限具奏，不许隐默。三品以上并六科、十三道、翰林院、左右春坊、勋戚武臣，都着自疏；其余俱依衙门为限，连名具疏，尔部里集议以闻。"已，乃下言疏，称其慎重国典，令礼部一并刊议。(《世宗实录》卷 109 第 2593 页)

(嘉靖九年三月) 丙申 (注：初六日) 大学士张璁言："顷奉圣谕：'太祖高皇帝始建圆丘、方丘以祀天地，后定合祭之礼，恐上下之分、阴阳之义未得朕心。'臣愚，仰见皇上事天诚敬发于渊衷，必有不能自安者矣。兹勤明问，谋及卿士，又仰见皇上博采公议，慎重之至也。臣尝闻《书》曰：'尔有嘉谋嘉猷，则入告尔后于内，尔乃顺之于外。'曰'斯谋斯猷，皆我后之德'。臣不能称我皇上之德，对扬休命，实臣之罪也。臣观丘濬《大学衍义补》所论，虽出从周之心，然不宜尽以己意，阴坏唐虞三代典礼。虽知礼者有见，而众人则未免惑焉，此臣考议之所以不容已也。夫非天子不议礼，恭惟圣祖为一代创业之主，礼乐制度，诚如圣谕：'为子孙者虽亿万年所当谨守。'敬天法祖，其道一而已矣。臣愿皇上以不愆不忘之心、尽善继善述之孝，斟酌古今，慎重典礼，则圣祖神孙光于先后矣。谨以所录《郊祀考议》一册进览，惟圣明垂察。"上以其议留览，下其疏礼部，令取皇祖《存心录》祭祀礼仪书，照前旨会议以闻。时詹事霍韬深非郊议，奏言："祖制不宜轻议，大学士张璁、尚书李时，不能以道事皇上奉天法祖，乃徇给事中夏言妄说，议更郊典，紊乱朝政，变乱成法，异日必有任其责者矣。且考经传，无南北郊分祀天地之说，惟见于《周礼》，莽贼伪书，不足凭据。"上览其疏，不悦，责其谬议，罔上自恣。于是夏言复奏："臣前承圣制问及南北郊大祀，并朝日夕月之礼，即欲对闻；乃以臣前疏略已开陈，方广询廷臣以求公，是可以无言。不意旬日以来，议论纷糅，及昨睹詹事霍韬之奏，则又大可骇惧，臣不容于不言。臣考《周礼》一书，言祭祀甚详，大宗伯掌祀天神、人鬼、地祇之三礼。以祀天神，则有禋祀，实柴槱燎之礼。以祀地祇，则有血祭，狸沉疈辜之礼。以享人鬼，则有肆献裸享馈食祠禴尝烝之礼。大司乐冬日至地上圆丘之制，则曰礼天神。夏日至泽中方丘之制，则曰礼地祇。天地分祀，从来久矣。故宋儒叶时之言曰：'郊丘分合之说，当以《周礼》为定。'今议者以社为祭地，而不知天子之有三社：曰大社，曰王社，曰亳社。大社为百姓而立，王社为籍田而立，亳社则是迁国之社，非祭地也。今议者既以大社为祭地，则南郊自不当祭皇地祇，何又以分祭为不可也？秦去古未远，祀天不于圆丘而于山下，祭地不于方丘而于泽中。汉之时祀于甘泉，祀地于汾阴，则秦、汉天地之祭犹分也。至元始以天地同牢于南郊，此则莽贼阴媚元后之计，欲以妣并祖，故以地并天耳。合祭之说，实自王莽始矣。汉之前皆主分祭，而汉之后亦间有之，如魏文帝之泰和、周武帝之建德、隋高祖之开皇、唐睿（注：'先天'为玄宗年号，故疑为玄之误）宗之先天，皆分祭也。开元制礼，则专主合祭矣。宋元丰一议，元祐再议，绍圣三议，皆主合祭，而卒不可移者；以郊赉之费每倾府藏，故从省约、安简便耳，亦未尝以分祭为非礼也。今之议者往往以太祖之制为嫌、为惧，然知合祭乃太祖之定制为不可改，而不知分祭固太祖之初制为可复也；知'大祀文'乃太祖之明训为不可背，而不知《存心录》固太祖之著典可遵也。且皆太祖之制也，从其礼之是者而已矣。敬天法祖，无二道也。况古称礼乐必百年而后兴，揆礼度势，有不得不然者，岂皆泥于祖宗已然之迹，遂一成而不可变耶？韬之奏曰：'紊乱朝政，变乱成法，必有任其责者。'夫律有奸党之条，内开'若在朝官员交结朋党，紊乱朝政者，皆斩'。此指国家一应法度、政令，干系纪纲名分，而奸臣交结朋党，纷更坏乱，扶同为奸，以罔上虐民者言也。言官议礼，本非变法，以此为紊乱朝政，恐非律意矣。变乱成法之文，属在讲读律令条中，内开'参酌事情轻重，定立罪名，颁行天下，永为遵守'。末一款'若官吏人等挟诈欺公，妄生异议，擅为更改，变乱成法者，斩。'此所谓成法者，即太祖所定之《大明律令》也。韬尝奏言：'有禄人受枉法赃八十贯，律绞。'欲将在外知县以上等官，但犯赃八十两，即逮赴京，绞诸市曹，不许准徒，是改杂犯为真犯也，此则非成法矣。至力诋《周礼》，且谓'天官冢宰'篇为莽诳天下之术，则又大可异也。夫'天官冢宰'一篇，朱子以为周公辅导成王，垂法后世，用意最深切。知人安民，正心诚意之学，于此可见其实。又谓'冢宰一官，兼领王之膳服嫔御，此最是设官者之深意'。盖天下之事，无重于此。后世虽不能行，岂可尽废圣人之良法美意，而诬以莽之伪为耶？且合祭以后配地，实自莽始。莽既伪为是书，何不削去圆丘方丘之制、天神地祇之祭，而自为一说耶？近年礼部行移天下，令立小学，习读《周礼》，又令科场必以《周礼》策士，韬不闻奏正；及韬修《大明会典》，且尝具奏，欲将内府各监局职掌属之礼部，亦复援引《周礼》'天官冢宰'之文；是韬平日未尝非《周礼》也，何得因议郊祀而一旦尽弃其学耶？臣切愤懑，今日之事乃陛下光明俊伟、超轶古今之盛举，而不得群臣同寅协恭之助，实韬有以启之。臣窃详圆丘方丘、朝日夕月诸神坛壝规制，自有我太祖刊定之典备在《存心录》一书，不须创设，无所变更，一准乎旧而已。但大祀殿以之祀天，则不应经义；以之享帝，则吻合《周礼》。然太祖、太宗并配，父子同列，稽之经旨，未能无疑。夫周人郊祀，后稷以配天，臣以为我太祖足以当之；宗祀文王于明堂，以配上帝，臣以为我太宗足以当之。区区之愚，有见于此，敢并陈之。"疏入，上嘉其发明古典，下之礼部，令"据古折衷群议以闻，无得延缓避忌"。(《世宗实录》卷 111 第 2616 页)

(嘉靖九年三月) 己亥 (注：初九日) 敕谕吏科都给事中夏言："尔自居官以来，多所建白，皆出为国为民，于朝廷甚有裨益。昨尔以耕蚕二事具闻，朕已具告于祖考。亲耕礼成，皇后亲蚕事宜亦将就绪。夫成王为有周一代英贤之君，周公犹拳拳以无逸之言告，朕何人也，斯实尔之力焉。兹特嘉尔忠，赐四品服色，降敕褒谕。尔其益励乃心，益思尽职；凡政事之可否，用人之当否，天下之治否，小民之安否，有一见闻，即宜直陈之。庶尔前功既益，而于朕望者亦无负焉。"(《世宗实录》卷 111 第 2623 页)

(嘉靖九年三月) 庚子 (注：初十日) 下詹事霍韬于都察院狱。韬初疏议郊典忤旨，夏言奏辩其失，攻讦甚力。韬素护前自遂，以上怒未释，不敢疏辩，乃贻书言，痛诋之。书凡千余言，复录其草送法司备照。言疏陈其状，谓韬"为国近臣，与在议礼之列，既有定见，自当明目张胆，尽忠以告。一疏不已，则再疏三疏，以至累十疏无不可者。何必投臣私书，又以书送三法司，其意安在？臣若有罪，韬当请之陛下，有旨逮送，法司始得而理之。且法司非詹事府属也，原无移文体例，安得以私书使之备照耶？夫韬凭高肆虐，怙宠作威，深居詹事府，而阴握内阁、吏部之权，文武内外臣僚无不畏其威者。臣以惷愚，知有朝廷而不知有权臣，其为韬辈侧目久矣。兹者臣感陛下知遇之恩，特建亲蚕、郊祀二议，奸臣以其言不出己，百端沮之，日夜思以甘心于臣，无所不至。韬之言曰：'尔启南北郊之说，将自是而建东西郊矣，将自是而建九庙矣，郊社宗庙之礼皆尔一人乱之。'其欲加臣以不可逃之罪，乃文致若此。愿陛下之察之也"。因数韬无君之罪有七，并以其私书封进。上大怒，曰："韬有罪，朕贷不问，姑加诘责，全无悛心。顾乃恣逞胸臆，非诋先儒，讥讪朕躬，嫉正怀邪，要名卖直，罪在不宥。锦衣卫逮送都察院，从重治罪以闻。"韬从狱中上书哀祈，大学士张璁再疏申救，上不听。（《世宗实录》卷 111 第 2624 页）

霍韬既以议礼得君，益褊心不能容物，恣其偏见，妄言无忌。上已心薄之，而不忍置法。及为夏言所挤，劾其阻坏郊祀，上大怒，下韬都察院狱，盖故辱之，以杜其口，冀其和衷，以共成大典也。乃韬恐上杀之，贻书张璁求救，摇尾之状毕露矣。（《世庙识余录》卷 2 第 21 页）

（嘉靖九年三月）辛丑（注：十一日）礼部集上群臣所议郊礼，谓"主分祭者，都御史汪鋐等八十二人；主分祭，而以慎重成宪、及时未可为言者，大学士张璁等八十四人；主分祭，而以山川坛为方丘者，尚书李瓒等二十六人；主合祭者，尚书方献夫等二百六人。主分祭者，固以古礼为是，而未尝不以祖制为规。主合祭者，固以遵祖为善，而亦未尝以古礼为非。立言虽异，其纳忠慎礼之心则同。臣等祗奉敕谕，折衷众论，如从合祭诸臣之议，遵行旧典，最为简易，但恐未尽皇上敬天崇礼之意；若从分祀诸臣之义，诚于古礼有合，但坛壝一建，工役浩繁，时诎举赢，劳费不赀，窃恐皇上爱民节财之心亦有未安。臣等以为，《礼·屋祭》曰：帝，夫既称昊天上帝，则当屋祭，宜仍于大祀殿专祀上帝，而配以二祖。皇地祇则营坛壝以祭，如此阴阳之分明，尊卑之等列，而皇上敬天之心伸矣。但地坛之建，廷议不一，今似宜改山川坛为地坛，既无创建之劳，行礼亦便。皆非臣等所敢专决，惟在皇上权其可否，以定一代之典。至于朝日夕月，建东、西坛专祭之礼，此则阙典当修，无可疑者。臣又详众议之中，有欲改大祀殿为明堂者，不应经义。且圣祖初以露祭太质，为殿宇以祭，情文兼备，二圣配享百有余年，不宜一旦轻有更改。至于尚书李承勋议谓山川岳渎之失次，臣等查得国初天神地祇分类从祀，今乃但依方位，委属紊乱，宜悉加厘正。又谓太岁月将之当撤，则祀典所载，未可轻拟。中允廖道南议中复以宗庙为言，原非圣谕所及，臣等不敢置议"。疏入，上复降敕谕云："卿等会议郊祀礼制，未见定议，再用谕卿等，仍刊布原议各官，再会议明白，开陈奏来。开示于后：一、朕原降制敕，本因分祀天地于南北郊，会议本内云从主分者、从主合者，不知何谓？见今行者合祀之事，因所以问分祀之宜，原无两说之议，若朕意如此，何用问为？一、祀天祀帝，本原不同，若如会议之言，不若不议。程子曰：'岁九祭，惟至日礼重。'所为重也，以大报天之礼耳。朕原因缺祀天报本之大典，故所为问，今谓仍祭之屋下，是不如不议。当以遵皇祖之始制，露祭于坛，方合古圣王之意，以尽事天之本。一、南郊祀天，北郊祀地，决当依据。若分东西，造为私论，此则甚于王莽合祀之言。宜分南北之郊，以二至日行事，俱以我皇祖高皇帝奉配。仍于岁首祀上帝于大祀殿，以我皇祖文皇帝奉配，盖为民祈谷之意也。一、朝日夕月，俱以春秋仲月行礼，以尽报神之典。于朝阳、阜成二门外建坛。一、人君祭天，乃报本之祀，以凡为下民者也，当有本有文。本者，诚也。文者，威仪制度也。本文虽有重轻之不同，不可一有失，其一应事宜，当从减省，以尽事天为民之实。一、诸神祀典，待郊议停当，逐一考定。"随下前疏，令为归一之议。于是大学士张璁、翟銮上言："伏览御制敕谕礼部，实出我皇上事天诚敬，臣子有不体悉，非人类矣。其四郊分建分至行礼，遵复圣祖初制，实应经义，天下后世无复容议。第谓冬至祀天于坛，以太祖配，岁首祈谷于大祀殿，以太宗配，则臣等不能无疑。二祖圣德神功，并配天地百有余年，一旦分之，恐于义未协。谨以仁宗皇帝奉二祖配祭天地，敕谕并告文录呈，伏希圣明慎思审处。"上曰："祖宗并配天，不见经传。《易》谓'殷荐上帝以配祖考'，即周家郊配以祖、明堂以考之意，非说一时并配。卿等谓朕当慎思，足见忠爱，盖贤人言耳。可以此奏并朕言，录付礼官会议。"礼部随会各官于东阁集议，谓"皇上以正月之祀为祈谷，以十一月之郊为报本，建圆丘、方丘于南北二郊，朝日夕月二坛于朝阳、阜成门外；上稽古典，近复祖制，大小臣工仰诵宸断，以为大圣人之见，超越千古，断非臣下所及。臣等祗候命下，参酌《存心录》祭祀礼仪制度仪文，一一条陈上请，无容别议。惟以二祖分配，则义有未合，或以嫌于父子并列。太庙之祀，德祖居中，太祖、太宗及列圣祖孙，昭穆东西相向，无嫌并列。况太祖、太宗功德并隆，圆丘大祀殿所祀均之为天，则配天之祖宗宜一阙。且高皇帝出配冬至之祀，而文皇帝独当孟春之享，子先父食，亦且礼意？若远撼遗文，近更成典，臣民震惧所不忍言。臣等窃议南北郊及大祀殿，每祭皆以二祖并配，庶明灵慰悦，降福无穷。"疏入，上谕内阁云："二祖并配天地，甚非礼之正。况倡此议自卿等始，百司莫敢可否之。今所讲求，以正不当，又谓之失，朕自难违所见，卿等其欲作何以处？"大学士张璁、翟銮对："今日郊祀之仪，始终之见，皆断自圣心，又孰非古礼之正？夫定南北郊以二至日分祭天地，东西郊以二分日分祭日月，是遵复圣祖之制也。又定以大祀殿为孟春祈谷上帝，则又不失圣祖之更制也。臣窃喜庆，以为皇上一言之决，两全无害，真大圣人之能事。独二圣分配，窃有疑者，非疑古礼，实生于心所未安。恭惟我太祖建南都以创立基国，太宗建北都以奠安寰宇，功德并茂，往古鲜俪，故仁宗皇帝并举以配天。《礼》曰：'有其举之，莫敢废也。'凡事尽然，而况祖宗配享天地之大典乎？且古郊与明堂相去异地，故后稷配天，文王配地，可以行礼。今圆丘之建，必同大祀殿于南郊。臣窃计，冬至之祭礼行于报，而太宗不与；孟春之祭礼行于祈，而太祖不与；臣心有所未安，虑皇上之心，亦必大有所不安也。夫礼非天降地出，由人心生，愿皇上鉴三代损益之宜，求心之安而已。"上复谕璁曰："我太祖高皇帝肇基受命，配天地允当。我太宗文皇帝继靖内难，功亦甚大，岂不可配天地？实我太祖为立极创建之君耳。"璁对："太宗功德之隆，非但继靖内难，而东征北伐，定鼎北都，我皇上今日抚有洪图，实以我太宗帝系。《礼》曰：'尊祖故敬宗，敬宗所以尊祖也。'窃恐献议者但知天地分祭之为当，而未知祖宗分配之未可轻议；但知并配之非古礼，而未思分配或非今宜也。"上复报曰："兹事重大，今日既求以正之，不当复有毫发错缪。夫万物本乎天，人本乎祖，故王者祀天以祖配。天止一个天，祖也止有一个祖；故今日大报天之祀，正当以我皇祖高皇帝配，不当以二圣并配，非嫌于父子，实非礼之正也。卿素见道明白，熟于礼经，昔日曾谓'人岂有两考'，若如今日所言，乃有二祖乎？祖者，本也，虽有始、高、曾之不同，乃以世言之，其本一也。我皇祖文皇帝丰功大德，岂不可配天？但开天立极，本我皇祖高皇帝肇之。若以周文、武论之，造周虽自文王始，然伐罪吊民，实是武王事，周之王业，武王实成之，而配天止以后稷，配上帝只以文王，而武王配天配地俱无与也。当时未闻争辩功德，大抵古人惟知理与义耳。朕迟留数日，欲每思自反，冀有所得。惟前日之见，是卿等皆畏危言，不能从正，其事不如寝之。"已而给事中夏言复上疏言："臣伏睹圣制，南北二郊俱以太祖配，仍于岁首祀上帝于大祀殿，以太宗配。臣无任庆幸，以为虞、夏、殷、周之郊，惟配一祖，后儒穿凿，分郊丘为二祭；又误解大易配考、孝经严父之义，以至唐、宋变古，乃有二祖并侑、三帝并配之事。宗周典礼，隳弃荡然。先儒朱子，尝叹此事千五六百年无人整理，我皇上今独破千古之谬，一旦更正之，臣子所当将顺不暇，岂宜复有违阻？前日东阁会议，臣见礼臣执并配之说，臣告之曰：'天与上帝一也，二祖分配非有轩轾，宜从圣制。'尔时尚书方献夫亦以臣言为是，不知礼官议奏云何？今疏上九日矣，不奉明旨，外间传闻少傅张璁、大学士霍韬联翩上奏，必欲二祖并配。延日滋久，未闻睿断，恐陛下万一惑于异说，有所迁就，或于礼制少乖，未免重贻后人之议。伏望断自圣衷，仍依前敕施行，此百王不易之大典也。"上报曰："前会议多有异说，兼小人造作危言，礼臣乃止以并配一说具奏。朕见其非礼之正，故迟留数日，盖熟思之，冀有所得，惟知分配为当而已。朕心实无毫末之疑，非被惑者。尔所论详明甚正，幽明无二理，我太祖、太宗亦岂不知？礼部引太庙父子祖孙不嫌一堂，夫祀帝与享先不同，此说殊无谓。礼部仍速会同原议官申议以闻。"（《世宗实录》卷111 第2626页）

（嘉靖九年三月）壬寅（注：十二日）詹事霍韬致书礼部尚书李时，白其与夏言论郊祀、亲蚕事，时亦以其书封进。得旨，令都察院并讯以闻。（《世宗实录》卷111 第2635页）

（嘉靖九年三月）己未（注：二十九日）大学士张璁言："郊祀之议，圣见已决，下礼部申议。群臣必将无言，独臣承皇上责任之重，恩遇之殊，不忍无言。皇上信以分配之说，尽古礼乎？大祀殿非明堂之位，孟春祈谷又非季秋大享之礼，则未免有失于古也。皇上信以并配之说，非今宜乎？太祖百有余年之神座，岂忍言撤？文皇百有余年配天之报，岂忍言废？则又未免失于今也。故臣区区之愚，窃以天地之分祀，宜从古礼，彰我皇上善继善述之孝；祖宗之并配，宜从今制，彰我皇上不愆不忘之心。臣非敢先后反复其说也，盖昔议尊崇之礼，乃三纲五常，三代以来所不能变者，故臣以为不得已也，所以明父子之道焉。今议郊祀之礼，乃制度文为，三代以来未能不变者，故臣以为或在得已也，所以尊祖宗之道焉。仲尼曰：'成事不说，遂事不谏。'今事犹未成也、未遂也，故敢冒昧陈渎，惟皇上察之。矧今天变于上，民穷于下，四方告凶，殆无虚日，臣待罪机务，窃有惧焉。愿圣明之从容而审处之也。"疏下礼部，上仍谕璁曰："朕闻大臣事君，有调理之宜。兹议郊祀，卿竭诚以赞；至于议配祀之典，乃顿变前心，百欲阻之，未知何为？卿曰二圣并配，乃仁宗垂范，万世不可改。此言也，卿未发而朕已知矣。夫卿昔日议礼，虽曰纲常之重，其实一念，痛朕父子不完之诚。今日之事，虽曰礼文制度，亦是重典，不可或后。卿一旦惑于危言，同于邪论，前后变志，恐非素日之忠。君令臣行，圣人之教，违理背经，正人不为。卿平日持正尽忠，当有调理之道，何至如此为哉？"（《世宗实录》卷 111 第 2643 页）

（嘉靖九年四月）戊辰（注：初九日）礼部上群臣郊祀配典申议，谓"二圣配祀天地百十余年，天下之人习所闻见，一旦分配，恐骇听闻，是以臣等不敢别议。盖虽不能尽合于古，而实即乎今日人心之安。皇上必欲尽如古礼，圆丘、方泽既为报本之祭，虽曰祖制，实今日所新创，请如圣谕，俱奉太祖配。至于大祀殿，则我太祖所创，今乃不得侑享于中，臣等窃恐太宗之心有所未安。似宜仍奉二圣并配，则既复古礼，又存祖制，礼意人情两不为失。伏候宸断施行。"先是，上见群议不一，欲寝其事，为"告天罢议"文以示内阁。及礼部申议疏入，上复谕璁曰："二至之祀典未有并配之制，又因今日始，当奉太祖独配孟春之祀。朕原曲处，特名祈谷，实存祖制。况又非明堂可比，当如仁宗之旧。一应事务宜从俭，以尽事天之实。卿可遵委曲之道，依朕此意行之。"璁对："皇上议郊祀大典，本求至当可传之道。今议者以圆丘、方泽皆以太祖配，以为皇上亲制以大祀殿祀上帝，以二祖配，以为祖宗旧制；皆一时迁就之说，非至当不易之论。夫冬至报天之礼重，孟春祈谷之礼轻。天与帝一也，大祀殿既可以二圣并配，圆丘何独不可？新制、旧制之说，臣之所不解也。臣窃惟斯礼之议，本因天地不可并祭，嫌于庞杂。若祖宗并配，原无可议。又况既有大祀殿，又建圆丘，同兆南郊，益非礼制。夫礼时为大，古今异宜，非可一律。盖古圆丘因丘陵为之，非积土而坛。方泽因方川为之，非掘地而坎。今仪文大备，屋而祀之，扫地之仪，安可复用？或谓屋祭为帝，坛祭为天。臣观'思文'之诗，祭后稷配天而歌者也，一诗之中，天帝并称；'我将'之诗，祭文王配帝而歌者也，一诗之中，止称天而不称帝；则天之与帝，原自无异，传注之说，未必尽然。臣惟今日郊祀之议，有简易可行之道，足可继承者：因南郊大祀殿以祀昊天上帝，配以二祖；冬至大报天可也，孟春祈谷可也。万一雨雪，届期亦可备而成礼。北郊建坛以祀皇地祇，亦以二祖配之，明夏方有事北郊，工役可徐徐图耳。夫天地者，古今之天地，分而祀之，三代之彝典也，不可庞杂，故臣将顺皇上为之；祖宗者，一代之祖宗，功德俱隆，并配天地，当代之定制也；孝子慈孙不可轻有议拟，故臣不敢将顺皇上为之。盖宜于古而古，宜于今而今，惟求心之安而已。至于罢议之文，臣愚衷亦有感触。今日月迭变，风霾浃旬，四方饥荒，父子相食。《周礼》救荒之政在于省礼弛力，斯礼之议，本为敬天勤民；民穷既极，天象又彰，若如圣意暂行罢议，天地祖宗实共昭鉴。或圣意必急于行，请察臣言，仍敕礼臣再加详议，须损益古今，务求可传可继之道。外此，非臣所知也。"上报曰："卿谓天地乃古今之天地，分祀三代之彝典，其崇敬天地至矣。谓祖宗为一代之祖，虽是从周之意，却视我祖宗为何如？人原祖宗之意以何者？为子孙敬。我假天地合祀、二圣并配，是我之制。今从之，是遵我矣。既正分祀天地，不敢庞杂，是敬天地矣。却以渎礼事我，其视我为何如耶？今日正求精一中正之道，庶尽敬天敬祖之诚，卿当重思之。昔蒋冕等凡遇灾变皆以为大礼所至，如以今日之变为郊议之应，则凡前之灾异，适中奸邪之口矣。朕见礼部新制、旧制之说，已知推避之意。既而思之，此事原是朕之本意，遂直任之，不责彼欺耳。"乃下礼部申议疏，且责之曰："祖宗并配，在礼为黩。尔诸臣屡不奉命，同为谬论。本自内阁所主，力为阿从，无敢可否，偕言遵守，沽忠卖直。但朕所定祈谷，原因曲全祖制，委与明堂举事不同。依拟，奉二祖并侑，二至之配祭奉皇祖，高皇帝犹配。一应事宜，俱从俭，详议以闻。"（《世宗实录》卷112第2653页）

（嘉靖九年四月）庚午（注：十一日）敕谕六部、都察院曰："朕本菲薄，以宗藩入嗣祖宗大位，夙夜战兢，罔敢自逸。惟赖内外文武百官左右夹辅，以匡朕弗聪弗明之资。尔近来，远近之民饿殍盈途，死亡流离无算，闻诸奏报，实用忧伤。本朕一人所致，下民何辜，重遭斯苦？但尔内外臣工皆有分理之责，尔部院大臣又百司庶僚之首，不可不加勉，以佐朕安民，表率其余。将朕小见开列咨议会奏来说：民之安否，全在官之贤否焉，近来慎选守令之旨已屡降，惟能遵行可也。但上之抚按，下之吏胥人等，亦当有慎用严禁之宜，庶使上有公鉴，下无私为。公鉴当则荐劾得真，俾有所畏服；私为禁则诈冒得除，俾不为所累，然后民或得安。平日百司不肯积谷备荒，一有灾馑，无所措置，虽每发银赈济，亦已晚矣。况奸官猾吏往往侵克，小民全不得沾实惠，徒有赈救之名，其实未活一命，宜着实考访区处。朕闻《周礼》荒年索鬼神之制，其各处凶荒地方，尔礼部查奏，遣赍香帛祝辞，命所在有司官竭虔致诚，祷于应祀神祇，以希转灾为民之福。朕仍躬行露告上天，同尔等修省。各处战阵死亡、或为国为民者，勘报有不真，以至徇情颠倒之者，亦足以伤和致灾，该部依此类推详奏请。刑狱重事，人命所关，其情弊多端，最难条数，甚伤和气。法司推议奏请，其死刑有决不待时者，或在春夏之时，尤为伤和；或亦有未当，朕甚惧，此亦会议具奏定夺。在外民情利害，恐有未知，亦足致灾。都察院便行文巡按御史及大小官员，凡利当兴、害当除者，有所见闻，著即条奏，不许诈妄反害下民，以违朕意。近因民穷，屡有蠲贷之命，闻所在官司仍征文催之者。夫官免之意在裕民，却乃如是论财，则官民两不获；上拥虚名，下受重困，法令俱亡。著议处考究，其有欺隐及不遵的，从重治罪。目下凡有可救灾济民之宜，著即行奏闻，区处施行。都察院还行科道官，俾人各以见上闻，俱不许引郊礼制宜故意违阻，朝廷自有处置。"（《世宗实录》卷112第2657页）

（嘉靖九年四月）戊辰（注：初九日）礼臣上群臣郊祀配典申议，有旨如所拟，大祀奉太祖、太宗并侑，二至之祀奉太祖独配。张璁议主并配，既抵牾四三，往复甚苦，璁卒不可。上下礼部径行之。（《国榷》卷54第3420页）

（嘉靖九年四月）丁亥（注：二十八日）诏原詹事霍韬罪，令罚赎还职。韬奏："臣向议郊礼，不能上体圣心，妄缀狂词，下滋众惑，揆之典法，殛戮是宜。幸蒙圣恩谅臣蠢拙，赦臣狂率，俾得苟全视息，幸保禄位。臣扪心揣分，莫知云报。臣今日工毕，宜明日谢恩，谨先陈情待罪。伏惟普垂雨露，曲赐保全。臣即洗心砺行，图赎往愆，毕力输忠，仰酬洪造。"上曰："览尔奏，能省改前过，愿自效忠，著照旧供职。"（《世宗实录》卷112第2678页）

（嘉靖九年五月）己酉（注：二十日）先是，廷臣再推佥都御史，吏科都给事中夏言与焉，上意未之决也。御史熊爵言："言资望犹浅，不当躐升。又言荐李如圭，不宜即代其处。且郊祀、亲蚕之礼，言虽尝建议，已加服色，不宜骤至尊显，以启献谀干进之门。"又引先朝张绥事，谓"绥阿附逆瑾，遂以吏部郎中升佥都御史，数月至冢宰，又数月置极刑。陛下不宜以绥待言，言亦岂肯以绥自待？"是时上已命廷臣别推，爵疏后入，上切责爵，慰谕言，令勿辩。言内不平，乃谓"爵不宜指臣议礼为献谀干进，又不当以绥事拟臣"。奏辩甚力。上慰谕言如初，而以张绥事诘问爵，竟以言为都察院左佥都御史、协理院事。言以郊坛阅□□□，又嫌于夺李如圭而处其位，固辞不拜。上深褒美言，从其请，乃命加四品俸。爵亦具疏谢罪，上意解，宥爵罪，停俸半年。（《世宗实录》卷113第2689页）

（嘉靖九年十月）辛未（注：十五日）初，上以更定郊制，欲纂辑成书，以垂永久，谕大学士张璁，命与礼部尚书李时议定体例。璁等议："录礼文、规制、器数、敕诰为书，不必杂以臣下之奏。"上谓"此事廷议再三，若不书臣下议论，无以示将来。今当分作三册，首卷载神位、礼器、坛制、祝辞、乐舞、仪注之类，中卷至终卷备书敕谕、诏令、大小官员会章、自疏、告成并各王之奏，始末毕书，然后可以昭示于后。名曰'祀仪成典'，书成，朕当亲序之"。作敕俟十月吉行，至是乃降敕曰："朕惟祭祀，国之大事，矧今郊祀已遵复我皇祖初制，其中事宜，不可无记，以垂将来。今大工告竣，祀期在迩，兹先降敕：特命知建造事总督工程官卿勋，同知建造事督视规制官卿时，监视巡察工程官卿鈜为监修官；知建造事总督工程官卿璁为总裁官，内阁辅臣大学士卿萼、卿銮为副总裁官；首倡正议监视巡察工程官吏科都给事中夏言升翰林院侍读学士、仍兼吏科都给事中，不妨照旧掌科事。及中允廖道南、编修张衮、徐阶、程文德为纂修官。卿勋、卿璁等官，各殚忠荩，精思力究。遵照朕谕，卿璁凡例条目，纂辑成书，名曰'祀仪成典'。务要明白正大，以称朕法祖敬天礼神至意，于是为万世法程，守而勿替，斯为卿等竭忠致力之道。凡敕中未载应行并朕前谕卿璁条目，逐一开具奏请区处。卿等其钦哉，钦哉。"（《世宗实录》卷 118 第 2801 页）

　　世宗嘉靖九年（庚寅，一五三〇）二月，给事中夏言请更郊祀。洪武初，中书省臣李善长等进《郊社宗庙议》："分祭天地于南、北郊，冬至则祀昊天上帝于圆丘，以大明、夜明星、太岁从；夏至则祀地于方泽，以五岳、五镇、四海、四渎从。德祖而下四代各为庙，庙南向，以四时孟月及岁除凡五享。孟春特祭于各庙，孟夏、孟秋、孟冬、岁除则合祭于高祖庙。祀社稷以春秋二仲月上戊日。"太祖从之。行之十年，水旱不时，多灾异。太祖曰："天地犹父母也，泥其文而情不安，不可谓礼。"乃以冬至合祀天地于奉天殿，列朝仍之。至是，给事中夏言上言："古者祀天于圆丘，祭地于方泽。是故兆于南郊，就阳之义；瘗于北郊，即阴之象。凡以顺天地之性，审阴阳之位也。岂有崇树栋宇，拟之人道者哉？至于一祖二宗之配享，诸坛之从事，不于二至而于孟春，稽之古礼，俱当有辩。"因引程、朱之论，以驳合祀之不经。疏入，上方以大礼恚群臣，将大有更易，得之甚悦。赐言四品服织币，以旌其忠。夏四月，廷臣集议郊祀典礼。先是，夏言疏见纳，詹事霍韬嫉之，上言："分郊为紊乱朝政、乱祖制。"帝置不问。韬复为书遗言，甚言："祖宗定制不可变。《周礼》为王莽伪书，宋儒议论皆为梦语。东西郊之说起，自是而九庙亦可更矣。"言飞章并其书上之，帝怒，下韬狱。于是中允廖道南上疏，杂引《周礼》《汉志》《唐六典》诸书，以明我朝郊庙之礼皆所当议，其略曰："我太祖初年建圆丘钟山之阳，方丘钟山之阴，分祀天地。至十年，感斋居阴雨之应，览京房灾异之说，始命即旧址为坛，行合祀。夫前之分祀，酌万世帝王之道，礼本太始者也；后之合祀，感一时灾异之应，礼缘人情者也。太宗迁都，当时未有建白以复古制者，礼乐百年而后兴，讵不信哉？至于宗庙之制，国初立四亲庙，德祖居中，懿、熙、仁祖次分左右。昭穆有定位，禘祫有定时，视商、周七庙、九庙，其揆一也。九年十月，改建太庙，乃比汉人同堂异室之制。时享岁祫，则设累朝衣冠于神座而祀之。于是始以功臣配享矣，恐非古先圣王尊尊亲亲之道也。《周礼·大宗伯》'兆日于东郊，兆月于西郊'。我圣祖亦有朝日、夕月之礼，有其举之，莫敢废也。且今之大祀殿，正仿古明堂之制。宜法圣祖初制，兆圆丘于南郊以祀天，兆方丘于北郊以祀地。尊圣祖配享，以法周人尊后稷之意。而又宗祀太祖、太宗于大祀殿，以法周人宗祀文王于明堂之礼；兆大明于东郊，兆夜明于西郊，以法周人朝日、夕月之礼。增太庙大禘之祭，正太祖南向之位，移功臣于两庑。庶尊尊有杀，亲亲有等，而古典复。"疏入，下礼臣议，赞善蔡昂，修撰伦以训、姚涞，祭酒许诰，学士张潮，编修欧阳德，给事中陈侃、赵廷瑞，御史陈讲、谭缵皆以合祀为宜，而涞言犹切。夏言复疏，申明祀享之议，曰："周人以后稷配天于郊，以文王配帝于明堂。欲尊文王而不敢以配天者，避稷也。今宜奉太祖配天于圆丘，所以尊太祖；奉太宗配上帝于大祀殿，所以尊太宗。"于是复会群臣集议。右都御史汪鋐、编修程文德、给事中孙应奎、御史李循义等八十二人皆主分祀。大学士张璁、董玘、闻渊等八十四人亦主分祀，而谓成宪不可轻改，时祖不可更作。尚书李瓒、编修王教、给事中魏良弼、御史傅炯、行人秦鳌、柯乔等二十六人亦言分祀，而欲以山川坛为方丘。尚书方献夫、李承勋，詹事霍韬、魏校，编修徐阶，郎中李默、王道二百六人皆主合祀，而不以分祀为非。英国公张崙等一百九十八人无所可否。帝命再议。于是张璁杂引《五经》及诸史言郊祀者，条析合祀之非，明分祀之是，名曰"郊祀考议"上之。又疏言："太祖、太宗分配未当。"帝然其郊议，疏言不报。尚书方献夫、詹事霍韬亦上言"前主合祀非是"，帝不问，寻复韬职。五月，初建四郊，群臣议上，帝曰："分祀良是。"乃命建圆丘于南郊，其北为皇穹宇；建方丘于北郊，其南为皇祇室；作朝日坛于东郊，夕月坛于西郊。（《明史纪事本末》卷51 第765页）

三、姚广孝配享

嘉靖九年八月二十七日，嘉靖帝谕辅臣，以廖道南曾上言姚广孝是僧人，不宜同诸功臣配享太庙，而礼官以为当遵从成典。帝以此非敬崇祖宗之道，并征求阁臣的意见。至是，礼部尚书李时同大学士张璁、桂萼等议，以姚广孝虽事太宗有功，加以厚秩、赐以显爵已足偿其劳；赞同帝意，将其祀从太庙撤去，移祀于大隆兴寺内。帝从之，仍命告于皇祖太宗以行。

九月初六日，兵科给事中高金以革姚广孝配享太庙是崇正黜邪，上奏谓真人邵元节、李得晟不过一道家之流，乃误蒙殊恩；"广孝既不可配享于太庙，则二人亦不可爵禄于圣朝。伏望削去真人之号，褫其紫玉之贵，夺其亲师赠祭之典，庶乎异端辟而正道崇也。"帝以真人之封赠赐祭已久，其今日乃言，必有指使之人，令锦衣卫逮问；并令礼部再议姚广孝配享之事。于是礼部尚书李时等上议，称帝"撤广孝之配位者，正祀典也；容元节等之供事者，存祈禳也"；高金因广孝之事遂论及邵元节，是不知其事体不同；请帝裁决予夺之宜。帝下旨："广孝配享，当如前议改正。"邵元节亦疏辞恩命，帝不允，令其安心供修本教，勿以人言介意。

资料摘录：

（嘉靖九年八月）甲申（注：二十七日）上谕辅臣曰："廖道南尝言姚广孝弗宜配享太庙。夫广孝在我皇祖时建功立事，配享已久，或不当遽更。但广孝系释氏之徒，使同诸功臣并食于德祖、太祖之侧，恐犹未安。礼官虽曰遵畏成典，实非敬崇祖宗之道，卿等其加意思之。"至是，礼部尚书李时同大学士张璁、桂萼等议，以"广孝事太宗虽有帷幄之谋，厥后加以厚秩，赐以显爵，亦足偿其劳矣。若削发披缁霭荣俎豆，则非所宜。信有如皇上所谕者，臣等议当撤去，即移祀于大隆兴寺内，每岁春秋遣太常寺致祭。庶宗庙血食之礼秩然有严，而朝廷报功之意兼尽无遗矣。”上从之，仍命告于皇祖太宗以行。（《世宗实录》卷116第2759页）

（嘉靖九年九月）壬辰（注：初六日）兵科给事中高金奏曰：“陛下龙御之初，凡法祖、法师、国王、佛子有害正道者，尽从屏斥。近又谕礼部革姚广孝之配享，以其为释氏之徒，不可并诸功臣也。臣每心悦叹服，以为大圣人之崇正黜邪有如此者。岂意有所谓真人邵元节者，误蒙殊恩，以为圣治累耶？夫官禄者，劝贤之资；爵赏者，砺世之具。元节一道家流耳，因真人李得晟之请而波及之，纵使二人有属修宗典、阴翊皇度之功，偿以金帛足矣，岂可既显其师而赐之赠祭，复荣其身而使之衣紫腰玉乎？广孝既不可配享于太庙，则二人亦不可爵禄于圣朝。伏望削去真人之号，褫其紫玉之贵，夺其亲师赠祭之典，庶乎异端辟而正道崇也。”上曰：“金所言虽若纳忠正君，而实则不然。真人之封赠赐祭已久，何至今日乃言？此必有使之者，其令锦衣卫逮问。且因姚广孝配享之事，谓朕不自克治之意，礼部再议以闻。”于是礼部尚书李时等议奏曰：“陛下撤广孝之配位者，正祀典也。容元节等之供事者，存祈禳也。祀典当正，故虽以功臣之重，去之而不疑。祈禳可存，故虽以道流之微，用之而不避。高金因广孝之事遂论及元节，固因事献忠之心，而未知其事之不同也。予夺之宜，惟皇上裁之。”得旨：“广孝配享，当如前议改正。”会真人邵元节亦疏辞恩命，上不允，令其安心供修本教，勿以人言介意。（《世宗实录》卷117第2765页）

（嘉靖九年）秋七月，罢姚广孝配享太庙，移祀于大兴隆寺，从礼部尚书李时之请也。罢列代帝王南郊从祀及南京庙祭，命立帝王庙于京师。（《明史纪事本末》卷51第767页）

四、孔子祀典

嘉靖九年十一月初七日，初，嘉靖帝因纂修《祀仪成典》谕大学士张璁，将先圣、先师祀典纂入书中。张璁因奏言：“叔梁纥乃孔子之父，颜路、曾晳、孔鲤乃颜、曾、子思之父，三子配享孔子于庙庭，而叔梁纥及诸父从祀两庑，原圣贤之心，岂安于是？所当亟正。”并请于大成殿后另立一堂祀叔梁纥，而以三子之父配之。帝以为然，并称祭祀孔子同祀天仪，亦非正礼；孔子谥号、章服悉宜改正。张璁遂奏言孔子祀典今宜称先圣、先师，而不称王；称庙，而不称殿；用木主，其塑像毁撤；笾豆用十，乐用六佾；叔梁纥宜别庙以祀，以三氏配；公、侯、伯之号宜削，只称先贤、先儒；其从祀申党等宜罢祀，林放等宜各祀于其乡，后苍等宜增入。帝命礼部会翰林诸臣议，众人无敢表示异同，编修徐阶独疏陈其三不必、五不可。张璁召其至朝房，盛气面诘之，责以“若叛我”。徐阶据理力争，对以“叛者生于附者也，某故未尝附明公，何以得言叛”？帝怒，将其谪福建延平府推官。乃御制《正孔子祀典说》示礼部，详论孔子谥号为王及祀典仪礼等误；已，复为《正孔子祀典申记》，俱令礼部送史馆；在文中又将徐阶之议与霍韬议郊庙对比，指徐阶登科时为“大学士费宏所取士也，邪正忠否昭然矣"。张璁又作《正孔庙祀典或问》上奏，帝嘉其论议详正，并下礼部，令速集议以闻。十一月初九日，翰林院侍读学士兼吏科都给事中夏言上奏，称帝所论更正孔子祀典辨析详明，劝帝待南郊大事行后，人心自定，再正孔子祀典。帝览奏后，示夏言"宜坚持定志，尽去人欲，勿谓暂止待之"。十三道御史黎贯等上言，论帝御制《正孔子祀典说》疑孔子王号为僭，并举昔周太王王季未尝王天下而被追封为王，今太祖之父、祖、曾、高未尝为帝而进尊为皇帝；徐达等功臣身殁之后进爵为王，并追封及其祖考；说明孔子王号不为僭；望帝"博采群言，务求至当，上不失圣祖之初意，下不致天下之惊疑，中不致礼意之轩轾"。帝以黎贯等假太祖追尊四代为言，实攻其追尊己父为皇帝号，是奸巧恶逆、毁议君上，令法司逮问。于是都御使汪铉上言，以黎贯等连名具疏，妄议祀典，"宜究问倡议之人，明正其罪。仍敕南北科道官，自今建言毋得惑众欺罔"。帝以汪铉言为然。已而刑部尚书许讚等会讯上言"贯等轻率倡言，引喻失当，各赎杖还职"。帝以"黎贯乃妄引追崇之典，犹存诋毁大礼之情"；令削职为民。礼科给事中王汝梅等亦上疏，极言孔子祀典不宜去王号，并驳张璁所论孔子封号，称"恐生事之臣望风纷起，今日献一议，以为某制当改；明日献一议，以为某礼当复；国家自兹多事"；又以帝尚无子嗣，应"颐养天和，永绥安静之福，毋为多事之臣所惑扰"。帝责其逆论，令录前说记示之。十一月十五日，礼部会同内阁、詹事府、翰林院议上更正孔子祀典：去孔子王号，只称"至圣先师"；庙宇亦止称庙，不称殿。其弟子只称先贤、先儒，去公侯伯封爵。去孔子塑像，代之木制神主。春秋祭祀用十笾十豆，天下府州县用八笾八豆。乐舞止用六佾。对配享、从祀亦作了更正。帝俱准议行。

嘉靖十年正月三十日，提督学校御史章衮疏言"孔子祀典，不宜去王号"。帝以"孔子祀典已有定议"，将其下都察院参劾。都察院劾章衮渎乱狂妄之罪。帝以"章衮妄持偏见，煽惑众心，难居提学之职"。令吏部对品调外任。

资料摘录：

（嘉靖九年十一月）癸巳（注：初七日）初，上因纂《祀仪成典》谕大学士张璁："凡云雨风雷之祀，以及先圣、先师祀典，俱当以叙纂入。"璁因奏言："云雷等祀及社稷配位，俱蒙圣明更正。但先圣、先师祀典，尚有当更正者：叔梁纥乃孔子之父，颜路、曾皙、孔鲤乃颜、曾、子思之父，三子配享孔子于庙庭，而叔梁纥及诸父从祀两庑，原圣贤之心，岂安于是？所当亟正。臣请于大成殿后另立一堂祀叔梁纥，而以颜路、曾皙、孔鲤配之。请行礼部改正，纂入祀典。"上以为然，因谕"圣人尊天与尊亲同，今笾豆十二，牲用犊，全用祀天仪，亦非正礼。其谥号、章服悉宜改正。卿宜加体孔子之心，为朕详之"。璁遂奏言："孔子祀典，自唐、宋以来，溷乱至今，未有能正之者。今宜称先圣、先师，而不称王。祀宇宜称庙，而不称殿。祀宜用木主，其塑像宜毁撤，笾豆用十，乐用六佾。叔梁纥宜别庙以祀，以三氏配。公、侯、伯之号宜削，只称先贤、先儒。其从祀申党、公伯寮、秦冉、颜何、荀况、戴圣、刘向、贾逵、马融、何休、王肃、杜预、吴澄宜罢祀，林放、蓬瑗、卢植、郑玄、服虔、范宁宜各祀于其乡，后苍、王通、欧阳修、胡瑗、蔡元定宜增入。"上命礼部会翰林诸臣议，编修徐阶疏陈不可。上怒，谪阶福建延平府推官。乃御制《正孔子祀典说》示礼部云："朕惟孔子之道，王者之道也；德，王者之德也；功，王者之功也；事，王者之事也；特其位，非王者之位焉。昨辅臣张璁再疏请正其称号、章服等事，已命礼官集翰林诸臣议正外，惟称号与章服二事，所关者重，亦关于朕者，不得不为言之。孔子当周家衰时，知其不能行王者之道，乃切切以王道望于鲁、卫二国，二国之君竟不能行孔子之道。孔子既逝，后世至唐玄宗，乃荐谥曰'文宣'，加以王号。至元，又益谥为'大成'。夫孔子之于当时诸侯有僭者，削而诛之，故曰'孔子作《春秋》，而乱臣贼子惧主'。既如是，其死，乃不体圣人之心，漫加其号，是何心哉？自我圣祖当首定天下之时，命天下崇祀孔子于学，不许祀于释老宫；又除去塑像，止令设主，乐舞用六佾，笾豆以十，可谓尊崇孔子极其至矣，无以加矣。时存塑像，盖不忍毁之也。又至我皇祖考，用礼官之议，增乐舞用八佾，笾豆用十二，牲用犊，而上拟乎事天之礼，略无忌焉。夫孔子设或在今，肯安享之乎？昔不观鲁僭王之礼，宁肯自僭祀天之礼乎？果能体圣人之心，决当正之也。至于称王，贼害圣人之甚。夫王者，以有是德宜居是位，尧舜是也。无是德而居是位，皆乱世之君，如桀纣幽厉是也。若至于后世之为君而居王者之位者，其德于孔子，或二三肖之、十百肖之，未有能与之齐也。由是观之，王者之名非所以重称孔子也。至于章服之加，因其位耳。孔子昔曰：'名不正则言不顺，言不顺则事不成。'何其不幸，身遭之哉。夫既以王者之名而横加于孔子，故使颜回、曾参、孔伋以子而并配于堂上，颜路、曾皙、孔鲤以父而从列于下，安有子坐堂上而父从食于下乎？此所谓名不正者焉。今也，不可滋来世之非道，除待该部集议施行外，兹朕不得不辩，亦不得不为辅臣璁辩也。为名分也，为义理也。若朕所正者，亦如是，所以防闲于万世之下也。设或有谓朕以位而凌先师，实非原心之者。是为说。"已，复为《正孔子祀典申记》，俱令礼部送史馆。璁复为《正孔庙祀典或问》奏之，上嘉其论议详正，并下礼部，令速集议以闻。(《世宗实录》卷 119 第 2822 页)

（嘉靖十年十一月）癸巳（注：初七日），张璁议叔梁纥、颜路、曾皙、孔鲤另祀侑食，从之。上作《文庙祀典说》示群臣，璁遂议文庙像改木主、笾豆十、乐八佾，削封爵，称垂先贤先儒……翰林院编修徐阶请文庙像如旧，谪延平推官。(《国榷》卷 54 第 3432 页)

朕惟为人臣尽臣道，尽之云者，终始生死以之，非有所私也。孔子曰："叁年无改于父之道。"朱子释之曰："祖父所行之事，不但叁年，虽万世亦不可改也。"小有可变，岂可待之叁年？夫成法固不可改，其于一切事务，未免法久弊生，不可不因时制宜。至于事关纲常者，又不可不急于正之矣。朕又惟天子不可与匹夫相争辩，斯世斯时，却不得不辩也。昨所命议正孔子之祀典，方下命，翰林编修徐阶倡逆论云云者，且引分祀为言，其心之固恶可知。朕不知典籍，且以易明者言之。孔子之谥王号，自唐玄宗、李林甫之君臣始。夫孔子已逝在秦汉之前，此间岂无贤明之君？如汉高祖、唐太宗，皆创业垂统者，何不加王号于孔子？又如汉光武中兴，文帝守成，亦无过者，又何不加王号于孔子？则不敢拥虚名以示尊崇之意者可知矣。林甫之请，玄宗之加，意必有谓。林甫之为臣也，何等样臣也？其意或假尊崇师道以欺玄宗欤？玄宗之所加也，何其巧乎？自秦而后，王天下者称皇帝，汉方以王号封臣下。玄宗之封谥孔子，何不以皇帝加之？是不欲与之齐也。特一王号，犹封拜臣下耳，尊崇之意何在哉？这个王字，非王天下之王，实后世封王者之王也。由是夷君武宗假托之而加谥，宋徽宗荐十二章服。徽宗之加，欲掩其好道教而设此以尊崇耳。况以诸侯王而僭天子之服章，诬之甚也。至于雕塑之像，不知孔门弟子即孔子死时而造之，抑仿释道之为而造之？且如一个人，自是一个貌色，不知可增损乎，抑不可乎？以一圣人，而信工肆意雕塑做个像，曰"这个是孔子像"，殊不知其实是土木之灵耳。孔子肯依之享？推之己之心，则知孔子之心也。又至于八佾之舞、十二俎豆，又僭礼之甚也，决所当正。阶此奏正与昔霍韬之叛议郊庙同，然韬也却朴实真实，故所言不逊；阶也用心如韬，而言甚巧而奸也，悦词和言，不激不迫。甚矣，佞哉，斯人也，翰林可用这等人邪？昔同姚涞辈登科，大学士费宏所取也，邪正忠否昭然矣。是为申纪之云。嘉靖九年十一月初一日。（朱厚熜《御制正孔子祀典申纪》，载《四库全书存目丛书》集部第 292 册《宸章集录》第 655 页）

徐文贞公阶，字子升，华亭人。世庙时，首揆永嘉公缘上意请正孔庙祀，抑拙王号，下儒臣议，相顾慑耆，无敢异同者。徐公为编修，独条具其三不必、五不可状，甚晰。疏上，永嘉公盛气召公于朝房，面诘之。公徐理前说，至"高皇帝尽革岳渎号，不革孔子号"而语遄，乃曰"高皇帝少时作耳，何可据也"。公对曰："高皇帝定天下而后议礼，宁少耶？且圣人之文无老少，不尔明公议四郊，何以据高帝少作也？"永嘉公颊尽赤，乃复谓曰："尔谓塑像古礼否？"公对曰："塑像诚非古，然既肖而师事之久，何忍毁也？"永嘉公曰："程子有云：'一毫发不似吾亲，何以亲名之？'"公曰："有一毫发而似吾亲，毁之可乎？且明公能必列圣之御容无毫发不似乎哉，而何以处之？"永嘉语塞，则益怒，曰："若叛我。"公曰："叛者生于附者也，某故未尝附明公，何以得言叛？"他相桂文襄公、翟文懿公咸为公股栗，劝公谢，公弗应，揖而出。上亦缘永嘉公意为说以辨，公当具疏请罪，独言不称职，当罢，不言议非是，有旨外补。（《西园闻见录》卷 11 第 41 页）

（嘉靖九年十一月）乙未（注：初九日）翰林院侍读学士兼吏科都给事中夏言奏："昨两奉圣制，宣付史馆，所论更正孔子礼典；臣仰见陛下以圣人之心推圣人之心，辩析详明，考究精当，宸章奎昼，日星灿然；使人皆圣贤其心，则何复可议。正缘人心不古，天理难明，数日以来，群议沸腾。以臣愚忠，乞陛下斋心静虑，一意恬颐，以至精禋之实。勿以此事烦杂清明，勿以人言乖阻和豫。尚愿祀天之后，眚灾赐赦，草布恩泽，使大化旁流，湮郁宣畅，庶慰天下之望。孔子祀典，暂假时日，少缓订议；俟南郊大事已行，人心自定，施为次第，自当有渐。"上览奏曰："朕遵行大报重典，敢不涤虑凝诚？孔子祀典之议，亦所以尊天也。朕为大君，岂喋喋为事？特怒今人用情纵欲，逞逆肆意，徇私背理，甚非人为。尔既知人心不古、天理难明，宜坚持定志，尽去人欲，勿谓暂止待之，庶始终小大不失。"言又奏："冢宰之位不宜久虚，今事多妨阁，臣怀觊觎，踪迹可鄙。矧郊裡在迩，宜备三公六官以相祀事，亦足以将陛下率见穹昊之诚。伏乞遴选公忠，以副厥任。或出特恩，或听廷臣会荐，务在得人，以端百官具瞻，以慰天下想望。"上报闻。十三道御史黎贯等言："臣等伏睹御制《正孔子祀典说》，谓'孔子道，王者之道也；德，王者之德也'，事、功，王者之事、功也；特以其位非王也，而疑其僭。臣等伏思之，莫尊于天地，亦莫尊于父师。陛下举行敬天尊亲之礼，可谓极盛，无以加矣。至于孔子，则疑其王号为僭，而欲去之。昔太王王季，未尝王也，周公成文武之德，追而王之，天下未尝以为僭。我圣祖登极之初，即进尊德祖、懿祖、熙祖、仁祖为皇帝，是亦周公推本之意，而不以位论也。至于臣子有大勋劳，如魏国公徐达等，身殁之后，进爵为王，亦或追封及其祖考；是皆生未有王号，没而追封之也。圣祖初正祀典，天下岳渎诸神皆去其号，惟先师孔子如故，良有深意存焉。陛下又疑孔子之祀，上拟祀天之礼。夫孔子之不可及也，犹天之不可阶而升，虽拟诸天，似不为过。况实未尝拟诸天也。今必欲去王号，以极尊崇之实；减笾豆、乐舞，以别郊祀之礼，窃恐礼仪之未便，情意之未安。何也？有王号而而后享王祀，有主祀而后居王位，三者备矣，而后守祀之人得以膺衍圣公之封而传之世世，今曰先师孔子而已。则如汉毛公伏主之流，如此非惟八佾、十二笾豆为僭，而六佾、十笾豆亦僭矣。不惟像设当毁，而复屋重檐亦当毁矣。天下只称曰先师而不曰王，阙里之祭则当何称？曰'显祖鲁司寇'可乎？显祖不王，而世嫡可封乎？臣等又考唐开元中，封孔子为文宣王，被衣衮冕，乐用宫县，是唐已用天子礼乐矣。宋真宗尝欲封孔子为帝，或言周止称王，不当加以帝号。罗从彦论曰：'唐既封先圣为王，袭其旧号可也。加之帝号而褒崇之，亦可也。'是言宜隆不宜杀也。梁适乞以厢兵代庙户，范仲淹曰：'此朝廷崇奉先师美事，仁义可息，则此人数可减。'当时朝论遂已。周敦颐谓'万世无穷，王祀夫子'。邵雍谓'仲尼以万世为王'。我朝祭酒周洪谟亦谓'夏商周之称王，犹唐虞之称帝；谓孔子周人，当用周制，止称王可也；谓夫子陪臣，不当称帝，非崇德报功之意'。此皆前人成论，其辩孔子不当称王者，止吴沉一人而已。伏望博采群言，务求至当，上不失圣祖之初意，下不致天下之惊疑，中不致礼意之轩轾。斯传之万世无弊，书之史册有光矣。"上曰："贯等意谓朕何等君也？追尊皇考为皇帝号，孔子岂反不可？本意如此，乃以太祖追尊四代为言，奸巧恶逆甚矣。君父有兼师之道，师决不可拟君父之名。孔子本臣于周，与太公望无异，所传之道本羲农之传，但赖大明之耳，否则不必言祖述尧舜。朕此举与辅臣之建议，非上下雷同，实正纪纲之大。贯等毁议君上，法司其会官逮问以闻。"于是都御使汪鋐言："言官论事，每挟诈以率众，挟众以凌人，曰'此天下公议也'，不知其始倡之者一人也。贯等连名具疏，妄议祀典，彼但知称王为尊孔子，不知诸王不足以为尊，适足以为渎耳。今称曰先圣、先师，则视王之号，固加尊数等。夫曰先圣、先师，皇上幸太学拜之可也。若曰王，则岂有天子而可以拜王者哉？《春秋》之法罪首恶，宜究问倡议之人，明正其罪。仍敕南北科道官，自今建言毋得惑众欺罔。"上以鋐言为然。已而刑部尚书许讚等会讯言："贯等轻率倡言，引喻失当，各赎杖还职。"上曰："祀典改正，实出朕尊师重道之意。黎贯乃妄引追崇之典，犹存诋毁大礼之情。纠众著名，肆意奏扰，褫职为民。"已，礼科给事中王汝梅等亦上疏，极言孔子祀典不宜去王号，以吴沉、夏寅、丘濬之言为非。又言"辅臣张璁所论孔子封号，盖多主吴沉、丘濬、夏寅之说。夫二帝三王之道，至孔子大明，百家之辩不能诬，万世之远不能晦，功在天下，故历代追崇；加以王爵，冠用冕旒，庙用殿，祭用笾豆、佾舞，宜也。若去王而称圣与师，一布衣耳，仍其官，一司冠耳，乐舞殿服皆非所宜。尊崇之典，不应如是。自孔子而言，固不以爵为轻重，但教垂万世，使千百年崇奉之礼一旦削去，恐不可。皇祖仍旧，盖有深意。若去王号，止云先圣、先师，臣愚以为：圣与师乃泛言之，如伯夷、伊尹、柳下惠皆称圣，高堂生称礼师，毛公称诗师，伏生称书师，恐非所以尊孔子也。臣等窃谓吴沉、夏寅、丘濬之言过矣。至于国学塑像，太宗尝令正其衣冠不如古制者，我朝列祖瞻祀而拜之百三十余年，孔子精爽在天之灵依附血食，厥惟旧矣。普天率土，豫设巍巍，殆有千处，一旦毁撤而易以木主，宁不骇人之听闻哉？臣等伏见陛下励精图治，亲蚕、郊祀、女训数事，皆希阔盛典，一岁举行，敕书传帖，不知凡几；而诸臣奏疏，该部题请，殆数百余道，悉自圣裁。至于郊祀一事，尤加经画，仪文度数皆极精微。一念敬天之笃，无以加焉。万几之外，复留神殿礼，已不胜劳瘁。今大工未成而又及此，窃恐生事之臣望风纷起，今日献一议，以为某制当改；明日献一议，以为某礼当复；国家自兹多事，圣心焦思，亦无宁日。陛下一身，天下臣民之主，今前星未耀，凡在臣子，计日望之；苟有忠荩，不宜日事纷更，致劳圣虑。况我祖宗成法，列圣世守，百六十余年于兹矣，总使少不如古，循而行之，亦不为过。臣等愿陛下颐养天和，永绥安静之福，毋为多事之臣所惑扰也。"上责其逆论，令录前说记示之。

（《世宗实录》卷 119 第 2827 页）

（嘉靖九年十一月）辛丑（注：十五日）礼部会同内阁、詹事府、翰林院议上更正孔子祀典："一、谥号：人以圣人为至，圣人以孔子为至。宋真宗称孔子为至圣，其义已备。今宜令两京国子监及天下学校，于孔子神位宜称'至圣先师孔子神位'。其王号及'大成文宣'之称，一切不用。庙宇亦止称庙，不称殿。其四配称：复圣颜子，宗圣曾子，述圣子思，亚圣孟子。十哲以下，凡及门弟子，皆称先贤某子。左丘明以下，皆称先儒某子，凡一切公侯伯不宜复称，以混成周一代封爵之制。一、章服：孔子章服之加，起于塑像之渎乱也。今宜钦遵圣祖首定南京国子监规制，制木以为神主，仍拟定大小尺寸，著为定式。其塑像，国子监责令祭酒等官，学校责令提学等官，即令屏撤，勿得存留，使先师、先贤之神不复依土木之妖，以别释氏之教。一、乐舞、笾豆：每遇春秋祭祀，遵照国初旧制，用十笾十豆；天下府州县八笾八豆。其乐舞止用六佾，以别郊庙之祭。一、配享：父子大伦不容紊乱，宜命两京国子监及天下学校，别立一祠，中祀叔梁纥，题称'启圣公孔氏神位'，以颜无繇、曾点、孔鲤、孟孙氏配，俱称先贤某氏。一、从祀：孔庙从祀之贤，万世瞻仰，所系诚重，不可不考其得失以清祀典。申党即申枨，位号宜一。公伯寮、秦冉、颜何、荀况、戴圣、刘向、贾逵、马融、何休、王肃、杜预、吴澄宜罢祀，林放、蘧瑗、卢植、郑玄、服虔、范宁宜各祀于其乡，后苍、王通、欧阳修、胡瑗、蔡元定宜增入从祀。"疏入，得旨："俱准议行，其塑像之渎，有同释氏夷教，所宜亟行屏除，不许奸邪之徒假称不忍以加正人之罪。依拟国子监责令祭酒等官，学校责令提学等官，通行改正，以称朕尊师重道之意。"（《世宗实录》卷 119 第 2838 页）

（嘉靖九年）初，立文华殿圣师之祭，奉皇帝伏羲氏、神农氏、轩辕氏；帝师陶唐氏、有虞氏；王师夏禹王，商汤王，周文王、武王南向，左先圣周公，右先师孔子，东西向。凡岁春秋开讲，先期一日，皇帝皮弁服，拜跪行奠礼。冬十月，正孔子祀典，易木主及厘正从祀诸贤。洪武初，司业宋濂上《孔子庙堂议》，略曰："世之言礼者，皆出于孔子。不以礼祀孔子，亵祀也。古者，主人西向，几筵在西也。汉章帝幸鲁祠孔子，帝西向再拜。《开元礼》：'先圣东向，先师南向，三献官西向。'犹古意也。今袭开元二十七年之制，迁神南面，非神道尚右之意矣。古者，木主栖神，天子、诸侯皆有主。大夫束帛，士结茅为菆，无像设之事。今因开元八年之制，抟土而肖像焉，失神而明之之义矣。古者，灌鬯爇萧，求神于阴阳也。今用熏芗代之，非简乎？古者，郊庙祭飨，皆设庭燎，示严敬也。今以秉炬当之，非渎乎？古之道，有德者使教焉，死则以为乐祖，祭于瞽宗，谓之先师。若汉，《礼》有高堂生，《乐》有制氏，《诗》有毛氏，《书》有伏生也。凡始立学者，必释奠于先圣、先师，非其师弗学，非其学弗祭。《开元礼》：'国学祀先圣孔子，以颜子等七十二贤配，诸州惟配颜子。'今以荀况之言性恶，扬雄之事王莽，王弼之宗老、庄，贾逵之忽细行，杜预之建短丧，马融之附世家，亦厕其中，吾不知其何说也。古者，立学以明伦，子虽齐圣，不先父食。今回、参、伋坐餐堂上，而其父列食于庑间，吾不知其何说也。古者，士见师以菜为贽，故始入学者必释菜，以礼其先师，其学官时祭，皆释奠。今专用春、秋，非矣。释奠有乐无声，释菜无乐，是二释之轻重，以乐之有无也。今袭用汉、魏律，所制大成乐，乃先儒所谓乱世之音，可乎？古者，释奠、释菜，名义虽存，而仪注皆不可考。《开元礼》仿佛《仪礼馈食篇》节文为详，所谓三献，献后各饮福，即尸酢主人、主妇及宾之义也。今惮其烦，惟初献得行之，可乎？他如庙制之非宜，冕服之无章，器用杂乎雅俗，升降昧乎左右，更仆不可尽。昔者，建安熊氏欲以伏羲为道统之宗，神农、黄帝、尧、舜、禹、汤、文、武次而列焉。皋陶、伊尹、太公、周公暨稷、契、夷、益、傅说、箕子皆天子公卿之师，式宜秩祀天子之学。若孔子，实兼祖述宪章之任，其为通祀，则自天子下达。苟如其言，则道统益尊，三皇不沦于医师，太公不辱于武夫矣。昔周立四代之学，学有先圣，虞庠以舜，夏学以禹，殷学以汤，东胶以文王。复取当时左右赞成其德业者，为之先师，以配享焉。此天子立学之法也。"上不喜，谪濂安远知县，不果用。天顺间，林鹗知苏州，时苏学庙像岁久剥落。或欲加以修饰，鹗曰："塑像，非古也。我太祖于太学易以木主。彼未坏者，犹当毁之。幸遇其坏，易以木主，有何不可？"或以毁圣像疑之，鹗曰："此土耳，岂圣贤邪？孔子生佛教未入中国之前，乌识所谓像哉？"于是并易从祀诸贤，皆为木主，然其他郡县如故也。至是，上因纂《祀典》议成，谕大学士张璁："凡云风雷电之祀，以及先圣、先师祀典，俱当以叙纂入。"璁因奏："孔子祀典，自唐、宋以来，未有得其正者。臣谨采今昔儒臣议，上圣明垂览，以为百世永遵之典。一、谥号。汉平帝元年，初追谥孔子曰褒成宣圣公，唐玄宗追谥为文宣王，元武宗加大成至圣文宣王。元姚燧曰：'孔子卒，哀公诔之，子贡以为非礼。平帝始封谥，盖新莽以文其奸也。'国初，大学士吴沈《孔子封王辩》曰'后世之礼，有甚似而实非者。《春秋》，列国僭王则黜之。夫子，人臣也。生非王爵，死而谥之，可乎？《书》曰：天降下民，作之君，作之师。师也者，君之所不得而臣者也。故曰：诏于天子无北面。所以尊师也。彼以王爵之贵，而隆于称师者，习俗之见也。'布政夏寅曰：'唐玄宗开元既尊老子为玄元皇帝，尊太公为武成王，则追谥孔子不得而缺。岂可以李林甫不学无术之谬，制为万世程乎？'祭酒丘濬曰：'自汉平帝追谥孔子为宣尼公，至开元加以文。文者，经天纬地者也。若夫宣之为言，谥法之美，不过圣善周闻而已，何足为圣人轻重哉？'又曰：'自古谥号，未闻有喻言者。大成之言，出于《孟子》，成者，乐之一终也。加此于至圣文宣王之上，于圣德无谓也。'一、章服。唐玄宗开元间，诏追谥文宣王，仍出王者衮冕之服以衣之。宋真宗祥符间，加先圣冕服桓圭一，从上公之礼，冕九旒，服九章。徽宗崇宁间，始诏冕用十二旒放，衮服九章。金世宗大定间，大成殿圣像十二旒，服十二章。朱熹曰：'宣圣之设像，非古也。'洪武间，创南京太学，止用神主不设像。今国子监有设像者，仍元之旧也。丘濬曰：'塑像之设，自佛教入中国始。'李无瑾言：'颜子立侍。'则像在唐前已有之矣。呜呼，姚燧有言：'《北史》：敢有造泥人、铜人者，门诛。'则泥人固非圣人法也。后世化其道而为之长短丰瘠，郡异县殊，非神而明之之道也。一、笾豆乐舞。唐开元间，诏祀先圣，乐用九宫。舞用八佾。宋徽宗大观间，赐礼器一副，内笾十幂全，豆十盖全。国朝成化十三年，用礼部尚书周洪谟议，诏增六佾为八佾，加笾豆为十二，祭酒章懋及夏寅皆非之。以为十二笾豆、八佾，惟太学可行，天子所自祭也。郡县皆行之，祭礼僭矣。夫孔子不观鲁僭王之礼，宁自蹈非礼之祀哉？一、配享。唐贞观间，始诏颜回配享。曾参、孔伋，俱宋咸淳间配享。孟轲，元丰间配享。宋洪迈曰：'自唐以来，以颜渊至子夏为十哲，坐祀庙堂上。其后升颜子配享，则进曾子于堂，居子夏次。然颜子之父路，曾子之父点，乃在庑下从祀之列。子虽齐堂，不先父食，其何以安？'熊禾曰：'宜别设一室，以齐国公叔梁纥居中南面，杞国公颜无由、莱芜侯曾点、泗水侯孔鲤、邾国公孟孙氏侑食西向。'弘治时，谢铎、程敏政俱是之。敏政又以程子之父珦、朱子之父松请。珦不附王安石新法，松不附秦桧和议，其历官行己足述也。一、从祀。程敏政疏曰：'唐贞观三十一年，始以左丘明等二十七人从祀孔子庙庭，而并及马融等。'臣考列代正史，马融初应邓骘之召为秘书，历官南郡太守，以贪浊免，髡徙朔方。又为梁冀草奏杀李固，作《西第颂》美之。刘向初以献赋进，喜诵神仙方术，尝上言黄金可成，铸作不验，下吏当死。所著《洪范五行传》，流为阴阳术家之小技。贾逵以献颂为郎，附会图谶，致通显，不修小节，盖左道乱正之人也。王弼、何晏倡清谈，所注《易》，专祖老、庄。而范宁追究晋室之乱，以为王、何之罪深于桀、纣。何休则止有《春秋解诂》一书，黜周王鲁；又注《风角》等书，班之于《孝经》《论语》，盖异端邪说之流也。戴圣为九江守，多不法，何武劾之而免。及为博士，毁武于朝。子宾客为盗系狱，武平心决之，得不死，则又造武谢。王肃仕魏封兰陵侯，乃以女适司马昭。又为司马师画策讨文钦、毋丘俭，济其恶。杜预守襄阳，数馈遗洛中贵要。伐吴，因斫瘿之议，尽杀江陵人。以吏则不廉，以将则不义。凡此诸人，皆当罢黜。而议者谓能守其遗经，转相授受。臣窃以为不然。夫守其遗经，若左丘明、公羊高、谷梁赤之于《春秋》，伏胜、孔安国之于《书》，毛苌之于《诗》，高堂生之于《仪礼》，后苍之于《礼记》，杜子春之于《周礼》，可以当之。融等不过训诂释章句而已。至于郑荣、卢植、郑玄、服虔、范宁五人，虽若无过，然所行未能窥圣门，所著未能明圣学也。臣愚，乞罢戴圣等八人祀，郑荣等五人祀于乡。后苍在汉初说《礼》数万言，号《后氏曲台礼》，《礼记》赖以传。乞加封爵与左丘明等。至孔子弟子见于《家语》者，颜回而下六十六人。而司马迁《史记》所载，多公伯寮、秦冉、颜何三人；文翁成都庙所画，多蘧瑗、林放、申枨三人。臣考宋邢昺《论语注疏》，申枨，孔子弟子，在《家语》作申续，《史记》作申党，其实一也。今朝廷从祀，申枨，封文登侯，在东庑；申党，封淄川侯，在西庑，甚无谓。且公伯寮乃圣门之蟊螣，而孔子称瑗为夫子。《家语》《史记》，林放俱不在弟子之列。秦冉、颜何，疑亦字画相近之误。臣愚以为：申枨、申党位号，宜存其一；公伯寮等五人，宜罢其祀；而瑗、放者，各祀于其乡。又洪武三十九年，行人司副杨砥请黜扬雄，进董仲舒。高皇帝纳其言，行之。然荀况、扬雄，实相伯仲，而况以性为恶，以《礼》为伪，以子思、孟子为乱天下，宜并况黜之。其尚可议者：则隋之王通、宋之胡瑗也。先儒以通为僭经，而瑗亦少论著。程子曰：'王通，隐德君子也。其粹处，殆非荀、扬所及。朱子小学书，亦备载瑗事。以为自秦、汉以来，师道之立，未有过瑗者。亦宜加封爵，使得从祀学宫。'臣按：敏政所奏，率多正论可采，而弘治初，礼官沮格不行。同时，谢铎请祀杨时，罢吴澄。举人桂蕚亦请祀蔡元定，以为《律吕》《大衍》诸书，俱有功于性理。又授其子《皇极范数》，此亦众论之公也。臣又按：欧阳修所著《本论》，有翊道之功。苏轼曰：'自汉以来，道术不出孔子，五百余年而得韩愈，愈之后三百余年而得欧阳子。'夫韩愈既已从祀，欧阳修岂可缺哉?"疏入，上命礼部会翰林诸臣议，编修徐阶上言："天子王祀孔子，承袭已久。一旦不王，众人愚昧，将妄加臆度，以为陛下夺孔子王爵，易惑难晓。且天子像祀孔子，衮冕章服，颙然王度，苟去王号，势必撤毁。臣闻爱其人者，杖履犹加珍惜，况先圣之遗像乎? 国家庙祀孔子，宫墙之制，下天子一等。乐舞笾豆，与天子同。今八佾、十笾，盖犹诸侯之礼。苟去王号，将复司寇之旧。夷宫杀乐，以应礼文，恐妨太祖之初制矣。"帝览疏，不怿，出阶为延平府推官。帝乃自著《正孔子祀典说》，颁赐群臣。璁复为《孔子祀典或问》上之，上嘉焉，众议乃定。于是改"大成至圣文宣王"为"至圣先师孔子"。其配享四子，仍称复圣、宗圣、述圣、亚圣。从祀弟子称先贤，左丘明以下称先儒，俱罢公、侯、伯爵，撤像题主祀之。申枨、申党二人，存枨去党。罢公伯寮、秦冉、颜何、荀况、戴圣、刘向、贾逵、马融、何休、王肃、王弼、杜预、吴澄十三人。林放、蘧瑗、郑玄、卢植、郑众、服虔、范宁祀于其乡。进后苍、王通、胡瑗、欧阳修。又以行人薛侃议，并进陆九渊从祀，而别祀启圣公叔梁纥，以颜无由、曾点、孔鲤、孟孙氏、程珦、朱松、蔡元定从祀焉。改称大成殿为先师庙。(《明史纪事本末》卷 51 第 768 页)

（嘉靖十年正月）乙卯（注：三十日）提督学校御史章衮疏言："孔子祀典，不宜去王号。"上以"孔子祀典已有定议，衮不遵行导人以正，反为异说，惑众狂妄"。下都察院参劾。都察院劾"衮职居提学，罔知朝廷据大礼、斥陋号以尊孔子至意，辄持偏见，渎乱狂妄之罪诚不可逭"。得旨："章衮妄持偏见，扇惑众心，难居提学之职。"令吏部对品调外任。(《世宗实录》卷 121 第 2910 页)

五、太庙祀典

嘉靖十年正月初七日，嘉靖帝曾问大学士张璁以禘祫之义，谕以今在一年之间，祀天祭地止一举，而于宗庙凡五享，不合于义理；欲复古礼，命其尽心详论以闻。张璁乃上言，以禘祭是"祀其始祖所自出之帝于始祖之庙，以始祖配之，自出之祖无主于庙，特设虚位"。大禘之礼以"高皇帝为始祖，而以德祖为所自出之帝，岁一禘祀，盖断自可知耳"；但称"禘祫欲复古礼，则宗庙当复古制，臣故未敢轻议"。帝乃亲为"大禘图"，以高皇帝为始祖，以德祖为所自出之帝，以示张璁；并谕之"宗庙祀典，有当讲求者"；以太祖开运肇基，当南向而享；列圣一生南面为帝，死后却不得南向以享，是亦未尽人情。张璁以为"五年一禘，三年一祫，原非古制。况奉钦定'大禘图'，以太祖为始祖，以德祖为所自出之帝。德祖今享四时之祭，若禘岁不一举，则德祖终岁无祭，于义未安"；并请如每岁季冬行大祫礼，大禘亦宜每年举行。其时春享之期已近，帝以禘议未定，乃先敕谕礼部，亲定太庙享礼：以太祖居始祖之位，每岁孟春行时享之礼，自太宗而下，并各居一幄，同日行礼。夏秋冬三季，仍于太祖之室相向行时祫礼；季冬行大祫礼，以德祖居尊，及懿、熙、仁三祖，合享于太庙；命礼部即择日预告具仪以闻。礼部尚书李时上言赞同帝考正祀典，"正南面之位以尊太祖，孟春行时享之礼以尊列圣，季冬举大祫之礼以合祀祧庙之主，移亲王、功臣配食于两庑，以别尊卑"。又提出一些建议以补旧制之未备，并上呈告祭日期及一应仪注，请帝裁定。帝览仪注有"遍告九庙"，而无告德祖及懿、熙、仁三祖之文，复谕礼部更正，并令其另具奏以闻。于是礼官复议，尊帝意将一应仪注再拟以闻。帝下令准行。正月初九日，帝以庙祀更定告于太庙、世庙，并祧庙三主。是日，迁德祖神主于祧庙，奉安太祖神主于寝殿正中。正月十二日，帝诣太庙行时享礼，赏捧主官张璁等，璁等在疏谢中赞帝"出于独见，正太祖之位于中，列祖各序昭穆南向，设帷幕间之；一日之间，群庙皆举；既存古人之制，而又得时中之宜，诚大圣人之所作为，伦制兼尽，可为万世法也"。帝报闻。

二月十八日，初，上以禘祫义询大学士张璁，令与夏言议。夏言秉承帝旨意，推明古典，采酌儒先精微之论，撰《禘义》一篇献之，提出"虚位以祀"。帝报以"禘义深奥，尔所议已得。朕亦以所自出之帝，本是厥初第一之祖，虚位而祀，唯求在我之诚耳"。下其疏于礼部。会中允廖道南亦上议"请以《太祖实录》为据禘颛顼"，帝遂诏礼部以言、道南二疏会官详议以闻。于是礼部集多官议于东阁，咸谓"虚位既茫昧无据，颛顼又世远难稽"，坚持以高皇帝为始祖，禘德祖。议上，帝以"德祖之拟，出朕一时之误。矧为太祖之高祖，难拟自出之位。今如以虚位奉行，惟恐诚不至耳"；命再集议以闻。夏言复疏陈禘德祖有四可疑，称"今所定太祖为太庙中之始祖，非王者立始祖庙之始祖"。帝并下礼部议，于是诸臣咸奉诏请设虚位以禘，奉太祖配，并言"太祫既岁举，太禘请三岁一行，庶疏数适宜"。帝报闻，随自为文告皇祖。

九月二十九日，帝御文华殿东室，面谕大学士李时、翟銮，尚书汪鋐、夏言，欲改太庙中父子兄弟同处一堂之制。李时等以"太庙改制事体重大，未可轻易"对。夏言则以为"各立一庙虽古礼，但一日遍祭九庙，恐圣躬大劳"。帝则拟日祭一庙，或遣官代祭。夏言又以庙皆东向，恐难复古礼。帝以异庙乃各全其尊，欲不动大殿，只用两庑为之。翟銮以两庑南北短，不能容都宫寝庙。帝以不必硬改，只存其义即可。李时则以不动大殿，寝殿亦不必动。帝以己父能南面尊享世庙之祀，而太宗以下诸帝在太庙中乃东西向，又不得专祀，故心中未安，欲改庙制。李时等俱顿首称赞帝大孝之心。夏言复奏称太庙两旁空地不多，须量度地势广狭再拟议。帝令夏言即具奏行。

十一月初六日，右春坊右中允廖道南撰《泰神殿礼成感雪赋》一篇、《圆丘载祀庆成诗》九章上进，并上疏赞同帝更改庙制之举，详驳群臣以"地势窄隘""礼节繁多""成宪宜遵""劳费宜惜"等由反对更改庙制之论。提议以太庙为太祖万世不迁之庙，太宗以下各建特庙于两庑之地，使列圣得各全其尊。帝以其所进诗赋付史馆采录，对宗庙祀典仪制，仍命辅、部大臣会官详议以闻。

嘉靖十一年三月十三日，广平府教授张时亨以进表至京，即上疏建议将帝父更定庙号称宗；自帝诞生之年，追改年号为钟祥；刻木制为帝父像，帝朝夕侍立其前处理朝政；帝母改衣皇帝服，正位内庭，帝在其前执太子礼。反复数千言，皆妄诞不经语。礼部参奏其罪，帝令法司逮讯。张时亨已出京，乃命所在巡按御史提问，谓时亨有心病，帝令将其革职闲住。三月二十一日，帝谕礼部，以"宗庙之礼尚袭同堂异室之制，未能复古，于心歉然"；并称太祖开国之初，已建立四亲庙，具载《大明集礼》等书，"朕为子孙，所当遵行。今太庙前堂后寝，俱有定制，不必更移其昭穆世数庙次"；并命其会官相度两庑，议处规制以闻。

四月初六日，大学士张孚敬等奉旨相度庙制，上奏请在太庙之东别立一庙祀太宗，以为百世不迁之庙；又以昭穆六庙因地狭难设寝殿，太宗庙又与太庙后墙等齐，寝庙门庑不能具备，皆迁就地势，恐日后留下遗憾，请帝裁决。疏上，帝令罢议。

六月十七日，帝父恭睿献皇帝忌辰，帝于崇先殿行祭。此前，只有太庙帝、后忌辰，太常寺官面奏祭祀，其他俱是疏请。是岁定献皇帝忌辰亦面奏，如太庙礼。

嘉靖十二年正月二十一日，山西蒲州生员秦璜伏阙上书，言孝宗之统已绝止于武宗，献皇帝继统于孝宗实为"兄终弟及"，故帝是承献皇帝之统，当奉之于太庙。并攻大学士张孚敬在议礼时主张别创世庙以祀之，使献皇帝永不得与太庙昭穆，是幽之也。又称更定孔子祀典"皆非圣祖之意，请复其初"；语多狂悖。帝命锦衣卫执下镇抚司严行拷讯，并追究主使之人；后竟比拟造妖言者律坐死系狱。

四月初十日，大学士张孚敬以前生员秦璜论其议礼舛误，具疏自白。帝称"朕已悉其奸恶。卿不过奉行君命，纵有一二建议，行否俱由朕"。劝其"毋畏小人自易初志"。

嘉靖十三年九月初八日，帝初拟建九庙，尚未举行，遭遇南京太庙灾，意欲勿建。礼部尚书夏言即上疏，称帝久欲将京师宗庙复古制，而南京太庙就遭火灾，是"皇天、圣祖祐启默相，有不可不盍承者"。帝悦，命所司亟饬材用，候春和兴工。因谕辅臣张孚敬、李时以九庙之制，称"今达礼者少，不必会议，恐招多言，可即量地广狭，摹拟规制"。又令夏言与负责庙建的勋臣、阁臣同诣庙庭筹划；并亲定"庙寝不必相去远，即前堂五间，向后丈许，接寝室三间，义亦在矣"。诸臣奉帝命，遂于太庙南，左为三昭庙，与文祖世室而四，右为三穆庙。群庙各深十六丈有奇，广十一丈有奇。世室寝殿视群庙稍崇，而纵横深广与群庙等。列庙总门与太庙戟门相并。列庙后垣与太庙祧庙后墙相并。具图进览，帝以世室当隆异其制，不满所拟，令再议。于是夏言等请增拓世室前殿，视群庙崇四尺有奇，深阔半之；寝殿视群庙崇二尺有奇，阔深如之。规制闳钜，复与群庙异。帝乃报允，令所司预具物料，以来年二月动工。

　　嘉靖十四年正月二十一日，帝召辅臣张孚敬、李时及尚书夏言至文华殿西室，称今拟建文祖庙为世室，其父献皇帝的世庙当避"世"字。张孚敬以世庙原是帝钦定，且已著之《明伦大典》，颁诏四方，似不可改，文世室应别命名。帝又拟称文庙。李时则以为既有太祖庙，文皇庙宜称太宗庙。夏言亦以世室称太宗庙最当，并称其余群庙不用宗字。帝问："群庙何称？"张孚敬言："皆以为当用本庙号，他日递迁更牌额可也。"李时建议用昭穆字，称昭一庙，昭二庙、三庙，穆亦如之。帝赞同，欲加一字为昭第一庙。复问于张孚敬、夏言，二臣乃谓"仍用本庙号为重"。帝从之，又谕三臣，以其父献皇帝的世庙迫近河水，久议迁改，今当同太庙一起兴工，重建于太庙左方，少杀旧规，不逾列祖列宗之庙。并命礼部二月四日会官相度以闻。

　　二月初六日，帝谕大学士张孚敬、李时，尚书夏言，以"太庙尘旧，礼宜崇饰。今即以明日告祖请命之后，恭请八庙帝后神主暂奉安于奉先殿，祧庙四祖神主奉安于太先殿"。夏言随具仪以闻，帝悉如拟，并任夏言等为掌礼、奉主官。二月初八日，帝亲祭帝社、帝稷。始分建九庙，改建世庙。是日，奉安祧庙四祖神主于太先殿，列圣神主于奉先殿。

资料摘录：

　　（嘉靖十年正月）壬辰（注：初七日）先是，上问大学士张璁以禘祫之义，因谕："祫有时祫、大祫，今岁暮之祭，拟诸大祫固似，其实未可比也。四孟时祫，太祖未得居尊。岁暮之祭，混其重轻，以大祫而兼节日之祭，是祫义反轻；以节日祭而兼祫义，恐非所以尊孝祖宗之意，是不可不别之也。如以三岁一举，于季冬中旬择日行，正旦节祭当同冬至节，行于奉先殿。或可五年一行大禘礼，设衣冠于中，以降始祖自出之神，而以德祖配天，虽不可考，岂真无邪？止不知耳。且如鬼神在旁，人何尝见？如可以无考而废之，则亦可将凡祀之神祇不必祭也，曰'我无见之也'。朕又惟人君，父天母地，为神民主，与诸侯、大夫、卿士、庶民不同。今一岁之间，祀天祭地，至重至大，止一举，而于宗庙凡五享，恐于义理有所未安。固以天地尊隆无上，不可渎烦，则未免疏之也。程子谓'古人一岁祀天者九，惟大报最重'。又讥后世有三岁一举者，曰'人子不可一日不见父母，岂天子有三岁不见上帝乎？'今已复祖制，大报于迎长，及岁首上辛之祈谷，惟孟夏大雩，季秋大享未之举。兹非朕好更制以取愆违，或古礼当复之时，卿可尽心详论以闻。"璁对："宗庙之礼，圣明所见皆得礼义中正。至于禘祭，则祀其始祖所自出之帝于始祖之庙，以始祖配之，自出之祖无主于庙，特设虚位。此义自赵匡申之，朱熹曰：'以始祖配而不及群庙之主，不敢亵也。'此大禘之礼也。如丘濬之议，则欲正高皇帝为始祖，而以德祖为所自出之帝，岁一禘祀，盖断自可知耳。至于大雩，为祷雨之祭，大享，是明堂享帝之祭。但禘祫欲复古礼，则宗庙当复古制，臣故未敢轻议。"上乃亲为"大禘图"，以高皇帝为始祖，以德祖为所自出之帝，如丘濬议，以示璁。仍谕之曰："宗庙祀典，有当讲求者。夫太祖开运肇基，不可不尊隆，使同子孙并列。太庙本是太祖庙，当南向而享之地；及列圣，虽不可并，但生一世而南面，至其为宗，终不得一南向以享；是亦未尽人情，况孝子之心安乎？大禘祭欲岁一举，恐失于常祀之同。又大雩之祭虽是祷雨，亦恐非专待旱时才祭。如曰'龙见则雩'，可知古人用心，不见是图耳。大享之义亦非专为大报，礼简而致委曲，又亦非祭文王举也，必有意焉。夫孟春既祈焉，故季秋报之也。朕意以为，今以曲存更制为祈谷之祀，恐有所祈而不可无其报耳。非有他。"璁对："五年一禘，三年一袷，原非古制。况奉钦定'大禘图'，以太祖为始祖，以德祖为所自出之帝。德祖今享四时之祭，若禘岁不一举，则德祖终岁无祭，于义未安。今皇上既定每岁季冬大袷，其大禘亦宜定于某月，岁一行之为善。至于大享之礼拟秋报，以并春祈大雩之祭，谓古人图于不见，仰惟皇明真善用古礼，得古人制礼之心，当举行无碍疑。"时春享期逼，上以禘议未定，乃先敕谕礼部："朕惟郊庙之祀，所以尊事天地、祖宗者也。惟太庙享礼，尚未称孝敬之情。仰惟朕太祖高皇帝重辟宇宙，肇运开基，圣德丰隆，神功伟盛，顾不得南面居尊，甚非所宜。当朕圣祖在御，固宜尊德祖居尊，其在今日，以朕圣祖居始祖之位，每岁孟春行时享之礼，自太宗而下，并各居一幄，同日行礼。夏秋冬三季，仍于太祖之室相向行时袷礼，如今之制。季冬中旬择吉以岁事告，终行大袷礼，以德祖居尊，及懿、熙、仁三祖，合享于太庙，亲王、功臣配食于两庑。岁暮自是节祭，归之奉先殿行礼。世庙止行四时之享，岁暮之祭亦归之崇先殿行礼。即择日预告具仪以闻。"礼部尚书李时言："宗庙之礼，所以事乎其先，求之于理而有不合，原之于情而有不安，皆非礼也。我太祖高皇帝四时享祭，以压于德祖，不得正南面之位。太宗文皇帝而下，以同堂之制，每祭止东西相向，不得受特享之礼。亲王、功臣分为臣子，列坐于堂，而天子拜跪于下，皆于理不合、于情未安。兹遇圣明天启，考正祀典，正南面之位以尊太祖，孟春行时享之礼以尊列圣，季冬举大袷之礼以合祀祧庙之主，移亲王、功臣配食于两庑，以别尊卑。情顺理安，真可以补旧制之未备，垂万世以常行。臣等谨遵谕施行。窃见旧祭止设衣冠，似于礼未备。宜每祭俱令太常寺官捧主安于前殿，衣冠仍设。孟春时享之礼，每庙各具祝文，若以次毕读，则诚意不无倦怠；宜先读高庙祝文毕，即齐读各庙祝文，庶为适宜。庙享旧时三献之礼，令太常司之，皇上立于庙门之外。今肇举禘袷礼宜崇古，宜于大袷时享，上亲行献爵之礼。又太常寺官奏'礼毕请还宫'，旧仪叩头作揖，今宜止跪奏'礼毕请还宫'，不必行叩头礼，庶免近亵。谨开具告祭日期及一应仪注，以俟圣裁。"上览仪注有'遍告九庙'，而无告德祖及懿、熙、仁三祖之文，复谕礼部："昨所拟预告并时享宗庙仪，俱有未安。其预告止宜告太祖，以伸尊崇之意，我列圣亦必获太祖命而后可安，幽明岂有二理哉？但又当告德祖于寝殿，奉主于祧庙中室，及当告祧庙三室后，奉太祖主居寝殿中室。至大袷日期前，预告如故事，又预告太祖，朕以其事重。拟祝用册，已具册式矣。又时享礼须要可继，亦便陪礼执事无久而怠之之患，其另具奏以闻。"于是礼官复议："臣考《大明会典》及往年祧庙仪注，止告于奉袝神主，不及祧主。兹承圣谕，欲告于德祖及祧庙三室。仰见皇上诚孝笃至、思虑周悉，非臣等拘泥旧闻者所能仰及。但臣等考旧仪注，必先撤祧主，而后可以正迁主之位。今德祖神主尚设于寝殿之中，若候告祭太祖毕始告祭于德祖，臣等窃虑皇上方亲捧太祖神主至寝殿，既不宜仍安于旧设之位，又不可以捧主行礼，似为有碍。宜于告祭之日先告德祖，及诣告祧庙三室，然后亲捧德祖神主安于祧庙中；后至寝殿，捧太祖神主出于太庙殿中座上行告祭礼，先后次序始无妨碍。其亲献爵之礼，已蒙皇上采纳；但大祫时享之时，礼文繁郁，皇上遍诣各宗，三献俱亲，精力易倦，有妨诚敬。宜于大祫时，于德祖前时享时，于太祖前三献必亲；其列圣止亲初献，至亚献、终献，令捧主大臣司之，则至敬不尽假于所司，而亦简便可继。谨将一应仪注遵谕再拟以闻。"制曰"可"。（《世宗实录》卷 121 第 2880 页）

（嘉靖十年正月）甲午（注：初九日）上以庙祀更定告于太庙、世庙，并祧庙三主。是日，迁德祖神主于祧庙，奉安太祖神主于寝殿正中。……丁酉（注：十二日）上诣太庙行时享礼，赏捧主官……璁等疏谢，因曰："臣惟九庙之礼，古礼也。一日九祭，实不能行，我朝因之以废。春享之祭，同于时祫，臣下所不敢言。皇上出于独见，正太祖之位于中，列祖各序昭穆南向，设帷幕间之；一日之间，群庙皆举；既存古人之制，而又得时中之宜，诚大圣人之所作为，伦制兼尽，可为万世法也。"上报闻。（《世宗实录》卷 121 第 2894 页）

（嘉靖十年二月）癸酉（注：十八日）初，上以禘祫义询大学士张璁，令与夏言议。已，言撰《禘义》一篇献之，大意谓"自汉以下，谱牒难考，欲知虞夏之禘黄帝，商周之禘帝喾，不能尽合，故二千余年废而莫讲。兹承皇上德音，臣谨推明古典，采酌儒先精微之论，宜为虚位以祀，庶旷典复行于世"。上曰："禘义深奥，尔所议已得。朕亦以所自出之帝，本是厥初第一之祖，虚位而祀，唯求在我之诚耳。"下其疏礼部。会中允廖道南议"请以《太祖实录》为据禘颛顼"，遂诏礼部以言、道南二疏会官详议以闻。于是礼部集内阁、九卿、詹事府、翰林院、国子监议于东阁，咸谓"虚位既茫昧无据，颛顼又世远难稽，今庙制既定高皇帝始祖之位，当遵钦定图禘德祖为正"。部以诸臣议上，上曰："禘祭意义渊奥，朕虽不知其旨，岂敢不慎？大礼决不可缺此。诸议皆主从实、从信为当，夫岂不道，而朕肯行之？卿等皆贤俊博学，圣贤理道知之旧矣。德祖之拟，出朕一时之误。钊为太祖之高祖，难拟自出之位。今如以虚位奉行，惟恐诚不至耳，诚至神自格。假使生存，而无孝子之心，亦如不在。朕难自用，且有偏听嫌。其再集议以闻。"言复疏陈禘德祖有四可疑，内言："今所定太祖为太庙中之始祖，非王者立始祖庙之始祖。"上并下部议，于是诸臣咸奉诏请设虚位以禘，奉太祖配。礼臣因言："太祫既岁举，太禘请三岁一行，庶疏数适宜。"上报闻，随自为文告皇祖。（《世宗实录》卷 122 第 2922 页）

（嘉靖十年九月）己卯（注：二十九日）上御文华殿东室，召大学士李时、翟銮，尚书汪鋐、夏言，面谕曰："天地百礼祀典俱已厘正，宗庙之制尚未尽善。夫父子兄弟同处一堂，在礼非宜。我太祖初立四亲庙，后因合祭天地，始定同堂之制，今当复之。"时等对曰："皇上曾言'祀典当正，庙制难更'。且古人庙制卑小，今太庙规模宏伟，一旦改作，恐事体重大，未可轻易。"言曰："各立一庙虽古礼，但一日遍祭九庙，恐圣躬大劳。"上曰："今且言庙制，未论行礼。朕拟日祭一庙，不则，遣官亦可。"言曰："古礼恐难复，且庙皆东向。"上曰："尽如古礼固难，但大体却须依据。异庙乃各全其尊，此当依者。朕欲不动大殿，只用两庑为之。"銮曰："两庑南北短，岂能容都宫寝庙？"上曰："不必如此，只存其义可也。"时曰："不动大殿，则寝殿亦不必动。"上曰："三殿俱不动。朕思皇考南面尊享世庙之祀，而太宗以下列圣乃东西向，不得专祀。《书》称'祀无丰昵'，朕心未安"。时等俱顿首曰："圣谕及此，真圣人大孝之心也。"言复奏曰："太庙两旁隙地无几，宗庙重事，始谋宜慎，须是量度地势广狭，方可拟议。"上曰："卿为礼官，其即具奏行。"（《世宗实录》卷130第3098页）

（嘉靖十年十一月）丙辰（注：初六日）右春坊右中允廖道南撰《泰神殿礼成感雪赋》一篇、《圆丘载祀庆成诗》九章上进，因疏言："郊祀、庙祀，礼之至大者。我皇上遵复四郊以祀天地日月，大圣人制作，无以复加矣。迩者泰神殿成，皇上躬诣安设神位，行礼甫毕，而瑞雪即降，此至诚昭格、休征协应之嘉祥也。独宗庙之制，太祖与诸祖共列于一堂，似于礼有未安者。臣窃谓今太庙当为我太祖万世不迁之庙，太宗以下宜各建特庙于今两庑之地；有都宫以统，庙不必各为门垣；有夹室以藏主，不必更为寝庙；庶几乎法古之意、酌今之宜，而咸得其当也。今之议以为弗可行者，不曰'地势窄隘'，则曰'礼节繁多'；不曰'成宪宜遵'，则曰'劳费宜惜'。臣窃谓制度不必崇高，使列圣得各全其尊可也。皇上躬行礼于太祖之庙，余遣亲臣代献，如古诸侯助祭之礼亦可也。如曰成宪，则善继善述，正所以为达孝。如曰劳费，则君子不以天子俭其亲；况天地一民，莫非祖宗之所遗也，又何可惜乎？惟圣明采择。"上曰："所进诗赋，付史馆采录。宗庙祀典仪制，朕尝有谕，辅、部大臣其即会官详议以闻。"（《世宗实录》卷131第3125页）

（嘉靖十一年三月）壬戌（注：十三日）广平府教授张时亨以进表至，上疏言："皇考当有天下，请更定庙号称宗。仍自皇上诞生之年，追改钟祥年号，以明皇考授命之实。又欲皇上效古人刻木之义，制为皇考圣像，朝夕侍立，决正万几。仍请圣母改衣帝服，正位内庭，皇上执太子礼，关决正事。"反复数千言，皆妄诞不经语。礼部参奏其罪，诏下法司逮讯。时亨已出京，乃命所在巡按御史提问。谓时亨有心病，诏革职闲住。（《世宗实录》卷136第3208页）

（嘉靖十一年三月）庚午（注：二十一日）上谕礼部曰："郊庙大礼系国家重典，朕于天地百神祀典俱已厘正，惟宗庙之礼尚袭同堂异室之制，未能复古，于心歉然。朕稽圣祖开国之初，已尝建立四亲庙，实有鉴于汉制之非，具载《大明集礼》等书。朕为子孙，所当遵行。今太庙前堂后寝，俱有定制，不必更移其昭穆世数庙次，卿

等可会官相度两庑，议处规制以闻。"（《世宗实录》卷 136 第 3212 页）

（嘉靖十一年四月）甲申（注：初六日）大学士张孚敬等及府部大臣奉旨相度庙制，奏言："太祖高皇帝功隆德懋，与天无极，已奉为太庙始祖，特正南向之位。惟太宗文皇帝定鼎北都，建子孙万世长业，功德与高皇帝比隆。当别立一庙于太庙之东，百世不迁，拟之周文世室，不在三昭三穆之数。其昭穆六庙，以东西地狭，难设寝殿，每庙但容正殿五间，以其后半为藏主之地。太宗世室直北，与太庙后墙等齐。此皆委曲议处，迁就地势，期于仰承德意，光复古典。臣等窃以陛下上嘉隆古，聿怀永图，将以流庆万年，垂宪罔极；务使备制尽文，将来无纤毫遗憾，乃为尽善。今以地势不足，展转裁损，寝庙门庑不能具备；窃恐成事之后，圣心少有不称，则臣等苟简之罪万死莫赎。唯圣明裁之。"疏上，有诏报罢。（《世宗实录》卷 137 第 3223 页）

（嘉靖十一年六月）甲午（注：十七日）恭睿献皇帝忌辰，上祭崇先殿。故事，惟太庙帝、后忌辰，太常寺官面奏祭祀，余俱疏请。是岁定献皇帝忌辰亦面奏，如太庙礼。（《世宗实录》卷 139 第 3258 页）

（嘉靖十二年正月）甲子（注：二十一日）山西蒲州生员秦瑝伏阙上书，言"孝宗之统讫于武宗，则献皇帝之统于孝宗实为'兄终弟及'，陛下承献皇帝之统，当奉之于太庙。而大学士张孚敬议礼，乃引别创世庙以祀之，永不得预昭穆之次，是幽之也"。又谓"分祀天地日月于四郊，失大小尊卑之别。去先师孔子王号，撤其塑像，损其礼乐，增启圣祠配享，皆非圣祖之意。请复其初"。语多狂悖。上谓"瑝毁上谤君，大肆不道，命锦衣卫执下镇抚司严行拷讯，令其一一对状，根究主使之人以闻"。瑝服"自妄议希恩，实无主之者"，竟比拟造妖言者律坐死系狱。（《世宗实录》卷 146 第 3385 页）

（嘉靖十二年四月）壬午（注：初十日）大学士张孚敬以前生员秦瑝论其议礼舛误，具疏自白。得旨："秦瑝堂讪君詈主，有自来者，朕已悉其奸恶。卿不过奉行君命，纵有一二建议，行否俱由朕。瑝不独陷卿，其实毁朕，卿第毋畏小人自易初志。"（《世宗实录》卷 149 第 3425 页）

（嘉靖十三年九月）辛未（注：初八日）初，上拟建九庙，未举，会南京太庙灾，上意欲勿建。礼部尚书夏言因言："京师宗庙将复古制，久注渊衷，而南京太庙遽罹回禄，殆皇天、圣祖佑启默相，有不可不盍承者。"上悦，诏所司亟饬材用，候春和兴工。因谕辅臣张孚敬、李时以九庙之制，孚敬等对："九庙正礼，当行无疑。前岁第以年月未利，姑徐徐之尔。"上曰："原说明年利，俟临朝会议。今达礼者少，不必会议，恐招多言，可即量地广狭，摹拟规制。"寻谕言，令"偕在工诸臣郭勋等并内阁、礼工二部同诣庙庭，视计制用物式。庙寝不必相去远，即前堂五间，向后丈许，接寝室三间，义亦在矣。"诸臣奉谕，遂于太庙南，左为三昭庙，与文祖世室而四，右为三穆庙。群庙各深十六丈有奇，广十一丈有奇。世室寝殿视群庙稍崇，而纵横深广与群庙等。列庙总门与太庙戟门相并。列庙后垣与太庙祧庙后墙相并。具图进览，上以世室当隆异其制，谓诸臣所拟未尽，令再议。于是言等请增拓世室前殿，视群庙崇四尺有奇，深阔半之；寝殿视群庙崇二尺有奇，阔深如之。规制闳钜，复与群庙异。上乃报允，令所司预具物料，以来春仲月始事。（《世宗实录》卷167第3659页）

（嘉靖十四年正月）庚辰（注：十九日）赐辅臣张孚敬、李时，尚书汪鋐、夏言长春酒并诸品物，遣中使谕曰："昨朕手敕，以今日共卿等面议大礼。适天雨，内侍不以卿等趋命在候闻。未刻，朕问，犹未知。春雨且寒，兹时品给卿等共饮食之。期二十一日午刻来议。"壬午（注：二十一日）遂召孚敬、时、言至文华殿西室，面谕曰："今拟建文祖庙为世室，世庙字当避。"孚敬曰："世庙等号原奉钦定，剡已著之《明伦大典》，颁诏四方，似不可改，文世室须别为名耳。"上曰："然则称文庙？"时曰："古人最重宗字，既有大祖庙，文皇庙宜称曰太宗庙，亦百世不迁矣。"言曰："古者祖有功，宗有德，世室称太宗庙最当，其余群庙不用宗字。"上曰："群庙何称？"孚敬言："皆以为当用本庙号，他日递迁更牌额可也。"时曰："不若只用昭穆字，若曰昭一庙，昭二庙、三庙，穆亦如之，免迁易牌额。"上以为然，欲加一字为昭第一庙。复问孚敬、言："如何？"二臣谓"仍用本庙号为重"。上从之。仍谕三臣曰："皇考世庙以迫近河水，久议迁改，今当同七庙之吉兴工。但今七庙以统于太庙，又限以地势，规制颇杀。今拟世庙重建于太庙左方，实与太庙迫近，亦须少杀旧规，于列祖列宗之庙不至相逾，庶免丰祢之嫌。可于二月四日礼部会官相度来闻。"（《世宗实录》卷171第3724页）

（嘉靖十四年二月）丁酉（注：初六日）上谕大学士张孚敬、李时，尚书夏言："今恭建列圣庙，本为尊太祖，而太庙尘旧，礼宜崇饰。今即以明日告祖请命之后，恭请八庙帝后神主暂奉安于奉先殿，祧庙四祖神主奉安于太先殿。"言随具仪以闻，诏悉如拟。寻定尚书言为掌礼、知奉主出入官；侯勋，大学士孚敬、时，尚书鋐、侍郎鼎臣、为霖，学士道南奉太庙主；公凤，尚书材，御史廷相，侍郎韬捧祧庙主。（《世宗实录》卷172第3734页）

（嘉靖十四年二月）己亥（注：初八日）上亲祭帝社、帝稷。始分建九庙，改建世庙。……是日，奉安祧庙四祖神主于太先殿，列圣神主于奉先殿。（《世宗实录》卷172第3736页）

六、三陵山

嘉靖十年二月二十三日，嘉靖帝以文皇既封黄土山天寿山，今又拟显陵为纯德山，南京钟山及凤阳皇陵亦宜改封，因谕内阁："祖陵宜曰基运山，皇陵宜曰翔圣山，孝陵宜曰神烈山。"并命所在有司官祭告各陵山祇，增制并更制三陵山祇位。于是礼部尚书李时遵旨行，内官监以钦定各陵山神号，依天寿山神牌式制造。且定祖陵基运山、皇陵翔圣山，遣凤阳巡抚都御史；孝陵神烈山，遣南京礼部堂上官；显陵纯德山，遣湖广巡抚都御史致祭。帝准行，命秋祭一并增制。

嘉靖十七年九月二十三日，巡抚湖广右副都御史顾璘上言，请祭告纯德山仪如神烈、天寿二山，显陵如长陵等陵。礼部乃具图式以请，帝命有司遵行，永为定制。

资料摘录：

（嘉靖十年二月）戊寅（注：二十三日）上谕内阁："昨因议进祖陵、皇陵二山名，朕思孝陵在钟山亦宜同体。文皇既封黄土山天寿山，今又拟显陵为纯德山，而独钟山如故，于理未安。朕惟祖陵宜曰基运山，皇陵宜曰翔圣山，孝陵宜曰神烈山。并方泽从祀，以基运、翔圣、天寿山之神位设于五岳之前，神烈、纯德山之神位次于五镇之序。仍预闻之祖考，及命所在有司官祭告各陵山祇，其示礼官奏行及行工所增制并更制三陵山祇位。"于是礼部尚书李时遵旨行，内官监以钦定各陵山神号，依天寿山神牌式制造。且言："神祇坛每年秋报露祭地祇，内有钟山、天寿山之神。今方泽从祀，增制基运等山神位，其神祇坛亦宜遵行，庶事体归一。本部行钦天监择日预告祖考于太庙、世庙。其祭告各陵山祇，祖陵基运山、皇陵翔圣山，遣凤阳巡抚都御史；孝陵神烈山，遣南京礼部堂上官；显陵纯德山，遣湖广巡抚都御史。太常寺仍委属官二员，赍捧香帛告文，分送各官致祭。"上然之，命秋祭一并增制。（《世宗实录》卷122第2928页）

（嘉靖十七年九月）癸巳（注：二十三日）巡抚湖广右副都御史顾璘言："纯德山为献皇帝陵寝重地，遣官祭告有加，而礼文未备，未足以称奉先至意。请著为定式，凡祭告纯德山仪如神烈、天寿二山，显陵如长陵等陵，无用俗仪，以至烦渎。"礼部乃具图式以请，上命有司遵行，永为定制。（《世宗实录》卷216第4433页）

七、各坛祭制

嘉靖十年二月二十八日，帝命礼部考古太岁坛制以闻，至是礼部上言，以为太岁之神祀典不载，其坛祭制无考，请照社稷坛规制筑造，而稍减其高广；并建云雨、岳镇、海渎三坛神祇于坛内，祀仪不变。帝准行。

三月初十日，帝谕内阁，谘以西苑土谷坛之神既要别于太社、太稷，能否称为王社、王稷？大学士张孚敬等以"古者天子称王，今若称王社、王稷，与古义合，但嫌于今各王府社稷名同"；欲承钦定牌位名为五土、五谷之神。而帝遂亲定名为帝社、帝稷，并命考笾豆、乐舞之仪。礼部以此是创建，乐舞不能卒备。帝然之，命俟考议行。随即又自裁定笾豆用八、牲用犊羊豕。

嘉靖十一年正月二十二日惊蛰节，始行祈谷礼于圆丘。初，帝以二祖并配非古礼，欲分配圆丘、大祀殿；因诸臣固请，乃许大祀殿祈谷奉二祖配，而心中颇不以为然。嘉靖十年正月上辛日，大祀殿行礼毕，帝谕大学士张孚敬，以"二圣配帝之事，决不可为范后世，自来只是祖配天，今大报并祈谷，俱当奉太祖配"。并亲制祝文、仪注，改在惊蛰日行礼于圆丘，奉高皇帝配，并著为定典。至是，帝以疾不能亲祭，乃命武定侯郭勋代。于是给事中叶洪上奏，以祈谷实为郊天，开国以来，都是皇帝亲郊；或有他故，宁延至三月行礼，不宜以人臣代，请帝病愈后亲行。帝以祈谷与大报不同，遣官代祭乃祖宗朝故事，责叶洪妄言。已而刑部主事赵文华亦言郭勋是武臣，不宜代祭。帝以郭勋乃勋戚重臣，不可与武职比，夺赵文华俸五月。

嘉靖十三年二月十二日，因礼部尚书夏言奏称圆丘、方泽本法象定名，如称"圆丘坛省牲"，则于名义未协。建议今后省牲及一应公务有事坛所，称天坛、地坛。帝从之，下诏更圆丘名为天坛，方泽名为地坛。

嘉靖十七年正月二十七日，行祈谷礼于圆丘。帝于此前即谕辅臣，称自己将祀典既遵复祖制，但自十三年后多病，不能亲行典礼，但心中不敢略怠。故祈谷之典仍由郭勋代行，夏言仍兼督礼仪；并命将此录付春官，及遍示诸司知之。

嘉靖十八年二月初八日，启蛰节祈谷礼由圆丘改于玄极宝殿。之前此祭均以太祖高皇帝配，至是礼部尚书严嵩请以帝父兴献帝配，帝难以决定，自此遂不奉配。

这样，帝将各坛制悉行更定。

资料摘录：

（嘉靖十年二月）癸未（注：二十八日）先是，上命礼部考古太岁坛制以闻，至是礼部言："太岁之神，自唐、宋以来祀典不载，惟元有大兴作于太史院，亦无常祭之典。至我国朝，始有定祀，是以坛宇之制于古无稽。按《说文》：太岁，木星，一岁行一次，应十二辰一周天，盖天神也，亦宜设坛露祭。但其坛祭制无考，宜照社稷坛规制筑造，高广尺寸少为减杀，俟四郊工役少完，即建太岁等神并云雨、岳镇、海渎三坛神祇于坛内，俱照社稷坛规制，惟太岁坛差小，庶隆杀适宜而祀仪不忒。"诏可。（《世宗实录》卷122 第2934页）

（嘉靖十年三月）乙未（注：初十日）始定西苑土谷坛名曰帝社、帝稷。先是，上谕内阁曰："西苑土谷坛之神惟亦社坛耳，所以别于太社、太稷，如为王社、王稷之称，于义有据否？"大学士张孚敬等对曰："古者天子称王，今若称王社、王稷，与古义合，但嫌于今各王府社稷名同。臣等伏思前承钦定牌位曰五土、五谷之神，名义至当。"上报曰："必欲从时，可仿帝籍之意，曰帝社、帝稷。既正其名，宜考笾豆、乐舞之仪。"礼部以旷典肇修，乐舞不能卒备。上然之，命俟考议行。笾豆用八，牲用犊羊豕，皆上裁定云。（《世宗实录》卷123 第2955页）

（嘉靖十一年正月）辛未（注：二十二日）惊蛰节，始行祈谷礼于圆丘，遣武定侯郭勋代行礼。初，上更定郊祀，谓二祖并配非古礼，欲分配圆丘、大祀殿；因诸臣固请，乃许大祀殿祈谷奉二祖配，而心不然也。十年正月上辛，大祀殿行礼毕，谕大学士张孚敬："二圣配帝之事，决不可为范后世，自来只是祖配天，今大报并祈谷，俱当奉太祖配。"寻亲制祈谷祝文并仪注，改用惊蛰日行礼于圆丘，奉高皇帝配，仪视大报少杀，著为定典。至是，上以疾不能躬事，乃命勋代。上自即位，岁亲郊，其遣代实自此始。于是给事中叶洪奏言："祈谷、大报，祀名不同，其为郊天，一也。祖宗以来，无不亲郊。成化、弘治之间，或有他故，宁展至三月行礼，不过谓郊禋礼重，不宜摄以人臣。请俟圣躬万福，即于仲月上辛改卜其吉，銮舆仍亲行礼。"上曰："祈谷之祭与大报不同，礼文自有隆杀。况遣官代祭，乃祖宗朝故事。洪妄言，姑不究。"已而刑部主事赵文华亦言勋武臣，不宜代祭。上以勋乃勋戚重臣，不可与武职比，夺文华俸五月。（《世宗实录》卷 134 第 3175 页）

（嘉靖十三年二月）己卯（注：十二日）诏更圆丘名为天坛，方泽名为地坛。礼部尚书夏言奏："圆丘、方泽本法象定名，未可遽易。第称圆丘坛省牲，则于名义未协。今后冬至大报，启蛰祈谷、祀天，夏至祭地，祝文宜仍称圆丘、方泽，其省牲及一应公务有事坛所，称天坛、地坛。"从之。（《世宗实录》卷 159 第 3567 页）

（嘉靖十七年正月）壬寅（注：二十七日）行祈谷礼于圆丘，命武定侯郭勋代。先是，上谕礼部"欲亲诣郊坛，而疾未康复"。部臣言："圣体方在调摄，宜暂遣大臣行礼。"上谕辅臣曰："卿等谓祈谷礼宜暂命官，具见爱朕至意。然朕思大报未亲，时又有外臣在，故欲躬事耳。若论出入太庙、丘坛，上下自惟礼多。但熟思之，朕既遵复祖制，不三五年即偷安自逸；且自十三年患咳，六旬乃愈，三四年间体力不如故；又昨冬连患足疮兼耳鸣心跳，神思不爽，又不如前，气积成痼。即今慈羔增甚，朕心得有一日之宁乎？故朝政之废，岁不及旬日，虽此身如逸，中心不敢略怠。所感者皇天洪眷，太祖圣德，故支继之冲君得有此十六禩，及赖卿等竭心以赞耳。今朕且理疾，祈谷之典卿勋宜思尽虔恭，代朕行礼，卿言仍兼督礼仪勿怠。即录付春官，及遍示诸司知之。"（《世宗实录》卷 208 第 4321 页）

（嘉靖十八年二月）丁未（注：初八日）启蛰节改行祈谷礼于玄极宝殿。先是，祈谷之祭举于圆丘，以太祖高皇帝配。至是，乃祈于玄极宝殿，礼部尚书严嵩因请以皇考配，上难之，自此遂不奉配。（《世宗实录》卷 221 第 4584 页）

八、南京大庙

嘉靖十三年六月二十九日，南京守备太监李瓒等奏南京太庙灾，前后及东西庑、神厨库俱烧毁。帝以南京祖宗根本重地，宗庙尤重，令礼部即具祭告及修省之仪以闻，又遣官往勘，并令南京锦衣卫将该监官周原等逮下法司狱，其他内外守备官俱令载罪听勘。已，礼部具仪上请，帝从之。

七月初二日，帝以南京庙灾，在殿陛行告天礼毕，即诣太庙恭慰五祖神御。此前亦谕内阁、礼部，称自己这样做是礼"闻变即慰"之意，是礼之权变。

八月十三日，帝因南京礼部尚书湛若水以庙灾疏请南京太庙重建，召礼部尚书夏言至平台，赐之敕令，命其宣示府部衙门集议南京建庙事宜。在敕中，帝提出太宗既迁都北京，为子孙万世之业，南京太庙不必重有；且一天下作二主、二庙，不合礼义。又说明了承天献考庙与南京太庙之不同，令群臣集议。于是尚书夏言会同大学士张孚敬、李时，侯郭勋等上言赞成帝"国无二庙"之意，以为"南京皇城宫殿倾圮者多，累朝以来不许修饰，祖宗自有深意。今北京宗庙行将复古定制，而南京太庙遽罹回禄，则皇天眷德之意、圣祖启后之灵已默然会于此矣"；并建议南京太庙香火并入南京奉先殿，遗址高筑墙垣谨闭。议上，帝令将南京原庙址如议筑垣，并各廊宇永不得修整，著为令。又命礼部查议南京香火并进膳之仪以闻，北京太庙择日兴工，承天家庙改称隆庆殿。又命抚宁侯朱麒祭告南京奉先殿，以南京太庙司香官并入奉先殿司香。礼部复议，请以所颁敕议刊示天下，帝从之。自是南京无太庙。

资料摘录：

（嘉靖十三年六月）甲子（注：二十九日）南京守备太监李瓒等奏南京太庙灾，前后及东西庑、神厨库俱毁。上曰："南京祖宗根本重地，宗庙尤重。朕闻灾变，不胜惊惕。五祖神灵宜有奉慰，其祭告及修省之仪，礼部即具以闻。该监官周原等，令南京锦衣卫逮下法司狱。火所自起，亟遣三法司、锦衣卫堂上官各一员，给事中一员往勘具奏，不许回护。内外守备官俱令戴罪听勘。"已，礼部具仪，请上"择日易服亲诣太庙祭告，专命大臣一员往南京祭告，仍遣官祭告天地、社稷、宗庙、神祇城隍之神，及天下宗室、在廷大小臣工，一体修省。下宽大之诏，求说言。九卿、四品以上官员各令自陈罪状，请裁去留"。上从之，惟宽恤诏书，以"去岁已大布，不必行。诸司有事关修省应行者，各条具以闻"。（《世宗实录》卷 164 第 3632 页）

（嘉靖十三年七月）丁卯（注：初二日）上以南京庙灾，是日子刻行告天礼于殿陛毕，即诣太庙恭慰五祖神御。先是，上谕内阁、礼部："慰庙之礼，有谓'必待择日斋沐，乃可举者'。朕以为此礼之常也，今因灾而祭，礼之变也。譬之人，或遇变，子必奔诣父母，所以慰安之，何待正衣冠而后行？夫礼有'斋三日而后对越神明者'，此常经耳。朕之告天毕即赴庙者，亦礼'闻变即慰'之意，权也。卿等宜知之。"（《世宗实录》卷 165 第 3634 页）

（嘉靖十三年八月）丁未（注：十三日）召礼部尚书夏言至平台，赐之敕令，宣示府部衙门集议南京建庙事宜。敕曰："南京太庙，或建或弗建，宜何所定？朕惟太宗既迁北都，为子孙万世之业，则南太庙不必重有。或谓太祖初定之都，子孙当思慕功德，不可废。朕则以太宗定北都，已传六宗矣，能守祖宗洪业，传之无穷，岂有南北之分也。即太宗所定都，太祖在天之灵未尝不欲顾于斯。且一天下作二主、二庙，岂合礼与义哉？或又谓承天尚有献考庙，将非薄祖厚亲欤？朕则曰承天之庙，孝宗所命，建藩邸旧第也，故不敢去之，亦犹南京奉先殿之比，此与世庙不同。且南京只存百官有司，不巡幸，不举时祀，徒有庙社耳。此与周家三都三庙之同建者，今昔意不侔也。况祖宗神灵唯于子孙是依是凭，岂有隔数千里之远，能将朕之诚敬乎？今北都立万世之业，则当为万世之图，使其专一于此，庶几太祖永歆，必不以再建庙为歆也。敕尔诸臣，其集议之。"先是，南京礼部尚书湛若水以庙灾，请权将南京太庙朝夕香火并于南京奉先殿，另议太庙造补，重建列圣神主，故上下群臣议。于是尚书言会同大学士张孚敬、李时，侯郭勋等上言："古者国无二庙、庙无二主，故虞祭用桑主，练祭用栗主。栗主既立，乃毁桑主。君去其国，则太宰奉群庙之主以从，明尊无二上、国无二庙、神无二主也。周有三都、三庙，礼以义起，事各有宜。岐周则太王诸侯之庙，镐京则武王定都所建，洛邑则周公定都所建。然镐京庙成，则岐周之主已徙（注：疑为徙之误）；洛邑虽成，而成王未尝都洛，则镐京之主尚在；周公虽留后，以支子不得祭太祖，文武之祼盖非正祭，故国有二庙自汉惠始也，神有二主自齐桓始也。周之三都、三庙，乃迁国立庙、去国载主，非二庙、二主也。我太祖肇都南京，即周公建洛；太宗定都北京，即武王都镐。太祖末年尝有改都之议，太宗善成厥志，定鼎燕京，内制六合，外控诸边，子孙帝王万世之业也。太祖之灵有不居歆者乎？古人立主依神，立庙依主，而子孙之身又祖宗所依，圣子神孙既亲奉祀事于此，则祖宗神灵自当陟降乎此。今日正当专定庙议，使宗庙、社稷，本支百世一以此地为根本，实乃万年无疆之休。臣等窃谓圣谟弘远，不独定一代之庙制，且以定帝王万世之业。况南京皇城宫殿倾圮者多，累朝以来不许修饰，祖宗自有深意。今北京宗庙行将复古定制，而南京太庙遽罹回禄，则皇天眷德之意、圣祖启后之灵已默然会于此矣。南京原有奉先殿，其朝夕香火自当合并供奉如常。太庙遗址似当仿古坛壝遗志，高筑墙垣，谨司启闭，以致尊严之意，则礼成意尽，而国是定矣。"议上，上曰："南京香火并进膳之仪，礼部查议以闻。其原庙址如议筑垣，时加巡守，并各廨宇永不得修整，著为令。其在京庙制，速处物料，择日兴工。其承天家庙勿称庙，可仿奉先殿议曰隆庆殿，用别轻重之意。悉下所司知之。"礼部覆议，因请以所颁敕议刊示天下，从之。已，乃命抚宁侯朱麒祭告南京奉先殿，以南京太庙司香官并入奉先殿司香，奉先殿上食荐新俱如故。（《世宗实录》卷166第3646页）

九、各时节祭礼

嘉靖十四年二月二十三日，先是，帝两次召礼部尚书夏言至文华殿，提出清明节既遣官上坟行礼，内殿复有祭祀，似涉烦复，令夏言从容讲明。至是夏言上奏请正其礼，以为"祭祀之典，有礼有义。祭不欲疏，疏则怠；祭不欲数，数则烦；不疏不烦，协礼与义"；建议今即复郊典于冬至，冬至上陵可罢免，中元陵祀遣官之礼，可移于霜降之日举行，清明节上陵仍旧。议入，帝亲定上陵遣祭：春以清明，秋以霜降，冬至、中元仍遣官诣陵祭祀，并著为令。不久又谕夏言，令其与阁臣共议内殿之祭并礼仪，并将其欲更定的项目和内容详细开列以示，遂成定制。

四月初五日，帝初荐新麦于内殿，赐百官麦饼。先是，上谕礼部尚书夏言，提出内殿礼仪中的四月八日俗事宜革去，赐百官不落夹之例可改日行。不久又提出可于四月五日麦熟荐内殿，赐百官麦饼，命夏言与辅臣议闻。于是夏言及大学士张孚敬、李时上奏，以四月八日赐百官不落夹，是佛教之说，于礼无据；荐麦寝庙，得先王遗意，可垂万世法，请著为令。帝许之。至是，各时节祭礼亦更定。

资料摘录：

（嘉靖十四年二月）甲寅（注：二十三日）先是，上召礼部尚书夏言至文华殿，谕曰："清明节既遣官上坟行礼，内殿复有祭祀，似涉烦复。卿宜从容讲明。"越数日，复召对于文华殿，言因请正其礼，上即命议闻。于是言上奏曰："祭祀之典，有礼有义。祭不欲疏，疏则怠；祭不欲数，数则烦；不疏不烦，协礼与义，事神之道尽矣。我朝祀典之在宗庙，为有司所掌者，如特享、时享、祫祭、禘祭，俱经皇上稽古定制，足应经义，可为万世法。惟是上坟礼仪及奉先殿一应祭祀，多沿前代故事，况掌在内庭，容有礼官所未及知者。比蒙圣谕所及，臣窃加讨论，于陵祀一节诚有可议。国家上陵之祀，每岁凡三，清明、中元、冬至是也。夫中元系是俗节，事本不经，往因郊祀在正首，故冬至有上陵之礼，盖重一气之始，用伸报本之义云耳。今皇上先复郊典于冬至，既行大报配天之礼，则追报本始于郊禋为重，而陵祀为轻。况有事南郊之日，臣辄陪祀。臣僚远去山陵，恐于尊祖配天之诚若有所分。臣愚以为，冬至上陵，特可罢免。而中元陵祀遣官之礼，可移于霜降之日举行。惟清明节上陵如旧，盖清明礼行于春，即礼经所谓'雨露既濡，君子履之有怵惕之心'者也。霜降礼行于秋，即所谓'霜露既降，君子履之有凄怆之心'者也。夫雨露之濡，霜露之降，草木实先被之，于是而有陵墓之思，义斯如耳。若夫二节既有遣官陵祀之祭，则内殿之典诚不宜重复举行，庶几合礼与义，而可以垂示永久矣。"议入，上曰："内殿祭仪，已别谕卿同辅臣议奏。上陵遣祭，春以清明，秋以霜降，冬至已于奉先殿有祭，并中元仍遣官诣陵祭祀。各衙门官不必去，著为令。"寻谕言："内殿之祭并礼仪不可不讲，而作之以成祖典，非朕好变，卿还同内阁臣共议之。朕开于后：一、清明、中元、朕生辰、冬至、正旦，有祝文，乐如宴乐。一、两宫寿旦，皇后并妃嫔生日，皆有祭，无祝文、乐。一、立春、元宵、四月八日、端阳、中秋、重阳、十二月八日，皆有祭，用时食，旧无祝，朕增告词耳。一、如上各祭，旧但于一室一拜，正中室跪祝毕，又四拜，焚祝帛。朕近岁更就位四拜献帛爵，祝毕，后妃助亚献，执事终献，撤馔又四拜，礼毕。一、忌祭，旧具服作乐，朕思此不宜吉礼，况当哀感之日，更浅色衣，去乐。"（《世宗实录》卷172第3728页）

（嘉靖十四年四月）乙未（注：初五日）初荐新麦于内殿，赐百官麦饼。先是，上谕尚书夏言曰："内殿礼仪，四月八日俗事，宜革去。但有赐百官不落夹之例，此当议改日行。"已，复谕曰："《礼记·月令篇》谓是月麦先熟，以荐寝庙。今可据此义，以孟夏之五日荐内殿，赐百官仍具米食，造如旧名麦饼。卿可与辅臣议闻。"于是言及大学士张孚敬、李时奏曰："四月八日例赐百官不落夹者，相沿释氏之说，于礼无据。及考礼经《月令篇》，是月荐麦寝庙，盖重五谷之先，以荐新也。兹蒙圣谕，仰见皇上据经祈礼，不因故袭俗，得先王遗意，可垂万世法，请著为令。"上许之。（《世宗实录》卷174第3778页）

十、两宫皇太后徽号

嘉靖十五年十二月十四日，嘉靖帝以宗庙告成，将覃恩海内，而两宫皇太后徽称未隆，面谕礼部尚书夏言议拟以闻。既而阁臣又传帝谕，欲将两宫皇太后徽号各并加二字。可这样一来皇伯母徽号八字，皇母徽号六字。于是夏言上奏，以"两宫皇太后尊同行辈，名分不殊，徽号字数并宜一体。昭圣康惠慈寿皇太后原六字，今宜加二字；圣母章圣慈仁皇太后原四字，今宜加四字"。帝即准拟以行，加上昭圣皇太后徽号曰昭圣恭安康惠慈寿皇太后、章圣皇太后徽号曰圣母章圣慈仁康静贞寿皇太后，两宫皇太后徽号遂同尊。

资料摘录：

（嘉靖十五年十二月）乙未（注：十四日）先是，上面谕礼部尚书夏言："宗庙告成，将布诏覃恩海内。两宫皇太后未隆徽称，朕心未安。卿等宜议拟以闻。"既而阁臣复传圣谕："两宫徽号并加二字。"于是言奏："两宫皇太后尊同行辈，名分不殊，徽号字数并宜一体。昭圣康惠慈寿皇太后原六字，今宜加二字；圣母章圣慈仁皇太后原四字，今宜加四字。"上曰："两宫行辈同尊，本是相等，非姑妇也。皇伯母原系皇兄所上六字，故今似多耳。昨辅臣及今卿等既以为宜并用八字，其如拟行之。"（《世宗实录》卷194 第4096 页）

（嘉靖十五年闰十二月）甲寅（注：初三日）加上昭圣皇太后徽号……曰昭圣恭安康惠慈寿皇太后。……戊午（注：初七日）加上章圣皇太后徽号……曰圣母章圣慈仁康静贞寿皇太后。（《世宗实录》卷195 第4121 页）

十一、列圣忌辰祭祀礼仪

嘉靖十八年五月初八日，帝原以列祖忌辰于奉先殿遍祭为非礼，更定只于忌日在祖位前特具仪祭之。至是，复以列圣俱在，奠献未便，召礼部尚书严嵩于文华殿，亲定忌祭礼仪：惟太祖帝、后忌辰于景神殿行礼，其他帝、后忌辰俱迁奉神位于永孝殿行礼，祭毕仍奉还景神殿，并著为令。

资料摘录：

（嘉靖十八年五月）乙亥（注：初八日）上召见礼部尚书严嵩于文华殿，示以钦定列圣忌祭礼仪：太祖高皇帝、高皇后忌辰，即于景神殿行礼；列圣帝、后忌辰，俱迁奉景神殿神位于永孝殿行礼，祭毕仍奉还景神殿。著为令。旧制，遇祖宗忌祭，俱于奉先殿行礼，遍祭列圣，上以为非礼。已，更定惟于忌日祖位前特具仪祭之。至是，复以列圣俱在，似于奠献未便，乃更定惟太祖忌祭如旧，列圣俱奉主别殿祭之。（《世宗实录》卷224 第4665 页）

第十三章　武宗皇后丧祭礼及尊号

嘉靖十四年正月二十五日，武宗皇后崩，嘉靖帝命礼部具丧祭仪，并示以丧礼按英宗妃、宪宗生母圣慈仁寿太皇太后制行。对礼部所具仪注中有一些皇后丧礼的内容，帝以自己与皇兄之后无服制，现又要侍奉两宫皇太后，圣母寿旦又临近，不能用纯素，命礼部再重拟。于是礼部尚书夏言等顺帝意上言，称武宗皇后丧礼，臣民无疑应当按皇后丧礼成服，但帝以天子之尊，服制既绝，一些礼仪则不当举行，建议暂免朝参；并将未尽事宜再拟上。

二月十九日，诸文武大臣及科道等官奉帝命在东阁集议武宗皇后谥号。大学士张孚敬以武宗皇后与累朝事体不同，谥号止宜用二字或四字。礼部尚书夏言、都御使王廷相以此前太庙中诸帝后俱用十二字，今用二字、四字未称。大学士李时则主张用八字。吏部左侍郎霍韬主张请帝自行决定。夏言见众议未协，只得集上其议，并上奏以今日所会官集议武宗皇后谥号，只应考据懿行以定谥，不应议字数之增减；况二字、四字、八字均于礼无据，十二字是累朝事例，但上册行礼当别议仪节，以避抗尊之嫌。奏入，帝不悦，仍以两宫在上、无有事嫂如事母之理，命再会官议拟统一之见以闻。于是群臣复集东阁议，成国公朱凤等、吏部尚书汪鋐等皆以今日议武宗皇后谥，止宜以二字以表称懿行。议上，帝下旨令武宗皇后谥用六字，称"孝静庄惠安肃毅皇后"，并命翰林院撰册文，礼部具仪、择日以闻。

三月十三日，礼部上武宗皇后丧葬仪。此前，帝曾面谕礼部尚书夏言，以武宗皇后丧葬事宜与累朝列圣元后体例不同，欲即行祔庙。于是夏言等议上，以武宗皇后葬仪不同常典，神主宜即行祔庙，祔告之礼宜免，并具上其仪。帝下令准行。三月十七日，帝以武定侯郭勋、吏部尚书汪鋐各上疏相攻，对大学士李时说："昨东阁与夏言争庄肃皇后谥号，本礼部与内阁事，与鋐何与？乃悖悖如此。"又问："科道何不弹之？"李时以"不敢"对；帝称"此谓宁忤天子，不敢忤权臣也"；并令李时传帝意戒饬之。三月二十一日，大学士张孚敬以疾告假，帝因以孚敬疾问李时，且言孚敬性执拗，在阁中专决，所以多怨；又言"且如庄肃皇后谥号，即用十二字，何害？乃至与礼部争辩如此"。

嘉靖十五年十月初二日，帝曾在天寿山以武宗皇后未加全谥，于礼未备，面谕礼部尚书夏言议闻。至是，乃亲定如各庙皇后十二字全谥，加谥为孝静庄惠安肃温诚顺天偕圣毅皇后，命所司遵行。

资料摘录：

（嘉靖十四年正月）丙戌（注：二十五日）庄肃皇后崩，上命礼部具丧祭仪，寻遣中官谕曰："丧礼量视圣慈仁寿太皇太后制行。"于是礼部具上仪注，中有上素冠素服绖带举哀，及群臣奉慰等礼，上览之曰："朕与皇兄后无服制，矧奉两宫皇太后在上，又迫临圣母寿旦，忍用纯素？朕青服视事，诸合行礼仪，再酌拟来闻。"礼部尚书夏言等上言："大行庄肃皇后丧礼，其在臣民者，无容别议。惟是皇上天子之尊，服制既绝，则不必临御西角门，及一切奉慰礼皆不当举。但群臣成服之后，又不当素服于奉天门朝参，盖情固有所当伸，而尊尤在所当避。宜俟命下，暂免朝参便宜。"因复条未尽事宜具仪以上。（《世宗实录》卷171第3728页）

（嘉靖十四年二月）庚戌（注：十九日）先是，礼官以大行庄肃皇后谥为请，上命会官议奏。于是文武诸大臣及科道等官会东阁集议。大学士张孚敬曰："庄肃皇后与累朝事体不同，其册谥之文止宜二字、四字。"礼部尚书夏言曰："今在庙列圣元后俱十二字，恐二字、四字未称。"大学士李时曰："二字、四字太少，须得八字。"孚敬曰："礼官谓何？"言曰："请谥者，礼官之职。定谥者，翰林之事。今众议未协，当请上裁。"都御使王廷相曰："庄肃作配武宗，今日之谥似应一体。"吏部左侍郎霍韬曰："谥者，天下之公，非天子自行之。宜备陈以请。"言乃集上其议，因奏曰："昔周公之制谥法，非使臣议君、子议父也。盖谥以尊名，节以宣惠，虽以君父之尊，必称天以谥之，示不敢私也。古人尚质，谥法简严，故称美之言无几；后世帝后之谥始有不一，其书者亦臣子尊崇之情，所谓礼以义起者也。生今之世，则当行今之礼。本朝列圣元后之谥，皆十二字。夫大行盛名，帝后媲美，妻以夫尊，礼宜与并。武宗庙谥既与列圣相同，则庄肃谥号似亦不当稍异。且今号谥祇以表行尊名为典，其与服制有无、名分尊卑本不相涉。皇上特命会官集议者，只欲考据懿行以定谥，尽人道之终始耳，非议字数之增减也。况二字、四字、八字之拟，于礼无据，而十二字之谥，似为累朝事例，宜今日所当遵者。若上册行礼，自当别议仪节，以避抗尊之嫌。"奏入，上览之不悦，曰："韬谓谥非天子所自行，此言尽矣，故今会议以尽公道，议既不详，动辄纷争是非。朕与皇兄虽不同父母，均一祖，无彼此之分。前日丧仪，朕谓群臣不可不尽二十七日之制，此大义所关，为其臣者亦当思尽。尔等执之，他孰肯言？今日议谥，又有此论，又曰服制名分不相干涉，斯固然也，可无伦理耶？况今时谥议非古者比，但止论字数，岂可不有等杀？故孚敬所以争之也。朕前已屡谕卿言，朕与皇兄义乃手足，昔方受命之初，犹在藩服，有臣子之道。今受命即位，兹遇皇嫂之丧，无有事嫂如事母之理，人道有此乎？非朕自尊，矧两宫在上，而昭圣皇太后有母道，所压为尤。便再会官议拟归一以闻。"于是复集东阁议。成国公朱凤等、太子太保吏部尚书汪鋐等皆曰："今日定谥之义，圣谕甚明。昨礼部惟以庄肃皇后大行，固上同于列后。若论大分，实上压于两宫，遽加全礼，委于皇上有伦理之嫌。今日大行庄肃皇后议谥，止宜且据谥法，二字以表称懿行；俟他日再加徽号，以备全典，庶几情理两得。"议上，得旨："既复议归一，皇嫂谥用六字曰'孝静庄惠安肃毅皇后'。数既用半，且阴六又合。其令翰林院撰册文，礼部具仪、择日以闻。"（《世宗实录》卷172第3742页）

（嘉靖十四年三月）癸酉（注：十三日）礼部上孝静毅皇后丧葬仪……先是，上面谕礼部尚书夏言曰："孝静毅皇后事宜与累朝列圣元后体例不同，无几筵之奉，当即行祔庙。令皇后摄事于内殿。"于是言等议曰："按礼仪，葬毕行虞礼，毕，卒哭，乃行祔告。盖以新主当入，旧主当祧，故预以告，及大祥之后乃祔焉。此在常典则然，而非今日之义例也。孝静毅皇后神主诚宜即行祔庙，以妥安神灵，而祔告之礼宜免。"因具上其仪……制可。(《世宗实录》卷 173 第 3762 页)

(嘉靖十四年三月) 丁丑 (注：十七日) 先是，上以祀天重器始成，召辅臣等同赴重华殿瞻看……武定侯郭勋、吏部尚书汪鋐在工数以事相左，遂成隙，上疏相攻。上谓大学士李时曰："勋疏言上工事犹可，鋐全是忿词，此何可忍？"时为营护甚力，上意解，曰："若不究，竟则二疏须留中耳。且鋐无故即举梁材自代，此是何说？昨东阁与夏言争庄肃皇后谥号，本礼部与内阁事，与鋐何与？乃悻悻如此。"时曰："大臣议事，贵于心平易气，此等举动，未免取讥于天下后世。"上曰："科道何不弹之？"时曰："不敢。"上曰："此谓宁忤天子，不敢忤权臣也。勋、鋐，卿可传朕意，戒饬之。但勋奏吏部改调官司事，不可不查。卿亦知建造，可会二臣公议之。"(《世宗实录》卷 173 第 3765 页)

(嘉靖十四年三月) 辛巳 (注：二十一日) 大学士张孚敬以疾给假，上遣中官赐牢樽等物，因以孚敬疾问大学士李时。时以火瞅对。上曰："孚敬求静养，非尽屏诸事，其何能静？"时曰："此末疾，克日可愈。"上曰："孚敬阁中专决，卿不与争？"时曰："机务至重，臣岂敢不争？第孚敬性刚，一时难入，比委曲讲究，卒亦未尝不从。"上曰："昔杨一清言彼性是如此，且如庄肃皇后谥号，即用十二字，何害？乃至与礼部争辩如此。"时曰："孚敬止以弟嫂与子母不同，亦是忠爱。"上曰："忠爱固然，不无执拗耳。且彼不爱惜人才，所以多怨。兹内阁缺人，朕欲取旧老费宏来与卿相处，何如？"时逊谢称善。上因问太仓积贮，时曰："闻颇充赢，由革冗员多。"上曰："此是即位诏书所革，乃杨廷和之绩，不可泯者。廷和殊有才，第非辅弼器耳。"(《世宗实录》卷 173 第 3768 页)

(嘉靖十五年十月) 甲申 (注：初二日) 加谥孝静皇后为孝静庄惠安肃温诚顺天偕圣毅皇后。先是，上在天寿山以孝静皇后未加全谥，于礼未备，面谕礼部尚书夏言议闻。至是，乃亲定如各庙后全谥。谕所司遵行，并命择日改题神主。(《世宗实录》卷 192 第 4045 页)

第十四章　兴献帝称宗入庙

嘉靖十七年六月十五日，帝将致仕扬州府通判同知丰坊欲建明堂、加尊帝父献皇帝庙号称宗以配上帝的奏章下礼部会议。尚书严嵩等上言，以为历代以来，郊以祭天，以始封之祖有圣人之功者配；明堂以祭五帝，以继体之君有圣人之德者配；继统之严，不容或紊，既已称宗，则未有帝宗而不跻祔于太庙者，故"称宗之说，不敢妄议"。疏入，帝以其父献皇帝称宗，在今日不为过情，命再会议务求归一之说以闻。于是户部左侍郎唐胄上疏辩称明堂之配，不专于父，指责礼部会议不能辩严父之非；并引议礼之初，面对何渊建庙之议，席书说"献皇帝入祀大内者，以止生陛下一人，庙祀不可缺也；不敢祔庙者，以未为天子，大统不可干也"。张璁亦说"先儒谓孝子心无穷，分有限，得为而不为，与不得为而为之，均为不孝。皇上追尊献考，别立庙者，此礼之得而为者也。祔献考主于太庙者，此礼之不得为者也"。桂萼说"仲尼有言，孝子不顺情以违亲，忠臣不兆奸以陷君。渊说诚陷君矣，皇上可顺情而信之乎"？当时帝亦答诸臣说"朕奉天法祖，岂敢有干太庙"？以此说明今日不当惑于丰坊之说。疏入，帝责唐胄之论诬礼无君，又指其疏内将皇考尊谥擅改，将张孚敬避君名讳奏赐更名仍旧写成张璁，是肆欺不道，命下锦衣卫拷讯。于是礼部再会廷臣，先议配帝之礼，赞同帝父献皇帝配帝侑食。帝下旨决定明堂秋报大典奉皇考配上帝。严嵩等复上言，请冬至以太祖配，孟春以太宗配，季秋以皇考配，帝报闻。已而，文武大臣复于东阁以称宗之礼集议，上疏赞成皇考献皇帝加称宗号，配帝明堂，永为有德不迁之庙。帝以疏中不言祔庙，留中不发，乃模仿其皇祖假臣下作奏对之词，而作《明堂或问》以示辅臣。在文中明确太宗是远祖，配帝应是父，不可降祖为亲；称宗是崇上尊亲之意，称宗必须祔庙；明堂之配，百世不可易；太宗之功德同于再创，不能仍称宗，当以祖字别之，仍令礼官遵照《或问》会议以闻。于是尚书严嵩等复疏赞成奉皇考配帝、崇上皇考宗号、祔享太庙，太宗进尊称为祖；但提出祔庙必父子异昭穆、兄弟同世数，帝父与孝宗同为一世，拟奉皇考祔于孝宗之庙。帝以同庙虽合古礼，但今恐不能容奉二主，设位又必同一方，不便，令再议以闻。严嵩等复言称孝宗庙不足容奉二主，欲建新宫则地势难于展拓，建议皇考神主宜仍奉于特庙，遇祫享太庙，恭设神座与孝宗同居昭位。于是帝亲临孝宗庙察看，亦以为然，乃悉如所拟以行。已而法司拟唐胄罪当赎杖还职，帝特诏黜为民。

九月十一日，帝奉册宝至皇祖文皇帝庙，行上尊号礼，并改太宗庙号为成祖；又奉册宝至皇考献皇帝庙，行上尊号礼，尊上庙号为睿宗，并奉皇考神主祔太庙。九月二十一日，大享上帝于玄极宝殿，奉睿宗献皇帝配。礼成，帝以崇尊皇祖文皇帝庙号为成祖、尊上皇考献皇帝庙号为睿宗、恭奉皇考祔享太庙、奉皇考睿宗皇帝配享季秋明堂之祀诏示天下。

嘉靖四十四年六月初九日，帝父睿宗原庙在太庙都宫之外、新建太庙后，其神主祔于太庙，而原庙犹存。至是，前殿东柱产金色芝一本，帝大悦，命奏谢玄极宝殿，告于太庙；遣官行礼，百官表贺，并谕礼部，将睿宗庙更上玄名曰"玉芝宫"。

资料摘录：

（嘉靖十七年六月）丙辰（注：十五日）先是，致仕扬州府通判同知丰坊奏："孝莫大于严父，严父莫大于配天。请复古礼，建明堂，加尊皇考献皇帝庙号，称宗以配上帝。"下礼部会议，尚书严嵩等言："自昔羲农肇祀上帝，或为合宫，或为明堂。

嗣是夏后氏世室，殷人重屋；周人作为明堂之制，视殷夏加详焉。盖古者圣王以为
人君天之宗子，其事天也，亦如子之事父，义尊而情亲。故制为一岁四享祀之礼，
有冬至圆丘礼，有孟春祈谷礼，有孟夏雩坛礼，有季秋明堂礼，皆所以尊之也。明
堂帝而享之，又以亲之也。先儒曰'天即帝也'，郊而曰天，以后稷配焉，以尊稷
也。明堂而曰帝，以文王配焉，以亲文王也，此周事。然也臣等反复思，惟今日秋
享之礼，国典有缺，委宜举行。但明堂之制，古法难寻，要在师先王之意，自为令
制。切惟明堂、圆丘，皆以事天也。今大祀殿在圆丘之北，禁城东南，正应古之方
位。穹窿阔佹，允称严祀。今明堂秋享之礼，即以大祀殿行之为当。至于明堂配侑
之礼，昔周公宗祀文王于明堂，《诗》《传》以为物成形于帝，犹人成形于父，故季
秋祀帝于明堂，而以父配之，取其成物之时也。汉武帝明堂之享，以景帝配，孝章
以光武配；唐中宗时以高宗配，明皇时以睿宗配，永泰时以肃宗配；宋真宗以太宗
配，仁宗时以真宗配，英宗时以仁宗配；皆世以递配，此主于亲亲也。宋钱公辅曰：
'三代之法，郊以祭天，而明堂以祭五帝。'郊之祭，以始封之祖有圣人之功者配焉；
明堂之祭，以继体之君有圣人之德者配焉。于是既推周公之心为严父，又推成王之
心为严祖，是以司马光、孙抃诸臣执论于朝，程、朱大贤倡议于下，此主于祖宗之
功德也。我国家复古明堂大享之制，其所当配之帝，亦惟二论而已。若以功德论，
太宗文皇帝再造家邦，符太祖当配以太宗也。若以亲论，则献皇帝陛下之所自出也，
陛下之功德即皇考之功德也，是当以献皇帝配也。至于称宗之议，臣等又议得人君
之位，天位也，以天位相承，谓之统。殷人称宗，周人称王，继统之严，不容或紊，
此圣人制礼至正不易之道也。既已称宗，则未有帝宗而不跻祔于太庙者，窃恐我皇
考在天之灵亦有所不安者矣。臣等仰思圣训，远揆旧章，称宗之说，不敢妄议。"疏
入，得旨："明堂秋报大礼，于奉天殿行。其配帝务求归一之说。皇考称宗，在今日
不为过情，且古人未常概称其君为宗，近代皆若是，何在皇考为不宜？再会议以
闻。"于是户部左侍郎唐胄上疏争之曰："宋儒朱熹尝以天地合配、宗庙同堂为非礼，
谓'千五百年无人整理'。今我皇上创两郊、建九庙，使三代礼乐焕然复明于世，使
熹及见之，不知当如何以为颂。然三代之礼，莫备于周，《孝经》曰'郊礼后稷以
配天，宗祀文王于明堂以配上帝'。又曰'严父莫大于配天，则周公其人也'。说者
谓周公有圣人之德，制作礼乐，而文王适其父，故引以证圣人之孝；不然周公辅成
王践祚，其礼盖为成王而制，于周公为严父，于成王则为严祖矣。然周公归政之后，
未闻成王以严父之故废文王配天之制而移于武王也。及康继成，亦未闻以严父之故
废文王配天之制而移于成王也。后世祀明堂者，皆配以父，此乃误识《孝经》之义
而违先王之礼。故有问于熹曰：'周公之后当以文王配耶，当以时王之父配耶？'熹
曰：'只当以文王为配。'又问'继周者如何'？熹曰'只以有功之祖配之，后来第
为严父说所惑乱耳'。由此观之，明堂之配，不专于父明矣。且昔我皇上入纂大统之
初，廷臣讲礼不明，执'为人后'之说，于时推明一本，力正大伦者，惟席书、张

璁、桂萼、方献夫、霍韬数人而已，可谓忠臣矣。及何渊有建庙之议，书等则尽力斥之，其言之最切者，在书则曰'献皇帝入祀大内者，以止生陛下一人，庙祀不可缺也。不敢祔庙者，以未为天子，大统不可干也'。在璁则曰'先儒谓孝子心无穷，分有限，得为而不为，与不得为而为之，均为不孝。皇上追尊献考，别立庙者，此礼之得而为者也。祔献考主于太庙者，此理之不得为者也'。在萼则曰'仲尼有言，孝子不顺情以违亲，忠臣不兆奸以陷君。渊说诚陷君矣，皇上可顺情而信之乎'？夫岂不道，而数臣言之，盖爱君之切也。于时陛下答诸臣亦云'朕奉天法祖，岂敢有干太庙'？圣明深见，固已超越前代矣，而岂今日乃惑于丰坊之说乎？第恨礼部会议不能辩严父之非，不举文武成康之盛以告陛下，而乃滥引汉唐宋不足法之事为言耳。虽然丰坊明堂之议虽未可从，而明堂之礼则不可废。盖今冬夏南北两郊皆主于尊，必季秋一大享帝于奉天殿，而亲亲之义始备。自三代以来，郊与明堂各立所配之帝。我太祖高皇帝、太宗文皇帝，功德之盛，上并帝王，比之于周，太祖则后稷也，太宗则文王也。南北两郊及春祈谷，皆奉配太祖皇帝，太宗皇帝犹未有配，甚为缺典。故今奉天殿大享之祭，必奉配太宗，而后吾圣朝一代之大典礼始备，故臣谓明堂之礼不可废也。若夫我皇考恭穆献皇帝，得皇上大圣人为之子，不待称宗，不待议配，而专庙之享，亦足垂亿万世无疆之休矣。伏惟裁察。"疏入，上曰："兹所论，诬礼无君为尤。文皇帝谁之祖，献皇帝谁之父？朕为人孙、子，有轻重乎？其借朱熹为言，不过箝人耳。朱子每叹君臣终不若父子，臣之于君，未见真如子之于父也。人臣之于君，固多不同人子，然未有甚于胄者，动曰时君，时君不立，则祖统以何人继？况疏内将皇考尊谥擅改，又以张孚敬避君奏赐更名仍旧写，肆欺不道，下锦衣卫拷讯。"礼部乃再会廷臣，先议配帝之礼，言："考季秋成物之旨、严父配帝之文，献皇帝配帝侑食，允合周道。"上曰："明堂秋报大典，当以严父配帝之文为正，本与郊礼不同。人孰无父，其父即祖，兹礼自朕行，宜奉皇考配上帝。"嵩等复言："高皇帝作配圆丘，皇考作配秋享，无容议矣。文皇帝继体首君，祀天享帝独少一配，似有未安。臣等窃谓孟春祈谷，可仍用屋祭之义，于大祀殿举行，恭奉皇祖文皇帝配祀。冬至以太祖，孟春以文祖，季秋以皇考，如此则礼文周悉，诚孝流通，我皇上爱亲敬祖之心两无所憾矣。"得旨报闻。已，乃复以称宗之礼集文武大臣于东阁议，言"《礼》称'祖有功，宗有德'。释者曰'祖，始也；宗，尊也'。《汉书》注曰'祖之称始，始受命也；宗之称尊，有德可尊也'。《孝经》曰'宗祀文王，以配上帝'。王肃注曰'周公于文王，尊而祀之也'。此宗尊之说也。古者天子七庙，刘歆曰：'七者，正法。苟有功德，则宗之不可预为设数，宗不在数中，宗变也。'朱熹亦以歆之说为然。《陈氏礼书》曰：'父昭子穆而有常数者，礼也。祖功宗德而无定法者，义也。'此宗无数之说，礼以义起者也。惟皇考献皇帝锡封藩服，系天下骏望，与文王居西伯之位同。笃生圣人，光承天序，与文王生武王克集大命同。今皇上中兴功业，皆皇考功业。故今日宗祀之典，援据古义，推缘人情；则皇考至德昭闻，密佑穹昊，宗以其德，可也；圣子神孙传授无疆，皆皇考一人所衍布，宗以其世，可也。惟皇上推武王、周公宗祀之义，师孔子之训；下采诸大儒之说，明宗尊之义；加宗皇穹，配帝明堂，永为有德不迁之庙，则圣孝隆备，垂之无穷矣。"上以疏不言祔庙，留中不发，乃设为臣下奏对之词，作《明堂或问》以示辅臣。其文曰："《明堂或问》者，非上人以好辩、以效常情之所为也，实不得已之言也。我皇祖尝假臣下作对奏，因作《楼城之上》焉，故此《或问》以作云。问曰：'明堂大享之礼，邃古无者，本周之始，固亦报天之情。只以配位之位，每论不同，且在今日有甚难者，汝其何用情哉？'答曰：'明堂享礼，次于大报，重于他祀，虽古远有无未可知，周始著之载籍。今日之举未难，时人之情甚非古人比也。曰配帝为难，将欲奉太宗配，庶几可以服天下。每思不知视太宗为何如之主？今日圣灵在天，犹昔日御世一般。太宗本时君之远祖，以父近之亲宗之，是非人道之正；降祖为亲，经所未闻，孔子不曾有是言以教后世。但世愈降，道愈降愈湮，文人学士之心，一日昧于一日；但骋彼舞文弄智、恣己胡为，上箝君父，下愚细人，此非难者，决不可行之礼也。'问曰：'汝盖欲奉考配，亦非昵于爱亲而不爱祖耶？'答曰：'明堂本义是以秋时群物成以报天，即人成于父之义。以其所合于义之正大典，则为礼，故父配为正不为昵，岂不为忘远。'问曰：'父配固是矣。将来一世一易，抑且以一乎？'答曰：'今既用周制为准，则即如武王行礼奉以文王配之义，一而已矣。'问曰：'周公制礼，汝何谓武王行之？'答曰：'周公者，臣职也，虽然必称武王为正，岂有臣行君礼哉？周自武为之，则严父必文。今日自我举，必皇考配也。'问者又曰：'配义虽明，称宗何为？'答曰：'称宗之义在今时无有一说，但不过是尊亲之意，亦无凭据，亦无比附，亦无轻重，亦无利害，只是个崇上之义耳。'问曰：'称宗，祔庙否？'答曰：'祔庙与称宗是一行，今文臣但以祔庙必祧，不如专享百世为上，此不过愚哄其君耳。我皇考虽未即生存之位，今日亦有如生之义。祖宗列圣欢聚一堂，独去我皇考一人，人情不堪，时义不顺；皇天、皇考之所眷思，子子孙孙之所不忍，独文人残狠之无比也。非害于义、害于礼者，即无意思之争辩；必称宗，必祔庙，亲尽必祧，则可以成一代宗庙之礼。岂有太庙中四亲不全之礼乎？人而无父，有诸？况人君为人之极，可乎？'问者又曰：'称宗祔庙，祧礼皆明，明堂之配，亲尽将何为？'答曰：'明堂之配，百世不可易，奉祧何害？两不关涉也。'问者又曰：'时人但为太宗不得一配为争耳。'答曰：'此说不是尊崇之，实假借以制时君，又上欺太宗，为无道之甚。夫假借制君之罪固重，上欺太宗之罪尤重。今日之始祖，太祖也，始祖故配郊也。今日之严父，献考也，严父故配明堂也。此文人亦知之明，明知太宗即不可上并始祖，又不可降拟近亲，故曰祈谷可一奉配；又欲复屋下，以重明堂之祭，此强牵妄拟，欺愚君上，是人为哉？'问曰：'若是说者，则太宗永无配享之典，汝宁忍之哉？'答曰：'礼之正，所当为者不可避，不可让也；避则自诡，让则负天。礼之不正，不当为者不可妄，不可欺也；妄则自失，欺则诈情；以事神，神必不歆。圣人教人如是耶?'问曰:'太宗功兼创守,将何以报之哉?'答曰:'我太宗当皇祖初定之中,又值建文所坏,复兴起之,便是再创一般。今同太祖百世不迁,此乃报崇之正。然称号太宗,未免无异于列圣,当以祖字别之,庶见其宜也,此人情之真焉。夫何谓古以祖有功而宗有德,今概以宗尊之,太宗所谓有功者焉,可同宗称之? 此当别之者也云。'"仍令礼官遵照《或问》会议来闻。于是尚书嵩等复言:"皇上以明堂宗庙典礼重大,顷月以来,三诏廷议,而又特厪睿思,作为《或问》以示臣民。圣人之见度越千古,诚孝之念发自天衷,非臣下所能测识万一。今日之礼,制自皇上,必奉皇考配帝,乃合严父之义。太宗远祖,降而为亲,非人道之正。崇上皇考宗号,祔享太庙,与祖宗列圣欢聚一堂,尽如生之义,以备四亲之制;皆我皇上至孝至痛之所形见,有不能自已者,臣等敢不唯命? 但祔庙之文,考之古者,父子异昭穆,兄弟同世数;故殷有四君一世而同庙,宋以太祖、太宗同居昭位,此古事之可据者。今皇考与孝宗同气之亲,为一世,臣等窃拟宜奉皇考祔于孝宗之庙。至于太宗再造之功同于开创,盖与汉之高、光二祖不殊,宜进尊称为祖,以别群宗。圣见允当。"上览其议,谓"皇考同皇伯考一庙,此本古礼当为法者。但今恐不能容奉二主,若夫设位,必同一方,令再议以闻"。嵩等复言:"孝宗皇帝陵寝殿不足容奉二主,欲建新宫则地势难于展拓。臣等窃谓皇考特庙已获寝成之安,尊称昭揭,同符列圣,皇上推崇之孝大矣。今皇考神主宜仍于特庙,而遇祫享太庙,恭设神座与皇伯考同居昭位,则在庙有常尊之敬,在祫无不预之嫌矣。"于是上亲视孝庙,亦以为然,乃悉如所拟。已,法司拟唐胄罪,赎杖还职;诏特黜为民。(《世宗实录》卷213 第4373 页)

(嘉靖十七年九月)辛巳(注:十一日)上奉册宝恭诣皇祖文皇帝庙,行上尊号礼……上尊号曰"启天弘道高明肇运圣武神功纯仁至孝文皇帝",庙号成祖……同日,奉册宝诣皇考献皇帝庙,行上尊号礼……更上尊谥曰"知天守道洪德渊仁宽穆纯圣恭俭敬文献皇帝",庙号睿宗……是日,上即奉皇考神主祔太庙。(《世宗实录》卷216 第4422 页)

(嘉靖十七年九月)辛卯(注:二十一日)大享上帝于玄极宝殿,奉睿宗献皇帝配。礼成,诏示天下,诏曰:"朕惟天眷我国家,皇祖太祖高皇帝始肇于先,皇祖成祖文皇帝戡成于后。二帝之玄功盛烈,高厚同焉。朕以支宗,荷天命简用缵宝位,于兹已一十七载矣。追绎我文皇帝之功光太祖,泽荫后昆。维我皇考献皇帝躬备圣德,庆延于朕,辉前庇后,载籍弗闻。文皇帝也,宜有功而祖报焉;献皇帝也,可有德而宗称焉,庶几伸崇显尊亲之至意。适因法古典明堂之举,乃稽循严考配帝之经,议命在廷百官会订,至于三再,师锡之我,佥谓之同。朕以九月九日躬祗奏于圆丘,敢以大礼请命,分诸命使遍奉朕诚,各诣方泽、宗庙、社稷以告。越二日,率群臣奉册宝,崇尊皇祖文皇帝庙号为'成祖启天弘道高明肇运圣武神功纯仁至孝文皇帝',尊上皇考献皇帝庙号,尊谥为'睿宗知天守道洪德渊仁宽穆纯圣恭俭敬文献皇帝'。即日恭奉皇考祔享于太庙，仍藏主于原寝。是月之二十一日，大刚躬行季秋明堂礼于大内玄极宝殿，祇享于上帝，奉我皇考睿宗皇帝配神。于戏，肇大享于初成，罄物与民胞之意；奉严亲而上配，答生成罔极之恩。禋配忻成，庆同民物，凡在堪舆之内，闻诏宜悉。钦哉。"（《世宗实录》卷216第4431页）

（嘉靖四十四年六月）甲戌（注：初九日）睿宗原庙前殿东柱产金色芝一本。庙在太庙都宫之外，旧为睿宗皇帝庙，后以太庙成，神主祔于太庙，而原庙犹存。至是，忽有芝瑞，上大悦，命奏谢玄极宝殿，告于太庙；遣公朱希忠、驸马谢诏各行礼，百官表贺。上乃谕礼部曰："朕丕承皇天宝命，二亲大德，入继祖统，以及上玄恩鉴，乃宝瑞降生于亲庙，义不敢违。其恭承天眷，睿宗庙更上玄名曰'玉芝宫'，奉设帝尊二亲御位，即修造安奉。以高士包存兰兼提点，奉事香火。"（《世宗实录》卷547第8829页）

第十五章　重建太庙

嘉靖二十年四月初五日下午，京城东草场火灾，城中人遂传言太庙火灾。傍晚，雨雹风霆大作，入夜火果从仁宗庙起，延烧成祖庙及太庙，群庙一时俱烬，惟睿宗庙独存，成、仁二庙神主亦毁。嘉靖帝十分哀痛，次日，文武百官各上疏奉慰。帝准礼部请，令即日斋戒，择吉祭告，停一切不急工程；并将皇祖列圣神主暂奉安于景神殿，成、仁二庙神主及各庙仪物命所司亟为恭制补造。四月初九日，帝亲奏谢南郊，御史党承赐等疏请"敕所司议祭告之仪，下哀痛之诏，撙节财力，徐图建庙之计"。翊国公郭勋亦上言太庙重建之举不可缓。帝是之，命礼部会官议闻。于是礼部尚书严嵩等会廷臣上议，言庙建除财力、规制外，唯材木难于采伐和转运。帝采纳部议，任命一批干员前往四川等地采办大木。

嘉靖二十二年十月初一日，帝命群臣会议庙制。辅臣翟銮等及礼、工二部大臣参照旧庙基地形，曾提议以帝父睿宗庙统于都宫来营建各庙，保留旧有格局。议入，久不报。至是，帝复召谕辅臣翟銮等，令详议庙建规制以闻。于是，礼部尚书张璧、工部尚书甘为霖等共同提议将帝父睿宗庙迁入近内，与太庙、成祖世室及昭穆群庙共居一宫。议上，帝下五府、九卿、翰林、科道共议。于是，礼部尚书张璧、成国公朱希忠、吏部尚书许赞等议上，又将奉睿宗庙统于都宫或奉睿宗庙于近内两个方案提请帝裁决。帝以诸臣此议语涉两端，责其无任事忠诚之意，命仍会多官斟酌，务必拿出统一的意见。十月初六日，群臣奉帝命共议庙制，建言将帝父睿宗与孝宗皇帝并居一庙，同为一昭，同在都宫，四时之祭可以共享。帝以二宗共庙题额不知何以为名，令再议以报。张璧等又提议群庙名额以昭穆为名：昭庙称昭第一庙，昭第二庙，昭第三庙；穆庙称穆第一庙，穆第二庙，穆第三庙。帝又以诸臣前后所议皆是老调，对昭穆世叙未见考析厘正，是无竭忠任事之诚，令不必再议。于是诸议俱寝。十月初九日，国子监司业江汝璧上奏庙建五议，主张奉皇考入居昭庙，与孝宗同昭三宫，再迁则同昭二宫，又再迁则同昭一宫；并将皇考旧庙迁于成祖庙之左，待他日成为世室。如均不准，就请议同堂异室。疏下，礼部议复上言，以江汝璧所奏皆廷议所陈，无他异见；但以未至递迁之期而预建世室与古不合，对帝钦定的成典，也不再多议。不久，会议报罢。

十一月二十二日，帝敕谕礼、工二部，以此前群臣议建七庙之文为不当；奉皇考睿宗与孝宗同庙，又题匾各殊，终未为安。决定建立新庙，仍复旧制，前为太庙，后为寝，又后为祧。时祫祭享奉太祖高皇帝正位南向，奉迎成祖及群庙、皇考睿宗献皇帝神主，俱同堂而序。享献既毕，则奉列圣主各归于寝，庶昭穆以明，世次不紊。并命礼、工二部按敕奉行，如期兴建。自是庙制始定。

十二月初二日，工部按同堂异室会议庙制，上呈详细规制，帝准行。

嘉靖二十三年四月二十五日，礼部奉命会廷臣集议庙建同堂异室之制，均谓至当，并请遵制卜期兴建。帝责以今庙议不得正，大家却咸谓美当；又引翟銮前后议论不一，令再会官详议以闻。于是，礼部尚书张璧等再集议上奏，又提出天子七庙之议，否定同堂异室之说；建议奉成祖为世室，不居昭列，而以仁宗为一穆，宣宗为一昭，英宗为二穆，宪宗为二昭，孝宗、睿宗为三穆，武宗为三昭；待他日以次递迁，则惟奉迁孝宗之主，而睿宗常尊安其庙。疏入，帝命待旨行。议久未定，左庶子江汝璧遂上言，主张"今成祖首正世室，而奉皇考入庙，则见存旧庙，宜迁于穆庙之首，以当将来世室，与成祖庙貌东西对峙；太祖岿乎其中，祧庙奠乎其后，三昭三穆列乎其前，成庙、睿庙翼乎其左右，而于朱熹庙议之图正相合矣"。右赞善郭希颜亦上言，称"天子七庙者，有其人则七，无则五焉、六焉可也"；提出"太庙居中，立世室居左而虚右，立四亲庙以次左右，立祧庙居后"；并建议太庙祀高皇帝，世室则祀成祖文皇帝，四亲庙则祀皇高祖、皇曾祖、皇祖考、皇考，而将孝宗庙于成祖之右、武宗别庙于背，借以明确嘉靖帝一系的帝统。疏下礼部议，礼部上言以郭希颜损七庙而为五庙之议，以逆为顺，非礼之礼，是妄议典礼，观望以济其私；请帝早下决断。疏入，帝只是报闻。是日郭希颜复上疏，持前议益坚，御史刘存德等劾郭希颜妄议，帝以"希颜所陈，亦人臣之心"，而责刘存德等辄行奏扰，夺刘存德俸半年，其余各三月。次日，工部尚书甘为霖上奏，以大木裁断后难于更改，请早定庙制。帝答以："庙复同堂，末世之制，既已矣；朕下旨会议，不过观验人心耳，果皆非人。何谓非人？人而无父母，是人欤？"于是庙建之议始定。太仆寺丞吴宠复请更定庙制，帝恶之，下令"有轻议奏扰者，罪之"。自是再也无人敢上言议庙制。

嘉靖二十四年六月二十八日，礼部尚书费寀等以太庙安神请定位次，帝亲定"太祖居中，左四序成、宣、宪、睿，右四序仁、英、孝、武"；皆南向。德、懿、熙、仁四祖为祧庙，亦南向。这样，太庙之中只分左右，不称昭穆；帝父睿宗奉于太庙之左第四序，跻武宗之上，原特庙之祀即罢。

七月初一日，奉安太祖、列圣神主于太庙。七月初二日，以庙建礼成，文武百官于奉天门上表称贺。是日，帝颁诏天下，说明国家宗庙从国初太祖首立四亲庙，其后更制同堂异室，近期七庙之议，再到复同堂之建，是实有不得已之情。明确现已"奉太祖正位居尊，成祖及列圣与我皇考睿宗、皇兄武宗俱同堂而序，享献之节，悉用往仪"。并开列宽恤事宜，覃恩天下。

资料摘录：

（嘉靖二十年四月）辛酉（注：初五日）夜，宗庙灾，成庙、仁庙二主毁。是日未申刻，东草场火，城中人遂讹言火在宗庙。薄暮，雨雹风霆大作，入夜火果从仁庙起，延烧成庙及太庙，群庙一时俱烬，惟睿庙独存。成仁二主以火所从起，不及救，故毁。上哀痛不能自胜。明日，文武百官各疏奉慰。礼部疏"请上亲祭告内殿以慰神灵，复引过奏祭上帝以谢谴告，青服御西角门延见群臣以共谨天戒，下哀痛之诏以安人心，行天下宗室共加修省以尽一体之诚，敕内外臣工痛加克责以尽交修之儆。文武群臣有奸欺负国、蠹政殃民者，听言官指实奏劾。九卿堂上官及各衙门四品以上，令各自陈。科道官极言时政得失，特赐采纳。暂罢一切工作，蓄财力以图修复"。奏入，上曰："宗庙灾毁，无前大变，罪在朕一人而已。仰戴皇天仁爱，即斋戒，择吉奏谢南北郊，祭告景神殿、太社稷，俱朕躬行；遣官祭告朝日、夕月等神。陈言时政，言官常职，何待灾变？一切工程除钦定殿就绪外，并令停止。奏谢毕次日，视事如故。皇祖列圣主暂奉安于景神殿，成仁二庙神主，所司亟为恭制，诣陵奉题还安，各庙仪物即行补造。"（《世宗实录》卷248第4973页）

（嘉靖二十年四月）乙丑（注：初九日）上亲奏谢南郊，御史党承赐等疏请"敕所司议祭告之仪，下哀痛之诏，撙节财力，徐图建庙之计……"（《世宗实录》卷248第4977页）

（嘉靖二十年四月）乙丑（注：初九日）翊国公郭勋言："自庙灾以来，重建之举未闻所司会计，恐不可缓。"上是之，命礼部会官议闻。于是礼部尚书严嵩等会廷臣议言："七庙之建，实我皇上稽古作制，屡经廷议，断自圣衷；积数载之勤，捐数百万之费，以庇兹役。而今一旦为烬，何以慰祖宗在天之灵、副上孝享严禋之盛？中外臣民咸谓修复不可已。臣等窃议，成大事者必顺天道、协人情，方今天戒当畏，而修省之念方新；民穷当轸，而宽恤之诏初下。故庙建不可缓也，而势亦不容亟也。兴举大役，财力为先，天子以天下为家，合万国之奉以为祀先之图，岂忧其力之不足？惟在调度有经，不至妄费耳。故财力非所虑也，各庙规制稍因旧址而展拓之，兴工尚远，徐可谙图，故规制非所急也。今独材木为难，盖巨木产湖广、四川穷崖绝壑、人迹罕至之地，斧斤伐之，凡几转历而后可达水次；又溯江涛万里而后达京师，水陆转运，岁月难纪，此首当预为之所也。请行工部并查木厂水次堪用者若干，今合用者若干，会计量度，常使有余。即会推有才力大臣一人，请敕专督其事。仍选差属官数人分行采取，待其完报，礼部题请择日兴工。其合用石料、物料，工部一面区画营办，庶几事预论定，用力于休养之余，度材于充积之后，一举而轮奂聿新矣。"上曰："兴建宗庙典礼，重切朕心，皇皇弗宁，惟是为大。尔等议是。工部即会推才力大臣二三人以闻。"遂命原任工部左侍郎潘鉴兼都察院左副都御史往湖广，改刑部郎中应鸣凤为工部营缮司郎中佐之；升应天府府尹戴金为都察院左副都御史往四川，改户部郎中方民悦为工部营缮司郎中佐之，俱采办大木。已，又升云南佥事蒋芝为湖广右参议，四川佥事周宗镐为本司右参议，协同部臣管理采木。（《世宗实录》卷249第5002页）

（嘉靖二十二年十月）壬申朔（注：初一日）诏群臣会议庙制。初，辅臣翟銮等及礼、工部臣阅旧庙基地形，度自东垣外拓至河沟，共八十丈有奇，因议"以睿宗庙统于都宫，旧庙门展南与睿庙南垣齐，势如画一，中为庙门，其前为街。西自庙街门入，转南行，复由东入庙门，往北入列庙，东入睿庙。又小山殿西垣下有隙地一区，可为入景神殿西门道，宜东路跨沟为桥，以通往来，且令河沟如故"。议入，久不报。至是，召谕辅臣銮等："庙建规制可示璧兴工，示为霖，令详具以闻。"于是，礼部尚书张璧、工部尚书甘为霖等共议"画基取中，建立太庙、成祖世室及昭穆群庙，皆稍增拓规制。睿庙去列庙太远，宜迁之近内，共居一宫，统以河沟为限，庙街及门可无移动"。议上，诏下五府、九卿、翰林、科道议。于是，礼部尚书张璧、成国公朱希忠、吏部尚书许讚等议曰："庙建之制，皇上博采廷议，据经考礼，孝思纯切，断自宸衷。复于群庙之外特建一庙，祗奉睿宗，神明永安，尊亲两得，伟制崇睹，焕乎大备。惟创制之初，颇为地势所拘，未得展拓。今兹一新大典，正宜取衷度则，使无毫发遗憾，斯成百王之旷典，垂万世之宏规者也。臣等反复思，惟务求至当，竟不能出此两端。盖由前之议，则奉睿庙统于都宫，展旧门街与睿庙齐；虽入庙之路南北迁折，而位置周正，规模宏敞，似成完制。由后之议，则奉睿宗近内，庙街、庙门俱无南展；则都宫统一，体势均隆，或可称皇上尊祖孝亲至意。仰惟圣神之见，超越千古，显扬之孝，度越常情。臣等祗奉明旨广集众思，敢不仰体圣衷，恢张德意，而管窥之见止此，惟陛下裁之。"得旨："诸臣恭议庙制，语涉两端，无任事忠诚之意。仍会多官斟酌，务为一定之见。"（《世宗实录》卷279第5431页）

（嘉靖二十二年十月）丁丑（注：初六日）五府、九卿、翰林、科道官共议庙制，略曰："庙建之制，中立太庙，而世室、昭穆列为左右，实我皇上仿周制而为之，万世不可易也。惟是睿庙在都宫之外，臣等窃所未安。夫周文王未尝生居南面，而享有世室，其功德大也。睿宗皇帝累仁积德，笃生圣神，龙飞御宇，方之文王功德不异。周文世室不迁，而睿宗乃不与昭穆之列，可乎？且其别居一庙，一则昭穆相远，地方限隔，不得同既禴之美。一则岁时袷祭，奉主往来，不免有渎亵之嫌。异时皇上尝谓'祖宗列圣欢聚一堂，独去我皇考一人，人情不安'，此正圣心诚孝，臣子所宜仰承者也。臣等以为，睿宗、孝宗，兄弟同气，天性至亲，并居一庙，同为一昭，与古兄弟同世数之义实相符合。昔年辅臣严嵩尝有此奏，圣驾亲诸阅视，以为孝宗寝室狭隘，不能容奉二主。今地势辟扩，东至河沟，则新建庙寝，规模宏阔，二宗之主可以并容，四时之祭可以共享。不惟同在都宫，且复进居昭列，与孝宗位同；位置崇严，气脉联络，足以成昭代之徽典，垂万世之宏图。臣等冒昧以闻。"上曰："即如所言，题额何以名之？其再议以报。"璧等又议"庙扁旧题，各以宗称，礼也。然二宗同庙，则群庙名额不得复仍其旧。臣等窃惟庙位以昭穆为序，称号当以昭穆为名：其称昭庙也，宜曰昭第一庙，昭第二庙，昭第三庙；其称穆庙也，宜称穆第一庙，穆第二庙，穆第三庙。"上曰："庙建典礼重大，诸臣前后所议，率皆牵泥旧文；且于昭穆世叙，未见考析厘正，大要无竭忠任事之诚。姑不必议。"于是诸议俱寝。(《世宗实录》卷 279 第 5434 页)

（嘉靖二十二年十月）庚辰（注：初九日）国子监司业江汝璧条陈庙建五议：其一修亲庙谓："皇上享祀宗宫，考庙独缺，典礼不备，宜奉皇考入居昭庙，以备四亲之礼。"其二明昭穆言："皇考入庙当与孝宗同昭三宫，再迁则同昭二宫，又再迁则同昭一宫。"其三崇世室言："皇考旧庙迁于成祖庙之左，虚以为他日世室。"其四拓规制言："太庙旧无东西夹室，今须备具以藏昭穆祧主。皇考入庙则昭穆庙寝皆须量为展阔。"其五酌时宜言："春礿当改为祫。"且言"若谓五事无可采，则会通之说已穷，其下惟有同堂异室议耳"。疏下，礼部议复言："璧条奏皆廷议所陈，无他异见。独建立世室，则未至递迁之期而预建以俟，与古不合。至于改礿为祫，则以上祭在太庙，而六庙俱遣官，不若祫享一堂。然此乃皇上钦定成典，无容擅议。"会议寝报罢。(《世宗实录》卷 279 第 5439 页)

（嘉靖二十二年十月）壬申朔（注：初一日）上欲更新太庙，诏阁臣及礼、工部儒臣会议庙制，廷议"睿宗、孝宗并居一室，同为昭"。上以诸臣不能竭忠任事，寝其议。已而左庶子江汝璧请"迁皇考庙于穆首，以当将来世室，与成祖庙并峙"。礼部复议，以"世室未至递迁之期，未可预建"。于是议亦寝。(《明通鉴》卷 58 第 1911 页)

（嘉靖二十二年十一月）壬戌（注：二十二日）敕谕礼工二部曰："朕惟礼时为大，祀典国之大事也。苟不安于人心，终难协夫礼意。我国家宗庙之制，自太祖肇基之初，首建四亲庙，其后复更制，时奉殷荐，同乎一堂。当其始事，岂不博采遐观，卒从同堂异室之规，以示酌古准今之议。暨我成祖定制于兹，庙寝之营率遵其旧，百数十年以祫以享，缉于纯暇则有由然。夫萃之为享，其则不远，曩因廷臣之议，咸称七庙之文，是用创典，以从周典。乃有司讨论不详，区画失当。成祖以六世未尽之亲，而遽迁世室，不获奉于三昭。仁宗以穆位有常之主，而移就左宫，遂致紊于班祔。武宗朕兄也，不得用为一世，顾居七庙之中，有妨七世之祀。揆之古义，斯为庚矣。往者回禄之警，天与祖宗实启朕心。兹当重建之辰，所当厘正，以图鼎新。又我皇考睿宗庙于都宫之外，朕每事庙中，考庙未备，岂有四亲之内而可缺考乎？虽每于祫祭同享，而奉主往来，深为渎扰。兹礼官等会议，欲奉处于孝宗同庙，虽有兄弟同世之义，然题扁各殊，终未为安。朕是究是图，惟遵先制，其永无愆。夫礼非天降，乃起人情，祖宗列圣欢聚一堂，斯宝（注：据文意疑为实之误）时义之为顺者。兹当建立新庙，仍复旧制，前为太庙，后为寝，又后为祧。时祫祭享奉太祖高皇帝正位南向，奉迎成祖及群庙、我皇考睿宗献皇帝神主，俱同堂而序。享献既毕，则奉列圣主各归于寝，庶昭穆以明，世次不紊，列圣在天之灵欢忻右享，而克伸朕瞻事孝享之诚矣。可如期兴建，尔礼工二部如敕奉行。"（《世宗实录》卷280第5456页）

（嘉靖二十二年十一月）壬戌（注：二十二日）上以诸臣议庙制之不协礼意，复命礼、工二部相度旧基，自东垣外拓至河沟仅八十丈有奇，规制狭隘，至是仍复前代同堂异室之制。……自是庙制始定。（《明通鉴》卷58第1911页）

（嘉靖二十二年十二月）壬申（注：初二日）工部会议庙制：间座丈尺宽广俱如旧，惟起土培筑寝庙，内分九间，连前间隔，如古夹室制。祧庙前改除甬道，添置中左右三门，并墙一道。东西量移宽广，北移进七尺，南移出丹墀三丈。诏可。（《世宗实录》卷281第5463页）

（嘉靖二十三年四月）癸巳（注：二十五日）礼部奉敕谕会廷臣集议庙建同堂异室之制，咸谓"圣神之见，高出千古，诚至当而不可易者。请遵制卜期兴建"。上曰："今庙已不得正，却咸谓美当。昨同五臣计，銮既引宗庙序昭穆为词，后闻诸论，复谓同堂异室已久，昭穆之列难行。一人之言，何先后若是？再会官详议以闻。"于是，礼部尚书张璧等再集议，奏曰："天子七庙，昉于夏、商，而备于周室。迨我皇上尊祖孝亲，仿周定制，特出宸断，庙建聿新。惟是创兴之初，当事诸臣失于精考，昭穆之序稍有未顺，遂有同堂异室之说，诚宜圣心有所未安。臣等窃惟尽善尽美，垂范罔极，无如七庙之制者。至于昭穆之序，宜仍奉成祖为世室，盖功德兼隆，又称祖已久，不当奉居昭列。其次奉仁宗为一穆，宣宗为一昭，英宗为二穆，宪宗为二昭，孝宗、睿宗为三穆，武宗为三昭。古者宗庙之中惟以左右为昭穆，而不以昭穆为尊卑也。今孝宗、睿宗各为一庙，并立于三穆之位，他日以次递迁，则惟奉迁孝宗之主，而睿宗常尊安其庙矣。"疏入，上命待旨行。议久未定，左庶子江汝璧言："臣闻刘歆曰：'三昭三穆，其正法也，有常数也；宗变也，苟有功德，则宗之无常数也。'今成祖首正世室，而奉皇考入庙，则见存旧庙，宜迁于穆庙之首以当。将来世室与成祖庙，貌东西对峙，太祖岿乎其中，祧庙奠乎其后，三昭三穆列乎其前，成庙、睿庙翼乎其左右，而于朱熹庙议之图正相合矣。"右赞善郭希颜言："周在文王，祀后稷及四亲，是五庙也。自武王至昭王，亦五庙，至穆王始祀六庙。是时文王为穆世室，首四亲，而昭之首则虚也。是天子七庙者，有其人则七，无则五焉、六焉可也。太祖创造之初，用周制建四亲庙，今日当从之，制无过于此。今诚主太庙居中，立世室居左而虚右，立四亲庙以次左右，立祧庙居后。太庙则祀高皇帝，所以贵受命之始也。在世室则祀文皇帝，所以报有功、示不迁也。四亲庙则祀皇高祖、皇曾祖、皇祖考、皇考，何也？四亲相承，不敢忘所由生也，所以明未有无父之国也。欲舍考而庙其不为考者，非人情也。二宗不在四亲，则侄不祀伯，弟不祀兄，固也。但孝宗于皇上为伯考，德泽在人，宜庙于成祖之右。武宗于皇上，兄也，临御日久，宜别庙于背。所祀皇考之宫，或祀或祧，以待他日。则于情为各当，于费为不繁，于列圣为曲全，于人心为允协，皇上无丰祢之嫌，献皇帝无子先父食之议矣。"疏下礼部议，礼部言："汝璧之议，间有异同，然其说本于朱熹；希颜之议，本于韦玄成，此不待智者而知其不可也。夫奉孝宗、睿宗同为一庙，以位于穆三，而武宗以帝王统序，不失在三昭之位。四亲之恩既全，世室之义有待，武庙之祀不更，名正言顺，足以垂宪万世。其视损七庙而为五庙，孰为当耶？若希颜之见，以逆为顺，非礼之礼。其曰于费为不繁，尤为悖戾之甚。惟皇上亟赐成断，下所司遵行，则诸狂悖不经者自将默阻；不然则妄议典礼，观望以济其私者，不独一希颜而已。"疏入，报闻。是日希颜复上疏，持前议益坚，御史刘存德等劾奏希颜妄议，上曰："希颜所陈，亦人臣之心，未便纳用。存德等辄行奏扰，责令置对。"已，乃夺存德俸半年，余三月。翌日，工部尚书甘为霖奏："太庙规制未定，恐楠、杉大木裁断，一定难于更改。"上曰："庙复同堂，末世之制，既已矣；朕下旨会议，不过观验人心耳，果皆非人。何谓非人？人而无父母，是人欤？料造已会计明白，只并力早成，工完之后，别有重务。"于是庙建之议始定，如今制云。甲午（注：二十六日）太仆寺丞吴宠复请更定庙制，上恶之，曰："典礼在朝廷，自有裁处。有轻议奏扰者，罪之。"自是无复言庙制者。（《世宗实录》卷 285 第 5522 页）

（嘉靖二十四年六月）己未（注：二十八日）礼部尚书费寀等以太庙安神请定位次，上曰："既无昭穆，亦无世次，只序伦理。太祖居中，左四序成、宣、宪、睿，右四序仁、英、孝、武，不许差违。"寀等又言："大享殿工程将竣，'大享殿'三字原系钦定，及'大享门'字样，合先期制扁书写。"因言"先年圆丘藏神位之所初名'泰神殿'，续改为'皇穹宇'即今神御殿，殿亦系奉藏神位；合题请额名，惟复仍旧"。上曰："门名已定，殿名恭曰'皇乾'，俱书制如期。"（《世宗实录》卷 300 第 5712 页）

（嘉靖二十四年七月）辛酉朔（注：初一日）奉安太祖、列圣神主于太庙，遣成国公朱希忠、大学士严嵩行礼。……上曰："太祖居中，则左右之次序定。"乃定左四序：成、宣、宪、睿；右四序：仁、英、孝、武；皆南向。德、懿、熙、仁四祖为祧庙，亦南向。于是，奉睿宗于太庙之左第四序，跻武宗上，而罢特庙之祀。（《明通鉴》卷 58 第 1915 页）

（嘉靖二十四年七月）壬戌（注：初二日）以庙建礼成，文武百官于奉天门上表称贺。是日，颁诏天下，诏曰："朕惟宗庙之礼，所以序昭穆；孝子之至，莫大乎尊亲，古之训也。我国家宗庙之制，自太祖肇基首立四亲庙，其后更制同堂异室。比因稽古之制，用协七庙之文，是以创建，式师周典。乃以郁攸不戒，原之昭穆不明，用是复同堂之建，实有不得已之情。爰循更制，崇构新宫；时袷祭享，奉太祖正位居尊，成祖及列圣与我皇考睿宗、皇兄武宗俱同堂而序，享献之节，悉用往仪。大工既就，兹以七月初一日辰，敬告成事，奉安列圣神主，圣灵希妥，朕志莫伸。维时典礼之成，宜广推仁之惠，所有宽恤事宜，开列于后。……"（《世宗实录》卷301第5715页）

第十六章　方皇后丧葬袝庙礼

嘉靖二十六年十一月十八日，皇后方氏在宫中火灾中烧死，帝令即日发丧；并谕礼部，以皇后曾救其于危难之中，命以元后礼葬之，而不顾其已故待迁入帝陵的元后陈氏。礼部只好遵旨上丧礼仪注，帝下诏如拟。十九日，礼部上言以皇后崩，成服后三日有西角门奉慰礼，帝却又以自己有疾，命免行礼。礼部又疏请慎选陵地，择吉发引。帝以皇后将葬于为其预选的陵地，下诏"陵地不必复选，预造已久，令与陈后一并启安，各具仪以闻"。

十二月初四日，礼部以方皇后册谥疏请，帝以"后赞朕内治有年，功兼济难，宜有称谥。不必会议，令翰林官拟奏"。十二月二十一日，谥为孝烈皇后。

嘉靖二十七年二月初七日，方皇后将葬，帝以陵名未定，命礼部议。于是尚书费宷上言，以《实录》中载有太祖、成祖葬皇后，皆命名在先，卜葬在后。帝乃自定方皇后陵亦是自己日后的陵墓为永陵。二月十二日，礼部奉帝命议上孝洁陈皇后启安礼；帝却以陈皇后安葬已久，且有二妃神主依祀，不宜迁葬，令止行孝烈方皇后葬礼，陈皇后启安礼报罢。

四月二十四日，帝览礼部所具方皇后丧葬仪，以当年陈皇后崩时，上避两宫皇太后，葬仪有所杀；现方皇后功德俱逾，当行正礼；且安玄宫当居左，他日即配享太庙。既而又以葬期太迫，令礼部另择日具仪。

十一月初五日，部臣曾以方皇后丧且周年，神主应袝享，上疏请同陈皇后故事，暂袝奉先殿东夹室。帝以此非正，意欲直接袝太庙，且令群臣议方皇后袝庙仪。于是辅臣严嵩等以从袝于祖姑之义，请设位于太庙东帝母睿皇后之次，设幄于宪庙皇祖妣之右。帝以此为乱礼，令即祧仁宗，将方皇后袝在他自己日后在太庙中的位次。严嵩以这种袝新序说法，不是臣下所敢言的。帝不得已，命暂行罢议。

嘉靖二十八年八月二十七日，两浙运副郭希颜将往年所论著《庙议》二册及他庙制议论进览，并言当年其主张复古制，却说未行而祸已及，是群臣宁负天子，毋忤大臣所至。又称现太庙之中同堂异室，不分昭穆，至使"九室皆已有主，五世又不忍祧，将来孝烈不识何所以袝"？帝以已有明旨，轻议庙制者将治罪；责郭希颜牵引谬论，复行渎扰，但却原其罪而不治。

十一月初六日，方皇后去世近两周年，礼应袝庙，但朝堂议论不一，帝坚持要奉祧仁宗，祔以新序。辅臣严嵩上言："思得仁宗在他日之所必祧，但自今举行，则恐阴不可当阳位，更须议处。"帝复密谕内阁，不必用祔于祖姑之例，即祔其母睿皇后之侧。严嵩等谢不及，帝意遂定，敕礼部，以方皇后崩逝再期，礼当奉祧仁宗，祔于新位序；但今暂且藏主于睿皇后之侧，每遇享，居本次，止设位，仪品祝不必及，命礼部择日具仪以闻。是日礼部即具上仪注，帝令如拟以行。十一月十九日，将方皇后神主藏于皇妣睿皇后之侧。

嘉靖二十九年十月十九日，礼部以方皇后忌辰祭礼未定，请帝裁断。帝因责礼臣执泥弄文，不思大义，虽方皇后神主已祔庙庭，但犹被视为非正统的帝位；以为今要正礼，必奉迁仁宗，将方皇后主祔于帝之庙次，奉先殿设后位，再命礼部会官议方皇后升祔礼。礼部会议上言，以为方皇后功德隆重，今奉先殿后位未设，诚于礼未备，然马上入祔庙次，则臣子之情不敢也不忍；建议还是将方皇后神位仍遵帝前敕暂安奉先殿慈孝献皇后之侧。是时大臣会议，尚书徐阶颇以祔庙为不可，抗言"女主无先入庙者，宜祀之奉先殿"。都给事中杨思忠亦同此议，余无言者。帝使人觇知状，及疏入，帝大怒，责大臣怀二之心至今不改，又责徐阶与杨思忠二人议定就上闻。于是徐阶与杨思忠上言，以为祧仁宗是他日帝之子孙之事，不应烦皇上自议之；又称"夏庙五，商庙七，周庙九。夫礼由义起，五可以七，七可以九，则九之外亦可加也。臣等以为，今日之事，宜准三代庙数进增之例，于太庙及奉先殿各增二室，而以其一升祔孝烈皇后，则仁宗可不必祧，而孝烈皇后可速正南面之位，且在皇上无豫祧以俟之嫌"。帝以会议当令人尽言，责其两人各一言而止，是怀二之心，命再归一会奏。于是徐阶等复会诸大臣集议上言，改变前议，报众论已一致赞同奉祧仁宗，升祔方皇后于太庙第九室及奉先殿神位。疏入，帝只报闻。而方皇后忌祭已临近，礼部只得再请旨欲拟上祧、祔及奉安神位仪节。帝犹憾礼官初议，不即许，并放狠话："孝烈皇后所奉配者，乃入继之君，又非六礼之始，忌日虽不祭亦可。"部臣愈益惶恐，乃再上言盛赞帝、后功德，又举先朝故事，以方皇后升祔之礼、忌祭之仪是典则具存、臣民共戴，请准具仪开奏。帝乃命候旨行事。十月二十六日，帝谕辅臣，以礼官及诸臣议方皇后祔庙、忌祭，不肯从正，最后亦是勉强归一，称"由此观之，人心全不识天时。初以皇兄无嗣，皇考系近亲，属在朕躬，本之天定。今争亲、争帝、争祔、争名三十年矣，犹不明至是乎？今即不忍奉祧仁宗，且置后主别庙，将来由臣下议处。今忌日奠一卮酒，不至伤情。卿等其更言之"。于是阁臣传谕礼部，部臣不敢复争，第请帝所指祧祔，择吉行礼，帝乃许之。奉祧仁宗及升祔方皇后礼遂定。

十一月十三日，奉祧仁宗昭皇帝；十五日，升祔孝烈皇后于太庙第九室，奉安神位于奉先殿。

嘉靖三十年正月二十九日，皇贵妃王氏薨，帝因其是已故庄敬太子生母，谕礼部将其与已故哀冲太子之生母皇贵妃阎氏同墓葬，哀冲、庄敬二太子祔其旁。礼部因上言，以贵妃阎氏已祔主于陈皇后陵室。今既与同葬，固宜同祔。二太子亦宜安祔二妃左右。帝准行。

十一月二十四日，帝从大学士严嵩、威宁侯仇鸾之请，令将方皇后升祔及哀冲、庄敬二太子附葬礼仪及更复营制纂入《会典》，使之成为国家典章。

资料摘录：

（嘉靖二十六年十一月）乙未（注：十八日）皇后方氏崩。诏曰："皇后比救朕危，奉天济难，其以元后礼。"令礼部议丧仪。（《明通鉴》卷 59 第 1949 页）

（嘉靖二十六年十一月）乙未（注：十八日）皇后方氏崩，上即日发丧，谕礼部曰："皇后比救朕危，奉天济难，冀同膺洪眷，相朕始终。不意遽逝，痛切朕情，其以元后礼丧之。"礼部上丧礼仪注……议入，诏如拟。先是钦天监择小殓二十一日，大殓二十三日，上曰："四日成服，礼不可易也，仍如礼制行。"寻又专谕："皇妃列太子后，非礼也。妃皆诸母，况父在上耶。今无皇嫔，其改正行。"丙申（注：十九日）礼部言："中宫崩，故事闻丧后二日成服，后三日有西角门奉慰礼。"上曰："朕疾旬余，又值后逝，卿等奉慰，欲勉出视，尚莫克支，其免行礼。"已，大学士夏言等表慰，上报曰："卿等奏慰，具悉忠爱。后相朕扶危，赞治佐化，助奉玄修，功效诚敬，可遽忘耶？方痛朕心，闻奏勉抑。其各安心赞政，庶不至繁扰朕躬。"……礼部"请慎选陵地，择吉发引"。诏"陵地不必复选，预造已久，令与陈后一并启安，各具仪以闻"。（《世宗实录》卷 330 第 6066 页）

（嘉靖二十六年十二月）辛亥（注：初四日）礼部以大行皇后册谥请，上曰："后赞朕内治有年，功兼济难，宜有称谥。不必会议，令翰林官拟奏，卜日遣官告祖考并持节行礼。"……戊辰（注：二十一日）谥孝烈皇后。（《世宗实录》卷 331 第 6076 页）

（嘉靖二十七年二月）癸丑（注：初七日）作永陵。时大行皇后将葬，上以陵名未定，下礼官议。于是尚书费寀言："太祖葬孝慈皇后于孝陵，成祖葬仁孝皇后于长陵，皆命名在先，卜葬在后，载之《实录》中。"上乃自定孝烈皇后陵曰永陵。（《明通鉴》卷 59 第 1950 页）

（嘉靖二十七年二月）戊午（注：十二日）礼部奉谕议上孝洁皇后启安礼，上以"孝洁皇后已久安，不宜妄动，且有二妃主依祀亦久。"诏止行孝烈皇后葬礼，其启安礼报罢。（《世宗实录》卷 333 第 6108 页）

（嘉靖二十七年四月）己巳（注：二十四日）先是，孝烈皇后崩，礼部具丧葬仪以请，上览之曰："梓宫由中道行，虞祭如礼，制用九数。往者孝洁皇后崩时，上避慈宫，且别有谓。今孝烈功德俱逾，非朕私嬖也。安玄宫当居左，他日即配享庙庭。"既而以葬期太迫，令礼部另择日具仪。……壬申（注：二十七日）永陵启土，遣官分告七陵及孝洁皇后陵。（《世宗实录》卷 335 第 6133 页）

（嘉靖二十七年十一月）丙子（注：初五日）诏议孝烈皇后祔庙，既而罢之。先是，部臣以后丧且期年，神主应祔享，乃祔援孝洁皇后故事，请权祔奉先殿东夹室。

上曰："非正也，可即祔太庙。"于是辅臣严嵩等"请设位于太庙东皇姊睿皇后之次；后寝藏主，则设幄于宪庙皇祖姊之右，以从祔于祖姑之义。"上曰："安有享从此而主藏彼之礼？其祧仁宗，祔以新序，即朕位次，勿得乱礼。"嵩曰："祔新序，非臣下所敢言。"上命"姑已之，且俟再期以闻"。（《明通鉴》卷59第1952页）

（嘉靖二十八年八月）甲子（注：二十七日）两浙运副郭希颜复以往年所论著《庙议》二册，及《周礼·庙祧》一篇，知府季本、郎中王畿所为《庙制考议》进览，因言："臣前遇皇上以庙典再议，不量疏贱，陈说古制。顾说未行而祸已及，信乎韩非所谓'说难'也。何谓说难？人之言曰：'宁负天子，毋忤大臣。'臣忤大臣矣，说之难也。初，臣上议时见大学士严嵩谓臣曰：'何以必欲立庙？'臣答曰：'天地既分，宗庙又可合乎？'嵩曰：'如此须起夏言。'嵩此语固不悦臣之异也。寻言果复起，嵩父子事之甚谨，始终无一语相救，正盖徒知纵言而坐待其敝，尽忘其所以报上者。此无他，始失之未及考古，继失之不能自改；非诚不能也，恐且改己之礼，而夕失权也。臣思秋享凡几，嵩文学大臣，岂不闻父昭子穆，古今通礼，必不可乱哉？失今弗之改图，愈恐同堂一日，则弗安一日。况九室皆已有主，五世又不忍祧，将来孝烈不识何所以祔？此非圣虑之未及，而谁为画此者，失策也。伏愿改诏中外，增立昭穆，尊尊亲亲，世世长守，则臣图报素悃，无所遗恨。"上曰："典礼已有明旨，轻议奏渎者治罪。希颜辄将先年旧说刊刻成书，牵引谬论，复行渎扰。姑贳其罪不治。"（《世宗实录》卷351第6354页）

（嘉靖二十八年十一月）辛未（注：初六日）孝烈皇后将及大祥，礼应祔庙。先是，礼部题请奉安神主于奉先殿东室，辅臣严嵩请暂设位于太庙东皇姊睿皇后之次，后寝安主则设幄于宪庙皇祖姊之右，以从祔于祖姑之义。上俱不允，谕令"遵制奉祧仁宗，祔以新序，即朕位次，勿得乱礼"。嵩又言："臣等切以君父在上，不敢遽言递迁以祔新主之庙次，识见凡愚，致蒙谆谕。思得仁宗在他日之所必祧，但自今举行，则恐阴不可当阳位，更须议处。"已，复奉密谕："昨卿以为阴不可当阳位，则不必用祔于祖姑之例。况今已不用昭穆，何取于是焉？即祔皇姊之侧一矣。"嵩谢不及，上意遂定，敕谕礼部曰："朕惟帝以后承，乃本乎经常之道；礼以义起，则观乎会通之宜。朕孝烈皇后淑德懿行，久正中宫，比缘内难，救朕于危，厥功大焉。永怀翊卫之忠，宜笃推崇之典。顷者崩逝，倏及再期，礼当庙祔。惟是太庙九室皆满，正义即当奉仁宗祧，盖后位即朕之位序也。今且藏主于皇姊之侧，每遇享，居本次，止设位，仪品祝不必及。庶于位次既明，情义攸协，凡朕所以报后功之切，本实仰承天眷之隆。凡在臣民，勿得异视。尔礼部便择日具仪来闻。"是日礼部即具上仪注："……祭毕，捧主内侍官捧神主诣寝殿，奉藏于慈孝献皇后之侧。遣官随入恭视藏讫，出复命。一、以后每遇享，居本次，止设位，仪品祝不必及，俱遵敕谕行。"诏如拟。（《世宗实录》卷354第6375页）

（嘉靖二十八年十一月）甲申（注：十九日）孝烈皇后神主祔太庙。是时，上欲

祧仁宗，设新序，以廷臣执奏，乃命藏孝烈神主于皇妣献皇后之侧。(《明通鉴》卷59第1954页)

（嘉靖二十九年十月）已卯（注：十九日）诏议孝烈皇后升祔礼。时礼部以孝烈皇后忌辰祭礼未定，请上裁。上曰："奉先殿未设后位，朕已前虑矣。尔等执泥弄文，不思大义，虽主祔庙庭，视朕犹闰位。然今正礼，必奉迁仁宗主，奉先殿设后位，即朕庙次乃可耳。礼部其即会官从正归一议闻。"(《世宗实录》卷366第6545页)

（嘉靖二十九年十月）丙戌（注：二十六日）定奉祧仁宗皇帝及升祔孝烈皇后礼。先是，礼部会议言："孝烈皇后久正中宫，功德隆重，专室祔享，经礼昭然。今奉先殿后位未设，诚于礼未备。然而遽及庙次，则臣子之情不惟不敢，实不忍也。臣等窃以为孝烈皇后神位宜仍遵敕谕安奉先殿慈孝献皇后之侧，凡祭享仪节，除忌祭读祝外，其余并如敕谕，则礼制归一矣。"是时大臣会议，尚书徐阶颇以祔庙为不可，都给事中杨思忠主阶议，余无言者。上使人觇知状，及疏入，上乃曰："尔等怀二之心，牢至于今耶？今兹非专论后，又非子为亲，夫为妇也。正义止以朕躬论，顾无人肯奉议者。尔阶与思忠二人议定以闻即是矣。"于是阶与思忠言："臣等愚昧，不能仰知圣意。窃惟同建九庙，三昭三穆，率六世而祧，至后兄弟相及，则亦有不能具六世者。况国朝庙制用同堂异室，与《周礼》不同。今太庙九室皆满，若以圣躬论，仁宗当祧，固不待言。但此乃他日圣子神孙之事，而烦皇上自议之，则臣等之心尚有所未安者。谨按，夏庙五，商庙七，周庙九。夫礼由义起，五可以七，七可以九，则九之外亦可加也。臣等以为，今日之事，宜准三代庙数进增之例，于太庙及奉先殿各增二室，而以其一升祔孝烈皇后，则仁宗可不必祧，而孝烈皇后可速正南面之位，且在皇上无豫祧以俟之嫌。"上曰："会议当令人尽言，今两人各一言而止，非怀二耶？尔等臣子之义于当祧、当祔，正宜力请，何得谓之自议？且礼得其正，何避豫祧以俟为嫌耶？其更归一会奏。"于是阶等复会诸大臣议言："圣见高明，超出千古，非臣等所及。谨按，唐虞夏五庙，其祀皆止四世。周九庙，三昭三穆，然而兄弟相及，亦不能尽足六世。今仁宗已为皇上五世之祖，以圣躬论，仁宗于礼当祧。《礼》曰：'天子之与后，犹日之与月，阴之与阳，相须而成。天子修男道，父道也；后惟女顺，母道也。'孝烈皇后久正中宫，母仪万国，于礼当祔。臣等众论攸同，宜奉祧仁宗，升祔孝烈皇后于太庙第九室及奉先殿神位，一体迁祔，以明典礼。"疏入，报闻。已，礼部以忌祭在近，请旨欲拟上祧、祔及奉安神位仪节。上犹憾礼官初议，不即许，乃曰："孝烈皇后所奉配者，乃入继之君，又非六礼之始，忌日虽不祭亦可。"部臣愈益惶恐，乃言："皇上受天景命，缵祖鸿业，神功圣治，超越百王；武烈文谟，佑启万世，所谓应运中兴、大有为之君。孝烈皇后德隆贞一，行备清真，祇奉两宫，助祭宗庙，则圣孝益彰。亲蚕西内，表率六壸，则王化益廓。至于拯危车驾，弭变宫闱，勋烈盖乾坤，庆泽流宗社，所谓以圣配圣，炳乎相成者也。而皇上谓非六礼之始，欲罢忌日之祭，臣等伏睹本朝故事，宣宗章皇帝庙舍恭让皇后，而祔孝恭章皇后；宪宗纯皇帝庙舍吴后，而祔孝贞纯皇后；忌日必致祭于奉先殿，则是祖宗之制，原无先后之拘。况孝恭章皇后及孝贞纯皇后，德虽盛，而未闻有功；孝烈皇后功既崇，而兼有其德。今日升祔之礼、忌祭之仪，典则具存，臣民共戴。幸容臣等具仪开奏，奉祧仁宗，祔孝烈皇后于太庙第九室，奉安神位于奉先殿，至期举行忌祭，则正义明而礼制定矣。"上曰："非天子不议礼，后本当祔庙居朕室次。自前岁朕谕之丞弼，示之礼官，顾今日未宜此言，徒饰听，使愚者惑之曰'忠讳之情'，实俟题朕之神主耳。"乃命候旨行事。已而，上谕辅臣曰："卿等直内，固因赞事上玄，然国家大政未尝不与计。昨议后忌祭，礼官及诸臣不肯从正，即末所云犹强耳。由此观之，人心全不识天时。初以皇兄无嗣，皇考系近亲，属在朕躬，本之天定。今争亲、争帝、争祔、争名三十年矣，犹不明至是乎？今即不忍奉祧仁宗，且置后主别庙，将来由臣下议处。今忌日奠一卮酒，不至伤情。卿等其更言之。"于是阁臣传谕礼部，部臣不敢复言，第请如制祧祔，择吉行礼，上乃许之。(《世宗实录》卷 366 第 6552 页)

(嘉靖二十九年十一月) 壬寅 (注：十三日) 奉祧仁宗昭皇帝，命驸马都尉邬景和行礼，谢沼捧主。甲辰 (注：十五日) 升祔孝烈皇后于太庙第九室，奉安神位于奉先殿，俱命英国公张溶行礼。(《世宗实录》卷 367 第 6568 页)

(嘉靖二十九年十一月) 壬寅 (注：十三日) 祧仁宗，祔孝烈皇后于太庙。时，上终欲祔孝烈入庙，而自为一世，复下礼部议。尚书徐阶抗言："女后无先入庙者，宜祀之奉先殿。"礼科给事中杨思忠亦以为然。上大怒，阶等惶恐谢罪。会孝烈忌日，请祭，上曰："孝烈继后，所奉者又入继之君，忌不祭亦可。"于是阶等上祧祔仪注如上指，而祔孝烈于太庙之第九室。(《明通鉴》卷 59 第 1960 页)

(嘉靖三十年正月) 丁巳 (注：二十九日) 皇贵妃王氏薨，上谕礼部："皇贵妃王氏同阎氏墓葬，哀冲、庄敬二太子祔其旁。冲幼儿随母，礼以义起，俱入天寿山，以上近祖宗之义也。便择日举行。"礼部因言："贵妃阎氏已祔主于孝洁皇后陵室。今葬者既与同窆，固宜同祔。二太子之墓既宜近母，则其主亦宜安祔二妃左右。"诏可。(《世宗实录》卷 369 第 6608 页)

(嘉靖三十年十一月) 戊申 (注：二十四日) 诏以孝烈皇后升祔及哀冲、庄敬太子附葬礼仪及更复营制纂入《会典》，从大学士严嵩、咸宁侯仇鸾请也。(《世宗实录》卷 379 第 6730 页)

下 篇

第一章 "大礼议"与《祖训》《遗诏》

"大礼议"中，议礼双方争亲、争帝、争考、争祔、争名几十年，纷纷扬扬，互不相让，但对嘉靖帝继位的合法性却没有争议。双方都认为他是"伦序当立"，且双方的法理依据又高度一致，都是《皇明祖训》与《武宗遗诏》，只是各自的表述和解析不同而已。而要弄清"大礼议"中的是非曲直，对这一根本问题就不能不进行详尽的辨析。

《皇明祖训》是明太祖朱元璋主持编纂的明代典籍，初名《祖训录》，始纂于洪武二年（1369），洪武六年（1373）成书，洪武九年（1376）又加以修订，洪武二十八年（1395）加以重定，易名《皇明祖训》。

明太祖朱元璋以一介赤贫，值元末之乱，东征西剿近二十年，荡平天下，创建了大明王朝。鉴于前代治乱兴衰的经验教训，虑及后世子孙能不能固守江山，为确保大明朝的皇权永续，他殚精竭虑，制定了《皇明祖训》。对此，他在亲自为此书作序中称："朕观自古国家建立法制，皆在始受命之君。当时法已定，人已守，是以恩威加于海内，民用平康。盖其创业之初，备尝艰苦，阅人既多，历事亦熟；比之生长深宫之主未谙世故，及僻处山林之士自矜己长者，甚相远矣。朕幼而孤贫，长值兵乱，年二十四，委身行伍，为人调用者三年。继而收揽英俊，习练兵之方，谋与群雄并驱，劳心焦思，虑患防微近二十载。乃能剪除强敌，统一海宇，人之情伪亦颇知之。故以所见所行与群臣定为国法，革元朝姑息之政，治旧俗污杂之徒。且群雄之强盛诡诈，至难服也，而朕已服之。民经乱世，欲度兵荒，务习奸猾，至难齐也，而朕已齐之。盖自平武昌以来，即议定著律令，损益更改，不计遍数；经今十年，始得成就颁行之，民渐知禁。至于开导后人，复为《祖训》一编，立为家法，大书揭于西庑，朝夕观览，以求至当。首尾六年，凡七誊稿，至今方定，岂非难哉？盖俗儒多是古非今，奸吏常舞文弄法，自非博采众长，即与果断，则被其眩惑，莫能有所成也。今令翰林编辑成书，礼部刊印，以传永久。凡我子孙，钦承朕命，无作聪明，乱我已成之法，一字不可改易。非但不负朕垂法之意，而天地祖宗亦将孚佑于无穷矣。"（《皇明祖训》第1页）全书十三目，内容广泛，上到政体、传国，下至营缮、供用，无所不尽其详。以为只要如此，就可使大明江山代代相传，固若金汤。然事与愿违，它在有明一代并未得到很好的执行，也未能获得预期的效果。这一方面是由于它本身的一些内容缺乏可操作性，且不能随着客观情势的变化而与时俱进，初衷未能与现实对接；另一方面也因为后世皇帝虽不敢公然宣称推翻《祖训》，口头上信誓旦旦要遵从，实际上阳奉阴违，或只是玩玩文字游戏而已。

如明太祖朱元璋为巩固皇权，洪武十三年正月罢丞相不设，并在《祖训》首章中规定"以后子孙做皇帝时，并不许立丞相。臣下敢有奏请设立者，文武群臣即时劾奏，将犯人凌迟，全家处死"。（《皇明祖训》第4页）这规定够吓人的，谁还敢以身试法？可这样一来，皇帝就得直接面对府、部、院、寺来管理国家；泱泱大国，政务繁杂，皇帝一人岂能应付得了。于是朱元璋在下令罢丞相的当年九月，就不得已添设春、夏、秋、冬四辅官，辅佐自己处理政务；后又任殿阁大学士来看详诸司奏启、平驳政务。可见身为开国英主的明太祖尚做不到，更罔论后世嗣君了。故待至仁宗、宣宗朝时，"三杨"入掌内阁，阁职渐崇，阁位渐隆；嘉靖中叶，夏言、严嵩迭用事，以至压制六部，赫然成真宰相，更不用说万历时竟出现了张居正这样的强势首辅，只是都避开宰相之名罢了。又如明太祖为防止子孙玩物丧志，在《祖训》中明确规定"凡诸王宫室，并不许有离宫别殿、台榭游玩去处，虽是朝廷嗣君掌管天下事务者，其离宫别殿、台榭游玩去处更不许造"。（《皇明祖训》第43页）但有明一代不仅皇帝大兴土木，离宫别院富丽堂皇，很多藩王亦是楼堂馆所穷奢极侈，公然违制者不胜枚举。又如明太祖为保证皇室血脉的纯正，严防宫乱和外戚专权，在《祖训》内令中规定："凡天子及亲王，后、妃、宫人等必须选择良家子女，以礼聘娶，不拘处所。勿受大臣进送，恐有奸计；但娼妓不许狎近。"（《皇明祖训》第29页）这规定也是很明确的，但明初即未能实行：明太祖就为其长子太子朱标娶了开平王常遇春之女为太子妃，后又娶吏部尚书吕本之女为继太子妃，是为建文帝生母，后被尊为皇太后；还为四子燕王朱棣（即明成祖）娶了中山王徐达长女为正妃，后遂为皇后、皇太后；八子潭王朱梓娶了都督於显之女为妃，十子鲁王朱檀娶了信国公汤和之女为妃，十三子朱桂娶了中山王徐达次女为妃，二十四子朱栋娶了武定侯郭英之女为妃；而其次子秦王朱樉竟纳敌国元河南王、右丞相王保保（即扩廓帖木儿）之妹为妃，又以卫国公邓愈之女为配。洪武二十八年，又册立光禄少卿马全之女为皇太孙妃，是为建文帝皇后。其后的嗣君虽然表面上没有再与勋戚大吏联姻，实行了选择良家子女的路线，但私底下乱姻滥情的事却层出不穷。武宗十六岁即大婚，立皇后夏氏，又立沈氏、吴氏为妃，皆良家子也。可他却长期不入后宫，而是在西华门构筑豹房，整日与藏僧、幸臣混处狎昵其中，大肆抢夺民女供他们淫乱。幸臣江彬又为其营镇国府第于宣府，辇豹房珍玩女御其中，还时时入民家益索妇女以进，如此乐之忘归。且其对"人妻"尤为爱好：革职陕西总兵马昂，其妹已嫁指挥毕春，且有身娠；为谋复职，率弟马灵及马昶、马昊至毕春家，将其妹夺取进献给武宗。马昂以是大被宠幸，传升右都督，近侍皆呼为"马舅"，兄弟并召入朝，赐蟒服。马昂又将其美妾杜氏进献，并买扬州美女四人献帝谢恩。武宗游幸至偏头关，又夺晋王府乐工杨腾之妻刘氏，载以俱归，大见宠幸，江彬与诸近幸皆母事之，称之"刘娘娘"。又将宫中专司皇帝寝处事的六局官尚寝者，和日记皇帝所在及所幸宫嫔名号和时间的内宫太监统统废除，以便他能更加肆无忌惮地淫乱。嘉靖帝亦是十六岁大婚，先后立皇后陈氏、张氏、方氏，妃嫔不计其数，可仍欣然接受臣下进献之女。据《明实录》卷181及卷317载：嘉靖十四年十一月十二日，河南延津人李拱臣将自己的长女进献，礼部奏闻，嘉靖帝以冬至将近，而此女来献，十分高兴，迫不及待地说：“此女乘及享时，殆有天意。十九日庆宴礼成，即令由东华门入，不必别择日也。”（《世宗实录》卷181第3867页）因赐李拱臣白金彩币，并命光禄寺供其饮馔，封其女敬嫔，李拱臣获升锦衣卫正千户。十年后的嘉靖二十四年九月，李拱臣之子李应时又欲将其妹即其父小女进献，连续五次上疏，请择日进献；最终在嘉靖二十五年十一月十八日，帝命如前例进入，礼部上奏请为择日，竟被帝留中不报，寻亦得旨以冬至庆宴日从东华门入，供馔赏赐如其父前例。可见他们根本就不把《祖训》当回事了。皇帝如此，各藩府亲王、郡王、将军等更是乱象丛生；宁康王朱觐钧不仅娶一娼妇入府，还让其所生之子嗣王，这就是第四代宁王朱宸濠。朱宸濠幼有禽兽行，嗣王位后更加疯狂，竟纵诸伶入王府内庭与其诸姬妾淫乱，《祖训》更是已被他丢到爪哇国去了。

　　然而尽管如此，毕竟《皇明祖训》对明初乃至整个明代的影响还是极为巨大而深刻的。明太祖朱元璋亲身经历元末的大战乱，从腥风血雨中夺得天下，面对追随他打江山的虎狼之臣，深忧自己的后世嗣君能否驾驭得了他们而守住皇位。鉴于往代皇室孱弱，宗室不能拱卫皇权的教训；加之当时元朝残余势力北窜大漠，时时南扰，边患威胁十分严重，这就需要有一支强大的军队。把军权交给最可靠的人，则是保证皇权巩固、国家安全的关键，而这最可靠的人无疑就是自己的儿子了。于是建国伊始，洪武三年（1370）四月朱元璋就决定广建宗室，大举封建，他谕群臣：“天下之大，必建藩屏，上卫国家，下安民生。今诸子既长，宜各有爵封，分镇诸国。朕非私其亲，乃遵古先哲王之制，为久安长治之计。”（《太祖实录》卷51第999页）一次就将其九个儿子、一个从孙分封为王。这也引起了群臣的忧虑，洪武九年，平遥训导叶伯巨应诏上言，谏分封太侈：“先王之制，大都不过三国之一，上下等差，各有定分。所以强干弱枝，遏乱源而崇治本耳。今裂土分封，使诸王各有封地，盖惩宋、元孤立，宗室不竞之弊。而秦、晋、燕、齐、梁、楚、吴、蜀诸国，无不连邑数十，城郭宫室亚于天子之都，优之以甲兵卫士之盛，臣恐数世之后，尾大不掉，然后削其地而夺之权，则必生觖望，甚者缘间而起，防之无及矣。议者曰‘诸王皆天子骨肉，分地虽广，立法虽侈，岂有抗衡之理’？臣窃以为不然。何不观于汉、晋之争乎？孝景，高帝之孙也，七国诸王，皆景帝之同祖父兄弟子孙也，一削其地，则遂构兵西向。晋之诸王。皆武帝亲子孙也，易世之后，迭相攻伐，遂成刘、石之患。由此言之，分封逾制，祸患立生，援古证今，昭昭然矣。”（《明史》卷139第3990页）朱元璋览疏大怒，不仅不纳谏，还以其离间骨肉，欲亲手射杀之；虽经大臣劝解，犹速下刑部狱，竟死狱中。此后又于洪武十一年（1378）、二十四年（1391）

两次将所有儿子都分封为王。朱元璋共有二十六个儿子，除长子朱标立为太子及第二十六子朱楠早夭未封外，其余二十四子皆封为亲王：次子朱樉封秦王，镇西安；三子朱㭎封晋王，镇太原；四子朱棣封燕王，镇北平；五子朱橚封周王，建藩开封；六子朱桢封楚王，建藩武昌；七子朱榑封齐王，建藩青州；八子朱梓封潭王，建藩长沙；九子朱杞封赵王，早夭，未之国；十子朱檀封鲁王，建藩兖州；十一子朱椿封蜀王，建藩成都；十二子朱柏封湘王，建藩荆州；十三子朱桂封代王，建藩大同；十四子朱楧封肃王，建藩甘州；十五子朱植封辽王，建藩广宁；十六子朱㮵封庆王，建藩宁夏；十七子朱权封宁王，建藩大宁；十八子朱楩封岷王，建藩云南；十九子朱橞封谷王，建藩宣府；二十子朱松封韩王，封国开封，未之国；二十一子朱模封沈王，建藩潞州；二十二子朱楹封安王，建藩平凉；二十三子朱桱封唐王，建藩南阳；二十四子朱栋封郢王，建藩安陆；二十五子朱㰘封伊王，建藩洛阳。从这一封藩的地图上可以看出，诸王分别布列在北边重镇和天下要冲之地，外可以巩固边防，内可以威镇祸乱，达到护卫京师、保障皇室的目的。同时又经过周密策划，通过多次制造血案，逐步把军权从开国功臣那里转移到诸王手中。亲王不仅授金册金宝、岁禄万石，且握有重兵，护卫甲士少者三千人，多者至万九千人。如宁王朱权驻大宁，为巨镇，带甲八万，革车六千，所属朵颜三卫骑兵皆骁勇善战。封在边塞如晋、燕诸王尤被重寄，数奉命将兵出塞及筑城屯田，连大将如宋国公冯胜、颖国公傅友德皆受其节制，可谓实力雄厚。但事实上诸王坐拥重兵，对中央集权的专制皇权是极为不利的；朱元璋并不是不知前代封藩之弊，西汉吴楚七国之乱，西晋八王之乱，及史上频频出现皇室骨肉相残之惨祸历历在目，也预料到封藩以后可能会出问题。于是他鉴于前代之失，采取了一系列措施加以防范：首先是兼用封建、郡县制以相互牵制，列爵而不临民，分藩而不锡土；亲王、方镇各掌兵，亲王不得与民事，官吏亦不得预王府事。又选派高僧分侍诸王，意欲纯洁其思想，净化其心灵，使之知命守分。然而令人大跌眼镜的是，日后助燕王发动"靖难"夺得天下者，正是这派去随侍的高僧。史称"诸王封国时，太祖多择名僧为傅，僧道衍知燕王当嗣大位，自言曰：'大王使臣得侍，奉一白帽与大王戴。'盖'白'冠'王'，其文'皇'也。燕王遂乞道衍，得之"。（《明史纪事本末》卷16第231页）道衍和尚（即姚广孝）遂入燕府，首赞密谋，劝燕王举兵，运筹帷幄，发机决策；终使燕王登上了皇位，他也成为新朝的第一功臣，封爵一等，这是后话。朱元璋在《皇明祖训》中更是以大量篇幅言及亲藩体制，告诫后人，极其详尽："首章"就指出："凡自古亲王居国，其乐甚于天子。何以见之？冠服、宫室、车马、仪仗亚于天子，而自奉丰厚，政务亦简。若能谨守藩辅之礼，不作非为，乐莫大焉。至于天子，总揽万机，晚眠早起，劳心焦思，唯忧天下之难治，此亲王所以乐于天子也。凡古王侯妄窥大位者，无不自取灭亡，或连及朝廷俱废。盖王与天子本是至亲，或因自不守分；或因奸人异谋，自家不和，外人窥觑，英雄乘此得志，所以倾朝廷而累自身也。若朝廷之失，固有此祸；若王之失，亦有此祸。当各守祖宗成法，勿失亲亲之义。凡王所守者祖法，如朝廷之命合于道理，则惟命是听；不合道理，见法律篇第十二条。"（《皇明祖训》第 9 页）"法律"篇则称："若大臣行奸，不令王见天子，私下傅至其罪而遇不幸者，到此之时，天子必是昏君，其长史并护卫移文五军都督府，索取奸臣。都督府捕奸臣，奏斩之，族灭其家。如朝无正臣，内有奸恶，则亲王训兵待命，天子密诏诸王统领镇兵讨平。"（《皇明祖训》第 28 页）"兵卫"篇又规定："凡王国有守镇兵，有护卫兵，其镇守兵有常选指挥掌之，其护卫兵从王调遣。如本国是险要之地，遇有警急，其守镇兵、护卫兵并从王调。"（《皇明祖训》第 40 页）"礼仪"篇还规定："凡亲王来朝，不许一时同至。务要一王来朝，还国无虞，信报别王，方许来朝。凡亲王来朝，若遇大宴，诸王不入筵宴，于便殿去处，精洁菜饭，叙家人礼以待之。群臣大会宴中，王不入席，所以慎防。"（《皇明祖训》第 20 页）凡此种种，无非是对藩王一方面限制，一方面保护，以期相安相成，共同维护皇权永续。然而愿望是美好的，现实却很骨感；正所谓人算不如天算，明王朝的政局并未朝着朱元璋规划好的方向发展，而是难逃"皇室定律"的魔咒，不久就再度陷入了中国古代帝王专制社会存在的分封与削藩两者循环往复、不断上演、不断谢幕的怪圈之中。

明王朝的皇权继承，不待后世，太祖朱元璋还健在时就出现了问题。洪武二十五年四月，仁慈的皇太子朱标病故，秦、晋、燕、周诸王皆窥窃储位。按《明史》诸王传所载，当时公开的说法是，此四王与太子俱皇后马氏所生，同为嫡子（注：已有学者考证出此五子皆非马氏所生，其母分别各有其人，限于篇幅，本文不作详细讨论），皆有继位的可能。燕王朱棣貌奇伟，智勇有大略，为人阴鸷沉稳，能推诚任人，深得太祖的信任与偏爱，屡奉命帅诸将出征并节制沿边士马；太祖以其类己，欲继立其为太子，而大臣们以为这样做不合古礼，极力反对。太祖亦因如此无法向其他皇子交代，为不使继位问题出现矛盾而引起动荡，遂于同年九月立皇孙朱允炆为皇太孙。朱允炆是皇太子朱标第二子，继太子妃吕氏所生。皇位继承人虽已确定，但诸王雄踞边关重镇和天下要害，"尾大不掉"之势已然形成，朱元璋虽有所察觉，但已迫近晚年，欲要挽回已无能为力了。洪武三十一年闰五月，太祖朱元璋病逝，朱允炆以皇太孙即皇帝位，是为建文帝。太祖为防阻其身后皇位继承出乱子，在遗诏中令"诸王临国中，无得至京。王国所在，文武吏士听朝廷节制，惟护卫官军听王。诸不在令中者，推此令从事"。（《明史纪事本末》卷 15 第 226 页）也有人认为这是建文帝假托太祖遗诏以对付诸王，故有"燕王自北平入临，至淮安敕令还国"（《国朝汇典》卷 13 第 13 页）；其他诸王亦奉旨不准赴京奔丧，这就必然引起诸王的强烈不满。而建文帝不听前军都督府断事高巍"推恩弱藩"的谏言，而是采纳了尚书齐泰及黄子澄的建议，贸然开始了削藩；继位之次月，便不顾《皇明祖训》的禁令，命曹国公李景隆调兵突至河南，围执周王朱橚及其世子、妃嫔送至京师，削藩贬为庶人，并在其后又迁之云南。四个月后，又强遣代王朱桂离大同入蜀，使之与蜀王居，以教化之；

旋又将其幽于大同，废为庶人。建文元年四月，又以岷王朱楩不法，削其护卫，废为庶人。又遣使以兵迫围湘王朱柏，遂使其合宫自焚死。又以齐王朱榑被人告发，下诏令其至京，废为庶人，并拘系之。不到一年，就连续削夺五个亲王，又因疑宁王朱权而削其三护卫，并遣人图执燕王朱棣；又下旨令亲王不得节制文武吏士。这些作为可把亲王叔叔们惊着了，眼看亲王军人集团的根本利益受到极大损害，而《祖训》并不能保护他们，未能阻止建文帝的削藩行动。但是《祖训》又给予亲王们反抗朝廷的借口，于是燕王朱棣以维护祖制、肃清朝廷为名，按照"如朝无正臣，内有奸恶，则亲王训兵待命，天子密诏诸王统领镇兵讨平之"（《皇明祖训》第28页）的《祖训》，于建文元年七月起兵，以"靖难"之名而施行反叛，此时离太祖去世仅一年零两个月。经过近三年的鏖战，建文四年六月，燕王在其他一些藩王的帮助下，攻下南京，从侄儿手中夺取了皇位，是为明太宗永乐皇帝；建文帝在城陷后竟不知所终。

太宗朱棣以"周公辅成王"的名义推翻了建文帝后，并没有让诸王的日子更好过一些，而是从自己夺权的经历中，吸取了太祖建藩的负面教训，比建文帝更进一步地推行削藩、禁藩的各项措施。如宁王朱权曾雄踞巨镇大宁，手握重兵，对"靖难"之役助力最大，起兵之初燕王曾许其"事成，当中分天下"。（《明史》卷117第3592页）但登上皇位后，不仅没有兑现"中分天下"的诺言，反而将宁王调离大宁；又不准其移藩苏州、钱塘之请，而是将其改封南昌，夺其兵权，使之郁郁不得志终生。在重点削夺诸王兵权的同时，还制定了一系列苛严的防范措施来限制亲王、宗室：如不准干预地方行政，禁止同勋贵联姻，文职官员如有王亲，即不得升除京职；禁止进京奏事，禁止二王相见，禁止与大臣相见，禁止出仕和参与国政，甚至禁止出城。这些措施在此后有明各代虽前后略有差异，但总的趋势是管制更加绵密。其初衷虽与《皇明祖训》一样都是为了巩固和强化大明皇权，但表现形式却大相径庭，其结果也必然迥异：明初太祖分封太侈，封地太广，拥兵太强，权力过重；造成干弱枝强，对皇权和中央集权形成极大威胁，最终出现了朱元璋最不愿看到的亲王用武力夺取皇权的血腥后果。太宗之后明朝历代都施行极为严厉、矫枉过正的弱藩、限藩措施，使宗藩势力再也不能构成对皇权的威胁，后世虽也发生了三次藩王欲袭"靖难"之风问鼎皇权的事件，但皆不旋踵而败：太宗朱棣夺取皇权后23年的明宣宗宣德元年（1426），其次子汉王朱高煦亦想步乃父之后尘，以武力夺取侄子宣宗的皇位，不想起兵仅23天就被宣宗平定，身死国灭，诸子皆死。明武宗正德五年（1510）庆府安化王寘鐇在宁夏起兵反叛，仅19天就被消灭。正德十四年（1519）宁王朱宸濠在南昌起兵反叛，亦仅41天即被江西军民剿灭。可见宗藩对皇权的威胁已经基本上消解，但却又走向另一极端，宗室"藩屏国家"的作用亦消失殆尽；这些号称圣子神孙、天璜贵胄的宗室，逐步变成了一个只会坐享岁供、无所事事的寄生阶层，绝大多数人成为一钱不值的"弃物"，在经济上成为明王朝一个难以摆脱的沉重负担。据《中国历史研究》1989 年第一期、《东岳论丛》1988 年第一期、《长春师范学院学报》1986 年第二期等资料，明英宗正统年间（1436—1449）登载玉牒的宗室仅二千九百四十五人，万历二十三年（1595）已达十五万七千余人，至崇祯十七年（1644）竟达二十二万一千六百六十七人，二百年间增长了七十五倍多。嘉靖末年宗禄支出已占国家二税的百分之三十六，至万历中期竟达百分之六十五。中虽屡有限婚、限禄、限支子的动议，但多属空谈，不见成效，最终成为明王朝财政崩溃、朝廷覆亡的重要原因之一。

总之，《皇明祖训》表面上虽被后世子孙奉为圭臬，无上尊崇，实则多被更改或变相更改，并不忠实施行。尤其在皇位传承上，《祖训》当时不可能也未预料到后世极为复杂的情况，设想过于简略，没有现存明确的规定可以遵循；即便君臣在"大礼议"中时常引用的遵《祖训》"父死子嗣、兄终弟及"的规定，亦是大家根据《祖训》内容意会归纳的，在《祖训》中并无集中明确的记述。尤其是前项"父死子嗣"之说，在《祖训》中压根儿就不曾提及，可能是觉得这是专制王朝皇权天经地义的传承，无须多说。对后项"兄终弟及"，《祖训》在"法律"一节中规定："凡朝廷无皇子，必'兄终弟及'，须立嫡母所生者，庶母所生，虽长不得立。若奸臣弃嫡立庶，庶者必为守分勿动，遣信报嫡之当立者，务以嫡临君位，朝廷即斩奸臣。"（《皇明祖训》第 27 页）其中立嫡不立庶之规，想必在"父死子嗣"的情况下亦然。这样一来，明代的继位之君就必须是嫡子，根本就不顾及没有嫡子的情况下皇位如何传承，而这一情况太祖朱元璋自己就遇上了。虽《明史》卷 4 记载了太祖高皇后生有太子朱标、秦王朱樉、晋王朱棡、成祖朱棣、周王朱橚，似有五嫡子，但据有学者考证，此五子均非高皇后所生，其生母另有其人。元惠宗至正二十四年（1364）朱元璋即吴王位，长子朱标即立为世子，洪武元年（1368）又立为皇太子；洪武二十五年（1392）朱标病故，太祖并没有依"兄终弟及"之序立嫡次子周王朱樉为皇太子，而是径直立朱标次子朱允炆为皇太孙，后又直接传帝位于他。这且不论，此后明代诸帝，除仁宗、宣宗、武宗是嫡子外，其余英宗、代宗、宪宗、孝宗、穆宗、神宗、光宗、熹宗、毅宗九帝皆非嫡子。宣宗皇后无子，孙贵妃阴取宫人子朱祁镇为己子，实为宣宗庶长子，继帝位，是为英宗。英宗在土木之变中被瓦剌俘去，群臣拥立宣宗次庶子朱祁钰继位，是为代宗（景泰帝），其生母为宣宗贤妃吴氏。英宗皇后无子，以庶长子朱见深继位，是为宪宗，其生母是英宗贵妃周氏。宪宗皇后无子，万贵妃所生庶长子未期而夭，柏贤妃所生庶次子立为皇太子后亦早夭，庶三子朱祐樘生母实为宫中女史，立为太子，后继帝位，是为孝宗。亲王、郡王中亦多有非嫡子继位者，此皆不合《祖训》立嫡之规；但《祖训》在"职制"中又称："皇太子嫡长子为皇太孙，次嫡子并庶子年十岁皆封郡王。……亲王嫡长子年及十岁，朝廷授以金册、金宝，立为王世子；如或以庶夺嫡，轻则降为庶人，重则流窜远方。如王年三十，正妃无有嫡子，其庶子止为郡王，待王与正妃年五十无嫡，姑立庶长子为王世子。亲王次嫡子及庶子，年及十岁，皆封郡王。"（《皇明祖训》第20 页）故后世亦有了"有嫡立嫡，无嫡立长"的传承之法，这顺应、契合了君位传继的现实复杂情况。但引发"大礼议"的帝位继承，它所面临的现实情况，是中国专制王朝历史上罕见、明王朝也绝无仅有的局面：驾崩的武宗皇帝既无嫡子，亦无庶子，甚至连个公主也没有，"父死子嗣"是不可能的了；更可悲的是，武宗皇帝又一无亲弟（同父同母弟，皇考孝宗的嫡次子），二无庶兄、庶弟（同父异母兄、弟，皇考孝宗的庶子），"兄终弟及"，"有嫡立嫡，无嫡立长"皆成为不可能。皇位继承出现了十分棘手的难题。

武宗十五岁登基，在位十六年，大婚亦十五年，却始终未有子嗣；国本问题为朝野所忧，大臣们不断奏请择宗室子预养宫中、及早立嗣建储，武宗一概置之不理。宁王朱宸濠觊觎皇位已久，正德十一年（1516）"以上东宫未立，密遣万锐、林华贿钱宁等，称长子宜入太庙司香为名迎取来京。钱宁、臧贤受厚赂，阴助之"。（《明史纪事本末》卷 47 第 692 页）但被武宗搁置，未能得逞。而储位久虚，遂使朝中人心惶惶，朝中情势越发扑朔迷离。也许都以为武宗正值年轻，假以时日，不至无后，故朝中关于立储之议不甚急迫和激烈，一直迁延未行，不想年仅三十一岁的武宗就此早早结束了他荒诞的一生。正德十四年（1519）宁王朱宸濠在南昌反，武宗不顾大臣反对，执意御驾亲征；在江西军民已将叛乱剿灭后，仍不肯班师回朝，在南京逗留一年多，后经大臣的再三催促，不得已于正德十五年（1520）闰八月十二日启程返京。一路上仍游玩不已，九月十五日自驾小舟渔于积水池，舟覆溺水，被左右救出，而已因荒淫无度掏空了身子的武宗就此一病不起。十二月十三日在北京南郊大祀天地，武宗在初献时即呕血于地，不能终礼，自此不朝。面对如此岌岌可危的情势，不少朝臣再度就立储问题上疏建言：就在武宗病倒九天之后的十二月二十二日，南京给事中王纪等上言，劝帝"深居密忽，以养天和，以蕃圣嗣"。（《武宗实录》卷194 第 3637 页）翌年正月初九日，监察御史郑本公亦上言："昔汉唐中叶国统数绝，仓卒之际，援立昏弱以为己利，卒贻害国家无穷之祸，此后世之永鉴也。陛下春秋鼎盛，前星之耀将来可待，但今灾异迭兴，宗藩屡叛，正以储位未定，萌觊觎之心，中外臣民咸怀忧畏。伏望陛下以宗庙社稷为重，密与执政大臣慎选宗室亲而贤者正位东宫，以系天下之心。"（《武宗实录》卷 194 第 3648 页）帝置之不理。正月二十八日，南京监察御史董云汉又上言："陛下临御已久，储位未定。比者群臣屡以为请，而俞旨未颁，群情大郁。臣请以近事明之：宸濠世亨国封，富贵已极，窃窥大物，遂怀异志；举事之初，乃伪称召命，以诳于众。卒赖天讨，而后底定。向使陛下早从群臣之请，储位有托，未必至此。伏望以宸濠之变为鉴，于宗室近属中择其长且贤者，处之禁中。或者以为陛下富于春秋，不必早为之计。夫天下之事，每患于谓之早而不亟为，及其后也至于不及为、不可为者多矣。惟陛下果断力行，无贻他日之悔，则宗社之幸也。"（《武宗实录》卷 195 第 3656 页）帝仍不报。二月十二日，刑部员外郎周时望再上言："圣体违和，辍朝累月，天象变异，人心惶惶。乞念宗庙社稷之重，建立国本，以杜邪谋。"（《武宗实录》卷195第3671页）御史王琳，主事陆澄、陈器亦以为言，俱不报。不想只过了一个月零两日的正德十六年三月十四日，武宗即崩于豹房，储君未立，国本未建，而把皇位传承等一大堆问题留给了首辅杨廷和等大臣来艰难应对。

此时，杨廷和面临的局面是：大行皇帝无有子嗣，亦无亲弟、庶弟，生前也不曾预立储君；如按《皇明祖训》的规定和此前百五十余年皇位继承的成例，已无人有资格继皇帝位。而当时承武宗朝之弊，江彬等幸臣拥重兵盘踞京师，国势危急，君位若长久空悬，势将引发内乱。摆在杨廷和面前的唯一出路，只有变通《祖训》之规，以武宗遗命的方式来迎立新君了。我们在《武宗实录》中，发现有三份《武宗遗诏》和一份《皇太后懿旨》：第一份，武宗驾崩前一晚，在豹房对随侍左右的太监陈敬、苏进二人说："朕疾殆不可为矣，尔等与张锐可召司礼监官来，以朕意达皇太后。天下事重，其与内阁辅臣议处之。前此事皆由朕而误，非尔众人所能与也。"言毕不久而崩，苏敬即奔告慈寿皇太后，这应是苏进传达的武宗遗诏，是一份口头传示的口头遗诏。第二份，驾崩当日，传武宗遗旨谕内外文武群臣曰："朕疾弥留，储嗣未建。朕皇考亲弟兴献王长子厚熜，年已长成，贤明仁厚，伦序当立。已遵奉祖训'兄终弟及'之文，告于宗庙，请于慈寿皇太后，即日遣官迎取来京嗣皇帝位，奉祀宗庙，君临天下。"这应是一份正式的书面遗诏。同时又传慈寿皇太后懿旨谕群臣曰："皇帝寝疾弥留，已迎取兴献王长子厚熜来京嗣皇帝位，一应事务，俱待嗣君至日处分。"第三份，三月十六日，颁遗诏于天下，诏曰："朕以菲薄，绍承祖宗丕业十有七年矣。图治虽勤，化理未洽，深惟先帝付托。今忽遘疾弥留，殆弗能兴。夫死生常理，古今人所不免，惟在继统得人，宗社生民有赖。吾虽弃世，亦复奚憾焉。皇考孝宗敬皇帝亲弟兴献王长子厚熜，聪明仁孝，德器夙成，伦序当立。已遵奉《祖训》'兄终弟及'之文，告于宗庙，请于慈寿皇太后，与内外文武群臣合谋同辞，即日遣官迎取来京嗣皇帝位。内外文武群臣，其协心辅理，凡一应事务，率依祖宗旧制，用副予志。嗣君未到京之日，凡有重大紧急事情，该衙门具本暂且奏知皇太后而行。丧礼遵皇考遗制，以日易月，二十七日释服，毋禁音乐嫁娶。宗室亲王，藩屏攸系，毋辄离封城。各处镇守总兵、巡抚等官及都、布、按三司官员，各固守疆境，抚安军民，毋擅离职守；闻丧之日，止于本处哭临三日，进香遣官代行。广东、广西、四川、云南、贵州所属府州县，并土官及各布政司、南直隶七品以下衙门，俱免进香。京城九门，皇城四门，务要严谨防守。威武团练营官军已回原营勇士并四卫营官军，各回原营，照旧操练。原领兵将官，随宜委用。各边放回官军，每人赏银二两，就于本处管粮官处给与。宣府粮草缺乏，户部速与处置。各衙门见监囚犯，除与逆贼宸濠事情有干，凡南征逮系来京，原无重情者，俱送法司查审明白，释放还原籍。各处取来妇女，见在内府者，司礼监查放还家，务令得所。各处工程，除营建大工外，其余尽皆停止。但凡抄没犯人财物及宣府收贮银两等项，俱明白开具簿籍，收贮内库，以备接济边储及赏赐等项应用。诏谕天下，咸使闻之。"这应是诏告天下的正式的《武宗遗诏》。（以上四诏均载《武宗实录》卷197第3680—3682页）这四份史籍正式记载的资料，即是兴献王世子朱厚熜登上皇位的直接法理依据，即所谓《武宗遗诏》。

不难看出，以上四份载籍，除太监苏进口头传达的武宗遗诏外，其余皆是出自杨廷和之手。对慈寿皇太后懿旨的出处，《明通鉴》称："先是，司礼中官魏彬以帝无皇嗣，至内阁言：'国医力竭矣，请捐万金购之草泽。'大学士杨廷和心知所谓，不应，而微以伦序之说讽之，彬等唯唯。至是帝崩，永、大用至内阁议所当立，廷和出《祖训》于袖中示之，曰：'兄终弟及，谁能易之？今兴献王长子，宪宗之孙，孝宗之从子，大行皇帝之从弟，序当立。'梁储、蒋冕、毛纪咸赞之。乃令中官入启皇太后，廷和等候于左顺门下。顷之，中官奉遗诏及太后懿旨宣谕廷臣，一如内阁请。遂定策……奉遗诏迎兴世子厚熜入嗣皇帝位。"（《明通鉴》卷49第1578页）《武宗实录》中在宣布慈寿皇太后懿旨后称："初，司礼监官以太后命至内阁，与大学士杨廷和等议所当立者，既定，入白太后取旨，廷和等候于左顺门。"（《武宗实录》卷197第3681页）可见这也是出于杨廷和之手，不过是得到太后的首肯罢了。对此，杨廷和在其所著《视草余录》中称："正德十六年三月十四日，拟廷试策问，付陈文书严呈上，未久，陈复持回，仓皇言'驾崩矣'。予闻之惊悸失措，私念'危急时，天下事须吾辈当之，惊悸何为'？即语陈曰：'请众太监启太后，取兴长子来继承大统。莫说错了话。'须臾，魏司礼英等八人及谷大用、张永、张锐同至阁中，魏手持一纸授廷和，乃大行皇帝遗命：'说与陈敬、苏进，我这病则怕好不的。你每与张锐叫司礼监来，看我有些好歹，奏娘娘与阁下计较，天下重事要紧。不管恁众人事，都是我误了天下事了。'臣廷和、臣储、臣冕、臣纪举哀叩头讫，臣廷和即扬言：'且不必哭，亦且不必发表。'遂取《皇明祖训》示诸司礼曰：'大行皇帝未有后，当遵《祖训》兄终弟及之文奉迎兴长子来即皇帝位，兵部选法伦序相承正是如此。可启请皇太后降懿旨、大行皇帝降敕旨，遣司礼监、皇亲、文武大臣各一员前去奉迎。即日启行，途中不可延迟。'予遂言'内阁遣同官蒋'。魏云'谷哥你去'，又云'韦家你也去，驸马命崔元'。予言'见任大臣中，武臣须定国公徐光祚，文臣须毛澄尚书。'诸公皆应曰'诺'。谷之遣，予意不欲，危疑之时，恐拂其意，遂不敢更。顷之，厚斋（注：梁储号）色变，向敬所（注：蒋冕号）云：'先生让我去。'予云：'此行廷和不敢辞，以年老多病，恐途中疾作，有误大事。先生春秋高，又方自南都回；砺庵（注：毛纪号）亦有痰疾，所以欲敬所去，非有他也。'其意不解，既而写奉迎敕稿于'兴长子'下云'取来即皇帝位'，厚斋云：'且不必如此说。'予云：'当作何辞？'厚斋方欲有言，予复云：'此行不可不正其名。凡写敕与臣下，皆写有官名，周令中书云即皇帝位，正是官衔一般。'遂书之。予私念厚斋不得去，在此必多龃龉，遂告魏，请梁代蒋去。魏云：'随先生。'厚斋乃喜，行后百凡议拟，予与蒋、毛二公惟善是主，无所乖戾，要之天意所在，非偶然也。初，诸司礼来阁中，王吏部与王兵部邀于左顺门，欲偕来，诸司礼云：'我辈奉有敕旨，无诸公事。'且云'朝廷亦无他事'。吏部扬言云：'外面满街俱传言取白衣，安得无事？便叫科道来，此等事如何不与我辈会议？'诸司礼至阁中言之，且戒守阁门者勿纳一人。议定，奉所拟懿旨并大行皇帝敕书入启毕，出就左顺门宣谕朝臣知之。众皆跃然大呼曰：'天下事大定矣。'府部诸大臣及六科、十三道俱就阁中揖予辈谢，吏部虽偕来，其色不怡，予辈慰之'窃念仓卒之际，人怀二心，三二权奸多欲立其非次，以贪功避罪；昔吕端之锁王继恩，李迪之制八大王，韩琦之叱允弼，皆事权专而委任重，所以能办。我朝内阁无宰相之权，予辈任此亦难矣。然此非予之疏浅所能为，祖宗功德深厚，宗社灵长之福，同官皆先朝敷遗旧德，同心协力之所致也'。大议既定，王吏部遂有'并迎兴献妃'之言，予曰：'天下不可一日无君，今日之事，望嗣君旦夕至，岂可与宫眷同行？'吏部又言：'闻长子二月方出痘，恐不可以风。'予曰：'天之所命，百神卫护。出痘与否未可知，即出痘，亦当平复，如王霸冰合之说，非人力所及也。'吏部又曰：'五月上任，有官者忌之。'予曰：'此俗忌也，官员中有明达者，亦不忌此。纣以甲子亡，武王以甲子兴，嗣君此来，为天地神人作主，何所忌邪？'吏部语塞。"（《杨文忠三录》卷4第816页）很明显，武宗临崩前，口谕只是提出了"天下事重"，嘱托皇太后"与内阁辅臣议处之"，并未指明由谁来继位。当得知武宗驾崩，杨廷和即首先让传讯的文书陈严请众太监启禀皇太后，取兴国世子来继承皇位，并嘱其"莫说错了话"。这一主张得到了内阁梁储、蒋冕、毛纪及皇太后、众太监的赞同，可见"迎取兴献王长子厚熜来京嗣皇帝位"及嗣后布告天下这两份《武宗遗诏》和《皇太后懿旨》均应是杨廷和所撰。接着"又传遗旨：'令太监张永、武定侯郭勋、安边伯朱泰、尚书王宪，选各营马步军防守皇城四门、京城九门及草桥、卢沟桥等处。东厂、锦衣卫缉事衙门及五城巡视御史，各督所属巡逻，毋得怠玩。'又传遗旨：'豹房随侍官军劳苦可悯，令永、勋、泰、宪提督统领，加意抚恤。罢威武团练营，官军还营，各边及保定官军还镇。革各处皇店，管店官校并军门办事官，旗校尉等各还营。其各边镇守太监留京者亦遣之。哈密及吐鲁番、佛郎机等处进贡夷人，俱给赏令还国。豹房番僧及少林寺和尚、各处随带匠役、水手及教坊司人、南京马快船非常例者，俱放遣。'以上数事，虽奉遗旨，实内阁辅臣请于太后而行者，皆中外素称不便，故厘革最先云。"（《武宗实录》卷197第3682页）当时情势紧急，只有以武宗遗旨的名义来处置才能合法有效。而对立储之事，朝中亦有杂音，"人怀二心，三二权奸多欲立其非次，以贪功避罪"；吏部尚书王琼竟以兴世子朱厚熜刚刚出痘来说项，企图干扰立储之事，但均被杨廷和坚决予以回绝。此时朱厚熜远在湖北安陆的兴王府，所处的境况正如前文所述，与所有藩王一样，虽有崇高的地位、丰厚的岁供，但却没有自由和作为；囿于当时的交通和通信条件，对京城正在发生的事情，一丁点也不知晓；况且对皇位继承这样敏感的大事，作为藩国世子的他，不要说有所行动，即使有些许想法，弄不好都会引来不测之祸；想当年宁王朱宸濠就因地方保举其孝行，朝中即以其"称王孝，讥陛下不孝；称王早朝，讥陛下不朝也"，（《明史纪事本末》卷47第695页）是图谋不轨，武宗即革去其护卫，给予严厉处置。藩王觊觎皇位，是大逆不道、十恶不赦之罪，谁敢触之？因此，在继承皇位问题上，朱厚熜不可能采取主动，而是完全被动的，等于是天上掉馅饼的事。而这一切，都是因杨廷和的极力拥戴，并以《武宗遗诏》的名义合法完成的，从这个意义上来说，讲是杨廷和拥立了嘉靖帝，似不为过。而在"大礼议"中，议礼新贵屡屡攻击杨廷和贪拥立之功，嘉靖帝甚至在处置杨廷和的敕书中称"杨廷和为罪之魁，怀贪天之功制胁君父；定策国老以自居，门生天子而视朕"。（《世宗实录》卷89第2010页）将其革职为民，且殃及子、婿，这是不是有失厚道了？

杨廷和拥立兴世子朱厚熜为皇位继承人，法源依据即是《皇明祖训》中"兄终弟及"之文。武宗驾崩，众太监至内阁议所当立，杨廷和即从袖中拿出《祖训》示之，说"兄终弟及，谁能易之？今兴献王长子，宪宗之孙，孝宗之从子，大行皇帝之从弟，序当立"。又在草拟《武宗遗诏》中写道："朕疾弥留，储嗣未建。朕皇考亲弟兴献王长子厚熜，年已长成，贤明仁厚，伦序当立。已遵奉祖训'兄终弟及'之文，告于宗庙，请于慈寿皇太后，即日遣官迎取来京嗣皇帝位，奉祀宗庙，君临天下。"这里有两个称呼有误，需要先说明一下：孝宗朱祐樘是宪宗第三子，其母宫中女史纪氏；兴献王朱祐杬是宪宗第四子，其母宸妃邵氏；故兴献王不是孝宗亲弟，而是同父异母的庶弟。兴献王有长子厚熙，早夭，嘉靖四年追赠为岳王；故朱厚熜不是兴献王长子，而是嫡次子。那么杨廷和为什么在撰写《武宗遗诏》时要把兴献王写成孝宗亲弟，又把朱厚熜写成兴献王长子，笔者以为这应是为了契合《皇明祖训》"兄终弟及"之文。其本意是：兴献王是孝宗亲弟，其长子朱厚熜即是当时孝宗、武宗皇统一脉最亲近的人，伦序将其立为孝宗之子、武宗之弟，继承皇位就是顺理成章之事。而在这样一份重要的法理文书中，并没有把这一关键而又重要的意思明确地表述出来，直到朱厚熜进京临登皇位时才提出来，以图自圆其说，但却引发了"大礼议"中对此尖锐对立的不同解析。有学者以为这是杨廷和在情势紧迫时的急就章，难免不周。笔者以为不然。杨廷和正德二年（1507）入阁参预机务，正德八年（1513）继李东阳为首辅，艰难维持朝政凡十五年，朝中情势了然于心；武宗得病至驾崩时隔半年，疾笃亦有三月之久，其间群臣多有劝帝立储之疏，杨廷和不可能充耳不闻、无动于衷。正德十六年（1521）正月，"时帝无嗣，司礼中官魏彬等至阁言：'国医力竭矣，请捐万金购之草泽。'廷和心知所谓，不应，而微以伦序之说风之，彬等唯唯。"（《明史》卷190第5034页）三月十四日武宗驾崩，当太监们到阁中商议皇位继承人时，"廷和出《祖训》于袖中示之，曰：'兄终弟及，谁能易之？今兴献王长子，宪宗之孙，孝宗之从子，大行皇帝之从弟，序当立。'梁储、蒋

冕、毛纪咸赞之。乃令中官入启皇太后。"（《明通鉴》卷 49 第 1578 页）可见杨廷和不
仅早有思想准备，定见在胸，亦已付之于行动，将《祖训》时刻带在身上，并及时
从容地派上了用场；一切都在他的预料之中，掌控之下，何来急就之有？且杨廷和
是以武宗遗命的名义迎立新君，于法有据，于情有理，谁敢不从？这从迎立兴世子
的过程也可以看出，虽其不是最有资格继位的那个，可当时有谁胆敢妄议，足见君
命的威严。如在遗诏中将继嗣、继位的情节表述明白，即令其继为孝宗之子、武宗
之弟，从而继皇帝位，想必兴世子朱厚熜被天上掉下的馅饼砸中得继皇位，应不至
于抗命不遵；即使其拒继为子，从而也不继帝位，那杨廷和等亦有很大的周旋余地，
后来也就根本不会有"大礼议"这样激烈的斗争。但杨廷和百密一疏，这份遗诏的
文句确有纰漏，没有把皇位继承的伦序讲清楚，也没有把先继嗣、后继统的原意表
述明确。想必杨廷和等以为这是天经地义的事，无须说得太多，而只是说"嗣皇帝
位"，确实留下了无限想象和争论的空间。首先是伦序的紊乱，本来是从宪宗到孝
宗、从孝宗到武宗的父子相传，因武宗无子，而不得不行兄弟相传的伦序；却被表
述成从宪宗到孝宗、从孝宗到武宗的父子相传，因武宗无子，又回到从孝宗到兴献
王的兄弟相传；此时兴献王亦已死，本应再往下传至当时尚健在的益王，可不知怎
的又再转到从兴献王到兴世子朱厚熜的父子相传，且伦序当立。对杨廷和的这一安
排，清代史家毛奇龄给予了尖锐的批驳，且讥其无学："有明一代以明经取士，名为
通经，而实未尝通，以至朝庙大礼一往多误。如此议立后一节，执政大臣先误解
'兄终弟及'四字，遂失伦序。夫所谓'兄终弟及'者，谓同母之弟（嫡弟），非然
即同父之弟（庶弟），未有伯叔父之子群从兄弟而可言'弟及'者也。古王传统只有
传子、传弟二法：夏、周传子，则传子之穷然后传弟（无子始传弟，如周匡王无子，
立弟定王类）。殷商传弟则传弟之穷然后传子（如中丁传弟外壬，外壬又传弟河亶
甲，至河亶甲无弟，然后河亶甲传子祖乙）。是以《礼运》曰：'大人世、及以为礼，
世者父子相继为一世，及者兄终弟及。'《公羊传》亦曰：'一生一及，生即世也。'
然而传世之礼又名正体，谓分先君之一体，而又当长嫡之谓正体；若传及之礼，则
虽母弟、父弟皆分先君之一体，而非长非嫡即谓之体而不正。是所谓世与及者，皆
先君之同体为言，谓亲子、亲弟也。今武宗无子，已无传世。然又无亲弟，亦无传
及。则以伦序求之，当求一正而不体者。或武宗原有子，而子死而孙存，则立孙
（如周平王太子早死，立太子之子为桓王类）。或子死无孙，而不得已而迎立庶族亲
王，则必立一庶族兄弟之子；虽孙与庶族兄弟之子皆非先君之一体，而必取其嫡与
其长者（《礼》长子不为人后，谓后大宗也，若后君，则非长嫡不可），皆谓之正而
不体。向使大臣略知礼，必当于宪宗十皇子中择其孙之长者以后武宗；而误解'兄
终弟及'四字，妄以庶族兄弟当之，不取庶族之子，反取庶族之弟，一似后武宗，
又一似后孝宗者，以致父子兄弟祖孙伯叔相争不已。伦序颠倒，莫此为甚。是举世
无学，祸及家国，即一开诏，而议礼大害已酿于此。宰相须用读书人，非妄语也。"

（《辨定嘉靖大礼议》卷1第2页）果然，正如毛奇龄所言，正德十六年四月二十一日，兴世子朱厚熜一行抵达京郊良乡，见杨廷和命人撰写的登基"礼仪状"中拟定其以藩王世子入嗣孝宗为皇太子，而后再即皇帝位；故按藩王入宫、皇太子即位的礼仪：由东安门入禁城，暂居文华殿，次日百官三上笺劝进，待应允后，再择日行登基礼的安排，当即提出"遗诏以吾嗣皇帝位，非皇子也"。首先以《武宗遗诏》为依据，提出了"继统不继嗣"的命题，又料定了朝中急于完成奉迎大典的情势，故意止于城外不前。杨廷和等固请按礼部所拟"礼仪状"施行，朱厚熜坚持不允。而此时国家已四十多天没有皇帝了，杨廷和等无奈，只好声称慈寿皇太后有旨："天位不可久虚，嗣君已至行殿，内外文武百官可即日上笺劝进。"（《武宗实录》卷195第3656页）于是就在城外行殿中由百官上笺劝进，即日进城，由大明门入宫，直接即皇帝位，而"大礼议"的帷幕也就此拉开。

这第一回合，虽然双方都作了让步，矛盾暂时得以化解，但围绕这一问题的争议却愈演愈烈。嘉靖帝与议礼新贵们始终以其"伦序当立"来对抗廷臣，廷臣们却无法予以反驳，就连嘉靖三年三月已为首辅的大学士蒋冕上疏辩大礼也称"皇上天纵圣人，嗣承大统，至亲伦序，天与人归，固不待赞。然非圣母昭圣康惠慈寿皇太后懿旨传武宗皇帝遗命，则将无所受命，大义不明"。（《世宗实录》卷37第943页）这一说好像兴世子确系"伦序当立"，《武宗遗诏》只不过是给了一个合法手续而已。那么兴世子朱厚熜到底是否伦序当立，以当时皇室的具体情况，应当有多种继位的选择，而其中哪种选择才是最符合《皇明祖训》精神的？我们有必要进行深入的探讨，而首先必须对宪宗皇帝的子嗣作个较为详尽的了解。宪宗皇后吴氏未出，故无嫡子，而只有十四位庶子：长子于成化二年（1466）正月生，母万贵妃，不及命名而夭折。次子悼恭太子祐极，成化五年（1469）四月生，母柏贤妃；成化七年（1471）十一月立为皇太子，翌年正月薨。第三子即孝宗朱祐樘，成化六年（1470）七月生，母宫中女史纪氏；成化十一年（1475）五月已6岁了才被命名（缘由见本书上篇第一章），十一月立为皇太子，成化二十三年（1487）嗣皇帝位，在位18年，传位于嫡长子武宗。第四子兴献王朱祐杬，成化十二年（1476）七月生，母宸妃邵氏，弘治七年（1494）之藩，正德十四年（1519）薨，嫡次子朱厚熜以世子管府事。第五子岐惠王朱祐棆，成化十四年（1478）十月生，母宸妃邵氏，弘治八年（1495）之藩，弘治十四年（1501）薨，无子封除。第六子益端王朱祐槟，成化十五年（1479）正月生，母张德妃，弘治八年之藩，嘉靖十八年（1539）薨；子庄王朱厚烨嗣，嘉靖三十五年（1556）薨；弟恭王朱厚炫嗣，万历五年（1571）薨。第七子衡恭王朱祐楎，成化十五年闰十月生，母张德妃，弘治十二年（1499）之藩青州，嘉靖十七年（1538）薨；子庄王朱厚燆嗣。第八子雍靖王朱祐枟，成化十七年（1481）六月生，母宸妃邵氏，弘治十二年之藩衡州，正德二年（1507）薨，无子，封除。第九子寿定王朱祐榰，成化十七年十一月生，母姚安妃，弘治十一年（1498）之藩保宁，嘉靖二十四年（1545）薨，无子，封除。第十子成化十九年（1483）七月生，母王敬妃，生两月而薨，未及命名。第十一子汝安王朱祐榳，成化二十年（1484）九月生，母张德妃，弘治十四年（1501）之藩卫辉，嘉靖二十年（1541）薨，无子，封除。第十二子泾简王朱祐橒，成化二十一年（1485）三月生，母杨恭妃，弘治十五年（1502）之藩沂州，嘉靖十六年（1537）薨；子朱厚烇未袭封而卒，无子，封除。第十三子荣庄王朱祐枢，成化二十一年十二月生，母潘端妃，正德三年（1508）之藩常德，嘉靖十八年（1539）薨，孙朱载墐嗣王。第十四子申懿王朱祐楷，成化二十三年（1487）正月生，母杨恭妃，封王后未之藩，弘治十六年（1503）薨，无子，封除。可见正德十六年（1521）三月武宗驾崩时，宪宗第一、二、三、四、五、八、十、十四子俱已故去，但尚有六、七、九、十一、十二、十三子健在，且俱在亲王位上。其时第六子益王朱祐槟43岁，第七子衡王朱祐楎43岁，第九子寿王朱祐榰41岁，第十一子汝王朱祐榳38岁，第十二子泾王朱祐橒37岁，第十三子荣王朱祐枢37岁。据史料称：正德三年荣王之藩常德，"时廷臣抗章争之，其意盖与薛侃同，而终不允。荣王为宪宗少子，于武宗为季父，使其果得留京师，则辛巳之春，兴邸龙飞将有不可知者。"（《万历野获编》卷4第134页）另据萧鸿鸣先生考证，益端王朱祐槟有嫡长子朱厚烨（1498—1556），嫡次子朱厚炫（1500—1577）；此时厚烨已24岁，为益府世子；厚炫已22岁，为益府崇仁王，即后来杨廷和提出欲把他晋封为亲王，去嗣兴献王之后的那位郡王爷。另据《明史》卷104"诸王世表"，益端王还有庶三子厚煌，正德十二年封金豁王；庶四子厚熿，正德十三年封玉山王；他们在宪宗诸孙中当年均长于兴世子厚熜。按照皇室当时的这一现状，依据《皇明祖训》"父死子嗣、兄终弟及""有嫡立嫡，无嫡立长"的精神，武宗之后的皇位继承应该有以下几种选择：一是秉承儒家"继绝世"的思想，择载字派宗室子立为武宗嗣子，继皇帝位。二是在武宗既无亲弟、又无庶弟的情况下，择其年长的从弟继皇帝位；即从孝宗诸从子、宪宗诸孙中择年长者继皇帝位。三是从宪宗健在诸子中择年长者继皇帝位，即是从孝宗诸庶弟中择年长者继皇帝位。四是从武宗诸从弟中择一人立为武宗亲弟继皇帝位，亦即从孝宗诸从子中立一人为其亲子而继皇帝位。第一种选择，可能因当时近支宗室载字派尚无适合为武宗嗣子之人；而立旁支，容易引起争议，国家时值艰难，恐经不起折腾；且皇室正统均是大宗，旁支当时未必有载字派已出生，故这未能成为选项。第二种选择，伦序当立的应是益府世子朱厚烨，他要比兴府世子朱厚熜年长9岁。第三种选择，伦序当立的是益王朱祐槟，他是当时健在的宪宗六个庶子中的最年长者。第四种选择的变数较大，因武宗从弟较多，选择性也较大，但当时以武宗末命的形式确立宗室一人为孝宗嗣子、武宗亲弟而继皇位，应是顺理成章的。但杨廷和的选择有些怪怪的，他既没有按"兄终弟及""无庶立长"之义，要么选择孝宗之弟益王朱祐槟，要么选择武宗之年长从弟益府世子朱厚烨；而是先以"兄终弟及"选择已经故去的兴献王朱祐杬为孝宗亲弟，再以"父死子嗣"选择兴世子朱厚熜继皇帝位。这种让往生者参与伦序，又采取继兄、继父二法之间拐弯的方法，把伦序继位的逻辑彻底搞混了。现在我们已无从知道杨廷和当时为什么要做这种选择了；史上虽称兴献王朱祐杬贤德，但亦称益端王朱祐槟"性俭约，巾服至再，日一素食；好书史，爱民重士，无所侵扰"。益世子朱厚烨"性朴素，外物无所嗜"。崇仁王朱厚炫"自奉益俭"；也都是贤声在外，朝野称道。况兴献王只有一子，而益王却有四子，按说选择益府这支宗室迁一子继孝宗嗣、继武宗位，阻力会更小，麻烦也会更少，但却偏偏选择了兴府。难不成杨廷和以为益府父子人众年长，不如兴世子人单年少更为可塑、更易掌控？但愿这是笔者的私下揣测，只不过是以小人之心度君子之腹罢了。

然而不管怎么说，杨廷和终究还是没从前三种继位方式中择一而行，而是选择了辅佐兴世子朱厚熜继承皇位。虽然事前在《武宗遗诏》中没有明确做出先继嗣后继统的说明，可能他是以为这是天经地义的事，无须作出明示，但从他后来在"大礼议"中多次表明的主张，其本意应该是作了第四种选择，即立兴世子为孝宗之子、武宗之弟，再以"兄终弟及"继武宗之位。可是正由于他在《武宗遗诏》中没有把这层意思明确写出，而是直称兴世子为"皇考亲弟兴献王长子厚熜"，命"即日遣官迎取来京嗣皇帝位"，这就给嘉靖帝坚称自己是"伦序当立"而不用先继嗣后继位留下了口实。议礼新贵张璁、桂萼等也辩称嘉靖帝受《武宗遗诏》君临天下，诏中的兄是孝宗，弟是兴献王，兴世子是从其父兴献王那里继承的皇位。而更奇怪的是，对兴世子是否"伦序当立"这一根本问题，当时议礼双方却高度一致，不见争论，而是在其他一些枝节问题上争吵不休；没有人提出这一伦序的怪异和错乱，没人分析按《祖训》应如何伦序，更没人指出真正伦序当立的是谁。就连后世的众多分析、评论也忽略了这一问题，没有给予明确的指正。但在"大礼议"中也确有一位不起眼的官员曾对此提出了不同意见，嘉靖三年六月二十五日，时任鸿胪寺右少卿的胡侍上疏，驳斥张璁、桂萼所条大礼七事，指出"璁等引《祖训》'兄终弟及'之文，妄以兄为孝宗，非武宗；弟为献皇帝，非陛下；特陛下以献皇帝子，故当立，意若武宗无与焉者。夫献皇帝虽孝宗弟，然不身有天下；而陛下受武宗遗诏嗣皇帝位，乃谓武宗无与，不知何说也？纵使武宗崩时献皇尚在，受遗诏为天子，亦是受之于侄，岂得直谓受之孝宗，以为兄终弟及耶？献皇崩，赖陛下克缵鸿绪，若执孝宗为兄之说，则当时孝宗诸弟尚有在者，不知置陛下于何所也"？（《世宗实录》卷40第1024页）这里明确点出了兴献王已故去并未曾"身有天下"和"当时孝宗诸弟尚有在者"两个关键的客观事实，彻底驳斥了张璁等以嘉靖帝不继孝宗之嗣、不继武宗之位，而能直以其父兴献王"伦序当立"的观点。这就直击了问题的要害，使嘉靖帝是"伦序当立"的观点难以自圆其说。对这一敏感问题当时竟无人跟进，嘉靖帝则直接以胡侍不是言官，非有言责，辄出位妄言，下诏逮问，后又将其谪为山西潞州同知。

　　综上所述，《皇明祖训》对皇位传承的规定未能尽善尽美，"兄终弟及"又明确必须是嫡子，然而后世实际上多因无嫡而立庶、立长；至于既无嫡又无庶的情况下如何继位，此前则未曾言及，亦未尝出现。杨廷和应对前所未有的新情势，拟《武宗遗诏》立兴世子朱厚熜继皇帝位，不合《皇明祖训》之规；这在当时不是唯一的选择，也不是最好的选择，更不是正确的选择；试想当时在武宗既无嫡弟又无庶弟的情况下，从诸从弟、即宪宗诸孙中择年长者继位，就当是益府世子朱厚烨继位；益府不像兴府独子单传，而是有四子，一子继位后就不会出现"大礼议"中诸多缠绕不清的问题；但其欲以兴世子继孝宗嗣，从而以亲弟身份继武宗位的想法，却是契合《祖训》精神的，可惜他在《遗诏》中对此未能明确加以表述，"大礼议"之争即发端于此。兴世子朱厚熜抓住《武宗遗诏》中的纰漏，拒绝以皇子身份登皇帝位，而是从大明门直接入主紫禁城，登基前俨然就成了真皇帝。这就造成了其"伦序当立"的假象，掩盖了按《皇明祖训》伦序的真实情况，至今也未能使真相大白于天下。嘉靖帝继位后，越发不可能顺从杨廷和的安排，而在皇权神圣的时代，杨廷和们在"大礼议"中的败北，就是顺理成章的了。

第二章　　"大礼议"与皇族正统

　　郑晓，嘉靖二年一成进士就被卷入了"大礼议"中，以争大礼受廷杖。作为亲历者，他在著作中曾言："大礼之议，廷臣凡七争：初争考，再争帝，三争皇，四争庙，五争庙街，六争太后谒庙，七争乐舞。皆不能回圣意，凡争者七百八十三人。"（《吾学编余》第266页）然而这么多争只是"大礼议"前一阶段或称其狭义层面上的情况，其实远不止这些，在广义的"大礼议"中，曾就诸多问题进行争论：开始争登基前兴世子的身份是皇子还是皇帝，接着争帝生母进宫礼仪，争帝生父兴献王尊号称帝、称皇、称本生父、称皇考及为其大内立庙、立世室、迁陵、陵庙祭祀等礼仪，争帝祖母丧葬礼仪，争帝母谒庙之礼，争文武乐舞，争祭祀大典之礼，争武宗皇后尊号及丧葬之礼，争重建太庙，争帝父兴献帝称宗入庙，争方皇后丧葬、祔庙之礼等等。这么多问题在不同阶段进行争论，似乎令人眼花缭乱，不得要领，但纵观其核心的、根本的问题就是皇统问题。

　　皇统是中国古代专制君主时代帝位的统系，即帝王世代相传的帝系。皇帝是天子，皇统是与其"奉天法祖"的政治制度联系在一起的，生为帝统，死为庙统：皇帝受命于天，君临天下，皇位代代相传，即为帝统；皇帝死后称宗祔庙，列祖列宗相承，即为庙统。在生没有实际登上皇帝之位者，死后不得称宗入庙亨祀；如此，国家宗庙就成为皇统的标志。而皇位传承的立嫡、立长，使皇室分为大宗、小宗；皇位传承的复杂多变，又必然引起皇统之争和国家宗庙制度的变异。尤其在皇朝大宗之统不继，以小宗入继大统的情况下，更是会引发激烈的斗争。这种现象在明代之前历史上的一些王朝就时有发生，即使明代，在"大礼议"之前也已经出现了几次。有明一代277年中皇位传承了十二世十六帝，其中不是皇太子继位的非典型皇位继承前后发生了六次；有皇太孙直继皇祖者一人，藩王入继大统者五人：洪武朝，皇太子朱标先逝，太祖朱元璋以皇太孙朱允炆继承自己的帝位，是为建文帝。建文朝，燕王朱棣以"靖难"之役夺得侄儿的皇位，是为成祖。正统朝英宗朱祁镇在"土木之变"中被瓦剌也先俘去，皇太后与群臣拥立其庶弟郕王朱祁钰即位，是为景泰帝。正德朝，武宗无嗣，杨廷和等经皇太后允立兴王府世子朱厚熜为帝，是为世宗。嘉靖朝，世宗在前后册立两位太子皆殇后，不再立太子，临崩遗诏以第三子裕王朱载坖继位，是为穆宗。天启朝，熹宗先后立三太子皆殇，崩时无嗣，遗命五弟信王朱由检继位，是为崇祯帝。这六次非典型皇位传承中，"大礼议"后的两次：裕王朱载坖是先帝世宗在生的庶长子，信王朱由检是先帝熹宗在生的同父异母庶长弟，故皆不存在皇统之争；再加上"大礼议"前的景泰帝朱祁钰也是英宗朱祁镇之同父异母弟，虽在"夺门之变"后有些纠纷矛盾，但朔及上代而论同样没有皇统之争。朱祁镇被俘后，其母皇太后命郕王朱祁钰监国，又立朱祁镇之子朱见深为皇太子；为使国有长君，以破解也先挟被俘英宗进犯的危局，又让郕王朱祁钰登上了皇位，而太子还是朱见深，意为皇统仍不会改变。可景泰帝即位后，却废太子为沂王，立己子朱见济为皇太子；英宗放还后，又不退位还政，将英宗以"太上皇"之名幽居南宫，意图建立自己的皇统。"南宫复辟"后，英宗废景泰帝为郕王，并将已去世的皇太子朱见济废为"怀献世子"，复立己子朱见深为皇太子，皇统依然恢复如故。而嘉靖帝主导的"大礼议"和乃先祖永乐帝主导的"靖难"，却是两次因要改变皇统，从而引发的激烈甚至可以说是惨烈的争斗。

有明一代，早在建文朝就对皇统进行了修补和改饰。建文帝即位后，即将其没有实际登上皇位的父亲"懿文太子"朱标追尊为孝康皇帝，庙号兴宗，入祀太庙；又将其没有登上皇后之位的嫡母常氏追尊为孝康皇后，生母吕氏尊为皇太后。这就建立了从其祖父太祖皇帝，到其父兴宗皇帝，再到自己的皇统，成为明皇室的大宗，而其他二十五支太祖后裔则成为小宗。这样做虽涉造假，但不会造成皇统的实质变更，故未引起大的争执。而永乐帝通过"靖难"之役，以武力从其侄子建文帝手中夺取了皇位，从封建宗法伦理的角度，这就缺乏最起码的正当性和合法性。所以一开始他就假惺惺地称自己所为是"周公辅成王"，以掩盖其篡国夺权的真面目。当这一做法遭到抵制时，他即采取了非常血腥的手段予以镇压。为了能冠冕堂皇地登上皇位，他从狱中请出建文朝名臣方孝孺，要他给自己草拟即位诏书，以粉饰其篡位的恶行。然方孝孺不从，穿孝服痛哭于殿陛，"文皇谕曰：'我法周公辅成王耳。'孝孺曰：'成王安在？'文皇曰：'伊自焚死。'孝孺曰：'何不立成王之子？'文皇曰：'国赖长君。'孝孺曰：'何不立成王之弟？'文皇降榻劳曰：'此朕家事耳，先生毋过劳苦。'左右授笔札，又曰：'诏天下，非先生不可。'孝孺大批数字，掷笔于地，且哭且骂曰：'死即死耳，诏不可草。' 文皇大声曰：'汝安能遽死；即死，独不顾九族乎？' 孝孺曰：'便十族奈我何？' 声愈厉。文皇大怒，令以刀抉其口两旁至两耳，复锢之狱，大收其朋友门生。每收一人，辄示孝孺，孝孺不一顾，乃尽杀之，然后出孝孺，磔之聚宝门外，孝孺慷慨就戮。……复诏收其妻郑氏，妻与诸子皆先经死。悉燔削方氏墓。初，籍十族，每逮至，辄以示孝孺，孝孺执不从，乃及母族林彦清等、妻族郑原吉等。九族既戮，亦皆不从，乃及朋友门生廖镛、林嘉猷等为一族，并坐，然后诏磔于市，坐死者八百七十三人，谪戍绝徼死者不可胜计。"（《明史纪事本末》卷18第291页）除方孝孺株连十族之案外，还有 "邹瑾之案，诛戮者四百四十人；练子宁之狱，弃市者一百五十人；陈迪之党，杖戍者一百八十人；司中之系，姻娅从死者八十余人；胡闰之狱，全家抄提者二百十七人；董镛之逮，姻族死戍者二百三十人；以及卓敬、黄观、齐泰、黄子澄、魏冕、王度、卢原质之徒，多者三族，少者一族也"。（《明史纪事本末》卷18第307页）如此血腥屠杀，竟也未能堵住人言：朱棣登上皇位后，召刘伯温仲子刘璟不至，强逮入京，相见时犹称其 "殿下"，且云："殿下百世后，逃不得一 '篡' 字。" 宁下狱自经死，而不向其称臣。（《明史》卷128第3784页）南昌知府叶惠仲在修《太祖实录》时，直书 "靖难" 事，指斥燕师为逆党，后竟因此被处死。

为了建立自己的皇统，永乐帝朱棣在血腥镇压的同时，还采取了一系列手段来掩盖自己弑君篡国的行为，从而构建自己皇权的合法性。一是他把自己篡权的行为打扮成遵《皇明祖训》而行的 "靖难"，是建文帝君臣违背了《祖训》，自己只是遵 "若大臣行奸，不令王见天子，私下傅至其罪而遇不幸者，到此之时，天子必是昏君，其长史并护卫移文五军都督府，索取奸臣。都督府捕奸臣，奏斩之，族灭其家。如朝无正臣，内有奸恶，则亲王训兵待命，天子密诏诸王统领镇兵讨平之" 的《祖训》来清君侧，是想行 "周公辅成王" 之举；而建文帝是自焚而死，这也与他无干。二是他口口声声自称是高皇帝和高皇后的嫡子，以制造嫡子继统的合法依据。对其伪称嫡子，傅斯年、吴晗等史学大家早有论证，笔者以为十分精到，故此不必再絮。三是革除建文朝年号，把建文一到四年改为洪武三十二到三十五年，试图彻底抹去建文帝和建文朝的痕迹。四是两次更修《太祖实录》：建文帝在元年命开馆纂修《太祖实录》，至三年始成；建文四年（1402）十月，朱棣登位仅三月，就下令重修，以正其夺位之名；永乐九年（1411）又再行重修，永乐十六年（1418）修成，并在此前将建文朝首修本销毁，以期彻底抹去对其不利的记载。五是以 "礼官言'考之古典，于礼未安'"（《太宗实录》卷9第141页）为名，废除了建文帝父母的帝、后之号，仍称 "懿文皇太子" 及太子妃，并将兴宗朱标的庙号革除，神主从太庙移至太子陵园。六是始终不承认建文帝的帝号、年号，更不准建文帝神主称宗入庙。这样就完全排除了从太祖到兴宗、再到建文帝一系的皇统大宗，由其直继太祖皇位，建立起从太祖到永乐帝、再到其子孙的新的皇统；从此，明王朝的君主均是永乐帝一系，实现了其从小宗到大宗的嬗变。笔者以为号称兴宗的朱标毕竟没有实际上当过皇帝，建文帝造假将其称宗入庙，有违法理；朱棣登基后对此采取废号迁主的措施，于理于法尚属可行。而建文帝则是大明开国之君朱元璋亲授的皇位，且登极临民前后五年，为一代王朝首位嗣统之君，朱棣却使其死后不得称宗入庙；这种罔顾事实的"鸵鸟政策"是不合礼法的，但却是他构建新皇统的必然选择，同时也为其后世子孙在皇统问题上一再造假做出了一个极为负面的宣示。为了巩固皇统，又对原皇统大宗一系的后嗣大行赶尽杀绝；朱棣登基时，有懿文太子三子、建文帝二子等五男尚存：建文元年，懿文太子三子已分别封为吴王、衡王、徐王，朱棣先把他们全都从亲王降为郡王，后又将吴、衡二王禁锢在凤阳，不久先后卒；徐王则被命居懿文太子陵守陵，不久在火中暴毙。建文帝初年即将长子文奎立为皇太子，燕师攻陷南京时，年七岁，竟莫知所终；次子文圭其时年仅两岁，亦被幽禁于中都广安宫中，号为建庶人，直至 57 岁而卒。

朱棣之后，在其曾孙英宗朱祁镇时期皇统问题再起风波。英宗宠信太监王振，妄启边衅，在土木堡被俘，并被瓦剌也先挟持内犯。时英宗长子朱见深才两岁，以兵部尚书于谦为首的众大臣为免主少国疑难以御敌，劝服其母皇太后立监国的郕王朱祁钰为帝，遥尊英宗朱祁镇为太上皇，又立其子朱见深为皇太子；这样既使国有长君，以破解也先挟被俘英宗进犯的危局，又使皇统不至改变。景泰帝朱祁钰即位后，励精图治，重用于谦等正直之士，和衷共济，击退了瓦剌也先的入侵，国家转危为安。这时他却要改变皇统，一方面废皇太子朱见深为沂王，立己子朱见济为皇太子，并在诏书中称"天佑下民作之君，实遗安于四海；父有天下传之子，斯本固于万年"；（《明史》卷 119 第 3640 页）一方面又在英宗放还后拒不退位还政，而是将皇兄英宗以"太上皇"之名幽居南宫，以图建立自己的皇统。这就引起了国人的不满，使奸人谋利有了可乘之机，上演了"南宫复辟"的闹剧。英宗复位后，即废景泰帝为郕王，将其软禁于西苑，并将已夭折的皇太子朱见济废为"怀献世子"，复立己子朱见深为皇太子。一月后，即不待来年就将景泰八年改元为天顺元年，成了有明一代十六帝中唯一使用了两个年号的主子。未几，朱祁钰卒，英宗竟罔顾其做了八年皇帝的事实和在国家危难时刻曾做出的巨大贡献，赐恶谥"郕戾王"；又毁弃了其生前已营造好的寿陵，以亲王之礼别葬于北京西郊金山（玉泉山北），彻底否定了他的帝王身份，使之成了明代继建文帝后第二个不能归葬"明十三陵"的皇帝。只是到了英宗之子宪宗成化十一年（1475），迫于舆情，下诏追认了这位叔父的帝位，赐谥"恭仁康定景皇帝"，史称景泰帝；但这五个字的谥号与此前历帝十七字谥号迥然不同，更不用说称宗入庙了，被排除在皇统之外依然如故。明朝覆亡后，号称"蛤蟆天子"的南明小朝廷弘光帝朱由崧为景帝加了十七字谥为"符天建道恭仁康定隆文布武显德崇孝景皇帝"，并上庙号为"代宗"。但这时国家被灭，皇统已断，这只不过是给后人编写年代简表留下一个符号而已。

　　"大礼议"所面临的皇统问题，与上述建文帝、景泰帝两位实际上做了皇帝而不能与皇统的情况不同，是兴献王实际上没有登上皇位而要挤入皇统。这倒有点与懿文太子的情形相似，但又不尽相同：懿文太子毕竟是太祖的嫡长子，曾拥有合法的皇位继承权，只不过是年寿不及即位，皇室正统的资格地位是没有问题的。而兴献王不是宪宗嫡子，且就藩已久，为孝宗、武宗的臣子30多年，离皇权正统已是很远，只是因其子当了皇帝，才重新与皇统问题发生了纠葛。"大礼议"开始阶段貌似没有触及这一问题，但所争问题的背后都是奔向这一核心目标去的。以杨廷和为首的廷臣要维护从宪宗到孝宗、到武宗的既有皇统，要求嘉靖帝继孝宗之嗣，成为孝宗亲子、武宗亲弟而继帝位，就必然反对兴献王称帝、称皇、称皇考，更不用说称宗入庙了；而嘉靖帝要建立从宪宗到其父兴献帝、再到自己以及后世子孙万代的新皇统，就必须将其生父兴献王的皇帝身份坐实，也就必然不能以孝宗之嗣子继位，而是强调自己是继武宗之位，这就是"继统不继嗣"的真正目的。

　　有学者以为，议礼开始时，嘉靖帝毕竟还只是个15岁的孩子，不可能深谋远虑地考虑到皇统问题；只是随着年龄的增长、皇权的巩固，以后才逐步产生这一想法的。笔者以为不然。试想其时他说是15岁了，其实只有13岁多，离14周岁还差近四个月，以现在的观念，纯粹是个少年。初到京师，身边只有一个兴藩右长史袁宗皋。此公中进士后几十年一直任职兴王府，虽为人正直，但为政不见有何大建树，《明史》亦未为其立传。据《世宗实录》卷1记载，在京城外，当兴世子朱厚熜得知杨廷和等欲其以皇太子身份继帝位，即谓长史袁宗皋曰："遗诏以吾嗣皇帝位，非皇子也。"此处不见袁有何表示。《国榷》卷52在记此事时，也是兴世子谓右长史袁宗皋曰："遗诏以孤嗣皇帝位，非皇子也，此状云何？"袁以对曰："殿下聪明仁孝，天实启之。"可见对此是兴世子自主地作出了反应，袁宗皋至多只是附和、赞赏了此意。嘉靖帝登极三日后，即命人往藩邸接母进京，随后又命议其父兴献王主祀封号。当遭到杨廷和等朝臣的反对时，他当然想得到袁宗皋这位藩邸旧臣的支持；于是在即位第十日，就直接任命其为吏部左侍郎兼翰林院学士，七日后又命其以礼部尚书兼文渊阁大学士入阁预机务，如此短的时间里就使其完成了从王府长史到内阁重臣的升迁，可见对其期望之迫、之大。而袁宗皋却只是一味上疏辞免，不知是真因身体不支还是畏难惧祸，反正其直至去世，近四个月的时间也未能到任；故嘉靖帝不大可能得到他的大力襄助，从而不可避免地陷入了单打独斗的孤立境地。而此后的一系列不屈不挠的斗争和精准独到的策略，与他稚嫩的年岁反差之大，真是令人不得不感叹那个神童辈出的时代和这神奇杰出的少年天子。

　　"大礼议"的第一回合，兴世子朱厚熜就抓住了《武宗遗诏》这个根本的法理依据，坚称自己是奉遗诏继皇帝位，不是来做皇子的；并审时度势，迫使杨廷和作出妥协，让自己从皇帝进出的大明门直入紫禁城即位，赢得了这关键的第一个回合。试想如果他不明就里，按照杨廷和的安排先继嗣孝宗为皇子，再以武宗亲弟"兄终弟及"继皇位，这就坐实了从孝宗到武宗、再到自己的既有皇统，以后的一切争取都变为不可能了。接着为了顺利迎接母亲进京，他先是谕阁臣："朕继入大统，虽未敢顾及私恩，然母妃远在藩府，朕心实在恋慕。可即写敕遣官奉迎，并宫眷内外员役咸取来京。"（《世宗实录》卷1第21页）在奉迎笺中亦称自己"大统既承，义贵专于所后；至情攸系，恩当兼尽于本生"（《世宗实录》卷1第22页）；称母亲是"母妃殿下"。然而当正德十六年八月二十日礼部议拟按王妃之礼让母妃从崇文门入东安门，嘉靖帝却坚决不同意，命再议。八月二十三日礼部再上议从正阳左门进大明、承天、端门、午门之东三门入宫，帝仍不允，命会官再议。九月九日礼部再上母妃入朝仪，仍坚持从东安门入，帝遂自定其仪，从正阳门由中道入朝，且谒太庙。这就是皇帝、皇太后入朝的架势了。九月十三日，礼部上议请用王妃凤轿仪仗接帝母，帝不从，下令用母后的驾仪；举朝皆以为不可，帝遂直接命锦衣卫以母后仪驾及太后法服以俟。九月二十五日，帝母至通州，闻朝议纷纷，因留通州不入；嘉靖帝闻之，涕泗号泣，声称要启慈寿皇太后，愿奉母归藩。群臣惶惧，不知所裁。随着帝父兴献王尊称的反复论争，礼部再也不敢坚持原议，杨廷和等也只好再次搬出慈寿皇太后的懿旨，以嘉靖帝的名义，一方面肯定朝臣"累次会议正统之大义、本生之大伦，考据精详，议拟允当"，一方面又声称"奉慈寿皇太后之命，以朕既承大统，父兴献王宜称兴献帝，母兴献后"。这样帝母就可以"兴献后"的身份进宫了，仪礼也就自明。十月四日，帝母至京，由大明中门入，帝亲候迎于午门内，但只入见奉先殿、奉慈殿，未再坚持谒太庙。纵观这场斗争的全过程，如果嘉靖帝一开始不讲人情之常的接母妃进京，而是直言迎皇太后入宫，那阻力不知要大多少，甚至变成完全不可能。而当礼部反复提出按王妃进京之礼仪时，帝却毫不含糊地坚持以皇家正统皇太后的仪式进宫，这是多么明智的策略，又是非常坚定的韧性。在母妃留滞京郊不入时，他又适时地使出了逊位归藩的撒手锏，迫使杨廷和等做出妥协，因为他洞悉在当时的政治氛围下，杨廷和等根本承当不起如此重大的政治责任，这又是何等精到的算计。当然，他也做出了一些必要的让步，如暂且承认了"正统之大义"，并接受了"兴献后"这样一个不伦不类的称号。（正如后来廷臣所议："兴"是藩封，岂能加于皇太后；"献"是谥号，岂能加于生人。）但不管怎样，这一招的取胜，使嘉靖帝在构建新皇统的道路上，迈出了扎扎实实的一步。

嗣后，在议帝父兴献王尊号时，杨廷和等以汉定陶王、宋濮王事例要嘉靖帝以孝宗为考、兴献王为叔，且令益王次子崇仁王后兴献王，待帝有皇次子时再后兴国，而改崇仁王为亲藩。并上议曰："武宗皇帝以神器授之陛下，有父道焉。特以昭穆既同，不可为世。孝庙而上，称祖、曾、高，以次加称，岂容异议！兴献王虽有罔极恩，断不可以称孝庙者称之也。"（《明史纪事本末》卷50第735页）明确指出了孝宗、武宗之皇统不可更改，就连支持帝"继统不继嗣"的议礼新贵们也以为"陛下之继二宗，当继统而不继嗣；兴献之异群庙，在称帝而不称宗。继统者，天下之公，三王之道也；继嗣者，一人之私，后世之事也。兴献之得称帝者，以陛下为天子也；不得称宗者，以实未尝在位也"。（《明史纪事本末》卷50第741页）经反复周旋，帝不得不适时作出妥协，先是接受了以孝宗为皇考、慈寿皇太后为圣母，兴献帝、后为本生父母，祖母邵氏为皇太后。在张璁等议礼新贵的支持下，经激烈论争，又取得父母"本生皇考恭穆献皇帝、本生母章圣皇太后"，祖母邵氏太皇太后的尊称，是谓"两考"。其间，他又坚决采取组织措施，先后更换了抵制其议礼主张的三位首辅大学士和多名府部大臣，把支持他议大礼的张璁等人升调进京，委以重任。当群臣为捍卫太庙正统聚集宫中左顺门哭谏时，他又极端断然地采用武力镇压的铁腕手段，以血腥换来其父兴献王"皇考恭穆献皇帝"的尊号，去掉了"本生"二字，并奉祀于宫中观德殿；而改称孝宗皇帝为皇伯考、昭圣皇太后为皇伯母，从根子上改变了他继嗣孝宗的皇统路径，为构建新皇统而坐实了其父母帝、后的位号。并得到了朝中一大批公卿老臣的赞同，而此时他才17周岁。随后他又欲将父亲的陵墓从湖北安陆迁入北京皇陵，因顾忌"帝魄不可轻动，地灵不可轻泄"，（《明纪事本末》卷50第754页）而未能下最后决心实施；但将其父陵命名为"显陵"，一切规制如同南京太祖"孝陵"，祭同北京皇家七陵，使其父俨然成了真皇帝，为其构建新皇统铺平了道路。然而太庙才是承统之地，称宗才有继统之名，皇而不庙、皇而不宗，都无缘于皇统。故而嘉靖帝在此后的议礼中，费尽周折，一步一步地使其父称宗入庙，最后实现其构建新皇统的终极目标。

　　为了更好地理解这一过程，我们有必要对有明一代的庙制作个大致的了解。太庙也称大庙，是天子祖庙，古代帝王在此祭祀祖先，亦是一个皇朝国家祭祀的重要场所。虽历代太庙规制有所变化，但皇统传替是一脉相承的。明朝庙制仿周朝：立太祖百世不迁，昭穆以世次比，至亲尽而迁；而周文王、周武王以其有功当崇，故立文世室、武世室，亦百世不迁。明初，因太祖朱元璋出身贫穷，又历战乱，四代以前之祖漠然不知，无法像历代帝王立天子七庙、天子九庙，只是在宫城东南立四亲庙：尊皇高祖朱百六为德祖，居中；皇曾祖朱四九为懿祖，居东第一；皇祖朱初一为熙祖，居西第一；皇考朱世珍为仁祖，居东第二；各为一庙，皆南向。

右（西）　　　　　　　　明初四亲庙图　　　　　　　　左（东）

			熙祖	德祖	懿祖	仁祖

　　太祖洪武九年（1376）太庙由都宫制改为同堂异室之制，前正殿，后寝殿，中室奉德祖，南向；东一室奉懿祖，西向；西一室奉熙祖，东向；东二室奉仁祖，西向。寝殿神主座次如正殿，但皆南向，图同上。洪武十五年（1382）马皇后先太祖而崩，神主祔太庙，预置于太祖未来的位置，其后皇后祔庙仿此。建文元年（1399）

奉太祖神主祔庙，正殿中位次于熙祖，东向；寝殿中居西二室，南向。他又追尊自己的父亲为兴宗孝康皇帝，神主在太庙正殿位次于仁祖，西向；寝殿中居东二室，南向。

右（西）　　　　　　　　建文元年太庙九室图　　　　　　　　　左（东）

		太祖	熙祖	德祖	懿祖	仁祖	兴宗	

永乐帝即位后，排斥已死的建文帝称宗入庙，并于永乐元年（1403）将已入庙的兴宗的庙号改回称懿文太子，并把他的神主从太庙迁出置于太子陵园，这就造成了明代帝统和太庙庙统的残缺，也为他日后直接继承太祖的帝统和庙统，从而为构建以自己为大宗的新皇统扫清了障碍。随即又将他的藩封之地北平改称北京，确定两京制，迁都北京，南京成为留都；在北京新建太庙，规制如同南京。这就使明代形成了一天下、两京、两庙、两主的南北双庙制，北太庙由皇帝亲祀，南太庙委官代行。

右（西）　　　　　　　　永乐元年太庙九室图　　　　　　　　　左（东）

		太祖	熙祖	德祖	懿祖	仁祖	

太宗永乐二十二年（1424）帝崩于北征途中，其子仁宗即位，是年九月上谥号文皇帝，庙号太宗。神主在太庙正殿中次仁祖，西向；在寝殿中居东三室，南向。在太庙中实行了永乐一系直继太祖的帝统、庙统。

右（西）　　　　　　　　仁宗朝太庙九室图　　　　　　　　　左（东）

		太祖	熙祖	德祖	懿祖	仁祖	太宗	

仁宗洪熙元年（1425）仁宗崩，其子宣宗即位，是年七月上谥号昭皇帝，庙号仁宗。神主在太庙正殿中次太祖，东向；在寝殿中居西三室，南向。

右（西）　　　　　　　　宣宗朝太庙九室图　　　　　　　　　左（东）

	仁宗	太祖	熙祖	德祖	懿祖	仁祖	太宗	

宣宗宣德十年（1435）帝崩，其子英宗即位，是年上谥号景皇帝，庙号宣宗。

神主在太庙正殿中次太宗，西向；在寝殿中居东四室，南向。

	仁宗	太祖	熙祖	德祖	懿祖	仁祖	太宗	宣宗

英宗于景泰八年（1457）正月复辟，即改元天顺，废其弟景泰帝，并不准其死后称宗入庙，再次彰显了明代帝统和太庙庙统的残缺。英宗天顺八年（1464）正月英宗崩，其子宪宗即位，是年二月上尊谥睿皇帝，庙号英宗。神主在太庙正殿次仁宗，东向；在寝殿中居西四室，南向。维持和延续了其父英宗在太庙中排斥景泰帝的做法。

英宗	仁宗	太祖	熙祖	德祖	懿祖	仁祖	太宗	宣宗

宪宗成化二十三年（1487）八月帝崩，其子孝宗即位，同年九月上尊谥纯皇帝，庙号宪宗，神主当入太庙。而此时太庙九室已满，如是先行议祧。所谓祧，就是"迁主所藏"：按照亲尽则毁的原则，毁主当迁出，即为祧迁；别庙而藏，所藏之庙是为祧庙。在太庙中，已祧之主和未祧之主的祭祀之礼是不同的；新主入庙与毁主祧迁又会引起太庙中昭穆位置的变动。当时"议者咸谓德、懿、熙、仁四庙，宜以次奉祧。礼臣谓'国家自德祖以上，莫推世次，则德祖视周后稷，不可祧。宪宗升祔，当祧懿祖。宜于太庙寝殿后别建祧殿，如古夹室之制。岁暮则奉祧主合享，如古祫祭之礼。'吏部侍郎杨守陈言：'《礼》，天子七庙，祖功而宗德。德祖可比商报乙、周亚圉，非契、稷比。议者习见宋儒尝取王安石说，遂使七庙既有始祖，又有太祖。太祖既配天，又不得正位南向，非礼之正。今请并祧德、懿、熙三祖，自仁祖以下为七庙，异时祧尽，则太祖拟契、稷，而祧主藏于后寝，祫礼行于前殿。时享尊太祖，祫祭尊德祖，则功德并崇，恩义亦备。'帝从礼官议，建祧庙于寝殿后，遣官祭告宗庙。"（《明史》卷51第1316页）这是明代建祧庙、行祧迁神主之始，太庙中的昭穆也发生了变化：懿祖神主祧迁后，德祖仍居中；熙祖移昭位，居东一室；仁祖迁穆位，居西一室；太祖移昭位，居东二室；太宗迁穆位，居西二室；仁宗移昭位，居东三室；宣宗迁穆位，居西三室；英宗移昭位，居东四室；宪宗新主入庙，在穆位，居西四室。

右（西）　　　　　　　　　　　　孝宗朝太庙九室图　　　　　　　　　　　　左（东）

宪宗	宣宗	太宗	仁祖	德祖	熙祖	太祖	仁宗	英宗

　　孝宗弘治十七年（1504）三月，定太庙各室一帝一后之制。次年五月帝崩，其子武宗即位，六月上尊谥敬皇帝，庙号孝宗。神主当祔庙，依制再祧熙祖，太庙昭穆亦再次发生变化：熙祖神主祧迁后，德祖仍居中；仁祖移昭位，居东一室；太祖迁穆位，居西一室；太宗移昭位，居东二室；仁宗迁穆位，居西二室；宣宗移昭位，居东三室；英宗迁穆位，居西三室；宪宗移昭位，居东四室；孝宗新主入庙，在穆位，居西四室。

右（西）　　　　　　　　　　　　武宗朝太庙九室图　　　　　　　　　　　　左（东）

孝宗	英宗	仁宗	太祖	德祖	仁祖	太宗	宣宗	宪宗

　　武宗正德十六年（1521）三月帝崩，四月奉迎兴世子即皇帝位，是为嘉靖帝。五月上尊谥毅皇帝，庙号武宗。神主当祔庙，依制再祧仁祖，太庙昭穆亦再次发生变化：仁祖神主祧迁后，明朝建国初所立四亲庙追尊的四祖只剩下德祖，仍居中；太祖再移昭位，居东一室；太宗迁穆位，居西一室；仁宗移昭位，居东二室；宣宗迁穆位，居西二室；英宗移昭位，居东三室；宪宗迁穆位，居西三室；孝宗移昭位，居东四室；武宗新主入庙，在穆位，居西四室。

右（西）　　　　　　　　　　　　嘉靖初太庙九室图　　　　　　　　　　　　左（东）

武宗	宪宗	宣宗	太宗	德祖	太祖	仁宗	英宗	孝宗

　　这是明代自太宗朱棣新构的皇统，延至嘉靖初在太庙中所反映的大宗正统，嘉靖要建立自己一宗的新皇统，必然要对这一情形做出改变，但这在皇权正统观念深入人心的明代，其难度之大是可以想见的。经过几年不懈地争斗，嘉靖帝在赢得父母帝后尊号后，开始在庙统上着力。嘉靖三年（1524）七月，他不顾廷臣的强烈反对，把帝父兴献帝的神主从湖广安陆迁入大内，奉祀于奉先殿西室观德殿中。奉先殿之祀始于明初，太祖为在岁时享于太庙外，能便于晨昏谒见、节序生辰致祭，在宫中建奉先殿，每日焚香，行家人礼，相当于皇室家庙之祭。这就形成了国家有太庙，有如外朝；宫中有奉先殿，有如内朝的内外祭祀的格局。但内外祭从形式到内

容都是有别的，只有太庙才是皇统的象征。嘉靖帝要改变这一皇统，就必须像他的先祖太宗一样建立起自己的新皇统，但这难度是要大多了。太宗是以武力夺得皇权，且又是太祖之子，只要排斥掉建文一系，由他直接继承太祖的皇统就顺理成章了；而嘉靖帝则是受命于武宗而继承皇位，父亲生前又只是个藩王，他只有继承从宪宗到孝宗、到武宗、再到自己的皇统才是正理；如想构建以自己为大宗的皇权正统，就必须把自己的父亲兴献帝塑造成为真正的皇帝，从而形成从宪宗到孝宗、再"兄终弟及"到兴献帝、再到自己"伦序当立"的天然合法皇统。然而这事实上已不可能做到，因为这意味着要否定武宗的皇统地位，从而又会使自己奉遗诏入继大统、顺取天下的合法性失去根据；同时按照"生为帝统、死为庙统"的礼制原则，兴献帝在事实上与此两不相涉，只有在礼仪上的改变才有可能实现将兴献帝称宗入庙的目标。而这样的机会终于来了。

嘉靖四年（1525）二月，帝命升陕西平凉府县主簿何渊为光禄寺珍馐署署丞。至尊皇帝怎么会对一个小小的县主簿如此感兴趣？原来此人议大礼初为吏部听选国子生，为迎合帝意，首请建世室于京师太庙东北，如同周祀文王。章数上，廷臣多憎之。帝迫于当时情势，虽不得行，但对此人颇有好感，遂命为平凉主簿。及其到任，累为上官所榜笞，只得自诉乞改内职，帝故有是命。果然，是年四月何渊一到京就上疏请立世室，崇祀兴献帝于太庙。世室之制始于周朝，太庙之祭至周懿王䑰齍时，文王当祧，至周孝王辟方时，武王当祧；当时以文有德、武有功，不当祧，故于三穆庙上立文世室，三昭庙上立武世室，与始祖后稷之庙皆百世不迁，这就是世室的来源。何渊此议将张璁等原来提出的在京师另立一庙以祀兴献帝，变成了直接祀于太庙，且百世不迁，这是符合嘉靖帝议大礼的终极目标的。于是帝大喜，亟命礼部集议。不想这次不仅是以大学士费宏为首的廷臣坚决反对，就连此前支持他议大礼的议礼新贵们也一改常态，上疏力争。礼部尚书席书等以为"议祧则以太祖拟文世室，太宗拟武世室。今献皇帝以藩王追崇帝号，何渊乃欲比之太祖、太宗，立世室于太庙，甚无据。"张璁则说"臣与廷臣抗论之初，即曰'当改为献皇帝，立庙京师'。又曰'别立祢庙，不干正统'。此非臣一人之私，天下万世之公也。今渊乃以献皇帝为自出之帝，比周文、武，不经甚矣。上干九庙之威监，下骇四海之人心，臣不敢不为皇上言之。昔汉哀帝尊定陶共王为共皇，立庙京师，比孝元帝，至今非之。今渊请入献皇帝于太庙，不知序于武宗之上与，武宗之下与？"帝对这些疏谏置之不理，并多次命再议。最后君臣各自妥协：礼臣上议在京城别立庙，不与太庙并列，祭用次日；帝从之，并曰"皇考生朕一人，入继大统，今特立庙，世世不迁，伸朕孝思"。又将建在太庙左环碧殿旁的新庙命名为"世庙"。对此，礼科给事中杨言等上疏称"祖宗身有天下，大宗也，君也；献皇帝旧为藩臣，小宗也，臣也。以臣并君，乱天下大分；以小宗并大宗，干天下大统，无一可者"。（以上4段引文皆摘自《明史纪事本末》卷50第755页）请罢世室，帝不听。但这个世室并不是帝心中所要的世庙，嗣后他更是处心积虑地在太庙上做文章。嘉靖十三年（1534），嘉靖帝正筹划重建太庙，恰巧南京太庙被火灾焚毁，如是议决不再重建，直接将南京太庙香火并入南京奉先殿；而北京太庙恢复古制重建，改同堂异室为各自一殿的都宫制。嘉靖十五年（1536）新建太庙成，遂将明初尊奉于四亲庙的德、懿、熙、仁四祖皆迁入祧庙，太祖神主入太庙，并于太庙之南，左建四庙，为文祖世室和三昭庙；右建四庙为穆庙。文祖世室称太宗庙，其余各庙皆称本庙号，不用宗字；又改称其父兴献帝"世庙"为"献皇帝庙"。庙中的昭穆次序亦发生变化，且九庙中只有一祖七宗，为以后兴献帝称宗入庙预设了空间。

右（西）　　　　　　　　　　嘉靖十五年新太庙九庙图　　　　　　　　　　左（东）

孝宗	英宗	仁宗	太祖	太宗	宣宗	宪宗	武宗

嘉靖十七年（1538），朝议明堂秋祫礼，兴献帝不祀太庙，无预配天之礼。于是致仕扬州府同知丰坊上奏："孝莫大于严父，严父莫大于配天。宜建明堂，尊皇考为宗，以配上帝。"（《世宗实录》卷213第4373页）帝命礼部集议，尚书严嵩称"不敢妄议"。帝以此示大学士夏言，亦称不敢议。于是帝自定："明堂秋祫，宜于奉天殿行之，其配享皇考称宗，不为过情，何在为不宜也？"（《世宗实录》卷213第4375页）复命集议。户部侍郎唐胄上疏力争："三代之礼，莫备于周。郊祀后稷以配天，宗祀文王于明堂以配帝。未闻成王以严父之故，废文王配天之祭，移于武王也。皇上嗣统之初，廷臣执为人后之说，于是力正大伦者，惟张孚敬、席书诸臣，及何渊有建庙之议，陛下嘉答诸臣，亦云'朕奉天法祖，岂敢有干太庙！'顾今日乃惑于丰坊耶？"（《世宗实录》卷213第4376页）这下戳到了嘉靖帝的痛处，即大怒，将唐胄逮下锦衣卫，又黜为民。礼部尚书严嵩遂阿附帝意，上言请以兴献帝配天享祀。帝遂谕严嵩，以太宗靖难功同开创，不应称宗，当尊为祖。于是敕礼部同议祔皇考兴献帝于太庙，严嵩与群臣翕然无异议。是年九月，奉太宗文皇帝为成祖，皇考献皇帝为睿宗，祔于太庙，又得配享玄极殿大享上帝之祭。这时太庙九庙再次已满，但昭穆位次亦再起变化：睿宗新主入庙，位次宪宗，居昭四，而原居此位的武宗移至位次孝宗，居穆四，并诏告天下。这样，不仅实现了兴献帝称宗入庙，且位跻武宗之上，形成了嘉靖帝一系的新庙统，乃罢原世庙之祭。

右（西）　　　　　　　　　　嘉靖十七年太庙九庙图　　　　　　　　　　左（东）

武宗	孝宗	英宗	仁宗	太祖	成祖	宣宗	宪宗	睿宗

嘉靖二十年（1541）九庙火灾，群庙一时俱烬，惟睿宗庙独存，帝令重建太庙，于是命群臣会议庙制。有建言将帝父睿宗与孝宗皇帝并居一庙，同为一昭，帝以二宗共庙题额不知何以为名而否定。又有提议群庙名额不以庙号、而以昭穆为名，帝又斥之为老调。议凡三上，帝皆不报，久之乃命复先前同堂异室之制，庙建之议始定。而太仆寺丞吴宠复请更定庙制，帝恶之，下令有轻议奏扰者，罪之，自是再也无人敢上言庙制。嘉靖二十四年（1545），礼部尚书费寀等以太庙安神请定位次，帝亲定"既无昭穆，亦无世次，只序伦理。太祖居中，左四序成、宣、宪、睿，右四序仁、英、孝、武，皆南向"。（《明史》卷 51 第 1319 页）德、懿、熙、仁四祖为祧庙，亦南向。并颁诏天下，说明国家宗庙从国初太祖首立四亲庙，其后更制同堂异室，近期七庙之议，再到复同堂之建，是实有不得已之情，从舆论上明确了现行庙制的合礼合法性。这样，太庙之中只分左右，不称昭穆，但庙中图式未变，维护了帝父睿宗在太庙中跻于武宗之上的地位，巩固了嘉靖帝一系的新庙统。

嘉靖二十七年（1548）帝之第三位皇后方氏崩已周年，神主应祔享，廷臣上疏请同此前陈皇后故事，暂祔奉先殿东夹室。帝以此非正，意欲直接祔于太庙，而必先祧仁宗，将方皇后祔在他自己日后在太庙中的位次。大学士严嵩以这种祔新序说法，不是臣下所敢言的为由，回避了矛盾。帝不得已，命暂行罢议。次年，方皇后故去已两周年，礼应祔庙，但朝堂议论不一，帝不得已，密谕内阁，将方皇后神主祔于其母睿皇后之侧。嘉靖二十九年（1550），礼部以方皇后忌辰祭礼未定，请帝裁断，帝却借机责廷臣不让方皇后神主正式祔庙，是视自己为非正统的帝位；以为今要正礼，必奉迁仁宗，将方皇后主祔于帝日后之庙次，奉先殿设后位，并命礼部会官议方皇后升祔礼。礼部会议上言，仍以为方皇后马上入祔帝未来之庙次，臣子之情不敢也不忍，建议仍按此前所处暂安奉先殿慈孝献皇后之侧。礼部尚书徐阶颇以祔庙为不可，以"女主无先入庙者"上疏抗言。帝大怒，责大臣怀二之心至今不改。于是徐阶等再上言，以为祧仁宗是他日帝之子孙之事，不应烦帝现在自议之。帝责其是怀二之心，命再归一会奏。于是徐阶等不敢再持前议，复会诸大臣集议上言，报众论已一致赞同奉祧仁宗，升祔方皇后于太庙第九室。疏入，帝只报闻。而此时方皇后忌祭已临近，礼部只得再请旨欲拟上祧、祔及奉安神位仪节。帝犹憾礼官初议，不即许，并放狠话："孝烈皇后所奉配者，乃入继之君，又非六礼之始，忌日虽不祭亦可。"部臣愈益惶恐，乃再上言盛赞帝、后功德，恳请准具仪开奏。帝乃命候旨行事，并谕辅臣，以礼官及诸臣议方皇后祔庙、忌祭，不肯从正，最后亦是勉强归一，称"由此观之，人心全不识天时。初以皇兄无嗣，皇考系近亲，属在朕躬，本之天定。今争亲、争帝、争祔、争名三十年矣，犹不明至是乎？今即不忍奉祧仁宗，且置后主别庙，将来由臣下议处。今忌日奠一卮酒，不至伤情。卿等其更言之"。（《世宗实录》卷 366 第 6552 页）这样，就把他对方皇后祔庙之事的实质担心剖露无遗。于是阁臣传谕礼部，部臣不敢复争，第请帝所指祧祔，择吉行礼，帝乃许之。

遂奉祧仁宗，升祔方皇后于太庙第九室，奉安神位于奉先殿，太庙的位次又发生变化。次年，帝又从大学士严嵩等之请，令将方皇后升祔之事纂入《会典》，使之成为国家典章。

右（西）　　　　　　　　嘉靖二十九年太庙九庙图　　　　　　　　左（东）

方后	睿宗	宪宗	宣宗	太祖	太宗	英宗	孝宗	武宗

综上所述，嘉靖帝不惜公然违背自己在"大礼议"初期"不干正统"的承诺，处心积虑地要构建自己的新皇统；这必然遭到坚决捍卫孝宗、武宗皇室正统的朝臣们的反对，就连一直支持他议礼的张璁等人也极力劝阻。然而张璁等对此不能始终坚守，随即妥协，而嘉靖帝既有恒心定力，又善于利用一切机会，多方更定祀典，反复变化庙制；经过二十多年的不懈努力，终于使自己藩王身份的父亲兴献王称宗入庙，成为从宪宗到自己新皇统的合理合法的中介。为了确保其父在太庙中的地位不在他身后被后世变更，竟别出心裁地在自己生前为自己在太庙中确位，提前奉祧仁宗，升祔自己皇后方氏于太庙第九室，又将此事纂入《会典》，以堵后人之口。他的这些做法虽属心虚，但事实证明也并非多虑，就在他死后第二年，礼科左给事中王治给继位皇帝穆宗上疏称"献皇帝入庙称宗，在今日犹有当议者。盖献皇虽贵为天子之父，实未尝南面临天下，而今乃与祖宗诸宗、诸帝并列；虽亲为武宗之叔父，然尝北面武宗，而今乃设位于武宗之右。揆之古典，终为未合。故先帝于献皇帝祔庙之后，世室之享犹不忘设，是先帝之心亦自有不安者。臣以为献皇祔太庙，千万岁后，不免递迁"。（《明史纪事本末》卷50第762页）建议将献皇帝神主迁出太庙，复专祀于世庙。穆宗虽将其章下所司，但并未实行。隆庆六年（1572）穆宗崩，当祔庙，依庙制当祧宣宗，礼科都给事中陆树德上言"宣宗于穆宗仅五世，请仍祔睿宗于世庙，而宣宗勿祧"。（《明史》卷51第1320页）疏下礼部，部议亦以古者以一世为一庙，非以一君为一世，宜将睿宗主并入孝宗庙，但神宗皇帝仍命如旧敕行，遂祧宣宗。天启元年（1621）光宗崩，将祔庙，太常卿洪文衡请勿祧宪宗而祧睿宗，帝不听，遂祧宪宗，故睿宗在太庙中的地位，终明之世未尝更动。但这只不过是皇权的作用，而人心舆情的向背却是非常明确的。

第三章　"大礼议"与皇权变化

皇权在中国专制君主社会里是非常神圣的，所谓"溥天之下莫非王土，率土之滨莫非王臣"，皇权主宰一切。儒家思想中的天人感应、君权神授、三纲五常，更是把君主专制的皇权神化了。历代君王也都自称天子，编造了很多神话使自己的权力神圣化、合理化，从而巩固自己的统治。然而神话终究不敌现实，帝王权力的实行和巩固还是绕不过社会发展的规律，故历代君臣孜孜以求的理想社会治理体制，即周朝的文、武之治，要求对君主专权进行必要的规范和约束，以期实现明君贤臣的共同治理。于是孔子在《论语》中提出了"克己复礼，天下归仁"的仁政思想，孟子在《尽心下》中提出了"民为贵，社稷次之，君为轻"的民贵君轻的政治观念，明首辅大学士费宏则提出了"天之立君，皆以为民也"（《费宏集》卷9第268页）的政治主张，这些都是为了调整皇权在治理体系中的作用，最终实现帝国统治的巩固和社会的有序发展。要实现这种君臣和谐共治的局面，君必须能自我抑制，臣必须能忠诚进谏，二者相辅相成、互为因果，从而朝堂清明、天下大治；汉代的文、景之治，唐代的贞观之治即是明证。但在中国君主专制时代，这种秉持正统儒家思想的士大夫所向往的理想治理局面并不是常有的，很多经常交替出现的是两个极端，要么皇权旁落、要么独裁专制，这固然是由君主专制体制的本质所决定的，也是受到诸多因素的影响而形成的。

影响皇权表现形态的因素很多，而造成皇权旁落的，除了社会阶级矛盾这个根本原因和外族入侵的非常突变，统治集团上层诸多势力的影响更是经常出现：一是后宫，如西晋皇后贾南风，唐代皇后武则天。二是外戚，如西汉的王莽，东汉的何进。三是宦官，如东汉以张让为首的十常侍，北宋的童贯、梁师成。四是宗室，如西汉的吴、楚七国之乱，西晋的八王之乱。五是权臣，如西汉的霍光，东汉的曹操和曹魏时期的司马昭。六是藩镇军阀，如东汉的董卓进京，唐朝的"安史之乱"，后周赵匡胤的陈桥兵变，等等。明代的开国之君太祖朱元璋，为了子孙后代皇权永固，吸取前人的经验教训，在这些方面都采取了非常周密的防范措施：在后宫立铁牌，戒谕后妃不得干政，复著于令典，故虽数有幼主登位，然终有明一代，并未出现后宫专权乱政的局面。明令禁止皇室与勋戚大吏联姻，外戚不能形成一股强大的政治势力。对内臣管制极严，不许读书识字，立"内臣不得干预政事，预者斩"的铁牌于宫门；永乐以后虽有宦官出使、监军、刺事等太监弄权的败政，但他们也只是依附于皇权作孽，一旦被皇帝发现，顷刻灭亡，终不能威胁皇权。宗室虽贵，但不得预地方民事，永乐之后对藩王控制更严，故虽发生了三次宗室反叛事件，皆不旋踵而被剿灭，也未对皇权构成威胁。明初即废丞相，六部直属皇帝；后虽设立内阁，但只备咨询，又受内廷司礼监牵制，故始终没有出现威胁皇权的权臣。至于军队，在明代的军制下，将士分属，军官不仅要受文官管辖，还要受制于内臣的监督，何谈能有藩镇军阀割据篡权的局面。总之，大明朝从永乐帝以降至嘉靖朝的近120年间，皇权没有在统治集团层面上受到任何威胁。即使如武宗耽乐嬉游，昵近群小，朝政荒废，但用人之柄躬自操持，秉钧诸臣补苴匡救，大局依然稳定；就是在武宗驾崩、新君未到的37天里，表面上看似皇位空悬，实际上杨廷和等决策迎立新君、安排国丧事宜、处置江彬之党等决策，无一不是以武宗遗诏、太后懿旨的名义而行的；朝中悍将、猾吏之所以不敢有所异言异动，中外能倚以为安的，也正是皇权这柄"达摩克利斯之剑"始终高悬于顶，须臾不曾离去，使人不敢有些许非分之想。

　　"大礼议"一开始，嘉靖帝就果断拒绝了杨廷和等请他以皇子身份即帝位的安排，坚持要以皇帝的身份入主大内，这是他乾纲独断、发挥皇权威严的开始；而杨廷和等不得已采取妥协态度，也是以皇太后懿旨行事，不敢也不能僭越皇权而动。其后在处理重大朝政上，嘉靖帝励精图治，尚能虚心听取、采纳朝臣的正确意见，新政得以顺利推行，这正是君臣共治的理想政治生态，似不可颠倒黑白而斥之为皇权旁落、大臣专权的。至于在"大礼议"中杨廷和等反复坚持己见，多次封还谕旨，而嘉靖帝在势单力薄、君臣关系尚未破裂的情况下，采取了一些隐忍、怀柔的策略，似也不能视作是乾纲不振的表现。因为在"大礼议"中所有的作为，都是在君臣经过反复论争、最后采取妥协的结果，未有、也不可能有强制嘉靖帝接受任何谏言的行动。就在君臣争论帝母入宫礼仪最激烈的时候，帝竟声称要启奏慈寿皇太后，逊位以奉母归藩，以此来要挟廷臣就范，且此招果然立马得以遂愿。须知此时帝方登基五个月零三日，宫中只有一年老眼瞎且久居冷宫的亲祖母皇太妃邵氏，朝堂上也别无心腹重臣，他能有此底气，足以说明他此时皇权紧紧在握。试想当时如果是皇权旁落、权臣霸道，那要么是帝乖乖去位，另立新帝；要么就是一场血腥的剧变。中国历史上就曾发生过类似的事件：西汉元平元年（前74）汉昭帝驾崩，无子嗣，侍中、大将军霍光征召昌邑王刘贺进京主持国丧，并拥立为帝，是为汉废帝。霍光是大司马霍去病的异母弟，又是汉昭帝皇后上官氏的外祖父，长期掌控朝政，是历史上典型的权臣。刘贺是第二代昌邑王，其父刘髆是汉武帝刘彻第五子，故他实是以从子继汉昭帝位，伦序当立。受诏命后，他带领2000随从浩浩荡荡进京；临行时，留守昌邑的老臣王吉再三嘱他面对大将军霍光一手遮天的局面，要养精蓄锐，暂时隐忍，"事之，敬之，政事一听之，大王垂拱南面而已"；（《资治通鉴》卷24第265页）郎中令山阳龚遂也劝他应该重用先帝大臣子孙以为左右，慢慢再进用昌邑故旧，否则必有大祸。但刘贺缺乏谋略，听不进良言，急于消除霍光的势力，一即位就在部分旧臣的鼓动下，大肆提拔自己的亲信。这就触犯了霍光的利益，他便拉拢朝臣，列举刘贺1127件荒唐事为罪状，以荒淫迷惑、失皇帝礼仪为名，让他的外孙女上官皇太后下诏废了刘贺。这时距刘贺即位仅27天，不仅丢了皇位，就连原先父亲传下的昌邑王也丢了，被削为平民，并尽逐昌邑群臣。十年后，继位之君汉宣帝坐稳了江山，料其已不会对自己造成威胁，才把他封为海昏侯，这就是此前在江西南昌出土的海昏侯墓葬的第一代侯。对此，司马光在《资治通鉴》卷24中有详细记载，刘贺再怎么糊涂，也不太可能在短短的27天里做出1127件关乎帝王礼仪、国家制度的荒唐事，这不过是霍光为了达到进一步巩固自己专权的目的，玩弄了一道欲加之罪、何患无辞的把戏而已。也只有在皇权旁落的情况下，权臣才能把一个在位的皇帝玩弄于股掌之间，这刘贺其实不过是霍光玩弄权术的一个政治傀儡而已。不过刘贺还不是最悲摧的倒霉蛋，中国历史上还有许多权臣在操弄皇帝立废的过程中，上演了不少更为血腥恐怖的戏玛。细思极恐，假若嘉靖帝皇权旁落，又遇上这样的强悍权臣，那将会产生一个什么样的悲惨结果？

在"大礼议"中，张璁等议礼新贵对杨廷和等阁僚责难最多、最恶毒的，无过于指斥他们为权臣；并挑拨离间地说满朝文武在议礼中只惧权臣不怕皇帝，使嘉靖帝对杨廷和等的执拗，由容忍而至猜忌，由不适而至愤恨。近来一些对"大礼议"的评论也认为，嘉靖帝打击违拗对立的杨廷和官僚集团，破格重用张璁等，组建了一个听话配合的官僚班底，结成君臣和谐的同盟，是巩固皇权的必要措施；好像群臣听话就是君臣和谐共治，就能巩固皇权。其实不然，杨廷和等在议礼中坚持维护孝宗、武宗的皇权正统，反对嘉靖帝过分尊崇生父、生母，为的是使帝避免犯错而盼其为明君，这正是欲从根本上维护皇权。当然，杨廷和不顾帝的亲情和疑虑，反复面争，又多次封还帝的御批，虽时有妥协退让，但也不无执拗之处；而据此即指其为权臣、奸党，实是偏颇。至于其劝帝日讲，谏帝斋醮、织造等，皆为国为民，防帝失德败政，如亦被指为执拗、不听话、不配合，岂不大失公允。历代权臣都是架空皇权，独揽朝政，而"大礼议"中所做出的决策，都是经君臣详议、而后由嘉靖帝做出的，何来皇权不振之有？历代权臣都是恋位霸权，操控皇权，而杨廷和等坚守古大臣"以道事君，不可则止"的节操，在得不到皇帝的充分信任时，反复主动请辞去位；在嘉靖三至六年短短的三年中，杨廷和、蒋冕、毛纪、费宏等四位首辅相继主动请辞去位，又何来霸位以操控皇权之有？诚如前面所论及的，在君主专制时代，行使皇权的理想状态是君明臣贤的共治局面，有大量文献资料可以说明嘉靖初年这种局面是确实存在的：面对武宗十六年来的荒唐，君臣朝野都切盼大治，杨廷和、蒋冕、毛纪、费宏等阁臣都是四朝元老，忠心辅佐，诤谏谠言；嘉靖帝开始亦能虚心纳言，朝政为之一新，天下臣民额手称庆，期盼太平；只不过受到"大礼议"的影响，这一来之不易的局面却渐渐发生了转变，皇权也逐渐走向了极端和异化。

对"大礼议"中的这一转变，时任首辅大学士费宏曾总结道："圣性纯孝，一二年来，诸老据古礼持之太过，母子间甚不能堪。奸人从旁窥伺，乃特出异论，以投其隙，遂至牢不可破。而吾侪又伏阙哭谏以犯之，死者、斥者几五十人。世道至此，可谓晦盲闭塞之时矣，旋斡之势，不容少异于前，委曲将顺，乃克有济。然其间苦心极力，盖有不能以告人者，非身经其事，岂能知其难若是耶？"（《费宏集》卷15第520页）这是费宏家书上的一段。嘉靖三年七月，朝中议礼发生了血腥的左顺门事件，举国震动，传言汹汹。远在江西铅山家中的费完，担心胞兄费宏的安危，派家人汪十二、进禄进京探望，此即费宏回复家书的缘由。其时他刚继任首辅，书中所言是其亲身经历，又是私密家书，当是真情实感的流露。正德十六年四月"大礼议"开始时，费宏正致仕家居，奉诏复入内阁，到京已是同年十月底，朝中议大礼已过半年，正如火如荼，他也不可避免地卷入了其中；但费宏只是与内阁同僚署名公疏而已，并不曾个人特疏与帝争执，对此《明史》中似颇有微词："'大礼'之议，诸臣力与帝争，帝不能堪。宏颇揣知帝旨，第署名公疏，未尝特谏，以是帝心善之。……其于'大礼'不能强谏，亦未尝附离。"（《明史》卷193第5108页）但从这封家书中可以看出，费宏在"大礼议"中的态度，并不是"揣知帝旨"所至，而是对嘉靖帝的纯孝和"诸老据古礼持之太过，母子间甚不能堪"的遭遇十分同情。更重要的是他对朝中君臣不顾朝政大局而沉浸于大礼之争的做法很不以为然，尤其对杨廷和等在议礼中的执拗，造成了"奸人从旁窥伺，乃特出异论，以投其隙，遂至牢不可破"的局面十分担忧；对朝臣"伏阙哭谏以犯之"，引发"死者、斥者几五十人"的血腥结果也是不敢苟同。然而费宏是"持重识大体"（《明史》卷193第5108页）的老臣，他所秉持的是正统的儒家思想，正德中他就曾为维护国家的统一而不惧孤立地反对恢复宁王的护卫，不惜去官和合族遭受宁王的疯狂报复而坚定地与宁王叛乱做斗争；但他也不会为显示自己清正，不顾大局，一意孤行。正德年间，面对朝政乱局，他曾在给同年好友礼部侍郎吴俨的信中坦陈："苟得与闻，当力为调护，敢因其言之抵触，而置私忌于其间，以犯天下之公议乎？若无益于天下，而徒欲以直取名，以身尝难，且使毒流缙绅，如陈蕃、窦武，如李训、郑注，如丙寅仓卒之举，则亦不能且不敢也。"（《费宏集》卷15第513页）这里所谓的"丙寅仓卒之举"，是指正德元年（丙寅，1506）大学士刘健等朝中大臣，面对刘瑾等"八党"诱帝荒嬉，交章请严处之；年少的正德帝惊泣不食，表示愿痛加修改，对所劾内官欲姑予轻处。而内阁大臣此时却坚持要马上捕治，又率九卿科道官员伏阙诤争，并集体请求去位。"八党"遂围帝前哭诉朝臣欲害内臣以控制皇上，帝被挑拨，竟任由刘健等顾命大臣去位，反而更加宠信内臣，朝政由此遂急转直下。有此惨痛的历史教训，顾大局、识大体的费宏当然不会赞同杨廷和等的执拗，但他亦不可能站在朝臣的对立面而附和张璁等投帝所好，只能从中委曲旋斡，以求有济。故在他为首辅的近三年间，"大礼议"再也没有发生过激事件，"然其间苦心极力，盖有不能以告人者，非身经其事，岂能知其难若是耶？"然而最后他仍因挡了张璁等入阁之路而被迫辞位致仕，这是后话。故史家赞其"起家文学，致位宰相，宏却钱宁，拒宸濠，忤张、桂，再踬再起，终亦无损清誉。"（《明史》卷193第5182页）

皇权是国之重器，在君主专制时代，它是统治集团的核心，关乎朝政得失、国家兴衰，乃至民族存亡。虽说那个时代都以为皇权系于天命，但"天命之去留，实由于人心之得失；人心之得失，实由于好恶之公私"。（《费宏集》卷7第210页）"盖人君之政，实由一心而推，心苟不正，则发于政事必有不当于理者。况一心之微，众欲攻之。人君居崇高富贵之位，在深宫独处之时，所以娱耳目、惑心志者，杂陈于前，皆足以为政事之害。一有所好而不知察，则始焉虽勤，终必流于荒怠而不能自致。"（《费宏集》卷6第195页）这是大学士费宏嘉靖二年（1523）所上《讲学疏》

中的一段，其时帝已怠于讲学，"去秋罢讲太早，今春出讲太迟"，就连内阁辅臣也"自侍朝数刻之外，不得瞻奉天颜"。此后嘉靖帝的行为轨迹，不幸契合疏中所陈：始勤而终荒。前此杨廷和等内阁辅臣也曾集体上《慎选左右速停斋醮疏》，言词极诚，"上虽勉答，自是益疏廷和"。（《国榷》卷52第3279页）嘉靖帝即位之初，对杨廷和等老臣定国安邦、定策迎立的功绩是十分肯定的，并加殊恩以答元功；当得知杨廷和因大力推行新政，被一些失职之徒恨之入骨，密谋行刺于途，帝亲令营卒百人护卫廷和出入；对政事也能与朝臣从容商议，待以礼貌。但随着"大礼议"的持续发酵，帝的议礼主张频频受阻，对朝臣的执拗越来越不满，迫切需要得到臣下的支持，于是张璁等议礼新贵即应运而生。议礼开始时，张璁还只是个在京等待殿试的中式举人，他得知帝不肯以皇子身份即位的信息后，在与同乡礼部侍郎王瓒议论此事时，遂提出"帝入继大统，非为人后，与汉哀、宋英不类"的观点来迎合帝意；（《明史纪事本末》卷50第734页）王瓒深表赞同，却因宣言于众，被言官以其他过失论列，出为南京礼部侍郎。两个多月后的七月初三日，正当朝臣与帝在继嗣、继统上反复争论不休、互不相让时，张璁不失时机地又上了《大礼疏》，抓住《武宗遗诏》中"兴献王长子伦序当立"这句话，赞成帝继统不继嗣的观点，支持帝崇尊生父母为帝、后。帝接疏大喜，谕内阁"此议实遵祖训，据古礼，尔曹何得误朕！"以为"此论一出，吾父子必终可完也"。（《明史纪事本末》卷50第736页）其时张璁中进士才一个多月，正在大理寺观政，杨廷和不以为然，谓"书生焉知国体"，并授意将其安排去南京任刑部主事，企图以此消弭异议。然而事态的发展却朝向了相反的方向，"兵部主事霍韬见张璁言欲用，亦上言：'礼官持议非是。'时同知马时中、国子监诸生何渊、巡检房濬，各上言如璁议。"（《明史纪事本末》卷50第738页）给事中熊浃、巡抚都御史席书也具疏赞同帝意，就连致仕家居的大臣杨一清也遗书支持张璁之论。张璁在南京日与同官桂萼讨论古礼，再上疏倡言大礼，并将席书、方献夫之疏录上；而朝臣此时仍苦苦撑持，固执前议，帝乃下令取张璁等进京集议，并打破大臣简用必由廷推的规程，直接出中旨命席书为礼部尚书，张璁、桂萼、方献夫俱入翰林院为学士。朝臣与张璁等遂势不两立，杨廷和等阁僚及府部大臣相继请辞去位，廷臣尤其是言官多因议礼被帝责罚罢官远窜，朝堂几乎为之一空，这一进一出，朝中人事大变，"大礼议"的情势也急转直下。

在君主专制社会里，帝王治理天下，巩固皇权，赢得人心，关键在于用人。正如诸葛亮在《前出师表》中所言："亲贤臣，远小人，此先汉所以兴隆也；亲小人，远贤臣，此后汉所以倾颓也。"（《古文观止》第406页）而用人之道又系于帝王一心，是为治理天下、造福百姓而用人，还是为循一己私意而用人，又是衡量用贤臣与用小人的分水岭。其时大学士费宏近日在给皇帝讲的讲章中也曾直陈："比如用一个忠直的好人在朝廷之上，他必能引进一类好人辅佐人君，行出恭俭宽仁的好政事，使天下皆蒙其惠。这是百姓每所同喜好的，君子便宜依着人心也喜好他。任之专，信之笃，谏则必行，言则必听，不循着一己的私意憎恶他。又如用一个奸邪的小人在朝廷之上，他必引进一类小人蛊惑人君，做出奢侈暴虐不好的勾当，使天下皆被其害。这是百姓每所同憎恶的，君子便依着人心也憎恶他。疏远之，放流之，迸诸远方，绝其党类，不循着一己的私意喜好他。"（《费宏集》卷7第209页）可惜在"大礼议"中，嘉靖帝正是以自己的私意好恶来决定用人取舍：对不同意他尊崇生父母的阁僚、府部大臣尽行准辞放还，对不支持他议礼旨意的朝臣肆行打击报复，对阿附他主张的各色人等破格提拔重用。这种用人之道，必然遭到举朝的反对。开始帝置之不理，接着矢口否认是因议礼而重用张璁等，又以结党攻讦对朝臣责罚重谴。如张璁的浙江同乡、同年进士刑部员外郎邵经邦，上疏劝谏帝勿私议礼之臣："夫议礼与临政不同，议礼贵当，临政贵公。正皇考之徽称，以明父子之伦，礼之当也。虽排众论，任独见，而不为偏。若夫用人行政，则当辨别忠邪，审量才力，与天下之人共用之，乃为公也。今陛下以璁议礼有功，不察其人，不揆其才，而加之大任，似私议礼之臣也。私议礼之臣，是不以所议者为公礼也。夫礼唯致公，乃可万世不易。设近于私，则固可守也，亦可变也。陛下果以尊亲之典为至当，而欲子孙世世守之乎？则莫若于诸臣之进退，一付诸至公，优其赍予，全其始终，以答其议礼之功；而博求海内硕德重望之贤，以弼成光明正大之业。"（《明史》卷206第5451页）帝大怒，将其立下镇抚司拷讯，又不经司法审理，直接谪戍福建镇海卫，且订在不赦之例，至其越37年而死于戍所。当时像这样的例子不胜枚举。但张璁等人随着官位在短期内骤升，越发骄纵，且累以因议礼得罪群臣为自己的乱言恶行辩解，后来就连嘉靖帝也不胜其烦了。故帝在猛暴其短时，亦称"朕昔以大礼未明、父母改称时，张璁首倡正议，奏闻更复；后桂萼赞议。自礼成之后，朕授官重任，盖以彼尽心救正、忠诚之故"。（《世宗实录》卷104第2445页）明确道出了对张璁等的破格重用，是其在议礼中尽忠赞议之故。后又在敕令张璁致仕去位时直言"辅臣张孚敬，初以建议大礼，朕特不次进用"。（《世宗实录》卷128第3050页）这就明明白白地还原了嘉靖帝在"大礼议"中以议礼划线用人的历史真相："大礼议"一开始，他就罔顾礼法，欲遂尊崇自己生父母的私欲；对支持他的臣下就亲信，就破格重用；对不赞同他的朝臣，就无情打击。这种用人导向，逐渐改变了朝中的政治生态，破坏了君臣共治的局面，致使皇权更加失去了制约，而慢慢地走向了极端。

杨廷和等在确立武宗皇位继承人时，对《皇明祖训》的理解发生偏颇，处置不周不慎，产生了"大礼议"的话题；议礼开始后，又改口《武宗实录》中的"伦序当立"，而要嘉靖帝先继嗣后继统；并不顾帝的感受，固执反对帝尊崇生父母，这些情节前面已有论列，恕不赘述。然而更为严重的是，朝中士大夫几乎是一边倒地支持杨廷和，这就使刚登上皇位的幼主产生了疑虑，不仅成了他实现尊崇父母私情的难以逾越的障碍，也给了有心人窥伺的可乘之机。少年老成的天子与以四朝元老为首的朝臣之间，在"大礼议"上产生的矛盾，为一些久困科场、徘徊仕途而又急于骤进的人带来了千载难逢的机遇。就在嘉靖帝顾及群臣之争而勉为调停之说，两次敕谕礼部皆称孝宗为皇考、昭圣为圣母，而称自己生父母为本生父母时，群臣仍执争不已；张璁等乃乘机再上疏，必伯孝宗而考兴献王，且以群臣"宁忤天子、不敢忤权臣"之说挑动帝怒。果然，嘉靖帝震怒，责诸阁臣"无君"，任其先后请辞去位，而急召张璁等进京，委以重任。这样在"大礼议"中就出现了一个奇特的现象：公然支持嘉靖帝尊崇生父母的都是一些下层官吏或科场、仕途不得志者，而极力反对者却是以位高权重的朝中大僚为核心，有人据此即责以"大礼议"是既得利益集团为代表的保守势力与新兴势力之间的斗争。所谓既得利益，从本意上来说就是已经得到的利益，原无褒贬；殊不知在现实社会中，既得利益集团已被赋予了非常负面的意义，是指借助于公共权力而谋取私人或小团体的特殊的非正常或不正当的利益的团伙，他们是凭借不合理的社会制度或政策安排来攫取比较稳定的合法或不合法的利益的人群。他们为了维护自己的既得利益，必然反对任何意义上的改革和变动，从而成为保守的社会势力。细阅历史文献，笔者还未发现杨廷和们具有这般特质的例证，他们只不过是一群出仕较早、且经数十年勤谨服官而取得正常禄位的士大夫。而所谓新兴势力的张璁们，只不过以短短数年光景所取得的利益，就达到甚至超过了杨廷和们奋斗几十年得到的所谓既得利益。再从杨廷和等在正德朝苦苦支撑政局，又果敢利用皇权更迭的时机强力推行新政的作为，也说明他们并不是什么保守势力。在"大礼议"中又秉承"以道事君，不可则止"的古大臣之节，先后请辞去位，如首辅大学士杨廷和、蒋冕、毛纪、费宏，大学士石珤、贾咏，吏部尚书乔宇、廖纪，户部尚书孙交、秦金，礼部尚书毛澄、汪俊，兵部尚书彭泽、金献民、李钺，刑部尚书张子麟、林俊、赵鉴，工部尚书赵璜等；其他侍郎以下官员更是不胜枚举，可见他们并不趋利恋位，又何曾维护和死守既得利益？张璁曾七赴礼部试不第，可谓久不得志的士子，刚中进士就已47岁了，以当时的官场晋升规则，他的仕途并不被看好；然而机缘巧合，他一入仕途就遇上了千载难逢的"大礼议"，什么政事都还没干，就全身心地投入其中，并以此得君，短短六年就登上了内阁大学士的高位，这是别人奋斗一辈子都难以企及的仕途巅峰。桂萼虽中进士已十几年，却"性刚使气，屡忤上官，调青田不赴，用荐起知武康，复忤上官下吏，嘉靖初由成安知县迁南京刑部主事"；（《明史》卷196第5181页）其时还只是一个七品官，亦可称仕进不利；在南京与张璁同官，乃一同参与议礼，并以此骤得大用。方献夫中进士已十七年，虽已历官至员外郎，但却因病归乡读书山中十年，至嘉靖改元还朝，途闻"大礼"议未定，遂上疏参与其中，乃遭时得君。席书中进士已三十二年，历任地方官至右副都御史巡抚湖广，"见朝中'大礼'未定，揣帝向张璁、霍韬，献议言"礼，（《明史》卷197第5202页）并以此颇受帝知。霍韬中进士也已七年，但"谒归成婚，读书西樵山"，（《明史》卷197第5207页）并未服官，"大礼议"方起，他正入朝授职方主事，亦是一个七品官；私下著《大礼议》驳礼部尚书毛澄考孝宗之说，又上疏与之辩论，帝得疏大喜，而朝臣皆指目其为邪说，不得已谢病归。已而帝两诏急召其还朝议礼，直擢为少詹事兼侍讲学士。此即"大礼议"中所谓正取的议礼五臣，另外还有礼科右给事中熊浃、南京刑部郎中黄宗明、都察院经历黄绾、通政司经历金述、监生陈云章、儒士张少连等所谓附取者六人及楚王、枣阳王二宗室。同时建议大礼的又有监生何渊、主事王国光、同知马时中、巡检房濬、锦衣百户聂能迁、致仕教谕王价等；一时"诸希宠干进之徒纷然而起，失职武夫、罢闲小吏亦皆攘臂努目，抗论庙谟，即璁、萼辈亦羞称之，不与为伍"。且视其为"皆望风希旨，有所觊觎"之徒。(《明史》卷 197 第 5222 页) 可见这些人也并不是什么新兴力量，只不过是以易入之说遭时得君，蹿升骤显，是名副其实的议礼新贵。

嘉靖帝以议礼中能否满足自己的私欲划线，决定臣僚的去留升降、生死荣辱，这不仅破坏了君臣共治的政治架构，使皇权失去了制约，而且也催生了君暗臣谀的政治生态，促使皇权走向异化。帝即位伊始，励精图治，杨廷和等竭诚辅佐，不遗余力。鉴于武宗朝的教训，杨廷和等阁僚一心要使帝成为明君，及时呈上《慎始修德以隆治化疏》，欲帝"所亲必正人，所闻必正道，所行必正事，所发必正言"。(《费宏集》卷 6 第 191 页) 当帝传旨欲暂免日讲、午奏时，即上疏劝帝务学勤政。当得知帝被太监崔文所诱在宫中行斋醮之举，即上《慎选左右停斋醮疏》，极陈斋醮之害，力请严惩谗邪。不仅坚持了正常的日讲、朝会制度，闲暇时还引导帝向正学、近正人。大学士费宏等还常与帝诗词唱和，帝亦虚心好学，常把刚写就的诗章令人送至费宏府第以期润色。费宏不仅把君臣唱和的诗章编为《宸章集录》，还在进呈御制诗的题本中称"臣窃窥圣制，每及于农事之艰苦，此可见近日所注《无逸》，盖深知小民之依在于稼穑，而一话一言忧念不置，故于吟咏之间往往见之。由此一念扩充，必能崇俭素，节浮费，薄赋敛，省征徭，仁政之及于天下者多矣。商之三宗，周之文王，又岂多让耶？臣不自揣，辄敢依韵恭和，而讽劝之意亦寓乎其中，伏惟圣明留意"。(《费宏集》卷 6 第 203 页) 可见君臣之间的诗词唱和，不仅有关正学，且寓讽劝之意，必促朝政之新。然而君臣如此崇正学、修正道之举，却被议礼新贵们斥之为阿谀固宠，故这样君臣和谐的局面并未维持多久；随着"大礼议"的持续发酵，张璁等议礼新贵骤进，杨廷和等老臣渐退，至嘉靖六年二月，费宏、石珤亦被迫辞位以去，史称"自宏、珤罢政，迄嘉靖之季，密勿大臣无进逆耳之言者矣"。(《明通鉴》卷 53 第 1719 页)

继任首辅杨一清，其"再相，颇由璁、萼力，倾心下二人"，(《明史》卷 196 第 5178 页) 揣知帝"见兵部尚书李承勋班在张璁、桂萼之上，意颇不悦"，即上疏"请量加二臣一品散官"，使帝"嘉悦不尽"。(《世宗实录》卷 84 第 1892 页) 又以黄河清，屡上疏请率百官称贺，故此深得帝意。张璁等不仅在"大礼议"前期一味附和帝意，与举朝士夫为敌，且以"权臣"之说离间君臣，用"朋党"之论摧残朝士；在朝中议礼形势最为紧张时，帝尝"夜召璁，曰：'福祸与尔共之，如众汹汹何？'对曰：

'彼众为政耳，天子至尊，明如日，威如霆，畴敢抗者，需锦衣卫数力士足矣.' 上颔之"。（《国榷》卷53第3302页）教唆年少的君主以锦衣武士暴力戕害同类，未几即发生了左顺门惨案，张璁一伙也踏着朝士们的血迹飞越上仕途的快车道。致仕教谕王价在议礼中竟上疏"请加诸臣贬窜诛戮之刑，惩朋党欺蔽之罪"。（《明史卷197第5222页）张璁深恨翰林官不附己，肆行打击报复，将翰林官尽行外放，"改官及罢黜者二十二人，诸庶吉士皆除部属及知县，由是翰苑为空。"（《明史》卷196第5177页）桂萼为不使帝近正人、务正学，公然上疏反对帝与费宏等诗词唱和，称"诗文小技，不足劳圣心，且使宏得冯宠灵，凌压朝士"。（《明史》卷193第5109页）对言官更是多方打击报复，无情摧残贬窜，意欲封堵朝士之口。朝堂之上，正人净臣难以立足，奸邪谀言甚得帝心。张璁又以强圣体、广圣嗣为由，劝帝多采民女，扩充内宫，并献食人乳之方。嘉靖十年二月二十二日，已为首辅的张璁上疏不谈治道，却献谀曰："臣尝见经验良方，莫有过于人乳者。臣愿请闻于圣母，于奶子府从宜区处。惟首生乳三月以里者尤良，每晨空心温服一盏，旬日之间即大见效，虽百药弗及也。"次日又再上奏："夫乳外买者恐未尽精洁，宜请于圣母，急选精壮良乳者三五人，优加供给于圣母宫中，令轮日次更番入直，皇上以时慎视取用。每晨未进膳之初，乘温以滚汤重温，用大盏服一次，午后再服一次。如是屡用，旬日便觉荣卫滋益，痰火自降。常久服之，则圣躬日自强壮，圣嗣日蕃矣。"（《谕对录》卷28第18、22页）对此嘉靖帝是大加赞赏。不久，帝因议四郊之礼而开始宠信夏言，而议礼新贵们之间亦频生龃龉，"诸臣遂凭藉宠灵，互相排陷，朝廷之上争哄不已，不啻骄儿在父母膝前攘夺梨栗，亦可耻也。"（《世庙识余录》卷6第15页）由是帝越发不值士大夫，对其呼之即来，挥之即去，顺我者昌，逆我者亡；对大臣亦是动曝其短，肆意呵斥，全无半点礼貌之意。随着"大礼议"的步步深入，帝的私欲屡屡得逞，越发膨胀，以私欲喜好用人的态势更加不可遏制。由重用迎合他议礼的张璁、夏言等，到献祥瑞取宠的汪鋐等，顺从他修玄的严嵩等。帝好长生术，在内殿设斋醮，顾鼎臣"进《步虚词》七章，且列上坛中应行事，帝优诏褒答，悉从之。词臣以青词结主知，由鼎臣倡也。……自嘉靖中，帝专事焚修，词臣率供奉青词，工者立超擢，卒至入阁。时谓李春芳、严讷、郭朴及（袁）炜为'青词宰相'"。（《明史》卷193第5115页）龙虎山上清宫道士邵元节被帝征召入京，专司祷祀，竟拜礼部尚书，赐一品服。而"陶仲文以仓官召见，献房中秘方，得幸世宗，官至特进光禄大夫柱国少师、少傅、少保、礼部尚书、恭诚伯，禄荫，至兼支大学士俸……其荷宠于人主，古今无两"。（《万历野获编》卷21第578页）而这些被宠信的幸臣是不会也不敢在帝前有任何谠言的，由是君道不明，对君权的制约更加弱化、虚化，朝政愈发不堪，引发了严重的政治后果。嘉靖四十五年（1566）二月，户部主事海瑞上《治安疏》，尖锐指出："养君之道宜无不备，而以其责寄臣工，使尽言焉。臣工尽言，而君道始称矣。……陛下则锐精未久，妄念牵之而去矣。反刚明而错用之，谓遥兴可得，而一意玄修；

富有四海，不曰民之脂膏在是也，而侈兴土木。二十余年不视朝，纲纪弛矣；数行推广事例，名爵滥矣。二王不相见，人以为薄于父子；以猜疑诽谤戮辱臣下，人以为薄于君臣；乐西苑而不返宫，人以为薄于夫妇。天下吏贪将弱，民不聊生，水旱靡时，盗贼滋炽，自陛下登极初年亦有之而未甚也。今赋役增常，万方则效，陛下破产礼佛日甚，室如悬磬，十余年来极矣。天下因即陛下改元之号而亿之曰：'嘉靖者，言家家皆净而无财用也。'"并言帝："不及汉文帝远甚，天下之人不直陛下久矣！"（《明经世文编》卷 309 第 3255 页）看，这里就差直言其为祸国殃民的独夫民贼了。

明季中叶，在宫中发生了两次群臣伏门哭谏事件：一次发生在成化四年（1468）六月二十七日，英宗元后、宪宗嫡母慈懿皇太后钱氏去世，宪宗囿于生母周太后之意，不欲其与英宗合葬，遂召大臣议，欲别卜他地以葬。大学士彭时首对曰："合葬裕陵，主祔庙，定礼也。"翌日又问，彭时对如前，宪宗以恐他日妨其生母祔葬而拒。时阁臣商辂、刘定之议皆同，乃合词奏请先葬钱太后于左，而虚右以待将来，庶得两全其美。帝令礼官集廷臣合议，礼部尚书姚夔等 99 人皆请如彭时言。帝仍以"乖礼非孝，违亲亦非孝"而拒。于是翰林院学士柯金等 32 人、魏国公徐俌等 35 人、礼科左给事中魏元等 39 人、监察御史康永韶等 41 人、吏部尚书李秉等 44 人先后上疏谏，以为"母后之意固未可违，而先帝之意尤不可违。……若母后之意果不见从，则当断以大义，亦在陛下处之而已"。（《宪宗实录》卷 56 第 1135 页）礼部尚书姚夔合诸大臣疏言："天下者，祖宗之天下。皇上当守祖宗成法，岂可阿顺母后，显违前典？"帝仍犹豫而不决。"于是给事中毛弘倡言曰：'此大事，吾辈当以死争。'于是给事中魏元偕同官 39 人，御史康永诏亦偕同官 41 人，伏哭文华门外。中使传旨命退，众叩头曰：'不得旨不敢退。'"（《明通鉴》卷 31 第 1025 页）自上午巳时至下午申时，群臣伏哭不退。帝不得已，复恳请于皇太后，稍见从，即出群臣奏，批答钱太后合葬之请允行。群臣皆高呼"万岁"而退。另一次则发生在嘉靖三年（1524）"大礼议"中，时帝纳张璁等议，欲以生父兴献帝为考，以孝宗为伯考，并去前颁册文中父母尊号的"本生"二字。众朝臣上疏谏争，亦不听。七月十五日，朝罢，帝斋居文华殿，"金献民、徐文华倡曰：'诸疏留中，必改孝宗为伯考，则太庙无考，正统有间矣。'何孟春曰：'宪宗朝尚书姚夔率百官伏哭文华门争慈懿皇太后葬礼，宪宗从之。此国朝故事也。'杨慎曰：'国家养士百五十年，仗节死义，正在今日。'王元正、张翀等遂遮留群臣于金水桥南，曰：'万世瞻仰，在此一举。今日有不力争者，共击之。'何孟春、金献民、徐文华复相号召"，于是秦金等 23 人、贾咏等 20 人、谢蕡等 16 人、余翱等 39 人、余宽等 12 人、黄待显等 36 人、余才等 12 人、陶滋等 20 人、相世芳等 27 人、赵儒等 15 人、母德纯等 11 人"俱赴左顺门跪伏，有大呼高皇帝、孝宗皇帝者，帝闻之，命司礼监谕退，不去。金献民曰：'辅臣尤宜力争。'朱希周乃诣内阁告毛纪，纪与石珤遂赴左顺门跪伏。上复遣司礼太监谕之退，群臣仍伏不起，自辰迨午。帝怒，命司礼监录诸姓名，收系诸为首者丰熙、张翀、余宽、黄待显、陶滋、相世芳、母德纯等8人于狱。杨慎、王元正乃撼门大哭，一时群臣皆哭，声震阙廷。上大怒，遂命逮系马理等134人于狱，何孟春等21人、洪伊等65人姑令待罪。"（《明史纪事本末》卷50第750页）七月二十日，锦衣卫以在系官员并待罪官员凡220余人如何处置上请，帝责之曰："何孟春辈擅入朝禁，聚朋哭喊，假以忠爱为由，实为党私，欺朕冲年，任意妄为。"（《世宗实录》卷41第1080页）帝命拷讯丰熙等8人，并予谪戍；其余四品以上官员夺俸，五品以下官员各杖之，王思等16人被杖死，朝中议礼形势及政局俱为之一变。

这两次群臣伏门哭谏事件的性质非常相似，都是皇帝欲遂一己之私亲，而群臣要坚守国家之礼制：宪宗之母是英宗之妃，因子登帝位才被尊为皇太后，可却欲独享祔葬帝陵之尊，而排斥元后钱氏祔葬。以大学士彭时为首的群臣，一方面固守国家礼制，反复劝谏；一方面又做出了先葬钱太后于帝陵左、虚帝陵右以待周太后的两全其美的安排，开创了明代一帝陵祔葬两后的先例。宪宗虽顾及私情，但对国体尚存敬畏之心，曾经在皇太后生日时令僧道建斋祭；有大臣率群臣至斋所为太后祈福，而被言官所劾，宪宗即下令自后僧道斋醮，百官不得行香。此次虽难违母命，亦能虚心体味臣下诤谏之意，君臣互动通畅，矛盾得以化解。嘉靖帝承武宗弊政之后，有中兴之志，曾自号曰尧斋，登基后亦励精图治，欲成为像尧帝一样的一代英主。因其父是已故藩王，即位后欲尊崇为皇帝，以建立自己的新皇统，故拒为孝宗之后。杨廷和等朝臣不顾帝是独子的现实，坚持要其继嗣孝宗，而将亲生父母遗之藩邸，帝固难以接受。杨廷和等又执之太过，先后封还御批者四，执奏几三十疏，帝常忽忽有所恨；有心人则乘间进"权臣""朋党"之说，以"继统不继嗣"迎合帝意，遂成牢不可破。群臣与帝已是怨恨渐深，至成冰炭，而尤采取伏门哭谏的过激行动，遂酿成惨祸。两次事件虽性质相似，参与者身份相同，后果却有天壤之别，从中可窥明代政治演变之一斑，亦可见"大礼议"对皇权的影响之深远。

史学大家孟森十分重视"大礼议"对嘉靖朝政局的巨大影响，指出"嘉靖一朝，始终以祀事为害政之枢纽：崇奉所生，以及憎爱之私，启人报复奔竞之渐矣"。（《明清史讲义》第224页）文献学专家吴丰培在为《世庙识余录》作序时亦称，嘉靖帝在"大礼议"中刚愎自用，深文密纳，察察为明，不纳忠言；"威福必自己出，无令属下干之，适为奸人佞臣所窥测，经过四十五年之主政，大臣冤死或充军者不可胜数，对明王朝的政治生态造成极大的破坏。"笔者以为，这些论述是中肯的。

综上所述，明太祖在建国初期，即认真吸取历代帝王的经验教训，在可能威胁皇权的后宫、外戚、宗室、权臣、内监、藩镇等各个方面，全方位地采取了切实、绵密的预防措施。"靖难"之役后，朝廷又对藩王进行了更加严密、苛刻的控制，有效地加强了君主专制皇权的巩固。故至嘉靖帝即位及之前，虽有幼君登基、顽主怠政等情况发生，但皇权仍然紧紧掌握在皇帝手中，未曾旁落，这是不争之实。因此，说嘉靖帝在"大礼议"中重塑了皇权，即其时已皇权旁落，愚以为应是个伪命题。同时，以为嘉靖初杨廷和等朝臣对议礼的坚持、对朝政的诤谏，是不听话，是权臣对皇权的威胁，也是不符合历史事实的。杨廷和等在议礼中的坚持，虽不无执拗之处，但其出发点亦是期盼新主避免伦理错误、成为一代明君；谏劝帝的朝政失误，更是为国为民，一片赤诚。正是臣下的这种敢于直谏，更兼帝的虚心听纳、择善而从，很快形成了君臣共治的良好开端，带来了时人切盼、后世称道的嘉靖初年的中兴局面，这何来强臣擅权之有？同样，认为嘉靖帝在"大礼议"中排斥、打击违拗对立的杨廷和等朝臣，破格重用张璁等议礼新贵，是建立了一个听话配合的官僚班子，是皇权得以重塑，这也是有悖于历史事实的判断。以正统儒家的观点，朝中没有诤臣，必然充斥谀谄，皇权必然失控，朝政必定走向败坏，此后嘉靖帝正是沿着这一轨迹发展的。他仇视正直忠谏之臣，以"朋党""无君"加以陷害打击，朝堂大换血。他以议礼划线，以自己的私欲喜好用人，朝中继议礼新贵之后，又相继出现了献瑞大臣、青词宰相、一品道人、三公方士、秋石尚书、奉药侍郎，其他以献仙书、秘籍、秘方、春药、黄白术而得帝宠者不可胜数。这样的班底是听话了、配合了，"密勿大臣无进逆耳之言者"，对皇权的制约也就日益弱化、虚化。嘉靖帝对朝中士大夫也越发轻蔑，对大臣也毫无礼貌之意，动辄呵斥侮辱，甚至残酷杀戮。这样，皇权就从朝廷施政、社会治理的公器，异化成了皇帝满足私欲的极权，嘉靖帝也就由立志中兴的"尧斋"，变成了久被"天下人不值"的使"家家皆净"的"独夫"了。

第四章 "大礼议"与忠孝思想

"大礼议"所涉及的是君主专制社会中有关皇帝的制度和对宗法伦理的诠释，它必然被赋予浓厚的理论色彩。议礼双方不仅围绕着《皇明祖训》和《武宗遗诏》有不同的理解、诠释，对古代礼制、儒家经典及历朝有关事件、人物也有很多激烈的争论，本文中篇摘录了大量资料来予以再现。他们引经据典，旁征博引，洋洋洒洒，动辄数千言，其中虽也有一些独到之见、精妙之论，但更多的却是功利主义的牵强附会和强词夺理。且在"大礼议"的各个阶段，议礼双方的参与者是不同的，议题也不一样，所涉及的理论也各不相同，所秉持的态度更是时有变化。

纵观"大礼议"的全过程，嘉靖帝始终是议题的提出者和论辩的主导者，也是一方的主帅，这是不变的，不断变化的只是己方的支持者和对方的参与者。在"大礼议"开始时，帝即提出自己是伦序当立的皇帝，而不是以皇子身份继位，明确了"继统不继嗣"的观点。张璁等以亲情论来支持帝的观点，迎合帝尊崇生父母为帝、后的企求。而以杨廷和为首的朝臣则以汉定陶王、宋濮王事例反对帝尊崇生父母，主张帝先继孝宗嗣、再继武宗位。嘉靖四年（1525）帝抓住光禄寺丞何渊上疏请立世室的机会，欲使生父兴献帝称宗入太庙，不想却遭到张璁等议礼新贵与以大学士费宏为首的廷臣的一致反对，议礼初期支持帝尊崇生父母的张璁等在皇权正统问题上又与朝廷群臣高度一致，使帝再度陷入孤立，遂不得已在京城另立一庙奉祀兴献帝。嗣后帝为了实现这一目标，又力推更定祀典，给事中夏言上疏请改郊祀典礼为分祀，大合帝意；而议礼新贵霍韬、方献夫等强烈反对，张璁等虽然表面上支持分祀，却称"成宪不可轻改，时讪不可更作"，（《明史纪事本末》卷51第767页）实际上是持反对态度。但在帝提出更改孔子祀典时，张璁等又转而坚决支持，却遭到翰林院编修徐阶等廷臣的反对。后来帝又不断变更太庙之制，一会儿七庙，一会儿九庙，一会儿同堂异室，一会儿都宫别殿，直至实现兴献帝称宗入庙。为了巩固这一成果，帝又在太庙昭穆位次、名号、迁祧等问题上反复更改，直至在太庙中提前为自己预留位置，让方皇后神主提前入庙，提前迁祧宣宗，以确保其生父兴献帝在太庙中的位次不变。后来这一系列重大变更，虽也经反复议论，朝中也时有不同的声音，但一旦帝意已定，均不敢再有公然反对的意见，一切皆遂帝愿。因此，对"大礼议"斗争的双方不能简单地说成是议礼派、守礼派，抑或是革新派、保守派，更不能笼而统之地说是某某派与某某派的斗争，是某某理论战胜了某某理论，而是要根据史实分别、具体地剖析，实事求是地讨论，尽量避免贴标签式的论断。

　　如"大礼议"之初，双方所提出的法理依据都是《皇明祖训》和《武宗遗诏》。既如此，乃何争之有？事实上引发争议的是双方都按自己的政治需要，实用主义地曲解这两个法律文件，对此，本书下篇第一章已作了较为详细的分析，不再赘述。在理论上，杨廷和等提出以"汉定陶议""宋濮议"为依据，即后人所谓的"宗统论"；而张璁等则提出了"子无臣母之义"，以"礼本人情""合于人情，当乎名实"为依据，即后人所谓的"人情论"。汉、宋两议，分别是指汉成帝无子，在位时预取庶弟定陶恭王之子刘欣入宫为太子，继位后即是汉哀帝；而恭王无别子，故另立楚孝王之孙刘景嗣恭王为定陶王之后。宋仁宗亦无子，预取庶兄濮安懿王之子赵宗实入宫为太子，继位后即为宋英宗；濮安懿王另有子，即以王子赵宗朴嗣安懿王为后。这两个继位事件与嘉靖帝继位时的情形相似，杨廷和等即欲以此为据要嘉靖帝为孝宗太子、武宗亲弟继位，而以益王之子崇仁王继兴献王后，并反对帝尊崇生父母为帝、后。这看似合理周到的安排，其实大谬不经。

　　首先，汉哀帝、宋英宗俱在先帝在位时被预养于宫中，立为皇太子，继位的正当性是不言而喻的；而嘉靖帝在孝宗时并未取入宫中立为皇子，武宗时也未被指定为皇位继承人，《武宗遗诏》中只是直言"皇考孝宗敬皇帝亲弟兴献王长子厚熜，聪明仁孝，德器夙成，伦序当立。遵奉祖训'兄终弟及'之文，告于宗庙，请于慈寿皇太后，与内外文武群臣合谋同辞。即日遣官迎取来京，嗣皇帝位"。（《明史纪事本末》卷50第733页）嘉靖帝的身份不明确，杨廷和等欲使帝仿汉哀帝、宋英宗以皇子身份继位，而遗诏中的行文却好像以孝宗从子、武宗从弟、兴献王长子的身份就可继皇帝位了；这就给人以太多想象的空间，也为《大礼议》之争埋下了伏笔；张璁等正是以此为口实攻击杨廷和，并为其坚守"继统不继嗣"的观点提供了依据。

其次，汉哀帝并未称生父定陶恭王为叔父，即位后就追尊其为恭皇帝，母为恭皇后，又将楚孝王之孙刘景改封为信都王，不再作为定陶王之后。而杨廷和等还是要嘉靖帝考孝宗，以生父母为叔父母，以崇仁王后兴献王，这正好与汉哀帝的历史事实相反。宋代濮议，司马光、程颐欲称英宗生父濮安懿王为皇伯父，遭到韩琦、欧阳修的强烈反对，并以英宗诏书、曹太后懿旨命尊濮安懿王为皇考。宋英宗迫于司马光等之议，虽未尊生父为皇考，但仍在贬谪反对派之后，尊濮安懿王为亲，以其墓为园，并即园立庙以祀。而杨廷和等却欲使嘉靖帝之生父母仍旧藩王名号，不欲行尊崇之典，这也与宋英宗的历史事实多不相符。

再者杨廷和等又以大舜不曾追崇其父瞽瞍为例，劝说帝不要尊崇生父母。殊不知舜受禅于尧，他所处的是异姓禅授的时代，与夏朝以后的父子相传的家天下是不可同日而语的。在君主专制时代，不用说帝王，就是士大夫，在取得功名爵禄之后，无有不尊崇父母、封妻荫子的，一些大臣还得追崇三代。故杨廷和此说被指为不近人情，也是嘉靖帝所坚决不能接受的。帝母蒋氏到京郊通州，闻朝议反对兴献王尊称，就曾诘问前来迎驾的随侍官员："尔侪已极显荣，独不为献王地乎？胡尊称至今未定也？"（《皇明永陵编年信史》卷1第6页）群臣无言以对，因为此时他们的父祖均因新皇登基而大受荣封了，而帝的父母却还要仍守在藩邸。可见，杨廷和等以汉、宋两议来作为处理"大礼议"的依据，而对其基本事实和理论均未弄清楚，"以其昏昏"，何以"使人昭昭"；牵强附会，终不能自圆其说，反被对立面抓到把柄，亦遭后人诟病。清毛奇龄在《辩定嘉靖大礼议》中竟直指"廷和可谓不读书，误人国事者"。同样，张璁等以所谓"人情论"来对待"大礼议"，也有很多强词夺理、甚至大逆不道的地方。如张璁以为"今皇上入继大统，以为天下者祖宗之天下，亦天下之天下也，故遗诏直曰'兴献王长子伦序当立'，初未尝明著为孝宗后，则陛下之兴，实所以承祖宗之统而顺天下之人心者也，比之预立为嗣、养之宫中者较然不同"。（《谕对录》卷1第3页）好像预立宫中与遗命迎立的帝位继承人是不同的，汉、宋二帝因预立已为人后，而嘉靖帝因是迎立而不当为人后。这与汉、宋两议的事实也不相符，且预养宫中与遗命迎立都是帝位的非典型性继承形态，本质上并无不同，所面对的问题也是相同的。

至于说到嘉靖帝是伦序当立，本书下篇第一章已有剖析，恕不再赘；但若果如其言，大明江山是"祖宗之天下""天下之天下"，那岂不是明太祖朱元璋的后裔、甚或普天下之人皆可入继皇位？除了革命或逆取，这种提法与君主专制王朝帝位传承的规则及嘉靖帝继位时的事实俱是格格不入的。当时何孟春等28位大臣曾合疏驳张璁等："彼尝谓武宗皇帝无子，又无亲弟；献皇帝在则实为孝宗皇帝亲弟，伦序当为天子，以及陛下，故皇帝、皇考皆当追称之者。设使武宗弥留之际，献皇帝无恙，先帝遗诏、母后懿旨、廷臣集议咸以《祖训》初无以叔继侄之文，止迎皇上，则献皇帝方命不遣，'是日伦序当我立'，可不可也？陛下曰'吾不知有天下，只知有吾父'，卒不受命，可不可也？又其时孝宗皇帝诸亲弟多有存者，设有阴奸如彼者，而在执政之地倡议'献皇帝只生一子，不得为人后'；圣母之意别有所属，陛下果如彼说，直以《祖训》为辞，不用诏旨而自请当立，可不可也？"（《世宗实录》卷41 第1065页）这几个"可不可也"的问题，答案应当是明确的。大学士蒋冕当时就曾抗疏曰："陛下嗣承丕基，固因伦序素定，然非圣母昭圣皇太后懿旨，与武宗皇帝遗诏，则将无所受命。"（《明史》卷190 第5044页）

　　张璁等又以天下是祖宗之天下，不得以私相授受为由，进而以嘉靖帝是伦序当立，否定其是受武宗遗诏、太后懿旨继位的事实，好像嘉靖帝是不曾受命之主，这尤为不经、甚至悖逆。对此，鸿胪寺右少卿胡侍批曰："至谓陛下自遵《祖训》入继，与慈寿无预。呜呼，此言出而天理灭、纲常绝矣。夫武宗遗诏明有'请于慈寿皇太后遣官迎取'之文，然后陛下得据此以践大位。假令武宗不及遗诏而崩，太后亦不及出旨迎立，而宸濠适又不死，称词犯顺，陛下虽伦序当立，宁能不待懿旨晏然践祚耶？夫太后亲授陛下以天位，功存社稷如此，璁等乃谓无所干预、专制，岂复有人心耶？"（《世宗实录》卷40 第1029页）至于张璁提出子不可以臣母，不可称生父母为皇叔父、母，斥之为不合人情；后又提出要称孝宗皇帝、昭圣太后为皇伯父、母，殊不知对于皇家来说，伯父母、叔父母，乃至伯、叔祖，皆是臣下，孝宗是已称宗入庙的已故皇帝，昭圣皇太后亦已母仪天下18年，又为皇太后16年，并亲自将天下交到了嘉靖帝手里，帝难道可以臣这个皇伯母吗？这明显也是自相矛盾，不能自圆其说的。

　　张璁又以"兄终弟及"是兴献帝承孝宗，嘉靖帝是以"父死子嗣"承兴献帝；殊不知其时兴献帝与孝宗一样亦已故去，而当时孝宗诸弟还有益王等尚健在，"兄终弟及"应及于益王，如何忽又成了"父死子嗣"而及于兴世子了，这在逻辑上也说不通，绕来绕去，使人如堕五里雾中。故清毛奇龄在《辩定嘉靖大礼议》中亦称"璁本无学……其资性之不敏也"。诚然，在"大礼议"中这种似是而非、反复无常的理论比比皆是，不胜枚举。既然谁也说服不了谁，终了那就以"非天子不议礼"为由，让皇帝的金口玉牙外加君权铁腕来决定。而这样，往往事虽遂愿，理却难明。

　　是呀，新皇登基，普天同庆，恩泽均沾，朝中士大夫皆有封赠、光宗耀祖，唯独皇帝不可尊崇自己的亲生父母邪？这确是有违孝道、不合人情。同样，百姓中有继为人子、承其家业者，必随其姓、奉其养，且世代承其后，笔者家族及亲友中就不乏其人。那么除了鼎革开国之君，后嗣之君从人家手中继承了江山社稷，难道可以不继人之嗣、承为人后吗？这样做似乎也是有违孝道、不合人情的。显然，这一问题对于皇帝而言，更是一个两难的选择：如果按百姓人家的常规做，虽合符孝道、人情，但不合宗统；如果以皇室之规制来做，虽合符宗统，但又不合孝道、人情。

一个在百姓那里非常简单明白的问题，到了皇帝这里就变得十分敏感复杂了：试想民间子过继为他人之后，仍可将生身父母当作长辈来敬重、来对待，一点都不勉强。可到了皇家，就有了君臣大义横亘在那里；作为臣子的生身父母，见了做了皇帝的儿子，也是君臣名分不可逾越，要行君臣大礼的，否则就是大逆不道。这是多么尴尬，又是多么不近人情，质言之，这也正是君主专制制度的本质所在和它的残酷性、非人性的表现。作为维系这一制度的道德和礼制，同样也具有这一特征，而成为其核心的忠孝思想，更是无不体现这一制度的本质。

中国几千年的君主专制社会，无一不将忠孝思想作为立国之本，从而构成了儒家文化的思想基础，成为中华民族的传统道德和传统伦理观念中的核心内容，也是统治阶级的两大精神支柱，对维护封建统治和社会的稳定起到了极其重要的作用。其中孝是中国社会形态逐渐发展演变为以家庭为单位的社会的产物，在因血缘关系而确立的父系社会中，随着生产的发展，私有财产得以确立；家庭成员中，后辈可以从前辈那里得到培养、继承财产，故对前辈的生养培立感恩崇敬，生尽奉养，死极哀思，是即为孝道。这是教化人民，维护社会稳定、家庭和谐的一个重要手段，也是国人一个根深蒂固的伦理观念。忠则是在君主专制社会的国家机器产生后，公天下演变成家天下，君主要求臣民，为国为君，尽心尽力，死而后已。这是巩固专制统治最根本的思想，也是历代志士仁人所秉持的崇高品质，更是我们中华民族虽历经磨难，却仍能生生不息、永续发展的重要思想。几千年来，这已经成为我们民族代代相传的优秀品德。当然，在今天看来，这要剔除专制统治者所刻意提倡的极端的愚忠、愚孝思想。"百善孝为先"，历代专制君主多信奉"以孝治天下"，之所以不遗余力地提倡孝道，只是看准了其可以"移孝作忠"的神奇作用。孔子在《论语·学而第一》中说："其为人也孝悌，而好犯上者鲜矣。不好犯上，而作乱者未之有也。"这就把孝在国家治理中的作用讲得十分透彻了，也给"移孝作忠"做了一个很好的注脚，故儒家有"求忠臣于孝子之门"的说法。儒家提倡和推崇忠孝思想，从根本上来说，是为了维护君亲长上的利益，继而为巩固宗法与专制制度服务。忠孝观念深深根植于宗法思想及专制制度之中，"父为家君，君为国父"；"君要臣死，臣不得不死；父要子亡，子不得不亡"；"君为臣纲，父为子纲，夫为妻纲"等等，都使忠孝固化为人们的思想和行动。一言以蔽之，忠维护的是庙堂秩序，孝维护的是血源秩序，二者共同成为维护封建秩序的两大思想支柱。但忠和孝并不能总是完美统一的，当它发生矛盾时，也就是"忠孝不能两全"时，儒家的价值取向无疑是无条件地去尽忠，不尽大忠而去行小孝是不可取的。"大礼议"中双方都坚持忠孝思想，只是对其的理解各有偏颇，且尽忠尽孝的对象又截然不同，这就使忠孝的矛盾变得更加尖锐和复杂了。

就以水火不相容的议礼双方的头面人物杨廷和与张璁而言，他们对忠孝的认知也是大相径庭的。杨廷和成名于成化朝，得殊遇于弘治朝，受隆恩于正德朝，大有作为于嘉靖朝。作为四朝元老的他，对宪宗、孝宗、武宗祖孙三代皇帝的感恩之情是不言而喻的，效忠之心不仅是宗法正统观念使然，而且具有十分浓厚的感情色彩。面对武宗无后，孝宗、武宗之统难以为继的局面，他必然秉持儒家"继绝世"的使命感，坚持要嘉靖帝考孝宗、母昭圣，并不以为忤，而觉得这是助君不违宗法、得成圣主，与谏君善行仁政，都是臣子尽忠的职责。张璁虽然也经历了这四朝，但在前三朝他都命途多舛，郁郁不得志，直到嘉靖帝即位后才得中进士，登上仕途；效忠新帝，才能得到皇家的眷顾重用，从而仕途坦荡，而正是"大礼议"给他带来了这一千载难逢的机遇，那他所作的选择也就成了必然。他不惧与举朝为敌，坚定地支持嘉靖帝尊崇生父母。当嘉靖帝要将未登皇位的生父称宗入庙时，他又从自己所受的教育和理念出发，本能地表示反对。但一遇帝的坚持和威胁，又立即曲顺帝意，甚而一味逢迎，极尽颂瑞、献谀之能事。这是由于他认为自己只要忠顺于嘉靖帝就是尽忠了，而这与嘉靖帝对"忠"的看法也是一致的。然而非常有趣的是，忠君观念和言行如此迥异的杨廷和与张璁二人，身后的易名之典却竟然都是"文忠"。嘉靖十四年张璁病故，按明代的规制，其谥号必须由礼部及廷臣公议，再由皇帝赐予。然而正所谓谥者行之迹也，号者表之功也；行出于己，名生于人；张璁"'大礼'大狱，丛诟没世，顾帝始终眷礼，廷臣卒莫与二，尝称少师罗山而不名。其卒也，礼官请谥，帝取危身奉上之意，特谥文忠"。（《明史》卷 196 第 5180 页）嘉靖帝固然明白，以张璁生平之言行，一经朝臣评议，恐怕得不到什么好谥，故他绕开礼部和朝臣，直接赐其谥为"文忠"。而杨廷和因"大礼议"忤嘉靖帝，嘉靖七年被莫名定罪而削职为民，次年卒于乡，以庶人礼葬于家茔父墓之侧。直至 38 年后，嘉靖帝崩，其子穆宗即位，科道官交章奏杨廷和"大节不亏，应得恤典。下礼部议，议云：'杨廷和性抱忠贞，才优经济，相武庙于危疑之日，而讦谟默定，克收旋转之功；翊先皇于继统之初，而朝政一新，懋赞中兴之烈。厚终正始，勋庸卓著于两朝；直节高风，誉望尚流于四海。'上允其议，赠官太保，谥文忠"。（《国朝献征录》卷 15 第 503 页）这两个"文忠"的人品资历、事业功绩、舆情口碑，史志所载甚详甚明，毋庸赘言，其相校高下立判，清浊立显，忠奸也就自明了。两人虽同谥文忠，杨廷和是死后多年的公议，张璁则是嘉靖帝利用皇权的私赠。在嘉靖帝看来，杨廷和的诤谏是执拗，是权奸忤逆，张璁的柔媚忠顺才是臣子忠贞之道，帝这种对忠孝认知的偏差，也是他日后行政用人出现重大失误的思想根源。

至于一些人极为推崇并津津乐道张璁不避嫌疑、时进谠言的突出事例，就是他力谏嘉靖帝欲杀张延龄之事。帝因"大礼议"而忌恨皇伯母张太后家，会太后弟张延龄为人所告，帝欲坐其谋逆论死，"孚敬诤曰：'延龄，守财奴耳，何能反。'数诘问，对如初。及秋尽当论，孚敬上疏曰：'昭圣皇太后春秋高，卒闻延龄死，万一不食，有他故，何以慰敬皇帝在天之灵。'帝恚，责孚敬：'自古强臣令主非一，若今爱死囚令主矣。当悔不从廷和事敬皇帝耶？'帝故为重语喝止孚敬，而孚敬意不已。

以故终昭圣皇太后世，延龄得长系。"（《明史》卷196第5180页）这是张璁传所记，俨然是一强谏直臣；而同为《明史》，在皇太后张氏传中却记道："会太后弟延龄为人所告，帝坐延龄谋逆论死，太后窘迫无所出。哀冲太子生，请入贺，帝谢不见。使人请，不许。大学士张孚敬亦为延龄请，帝手敕曰：'天下者，高皇帝之天下，孝宗皇帝守高皇帝法。卿虑伤伯母心，岂不虑伤高、孝二庙心耶？'孚敬复奏曰：'陛下嗣位时，用臣言，称伯母皇太后，朝臣归过陛下，至今未已。兹者大小臣工默无一言，诚幸太后不得令终，以重陛下过耳。'"（《明史》卷114第3528页）《明通鉴》卷56所记与此略同，但最能表明其心迹的还是其在所著《谕对录》中的奏疏；张璁因张延龄案多次受到嘉靖帝诘责后，不得已于嘉靖十二年九月十四日再上疏云："臣伏思皇上欲察延龄逆情真与不真、行法当与不当，请自今日在朝人心观之。夫延龄兄弟当孝宗、武宗时，朝士多相交往，臣时虽未入仕，窃尝闻之。武宗弥留之际，皇上迎继大统未至京师，阁臣上托昭圣皇太后懿旨，拿人辄自处断，彼时威权，内外已震惧矣。迨夫皇上嗣统，阁臣等乃辄敢以皇上考孝宗、母昭圣，凡在朝者靡不翕从。昭圣因自以有拥立之恩，以子皇上为当然，以至圣母至京莫知所以接见之礼，皆臣下谬妄之罪以误昭圣也。彼时臣初为进士，未尝受皇上一命之寄，皇上亦未尝识臣为何如人，臣只因见得道理之真，故敢以一人犯天下之怒。幸赖圣明在上裁决，不然臣万死无益也。今朝士恨臣之心实未尝一日肯忘，每欲相时报复，虽昭圣皇太后之心，恐亦未尝一日忘臣者也。尝有人以斯言告臣者，臣答之曰：'臣子事君，惟尽此心之诚，若夫成败利钝，则在乎天而已。'臣自誓此心至死靡他也。今者延龄情发，臣观内外大小臣工俱默默无言，虽言官亦无敢言孰是孰非者，何也？实皆幸皇上今有此举，以为悉由议大礼中来。得皇上诛灭延龄家，俾昭圣皇太后不得善终，以深皇上之过；以臣及献夫阳为解释，阴为佐助，以重臣二人之罪莫逃于天下后世。其设心如此而已，特圣明偶未之察耳。"（《谕对录》卷34第5页）这是张璁上嘉靖帝的密奏，可说是真情实话，从中可以明确看出，张璁之所以要反复劝阻嘉靖帝杀张延龄，最根本的原因是他生怕这将引发昭圣皇太后横死的严重后果，使自己在"大礼议"中的言行所应担负的历史责任将会成为不可承受之重。他心虚了，他恐惧了，不管是从忠还是从孝的角度出发，他都不愿发生这种恶果。这也点醒了嘉靖帝，尽管此时他已百般厌恶张太后，但毕竟这曾是他的君上和母后，是这个老女人亲手将皇位交到了自己手里，他不得不虚与委蛇，这从他给张璁的密谕中也可见端倪。嘉靖十二年九月十一日他在密谕中道："谕内阁送张元辅：今日午时，皇伯母令内官传示云，皇伯母亲至朕处为喜。当时朕即知皇伯母意，止以张延龄为逆耳。朕差内侍官往奏云：'适奉皇伯母传示亲至侄处为喜，但恐上劳慈降，又侄今日以秋开讲奠先师，请赐免降。'乃止。又移刻，复传云明日仍行。朕复差人往奏云：'兹再奉慈爱，宜当承顺。人家生子，此常事也，岂敢上烦慈躬亲降。如有教示，请传来。'乃复止。少顷，复令内官持物到朕宫，云伯母说皇帝大喜事，但张延龄事须将就。"

（《谕对录》卷34第1页）这是张太后因弟张延龄案，欲借皇长子生往贺以见嘉靖帝说项，而帝婉拒不见的真实情境，可这毕竟是宫廷秘事，外人不得而知；可若张太后因此而横死，再加上《大礼议》的缠斗，标榜以孝治天下的嘉靖帝将何以措辞？故终昭圣皇太后世，延龄得长系狱中，直到张太后寿终正寝，帝才将其处死。

　　嘉靖帝对忠、孝的纠结不仅在此一端，于他从根本上说，这就是一个两难的选择。他当下是皇帝，可他也曾是武宗的臣子，又受命于武宗和昭圣皇太后，从宗法上讲昭圣皇太后是他的母后、圣母，那他理应为武宗尽忠、为昭圣尽孝。可这样一来他就只得仍将亲生父母置于藩国而不能尽孝了；而其时父虽死，母尚在，他若要迎养生母以尽孝道，可这君臣大义又将如何处置？正如张璁在密疏中对嘉靖帝说的，昭圣皇太后"以子皇上为当然，以至圣母至京莫知所以接见之礼"。面对如此尴尬的局面和朝中几乎一边倒的舆情，张璁一言"子不能臣其母"，正好戳到嘉靖帝的心坎里；他在忠孝不能两全的情况下，没有按照君主专制社会的价值取向无条件地去尽忠，而是选择了尽自己的私孝，这就与杨廷和等廷臣所秉持的儒家正统思想产生了冲突，也就必然引发激烈的争议。嘉靖帝和张璁在"大礼议"初期极力标榜的"人情论"，看是为了克尽孝道，其实不然。他对有恩于他的皇伯母昭圣皇太后不要说晨昏侍奉，就是同住在一个深宫大院里，竟长期拒绝与其见面，这何谈孝道，又哪有一点人情味？再说子臣其母，这在今天看来确实有悖人性，不通人情；但在当时君主专制的社会里，子真的不能臣其母吗？答案当然是否定的。在那个社会里，统治思想、礼制法条、价值取向，无不充斥着这种非人性的内容，尤其在君臣大义上更是如此。明太祖朱元璋在《皇明祖训·礼仪》中明确规定："凡天子与亲王，虽有长幼之分，在朝廷必讲君臣之礼。盖天子之位即祖宗之位，宜以祖宗所执大圭，于上镂字，题曰'奉天法祖，世世相传'。凡遇亲王来朝，虽长于天子者，天子执相传之圭以受礼，盖见此圭如见祖考也。"（《皇明祖训》第19页）可见在皇帝面前，不管什么皇叔父母、皇伯父母，哪怕是皇叔伯祖父母，如其不曾当过皇帝、皇后，那就皆是臣下，这是不争的事实。至于其亲生父母，一般来说应当都是帝、后，在皇位非常规性传继的特殊情况下，如汉定陶王、宋濮王、明兴献王皆未登帝位，以君臣大义来衡量，其臣下的地位也是十分明确且不可逾越的，这也正是那个社会法统的本质所决定的。

　　我国古典文学巨著《红楼梦》被誉为"封建社会上层的百科全书"，毛泽东主席也曾说过，不读《红楼梦》，就不了解封建社会。书中对社会世道百态的描摹饶是活灵活现，其中有关君臣之道的叙述更是翔实真切，主要就表现在贾元春的身上。元春是荣国府二老爷贾政的长女，被选入宫，封为贤德贵妃；贾母是她的亲祖母，王夫人是她的亲娘，贾赦则是她的亲伯父，书中详细描述了他们相见时几个场景的礼仪。

　　一是正月十五日，贾妃奉旨回家省亲，书中第十八回写道："至十五日五鼓，自贾母等有爵者，俱各按品大妆。大观园内帐舞蟠龙，帘飞绣凤，金银焕彩，珠宝生辉；鼎焚百合之香，瓶插长春之蕊，静悄悄无一人咳嗽。贾赦等在西街门外，贾母等在荣府大门外，街头巷口，用围幕挡严。……忽听外面马跑之声不一，有十来个太监，喘吁吁跑来拍手儿。这些太监都会意，知道是来了，各按方向站立。贾赦领合族子弟在西街门外，贾母领合族女眷在大门外迎接，半日静悄悄的。忽见两个太监骑马缓缓而行，至西街门下了马，将马赶出围幕之外，便面西站立；半日又是一对，亦是如此。少时便来了十来对，方闻隐隐鼓乐之声。一对对龙旌凤翣，雉羽宫扇，又有销金提炉，焚着御香，然后一把曲柄七凤金黄伞过来，便是冠袍带履，又有执事太监捧着香巾、绣帕、漱盂、拂尘等物。一队队过完，后面方是八个太监抬着一顶金顶黄绣凤銮舆，缓缓行来。贾母等连忙跪下，早有太监过来，扶起贾母等，那銮舆抬入大门仪门往东一所院落门前，有太监跪请下舆更衣，于是抬入门，太监散去，只有昭容、彩嫔等引元春下舆。……礼仪太监请升座受礼，两阶乐起。二太监引贾赦、贾政等于月台下排班上殿，昭容传谕曰：'免。'乃退出。又引荣国太君及女眷等自东阶升月台下排一番班，昭容再谕曰：'免。'于是亦退。茶三献，贾妃降座，乐止，退入侧室更衣，方备省亲车驾出园。至贾母正室，欲行家礼，贾母等俱跪止之。贾妃垂泪，彼此上前厮见，一手挽贾母，一手挽王夫人，三个人满心皆有许多话，俱说不出，只是呜咽对泣而已。邢夫人、李纨、王熙凤、迎春、探春、惜春三人，俱在旁垂泪无言。半日，贾妃方忍悲强笑，安慰贾母、王夫人道：'当日既送我到那不得见人的去处，好容易今日回家，娘儿们一会，不说不笑，反倒哭个不了，一会子我去了，又不知多早晚才能一见呢！'说到这句，不禁又哽咽起来。邢夫人忙上来劝解。贾母等让贾妃归坐，又逐次一一见过，又不免哭泣一番。然后东西两府执事人等在外厅行礼。……又有贾政至帘外问安。贾妃于内行参等事。又向其父说道：'田舍之家，齑盐布帛，得遂天伦之乐；今虽富贵，骨肉分离，终无意趣。'贾政亦含泪启道：'臣草芥寒门，鸠群鸦属之中，岂意得征凤鸾之瑞。今贵人上赐天恩，下昭祖德，此皆山川日月之精奇、祖宗之远德钟于一人，幸及政夫妇。且今上体天地生生之大德，垂古今未有之旷恩，虽肝脑涂地，岂能报效于万一！惟朝乾夕惕，忠于厥职。伏愿我君万岁千秋，乃天下苍生之福也。贵人切勿以政夫妇残年为念，更祈自加珍爱，惟勤慎肃恭以侍上，庶不负上眷顾隆恩也。'贾妃亦嘱以'国事宜勤，暇时保养，切勿记念。'"（《红楼梦》第十八回第103页）

二是贾府中闻得贾妃有病，书中第八十三回写道："到了晌午，打听的尚未回来，门上人进来回说：'有两个内相在外要见二位老爷呢。'贾赦道：'请进来。'门上的人领了老公进来。贾赦、贾政迎至二门外，先请了娘娘的安，一面同着进来，走至厅上让了座。老公道：'前日这里贵妃娘娘有些欠安。昨日奉过旨意，宣召亲丁四人进里头探问。许各带丫头一人，余皆不用。亲丁男人只许在宫门外递个职名，请安听信，不得擅入。准于明日辰巳时进去，申酉时出来。'贾政、贾赦等站着听了旨意，复又坐下，让老公吃毕茶，老公辞了出去。贾赦、贾政送出大门，回来先禀贾母。……次日黎明，各间屋子丫头们将灯火俱已点齐，太太们各梳洗毕，爷们亦各整顿好了。一到卯初，林之孝和赖大进来，至二门口问道：'轿车俱已齐备，在门外侍候着呢。'不一时，贾赦、邢夫人也过来了，大家用了早饭。凤姐先扶老太太出来，众人围随，各带使女一人，缓缓前行。又命李贵等二人先骑马去外宫门接应，自己家眷随后。文字辈至草字辈各自登车骑马，跟着众家人，一齐去了。贾琏、贾蓉在家中看家。且说贾家的车辆轿马俱在外西垣门口歇下等着。一会儿，有两个内监出来说：'贾府省亲的太太奶奶们，着令入宫探问；爷们俱着令内宫门外请安，不得入见。'门上人叫快进去。贾府中四乘轿子跟着小内监前行，贾家爷们在轿后步行跟着，令众家人在外等候。走近宫门口，只见几个老公在门上坐着，见他们来了，便站起来说道：'贾府爷们至此。'贾赦、贾政便捱次立定。轿子抬至宫门口，便都出了轿。早有几个小内监引路，贾母等各有丫头扶着步行。走至元妃寝宫，只见奎壁辉煌，琉璃照耀。又有两个小宫女儿传谕道：'只用请安，一概仪注都免。'贾母等谢了恩，来至床前请安毕，元妃都赐了坐。贾母等又告了坐。元妃便向贾母问道：'近日俱上可好？'贾母扶着小丫头，颤颤巍巍站起来，答应道：'托娘娘洪福，起居尚健。'元妃又向邢夫人、王夫人问了好，邢、王二人站着回了话。元妃又问凤姐家中过的日子若何，凤姐站起来，因奏道：'尚可支持。'元妃道：'这几年来难为你操心。'凤姐正要站起来回奏，只见一个宫女传进许多职名，请娘娘龙目。元妃看时，就是贾赦、贾政等若干人。那元妃看了职名，眼圈儿一红，止不住流下泪来。宫女儿递过绢子，元妃一面拭泪，一面传谕道：'今日稍安，令他们外面暂歇。'贾母等站起来，又谢了恩。元妃含泪道：'父女兄弟，反不如小家子得以常常亲近。'贾母等都忍着泪道：'娘娘不用悲伤，家中已托娘娘的福多了。'元妃又问：'宝玉近来若何？'贾母道：'近来颇肯念书。因他父亲逼得严紧，如今文字也都做上来了。'元妃道：'这样才好。'遂命外宫赐宴，便有两个宫女儿、四个小太监引了一座宫里，已摆得齐整，各按座次坐了，不必细述。一时吃完了饭，贾母带着他婆媳三人谢过宴，又耽搁了一回。看看已近酉初，不敢羁留，俱各辞了出来。"（《红楼梦》第八十三回第576页）

三是得知贾妃病危，书中第九十五回写道："忽一天，贾政进来，满脸泪痕，喘吁吁说道：'你快去禀知老太太，即刻进宫！不用多人的，是你服侍进去。因娘娘忽得暴病，现太监在外立等，他说太医院已经奏明痰厥，不能医治。'王夫人听说，便大哭起来。贾政道：'这不是哭的时候，快快去请老太太，说的宽泛些，不要吓坏了老人家。'贾政说着，出来吩咐家人侍候。王夫人收了泪，去请贾母，只说元妃有病，进去请安。贾母念佛道：'怎么又病了！前番吓得我了不得，后来又打听错了。这回情愿再错了也罢！'王夫人一面回答，一面催鸳鸯等开箱取衣服穿戴起来。王夫人赶着回到自己房中，也穿戴好了，过来伺候。一时出厅上轿进宫，不题。且说元春自选了凤藻宫后，圣眷隆重，身体发福，未免举动费力。每日起居劳乏，时发痰疾。因前日侍宴回宫，偶沾寒气，勾起旧病。不料此回甚属利害，竟至痰气壅塞，四肢厥冷。一同奏明，即召太医调治。岂知汤药不进，连用通关之剂，并不见效。内官忧虑，奏请预办后事。所以传旨命贾氏椒房进见。贾母、王夫人遵旨进宫，见元妃痰塞口涎，不能言语，见了贾母，只有悲泣之状，却少眼泪。贾母进前请安，奏些宽慰的话。少时贾政等职名递进，宫嫔传奏，元妃目不能顾，渐渐脸色改变。内宫太监即要奏闻，恐派各妃看视，椒房姻戚未便久羁，请在外宫候伺。贾母、王夫人怎忍便离，无奈国家制度，只得下来，又不敢啼哭，惟有心内悲感。朝门内官员有信。不多时，只见太监出来，立传钦天监。贾母便知不好，尚未敢动。稍刻，小太监传谕出来说：'贾娘娘薨逝。'……贾母含悲起身，只得出宫上轿回家。贾政等亦已得信，一路悲戚。到家中，邢夫人、李纨、凤姐、宝玉等出厅分东西迎着贾母请了安，并贾政、王夫人请安，大家哭泣。不题。次日早起，凡有品级的，按贵妃丧礼，进来请安哭临。"（《红楼梦》第九十五回第 651 页）

从以上所引的这些文字中，我们清楚地看出贾元春与她祖母、父母、伯父母等长辈之间的君臣关系。但她毕竟只是皇帝的一个妃子，那么放在皇帝本人身上会是怎么样呢？由于在位皇帝的特殊身份，他的不曾为皇帝的生父尚能健在的可能性几乎不存在，如汉哀帝之父定陶共王刘康、东汉光武帝之父南顿县令刘钦、宋英宗之父濮安懿王赵允让、南宋孝宗之父赵子偁等都是这个情况，嘉靖帝也是这个情况。而要明确说明皇帝与其在生之父的这一关系，我们应列举在位皇帝且父母健在的事例，这就是清光绪帝和宣统帝。

同治帝（庙号穆宗，1856—1874）载淳，是清朝爱新觉罗皇族第八代皇帝，在位 13 年，年仅 19 岁即病故。其时帝既无子嗣，又无兄弟，与明武宗朱厚照去世时的情形完全相同。其父咸丰帝（庙号文宗，1831—1861）奕詝，是清朝第七代皇帝，在位 11 年，年仅 31 岁病故，虽生有两子，但次子生未命名即殇，与明孝宗去世时子嗣的情形亦相同。其祖父道光皇帝（庙号宣宗，1782—1850）旻宁，是清朝第六代皇帝，在位 30 年，生有九子：第一子奕纬，早卒，咸丰间追封隐志郡王，无子，以贝勒绵懿子奕纪为后。第二子奕纲，生二岁早殇，咸丰间追封顺和郡王。第三子奕继，生三岁早殇，咸丰间追封慧质郡王。第四子奕詝，继位后即为咸丰皇帝。第五子奕誴，出继叔父惇恪亲王绵恺为后。第六子奕䜣，咸丰间封恭亲王，有四子。第七子奕譞，咸丰间进封醇亲王，有七子。第八子奕詥，咸丰间封钟郡王，无子，以恭亲王奕䜣子载滢为后，坐事夺爵，归宗；又以醇亲王奕譞子载涛为后。第九子奕譓，咸丰间封孚郡王，无子。这与明宪宗子嗣的情形亦相似。同治帝驾崩，此时的皇位继承人，按"父死子嗣"，则同治帝无子；按"兄终弟及"，则其亦无弟；以明代杨廷和等当年的办法，只能从帝祖道光皇帝诸子、诸孙中伦序选择皇位继承人了。此时道光帝第一、二、三子俱已早殇，第四子咸丰帝亦早已驾崩，第五子又出继小宗，已不在道光帝系，那就轮到第六子恭亲王一支了，这一切都与明嘉靖帝被选中时宗室的情形完全一样。但此时的朝廷却与前代迥然不同，清帝国的皇权早已旁落，同治帝生母慈禧太后垂帘听政已久，牢牢掌控着国家的最高权力，处理皇位继承问题亦与明武宗朝大不相同。同治十三年（1874）同治帝驾崩，两宫皇太后召众亲王宗室、大臣等定议，跳过六王爷恭亲王一支，传太后懿旨，直接以七王爷醇亲王的次子载湉过继给咸丰帝为子，入承大统，为嗣皇帝；并明确待嗣皇帝有子，即承同治帝为后，这个嗣皇帝就是光绪帝（庙号德宗，1871—1908），是清朝第八代第九位皇帝。慈禧太后之所以有这种选择，原因不外有二：一是光绪帝其时才虚龄四岁，幼主登基，皇太后继续垂帘听政就顺理成章；二是光绪帝的生母叶赫那拉氏是慈禧太后的亲妹妹，光绪帝不仅从父系上论是她的从子，从母系上论还是她的外甥，相比其他从子就更加亲密，更为可靠。

　　光绪帝即位，其生父母醇亲王奕譞及福晋俱健在，如何处理他们的君臣、父子、母子关系，史籍记载得明白：光绪帝一继位，醇亲王即奏请皇太后，言："臣侍从大行皇帝十有三年，昊天不吊，龙驭上宾。仰瞻遗容，五内崩裂。忽蒙懿旨下降，择定嗣皇帝，仓卒昏迷，罔知所措。触犯旧有肝疾，委顿成废。惟有哀恳矜全，许乞骸骨，为天地容一虚縻爵位之人，为宣宗成皇帝留一庸钝无才之子。"（《清史稿》卷221第9108页）经王大臣集议，以其奏诚恳，同意罢去一切职任，只照料菩陀峪陵工，并命其王爵世袭。这是醇亲王欲行韬晦而自保，主动避位，以免不测。光绪二年（1876）又命其入宫，照料小皇帝读书。为避免再生明代"大礼议"的政治风波，醇亲王奕譞又在其子光绪帝即位的次年即上密奏："臣见历代继承大统之君，推崇本生父母者，备在史书。其中有适得至当者焉，宋孝宗不改子偁秀王之封是也。有大乱之道焉，宋英宗之濮议、明世宗之议礼是也。张璁、桂萼之俦，无足论矣。忠如韩琦，乃与司马光议论抵牾，其故何欤？盖非常之事出，立论者势必纷沓扰攘，乃心王室，不无其人；而以此为梯荣之具，迫其主以不得不视为庄论者，正复不少。皇清受天之命，列圣相承，十朝一脉，讵穆宗毅皇帝春秋正盛，遽弃臣民。皇太后以宗庙社稷为重，特命皇帝入承大统，复推恩及臣，以亲王世袭罔替。渥叨异数，感惧难名。原不须更生过虑，惟思此时垂帘听政，简用贤良，廷议既属执中，邪说自必潜匿。倘将来亲政后，或有草茅新进，趋六年拜相捷径，以危言故事耸动宸听，不幸稍一夷犹，则朝廷滋多事矣。仰恳皇太后将臣此折，留之宫中，俟皇帝亲政，宣示廷臣世赏之由及臣寅畏本意，千秋万载，勿再更张。如有以治平、嘉靖之说进者，务目之为奸邪小人，立加屏斥。果蒙慈命严切，皇帝敢不钦遵，不但臣名节得以保全，而关乎君子小人消长之机者，实为至大且要。"（《清史稿》卷221第9109页）皇太后按照醇亲王的请求，留疏宫中。果不其然，帝亲政后不久的光绪十五年（1889）二月，河道总督吴大澂即上密奏，引乾隆帝《御批通鉴辑览》，"略谓：'宋英宗崇奉濮王，明世宗崇奉兴王，其时议者欲改称伯叔，实人情所不安，当定本生名号, 加以徽称'; 且言: '在臣子出为人后, 例得以本身封典貤封本生父母, 况贵为天子, 天子所生之父母, 必有尊崇之典, 请饬廷臣议醇亲王称号礼节。' 特旨宣示。"(《清史稿》卷 221 第 9109 页) 疏入, 慈禧太后震怒, 命出醇亲王当年之疏颁示天下, 谕曰: "皇帝入承大统, 醇亲王奕譞谦卑谨慎, 翼翼小心, 十余年来, 殚竭心力, 恪恭尽职。每优加异数, 皆涕泣恳辞, 前赐杏黄轿, 至今不敢乘坐。其秉心忠赤, 严畏殊常, 非徒深宫知之最深, 实天下臣民所共谅。光绪元年正月初八日, 王即有《豫杜妄论》一奏, 请俟亲政宣示, 俾千秋万载, 勿再更张。自古纯臣居心, 何以过此? 当归政伊始, 吴大澂果有此奏, 特明白晓谕, 并将王原奏发钞, 俾中外咸知贤王心事, 从此可以共白。阚名希宠之徒, 更何所容其觊觎乎?"(《清史稿》卷 221 第 9110 页) 为此, 吴大澂几得严遣, 幸得以母丧归, 乃已。当然, 吴大澂并不是如张璁辈的 "草茅新进", 也不是 "趋六年拜相捷径", 此时他中进士、历官已二十余年, "会海军议起, 以醇亲王奕譞为总理。大澂素与王善, 治河功成, 实授河道总督, 加头品顶戴。大澂遂疏请尊崇醇亲王称号礼节。"(《清史稿》卷 450 第 12552 页) 可见他欲 "以此为梯荣之具" 的目的性是不难明白的, 故《清史稿》在其本传中称之为 "才气自喜, 卒以虚憍败"。他是看错了形势, 不明白当时皇帝虽已亲政, 但君权依然牢牢掌握在皇太后手中; 更不清楚醇亲王奕譞为了自保, 早已上了《豫杜妄论疏》, 这下拍马屁拍到了马腿上, 他的遭遇与张璁等截然相反就是必然的了。一年后奕譞去世, 依乾隆帝《御批通鉴辑览》中所述, 定称号曰 "皇帝本生考", 但封号却仍然是原来的 "醇亲王", 君臣名号是决不容混淆的, 天子臣其父母的现实亦始终未能改变。

光绪三十四年 (1908) 帝驾崩, 无子, 原在其继位时所作如有子嗣必须承同治帝为子的安排根本无法兑现了; 同时, 由于他是承嗣咸丰帝, 故在帝系大宗亦无兄弟, 这就又遇上了明武宗、清同治帝去世时同样的无子、无弟做皇位继承人的大难题。既然帝系大宗无有继位者, 那就只好再从旁支中选择, 而最便捷的选择就是从光绪帝所出的旁支醇亲王府解决。醇亲王奕譞生有七子, 第一子、第三子、第四子俱早夭, 第二子即光绪帝, 故奕譞去世后已由其第五子载沣袭封醇亲王, 而第六子载洵、第七子载涛其时俱已出继他房, 不在醇亲王一系。这时如要按 "兄终弟及" 继位, 就是现任醇亲王载沣了; 如要按 "父死子嗣" 继位, 就必须为光绪帝立后。这时朝政仍由慈禧太后掌控, 她直接下懿旨, 命醇亲王载沣之子 3 岁的溥仪入承大统, 为嗣皇帝, 是即宣统皇帝; 并明确他是嗣同治帝, 兼承光绪帝之祧, 即一子双祧; 又命醇亲王载沣为摄政王监国。溥仪是载沣的长子, 生母是载沣嫡福晋苏完瓜尔佳氏, 故他亦是荣禄的外孙。荣禄在戊戌政变中为慈禧太后立下了大功, 深得信任, 位居首辅, 统辖近畿三军, 立他的外孙子为帝亦体现了太后的权谋。与光绪帝一样, 此时宣统帝的生父母俱健在, 小皇帝与监国摄政的醇亲王载沣及其福晋仍是君臣关系, 仍然是天子臣其父、臣其母的现实, 这在溥仪所著《我的前半生》及诸多表现末代皇帝的著作和影视作品中都有非常详尽、生动的描摹，笔者在此就不再赘述了。

　　综上所述，"忠孝思想"是"大礼议"中双方所秉持的最根本的理论和道德准则，只是由于立场的不同，阐释的内容和观点也不同。杨廷和等廷臣要忠于孝宗、武宗的皇统大宗，必然要求嘉靖帝忠于孝宗、武宗，孝顺慈寿皇太后；当然，他们认为自己这样做也是为了使嘉靖帝避免违反纲常、悖逆伦理，从而能成为一代圣君，同样这也就是对他的忠诚。但这样的安排，确实使嘉靖帝不能对亲生父母尽孝，有悖于人情。而他们之所以这样做，正是欲通过对儒家经典的再诠释，使名分、礼秩回归"合礼"，从而避免皇权的个人性膨胀，让政治权力和社会秩序在"公义"的轨道上运行，以实现儒家理想的君臣共治局面；这也是符合君主专制社会的价值取向的，它的反人性也正是体现了这一制度的本质的。相反，嘉靖帝为了建立自己新的皇权正统，以小宗替代大宗，必然要崇尊自己的生父母，故他便以"孝道""人情"来抵制宗法制度，企图以此摆脱礼制对他的束缚；同时又强调自己是"伦序当立"，是受天命得位，把曾是自己君主的孝宗、武宗二帝及慈寿皇太后视为赘疣。张璁等议礼新贵，为求仕途速化，迎合帝意，视宗法制度如敝屣，以"礼不过人情"来支持帝崇尊生父母；又以"非天子不议礼"来怂恿帝利用君权暴力来实现自己的政治目标，从而陷君于不义。他们只讲忠于嘉靖帝，而对老主子孝宗、武宗则不屑一顾，因为他们知道，只有当下的君权才具有含金量。他们提出"子不能臣其母"的观点，既违反了君主专制的宗法思想，也不符合当时的社会现实。这看似在价值取向上偏重于孝道，但其实这也只不过是个借口和挡箭牌而已，真正践行起来也不尽然。嘉靖帝号称"圣孝"，可对亲手把他扶上帝位的皇伯母慈寿皇太后却长期不理不睬；太后欲借"哀冲太子生，请入贺，帝谢不见。使人请，不许"。（《明史》卷114第3529页）这种状态直延至嘉靖二十年（1541）太后去世，他连奠祭也不参加，只命内官代行。武宗皇后去世，他又以"叔嫂无服"为借口，不按丧仪为这位曾君临其上十五年的长嫂服丧；并与张璁合谋，不顾礼仪制度，不按历代元后惯例，杀减其谥号的字数。"大礼议"中，他曾在京师为自己的亲生父亲兴献王建"世庙"，崇尊之荣比之太祖、太宗，世世不迁；群臣纷纷上疏谏止，他均置之不理。可十一年后的嘉靖十五年（1536），当他考虑到自己身后要称"世宗"入太庙，就不顾亲情、不恤人言，毅然把他父亲的"世庙"改为"献皇帝庙"，把这个"世"字预留给了自己，足见其口口声声笃行孝道的虚伪。议礼双方在"大礼议"中虽然各自引经据典，争论异常激烈，对忠孝的阐释也是针锋相对，但这只不过是因立场的不同，对忠孝指向的目标各异，而其思想的本质则是相同的。因此我们可以说，在"大礼议"中，没有谁代表先进思想，谁代表保守思想，也就不存在所谓先进思想与保守思想的斗争。"大礼议"的这场斗争，只不过是统治集团内部两股政治势力，为了实现自己的政治目标，利用"忠孝"为武器而进行的一场斗争而已。斗争的结果，就像慈禧太后以君权维护了大清的皇权正统一样，嘉靖帝也正是用君权重建了自己新的皇权正统; 这里不存在什么思想战胜什么思想的胜利, 我们今天也就不必乱贴标签、牵强附会, 更不用随意将其拔高而论。

第五章 "大礼议"与嘉靖新政

讨论"大礼议", 嘉靖新政是个绕不开的话题。一些时间以来, 有人把这叫作嘉靖革新或嘉靖改革, 认为这一革新孕育于"大礼议"的结果之中, 正是嘉靖帝取得了"大礼议"的胜利, 使以"大礼新贵"张璁等"新兴势力"取代了杨廷和等旧势力, 重建了嘉靖新秩序, 才形成了推行全面革新的历史条件。因而张璁等才是这一革新的主角, 而杨廷和绝不是主角, 充其量只不过是个"新政的设计师"而已, 真正实施革新的是在"大礼议"中上台的张璁等人。并认为这一革新大致持续了二十年左右, 又为后来万历朝张居正的改革开启了先河。如此等等, 均涉及如何评价嘉靖新政, 对此前人已有太多的论述, 无须笔者赘述。我们在这里只是着重讨论"大礼议"对嘉靖新政的影响, 而要厘清这一问题, 首先就必须弄清什么是嘉靖新政。

如前文所述, 正德朝的十六年间, 由于武宗皇帝宠信太监、边将等幸臣, 荒嬉无度, 致使朝政紊乱, 危机四伏; 朝野官民思治, 切盼新政如久旱之思雨露。生于斯朝、长于斯朝的兴王府世子朱厚熜, 对当时这种政治氛围必然感同身受, 兴献王的良好家教, 又使他产生了效法先王、成为圣明天子的初衷。因而大明朝上下对改变现状的渴望蓄势待发, 一旦时机成熟, 必然应运而生, 而武宗驾崩、嘉靖帝继位就成了一个绝好的机缘。所谓的嘉靖新政, 就体现在武宗遗诏和嘉靖帝即位诏的颁布和实施之中。《武宗遗诏》本篇第一章已全文照录, 正式颁布此诏是在正德十六年三月十六日, 即武宗驾崩后二日, 其实在此前杨廷和等已用《武宗遗诏》的名义处理了帝位继承、京师防务、驻京边军等紧急事务, "虽奉上遗旨, 实内阁辅臣请于太后而行者, 皆中外素称不便, 故厘革最先云。"(《武宗实录》卷197第3682页) 至遗诏正式颁布日, 虽增加了处理囚犯、停止不急工役、处置抄没财物等事项; 但因当时新君尚未抵京, 江彬手握重兵盘踞京师, 国情危疑, 人心浮动, 故不可能面面俱到; 与嘉靖即位诏相比, 仍是一个较粗线条的文本, 但革除武宗弊政的精神是明确的。

37日后的四月二十二日, 嘉靖帝在京即皇帝位, 是日颁发即位诏书, 全面系统地部署了革除武宗朝弊政的措施。这份诏书的作者当然是以杨廷和为首的内阁大臣, 其间曲折而激烈的过程, 且看当事人杨廷和的记载: "二十二日五鼓时, 嗣君遂由正阳门入。二十二日之议既定, 敬所(注: 蒋冕字)先回阁中整理诏书, 两房官在门外者皆趣之。回诏条中若军门、皇店、官校、豹房、番僧、写亦虎仙数事尚未入草, 予别用小折亲书, 密缄之, 藏于刺函中, 防漏泄也。敬所至予家, 谕家童取之以去。至阁中, 已晚, 杜文书震送官烛, 送酒馔, 两房官就中堂分书之。黎明时揭帖已进呈, 敬所又密书片纸与杜转付锦衣韩指挥, 待诏下后密捕之, 盖赵瑾、姚俊、张伦、张玺、舍音和珊诸罪人姓名也。又与杜约，批红出，方鸣鼓。至日向辰，文书房官忽来言，欲去三二条，皆关切时忌者。予扬言曰：'数年以来事有龃龉者，皆曰朝廷不从；今日朝廷到便有此等事，乃知前日亏了朝廷多少。即此一事，廷和便当出去，不可在此地；但未拜新天子，今日拜贺后，明日跪于奉天门前乞休，且奏陛下初到，如何便更改诏书？务见明白，虽死亦甘心也。'蒋、毛二人皆力言之。予又言：'果欲去某条，便须在本条下注云臣某去此乃可耳。'文书房官知不可回，复持去。久之，鸣鼓，批红犹未下。予与三公亟趋华盖殿后，往来玉除间不见一人，局蹐无所容，入而出，出而复入者至再，竟无所遇。复趋奉天殿，觅直殿者，要文书房官来相见，且语之云：'亟去，万一误事，我辈有说话也。'厚斋（注：梁储号）云：'批红若不下，明日开读也罢。'予与二公言：'自古人君即位，虽草昧中亦须下诏改元，以新天下之耳目。今日之事，若无诏书，不知所改者是何年号，人心惶惑，恐有他虞，谁任其咎？'杜文书复来云：'众老太监都不肯奏。'盖是日萧太监初宣入，魏掌印，事未定故也。再四恳之入，乃得批红来，且曰'干我家事也不是如此用心'。予与三公言：'处官事如家事，正是公尽忠处，太祖、太宗、孝宗在天之灵亦鉴公此心也。'遂命中书就阁中取诏书十三张用宝讫，即持入，钟已鸣矣。是日早雨尚霏微，辰巳犹阴翳，鼓声一动，天容日色万里开霁无片云，晶英濯濯照映黄瓦，若洗濯然，京师老稚皆踊跃欢庆，举手加额曰：'真太平天子也，我辈有福矣。'"（《杨文忠三录》卷4第829页）由此可见，即位诏书能得以及时全文颁布，确是冲破了很大阻力的，委实不易。

为便于全面了解诏书的精神，以更好地理解嘉靖新政，特将诏书全文照录："朕承皇天之眷命，赖列圣之洪休，奉慈寿皇太后之懿旨、皇兄大行皇帝之遗诏，属以伦序，入奉宗祧。内外文武群臣及耆老军民合词劝进，至于再三，辞拒弗获，谨于四月二十二日祗告天地宗庙社稷，即皇帝位。深思付托之重，实切兢业之怀。惟我皇兄大行皇帝运抚盈成，业承熙洽，励精虽切，化理未孚；中遭权奸，曲为蒙蔽，潜弄政柄，大播凶威。朕昔在藩邸之时，已知非皇兄之意。兹欲兴道致治，必当革故鼎新，事皆率由旧章，亦以敬承夫先志。自惟凉德，方在冲年，尚赖亲贤共图新治。其以明年为嘉靖元年，大赦天下，与民更始，所有合行事宜，条列于后：一、自正德十六年四月二十二日昧爽以前，官吏军民人等有犯除谋反逆叛，子孙谋杀祖父母、父母，妻妾杀夫，奴婢杀家长、杀一家，非死罪三人采生折割谋杀、故杀，蛊毒魇魅、毒药杀人，强盗妖言，奸党失机并事干边方夷情及人命至死罪者不赦外，其余已发觉、未发觉，已结正、未结正，罪无大小，咸赦除之。敢有以赦前事相告言者，以其罪罪之。一、弘治十八年五月十八日以后，正德十六年四月二十二日以前，在京在外内外大小官员人等有因忠直谏诤及守正被害去任、降调升改、充军、为民等项，及言事忤旨、自陈致仕、养病等项，各该衙门备查明白，开具事情，奏请定夺。死忠者谕祭、修坟、荫叙，降调升改、致仕、养病、闲住、充军、为民者，起复原职，酌量升用。大臣量进阶级，并与应得恩荫、人夫、月米，相应起用者，有缺推用，已故者加赠。一、正德十四年文武官员人等为因谏止巡游、跪门责打、降级改除、为民、充军等项，该衙部具奏起取复职，酌量升用；被打死者，情尤可悯，各遣赠谕祭，仍荫一子入监读书；内有充军故绝者，一体追赠、谕祭，查访亲属，量与优养。一、王府册封，朝廷大体，今后该部务照旧制，一年一次举行。一、各处王府应得禄米有缺少者，各处巡抚都御史督率所属查催完纳。一、各处郡王、将军府子女有应请名、请封、选婚者，本府即与保勘奏请，承奉、长史等官不许刁蹬；其有年已长成未曾婚配、贫难无力者，所在官司量为助给。一、各处郡王、将军、中尉有因事革减禄米者，除殴杀人命、败伦伤化外，其余自诏书到日为始，俱照旧支给。仪宾有因成婚年远不曾赴京谢恩参奏者，皆宥免。一、自正德元年以来，诸色人等传升、乞升大小官职，尽行裁革，吏、礼、兵、工四部各将查革过传升、乞升文武僧道、匠艺官员名数类奏查考。其皇亲及公主所生子孙原无出身正途，朝廷推恩升授者不在此例。一、两京五府见任掌印金书管军管事公侯伯都督及指挥，六部等衙门见任文职四品以上官并各处巡抚官，俱听自陈，去留取自上裁。武职内有传旨管事者，革去管事，照旧带俸。文职五品以下，两京吏部照例会官考察。一、内府各衙门见任官员有侍从年久、供事勤劳、愿告优闲者，许各具本陈请，取旨定夺。一、给事中、御史职当言路，今后凡朝廷政事得失、天下军民利病，许直言无隐；文武官员有贪暴奸邪者，务要指陈实迹纠劾，在外从巡按御史纠劾。一、官吏军民人等犯罪，自正德九年正月二十八日以后已问结，立功哨瞭、运灰、运炭、运砖、运石、做工、纳米、纳料、纳钞、摆站、煎盐、炒铁、充仪、从军、伴膳夫及罚班、重历拘役枷号等项，悉皆放免；中间若系行止有亏、败伦伤化，例该带俸差操，革职后为民者，仍各照例发落。武职官降级调卫者，除失机事于边情不宥外，其余俱复职回卫；内原系锦衣卫者，调在京别卫。文职因公错并公事违误降级者，复原职；内原京官者，对品别用；其因事革罢为民者，除事干行止有亏、败伦伤化外，悉与冠带闲住；原系冠带闲住及京官调外任致仕者，各照原职致仕。一、各处武职有因私役军人不及五名例，前问拟降级者，守边失误被贼抢虏人民不及五名，情轻律重降级者，俱复还原职；其各边军人因失事饶免发遣常川守哨者，亦免守哨。一、正德十五年十二月以前各处实征税粮马草农桑，人丁丝绢、布匹、丝绵、花绒、屯田皇庄庄田子粒、牧马草场子粒，租银及甲丁二库蜡茶铜漆银朱盐课厨料、户口食盐猪羊鸡鹅，备用孳生马骡，山厂柴夫、后府柴炭、军器，沿河军卫，有司芦苇菱草夫价及闸坝泉溜洪浅等夫并椿草等料及旷役等项银两，一应岁派岁办奏派，但系该纳官钱粮物件，拖欠未征者，尽数蠲免，以苏民困。已征在官，该起解者照旧起解，准作本户以后年分该纳之数，各造册奏缴查考。敢有将已征捏作未征，侵欺盗用者，许诸人首告，巡抚、巡按及按察司官察访拿问重治，造册官吏参奏提问，户、工二部差去催征官员即日回京。一、浙江等十三布政司并南北直，嘉靖元年分内除漕运粮斛四百万石照旧征兑起运，其余夏秋税粮马草农桑，人丁丝绢、布匹、丝绵、花绒、屯田皇庄庄田子粒、牧马草场子粒，租银及甲丁二库蜡茶铜漆银朱等料，不分存留起运，以十分为率，俱免五分，以苏民困。一、京通二仓、水次仓、皇城各门、京城九门、各马房仓场、各皇庄等处，但系正德年间额外多添内臣，司礼监照弘治初年例查奏取回。一、近年差出取佛、买办、织造、烧造等项，及腹里地方并各边、各关，但系正德年间新添分守、守备内臣，诏书到日，即便回京；其各处分守守备内臣、将官，有正德元年以后夤缘改作镇守及副总兵等项名色，并分外多管地方、加添责任者，兵部俱查奏改正，换给敕书。一、自正德年来两京各卫所容令无籍之徒冒籍投充，并新添旗军、校尉、勇士、力士、军匠，并内府各监局招收军匠等役办，纳官钱私役占用不下八九万余，岁支钱粮百余万石；以致京储亏耗，岁用不继，关系匪轻，论法都当拿问追究。但既遇赦，姑容改正。诏书一出，但系正德年间冒籍投充并新添及私自顶补、额外招收等项人役，并有名无人，该卫所官按月支粮、包办月钱者，即便各回原卫、原籍，随住当差；该卫所即将名位开除，回报户部具数奏闻。敢有捏奏存留、设计影射、仍前冒支官粮者，事发都押发辽东铁岭卫永远充军；该卫所官吏拿问，调烟瘴地面安置。一、腾骧左等四卫勇士，除弘治十八年兵部并科道官查出见役正数并事故外，其余诡冒名籍，未经裁革，仍又夤缘回卫虚挂名额者，各照原拟；舍余发原卫，天丁发在京缺军卫分，各充军役，食粮差操。以后勇士替补，照例开送兵部验军官处验过，方许收粮。一、权势中盐，侵夺民利，并客商中盐，增价转卖，俱问罪入官，律有明禁。近年以来，奸商投托势要，每遇开中，尽数包占，转卖取利；甚至奏开残盐减价中支，每米一石，支盐四引；任场买补，夹带私盐，阻滞正课，以至盐法大坏，边储告乏。罪虽宥免，盐当追没。诏书到日，巡盐御史并各运司官即便查访盐粮勘合内坐到已支未掣并未派支盐课，但系商人投托势要、诡名占中、卖窝买窝，及河东运司盐课例该宣府中纳，被势要奏讨卖窝别处开中，并奏开残盐减价报中者，悉照《大明律》裁革入官，不许放掣派支，敢有将势要中盐卖窝买窝情由设计隐瞒仍旧冒支官盐掣卖者，许诸人首告给赏。正犯追完盐课，发边远充军。干拟势要，奏闻处治。巡盐御史、运司官吏知情容全掣支，各治以罪。其见堆皇盐并各处已卖银两、未卖盐斤，尽数入官。各项入官盐课，巡盐御史作急回奏，户部查照边储急缺去处，开中本色粮料，以济急用。一、在内御马仓、天师庵、中府二草场，在外坝上等十九马房仓，吴家驼里外牛房，司牲司、司牧局今年合用粮料草束，于原数内减去一半坐派，以苏山东、河南、北直隶小民困苦。以后年分，还着巡视科道官备查马匹牛羊实在数目，照数会计，以免冒滥。一、近来抄没犯人庄田园圃，户部委官从公查勘，如有倚恃权势侵夺霸占者，审证明白，归还本主管业。若系原有及两平置买，价值无亏者，照依时价变卖，银两送太仓银库交收备边。若地亩数多、离京五十里之外者，行令该管州县召人佃种，照例起科。一、抄没犯人玄明宫地土，原系军民住居、坟墓，该给主者，该部会同科道官逐一查审明白，给主管业。一、近年各处镇守、协守、分守、守备等官，违例奏带人众到于地方，科敛财物，夺占功次；所在不才官员因而乘机指一科十，贪利成风，以至百姓受害，深可痛心。诏书到日，例外奏带人员即便各回原卫、原籍闲住、当差，违者许抚按并按察司官察访参奏拿问；官舍旗军调边卫差操，民发口外为民，书办省祭等官革职不叙。今后敢有仍前奏带人多，及带军民职官锦衣卫旗校者，该科即时劾奏究治。其镇守等官中贪刻显著、坏事有名者，各该巡按御史指实具奏取回，司礼监从公推举平素廉静老成之人，奏请更替，仍照旧例写敕，不许干预钱粮词讼、侵越诸衙门职掌；亦不许假以进贡为名，金取皂隶，科金银两，扰害军民。额外进贡，一切停止。一、漕运官军僦运粮储，经年累岁不得休息，贫苦可悯。正德十四年以前，京、通二仓若有挂欠粮米席皮板木脚价，一切赦免。其南京并临、德、淮、徐水次拖欠者，不在此例。一、漕运官军借欠债负，利上生利，为害百端；自正德十五年以前借者，不拘多寡，俱不许还，以苏漕运官军困苦。以后再借再放者，听漕运都御史，巡按、巡仓御史查例参奏重治。一、各处征粮养马地土内，有水冲、沙压、坍江等项，负累人户包养，累经具奏者，巡抚、巡按官查勘明白具奏除豁。一、各处解纳钱粮到京，内外管收人员刁蹬需索，使用之数多于本物，以至上纳不敷，重复征解，贻累小民；该部申明禁约，许被害之人指实奏告，治以重罪。一、南北直隶、山东、山西、陕西、湖广、浙江、江西等处地方，大军经过，及虽无军兵经过，但奉有明文取办供应军需等项；所司动支官钱应会者，各该抚按官查勘明白，准作正支销，不许复行征补，重困小民。一、内府多余宫人，着司礼监逐一查审，有亲属者各令的亲家属领回，任其婚嫁；无亲属者，官与婚嫁，务令得所。一、在京抄没犯人钱宁等并江西逆贼宸濠等入官财物，除金银并器皿、首饰、珍宝及违禁之物外，其余纱罗纻丝绫绸布绢铺盖衣服靴帽家火器玩等件，若贮库年久，不无浥烂损坏可惜；着户部、科道各差官二员查盘见数，估计钞贯明白，补放文武官员正德十三、十四、十五年各上半年折俸之数，若有多余，挨年再补。一、各处无籍奸人、游食术士及无名内使、私自净身人等，多有投托王府，因而拨置害人，甚则贻累宗室。诏书到日，许令自新，各还本务。各该巡按官仍要严加禁治，不许帮纵容留，以称朝廷亲亲至意。一、文武官员有因事住俸罚俸回话者，悉皆宥免。一、南京内府各监局军匠，有丁尽户绝、名伍不除、冒支月粮者，南京户兵工三部尽行查革。一、近年以来，内府各监局官员、内使增添太多，供用浩繁，甚非祖宗旧例。司礼监便逐一查选，照依弘治以前员数存留供事，多余之数俱以本等职事听用。如遇各王府及南京各监局缺人，奏请拨去应用；其原系海户夤缘骤入者，仍旧革充海户；见充海户者，礼部尽数发回原籍为民当差，不许在京潜住。其原系乐工净身收入内府者，亦尽数革退，发南京孝陵卫充军。一、私自净身人多在京潜住，希图收用。着锦衣卫缉事衙门、巡城御史严加访拿究问。今后各处军民敢有私自净身者，本身并下手之人处斩，全家发烟瘴地面充军，两邻并歇家不举首者，俱治以罪。一、宸濠之变，都御史孙燧、按察司副使许逵伏节死义，并一时被害不屈之人，日久尚未褒录。都御史王守仁倡义督兵平定祸乱，并同事协谋有劳之人，亦未及论功行赏。该部即便会官议拟，奏来定夺。一、问刑衙门有抄提在官人口犯该反叛应连坐未给配安置者，奏闻定夺。其有律不该载者，悉皆放免，原没官房屋田产给还住种，照旧纳粮当差。一、正德元年以后在京、在外官旗军舍人等，但系例外奏带及称报效在各边、各处，或一人数处，或一时两三处报功，或并功升授官旗者，除原祖职役照旧，其余尽行除革。该卫所各将革过名数造册送户兵二部查考，敢有受财隐避不革及抗违妄奏者，俱问发边卫充军。其诸色人等冒认锦衣卫官员户下舍丁，致升官旗者，限三个月以里许各官旗自首，与免本罪，冒籍之人革职役；过限不首，该部查出，或被人告发，通行治罪发遣。一、正德十二年十月内，大同、应州功次极为冒滥；内有传升文职者，吏部查奏；军职除本边官军自斩首级例该升级外，其余升者，不分已未领受，兵部查奏裁革。一、近年军职人等在各边不曾斩有首级，巧立当先、冲锋等项名色，及各处斩首不及数，该部查例拟赏，奉旨升级世袭者，兵部通行查革。一、武职并舍人、舍余、旗校纳银等项授职并冠带者，获功止许于实授职役上加升。一、赐姓人员及见犯罪冒姓者，各复本姓。在京者各照原有本等职役闲住，当差在外、取到留用者，不分官职大小，各回原卫、原籍带俸闲住。但因赐姓义子荫升职爵，并与做勇士等项食粮名色者，兵部尽行查革，原系在外官员罢闲并原跟犯罪势要无名籍恶党，俱不许在京潜住，违者锦衣卫、巡城御史、五城兵马司搜拿递解，窝家送问。一、在京武职除近选军政并会保将材外，其余有告愿调改外卫者，该部查勘相应具奏改调，仍听抚按官照例考选管事。一、军职病故，子孙告袭扣算年月但在十年以里，该卫查勘明白，保送到部者，即与收选，免其驳查。一、锦衣卫校尉专系直驾人役，近年多有奏讨、投托、滥占、跟用，因而令其干办私事，胁制害人。该卫尽行查明取回。一、南京年例进鲜马快船只，旧例每起不过三只，正德元年以来，违例拨给，比旧加多；揽载客货，沿途搅扰，本等廪给夫役之外，勒要银两数多，甚为民害，兵部出榜通行禁约。今后进鲜船只务要照旧例拨给，经过地方不许分外生事勒要折乾银两，违者巡按、巡河等官指实参奏，不许故纵。一、顺天、保定、河间三府各州县，自正德三年以来寄养马匹，俱各年齿衰老，节次兑军，拣退不堪，负累小民喂养。兵部行文太仆寺分管官，督同该府州县管马官勘实，果系老马，变卖价银转解太仆寺，贮库辏补买马支用。一、法司、锦衣卫见监罪囚中间，或锻炼成狱，或拘泥文案，多有枉抑。今后问刑务要法当其情，不许深刻。所问犯人及在外问成解来人犯申诉冤枉，或调别衙门，或多官会审，务要从公推问实情；果有冤枉，即与办理，不许拘执成案、逼勒招认符合前问官吏，致令枉抑无伸，违者罪之。一、凡问囚犯，今后一依大明律科，断不许深文妄引参语，滥及无辜；其有奉旨推问者，必须经由大理寺审录，毋得径自参奏，致有枉人。近年条例增添太繁，除弘治十三年三月初二日以前，曾经多官奉诏会议奏准通行条例照旧遵行外，以后新增者悉皆革去。一、江西并各处地方先因宸濠反逆事败及因人告报谋反、妖言等项事情，一时追捕余党，急于扑灭，不暇审辨，未免有迹涉疑似、被诬逮系者；经该问刑衙门务要严加详审，果系诬枉，即与释放。若系逼胁顺从者，问拟明白，奏请定夺，毋得冤抑淹禁。一、内外各衙门见监死罪重囚，犯在赦前，罪不该宥，内有情可矜疑，曾经奏请未得饶死及殴阳（注：疑为伤之误）人延至辜限外身死，照例拟免死罪者；诏书到日，覆审是实，俱免死发边卫永远充军。若有辩问罪不至死者，即行查照发落。一、见监与宸濠谋反事情有干、正德十四年就阵擒获及续拿人犯，三法司、锦衣卫先行会问明白，其真正共谋逆贼，并临时胁从及先年交通、不曾与谋者，各依律议拟应得罪名，再会多官覆审相同、具奏定夺，毋致轻纵冤枉。一、各处盗贼多因饥寒困苦，流离失业，胁从逼迫，啸聚为非；诏书到日，各该官司通行出榜晓谕，许其自首免罪，军还原伍，民还原籍。各存恤一年，免其差徭，其有能擒捕首恶并党类报官者，照例升赏，仍量给犯人财产。一、官吏军民人等自正德九年正月二十八日以后至正德十六年四月二十二日以前，有为事问发充军、迁发为民者，除原系真犯死罪饶死，及事干谋反、逆叛、奸党、失机、强盗，拨置侵盗系官钱粮指称打点诓骗者不赦外，其余悉皆放回原卫、原籍，宁家随住。若有赦前逃回不首、原系真犯死罪饶死充军、例该照依原拟处决，并原系杂犯死罪以下充军、例该枷号改发极边卫分者，免其处决、枷号，改发仍各发原充卫所着役。其迁发为民者，免其问罪，仍发原编配所。一、内外各衙门因犯该追赃物，系还给与主银货至五十两以上，并入官至一百两以上，监追一年之外，及正犯身死拘禁，家属各勘无家产堪以变卖陪（注：疑为赔之误）纳者，问其所犯情罪，奏请定夺。其不及前数，监追半年之外，及正犯身死、各勘无家产，并例该追罚马牛等项，悉与宥免查照发落。若系埋葬银，正犯见在者，仍依律追给。一、内外各衙门有问完官吏军民人等罪犯，已经奏请未曾奉旨发落，应该宥免者，即行查照发落。其有监候行勘未报人犯，罪该宥免者，并正犯在逃、监禁家属证佐不系事干谋反、叛逆、剧贼者，悉令保候归结。一、近年节次奏开生员纳银入监事例，积累数千余人，大坏选法。今后再不许奏开，违者吏部该科即时纠劾究治，已开未纳者即便停止。至于额设吏役亦须得人，近年纳银收充，阻塞正途之人，致令歇役革退虽有考选，事例繁复不一。吏部便查《会典》开载选拔吏役旧例，申明遵守，行令各布政司、直隶府州，凡遇缺吏，从公考选，径自收参。纳银人役，务令督学字书、通晓文移，方许收参。若愿告改拨卫所事简衙门者，听俱开报巡按御史查照访察，内有选拔不（注：疑衍一不字）公，或被人告发，或按问得实，依律究治。一、各营书办人员，除大营额设员数外，其余夤缘额外添设者，并各处夷方远年不用小通事冒滥保补者，通行查革。一、工部供应内府各监局内官、内使人等年例柴薪靴料皮张冬衣铺陈绫丝绞䌷纱罗等项，近年以来增添数倍，该部往往借贷别项官钱辏用，动经数万，累及官民，终非经久之计。着司礼监会同该部查照永乐至天顺年间人员数目、关给则例，通融处置。除见有本色物件外，不敷之数，将近年抄没犯人赃物银两两平估折，相兼俵散，准作正德十五年、十六年年例之数，少宽民力。一、两京各监局等衙门近年额外增添器物如龙船、战车、神像、店房等项数多，管事人员乘机作弊，将物料工作任情冒派，侵克害民。今后除旧额器物房屋应修理成造者，俱照《会典》所载旧定数目从实会计，除本衙门并各库会有外，会无者量为从省派办，不许隐匿冒滥、改旧添新并招买那借赊害小民，违者治罪。一、内府禁密之地，不许盖造离宫别殿，载在《祖训》，万世当遵。近年以来节被左右近幸之人献谄希恩，在内添盖新宅、佛寺、神庙、总督府、神武营、香房、酒店之类，在外添盖镇国府、总督府、老儿院、玄明宫、教坊司、新宅、石经山祠庙、店房等项，便着内官监、工部、锦衣卫、科道官逐一查勘，但有不系旧规者，或拆毁改正，或存留别用，或变卖还官。匠人等有因盖造升官者，亦就查革改正。在外者听抚按官一体查勘改正变卖还官，不许隐匿。一、近年南京驾到各样船只数多，俱在通州张家湾停泊，劳人看守，日久损坏无用。着内官监、工部便去会看，除年例黄船照旧存留听候外，其余乌龙船发送南京兵部改作摆江船，黄船发送南京工部照旧看守听差，黑楼等船发送杭州府等处听候进鲜、进龙衣等项公用，免派民间修造。其余渔船等项变卖价银收贮监、部，以便修造正支。一、荆州、杭州、芜湖三处抽分厂，专为打造粮船、成造供应器皿而设，以省科派小民之计。近来两京各监局相沿具奏差人赴芜湖厂支取杉楠等木数多，又有内官监差官中半抽分二年有余，致将造船银料不敷支给，累及运军出利揭债，缺船运粮耽误国计。今后南京各监局全用竹木，听于本处龙江、瓦屑等抽分厂支取，在京各监局全用竹木听于内官监神木厂并真定、卢沟桥等抽分厂支取，其内官监原差抽分太监李文等，诏书到日即便回京，以后不援例奏差。一、天下司府州县抽分税课衙门俱有定额，近年以来凡桥梁道路关津有利处，所私自添设无名抽取数多，甚为民害。诏书到日，巡按御史及按察司分巡官通行查革，有司严加禁约，不许坐视故纵。一、河防水利，小民衣食之源，关系最重，各有专官管理。该管官员务要躬亲巡历，严督所属修筑圩岸，疏浚沟渠，但有权豪刁泼之家修建池亭、设立碾磨、阻坏水利、坑陷钱粮者，并听自首拆毁改正，与免本罪；若有抗拒官府、执迷不首者，许邻佑之人告举究治，所在官司容情故纵者，事发一体治罪。一、易州山厂柴炭，今后悉遵先年旧额派纳，惜薪司近年新添加耗之数俱改正照旧，其有揽头指称打点、多勒价银，许被害之人首告，管厂侍郎痛加改革，不许仍蹈前弊；如违，治以重罪。一、自正德年来，刘瑾、钱宁、江彬相继擅权，在京、在外各该衙门弊政多端，诏书开载不尽者，许逐一自行议奏裁革。一、近来冒滥玉带、蟒龙、斗牛、飞鱼服色数多，除五府、九卿堂上官外，其余庶官杂流并各处将领头目诸色人等，但系夤缘奏乞传赐者，俱不许穿用。内府各监局官员，司礼监查奏裁革。武职卑官僭用公侯服色花样者，一体禁约。一、浣衣局近年抄没妇女，法司逐一吊查原卷，详究事由，情可矜宥者，具奏释放。一、锦衣卫旗校人等，除弘治年间编军册内见在数目外，其余诡名顶补金补在逃故绝等项人役冒滥食粮者，户、兵二部各选差属官会同科道及本卫公正官查议裁革。一、豹房各处积年收贮并近日抄没犯人银两，司礼监查记明白数内，运送数百万两于太仓银库收贮，以备折放官军俸粮等项开支。一、正德元年以后各衙门官军旗校人等缉捕妖言奸细，并不系临阵对敌强贼，一应升授职役者，通行查革。以后各该衙门照旧年终类奏，兵部查议升赏。一、正德元年以来传升、乞升法王、佛子、国师、禅师等项，礼部尽行查革，各牢固枷钉，发两广烟瘴地面卫分充军，遇赦不宥。近日奏讨葬祭一切停革，其中有出入内府、住坐新寺、诱引蛊惑、罪恶显著见在京者，礼部通查明白，锦衣卫还拿送法司问拟罪名，奏请定夺。一、先在军门办事指挥张玺、张伦及掌案写字等项人员，宫勋、赵真、段大安、王镐、王缜、陈贵、庞玺、晁用、郑曦、贾铭、高滢、朱凤翔，管店千户赵谨、姚俊俱倚势生事，蠹政害人，内外军民怨入骨髓。本都当处死，姑从宽，各连当房家小押发两广烟瘴卫分永远充军。其余跟随办事、管店助恶有名小班、答应、旗校人等，锦衣卫还拿送法司究问，中间罪恶显著者，一体押发两广烟瘴卫分永远充军，家小随往，俱遇赦不宥。一、回夷写亦虎仙交通吐鲁番兴兵构乱，搅扰地方，以至哈密累世受害，罪恶深重。曾经科道、镇巡官勘问明白，既而夤缘脱免。锦衣卫还拿送法司，查照原拟，开奏定夺。一、回回人于永出入豹房，诱引蛊惑，情罪深重。锦衣卫拿送都察院追问明白，议拟罪名，奏请处置。一、今后照依旧例，给事中有缺，于进士内考选奏补；御史有缺，进士与行取人员相兼考选除授。一、朝廷政事得失，天下军民利病，许诸人直言无隐。一、已上兴革政令诏书到日，有司即便奉行，如有延缓者，许巡按、御史、按察司访察究问，俱以违制论。呜呼，君人之道在昭德以塞违，继世之规惟更化而善治。特颁涣号，用慰舆情。弘施大赍之恩，永赐太平之福。四方臣庶，咸使闻知。"（《世宗实录》卷1第10页）

　　这份诏书极其详尽地罗列了新政的内容，举凡83项，涉及大赦，宗室，革传、乞升官及法王、禅师，官员考察，广开言路，宽税粮役派，查革增派内官、新添军校及匠役、内府增添供应器物，整顿盐政、马政、庄田、漕运、苛派、抄没土地，停止生员纳银事例，惩治坏事幸臣，清理冒滥军功、赐姓冒姓、军职及锦衣卫人员、进解等各种船只、寄养马匹、冤狱、各营书办人员、各地场厂、各地增添税课衙门、河防水利、内外添造建筑等正德以来弊政。这样条条切中时弊的诏书，也只有以杨廷和为首的内阁大臣才写得出来，因为他们都是历经成、弘、正、嘉四朝的元老，对朝廷政事了然于心，也对正德中的弊政深恶痛绝，久欲去之。现在除弊布新的机遇终于来临，他们当然要竭尽全力排除阻力去实施新政。虽诏书开头便言"兹欲兴道致治，必当革故鼎新"，好像是要搞嘉靖革新或嘉靖改革了；但接着又说"事皆率由乎旧章，亦以敬承夫先志"，从诏书的具体内容和嘉靖朝所施行的朝政来看，也是符合这一套路的；它并没有变更法制以改变旧制度，建立新制度，而只是对正德朝弊政的清理整治、拨乱反正，以使之回复到明王朝较好的时期。嘉靖帝即位后一个多月的正德十六年六月十三日，南京大理寺左评事林希元就上疏称"今诏书所更革者独正德间事耳，以前未之及。至于言者请去东厂诸事，陛下又委之旧规，不知此近时弊政，非我圣祖旧制也。……愿陛下勿尽泥旧规，凡自宣德、正统以来随时更置，间有不利于国、不利于民者，俱照更革正德年间事例尽与除去"。（《世宗实录》卷 3 第 131 页）可见这份诏书对当时弊政的革除是并不彻底的，尽管有深入改革的必要，但嘉靖帝并未接受。此后不久的八月初一日，当户部上言"近奉明诏裁革正德元年以来各匠役及传升、乞升官员，今太监邵恩等复请增置，开冒滥之端，宜勿许"。帝虽是其议，但又称"系正德以前者令再详核以闻"。（《世宗实录》卷 5 第 213 页）嘉靖元年六月三日，已被登极诏书查革的锦衣卫千户刘瓒等各纠众奏辩图谋复职，兵部覆奏"宜治以罪，上是部议，命弘治十八年以前升授职级如故，正德元年以后升授尽行查革"。（《世宗实录》卷 15 第 490 页）七月初十日，帝又下诏"御用监岁征物料如弘治例"，（《世宗实录》卷 16 第 507 页）此后帝所批奏章多类此，可见这些措施多是恢复弘治前旧例，对革除前朝弊政尚不全面彻底，更何谈革新、改革。因此，愚以为将它称为"嘉靖革新"或"嘉靖改革"，似有失偏颇，亦去史实太远，还是称之"嘉靖新政"较为妥帖。

新政除为正德朝因忠谏得罪受到不公正处置的官员平反昭雪，对坏事诸内臣、幸臣严加惩处外，主要是革除冗员奢费，大大改善了国家的财政困局。据《世宗实录》卷 3 所载，正德十六年六月十五日"纵内苑所蓄禽兽，仍禁天下不许进献。"（第 135 页）十七日"查革锦衣卫冒滥旗校三万一千八百二十八名"。（第 138 页）十八日"裁革南京内府各监局官员"。（第 140 页）二十二日"革正德年间传升、乞升中书科、鸿胪寺、钦天监、太医院少卿等官朱天麟等一百二十七员，罢黜、停俸有差"。（第 142 页）二十七日"裁革僧录司左善世文明等一百八十二员，道录司真人高士柏尚宽等、左正一周得安等七十七员，教坊司官俳奉銮等官苏祥等一百六员，皆正德间传、乞升授者也"。（第 151 页）二十八日"裁革山东濮州管马判官"。（第 151 页）二十九日"停陕西织造绒服，革真定等府抽印木植内臣"。（第 152 页）七月二十七日"命革锦衣等八十卫所及监局寺厂库诸衙门旗校勇士军匠人役凡投充新设者十四万八千七百七十一人。敢有违明诏影冒存留冒支仓粮者，罪如律"。（卷 4 第 202 页）短时间内密集地采取这些措施，成效显著，"减漕粮百五十三万二千余石，其中贵、义子、传升、乞升一切恩幸得官者大半皆去之，中外称新天子圣人，且颂廷和功"。（《明史》卷 190 第 5035 页）而"被裁革者众口腾沸，曰'终日想，终日想，想出一张杀人榜'。或相与诅咒，卜其禄命曰'杨公何日死，我辈复矣'。廷和朝，有刃而前者。上闻，护以百卫士，名'随朝军'"。（《石匮书》卷 124 第 11 页）可见当时是君臣同心合力推行新政的，杨廷和在新政中的巨大作用也是不容置疑的，即使多年后君臣因议大礼反目成仇，且在杨廷和身故后，一日"帝问大学士李时太仓所积几何，时对曰：'可支数年。由陛下初年诏书裁革冗员所至。'帝慨然曰：'此杨廷和功，不可没也。'"（《明史》卷 190 第 5039 页）由此可见，那种以为杨廷和只是新政的设计师，而不是新政的主角的观点是有违史实的。

然而，嘉靖新政的这一大好局面并未延续多久，随着"大礼议"的开始和不断深入发展，君臣之间由融洽合作而渐行渐远；再加上有心人的挑拨，和君臣均顿忘初志、未能悉心审时度势化解分歧，以至于冲突、对抗发展到白热化，彻底破坏了实施新政的政治基础。而这一嬗变是从经筵日讲的不能正常举行开始表现出来的。清人赵翼在论及明太祖重儒学时称："帝尝谓'听儒生议论，可以开发神智'。盖帝本不知书，而睿哲性成，骤闻经书奥旨，但觉闻所未闻，而以施之实政，遂成百余年清宴之治。正德以前，犹其遗烈也。"（《二十二史札记》卷 36 第 770 页）嘉靖帝即位之初，励精图治，亲近大臣，不仅勤于朝政，而且日御经筵，与大臣们一起讲求治国理政之道。但"大礼议"中以杨廷和为首的廷臣坚持以汉定陶论、宋濮论为据，反对帝尊崇生父兴献王，反对帝以太后礼仪奉迎生母进京入宫，帝感到十分失望，甚至扬言要辞位奉母归藩。观政进士张璁伺机上《大礼疏》，反对廷臣继嗣之说，支持帝为继统之君，而杨廷和等大臣却相继上疏请辞，君臣之间已然失和。因此，帝在登基仅半年的十月间，时天尚未入严寒，却下诏暂停经筵日讲。群臣愕然。二十五日，辅臣杨廷和等上疏曰："自古帝王之治天下，未有不以讲学修德为先务者。皇上践祚之初，日御经筵，在廷群臣皆欣然相庆，以为复见太平气象。行之未久，忽尔传免，一曝十寒，古人所戒。虽先朝于隆冬大寒之时或亦暂免，今尚孟冬，寒且未甚。仍乞日御经筵，庶几圣学缉熙而德政修举。"（《世宗实录》卷 7 第 281 页）嘉靖帝未准，只是答应待来年二月再举行。十一月初三日，礼科给事中李锡、御史曹嘉俱上疏言："经筵不宜辍讲，请缉熙圣学，亲近儒臣，咨询治理，以隆新政。"（《世宗实录》卷 8 第 286 页）帝得疏，只是报闻而已。三日后，山西道监察御史樊维祖疏陈帝有四事渐不及于始者："皇上即位之初，日进讲官，听论经史。今乃于孟冬辄罢，此志一懈，臣恐陛下亲便幸之时多，接士大夫之时少；励精图治之心或转为宴安佚豫之渐，是勤圣学渐不及始也。初，时召阁臣杨廷和等于便殿与之议国政可否，近幸不得闻，小臣不得预，明良之盛复见此时。夫何数月以来兹典中辍，凡诸票旨多未见俞，岂廷和之议论有乖于前耶？是信大臣渐不及始也。"（《世宗实录》卷 8 第290 页）十二月十三日，大学士杨廷和等又上《慎始修德以隆治化疏》，以十二事劝帝"慎始图终"，其中"勤学问"一节劝帝"每日视朝听政之暇宜亲近儒臣，诵读经书，披阅史册，讲明义理；考见前代某君可法，某君可戒，以为龟鉴"。（《费宏集》卷 6 第 193 页）对这些谏言，帝虽表示嘉纳，但并不见诸施行。次年二月虽恢复了经筵，但帝时有停免之命，杨廷和等多次反复净谏，均无大效，且逐渐由失常而最终走向了废止。

"大礼议"中的意见相左，损害了君臣间的融洽；经筵日讲的松懈，使嘉靖帝更加疏远儒臣；这些都对新政的推行带来了极为不利的影响，旧的弊政尚未根除，新的弊政的苗头已然渐次显露。嘉靖元年正月初三日，帝在藩邸时的"候缺良医等官念宗等六十三人援匦从恩例乞升，吏部言此辈皆虚名隶籍，与在籍供事者不同，觊非其分，宜按治如律"；帝却不听，且"特许量补京秩"。（《世宗实录》卷10第366页）时又有旗校一千三百余人"亦援例乞升，兵部议祖宗之法，武职非军功不授，正德间始以恩幸窜籍锦衣。陛下登极诏书裁革略尽，人心快之。此辈皆空名无用，不可一概行赏"；而帝亦将他们"俱隶籍锦衣卫总小旗，照旧替补，仍人给银三两，以示优恤"。（《世宗实录》卷10第366页）七月二十二日，帝又传升其乳母刘氏的丈夫"锦衣卫千户于海为本卫指挥佥事带俸"。（《世宗实录》卷16第513页）八月初二日，帝"封乳母刘氏奉圣夫人，宫人孙氏保圣夫人，高氏恭奉夫人，邢氏庄奉夫人，顾氏肃奉夫人，俱赐诰命冠服。礼科给事中底蕴等言其'加恩太滥'，上以累朝旧典如此，令如前旨行"。（《世宗实录》卷17第519页）九月十八日，帝召内阁辅臣，欲免予追究太监侵占御马场草地之罪，大学士费宏上疏揭太监谷大用"窃弄威权，蛊惑先帝，假勘地之名混占产业、庄田至一万有余顷，侵欺子粒官银至百万有余两。利归私第，怨及朝廷，情罪深重，神人共怒，必须从公究问，然后国法可彰"。（《费宏集》卷6第197页）帝却以庄田系祖宗旧制，勘地是奉武宗之命，欲宽恕涉事太监。大学士杨廷和曰："此最为先朝之累，侵官、民田几万顷，毁人冢亡算，不罪之何以示后？"帝仍不欲深究，只是"降罚旧内臣有差"。（《国榷》卷52第3266页）嘉靖二年四月，"暖阁太监崔文以祷祀诱帝，乾清诸处各建醮，连日夜不绝。又命内监十余人习经教于宫中，赏赉不赀。大学士杨廷和、九卿乔宇等疏'请斥远僧道，停罢斋醮'。给事中周琅、张嵩、安磐等交章劾文，乞置重典。俱不报。"（《明史纪事本末》卷52第783页）七月初三日，已革锦衣卫旗校王邦奇屡屡上疏求复职，给事中"安磐言：'邦奇在正德时贪饕博噬，有若虎狼：其捕奸盗也，株连锻炼，谓之铸铜板；其缉妖言也，诱民从教，掩捕无遗，谓之种妖言。此辈奸党败露，得保首领亦已幸矣，尚敢肆然无忌，屡渎天听耶？宜严究治，以绝祸源。'上不能从。其后邦奇为大厉如磐言"。（《明通鉴》卷50第1615页）十二月，帝欲差内官往苏杭等五府提督织造，廷臣交章谏止，帝不听，并以此乃成化、弘治朝旧例，催促内阁写敕文。于是杨廷和等上疏言："今臣言之不听，九卿言之不听，六科、十三道言之不听，独二三邪佞之言听之不疑，陛下独能与二三邪佞之臣共治祖宗天下哉？陛下谓织造是累朝事例，臣等考诸洪武、永乐下迄天顺，并无有此，惟成化、弘治间行之。宪庙、孝宗恤民节财，圣德美政非止一端，此盖非其美者，陛下他皆不之法，独取此不美之政以为事例乎？……祖宗天下至正德间几倾覆矣，赖陛下再造，转危为宴，中外军民始获苏醒。然国势民力比之成化、弘治年间，百不及一二，今日岂堪更自败坏耶？兴言及此，可为流涕，臣等实不敢撰写敕书以重误国殃民之罪。伏望俯采廷议，停止差遣。"（《世宗实录》卷34第870页）帝仍不听。此类事件的频出，使嘉靖新政不能持续顺利推行，刚刚革除的弊政又渐次再现，君臣之间原本和谐友善的关系竟然发生了颠覆性的变化。大臣们见嘉靖帝在议礼中不采纳廷臣们的意见，施政上又不接受忠直的劝谏，对帝渐失去了耐心，自己亦忘却了初心；他们不顾推广新政的大局，秉持士大夫"以道事君，不可则止"的情结，纷纷辞位离朝。嘉靖二年二月三十日礼部尚书毛澄致仕，七月二十日刑部尚书林俊致仕，十月十五日户部尚书孙交致仕，十月二十三日兵部尚书彭泽致仕；嘉靖三年二月十一日大学士杨廷和致仕，其继任者蒋冕、毛纪也分别于五月和七月先后致仕；是年三月继任礼部尚书汪俊致仕，七月吏部尚书乔宇致仕。一年多时间里，这些朝中正直大臣坚辞去位，再加上这年七月的左顺门事件中被逮下锦衣卫狱拷讯的廷臣 134 人，杖死 16 人，谪戍、外放多人，朝堂几乎为之一空。这一人事剧变，无疑使新政受到致命的一击；继任首辅费宏艰难维持新政困局，还是不可避免地受到了议礼新贵和因新政失去了既得利益的先朝幸臣们的攻击和陷害，被迫于嘉靖六年二月十六日与同僚石珤同时致仕去位，朝政更为之一变，"自宏、珤罢政，迄嘉靖之季，密忽大臣无进逆耳之言者矣"。(《明通鉴》卷 53 第 1719 页) 这样，身边没有了敢于诤谏之人，嘉靖帝的行为就更加随心所欲，众多弊政也更加畅通无阻，所谓的嘉靖新政也就戛然而止了。从这里也可见，大学士李时对嘉靖帝所言新政的成果是"由陛下初年诏书裁革冗员所至"的诠释，是比较准确的。而有人却为了标榜"议礼新贵"才是嘉靖新政甚或嘉靖改革、革新的主角，竟认定嘉靖新政在嘉靖帝执政前期持续了二十年，这实在是一种误解和杜撰。固然在嘉靖二十一年发生了众宫女企图勒死嘉靖帝的"壬寅宫变"，大难不死的嘉靖帝从此迁居西苑，再也不在乾清宫居住，再也不临朝议政接见群臣，好像新政是至此才结束的。其实不然，虽然嘉靖帝是新政的终结者，但造成新政渐次消亡的真正原因是作为新政主导者的杨廷和等大臣的相继离去，正所谓"人去政息"。刚刚革除的弊政又卷土重来，新政已然不存，还侈谈什么革新、改革。而嘉靖二十一年之后的政局，只不过是嘉靖弊政加速度地滑向了深渊而已。

嘉靖帝之所以会听任辅佐自己的大臣们尽数去位，除了对他们在"大礼议"中的不配合和对自己的一些意旨反复诤谏心存芥蒂外，更重要的是他听信了议礼新贵们的"权臣"之说和"结党"之论，不再信任以杨廷和为首的廷臣了，君臣共治的大好局面被破坏，嘉靖新政也就失去了原有的政治基础。在"大礼议"中，杨廷和持论不屈不挠，"先后封还御批者四，执奏几三十疏，帝常忽忽有所恨。左右因乘间言廷和恣无人臣礼"。(《明史》卷 190 第 5038 页) 礼部尚书毛澄论事侃侃不挠，"帝欲推崇所生，尝遣中官谕意，至长跪稽首。澄骇愕，急扶之起。其人曰'上意也。上言人孰无父母，奈何使我不获伸，必祈公易议。'因出囊金畀澄。澄奋然曰：'老臣悖耄，不能堕典礼。'"(《明史》卷 191 第 5057 页) 皇上给臣子送礼行贿，真千古奇闻，可毛澄宁抗疏引疾辞位，而决不改议。群臣亦是如此皆坚执前议，几乎是举朝一致，这使帝十分恼火。张璁等则乘间上疏言这是"奸臣之权敢以胁天子"，群臣乃

"相率甘为权臣鹰犬"；（《世宗实录》卷40第1010页）这话正切中嘉靖帝的心病，从此他与群臣渐行渐远，将之视为草芥敝屣，甚而视为仇敌，肆意无情责罚贬窜；而对他在"大礼议"中孤立无援时能得到"议礼新贵"的大力支持倍感欣慰，将之引为心腹亲信，罔顾舆情破格重用。正如大学士费宏当时在家书中分析议礼情势时所言："一二年来，诸老据古礼持之太过，母子间甚不能堪；奸人从旁窥伺，乃特出异论，以投其隙，遂至牢不可破。"（《费宏集》卷15第521页）嘉靖三年，在杨廷和等大臣相继去位后，帝急召张璁等进京，直接出内旨超擢他们的官职，委以重任；这一人事剧变，不仅使朝中议礼情势急转直下，而且使嘉靖新政的推行受到了极大的负面影响。而现在有人却以为在此前并无新政的推行，因为从嘉靖帝即位至杨廷和等去位这三年多中，明朝中枢整个陷入一场旷日持久的"大礼议"中，君臣严重对立，对抗几于白热化，君臣皆无暇于此。其实，如前所述，新政在嘉靖帝即位之前、武宗驾崩之后已然开始，嘉靖帝即位诏书的颁布只是更加全面深入地推行了新政，且取得了可喜的成效，否则帝不可能在杨廷和去位且亡故多年后谈及太仓所积甚丰时会慨然说"此杨廷和功，不可没也"。从《世宗实录》等史籍中我们也可看到这三年多时间里新政是在不断推行之中的，"大礼议"对新政的致命负面影响是它带来的人事大换血造成的，是这一人事地震彻底断送了新政。对此，也有人认为这种大换血是重建嘉靖新秩序的关键环节，实质性的革新就发生在张璁等议礼新贵的崛起之后，因为只有打击和清除违拗对立的杨廷和集团，组建起议礼新贵这一听话配合的官僚班底，才是新政、改革的根本保证。果真如此吗？

纵观中国漫漫数千年君主专制政体发展的历史，我们可以看到，凡是政治较为清明的所谓盛世、治世，无一例外都是在专制王权受到一定限制和规范的前提下，实现了君臣共治的局面所致。被儒家奉为圭臬的周公辅成王，便是这一理想政局的典范；后世汉之文景之治，唐之贞观之治，也充分体现了这一治国理政的不刊之论。周公作《多士》《毋逸》诫成王淫佚；又"作《周官》，官别其宜；作《立政》以便百姓"。这是周公在成王亲政后，"恐其怠忽，故以君臣立政为戒也"。（《史记》卷33第1522页）成王、康王接受了这些训诫，使周王朝出现了"成康之治"的繁荣局面。汉文帝、景帝时，贾谊"数上疏陈政事，多所欲匡建"，（《汉书》卷48第981页）文帝接受贾谊《治安策》等治国方略，克制己欲，支持张释之依法治国。"汉兴，扫除烦苛，与民休息。至于孝文，加之恭俭，孝景遵业，五六十载之间，至于移风易俗，黎民醇厚。"（《汉书》卷5第57页）使当时社会安定，经济得到显著恢复和发展，被后世史家誉为盛世。唐太宗时，魏徵直言无隐，犯颜进谏，常使皇帝非常难堪，以至一日太宗下朝回到后宫怒言"总有一日要杀掉这个乡巴佬"；幸得长孙皇后苦苦劝说，方才得解。皇后曾对唐太宗言："尝闻陛下重魏徵，殊未知其故，今闻其谏，实乃能以义制主之情，可谓正直社稷之臣矣。妾与陛下结发为夫妇，曲蒙礼待，情义深重，每言必候颜色，尚不敢轻犯威严，况在臣下情疏礼隔？故韩非为之《说难》，东方称其'不易',良有已也。忠言逆于耳而利于行,有国有家者急务,纳之则俗宁,杜之则政乱。诚愿陛下详之,则天下幸甚。"(《旧唐书》卷 51 第 142 页)太宗在魏徵逝后也曾对侍臣说:"夫以铜为镜可以正衣冠,以古为镜可以知兴替,以人为镜可以明得失,朕常保此三镜以防己过。今魏徵殂逝,遂亡一镜矣。"(《旧唐书》卷 71 第 171 页)这些盛世的创建,均是一班貌似执拗不听话的正直臣子与君主共治而得来的,而绝不是一个所谓听话的班子所能协助君王完成的。即使嘉靖初年的政局好转,也是帝与杨廷和等正直大臣共同努力取得的。虽然杨廷和等在"大礼议"问题上的执拗不无偏颇,但他们在经筵日讲、阻已革冗员谋复职、处置坏事太监、阻止传升官、内廷斋醮、差内官提督苏杭织造等施政中,对嘉靖帝的反复诤谏规劝,则反映了他们为国为民的不懈努力与坚持,确使新政得以推行并获得初步成效,给人带来了国家"中兴"的成就感。而把这些都说成是执拗、不听话,甚而指其阻碍、破坏新政,岂不有违史实?事实上是嘉靖帝对大臣们的诤谏愈来愈不能接受,甚至感到自己的皇权受到了威胁,他迫不及待地要摆脱这种束缚;于是张璁等议礼新贵入朝主政了,一个听话的官僚班子产生了,从此嘉靖帝前再无逆耳之言,可这样一来,遑论改革、革新,就连初见成效的新政也戛然而止了。

这个听话的官僚班子,不仅在"大礼议"上迎合帝意,不敢坚持己见,在施政上更是不会有逆鳞之举,而是极尽揣摩帝意之能事,曲意逢迎。嘉靖七年正月朝中时享大庙,按明代的规制,刚刚入阁不到三个月的张璁因资历太浅,排班在兵部尚书李承勋之下,帝意颇不悦;正准备下旨让内阁解决这个问题,而大学士杨一清请量加张璁、桂萼一品散官、使之与李承勋相等的奏疏就到了。帝非常高兴,在此疏上批道:"至于诸凡导告之者,无一毫不与朕合。其议何谓也?且以今此一事告卿。朕于三十日视朝,承勋班在璁之上。初六日陪祀,又见承勋在首列,遂自思之,承勋虽当任用之时,况年资亦深;但璁是辅弼重臣,似或不可,亦未及之尊也。回宫思欲录其意问于卿,而暂回休息。今日巳间,亲写帖子与内阁书,终遂思食。食后陈砚纸,而卿之疏已至矣。故朕嘉悦不尽,以其七年始遇卿也,卿之赤诚又迈尹乎?"(《世宗实录》卷 84 第 1892 页)请看,帝想升张璁的职级,杨一清立马上疏请旨,而帝竟把这种逢迎的把戏比作伊尹辅成汤,君臣间献媚受谀的情境跃然纸上。这年五月,张璁恐已致仕离朝的大臣重被召用,上疏请自后如无帝明旨,廷臣不得推荐已休致的大臣,帝下诏照准,从而阻止了帝重用正直旧臣之途。六月,桂萼为报复在"大礼议"中言官对其的论列,上疏请在朝中拾遗后令科道官互相纠察;吏部以此非常例,且言桂萼此言在被言官所论之后,情涉报复;帝竟以桂萼之言为是,下诏令科道官互纠。十月,张璁为报复在"大礼议"中翰林官誓不与其同列之恨,上疏激帝下诏将翰林院官员二十二人改官及罢黜,又将翰林诸庶吉士全部外放,并停止每科再录取庶吉士。这些都是意气泄愤之举,并不是为了国计民生,因此也就谈不上什么改革,且因其所言原本就滞碍难行,不久也即废止。他们的主要精力放在议大礼上，对议礼与其不合的廷臣，尤其是翰林官和言官不遗余力地打击报复，再加上其内部钩心斗角、互相倾轧，哪里还有精力来打理政事？把他们说成是嘉靖新政乃至改革的主角和功臣，不知是从何说起？在此，我们试将有人津津乐道张璁等两个所谓的主要政绩略作解析。

一是谓张璁在处大同兵变时，一反前人姑息之论，坚持出兵剿灭，戡定大同。明嘉靖中先后有两次大同兵变：一次在三年，巡抚都御史张文锦在大同城北九十里筑五堡，欲调 2500 家镇卒分别前往戍守，众皆不乐往，诉之又不获允。参将贾鉴承文锦旨严令趣之，又杖其队长并罪之，诸卒郭鉴等遂倡乱，杀贾鉴及张文锦。朝议将出师讨伐，时大学士费宏以为"变出于激，不叛者固多也。讨之胜则玉石俱焚，不胜则彼拒城抗命，损威伤重实多矣，莫若徐图之"。（《西园闻见录》卷 83《戡定》）寻命大臣前往抚谕，捕首犯几百人诛之，镇城以安。这就是张璁所谓的姑息。十二年，大同总制刘源清、总兵李瑾欲于天城之左浚濠四十里，限三日完工，又对士卒横加捶楚，镇卒季富子等遂倡乱，杀李瑾，从者六七十人。刘源清请发重兵征讨，张璁力主之，礼部尚书夏言却主张"大同之变，本于军士戕杀主帅，罪首当诛，以一狱吏治之足矣，非有据土建号重大不轨谋也。乃镇臣奏报张皇，轻动大众，文告不修，戒律不肃，以致人心惊惶，遂有屠城之讹"。（《世宗实录》卷 161 第 3583 页）就连同为议礼新贵的礼部左侍郎黄绾亦主张派大臣抚赈，是以忤张璁意，即以他事将其谪官外放，"绾发愤上疏自列，且指言用兵失。上悟，命复其官"。（《明史纪事本末》卷 57 第 881 页）并责张璁"兹大同一事，卿独未究心于至理，委非正大之举。嘱逆诛逆，终是贼得计，我师伤亡无数，用财无数，今如此了事，可耻之甚"。（《世宗实录》卷 161 第 3584 页）而张璁仍持之不欲行，刘源清又急切攻城，边城情势愈发紧张复杂。帝遂亲下御批，谓："叛卒杀主将，法毋赦。然非举城所为，邰永、刘源清贪功引水灌城，大同北门锁钥，源清必欲城破人诛。纵使成功，何由兴复？"（《明史纪事本末》卷 57 第 882 页）并派大臣往抚，宣谕"用兵非朝廷意，众皆望阙呼万岁"。（《明史纪事本末》卷 57 第 883 页）随即入城诛倡乱首恶 24 人，大同乃定。从以上记载中可以得知，第一次大同兵变的处置张璁并未参与，只是事后指摘抚定为姑息。而第二次大同兵变仍是被抚定，并非剿灭，更非张璁之功。对于这种因激生变的突发事件，朝中士大夫本着儒家"人本""亲民"的思想，总是与有组织、有预谋的叛乱区别因应的，多以安抚以定。而张璁却一味主张用兵剿灭，其从政理念可想而知。此前潞州曾发生陈卿领导的青羊山农民起义，在山西、河南间杀富豪、救贫民，张璁亦力主用兵。对此，大学士费宏曾论曰："夫所谓盗贼者，其初皆良民也。困于苛虐，迫于寒饥，贸贸焉求生而无术；乃始猖狂结聚，苟为免脱逃刑之计，庶几偷一旦之活，而不暇恤乎其他。有能以化诲怀服为务，安知其不反而为良民乎？所谓以盗贼待其民，其民始弃其身于盗贼；以齐、鲁待其民，民亦以齐、鲁之人待其身。"（《费宏集》卷 11 第 390 页）这种执政理念，正是秉承了儒家治国理政"亲民"思想的精髓，张璁的执政理念则是与此格格不入的，而没有"亲民"的思想，又怎能践行为国为民的改革和新政？

　　其次是谓张璁解决了明王朝镇守宦官之害。我们知道，明太祖朱元璋惩于历代宦官乱政之害，曾对侍臣说："开国承家，小人勿用，圣人之深戒。其在宫禁，止可使之供洒扫、给使令、传命令而已，岂宜预政典兵。汉、唐之祸虽曰宦官之罪，亦人君宠爱之使然，向使宦官不得典兵预政，虽欲为乱，其可得乎？"（《国朝汇典》卷33第649页）又铸铁牌立于宫门，上书"内臣不得干预政事，犯者斩"。（《明史》卷74第1826页）但他却在洪武二十五年派宦官聂庆童往河州敕谕茶马，是为明代中官奉使行事之始。然由于《皇明祖训》的再三告诫，明代前期宦官之害并不明显，自英宗朝开始渐渐加重，至武宗朝更是泛滥，俨然已成为一大弊政。故嘉靖帝即位诏书中对此多有规制，已然开始了消除镇守中官的祸害，且成为嘉靖新政的一项重要内容。帝即位后一个多月，南京大理寺左评事林希元上疏条陈君道六事，其中就提到罢镇守太监，称"寺人之职，门庭是司，边关镇守，亦非我高皇帝旧制也。臣伏读诏书'自正德以来添设各处守备，非我列圣之旧者，悉皆取回'。臣敢因此以广驿意，请自宣德以来法外所设各处镇守，非我祖宗之旧者，皆可取回。信如是，则民生之患十去八九矣"。（《世宗实录》卷3第132页）帝"优诏嘉纳"，接受了这一建议。这里革除镇守中官之弊不仅涉及正德朝，且已包括了此前历朝的镇守内臣，可谓较为彻底，而此时张璁刚中进士才半个多月。翌年，户科给事中张翀又上言："中官出镇，非太祖、太宗旧制。景帝遭国家多故，偶一行之；谓内臣是朝廷家人，但有急事，令其来奏。乃往岁宸濠谋反，镇守太监王宏反助为逆，内臣果足恃耶？时平则坐享尊荣，肆毒百姓；遇变则心怀顾望，不恤封疆。不可不亟罢。"（《明史》卷192第5086页）诚然，这一拨乱反正之举并非是说改就改掉了，更非一蹴而就、一帆风顺，从以下记载中就可见其复杂和反复。就在决定革除镇守内臣的半年之后，帝命司礼监传旨，令御马监左监丞郑斌镇守广西，守备倒马关太监杨金调广东市舶司管事，御马监右少监安川守备倒马关。于是兵部尚书彭泽等上奏："中官出镇已为民害，至于数易，其害尤甚。请乞以后各处镇守等项内臣不得频数传奉更易，庶旧任者得安心办事，未差者亦免奔竟无耻之愬。"（《世宗实录》卷9第335页）内阁杨廷和票拟亦以为言，帝接受了这一谏言，并将传旨以太监张弼、刘瑶分守凉州、居庸关等处亦一并停行。嘉靖二年十二月，镇守浙江太监梁瑶遣人挟赍营管织造，引发了朝中一场差内臣江南织造的风波。八年十二月，守备湖广安陆州太监萧汖奏言，皇庄田地、湖池，被军民妄称佃户投献，告争侵夺，帝准其奏，令查勘。九年九月，巡抚云南御史毛凤韶上疏言："镇守太监非洪武、永乐年间旧设，扰害地方不可胜言。近蒙皇上明见万里，将太监杜唐取回，夷民欢颂有若更生。更乞追复祖制，将续差太监停止。"（《世宗实录》卷117第2767页）随即经部议，帝下诏裁革了云南镇守太监。十年六月，山西巡抚都御史黄钟上疏言："太监周缙镇守其地甫及二年，所费钱粮以万计，近因偏头关失事取回，请如贵州建昌营镇守事例，一体载革，永不差补，并请治缮罪。"（《世宗实录》卷126第3009页）帝下诏从之。一个月后，又准都给事中张润身之奏，下诏革镇守浙江、两广、湖广、福建及分守独石、万全，守备永宁城的太监。十七年四月初五日，"守备湖广太监何富奏岳怀王及长宁公主坟所殿宇墙垣圮坏，乞行修理，从之。"（《世宗实录》卷211第4348页）十日后，武定侯郭勋"欲复各处镇守分内臣，并委其取矿课以资国用，兵部复言：'此辈害民在先朝已极，顷幸圣断载革，民始安堵。不当议复。'上曰：'各处镇守内臣原不系太祖定制，今且著云南、两广、四川、福建、湖广、江西、浙江、大同每用一人，内监慎选以充，不得作威生事。'已，都给事中朱隆禧等言：'皇上登极诏革内臣，中外臣民一时称快。勋徒因取矿一事而欲并复镇守，诚恐黩货殃民，天下汹汹，臣等不能计其所终也。'上是其言，竟已之。"（《世宗实录》卷211第4353页）十九年十二月，"守备凤阳太监张信奏：'庐淮扬三府、徐滁和三州为凤阳股肱之地，乞令统摄如前任太监黄准例。'兵科参'凤阳守备责在奉侍皇陵兼管皇城锁钥、巡禁山场而已，军机重务、赈恤饥荒，自有职守者，不当令其兼管。'兵部亦言：'弘治以前旧无此例，自正德间黄准始，则逆瑾纳贿纷更之罪也。陛下登极已悉厘正，不宜复钟其弊。'上曰：'皇陵，祖宗根本重地，既设守备，宜有统摄。其如黄准例行，但不许干预民事。'"（《世宗实录》卷244第4918页）这些记载一是说明载革镇守中官一事在新政施行中已经开始，但像其他措施一样并不彻底，未能革去殆尽。二是言此事是张璁之功，《明实录》《明通鉴》等正史中并未提及，就连与其同时代的王世贞所著《嘉靖以来首辅传》中也不曾提起。笔者查检只在《太师张文忠公集》楚人杨鹤的序言中提及张璁"试之内阁，革镇守之宦官"；《明史》卷196张璁本传载"罢天下镇守内臣，先后殆尽，皆其力也"。《皇明史窃》卷70第2页称"璁在位时尽革天下镇守内臣"；《国朝典汇》卷32第616页述及张璁功业时有"罢镇守内臣"一言，而在该书卷33第730页又有嘉靖八年十二月"诏革天下镇守内臣，兵部尚书胡世宁言：'各省镇守、守备内臣二十七人，锦衣官校、旗勇、内府诡匠数千人，皆破祖宗法，依城社坐耗国储，朘民膏血，令人莫敢谁何者。宜为裁革。'而大学士张璁既得政柄，亦虑天下镇守内臣大为民害，因力请上革之。于是百年大患一旦悉除"。由此可见这是胡世宁倡言，帝准行，充其量张璁不过是赞助其成而已。然而这一记载亦颇有疑点：一是其他史籍不见有载，就连《明史》胡世宁的本传中亦不见。二是据《明史》七卿年表，胡世宁在是年二月已致仕，十二月不可能还在兵部尚书任上且建此言。三是依此记载好像镇守中官自后已"悉除"，但看该书接下来的记载，又不尽然：九年九月记有巡按云南御史毛凤韶奏革云南镇守太监；十年记镇守宣大中官于喜与总兵官郄永之争；十四年记革各仓提督内臣；十五年记征镇守辽东太监王纯还京，并命司礼监选老成安静者代之；此年又记显陵守备太监傅霖奏庄田事；二十五年记承天守备太监廖斌因擅作威福被御史所纠事；二十六年记南京给事中雷贺劾奏守备太监丘得事；二十八年记天寿山守备太监刘远请给符验旗牌事；四十二年直隶巡按御史黄纪劾奏黄花镇守备太监纪阳贪残不法事。如此等等，不一而足。可见嘉靖八年之后镇守中官的身影仍时有得见，并非是"百年大患一旦悉除"。史料在述及革除镇守内官经过时称：嘉靖九年"九月革云南镇守中官，从巡按御史毛凤诏言也。十月革广东管珠池中官，从给事中王希文言也。十年三月裁革四川分守中官，从巡按御史丘道隆言也。是时杨一清去位，而张孚敬柄国，意在悉去镇守中官以剔凤蠹，故赞上裁之如此。未几孚敬致仕去，然上睿圣独断，灼知各处中官为地方害日久，遂以次裁革之。十七年四月武定侯郭勋请复各处镇守中官，并委其取矿课以资国用。兵部言'此辈害民，先朝已极，顷幸圣断裁革，民始安堵，不当议复'。都给事中朱隆禧亦以为言，上曰：'镇守内臣非太祖旧制，今且着云南、两广、四川、福建、湖广、浙江、大同每用一人，内监慎选以充。不得作威生事。'至十八年五月，以星变修省，诏诸镇守内臣尽数取回，自后永无遣之。盖自是宿蠹一清，所留者惟南京、承天、凤阳及黄花镇诸守备耳，即有城社，窃伏之奸无几矣"。（《嘉靖大政类编》阁臣第6页）《万历野获编》在"镇守内官革复"条下亦称："镇守内官之革，在嘉靖九年、十年间，天下称快，此正张永嘉入相时也。至十七年，而太师武定侯郭勋奏请复之，上许云、贵、两广、四川、福建、湖广、江西、浙江、大同等边各仍设一人，中外大骇。时任丘李文康当国，不能救正，人共惜之。十八年四月，彗星示变，将新复镇守内臣尽皆取回，遂不再设，距郭言甫匝岁耳。是时当国者为夏贵溪，而严分宜为大宗伯，题请得旨，其功亦不细。今人但知裁革镇守归美于永嘉，而夏、严二公遂不复齿及，岂因人而没其善耶，抑未究心故实也。"（《万历野获编》卷6第241页）可见张璁虽然参与、赞成了革除镇守中官之事，但主要并非其功，是经过众朝臣多年反复不断地坚持，且至嘉靖十八年五月才得以实施，而此时张璁早已去位且身故。如不加考订，片面、草率地把这一新政的措施和多年后取得的成果强按在张璁头上，似有不妥，且这种乱贴标签的做法也有悖历史事实。

张璁自嘉靖六年十月入阁，一年多后的八年八月被罢，九月又召还；十年七月再致仕，十一年三月应召复任至京，八月又致仕；十二年四月赴召至京，十四年四月再致仕；前后四进四出，迁延近七年半，而实际在阁时间不及五年，其他议礼新贵也大约类此。其间他们的主要精力俱在议大礼、报复廷臣和相互攻讦上，助君施政乏善可陈。嘉靖帝对他们也渐生厌恶，曾称"朕念彼等忠于王事，授以重职，擢居辅导，欲其全君臣始终之义之美。奈何璁等自居官以来，不思图终之难，顿忘谨始之志，自用自恣，负君负国。所为事端昭然众见"。（《世宗实录》卷104第2449页）又责张璁"昧休休有容之量，犯戚戚媢嫉之科，殊非朕所倚赖；专于忌恶，甚失丞弼之任"；（《世宗实录》卷128第3050页）"不爱惜人材，所以多怨"。（《世宗实录》卷173第3768页）对他们的不堪任用感到非常失望，因而开始追念老臣费宏，遂于嘉靖十四年四月召其还朝复任首辅。费宏感于帝思治心切，上疏切陈时政，并称"臣尚当日有所陈"。帝十分高兴，批答曰："览'日有所陈'之言，深慰朕望，必如是然后可。凡事卿当献正闭邪，匡朕不及，以副朕意。"（《世宗实录》卷 177 第 3820 页）从此更是对费宏倍加信任，"数有咨问，宏亦竭诚无隐，承璁、萼操切之后，易以宽和，朝士皆慕乐之。"（《明史》卷 193 第 5110 页）眼看朝政大有起色，可惜费宏因操劳过度，回任仅三月即在京逝于任上；继任者李时虽尚忠厚，然无大匡救；其后被帝重用的夏言、严嵩则互相缠斗，以献瑞得宠的汪鋐等只知谄媚；帝笃信斋醮、方药，于是又有了"青词宰相""秋石尚书"等奇葩大臣相继当国，朝政的日趋紊乱也就不可避免了。

　　嘉靖朝弊政的产生与新政的消亡一样，其根源都是由于"大礼议"改变了朝中的政治生态，在用人这个根本问题上发生了嬗变。嘉靖帝之先祖明成祖在与讲官讨论《论语》"君子小人和同章"时有段对话："问：何以君子难进易退，小人则易进难退。对曰：小人逞才而无耻，君子守道而无欲。问：何以小人之势常胜？对曰：此系上之人好恶，如明主在上，必君子胜矣。"（《皇明典故纪闻》卷 8 第 435 页）帝之高祖明宣宗在与儒臣讨论"致治在用人之说"时也曾言："《易》泰否二卦尽之矣。君子进，小人退，上下之情通，所谓泰。小人进，君子退，上下之情不通，所谓否。泰之时，人君大有为，所以成参赞之功。否之时，君子引退，则不可以有为矣。求否泰之端，则在乎君子、小人之进退，人君之用舍有关世道如此，岂可不慎？"（《皇明典故纪闻》卷 9 第 487 页）这些论述与嘉靖朝政局的演变倒是非常贴切，帝因"大礼议"而厌烦执拗、累进诤谏的杨廷和等大臣，寻尽去之；谏臣去而必谀臣进，议礼新贵遂得骤升，张璁中进士仅六年即蹿升内阁大学士，然"性褊逼，不能容物，既得志，挟宠自恣，颇导上以诛斥快其忿。……时桂萼亦以武英殿大学士入，与璁并协攻一清，然二人亦自相轧，尝有恶语交关上前"。（《皇明史窃》卷 70 第 2 页）其后无论是献瑞宠臣，还是"青词宰相""秋石尚书"，抑或道士、方士，无一不是逢迎帝意、献媚固宠。他们既无亲民爱民之心，更无为国为民之行，参赞君主推行新政、改革图新也就成了一句空话，弊政的滋生漫延和愈演愈烈更是顺理成章的了。对此，海瑞在嘉靖四十五年二月上疏称："古者人君有过，赖臣工匡弼。今乃修斋建醮，相率进香，仙桃天药，同辞表贺。建宫筑室，则将作竭力经营；购香市宝，则度支差求四出。陛下误举之，而诸臣误顺之，无一人肯为陛下正言者，谀之甚也。"（《明史》卷 226 第 5928 页）

　　嘉靖朝之弊政非为一端，不可胜记，除了冗员、滥赏、斋醮、方药等繁费外，要之还因"大礼议"和祷祀而大兴土木，成为有明一代工役最繁之主。十六年五月，当时就有修饰七陵、预建帝寿宫、慈宁宫、文华殿、崇先殿等内外工 19 所，"月费常不下三十万，而工部库贮仅百万。"（《世宗实录》卷 200 第 4210 页）如是朝中商议对策，除广开生员纳粮事例、稽矿洞银、收罪犯赎银外，还欲"借太仓银四十万，兵部马价、柴薪银三十万，光禄寺银十万及请内帑银百万，并取通惠河岁省脚银解户部者自嘉靖七年起尽数查发工所。"帝以"内帑银乃备宫中用者，不准发"外，(《世宗实录》卷200第4211页) 其余照准。至十九年六月，"诸宫殿工作调与役外卫班军四万六千人"，(《世宗实录》卷228第4836页) 仍不足，乃再雇包工。时"内外工程共用银六百三十四万七千八百九十余两，中间匠料大约四百二十余万两，其余尽系雇夫运价之数。今帑银告匮而来者不继，事例久悬而纳者渐稀，各处兴工无可支给"。(《世宗实录》卷238第4844页) 再加之内忧外患，战乱频仍，北有俺答，南有倭寇，边供繁费，不一而足；二十八年"帑藏匮竭，司农百计生财，甚至变卖寺田，收赎军罪，犹不能给。乃遣部使者括逋赋，百姓嗷嗷，海内骚动"。(《世宗实录》卷351第6339页) 至三十年，时天下岁入太仓库银只有二百万两，而京边岁用至五百九十五万，于是"议于南畿、浙江等州县增赋百二十万，加派于是始"。(《明史》卷78第1901页) 加之钱法大坏，民益骚然。"户、工部所欠各项商价不啻五六十万两，坊市民一充商役，即万金之产无不立破，民有力者咸诡冒投托，百方营免，有尽室逃避外郡者。久之，上户渐稀，则金及中户，已复及中下户。由是里闾萧条，即有千金之产，亦惴惴惧见及。"(《世宗实录》卷457第7737页) 国库空虚，民生凋敝，故海瑞在《治安疏》中称"嘉靖者，言家家皆净而无财用也"。(《明经世文编》卷309第3页) 明王朝至此亦危矣，史学家孟森先生论及此事时称："明开国以来节俭爱养，藏富于民之意久而不渝。至宪宗晚年渐不如昔，孝宗稍复前规，及武宗则不知《祖训》为何物，但祖宗所养之士类以守法为事，武宗及其所昵之群小尚不能力破纲纪。至世宗，因祷祀而土木，靡费无限，遂开危亡之渐。"(《明清史讲义》第230页) 此乃真知灼见，故世有"明实亡于嘉靖"之说，亦的论也。

嘉靖十年三月二十四日，"御史傅汉臣言：'顷行一条编法，十甲丁粮总于一里，各里丁粮总于一州一县，各州县总于府，各府总于布政司；布政司通将一省丁粮均派，一省徭役内量除优免之数，每粮一石审银若干，每丁审银若干，斟酌繁简，通融科派；造定册籍，行令各府州永为遵守，则徭役公平而无不均之叹矣。'广平府知府高汝行等以为'遵照三等九则旧规照亩摊银，而不论地之肥硗，论丁起科而不论其产之有无，则偏累之弊诚不能免。宜查取殷厚之产补硗薄之地，然后周悉'。奏入，俱下所司。"(《世宗实录》卷123第2971页) 这即是后之所谓"一条鞭法"，而在此却只是一番议论而已，后虽局地偶有尝试，但"数行数止，至万历九年乃尽行之"。(《明史》卷78第1902页) 因而欲据此即认定嘉靖改革为后来万历朝的张居正改革开启了先河，似有不妥。首先，诚如上所论，嘉靖朝并无什么改革之举，"一条鞭法"也并未作为政令在全国施行，当然也就毫无实效可言。其次，张居正改革是以"考成法"、裁革冗员、整顿吏治为基础的全面政治改革，所行"一条鞭法"，上承唐之"两税法"，下启清之"推丁入亩"，是当时改革赋税制度的重大措施。嘉靖朝的弊政造成国库空虚、民生凋敝，其末期太仓库银只够三个月开支，国库存粮不足一年之用，财政的拮据已到了非常可怕的程度。其子隆庆帝在位的六年亦并无起色，至其孙万历帝时则更趋恶化，故当时张居正有宗室骄恣、庶官瘝旷、吏治因循、边备未修、财用大匮等五大积弊之说，朝政已到了非改革不可的地步。从这个意义上说，嘉靖朝积弊应是张居正改革的重大诱因，至于"开启了先河"云云，则显然是不搭界的。

综上所述，嘉靖新政是嘉靖帝与杨廷和等大臣实现共治的成果，对武宗朝弊政的拨乱反正，带来了"嘉靖中兴"的巨大反响和殷切期望。新政的开创固然不易，但它的推行更为艰难，与既得利益集团的斗争是非常复杂而尖锐的。杨廷和是新政的总设计师，当然也是推行新政的主角，虽然他在嘉靖三年初即已致仕去，但他所留下的团队仍在与各种势力的反复较量中艰难维系着这一业绩。令人感到遗憾的是，嘉靖帝与杨廷和等不久均因深陷在"大礼议"的缠斗中，而顿忘推行新政、重振朝纲的初心，未能审慎处理好议礼问题，影响了君臣们推行新政的精力和效率。但从根本上说，对新政起决定性影响的还是"大礼议"所带来的人事巨变，使诤臣去国而谀臣骤进，君臣既同心协力又相互约束的共治局面遭到了彻底的破坏。在"大礼议"中骤升的新贵们视议礼对手为寇仇，竟以"权臣""朋党"之说离间帝与廷臣，诱君疑臣施暴。同时议礼新贵们还是个听话的班子，且精于内斗，疏于行政，热衷于奉迎帝意，自是嘉靖帝身边再无敢于直言净谏的大臣。而其后相继被帝宠信重用的"献瑞大臣""青词宰相""秋石尚书"以及道士、方士们，更是只知谄媚固宠，全然昧于施政；于是新政毁于一旦，弊政滋生漫延，明王朝的危亡之渐也就悄然开始。这其间的是非功过，自有大量史实已予评说，好在历史总是公正的。

第六章　"大礼议"与司法体制

嘉靖帝以藩王世子入继大统，原本是奉武宗遗旨、皇太后懿旨，在众大臣的拥戴下，合理合法地顺取了皇位，这与乃祖燕王朱棣通过"靖难"以军事暴力夺取皇位的逆取，在法理上和道义上都是根本不同的。"大礼议"原是一场关于礼与宗法的讨论和争议，本与司法体系无涉，但嘉靖帝在"大礼议"中频兴大狱，通过以司法暴力残害议礼对手而取得议礼的胜利，从而夺得其父兴献王皇权正统的地位。对此，后世史家多以为嘉靖帝把议礼搞得如此血腥残暴，使自己的顺得皇位混同于其祖燕王朱棣逆取皇位的样子，且不惜背离君臣大义，实是不仁不智之举；而其对明王朝司法体系从根本上的严重破坏，竟成为王朝走向衰败、灭亡的重要原因，这也应是其所始料未及的。

司法体系是国家执行审判和监督守法的权力架构，它的正常运转是司法公正和社会稳定的基本保证。明王朝自太祖朱元璋开始就逐步建立了较为完备的司法体系，即所谓"三法司"："刑部受天下刑名，都察院纠察，大理寺驳正。"（《明史》卷94第2305页）刑部设浙江、江西、湖广、陕西、广东、山东、福建、河南、山西、四川、广西、贵州、云南等十三清吏司，"各掌其分省及兼领所分京府、直隶之刑名"。（《明史》卷72第1755页）这是全国最高审判机关，"凡军民、官吏及宗室、勋戚丽于法者，诘其辞，察其情伪，傅律例而比议其罪之轻重以请。诏狱必据爰书，不得逢迎上意。凡有殊旨、别敕、诏例、榜例，非经请议著为令甲者，不得引比。……狱成，移大理寺覆审，必期平允。"（《明史》卷72第1758页）都察院有左右都御史、副都御史、金都御史等员及对应刑部十三司的十三道监察御史110人："都御史职专纠劾百司，辩明冤枉，提督各道，为天子耳目风纪之司。凡大臣奸邪、小人构党、作威福乱政者，劾。凡百官猥茸贪冒坏官纪者，劾。凡学术不正、上书陈言变乱成宪、希进用者，劾。遇朝觐、考察，同吏部司贤否陟黜。大狱重囚会鞫于外朝，偕刑部、大理谳平之。……十三道监察御史主纠察内外百司之官邪，或露章面劾，或封章奏劾。……而巡按则代天子巡狩，所按藩服大臣、府州县官诸考察、举劾尤专，大事奏裁，小事立断。按临所至，必先审录罪囚，吊刷案卷，有故出入者理辩之。"（《明史》卷73第1768页）大理寺掌审谳平反刑狱之政令，京畿、十三布政司刑名之事，"凡刑部、都察院、五军断事官所推问狱讼，皆移案牍，引囚徒，诣寺详谳。……大理寺之设，为慎刑也。三法司会审，初审，刑部、都察院为主；复审，本寺为主。"（《明史》卷73第1781页）这些司法体制上的安排设置，是皇权在司法上的体现和保障，同时也能对专制皇权有所缓冲和制约。议大礼、兴大狱，对国家司法体系到底有些什么影响，我们不妨列举一些具体的案例来分析。

一、以锦衣卫武士暴力处置左顺门哭谏案

嘉靖三年七月，"大礼议"已迁延三年有余而进入了第四年，帝欲尊崇生父兴献王的愿望屡屡受阻，不得已下诏称孝宗为皇考、兴献王为"本生皇考恭穆献皇帝"。张璁、桂萼等以此"两考"之说为非礼，上疏要帝发明诏改称孝宗为皇伯考、兴献帝为皇考。帝大喜，急召张璁等进京议礼，而此前两任内阁首辅杨廷和、蒋冕，两任礼部尚书毛澄、汪俊，及吏部尚书乔宇、户部尚书孙交、兵部尚书彭泽、工部尚书林俊等皆以议礼与帝不合而辞位以去，但廷臣仍坚执原议。张璁等进京后，又条上大礼七事，指杨廷和等为权臣，以己所据是先王之礼，廷臣所挟是奸臣之权，并称言官已相率甘为权臣鹰犬。而朝议对张璁等亦攻之甚急，廷臣无一人与之通，并扬言欲捶杀之。张璁等恐慌，散朝后出东华门走入武定侯郭勋家。郭勋喜，约为内助，并即上奏其事。帝即夜召张璁，示以同议大礼、祸福与共的决心和对朝臣众议汹汹的无奈。张璁竟以天子至尊、天威雷霆来诱导这个尚未成年的小皇帝用锦衣卫力士来对付廷臣，帝深以为然，一场背离法制的血腥镇压就这样密谋而成。十五日朝罢，廷臣见帝已采张璁议，遣谕内阁改称孝宗为伯考，尊称其生父为皇考，并将其兴献帝称号前"本生"二字去掉。由是群情激愤，为维护孝宗皇帝的皇室大宗正统，谏君无行违礼之举，以宪宗朝百官伏哭文华门争慈懿皇太后葬礼而被宪宗采纳

为楷模，相率诣左顺门跪伏；或大呼太祖高皇帝，或呼孝宗皇帝，声彻于大内。这时嘉靖帝正斋居文华殿，遣太监谕令且退，群臣却固伏不起，求俞旨恩准廷臣之请。帝不从，群臣亦仍跪伏不起。至是日中午，帝命录诸臣姓名，执为首者学士丰熙等8人下诏狱。于是修撰杨慎、检讨王元正等乃撼门大哭，一时群臣皆哭，声震阙庭。帝大怒，命逮五品以下员外郎马理等134人悉下诏狱拷讯，四品以上及司务等官姑令待罪。嗣后不经三法司审理，直接令锦衣卫拷讯丰熙等8人并发配充戍，其余四品以上者夺俸，五品以下者编修王相等180余人被杖；而编修王思、王相，给事中裴绍京、毛玉，御史胡琼、张日韬，郎中胡琏、杨淮，员外郎申良，主事余祯、臧应奎、许瑜、张灿、段永叙、安玺，司务李可登16人皆被杖而死。

礼部右侍郎朱希周奏请原释哭诤诸臣，帝不从。大学士毛纪上疏劝帝原伏阙哭争诸臣，帝大怒，传旨责毛纪要结朋奸，背君报私。毛纪乃上言曰："曩蒙圣谕，国家政事商榷可否，然后施行，此诚内阁职业也。臣愚不能仰副明命。迩者大礼之议，平台召对，司礼传谕，不知其几似乎商榷矣；而皆断自圣心，不蒙允纳，何可否之有？至于笞罚廷臣，动至数百，乃祖宗来所未有者，皆出自中旨，臣等不得与闻。"（《明史》卷190第5046页）因此乞辞官归乡。帝衔毛纪亢直，即允其去。后军都督府经历俞敬疏谏，以为哭谏诸臣迹虽狂悖，心实忠诚，请帝赦过宥罪，体恤群臣，润泽万民，使为臣者无复以言为讳；帝只将其章下所司。南京祭酒崔铣陈言："议礼一事，或摈斥，或下狱，非圣朝美事。"（《明史纪事本末》卷50第753页）帝不悦，即令其致仕去。是时，左顺门之狱已处分，帝怒犹未已，又令将杨廷和长子修撰杨慎及检讨王元正，给事中刘济、安磐、张汉卿、张原，御史王时柯等七人下锦衣卫狱，并杖之。于是张原被杖死，杨慎、王元正、刘济充戍，安磐、张汉卿、王时柯俱削籍为民。

处置如此众多朝廷官员，其中仅廷杖就近200人，谪戍8人，且涉17条人命，嘉靖帝竟一不依大明律令，二不经国家司法机关三法司审理，仅凭自己的个人意志来处置如此大案。而这一奇葩的案例，是通过锦衣卫和诏狱来实施的。《明史·刑法志》称："刑法有创之自明，不衷古制者，廷杖、东西厂、锦衣卫、镇抚司狱是已。是数者，杀人至惨，而不丽于法。踵而行之，至末造而极。举朝野命，一听之武夫、宦竖之手，良可叹也。"（《明史》卷95第2329页）锦衣卫原是职掌侍卫仪仗，其镇抚司掌本卫刑名，兼理军匠。嘉靖帝即位，"革锦衣传奉官十六，汰旗校十五，复谕缉事官校，惟不轨、妖言、人命、强盗重事，他词讼及在外州县事，毋得与。未几，事多下镇抚司，镇抚结内侍，多巧中。会太监崔文奸利事发，下刑部，寻以中旨送镇抚司。尚书林俊言：'祖宗朝以刑狱付法司，事无大小，皆听平鞫。自刘瑾、钱宁用事，专任镇抚司，文致冤狱，法纪大坏。更化善治在今日，不宜复以小事挠法。'不听。俊复言：'此途一开，恐后有重情，即夤缘内降以图免，实长乱阶。'御史曹怀亦谏曰：'朝廷专任一镇抚，法司可以空曹，刑官为冗员矣。'帝俱不听。"（《明史》卷 95 第 2336 页）然而他们对国家法制的这些担忧却不幸而被言中，嘉靖帝在"大礼议"陷入胶着状态，自己不能化解廷臣群情激愤的关键时刻，竟采纳张璁之策，动用锦衣卫镇抚司诏狱来血腥镇压群臣，国家的司法体系被弃之不顾。锦衣卫武士的暴力，廷杖的血肉横飞，产生了极大的寒蝉效应；左顺门事件后不久，帝即下诏废了前诏，改称孝宗为皇伯考、生父兴献王为皇考，实现了继统不继嗣的愿望，取得了议大礼的实质性进展，并为"大礼议"的深入持续推进和节节胜利奠定了坚实的基础。

但朝臣并未就此屈服，对此案仍持有不同意见，且纷纷上疏辩析，劝帝宽恤被处诸臣：南京给事中王仁山等言："臣事君，犹子事父，三谏不听，则号泣从之。今诸臣论谏大礼，不啻再三伏哭阙门，冀有所敢（注：疑为感之误）悟耳。不虞触圣怒，罹死伤至于此极。幸俯赐宽宥，以光圣德。"（《世宗实录》卷 43 第 1132 页）御史王木言："追惟献议诸臣，互分彼此，力争而不胜，甚至稽颡鸣号，震动宫阙；此其意亦尽忠于陛下，非有他也。乃偶触天威，罪死不测。伏愿陛下推广孝思，曲垂恩宥，谪戍者召还原职，已死者优恤其家。"（《世宗实录》卷 44 第 1150 页）大理寺右评事韦商臣言："群臣以议大礼忤旨调任者，吏部左侍郎何孟春以为首；谪戍者，学士丰熙等八人；杖死者，编修王思等十七人；以拂中使而逮讯者，副使刘秉鉴，布政马卿，知府罗玉、查中道等若干人；以失仪就系者，御史叶奇、主事蔡乾前后五人；以京堂宪台官为所属小民讦奏下狱者，少卿乐頀、华湘，御史任洛，副使任忠凡四人。此皆国家大狱，关系匪轻，臣妄议以为诸臣皆所当宥者也。愿陛下大奋明断，复戍者之官，录死者之后，逮系者释之，而正妄讦者之罪。"（《世宗实录》卷 46 第 1175 页）江西巡抚陈洪谟言："臣闻之《礼》曰：'人子事亲，三谏不听，则号泣而随之。'前者议礼诸臣，伏阙号泣，诚为有罪，而揆之于礼，亦有所本。况何孟春、丰熙操履醇固，宜置左右以资启沃；吕柟、杨慎论思有体，宜出禁闼以责后效；张原、毛玉死无以敛，妻孥流落。惟皇上曲赐优贷，使迁谪者得以自效，物故者可以自安，通万国之欢心，致天人之佑助，宜无出此。"（《皇明永陵编年信史》卷 2 第 2 页）巡按云南监察御史郭楠言："阿意顺旨者未必忠，犯颜敢谏者未必悖。迩群臣议礼，至跪门叫号者，其事以悖，其心固忠也。乃或鞭扑致死，或褫官谪戍，臣不意圣明之世而人臣以忠谏获罪者若此。"（《世宗实录》卷 49 第 1234 页）行人司右司副柯维熊言："赏罚者人主之大柄也，今伏阙诸臣多被死徙，御史王懋、郭楠相继责谴，臣以为罚过重矣。望矜恤宽宥，以来言者。"（《世宗实录》卷 49 第 1236 页）致仕刑部尚书林俊疏言："议礼如讼，见各不同，包而容之，德之大也。……古者挞人于朝，与众辱之而已，非必欲坏烂其体肤而致之死也。成化时，臣及见廷杖三五臣，容厚绵底衣，重毯迭杷，然且卧床数月而后得痊。正德间逆瑾用事，始启去衣之端，酿有末年谏止南巡杖死之惨。幸遇新诏收恤，士气始回。臣又见成化、弘治间诏狱诸旨，惟叛逆、妖言、强盗好生打着问，唎虎杀人打着问，其余常犯，送锦衣卫镇抚司问，镇抚司奏送法司议罪；中间情重者，始有'来说'之旨，部寺复奏始有'降调'之旨。今一概打问，无复低昂，恐失旧典，非祖宗仁厚之意。"(《世宗实录》卷55第1248页)对这些章奏及上言者，嘉靖帝不是不报就是下其章于所司，或夺俸、降级调外任，甚而以违旨渎奏，命锦衣卫逮治之。

帝这种以锦衣卫武士代替国家司法体系的行为，终究不为廷臣所认可，嗣后间或亦有廷臣上疏论列，并请原宥被罚诸臣和甄别此案。而帝在他的有生之年，竟始终不准宽恕议礼得罪诸臣，遇赦不与，病革不放，充分体现了他专制君权的傲慢和对国家法制的蔑视。原本在君主专制社会中，专制君权和国家司法体系的根本目标是一致的，司法体系是国之重器，是维护社会公平正义和国家安定的最后保障，从而也是君主专权的重要倚仗。但嘉靖帝为了实现议大礼的一己私利，待肱股大臣如仇敌，视国家司法同敝屣，那么他在议大礼中屡兴大狱，就是理所当然的了。

二、以议礼新贵的私见代替事实证据断李鉴案

李鉴是湖广长沙豪民，与其父李华以行劫为业，曾因拒捕杀死巡检冯琳。冯琳之子春震讼之于朝，李华被逮，且瘐死于狱。而李鉴侥幸逃脱，又继续为盗，烧毁鲁万章房屋，事觉，法当斩，朝廷下诏命所司急速将其逮捕。长沙知府宋卿奉命四出追逃，抓捕甚急，终将李鉴捉拿归案，下狱论死。这本是一个非常简单明了的案件，且已结案，更与议"大礼"丝毫无涉。可其时席书巡抚湖广，因与宋卿有隙，遂上疏论劾宋卿，尽发其奸私，并借此指李鉴案是宋卿故意入人死罪，欲反坐宋卿。而前此席书在湖广见朝中议大礼未定，揣帝意向张璁之议，因献议支持帝崇尊生父为帝，但见廷臣交章诋张璁议为邪说，惧不敢上，而密以示桂萼。嘉靖三年正月，桂萼具疏论大礼，遂将席书之疏并上之。帝在有张璁辈小臣支持的同时，又得到如席书这样大员的支持，大喜，趣召席书入朝议礼。会礼部尚书汪俊因议大礼与帝意不合而去位，帝遂特出中旨用席书代之。依当时朝中惯例，六部长贰率用翰林官，且必由群臣廷推，而席书升任尚书出自中旨，且由献异议逢迎帝意而得，廷臣遂交章诋席书。嘉靖三年六月初六日，户科都给事中张汉卿劾席书在巡抚湖广时赈灾无状，又多侵渔，且已经南京御史梁世标、守备南京魏国公徐鹏举论奏，请遣官往勘其罪。户部覆议亦请命南京都察院及户科择给事中、御史有风裁者往勘，帝从之。

嘉靖三年七月十四日，席书上疏言自己奉命赈恤凤阳诸郡县的功绩，并言其之所以反被言官所劾，是因"大礼建议为诸臣所嫉，竞相排击，臣之心迹终无以自白，乞多官勘明"。(《世宗实录》卷40第1041页)帝即下旨令司礼监、户部、法司、锦衣卫各派正官一员，会同抚按官从公查勘，具实以闻。这样，席书就把议礼与李鉴案联系在了一起，首开了以"大礼议"为己辩护且攻击对手的先例，嗣后议礼新贵们皆步其后尘，且累试不爽。八月初七日，帝命太监黄伟、户部右侍郎王承裕、刑部左侍郎刘玉、锦衣卫指挥使王兰会勘席书赈济湖广事，大学士费宏等以差官扰民，

请行停止，帝不报。

嘉靖三年九月二十日，已升任礼部尚书的席书上疏自言："巡抚湖广时，所按长沙知府宋卿贪污杀人，事并有验。而御史、按察使挟亲故、徇私情，尽反其词，请遣官覆按。"（《世宗实录》卷43第1124页）其时李鉴案虽早已审结，人犯亦已捕得下狱论死，可帝因席书此言，还是命前所遣襄府勘事官并鞫以闻。无何，勘事官还言"卿所犯俱无实，鉴已捕获，罪不可原"。（《世宗实录》卷65第1500页）帝犹疑群臣因大礼议攻席书而有所隐，遂命逮李鉴来京重新审理。鉴至，系狱，席书又为李鉴开脱，奏曰："臣以议礼忤在朝诸臣，故湖广问刑官以臣所劾宋卿之罪悉为文释，乃归罪李鉴，欲为宋卿地也。乞敕法司会官覆勘，以伸冤抑。"（《世宗实录》卷65第1500页）帝将其疏下于法司。这样，席书不仅以"大礼议"为己辩护，且又故技重演，以此来为重犯死囚脱罪。对此，明末清初史家谈迁评曰："议礼于他事何预，辄引之为重，仇忌中伤，百相饰也。护前不已，转而诬构，席书、桂萼殆甚之矣。今日释李鉴，明日释李福达，维辟作威，维臣行臆，三尺法安在哉？"（《国榷》卷53第3338页）

嘉靖四年正月十六日，司礼监太监黄伟、户部侍郎王承裕、刑部左侍郎刘玉、锦衣卫指挥王兰等奉旨覆勘礼部尚书席书先任南京兵部侍郎、与巡抚都御史胡铤前后奉命赈济江北饥民之事，还报言："二臣毕心殚力，无所欺罔。顾所历地广，势不能周，死徙数多，似非其咎。其钱粮之数，则以二臣所委出纳者未得其人，致多乾没，已将各委官坐罪矣。"疏入，得旨："既会勘明白，如拟归结。"（《世宗实录》卷47第1202页）从这一结论中，不难看出席书赈灾时百姓"死徙数多"、钱粮"致多乾没"等弊病确是事实，可见言官劾其"赈灾无状，又多侵渔"，并非虚言。勘事诸臣揣知帝意，必因"大礼议"而曲庇席书，故以"所历地广，势不能周""所委出纳者未得其人"为由强为辩解，虽不否认事实，但只坐罪其属下各委官员，对因负重责的席书却多溢美之词。对此，嘉靖帝应心知肚明，而这也正是他所期望的，故即准"如拟归结"，护短之情溢于言表。

嘉靖五年六月二十四日，监察御史苏恩、大理评事杜鸾奉旨会讯李鉴一案毕，乃各上疏论奏言："鉴之罪至于杀官兵、劫人财、烧房屋，可谓极矣。昔众证而狱成，今亲审而词服，乃知原问官覆实定拟非有私也。席书以宋卿之故，辄为奏辩，且以议礼为言。夫大礼之议，发于圣孝，而书以一言当意，动辄援此以挟陛下，以压群僚，坏乱政体甚矣。惟陛下深思之，亟以李鉴明正典刑。"刑部官对此案的结论十分明确，且皆是实，而度帝意必庇席书，故不得已复请下湖广抚按官对此案再勘。而帝竟曰："鉴事既席书代为伸理，必有冤抑，不必再勘，免死，发戍辽东。"（《世宗实录》卷65第1500页）此旨确是奇葩，嘉靖帝心知此案会讯官所论是实，故没有推翻全案，只是将重犯死囚李鉴免死发戍；而理由却是此案"既席书代为伸理，必有冤抑，不必再勘"，完全没有了逻辑。帝定此案不循案件事实，不依大明律令，不由三法司审理，完全以席书的个人意气行事；再次以议礼划线，公然包庇议礼新贵，而不惜把国家司法准则抛掷一边，为日后议礼新贵们不断制造冤假错案打开了潘多拉盒子。明代史家张岱就认为此案是"嘉靖大狱张本：世宗朝李福达之狱，张、桂诸人因结郭勋，以陷多官，天下后世皆知其冤矣，而其端已先见于席书矣。……是时席元山虽狠愎，亦未敢遽执其事，尚请复核。而世宗独断，直谓议礼新贵所昭雪，即跼蹐亦必曾史，遂将前后爰书一笔抹杀，此嘉靖五年六月事也。不数日，而山西按臣马录劾张寅、郭勋之疏见告矣。今人但知李福达一案，而不知先有席书、李鉴同在一时，因纪其概。先是，给事升金事、递解为民陈洸，妻郑以奸离，其子桓杀人坐死，席书代为称冤云：'洸以议礼为人嫉恶，文致其罪，乞恩稍宽之。'上命洸免递解，妻免离异，子免死戍边。此狱亦不曾再讯，竟以中旨宽释，此先一年事也。盖以议礼为护身之符，以訾议礼者为反坐之案，情况甚易见。上亦心知其然，但虑昔日考孝宗旨，乘机再用，借此箝天下口耳"。(《万历野获编》卷18 第496页) 此真说议也。

此案一定，当时廷臣纷纷上言：嘉靖五年六月二十六日，刑科给事中管律言："大礼之议，出自陛下至性，为臣子者，第宜钦承以孝治天下之怀，各供厥职，无事希望可也。顾迩来言事者每假借为词，或乞休，或告病，或认罪，或为人辨罪；于议礼本不相涉，而务欲援引牵附，此其故何哉？盖欲中伤乎人，恐非此无以激陛下之怒；欲固宠于己，恐非此无以得陛下之欢故也。乞严加戒谕，令自今诸司言事者，宜据事直陈，毋得假借饰奸以累圣德。"(《世宗实录》卷65 第1503页) 六月二十八日，广东道监察御史李俨，以世庙建成上疏，称"迩来群臣凡有章奏，动引议礼为言。或以挤排善类，或以翻异成狱，或以变乱朝章，大非清朝盛事。乞察群臣忠邪之实，破背公死党之私。向之议礼是而行事非者，不以是掩非；议礼非而行事是者，不以非没是。使党与潜消，时靡有争，是宗社之福也"。(《世宗实录》卷65 第1505页) 七月十四日，给事中陈皋谟言："人臣事君如子事父，子无过孝，臣无过忠，岂有子偶一事悦亲足徼终身之爱，臣偶一言顺旨遂为不世之功？恭惟恭穆献皇帝追崇之礼，乃出陛下天性至情，席书辈不过一言赞成之耳。乃贪为己功，动以自负，互相党援，出位论列；挤排宰执，纷更法制，喜怒恣其心，威福柄其手。若李鉴父子拒敌官兵，法官论死，已经会验，书乃曲为申救，至谓众'以议礼憾臣故，因陷鉴于死'。夫议礼者朝廷之公，合与不合，何至深仇。纵使仇书，鉴非书之子弟、亲族、交游也，何乃于鉴甘心邪？至于郭勋之诉，尤所不通。勋遗书御史马录为罪人张寅请托，录奏之，乃亦以议礼激众怒为言。岂儒臣、博士之所未深究，而武夫悍将反优为之？此在席书犹不宜自言，而勋又窃其余绪，以欺天罔上，罪不容诛。如问官当张寅以法，勋又且如书之代诉，不至于滥恩废法不已矣。以朝廷纯孝之盛举，遂为权邪营私之窟穴，岂不异哉。乞亟罢书、勋，李鉴仍从原坐，兼按张寅请托事，使人心晓然知权邪之不足恃，公法之不可废，然后逆节销、幸门塞。"(《世宗实录》卷66 第

1518 页）时南京御史姚鸣凤、王献等亦皆上疏极陈。对这些奏章，帝多不纳，或仅下所司知之，惟对管律之疏批曰："律所言良是。今大礼既定，内外群臣正当摅诚供职，以赞成嘉靖之治。自今言事者慎勿徇私假借议礼希恩报仇，都察院其行两京各衙门，咸使知之。"（《世宗实录》卷 65 第 1503 页）此旨虽看似帝已知晓案情真相，但并没有采取任何措施纠偏改错，"顾其后诸臣之悻悻如故，祸亦滋矣。"（《世庙识余录》卷 3 第 4 页）

三、以议大礼划线处陈洸案

陈洸，广东潮阳人，正德六年三甲第 185 名进士。初以进士在乡守制时，宋元翰任其县知县。陈洸素无行，居乡多行不法事，为乡里所恶，而宋元翰亦是贪酷吏，两人遂有过结而不相能。于是陈洸唆教其子陈柱讦告宋元翰，使之被逮捕下狱，县人被元翰虐者争相蜂起陈状，元翰坐此谪戍；以是怨陈洸，乃掎摭陈洸诸放利恶迹，并其帷薄事，缉成《诉冤录》一书而刊布之。虽其中多有溢辞，但陈洸由是不齿于清议，吏部尚书乔宇遂将其出为湖广佥事。不久宋元翰遇赦得免，陈洸后亦赴京任户科给事中。这本是件十几年前的陈年旧事，且属二人私相攻讦，与朝政大事无关，而会"大礼议"起，又被拿来炒作，遂再成为"大礼议"中的一大怪案。

嘉靖初，陈洸奉使顺道回籍，且家居二年后始返京复命。其在道闻得朝中张璁、桂萼辈以议礼骤显，且知自己已被外放为湖广佥事，觉得议大礼这是一个改变自己命运的绝好机会，遂于嘉靖三年八月初一日违制以户科给事中的旧衔上疏，主动投入"大礼议"的旋涡中。他在疏中一反之前也曾尝言帝父兴献王不可称皇的主张，改称"主事张璁等危言论礼，出于天理之公，人心之正。而当道者目为逢君，曲肆排沮；且群结朋党，必欲陛下与为人后，亏父子之恩。又短寿安皇太后之丧，使陛下不得伸承重之义"。又言"内阁铨衡，所系至重，宜择人居之。今尚书乔宇、郎中夏良胜，用舍任意，挤排豪杰。京缺则专于己，外补则推于人。科道于桂、阎闳、史道、曹嘉素称刚直，或升外任，或摈远方。陛下取用席书等，交章拥沮，以为不由吏部会推，专擅可见。乞削去宇、良胜官职，召还桂等，以作敢言之气。"章下吏部，侍郎何孟春言："洸已外补，犹冒旧衔，假以建言，紊乱国典，宜行究问，以绝他觊。"（《世宗实录》卷 42 第 1087 页）帝不从何孟春言，反而采纳陈洸所言，不仅特命陈洸复任原职，其疏中所涉原任给事中于桂、史道、阎闳，御史曹嘉等俱复原职，而把已升任未赴任的南京太仆寺少卿夏良胜（注：《明史》卷 189 作南京太常寺少卿）降三级谪为茶陵知州。夏良胜，正德三年进士，正德中因苦谏武宗南巡被逮下诏狱，罚跪午门五日，并被廷杖而除名。嘉靖帝即位后平反召复故官，任吏部文选郎中，"公廉多所振拔，'大礼'议起，数偕僚长力争。及席书、张璁、桂萼、方献夫用中旨超擢，又执不可，由是为议礼者所切齿。"（《明史》卷 189 第 5022 页）帝亦因议礼对其不悦。而史道、曹嘉等交章劾杨廷和等大臣在"大礼议"中与帝争大礼是"恣无人臣礼"，"帝为薄谪道、嘉以安廷和，然意内移矣"。（《明史》卷 190 第 5038 页）陈洸正是看准了这一点，故疏上辄中帝意，目标无不达成，张璁、桂萼遂引其以击异己者。

嘉靖三年十月十一日，为攻讦大学士费宏等大臣，已任户科给事中的陈洸又上疏荐致仕大学士谢迁、南京吏部尚书廖纪、起复吏部侍郎胡世宁、南京文选司郎中姜清，而劾吏部尚书杨旦、侍郎汪伟、东内阁学士吴一鹏、文选郎中刘天民。事下吏部，右侍郎孟春等复："洸所荐四臣诚宜推用。至于旦、伟、一鹏，皆一时人望，而天民久历铨曹，未闻过失。今洸皆目为小人，欲一网尽去之，此必有奸邪欲得其处，故嗾洸使言。且洸家居时常（注：疑为尝之误）以侵牟乡里，为小民林钰等所告，下法司行勘未结，又坐分盗赃，诬构知县宋元翰，秽行彰闻。况以外补夤缘还职，乃复诪张大言，欲以微暧风闻变置公卿，援立私党，此清朝大蠹，不宜处位。"（《世宗实录》卷 44 第 1140 页）疏入，帝不听，而竟从陈洸奏，趣召廖纪、胡世宁、姜清入京用之，谢迁候缺推补，杨旦、汪伟皆致仕，刘天民调外任。仍切责孟春等阿私奏辩。次日，翰林院学士张璁、桂萼亦各上疏荐谢迁、廖纪可任内阁、吏部之职，后席书又荐杨一清、王守仁，而攻朝中大臣为庸才，与陈洸密切相呼应。

嘉靖三年十月十三日，六科十三道赵汉、朱衣等交章论给事中陈洸之奸，因摘发其居乡稔恶数事，且有广东道文案及宋元翰《辩冤录》可证。御史张日韬、戴金又特论之。帝却称赵汉等辄挟私奏扰。是日，御史兰田亦上疏言"洸本尚书席书之党。书自以望轻，蹢躅非据，因交结洸等为之羽翼，植私市权，罪恶暴著。书又尝疏陈时政，至比陛下于梁武帝、唐玄宗、宋徽宗，而复高自标榜，谓孝宗尝以其言置之座右。排妒戚畹泰和伯之宠，文致知府宋卿之狱，议加钱子勋、随全辈之赏，皆奸回欺讪大不敬，当治。"并以《诉冤录》上闻。帝曰："书所陈，朕自有处分。陈洸及宋元翰事情，下都察院从公验问，不许偏私曲法。"并责兰田是小臣，"辄以睚眦恣意挠渎。"（《世宗实录》卷 44 第 1141 页）十月十九日，礼部尚书席书上疏辩称"臣与陈洸素无交往，又所条上十三事，皆肺腑忠赤之言，直欲致君尧舜，不敢以寻常世主相望。而御史兰田欲掇拾臣罪，目为诽谤"。（《世宗实录》卷 44 第 1146 页）并以此请辞，帝褒答不允。十月二十日，都察院上奏："科道官赵汉、兰田诸臣及民人林钰等所奏陈洸家居不法状，乞行原籍抚按推鞫。"且按当时律令事例，请令陈洸回籍听勘。帝却下旨称："陈洸不必回避。林钰等所奏事情，令行抚按官即与从公勘结，不许偏向亏枉。"（《世宗实录》卷 44 第 1150 页）十一月初五日，左给事中陈洸具疏自辩，又反讦兰田及吏部郎中薛蕙、刘天民、员外郎刘勋等各不法事。都察院覆称"洸语无实，不足信。独所称薛蕙交通知州颜木、陷参将石玺父子事情，下河南抚按官验问。蕙宜回籍听勘"。帝诏准。陈洸又言"兰田所上宋元翰讦词，乃匿名文书之类，法当毁。都察院乃欲据是并勘，意在朋陷。恐抚按望风偏枉，请敕锦衣卫官同巡按御史详鞫。且乞回避还籍"。（《世宗实录》卷 45 第 1157 页）帝准陈洸回避，而按其要求遣刑部郎中叶应骢、锦衣卫千户李经赴广东核勘。在陈洸看来，"锦衣可利诱也"，（《明史》卷206第5443页）而揣测在帝心中，锦衣卫官比廷臣更可靠，故一发即中。果然，锦衣卫校尉赴广东密勘陈洸事，广东按察使张祐、副使孙懋以诘其无官防印信反而得罪被逮。巡按御史杨铨上疏言："今天下百司庶府，体统相维，可恃以为信者，上遵玺敕，下凭印信耳。广东僻处岭外，向未有密差校尉诣彼访事者，今一旦有之，初无印信公文可据，安知其为真？且给事中陈洸与乡人讦奏，已蒙遣官验问，尚未施行，岂有各官之验问不可信，而顾取信于校尉之访也？其于事迹实有可疑。祐、懋俱执宪之官，防范讥（注：疑为稽之误）察，乃其职分。今反以微谴见逮，使方面重臣縶绁束缚，累然于道路之间，甚非国家爱惜臣工之体。恐此风一启，后虽有作伪者，无复敢诘也。几微之渐，不可不预防。乞察其职守之愚，特加矜释。"（《世宗实录》卷52第1301页）帝只将其疏下所司知之，并不改处，可见帝对锦衣卫官与朝臣的态度是截然不同的。

叶应骢字肃卿，浙江鄞县人，正德十二年进士，授刑部主事，偕同官谏武宗南巡被杖，伏阙争大礼再被下狱廷杖。这次奉旨往勘陈洸案，深知陈洸险佞，为众所恶，又虑锦衣官掣肘，遂与锦衣卫千户李经焚香誓天，会御史熊兰、涂相等杂治之。又授指韶州府知府唐昇，俾深劾其事；凡《诉冤录》所载及洸怨家陈恕，一切证成之，遂"具上洸罪状至百七十二条，除赦前及暧昧者勿论，当论者十三条。罪恶极，宜斩，妻离异，子柱绞"。（《世宗实录》卷88第1990页）陈洸惧为叶应骢所困，遂逃至京师，上疏自理。帝持叶应骢奏不下，尚书赵鉴、副都御史张润、给事中解一贯、御史郑本公等连章执奏，帝不得已，始命刑部覆核。刑部郎中黄绾力持叶应骢议，桂萼却极力为陈洸辩护，甚至与刑部尚书赵鉴当廷争论而至攘臂相加。南京户科给事中林士元等劾奏桂萼"轻蔑礼法莫此为甚。夫君道友逆，则顺君以诛友。今洸负不赦之罪，而萼乃欲挠法以违君，忿戾横于胸臆，攻击加于班侪，殊失大臣之度"。（《世宗实录》卷60第1416页）帝却置之不问。桂萼见争之不得，遂邀席书、张璁共奏，称"洸，议礼臣也，尝劾费宏，而法官朋党，中于法"。（《国榷》卷53第3329页）帝入其言，免陈洸死罪，削籍为民。大理寺卿汤沐等争之，言"法者乃天下之公，而非一人之私。据洸情罪深重，详审无疑。而陛下特出之，令为民，是轻重殊科而法不信于天下也。乞收回成命，必置洸法如原拟，庶律法画一而人心畏服"。（《世宗实录》卷58第1395页）刑部尚书赵鉴等，刑科给事中解一贯等，亦连章论其非法，俱报已有旨。从帝只宥陈洸一人而不改全案来看，这时他对案件的真伪是心知肚明的，只是一涉及议礼，就罔顾司法了。

嘉靖四年闰十二月初十日，以大礼书成，帝命礼部录诸尝上议未加恩赏者。于是礼部尚书席书在上奏诸议礼有功人员中，言："助大礼之议者一人，则先任给事中、今递解回籍为民陈洸。"且言"洸以议礼为人嫉恶，文致其罪，又诬其妻以奸离异，诬其子柱杀人陷重辟。乞降恩旨，稍为开释"。帝下令"陈洸免递解，郑氏免离异，柱免死，令戍边"。（《世宗实录》卷 59 第 1398 页）至此，全案虽未全盘否定，但基本上算是翻过来了，且又是把"大礼议"与司法对立起来。

嘉靖六年，为重新审理李福达案，帝命议礼新贵三人全面摄理三法司：礼部右侍郎桂萼于刑部，兵部左侍郎张璁于都察院，少詹事方献夫于大理寺，各署掌印信，暂管事，仍不妨本衙门事。已削籍为民的陈洸见全盘翻案的时机已到，遂于九月二十四日复上疏自辩："前以议礼，为邪党所诬。御史兰田，知县宋元翰，郎中叶应骢，按察使张祐、周宣，知府唐昇相与罗织成狱。而应骢、宣复杖死其连坐者几三十人，充军者十五人。乞行辩雪。"事下刑部，署掌刑部的桂萼遂为陈洸讼冤，言"洸通盗无状，而其子杀人无尸，非尽逮诸臣从公鞫问之，不得其情"。帝以为然，诏锦衣卫差官校逮陈洸、宋元翰、叶应骢及续问郎中黄绾等，并词所连及的官员俱至京听理，张祐等俱回原籍待命。已而同为议礼新贵的吏部侍郎方献夫上言"词所连及者不下三四百人，今诏并逮捕，必有无辜蒙害者。请较其轻重，非奸盗杀人证佐，皆下所在抚按官勘问，不必概捕，致扰地方"。（《世宗实录》卷 80 第 1786 页）帝从之，诏械系前后诸问刑官叶应骢等，并取干证人及始末文案至京，下三法司会同九卿、锦衣卫审问。至嘉靖七年五月初九日，刑部尚书胡世宁等谳上陈洸、宋元翰等狱。得旨："应骢、元翰俱为民，洸冠带闲住，绾降二级远方用。"兰田时已考黜，上以其"不知大体，以谤书入奏，致兴大狱；唐昇承望风旨，锻炼成狱，俱令巡按御史即其家逮治以闻"。各御史随勘上二人罪状，诏"田为民，昇降三级远方用"。（《世宗实录》卷 88 第 1990 页）

嘉靖七年六月十三日，议礼新贵霍韬上疏荐陈洸之才可用，帝令吏部查处以闻。六月十九日，吏部尚书桂萼对此复称："始臣萼被召，适洸覆命，闻臣有疏，即公言赞助；众惧沮之，为改其官，赖明主察之，特复故职。洸益尽力排众，卒堕祸机，使助礼之人与谋叛同罪。今其事虽白，尚坐闲住，宜视故职量升一官，以舒愤郁。"（《世宗实录》卷 89 第 2041 页）帝从之。至此，案子已全盘彻底翻转，陈洸不仅全家免罪，且恢复旧职并"量升一官"。而凡是前此审理过此案的官员，全部得罪被惩处。《明史》在评论此案时称："是狱也，始终八载，凡攻洸与治洸狱者无不得罪，逮捕至百数十人。天下恶萼辈奸横，益羞言议礼臣矣。"（《明史》卷 206 第 5444 页）

按，前引《实录》称此案为胡世宁所结，但遍检《明史》其本传及其身后文，俱不见有此记载。胡世宁字永清，弘治六年进士，性刚直，因揭露宁王朱宸濠反状而谪戍沈阳。"大礼议"起，"始以议礼与张璁、桂萼合，璁、萼德之，欲援以自助，世宁不肯附会，论事多抵牾"。又称其"改刑部尚书，每重狱，别白为帝言之，帝辄感悟"。（《明史》卷 199 第 5263 页）据此，其不太可能依附议礼新贵而违心地全盘翻转此案。但其确于嘉靖六年九月任刑部尚书，次年十一月改任兵部尚书，而期间正是审理陈洸案的时候，且前引《实录》中又确记"刑部尚书胡世宁等谳上陈洸、宋元翰等狱"，好像应该是其所为，这就给此事留下了一些疑点。要弄清这一问题，首先我们要了解一下当时刑部的情况：由于帝与议礼新贵们为打击议礼对手而频兴大狱，刑部尚书成了一个很尴尬且高危的职务。前此刑部尚书赵鉴因争论陈洸案而招致桂萼当廷"攘臂相加"，且拂帝意，于嘉靖五年五月不得已致仕去位。继任者颜颐寿因李福达案屡遭帝切责，为张璁等所侧目，竟被逮下狱，备尝五毒，闻者惨之；任职仅一年有余，于嘉靖六年八月即被夺官为民。随即桂萼以礼部侍郎署刑部事。九月，胡世宁继任，仅一个月就改任都御史。十月，李承勋继任刑部尚书，十二月即改任兵部尚书，胡世宁复又还任刑部，直至次年十一月改任兵部尚书。可见刑部尚书换来换去，均不当帝意，且大臣们对这一职位也心有余悸，唯恐避之不及。纵观此案始末，刑部上下的判断一直与议礼新贵们相左，且屡忤帝意，而结案时的意见却急转直下，可信度应不高。再加上前引《实录》在记胡世宁等谳上此案时，并不提及具体结论，竟是接着直书"得旨"而公布结案处理意见，意为这是帝不顾刑部结论而径直处置此案，故而《实录》对刑部谳案情节避而不谈。依帝在处理大礼诸案中的作派和惯例，且刑部侍郎黄绾亦被降二级远方用，这种可能性是极大的。这一案件再次表明了帝为了偏袒议礼新贵，打击在议礼中不顺从他的群臣；只以议礼划线，罔顾案情事实，颠倒是非，肆无忌惮地翻转成案，这对国家司法体系的破坏是极具标志性的。

四、以议礼新贵掌控三法司处李福达案

李福达一名李午，山西太原府崞县人。初，与妖贼王良谋反，事发，发戍山丹卫。后逃还，改名李五，窜居陕西洛川，与季父李越同倡白社妖术，自称弥勒佛，诱惑愚众。县民邵进录等俱往从之，李福达以是居积致富，又诳进录等言："我有大分，宜掌教天下。今暂还家，若辈宜聚众俟我。"遂将家还山西。邵进录等遂聚众为乱，伪授官爵，啸集数千人，大掠郿州、洛川诸处，杀掠无算。已而，官兵追剿，捕得李越及其党何蛮汉等，诛之。李福达逃去，往来山西徐闻县同戈镇，遂在此占籍，变姓名为张寅；贿县中大姓以为同宗，编立宗谱，涂人耳目。已，又挟重贶入京，窜入匠籍，输粟为山西太原卫指挥。其子大仁、大义、大礼俱补匠役，以烧炼术结交武定侯郭勋。后仍往同戈镇，其仇薛良首发之。李福达惧，逸逃至京师。官司捕得其二子按系之，李福达只好贿求武定侯郭勋为之嘱免，并自行投案到狱置对。代州知州杜蕙、胡伟先后审理，李景全等作证，具狱上布政司李璋、按察司徐文华等，复上巡按御史张英，皆如讯。独巡抚毕昭谓"福达果张寅，为仇家诬所致"，反其狱，以居民戚广等为证，反坐薛良罪。案未结，毕昭乞侍养去职，故全案悬而未决。会御史马录按山西，接郭勋为之嘱免书，不从，复穷治之，具爰书如前讯；拟福达谋反，妻子缘坐，又飞章劾郭勋党逆贼，并上其手书。嘉靖五年七月初五日，都察院左都御史聂贤等上奏李福达上述案情：并称："福达以妖术惑众，邵进禄等之反，实福达首谋，置之重典，厥罪允宜。但郭勋以勋戚世爵，乃交通逆贼，纳贿行

嘱，法不可宥。请并逮治之。"帝下诏"令诛福达父子，并没入其财产，妻子为奴。郭勋令对状"。(《世宗实录》卷66第1512页)郭勋具服谢罪，但又辩称其是因议大礼以激众怒，才遭此攻击，再次将案子与议大礼牵扯在一起，嘉靖帝亦因此而特宥之。给事中程辂、刘琦、王科各言"勋罪重，不宜宥"。帝只将其章下所司。

时席书挟议大礼与举朝辩李鉴案，并力助郭勋为李福达辩。嘉靖五年七月十四日，给事中陈皋谟疏言："大礼之举，出自圣孝至情，而席书乃贪为己功，奏扰挟制。如李鉴父子流劫拒捕，已经会验，法当论死，而书曲为申救，至谓'诸臣以议礼憾臣，遂入鉴罪'。夫议礼者，朝廷之公，合与不合，何至深仇？即使仇书，而鉴非书之子弟亲族交游，何乃甘心诬陷耶？至于郭勋之诉，尤所未喻。勋贻书马录冀脱张寅罪，而张寅之为李福达，供证已明。勋无可辩，乃亦以议礼激众怒为言，岂儒臣博士之所未深究，而武夫悍将反优为之！此在席书犹不宜言，而勋又窃其余绪以欺天罔上，罪不容诛。以朝廷纯孝之盛举，乃为奸邪营私之三窟，岂不异哉！乞亟罢书、勋，李鉴仍从原坐，福达亟置重典。"(《明通鉴》卷52第1688页)时南京御史姚鸣凤、王献亦以为言，大理寺评事杜鸾也上言劾郭勋及席书，乞将二人先正国法，再命多官集议李福达之罪。嘉靖帝俱不报，或下其章所司知之，并依都察院所奏，令山西抚、按官将此案移送三法司会鞫。于是，御史马录咨于徐沟乡绅给事中常泰、郎中刘仕，复檄取鄜、洛父老识李福达者辨之，俱以为真李福达也。乃檄布政使李璋、按察使李珏、佥事章纶、都指挥使马豸杂鞫之；审毕结案，李福达对簿亦无异辞，遂附爰书呈上马录。马录乃会巡抚都御史江潮上言李福达聚众数千，杀人巨万等罪状，论以极刑；并请对武定侯郭勋依法薄惩。帝复将其章下都察院。

嘉靖五年十一月，都察院左都御史聂贤等复奏："李福达逆迹昭灼，律应磔死。"(《明史纪事本末》卷56第872页)嘉靖帝欲将从之，令锢狱待决，并诘责郭勋，令自输罪。郭勋惧，乞恩，并再为李福达代辨，帝又置之不问。郭勋又令李福达子大仁具奏，求雪父冤，并示其逃亡。章下，聂贤与原讯御史高世魁知这是承郭勋所指，奏寝其议。给事中刘琦等、南京御史姚鸣凤等"各劾勋'交通逆贼，明受贿赂。福达既应伏诛，勋无可赦之理'。给事中常泰亦上言：'勋以输罪为名，实代福达求理，论以知情何辞？勋为福达居间，画令大仁等事变急亡命，论以故纵何辞？'给事中张逵等亦上言：'凡谋反大逆，宜服上刑。知情故纵，亦从重典。今勋移书请托，党护叛逆，不宜轻贷。'聂贤亦奏勋当连坐，帝不从。勋亦累自诉，具以议礼触众怒为言，帝信之"。(《明史纪事本末》卷56第872页)帝见群臣攻郭勋，心疑之，寻命锦衣千户戴伟移取李福达狱词及囚佐，下镇抚司羁候会鞫。十二月二十六日，山西巡抚都御史江潮、巡按御史马录、兵科给事中郑自璧等及给事中秦祐、常泰，试御史邵幽等"各疏劾'武定侯郭勋交结妖贼李福达，蔑视国法，恶贯已盈，宜加两观之诛，以谨无将之戒'。章下所司。已，给事中张逵复奏言：'妖贼李福达诳惑愚民，称兵犯顺；而郭勋为之馈书远嘱，诡词称冤，党叛逆而背君父，罪不容诛，乞逮问如律。'上曰:'李福达事情重大,锦衣卫差官逮系来京讯问。'"(《世宗实录》卷71 第1620 页)郭勋乃与张璁、桂萼等合谋为蜚语,谓"廷臣内外交结,借事陷勋,渐及议礼诸臣,逞志自快"。(《明史纪事本末》卷56 第872 页)帝深信此说,故攻者愈急,帝愈疑之,而外廷对此却浑然不知。

嘉靖六年三月二十六日,李福达被逮至京,刑部尚书颜颐寿,侍郎王启、刘玉,左都御史聂贤,副都御史张闻、刘文庄,大理寺卿汤沐,少卿徐文华、顾佖,寺丞毛伯温、汪渊及锦衣卫、镇抚司各官奉旨会鞫于京畿道,对簿无异辞,奏请将李福达论磔。帝不从,命会九卿大臣再鞫于午门;时告者薛良、众证李景全等30 人面质,共指李福达,李福达语塞。毕昭前所引证人戚广却翻供,称:"我曩未就吏讯,安得此言?"(《明史纪事本末》卷56 第873 页)颜颐寿等以其词上,嘉靖帝心益疑,将亲自审问,被阁臣杨一清劝阻。四月十四日,刑部主事唐枢上疏极论李福达案,对帝于此案有所谓"谋反罪重,不宜轻加于所疑""天下貌有相似""薛良言弗可听""李珏初牒已明""臣下立党倾郭勋""崞、洛证佐皆仇人"六大疑点一一剖析;详辨李福达之案不冤,请正之罪。帝大怒,立即将其罢为民。颜颐寿等见此大惧,乃不敢坚持原议,且杂引前后谳词,指为疑狱,亦遭帝切责。

四月,锦衣官刘泰等将此案原审御史马录逮至京,下镇抚司狱待鞫,仍取原勘各官李璋、李珏、章纶、马豸到京受讯。刑部尚书"颜颐寿上言:'福达反状甚明,法难轻纵。况彼以神奸妖术蛊惑人心,臣等若不能执,一或纵舍,异时复有洛川之祸,臣虽伏斧锧,何抵欺罔之罪?'帝怒,谓'颐寿职司邦刑,朋奸肆诬',令戴罪办事。颜颐寿等复请会讯,从之。乃出录与福达对鞫,情无反异,颐寿等复以上请。帝谓颐寿等'朋比罔上',乃逮颐寿及侍郎刘玉、王启,左都御史聂贤,副都御史刘文庄,大理寺卿汤沐,少卿徐文华、顾佖于诏狱,其原鞫郎中、御史、寺正等官,俱逮系待罪"。(《明史纪事本末》卷56 第873 页)八月,嘉靖帝为尽翻此案,直命桂萼摄刑部事,张璁摄都察院,方献夫摄大理寺,用清一色的议礼新贵来共治李福达案。明代以三法司分治刑狱,制度设置的初衷是既互相配合又能互相制约,以最大限度地保障司法公正、社会安定。而嘉靖帝公然以议礼划线,为庇护郭勋、打击廷臣,迫切地要翻李福达之案,竟以完全听命于他的张璁等直接全面掌控三法司,为制造冤假错案扫清了制度障碍。对此,廷臣们敢怒而不敢言。太仆卿汪玄锡与光禄少卿余才只是私下偶然谈及李福达狱已得实情,为什么还要这样多事地变更三法司主官;侦事者将此报告给张璁等,张璁立即奏闻,引发帝大怒,命逮系汪玄锡、余才于诏狱,并掠之。大学士贾咏与马录系河南同乡,马录被逮,贾咏遗书慰之,锦衣卫镇抚司以闻;又从马录处搜得都御史张仲贤、工部侍郎闵楷、大理寺丞汪渊、御史张英等的私书,帝责状,贾咏引罪致仕去,而逮张仲贤等下狱。吏部侍郎孟春,只因马录书信中有词连及,帝亦命法司将其逮系下狱待讯。桂萼等又上言:"给事中刘琦、常泰,郎中刘仕,声势相倚,挟私弹事,佐录杀人。给事中王科、郑一鹏、秦祐、沈汉、程辂，评事杜鸾，御史姚鸣凤、潘壮、戚雄，扶同妄奏，助成奸恶。给事中张遝，御史高世魁，方幸张寅速决，得诬郭勋谋逆，连名架祸。郎中司马相妄引事例，故意增减，诬上行私。迩者言官缔党求胜，内则奴隶公卿，外则草芥司属，任情恣横，殆非一日，请大奋乾断，彰国法。"（《明通鉴》卷53第1725页）再把法网撒向众多言官，帝竟纳其言，并下诸人于狱，得罪者前后凡40余人。

九月，张璁、桂萼、方献夫迎合帝意，复酷刑严鞫马录等于阙廷，榜掠备至。马录不胜五毒之刑，乃诬服自己"挟私故入人罪"。张璁等遂以此案上闻："臣等奉旨鞫审大狱，具得张寅被诬之状。寅本五台县人，工部漏籍匠户，侨居徐沟，尝出钱贷薛良。良素无赖，欲杀寅以逋责，即指为洛川县妖人李五。又以崞县逆党李福达，前后情词互异，事无左验。初指张英名字诬告于都御史毕昭处，续张寅自诉，方识是张寅，良坐发口外为民，事已白矣。会寅子大仁客京，不知业已问明，抵武定侯郭勋求救。勋与寅旧识，寄书马录。录故忿勋，复文致其事，欲乘机中勋以危法，因傅会薛良以张为李，以五为午，使寅怨家李景全、韩良相、石文举等证成之。而给事中常泰、刘琦，员外郎刘仕同为谩词，以惑朝听。臣等查得成化十八年山西黄册内有李福达名字，彼时方七岁，至弘治二年王良、李钺谋反时，方十四岁，岂有谋反充军山丹卫之说也？计今嘉靖六年，李福达年五十二，今张寅年已六十七，发就种种矣，何得以张寅即李福达也？盖因陕西反贼卷内有李伏答、李五名字，遂妄指张寅即李伏答，李伏答即李福达也；又云即李午，刘琦又将李五改作李午。推厥所由，起于马录陷害郭勋，成于常泰、刘琦、刘仕党助马录。既而所在诸司俱听其主持，遂成大狱。幸赖圣明独断于上，多官公审于朝，始冤抑得伸，人咸输服。其原告证佐及中外问官偏听失实者，请坐如律。"（《世宗实录》卷80第1769页）帝以各犯朋谋害人，酿成大狱，令将原告薛良依诬告律绞，韩良相、石文举等诬执人死罪，原问官布政李璋、按察使李珏、佥事张纶、都指挥马豸并大理寺少卿徐文华阿附巡按杀人、媚人，俱发戍极边，遇赦不宥。给事中刘琦，御史程启充、卢琼挟私弹劾，亦发边卫。给事中王科、秦祐、沈汉、程辂扶同妄奏，并左都御史聂贤俱为民。刑部尚书颜颐寿，侍郎刘玉、王启，都御史江潮、刘文庄，大理寺卿汤沐，少卿顾佖、汪渊畏避言官，推勘不实，太仆寺卿汪玄锡、光禄寺卿余才逞忿横议，吏部侍郎孟春、工部侍郎闵楷、都御史张仲贤交通私札，各革职闲住。其出差未至如都御史张润、御史任淳；逮捕未至如给事中常泰、郎中刘仕；行提未至如给事中张遝，御史高世魁、姚凤鸣、张英，评事杜鸾，郎中司马相，俱至京定拟。风闻失实南道御史潘壮、戚雄，下南京法司。失亡案牍副使周宣，给驿送囚副使王昂，指引证佐知州杜蕙、胡伟，镇抚鲍玉，下各该巡按御史勘问。寺丞毛伯温，命差官代还。而巡抚毕昭以尝归罪薛良，与张寅父子俱免罪还职、役。并命都察院刊布诏条，使中外知之。马录以故入人死罪拟徒，帝以所拟为轻，欲坐以奸党律杀之。桂萼等心虚，虑死因张寅未决，而问官马录代之受死，恐天下不服，建议发烟瘴地面永远充军，并令缘及子孙。帝不得已从之，乃将马录发戍广西南丹卫，遇赦不宥，后竟卒于戍所。帝以平反李福达案召见张璁、桂萼、方献夫于文华殿，劳谕之，俱赐二品服色、金带、银币，给予三代诰命。张璁等为显自己翻案有功，且防后人再将此案反正，上疏请刻刊原奉敕谕及大狱招词颁示天下，帝报可。张璁遂以先后狱词及帝所裁定并所赐敕谕辑录成书，为上下二卷，锓梓进呈，名曰《钦明大狱录》，并颁布内外诸司。

张璁等不遗余力要翻此案，其果为了李福达而要平反冤狱吗？非也，其实是为党郭勋而仇廷臣也。议大礼时，郭勋尝应礼部尚书汪俊之邀合疏驳张璁之论，并署其名同上。郭勋后窥得帝之意向，转而偷偷对张璁讲："吾尝谓汪俊，此事关系甚大，宜折中不可偏执。俊与吾力辩，至大诟而止。竟署吾名疏中，非吾意也。"（《明史纪事本末》卷56第875页）张璁信之，并把这话收入大礼书中，且言郭勋是以议礼而得罪众朝臣的。后在朝中议嘉靖帝是考孝宗还是考兴献王的关键时刻，郭勋以《祖训》和古礼为言，支持张璁之议，使帝得以顺利实现以生父兴献王为皇考；帝在无法面对群臣反复苦谏之时，得到郭勋这样的勋戚大员的支持，亦十分欣慰，自后遂以郭勋为可信赖的心膂之臣，百般庇护。李福达逆案涉及大明天下，且经多官审结，事证清楚，帝也已下达了监决的旨令。如果当时在朝群臣对此能策略处置，待李福达伏法后再行追究郭勋之罪，则不仅郭勋无法狡辩，就是嘉靖帝和张璁们欲以重审此案来为郭勋脱罪亦不太可能了。可惜群臣虑不及此，反而抓住郭勋私通反贼，见猎心喜，欲以此叛逆大案一举拿下郭勋，以泄在"大礼议"中对其逢迎谄媚的愤恨。不想由此却触犯了嘉靖帝的大忌，其时帝正以"大礼议"疑群臣结党朋比，故张璁等以廷臣因议礼故陷害郭勋的逸言帝深信不疑；法司官员愈持正审案，帝愈疑惑不已，遂至将三法司堂上官连锅端，而以议礼新贵代之，此案的全面翻转就毫无悬念了。郭勋未去，反而使言官、法司大臣及众多地方大员罹其大祸：谪戍极边、遇赦不宥者5人，谪戍边卫者7人，被黜为民者11人，革职闲住者17人，下巡按逮问革职者又5人，其他受此案牵连者难计其数；马录则发戍南丹卫，且祸及子孙。

本来李福达案的事实是非常清楚的，张璁等为了翻案而不惜颠倒黑白、故弄玄虚，搞得案情反复多变，好像很是扑朔迷离，致使嘉靖帝疑窦丛生。对此，当时刑部主事唐枢上疏极为详尽地论述了其荒谬，称"李福达之狱，陛下驳勘再三，诚古帝王钦恤盛心。而诸臣负陛下，欺蔽者肆其谗，谄谀者溷其说，固位者缄其口，畏威者变其词，访缉者淆其真；故陛下惑滋甚，而是非卒不能明，于是哀矜而至于辟矣。臣窃惟陛下之疑者有六：谓谋反罪重，不宜轻加于所疑，一也。谓天下貌有相似，二也。谓薛良言弗可听，三也。谓李珏初牒已明，四也。谓臣下立党倾郭勋，五也。谓崞、洛证佐皆仇人，六也。臣请一一辨之：福达之出也，始而王良、李钺从之，其意何为？继而惠庆、邵进录等师之，其传何事？李铁汉十月下旬之约，其行何求？'我有天分'数语，其情何谋？太上玄天垂文秘书，其辞何指？劫库攻城，张旗拜爵，虽成于进录等，其原何自？钺伏诛于前，进录败露于后，反状甚明。故陕西之人曰可杀，山西之人曰可杀，京畿中无一人不曰可杀；惟左右之人曰不可，则不得而知也。此不必疑一也。且福达之形最易辨识，或取验头秃，或证辨乡音。如李二、李俊、李三，是其族识之矣；发于戚广之妻之口，是其孙识之矣；始认于杜文柱，是其姻识之矣；质证于韩良相、李景全，是其友识之矣；一言于高尚节、王宗美，是鄜州主人识之矣；再言于邵继美、宗自成，是洛川主人识之矣；三言于石文举等，是山、陕道路人皆识之矣。此不必疑二也。薛良怙恶，诚非善人；至所言张寅即福达、即李午，实有明据，不得以人废言。况福达踪迹谲密，黠慧过人，人咸堕其术中，非良狡猾，亦不能发彼阴私；从来发擿告讦之事，原不必出之敦良厚朴之人。此不当疑三也。李珏因见薛良非善人，又见李福达无龙虎形、朱砂字，又见五台县张子贞户内实有张寅父子，又见崞县左厢都无李福达、李午名，遂苟且定案，轻纵元凶。殊不知五台自嘉靖元年黄册始收，寅父子忽从何而来？纳粟拜官，其为素封必非一日之积，前此何以隐漏？崞县在城坊既有李伏答，乃于左厢都追察，又以李午为真名，求其贯址，何可得耶？则军籍之无考，何足据也！况福达既有妖术，则龙虎形、朱砂字，安知非前此假之以惑众，后此去之以避罪？亦不可尽谓薛良之诬矣。此不当疑四也。京师自四方来者不止一福达，既改名张寅，又衣冠形貌似之，郭勋从而信之，亦事所有；其为妖贼余党，固意料所不能及。在勋自有可居之过，在陛下既弘议贵之恩，诸臣纵有倾勋之心，亦安能加之罪乎？此不用疑五也。鞫狱者曰诬，必言所诬何因；曰仇，必言所仇何事。若曰薛良仇也，则一切证佐非仇也；曰韩良相等仇也，则高尚节、石文举非仇也；曰魏泰、刘永振仇也，则今布、按、府、县官非仇也；曰山、陕人仇也，则京师道路之人非仇也。此不用疑六也。望陛下六疑尽释，明正福达之罪，庶群奸屏迹，宗社幸甚"。（《明通鉴》卷53第1720页）帝接此不仅不细心体察案情，反而大怒，将唐枢立罢为民，强行以不实之词翻转此案。后张璁在辑录《钦明大狱录》时，竟不敢录入唐枢此疏，可见其心虚之极。

　　好在天理昭昭，国法森森；天网恢恢，疏而不漏，历史总是公正的。嘉靖四十五年正月二十六日，四川白莲教头目蔡伯贯造反，被擒后自言学妖术于山西李同。四川抚、按官移文山西，捕得李同下狱，遂供称其为李午之孙、大礼之子，世习白莲教，假称唐裔，惑众倡乱。李午即李福达，而大礼即李福达之子，与《大狱录》姓名无异。李同竟伏诛，李福达案至此也真相大白。

　　当时嘉靖帝尚未死，不知如其知道此真相当做何感想？可惜史籍对此渺无记载，估计当时应无人胆敢将此事告诉皇上，否则将祸不可测。而次年其子穆宗皇帝即位后，都御史庞尚鹏即上言："据李同之狱，福达之罪益彰。而当时流毒缙绅至四十余人，衣冠之祸，可谓烈矣。郭勋世受国恩，乃党逆寇，陷缙绅，而枢要之人悉颐指气使，一至于是。万一阴蓄异谋，人人听命，为祸可忍言哉？乞将勋等官爵追夺，以垂鉴戒；马录等特加优异，以伸忠良之气。"（《明史纪事本末》卷56第871页）穆宗从之，凡当时死事、谪戍者皆得叙录。迟来的正义终归还是到来了，彻底平反使李福达案再度全盘翻转，也使称颂张璁"试之总宪，决大诬之冤狱，弹不职之属吏"的伟绩，（《太师张文忠公集》序）原来竟是制造冤案、迫害同僚的恶行，其真相也大白于天下。

除了上述四案，其他大案还有不少，如费宏案：张璁等恨费宏不支持其议礼，且急于柄用，竟诬费宏纳礼部郎中陈九川所盗天方贡玉，连费宏在正德时因维护国家统一而被宁王朱宸濠迫害之事也被诬成是"居乡不法"；最后竟唆使在新政中被革职的锦衣卫千户王邦奇，上书攻故大学士杨廷和、兵部尚书彭泽使哈密失国，且言大学士费宏、石珤欲维护杨廷和，尝夜过杨一清家商议，以意见不合而出。这样的案情本不复杂，只要找来杨一清询问即可明白。可杨一清既不出面澄清，嘉靖帝也不向其查问，反而将费宏的家人下狱严刑拷问，又逮杨廷和次子兵部主事杨惇、义子侍读叶桂章、女婿修撰余承勋及彭泽弟彭冲等下狱，敕付外廷集多官会讯。都给事中杨言参与会讯，鞫出王邦奇所言实诬，因上疏直言真相；嘉靖帝却责杨言为大臣游说，即朝逮系下镇抚司，并亲自拷讯于午门，备极五毒。于是费宏、石珤被迫致仕去，杨惇削职为民，余承勋冠带闲住，叶桂章被逮途中被逼自杀。又如杨一清案：张璁攻去费宏后即已如愿入阁，但不满仍压于首辅杨一清之下，欲急攻其去以取而代之，攻讦龃龉且不择手段，故被言官所论。嘉靖帝亦厌张璁所为，且碍于舆情，不得已令张璁致仕。这时，同是议礼新贵的詹事霍韬上言极力为张璁颂功鸣冤，再次把案子与"大礼议"联系起来，说这是廷臣报复张璁，且将依次遍及议礼之臣。嘉靖帝果然心动，马上以内阁缺人办事为由，亟命张璁还职。霍韬揣知帝意已变，再以似是而非之说劾杨一清纳太监张永贿诸不法事。帝不由分说，切责杨一清，并责刑部尚书周伦不能从公审断而更换之，改令三法司会同锦衣卫、镇抚司审理此案，案情即刻翻转。杨一清被迫致仕去，寻再因告讦之狱被诬革职，乃大恨曰："老夫乃为孺子所卖。"不久疽发背而殁。殁之前数日，犹上疏自解，言"身被污蔑，死不瞑目"。杨一清与张璁等在议礼中属同一阵营，且揣合帝意，对张璁辈曲意逢迎；即便如此，张璁等为了早登首辅之位的一己私利，仍不惜以制造冤案来行倾轧，使用的法宝仍然是议大礼，而嘉靖帝也还是以议礼而庇护张璁等。再如张福案：嘉靖八年，京师民张福诉其母为里人张柱所杀，东厂以闻，坐张柱死罪。张柱不服上诉，而张福之姐与邻里皆指证是张福自己杀了其母而反诬他人。嘉靖帝命刑部郎中魏应召重审，乃改坐张福杀母罪。这时东厂却坚持其原审，奏称刑官错断。帝信之，怒责魏应召擅出入人罪，命三法司及锦衣卫镇抚司将其逮问，且覆查此案。都御史熊浃主审后，以"应召已得情"，上奏结案如初。帝却以熊浃徇情曲护，将其解职，令对魏应召与张柱等严加拷讯。工科给事中陆粲、刘希简激争之，帝坚信人间不会有杀母诬人之事，而镇抚司故附东厂中贵，帝又偏信其言，遂大怒，将陆粲等俱下锦衣卫拷讯。其后竟如东厂原拟，以张柱抵死，魏应召及干证俱发边卫充军，杖张福之姐百，熊浹革职闲住。一个普通的民间刑事案，为何闹得如此沸沸扬扬，嘉靖帝不仅亲自干预，且不惜严惩众多朝廷大员也要翻转此案？据史料称，原来被诬的张柱是武宗皇后夏氏家的仆人；其时方议大礼，嘉靖帝忌恨孝宗、武宗两皇后家，故必欲杀之，这又是一起因议大礼而滋生的冤案。

尤其令人发指的是，张璁等竟故意设置陷阱，引人入其圈套，从而做成冤假案来置政治对手于死地。如嘉靖帝欲通过更定祀典来巩固"大礼议"的成果，夏言以积极协助帝实现这一目标而颇得帝宠，而张璁等却因持反对态度颇失帝意。故张璁等急欲攻去夏言，但屡不得手。当张璁得知彭泽（注：此是江西人，非曾任兵部尚书的甘肃人彭泽）、薛侃、夏言三人是同年进士，又知帝大婚年久未得子息，且忌讳臣下提及皇嗣之事，故生一毒计，指使彭泽引诱薛侃上书劝帝立储。薛侃草疏后却迟迟不敢上呈，彭泽又以"张太傅"（注：指张璁）会协助达成此事促其疏上，而同时张璁又把此疏的内容提前告知于帝，且言这是夏言令薛侃所为，又称夏言是为报复议大礼。帝得疏果震怒，令将薛侃逮系，严刑逼供指使之人，并逮夏言入狱，祸且不测。张璁又以大学士的身份参与审讯，且明示薛侃攀扯夏言，遂引发夏言怒斥。幸薛侃虽受刑濒死而绝不乱攀，且吐露是受张璁等所指的实情，案情遂得以大白，张璁等借制造冤案杀人的恶行也就暴露无遗。

对嘉靖帝以兴大狱来推进"大礼议"，《明史》在"刑法志"中称：帝"自杖诸争大礼者，遂痛折廷臣。六年命张璁、桂萼、方献夫摄三法司，变李福达之狱，欲坐马录以奸党律。杨一清力争，乃戍录，而坐罪者四十余人。璁等以为己功，遂请帝编《钦明大狱录》颁示天下。是狱所坐，大抵璁三人夙嫌者。以祖宗之法，供权臣排陷，而帝不悟也。八年，京师民张福杀母，诉为张柱所杀，刑部郎中魏应召覆治得实。而帝以柱乃武宗后家仆，有意曲杀之，命侍郎许讚尽反谳词，而下都御史熊浹及应召于狱。其后，猜忌日甚，冤滥者多，虽间命宽恤，而意主苛刻"。（《明史》卷94 第2324 页）这里虽道出了大礼大狱的一些实情，但称"帝不悟也"，似有为嘉靖帝推脱之嫌。实际上造成这些冤假错案，帝虽有偏听偏信之失，但要之是其因议大礼而有意为之。对在议大礼、兴大狱中所涉诸人的正邪良佞，《明史》中亦有精到之辩："张寅、李鉴，罪状昭然，中于郭勋、席书之说，廷臣获罪，而寅还职，鉴宥死。陈洸罪至百七十二条，竟得免死，而犹上书讼冤。凡攻洸之恶与治洸之狱者，逮捕至百数十人。'皆由议礼触众怒'，一言有以深入帝隐。甚矣，佞人之可畏也。夫反成案似于明，出死罪似于仁，而不知其借端报复，刑罚失中。"（《明史》卷260 第5457 页）此正论也。

综上所述，在"大礼议"前期，嘉靖帝欲尊崇生父兴献王的诉求屡屡受阻，在与廷臣多次争执和妥协后，虽为父母争得了本生帝、后的称号，但却不得已称孝宗皇帝为皇考、慈寿皇太后为圣母，从而坐实了自己继统又继嗣的名分。这时大礼之争看似已然解决，但张璁等欲借议礼使自己速化的企图未能达到，他们对此大为不满，上疏极力撺掇嘉靖帝坚持继统不继嗣的目标。而这也正挠到帝心中的痒处，于是急召张璁等进京议礼，与朝中群臣的对立更趋激化，议礼形势也急转直下。嘉靖帝眼看无法说服群臣，竟依张璁所言用锦衣卫武士之力来压服群臣，于是一场有关宗法伦理的辩论顷刻竟演变成全武行的大案，霎时间朝堂之上血肉横飞，惨不忍睹。然而这血腥镇压却收到了奇效，朝臣的抵制顷刻土崩瓦解，嘉靖帝尽废前诏，改称孝宗为皇伯考、生父兴献帝为皇考，顺利实现了继统不继嗣的心愿，为建立自己一系皇权正统的地位打下了坚实的基础；张璁等也在大狱过后朝中的人事大换血中如愿蹿升高官。嗣后，嘉靖帝食髓知味，频兴大狱，以此不断打击报复在议礼中不听话的群臣；张璁等亦动辄以"议礼得罪群臣"来为自己辩护，配合帝制造冤案，以陷害政治对手；如是议大礼就与兴大狱紧密相连，其对朝臣的寒蝉效应不断显现，且屡试不爽。这些蓄意人为的冤假错案，大都是皇帝的个人意志通过东厂等内臣和锦衣卫武士的暴力来实现的。不管什么案件，一牵扯到"大礼议"，帝就只顾报复泄愤、偏袒护短，公然颠倒黑白、捏造陷害，完全置国家法度于不顾；对司法机关的依法审理，不分青红皂白，反复刁难否定，甚而把三法司全部撇到一旁，以议礼新贵来操纵司法，毫不隐晦、明目张胆地制造冤假错案。这一切对明王朝的司法制度带来了根本性的破坏，对司法体系造成了致命的损害，从而加深了政治的腐败，加速了王朝的灭亡。

第七章 "大礼议"与言官体系

言官是中国古代君主专制社会政治架构中一个十分重要而又非常特别的体系，主要的职责是监督和进谏，故又称监官、谏官，亦称之为台谏风纪官，明清两代则是监察御史和给事中的通称。他们是君主的耳目，代表君主监察官僚机构中的各级官员；入则谏诤封驳、审核诏令章奏，出则代天巡狩、按察地方吏治，是维护和巩固专制政权无可替代的重要力量；同时又讽议左右，以匡人君，对君主的过失纠匡弼违，规劝并促使其改正，对专制皇权有着一定的约束和制衡作用。历代王朝都曾出现过一些以忠于职守、敢于直谏而建功立业的言官精英，其以唐太宗时的谏议大夫魏徵为杰出代表，从而成就了贞观之治的一段佳话。然而他们能否发挥作用和作用的大小，从根本上说还是要取决于专制君主的个人喜好和作为，从而在历史上不断上演着言官们成败悲欢的故事，而明代嘉靖"大礼议"就是其中非常极端的一折。

明代在吸取前代政治得失的基础上，建立了历史上最为完善的监察制度和监察机构，形成了一个独特而有效的言官体系。它由都察院和六科组成：都察院除左右都御史、副都御史、佥都御史外，还有十三道御史。六科是对应吏、户、礼、兵、刑、工六部各设都给事中、左右给事中、给事中；给事中、御史就是所谓的科道，科50员，道120员。这些人大部分品秩不高，但位低权重，政治地位和作用却极为突出。"六科,掌侍从、规谏、补阙、拾遗、稽察六部百司之事。凡制敕宣行,大事覆奏,小事署而颁之;有失,封还执奏。凡内外所上章疏下,分类抄出,参署付部,驳正其违误。"(《明史》卷74第1805页)"十三道监察御史,主察纠内外百司之官邪,或露章面劾,或封章奏劾。……而巡按则代天子巡狩,所按藩服大臣、府州县官诸考察,举劾尤专,大事奏裁,小事立断。按临所至,必先审录罪囚,吊刷案卷,有故出入者理辩之。诸祭祀坛场,省其墙宇祭器。存恤孤老,巡视仓库,查算钱粮,勉励学校,表扬善类,剪除豪蠹,以正风俗、振纲纪。凡朝会纠仪,祭祀监礼;凡政事得失,军民利病,皆得直言无避。有大政,集阙廷预议焉。"(《明史》卷73第1768页)这样,从皇帝到百官,从中央到地方,从国家大事到社会生活的各个层面,无一不是言官监察和言事的对象,从而成为整个社会一支具有威慑效应的政治力量。其时大学士费宏在论及言官时曾称:"御史为风纪耳目之司,其职之雄峻,固岂群吏可得而例论者乎?夫天下犹一身,然天子其元首也。居其下而为佐者,赞宥密则为心腹,任夹辅则为股肱,司出纳则为喉舌,效捍御则为爪牙。其余与有毫发之劳,皆吾身之用,而不可一缺者。然精神风采,犹于耳目乎是寄。故京师以达于徼塞,皆其所按行之地;由岩廊以逮于莞库,皆其所刺督之人,其职诚要矣。使居是职者有可为之才,有必为之志,则中外百司皆将奉公忧国,肃然于宪度之中。"(《费宏集》卷11第370页)正德十五年(1520)夏言由行人迁兵科给事中,其母匡太宜人十分高兴,教之曰:"汝父素志此官而弗得,汝幸得之,惟赤心报国,以成尔父之志,是死犹未死也。"(《费宏集》卷18第626页)可见当时不仅是士大夫以能担任此职为荣,他们的家人也是非常以此自豪的,当时整个社会的舆情亦可想而知。翌年,嘉靖帝登基,夏言以给事中"奉诏裁武弁冗员,检核皇庄及诸勋戚所兼并民产,持法棘棘,无毫发私徇。诸不便者谋中以祸,人皆危之。太宜人不为少动,且谕给事君曰:'汝所为不负国家,有裨新政,祸福奚足计邪?'"(《费宏集》卷18第626页)正是这种赤心为国的精神,使夏言在清理皇庄等事项中取得了很大成绩,为嘉靖新政作出了杰出的贡献,也得到了嘉靖帝的充分肯定,这也是言官当时在朝中凛冽风采和特殊作用的缩影。

明代的言官体系,在初、中期即从开国到嘉靖即位时,其作用总体来说还是正面且显著的。他们中的绝大多数忠君爱国,敢于直谏,恪守本分,廉洁自律;秉持"宁鸣而死,不默而生"的职业操守,以一股风气清新的群体面貌参与到社会政治生活中,为朝中形成良好的政治生态作出了不可替代的贡献。其威慑作用在社会的方方面面都有充分的体现,不仅群僚百官心存敬畏,就是把握专制权力的皇帝也有所忌惮。据史料载,孝宗皇帝欲建造别宫,三次下旨命户部筹资,均遭上奏不可,孝宗"顾左右曰:'朕谓不可,果然。若不已之,明日科道又言矣。'遂罢"。(《西园见闻录》卷34第18页)孝宗雅好弹琴,台谏官员上疏谏止,帝只是以"弹琴何损于事"而一笑了之,然并不以言官为忤也。他尝赏画工吴伟辈彩段数匹,嘱其赶快拿走,而这竟是为了以免让言官知道。一日，孝宗带太子乘夜出宫，行至六科处所，太子大声问这是什么地方，孝宗急摇手叫他不要大声喧哗，并说这是六科所居。太子不解，以为六科亦是皇帝的臣子，干吗怕他。孝宗说："祖宗设六科纠君德阙，违脱有闻，纠劾疏立至矣。"孝宗宠爱皇后张氏，后弟张鹤龄、张延龄因之并骄奢不法，遂屡被言官论谏，孝宗常阴为之解，然亦不至放纵。山东副使杨茂元以河决论事，触及皇后，后怒甚，必欲杀茂元；帝碍于皇后，召茂元至京，但只是薄谪之而已。御史胡献及李梦阳疏论延龄、鹤龄，二龄反奏梦阳谤讪，欲杀之，已下之狱，其后狱竟解；孝宗为此"召鹤龄膝前，解之曰：'毋使我以外戚杀谏臣。'鹤龄免冠谢乃已"。（《胜朝肜史拾遗记》卷4第1页）遂有所收敛。不但孝宗如此敬畏言官，即使十分荒唐的武宗皇帝，对言官虽不加礼貌，但亦尚存些许顾忌，未尝太过酷烈。正德十二年（1517），武宗听幸臣江彬言，将出居庸关巡游宣府，巡关御史张钦三次上疏劝阻，称"臣职居言路，奉诏巡关，分当效死，不敢爱身以负陛下"。帝不听，微服行至昌平，急欲出关。张钦命指挥孙玺闭关，并收缴城门钥匙藏之。分守太监刘嵩欲开关前往昌平见驾，张钦止之，说："关开，车驾得出，天下事不可知。万一有如'土木'，我与君亦死。宁坐不开关死，死且不朽。"武宗欲召孙玺、刘嵩，张钦"因负敕印手剑坐关门下曰：'敢言开关者，斩。'"并再上疏谏阻，称传言帝即日出关"此必有假陛下名出边勾贼者，臣请捕其人，明正典刑。若陛下果欲出关，必两宫用宝，臣乃敢开，不然万死不奉诏。"武宗再派使者来促，张钦"拔剑叱之曰：'此诈也。'使者惧而返，为帝言'张御史几杀臣'"。帝大怒，命锦衣卫指挥钱宁捕杀张钦。这时大学士梁储、蒋冕追至沙河，廷臣又多诤谏，帝不得已自昌平还，意怏怏未已。又过了二十多天，帝乘张钦巡察他处不在关，疾驰出关，一路上还不断询问左右"张御史在不在"？生怕其追来。待张钦闻讯后欲追赶，帝已派太监谷大用守关，禁止任何人尾随其后出关，张钦只能西望痛哭。翌年，"帝从宣府还，至关，笑曰：'前御史阻我，我今已归矣。'然亦不之罪也。"（《明史》卷188第4998页）正德十三年，武宗又驾幸延绥，巡按陕西御史张文明"驰疏谏，极陈灾异，且言江彬逢恶导非，亟宜行诛，朝臣匡救无闻，亦当罚治。帝不省。既而文明朝行在。诸权幸扈从者，文明裁抑之，所需多不应。司礼太监张忠等谮于帝，言诸生殴旗校，文明纵勿治。帝怒，命械赴京师，下诏狱。明年春，言官交章请宥，不报。比驾旋，命执至豹房，帝将亲鞫。文明自谓必死。及见帝，命释之，谪电白典史"。（《明史》卷188第4994页）《明史》对此的评价是："武宗主德虽荒，然文明止于远窜，入关不罪张钦，其天姿固非残暴酷烈者比。"（《明史》卷188第5004页）武宗北狩诸边玩腻了，正德十四年（1519）二月，又自加太师，意欲南巡，群臣纷纷上疏谏止，俱会阙下。帝大怒，将多人下锦衣卫狱，又杖于阙下，"然当廷杖时，死者伤者相继，上亦为之感动，竟罢南巡，盖诸臣力也。"（《明通鉴》卷48第1550页）可见当时武宗虽然残暴，但尚恤人言，未至过于专横，言官的履职环境虽已趋于艰难，但明初诸帝"扶植清议，作养士气"的遗泽尚存；故能身被横祸尤以为荣。孟森先生在论及此事时称："武宗之昏狂无道……至江彬、钱宁辈之导帝淫荒，转于朝事不甚过问，于是祖宗所贻之纲纪，仍托士大夫之手；遇无道之事，谏诤虽不纳，亦不甚摧折朝士；惟于十四年帝欲南幸时，正邪相激，多有被祸，而佞人卒夺气，公论益见昌明，此即国祚未倾之验也。"（《明清史讲义》第 190 页）

嘉靖帝即位之初，君臣悉心革除武宗朝弊政，言路大开，言官建言多所议行，为拨乱反正贡献良多；即使一些进言者或过于切直，帝虽渐不听，亦优容之。如帝即位时诏罢天下额外贡献，可次年中都镇守太监张阳复贡新茶，礼部请遵诏禁止，帝却不许。于是户科给事中张翀上言："陛下诏墨未干，旋即反汗，人将窥测朝廷，玩侮政令。且阳名贡茶，实杂致他物。四方效尤，何所抵极。愿守前诏，无堕奸谋。"（《明史》卷 192 第 5086 页）又上疏请罢宁夏贡红花、内外镇守贡马谢恩，帝虽是其言，但皆不从，亦不之罪。然而嘉靖二年，中官崔文以祷祠事诱帝，礼科给事中刘最"极言其非，且奏文耗帑金状。而帝从文言，命最自核侵耗数。最言'帑银属内府，虽计臣不得稽赢缩，文乃欲假难行事，逃己罪，制言官'。疏入，忤旨，出为广德州判官。言官论救，不纳"。（《明史》卷 207 第 5463 页）后又听信东厂太监之奏，将其逮下诏狱，充军邵武，法司及言官救之，反责以党比。嘉靖三年，帝渐疏大臣，政率内决，兵科给事中邓继曾抗章曰："比来中旨，大戾王言。事不考经，文不会理，悦邪说之谄媚则赐敕褒俞，恶师保之抗言则渐将放黜。臣目睹出涕，口诵吞声。夫祖宗以来，凡有批答，必付内阁拟进者，非止虑独见之或偏，亦防矫伪者之假托也。正德之世，盖极弊矣，尚未有如今日之可骇可叹者。左右群小目不知书，身未经事，乘隙招权，弄笔取宠，故言出无稽，一至于此。陛下不与大臣共政，而倚信群小，臣恐大器之不安也。"（《明史》卷 207 第 5462 页）疏入，帝震怒，将其下诏狱掠治，又谪金坛县丞，众言官论救，皆不报。史称：帝"自刘最及继曾得罪后，厌薄言官，废黜相继，纳谏之风微矣"。（《明史》卷 207 第 5462 页）

更为严重的是，随着"大礼议"的不断深入，嘉靖帝对言官的态度亦日趋恶劣，由厌烦而仇视，由责罚而严惩，甚而百般打击迫害。"大礼议"一开始，士大夫中的主流舆情就是嘉靖帝应继孝宗嗣、继武宗统，为皇室大宗后；而帝欲继统不继嗣和尊崇生父母的主张是违背宗法制度的，有损君德。作为士大夫中一部分的言官，本能地与朝中士夫同声相应、同气相求，况且他们的职责就是纠君舛、培君德，故进谏最直、坚持最力，成为朝臣议大礼的中坚力量。他们对张璁刚刚迈入仕途就迎合帝意、公然主张继统不继嗣，且以此甚得君心、遽升高官的行径，直斥为献媚干进、奸佞误君，故对其声讨最烈、攻击最猛。张璁等议礼新贵亦把宗法礼制之争演变成残酷的政治斗争，将杨廷和等安社稷、稳政局的重臣在"大礼议"中的坚持，诬称是权奸跋扈、欺君罔上；把与杨廷和意见相同的言官，指称为只畏权臣，不畏皇上的权奸鹰犬，使本来君臣共治下十分和谐的君臣关系突变成水火不相容的敌对关系。

又诱使帝用锦衣卫武力来对付群臣，而言官在左顺门事件中所受的迫害最为惨重：户科给事中张翀被逮下诏狱，寻杖于廷，谪戍瞿塘卫；刑科都给事中刘济受杖阙廷，十二日后再被杖，谪戍辽东，遇赦不与，卒于戍所；工科给事中安磐再受杖，除名为民，卒于家；户科都给事中张汉卿两被廷杖，斥为民，永不录用；户科右给事中张原再被杖，创重而死，贫不能归葬；左给事中毛玉下狱受杖，惨死狱中；兵科给事中裴绍宗受杖而死；御史王时柯再被杖，除名为民；御史余翱被杖戍边，居戍所十四年；御史郑本公下狱，被廷杖后还职；御史张日韬受杖创重，未几竟死；御史胡琼，被杖死；巡按云南御史郭楠驰疏论救哭争大礼得罪诸臣，帝大怒，遣缇骑逮至京师下诏狱掠治，被廷杖削籍；御史王懋上言议礼罹难诸臣父母妻儿颠沛流离之惨状，乞请优恤，遂被逮治削籍。纵观这些言官的履历，他们或在正德朝苦谏武宗弊政，或在嘉靖初年抗论时政缺失，侃侃凿凿，卓有风节；可见他们在"大礼议"中的直谏，绝非意气风发、立效一时之举，而是恪尽职责，忠于王事，可却遭此惨祸，令人扼腕。然而，这只是厄运的开始，自此之后，嘉靖帝是变着法儿来打击报复言官。

对言官履职论列朝廷用人、行政阙失，嘉靖帝不仅多不采纳，而且肆行打击报复、残酷迫害：南京御史赵光等上疏谏阻大礼新贵张璁等骤升，称"席书、张璁、桂萼、霍韬、方献夫疏远之臣，骤至清阶，未及一载，更加迁擢。大礼之成出自宸断，书等逆探圣意而将顺之，不足为功，宜听辞免。"帝不仅不听，还"切责光等轻率狂妄，夺俸一月"。（《世宗实录》卷61 第1436页）南京六科给事中黄仁山等、十三道御史史梧等各疏论杨一清不当从边关召入内阁，被责以不识大体而夺俸。南京御史马旸等、吏科左给事中魏良弼以谏阻重用前朝奸佞大臣王琼，被以狂妄和怀怨党救之罪逮下锦衣卫拷讯。礼科给事中孙应奎疏劾汪鋐奸佞不当重用，忤旨下诏狱，被杖并谪官华亭县丞。御史郭弘化疏请停不急之工，罢广东采珠、四川等地采木之令，帝责之泛言奏扰，黜为民，并命吏部禁锢勿用。帝婚后久无嗣，在宫中设斋醮祈子，御史喻希礼、石金先后上疏谏劝，并请宽恕议大礼、争大狱得罪诸臣以生和气，信用内阁及廷臣以免精神劳瘁；帝大怒曰："谓朕罪诸臣致迟嗣续耶？……欲朕勿御万几，即古奸臣导其君不亲政之意。"（《明史》卷207 第5470页）下二人诏狱，谪戍边卫。礼科给事中杨言抗疏直驳锦衣百户王邦奇借哈密事诬陷杨廷和、费宏，忤帝意；帝震怒，将其逮系，亲鞫于午门，刑极五毒，折其一指，并谪宿州判官。御史杨爵疏陈朝中弊政，并言"阻抑言路足以失人心而致危乱"；帝震怒，立下诏狱拷打，血肉狼藉，屡濒于死。巡按陕西御史浦鋐驰疏申救杨言，并论言路通塞之利害，帝大怒，命缇骑逮之下诏狱，榜掠备至，杖死狱中。河南道御史刘安上任只一月，即上疏劝帝不要过于苛察，帝大怒，将其逮下锦衣卫拷讯；兵科给事中胡尧时论救，并逮治，同被谪官。刑科给事中何光裕、御史龚恺论马市得罪幸臣仇鸾，帝方向鸾，遂杖之八十，何光裕被杖死。吏科给事中周怡上疏劾严嵩之奸，帝下诏责其谤讪，杖之阙下，禁锢诏狱。南京御史赵锦驰疏劾严嵩权奸乱政，帝谓其欺天谤君，逮下诏狱拷讯，杖四十，斥为民，并将其父投劾罢。刑科给事中吴时来抗章劾严嵩，帝下之诏狱，严刑逼讯主使之人，谪戍烟瘴之地横州。南京御史王宗茂就任甫三月，即上疏劾严嵩，帝以诬诋大臣谪其平阳县丞，并夺其父官。巡按福建御史何维柏疏劾严嵩奸贪，帝震怒，逮其下诏狱，廷杖除名。礼科给事中沈束擢言官未半岁，即上疏劾严嵩擅政，帝特命杖于廷，禁锢诏狱；时"帝深疾言官，以廷杖遣戍未足遏其言，乃长系以困之。而令狱卒奏其语言食息，谓之监帖"。（《明史》卷209第5532页）沈束遂系诏狱十八年。户科给事中张选居言路甫三月，即疏谏帝遣官代祭太庙；帝大怒，命执阙下杖八十，并出御文华殿亲监杖刑，每一人行杖毕辄令报数，杖折断三次，帝怒犹未释；选已濒死，竟被削籍。金都御史陈察疏荐可用之人才，且得到吏部的认可，帝却以"徇私妄举"将其斥为民。御史凌儒疏请重贪墨之罚，革虚冒之兵，搜遗佚之士，荐罗洪先等可用；帝责其市恩，杖六十、除名。御史胡鳌疏请治理"京师优倡杂处"，都御史王廷相等亦议可，帝却以其"言亵"这样奇葩的罪名将胡鳌谪官，并夺王廷相等俸。御史王时举疏劾刑部尚书黄光昇枉法，帝怒，命编氓口外。御史方新疏陈朝廷弊政，请帝痛加修省，被斥为民。其他以争大狱、谏斋醮、斥佞幸、议孔子祀典等而得罪的言官更是不胜枚举。

　　言官的论列，有时也会偶合嘉靖帝之意，虽采纳其言，但仍不忘对言官的恨意，总是想方设法进行打击迫害：嘉靖七年（1528）三月灵宝县黄河清，帝遣使祭河神，大学士杨一清、张璁等屡疏请贺，御史周相抗疏言："河未清，不足亏陛下德。今好谀喜事之臣张大文饰之，佞风一开，献媚者将接踵。愿罢祭告。"（《明史》卷209第5525页）帝恼怒不已，虽诸庆典停止不行，仍下周相于诏狱拷掠，且杖于廷，谪官韶州经历。嘉靖十四年（1535），给事中薛宗铠等交章论吏部尚书汪鋐奸回误国、擅立威福、选授不公、纵子挟势为奸利等罪，请罢斥；时帝对汪鋐已心生厌恶，即令其致仕去，但又以"不早言"下诏责诸言官曰："朝廷设言官，必随事论救，尽心而告，鋐既不称任使，当即言。科道官皆自爱不忠，疑君负主，乘时而作，肆行报复，欺罔法理。人君奉天，岂敢私其好恶？朕未有拒言之命，张孚敬、汪鋐亦何尝导君拒言？"（《世宗实录》卷179第3841页）遂将与此有关的给事中薛宗铠、方一桂及御史曾翀下诏狱拷讯，降给事中孙应奎、翁溥、何天启、沈继美、冯汝弼、潘子正，御史曹逵、王廷各一级调外任用。给事中陆粲上疏揭张璁、桂萼专权招贿、擅作威福、报复恩仇等罪行，帝深为感悟，立刻下诏暴张、桂之罪并罢黜；可仍以陆粲不早发而将其谪官。严嵩父子弄权贪纵日久，帝眷已潜移，御史邹应龙上疏暴其罪行，帝令严嵩致仕，下严世蕃等诏狱，升邹应龙官；而仍不忘钳制言官，下手谕称如有再敢对此多言者，同邹应龙一起斩首，吓得邹应龙不敢履新。御史张槚巡盐河东，不知此情，建言既显擢邹应龙，其他首发严嵩罪恶的言官也应召用；帝大怒，立即将其逮至京，廷杖六十，斥为民。帝甚至抓住一些节外生枝的小过而重处言官：吏科给事中谢子佩疏请修省，语颇直，帝不管疏中内容，只摘疏中有讹字，停其俸，后又下狱谪官。礼科给事中顾存仁上疏陈修省施政五事，只是在疏末提到"败俗妨农，莫甚释氏，叶凝秀何人，而敢乞度？"（《明史》卷 209 第 5516 页）帝方崇信道教，遂指责其妄称道士叶凝秀为和尚，廷杖六十，编氓口外。礼科给事中杨思忠独疏阻帝为了皇后神位入庙而在太庙中预祧仁宗之位，帝不仅不听，反而恨上了杨思忠，虽不便因此事立马报复，只是每当其应升迁，帝辄报罢；三年之后报复的机会来了，其时六科言官疏贺正旦，帝指责其疏中有语不成文，称"思忠怀欺，不臣久矣"。（《明史》卷 207 第 5481 页）将其杖一百，斥为民。

既然言官言必获罪，那不言将如何？嘉靖十四年（1535）吏部尚书汪鋐被言官论列罢黜，帝令群臣会推；因此前桂萼、方献夫、王琼、汪鋐四任吏部尚书皆出自帝特命，不待会推，且此时帝又放下狠话："简任自君，此乃古道。今时不同，朕无知人之明，所任弗称。况人言每事不如旧，尔等第如旧例推用。"因此廷臣没人敢贸然会推，经帝反复坚持，虽群臣推用数人，帝又俱不用，却令科道官举所知者一人；这就明显是个圈套，故言官们亦不敢举荐，"惶恐言：'冢宰百僚之具瞻，威福朝廷之大柄，刓陛下神圣，廷臣无不简在上心者，非臣等所敢妄议。'上览疏怒曰：'皇祖设言官为朝廷耳目，所望以广聪明、防壅蔽、纠官邪、利邦民者。迩来凡事不言，附权畏势，忘义负君，肆行朋党，专指摘主过，排陷忠良。且如汪鋐之诡佞，朕久识之，特以未至大恶优待之，匪私其人也。近闻朕与二三大臣论及，遂窃探上意，乘机构害，仍以大礼之故中伤，非真为君为民之心也。及令疏名推举一官，复又疑君怀忌，悖慢无人臣礼。六科、十三道掌印官其尽褫职为民，永不起用；余者姑留任，各思尽乃职，复有蹈前辙者，罪无赦。'"（《世宗实录》卷 180 第 3851 页）嘉靖二十一年（1542）帝欲罢黜夏言，恨责言官不参劾，下诏称"如此大事，言官岂无一人知见，不闻一言片疏纠发，徒知欺谤君上。"又称"言官系朝廷耳目，一犬不如，专一听受主使，逆君沽誉，倾人取位以奉所悦，或戕人一家以代报复。吁，是为人乎？"（《世宗实录》卷 263 第 5218 页）待言官遵旨疏劾夏言，又责言官"乃结合欺罔，不思尽职，但归恶于上，谓言出祸随，君人不明耳"。（《世宗实录》卷 264 第 5329 页）并下诏将科道官乔祐等 13 人贬黜，王珩等 36 人夺俸半年，贾大亨等 24 人夺俸二月。如此看来，不言亦是同样获罪，且因一事罚及所有言官；可见帝对言官之恨，是点点滴滴俱在心，迫害言官之棒是时时刻刻握在手，一有机会，毫不留情。

不仅嘉靖帝对言官肆意迫害，议礼新贵及帝身边的宠臣、中官等也因"大礼议"及各种原因而仇恨言官，处心积虑设计或诱导帝打击言官：御史程启充素敢直言，争大礼、争大狱数攻郭勋等奸，张璁、桂萼恶之，因指程启充挟私报复，谪戍边卫。户科左给事中郑一鹏，性侃直，最敢言，张璁、桂萼因其攻郭勋庇李福达狱，坐以妄奏，拷掠除名。工科给事中解一贯是张璁同年，疏揭张璁、桂萼是小人之尤，肆意中伤善类，璁、萼恨之不已，竟谪开州判官以卒。都给事中刘世扬尽劾张璁党数十人，见憾于璁等，会张璁再相，即摘其疏中微误，激帝怒，谓其言皆妄而谪官去。礼科给事中王准曾劾郭勋专恣，又劾张璁、桂萼引用私人，都御史希张璁指，以考察罢之。桂萼恨言官攻己，在京官考察结束后，诱导嘉靖帝命言官互纠劾，致使御史储良才被黜，卢琼谪官戍边，给事中余经等四人、南京给事中顾滐等数人被黜乃已。工科给事中赵汉疏陈张璁久专政权，未能引贤共济，帝"摘其讹字诘之，谕璁毋避，趣赴阁。璁因言汉忠谋，宜令备列堪内阁者。帝即令汉举所欲用，汉惶恐言：'臣欲璁引贤，无私主。'帝怒，责汉对不以实，趣以名上。汉益惧，言：'辅臣简命，出自朝廷，非小臣所敢预。'帝乃宥之，仍夺俸一月"。（《明史》卷 206 第 5454 页）如赵汉果中张璁计，举可任辅臣名，必将被帝责以"上言大臣德政"而引来杀身之祸。御史黎贯疏争孔子祀典，帝震怒，都御史汪鋐乘机言："比者言官论事，每挟众以凌人曰'此天下公议也'，不知倡之者止一人。请究倡议之人，明正其罪"。（《明史》卷 208 第 5502 页）于是帝下令将黎贯斥为民。南京御史黄正色奉命护视章圣皇太后梓宫南葬毕，劾中官鲍忠等所过纳馈遗，而忠却潜正色护丧期间诸大不敬事，帝大怒，立将黄正色捕下诏狱拷掠，并谪戍辽东。御史包节欲劾奏显陵守备中官廖斌擅作威福，语泄，反被其诬奏谒陵大不敬，激帝怒，逮下诏狱拷掠，永戍极边。御史王仪巡按河南，发赵府辅国将军朱祐椋招亡命杀人抢劫，查实已夺爵禁锢；朱祐椋反讦奏王仪，并称自己曾建醮祈皇嗣。帝心知朱祐椋罪，但悦其建醮爱己，竟复其爵，反将王仪除名。巡按山西御史桑乔首发严嵩之奸，严嵩因构其罪，逮下诏狱，被廷杖，谪戍九江 26 年而卒。御史谢瑜劾严嵩欺君罔上、箝制言官，反被其以他事贬官；三年后，严嵩又乘考察官员之机，嘱主事者以贪酷例将谢瑜除名，遂终身被废。户科左给事中杨允绳、御史张巽言巡视光禄，疏揭光禄丞胡膏伪增物值，中饱私囊，却遭胡膏诬陷其欺谤帝玄修，激帝大怒，下诏狱、廷杖，杨允绳竟死于西市。御史叶经劾严嵩受贿，严嵩憾之不已；两年后，乘叶经巡按山东监乡试，指其试录发策语为诽谤，激帝怒，被廷杖八十、斥为民，创重而死。户科都给事中厉汝进、查秉彝、徐养正合疏斥严世蕃窃弄父权、贪赃枉法，严嵩上疏自理，并邀中官援以激帝怒，命俱廷杖、谪官；次年，严嵩又借考察之机罢厉汝进职。

　　面对言官遭受如此不公正的待遇，朝中亦间有耿直公正之士略陈实情、祈为宽恕，说上几句公道话。但均不为帝采纳，且必遭严谴重罚：御史喻希礼、石金因疏言皇嗣而得罪，礼部尚书夏言等上言此二人并无恶意，请宽处；帝不仅不听，反而益怒，将二人下诏狱，并责夏言陈状，直至夏言伏罪才宥之。御史马录等争李福达狱反被议礼新贵诬陷下狱，刑部尚书颜颐寿及侍郎刘玉、王启等不肯希帝旨，据实情办案，反被帝责以"朋比罔上"逮下诏狱，备尝五毒，闻者惨之，后来都被罢官。南京御史冯恩应诏上疏极论张璁等之奸，帝即坐以"上言大臣德政律"欲致之死罪；刑部尚书王时中等据实为之辩解，帝怒曰："恩非专指孚敬三臣也，徒以大礼故，仇君无上，死有余罪。时中乃欲欺公鬻狱耶？"（《明史》卷 209 第 5520 页）遂下令撤王时中职，夺侍郎闻渊俸，贬郎中张国维、员外郎孙云极边杂职。户部主事周天佐应诏上疏言时政得失、申救御史杨爵，称"国家置言官，以言为职。爵系狱数月，圣怒弥甚。一则曰小人，二则曰罪人。夫以尽言直谏为小人，则为缄默逢迎之君子不难也。以秉直纳忠为罪人，又孰不能为容悦将顺之功臣哉？人君一喜一怒，上帝临之。陛下所以怒爵，果合于天心否耶？爵身非木石，命且不测，万一溘先朝露，使诤臣饮恨，直士寒心，损圣德不细。愿旌爵忠，以风天下"。（《明史》卷 209 第 5528 页）帝大怒，将其下诏狱，杖六十，不三日即死狱中。

综上所述，在"大礼议"中嘉靖帝恨上了言官，他身边的奸佞幸臣亦天然敌视言官，故不断以种种手段对其报复残害，终嘉靖之朝，言官的恶劣处境是每况愈下；就连为言官稍作辩解的廷臣亦屡遭重谴严处，一时昔日君之耳目、国之重器的言官，竟成了令人望而生畏的高危职业。因之言路壅塞，言官多徘徊观望，甚而有顿忘初心、附恶求进之人：户科给事中胡汝霖因劾严嵩被逮下诏狱讯治，谪官放外任后，竟请解于严嵩，并依附以进官，累迁至右佥都御史；及严嵩败，以嵩党被夺官，遂不齿于士林。御史王大任、姜儆希帝指采访法秘数千册、法士数人以献，得帝嘉奖并升任翰林院侍讲学士。然而由于明初以来百余年对士大夫之气的作养，这只是个别的另类，就像《明史》赞语所称："当世宗之代，何直臣多欤！重者显戮，次乃长系，最幸者得贬斥，未有苟全者。然主威愈震，而士气不衰，批鳞碎首者接踵而不可遏。"（《明史》卷 209 第 5545 页）嘉靖朝的言官前赴后继，以风节自厉：前有两个同名孙应奎的言官，一字文宿，洛阳人；一字文卿，余姚人；皆因疏劾奸佞被下狱谪官，并名震于朝廷。又有彭汝实等四言官同里，并敢直言，时称"嘉定四谏"。御史冯恩疏劾张璁等奸佞，逮下锦衣狱，受尽酷刑折磨，数次濒于死，仍怒斥奸佞不稍屈，百姓叹其"非但口如铁，其膝、其胆、其骨皆铁也"。（《明史》卷 209 第 5521 页）因称"四铁御史"。但这一切都不能改变嘉靖朝言路闭塞的现状，帝直至去世前，仍将敢于进谏的言官海瑞打入死牢。君王拒谏仇言，并与幸臣通力残酷迫害众多言官，使言官体系在国家政治生活中的作用遭到重创，促使了嘉靖朝政的败坏，亦加速了明王朝走向灭亡的步伐。

第八章 "大礼议"与嘉靖性格

上篇第三章文中已提及，嘉靖帝登基时实际年龄只有十三岁零八个月，正处于少年向青年过渡的阶段，"三观"逐渐从朦胧走向成熟，是人生性格形成的关键时期。载籍称他"生五岁即颖敏绝人，献皇帝口授诗，不数过辄成诵。稍长读《孝经》，忽问'先王至德要道之指'，献皇帝为之讲解，上即领悟。常率之祭祀及进表笺，已能周旋中礼，其少成若出于天性。献皇帝崩，上年十四，摄兴王事"。（《世庙识余录》卷 1 第 1 页）加之他在藩邸即目睹武宗朝政之弊，深知自己登基后职责之重，曾自号"尧斋"，以尧舜自许，以中兴之帝自期，应该是个从善向上的好少年。但不幸的是，他甫一走上皇帝之路，就踏入了尖锐、复杂且旷日持久的"大礼议"中，非常的斗争给他的性格打上了深深的烙印，扭曲、诡谲的经历使他的性格产生了严重的分裂，一个勤奋好学、励精图治的少年天子竟逐渐成了具有诸多负面性格的残暴君王。

一、恩将仇报　薄情寡义

本篇第一章已论及，嘉靖帝并不是依《皇明祖训》伦序当立的最合理、最正当的皇位继承人；《武宗遗诏》和《皇太后懿旨》也是首辅大学士杨廷和征得张太后首肯而草拟的，因此，从这个意义上讲，嘉靖帝实质上是由杨廷和、张太后拥戴而立的，他们是他当之无愧的大恩人。杨廷和不仅首先定策迎立，还殚精竭虑维护朝政，消除大患，清理积弊，在没有皇帝的敏感期苦挣了 37 天，使嘉靖帝平顺地登上了皇位。对此，帝是心知肚明的，一开始也并不讳言，且知恩图报，给予了他们以崇高的尊敬和报偿。对杨廷和，帝一登基就赐敕旌谕，加左柱国。当得知一些因施行新政而被革职的狂徒企图在道刺杀杨廷和，帝即令营卒百人卫其出入，以确保安全。嘉靖元年，帝以定策功封杨廷和伯爵，廷和固辞，帝不允，称"朕入继大统，实卿定策迎立。计安社稷，又能除奸弭乱，宁一众志，功勋显著，前此所无。封爵之加，出自朕心，宜勉承恩命，以副报功至意"。（《杨文忠三录》卷 8 第 4 页）后又改荫其子锦衣卫指挥使，帝还以为赏太轻，复加四品京职世袭，可谓恩荣之极。然而因杨廷和在"大礼议"中坚持要其继嗣孝宗、张太后，反对其尊崇生父母，"先后封还御批者四，执奏几三十疏，帝常忽忽有所恨，左右因乘间言廷和无人臣礼。"（《明史》卷190 第 5038 页）帝遂在登基三年不到时，即听杨廷和辞归。又在左顺门事件中将其长子翰林院修撰杨慎下诏狱廷杖，谪戍云南，永不准还。又因奸人诬讦杨廷和，祸及其次子兵部主事杨惇、女婿翰林院修撰金承勋，俱被逮下诏狱拷讯；其义子侍读叶桂章因不堪窘辱，在被逮途中自杀身亡。嘉靖七年，帝在"大礼议"取得重大胜利时，下诏定议礼诸臣之罪，竟称"杨廷和为罪之魁，怀贪天之功制胁君父，定策国老以自居，门生天子而视朕。法当戮市，特大宽宥，革了职，着为民"。（《世宗实录》卷 89 第 2010 页）次年六月，杨廷和卒于家。一日，帝问礼部尚书李时太仓积蓄有多少，"对曰：'可支数年，由陛下初年诏书裁革冗员所致。'上慨然曰：'此杨廷和功，不可没也。'然终以议礼故衔之，故赠恤不行。"（《明通鉴》卷 54 第 1755 页）昔日恩人，转眼成了不可饶恕的罪人，且终嘉靖之世，杨廷和父子皆不得宽恕。

张太后是嘉靖帝的亲伯母，是武宗身后他在皇室大宗中唯一的至亲。其时她已为皇后 18 年、皇太后 16 年，在皇位继承问题上，她的态度具有唯一的合法性和至高的权威。她首肯了杨廷和的意见，亲自下令由兴世子继承皇位，并派自己的亲弟寿宁侯张鹤龄参与迎立，给这一皇位继承披上了合理合法的正统外衣。嘉靖帝即位后，虽欲尊崇自己的生父母，但对这位把自己扶上皇位的亲人还是尊敬有加；称圣母，加上尊号曰昭圣慈寿皇太后、昭圣康惠慈寿皇太后，母事之。议礼之初，帝在生母蒋氏进宫仪礼，祖母邵氏封号、葬礼等问题上与廷臣发生争论，均以张太后之懿旨来达成自己的目的，甚而自己的大婚也是以张太后的懿旨决定的。但随着"大礼议"的深入，帝为了建立自己一系的皇族正统，竟将张太后改称为皇伯母，事之也日渐益薄，并逐渐对孝宗、武宗一系的皇室大宗亲人不以君王之礼待之。嘉靖七年，以尊上其生母章圣皇太后蒋氏尊号，仪注竟要武宗皇后夏氏同嘉靖皇后同班朝贺；此前夏皇后曾母仪天下 16 年，而蒋氏只是藩王妃，与夏后的君臣之分天地森然，如今反倒要夏后对其朝拜，且这种安排朝中竟无一人敢言。夏皇后死，帝又以"嫂叔无服"为名不为皇嫂服丧，且听信张璁之言，不给夏后以历代皇后正常的丧礼和谥号。帝虽嘴上宣称尊崇亲生不妨正统、孝养两宫皇太后，但实则厚此薄彼；生母蒋太后诞辰举朝称贺，张太后诞辰却传免朝贺。对张、夏二后家人也肆意报复：京城人张福弑母，反诬为邻人张柱所杀，帝只是因张柱是夏后家仆人，竟不顾法司已审理明白且证据确凿，冤坐张柱死刑而纵真凶张福。张太后之弟鹤龄、延龄多不法，当罪，然当时国法有议亲、议贵之条，可减免其罚；帝竟因衔张氏，而冤坐以"谋不轨"欲族其家。张太后屡请，帝均借故不见，"太后至敝襦席藁为请，亦不听。"(《明史》卷 114 第 3529 页) 终太后身，狱竟不得解，致使张鹤龄长系瘐死狱中。嘉靖二十年 (1541) 张太后死，帝即日发丧，但却借故不参加太后的丧葬，"朝夕等奠祭，令内侍代行。"(《世宗实录》卷 252 第 5043 页) 张太后神主入庙，帝又借故杀其礼仪，"是日，止命中官温祥祭告几筵，奉主入庙诸所议奉安礼皆不行。"(《世宗实录》卷 265 第 5259 页) 太后死后五年，帝还是将其弟张延龄斩于西市。为了替自己对张太后恩将仇报的行为辩解，帝常将"天下者，高皇帝之天下"挂在嘴上，意为他当上皇帝是由于他是太祖子孙的身份，好像与张太后无关。殊不知在当时的情势下，不是、事实上也没有哪个太祖子孙能站出来讲自己有资格当皇帝的，否则那还不天下大乱；只有大行皇帝武宗的母亲张太后能赋予这一皇位继承的合法性，这是毋庸置疑的，因此嘉靖帝的这种辩解是苍白的，也是徒劳的。

嘉靖帝一生曾立过三个皇后，且均不得善终。元配陈皇后，嘉靖元年 (1522) 册封，其父陈万言即以儒生而授都督同知，赐第京师黄华坊；次年又封泰和伯，下令在西安门为其新建府第，工部以此处迫近紫禁城，建房不宜太高，帝竟将工部郎官叶宽、翟璘下狱。又不顾言官谏阻，赐 800 顷地给陈万言为庄田，可谓恩荣有加，由此也可窥帝对陈皇后的宠爱。然而随着"大礼议"的深入，帝对张太后渐生怨恨，对张太后为他选定的陈皇后也宠爱渐衰，更因一次小小的宫中情海醋波而引发了情感大翻转：一日"上与后坐，张、文二妃尚荖，上循视其手，后恚，投杯起。上大怒，后以惊悸忽堕妊"。(《胜朝肜史拾遗记》卷 5 第 4 页) 且自此一病不起。嘉靖七年 (1528) 九月，后父陈万言得知皇后堕胎病重，疏请准其妻冀氏入宫探望女儿，帝以不合祖制严词拒绝。次月陈皇后崩，礼部按历朝皇后丧礼旧规拟上丧祭礼仪，帝却以过于隆重令更议，并不顾群臣反复苦谏，亲自予以降杀，又给了个不伦不类的"悼灵皇后"的谥号。不久，帝即与大学士张璁商议继立中宫，称"前者初婚之期，皆是宫中久恶之妇所专主而为，日夜言圣母，圣母未之察耳。今若又使与此事，则不如不必继立也"。（《世宗实录》卷94第2201页）可见帝对陈皇后的薄情，源自"大礼议"而对张太后的忌恨。嗣后又以方皇后入庙祔陵来排斥陈皇后在宗庙陵寝中应有的地位，把结发七年的元后视同废后，哪还有丁点元配夫妻之情。第二后张氏，初入宫时封为顺妃，就是那位有着令嘉靖帝神魂颠倒的嫩白双手的张妃。陈皇后崩，章圣皇太后让帝在众妃嫔中自择皇后，于是帝"下诏曰：'顺妃张氏，侍朕以来，克尽礼道，其册立为皇后。'当是时，上方追古礼，而后甚婉娩称上意，每岁祭，后必从上分献宗庙。方春，率嫔御行亲蚕礼。日讲章圣太后《女训》于宫中。尝诵翰林所撰内则新诗，使宫人歌之，以当古房中之乐。如是者六年，至十三年正月癸卯，急降谕礼部曰：'朕惟阴以相阳，若地承天；妻纲于夫，道在敬顺而已。朕元配早失，进册张氏，藉其内助，恩遇特隆。近乃不思敬巽，罔顾承乾，俟其自悛，竟成终怙。应收皇后册宝，退闲别所，其天下笺贺总停如敕"。（《彤史拾遗记》卷5第6页）就这样，一位入主中宫六年的皇后即从受宠沦落到被废，而帝只是说她不敬，并无罪状告宗庙、示天下，故所犯何条不明不白；对废黜皇后这样的国家和皇室大事，史志亦语焉不详，真是令人不得其解。而"说者谓建昌侯张延龄坐罪当死，昭圣太后哀于废后，后乘新正侍上宴，微其事。上震怒，立褫冠服鞭挞之，斥遣以去"。（《万历野获编》卷3第120页）此虽野史佚闻，但颇符当时议礼的实际情况，且合于帝之性格和行事作风。两年后张氏卒，帝将其改称"废后"，并令按宪宗废后吴氏例葬之金山。第三后方氏，嘉靖九年（1530）应选入宫，次年帝选九嫔，方氏居其首。"当是时，后册名德嫔，上以其行礼敬且升降有仪度，悦之，然未为后也。越二年，忽废张皇后，欲立后，以问夏言。言故逆上意，顿首曰：'臣请为陛下贺。夫天圆而地方者也。'上大喜，遂以其年立为后。"（《胜朝彤史拾遗记》卷5第7页）方后事帝以谨，帝亦宠信之。嘉靖二十一年（1542）发生宫变：时曹妃美艳，得帝偏宠，册封为端妃，宫中嫔妃多有妒恨；而"上性卞，待宫人多不测，宫人惧。会所幸曹妃及王宁嫔侍上寝，寝酣，宫人杨金英等谋弑逆，用组系上颈，而以钗股刺上胯间。幸系组仓卒，误为殊死，结得不缩，金英惧。同事张金莲者知事败，走告后，后驰至，解组，上苏，然病悸不能言。后命太监张左、高忠捕宫人杂治，词首王宁嫔，云曹妃者虽不与，然亦知之。后乃传上命，收曹妃及金英等十余人磔于市，并捕斩其族属十余人而籍其家"。（《胜朝彤史拾遗记》卷5第8页）帝体稍愈，即疑方后因妒而冤杀曹妃，表面上虽称感皇后救己，心实憾之。嘉靖二十六年（1547）十一月，方后宫中发生火灾，太监请帝下令施救，帝不应，方皇后遂被活活烧死。对三位皇后尚且如此无情，其他嫔妃的境遇就可想而知了。帝一生不断广选天下淑女以充后宫，其中有名分的嫔妃就有 71 个，被折磨而死的有 51 人，有记载死亡时间的妃子就有 48 位。嘉靖十一年（1538）七月初十日，恭妃文氏死；妃于帝大婚后不久即与顺妃张氏同日被册封，也是引发陈皇后堕胎风波的两个奉茗妃子之一，曾深得帝宠爱，且侍奉帝十几年，而此时帝却"以妃因罪退闲，止辍朝一日，免文武百官送祭，诸葬仪俱从杀礼"。（《世宗实录》卷 140 第 3269 页）妃父锦衣卫带俸指挥佥事文荣奏乞其妻郭氏以首七日入宫在灵前哭祭女儿一次，帝亦不准。

　　嘉靖帝生有八子，只存第三、第四子，其余皆早夭，按常理帝应对这仅存的两个儿子倍加珍爱，可其实却不然。嘉靖十八年（1539）册立次子为皇太子，同日三子载垕封裕王，四子载圳封景王。后太子早夭，廷臣皆以裕王序长当立为太子，帝却以前太子不永而不再立太子。此后的十八年中，群臣反复上言早立太子以安国本，均遭帝严谴，且多人因此得罪。二王年长后同时出宫居王邸，所有待遇无二，这就使两个儿子均不自安，左右之人及廷臣皆怀窥觊，险些酿成内祸。帝又信方士"二王不相见"之语，虽同在京师，却从不与两个儿子见面。嘉靖三十三年（1554）帝生日前，礼部奏请至期命二王诣乾清宫前行贺礼，帝却以"二子一有服制"为由传令暂免。次年帝生日前，礼部又奏请二王至期入宫称贺，帝下诏令"候旨"，后来又是不了了之，且此后数年皆报罢。这就引起二王和群臣更多的猜测和担忧，朝中政治情势也更为扑朔迷离。直至嘉靖四十年（1561）帝迫于舆情，不得不令景王载圳赴德安就藩，但还是不明确裕王为太子。四年后，景王卒，无子国除，帝却对大学士徐阶说："此子素谋夺嫡，今死矣。"（《明史》卷 120 第 3647 页）把储位不立的责任完全推给了这个儿子。嘉靖帝对实际上的长子裕王载垕也很不待见，不仅始终不确立他的长子地位，使其长期处于危疑之中，且处之十分冷漠。嘉靖三十四年（1555）十月裕王第一子生，这是帝的第一孙，应该是皇太孙出生，按理年届五十的嘉靖帝应当很高兴吧，可"礼部请告于郊庙、社稷，诏告天下，令文武群臣称贺。上曰：'此所具仪，太孙之礼也，岂可不俟君命？第遣官奏告玄极殿及奉先殿，群臣不必称贺。'"（《世宗实录》卷 427 第 7383 页）这哪有一点首次当爷爷之欢？嘉靖三十六年（1557）七月，出生七个月的裕王长女夭折，"礼部议葬祭，请如顺义郡主例。上以未请封，无例，而且下殇也，用全礼非是，诏减常仪之半。"（《世宗实录》卷 450 第 7647 页）这又哪有失去长孙女之痛？

　　嘉靖帝对亲生父母常以"圣孝"自诩，尊崇之典无所不用其极，直至把没有做过皇帝的生父兴献王称宗入庙，生母蒋妃晋封为圣母皇太后。然而这一切都是为了排斥孝宗、武宗的皇室正统地位，从而建立起自己一系新的皇权正统，可是一旦触及他本身的利益，事情就另当别论了。嘉靖初，帝为了确立其父兴献王在皇室正统中的地位，不顾群臣苦谏劝阻，毅然在京师建世庙专祀之，比之周文王世室而百世不迁，可谓极隆。然而嘉靖十五年（1536）帝以自己为中兴有德之宗，身后能得"世宗"之谥，在太庙永享祀典，即毫不留情地将世庙改称：帝"谕礼卿夏言：'前以皇考庙比之世室，即名世庙。今思之不甚稳。推太宗世祭不迁是矣，恐皇考亦欲让尊于太宗。且世之一字，来世或用加宗号，今加于皇考，又不得世宗之称，徒拥虚名，不如别议.'遂改为献皇帝庙，盖是时上已为身后谥号计"。（《万历野获编》补遗卷1第243页）两年后其父兴献王称睿宗献皇帝入太庙；三十年后帝崩，身后谥号果然不爽，称"世宗""世庙"矣。对生母蒋太后，帝可谓孝敬之至，而观太后临终一节，或有未然：嘉靖十七年（1538）十二月初三日，"皇太后疾大渐，召上语之曰：'……或连日病，甚想见皇帝，因知体力未安，不好说去，故此一见以诀.'"（《世宗实录》卷219第4495页）这是太后死前一日说的话，可见即便重病中要见儿子一面也不易，遑论平时。对于母后的身后事，朝中虽经"显陵北迁"和"慈宫南祔"的激烈争论，但帝对母亲的想法是了然的，这从当时行人赵吴的奏章中可以看出：时朝中已罢迁陵之议，"然朝野喧传以为此议不可寝，以皇太后有此意也"，"皇太后必损贞妇之思，隆从子之义"，"序葬于天寿，祔于祖功宗德之旁"。（《世宗实录》卷131第3105页）这里透露出皇太后想身后葬于北京皇陵的意图，帝也曲从母意，在北京大屿山兴建陵寝，并准备将父亲的灵柩北迁与母合葬。可考虑到兴邸是自己龙兴发祥之地，怕显陵一动，危及自身，故在最后一刻来了个大翻转，将太后的灵柩南祔显陵；且力排众议，只是派员护送，自己并不亲与，孝顺母亲的初衷已不见踪影。

嘉靖帝对恩人忘恩负义，甚至恩将仇报；对父母、妻妾、儿孙等亲人冷若冰霜、薄情寡义；对臣下，尤其是对在大礼议等问题上忤其意的廷臣，就不仅是薄情寡义，而是横加暴力，且非常凶狠残忍了。

二、崇尚暴力　凶狠残忍

"大礼议"一开始，嘉靖帝"继统不继嗣"的主张即遭到朝臣的坚决抵制，不得已在尊崇生父母为帝后的同时，尊孝宗为皇考、张太后为圣母。嘉靖三年（1524）帝在张璁等议礼新贵的挑动下，决心改称孝宗为皇伯考、张太后为皇伯母，而尊生父兴献帝为皇考、生母蒋太后为圣母，以期建立自己一系的皇权正统。朝臣们一如既往地维护孝宗、武宗的皇室正统地位，纷纷上疏谏阻，朝中议礼形势陡然紧张起来。帝迫于舆情，无可奈何，尝夜召张璁问计，张璁以"天子至尊，明如日，威如霆，畴敢抗者，需锦衣卫数力士足矣"。（《国榷》卷53第3302页）挑唆君主以锦衣武士暴力来戕害士大夫，未几即发生了左顺门惨案：群臣见帝一意孤行，遂赴左顺门跪伏哭谏，声震阙廷。帝大怒，命锦衣卫逮系哭谏廷臣220人下诏狱，廷杖180余人，其中17人被杖死，多人谪戍、降调、罚俸。未几，帝即实现了考生父、伯孝宗的政治主张，为建立自己的皇权正统扫清了障碍。同时，这一血腥事件也使小皇帝尝到了甜头，从此迷上了锦衣卫、诏狱和廷杖等暴力，甚至肆行杀戮。

嘉靖六年（1527）帝为了报复议礼中违命的群臣，把一个早已审结定案的反贼李福达案拿来炒作，不仅动用锦衣卫、诏狱等酷刑，还命议礼新贵张璁、桂萼、方献夫分摄三法司，使本来应互相监督制约的三权鼎立，变成了沆瀣一气的勾结恶行，明目张胆地制造冤假错案。这从帝与张璁的秘密谋划中可以看出：这年八月十四日，帝密谕张璁："治天下之道，本之用人为始，实不可忽，亦不可任诸非人，使乱政事。今大狱赖尔等二三大臣已问明白，群党各置之法地，但唯大礼一事，众奸党尚未问罪。今日之狱，实自议礼处起，待修书完日，朕自有处。"（《谕对录》卷1第8页）张璁答对："积岁以来，奸邪当国，引用匪人；上自九卿，内自庶吉士，外及台谏，师老门生，盘据已久，卒不可解……前日内阁之人，皆为今日馆阁诸人之宗祖；今日馆阁之人，皆为前日内阁人之子孙，相赖相报，至死不移……且大礼之议，武班大臣止郭勋出折中一言，遂来举朝仇恨。今大狱之兴，实由内外大小臣工欲先杀郭勋，以渐及议礼之臣。圣谕谓'今日之狱实自议礼处起'，一见决矣，诚不可不预防而早图之也。"（《谕对录》卷1第10页）这里所说的"自有处""早图之"，就是要用暴力戕害群臣：先是将审结李福达案的御史马录等逮下诏狱，严刑逼供，使之不胜五毒，被迫招认"挟私故入人罪"；帝欲坐以死罪，后发戍南丹卫，且子孙世世不赦。同时又将不按帝意翻转此案的刑部尚书颜颐寿等刑部官员逮下诏狱拷讯，可怜反贼重囚安然无事，依法审案的法官倒备尝五毒，闻者惨之。此案廷臣"死椎楚狴犴者十余人，余戍边、削籍，流毒至四十余人"。（《明史纪事本末》卷56第874页）

廷杖、诏狱是明代独创的酷刑，但正如林俊所言："古者挞人于朝，与众辱之而已，非必欲坏烂其体肤而致之死也，亦非所以待士夫也。成化时臣见廷挞三五臣，容厚绵底衣以重毡叠帊，犹床褥数月，淤血始消。正德时逆瑾用事，始启去衣之端，重非国体所宜酿有，末年谏止南巡，挞死之惨；幸遇新诏收恤，士气始回，不谓又偶有此。臣又见成化、弘治间诏狱诸旨，惟叛逆、妖言、强盗好生打着问，喇虎杀人打着问，其余常犯送锦衣卫镇抚司问，镇抚奏送法司议罪，中间情重始有'来说'之旨；部寺复奏，始有降调之旨。今一概打问，无复低昂，恐旧典失查，非祖宗仁厚之意。"（《明经世文编》卷88第17页）帝全然不听林俊所谏，用暴力对付群臣成为常态，"中年刑法益峻，虽大臣不免笞辱。宣大总督翟鹏、蓟州巡抚朱方以撤防早，宣大总督郭宗皋、大同巡抚陈耀以寇入大同，刑部侍郎彭黯、左都御史屠侨、大理卿沈良才以议丁汝夔狱缓，戎政侍郎蒋应奎、左通政唐国相以子弟冒功，皆逮杖之。方、耀毙于杖下，而黯、侨、良才等杖毕，趣治事。公卿之辱，前此未有。又因正旦朝贺，怒六科给事中张思静等，朝服予杖，天下莫不骇然。四十余年间，杖杀朝士，倍蓰前代。"（《明史》卷95第2330页）尤其对因大礼、大狱而得罪的群臣更是残忍无比，朝中历次庆典覃恩大赦天下，帝唯独不赦他们。嘉靖五年（1526）二月"巡抚辽东右副都御史张瓘奏：'谪戍给事中刘济疾笃，乞放生还，以广圣泽。'兵部亦以为请。上以'刘济倡率跪门，欺慢君上，张瓘党护奏扰'"。（《世宗实录》卷61第1435页）不准放还。山西布政使李璋因大狱忤旨谪戍广东雷州，七年后，其子都察院都事李锌上疏言其父病于戍所，愿以自身代父从戍，请赐父生还，帝亦置之不理。杨廷和长子翰林院修撰杨慎等皆死于戍所，境况悲惨，而帝是无论他们多惨，一个都不原谅。

嘉靖帝对直言上谏的士大夫也动辄暴力相向，嗜血成性。嘉靖六年（1527）帝怂恿议礼新贵张璁等借失职锦衣卫百户王邦奇以哈密事请诛已经致仕的大学士杨廷和，并牵连大学士费宏、石珤及杨廷和子、婿、门生等，将兴大狱。礼科给事中杨言抗疏曰："今既以奸人言罢其官、戍其长子矣，乃又听邦奇之诬而尽逮其乡里、亲戚，诬为蜀党，何意圣明之朝，忽有此事。至宏、珤乃天子师保之官，百僚之表也。邦奇心怀怨望，文饰奸言，诟辱大臣，荧惑圣听。若穷治不已，株连益多，臣窃为国家大体惜也。"（《明史》卷207第5466页）帝得疏震怒，将杨言逮下诏狱，并召集群臣于午门观其亲鞫，刑极五毒，折其一指，惨不忍睹。翰林院编修杨名，应诏上书劝帝不要喜怒失中、用舍不当，帝大怒，立即将其逮下诏狱拷讯。又以其是杨廷和的乡人，令所司严刑追究其背后主使之人。杨言几度濒于死，终无所承。帝好神仙，听信方士段朝用隐居可得不死药的鬼话，谕廷臣令年幼的太子监国，工部郎中杨最抗疏谏曰："陛下春秋方壮，乃圣谕及此，不过得一方士，欲服食求神仙耳。神仙乃山栖澡链者所为，岂有高居黄屋紫闼，衮衣玉食，而能白日翀举者，臣虽至愚，不敢奉诏。"（《明史》卷209第5516页）帝震怒，立即逮下诏狱，重杖之，杖未毕而死，闻者震惊。南京御史冯恩应诏上疏直言大臣邪正，极论大学士张璁、方献夫及右都御史汪鈜三人之奸，"帝得疏大怒，逮下锦衣卫狱，究主使名。恩日受搒掠，濒死者数。"（《明史》卷209第5520页）其子行可年13岁，请代父死，帝不许；其八十余岁老母击登闻鼓讼冤，帝亦不省。行人杨爵忧于朝中符瑞等乱政，上疏极谏称："臣闻上之所好，下必有甚。近者妖盗繁兴，诛之不息。风声所及，人起异议。贻四方之笑，取百世之讥，非细故也。此信用方术，足以失人心而致危乱者。"（《明史》卷97第5525页）帝震怒，立下诏狱严刑拷问，血肉狼藉，死一夕复苏醒；又不准其家人进送饮食，屡濒于死。巡按陕西御史浦鋐驰疏申救杨爵，帝大怒，派锦衣卫逮下诏狱，搒掠备至，每日复杖之百，又锢以铁梐，受折磨七日而死于狱中。户部主事周天佐应诏言时政得失，疏救杨爵，帝览疏大怒，杖之六十并下诏狱，不三日即死，时年31岁。兵科给事中何光裕因论马市忤帝意，被杖八十而死。尚宝丞马从谦上疏颇及帝斋醮事，帝恶之，命杖八十、戍烟瘴之地，而竟死于杖下。

嘉靖帝不仅好以诏狱、廷杖残害群臣，中年以后又肆行杀戮，虽大臣亦不免。大学士夏言因助帝更定祀典，深得帝宠信重用，后帝却因其不戴所赐香叶冠等事憾之，更加之被严嵩倾轧，帝遂以议复河套事杀之西市，成为整个明王朝唯一被杀的首辅大学士。兵部侍郎总督陕西三边军务副都御史曾铣，力主抵御外敌，上收复河套之议，廷臣俱赞同，帝亦甚壮之，并给修边费二十万。只因严嵩诬陷其"开边启衅"，帝遂令逮回京师弃市。嘉靖二十九年（1550）虏犯京师，兵部尚书丁汝夔受严嵩所误，不敢主战，虏肆掠而去，"帝欲大行诛以惩后，汝夔窘，求救于嵩，嵩曰：

'我在，必不令公死.' 及见帝怒，竟不敢言。"（《明史》卷204第5392页）帝即日将其斩于市，枭其首。兵部侍郎杨守谦率军驰救京师之危，迫于主帅咸宁侯仇鸾拥兵观望，孤军不敢恋战，帝闻之不悦，寇退即日将其戮于市。"守谦临刑时，慨然曰：'臣以勤王反获罪，谗贼之口实蔽圣聪。皇天后土知臣此心，死何恨。'边陲吏士知守谦死，无不流涕者。"（《明史》卷204第5394页）兵部右侍郎、右都御史王忬通敏有才，久历边防、海防，帝甚眷之；然严嵩"雅不悦忬，而忬子世贞复用口语积失欢于嵩子世蕃。严氏客又数以世贞家琐事构于嵩父子。杨继盛之死，世贞又经纪其丧，嵩父子大恨"。（《明史》卷204第5399页）遂构陷于帝前，帝由是恶忬甚，会滦河军事失利，将忬斩于西市。锦衣卫经历沈鍊因疏论严嵩父子擅宠害政，被斩于宣府。兵部郎中杨继盛因疏劾严嵩触帝怒，下诏狱，杖之百，被杀于西市。帝怒户科左给事中杨允绳在奏疏中涉嫌欺谤玄修，将其下诏狱，杖于廷，寻斩于西市。这些被杀的士大夫，在帝之子隆庆帝即位后，均得复官赐恤，可见其被杀之冤。

对于嘉靖帝的暴虐，清经学家段玉裁称其渊于"大礼议"："问者曰：世宗之大礼，其是非何若？曰：燕王弑而篡者也，英宗不免乎篡者也，世宗非篡而以篡自居者也。曰：何者？曰：世宗为人后者，为人后者为之子，依礼经则后武宗者当子武宗，而不子武宗而称之皇兄；从一时之公论当子孝宗，而又不子孝宗称之皇伯。夫且为'继统不继嗣'，仍子兴献王，帝之宗之。以《春秋》之例书之，当曰'尊其父兴献王为皇考献皇帝，奉其父之主入于太庙，跻武宗上，几篡人国者'。必自尊其宗庙而废人之宗庙，世宗舍所后之祖父而自尊其祖父，是不乐为人后之天子，而乐篡窃有天下之天子也。盖世宗之视孝宗、武宗，犹永乐之视建文帝，英宗之视景泰帝如赘疣然，仅未敢废之而已……一闻遗诏谓'伦序当立'，则谓己之即位出于天幸，可以快心于富贵，可以极意于私亲。故览礼官笺文循皇子嗣位故事，即曰'遗诏以吾嗣皇帝，非为皇子也'，是其心早无孝宗、武宗矣。诸臣杨廷和、毛澄等之议皆不可行，而长君、逢君如璁、萼等者皆如胶漆之契，争之不已，乃同日杖杀者十六人，下狱者百三十四人；他日杀杨继盛、沈鍊诸公，恣其荼毒，惨于桀、纣，明之元气始于此斫丧。彼以为非凶酷则无以胜天下，太宗以篡取天下，尽诛忠臣，而人不敢违；英宗复辟，亦用一切篡取之法，遂杀于谦，而人不敢违，皆其心所法师者也。故于弑君篡国之太宗独有深契，追尊为成祖，宜其夷孝宗、武宗于建文、景泰二帝也哉。"（《明史十二论》卷2第3页）愚以为此论直击要害，对嘉靖帝崇尚暴力、凶狠残忍的性格揭露无遗。

三、喜谀恶谏　偏听偏信

嘉靖帝在"大礼议"中，对投其所好，称其"伦序当立"者，皆喜欢有加，破格重用；对劝其遵循礼仪、宗法，维护皇室大宗正统的，皆十分厌恶，残酷迫害。张璁等议礼新贵，正是迎合帝的喜好，在"大礼议"中与廷臣的争斗频频得手，节节取胜。他们指称群臣进谏为藐视皇上、惧怕权臣，揭露其丑行是报复议礼，从而引起帝对廷臣的极大反感。帝不仅对言官的进谏百般挑剔、无情打击，对朝中群臣的建言亦是十分厌恶、疯狂迫害：翰林院编修杨名应诏上书，言帝喜怒失中、用舍不当，并揭吏部尚书汪鋐之奸；帝竟听信汪鋐谗言，以杨言是杨廷和同乡，进谏是为议大礼报复，将其逮下诏狱严刑逼问主使；杨名数濒于死，终无所承，特旨谪戍，编伍瞿塘卫。户部主事周天佐应诏言时政得失，在疏中不过为言官的恶劣处境讲了几句公道话，帝览奏大怒，杖之六十，逮下诏狱，不三日即死狱中，年甫31岁。太仆卿杨最谏帝滥服丹药，被杖死。光禄寺少卿马从谦谏帝斋醮，帝以其诽谤，廷杖八十，竟死杖下。

嘉靖帝讨厌臣下直言进谏，必然喜好阿谀奉承。嘉靖七年，大学士张璁称颂帝的文札是"自古人君总揽朝纲，讲明治道，莫有盛于今日者"，欲比之唐太宗《贞观政要》，奏请编成《嘉靖政要》；帝大喜，连称张璁"具见忠爱至意"。（《世宗实录》卷90第2076页）帝不仅好谀，尤喜祥瑞。帝初登极时，即明令罢四方献祥瑞，而副都御史汪鋐在南赣提督军务时，于嘉靖七年即首进甘露，"奏是年元日甘露降于福建长泰、龙溪等县。"（《世宗实录》卷86第1966页）帝以甘露承瑞，赐汪鋐白金文币。汪鋐在"大礼议"中因方献夫、霍韬以交张璁、桂萼，这些议礼新贵在纂修《明伦大典》时，将这一祥瑞标之卷末，称之为帝在"大礼议"中的孝感所应。帝大喜，立擢汪鋐为都御史，后又任之吏部尚书，大被宠任；"鋐日夜先孚敬意排斥忤己，时当众攘臂骂大礼诸臣，鲜顾忌也。"（《国朝献征录》卷25第282页）有了这献瑞得宠的示范效应，自此，朝中献瑞不断，蔚然成风。嘉靖七年三月，"灵宝县黄河清，帝遣使祭河神。大学士杨一清、张璁等请疏贺，御史周相抗疏言：'河未清，不足亏陛下德。今好谀喜事之臣张大文饰之，佞风一开，献媚者将接踵。愿罢祭告，止称贺，诏天下臣民毋奏祥瑞，水旱蝗螟即时以闻。'帝大怒，下相诏狱拷掠之，复杖于廷，谪韶州经历。"（《明史》卷209第5525页）嘉靖九年六月，"河南巡抚都御史徐讚奏献瑞麦一茎二穗者百本，上嘉奖之，赐以银币，仍以其麦荐之内殿。未几，听选训导范仲斌以原籍四川巴县所产瑞麦来献，有一茎五穗者。京师人又言瑞禾生于郊，由是礼部尚书李时疏请称贺，上不许，再请，许之。大学士张璁作《嘉禾颂》以献。"（《世宗实录》卷114第2705页）这年八月，又"命河南守奖劳怀庆府知府王得明，以府中并产瑞麦、嘉禾、瑞瓜"。（《世宗实录》卷116第2752页）是年，兵部主事赵时春因灾上言，称近来灾馑频仍，"下诏求言已涉旬月，而大小臣工类以虚语浮辞面谩君父，乃至因灾求言之诏未干，而庆贺圣瑞之奏屡上。盖始往年灵宝县官言河清受赏，继而都御史汪鋐遂进甘露矣。今则副都御史徐讚及训导范仲斌又进瑞麦矣，指挥张楫又进嘉禾矣，汪鋐、杨东又进盐花矣，礼部又再请称贺矣。如范仲斌之流，猥琐卑微，不足责也。汪鋐、徐讚、杨东等叨列宪臣，风纪攸司，当激浊扬清，进忠补阙，以称将明之任。礼部尚书李时等，官居八座，职典三礼，乃昧义徼利，罔上要君，坏士风、伤政体，此小臣所以抚膺流涕不能已于言也。若不严加禁遏，恐此风渐长，正气销软，上下雷同，大非国家之福。伏望皇上申令百官各直言时事无隐，以后敢有依托符瑞、巧设谀辞荧惑圣听者，即加诛谴。庶几可化佞为忠，而唐虞三代之治不难致矣。"（《世宗实录》卷115第2719页）帝责其妄言，逮下锦衣卫拷讯。嘉靖十年七月，"郑王贡白鹊二双，上命荐之宗庙，献之两宫，传示百僚庶职，廷臣多献《白鹊》颂、赋者。"（《世宗实录》卷128第3063页）嘉靖十一年二月，"湖广黄冈县民徐大诰一产三男，蕲水县产嘉禾三十余茎，多者一穗九岐。都御史凌相以闻，诏嘉禾荐之太庙，赐相钞币。"（《世宗实录》卷135第3190页）嘉靖十二年正月，"巡抚应天都御史陈斌得白兔于无锡县以献，上曰：'白鹊、鹿、兔屡行献贺，自后有迭出重至者，不必举献贺之礼。礼部应明示天下，果非正瑞者，勿来献给。'于是尚书汪鋐作诗三章，美上谦冲之德，上褒答焉。"（《世宗实录》卷148第3419页）嘉靖十六年正月，"徽王厚燔得白兔，撰颂以进。诏嘉王忠爱，兔留宫中，颂送史馆，报书回赐如郑府例。"（《世宗实录》卷196第4140页）嘉靖十七年三月，"巡按福建都御史李元阳进甘露九罂，诏留宫中。礼部请荐庙称贺，上曰：'宝露之降，实拜天麻，朕躬谢于玄极宝殿，荐宗庙，奉两宫，颁赐大臣，百官表贺已之。'"（《世宗实录》卷210第4335页）嘉靖二十二年七月，帝以自己生日建大醮于朝天宫七日，"英国公张溶奏有白鹤四十余只空中飞舞，上温旨劳之，各赐白金彩币有差。"（《世宗实录》卷276第5410页）次月，山东泰安州知州马逢伯奏献瑞麦、嘉禾，西苑亦献瑞谷，礼部尚书张璧请帝御奉先殿受群臣贺。帝以西苑献瑞谷赐督农户部尚书陈经彩币羊酒，"文武大臣侍从等官各疏贺瑞谷，成国公朱希忠，辅臣翟銮、严嵩及翰林诸臣仍各奏赋、颂，并优旨答之。"（《世宗实录》卷277第5419页）嘉靖三十七年四月，总督浙直、福建军务都御史胡宗宪得白鹿于舟山，献之，上悦，赐以银币。礼部请告庙，受百官贺。闰七月，"胡宗宪再获白鹿于齐云山，献之。上谓一岁中天降二瑞，恩眷非常，命公朱希忠告谢于玄极殿，伯方承裕告太庙。以宗宪忠敬，升俸一级。百官上表称贺。"（《世宗实录》卷462第7803页）嘉靖三十八年八月，"提督军务巡抚凤阳右佥都御史李遂献白兔二，礼部请遣官告庙，百官于大朝门贺。诏曰：'上天恩养，降瑞非常，朕当敬戴。告庙如议，门贺不可。'寻遣成国公朱希忠告于太庙。"（《世宗实录》卷475第7963页）嘉靖三十九年八月，胡宗宪再献"芝草五、白兔二，上悦，名兔曰玉兔、芝曰仙芝，赐宗宪银五十两、金鹤衣一袭。礼部请告庙，许之"。（《世宗实录》卷487第8109页）嘉靖四十一年四月，"陕西鄠县散官王金进献灵芝、五色龟，上大喜，诏授金太医院御医，仍谕礼部：'龟生五色既全，五数又备，岂非上玄之赐？'乃命公朱希忠告太庙，群臣上表贺。甲戌，瑞兔又生子二，上以玄恩重示延生之祥，特为罕遇，乃建谢典，命驸马谢诏告太庙，免百官贺。"（《世宗实录》卷508第8372页）嘉靖四十三年献瑞者繁不胜记，故称"是岁天下臣民进法秘、瑞芝及为上建醮祝厘者甚众，各赏赉有差。"（《世宗实录》卷537第8109页）嘉靖四十四年八月，"山西阳曲

县生员邓登高献白兔，赐以金帛。"（《世宗实录》卷549第8846页）次月，"交城王表
柵奏进白鹿，言得之平阳府麓姑射山仙洞之侧，并撰颂以献。诏赐白金百两，大红
彩衮龙服三袭。先是，交城王以无子绝封，当严嵩用事时，表柵以孽宗纳重贿袭之。
至是宗藩条例颁行，查革冒封，表柵知不免，乃以是希宠，冀保其滥爵云。"（《世宗
实录》卷550第8865页）帝令奏谢玄极宝殿，告于太庙，百官表贺。嘉靖四十五年六
月，"太医院候缺吏目李乾献白兔，命成国公朱希忠告谢玄极殿，驸马都尉谢诏告太
庙，百官上表称贺。"（《世宗实录》卷559第8981页）七月，"永和王新塯献白兔，遣
成国公朱希忠祭谢咸福宫，驸马都尉谢诏告太庙，百官上表称贺。"（《世宗实录》卷
560第8989页）八月，"西苑献瑞谷九十九本，遣成国公朱希忠告献太庙，群臣表
贺。"（《世宗实录》卷561第8996页）四个月后，帝即驾崩，真可谓好瑞至死。

嘉靖帝的好谀拒谏，喜欢祥瑞，给不少奸人佞臣固宠作弊以可乘之机，严嵩就
是其中最典型的一个。严嵩，江西分宜人，弘治十八年（1505）进士，开始二十多
年的仕途均平淡不显。嘉靖七年（1528）以礼部右侍郎奉命往湖广祭告帝父的陵寝
显陵，还京即奏："臣恭上宝册及奉安神床，皆应时雨霁。又石产枣阳，群鹳集绕，
碑入汉江，河流骤涨。请命辅臣撰文刻石，以纪天眷。"（《明史》卷308第7914页）
帝大喜，从其请，迁其吏部左侍郎，进南京礼部尚书，改吏部尚书。自是嵩益务佞
悦。帝更定祀典，改昊天上帝称皇天上帝，以太祖高皇帝配天；严嵩乃奏庆云见，
请帝受群臣朝贺，又为《庆云赋》《大礼告成颂》奏之。帝喜极，命付之史馆；不久
即擢其为武英殿大学士入内阁，从此盘踞中枢，盗窃宠灵，专权二十余年。其间严
嵩黩货嗜利，残害忠良，天怒人怨，揭露其恶行的朝臣、章奏不知几何，然而他却
能巍然不动且宠信有加。这是为什么？史称严嵩"无他才略，惟一意媚上，窃权罔
利。帝英察自信，果刑戮，颇护己短，嵩故得因事激帝怒，戕害人以成其私。张经、
李天宠、王忬之死，嵩皆有力焉。前后劾嵩、世蕃者，谢瑜、叶经、童汉臣、赵锦、
王宗茂、何维柏、王晔、陈垲、厉汝进、沈錬、徐学诗、杨继盛、周鈇、吴时来、
张翀、董传策皆被谴。经、錬用他过置之死，继盛附张经疏尾杀之。他所不悦，假
迁除考察以斥者甚众，皆未尝有迹也"。（《明史》卷308第7916页）清谷应泰在论严
嵩用事时亦称："嵩又真能事帝者：帝以刚，嵩以柔；帝以骄，嵩以谨；帝以英察，
嵩以朴诚；帝以独断，嵩以孤立。赃婪累累，嵩即自服帝前。人言籍籍，嵩遂狼狈
求归。帝且谓嵩能附我，我自当怜嵩。方且谓嵩之曲谨，有如飞鸟依人。即其好货，
不过驽马恋栈。而诸臣攻之以无将，指之以炀灶，微特讦嵩，且似污帝。帝怒不解，
嵩宠日固矣。"（《明史纪事本末》卷54第836页）严嵩正是利用帝的这一性格以售其
奸的。

嘉靖帝听惯了阿谀逢迎之言，逐渐养成偏听偏信之性。在"大礼议"中，议礼
新贵屡以"议礼得罪廷臣"为由给自己的恶行辩护，甚而以此陷害对手。朝中言事
者亦多假以为辞，或乞休、或告病、或认罪、或为人辩罪，本与议礼了不相涉，却

多援引牵附。而帝均照单全收，深信不疑，故事多黑白混淆，是非颠倒。嘉靖六年二月，锦衣卫带俸百户王邦奇因在杨廷和主持的嘉靖新政中被削级，怀恨在心，上疏言边事，称哈密失国是杨廷和所致；并诬大学士费宏、石珤俱杨廷和党，为弥缝此事，尝夜过杨一清家商议。此事本不难查实，只要找到杨一清一问便知。但嘉靖帝却笃信无疑，直接下令将费宏的役仆逮至午门拷问，又将杨廷和的次子、女婿及门生乡人下狱讯问；费宏、石珤被迫去位，杨一清如愿登上首辅之位，不久张璁亦顺利入阁。然而只是两年多后，议礼新贵霍韬为张璁、桂萼辩罪，即上疏揭杨一清奸赃罪状，且与议大礼挂钩，帝亦深信不疑，遂以赃罪斥罢杨一清。可怜四朝元老、年近八十的杨一清，为邀帝宠，千方百计揣摩、迎合帝意，低三下四讨好、逢迎张璁等议礼新贵，最后却身陷奸赃、含冤而死，良可叹也。

嘉靖帝对身边之人，尤其偏听偏信。嘉靖十六年五月，议礼新贵霍韬等奉诏荐举时陈等人为将才，兵部复言"宜行查，上曰：'将才难得，既有奏荐，俱以次擢用，不必行查。'已而御史胡守中言：'时陈先任凉州副总兵，酷暴无二，捶死无辜二十四人，侵盗边储六千余两，至今访捕未获。而韬敢犯公议论荐，迹涉党恶，宜正欺罔之罪。'"而帝却称"不必深究"。（《世宗实录》卷200第4207页）嘉靖三十四年十二月，户科左给事中杨允绳、浙江道御史张巽言疏论光禄寺丞胡膏收鹅伪增物价至数百金，宜正其侵冒之罪。而胡膏辩称鹅是供帝玄修之用，诬指"允绳憎臣拣取太精，斥言'诸物不过斋事之用，取具可耳，何必精择？'其欺谤玄修如此"。（《世宗实录》卷430第7432页）帝即大怒，立将杨允绳逮下锦衣卫论死，张巽言降二级调外任。嘉靖四十年十月，直隶巡按御史黄纪劾奏黄花镇守备太监纪阳贪残不法，大坏边防，请并革除。而纪阳却讦黄纪"索贿不得，挟私妄奏"。（《世宗实录》卷502第8309页）帝即将黄纪坐调大理寺评事。又有龚佩者，系昆山猛将庙道士，能通晓道家神名，诸大臣撰写青词时，经常向他考问道家出处。时帝恭修玄典，命其在西宫教宫人习法事，官至太常少卿，改其名中佩，颇爱幸之。然而他却因事得罪了帝身边的一些太监，"一日，上在西宫呼'中佩何在'？阉有不悦中佩者，潜之曰：'中佩只好酒，哪肯教习法事也。'上怒，遣人侦之，侦者伪报云：'中佩已醉邵员外畯所。'上即日缚中佩赴锦衣卫狱对簿，而并逮邵员外，中佩竟杖死，而邵员外亦夺官，龚与邵实无交也。中佩既杖死，其尸暴潞河侧，群犬脔食之，惨矣。"（《世庙识余录》卷22第14页）邵员外则身在家中，祸从天降，类似因帝偏听偏信而造成的冤孽，在嘉靖朝可谓不胜枚举。

四、喜怒无常　苛察暴虐

嘉靖帝初即位，尚能谨天戒，畏人言，动以古帝王自拟，但在"大礼议"中，崇尊生父母之情屡为廷臣所格，心常恨恨不平。议礼新贵张璁等乘间以所谓廷臣的行为是"宁负天子而不敢忤权臣"，激帝"特赐裁断，建中立极，以答天下仰望之心"。(《世宗实录》卷 37 第 928 页) 兵科给事中徐之鸾亦上疏极言："正德时群奸乱政，威福下移，天下几至大乱。劝上勿姑息，独秉乾断。疏入，大合上意。"(《世庙识余录》卷 1 第 1 页) 帝遂在议礼中常以"非天子不议礼"为由而乾纲独断，一意孤行，并节节取胜。嘉靖三年七月，群臣跪伏左顺门哭谏，这本是一场思想的交锋和礼法的争议，帝却突发雷霆之怒；下令将参与哭谏的 134 人逮入诏狱，罪责 220 人，廷杖 180 余人，杖死 17 人，造成史上罕见的大血案，但却如愿实现了改称孝宗为皇伯考、尊崇生父兴献王为皇考恭穆献皇帝的政治目标。这种以非常的暴虐手段威慑臣下的帝王极端权术，却被议礼新贵们推崇为"乾纲独断"，并以"人臣事君，当将顺其美"来逢迎嘉靖帝，使帝更加喜怒无常，令人难以揣测。士大夫们秉持忠诚，以王道规谏帝失，却屡屡遭帝毒手。一些觊觎仕途诀窍、以求速化的佞人，企图以迎合帝议大礼的愿望而得到宠信，有时也会马屁拍到马腿上，招致非常之祸。太医院冠带医士刘惠、周序本与"大礼议"无涉，但看到别人议礼骤升美官，也心痒痒，竟上疏言供奉帝生父兴献帝神主的观德殿殿名不称帝尊亲之义，请更新名以彰圣孝。帝大怒，责其不务本职，出位妄言，欺慢无礼，逮下锦衣卫镇抚司拷讯。未几，不知怎的又称"刘忠、周序旧所奏皆赞明大礼，辅成朕孝。当时何妄加参驳，抵以重法？其速令所在释之"。(《世宗实录》卷 86 第 1949 页) 如此喜怒无常，令人摸不着头脑。帝欲将生父兴献王陵墓从安陆迁葬北京，朝中久议不决，光禄寺厨役王福即上言请迎献皇帝梓宫北葬皇陵。帝以此事朝廷自有处置，王福胆敢妄言，下锦衣卫拷讯。可后来又多次命群臣集议迁陵，且数次亲定显陵北迁，教人捉摸不透。不仅臣下，即便帝至亲至爱的皇后，也难测帝之喜怒，稍有不慎，横祸即临。帝元配陈皇后很得帝宠幸，却只因在宫中与帝及张、方二妃闲暇燕处时，稍有争风吃醋之举，帝即暴怒，陈皇后以惊悸而堕胎，不久即病亡。第二后张氏，深得帝宠爱，正位中宫六年，婉娈称帝意；只因建昌侯张延龄坐罪当死，受昭圣张太后哀告，张后乘新年正旦侍帝欢宴时微及其事，帝即震怒，立褫冠服鞭挞之，并以"不敬"将其废黜。

　　嘉靖帝的喜怒无常，是要"威福必自己出，无令臣下干之。大学士张孚敬赴召未久，正君臣相得之时，偶以彗星见，都给事中魏良弼引占书言'彗见东方，君臣争明；彗孛出井，奸臣在侧'。因言'孚敬骄恣专横'，上心已动矣。及孚敬奏辩谓'顷良弼滥举京营升职官，臣请上夺其俸两月，以是良弼挟私报复'。夫夺俸非阁臣所可请者，上滋不悦，第以其疏报闻而已。故给事中秦鳌劾'孚敬强辩饰奸，媚嫉愈甚。且票拟圣旨，岂容不密，今引以自归，明示中外，若天子之权在其掌握'等语。上览奏曰：'秦鳌之言实出忠谠'，因勒孚敬自陈，致仕去。人臣之进谏有机，苟得其机，则一言而山岳可排，鳌疏是也。不数日，良弼又奏劾吏部尚书汪鋐，上咈之矣。盖不欲进退大臣之权尽归之台谏也。"(《世庙识余录》卷 7 第 10 页) 南京刑部主事陆澄在议礼之初，上疏极言追尊之非，"逮服阕入都，《明伦大典》已定，璁、萼大用事，澄乃言初为人误，质之臣师王守仁乃大悔恨。萼悦其言，请除礼部主事。

而帝见澄前疏恶之，谪高州通判以去。"（《明史》卷 197 第 5222 页）蒲州诸生秦瓒首建兴献帝入太庙，上疏称"孝宗之统讫于武宗，则献皇帝于孝宗实为兄终弟及。陛下承献皇帝之统，当奉之太庙"。（《明史》卷 197 第 5223 页）帝得疏大怒，责其以毁上不道，下诏狱拷讯，坐妖言律论死。但帝后又从丰坊之请，将其父兴献帝称宗入庙矣。嘉靖七年七月，"福建漳州府推官黄直以因公科敛为巡抚御史劾，送部降级叙用。行至途中，上疏请早定储议，上怒，命锦衣卫逮问，已而释之，命仍前降用。"（《世宗实录》卷 90 第 2062 页）真是喜怒自恣，阴晴不定。

嘉靖帝雅好文辞，尤喜臣下献诗文颂圣，然而由于帝在"大礼议"后性情大变，喜怒无常，致使同为进诗献谀者，遭际却截然不同。"如嘉靖四年，天台知县潘渊，进《嘉靖龙飞颂》，内外六十四图，凡五百段，一万二千章，效苏蕙织锦回文体以献，其用心亦勤矣。上以其文字纵横不可辨识，命开写正文再上。然其时不闻有赏，尚不闻被罚也。至嘉靖十三年，朝天宫道士张振通奏：'臣祝釐之暇，作《中兴颂》诗二十一首，金台八景、武夷九曲、皇陵八咏以及瑞露、白鹊、白兔俱有诗上进，乞赐宸翰序文。'下部议，以'猥鄙陈渎，替逾狂悖，希图进用'，下法司逮系讯问。则进谀希恩，反得遣矣。然犹黄冠也。嘉靖二十六年，朝觐竣事，上敕谕天下入觐官员，此不过旧例套语耳，而给事中陈棐者，将敕谕衍作箴诗十章上之。上大怒，谓'棐舞文墨，辄欲将此上同天语，风示在外臣工，甚为狂僭'，令自陈状。棐服罪，乃降调外任。棐即议帝王庙斥去元世祖者，素善逢君，不为求荣得辱。然前此乙未年（注：嘉靖十四年）正月朔大雪，上谕大臣曰：'今日欲与卿等一见，但蒙天赐时玉耳。'礼卿夏言即进《天赐时玉赋》以献，上大悦，以忠爱褒之，甫逾年入相矣。"（《万历野获编》卷 2 第 71 页）

对于帝的喜怒无常、苛察暴虐，嘉靖八年十一月，河南道御史刘安曾上疏言："人君如天，天以遍覆包含为德，则不言而万物成；人君法天，以遍覆包含为心，则不劳而万事理。故人君贵明不贵察，察非明也。人君以察为明，天下始多事矣。陛下临御八年而治理未臻，何欤？外人咸言陛下治功损于明察。夫以陛下天纵聪明，无微不烛，宜无事于察矣。然而人情之见若此，意者陛下亦以勤劳八年而治理未效，故图之愈急欤？夫治可以缓图，而不可以急取；可以休养致，而不可以督责成。以急切之心行督责之政，是未免躬亲有司之事，指责臣下之失。或既出而复返，或方信而忽疑，以致大小臣工救过不暇，若有不安其位者矣。夫安其位乃可行其志，位既不安，孰能为陛下建久长之计、进治安之策者哉？且朝廷者四方之极也，内而君臣习尚如此，则外而抚按以至州县等官亦莫不风从响应，不约而同。上以苛察绳下，下以苛察应之，窃恐民穷有起盗之由，食寡无强兵之理。今圣天子综核于上，百执事振刷于下，积年蠹弊十去七八，所少者元气耳。伏望陛下大包荒之量，重根本之图，略繁文而先急务，简细故以弘远猷。不以一人之毁而遽怒，不以一人之誉而遽喜，不以一言之顺而遽行，不以一言之忤而遽止。久任老成，非懦与贪，幸无轻弃。

优容言官，非佞与奸，幸无轻罪。推之庶事，莫不皆然。然则君臣上下一德一心，远近四方会极归极，人人各安其位，事事各尽其才，雍熙太和之治可复见矣。"（《世宗实录》卷107第2524页）对如此精诚的直谏，帝却责以"要名卖直"，并将其逮下锦衣卫杖鞫，谪为江西余干县典史，而帝之苛察暴虐则依然故我，且愈演愈烈。

嘉靖十二年正月，右副都御史王应鹏等上疏言事，疏中缺书自己的职名。帝大怒，令逮下锦衣卫拷讯。"礼科都给事中魏良弼言：'应鹏等章奏疏遗，不为无罪，第或出于失误。况当履端之始，不宜以微过幽系大臣。请许其自新，示以薄罚。'上谓'君臣之际严为先，必自大臣始。应鹏职居风宪，首蹈不敬，良弼安得辄为论救，欺罔朝廷。'令锦衣卫并逮治之。应鹏竟坐是落职闲住，良弼夺俸半年。已，御史陈邦敷复为申救，谪贵州新添驿驿丞。"（《世宗实录》卷146第3379页）嘉靖十八年二月，帝为安排父母的墓葬南巡湖广。车驾出京过良乡，帝即以顺天府治中潘璐失于迎候，令锦衣卫将其捕治。驾抵卫辉，夜四更行宫发生火灾。二日后，抵新乡，帝以沿途官员"不敬慎服劳"，令行在锦衣卫"即差官校将该府知府等官吏，止留一人护印，余俱械系送都护军门，转付前驱使监押前行示众。守巡并布按二司掌印官俱逮赴镇抚司拷讯"。（《世宗实录》卷221第4603页）于是逮卫辉府知府王聘、汲县署印知县侯郡缚行驾前，至承天府廷杖之，发边方为民；又逮随行兵部右侍郎张衍庆及河南巡抚右副都御史易瓒、巡按御史冯震、左布政使姚文清、按察使庞浩、左参政乐護、佥事王格俱下锦衣卫镇抚司拷讯，法司拟罪赎杖还职，帝却下令俱黜为民。后沿途有司以供具不办获罪者多人，如副使潘镒、知府刘汝松、府同知李朝阳与州县等官逮行在诏狱拷讯为民者甚众。四月，帝"将回銮，乃谕掌行在兵部、都察院事王廷相，令委在所三司、知府等官分理夫马粮草，并以沿途躲避官员责其参治。及入河南境，抵裕州，俱具复不治，于是河南布政使司参政张思聪，按察司副使胡廷禄、陈逅，南阳府知府王维垣俱逮诏狱，黜为民。严旨责廷相悉纠诸怠驰者。廷相乃移咨各抚按官，俾指实开具。及廷相汇刊奏闻，自顺天府尹邵锡、密云副使高金、天津副使张承祚而下七十六员，得旨：各官违误推避，悖慢为甚，在京令法司，在外令巡抚官逮治，从重拟罪以闻"。（《世宗实录》卷223第4631页）后这些官员分别被黜为民或降调外任，可见帝苛察之甚。

《明史·七卿年表》载，嘉靖二十七、二十八年，有两位兵部尚书刘储秀、范鏓，皆未上任就被免职了，个中原委，史料有载："尚书被命，例上辞疏。岁戊申，改总督仓场、督理西苑农事户部尚书刘储秀为兵部尚书，储秀因具疏辞，言上'自入继大统，威怀四夷，莫不震叠。如近日复套一议，尤见圣明，非臣愚陋所能仰佐万一'。上责其浮词罔上，无任事之忠，即黜之。己酉，升经理两关兵部左侍郎范鏓为兵部尚书。鏓辞，内有'衰朽之年，栖迟可耻'及'仰奉宸谟，自足万金之策；随事变通，实乏将顺之宜'等语，诏责其欺肆不恭，亦即黜。"（《世庙识余录》卷12第3页）二人历扬中外，忠诚王事，且皆因才干、政绩突出，深得嘉靖帝赏识。但不知怎的却因例行公事的辞疏而触帝怒，顷刻间由亲擢要职而罢黜削籍，这种冰火两重天的遭遇，世人冤之。帝则因之显现其神圣，更令群臣莫测其指向。驸马都尉邬景和，是孝宗皇帝次女永福公主之夫，嘉靖帝的姐夫，尝奉旨入值西苑，侍奉帝前。嘉靖三十三年九月，帝赏赉在值诸臣，邬景和亦与赏，然自忖其不谙玄理，不善撰玄文，上疏辞曰："无功受赏，惧增罪戾，乞容辞免，俾洗心涤虑，以效他日马革裹尸、衔环结草之报。"（《明史》卷121第3674页）帝览疏大怒，乃摘疏中"马革裹尸"这样的平常套话，谓其以不祥语诅上怨讪，失人臣礼，将其削职归原籍。户部尚书王杲"掌邦计，事无不办，帝深倚之。后帝令其买龙涎香，久不进，帝以此不悦"。（《明史》卷202第5329页）嘉靖二十六年五月，他刚刚荣加太子少保，九月即以受贿下狱充军，竟死于雷州戍所。兵部尚书赵廷瑞，嘉靖二十八年三月刚以抗击北虏入侵"官军鏖战有功，加公太子少保，赏白金四十两、纻丝三表里"。（《国朝献征录》卷39第63页）四月即因病上疏恳请休致而触帝怒，被夺职闲住。吏部尚书李默为帝特简，可嘉靖三十年三月才上任，十月就因会推辽东巡抚人选触帝怒，被夺职为民。由此可见，帝喜怒任情，苛责臣下，即使对朝中大臣，亦是随意加恩、倏忽严谴，如此以成恩威难测、臣下畏服之势。

五、自卑多疑　虚伪寡断

嘉靖帝15岁登基，在位45年，常给人以狂傲自大、不可一世、刚愎自用、杀伐果敢的形象；可我们仔细研究他的言行，就可发现他在这一表象掩盖下的极度自卑。他生于湖广安陆兴王府，长于藩邸15年，与皇帝的宝座了不相涉。明代藩王的境况和遭遇，笔者在下篇第一章中已作详尽阐述，本来他也应像明代其他王爷一样默默无闻地度过一生。然而机缘巧合，天降馅饼，他在无任何奢望、也未作丁点努力争取的情况下，就以藩王世子的身份入继了大统；这一不可更改的事实，始终伴随着他的帝王之路，因之产生的自卑心理，也就如影随形，挥之不去。"大礼议"甫一开始，以杨廷和为首的廷臣就要他以孝宗继子、武宗亲弟的身份登基，这就戳到了他的痛处，他理所当然地坚决予以拒绝。在长期的议礼过程中，他反复坚称自己是"伦序当立"，是继位的皇帝，而群臣则一再强调他的藩王世子身份，这就使他的心理阴影和自卑感更加严重。如是，他通过议礼的不同阶段，甚至不惜使用血腥暴力，达到了尊崇生父母为帝、后，直至让其没有当过皇帝的父王称宗入庙的目标。但帝仍担心他死后这一太庙序列会被更改，就千方百计在太庙位序上做文章。嘉靖二十七，帝第三后方氏因火灾死，帝欲打破常规，提前奉祧仁宗，让方后神主先入太庙占居他日后的位置。群臣皆不赞同，帝即称方皇后"所奉配者，乃入继之君，又非六礼之始"。并放下狠话，称"初以皇兄无嗣，皇考系近亲，属在朕躬，本之天定。今争亲、争帝、争祔、争名三十年矣，犹不明至是乎？今即不忍奉祧仁宗，且置后主别庙，将来由臣下议处"。（《世宗实录》卷366第6552页）这样，就把他的自卑心理暴露无遗。虽然帝最后如愿以偿，在生前就把自己在太庙中的位置确定了下来，但这一切都无法改变藩王出身对他心理的影响，从他在诏敕中经常自称"朕本藩服""朕以宗支眇末恭膺天命"等语中就可以看出这点，直至在临终遗诏中仍称"朕以宗人入继大统"，可见这种自卑心理是终其一生的。自卑心理就像一把双刃剑，它能使人奋进，成就伟大的事业，也可给人带来诸多负面效应，使自己本可辉煌的事业走向反面。然而不幸的是，嘉靖帝的行为走向恰恰是后者。

嘉靖帝身为至高无上的皇帝，他的权力欲自然是非常强烈的，严重的自卑感又像催化剂一样使他的权力欲走上了极端。初即位时，帝尚能以古明君自许，礼贤大臣，期于君臣共治，中兴明室。然而"大礼议"中群臣反复谏阻他的议礼主张，本是欲匡扶他成为神圣明君的竭尽忠诚，却被他看成是蔑视君权、轻视自己的大逆不道，强烈地触动了他心中的痛点。再加上议礼新贵们"廷臣畏权臣不畏天子"的挑拨，使他顿感皇权旁落，不安和自卑愈加严重，促使他乾纲独断，为制服群臣，逆天背理地制造了血腥的"左顺门事件"。这一事件不仅使他取得了"大礼议"阶段性的胜利，而且尝到了天子雷霆的无比威力，认识了封建专制君权的无上威严，自卑感得到了很大的补偿。从此他不再相信群臣，哪怕是身边的亲信，这种多疑猜忌也伴随了他的一生。杨廷和因主导和坚守"继统必先继嗣"之论，被帝视为"怀贪天之功制胁君父，定策国老以自居，门生天子而视朕"；（《世宗宗录》卷89 第2008页）并将一大批参与议礼的大臣视作杨廷和党羽，一一罢官为民，甚至横加重罚酷刑。对李福达等成案，帝均疑是廷臣结党报复议礼，不惜毁坏法制，颠倒黑白，强行翻案，并严处所有此前参与审案的官员。帝的多疑，使他不喜臣下雷同，他处置官员，有敢于论救者，即疑为"党护""党庇"而严惩不贷。嘉靖十一年十月，吏、礼二部奉帝命考选庶吉士，以进士钱亮等21人名上闻，帝"阅卷，见弥封姓名，疑有私，遂报罢"。（《世宗实录》卷143 第3325页）内宫监太监高忠，曾因事忤帝意而被逮下内狱，随后被释。可不久就发生了宫婢之变，帝甚疑其与之有连。会高忠"以建大享殿，请祭司工神易'定磉'字为'定顶'。上大怒，谓其包藏恶念，任意欺罔，且'定磉'常言，何碍理而讳避也。令所司论如律斩之"。（《世宗实录》卷272 第5357页）帝不仅疑臣下，对亲手扶他登上帝位的皇伯母张太后也是疑神疑鬼。嘉靖十七年帝生母章圣皇太后病死，帝即疑是张太后所为，自此不见皇伯母。三年后，"昭圣崩，上谕礼部：'昭圣虽称伯母，朕事之敬慎，自十七年秋事，不得不自防爱，以爱宗社，朕故不敢躬诣问安。今崩，朝夕奠祭令内侍官代行。'盖上意犹谓戊戌章圣之逝，皆昭圣肆毒，不止始之所疑潜行巫蛊而已也。"（《万历野获编》卷3 第120页）

嘉靖帝的自卑心理，使他的行事多作虚伪之态。"大礼议"中他口口声声称自己"尊崇本生，不干正统"，但却一步一步地把没有做过帝、后的父母的神主牌捧入了太庙，且居于曾是其君上的武宗皇帝之上，逼夺了孝宗、武宗的皇室正统地位。对于张璁等议礼新贵的破格提拔、超常重用，帝也拒不承认是因议礼而酬谢其功。嘉靖三年六月，帝不经群臣廷推和吏部考察，直接任命桂萼、张璁等议礼新贵为翰林院学士，廷臣对这种"以一言之合骤迁美秩，以传奉而及学士"的用人之道坚决反对、强烈谏止，桂萼、张璁等也不敢上任而疏辞。而帝却称"迁秩非以汝议礼故，而汝亦非用是说以希进者，忠诚学行，简在朕心，故特抡寅翰林，以成朕纳贤之治"。又称"任用贤才，自古帝王之治。萼等执经论理，岂悦朕心以干进者"。（《世宗实录》卷40第1014页）直接来了个死不认账。然而仅仅几年之后，帝在罢黜张璁、桂萼的奏章上批道："朕昔以大礼未明、父母改称时，张璁首倡正议，奏闻更复，后桂萼赞议。自礼成之后，朕授官重任，盖以彼尽心救正、忠诚之故。"（《世宗实录》卷104第2445页）这才道出了重用张璁等的真实缘由。嘉靖七年七月，张璁迎合帝意，提出仿唐《贞观政要》，将帝的谕旨批答编辑《嘉靖政要》。帝大喜，一面夸其"具见忠爱至意"，一面又称自己的批答"言不成文"，"何有可取焉"，"今朕若行，必定事事皆更，非自伐即不逊也。故有是而未敢即行也。他日朕身后，史臣言之、史之，不可不遇一出之公而已。非公则鬼神察之"。看似他对此非常清醒自制，有意推辞，可第二天他即降旨同意了。（《世宗实录》卷90第2077页）嘉靖十一年十月，翰林院编修杨名应诏上疏，谏"帝喜怒失中，用舍不当。语切直，帝衔之"。（《明史》卷207第5471页）而表面上却答旨称其纳忠，鼓励他直言无隐；可当杨名遵旨再上疏列举帝用人之失时，帝却震怒了，谓其"罔上怀奸，沽名卖直"，当即逮下诏狱拷讯，数濒于死；又以他是杨廷和同乡，疏谏是为报复议大礼，将其谪戍。吏部尚书熊浃谏帝箕仙之妄，帝心恨之，但表面上因其之前议礼有功，没有马上斥责他，却"屡以事督过之，夺俸者再"，（《国朝献征录》卷305第5771页）熊浃知帝意终不释，遂称病乞休；帝即大怒，借故将其夺职为民。帝自称笃信道教，而沉湎玄修，"久居西内，事玄设醮，不茹荤之日居多。光禄大烹之门既远，且所具不精，故以烹饪悉委之大榼辈，行之凡三十年，而至先帝以逮今上，俱仍为故事，且奉斋日少，玉食加丰。闻茹蔬之中，皆以荤血清汁和剂以进，上始甘之，所费不赀。自司礼掌印大榼以下，轮日派值，常见一中贵卖一大第，止供上饔飧一日之需，往往攒眉陨泣而不敢言"。（《万历野获编》卷1《御膳》第60页）可见帝信道修玄亦是虚伪不诚。嘉靖十七年十月，大享前有祥云出现，帝心甚喜，但礼部却没有及时请贺。帝把此事告知近臣，礼部连忙上疏请贺，帝却称"尔等诿之不知，兹因朕问及于人，始请，何道也？朕自默报天眷，所请不许"。（《世宗实录》卷217第4443页）后礼部又多次疏请，俱不报，却谕内阁自己要去玄极宝殿叩谢天垂景云。礼部复固请百官称贺，帝即下谕许之，其间忸怩作态，虚伪之极。直至临终遗诏，仍把几十年的种种弊政归于"只缘多病，过求长生，遂至奸人乘机诳惑；祷祀日举，土木岁兴，郊庙之祀不亲，朝讲之仪久废，既违成宪，亦负初心"。（《世宗实录》卷566第9064页）把自己该负的责任推了个一干二净。

嘉靖帝的自卑多疑，致使其常缺乏自信，行事多犹豫不决，优柔寡断。《大礼议》一开始，"继嗣""继统"之争就泾渭分明，十分尖锐。杨廷和等廷臣牢牢抓住帝出身藩府和兴献王的藩王身份，坚持要帝继统必继嗣。帝虽有张璁等的支持，在争得生父母帝、后之称后，又要争称为皇帝。嘉靖元年正月，清宁宫发生火灾，廷臣认为这是"兴献帝、后之加称，祖宗神灵容有未悦乎"？（《明史纪事本末》卷50第740页）帝因之心动，乃从廷臣之议，称孝宗为皇考，慈寿皇太后为圣母，兴献帝、后为本生父母，而"皇"字不复加矣。后在张璁等的推动下，帝又欲称生父兴献帝为皇考，在遭到廷臣的极大阻力，帝命召张璁等进京议礼。寻杨廷和去位，帝得奉生父母为"本生皇考恭穆献皇帝、本生母章圣皇太后"，就以为本生父母已有尊号，大礼已定，遂从廷臣之议，令张璁等不必进京。"时璁、萼已抵凤阳矣，见邸报敕加尊号，乃复上疏，极论两考之非，且曰：'臣知本生二字决非皇上之心所自裁定，特出礼官之阴术。皇上不察，以为亲之之辞也，不知礼官正以此二字为外之之辞也。必亟去二字，继统之义始明，而人心信从矣。'疏入，上命复召来京。"（《明史纪事本末》卷50第746页）帝对自己父母的陵寝，也经历了反复多次的争议，屡屡意动，又屡屡作罢。嘉靖三年锦衣卫革职百户随全、光禄寺革职录事钱子勋建言"献皇帝梓宫宜改葬天寿山"，帝即命廷臣会议，遭到工部尚书赵璜等的谏阻，就连议礼新贵席书、张璁等皆言不可，帝只好命罢议。嘉靖六年，罢官家居的前御史虞守随又上奏迁陵事，帝一面以其"妄议惑人，有希进心"下御史按问，一面又谕大学士张璁欲迁显陵北葬，并在生母百年之后亦祔陵。张璁再上言劝阻，帝又嘉纳之。未几光禄寺厨役王福疏请迎献皇帝梓宫葬北京，帝以其"妄言"下锦衣卫拷讯。可没过几天锦衣卫百户张德锦上疏请迁皇考梓宫北葬，帝又犹豫不决，在给辅臣的谕旨中流露出两难之情，要求群臣用心详议。嘉靖十年，光禄寺厨役王福、锦衣卫千户陈昇等俱上疏请迎显陵梓宫葬天寿山，帝又令集廷臣议。在大臣李时、夏言等的劝说下，帝以其事重，下令自后再有奏扰者罪之，并重处了一些上奏迁陵寝者。自是议始息。五年后的嘉靖十五年，帝亲谒天寿山七陵，并为自己择地预建陵寝，如是又流言四起，顺天府儒士潘谦、锦衣军匠金桂各上疏请迁显陵于天寿山。帝又心动，令礼部参看，尚书夏言等极言迁陵之害，帝即又深然其言，将潘谦等俱下锦衣卫拷讯，迁陵之议遂再息。嘉靖十七年，帝母章圣皇太后崩，帝敕谕礼工二部，对此前不迁显陵的决定表示悔意，命在大峪山建造显陵，奉迁皇考梓宫来山合葬。且业已兴工，可没过几日，帝经反复思考，对迁陵之事又心中恐惧疑虑；并决定奉母后梓宫南至显陵祔葬。而帝心仍复犹豫，乃不顾群臣谏阻，南巡安陆，亲处父母陵墓事。嘉靖十八年四月，帝在安陆谕行在礼部，提出欲仍葬父于纯德山，而葬母于大峪山的南北分葬之意；并在还京后以大峪之工已成为由，明确表示要葬母于大峪山。可就在梓宫发引前几日，帝又谕礼部尚书严嵩，以大峪山不若显陵纯德山完美为由，决用前议，奉慈驾南祔。至此，帝父母的葬事才最后确定。开始帝欲将显陵北迁葬于列祖列宗一起，是想给父亲完整的皇帝待遇，以补偿自己的自卑心；不敢开启显陵，是觉着这是自己的龙兴之地，怕泄了灵气给现有的皇位造成危害。思前想后，患得患失，均是自卑心理作祟，故前后迁延十六年，最后才无奈地作出奉母慈宫南祔显陵安葬的决定。嘉靖二十八年三月，北虏俺答兵薄都城，派人持番书入城求贡。时帝已久在西苑，不居大内，亦不上朝，只是以其书示大学士严嵩、李本及礼部尚书徐阶："因召对于西苑，上曰：'今事势如此，奈何？'嵩对曰：'此抢食贼耳，不足患。'阶曰：'今虏在城下杀人放火，岂可言是抢食？正须议所以御之之策。'上顾阶曰'卿言是'，因问虏中求贡书安在？嵩出诸袖中，上曰：'此事当何以应之？'嵩曰：'此礼部事。'阶曰：'事虽在臣，然关系国体重大，须乞皇上主张。'上作色曰：'正须大家商量，何得专推与朕？'阶曰：'今虏驻兵近郊，而我战守之备一无所有，此事宜权许以款虏，第恐将来要求无厌耳。'上曰：'苟利社稷，皮币珠玉非所爱。'阶曰：'止于皮币珠玉则可矣，万一有不能从者，则奈何？'上悚然曰：'卿可谓远虑，然则当何如？'阶请'以计款之，言其书皆汉文，朝廷疑而不信，且无临城胁贡之理。可退出大边外，另遣使赍番文，因大同守臣为奏事，乃可从。如此往回之间，四方援兵皆至，我战守有备矣'。上首肯曰：'卿言是，还出与百官议之。'嵩因奏'今中外臣民咸望皇上一出视朝，拨乱反正'。上微哂曰：'今亦未至于乱。朕不难一出，但嫌骤耳。'阶曰：'中外望此举已久，今一出如久旱得雨，何嫌于骤？'上乃许明日视朝。"（《世宗实录》卷364第6494页）从这整个议事过程的记述，可见嘉靖帝面对国家危难，亦是胸无定见，犹豫不决，优柔寡断。

六、迷信邪说　荒淫奢侈

嘉靖帝自幼受到良好的教育，在湖广安陆成长，对民间疾苦、稼穑艰难有较深的领略，尤其对武宗朝弊政耳闻目睹、感同身受，故能较好地感悟先王至德要道之旨。登基继承皇位，他也曾想效法贤王明君，中兴明王朝基业。走向皇位伊始，车驾从安陆出发，他就"戒扈从诸臣，沿途务安静毋扰。经诸王府，设供馈悉谢不受。敕有司膳羞廪饩止用常品，他珍异皆却之。行殿惟取朴质，有过侈者辄去，视诸治道仓卒不及备，亦弗问"。（《世宗实录》卷1第4页）一个质朴无华、励精图治的少年天子初见端倪。他虽受父亲影响信奉道教，但绝不迷信，嘉靖六年七月，对自己生日在宫中斋醮一事谕辅臣曰："朕思每年初度，该衙门援例请于朝天等宫、寺荐建斋以为祈寿福者。夫人君欲寿，非事斋醮能致之，果能敬事上天，凡所戕身伐命之事，一切致谨焉，则必得寿年长永，奚可以斋醮为事乎？今欲将内三经厂、外二寺，凡遇景命初度，一应斋事悉行革去，止着朝天宫建斋醮如故，其两宫景命等日皆照旧行。夫革三厂二寺之斋者，所谓省一分有一分之益之意；存一宫之醮者，盖仿春祈秋报之意。朕此意欲言之已久，而恐人讥朕偏尚，特与卿等言之，庶见崇正之意。"（《世宗实录》卷78第1748页）对于人之生死，帝亦思想开明，不尚忌讳；一日经筵日讲，值讲官顾及忌讳，故意避过一节不讲，讲毕，帝"谕诸讲官曰：'今日讲《论

语》，又越了一篇。朕知以曾子将死之事，故不讲。夫生死，人之常，何可忌之?'
上之明达如此，盖初年事也，至晚年即臣下疾病皆以为讳矣，况以不祥语渎听乎"?
(《世庙识余录》卷 5 第 2 页)

　　嘉靖帝之所以会信念不守，顿忘初心，前后不一，判若两人，关键是"大礼议"
使他的性格发生了嬗变。随着"大礼议"的深入，他日益由亲近儒臣而致憎恶士大
夫，登基六年，即因议礼而使杨廷和、蒋冕、毛纪、费宏四位首辅大学士先后去位。
嘉靖六年，费宏与次辅石珤同日致仕，"自宏、珤罢政，迄嘉靖之季，密忽大臣无进
逆耳之言者矣。"(《明通鉴》卷 53 第 1719 页) 继任首辅杨一清"老练世故，不能自安
于张、桂之上，于是日事委婉，迎合上心：以黄河清则请廷贺矣，以甘露降则请献
庙矣，止奉先、奉慈诸殿之拜以劝上惜精神矣，默揣上意，请加张、桂一品散官，
超太子太傅兵部尚书李承勋之班以张其势矣"。(《世庙识余录》卷 5 第 6 页) 嗣后张璁
等愈发诱帝笃信祥瑞，幸臣汪鋐则缘议礼新贵以献瑞而得宠，并把祥瑞与议大礼挂
钩，称祥瑞之降是帝在"大礼议"中尊崇父母的圣孝所致。帝亦以此来标榜自己议
礼的正当性，并为自己继承皇位的合法性披上了一层神秘的外衣。随着祥瑞屡降，
帝斋醮祷告亦频兴。嘉靖十年"召大学士张孚敬还朝，建祈嗣醮钦安殿，以礼部尚
书夏言充醮坛监礼使，侍郎湛若水、顾鼎臣充迎嗣导引官。文武大臣递日进香，上
亲行初、终两日礼"。(《明史纪事本末》卷 52 第 784 页) 自是，各种名目的斋醮纪事充
斥史志，不胜枚举，俨然成了君臣的要务和国家的重典，帝也日益对奇祥玄修笃信
不疑、奉若神明。嘉靖二十八年，皇太子夭折后，他竟信道士"二王不相见"之说，
长达十七年不立太子，且不与尚存的两位皇子见面，使朝中政局长期处于危疑之中。
嘉靖三十一年，咸宁侯、大将军仇鸾通敌事发被处，帝竟下诏称这是"秉一真人陶
仲文即玄伐虏之功，命岁加禄米百石，仍荫其子世昌为国子生"。(《世宗实录》卷 390
第 6854 页) 嘉靖三十四年，帝尝"夜坐庭中，御幄后忽获一桃，左右或见桃从空中
坠，上喜曰'天赐也'，修迎恩醮五日。明日复有一桃降，其夜白兔生二子，上益
喜，谕礼部谢玄告庙。未几，寿鹿亦生二子，于是群臣上表贺。上以奇祥三赐，天
眷非常，各手诏答之"。(《世庙识余录》卷 24 第 664 页) 君臣在宫中上演了一场令人啼
笑皆非的闹剧。

　　嘉靖帝说是崇信道教，其实并不钻研道教经典和仪轨，也不思以道教思想精髓
辅以治国安民，而只是一味迷信祥瑞、斋醮和神仙长生不死等邪说，且日益走向极
端。对于帝好神仙，给事中顾存仁、高金、王纳言皆以直谏得罪，"会方士段朝用
者，以所炼白金器百余因郭勋以进，云以盛饮食物、供斋醮，即神仙可致也。帝立
召与语，大悦。朝用言'帝深居无与外人接，则黄金可成，不死药可得'。帝益悦，
谕廷臣令太子监国，'朕少假一二年，亲政如初'。举朝愕不敢言。"(《明史》卷 209
第 5516 页) 太仆卿杨最抗疏极谏，帝大怒，立下诏狱，重杖之，杖未毕而死。"帝经
年不视朝，岁频旱，日夕建斋醮，修雷坛，屡兴工作。方士陶仲文加宫保，而太仆

卿杨最谏死，翊国公郭勋尚承宠用事。二十年元日，微雪，大学士夏言、尚书严嵩等作颂称贺。"御史杨爵拊膺太息，上疏极谏，其中言："左道惑众，圣王必诛。今异言异服列于朝苑，金紫赤绂赏及方外。夫保傅之职坐而论道，今举而畀之奇邪之徒，流品之乱莫以加矣。陛下诚与公卿贤士日论治道，则心正身修，天地鬼神莫不佑享，安用此妖诞邪妄之术列诸清禁，为圣躬累耶！臣闻上之所好，下必有甚。近者妖盗繁兴，诛之不息，风声所及，人起异议。贻四方之笑，取百世之讥。此信用方术，足以失人心而致危乱者。"（《明史》卷 209 第 5525 页）帝得疏震怒，立下诏狱拷掠，屡濒于死。帝还在禁中筑乩仙台，并荒唐地以扶乩之言来决其威福；"自旱涝兵戎，以至凶吉典礼，先则叩玄坛，后则谢玄恩，若报捷，又云仰伏玄威，如此几三十年。"（《万历野获编》补遗卷 1 第 247 页）吏部尚书熊浃疏论箕仙之妄，帝大怒，将其削职为民，并令锦衣卫官校将其押回原籍。帝不仅严惩谏其修玄者，还强令百官一同赞其修玄：嘉靖三十一年二月"传示百官，勿谓弗经，欺玄谤上"；（《世宗实录》卷 382 第 6762 页）十二月又命礼部传谕百官："朕钦承天佑，崇事玄修，今岁眷护非常，感恩莫报。凡尔内外诸臣，宜尽一体大义，勿欺勿慢。"（《世宗实录》卷 392 第 6888 页）四十一年五月，严嵩父子得罪已被处置，帝犹追思其赞玄之功，意忽忽不乐，乃谕大学士徐阶等，欲遂传位退居西内，专祈长生。徐阶等极言不可，帝竟以此要挟，欲使天下皆修玄，称"卿等既不欲违大义人情，必天下皆仰奉君命，同辅君上阐玄修仙乃可。"（《世宗实录》卷 509 第 8391 页）

嘉靖帝为了巩固"大礼议"的成果和强化自己皇权正统的地位，频繁更定各项祀典，不断在京城及承天（注：他的出生地湖广安陆）大兴土木，修建名目繁多的祭祀、斋醮场所和宫殿、陵园，成了明代诸帝中兴作最多的一位。《明史·食货志》称："世宗营建最繁，十五年以前，名为汰省，而经费已六七百万。其后增十数倍，斋宫、秘殿并时而兴。工场二三十处，役匠数万人，军称之，岁费二三百万。其时宗庙、万寿宫灾，帝不之省，营缮益急。"（《明史》卷 78 第 1907 页）嘉靖十九年六月，工部会同户、兵二部上奏言："今内外并兴工二十三处，岁计雇工车脚铺商料价数百万，工程在京者已极繁重，而在承天者又复十余处。"（《世宗实录》卷 238 第 4845 页）请求分缓急停罢部分工程。而帝竟答曰："各工俱朝廷重事，乃祖制未及，旧典或遗，与今日为民事神之弗获已者。若所司能竭忠奉公，自当工完费省。"（《世宗实录》卷 238 第 4846 页）打着"为民事神"的幌子，严令加速兴工。终嘉靖朝，各种工作无休无止，直至帝死前仍在不停地下令兴工：嘉靖四十五年二月二十八日，命造"御憩"等殿于大道殿果园中；四月二十九日，以紫极殿、寿清宫成举谢典于风坛；七月初七日，命修玄极宝殿；八月二十日，命工部速建紫宸宫，迎冬至一阳入居；二十九日又以玄极殿前地隘不便陪侍，命撤去咸熙宫，改建大享门；九月初五日，又令修乾光殿、武福宫；初八日，修玄极殿成，奉安帝父兴献帝神位；初九日遣工部左侍郎张守直往承天府修理显陵祾恩等殿，更建龙飞殿；三个多月后的十一月二十六日，显陵裬恩殿即修成，可谓神速；时帝已不豫，仍亲为碑题，而十八天后，帝即驾崩。

嘉靖帝笃信方士神仙长生之说，不仅日行祷祀，且广求长生之物，据《明史·食货志》载："世宗初，内府供应减正德十九。中年以后，营建斋醮，采木采香，采珠玉宝石，吏民奔命不暇，用黄白蜡至三十余万斤。又有召买，有折色，视正数三倍。沉香、降香、海漆诸香至十余万斤。又分道购龙涎香，十余年未获，使者因请海舶入澳，久乃得之。方泽、朝日坛，爵用红黄玉，求不得，购之陕西边境，遣使觅于阿丹，去吐鲁番西南二千里。太仓之银，颇取入承运库，办金宝珍珠。于是猫儿睛、祖母绿、石绿、撒孛尼石、红剌石、北河洗石、金刚钻、朱兰石、紫英石、甘黄玉，无所不购。"（《明史》卷82第1993页）史志中有关各处搜罗、寻购的记载比比皆是，至帝死前的嘉靖四十五年，仍在搜刮不已：二月二十二日，"户部进黄白玉五百余斤，上命内监收拾黄者，仍多行访买，并采大珠一号至十二号者以进。"（《世宗实录》卷555第8937页）三月二十八日，户部又"进珠一百三十八两有奇，上命再取六号者五十颗，九号者二万颗"。（《世宗实录》卷556第8948页）这些浩繁的供应，所需费用十分庞大，"是时边供繁费，加上土木祷祀之设月无虚日，帑藏匮竭。司农百计生财，甚至变卖寺田，收赎军罪，犹不能给。乃遣部使者括逋赋，百姓嗷嗷，海内骚动。"（《世宗实录》卷351第6339页）尽管如此，仍是"经费不敷，乃令臣民献助，献助不已，复行开纳，劳民伤财，视武宗过之"。（《明史》卷78第1907页）嘉靖三十六年十月，这种献助竟及于内宫，"皇妃、嫔御、王、公主、知宫事、六尚女官、宫女、内监局、司库等内侍共助大工银五万九千九百余两，诏工部收用。"（《世宗实录》卷452第7668页）这种献助毕竟杯水车薪，帝遂令有司取历代所储库银老底使用，至嘉靖四十五年三月，帝"又命取太仓中库所积永乐、宣德间旧银十万两以进，部复'旧银历年钦取已尽，请发正德以后者如数进用'，许之"。（《世宗实录》卷556第8948页）至此，"府库告匮，百余年富庶治平之业，因以渐替。"（《明史》卷18第251页）

嘉靖帝以长生、广嗣为幌子，迷信邪说，疯狂搜寻奇方秘药，实为满足其极度地纵欲淫乐。"嘉靖间，诸佞幸进方最多，其秘者不可知。相传至今者，若邵、陶则用红铅取童女初行月事炼之如辰砂以进，若顾、盛则用秋石取童男小遗去头尾炼之如解盐以进。此二法盛行，士人亦多用之，然在世宗中年始饵此及他热剂以发阳气，名曰长生，不过供秘戏耳。至穆宗以壮龄御宇，亦为内官所蛊，循用此等药物，致损圣体，阳物昼夜不仆，遂不能视朝。"（《万历野获编》卷21第579页）其中陶即陶仲文，"以仓官见召，献房中秘方，得幸世宗，官至特进光禄大夫柱国少师、少傅、少保礼部尚书恭诚伯，禄荫至兼支大学士俸，子为尚宝司丞。赏赐至银十万两，锦绣蟒龙斗牛鹤麟飞鱼孔雀罗缎数百袭，狮鸾玉带五六围，玉印文图记凡四，封号至神霄紫府阐范保国弘烈宣教振法通真忠孝秉一真人。见则与上同坐绣墩，君臣相迎送必于门庭握手方别。至八十一岁而殁，赐四字谥，其荷宠于人主，古今无两。"（《万历野获编》卷21第578页）顾即顾可学，"常州无锡人，由进士官布政参议，罢官归且十年，以赂遗辅臣严嵩，荐其有奇药，上立赐金帛，即其家召之至京。可学无他方技，惟能炼童男女溲为秋石，谓服之可以长生。世宗饵之而验，进秩至礼部尚书，加太子太保，至命撰《进士题名记》，用辅臣恩例事。吴中人语曰：'千场万场尿，换得一尚书'。盖吴人尿呼书，二字同一音也。"（《万历野获编》补遗卷2第308页）帝"饵丹药有验，命京师内外选女八岁至十四岁者三百人入宫，又选十岁以下者一百六十人，盖从陶仲文言，供炼药用也，其法名'先天丹铅'，云久进之可以长生"。（《万历野获编》补遗卷1第250页）说是长生，其实是壮阳以纵欲也。于是广选天下淑女进宫供其淫役，数量之多亦为明代历朝之最，据不完全统计，仅《世宗实录》所载：嘉靖九年十一月，礼部奉旨从京城内外采选淑女1258人入宫；嘉靖十四年十二月，选收民间女子88人入宫；嘉靖十五年五月，户部主事贾士元等奉命选取山东、河南、北直隶等地方淑女刘氏等88人入宫；嘉靖三十四年十一月，选湖广承天府民间女子20余人入宫；嘉靖四十三年正月，礼部奉诏选京城内良家女300人入宫。这些少女每天不能正常饮食，只准吃一些中药材和早晨的露水，以确保其经血的纯净；除了供帝随时发泄，还要承受苦役的任意折磨。帝又信术士邪说，以少女骨髓来炼丹，遂有大量宫女被杖杀或被折磨而死，堪称明代残害宫女之最。故宫女们不堪苦楚，终在嘉靖二十一年发生了16位宫女企图乘帝熟睡将其勒死的"壬寅宫变"。帝除先后三立皇后外，还嫔妃众多，不可胜记，仅其死后陪祀永陵的就有妃30人、嫔26人，为明代诸帝之首，且还有众多被其临幸来不及册封的女子。按明代宫制，后宫的姬侍宫女一经被皇帝临幸，次日报名谢恩，内廷即以异礼待之，命铺宫以待封拜。这在明代历朝都是如此，唯嘉靖中年以后，帝居西苑奉玄，食秘药过多，稍有属意，随时随地临幸，故来不及尽行册拜，于是有"未封妃嫔"之称。据《世宗实录》所载，其死在帝前得到追封者就有：嘉靖三十四年六月二十六日，未封妃高氏赐号曰和，丧仪如睦妃何氏例；其后九月二十五日，耿氏赐号曰平；闰十一月二十九日，吴氏赐号曰定；三十五年正月十四日，李氏赐顺妃；二十九日，王氏赐怀嫔；四月十五日，黄氏赐御嫔；三十六年八月二十日，王氏赐号曰怀；十月初十日，马氏赐常妃；四十年四月初十日，傅氏赐常嫔；四十三年八月初五日，高氏赐安妃；四十五年六月初九日，任氏赐和嫔；二十三日，王氏赐康妃；二十五日，杨氏赐崇妃。当然，可能还有许多死在其后的被幸女子未及册封，从中可见帝所御嫔妃众多之一斑。直至其晚年，犹纵欲不已，帝"一日诵经，手击罄，偶误槌他处，诸侍女皆俯首不敢仰，惟一幼者失声大笑。上注目顾之，咸谓命在顷刻矣。经辍后，遂承更衣之宠，即世所称尚美人是也，从此贵宠震天下，时年仅十三，世宗已将耳顺矣。其后册拜为寿妃，拜后百余日，而上大渐，说者归罪寿妃，微以汉成帝之赵昭仪云"。（《万历野获编》卷3第109页）嘉靖帝口口声声称自己一心向道，可却于酒色荒嬉无一不沾，较之以荒诞著称的明武宗亦毫不逊色，甚而有过之而无不及。"万寿宫者，文皇帝旧宫也，世宗初名永寿宫，自壬寅从大内移跸于此，已二十年，至四十年冬十一月之二十五日辛亥，夜火大作，凡乘舆一切服御及先朝异宝，尽付一炬。相传上是夕被酒，与新幸宫姬尚美人者，于貂帐中试小烟火，延灼遂炽。此后即下诏，云南买诸宝石及紫石英，屡进不当意，仍责再买。如命户部尚书高燿求龙涎香，经年仅得八两。盖诸珍煨烬，无一存者，故索之急耳。"（《万历野获编》卷29《万寿宫灾》第189页）帝一面穷奢极侈、嗜饵丹药，企得长生，一面又纵欲无度，掏空了身子，以致多次出现不豫。嘉靖四十五年十月，帝犹谕首辅大学士徐阶，欲以人乳之类来恢复元气，可见其至死前仍在纵欲与长生的矛盾中挣扎徘徊。

综上所述，经过"大礼议"的缠斗，朝中政治形态发生了剧变，嘉靖帝的性格也发生了根本的改变。现在有人认为嘉靖帝是一个勤政的君王，甚而把嘉靖朝宦官作用有所抑制归功于帝的勤政。殊不知有明一代宦官权力被制约，其缘由是多方面的，根本上是明初太祖朱元璋所定的制度在大多数时候得到了贯彻。而由于"大礼议"的影响，嘉靖帝从初年的勤政逐渐走向了懒政，甚至于怠政、乱政，这从他二十几年不上朝，甚至面对敌军围困京城仍不愿上朝，及中后期在用人、行政等方面的荒诞不经就可得出结论：嘉靖帝已从励精图治的"尧斋"，变成了迷信疯狂的"天池钓叟""雷轩"，成为一个有着多种负面性格的专制君王。史学家吴丰培在为《世庙识余录》作序时，论及帝的性格时称："嘉靖帝的刚愎自用，深文密纳，察察为明，不纳忠言。最初偶有批鳞之奏，尚能容忍，后来稍有异义、略违其旨，便获重谴，甚至杀身。今日尚传旨褒奖，明日便下诏狱，喜怒无常，意向难测，'不喜臣下雷同'。凡有参奏之案，虽交科道群议，其实无不出自独断，或由奸佞之臣逢迎而定。议者偶有不合，便被罚降调，更有下诏狱杖讯，株连多人。文字之狱者亦有多起，甚至考试文字，断章取义，便加治罪。又好刺探人之隐私，喜闻讦告。宰辅的任、罢、降、调，任其喜怒而行。如张璁、桂萼以议礼而入阁，终被罢斥。夏言以赞礼部郊议而得首辅，后为严嵩陷害，终至弃市。曾铣屡立战功，总揽军务，以复套之议有违帝意，竟至全家被害。张经于王江泾大捷之后，未加升赏，反因赵文华谗陷而逮京受诛。王抒以稍失严氏父子之意，亦被杀戮。以上种种杀害大臣之事，虽由权奸操纵，而帝之残酷无情一至如此，世之酷暴君主，过无不及。竟有嘉靖二十一年宫女杨金英起谋勒毙未遂之事，足见其生性残虐，使近侍宫人无法忍受而发生谋害之事，为古来宫廷罕闻。今见书中所载申饬之旨，强词夺理，难以服人。'威福必自己出，无令属下干之'，适为奸人佞臣所窥测。如严世蕃代其父所上章奏，极能揣摩心理，对于夏言、曾铣辈下井投石，以微词激帝怒，揭隐以达阴谋。经过四十五年之主政，大臣冤死或充军者，不可胜数。"正所谓"性格决定命运"，"性格决定成败"，嘉靖帝的诸多负面性格，给国家造成了致命的伤害，曾经正在走向中兴的嘉靖王朝，终成"家家皆净而无财用"的衰败局面。（《明经世文编》卷309第3页）

第九章　"大礼议"与士风、民风

如上所述，"大礼议"的缠斗，给嘉靖帝的性格形成带来了极其负面的影响，同时也极大地改变了国家的政治生态，进而使士风、民风日趋恶化。

一、逢迎之风

明初的士大夫秉承儒家正统思想，以"修、齐、治、平"为己任；"穷则独善其身，达则兼济天下"；坚守"大臣事君，不可则止"的仕途理念，其间虽时有个别另类，但均为士林所不齿，未能对整个良性的政治生态造成太大影响。史学家孟森，在论及昏狂无道的明武宗竟能"外御强房，内平大乱，卒晏然死于豹房"的原因时称：宸濠叛乱"不旋踵而即平，功成于讲学之士王守仁，而祸起于佞幸及一二无骨气之大臣。综其本末，亦见当时士大夫之未泯，即见明初养士之遗泽"。（《明清史讲义》第192页）又称"明初诸帝遗泽之厚，最要者扶植清议，作养士气。正德间，初以刘瑾挟帝用事，几乎尽逐正人，遍引邪佞当要地。帝幸而奄权未能统一，以奄图奄，遂殄巨憝。至江彬、钱宁辈之导帝淫荒，转于朝事不甚过问，于是祖宗所贻之纲纪，仍托士大夫之手。遇无道之事，谏诤虽不纳，亦不甚摧折朝士。惟于十四年帝欲南幸时，正邪相激，多有被祸，而佞人卒为夺气，公论益见昌明，此即国祚未倾之征验也"。（《明清史讲义》第190页）"武宗之无道不可胜纪，而灾赈蠲贷犹如故事，百司多守法，凡祖制之善者，虽无朝命，士大夫自不计祸害以奉行之。……可见正人在列者尚多，士大夫之之风气未坏也。"（《明清史讲义》第199页）"一时学风，可见人知向道，求为正人君子者多。而英挺不欲自卑之士大夫，即不必尽及诸儒之门，亦皆思以名节自见。故奄宦贵戚混浊于朝，趋附者固自有人，论劾蒙祸，濒死而不悔者，在当时极盛；即被祸至死，时论以为荣，不似后来清代士大夫，以帝王之是非为是非，帝以为罪人，无人敢道其非罪。故清议二字，独存于明代……而其根源即由学风所养成也。"（《明清史讲义》第176页）由此可见明初士风之一斑。

直至嘉靖初年，士大夫仍"多读书明理，有独抗危言，置生死于度外者"。（《世庙识余录》卷6第13页）合朝士大夫能不顾生死荣辱，苦苦与帝争大礼就是明证。嘉靖六年二月，锦衣卫百户王邦奇因传升被革而怨前首辅杨廷和，遂以哈密失国事诬陷杨廷和，祸连其子、婿、门人，并及大学士费宏、石珤，将起大狱。给事中杨言即抗疏辩诬，旋亦被逮下诏狱，受廷杖数濒于死；众朝臣仍疏陈王邦奇之妄，并遭帝切责。"于是，大学士费宏、石珤各具疏求去。已，得旨，俱令致仕。宏驰驿以归，不降敕奖励，不差官护送，无月给岁拨，凡首辅恩礼悉从其薄。而珤并驰驿亦不可得，前辈士夫传珤出京时，惟用车辆一，载妻子暨行李以行，其清介绝俗如此。

故瑶亦自鸣于上前，第曰一节之士也。后南科给事中彭汝实等亦上言申杨氏之冤，暴邦奇之罪，欲追究主使之人，盖有所指，不敢明言之耳。上卒不听。于乎，当夫小人交构，国是倾摇，假令言官乏杨言凤鸣之诤，大臣无费、石鸟悲之感，大祸终不解矣。嘉靖初年，朝廷有人哉。"（《世庙识余录》卷4第2页）然而，随着"大礼议"的深入发展，这一局面出现了极大的逆转，帝"自大礼、大狱既成之后，日见臣下奸欺百出，谓朝廷无人，意渐广大。而大学士杨一清老练世故，不能自安于张、桂之上，于是日事委婉，迎合上心：以黄河清则请贺矣，以甘露降则请献庙矣，止奉先、奉慈诸殿之拜以劝上惜精神矣；默揣上意，请加张、桂一品散官，超太子太傅兵部尚书李承勋之班，以张其势矣"。（《世庙识余录》卷5第5页）张璁不仅议礼迎合帝意，每逢献瑞，辄疏请恭贺，极尽赞颂之能事；嘉靖十年，已57岁的他，竟还以名嫌25岁的帝之御讳而疏请更名。其实"璁""熜"二字本同音不同字，何况璁单名、帝厚熜双名，本不必避讳；就连帝也"大不然"，以为"卿为名时，未仕也；朕名出自皇兄赐，君命也，似不可更改"。（《谕对录》卷29第1页）但架不住张璁为表忠心而反复恳求，帝只好赐其名曰"孚敬"。张璁对帝生母章圣皇太后亦是百般讨好，不仅力赞太后谒庙，而且极力推崇其所制《女训》，使之颁行天下，由此深得太后欢心。而大臣们的这种种失格逢迎，却更加剧了帝对士大夫们的鄙夷。

在"大礼议"中，议礼新贵们揣知嘉靖帝欲尊崇生父母之意，不顾儒家礼法、封建宗法，公然打出"继统不继嗣"的旗号，故大得帝重用，不几年便由地方小吏骤升为朝廷大臣：席书不由廷推，而由帝出内批直任为礼部尚书，后因眼疾不能视事，仍加武英殿大学士；张璁入仕第七年便入阁为大学士，当时京师哄传"十可笑"的口谣，其中"七年进士便抬轿"一句盖指此；桂萼、方献夫也先后入阁，霍韬则超拜为礼部尚书掌詹事府事。于是，朝野纷纷效法，一些下层士夫、得罪官员，甚而医士、厨役、军匠、监生、失职武夫、罢闲小吏等希宠干进之徒也积极加入了议礼行列，且均迎合帝意，提出了很多出格的主意，就连议礼新贵们也不屑与之为伍。但他们却大得嘉靖帝的欢心，都如愿以偿地得到帝的厚报。与此形成鲜明对照的是，在议大礼中坚守礼法而忤帝意的廷臣，均受到严厉的惩处：大臣被逐，言官得罪，大批士大夫被逮下诏狱、廷杖流放，甚至拷讯致死。这种强烈的示范作用是异常巨大的，进而产生了蝴蝶效应，不少士大夫顿忘初心，迷失操守；或为升官速化、或为固宠邀赏，或为避祸脱罪，或为营私射利，极尽逢迎之能事：于是汪鋐献瑞得宠，超擢为吏部尚书；夏言助帝更定祀典，受异宠为首辅大学士；严嵩赞帝玄修，固宠以执掌中枢二十年；其子严世蕃善揣帝指，代父答帝手诏，语无不中。方士陶仲文以进房中术逢君长君，遂位列三公，恩宠极于人臣。顾可学、盛端明进献秘药助帝淫乐，得官尚书，因其药"秋石"由童男女尿炼成，时称其为"尝尿官""秋石尚书"。顾鼎臣、严讷、李春芳、袁炜、董份等均以善撰青词得帝欢心，先后入阁成大学士，号称"青词宰相"。帝笃信修玄，改号"尧斋"为"天池钓叟"，在值词臣各赋诗以赞，其中李春芳诗曰"拱极众星为玉饵，悬空新月作银钩"最当帝意。帝畜一猫死，金棺厚葬，儒臣撰词以醮，袁炜词有"化獭作龙"语，得帝大喜悦；袁炜又作一长联颂帝玄修，曰"洛水玄龟初献瑞，阴数九，阳数九，九九八十一数，数通乎道，道合元始天尊，一诚有感；岐山丹凤两呈祥，雄鸣六，雌鸣六，六六三十六声，声闻于天，天生嘉靖皇帝，万寿无疆"，最称帝意，皆得厚赏。昆山府丞朱隆禧以考察罢官家居，因献方术、香衲等合帝意，得拜太常卿、礼部侍郎，死后其家人乞祭葬，礼部尚书吴山以其未实任职，不予，帝特出内批给之。更有甚者，嘉靖十四年李拱臣奏献其女入宫，得封锦衣卫正千户；十年后，其子李应时又奏献其妹入宫，同样得封锦衣卫正千户，并皆得帝厚赏，真可谓为了逢迎射利，已到了不顾人伦廉耻的地步了。

更为严重的是，当时逢迎帝意、阿谀成风，不仅是一些佞臣小人于兹道趋之若鹜，"即一时号为正人，亦献谄希宠，有中人所不为者。如魏恭简（庄渠）因桂萼引用，得以祭酒侍讲筵，则托桂密进种子秘方。高文端（南宇）为礼卿时，则撰玄文叩坛求媚，俱著在耳目。比之蔡君谟之龙团，寇平仲之天书，更堪呕哕。士风披靡，即贤者不免，谓非张、桂作俑不可。"（《万历野获编》补遗卷3第343页）一些本应以风宪、法度为己任的御史，也热衷于逢迎帝旨：如河南巡抚都御史吴山，（注：此非礼部尚书吴山）获白鹿于灵宝县以献而得帝欢心；御史王大任、姜儆四出采访，得法秘数千册及法士唐秩、刘文彬等数人以献，帝"嘉其劳，诏俱升翰林院侍讲学士，赏银二十两、纻丝衣一袭"。（《世宗实录》卷539第8729页）就连"立朝有相度"的徐阶，在苦谏帝奉祧仁宗、以让方皇后神位提前入太庙的举措无果后，立马改变前议，再三上言盛赞帝、后功德，报称众论已一致赞同帝意，恳请奉祧仁宗，升祔方皇后于太庙。嘉靖初士大夫那股不顾生死"匡救帝失"的精气神已渐渐消散，不复兴盛。

然而，不仅是臣下逢迎君上，这股风也在官场中迅速漫延。汪鋐"素附张孚敬，一日偶有所忤，拒不见。鋐因就其旁舍穴墙而入，俟孚敬出，忽匍伏于庭。孚敬大为惊诧，寻礼待如初，然心已厌薄之矣"。（《世庙识余录》卷8第12页）严嵩父子为了讨好夏言，竟"长跪榻下泣谢"。（《明史》卷380第7916页）总督都御史胡宗宪，不仅向嘉靖帝献瑞、献秘术，还因赵文华"结严嵩父子，岁遗金帛子女珍奇淫巧无数"。（《明史》卷205第5414页）时浙江有一牛姓副总兵，"上揭张永嘉（璁）相公，自称'走狗爬见'。其甥屠谕德（应峻）耻之，至不与交，然此右列常事耳。"（《万历野获编》卷18第487页）身为内阁大学士的李本，在主持朝中官员考察时，竟为讨好首辅严嵩，承望其风指去异己者，而以工部尚书吴鹏、嵩子世蕃列为优等；"旨下，满朝为之捧腹，而鹏以是得改吏部尚书，惟严氏父子之指使，而贿赂之门大开矣，此世道一降之会也。"（《世庙识余录》卷18第21页）更为可怕的是，不仅官场风气大坏，且士大夫们的价值观扭曲，对逢迎谄媚习以为常，反将直道而行的正人君子视作异类。被人们誉为"海青天"的海瑞，因上"治安疏"直陈时弊几濒于死，嘉靖帝死后方得以出狱，历两京左右通政，以右佥都御史巡抚应天十府；力摧豪强，抚穷弱，裁节邮传冗费，故"士大夫出其境率不得供顿，由是怨颇兴。都给事中舒化论瑞迂滞不达政体，宜以南京清秩处之……给事中戴凤翔劾瑞庇奸民，鱼肉缙绅，沽名乱政，遂改南京粮储。瑞抚吴甫半岁，小民闻当去，号泣载道，家绘像祀之。将履新任，会高拱掌吏部，素衔瑞，并其职于南京户部，瑞遂谢病归"。（《明史》卷226 第 5931 页）可见逢迎之风对当时社会的深刻影响。

二、告讦之风

"大礼议"之初，嘉靖帝面对群臣同心合力谏阻其尊崇生父母，十分无奈；议礼新贵们特出"继统不继嗣"之论也遭到廷臣的坚决抵制，在朝中陷于孤立，从而急于借助君权打压对手，以图彻底改变自己所处的不利地位，进而飞黄腾达。于是他们指称杨廷和等大臣是胁制君上的权臣，廷臣所以同心议礼是只畏权臣不惧皇上。这一告讦正合帝欲威慑群臣，凸显皇权至上，从而实现自己议礼目标的愿望；君臣一拍即合，左顺门血案如期上演，帝与议礼新贵们均顺利实现了自己的政治目标。嗣后，张璁"既得志，乃颇导上以诛斥快其忿"。（《国朝献征录》卷16 第 7 页）他和桂萼等为了攻去他们仕途上的绊脚石首辅大学士费宏，指责费宏与帝诗词唱和是"得冯宠灵，凌压朝士"；诬陷费宏"纳郎中陈九川所盗天方贡玉，受尚书邓璋赇谋起用"，又把费宏因阻宁王复护卫而遭其党羽戕害一事说成是居乡不法，并指使奸人王邦奇告讦费宏与人密谋掩盖杨廷和处哈密事，是杨廷和死党，迫使费宏致仕。接着霍韬又力攻继任首辅杨一清，言其受太监张永、萧敬贿赂；又言法司受其风指，构成桂萼之罪，帝果怒，令杨一清致仕去。次年，张璁等又构朱继宗狱，坐杨一清受张永弟张容金钱，为张永撰写墓志，予张容锦衣指挥之职；杨一清遂落职闲住，疽发背含恨而死，死前哀叹"老矣，乃为孺子所卖"。席书巡抚湖广时，因与长沙知府宋卿不睦，遂上疏告讦宋卿奸私，并指宋卿故意入人死罪，把宋卿所处长沙大盗李鉴案彻底翻了过来。嘉靖八年，京师民张福弑其母，反告讦为里人张柱所杀，东厂以闻，坐张柱死罪。张柱不服上诉，并且张福之姐与邻里皆指证是张福弑母而反诬他人，法司也审结定案。帝却因被诬的张柱是武宗皇后夏氏家的仆人，故偏信告讦和东厂错断，枉杀张柱，是为因议大礼而制造的又一冤案。

在"大礼议"中肆行的告讦之风，使一些无行士大夫得遂奸私，也使嘉靖帝便于掌握臣下的动向，以利于皇权的巩固；而帝的喜好和纵容，更使这一邪风迅速漫延滋长。嘉靖五年三月，天方国使臣入贡，礼部郎中陈九川等拣退其不合格玉石，约束过严，禁其货易，又责骂本馆通事胡士绅。胡士绅等因为夷人怨词讦奏陈九川侵盗贡玉及番货刀皮，虽经多官会审无验，帝竟宁信告讦，将陈九川谪官戍边。是年十一月，在皇宫御道上发现两个匿名帖子，帝即令锦衣卫查究。大学士费宏等言："投匿名文书告言人罪，律有明禁，圣祖造律之初，用意深远。盖以小人欲为中伤之计，又恐陷诬告之罪，设为机阱，隐其姓名；官司若行其言，则人既被诬，而己不受祸，其立心之险诈、情罪之可恶甚矣。故见即烧毁，罪必处绞，盖所以杜告密之门，不使无辜者受罔也。矧朝廷之上又与在外官司不同，无知小人乃敢肆为奸恶，其罪尤为可恶。若缉得其人，决当如律重治，以警刁风。至于所投文书，即当焚毁，不必上经御览。"时礼科给事中杨言亦以为言，帝命即毁之，并称："比来风俗薄恶，臣下互相倾害，小人又投匿名文书报复私仇，有伤治体。令都察院严禁晓谕，犯者无贷。"（《世宗实录》卷70第1584页）话虽这样说了，但这一禁令并未得到有效施行，此后不二月，大学士费宏即因王邦奇告讦诬陷去位，不久张璁遂入阁成大学士。"张孚敬（注：即张璁）在位，自恃明察，好捃摭缙绅，遂启告讦之门，一时京师刁风颇盛。若詹启以一历事监生奏吏部侍郎徐缙徇私纳贿，事下都察院勘核，启坐诬矣，而犹被旨宥之。会有人窃投牍于孚敬之门，发之，乃缙赂己者；有黄精白蜡之数，亦是空牍，何知真伪，付之水火可也，而孚敬竟持奏之，缙斥为民。迹缙平生，固非端士，孚敬宜以他事去之可也，而误罹暧昧，令金人得志，而大臣之体污蔑尽矣。"（《世庙识余录》卷7第2页）嘉靖十年，廷臣会推李时、徐缙、闻渊为吏部尚书人选，张璁上疏密陈："以时论之，臣未第，即已受知。及臣举进士，上大礼议，时初不是之，及朝议横作，遂同众矣。盖其性易欲人喜人怒，其与在外官人或未真知可否而为进退，诚亦有之。其识见亦有可取者，若求其秉心励节，不计利害，始终为君，臣则未敢知也。缙诚未免为一清之私，臣度其才识似不逮，亦无忠诚。渊，臣之乡人，诚未闻素有誉望，然亦只是保身远害而已；今得与推，特以曾任文选郎中，亦吏部官自相级（注：疑为吸之误）引之意。"（《谕对录》卷57第371页）这种密疏告人隐私，既坏人事，又不得罪人，实为告讦之本质。其时，已故大太监张永之弟张容先后三次被家奴所告："先是，武定侯郭勋以张永故，有撼于大学士杨一清；使永奴朱继宗告容，为秘语流传禁中，容与一清俱得罪，继宗宥不问，自是告讦遂炽。"（《世庙识余录》卷8第1页）嘉靖十年闰六月，"是时刁风渐炽，都市无赖子三五成群，挟持内外阴事吓骗重贿，不得则罗构事端奏讦之，更相证助，诸司皆惕息。故太监张永弟容，擅永余财，多行不义。军匠童源者，胁贿于容不应，乃讦永坟犯龙脉。事已结，又阴嗾容仆王谦、李纠首发容诸不法事。都人张雄者，惯舞文，为纠具词，遍诋廷臣"，（《世宗实录》卷127第3037页）弄得举朝纷纷。嘉靖十二年十月，哀冲太子载基出生两月而夭折，时"京师小人误揣上喜察群臣阴事，兢为刁词挟诈人财。已故太监张永弟张容，有奴郭禄，为容所逐，思有以倾之。乃诬永坟犯龙脉，容不行迁，去岁又将妻陈氏窃葬兆内，致哀冲太子不永，令其子郭麟陈牒锦衣卫带俸指挥闫纪所转奏"，（《世庙识余录》卷8第1页）企图再兴大狱。妖人段朝用因烧炼术为武定侯郭勋建丹室，被荐于帝，为所重用，后郭勋得罪系狱，且凶吉未测；"朝用谋行骗局，执勋奴搒掠之，且告曰：'归语而主，馈我金十万，当免而主追赃。'勋奴不应，朝用系之，其夕一人死，朝用知不可掩，乃上书言勋奴欲行刺，为己所觉，邂逅至毙。"（《世庙识余录》卷9第17页）妄图以告讦为己脱罪。

"京师人刘东山，狡猾多智，善笔札，兼习城旦家言。初以射父论死，素为昌国公张鹤龄、建昌侯张延龄门客，托以心腹，二张平日横恣，皆其发踪，因默籍其稔恶事状，时日毫发不爽。"嘉靖帝因大礼议怨恨慈寿皇太后张氏，并及二张兄弟。刘东山眼见张家失势，"屡挟之，得赂不赀，最后挟夺延龄爱妾不得，即上变告二张反状，上震怒，议族张氏。"（《万历野获编》卷18第496页）后张鹤龄瘐死诏狱，张延龄被斩。

嘉靖帝喜告讦，还公然赐亲信大臣以银印章，用以上密折奏事。张璁因议礼得入翰林院，诸庶吉士不为之礼，且称其为"白云宗阁老"，张璁大恨之，遂上密奏指称"此曹子皆费宏所植私士，而一清成之，勿留便"。（《嘉靖以来首辅传》卷2第5页）激帝将他们尽行放逐出院外授官，遂皆对张璁恨之入骨。后来张璁为主考官，"取会元唐顺之等二十人为庶吉士。时举朝清议尚目议礼贵人为胡虏禽兽，诸庶吉士不愿称恩地，以故亦恨望之。且皆首揆杨丹徒所选，益怀岔忌。比旨下改授甫数日，又密揭'此辈浮薄，非远到器'。"（《万历野获编》卷7第232页）于是帝下令将这批庶吉士全部出外授官，且停止朝中选庶吉士。对于这种密揭奏事，兵科给事中王玑上言以为"图书揭帖宜用于机密不可宣泄之事，其臧否进退人才，可形公牍者，一概密启，欺弊易生。故虽得人任职，尤须保全终始。请慎银图书之赐，而重揭帖之进，则朝廷有亲臣，不至于有权臣矣"。（《世宗实录》卷128第3059页）帝虽是其言，但不能用，密折奏事仍旧。"张璁既入阁，一清为首辅，翟銮亦在阁，上待之皆不如璁；尝谕璁曰：'朕有密谕毋泄。所赐卿帖，悉朕亲书。'璁因引仁宗赐杨士奇等银章事，上赐璁章二，文曰'忠良贞一'，曰'绳愆弼违'；因并及一清等，自阁臣外，惟尚书桂萼预焉。"（《明通鉴》卷53第1726页）工科给事中赵汉上疏，请帝简用两京大臣及家居耆旧有才德者入内阁，张璁疑其意在攻己，"遂不能容，密言于上：'既知忠于君谋，当令其疏名以进'。此笼络言官，以箝其口之术，非大臣体也。已，上果责问汉，令举其所言耆旧才德者。"如赵汉果进言大臣名，必触帝忌，引来杀身之祸。幸汉识破其谋，"且言：'辅臣重任，简命出自朝廷，即有畴咨，亦非小臣所敢干预'。词严义正，竟无一语引罪，而上卒宥之，第夺俸一月而已。"（《世庙识余录》卷6第14页）郑王朱厚烷因事惹帝怒，与之有隙的郑府盟津王子朱祐橏"乘间遂讦奏厚烷招集亡命，私造兵甲，及与妖人宋刚等通谋为不轨。厚烷亦讦祐橏擅称长子，僭系玉带，及逼杀良民等事"。（《世宗实录》卷365第6532页）都欲置对方于死地。当时"多有四方流民潜住京师，希图挟制，甚至匿名投书，沿门粘贴，积习成风，渐不可长"。（《世宗实录》卷218第4469页）搞得京师风气十分诡异。永淳公主将受册选婚，命礼部选军民子弟以名闻，永清右卫军余陈宁之子陈钊名列在第三，帝"亲定为驸马都尉，礼部业草仪择吉行矣。忽听选官余德敷奏'钊父本勇士，家世恶疾，母再醮庶妾，不可以尚主'。章下礼部，郎中李浙竟奏德敷妄言，请逮治之。德敷亦奏浙党恶人，轻国典，请并逮浙。上谕礼部：'钊斥，别选'。故京师人口谣有'十可笑'之说，'选了女婿又不要'，此其一也"。（《世庙识余录》卷4第3页）此因帝听信告讦而闹出的政治笑话。嘉靖二十九年四月，又发生了王联告讦而引发的大案。王联，河间人，嘉靖十一年进士，考察闲住。其性凶暴，居乡以武断称，因殴辱其父论死，又以杀人论死系狱。他千方百计欲求脱罪，但屡诉屡寝，以是憾审理其案的阎邻、胡植等历任官员。此时"联刺知上喜告讦，谋有以动宸听，为脱罪地。方联任阳武知县时，属驾幸承天，巡抚都御史胡缵宗委联供行殿，役不办，怒笞之。联随为御史陶钦夔以赃罪劾罢，以是亦恨二人。乃掫摭缵宗迎驾诗有'穆天八骏空飞电，湘竹英皇泪不磨'之句，为引虞周不祥事，阴肆诅谤；且言属之刊布，联不奉令，遂假手钦夔劾之。邻、植等虑联以缵宗诗闻，乃相率为罗织，抵伊重辟。其词多诞谩，凡意所不悦，咸构入之"。（《世宗实录》卷359第6429页）牵连各级官员一百多人，令其子朝策冒充常朝官员阑入阙门，于班中申冤。帝览疏大怒，命锦衣卫逮系涉案官员下三法司会讯。虽审清王联讦词悉诬指无据，帝却仍深信不疑，反责审案的刑部官员"迷于回护"，连同涉案官员均受到严惩，可见帝对告讦之风的偏爱是何等的痴迷。

三、党争之风

专制社会的党争，就是士大夫各自拉帮结派，结成利益集团，为争取个人或共同的政治、经济等利益，而互相对异己人士或团体进行攻击。人们说起明代的党争之祸，多认为是明末的东林党与"浙、齐、楚三党"及后来的"阉党"之间的斗争。其实，这一党争即滥觞于嘉靖朝的"大礼议"。中国明史学会原会长张显清曾称："明代士大夫大规模的门户党争，实始于'大礼议'。议礼双方互相标榜，党同伐异，风气已成，贤者不免。"（《严嵩传》第42页）然而，按理而论，"大礼议"本来应该是一场关于宗法思想的理论之争、理念之争，纵使士大夫之间见解不同，也应是观念上的君子之争。可因为"大礼议"参与者的处置不当，再加上握有绝对权力的嘉靖帝从中操纵，很快就形成了党争之风。

嘉靖帝甫即位第三日，就命礼部集议崇祀其生父兴献王典礼，杨廷和即以汉定陶王、宋濮王事例定下基调，并声称"此篇为据，异议者即奸谀当诛。'时有待对公车举人张璁者，为礼部侍郎王瓒同乡士，诣瓒曰：'帝入继大统，非为人后，与汉哀、宋英不类。'瓒然之，宣言于众。廷和谓瓒独持异议，令言官列瓒他失，出为南京礼部侍郎，而以侍读学士汪俊代之"。（《明史纪事本末》卷50第734页）杨廷和等对持不同意见者挥舞大棒，从一开始，就使议礼缠上了人事纠葛，沾上了小团体气味。三个月后，已成观政进士的张璁首上《大礼疏》，提出了"继统不继嗣"的观点，大得帝心，"兵部主事霍韬见张璁言欲用，亦上言：'礼官持议非是'。时同知马时中、国子监诸生何渊、巡检房濬，各上言如璁议，帝益为之心动矣。"（《明史纪事本末》卷50第738页）为了不让张璁在京揽事，杨廷和授意吏部，将张璁任为南京刑部主事，使之远离议礼中心，并寄语曰："子不应南官，第静处之，勿复为大礼说难我耳。"（《明史纪事本末》卷50第739页）巡抚云南都御史何孟春上言以为兴献王不宜称考，即被擢为吏部侍郎；给事中熊浃上言称兴献王及妃当称帝、后，却被出为按察司佥事。这些与"大礼议"相关联的人事异动，使嘉靖帝的议礼主张在京师得不到有力支持，于是，帝为了改变议礼中的被动局面，急召议礼五臣进京议大礼。"张璁、桂萼至京师，廷臣欲捶击之，无一人与通，璁、萼称疾不出。数日后，退朝班，恐有伺者，出东华门走入武定侯郭勋家。勋喜，约为内助。台谏官交章攻击，以为当与席书并正其罪。章十余上，俱报闻。给事中张翀取群臣弹章奏刑部，令拟璁等罪。尚书赵鉴私语翀曰：'若得俞旨，便扑杀之。'帝廉知之，遂降中旨，命桂萼、张璁为翰林学士，方献夫为侍讲学士，切责翀、鉴，罪之。"（《明史纪事本末》卷50第749页）帝亦通过人事异动来寻求在"大礼议"中能得到更多的支持。张璁通过武定侯郭勋，得以夜见嘉靖帝，挑动帝以锦衣卫武士来对付议礼对手，于是廷臣左顺门哭谏事件就演变成一场血腥惨案，守礼群臣遭到重创，帝党取得了议礼的决定性胜利。《御定通鉴纲目三编》在"嘉靖三年七月"条下对此评论称："大礼议起，诸臣不能酌理准情，以致激成过举。及嘉靖欲去本生称号，自当婉言正谏，冀得挽回，乃竟跪伏大呼，撼门恸哭，尚成何景象？虽事君父，纲常所系甚重，然何至势迫安危？顾杨慎则以为'仗节死义之日'，王元正、张翀则以为'万世瞻仰之举'，俨然以疾风劲草自居，止图一己之名，而于国事毫无裨益。"这一评论切契"大礼议"中廷臣的偏颇，使我们对其中党争兴起的认识更为清晰。"左顺门事变"造成了朝士分裂，君臣对立，也给逢迎干进的投机分子提供了极其难得的机遇。"桂、方诸臣附和大礼，以博官爵，非为势利所逼耶？乃当时世宗圣制一篇，其略云：'今世衰道微，人欲炽盛，彼之附和者，师生兄弟亦有不同。少师杨一清为乔宇之师，一旦被势利之逼，则师之言不从矣。桂华为少保萼之兄，则弟不亲矣。湛若水为尚书方献夫之友，则友而疏矣。势利夺人之速，可为世戒。'"（《万历野获编》卷25第80页）可见当时"大礼议"对朝野所造成的分裂何其严重，从此议礼两派党同伐异，势不两立。廷臣反对帝以中旨直接擢升席书为礼部尚书，攻其在湖广赈济灾荒时举措乖方，反伤民命，请治其罪。席书反指自己这是因大礼建议为诸臣所嫉，竞相排击，又诬长沙知府宋卿贪污杀人，并不惜为长沙大盗李鉴翻案。御史李俨上疏请帝果断消除这种动引议礼为言，挤排善类，翻异成狱，变乱朝章的朋党行为，帝却置之不理。廷臣又抓住武定侯郭勋交通反贼李福达父子之事，攻之甚急，必欲使之连坐。郭勋则以议礼触众怒为言，帝信之，竟以议礼新贵张璁、桂萼、方献夫分掌三法司事，尽反李福达案，并牵连大批历审此案的官员杖死诏狱、戍边、削籍，以泄其对廷臣议礼之恨。

对于朝堂上的党争，嘉靖帝虽表面上要群臣和衷共济，暗地里却是把帝王心术运用到炉火纯青。帝不喜臣下雷同，故经常是采取分化之术，扶持起一个势力，不待其过度得势专权，又培植另一势力与之抗衡。这样使两强相斗，应时更替，朝中始终形成不了一个能与皇权对抗的政治势力，借以巩固自己的统治。帝在中后期潜心玄修，长期不上朝理事，却仍能大权在握，乾纲独断，其奥妙即在此。然而这一昏招也使朝中党争不得消除，且愈演愈烈。张璁在打击压制了议礼对手之后，即擅作威福，广结党羽，亲信遍布朝堂，而对不顺其意者肆行报复。广西提学佥事袁帙是张璁主考时所得士，张因恨袁不肯依附于己，竟以兵部失火事陷害之，指使狱吏劾袁"纵火为奸利"，遂"编戍湖州千户所"。（《世纬》卷下第140页）又因翰林院编修徐阶不赞同其变更孔子祀典的主张，竟召徐阶而面责之，"怒曰：'若叛我。'阶正色曰：'叛生于附，阶未尝附公，何得言叛？'长揖出，斥为延平府推官。"（《明史》卷213第5631页）张璁入仕第七年即入阁成了大学士，"上愈倾向之，所密问还往月以十数，间称字及号而不名。杨一清虽居首揆，以老成为上所礼重，然信之不能如孚敬深。而桂萼自吏部入，居孚敬下，孚敬气益发舒，下视六卿，莫敢与抗。至轻一清，亦不得修后进礼。萼有所建白，往往为孚敬所抑屈，孚敬亦以气凌之，用是憾孚敬。而一清亦自与萼隙，三人鼎而相诋諆，上闻而厌之。"（《嘉靖以来首辅传》卷2第6页）张璁不甘居于杨一清之下，遂攻杨一清为"奸人鄙夫"。杨一清亦攻张璁"志骄气横，狎视公卿"，极暴其短，又嗾其乡人给事中陆粲疏劾张璁、桂萼不法事，帝一日为之尽去张、桂二人，并对其余党分别区处。同为议礼新贵的詹事霍韬立即上疏为张、桂辩，且攻杨一清"大肆纳贿"等不法事，帝又召回张、桂，且令杨致仕去。给事中夏言力赞帝更定祀典，大蒙帝眷，"揣帝意不欲臣下党比，遂日与诸议礼贵人抗，帝以为不党，遇益厚。"（《明史》卷196第5198页）时张璁颐指百僚，无敢与抗者，夏言独不为下，于是大害言宠，极力攻之，称言是"报复大礼之恨"，"阴为前人行报复之计"。（《世宗实录》卷115第2733页）又勾结太常寺卿彭泽，设计以行人司正薛侃上疏立皇储事陷害夏言，事败，张孚敬再被罢，一些亲信亦被处，夏言遂得以大用。未几，帝复召张孚敬返内阁，而夏言已为礼部尚书，斗争愈加激烈。张孚敬等以手中掌握的人事大权，利诱嗾使礼部郎中张元孝、李遂等对抗尚书夏言。于是夏言上疏称："凡为臣属官者，小诋则获小进，大詈则获大进。故臣受任来，属官调吏部者四人，改翰林者三人，臣皆莫知其由，而用人者未尝一言见询也。是以遂等特欲抗拒堂官，沮坏部事，以取悦当路，策足要津耳。"（《世宗实录》卷167第3670页）帝为之命锦衣卫逮治张元孝等。嘉靖十一年八月，彗星见东井，帝心疑大臣擅政，于是都给事中"魏良辅言：'彗见东方，君臣争明，孚敬骄恣，妖星示异，实其所召。'孚敬疏辩，谓'曾票拟罚俸，怀私报复。'上皆报闻，如是给事中秦鳌等再劾其强辩，'以危机中言官，且票拟圣旨，引以自归，明示中外，若天子之权在其掌握。无上不臣，以致天变'"。（《皇明大政记》卷28第436页）帝第三次令张孚敬致仕去，次年，帝再召张孚敬还内阁。吏部尚书汪鋐与侍郎席春，因人事安排意见相左而有隙，相诟以至抵冠于地；汪铉遂上疏劾席春议大礼时附杨廷和，不同其兄席书之议，于是帝令席春闲住，不许再用。大同再生兵变，张孚敬力主进剿，而夏言则请派员招抚，就连同为议礼新贵的黄绾亦主招抚。张孚敬大恚，即上疏求退，且称"第恨三五臣者托为我辈，滥叨殊恩，及至当事，又不能同诚事主。如桂萼者，皇上所知，不庸言矣。如方献夫，其具疏不上，其志可知，今复懦弱无立，非缓急所赖。霍韬者，昔变词避去，今得异论扰事，非政体所宜。黄绾窃议礼余绪，骤进崇阶，人多鄙之，臣初以其一念偶同，不能深察，今果见其反复诡随。夫为皇上所亲信，而臣称为我辈者犹如此，他可知矣"。（《世宗实录》卷 164 第 3622 页）从张璁对议礼同党的肆行攻击中，也可看出当时党同伐异之激烈。他们均因迎合帝意而得君，"诸臣遂凭藉宠灵，互相排陷，朝廷之上争哄不已，不啻骄儿在父母膝前攘夺梨栗，亦可耻也。"（《世庙识余录》卷 6 第 15 页）

　　夏言击败议礼新贵，大得帝宠，先后得赐玉带、珍馔、时物无虚月；专权当国后遂不谨，帝以奉道赐香叶冠，言以"非人臣法服"不奉诏，帝积数憾欲去言，而严嵩因得间之。严嵩与夏言同乡，"嵩科第先夏言，而位下之。始倚言，事之谨，尝置酒邀言，躬诣其第，言辞不见。嵩布席，展所具启，跽读。言谓嵩实下己，不疑也。"（《明史》卷 308 第 7915 页）后"言入阁援嵩自代，以门客畜之，嵩心恨甚。言既失帝意，嵩日以柔佞宠"。（《明史》卷 196 第 5196 页）帝历数夏言罪，将其落职闲住，又贬黜上疏救言的廷臣十三人，嵩遂代言入阁。不久，"帝微觉嵩贪恣，复思言，遣官赍敕召还，尽复少师诸官阶，亦加嵩少师，若与言并者。言至，直陵嵩出其上，凡所批答，略不顾嵩，嵩嗫不敢吐一语。所引用私人，言斥逐之，亦不敢救，衔次骨。"（《明史》卷 196 第 5197 页）严嵩遂联手锦衣卫都督陆炳及内官谗于帝前，借河套之议激帝杀害夏言及陕西总督曾铣；"廷臣议罪，凡与议复套者，悉夺俸，并罚言官，廷杖有差。"（《明史纪事本末》卷 58 第 896 页）又借迁除考察，斥去附夏言者及其所不悦者，遂在朝专权二十年。"嵩握权久，遍引私人居要地，帝亦浸厌之，而渐亲徐阶……顾问多不及嵩，即及嵩，祠祀而已。嵩惧，置酒要阶，使家人罗拜，举觞属曰：'嵩旦夕且死，此曹惟公哺之。'阶谢不敢。未几，帝入方士兰道行言，有意去嵩。御史邹应龙避雨内侍家，知其事，抗疏极论嵩父子不法。"（《明史》卷 308 第 7918 页）如是嵩罢归，徐阶遂代嵩为首辅，又以严世蕃"交通倭寇，潜谋叛逆"激帝杀之，众多严党皆被惩处。徐阶当国，帝待之恩礼特厚，阶亦益恭谨，会郭朴、高拱入阁，事仍决于阶。嘉靖帝崩，隆庆帝即位，徐阶草遗诏，尽革嘉靖中弊政，"大礼""大狱"、言事得罪诸臣尽行平反召复，大得朝野拥戴。而郭、高因不与共谋，心甚不平，郭朴甚言徐阶所拟遗诏是"谤先帝，可斩也"。（《明史》卷 213 第 5636 页）高拱更是因给事中胡应嘉尝劾己，疑是徐阶嗾之，恨益深，遂令御史齐康劾阶。而朝臣交章劾高拱、誉徐阶，郭、高只得疏辞而归。时言官多起废籍，言事多过激，隆庆帝不能堪；会高拱召回，乃尽反徐阶所为，凡先朝得罪诸臣以遗诏录用赠恤者，一切报罢，朝堂为之一变。接着张居正又联手太监冯保将高拱逐去，至万历中期，终于引发东林党与"三党"及"阉党"的恶斗。这场由嘉靖"大礼议"而诱发的党争之风愈演愈烈，甚至在清兵入关、明王朝内忧外患、濒临灭亡之时仍未停熄，东逃西散的南明小朝廷上还是党争不已，直到它寿终正寝后方才偃旗息鼓。其间是非曲直，正邪功过，莫衷一是，良可叹也。但这种长期、剧烈的党争，无疑加重了朝政的腐败，故史家谈迁称嘉靖朝中后期"靡文塞责，先朝节俭之风荡然靡余，狡伪成风，吏民相沿，不以为非，亦一代升降之关也"。（《国榷》卷64第4038页）史家李维桢亦称其"吏治繁伪，兵政窳惰，民力虚耗，亦由是始"。（《国榷》卷64第4037页）这成为明王朝彻底覆亡的重要原因和转折点，亦是不争的事实。

四、假伪之风

"大礼议"中，议礼双方为了自圆其说，均不惜造假作伪，以达到自己的目的。杨廷和为了使嘉靖帝按其意图继统先继嗣，便欲使帝考孝宗皇帝而称生父母兴献王及妃为皇叔父母，并将益王次子崇仁王作为兴献王之子而主后兴国。这种"夺此父子之亲，建彼父子之号"的作假之法令帝十分反感，随即提出责问："父母可移易乎？"而帝为了建立自己一系的皇室正统，也不顾此前34年的政治现实，无视孝宗、武宗实际上的皇权正统地位，一步一步地把生前只有藩王身份的生父兴献王推上了皇帝的高位：先是把兴献王封地湖广安陆庙的祭祀用十二笾豆、乐舞八佾，以同于北京太庙之仪。后又将兴献王神主迎至京师，奉于大内观德殿，尊称"皇考恭穆献皇帝"。又在京城建世庙，专门奉祀献皇帝神主，使一个没有做过皇帝的藩王享有了开国帝王"世代不迁"的最高礼遇，当时京师传播的"十可笑"口谣中，即有"一个皇城两座庙"的笑谈。帝为了控制舆论，免遭后世"毁议"，以巩固议大礼的胜利成果，又编修了《明伦大典》，不顾历史事实，用强权来裁断历史事件的是非曲直，并据此对参与大礼议的对立面群臣肆行打击。更有甚者，帝不断地变更太庙的规制，无中生有，硬是把没有登上皇位的父亲称"睿宗献皇帝"而入太庙，且跻于武宗之上。本来按照庙制，在嘉靖帝死后称宗入庙时，才会奉祧其先祖仁宗皇帝的神位；可是帝又生怕到时群臣会主张首先迁祧他父亲献皇帝的神主，这样他业已在太庙中构建起的皇室正统地位将不得保持。史称："初，孝烈皇后崩，帝欲祔之庙，念压于先孝洁皇后，又睿宗入庙非公议，恐后世议祧，遂欲当己世预祧仁宗，以孝烈先祔庙，自为一世。"（《明史》卷213第5632页）于是他为了在自己生前就确定父亲神主在太庙中的地位，遂不顾群臣反对，硬是把自己才死去的第三任皇后方氏的神位提前入居太庙，占据了自己身后在太庙中的位置，并提前祧迁了仁宗皇帝的神位，从而伪造了太庙中新的位序，以确保自己父亲献皇帝的神主日后不被祧迁。这是明王朝首次祧迁太庙神主，就上演了活着的皇帝入占太庙神位的闹剧，真是造假作伪无所不用其极。

嘉靖帝为了打击杨廷和等群臣，还不惜造假信伪，公然炮制冤假错案。张璁等编造廷臣"宁忤天子，不敢忤权臣"之说以耸动圣听，帝则深信不疑，遂视大臣及满朝士大夫为仇寇。给事陈洸因罪递解为民，其妻郑以奸离异，其子桓以杀人坐死；而席书伪造事实代为申冤，称"洸以议礼为人嫉恶，文致其罪"。帝不经再讯，即以中旨命洸免递解，妻免离异，子免死戍边，不久又尽复其官。大盗李鉴杀官兵、劫人财、烧人屋，长沙知府宋卿经审理众证已狱成，且鉴已就缚，输服请死；而席书欲坐实其劾宋卿"入人死罪"之奏，辄代为死囚辩，称"臣以议礼忤朝臣，故楚中问官释宋卿之罪，而归罪无辜之李鉴"。虽经多官复审，皆证其言为伪，帝亦心知其然，而竟称"鉴事既有席书伸理，必有冤抑，不必再勘"。（《万历野获编》卷18 第496页）公然为造假辩护，命李鉴免死戍辽东，欲借此伪证以箝天下之口。张柱弑母而反诬邻人张福所为，只因张福是武宗皇后夏氏家之仆，帝因议大礼而衔及夏氏，即不顾法司审理明白结案，而信东厂之伪证，冤杀张福而纵真凶张柱。李福达谋反一案，经法司多次审理结案，因词连武定侯郭勋，且其自诉"以议礼触众怒为言，帝信之"；遂命议礼新贵张璁、桂萼、方献夫分摄三法司事，公然组团作伪，尽翻此案；涉案士大夫被逮治杖讯，备尝五毒，死者十余人，余戍边、削籍，流毒至四十余人，闻者惨之。而张璁等却自谓平反有功，请编《钦明大狱录》，颁示内外诸臣，再次企图以皇权来控制舆论，垄断对这一重大案件的解释权，以掩盖其作伪翻案的恶行。然而假的就是假的，伪装应当剥去，嘉靖四十五年，四川破获蔡伯贯反案，牵出了李福达案之真相，全案得以平反，"凡当时死事、谪戍者，皆得叙用"。（《明史纪事本末》卷56 第875页）就在嘉靖帝死后不久，《明伦大典》中备受指责和打击的杨廷和等议礼诸臣也陆续得到平反，获美谥优恤，朝野对其赞誉之文也广为流传；史家对"大礼议"的评断与《明伦大典》之说亦大相径庭，对兴献帝称宗入庙的作伪行为更是颇多指责。这种以官方修书的方式来垄断对重大历史事件的解释权的做法，当时虽能奏效，一时能达到某些目的；但终究无法改变历史真相，且影响了官修史学的公信力，带来了私家史学的兴起和普及，人们述史求真的愿望是不可遏制的。

　　壬寅宫婢之变后，嘉靖帝移居西苑，不再居大内，亦不再上朝，一意玄修；笃信道士邵元节及方士陶仲文，假伪之风愈炽。时朝中"奏章有前朝、后朝之说：前朝所奏者，诸司章奏也；他方士杂流有所陈请，则从后朝入，前朝官不与闻，故无人摘发。"（《明史》卷307 第7900页）方士段朝用"以烧炼干郭勋，言所化银皆仙物，用为饮食器，当不死。勋进之帝，帝大悦。仲文亦荐之，献万金助雷坛工费。帝嘉其忠，授紫府宣忠高士。朝用请岁进数万金以资国用，帝益喜。已而术不验，其徒王子岩攻发其诈。帝执子岩、朝用，付镇抚拷讯，朝用所献银，故出勋资"。（《明史》卷307 第7898页）方士王金因献仙酒得幸于帝，"一日，帝于秘殿扶乩，言服芝可延年，使使采芝天下。四方来献者，皆积苑中；中使窃出市人，复进之以邀赏。金厚结中使，得芝万本，聚为一山，号'万岁芝山'，又伪为五色龟。"（《明史》卷307 第7900页）金自献之，帝大喜，授其为太医院御医。总督都御史胡宗宪，因献白鹿得君。他在抓到白鹿后，"命一人衣黄衣，日夕饲饮之，久而益驯。既进上，鹿辄舐上黄衣，上大悦，有'御史忠爱'之褒。"（《花当阁丛说》卷8第638页）帝晚年常闷闷不乐，太监们因诈饰以娱之，一日"帝夜坐庭中，获一桃御帷后，左右言自空中下。帝大喜曰：'天赐也。'修迎恩醮五日。明日复降一桃，其夜白兔生二子，帝益喜，谢玄告庙。未几，寿鹿亦生二子，廷臣表贺。帝以奇祥三锡，天眷非常，手诏褒答"。（《明史》卷307第7901页）君臣合演了一场魔术般的闹剧。

假伪之风在当时的官场亦很盛行，尤其严嵩父子善揣帝意，更借帝深居西内不复与外廷相接，故得掩蔽聪明，窃弄威福。时司礼监和吏部欲考选通政司右参议一人，吏部尚书李默欲用其乡人工部郎中陈应魁，因拔主事胡朝臣陪同应考。"朝臣浙人，故妙于音律，而应魁口复多乡语。比选，朝臣高声大呼，而应魁称'百户'为'伯父'，司礼大笑之，竟用朝臣。朝臣家故贫，无处索赂谢，严嵩父子谓其白手博京堂官，甚恶之。"（《世庙识余录》卷23第3页）遂伪造赃罪，嗾科道将其下狱追赃，至严嵩父子败后方才得白。吏部尚书严讷曾破格提拔山东一典史为知县，原来当年这典史"为巡按御史扶舆，出袖中饼啖其侧。御史恶其亵，将杖之。典史曰：'吾在外，恐取民食，故自匿其饼充饥耳。'御史大喜，因荐为卓异，始蒙殊擢"。（《世庙识余录》卷24第7页）后该人以知县贪赃枉法被革职，才知他此前是故意制造假象，骗取御史激赏以得殊擢。不仅有官员为谋私利而造假，即便正人君子亦不能免俗，为达成某些正当的目标而不得不作假。严嵩子世蕃被逮下狱，御史林润疏发严嵩父子之罪，并及其冤杀杨继盛、沈錬状。杨、沈之案本严氏大罪，明人姚士麟所撰《见只编》记有一个小插曲：巡按江西御史成守节奉命查抄严家，严嵩故着青衣小帽，捧数册医书，对成守节说："此集验方也，欲藉以送老耳。"成则戏问："有刀剑药方否？"严即答曰："有。"成又问："治得杨继盛、沈錬项上创否？"严嵩默然无语。可见其对此大罪亦是心知肚明的。可当身在狱中的严世蕃得知御史将其此罪写入奏章时，即扬言自己不日即可出狱。徐阶豫知此情，称"杨、沈事诚犯天下公恶，然杨以计中上所讳，取特旨；沈暗入招中，取泛旨，上岂肯自引为过？一入览，疑法司借严氏归过于上，必震怒，在事者皆不免，严公子骑款段出都门矣"。（《明通鉴》卷63第2128页）随即修改奏疏，以严世蕃南通倭、北通虏、聚众谋反而激帝杀之。这手段看起来着实有些小人，可就当时的情形而言，不如此则不足以彻底击败严氏势力，如任其反噬，必将对国家造成更大的危害。对于帝"亲小人远贤臣"、暴虐逆鳞之臣的用人之道，及朝中日益恶化的政治生态，徐阶惩于夏言、杨继盛等的惨痛教训，不得不改变斗争策略。先前，为了消除严嵩的猜忌，徐阶竟以长子徐璠的次女许配严世蕃所爱之幼子，严嵩大喜，坦然不复疑。后严世蕃被逮将就刑，则此女已及笄，徐璠"晨谒乃翁，色怒不言，侦知其意，遂鸩其女以报，华亭瞿然颔之。不浃日，而世蕃赴市矣"。（《万历野获编》卷8第245页）可怜一个花季少女，就这样成了政治斗争中作伪的牺牲品，从这个意义上讲，这种造假作伪也是被嘉靖帝的恶行逼出来的。

　　"大礼议"中嘉靖帝为光大自己的世系而不惜弄虚作假，且效果极佳，这极大地激发了当时的修谱热情，也从根本上影响了民间的修谱风气。笔者目前所接触到的很多家族的宗谱，大都创修于嘉靖中后期，可以想见当时修谱风气之盛，敝家《铅山鹅湖横林费氏宗谱》即其中之一。此谱创修之初，因旧时谱系不传，即以在铅山立家的赤贫之人本二公费有常为始迁祖，并不攀贵附富，因而得到大学士徐阶、申时行、郑以伟等名流的称赞。可就在嘉靖中期，礼部尚书费寀逝世后，同年吏部尚书闻渊在为其所撰墓表文中却称"元季有名禾者为弋阳尉，因家焉，遂籍广信之铅山"。据《广信府志》，费禾系铅山举人，宋淳熙间为弋阳县尉，是铅山范坞人，不是横林费氏的始迁祖。闻渊此说当据费寀后人提供的行状而撰，可见其时是有人想光大门楣，乱攀当过县尉的费禾为始迁祖；但这不确，且不妥，也不为我族人所认同，可却足见当时宗谱造假之一斑。明代中后期，社会上造假售假风行，宗谱造假更是大行其道，一时私家之谱盛行，伪托之风也就随之泛滥。当时商品经济空前发达，一些暴发户积聚了大量财富，但苦于没有显赫的世家背景，急于造出高贵的谱系。这种不良需求，催生了宗谱造假的市场。据明人李诩在《赝谱》一文中称："今人买得赝谱，便诧曰'我亦华胄也'，最是可笑。此事起于袁铉，铉以积学多藏书，贫不能自养，业此以惊愚贾利耳。"（《戒庵老人漫笔》卷7第294页）明末清初松江人李延罢更是详记了当时宗谱造假之状："袁铉积学多藏书，贫不能养，游吴中富家，与之作族谱。研究历代以来显者为其所自出，凡多者家有一谱，其先莫不由侯王将相而来，历代封谥诰敕、名人叙文具在。初见甚信，徐考之，乃多铉赝作者。铉年七十余，竟以作谱事致其家，为官所究，余人四窜避去，而铉亦不复来吴。此作赝谱之始也。今阊门内天库前聚众为之，姓各一谱，谱各分支，欲认某支，则捏造附之，贵显者则有画像及名人题赞，无不毕具。且以旧绢为之，或粉墨剥落，或字画糊涂，示为古迹。喜之者尝用数十金得之，以为若辈衣食，此古来所无，而今始有者。"（《南吴旧话录》卷上第46页）这种公然造假售假，时人斥之"圣贤之后为小人妄冒以欺世者多矣"，可见此风之盛。史学大家谢国桢先生在为《南吴旧话录》作跋时亦称："松江富室张秉素以漂染起家者，即当时之染坊也。江南大族依托豪门，造作家谱，以势凌人，霸占民产，欺诈小民。当时无耻文人若袁铉辈，专以造赝谱为业，此可见明清时代江南之陋习，经久而不能改者。"士人亦有假借通谱攀附以求升迁者，大学士袁炜欲立妾诸氏为继夫人，而嫌其出身低微。诸氏即派人密访乡中同姓有功名者，图谋相认为同宗。"新进士余姚朱朋裴认是其姑，遂造袁府投谒，历历言往事。袁曰：'君所言良是，但小妾姓诸，非朱也。'朋裴泣数行下曰：'此真余姑。先人本姓诸，少孤贫，与姑相失，后依朱氏，生朋裴，遂冒朱氏，未暇改也。'袁出数妇，令朋裴自认，朋裴先已悉诸状貌，竟走前痛哭，遂为姑侄。诸亦因得立。朋裴例选知县，袁为改除行人，且夤缘科道。俄袁卒，朋裴被黜，谈者绝倒。"（《贤

博编》第 39 页）

这种假伪之风，对当时社会生活的影响也是很大的。为了迎合嘉靖帝所好，举国四出寻香、寻芝，"湖广麻城人胡尚晓，诈称中书，伪为恭诚伯陶仲文文移，诣云南定边县取龙涎香进用。至则于石峒悬崖间，集夫役结梯而上，从石乳中取物三条，云是龙涎。见有鳞甲异物、风雷变态之状，故以耸动，大吏争相馈遗，黔国公厚赂之。事闻，诏逮下镇抚司拷讯，论斩。按，是时上好道教，故驿路往来，诈冒百出。有龙虎山道士江得洋，自称奉诏诣四川鹤鸣山挂幡，抚按俱厚赂之。比还荆州，持勘合挂号，守诘其奸状，寻获所贩少女及马骡以数十计，随行者七人俱置之法，而得洋逃去。惜当事者畏缩，不敢以其事闻之于上也。"（《世庙识余录》卷 18 第 18 页）葡萄牙传教士克鲁士在嘉靖年间曾游历中国，目睹大明朝城乡的真实情况，后来他写了一本名为《中国志》的书，不仅真切记录了当时商业的繁华，也如实地暴露了其间贸易造假之风：在农贸市场上，为了能多卖一些钱，卖牲口的拼命给牲口灌水，以增加牲口的重量；卖鸡的更是十分残暴，为了给鸡加重，硬生生地给活鸡灌沙子，令人惨不忍睹。明人叶权亦著文真实记录下当时市场假伪横行的情况："今时市中货物奸伪，两京为甚，此外无过于苏州。卖花人挑花一担，灿然可爱，无一枝真者。杨梅用大棕刷弹墨染紫黑色。老母鸡樗毛插长尾，假敦鸡卖之。浒墅货席者，术尤巧。大抵都会往来多客商可欺，如宋时何家楼故事。若吾乡有伪物，行市中一遍，少刻各指之矣。"（《贤博编》第 6 页）明人黄汴在其著作中亦称："自常州至浙江，牙行须防，价值难听，接客之徒诓诱。阊门市上杂货，不识休买，剪柳宜防。"（《天下水陆路程》卷 7 第 206 页）明人李晋在谈到当时市场上的骗术时称："吊白打拐，诓赚掣哄之流，智过君子，狡诈莫测。或假妆乡里讲乡谈，称有寄托，哄出我银，却将铅石抵换。或狗皮裹泥充麝香；或竹简筑土充水银；或水晶、玛瑙、宝石、溜金奇巧之具，执立冲衢，自谓客仆盗出主物，不求高价，惟求现卖，诱人入僻巷，强令买之；及觉物伪寻觅，则拐子变易巾帽衣服，虽立前不复识认。或丢锡锭于地，令人拾之，而挟取贴分。或云能炼黄白，要银求买奇药。或云能通先天神数，善察看幽隐，坐以致鬼，不用开言，诱人就学。似此种种诡计，无非效抛砖引玉之谋，诓人财物。"（《客商一览醒述》第 280 页）

同时，帝不顾宗法制度，逾矩尊崇生父母的做法也广为世人所仿效；一些因种种原因而出继他人的子弟，富贵之后即不顾养育栽培之恩，纷纷背信弃义而复原姓，致使继嗣之家人财皆失，倍受痛苦。如大学士李本，其祖父李懋早年出继伯父公琼、伯母蔡氏为后，李本一品三年秩满，依例得封赠三代，公琼、蔡氏得封诰，而其本生曾祖父母不预焉。至是，李本一品满六年，即上疏请将"应得诰命移赠臣本生曾祖父母公珍、潘氏"。（《世宗实录》卷 485 第 8096 页）帝命悉与之，称为特典。又如："通政使司右参议葛襘，本姓孙，少育于外叔祖葛华，因从其姓，至是奏乞复姓。而华妻张氏具言所以育养状，乞勿听许。上亦悯之，下吏部议。吏部言：'襘既孙氏子，不得背天经以犯人子之戒，复姓为宜。但张氏有恩，则听同居以母事之，殁后乃复归宗，庶于情义皆得。'报可。"（《世宗实录》卷77第1715页）从这里可以看出，当时吏部完全是按照帝在"大礼议"中的逻辑来处理此事的，强调尊崇本生为天经，不以宗法仪规为意。状元诸大绶，幼时出继为叔父诸国太之子，"登第后，即迎生母、庶母于京邸，精心侍奉。"（《中国历代文状元》第327页）旧制，凡为人后者，封不及本生，亦不得为本生服丧。诸大绶先后上疏祈封、请服，皆得帝特允，且著为令，朝中有类此情形者皆得如例。又如张钦，顺天通州人，正德六年进士，嘉靖中官至工部左侍郎，"钦初姓李，既通显，始复其姓。"（《明史》卷188第5000页）可见其影响之深远。

五、贪腐之风

"大礼议"从根本上改变了君臣和谐共治的局面，群臣一味屈从、逢迎，使嘉靖帝越发轻蔑士大夫；对之逐渐召之即来，挥之即去，动辄严旨苛责、廷杖虐辱，甚而酷刑毙命。帝以喜好用人，则使士大夫道德观念沦丧，精神操守顿失。此前官员中虽也有贪贿之为，但尚有"暮夜金"之说，背人而行，稍掩其迹，唯恐人知。此时则贪腐成风，三观颠倒，恬不知耻，反以贪腐为精明通达，竟视廉洁为迂腐无能。议礼新贵张璁在朝网罗亲信，操纵铨选、考察，用人如弈棋。嘉定人金洲以永康知县改任吏部，以其素协士论，应留任，但帝却不允，令放外任。原来金洲家乡的陈知县是张璁的亲戚，以值三百金的苏制寝具二床，托金洲带回京送给张璁。金迫于父命，勉强带上，而心实惭愧，行至半途即借口舟漏还其所托于陈。而陈此前已有书信达于张璁。及金人京见张璁，"第空手耳，遂衔之，故被是旨，而洲寻终于高邑令。"（《世庙识余录》卷7第3页）张璁居家则大兴土木，在乡"建敬一亭、宝纶楼，楼前建朝阙亭，皆以废寺为之，辄役民夫，为公众所怨望"。（《世庙识余录》卷8第18页）遂与御史周汝员讦奏。桂萼为吏部尚书，举私人李梦鹤为御医，"给事中陆粲极论其罪，并言梦鹤与萼家人吴从周、序班桂林居间行贿事。奏入，帝大悟，立夺萼官。"（《明史》卷196第5184页）其同乡傅习在云南任官，"令仆以金宝二罐通于桂，求内转，标题目曰'黄雀银鱼'。桂时方秉铨，受而语仆曰：'语尔主，此处来不得，南京去罢。'逾月遂擢南廷尉，行至镇远而死。此嘉靖戊子年事，时人以一绝曰：'黄雀银鱼各一罂，长安陌上肆公行，若教冢宰持公道，安得南京大理卿。'滇人至今能道之。旧传桂见山有'素丝之节'，谬矣。"（《万历野获编》补遗卷2第280页）吏部尚书汪鋐素贪，"嘉定令李资坤者，滇人也，始令楚之宜城，以好兴作为县人所奏，当赴调。鋐察李有干局，竟调嘉定，李感鋐知己。逾年，李遣一衙伶，五寸金裹以疋组，驰谢之。而是时京师馈遗严禁，伶系组于腰，侦校密伺之，几为所获。伶乃佯为登厕状，示身无所有，校因舍之去。入夜，始得潜投鋐所。"（《西园闻见录》卷8第12页）大学士夏言得帝宠，"久贵用事，家富厚，多通问遗。"（《明史》卷196

第 5197 页）锦衣卫都督陆炳，其母是嘉靖帝的乳娘，从小随母入宫侍于帝左右，又曾从火灾宫中救帝出，深得帝爱幸；乃阴结大学士严嵩，"任豪恶为爪牙，悉知民间铢两奸。富人有小过辄收捕，没其家。积赀数百万，营别宅十余所，庄园遍四方，势倾天下。时严嵩父子尽揽六曹事，炳无所不关说。文武大吏争走其门，岁入不赀。"（《明史》卷 307 第 7894 页）工部尚书甘"为霖与兵部尚书张瓒、礼部尚书严嵩、吏部尚书许讚皆赃赂狼藉，为清议所斥云"。（《世宗实录》卷 326 第 6027 页）不仅朝中大臣贪腐，边将亦然。提督陕西三边兵部尚书王宪曾上疏言："边将不畏国法，专事奔竞，间多假金银赂遗权贵人，以求迁擢。至辄朘削士卒，偿其所负，展转递迁，为害滋甚。"（《世宗实录》卷 77 第 1716 页）给事中罗嘉宾、御史庞尚鹏勘查江南诸贪赃状称："浙直军兴以来，督抚诸臣侵盗军需无虑数千万，臣等奉诏通查出入之数，其间侵欺有术、文饰多端、册籍沉埋、条贯淆乱者姑无论之，即其文牍具存、出入可考、事迹张灼可得而陈其数者，则如督察尚书赵文华所侵盗以十万四千计，总督都御史周珫以二万七千计，总督侍郎胡宗宪以三万三千计，原任浙江巡抚都御史阮鹗以五万八千计，操江都御史史褒善以万一千计，巡抚应天都御史赵忻以四千七百计。此皆知虑有所偶遗，弥缝之所未尽，据其败露，十不及二三，然亦夥矣。至于操江都御史高捷，则明以江防银二千两檄送赵文华；巡抚应天都御史陈锭则檄取军饷银二千两，锱铢无所支费，此又皆公行贿攘，视为当然者也。"（《世庙识余录》卷 21 第 1 页）胡宗宪经营抗倭事，尽督东南数十府，经赵文华交结严嵩父子，所进献金帛子女珍奇淫巧无以计数。为此他"创编提均徭之法，加赋额外，民为困敝，而所侵官帑、敛富人财物亦不赀"。对御史勘其贪赃，则"自辩言'臣为国除贼，用间用饵，非小惠不成大谋。'帝以为然，更慰谕之"。（《明史》卷 205 第 5414 页）严嵩也为之辩护，称"昔王守仁讨宸濠之后，何尝不侵濠帑，以有大功，故诮让不及也"。（《世庙识余录》卷 21 第 3 页）可见帝对官员的贪腐大多是放任和纵容的，从而在客观上促使这一歪风愈刮愈烈，甚而至一发不可收拾。大学士徐阶对此曾一针见血地指出："往年有造言者曰：'皇上只要人干事，不怪人要钱。'贪夫从而知之，于是内外诸司公然剥虐百姓，不复耻畏。其官日升，其家日富，而民财则日穷，民心则日怨。"（《明经世文编》卷 244 第 8 页）这真是害国殃民之祸本。

严嵩以奉命祭告显陵归而献瑞得君，遂开始贪腐。掌礼部时，诸宗藩请恤典、乞封赏，他均利用权力乘机挟取贿赂，虽屡遭言官论列，帝皆庇之不问。严嵩无大才略，只是一味柔媚迎合帝意，乘帝深居西内一意修玄，遍引私人窃居要地，弄权罔利，把持朝政二十年。时严嵩年高耄昏，且旦夕随侍帝于西内，竟将朝政尽委其子严世蕃，诸事实由严世蕃专断。据王世贞所记："余所见严相子世蕃，尤偓僎无状。时少傅徐公、少保李公出直所相访，停堂中良久，乃传语曰：'请缓之，中酒，须小卧足乃起。'又久之，曰：'深酒，不能起，以午未间相见可也。'如是以为常。若部院诸公谒，辞有三四日者，不敢示倦色。诸曹至直所以事白，严相初尚曰'与小儿语'，末至后则曰'与东楼语'；东楼者，世蕃别号也，即不见世蕃，严相亦不敢决也。"（《弇州史料后集》卷36 第 2 页）"世蕃负性悖逆，横恣不道。生死，朝廷之威刑，乃敢假之以恐吓于外；爵赏，国家之名器，乃敢鬻之以敛货于己。自中外百司以及九边文武大小将吏，岁时致馈，名曰'问安'；凡报功罪以及修筑城堡，必先科克银两，多则钜万，少亦不下数千，纳世蕃所，名曰'买命'；每遇大选、急选、推升、行取等项，辄遍索重货，择地拣官，巨细不遗，名曰'讲缺'；及已升官履任，即搜索库藏，剥削小民，金帛珍玩，惟所供送，名曰'谢礼'；甚者户部解发各边银两，大半归之世蕃，或未出都而中分，或已抵境而还送，以致士风大坏，边事日非，帑藏空虚，闾阎凋瘁，贻国家祸害。"（《世宗实录》卷 544 第 8789 页）严氏父子的贪腐，重在卖官鬻爵，"世蕃故凶侈无赖，既窃国柄，遂明目张胆，大启贿门。凡中外文武吏，无论大小，迁授上下，一视略入为轩轾。一时狡佞无行之士若赵文华、鄢懋卿、万寀、董份及汝楫辈，咸朋党交通，为之关节；因而各张骗局于外，诸债帅、墨吏，群然趋之，择官选地，取如探囊，朝求暮获，捷若应响。"（《世宗实录》卷 513 第 8423 页）官之大小繁简，地之饶瘠险易，皆有明确定价：州判三百两，通判五百两，指挥三百两，都指挥七百两，给事中、御史五百两、八百两，甚有增至千两者。刑部主事项治元向严世蕃送上一万三千两，得转调吏部主事，因其行贿之数与明初江南首富沈万三之名巧合，故时人讥之"沈万三官"。严世蕃不仅爱财，还"好古尊彝、奇器、书画，赵文华、鄢懋卿、胡宗宪之属，所到辄辇致之，或索之富人，必得然后已。"（《明史》卷 308 第 7920 页）就连严嵩的老妻欧阳氏亦染指贿赂，"嵩尝憾文华，嵩妻纳其厚贿，曲为之解。"（《天水冰山录》赵怀玉序）

对严嵩父子的贪腐，真可谓罄竹难书，不能尽述其详，但我们从当时抄没其江西家产的清单中亦可见一斑："诰敕翰器等项共二百四十件，金共一万三千一百七十一两六钱五分；纯金器皿共三千一百八十五件，重一万一千零三十三两三钱一分，内有金海水龙壶五，金龙耳杯二，金龙盘三；金镶珠宝器皿三百六十七件，共重一千八百零二两七钱二分；内有龙盘、凤杯、龙壶、坏金器共二百五十三件，内有金牌十二面，金人三个，共重四百零三两九钱二分，连前各项金器三千八百五件，共重一万二百三十九两九钱五分；金镶珠玉首饰共二十三副，计二百八十四件，共重四百四十八两五钱一分，内有猫睛六颗，祖母绿二件；金镶珠宝首饰共一百五十九副，计一千八百零三件，共重二千七百九十二两二钱六分，内有猫睛二十颗，有天上长庚、人间寿域、无穷寿、永喜心字等名件金玉珠宝头箍围鬃共二十一条，共重九十九两六钱三分；金玉珠宝耳环、耳坠、耳塞共二百六十七双，内有猫睛二颗，共重一百四十九两八钱三分；金镶珠玉宝石等项坠、领坠、胸襟、步事件共六十二件，共重一百七十九两二钱六分；金镶珠玉宝簪共三百零九件，共重九十四两八钱四分；金玉镶嵌珠宝等镯钏一百零五件，共重四百二十两一钱；杂色金玉首饰，内有美人夜游、玲珑掩耳，共七百七十六件，共重九百四十九两七钱六分；金镶珠玉宝石帽顶共三十五个,共重七十七两一钱七分;金镶玉宝条环二百八件,一千一百一十三两零九分,内有海内英雄、五龙玩月、福寿康宁等名色猫睛二十颗,内墨猫睛一颗,圆月大珠不计;金镶嵌珠宝条钩六十八件,共重二百三十五两七钱五分,内猫睛二颗,连前首饰等项共三千九百三十八件,共重六千五百五十八两二钱,通共净金、净器皿、首饰等项共重一万二千九百六十九两八钱,净银二百零一万三千四百七十八两九钱,银器皿共一千六百四十九件,共重一万三千三百五十七两三钱五分,内有满池娇银山二座,银镶宝首饰事件六百二十八件,重二百五十三两八钱五分;连前银器共计二千二百七十七件,共重一万三千一百一十一两二钱;通共净银、银器共重二百二万七千九十两一钱;玉器共八百五十七件,共重三千五百二十九两五钱,内有汉始建国元年注水玉匜、晋永和镇宅世宝紫玉杯、永和镇宅世宝玉盘、紫玉、墨玉、碧玉、黄玉、荒玉、花玉等名,番字玉板一片,重一十三两七钱,千岩竞秀玉山一座,重一十三两二钱,玉带二百零二件;金镶玳瑁、犀角、玛瑙、银晦、珠钿、牙香等带共一百二十四条,金折丝带环等项共三十三条,内猫睛二颗;金镶珠晦、犀、象、玳瑁器皿共五百六十三件,共重一千三百三十一两七钱;金银镶牙筋二千六百八十二双,金镶双龙卵壶一把,镀金双龙卵壶一把,金镶龙卵酒瓮二个,连座未镶龙卵一枚,共龙卵五个;珍珠冠头箍等项,内有五凤、三凤冠共六十三顶件,共重三百六两三钱;珍珠、琥珀、宝石共重二百六十四两五钱;珊瑚、犀角、象牙等项共六十九件,内有大学士司丞牙牌二面,除珠不计件珍奇玩器,珠宝、水晶、珊瑚、玻璃、玛瑙、哥窑、柴窑、嘉峪石斗、龙须席、西洋席共三千五百五十六件副、双;象牙签八十五根,洪熙、宣德古渊水熊胆、空青蔷薇露共十三罐盒;矿砂三百八十五两,朱砂二百五十斤六两;檀、沈、降、速等香二百九十一根,重五千五十八斤十两;奇南香三块;沈山香四座;织金妆花段共一千一百五十一匹,内有大红妆花五爪云龙过肩段二匹;绢七百四十三匹;罗六百四十七匹;纱一千一百四十七匹,绸八百一十四匹;改机二百七十四匹;绒五百九十一匹,内有西洋铁色褐六匹;锦二百一十匹,内宋锦一百一十七匹;绫一十一匹;琐幅一百六匹零一段;葛五十七匹;布五百七十六匹,内有西洋红白棉布;以上共一万四千三百三十一匹零一段。织金花妆男女衣服,段、绢、罗、纱、绸、改机、绒、宋锦、葛、貂、裘、丝、布、洒线共一千三百零四件,丝绵四百八十七斤,刻丝画补四十副件;金银铰扇二万七千三百零八把;古今名琴五十四张,内有月下水玉琴、咸通之宝、清庙之音、响泉霜钟、清流激玉、玉壶冰苞、龙喷玉一、天秋万壑、松秋涧泉、雪夜钟玉、琼琤寒玉、秋月春雪、调古冰泉、垂月松风、鸣雷震殿、九霄鸣佩、流水高山、寒江落雁等名;大理石古铜琴。古砚一十六方,内有未央宫瓦研、铜雀瓦研、唐天策府研、贞观上苑研、苏东坡天成研、宣和殿研、文文山研;都丞文具六副;屏风围屏一百零八座架;大理石螺钿玳瑁床一十七张;古铜器一千一百二十七件,重六千九百九十四斤零二两;铜钱九千四百七十五文,钞二梱;古今书籍八十八部二千六百一十三本；石刻法帖墨迹三百五十八册轴；古今名画、刻丝、纳纱纸织金绣手卷叶共三千二百零一轴，内有唐九成宫避暑图、阿房宫图，宋周文矩学士文会图、金谷园图，唐阎立本职贡图、杏坛图、越王宫殿图，宋张择端清明上河图、西湖春晓图、南屏晚钟图，刘松源西湖图。变价绸绢布匹二万七千二百八十三匹，共估价一万五千零四十七两六钱；变价男女衣裘一万七千四十一件，共估价银六千二百五两零七分；变价扇柄二百八十四把，共估价银八两六钱四分；变价铜、锡器二项，共估价银二百七十九两五钱五分；变价螺钿石床六百四十张，共估价银二千一百二十七两八钱五分，变价帐幔被褥共二万二千四百二十七双副，共估价银二千二百四十八两二钱。轿三十五乘，共银七十两；桌椅厨柜七千四百二十四件，共银一千四百五两；盘盒家火九万四千九百二十六件、把、双、瓦、蜡、胶、藤通估银一千二百三十五两九钱五分；乐器、神龛共四百二十零件，估银二十两八钱四分；兵器三百四十一件，变价第宅房屋共六千七百四十间、所，共价银八万六千三百五十两；变价田地、山塘约三万余亩，共价银四万四千四百九十三两四钱六分七厘二毫；变价船板、稻谷、马牛等畜共银二千七百八十七两六钱八分；通计净银并器皿首饰与变价寄借银二百三十四万二千七百三十一两七钱七分二毫，续追金七十四两七钱九分，续追银一万三千九百两八钱九分二厘，续追玉器物共二百一十三件副，又朱砂八十两，檀、速香二百八十四根，中书牙牌一面，续追变价物件共估价银八百四十四两四钱四分，连净银、银器共一万六千五百一十六两二厘，连先报通共银二百三十五万九千二百四十七两七钱七分九厘二毫。又直隶巡按御史孙丕杨抄没严嵩北京家产：五爪金龙罗段等一千六百七十九匹，金四百八十三两二钱，金珠宝首饰六百五十件，重六百三十四两，金镶玛瑙、象牙、金玉宝带四十七条，银一万二千六百五两，珍珠、宝石二十四两五钱，玉石、犀角、珊瑚、象牙器皿三百三十斤，降、真等香一千五百三十斤；牙笏三十七根，牙牌三面，牙筋四百三十一双；图书、古画三千六百五部、轴；织金妆花衣服翠物二百一十三箱；房屋共一千七百余间、所，内有雕刻香十间，金丝铜锡器皿共五千五百余件，地一百五十余所亩；寄出银三千八百余两。

　　村老曰："籍中龙卵、猫睛诸奇货皆得之仇鸾、海上将领并阉直者。越王宫殿图，仁和丁氏物；文会等图，钱塘洪氏物；皆总督胡公以数金转易者。清明上河图，苏州陆氏物，以千二百金购之，才得其赝本，卒破数十家，其成于王彪、汤九、张四辈，可谓尤物害民也。彪善传神，可称绝伎，余及见之。"（《花当阁丛谈》卷2第134页）《花当阁丛谈》流布不广，故不厌其烦全录以飨读者，从中既可一窥严氏父子赃贿敛财之疯狂，亦可想见嘉靖朝贪腐之风的猖獗。他们不仅疯狂敛财，还恬不知耻，竞相夸富。"严世蕃积资满百万，辄置酒一高会，其后四高会矣，而乾没不止。尝与厚客屈指天下富家，居首等家凡十七家，虽溧阳史恭甫最有声，亦仅得二等之首。所谓十七家者，已与蜀王、黔公、太监高忠、黄锦及成公、魏公、陆都督炳。又京师有张二锦衣者，太监永之侄也。山西三姓，徽州二姓与土官贵州安宣慰，积资满五十万以上，方居首等。前是无锡有邹望者，将百万，安国者过五十万。今吴兴董尚书家过百万，嘉兴项氏将百万，项之金银古玩实胜董，田宅资产不如耳。大珰冯保、张宏家资皆直二百万之上，武清李侯当亦过百万矣。"（《弇州史料后集》卷36第4页）从这些人的暴富，也可见当时贪腐之一斑。

六、奢靡之风

嘉靖帝为适应"大礼议"的需要，频更祭祀，屡行大典，大兴土木，广造殿陵。据史料称，明代营建"惟嘉靖间最甚，十五年题实已用过银六七百万两之数，十五年后之费又将十数倍不止。当时慈庆、慈宁、七陵、寿宫、行宫、先蚕坛殿、西苑、仁寿宫、鼓楼、六圣碑亭、景圣碑、泾简王、端妃等坟，一时合发在京做工官军拨七万余，每名支月粮、行粮、赏米、冬衣布花该六两之数，又不在所费之内。时工场二三十处，每日雇觅夫匠九万四千七百余，岁费一百八十七万余两。又岁雇车脚价银三十四万五千余两，铺商料价一百余万两。又承天起工一十余处，扣除湖广及河南事例银七十余万两，江、浙、川、湖南、直隶、贵州扣除买办料价五百余万两，苏州、临清砖厂扣除价运百万余两，兵部沙河城池工程借用及各抚按借留军器折色银十万余两，其湖广采木用银七十余万两"。（《国朝汇典》卷192第2410页）从中可见当时营建规模庞大、奢华之一斑。而这庞大的开支，亦时被侵克，史料称"天家营建，比民间加数百倍。曾闻乾清宫窗槅一扇，稍损欲修，估价至五千金，而内珰犹未满志。盖内府之侵削，部吏之扣除，舆夫匠头之破冒，及至实充经费，所余亦无多矣"。（《万历野获编》卷19第519页）至于帝崇尚道教、迷信玄修、服食丹药、妄求长生、广征淑女、纵欲无度的荒诞淫秽之状，本文在下篇第八章"'大礼议'与嘉靖性格"之第六节"迷信邪说，荒淫奢侈"中已有论及，在此不再赘述。然而"楚王好细腰，宫中多饿死"，上有所好，下必甚焉，朝野上下逐渐形成了一股奢靡之风。

皇家大兴土木，华丽的营建，很快为不少大臣所仿效，其时南京礼部右侍郎崔铣在论及官员宅第变化时曾称："成化中风俗俭朴，先君为司马郎，铣时十岁，尚记先君贳屋自深巷入转东，土垣小门内屋三间以秣马，又土垣小门入寝室三间。东三间为客次，寝之对有垣及小屋二间，灶室也。弘治中官颇治屋，然西涯阁老宅即尹天官故第，天官又名以贿败者，在陋巷，榱柱皆朴樕小材，但稍广敞。今被召至京大官，自造华居，袭石采椽，连甍别院，价至万金者。燕客酒半出玉斝，相酬金银不足珍。噫，奢乐极矣，其无患乎?"（《西园闻见录》卷14第30页）这里说出了当时的一些实情。议礼新贵张璁持帝宠，在家乡书院中建"敬一亭"，后又建"荣恩堂"房一所；"西第成，以献皇帝遗墨扁其堂，而侑以白金十镒、彩帛肥牷。上以故所读书姚溪书院敝，特命有司新而广之，赐名'贞义'，其堂曰'抱忠'。孚敬于居第复为崇阁以奉诰敕、御札，名之曰'宝纶'。居第延袤可二里，其土木工石一资之官。"（《嘉靖以来首辅传》卷2第11页）后其致仕家居的时候，仍旧大兴土木，"强市第宅自广，日役数千人，富者辄编使督工，民怨嗷嗷，赖温守郁山调停姑息。王元美传云‘土木之工冠江南’，是矣。"（《国史唯疑》卷6第93页）他甚而拆卸寺庙之材以供其建房之用，真可谓"敢冒天下之大不韪"。吏部尚书汪鋐亦建一楼，帝应其请，赐名"昭恩"，令工部制匾给之。大学士夏言久贵用事，在家乡府城上饶大公厂一带兴建豪宅，帝赐名曰"宝泽楼"；"前有琼恩堂，后有丹桂堂、赐闲堂。抬梁式砖木结构，硬山屋顶，飞檐斗拱，画栋雕梁，镂空花窗，方砖铺地。楼前有三重石阶，门楣悬‘宝泽楼’匾。"（《上饶市志》卷29第549页）至今遗址遗迹犹存。后又建"忠礼书院"，以奉藏御制翰墨之所，帝令"有司金编人役看守，毋致倾圮"。（《世宗实录》卷198第4168页）锦衣卫都督陆炳积资数百万，在京城营造别宅十余所，庄园遍四方。贵溪龙虎山上清宫道士邵元节深得帝宠，帝为其在京师城西建造真人府，又在贵溪建道院，赐名"仙源宫"。严嵩父子更是四处广建楼宇，据其被籍没家产的登记簿《天水冰山录》所记，其在江西南昌地方有第宅十二所，共一千六百八十间，估银四万七千四百一十六两；在袁州有第宅房店十九所，共三千三百四十三间，估银二万零一百六十三两二钱；在分宜有第宅房店二十所，共一千六百二十四间，估银一万八千六百四十七两；在萍乡县有基层六所，估银四十四两。对在家乡府城袁州兴建宅第，其曾撰文以记："址以丈计，横四十有奇，纵如之。北枕城麓，东旧为洼地，则实以厚土。西邻官局，则限以崇垣。其南为居民数家，咸愿乐卖，又买之，则辟以通衢，加延袤焉。余比岁荷蒙皇上恩赉隆渥，因悉出赐金以佐凡费。始作正寝之堂，东为祠堂，祠后为书堂。东北建楼以尊贮上赐密谕之札、御笔之诗、累赐之诰敕，而楼曰‘琼翰流辉’，堂曰‘忠弼’者，上所名也。其西隙地为圃，叠石植树，构堂其间，曰‘悬车’，行将乞谢而归，则佚游于斯，宾宴于斯，而命之曰‘憩老之园’。"（《钤山堂集》卷22第3页）嘉靖十八年，又买下西长安街一座古老的宅院。此宅大学士谢迁、费宏、毛纪曾经先后居住，费宏曾作七言古体诗《谢少保砺庵分送葡萄》提及此事："当年此屋我曾寓，高架犹存纳凉处。鸿泥踪迹久东西，岂意复来同啸语。"（《费宏集》卷2第61页）同时代三位相爷在京的居所，想必不会太简陋，而严嵩却嫌它"岁久圮甚"，命其子世蕃督理更新。经过十年的不断兴造、不断扩展，"其治第京师，连三四坊，堰水为塘数十亩，罗珍禽奇树其中。"（《明史》卷308第7920页）至嘉靖二十八年，扩建始完工，帝赐其正堂名曰"忠正"，并命工部制匾悬挂。作为向严嵩七十大寿的献礼工程，"公之嗣子太常卿求辟堂于第之东，甫讫工，乃诹日分曹，宴享新堂。"（《寿春堂集》敖铣序）并题此堂为"寿春堂"，"于是朝之公卿百执事，相与侈为文章，播之歌咏，用以称庆于公。"（《寿春堂集》闵如霖《寿春堂记》）后严世蕃将这些诗文辑为《寿春堂集》，从中可见其在当时朝中影响之大，亦可见其宅第之气势宏大、富丽堂皇。

在大建宅第的同时，兴建园林也渐成风气，苏州有不少著名园林就兴建或扩建于此时。太仆寺少卿徐泰时，建成私家花园，有东西两园；规模大，厅堂华丽，装饰精致,其东园即现在的留园。浙江按察副使袁袠在城西小街深巷中建住宅花园,名为醉颖堂,即现在的艺圃,亦称敬亭山房。嘉靖二十五年,僧人文瑛复建了已成庵寺的沧浪亭。四川布政使潘允端在上海兴建了豫园,以孝敬父母。嘉靖三十九年,江西布政使秦梁在无锡修葺园居,其中凿池叠山,风景雅致,遂名为寄畅园,亦称凤谷山庄。福建布政司右参政王叔杲在永嘉县城墨池坊建玉介园,即现在的墨池公园;又在市郊旸岙筑旸湖别墅。中书洪澄在杭州孤山建西溪别墅,嘉靖间咸宁侯仇鸾征安南,道杭州,遂得占有;仇败,又归锦衣卫帅陆炳所有,且愈增华美。其他各处兴建的园林更是不胜枚举,他们追求城居与乡居相结合的隐逸风尚,热衷于山水楼台的争奇斗艳,其中尤以青州兵备副使王世贞在家乡太仓所建弇山园最为典型。王世贞精通文史诗词,亦酷爱园林,颇谙造园艺术。他的著作中有大量有关当时园林的记述,如在《大隐园集序》中记述了樊山王朱昇甫的大隐园;在《山园杂著小序》中记载了他与弟弟王敬美的离薋园、弇山园、淡圃;在《太仓诸园小记》中记录了太仓除他自家三园之外的园林:镇海卫千户田某所筑应山田氏园,江右司训安邦所筑安氏园,礼部尚书王元驭所治王氏园,太学吴云翀之吴氏园,王世贞之师季观察所建季氏园,王世贞世父王麋场所筑之泾园,王世贞子王士骐所建之约圃,举人曹茂来所治曹氏杜家桥园。在《游练川云间松陵诸园记》中记有嘉定礼部尚书徐学谟之归有园,顾太学之西郭园;上海顾尚宝之露香园,顾知州之水竹清居,并详细记载了方伯潘允端所创之豫园的风貌。他又为弇山园这一规模较大的人工山水园作了八记,其记一称:"自大桥稍南皆闬阓,可半里而杀,其西忽得径曰铁猫弄,颇猥鄙。循而西三百步许,弄穷,稍折而南,复西,不及弄之半,为隆福寺。其前有方池延袤二十亩,左右旧圃夹之,池渺渺受烟月,令人有苕霅间想。寺之右即吾弇山园也,亦名弇州园。前横清溪甚狭,而岸皆植垂柳,荫枝樛互如一本。溪南张氏腴田数亩,至麦寒禾暖之日,黄云铺野,时时作饼铒香,令人有炊宜城饭想。园之西为宗氏墓,古松柏十余株。其又西则汉寿亭侯庙,碧瓦雕甍,嶙峋云表。此皆辅吾园之胜者也。园之中为山者三,为岭者一,为佛阁者二,为楼者五,为堂者三,为书室者四,为轩者一,为亭者十,为修廊者一,为桥之石者二、木者六,为石梁者五,为洞者、为滩若濑者各四,为流杯者二,诸岩、磴、涧、壑不可以指计,竹木卉草香药之类不可以勾股计。此吾园之有也。园亩七十而赢,土石得十之四,水三之,室庐二之,竹树一之,此吾园之概也。(《弇州山人续稿》卷59第1页)其文记园中风景详细生动,确为当时园林优美雅致、豪华奢侈的真实写照,当时即有人写诗讽其所为:"太仓王氏园成,有题诗于壁以讽者,其诗曰:'丈夫垒石易,父祖积金难。未雪终天恨,翻成动地欢。峻岭悲高位,深池痛九泉。燕魂来路杳,拟作望云山。'盖凤洲公世贞乃翁思质忤因严分宜嵩之怨,死于西市,故云。或云昆山王逢年作。"(《戒庵老人漫笔》卷5第190页)这股造园之风不仅盛行于嘉靖年间,还一直延续到隆庆、万历年间,且愈演愈烈。

　　"大礼议"不仅破坏了君臣共治的大好局面，使嘉靖帝政治上逐渐走向亲小人、远贤臣的极端专权之路，生活上也日趋穷奢极欲、腐化堕落，对此本文下篇第八章第六节"迷信邪说，荒淫奢侈"中已有所述。然而正是君王这一行为所产生的示范效应，再加之当时商业资本的发展和社会经济交流的繁荣，对传统以俭朴为主的观念产生了强大的冲击，奢侈的风气日益激荡。首先在王公贵族和奸佞重臣中发端：鲁王朱观炡嘉靖七年以冲岁袭封，狎比群小，"淫戏无度，鲁府故有东园离宫，观炡益崇饰之，叠山浚池，为复屋曲房，挟娼乐及群小昼夜欢饮其中；或男女裸体群浴于池，无复人礼，左右有阴议及色忤者，必立毙之，或加炮烙。"（《世宗实录》卷204第4263页）对严嵩父子的奢靡，我们从上述查抄清单中已可见其大概，《明史》亦载："其治第京师，连三四坊，堰水为塘数十亩，罗珍禽奇树其中，日拥宾客纵倡乐，虽大僚或父执，虐之酒，不困不已。居母丧亦然。好古尊彝、奇器、书画，赵文华、胡宗宪之属，所到辄辇致之，或索之富人，必得然后已。"（《明史》卷308第7920页）又据史料载："吾盐有优者金凤，少以色幸于分宜严东楼侍郎；东楼昼非金不食，夜非金不寝也。金既衰老，食贫里中，比有所谓《鸣凤记》，而金复涂粉墨，身扮东楼矣。"（《见只编》中第9页）严世蕃的"溺器皆用金银铸成妇人，而空其中，粉面彩绣，以阴受溺。或者用象牙制成。严世蕃有姬妾二三十人，纵之宣淫，以繁荫袭。每与妇人合，辄弃白绫汗巾一，榻下堆积无数，岁终数之，以为淫筹焉。对奴婢更是肆意蹂躏，严世蕃第次吐痰，皆美婢以口承之，方发声，婢口已巧就，谓曰'香唾盂'"。（《严嵩传》第328页）"尚书王天华取媚世蕃，用锦罽织成点位，曰'双陆图'。别饰美人三十二，衣装缟素各半，曰'肉双陆'以进。每对打，美人闻声该在某点位，则自趋之。世蕃但一试，便不复用。"（《古今谈概》第453页）明代小说《金瓶梅》，通过西门庆等人物的言行，对当时秽黩百端、背伦灭理的社会生活百态作了详尽生动的描摹，使我们今天能对之有一个感性的认知。有人考证这是明人王世贞所著，为的是揭露严嵩父子的丑恶，因严世蕃号东楼，故书中主角称为西门。沈德符当时曾亲见此书，颇知该书之来龙去脉，称"闻此为嘉靖间大名士手笔，指斥时事，如蔡京父子则指分宜，林灵素则指陶仲文，朱勔则指陆炳，其他各有所属云"。（《万历野获编》卷25第104页）这种奢侈之风在不少士大夫中也逐渐漫延，王世贞亲见并在著作中记录了这一变化："先君初以御史使河东，取道归里，所过遇抚按，必先拜答；出酒食相款，必精腆而品不过繁，然亦不预下请刺也。今翰林科道过者，无不置席具启肃请矣。先君以御史请告里居，巡按来相访，则留饭，荤素不过十器，或少益以糖蜜果饵海味之属；进子鹅必去其首尾，而以鸡首尾盖之，曰御史毋食鹅例也。若迩年以来，则水陆毕陈，留连十夜，至有用声乐者矣。"（《觚不觚录》卷2第176页）在衣着上也追求奢华，"京师仕宦，无尊卑皆以貂鼠皮为风领耳衣。其价甚贵，显官贵人则以貂为裘。虽一命之士，贫不能备新貂者，宁补缀旧物而御之。惟庶人乃衣狐，毋亦以狐媚为可憎，而以金貂可尚也。"（《贤博编》第30

页）侈风泛滥，民间有骤贵暴富者也亦步亦趋，纷纷效仿，沈德符曾亲见此情："余幼时曾游城外，一花园壮丽敞豁，侔于勋戚，管园苍头及洒扫者至数十人。问之，乃车头洪仁别业也。本推挽长夫，不十年即至此。又一日，于郊外遇一人坐四人围轿，前驱呵叱甚厉。窥其帷中，一少年戴忠靖冠，披斗牛衣，傍观者指曰此洪仁长子，新入赀为监生，以拜司工内珰为父，故妆饰如此。"（《万历野获编》卷 19 第 519页）更有甚者，嘉靖四十年，"吴中大水，村墟皆漂没，茫茫如海。有宦家少年驾楼船，携妓载鼓吹，周游玩赏，撑入阡陌中，停深阔处，歌舞欢笑，以为奇观。"（《贤博编》第 13 页）

社会生活的奢侈糜烂，不仅腐蚀了人们的心灵，败坏了社会风气，而且使社会财富浪费，国家财政陷入极度困难。据《世宗实录》载，嘉靖二十二年，加派辽东京运例银一万四千九百两有奇，首开了明王朝加派之先河。接着又多行开纳事例，以补财用之不足。至嘉靖四十年，帝内用不足，竟命取云南新铸钱进用。四十一年，令户部进银二十万两内用。四十二年，取太仓中库银十五万两内用。四十三年六月，命户部取太仓库银二十万两进用，兼督催云南年例矿金，务足原数；十月又命户部发银五万两买黄香料。四十五年三月，命取历朝旧银十万两进用；六月，又以边饷不足，令再行开纳事例三年；并令除先已调用抄没严嵩银四十万两外，再进二十万两内用。皇宫内用尚且如此，国家财用之竭可知矣。当时刑部侍郎刘玉曾愤然说："一饭百金，一衣千金，一居万金，上之风之，下之从之，俗焉有不糜乎？犬马谷食，奴隶肉食，娼优玉食，食焉有不匮乎？庖者海陆，织者文縠，匠者篆刻，用焉有不费乎？缊黄不炊而食，游惰不耕而食，商贾不储而食；工以艺，兵以力，士以教，公卿大夫以治，大率农一而供十人，天下焉有不穷乎？嫁者累车，葬者殚家，贫富相企而日有加，愚不肖相倾而日蹈于邪，习焉有不陋乎？呜呼，弊之甚矣。"（《西园闻见录》卷 14 第 33 页）面对如此颓局，南京右都御史何瑭也尖锐地指出："《传》称国家之败由官邪也，官之失德，宠赂彰也。盖官吏宠赂必剥削小民，小民穷困不堪，小则为盗，大则作乱，而国家之治败矣。"（《西园闻见录》卷 31 第 24 页）

综上所述，"大礼议"使明王朝迅速形成了君主极端专制的政治局面，也使士风、民风大坏，一时逢迎、告讦、党争、假伪、贪腐、奢靡等邪风盛行，整个社会陷入了腐败糜烂的深渊。然而君王之败德，官府之贪腐，社会生活之奢华，却造成了表面上社会的虚假繁荣，也掩盖了土地高度集中、人民极端贫穷的政治、经济困局；明王朝业已形成"家家皆尽"的危局，而嘉靖帝却还在以圣明之主自谓，上下欺蔽，妄言中兴。史上有不少学者都以为：正德朝虽然武宗皇帝荒诞无稽，但尚有内阁诸良臣相辅佐，整个国家机器尚在正常运转，亦无伤国本；嘉靖帝在"大礼议"中及其后的所作所为，则流弊甚远，实开明王朝危亡之渐。对此，"大礼议"的主角之一，杨慎曾说："人君之愚暗柔弱，不足以亡其国，亡其国者，必刚愎明察之君也。譬之人家，不肖之子不足以破家，其破家必轻俊而无检者也。在人臣，则真小人不足以乱国，其乱国者，必伪君子也。盖真小人，其名不美，其肆恶有限。伪君子则既窃美名，而其流恶无穷矣。是故唐之亡不在僖、昭，而在德宗；宋之乱不在京、卞，而在王安石。"（《读书镜》卷8第538页）以此言对照嘉靖"大礼议"后的明王朝，真不虚也。

　　山河安澜，岁月静好，我们今天回顾起已经过去五百年的"大礼议"之争，仍是百感交集，唏嘘不已。改朝换代，沧海桑田，如同许许多多激烈的历史事件一样，"大礼议"也早已烟消云散。五百年来，虽有不少文人学者关注此事，也曾引发一些争论，但总是渐渐地从人们的视野中淡出了。现今除了专家学者，大众是极少有人对此感兴趣了。我们如今回顾这段历史公案，除了把所涉及的历史人物，放到其所处的时代和社会的历史条件下去分析，从而得出比较公平、正确的结论，更重要的是从中能引出历史的经验教训。现今人们可以清晰地认识到，当时这一被群臣视为性命攸关而拼死为之力争的悠悠大事，从国家层面上来讲，并不关乎国计民生，更不牵系社稷存亡，只不过是统治集团中不同成员各自从不同立场出发而产生的思想观念上的差别，且这种差别也并无根本的冲突。当时国家所面临的大局是拨乱反正，天下急盼革除武宗朝弊政，想望嘉靖中兴，这也是当时朝中君臣的共识和初衷。但令人遗憾的是，面对"大礼议"的发生，君臣顿忘初心，处置皆不得法；嘉靖帝要建立自己一系皇权正统的私欲，杨廷和等群臣坚持维护孝宗、武宗皇室大宗地位的执拗，使原本和谐的君臣关系极度恶化；情绪化的举措更使矛盾不断激化，斗争不断升级，遂给有心之人以可乘之机，最后竟演化成一场对明代中后期政局产生巨大影响的历史事件。嘉靖新政夭折，君臣关系破裂；多少冤魂怨鬼，假案错案丛集；是非成败远去，令人扼腕叹息。议礼双方开始的当事人，也身不由己地各自走向了自己的反面：嘉靖帝从立志中兴的"尧斋"，竟成了开危亡之渐的"天池钓叟"；杨廷和、杨慎父子因议礼而遭帝刻骨厌恶，终嘉靖朝都不得赦免，从而无法施展他们的政治才华。本应成为中兴重臣的杨廷和，却郁郁老死乡里。明代"记诵之博，著作之富"推为第一的杨慎，闻知帝对他恨意难消，遂纵酒自放；"已消湖海元龙气，只有沧浪渔夫心"的他，在云南戍所35年，至死也未得到朝廷的宽恕。而今我们已无法确切地了解到，他在面对着嘉靖朝中后期的国家日益凋敝，追忆起初年嘉靖新政的万象更新和"大礼议"中的种种缠斗，当是一种怎样的心情？但从他满怀激愤而又透彻清醒地写下的那首著名的《临江仙》词中，我们还是可以想见到他的悲愤和无奈，这也应该是他当时真实的心灵写照。脍炙人口的千古绝唱，至今还在传诵不衰；昔已作了《三国演义》之开篇词，今且借为不才拙著的结束语：

　　滚滚长江东逝水，浪花淘尽英雄。是非成败转头空，青山依旧在，几度夕阳红。

　　白发渔樵江渚上，惯看秋月春风。一壶浊酒喜相逢，古今多少事，都付笑谈中。

征引参考书目

《史记》	西汉·司马迁撰	中华书局 1959 年版
《汉书》	东汉·班固撰	岳麓书社 1993 年版
《旧唐书》	后晋·刘昫等撰	浙江古籍出版社 1998 年版
《资治通鉴》	宋·司马光编纂	岳麓书社 1990 年版
《古今图书集成》		中华书局和巴蜀书社 1988 年版
《明史》	明·张廷玉等编	中华书局 1974 年版
《明通鉴》	清·夏燮撰	中华书局 1959 年点校本
《国榷》	明·谈迁撰	中华书局 1958 年标点本
《明史纪事本末》	清·谷应泰撰	中华书局 1977 年版
《名山藏》	明·何乔远撰	江苏广陵古籍出版社 1993 年版

《明实录》（太祖、太宗、宪宗、孝宗、武宗、世宗六朝实录及其校刊记）

台湾中央研究院历史语言研究所影印

《皇明祖训》	明·朱元璋撰	《四库全书存目丛书》史部第 264 册
《石匮书》	明·张岱撰	《续修四库全书》史部第 318 册
《御制正孔子祀典申纪》	明·朱厚熜撰	《四库全书存目丛书》集部第 292 册
《胜朝肜史拾遗记》	清·毛奇龄撰	《四库全书存目丛书》史部第 122 册
《明史十二论》	清·段玉裁撰	《续修四库全书》史部第 450 册
《皇明诗林人物考》	明·王兆云撰	《四库全书存目丛书》史部第 111 册
《皇明大政记》	明·雷礼撰	《四库全书存目丛书》史部第 7~8 册
《嘉靖大政类编》	明·黄凤翔撰	《四库全书存目丛书》史部第 55 册
《嘉靖以来首辅传》	明·王世贞撰	《四库全书》史部第 452 册
《皇明肃皇外史》	明·范守己撰	《四库全书存目丛书》史部第 52 册
《皇明永陵编年信史》	明·支大伦撰	南京图书馆藏明万历二十四年刻本
《太庙敕议》		《四库全书存目丛书》史部第 39 册

《皇明诏令》 　　　　　　　　　　　　　　　　《续修四库全书》史部第 457 册

《皇明疏钞》 　　　　　明·孙旬辑 　　　　　　《续修四库全书》史部第 464 册

《皇明史窃》 　　　　　明·尹守衡撰 　　　　　《续修四库全书》史部第 317 册

《皇明书》 　　　　　　明·邓元锡撰 　　　　　《续修四库全书》史部第 315 册

《皇明辅世编》 　　　　明·唐鹤徵撰 　　　　　《续修四库全书》史部第 524 册

《继世纪闻》 　　　　　明·陈洪谟撰 　　　　　《续修四库全书》史部第 433 册

《治世余闻录》 　　　　明·陈洪谟撰 　　　　　《明代笔记小说》第 25 册

《熙朝名臣实录》 　　　明·焦竑撰 　　　　　　《四库全书存目丛书》史部第 112 册

《国朝献征录》 　　　　明·焦竑撰 　　　　　　《续修四库全书》第 525~531 册

《中国野史集成》 　　　　　　　　　　　　　　巴蜀书社 1993 年版

《中国野史集成续篇》 　　　　　　　　　　　　巴蜀书社 2000 年版

《国史唯疑》 　　　　　明·黄景昉撰 　　　　　《中国野史集成续篇》第 12 册

《明代笔记小说》 　　　　　　　　　　　　　　河北教育出版社 1994 年版

《万历野获编》 　　　　明·沈德符撰 　　　　　《明代笔记小说》第 8~9 册

《列朝盛事》 　　　　　明·王世贞撰 　　　　　《明代笔记小说》第 2 册

《皇明典故纪闻》 　　　明·余继登辑 　　　　　书目文献出版社 1995 年版

《国朝汇典》 　　　　　明·徐学聚编撰 　　　　书目文献出版社 1996 年版

《世庙识余录》 　　　　明·徐学谟撰

　　　　　　　　　　　全国图书馆文献缩微复制中心 1991 年影印本

《西园闻见录》 　　　　明·张萱撰

　　　　　杭州古旧书店据民国二十九年哈佛燕京学社印本　　1985 年复印本

《明武宗外记》 　　　　清·毛奇龄撰 　　　　　神州国光社民国二十九年再版

《国朝典故》 　　　　　明·邓士龙撰 　　　　　北京大学出版社 1993 年版

《明语林》 　　　　　　清·吴肃公撰 　　　　　黄山书社 1999 年版

《二十二史劄记》 　　　清·赵翼撰 　　　　　　商务印书馆 1937 年版

《明清进士题名碑录索引》 朱保炯、谢沛霖编 　　上海古籍出版社 1980 年版

《太保费文宪公摘稿》 　明·费宏撰 　　　　　　台北文海出版社 1970 年影印本

《太保费文宪公摘稿》 　明·费宏撰 　　　　　　《续修四库全书》集部第 1331 册

《费宏集》 明·费宏撰 　吴长庚、费正忠点校 　　上海古籍出版社 2007 年标点本

《杨一清集》 　　　　　明·杨一清撰 　　　　　中华书局 2001 年版

《宪章录》 　　　　　　明·薛应旂撰 　　　　　《四库全书存目丛书》第 9~11 册

《古今谈概》 　　　　　明·冯梦龙撰 　　　　　黑龙江人民出版社 1988 年版

《夏桂洲先生文集》 　　明·夏言撰 　　　　　　《四库全书存目丛书》第 74~75 册

《弇山堂别集》 　　　　明·王世贞撰 　　　　　《中国野史集成续编》第 11~12 册

《弇州山人四部稿》 　　明·王世贞撰 　　　　　《四库全书》第 1279~1281 册

《弇州山人续稿》	明·王世贞撰	《四库全书》第 1282~1284 册
《弇州史料后集》	明·王世贞撰	《四库禁毁书丛刊》史部第 50 册
《觚不觚录》	明·王世贞撰子	《明代笔记小说》第 2 册
《明经世文编》		中华书局 1962 年本
《钤山堂集》	明·严嵩撰	南京古旧书店 1986 年影印本
《说听》	明·陆粲撰	《明代笔记小说》第 13 册
《杨文忠三录》	明·杨廷和撰	《四库全书》史部第 428 册
《明李文正公年谱》	清·法式善撰	《续修四库全书》史部第 553 册
《两朝宪章录》	明·吴瑞登撰	《中国野史集成续编》第 17 册
《谕对录》	明·朱厚熜　张璁撰	万历三十七年宝纶楼刻本
《太师张文忠公集》	明·张璁撰	《四库全书存目丛书》集部第 77 册
《妮古录》	明·陈继儒撰	《明代笔记小说》第 25 册
《蓬窗日录》	明·陈全之撰	上海书店 1985 年版
《吾学编余》	明·郑晓撰	《续修四库全书》史部第 425 册
《玉剑尊闻》	清·梁维枢撰	上海古籍出版社 1986 年版
《四友斋丛说》	明·何良俊撰	《明代笔记小说》第 5 册
《金陵琐事》	明·周晖撰	《明代笔记小说》第 10 册
《花当阁丛说》	明·徐复祚撰	《明代笔记小说》第 11 册
《世纬》	明·袁秩	《明代笔记小说》第 10 册
《见只编》	明·姚士麟撰	《丛书集成初编》史地类第 394 册
《戒庵老人漫笔》	明·李诩撰	中华书局 1982 年版
《南吴旧话录》	清·李延昰撰	上海古籍出版社 1985 年版
《贤博编》	明·叶权撰	中华书局 1987 年版
《读书镜》	明·陈继儒撰	《明代笔记小说》第 25 册
《天下水陆路程》	明·黄汴撰写	山西人民出版社 1992 年版
《客商一览醒述》	明·李晋德撰	山西人民出版社 1992 年版
《天水冰山录》	清·吴允嘉撰	商务印书馆 1937 年版
《寿春堂集》	明·严世蕃辑	明嘉靖刻本
《大明一统志》	明·李贤编	三秦出版社 1990 年影印明天顺原刻本
《上饶市志》		中共中央党校出版社 1995 年本
《饶州府志》		台湾成文出版社 1975 年影印清同治十一年刊本
《钟祥县志》	清·许光曙、孙福海纂修	清同治六年本
《永嘉县志》	清·张宝林修	《续修四库全书》史部第 708 册
《中国志》	（葡萄牙）克鲁士撰	（葡）波尔图出版社 2019 年版
《鹅湖横幅费氏宗谱》	费正忠主编	中国文史出版社 2013 年重修本

《四库全书》　　　　　　　　　　　　　　　上海古籍出版社 1987 年影印本

《续修四库全书》　　　　　　　　　　　　　　上海古籍出版社 2003 年本

《四库全书存目丛书》　　　　　　　　　　　　　　齐鲁书社 1997 年本

《四库全书总目》　　　　　　　　　　　　　　　中华书局 1965 年本

《古今人物别名索引》　　　　　　　　　　　　　　上海书店 1982 年本

《明人室名别称字号索引》　　　　　　　　　　上海古籍出版社 2002 年本

《中国历史大辞典》　　　　　　　　　　　　　上海辞书出版社 2000 年本

《严嵩传》　　　　张显清撰　　　　　　　　　　　黄山书社 1992 年本

《严嵩年谱》　　　曹国庆撰　　　　　　　　中国人事出版社 1995 年本

《明代江右闻人》　易宗礼、曹国庆撰　　上海社会科学院出版社 1993 年本

《中国历代文状元》王鸿鹏等编著　　　　　　解放军出版社 2004 年本

《清史稿》　　　　赵尔巽等撰　　　　　　　　　中华书局 1977 年版

《辩定嘉靖大礼议》清·毛奇龄撰　　《四库全书存目丛书》史部第 271 册

《明清史讲义》　　孟森撰　　　　　　　　　　　中华书局 1981 年版

《御定通鉴纲目三编》清·张廷玉编撰　　　　　　　　乾隆四十年本

《中国史历日和中西历日对照表》　　　　　　上海辞书出版社 1987 年版

《古文观止》　　　　　　　　　　　　　　　　　岳麓书社 1988 年版

《红楼梦》　　　　清·曹雪芹、高鹗著　　　　　　黄山书社 1994 年版

《我的前半生》　　爱新觉罗·溥仪撰　　　　　　群众出版社 1964 年版

《明代的特务统治》丁易撰　　　　　　　　　　　群众出版社 1983 年版

《嘉靖皇帝》　　　卜键撰　　　　　　　　　　台湾知书房 1996 年版

《名分礼秩与皇权重塑：大礼议与嘉靖政治文化》　尤淑君撰
　　　　　　　　　　　　　　　　　　台湾政治大学史学丛书（15）

《嘉靖革新研究》　田澍撰　　　　　　中国社会科学出版社 2002 年版

《"大礼议"与杨廷和阁权的畸变》　田澍撰　《西北师大学报》2000 年第 1 期

《嘉靖革新研究中的几个问题》　田澍撰　《西北师大学报》2002 年第 9 期

《昭穆制度与宗法制度关系论略》　李衡眉撰　《历史研究》1996 年第 2 期

《严嵩与嘉靖间江西阁臣》　曹国庆撰　《江西社会科学》1994 年第 12 期

《论明代内阁制度的特点》　杜婉言撰　　　《中国史研究》1992 年第 4 期

《读田澍教授新著〈嘉靖革新研究〉》　王继光撰　《中国史研究》2005 年第 3 期

《明代的藩王继统与庙制变革》——以永乐、嘉靖为中心　　赵克生撰
　　　　　　　　　　　　　　　　　　　　《中国史研究》2005 年第 3 期

《昭穆制度异议》　陈筱芳撰　　　　　　　《史学月刊》2010 年第 1 期

《改革开放以来的〈明史〉研究》　高寿仙撰　《史学月刊》2010 年第 2 期

《明代中后期士风异动与士人社会责任的缺失》牛建张撰《史学月刊》2008 年第 8 期

《明代的藩封制度》　　　　　　　马瑞撰　　　《历史月刊》2003 年第 11 期

《论弘治帝的历史地位》　　　　　李梦生撰　　《历史月刊》1997 年第 2 期

《从李福达案看明中期的法制状况》　高春平撰　《历史月刊》1995 年第 1 期

《明代学子的心态及其价值取向的归宿》　王建光撰　《历史月刊》1994 年第 2 期

《明代的诉讼制度》　　　　　　　杜婉言撰　　《中国史研究》1996 年第 2 期

《王世贞〈嘉靖以来首辅传〉考论》　孙卫国撰　《历史档案》2008 年第 1 期

《明嘉靖时期的海禁与倭寇》　　　林瑞荣撰　　《历史档案》1997 年第 1 期

《明代宗藩研究综述》　　　　　　杨志清撰　《中国史研究动态》1992 年 11 月

《明初分封制度渊源新探》　　　　赵现海撰　　《中国史研究》2010 年第 2 期

《中外历史年表》　　　　　　　　翦伯赞主编　　中华书局 2008 年版

《嘉靖皇帝朱厚熜》　　　　　　　何宝善撰　　北京燕山出版社 1987 年版

《中国历史上的皇权和忠君观念》　宁可、蒋福亚撰　《历史研究》1994 年第 2 期

《明清人的奢靡观念及其演变——基于地方志的考察》　钞晓鸿撰

　　　　　　　　　　　　　　　　　　　　《历史研究》2002 年第 4 期

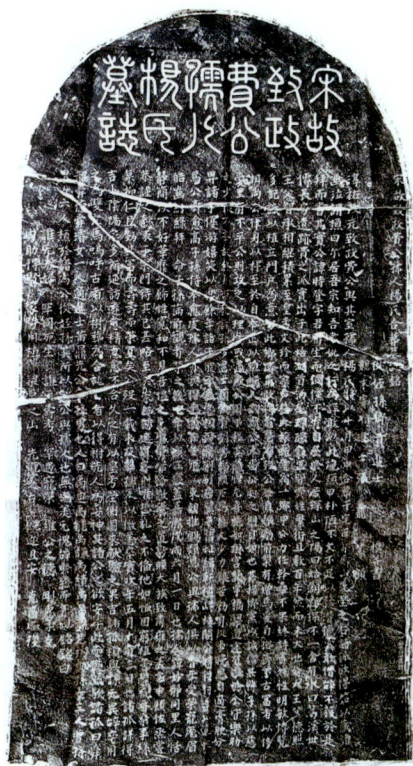

宋故致政费公孺人杨氏合葬墓志铭牌

义相南溪李公墓志牌

厦门市古籍保护中心

作者在厦门市图书馆古籍部

作者在厦门大学图书馆

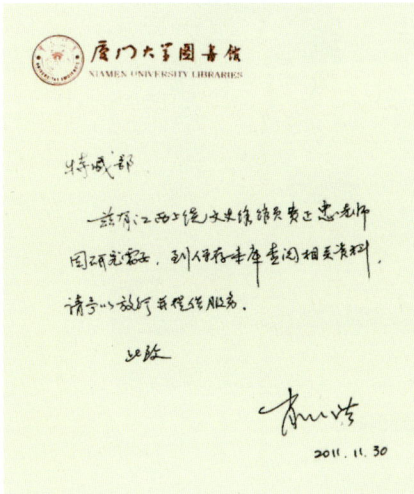

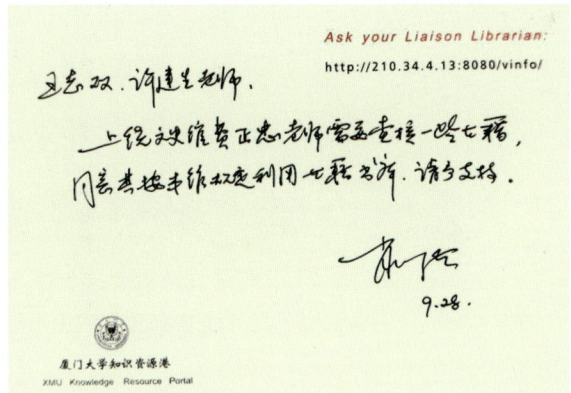

厦门大学图书馆萧馆长的便笺

作者上海市图书馆读者证

上饶师范学院图书馆借阅证

费正忠 著

铅山费宏研究会资助出版项目

《费正忠文史丛稿》之三

读史辨疑录

中国文史出版社

图书在版编目（CIP）数据

读史辨疑录 / 费正忠著 . —— 北京 : 中国文史出版
社 , 2023.9
（费正忠文史丛稿）
ISBN 978-7-5205-4239-5

Ⅰ . ①读… Ⅱ . ①费… Ⅲ . ①史籍 – 研究 – 中国
Ⅳ . ① K204

中国国家版本馆 CIP 数据核字（2023）第 153008 号

责任编辑：李晓薇

出版发行：中国文史出版社

社　　址：北京市海淀区西八里庄路 69 号　　邮编：100142
电　　话：010-81136606　81136602　81136603（发行部）
传　　真：010-81136655
印　　装：三河市龙大印装有限公司
经　　销：全国新华书店
开　　本：710mm×1000mm　1/16
印　　张：32.25
字　　数：649 千字
版　　次：2024 年 11 月北京第 1 版
印　　次：2024 年 11 月第 1 次印刷
定　　价：398.00 元（全三册）

文史版图书，版权所有，侵权必究。
文史版图书，印装错误可与发行部联系退换。

我的读书生涯（代自序）

◇ 费正忠

我自幼喜爱读书，长大尤甚，向老弥笃。

幼时家境贫困，生计维艰，家中除了一本过时的通书，别无可称之为书的文本。记得当年一本政府分发的宣传新婚姻法的小册子，编印得通俗易懂，图文并茂，初能识字而又无书可读的我，反反复复地不知读了多少遍，似懂非懂，却兴趣盎然。其中一幅描写旧时生了女孩即溺于马桶的惊悚画面，我印象特深，至今仍能浮现眼前。就学后，随着识字的增多，我的阅读欲望亦不断增长，从不满足于课本，而是对大人们斥之为"闲书"的小人书、小说等爱不释手、甘之如饴。当时河口一小侧后门旁边有个小门脸，一个老头开了个小人书摊，几个小马扎，一分钱租看一本，我们几个同好的学生一放学就直奔而去。可我囊中羞涩，时常是凑在别人的身旁揩油，为此常遭到老头的斥责和驱赶，而我悻悻离开却转一圈之后又凑了过去。对我如此的冥顽不灵、安之若素，多数时候老头也只好作罢，后来可能是被我的执着所动，往往也就听之任之了。我还经常借阅要好同学所订的《少年文艺》等杂志，还有当时颇为流行的将中学甚或大学课本中的小说抽出来装订在一起的小册子。

然而当时最吸引我的却还不是小人书等这些，而是旧时的章回小说。通过同学、邻居、亲戚等各种渠道，凡是探知哪有此类书籍，总是软磨硬泡、千方百计地要把书借到手，且按主家的要求在最短时间内看完了归还，故阅读量非常大，阅读的书籍也非常杂。诸如《薛仁贵征东》《薛丁山征西》《罗通扫北》《五虎平南》等征战小说，《封神演义》《东周列国志》《隋唐演义》等历史小说，《包公案》《施公案》《彭公案》《三侠五义》《小五义》等武侠小说，《今古奇观》《儒林外史》甚而"三言二拍""四大名著"。总之是多而杂，其中有不少生僻字都不认得，很多古诗词及文句也难解其意，只是浮光掠影、囫囵吞枣而已。可这种只凭兴趣的自发性读书，却培育了我浓厚的阅读兴趣，养成了我终身的阅读习惯，从这个意义上来讲，亦可谓是受益匪浅。

到了中学时期，借书的渠道增加了。一是铅山中学有个图书室，二是在河口天主堂大院进大门左侧有个县图书馆，我都曾借到不少想要看的书，其中不少都是当时十分流行的热门小说，如《林海雪原》《青春之歌》《铁道游击队》《敌后武工队》

《野火春风斗古城》《保卫延安》《红日》《小城春秋》《三千里江山》等反映革命斗争的小说；《暴风骤雨》《太阳照在桑干河上》《苦菜花》《迎春花》《红旗谱》《创业史》《艳阳天》《三里湾》《山乡巨变》等反映农村革命斗争的小说；还有巴金的"激流三部曲""爱情三部曲"，《上海的早晨》《三家巷》《苦斗》《子夜》等长篇小说；也有《登记》《不能走那条路》《百合花》《锻炼锻炼》《李双双小传》《山地回忆》《黎明的河边》等中篇小说。还开始接触了《铁流》《童年》《在人间》《我的大学》《母亲》《亚森·罗平传》《福尔摩斯探案集》等外国小说。总之，这阶段的阅读以近现代小说为主，多为反映革命斗争的正能量书籍，对我世界观的形成和阅读兴趣的转变有着重大的影响。

来到了军营，部队正轰轰烈烈地掀起学习毛主席著作的热潮，《毛主席语录》和《毛泽东著作选读》被反复阅读，其中的"老三篇"及经典语录更是背诵得滚瓜烂熟，并按要求写了一些学习心得。我还通读了《毛泽东选集》四卷本及《共产党宣言》《法兰西内战》《国家与革命》《反杜林论》《唯物主义与经验批判主义》《帝国主义是资本主义的最高阶段》等马列主义著作单行本。当时中央"两报一刊"的重要社论更是每篇必读，对国内外的重大政经事件产生了浓厚的兴趣，并养成了读报、剪报的习惯，至今亦然。这段时间的阅读主要是政治书籍，在我的人生路上，也是改造世界观、提高政治修养和理论水平的重要阶段，受益良多。小说除《红岩》《欧阳海之歌》《海岛女民兵》《艳阳天》第二、三卷等外，其他则很少涉猎。我最喜爱阅读的还是《毛主席诗词》，对当时已公开发表的，全都能熟练地背诵，以至于几十年后的今日亦是如此。这也激发了我对中国古典诗词的喜爱，对提高古诗词欣赏能力不无裨益。

"文革"中除了学习政治书籍以外，读小说的机会很少，只有较著名的《金光大道》《沸腾的群山》《难忘的战斗》《大刀记》《激战无名川》等不多的几部，再就是通读了《鲁迅全集》。其他方面的书籍很少能够接触到，但我还是想方设法利用一切机会，读到了不少我喜爱的书籍。如20世纪60年代末70年代初的一些苏联小说，如《落角》《人世间》《静静的顿河》《解冻》《被开垦的处女地》《一个人的遭遇》《这里的黎明静悄悄》等。70年代初，商务印书馆以"内部读物"的形式出版了一批介绍国外情况的书籍，如《现代英国》《加拿大简史》《泰国现代史纲》《法国史》《南非史》《日本近代史》《美国社会主义史》等，三联书店也以"内部读物"和"内部发行"的名义出版了《伊拉克》《伊朗史纲》《美国史纲》《在波茨坦的会晤》等，还有不少出版社也出版了很多介绍国外人物的传记类书籍，如《拿破仑传》《罗斯福传》《丘吉尔传》《诺贝尔传》《甘地传》《蒙哥马利传》《朱可夫元帅》《胡佛传》《华盛顿传》《第三帝国的兴亡》《佐藤政权》《美国内战史》《危地马拉历史概况》等。这些书籍开阔了我的眼界，扩大了我的知识面，使我的阅读兴趣更加广泛。

"文革"结束后，我读了《伤痕》《班主任》《被爱情遗忘的角落》《许茂和他的女儿们》等"伤痕小说"，也爱看恢复出版的《收获》《译林》《小说月报》《人民文学》等期刊，接触了《乔厂长上任记》等反映现实的文学作品。但随着中华书局出版的史籍逐步推出，我的阅读兴趣也发生了很大的转变，此后除了阅读少量的散文、传记外，很少再读小说，绝大部分的阅读就是史籍。通读了《史记》，对《汉书》《后汉书》《三国志》《新唐书》《旧唐书》《宋史》《北史》《南史》《宋书》《北齐书》《清史稿》等也有所涉猎，对《明史》不仅作了通读，还对一些重点内容作了摘录，使我读史的能力有所提高。

然而，直至此时，我的读书还只是抱着开卷有得的想法，没有预设阅读期待，没有任何目标的自发之举。20世纪80年代末、90年代初，我参与了《江西四十年》《江西省物资志》《上饶地区志》《上饶地区物资志》等的撰写，开始有目的地查阅一些地方志和有关书籍资料，用以解决写作中的问题，从而一改以前泛泛而读的阅读形态，带着问题读，以解决问题为目标的阅读成为常态，而这也成了我此后读书的主要模式。

读书有了目标，书籍成了写作的必备条件，也极大地激发起我藏书的兴趣。记得小时候，石塘饶祖虎先生租住我家在城郊的祖屋，见他房中有一竹制的书架，上面整整齐齐地码放着各式各样的书籍，敬佩羡慕之情油然而生，心想自己什么时候能拥有这样一个书架就太好了。可受生活条件所限，我的藏书梦起步很晚，实现更迟。开始有了几本心爱的书，只能放在背包里、箱子中，直到结婚后，才有了一张简陋的书桌，在桌上用两个铁皮书夹摆上一排书，心中别提有多高兴了。随着经济收入、住房条件的改善，我有了第一个木制书橱，接着有了第二个书橱；有了书房，又有了一面墙到顶的大书橱，直到现在有了自己的书库。藏书以史籍、工具书为主，还有一些方志、宗谱、散文集，其他的绝少。收书也不太讲究版本，唯以实用为是，故绝少善本。书的来源除少数购自书店，绝大多数都是从旧书摊上淘来。多年来，除了书店，我最爱逛的地方就是旧书摊。上饶的旧书摊开始在天津桥头，后来移到信江步行桥头的滨江公园，又迁至灵山路，再移到东湖花园。我还常利用出差、旅游等机会到外地的书店和旧书市场淘书，如南昌的滕王阁和花鸟市场旧书摊、北京的潘家园旧书摊、上海的文庙旧书市场、厦门的东渡旧书摊等。从中也淘到一些喜爱的书，并留下不少欢乐和趣事，其中一次与竣青先生的邂逅，至今难忘。1983年6月6日下午，我到南昌开会返饶，带着淘到的一些旧书，坐上了开往上海的278次快车。对面坐着一对老夫妇，从他们与站台上送行的方兰等人的交谈中得知，这是我国著名作家竣青先生和夫人。先生很平和热情，且风趣健谈，见我旧书中有一本《汉书·食货志》，就操作浓重的胶东口音，问我平时爱看什么书，我答以读过他的《秋色赋》，"喜爱史籍"。他很高兴，于是就谈起了历史上的一些人物，其中谈得最多的是郑板桥，并即兴背诵了郑的《咏竹》诗："咬定青山不放松，立根原在破崖中。千磨万击还坚劲，任尔东西南北风。"又谈到郑板桥的文风，引用了他的两联诗："删繁就简三秋树，领异标新二月花"；"隔靴搔痒捧何益，入木三分骂亦精。"讲到郑板桥的豪情，又引了二联："雅兴忽来诗能下酒，豪情一去剑可赠人"；"谈剑增豪情，琢玉思坚贞。"谈着谈着不觉车到鹰潭，先生告别，偕夫人下车，原来他们是要转车去厦门。这短短两个小时的交谈，印象深刻，受益良多，更增添了我读书藏书的兴趣。此后我的藏书迅速增加，至今不知不觉已过万册，且更多的是拥有了电子版图书，数量竟超过纸质图书的几倍。现在这些图书基本上能满足自己研究和写作的需要，少量不能解决的问题，记录下来集中去图书馆查找解决，节省了大量的时间和精力。有幸能坐拥书城，一生有书籍相伴，在家中就可以自由自在地读书、用书，是件非常幸福的事，这种感觉，真好。这对于我的写作，亦可谓助力不小。

1997年，江西省社科院学者曹国庆为我们引进了台北文海出版社1970年出版的《明人文集丛刊》第一辑《太保费文宪公摘稿》，并希望费氏后人能"标点整理，交出版社出版，则功莫大焉"。该书是先祖费宏存世的主要文集，但除极少图书馆有藏本外，世人知之甚少。当时已成立了"铅山费宏研究会"，但研究工作碰到的最大难题就是缺乏有关资料，而费宏的文集无疑是最重要、最关键的资料。为了推动费宏研究的开展，解决这一问题势在必行、刻不容缓；而我作为费氏后裔，承担这一责任也是义不容辞。可当我通读完"摘稿"后，即清醒地认识到，以我当时的学力，要完成这一任务非常困难。但我也是一个笃信"困而学之""钝学累功"的人，下定决心，一定要完成这一心愿。我用了几年时间通读、精读文集，采取笨办法，把文集中重点和难点的文章抄写了一遍；不认识的字和不懂的词句，通过查阅工具书，旁注于文中；对不熟悉的相关历史事件，查找《明史》《明通鉴》《明实录》等史籍来弄清楚，以增强对文集的理解，使校点得以顺畅。经过十年的努力，在上饶师院副院长吴长庚教授的帮助和合作下，终于完成了文集的校点，2007年由上海古籍出版社易名《费宏集》出版。

在校点《费宏集》的过程中，有段时间我差不多天天泡在上饶师院图书馆里查找资料，除了解决校点《费宏集》所需要明确的问题，还发现了大量有关费宏的资料，于是我产生了为费宏编撰年谱的想法。对于编撰年谱，我毫无经验，就按照梁启超先生在《年谱及其作法》中所讲的体例、格式来试着做。资料主要来自图书馆：上饶师院图书馆藏的《明实录》对费宏的生平记述颇详，主要散列在成、弘、正、嘉四朝实录之中，即《宪宗实灵》《孝宗实录》《武宗实录》《世宗实录》。但仅有这些及《明史》《明通鉴》《国榷》等正史中的资料还远远不够，于是我花了几年时间分别在厦门大学图书馆、厦门市图书馆、上海图书馆寻找资料。这三个图书馆都馆藏丰富：厦门大学图书馆藏有丰富的方志及《明人文集丛刊》等众多台湾版图书，在萧馆长的热情支持下，特藏部和古籍部的老师都给予我很多帮助和方便。厦门市图书馆藏有《四库全书》《续修四库全书》《四库全书存目丛书》《四库禁毁书丛刊》《四库未收书辑刊》等全部四库系列书籍，古籍部的工作人员也对我十分关照，协助良多。上海图书馆藏有不少家谱，弥补了我所需资料的空白。2011 年，《费宏年谱》终于编成，由线装书局出版。此后两年，我又经过反复考证，对铅山《鹅湖费氏宗谱》进行了校点整理，2013 年，由我主编的《鹅湖横林费氏宗谱》告成，由中国文史出版社出版。近十年来，我又对《太保费文宪公摘稿》重加校点整理，做出了新一版的横排简体字书稿；并对嘉靖朝的"大礼议"事件作了系统研究，写出了《"大礼议"述评》的文稿。这些都离不开大量地查阅图书馆资料，二十几年来，陆续在各大图书馆摘录、扫描了数百万字的资料，极大地助益于我的研究和写作。

二十几年的查找资料，使我的阅读由不求甚解的泛泛而读转而成为有目标的精细阅读，其间甘苦自知，得益颇多。虽多有不期而至的阅读收获，使人感到格外的宝贵和难忘；但也有一些疑惑和不解，甚至发现不少明显的舛误。我把这些疑点和舛误随手记录下来，日积月累，不想竟成篇成帙，洋洋数十万言。再加之参与市政协文史馆的工作，接触了不少文史研究的著作，发现其中也存在一些有意无意的差错：如在为编撰《费宏年谱》搜寻资料时，翻检到宗教文化出版社 2001 年出版的《葛仙山志》，发现其中有几处可疑、不实之处，并有伪造的费宏诗章赫然在列；又如在历史人物研究中，妄称费宏"三元及第"，误称夏言为广信知府，对娄妃无原则地拔高、无底线的杜撰，甚至诋毁民族英雄，鼓吹汉奸哲学，为卖国贼翻案；等等。且这些舛误近年却一再被人引用，有的甚至已经被录入了学术著作之中，俨然成了信史，造成了一定的不良影响，着实令人警醒。而这些现象大都打着"创新"和"增加可读性"的旗号，实则是历史研究中的学术不端和不正之风：不愿作艰苦细致的资料收集、整理、分析，仅凭点滴、支离的传闻作研究；史料不够，传说来凑；史实不够，杜撰来凑；钻研无心，造假有意；无实事求是之意，有哗众取宠之心。然而历史研究是严谨的科学，来不得半点的虚伪和捏造。历史研究要"守正创新"，就必须对历史有敬畏之心，坚持"论从史出，史由证来"的原则，一切都应以史实、史料为依据，不可有凿空之论。对历史人物的评价，正如习近平同志所指出的："应该放在其所处的时代和社会的历史条件下去分析，不能离开对历史条件、历史过程的全面认识和对历史规律的科学把握，不能忽略历史必然性和历史偶然性的关系。"（习近平《在纪念毛泽东同志诞辰 120 周年大会上的讲话》）唯如是，我们才能对历史事件和历史人物作出科学的研判。

作为文史工作者，面对发现的这些史学研究乱象，严肃认真地举舛摘谬，使其不至继续以讹传讹，应是义不容辞的责任。吕思勉先生曾经说过："历史研究中有所发明固然可喜，但对他人之说的摘谬同样重要。假使你能够驳正前人或今人著述中的差错，其对于史学的贡献将不次于大量阐述。"受先生此言的鼓励，故不揣简陋，将历年来所发现的问题分门别类，一一列出进行辨析，以期引出正确的结论，这也是读史辨疑的题中应有之义。在此必须要特别申明两点：一是文中所列的绝大部分问题，只是在查找资料的范围内发现的，对著作的其他部分并未检阅，亦不涉及，故不能认为该书、该文只有这些问题。二是这些问题只是以我的学力和认知觉得有疑误，系一家之言，之所以公开发表，初衷是以期引起重视和讨论，并以此就教于方家学者。另外，文中所列疑误只注出处，不涉作者，是为体现就事论事、对事不对人的态度。其他倘有失敬不慎之处，祈能见谅。但我深信，只要广大文史工作者本着实事求是的精神，积极行动起来，以摘谬纠误为己任，就定能还历史研究以一个既繁荣又洁净的天地。愿以此与诸君共勉。

2022 年秋于孝友堂

目 录

第一章 史籍

第四章 专著

第五章　史论

第六章　报刊

附：当代出土石碑文录

第一章 史籍

一、《国榷》中华书局 1958 年标点本

1. 第 27 页载：正德四年"五月庚申，署钦天监事太常寺卿吴昊卒。昊，临川人，天文生，居官尽职直言，有清操。予祭葬"。《武宗实录》卷 50 第 1157 页亦记：正德四年五月庚申"太常寺卿吴昊卒"，与《国榷》所记同，此当正德四年五月二十九日。而《太保费文宪公摘稿》卷 17 载费宏在应请为吴昊所作墓志铭中记作：吴昊"正德元年，以少卿秩满又进太常寺卿。四年六月二十一日以疾终于第，享年六十有三"。《本朝分省人物考》卷 61 第 687 页亦将此记作正德"四年六月二十一日卒，年六十三"。二说孰是，似当存疑，而愚以为"墓志铭"应是依吴昊家人所提供的"行状"而作，故当以后二者之说为是。

2. 第 197 页载：正德十六年"九月甲子，召前太子太保户部尚书武英殿大学士费宏"。据《世宗实录》卷 1 载，世宗四月癸卯（二十二日）登基，丙午（二十五日）即下诏"召致仕大学士费宏照旧入阁办事"。费宏著作《太保费文宪公摘稿》卷 6 "辞免恩命奏"亦称：正德十六年"至六月二十六日，敕使临门，钦蒙召用，赐之驰驿，戒以'毋稽迟'。臣俯伏受命，且感且惭"。如九月才下诏召用，六月怎会有敕使到铅山？况前引文后，《国榷》又记"十月丙午，费宏入朝"，如九月甲子（十六日）下诏，到十月丙午（二十八日）这短短的一个多月，怎能完成敕使下诏和费宏赴京这两个从北京到江西铅山来回过程？可见其说前后矛盾，故当以《世宗实录》及费宏著作中所记为是。

3. 第 203 页，在嘉靖元年五月丁巳条下载："南京礼部尚书蒋昪致仕。"第 249 页又载：嘉靖五年"十月壬戌，前南京户部尚书蒋昪卒。昪，全州人，成化丁未进士，弟大学士蒋冕"。这里的三个"昪"均疑有误。据《明清进士题名碑录索引》，蒋冕之兄字诚之、号梅轩，名蒋昪，广西全州人，与弟蒋冕同登成化丁未进士，是该科三甲第 134 名进士，事迹附在其弟蒋冕传中。同科确另有名蒋昪的进士，湖广祁阳人，是该科三甲第 45 名进士，《明史》卷 187 第 4960 页有传。这里是将"昪"误成了"昪"。

4. 第 249 页，在嘉靖五年十月戊辰条下载："费宏子翰林院编修懋良为张璁、桂萼所陷下狱，寻释。"查得费宏有二子，长曰懋贤，嘉靖五年进士，入选庶吉士；次即懋良，此时还未有功名，也从未任过翰林院编修。又据《世宗实录》卷 69 在嘉靖五年十月戊辰条下载：费宏"以次子懋良有罪下狱，按问未明，复上疏引罪求去，上仍不允"。可见下狱的是费宏次子费懋良，而错记其为"翰林院编修"。

5. 第 352 页载：嘉靖十四年七月"辛巳，赐致仕大学士费宏手敕，宏疏谢，末云：'臣家居日久，其于朝廷、民物知之必悉，欲有所陈。朝政莫先于用人，而进退为重最；民物必在于宽恤，而守令为至急'。上善之"。这段引文多处令人难解，如文中先列"朝廷、民物"，后又称"朝政、民物"；又称"进退为重最"；尤其是依文中所述，好像是费宏在谢疏中自诩"臣家居日久，其于朝廷、民物知之必悉"一样。经查对《世宗实录》卷 177，原来费宏在谢疏中是引用嘉靖帝的诏旨称："圣谕又念臣'家居日久，其于朝政、民物知之必悉，欲有所陈'。臣惟朝政莫先于用人，而进退为最重；民物必在于宽恤，而守令所系为至急。"这里漏掉了"圣谕又念"及"臣惟"数字，就把嘉靖帝诏旨表达的意思与费宏谢疏表达的意思混为一谈了。且文中将"朝政"误成了"朝廷"，把"进退为最重"误成了"进退为重最"，时间也由"壬午（二十三日）"变成了"辛巳（二十二日）"。愚以为当以《世宗实录》所记为是。

二、《武宗实录》台湾中央研究院历史语言研究所影印本

1. 卷 24 第 651 页载："正德二年三月　辰朔"，在三月后、地支"辰"前有一空格，不知是何天干，造成此月朔日干支日不明，且《武宗实录校勘记》亦不见校正。查《武宗实录》卷 23 第 633 页，"正德二年二月，乙亥朔"，且月末有癸卯日；据此推算，下月三月的朔日当为甲辰；且卷中又在朔日后即记"乙巳，命大兴左卫署都指挥金事孙福守备偏头关地方"，"乙巳"即初二日是也。故上所引文应为"正德二年三月甲辰朔"。

2. 卷 82 第 1776 页在正德六年十二月戊子条下载"致仕大学士少保兵部尚书兼翰林院学士尹直卒"，这是正德六年十二月十二日。而《费宏集》卷 17 第 590 页费宏在为尹直所作墓志铭中记作"以正德六年十二月一日卒于泰和之里第"。似当以墓志所记为是。

3. 卷 50 第 1157 页在正德四年五月壬辰条下记"太常寺卿吴昊卒。昊，江西临川人"，此当四年五月二十九日。而《费宏集》卷 17 第 582 页费宏在为吴昊所作墓志铭中记："正德元年，以少卿秩满，又进太常寺卿。四年六月二十一日，以疾终于邸第，享年六十有三。"费宏时为礼部侍郎，吴昊卒后，其子"瑶将扶柩归临川……偕君之从弟五官挈壶正昇，来乞予铭。予与君同乡，知君之行，宜为铭也"。故其信息来源应是第一手资料，所记应当有准。《本朝分省人物考》卷 61 第 687 页亦将此记作"四年六月二十一日卒，年六十三"。愚以为似当以后者二说为是，《武宗实录》所记疑是有误。

三、《世宗实录》台湾中央研究院历史语言研究所影印本

1. 卷 23 第 652 页载：嘉靖二年二月乙亥，兵科给事中夏言上疏论皇后亲蚕事，"其二言：勋戚凭籍宠昵奏讨无厌"，句中"凭籍"疑是"凭藉"之误。

2. 卷 34 第 868 页载：礼科给事中章侨上言："与天下史始甫及二载，岂宜复有此举？"句中"与天下史始"，依上下文意，疑为"与天下更始"之误。

3. 卷 83 第 1862 页载：嘉靖六年十二月"庚□，大学士杨一清等言：……"句中的白框是该字辨认不清。依本卷的前一日为"己酉"，故推此日为"庚戌"，白框中应是"戌"字。

4. 卷 137 第 3221 页载：嘉靖十一年四月"乙卯朔"。据卷 136 三月的最后一日是戊寅，且本卷"乙卯朔"的后一日是庚辰日，故疑此是"己卯"之误，应是"己卯朔"。

5. 卷 79 第 1761 页载，嘉靖六年八月，帝在与大臣议及新招驸马谢诏读书事时称永淳"公主乃我皇考亲女，为朕亲妹，驸马都尉谢诏作国家亲臣，焉可使之不读书识礼？朕欲选一儒臣与诏为师"。这里的"皇考"即帝生父兴献王，称永淳公主是其"亲女"，是"朕亲妹"，这就有些可疑了。据《明史》卷 121"公主传"第 3673 页载："孝宗三女。太康公主，弘治十一年薨，未下嫁。永福公主，嘉靖二年下嫁邬景和……永淳公主，下嫁谢诏。睿宗二女。长宁公主，早薨。善化公主，早薨。嘉靖四年，二主同日追册。"此处的"睿宗"也即是嘉靖帝的生父兴献王，可见这个"皇考"的两个"亲女"早已亡故，嘉靖帝此时也早已无亲姐妹存世了；而这个永淳公主只是其伯父孝宗之第三女、皇兄武宗之妹，也就是帝的从妹而已。这里却称永淳公主是"亲女""亲妹"，与《明史》"公主传"所记相矛盾，不知何故。且当时议大礼的斗争正激烈残酷，嘉靖帝对孝宗、武宗一系亲人正排斥打压，慈寿、章圣两太后也嫌隙丛生，他怎会对这个从妹的夫婿如此关怀、重视，亲自他选教习？二者孰是，似当存疑。

6. 卷 181 第 3871 页载：嘉靖十四年十一月"辛己，升顺天府府丞张汉为都察院左金都御史……壬午，上以前选淑女不足，诏……"。句中的"辛己"不能成为一个干支日，故疑其有误。查得本日的前一日为庚辰，故确定"辛己"为"辛巳"之误；则后一日的"壬午"当是"壬申"日，故确定此"壬午"是"壬申"之误。

7. 第 4275 页有卷 205"嘉靖十六年十月丁未朔"，第一条记"己酉，巡按广西御史诸演劾镇守两广总兵官安远侯柳珣……"，并有"壬子，致仕刑部尚书赵鉴卒……"等内容。而第 4287 页又有"嘉靖十六年十月丁未朔"，第一条却记"戊申，以代王充耀孝行，赐敕奖励……"，且其中内容多不相同，不像是上一个卷 205 的重复。可亦有重复的内容，如前卷 205 在第 4281 页载："癸亥，荫大学士费宏子懋良为

尚宝司司丞"；后卷205在第4292页又载有相同的内容。首先排除了此年在十月后有闰十月，且在第4297页有"十一月丙子朔"，也排除是十一月之误，疑此为两个不同内容的卷205。

8. 卷263第5217页载："嘉靖二十一年六月庚辰朔，辛己，上手谕都察院曰……"文中的"辛己"不能成为干支日，因前已称"庚辰"是朔日，即六月初一日，则此当为"辛巳"，即六月初二日。文中"己"是"巳"之误。

9. 卷438第7522页载：嘉靖三十五年八月"丁酉，致仕南京刑部右侍郎郭持平卒，赐祭葬如例。己亥，朝鲜国王李□遣陪臣卢曹、参判尹釜等入贺、进马，宴赍悉如旧例。命恭顺侯吴维爵、清平伯吴家彦、广陵伯刘允中、玉田伯蒋滢祭八陵，指挥使吴溢祭恭仁康定景皇帝，都督佥事王朝用祭孝静皇后陵"。可这段引文之后，紧接着在7523页又载"丁酉，致仕南京刑部右侍郎郭持平卒，赐祭葬如例。己亥，朝鲜国王李□遣陪臣卢曹、参判尹釜等入贺、进马，宴赍悉如旧例"。内容与前引完全相同，只是没有其后关于派员祭陵的相关内容。查得这年八月丁亥朔，丁酉即十一日，其后的己亥是十三日，在记完十三日的朝鲜遣使来贺及派员祭陵二事后，再又记十一日郭持平卒获赐祭葬和十三日的朝鲜遣使来贺事，显然是重复了，故疑7523页这段引文为衍文。另外，这段引文中朝鲜国王李某的名字不清，查《世宗实录校勘记》亦不得其解，故用两白框代。经查《明史》卷320"外国——朝鲜"，这时的朝鲜国王名李峘，事由是嘉靖"三十五年五月有倭船四自浙、直败还，漂入朝鲜境。峘遣兵击歼之，得中国被俘及助逆者三十余人来献，因贺冬至节，帝赐玺书褒谕"。（《明史》卷320第8290页）

10. 卷481第8035页载："烈士不避僇以□谏"。句中白框是因原文字不清，难以辨认，依上句"忠臣不退耕而忘君"，此句疑为"烈士不避僇以直谏"。

11. 卷523第8548页载："潜贿以榌法"。句中"榌"字左旁不清楚，依稀像个"坐"字，但右旁的"木"字是清楚的，故作"榌"字。"榌"是麦李，与文意不合，故疑是"挫"字之误。

四、《明史纪事本末》中华书局1977年版

1. 卷47《宸濠之叛》第693页载：正德十二年"冬十一月，宸濠仇大学士费宏，遣人焚毁其庐墓，并攻城掠群从兄弟杀之。孙燧请兵擒捕，下兵部议"。综合《皇明大政记》《铅书》《鹅湖横林费氏宗谱》《太保费文宪公摘稿》等史料，宸濠因阻复护卫事而仇大学士费宏，嗾使奸人焚毁费氏横林屋舍在正德十一年冬；费宏率家人避入县城在十二年正月；此年三月八日群凶攻入县城，费宏从兄遇害，被迫避入府城；六月十四日费宏母余夫人墓被毁，遗骨不知下落；七月十三日费宏祖父母墓被毁，尸骨悉为灰烬；费宏遂派胞弟费完、从子费懋中赴京奏闻。十一月，巡抚

孙燧请兵讨捕。此处把这些事通记在正德十二年十一月条下，易产生误解。故至少应在"冬十一月"下加上"先是"二字，在"孙燧请兵擒捕"前加上"至此"二字。

2. 卷47第703页载：正德十四年六月宸濠叛，武宗八月下诏亲征，"九月，上至南京"。据《明通鉴》卷48第1554页载，武宗于八月"癸未，车驾发京师"；九月还在保定，至这月"癸巳，上发保定"；十月"壬午，上发临清"；"十一月辛卯朔，车驾过济宁，丙申至徐州"；十二月"丙戌（二十六日）至南京"。《武宗实录》卷181所记亦与此同，均与此处所记相差三个月，似当以《通鉴》和《实录》所记为是。

3. 卷47第705页记正德十四年"十二月，宸濠等至南京，上欲自以为功，乃与诸近侍戎服，饬军容，出城数十里，列俘于前，为凯旋状。既入，囚禁之"。《明通鉴》卷48第1576页载：帝在南京，于正德十五年闰八月"闰月，丙戌朔，上在南京。癸巳，受江西俘。上欲自以为捷，命设广场，戎服树大纛，环以诸军，令释逆濠等，骈桎梏，伐鼓鸣金而禽焉。然后置械，行献俘礼"。《武宗实录》卷190亦记作正德十五年闰八月癸巳（七日）。而此处却记在正德十四年十二月，早了9个月。愚以为似当以《通鉴》《实录》所记为是。

4. 卷47第705页载："（正德）十五年（庚辰，一五二〇）秋九月，上以大将军钩帖令巡抚江西都御史王守仁重上捷书。守仁节略前奏，入江彬、张忠等姓名于内上之。疏入，始议北旋"。据《明通鉴》卷49第1575页又记：正德十五年七月"王守仁重献捷书于京师，言'奉威武大将军方略，讨平叛乱'。而尽入诸嬖幸名，江彬、张忠等逽乃已"。这里将王守仁重上捷书记在十五年七月，献俘则在闰八月，顺理成章。如将重上捷书记在十五年九月，而献俘又在上年的十二月，与事理不顺。故愚以为当以《明通鉴》所记为是。

5. 卷47第705页记正德十五年"冬十月，上自南京班师还京"。据《明通鉴》卷49第1576页载：正德十五年闰八月"丁酉（二十二日）上自南京返跸。是夕，发龙江"；九月"上驻跸扬州"；十月"上至天津"；十一月驻通州；十二月在通州处死宸濠，"甲午，车驾还京师，文武百官迎于正阳桥南"。似当以《明通鉴》所记为是。

6. 卷49《江彬奸佞》第729页载：正德十六年三月十四日"帝崩，彬偶不在左右，皇太后召廷和等议，恐彬为乱，秘不发丧，以上命召彬入。彬不知帝崩，并其子入，俱收之"。据众多史料，这段记述似有三处可疑：一是擒江彬是皇太后召集杨廷和等商议的；二是武宗崩后秘不发丧，这也是被众多学者所引用的情节；三是江彬被擒时还不知帝崩。对这整个事件的过程，亲历者大学士杨廷和有最为详尽的记载，他在《杨文忠三录》卷4"视草余录"中称："正德十六年三月十四日，拟廷试策问付陈文书严呈上。未久，陈复持回，仓皇言：'驾崩矣。'予闻之惊悸失措，私念危急时，天下事须吾辈当之，惊悸何为？即语陈曰：'请众太监启太后，取兴长子来继大统。莫错说了话。'须臾，魏司礼英等八人及谷大用、张永、张锐同至阁中；魏手持一纸授廷和，乃大行皇帝遗命：'说与陈敬、苏进，我这病则怕好不的，你每与张锐叫司礼监来看我，有些好歹，奏娘娘与阁下计较，天下重事要紧。不管恁众人事，都是我误了天下事了。'臣廷和、臣储、臣冕、臣纪举哀叩头讫，臣廷和即扬言：'且不必哭，亦且不必发丧。'遂取《皇明祖训》示诸司礼曰：'大行皇帝未有后，当遵《祖训》兄终弟及之文，奉迎兴长子来即皇帝位。兵部选法伦序相承正是如此。可启请皇太后降懿旨、大行皇帝降敕旨，遣司礼监、皇亲、文武大臣各一员前去奉迎，即日启行，途中不可延迟。'"在记阁中商议定下奉迎人员名单后，又记："初，诸司礼来阁中，王吏部与王兵部邀于左顺门，欲偕来，诸司礼云：'我辈奉有敕旨，无诸公事。'且云：'朝廷亦无他事。'吏部扬言：'外面满街俱传言取白衣，安得无事？便叫科道来，此等事如何不与我辈会议？'诸司礼至阁中具言之，且戒守阁门者勿纳一人。议定，奉所拟懿旨并大行皇帝敕书入启毕，出就左顺门宣谕朝臣知之。众跃然大呼曰：'天下事大定矣。'府部大臣及六科、十三道俱就阁中揖予辈谢。"从这段记述中可以看出，当得知武宗驾崩时，杨廷和是考虑过要"不必发丧"的，但由于吏部尚书王琼等的介入，瞒也瞒不住了，于是当日就在左顺门"宣谕朝臣知之"，这个"秘不发丧"就未实行得了。嗣后，继续记述擒江彬的经过："江彬提督团营之命久下尚未领敕，三月十四日至阁中会敕，予辈恭问'圣躬近日曾进药否'？因慰藉之。旋闻晏驾之变，十五日彬不出，十六日出听遗诏，十七日朝临罢，魏英出右顺门向予言曰：'亲家烦扶持。'谓彬也。予云：'亲家，朝廷大总兵也，安用扶持？'时京师人口语籍籍，皆言彬决反，予与同官忧之。敬所时以为言，且云'疑者，事之贼也。'予谓'发之有机，万一不中，大事去矣'。十七日晚，慎、恒二儿皆言'外议谓父亲何不早擒之'？予漫应之曰：'彬逆节未露，将以何辞擒之耶？仔细保首领，勿取灭族之祸。'盖虑后生辈不密，故云然。十八日早入朝，至端门，同敬所行，因以告之。敬所云：'连日介介于怀者，正在此耳。'予云：'彬手握重兵，发之须中机会。今日可与文书房议之。'是日，命寿宁侯张鹤龄赍遗诏往安陆，诰谕用宝，诸司礼令陈严、王钦二文书来阁中，予辈同看。言已，即去。时砺庵以痰作卧朝房中，予与敬所同入，至左顺门，要陈、王回，密语之曰：'外议皆谓江彬不擒，恐不静。烦告众太监启太后，早为之处。'陈曰：'用宝后老先生自言之，若我辈言，稍有不合，不敢复言矣。'予曰'良是。'用宝讫，诸司礼揖予辈出，陈曰：'两先生有话说。'因屏去左右，予复左右顾，魏司礼云：'尔辈都去，都去。'左右皆去，予二人揖诸司礼云：'前日之议，大功已成，宗社之庆也。但有大患未除，若大患者不除，大功未得全美。'魏问曰：'何为大患？'予以魏与彬为姻家，不可径以为言，先曰：'大义灭亲，古人所重。管叔、蔡叔都是周公弟兄，二人作乱，周公诛之。东晋宰相王导，有兄王敦谋反，导亲诛之，至今声名垂于史册。公虽与江彬为亲，奉大行之命，出于不得已，实非本意也。今外议纷纷，若不请于太后及早擒之，恐彼亦不自安，将贻嗣君以忧，未免为大功之累。'张锐疾言曰：'彼有何罪？'予曰：'江彬挟着皇帝着处巡游，安得无罪？'魏曰：'巡游出大行意，何人敢挟？'锐曰：'前年去南京，我送至涿州，某事如何处，某事如何处，一一出自上意，法度又严，谁人敢挟得？'予窃念大行巡游时，诸司礼多在扈从，恐激之怒，因好语曰：'挟之一字，我误矣，再不复出口。江彬罪恶万千，如擅引边军入禁内，擅立威武团练营，擅改团营教场为西官厅教场，擅立镇国府名目之类。擢毛不能尽其罪，只举一二件也勾他死了。'魏乃曰：'他委的恶贯满了，罪不能逃。'锐犹极力为辩，予曰：'公莫回护他。'锐曰：'我如何回护？'予曰：'这等说话，岂不是回护？我辈言出祸随，身家已不顾了。公亦须自顾身家，公虽无子孙，亦有祖宗坟墓，亦有兄弟，都是祖宗子孙，不可不念。见今嗣君未至，万一有变，途中闻之，安得不惊？诸公同听今日之言，他日有变，张公当之，不得辞也。'陈严见事不谐，引温太监衣，附耳云云。温因向魏云：'且收得在？'予与敬所即应云：'正是，且收得在，又不问他罪，待嗣君至日，或宽宥他也未可知。'拟旨所以有'监候'之言。敬所云：'得了此事，方去哭临。'锐曰：'如何这等急？'予曰：'此等事情，间不容发，安得不急？公便去准备拿人。'锐曰：'我如何拿人？'予曰：'拿人是锦衣卫事，彬之罪该籍没缘坐，一拿后，封闭门户，防范人口，照管财产，岂不是行事衙门的事，公何故抵死拦截也？'温因揖予辈出，曰：'老先生每去阁中调旨意，文书房去取旨来。'予与敬所再四谢云：'诸公扶持社稷，竭尽忠诚，同干好事，太祖、太宗、孝宗在天之灵亦知诸公之心，千万就奏太后行之。擒彬贼后，方哭临也。'又云：'与江彬同恶相济者，止李琮、神周二人，他无与也。'诸司礼皆以为然。既拟旨，付陈进呈，久之未下，予与敬所私念：事若不成，祸必先我三家，我辈岂肯离此地，坏于贼手。但儿子辈在外不能逃耳，又念弱孙，心为之痛。复相与慰藉，遭逢至此，莫非数也。死得其所，亦复何憾？敬所云：'天若祚宋，必无此事。'顷之，有人报：'神周已宣至右顺门。'伺候久之，陈来云：'江彬已擒矣，几乎逸出。'予与敬所再拜以谢，陈亦拜谢予辈曰：'二老先生大功、大忠也。'延之坐，备述所以：是日，坤宁宫安兽吻，予恐张锐至工所与彬言之，事败矣。问之，则锐已从工所来，不复去矣。但闻工所内竖附耳语彬，遂急奔西安门，以取西官厅文书为辞，中道向北折向北安门，亦复云云。门者云'有旨留提督'，彬叱之云：'皇帝何在，旨从何来？'手批门者。守门人群拥抱之，追者至，遂缚之，由东安门至锦衣卫直房，内官数百人随而扑之，拔须鬓殆尽。予谓陈曰：'一时扑杀之，诚快人意，仍须待嗣君来鞫问明白，肆诸市朝，以正其罪。'陈遂去告魏以此意，偏晓于众人，令长随护之出端门乃止。此时久旱，遂雨，都城中欢声雷动，有'拿了江彬，朝廷安稳'之谣，盖以'吻'为'稳'也。"从这整个事件的过程来看，并没有皇太后召集商议之情节，都是以杨廷和为首的内阁成员与司礼监内官商议停当，形成意旨，再报太后同意，然后以太后懿旨、武宗遗诏的名义行之。擒江彬在十八日，早在十四日就已向朝臣告之武宗驾崩的消息，江彬怎会不知，故其在被擒时会反问"皇帝何在，旨从何来"。综上所述，前引记载是不确的，疑有误。

7. 卷50《大礼议》第733页记"宪宗生十皇子，长孝宗敬皇帝，次兴献王"。据《明史》卷119《诸王传四》第3640页载："宪宗十四子。万贵妃生皇第一子，柏贤妃生悼恭太子祐极，纪太后生孝宗。邵太后生兴献帝祐杬、岐王祐棆、雍王祐橒。张德妃生益王祐槟、衡王朱祐楎、汝王朱祐梈。姚安妃生寿王祐楷。杨恭妃生泾王祐橪、申王祐楷。潘端妃生荣王祐枢。王敬妃生皇第十子。第一子、第十子皆未名殇。"可见此处称"宪宗生十子"是不准确的。且孝宗也不是长子，据《明史》卷15"孝宗本纪"第183页载：孝宗"宪宗第三子也，母淑妃纪氏"；兴献王也不是次子，据《明史》卷115第3551页载：兴献王是"宪宗第四子，母邵贵妃"。

8. 卷50第733页记：正德十六年三月丙寅武宗卒，"翼日丁卯，遣司礼监太监韦霦、寿宁侯张鹤龄、驸马都尉崔元、大学士梁储、礼部尚书毛澄，赍诏谕安陆州"。据《明史》卷17"世宗本纪一"第215页记："慈寿皇太后与大学士杨廷和定策，遣太监谷大用、韦彬、张锦，大学士梁储，定国公徐光祚，驸马都尉崔元，礼部尚书毛澄，以遗诏迎王于兴邸。"《武宗实录》卷49第1579页记："遂定策，遣定国公徐光祚、驸马都尉崔元及中官谷大用、韦彬、张锦奉遗诏迎兴世子厚熜捆入嗣皇帝位。故事，奉迎当以内阁一人偕礼官前往，廷和欲留蒋冕自助，而虑梁储老，或惮行，乃佯惜之，储奋曰：'事孰有大于此者，敢以老辞！'遂与礼部尚书毛澄偕光祚等行。"《明史》和《实录》所记相同，而当事人杨廷和在《杨文忠三录》卷4"视草余录"中所记亦与上同，只是少太监张锦一人。可见《纪事本末》所记少了太监谷大用、张锦，多了寿宁侯张鹤龄。对于张鹤龄前往安陆迎驾事，杨廷和在《杨文忠三录》卷4"视草余录"中记为：三月十八日"是日，命寿宁侯张鹤龄赍遗诏往安陆"，"诰谕用宝"也是在这一日。可见三日前的"丁卯"即三月十五日，奉迎队伍出发时是没有张鹤龄的。故愚以为当以《明史》和《实录》所记为是。

9. 卷50第733页记：正德十六年"四月壬午，帝辞兴献王园寝……丁卯，礼部员外郎杨应魁上礼仪状，请由东安门入，居文华殿。翼日，百官三上笺劝进，俟令旨俞允，择日即位。大学士杨廷和命仪部郎中余才所拟也。壬寅，车驾至良乡，帝览礼部状，谓长史袁宗皋曰：'遗诏以吾嗣皇帝位，此状云何？'癸卯，至京师，止城外。廷和固请如礼部所具状，帝不许"。查该年四月并无丁卯日，三月倒是有丁卯日，可那是三月十五日，武宗卒后第二日，当时朝中形势万分危急，礼部不可能拟、更不可能上新皇即位礼仪状。查四月有辛卯（十日）、癸卯（二十二日）；亦有丁亥（六日）、丁未（二十六日），可均与下文二十一日至良乡、二十二日至京师不合，只有丁酉（十六日）上礼仪状比较符合当时整个事件发展的过程。故疑这里的"丁卯"是"丁酉"之误。

10. 卷50第738页载：正德十六年十月"张璁乃复为《（大礼）或问》（据《明史》卷一百九十六《张璁传》补）一帙，辨析统嗣之异及尊崇墓庙之说甚悉。吏部主事彭泽录遗内阁及礼官，劝改前议，不从。璁乃赍至左顺门上之，廷和令修撰杨维聪等阻之，不得。帝览之，留中不下。廷和见势不得已，乃草敕下礼部，曰：'圣母慈寿皇太后懿旨，以朕缵承大统，本生父兴献王宜称兴献帝，母宜称兴献后，宪庙贵妃邵氏称皇太后。仰承慈命，不敢固违。'帝从之，廷和意假母后示，非廷议意也"。这里把此事记在十月壬午（四日）之前，且据此所述，好像崇尊帝父母徽号，是张璁上《大礼或问》所带来的。据《世宗实录》卷7第271页载：正德十六年十月"庚辰，礼部尚书毛澄等言：'皇上孝心纯笃，念兴献王嗣绪无人，徽称未定，亲洒宸翰，谕之至情。欲委曲折衷以伸其孝，天地百神实所共鉴。但臣等一得之愚已尽于前议，兹欲仰体圣心，揆量事体，使于今而不戾于古，协于情而无悖于义，则有密勿之地、腹心之臣在，非臣等所敢专也。'上曰：'卿等累次会议正统之大义，本生之大伦，考据精详，议拟允当，朕已知之。钦奉慈寿皇太后之命，以朕既承大统，父兴献王宜称兴献帝，母兴献后，宪庙贵妃邵氏为皇太后。朕辞之再三，不容逊避，特谕卿等知之。'"这是由世宗假慈寿皇太后之命而宣布的，与张璁所上《大礼或问》无涉。况据《世宗实录》卷8载：正德十六年十一月"癸酉，进士张璁疏进《大礼或问》……疏入，上下所司知之"。这里将张璁上《大礼或问》记在十月，亦是误记了。

11. 卷50第743页载：嘉靖"三年（甲申，一五二四）春正月，杨廷和罢"。据《世宗实录》卷36第899页载：嘉靖三年二月"丙午，少师兼太子太师吏部尚书华盖殿大学士杨廷和乞致仕，许之"。《明史》卷110"宰辅年表二"亦称杨廷和于嘉靖三年"二月致仕"。可见此处的"春正月"是误记了。

12. 卷50第758页在（嘉靖）六年下载："费宏等定议世庙乐舞，止用文舞随堂。何渊上言：'世庙乐舞未备。'下礼部集议。"据《世宗实录》卷66第1526页，此事系于嘉靖五年七月，称"壬寅，上以世庙垂成，自制乐章，示大学士费宏等，命更定曲名"，从而引发了一场争论。愚以为似当以《世宗实录》所记为是，这里记在六年，疑是误记了。

13. 卷54第814页第6行载："初，言与嵩俱以青词得幸。至是，言已老倦，思令幕客具草，不复简阅；每多旧所进者，上辄抵之地，而左右无为报言。嵩则精其事，愈得幸。言以是益危。"其中"至是，言已老倦，思令幕客具草"，好像是想让"幕客具草"，不曾实为。那么怎么会出现他上的青词"每多旧所进者，上辄抵之地"呢？其实此句依上下文意，似应断为"至是，言已老倦思，令幕客具草"，且"不复简阅"，所以会出现所上青词质量不佳，从而触怒嘉靖帝。故疑此处是断句之误，应断在"思"字后，即"言已老倦思"。

14. 卷57《大同叛卒》第878页载：嘉靖三年发生大同兵变，都督桂勇为总兵官往处，"冬十一月，大同叛卒执总兵桂勇。胡瓒至阳和，密檄桂勇督城中兵，计擒首恶。文移一日十数下，于是城中大惧……桂勇遂率苗登诸将计擒郭鉴、柳忠等十一人，皆斩之。鉴父郭疤子纠胡雄、黄臣、徐毡儿等复倡乱报复，逼胁诸乱卒尽甲，闭城门。夜围桂勇第，掠其赀，杀家众数人，磔尸于坊，有啖其肉者。遂拥桂勇至叶总兵宅，天佑暨太监武忠亟驰至谕之。反复譬晓，众复少定，勇得不遇害"。对这一事变，费宏在其《桂氏义仆碑》（《费宏集》卷 19 第 643 页）中有更为详尽且不同的记载：都督桂勇受命前往大同处兵变，时"众方汹汹，视镇城如虎穴，以入为难。都督既佩印，厉兵秣马，率妻孥治行，无几微忧惧之怀。顾独念平居未尝蓄死士置之帐下，缓急无可为腹心者，步于庭而叹者屡焉。其童曰全胜、曰彪、曰锦、曰麒、曰俊者，奋而前曰：'国之臣，家之仆，分虽殊，而心一也。主翁为天子元帅，能忠于国而弗爱其身，仆辈乃不能忠于家而忍负其主乎？况犬马受豢养之恩，犹知报焉，仆辈肯犬马之不如耶？'都督闻其言而壮之，遂与偕行。既至镇，叛卒疑未释，讹言王师且来屠城，相煽以乱。事闻，下廷臣议。议必剪首恶以除祸本，得其主名若干，遣文武大臣率禁旅及邻镇兵凡数千，将临城取之。然宗室懿亲数十百，居民之无罪者数十万，皆杂居城中，昆岗之火，盖有不容以轻纵者。主兵者约都督以计擒之，全胜辈用其主命，协力取郭鉴等十一人，尸于幕府，逆党股栗，城中为之少定。初，议首恶既得即班师。主兵者未之思也，又传檄将有事于城镇。叛者复疑，复乱。鉴之父疤子，挟其徒徐毡儿五十余辈，火都之门，索都督欲甘心焉。全胜持弓矢捍御，首犯其锋。彪、锦、麒、俊相继殊死斗，悉为所害，至裂其肢体悬庭树，惨不可言。曰驴儿、回子、喜孙者，全胜与彪之子也，皆见杀如其父惨。逆党愤少泄，都督乃幸得全，盖一时之大变也。然自鉴等既诛，向焉未正之法于是始正，武夫悍卒亦知从逆之祸不可免，而有革心效顺之机。后月余，城中人相率缚疤子辈献于官，无一脱者，而边城晏然以靖。谓非全胜辈仗节死义，首为之倡，有以感其心而作其气耶？当全胜遇害时，都督之妻田夫人及侧室王氏皆被创绝。上悯之，亟召还京，升其秩，进旧阶一等，伤者厚加优恤，死事录其孤儿。全胜与彪盖已无噍类矣。都督恻然，恐无以慰其忠魂，谋伐石即死所镌其名为不朽计。屡诣予请曰：'全胜、彪、锦、麒，皆非勇族，特因其孤贫而子之，遂承勇姓而命之名。俊则大同前卫千户李英之弟，于勇不过姻娅之好耳。今皆捐生赴难，如子之于父，此勇所以哀之而欲著其志节于来世也。'又曰：'郎之战，公叔禺人耻士弗能死，与其童汪踦死焉。孔子谓踦能执干戈以卫社稷，许其勿殇，又特传其事载之简册。千载而下知踦名，以有《春秋》之笔也。公肯微全胜辈而靳于辞乎？'……都督为予言全胜辈死时，其年皆未三十。自世俗论之，若以为短折矣。然其身虽死，而生气凛凛，后千载盖犹不死，其名之寿何如哉？视彼偷生而苟免者，其为荣何如哉？呜呼！读是碑者，其将有所感也夫，其亦有所励也夫。"这是当朝首辅大学士为几个义仆所作的碑文，感人至深，使他们以身捍卫国家的精神得以流传至今。而《明史纪事本末》对此却不置一词，可能是作者以为几个仆人之死不足挂齿，但这却与历史事实有所遗漏，使历史真相出现偏颇，也是不符史学的求实精神的。

五、《明通鉴》 延边人民出版社 1999 年版

1. 卷 41 第 1341 页注（1）载："杨一清：（1454—1530）字应宁，安今（今属云南）人"。据《明史》卷 198 第 5225 页载："杨一清，字应宁，其先云南安宁人"。故句中"安今"疑为"安宁"之误。

2. 卷 42 第 1370 页注（9）载："李东阳（1447—1516）字宾之，湖南茶陵人"。明代尚未有"湖南"之称，其时茶陵属湖广，故应称"湖广茶陵（今属湖南）人"。

3. 卷 42 第 1370 页注（11）载："宣大：总督名。全衔为'总督宣大山西等处军务兼粮饷'。"此注正文在 1361 页，记巡按直隶御史王时中被刘瑾所构，往日"时中出按宣大，黜贪污者甚众"。这王时中并非宣大总督，只一御史而已，句中的"宣大"，明显是个地名，时指宣府、大同。此处是将其误为总督名了。

4. 卷 43 第 1386 页载："己酉，诏'吏部考察京官不必以时'，从侍郎张彩之请也"，以下还有八处提及张"彩"。据《明史》卷 111《七卿年表》第 3440 页载，嘉靖四年六月出任吏部尚书的是张綵，此处记成了张彩。綵，《辞海》作彩的异体字。而在《汉语大字典》中，綵有两个义项：一是彩色丝织品；二是泛指花纹。而彩有九个义项，其中只是第五义项称"彩色丝绸也作綵"。故"綵"和"彩"是不能混用的，尤其是古人名，还是以原字为好，以免产生歧义。

5. 卷 43 第 1397 页注（6）载："李东阳：（1446—1516）字宾之。湖南茶陵人，以成籍京师。天顺八年（1464），年十八，成进士……武宗立，刘瑾得志，刻奏'八党'，以其语稍缓，故得留。正德十二年卒，年七十。"据《国朝献征录》卷 14 第 469 页其"墓志铭"载：其"生正统丁卯六月九日"，卒正德"丙子七月二十日"。正统丁卯是正统十二年（1447），而不是（1446），这与下文"天顺六年壬午（1462）年十六中举"，"天顺八年（1464）年十八中进士"亦正相符。正德丙子也不是正德十二年，而是正德十一年（1516），故其生卒年应是 1447—1516），这与下文卒"年七十"也相合。另明代并无"湖南"之称，当时茶陵属湖广，故"墓志"中亦称其为"湖广茶陵人"，是也。注中"刻奏'八党'"，疑为"劾奏'八党'"之误。

6. 卷 43 第 1398 页注（14）载："乐平：古县名，治所在今山西昔阳。"此注正文在 1388 页，称"是月，江西乐平盗汪澄二、汪浩八等作乱"。据《大明一统志》载，明代有两个乐平县：该志卷 19 第 286 页载：山西太原府乐平县"在州东南六十里"；卷 50 第 798 页载：江西饶州府乐平县"在府城东一百二十里"。《辞海》中"乐平"条中县名亦有两个：一是"古县名，治今山西昔阳"；二是"县名，在江西

省景德镇市南部"。况正文中已说得清楚，是江西乐平，故不应错成山西乐平。

7. 卷43第1398页注（17）载："杨廷和：（1458—1529），四川成都（治今四川省新都县）人……嘉靖元年（1522），三年两争大礼议，主考武宗、兴献王为极父，为帝不满，削职为民，八年卒，年七十一。"据《国朝献征录》卷15第487页载其"行状"称：其生于"天顺己卯九月十九日"，卒于嘉靖"己丑六月二十一日"，换成公历应是"1459—1529"，这与下文的"八年卒，年七十一"亦相符。状中称其为"新都人"，据《大明一统志》卷67第1035页载，新都县"在府城北六十五里"，属四川成都府；当然，从这个意义上讲，称他为成都人、四川人都不错，但史籍中注籍贯都应是县名，尤其不能注成"四川成都（治今四川新都）人"，这就记反了，成都府治所不在新都而在成都，新都县只是辖于成都府，并不能代称为成都。在议大礼中，杨廷和等主张是考孝宗，而不是武宗；以其生父兴献王为叔父，而不是为"极父"，称"极父"则教人难解其义了，故疑此处是把"孝宗"误成了"武宗"，"叔父"误成"极父"了。

8. 卷44第1423页记正德六年十二月"癸巳，以礼部尚书费宏兼文渊阁大学士，预机务。是秋，宏自侍郎进尚书。上耽于逸乐，早朝日讲俱罢，宏上疏切谏，报闻而已。及是刘忠致仕，遂以宏代"。这里是把费宏进礼部尚书，记在了正德六年秋。据《明史》卷193"费宏本传"第5107页载："正德二年拜礼部右侍郎，寻转左。五年进尚书。帝耽于逸乐，早朝日讲俱废。宏请勤政、务学、纳谏，报闻。"《明史》卷111《七卿年表一》第3441页亦记正德五年"费宏九月任"礼部尚书。这里将此记在了正德六年秋，晚了一年，应是误记了。

9. 卷46第1495页注（20）记："建昌：今天的南昌。"出注的原文在第1486页，记正德十年七月"俞谏讨江西贼徐九龄，平之。初，谏至建昌"，可见这个建昌是在江西。查《辞海》建昌条下有三义，其第一义"军、路、府、卫名"之第2项称："明初改肇庆府，不久改建昌府。"据《大明一统志》卷53"建昌府"记，下辖南城、新城、南丰、广昌四县，可见其时的建昌府并不是今天的南昌。

10. 卷47第1525页注（26）称："毛澄（1416—1523）字宪清，昆山人，弘治六年（1493）进士第一，授修撰，直讲东宫，正德中拜礼部尚书，武宗崩，偕官迎世子于安陆。嘉靖元年（1522）转吏部左侍郎，三年，因争大礼致仕，卒于家，隆庆初赠少保，谥文庄。"据《明史》卷191第5058页"毛澄本传"称："（嘉靖）二年二月疾甚，复力请，乃许之。舟至兴济而卒"；可见其卒于嘉靖二年是不错的。可如此处所记，其若生于1416年，那他岂不是108岁还在朝中为官，这就严重失实了。据《中国历史大辞典》第496页毛澄条，其生于1461年，卒于1523年，享年63岁。可见注中所记生年是把1461年误记成1416年了。另文中的"世子"前疑脱一"兴"字，应是"迎兴世子于安陆"。据《明史》毛澄本传及"七卿年表"，毛澄在正德十二年就任礼部尚书，均不见其有在嘉靖元年（1522）由礼部尚书降"转吏部左侍郎"

的记载。且史料均称他是嘉靖二年二月因议大礼忤世宗意，而以礼部尚书致仕的。这里却误记成了"三年，因争大致仕"。又称他"卒于家"，据前引《明史》"毛澄本传"，他是在致仕归乡途中，"舟至兴济而卒"。又称他"隆庆初赠少保，谥文庄"。据《世宗实录》卷26第738页载，嘉靖二年闰四月"庚戌，太子太傅礼部尚书毛澄卒，赠少傅，谥文简"；《明史》中"毛澄本传"亦记为"赠少傅，谥文简"，与《实录》同。而此处却误记成"隆庆初赠少保，谥文庄"。同时全段一逗到底，标点亦不合规。

11. 卷48第1552页载：正德十四年宸濠叛乱后，"己卯，陷九江，副使曹雷、知府江颖等亦遁"。据《明史纪事本末》卷47第697页记：宸濠"进攻九江，兵备副使曹雷、知府汪颖等亦遁，城俱陷"。又据同治十三年《九江府志》卷25《职官》第23页载："汪颖，江陵人，举人，宸濠破九江，颖遁"。似当以"汪颖"为是。

12. 卷49第1576页记：正德十五年十月，"上之北还也，每令宸濠舟与御舟衔尾而行，意甚防之。及抵通州，谓左右曰：'吾必决此狱。'乃入，召勋戚大臣议宸濠狱"。从这里看，好像武宗是在返京后"召勋戚大臣议宸濠狱"。其实不然，据其书下文记："十二月甲申朔，上在通州。己丑，宸濠伏诛。先是有旨，召皇亲、公侯、驸马、伯，内阁府部大臣，科、道官，俱至通州治宸濠狱。至是列其罪状上之……仍焚弃濠尸。"可见是在通州处死宸濠的，这里造成歧义的原因，疑是断句之误，该句似应断为"及抵通州，谓左右曰：'吾必决此狱乃入。'召勋戚大臣议宸濠狱"。

13. 卷49第1579页在记述江彬被擒时，"有顷，周琮亦缚至"，从句中字面上理解，这里所述是有一个叫周琮的人被缚至。其实不然，因为前引文之下即记"琮骂曰：'奴，早听我，岂为人禽！'"在前二段亦记"庚午，以皇太后懿旨，下江彬、神周、李琮于狱"。原来是在擒江彬时，一并抓了其党羽神周、李琮二人。"周"即神周，"琮"即李琮，该句只要断成"有顷，周、琮亦缚至"即可。故疑原文此处是漏作标点断句了。

14. 卷49第1583页载：正德十六年"冬十月，己卯朔，追尊父兴献王为兴献帝，祖母宪宗贵妃邵氏为皇太后，母妃蒋氏为兴献后。先是尊崇礼未定，会母妃在通州，又闻朝议考孝宗，惎曰：'安得以我子为他人子？'于是张璁益喜，著《大礼或问》上之，且曰：'非天子不议礼，愿奋独断，揭父子大伦明告中外。'章既下，毛澄等知势不可已，乃谋于内阁，请以皇太后懿旨行之，遂颁诏。"这里所述，好像崇尊帝父母徽号，是张璁上《大礼或问》所带来的。据《世宗实录》卷7第271页载：正德十六年十月"庚辰，礼部尚书毛澄等言：'皇上孝心纯笃，念兴献王嗣绪无人，徽称未定，亲洒宸翰，谕之至情。欲委曲折衷以伸其孝，天地百神实所共鉴。但臣等一得之愚已尽于前议，兹欲仰体圣心，揆量事体，使宜于今而不戾于古，协于情而无悖于义，则有密勿之地、腹心之臣在，非臣等所敢专也。'上曰：'卿等累次会议正统之大义、本生之大伦，考据精详，议拟允当，朕已知之。钦奉慈寿皇太后之命，以朕既承大统，父兴献王宜称兴献帝，母兴献后，宪庙贵妃邵氏为皇太后。朕辞之再三，不容逊避，特谕卿等知之。'"这是由世宗假慈寿皇太后之命而宣布的，与张璁所上《大礼或问》无涉。况据《世宗实录》卷 8 载：正德十六年十一月"癸酉，进士张璁疏进《大礼或问》……疏入，上下所司知之"。这里将张璁上《大礼或问》记在十月，亦是误记了。

15. 卷 49 第 1585 页注（6）载："梁储：（1451—1527）字叔厚，广东顺德人，成化十四年进士第一名。"据《明史》卷 190 第 5040 页"梁储本传"载，其"举成化十四年会试第一"。据《明清进士题名碑录索引》，此科进士第一名是曾彦。故疑此处是将"会试第一名"误成了"进士第一名"。

16. 卷 49 第 1585 页注（15）载："毛澄：（1560—1523）字宪清，昆山人，弘治进士，谥文庄。"据《明史》其本传及《中国历史大辞典》，毛澄生于 1461 年，卒于嘉靖二年（1523），享年六十三岁，此处生年是误记了。"谥文庄"亦是"谥文简"之误。详见本节第 10 条所证。

17. 卷 49 第 1585 页注（16）载："少保：东宫所属官员，东宫大臣。"据《中国历史大辞典》第 435 页载："少保：明初为皇帝辅弼大臣，职权甚重。建文间罢，仁宗时复置，后渐成虚衔，多为勋戚大臣的加官、赠官，从一品。"大量史料皆可证此是加官或赠官，并不是东宫的属官、大臣，此处疑是误记了。

18. 卷 49 第 1585 页注（21）载："林俊：（1452—1527）字待用，莆田人，成化进士，官刑部主事姚州判官，世宗时，官刑部尚书，与杨廷和数争大礼，罢官，卒。"据《明史》卷 194 第 5136 页"林俊本传"记，成化间林俊因上疏请斩妖僧、中贵，谪姚州判官。故"官刑部主事姚州判官"句，应断成"官刑部主事、姚州判官"；或"官刑部主事，谪姚州判官"。又"与杨廷和数争大礼"句，容易引起歧义，好像是林俊在与杨廷和数争大礼。如改成"助杨廷和数争大礼"，或"偕杨廷和数争大礼"是否更好些？另外，他也不是因"数争大礼"而罢官，只是在嘉靖二年请辞而致仕。

19. 卷 49 第 1585 页注（26）载"毛澄：（1416—1523）字宪清，昆山人，黄治进士第一，曾任礼部尚书，谥文庄"。同在卷 49 已有"注（15）毛澄"，这里似重复。生年同样误记，详见本节第 3 条所证。句中"黄治进士第一"，"黄治"疑是"弘治"之误；"进士第一"似应标明何科，故应称其为"弘治六年进士第一"。

20. 卷 49 第 1585 页注（28）载："霍韬：（1487—1540）字渭先，广东南海（今广州）人。"据《辞海》第 153 页"南海"条下有多义项，其中第 5 项称："县名，在广东省佛山市郊。"故说广东南海是"今广州"，这就不太准确了。

21. 卷 50 第 1606 页记吏部右侍郎何孟春上疏议大礼，其中称"臣故愿以当宣、光武、晋元三帝为法"。句中"当宣"不知何意？查《明史》卷 191 第 5067 页何孟春本传，疏中原句是"臣故愿以汉宣、光武、晋元三帝为法"。故疑此处是将"汉宣"误成了"当宣"。

22. 卷50第1608页记御史汪珊疏陈十渐，其末称"出为河南副备"。这"副备"不知何意？查《明史》卷208第5500页"汪珊本传"称："未几，出为河南副使。"故疑此处"副备"是"副使"之误。

23. 卷50第1614页载：嘉靖二年"闰（四）月，乙巳，大学士杨廷和上慎始修德十二事，而于建斋醮一事首力言之。谓'祈祷之事，帝王勿尚。何况僧道邪妄之书，岂可轻信……惟陛下采纳，斥远左右奸人及远方僧道，罢停斋醮及一切冒滥恩赏，天下幸甚'"。据《世宗实录》卷26第733页载：嘉靖二年"闰四月乙巳，大学士杨廷和等上疏曰：'人君一身，天下根本。欲令出入起居事事尽善，惟在前后左右皆用正人……惟陛下留神采纳，斥远左右奸人及远人僧道，罢停斋醮，清查一切冒滥恩赏，实万世无疆之休。'"这是杨廷和为首的内阁大学士集体上疏，故应在"杨廷和"后加一"等"字。另"上慎始修德十二事疏"与"上停斋醮疏"是两回事，后者是嘉靖二年闰四月，而前者是在正德十六年十二月。据《世宗实录》卷9载："辛卯，大学士杨廷和等乞'慎始修德以隆治化'……上嘉纳之。"其中列有"敬天戒"等十二事。这里把两疏搞在一起，疑是误了。

24. 卷50第1619页注（5）"毛纪：（1406—1545）字维之，成化末登进士"。据此推算，毛纪活到了140岁，显误。据《明史》卷190第5047页"毛纪本传"称："（嘉靖）二十一年，年八十，抚按以闻。诏遣官存问，再赐夫廪。又三年卒。"由此可以推算其生于1463年，卒于1545年。又据《国朝献征录》卷15第531页严嵩为毛纪所撰《神道碑铭》称："二十四年乙巳六月六日以疾薨于里第之正寝……距生天顺癸未七月有七日，享年八十有三。"另据《中国历史大辞典》第495页毛纪条下所记，其生卒年亦为"1463—1545"，这些与《明史》本传所言皆相合，故其生卒年似应以此为是。

25. 卷50第1619页注（6）太子太傅，注（9）太子少保，注（23）少傅，都记为"东宫大臣"。其实这在当时只是一种虚衔，多为勋戚大臣的加官、赠官，而不是东宫的属官、大臣，此三处皆疑是误记了。详见本节第16条所证。

26. 卷50第1619页注（19）载："乔宇：（1457—1524）字希文。乐平人，成化十二年（1476）进士，授礼部主事，弘治初，累迁太常少卿，嘉靖时，官至吏部尚书，以黜罢不职者，咎怨，后以争大礼，为张璁、桂萼所劾，遂罢，卒于家，隆庆初，复官。"据《国朝献征录》卷25第274页乔宇"行状"称：其"山西乐平人……年十七以金吾卫籍中成化庚子顺天乡试……嘉靖十年甲申以议兴国大礼，凡三抗疏乞休，遂得俞允"。辛卯十月卒，"春秋六十有八"。依此推算，成化庚子是十六年（1480），乔宇17岁，其应生于天顺八年（1464）；嘉靖辛卯是十年（1531）；由此可以断定其生于1464年，卒于1531年，享年六十有八。又据《中国历史大辞典》第1068页乔宇条下称其为"明山西乐平（今昔阳）人"，亦记其生卒年为

"1464—1531"。可见此处生、卒年皆记错了。当时称"乐平"的地方有好几个，故应准确记为"山西乐平人"。据《明史》卷194第5131页"乔宇本传"载，其是"成化二十年（1484）进士"，这里记为"成化十二年（1476）进士"亦是误记了。又记其"官至吏部尚书，以黜罢不职者，咎怨"，不知此"咎怨"是何意？据其本传称："兴府需次官六十三人，乞迁叙。宇言此辈虚隶名籍，与见供事者不同。黜罚有差，皆怨宇"。原来是随嘉靖帝从湖北藩府来京的亲信乞官，被时任吏部尚书的乔宇所阻，故怨宇。另乔宇是因议大礼忤帝意而抗疏乞休的，并不是遭"张璁、桂萼所劾，遂罢"的，疑此处也是误记了。全文自"乐平人"开始至末尾，一逗到底，应是缺少正确断句、标点。

27. 卷51第1654页注（4）载："汪俊：字抑之，江南汉阳人，谥父庄。"据《明史》卷191第5058页"汪俊本传"载："汪俊，字抑之，弋阳人……谥文庄。"这里将"江西弋阳"误成了"江南汉阳"，又将"谥文庄"误成了"谥父庄"。

28. 卷51第1654页注（13）载："蒋冕：（1463—1533）字敬之，全州人，成化三十年（1487）进士，选庶吉士，授编修，嘉靖三年，代杨廷和为首辅，三月致仕，卒，谥文定。"成化只有二十三年，没有三十年，1487年即成化二十三年，故疑这里是将"二十三年"误记成"三十年"了。据《明史》卷190第5043页"蒋冕本传"载："（蒋）冕举成化二十三年进士……代廷和为首辅仅两阅月，卒龃龉以去。"又据《明史》卷110第3352页"宰辅年表"记：杨廷和是年二月致仕，蒋冕五月致仕。而注中却称"嘉靖三年，代杨廷和为首辅，三月致仕，卒，谥文定"，好像蒋是在嘉靖三年三月就致仕了；并在此时已卒，谥文定了。其实这里应断成"嘉靖三年，代杨廷和为首辅三月，致仕。卒谥文定"。故疑此处是断句有误了，且全文一逗到底，标点亦不规范。

29. 卷51第1655页注（19）载"毛纪：（1466—1545）"，有史料证实其生卒年应为1463—1545年，详见本节第24条所证。

30. 卷51第1655页注（24）载"杨慎：（1470—1541）"。据《明史》卷192第5081页"杨慎本传"记："（杨慎）年二十四举正德六年殿试第一……嘉靖三十八年七月卒，年七十有二。"依此推算，其应出生于1488年，卒于1559年。又据《中国历史大辞典》第1344页杨慎条下，亦记其生卒年为"1488—1559"。此处疑是将生、卒年均误记了。

31. 卷51第1655页注（32）载："费弘：（1467—1535）字子允，江西铅山人，成化二十三年（1487）进士第一，谥文实。"据《明史》卷193"费宏本传"及《鹅湖横林费氏宗谱》等史料，这里是将"费宏"误记成了"费弘"；"字子充"误成了"字子允"；"谥文宪"误成了"谥文实"。费宏出生于成化四年（1468），这里误记成了1467年；《中国历史大辞典》第2322页费宏条中亦记其生年为1468年。

32. 卷51第1655页注（34）载："杨一清：（1454—1530）字应宁，其先云南安宁人，后家迁至四川巴陵，谥文襄。"据《明史》卷198第5225页"杨一清本传"载："其先云南安宁人。父景，以化州同知致仕，携之居巴陵……父丧葬丹徒，遂家焉。"又据《国朝献征录》卷15第521页载有杨一清"行状"，称"天顺庚辰，父致仕，携公便道访前母刘氏家于巴陵，公甫八九岁……壬辰登进士，癸巳以父艰解官，访姐氏于丹徒。会公前室段氏继卒，贫窭不任远归，乃葬丹徒，因家焉"。可见其在四川巴陵只是随宦而居，迁家则实在丹徒。

33. 卷52第1686页载：嘉靖五年四月"壬戌，詹事桂萼、张璁，以陈九川侵盗贡玉事讦大学士费弘。初，璁、萼骤贵，举朝恶其人，弘在内阁，每示裁抑，遂为所怨。上尝御平台，特赐御制七言一章，命弘辑倡和诗，署其衔曰'内阁掌参机务辅导首臣'，其见尊礼，前此未有也。璁、萼滋害弘宠，萼言：'诗文小技，不足劳圣心，且使弘得恁宠凌压朝士。'上置不省"。又在此下记同月"庚午，小王子犯大同"。查得嘉靖五年四月癸丑朔，壬戌即初十日，庚午即十八日，这里是把平台赐诗之事记在了四月初十日了。据《世宗实录》卷65及费宏《宸章集录》，嘉靖帝平台召对赐诗是在嘉靖五年六月甲子（十三日），而《明通鉴》此卷六月不记此事，看来是把此事误记在四月了。另文中几处皆把"费宏"写成"费弘"，清人著述中为避清高宗乾隆帝之讳，多见把"弘"写成"宏"的，如"宏治"；此处却把"宏"写成"弘"，故疑是误记了。

34. 卷52第1693页注（16）载："主事：六部属官，从五品，设于六部各清吏司，位在员外郎之次。"据众多史料记载，六部各主事，大都由新科进士所任，费宏的二伯父费瑄成化十一年中进士后，就曾授工部主事；张璁正德十六年中进士后，亦授南京刑部主事。按明代官制，新科进士除状元授翰林修撰为从六品外，其余授官后多为正、从七品，故主事不可能是从五品官员，至多是正七品；而随着资历渐深，有可能升至从六品。

35. 卷52第1693页注（22）载："韩文：（1440—1526）字贯道，山西洪洞人，成化二年进士，正德时，忤刘瑾，嘉年五年，赠太子太保。"据《国朝献征录》卷29第445页韩文"墓志铭"，其于嘉靖丙戌二年二月十五日"以疾卒于家……距生正统辛酉，年八十有六"。如此可推算其生于正统六年（1441），卒于嘉靖五年（1526），享年八十有六。此处误记成其生1440了。韩文在正德年间，因忤刘瑾，被罢官，故疑文中在"忤刘瑾"下脱"被罢官"三字。句中"嘉年五年"，据文意疑是"嘉靖五年"之误。又据《费宏集》卷19第658页费宏为韩文所撰"神道碑铭"记：刘瑾败后，"今天子（注：指嘉靖帝）嗣极，悯公守正罹害，赐敕褒慰，特加公太子太保，阶光禄大夫，勋柱国，锡诰其三世，复荫孙一人为光禄署丞。及公捐馆，讣闻，上悼念不已，再赐诰，赐特进光禄大夫、太傅，谥忠定"。可见获"太子太保"是在嘉靖帝登极时，韩文尚健在，故称"加太子太保"，而此处却称"嘉靖五年，赠太子太保"，时间、称呼皆错，应是"嘉靖初，加太子太保"。嘉靖五年是韩文的卒年，此时再赐诰，故称"赐特进光禄大夫、太傅"。

36. 卷53第1718页载嘉靖六年春正月"庚子，诏开馆纂修《大礼全书》，仍以阁臣费弘及席书为总裁官"，此处费弘的"弘"及以下十一处"弘"字，皆是"宏"之误。详见本节第33条所证。

37. 卷53第1719页载嘉靖六年二月"癸亥，大学士费弘、石珤俱致仕……上皆话之"。句中"上皆话之"的"话"，依文意，疑是"许"字之误。

38. 卷53第1728页注（4）记"九卿：明以六部尚书，都察院左右都御史，通政司通政使，大嘉寺卿诸官为九卿"。据《辞海》第71页对明代大"九卿"的解释，句中"都察院左右都御史"疑为"都察院都御史"之误，"大嘉寺卿"疑为"大理寺卿"之误，并漏"通政司使"。

39. 卷53第1728页注（5）载："谢迁：字挢，浙江余姚人，成年十一年进士第一，忤刘瑾，革职，嘉靖六年，应诏入阁，谥文正。"据《明史》卷181"谢迁本传"第4818页载："谢迁，字于乔"；这里是把"于乔"误成"挢"了。"成年十一年"，依文意，疑是"成化十一年"之误。另"谥文正"前应加一"卒"字，才不至使人误解成"应诏入阁"就谥文正了。

40. 卷53第1728页注（6）载"参议：通政司正官，位在誊黄右通政之次，正四品"。此注出在第1719页嘉靖六年三月"乙未，田州复叛。初姚镆请改田州府，设流官，留参议汪必东、佥事申惠、参将张经，以兵十万镇其地"。这里讲的是地方的事，而通政司是中央政府机构，把"参议"注为通政司官员，虽有此义项，但却失去了出注的本意。依《辞海》第546页对"参议"作解的第一义项"明代在布政使下设左右参议，以分领各道"，这样才能准确表达出注的原意。

41. 卷53第1728页注（7）"知州：州正官，为本州之长，设一人，正四品"。按明代的官制，知州与知府同级，略低于知府，故不太可能是正四品，最多从五品或正五品。

42. 卷53第1729页注（13）载"金都御史：都察院正官，为都察院之长，设一人，正二品"。据《明史》卷73"职官二"，都察院之长是左右都御史，正二品；而金都御史只是都察院的属官，正四品。这里是误记了。

43. 卷53第1729页注（14）又重注"金都御史：都察院正官，位在副都御史之次，设二人，从三品"。这也是误记了，详见前第42条所证。

44. 卷53第1729页注（15）载"寺丞：大理寺正官，寺卿之佐贰，左右寺丞各一人，正五品"。据《明史》卷73第1781页载，大理寺卿的佐贰是大理寺左、右少卿，寺丞只是他们的属官，况不仅大理寺，太常寺、光禄寺、太仆寺、鸿胪寺皆有寺丞，为其出注的汪渊是大理寺寺丞，故应注明"大理寺寺丞"为是。

45. 卷53第1729页注（22）载："杨一清：（1454—1530）字应宁，其先云南安宁人，后家迁至四川巴陵。"其迁家实在丹徒，详见本节第32条所证。

46. 卷55第1785页载："南京御史艾文宪言：'近者郊祀、亲蚕之议，给事中夏言未必是，而詹事霍韬未必非。陛下赏言而罪韬，是奖谀而恶直也。'疏入，上以文宪附和，谪降边方杂职。"据《世宗实录》卷112第2676页载："南京江西道试御史邓宪言：'迩者郊祀、亲蚕之议，都给事中夏言未必是，而詹事霍韬未必非。陛下赏言而罪韬，是奖谀而恶直也。宜察韬之心，容其戆而赦其罪。'且言'天地分祀是置父母于异处，郊外亲蚕则是失内外之防闲'。更乞'酌议裁定'。上谓此事已处分，责文宪附和狂邪奏扰，谪降远方杂职。"又查得《世宗实录校勘记》卷112第712页在"试御史邓宪"条下注："三本、东本邓下有文字，是也。东本无试字。"可见此处的"艾文宪"应是"邓文宪"之误。查《续修四库全书》中《明通鉴》卷55第561页亦是"南京御史邓文宪言"，可见此处是误记成"艾文宪"了。

47. 卷55第1797页注（4）载："夏言……遂被弃市，嵩败，复官，谥文愍。"据《明史》卷110第3361页"宰辅年表二"记，严嵩败于嘉靖四十一年五月。据《国朝献征录》卷16第569页《大学士夏公言传》载："隆庆初，其家上书白冤状，复吏部尚书。已，再尽复其官，赐谥文愍，予祭葬。"可见夏言复官、得谥，不是在严嵩败后的嘉靖年间即行，更不是因严嵩之败，而是在嘉靖帝死后，新帝穆宗即位后的隆庆初年。

48. 卷55第1797页从注（11）开始，多处出注杂乱错位：正文中注（11）燕闲，注（12）振，注（15）二至，注（21）法司等在"注释"中俱不见载。而"注释"中注（14）尚书，注（15）南郊，注（16）北郊，注（21）都御史等在正文中亦均不见出注。且正文中注（13）畿府，注（14）都察院，注（15）朱子，在"注释"中分别为注（11）（12）（13）。

49. 卷55第1797页注（25）载："桂萼：（？—1531）字子实，安仁（今属湖南）人。"据《明史》卷196第5181页"桂萼本传"载："桂萼，字子实，安仁人。"这个安仁在《辞海》第1125页注为"县名，湖南省东南部……宋置县"，疑此注即本于此说。在《大明一统志》卷50第198页，亦有一安仁县，时属江西饶州府，"在府城南二百一十里"，即现在的江西省余江县。《辞海》第365页在"余江"条下注："县名，在江西省鹰潭市西部，南朝陈置安仁县，1814年改为余江县。"清同治十一年刊本《饶州府志》亦载桂萼是该府安仁县人。可见此处称安仁"今属湖南"，显然是误记了。

50. 卷56第1824页载嘉靖十二年春正月"丙午，河南巡抚、都御史吴山献白鹿"，又载二月"戊寅，以巡抚宣府、右副都御史刘源清为兵部侍郎"。这里的"河南巡抚都御史""巡抚宣府右副都御史"都是官衔，中间不应加顿号，加了反而让人难解。

51. 卷56第1826页载嘉靖十二年"十一月，己亥，振辽东饥。刘源清、却永讨乱兵"。句中的"却永"可疑。经查《续修四库全书》中《明通鉴》卷56，原来这是"郃永"之误。

52. 卷56第1828页载嘉靖十三年二月"乙亥，南京礼部侍郎黄绾调外任，已，复留之。先是夏言长礼部，以上方响用绾，乃潜附之"。依文意，句中"响用"疑是"向用"之误。而"上方向用"的不是黄绾，而是夏言，故黄绾"潜附之"，遂与张璁"贰矣"。所以这里的断句应为"先是夏言长礼部，以上方向用，绾乃潜附之"；故疑此处的断句有误。

53. 卷56第1832页载"内阁乏人，朕欲取旧老费弘来与卿共事"，及下文8处"费弘"中的"弘"，皆是"宏"之误。详见本节第31条所证。

54. 卷56第1836页载：嘉靖十五年九月，"是月，罢奉慈殿……孝宗奉慈殿之祭，盖子祀生母，以尽终身之孝焉耳。然《礼》：'妾母不世祭'。《疏》曰：'不世祭者，谓子祭之于孙，则止以继祖重故，不复顾其私祖母也。'"这里的断句与原文之意不合，疑应断为"《疏》曰：'不世祭者，谓子祭之，于孙则止。以继祖重，故不复顾其私祖母也。'"

55. 卷56第1836页载：嘉靖十五年冬十月"戊戌，改题三后神主……乃定制止称皇后谥号，去'睿'字'纯'字以别于适"。这三后指宪宗生母周太后，孝宗生母纪太后，世宗祖母邵太后，她们皆非嫡后。据《明史》卷113第3519页在周太后条下载："嘉靖十五年，与纪、邵二太后并移祀陵殿，题主曰皇后，不系帝谥，以别嫡庶。"据此，句中"以别于适"的"适"字疑是"嫡"字之误。又因她们的神主只是称为"皇后"，而不系帝谥，故疑句中断句亦有误，似应断为"乃定制止称皇后，谥号去'睿'字、'纯'字，以别于嫡"。

56. 卷56第1838页注（3）载："礼科：即礼部，官署名。北周设。掌礼仪、祭享、贡举等职，长官为礼部尚书。"明制，礼科与礼部是两个机构，不能讲"礼科即礼部"，况正文出注是"礼科给事中魏良弼"，分明与礼部无涉。而注中所列职掌是礼部的职能，也与礼科无涉。据《明史》卷50第1805页载："吏、户、礼、兵、刑、工六科……六科掌侍从、规谏、补阙、拾遗、稽察六部百司之事。"这里是把"礼科"与"礼部"搞混了。

57. 卷56第1839页注（27）载："户科：六部之第二。设正官：尚书一人，正二品；左右侍郎各一人，正三品，置十三清吏司，各设属官。户部掌全国户口、田赋之事，凡版籍、岁会、赋役之数，以及继嗣、婚姻等众多事务皆户部综核治理。"按明制，户部与户科是两个机构，户科不是"六部之第二"，户部才是。注中所列机构、职掌，皆是户部的内容，与户科无涉。据《明史》卷50第1805页载："户科，监光禄寺岁入金谷，甲字等十库钱钞杂物，与各科兼莅之，皆三月而代。内外有陈乞田土、隐占侵夺者，纠之。"这里亦是把"户科"与"户部"搞混了。

58. 卷57第1873页载：嘉靖十九年八月"甲申，以秉一真人陶典真子世同为太常寺丞，婿吴俊孙、陶良辅俱食博士俸"。以文中所记，好像秉一真人陶典真有两个女婿：吴俊孙、陶良辅。女婿姓陶，这在当时的社会，太不合常理了。仔细分析，原来是断句之误，依文意，似应断为"甲申，以秉一真人陶典真子世同为太常寺丞，婿吴俊，孙陶良辅俱食博士俸"。

59. 卷58第1905页载嘉靖二十一年三月"自郭勋之败，上复响用言"。依文意，句中的"响用"疑是"向用"之误，详见本节第52条所证。

60. 卷58第1905页载嘉靖二十一年"四月，丙辰，建大享殿……至是谕礼部曰：'周之明堂，与效祀并重'"。依文意，句中"效祀"疑是"郊祀"之误。

61. 卷58第1920页注（5）载："金都御史：都察院正官，位在副都御史之次，与副都御史同为都御史之佐贰，左、右金都御史各设一人，从三品。"金都御史不是都御史的佐贰，详见本节第42条所证；据《明史》卷73第1767页"职官"载："都察院。左、右都御史，正二品，左、右副都御史，正三品，左、右金都御史，正四品"。又据《花当阁丛谈》卷1第63页"文武官品阶勋禄"载："金都御史，通政、大理、太常、太仆少卿，少詹事，鸿胪卿，京府丞，按察副使，太仆少卿，苑马少卿，知府，品正四。"与《明史》所记相合，故疑"从三品"是误记了。

62. 卷58第1920页注（12）载："王守仁：（1472—1528）。"据《王文成公年谱》，王守仁生于明成化八年九月三十日（1472年10月31日），嘉靖七年十一月二十九日（1529年1月9日）病逝于江西南安府大庚县青龙港舟中。括号中的阳历是按《中国历日和中西历日对照表》记载的，故用阴历标记为生于明成化八年，卒于明嘉靖七年；但如果要用阳历纪年来标记王守仁的生卒年，则应当记为"1472—1529"。

63. 卷59第1950页载：嘉靖二十七年"二月，作永陵……上乃自定孝烈皇后陵曰永陵，命朱杀忠告太庙"。句中"朱杀忠"这个人名令人生疑。据《世宗实录》卷333第6107页载：嘉靖二十七年二月癸丑"上定孝烈皇后陵名曰永陵，仍御制祝文，命成国公朱希忠告太庙"。又查得《续修四库全书》载《明通鉴》卷59第643页载，原来也是称"朱希忠"。朱希忠，明代勋臣，时为成国公。可见此处是把"朱希忠"误成了"朱杀忠"。

64. 卷59第1959页载：嘉靖二十九年九月"壬子，废郑王厚烷为庶人。厚烷，仁宗子，郑靖王瞻埈之裔孙也"。据《明史》卷103"诸王表四"第2853页载：郑国的开国王"靖王瞻埈，仁宗庶二子，永乐二十二年封"。而被废的厚烷是仁宗玄孙，是第四代、第五位郑王，"嘉靖六年袭封。二十九年以谏帝玄修，降庶人，发高墙。隆庆元年复爵，加禄四百石。万历十九年薨"。可见这里讲厚烷是"仁宗子"，显误了。误在断句，似应断成"壬子，废郑王厚烷为庶人。厚烷，仁宗子郑靖王瞻埈之裔孙也"。

65. 卷63第2131页载：嘉靖四十五年"春正月，癸亥朔，不御殿"。依此推算，如此月是癸亥朔，就不可能有下文的己亥、戊申、戊午日，只会有戊辰、戊寅、戊子日。查《世宗实录》卷 554 第 8911 页，嘉靖四十五年"正月，癸巳朔"。这样，下面的己亥为初七日，戊申为十六日，戊午为二十六日，就顺理成章了。这里是误将"癸巳"误为"癸亥"了。

66. 卷 63 第 2131 页载：嘉靖四十五年正月"戊午，四川官军讨妖贼蔡伯贯等，禽之……同供为'李午之孙，大礼之子，世习白莲教，假称唐裔，惑众倡乱'。与《大狼录》姓名无异，同竟伏诛"。句中的"《大狼录》"，依文意，疑为"《大狱录》"之误。

67. 卷 63 第 2137 页注（13）载："给事中：六科官，从七品，位在左、右给事中之次。给事中吏科设四人，户科八人，永科六人，兵科十人，刑科八人，工科四人，其后增减不常。"据《明史》卷 74"职官志"第 1805 页所载"六科"，句中"永科六人"，疑为"礼科六人"之误。

六、《明史》中华书局 1974 年版

1. 卷 17《世宗本纪》第 227 页载：嘉靖十五年十一月戊午"以皇长子生，诏赦天下"。而同卷第 225 页载：嘉靖十二年"秋八月乙未，以皇子生，诏赦天下"。可见在此三年前已有皇子出生，则此不应是皇长子。据《明史》卷 120《诸王列传五》载：世宗共八子，长哀冲太子；《世宗实录》卷 153 第 3472 页载：嘉靖十二年八月"己丑，皇第一子生"，丽妃阎氏生。这实际上是皇长子，后册为皇太子，早夭，故称哀冲太子。嘉靖十五年十一月所生乃皇第二子，昭嫔王氏所生，后册立为太子，十四岁薨，是为庄敬太子。这里称"皇长子生"，实误记了，应是"皇第二子生"。

2. 卷 99《艺文志四》第 2475 页载："邹守益《东郭集》十二卷、《遗稿》十三卷。"据《明史》卷 283 第 7268 页"邹守益本传"载："邹守益，字谦之，安福人……里居，日事讲学，四方从游者踵至，学者称'东廓先生'。居家二十余年卒。"其文集之名当由此而来。如果是《东郭集》，那他岂不成了"东郭先生"了，《东郭集》也就真成了讲述东郭先生和狼的故事了。且同一部史书，同一个人的称谓，前后也不应相互矛盾。据查《四库全书存目丛书》集部第 65—66 册，亦有《东廓邹先生文集》十二卷，注为"（明）邹守益撰，清刻本"。这当是该文集的原名，而"艺文志"中称《东郭集》，应是《东廓集》之误。

3. 卷 110《宰辅年表二》第 3352 页（嘉靖）五年栏下将杨一清位列费宏之前。按此表的排列惯例，一年栏中，首辅排在前，其他则依次排列。此年全年首辅均是费宏，这年五月杨一清才应召入内阁办事，列费宏之下。况此年七月，费宏晋华盖殿大学士，杨一清才由武英殿大学士晋谨身殿大学士，衔也在费宏之下。故疑此处是误记了。

4. 卷 110《宰辅年表二》第 3353 页（嘉靖）六年栏下记："（费）宏二月致

仕……（石）珤八月致仕。"费宏、石珤，皆因议礼新贵张璁等借王邦奇讦哈密事诬陷为杨廷和党而被迫致仕。据《世宗实录》卷73所记：嘉靖六年二月"癸亥，大学士费宏、石珤乞致仕，许之"。《国榷》卷53亦记："癸亥，大学士费宏、石珤俱致仕。先是，宏、珤以邦奇之奏各疏乞休，慰留不允。及见璁、萼交构不已，乃以同日乞骸骨，请得全身远害，上皆许之。珤疏言：'臣一节之士，无他才能，惟有此心不敢欺君耳。'上责珤'归怨朝廷，失大臣谊'。惟赐宏敕、驰驿、廪隶如例，珤一无所予，归装袯被车一辆而已。都人叹异，谓自来宰臣去国无若珤者。"费宏亦赋《怀熊峰阁老》诗一首纪其事（注：熊峰，石珤号），其中有"赐归同日不同辞，感慨仓皇去国时"之句。可见石珤是与费宏在嘉靖六年二月同日致仕的，这里将此记在半年后的八月，实是误了。

5. 卷110《宰辅年表二》第3355页在"嘉靖十四年乙未"栏下记："费宏，七月召。八月入，十月卒。"这一记载明显有误，费宏当时致仕家居，远在江西铅山。如七月下诏起用，以当时的官场程序和交通条件，无论如何八月也到不了北京入阁。据夏言为费宏所作墓志铭载："公去年久，上念念不忘，时问公起居于言。乙未四月，上手敕特谕言曰：'宏比复如何？'言对曰：'尚健。'明日，诏起公复用。……七月己卯至京，上方斋居，即遣中使劳问，公奏对多切于治理，上复大喜曰：'卿当献正闭邪，匡朕不逮。'"《明史》卷193"费宏本传"亦载"七月至京师，使中使劳以上尊御馔，面谕曰：'与卿久别，卿康健无恙，宜悉心辅导称朕意。'宏顿首谢，自是眷遇益厚。"可见此处应是"四月召。七月入，十月卒"。

6. 卷113《后妃传》第3524页万贵妃条下载："宪宗年十六即位，妃已三十有五。"据《宪宗实录》卷1载，宪宗于"丁卯（正统十二年，1447）十一月二日生"，即位在天顺八年（1464），他已18岁了。此处记为"年十六即位"，疑是误记了。

7. 卷121第3673页载："孝宗三女。太康公主，弘治十一年薨，未下嫁。永福公主，嘉靖二年下嫁邬景和……永淳公主，下嫁谢诏。睿宗二女。长宁公主，早薨。善化公主，早薨。嘉靖四年，二主同日追册。"据此，世宗登基后实已无亲姐妹存世，永淳公主只是其伯父孝宗之第三女、皇兄武宗之妹，也就只是他的从妹而已。可《谕对录》卷4载有世宗给张璁的三道谕旨及张璁的复奏，均谈及这个"朕妹"，且照录如下："谕张少保：今朕闻桂萼密疏，言驸马谢诏学未进，以其无徒阻间之。内而妇人诱朕妹专务释事，外而阉者阻诏不必读书，云教书官来时，只是不要礼他，诏中日忧恨。朕惟帝王以齐家为先，而后亲族化之，天下又化之。今朕妹专尚释教，诏又忧疑不肯进学，非所宜也。夫宫中所习，不过佛事为最，故朕妹惑之。我圣母亦崇此教，朕每进谏，慈意未回。而朕妹所以无忌畏心，此非圣母责谕之。朕恐失伦纪，岂不上累父母，亦自取过衍矣。朕欲上书进奏圣母，请训朕妹，未知可否？预密与卿计，可备录来闻。嘉靖七年二月初六日。"张璁当日复奏："臣张孚敬谨奏：伏承圣谕，桂萼所言驸马谢诏事情，其言必有所自也……又谕永淳长公主好尚佛事……"可见世宗谕旨中的"朕妹"就是这位永淳长公主了；而"圣母"这个称号，世宗甫登基，曾以之称孝宗皇后张氏为圣母皇太后，但随着议大礼的深入，至嘉靖三年九月，已改称孝宗为皇伯考、圣母昭圣皇太后为皇伯母了，嗣后的"圣母"即专指世宗生母章圣皇太后了。二月初九日又"谕张少保：谢诏府中事，朕已与卿计书奏圣母，不忍便言；欲面陈，又恐不悉，谨书密奏一通，预陈之。卿自看其可否封来，用待圣母区处再行。夫我圣母只恐佛事加祸耳，朕虽不明，岂不识此虚幻之事。卿密看来，前日文书并封来"。二月十一日又"谕张少保：前与卿计谢诏事，朕昨遣肃奉夫人捧书密奏圣母，正值朕妹入朝，因训朕妹。但教引作佛事之徒，云无人教引，此以圣母所尚，故朕妹行之也。然而圣母之意似未回，朕恐有渎，不敢再言。用复与卿计。又萼欲以王琼补南部参赞官，杨少师弗可之，卿可为朕详审果可用否来闻"。把妹妹的事与军国大事放在一起商议，可见他对这个妹妹的亲切和重视。如按《明史》所记，这永淳公主不过是他的从妹，且当时议大礼的斗争正激烈残酷，世宗对孝宗、武宗一系亲人正排斥打压，慈寿、章圣两太后也嫌隙丛生，他怎会对这个从妹如此亲密关怀。其时慈寿皇太后尚健在，这应是公主的嫡母、亲母，公主怎会与这个叔母（即圣母章圣皇太后）亲密无间，且同尚佛事？如是他的亲妹，那《明史》的记载又当作何解？这二者的矛盾，似多有疑点，故当存疑为是。

8. 卷181"丘濬本传"第4809页称：丘濬"弘治四年，书成，加太子太保，寻命兼文渊阁大学士参预机务。尚书入内阁者自濬始，时年七十一矣……八年卒，年七十六"。这段记述疑有二误：一是"尚书入内阁者"自丘濬始。明自废丞相后，入内阁者多为翰林官或部佐，如黄淮为编修，胡广为侍讲，杨荣为修撰，解缙为侍读，杨士奇为编修，金幼孜、胡俨为检讨，杨士奇为礼部左侍郎。至成化朝，刘定之为太常寺少卿，万安为礼部左侍郎，刘珝为吏部左侍郎，刘吉为礼部左侍郎，彭华为吏部左侍郎，尹直为户部左侍郎，徐溥为吏部左侍郎，刘健为礼部右侍郎。至弘治四年，《明史》卷109《宰辅年表一》记："丘濬，十月，太子太保礼部尚书入，兼文渊阁大学士。"故其本传曰"尚书入内阁者自濬始"，即入阁者第一个有尚书衔。但据《明史·七卿年表一》所载，此时的礼部尚书从弘治元年至六年，一直是耿裕，并不见丘濬的名字。而其本传亦记：孝宗即位后，因丘濬表上真德秀《大学衍义补》，"特进礼部尚书，掌詹事府事"。可见此时丘濬只是以礼部尚书的名义掌管詹事府，并不真正在礼部尚书任上。嗣后入内阁者，李东阳为礼部左侍郎，谢迁以少詹事，直至正德元年，焦芳以吏部尚书兼文渊阁大学士入，命仍掌吏部印。可见以尚书入阁者不是自丘濬始，而是自焦芳始，丘濬只是有个尚书衔，焦芳才是尚书实职。二是关于丘濬的年龄，本传中称丘濬弘治四年（1491年）入阁时"年七十一矣"，依此推算，他应当生于1421年。可本传又称其于弘治八年（1495年）卒时，"年七十六"，照此推算，他又应当生于1420年。故该卷在校勘记（三）称："年七十六，上文说丘濬于弘治四年入阁，时年七十一，弘治八年应七十五。传文前后不符，当有讹误"。但到底是前称七十一误，还是后称七十六误，这里未做判断。据台湾商务印书馆1985年出版的《明丘文庄公年谱》对其生卒年所作陈述："明永乐十九年辛丑（1421）十一月十七日生，弘治八年乙卯（1495）二月初四日卒，享年七十五岁。"上海辞书出版社2000年出版的《中国历史大辞典》第800页丘濬条下亦注其生卒年为1421—1495。二者皆证明《明史》丘濬本传中称其弘治四年入阁时年七十一是正确的，末称其弘治八年卒时"年七十六"是误了，应是"年七十五"。

9. 卷187第4950页载：何鉴"致仕去，阅九年卒，年八十"。据《明史》卷110第3442页《七卿年表》记，何鉴于正德八年（1513）"十一月致仕"。又据《国朝献征录》卷39第70页载，何鉴于"正德十六年辛巳八月卒于家"，《中国历史大辞典》在何鉴条下亦记其生卒年为1442—1521。从致仕至其卒，前后九个年头，实际上还不到八年，故应称"致仕去，阅八年卒"为是。疑此处"阅九年卒"是误记了。

10. 卷188第5004页"石天柱本传"载：正德十二年"兵部尚书王琼欲因哈密事杀都御史彭泽。廷臣集议，琼盛气以待，众不敢发言。天柱与同官王爌力明泽无罪，乃得罢为民"。石天柱时任工科都给事中。据《明史》卷191"毛澄本传"第5055页载："王琼欲陷彭泽，澄独白其无罪。"毛澄时任礼部尚书。又据《国朝献征录》卷39第71页《大司马彭公别传》载：王琼因哈密事"条泽死罪，钱宁欲从中下，阁臣力救，乃免"。可见王琼欲因哈密事陷害彭泽，并不是"众不敢发言"，而是阁臣、尚书、言官合力所救。此处所述疑有片面误记。

11. 卷190第5031页"杨廷和本传"中称："廷和年十二举于乡。成化十四年，年十九，先其父成进士。"传末又称"（嘉靖）七年《明伦大典》成……明年六月卒，年七十一"。据《熙朝名臣实录》卷12第182页载：杨廷和"以天顺己卯九月十九日生"，此即天顺三年（1459），至其卒嘉靖八年（1529），虚龄正好71岁。据《皇明辅世编》卷4第604页载：杨廷和"（成化）辛卯年十二举于乡……成化戊戌举进士"。所记与《明史》本传相契，但成化辛卯即成化七年（1471），成化戊戌即成化十四年（1478），依其生于1459年，举于乡应是13岁，中进士应是20岁。当然这是指虚岁而言，《明史》本传中讲12岁、19岁，以周岁而论也不错。但既然后边记其卒年71是虚岁，同一篇传记中衡量年龄的标准应该一致，要么是12、19、70岁，要么是13、20、71岁，否则前后矛盾，令人费解。明代的史籍、文集在述及人物的年岁时，皆以虚龄计，愚以为依此表达惯例，还是以后者为好。

12. 卷190第5039页载："廷和先累疏乞休……三年正月，帝听之去。"这里把杨廷和致仕记在嘉靖三年正月，并出注称"本书卷110《宰辅年表》作'二月致仕'。《世宗实录》卷36系此事于三年二月丙午"。笔者查此二卷，皆是。又查得《熙朝名臣实录》卷12第180页《太保杨文忠》条下亦称"三年二月，以议大礼忤旨，致仕"。愚以为还是当以"三年二月"为是。

13. 卷190第5043页倒数第8行载："蒋冕，字敬之，全州人。兄昇，南京户部尚书。"据《明清进士题名碑录索引》，蒋冕之兄字诚之、号梅轩，名蒋昇，广西全州人，与弟蒋冕同登进士，是该科三甲第134名进士，事迹附在其弟蒋冕传中。同科确另有名蒋昇的进士，湖广祁阳人，是该科三甲第45名进士，《明史》卷187第4960页有传。这里是将"昇"误成了"昇"。

14. 卷190第5045页载："毛纪，字维之，掖县人。成化末，举乡试第一，登进士。"这样记述不太准确，好像中举、登进士均在成化末年。据《国朝献征录》卷15第531页毛纪"神道碑铭"载：其"举丙午山东乡试第一，丁未第进士"。即成化二十二年中举，成化二十三年中进士，故可称其为"成化末进士"，但成化二十二年中解元是不能称为"成化末"的。

15. 卷190第5058页载："汪俊……举弘治六年会试第一，授庶吉士，进编修。"据明代选举制度，庶吉士只是在殿试后，从新科进士中选入翰林院庶常馆学习者，不是授官，也没有俸禄，仅给酒馔房舍纸笔膏烛之资。期满经考试，优者留翰林院为编修、检讨等官，次者出为部属或州、县等官。故庶吉士还不是什么官职，谈不上什么"授"官。汪俊在散馆时被授翰林院编修，这只是正式授官了，而不是进职，疑此二者皆误记了。似当记成"选庶吉士，授编修"。

16. 卷193"费宏本传"第5108页记费宏阻宁王朱宸濠谋复护卫事，称"宏从弟编修案，其妻与濠妻，兄弟也，知之以告宏"。这段记述不是太明确，将宸濠谋复护卫事告诉费宏的，究竟是费案，是费案妻，还是宸濠妻？好像由此会产生歧义；于是现在竟有人称是宸濠妻娄妃通过其妹、费案妻娄氏告诉费宏的，遂成了娄妃大义灭夫、救了费氏的神话。据《铅书》卷6载费案《又处濠大略》，称其"己巳秋，遂同妻淑人往北，不幸庚午四月廿七日，淑人以产卒"。可见其妻娄氏已于正德五年四月在京因小产去世，不可能再参与正德九年宸濠复护卫事。又据《铅书》卷6费案《奉所知书》所记："甲戌……三月中旬，果来谋复护卫，同年郭介夫闻其以银六万打点，来告生。生以告之家兄，因而言之朝堂。"可见是费案从其同年郭介夫处知之以告费宏的，如在"知之以告宏"前加上"从同年郭介夫处"，这样是否就可避免产生疑义了？

17. 卷193第5108页又记费宏"'大礼'之议，诸臣力与帝争，帝不能堪。宏颇揣知帝旨，第署名公疏，未尝特谏，以是帝心善之。及廷和等去位，宏为首辅。加少师兼太子太师、吏部尚书、谨身殿大学士，委任甚至。"从这段记述的字里行间，可以清晰地透露出对费宏在"大礼议"中的言行颇有微词，好像费宏"第署名公疏，未尝特谏"是由于"颇揣知帝旨"，而嘉靖帝对费宏"委任甚至"是由于对费宏在"大礼议"中的表现"心善之"。细研史籍，足见这是个误解，是不符事实的。"大礼议"始于嘉靖帝登基前夕，杨廷和等廷臣要帝以过继太子的身份和仪礼入宫即位，帝却坚持以皇帝的身份和礼仪入继大统。其时费宏因在武宗朝阻止宁王宸濠谋复护卫而忤幸臣，被迫致仕家居。正德十六年四月二十五日，嘉靖帝登极甫三日，即下诏召费宏入内阁复大学士位，而直至十月二十八日才至京入朝，故"大礼议"已开始的半年间，费宏并未参预。这时朝中议礼形势已非常严峻，张璁等支持帝尊崇生父母，并以"群臣畏权臣而不畏皇上"来挑拨帝与群臣的关系，君臣对立愈演愈烈，消除武宗朝弊政及刚有成效的嘉靖新政面临夭折的危险。费宏清醒地看到了这一形势，他对张璁等利用议礼来求仕进的行为从根本上不能认同，对杨廷和等廷臣不顾新政大局、一味与帝在议礼问题上对立、对抗也不以为然，故他只能采取"第署名公疏"来保持与群臣的一致，"未尝特疏"是为了不使帝更加难堪而影响新政大局。当然他也明白自己这样做会引起同僚的误解和非议，但不如此又不能化解当下的矛盾，缓和朝中的形势。他的这一两难处境在一封家书中充分地体现了出来。这封家书即载在《太保费文宪公摘稿》卷15的"与子美弟"，转录如下："前月望后，汪十四及进禄二人忽到，不知何故，心甚讶。及得贤弟手书，乃知感触时事，过为愚兄忧念，如此拳拳，非笃于孝友者能然乎？圣性至孝，一二年来，诸老据古礼持之太过，母子间甚不能堪。奸人从旁窥伺，乃特出异论，以投其隙，遂至牢不可破。而吾侪又伏阙哭谏以犯之，死者、斥者几五十人。世道至此，可谓晦盲闭塞之时矣。旋斡之势，不容不少异于前，委曲将顺，乃克有济。然其间苦心极力，盖有不能以告人者，非身经其事，岂能知其难若是耶？朱县尊有书，以陈曲逆狄梁公之事为谕，其见略同。不徒感其相爱之真，而又服其高识远虑，合于时措，盖济世之奇士也。昨见盛公荐疏，偶遗之，岂以年资之未久耶？抑以同乡而有所避耶？然良金美玉，自有定价，讵能留矿蕴石、久而不伸耶？会间可为一谢之。吕宅亲事，闻其父母肯亲送，甚善。子和弟来时，可附搭北行，烦浼纪医官一达之。粗重装食皆不必带，惟该用衣箱三四只随行足矣。此间衣服首饰之类，亦以路远不能附归，俱烦纪备达可也。近日开生员纳粟事例，诸侄中有俯就者乎？懋元父丧后，恐家事累身，不能专务举业，或由此出学求进可也，闲及之。诸不能缕，俟再报。"这是费宏写给其在乡胞弟费完的书信，从全部内容来看，是一封纯粹的家书私信，足以表达其当时内心的真实感受。事由是嘉靖三年七月十五日朝罢，群臣为阻止帝改称孝宗为皇伯考而崇尊亲生父母，相邀伏跪左顺门哭谏。帝反复谕退不听，遂大怒，下令逮捕群臣下狱拷讯，从而发生了震惊朝野的左顺门惨案。费完在乡得讯，担忧兄长安危，即遣家人汪十四、进禄二人进京探望。从信中"前月望后"来推测，二人到京当在八月十五日后，费宏复信当在九月。左顺门事件发生十一日后的七月二十六日，首辅大学士毛纪致仕去位，费宏临危受命，继任内阁首辅。当时帝受议礼新贵张璁等蛊惑，以锦衣卫武士来对付群臣，肆行杖杀、下狱、谪戍、罢免，朝堂几乎为之一空，君臣严重对立。加之八月在边城又发生了大同兵变，面对这内忧外患的严峻情势，费宏认为："世道至此，可谓晦盲闭塞之时矣。旋斡之势，不容不少异于前，委曲将顺，乃克有济。然其间苦心极力，盖有不能以告人者，非身经其事，岂能知其难若是耶？"对18岁的少年天子欲尊崇自己亲生父母的迫切心情，费宏认为是"圣性至孝"；对杨廷和等执拗地要帝后孝宗，是"一二年来，诸老据古礼持之太过，母子间甚不能堪"；而他清醒地认识到张璁等以议大礼而干仕进，是"奸人从旁窥伺，乃特出异论，以投其隙，遂至牢不可破"；对群臣"伏阙以犯之"虽十分同情，但亦是不赞同的。面对这复杂的矛盾，费宏一方面要极力化解君臣对立，保护受牵连的群臣，使事变的影响尽量减少；又要抵制张璁等的离间作用，防止帝在感情上的一边倒，这一切的关键都在于"大礼议"。在费宏的极力旋斡下，迁延三年多的"大礼议"终于暂告一段落，就在左顺门事件两个月后的九月十五日，帝御奉天殿颁诏，诏曰："人君为治，必本于孝道；圣人论政，必先于正名。孝在笃于亲，而名贵循其实，自古及今，未有外是而能化成天下者。朕本宪宗纯皇帝之孙，孝宗敬皇帝之侄，恭穆献皇帝之子。逮皇兄武宗毅皇帝上宾之日，仰遵圣祖'兄终弟及'之训，属以伦序当立，遗诏命朕嗣皇帝位。昭圣康惠慈寿皇太后乃懿旨遣官迎朕入继大统。朕受天明命，位于臣民之上者于兹已三年矣。尊称大礼，屡命廷臣集议，辄引汉定陶共皇、宋濮安懿王二事为据，至再至三。而其论未定，朕心靡宁。盖伯侄父子，乃天经地义，岂人所能为乎？况汉、宋二帝，在衣裳垂御之日尝为立子，而朕则宫车晏驾之后入奉宗祧，实与为人后者不同。今以继嗣，亦非我圣祖垂训初意。是岂徒礼官之失，亦朕冲年未能抉择之咎也。朕祗承九庙，尊养二宫，正统、大义未尝有间，惕然此心，夙夜不忘。惟恭穆献皇帝、章圣皇太后，朕之父母也。劬劳之恩，昊天罔极。虽位号已隆，而名称未正，因心之孝，每用歉然。已告于天地、祖宗、社稷，称孝宗敬皇帝曰皇伯考，昭圣皇太后曰皇伯母，恭穆献皇帝曰皇考，章圣皇太后曰圣母。各正厥名，揆之天序人伦，情既允称而礼亦无悖焉。犹虑天下臣民未能知悉，特兹诏谕，以伸朕拳拳孝亲之诚。夫孝立则笃近举远，而家邦四海咸囿于至仁；名正则言顺事成，而礼乐刑罚各臻于至理，朕盖庶几于古帝王之盛也。顾惟昔者孝未遂于尊亲，事多拂于天性，君臣之际未免少乖，举措之间或多违戾。今彝伦攸叙，大礼告成，朕方欲同心以和典礼之衷，敬事以建臣民之极。尔内外诸司百僚，务宜体朕之意，有官守者修其职，有言责者尽其忠。凡旧章未复，弊政未除，人才未用，民生未安，边备未饬，军储未充，一切有裨于政理、利于军民者，其一一条具奏闻，朕将举而行之。期于得万国之欢心，致天人之佑助，以成至治，以全大孝，则朕之志于是乎可慰矣。布告中外，咸使闻知。"（《世宗实录》卷43第1119页）从这一诏书中可以看出嘉靖帝在满足了尊崇亲生父母的愿望后，开始转而关注恢复旧章、清除弊政等民生、军国大事，朝政逐渐趋向正常，充分体现了费宏对"大礼议"的正确引导和苦心极力斡旋的显著成效。至于后来嘉靖帝在一些别有用心的政客、小人诱惑下，不断挑起"大礼议"的事端，以实现自己重建皇族正统的目标，那已是后话了。对此，笔者有专著《"大礼议"述评》一书作了较为详细的分析，可供参考。

18. 卷 193 "费宏本传"第 5109 页载："大同兵变，张璁请讨之。宏曰：'讨而胜，玉石俱焚；不胜，彼将据城守，损威重多矣。莫若观变而徐图之。'事果旋定。"这里所记是第一次大同兵变，发生在嘉靖三年，八月一日朝廷闻讯，商讨对策。据《西园闻见录》记载："嘉靖甲申八月，大同卒叛，杀参将贾鉴、巡抚都御史张文锦，势颇汹汹，议者将遣将出师，大举以讨伐。时费文宪公当国，曰：'变出于激，不叛者固多也。讨之胜则玉石俱焚，不胜则彼拒城抗命，损威伤重实多矣，莫若徐图之。'议先遣兵部侍郎李昆往抚谕，以观其变，而以都御史蔡天佑往巡抚，命都督桂勇守其地，代还旧总兵官江桓，遂以其事责之，有成算矣。顾在廷之议纷纷不一，上乃遣户部侍郎胡瓒提督京、边官军数千驻宣府，传谕天佑、勇，令取首恶，一时擒获略尽。而瓒欲振军威，又飞檄欲有事大同。镇城中卒甚恐，又胁众围勇，将杀之，勇之仆死者数十人，赖故将某遮勇至其家获免，众因愿命尊为帅。众议不可，公曰：'莫若姑听之，而因责其擒贼。'乃命下，某果感奋，擒胁勇者几百人诛之，镇城以安。"（《西园闻见录》卷 83）这里始终未提及张璁，因其时张璁刚从南京调到朝廷参与议大礼，七月十五日才发生血腥的左顺门哭谏事件，张璁们正全心身与朝臣们议礼缠斗，不管是以他的身份地位还是所处环境，都不太可能参与处置大同兵变这样的朝政大事，《世宗实录》《明史纪事本末》等载籍也没有记载其在第一次大同兵变中有何表现。其实张璁参与处置的是第二次大同兵变，发生在嘉靖十二年十月，时张璁已为首辅，力主讨之，而夏言、黄绾主抚，发生激烈争斗，《明史》"张璁本传"有记：嘉靖十二年"大同再乱，（张璁）亦主用兵，荐刘源清为总督，师久无功。其后乱定，代王请大臣安辑。夏言遂力诋用兵之谬，请如王言，语多侵孚敬（注：即张璁），孚敬怒，持王疏不行。帝谕令与言交好，而遣黄绾之大同，相机行事。孚敬以议不用，称疾乞休，疏三上"。（《明史》卷 196 第 5179 页）故疑此处是将张璁处第二次大同兵变混为第一次大同兵变了。

19. 卷 195 "王守仁本传"接第 5164 页载：王守仁平定宸濠叛乱时"遣知府抚州陈槐、饶州林城取九江"，并在此下出注（七）。第 5171 页注（七）称："饶州林城取九江，林城，本书卷 117《宁王权传》作'林城'。"但对二者未作取舍。笔者查得清同治十一年《饶州府志》卷 9 第 933 页"职官"条下载：明代知府"林械，泉州人。宸濠叛，王守仁遣其取九江"。又查得《明史纪事本末》卷 47 "宸濠之叛"第 701 页载：王守仁"乃别遣知府陈槐帅兵四百，合知府林械兵攻九江"。这里对饶州知府有四个不同的名字，愚以为，从字面意义和明代取名习惯而言，当以"饶州府志"及《明史纪事本末》所记"林械"为是，此处是误记为"林城"了。

20. 卷 196 "张璁本传"第 5174 页载：正德十六年七月一日，时在部观政的进士张璁上议礼第一疏，"帝方扼廷议，得璁疏大喜，曰：'此论出，吾父子获全矣。'亟下廷臣议。廷臣大怪骇，交起攻之，礼官毛澄等执如初。会献王妃至通州，闻尊称礼未定，止不肯入。帝闻而泣，欲避位归藩。璁乃著《大礼或问》上之，帝于是连驳礼官疏。廷臣不得已，合议尊孝宗曰皇考，兴献王曰'本生父兴献帝'，璁亦除南京刑部主事以去，追崇议且寝。"这段记述疑有三误：首先，把张璁上《大礼或问》记在了兴献妃至京之前。据《世宗实录》卷7等诸多史料所记，兴王妃至京在正德十六年十月初四日，而宣布兴献王及妃的尊称在此前的十月初二日。况据《世宗实录》卷8载：正德十六年十一月"癸酉，进士张璁疏进《大礼或问》……疏入，上下所司知之"。可见这里将张璁上《大礼或问》记在十月四日前的七月一日，疑是误记了。其次是把确定兴献王尊称归功于张璁所上《大礼或问》，据《世宗实录》卷7第271页载：正德十六年十月"庚辰，礼部尚书毛澄等言：'皇上孝心纯笃，念兴献王嗣绪无人，徽称未定，亲洒宸翰，谕之至情。欲委曲折衷以伸其孝，天地百神实所共鉴。但臣等一得之愚已尽于前议，兹欲仰体圣心，揆量事体，使宜于今而不戾于古，协于情而无悖于义，则有密勿之地、腹心之臣在，非臣等所敢专也。'上曰：'卿等累次会议正统之大义、本生之大伦，考据精详，议拟允当，朕已知之。钦奉慈寿皇太后之命，以朕既承大统，父兴献王宜称兴献帝，母兴献后，宪庙贵妃邵氏为皇太后。朕辞之再三，不容逊避，特谕卿等知之。'"可见这是因尊称未定，兴献妃在到通州后不肯进京，帝欲避位归藩，迫使廷臣妥协，而由世宗假慈寿皇太后之命而宣布的，与张璁所上《大礼或问》无涉。其三是引文称这次所上尊称是兴献王为"本生父兴献帝"，而"追崇议且寝"。据前所引《世宗实录》卷7所载，这次只是假慈寿皇太后之命，宣布"父兴献王宜称兴献帝，母兴献后，宪庙贵妃邵氏为皇太后"。且追崇议并未止息，随后嘉靖帝又欲在"帝、后"前再加一"皇"字，与廷臣争执不下。至嘉靖元年正月，清宁宫发生火灾，群臣纷纷上疏，称这是上天示警，灾由帝崇尊生父母所致。"帝览之心动，乃从廷和等议，称孝宗为皇考，慈寿皇太后为圣母，兴献帝、后为本生父母，而'皇'字不复加矣。"（《明史纪事本末》卷50第740页）可见第一次上尊称是兴献帝、后，且嗣后追崇之议并未停止，称"本生父母"则是在次年。

21. 卷196第5180页"张璁本传"称张璁"罢天下镇守内臣，先后殆尽，皆其力也"。这一说法是缺乏根据的。首先，革除镇守中官是世宗的决断，是嘉靖新政的主要成果，不能归功于张璁个人。据明代黄瑜所撰《双槐岁钞》卷10第123页载："世庙聪明刚毅，裁革镇守内官，英断也。或乃归之永嘉（注：指张璁），以为有社稷大功，谬哉！裁革之议，原始于部臣。而百年深痼积蠹一旦祛之，自非英主无此英断，永嘉何力焉？尝考永嘉所自为传，历叙生平行事，如大礼、大狱之类，不啻详矣，而初无一字及于镇守之裁革，则归功永嘉之说，诚谬也。"就是在张璁自己编辑的《谕对录》中，也不见有其与世宗论及革镇守中官的内容。又据《万历野获编》卷6第241页在"镇守内官革复"条下亦称："镇守内官之革，在嘉靖九年、十年间，天下称快，此正张永嘉入相时也。至十七年，而太师武定侯郭勋奏请复之，上许云、贵、两广、四川、福建、湖广、江西、浙江、大同等边各仍设一人，中外大骇。时任丘李文康当国，不能救正，人共惜之。十八年四月，彗星示变，将新复镇守内臣尽皆取回，遂不再设，距郭言甫匝岁耳。是时当国者为夏贵溪，而严分宜为大宗伯，题请得旨，其功亦不细。今人但知裁革镇守归美于永嘉，而夏、严二公遂不复齿及，岂因人而没其善耶，抑未究心故实也。"可见充其量张璁也只是参与、赞成了革除镇守中官之事，但主要并非其功，是经过众朝臣多年反复不断地坚持，且张璁主政时并未完全施行，直至嘉靖十八年五月才得以实施，而此时张璁早已去位且身故。拙作《"大礼议"述评》中篇第5节"'大礼议'与嘉靖新政"中对此有较为详尽的讨论，可供参考。

22. 卷196第5185页"方献夫"本传载：方献夫"弱冠举弘治十八年进士"，此年是1505年，其年二十，故推其出生于1486年。王世贞《弇州别记》载有"方公献夫传"，亦称其"弱冠举进士"，又称其致仕"时年仅五十"，从而推方献夫1486年出生，1535年致仕。而《明史》卷110"宰辅年表二"记方献夫于嘉靖"十三年四月致仕"，这年是1534年。又《国朝献征录》卷16第556页有吕本所撰方献夫"神道碑铭"，其中称方献夫"弘治甲子弱冠举于乡，乙丑登进士第"，还记"今上御极之十三年，有辅臣方公者以得谢归，十年而卒"。据此，方献夫弘治甲子（1504）20岁举于乡，当生于1485年；登进士的弘治乙丑（1505）当已21岁了；其嘉靖十三年（1534）致仕，正好是50岁。故《明史》方献夫本传中关于他"弱冠举弘治十八年进士"的记述有误，其时应是21岁了。

23. 卷200"刘源清本传"第5289页载："刘源清，字汝澄，东平人。正德九年进士，授进贤知县。"据清同治十一年《饶州府志》卷11第1164页在德兴县令条下载："刘源清，东平人，沈毅有大节，调进贤令。宸濠叛，以从都御史王守仁征讨有功，升兵部左侍郎。"又据《费宏集》卷15第526页，费宏在宸濠兴叛时致书刘源清称："向年执事在德兴，闻听断之暇，每与诸生商榷文字，讲评道义。已窃叹执事之才力过人，其中所养必不凡，非今之俗吏可及矣。既而更治大邑，虽为进贤之民喜，而夺此与彼，亦不能不为德兴之民恨。"可见刘源清中进士后是授德兴知县，然后再调进贤知县，这里是太过简化了。似应记为"正德九年进士，授德兴知县，调进贤知县"。

24. 卷200"刘源清本传"第5290页载："娄氏家众西下，亦为天祐所遏，擒七十余人。"这娄氏家众是受宸濠之命"归上饶募兵"的，从南昌出发一路东进前往上饶，必经龙津驿。而孙天祐是龙津驿丞，起兵拒贼，"为天祐所遏"，遭擒杀。过进贤者已遭刘源清"邀戮之"，故"贼兵不敢经湖东以窥两浙者"。进贤在南昌之东，龙津驿在余干县，又在进贤之东，故娄氏家众趋上饶之行，皆应是东进，不可能是西下，疑此处是误记了。

25. 卷203"刘玉本传"第5354页载：刘玉因得罪刘瑾，"削籍放归。瑾诛，起河南金事，迁福建副使，皆董学政。正德十五年累擢南京右金都御史，提督江防。

宸濠反，攻安庆，玉以舟师赴援"。据《明史》等众多史料，宸濠反叛发生在正德十四年六月，如刘玉"擢南京右佥都御史，提督江防"在正德十五年，他怎能"以舟师赴援"？故疑此处有误。据《国朝献征录》卷46第422页《刑部侍郎刘公玉传》记：刘玉于（正德）"己卯，改南京佥都御史提督江防，闻宁藩变，传檄致词，以舟师往援安庆"。正德己卯是十四年，刘玉已任南京佥都御史提督江防，闻宸濠叛，才有可能提舟师顺江而下驰援安庆，后得以遏乱功进右副都御史。故当以《国朝献征录》所记为是。而此处把"擢南京右佥都御史，提督江防"记在正德十五年是有误了。

26. 卷210"韩邦奇本传"第5319页载：韩邦奇"弟邦靖，字汝度"。据《国朝献征录》卷97第476页韩邦靖"墓表"称其"字汝庆"。又据《皇明词林人物考》卷5第579页称"公名邦靖，字汝庆"。此处疑是将"邦庆"误成了"汝度"。

27. 卷202第5336页"聂豹本传"载："（嘉靖）三十一年召翁万达为兵部尚书，未至，卒，以豹代之。奏上防秋事宜，又请增筑京师外城，皆报可。明年秋，寇大入山西。"在"明年秋"下出注（四），第5350页注（四）称："明年秋，明年，原作'是年'，即三十一年，按本书卷十八《世宗纪》及《世宗实录》卷402嘉靖三十二年九月丙午条都作'三十二年'，据改。"其实这里改为"明年秋"是误了，原文作"是年秋"是对的。"寇大入山西"固然是发生在嘉靖三十二年，据《明史》卷112《七卿年表二》第3464页在"兵部尚书"栏下载："嘉靖三十一年，翁万达十月召，未赴卒"；下年"三十二年，聂豹，正月任，加太子太保"。可见聂豹任兵部尚书就已是三十二年正月了，他上任后，"奏上防秋事宜，又请增筑京师外城，皆报可。是年秋，寇大入山西"。这里讲的都是他出任兵部尚书以后的事，讲"是年"，就正是三十二年了，如改为"明年"，就是三十三年了。故疑这个注（四）将"是年"改为"明年"是搞误了，因为他没有注意到"以豹代之"已是嘉靖三十二年了，而原文记为"是年"，正是基于这一事实。《明史》在记述事件时，多未逐年标识清楚，但这种表述方式确实容易引起歧义，如能在"以豹代之"前加上"三十二年"或"次年"，再在下面讲"是年"就不至引发歧义了。然而按注（四）这种改法，就把聂豹任兵部尚书、奏上防秋事宜、请增筑京师外城等均断在了嘉靖三十一年了，皆与史实有违，故还是照原文不改，或只在"以豹代之"前加"三十二年"即可。

28. 卷282第7234页"蔡清本传"载："嘉靖八年，其子推官存远以所著《易经》《四书蒙引》进于朝，诏为刊布。"有些奇怪，怎么其有与《易经》同名的著作？经查《国朝献征录》卷74第116页林俊为其所作"墓碑"文，其中载："所著《易蒙引》三十八卷、《四书蒙引》四十卷……"林俊与蔡清是福建同乡，又同朝为官，所记当不虚。况这两部"蒙引"是不能写成"《易经》《四书蒙引》"的，这就好像这两部著作一是《易经》，一是《四书蒙引》了。故疑这是误记了，《易经》应是《易蒙引》之误。

29. 卷283第7263页"娄谅本传"载：娄谅"子忱，字诚善，传父学。女为宁王宸濠妃，有贤声，尝劝王毋反。王不听，卒反。谅子姓皆捕系，遗文遂散轶矣。门人夏尚朴，字敬夫，广信永丰人……早年师谅，传主敬之学……王守仁少时，尝受业于谅"。依这段文字的表述，宁王宸濠妃娄氏是娄谅之女，且被不少学者所引用。据上饶《娄氏家谱》世系，娄谅有二子，长娄性，字原善；次娄忱，字诚善；宁王宸濠妃娄氏是娄性的长女。又据1986年12月上饶县出土的《南京武库清吏司郎中致仕进阶朝列大夫娄君墓志铭》载："（上饶娄君原善）讳性，号野亭……长女为宁国妃，次女适铅山费案。"文中又称"原善之先公一斋先生谅"。可见娄谅是娄性之父，而娄妃是娄性的长女，是为娄谅的孙女。此碑系王阳明的父亲王华所作，王华是娄性的同年进士，对之应比较知根知底；铭文作于正德五年，距宁王反叛还有九年，也不会有什么可以隐讳的。因此文中的说法应当是可信的，故传中称娄妃是娄谅之女疑是误记了。传中又称娄谅著有《日录》四十卷，《三礼订讹》四十卷，《春秋本意》十二篇，宸濠反，"遗文遂散轶矣"。宸濠叛乱时，娄谅子娄性已卒9年，娄谅已卒28年，平叛后追究的只是涉及参与叛乱的娄氏族人，对已故的娄谅父子应并未波及，其子娄性的著作《皇明政要》至今尚传于世就是明证。至于娄谅著作的散佚，当别有他因。娄谅虽曾从吴与弼学，但声望不及同为吴与弼门人的胡居仁、陈献章、胡九韶、谢复等人。其学颇近于禅学，故该传中亦称"其时胡居仁颇讥其近陆子，后罗钦顺亦谓其似禅学云"。《玉剑尊闻》卷7第457页亦称"娄谅自负道学，佩一象环，名'太极圈'。桑悦怪而作色曰：'吾今乃知太极匾而中虚'，作《太极诉冤状》，一时传诵"。上饶《娄氏家谱》有夏尚朴撰"娄一斋先生行实"，其第117页称："成化丁亥始有《日录》册子，记其为学工程，间有所得，辄书数语其上，平正明白，多有补于世教。先生殁，缔姻宁藩，不幸逆濠之变，遗文散失无存，独《日录》数册，假录于先，幸存予家，意者无有在乎。中间敬用纂录，俟访遗逸续书于后，以备考德者择焉。"至于其后《日录》是否散佚、如何散佚，不甚了了。或许当时讲学者甚多，学派林立，一些著作随着世代交替而散佚，也不足为怪，要之这应当与宸濠叛乱无太大干系。传中又提及"王守仁少时，亦尝受业于谅"。所谓"受业"，"从师学习"之谓也，王守仁少时曾拜娄谅为师吗？从众多史料来看，王守仁是浙江余姚人，从未师从过上饶娄谅。据《明史》卷195"王守仁本传"第5168页称：王守仁"年十七谒上饶娄谅，与论朱子格物大指"。以其生于成化八年（1472）计，17岁时应是弘治元年（1488）。据台湾商务印书馆《王文成公守仁年谱》载：弘治"二年己酉，十八岁，寓江西。十二月以夫人诸氏归余姚，舟至广信，谒娄一斋谅，语宋儒格物之学，谓圣人必可学而至，遂深契之"。弘治二年是1489年，而这年的十二月，必定是1490年了，故王守仁携新婚夫人回浙江，路过上饶谒娄谅，以阴历应是18岁，以阳历应是19岁了。但不管是17岁、18岁还是19岁，要之均已不是少年了。另据此《年谱》载："孝宗弘治元年戊申，十七岁，七月，亲迎夫人诸氏于洪都，外舅诸公养和为江西布政司参议，先生就官署委禽。合卺之日，偶闲行入铁柱宫，遇道士趺坐一榻，即而叩之，因闻养生之说，相与对坐忘归。"新婚之夜，新郎官王守仁竟在道观中与道士对坐相谈，彻夜忘归，这是多么大的精神相契。王守仁在江西的这两次交谈，虽一为慕名拜谒，一为偶遇相欢，要之皆是谈讲学问，并无拜师求学的仪式和意涵，更不能说这是"师从道士"或"尝受业于谅"，甚至牵强附会地说"阳明学发端于上饶"。不得不说，《明史》中的这一记载，对上述曲解有着不小的误导作用，故必须予以澄清。至于说到"门人夏尚朴"，上饶《娄氏家谱》第 111 页载有夏尚朴所撰"一斋先生行实"，文中并不提及其与娄谅的师生关系。而同谱第 127 页载"明冰溪公纪略"，称娄忱死后"门人夏尚朴为铭志"。第 136 页载"冰溪先生墓志铭"，落款确是"门人夏尚朴谨撰"。谱中第 159 页载夏尚朴"呈冰溪娄先生有引"诗一首，内称"承寄诗有'涵养深沉处，于今到几分'。生奔走南北一载，负惭此言多矣。视先生默坐高楼，如在天上，谨用原韵奉答，用致景仰之私云。驱车河朔路，万里入吴云。不及高楼上，炉薰坐野分"。该谱在娄谅次子娄忱条下又记：娄忱"字诚善，副车，号冰溪，授浙江归安县学训导……有门人夏尚朴铭其墓……公少苦志读书，坐楼十年，足不下楼，得父萃传，时号'楼上先生'。王阳明、夏东岩两大儒皆出其门，有墓铭传"。"东岩"，夏尚朴之号。二说孰是，笔者倾向于后说，夏尚朴是娄忱的门人，而不是娄谅的门人。

30. 卷 286"唐寅本传"第 7352 页称其"举弘治十一年乡试第一，座主梁储奇其文，还朝示学士程敏政，敏政亦奇之。未几，敏政总裁会试，江阴富人徐经贿其家童，得试题。事露，言者劾敏政，语连寅，下诏狱，谪为吏"。据《孝宗实录》卷 147，是科会试是"命太子少保礼部尚书兼文渊阁大学士李东阳、礼部右侍郎兼翰林院学士程敏政为会试考试官"，不是程敏政一人"总裁会试"。本卷第 7343 页"程敏政本传"亦称"十二年与李东阳主会试，举人徐经、唐寅预作文，与试题合。给事中华昶劾敏政鬻题，时榜未发，诏敏政毋阅卷，其所录者令东阳会同考官复校。二人卷皆不在所取中，东阳以闻，言者犹不已。敏政、昶、经、寅俱下狱，坐经尝赀见敏政，寅尝从敏政乞文，黜为吏，敏政勒致仕，而昶以言事不实调南太仆主簿。敏政出狱愤恚，发痈卒。后赠礼部尚书。或言敏政之狱，傅瀚欲夺其位，令昶奏之。事秘，莫能明也"。这一疑点颇多的科场案，在唐寅传中记为"徐经贿其家童，得试题"，好像言之凿凿，其实隐情颇多。据《皇明词林人物考》卷 3 第 505 页"程敏政"条称："主考礼部，忌敏政者谤敏政泄会试题鬻进士，得金钱无算，言官辄劾上，逮治午门前。敏政素负时名，不能忍辱下人，朋辈要津人亦幸敏政败污蔑去，不可起复，不复相左右。敏政竟夺职，逾年忧悉卒。"《国朝献征录》卷 35 第 681 页"礼部尚书兼翰林学士程敏政传"载："（弘治）十二年春，奉命主考会试，言官以任私劾之，逮系数举子，狱久不决。屡上章责躬求退，弗遂，乃自请廷辩。执法诸大臣白其事以闻，诏许致仕。时六月方盛暑，甫出狱四日，以痛毒不治而卒，赠礼部尚书，赐祭葬如例……敏政以年少擅文名，以文学跻侍从，自是以往，名位将不求自至。乃外附权贵，内结奥援，急于进取之心恒汲汲然，士大夫多有议之者。但言官劾其主考任私之事，实未尝有。盖当时有谋代其位者嗾给事中叶泉言之，遂成大狱，以致愤恨而死，有知者至今多冤惜之。"对这一扑朔迷离的科场疑案，唐寅传中如此描述，似太过武断，且有失公允。

31. 卷293"忠义五"第7511页载："（费）曾谋，铅山人，少师宏裔也。由乡举知通许，甫四旬，贼猝至。曾谋召父老曰：'我死，若辈以城降，可免屠戮。'北向再拜，抱印投井死。"这个费曾谋，是江西铅山鹅湖横林费氏的子孙，据《鹅湖横林费氏宗谱》，费曾谋是该族泰字派第二公，是费宏四叔费玙的后裔，即是费案兄长费宗的后裔；"讳曾谋，字耕道，号青丘，生于明万历二十年壬辰十二月初四日戌时。崇祯元年由兴安籍恩选拔贡，授河南开封府通许县知县。十四年，李闯破城，公北面拜，抱印投井死。事闻，敕赠大理寺少卿，谕祭赐葬，荫复其家，葬通许县凤凰岗，至今庙祀不绝。祀忠义祠，并祀群贤堂。《明史》有传，事实详前。清乾隆四十一年赐谥'节愍'。"又据河南通许县志《名宦传》："公讳曾谋，字耕道，号青丘，别号瞻水，为江西铅山人，实礼部尚书兼翰林院掌院学士、谥文通之族孙也。由崇祯元年恩选拔贡，出为吾邑县令。"故他不是费宏之裔，称其为费案的族孙较为妥当。

32. 卷307"陶仲文本传"第7896页倒数第2行载："帝自二十年遭宫婢变，移居西内。""宫婢之变"亦称"壬寅宫变"，壬寅年，即嘉靖二十一年（1542）。据众多史料所记，"宫婢之变"就发生在嘉靖二十一年，故在这里简称为"二十年"，是不合历史事实的。

七、《嘉靖皇帝传》 团结出版社 1995 年版

1. 第1页倒数第3行载"唯有那皇帝的宠物——由二百四于名勇士伺候的文豹"句中，"二百四于名"，依文意疑是"二百四十名"之误。

2. 第3页第10行引用了一段武宗临终遗命："朕病至此，已不可救了。可将朕意传达太后：此后国事，当请太后宣谕阁臣妥为商议便了。从前玫事，都由朕一人所误，与你等无涉。"并出注标明此文引自"明杨廷和《视草余录》"。既然是引文，就应忠实于原文，且看《四库全书》中《杨文忠三录》卷4《视草余录》原文："大行皇帝遗命：'说与陈敬、苏进，我这病则怕好不的，你每与张锐叫司礼监来看我，有些好歹，奏娘娘与阁下计较。天下重事要紧。不管恁众人事，都是我误了天下事了。'"

3. 第6页第8行载"只有一声废然长叹"句，其中"废然长叹"，依文意疑是

"喟然长叹"之误。

4. 第9页倒数第4行载"也不许有任何于涉地方事务的举动"句，其中"于涉"，依文意疑是"干涉"之误。

5. 第10页第8行在述及兴王封地时称："后不知何故改封安陆"。其实，《孝宗实录》卷56记载的明白：弘治四年十月"丁未，兴王以卫辉瘠洼，河水泛滥，不可立府，请改封湖广之安陆。从之"。

6. 第15页第7行记正德十六年四月，奉迎的队伍到达安陆时，"朱厚熜刚刚继承了乃父的藩王之位"。其实在此前一月，"辛酉，先是，今追尊恭穆献皇帝之薨也，上命今上皇帝以嗣子暂管府事，仍给养赡米三千石。至是，今章圣皇太后奏'岁时庆贺、祭祀，嗣子以常服行礼非便，请预封为王'。诏复许之。旧例，亲王薨，子未封者，止给养赡米二百，袭封必俟释服。此皆上特恩也"。（《武宗实录》卷197第3678页）这是特恩预封，不是真袭王位。如果他真是"继承了乃父藩王之位"，成了真兴王，那武宗传位遗诏就应直呼其为"兴王"了，而不必称其为"兴献王长子厚熜"了，可见他这时还只是兴王府世子。

7. 第15页第14行称"有常人所不及的机心"。这里的"机心"，依文意疑是"心机"之误。

8. 第15页倒数第6行称正德十六年四月，兴世子朱厚熜进京前"还不满十五岁"。据"世宗实录"载，朱厚熜生于正德二年八月初十日，至正德十六年四月还不满十四周岁，这里称其"还不满十五岁"，虽无逻辑错误，但与前文称其为"年仅十三周岁的少年"就相矛盾了。还是据实称之为"还不满十四岁"为是。

9. 第24页倒数第5行称"宦官作乱，于挠军政"。这里的"于挠军政"，依文意疑为"干挠军政"之误。

10. 第27页倒数第9行称"只知在朱厚熜见到她之前，邵贵妃双目已盲，被安置在浣衣局"。据《中国历史大辞典》，浣衣局是"明代宦官二十四衙门之一，俗称浆家房。置掌印太监一员，佥书等数十员。凡年老、有罪退废宫人，发往居住，内宫监例有米盐供给，待其自毙，以防泄漏宫中之事。二十四衙门中，惟此不在宫内"。邵氏在宪宗朝生有三位皇子，且被封为贵妃，地位仅次于皇后；在孝宗朝18年中被尊为皇太妃，在武宗朝16年中被尊为太皇太妃；且此时她的三个儿子均为藩王，她在宫中亦无过犯，怎会被安置在浣衣局？这实在是太离奇了，疑此处有误。

11. 第39页第4行记有嘉靖初处理"作恶多端的太监"名单中，有一人名"邱得"。想我国在清雍正前只有"丘"姓，之后因雍正帝强要避孔子讳，才有"邱"姓，故推此人当名为"丘得"。

12. 第40页倒数第11行引有明太祖朱元璋的《皇陵碑》文，其中有"殡无棺，被体恶裳"句，读来不畅。据《全明文》卷12第171页所载《皇陵碑》原文，此句当作"殡无棺椁，被体恶裳"，"棺"后脱一"椁"字。

13. 第 49 页倒数第 3 行载"杨一清于该年十一月土疏论及庄田"句，句中"土疏"，依文意疑是"上疏"之误。

14. 第 55 页倒数第 2 行载议礼之初，"时新科进士张璁在同乡礼部侍郎王瓒府中叙谈"。据《明史纪事本末》卷 50 第 734 页载：正德十六年四月二十七日，命礼官集议崇祀兴献王典礼，"时有待对公车举人张璁者，为礼部侍郎王瓒同乡士，诣瓒曰：'帝入继大统，非为人后，与汉哀、宋英不类。'瓒然之"。张璁在正德十五年会试中式，因武宗借戡宁王之乱久驻南京不回，殿试一延再延，直至正德十六年五月十五日由新即帝位的世宗主持才得举行，这时张璁才能称之"新科进士"。在此之前，还是应称之为"会试中式举人"或"待对公车举人"。

15. 第 58 页第 12 行有"皇上言：'谁没有交母'"句，其中"交母"，依文意疑是"父母"之误。

16. 第 62 页第 11 行载在世宗之母蒋氏进京后，与其"见面时便应依君臣之机"。这里的"君臣之机"，依文意疑是"君臣之礼"之误。

17. 第 70 页第 1 行有"朝臣铁板一地支持护法派的格局被打破"句，其中"铁板一地"，依文意疑为"铁板一块"之误。

18. 第 72 页第 12 行有"二于二日，诏谕礼部为张太后、武宗夏皇后、祖母邵太后和蒋大后上尊号"句。其中"二于二日"，据《世宗实录》卷 10 载，此事发生在嘉靖元年正月二十二日，故疑此是"二十二日"之误；句中"蒋大后"疑是"蒋太后"之误。

19. 第 75 页第 1 行有"诏书中却分明称人礼事毕"句，句中的"人礼"，依文意疑是"大礼"之误。

20. 第 85 页第 1 行有"查明化费内币之数"句，依文意，其中"化费""内币"不太好理解。依文意，"化费"疑是"花费"之误，"内币"疑是"内帑"之误。

21. 第 90 页第 9 行载"杨廷和在朝近五十年，历经三帝"。《明史》"杨廷和本传"载，杨廷和成化十四年（1478）中进士，即改庶吉士、授翰林检讨，历官至内阁首辅，至嘉靖三年（1524）致仕去位，出仕 47 年，历经宪宗、孝宗、武宗、世宗四帝；此处所记的"近五十年""三帝"均有误。

22. 第 94 页倒数第 5 行有"以回夭意"句，其中"夭意"，依文意疑为"天意"之误。

23. 第 96 页倒数第 8 行有"皇士必是要改孝宗为伯考了"句，句首"皇士"，依文意疑是"皇上"之误。

24. 第 98 页第 3 行有"次日是七月干六日"句，其中句末"干六日"，依文意疑是"十六日"之误。

25. 第 98 页第 10 行有"可怜王相等干七人"句，句末"干七人"，依文意疑是"十七人"之误。

26. 第 98 页倒数第 7 行有"世宗年已干八岁"句，句末"干八岁"，依文意疑为"十八岁"之误。

27. 第 106 页第 12 行在述及重建仁寿宫时，称世宗批示："内币、京库存银料毋发"，又称"然不发给内币"，并出注标明此文引自《世宗实录》卷 54 第 1 页。经查原文，这两个"币"字均为"帑"字之误。

28. 第 112 页第 5 行载"六卷本《大议集议》"，句中"《大议集议》"，据《明史》等史料，疑为"《大礼集议》"之误。

29. 第 124 页倒数第 7 行在述及李福达案时称："嘉靖五年秋冬之际，执掌都察院事的是议礼派的席书。"据《明史·七卿年表》载，席书在嘉靖三年八月就已出任礼部尚书了，为何会在两年多后的"嘉靖五年秋冬之际"再去执掌都察院事？据《世宗实录》卷 79，世宗为了彻底翻转李福达案，命议礼新贵全面执掌三法司，其中执掌都察院事的是张璁，而时间则是在嘉靖六年八月。这里的时间和人名皆误。

30. 第 126 页第 9 行有"伋伋可危"句，句中"伋伋"，依文意及各种字典、词典，均应是"岌岌"之误。

31. 第 131 页第 12 行有"陷匿卷宗"句，句中"陷匿"，依文意疑是"隐匿"之误。

32. 第 132 页第 4 行载"陈璁之狱尘埃再起"句，据《明通鉴》卷 52，句首"陈璁"疑是"陈洸"之误。

33. 第 134 页倒数第 6 行载"所有这此似乎都鼓励了诬奏和告讦之风"句，其中"这此"，依文意疑是"这些"之误。

34. 第 138 页倒数第 5 行载"王守仁以金都御史巡视南赣"句，句末"巡视南赣"令人不解，据明代官制及《明史》"王守仁本传"，疑是"巡抚南、赣"之误，且是以"右金都御史，巡抚南、赣"。

35. 第 167 页倒数第 7 行载："嘉靖六年（1527）十月，有司建议修复通惠河，以省转运之力。礼部尚书桂萼上疏称修通惠河不便，意所指，便是传闻的通惠河中有黑眚。世宗询问大学士杨一清及张璁，二人皆陈述修通惠河之利，请求世宗断然行之，'勿为浮言所阻'。世宗答曰：'览卿密疏，具见忠爱。朕居深宫，外面事情何由得知。卿辅导元勋，正当直说，庶不失了政事。萼所奏必有惑言，伊辄听信，不但误了朝廷之事，亦失了大臣谋国之意。彼疏朕看数遍，亦知不可。……我孝宗伯考时，已命整理，令修此河，不意当时黑眚为异。夫黑眚之起，非为修河，盖湾里住的乡民正恐失利，乘此为言，俗呼为嘛唬，卒被坏事。当时若有一识事刚正之臣，告我伯考曰：黑眚之异，原非修河道所招，奸诈之徒乘机营利，惑及愚民，不可堕其诈计，伏惟刚断而行之。如此伯考岂无聪察哉！前日勘官回奏停当，已有旨待春暖兴工。朕亦恐言者有左说破事，而萼即为首也。'……"这段引文之后，出注标明是引自"《明世宗实录》卷四 P11"。笔者遍查《世宗实录》卷 4 及记载嘉靖六年十月事的《世宗实录》卷81，均无此段引文，又查《明史》河渠志、《明通鉴》等亦皆无。一个偶然的机会，在查找《世宗实录校勘记》时，在卷82的校勘记中见到了此文，事在嘉靖六年十一月初一日条下，记有张璁答世宗有关兴修河道之问的内容，在"上是其言，命浚天津海口新河"条下记："抱本作：上深然璁言，因谕一清曰"，下面就是这段引文，虽稍有差异，但基本相同。故此段引文所出不是什么"《明世宗实录》卷四P11"，而出注应标明引自"《世宗实录校勘记》卷82第1页"，才不致使人摸不着头脑。

36. 第174页倒数第3行载"将境内古建寺宇毁悉数拆毁"句，依文意，其中"毁悉数拆毁"前的一个"毁"字，疑是衍文。

37. 第184页第1行有"家中金宝姬妄甚多"句，其中"姬妄"，依文意疑是"姬妾"之误。

38. 第185页倒数第10行有"便把怒火转架到法司诸官头上"句，其中"转架"，依文意疑是"转嫁"之误。

39. 第188页倒数第4行述及张、方二妃时称"世宗素来受宠二妃"，句末"受宠二妃"，依文意疑是"宠爱二妃"之误。

40. 第189页倒数第7行载"陈万言平日的乞求的只是良田美宅"句，其中"的乞求的"，依文意疑是"所乞求的"之误，或前一个"的"字是衍文。

41. 第192页第4行载"张皇后在导引女宫之后步出宫门"句，其中"导引女宫"，依文意疑是"导引女官"之误。

42. 第196页第10行载世宗废张后、立方后时谕礼部曰："朕惟阴所以相阳，若地之承天者也。夫为妻纲，妇道曰敬而已矣。元配既早失，乃因助祀不可无人，列御不可无统，遂推张氏为皇后，恩礼之所加遇时甚。近乃多不思顺，不敬不逊屡者。正以恩待，昨又侮肆不悛，视朕若何！如此之妇，焉克承乾？令退闲退所，收其皇后册宝，天下并停笺，如敕奉行。"并出注标明此文引自《明世宗实录》卷158第1页，经核对原文，并无差错。可总觉读不顺畅，多处亦难解其意。经查得《世宗实录校勘记》，才明白原文多处有错："元配既早失"前脱一"朕"字；"恩礼之所加遇时甚"中，"时甚"是"特甚"之误；"正以恩待"是"朕以恩待"之误；"今退闲退所"是"今退闲别所"之误；"天下并停笺"后脱一"贺"字。经依此来纠正，方可卒读。可见此段引文只是照《世宗实录》原文摘录，并未查得《世宗实录校勘记》而据以纠错，故难以读懂。

43、第197页倒数第5行载世宗"他急切地为老母寻找寻驱散心理阴影的机会"句，其中"寻找寻"无法读懂，依文意这里要么是"寻找"，要么是"找寻"，去掉其中或前或后所衍的一个"寻"字即可。

44. 第200页倒数第2行载引自明焦竑《国朝献征录》卷十六《文康李公时行状》的短文，其中"照耀舟渚，金鼓管，声彻霄汉"句，难以读懂。经查阅《国朝献征录》原文，此句原是"照耀洲渚，金鼓管籥，声彻霄汉"；其中"洲"字误成了"舟"，"管"字后脱一"籥"字。

45. 第201页第9行有"世宗孝恩绵长"句，其中"孝恩"教人难懂，依文意疑是"孝思"之误。

46. 第207页倒数第9行有"此时宫最得宠幸的是曹端妃"句，依文意，"宫"下疑脱一"中"字，或"宫"字前脱一"内"字。

47. 第207页倒数第7行载"对女色和床第之欢尽量减少"句，其中"床第之欢"，依文意疑是"床笫之欢"之误。

48. 第209页第7行在述及嘉靖二十一年宫变时称："明代的皇帝下榻在乾清宫，众多嫔妃们依皇上的召唤，临时居住在乾清宫后部的暖阁中"，并称当夜曹端妃就宿于此暖阁中，也是宫变发生的地方。而该书第212页第12行又称参与宫变的"失意的宁嫔故意选择在端妃宫行逆"，这就自相矛盾了。查《明通鉴》卷58，宫变时"上宿端妃曹氏宫"；《明史》卷114"方皇后传"中亦称"是夕，帝宿端妃宫"。可见这里将宫变发生地记在乾清宫，似有疑误。

49. 第210页倒数第10行有"世宗人难幸免，惊魂未定"句，其中"人难幸免"依文意疑是"大难幸免"之误。

50. 第212页第5行载"当初是他批准将逆犯不分肯从，悉磔之"句，其中"不分肯从"，依文意疑是"不分首从"之误。

51. 第212页第7行载"又觉得端妃参与此事实在跷蹊"句，句末"跷蹊"，依文意疑是"蹊跷"之误。

52. 第212页第11行载"遂细细问世宗禀报"句，其中"问世宗禀报"，依文意疑是"向世宗禀报"之误。

53. 第217页第3行在论及杨廷和为首的内阁时称"在正德驾崩、江彬等人图谋变乱时，又能先发制人，擒获江彬、钱宁等奸佞，稳定朝廷"。据《武宗实录》卷180等史料，擒钱宁并不是杨廷和等在武宗驾崩后所为；早在正德十四年十一月，在武宗南下征宁王宸濠的途中，就下令将其拘系，后被处死。

54. 第217页第5行载"而阁僚兼吏部尚书梁储亲往兴邸"句，据《明史》"梁储本传"及《七卿年表》等史料，梁储早在正德五年九月就以太子太保吏部尚书兼文渊门阁大学士入阁预机务。至正德十六年四月，梁储早就没有兼任吏部尚书了，而是以内阁大学士的身份前往兴邸奉迎兴世子的，吏部尚书只是其加官，而不是兼官；时任吏部尚书是王琼。

55. 第217页第7行称杨廷和"这个内阁班子既优秀又强于"句，句末"强于"，依文意疑是"强干"之误。

56. 第217页倒数第10行有"君主双方虽也有过共同诛逐奸宦"句，句首"君主双方"，依文意疑是"君臣双方"之误。

57. 第 218 页第 2 行记世宗"便把兴邸旧臣袁宗皋擢为礼部尚书，再加文渊阁大学士入参机务"。袁宗皋是兴王府右长史，据《世宗实录》卷 2，世宗即位后就任命他为吏部左侍郎兼翰林院学士，袁宗皋以疾辞；不日又升任其为礼部尚书兼文渊阁大学士入赞机务，可见他并没有先任礼部尚书，再入阁预机务，而是以礼部尚书兼文渊阁大学士入参机务。

58. 第 218 页第 6 行载"内阁又增加了前礼部尚书文渊阁大学士费宏"。据《明史》卷 193"费宏本传"，当时费宏奉诏回内阁办事，恢复原职衔是"户部尚书兼武英殿大学士"。

59. 第 220 页第 7 行记杨一清"八九岁时即被'以奇童荐为翰林秀才'，宪宗皇帝亲命内阁为选择老师"。据《明史》"杨一清本传"，杨一清出生于景泰五年（1454），八九岁时即在天顺五年（1461）、六年（1462），时为英宗皇帝朝，这就不应是宪宗皇帝时的事了。这段话基本上是引自《明史》卷 198"杨一清本传"，查原文是讲杨一清"少能文，以奇童荐为翰林秀才。宪宗命内阁择师教之"。可见原来这里是把"少"当成了"八九岁"，故造成整个文意的矛盾；如果把"少"理解成 12 岁，那就正是宪宗朝了，整个事件的过程也就通顺了。

60. 第 220 页倒数第 10 行载"至嘉靖三年（1524）十二月，杨一清始被召入朝，任兵部尚书、左都御史总制三边军务"句。据《明史》"杨一清本传"等史料，其实此时杨一清只是以此职衔前往三边提督军务，并未入朝。直至次年十一月，才奉召回朝入内阁办事。

61. 第 222 页倒数第 9 行记杨一清疏辨聂能迁讦奏张璁事，称"方聂能迁奏下，臣思璁常言昔议礼为众所嫉，独能迁深相结纳，多得其力。不知何由失欢，一旦乃有此奏"句。依文意，句末的断句似应为"不知何由失欢一旦，乃有此奏"。

62. 第 222 页倒数第 7 行有"又且未奏明旨，不敢拟置重典"句，其中"未奏明旨"，依文意疑是"未奉明旨"之误。

63. 第 222 页倒数第 6 行有"若诋毁大臣同列，即置之死地"句，据文意，此句似应断为"若诋毁大臣，同列即置之死地"。

64. 第 222 页倒数第 3 行载杨一清称"今乃谓浩为臣所荐，非自斯乎？"其中句末"非自斯乎"，依文意疑是"非自欺乎"之误。

65. 第 222 页倒数第 1 行记杨一清指张璁"狎视公卿，虽桂萼亦不敢与抗。其余大臣颐指气使，无不如意。"依文意，"其余大臣"下似应加一逗号以断句。

66. 第 226 页倒数第 6 行有"而劾章中指名营缘于进的李梦鹤"句，其中"营缘于进"，依文意疑是"夤缘干进"之误。

67. 第 228 页第 7 行有"这一类小政治会伎俩总是十分有效"句，依文意，其中"政治会伎俩"中的"会"字疑是衍文。

68. 第 230 页第 7 行载"嘉靖十年（1531）是一个令世宗焦灼的身份"句，句末

"身份"，依文意疑是"年份"之误。

69. 第236页第10行载"夏言煞星临头，却又深然下觉"句，句末"下觉"，依文意疑是"不觉"之误。

70. 第236页第11行称夏言"皇帝的翼善冠他下戴"，句末"下戴"，依文意疑是"不戴"之误。据《明史纪事本末》卷54载："会上不欲翼善冠，而御香叶巾，命尚方仿之，制沈水香为五冠，以赐言及嵩等。言密揭谓：'非人臣法服，不敢当。'上大怒。"这里所述的是世宗不愿戴翼善冠，而改戴香叶巾，并以这种巾服赐夏言等大臣。据《明史·舆服志二》，翼善冠是皇帝和太子、亲王等皇室人员常服的冠戴，因乌纱帽折角向上形如"善"字，故名"翼善冠"。香叶冠则为世宗所亲制，高一尺五，绿纱制成，绣太极图，且配以杏黄道袍，绣八卦，乃祭服；世宗令仿制而分赐给身边的亲近大臣。可见这里夏言不是不戴"皇帝的翼善冠"，而是不戴皇帝赐的"香叶冠"，前引文中是把"香叶冠"误成"翼善冠"了。

71. 第243页第8行有"是潜伏爪牙、等得已久的严嵩"句，其中"等得已久"，依文意疑是"等待已久"之误。

72. 第245页倒数第3行在述及郭勋"由于强辩和'怨语'已下狱死，现在轮该夏言了"，句中"现在轮该"，依文意疑为"现在该轮到"之误。

73. 第253页倒数第4行有"曾参与过五堡叛乱的十卒"句，句末"十卒"，依文意疑为"士卒"之误。

74. 第253页倒数第1行有"又派参将赵刚等率甲十三百人"句，句中"甲十三百人"，依文意疑是"甲士三百人"之误。

75. 第263页倒数第12行在谈到通州抗敌时称："古北口距京师仅两百余里……半夜时，敌骑果然赶到，在河东二千里处结营。"据上下文意，句中"河东二千里处"，疑是"河东二十里处"之误。

76. 第269页倒数第5行载"此时兵部尚书下汝夔和侍郎杨守谦已逮入诏狱"句，其中"兵部尚书下汝夔"，依文意疑是"兵部尚书丁汝夔"之误。

77. 第273页倒数第6行有"杨博几次派敢死之上夜袭敌营"句，其中"敢死之上"，依文意疑是"敢死之士"之误。

78. 第279页倒数第4行谈到倭寇入侵"局面千分严峻"，句中"千分严峻"，依文意疑是"十分严峻"之误。

79. 第282页倒数第2行载"王忬紧急赴职"句，句首"王忬"，依上下文所述，疑是"王忬"之误。

80. 第284页第10行在述及倭寇首领汪直时称其"因犯法亡命海上，浙成为舶主"，其中"浙成为舶主"，依文意疑是"渐成为舶主"之误。

81. 第285页倒数第3行有"大平府同知陈璋"句，其中"大平府"，依文意疑是"太平府"之误。

82. 第 288 页倒数第 4 行述及赵文华疏上备倭七事，"呈请派官至江阳、常熟祭祀海神"，其中"江阳"，依文意疑是"江阴"之误。

83. 289 页第 3 行述及巡抚李天宠"束手无策，紧闭城门，唯一能做为只是召募健勇从城上缒下"，其中"唯一能做为"，依文意疑是"唯一能做的"之误。

84. 第 291 页倒数第 11 行载"川兵与山东私下斗殴，几乎把前往制止的参将杀死"句。查《明史》卷 205"杨宜本传"，原文是"川兵与山东兵私斗，几杀参将"，可见是文中"山东"后脱一"兵"字，补上即可读懂了。

85. 第 299 页倒数第 2 行在谈到世宗下令赵文华回籍养病，"制书颁下，举相称贺"。其中"举相称贺"，依文意疑是"举朝称贺"之误。

86. 第 310 页倒数第 8 行载"紧接着徐学诗，是锦衣卫经历沈炼上言"句，句中"紧接着徐学诗"后疑脱一"的"字。

87. 第 315 页第 4 行载"杨继盛就义后，王世贞亲临治表"句，句末"治表"，依文意疑是"治丧"之误。

88. 第 322 页倒数第 2 行载"严世蕃熟知朝官和地方管每一职的油水大小"句，依文意，其中"地方管"疑为"地方官"之误；"每一职"后疑脱一"位"字。

89. 第 331 页第 2 行称撰写青词"却给熟阅典籍、历经科考的翰林学士的以驰骋才华的机会"，其中"翰林学士的"，依文意疑是"翰林学士们"之误。

90. 第 333 页倒数第 3 行称夏言"对撰作者词便不可能像以前那样专心用意"，其中句首"对撰作者词"，依文意疑是"对撰作青词"之误。

91. 第 343 页倒数第 6 行载"继立张皇后久不举子，世宗即位已于年，却仍未有子嗣"句，其中"世宗即位已于年"，依文意疑是"世宗即位已十年"之误。

92. 第 345 页第 7 行载"侍郎湛岩水"句，依文意，疑是"侍郎湛若水"之误。

93. 第 359 页倒数第 12 行载"内设豳风享、无逸殿"句，其中"豳风享"，依文意疑是"豳风亭"之误。

八、《嘉靖以来首辅传》《四库全书》史部第 452 册，上海古籍出版社 1987 年版

1. 卷 1 第 20 页载："毛纪归，宏遂代之，进吏部尚书谨身殿大学士，《孝宗实录》成，宏以总裁进少师兼太子太师。"这段似说了两个事：一是毛纪去位后费宏代为首辅，进吏部尚书谨身殿大学士；二是《孝宗实录》修成后，费宏进少师兼太子太师。然而据史料，此二说皆不确。据《名山藏》卷 72 载："相纪去，上命宏代之。"《世宗实录》卷 41 载，大学士毛纪在嘉靖三年七月己丑（26 日）乞休获准。可见费宏代毛纪为首辅当在嘉靖三年七月底之后。又据《国朝献征录》卷 15《费宏行状》及《太保费文宪公摘稿》附录载《费宏神道碑》均称：甲申（嘉靖三年）五月，费宏"进吏部尚书谨身殿大学士"，可见晋衔当在继任首辅之前。又据《世宗实

录》卷 52 载，嘉靖四年六月辛亥（23 日）"《武宗实录》修完，敕史部……总裁官费宏加少师兼太子太师"。上所引《费宏神道碑》中亦载费宏在"《武庙实录》成，进少师兼太子太师"。足见这次费宏"进少师兼太子太师"不是因"《孝宗实录》成"，而是因"《武宗实录》成"，《孝宗实录》早在正德初年就已修成了，何待嘉靖四年之后？文中费宏"进吏部尚书谨身殿大学士"及"进少师兼太子太师"皆记错了。

2. 卷 2 第 19 页载"桂萼，字子实，铅山人"。据《明史》卷 196 "桂萼本传"，"桂萼，字子实，安仁人"。这个安仁即现在的江西余江县，原县治在今余江东北的锦江镇，明代属饶州府，清同治十一年刊本《饶州府志》亦载桂萼是该府安仁县人。可见此处将其记作"铅山人"，是显误了。

九、《中国历史大辞典》上海辞书出版社 2000 年版

1. 第 571 页在方献夫条下，只记其卒年 1544 年，不记其生年。据《国朝献征录》卷 16 第 556 页，吕本在为方献夫所作《神道碑铭》中称其"弘治甲子弱冠魁于乡，乙丑登进士第"。弘治乙丑是十八年（1505），这与《明史》卷 196 第 5185 页"方献夫本传"中所记其举进士在"弘治十八年"相合。弘治甲子是十七年（1504），方献夫"弱冠魁于乡"，当年正 20 岁，由此推其应出生于 1485 年。《国朝献征录》卷 16 第 557 页载明王世贞在为方献夫所作《方公献夫传》中亦称方献夫于嘉靖十三年（1534）四月致仕，时"年仅五十"，这也印证了其出生于 1485 年。故其生卒年当为 1485—1544。

2. 第 1143 页在刘健条下，记其生卒年为 1434—1527。据《国朝献征录》卷 14 第 463 页载贾咏为刘健所作"墓志铭"，刘健"生宣德八年二月八日"，"嘉靖丙戌冬十一月六日……刘公寿九十有四考终于家"。这样推算，刘健生于 1433 年，卒于 1526 年，终年 94 岁。"大辞典"所记不知据何？但愚以为贾咏与刘健同朝为官，所作"墓志铭"必据刘家人所提供的"行状"，似更为可信。

3. 第 1349 页在杨廷和条下，记其生卒年是 1460—1529，依此其享年当是 70 虚岁，或 69 周岁。据《明史》卷 190 "杨廷和本传"第 5039 页记：杨廷和于嘉靖八年"六月卒，年七十一"，这年正是 1529 年，卒年所记相同，但享年相差一或二岁。另据《熙朝名臣实录》卷 12 第 182 页，杨廷和"以天顺己卯九月十九日生"，天顺己卯即天顺三年（1459），这也与《明史》本传所记享年"七十一"相契。故愚以为杨廷和的生卒年当记为 1459—1529。

4. 第 1472 页李梦阳条，称其生卒年为 1473—1529。据《国朝献征录》卷 86 第 611 页，李梦阳生于成化壬辰（成化八年，1472），卒于嘉靖己丑（嘉靖八年，1529），享年五十有八。此处把生年 1472 年误记为 1473 年了。

5. 第 2322 页费宏条，称费宏在正德"九年因不愿结交宁王朱宸濠，遭攻讦去职……著作有《费文宪公集》《宸章集录》等"。据《明史》及《武宗实录》等史料，正德九年费宏并不是什么"因不愿结交宁王朱宸濠"而去职的，而是在朝中坚决反对朱宸濠谋复护卫、准备叛乱的阴谋，从而得罪朝中幸臣而被迫致仕的。又据《世宗实录》卷 1 载：费宏"初，宸濠谋为不轨，宏首发其奸。其请护卫，宏峻阻之，乃为濠所嫉，未几解官去，寀亦废归"。足见此处"不愿结交"的表述似有违史实。其下第 2323 页在费案条下所记其"因阻宁王朱宸濠恢复护卫，受其诬致仕"的表述就比较准确。另费宏的著作《费文宪公集》的表述亦不太准确，只有《费宏文集》《太保费文宪公摘稿》等，并不见有《费文宪公集》的记载。

十、《国朝献征录》《续修四库全书》第 525—531 册，上海古籍出版社 1987 年版

1. 卷 14 第 455 页载"彭华传"，称彭华于成化"二十一年升吏部左侍郎，仍兼学士，入内阁预机务，甫半年，遂得疾，进太子少保礼部尚书，舆归其乡。至弘治九年十月卒，年六十五……时华乡人李孜省、邓常恩方获宠，华尽为计，所希恩报怨，取效旦暮。华又引万安交李、邓为助，安且亲于万内妃弟，华为万氏谋而寓深意。一时朝士不附者多为所倾。如大学士刘珝之去，及王恕、马文升、秦纮、刘宣、罗璟辈之相继斥逐，皆华与安同谋也。宣、璟本华同乡，特以其不类己，遂疾之。自成化丙午至弘治丁巳，风瘫十二年而卒，人以为阴险无良之报乃如此。初，华得参机务也，实出奥援，故天下至今犹诵'八百宪台升李裕，三千馆阁为彭华'，大为耻笑云"。文中对于彭华的卒年，前称是弘治九年（1496），后称是弘治丁巳（十年，1497），前后矛盾。据《吉安府志》卷 26 "人物志"第 26 页载："彭华，字彦实，安福人，年十九领江西乡荐……年六十五卒。"又据《江西通志》卷 20 "选举"第 71 页，彭华中景泰元年"庚午科"举人，是年 19 岁，推其当生于宣德七年（1432），65 岁卒，则当是弘治九年（1496）。

2. 卷 15 第 487 页载杨廷和之长孙杨志仁为杨廷和所作"行状"，其中称杨廷和"生以天顺己卯九月十九日"，这年是天顺三年（1459）；又称其"辛卯，年十二举于乡"，这年是成化七年（1471）。按照明人文中记述年龄皆以虚龄计，故杨廷和应是年十三举于乡。

3. 卷 15 第 513 页载江汝璧为费宏所作"行状"，其中称费宏"癸卯，年甫冠领乡荐"。据《明史》卷 193 "费宏本传"称费宏"甫冠，举成化二十三年进士第一"，这年是成化丁未，癸卯年在此四年前，即成化十九年。又据《铅山县志》及《鹅湖横林费氏宗谱》等史料，费宏是在成化十九年癸卯与五叔费瑞同举于乡，其年方十六岁，故不能称"甫冠"。"甫冠"是中状元，"行状"是将费宏状元及第与中举的时间搞混淆了。

4. 卷 15 有李元阳所撰《杨一清墓表》，第 528 页称"（嘉靖）四年虏大入塞，扰关陇，起公兵部尚书兼宪职提督陕西军务。五年五月，召入内阁，公首荐余姚谢、铅山费。二公至京遂请老，公亦请老，不允，加少师改华盖殿"。据《实录》等多种史料，其时费宏正在内阁首辅任上，何需杨一清"首荐"入阁。杨一清荐谢迁也不在自己入阁时，而是在费宏致仕后，《明史》卷 198 第 5230 页"杨一清本传"称："（嘉靖六年二月）费宏已去，一清遂为首辅……（张）璁与桂萼既攻去费宏，意一清必援己，一清顾请召谢迁，心恶之。"《明史卷 181 第 4820 页"谢迁本传"亦记"（嘉靖）六年，大学士费宏举迁自代，杨一清欲阻张璁，亦力举迁……比至，而璁已入阁，一清以官尊于迁无相下意。迁居位数月，力求去"。可见谢迁并不是至京就请老的，杨一清也没有随之请老。谢迁嘉靖六年二月被召，十月复入阁。费宏在为谢迁所撰"神道碑铭"中亦称："初，以衰病将乞休，曾具疏举公自代。宏去，而邃庵杨公又以公荐，意若虚元佐以逊公者，天下皆庆公复入，而贤邃庵之能让。及公至京，而邃庵以官视公为尊，不肯处公之下，乃竟违初志，舆论颇少邃庵。"原来杨一清在谢迁复入阁前已晋升为"少师兼太子太师吏部尚书华盖殿大学士"，而谢迁还是 22 年前致仕时的"少傅兼太子太傅礼部尚书武英殿大学士"，故杨一清以自己官位尊为由，不肯践行"尊老让贤"的诺言，颇为士大夫所轻。由此亦足见此段表述多有不符史实之处。

5. 卷 15 第 531 页载严嵩为毛纪所作"神道碑"，其中称毛纪"世为东莱掖人，弱冠举丙午山东乡试第一"。在同一文中又称毛纪"（嘉靖）二十四年乙巳六月以疾薨于里，距其生天顺癸未七月十有七日，享年八十有三"。那毛纪当生于 1463 年，卒于 1545 年，享年 83 岁，这是相符的。可其举山东解元的丙午年，即成化二十二年（1486），其已 24 岁了，怎能称为"弱冠"？

6. 卷 16 第 557 页有王世贞《弇州别记》中的《方公献夫传》，其中称方献夫"弱冠举进士"。同卷第 556 页有吕本为方献夫所撰"神道碑铭"，其中称方献夫"弘治甲子弱冠魁于乡，乙丑登进士第"。弘治甲子即弘治十七年（1504），乙丑即弘治十八年（1505）。据《明史》卷 196 第 5185 页"方献夫本传"载："弱冠举弘治十八年进士"，这正与吕本文中所述相契，中进士是 1505 年，那么中举就是 1504 年。王世贞文中又称方献夫于嘉靖十三年四月致仕，"年仅五十"。依此推算，方献夫应于 1485 年（成化二十一年）出生，其弱冠应是 1504 年（弘治十七年），正是吕本文中所记中举之年。那么方献夫第二年中进士，应当是 21 岁了，按《礼曲礼》上："二十曰弱，冠"，21 岁就不该再称"弱冠"了。由此可见吕本文中所记是正确的，王世贞文中所记疑有误。

7. 卷 16 有吕本所撰《袁炜墓志铭》，第 103 页末称袁"丁未，充唐府册封副使，尽却所"，下接 104 页竟是"阶谋进尚书吏部严讷、礼部李春芳入内阁，而起故吏部尚书郭朴于忧，俟满代严讷。郭朴者，阶所荐也"。这段文字与上文之意明显不搭，疑是衍文，或窜文。查下页第 105 页记："馈遗，唐王改容，礼之"，这就与上文"尽却所"接上了，故可确定第 103 页末应下接第 105 页。而经查，这段衍文应是上篇卷 16 第 86 页载王世贞所撰《大学士徐阶传》中，102 页在述及嘉靖帝与徐阶在论及充实内阁人选时称："上自是与"，下面却接第 103 页《袁炜墓志铭》，这显然是中断了，而正好下接第 104 页"阶谋进尚书吏部严讷、礼部李春芳入内阁，而起故吏部尚书郭朴于忧，俟满代严讷。郭朴者，阶所荐也"这段衍文，这样两篇文章就都理顺了。

8. 卷 21 "翰林院修撰康公海传"第 116 页，称康海"年六十四而卒"。而同卷第 113 页有张治道所作"翰林院修撰康公海行状"，称"嘉靖庚子十二月十四日，前翰林院修撰对山康先生卒……距生成化乙未六月二十日，享年六十有六"。可见其生于 1475 年，卒于 1540 年。《中国历代文状元》第 304 页在康海条下，亦注其生卒年为 1475—1540。故疑此传所记康海"年六十四而卒"有误。

9. 卷 24 第 247 页有王世贞为王恕所作"吏部尚书王公传"，称王恕"正德改元之岁，恕九十矣……又三年卒"。"正德改元"当是正德元年（1506），此时王恕年九十，推其当生于永乐十五年（1417），卒于嘉靖四年（1509）。而《国榷》在正德三年下记"四月己卯，前太子太保吏部尚书王恕卒……年九十三"。《武宗实录》卷 37 亦记正德三年四月"己卯，致仕太子太保吏部尚书王恕卒……年九十三"。看来王恕卒于正德三年是不错的，如此推算，王恕当生于永乐十四年（1416），卒于正德三年（1508）。《中国历史大辞典》第 269 页王恕条亦将其生卒年标为 1416—1508。那王恕在武宗登基时（弘治十八年，1505）即已 90 岁，"又三年"即正德三年（1508）卒，正好 93 岁。故王世贞所作传中，是把"武宗即位之岁"误成了"正德改元之岁"了。

10. 卷 31 第 558 页载蒋冕为其兄所撰"资政大夫南京户部尚书梅轩蒋公昪墓记"，称"此先兄南京户部尚书梅轩公之墓。公讳昇，字诚之，姓蒋氏，梅轩其别号也"。此处的"蒋昇"疑是蒋昪之误，详见本章第五节《明史》第 13 条所证。这是蒋冕为其兄所作的"墓记"，应当不会把名讳搞错，故疑是编辑出版时所误。

11. 卷 36 第 728 页有孙存为杨廉所撰"行状"，其中称杨廉"丁未魁会试进士，改翰林院庶吉士"。据《明史》卷 282 "杨廉本传"，记其"举成化末年进士，改庶吉士"。成化末年丁未是成化二十三年（1487），据《宪宗实录》卷 288 第 4859 页载：这年三月"乙卯，上御奉天殿策试举人程楷等三百四十九人"。又据《饶州府志》选举志第 1881 页载，成化"丁未会元"是乐平人程楷。足见该科"魁会试"的是程楷，而不是杨廉。该"行状"又称杨廉"生景泰八年……卒于嘉靖四年八月十一日，享年七十有四"。查景泰只有七年（1456），没有八年，由此推算，他享年只有 70 岁。又据《明史》"杨廉本传"，其卒于嘉靖四年，"年七十四"。依此推算，其应生于正统七年（1442），这与《中国历史大辞典》第 1343 页"杨廉"条所记生卒年为"1442—1525"相符。故疑该"行状"所记"丁未魁会试"及"生景泰八年", 皆是误记了。

12. 卷 39 第 70 页何鉴《墓志铭》载: 何鉴于"正德十六年辛巳八月卒于家……公生正统七年壬戌, 得年九十"。据此, 其生于 1442 年, 卒于 1521 年, 应是"得年八十"。据《明史》卷 187"何鉴本传"第 4950 页载: 其卒"年八十"。此处"得年九十"疑是误记了。

13. 卷 39 第 131 页在《大司马谭公纶传》末记有"卷之三十九终", 而此下仍有《王世扬传》, 此卷"目录"在"谭纶"下亦有"王世扬", 正文至第 135 页才结束, 页末亦有"卷之三十九终"。故疑第 131 页末的"卷之三十九终"是衍文。

十一、《熙朝名臣录》《续修四库全书》第 532 册

1. 卷首《目录》第 6 页, 在第 12 卷目录中, 杨一清下记有"黄宏", 查正文卷 12, 杨一清条下是"太保费文宪公"。可见此处是将"费宏"误成了"黄宏"。

2. 卷 12 第 179 页在《太保杨文忠公》节下, 记杨廷和"(正德) 二年三月, 升南京吏部右侍郎。初, 武宗御经筵讲书, 故事, 讲书义毕, 必献规谏之语。是日, 廷和同学士刘忠讲罢, 上谓刘瑾曰: '经筵讲书, 何故添出许多说话?'瑾奏曰: '此二人当打发他去南京。'乃升二人南京侍郎。是时南京无缺, 皆添注"。时南京为留都, 事简, 六部都只设右侍郎, 皆虚左, 故文中亦称"是时南京无缺, 皆添注"。另据《武宗实录》及《明史》"杨廷和本传", 皆称是"南京吏部左侍郎", 故疑此节中所记"南京吏部右侍郎"似有误。

3. 卷 12 第 193 页在《太保费文宪公》一节中, 记费宏"癸卯甫冠, 遂与雪峰同领乡荐……世庙入继大统, 甫旬日, 即降敕起宏"。据《鹅湖横林费氏宗谱》, 费宏生于成化四年 (1468), 癸卯是成化十九年 (1483), 此年中举才 16 虚岁, 怎能称"甫冠"? 况《明史》卷 193"费宏本传"中亦记其"甫冠, 举成化二十三年进士第一"。这年他虚岁 20, 正是"甫冠", 那 4 年前 16 岁中举就不能称之为"甫冠"了。据《世宗实录》卷 1, 世宗于正德十六年四月二十二日即帝位, 二十五日, "甫三日……召致仕大学士费宏照旧入阁办事", 故不能说是"甫旬日"。疑此两处皆有误。

4. 卷 12 第 194 页有《太师张文忠公》一文, 其中称: 张璁"弘治丙午以诗经中省试, 七上春宫, 始中庚辰会试, 辛巳世宗临轩策士, 赐进士出身……己亥二月六日, 疾革, 遂不起"。查弘治十八年中并无丙午年, 此说定当有误。据《明史》卷 196 第 5173 页"张璁本传", 称其"举于乡, 七试不第……正德十六年登第, 年四十七矣"。前文称其赐进士出身是辛巳年, 这年正是正德十六年 (1521), 二文所述相契合; 此年 47 岁, 推其当出生于 1475 年 (成化十一年乙未)。前文又称其卒于己亥年, 而嘉靖己亥即嘉靖十八年 (1539)。又据《熙朝名臣实录》卷 16 第 550 页有王世贞所撰《张文忠孚敬传》, 称张璁"二十四举于乡, 数上春宫不利……又二十二

年而中礼部试，时天子方南巡狩，其明年世宗皇帝即位，始临轩策士，公得二甲"。前面论及张璁生于1475年，那二十四岁当是1498年，这年是弘治十一年，戊午。可见《太师张文忠公》文中所言"弘治丙午"，疑是"弘治戊午"之误。

十二、《皇明辅世编》《续修四库全书》第524册

1. 卷4第604页有《杨文忠廷和》一文，称杨廷和"其父春，成化己丑进士，历官湖广提学佥事"。成化己丑即成化五年（1469）杨春就已成进士，这与《明史》卷190"杨廷和本传"所记相悖。"本传"称杨廷和"成化十四年，年十九，先其父成进士"，且很多史料都持此说，而这里却说是后其父九年成进士。查《本朝分省人物考》卷107第128页载："杨春，字元之，别号留耕，新都人……成化元年领乡荐，越十七年辛丑始举进士。"这里的成化辛丑是成化十七年（1481），正好比杨廷和中进士的成化十四年晚了一科，这与《明史》本传所记"先其父成进士"相契。可见《杨文忠廷和》一文中所记"成化己丑"，应是"成化辛丑"之误。

2. 卷4第604页有《杨文忠廷和》一文，其中称杨廷和在正德二年因经筵进讲时触犯帝左右幸臣，"遂改南京户部左侍郎"。据《明史》卷190第5031页"杨廷和本传"载："正德二年由詹事入东阁，专典诰敕。以讲筵指斥佞幸，忤刘瑾，传旨改南京吏部左侍郎。"而《熙朝名臣实录》卷12第179页《太保杨文忠公》一文却称：杨廷和正德"二年三月，升南京吏部右侍郎"，原因同样是经筵进讲时得罪了刘瑾等幸臣。另据《本朝分省人物考》卷107第125页在"杨廷和"条下记：杨廷和"正德元年进本府詹事，升南京吏部左侍郎"。这样，四文中就有了两个时间、三个职衔：正德元年、二年，南京户部左侍郎、吏部左侍郎、吏部右侍郎，莫衷一是。经查《明武宗实录》卷24第655页载：正德二年三月"己未，升詹事府詹事兼翰林院学士杨廷和为南京吏部左侍郎，翰林院学士刘忠为南京礼部左侍郎。故事，南京六部止设右侍郎一员。时廷和掌诰敕，且与忠俱日讲，当以次入阁矣。有欲夺廷和之事任者阴挤之。会刘瑾恶忠讲筵指斥近幸，又廷和视詹事篆、忠视翰林篆，皆不私谒瑾，瑾衔之，乃授意于吏部，尚书许进遂疏：'南京吏、礼左侍郎缺，欲会推，恐稽误，请以廷和、忠往'，议者谓进素号优直，若此类，其阿瑾亦多矣"。愚以为此处当以《实录》的"正德二年"及"南京吏部左侍郎"为是。

3. 卷4第604页有《杨文忠廷和》一文，其中称杨廷和在弘治"壬午三月，《大明会典》成，当迁官"。据查，弘治十八年中无壬午年。据此文在前已记有弘治己未（十二年，1499）丁母忧；辛酉（十四年，1501）服阕北上复旧职；接着记"壬午三月"，推此当为"壬戌"（弘治十五年，1502）。经查《明史》卷15《孝宗本纪》，在第194页记有：弘治十五年壬戌"十二月己酉，纂修《大明会典》成，翰林院进呈"。故疑《杨文忠廷和》文中是将弘治"壬戌十二月"误成了"壬午三月"。

十三、《明督抚年表》中华书局 1982 年版

1. 卷 4 "南赣" 条第 480 页在 "（正德）九年（一五一四）" 条下载："蒋昇，实录：正月甲戌，四川左布政蒋昇右副都御史巡抚南、赣、汀、漳等处地方。《列卿表》：昇，广西全州人，成化丁未进士。"接着（正德）十年（一五一五）条下又记："蒋昇，《列卿纪》：迁南户部。"据《明清进士题名碑录索引》，成化丁未（二十三年）科确有名蒋昇的进士，是湖广祁阳人，中该科三甲第 45 名进士，官至副使，《明史》卷 187 第 4960 页有传。而同科进士是广西全州人的名蒋昇，与弟蒋冕同科，字诚之、号梅轩，是该科三甲第 134 名进士，官至南京户部尚书，事迹附在其弟大学士蒋冕传中。这里是将"昇"误成了"昇"。

2. 卷 4 "南赣" 条第 482 页在 "（正德）六年（一五二七）" 条下载："汪鋐，《列卿纪》：由浙江左布政为右副都，提督南、赣。《列卿表》：鋐直隶婺源人，弘治壬戌进士。《实录》：六年十月壬子，浙江左布政使江鋐右副都御史提督南、赣、汀、漳。"据文意，此处的"江鋐"疑为"汪鋐"之误。又在"（正德）八年（一五二九）"条下记："汪鋐，《实录》：八年三月己未，命右金都御史提督南、赣等处军务汪鋐回院管事。"据《世宗实录》卷 99 第 2350 页载：嘉靖八年三月"己未，命右副都御史提督南、赣等地军务汪鋐回院管事"。这与前面正德六年条下所记"右副都御史"相合。又《国朝献征录》卷 25 第 283 页《汪鋐传》亦称："至布政使，升副都御史提督南、赣军务"，故当以"右副都御史"为是，此处"右金都御史"疑是误记了。同时，该传中又称"召还院，升刑部侍郎，进右都御史兼兵部尚书掌院事"。《世宗实录》卷 108 第 2544 页载：嘉靖八年十二月"辛未，罢太子太保都察院左都御史王宪……庚辰，升刑部右侍郎汪鋐为都察院右都御史掌院事"。《明史》卷 112 "七卿年表" 第 3453 页在嘉靖八年"都察院"栏亦记："王宪，八月任，十二月免。汪鋐，十二月任。"可见前记嘉靖八年三月命其"回院管事"并未实行，而是回京升任刑部右侍郎，十二月才由刑部右侍郎升任右都御史掌院事。

3. 卷 4 "南赣" 条第 483 页在 "（正德）十二年（一五三三）" 条下载："陈察，《国榷》：九月丁卯，南光禄寺卿陈察提督南、赣。"又在（正德）十三年（一五三四）条下记："陈察，《实录》：十四年三月丙寅，提督南、赣右金都御史陈察引疾乞休，许之。"据《明史》卷 203 第 5372 页 "陈察本传"：其在 "入为光禄卿" 后，"（嘉靖）十二年，以金都御史巡抚南赣。居二年，乞休，因荐前都御史万镗、大理卿董天锡等十四人可用。吏部请从其言。帝夺部臣俸，责察徇私妄举，斥为民"。可见陈察并不是 "南光禄寺卿"，而是 "光禄卿"；也不是以 "南光禄寺卿" 来提督南、赣，而是以 "金都御史" 来提督南、赣；乞休后也未获 "许之"，而是被 "斥为民"。故在 "南光禄寺卿" 下应加 "为金都御史"；"许之" 也应改为 "斥为民"。

十四、《皇明典故纪闻》 书目文献出版社 1995 年版

卷 17 第 962 页载："世庙于万机之暇留心篇章，嘉靖五年六月，御平台召大学士费宏、杨一清、石珤、贾咏入见，各作一诗相勖。赐宏诗云：'眷兹忠良副倚赖，舜皋仿佛康哉赓。朕缵大服履昌运，天休滋至卿其承。沃心辅德期匪懈，未让前贤专令名。'赐珤诗云：'黄阁古政府，辅导须才良。卿以廷荐入，性资特刚方。在木类松柏，在玉如珪璋。可否每献替，忠实无他肠。'赐咏诗云：'卿本中州俊，简在登台衡。君臣际良难，所贵德业并。朕固亮卿志，夙夜怀忠贞。卷阿有遗响，终听凤凰鸣。'赐一清诗云：'迩年西陲扰，起卿督边方。宽朕西顾忧，威名满华羌。予承祖宗绪，南欲宣重光。卿展平生猷，佐朕张皇纲。'"上引嘉靖帝赐各大学士的诗，皆缺漏不全，且不成体例，诗意亦不顺畅。据费宏《宸章集录》所载，赐费宏为七言古诗一首，共 28 句，赐杨一清、石珤、贾咏各五言古诗一首，各为 24 句，分录如下：

《赐大学士费宏藻润朕所制诗章作七言古诗以酬其劳》

古昔明王勤圣学，必资贤哲为股肱。君臣上下俱一德，庶政惟和洪业成。顾余眇末德寡昧，钦承眷命历数膺。宵旰兢兢勉图治，日御经帏延儒英。每从古训寻治理，歌咏研磨陶性情。诗成朕意或未惬，中侍传宣出紫清。补衮卿作仲山甫，为朕藻润皆精明。眷兹忠良副倚赖，舜皋仿佛康哉赓。朕所望者独卿重，庙堂论道迓熙平。虞廷盛治须百揆，商诺伊傅周两卿。朕缵大服履昌运，天休滋至卿其承。帝赉良弼匡吾政，协恭左右持钧衡。大旱须卿作霖雨，淫潦亦赖旋开晴。沃心辅德期匪懈，未让前贤专令名。

《召大学士杨一清复入内阁办事赐五言诗一章慰谕之》

迩年西陲扰，起卿督边方。三辞乃承命，开心副予望。才兼文与武，内外资安攘。宽朕西顾忧，遂使吾民康。功勋既昭著，威名满华羌。敕使往宣召，复来坐岩廊。黄扉典政本，摅诚以匡襄。予承祖宗绪，志欲宣重光。深巩德弗类，倚毗赖卿良。展其平生猷，佐朕张皇纲。股肱职补衮，伊周并昭彰。助成嘉靖治，青史常流芳。

《大学士石珤润和朕所制诗句作五言古诗一章赐之》

黄阁古政府，辅导须才良。朕自即祚始，求贤日遑遑。卿以廷荐入，性资持刚方。在木类松柏，在玉如珪璋。可否每献替，忠实无他肠。圣学朕所勉，焕乎慕尧章。机暇有著作，衷怀庶宣扬。赖卿作补衮，绘绣衣与裳。竭诚乃赓载，彩凤鸣高岗。化成在人文，熙皋期虞唐。天地既交泰，民物咸平康。述此酬卿劳，盛事传无疆。

《大学士贾咏润和朕所制诗句作五言古诗赐之》

殿廷暑气薄，薰风洒然生。万几有清暇，收史陶吾情。日与圣贤伍，外诱难相婴。对时或感物，兴到句还成。豁然融心性，岂止谐音声。资卿为灌润，朕志益开明。卿本中州俊，简在登台衡。君臣际良难，所贵德业行。诗章本余事，治理须持平。朕固谅卿志，夙夜怀忠贞。喜起协舜乐，交修和商羹。卷阿有遗响，终听凤凰鸣。

（注：以上各诗中的个别不合文意的字、句，参照《弇山堂别集》作了改、补。详见《费宏集》附录一的"校勘记"。）

十五、《皇明肃皇外史》影印清·宣统津寄庐钞本《四库全书存目丛书》
第 52 册，齐鲁书社 1997 年版

卷 1 第 10 页载正德十六年九月癸酉"袁宗皋卒。起费宏为户部尚书兼武英殿大学士参预机务。初，正德辛未，宏由礼部尚书入阁，历太子太保武英殿大学士，甲戌岁致仕，家居者七年。至是，袁宗皋卒，廷和奏复起之。冬十月，张璁上'大礼或问'"。这段引文疑有三误：首先是关于袁宗皋之卒，这里记作正德十六年九月癸酉，这年九月己酉朔，癸酉就是二十五日。据《世宗实录》卷 6 第 245 页载：正德十六年九月"乙卯，礼部尚书兼文渊阁大学士袁宗皋卒"，这九月乙卯即是九月初七日。似当以《实录》所记为是。又据《国朝献征录》卷 15 第 532 页载温仁和为袁宗皋所撰"神道碑"称："正德辛巳九月初七日，礼部尚书兼文渊阁大学士南郡袁公卒"，这与《世宗实录》同，且直书正德十六年九月初七日。可见引文中记作"九月癸酉（二十五日）"是误记了。其次记费宏的召用是在正德十六年九月癸酉，且是因"袁宗皋卒"、杨"廷和奏复起之"。据《世宗实录》卷 1 第 43 页载：正德十六年四月世宗即位三天后的丙午（25 日）即下诏"召致仕大学士费宏照旧入阁办事，复其弟翰林编修寀官。初，宸濠谋为不轨，宏首发其奸。其请护卫，宏峻阻之，乃为濠所嫉，未几解官去，寀亦废归。至是，兵科左给事中徐之鸾等纪功江西，言宏谋国尽心，而寀亦未闻大过，不宜终弃，故有是命"。又《世宗实录》卷 14 第 483 页载有世宗在费宏的奏章上批答曰："卿以硕德旧学辅佐先帝，嘉谟入告，备竭悃诚，随事纳忠，贤劳茂著。逆濠护卫之请，昌言沮止，触忤权奸，遭谗去国。朕在藩邸，已知卿名，新政之初，首先召起。"可见费宏的召用，是因世宗在藩邸就对其仰慕，再加上平定宸濠之乱后言官的交相荐举，故世宗甫登基就马上召用，并不见杨廷和奏复的记载，且时间是这年四月，而不是九月。其三是记张璁上"大礼或问"在正德十六年冬十月。据《世宗实录》卷 8 所载：正德十六年十一月"癸酉，进士张璁疏进《大礼或问》……疏入，上下所司知之"。此当正德十六年十一月二十五日。当以《实录》所记为是。

十六、《国朝汇典》 书目文献出版社 1996 年版

1. "目录"第 22、23 页与卷 1 "朝端大政·开国"第 22、23 页对审。

2. 卷 32 "朝端大政·辅臣考"第 595 页载：正德"六年四月，刘忠有疾累疏乞归，未允，强出为会试主考官，揭晓后即乞省墓。时费宏为礼部尚书知贡举，将会录所刊文字，指摘其疵谬，以白纸票粘于文字之旁，托中官入奏。上召李东阳等至暖阁，命太监张永以所进会录授之，曰：'今欲别有施行，恐坏衙门体面，但与卿辈知之耳。'东阳捧录叩头出。是日，忠适以省墓辞，闻之，抱怏而去。抵家。遂具疏乞休。上已有先入之说，遂许之"。刘忠，字司直，号野亭。对于这段公案，查得《续修四库全书》第 1330 册所载《少傅野亭刘公遗稿》中，刘忠自己有详细说明：在卷 3 第 616 页《会试录序》中称："皇上嗣登宝位之六载，是为正德辛未，举会试之典，一又再矣。及是试期伊迩，适臣忠以病在告，累疏请谢政，上既赐旨谕留，即日复命臣暨学士臣贵为考试官。其同考则侍讲臣一鹏等，监试则御史臣某。凡诸执事，亦皆慎柬国。以往旧制，同考全五经，分房为十四，人近以《易》《诗》书卷浩繁，各增官一。试院廨宇，少加增创。试事条格，少加增置。综理防范，视往岁加详密。凡此皆礼部尚书臣宏先事具请而奉行者也。会试士以期集者，合新旧三千五百有奇，所取仅三百五十，亦宏等临事具请，而臣等所遵行者也。至于精白公慎，务期得真才，少罄以人事君之意，此则臣等之责，亦臣等之心以求无负于明命而愧厥职者也。录成，将以陛见之日上献，臣当有言序诸首。"在卷 4 第 625 页其《自撰墓志铭》中又称其正德五年"十月，以病老具疏请休退，未允。自是疏七八上，皆荷温旨勉留。辛未春，省墓归，归未几，再求休退，乃愈允"。这些都说明，刘忠主考会试，与以礼部尚书职责知贡举的费宏精诚合作，并无嫌隙，其致仕也不是因费宏所攻讦。据许赞为刘忠所撰"神道碑"中称："辛未，命公主考天下会试，众称公明。中官永初用事，公卿趋附，公守正不往见。永使其党廖鹏来谒，待如仆御。有馈，拒之。临政动以'遵成宪，遏贪缘'为要，每持正论，不少顾忌。同事者渐弗堪，而近贵亦欲公速去。公见时事龃龉，愤懑日切，屡疏乞休，上不允。乃以省墓请假，诏许乘传归。归复上疏辞，始得旨致仕。"（《国朝献征录》卷 15 第 507 页）可见刘忠致仕是因得罪中官，与主考会试无关。据明代史学家王世贞在其著《弇山堂别集》卷 26 第 17 页所考证称："《宪章录》言：大学士刘忠等主考辛未会试，时礼部尚书费宏知贡举，将会录所刊文字指摘其疵谬，以白纸贴票于文字之旁，托中官入奏。上召李东阳至暖阁，内太监张永以所进会录授之，曰：'令（注：疑为"今"之误）欲别有施行，恐坏衙门体面，但与鄕（注：疑为"卿"之误）辈知之耳。'是日，忠适以省墓陛辞，抱恨而去。抵家，遂具疏乞休。考史及李文正《燕对录》，其称传旨指摘谬误同，而不言为谁进。惟嘉靖五年詹事桂萼、张璁改（注：疑为'攻'之误）

大学士费宏为礼部尚书时，谋入阁，将会录旁注某句不好、某句不好，托人奏武宗皇帝，说刘忠没学问。刘忠去位，宏遂入阁。正德九年，大学士梁储主会试考，宏复将会试录旁注某句不好、某句不好，谋去梁储以进已（注：疑为'己'之误）位，赖武宗察知，适宏又在武宗前嗤笑不恭，密旨行锦衣卫察究，将声其罪。而张仁密泄于宏，武宗震怒，下张仁于锦衣卫狱责打，限宏五日内起程。《宪章录》复因之谓费宏以储位在己上，仍将会录旁注贴说指摘以进。上察之，置不问。夫费宏在嘉靖间辅政，乃平平耳，然尚以宽和不忮名。岂于初年好修之日，而作此险忮事耶？且以刘文肃清劲，谁不知者，而费公敢于倾挤如此？十五年之内，何无一人指及，又何待张、桂也？张桂之仇口污篾（注：疑为“蔑”之误），无所不至，而薛仲常乃遂信之，笔之于史耶？辛未既以此挤刘，甲戌复以故智挤梁，万无此理。且梁非首撰，何故忌而欲去之也？事理不通，且无影响。"之所以会有此诬陷不实之词，除了议礼新贵张璁、桂萼对费宏的攻讦外，还有王琼对杨廷和的攻讦。王琼在其著《双溪杂记》中大肆诬陷杨廷和，"极言杨与刘瑾交通之迹……且谁不知晋溪（注：王琼之号）与杨有隙，而敢为诬排若此……自《双溪杂记》行，而高氏《鸿猷》、薛氏《宪章》（注：指高岱《鸿猷录》、薛应旂《宪章录》）二录亦因之。大抵晋溪之怨杨公甚，小人恣行胸臆，无所顾惮，而又不读书，不习本朝典故，乃敢于猖狂如此。而后学不知前辈人品，又敢于纵笔如此。"（《弇山堂别集》卷26第12—13页）又据《明史》卷181刘忠本传第4828页载：刘忠于正德"五年二月改吏部尚书兼翰林学士，专典制诏。两疏乞休，不报。瑾诛，以本官兼文渊阁大学士，入阁预机务。甫数日，以平宁夏功，加少傅兼太子太傅。故事，阁臣加官无遽至三孤者。忠无功骤得，不自安，连疏固辞，不许。瑾虽诛，张永、魏彬辈擅政，大臣复争与交欢，忠独无所顾。永尝遣廖鹏谒忠，忠仆隶遇之，又却其馈，由是与永辈左。前后乞休疏七八上，皆慰留。明年命典会试，甫毕，帝以试录文义多舛，召李东阳示之。忠知为中官所掎，乞省墓。诏乘传还。抵家，再上章乞致仕，报许。给月廪、岁隶终其身"。这也证明刘忠去位是由中官排陷所致，与费宏无干。

　　3. 卷32"朝端大政·辅臣考"第597页载：正德十六年"十一月，召费宏照旧入阁办事，复其弟案官。给事中徐之鸾等纪功江西，言宏谋国尽心，而案亦未闻大过，不宜终弃。吏部覆允，故有是命"。据众多史料，正德十四年宸濠叛乱平定后，朝野交相荐费宏，武宗均只下所司知之，两年多时间里都未下诏召还。据《世宗实录》卷1载：正德十六年四月，世宗即位三天后的丙午（25日）即下诏"召致仕大学士费宏照旧入阁办事，复其弟翰林编修案官"。是年十月，费宏应诏至京，复以太子太保户部尚书武英殿大学士入阁预机务。这里记在正德十六年"十一月召"，显误。应是"四月召，十月入"。

十七、《昭代典则》载《续修四库全书》第 351 册

卷 25 第 735 页载：正德"辛巳，十六年春正月，帝还京，起费宏以少保户部尚书，仍置文渊阁"。此记有二疑点：一是据《武宗实录》卷 194 所载：正德十五年十二月"甲午（注：初十日）上还京，文武百官迎于正阳桥南"；这里将此事记在正德"十六年春正月"，显误。二是关于费宏召还内阁，据《世宗实录》卷 1 等史料，召费宏还内阁是在武宗死后，世宗继位后的第三天，即正德十六年四月二十五日。这里记是正德十六年正月武宗从南京返京召还，好像是武宗还京后下诏召还费宏入内阁，显误。详见本章第十六节《国朝汇典》第 3 条所证。

十八、《胜朝彤史拾遗记》载《四库全书存目丛书》史部 122 册

1. 卷 3 第 11 页在记述明世宗的亲祖母邵贵妃时称："正德十四年，世宗入继大统，妃老矣，尚在宫，目盲，喜其孙为皇帝。"据《世宗实录》，正德十六年三月十四日明武宗卒，杨廷和等大臣以武宗遗诏迎立兴世子朱厚熜为帝，是为明世宗，正式登基为是年四月二十二日。这里记作"正德十四年"，是误记了。

2. 卷 5 第 1 页在记述世宗母兴王妃蒋氏时载："时妃已至通州，闻称皇叔母，大恚曰：'安得以我子谓他人母乎？'不肯入。上闻之，启慈寿皇太后，愿奉母归藩。而进士张璁者，逆上意，谓宜考兴王而母太妃。上大喜，乃始迎来。将入宫，礼臣具仪注，谓应由崇文门进东安门，皇帝出东华门迎而入。不许……乃尊称兴献太后，具太后车服仪仗，竟以太后从正阳门直入谒奉先殿。顷之，加称兴献皇太后，群臣又力争，谓称'皇'非是，大学士杨廷和至辞位去。不听。会清宁宫旁室灾，论者谓议礼所致，乃始称兴国太后，然非上意也。"这段记述在三处疑有误：首先兴王妃进京前所上尊称不是"兴献皇太后"，据《世宗实录》卷 7 载：正德十六年十月，朝中对帝生父母的尊称争执不下，帝不得已称："卿等累次会议正统之大义、本生之大伦，考据精详，议拟允当，朕已知之。钦奉慈寿皇太后之命，以朕既承大统，父兴献王宜称兴献帝，母兴献后，宪庙贵妃邵氏为皇太后。朕辞之再三，不容逊避，特谕卿等知之"。这是世宗假慈寿皇太后之意，尊称自己生父母为兴献帝、后，尊为皇太后的是其祖母邵氏。其次，迎母入宫后，世宗又欲加生父母称号一个"皇"字，称之兴献皇帝、皇后，而不是"加称兴献皇太后"。而群臣又力争劝阻，不同意加"皇"字。双方争执不下，会禁城内清宁宫旁室发生火灾，廷臣纷纷指称这是帝议礼不当所致。世宗不得已，"乃从廷和等议，称孝宗为皇考、慈寿皇太后为圣母，兴献帝、后为本生父母，而皇字不复加矣。"（《明史纪事本末》卷 50）其三，争"皇"字这事发生在嘉靖元年正月，大学士杨廷和并不是因此事而"至辞位去"的。据《明

通鉴》《国榷》等史料，杨廷和请辞去位发生在此后两年多的嘉靖三年二月十一日。

十九、《皇明从信录》载《续修四库全书》第 355 册

1. 卷 27 第 458 页在正德十六年五月条下载："殿试庚辰中式举人。礼部奏武宗丧礼，事宜从简。上御西角门发策问，赐进士三百三十人。谕阁臣曰：'朕入继大统，母妃远在藩府，实切恋慕，即遣司礼监官奉迎。'"因此录是编年体史书，故疑此段记述是把事件的前后次序弄颠倒了。据《世宗实录》卷 1、卷 2，世宗在四月癸卯（二十二日）即位后，次日甲辰（二十三日），礼部即上大行皇帝的丧葬礼仪。丙午（二十五日）"上谕阁臣曰：'朕继入大统，然母妃远在藩府，朕心实在恋慕。可即写敕遣官奉迎，并宫眷内外员役咸取来京。'"补行殿试庚辰举人在五月十五日举行，而赐进士三百三十人则在五月十八日。按时间先后顺序，谕迎母妃在前，补行殿试在后，这里是记颠倒了。

2. 卷 27 第 460 页载：正德十六年十二月"除张璁南京刑部主事。先是，帝下《大礼或问》于礼部，时杨一清家居，遗书于吏部尚书乔宇曰：'后生此论，圣人复起不能易也。'宇不能从。至廷和衔璁，授意吏部，除为南京主事。尚书石珤语璁曰：'慎之，必大礼终当行之也。'廷和泣告曰：'子不应南官，第静处之，勿复为大礼既难我也。'璁鞅鞅而去"。这段引文有多处不太好理解，故疑有误。查得《明史纪事本末》卷 50 所载："十二月，除张璁南京刑部主事。先是，帝下《大礼或问》于礼部，时杨一清家居，遗书吏部尚书乔宇曰：'张生此论，圣人不易，恐当从之。'宇不听。至是，廷和衔璁，授意吏部，除为南京主事。尚书石珤语璁曰：'慎之，必大礼说终当行也。'廷和寄语曰：'子不应南官，第静处之，勿复为大礼说难我也。'璁快快而去。"这样读来就比较好理解了，同时也能看出《从信录》中所引之文的误处：把"张生"记成了"后生"，其实张璁当时已 47 岁了，在那个年代，已不是什么"后生"了。把"大礼说终行也"中的"说"字遗漏，变成了"大礼终当行"，意思就大不同了。把"勿复为大礼说难我也"中的"大礼说"误成了"大礼既"，这就不太好理解了。把"快快"误成了"鞅鞅"。

二十、《明人传记资料索引》中华书局 1987 年版

1. 第 667 页在费宏条下载："费宏（1468—1535）字子充，号鹅湖，铅山人。成化二十三年进士第一，授修撰，正德中累迁户部尚书。幸臣钱宁阴党宸濠，欲交欢宏，不得，因构他事。宸濠败，言者争荐宏。世宗即位，起加少保，入辅政。宏持重识大体，明习国家故事，及杨廷和去位，遂为首辅，委任甚至。"这段引文疑有三误：一是称费宏"正德中累迁户部尚书"，据《明史》"费宏本传"等史料，费宏一

生并未出任过户部尚书，在正德六年累迁至礼部尚书兼文渊阁大学士入阁预机务，后进户部尚书武英殿大学士。这个户部尚书只是内阁大学士的加官而已，并非实职。二是称"世宗即位，起加少保，入辅政"，好像费宏是在世宗即位后始入阁辅政的。其实早在十年前的正德六年，费宏就已入阁辅政，后因阻宁王复护卫而被幸臣所陷致仕去，世宗即位只是召回再入阁。据《世宗实录》卷1载，世宗即位后三日，四月二十五日即下诏"召致仕大学士费宏照旧入阁办事"。又据《世宗实录》卷7载，十月二十八日费宏入朝，下诏"命召至太子太保户部尚书兼武英殿大学士费宏照旧入阁办事"，可见这时还是以旧职衔入阁办事的。十月二十九日，复下诏"太子太保户部尚书兼武英殿大学士费宏加少保，着照旧与杨廷和办事。"这时才加的少保。三是称费宏"及杨廷和去位，遂为首辅"。据《世宗实录》等史料，嘉靖三年二月，杨廷和去位，蒋冕为首辅；五月蒋冕去位，毛纪为首辅；《名山藏》卷72称：七月"相纪去，上命宏代之"。可见费宏不是直接继杨廷和为首辅的，而是继毛纪为首辅的。

2. 第667页在费曾谋条下载："费曾谋，字瞻山，铅山人，宏后。崇祯末以乡举知通许县，甫四旬，贼猝至，抱印投井死。"据河南通许县志《名宦传》："公讳曾谋，字耕道，号青丘，别号瞻水，为江西铅山人，实礼部尚书兼翰林院掌院学士、谥文通之族孙也。由崇祯元年恩选拔贡，出为吾邑县令。"又据《鹅湖横林费氏宗谱》，费曾谋是费宏四叔费玙的后裔，"讳曾谋，字耕道，号青丘，生于明万历二十年壬辰十二月初四日戌时。崇祯元年由兴安籍恩选拔贡，授河南开封府通许县知县。十四年，李闯破城，公北面拜，抱印投井死。事闻，敕赠大理寺少卿，谕祭赐葬，荫复其家，葬通许县凤凰岗，至今庙祀不绝。祀忠义祠，并祀群贤堂。《明史》有传，事实详前。清乾隆四十一年赐谥'节愍'。"由此可见，费曾谋条下所记"字瞻山""宏后""崇祯末""以乡举"等皆有误。

二十一、《皇明永陵编年信史》载《四库全书存目丛书补编》第76册

1. 卷1第8页载：正德十六年三月"丙寅日，武宗崩于豹房……丁卯，遣司礼太监韦霦、寿宁侯张鹤龄、驸马都尉崔元、大学士梁储、礼部尚书毛澄赍诏金符往迎"。据《武宗实录》卷197载，往迎兴世子的是"司礼等监太监谷大用、韦霦、张锦，内阁大学士梁储，定国公徐光祚，驸马都尉崔元，礼部尚书毛澄奉金符以行"。这份名单有太监谷大用、张锦，无寿宁侯张鹤龄，与杨廷和在《杨文忠三录》中所记相同。对于张鹤龄前往安陆迎驾事，此《三录》卷4"视草余录"中记为：三月十八日"是日，命寿宁侯张鹤龄赍遗诏往安陆"，"诰谕用宝"也是在这一日。可见三日前的"丁卯"即三月十五日，奉迎队伍出发时是没有张鹤龄的。故愚以为当以《实录》和《三录》所记为是，"信史"所载是误记了。

2. 卷 1 第 12 页在正德十六年九月癸酉条下记：“袁宗皋卒，起费宏户部尚书武英殿大学士参预机务”。据《世宗实录》卷 6 载，袁宗皋卒于九月七日，但下诏起用费宏并不在袁卒后；据《世宗实录》卷 1 载，世宗即位三日后的四月二十五日，即下诏“召致仕大学士费宏照旧入阁办事”，这里记在九月，显误。

3. 卷 1 第 24 页在嘉靖二年七月条下记：“永福长公主，宪宗妹也，卜以是月甲午于归蔡震。”既是宪宗之妹，即是英宗之女，也即是嘉靖帝的姑奶奶，如何等到嘉靖二年才出嫁，太不可思议了。查《明史》卷 121 “公主传”，英宗有八女，均不见有“永福长公主”；倒是有其第三女“淳安公主，成化二年下嫁蔡震”，到嘉靖二年，事已过去 57 年，何能再谈“于归蔡震”？此卷倒是有位“永福公主”，是孝宗第二女，“嘉靖二年下嫁邬景和”，那她就是宪宗之孙女，武宗之妹。据《世宗实录》卷 29 第 781 页载：嘉靖二年七月“辛未，工科给事中安磐等言：‘永福长公主于孝惠皇太后为在室孙女，礼服斩，今择婚期限于七月二十六日，服制未满，恐非礼也。又见仪注所载驸马见公主行四拜礼，公主坐受两拜。虽贵贱本殊，而夫妇分定，于礼未安。’上曰：‘公主婚期，孝惠皇太后已有遗旨。相见礼如故。’”这里的“孝惠皇太后”即世宗的亲祖母，是宪宗的皇贵妃，故称永福长公主为其“在室孙女”。可见这时下嫁的永福长公主是宪宗的孙女、武宗之妹，嘉靖帝之从姐妹，下嫁的对象是邬景和，而非蔡震。这年的七月己巳朔，甲午确是十六日。可见这条记载除日期外，其他均误。

4. 卷 1 第 59 页在嘉靖八年下载：“璁得政柄，固念天下镇守内臣大为民害，因尽力谏帝革之。于是百年大患一旦蠲除，远近鼓舞，若更生云。支大伦曰：永嘉相业俊伟，掀揭本朝首推，即如镇守内臣，自景泰初设，至今无虑百年。虽孝宗之仁圣，李、谢之专久，未闻匡救者，而公能回天意以除大患，有再造宇宙之功云。”这里将革除镇守中官记在嘉靖八年“于是百年大患一旦蠲除”，且将此功记在了张璁头上，说他“能回天意以除大患，有再造宇宙之功”。据众多史料的记载，这些说辞均言过其实了，就连张璁自编的《谕对录》中，也不见有其与世宗涉及革除镇守中官的奏章和御批。明代黄瑜所撰《双槐岁钞》卷 10 第 123 页载：“世庙聪明刚毅，裁革镇守内官，英断也。或乃归之永嘉，以为有社稷大功，谬哉！裁革之议，原始于部臣。而百年深疴积蠹一旦祛之，自非英主无此英断，永嘉何力焉？尝考永嘉所自为传，历叙生平行事，如大礼、大狱之类，不啻详矣，而初无一字及于镇守之裁革，则归功永嘉之说，诚谬也。”据《厦门市志》卷 50 “人物”林希元条下载：“字茂贞，号次崖，同安县翔凤里山头村人。明正德十二年（1517）进士，初授南京大理寺评事。世宗登基，他上‘新政八要’疏，历数前朝弊端，倡行新政，世宗采纳其‘罢镇守以厚邦本’政条，尽罢十三省镇守归于内监，迁他为南京大理寺正。”又《万历野获编》在“镇守内官革复”条下亦称：“镇守内官之革，在嘉靖九年、十年间，天下称快，此正张永嘉入相时也。至十七年，而太师武定侯郭勋奏请复之，上

许云、贵、两广、四川、福建、湖广、江西、浙江、大同等边各仍设一人，中外大
骇。时任丘李文康当国，不能救正，人共惜之。十八年四月，彗星示变，将新复镇
守内臣尽皆取回，遂不再设，距郭言甫匝岁耳。是时当国者为夏贵溪，而严分宜为
大宗伯，题请得旨，其功亦不细。今人但知裁革镇守归美于永嘉，而夏、严二公遂
不复齿及，岂因人而没其善耶，抑未究心故实也。"（《万历野获编》卷 6 第 241 页）可
见张璁虽然参与、赞成了革除镇守中官之事，但主要并非其功，是经过众朝臣多年
反复不断地坚持，且嘉靖八年并未完全实施，直至嘉靖十八年五月才得以彻底实施，
而此时张璁早已去位且身故。如不加考订，片面、草率地把这一新政的措施和多年
后取得的成果强按在张璁头上，似有不妥，且这种乱贴标签的做法也有悖于历史事
实。拙作《"大礼议"述评》中篇第 5 节 "'大礼议' 与嘉靖新政"对此有较为详细
的讨论，可供参考。

二十二、《皇明史窃》载《续修四库全书》第 317 册

1. 卷 69 第 9 页 "杨梁费杨列传"载："费宏，字子充，铅山人也，成化十三年
进士第一人。"据《明史》卷 193 "费宏本传"及《鹅湖横林费氏宗谱》等史料，费
宏系成化二十三年进士第一人，且成化十三年并无进士科。这里是把成化二十三年
误成了成化十三年，疑是在 "十三年"前脱了一个 "二"字。

2. 卷 70 第 2 页 "张李席桂方夏列传"载：张 "璁在位，尽革天下镇守内臣。"
这里是称张璁主政时已把天下的镇守中官都尽革除了，且归功于他，这与众多史料
所记不符。据明代黄瑜所撰《双槐岁钞》及沈德符的《万历野获编》等史料对此均
有中肯的分析，请参考本章第二十一节《皇明永陵编年信史》第 4 条所证。拙作
《"大礼议"述评》中篇第 5 节 "'大礼议' 与嘉靖新政"对此亦有较为详细的讨论，
可供参考。

二十三、《皇明大政记》载《续修四库全书》第 429 册

卷 24 第 31 页在 "存疑"下记："起费宏少保户部尚书，仍值文渊阁。事在世宗
立后之四日，为四月二十六日，非正月。且太子太保，非少保也。"据《世宗实录》
卷 1 第 41 页，事在 "四月丙午……召致仕大学士费宏照旧入阁办事"。这一日是世
宗登基后第三日，即正德十六年四月二十五日，非 "世宗立后之四日"。另，这一
"存疑"对 "正月" "少保"的说法均已纠正，但对 "户部尚书，仍值文渊阁"的说
法不曾提及。其实，据众多史料，此时费宏应召是以旧衔即 "太子太保户部尚书兼
武英殿大学士"入阁预机务的。

二十四、《国朝列卿记》《续修四库全书》第 522 册

卷 12 第 213 页在费宏条下记：费宏"生而秀异，年数岁，书过目辄成诵不忘。稍长，即负文名，与季叔雪峰瑞相上下，祖喜曰：'亢吾宗者，必此二子也。'"其后又记：费"宏初上春官也，祖复庵公方以都水主事出治吕梁，贻之书曰：'汝脱下第，毋南归，宜入北监读书。'丙午代还，讯之曰：'伯父何以逆知宏之弗第，而必令入北监耶？'复庵笑曰：'此尔远到之兆也。盖尝梦汝入监领班签，签乃保相彭文宪公故物也。文宪尝游北监，中状元矣。汝第勉之'。至是果然，人咸异之"。据《鹅湖横林费氏宗谱》等史料，费瑞在费宏诸父中排行第五，不能称作"季叔"，而应称为"五叔"；其季叔是费寀之父费玙。同时，这里的两个"祖"，俱是"伯"之误。首先，费宏的祖父在其出生前就已去世多年，不可能在其成童及进京赴试时说出上番话；再说其祖应麒公从未出仕，更未曾任过"都水主事"，名"复庵"且"以都水主事出治吕梁"的是其二伯父费瑄。又据《明名臣言行录》卷 45 第 130 页在"少师文宪公宏"条下记：费宏"生而颖异，与季叔雪峰瑞相上下，伯复庵喜曰：'亢吾宗者必二子也。'……初，公之上春官也，伯复庵方以都水主事出治吕梁，贻书与公曰：'汝脱下第，毋南归，宜入北监读书。'丙午代还，公讯曰：'伯父何以逆知宏不第，令入北监也？'复庵笑曰……"可见前引文中的两个"祖"，都应当是"伯"。何况在其中说到第二个"祖"时，前面称"祖复庵公"，后而费宏问的却是"伯父何以逆知宏之弗第"，前后矛盾，这也佐证了其所记之误。

二十五、《清史稿》中华书局 1977 年版

1. 卷 6 第 198 页"圣祖本纪"载：康熙十七年"秋七月……是月，吴三桂僭号于衡州"。据同书卷 474"吴三桂本传"第 12847 页载：康熙十七年"是岁，三桂年六十有七，兵兴六年，地日蹙，援日寡，思窃号自娱。其下争劝进，遂以三月朔称帝"。该条紧接着又记吴三桂称帝后的一些作为："改元昭武，以衡州为定天府。置百官，大封诸将，首国公，次郡公，亚以侯、伯。造新历。举云、贵、川、湖乡试。号所居舍曰殿，瓦不及易黄，以漆髹之。构庐舍万间为朝房。筑坛衡山，行郊天即位礼，将吏入贺。是日大风雨，草草成礼而罢。俄病噎，八月，又病下痢，噤不能语。召其孙世璠于云南，未至，乙酉，三桂死。"如果吴三桂是七月登基，八月即死，一个多月是干不了这么多事的，故似当以其"本传"所记"三月朔称帝"为是。

2. 卷 6"圣祖本纪"第 198 页载：康熙十七年八月"乙未，吴三桂死"。而同书卷 474"吴三桂本传"第 12847 页，却记康熙十七年八月"乙酉，三桂死"。据史料，这年八月己巳朔，乙酉是十七日，乙未是二十七日，二说相差 10 天。据《东华录》

在康熙十七年八月条下记:"乙未,吴三桂死,贼将马宝、胡国(桂)(柱)迎三桂之孙吴世璠于云南。初,三桂病中风,噎膈,有犬登其案而坐,因病甚,口不能张,且下痢,于本月十七日死"。又据《清圣祖实录》卷76载:康熙十七年八月"乙未,扬威大将军和硕简亲王喇布疏报:吴三桂初病中风,噎膈,有犬登其案而坐,因病甚,口不能张,且下痢,于本月十七日死"。可能乙未(27日)是朝廷接到简亲王喇布疏报"吴三桂已死"的日期,而吴三桂实死于10日前的乙酉(17日)。故愚以为似当以《实录》及《本传》所记为是。

第二章　方志

一、《葛仙山志》<small>宗教文化出版社 2001 年版</small>

（一）费宏的七言诗

第六章《艺文》第二节《韵文》第 125 页，刊有标为费宏所作的七言诗一首。为辨析计，全诗照录如下：

赋葛仙山重九

明·费宏

今日此际九月九，选胜登高携故友。看核杯盘肃正齐，三五良朋齐握手。拣得山峰最高处，席地铺毯来摆酒。呼芦喝雉相喝饮，一吸西江几百口。青眼高歌望四山，群山万叠相稽首。雅座高谈惊四筵，霏霏玉屑乃怀肘。呼吸果然通帝座，伸手可接牛与斗。绿竹彤彤杂锦绣，淡黄堤畔有杨柳。茅竹参差点群山，一小湾旋曲曲走。此乃仙翁得道处，怪来青景世罕有。有时犬吠水声中，有时猿啸山前后。道人采药未归来，芦烟袅袅不旁纽。杯盘狼藉酒既酣，半壁夕阳红影厚。村南村北暮烟起，村北村南鸡唤酉。相游携手赋归来，来年还有九月九。今年九月思前事，未识君怀忆我否。（注：费宏，铅山人，明大学士，内阁首辅。）

从以上行文，此处是将这首诗铁定为费宏所作。但检索费宏文集，并未见有登载，府志、县志、宗谱也不曾载。初疑是为费宏佚文，但又觉诗的风格、品位颇不类。细读数过，这诗文又似曾相识，百思终不得要领。嗣后笔者在编修《鹅湖横林费氏宗谱》时，方知此诗早已在该谱清光绪版、民国版、1992 年版登载，现又录在 2013 年版《鹅湖横林费氏宗谱》第二十五《诗赋》第 144 页，但却不是费宏的诗作，而是为费氏后人费文烈所作。文烈是鹅湖横林费氏第十二代裔孙，字扬武，号逸斋，清顺治十八年（1661）生，康熙三十七年（1698）拔贡生，雍正三年（1725）任建昌泸溪县教谕。从内容上看，此诗当作于泸溪任上。现亦为辨析计，将此诗全文照录，以便对照：

九月九日忆旧拟寄湖坊诸友题泸溪官署

逸斋公（费文烈号）

去年此际九月九，选胜登高携胜友。殽核杯盘肃整齐，三五良朋同握手。拣得高峰最高处，席地铺毡来摆酒。呼卢喝雉相唱饮，一吸西江几百口。青眼高歌望四山，青山万叠群稽首。雅座高谈惊四筵，霏霏玉屑盈怀肘。果然呼吸通帝坐，伸手可接牛与斗。绿竹丹枫杂锦绣，淡黄堤畔有杨柳。茅屋参差点众山，一水湾旋曲曲走。此乃仙翁得道处，怪来青景世罕有。有时犬吠水声中，有时猿啸山前后。道人采药未归来，炉烟袅袅不旁纽。杯盘狼藉酒既酣，半壁夕阳红影厚。村北村南暮烟起，村南村北鸡唤酉。相邀携手赋归来，来年还有九月九。今年九月思前事，未识君怀忆我否。犹喜长房人事健，登高仍把茱萸酒。

对照二诗，除标题、署名不同和删除了原诗最后二句"犹喜长房人事健，登高仍把茱萸酒"外，其余诗句的结构、句式完全相同，诗文也绝大部分相同，足见是为同一首诗。然诗文在转录时，也出现了一些有意或无意的改变，如首句将"去年"改为"今年"；第三句将"整齐"误为"正齐"；第四句将"同握手"改为"齐握手"；第六句将"毡"改为"毯"；第七句将"呼卢"误为"呼芦"，将"相唱饮"误为"相喝饮"；第十句将"青山"改为"群山"，将"群稽首"改为"相稽首"；第十二句将"盈怀肘"误为"乃怀肘"；第十三句将"果然呼吸"改为"呼吸果然"；第十五句将"丹枫"误为"彤彤"；第十七句将"茅屋"误为"茅竹"，将"众山"改为"群山"；第十八句将"一水湾旋"误为"一小湾旋"；第二十四句将"炉烟"误为"芦烟"；第二十七句将"村北村南"改为"村南村北"；第二十八句将"村南村北"改为"村北村南"；第二十九句将"相邀"误为"相游"。这些改动，不说使诗句变得莫名其妙、不知所云，就是整诗的格调、韵味，与费文烈原诗相比也就高下立见，更不用说是状元宰辅费宏之作了。综上所述，此诗原实为费文烈所作，被移花接木为费宏诗作，是一首不折不扣的假冒费宏诗文。诗中的一些变动，实属不经，不仅有损费宏的诗名，对原作者亦甚为不敬。

（二）费宏是否首开葛仙祠"开山门"之规

第四章《道释活动》第一节《典祀》第77页载："明正德十二年（1517）五月，铅山县籍内阁首辅费宏在葛仙山扩建葛仙祠告峻（注：疑为"竣"之误）后，为纪念新建的大葛仙殿落成，由地方官史（注：疑为"吏"之误）、士绅等陪同费宰相兄弟、亲属一行于是年农历六月初一日登临葛仙山，在葛仙祠中隆重举行盛大的祭祀仪典和斋醮法事。自后，每年六月初一日，铅山及周边县令、士绅、名流都要循例登山祭祀。……于是六月初一日遂成为'开山门'之成规。"第九章《大事记》第214页又载："明正德十一年（1516）农历三月初八日，大学士、内阁首辅费宏与县令张大鹏议定扩建葛仙祠事宜。明正德十二年（1517）农历五月，葛仙祠扩建工程告竣。祠门为八卦形石门，大殿及附属建筑占地近500平方米，为原祠数倍。更名'大葛仙殿'，费宏亲书匾额悬挂殿首。为纪念大殿落成，费宰相兄弟一行由地方官吏及仕（注：疑为"士"之误）绅陪同，并于六月初一日登山祭祀。"这里两处均把费宏在正德十一、十二年参与葛仙殿扩建事宜，并首开葛仙山"开山门"之规作为史实记载了下来。然而考之史籍，事实却不然。笔者虽学业粗疏、孤陋寡闻，但因著述需要，翻检国史、方志、宗谱、杂志及明人著作中有关费宏的内容亦还算用力，然至今仍尚未发现有关费宏上葛仙山的内容，真不知其取自何方、所据何典？况此事揆之事理，亦大相径庭、荒诞不经。

首先，正德十二年（1517）费宏还未任首辅，只是致仕家居的内阁大学士，其任首辅是在此后七年的嘉靖三年（1524）。

其次，费宏学术醇正，一生笃信、力行正统的儒家思想，不事旁门左道，这在他的政治活动和学术著作中均有大量明确的记载。如他在京为官时，一次路过西城的灵济宫，面对一边达官贵人花巨资修造寺观，一边天下疾苦、百姓遭殃的残酷现实，愤然写下了七言古体诗《过灵济宫》。（注：此诗载《费宏集》卷2第48页）诗中在对灵济宫极尽侈靡的富丽堂皇做出讽刺性的描述后，强烈地抒发了他内心的愤懑："乃云二阙在清都，能与苍生造冥福。谁知无益只劳民，骨间推髓心剜肉。神输鬼运谅未难，即使为之应夜哭。忆昔鸠工庀材日，健卒颓肩车折轴。是时秦晋正疾苦，不雨经时巫可暴。爷娘食子夫食妻，米石宁论钱一斛。地下真应有劫灰，人间忍见生妖木。星摇石语皆缘此，下土狂夫谓神酷。神亦何心人自愚，以此事神诬且渎。谁能因鬼见上帝，流涕长吁一披腹。移取寸椽并片瓦，已堪覆庇逃亡屋。百金可惜台可无，薄己忧民除秘祝。归来偶读《汉文纪》，稽首吾君继芳躅。"对民间苦难的痛惜，对权贵迷信的憎恶，浩然正气，可透纸背。又如嘉靖二年闰四月五日，为谏阻嘉靖帝在宫中大行斋醮之举，与杨廷和等同上《慎选左右停斋醮疏》，（注：此疏载《费宏年谱》第549页）切指"斋醮之事乃异端邪说，诳惑时俗，假此名目以为衣食之计。佛家三宝，道家三清，名虽不同，其实同一虚诞诬罔，圣王之所必禁。在昔，梁武帝、宋徽宗崇信尊奉，无所不至；一则饿死台城，一则累系金房；庙社丘墟，生灵涂炭，求福未得，反以召祸，史册所载，其迹甚明。若使二君当时左右随侍皆得正人，何至受祸如此哉？二君且未暇详论，只如近日，刘瑾建元明宫、钱宁建石经山祠、张雄建大慧寺、张锐建寿昌寺、于经建碧云寺、张忠建隆恩宫，所费金银不可胜计；其心本欲求福也，然皆身被诛窜，家底败亡，略不蒙佛与天尊之庇佑。由以观之，则不足信也明矣。夫何谗邪小人，公肆眩惑？不遵祖宗法度，不畏天下议论，致使宫闱之内修建斋醮，万乘之尊亲莅坛场，上惑宸聪，下诳愚俗。以为福田可种、利弊可近、灾患可除、祥瑞可致，不知年来远近亢旱、风霾变灾，彼何不诵一经、念一咒以消弭之乎？南北直隶、山东、河南流贼往来焚劫，彼何不驱神兵、役鬼将以扫平之乎？陛下试以此验之，则其无益有损不待辨矣"。这是何等的言辞确凿、立场鲜明，又是何等的雄辩真挚、不可置疑，足以说明费宏的思想与佛老之道是格格不入的。很难想象如此义正词严劝阻嘉靖帝迷信斋醮的费宏，前此七年竟是曾经那样热衷于葛仙山的宗教活动，简直是判若两人。难道是费宏的人格分裂，抑或其前后不一？否，前举二例一在正德十一年前，一在正德十一年后，可见费宏思想纯正、不事邪说是一贯的、坚定的。况这一活动此前并未发现有何文献记载，只凭今人之臆测而杜撰为信史，不足为训。

再次，在这一时间点，费宏兄弟正在经历着其人生最大的灾祸困厄。由于费宏从弟费寀的夫人娄氏，与宁王妃是亲姐妹，宁王朱宸濠欲利用这层关系，拉拢时为内阁大学士的费宏在朝中助他实现篡位的野心。而费宏洞悉宁王在江西残害百姓、荒淫无耻的种种恶行，为维护国家安定统一，避免乡梓惨遭涂炭，坚定、明确地反对恢复宁王的护卫，以遏阻其叛乱阴谋，并因此得罪朝中权贵；正德九年（1514）被迫致仕归乡，家居后又多次婉拒宁王的威逼利诱。宁王恼羞成怒，嗾使铅山奸人李镇等暴力围攻费氏；正德十二年春（1517）又遣校尉三人押发李镇等作乱，焚费氏横林屋舍、杀费氏族人，费宏兄弟被迫避入县城；三月八日，李镇等又攻入县城（注：今铅山县永平镇）作乱，费宏一从兄被害，只得又避入府城（注：今上饶市）；六月十四日，李镇等发掘费宏母余太夫人墓，剖椁破棺，遗骨不存；七月十三日，又发掘焚毁费宏祖父母合葬墓，棺椁尸骸悉为灰烬。费宏惟叩地号天，抚膺痛哭，无奈即派胞弟费完、从子费懋中赴京控诉；而朝廷和地方官员却碍于宁王，对此态度暧昧，故迁延至正德十三年（1518）九月，才将这一叛逆剿灭。即便如此，宁王宸濠仍还对费氏虎视眈眈，直至正德十四年（1519）宁王之乱被平定后，费宏及其族人才得以转危为安。费宏在平叛后致书江西巡抚王守仁称："逆党渐灭，乃有宁居。"又在答广信府推官严铠书中称："寒家受害最深，贱兄弟久处危疑之地，惟其败之不速是惧。"费寀在其著作中亦有相似记述，由此可以想见，前此几年费宏及其族人是何等的颠沛流离、惶惶不可终日，处此危境，应该不太可能有闲情逸致来参与这种与己格格不入的宗教活动。况费宏的著作及其他史料中只有其在此期间避入县城、府城的记述，并不言及携家人上葛仙山避难之说，依以上史料推断，这个时间点费宏及其家人应在府城上饶避难。退而言之，即便把这当成个传说，也应稍合情理，切不可子虚乌有、凭空杜撰。然而笔者幼时在乡倒确也曾听到过一则关于费宰相与葛仙山的传说：说的是费宏一日欲上葛仙山游览，却怎么也上不了山。这时山上传下葛仙翁的一书意旨，意为费宏不应穿牛皮靴上山。费宏当即在来书绢帛上写道"你是天上一相，我为人间一相；你打得牛皮鼓，我就穿得牛皮靴。"须臾，葛仙山上的牛皮鼓就滚下了山。从此，葛仙山上打的就是夏布鼓，至今亦然。这一传说倒是有点靠谱，也与费宏的思想和风格较为贴切。

（三）夏言是否在嘉靖十五年议定葛仙山关山门之规

第四章《道释活动》第一节《典祀》第78页载："明嘉靖十五年（1536）秋末，费宏薨于京城任所。继任首辅夏言（贵溪人）奉旨护送费宏灵柩归里。事毕登临葛仙山朝谒、观光。时序（注：疑为系之误）初冬，山间早寒，朝山进香者日渐稀少。夏宰相乃与道观住持商议，定于农历十月初一日关山门，以整理祠务。"第九章《大事记》第214页又载："明嘉靖十五年（1536）内阁首辅夏言奉旨护送费宏灵柩归里，趁便登葛仙山观光，撰词《沁园春·登葛仙山飞升台》，并捐藏金若干铸葛仙翁像，以崇奉祀。时序（注：疑为系之误）初冬，香客游人渐稀，夏言乃与庙方议定：每年农历十月初一日关闭山门。"这里亦是把夏言于嘉靖十五年在葛仙山议定关山门之规作为史实予以记载，可这同样也是不正确的。

首先，此处有几条史实有误：据众多史料，费宏逝于嘉靖十四年（1535）初冬的十月十九日，而不是嘉靖十五年（1536）秋末。夏言也不是继费宏为首辅者，继任者是李时。不管是十四年初冬，还是十五年秋末，夏言都还只是礼部尚书，并不是内阁大学士，更不是首辅，其在十五年闰十二月才以礼部尚书兼武英殿大学士入阁，继李时任首辅则是在嘉靖十七年（1538）十二月后。

其次夏言并未奉旨护送费宏灵柩归里。《费宏年谱》第782页载，费宏于嘉靖十四年十月十九日夜逝于北京首辅任上，二十五日礼部尚书夏言奉嘉靖帝旨意到京城费府谕祭。费宏卒后，嘉靖帝"诏赠太保，谥文宪，祭葬如例，遣官护其丧归"。至于所遣之官为何人，未见有确记。那会不会是夏言？这可从两个方面来探讨。一是据明代大量史料记载，按当时的规制，像费宏这种一品大员归葬故里，护丧的官员应是部属主事之类的七品官员，当时即使是治亲王之丧也就是这个规格，不可逾越。费宏之丧是"祭葬如例"，当然也就不会出格到派礼部尚书夏言这位二品大员的份上，也未发现有文献记载此事。之所以存此误会，笔者以为可能是有人见《鹅湖横林费氏宗谱》中有夏言奉旨谕祭费宏的祭文，就误以为夏言是到铅山谕祭，却不审该祭文开头就写明"嘉靖十四年十月望后越有十日丁酉，赐进士、荣禄大夫、少保、太子少保、礼部尚书夏言奉旨谕祭"。足见该祭文是于费宏逝后几日在京所祭，而费宏之丧是嘉靖十四年底抵达故里，翌年正月安葬于祖居横林之东首。另一方面，以当时的交通条件，夏言从京城到铅山，来回至少要三四个月；何况此处又记其在嘉靖十五年初冬的十月登上葛仙山，议定十月初一关山门之规，这样就前后离京近一年了。只要考证一下这段时间夏言的行止，就可印证事情的真伪了。这段时间夏言助嘉靖帝制作礼乐、更定祀典，君臣二人关系正处在蜜月期，超铁超瓷；帝屡有赏赐，言频疏谢恩。据《明史》卷196《夏言传》第5193页载：嘉靖帝"制作礼乐，多言为尚书时所议，阁臣李时、翟銮取充位。帝每作诗，辄赐言，悉酬和勒石以进，帝益喜。奏对应制，倚待立办。数召见，诹政事，善窥帝旨，有所傅会。赐银章一，俾密封言事，文曰'学博才优'。先后赐绣蟒飞鱼麒麟服、玉带、兼金、上尊、珍馔、时物无虚月"。对此，《夏桂洲先生文集》卷15《谢疏》记载的更为详尽，现将其中这段时间有关谢疏的标题摘录如下：嘉靖十四年十一月初一日"谢赐新历疏"；十一月初二日"谢赐红柿疏"；十一月初九日"谢赐撰乐章、致语银两表里疏"；十一月十一日"谢赐册嫔祭告祖考脯醢酒果疏""谢赐烧割点心票酒疏"；十一月十五日"谢赐内殿告请皇祖配神祭品疏"；十二月二十八日"谢赐殿陛露祷筵豆疏"；十二月三十日"谢赐腊酒疏"；嘉靖十五年正月十五日"谢赐元夕园子诸品疏"；二月二十二日"谢赐烧割票酒疏"；二月二十六日"谢赐册嫔礼成酒饭疏""谢赐谒告内殿脯醢笾豆疏"；三月初四日"谢赐祭帝社稷笾豆疏"；三月十一日"谢赐告先圣先师脯醢酒果疏"；三月十五日"谢赐扈从谒陵罗衣鸾带花绦绣袋银瓢刀箸疏"；四月十八日"谢赐青飞鱼大红纱黄飞鱼青纱翠蓝云纱镀金银瓢疏"；五月初九日"谢赐上武陈式红纱衣一袭银四十两疏"；五月十三日"谢赐川扇十二疏"；五月十四日"钦制诸制度告祭列圣谢赐祭品疏"；五月十七日"奉建慈庆慈宁两宫告闻祖考谢赐脯醢酒果疏"；六月初九日"谢赐小署节银铰画骨川扇并十二香茹疏"；六月二十四日"谢钦赏鲥鱼疏"；六月二十五日"谢赐药裹疏"；七月廿八日"谢赐皇史晟赏银帛疏"；八月初六日是"谢赐帝社帝稷笾豆祭品疏"；八月初九日"谢赐万寿节祭告祭品疏"；八月十五日"谢赐诞皇女花银紵丝及御馔酒饼疏"；八月十八日"谢赐祭品酒醴醮疏"；九月初三日"谢赐安列圣御像银及红绿罗疏"；九月初四日"谢遣中使问疾并赐猪羊米酒酱菜疏"；九月初八日"谢赐册封贵妃等妃告祭脯醢酒果疏"；九月初九日"谢赐册封妃嫔率见祖考酒果脯醢疏"；九月二十一日"谢赐视工白银紵丝疏"；九月二十四日"谢赐亲和药剂并示调煮法疏""谢赐圣母所颁金币疏"；九月二十八日"谢赐告闻内殿祭品疏"；九月二十九日"谢赐烧割并酒疏"；十月初六日"谢诞生皇嗣召赐簪桂花红及赏白银白紵丝疏"；十月初九日"谢登告圆丘牛犊天神地祇果酒脯醢疏"；十月十五日"谢赐奉荐内殿新稻米饭疏""谢赐烧割票酒疏"；十月二十七日"谢赐寒月随行银段绢疏"（嘉靖十五年十月二十七日夜二鼓该文书房官张资传奉圣上寒月赐随行文武大臣三人各银四十两段二疋绢二疋）；十一月初一日"谢赐看历散历疏"；十一月初六日"谢召谢酒馔示御笔诗并赐银疏"；十一月十五日"谢赐柿疏""谢赐烧割长春酒疏"；十一月二十日"谢赐请皇祖配神奠品疏"；十一月二十九日"谢赐酒馔并烧割票酒疏"；十二月初八日"谢赐祭告脯醢酒果疏""谢赐奉安太祖神主祭品酒醴"；十二月二十四日"谢赐祭告脯醢酒果并酒馔疏"；十二月二十五日"谢赐祭告脯醢酒果疏"；十二月二十六日"谢谕元子命名剪发赐银段疏"；十二月二十七日"谢赐祭告考庙脯醢酒果疏"。从这些谢疏里我们可以看出，嘉靖帝这段时间对夏言的赏赐不仅"无虚月"，且很多月份不止一次，最多的一月竟有六次；有时一日竟赏赐数下。这说明夏言自嘉靖十四年十一月直至十五年整年都在京城，随侍在嘉靖帝左右，根本不可能护送费宏灵柩返乡，更不可能在嘉靖十五年十月上葛仙山定什么关山门的规制。

（四）夏言在嘉靖三十年不可能夜宿上饶驿馆

第七章《传说》第 192 页《撞头石和娘殿》称："明嘉靖三十年（1551），内阁首辅夏言返京，夜宿信州（上饶）驿馆，梦中仿佛重登葛仙山。"

据《明实录》卷 341 第 6202 页载，夏言已于嘉靖二十七年（1548）十月初二日被嘉靖帝下令杀于北京，他怎能在三年后的嘉靖三十年（1551）又来到上饶？另据《上饶市志》卷二十九《文物》第 549 页载，嘉靖帝在嘉靖十三年（1534）就赐夏言在上饶建第宅"宝泽楼"，至今上饶仍有"宝泽楼""白鸥园""八角塘""大公厂""相府路"等与夏言府第有关的地名。既如此，他到上饶为何还用夜宿驿馆？当然，这不是史料，不过是则传说而已。既然是传说，对时间大可不必表述得如此明确精准；然而即便是个传说，总也不宜出现让往生者还在世间活动之类太不靠谱的杜撰吧。

二、《铅山县志》南海出版公司1990年版

致铅山县方志办书

铅山县方志办、陈主任：

　　欣闻重修《铅山县志》，谨将在查阅应用1990版县志时所遇到的有关问题作综述如下：

　　1. 第10页"大事记"元至正二十年条："土溪李谨斯庚子殿试第一"；第710页李谨斯传亦称其"元至正二十年（1360）状元及第"。据《元史》卷45《顺帝本纪》及《中国历代文状元》第249页，元至正二十年（1360）右榜状元买住，左榜状元魏元礼，并无李谨斯之名。且明嘉靖四年《铅山县志》（以下简称嘉靖志）科举名录也未载此人；1990年县志表二第735页《人物表》元代栏中也未载；但清乾隆四十九年《铅山县志》（以下简称乾隆志）卷3《古迹》记有"状元笔：百里三状元：三十里至孤溪寨，初落宋状元刘辉；三十里至土溪，中落元状元李谨斯；三十里至柴家埠，末落明状元费宏。詹如锡诗：千秋巨笔五云中，日染烟霞淡复浓。风月文章书不尽，只今犹说状元峰"。卷九《选举》元代进士栏下载有李谨斯，记作"庚子殿试第一，有传"；而此志卷十《人物》传元代栏记有"李谨斯，弱冠颖异，七岁能文，元至元庚辰科状元及第，以非色目人置之。归家杜门，诗文自娱，四方文士皆不惮远涉，从而问字，得其一篇之贻，若加衮焉。著有《元逸民传》"。同一本县志，李斯谨中状元，一会儿庚子（元至正二十年，1360），一会儿又是元至元庚辰（六年，1340），毫无准信。据《元史》等有关资料，元至元庚辰（至元六年，1340）并未开科取士。且上引文中亦称"以非色目人置之"，显然并未真按殿试第一而状元及第。然而元代左榜状元皆汉人，元至正二十年有左榜状元魏元礼，并未"以非色目人置之"，怎么同年的李谨斯会"以非色目人置之"呢？可见此传闻的可信度不高。又清同治十二年《广信府志》（以下简称府志）卷7《选举》进士元代栏称："按前县志元进士惟载李谨斯一人，今考《通志》未载，故阙之。"综上所引资料，有待进一步作综合分析研究，故此条及李谨斯传均不可不慎，或可以他种形式表述为好。

　　2. 同上页成化二十三年条："烈桥费宏会试中式丁未状元。"据《太保费文宪公摘稿》及《鹅湖横林费氏宗谱》（以下简称宗谱），费宏成化丁未中状元时，还是合

族聚居横林。直至二十八年后的正德十年，仍在横林新筑至乐楼。次年因宁王朱宸濠嗾使李镇等作乱，横林室庐被焚毁；乱后乃与弟费完迁居清湖，直至嘉靖十年才另卜居烈桥；此时离其中状元已过去44年，故费宏中状元时应称为横林人。另据明代科举制度，会试中试者为贡士，第一名为会元；殿试第一名者方为状元。此处或将"会试"删除，或将"会试"改为"殿试"。

3. 同上页正德十年条："铅山县农民周、吴、李举行起义被镇压。"据史料，此处周即周伯龄，吴即吴三八，李即李镇，亦称李式拾柒。此事《明通鉴》《明大政记》《明史纪事本末》《国榷》《太保费文宪公摘稿》、宗谱及本县志卷34《费宏传》中均有记载。《明武宗实录》卷166将此事较为详细的总记在正德十三年九月十六日条："九月癸丑，江西铅山民李镇、周伯龄、吴三八作乱，平之。初，宸濠以大学士费宏持护卫之议，既家居，犹怨之不已，欲甘心焉。宏族人有与三姓讼者，濠乃令黠吏毛让诱致之，密谕以意，俾专贼宏。于是三姓者恃濠，遂寨险作乱，日寻干戈。费氏举族避之县城中，伯龄等率众斩关而入，破县狱大索，执所与讼者支解之，宏亦几不免。守巡官以下畏濠，置不问。三姓势益张，众且三千。遂发宏先冢，备极惨毒。复劫掠乡民二百余家，远近骚动。宏遣人奏诉于朝，下巡抚都御史孙燧等议处。燧以屡抚不服，请用兵，乃调饶、信官、民兵，檄副使王纶剿之。镇等列阵拒敌，久之乃克。镇就缚，伯龄解甲降，三八走匿濠府。诸俘获者，纶希濠旨，多所放纵。及狱上，论斩者止三十人。濠复欲脱镇，燧觉，乃榜杀之，余皆瘐死，或从濠反，歼于阵，竟未肆诸市者。濠败后，三八走匿福建，捕得乃毙于狱，阖境快之。"此事详细经过请参考拙作《费宏年谱》第392、405、408、410、411、413、424页。综上所述，建议此事可记在正德十三年条："宁王朱宸濠因大学士费宏力阻其叛乱阴谋，嗾使铅山县民李镇、周伯龄、吴三八作乱，啸众三千，戕贼费氏，焚庐发冢，攻破县城，且劫掠乡民二百余家。远近骚动，迁延三年，至此被讨平，合境快之。"

4. 第576页载费宏书启一篇，觉有错字、错断句、错标点等情。据《太保费文宪公摘稿》卷15，标题中"王阳明"当作"王公"；"宸濠"当作"逆藩"。该页倒数第8行"当机能断"，"机"当作"几"。倒数第6行"渐于侵乎国柄"，"于"当作"干"。倒数第五行"残害大臣"，"残"当作"戕"。倒数第1行"可浸微浸灭"，"可"当作"而"。第577页第1行"无奋激之波"，"奋"当作"喷"；"冰霜积严凝之气"，"冰霜"当作"霜露"。第四行"扫除氛祲"，"祲"当作"祲"。第7行"幸遂底平"，"平"当作"宁"。第576页倒数第9行"遂平吴楚之乱""乃成淮蔡之勋"，"吴楚""淮蔡"间皆应加顿号。倒数第8行"久蓄异志"后，逗号改句号；"望迷四海"后，句号改逗号。倒数第7行"但知蛙井之为尊"后，逗号改分号；"诎意虎关之难叩"后，逗号改句号；"暴甚豺狼"后，逗号改句号。倒数第6行"或举室尽遭其屠戮"后，句号改分号。倒数第5行"肆丑诋以讪侮朝廷"后，逗号改句号。倒数第 2 行 "埶扑燎原之火" 后，逗号改分号；"而不震不惊" 后，句号改分号。第 577 页第 1 行 "国法正而逆类潜消" 后，分号改逗号。第 2 行首句应断为 "天步安而太平永享。欢腾列郡，荷救焚拯溺之仁；"第 3 行 "此盖大提督中丞阳明王公" 后应加一逗号；"讲圣贤之正学" 后，逗号改句号。第 4 行 "精诚遂格于神明" 后，逗号改句号；"战则必克" 后，逗号改句号。第 7 行 "已为迁避之图" 后，逗号改句号；"敢忘大惠" 后，逗号改句号；"每怀愿助之私" 后，句号改分号。

5. 第 585 页关于费宏等人的著作：倒数第 2 行《文宪摘稿》，当作《太保费文宪公摘稿》；经查，厦门大学图书馆并未存此书的明嘉靖刊本，而是存有 1970 年台北文海出版社影印的嘉靖本。倒数第 1 行《宸章录》，当作《宸章集录》；厦门大学图书馆亦未存此本。第 586 页第 1 行《遗德录》，厦门大学图书馆亦未存此本。第 2 行《惭慢录》，当作《自惭漫录》或《自惭漫稿》。第 3 行《钟石集》，作者应为费寀，而非费宏。第 8 行《南官奏议》，当作《南宫奏议》。第 18 行 "费伟之"，当作 "费炜之"。第 20 行 "费懋文"，当作 "费定之"。第 24 行《冕采馆集》，当作《毳采馆集》。据《明史·艺文志》《四库全书总目提要》《艺文志二十种综合引得》《中国古籍善本书目》《千顷堂书目》《同治广信府志》及 "宗谱" 等所载，费宏的著作有：《太保费文宪公摘稿》二十卷，明嘉靖三十四年刻本，存中国科学院图书馆、故宫博物院图书馆、南京图书馆、上海图书馆、甘肃省图书馆、重庆市图书馆、威海市文登区图书馆、台北中央图书馆，现已录入台北《明人文集丛刊》第一辑、《续修四库全书》第 1331 册。《明太保费文宪公文集选要》七卷，明崇祯刻本，存北京大学图书馆，现已录入《四库全书存目丛书》集部第 43 册。《宸章集录》，天一阁钞本，存北京大学图书馆，现已录入《四库全书存目丛书》集部第 292 册。《费宏文集》二十四卷，已佚。《鹅湖稿》二十卷，已佚。《武庙初所见事》，已录入《太保费文宪公摘稿》卷 20。《湖东集》，已佚。《遗德录》十八卷，已佚。《自惭漫录》，已佚。《武宗实录》《武宗宝训》为费宏主修，已录入《明实录》。《睿宗实录》《睿宗宝训》为费宏主修，不见传。费寀的著作有：《费文通公集选》，明费懋谦刻本，存北京图书馆。《明少保费文通公文集选要》六卷，明崇祯刻、清印费文宪、文通公合集本，存北京大学图书馆，现已录入《四库全书存目丛书》集第 67 册。《费寀集》四卷，已佚。《忧患稿》，已佚。《归闲稿》，已佚。《金陵稿》，已佚。《燕台稿》，已佚。《南宫奏议》，已佚。费懋贤的著作有：《礼部集》四卷，已佚。费懋文的著作有：《望湖漫稿》，已佚。费懋谦的著作有：《青溪诗社集》，已佚。费炜之的著作有：《筠雪楼稿》，已佚。费定之的著作有：《管豹篇》，已佚。费元禄的著作有：《甲秀园集》四十七卷，明万历三十五年刻本，存上海图书馆、北京大学图书馆、湖北省图书馆、中山大学图书馆，现已录入《四库禁毁书丛刊》集部第 62 册。《甲秀园集》二十四卷，清道光四年刻本，存铅山县图书馆、河南省图书馆。《毳采馆清课》明万历刻本，存北京图书馆，现已录入《丛书集成》及《四库全书存目丛书》子部第 118 册。

《转情集》二卷，明刻本存中国科学院图书馆、南开大学图书馆、浙江省图书馆；清康熙九年刻本存辽宁省图书馆、山东省图书馆、吉林大学图书馆、铅山县图书馆。《四书五经翼》，已佚。《历朝史乘补遗》，已佚。《诗学别记》，已佚。另，志书《勘误》表第二页，在对第586页的勘误中称："第10—16行中的'张祐'均应为'张祐'。"此实误，据本县志第735页《人物表》及《汭川张氏家谱》，均应为"张祐"，此勘误可删除。

6. 第414页《元代知州和明、清代知县名单》第13行"邱木"，嘉靖志记作"丘木"，乾隆志、清同治十二年《铅山县志》（以下简称同治县志）均记作"邱禾"。此人名"木"还是名"禾"，尚未可遽断，但姓却是显误。此人为明洪武间铅山知县，据《清史稿》等所载，清雍正三年，清世宗雍正皇帝为尊崇孔子，强令避孔子讳，除《四书》《五经》外，凡遇"丘"字，并加傍旁作"邱"，至此始有"邱"字。此前并无此字，更无此姓。故明志作"丘"，清志作"邱"。辛亥革命后，很多文人志士将姓改回为"丘"，也有很多人不明就里，因袭"邱"姓，故现在"丘""邱"二姓并行。当然，此处应是沿袭清代县志所记，但明代确无邱姓；故对历史人物，为尊重历史计，清雍正以前的应作"丘"，此后的可视实际情况二姓并用。故此人应姓"丘"。同理，此页《宋代知县名单》第二行"袁邱贺"应作"袁丘贺"；第415页第28行"邱达道"应作"丘达道"。第415页第一行"祝允行"，明嘉靖县志、清乾隆县志和清同治府志皆作"袁允行"。另此名单中宋、元、清人物仍有一些错漏，请对照清康熙二十七年《江西通志》（以下简称通志）府志及历代县志逐一检查，恕不赘举。

7. 第734页《人物表二》宋代栏第11行施师点，记作"绍圣二十七年进士"。据查绍圣为宋哲宗年号，只有5年，此记显误。且嘉靖志、乾隆志均不载此人；通志在卷16"荐举"中记其为上饶人，而在卷17宋绍兴二十七年进士中又记其为铅山人；府志在宋绍兴二十七年进士中将其记为广丰人；1992年《上饶县志》和1988年《广丰县志》在人物表中均记有此人，可见其为铅山人的可能性不大，当谨慎考定才是。第14行叶涤，嘉靖志、乾隆志均不载，府志在宋进士栏中称"按，县志载叶涤官户部郎中，通志、前郡志不载，故阙之"；愚以为此处亦当慎重。第20行张宏休，嘉靖志、乾隆志均不载，府志宋进士栏中有"按，新县志载张宏休，通志、前郡志不载，故阙之"；第22行赵善邻，府志、乾隆志均记作赵善麟，似当以此为是。又有第1行虞肃、第23行黄鸿举、第36行赵崇槭、第37行赵崇榍，嘉靖志均不载，乾隆志除黄鸿举外其他亦不载，府志不载黄鸿举，通志将黄鸿举记作贵溪人，府志、通志将赵崇槭、赵崇榍均记作广丰人；府志在宋进士栏中记有"按前县志所载宋进士虞肃、汪涓、赵不逸，通志未载，又黄鸿举系贵溪人，赵崇槭、赵崇榍系永丰人，故阙之"；1988年《广丰县志》在进士表中亦载此二人，故均当慎。嘉靖志宋代举人记有"费禾，字耕道，仁义乡人，咸淳间中，任弋阳县尉"；乾隆志宋代举人记有"费禾，咸淳癸酉科，仁义乡人，任弋阳县尉"；通志有此记载，但记作"费木"；府志亦有此记载，但记作"费和"并注明"通志、县志名禾"；故可据此补记"费禾，仁义乡人，咸淳九年举人，弋阳县尉"。第735页明代栏第1行辛祐，嘉靖志作"期思渡人"，此处空白，似可据以补之。第3行"费渲"，当为"费瑄"之误；又将其出生地记作宝峰，实误，其生卒均在横林，只是后裔分支迁居宝峰，故应记为横林人。第5行万廉"大理寺正寺"，而嘉靖志记作"升金事"，乾隆志在述其历任大理寺评事、寺副、寺正后，记作"擢广西金事"。故此处似当记为"广西金事"。第10行詹士龙，据通志进士表，其为"永丰人，官应天府尹"；府志进士表亦将其记在广丰栏中；1988年《广丰县志》人物表亦记有"詹（误作占）士龙，明万历间进士，淮安知府"；不知此处据何记为铅山人？愚以为可能是因府志在进士栏名单中，广丰列第三栏，铅山列第四栏，检索易误所至。第13行胡梦泰任职"唐县、兵科给事中"，据乾隆志卷10胡梦泰传所载，其由唐县知县升任兵科给事中，故任职地"唐县"似可删除。第26行费诚"成化四年举人"，据嘉靖志及乾隆志，均记为成化七年举人，费宏著作中所记亦同，故似可据此改为"成化七年举人"。倒数第6行黄仕隆，出生地点空白，据乾隆志作折桂坊人，似可据此以补。倒数第2行黄缥，乾隆志有此人，但注明"通志缺载"；府志在嘉靖十九年举人栏中，将其记在府学中式，注明为"弋阳人，县志名琜（去王旁加纟旁），青田知县"，又在同科铅山栏记有"前县志载黄缥，通志不载，故阙"；清乾隆四十九年《弋阳县志》举人栏中亦记有此人；对此似当慎之。倒数第1行方朴，任职地记作"桐梁"，查无此县名，据府志所记，当为"铜梁"之误。第736页第1行费懋甫，任职地点、职务作"密云、守备"。乾隆志卷10在其传中称："录其功补密云守备，隆庆丁卯擢四川署都指挥金事"；宗谱称其职为"四川都指挥司"。愚以为当以乾隆志所述为是，作"四川、署都指挥金事"。第5行张宪明，任职地记作"海澄"，而通志、府志均记作"澄海"；查二县一在福建，一在广东，似当以通志、府志所记为是。第10行戴天园，园应作圆，不可简化为园；另通志、府志、乾隆志均记作大圆，似当以此为是。第15行陈回，出生地空白，据嘉靖志可记作"西溪"。第16行吕大希，职务记作"兵部给事中"，据嘉靖志、乾隆志，可改作"兵科给事中"。第25行李士诚，嘉靖志、乾隆志均作"李自成"，似当以此为据。第27行江渊，出生地空白，据嘉靖志、乾隆志可作"湖坊人"；其职务记作"吏部尚书"，据查明代吏部尚书并无江渊，只有一工部尚书江渊，江津人，宣德五年进士；嘉靖志记作"山西王府审理副"，而乾隆志记其后"推吏部侍郎兼学士，充辛未会试考试官，迁尚书"，不知所据为何？似当以嘉靖志所记为是。第33行汪恂（嘉靖志作江恂），出生地空白，可据嘉靖志、乾隆志记作"湖坊人"。第37行周明，其任职地记作"洽江"，与乾隆志同，而嘉靖志记作"合江"；查无洽江县，只有合江县，故当以嘉靖志为据改。第38行胡仕宽（嘉靖志、府志、乾隆志均记作胡宽），出生地记作"芙蓉村"，嘉靖志记作"徐家坂"；

科名记作"景泰三年选贡"，嘉靖志记作"景泰六年贡"，府志、乾隆志均记在天顺六年下；职务记作"知县"，而嘉靖志、府志、乾隆志均记作"县丞"；综上，似可据此改作"胡宽，徐家坂，天顺六年选贡，临武，县丞"。第39行胡奎，出生地记作"芙蓉村"，嘉靖志、乾隆志均记作"徐家坂"，似可据此改。第40行康宁，出生地记作"前湖塘"，嘉靖志记作"泉湖塘"，乾隆志记作"湖坊"；职务记作"州同"，据嘉靖志当作"州同知"。第41行欧阳珉，记作"天顺六年岁贡，乐平县，知县"，乾隆志与此同，府志也记为天顺间贡生，乐平知县，而嘉靖志记作"景泰六年贡，平乐县，知县"。查清同治十一年《饶州府志》，明乐平知县无此人，似当以嘉靖志所记为是。第42行黄盛，任职地点空白，据嘉靖志、乾隆志，可记为"南京"。第43行彭信，职务记作"州同"，据嘉靖志作"州同知"。第46行郭进，乾隆志同，而嘉靖志记作"郭琏"，府志记作"郭连"。第47行何纶，记作"弘治十三年岁贡"，嘉靖志、乾隆志均记作"弘治十二年贡"。第737页第5行胡银，记作"嘉靖二十四年岁贡，贵阳教授"，府志、乾隆志均记作"嘉靖二十六年贡，桂阳训导"；据查明代只有湖广桂阳县（州），并无贵阳县，至百余年后的明隆庆三年（1569）才将程番府改置贵阳府，故此时只能是"桂阳训导"。第7行叶褆，出生地记作"森源"，乾隆志记作"岭源人"；职务记作"仰署正堂"，府志、乾隆志均记作"灌阳，训导"，似当以此为是。第12行张嘉会，职务记作"教授"，府志、乾隆志均记作"主簿"。第15行丁敬文，职务记作"州官"，乾隆志同，而府志记作"知州"，此提法似更正式。第16行费用之，任职地点、职务作"都昌、教授"。乾隆志作"都昌训导升教授"；宗谱记作"都昌县教谕，升建昌府益府舒城王教授"。愚以为当以宗谱所述为是，作"建昌（因益王府封地在此）、益王府教授"。第17行程枋，乾隆志、府志均记作"程芳"，并注明原县志作程枋，似为纠正之。第28行张嘉逢，府志、乾隆志均记作"张逢嘉"，府志并注明原县志名嘉逢，亦似纠正；任职记作"云南，布政使司参议"，而府志、乾隆志均记作"知州"。第30行钟子镇，记其任职在洪武间；而府志、乾隆志均记在隆庆间任职栏内，似当以此为准。第31行费懋泰，称其职在"成化间任"；据宗谱，其出生于明嘉靖二十三年，不可能在此前的58年任职，显误，此句似可删去。第32行方鋐，科名空白，据嘉靖志作"正德二年纳粟例，见任昆阳县丞"；府志记作"昆阳知县"；乾隆志记作"正德三年以纳粟例，任昆阳州知州"；查明代无昆阳县，只有昆阳州；似可记为"正德三年纳粟例，任昆阳知州"第33行费绍之，称其职在"正德间任"。据宗谱，其出生于嘉靖元年，亦不可能在此前的正德年间任职，显误，此句似可删去。第35行费懋平，任职地点、职务作"南京、指挥金事，嘉靖间任"宗谱记作"南昌卫指挥金事"；其为费完幼子，出生于嘉靖二十七年，嘉靖末年才18岁，且无受荫，不太可能由国学生出任四品的指挥金事。故此处似应以宗谱所述为是，记作"南昌卫、指挥金事"；"嘉靖间任"可删去。第36行费静之，据宗谱：费彭年，字静之；为统一体例，似可将费静之改为费彭年，而其出生地当为清湖（此下所记横林费氏人物出生地均据宗谱）。第 38 行黄铎，科名空白，据嘉靖志可补为"正德十年纳粟"。第 39 行费懋旦，科名栏空白，据嘉靖志，当为"嘉靖四年纳粟例"；又将其任职记为"隆庆问任"（此处前后四行皆作问字，似当为间字之误），据宗谱，其于弘治十八年出生，隆庆元年即已 63 岁，且已为贡生 43 年，不太可能在此时才出仕，故"隆庆问任"似可删去。第 40 行方宗僎，科名空白，据嘉靖志可补为"嘉靖四年纳粟例"。第 43 行费尚年，其任职地栏点空白；据宗谱，其任职地在浙江，似可据此以补。第 738 页第 10 行费元绥，将其职记为"都司使断事"；据乾隆志及宗谱，均记为"都使司断事"，愚以为当据此以改。第 13 行费懋悦，据宗谱记作"费懋说"，似当以宗谱所记为是。第 18 行费懋谦，记其职为"思恩知府"；宗谱则记作"广西思明府知府"；乾隆志卷 13 记其"以荫入为御史台都事"，不记其最后职务，故此二说孰是，待考；其出生地当为芳坪（表中芳平均应改为芳坪）。第 19 行费华，第 20 行费延之，第 21 行费如郊，其出生地均为烈桥。第 25 行费懋学，出生地当为横林。第 30 行张嘉傅，任职记作"苏州卫，指挥"；而府志、乾隆志均记作"静乐巡检"，似当以此为据。另据通志、府志、嘉靖志、乾隆志及宗谱，依此表所列人物的体例，尚缺登以下人物：明代：吴景文，旌孝乡人，洪武二十年举人，常熟主簿。江澜、韩良，俱以府学生中举，铅山人。周伦，崇义乡人，永乐三年（嘉靖志记作永乐十五年）举人，邓州训导（此据府志、嘉靖志，乾隆志记作邓州训导）。雷霖，永乐三年举人，绵竹教谕。欧泰，永乐三年举人，宁晋教谕。任政，永乐十二年举人，真宁县（此据嘉靖志，府志、乾隆志均作真县；据查只有真宁县而无真县）教谕。尹韶，永平人，永乐二十一年举人，保昌训导。费珦，横林人，景泰四年举人。韩和，天顺三年举人，溧水教谕。朱纲，成化四年举人。周伦，成化十三年举人，训导（此人嘉靖志不载）。费瑞，横林人，成化十九年举人。吴旭，弘治八年举人。罗贵，弘治八年举人。郭荣，弘治十四年举人。胡汝璐，弘治十七年（此据通志、乾隆志，嘉靖志记作正德二年）举人。费懋和，横林人，嘉靖元年举人。万中立，嘉靖十五年举人。费懋尹，清湖人，嘉靖十九年举人。周良德，十都人，嘉靖三十七年举人，琼州推官。费克棣，芳坪人，万历四年武举人。李（此据通志、府志，乾隆志作吕）师皋，永平人，万历十六年举人。费克恒，宝峰人，万历二十八年武举人。方以冕，高坂人，万历四十三年举人。严自省，永平人，天启元年举人。程允灏，永平人，天启四年举人。张嘉瑜，天启七年举人，临川教谕。张万行，永平人，崇祯六年举人。叶考生，崇祯六年举人。程淇，崇祯十二年举人（亚魁）。丁蕙，小市里人，永乐四年贡，行人司行人。吴智，永平人，永乐八年贡，长洲主簿。徐经，彭村人，永乐十年贡，沛县教谕。詹显，前冈村人，永乐十六年贡，衡州府训导。张友源，永乐二十二年贡，长洲主簿。吕庸，招善乡人，正统十一年贡，吏目。赵奎，景泰间贡。祝纲，景泰间贡。汪龄，永平人，景泰间贡。李恭，双溪人，天顺元年贡，训导。郑义，天顺二年贡。

陈宾，永平人，天顺六年（嘉靖志记作景泰六年）贡，汉川（嘉靖志记作漠川，查只有汉川县，无此漠川县）教谕。张（此据府志，嘉靖志、乾隆志作陈）谏，成化二年贡。吴恺，成化四年贡。胡春，成化八年贡。李珏，杨树源人，成化十年贡。江（此据嘉靖志、乾隆志，府志作汪）清，成化十二年贡，天台主簿。王玺，傍罗人，成化十四年贡，桐乡县丞。胡瓒，青山湾人，成化十五年府庠贡。查亨，永平人，成化十六年贡，巴县主簿。胡环，青山人，成化十八年贡，主簿。罗铨，成化二十年贡。揭缙，湖坊人，成化二十二年贡，黄岩训导。周洪，弘治元年贡，泉州照磨。张显，紫溪人，弘治三年贡，五河县训导。罗渊，排山人，弘治五年贡，上杭县训导。梅鼎，湖坊人，弘治九年贡，训导。王华，弘治十年贡，海盐主簿。吴春，弘治十一年贡，训导。黄景贤（此据嘉靖志、府志，乾隆志作黄景），弘治十三年贡。王胜，弘治十五年贡。张倬，汭川人，弘治十七年贡，通山教谕。罗润，正德元年贡。费琏，横林人，丹阳县少尉。费璇，横林人，正德三年恩贡生，武进县训导（嘉靖志记作武进县学训导；乾隆志及宗谱均记作武晋训导。查无武晋县，似当以武进为是）。徐宪，徐家坂人，正德五年贡，天长县训导。张朝仪，汭川人，正德七年贡，华亭训导。詹润，正德九年贡，宿松教谕。费宁，横林人，正德十一年贡，吴江教谕。费论，范坞人，正德十三年贡，建德县训导。詹泽，正德十五年贡，松江府学训导。胡仁汉，十都人，正德十六年贡，太平县学训导。张乐轩，正德间贡。黄南金，嘉靖元年贡。费宠，横林人，嘉靖二年贡，平湖训导。王昇，嘉靖三年贡。余瑾，嘉靖四年贡，龙游教谕。杨乔，永平人，嘉靖六年贡，萧山县丞。张元奎，嘉靖八年贡，怀远知县。张相，嘉靖十三年贡，潜江训导。费懋礼，横林人，嘉靖十五年贡，邵武县丞。费寓，横林人，岁贡生，休宁县教谕。费懋礼，宝峰人，嘉靖十五年选贡，邵武县丞。费懋良，横林人，荫尚宝寺丞升本寺正卿。费懋智，芳坪人，国学生，祁门县主簿。费懋昭，芳坪人，由吏员任主簿。费懋质，宝峰人，国学生，诏谕江南使。费懋贞（乾隆志作费贞），宝峰人，嘉靖十六年选贡生，江阴县训导。费宥，嘉靖二十年贡，苏州府教授（乾隆志作苏州训导）。费宇，横林人，嘉靖二十二年贡生，建安训导。陈文祐，嘉靖二十四年贡，训导。刘士邦，嘉靖二十七年贡，济阳训导。胡仁俸，十都人，嘉靖二十八年贡，舒城训导。刘璜，嘉靖三十年贡，松江训导。张键，永平人，三十二年贡，晋江训导。蒋文炳，新滩人，嘉靖三十四年贡，西安县丞。丁济，三十八年贡。张元良，嘉靖间贡，教谕。张汝翼，沙坂人，嘉靖四十二年贡，郧西教谕。詹淇，前冈人，隆庆元年贡。江鲲，隆庆二年贡，青田主簿。程昂，隆庆三年贡，上元主簿。詹燧，八都人，隆庆六年贡，处州训导。傅濬，万历元年贡。王鋆，万历二年贡，训导。程忠廉，万历三年贡，新城训导。张廷仁（府志作张廷任，此据乾隆志），紫溪人，万历五年贡。彭理，西溪人，万历间贡，福安县丞。彭朴，西溪人，万历十三年贡。余仁济，横溪人，万历二十三年贡，瑞金教谕。吴诏（府志作吴焰，此据乾隆志），万历二十五年贡。费朝宗，宝峰人，万历三十二年贡，黄州府黄安县教谕。余德温，西溪人，三十三年贡，新淦训导。丁敬伦，万历三十四年贡，南城训导。程宗伯，万历三十五年贡，浮梁训导。李际阳，万历三十七年贡。张其傅，沙坂人，万历三十九年贡。杨廷蛟，永平人，万历四十一年贡，宁波府经历。余橄，西溪人，万历四十三年贡。费际唐，横林人，万历四十五年贡，河南洛阳县丞。费云凤，芳坪人，万历四十七年优贡生，儒学训导。丁守芬（府志作分，此据乾隆志），万历四十八年（乾隆志记作万历四十九年，显误，万历只有四十八年）贡。张其伊、张士鹏，万历间贡（皆据府志）。费充国，天启间贡。傅汝砺，天启间贡，湖口训导。费克第，芳坪人，天启间贡，浙江湖州孝丰县县丞。费云鸿，芳坪人，优贡生，乐平县教谕。余绍尧，西溪人，天启间贡，教谕。万盛行、万时科、（皆据府志）丁大成，天启间贡。费续之，横林人，天启间贡。李国璋，崇祯间贡，训导。钟永生，崇祯间贡，训导。韩宗彝，港口人，崇祯十三年贡。钟声扬，崇祯间贡。彭佳佃（此据乾隆志，府志作彭嘉佃），西溪人，崇祯十五年贡。费丘之、费元祉、万基命，崇祯间贡（此据府志）。张珏，杭州府检校。张礼，攸县县丞。黄经，归化县丞。黄辅，马渊府蛮夷长官司吏目。吴汉。周棨，泰兴主簿。费益之，芳坪人，例贡生，吴江县县丞。汤缪，益府典膳。费庆之，芳坪人，例贡生，山阴县县丞。徐旻，典宝。费懋元，横林人，国学生，广西浔州府推官（乾隆志作广东高州府推官；宗谱仕宦作广西柳州府推官，世系作授广西柳州府推官，次任广东高州府推官，三任广西浔州府推官。似当以浔州府推官为是）。徐时济，建宁府经历。程模，嘉靖十五年纳粟例。张乾浩，赣榆县丞。张嘉忠，巴陵县丞。方东，青田县丞。费懋官，横林人，国学生，顺天府经历。费长年，清湖人，例贡生，闽县主簿升光禄寺监事。费克振，芳坪人，恩贡生，宝应县县丞。叶柏，永昌府照磨。费懋稷，清湖人，国学生，顺天府经历。费懋易，横林人，沙县典史。费成之，芳坪人，光禄寺监事（乾隆志有"光禄寺监事升县丞，居官清慎"）。程校，无锡县丞。余德厚，嵊县（乾隆志作剩县，查无此县名）县丞。费炜之（乾隆志记作费炜），宝峰人，国学生，鸿胪寺序班。诸邦化，上海县丞。何起凡，永平人，舒城县县丞。何起任，永平人，常熟县县丞。邵仁溢（府志作益），广东河源主簿。韩楫（府志作揖），沭阳县丞。傅汝明，琼州同知。彭佳（府志作嘉）会，西溪人，乌城县丞。余德涵，检校。王之相，京山县主簿。丁敬先（府志作元），丰县主簿。张嘉尹，琼山主簿。王智，合浦县主簿。蒋盛，广州永丰仓副使（乾隆志作广州永丰仓库使）。余永成，四川太昌主簿。周荣，贵州仓大使（乾隆志作贵州宣慰司仓大使）。李琦，海宁大使。祝俨，福州主簿。万瑞（乾隆志作端），桐庐典史。王大成，顺天经历。李大绶，峨眉典史。李大宾，四川典史。詹应春，归善典史。查懋元，黄陂典史。祝文祥，东昌卫（乾隆志作东昌府）经历。张嘉茱，偃师县典史。郑湘（府志作相），云南经历。江（府志注"县志姓汪"）尚质，宿迁典史。杨廷麟，延平府经历。彭光誉，西溪人，广东税课司。万年乐，顺天经历。

张安惠，竹溪典史。费逊之，芳坪人，国学生，湖广沔阳沙镇巡检。费缉熙，清湖人，国学生，宜春王府仪宾。费延年，清湖人，荫锦衣卫百户。费元仪，清湖人，荫锦衣卫百户。费元英，清湖人，国学生，恩荫锦衣卫百户，宜春王府仪宾。费振基，烈桥人，邑庠生，荫锦衣卫百户。费长统，横林人，恩贡生，广西柳州府推官。清代：费简臣，清湖人，康熙八年副榜，选儒学训导。费桢，芳坪人，铅山营忠靖校尉。费英略，清湖人，康熙三十六年岁贡生（乾隆志作康熙三十七年贡，此处依宗谱作康熙丁丑科贡生），湖口县教谕。费文烈，清湖人，选贡生，泸溪县教谕。费珏，横林人，以内廷供事授湖州武康县少尉。费勋，横林人，国学生，以府知事双月选用，以外孙祝炳章贵赠朝议大夫。第739页第2列记"蒋志章，道光二十五年进士（恩科）"，据《明清进士题名碑录索引》作"蒋志淳"，应存疑。第4列记"李时敏，道光三十年进士"，据《明清进士题名碑录索引》载，其在光绪三十年二甲第84名进士，显误，当以"索引"为是。第5列记"祝炳章，咸丰九年进士"，据《明清进士题名碑录索引》，其名祝秉章，咸丰九年三甲第35名进士。以上名单，只对明代和清代进士作了检索，其余不遑；且所据也只是手头现有的资料，未核查明《铅书》及清同治十二年《铅山县志》等，故只能是提供一些初步资料，请在进一步查核时参考。

8. 第711页费宏、费寀合传中，第二行记费宏入太学"四年之久"。费宏是在成化二十年会试下第后遵伯父之命入太学的，至二十三年三月状元及第，其间还随伯父到吕梁任上读书，故其在太学至多不会超过三年，似当记作三年为当。倒数第八行记宁王宸濠嗾使李镇攻费氏，"将其宅第及先人坟墓全部捣毁。远近被劫掠者达三千人"。据各种史料记载，李镇一伙所使用的手段主要是放火，故记作"焚毁"较妥。至于"远近被劫掠者达三千人"，则是对《明史》费宏传中所记的误解或标点有误；其原文是"（李）镇等遂据险作乱，率众攻费氏。索宏不得，执所与讼者支解之，发宏先人冢，毁其家，劫掠远近，众至三千人"。对此，《明武宗实录》记作"三姓势益张，众且三千。遂发宏先冢，备极惨毒。复劫掠乡民二百余家，远近骚动"。这里所说的是参与作乱者"众至三千人"，并不是说"被劫掠者达三千人"；至于被劫掠者，是"乡民二百余家"，似当以此为据。倒数第6行，记宸濠叛乱，"费宏与费寀派人绕道驰书王阳明出奇兵讨伐"。据"宗谱"《文通公宦绩》所记"濠叛，公（费寀）又间道走赣州，上书王中丞曰：'先定洪州以覆其巢穴，扼上游以遏其归路，则成擒也，平濠之策，实公参之。"'宗谱"《文宪公年谱》又记："宸濠以南昌叛……钟石公间道走赣，上书于阳明王公曰：'先定洪州以覆其巢穴，扼上游以遏其归路，则成擒也。'"（按：《广舆记》云：濠叛，间道致书于守仁，赞划方略，急勤王之义，是心乎国家者。）又《明武宗实录》记有"御史伍希儒亦言：'宏、寀当濠之请复护卫也，抗言力阻，已怀先事之忧；及反谋之既成也，间道献策，尤急勤王之义。'"综上所述，费宏、费寀间道献策，不是派人，而是费寀奉兄之命前往。倒数第 3 行记"嘉靖三年（1524）宏为首辅，加封少师兼太子太师、吏部尚书、谨身殿大学士"，好像此前后同为一事；据江汝璧所作"费宏行状"、李时所作费宏"神道碑铭"等史料，费宏进谨身殿大学士吏部尚书在为首辅之前的嘉靖三年五月，任首辅在七月，而进少师兼太子太师则在嘉靖四年六月，是为不同的三件事。故此似可记作"嘉靖三年（1524）宏进谨身殿大学士吏部尚书，继为首辅，后又以主修《武宗实录》成进少师兼太子太师"。倒数第 1 行至 712 页 5 行记费宏谏世宗事，虽所据《明史》"费宏本传"对此有记述不准之处，但此处对《明史》所记亦有表述不清的地方。如所记"当世宗因各方灾祸不断，告诫群臣节省国库支出，费宏趁机上奏"，而《明史》说的是"帝以四方灾异，敕群臣修省"，这里"修省"并不是节省国库开支的意思；对此，《明世宗实录》表述得更为清楚："上以四方灾异，命辅臣撰旨，谕上下同加修省。大学士费宏等上言：'应天以实不以文，感人以行不以言。皇上欲尽修省之实，则必留心于政事，加意于穷民，而后可。今用度不能节省，则民财竭于科征；工役不能停减，则民力劳于奔走。近京地土半数庄田，而民间养马当差之费无从纳办；入库钱粮赔纳过多，而远方承领管解之人无所控诉。太仓无三年之积，而冗食者收充不已；京营无十万之兵，而做工者借拨不休。况忠直之臣以触忤得罪而未蒙宽宥，台谏之臣以敢言为职而每加诘责。有罪当刑者屡经审录而不加处决，无冤可辨者或与优旨而仍令看详，皆足以下致民怨、上干天和，臣等深忧极虑而不能已于言者。……'疏入，上曰：'览奏具见忠诚辅导至意，朕自嗣位以来，灾异屡见，虽因事省谕，而未臻实效。近日或雨雹、或星变，朕以惶惧，故命卿等撰旨省察，此非下民之咎，其失在朕也。卿等所奏工役未造者停止，见造者亟完，各监局匠役人等，此系旧额，除奉旨外毋得烦扰。京营之军仍备警报、振武之重事，令兵部议处。言官以尽职为实，烦扰轻率之辈亦宜治戒。刑囚有重罪迫生，穷民有抑冤致死，刑狱不中，上干天和，令法司从公审处。其余事宜，所司酌议以闻。他有利弊宜兴革者，卿等一一陈之，朕当斟酌施行。'于是工部尚书赵璜等疏'请停罢玉德殿等工，并力建世庙及仁寿宫，完日乃可议兴他工'。上纳其言，遂并罢仁寿工，召采木侍郎王轵回京。"故此处似可记作"世宗因四方灾异，命辅臣撰旨要群臣修省，费宏因谏世宗：'应天以实不以文，感人以行不以言。皇上欲尽修省之实，则必留心于政事，加意于穷民，而后可。今用度不能节省，则民财竭于科征；工役不能停减，则民力劳于奔走。近京地土半数庄田，而民间养马当差之费无从纳办；入库钱粮赔纳过多，而远方承领管解之人无所控诉。太仓无三年之积，而冗食者收充不已；京营无十万之兵，而做工者借拨不休。况忠直之臣以触忤得罪而未蒙宽宥，台谏之臣以敢言为职而每加诘责。有罪当刑者屡经审录而不加处决，无冤可辨者或与优旨而仍令看详，皆足以下致民怨、上干天和，臣等深忧极虑而不能已于言者。……'疏入，世宗虽引咎自责，褒奖费宏直言，并罢仁寿工，召采木侍郎王轵回京，但不能尽用其言。"第 712 页第 9 行费宏著作《惭愕录》，当改为《自惭漫录》；第 10 行一句可改为"《四库全书总目提要》中有《太保费文宪公摘稿》二十卷，现已录入台北《明人文集丛刊》《续修四库全书》；又有《明太保费文宪公文集选要》七卷，现已录入《四库全书存目丛书》"。第 17 行记费寀在"宁王叛乱平定后，朝廷重新起用费寀，初任侍讲"，此不实。据《明世宗实录》，世宗继位后，于正德十六年四月即"召致仕大学士费宏照旧入阁办事，复其弟翰林编修寀官"。其升任侍讲则在嘉靖九年。故此处似可改为"宁王叛乱平定后，朝廷重新起用费寀，复官翰林编修，因参与纂修《武宗实录》，书成，升任左赞善，后又升任侍讲，官至礼部尚书，加太子太保、少保"。此传最后一段可改为"《四库全书总目提要》中有《明少保费文通公文集选要》六卷，现已录入《四库全书存目丛书》"。

以上所述，仅供修志时参考，不当之处敬请赐教。顺颂
编安

费正忠敬上
2012 年秋

补 充 意 见

1. 卷 4《自然地理》第 88 页载："状元山，在柴家埠东南，海拔 100 米。明宰相葬于此山，故名。"据《鹅湖横林费氏宗谱》，费宏葬于柴家村东首，并未葬在状元山上。

2. 第 557 页载歌一首，题《火田陂赠陈瑄》，作者记为"明·费寀"，且有注曰："《铅书》记为费宏作，题曰'新渠歌赠陈'，今据清同治《铅山县志》。"据《太保费文宪公摘稿》卷 1，此为费宏所作，题《新渠歌寿表叔祖陈二十丈》，可据此径改，注亦可删除。对照原著，正文中有如下错字：第 5 行"猫儿潭决乡民忧"，"民"原作"人"。第 6 行"长才自合应时须，受符督役经年久"，"才"原作"材"；"年"原作"时"。第 8 行"荷插成云谁敢后"，"插"原作"锸"。第 9 行"筑堤种柳绿成荫"，"荫"原作"阴"。第 10 行"桔槔挂壁生尘垢"，"桔槔挂壁"原作"壁间龙骨"。第 13 行"为持渠水当卮酒"，"为"原作"争"；"卮"原作"厄"。第 17 行"丈人听此应开鳟"，"鳟"原作"颜"。

3. 第 567 页载辛弃疾词：第一首《贺新郎》，前段为小引，可用比后段词的正文小一号字排出。第 1 行"留十日"后逗号改句号。第 2 行"复欲追路"后逗号改句号；"至鹭鹚林"，"鹚"应作"鸶"："独饮芳村"，"芳"应作"方"。第 3 行"为赋'乳燕飞'以见意"，"乳燕飞"应作"贺新郎"。第 5 行"把酒长亭说"后逗号改句号；"看渊明风流，酷似卧龙诸葛"，应作"看渊明、风流酷似，卧龙诸葛"；"要破帽、多添华发"，中间顿号删去。第 6 行"被疏梅、料理成风月"，中间顿号删去；"佳人重约还轻别"为下半阕首句，应句前空两格位，或另起一行；"怅清江天寒不渡"，"怅清江"后加一顿号。第 7 行"问谁使君来愁绝"，"问谁使"后加一顿

号。第三首《贺新郎》，题下有"（感瓢泉也，骚体）"，当为衍文，可删去。前段为小引，可用比后段词的正文小一号字排出。第2行"听兮清珮琼瑶些"后逗号改句号；"宁猿猱些"后逗号改句号。第3行"君无助狂涛些"，"君无助"后加一顿号；"路险兮山高些"为下半阕首句，应句前空两格位，或另起一行。以上两首词均据上海辞书出版社1988年版《唐宋词鉴赏辞典（南宋、辽、金）》校正。

4. 第572页载明·冯梦桢《重建学宫碑记》（节选），倒数第2行"文章功业卓然，为一代名臣。而铅山益重邑，故有儒学"；句末保有忠改逗号，文中应断为"文章功业，卓然为一代名臣，而铅山益重。邑故有儒学，"。第573页第2行"大成殿后为明伦堂"后句号改逗号。第5行"会西蜀唐侯应诏始莅事"，"诏"应作"绍"。第4行"今听其败坏若此耶？何以联师生，美教化？"应改为"今听其败坏若此，即何以联师儒、美教化？""其议所以新之，乃谋于费氏子太仆。唐衢先生仍移明伦堂于大成殿后，"应改为"共议所以新之，乃谋于费氏子孙太仆唐衢先生，仍移明伦堂于大成殿后，"。第7行"太仆公捡藏俸，可二百金立捐之"，应改为"太仆公捡俸藏，可二百金，立捐之"。第8行"助赎镈若干"后逗号改句号。第11行"俱次第一新"，"新"后加一"之"。第10行"是役也，不费官币，不烦民脂而成，不曰人不告劳"，应改为"是役也，不费官帑，不烦民脂，而成不日，人不告劳"。第11行"考德业于斯"后句号改分号。第13行"家声光大"，应改为"家声益光大"。此下缺198字，因是节选，故不必补出。此据清乾隆四十九年《铅山县志》卷7校。

5. 第573页载明·李奎《重建鹅湖书院记》，第15行"不知有几"后问号改逗号。第16行"由道学之在人，诵习景仰"，应改为"由道学之在，人诵习景仰"；"自不能一日而或废也。"下缺"间尝历观形胜，其地距铅城东北十五里，山水明秀，境界静深。僧寺在其后，乃宋朱晦庵、吕东莱、陆子寿、子静四先生讲道之所，因建为书院。"（注：因此篇不是节选，故阙文应补出，下同。）第18行"无极大极之辨"，"无极"后应加一顿号，"大极"应作"太极"。第19行"有功万世者朱子也"，"有功万世者"后应加一逗号；"其学亦光大高明"，应改为"其学亦高大光明"。第20行"与朱子异趋而并立。以西江二陆比河南二程、东莱，承中原文宪之懿亲友，朱子往来讲辨"，应改为"与朱子异趋而并立，以西江二陆比河南二程。东莱承中原文、献之懿亲，友朱子，往来讲辨，"（注：据《中国历史大辞典》《辞原》，吕祖谦，东莱人，其祖先吕夷简谥文靖，吕好问谥正献，故称"东莱承中原文、献之懿亲"。）第7行"著述博义，发明春秋严谨之旨，殆无余蕴"，应改为"著述博议，发明春秋，谨严之旨，殆无余蕴"。第22行"寥寥三百载间"，"三"前加一"二"；"过客兴叹"后感叹号改逗号。第10行"道经鹅湖"后加一逗号；"惟见朽柱一楹"后逗号删去。第25行"适都宪姑苏韩公巡抚至，郡首以为请"，改为"适都宪姑苏韩公巡抚至郡，首以为请"。第26行"容可缓乎"，"缓"改作"后"；"涓吉兴工"后逗号改句号；"创立祠堂"后加一逗号。第27行"又前凿泮池"后逗号改句号，"泮池"前加一

"以"。第28行"示不忘旧也"，"旧"前加一"乎"；此句下缺"请文为记。予惟书院之建，盖以讲学而明道也。学既讲，道由之明，俗由之厚，贤才由之成。推而达之，天下以之治，所系不既重乎？且鹅湖介江右闽，拆之交（注：此下疑有佚文）四先生在淳熙间均以圣贤之学为己任，均以圣贤之教叔诸人，胥会于此，讲明辩论，有功于道学，有补于明教；流风遗泽，衣被无穷，远而四海，外而蛮夷，犹知尊恭，矧职兹土、莅兹邦，得不有所景仰乎？"此据明嘉靖四年《铅山县志》卷5。

6. 第573页载明·费元禄《游章岩记》，据清乾隆四十九年《铅山县志》及费元禄《甲秀园集》万历刊本卷28：第573页倒数第1行缺首句"九阳北走南入西苞，岩谷以百数，其最著者章岩云。""六十里入弋阳江"后的分号改句号。倒数第3行"最高若狮貌状"，"貌"改作"猊"。倒数第2行"据上流曰龙门关"后句号改逗号。第574页第1行"一址之外"，"址"改作"阯"；"嘉木偎佳竹势，森郁青葱可爱"，应为"嘉木偎佳竹，势森郁，菁葱可爱"。第2行"散入衣裙"，应为"散入衣裾"。第3行"田尽缘畈，拾级而上"，应改作"田尽缘坂，拾级而上"；"水作碧流"后逗号改句号。第4行"衔溪薄山，溪出则出，溪穷则穷矣"，三个"溪"原皆作"谿"；"循山左磴石而入"，应改作"循山左磴，右而入"。第6行"怪恶互出而犬牙，狭者，曾不受趾"，应改为"怪恶互出如犬牙，狭者曾不受趾"。第7行"中虚，如嵌空而下，八面皆石"，应改为"中虚如嵌空，而下八面皆石"。第22行"循级而后至"后逗号改分号；"级"前应加一"数"。第22行"余告之曰：此人酒人也，于燕为荆卿，于晋为阮籍，于唐为李白，于今为吴孟坚矣"，文中冒号下全句应加双引号；"于时，会天且晚"，"于时"为衍文，可删去。第24行"墟里上生烟矣。相戒超行"，"生"应改作"人"，"超"应改作"趣"。第28行"吾邑中天阙久矣"，"天"应改作"夭"；"鹅湖显胜亡论已"，"亡"应改作"无"。第30行"遂举孟坚、子丰辈诗若干首"后句号改逗号。

7. 第574页载明·吴春《石塘陈公堤记》，据乾隆四十九年《铅山县志》，倒数第3行"信之铅山县"，"县"为衍文；"县东南四十里"，"四"应改为"三"。倒数第2行"宋稼轩先生常寓焉"，"先生"前加一"辛"。第575页第1行"下至王公贵人"后逗号改顿号。第2行"类多取给"后逗号改句号。第6行"溃涌湍飞"后逗号改分号。第4行"一望桑田，亦为溪沼"，"亦"改为"变"。第7行"乃令耆民祝端等集义"，"义"改作"议"。第11行"余按周礼"下加一逗号；"周礼"加一书名号。第12行"又有司俭以周知山林川泽之阻，而达其道"中"阻"后逗号删去；"以先生随事设官"，"生"改作"王"。第14行"类于冬宫氏"，"宫"改为"官"；"外则特命宪臣"后逗号删去；"总理农政"后句号改逗号；"而郡二邑佐"后逗号删去；文改作"而郡式、邑佐"。第15行"体统不紊"后句号改逗号；"其所以培植养民生之源者甚盛"后逗号改句号。第16行"夫自欲之心胜"后逗号删去；"则惠不泽下"后句号改逗号；"出位之思深"后逗号删去；"则政难责成"后句号改逗号。第 17 行"以避往来之苦"后句号改逗号。第 18 行"此非有司旷职"后逗号改顿号;"夫举一方"后逗号删去。第 19 行"监一事"后逗号删去;"安得如大夫之才且贤者"后逗号删去;"偏举天下而命其民"后逗号改分号,文中"偏举天下"后加一逗号。第 20 行"使民共宜也"后句号改问号。第 21 行"又焉知天下有待于一体之爱欤"后句号改问号;"狄梁公有言曰:民犹水也,壅则为渊,疏则为川,通塞随流,曷罔常性"后逗号改句号,文中冒号下全句应加双引号;又据《新唐书》卷 115《狄仁杰传》,"曷罔"当改为"岂有"。第 22 行"因物曲成而不拂也哉"后句号改问号。

费正忠再上
2012 年冬

三、《上饶地区志》方志出版社 1997 年版

(一)"长江中游南岸"的表述易生歧义

"概述"第 9 页第 8 行载:"上饶地区位于江西省东北部,地处长江中游南岸。"这个"长江中游南岸"的表述,是个很狭窄、很具体的概念,很容易使人想起长江南岸边的某地。而上饶地区的辖区,处于长江流域,却离长江南岸甚远。为不产生歧义,似可称之"长江中游流域南部"为是。

(二)正德十年有关铅山的纪事不确

第 30 页《大事记》正德十年条下记:"铅山周、吴、李三姓农民起义,巡抚都御史韩雍督兵征剿,起义失败。"对这一事件,史志中多有记载,其中《明武宗实录》卷 166 将此事较为详细地总记在正德十三年九月十六日条下:"九月癸丑,江西铅山民李镇、周伯龄、吴三八作乱,平之。初,宸濠以大学士费宏持护卫之议,既家居,犹怨之不已,欲甘心焉。宏族人有与三姓讼者,濠乃令黠吏毛让诱致之,密谕以意,俾专贼宏。于是三姓者恃濠,遂寨险作乱,日寻干戈。费氏举族避之县城中,伯龄等率众斩关而入,破县狱大索,执所与讼者支解之,宏亦几不免。守巡官以下畏濠,置不问。三姓势益张,众且三千。遂发宏先冢,备极惨毒。复劫掠乡民二百余家,远近骚动。宏遣人奏诉于朝,下巡抚都御史孙燧等议处。燧以屡抚不服,请用兵,乃调饶、信官、民兵,檄副使王纶剿之。镇等列阵拒敌,久之乃克。镇就缚,伯龄解甲降,三八走匿濠府。诸俘获者,纶希濠旨,多所放纵。及狱上,论斩者止三十人。濠复欲脱镇,燧觉,乃榜杀之,余皆瘐死,或从濠反,歼于阵,竟未肆诸市者。濠败后,三八走匿福建,捕得乃毙于狱,阖境快之。"这里必须特别强调

的是，对历史上的所谓群体事件，我们不能只要看到被官军镇压，就概以"农民起义"来一味盲目肯定，而是要具体问题具体分析。首先要看造反是为了解百姓于倒悬，还是为了实现野心家的篡权目的；同时还要看这一事件对国家、人民是有利还是有害，能不能得到最广大人民的支持和拥护，这是检验我们历史观正误最根本的标准。李镇、吴三八、周伯涛受宁王朱宸濠的嗾使，率众焚横林，攻县城，杀人掘墓，劫掠乡民，是宁王叛乱的重要组成部分，根本就不是什么农民起义。至于说到"巡抚都御史韩雍督兵征剿"铅山三姓作乱，就更是风马牛不相及。韩雍在江西任巡抚，据《明督抚年表》，是在景泰元年（1450）至成化二十一年（1485），长达35年。而正德十年（1515）事，则是在他离开30年后，且此时他早已去世。据史料，三姓作乱始于正德十年，奉命派兵征剿的是江西巡抚孙燧，时在正德十三年（1518）九月。建议此事可记在正德十三年条下："宁王朱宸濠因大学士费宏力阻其叛乱阴谋，嗾使铅山县民李镇、周伯龄、吴三八作乱，啸众三千，戕贼费氏，焚庐发冢，攻破县城，且劫掠乡民二百余家。远近骚动，迁延三年，至此被讨平，合境快之。"下次修志如能将此条作一改动，善莫大焉，且这也是重修方志的应有之义。

（三）宁王宸濠叛乱是否攻入婺源县境

第30页《大事记》正德十四年条下记："宁王宸濠兵叛，攻入婺源县境。"据《明史纪事本末》等史料，正德十四年（1519）六月十四日，宁王朱宸濠在南昌起兵反叛，意欲沿长江而下，进军先占领南京称帝，再图全国。故先后攻下南康、九江，直至在安庆被阻。且派往广信招兵的娄伯一路等亦在进贤及余干、龙津驿被斩灭，南昌老巢又为王守仁所破，宸濠急忙回兵救援，途中被义军所擒，全军覆没。前后43天，不闻有进军婺源之说。且婺源当时属南直隶徽州府所辖，与江西南昌相隔整个鄱阳湖及赣北地区。叛军如若要进军婺源，必先破鄱阳、余干、乐平、浮梁或德兴等地；如若迂回浙江攻婺源，也不见有东进至广信、浙江等地的记载，真不知此说所据何来？笔者检得1993年版《婺源县志》，在《大事记》第18页中确记有"正德十四年（1519），宁王宸濠背叛朝廷领兵攻入县境"。同样，前条正德十年铅山事大概也是引自1990年版《铅山县志》。但作为地区志，影响更大、更广，在引录时应当慎重，不可不经考证、甄别而轻易录入所属县志的信息，当防以讹传讹。

（四）施师点是哪科进士

下册第1794页卷40《人物》施师点条下称：施师点是"绍兴十七年（1147）的进士"。笔者再检1988年版《广丰县志》，其第八编《人物》第452页"施师点传"亦载其"绍兴十七年（1147）登进士第"；并加注："明嘉靖《永丰县志·施师点》载，绍兴丁丑进士，今据墓志。"这里所谓墓志，即出土的施师点墓志铭，载在1987年版《广丰县志》第五编《文化》第324页，果称施师点是"绍兴十七年登进士第"。首先，绍兴是南宋高宗的年号，共32年，丁丑年是二十七年（1157），这年是王十朋科，可见明嘉靖《永丰县志》所表述的科目是存在的。其次，据《中国历代文状元》，绍兴十七年并未开科取士，在此前后只在十五年、十八年有进士科。再据《宋史》卷30《高宗本纪七》载：绍兴十八年四月"甲辰，赐礼部进士王佐以下三百三十人及第出身"。而十七年亦无开科取士的记载，故《中国历史大辞典》又称其为"大观四年赐进士出身"。故施师点中进士的科次有三说：大观四年（宋徽宗庚寅，1110），绍兴十七年（南宋高宗丁卯，1147），绍兴丁丑（南宋高宗二十七年，1157）。孰是？似当存疑。

（五）娄妃投江自尽是在叛乱失败之后

下册第1800页卷40《人物》娄谅条下称："长子性，字原善……生二女，长为宁王宸濠妃，曾劝宁王毋反，宁王不听，遂投江自尽。"从这一表述中，使人很容易得出娄妃是以死来劝谏宁王宸濠的反叛，这既不符合娄妃的性格，也背离了历史事实。娄妃出身理学世家，从小受到"三从四德"思想的熏陶，宁王宸濠不仅是她的丈夫，而且是她的君上，她绝不可能做出以死来违拗丈夫这种不合女德的事来。据《明史纪事本末》卷47"宸濠之叛"载：宁王谋叛蓄谋已久，早在正德二年（1507）就以重金贿赂太监刘瑾，矫诏擅复护卫、屯田，从经济和军事上开始准备反叛。"初，宸濠谋反，妃娄氏泣谏不听。"（《明史纪事本末》卷47）从这时起，娄妃就在不断地劝宸濠毋反，而这个过程迁延十数年，直至正德十四年六月十四日兴叛，这期间娄妃应不少劝谏宸濠毋反。就在叛兴当日，宸濠残杀不肯顺命反叛的江西巡抚孙燧、副使许逵，娄妃仍在劝他不要把事情做绝，宸濠均不听，且以十颗内侍的人头回敬娄妃，娄妃"自是不复敢言"。（《武宗实录》卷176）反复劝谏不听，这时娄妃也并未投江自尽，而是随着宸濠和叛军一路前行；直到四十二日后的七月二十六日，宸濠因安庆受阻，南昌被抄，在回军途中的樵舍，"官兵四集，奋击之，火及宸濠副舟，贼复大溃。宸濠与诸妃嫔泣别，妃嫔皆赴水死。"（《明史纪事本末》卷47）娄妃也是在这时才被迫投江自尽的。这在《武宗实录》卷176中有更为明确的记载："火已及副舟，其妃娄氏赴水死，从之者甚众。"就连蒋士铨的戏剧《采樵图》中也用写实的手法表现了娄妃投江自尽的全过程，可见这应是当时的实情无疑。绝不是志中"曾劝宁王毋反，宁王不听，遂投江自尽"的表述。这里如果在"遂投江自尽"前加上一句"叛乱失败后"，就能更为准确地反映历史事实和娄妃性格了。

（六）对费宏、费寀的表述不准确

下册第1800页卷40《人物》费宏、费寀条下，对费宏历任官职表述不准确：如把户部尚书之类加官当成任职，殿阁学士衔也表述不全。费宏应是"历官左春坊左赞善，升左谕德兼翰林院侍读、太常寺少卿兼侍读，充经筵日讲官，礼部右侍郎、左侍郎、尚书，以文渊阁大学士入阁预机务，历转武英殿、谨身殿、华盖殿大学士，历加户部尚书、吏部尚书、少师兼太子太师，卒赠太保，谥文宪"。另费宏著作《惭愕录》《费文宪集选要》分别应为《惭漫录》《费文宪公文集选要》。费寀在平定宁王叛乱后官复原职翰林院编修，并未任侍讲，而是充经筵讲官。记他"升春坊赞善，历官至礼部尚书兼学士，兼詹事府事，加封太子少保"，也应为"升左春坊左赞善，历官至礼部尚书兼翰林院学士、掌詹事府事，加封太子太保"。又在该卷1856页第二节《职官名录》中将费宏记作"正德间（1506—1521）首辅，少师、太子太保、谨身殿大学士"。其实费宏在正德年间并未任首辅，依史料应记作"正德九年（1514）以礼部尚书兼文渊阁大学士入阁预机务，嘉靖三年（1524）为首辅，十四年（1535）再召入阁为首辅，终少师兼太子太师吏部尚书华盖殿大学士"。该志在《大事记》第29页记"成化二十三年（1487）铅山烈桥费宏中状元"。其实此时费宏还住在横林，28年后才迁清湖，再14年后才迁烈桥，此时称其为铅山横林人为好。更为不解的是，该志在《大事记》第30页中又记嘉靖"四年（1525）费宏编纂《铅山县志》十二卷（今存孤本于宁波'天一阁'）"。据查嘉靖四年《铅山县志》，实为费寀所编。其时费宏在京任内阁首辅，嘉靖新政及"大礼议"等朝中大事巨烦，不太可能来编县志。而这时费寀正丁忧在家，故应铅山知县之请主修县志。这里是将费寀记作费宏了，可能是笔误而已。

（七）对夏言的表述有误

下册卷40第1801页《人物》夏言条中称：夏言"号桂州"，以及后面称其著作《桂州集》《桂州奏议》，这三个"州"字，均应为"洲"；桂洲是夏言的祖籍地，故以为号；因为是古人名、地名，故还是以遵从原文为好。又称夏言因复河套事"被构陷致死"是在嘉靖二十五年，据《明史》"夏言本传"，应是嘉靖二十七年。又在该卷1857页第二节《职官名录》中将夏言记作"上饶人，嘉靖间（1522—1566）首辅，武英殿大学士。"首先，夏言是贵溪人，当时贵溪隶属广信府，说是广信府人则可，若说是上饶人，则是专指上饶县人。其次，"嘉靖间（1522—1566）首辅，武英殿大学士"这种提法不确，好像整个嘉靖年间他都在首辅任上，其实不然。依史料夏言于嘉靖十五年（1536）以少傅太子太师礼部尚书兼武英殿大学士入阁预机务，十八年（1539）遂为首辅，官至少师吏部尚书华盖殿大学士。

（八）李谨斯是否中状元

上册第30页《大事记》中记元至正二十年（1360）"铅山李谨斯殿试中状元"。下册第1852页卷40《人物》第一节《进士名录》又把（铅山）李谨斯列入元代至正年间进士，更在第1856页将其列为元代"至正二十年（1360）状元"。经查，铅山第一部县志明嘉靖四年《铅山县志》在《选举》中举人、进士均未载此人，此时离李谨斯的时代较近，只 100 多年，可信度应当较高；后来在明代万历年间所修《铅书》中开始有了这个说法，而清同治十二年《广信府志》卷 7《选举》进士元代栏中则称："按前县志元进士惟载李谨斯一人，今考《通志》未载，故阙之。"可见这个说法不太靠谱，故当时舍弃不载。那么现今地区志为何又有了这个记载，可能是采自 1990 年版《铅山县志》。该志第 10 页"大事记"元至正二十年条载："土溪李谨斯庚子殿试第一"；第 710 页"李谨斯传"亦称其"元至正二十年（1360）状元及第"；而表二第 735 页《人物表》元代栏却未载。据清康熙二十七年《江西通志》，元至正庚子科魏元礼榜，江西只中进士一人，是德兴人余仁寿；且整个元至正 28 年间共开壬午、乙酉、戊子、辛卯、甲午、庚子六科，均无李谨斯的进士名录，更不用说状元了；就是连举人名录中也不见有他，怎能参加会试、殿试而得中进士、状元？另据《元史》卷 45《顺帝本纪》及《中国历代文状元》第 249 页，元至正二十年（1360）右榜状元买住，左榜状元魏元礼，均与李谨斯无干。就在清乾隆四十九年《铅山县志》卷 3《古迹》中亦记有"状元笔：百里三状元：三十里至孤溪寨，初落宋状元刘辉；三十里至土溪，中落元状元李谨斯；三十里至柴家埠，末落明状元费宏。詹如锡诗：千秋巨笔五云中，日染烟霞淡复浓。风月文章书不尽，只今犹说状元峰"。卷九《选举》元代进士栏下载有李谨斯，记作"庚子殿试第一，有传"；而此志卷十《人物》传元代栏记有"李谨斯，弱冠颖异，七岁能文，元至元庚辰科状元及第，以非色目人置之。归家杜门，诗文自娱，四方文士皆不惮远涉，从而问字，得其一篇之贶，若加衮焉。著有《元逸民传》"。据《元史》及《中国历代文状元》等有关资料，元至元庚辰（1340）年并未开科取士，且整个至元年号的六年间均不曾开进士科，李谨斯怎会有中状元的机会。同时上引文中亦称"以非色目人置之"，显然是明确记述了李谨斯并未真按殿试第一而状元及第，那这个"元至元庚辰科状元及第"是从那里来的？况元代取士分左右榜，左榜状元皆汉人，元至正二十年就有左榜状元魏元礼，并未"以非色目人置之"，怎么也是同年进士的李谨斯会"以非色目人置之"呢？可见这些说法互相矛盾，可信度不高。综上所述，李谨斯状元及第一说史证不足，疑点颇多，均有待进一步作综合分析研究。如不加说明地以信史载于方志中，可能会给读者带来困惑，甚或给后人造成误导，影响史学研究的真实性，故对此不可不慎。

（九）娄谅中进士了吗

下册第 1852 页卷 40《人物》第一节《进士名录》在明"成化上饶"条下，首列娄谅之名。我们从《明史》及历修县志、府志、娄氏宗谱中，均未发现有娄谅中进士的记载。就是同册地区志 1800 页娄谅的传记中，也只是记其明景泰四年（1453）乡试中举，并不曾有中进士之说。那么此说从何而来？笔者检得该条下上饶成化进士中未有娄谦之名，大胆猜测必是编者大意，错把娄谦换娄谅。娄谦，娄谅胞弟，明成化二年（1466）进士，官至四川左布政使。但愿读者不会随着"谦"冠"谅"戴。

（十）　费瑄非费暄

下册第 1852 页卷 40《人物》第一节《进士名录》"成化"条下，列有"铅山费暄"。乍一看，还真不知费暄是何许人，细看才知是明成化年间铅山一进士，故笔者揣测这应是"费瑄"之误。费瑄，成化十一年（1475）进士，是铅山鹅湖横林费氏首开进士科者；以工部主事在徐州治理吕梁洪，造福百姓，民众设生祠祭之；官至贵州布政使司右参议，卒后祀乡贤祠并祀群贤堂，国史、方志、宗谱均有传，是地方先贤名宦，方志对这样的名人的名字应该不会搞错。况费瑄的名字很有讲究，他兄弟五人，单名皆有斜玉旁：老大费珣，字伯玉；老二即费瑄，字仲玉；老三费璠，字叔玉；老四费玽，字季玉；老五费瑞，字幼玉，皆和玉有关；就是他的 21 个从兄弟，名字也皆有斜玉旁，这应是当时大家族取名的惯例。再说暄和瑄虽字音相同，但字形、字意皆不同。我们对古人名必须予以充分地尊重，不宜擅作改动为是。

（十一）　费宏的职衔有误

下册卷 40《人物》第二节《职官名录》第 1856 页记："费宏，铅山人，正德间（1506—1521）首辅、少师、太子太保、谨身殿大学士。"据《明史》等史料，费宏正德间入阁为大学士，并未任首辅、少师。其最高官职是在嘉靖年间任"少师兼太子太师吏部尚书华盖殿大学士"。

（十二）　夏言不是上饶人

下册卷 40《人物》第二节《职官名录》第 1857 页记："夏言，上饶人，嘉靖间（1522—1566）首辅，武英殿大学士。"据《明史》等史料，夏言是贵溪人，嘉靖十五年以少傅兼太子太师礼部尚书武英殿大学士入阁预机务，其最高职衔是少师吏部尚书华盖殿大学士。

（十三）　对录入文献的标点整理颇存瑕疵

下册第 1911 页卷 41《文献辑存》，收有几篇清代文献；估计原文无标点，故志中在录入时做了标点整理。但颇多瑕疵，主要是断句不准，标点不清，使人难以卒读，不解其意。仅以第一辑第一篇《（乾隆）广信府志序》为例，姑录首段作析："信郡，于汉晋时分隶不常，至唐始有画壤，而志则始于明，故自唐宋以前，记载多阙。余自壬寅春，恭膺简命，来守是邦。下车伊始，即索观全志，而典守者，谓郡乘，久湮漫残缺。即七邑志，亦久未整理。岁庚子奉大宪，檄修郡县志，时前守康，酌定章程，详请开局，郡城府、县志，一时并举，惟郡志一稿，为前守康手订未全，亘辛丑八月，前署府蔡始踵辑成编，缮呈上宪鉴定，檄发核刊，余亟取而披览之，见其纲举目张，文简事实，乃于退食之余，恪遵宪檄，逐一厘正，举稍有未安者，务使义例归一。盖是时，始得观厥成矣。余谓一郡之大，虽僚属各有专司，然庶绩之纷而待理。与所以宣上德而达下情，则惟守之责为最重。"文中有错字及断句、标点之误。笔者对照《广信府志》原文，试整理并作标点如下："信郡，于汉晋时分隶不常，至唐始有画壤，而志则始于明，故自唐宋以前，记载多阙。余自壬寅春恭膺简命，来守是邦。下车伊始，即索观全志，而典守者谓郡乘久湮漫残缺，即七邑志亦久未整理。岁庚子，奉大宪檄修郡县志，时前守康酌定章程，详请开局郡城，府、县志一时并举。惟郡志一稿，为前守康手订未全，至辛丑八月，前署府蔡始踵辑成编，缮呈上宪鉴定，檄发核刊。余亟取而披览之，见其纲举目张，文简事实；乃于退食之余，恪遵宪檄，逐一厘正，举稍有未安者，务使义例归一。盖至是，始得观厥成矣。余谓一郡之大，虽僚属各有专司，然庶积之纷而待理，与所以宣上德而达下情，则惟守之责为最重。"这样稍做改动，是否较为通顺明白。其后各处亦有类似问题，恕笔者不赘。予意今后如有机会，可否重做点校整理，以期嘉惠士林。

四、《铅山县志》明·嘉靖四年刊_{上海书店 1990 年影印本}

（一）知县曾贯的籍贯、任职时间存疑

卷 9《秩官》记有"曾贯，广东广安人，景泰十四年任"。因查《大明一统志》，广东无广安府、县或州。且景泰无十四年，只有七年。二说皆有误。故又查乾隆《铅山县志》，则称其为"广安人，正统十四年任"。《广信府志》亦称其为"广安人"，但记为"正统间任"。1990 年版《铅山县志》则依乾隆志记为"广安人，正统十四年任"。皆莫衷一是。据史料，景泰只有七年，正统才有十四年，称"景泰十四年任"显误。至于"广东广安人"一说，当时确有一广安州，但不在广东，而在四川。而广东却有东安县、定安县与广安相似，是否误作广安，故当存疑。

（二）胡濬是哪科进士

卷 10《选举·甲科》记铅山籍进士胡濬为"正统戊辰彭时榜进士"。查得乾隆《铅山县志》则称其为"乙丑商辂榜……前志误入戊辰榜，今依《通志》改正"。检《江西通志》卷 18《选举》，确将其记在"正统乙丑科商辂榜"。清同治十二年本《广信府志》所记亦同。经查《明清进士名录》，记胡濬在正统十年中商辂榜三甲第12 名进士。可见嘉靖县志对此确是误记了。

（三）费诚是顺昌知县

卷 10《选举·乡举》记费诚任"顺苗知县"。遍查《大明一统志》，并无被称作

"顺苗"的县。遂查乾隆《铅山县志》卷 10《选举·乡举》，费诚中举后所任是"顺昌知县"。同治十二年《广信府志》卷 7《选举·举人》亦记是"顺昌知县"。费宏在其著作《太保费文宪公摘稿》卷 12《送宗兄顺昌令成之先生致仕序》及卷 16《费处士行状》中皆称费诚成化七年中举，弘治二年任顺昌令。可见嘉靖志此处应是笔误，将"顺昌"误成了"顺苗"。

（四）汪涓是哪榜进士

卷 10《选举·甲科》载汪涓"绍兴八年王庆榜进士"。据《中国历代文状元》，宋高宗绍兴八年（1138）是黄公度榜，且绍兴年间并无王庆榜，就是整个历代文状元中也无王庆其人。但乾隆四十九年《玉山县志》《选举·进士》却称汪涓"戊辰王佐榜"进士，这年是宋高宗绍兴十八年（1148），查《江西通志》，这榜进士并无汪涓其人，而在绍兴八年黄公度榜倒有汪涓，但注为"玉山人"。清同治十二年《广信府志》记有汪涓，玉山人，"绍兴戊午黄公度榜进士"。1985 年版《玉山县志》卷 38《人物》亦载有此人，称为绍兴进士。综上所述，汪涓为绍兴八年进士，但不是王佐榜，而是黄公度榜；不是铅山人，而是玉山人，不知嘉靖志为何将其载入铅山籍？

（五）赵氏六兄弟进士科名

卷 10《选举·甲科》载宋代赵氏六兄弟进士科名：赵不遏，木待问榜进士，即宋孝宗隆兴元年（1163）癸未科；赵不逐、赵不迪皆与不遏同科。同治《广信府志》、乾隆《铅山县志》皆记为"丙戌萧国梁榜"进士，即宋孝宗乾道二年（1166）丙戌科，差后一榜。查得《江西通志》，木待问榜铅山籍进士记有赵不逐、赵不遏与嘉靖志同，但无赵不迪，却有赵不迹，记为"铅山人，官华文阁待制"。康熙九年《铅山县志》亦记有"赵不迹，隆兴癸未，第四甲，赐通奉大夫，士礽六子"，此即木待问科。同治《广信府志》和乾隆《铅山县志》亦记有赵不迹为"癸未木待问榜"进士，故推此赵不迹即嘉靖志中之赵不迪。又，赵不沮，黄定榜进士，而同治《广信府志》、乾隆《铅山县志》皆记作"赵不徂（注：原文为去双人旁，加走字旁）"，《江西通志》记作"赵不迅"。另《江西通志》还记有宋代铅山籍进士赵善邻，宋高宗三十年（1160）梁克家榜进士，赵不逸长子；赵善兴（注：左为繁体的兴，右为挂耳旁）宋宁宗庆元元年（1199）曾从龙榜进士；赵不迓（注：去牙加亚）长子。此二人嘉靖志均缺。

（六）黄鸿举是哪里人

卷 10《选举·甲科》载黄鸿举为铅山"桥亭人，绍兴三十年梁克家榜进士特奏第一"。康熙二十二年《铅山县志》在"辟荐"中称黄鸿举"桥亭人，梁克家榜进士，特奏第一"；又在"进士"中称"见辟荐，旧志未载，今补入状元"。这里称"旧志未载"，显误，嘉靖志早已将黄鸿举列为铅山籍进士，但未称其是状元而已。乾隆八年《铅山县志》在"辟荐"中称黄鸿举"桥亭人，绍兴间梁克家榜登进士，特奏第一"。又在"进士"中称其"旧志未载，今补入，《通志》载入贵溪"。乾隆四十九年《铅山县志》则径称其"《通志》误入贵溪"。同治十二年《铅山县志》与乾隆四十九年县志所述相同。查《江西通志》卷17《进士》，在绍兴庚辰科梁克家榜进士中，确是将黄鸿举记为贵溪人，且列在该县当年同中进士的八人之中。而同治十二年《广信府志》卷17在《选举·进士》中，也将黄鸿举列入了绍兴庚辰科梁克家榜贵溪籍进士。查1996年版《贵溪县志》卷32《人物》亦将黄鸿举列入宋绍兴三十年梁克家榜进士。综上所述，这一问题只好暂时存疑。

（七）欧泰是哪科举人

卷10《选举·乡举》载欧泰"丛桂坊人，永乐己卯科，任宁晋县学训导"。查永乐江西乡试科有癸未、乙酉、戊子、辛卯、甲午、丁酉、庚子、癸卯七科，并无己卯科，甚至永乐22年间，根本就没有己卯年。查《江西通志》，欧泰在永乐三年（1405年）乙酉科中举，称"铅山人，教谕"，且铅山同举者还有辛祐、雷霖。乾隆《铅山县志》和同治《广信府志》也将欧泰中举记作永乐"乙酉，宁晋教谕"。而嘉靖县志将该科同举的三人记载不一，辛祐不记何科，但称"见甲科"，欧泰记作"永乐己卯科"，只雷霖记在了"永乐乙酉科"；又任职亦与通志、府志不同，记作了"县学训导"。科名和任职，皆疑嘉靖志有误。

（八）雷霖是教谕还是教训

卷10《选举·乡举》载雷霖中举在"永乐乙酉科，任四川绵竹教训"。据史料，明代府、州、县教官皆有专称：府称教授，州称学正，县称教谕，其副职皆称训导，但不见有"教训"的官称，故此官职不可索解。查乾隆《铅山县志》及同治《广信府志》，皆称雷霖中举在永乐乙酉，任职"绵竹教谕"。可见嘉靖志所记任职"教训"是"教谕"之误。

（九）胡汝璐哪年中举

卷10《选举·乡举》载胡汝璐"汉子也（注：其父胡汉，成化元年中举，成化八年进士，历官至三关兵备副使），正德丁卯科"。此科在正德二年（1507）。查乾隆八年《铅山县志》卷9《选举·乡举》载，胡汝璐中举在弘治"甲子，汉子"；卷10《人物》胡汉条下，载"子汝璐，正德丁卯举人，有诗名，旧志"。而同治十二年《广信府志》卷7《选举·乡举》亦将胡汝璐中举记在弘治甲子科栏内。康熙二十二年《江西通志》卷21称胡汝璐中弘治甲子科举人，"铅山人，汉之子"。弘治甲子与正德丁卯，两科相差三年，故当存疑。

（十）　贾遵道还是贾遵祖

卷10《选举·甲科》载贾遵道"淳熙二年詹骙榜进士"。乾隆《铅山县志》卷9《选举·进士》栏中载"贾遵祖，与不迤（注：去牙加亚）同登第五甲，逸祖母弟"。据该志同页，赵不迤（注：去牙加亚）系宋宁宁波淳熙二年（1175）乙未詹骙榜进士；同治《广信府志》及《江西通志》亦均作贾遵祖。从其同母弟名"逸祖"来看，如其名"遵道"，兄弟二人之名只有首字同有走字旁；而如其名"遵祖"，则不但首字同偏旁，第二字更是相同，这比较符合当时人取名的惯例。故推以"贾遵祖"为是，嘉靖志记作"贾遵道"，很有可能是笔误了。

（十一）　杜民表何时任铅山县令

卷9《秩官》在记铅山县令时称"杜民表，乘县人，正德十一年任"。而在同页又记其前任张大鹏亦是"正德十一年任"，这就奇怪了。查乾隆八年《铅山县志》卷5《职官志》"铅山县令"载：张大鹏正德十一年任，杜民表正德十三年任；乾隆四十九年《铅山县志》所记亦然。另记其为"乘县人"，查并无"乘县"这个地名，疑为"嵊县"为是。乾隆《铅山县志》就记作"嵊县人，（正德）十三年任"。可见这两处都应是嘉靖县志所误记。

（十二）　葛仙山因谁炼丹而得名

卷2《山川》称"葛仙山，在招善乡，去县治七十里，汉葛洪炼丹于此，故名"。卷12《外志》又称太极观"在三十四都，即葛仙祠，去县西七十里，汉葛洪炼丹所也"。据史料，葛洪（281—341）不是汉代人，东汉在其出生前61年的220年就已终结，就连三国（220—265）亦已结束。西晋（265—316），东晋（317—420），葛洪应是西晋到东晋之间的人，其主要活动应是在西晋末期至东晋初期。据《葛仙山志》，葛仙山是因汉葛玄（164—244）炼丹于此而得名。如果是葛洪，就不是汉代人，而是晋代人；如果是汉代人，就不是葛洪而是葛玄。二者必居其一。此事似当存疑。

（十三）　有关费瑶的一文中有三错

卷13《人物》中有关费瑶的一文中称"今日注能守此，则庆祉永存"，及"燕束草于门"。据乾隆八年《铅山县志》卷10《人物》费瑶条，分别应是"今日汝能守此，则庆祉永存"，及"悬束草于门"。另一处称"每见荒，辄矙（注：此为繁体职字的俗字）价出粜"。据李东阳《怀麓堂集》卷80，应是"每岁荒，辄减价出粜"。这里分别是将"汝"错成了"注"，"悬"错成了"燕"，"减"错成了"矙"。

（十四）有关袁泰的记述

卷9《职官·名宦》记："袁泰，山西万全人，洪武间由秀才任铅山县丞。清慎爱民，邑赖以宁。尤尚文术、兴学校，仕至左都御史。"同治十二年《广信府志》卷6《职官·名宦》记："袁泰，万全人，洪武十三年由秀才荐举贤良任铅山县丞。十九年以清慎爱民，邑赖以宁，荐擢知县事。是年诏有司养老尊贤，报功赈贫，恤孤荐士，泰赈赉有方，崇文教、兴学校，邑人白天民、祝永升、王原善皆所荐拔，授功曹。旧志。"据《大明一统志》卷20平阳府条下《人物》载："袁泰，万泉人，洪武四年进士，授湖广鄜县丞，累官右都御史。处心廉直，执法不移，理枉伸冤，祛除民害，一时良善获安，奸邪不得肆志。"这里与县志有两处不同：一是因二志都出自明早、中期，山西万全是指挥使司，明永乐二年建；万泉是县，唐武德三年置，明属山西平阳府，应该不是同一地。二是"洪武间由秀才任铅山县丞"与"洪武四年进士授湖广鄜县丞"，这里科举功名、任职皆不同。综上所述，似应存疑。

五、《广信府志》清·同治十二年刊本台湾成文出版社1970年影印本

（一）蔡鹏霄是举人还是进士

卷6《职官》载铅山知县"蔡鹏霄，福建举人"。查乾隆八年《铅山县志》卷5《职官志》"铅山县令"载，蔡鹏霄"福建人，崇祯戊辰（注：元年，1628）进士，七年任。"另据《明清进士题名碑录索引》，蔡鹏霄，晋江人，崇祯元年三甲第193名进士。这里当以"县志"和"索引"所记为是，是"府志"错把其记成了举人。

（二）费瑄是参政还是参议

卷6《职官·名宦》将费瑄记作"贵州参政"。《明史》、嘉靖四年《铅山县志》及乾隆八年《铅山县志》均将费瑄记为"贵州参议"。《鹅湖横林费氏宗谱》及费宏的著作中，也都将费瑄的最后官职记作"贵州参议"。可见这里当以"贵州参议"为是，而"贵州参政"是"府志"误记了。

（三）是"熙淳"还是"咸淳"

卷6《职官》第102页记铅山举人费禾任"熙淳，弋阳县尉"。而同一志中卷7《举人》第80页却记费禾是"咸淳癸酉"举人。"咸淳"是宋度宗年号，癸酉为咸淳九年（1273）；"熙淳"是宋孝宗年号（1174—1189），费禾不可能在中举人前一百多年就出任县尉。故疑此"熙淳"当是"咸淳"之误。

（四）是吴添麒还是吴添麟

卷 7 卷《选举·举人》第 87 页 "永乐辛卯科" 下记弋阳举人 "吴添麟"，并注 "通志、县志作麒，见进士"，在进士 "永乐乙未陈循榜" 又记作 "吴添麒，礼部主事"。乾隆四十九年《弋阳县志》卷 9《选举·举人》载永乐辛卯科举人吴添麒，《江西通志》所记亦同。似当以 "通志" "县志" 所记为是。

（五）罗缙还是罗缙魁

卷 7《选举·进士》记有 "罗缙魁，宣德壬子乡试举人，沙县训导，升知县"。查《江西通志》卷 20《选举》，在庚子科下记作 "罗缙，铅山人，训导"。嘉靖四年《铅山县志》在卷 10《选举·举人》中亦记有 "罗缙，魁英坊人，宣德壬子科，任沙县县学训导"。乾隆八年《铅山县志》卷 6《选举》中也记有 "罗缙，魁英坊人，壬子科，沙县训导，升知县"。可见此人名为罗缙无疑，而该志将 "罗缙魁英坊人" 中的 "魁" 字断句记入了人名，故误记为 "罗缙魁" 了。

（六）是 "兵科给事中" 还是 "兵部给事中"

卷 7《选举·进士》记有 "胡梦泰，崇祯丁丑科进士，兵部给事中，有传"。据史料，明代言官给事中只分科，而不闻分部的，故推此应是 "兵科给事中" 之误。查得乾隆八年《铅山县志》卷 6《选举》，确记胡梦泰是 "丁丑刘同升榜，任奉化知县，调唐县知县，升兵科给事中，有传"。卷 10《人物·先正》"胡梦泰传"，也是将其记作 "授兵科给事中"。可见此处 "兵部给事中" 是笔误了。

（七）政和无壬戌年

卷 7《选举·进士》记余时文登宋 "政和壬戌莫俦榜" 进士。政和为宋徽宗年号，这个年号下共历八年，并无 "壬戌" 这个干支年。查《中国历代文状元》，莫俦是宋徽宗壬辰（二年，1112）状元。果然乾隆八年《铅山县志》在卷 6《选举》中，将余时文中进士记作 "政和壬辰" 科。可见此处是将 "壬辰" 错记成 "壬戌" 了。

（八）是 "宣和" 还是 "政和"

卷 7《选举·进士》记有朱履是 "宣和戊戌王昂榜进士"。查得乾隆四十九年《铅山县志》中《选举·进士》，亦将朱履中进士记在 "宣和戊戌王昂榜第四甲，终通判"。宣和是宋徽宗的年号之一，共七年，其间并无戊戌这个干支年。据《中国历代文状元》，宋代王昂为徽宗政和戊戌（八年，1118）状元，朱履既是中该榜进士，应当记作 "政和戊戌王昂榜"。果然，清康熙二十二年《江西通志》《进士》中是在 "政和戊戌科王昂榜" 下载有朱履 "铅山人，官通判"。此处是将 "政和" 误记为

"宣和"了。

（九）明隆庆丁卯乡试弋阳县举人是谁

卷7《选举·举人》第565页在隆庆丁卯科下记有弋阳县举人一人，名字前一字不清，后二字为"世周"，并注"见进士"。在《选举·进士》第543页"隆庆二年戊辰罗万化榜"下记有"詹世用，主事"，如果是此人，那他就是在中举后的第二年连捷成进士。查《江西通志》卷22，隆庆丁卯科有弋阳籍举人詹世用，可见是"府志"是将此人的"詹"姓没有记清楚。

（十）受封赠的是费璠还是费瑄

卷7之三《选举·封赠》第41页载："费瑄（旧志、县志名璠）铅山人，以子宏贵，赠光禄大夫柱国少保兼太子太保户部尚书武英殿大学士。"费瑄是费宏的二伯父，这里受封赠的应是费宏之父费璠。不知何因，明知"旧志、县志名璠"，还要写成"费瑄"？这里当改成"费璠"为是。

六、《铅山县志》清·乾隆八年刊本 台湾成文出版社1989年影印本

（一）宋徽宗重和年号无壬戌年

卷6《选举·进士》将宋代进士朱履记作"重和壬戌王昂榜"得中。重和为宋徽宗年号之一。宋徽宗是中国历史上最喜欢改换年号的皇帝，在位25年，共用了建中靖国、崇宁、大观、政和、重和、宣和等6个年号。其中1118戊戌年，既是政和八年，又称重和元年；1119己亥年，既是重和二年，又是宣和元年。重和这个年号只用了两年，均无"壬戌"这个干支年，故可见其显误。志中既称是中王昂榜，查《中国历代文状元》，王昂为宋徽宗政和戊戌（八年，1118）状元，此年亦是重和元年，如称"重和元年王昂榜"，也无不可，但记作"重和壬戌王昂榜"，则是误了。

（二）蒲纲是何处人

卷5《职官》载有铅山知县蒲纲，称其为"成化十五年任，休宁人"。同治十二年《广信府志》亦将其记作"休宁人"。休宁今属安徽，明代属南直隶。经查嘉靖《铅山县志》，却将蒲纲记作"广东南海人，成化十五年任"。这一北一南，孰是孰非。据《明清进士题名碑录索引》，蒲纲记为"广东南海人"，成化十四年三甲第23名进士。这里不知是误记还是有其他原因将蒲纲记作为"休宁人"，但"索引"是据当年进士题名碑所录，应当更为可靠；嘉靖县志成于嘉靖四年，离成化十四年也较近，所记当不误，故笔者以"广东南海人"为是。此处的"休宁人"是误记了。

（三）胡汝璐是那科举人

卷 7《人物》胡汉条下，载"子汝璐，正德丁卯举人，有诗名"。可该志卷 6 "选举"在"乡试"条下却载："胡汝璐，汉之子，弘治十七年甲子科"。弘治甲子是十七年（1504），正德丁卯是二年（1507），相隔三年，即一科，出现了前后矛盾。据同治十二年《广信府志》卷 7 "选举志"，在弘治甲子科铅山县栏中载有"胡汝璐"。又据康熙二十二年《江西通志》卷 21 "举人"条下，在弘治甲子科亦载有"胡汝璐，铅山人，汉之子"。而铅山县最早的县志明嘉靖四年《铅山县志》卷 10 "选举"中，在"乡举"条下亦记"胡汝璐，汉子也，正德丁卯科"。此志修成时，胡汝璐中举才十八年，也正活跃在仕途，以当代人记当代事，可信度更高，故当以正德丁卯科举人为是。

七、《铅山县志》清·乾隆四十九年刊本台湾成文出版社 1989 年影印本

（一）王昂不是宣和戊戌榜

卷 9《选举·进士》记宋代进士朱履是得中"戊戌宣和王昂榜第四甲，终通判"。宣和是宋徽宗众多年号之一，共七年，但并无"戊戌"这个干支年，显误。志中既称其中的是王昂榜，查得《中国历代文状元》，王昂是"宋徽宗政和八年戊戌科进士第一人"，那么朱履应是政和戊戌王昂榜进士。这个戊戌年既是徽宗政和八年，又是徽宗重和元年，如此处记成"戊戌重和王昂榜"亦无不可，但这里是把"政和"或"重和"记作了"宣和"，这就显误了。

（二）费懋中探花及第并未授修撰

卷 10《人物·宦绩》称费懋中得中"一甲第三，授修撰"。据明代科举制度，只有一甲第一名状元及第者才能授翰林院修撰。查《鹅湖横林费氏宗谱》，费懋中正德十五年会试中式，因武宗皇帝离京久在南京，殿试无法举行。直至正德十六年嘉靖帝入继大统，才补行殿试，费懋中得中一甲第三名，授翰林院编修。其升任翰林院修撰，则是在嘉靖四年六月因与修《武宗实录》成而得。此处的"授修撰"是误记了，应为"授编修"。

（三）费懋乐是夏言的妹夫

卷 13《杂记》费懋乐条下称"当夏相系狱时，分宜密伺内外书札往来，见夏相遗嘱一纸云：'姐夫费屏石，素谨慎，无干求，屡劝和衷，今悔不及。府城田宅，任屏石拣择一区，见亲亲之意。'懋乐辞不受。"屏石，懋乐之号也。但他并不是夏言

的姐夫，而是他的妹夫。据《鹅湖横林费氏宗谱》，费懋乐元配是"贵邑相国文愍公之妹夏氏，赠恭人"。这里是将"妹夫"错成了"姐夫"。

（四）是张祐不是张祜

卷13《杂记》及其他一些有关章节，俱将铅山汭口张氏的张祐记作张祜："张祜，弘治八年举人，曾任广东按察使，终广东布政使"。据《世宗实录》卷52载，嘉靖帝因大礼议故，曲庇犯罪官员陈洸，依其所请派锦衣卫校尉赴广东密勘。广东按察使张祐以查验其无官防印信反而得罪被逮，此人即是铅山汭川的张祐。据铅山《汭口张氏宗谱》及《鹅湖横林费氏宗谱》，张祐系费宏的表弟，是其大伯母贞洁夫人张氏之内侄。根据以上记载，此人是张祐无疑，该志记作"张祜"，是笔误了。

（五）费炜是费炜之

卷9《选举》载"费炜，鸿胪寺序班，工于诗"。又在卷10《人物》中记费炜"字文儒，瑄曾孙也"。据《鹅湖横林费氏宗谱》，此人实费瑄曾孙燧字派第32公费炜之，"字文孺，号钟阳，国学生，授鸿胪寺序班，著有《筼雪楼稿》"。此志两处都将其名"炜之"误记成"炜"，将字"文孺"误记成"文儒"。

（六）费贞是费懋贞

卷9《选举》记有费贞"嘉靖十六年贡，江阴训导"。据《鹅湖横林费氏宗谱》，此人实为横林费氏桂字派第80公费懋贞，"字民嘉，号南坡，拔贡生，任江阴训导"。这里是将其名字中的"懋"字漏掉了。

（七）两座坊表的主人名字皆有误

卷3《建置·坊表》中载："兄弟同科坊，为费懋尹、费文立。"这里的"费文"，应当是费懋文之误。据《鹅湖横林费氏宗谱》，费懋尹是费完次子，"字民觉，号志轩，嘉靖庚子科顺天举人，与弟懋文同科"。费懋文是费完第五子，"字民焕，号望湖，嘉靖庚子科顺天举人，与兄懋尹同科。"同节又记"乔梓联芳坊，在清湖，为费完、懋尹、费文立"。这座牌坊立在清湖村，是为费完、费懋尹、费懋文父子三人皆中了举人而立，即所谓"四脚牌楼"是也。这两处都把坊表的主人之一费懋文误记成了"费文"，把名中的"懋"字漏掉了。

（八）尤淳是哪里人

卷7《秩官》将成化六年任铅山县令的尤淳记作"长沙人"。而嘉靖四年《铅山县志》卷9《秩官》是将尤淳记作为"苏州长洲人"。查同治十二年《广信府志》卷6《秩官》，亦是将尤淳记为"长洲人"。嘉靖县志成于嘉靖四年，离尤淳成化六年任铅山县令时隔较近，误记的可能性较小，故笔者主张将尤淳记作"苏州长洲人"为是，此处是把"长洲"误记成"长沙"了。

（九）赞"火田陂"的诗是费宏所作

卷3《建置·陂塘》"火田陂"一节载有"费少保案诗：'丈人本是经纶手……'"，这是一首赞颂明成化年间陈瑄在火田陂修渠惠民的诗。查费宏著作《太保费文宪公摘稿》，其卷1"歌行类"有《新渠歌寿叔祖陈二十丈》一首。对照二诗，除个别字外，全诗基本一致。故此诗实为费宏所作，这里是将"费太保宏"误作了"费少保案"。

（十）费懋泰在何时任兵马司指挥

卷9《选举·仕籍》栏，在成化年间栏下记费懋泰任兵马司指挥。费懋泰是横林费氏桂字派第121公，国学生，礼部尚书费案第五子，生于嘉靖二十三年，故其任兵马司指挥不可能在此前60多年的成化年间，疑其应该是误记了。

（十一）娄性不宜写作娄姓

卷10《人物·先正》在费案条下记其"娶同郡娄姓之女，濠妃之妹也"。据《鹅湖横林费氏宗谱》，费案娶上饶娄性之次女，是宁王妃的胞妹。当然，这里记作"同郡娄姓之女"，理解为姓娄人家的女儿，也未尚不可。但众多的史籍中对这姐妹两人都是记作"娄性之女"或误记成"娄谅之女"的，不见有泛记成"娄姓之女"的，故不若直书"娄性之女"来得更为直接、简便。笔者以为，对古人的姓名不当随意改动，这里应该是误记了。

（十二）对费案的记述两处有误

卷13《杂记》费案条下记"费案，字子和，文宪公弟也"。这种表述是不准确的，失之宽泛。其实费案是文宪公费宏的从弟；同在该志卷10《人物·先正》费案条下，记其为费宏"同祖弟"，这就比较准确了。这条下文又记费案登明远楼赋诗，其中有一句"卫事戒严人语静"。据费案著作《明少保费文通公选要六卷》卷2《登明远楼和阳峰韵》诗，此句应是"卫士戒严人语静"。笔者以为"卫士戒严"比"卫事戒严"来得更为贴切明白，故该志这里是将"卫士"误作"卫事"了。

（十三）夏言的诗是"登葛仙山"还是"登葛洪山"

卷2《地理·山水》在"葛仙山"条下，载有夏言诗《登葛仙山》："危磴入表冥，凭高驻鹤亭。四山暗风雨，半壑响雷霆。龙起西潭雾，山围北斗星。长生如有诀，吾欲叩仙灵"。据江西人民出版社出版的《名人咏九江》一书，其中载有夏言《登葛洪山》诗，除了第七句"长生如有诀"写成"长生有真诀"外，其他全部相同。当然，这诗还有"其二"："昔闻勾漏令，今谒左官仙。井忆烧丹处，台留化鹤年。路盘九龙上，山转七星悬。谁识尘寰里，烟霞自有天。"该诗题注称："'葛洪山'距德安县城西北22.5公里，今吴山乡境内。夏言登'葛洪山'而作。"查《大明一统志》卷52《九江府·山川》载："葛洪山，在德安县北四十里，晋葛洪尝游此。"夏言这首诗到底是"登葛仙山"还是"登葛洪山"，似当存疑。

（十四）赵敔不应写作赵梧

卷2《地理·山水》在"葛仙山"条下，载有赵敔撰写的《飞升台记》，却把"赵敔"记成了"赵梧"。据《明清进士题名碑录索引》，赵敔，直隶武进人，明景泰五年三甲第108名进士。这里"敔"和"梧"是两个不同的字，据《汉语大字典》，梧的第三个义项虽"同敔，乐器名"，但还有其他两个义项和读音。敔则除了乐器名外，还有禁和止的两个义项。作为古人名讳，在没有十分把握的情况下，还是不宜将"敔"擅改成"梧"为好。

（十五）费寀序言多有差异

卷首引录了嘉靖四年《铅山县志》费寀所作后序作为该志原序，但差异颇多：如原文"则夫秘籍弗及录者，所遗亦已多矣"句，缺一"录"字，加一"于"字；"识者不自录其名"句，缺"不自"二字，变成"识者录其名"，意思正相反；"使县志无缺"句，缺一"县"字；"或具于昔而今亡也"句，"或"字后加一"曰"字，不知何意？可能是想加一"曰"字而误成了"日"字；"岂以郡志存而此在所略乎"句，"所"改成"可"；"而忽必以汲汲也"句，缺一"必"字；"愚惟家之有大宗小宗"句，将"大宗小宗"改为"大小宗"；"抑今之志非古史乎"句，将"古史"改为"古之史"；"徵显阐幽之教隐"句，"隐"改成"徵"；"奸屏弊绝，政通人和，百废具举"句缺；"而强命之，予方负罳滔天，哀号濒死，奄奄余息，宁复逮是？而侯之诚恳"句缺；"既襄事慈茔，服届祥禅，乃强拭泪就馆"句，缩成了"乃就馆"；"尤博邃史学"句，缺一"博"字；"被命纂修武庙实录于南畿"句缺；"时嘉靖乙酉夏六月吉旦赐进士第翰林院编修费寀序"句，缩成了"费寀序"。

（十六）费懋质非黄懋质

卷2《地理·山水》在"章山"条下记："嘉靖间黄懋质诛茅结庵隐焉。"就在该条下有费元禄所作记，称"章山去横林十余里，叔祖石湖公别业"。据《鹅湖横林费氏宗谱》所载，费懋质，字民义，号石湖，横林费氏桂字派第47公，"国学生，前诏谕江南使"。他是费瑄的孙子，与费元禄祖父费懋文是从兄弟，故元禄称其为叔祖。这里所记嘉靖间在章山"诛茅结庵隐焉"的就是费懋质，因字形相似，这里是把"费"字错刻成"黄"字了。

（十七）费元禄所作"游章山记"缺失较多

卷2《地理·山水》在"章山"条下录有费元禄所作记，对照费元禄著作《甲秀园集》中的该篇，缺失较多：如原文"行莽苍中数百武"句，该志将"武"改作"步"，古以六尺为步，半步为武，这是两个不同的计量单位，不可混用；"于衡弟歆歟有不怿色，曰：'此先大父所经营者，岁久不复治，荒榛断梗，零乱若此，举目真有山河之感'。余解曰：'金谷铜驼，至今存耶？百年天地，谁得长为花鸟主人？'于衡意稍释，载酒命歌。万壑千岩"句，此段全缺；"复命舟呼虚掷白，两山秋色，半忆残雨"句，缺失。"猿贯以上"句，将"猿"改作"援"；"吴生以醉后不能登，洞之胜竟不得一当吴生也"句，缺失；"费子曰：'诗云：趿趿周道，鞠为茂草。余登章山，未尝不爽，然自失也。日月跳九百年一瞬，逌我暇矣，饮此湑矣，熙熙乐未央哉，乐又何可荒也"句，缺失。

（十八）费元禄所作"游章岩记"缺失

卷2《地理·山水》在"章岩"条下载有费元禄所作记，对照其著作《甲秀园集·游章岩记》，发现不少差错缺失：如原文首句"九阳山北走，南入西苞，岩谷以百数，其最著者章岩云。葛水出此山"句，该志全缺；"方舟容与以渡，沿溪入林"句，将"沿"改作"沼"；"嘉木畏，佳竹势"句，将"畏"改作"隈"，"佳"改作"崔"；"从人出饼饵以饷，倦者"句，缺失；"松柏桎杉"句，将"松"改作"枳"；"颓然兴发，孟坚命笔"句，"兴发"二字缺；"循数级而后至"句，缺一"数"字；"顾见余数辈宛宛谷中，如下天状。已而孟坚复挟一苍头扶掖，而蹑石上，三向再拜，呼宋名贤者三，挥涕而哭，意名贤当日盛游，没于烟云草莽，此中虚无人哉"句，全缺；"酌十数觥而起，土人瞪目聚观，大骇，余告之曰：'此人，酒人也，于燕为荆卿，于晋为阮籍，于唐为李白，于今为吴孟坚矣'"句，全缺；"墟里上人烟矣"句，将"人"改作"生"；"犹之曰纪游云尔"句，缺一"曰"字；"他日陵谷之迁，余乌乎知之"句，缺失。

（十九）有关费宏的记载有误

卷10《人物·先正》费宏条下，称费宏入内阁后，正德九年宁王"宸濠谋复护卫屯田，辇白金钜万，遍赂朝贵，宁及兵部尚书陆完主之。宏从弟编修案，其妻与濠妻，兄弟也，知之以告宏"句，这段话很容易使人理解为此事是费案之妻娄氏告许费宏的，或费案通过其妻知道此事而告许费宏的。其实费案之妻娄氏在此之前四年的正德五年四月已在京因产去世，不可能参与此事。据《铅书》卷6载费案所著《奉所知书》载：宸濠"果来谋复护卫，同年郭介夫闻其以银六万打点，来告于生，生以告之家兄，因而言之朝堂"。可见是费案从其同年进士郭介夫处得知的，如在

"知之以告宏"前加上"案因同年郭介夫"数字，即或免歧义。又记"户部议督正德时逋赋，宏偕右瑶、贾咏请自十年以后"句，将"石珤"错成了"右珤"。

（二十）有关费懋中的记载不实

卷 10《人物·宦迹》在费懋中条下，记其为"正德庚辰进士"。正德庚辰是正德十五年，其年在京举行了礼部试，费懋中成了中式举人，但因武宗皇帝待在南京久不回京，殿试无法举行。直到次年嘉靖皇帝入继大统，补行殿试，费懋中才得中进士一甲第三名。因此这一科实际上是被称为正德十六年进士，或正德辛巳进士。该志在其后又称费懋中得中"一甲第三，授翰林院修撰"，据《鹅湖横林费氏宗谱》载，费懋中得中探花后实授翰林院编修。依当时的惯例，只有得中状元后才能首授翰林院修撰，这里是将"翰林院编修"误成了"翰林院修撰"。

（二十一）有关秦鸣雷的记载中的两个疑点

卷 7《秩官》称：铅山知县"秦礼，临海人，由进士，弘治十五年任。子鸣雷生于铅……正德六年复任"。据《历代状元总考》在《状元三世科第者六》条下载："秦鸣雷，父文，弘治癸丑进士，参政；亲叔礼，己丑进士，按察使。"这两处记载，一说其父是秦礼，一说其父是秦文，而秦礼则是其叔父。又据《中国历代文状元》载："秦鸣雷（1518—1593），字子豫，号华峰，浙江临海人，明世宗嘉靖二十三年（1544）甲辰科进士第一人。秦鸣雷自幼多难，刚满月，母亲去世，五岁时，父亲又去世，只能由伯父收养。不久，伯父也去世了，家境更为贫困"。这里仍然没有把其父交代清楚，对此不免产生两个疑点：一是秦鸣雷之父到底是谁，二是其是否出生于铅山？据秦鸣雷"行状"称：其祖父"彦彬生五丈夫子：长大参文，次金宪礼，次祺，次禑，次待御武。金宪娶包，为南部郎时生公于公署。公夙遭闵凶，未弥月而失母，甫五龄而丧父。当是时，大参无子，其配杨岐嶷公，遂子之"。（《国朝献征录》卷 36 第 748 页）这里就讲清了秦鸣雷的生父是秦礼，秦文是其伯父，也是过继之父。其生父秦礼确在铅山两任知县，第一次是在弘治十五年（1502），四年后的正德二年（1507）即去任，由朱辂接任，后又由姬鲲接任；直至正德六年（1511）秦礼才又复任铅山县令，两年后的正德八年（1513）又由郑懋德接任，自后未再在铅山任职。而其后曾任南京部郎，又历官至按察使，可见正德八年之后他不太可能再居于铅山，五年后（正德十三年，1518）秦鸣雷也不太可能在铅山出生。况此"行状"中明确记述秦鸣雷是出生于其父秦礼在南京任部郎时的署中，而不是在铅山。

（二十二）《陈受海先生墓志》多有缺误

卷 3《建置·丘墓》第 272 页载有费宏为其恩师所作《陈受海先生墓志》，文中提及先生所教子弟"自宏之外，若方伯张合溪公祐，予从弟司训潭山宁，冬官清湖宏，庶子钟石寀，从子太史懋中，乡进士懋和、懋乐皆先生徒也"。其中"冬官清湖宏"应是"冬官清湖完"之误。费完是费宏胞弟，号清湖，官工部，故有此称。另对照《铅书》，在"则闻先生已捐馆矣"后缺"既而见先生之子维祯德器温雅，能世先生之业，则又甚喜。维祉间持其姻家进贤赵君公辅所为状，来恳予铭。宏与先生，非他师弟子比也，奚忍辞?"在"先生纬纲，字伯文，姓陈氏，别号受海"后又缺"系出江州义门后，因族属繁庶，散处他邑。有讳某者，徙于抚州临川县之东庄，子姓亦繁，遂为望族。曾祖讳敏学，祖讳彦政，考讳子行，妣袁氏"。在"皆先生徒也"后又缺"先生生于景泰丙子十月初一日，卒于正德己巳十一月十三日，享年五十有四。葬以正德丙子十月十三日，墓在本里龙头丘祖茔之次。原配邹，继配王。子男四：长维祯，次维宁、维藩、维垣，皆邹氏出。孙男五：文焕、文沛、文华、文秀、文教。女一，许嫁进贤赵氏。铭曰：吁嗟先生，德醇学邃。弗显诸身，曲成善类。青出于蓝，济济冠裳。拙我弗类，叨登相堂。溯源狙流，实感阙德。九原不兴，惟以永忆。爰有令子，克世其家。勒此贞石，永垂无涯。呜呼！自师道晦，而当世之为人师者，皆习以为故。常谓师以糊口耳，岁得脯所足以自润，不问其子若弟之贤与否也。余尝有慨于斯焉。及令铅山，见铅山昔之多贤者，一时萃于朝堂，享人名当国，以委之曰风气所钟，实不然也。有师焉，上饶陈先生纲，其为师也，真足以愧当世之为人师者矣。铅山昔贤则有徐君子融，足为师范；有若陈君文蔚，讲学铅山；有若徐君元杰，追随不倦。先生能化子弟之多贤，信不在三君之下矣。因附录之，以表师友之益，列于五伦之中，信不虚也"。文中铭后自"呜呼"起后的一大段文字，皆是《铅书》编者的附录，不是"墓志铭"的原文。

八、《上饶县志》中共中央党校出版社1993年版

1. 第44章《人物》第473页娄谅条中载其"著有《日知录》"。据《明史》卷383"娄谅传"，称其著作为"《日录》四十卷"。又据清《广信府志》卷93载，娄谅的著作亦是"《日录》四十卷"。故疑此处的《日知录》系《日录》之误。

2. 同上该条中又称："娄谅生有二子，长子娄性，次子娄忱，均为当时名儒。孙女（娄性长女）为宁王妃，知书识礼，颇有贤声。宁王反叛朝廷时，娄妃多次规劝，宁王不听，于是投江自尽。谅父子皆受株连，被捕入狱。"据《明武宗实录》等史志载，娄妃讽劝，宁王不听，被迫参与了叛乱；从南昌出发，随叛军下九江、南康，进至安庆被阻，回军返救南昌，在赣江樵舍段被义军围攻即将被擒时，投江自尽。前后历时43天。可见娄妃并非"多次规劝，宁王不听，于是投江自尽"的。宁王反叛在正德十四年，前此8年娄性已卒，前此28年娄谅已卒，故他们并未"皆受株连，被捕入狱"。真正"受株连被捕入狱"的是娄妃的叔父娄忱。故这段表述与史实多有不符。

3. 第 45 章《文存》第 561 页载夏尚朴撰《冰溪娄先生墓志铭》，正文第 1 行称："有大臣阅奏牍，见冰溪姓名，顾谓同列曰：'是即所谓楼上先生，昔尝不受宸濠衮服之命，岂有从逆之意耶？'不死当见原士论惜之，逮系之初，众皆惧祸不敢近。独其婿大学生上泸余锭，奉其父英数之命，周旋期间……卜葬上泸郭墚"。对照《广信府志》，句中"衮服之命"，当为"衰服之命"之误；"大学生"当为'太学生'之误；"周旋期间"当为"周旋其间"之误；句末"墚"当为"墩"之误。句中标点亦有误。全句似可断为："有大臣阅奏牍，见冰溪姓名，顾谓同列曰：'是即所谓楼上先生，昔尝不受宸濠衰服之命，岂有从逆之意耶？'不死当见原，士论惜之。逮系之初，众皆惧祸不敢近。独其婿太学生上泸余锭，奉其父英数之命，周旋其间……卜葬上泸郭墩。"

九、《明代方志考》四川大学出版社 2001 年版

第 239 页《广信府志》条下载："成化间，佚，《日本见藏稀见中国地方志书录》收清康熙《广信郡志》孙世昌序云：'信志肇于成化，迄嘉靖而再辑。'《稀见地方志提要》清康熙《广信郡志》条云：'郡志成于明成化间，据本志旧序，有嘉靖五年郡守费子和序，谓其书搜罗颇富，体制略具。'"费子和即费寀，字子和。据《明史》及《鹅湖横林费氏宗谱》等众多史籍，费寀从不曾任广信府郡守（即知府）。嘉靖四年、五年，其丁忧在乡，故应请撰修了铅山第一部县志，即嘉靖四年刻本《铅山县志》，并不闻其同时撰修了府志。同条下亦载："《广信府志》二十卷，嘉靖五年（1526）张士镐修，江汝璧纂，嘉靖刻本，《天一阁藏明代地方志考录》，汪俊序：'吾信江右名郡，成化初，明兴百年始克有志。……'"亦不见有费寀所作序。可见这一说法两者皆误。

十、《稀见地方志提要》（上下册）齐鲁书社 1987 年版

第 624 页载："《广信郡志》二十卷，清康熙二十二年刊本，（徐家汇藏书楼藏），清孙世昌纂修。世昌，号慎庵，辽东辽宁人，由荫生任泰州同知，以功擢守广阳，调恩威，以艰归。服阕，补广信知府。……郡志成于明成化间，据本志旧序，有嘉靖五年郡守费子和序……"其中关于费寀（字子和）的说法有误，详见本章第九节《明代方志考》所证。

十一、《乐平县志》上海古籍出版社 1987 年版

第 16 编第 72 章《人物表》中，所载明成化二十三年进士只记有李岱一人，且

光有姓名，别无字、号、任职，与同表所记其他进士殊不相同。查《江西通志》卷18《进士》一栏，所记明成化二十三年丁未科费宏榜进士，乐平只有程楷一人，并无李岱的任何信息。查《饶州府志》卷14《选举志》，所记亦与"通志"相同。就是同一该志第16编第72章《人物》传记中，亦记有程楷"字正之，号念斋，乐平镇人，明成化二十三年会试第一人，殿试第四"；不仅是会元，还是二甲第一名，俗称"传胪"。像这样一个科举中的佼佼者，不知为何在同一章中的《人物表》里却被换成了李岱。据《明清进士题名碑录索引》，成化二十三年丁未科费宏榜确有进士名李岱者，"字宗岳，山西太原府平定州乐平县人，军籍"，是三甲第170名进士，终陕西布政使司右参议。可见这是该志在《人物表》中将山西乐平李岱误成了江西乐平李岱，而把自己本县的科举明星程楷却遗漏了。

十二、《江西通志》清·康熙二十二年刊本_{近卫本}

（一）费懋贤在何地中举

卷18《选举·举人》在费懋贤名下记作"铅山人，应天中式"。乾隆四十九年《铅山县志》卷9《选举·举人》亦记费懋贤成举人是"应天中式"。同治十二年《广信府志》卷7《选举》中亦称费懋贤"嘉靖壬午乡试，应天中式"。而嘉靖四年《铅山县志》卷10《选举·举人》中却把费懋贤中举记为"嘉靖壬午顺天府乡试"。明代永乐之后有两京，南京称应天府，北京称顺天府。费懋贤是嘉靖壬午（即嘉靖元年，1522）科中举，此前一年的正德十六年八月，其父费宏应诏回北京二次入阁任内阁大学士，一年后的秋试，其应随父在北京任上，故参加顺天府乡试的可能性极大。况嘉靖《铅山县志》是由其从叔费寀主编的，又距其中举只有三年，所记应当可信度较高．故笔者以为，费懋贤中举虽多数志书都记作"应天府中式"，但还是当从嘉靖县志所记"顺天府中式"为是。

（二）在《进士》中漏记铅山籍余时文

卷18《进士》栏在宋政和壬辰科莫俦榜下，漏登铅山籍进士余时文。乾隆八年、四十九年的《铅山县志》均记有铅山籍进士余时文在"政和壬辰科莫俦榜"中进士。同治十二年《广信府志》卷7《进士》虽将"壬辰"误记为"壬戌"，但仍称其为"莫俦榜"进士，固不致全错。而此处在此科中竟无铅山籍进士，疑其是漏登了。

十三、《弋阳县志》清·乾隆四十九年刊本_{海南出版社2001年影印本}

1. 卷9《选举·进士》第230页载"余公瑞，政和五年乙未何桌榜"进士。查宋政和五年乙未为何桌榜，这个"桌"字是"栗"的古字，此处被错写成"桌"字了。

2. 同上卷记有"政和五年乙未何桌榜"进士"姚海，仕至枢密院使"。查《江西通志》及1991年《弋阳县志》均无此人，清同治《广信府志》卷7《选举进士》中在此年栏下记："按前志载姚海官枢密使，通志、前府志俱不载，阙之连志"。录此备查。

3. 卷9《选举·举人》第232页载永乐十二年甲午乡试举人"李文，乳源知县。按前志误载永乐壬午，查永乐并无壬午科，今据商文毅公九川李氏祠堂记改正"。此说颇可疑，永乐固然无壬午科，但明代确有壬午科，是建文四年，正是永乐帝靖难的最后一年，亦是建永乐年号的前一年。这年江西确有乡试开科，《江西通志》记此科为"壬午科"，不冠以"建文"年号，并记有此科举人名录，亦有弋阳籍举人邓炜，但不见有李文。然而《广信府志》在壬午科下的"邓炜"之后记有"李文，乳源知县"。又永乐十二年甲午乡试，《江西通志》记有"鲍尧夫，弋阳人，官知府"，亦不见有载李文。《广信府志》此科亦均不载。故将李文记在这科亦所据不足，似当存疑。

4. 卷9《选举·举人》在永乐丁酉科下记有举人张佽贞，《江西通志》在此科记有弋阳籍举人"张元贞"，《广信府志》亦在此科下记有"张元贞，宿州训导"。这个"佽"字与"元"字，音、义、形皆异，不知二说孰是？

十四、《弋阳县志》南海出版公司1991年版

该志第二篇《人物表》历代进士栏中，多处有误：

1. 第611页左栏第1列载"姚存礼，唐贞观乙未榜"进士；查《江西通志》《广信府志》俱不载，不知此何据？第2—5列载方竦、陈绰、姚棠、陈卿等四人登进士的时间均记为"唐景云元年榜"。查此为唐睿宗李旦的年号，系公元710年，据《中国历代文状元》，并不见该年有开科取士的记载；对此《江西通志》只记有方竦"弋阳人，官鸾台御史，封云亭侯"；其余三人不见有载。而《广信府志》却记有"方竦，侍郎，有传"；"陈绰，礼部尚书"；"姚棠，中书舍人"；"陈卿，兵部尚书"，不知所据何典？第6列载"郑师尹，宋淳化三年壬辰孙何榜"进士；《江西通志》不载。第7列载沈邈，第8列载翁有实，二人均记为"宋宝元元年吕溙榜"进士；对此《江西通志》不载，《广信府志》在"沈邈"条下记"按前县志载有翁有赟，官慈溪知县，通志、府志俱不载。又载淳化三年进士郑士尹于宝元之前，通志、府志亦未载，故并阙之连志"。这个"翁有实"或"翁有赟"亦应存疑。第9列载有"陈亨仲，宋绍圣元年甲戌毕渐榜"进士；《江西通志》未载，《广信府志》称"按前县志载陈亨仲，通志、府志俱不载，故阙之连志"。此人亦应存疑。第10列载齐

之礼，第 11 列载姚伟，均称是"宋元符三年庚辰李銮榜"进士；据《中国历代文状元》，此榜应是"李釜榜"，"銮"乃"釜"之误。此二人《江西通志》只载齐之礼一人，《广信府志》则在"齐之礼"条下记"按前县志载姚伟，官杭州廉访使，通志、府志俱不载，故阙之连志"。这姚伟似也应存疑。第 12 列载余应球，第 13 列载姚汝砺，均称是"宋崇宁八年丙戌蔡嶷榜"进士；据《中国历代文状元》，此年应是崇宁五年丙戌科；"崇宁"只有五年，而无八年，此年即是宋徽宗丙戌年（1106）；《江西通志》不载姚汝砺，《广信府志》在"余应球"条下记"按前县志载姚汝砺官秘书正字，通志、前府志俱不载，故阙之连志"。此姚汝砺亦存疑。第 14 列载"陈康赫，宋大观三年巳丑贾安宅榜"进士；据《中国历代文状元》，大观三年年是"己丑年"，"己"误成了"巳"，实际上干支纪年是不存在"巳丑年"的。此人《江西通志》不载，《广信府志》在"大观三年"条下记"按前县志载陈康赫，通志、前府志俱不载，故阙之连志"。此人亦当存疑。第 15 列载"余公瑞，宋政和五年乙未何栾榜"进士；据《中国历代文状元》，宋政和五年乙未为何㮚榜，这个"㮚"字是"栗"的古字，被错写成了"栾"字。又在此条下记"按前县志载姚海官枢密使，通志、前府志俱不载，故阙之连志"。第 16 列载郑范，第 17 列载蒋宗鲁、第 18 列载项康国，第 19 列载朱邈，第 20 列载陈康伯，第 21 列载邹浩；此六人俱记为"宋宣和元年戊戌王昂榜"进士；据《中国历代文状元》，戊戌王昂榜在宋政和八年（1118），这里错记成"宣和元年"。《江西通志》记有五人，惟邹浩不载，《广信府志》在此科下记"按前县志载邹浩官吏部尚书，通志、府志俱不载，故阙之连志"。此邹浩当存疑。右栏第 2 列载郑范，第 3 列载方畴，第 4 列载余安族，第 5 列载吕旭辉，第 6 列载陈康俟，第 7 列载刘运升，此六人均记为"宋建炎二年戊申朱易榜"进士；据《中国历代文状元》，宋建炎二年戊申是"李易榜"，这里错把"李"记成了"朱"。《江西通志》只记有郑愍、方畴、余安族三人，其余三人不录；而此处把"郑愍"记成了"郑范"，不知孰是。《广信府志》在此科下记"按前县志载陈康俟，又载吕旭辉官翰林学士，又载刘运升官蕲县知县，通志、府志俱不载，故并阙之连志"；这里将"陈康侯"记作"陈康俟"，不知孰是，故此三人均应存疑。第 8 列载"陈应隆，宋嘉定十年丁丑吴潜榜"进士，《江西通志》未载，《广信府志》在此科下记"按前县志载陈应隆官扬州知府，通志、前府志俱不载，故阙之连志"。此亦应存疑。第 10 列载"杨应奎，宋咸淳元年乙丑阮登炳榜"进士；又在第 11 列载张卿弼，第 12 列载黄显，第 13 列载周燮（注：原文燮字下面的"又"换成"贝"，不识此为何字，且遍查字典而不得，《广信府志》作燮，不知孰是），第 14 列载方升龙，此四人俱记为"宋咸淳四年戊辰陈文龙榜"进士；此五人《江西通志》均未载，《广信府志》在"宋咸淳元年乙丑阮登炳榜"条下记"按前县志载杨应奎官御史，又载咸淳四年进士张卿弼、黄显官工部主事，通志、府志俱不载。又据贵溪县呈报古墓墓志铭中载弋阳宋进士周燮，科目未详，通志亦不载，故并阙之连志。按吴立修祖墓，得宋咸淳乙丑墓铭，内载弋邑进士方升龙为其孙婿，考通志、连志俱未载，故阙之"。据此，上述五人皆应存疑。第15列载"陈敏学，宋元贞元年乙未榜"进士，"元贞元年乙未"（1295）是元成宗铁穆耳的年号，这里错成为"宋"；据《中国历代文状元》，元朝立国后一直废科举，直至元仁宗延祐二年（1315）才开科取士。但《江西通志》记有元"大德"戊戌（1298）科进士名录，《广信府志》只记有元延祐戊午（1318）科进士名录，但均不见有元贞元元年乙未科进士名录，更不见有陈敏学，故应存疑。第16列载"陈应桂，宋大德"进士，第17列载汪文瓒，第18列载汪濬，均记为"宋延祐五年戊午霍布贤榜进士"，这里错把"霍希贤"记作成"霍布贤"；第19列载张纯仁，第20列载陈璐，均记为"宋至治元年辛酉宋本榜"进士。以上"大德"是元成宗年号，"延祐"是元仁宗年号，"至治"是元英宗年号，均被错记成了"宋"。以上杨应桂等五人，《江西通志》只在"至治元年戊午宋本榜"下记有张纯仁，其余四人俱不载。《广信府志》在"延祐五年戊午霍希贤榜"下记有"按前县志载汪文瓒官知事，又载大德进士杨应桂、元贞进士陈敏学，通志、前府志俱不载，故阙之连志"。清乾隆四十九年《弋旭县志》亦不载汪濬。综上所述，此四人亦应存疑。第21列载方回孙，第22列载吕德璋，均记为"元泰定四年李黼榜"进士；《江西通志》只载方回孙，不载吕德璋；《广信府志》在"方回孙"条下记："按前县志载吕德璋官都御史，通志、前府志俱不载，故阙之连志"。吕德璋亦应存疑。

2. 第612页左栏第2列载黄溥，第3列载李玑，均记为"明正统十三年戊辰彭时榜"进士；《广信府志》同，而《江西通志》只载李玑，不见黄溥，故存疑。第5列载"花润生，明成化二年丙戌罗伦榜"进士；《江西通志》不载，《广信府志》在此科下记"按前县志载花润生官按察使，通志、府志俱不载，故阙之连志"；《明清进士题名碑录索引》载花润生是明永乐二年进士，却是福建邵武人；故此当存疑。第6列载郑龄，第7列载李镜，均记为"成化五年巳丑张升榜"进士；查此年干支为"己丑"，"己"误成了"巳"，干支纪年是没有"巳丑"年的。第12列载"吴晟，明宏治三年庚戌钱福榜"进士；此处"宏治"应是明孝宗年号"弘治"，清中后期为避乾隆帝讳而改称，当代修志已没有必要再避讳了，以下的"宏治"年号皆因此误。此科《广信府志》也只载此一人，而《江西通志》还载有"郑轵，弋阳人"，故当存疑。第13列载汪俊，第14列载范希淹，均称是"明宏治六年庚戌钱福榜"进士；查此二人均是明弘治六年进士，但此科是"癸丑毛澄榜"，显误。第15列载"汪伟，明宏治九年庚戌钱福榜"进士；查汪伟是明弘治九年进士，但此科是"丙辰朱希周榜"，显误。第16列载陈善，第17列载谢琛，均记为"明宏治十三年庚戌钱福榜"进士；查此二人是"明弘治十二年己未伦文叙榜"进士，全误。右栏第1列载"方位，明宏治十五年庚戌钱福榜"进士；查方位应是"明弘治十八年乙丑顾鼎臣榜"进士，全误。第3列载汪佃，第4列载黄易，均记为"明正德十二年辛未杨慎榜"进士；查此二人确是明正德十二年进士，但此科是"丁丑舒芬榜"，显误。第 5 列载"舒国光，明嘉靖八年巳丑罗洪先榜"进士；查嘉靖八年的干支年应是"己丑"，详见上所述。第 16 列载"汪拔群，清光绪十四年进士"，查光绪十四年并未开科，十四年也不是戊戌年，戊戌年是光绪二十四年，这科有弋阳人名王拔群者中该科二甲 118 名进士，当是将"二十四年"误成了"十四年"，将"王拔群"误成了"汪拔群"。以上所查均据《江西通志》《广信府志》《明清进士题名碑录索引》及《中国历代文状元》。

十五、《南昌县志》民国二十四年重刊本

卷 45 "烈女一"第 1279 页载"宸濠妃娄氏，上饶娄谅女也"。据 1986 年 12 月上饶县出土的《南京武库清吏司郎中致仕进阶朝列大夫娄君墓志铭》载："（上饶娄君原善）讳性，号野亭……长女为宁国妃，次女适铅山费寀。"文中又称"原善之先公一斋先生谅"。可见娄谅是娄性之父，而娄妃是娄性的长女，是为娄谅的孙女。此碑系王阳明的父亲王华所作，王华是娄性的同年进士，对之应比较知根知底；铭文作于正德五年，距宁王反叛还有九年，也不会有什么可以隐讳的。因此文中的说法应当是可信的，而《南昌县志》是将"娄性"误成"娄谅"了。

十六、《吉安府志》清·光绪元年刊本

卷 26《人物志》第 869 页载："刘玉，字咸栗，万安人……正德十五年累擢南京右佥都御史，提督江防。宸濠反，攻安庆，玉以舟师赴援。"据《明史纪事本末》卷 47 "宸濠之叛"记，叛乱事件发生在正德十四年六月，而刘玉如在正德十五年才任南京右佥都御史提督江防，他怎能在此前一年"以舟师赴援安庆"？故疑此处有误。查得《国朝献征录》卷 46 第 422 页载"刑部侍郎刘公玉传"所记：刘玉在（正德）"己卯，改南京佥都御史提督江防，闻宁藩变，传檄致词，以舟师往援安庆"。正德己卯即正德十四年，刘玉已任南京佥都御史提督江防，这才能得闻宸濠叛乱后，提舟师顺江而下往援安庆，后亦才能以平定叛乱功进右副都御史。故当以《国朝献征录》所记为是，"府志"所记有误。

十七、《玉山县志》江西人民出版社 1985 年版

卷 38 "人物"第 606 页"县籍职官学位表"，在"汪应辰"栏中称其任职地点为"端明殿"，职务为"大学士"，有的著作遂误以汪应辰曾任宰相。遍查《宋史》"宰辅表"，并不见有汪应辰名列其中。《宋史》卷 387 第 1145 页有"汪应辰本传"，称其曾"除吏部尚书，寻兼翰林学士并侍读"。宋代官员授受往往有"官""职"

"差遣"的区别：官是虚名，只以"寄禄秩，序位著"；职是"待文学之选"；差遣才是官员实际负责的职权。汪应辰最后的官职是"以端明殿学士知平江府"。"端明殿学士"是其职，"知平江府"才是他的实际工作。学士，是古代一种官名，其原意是学者、文人，或在学之人。唐代从官员中选拔文人、学者兼任之，五品以上为学士，六品以下为直学士。后又设大学士，以宰相兼领；大学士四人，象征四时；学士八人，象征八节；直学士十二人，象征十二时。宋因唐制，设翰林学士、诸殿学士、诸阁学士、枢密直学士及侍读、侍讲学士，皆是皇帝的侍从官，备顾问。而大学士仍然是由宰相兼领。汪应辰是端明殿学士，故而不能误作"大学士"。

十八、《婺源县志》 档案出版社1993年版

1. 《大事记》第18页载："正德十四年（1519），宁王宸濠背叛朝廷领兵攻入县境。"据《明史纪事本末》等史料，正德十四年（1519）六月十四日宁王朱宸濠在南昌起兵反叛，意欲沿长江进军占领南京称帝，故先后攻下南康、九江，直至在安庆被阻。且派往广信招兵的娄伯一路等亦在进贤及余干、龙津驿被斩，南昌又为王守仁所破，宸濠急忙回兵老巢，途中被义军所擒，全军覆没。前后43天，不闻有进军婺源之说。且婺源当时隶属南直隶，从江西南昌至婺源，横隔整个鄱阳湖和赣北地区，叛军如若要进军婺源，必先破鄱阳、余干、乐平、浮梁或德兴等地；如欲迂回浙江攻婺源，也不见有叛军东进至广信、浙江等地的记载，真不知此说何来？查得1990年版《上饶地区志》第30页《大事记》，在正德十四年条下记："宁王宸濠兵叛，攻入婺源县境。"不知是否受"地区志"的影响，抑或是"县志"误导了"地区志"？总之此事不合情理，且未查得史料佐证，故当存疑。

2. 第74章《人物传》第572页在汪泽民条下，记其"至正三年……未几，改授嘉议大夫，封礼部尚书，后告老退归宣州"。"嘉议大夫"一般授予侍郎等三品官员；官员职位称"封"称"赠"，即是受某种恩典所得，生时得之称"封"，死后得之则称"赠"，所谓"生封死赠"是也。据《元史》卷185"汪泽民本传"称："至正三年，朝廷修辽、金、宋史，召泽民赴阙，除国子司业。与修史书成，迁集贤直学士，阶大中大夫。未两月，即移书告老。大学士和尚曰：'集贤、翰林，实养老尊贤之地，先生何为遽去？愿少留，以副上意。'泽民曰：'以布衣叨荣三品，志愿足矣。'遂以嘉议大夫、礼部尚书致仕。"可见汪泽民并未实任嘉议大夫、礼部尚书，也不是任此官后才告老还乡的，而是以此虚衔作为其致仕的一种荣耀。

3. 第74章《人物传》第573页在汪鋐条下记其"任南京府部贵州清吏司主事"。据《明史》卷75"职官志"，并没有"南京府部贵州清吏司"这种衙门，而是"南京户部贵州清吏司"，故疑是将"户部"误记成"府部"了。

4. 第74章"人物传"第574页在汪应蛟条下，记其历任官职，只至"光宗即

位，被复起用为南京兵部尚书"。据《明史》卷 241 "汪应蛟本传"第 6267 页载："光宗立，起南京户部尚书。天启元年，改北部。"据《明史》卷 112 "七卿年表"第 3941 页在"户部尚书"栏"天启元年"下记："汪应蛟，六月任"；"天启二年"下记："汪应蛟，十二月致仕"；其在户部尚书任上有一年半。《崇祯长篇》卷 2 第 23 页亦记："前户部尚书汪应蛟卒。"可见汪应蛟的最后官职不是"南京兵部尚书"，而是户部尚书，县志遗漏了其这一最高官职，还误记成"光宗即位，被复起用为南京兵部尚书"，其实汪应蛟从未任过"南京兵部尚书"，故这段应是"光宗即位，被起用为南京户部尚书，后改北部"。

5. 第 74 章《人物传》第 574 页在余懋衡条下记其"历任河南道守、大理寺右侍丞、大理寺左少卿、右佥都御史、右副都御史、南京吏部尚书等职"。引文中"大理寺右侍丞"，据《明史》"职官志"，应是"大理寺右寺丞"之误。《明史》卷 232 第 6061 页"余懋衡本传"称：余懋衡"天启元年起历大理左少卿，进右佥都御史，与尚书张世经共理戎政。进右副都御史，改兵部右侍郎，俱理戎政"，可见他的最后官职是"兵部右侍郎"，而县志中恰恰把这遗漏了。至于这个"南京吏部尚书"的官职，颇多周折，据其"本传"称：天启"三年八月廷推南京吏部尚书，以懋衡副李三才，推吏部左侍郎；以曹于汴副冯从吾。帝皆用副者。大学士叶向高等力言不可，弗听。懋衡、于汴亦以资后三才等，力辞新命，引疾归。明年十月再授前职。懋衡以珰势方张，坚卧不起。既而奸党张讷丑诋讲学诸臣，以懋衡、从吾及孙慎行为首，遂削夺。崇祯初，复其官。"按明代规制，官职虽有任命，没有到任是不算任职的，这两次"南京吏部尚书"的任命俱未就任。至于"崇祯初，复其官"，据《崇祯长编》卷 10 第 18 页载：崇祯元年六月"浙江道御史汪起元疏荐周嘉谟……余懋衡……等十九人，报可"。这只是皇帝同意了御史推荐的复职官员名单，具体任职并无下文。而该长编卷 13 第 26 页又记：崇祯元年九月"乙酉，原任吏部尚书周嘉谟疏辞南冢宰之召。不允"。原来这年是召周嘉谟任南京吏部尚书，且其并未接受，而是"疏辞"，虽"不允"，但后来有无到任并无下文。故县志中记余懋衡最终的职务是"南京吏部尚书"一说，似当存疑。

6. 第 74 章《人物传》第 576 页在江永条下记："被收入《四库全书》著作 27 部。"据《四库全书》载，共收入江永的著作有《周礼疑义举要》《仪礼释宫增注》《礼记训义择言》《深衣考误》《礼书纲目》《春秋地理考实》《群经补义》《乡党图考》《律吕新论》《律吕阐微》10 部，故疑"27 部"之说有误。

十九、《德兴县志》《光明日报》出版社 1993 年版

1. 卷 29《人物传》第 934 页在孙原贞条下记："景泰三年（1452）因在军事上素有谋略和建树，升任南京兵部尚书"。据《太保费文宪公摘稿》卷 16 第 550 页，

费宏在为其岳父孙需作传时，述及其"祖讳原贞，永乐乙未进士，由礼部郎中历浙江布政使。以屡平巨寇最功升兵部侍郎，参赞军务，进秩尚书，镇闽、浙"。据《明史》卷 172 "孙原贞本传"，正统年间，孙原贞以兵部左侍郎镇守浙江，景泰三年"六月进兵部尚书，镇守如故"。可见孙原贞是进秩兵部尚书，以兵部尚书衔镇守浙江，并未实任兵部尚书，当然更没有任南京兵部尚书。至于该志中又称其"宪宗朱见深即位后，又被启用并晋升为资政大夫"。明代"资政大夫"是二品官员的阶，不是官职。宪宗即位，孙原贞已 77 岁，不太可能再召用。况《明史》本传及其他史料皆不载，不知其所据是何？故当存疑。

2. 卷 29《人物传》第 936 页在孙需条下记："正德四年（1509），就任礼部尚书。"遍查《明史》卷 111 "七卿年表"，均不见有孙需任礼部尚书的记载，而其年的礼部尚书是白钺，况此时其婿费宏在礼部任侍郎，以明代的规制，不可能有翁婿同衙。《明史》卷 172 第 4587 页 "孙需本传" 也不见有此记载。经查《太保费文宪公摘稿》卷 16，费宏为其岳父孙需所作的传中称：正德"己巳，升南京礼部尚书"。这年正是正德四年，原来孙需是任"南京礼部尚书"，这里误成"礼部尚书"了。

二十、《广丰县志》 广丰县志编委会 1987 年版

1. 第八篇第 60 章《人物传》第 451 页称张叔夜为"宋徽宗大观戊子（1108）进士"。而《江西通志》卷 16 "选举" 第 53 页，称其为"大观己丑科贾安宅榜进士"（1109，宋徽宗大观三年），且注其"永丰人，官开封少尹"。《中国历史大辞典》称张叔夜为"北宋开封（今属河南）人……大观四年（1110）赐进士出身"。据《中国历代文状元》，大观四年（庚寅，1110）及大观戊子（二年，1108）均未开进士科，似当以《江西通志》所记"大观己丑科"为是。

2. 该志下册第 1794 页卷 40《人物》施师点条下称：施师点是"绍兴十七年（1147）进士"。笔者再检此县志第八编《人物》第 452 页 "施师点传"，其中亦载施师点是"绍兴十七年（1147）登进士第"；并加注："明嘉靖《永丰县志·施师点》载绍兴丁丑进士，今据墓志。"这里所谓"墓志"，即出土的施师点墓志铭，载在该县志第五编《文化》第 324 页，其中果称施师点是"绍兴十七年登进士第"。绍兴是南宋高宗的年号，共 32 年，丁丑年是绍兴二十七年（1157），这年是王十朋榜，可见明嘉靖《永丰县志》的表述的进士科是存在的。其次，据《中国历代文状元》，绍兴十七年并未开科取士，在此前后只在十五年、十八年有进士科。再据《宋史》卷 30《高宗本纪七》载：绍兴十八年四月"甲辰，赐礼部进士王佐以下三百三十人及第出身"。而十七年亦无开科取士的记载，故《中国历史大辞典》又称其为"大观四年赐进士出身"。可《上饶县志》又称施师点是上饶人，宋绍兴二十七年进士。故施师点的籍贯及中进士的科次均似当存疑。

第三章　宗谱

一、《鹅湖费氏宗谱》点校勘误录

2013 年重修《鹅湖费氏宗谱》，对光绪二十四年木刻本、民国三十六年木刻本及 1992 年铅字打印本宗谱作了标点校勘，并对其中一些错漏作了考证修订，综合记录如下：

1. 宗谱名称：1992 年、民国三十六年、清光绪二十四年宗谱皆作《鹅湖费氏宗谱》。而费氏宗谱创立之初，实称《鹅湖横林费氏宗谱》，有徐阶、李东阳、申时行、郑以伟等所作谱序为证。鹅湖系儒学圣地，亦是费宏晚年之号；而横林实系费氏先祖拓族发祥之地，以费宏为代表的费氏精英及其后裔族人，皆生于斯、长于斯、学于斯，实费氏家族之根本。故应恢复原谱名《鹅湖横林费氏宗谱》。

2. 现存三个版本的往届宗谱中，均有署名"赐进士少师兼太子太师户部尚书华盖殿大学士年家侍教弟李东阳"的序言。李东阳是明弘治、正德间内阁重臣，与费宏交往颇厚，亦师亦友，费宏更尊其为前贤。而徐阶是费宏的门生，李东阳更为徐阶的前辈，如此序是李东阳所作，在宗谱各序中必列于首，怎会置于徐阶等序之后？李东阳卒于正德十一年，而费氏宗谱作于此后多年的嘉靖初年，其亦不可能为此宗谱作序。且署名职衔亦不符；文中所述事项又多在李东阳身后，如"探花定轩"，费懋中探花及第在正德十六年；"翰林少湖"，费懋贤改翰林院庶吉士在嘉靖五年，等等。但不知此序为何人所作，故只好仍依原文保留；又据其文中所述内容多为万历中事，故列在徐阶序后、申时行序前。

3. 费元禄所作序言：光绪二十四年、民国三十七年谱均题为"族谱序"，1992 年谱则题为"万历九年重修宗谱序"。据明首辅大学士申时行序中所述，"其谱修于鹅湖、钟石二公之意，参于清湖公之谋，成于少湖、屏石、望湖诸君之手。"清费之鹤序称："顾其谱立于清湖、屏石、少湖、唐衢诸祖之手，梓于国学生芳公之孝友堂，沿至国朝己卯重修。"清康熙三十八年己卯费英略序称："爰取曩孝友堂国学生芳所梓、而今长祐所守之旧谱，其间残缺者补之，失次者序之，疑阙者因之……且宗谱之修也，系是百三十年箧中故物。"由此可知，费氏宗谱实创于明嘉靖初年，其时费宏为首辅，费寀为左赞善，费懋中为翰林院修撰，费懋贤为翰林院庶吉士，一时父子、兄弟、叔侄同列禁近、共处清华，富贵尊荣，举世无双。此时起意创谱，又经四五十年的不断完善，直至明隆庆三年（1569）才由费宏之曾孙费芳的"孝友堂"付梓成牒。130 年后的清康熙三十八年（1699）第一次重修，故言老谱"系是百三十年箧中故物"，足见其间万历九年（1581）并未重修宗谱。且费元禄万历三年出生，6 岁亦不太可能写出此序。据检费元禄《甲秀园集》，第 24 卷有"族谱四篇"，其中第四篇为"族谱第四"，即为此文。据文中所述，费元禄见宗谱"文献阙然"，"欲采事实而传之谱，使后人知世家忠厚之泽"，即是其为后人重修宗谱而收集的文献资料。详阅全文，资料丰富，很有保留价值，故此将原列"万历九年重修宗谱序"删去，增列"族谱四篇"全文为第六节，并作标点整理。

4. 费氏受姓考：原注为"录节史记"，但颇有差异。现按中华书局版《史记》作了标点修订。又增录了《中国姓氏大辞典》和陕西人民出版社《百家姓书库》中关于费姓的起源、费姓的郡望和费姓的图腾等内容。

5. 成乡侯文伟公名臣传：原文与《三国志》中"费祎传"有差异，此次录入，按中华书局版《三国志》作了点校修订，原有不同部分予以保留，故不具录自《三国志》。

6. 诰敕：把清赠祝炳章外祖父的二道诰敕归置于此一处。另增加了明世宗赠文通公光禄大夫、谥文通诰一道。此文录自《铅书》。

7. 封赠：原有名录，此次按其在族中字派的先后调整了顺序。其中荣祖公、乐庵公、五峰公的赠官有误，他们的最后赠官，都是以费宏贵，赠"光禄大夫柱国少保兼太子太保户部尚书武英殿大学士"；望湖公的赠官应为"广东布政使司左布政使"，现均据此以改。原封赠只登考，不登妣，现按"世系"所记增录。

8. 仕宦：原有名录，此次按其在族中字派的先后调整了顺序。对原有内容有误的，做了必要的修正：其中鉴 39 在轩公的"江南武晋县训导"，因明代江南并无"武晋县"，据"世系"中所记，改为"武进县训导"。浚 11 省斋公的"平浮县训导"，据"世系"改为"平湖县训导"。燧 59 太仆公的"广东左布政使"，据"世系"改为"南京太仆寺卿"。燧 161 平山公，据"世系"加"宜春王府仪宾"。铨 128 霍山公的"柳州府知府"，据"世系"改为"桂林府知府"。另增加了中华民国时期和现代的名录，并增设了现代高级职称的名录。

9. 宦绩：其中"文宪公宦绩"，原载"录明史传"，但颇有差异，现按中华书局版《明史》"费宏传"点校修订。"唐衢公行状"，按费元禄《甲秀园集》点校修订。"传广公宦绩"，按族谱体例移入诗文中。

10. 孝友：（1）"荣三公事实"称公"年三十九卒"。据"世系"，公生于明洪武二年（1369），如年三十九卒，则在永乐五年（1407），可其次子应麟却生于永乐十六年，显误。且原文中又有公"葬乌石，堪舆家谓得吉地，后四十年有名世出，则公积德之报矣"。此处暗示费宏的出生；费宏生于成化四年（1468），后推四十年则为宣德三年（1428），故荣三公应卒于宣德二年（1427），年五十九，次年葬于乌石。而"年三十九"疑为笔误。（2）"乐庵公事实"称公"卒年四十三"。据"世系"，公生于永乐十五年（1417）十一月十一日，卒于天顺三年（1459），而其亲弟应麟公却生于永乐十六年正月二十日，相差只两月余；且公长子伯玉生于宣德六年

（1431），若据此，其时公才 15 岁，可能性不大。故民国谱欲将其生年改为永乐五年（1407），这是颇有见地的。据谱载，公长子伯玉景泰四年（1553）中举，不久即病卒，公卒在其后，而其三子五峰公在父、兄卒后掌家政，年仅 18；照此来推算，公卒于天顺三年（1459）是正确的，而其生当于永乐五年（1407），终年 53 岁，"四十三"疑为笔误。为保持族谱原貌，以上两点均未做修改。

11. 殿试对策：文宪公状元殿试策，对照《费宏集》点校修订。懋中公探花殿试策，据《历代金殿殿试鼎甲朱卷》点校修订。

12. 行状、碑铭：原铭和祭文合为一节，现将碑铭分列，并加行状。费宏身后文原只有夏言撰"文宪公墓志铭"，为使其齐备，现据《国朝献徵录》增江汝璧撰"文宪公行状"，并据以点校修订。其中"癸卯年甫冠，领乡荐"，显误；费宏癸卯年领乡荐，年仅 16 岁。"世父公瑄"，应为"世父瑄公"之误。"鲁府邹平王当袭爵，为庶兄夺"，据《明史》，应是"为庶弟夺"之误。"卿可兼程早来，朕宁俟卿见"，"宁"当为"伫"之误。又据《费宏集》，增李时撰"文宪公神道碑铭"，并据以点校修订。其中"壬子，史成，有白金、文绮之赐"，壬子是弘治五年；据《明实录》，此事在弘治四年辛亥。似当以"明实录"所记为是，疑此处"壬子"是"辛亥"之误。"五月，至清源"，据《明史》，"清源"应为"临清"之误。"赐宴礼部"，原脱一"宴"字，现已据《明实录》补。夏言撰"文宪公墓志铭"，据《费宏集》点校修订。闻渊所撰"文通公墓表文"，其中称"元季有名禾者为弋阳尉，因家焉"，把费禾定为横林费氏始迁祖。据《广信府志》，费禾系铅山举人，宋淳熙间为弋阳县尉；又据《九鲤堂费氏宗谱》，费禾是铅山九鲤堂费氏族人，故闻渊此说不确，且不妥，不为史家所首肯，亦不为费氏族人认同。另还增加了费宏侧室李氏的墓志铭，该墓志碑由上饶市收藏家协会冯志幸会长赠予，现存"费宏陈列馆"，文中"张祜"，当为"张祐"之误。

13. 赞文：原称"像赞"，因把"谱后景仰"和"重修宗谱赞"汇集于此，故改称。其中第八篇"横石公像赞"，光绪、民国谱作"宏石"，1992 年谱作"钟石"，均与文中所述不符；据宗谱中"仕宦""世系"，此实为横石公，讳际唐，横石其号，岁贡生，任河南洛阳县丞，与赞文"乃贡于京，出佐洛邑"相符，故据以改。为便于检索，在一些作者的名号后增加了讳、字。

14. 民国、光绪宗谱原只有"坊表"一节，因原横林费氏宗祠已不存，1992 年宗谱增列了"匾联"一节，使原宗祠中匾联的内容得以保存，实为必要，其功至伟。但把其中的"斗大黄金印，天高白玉堂，不因千卷力，安得见君王"匾记作"御笔题五言绝句一首"，后更传为是明世宗皇帝赐予费宏，实无明证，不能妄加定论。现仅录为"二十字匾牌"，不具出处。

15. 书目：宗谱原有书目甚少，且有不确处。现据《明史·艺文志》《四库全书总目提要》《艺文志二十种综合引得》《中国古籍善本书目》《千顷堂书目》及府志、县志、宗谱所载，重新列出书目。又增加了当代的书目。并规定今后凡族人有版权的著作，均可录入书目。

16. 书启：原只有三篇，现增文通公"上王伯安公擒宁书""处濠大略""奉所知书"三篇，均录自《铅书》。文中对费氏与宁王朱宸濠、上饶娄氏关系的来龙去脉表述得清清楚楚，颇有保留价值。

17. 诗文：调整了诗文的排列次序。据清乾隆《铅山县志》增加了费长年"捲绩石"一首。在一些作者的字号后加了名讳。其中文宪公"鹅湖书院次朱陆韵"，原谱均有，费宏文集中则无；"游鹅湖"，原谱作"鹅湖书院"，且无小引，现据《费宏集》增改；"赠处士张虚斋"，《费宏集》作《寄汭川张廿一丈》，有小引，且诗有三首，此处只一首；现仍旧，未作增改。邹赛贞"恩荣八咏和子充婿及第韵"，据《士斋集》作了校正。

18. 增加了费宏佚文六篇，单列一节，并分别注明出处。其中"方氏重修家谱序"中，"而先生所以教孝弟之道"，"先生"疑为"先王"之误；文宪公署名中"太子太师兼太子少师"，亦疑为"少师兼太子太师"之误。

19. 杂志：调整了各篇排列次序。原有13篇，现增《少年状元》《文宪公受笞》《父子兄弟贵盛一时》3篇。各篇均加安了标题，并注明出处。

20. 文宪公年谱：费彝昭在清乾隆早期撰成此篇，实属不易。但正如其文中所述，当时缺少文献资料，故错舛之处时有。此次录入，只作了标点整理，发现一些问题，未便径改，现分列如下：(1) 成化二十年，"时太平濮未轩公偕其妻邹孺人，以子编修韶迎养京邸"；据《费宏集》《士斋集》，濮韶弘治九年才中进士、入选翰林院庶吉士，在此十二年前，还谈不上迎养；而其时是濮未轩公供职太学，故家居京师。(2) 弘治七年，"公治侧室李氏"；据李氏墓葬志铭载，其"年十六归"文宪公，时当弘治十二年。(3) 弘治十二年七月，"余太夫人卒，公丁忧回籍"；据《费宏集》，余太夫人卒于弘治十一年十二月初二日，报到京师，已是次年二月，时费宏参与春试阅卷，后又有唐寅科场案，直到五月才得请归乡丁忧。(4) 弘治十三年，"六月五峰公卒……是冬，五峰公合葬于此"（注：杨梅尖余夫人墓）；据《费宏集》，五峰公卒于弘治十三年十月初三日；费宏于弘治十四年正月葬母于杨梅尖，八月葬父于天柱山，并无合葬之说。(5) 正德元年，"正月，京师地震，公上疏'乞修实德以谨天戒'；二月，初开经筵，公同年与者七人：学士刘仁仲，谕德傅邦儒、蒋敬之，侍读罗景明，修撰石邦彦，考功杨名甫"。此段记述有两误：一是据《武宗实录》卷9，正德元年正月地震发生在宣府；据《武宗实录》卷81及《费宏集》，京师地震发生在正德六年十一月，武宗令百官同加修省，内有"礼部知道"语，费宏时为礼部尚书，故即上此疏，这里却误成了正德元年正月的宣府地震。二是正德元年二月与经筵的七同年，据《费宏集》卷4，其中傅邦瑞误为"傅邦儒"，且遗漏毛纪，误入杨名甫。(6) 正德六年，调到江西狼兵贩卖俘获人口，"公上疏，乞……严加禁约"；据《武宗实录》《明通鉴》和《费宏集》，此事应在正德七年四月，却误记在正德六年。（7）正德十年条下，把李镇作乱从"争祭肉成讼"到发墓焚尸等全记在此。据《武宗实录》《国榷》及《费宏集》，该乱起于正德十年，延至十三年九月才被剿灭，详见拙作《费宏年谱》。（8）正德十一年冬至日，费宏在铅山县城陪同出使江西的同年、亲翁吴宁庵"同贺冬节"，据《武宗实录》《费宏集》，此事在正德十年十一月九日，此处却误记在"正德十一年冬至日"。（9）正德十四年"宸濠以南昌叛，兵号数十万，破南安，陷九江"；据《武宗实录》，此"南安"应为"南康"之误。"十二日，公与三府俞公良贵书"，"十二日"当为"二十日"之误，详见拙作《费宏年谱》。（10）嘉靖二年，"冬十一月，大学士杨廷和致仕，公为首辅"；据《世宗实录》，杨廷和于嘉靖三年二月十一日致仕，继任者是蒋冕；五月蒋冕去位，继任者是毛纪；七月毛纪去位，费宏才继任首辅。（11）嘉靖三年，大同兵变，"张璁请讨之"；据《世宗实录》，此是第二次大同兵变，发生在嘉靖十二年，详见拙著《费宏年谱》，这里是与第一次大同兵变搞混了。（12）嘉靖四年，"诏修《武宗实录》"并言费宏重用杨慎，"尽付稿草，多商定之"；据《世宗实录》，诏修《武宗实录》事在正德十六年世宗登基后不久，杨慎确曾与修实录，可他在嘉靖三年七月已因议大礼下狱、谪戍，此事不当放在嘉靖四年。（13）嘉靖四年，修观德殿前后事，据《世宗实录》，此事当在嘉靖五年七月。（14）嘉靖六年，费宏"访孙太初一元南屏山中"；据《明清江苏文人年表》，孙一元卒于正德十五年，此访记在其卒后七年，实误，疑此访当在费宏正德九年致仕南归途中。（15）嘉靖十三年，"公从弟钟石公是岁升礼部侍郎，公幼子仰湖公懋良以荫授尚宝寺丞，升广西太平府知府，是岁升尚宝寺卿"；据费案墓表文，是岁费案所升应是南京礼部侍郎。费懋良承荫升职事也不在此年，据其母李安人墓志铭，嘉靖十六年"文宪公敕葬礼成，懋良当入谢，复荷恩拜尚宝司丞"，升职事更在其后无疑。

21. 世系：除前述点校外，还做了如下修订：（1）每行第一列父亲信息，增加了父亲的字派序号；其子如是独子，则称某某公之子，多子者则依长、次、三……子称，不再称幼子。第三列本人信息，增加了其子的字派序号；并在此增设了本人的世系编码：将第四世六位先祖按长幼分别排为1、2、3、4、5、6，其后嗣的编码以此为首数，再加上各人在其父名下的排行数；如是隔代承嗣，则在祖、孙数之间加一"0"；这样一世一数，一人一码，不仅可直接地知道自己的直系先祖，而且可将自己的编码位数加上3，即知自己在族中世系中为第几代。（2）本人名讳与上辈父亲信息中生子的名、下辈儿、孙信息中父、祖的名，三者统一，以避免出现差错。（3）对为传承世系或其他原因在谱中虚列的子嗣，悉数删去；恢复前代祖先隔代承嗣的成法，即在本人名下注以外孙或族孙承嗣，而在孙辈信息第一列父亲信息中注明某某之孙；这样既实事求是，又传承脉络清楚。（4）本人信息中无生子名，而在子辈信息中注明为其子者，据实予以补登。（5）本人信息中有生子名，而在子辈信中查无此子名；一是该子可能早卒，二是该子的资讯可能遗漏，现均按原状保留。（6）出嗣方注有以其某子某承某嗣，而承嗣方无此信息；或承嗣方注有其以某之某子某承嗣，而出嗣方无此信息，现一律予以补齐。（7）对将儿子排在父亲同辈中，孙子排在祖父名下，儿子排在孙子辈中等串派现象，分别予以纠正。（8）对未按出生年、月、日、时排序的，均据实重新排列。（9）本人名下生子信息中注明某子失派，而在子辈中却有其信息的，均不作失派论。（10）名讳、字派号、出生时间等信息有错漏的，一律据实修订。（11）鉴二公瑄公的卒年、鉴五公璠公和妣余夫人的生卒年有误，均据《费宏集》增改。（12）费宏卒年据其身后文加；原谱中记其次女"适贵溪李"，现据《费宏集》改为"适贵溪江"。（13）费案卒年，原谱作"六十有三"，现据其身后文改作"六十有六"。

22. 世系中有下列问题尚未修订：（1）原谱"文宪公年谱""清湖公宦绩"中载，文宪公从兄浚1公费宪于正德十二年在李镇之乱中遇害，而在"世系"中其第四子桂80公懋贞却生于正德十六年，疑此二者当有一误。（2）升167公克复，注为诚之公之子，而燧派有两诚之，一为燧15公，注为桂25懋通长子；一为燧133公，注为桂83懋祥长子；且两诚之均字尔德、号联石，娶蔡氏、生子一克复，只是前者生于嘉靖四年，后者生于嘉靖二十八年，且为府庠生。在升派只查到一克复，现暂将克复登为燧133公之子，而燧15公之子克复未能查实。（3）升145公廊，字廷甫，生于万历四年，娶徐氏；升216公廊，字朝升，生于万历十四年，娶胡氏；但二者都注为燧112有之公之子，前为长子，后为幼子，且两个廊公名下均注生子一恩生，而燧112有之公生子中只有一个廊，铨派中亦只有一恩生。现将廊暂登为燧112有之公长子，铨276公恩生为其子；而升216廊暂登为燧112有之公三子，其子恩生无号。（4）钰374公盛，字和声，注为连喜公子，而逑派未查到连喜，故未登编码。（5）钰380公有保，注为接宗公之子，而逑派未查到此接宗，故未登编码。（6）孝469公来贵，孝470公来顺，分别注为元林三子、四子，而澍派未查到此元林，有澍198公发祥，字元林，注有五子，俱已登齐，其中四子孝270嘉喜，字来春；五子孝289嘉显，字来顺，疑此二子为重登。现暂保留，无编码。（7）孝472公寿祖，注为万德公长子，而澍派中未查到此万德，现暂保留，无编码。寿祖三子仁才、仁发、仁富亦然。（8）传106元官，传120冬官，传124财官，分别注为先林长、次、三子，而友派未查到此先林，暂保留，无编码。（9）传252公谱才，字尚彬，注为添赦长子，而友派中未查到此添赦，暂保留，无编码。（10）先262公假年，注为魏公之子，而传派中未查到此魏公，故暂保留，无编码。

23. 字派：宗谱原有"本谦荣镇鉴浚桂燧升铨泰梧熙逑钰澍"十六个字派，清康熙重修时，续取"孝友传先德，文章继祖功。学乃身之宝，儒为席上珍"二十个字派。一至五世各派序号中，多有空缺，如本字派只有本二公，谦字派只有谦十四公，荣字派只有荣三公、荣五公，等等；直至第六世浚字派，才各派序号完整无缺，故疑前五世是与附近其他费氏宗人共用字派、共同编号，从第六代开始，我横林费氏才单独使用字派、单独编号，至今已传到第二十六代功字派。1992 年重修时，曾拟再续字派十个。本届重修以为，现尚有十个字派未用，可延用 200 余年，在未能拟出既承前贤、又富新意的字派前，暂且保持原有字派；后世更为精彩，后人更加聪慧，此事还是留待后人来解决为好。

二、《鹅湖横林费氏宗谱》中国文史出版社 2013 年版

1. 第 4 页倒数第 10 行"卒于天顺三年"句前，应加"如卒年四十三岁，当"。漏书。

2. 第 17 页第 7 行"自官畈而宅横林"；第 18 页第 3 行"播迁支祖有常始家于铅之官畈"；第 24 页倒数第 7 行"始居官畈"；这三个"官畈"，原文皆作"官坂"。当以原文所记为是。

3. 第 34 页第 2 行"本二公讳友常，不知其何所，始而居横林"。这是据《甲秀园集》卷 24 第 429 页的原文所录。但本谱第 70 页"本二公事实"却记"本二公讳友常，不知其何所自，而居横林"。故疑"何所"后脱一"自"字，应是"不知其何所自"。

4. 第 45 页倒数第 6 行"莫重于始终"句中，"始"应为"贲"之误；倒数第 3 行"肆寀公义"句中，"寀"应为"采"之误；倒数第 1 行"胡蓬沦亡"句中，"蓬"应为"遽"之误。错书。

5. 第 53 页倒数第 14 行"省轩公讳宠"，据"世系"所记："浚 11 公讳宠，字子荣，号省斋"，句中"省轩"应是"省斋"之误。

6. 第 56 页第 3 行"尊生公讳简臣，康熙乙酉副榜"，据光绪谱、民国谱，皆作"康熙己酉"；况乙酉是康熙四十四年，其已 73 岁，不太可能再去参加乡试；康熙己酉是康熙八年，其是 37 岁，较为合理，故当以"康熙己酉"为是。

7. 第 57 页第 1 行"铅山县水利局主科员"句中，"科员"前脱一"任"字。漏书。

8. 第 63 页第 12 行"庚辰成进士"句有误，费懋中此年礼部试中式，因武宗南征宸濠叛乱，久不回京，廷试直至翌年五月世宗登基后才补行，故其才得中进士第三人。文中其后虽已将此意表述清楚，但将此记为"庚辰成进士"是不合适的，此处只能记成"庚辰礼部试中式"，并应在"2013 年重修宗谱的说明"中将此意加入。漏校。

9. 第 63 页倒数第 2 行"民爱其利"句中，"爱"应为"受"之误。错书。

10. 第 64 页第 2 行"字文献"句，"文献"应为"民献"之误。错书。

11. 第 64 页第 5 行"着有《礼部集》"句中，"着"应为"著"之误。错书。

12. 第 108 页第 7 行"委任维青"句中，"青"应为丨"专"之误；第 9 行"遣官卫送"句中，"卫"应为"护"之误；倒数第 7 行"闳才愿德"句中，"愿"应为"硕"之误；"■■长终"两墨块应是"遽尔"二字；倒数第 6 行"再示■恩"句中，墨块应是"恤"字；"英灵不昧"句中"英"应是"卿"之误；倒数第 3 行"深藉谋犹"句中"犹"应为"猷"之误；倒数第 2 行"谕祭再颁"句中"再"应为"载"之误。均错书。

13. 第 109 页第 8 行"首七载临"句中，"首"应为"某"之误；第 9 行"特此遣祭"句中，"此"应为"兹"之误。均错书。近日发现此文的石刻碑，因部分已残，丢失少量文字，从现存可辨认文字看，基本与原文同。但碑上在"己酉"前有"岁次"二字，在"十月"后有"丁酉朔"三字。

14. 第 123 页第 3 行"明万历年"句，应在"年"后加一"间"字。漏书。

15. 第 123 页第 6 行"邑道旁旁"句中，衍一"旁"字。衍文。

16. 第 128 页倒数第 6 行《费文通公集选》后脱"文通公著"。漏书。

17. 第 129 页第 13 行《转精集》应为《转情集》。误书。

18. 第 129 页倒数第 3 行"费宏学术研讨会编"，"讨"应为"究"之误。误书。

19. 第 131 页第 6 行"完不佞"句应作"完不揣"；第 11 行"若鹅湖今驿有九驴十二马"句中，"今驿"应为"驿今"之误；第 12 行"外再无多余"句，"外"之前脱一"额"字；第 14 行"编差役之轻重"句中，"轻重"应作"重轻"；第 18 行"似亦无所逃矣"句中，"逃矣"前脱一"于"字；倒数第 6 行"以尽守土之责耳，"句，逗号应改句号，后脱"完去国之人，出位多言，负罪殊甚。但事于通邑，不容嘿嘿。既今舍侄懋贤近有人归，得舍弟子和书，亦切切于此。为事体不相闻，未便奉渎，欲生备以其中曲折，详悉代恳，"应补上；倒数第 6 行"伏乞特赐，务求批行。"句，应为"伏乞矜察，批行"；"批行"后脱"总司，转行本府，特委隔县知县公心详审，则事体顺而人心服，地方安矣。"应补上；倒数第 3 行"翼造中兴之道"句中，"翼"应为"翊"，"道"应为"运"；倒数第 3 行"功复薄海"句中，"复"应为"覆"；倒数第 2 行"神明拱护"句，应作"明神拱护"；倒数第 1 行"怪鲸张吻，"句中，删去逗号，后加"而不能侵者，"。

20. 第 132 页第 1 行"则载公一世之仁，与世相殉，以载于始终而已"句中，两个"载"字均为"戴"之误；第 2 行"咸为兄弟，要以此贼举事必败"句中，"兄弟"后脱一"庆"字，逗号后衍一"要"字；第 3 行"必楮棺骨灰以谢朝廷"句，应作"必潴宫灰骨以谢朝廷"；第 6 行"奉以周施弗坠"句中，"周施"应是"周旋"之误；第 10 行"父老子弟闻者莫不感临啼泣"句中，"临"应为"慨"之误；第 11 行"又何所虑"句中，"又"为"复"之误；"扼上游以遏其归路"句中，"扼"应为"据"之误；第 13 行"防贼当周之，九二是也"句，应作"防戒当周，夬之九二是也"；第 14 行"掬清流以俾瀚海"句中，"清"应作"涓"，"俾"应作

"禅";倒数第9行"已知其意"句中,"其"应作"此";"省城科举二次,并不人其奸所"句中,"人"应作"入";倒数第4行"人北监"句中,"人"应作"入";"五月半临省"句中,"临"应作"至";倒数第2行"己巳秋"句,应作"己巳秋"。

21. 第133页第1行"赫我曰"句中,"曰"当作"云";第2行"而待于杀妻以此将哉"句中,"此"当为"求"之误;第4行"郑岳布政食赃"句中,"食赃"当为"贪赃"之误;第7行"既辞其礼,"后脱"须谨藏此书",应补上;"后来数日"句,当作"复来数四";第9行"以二万金人京,遍赂当道"句中,"人"应作"入","赂"应作"贿";第11行"即归",当作"既归";第13行"有志未酬"句中,"酬"应作"就";第14行"娄氏诸亲及待从者"句,当作"娄氏诸亲及凡侍从者";第16行"对从说",当为"对众云";"其意盖越太宗也"句中,"越"应作"恨","太"应作"大";第17行"蒙招而返"句中,"招"应为"召";第19行"今年实生六龟"句中,"实"应为"突";"我曰"应为"我云";倒数第11行"春举'宁王遗我大宝龟诏天明'以对"句中,"诏"当为"绍"之误;倒数第9行"复以日前所告尼之辞。归,"应标点为"复以日前所告尼之。辞归,";倒数第7行"我因与公同往铅城"句中,"因"当作"固","往"当作"住";倒数第6行"及坦斋,竹所二兄。"句中,句号改作逗号;倒数第5行"并求诸上司并尊官"句,应断改为"并求诸上司,屈辱尊官";倒数第4行"己卯服阕之月,"句,应断改为"己卯服阕,六月,";倒数第1行"锥牛携洒犒本邑杜大尹发兵西讨"句中,"洒"应为"酒"之误。

22. 第134页第10行"乌忍不一鸣呼于知己以明心迹"句中,"鸣呼"应作"呜呼";第11行"传逆宁谓生'杀妻求将'以恫吓"句中,"恫"应作"相";第13行"癸卯之秋"句中,"癸卯"当作"癸酉";"致书于家兄求助"句中,"于"当作"拘";第16行"或中以死及从戌之罪"句"从戌"当作"从戍";第17行"与以戌"句,应为"与从戍";倒数第10行"姑忍而愿之于心"句中,"愿"应为"匿"之误;倒数第8行"因而言之朝堂"句中,"朝堂"应作"朝贵";"遭惧于祸"句,当作"遭罹殄祸";倒数第5行"献策当衡及王公阳明处"句,当作"献策当衡及王阳明公处"。

23. 第135页第1行"亲之有祸"句中,衍一"之"字;"屡拒正郎求婚之请"句中,"拒"当作"却","婚"当作"姻";第2行"生既得此先人之言,因是正郎彼时附势害人"句中,"先人"当作"先入","因是"当作"因见";第3行"生旧人府学为生员"句中,"人府学"当作"入府学";第5行"起为石碑坊两座"句,当作"为起石碑坊二座";第7行"此生之所欲显言以取薄亲家之嫌者"句中。"欲显言"前脱一"不"字,"薄亲"后衍一"家"字;第9行"使生之心迹睨然大明于世"句中,"睨"当作"脱";第11行"台章交荐屡屡附名"句,应断句为"台章交荐,屡屡附名";第12行"而不知求护卫之奸所由。发人之怨之起于阻护卫"

句，应断句为"而不知求护卫之奸所由发，人知怨之起于阻护卫"。

24. 第 139 页第 7 行"涧满香频欲自将"句中，"频"原作"蘋"。误书。

25. 第 150 页第 12 行"行路最难，水隔甚于山隔"句中，"行路"前脱"伏以"二字；"甚"字原作"胜"。第 8 行"力须众劲"句中，"劲"原作"助"。第 10 行"脱袴羞听乎■言，濡尾仅同于汔济"句中，墨块原作"禽"，"汔"原作"狐"。第 11 行"采作颇难"句中，"作"原作"琢"。

（注：以上第 11、第 12 及第 18—22 各条所涉文章均录自《铅书》，但 2013 年重修宗谱时未能得到该书原本，所录"系铅山县方志办据北京图书馆代摄微型胶卷而制成的打印本，错漏颇多，且无法校订"；在《2013 年重修宗谱的说明》中对此情况做了介绍，并提示"如需引用，请核对现藏于北京大学图书馆的《铅书》原本"。这次校对所据是"北京大学图书馆藏稀有方志丛刊"所载《铅书》。）

26. 第 167 页第 7 行载"使之偏达郡中诸公"，句中"偏达"应作"遍达"。误书。第 13 行载"感栗刘公"，据《明史》卷 203 第 5353 页载："刘玉，字咸栗，万安人……玉登弘治九年进士。"《国朝征献录》卷 46 第 422 页亦称："刘玉，字咸栗，江西万安人，弘治丙辰进士"。此处误成"感栗刘公"，似当以二史所述"咸栗"为是。

27. 第 202 页"桂 15 公"栏倒数第 3 行"母食民膏"句中，"母"应作"毋"。误书。

28. 第 225 页"燧 145 公"栏第 1 行"号宏石"句中，"宏"应作"横"。误书。

29. 第 282 页"泰 61 公"栏第 1 行"康熙己未科副榜"，查《江西通志》，此为康熙十八年，并未开科，且据老谱均作"康熙己酉"，是也。详见本节第 5 条所证。

30. 第 568 页"传 343 公"栏第 2 行"县农工部长"句，据其"生平简介"，当作"县委宣传部副部长"。

31. 第 601 页"先 232 公"栏第 3 行"生子二：雪峰"句中，"雪"当为"云"。误书。

32. 第 603 页"先 248 公"栏第 1 行"讳毛金"句，当为"名毛金"。错书。

33. 第 632 页"德 130 公"栏第 4 行"以长女之子、外孙允哲章 215 承嗣"句中，删去"章 215"，因其已在其父"德 333 公"栏下登为"文 367"。

34. 第 662 页"文 29 公"栏第 4 行"5 月 24 日寅时"后加"大专毕业："，"7 月 15 日寅时"后加"大专毕业"。

35. 第 697 页"章 36 公"栏第 1 行"生于 1970 年"后脱"5 月 1 日"；第 2 行"生子一：建科继"后脱编号"47"。漏书。

36. 第 717 页在"继 46 公"栏下增设一栏：该栏第 1 行"章 36 宗宏公子"；第 2 行"继 47 公"；第 3 行"名建科，生于 1993 年 4 月 19 日，大专毕业，13254122111114111111"。此下原"继 47 公"改作"继 48 公"，以此类推，直至原

"继105公"改成"继106公";并在各该父栏中第三行生子系号数加1。即：第696页"章27公"栏中"继47"改"继48";"章29公"栏中"继62"改"继63"。第697页"章32公"栏中"继68"改"继69";"章34公"栏中"继57"改"继58";"章35公"栏中"继78"改"继79";"章37公"栏中"继48"改"继49""继83"改"继84";"章38公"栏中"继51"改"继52"。第698页"章41公"栏中"继65"改"继66";"章43公"栏中"继54"改"继55";"章44公"栏中"继89"改"继90";"章45公"栏中"继50"改"继51";"章46公"栏中"继69"改"继70";"章47公"栏中"继56"改"继57";"章48公"栏中"继52"改"继53";"章49公"栏中"继49"改"继50"。第699页"章53公"栏中"继55"改"继56""继74"改"继75";"章54公"栏中"继82"改"继83";"章56公"栏中"继53"改"继54";"章57公"栏中"继71"改"继72";"章58公"栏中"继92"改"继93"。第700页"章60公"栏中"继58"改"继59";"章61公"栏中"继64"改"继65";"章62公"栏中"继59"改"继60";"章63公"栏中"继63"改"继64""继95"改"继96";"章64公"栏中"继93"改"继94";"章65公"栏中"继60"改"继61";"章67公"栏中"继70"改"继71";"章69公"栏中"继72"改"继73"。第701页"章70公"栏中"继73"改"继74""继75"改"继76";"章71公"栏中"继85"改"继86";"章72公"栏中"继99"改"继100";"章74公"栏中"继90"改"继91";"章75公"栏中"继84"改"继85";"章76公"栏中"继79"改"继80";"章78公"栏中"继61"改"继62""继76"改"继77";"章79公"栏中"继67"改"继68""继101"改"继102"。第702页"章81公"栏中"继66"改"继67";"章82公"栏中"继88"改"继89";"章83公"栏中"继81"改"继82";"章84公"栏中"继87"改"继88";"章86公"栏中"继80"改"继81";"章87公"栏中"继86"改"继87";"章88公"栏中"继98"改"继99""继105"改"继106";"章89公"栏中"继77"改"继78";"章90公"栏中"继96"改"继97"。第703页"章91公"栏中"继102"改"继103";"章96公"栏中"继100"改"继101";"章98公"栏中"继91"改"继92"。第704页"章103公"栏中"继104"改"继105";"章113公"栏中"继97"改"继98"。第705页"章117公"栏中"继103"改"继104"。

三、《费氏宗谱》湖北阳新费氏世相堂2002年重修本

此谱大多未经断句标点，故只对其已标点部分作辨识：

1. 宗谱扉页印有崔颢的"黄鹤楼"诗，其中注释1和3各有一个"费文祎"。查费祎字文伟，以名称则费祎，以字称则费文伟，这种以名和字混搭而成的"费文

祎", 不成规制。

2. 谱前照片第 1 页印有费宏手札一幅, 说明中称费宏"成化年间中进士第一, 授编修, 正德年累迁户部尚书, 后辞官归家, 嘉靖起加太保, 入辅政"。据《明史》, 费宏中进士第一后首授是翰林院修撰, 而不是"编修"; 正德间累官至礼部尚书、文渊阁大学士预机务; 嘉靖间起加少保, 重入阁辅政。引文中"授编修""迁户部尚书""起加太保""入辅政"皆不确。

3. 照片第 2 页下印有十六字匾, 上书"斗大黄金印, 天高白玉堂。不因千卷力, 安得君王"。下端说明称这"是一首皇帝赐给鹅湖费氏的御诗"。此说系杜撰, 其实此匾原悬于费氏宗祠中, 其内容是一签文, 是一块励志的匾额。

4. 2002 年修谱序言第 3 页第 7 行称: "我千秋费氏, 出自山东兖州, 后迁蜀, 成为事蜀先主之成乡侯文伟公讳祎一宗。而祎公世胄、员外郎、诰封光禄大夫之彦邦公, 性嗜江湖, 致仕游历, 下荆沔, 定蕲阳, 乃我族之始祖, 后世称为江北费氏。"第一章"世系源流"第 12 页第 3 行载: "彦邦宋官员外郎诰封光禄大夫生于宋绍兴十四年 (1145) 甲子二月初十日巳时……原籍山东兖州府邹县郏城驿户名费家团致仕游寓于蜀复徙楚蕲州刘公河置田园廿五里。"这里的宋绍兴十四年甲子是 1144 年, 而不是 1145 年。第七章"旧序荟萃"第 343 页第 8 行载: "祎之后, 世远事殊, 名讳无考。惟彦邦者于宋高宗间, 自蜀而蕲, 宅刘公河, 墓塔儿畈, 为江北费氏。"这里有两个疑点: 一是查得宋高宗在位是 1127 至 1162 年, 彦邦公生于 1144 年, 至高宗末年才 18 岁, 何谈"致仕游历""自蜀而蕲, 宅刘公河"? 二是彦邦公到底是"自蜀而蕲", 还是从山东原籍"致仕游寓于蜀复徙楚蕲州"? 据《三国志》"费祎本传", 其在东汉末年就到了蜀地, 而彦邦公是在近 900 年后的南宋才从山东"致仕游寓于蜀", 怎能称之为"祎公世胄"? 这些都当存疑。

5. 第七章"旧序荟萃"第 338 页第 4 行载"余族之先, 本山东兖州府邹县郏城驿费家团籍, 后寓蜀遂为文伟公一宗。伟之后世代屡更, 序难追考。惟裔孙曰彦邦者, 性嗜江湖, 乃自蜀迁蕲"。按此说, 不是彦邦公而是其先人从山东迁蜀, "遂为文伟公一宗", 这个文伟公即三国时蜀汉的费祎。据《三国志》"蜀书"卷 44 载: "费祎, 字文伟, 江夏鄳人也。少孤, 依族父伯仁, 伯仁姑, 益州牧刘璋之母也。璋使迎仁, 仁将祎游学入蜀。会先主定益土, 祎遂留益土。"可见费祎是从江夏沔 (现湖北武昌) 入蜀的, 而不是从山东入蜀的。

6. 第七章"旧序荟萃"第 339 页载: "余亲千秋费氏出自东兖, 后寓蜀, 讳诗、讳祎者事先主, 以忠义名家, 传至彦邦公, 乐江湖, 下荆沔, 卒定业于蕲阳刘公河。"这里把费诗、费祎并称为彦邦公在蜀先祖, 其实不然。据《三国志》"蜀书"卷 41 载: "费诗, 字公举, 键为南安人也。刘璋时, 为緜竹县令, 先主攻緜竹时, 诗先举城降。成都既定, 先主领益州牧, 以诗为督军从事。"费祎是江夏人, 后迁入蜀。而费诗则是蜀地键为人, 其后人现仍为键为费氏一宗。

7. 谱中只有彦邦公迁蕲的记载，不见他在四川的父、祖等先人的记载，他既为宋时官员，长子士寅又在宋时任副宰相，怎会连自己的父、祖都无记载，太不合情理。况从南宋时彦邦公到三国费祎，时隔近千年，世隔几十代，他都知道自己是费祎的后裔，甚至知道是从山东迁到四川的，却不知自己的父、祖，这也是说不过去的。

8. 第1章"世系源流"第12页载：彦邦公长子士寅生于"宋乾道二年（1165）"，这里的"宋乾道二年"不是1165年，而是1166年。又称"开禧元年首辅韩侂胄欲以公镇兴元将为宣威之渐公不附其党遂致仕归里旋以疾终年仅四十"。据《宋史》"宰辅表五"，宋宁宗嘉泰三年"二月乙未费士寅除端明殿学士签书枢密院事。十月癸卯，费士寅自签书枢密院事除参知政事，四年四月丙午知枢密院事。"宋宁宗开禧元年"三月癸未，费士寅罢参政，以资政殿学士知兴元府"。

9. 第1章"世系源流"第14页载第七世"千三（源公长子）生于宋咸淳二年（1266）丙寅"，其长子九三"生殁葬失载"，而第15页载其长孙"丙二（九三长子）生于元至元廿五年（1288）戊子"。这样，祖孙二人出生只隔22年，太不合常理。故疑其有误。

10. 第三章"家族精英"第66页第4行"伯益乃虞舜人臣佐舜而天下大治，不但人民乐于从善，而且鸟兽皆训服。后又佐禹治水有功，舜以天下受益，益辞避，居箕山之阳书舜典。于是，禹将帝位传于启，封伯益于费为费侯。故此，伯益乃我费姓之始祖也"。此所述与《史记》卷5"秦本纪第五"多有异，不知所据是何典？如伯益封费侯了吗，是舜还是禹封伯益的，舜原是要把天下禅让给伯益吗？等等。且文字多不达意，亦不知所据。

11. 第三章"家族精英"第66页倒数1、2、3行分别记有"无忌 官为齐大夫。无咎 官为楚大夫。无极 官为楚大夫。"据《史记》卷40，这个费无忌就是唆使楚平王自娶儿媳的佞臣，怎么就成了齐大夫了？该卷索引又称："《左传》作'无极'，极忌声相近。"故下面这个费无极与费无忌应是同一人，不知此处据何将其一分为二，且一齐一楚。而这个费无咎，恕笔者寡闻，不知何许人。

12. 第三章"家族精英"第67页倒数第7行载："汛乃称公之子，举孝廉，为徐州郎中，后晋升屯骑司马，复迁肃州令。他视民如子，先教后罚，在任九年，祯祥感应，蝗不入境，受到皇上嘉奖。汉顺帝时拜为右相。"江阴《澄江费氏宗谱》中载有其始祖"梁相仲虑公碑文"，只称其是季友之后，并不见记其为称公之子。其任职是"察孝廉，除郎中屯骑司马，迁萧县令"。而不是"为徐州郎中，后晋升屯骑司马，复迁肃州令"。他也没有"汉顺帝时拜为右相"，而是"拜梁相"，即拜为梁国之相。这个梁，是东汉时一个郡国，东汉明帝以第七子刘畅封为梁王，传六王，至曹魏时废；辖九县：下邑、睢阳、虞、砀山、蒙、谷熟、鄢、宁陵、薄。

13. 第三章"家族精英"第68页第2行载：费诗"卒后谥成乡侯"。查《三国志》"蜀书"卷 41 "费诗传"，并不见其卒后谥成乡侯的记载，不知所据是何？《三国志》"蜀书"卷 44 倒是记有费祎为成乡侯，但不是卒后之谥，而是生前所封，其卒后谥曰"敬"。"谥"是大臣死后得赠的美称，不可能谥"成乡侯"。

14. 第三章"家族精英"第 70 页第 3 行载：费宏"十三岁府考第一，十六岁省试夺魁"，均无史志依据。成化十九年（1483），十六岁的费宏与五叔费瑞同赴江西癸卯科乡试，叔侄双双中举，首开横林费氏科场"叔侄同榜"的盛举。但这次费宏却并没有中解元，据《江西通志》卷 21 第 33 页记载，这一科乡试的解元是万安人李素。

15. 第三章"家族精英"第 70 页第 11 行载：费案任职有"尚宝侍卿"，应为"尚宝寺卿"之误。第 13 行记费案"掌院士"，应为"掌院事"之误。

16. 第三章"家族精英"第 70 页倒数第 6 行载：定轩（即费懋中）"正德十六年取进士，复取辛巳科一甲第三名探花。历任翰林院修撰、御史、按察使副使、提学道副使等职"。正德十六年即辛巳科，其实费懋中是正德十五年参加庚辰科会试中式，因武宗南巡久驻南京不还，殿试一再后延，直至驾崩也未能举行。嘉靖帝继位后，在正德十六年五月补行殿试，故此科称为辛巳科，费懋中得中探花。其授职是翰林院编修，而不是修撰。后迁河南按察使司，终河南提学副使。故文中所记职务皆不准确。

17. 第三章"家族精英"第 71 页第 12 行载唐衢（即费尧年）的任职"苏州兵备副使"，据《鹅湖横林费氏宗谱》载，应是"蓟州兵备副使"之误。而其最终任职应是"南太仆卿"，文中却遗漏了。

18. 第三章"家族精英"第 70 页倒数第 8 行载"费暄"，应是"费瑄"之误。又称其"字仲玉号丹人"，不知何所据。其实费瑄字仲玉，号复庵。

19. 第三章"家族精英"第 70 页倒数第 5 行载："懋中　宏公之子。"这个费懋中即前第 16 条所记定轩，这里是重复了。且费懋中不是宏公之子，而是宏公从子。

20. 第三章"家族精英"第 70 页倒数第 2 行载："屠　新建人，明朝吏部尚书。"查遍众多资料，也不见明朝有费屠这个吏部尚书，江西新建也不见有费屠这个人。偶翻"三篇资料"中的"嘉靖甲申铅山鹅湖支谱序"，中有"谨请新建伯王公吏部尚书屠公作文以序之"一句，恍然大悟，原来竟从这里牵出一个费屠来。其实，这里指的是新建伯王公（即王阳明）和吏部尚书屠滽。

21. 第七章"旧序荟萃"第 338 页序中载"值红巾乱，丙二避徙江西铅山之官畈"。前在第一章"世系源流"第 15 页载丙二"迁江西铅山官畈"，未提何因，这里首提是避"红巾乱"，后面亦有多篇照此重述。所谓"红巾乱"，是旧时对元末红巾军农民大起义的篾称。这次起义发生在元顺帝至正十一年至二十七年（1351—1367），按前述"世系源流"第 15 页所载，丙二公生于元至元廿五年（1288），即使是在红巾起义发生的头年就避徙，他也已 64 岁了。这个年纪在当时的社会已是垂垂老矣，怎能又怎会千里跋涉逃往江西；到铅山后他又先在官坂帮佣，再到横林创业，待稍有成效后方能娶妻生子，这个过程也应有不短的年岁，那他岂不要七老八十了。况他在阳新生活了64年，谱中竟无娶妻生子的任何信息记载，这也太不合常理了。

22. 第七章"旧序荟萃"第339页第6行序中载："至于排列铺叙，必繁无蔓，简无疏，依凡例侧而无泥以苏法，系远取其稽考之便；以欧法列，近取其记载之详；"这段文字教人确实读不懂，仔细分析，原来是标点断句不对，依文意应断为："至于排列铺叙，必繁无蔓、简无疏，依例侧（注：疑为例则之误）而无泥。以苏法系远，取其稽考之便；以欧法列近，取其记载之详。"

23. 第七章"旧序荟萃"第341页第3行载："不啻几千百祀之久，派行支分，莫知其记。极使不有谱，则汗漫无涯……"读不懂，仍是断句之误。此句依文意似应断为："不啻几千百祀之久，派行支分，莫知其记极，使不有谱，则汗漫无涯……"

24. 第七章"旧序荟萃"第341页第8行载："狄襄公不认梁公，崇韬妄拜子仪，千载之下公论不泯，是谱之未修也。盖近世有不幸失怙，随母改适他氏而冒姓者……"这里前两句列举了历史上对待认祖的两种截然不同的态度，一正一邪，是当事人的人品高下问题，与修不修谱无关；其实攀龙附凤、伪造先祖的事往往大都发生在创修宗谱之时，对此故称"千载之下公论不泯"，断句应在这里即可。下句"是谱之未修也"是提示后举种种冒乱现象的，不应断在前句，使文意混乱。

25. 第七章"旧序荟萃"第352页第3行载："所为大小宗与夫，簪缨人文嘉靖中，文学一明前谱论列了如指掌。"这段文字同样因断句之误而教人读不懂，依文意似应断为"所为大小宗，与夫簪缨人文，嘉靖中文学一明前谱，论列了如指掌"。

26. 第七章"旧序荟萃"第354页倒数第2行载："奥考余族自彦邦公由蜀之蕲"，句首"奥"应是"粤"之误。"粤"，古文中作语助，多用于句首。

27. 第七章"旧序荟萃"第363页倒数第4行载："自是奉法，唯谨欧、苏称善。欧有谱以明骨肉之谊，苏有谱以序长幼之伦。纲举目张，互为条理。"此段依文意似应断为："自是奉法唯谨。欧、苏称善：欧有谱以明骨肉之谊，苏有谱以序长幼之伦，纲举目张，互为条理。"

28. 第七章"旧序荟萃"第364页倒数第12行载："善乎。班氏之说曰：冯商言张汤之先与留侯同祖，而马迁不言故阙焉。"此段依文意似应断为："善乎，班氏之说曰：'冯商言张汤之先与留侯同祖，而马迁不言，故阙焉。'"

29. 第七章"旧序荟萃"第366页倒数第5行载："见其载笔之严谨，系表之精审，述其可知而阙其可凝深得欧、苏谱学之传。"句中"凝"字为"疑"字之误。此段依文意似应断为"见其载笔之严谨，系表之精审，述其可知而阙其可疑，深得欧、苏谱学之传"。

30. 第七章"旧序荟萃"第374页倒数第8行载："有诗公衔命，感悟关侯，而子若孙历数十朝数十世。相传北宋文端、南宋明九、崇一数公，以至元末播迁祖有常，始家于铅之官畈，旋居横林。再传广成，经营缔造。而荣祖、荣迪二公，积厚流光，世德发祥，科甲肇兴。崛起孙支珣、瑄、瑞昆季辉映。惟璠、玙特钟于子。……郎官望湖，方伯唐衢以至京卿，威武郡守、邑令、督学、广文接武，嗣兴递溯。"此段依文意似应断为："有诗公衔命，感悟关侯。而子若孙，历数十朝数十世相传，北宋文端，南宋明九、崇一数公，以至元末播迁祖有常，始家于铅之官坂，旋居横林。再传广成，经营缔造。而荣祖、荣迪二公，积厚流光，世德发祥，科甲肇兴，崛起孙支。珣、瑄、瑞昆季辉映，惟璠、玙特钟于子。……郎官望湖，方伯唐衢，以至京卿、威武、郡守、邑令、督学，广文接武，嗣兴递溯。"

31. 第七章"旧序荟萃"第 375 页第 6 行载："若莲花山、乌石山、金相寺、天湖坪，藉令编辑世系，有不载于其间，能无抚怀遗憾也乎。"此段依文意似应标点为："若莲花山、乌石山、金相寺、天湖坪。藉令编辑世系，有不载于其间，能无抚怀遗憾也乎？"

32. 第七章"旧序荟萃"第 375 页倒数第 4 行载："不觉喟然叹，穆然思曰：此必大有后也。"此段依文意似应标点为："不觉喟然叹、穆然思曰：'此必大有后也'。"

33. 第七章"旧序荟萃"第 376 页第 2 行载："延至有常公，播迁豫章，信之铅邑。"此段依文意似应断为："延至有常公，播迁豫章信之铅邑。"

34. 第七章"旧序荟萃"第 376 页倒数第 1 行载："迨至明时有费宏者，举孝廉方正，旋徵状元及第，复官至尚书。其子懋中，懋和官居侍郎，亦称贤臣，宦位数载，不乐于朝，遂相率归隐于江西之南泉山。"费宏是明代人，他的功名不是"举"和"徵"的，而是参加科举考试所得。他不止官至尚书，而是官至内阁首辅大学士。懋中、懋和也不是其子，而是其从子；他们也没有官居侍郎。这几位也没有"遂相率归隐于江西之南泉山"。总之此段所述皆不实。

35. 第八章"堂记"第 380 页倒数第 5 行载："有世居之堂。其卿大夫士相与名之，曰：'孝友'。以表世德，而请记于予。曰：'言之不如文之远也。'子充之考，赠礼部尚书。五峰公及妣余夫人，予皆尝为之铭志。又观邱文庄所著，大父赠尚书。乐庵公表及传，文穆公所志。伯父参议，复庵公及子充所自为志。其叔父雪峰君者，得其世为详参。诸大夫士所称者皆合。盖乐庵未冠时，父病尝刲股肉，为糜以进，"文中"卿大夫士"为"乡大夫士"之误；"乐庵公表"为"乐庵公墓表"之误；"传"为"傅"之误。全段依文意似应断、改为："有世居之堂，其乡大夫士相与名之曰'孝友'，以表世德，而请记于予曰：'言之不如文之远也。'子充之考，赠礼部尚书五峰公及妣余夫人，予皆尝为之铭志。又观丘文庄所著大父赠尚书乐庵公墓表，及傅文穆公所志伯父参议复庵公，及子充所自为志其叔父雪峰君者，得其世为详。参诸大夫士所称者，皆合。盖乐庵未冠时，父病，尝刲股肉为糜以进。"

36. 第八章"堂记"第 381 页第 5 行载："五峰公以父赢赀，悉与季父。……弟雪峰病，亲为扶持，至察其机器，闻其革冒江险就与之诀。抚其孤俊，尝夜入寝阁，抱之出以避贼，……比与同事，已阅岁见论必传，正守不徇俗。……必仕者，乃与于国于天下。……俾书于堂室，以示夫耳! 目所逮者，"文中"机器"为"秽器"之误；"闻其革"为"闻其病革"之误；"俊"为"寓"之误。此段依文意应断为："五峰公以父赢赀悉与季父。……弟雪峰病，亲为扶持，至察其秽器。闻其病革，冒江险就与之诀。抚其孤寓，尝夜入寝阁抱之出，以避贼，……比与同事已阅岁，见其论必传正，守不徇俗。……必仕者，乃与于国、于天下。……俾书于堂室，以示夫耳目所逮者，"

37. 第八章"堂记"第389页第5行记："江西铅山鹅湖费氏，乃蜀汉城乡侯费祎之嗣裔。"据《三国志》《蜀书》卷44，费祎封成乡侯，而不是"城乡侯"。

38. 第八章"堂记"第389页第12行记："本二公为避兵戈，携家小往深山藏避，随乡人行，途中不幸散失，始无信息，未详生殁何所。"据《鹅湖横林费氏宗谱》第70页载：本二公"遭元之乱，红巾啸聚谿峒间，且夕窃发，自官兵不能救御，民往往自逃入山谷。于是，本二公亦逃，念家室，不能舍去，数数往瞷焉。无何，为红巾所伤，以死不得其处，葬衣冠于横林之后园"。这里本二公何尝携家小出逃，又何尝途中不幸散失，不知所据是何？

39. 第八章"堂记"第389页倒数第2行在记述荣祖公生平时，称其"年三十九岁辞世"。据《鹅湖横林费氏宗谱》第4页载："据'世系'，公生于明洪武二年（1369)，如年三十九卒，则在永乐五年（1407)，可其次子应麟却生于永乐十六年，显误。且原文中又有'公葬乌石，堪舆家谓得吉地，后四十年有名世出，则公积德之报矣'。此处暗示费宏出生；费宏生于成化四年（1468)，后推四十年则为宣德三年（1428)，故荣三公应卒于宣德二年（1427)年五十九，次年葬于乌石。而'年三十九'疑为笔误。"

40. 第八章"堂记"第390页第1行载荣迪公生四子，其第三子应虎，第四子应豹，据《鹅湖横林费氏宗谱》，分别是应虓和应虤之误。

41. 第八章"堂记"第390页第7行载："正统丁卯年（1447)闽浙盗起，巡抚杨侍御闻公贤，乃召公。公挽粟至闽以赠，杨侍御商问守御之策"。据《鹅湖横林费氏宗谱》第71页在记应麒公事实中称："正统丁卯，闽浙盗起。巡抚杨侍御闻公贤，召公，使挽粟至闽，问守御之策。""挽粟至闽"是有，但这"以赠"却无，也太不合情理。

42. 第八章"堂记"第390页第10行记述珣公中举人后"授宁都令，因恙未赴"。遍查《鹅湖横林费氏宗谱》和《铅山县志》，均不见有此记载，不知所据何典？

43. 第八章"堂记"第390页倒数第10行载："璠公有学识，为理家事未试，故寄重望于爱子，聘名师亲督学，促使二子成材。公璠天性孝友。"文中"公璠"应是"璠公"之误。此段据文意似应断成："璠公有学识，为理家事未试，故寄重望于爱子，聘名师，亲督学，促使二子成材。璠公天性孝友。"

44. 第八章"堂记"第390页倒数第1行又记费宏"十三岁府试卷首，年十六省考夺魁"，本节第14条已考证其误，请参阅。

45. 第八章"堂记"第391页在记述费宏任职时称"历翰林院编修……任户部尚书，擢吏部尚书"。费宏中状元后，首任即是翰林院修撰，不可能只是授编修，状元即授翰林修撰，这是当时的规制。费宏只当任过礼部尚书，未任过户部尚书、吏部尚书，他以礼部尚书入阁与机务后，曾晋升为户部尚书、吏部尚书衔，但均是当时内阁大学士的加官，并不是实职。明制，大学士是不能兼任尚书的。

46. 第八章"堂记"第392页第12行载费案中进士后"选翰林院庶吉土编修"，文中"庶吉土"应是"庶吉士"之误。费案中进士后被选为翰林院庶吉士，散馆后才被授予翰林院编修，故此段应为"选翰林院庶吉士，授编修"。

47. 第八章"堂记"第393页第3行载："顺庵公之孙浚七公宗字子勤号竹所，公之幼子。桂十五公讳懋乐字民悦号屏石又号芳坪。"据《鹅湖横林费氏宗谱》"世系"载，文中的浚七公"宗"，应是"密"之误；他也不是顺庵公之孙，而是其长子；故此段应改为"顺庵公之长子浚七公密，字子勤，号竹所。密公之幼子，桂十五公讳懋乐，字民悦，号屏石，又号芳坪"。

48. 第八章"堂记"第393页第12行载费尧年任职"转蓟州兵备道，苏州兵备副使"。据《鹅湖横林费氏宗谱》第66页，费尧年只是任蓟州兵备副使，并无任苏州兵备副使之职。

49. 第八章"堂记"第394页第1行在记述铅山横林费氏科举之盛时，称"叔侄同榜，兄弟同科屡孕"，这个"屡孕"不知何意？

50. 第十章"史料存览"第472页第10行载彦邦公"生土寅士亥二公"，文中"土寅"应是"士寅"之误。此句应断为"生士寅、士亥二公"。

51. 第十章"史料存览"第472页倒数第1行载费宏"官至少卿和吏部尚书、华盖殿大学士兼太子太师，三入皇宫"。本节第45条已证费宏并未任过吏部尚书，再者文中这个"三入皇宫"，令人百思不得其解。

52. 第十章"史料存览"第473页第2行载："宏公之子懋中公正德辛巳探花，河南提学副使。懋贤公明嘉靖丙戌翰林，官南京礼部郎中。"据《鹅湖横林费氏宗谱》，费懋中不是费宏之子，而是从子。费懋贤嘉靖丙戌中进士后，只是入选庶吉士，并未点翰林。

53. 第十章"史料存览"第473页第10行载："明代吏部尚书伯玉公裔居南昌附近之新建县。"这个费伯玉倒是有，是横林费氏第五代的费珣，字伯玉，但他不是吏部尚书。查明代也没有一个叫费伯玉的吏部尚书，甚至就没有姓费的吏部尚书。江西新建也不见有费伯玉这个人。联想到本节第20条所证，原来还是"三篇资料"中的"嘉靖甲申铅山鹅湖支谱序"中，有"谨请新建伯王公史部尚书屠公作文以序之"

一句，恍然大悟，原来竟是从这里又衍生出一个吏部尚书费伯玉来。其实原文之意应是"谨请新建伯王公、吏部尚书屠公作文以序之"，不想竟被理解成新建的费伯玉吏部尚书及新建的费屠吏部尚书。

四、致湖北阳新费氏宗亲书

费新沐先生暨阳新费氏宗亲：

　　费宝林已将来函及"合谱合派简况"一文转达。我们收悉后进行了认真细致的研究，本着消除误会、增进理解的愿望，谨作复如下：

　　（一）我族 2013 年重修宗谱卷首所作的各项说明，虽系主编费正忠撰写，但均经修谱编委会逐条讨论研究决定，实为家族集体意见。

　　（二）我族宗谱是宰相公费宏在明嘉靖初年亲自主持修订的，其对始迁祖本二公的记述是："本二公讳有常，而居横林，遭元之乱……以死不得其处，葬衣冠于横林之后园。"推原本二公身处战乱，出身寒微，52 岁才得一子，不久又在避难中意外身亡，其子广成时尚幼，故其身世渊源失传。我族宗谱从创谱之初，即如实记载始迁祖本二公是一赤贫之人，且不知所自，不晓所终；这种客观务实不作假的精神，得到了当时大学士李东阳、徐阶、申时行、郑以伟等有名望的士大夫的极力推崇和赞扬："谱以辨真伪、杜冒窃、示不二，非敢为增华"；"远代难稽，宁阙莫补，恐其讹且伪，第谱其所可知者，相续次而成谍焉。斯谱之兴，可法而可传欤"；"推原其谱，修于鹅湖、钟石二公之意，参于清湖公之谋，成于少湖、屏石、望湖诸君之手。以彼西蜀远不胜论，就其迁居横林，代衍绵绵，子贵孙荣，一脉流传，自不必牵引附会，以夸世胄耳"；"费氏之谱，与其远稽，莫若近述，断以始迁祖有常为始祖，所以徵实之道也"。四百多年来，我宗谱历经八次重修，均秉承这一精神，在未得确切丰富的证据之前，不敢对始迁祖的记述妄做任何改变。20 世纪末，我族成立了"铅山费宏学术研究会"，会长是费荣兴；2013 年重修宗谱的编委会主任、主修亦是荣兴公。他不愧是我族贤达，在研究中发现以前有关资料出现了一些舛误，便于 2012 年编发了《费宏研究资料汇编》，亲自作序，申明"以前所印资料与此有冲突者，请以此为准"。2013 年重修宗谱，发现我族前修宗谱存在的问题及此前与阳新合谱的有关情况，经审慎思考和集体研究，作出了一些必要的修正，这正是坚持我祖"实事求是"精神的体现，也是"有错必纠"的豁达气度。

　　（三）关于我始迁祖本二公的有关信息，近些年来传来不少说法，除湖北阳新的"丙二公"说，还有江苏江阴和常州的"友常、广成、荣祖、荣迪公"说，也还有其他一些不同的说法，林林总总不下十种。这使我们很郁闷，到底哪种说法是对的，我们也吃不准。更为令人不解的是，这些宗谱与我族宗谱同样均创修于明代嘉靖年间，且大都比我族谱晚些，他们是从什么渠道得到这些信息的？为什么他们都知道了本二公或称友常公的出处，而我等直系子孙却懵然不知，且这一懵就是五百多年。由此可以肯定，这些信息不是由我族人提供的，也不可能是各支宗亲来铅山探寻而得知的，因为如果是这两个途径，我族人早就能知道本二公的来历了，不至于等到几百年后才从阳新宗亲口中知晓。按说嘉靖年间是我横林费氏兴旺发达的鼎盛时期，不少族人扬历中外，名望不小，却得不到如此与己有关的重要信息，岂非咄咄怪事？因为按常理来说，我族人大凡得到此类信息，这么些年来必将在宗谱中有所反映；因为几百年来，我族人对探寻自己始迁祖本二公的出处是何等的急切，可只是苦于一直毫无信息而已。既然是这样，那么这些宗亲要得到此类信息，剩下最有可能的途径就是社会上的传闻了。在明代，铅山横林费氏科举之盛、仕宦之显，不仅是我费氏几千年来绝无仅有，就是在全国各大名门望族的历史中也属罕见，这在史志文献和明人著作中多有记载：当时铅山横林被士大夫誉为"冠盖里"，横林费氏被称作"西江甲族，簪缨世家"；费宏有"少年状元"之称，是明代最年少的状元；横林费氏有"一门双及第"之誉，费宏状元及第，其侄费懋中探花及第；一门六进士、十八举人，更有四人叔侄同榜、四人兄弟同科；费宏41岁任礼部尚书、43岁入内阁兼大学士，是当朝最年轻的尚书、宰相；费宏一科同年有四人入阁任大学士，为明代之最，号称"一榜四相"；费宏与岳父孙需同朝为尚书，被称作"翁婿尚书"；费宏与子费懋贤、从弟费案、从侄费懋中同在翰林院任职，时称父子、兄弟、叔侄同列禁近、位居清华，这是何等的荣耀；更加之费宏忠君爱民，正色立朝，持重识大体，"天下阴受和平之福"，故士大夫"皆慕乐之"。其时的横林费氏，如此显赫，令人艳羡，必将引起社会的轰动，故当时要得到这些信息应是不难的。但宥于当时的交通和讯息条件，要得到完整准确的信息也不太可能，故这些信息的简单，或有舛误，再加上一些人的发挥，信息的难以自圆其说就是可以理解的了。比如浙江慈东费氏在明弘治年间修谱，竟然记载我宰相公费宏主动承认是其后裔，要求与他们续谱，而对此我族宗谱和费宏著作中均不见记载；况且其文中年号、官衔等皆牛头不对马嘴，内容更是不可令人信服。如果费宏及我族人有攀高枝的动机，当时有一最便捷、最有效的途径，就是攀上他的恩师费訚。费訚是江苏丹徒费氏宗亲，明成化己丑科会元，国子监祭酒，对费宏多有教导和栽培之恩，与他攀上族亲岂不十分有利？但费宏并没有这样做，只是以恩师敬之，且对他的后人多有照拂。难道说费宏在做学生时都不肯去攀附二品大员的宗亲，反倒在成为大学士后要去攀一个七品官员的宗亲？个中是非曲直，不辩自明。至于阳新谱中有关我横林费氏的记述错漏颇多，有的不知所指，因无关本文主旨，姑且不论。讲这么多，只是为了说明一个道理，我们对旧时宗谱中的片言只语不可一概奉为圭臬，如要引用，必须经过周密的研究考证，否则必将堕入歧途。谱牒学是一门非常严谨的学问，凡是研究过宗谱的人都明白，宗谱中的有些内容是不可全信的，这是由于时代的局限和参与修谱的人员良莠不齐造成的。就拿我横林宗谱来说，由费宏、费案亲自操盘而成，可谓纯正不妄，但到下一代就被掺入了私贷；费案故后，其后人请费案的同僚吏部尚书闻渊撰墓表文，其中言道："其先出蜀费祎后，元季有名禾者，为弋阳尉，因家焉，遂籍广信之铅山。"闻渊是按状撰文，提供状的应该是费案的后人，其意是避提本二公为始迁祖，以弋阳尉费禾为始迁祖；而费禾是铅山九鲤堂费氏的先人（注：但不是始迁祖），难道我们可以因为谱上有此说，就认定横林费氏是费禾的后裔吗？这种乱认祖宗的行为显然是令人不屑的，这点我们在 2013 年重修宗谱时就已作出了明确的判断。

（四）湖北阳新宗谱旧谱于"宋末毁于兵燹"，重创于明嘉靖四十一年（1562），比我族宗谱稍晚，这时距丙二公出生已有 274 年了。其序文中确有关于丙二公迁居江西铅山官畈的记载，推原这并非实录，只是近 274 年后的追记而已。一明公在序中称"值红巾乱，丙二避徙江西铅山之官畈。后鹅湖公宏擢丁未状元位首相，钟石公宷亦赐及第（注：宷公并未及第，进士而已），任大宗伯兼翰林学士，他科甲不胜记，此为广信一派盛称最焉"。这是阳新宗谱首提丙二公迁铅之事。37 年后的万历二十七年（1599）重修谱序中却未再提丙二公迁铅一事，且称"苟不因信以书之，未免颜标妄作鲁公之失。是吾宗支，虽贫贱不弃；非吾宗派，虽富贵不援。狄襄公不认梁公，崇韬妄拜子仪，千载之下公论不泯"。其实事求是、不愿乱攀宗亲的浩然正气溢于言表。97 年后的清顺治十六年（1659）重修谱有两序，均不提丙二公之事。153 年后的清康熙五十四年（1715）重修谱序只是简单提了一句"丙二避徙铅山官畈"。而 182 年后的清乾隆九年（1744）重修谱有四篇序文，均未提丙二公迁铅之事，且其中"二十世孙璇锡同侄渥樟"所撰序文中称："夫今士大夫之家莫不有谱，然类皆援引强宗大族，附离牵合，泾渭混淆，淄渑莫辩，识者讥之。"对当时修谱中牵强造假之风表达了强烈的不满。214 年后的清乾隆四十一年（1776）重修谱有五序，其中只有一篇中提及"丙二公迁居江右"。249 年后的清嘉庆十六年（1811）重修谱有九篇序文，均未提及丙二公之事。276 年后的清道光十八年（1838）重修谱有四篇序文，其中只有一篇提及"丙二公迁居铅山"。304 年后的清同治五年（1866）重修谱有两篇序文，及 329 年后的清光绪十七年（1891）重修谱的一篇序文皆不提丙二公之事。349 年后的清宣统三年（1911）重修谱有两篇序文，其中一篇不提丙二公之事，另一篇在提及此事时竟称："凡铅山派为丙二后者，虽若宏、若宷极一时之达人显宦，别为一编，不与本宗相淆。懔懔乎有狄武襄不敢附梁公之意焉，盖其慎也。"对不以显达而胡乱合谱合派的态度十分严明，并且已经慎重地将铅山派区分开来。嗣后民国二十六年（1937）及 1985 年两次重修谱各序皆未提及丙二公迁铅之事。综上所述，我们可以看出阳新费氏历届参与修谱的宗亲，绝大多数是明智的、有操守的，他们对谱中有关丙二公之事多有排斥，非常慎重，令人钦佩。让我们不解的是，为何到了 21 世纪初，这样一些旧谱中缺乏根据的片言只语，在未经充分严密考证的情况下，竟会成为信史确证，从而引发合谱合派的举动。至于谱中费家冲的谱序中称"迨至明时有费宏者，举孝廉方正，旋徵状元及第，复官至尚书。其子懋中、懋和官居侍郎，亦称贤臣，官位数载，不乐于朝，遂相率归隐于江西之南泉山"。1985 年纂修的《费氏村志》竟称"丙二公官铅山令，见铅民纯物阜，落居河口柴埠"。这些不仅是不实不通，且有点戏剧化了，其不可作为信史，应是不争之实了。由此我们可以认识到，对谱牒中的有关记载，我们必须采取科学的态度，发现疑点和有了争议，应当相互尊重和包容，切不可简单草率行事；更要像我族及阳新此前参与修谱的诸多先贤那样，秉持正道，诚信务实，做出无愧于祖先和后世的抉择。

（五）湖北阳新宗谱"世系源流"中在第九世系中记有"丙二（九三长子）生于元至元廿五年（1288）戊子，迁铅山县官畈"。在第八世系中载其父"九三（千三长子）"，但未载生年。又在第七世系中载其祖父"千三（源公长子）生于宋咸淳二年（1266）丙寅"。这些记载不仅有帝王年号，还有干支纪年和公元纪年，且皆相符，故不可能是修谱时的笔误。这样看来，丙二公祖父只大他 22 岁，除非有超凡奇迹，否则这是不可能的。在十世之后，有丙三公子孙的信息，却不见载有丙二公子孙的信息，既已知丙二公迁在铅山，又知其后人发达，岂会没有信息登载？我横林宗谱载始迁祖"本二公，讳有常，字永兴，生于元成宗大德四年庚子（1300）二月二十日午时"，距丙二公出生晚 12 年；如若以我本二公出生之年为丙二公出生之年，则其弟"丙三（九三次子）生于元至元三十年（1293）壬子"，难道弟可能先于兄七年出生？故不管如何解释，终也难以自圆其说。再者丙、本二字音义皆不同，且丙二是人名，本二是派行，二者表达的意思是截然不同的。本二公是本字派第二公，另有名和字。不是先有本二公才产生本字派，而是先有本字的派，才有以本字取名排序的男丁；二是表其行，表明该男丁在派中的排行，字派和排行合在一起即为派行，如"本二"。明太祖朱元璋就曾亲自为他的儿子们分别制订了不同的字派，后世子孙皆按此取名排序，如正德皇帝名厚照，嘉靖皇帝名厚熜，他们是厚字派的从兄弟。明代在嘉靖后修谱盛行，以派行取名编谱也很普遍。我横林费氏亦然，都是先预设字派，然后按字派取名，同辈男丁按出生先后顺序排行，虽或有不按字派取名的，但谱中均是按字派排行的。至于我族"本谦荣镇鉴"五辈派行中皆有间隔，从第六代开始才连贯不间，其中原委在 2013 年重修宗谱说明中已有交代，故在此不再赘述。不知阳新宗亲是如何使用派行的，总不致先有某公然后再有其派吧。

（六）认祖归宗，对于一个宗族甚或一个人来讲，无疑是非常重大且敏感的要事，必须慎之又慎，万不可有一点轻率从事。我族始迁祖的认定，从明代创谱以来，历经二十多代、四百余年，始终未有些微改变，如今怎能以一个似是而非的"丙二公"就贸然认祖归宗？如"丙二"可以认定为"本二"，那江阴和常州谱中所载"友常公生广成公，广成公生荣祖、荣迪公"的三代表述，岂不更加准确可信？更有甚者，浙江慈东费氏谱中记载了费宏曾主动要求认祖归宗，那不是更加可以板上钉钉了？因为不管怎么说，这都比"丙二"之说更明晰、更靠谱点。至于来信中谈到这些年来阳新与铅山宗亲为认祖归宗所发生的交往，我族 2013 年重修谱时，汇集与其他宗支交往的内容均有记载，这当然大都是事实，但这些事实并不能确切有效地证明丙二公就是本二公是事实。因此我们至今仍然认为，有关本二公的这些说法与其他诸如"费宏后裔"等说法，现在看来均存在不少疑点。我们已把这些信息收录和保存下来，并将加以认真研究和考证。但在没有找到更多、更确切的证据之前，我们都将秉承先祖费宏所持的诚信精神，不能草率地认祖归宗，也不会胡乱认定某支宗亲是费宏的后裔，一切都要以证据来说话。乱拜祖宗是非常可耻的事情，历史上对此曾多有褒贬，阳新宗谱和我族宗谱中均多有引证，因为这上对不起祖宗，下对不起子孙，我们也不想给后人留下更多的困扰。但天下费氏终归是一家，我们都是大费的后裔，血浓于水，我们是一个大家族。衷心希望阳新宗亲今后一如既往，像全国其他各支宗亲一样，与我们多多来往，加强交流；一起凝聚族中有识之士，为考订宗谱、探寻宗支源流而多做工作，争取早日取得成果。但这是一门严谨的科学，是一个庞大的系统工程，需要长期细致耐心的工作；且成功不必在我，有些囿于客观条件暂时无法解决的问题，不必匆促强行而为，留待后人会更为稳妥。后人会比我们更加聪明，未来科学也将更加发达昌明，能收集到的证据亦会更加丰富确切，一切都可望水到渠成。愿我们以此期待且共勉。

请将此件遍达阳新宗亲主事诸君，以期交流思想，达成共识。

致

礼

铅山费宏研究会

（费先明主持讨论，费正忠执笔撰文）

2019 年 8 月 16 日

附一：湖北阳新费氏费新沭先生来信

宝林先生：您好！

2018 年 12 月 1 日，我随阳新族人参加宏公诞辰 550 周年庆典，这是我第五次赴铅山会宗亲。这天到铅山县城下车，就受到铅亲热情地接待。亲人一见，仍是如故，非常亲切！下午在您的引导下，拜访参加千秋费氏合修宗谱的章金、荣茂、文瑞等老人，在面谈中，铅亲心情激动感人的场面，使桑梓族人永不忘怀！值此，向铅山宗亲表示敬意！

在庆典大会前，我们会到铅山有关族人，谈及阳铅已合谱之事，他回答："那次合谱很草率，'本'是我祖派行"。其意不说便知。

先谈"派行"一事。派行是表示一个氏族辈分的顺序，即世代延伸的次数。派行的产生，不是祖先一开始就确定派字的顺序，而是在人口发展了，代次增多了，才根据各族的具体情况，确立派行，或称派衍。纵观各家谱牒，派行字句不一。一般是四字、五字，或七字为句。明代前的派行，大部分是将祖先的名字取中间一字作为派行，通常的派字相接，没有完整的句意。到修谱时增补的派行，派字有词性衔接，在句末有押韵，有完整的句意。

例如：千秋费氏派行，开始三句："彦士孝三万，百千九丙奇，宜轻祖嗣永"。是按祖先的名字，取中间一字作为派行，没有句意。后续的派行，读起来爽口，有意义，即"存志广然一，大道学以观，重兴光上国，明新世久安。……"

我见许多派行，唯有沔阳费氏，在清代末修谱，文人以祖先"家"字开篇，撰一首七律派行诗。这家到目前止，只有10多代。其七律派行诗是：

家成应懋锡伦同，克保天良运益崇。诗礼昭传承祖泽，人文蔚起继宗功。长培福履心全泰，思守清芳道正中。序定加名绵世会，堂开裕德启延洪。

再看横林费氏派行，开始四句，每句四字，也是按祖先的名字起的，即："本谦荣镇，监（注：此应为鉴）浚（注：此应为濬）桂燧，升铨泰梧，熙邃钰澍。"后续五字一句，明显句意有连贯，含义深刻。即："孝友传先德，文章继祖功。学乃身之宝，儒为席上珍。"

我认为："本"字作为横林费氏派行，不是事先确定的，而是先有本二公之名，编派衍时，才取"本"字作为派行。

关于"合谱草率"之说，有点冤枉荣兴、章金、荣茂等族亲。特别是抹煞了文瑞先生之苦功。铅亲归宗合谱合派，非一日之工。请看双方往来情况：

2000年11月17日，阳新四位族人，寻亲归宗，首到铅山，下车柴埠，即遇德文先生，由他指引、通知，会到了荣兴老书记、先权、文中、文瑞等族人。在交谈中，我们围绕丙（本）二公身世，各自依照宗谱所载，谈了看法，提出"彦邦公世系合修宗谱"有关事宜。18日上午，由老书记带领拜访九鲤堂费家，看了宗谱。获知铅山县有横林、范坞、费墩三支费氏。此后阳新与横林族人往来信函、考察、商讨，交流情感。

2001年3月20日，铅亲代表先权（82岁）、荣茂、章金、文瑞、（司机小钟）一行，在七百年后首次回桑梓。21日前往蕲春县彦邦公、士寅公墓祭祀。22日到百五公墓祭奠，察看碑石上，刻有裔孙庄铅山县。接着回到"世相堂"座谈，统一了五点认识。（略）

2002年3月19—20日，桑梓代表乘2部中巴、6辆轿车，共78人，抬着"仁德流芳"匾额，浩浩荡荡，前往柴埠庆贺费宏宰相纪念馆建成。故乡人受到铅亲特别款待。

2002年3月30—4月1日，铅裔代表太生、文瑞赴阳新漳源口自始至终参加"费氏彦邦公世系合修宗谱"协商会。

2002年5月1日，铅亲代表四人赴阳新县同金海、费家冲、黄梅蔡山代表，在阳城宾馆会议室，共同商议合谱合派有关事项。经各抒己见，达成了共识，铅山代表费章金、费荣茂在协议书上签了名。

2002 年 6 月 8 日，铅方代表俞惕生、费文瑞到阳新阳城宾馆审查篇目、文稿。（见总谱刊铅裔文稿）

2002 年 12 月 29 日，宣告"千秋费氏合修宗谱"大功告成，在阳城宾馆举办发行式。这次铅山横林宗亲章金、荣茂、文瑞等七位代表参加了总谱发行会，并合影留念。

总谱发后，有些异议，双方未坐下面谈，但无损归宗大局。此后兄弟般照常往来。

2006 年，桑梓座（注：疑为"坐"之误）落在太子庙街边的"费氏祠堂"复修竣工，横林宗亲前来敬祖，并携带《冠盖里》200 本给桑梓。

2008 年 4 月，铅亲倡议上海、江阴、福建、四川、湖北、江西等地费氏合修大乘谱。这次铅亲举办会议规模很大，很隆重。在会议期间，我见到江西多家费氏宗谱。见高安市"费氏初修宗谱源流总序"，写于宋绍兴八年戊午，比阳新宗谱早修 424 年。武宁县澧溪梅林村费家人，说他是"余庆堂"费氏，弄清《江夏费氏发派总序》《嘉靖甲申铅山鹅湖支谱序》《江夏费氏总序图》三篇资料，不是横林宗亲所写。"余庆堂"族人说："三篇文稿可能是武宁县师爷费康汗所写。民国期间，费遗凤常去湖北阳新做生意，与阳新费氏交往很深。"后来我们到武宁梅林村查询"余庆堂"谱牒，这带费家老谱全毁了。

2008 年 6 月，宝林先生同瑞昌等宗亲来阳新协商合大谱之事，由于阳新方面无力担当重任，后来无人过问此事了。这次亲人又到百五公墓祭祀，怀念先祖，查看碑石所载裔孙庄。

2013 年铅亲自修家谱告成，桑梓应邀，于 2014 年春节参加宗谱发行会。当时我们见在"2013 年重修宗谱的说明"中，不谈归宗合谱之事，对合修的字派，也予否定，实感突然。认真回思，好在这是个人撰稿说明，不是公刊，无损求同存异的历史事实。

阳铅费氏合谱，真的是草率吗？除以上的往来活动外，将这些年阳新金海与铅山横林费氏《探本联宗信函》，已复印成册，在适当时间给你一份存阅，可知详情。

合修宗谱转瞬 20 年了。今将千秋费氏第十届合修宗谱《关于丙（本）二公身世清源到归宗合谱合派简况》寄给铅亲，烦在忙中转交给现任族长费先明先生（注：铅山横林费氏现无族长，只有"铅山费宏研究会"会长，现由费先明担任），让他了解后，有何想法？阳铅费氏已合谱合派成了事实，现千秋费氏第十一届续修宗谱，有关铅亲方面的内容照载。十届合修的宗谱有 100 多处错、漏，没有给你们发勘误表，有关争议之处也未商谈。例如：丙（本）二公的年龄，双方记载的时代吻合，唯岁数有点相隔，难免后人在追记中有误。我们的意见：各自原载，本着求同存异的原则，不谈评论语句。如果铅亲有诚意，这届总谱，对上届总谱错讹之处，或争议的语句，由族长们面会商谈、纠正、完善。

去冬相见后，本想及时回信，因我近年忙于编纂园区地名志，无力接收族事，故拖延至今，请予原谅！我今与你思旧叙谈，如有不妥之处，请指正；再则吾耳聋，电话辨不清语音，烦接信阅后，亟盼书面回音。后会有期。

顺祝

身体健康，友谊长存！

族末　费新沐

于 2019. 7. 10

附二：关于丙（本）二公身世清源到归宗合谱合派简况

阳新千秋费氏，在明代前修了宗谱。据《祖德颂引》载："家谱佚于甲辰，经始于壬戌，盖我公本仁人孝子之心，搜残访故以成厥典也。乃此旧谱矣。"甲辰，指嘉靖二十三年（1544 年）。这年由于战乱，家谱失散了。到嘉靖四十一年壬戌（1562年），一明公重创宗谱，从一世祖彦邦公诞生南宋绍兴起，至明代嘉靖年间，约 400年，对已逝先祖进行"搜残访故"，作了记载。如：在"彦邦公派下世系"记载九世祖："丙二（九三长子）生于元至元廿五年（1288 年）戊子，迁江西铅山县官坂。"

在红巾乱时，家乡有人同丙二公一起逃难江西。事后，同去的人，只知丙二公落户铅山官坂，不知其他情况。到嘉靖壬戌重修谱牒时，桑梓才知丙二公的后裔有发迹。故首篇谱序才记载："值红巾之乱，丙二避徙江西铅山之官坂。后鹅湖公宏擢丁未状元位首相，钟石公寀亦赐及第，任大宗伯兼翰林学士。他科甲缕不胜纪，此为广信一派盛称最焉。"

到清·乾隆四十一年（1776）丙申，续修谱序写："惟我彦邦公一宗，自蜀而蕲阳，自蕲阳而兴国路，徙铅山者冠盖累累，迁沔水者亦螽斯蛰蛰，然皆不能详。"

清·同治六年（1867），裔孙为六世祖百五公立碑石，载裔孙庄有铅山县、黄梅县等庄。丙二公之弟丙三：九三次子，生于至元三十年（1293）癸巳（注：应为癸巳，干支纪年没有癸巳年），殁于元至正元年（1341）辛巳……谱序载："丙三析为景登。到十七世文禄迁居黄梅蔡山。"

道光十八年（1838）修谱时，祖先呼吁："盖闻谱为亲亲而作，所以敦宗合族，唯其合也，不惟其分也。顾有欲合而势不能悉合者，亦有既分而情不忍终分者。吾族千秋费氏，同祖彦邦，共宗三学，乃派别支分。百七公迁居永福里，（今三溪费家冲）丙二公迁居铅山官坂，丙三公支下文禄公迁居黄梅蔡山，志仁公支下迁居沔阳，欲大为荟萃，或限于里之不同域，或阻于疏远之难以稽考，此势不能悉合者也。"……最后说："倘若后之人能推不忍终分之心，于今所不能遽合者而悉合之，是又余之所厚望也夫。"2000 年桑梓第十届修谱，裔孙回思祖先这一嘱托，趁盛世交通便利，发出《费氏邦彦公（注：应为彦邦公之误）世系合修宗谱倡议书》。这年 11月，阳新四位族人首到铅山寻亲归宗，受到了荣兴老书记等族人的热情款待。

此次到铅山，查看《鹅湖横林费氏宗谱》，开始见载："我始迁祖自本二公以前世远莫考，已（注：原文作已，且断句在此）本二公遭元之末流离播迁，始居官坂，继居横林，逃窜以亡，莫获其处。……"后见世系本二公："讳有常，字永兴，生于元成宗大德四年庚子（1300）二月二十日午时，其时因避红巾之乱，家于铅山廿八都官坂，继迁横林。娶本邑土溪局余氏，改合葬黄豹坞。生子一，广成，谦十四。"

关于丙（本）二公身世，两谱记载对照：（一）丙二与本二，同二字，语音相似。唯"丙"与"本"字，声母相同，而韵母不同，属方言所致。那时候农民没有文化，又远离家乡千余里，以口音传给后人，难免将"丙"字写成"本"字。（二）丙（本）二公：流离年代是元末，事由是避红巾乱，始居是铅山官坂。这一史实，两谱记载完全相符。（三）以数字取名字，据民间传说，元代阳新地方官以名字笔画收税，因数字笔画少，故阳新费氏祖先在元代取名字，都带数字。阳谱载：五世祖万一、六世祖百四、百五、右六、百七、百八；七世祖千三、千六……；八世祖九三、九四……；九世祖丙二、丙三、丙四……阅铅山九鲤堂费家谱，没有用数字取名，惟有横林本（丙）二公用数字取名，符合阳新费氏播迁横林。

再从记载远祖看：

阳谱首篇序载："余族之先，本山东兖州府邹县邾城驿费家团籍，后寓蜀遂为文伟公一宗。伟之后世代屡更，序难追考。惟裔孙曰彦邦者，性嗜江湖，乃自蜀迁蕲，宅刘公河，墓塔儿畈，碑志可稽，故公为我费一世祖也。"又在顺治十六年谱载："爰考费姓，伯益之后也。自大业生大费、即伯益。大费生若木。其之孙讳昌者相夏（注：'其之孙'，不知何意，查原文，是'其元孙'之误）……"二世祖士寅公，在《宋宰辅编年录校补》卷 20 载："费士寅，字戒夫，成都人，嘉泰三年（1203）加端明殿学士、签书枢密院事，进参知政事。……"

铅谱世系载：始祖：大费公、若木公、昌公。远祖：祎公。首篇《鹅湖横林费氏宗谱》载："溯厥初，乃云祎实其祖，始居西蜀，延至有常公，播迁豫章信之铅邑。"在第四篇序中又载："稽铅山费族，肇于汉时侍中祎公，世居成都。"（祎即文伟）

两谱对照，记载的始祖、远祖之名，完全一致。

自阳新族人到横林寻亲后，经过一段时间的信件往来及电信交流，铅亲确认播迁祖本二公，是阳新费氏的丙二公后，于 2001 年 3 月 20 日，由荣茂、先权、章金、文瑞四代表，在七百年后首次回桑梓奠祖。2002 年 3 月 30 日至 4 月 1 日，铅亲代表太生、文瑞来阳新漳源口自始至终参加费氏彦邦公世系合修宗谱的协商会。2002 年 5月 1 日，铅亲四代表到阳城宾馆，与金海、费家冲、黄梅蔡山的代表一起协商合谱合派有关事宜，意见统一后，章金、荣茂在"费氏彦邦公裔孙合谱合派协议书"上签了名。2002 年 6 月 8 日，铅山代表俞惕生、文瑞等到阳城宾馆审查宗谱篇目。2002 年 12 月 29 日，铅亲章金、荣茂、文瑞等七代表到阳新县城参加千秋费氏宗谱发行会。

这次合修的宗谱，铅亲荣兴任"千秋费氏合修宗谱委员会"名誉主任，他撰写的《合修千秋费氏宗谱总谱序》刊总谱前。《鹅湖横林费氏宗谱公规十条》《鹅湖横林费氏宗谱序》两篇、《孝友堂记》《铅山鹅湖费氏本（丙）二公之脉九代略记》等刊入总谱中。同时《家族精英》《名人诗文》选录了大量篇幅。特别有历史意义的，是章金、荣茂代表铅山费氏在《费氏彦邦公世系合谱合派会议纪要》签了名，刊入总谱。

在丙（本）二公离桑梓七百年后，裔孙归宗，圆了先祖的遗愿。这是彦邦公派下世系一大盛事，永载史册，世代昌隆。

千秋费氏祠管会

2019. 6. 20

（以上二文中的夹注为笔者在转录时所加，意为减少读者的阅读障碍）

五、再致湖北阳新费氏宗亲书

湖北阳新费氏宗亲：

关于铅山横林费氏到湖北阳新费氏认祖归宗及两家 2002 年合谱合派之事，我会费宝林收到 2019 年 7 月 10 日湖北宗亲费新沐谈论此事的来信（以下简称来信）及附来《关于丙（本）二公身世清源到归宗合谱合派简况》（以下简称"简况"），并遵其嘱转交给了我会。我会在会长费先明主持下，进行了认真的讨论和研究，并将详细和明确的意见形成《致湖北阳新费氏宗亲书》（以下简称"致宗亲书"）作了回复。本想湖北宗亲在了解了我们的态度后，这件事情应可得以平复。不想 2019 年 10 月 4 日湖北阳新宗亲以"千秋费氏祠管会的名义"寄来《复函江西铅山横林费氏宗亲》（以下简称"复函"），更加激烈地坚持要我们认祖归宗、合谱合派。我会对此同样进行了认真研究，一致认为前次"致阳新宗亲书"已将我们的态度表达的十分明确、详尽，有不同意见应当尊重，可以保留，待日后继续交流商讨。至于"来信"中所谓"现千秋费氏第十一届续修宗谱，有关铅亲方面的内容照载"，只是费新沐在"来信"中个人的说法，相信阳新宗亲还不至于会无理到在我们不同意的情况下，再次将我们强行合谱，故也就没有再回信讨论此事，并很诚恳地向你们这届修谱发了贺信和贺礼。不意 2021 年 1 月 25 日，我们收到了 2020 年"千秋费氏宗谱编纂委员会"新编的《费氏宗谱》，竟在我们毫不知情并此前曾多次明确表示不赞同的情况下，擅自将我们先祖费宏的肖像和我横林费氏的有关资料录入，还莫名其妙地将我横林费氏几位宗亲列为这届修谱的主任、副主任、副主编、顾问等职事，以造成这次又是两家合修宗谱的假象。这使我们再一次感到了被人愚弄。这种无视事实、罔顾亲情、不听劝告、强加于人的做法，我们是万万无法接受的。为此，我们不得不再次郑重地表明态度，以明辨是非，消除影响；立此为照，以正视听；告慰先祖，免误后人。

（一）如何对待宗谱中的某些记载

国家有史，地方有志，家族有谱，这是中华文明得以赓续不断、世代传播的重要载体，是我们中华民族的优良传统。国史记载着我国几千年的兴衰成败，以史为鉴可以知治乱。方志记录着大量地方的乡土资料，有着"存史、资政、教化"的作用；治天下者以史为鉴，治郡国者以志为鉴，是国史丰富的补充。而宗谱连接着千家万户，是我国宝贵文化遗产中亟待发掘的一部分，其中蕴藏着大量关于人口学、民族学、社会学、民俗学、语言学、历史学等鲜活的资料，是史志不可或缺的补充。史、志、谱的巨大作用和重要性是不言而喻的，但它也有局限性，且确实存在不少瑕疵。故历代都有许多仁人志士在从事史学、方志学方面的研究，遂使这成了社会学方面的显学。同样，宗谱也是存在着一定的局限性的。著名史学、宗谱学专家复旦大学葛剑雄教授在论及家谱研究的现状时指出："普遍存在一些片面性，反映出一些学者对家谱中的局限性缺乏足够的认识。"又提醒我们："家谱中有些记载不可轻信"；"一般家谱无不扬善隐恶，夸大溢美，甚至移花接木，假冒附会。如果不了解当时当地的历史背景，一味相信家谱的记载，就不可能得出正确的结论"。在谈到修谱要诚信时又说："族谱是一件非常严肃的文件，尽量不要有虚假成分。否则当代人不信，后代人怀疑，族谱就失去了交流传播的作用，失去了它的历史地位。请大家注意这一点，千万不可攀附权贵，妄造先德，以免贻误读者，失笑于天下"。

笔者接触了一些家谱，深感葛教授论断的中肯、明确。这些家谱有我们费氏的，也有其他姓氏的，且大都创修于明嘉靖年间，但其中都会有一些涉及明、清以前的内容，有的会上溯到元、宋，甚至从三皇五帝的世系排起。但稍事推敲，就可看出这些记载并不可信，不具有史学研究、宗谱研究的资料价值，真实反映了宗谱的局限性。这种局限一是反映在政治层面上，一些旧谱多多少少都会存在着封建社会的烙印，如一些旧谱中称太平天国农民起义军为"发匪"；有的旧谱竟与国民党反动派一个鼻孔出气，诬指革命先烈方志敏为"方匪"；有些在新中国成立后出的家谱，受极左思想的影响也存在一些错误观点。其次是技术层面的局限，出生年月、婚丧嫁娶、文字表述等或有错漏，容易引起误读和不解。如我族谱中记载三世祖荣祖公"年三十九卒"，即卒于永乐五年，而其次子应麟却生于永乐十六年；又记四世祖应麒公生于永乐十五年，卒年43岁，多与事实不符。又如阳新"千秋费氏家谱"中记载七世祖千三公"生于宋咸淳二年"（1266），而其长孙丙二公却生于元至元二十五年（1288），祖孙之间出生只相隔 22 年，这也太不合情理了。但更多、更主要的是表现在对元代以前家族迁徙和先祖认定的记述上。如江阴"澄江费氏宗谱"记载始迁祖是东汉梁相费汛，且记始祖是两千多年前春秋时的季友，但并无确切的历史资料佐证。又如阳新"千秋费氏家谱"记载始迁祖彦邦公是三国时蜀汉费祎的后裔，"性嗜江湖，致仕游历"，"于宋高宗间，自蜀而蕲，宅刘公河，墓塔儿畈"，且称有"碑志可稽"，可谱中并未载有关碑志；然该谱中又记彦邦公"生于宋绍兴十四年"（1144），如此哪怕到了高宗末年的绍兴三十二年（1162），他也才 18 岁，如何能"致仕游历"而定居江北？士寅是彦邦公长子，按前说他应当在蕲出生，可"复函"中却说："又如二世祖士寅公官至参知政事（副丞相）兼枢密使（掌军权），家谱却载：'开禧元年，首辅韩侂胄，欲以公镇兴元（治陕西汉中），将为宣威之，公不附其党，遂致仕归里。'当时士寅公致仕避离家乡成都，徙迁湖北蕲春隐居，含恨致死，年仅四十。"而"简况"中在谈到二世祖士寅公时，又引《宋宰辅编年录校补》卷 20 称："费士寅，字戒夫，成都人，嘉泰三年（1203）加端明殿学士、签书枢密院事，进参知政事。"照此说士寅是成都人，且一直生活在成都，只是辞官后才"避离家乡成都，徙迁湖北蕲春隐居"。那阳新费氏的始迁祖到底是彦邦公还是士寅公？费一明在谱序中称"士寅从伊川学，官至参知政事"；这里的"伊川"即宋理学家程颐（1033—1107），而据谱载，士寅公生于 1165 年，卒于 1205 年，他出生时程颐已逝世 58 年，怎能从其求学？又如阳新"费氏村志"记载："宋高宗时，有九哲公官成都令，旋迁黄州令。公见黄州风俗纯厚，遂居黄冈竹牌门，生彦邦、彦江、彦海三公。彦江公仍居黄冈，彦海公迁徙浙江，彦邦公迁往蕲州刘公河。"那么彦邦公就不是从蜀迁蕲，而是从黄冈迁蕲了。阳新旧谱中费家冲的谱序中又称："迨至明时有费宏者，举孝廉方正，旋徵状元及第，复官至尚书。其子懋中、懋和官居侍郎，亦称贤臣，官位数载，不乐于朝，遂相率归隐于江西之南泉山。"这些大都与我族谱记载有异。阳新旧谱中又还有关于始迁祖三学公的"离奇"记述，对此，阳新费竟成先生在所撰《千秋费氏宗谱几个重要史实初考》中称："上述说法，与我族宗谱记载的史实大相径庭，疑窦甚多，不能令人信服。"并对这些记载进行了考证，分别作出了不同的判断。以上种种都能说明阳新旧谱中有的记载是存在疑点的，不可不加分析研究地盲目引用。我们很赞成竟成老先生在文中的提法：族谱"既然是历史就一定要尊重事实，切切不可随意杜撰"。

牵涉到我们当下需要讨论的问题，是针对一些宗谱关于铅山横林费氏始迁祖的表述应如何看待和甄别。阳新"千秋费氏宗谱"在"世系源流"中载："九世，丙二（九三长子）生于元至元廿五年（1288）戊子迁江西铅山官畈。"在旧序中，有一明公在明嘉靖四十一年首修宗谱的序，其中称："值红巾乱，丙二避徙江西铅山之官畈。后鹅湖公宏擢丁未状元位首相，钟石公宷亦赐及第，任大宗伯兼翰林学士。他科甲缕不胜记，此广信一派盛称最焉。"参与同届修谱的教书先生严继绪在序中亦称："值红巾之变，丙二徙江西铅山，别为一族。其后缙绅连绵，称最显者鹅湖宏公，钟石公寀，皆以顾辅当朝，论明时阀阅未能或之先也。"这是该谱至今保存下来最早的修谱序言，此时距丙二公出生已 300 多年，其旧谱"偶因嘉靖甲辰，家乘残于回禄"，被火烧了。嗣后明万历廿七年（1599）重修宗谱时，距上届修谱已 37 年了，其 17 世孙费自省在序中称："尝闻先大父辈有言，吾家谱牒甚详，第经兵燹，修而复毁，自彦邦公迄今已三修矣。"至清顺治十六年（1659）重修时，其十八世孙费可节在序中又称："矧复罹明末流寇踞家累月，旧帙荡无存焉。"可见旧谱经多次兵祸、火灾，原始资料早已不存，关于丙二公的记载，都是日后修谱时整理追记的。而阳新 1985 年修纂的《费氏村志》在"历代文武忠孝簪缨实录"中竟不同于其旧谱所述，记载"丙二公官铅山令，见铅民纯物阜，落居河口柴埠"。并有一份不知来自何处的材料还加以证明，就算是给铅山横林费氏找到一位当官的始迁祖了。我们现在能看到的只是 2002 年重修谱，未知阳新现在保存能见到最早的宗谱是何年所修？江苏江阴《澄江费氏宗谱》在"大宗世系图"载第 31 世革，第 32 世友常，第 33 世广成，第 34 世荣祖、荣迪，并在其下注"江西广信铅山横林支"。又在"大宗世表"第 32 世栏载"友常，革子，子一广成"。在第 33 世栏载"广成，友常子，子二，荣祖、荣迪"。在第 34 世栏载"荣祖，广成长子，江西广信铅山横林支；荣迪，广成次子"。这里虽然记载了横林费氏第一、二、三代，但正与"复函"中所说："在澄江十三篇序文及一篇'费氏源流'中，没有一篇提及铅山费宏、费寀等祖先宦绩，只在世系图吊线'友常公生广成，……'三代名字。"浙江慈溪慈东费氏承志堂藏《慈东费氏宗谱》载其第十二世孙费璇所撰"费氏纂修宗谱序"中称："江西鹅湖公辅相王朝，非不荣显也，且深有通谱意，然亦何所据哉？谱以防伪也，乱焉，杂焉，不可也。"文末落款是"时皇明弘治廿一年仲冬上浣之吉"，而据史料，明孝宗弘治年号只有十八年，何来"廿一年"之有？这个"江西鹅湖公"，即我横林费宏是也。费璇系乡间一读书人，不曾出仕，况慈东、横林相隔遥远，与费宏应是不曾谋面，这个说法从何而来？原来是别人告诉他的。谱中慈东费氏第十三世孙费铠所撰"费氏宗谱序"中称："次春，适我遁庵叔父以奏复峰山祖祠至京，举朝皆以为义奋然，遂蒙旨允，旋浙，因嘱以谱事。且告云：'内阁鹅湖欲通吾谱，庸有据否？'公毅然曰：'宁效狄枢密辞梁公后，毋宁效崇韬之拜汾阳也。'壮哉公语，真足以主吾宗盟矣。"文后落款是"时龙飞正德元年三月上浣之吉，赐进士出身奉政大夫大理寺右丞前知庐陵县事历奉敕巡按湖广、山东道监察御史十三世孙铠顿首谨撰"。费铠，成化二十年三甲第九十九名进士，费宏也参加了这科礼部试，不料却落榜，而费铠得中。到正德元年，经过二十一年的时事演变，费铠虽中进士比费宏早一科，但当时还是知县一级官员；而费宏久处翰林，位列禁近，又是新皇帝的教官，此时已是大常寺少卿兼侍读了，可见二人地位确实悬殊。当然，二人同朝为官，相互接触的机会应当还是有的。但讲到费宏在没有任何确证的情况下，主动请求与其通谱，

"且深有"此意，则恐有违事理。想费宏笃行儒家伦理，一贯厌恶攀龙附凤，其主修铅山横林费氏宗谱就因实事求是、不乱攀附而广受时人赞许，怎会一反常态去攀附慈东费氏或大兴费氏。当时横林费氏已是闻名遐迩的"西江甲族""簪缨之家"；费宏"状元宰辅"是中华费氏精英之仅有，费宏二伯父费瑄亦早已中进士，并官至贵州参议（副省级）。此时慈东费氏并无中进士者，大兴费氏亦是仅有费铠中了进士，且官职不大，费宏有什么理由会主动去攀附通谱，且遭拒绝而自取其辱。当时中华费氏名望较大的是费宏的恩师费闇，南直隶丹徒人，成化五年会元，历官国子监司业、祭酒，对费宏颇多教诲、栽培，后官至礼部侍郎；费宏虽感激恩师，对其后人多有关照，但却从无攀附、通谱之意；而对家世、声望远不及费闇的费铠却主动要求通谱？即使费宏虚荣心作祟，也是要高攀，岂有低就之理？故笔者以为这种说法"有违事理"。对于费宏来说，此事大可不必，也不太可能。再者费珵文中称费宏是"江西鹅湖公辅相王朝"，费铠文中亦称费宏是"内阁鹅湖"，他们都是费宏同时代的人，况费铠还与费宏同朝为官，怎会说出这样的话？他们的文章写在弘治末、正德初，当时费宏还是太常寺少卿兼侍读，"辅相王朝"、入"内阁"是在六年后的正德六年，难不成二人能预测未来？如此杜撰的情节，更加佐证了这种说法的不靠谱。无锡《费氏宗谱》在其世次简表中记载："第12世字聿成，号恒斋，补之子，宋理宗丙戌（1226）进士。特授陕西延安府知府。第13世革，字惠峰，恒斋子，迁居江右广信府铅山县。第14世友常，字本二，惠峰子。第15世广成，字谦士，本二子。"这里终于给铅山横林费氏又找到一个当官的祖先费革了，并把他尊为铅山的始迁祖；把费友常的派行"本二"说成是"字本二"；把费广成的派行"谦十四"记成"字谦士"；并与江阴谱一样列了铅山费氏头三代，意为将铅山横林费氏收为无锡费氏之一宗。又有湖北黄梅费氏的宗谱记载："一世：彦国……十三世：长文辉，生于咸淳二十四年，葬浙江嘉兴；二文煌，生于咸淳二十七年，葬铅山县河口镇。一时兄弟三人先后登科，均游宦于江西。煌与庆同时迁居江西铅山县河口镇，乃煌公即费状元洪（注：原文如此）之祖也。"看过《铅山县志》和费元禄的《甲秀园集》就知道，在费宏迁来清湖之前，河口这块地方还是一片荒芜的芦茅洲，七八十年后才有河口镇，此说明显不靠谱。更为奇葩的是，我们自己的宗谱亦有这方面的记载，我族现存的清光绪二十四年、民国三十七年（1948）、1992年、2013年四部宗谱中，均载有明太子太保、吏部尚书闻渊为费案所撰墓表文，其中称："按状，公讳案，字子和，别号钟石。其先出蜀费祎后，元季有名禾者，为弋阳令，因家焉，遂籍广信之铅山。"闻渊是费案的同年进士，且同朝为官，但这篇墓表文却是"按状"而写，即按费案后人所提供的"行状"写的，说明我横林费氏后人中亦有想攀官员为祖的想法。按方志，费禾是铅山举人，宋淳熙间为弋阳县尉，是铅山九鲤堂费氏的先人。文中将费禾记作"元季"人，疑有误；这一说法与我宗谱及费宏箸作所记皆不合，故不为学者和我族人认可。还有一些费氏宗谱则直言他们是费宏的后裔，在此就不再——列举了。

综上所述，之所以列举这么多的例子，就是想说明旧谱中的一些记载，尤其是元、宋以前关于先祖迁徙的记载，多为后人修谱时所追ername；而撰稿人秉性、学养参差不齐，一些不实记述在所难免，而这也正是旧谱的局限性所在。对此，我们必须保持清醒的认识，不能字字句句照搬照抄，奉为信条；对其中疑点较大的记载，不能当作金科玉律的信史，而是要反复研究，去伪存真，使谱学研究不致走上邪路，使宗谱能更加日臻完善。可"复函"却十分坚持旧谱中的不实记载，把我们的研究解答视为"枉然"，斥为"以不真实的语句，发出许多误导宗亲的信号"。并对我"致宗亲书"对一明公序中称"钟石公寀亦赐及第"夹注了"寀公并未及第，进士而已"的做法大为不满，视作藐视历史，对先祖的大不敬。其实费寀是明正德六年2甲第65名进士，所有资料都记作"赐进士出身"。正如"复函"所引词典的解释：及第在"明清时代只用于殿试前三名"。费寀是明代人，中的是明代进士；一明公亦是明代人，记的是明代的人和事，不按明代的规则来表达，难道没错吗？指出其错就是"不真实"和"误导"，就是大不敬吗？须知我们是在开展谱学研究，不能用封建宗法观念来看待此事，而是要用科学的态度来进行讨论。没有这一共识，讨论就没有灵魂，没有方向，也就无法进行。

（二）铅山横林费氏宗谱对先祖的表述

我族宗谱实创于明嘉靖初年，其时费宏为首辅大学士，从弟费寀为左赞善，从子费懋中为翰林院修撰，长子费懋贤入选翰林院庶吉士；一时父子、兄弟、叔侄同列禁近、共处清华，富贵尊荣，举世无双。诸祖此时起意创谱，又经四五十年的不断完善，直至明隆庆三年（1569）才由费宏之曾孙费芳的"孝友堂"付梓成牒。由于先祖费有常出身贫寒，只身一人来到铅山，卒时又事出突然，子嗣尚幼，故对先祖不甚了然，更没有家族宗谱等资料。对于创立宗谱而言，这无疑是一大难题。依当时修谱的陋俗，必寻一大富大贵的同宗为先祖，以光耀门庭，显赫家世。当时费氏有三大显贵：一是费聚，明凤阳泗州人，从朱元璋起兵，以功封平凉侯；二是费震，明江西鄱阳人，官至户部尚书；三是费闇，明南直隶丹徒人，成化五年会元，掌国子监时对费宏多有教诲奖掖，是费宏的恩师，官至礼部侍郎。如费宏等创谱先祖有意要投向这费氏三大家族，他们面对费宏这样的状元宰辅及横林费氏这样的"西江甲族"，大概率是不会拒绝的。可费宏一是秉持儒家思想和士大夫风骨，二是受明太祖朱元璋的影响，创谱时实事求是地直面赤贫的先祖。朱姓在历史上不乏显赫人物，后唐即朱姓皇帝。可朱元璋绝不攀附，登基后在"即位诏"等诏书中，时时自称"朕本淮右庶民"，虽把自己的父、祖、曾祖追封为帝，但并未掩饰他们是赤贫之人的出身，充分体现了其旷达务实的品格。费氏宗谱坚持实事求是的原则，"惟仿苏氏族谱，远代难稽，宁阙莫补，恐其讹且伪，第谱其所可知者，相续序次而成牒焉"。水有源，树有根，创立宗谱，没有祖先肯定是不行的。可我横林费氏由于特殊的原因，没有现成的资料可以征信，甚或没有翔实的传闻可作参考，故只好采取粗线条虚拟的形式，首列了始祖、远祖、支祖。始祖列了大费公、若木公和昌公。这是本着"天下费氏是一家"的精神，根据《史记》卷五《秦本纪第五》所记而列的："秦之先，帝颛顼之苗裔孙曰女修。女修织，玄鸟陨卵，女修吞之，生子大业。大业取少典之子，曰女华。女华生大费，与禹平水土。已成，帝赐玄圭。禹受曰：'非予能成，亦大费为辅。'帝舜曰：'咨尔费，赞禹功，其赐尔皂游。尔后嗣将大出。'乃妻之姚姓之玉女。大费拜受，佐舜调训鸟兽，鸟兽多驯服，是为伯翳。舜赐姓嬴氏。大费生子二人：一曰大廉，实鸟俗氏；二曰若木，实费氏。其玄孙曰费昌，子孙或在中国，或在夷狄。费昌当夏桀之时，去夏归商，为汤御，以败桀于鸣条。"

远祖只列了费祎。对此，费宏在其著作《费处士行状》中作了说明。所谓"费处士"者，讳良佐，铅山范坞人，费宏宗兄顺昌令费诚的父亲。文中称："永乐间盗发宋时冢，得埋铭云：'五季之乱，费氏与诸葛氏自蜀徙居铅山，世为婚好。'疑自蜀徙者，即大将军祎之苗裔也。诸费往往聚族以居，有居横林者，有居范坞者，有居费墩者。其谱牒失次，数世以上，莫详其系，而称呼庆吊尚不绝。"横林费氏遥尊费祎为远祖，虽无谱牒、信史为据，但有明初出土的铭文作为参考；虽不甚明确详尽，但也不至于空穴来风、胡乱杜撰。文中又谈到处士费良佐与横林费氏的关系，称费宏祖父应麒公"见义必为，为乡邑豪杰，以处士机警解事，心甚喜之；百尔区画，辄询之处士。处士亦以得所依为幸，未尝一日去左右。正统末，复修经界之法，乡推奉训公长其役，履亩核实，无毫发欺弊。其籍记之劳，实处士任之"。这也佐证了前面所述铅山横林费氏不是范坞费氏之一宗，只是居于左近且关系密切的宗亲而已。支祖只列了鸣九公、崇一公，对此谱中并无过多记载，只是明首辅大学士申时行在为费氏宗谱所作序言中称："几历数十朝、数十世相传，北宋文端，南宋鸣九、崇一数公。以至元末，播迁支祖有常始家于铅之官坂，旋居横林。"这里所列的两位支祖，是南宋时费氏的名人，但未能确切掌握其是横林费氏的直传祖先，故费宏等创谱先祖就"与其远稽，莫若近述，断以迁祖有常为始祖，所以徵实之道也"。于是我们宗谱即以本二公费有常为横林费氏的始迁祖，且直书"不知其所自""以死不得其处"。这种实事求是的精神，几百年来一直贯穿在我宗谱之中。创谱不久的嘉靖二十七年，费案逝世，在其墓表文中竟出现了我们是范坞费氏一宗的说法，就像上一节所分析的，说明此时我费氏后人中亦有想攀官员为祖的想法。但我族人并不理会这一说法，也没有发生去范坞认祖归宗之事，直至2013年重修宗谱时，我们仍坚持认为"此说不确，且不妥，不为史家所首肯，亦不为我族人认同，阅读、引用时敬请留意考证"。这也说明一个大家族，人口众多，参差不齐，不可能铁板一块，保不齐偶尔出现个别心术不正、企图高攀的子弟。但这毕竟不是主流，难成气候。至清道光二十七年重修宗谱时，十五世裔孙费鹏在序中批驳社会上宗谱中攀龙附凤的乱象时，称"惟我费氏则不然，费氏之谱，信者传之，如本二公自蜀来；蜀之土，文伟公始基之，即以文伟公为远祖是也。疑者缺之，如明（注：世系中作鸣）九、崇一二公，其行事不少概见，传其名，即逸其事是也。不远攀，不近附，不假借为缘饰。疑以传疑，信以传信，诚善本也"。这也是我族人一直坚持的实事求是的创谱精神。

（三）铅山横林的本二公费有常不是阳新的费丙二

自 2002 年发生"认祖归宗"之事以来，我们历经二十年的研究、检讨，现在基本可以肯定，铅山横林始迁祖本二公费有常，绝不是阳新的九世祖费丙二。

"复函"开宗明义就"倾吐真情"，认为"致宗亲书称'丙二是人名，本二是派行不是人名'，模糊了铅谱传载祖先史实，解答也枉然"。这里说"枉然"，就是要拒绝我们作解答。可我们认为还是有必要解答，即使你们不听、不睬，世人还是会看明白的。遍检阳新宗谱（目前尚未见到墨谱），表其人只见有"丙二"二字，并不见有其字、号、派行，那我们只能推断此"费丙二"是一人名，这大致不会太离谱。而我横林费氏始迁祖在宗谱中的表述是完备的：世序：始迁祖；派行：本二公；讳有常，字永兴。这里的"本二"是派行，谱上记得明明白白，清清楚楚。

"复函"对我们"致宗亲书"中所表"本二公是本字派第二公，另有名和字。不是先有本二公才产生本字派，而是先有本字派，才有以本字取名排序的男丁"的说法，讥讽为"这是一条大胆的信息，暗示欲改写落业祖的身世，值得深思"。原本我们作这一表述，只是对费新沐"来信"中称："我认为：'本'字作为横林费氏派行，不是事先确定的，而是先有本二公之名，编派行时，才取'本'字作为派行"的说法予以回应。如果此说法能够成立，那本一公出生在此前，也要等到本二公出生后才定派行吗？稍有谱学常识的人都能明白，"派"是字派，"行"是某同字派男丁以出生年月日时辰先后所排的次序。一般来说，字派总是预先设定的，我们横林费氏如此，阳新费氏亦是如此，你们在 2002 年合谱合派时，不是也预定了 56 个字派，连千多年以后的子孙也要照此编派行的，这难道不是先有字派后有派行吗？至于说派行与人名是两回事，"字派"是派行的前缀，"行"是在派中的排序；人一出生就会有名字，同时也会知道属于何字派，但派行是要到修谱时在宗谱中才能排序确定的，这是谱学常识，就不必深辨了；而人名是人在社会上的符号，有些讲究的还有字、号，这些在一个完备、征信的宗谱中都是存在的，我们的宗谱中就是如此。至于"简况"中说"阳新费氏祖先在元代取名字，都带数字"，但要指出这不是取名字，而是取派行，如万一，即万字派第一公；百四，即百字派第四公；千三，即千字派第三公。为了证明横林费氏是阳新的后裔，"简况"又借此说："阅铅山九鲤堂费家谱，没有用数字取名，唯有丙（本）二公用数字取名，符合阳新费氏播迁横林"。这句话再次混淆了派行与人名的不同，我们的始迁祖派行本二，名有常，字永兴，何尝用数字取名了？就是本、谦、荣、镇等几十个字派，也无一个是数字，怎会与阳新用数字万、百、千为字派相同，又怎能"符合阳新费氏播迁横林"的传说？这种牵强附会的说辞，难以令人信服。

为了证明"本二"是人名，"复函"又罗列我们宗谱中只有本二公、谦十四公、荣三公、荣五公，其他各派"都没有用派行代替人名"的情况来说事，以责难我们不承认"本二"是人名。其实这不仅是个谱学常识问题，而且更是个人情常识问题。我族前三代，在我宗谱中，本字派只有友常公一人，谦字派只有广成公一人，荣字派也仅有荣祖公、荣迪公两人；故用本二公称呼有常公，用谦十四公称呼广成公，用荣三公称呼荣祖公，用荣五公称呼荣迪公，都简单明晰，不致混淆。而到第四代就有了两房六兄弟，嗣后人口更是成几何级数增长，至第十七代孝字派已然有 580 人，如再用派行代人名，不仅不方便，反而会引起混乱。故从第四代开始，均直接用人名称某公，派行只保留在宗谱中。如第六代濬字派已有 50 人，费宏是濬二公，就直称"宏公"，费寀是濬二十六公，也就直称"寀公"了，这不是更简便易行了吗？我们这种顺情遂人的与时俱进之举，是符合最简单的人之常情的。相信你们只要不带偏见，是不难明了的。

"复函"讥讽我们"铅亲带数字的派行是深奥而独创的"（注：前面已证我们没有带数字的字派，数字只是排序），又说"引证横林落业祖在动乱的元末，比朱元璋还早，就为自己、为子孙设立了系统的带数字派行传世"。对此，我们在 2013 年重修宗谱时已作了清楚的说明，现转录如下："世系一至五世各派序号中，多有空缺，如本字派只有本二公，谦字派只有谦十四公，荣字派只有荣三公、荣五公，等等；直至第六世浚字派，才各派序号按自然顺序数完整无缺，故疑前五世是与附近其他费氏宗人共用字派、共同编序，从第六代开始，鹅湖横林费氏才单独使用字派、单独编序。"如果你们对我 2013 年重修谱稍作了解，就不至于提出这种违背事实的问题了，也就更不会提出"按笔者说'本二公是本字派第二公'，那谦十四公是本二公第十四子了"这样的问题了。我们的宗谱记载得很清楚，本二公费有常只有广成一子，因是老来得子，故广成公在谦字派中排行第十四，谦一至十三及十五以后均是本字派其他宗人之子。在"复函"中也引用了其宗谱的事例：万一公生五子：长子清，又名百四（注：这其实应该是派行）；次子源，又名百五；三子澄，又名百六；四子汉，又名百七；五子潮，又名百八；那为什么不说潮是万一公的第八子呢？又记源有子二：千三、千六，为何不说他有六子呢？澄有三子：兴一、兴二、兴六，为何不说他有六子呢？如此等等，不一而足。可为什么到了我们横林宗谱，谦十四公就成了本二公的第十四子了呢，这不是双重标准吗？更令人难以接受的是，"复函"竟借派行问题来调侃我们的始迁祖本二公费有常，轻薄地说："如果此说确立，则铅山落业祖当时是个有才华、有气魄、有相当地位之人。"这也太不厚道了吧。

对于我本二公费有常与阳新费丙二名讳不同的问题，阳新个别宗亲除否认"本二"是派行而硬作人名外，还在二者的读音上搞模糊。"简况"称："丙二与本二，同二字，语音相似。唯'丙'与'本'字，声母相同，而韵母不同，属方言所致。那时候农民没有文化，又远离家乡千余里，以口音传给后人，难免将'丙'字写成'本'字。"对此我们认为，"本二"与"丙二"，所表达的意思不同，一是派行，一是人名；从两字本身来看，字形、字义、字音皆不同。不管是普通话还是铅山本地方言，二字的读音都是不同的，没有人会把"甲乙丙丁"读成"甲乙本丁"；也没有人会把"户口本"读成"户口丙"。这是很明显的，不容混淆。

据双方宗谱记载：我本二公费有常生于元成宗大德四年庚子（1300）二月二十日午时，帝号、年号、干支年、公元年；月、日、时辰明明白白。费丙二生于元至元二十五年（1288）戊子，只有帝王年号、干支年、公元年，没有月、日、时辰，且相差12年。对此，"复函"却称："至于丙二公与本二公年庚记载有差异，与铅谱多处提到先祖年龄'显误''疑为笔误'一样，先祖还是先祖。"这是什么话？我宗谱中发现荣祖公卒年"三十九"系五十九之误，应麒公卒年"四十三"系五十三之误，且谱中有很多记载能够相互印证，应该是刻工笔误或错刻，现均已考证明白，纠正清楚；何况他们本来就是我们的先祖。而丙二公年庚的疑误始终无法解释清楚，与我始迁祖本二公费有常又年庚不对，且又是他人谱中的先祖，名字、年龄等方面又多有疑点，怎能与我先祖相提并论，又怎能让我们承认他"先祖还是先祖"？你们这样拿我们先祖已经考证明白的年龄说事，还要我们承认丙二公"先祖还是先祖"，我们是不会同意的。

为了树立自己宗谱中所记的丙二公确是铅山横林费氏的始迁祖本二公费有常，"复函"还不惜笔墨通过否定其他族谱的有关记载来显现自己宗谱记载的正确。如对江阴谱记载的费友常，就提出"铅山'有常'与江阴'友常'，'有'与'友'字也不相同"。诚然，这两字的字形不同，但稍有文字常识或略翻检一下有关工具书，就不难懂得这两字的读音相同，且有共同的义项。从这个意义上讲，称"有常"或"友常"均不算太错。而"丙二"与"有常"则风马牛不相及，相距甚远。又指责江阴宗谱对本二公费有常"何时、何因迁往铅山何地都未记载"。其实江阴谱中是记有费友常是迁"江西广信铅山横林支"，这与阳新谱中所记丙二公"迁江西铅山官畈"应当没有什么区别，怎能说人家"迁往铅山何地都未记载"呢？确实，江阴谱中没有记载费有常何时、何因迁往铅山，可阳新谱中所记"值红巾乱，丙二避徙江西铅山官畈"的说法就是准确无误的吗？所谓"红巾乱"，是旧时对元末红巾军农民大起义的簸称。这次起义发生在元顺帝至正十一年至二十七年（1351—1367），可阳新谱中记载丙二公生于1288年，即使是在起义发生的当年迁徙，他也已64岁了。这个年纪在当时的社会已是垂垂老矣，怎能又怎会千里跋涉逃往江西；到铅山后他又先在官坂帮佣，再到横林创业，待稍有成效后方能娶妻生子，这个过程也应有不短的年岁，那他岂不要七老八十了。况他在阳新生活了64年，谱中竟无娶妻生子的任何信息记载，这也不合常理。其实我族宗谱记载，1351年费有常的儿子广成已出生了，他死后孤儿寡母只得"依母家为生"。广成公13岁时因不堪"诸舅恶之"，问其母"儿向有家否"？如父死时其已是成童或已是少年了，对故园不会没有一点印象，也就不会发出此问，故推父死时其只有两三岁，从而推断本二公费有常死于1352年或1353年。照前述经历，有常公应在死前二三十年的青壮年时期就已到铅山，这与阳新宗谱的"值红巾乱"避铅山的记载大相径庭。我宗谱中记有常公"而居横林，遭元之乱，红巾啸聚溪峒间，旦夕窃发。自官兵不能救御，民往往自逃入山谷，于是本二公亦逃。念庐井不能舍去，数数往瞷焉。亡何，为红巾所伤，以死不得其处，葬衣冠于横林之后园。"这一切经历的记载，是一个完整的历史情节，说明有常公迁铅山、居官坂、徙横林创业、娶妻生子均在红巾军起义之前，而死则在红巾起义之后，这与阳新宗谱所记丙二公在"红巾乱"时避徙铅山的说法也是不同的。可这却被"复函"指责为"横林少数宗亲对'丙二公流离年代是元末，事由是避红巾乱，始居是铅山官畈'这一史实，视为不是实录，两次指责为'片言只语'"。是不是"片言只语"，"事由是避红巾乱"是不是事实，不是一清二楚吗？

　　"复函"称"这次回书宗亲前，促大家阅读铅谱"，揣其意是以便来为丙二公是本二公费有常寻找证据。果然"复函"中就摘引了我宗谱中费元禄的《族谱四篇》"例义第一"："'余费氏，……自九世祖本二公以来，积德累功，簪缨世耀，则耳目可考矣。'载本二公为九世祖何来呢？又恰与丙二公是九世祖相吻合。说明本二公的身世，生前有所交代，是后人记不清楚的缘故"。这里的"九世祖本二公"与阳新的"丙二公是九世祖相吻合"吗？其实这是由于他还没有真正读懂我们的宗谱，稍稍认真翻阅一下，就知费元禄是我横林费氏第九代升字派第144公，他在文中称自己的始迁祖本二公费有常为九世祖，是很正常的。费元禄这时其实并不知晓阳新旧谱中有关丙二公的信息，他作为明代的大文学家、大学问家，难道会一边已知道阳新的丙二公是我始迁祖本二公费有常，一边又写本二公费有常"不知其何所""以死不得其处"吗？这个道理非常浅显，"复函"却由此得出结论，称这"恰与丙二公是九世祖相吻合"。这是故意把阳新的丙二公说成是我族的始迁祖，真是用心良苦。更令人难以接受的是，"复函"还利用费元禄的这句话，来"说明本二公的身世，生前有所交代，是后人记不清楚的缘故"。如果此说能够成立，那就是本二公生前有交代，是广成公及以下七代人都不清楚；既如此，那200多年后的费元禄又是从何而知？既然费元禄这时都已经知道了，那嗣后的400多年里，横林子孙就用不着在那里再寻根问祖了。看看，你们这一巴掌，就把我族自广成公以下包括费宏等先贤在内的横林费氏子孙统统都打入了不孝和不智的队伍中，这种以牵强附会、杜撰史实来侮辱宗亲的手法，实在叫人难以接受。

　　"复函"为了证明横林费氏是阳新费氏的后裔，又找到一件实物来作证，说是"桑梓山口老庄是丙二公诞生地。明代建正屋，在大门顶嵌块石额，镌刻'铅山甲第'四字，流传是志让公在弘治至正德年间，相识铅山一位亲人在杭州教书时所写。

现正屋改建，移嵌门楼二层印堂"。2017年11月在安徽合肥参加"中华费氏宗支录启动大会"时，阳新宗亲一位老先生曾赐笔者一纸，上书"湖北省阳新县太子镇山口保存。2015年太子镇山口老庄正屋重建时，在屋基地下三米深处挖出一块长刑（注：原文如此）石匾，匾文：'铅山甲第'。请研究一下"。（注：文中标点为笔者所加）纸上只记石匾出土时间，并未曾表明其产生年代，"复函"却称是"明代""弘治至正德年间"，不知其所据是何？又称是"相识铅山一位亲人在杭州教书时所写"，也不知是他在铅山相识的亲人，还是铅山费氏宗亲？如果这只是"流传"的说法，就很难深入研究了，故暂且不论，我们还是仅就石匾本身来讨论。铅山横林费氏这一小小家族，在明朝中叶一个不长的时期内，连续涌现出1名状元、1名探花、6名进士、18名举人及众多国学生、邑庠生等科举精英，这在铅山县域及中华费氏的历史上都是绝无仅有的，即使在全国其他姓氏的科举史上，也是凤毛麟角、屈指可数。故说到"铅山甲第"，肯定大家都清楚是在说铅山横林费氏的科举之盛，故时人称之"西江甲族""科第世家"，费宏也成为铅山史上唯一以地望称名的"费铅山"。这一荣耀，不仅是横林费氏的骄傲，也是我中华费氏全体宗亲的荣光，这位阳新宗亲会在自己的门楣上悬挂刻有"铅山甲第"的石额，正是这一荣誉感的体现。就像我国有些李姓人家，多在门上悬挂"陇西人家"的匾额，这是他们对历史上李姓创造了李唐天下的伟业感到骄傲，但并不能证明他们就是李世民的后裔。又如有的吴姓人家，在堂屋里悬挂"延陵堂"的堂名，这是他们以延陵季子的高风亮节为楷模，但也并不能肯定他们就是延陵季子的子孙。因为事隔千年以上，又饱受战乱、迁徙的苦难，是很难理清这种传承关系的。山口老庄这位宗亲悬挂"铅山甲第"匾，亦是为了鼓励自家弟子像横林贤达一样奋发读书，以夺取科场捷报，这是一种典型的励志行为。同样，这也既不能说明横林费氏是阳新费氏的子孙，也不能证明这位宗亲是横林费氏的后裔。

"简况"在谈到丙二公迁到铅山的信息来源时，曾作如下描述："在红巾乱时，家乡有人同丙二公一起逃难江西。事后，同去的人，只知丙二公落户铅山官坂，不知其他情况。到嘉靖壬戌重修谱牒时，桑梓才知丙二公的后裔有发迹。"而"复函"对此却说："胞弟丙三知道大哥丙二避难铅山官畈落户，盼望他回家，不见回来。丙三去找大哥吗？客观条件：丙三人丁不旺，家不富裕，又路线不清，无力找大哥。"既是与丙二同去江西逃难的家乡人回来所言，又知在江西铅山官畈落户，为何还说"路线不清"？况这两种描述的内容均不见阳新宗谱中有载，且未说明此信息所据的资料来源。

阳新旧谱中有关丙二公迁徙铅山的不实记载，本不是现在你们后人的错。但误把丙二公与我横林始迁祖费有常扯在一起，在我们提出二者名讳、年龄、迁徙年代和原因等方面都存在不少疑点时，又拒绝我们的解答，并采取歪曲杜撰等手法来掩饰这一不实记载，这就是阳新个别宗亲的不是了。事实胜于雄辩，真相无法掩盖，以上我们所列举的事实和所作的分析，都共同指向一个明确的结论：铅山横林费氏始迁祖本二公费有常，绝不是阳新的费丙二。

（四）如何对待 2002 年的认祖归宗、合谱合派

2002 年发生我们认祖归宗、合谱合派之事，是存在其客观上的偶然性和主观上的必然性的。之所以这事会发生在 2002 年，是由于 2000 年阳新宗亲来铅山告知了我们其旧谱中有关丙二公的信息，如果此前江阴或其他宗亲来告诉了我们其旧谱中有关费有常等三代先祖的信息，那我们必定是会到江阴去认祖归宗了，可偏偏恰巧是先得到阳新的信息，故这事存在一定的偶然性。之所以我们会在得到一条信息后这么短的时间内就认祖归宗、合谱合派，这是我们长期寻根问祖不果的迫切心情所带来的必然结果。想我铅山横林费氏，历史上多少荣光、多少繁华，但始迁祖本二公费有常的身世竟然是个谜，这对我们来说真是天大的憾事。历代横林费氏子孙从未停止过寻根问祖的脚步，鼎盛时费宏等长期位列国家中枢，也有很多子孙散处全国各地为宦，甚至还有在湖北为官的，能接触到各地的官绅人等，但都未能得到始迁祖的点滴信息。明末以降，家势逐渐式微，且一路持续下行，至民国三十七年重修宗谱时，主其事者的最高学历竟只是小学毕业生，这势必会影响寻根问祖的进展。解放后，在共产党的领导下，我横林子孙奋发图强，政治上翻身，经济上发展，人文上兴盛；涌现出以荣兴公为代表的众多优秀人物，社会地位不断上升；县城还出现了"费宏路""相府路"等显著纪念性地标，费宏墓被列为省、市、县三级文保单位，政府还批准成立了"费宏研究会"，横林也成为传统文化教育基地社会主义精神文明教育基地以及民众观光旅游打卡地，费宏及横林费氏的影响不断扩大。这就更增添了我们寻根的紧迫感，荣兴公和笔者都曾利用到成都开会的机会寻找先祖的信息，笔者还先后到上海、北京等地探寻和查找资料。但这一切都成效甚微，没有发现任何有关本二公费有常的信息。这种久寻不得的境况也更增加了我们寻祖的迫切感，甚至产生了焦虑。故当阳新的宗亲突然来告诉丙二公迁铅山官坂的信息，我们当然欣喜若狂，如获至宝。这是我们几百年来第一次有了这样的信息，所以尽管明显存在着较大的差异，但我们还是不遑辨别，深信不疑，认祖归宗、合谱合派就是必然的了。但随着费氏宗亲交往的增多，有关横林始迁祖费有常的信息也越来越多地呈现在我们面前，使人应接不暇。如前面第二节所述，我们发现有众多费氏宗支旧谱中载有费有（友）常迁江西广信府铅山县横林的信息，甚而我们自己的家谱中竟也有范坞费禾是我祖先的记载。面对这么多信息，我们开始反思 2002 年的认祖归宗：如果阳新谱中丙二公这种似是而非的记载都可信，那这么多直接提到费有常的信息该如何处理？如果我们早就发现自己谱中有祖先的信息，还用得着到处去寻根问祖吗？如果这些信息都可信，那我们不在自己身边两三里处的范坞认祖归宗，反而会跑到千里之外的阳新去认祖当归宗吗？如果在阳新宗亲来铅之前我们就知道了

这么多的信息，还会那么快地认祖归宗吗？这么多的反躬自问，使我们认识到，2002 年我们在只见到丙二公记载的情况下，不经研究考证就贸然认祖归宗，这违反了历史研究和宗谱研究"孤证不能定论"的常识，从而铸下大错。从这个意义上讲，我们讲这次认祖归宗太草率了，这是在反省我们自己，难道有错吗？

"复函"称"阳铅费氏合谱合派已成事实"，不错，这事在 2002 年已经发生了，产生这个事实的前提是阳新的丙二公是我横林费氏的始迁祖本二公费有常，现在这个前提已经坍塌，基础亦不复存在，那这个所谓的"事实"还能继续存在吗？我们只能说这是一个错误的事实。我们犯下了误认祖宗的错误，但出发点不是为了高攀，而是在寻亲急迫的情绪下草率、轻信的结果，是一个乌龙事件，但错误终归还是个错误。

知道错了，怎么办？历来人们对待错误就有两种截然不同的态度：一种是勇敢地承认错误，诚实地分析错误，坚决地改正错误；另一种是坚决地拒认错误，虚伪地掩饰错误，顽固地坚持错误。古人云："人非圣贤，孰能无过。过而能改，善莫大焉。"（《左传》宣公二年）荣兴公虚怀若谷，从善如流，在研究中发现以前有关资料出现了一些舛误，便于 2012 年以"费宏研究会"的名义编发了《费宏研究资料汇编》，亲自署名作序，勇敢地承认在研究中"出现了一些舛误，给大家造成一些影响"，并申明"以前所印资料与此有冲突者，请以此为准"，坚决彻底地纠错。2013 年重修宗谱，发现我族前修宗谱存在的问题及此前认祖归宗、与阳新合谱合派的有关情况，经审慎思考和集体研究，作出了一些必要的修正，这正是坚持我祖"实事求是"的创谱精神的体现，也是"有错必纠"的豁达气度。这一改错，具体表现在《2013 年重修宗谱的说明》中，而"来信"却硬说"这是个人撰稿说明，不是公刊"。事实上，荣兴公是"费宏学术研究会"的首任会长，也是 2013 年我族重修宗谱编委会的主任、主修，这些纠错都是在他的领导和亲自参与下进行的；"说明"也是在他主持下经逐条讨论通过的，并记录在案。这"说明"固然是笔者的见解，但亦是集体的意志；全文已录入宗谱并收入《鹅湖横林费氏宗谱》一书中并正式出版发行，还能说这"不是公刊"吗？

中正平和，这是荣兴公的秉性，亦是我族先祖待人接物的优良传统。我们自律冷静地处理误认先祖之事，正是体现了这一精神，也得到世人的理解和赞许。阳新宗亲对此事也是早就了解的，如"来信"就称："2013 年铅亲自修家谱告成，桑梓应邀，于 2014 年春节参加宗谱发行会。当时我们见在'2013 年重修宗谱的说明'中，不谈归宗合谱之事，对合修的字派，也予否定，实感突然。"这说明阳新宗亲在 2014 年春节就知晓了我们的态度。正如"复函"所说："后裔认与不认祖是自己的事"，"本来认祖是（丙）本二公后裔寻根崇祖的大事，而桑梓裔孙寻亲归宗，只是个义务。"那这么说就对了，你们的义务尽到了，我们也发现误认了，现在决定改错，这事按常理就应该了结了。可事实却不然，令人百思不得其解的是，阳新个别宗亲对此却耿耿于怀，苦缠不休：2015 年 8 月在江阴召开的"中华费氏宗亲会"上，阳新一位宗亲找到笔者和费先明会长，对我们的改错颇有微词；又找到江阴的宗亲费凤兴，质问其家谱为何会有费友常的记载。2017 年在合肥召开的"中华费氏宗支录启动大会"上，这位阳新宗亲作大会发言，大谈阳铅合谱合派已成事实，不能更改。2019 年 7 月，费新沐宗亲给我们来信，称我们 2013 年修谱纠错"是个人撰稿说明，不是公刊"，并不无专横地说："阳铅费氏已合谱合派成了事实，现千秋费氏第十一届续修宗谱，有关铅亲方面的内容照载。"我们对此只认为这是其个人的意气之言，阳新宗亲在我们不同意的情况下还不至于会如此妄为。但我们本着消除误会、增进理解的愿望，经"研究会"集体讨论，还是作了书面答复，详细解答了有关问题，希望加强信息交流和谱学研究。2019 年底又收到了阳新以"千秋费氏祠管会"名义的复函，除继续强调"阳铅费氏合谱合派已成事实"外，还斥我们所作"解答也枉然"，还要求我们"做个真正实事求是的族长"。好像我们改错就是不实事求是，就不是好族长；（注：当然，我们现在也没有所谓的族长）好像我们改错就是违背了荣兴公的意志。其实我们这样做正是发扬了先祖实事求是的精神，正是继承了荣兴公勇于纠错的传统。鉴于"复函"没有多少新的内容，其中又认为我们"解答也枉然"，故我们也就没有再作回复。但令人想不到的是，费新沐主编阳新 2020 年重修宗谱，他的个人意志也就在宗谱中得以实施，在未经我们同意且不知情的情况下，公然"有关铅亲方面的内容照载"。这种强加于人的做法，是否有悖宗亲相处的"平等互尊"之道？敢于这样对宗亲肆行霸凌，也不知是哪里来的底气？这一行为，不管在道义层面上，还是在法律层面上，都是有违的。不过借用"复函"的话，这种一厢情愿的把戏做了也"枉然"，这世上根本就没有不经人同意就能强行要人认祖归宗、合谱合派的道理，不仅不会被我们接受，也无法得到世人的认可。

阳新个别宗亲不厌其烦地反复强调 2002 年的合谱合派是经我横林族人某某、某某签了字的，以此作为此事不能改变的充分理由；"复函"还煞有介事、不无挑拨离间地"奉劝"我们不要把这些族人"当作糊涂人"。不错，我族代表 2002 年 5 月是在"费氏彦邦公世系合谱合派会议纪要"上签了字，因为当时我们已误认了阳新的丙二公为我始迁祖，签字是顺理成章的。但后来知道错了，主动改正了，就不是糊涂人。只有那些不肯认错，坚持不改，继续以错误来贻害后世子孙的人才是糊涂人，但可以肯定他们都不是。事实上正如该"纪要"第一条开宗明义所说："本次合修宗谱的支族，都是经过认真查证核实，确系始祖彦邦公派下支族，不涉及彦邦公世系外的任何费氏支族。"现在我们早已发现了这一认祖有误，那我们就不属于"彦邦公派下支族"了，为何还要让我们合谱合派？难道一签字就永世不能更改，就子子孙孙都要认这个祖、合这个谱，这是什么逻辑？细想一下，这倒真有点像改革开放前的"两个凡是"了，如按"两个凡是"，国家何能改革开放，又怎会有今天如此翻天覆地的巨大发展？同理研究宗谱也不能对一些事情一签字就不能改，这都要以事实为根据，依实际情况的变化而改变，这才是科学态度，才能与时俱进。

对于阳新个别宗亲如此执着地强要我们认祖归宗、合谱合派，且言行如此异乎寻常、不计后果，我们百思不得其解。难道其中有什么难以示人的目的吗？可"复函"却大义凛然地说他们"寻亲归宗，只是个义务"；又称"难道千秋费氏为沾铅山仕宦之光，才编造一个'丙二公迁铅山官畈'吗"。诚如是，那我们该如何去理解这些反常的言行呢？《四库全书》载有《世宗宪皇帝上谕内阁》一书，其卷9称："人非圣贤，孰能无过？尔等果能指摘朕过，朕心甚喜。君子之过也，如日月之食，人皆见之。其更也，人皆仰之。改过是天下第一等善事，有何系吝？"（注：系吝：有所眷恋，不能割舍）这个雍正皇帝是清代的封建帝王，尚能如此闻过则喜、以改过为善，那我们新时代的费氏宗亲又当如何？2002年我们误认了祖、错合了谱，已是被天下人取笑；2013年我们改了错，独自重修了谱，也是得到了世人的理解和赞赏的。当时荣兴公已85岁，自觉年事已高，为了上不愧对祖宗、下不贻误子孙，毅然决定在距上届修谱仅21年就提前重修，意为对2002年合谱之事有个了断，不给后人留下麻烦。现在事态的发展证明了荣兴公的决断是多么明智和正确，如不然，现在真有人会拿"这是荣兴公生前所定"来说事，会给我们的改错带来更多阻力。值得庆幸的是，我们2013年重修宗谱的目的是达到了，荣兴公的意图在他生前也实现了。反观阳新费氏个别宗亲，不仅拒不改正2002年合谱合派之误，还在2020年距上届修谱仅18年就提前重修宗谱，阳新个别宗亲的言行如此反常，难道与我们一样，也是要达到某种目的吗？难道真的是在眷恋些什么，又有什么是不能割舍的吗？到底"有何系吝"？

检阅阳新2020年宗谱，其中只是大谈2002年合谱合派，绝口不提我们的不同意见和主动改错；而且"有关铅亲方面的内容照载"，以造成继续合谱合派的虚假现实，并企图加以固化，以强加于我，强加于后人。有鉴于此，世人似乎也就明白了其到底在眷恋什么，不能割舍的又是什么？因为与2002年宗谱相较，谱中除了要达到这一目的外，其余并无多少新意，就连上届谱中的一些明显的错漏都原封不动照录，丝毫不见修改和说明。如丙二公与其祖父只差22岁，丙二公迁铅山是因"值红巾乱"等。对点校古文等一些技术层面的问题也不见纠正，前谱怎么错，这次还怎么错：如第74页第2行载："至于排列铺叙，必繁无蔓，简无疏，依例侧而无泥以苏法，系远取其稽考之便；以欧法列，近取其记载之详；"读不懂了吧，其实这是标点断句之误，依文意应断为："至于排列铺叙，必繁无蔓，简无疏，依例侧（注：疑为例则之误）而无泥。以苏法系远，取其稽考之便；以欧法列近，取其记载之详；"第75页倒数第2行又载："狄襄公不认梁公，崇韬妄拜子仪，千载之下公论不泯，是谱之未修也。"这里前两句列举了历史上对待认祖的两种截然不同的态度，一正一邪，是当事人的人品高下问题，与修不修谱无关；其实攀龙附凤、伪造先祖的事往往大都发生在创修宗谱之时，对此故称"千载之下公论不泯"，断句应在这里即可。下句"是谱之未修也"是提示后举种种冒乱现象的，不应断在前句。新谱不仅仍袭这一错断，"复函"还用这错断句来说事，称"这段其意：指出不修宗派的危害，并教育子孙不要以贫贱富贵去区别亲疏。笔者把原文'是谱之未修也'去掉"，好像这是我们在故意断章取义，其实是其自己未弄懂原文之意。类此之误，不胜枚举，恕不烦言。谱中不仅自己对旧谱中的疑点记载视若神明，禁止触及，还不准旁人置疑，就连阳新族中人士也是不能谈论。如2002年修谱主编费竟成老先生在该谱中撰有"千秋费氏宗谱几个重要史实初考"，对旧谱中的一些错误说法进行了分析考证，可这次修谱竟被全文撤除，连仅有的一点自省也荡然无存了。续修宗谱，就是要对旧谱进行修改完善，改错释疑也是应有之义，对一些错漏虽暂时无法遽改，但作出必要解释说明也是不可少的。如旧错不改，又添新误，那就失去了续修的意义，且愈修愈不靠谱，岂不是白白浪费了族人的精力和财力？明乎此，那阳新2020年修谱的目的，就是为了继续强制我们认祖归宗、合谱合派，这也就不难理解了。

认祖归宗，乃人生大事、重事，是个中国人都能懂得，尤其是中国的读书人，更是笃信兹事体大，不敢等闲视之。如果阳新的费丙二确是我横林费氏始迁祖本二公费有常，我们如今竟不肯相认，那势必会遭世人的严厉谴责；但如已证实了不是，而我们却昏天黑地乱认祖宗，那岂不是继续要被天下人耻笑为白痴吗？客观上不管我们能否准确地找到先祖的信息，本二公费有常的父、祖等先人肯定是曾经存在的，如今我们暂时不能寻得，尚可向长空一拜，遥寄孝思；但如我们胡乱认了丙二公为始迁祖，那我们就成了九三、千三的后裔，拜祭的就是彦邦公等先祖了，那冥冥中本二公费有常的先人如若有知，将情何以堪？列祖列宗定会斥责我等不明不智、不孝不肖，我们的后人也将随着这一误认而乱拜祖宗，这是何等的荒唐。有鉴于此，我们如不坚决改错，势必将成为历史的罪人、家族的悖逆。想我横林费氏子孙，当下虽不及先祖时的辉煌、高光，但也不至于无知和堕落到胡乱认祖归宗的境地。请阳新宗亲体察我们的尴尬处境，理解我们的改错决心，不要再强行教我们认祖归宗了；期待阳新正直、有识的宗亲们，能理性对待、冷静处理2002年的合谱合派及2020年的不智之举，与我们相向而行，共襄改错的光明正大之举，那我们还是好宗亲，还能继续密切交往，共同创造我们中华费氏的更大辉煌。切盼这一天能早日到来。

致

礼

铅山费宏研究会

2022 年 2 月 26 日

（费先明主持讨论，费正忠执笔撰文）

附：复函江西铅山横林费氏宗亲

铅山宗亲：

《关于丙（本）二公身世清源到归宗合谱合派简况》寄铅山宗亲后，收到由正忠先生执笔撰文《致湖北阳新费氏宗亲书》（以下简称"致宗亲书"）。千秋费氏祠管会成员集会，传阅了致宗亲书，进行了讨论，认为：一、阳铅费氏合谱合派已成事实，后裔认与不认祖是自己的事；二、致宗亲书称"丙二是人名，本二是派行不是人名"，模糊了铅谱传载祖先史实，解答也枉然。最后大家认为：费氏一家亲，应本着求同存异，联谊共创吾族未来的愿望，有必要倾吐真情，消除误解，达成共识。现复函要点如下：

要点一　横林费氏与江阴费氏不同血缘关系

致宗亲书说："如今怎能以一个似是而非的'丙二公'就贸然认祖归宗？如'丙二'可以认定为'本二'，那江阴和常州谱中所载'友常公生广成公、广成公生荣祖、荣迪公'的三代表述，岂不更加准确可信？更有甚者，浙江慈东费氏谱中记载了费宏曾主动要求认祖归宗，那不是更加可以板上钉钉了？因为不管怎么说，这都比'丙二'之说更明晰、更靠谱点。"这三问，问谁呢？真的"更明晰、更靠谱点"吗？"板上钉钉"之问，自己解答："……而对此我族宗谱和费宏著作中均未见记载；况其文中年号、官衔等牛头不对马嘴，内容更是不可令人信服。"这个"钉钉"之说，自己解释清楚了，且不议。再说"江阴三代表述，更加准确可信"之问。江阴澄江费世（注：应为氏之误）宗谱旧序载："粤稽费氏之始，出自季友，有功封邑于费，后世即以邑为姓。传至汉世，仲虑公讳汛，和帝时，授司马，拜梁相，遂为吴兴右族。"嘉庆十三年（1808）《原序》载："今考费氏季友，有功封邑于费，后世即以为姓，此得姓所自始也。"宣统三年《续修宗谱述》记："念我费氏，一修于嘉庆戊辰（1808），再修于咸丰乙卯，三修于光绪己卯。"在澄江十三篇序文及一篇"费氏源流"中，没有一篇提及铅山费宏、费寀等祖先宦绩，只在世系图吊线"友常公生广成，……"三代名字，对生殁庚、何时、何因迁往铅山何地都未记载，而铅山"有常"与江阴"友常"，"有"与"友"字也不相同。查《姓氏源流》载："季友源于姬姓。其近代始祖是梁相费汛。"而铅谱载横林费氏始祖源于嬴姓伯益公，属蜀尚书令费祎一宗。两地血缘始祖截然不同，还说"比'丙二'之说更为明晰、更靠谱点"，实为离谱。

要点二　铅谱载："始迁祖号本二，名讳即为有常公。"

致宗亲书说："丙二是人名，本二是派行，二者表达的意思是截然不同的。本二公是本字派第二公，另有名和字。不是先有本二公才产生本字派，而是先有本字的派，才有以本字取名排序的男丁。"这是一条大胆的信息，暗示欲改写落业祖的身世，值得深思。

横林费氏宗谱怎样记载落业祖呢？《甲秀园集》卷24《族谱四篇》中《大传第二》载："本二公讳有常，不知其何所自。而居横林，遭元之乱，红巾哨（注：原文作嘨）聚谿峒间，旦夕窃发。自官兵不能救御，民往往自逃入山谷，于是本二公亦逃。念庐井不能舍去，数数往瞷焉。亡何，为红巾所伤，以死不得其处，葬衣冠于横林之后园。"这明确提到了本二公的身世。再者铅谱怎样记载本二公？铅谱最早谱序由徐阶、李东阳等四位名人所撰，（未载具体时间）至明隆庆三年（1569）才由文宪公之曾孙芳公的孝友堂付梓成牒。这四篇序文，都称播迁铅邑有常公为始祖，自官畈（注：畈，老谱原文作坂）而宅横林。到清·康熙38年（1569）第一次重修宗谱后，都用本二公之名字出现在谱序中。这次序载："而横林实本二公迁居始基之，……"。嘉庆元年（1796）谱序载："惟元季本二公迁居横林，奉为一族之始。"道光二十七年（1847）谱序载："我始迁祖自本二公，以前世莫考己（注：己，老谱原文作巳）。本二公遭元之末，流离播迁，始居官畈（注：畈，老谱原文作坂），继居横林，逃窜以亡，莫获其处。"光绪戊戌年（1898）谱载："爰考其世，断自本二公始。前明本二公，始迁于铅之官畈（注：畈，老谱原文作坂），复徙居于横林。"民国戊子年（1948）谱载："其一世祖本二公，自以蜀迁铅之官畈（注：畈，老谱原文作坂）家焉，继而移居横林，遂开族焉。"在《甲秀园集》的《族谱四篇》中，有八处提到本二公之名字。最后在《费氏重修宗谱赞》载："始迁祖公号本二，名讳即为有常公。"翻开铅谱，除"孝友"一节，以派行谦十四、荣三、荣五代人名外，宗谱中序文、传记、碑铭、祭文、赞文、芳名录等，都没有用派行代替人名。

关于派行。铅亲带数字的派行是深奥而独创的。致宗亲书借朱元璋皇帝为子孙立派行，以"正德皇帝名厚照，嘉靖皇帝名厚熜"为例，（皇家厚字派没有带数字）引证横林落业祖在动乱的元末，比朱元璋还早，就为自己、为子孙设立了系统的带数字派行传世。按笔者说"本二公是本字派第二公"，那谦十四是本二公第十四子了。如果此说确立，则铅山落业祖当时是个有才华、有气魄、有相当地位之人。实际"本二公身处战乱，出身寒微，52岁才得一子，不久又在避难中意外身亡，其子广成时尚幼，故其身世渊源失传"。又见致宗亲书说："明代在嘉靖后修谱盛行，以派行取名编谱也很普遍。"从记载这些史事看，元末"本二公是一赤贫之人，且不知所自，不晓所终"，连自己出生何地都失传，不可能给自己编出有远见的带数字派行传世。只有嘉靖后修谱时，才编出从上到下有系统的派行。这符合千秋费氏编派行史实。

要点三　认祖或寻亲涵客观因素

千秋费氏在明·嘉靖甲辰年前就有家谱了，"家乘残于回禄"，但对祖先去向，家人是有传记的。如：九世祖丙二、丙三、丙四有明确记载。丙二与丙三是同胞兄弟。丙二、红巾乱（注：原文如此），避徙江西铅山官畈。丙三析为景登，其派下文禄一支迁居黄梅蔡山。丙四是丙二堂弟，"桑梓不易，永为千秋大宗。"胞弟丙三知道大哥丙二避难铅山官畈落户，盼望他回家，不见回来。丙三去找大哥吗？客观条件：丙三人丁不旺，家不富裕，又路线不清，无力找大哥。据宗谱记载：丙三公后裔十世1丁，十一世1丁，十二世2丁，十三世3丁，十四世2丁，……传至今三十一世，除黄梅一支外，只有6丁。后来桑梓知道铅山费氏发达了，在嘉靖壬戌修谱时，才记载"后鹅湖宏擢丁未状元位首相……"这条可喜的信息。

千秋费氏祖先修谱的原则："慎收族，严乱宗，惟取实录。"对外迁祖，传曰："尊祖故敬宗，敬宗故收族。"后人尊崇祖先编纂宗谱的尊严，故在同治五年的谱序指出："至若先辈之文词，不敢妄为品章者则仍之。"家谱最早记载"丙二公迁铅山官畈"与落难的本二公始居官畈相吻合，正如致宗亲书所说，"这些信息不是由我族人提供的，也不可能是各支宗亲来铅山探寻而得知的。"这是客观的各家记载的史实。

横林费氏科举之盛，仕宦之显，是费族的光荣！在今天能挖掘家史，使"一榜四相""冠盖里"等赞誉，才能传给费族。可是在清代《新纂百家姓》一书，介绍费氏名人，也只提费宏、费暄（注：应是费瑄之误）、费懋中三人。再说在封建社会，氏族出高官，能显宗耀祖，却有担风险的一面。春秋费无极丞相显赫一时，楚平王死后，满门遭斩。宁王宸濠作乱，鹅湖处在低潮，也付出了沉重代价。我们的祖先是刚正不阿的。又如二世祖士寅公官至参知政事（副丞相）兼枢密使（掌军权），家谱却载："开禧元年，首辅韩侂胄，欲以公镇兴元（治陕西汉中），将为宣威之，公不附其党，遂致仕归里。"当时士寅公致仕避离家乡成都，徙迁湖北蕲春隐居，含恨致死，年仅四十。官场斗争是激烈而残酷的，何况官不认祖，民何难攀亲。古代修谱时，名人效应有之。士寅公不知何因浙江浦江费氏家谱载是他的祖先？宏公声名显赫，有的费氏在清代始修宗谱，多有提及铅山之事。连百七公（汉）后裔迁居费家冲后，与桑梓失去联系，在谱序中也谈"明时有费宏者，……"那段记载，至2002年合谱归宗，后裔才知详情。由于客观条件，平时平民是不问族事的，只有续修宗谱时，才提议古今族事，才有传载。

家谱记载"丙二公迁铅山官畈"在前，知道铅山费氏发迹在后，难道千秋费氏为沾铅山仕宦之光，才编造一个"丙二公迁铅山官畈"吗？本来认祖是（丙）本二公后裔寻根崇祖的大事，而桑梓裔孙寻亲归宗，只是个义务。横林少数宗亲对"丙二公流离年代是元末，事由是避红巾乱，始居是铅山官畈"这一史实，视为不是实录，两次指责为"片言只语"，这是……不是……（注：原文如此）

要点四、宗谱主旨：依宗法，传世系，颂先祖，振兴族。何有诽谤自己的宗谱？

致宗亲书笔者，阅千秋费氏旧序，寻找疑点是对的，却忽视商讨共识的一面，去引借序中某些句子，为己所用，以不真实的语句，发出许多误导宗亲的信号。如一明公序中赞"钟石公寀亦赐及第"，却批注："寀公并未及第，进士而已。"意在官职错了。（注：是科名错了）实际词典对"及第"解释："科举时代考试中选，特指考取进士。明清时代只用于殿试前三名。"（注：寀公、一明都是明朝中叶人）又如：万历27年澄（百六）公派系的谱序载："苟不因信以书之，未免颜标妄作鲁公之失。是吾宗支，虽贫贱不弃；非吾宗派，虽富贵不援。狄襄公不认梁公，崇韬妄拜子仪，千载之下公论不泯，是谱之未修也。"这段其意：指出不修宗派的危害，并教育子孙不要以贫贱富贵去区别亲疏。笔者把原文"是谱之未修也"去掉，说成"其实事求是，不愿乱攀宗亲的浩然正气溢于言表"。还说什么"对当时修谱中牵强造假之风，表达强烈的不满。"什么"对有关丙二公之事多有排斥"；什么"有点戏剧化了"；等等，不一一提了。为了便于宗亲了解千秋费氏宗谱概况，以及谱序中，在不同时期，提及外迁祖的有关情况，简述如下：

宗谱是记载一个姓族的历史，亦称家谱，她的生存与社会经历密切相关，有的家谱古代毁于战火，近代又毁于"文革"。横林费氏宗谱"实创于嘉靖初年"（约1522—1536）。千秋费氏宗谱：百五（源）公支系在《祖德颂引》载："家谱佚于甲辰（指嘉靖23年），经始予（注：予，原文作于）壬戌（嘉靖41年）"；百六（澄）公支系在明万历27年己亥（1599）《原序》中载："尝闻先大父辈有言，吾家谱牒甚详，第经兵燹，修而复毁。自彦邦公迄今已三修矣。"从百五（源）公支系记载的谱序看，始终贯穿祖先"宗族之本意在亲亲，亲亲之道，则以敬宗收族为大"的教导，详阅其文，是一部家族社会的经历史。

始祖彦邦公生于宋绍兴十四年（1144），后人依照碑志，在传承的首篇序载："余族之先，本山东兖州府邾城驿费家团籍，后寓蜀遂为文伟公一宗。伟之后世代屡更，序难追考。惟裔孙曰彦邦者，性嗜江湖，乃自蜀迁蕲，宅刘公河，墓塔儿畈，碑志可稽，故公为我费第一世祖。"世系载："四世三学（孝庆之子）宋通义大夫资治卿，当宋鼎革，蕲州知州管景模以城降元，公耻之，弃家产携眷渡江南，至兴国路永兴县集凤里居焉。今兴国（阳新县）善福里大片地乌石洞其故址也。开族于兴国盖自公始。"三学公生万一，万一公生五子：清，又名百四（万一公长子），生殁失载；源，又名百五（万一公次子），宋承德郎修正庶尹，子二：千三、千六；澄，又名百六，（万一公三子），宋宣德郎修正庶尹，子三：兴一、兴二、兴六。值宋末避地择九顶山口偕弟汉居焉。即今老屋场宝政里海户之始迁祖；汉，又名百七，（万一公四子），迁兴国州安乐里费家冲；潮，又名百八（万一公五子），宋官评事，无嗣。传至九世祖丙二、丙三、丙四。丙二系九三长子，迁江西铅山官畈。丙三系九三次子，娶冯氏。丙四系九四之子，生子奇十。奇十刚满月，母亲逝世，吃伯母冯氏之奶养大。奇十公后裔不忘丙三公冯婆抚育之恩，每次修谱赠丙三公后裔一套恩谱。把丙三公后裔景登公派下世系（除文禄公支系迁黄梅外）全部刊入谱首，不收费赠谱，从古到今传之。（见总谱36页，载"十六世景登派下世系"便知详情。）

千秋费氏百五（源）公派系于嘉靖壬戌（1562）创修宗谱，定为一修。这次谱序载："值红巾乱，丙二避徙江西铅山官畈……"153年后的康熙乙未（1715）第二次续修宗谱，谱序仍旧写道："吾祖彦邦公为祎公世胄，乃自蜀而迁蕲阳。四世三学公徙兴国。再传而后，丙二避徙铅山官畈，丙三析为景登，与我公丙四桑梓不易，绵基富北，又以延邦公之绪而佑启后人者也。"这次谱序高度赞美一明公："自大明嘉靖壬戌秋，有文学一明公者，注意亲亲，留心谱牒，访故老，采遗文，其间之义例大都自五世之后，祖迁于上，宗列于下，且远近疏戚联属其情，不致一本而秦越者，未始非厘正之功，而大有造于后昆也。"第三次续修宗谱于乾隆丙申（1776），距二修60年。此次由观福、巨石、秉元等10人写了6篇重修宗谱序，各人从不同的角度，按自己的思路，翻新词句，畅谈修谱的认识，其共同点，崇敬"文学一明前谱论列，了如指掌"。正如观福谱序所言："前人叙之详矣，固无俟余言再赘也。"细读6篇谱序，有两篇溯源，谈到铅山。一是巨石写道："……而要之，非我嫡宗则无容置喙。独念我邦公，汉侍中文伟之后也，卜吉蕲阳。其长子士寅公、次子士亥公。士寅公以参政著绩宋代。……由元泊明，递传之丙二公，迁居江右，而吴楚分布，簪缨蝉联，以及躬列胶庠，名登贤书者指不胜屈，旧谱已备言之矣。"另一序观堂写道："惟我彦邦公一宗，……徙铅山者冠盖累累，迁沔水者螽斯蛰蛰，然皆不能详。"他在谱已成又观点鲜明地说："其间图列铺排，欧苏两法并行不悖，而赞序已然者悉遵旧文，只字不敢增损评骘。"

百六（澄）公后裔居宝政里（今太子镇）海庄，与百五（源）公后屋宇相邻，从六世祖之后，各自修了家谱。澄公派系十七世嗣孙自省于万历廿七年己亥（1599）所写的《原序》，称作家谱一修。顺治十六年（1659）己亥，十八世孙可节所书的《重修宗谱原序》《重修宗谱序》为二修。三修于乾隆九年甲子（1744），撰有4篇谱序。四修于嘉庆十六年（1811），撰有9篇谱序。因丙二公不是澄公嫡系，故裔孙所撰的16篇序文，都未提及丙二公之事。致宗亲书摘乾隆九年序文，说什么"对当时修谱中牵强造假之风，表达了强烈的不满"。纯属误解。

道光戊戌年（1838），源、澄二公合谱合派了，"自兹以降，派宗同，名称一。涣而复萃，亲无失亲，岂非六百年之幸事哉"。这次合谱，千秋费氏定位四修，有四篇序文，各撰的内容，有所则重（注：则重，应为"侧重"之误）。春华公撰序文的重点论"合"字，他开篇写道："盖闻谱为亲亲而作，所以敦宗合族，惟其合也，不惟其分也。顾有欲合而势不能悉合者，亦有既分而情不忍终分者。吾千秋费氏，同祖彦邦、共宗三学，乃派别之分。百七公迁居永福里，丙二公迁居铅山官畈，丙三公支下文禄公迁居黄梅蔡山，志仁公支下迁居沔阳。欲大为荟萃，或限于里之不同域，或阻于疏远之难以稽考，此势之不能悉合者也。"最后说："倘若后之人能推不忍终分之心，于今所不能遽合者而悉合之，是又余之所厚望也夫"（注：此处句末夫字应断在下句）桑梓对外迁祖，一直怀着思念之心。虽源、澄二公合谱时，发出"不忍终分之心"，但由于条件限制，只好把"厚望"寄托后人。

宗谱的续修是顺应潮流的，与时局密切相关。到同治五年（1866）第五次修谱至光绪辛卯（1891）第六次修谱时，中国正处在封建社会沦为半封建、半殖民地的社会，中日甲午战争爆发，八国联军入侵，义和团运动兴起，洪秀全领导农民起义，戊戌变法失败……世事纷纭，时局混乱，民不聊生。这时期的序文，除谈修谱重要性等杂议外，开始议时事了。承慈公在同治丙寅序中写道："惟族若宗，卒多良民少莠民，多善俗少颓俗，其保世滋大，于今勿替者，得毋师苏子意乎。今者族愈繁，宗愈远，犹有服者，岁时蜡社或不能相与尽其欢欣爱洽；稍远者，或至不相往来。而且事故大、邪教兴，见有为不义而乱吾俗者，或不知相与疾之，姑为相与安之，甚至尤而效之。父兄将无以教，子弟将无以率，老朽惧焉。"（撰序者对时事害怕）在这样的环境中，族人无力提及寻亲归宗，也就没有说丙二公铅山之事了。但在同治六年（1867），裔孙给百五（源）公立墓碑，不忘外迁祖裔孙，在碑石上刻的裔孙庄，载有铅山、蔡山、沔阳。

尧治湾在晚清时，重教育兴建义学，培养出一举八秀、才女、承德郎、修职佐郎、武德骑尉等有功名人物 60 余人，被誉为文峰庄。据谱中《传赞》，这时期文峰庄有多名"抗发逆、忠朝廷"之事。宣统三年费氏第七次修谱，谱局设在义学。当时拣选知县程云执行朝廷颁示宪令，限期续办地方自治。他负责金海镇，因筹款事到善福里义学，见谱局"在事者皆亲若友"，趁此为费氏写序，通篇围绕族史宣讲宪令自治。他认为家谱是"自治之基"，"联家族即所以治国民"。为防止辛亥革命思想传人，发问费氏"为敬宗收族之举，以视前所云者，其贤不肖何如哉？"抛出"铅山派，丙二后者别为一编"之说，推行"天下之宗子各治其族"。族人与程云的观点相反，公刊《续修宗谱序》宣扬尊亲合族。序中开篇"天下之大，宗族之所聚也。……由敦宗睦族以推及乎天下，则天下之人群合，而种类无离异之忧。"以事实阐明合族："宗以族得民，盖使民统于宗，尊尊亲亲，情以绸缪，而固结宗法也，肇有谱系之端矣。"不合族，"竭则易离，而不求所以合之，则相视如途人，甚有饮食之故积不相能，而至于讼讼不已，则小而露刃，大而连兵，等宗亲为仇敌者有之矣。尚望以亲爱之心维系天下之人而合其群耶？"这是族人对程云推行"封闭论"有力地回击。公刊最后语重心长地说："不夸吾族之由来，而庆吾族之将来。其由来前人所以详，其将来则有无穷之厚望也。"

第八次修谱，于民国二十六年（1937），由前清光绪癸卯进士、现任立法委员彭养光撰《续修宗谱序》。序文避开"溯渊源、纪世族、昭伦常、维宗法"等传统写法，不重述前人所记之事，故未提外迁祖。他重点以大总统倡三民的新思想，论谱可以厚民德，可以振民族，可以普民智，可以亲民利国。全文从大范围论述谱的作用，语句精炼，论理精辟，阐明"百姓之本也宗族，宗族之本在亲亲，亲亲之道，则以敬宗收族为大，故不可以不有谱"。如："费子耕石，君子也，仕于京。出其族之谱以示。"

千秋费氏宗谱分总谱、图谱、墨谱三个部分。总谱重点记载历次谱序、世系源流、祖德家训谱规、派行、家族精英、人物传赞、历次续修宗谱名目等。图谱记载庐墓山图、碑铭墓志、公私契约、文案。墨谱即世系谱，指十五世后各支系派下（分村庄）所载的世系图和世系录。清·道光 22 年（1842）费氏合族成立了大公会，掌管公众的田地、山场、湖泊、商店、收取租秸，用于开展祭祀、助学、济困等活动。一九四九年土改后，废除地契，没收庄屋、祠堂财产，视宗谱为封建宗派残余，大势（注：势，应为"肆"之误）清收烧毁。"文革"期间又追扫一次，宗谱几乎无存。

改革开放后的 1985 年，费氏一批族人，为抢救宗族文化，整修祠堂，修宗谱，成立了费氏祠管会。族人思想禁锢几十年，一下子活跃起来，费氏 36 庄仅藏宗谱一本世系谱、一本半序文、传赞，两本图谱各自献出了。（没有这套旧谱，后人就不知道上述情况了）江西某地费氏在民国时期，把《江夏费氏发派总序》（弘治十七年公刊）（注：原文是洪治十七年甲子桂月上浣余庆堂公刊）、《嘉靖甲申鹅湖支谱序》（系宏谨序）（注：原文为"《嘉靖甲申铅山鹅湖支谱序》"）、《江夏费氏氏总系图》（以下简称三篇资料）送到阳新费氏，茅村湾××公把它装在竹简里，隐藏40多年问世了。家族一批文人，见"三篇资料"说得活龙活现，如获至宝。当时族人不敢说修宗谱，改为写《费氏村志》。这次《村志》依据"三篇资料"所载，把彦邦公改编为126世祖，往下延伸；把丙二公写为"江西铅山令"；改编《费氏历代分迁简介》；等等，送到龙港山沟躲着印刷。尽管《费氏村志》写"摒弃家谱，扫除封建宗派之陋俗"。不久，参于（注："参于"应是"参与"之误）主修的共产党员干部费兰芳，遭当地政府作为"搞封建的宗派头子"被批判，吓得自缢了。

国家档案局、教育部、文化部联合发出国档会字〔1984〕7号文件称："家谱是我国宝贵文化遗产中亟待发掘的一部分，蕴藏着大量有关人口学、社会学、民族学、民俗学、经济史、人物传记、宗族制度以及地方史的资料，它不仅对开展学术研究有重要价值，而且对当前某些工作也起着很大作用。……随着对外开放政策的实行，许多根在大陆的台湾同胞、海外侨胞的思乡之情日渐浓烈，他们也急需利用家谱来寻找自己的血缘关系。"接着孙中山、毛泽东、文天祥等伟人论家谱的语录也传开了。这些精神慢慢地传到民间，阳新黄、王、徐、程等姓公开修谱了，刘、李等姓还大张旗鼓地搞全国联修宗谱。这时期铅山宗亲也成立了"铅山费氏研究会"（注：应是"铅山费宏学术研究会"之误），以荣兴为代表一批爱族的宗亲，积极工作，广泛收集家史，还得到铅山县政府的支持，才使《冠盖里》《费宏传》（注：疑为"《费宏年谱》"之误）等史料陆续出版了。《费氏村志》虽为传承家史，付出代价，起了促进作用，但从简陋的印刷，到编修的思想出现差错，遗留问题很多，亟需解决。针对这种情况，千秋费氏趁一批老人健在，开展了第十次续修宗谱。这次恢复修宗谱，族人趁政治气候的适应，经济的好转，交通的便利，遵照"道光十八年源、澄二公合谱后，对外迁祖不忍终分"的遗愿，于2000年冬发出《费氏彦邦公世系合修宗谱的倡议书》。首站访横林宗亲，受到热情款待，澄清本二公未当铅山令，"族史三篇资料"不是铅亲提供（后查明属武宁余庆堂费氏所为）。倡议书得到各支系宗亲的积极支持。百七（汉）公迁居永福里费家冲，丙三公支下文禄公迁居黄梅蔡山，回桑梓合谱了。特别是德高望重的荣兴老书记，两次主修铅谱的文中老先生，以及章金、荣茂、先权、文瑞等族长，为"派行统一、谱合大成"，完成先祖的遗愿，付出了心血，做了许多卓有成效的工作，永载史册。

今年清明节，陕西安康紫阳费世（注：费世，应为"费氏"之误）一支，以费世元等五人为代表，回乡赴彦邦公墓奠祖了。这次续修宗谱，对清代时期的外迁祖，由各庄联系，有的回音了（详情待后告之），使千秋费氏出现了旺盛的大好形势！

铅山宗亲，关于丙二公与本二公出生时间一事，在上届宗谱《历史的记忆》中，由于当时的特殊条件，没有集体讨论，出现误论的语句，本来双方协商可以解决的，却导致2003年双方致函攻击之事。这次致宗亲书提到几代先祖年庚之事，我们也知论逻辑有误，但不知错在哪一代，后人无法断定。至于丙二公与本二公的年庚记载有差异，与铅谱多处提到先祖年龄"显误""疑为笔误"一样，先祖还是先祖。

这次回书宗亲前，促大家阅读铅谱，见《族谱四篇》"例义第一"载："余费氏，……自九世祖本二公以来，积德累功，簪缨世耀，则耳目可考矣。"载本二公为九世祖何来呢？又恰与丙二公是九世祖相吻合。说明本二公的身世，生前有所交待，是后人记不清楚的缘故。桑梓山口老庄是丙二公诞生地。明代建正屋，在大门顶嵌块石额，镌刻"铅山甲第"四字，流传是志让公在弘治至正德年间，相识铅山一位亲人在杭州教书时所写。现正屋改建，移嵌门楼二层印堂。

为响应铅亲提出"以期交流思想，达成共识"的愿望，千秋费氏祠管会诚恳地奉劝少数宗亲不要把费荣兴、费章金等宗亲当做糊塗（注：应为"糊涂"之误）人，应面对历史客观现实，探导（注：应为"探讨"之误）自己的宗谱，做个真正实事求是的族长。（注：铅山横林费氏现并无族长，只有"铅山费宏研究会"会长，是经政府批准成立的社团组织，会长前由费荣兴、现由费先明担任。）

桑梓近年的变化很大，我们真诚地邀请先明、宝林、正忠等宗亲莅临黄石新港园区观光！

千秋费氏空前的团结，来之不易，愿孝友家风，拂入族谊长存。

千秋费氏祠管会
2019. 10. 4

（文中夹注为笔者在转录时所加，意在避免读者产生不解、误解。）

六、致福建福鼎费氏宗亲书

福鼎海田费氏宗亲：

发来《福鼎海田费氏简介》一文收悉，其中有关我横林费氏的两点似有出入：

1. 文中称"元朝末年，烽烟四起，费禅一支后裔逃难迁徙江西广信府铅山县横林落居"；依文意我横林费氏是费禅的后裔，这与我宗谱所载不符。

2. 文中在介绍费宏事迹后，接着直言"其子孙入闽任职并定居福建"；经查我宗谱及费宏著作等史料，费宏并无子孙在闽任职、定居，只是我族费完之孙费尧年在明万历年间在福建为官；又费完后裔费锦德在清乾隆年间贸易福建汀州，遂迁居于此。

以上两点特慎重提出，请按史实妥处为盼。

铅山横林费氏宗亲
2019 年 6 月 4 日

（此信为笔者所撰）

附：福鼎海田费氏简介

费姓源于古帝王颛顼之孙伯益协助大禹治水有功，受封大费，其后裔春秋时期鲁国大夫费无忌分封于费县，后子孙于封地为姓，西汉古文易学家单父令费直，江南一带费氏雍为始祖，东汉末年江夏人费祎到四川蜀汉求学，官至辅国宰相，成乡候，费氏兴盛以江夏郡为堂号，元朝末年，烽烟四起，费禅一支后裔逃难迁徙江西广信府铅山县横林落居，费氏先人以树德立本，孝友传家。世代登科，官至极品，其中最为出名的是状元费宏（1468—1535），明代中叶著名的文学家、政治家，位至宰相，他一生两为首辅，三入内阁，四朝为官。其子孙曾入闽任职并定居福建，明嘉靖年间，倭寇猖狂，屡犯东南沿海一带，居兴化府涵头一支费姓族人为避难乘船渡海北上，到达福宁州福鼎六都番岐头村落脚，费本盛公成为福鼎费氏第一代人，康熙初年，海不靖，政府颁布禁海内迁，族人见距十里海田玉屏山山清水秀，风景宜人，是个居家理想场所，于是整族迁徙于地，费姓是望族，从此世代耕读传家，安居乐业，其家训曰"勤俭黄金种，诗书丹桂根"。从明清至今，物产丰富，人丁兴旺，贤才辈出，监生，国学生，秀才，大学生，博士生，代不乏人。费氏易学文化深厚，精于天文，岐黄研究，至今传承不衰，海田费氏有个传统独特的习俗节日，"九月九重阳节"[1]据梁代吴均《续齐谐记》记载，东汉时，汝南一带瘟魔为害，病疫流行，有个叫桓景的人，历经艰险，到山中拜费长房为师，以求消灾救人的法术，一天，费长房对桓景说"九月九日瘟魔又要害人，你快会去搭救父老乡亲。"并告诉他："那天登高用红布袋装上茱萸扎在胳膊上喝菊花酒就能消灭瘟魔，免除灾映。"桓景回乡，遍告乡亲，九月九那天山河汹涌，云雾弥漫，瘟魔来时，因菊花酒汽刺鼻，茱萸异香熏心，被桓景斩杀山下。傍晚人们下山返回家园，只见牲畜都爆死，而人们却安然无恙，桓景感恩，特设这一节俗以纪念费长房。九月九也作为费氏重阳登高避难的习俗世代相传。

一年一度的"九月九"对海田村民来说，非同寻常，欢度佳节沿袭千百年，经久不衰，海田人称之"过年不一定回来，但是九月九这天必将到家"，每逢九月九海田村到处张灯结彩，乐闹非凡，将近有几千人参加活动，这天海田村挨家挨户都会烧上二至三桌，多则十几桌的好菜招待十里八乡前来客人，无论踏入谁家门，任你拿上筷子和碗吃喝就是，村民绝不会因你的身份贵贱或者来路不明将你拒之门外，同时海田村民也把这天作为秋粮丰收庆典。因此海田费氏后代九月九吃请迎客便相沿成俗，保存至今。

七、答费厚斌先生书

费厚斌先生惠鉴：

承蒙惠示有关费衮的资料，不胜感激之至。因资料涉及我鹅湖横林费氏始迁祖的有关信息，研读之余，偶有所思，谨奉一得之愚：

1. 所录资料将费球列为无锡费氏第一世，而据查江阴《澄江费氏宗谱》卷首"世系表"，费球在其中列为第十九世，只称其为"唐金吾左仗将军"，而无锡谱称其"天宝间护驾入汴"。天宝为唐玄宗最后一个年号，只有十五年（742—756），其间唐玄宗除屡幸华清池外，并未远离长安，更不用说到汴梁。据《旧唐书》"玄宗本纪"，在"天宝"之前的开元十三年（725）玄宗曾在泰山举行封禅大典，当时不管从西京（长安）还是从东京（洛阳）前往泰山，都会途经汴梁。如无锡宗谱所述"护驾入汴"之事是实，那当在此时。如此推算，费球当生于公元 700 年或之前，至其十五世孙广成生于元顺帝至正十一年（1351），相距 651 年，平均每代间隔 43.4 年。这不太合乎我国古代宗族传衍的规律。一般来说，一个数百年传承的宗族，代际相隔二十几年至多 30 年。如我鹅湖横林费氏自始迁祖本二公（1300）出生至二十六世孙（2000）出生，相距 700 年，平均每代近 26.8 年。故疑此十五代的传承记录有误。

2. 无锡《费氏宗谱》称第 13 世费革"字惠峰。恒斋子。迁居江右广信府铅山县"。在上一世记其父称："第 12 世字聿成，号恒斋，补之子。宋理宗丙戌（1226）进士。特授陕西延安府知府"。资料中其他各世均有名、有字或号，独此两世中费革之父无名。据《澄江费氏宗谱》，费革之父费登"字丰之，号恒斋，宋进士陕西延安知府"，其中"登"字用的是古登字，在登字下加了个"廾"；估计是现在电脑打字，用五笔或用拼音都打不出来，需特别造字，故不写其名，而直接用"字聿成，号恒斋"。就这个"字聿成"也与《澄江费氏宗谱》"字丰之"不同，未知孰是？且江阴谱称费登"宋进士陕西延安知府"，无锡谱则称费登为"宋理宗丙戌（1226）进士。特授陕西延安府知府"，也不知其所据是何？

3. 无锡《费氏宗谱》记"第 14 世友常字本二。惠峰子"。江阴《澄江费氏宗谱》记"友常，革子，子一广成"。而《鹅湖横林费氏宗谱》记其始迁祖为"本二公，讳有常，字永兴"。这个名"友常"和"有常"虽首字不同，但"友"与"有"二字字音相同，且有通假义，故没有太大差别。可这"本二"是他的派行，而不是字，意为本字派第二公，无锡谱把"本二"作为友常之字，显然是弄错了。

4. 无锡《费氏宗谱》记"第 15 世广成字谦士。本二子"。江阴《澄江费氏宗谱》记作"广成，友常子，子二：荣祖、荣迪"。《鹅湖横林费氏宗谱》记"谦十四公，讳广成，字大有"。可见无锡谱中的"谦士"当是"谦十四"之误，但这"谦十四"也不是字，而是派行，意为谦字派第十四公。无锡谱不仅将派行误成了字，且将"谦十四"误成了"谦士"。

5. 按无锡《费氏宗谱》所述是费革始迁铅山，而《澄江费氏宗谱》却将"江西广信铅山横林支"记在费革曾孙费荣祖名下，意为是广成长子费荣祖始迁铅山。《鹅湖横林费氏宗谱》载其始迁祖是本二公费有常，在谱中第十一节"孝友·本二公事实"下记："本二公讳有常，不知其何所自而居横林。遭元之乱，红巾啸聚谿峒间，旦夕窃发，自官兵不能救御，民往往自逃入山谷。于是，本二公亦逃，念家室，不能舍去，数数往瞷焉。无何，为红巾所伤，以死不得其处，葬衣冠于横林之后园，与余氏妈同穴。生一子：谦十四公"。这一段文字很明确地记录了不知费有常的出处，在铅山是因避红巾之乱逃难中而死，并不是其父革始迁铅山，更不是其孙费荣祖始迁铅山。费宏在其著作《费处士行状》中记述了明代铅山费氏的状况，称"永乐间盗发宋时冢，得埋铭云：'五季之乱，费氏与诸葛氏自蜀徙铅山，世为婚好。'疑自蜀徙者，即大将军祎之苗裔也。诸费往往聚族以居，有居横林者，有居范坞者，有居费墩者。其谱牒失次，数世以上，莫详其系，而称呼庆吊尚不绝"。可见横林费氏自五代之时就已自蜀徙居铅山，至元末，本二公费有常的先人已在铅山生活了几百年，只是因"谱牒失次，数世以上，莫详其系"。费有常在元末经历了不为人知的家族巨变，故子立穷困，52岁才独得一子，不久又在逃难中遇害；当时其子幼小，"谱牒失次"，家族渊源没有传承下来，故后人在明代创修宗谱时，断自本二公为始迁祖。铅山横林费有常属蜀地费祎一脉，既不是江阴谱中所说的费汛一脉从浙江迁铅，也不是无锡谱中所说的费球一脉从无锡迁铅，更不是湖北阳新谱中所说的费彦邦一脉从湖北迁铅。近年又得见新出土的宋时铅山费墩费氏先人费时登的墓志铭，其中称宋时费氏"居琛山之阳曰蛤湖，距琛山不一舍，有水曰葛溪，世传长房遗迹，费之派实出于此。蛤湖首汭尾琛，环数里皆费姓，繁衍且数百年"。由此亦可见铅山费氏在南宋末年已在铅山"繁衍且数百年"，这也足以证明费宏著作中所记铅山费氏在"五季之乱"时迁铅是有事实依据的，是可信的。

6. 研究宗谱，当然要尽可能多地掌握宗谱的内容，但对此也要多作分析、考证。对其中的某些内容，特别是有关宋、元以前的世系传承，不可盲目偏信。著名史学、宗谱学专家复旦大学葛剑雄教授在论及家谱研究时提醒我们："家谱中有些记载不可轻信"；"一般家谱无不扬善隐恶，夸大谥美，甚至移花接木，假冒附会。如果不了解当时当地的历史背景，一味相信家谱的记载，就不可能得出正确的结论。"例如古人的科举和仕宦成就，就不仅是家族的荣耀，亦是国家大典、地方盛事，其中都应该会有详细的记载。故对族中前人的科举、历官事项，就不能光看宗谱中的记载，还要以国史、方志来佐证。经查《江苏通志》和《无锡县志》，无锡费氏族中只有"费肃，字懿恭，无锡人，大观二年进士"及其子"费错，绍兴壬戌陈榜"进士。而资料中只登费肃的长子"第10十（注："十"字疑为衍文）世铉字守义，号仁溪"，也不见登其子错的进士资讯。这个"铉"是不是"错"之误，不得而知。同时资料中关于第 11 世费衮和第 12 世费登的进士信息，方志中也都不见载。故这些都有待我们进一步加以研究。愿我们以此共勉，多多交流。

顺颂

夏安

费正忠敬上

2022 年夏

附：费厚斌发来的资料

费正忠：

您好！今整理以前从网上下载的有关费衮资料，发现有铅山始迁祖的名讳，现发给您。

费衮是无锡费氏的第 11 世祖，其世次简表如下：

第 1 世球字鸣玉，号诚庵，维允子。唐金吾左仗将军。天宝间护驾入汴，后卜居无锡神护乡，是为迁锡始祖。

第 2 世昇字望轩。诚庵子。

第 3 世承嗣字达卿，号继源。例赠文林郎，永宁县知县。

第 4 世昶字有光。继源子。唐肃宗至德二年（757）丁酉科进士，敕授永宁县知县，例授文林郎。

第 5 世永言字孝思，号子明。有光次子。

第 6 世宗旦子明长子。

第 7 世献可宗旦次子。

第 8 世咸字佑启，献可长子。例赠正义大夫，晋赠光禄大夫、兵部侍郎，清道光二年（1822）追享锡麓大宗祠东书房。

第 9 世肃字懿恭，号得庵。佑启长子。宋大观三年（1109）进士，除秘书正字。清道光六年（1826）呈准在惠麓绣嶂街建立费懿恭专祠祀之。

第 10 十（注："十"字疑为衍文）世铉字守义，号仁溪，得庵长子。

第 11 世衮字补之。仁溪长子。宋宁宗庆元三年（1195）拔贡，丙辰（1196）邹应龙榜进士，隐居。

第 12 世字聿成。号恒斋。补之子。宋理宗丙戌（1226）进士。特授陕西延安府知府。

第 13 世革字惠峰。恒斋子。迁居江右广信府铅山县。

第 14 世友常字本二。惠峰子。

第 15 世广成字谦士。本二子。

（16 世以下删节。据无锡图书馆藏《费氏宗谱》）

八、《娄氏家谱》江西上饶杏坂娄氏余庆堂藏木刻本

1. 关于上饶娄氏始迁祖，谱中有多种不同说法：（1）该谱第 20 页 "谯国娄氏发派总叙" 称："及唐时，有曜公来任信州上饶尉，有善政，人民戴德，因筑于州内北街，至其孙蔼公，又择址于州东四十里之地曰砍石，生有师德……子孙后居上饶。" 该谱卷 2《世系》第 183 页载："曜公，官上饶尉，迁信州上饶城内北街，为我族始迁祖也。娶赵氏，生子二：璜、瑛。" 其下栏又载 "璜公，赠银青光禄大夫，夫人徐氏，生子二：师德、师道。公迁上饶东乡砍石"。这里记述上饶娄氏迁砍石有了二说：一说是曜公之 "孙蔼公"，一说是曜公之长子 "璜"。"世系" 中曜公载有二子：长璜，次瑛。璜有二子：长师德，次师道。而瑛名下无子，故曜公只有师德、师道二孙，不见有孙曰 "蔼" 的，且遍查其孙辈十六世中均无名 "蔼" 的。但在第 200 页第二十一世中见载有斌公，称其为 "蔼公之子"；查第 192 页二十世中，见斌公之父为 "蔼吉"，是否简称为 "蔼" 了？这是师德之五世孙，对曜公而言，已是七世孙了，但并不见其有 "迁砍石" 的记载；而璜公名下确有 "公迁上饶东乡砍石" 的记载，故疑前引 "总叙" 中 "其孙蔼公" 应是 "其子璜公" 之误。这两段引文记述上饶娄氏始迁祖是曜公，居州内北街；其子璜公迁州东砍石。（2）谱中 "后谱叙" 第 66 页载："至唐曜公，原籍河南开封府郑州原武县贵胄里望族乡人也。大唐高祖开国，武德三年，除信州上饶尉，为政人恕，视民如子，而民爱戴若父母。性复优游，乐山水之佳，就州东四十里地曰砍石，置田筑室，居是里焉。生子讳璜，字元玉，由孝廉授荆州节度使，贞观三十年己酉生子师德，字宗仁，有大度，由进士升银青光禄大夫同凤阁鸾台平章事，卒于圣历二年己亥，谥曰 '贞公'，今祠堂留传仪像，奉为始祖者也。" 武德是唐开国皇帝唐高祖李渊的年号，1993 年版《上饶县志》"大事记" 载："唐武德四年（621）划分弋阳县东境复置上饶县。武德七年（624）撤销上饶县，并入弋阳县。乾元元年（758）划出饶、建、抚、衢四州部分地区，设立信州；划分弋阳县，复置上饶县，为州治；又划上饶县部分地区，设立永丰县。始建信州城，周围 7 里 50 步，高 2 丈 1 尺，宽丈余。" 据此，唐武德三年还未设立上饶县，更没有 "信州上饶县"；如上引文娄曜 "除信州上饶尉" 是事实，那就当在唐乾元元年之后。"乾元" 是唐肃宗李亨年号，比武德三年晚 134 年，故疑此说有误。贞观是唐太宗年号，只有二十三年，并无三十年，且己酉年是贞观二十三年，说娄师德出生在这年是没有根据的。这里又说曜公始迁就在州东四十里地曰砍石，与（1）所引文 "筑于州内北街" 不符，也与其长子璜 "迁上饶东乡砍石" 之说不符。又说奉娄师德为上饶娄氏始祖，更是前后矛盾，且与前段引文称其祖父曜公始迁上饶亦冲突。（3）谱中又载白居易于唐会昌四年撰 "辩柳子厚送秀才娄图南先生入道叙" 第 98 页称："十世祖侨除汴州尹，转迁豫之原武；十四世祖武德甲辰进士，擢上饶

尉，至十七世祖英，纳言嫡子，袭银青光禄大夫，英于祖父殁，抱先人遗像、实传，辟地又远迁豫章之上饶。"查唐武德这个年号只有九年，并无甲辰年；武德年间进士只开一科，在武德五年（622 年，壬午科），根本就没有"武德甲辰进士"，疑误。这里的"纳言"即娄师德，这里所说是他的嫡子娄英远迁上饶，与前所引曜公、璜公、师德公之说皆不合。（4）谱中又载柳批所撰"谱叙"第 25 页称："纳言孙秀才娄图南先生，名虽隐于时，道术实高出于世，蹈晦不仕……自是远引，莫知所终，其不愧纳言孙，概可见矣。厥子蔼，寄食族弟刑部郎中葆公幕府，情钟山水，泛游江湖，尝语人曰：'吾十七世祖英，抱先人遗像、实传流寓信、饶两地，皆先人桑梓乡也，敢不敬恭？'携其子斌，决志游访，道出豫章，顺抵上饶。遥望灵鹫北障，葛水南环，慨然曰：'大哉，故封美不尽于南浦西山，灵更钟于东冈北墅也。'自越反，痛父不知迹栖何所，询知饶东四十里砍石上，英公旧羁栖所也，继居焉，由今考之，自纳言传至诵，诵传至厥孙斌，越六世已。斌与予好，知予奉命出守泸州，书邮抵署，叙及先世图南先生与予家子厚公订结兰谊，昔赠图南有文一帖，并寄示予。兹修家乘，属予为序。"这段引文述及的是娄师德玄孙娄蔼携子斌迁回上饶，娄斌属柳批作谱序，与前三说又不同。（5）谱中"娄氏谱序"第 53 页称："宋末元初，有高士子福字君祉者，为宋孝廉，即唐纳言十九世裔孙也，逃难南奔，其先信阳人也，仍归信阳，传至四世，大明朝有一斋谅公……"这里记宋末元初娄师德十九世孙娄子福迁饶，与前述唐代迁饶更是不同。总之，有关上饶娄氏始迁祖的记述多有不同，但都围绕着娄师德这支，且其中说法多有违背史实之处，可信度不大，待有更多、更翔实的史料予以确证。

2. 关于上饶娄氏在嘉靖三年重修家谱，谱中"谯国娄氏发派总叙"第 23 页称："性公任兵部郎中，协治河决，水患安息。后因宸濠谋逆，我族系椒房之亲，皆匿姓藏名，隐居异地，自是江分左右，地隔东西，未敢会修合谱。至嘉靖三年，幸有曦公字继明者，会□宗族，重修家乘，以志其发脉之渊源与支派所从分。"此谱叙未具何人所撰，而第 42 页载王守仁所撰"谱叙"称："兹因娄氏年翁有讳曦字继明者，持家乘一帙，向予请序，以冠其首。"落款"大明嘉靖三年春月谷旦，赐进士第光禄大夫柱国新建伯兼都察院左都御史伯安王守仁顿首拜撰"。查《明史》卷 112 "七卿年表二"，王守仁并未任过都察院左都御史，故他不可能自署名此衔。第 48 页载费宏所撰"谱叙"称："今娄氏继明翁之族，孙子日盛，学业日开，恐支派之渐淆、昭穆之或紊也，爰举敦睦之意，勿靳刍荛之询，请予以序之。"落款"大明嘉靖三年春月谷旦，赐进士及第光禄大夫华盖殿大学士入内阁太子太师兼太子少师鹅湖子充费宏顿首拜撰"。据《明史》等众多史料，费宏晋华盖殿大学士在嘉靖五年七月，嘉靖三年是少保谨身殿大学士，况明代亦无"太子太师兼太子少师"的官衔。更重要的是，嘉靖三年距宸濠叛乱平定仅过去四年多，朝中处置叛乱的行动仍在继续，据《皇明肃皇外史》卷 2 第 29 页在嘉靖元年九月条下载："副都御史刘玉奏：'宸濠妃娄氏宗族助逆，罪在不赦，而广信知府周朝佐勘问失出，未尽其辜。’帝怒，夺朝佐官四级，边地序用，其娄星等各遣戍边，娄愉等削职为民。”可见在这种政治氛围下，重修家谱的可能性极小，前引“总叙”亦称宸濠叛后“未敢会修合谱”。清嘉庆十七年（1812）重修家谱的“娄氏谱序”中亦称“惜遭宁藩祸累贤妃，椒房亲族，当时□□星散，闽海稽山河间，山左山右不一地，甚有更姓□□居省垣沙井暨穷岩幽壑者。数百年来，娄谱未及会修，多无从考。南屏先生于饶东四十里砍石上杏坂娄村一脉，汇辑旧牒而慎修焉。无可考者缺之，有□证者详之，修于乾隆己酉，成于嘉庆己未年”。可见事变之后数百年未曾会修家谱。娄氏裔孙庠生娄国梅在《后谱叙》第70页亦称“慨自宁藩椒房之祸，我族改姓易名四散他乡，祖宗祠宇之倾颓，谱图之湮没，不为不久矣。迩来人烟云集，祠堂工竣，取谱牒而重新之，间有草本，亦不过什一于千百耳”。这亦是娄氏后人重修家谱时的感慨，应当是真实的。况王守仁、费宏二人著作文集中有他们为很多家族所作的谱序，独不见载此二篇，不知何因。综上所述，上饶娄氏在嘉靖三年重修家谱之事当存疑，盼有更多史料来予佐证。

3. 谱中在《大明诰敕》第86页载："南京兵部职方清吏司主事娄性，名登黄甲，擢属夏官，历岁滋深，才猷茂著，宜隆恩典，用锡褒章。兹进尔阶承德郎。明成化九年四月十六日。"据娄性"墓志铭"，其登成化十七年进士，怎能在8年前的成化九年"名登黄甲"并受恩进阶？这显然是误记了。

4. 谱中有"师德丞相娄公仪状"，第105页称：娄师德"嗣圣三年突厥入寇，诏为并州长史检校无雄军大总管，十六年卒于会州，年七十"。文中"嗣圣"是唐中宗李显的年号，且只有元年，这年是公元684年，甲申年。就在这一年，李显的龙椅还未坐热，就被他的亲妈武则天给废了，继以唐睿宗李旦，故这年又是睿宗的文明元年。还是在这年，李旦亦被废，故又成了武则天的光宅元年。所以"嗣圣"只有元年，没有三年，更不会有十六年，文中这两个年号均是误记了。

5. 谱中第118页载有徐阶所撰"冰溪娄先生祠记"称："予自甲辰奉命督学西江之明年三月，临信阳校士毕，有生娄玑者，持‘冰溪实行’一册呈前，曰：‘生祖冰溪死于宁藩宸濠元配娄妃之祸，手泽厄于煨烬，思无以慰灵爽，立祀于郡西北偶石城之冈，俾往来人士见其祠如见其人……绍父一斋先生薪传，宗朱子学，往来师门者多杰士，如隶郡治之永丰夏、吕诸辈，皆得宗所学以成其学，道又有传矣……大明嘉靖四年三月，赐进士及第光禄大夫少师太保柱国武英殿大学士礼部尚书年家眷世弟华亭徐楷拜撰。"嘉靖甲辰是嘉靖二十三年，不是徐阶"奉命督学西江"之年；据《明史》卷213"徐阶本传"及《徐阶年谱》等史料，徐阶嘉靖二年探花及第，授翰林院编修，告假回乡完婚，又丁父忧，至"嘉靖六年服除，补故官。嘉靖九年，以去孔子像忤首辅张孚敬，外谪延平府推官"。嘉靖十三年三月，迁黄州府同知，刚到任，又奉旨擢浙江按察佥事，十五年三月进江西按察副使督学政。十八年五月，皇太子出阁，召拜司经局洗马兼翰林院侍讲，从此直至内阁首辅，一直在京为官。

从他的经历，可见他中进士后至嘉靖九年之前，均在翰林院任职，嘉靖三年、四年不可能到江西、到上饶，督学江西是嘉靖十五年三月以后的事了。其任大学士在嘉靖三十一年三月，晋柱国在嘉靖三十二年七月，晋武英殿大学士则在嘉靖三十三年八月，故文中落款也不可能在嘉靖四年出现。文中所称的"永丰夏、吕诸辈"都是娄忱的门人，夏即夏尚朴，吕即吕䎖、吕怀，吕怀"以谌若水为师"，亦不闻吕䎖是娄忱的门人。另落款徐楷的名字也错，应是徐阶（階）。此篇疑点颇多，有待更多史料确证。

6. 谱中载有"明皇姑费夫人纪略"，第 131 页称："性公次女娄妃之妹适铅山费宏同祖弟费寀，正德辛未进士，选庶吉士，授编修。时逆濠蓄异志，谋复护卫，宏在内阁，持不可。濠屡以意属寀，寀外逊词色，而实阴折之，濠因是切齿，赂中贵出内批，勒其兄弟皆致仕。及濠叛，时妃妹劝寀间道走赣州，上书王公守仁'先定洪州以覆其巢穴，扼上流以绝其归路，则成擒矣'。后果如其言。不顾姨戚，大义灭亲，时人谓妃之贤因死而益彰，妃妹之贤因妃而益彰，实因祖一斋之贤而益彰云。"据《铅书》卷 6 第 79 页所载，娄妃之妹费寀之妻娄氏，正德四年（1509）已随夫前往北京，次年四月廿七日在京"以产卒"，怎能在此九年后宸濠叛乱时行此义举？况有众多史料记述向王守仁建言此平濠方略的是费宏、费寀兄弟，并不及妃妹，故此"纪略"的历史事实是值得商榷的。

7. 谱中第 133 页载"娄妃后序"，对照中华书局 1993 版《蒋士铨戏曲集》，此文实蒋士铨为《一片石》所作自序，但多有错漏：133 页第 2 行"后为南昌民人私葬"句，衍一"民"字。第 4 行"闻朱赤老人言"句，"朱赤"后脱一"谷"字。第 6 行"谴吏访得其处，遂立碑表志之"句，"谴"字前脱一"急"字，且"谴"是"遣"之误；"志"为"识"之误。第 7 行"伏地拜不起"句后脱一"曰"字。第 8 行"辟逆藩祸，易姓钟氏，徙居隔江沙井"句，"辟"为"避"之误；"钟"字后衍一"氏"字，脱一"旋"字。第 134 页第 1 行"为郡守陈公建生祀"句，"生祀"为"生祠"之误。第 5 行"信益笃"为"益信笃"之误。第 6 行"独不闻曹孝娥叔先雄之故事乎"句，"曹孝娥"后衍一"叔"字。第 7 行"义烈之儿"句，"儿"为"鬼"之误。第 8 行"既倒之狂澜"句，"既倒"后衍一"之"字。第 2 行"以断必无也"句，"以断"下脱"其为"二字；"予因未见"句，"因"为"固"之误。第 6 行"尚且惧其事弗播人口"句，"尚且"为"尚窃"之误；"弗播人口"前衍一"事"字；句后且脱"淫雨溜檐，新藓上四壁，砚中尘薄若蒙縠，一灯荧荧然"等 21 字；"一片石"句下脱"杂剧，其间稍设神道附会，精神所感，可必不尔耶？若诙笑点染，以乡人言乡事，曼声拉杂，谓之操土音可也。山川落落，客有渡章江者，或向此石作寒山语，即非方回，是亦解人矣"等 68 字。第 7 行"谷雨日翰林苑编修铅山蒋士铨苕生自识"句，"翰林苑"为"翰林院"之误；且"翰林苑编修"5 字皆衍文。要之以戏曲之文录入宗谱，似有不妥。且谱中多处有此类文章，这对宗谱的史料价值或有影响。

8. 谱中"世系"第 192 页载"璜公长子，十六世师德公：字宗仁，官任左仆射同知平章事。生于贞观四年庚寅五月初十日辰时，殁于嗣圣十六年己亥，享年七十。葬郑州，赠幽州都督，谥贞公"。"嗣圣"是唐中宗李显的年号，且只有元年，这年是公元 684 年，甲申年，没有二年，当然就更不会有十六年了，详见本节第 4 条所证。但如果娄师德确是生于贞观四年庚寅（630），以其享年七十，当是卒于 699 年，这年是武则天圣历二年，且确是己亥年。以嗣圣元年（684）计，此年也确是在十六年后了，只是把此后唐睿宗李旦的文明元年及武则天光宅元年等十几个年号全都忽略不计了，硬生生地造出一个"嗣圣十六年"来，直叫人摸不着头脑。另据《中国历代文状元》，娄师德是唐郑州武原人，中唐太宗贞观二十三年（649）己酉科进士第一人，这么重大的信息家谱居然不载，令人费解；且其生卒年为 628—699，享年七十二岁。

9. 谱中"世系"第 247 页载："谅公，字克贞，号一斋，景泰四年举人，癸酉进士，授成都训导"。景泰癸酉年即景泰四年（1453），怎能这年中举人又中进士？何况娄谅并未中过进士，此处是显误了。

10. 谱中"世系"第 247 页载："性公，字元善，成化辛丑进士，授兵部职方司郎中，治淮河有政绩。"这一记述不合常理，在明代没有一中进士就能授郎中的；据王华为娄性所撰"墓志铭"，娄性字原善，其中进士后，并不是授兵部职方司郎中，而是南京兵部职方司主事，后升至郎中，最终职务是南京兵部武库清吏司郎中。"朝廷修康济渠，选部属之能者，大臣以原善荐，及期而功又果成，当道益以原善为才"。可见他参与的治水工程是修"康济渠"。据《国朝献征录》卷 44 "白昂传"第 334 页载："弘治己酉，河决金龙口，漕运多阻，召公往治，改户部左侍郎，公奏南京兵部郎中娄性从行。始至河南相度水势。虑水复趋张秋，发卒数万，自阳武、封丘、祥符、兰阳、仪封数县筑长堤捍之，遂导河自中牟洪口至尉氏下颍州，经涂山合淮水入海。又修汴堤，令高广如一，上树万柳，使不崩颓。又浚宿州古睢河入运道，以分徐州之势。又筑萧县、徐集等口以杀汴、徐之势。又自鱼台历德州至吴桥修古河堤。又自东平至兴济凿小河十二道，引水入大清河及古黄河，以入海河口各作石堰，相水盈缩，以时启闭。于是河竟不为害，而漕运获济。公观高邮之甓社湖风浪时作，多覆舟，或舟触岸辄坏，议即其东开复湖以避其患。河成，舟安行无险，名其河曰'康济'，人思公惠，别名'白公堤'。"可见这是个治理黄河的系统工程，而不单是"治淮河"。

11. 谱中"世系"第 248 页载："忱公，字诚善，号冰溪。授浙江归安县学训导。葬南乡上泸塦墩岭，有门人夏尚朴铭其墓……公少苦志读书，坐楼十年，足不下楼。得父莘传，时号'楼上先生'。王阳明、夏东岩两大儒皆出其门，有墓铭传。"对其十年不下楼，谱中有夏尚朴为其所撰"墓志铭"第 137 页称其"不能循时好，以故连不得志于有司。晚由岁贡授归安训导，未几即弃官而归。忧其兄之所为，托疾不下楼者十年，自号'病阁'，户部侍郎邵二泉呼为'楼上先生'。及兄死，作下楼歌以讽之"。其兄娄性卒于正德五年六月，故推其下楼在正德五年，上楼则在弘治十四年。此处说到王阳明、夏东岩都是娄忱的门人，而《明史》卷283第7263页"娄谅传"称："门人夏尚朴，字敬夫，广信永丰人……早年师谅，传主敬之学……王守仁少时，尝受业于谅。"说二人都是娄谅的门人。二说孰是？先看王守仁，说他"少时尝受业于谅"，所谓"受业"，"从师学习"之谓也，王守仁少时曾拜娄谅为师吗？从众多史料来看，王守仁是浙江余姚人，从未师从过上饶娄谅。据《明史》卷195"王守仁本传"第5168页称：王守仁"年十七谒上饶娄谅，与论朱子格物大指"。以其生于成化八年（1472）计，17岁时应是弘治元年（1488）。据台湾商务印书馆《王文成公守仁年谱》载：弘治"二年己酉，十八岁，寓江西。十二月以夫人诸氏归余姚，舟至广信，谒娄一斋谅，语宋儒格物之学，谓圣人必可学而至，遂深契之"。弘治二年是1489年，而这年的十二月，必定是1490了，故王守仁携新婚夫人回浙江，路过上饶谒娄谅，以阴历应是18岁，以阳历应是19岁了。但不管是17岁、18岁还是19岁，要之均已不是少年了。另据此《年谱》载："孝宗弘治元年戊申，十七岁，七月，亲迎夫人诸氏于洪都，外舅诸公养和为江西布政司参议，先生就官署委禽。合卺之日，偶闲入铁柱宫，遇道士跌坐一榻，即而叩之，因闻养生之说，相与对坐忘归。"新婚之夜，新郎官王守仁竟在道观中与道士对坐相谈，彻夜忘归，这是多么大的精神相契。王守仁在江西的这两次交谈，虽一为慕名拜谒，一为偶遇相欢，要之皆是谈讲学问，并无拜师求学的仪式和意涵，更不能说这是"师从道士"或"尝受业于谅"。显然，王守仁不是娄谅的门人。对王守仁是娄忱门人说法，除上引"墓志铭"提及外，其他史料均未发现有此记载，故其可能性几乎为零。至于说到"门人夏尚朴"，上饶《娄氏家谱》中除夏尚朴在此"墓志铭"中落款已作确认外，第127页又载"明冰溪公纪略"，称娄忱死后"门人夏尚朴为铭志"；第159页还载夏尚朴"呈冰溪娄先生有引"诗一首，内称"承寄诗有'涵养深沉处，于今到几分'。生奔走南北一载，负惭此言多矣。视先生默坐高楼，如在天上，谨用原韵奉答，用致景仰之私云。驱车河朔路，万里入吴云。不及高楼上，炉薰坐野分"。"东岩"，夏尚朴之号。这些都足以说明夏尚朴与娄忱的关系，"墓志铭"中说夏尚朴"出其门"是可信的，从而也就证实了夏尚朴并不是娄谅人门人。

12. 谱中"世系"第294页载："性公长子，仲公，字吹篪，迁省垣沙井，因宁王祸改姓钟"。又记"性公次子，仁公，字懿修，娶郑氏，生子一：蕉"。首先娄性这两个儿子的名字当存疑，明人取名一般应是以"伯、仲、叔、季"为序而名的，不太可能长子即取名为"仲"。据王华正德五年为娄性所撰"墓志铭"称："二子伯、仲，出侧室翁氏"，可见长子名伯、次子名仲，也不见次子名仁之说。又据《武宗实录》卷175载：正德十四年六月宸濠叛乱后，己卯"濠妃弟娄伯将归募兵助逆，源清执而戮之，并随行内侍辈数十人"。可见娄性长子娄伯在叛后奉宸濠之命回上饶募兵助逆，经过进贤时，为进贤知县刘源清所戮，不可能再"迁省垣沙井"改姓钟。至于其次子仲的下落，没有史料可证，而这"迁省垣沙井，因宁王祸改姓钟"，却只是蒋士铨戏曲中的说法，不应有史料价值。

九、《澄江费氏宗谱》江苏江阴敦睦堂 2012 年续修本

翻检谱中旧序等古文，断句、标点、分段多有误，且有错字，致使文意难解，不能顺畅。现仅将检得之处列述如下：

1. 卷首第 33 页第 3 行载"出自季友"后的逗号可删除；全句经修改后断为："粤自费氏之始，出自季友有功封邑于费，后世即以邑为姓。"第 6 行载"今乃自汉仲虑公"后的逗号可删除；"为奕世祖"后的句号改逗号；全句经修改后断为："今乃自汉仲虑公为奕世祖，至宋室南迁，子姓散处四方。"第 8 行载"为时名宦"后的句号改逗号。第 9 行载"当时海内"后的逗号可删除。全句经修改后断为："为时名宦，当时海内世臣乔木之家，咸莫与之京。"第 10 行载"嗟夫"后的顿号改逗号；"士之名士也"后的逗号可删除；"有二"后的冒号改逗号；"人品之与家世"后的逗号可删除。第 11 行载"费氏子孙"后的逗号亦可删除。全句经修改后断为："嗟夫，士之名世也有二，人品与家声而已。人品不足，而家世犹以振之。人品之与世家无忝于所生者，费氏子孙并皆有之。"第 11 行载"此费氏之谱"后的逗号可删除；"所由作也"后加句号；"书此"后的句号改逗号；"俾费氏子孙"后逗号可删除；"知其所自出"后的句号改逗号；全句经修改后成为："此费氏之谱所由作。书此，俾费氏子孙知其所自出，而为自汉至今之名世也。"

2. 卷首第 34 页第 8 行载"亲亲故尊祖。尊祖故敬宗"，句中的句号可改成逗号；"先王之世"后加逗号；"所由"后的逗号删除；"建国邑，别氏族，"后的逗号俱改顿号；全句经修改后断为："先王之世，所由建国邑、别氏族、序昭穆，绵延于奕祀者，胥本此也。"第 9 行载"始作谱牒"后的句号改逗号。第 10 行载"贵显之家"后的逗号可删除；"攀龙附凤者"后的逗号可删除；"多藏之子"后的逗号可删除；"资其赠"后的逗号可删除。第 11 行载"贻"后加一逗号；"鱼目混珠"后的逗号亦可删除；全句修改后成为"贵显之家藉其声气，攀龙附凤者有之；多藏之子资其赠贻，鱼目混珠者亦有之"；"抑且"后的逗号可删除；"虽忘其所亲"后的逗号改顿号。第 13 行载"今考费氏"后加一逗号；"季友"后的逗号删除。全句经修改后断为："今考费氏，季友有功封邑于费，后世即以为姓"。第 14 行载"有迁于江左江右者，有宦居于浙东浙西者"；句中"江左江右""浙东浙西"中，在"江左"与"浙东"后分别加一顿号。第 15 行载"卜宅新塘"后句号改逗号。

3. 卷首第 35 页第 1 行载"以仲虑公为始祖"后的逗号改分号；"静轩公"后加

逗号。第 3 行载 "明远、思岵、暨应阶、鹤年，皆端确士也。因修谱告竣，偕予姐丈王坚斋，来问序于予"。从 "明远" 前空两格，开始分段；"思岵" 后顿号可删除；第 4 行载 "因修谱告竣" 句不再分段，可直接上段；"偕予姐丈王坚斋" 后的逗号可删除；"不假托" 后加一句号；第 5 行载 "高才" 后的逗号可删除；"亮节" 后加一逗号；"藻不妄" 后句号可删除；"抒" 字后加一分号；"书无溢美" 后的逗号改为句号；"洵可信" 后的句号可删除；全句修改后断成 "不假托。高才亮节，藻不妄抒；懿德贞操，书无溢美。洵可信今传后，为费氏之世宝矣"。

4. 卷首第 36 页第 2 行载 "暨阳江山之秀" 后的逗号可删除；"甲于常郡" 后的句号改逗号；"新塘" 后的逗号删除；全句经修改后断成 "暨阳江山之秀甲于常郡，而梧塍、新塘尤为幽胜之区"。第 3 行载 "予莫逆交" 后的句号改逗号。第 8 行载 "应阶昆仲" 后的逗号可删除。第 11 行载 "以此信" 后的逗号删除；"可谓仁之至" 后的逗号亦可删除；全句修改后断成 "以此信今传后，可谓仁之至而义之尽矣"。第 12 行载 "静轩公" 后的逗号删除；"分居南北" 后的句号改逗号；全句经修改后断为："二世易轩公、静轩公分居南北，子孙繁衍，乐业安居"。第 13 行载 "秀者横经" 后的句号改为逗号；"迄今四百余年" 后的逗号改为句号；"乃必迟之" 后的句号删除；"又久" 后加一逗号；"至卫藩公" 后的逗号删除；全句修改后断成 "秀者横经，迄今四百余年。其间未尝无有志修明者，乃必迟之又久，至卫藩公倡之于前"。第 15 行载 "应阶、耀堂" 后加一逗号；"因族谱告竣" 后加一逗号；"寄来" 后加一逗号；"乞序于余" 后的句号改逗号；全句修改后断成 "应阶、耀堂，从余游者也。因族谱告竣，寄来乞序于余，故为之叙其略焉"。

5. 卷首第 37 页第 1 行的 "时" 字可删除。第 8 行载 "是以氏族" 后的逗号可删除；全句经修改后断为："是以氏族群推许史，谱牒仿自欧苏"。第 9 行载 "溯流风于尹姞" 后的句号改分号。第 10 行载 "诬其祖矣" 后的句号改分号；"狄青辞梁公画象"，"画象" 依文意当是 "画像" 之误；"君子韪之" 后加一句号；"礼尚" 后的逗号可删除；"有征" 后加一逗号。全句修改成 "崇韬拜郭令先茔，诬其祖矣；狄青辞梁公画像，君子韪之。礼尚有征，事原稽古"。第 13 行载 "盖自季友" 后的逗号删除；"肇姓鲁庭" 后的句号改分号；"缅伯萧之友爱" 后加一逗号；"荐弟" 后逗号删除；"王朝" 后加一分号；"泊元美之象贤" 后句号改逗号。第 14 行载 "勒碑家庙" 后逗号改句号；"至若晋代" 后的逗号删除；"则旗分五色" 后的句号改分号；"元和进士" 后的逗号删除；"吟诗" 后加一逗号；全句修改后断成 "盖自季友酬庸食采，肇姓鲁庭；仲虑讲让型仁，显名汉室。缅伯萧之友爱，荐弟王朝；泊元美之象贤，勒碑家庙。至若晋代参军赈饥，则旗分五色；元和进士吟诗，则居隐九华"。

6. 卷首第 38 页第 3 行载 "亦既修祠肇祀"，句末逗号改分号；第 4 行载 "务有征于先典"，句末句号改分号；"先敦孝友" 后加一分号；"规议十二则" 后的句号改逗号；"首重宗祠" 后的逗号改句号；全句修改后断成 "训垂廿二条，先敦孝友；

规议十二则，首重宗祠"。第6行载"乃者、丙寅之岁"，句中顿号可删除；第8行载"道在承家"后的句号改分号；"克扬骏烈于来兹"后的句号改分号。第11行的"时"字可删除。

7. 卷首第39页第2行载"谱系数十年一修"后的句号改逗号；"自族谊疏"后的逗号可删除；"而宗支涣"后的句号改逗号；"登高第者"后的逗号可删除。第3行载"视同姓如秦越"后的句号改为逗号；"附名门者"后的逗号删除；"少陵长"后加一顿号。第4行载"诚若是"后加一逗号；"殊失先王"后的逗号删除。这段修改后似应断为"从来世家钜族，谱系数十年一修，所以汇宗支，敦族谊也。自族谊疏而宗支涣，登高第者视同姓如秦越，附名门者赘华胄于朱张。势不至于少陵长、疏同亲，而茫然弃其本根不止。噫！诚若是，殊失先王反本收族之义矣"。第5行载"余秉铎澄江八年"后的逗号可删除；"于兹"后加一逗号；"稔知新塘费氏"后的逗号可删除；"费君椿龄"后的逗号可删除；此句修改后似应断为"余秉铎澄江八年于兹，稔知新塘费氏为斯邑望族。乙卯秋，费君椿龄持其家谱示余"。第6行载"其发源始祖曰"后的冒号可删除；"汉时拜梁相"后句号改逗号；"孝廉俊斋"后的逗号可删除；"由吴兴来占江籍。"句末句号改为逗号；全句经修改后断为："其发源始祖曰仲虑，汉时拜梁相，厥后名卿显宦，代不乏人。前明宣德年间，孝廉俊斋由吴兴来占江籍。"第7行载"人物挺秀"后的逗号改句号。第8行载"将先老诸公"后的逗号删除；"重为校纂"后的句号改为逗号。第9行载"吾族支派繁衍"，句首加前引号；"间有迁徙他方"后的句号改为逗号；"而今始访知者"后的逗号改为句号；全句经修改后断为："吾族支派繁衍，间有迁徙他方，前未入谱，而今始访知者。"第12行载"兹者，将付剞劂，谨呈稿，乞弁其首"。这句还是上段所述"椿龄之言"，不必分段，但句末要加后引号，以示此段话的结束；分段可从下句"余惟史贵信"开始；句首"兹者"后的逗号亦可删除；"悯流离也。"句末的句号改为分号。第13行载"其合乎先王"后的逗号可删除。第14行载"反本收族之义者"后的句号改为逗号；"费氏其由谱牒"后的逗号可删除；"而益兴孝弟之风乎"后的句号改为问号；全句经修改后断为："其合乎先王反本收族之义者，费氏其由谱牒而益兴孝弟之风乎？"

8. 卷首第40页第7行载"不外尊祖敬宗收族"。句中"尊祖""敬宗"后各加一顿号。第9行载"或于非其祖"后的逗号可删除。第10行载"或于非其族"后的逗号可删除；"其为谱"后的逗号可删除。全句经修改后断为："而世之为谱者，或于非其祖而托之为祖，虚矣。虚则诬。或于非其族而附之为族，混矣。混则乱。至于诬且乱，其为谱尚堪问哉？"第11行载"得以肇姓"后的逗号改为句号；"以前明俊斋公"后的逗号可删除。第13行载"老成凋谢"后的逗号改为句号；"上下数十年间"后的句号改为逗号。第15行载"既有志于辑谱"，句首"既"字，依文意疑为"即"之误。

9. 卷首第 41 页第 1 行载"矧在同族"后加一逗号；"异姓"后的逗号可删除；"尚联为同好"后的逗号改为分号；"矧在本支"后加一逗号；全句修改后成为："矧在同族，异姓尚联为同好；矧在本支，散失者多矣。"第 2 行载"抑且，"中的逗号可删除。第 3 行载"奚忍置诸度外"后句号改问号。第 4 行载"邀同阖族"后的逗号可删除；"命儿士俊"后的顿号可删除。第 5 行载"务令宗支昭穆"后的逗号可删除；"生卒葬配"后的逗号可删除；"核精注确"后的逗号改句号。第 8 行载"留以俟之"后的逗号可删除；"后日"后加一逗号；全句修改后成为"留以俟之后日，应亦可谅予之心乎"。第 9 行载"吾族之踊跃"后的逗号可删除；"从公"后加一逗号；"于兹"后的句号可删除；"可见"后加一句号；"庶几"后的逗号可删除；全句修改后断成："吾族之踊跃从公，于兹可见。庶几似续繁昌，人文蔚起。"第 10 行载"孝子悌弟"后的句号改分号；"成业发名"后的逗号改句号。第 11 行载"岂不幸甚"后的句号改问号。第 12 行载"不倩当代名公卿"后的逗号可删除；"椽笔铺张"后的句号可改为逗号。第 13 行的"时"字亦可删除。

10. 卷首第 42 页第 3 行载"甚至如籍谈之忘祖者"后的逗号可删除；"有之"后的句号改为逗号；"如崇韬之谓他人祖者"后的逗号可删除。全句经修改后断为："甚至如籍谈之忘祖者有之，如崇韬之谓他人祖者有之"。第 5 行载"吾族自季友"后的逗号可删除。第 7 行载"虽美勿彰"后的句号改为分号；"虽盛勿传"后的逗号改为句号。第 8 行载"其何以对先人乎"后的句号改问号。第 10 行载"展卷览之"后的句号改为逗号；"孝弟之心"后的逗号删除。第 12 行的"时"字可删除。

11. 卷首第 43 页第 2 行载"莫不洪源于往诂"，句中"洪源"之前，据原文脱一"辉"字；原文是"莫不辉洪源于往诂，焕列祖于前经"。第 3 行载"摘芯必识其根"，句中"芯"字，依文意疑是"蕊"之误；旧谱原文作"蕋"，是为"蕊"的异体字，但它与"芯"字形、音、义皆不同，不可混淆。第 5 行载"何则"后的逗号改问号；"国史所纪"后应加一逗号。第 7 行载"所以示天下"后的逗号可删除。第 10 行载"谨于小"后加一逗号；"其体例"后的逗号可删除；"虽宽"后加一逗号；"而格甚严"后加一分号；"慎于微"后句号改为逗号；全句修改后断成："谨于小，其体例虽宽，而格甚严；慎于微，其条目虽繁，而注实细。"第 11 行载"画线分支"后的逗号改为分号。第 14 行载"费公俊斋"后的逗号可删除。

12. 卷首第 44 页第 5 行载"担务之余"，此处文意与上段相连，不宜分段，直接前段即可。第 7 行载"正与经云"后的逗号可删除，"经"应加上书名号；"永言孝思"句首加上前引号；"诒厥孙谋"句末加上后引号；全句经修改后断成："正与《经》云'永言孝思，诒厥孙谋'之道相合。"第 9 行的"时"字可删除。

13. 卷首第 53 页第 4 行载"孝廉俊斋公"后的逗号可删除；"若碑文、若遗像、若世表、"中的顿号均改为逗号。第 5 行载"蔚乎隋卞之珍也"，句中"隋卞"之间加一顿号；"迨南北分居"后加一逗号；"迄今"后的逗号可删除；"其不可无谱以统之也"后的逗号删除；经修改后，此句可断成："蔚乎隋、卞之珍也。迨南北分居，迄今瓜绵瓞衍，其不可无谱以统之也明矣"。第 6 行载"昔五世祖"后的顿号删除；"思洲公"后加一逗号；"谓"字后的逗号可删除；"我祖安素公"后的逗号改冒号；"吾族宗谱事"句首加一前引号；"子其图之"句末加一后引号；"岂意安素公始"后的逗号可删除；"而菲烽频患"后的句号改逗号；"既而"后的逗号删除；全句经修改后断成："昔五世祖思洲公，谓我祖安素公：'吾族宗谱事，子其图之'。岂意安素公始而菲烽频患，既而从事空王，后以命吾伯恭友公"。第 7 行载"续其订纪"，其中"订记"依文意疑为"可记"之误；"集南北支"后的逗号可删除。全句经修改后断为："续其可纪。集南北支汇成一帙"。第 8 行载"旋即谢世"后的句号改为逗号。第 9 行载"不克任事"后的句号改为逗号。第 10 行载"不轻委诸草莽"后的句号改为分号；"而承前启后"下的逗号改为顿号。全句经修改后断成"庶祖德宗功，不轻委诸草莽；皇封紫诰，可有望于来兹。而承前启后、敦本睦族之道，胥于是乎在"。

14. 卷首第 54 页第 2 行载"我费氏自汉仲虑公"后的逗号可删除。第 4 行载"出赘远方者"后的逗号改为分号；"使无谱以联属之"后的句号改为逗号；"恐他日"后的逗号可删除；"子孙茫无考据"后的句号改为逗号；"并有袭祖讳"后的逗号可删除；"而莫知所避"后的句号改为逗号；"记父字"后的逗号可删除；"而不识其名"后的句号改为逗号；全句经修改后断成："然或有迁徙他乡者，出赘远方者；使无谱以联属之，恐他日子孙茫无考据，并有袭祖讳而莫知所避，记父字而不识其名，询以先世箕裘，懵然罔觉耳。"第 7 行载"详配适"后的句号改逗号；"诗文"后的顿号改为句号；"罄余"后的句号可删除；全句经修改后断为："详配适，记葬茔，录传赞、诗文。罄余一片苦心，历年誊定，以成兹帙。"第 11 行载"无负始祖"后的逗号可删除。第 12 行的"时"字可删除。

15. 卷首第 55 页第 2 行载"生人报反之义"后的句号可删除；"彰"字下加一分号；全句经修改后断成"尝闻水源木本，生人报反之义彰；祖德宗功，世次昭穆之规备"。第 3 行载"系我费氏"后的逗号可删除；"溯源"后加一逗号；"汉世"后的逗号可删除；"拜梁相"后的逗号可删除；"仲虑公讳汛"后的逗号一并删除；全句经修改后断成："系我费氏溯源，汉世拜梁相仲虑公讳汛为始祖。"第 4 行载"山乌程而寓金陵。"句首"山"，字，依文意当为"出"之误；句末句号应改为逗号。第 7 行载"则新塘支派"后的逗号可删除；"童幼何知"后的句号改为逗号；"世亦阅人"后的逗号改为句号；"老成凋谢"后的句号改为逗号。第 9 行载"大邦以道重"后的逗号可删除；"伦常"后加一逗号；"情"字后的逗号可删除；全句经修改后断为："大邦以道重伦常，情殷骨肉。"第 10 行载"今可记者"，句中"记"字，依文意疑为"纪"之误；"敢曰"后的冒号可删除；句末惊叹号改为逗号。全句经修改后断为："敢曰无罪于宗人哉，"

16. 卷首第 56 页第 2 行载"自有虞氏"后的逗号可删除。第 3 行载"成周氏小史"后的逗号可删除;"掌之"后加一逗号;"估观于陵里之孝"后的逗号可删除;"谨"字后加一逗号;"以石著"后加一分号;"太邱之德"后的逗号可删除;"教"字后加一逗号;"以陈著"后加一分号。第 4 行载"河东之礼"后的逗号可删除;"让"字后加一逗号;"以柳著"后加一句号;"知化"后的句号可删除;"起一家"后加一逗号;"浸为风俗"中的"浸",原文作"寖"。全句经修改后断为:"成周氏小史掌之,奠系世,辩昭穆,典诚至重。然观于陵里之孝谨,以石著;太邱之德教,以陈著;河东之礼让,以柳著。知化起一家,寖为风俗,非仅一族之事也"。第 5 行载"钟早岁"后的逗号可删除;"吾祖俊斋公",句首应加一前双引号;句末逗号可删除。第 6 行载"支流日繁"后的逗号可删除;第 7 行所述仍是"先君子"的话,不可另作一段,应直连上段;"与苏氏作图谱例"后的逗号可删除;"则"字后应加一逗号;"是不可独吾二人为之,天下俱不可无也",全句应加上单引号;"今奈何独吾族无之耶。"句末句号改为问号;第 8 行载"当在儿辈矣",句末应加一后双引号;"钟志不敢忘","志"字后脱一"之"字;全句经修改后断成:钟早岁侍先君子左右,尝闻先君子曰:"吾祖俊斋公,自前明宣德庚戌来江,垂四百年矣。支流日繁而谱牒未修,诚缺典也。昔欧阳公表宰相,与苏氏作图谱例则,曰:'是不可独吾二人为之,天下俱不可无也。'今奈何独吾族无之耶?然肩斯责者,当在儿辈矣。"钟志之不敢忘。第 9 行载"偶于族兄邦宪家"后的逗号可删除;"得南分谱稿"后的句号改为逗号。第 10 行载"内载屯骑司马"后的逗号改为顿号;"仲虑公"后的逗号可删除。全句经修改后断为:"内载屯骑司马、拜梁相仲虑公为始祖"。第 11 行载"南分谱稿"后的逗号可删除。第 12 行载"安在与"后的句号改为问号。第 14 行"偕侄思峈与静山"后之逗号可删除;"静山持谱稿示予"后的逗号可删除;"此俊斋公所遗"句首应加一前引号。第 15 行载"而侄谨所录也",句末应加一后引号;"不胜喜跃"后的句号改逗号;"始祖所自出"后的逗号可删除;"其彰彰可考哉"后应加一后引号;全句经修改后断为:"展阅之,不胜喜跃,恍然曰:'始祖所自出固如是,其彰彰可考哉。'"

17. 卷首第 57 页第 2 行载"则世系有图"后的逗号改分号。第 4 行载"以仲虑公以下"后的逗号可删除;"三十余世"后的句号改逗号。第 5 行载"列名爵"后应加一逗号;"世次"前疑脱一"明"字;"溯其源也"后的句号改分号;"以俊斋公以下"后的逗号可删除;"分南北"后的句号亦可删除;全句经修改后断成:"以仲虑公以下三十余世,列名爵,明世次,冠于首,溯其源也;以俊斋公以下十五六世,分南北,立系图,详世表,宗其近也。"第 6 行载"俾后世子孙"后的逗号可删除;"由亲联疏"后的句号改为逗号。第 8 行载"钟也"后的顿号可删除。第 10 行的"时"字可删除。

18. 卷首第 58 页第 2 行载"人心之所以安也"后的句号改为分号。第 3 行载

"计无所出"后加一逗号。第4行载"棉弥贵而布贱"后的逗号可删除;"难消"后加一逗号;"纺织"后的逗号可删除;"既无所利"后的句号改为分号;"米益胜"中的"胜"应是"腾"之误;"囊橐为之长空"后加一句号;"在"字后的句号可删除;"既乘机而汹汹相争"后的句号改为分号;全句经修改后断成"棉弥贵而布贱难消,纺织既无所利;米益腾而糵虚莫继,囊橐为之长空。在梗顽之辈,既乘机而汹汹相争;即良善之人,亦计日而嗷嗷待哺"。第7行载"我费氏"后的顿号可删除;"丁有数千口"后的句号改为逗号。第8行载"所幸连年积谷"后加一逗号;"稍有余粮"后的逗号改为句号;"原只敷葺祠修谱之用"后的句号改为逗号。第9行载"免向他人而加利"后的句号改为分号;全句经修改后断为:"所幸连年积谷,稍有余粮。原只敷葺祠修谱之用,奈因时势之艰,权议周急之策。以借为资,免向他人而加利;将新抵旧,弗致借贷之无门。其稍可筹画者,当想推情;即理合剖分者,亦宜如是。"第10行载"所望族人"后的逗号可删除。第11行载"安分守命"后的句号改为逗号。第12行载"是则"后的逗号可删除;"而愿与族众相约之意"后的句号可删除。第13行的"时"字可删除。

19. 卷首第59页第2行载"自古世家钜族"后的逗号可删除;"有氏族而无谱牒"后的句号改为逗号;"谱牒之作"后的逗号可删除。第3行载"岳武穆称之为'至宝'"后应加一逗号。第4行载"或矜家世"后的逗号可删除;"攀附则诬其祖"后的句号改为分号;"或资赠遗"后的逗号可删除。全句经修改后断为:"或矜家世而妄为攀附者有之,攀附则诬其祖;或资赠遗而苟且混淆者有之,混淆则乱其宗"。第5行载"尚可信今"后的逗号可删除。第7行载"新塘始祖俊斋公"后的逗号可删除;"携来谱系"后的句号改为逗号。第8行载"业经介明、静山诸前辈"后的逗号可删除;"又经从祖稼轩公"后的逗号可删除。第9行载"凡四阅春秋"后的逗号可删除。第10行载"则瓜瓞绵延"后的逗号可删除;"末由考据"后应加一逗号;句首的"末",依文意疑是"未"之误;"不几"后的句号可删除;"相逢如陌路之人乎"后的逗号改为问号;"况流寓他乡者"后的句号改为逗号。第11行载"袭祖名"后的逗号可删除;"而罔知忌讳"后的句号改为分号;全句经修改后断为:"若不重加修辑,则瓜瓞绵延未由考据,不几令同气连枝,觌面无尊卑之别,相逢如陌路之人乎?况流寓他乡者,袭祖名而罔知忌讳;迁居异地者,述先德而畴忆箕裘。"第12行载"从父练斋公"后的逗号可删除;"曾为草修一次"后的句号改为逗号;"质斋公"后的逗号可删除。第13行载"赖从兄伟元"后的逗号可删除;"起而续成之"后的句号改为逗号;"又未及付梓"后的逗号可删除;"观厥成也"后的句号改为逗号。第15行载"是役也",句首加一前引号;"非浅见寡闻者"后的逗号可删除;"实所难辞"后的逗号改为句号,并在句末加上后引号;全句经修改后断为:"是役也,非浅见寡闻者所能胜任也。然揆之于分,实所难辞。"

20. 卷首第60页第1行载"暑寒无间",句后的逗号改为分号;"务使家支缕析"

中的"家支"，依文意疑为"宗支"之误。第2行载"昭穆条分"，句后的逗号改为句号；"生卒葬配"后的逗号可删除；"详于表者"后的句号改为逗号；"考核维严"后的逗号改为分号，"维严"疑是"惟严"之误；"传序、志铭、"句末的顿号皆删除；"俾后世子孙"后的逗号可删除；第3行载"开卷了然"，句后的句号改为逗号；"咸知攀附之。非因亲及疏"，句中"附之"后的句号可删除；"非"字后加一分号；全句经修改后断成"生卒葬配详于表者，考核惟严；传序志铭列诸类者，阐扬勿替。俾后世子孙开卷了然，则由近追远，咸知攀附之非；因亲及疏，允绝混淆之弊"。第9行载"有谱而分者始"后的句号删除；"萃"字后加一分号；"年深"后的逗号可删除；"则事逸"后的句号改为逗号；"增辑而逸者"后的逗号可删除；全句经修改后断成："族盛则流分，有谱而分者始萃；年深则事逸，增辑而逸者当留。"第10行载"孝思安在"后的句号改为问号。第11行载"转徙无常"后的句号改为分号。第12行载"苏氏必推谱之功"后的句号改为分号。第14行载"系我费氏"后的逗号可删除；句首"系"字，原文作"繫"，这是个语气词，是"惟"的意思，不管是形、音、义均与"系"不同，不可混用；"宗派"后加一逗号；"四百余载"后的逗号可删除；"递衍云礽"后的句号改为逗号；"嘉庆十有三年"后的逗号可删除；全句经修改后断成"繫我费氏宗派，四百余载递衍云礽，嘉庆十有三年纂成谱牒"。第15行载"应偕公"后的顿号可删除。

21. 卷首第61页第2行载"入祠共荐"后的逗号可删除；"蘋蘩"后应加一逗号；"弥动"后的逗号可删除；"葛藟河漘之感"后的句号改为分号；全句经修改后断为"入祠共荐蘋蘩，弥动葛藟河漘之感；访墓惟凭碑碣，遍历荒烟蔓草之区"。第3行载"阐幽表微"后加一逗号；"善必登"后的逗号可删除；"而艺必录"后的句号改为分号；"绝者续"后的逗号可删除；全句经修改后断成："阐幽表微，善必登而艺必录；订讹补缺，绝者续而疏者联。""既穷源以竟委"后的逗号可删除；"滥冒胥捐"后的句号改为逗号；"复派别"后的逗号可删除；全句经修改后断为："既穷源以竟委滥冒胥捐，复派别而分支有条不紊"。第4行载"迁乔者"后的逗号可删除；"无伤繁衍于椒聊"后的句号改为分号；"聚庐者"后的逗号可删除；全句经修改后断成："迁乔者流长源远，无伤繁衍于椒聊；聚庐者食德服畴，咸切敬共于桑梓"。第5行载"数十世重新谱帙"后的逗号改为分号；"龄诵清芬"后的逗号可删除；"而恐坠"后的句号改为逗号；"夙期祖武之绳"后的逗号改为分号；"诹日以观成"句，疑原文脱一字；全句经修改后断成："龄诵清芬而恐坠，夙期祖武之绳；诹日以观成，敢借族人之助。"第11行载"先人已往"句，依文意"已往"为"已往"之误；"食旧德者无穷"后的逗号改为分号。第12行载"小子何知"后的句号改为逗号；"仰遗型者"后的逗号可删除；"有自"后加一句号；"此世系之"后的逗号可删除；"不敢不明"后的句号改为逗号；全句经修改后断为："小子何知，仰遗型者有自。此世系之不敢不明，而家乘之不能不续也。"第13行载"盖以我费氏宗谱"后的逗号可删除；"大父未藏厥功"后的句号改为逗号。第 14 行载"展卷何堪卒读"后的句号改为问号；第 15 行载"几至败公"后的逗号改为分号；"奚由谢罪"后的句号改为问号；全句经修改后断为："儿真不肖，几至败公；事苟无成，奚由谢罪。"

22. 卷首第 62 页第 1 行载"敢云"后的冒号可删除。第 3 行载"岂可使绦绳终断，缥帙就残。"句末的句号改为问号；"盍持三寸"后的逗号改为句号；"不同浅鲜"后的句号改为分号。第 4 行载"不皆上考"后的逗号改为分号；第 5 行载"岂尽名流"后的句号改为问号；"已是特书"后的句号改为分号；"何堪累牍"后的句号改为问号。第 6 行载"徒工附会"后的句号改为分号；"莠苗显判"后加一逗号；"宗支"后的逗号可删除；"岂梼杌之书"后的句号改为分号。第 7 行载"族属非董狐之任"后的逗号改为句号；"更端以数"后应加一逗号；"流弊"后的句号可删除；"如斯"后应加一逗号；"率尔涂雅，将毋画虎"后的句号改为逗号；"谁能追潘陆之踪"后的逗号改为顿号；"接韦陶之踵乎"后的句号改为问号；全句经修改后断成："更端以数，流弊如斯，率尔涂雅，将毋画虎，谁能追潘陆之踪、接韦陶之踵乎？"第 9 行载"时挟其难"后的逗号改顿号。第 10 行载"觏缕陈之"后加一句号；"首"后的逗号可删除；"执两端"后加一逗号；"传仿苏"后的句号可删除；"修"后加一句号；全句经修改后断为："谨就诸父诸兄之意，觏缕陈之。首执两端，曰表曰传。表遵欧式，传仿苏修"。第 11 行载"卅五世"后的逗号可删除；"本本源源"后的句号改为分号；"十八代"后的逗号可删除；全句经修改后断为："大宗则始汉梁相，卅五世本本源源；小宗则始明孝廉，十八代绳绳继继。"第 12 行载"题曰：'世系图表'"后加一逗号；句中冒号可删除。第 13 行载"而鲁壁古文，一蟫莫辩"后的句号改为分号；"河间真本，三豕传讹"后的逗号改为句号；全句经修改后断为"而鲁壁古文，一蟫莫辩；河间真本，三豕传讹。"第 14 行载"曰贤达、曰忠义、曰孝弟、必提其要。曰行谊、"句中的顿号全改为逗号；第 15 行载"曰文苑、曰艺术、"句中顿号全改为逗号。

23. 卷首第 63 页第 1 行载"笔录"后的顿号改为逗号；"题曰"后的冒号可删除；"分类纪实"后加一逗号。第 2 行载"长销典册之光"后的句号改为分号；"宅徙舟沉"后加一逗号；"易丧"后的逗号可删除；"球图之宝"后加一句号；"存者寡矣"后的句号改为逗号；全句经修改后断为："大抵火余兵后，长销典册之光；宅徙舟沉，易丧球图之宝。存者寡矣，寔其然乎。"第 4 行载"若夫"后的顿号可删除；"族规"后的顿号改为逗号。第 5 行载"庙貌犹存"后的句号改为逗号；"苔侵古墓"后的句号改为逗号；"犹有复见之时"后的句号改为分号；第 6 行载"不作古邱之感"后的逗号改为句号；全句经修改后断为："庶几汉官仪制，犹有复见之时；晋代衣冠，不作古邱之感。""历千载而不磨"后的句号改为逗号；"持全书之在"后的逗号可删除；"笥耳"后加一句号；"要之先绪"后的句号可删除；"谨承"后加一逗号；"旧章"后的逗号可删除；"是率"后加一逗号；"情深"后的句号可删除；"敦睦"后加一逗号；"义取阐扬"后的逗号改为句号；全句经修改后断为："历千载而不磨，持全书之在笥耳。要之先绪谨承，旧章是率，情深敦睦，义取阐扬。"第7行载"曷嫌于累百累千"后的逗号改为分号；"惟原始以要"后的逗号可删除；"终"字后加一逗号；"第戒夫"后逗号可删除；全句经修改后断为："洵同条而共贯，曷嫌于累百累千；惟原始以要终，第戒夫勿三勿二。"第8行载"何容依附"后加一分号；"人第"后的句号可删除；全句经修改后断为："我曾观狄相告身，何容依附；人第拜汾阳旧陇，不许攀援。""未尝轻拓肤词"后的句号改为分号。第9行载"皆属过情"后的句号改为分号；"类多谬理"后加一句号；全句经修改后断为"倘谓左氏纪家人之事，皆属过情；班公叙门内之书，类多谬理。""信"字后的句号可删除。第10行"用敢报竣事于前人"后的句号可删除；全句经修改后断为："信难免贻讥于大雅，用敢报竣事于前人云尔。"第11行的"时"字可删除。

24. 卷首第64页第2行载"矜乘风破浪之雄"后应加一逗号；"矢"字后的逗号可删除；"破釜乘舟之志"中的"破釜乘舟"，依文意疑为"破釜沉舟"之误。全句经修改后断为："矜乘风破浪之雄，矢破釜沉舟之志。"第3行载"必达其保种之目的"后的句号可删除。第4行载"而后已"后加一句号；"而后已"依文意疑为"而后已"之误；全句经修改后断为："必达其保种之目的而后已"；"志愿"后的逗号可删除。第5行载"势必至骨肉如路人"后的逗号改为句号；"乌能合天下之群"后的句号改为问号；"且也"后的顿号可删除；"万里之江"后的逗号可删除；"始于涓滴"后的句号改为逗号；"千仞之岭"后的逗号可删除。第6行载"基于尘埃"后的句号改为逗号；"千里之行"后的逗号可删除；"始于跬步"后的句号改为逗号；"九族之初"后的逗号可删除；"谓他人昆"后的逗号可删除。全句经修改后断为："然以路人为骨肉，势必至骨肉如路人。不能合一族之群，乌能合天下之群？且也万里之江始于涓滴，千仞之岭基于尘埃，千里之行始于跬步，九族之初肇于一身。从未有谓他人昆，谓他人昆即可讲保种也"。第8行载"惟然敬宗收族，真务本之道矣"句应归于上段，分段从"古者三十年为一世"开始；"苏允明以三十年不修谱"后的逗号可删除。第9行载"不修何以知陇"后的句号可删除；"罔"后应加一问号；此"罔"依文意疑为"冈"之误；"不修何以知年月"后的句号改为问号。第10行载"不修何以知履历"后的句号改为问号；"不修何以知词章"后的句号改为问号；"不修何以显清芬"后的句号改为问号。第11行载"不修何以知姓氏"后的句号改为问号；全句经修改后断为："祖宗之卒葬，不修何以知陇冈？孙子之孳生，不修何以知年月？新贵达官，不修何以知履历？骚人墨客，不修何以知词章？男怀屈子之诚，女抱螺姬之烈，不修何以显清芬？东床之妙选，南国之贤媛，不修何以知姓氏？"第12行载"三修于光绪己卯"后的逗号改为句号。第15行载"无一长之足"后的逗号可删除；"录"字后加一顿号；全句经修改后断为："无一长之足录、一善之可称。""自经始"后的逗号可删除;"惟公等是赖"后的句号改为逗号;"声何力之有焉"后的句号改为问号。全句经修改后断为:"自经始迄告成,惟公等是赖,声何力之有焉?"

25. 卷首第 65 页第 1 行"首"字后的顿号可删除;"次"字后的顿号可删除;"又次"后的顿号可删除。第 2 行两个"又次"后的顿号皆可删除。第 3 行"又次"后的顿号可删除;"应有者"后的逗号可删除;"不溢美"后的句号改为逗号;"应无者"后的逗号可删除;"不谗言"后的句号改为逗号;"应变更者"后的逗号可删除。第 4 行"因时制宜"后的句号改为逗号;"应遵守者"后的逗号可删除;全句经修改后断为:"首列朝诰敕,重君恩也。次祖训图像,昭世守也。又次先世志传,述祖德也。又次诗文及族规,存手泽也。又次世系图表,志仲虑公以下,左昭右穆,有条不紊也。又次分类纪实,扬先烈而昭贤德也。应有者不溢美,应无者不谗言,应变更者因时制宜,应遵守者率由旧章。"第 5 行载"爰弁简端"后的句号可删除;"以志吾过,且族功人"句应加上引号;句中"族"字依文意疑是"旌"字之误。第 6 行"时"字可删除。

26. 卷首"大宗世系图"第 117 页载第三十二世友常,三十三世广成,三十四世荣祖、荣迪,并在荣祖名下注"江西广信铅山横林支"。卷首"世系表"第 239 页亦载"荣祖,广成长子,江西广信铅山横林支;荣迪,广成次子。广成,友常子。友常,革子。革,登子。登,(213 页)衮长子。衮,铉长子。铉,肃长子。肃,咸长子。咸,献可长子。(183 页)献可,宗旦次子。宗旦,永言长子。永言,泉次子。泉,承嗣子。承嗣,昇子。昇,(162 页)球子。球,维允子。维允,显之长子。显之,昶次子。昶(156 页),彩子。彩(142 页),邱子。邱,寰长子。寰,珆长子。珆,鈇子。鈇,谘长子。谘,颎长子。颎,扃长子。扃,慈长子。慈,罋长子。罋,晫长子。晫,翁长子。翁,玏次子。玏,政长子。政,汛次子"。以费汛为浙江吴兴费氏第一世,至费友常为第 32 世。这与湖北阳新费氏宗谱所记以伯益为一世,费汛为第 84 世,至丙二(亦称是迁播江西铅山的本二公费有常)为第 135 世,其间相隔 52 世;且从费汛之子开始,名讳全然对不上号。而《铅山鹅湖横林费氏宗谱》对始迁祖本二公费有常的记载却是"不知所自,不知所终",与此二说大相径庭。又谱中卷首第 190 页"世系表"中还记费赞次子费右迁锡山,费右之子费禾"迁居江西广信之铅山",并称费禾是"宋举人,福建光泽知县"。这样就把铅山费禾这支费氏宗人也列入了浙江吴兴费氏之后。而铅山范坞《九鲤堂费氏宗谱》却尊费袥为远祖,称袥十九世孙文珍公于四川成都府成都县龙头山铁树井,宋理宗时徙居信州铅山九鲤堂创业,后被洪水冲崩,分居他地。其子时名,字均闻,行千一,生五子,费禾即其第三子,字耕道,行省九,宋嘉定癸酉科举人,任弋阳县尉,其父、祖及子的名讳与江阴费氏宗谱所载皆不同。近年在上饶发现出土一宋代石碑,是铅山九鲤堂费时登及其妻杨氏的墓志铭碑,其卒于宋嘉熙二年(1238),碑成于宋淳祐元年

（1241），碑文中称其父是费文珍，祖父是费智承，曾祖父是费德照，并无费赞、费右的记载，且记其族当时已在铅山"繁衍且数百年"，这与费宏在其著作《费处士行状》中所记铅山费氏是"五季之乱"从四川迁铅山相吻合，也足证江阴宗谱所载之不确。更加令人费解的是，澄江费氏始迁祖费彦文在明宣德初年（约1426）由浙江吴兴迁居江阴，"携来之谱遭兵燹失散"，至三百七十多年后的清嘉庆十三年（1808）才首修宗谱，这几百年的记载肯定不是第一手资料；且铅山两支费氏迁徙均在江阴费氏之前近百年以上，对此记载的准确性前述已证其有误，故其真实性亦当存疑。费氏在全国虽是小姓，在经过几千年的繁衍，尤其是历经战乱、灾害、世事变迁后，宗支散发，居于神州各地；加之历史上交通、讯息闭塞，要想完整、准确理清宗支序脉，几乎是不可能的事。阳新、江阳二谱所载"世系表"，多有不同，一二百代、几千年的宗支传承，一表怎能尽收？且表中只是列举了历代几个代表人物而已，不成系统，传承紊乱，不可能真实地反映整个费氏的情况。愚以为还是应当避免做这种勉强之事，断之已知的确信，研究未知的传闻，宁缺毋滥，待有确证后再行定夺，方能不牵强附会、愈理愈乱。

27. 卷1第1页第3行载"黍列其间"，依文意"黍列"当为"忝列"之误；"忝列"是一谦词，"黍列"则不能解其义。第4行载"修百代昂藏"，据多种辞书解释，"昂藏"是指人的仪表雄传，高峻、轩昂；或指山的高峻；或指书法劲道；此处用来指称宗谱，恐不太贴切。第11行载"本届为六次续修"，据该谱中所载，"《澄江费氏宗谱》肇修于清嘉庆戊辰（1808），后历四次续修：咸丰乙卯（1855）、光绪己卯（1879）、宣统辛亥（1911）、民国甲申（1944）"。由此可见，2012年之续修，是第五次续修，这里误成了"六次续修"。第13行载"我费氏，为夏禹之后，自东周季友，因功于朝，封邑于费（今山东临沂费县一带），得以肇姓"。这里是尊季友为始祖，据《史记》卷33"鲁周公世家"，季友是鲁桓公三子，封于费。鲁国是周公的封国，据《史记》卷4"周本纪第四"，周始祖后稷是炎帝神农氏之后。《史记》卷2"夏本纪第二"载，夏禹是帝颛顼之后，是黄帝之后。如称江阴费氏是季友之后，就不能称是"夏禹之后"，而应称是炎帝之后。如同铅山费氏宗谱称伯益为始祖，据《史记》卷5"秦本纪第五"，伯益（即大费）是帝颛顼之后，似可称夏禹之后。第2页第13行载"彦文公开基澄江六百余载"，据谱中多篇序文中称，彦文公是在明宣德五年（1430）迁居江邑的，要至2030年才满六百载，故2012年续修时只能称"五百余载"或"近六百年"，不能称"六百余载"。第5页第11行在谈到此次修谱成功时称"其事岂不美哉？其功岂不浅鲜哉！""浅鲜"是微薄的意思，这里连用两个"岂不"的反诘句式，用以加强反诘语气，表示肯定："岂不美哉"就是美；"岂不浅鲜哉"就是浅鲜。前一个"岂不"是用对了，这后一个"岂不"是用错了，依文意应是"岂浅鲜哉"。

28. 卷19第1页第3行载"梁相讳汜"后的顿号应改为逗号。第4行载"至梁父君，以孝友至行闻于乡邑。"句中"至梁"后加一逗号；"父君"后的逗号可删除。第 5 行载"仕更郡右蹇，鄂质直在。公履法察孝廉，除郎中，屯骑司马，迁萧县令。"句中"仕更郡右"后加一逗号；"蹇"后的逗号可删除；"鄂质直"后加一逗号；"在"后的句号删除；"公履法"后加一逗号；"除郎中"后的逗号可删除；全句经修改后断为："至梁，父君以孝友至行闻于乡邑。仕更郡右，蹇鄂质直，在公履法，察孝廉，除郎中屯骑司马，迁萧县令。"第 6 行载"百姓风行"后的句号改为逗号；第 7 行载"祯祥感应"后加一句号；"时沛"后的句号可删除；"有蝗"后加一逗号；全句经修改后断为："三年不断狱，祯祥感应。时沛有蝗，独不入界，由此显名。"第 8 行载"国以状闻"，不必分段，可直接上段；"不帅自正"后的逗号改为句号；"当登台阶"后的句号改为逗号。第 10 行载"凤由宰府"后的逗号可删除。第 12 行载"右汉故梁相费君之碑"，句首加一前双引号；"堂邑令凤，"后的逗号改为顿号。第 13 行载"九江太守"后的逗号可删除；全句经修改后断成："费君名汛，堂邑令凤、九江太守政之父也"；"碑载费君二子"后的逗号可删除；"故其铭有穆穆显祖之句"，句中"穆穆显祖"加上单引号。第 14 行载"孝孙字元宰"，句首加一前单引号；"蓬首斩哀杖"后加一后单引号；"则凤之子"后的逗号可删除；"乃九江太守之子"后的句号改为顿号。第 15 行载"得凤一金之产者"后的逗号改为句号；全句经修改后断为："碑载费君二子所终之官，此盖其系钧所立，故其铭有'穆穆显祖'之句。凤碑云：'孝孙字元宰，生不识考妣，追维厥祖恩，蓬首斩哀杖'，则凤之子已早亡。此所谓钧，乃九江太守之子、得凤一金之产者。""左传鲁僖公赐"后的逗号可删除，"左传"加上书名号，"鲁僖公赐"句首加前单引号；"季友汶阳之田"后的句号改为逗号，句末加后单引号；"及费碑作季文误之"，"季文"加上单引号，并在后加一逗号；"误之"据原文是"误也"之误；句末加一后双引号；全句经修改后断成："《左传》'鲁僖公赐季友汶阳之田'。及费碑作'季文'，误也。"

29. 卷 19 第 2 页第 2 行载"在湖州"后的句号改为逗号；"《汉故相费君之碑》"后加一句号；"梁相"前加前双引号。第 3 行载"其先季友"后的逗号可删除；"为鲁大夫"后的句号改为逗号；"遂留家矣"后加一后双引号。第 4 行载"姓苑云"，"姓苑"加上书名号；"费氏禹后"，句首加一前双引号；"汉有长房"后的句号改为逗号；"蜀志有丞相祎"后加后双引号，"蜀志"加书名号；全句经修改后断为："《姓苑》云：'费氏禹后，汉有长房，《蜀志》有丞相祎'。"第 5 行载"又云：今琅琊，"句中的逗号可删除，前加前双引号；"音父位反"后加一句号，句末加后引号；"李利"后的句号删除；"涉编古命氏云"，"编古命氏"加上书名号；全句经修改后断成："又云：'今琅琊亦有此姓，音父位反'。李利涉《编古命氏》云："费氏出自鲁桓公少子季友"，句首加一前双引号。第 7 行载"汉有费将军"，此处以下整段都不需分段，可直接上段；"忠之孙"后的逗号可删除；第 8 行载"晋平蜀"后加一逗号；"祎之子"后的逗号可删除；"仍归江夏"后加一后双引号；全句经修改后断为："晋平蜀，祎之子仍归江夏"；"林宝元和姓纂云"，句中"元和姓纂"加上书名号；"费氏亦音秘"，句首加上前双引号；"史记纣幸臣费仲"，句中"史记"加上书名号。第9行载"夏禹之后"后的逗号改为句号；"晋有诗"后加上后双引号；"琅琊费氏，直之后也。"前后加上引号。第10行载"费氏音蜚，夏禹之后。"前后加上引号。全句经修改后断为："《姓苑》云：'费氏禹后，汉有长房，《蜀志》有丞相祎'。又云：'今琅琊亦有此姓，音父位反'。李利涉《编古命氏》云；'费氏出自鲁桓公少子季友，有勋于社稷，赐汶阳之田，封邑于费，子孙氏焉。汉有费将军，其后有费忠、费柔。柔适蜀，为宁蜀人。忠之孙徙于荆州，后迁江夏。忠十代孙亦，亦孙祎，又家于蜀。晋平蜀，祎之子仍归江夏。'林宝《元和姓纂》云；'费氏亦音秘。《史记》纣幸臣费仲，夏禹之后。楚有无忌，汉有直，蜀有祎，晋有诗'。又云：'琅琊费氏，直之后也。'陈湘林云：'费氏音蜚，夏禹之后'。"第11行载"史记所载"后的逗号删除，"史记"加上书名号。第12行载"费仲"后加一逗号；"楚"后的顿号可删除；"费无忌"后的句号改为逗号；全句经修改后断为："《史记》所载费昌、费仲，楚费无忌，汉费将军、费直、费长房、祎之徒，是其后也。"第13行载"姓氏所载"后的逗号可删除，"姓氏"加上书名号；"即此碑所谓"后的逗号删除；"梁相费君"后加一逗号；"姓苑、姓纂、姓林、"各加上书名号，"姓林"后的顿号可删除；"皆云夏禹之后"，句中"夏禹之后"加上引号；全句经修改后断为："《姓氏》所载琅琊费氏，即此碑所谓梁相费君，是其后也。然则，《姓苑》《姓纂》《姓林》皆云'夏禹之后'。"第14行载"姓纂又云"，句中"姓纂"加上书名号，"又云"后的冒号可删除；"亦音秘"前后加上引号；"及谓琅琊费氏，"句末逗号可删除；"琅琊费氏"前加前引号；"为直之后"后的句号改为逗号，句末加后引号；"皆其差误"后的逗号改为句号；"而编古命氏"后的逗号可删除，"编古命氏"加上书名号；"以费将军"后加一顿号；"费祎之徒"后的逗号可删除；全句经修改后断为："《姓纂》又云'亦音秘'，及谓'琅琊费氏为直之后'，皆其差误。而《编古命氏》以费将军、费祎之徒出于鲁季友，亦非也。"

30. 卷19第3页第1行载"余又按春秋"，句中"春秋"应加上书名号；"僖公赐季友"后的逗号可删除；"而左传"后的逗号可删除，"左传"加上书名号。第2行载"今以为季友有功封费者"，句中"友"，原文作"文"；全句经修改后断为："余又按《春秋》，僖公赐季友汶阳之田及费。而《左传》亦以季友有功于鲁，封费，以为上卿。今以为季文有功封费者，盖碑之误。"第9行载"守卜胤"后的逗号可删除；"其祠曰"，依文意疑为"其词曰"之误。第12行载"政化风化"，依文意疑为"政化风行"之误。

31. 卷19第4页第2行载"故吏故郭"后的逗号可删除；"施业"后加一逗号；"字世"后的句号可删除；"坚"后加一分号；"义民堂"后的逗号可删除；"邑戚忠"后加一逗号；"忠"后句号可删除；全句经修改后断为："故吏故郭施业，字世坚；义民堂邑戚忠，忠年十有一"。第6行载"闻君之陨坠"后应加一逗号。第14行载"右汉故堂邑令"后的逗号可删除；"费君之碑"后的句号改为逗号；"自郎中"后的逗号可删除；"常宰新平故鄣堂邑三县"，句中"新平""故鄣"之后应各加一顿号。全句经修改后断为："右汉故堂邑令费君之碑，篆额今在湖州。费君名凤，自郎中常宰新平、故彰、堂邑三县。"第15行载"其妻之弟卜居"后的逗号可删除，句中"卜居"，依前后文意，疑是"卜君"之误；"追而诔之"后的句号改为逗号；全句经修改后断为："其妻之弟卜君，追而诔之，乃作此碑。"

32. 卷19第5页第1行载"推予弟息"后应加一逗号，"此"后的逗号可删除；全句经修改后断为："推予弟息，此固可嘉。""至于退已进弟"，句中"已"字依文意疑是"己"之误；"其云行义高邵"，"行义高邵"前加前引号；"有始有卒"后加后引号；全句经修改后断为："其云'行义高邵，卓不可及。名实相副，有始有卒'。"第2行载"信哉"后应加一句号；"此云"后的逗号可删除；"絜仪瘁伤"，后的句号改为逗号，全句加上引号；"乃绥三县，黎仪以庸"，前后应加引号；"黎则黎老之称"。前一个"黎"应加引号；"仪则读如庀倪之倪也"，"仪"应加一引号。全句经修改后断为"信哉。此云'絜仪瘁伤'，孔庙碑亦云'乃绥三县，黎仪以庸'。'黎'则黎老之称，'仪'则读如庀倪之倪也。"第3行载"诔之后"后加一逗号；"载"后的逗号可删除；"施业"后加一顿号；"戚忠二人"后的逗号可删除；"业者"后加一逗号；"鄣士之故吏"后的逗号改为分号，"彰士"依文意疑为"彰士"之误；"忠者"后加一逗号；"揩费君之旧部也"，"揩"依文意疑为"皆"之误；全句经修改后断为："诔之后，载施业、戚忠二人竭力送终之事。业者，鄣士之故吏；忠者，堂邑之义民，皆费君之旧部也。"第4行载"石磨灭"后应加一逗号；"文"后的逗号可删除；"初"后加一逗号；"母服未除"后的句号改为逗号；"闻讣来奔"后的句号改为逗号；"祖载还乡"后的逗号改为句号；"及泉队有期"后的句号改为逗号；"复截经杖"后加一逗号。第5行载"列种奇木"后的句号改为逗号；"此其大略也"后的逗号改为句号；"菲五"后加一逗号；"五者"后的句号删除；"居丧菲食"后的逗号可删除；全句经修改后断为："其词皆五言，石磨灭，文不相属。初，叙忠早丧慈考，母服未除，有广陵之役，闻讣来奔，祖载还乡。及泉队有期，复截经杖，扶号枢棺，列种奇木，建立磐石，此其大略也。菲五，五者居丧菲食二十五月也。"第7行载"第缺"后的句号可删除；"故吏"后应加一顿号；"故鄣以下"后的逗号可删除；全句经修改后断为："第缺故吏、故鄣以下三百余字。"第11行载"来奔于丧"后的句号可删除；"庭"后加一句号；"肝裂意"后的逗号删除；"悲"后加一逗号；全句经修改后断为："载驰载驱，来奔于丧庭。肝裂意悲，感切伤心。"第12行载"司马慕著兰相"，句中"兰相"，依原文应作"蔺相"。第15行载"言不失典"后的逗号可删除；"术"后加一逗号；"行不越矩"后的句号删除；"度"后加一句号；"清"字后原文有空一格，疑脱一字，此处可加一白框；

"湼而不滓"后的句号改为分号；全句经修改后断为："言不失典术，行不越矩度。清□皦尔，湼而不滓；恤忧矜阨，施而不记。"

33. 卷19第6页第1行载"靡不覆载"后的逗号改为句号；"故能阐令名"后的逗号可删除；"而云腾"后加一逗号；"扬盛"后的句号可删除；"声而风布"后的逗号改为句号；"践群后职"后的句号改为逗号；全句经修改后断成："故能阐令名而云腾，扬盛声而风布。践群后职，"。第3行载"以君有委蛇之节"后的句号改为逗号；"自公之操"后的逗号可删除；"年册"后加一逗号。第4行载"惠以流下"后的逗号改为句号；"静而为治"后的句号改为逗号；"匪烦匪扰"后的逗号改为句号；"矜此黔首"后的逗号改为句号；"功成事就"后的句号改为逗号。第5行载"色斯高举"后的逗号改为句号；"宰司委质职位"后的句号改为逗号，并自此句开始分段，为下段之首；"思贤以自辅"后的逗号可删除；"立"后加一分号；全句经修改后断为："宰司委质职位，思贤以自辅立；懿守谦虚，白驹以坠不阊。"第6行载"丹阳有越冠"，此下整段不需分段，可直接上段。第7行载"爰止其师"后的句号可删除；"旅"后加一句号；"鸠若飞"后的逗号可删除；"鹰"后加一逗号；"鸂虎（左加金字旁）奋"后的句号删除；"若夫"后的逗号可删除；"鸠虎"后加一句号；"强者以德"后的逗号可删除；"绥"后加一逗号；"弱者以仁"后的句号可删除；"抚"后加一句号；"简在上"后的逗号可删除；"帝心"后加一逗号；"功训"后的逗号可删除。第8行载"而特记"后加一句号；"輲与"后的句号可删除，"与"是"舆"之误；"宰堂邑"后加一逗号；"期"后的逗号可删除；全句经修改后断成："爰止其师旅。鸠若飞鹰，鸂虎（左加金字旁）奋若夫鸠虎。强者以德绥，弱者以仁抚。简在上帝心，功训而特记。輲舆宰堂邑，期月而致道。"

34. 卷19第7页第1行载"诸姑"后加一顿号。第2行载"赵氏亦有斯误"后的逗号改为句号。第3行载"其涂而水滓"后的句号改为逗号，"水"依文意疑是"不"之误；"盖用湟而不缩"后的逗号改为句号；"鸠若飞鹰"后加一逗号；"鸂虎（左加金字旁）"后的句号可删除；"若夫鸠虎"后加一逗号；"彼飞集阊如鸠虎"后的逗号改为句号，"集"字依文意疑是"隼"之误；"其字有不同"后的句号改为逗号；全句经修改后断为："其涂而不滓，盖用湟而不缩。鸠若飞鹰，鸂虎（左加金字旁）若夫鸠虎，盖用鸠，彼飞隼阊如鸠虎。其字有不同"。第5行载"故录之"后加一逗号；"并录"后的句号可删除；全句经修改后断为："故录之，并录洪跋。"

35. 卷19第8页第3行载"吾闻世治用文"，句首加前引号。第4行载"吾侪当文武兼习"后的逗号改为句号，并在句末加后引号；"遂习兵法及骑射"后的句号改为逗号。第6行载"户少盖藏"后的句号改为逗号。第7行载"国以民为本"，句首加前引号。第8行载"即弃吾国也"，句末加后引号。第10页载"周礼大司徒"后的逗号可删除，"周礼"加上书名号，后加冒号；"以保息六"后的逗号可删除；"养万民"后加一逗号；"三日"，据《四库全书》"周礼"是"三曰"之误，句末的逗号可删除；"赈穷"后加一逗号；全句经修改后断为："《周礼》：大司徒以保息六养万民，三曰赈穷，此物此志也"。第11行载"凡兴利除弊"后的逗号改为顿号。第12行载"累封昌国公"后的逗号改为句号；"信乎"后加一逗号；"诗云"，"诗"加上书名号；"乐只君子，民之父母"，前后加上引号。

36. 卷19第9页第2行载"师倍之"后加一逗号。第3行载"益奋读"后加一逗号；"作文章"后的逗号可删除；"未尝属草"后加一句号；"纬史经"后的句号可删除；"史"加上书名号；第二个"经"字后加一逗号，并加上书名号；"出风入雅"句，"风""雅"分别加上书名号；"诗"字加上书名号，后加一顿号；"古文词"后的逗号可删除；"无一不臻"后加一逗号。全句经修改后断为："益奋读，作文章，操纸笔立书，未尝属草。纬《史》经《经》，出《风》入《雅》，《诗》、古文词无一不臻"。第4行载"绝美"后的句号可删除；"当代"后加一逗号；全句经修改后断为："绝美当代"；"咸称费氏有子矣"，"费氏有子矣"加上引号。第5行载"赖每氏劬劳"，句中"每"字，依文意疑是"母"之误；"方喜怡怡"后加一逗号；"奉事"后的逗号可删除。第7行载"吾少沾薄禄"，句首加前引号；"吾何仕为"后的句号改为问号。第9行载"吾君虽励精图治"，此下整段依文意还是"慨然曰"这段话的后部分，不应分段，可直接上段；"殊自惭耳"后的逗号改为句号，句末加一后引号。第11行载"无何"后加一逗号；"院长李行修"后的逗号可删除；"拜公为左拾遗"后的句号改为逗号；"遣使召公"后的逗号改为句号。第12行载"臣因衰病"，句首加前引号；"未能拾遗补缺"后的逗号可删除；"谨拜表以闻"，句末加后引号；全句经修改后断为："臣因衰病，未能拾遗补缺以报君恩，谨拜表以闻"；"诗曰"，"诗"应加上书名号；"孝子不匮，永锡尔类"句，首尾应加上引号。第13行载"易曰"，"易"要加上书名号；"不事王侯，高尚其事"首尾应加上引号。全句经修改后断为："《诗》曰'孝子不匮，永锡尔类'。《易》曰'不事王侯，高尚其事'。"第14行载"正冶上卿"，依文意，当是"正治上卿"之误。

37. 卷19第10页第2行载"未有不从动心忍性中来"，句中"动心忍性"是一句引文，出自《孟子·告子下》，应加上引号。第5行载"气质豪迈"后加一逗号；"奇之"后的句号改为逗号。第6行载"悉所有置良田百亩"后应加一逗号；"务畜"后的逗号可删除；"积"后加一逗号；全句经修改后断为："悉所有置良田百亩，务畜积，崇俭素，课子读书。"第7行载"刚愎自用"后的逗号可删除，句首加前引号；"则危"后的句号改为逗号；"和易同众"后的逗号可删除；"曰易轩"句末加后引号；全句经修改后断为："刚愎自用则危，和易同众则安。君子当居易以俟命，故字椿曰易轩"。第8行载"才须学也"，句首加前引号；"盖欲其顾名思义也"，句末加后引号；"予在家时"，句首加前引号。第10行载"其何以干予蛊哉"后句号改为问号。第11行载"或以迢递止之"后的句号改为逗号。第12行载"犹有先人之丘墓在"句，应加上引号。第14行载"然则"后的逗号可删除。第15行载"苟非动心忍性"，句中"动心忍性"应加引号，详见本段前面所证；"有以增益"后的逗号可删除；"曷克臻此"后的句号可改为问号；全句经修改后断为："苟非'动心忍性'，有以增益其所不能者，曷克臻此?"

38. 卷19第11页第7行载"遂荐举游"后的句号可删除；"雍"后加一句号；"与仲弟静轩公"后的逗号可删除；"有姜被风"后的句号改为逗号；全句经修改后断为："遂荐举游雍，性至孝，事亲惟力是竭。与仲弟静轩公友爱切挚，有姜被风。"第8行载"弟居河南"后的句号改为逗号。第9行载"规画经营"后的句号改为逗号；"守而能创"后的逗号改为句号；"不肯因人俯仰"后的句号改为逗号。第10行载"故奔诉者"后的逗号可删除。第11行载"邑有公事"后的逗号可删除。第13行"招至麾下"后的逗号改为句号。第15行载"未尝有纤介之恙"后的句号改为分号。

39. 卷19第12页第1行载"其学养"后的逗号可删除。第5行载"国学生"后的顿号可删除。第6行载"千言立就"后的逗号改为句号；"吾上有高堂"，句首加前引号；"下有弱息"后加一逗号；"一室"后的逗号可删除；"晏如"后加一逗号；"虽三公不易也"，句末加后引号；全句经修改后断为："吾上有高堂，下有弱息，一室晏如，天伦之乐，虽三公不易也。"第7行载"兄易轩公"后的逗号可删除；"居河北"后的句号改为逗号；"旦夕过从"后的逗号可删除。第9行载"富与贵"后加一逗号；句首加一前引号；"适足为子孙累耳"，句末加一后引号。第12行载"快然自足"后的逗号改为句号；"晚年悉焚其稿"后的句号改为逗号；"吾不欲令后人知也"全句加上引号。

40. 卷19第13页第3行载"享年七十有五"后的逗号改为句号。第7行载"兄鸣虞"后的逗号可删除；"担土修筑"后的逗号改为句号。第8行载"安知子孙复识其处耶"后的句号改为问号。第10行载"愚按"后加一逗号；"此记"后的逗号可删除；"奚录之"后加一问号；全句经修改后断为："愚按，此记犹之不记也。奚录之?志先世之由来耳。"

41. 卷19第14页第2行载"生国学生易轩公"后的句号改为逗号。第3行载"少长"后的顿号改为逗号。第4行载"甫期月"后加一逗号；"时"后的逗号可删除；"妻父徐九思"后的逗号可删除；"犯罪系燕都"后的句号改为逗号；全句经修改后断成："甫期月，时妻父徐九思犯罪系燕都，"第7行载"汝能得寸进"后的逗号可删除，句首加前引号；"以显扬宗族"后加一逗号。第8行载"何暇为功名计乎"，句末加一后引号；"唯唯"加上引号。第11行载"人不知兵"后加一逗号；"闻"后的句号可删除；"倭至"后加一逗号；"一乡"后的逗号可删除。第12行载"汹汹"后加一逗号；"几欲"后的逗号可删除；全句经修改后断为："人不知兵，闻倭至，一乡汹汹，几欲窜走一空。""汝等弗忧"后的逗号改为句号，全句加上引号。第14行载"往往而有"，后加一句号。

42. 卷19第15页第3行载"然则"后的逗号可删除。第4行载"孰有如我大经费公者哉"后的句号改为问号。第5行载"义以持躬"后的句号改为分号。第7行载"公称九十觞"后的句号改为逗号；"一时纷纷介寿者"后的逗号改为句号；"冠裳云集"后的句号改为分号。第8行载"金兰满座"后的逗号改为句号；全句经修改后断为："望其闾，车盖遥临，冠裳云集；登其堂，玉树盈阶，金兰满座。""颂其绵长哉"后的句号改为问号。第9行载"何如优游桑里"后的句号改为逗号；"颐养天和"后的逗号改为问号。第10行载"天真自乐"后的句号改为问号。第12行载"不诚盛世之祥麟瑞凤哉"后的句号改为问号。

43. 卷19第16页第2行载"得启贤费君来札"后的句号改为逗号。第3行载"自始祖俊斋"后的逗号可删除；"占籍新塘"后加一逗号；"生前溪"后的逗号改为句号；全句经修改后断成："自始祖俊斋占籍新塘，称著姓。数传至少南，生前溪。"第4行载"前溪生安素"后的句号改为逗号；"同进士"后的逗号可删除；"熊蘖庵"后的逗号一并删除；"隐居兴济庵"后的句号改为逗号；"世服其高"后的逗号改为句号；全句经修改后断为："同进士熊蘖庵隐居兴济庵，世服其高。"段末"公其少子也"移至下段之首，句末的句号改为逗号。第6行载"尤重名节"后的句号改为顿号；"敦行谊"后的逗号改为句号；"一诚恫欺"后的句号改为逗号。第7行载"侃侃不阿"后的句号改为逗号。第9行载"洵加一人等矣"，依文意疑是"洵加人一等矣"之误；"宜为当事所矜式"后应加一逗号。第11行载"祖墓"后的顿号改为逗号。第12行载"晚年始得"后的句号可删除；"公督责之"后的逗号可删除。第15行载"窃以为"后的逗号可删除。

44. 卷19第17页第7行载"予奉部"后的逗号可删除；"同舟同寓"后的逗号改为句号；"予时观政水部"后的句号改为逗号。第8行载"寻奉命挑入圆明园"后的逗号可删除；"铨曹需次"后的逗号可删除；"尚远"后加一逗号。第9行载"弗能就养"后的句号改为逗号；"因慨然深亲在"后的逗号可删除；全句经修改后断为："予时观政水部，寻奉命挑入圆明园果亲王班办事。以暑湿交蒸，染泄症。其时，铨曹需次尚远，图报君恩，犹可待之异日。惟是高堂垂白，弗能就养，因慨然深'亲在远游'之戒，决计告假南旋。"第10行载"饮食渐减"后的句号改为逗号。第11行载"不以余之潦倒"后的逗号可删除。第14行载"拜梁相"后的顿号改为逗号；"仲虑公"后的逗号，"讳汛"后的顿号，均可删除，全句经修改后断为："拜梁相仲虑公讳汛之后。"第15行载"安素公"后的逗号可删除；"生五子"后的逗号改为逗号；"其季"后的逗号可删除；全句经修改后断为："安素公生五子，其季名拱道，字大经。"

45. 卷19第18页第2行载"九岁即攻举子业"后的句号改为逗号。第3行载"自知淬励"后加一逗号；"而大经公"后的逗号可删除。第5行载"昔李令伯"后的逗号可删除，句首加上前双引号；"陈情表"加上书名号；"祖孙二人，更相为命"

前后加上单引号。第 6 行载"朝夕离膝下乎?"后加后双引号；全句经修改后断为："昔李令伯《陈情表》云：'祖孙二人，更相为命'。今余父子相依，何以异此。敢以功名故，朝夕离膝下乎?"："限满"后加一逗号；"惟日侍大经公"后的逗号可删除。第 7 行载"暨嫡母夏孺人侧"后的句号改为逗号；全句经修改后断为："惟日侍大经公暨嫡母夏孺人侧。""一切宾朋酬接"后的逗号可删除；第 11 行载"礼貌忠敬"后的逗号改为句号。第 12 行载"默诵五经、史汉诸书"，"五经"加书名号；"史"后加顿号，并加书名号；"汉"加书名号；全句经修改后断为："默诵《五经》《史》《汉》诸书。"第 15 行载"娶朱氏"后加一逗号；全句经修改后断为："娶朱氏，于丰公女。"

46. 卷 19 第 19 页第 1 行载"孙女"后的逗号可删除；"幼"后加一逗号；全句经修改后断为："孙女幼，未字。"第 2 行载"长君熊来"后的逗号可删除；"顾以同门好友"后的逗号可删除；"一旦云亡"后加一逗号；"重以嗣"后的句号可删除；"其曷敢以不文辞通"后的句号改为问号；全句经修改后断为："顾以同门好友一旦云亡，重以嗣君之诚恳，其曷敢以不文辞?"

47. 卷 19 第 149 页第 5 行"谓予有……"，"予有"前加一前引号。第 6 行"可使晨昏无缺甘旨"后的句号改分号；"予故得在外"后的逗号可删除；"尽心授徒"后的句号改为逗号；"则细君之力"后的逗号可删除。第 7 行"居多耳"后加上后引号。第 8 行"太孺人长君"后的逗号可删除。第 9 行"夫子门下"后的逗号可删除。第 11 行"每道及堂上姑"后的句号可删除。第 12 行"而铨侄女"后的逗号可删除。第 13 行从"无如孺人，优于德，而蹇于遇。"开始分段而列为下段之首；句中两个逗号可删除，句末的句号改逗号。第 14 行"练斋夫子"后的逗号可删除。第 15 行"何天之报"后的逗号可删除；"施太孺人"后加一逗号；"故从其薄耶"后的惊叹号改为问号；全句经修改后断为："何天之报施太孺人，故从其薄耶?"

48. 卷 19 第 150 页第 1 行"铨曰不然"，"曰"字后加一冒号；"不然"前加一前引号；"彼巾帼中"后的逗号可删除；"非无白头偕老"后的句号改为顿号；"而徵之"后的逗号可删除；"殁身无一行可称者"后的逗号改为句号；"岂区区享庸福者"后的逗号可删除。第 3 行"可同年语乎"后的句号改为问号；"其事母也养尽诚"后的逗号改为顿号。第 4 行"为福正未有艾焉"句后加一后引号。第 5 行"第以太孺人"后的逗号可删除；"而德弥光"后的句号可删除；"则"字后加一逗号；"文言之有"后的逗号可删除；"不若质言之者"后加一句号；"用"字后的句号可删除；全句经修改后可断为："第以太孺人一生布帛菽粟，而德弥光则。文言之有不若质言之者，用谨志其大略……"

十、《慈东费氏宗谱》浙江慈溪慈东费氏承志堂藏

1. 卷首第 1 页载慈东费氏第十二世孙费琏所撰《费氏纂修宗谱序》一篇。费琏，

号遁庵，是此届修谱的主事者。他在文中称："第谱之不可不正，不正云者，伪与杂耳。予宗自仕悦公谱后，亦有此弊。彼界在湖田者，世习末技，非我族类，而嗜利之徒欲延纳而苟容，无乃污杂之甚乎？江西鹅湖公辅相王朝，非不荣显也，且深有通谱意，然亦何所据哉？谱以防伪也，乱焉，杂焉，不可也。"文末落款是"时皇明弘治廿一年仲冬上浣之吉"，而据史料，明孝宗弘治年号只有十八年，何来"廿一年"之有？这个"江西鹅湖公"，即铅山费宏是也。费璡系乡间一读书人，不曾出仕，况慈东、横林相隔遥远，他与费宏应是不曾谋面，那这个说法从何而来？原来是别人告诉他的。谱中第4页载有慈东费氏第十三世孙费铠所撰《费氏宗谱序》，文中称："次春，适我遁庵叔父以奏复峰山祖祠至京，举朝皆以为义奋然，遂蒙旨允。旋浙，因嘱以谱事。且告云：'内阁鹅湖欲通吾谱，庸有据否？'公毅然曰：'宁效狄枢密辞梁公后，毋宁效崇韬之拜汾阳也。'壮哉公语，真足以主吾宗盟矣。"文后落款是"时龙飞正德元年三月上浣之吉，赐进士出身奉政大夫大理寺右丞前知庐陵县事历奉敕巡按湖广、山东道监察御史十三世孙铠顿首谨撰"。费铠，号竹窗，北直隶顺天府大兴人，成化二十年三甲第九十九名进士。这里应当指出的是，按明代科举制度，一甲进士是赐进士及第，二甲进士是赐进士出身，三甲进士只能是赐同进士出身；因此，费铠只是"赐同进士出身"，而不应在落款中自称"赐进士出身"。成化二十年，费宏也参加了这科礼部试，不料却落榜，而费铠得中。到正德元年，经过二十一年的时事演变，费铠虽中进士比费宏早一科，但当时还是知县一级官员；而费宏已久处翰林，位列禁近，又是新皇帝武宗的东宫教官，此时已是大常寺少卿兼侍读了，可见二人当时的地位确实悬殊。当然，二人同朝为官，相互接触的机会应当还是有的。但讲到费宏在没有任何确证的情况下，主动请求与其通谱，"且深有"此意，则恐有违事理。想费宏笃行儒家伦理，一贯厌恶攀龙附凤的恶习，其主修铅山横林费氏宗谱就因实事求是、不乱攀附而广受时人赞许，怎会一反常态去攀附慈东费氏或大兴费氏？当时横林费氏已是闻名遐迩的"西江甲族""簪缨之家"；费宏状元及第是中华费氏精英之仅有，费宏二伯父费瑄亦早已中进士，并官至贵州参议（副省级）。此时慈东费氏并无中进士者，大兴费氏亦是仅有费铠中了进士，且官职不大，费宏有什么理由会主动去攀附通谱，且遭拒绝而自取其辱。当时费氏名望较大的是费宏的恩师费訚，南直隶丹徒人，成化五年会元，历官国子监司业、祭酒，对费宏颇多教诲、栽培，后官至礼部侍郎；费宏虽感激恩师，对其后人多有关照，但却从无攀附、通谱之意；而对家世、声望远不及费訚的费铠却主动要求通谱？即使费宏虚荣心作祟，也是要高攀，岂有低就之理？故笔者以为这种说法"有违事理"。对于费宏来说，此事大可不必，也不太可能。再者费璡文中称费宏是"江西鹅湖公辅相王朝"，费铠文中亦称费宏是"内阁鹅湖"，他们都是费宏同时代的人，况费铠还与费宏同朝为官，怎会说出如此不靠谱的话？他们的文章不管是写在弘治末还是正德初，当时费宏者还不是内阁辅相，只是太常寺少卿兼侍读，"辅相王朝"、入"内阁"是在此六年后的正德六年，难不成二人能掐会算，知道费宏日后会入阁为相？以笔者揣测，这应不是二人所为，极有可能是后人在撰修宗谱时添枝加叶而成的，从而更加佐证这种说法的不靠谱。附带提出，费铠文中所用典故也是有误的：在谈及"内阁鹅湖欲通吾谱"时，费璠"公毅然曰：'宁效狄枢密辞梁公后，毋宁效崇韬之拜汾阳也。'壮哉公语，真足以主吾宗盟矣"。这里费铠的用典，意在赞扬费璠不攀附费宏的美德；前面用正面的典故，说狄青辞为狄仁杰之后，这当然可说"宁效"；后面用的是反面的典故，说的是郭崇韬拜郭子仪墓，冒充郭子仪之后，这怎能"毋宁效"呢？"毋宁效"就是"不如效"，难道说宁愿效狄青，不如效郭崇韬吗？这样说，还有什么"壮哉"可言？这显然是违背了费铠的本意，但如后句删除一"宁"字，全句改成"宁效狄枢密辞梁公后，毋效崇韬之拜汾阳也"，意思就通顺了。不知然否？

费铠作为一朝进士，且与费宏同朝为官，是绝不至于写出如此低劣的文章的，亦可佐证这是后人中学养不高者的杜撰，不足为训。

2. 费铠在《费氏宗谱序》中谈及了北直隶顺天府大兴费氏的来历，称"予始祖廿四府君开基慈之灵阳，十又一传而逮我烈祖伯昂府君。时维成祖文皇帝定鼎燕台，诏徙天下右闾实畿，有司遂以我伯昂府君应，是以大兴有费氏籍，盖三叶矣"。这里大兴费氏的来历是交代清楚了，但此文落款是正德元年，其时这位文皇帝朱棣在太庙中的庙号还是"太宗"；直至三十三年后的嘉靖十七年，世宗朱厚熜在"大礼议"中改变了太庙的规制，把"太宗文皇帝"朱棣尊为"成祖文皇帝"。难不成费铠神机妙算，能在三十三年前就预卜此事，遂将这新尊称庙号写入了文中？费铠是进士，又在京为官，不会不知道太庙中各位皇帝的庙号；况这又是个十分严肃的政治问题，弄不好会引来弥天大祸，他是绝不敢也不可能写错的。抑或这又是后人撰修宗谱时添枝加叶而成？殊不料这却给先人的文章平添了一处硬伤；这也充分说明了撰修宗谱的严肃性和坚持实事求是原则的必要性。

十一、《九鲤堂费氏宗谱》江西铅山费墩费氏藏 1998 年重修本

该谱为 1998 年重修木活字本，红色塑料封面，工匠是上饶石人乡荷叶村双树弄梓人姜贤林。

1. 卷首登有谱序 24 篇，依时间顺序分列为：

清乾隆三十五年庚寅（1770）6 篇：赵琴撰《九鲤费氏宗谱源流序》（琴序），（新滩墩）费映源撰《费氏宗谱序》（映序），（墩上）费尚达撰《墩上费氏宗谱序》（达序），韩大绅撰（合湖）《费氏宗谱序》（韩序），赵琴撰《合湖费氏宗谱序》（赵琴序），费学骞撰《合湖费氏宗谱原序》（学骞序）。

清嘉庆二十一年丙子（1816）5 篇：蒋伟撰《费氏重修宗谱序》（蒋伟序），（墩

上）费佑贤撰《费氏重修宗谱序》（贤序），费廷魁撰《费氏重修宗谱序》（魁序），费彩煜撰《新田费氏宗谱序》（彩煜序），费维新撰《新田费氏宗谱序》（维新序）。

清道光二十七年丁未（1847）5 篇：周佩勋撰《合湖费氏重修宗谱序》（佩勋序），彭必达撰《墩上费氏续修宗谱序》（彭序），合湖众首士撰《合湖费氏重修宗谱序》（合湖众首士序），黄观澜撰《新田费氏重修宗谱序》（黄序），费伏宗撰《新田费氏重修宗谱序》（伏宗序）。

清光绪八年壬午（1882）重修宗谱序 2 篇：王中建撰《牛桥费氏宗谱序》（王建中序），（双峰）费化龙撰《费氏重修宗谱源流新序》（化龙序）。

民国三十七年（1948）重修宗谱新序 1 篇：李放撰《九鲤费氏重修宗谱新序》（新序）。

1998 年重修宗谱新序 5 篇：范坞费国懋、墩上费国成撰《费氏宗谱重修新序》（新序），费国成婿俞树荣撰《墩上重修宗谱新序》（墩上新序），费讲华撰《钱塘重修宗谱新序》（钱塘新序），费金良撰《虹桥重修宗谱新序》（虹桥新序）、《虹桥倡修宗谱新序》（虹桥新序）。

从这些序言中看，清乾隆谱序是现存最早的谱序，且序言中大多称是乾隆三十五年创谱，可在乾隆三十五年谱序中，有赵琴所撰《九鲤费氏宗谱源流序》中称"于是乾隆庚寅岁，邀集本邑近地同支者开局修辑，仍依旧谱而叙次之，不敢妄援牵附以贻讥。"又费学骞所撰《合湖费氏宗谱序》中称"今阅吾宗旧谱，其来自信州者，则始于徙铅邑九鲤湖之文珍公"。又费尚达所撰《墩上费氏宗谱序》中称"仍其旧帖而加以斟酌"。从这些记述中均可看出在这之前是有旧谱的，不过不知何因，未能流传下来；否则从其始迁祖文珍公至乾隆三十五年，已历二十几代、五六百年，如何能编出如此详细的世系？然而也正由于旧谱未传，使谱中不可避免地出现了一些疑问。后面历清乾隆、嘉庆、道光、光绪以及民国和 1998 年六次续修，但多不是全族统修，时有不参与或分修的；每次续修各族俱有一序，故序言亦参差不齐。

2. 1998 年重修宗谱"新序"中号称"七族"，从卷首序言中看，当指墩上、合湖、虹桥、钱塘、牛桥、新田、双峰七族。其实迁徙分支除此外，文珍公一系当还有纯智公一支迁居福建铁沙街（注：原文不具何府何县）。纯智，字识远，行贵一，是显猷公长子，显猷是必茂公长子，必茂是时登公长子，时登是文珍公长子，故纯智一系是文珍公的长房，可惜其名下只记"娶钟氏"，后嗣失载。

迁居墩上的始迁支祖是良勋公，字伟功，行德九，是文珍公长子时登的后裔：时登公三子必朗，必朗公次子显诏，显诏公长子纯儒，纯儒公长子即良勋。

迁居合湖的始迁支祖是良业公。字丰功，行德十一，也是文珍公长子时登的后裔：时登公三子必朗，必朗公次子显诏，显诏公长子纯儒，纯儒公次子即良吉。

迁居虹桥的始迁支祖是良吉公，字时昌，行德三二，也是文珍公长子时登的后裔：时登公三子必朗，必朗公次子显诏，显诏公次子纯毅，纯毅公三子即良吉。

迁居钱塘的始迁支祖是良宾公，字克敬，行德八，也是文珍公长子时登的后裔：时登公长子必茂，必茂公次子显明，显明公次子纯悌，纯悌公之子即良宾。

迁居贵溪新田的始迁支祖是敏文公，字世贤，行巽三五，也是文珍公长子时登的后裔：时登公三子必朗，必朗公次子显诏，显诏公长子纯儒，纯儒公次子良业，良业公三子即敏文。

迁居弋阳双峰的始迁支祖是敏刚公，字健行，行巽四三，也是文珍公长子时登的后裔：时登公三子必朗，必朗公次子显诏，显诏公长子纯儒，纯儒公长子良勋，良勋公三子即敏刚。故这一支亦是墩上支族的再分支。

迁居兴安（横峰）牛桥的始迁支祖：卷首"墩上重修宗谱新序"称"良勋公十八代孙茂世公之孙礼房部分二十六世孙兆信公迁横丰（峰）牛桥"；卷首"牛桥费氏宗谱序"又称"而徙居于兴邑牛桥者则茂世公裔孙尚翼公焉"。二说都提到茂世公，而茂世是良勋公十八代孙，故牛桥应为良勋公后裔，即是墩上的分支。

迁居官坂的始迁支祖是必寿公，字得其，行万一，是文珍公从弟文忠公的后裔：文忠公三子时乐，时乐公之子即必寿。

迁居范坞的始迁支祖是必廉公，字介甫，行万三，是文珍公从弟文忠公裔孙：文忠公长子时泰，时泰公之子即必廉。

迁居横林的始迁支祖是纯典公，字颂尧，行明九，是文珍公从弟文忠公的后裔：文忠公次子时来，时来之子必全，必全之了显图，显图之子即纯典。

从以上迁徙世系可以看出，迁墩上、合湖、虹桥、钱塘、新田、双峰、牛桥都是文珍公长子时登公的后裔，而迁范坞、横林、官坂的都是文忠公的后裔。

3. 卷首各序言中均称铅山费氏始迁祖是文珍公，但世系中却载有文珍公高祖元甫公，曾祖谦受公，祖秉毅公，父志诚公，叔父志议公，胞兄文杰、文仲，从弟文忠等，且他们的后裔均在铅山。费宏在明弘治年间为福建顺昌令费诚之父费良佐作《费处士行状》，其中讲到当时铅山费氏的情况时称："诸费往往聚族以居，有居横林者，有居范坞者，有居费墩者。其谱牒失次，数世以上，莫详其系，而称呼庆吊尚不绝。"（《费宏集》卷16第569页）这个"费墩"即俗称"费家墩"，亦即谱中的"墩上"及其分支，这与谱中所反映的铅山费氏各宗支的情况也是符合的。又有新近出土的文珍公长子费时登的《宋故致政费公孺人杨氏合葬墓志铭》（以下简称"费时登铭碑"）中称："公讳时登，字君□，生而倜傥，不肯自屈于人。居琛山之阳曰蛤湖，距琛山不一舍，有水曰葛溪，世传长房遗迹，费之派实出于此。蛤湖首汭尾琛，环数里皆费姓，繁衍且数百年，然而未大也。公大王父德照，王父智承，相继积累，至皇考文珍而家声益大振，植产为一乡甲。"这里称文珍是费时登的"皇考"，即已去世的父亲，对照宗谱中称费时登字"均庸"，是文珍公长子，"均"与"君"同音，二说相符。从以上记述，可见费氏在此之前已在铅山繁衍数百年了，不太可能是文珍公在南宋时始迁铅山的。

4. 谱中各序言中多称文珍公是南宋理宗时从四川成都府迁铅，《世序》中在第一世谦受公栏下亦载："世居四川成都府成都县龙头山家焉，有铁井，其水烹茶味极香甘。"由于谱中最早的序言只是清乾隆三十五年的，此距三国时代已有 1500 余年，距其称文珍迁铅的南宋理宗年间也有 500 年了，加之旧谱不存或残缺，没有翔实的文献来准确说明从迁之地。而新出土的"费时登铭碑"中称：时登"居琛山之阳曰蛤湖，距琛山不一舍，有水曰葛溪，世传长房遗迹，费之派实出于此"。这里又把铅山费氏的出处传为费长房一脉。费长房是东汉汝南人，《后汉书》卷 82《方术列传》载有其事迹，"悬壶济世"的典故即出自他。他比费祎所处的时代又早了一二百年，但同样没有可靠的文献来佐证。这些只能是家族中口口相传的说法，就像现在不少家族的迁徙地都说是北有山西洪洞大槐树、南有江西鄱阳瓦屑坝。一般来说，人类大规模的迁徙，都是战乱、灾害带来的；初时万般艰难，不遑记述，待经长期努力安定下来要补记时，又苦于没有可靠文献，只能记个大概和传闻。对于铅山费氏的来历，费宏在《费处士行状》中称："永乐间盗发宋时冢，得埋铭云：'五季之乱，费氏与诸葛氏自蜀徙居铅山，世为婚好。'疑自蜀徙者，即大将军祎之苗裔也。"（《费宏集》卷 16 第 569 页）这是明代永乐年间出土的埋铭文，无疑具有较高的文献价值，但这里讲的"五季之乱"，比谱中所称南宋理宗时要早数百年，却与"费时登铭碑"中所述至南宋时就已在铅山"繁衍且数百年"相契合。故谱中关于文珍公始迁铅的记述从时间上讲亦当存疑。

5. 谱中各序言中多称文珍公是费祎的第十九代裔孙，据《三国志·蜀书》卷 44 "费祎传"："费祎，字文伟，江夏鄳人也。少孤，依族父伯仁，伯仁姑，益州牧刘璋之母也。璋使迎仁，仁将祎游学入蜀。会先主定益土，祎遂留益土。"可见费祎是东汉末年至三国时人，距文珍公所处的南宋理宗时期，相隔已 1000 余年。这 1000 多年如果只传了 19 代，那平均每代 50 多年，这怎么可能？据笔者所接触过的家谱，一般家族平均每代相隔只在 25 年左右，故这费祎"第十九代孙"的说法亦是不太可能的。

6. 关于文珍公的年庚，谱中不曾有明确记述，但在《世系》中文珍公栏下记有其"宋嘉定辛未进士，宋理宗七年来官信州知州"。嘉定辛未是宋宁宗嘉定四年（1211）。宋理宗在位有 8 个年号，其中只有淳祐有 7 年，即 1247 年，如从其即位算起第七年，则是绍定四年（1231）。谱中又有其裔孙绍榜所撰《九鲤始迁祖文珍公墓铭》（以下简称"文珍公墓铭"），称文珍公"二十入泮，艺苑蜚声，三十南宫首选，钦授信州知州……居官三十余年……于宋理宗七年任信州知州……生于宋而卒于元，享年亦已永矣"。如其中进士时是 30 岁，那么他当出生于宋孝宗淳熙九年（1182），即使其死于元朝开国之年的 1271 年，也有 90 余岁了，这种可能性也不大。"文珍公墓铭"中记有"分迁他地者不一，若钱塘、虹桥、横林、范坞、合湖、墩上等处"，这些迁徙大都发生在文珍公后五世孙时，历经已百余年了。墓铭者，死时制成，随葬入土，怎会在死后百余年而撰？故可信度不高。再对照新近出土的"费时登铭碑"，其文作于宋理宗淳祐元年（1241），文中已称文珍公为"皇考"，即其时文珍公早已死，那他还何待30年后的1271年后才死？文中又记时登公死于宋理宗嘉熙二年戊戌（1238），已70岁，推算其当出生在1269年，而其父文珍公至少当出生在1249年。如按"文珍公墓铭"所述，其出生在1282年，那就比其长子时登还小13岁，这又怎么可能？故谱中的有关记载可信度亦不高，当以新近出土的"费时登铭碑"所记为是。

7. 谱中各序言和像图中只记文珍公南宋时任信州知州，不及其科第功名，可在《九鲤始迁祖文珍公墓铭》中竟称其"二十入泮，艺苑蜚声，三十南宫首选"，不仅中了进士，还是礼部试会元。在《世系》文珍公栏中又称其"宋嘉定辛未进士，宋理宗七年来官信州知州，升通议大夫"。谱中其长子《时登公传》中称时登"经济素具，才略不常，知松江知府"；像图中亦称时登"宋任松江知府"；在《世序》时登公栏下又称其"宋淳祐辛丑进士（注：宋理宗淳祐元年，1241），为松江知州"；可在《九鲤始迁祖文珍公墓铭》中又称"长君时登，孙氏所出，庚戌进士（注：宋理宗淳祐十年，1250），任松江知州"。在像图中还载有文珍公之父《宋进士志诚公图像》，《世系》志诚公栏中又称志诚公是"宋壬戌科进士"。谱中这祖孙三代的进士科名及仕宦，颇多疑点。首先在新近出土的"费时登铭碑"中，记有铅山费氏"繁衍且数百年，然而未大也。公大王父德照，王父智承，相继积累，至皇考文珍，而家声益大振，植产为一乡甲。公力任干盅，不果终诗书，然性明敏，博览多记识，以植立门户为意，以此乡邻无敢侮者。皇考殁，公益振砺，前业有增焉"。可见这祖孙三代并没有科第功名，也没有出任官员，只是乡间的富户而已。上面第6条已证时登公生于1269年，怎么可能在此前28年前的1241年中了"宋淳祐辛丑进士"，或在19年前的1250年中了"庚戌进士"？况松江府在宋时还是华亭府，元朝至元十五年才改为松江府，且松江只是府、县名，从未成为州名，时登公不可能任松江知州。再者，在古代，科第和仕宦不仅是家族的荣耀，更是国家的大典、地方的盛事，国史和方志都会有详细的记载。如横林费氏所出1位状元、1位探花、6位进士、18位举人，不仅宗谱有载，在《明史》《江西通志》《广信府志》《铅山县志》及其他不少文献中均有记载。可遍查这些史志，均不见有以上这祖孙三代科第、仕宦的记述。除此之外，谱中在《世系》中还记载了时元公"宋宝庆丙戌进士（注：宋理宗宝庆二年，1226），为湖广蕲州府知州（注：府应是知府）"；时泰公"宋淳祐庚戌进士（注：宋理宗淳祐十年，1250），苏州知府"；时乐公"宋淳祐庚戌进士（注：宋理宗淳祐十年，1250），泉州府知州（注：府应是知府）"；必祥公"绍定己丑进士（注：宋理宗绍定二年，1229），任山东总督"；显明公"宋绍定己丑进士"。同上所述，这些科名和仕宦均无文献资料可以佐证，且像如此一家之中祖孙三代进士、兄弟三人同登一科进士的科举盛事，不但在铅山为仅有，就是在江西，甚至在全国都是罕见的，怎会在诸多文献中不着痕迹，故亦均当存疑。

8. 派行：从《世系》所载，第一世一人，行廿五；第二世一人，行四一；第三世二人，行七三、七四；这三代每代只有一个字派，但排行数有空缺，疑是与左近其他费氏支族同用字派排行。第四世志诚公三子行五一、五三、五六。志议公一子行百七，这代有五、百二个字派，排行情况与前同。第五世仍是如此：志诚公七孙皆字派是千，文杰三子行千二、千九、千十二；文仲一子行千一；文珍三子行千七、千八、千十一。志议公三孙、文忠公三子字派皆细，细一、细二、细三。第六世仍同前，志诚公后裔皆省字派，志议公后裔皆万字派。第七世有元、太、大、乐、荣、辛六个字派，省字派之子大都为元字派，可时登三子必朗之孙显观却用大（太）字派；时达长子必敬之子显通是太字派，可时达次子必信之子显详却用正字派；时泰长孙显烈用乐字派，次孙显思却用荣字派；时来、时乐之孙又用辛字派。第八世有贵、明、进三个字派。第九世有德、志、纯、崇、达五个字派。第十世有巽、宁、本、琛四个字派。总之六世以前字派是以志诚、志议二房分用，清晰可辨；从第七世开始，字派渐多，且颇不规律。从二十一世开始，有了统一的字派："东壁图书府，西园翰黑林。诵诗闻国政，讲易见天心。文章宣化育，道德冠古今。亿年占恩泽，万代垂规箴。值朝开宏浩，导臣宽拓珊。联根叶自茂，世孙有智良。"目前已传到第三十八世见字派。

9. 谱中有关本字派的记载：《世系》在第八世载有纯典公，"字颂尧，行明九，分迁横林。娶陈氏，生二子：良琰、良瑜"。其长子"良琰，字善玉，行志四，娶陈氏，生子六：本一、本二、本三、本四、本八、本十一"。其次子"良瑜，字瑾玉，行崇二，娶王氏，生子一：敏彦"。这敏彦却不是本字派，而是"行琛一"。可见同胞兄弟，一个行志四，一个行崇二；同祖从兄弟，六个本字派，一个琛字派。谱中以上六个本字派在第十世中均不见载，却载有另两个本字派："敏闻，字孔行，行本六；敏得，字孔益，行本七。"二人之祖名纯慈，"字保康，行明一"。纯慈是始迁范坞的必廉公之孙，文忠公长子时泰之曾孙，而始迁横林的纯典是文忠公次子时来之曾孙，可见横林费氏与范坞费氏同出文忠公一系，而这本字派亦只在文忠公后裔中使用。横林费氏宗谱中记其始迁祖本二公费有常，元末避居铅山，先居官坂，后至横林，这是后人在修谱时所作传说，却在《九鲤堂费氏宗谱》中得到一些佐证：官坂始迁祖必寿，也是文忠公一系，是文忠公三子时乐之子。这本字派也不是本二公一人，而是和族中其他支族共同使用的，与横林费氏2013年续修宗谱时所作的推论是相符的。可见他不是一人元末来铅山，之前他的先人已在铅山生存了数百年，而他由于一些不为人知的原因，其时极度贫困，流落官坂族人处帮佣，后至横林创业。他成家特晚，50多岁才得子，不二年又死于战乱，不知所终，故身世后人不知；而这本二公的派行还是传下来了，为后人追远思源留下了较为真切的线索。

10. 费宏所撰《费处士行状》是明弘治年间为顺昌令费诚之父费良佐所作，当代人记当代事，两家关系亲密，且又是费诚亲自提供的资料，可信度应当不低。文中及《铅山县志》《广信府志》俱记费诚是范坞人，可在谱中他不在范坞一系：良佐字君扶，行德三十；其父纯理，字任道，行贵十一；其祖显祖。字轶凡，行元一；曾祖必发，字越先。行省十四；高祖时兴，字均元，行千十二，是文珍公长兄文杰公的长子，这就不是范坞一系的了。且文中记良佐之父为九思，祖为思安，曾祖为德芳；谱中却记其父为纯理，祖为显祖，曾祖为必发，皆不同。文中又记良佐父母去世时，有"弟三人，曰良辅，曰良佑，曰良弼，于是皆未冠，处士抚而教之，各底于成。"可见这是亲弟。谱中却记良弼为纯质之子，属文杰公次子时至公一系。良辅为纯祖长子，属文杰公三子时兴公一系。良佑不见有载。可见他们只是五世祖文杰公一系的族兄弟。文中记费良佐生于明永乐甲午（十二年，1414），又费宏在《费宏集》卷12第430页"送宗兄顺昌令成之先生致仕序"中称费诚与宏父费璠"同甲"，即生于明正统七年（1442），费诚是费良佐次子，这与其父的生庚也相符。可谱中却把费良佐列在第九代，比横林的本二公还长一代，那当出生于元末的1300年左右，竟相差100余年。且谱中亦不记良佐的子孙，故疑此多有误，还是应以费宏著作中所记为是。

11. 谱中载有费禾，字耕道，行省九，是时名公第三子。时名是文珍公仲兄文仲公之子，故他既不是文珍公一支，也不是横林、范坞、官坂的文忠公一支。谱中《世系》又记费禾"嘉定癸酉科乡荐，咸淳丁卯任弋邑县尉"。嘉定是宋宁宗最后一个年号，嘉定癸酉是宋宁宗嘉定六年（1213）；而咸淳丁卯是宋度宗咸淳三年（1267），不可设想费禾在中举54年后才任弋阳县尉。《江西通志》卷19"举人"栏中在宋咸淳癸酉科栏中记有"费木"，疑为"费禾"之误；这个"咸淳癸酉科"在该志中登载是南宋江西乡试的最后一科，即宋度宗咸淳九年（1273）乡试，但所录举人比其他科都多了很多，疑其有误。《广信府志》卷7"举人"在铅山县栏中，亦记有宋咸淳癸酉科举人费和，并注明"通志、县志名禾"，这个宋咸淳癸酉科也即宋度宗咸淳九年（1273）乡试，与前述《江西通志》所记相同，可见费禾应为1273年举人，而不是60年前的1213年举人，那他在中举6年前就能任弋阳县尉，这也不太可能。《广信府志》卷6"职官"栏中又记"费禾，铅山举人，宋淳熙间为弋阳县尉"。嘉靖《铅山县志》卷10"选举"中亦记费禾"字明道，仁义乡人，咸淳间中，任弋阳县尉"，这些都与宗谱《世系》所记不同。《府志》所记费禾"宋淳熙间为弋阳县尉"，这是宋孝宗的最后一个年号（1174—1189），不管是头是尾，他任弋阳县尉在中举八十多年之前也是绝对不可能的。故无论从哪个角度讲，宗谱《世系》中关于费禾中举和任县尉的时间记载应该都是有误的。

12. 卷首1998年《费氏宗谱重修新序》第1页载有"本人隻有将这次重修大致过程述后"句，后面又有"隻有牛桥""隻因牛桥"两句。这三个"隻"字在这里都是欲表示唯一、仅有的意思，应写成"只"，音"纸"，古文中也经常写成"祇、祇、衹"，但不能写成"隻"。"隻"音"支"，是量词，表示"一个"的意思，"隻"在现代汉语中已简化成"只"，如要把"只"写成繁体字"隻"，那它所表之意仍是"一个"，即"只"字的第三义项。可见这里把"只"写成"隻"是不妥的。又载"虹桥又派人去牛桥居住在横丰上窑口费摇全家"句，句中"横丰"应是"横峰"之误。又载"对原有的资料，保持原意，妄敢增删"句，其中"妄"是胡乱，不实之意，用在这里，就是"胡乱地、大胆地进行增删"了，而原意却是要表示"不敢增删"或"不敢妄加增删"，可这"妄"字却没有"不"的义项。为免于产生歧义，还是直用"不敢增删"为好。

13. 卷首1998年《墩上重修宗谱新序》第1页载"伯益佐神大禹有功對费城"句，句中"對"是"对"的繁体字，与"封"字形相似，据文意，疑"对费城"应是"封费城"之误。又载"后三国有蜀相袥公，其功业家正与"句，后句不解何意，疑有缺漏。又载"诸葛武侯当称其能，非蜀之贤相与至勋名"句，前句"当称其能"疑为"尝（或常）称其能"之误；后句不解何意，亦疑有错漏。又载"及侄子国忠，用心专诸，对祖谱早有诚心"句，句中"用心专诸"疑有误；因"专诸"是春秋时有名的刺客，《史记》中有传，用在这里不仅不能准确表达原意，还易引发歧义，不如径称"用心专注"为好。

14. 卷首1998年《虹桥重修宗谱新序》载"谱普为联属万源归源，万叶归根"句，句中"万源归源"似不通，疑为"万流归源"之误，如此方可与"万叶归根"对仗。又载"物木乎天，人本乎祖"句，疑是"物本乎天，人本乎祖"之误。又载"自古帝王制令立民主将宗庙祀产度弃后立谱"句，不解何意。疑有错漏。序末又提及"仅以墩山、杨林、钱塘、范坞联修"，杨林不知系何支族？

15. 卷首1998年《虹桥倡修宗谱新序》载"五祖费氏姜裔，自周师尚文生费公，及子孙因以王为父、为氏"句，不解何意，疑有错漏。又载"但世故屡更，徙迁扉常"句，句中"扉"为门扇的意思，用在这里，不知何意？疑为"徙迁非常"之误。

16. 卷首民国三十七年《九鲤费氏重修宗谱新序》载"鸿儒硕产，历代有之，不胜枚兴。主其最著者，端推佐禹治水有功为先贤大费伯益也。记武侯辅蜀汉，以忠义著，为袥公也。任宋任信州知州，册著廉明，民歌的正，为文珍公也"。句中"鸿儒硕产"，疑为"鸿儒硕学"之误；"不胜枚兴"，疑为"不胜枚举"之误；"主其最著者"，疑为"举其最著者"之误；"记武侯辅蜀汉"，疑为"继武侯辅蜀汉"之误；"任宋任信州知州"，疑为"仕宋为信州知州"之误。又载"簪缨费替""莫之为前，虽美费彰"，句中两个"费"字，均应为"弗"之误，"费"字没有"不"或"勿"的义项。

17. 卷首王建中清光绪八年撰《牛桥费氏宗谱序》载"先父在曰，缔交最深"句，其中"曰"应为"日"之误。又载"男耕女绩"句，疑为"男耕女织"之误。且序末落款为"王中建"撰，而中缝却记为"王建中序"，二者必有一误。

18. 卷首费化龙清光绪八年撰《费氏重修宗谱源流新序》载"自唐虞三代并及秦汉随唐五代之间"句，其中"随"为"隋"之误，二字虽同音，但"隋"才是朝代名。又载"其赐汝卑游，后将大出"句，其中"卑游"是"皂游"之误，其意为赐以皂色旌旆之旒，用"卑游"则不知何意。又载"善政播杨，民皆颂德"句，其中"播杨"应为"播扬"之误。

19. 卷首赵琴清乾隆三十五年撰《九鲤费氏宗谱源流序》称："至文珍公与文忠公乃同堂兄弟也，文忠之孙必廉分迁范坞，纯典分迁横林；而文珍公迁居九鲤，至第五代孙良宾移居钱塘，而良勋迁居墩上，而良业徙居合湖，而良业公之子敏文迁居贵邑新田，而良吉迁居虹桥"。这是谱中各文中对费氏各分支记载最为全面的，且与费宏在《费处士行状》所描述的铅山"诸费往往聚族以居，有居横林者，有居范坞者，有居费墩者。其谱牒失次，数世以上，莫详其系，而称呼庆吊尚不绝"的情况十分接近。（《费宏集》卷16第569页）又载："于是乾隆庚寅岁，邀集本邑近地同支者，开局修辑。仍依旧谱而叙次之，不敢妄援牵附以贻讥。"可见乾隆三十五年不是创修宗谱，而是依旧谱续修的，不知何因，此前旧谱的序言未能流传下来。

20. 卷首费映源清乾隆三十五年撰《费氏宗谱序》载"盖闻源者远流自长，根深者枝自茂，不谓人之谱亦然"句，其中"源者远"应为"源远者"之误，因如此方可与下保有"根深者"相对仗。又"人之谱"应为"人之谱"，全句应为"盖闻源远者流自长，根深者枝自茂，不谓人之谱亦然"。又载"虽派居各异，要而溯之，实与合湖、钱塘、虹桥同出一，共生一本，皆为文珍公之苗裔"句，其中"同出一"后疑脱一"宗"字，应为"同出一宗，共生一本"。

21. 卷首清嘉庆二十一年蒋伟撰《费氏重修宗谱序》，序末载"源源本本，朗然曰星"句，依文意，其中"曰星"应为"日星"之误，全句应为"源源本本，朗然日星"。

22. 卷首清乾隆三十五年费尚达撰《墩上费氏宗谱序》载"非祖宗绩累之深，培植之厚"句，其中"绩累之深"应为"积累之深"之误。

23. 卷首乾隆三十五年韩大绅撰《费氏宗谱序》载"而成都祎公出焉，事蜀帝而官尚书"句，其中"官尚书"应为"官尚书令"之误。又载"迨至宋朝，家声愈振，文忠昆季并为州牧，时泰兄弟同掇巍科"句，这些仕宦功名的内容，除在以上第7条已证其误外；即以谱中所记，文忠同堂兄弟四人中，也只有文珍为信州知州，文忠不过是宁州主簿，文杰、文仲皆不曾出仕，怎能说是"并为州牧"？可见其言过其实，不足为凭。

24. 卷首清嘉庆二十一年费彩煜撰《新田费氏宗谱序》载"但恐谱牒残缺，何以後（注：后的繁体字）信"句，这个"後信"疑为"從（注：从的繁体字）信"之误。全句可为"但恐谱牒残缺，何以从信"。

25. 卷首费学骞乾隆三十五年所撰《合湖费氏宗谱原序》载"今阅吾宗旧谱。其来自信州者，则始于徙铅邑九鲤湖之文珍公"，亦可见乾隆三十五年修谱时，是有旧谱的。又载"骞不揣固陋，谬以纂修为已任"句，依文意，句末"已任"疑为"己任"之误。

26. 卷首费维新清嘉庆二十一年所撰《新田费氏宗谱序》载"代有名贤载于史策"句，依文意，句末"史策"疑为"史册"之误。又载："三国有蜀相袆公者，其功业勋名班班可考，即才如诸葛武侯，尝称其能。矧有同堂之诗公，岂不为当日之赫赫者乎？"这里把费诗称为费袆的同堂费氏。据《三国志·蜀书》卷44"费袆传"载："费袆，字文伟，江夏鄳人也。少孤，依族父伯仁。伯仁姑，益州牧刘璋之母也。璋使迎仁，仁将袆游学入蜀。会先主定蜀，袆遂留益土，与汝南许叔龙、南郡董允齐名"。另据《三国志·蜀书》卷41"费诗传"载："费诗，字公举，犍为南安人也。刘璋时为縣竹县令，先主攻縣竹时，诗先举城降。成都既定，先主领牧，以诗为督军从事，出为牂牁太守，还为州前部司马。"可见费袆是江夏鄳人，而费诗是四川本地人，两人不是同堂费氏。

27. 卷首周佩勋清道光二十七年撰《合湖费氏重修宗谱序》载"忠臣出其门，孝子出门，清廉义士出其门"句，其中"孝子出门"脱一"其"字，应为"孝子出其门"。

28. 卷首彭必达清道光二十七年撰《墩上费氏续修宗谱序》，序末载"工竣，乞予序之，以并其端"句，其中"以并其端"，依文意，疑为"以弁其端"之误。

29. 卷首黄观澜清道光二十七年撰《新田费氏重修宗谱序》，序末载"是于光前者，人文蔚起，代不乏人；而裕于后者，缵绪相承，多群英"句，其句首"是于光前者"，疑为"是光于前者"之误；句末"多群英"疑缺一字，如补成"世多群英"，或可与前句"代不乏人"相对仗。全句应为"是光于前者，人文蔚起，代不乏人；而裕于后者，缵绪相承，世多群英"。

30. 卷首费伏宗清道光二十七年撰《新田费氏重修宗谱序》载"而谱事告竣，则天叙天秩之大经照然若揭……孰为照，孰为穆"句，其中两个"照"字，均应为"昭"字之误。序末称"拔笔而为之序云"，句首"拔笔"似不妥，疑为"援笔"之误。

31. 卷首载"弋庠叶仁元"所撰《时登公传》，首称"公讳时登，字均庸，文珍公之子"，这与前述"费时登铭碑"所载相同；只是碑中称其"字君"，君字后一字因风化，不能识辨，但"君"与"均"同音，故疑为"君庸"。但传中所载时登公的诸多事迹，光彩照人，依照惯例，在墓志铭中都是应该详详细细记述的，可在这出土的碑中却均不见载，故这传中内容的真实性似可疑。文中又称其"知松江知府"，此说不通，要不称"知松江府"，要不称"任松江知府"。又称"值水后道发，镇抚不遗余力"。句中"道发"疑为"盗发"之误。又称其"解组归田，杜门不出，由是考之，公亦可谓忽流勇退者矣。"句中"忽流勇退"，疑为"急流勇退"之误。又称"二三十年之富贵，都归于灰飞烟尽，未必能绵旦长享也"。句末"绵旦长享"，依文意，疑为"绵亘长享"之误。

32. 卷首载《九鲤始迁祖文珍公墓铭》，落款为"裔孙绍榜继宏氏谨识"。遍查谱中《世系》，从文珍公的第四代，直到第十代，六代中均无名绍榜字继宏的后裔。铭文中又载有"自此聚族蕃衍，分迁他地者不一，若钱塘，若虹桥，若横林、范坞、合湖、墩上等处"，这些分迁都发生在文珍公五代孙之后。故此人必是分迁后的后裔，当在第十世之后。且墓志铭亦称埋铭，是事主去世入葬时的碑铭，不太可能由五代以后的裔孙所撰。铭文首称"公讳文珍，字叔宝，志成公之子"。而《世系》中称文珍是"志诚公三子"，"字宝叔"，皆不同，疑二者必有一误。又载文珍公"见叫岩山水奇秀，遂揭其家徙居于铅邑九鲤湖"，句中"揭其家"文义不通，疑为"携其家"之误。又称其长君时登"庚戌（注：宋理宗淳祐十年，1250）进士"，而《世系》中则称时登"宋淳祐辛丑（注：宋理宗淳祐元年，1241）进士"，然"费时登铭碑"中均无其中进士之说，而是明确地说他"力任干蛊，不果终诗书，然性明敏，博览多记，以植门户为意……少恨不学，故终身乐教"。这些记载都说明他不可能中了进士，故以上中进士二说均当存疑。又称文珍公次子时达"贡任训导"，三子时兆"郡廪生"，《世系》中他们名下均无此记载，故亦当存疑。又称"公满门皆食禄天朝，龙章宠颁，凤诰来贻"，这些都是国家的大典，可惜缺乏国史、方志等文献的佐证，亦当存疑。又称"公生于宋而卒于元，享年亦已永矣"，对此在前第6条已证其伪，不赘。

33. 谱中列有《九鲤总世系》（简称世系），首载第一世是文珍公的曾祖父"谦受，字广益，行廿五……世居四川成都府成都县龙头山家焉，有铁井，其水烹茶，味极香甘"。从这一记载，看似谦受公居四川，是他或他的子孙开始迁居铅山。又记谦受生一子秉毅，秉生二子志诚、志议；志诚生三子文杰、文仲、文珍；志议生一子文忠。可在第四世文珍栏下却记其是"迁九鲤始祖"，如果这是真的，那他的曾祖、祖、父、叔、同胞、同祖兄弟及其后裔均应在四川，是他这一支才到铅山的。可谱中却记载了文杰、文仲、文忠的后裔均在铅山，且形成了范坞、横林、官坂等支派。更重要的是，"费时登铭碑"中称其"居琛山之阳曰蛤湖，距琛山不一舍，有水曰葛溪，世传长房遗迹，费之派实出于此。蛤湖首汭尾琛，环数里皆费姓，繁衍且数百年"。可见在费时登所生活的宋代时，费氏就在铅山已繁衍数百年了，那就绝对不是其父文珍公始迁铅山的，甚至也不是谱中第一世谦受公始迁铅山的。又有费宏在其箸《费处士行状》中称："永乐间盗发宋时冢，得埋铭云：'五季之乱，费氏与诸葛氏自蜀徙居铅山，世为婚好。'疑自蜀徙者，即大将军袆之苗裔也。诸费往往聚族以居，有居横林者，有居范坞者，有居费墩者。其谱牒失次，数世以上，莫详其系，而称呼庆吊尚不绝。"这里描述了明代铅山费氏聚居的情况，与"费时登铭碑"所述是相契合的；费氏在"五季之乱"迁铅山，与在宋时已居铅山数百年也是一致的。要之，这两个出土的文献，俱可证明不是文珍公始迁铅山的。同时这也佐证了横林费氏的始迁祖本二公费友常，也不是元末从四川或其他地方迁来铅山的，他的先人早已在铅山，只是在创修宗谱时，对前数辈祖先缺乏文献资料，只好断自其为始迁祖。对此，本文在前第4、9条已作考证，可供参考。

34.《世系》中载文珍公父志诚，字由实；祖秉毅，字宏远。而新近出土的"费时登公铭碑"却称文珍公之父为智承，祖父为德照，除"智承"与"志诚"同音，其他均不同。又谱中《世系》及"费时登铭碑"中俱记时登公有三子，但名讳各异：《世系》载三子为：必茂，字盛先；必恭，字节如；必朗，字明高；"费时登铭碑"却载三子"诸孤曰：舜诏、舜德、舜璠"。《世系》记其孙男六人：显猷、显明、显道、显觐、显诏、显赞；而"费时登铭碑"记其"孙男七人，曰禹迪、禹能、禹谦、禹绩、禹昌、诜老、琇郎"，俱不同。愚以为均当以新近出土的文献所记为是。

35. 谱中《世系》从第一世至第十五世，所登各人均无生卒时间的记载，只是在第九代良吉及其子第十代敏绶二人有此详细的记载："良吉，分迁虹桥，字时昌，行德三二，生于至元己卯年三月初三日子时，殁于至正戊子年五月十七日卯时。"这里的至元己卯年是元惠宗至元五年（1339），至正戊子年是元惠宗至正八年（1348）；照这样算来，他在1339年出生，九年后的1348年即殁，这如何能娶妻生子，更不用说迁居虹桥创业了。又载其"娶吕氏，生于至元壬午年四月廿八日寅时，殁于至顺甲午年七月初三日子时"。这至元是元惠宗的年号，从元年（1335）至六年（1340），均没有"壬午"这个干支年；至顺是元文宗的年号，只有元年（庚午1330）和二年（辛未1331）两年，也并无甲午这个干支年；况她也不可能生在1335—1340年，而死在1330—1331年，如此先死后生，大悖逻辑。又载良吉公的子、媳生卒，第十代"敏绶，字廷献，行巽九，生于元大德丁酉年九月初八日亥时，殁于至顺己亥年六月廿三日卯时。"这里大德是元成宗的年号，丁酉是1297年；至顺，前面已述是元文宗的年号，只有元年（庚午1330）和二年（辛未1331）两年，并无己亥这个干支年。又载敏绶"娶丁氏，生于大德庚子年四月初八日寅时，殁于至顺丙午年七月廿四日午时"。这里的"大德庚子"是元成宗大德四年（1300）；至顺，前面已述是元文宗的年号，只有元年（庚午1330）和二年（辛未1331）两年，并无丙午这个干支年。况儿子和媳妇均生在元大德年间，而公婆却生在30多年后的元至顺年间，这怎么可能？但由于没有其他人的生卒年记载作参照，故无法判断其错在哪里，又是怎么错的。

十二、《河南方氏宗谱》清·光绪三年上饶灵溪方氏余庆堂重修本

1. 卷首有王守仁撰《方氏重修家谱序》，落款为"大明嘉靖三年岁次甲申春月

谷旦，赐进士第光禄大夫伯安王守仁拜识"。王守仁，号伯安，弘治十二年（1499）进士，按明代的规制，要一甲进士三人方能赐进士及第，他只能是"赐进士出身"，故不能称之"赐进士第"。王守仁因平江西宁王朱宸濠之叛，在世宗即位不久的正德十六年十一月即被封为"新建伯"，三年后的嘉靖三年他在落款中竟不署这一勋爵，似不合情理。故疑此落款不是王守仁自署，而是方氏后人在修谱时所加，因不了解王守仁的经历而误署。

2. 卷首载有费宏所撰《方氏重修家谱序》，落款为"时大明嘉靖三年岁次甲申春月谷旦，赐进士及第光禄大夫华盖殿大学士入内阁太子太师兼太子少师鹅湖子充费宏顿首拜撰"。费宏因阻宁王朱宸濠的叛乱阴谋，在正德九年被迫以户部尚书武英殿大学士致仕。正德十六年四月，世宗即位，即以原衔召还内阁，十月至京入职，即加少保。至嘉靖四年六月，以《武宗实录》成，加少师兼太子太师。嘉靖五年七月，才因《献皇帝实录》成，进华盖殿大学士"。在嘉靖三年写此序言时就署"华盖殿大学士"衔，费宏绝不可能如此。况明代也没有"太子太师兼太子少师"的官制，故疑这是方氏后人因不谙明代官制及费宏的履历，故在修谱时而误书。

3. 在费宏所撰《方氏重修家谱序》中，开篇即称"先王虑为人子者未知孝弟之道，故设大司徒以训诲。又恐四海之大，九州之遥，不能遍及，复设党庠术序之制，教孝教弟，以谕万民，俾咸知有一本九族之亲"。文末又称"又何虑乎本不克敦，族不克收，而先生所以教孝弟之道，不且千载如昨哉?"据前引文所述，后引文中的"先生"，疑为"先王"之误。

4. 谱中嘉靖三年修谱的序文，除费宏、王守仁上述两篇外，还有署名方氏"裔孙庠生方曦"的《宁海方氏正学先生故里发派总序》及《方氏重修家谱序》；又有署名"门人王巩"的《礼部侍郎宗茂公序》，共5篇。除方曦的"总序"外，其他四篇均未提及方孝孺的事迹。"总序"中称：方孝孺死后，"至英宗复位，大赦天下，为我孝孺公建坊立祠，诏求后嗣，始得归宗"。依此述，在英宗天顺年间，就已经为方孝孺平反昭雪了。而据《明史》卷141《方孝孺本传》第4023页载："神宗初，有诏褒录建文忠臣，建'表忠祠'于南京，首徐辉祖，次孝孺云。"这已是方曦所称"天顺年间"的100多年后了，愚以为似当以《明史》所记为是。又据费宏序中称："今览方氏继明翁之族"；王守仁序中亦称："兹因方氏年翁讳曦字继明者，持家乘一帙，向予求序。"这个方继明就是嘉靖三年主持重修宁海方氏家谱的方曦，而其在"总序"中称英宗为方孝孺平反似当存疑。

十三、《灵溪、英塘方氏宗谱》余庆堂2003年重修本

1. 卷首载有"十九世孙方乃松"所撰"新序"，序中第1页称"国家修史，州县修志，地方修谱"。谱是家谱、宗谱之谓也，只有家族、宗族才行修谱。州、县即

地方也，地方只会修地方志，不会修谱。故此处"地方修谱"疑是"家族修谱"之误。

2. "新序"第3页载"北宋著名的哲学家程颐程景两兄弟"，据查史料，北宋理学家程氏兄弟是程颢、程颐，这里是把程颢误成了程景。

3. "新序"第3页又载"被朝廷任命为汉中郡名今陕西省教授"，由于原文是直排，且无标点，故使人难以理解。其实，这里的"郡名今陕西省"是对"汉中"的注释，在古文中是可以用小一号字、双排来区别的，才不致使人不解。按横排的句式当为"被朝廷任命为汉中（郡名，今陕西省）教授"。

4. "新序"第4页载方孝孺被处死"特年四十六岁"，依文意，这里应是"时年四十六岁"。这是把"时"误成了"特"。

5. "新序"第4页又载方孝孺死后"其学被禁，著作多失散，明后期开禁，仅得二千卷收入《方正学先生逊志斋集》"。什么人的著作能有两千卷，岂不是洋洋大观的大部头，何谈"著作多失散"？今查《方正学先生逊志集》（明崇祯刻本），只有二十四卷，故疑此处的"二千卷"，是"二十四卷"或"二十卷"之误。

6. "新序"第5页载"其次子孟显由宋宅迁涉英塘头"，文义不通，疑此处"迁涉"的"涉"是衍文，其原文应是"其次子孟显由宋宅迁英塘头"。

7. "新序"第6页载"跑步进入共产党主义"，亦文义不通，据上下文义，疑此句衍一"党"字，原文应是"跑步进入共产主义"。

8. "新序"第10页载"为我国国防工业和航天事业出了贡献的科学家方乃相"，依文意，疑句中"出了"前脱一"作"字，原文应为"为我国国防工业和航天事业做出了贡献的科学家方乃相"。

9. "新序"中有两个11页，且内容完全相同，其一页应是衍文。

第四章　专著

一、《费宏集》上海古籍出版社 2007 年版

1. 《前言》第 35 页第 3 段中 "北京大学出版社出版《四库存目丛书》时" 句，出版社和书名皆错，应为 "齐鲁书社出版《四库全书存目丛书》时"。错书。

2. 《目录》第 8 页上第一行 "同表弟张祜游清风峡"，据《铅山县志》"祜" 应作 "祐"。故应据此在 "祜" 下出校。漏校。

3. 《目录》第 16 页下第二行 "天命之谓性率牲之谓道修道之谓教"，其中 "率牲" 在原校底本、丛刊本中皆为 "率性"，且合文意。错印。

4. 卷 1 第 5 页第 9 行 "报称苑而自厚" 句中，据原校底本、丛刊本中的 "苑" 皆作 "施"，且合文意。错印。

5. 卷 1 第 6 页倒数第 2 行 "蔼芳誉之未垂兮" 句中，"未" 在原校底本、丛刊本中皆为 "永"，且合文意。错印。

6. 卷 1 第 13 页倒数第 1 行 "闲居蘂珠宫" 句中，"蘂" 在原校底本、丛刊本中皆为 "蕊"，且合文意。错印。

7. 卷 1 第 18 页倒数第 5 行 "治化所開" 句中，据原校底本、丛刊本，"開" 皆为 "閞"（关），且合文意。错印。

8. 卷 1 第 29 页倒数第 2 行 "友袂沾襟久于悒" 句中，在原校底本、丛刊本中，"友" 皆为 "反"，且合文意。错印。

9. 卷 1 第 30 页第 1 行 "妆买冠裳" 句中，在原校底本、丛刊本中，"妆" 皆为 "收"，且合文意。错印。

10. 卷 1 第 38 页 "校勘记" 第 22，将原文的 "资愽" 改为 "资博"。据查字典，"愽" 是 "博" 的异体字，按此书的点校惯例，将异体字径改即可，不必作为错字改正而出校勘记的。错校。

11. 卷 2 第 52 页第 2 行 "白发苍头庸百福" 句中，"庸" 在原校底本、丛刊本中皆为 "膺"，且合文意。错印。

12. 卷 2 第 58 页倒数 1 行 "即今操袂将分手" 句中，"操" 在原校底本、丛刊本中皆作 "捘"，且合文意。错印。

13. 卷 2 第 61 页第 7 行 "低回《迁史》去何迟" 句，其中 "迁史" 二字加了书名号，其实此处 "迁史" 是人名，即史迁也，应将书名号改为人名号。标点错。

14. 卷 2 第 63 页 "校勘记" 第 2，将第 40 页第 7 行 "曰战惭前辈" 句中的 "曰" 出校为 "据文意疑为 '百' 之误"。其实据文意这句的 "曰战" 应为 "白

战"，即比喻作禁体诗的意思，故应将"百之误"改为"白之误"。出校错。

15. 卷 3 第 80 页第 2 行诗题中"石泉别墅"，原校底本、丛刊本皆作"石泉别野"。查别野即别墅，这里改动之后亦未出校，为忠实于原文，还是不改为好。错印。

16. 卷 4 第 89 页倒数第 6 行"同寓善提寺"句中，"善"在原校底本中作"菩"，丛刊本中字不清，据文意当以底本为是，应作"菩提寺"。错印。

17. 卷 4 第 92 页倒数第 6 行"同表弟张祜游清风峡"题中，据《铅山县志》"祜"应作"祐"。故应据此在"祜"下出校。漏校。

18. 卷 4 第 111 页第 2 行"谕德傅邦彦及予也"句中，"傅邦彦"应为"傅邦瑞"之误。据《明清进士题名碑录索引》，费宏同年进士中傅姓只有傅珪一人。又据《明史》卷 184 载，傅珪，字邦瑞，"武宗立，以东宫恩，进左谕德，充讲官"。故应据此在"谕德傅邦彦"下出校"疑为邦瑞之误"。漏校。

19. 卷 4 第 121 页第 6 行"右正月十四"句中"十四"应为"十日"之误。据原校底本字不清，丛刊本作"十四"，但这与后文"右十一日候驾"之意相左，故应将"十四"改为"十日"，并据此出校"底本字不清，丛刊本作'十四'，据上下文意改。"漏校。

20. 卷 4 第 127 页第 5 行"鸣阳异翮常千仞"句中，"异翮"当为"兴翮"之误。据原校底本字不清，丛刊本作"兴翮"，据文意当以丛刊本为是，改作"兴翮"，并据此意出校。错印、漏校。

21. 卷 4 第 132 页倒数第 2 行"孤忠自合动震旒"句中，"震旒"当为"宸旒"之误。据原校底本、丛刊本皆作"宸旒"，文意亦相合。错印。

22. 卷 5 第 161 页倒数第 4 行"□幸遂于攀援"句中，"□"原校底本作"已"，丛刊本作"之"，据文意当以底本为是。此处应将"□"判作"已"，并据此出校。错印、漏校。

23. 卷 5 第 162 页第 3 行"代安乡侯臣张坤谢恩表"题中，据以下正文所述及《明史功臣世表（二）》所记，"安乡侯"应为"安乡伯"之误。此处应据此出校。漏校。

24. 卷 6 第 169 页倒数第 3 行"允人君出入往来之顷"句中，第 1 字"允"，据原校底本、丛刊本皆作"凡"，且合文意。错印。

25. 卷 6 第 171 页第 3 行"寡母嫠妇"句中，"嫠"应为"嫠"之误。据《中国汉语大字典》，"嫠"是寡妇的意思，而"嫠"有美女之意，在此颇不合文意，还是"嫠"比较合适。此处应出校指出其疑误。漏校。

26. 卷 6 第 184 页第 6 行"郊禋荐享斋祓，一心对越神明，周旋中礼，可谓极其敬矣"句，据文意应标点为"郊禋荐享，斋祓一心；对越神明，周旋中礼，可谓极其敬矣"。断句错。

27. 卷 6 第 190 页第 1 行"乞恩奏"标题下原目录中此下有"为男懋贤上"五字。为使目录与正文的标题统一，应补上此五字并出校。脱字、漏校。

28. 卷 7 第 225 页倒数第 5 行"挈神器归于真主"句中，"挈"原校底本、丛刊本皆作"挈"，且合文意。错印。

29. 卷 8 第 230 页第 2 行"朝夕与之俱有。忠爱之诚者，面乎日，必能心乎君也"句，据上下文意，应标点为"朝夕与之，俱有忠爱之诚者，面乎日，必能心乎君也"。断句错。

30. 卷 8 第 230 页倒数第 2 行"宏无似辱从先生游"句，据文意应标点为"宏无似，辱从先生游"。断句错。

31. 卷 8 第 234 页倒数第 4 行"即仰面叹曰"句中，"面"原校底本作"而"，丛刊本字不清，似为"面"，据文意当以底本为是，判作"即仰而叹曰"。错印。

32. 卷 8 第 242 页倒数第 4 行载"其所祀，首廉溪，盖楚产也。"句中的"廉溪"据文意应是"濂溪"之误，濂溪是宋周敦颐之别号，应据以改并出校。漏校。

33. 卷 8 第 242 页倒数第 2 行"南轩则以其尝学于潭、湖、湘之游，实因之"句，据文意应标点为"南轩则以其尝学于潭，湖、湘之游实因之"。断句错。

34. 卷 8 第 243 页第 4 行"人知之，则随其所虞"句中，"虞"字，据原校底本、丛刊本皆作"处"，且合文意。错印。

35. 卷 8 第 248 页第 6 行"公率副使君及祥历、和平，相其险易"句，据上下文意，应标点为"公率副使君及祥，历和平，相其险易"。文中"祥"即上文中"惠州知府陈祥"，"和平"即上文中"和平都"，地名。断句错。

36. 卷 8 第 251 页倒数第 4 行"其功之著于人目，殆与山而俱崇；泽之洽于人心，殆与湖面俱深"句中，据文意"湖面"疑为"湖而"之误。此处应出校"据文意'湖面'疑为'湖而'之误"。漏校。

37. 卷 8 第 257 页倒数第 5 行"所以报本追远、开业传世之大本大端，举于是乎在，故古之君子恒汲汲不敢缓焉"句，据上下文意应标点为"所以报本追远、开业传世之大本大端，举于是乎？在故，古之君子恒汲汲不敢缓焉"。断句错。

38. 卷 9 第 271 页倒数第 1 行"顾不能摧戢蕴藉以就。夫浑厚和平之气耳，亦宜有以使之也"句，据文意应标点为"顾不能摧戢蕴藉，以就夫浑厚和平之气耳，亦宜有以使之也"。断句错。

39. 卷 9 第 275 页第 1 行"既诺，膳部取诗而观之"句，据上下文意应标点为"既诺膳部，取诗而观之"。断句错。

40. 卷 9 第 278 页第 6 行"其志壮甚殊，不类其年也"句，据上下文意应标点为"其志壮甚，殊不类其年也"断句错。

41. 卷 9 第 280 页第 10 行"而今日之归，非两先生之令德寿，岂亦奚足以为乐耶"句，据上下文意应标点为"而今日之归，非两先生之令德，寿岂亦奚足以为乐耶"。断句错。

42. 卷9第284页倒数第2行"况夫族之大，由于名贤"句，据原校底本、丛刊本"名贤"皆作"多贤"。错印。

43. 卷9第285页第4行"兹阳韩公"句，据文意"兹阳"疑为"滋阳"之误。据此应在"兹阳"下出校。漏校。

44. 卷9第286页第3行"足经迂绩而膺受之"句中，"绩而"二字原校底本字不清，丛刊本作"绩而"，据文意疑为"续而"之误，全句应为"足经迂续而膺受之"。应在"绩而"下据此出校。漏校。

45. 卷10第316页第1行"凡逢迎监司，优饶豪右者，往往著能声，书上考"句，依文意应标点为"凡逢迎监司、优饶豪右者，往往著能声、书上考。"标点错。

46. 卷10第339页倒数第4行"于是宏再拜，上手进所欲言"句，据文意应标点为"于是宏再拜上，手进所欲言"。断句错。

47. 卷10第349页第3行"汉文帝之时，吏居官者或长子孙，二千石长吏安官乐职，故上下相安"句，依文意应标点为"汉文帝之时，吏居官者或长，子孙二千石，长吏安官乐职，故上下相安"。断句错。

48. 卷11第359页第6行"每平旦就榻诊脉已，怡然而退至其处。剂则据古方内补之法，不敢少置增损于其间"句。据上下文意，此句应标点为"每平旦就榻诊脉已，怡然而退，至其处剂，则据古方内补之法，不敢少置增损于其间。"断句错。

49. 卷11第363页第1行"而其学也，实以予伯父少恭公"句中，"少恭公"据原校底本、丛刊本皆作"少参公"。以费宏伯父费瑄曾任贵州参议，故称。错印。

50. 卷11第366页第6行"有古贤将之风，盖武弁之杰，然者思一访焉"句，据上下文意应标点为"有古贤将之风，盖武弁之杰然者，思一访焉"。断句错。

51. 卷11第390页第3行载"咸卓及其弟侍御咸粟，莅官持己，皆无愧于前人"。据清光绪元年《吉安府志》卷26第869页记："刘玉，字咸栗，万安人"《明史》卷203第5353页"刘玉本传"亦记："刘玉，字咸栗，万安人"。故疑此处将"栗"误记成了"粟"，应在此下按此意出校。漏校。

52. 卷11第391页第3行"若其辞支离，而其意不白，则以别怀之恶，有未能尽遣者也"句，据文意应标点为"若其辞支离，而其意不白，则以别怀之，恶有未能尽遣者也？"断句错。

53. 卷12第411页倒数第3行"《易》称视履考祥，《书》论五福本之由训与否？盖德者福之本也"句，依文意应标点为"《易》称视履考祥，《书》论五福本之，由训与否？盖德者福之本也"。断句错。

54. 卷12第421页第2行"少宗伯新喻傅公，以七月壬□冠其元孙，选筮宾得侍读白君秉德"句，依上下文意应标点为"少宗伯新喻傅公，以七月壬□冠其元孙选，筮宾得侍读白君秉德"。此"选"字，应加上人名号。断句错、漏标点。

55. 卷 12 第 421 页第 4 行 "秉德字选曰金可甫。" 据上下文意应在 "选" 字上加人名号。意为白秉德择定傅选字金可甫。漏加标点符号。

56, 卷 12 第 421 页倒数第 6 行 "金可今实为傅氏继,曾祖之宗,责成之礼,有不容不重者" 句,据文意应标点为 "金可今实为傅氏继曾祖之宗,责成之礼,有不容不重者"。断句错。

57. 卷 14 第 467 页第 3 行 "今兹岭北之役,帷幄筹画之懿而出奇制胜" 句中,"懿" 字在原校底本、丛刊本中,皆是左言字旁,右恣字,字典中找不到此字。据文意,此处当是帷幄筹画之谋的意思,"懿" 没有谋的义项,而 "谘" 字却有谋的义项,故此处当判作 "谘" 字,并据此出校。漏校、错印。

58. 卷 14 第 469 页第 3 行 "有大夫子六人" 句中,"大夫子" 在原校底本、丛刊本中皆作 "丈夫子",且文意亦如此。错印。

59. 卷 14 第 474 页第 2 行 "至于妇节之亏,女德之爽,与为人后者之失宜,与夫甘为俳优,去为浮屠、老子之徒者,皆削而不录" 句,据文意应标点为 "至于妇节之亏,女德之爽,与为人后者之失,宜与夫甘为俳优,去为浮屠、老子之徒者,皆削而不录"。断句错。

60. 卷 15 第 515 页倒数第 1 行 "小人道长百倍,成化未年,趋者澜倒,莫知纪极" 句,据文意应标点为 "小人道长,百倍成化未年,趋者澜倒,莫知纪极"。断句错。

61. 卷 15 第 516 页第 2 行 "士大夫能守静安常,不为阿谄足矣",句中 "谄",据文意当作 "谀"。此处当出校 "疑为谀之误"。漏校。

62. 卷 15 第 529 页倒数第 3 行 "当此承平之世,忽与反叛之谋" 句中,"忽与" 在原校底本、丛刊本中皆作 "忽兴",且合文意。错印。

63. 卷 15 第 530 页倒数第 6 行 "幸遂底宁,敢忘大惠。" 据文意,句末的句号应改为问号。标点错。

64. 卷 15 第 535 页第 2 行 "辉辉鄉月,照止符台" 句中,"鄉" 原校底本、丛刊本字皆不清,据文意当为 "卿"。此处应断为 "卿",并据此出校。漏校、错印。

65. 卷 16 第 546 页第 9 行 "是岁嘉禾生郡廨,一茎两穗,有三合颖□□□。景泰庚午" 句,三白框处原校底本、丛刊本字皆不清,但依稀可辨。此处应补充标点为 "是岁嘉禾生郡廨,一茎两穗,有三合颖者。明年,景泰庚午"。字未辨明,错印,且断句错。

66. 卷 16 第 549 页倒数第 4 行 "子男三人,长汝宁,名昇",据《明清进士题名碑录》,蒋冕之兄同科进士应为蒋昇,原校底本、丛刊本皆误作 "昇",此处应据此以改并出校。漏校。

67. 卷 16 第 570 页第 7 行 "缫綵缉枲,沾及一家" 句,"綵" 原校底本、丛刊本皆作 "絲",且合文意。错印。

68. 卷 16 第 570 页第 10 行 "女若干人，某适某处士。以卒之年十二月某日，葬其里芙蓉山先垅之左"句，据文意此句应标点为"女若干人，某适某。处士以卒之年十二月某日，葬其里芙蓉山先垅之左"。因此篇为《费处士行状》，"处士"一词专指状主费良佐。断句错。

69. 卷 17 第 583 页第 3 行 "观象台旧制，浑仪黄赤二道交于奎轸，与今之四正戾。其阳经南北，轴不合两极出入之度。阴纬东西，窥管又不与太阳出没相当。故虽设而不用"句，据文意此段应标点为"观象台旧制浑仪，黄赤二道交于奎轸，与今之四正戾。其阳经南北，轴不合两极出入之度；阴纬东西，窥管又不与太阳出没相当，故虽设而不用"。断句错。

70. 卷 17 第 584 页第 4 行 "上佐括后承乾元"句中，"括"原校底本、丛刊本皆作"哲"，"哲后"意为贤明的君主，与文意合。错印。

71. 卷 17 第 584 页第 5 行 "职思修补敢弗处"句中，"处"原校底本、丛刊本皆作"虔"，亦合文意。错印。

72. 卷 17 第 588 页倒数第 3 行 "尚有褒章贵兹墓"句中，"贵"原校底本、丛刊本皆作"赉"，亦合文意。错印。

73. 卷 17 第 594 页第 8 行 "入翰林，为庶吉士"句，据文意应标点为"入翰林为庶吉士"。断句错。

74. 卷 17 第 602 页第 5 行 "则反复提论，欲其心革"句中，"提论"在原校底本、丛刊本中皆作"提谕"，且合文意。错印。

75. 卷 18 第 615 页第 5 行 "与其姒娣处，睦而无衅，视二俋如其子。然御僮仆庄而能慈，往往有既去而怀恋其复来者"句，据文意应标点为"与其姒娣处，睦而无衅，视二俋如其子然。御僮仆庄而能慈，往往有既去而怀恋其复来者"。断句错。

76. 卷 18 第 624 页第 4 行 "以演武厅成久倾颓，奏请修葺"句中，"成久"在原校底本、丛刊本中皆作"岁久"。虽"岁"字不甚清楚，仍可辨为"岁"字，且与文意合。错印。

77. 卷 18 第 637 页第 3 行 "石峰公介其族子少师成懋谷及吾从弟庶子子和为于吉媒"句中，依文意"少师成"疑为"少司成"之误。此处应据此出校。漏校。

78. 卷 19 第 649 页第 9 行 "宏去而邃庵杨公又以公荐，意若虚元佐以逊公者，天下皆相庆。公复入，而贤邃庵之能让"句，依文意应标点为"宏去，而邃庵杨公又以公荐，意若虚元佐以逊公者，天下皆相庆公复入，而贤邃庵之能让"。断句错。

79. 卷 19 第 651 页第 4 行 "帝有恤恩，贯于泉扃"句中，"贯"在丛刊本中作"赉"，底本缺页，据文意，此处当以丛刊本为是，并据此出校。错印、漏校。

80. 卷 19 第 651 页倒数第 3 行 "与太宰乔公希、大司马金公舜举为同门"句，据《明史》，吏部尚书乔宇字希大，故此句应标点为"与太宰乔公希大、司马金公舜举为同门"。断句错。

81. 卷 19 第 661 页倒数第 2 行 "诏可之，额曰'褒功都司官'，岁以春秋谒祭"句，据文意应标点为 "诏可之，额曰'褒功'，都司官岁以春秋谒祭"。断句错。

82. 卷 19 第 662 页倒数第 1 行 "明年，改充副总兵，分守开原，兼提督辽阳镇巡诸官。以为辽阳东南境与建州接，守将非专任弗可，请复辽阳"句，依文意应标点为 "明年，改充副总兵，分守开原，兼提督辽阳。镇巡诸官以为辽阳东南境与建州接，守将非专任弗可，请复辽阳"。断句错。

83. 卷 19 第 663 页第 3 行 "居民因得垦灌莽田之，屯利日广"句，依文意应标点为 "居民因得垦灌，莽田之屯利日广"。断句错。

84. 卷 19 第 663 页第 8 行 "至，将在峪部分将士举号火，纵骑追奔"句，依文意应标点为 "至，将在峪部分将士，举号火纵骑追奔"。断句错。

85. 卷 19 第 664 页倒数第 2 行 "稚童儒生遇暇必延致诵说史传"句，依文意应标点为 "稚童儒生，遇暇必延致诵说史传"。断句错。

86. 卷 20 第 690 页第 3 行 "癸丑年作"。费宏一生只经历过一个癸丑年，即弘治六年（1493），此文是费宏为祭恩师尹直而作，尹直卒于正德六年（1511），故此文不可能作于此前的癸丑年，故疑是将正德六年误推为弘治六年"癸丑"。此处应据以出校 "疑为正德六年（辛未）尹直卒后某年作"。漏校。

87. 卷 20 第 691 页倒数第 7 行 "素荷钟爱，喜溢双眉"句应划入上一段；倒数第 5 行 "惟孝惟忠，公实启之"句应划入上一段；倒数第 2 行 "公在九原，能不解颐"句，句号应改为问号。分段错，标点符号错。

88. 卷 20 第 724 页第 1 行 "亦人情之常有，不足异者矣"句，依文意应标点为 "亦人情之常，有不足异者矣"。断句错。

89. 卷 20 第 725 页第 5 行 "一旦遭逢，幸与君同朝，于此盖皆前人之余庆也"句，据文意应标点为 "一旦遭逢，幸与君同朝于此，盖皆前人之余庆也"。断句错。

90. 卷 20 第 727 页倒数第 3 行 "而况奉使华，脱朝籍，遵途脂车"句，依文意应标点为 "而况奉使，华脱朝籍，遵途脂车"。断句错。

91. 附录一第 745 页第 4 行载 "亦不得不为辅臣辨。璁也为名分也，非诋君也，非灭师也"。据《世宗实录》卷 119，此句应断为："亦不得不为辅臣璁辨也。为名分也，非诋君也，非灭师也"。应据此出校。漏校。

92. 附录一第 746 页第 10 行载 "推之己心，则之孔子之心也"。句中"则之"疑为"则知"之误，应据此出校。漏校。

93. 附录一第 747 页第 2 行载 "朕所来即批行，非不断也"。依文意，句中"来即"疑为"未即"之误，并据此出校。漏校。

94. 附录二第 769 页第 6 行载 "年十六遂同领成化癸卯乡试"。句末"乡试"，原文作"乡荐"。错印。

95. 附录二第 769 页第 8 行载 "而公以疾告去"。原文作 "而公以疾告归"。

错印。

96. 附录二第 774 页第 3 行载 "公三疏辞，时改授六品文阶"。句中 "时改授" 原文作 "特改授"，错印。

97. 附录二第 775 页第 6 行载 "他如蠲逋负，均马政，分轻斋"，句中 "轻斋" 应是 "轻斋" 之误。错印。

98. 附录二第 777 页第 4 行载："有旨命公与时偕诣内殿，捧主并至后苑，陪祀西宫"。据文意，似应断为："有旨命公与时偕诣内殿捧主，并至后苑，陪祀西宫"。断句错。

二、《费宏年谱》线装书局 2011 年版

1. 正文第 8 页（以下皆为正文页码）倒数第 9 行 "1639"，据《鹅湖横林费氏宗谱》应为 "1369"，误书。

2. 第 20 页倒数第 5 行（1422—1528）应为（1422—1485），误书；"字不达" 后应加 "号愚轩"，漏书。

3. 第 28 页倒数第 11 行（1449—1513）应为（1449—1531），误书。

4. 第 28 页倒数第 3 行 "正德十五年"，应为 "正德五年"，误书。

5. 第 30 页第 12 行（1453—1532）应为（1453—1498），误书。

6. 第 34 页第 2 行（1459—1487）应为（1459—1546），误书。

7. 第 37 页倒数第 6 行 "明山东乐平人" 应为 "明山西乐平人"，误书。

8. 第 38 页第 8 行（1464—1524）应为（1464—1547），误书。

9. 第 41 页第 8 行 "字道夫" 后应加 "号海山"，漏书。

10. 第 42 页第 3 行 "字永清" 后应加 "号静庵"，漏书。

11. 第 43 页倒数第 8 行 "字时泰" 后应加 "号松月"，漏书。

12. 第 48 页第 8 行 "许赞（1473—1546）" 应为 "许讃（1473—1548）"，误书。

13. 第 48 页倒数 4 行（1473—1557）应为（1473—1556）误书。

14. 第 55 页第 9 行 "字行之" 后应加 "号伯川"，漏书。

15. 第 59 页第 9 行（1477—　　），空白处应添上 "1526"，漏书。

16. 第 64 页倒数第 12 行 "字享之"，据《广信府志》应为 "字亨之"，误书。

17. 第 115 页第 11 行 "字文邦" 后应加 "号龙湖"；第 13 行 "南京吏部尚书" 下应加 "以礼部尚书入阁预机务"，漏书。

18. 第 116 页第 5 行和第 6 行均属衍文，删除。

19. 第 116 页第 7 行 "韩邦清……字汝度"，据《国朝献征录》应为 "韩邦靖……字汝庆"。误书。

20. 第 132 页第 16 行"孝宗以皇长子生颁诏天下"后应加"是为武宗"。漏书。

21. 第 136 页第 7 行（1491—1489）应为（1491—1567），误书。"字任夫"后应加"号约庵"；"正德十二年（1517）进士"后应加"历官至吏部尚书"，皆漏书。

22. 第 149 页第 1 行（1494—1551）当作（1493—1550），误书。此节"陆粲"应前移至 144 页"杨爵"节后。

23. 第 149 页第 9 行（1494—　　），空白处应填上"1562"，漏书。

24. 第 206 页第 12 行，将费宏"与宗兄费诚同游含珠山，赋诗以纪"事记在弘治十六年夏初，此实考证错误。据费宏在此诗小序中所述："予以成化癸卯侍叔父雪峰先生讲学含珠山中，是秋遂同领乡荐，往游太学。越四年，忝甲科，官翰林。又五年，始获赐归。"算来恰好十年，正是弘治五年。这也与该诗首句"举头常爱三峰好，屈指重登十载余"所述契合。至于说到费宏与宗兄费诚在家乡会合之机，据《费宏集》第 430 页、570 页载，费诚成化七年中举，弘治二年才应铨选为顺昌令，"三年，顺昌大治，而兄有余力也，又共檄兄往城沙县"。此时正好亦是弘治五年，极有可能是费诚在从顺昌移任沙县前回乡一次。故此事记在弘治五年夏初为是，并按前说出注释。

25. 第 365 页第 2 行"同年郑介夫闻其以银六万打点"句，"郑介夫"应为"郭介夫"之误。误书。

26. 第 400 页倒数第 7 行记"六月十三日，宁王宸濠四十岁生日，时铅山三姓因听其嗾将作乱，讦告不已，不得已与从弟费寀同往贺之"。这样记述好像是费宏同费寀同往贺宁王生日，其实不然。这段记述所据是《铅书》载费寀所著《处濠大略》："丙子，逆濠四旬，于时我家三姓已听其嗾，将作大祸，讦告不已，我同渐斋兄同往贺之。"费宏初号健斋，费完初号渐斋，两号同音，遂混淆而误。此处应改为"不得已由胞弟费完与从弟费寀同往贺之"。误书。

27. 第 407 页倒数第 9 行"次囊馨被劫去"句中，"次"应为"资"。错书。

28. 第 415 页第 7 行"蒲城真生琼"句中，"蒲城"当作"浦城"。误书。

29. 第 443 页倒数第 1 行"告以操练机诀"句中，"诀"应为"快"。误书。

30. 第 444 页第 5 行"告以操练机诀"句中，"诀"应为"快"。误书。

31. 第 529 页第 1 行"卿以硕德旧学辅佐先帝，嘉谟人告"句中，"人告"依文意应为"入告"之误。误录。

32. 第 529 页第 11 行"五月二十七日"应作"五月十二日"；第 13 行"壬申"应改作"丁巳"；"蒋昇"下应出注，并将其改为"蒋昇"。查得《国榷》所记此事发生在五月丁巳，而误录为壬申，故将五月十二日误记成五月二十七日。同时，这条的内容应并入第 527 页"五月十二日"条下。

33. 第 551 页第 2 行"何不驱神兵"句，"何"之前脱一"彼"字。漏书。

34. 第 551 页第 6 行"其为陛下圣德累不小"句中，"累不小"前脱一"之"

字。漏书。

35. 第551页第11行"其余寅缘阿附者尽数斥逐"句中，"寅"为"夤"之误。误书。

36. 第551页第14行"又命内库查报各该人员赏过樏施银两等物"句中，"樏"为"儆"之误。误书。

37. 第562页倒数第1行"彼所执不过宋濮王议，且臣按宋臣范纯仁告英宗曰，陛下昨受仁宗诏，亲许为仁宗子，"句，应为"彼所执不过宋濮王议耳，臣按宋臣范纯仁告英宗曰：'陛下昨受仁宗诏，亲许为仁宗子。'"误书，断句错。

38. 第563页第9行"便会文武群臣集前后章奏详议尊号，合行典礼以闻"句，应断为"便会文武群臣，集前后章奏详议尊称、合行典礼以闻"。误书、标点错。

39. 第568页倒数第12行"是日又敕礼部"句中，"礼部"前脱一"谕"字，漏书；倒数第11行"入继大统"句中，"统"应为"宗"，误书；倒数第9行"朕心慊然"句中，"慊然"前脱"犹未"二字，漏书。

40. 第572页第2行"天下之望为万世之望也"句中，"天下"之前脱一"此"字，"万世"之前衍一"为"字。这句应标点为"此天下之望、万世之望也"。脱字、衍字、断句错。

41. 第572页倒数第11行"疏留中"句中，"疏"后脱一"奏"字，漏书。

42. 第573页第1行"臣闻古人言"句中，"古人"后脱一"有"字，漏书。

43. 第573页第12行"共治国理"句，应为"共图治理"，误书。

44. 第593页第3行"朕入继"句后脱"大统"二字；"受天明命"句前脱一"朕"字，漏书。

45. 第593页第4行"辄引汉定陶共王"句中，据《世宗实录》卷43所记，"王"应为"皇"之误。误书。

46. 第593页倒数第6行"一一条具奏闻"句前脱一"其"字。漏书。

47. 第673页第14行"朝夕之间惟我皇考、皇母尊亲未定"句中，"尊亲"应为"尊称"之误，误书。

48. 第673页倒数第1行"于正月二十二开馆"句中，"开馆"前脱一"日"字，漏书。

49. 第677页第4行"上谓仕隆等循情回护"句中，"循"为"徇"之误，误书。

50. 第677页第7行"《世宗实录》卷进73"句中，"卷"后衍一"进"字，衍文。

51. 第730页倒数第1行"如刑部党附循私"句中，"循"为"徇"之误，误书。

52. 第732页倒数第2行"我圣祖建置设六科十三道"句中，"建置"后衍一

"设"字，衍文。

53. 第 737 页倒数第 8 行"前后变志"句中，"变"应为"爽"之误，误书。

54. 第 741 页倒数第 8 页"以泄忿如此"句中，"忿"后脱一"怒"字，漏书。

55. 第 742 页第 5 行"时白未尝有此言"句中，"白"后脱一"臣"字，漏书。

56. 第 742 页第 8 行"詹事乃韬旧职"句中，"职"为"官"之误。误书。

57. 第 750 页倒数第 9 行"且先皇衣冠之藏"句中，"皇"字后脱一"帝"字，漏书。

58. 第 793 页倒数第 6 行"将费宏陵墓列为县重点文物保护单位"句中，"费宏"后衍一"陵"字，"文物"前衍"重点"二字，衍文。

59. 第 794 页第 6 行"将费宏陵墓列为市重点文物保护单位"句中，"费宏"后衍一"陵"字，"文物"前衍"重点"二字，衍文。

60. 第 794 页第 15 行"将费宏陵墓列为省重点文物保护单位"句中，"费宏"后衍一"陵"字，"文物"前衍"重点"二字，衍文。

61. 第 795 页第 6 行"《四库全书目丛书》第 97 册"句中，"目"字前脱一"存"字，漏书。

62. 第 794 页第 8 行"《四库全书目丛书》第 268 册"句中，"目"字前脱一"存"字，漏书。

三、《明代江右闻人》上海社会科学院出版社 1993 年版

1. 第 165 页在"杨廉"节中，将杨廉的生卒年定为（1441—1525），而在文中又称杨廉出生于"正统七年（1441）"。查正统七年是 1442 年，而 1441 年是正统六年，二者不知孰是？《明史》卷 282 第 7247 页有"杨廉本传"，称"杨廉，字方震，丰城人……八疏乞休，至嘉靖二年，赐敕、驰驿，给夫廪如制。家居二年卒，年七十四"。依此推算，其应卒于嘉靖四年（1525），生于景泰三年（1452）。这卒年倒是与"杨廉"节中相合，而生年却相差十年。《中国历史大辞典》第 1343 页杨廉条下，将其生卒年记为"1452—1525"，与《明史》本传所记契合。故疑"杨廉"节中是将 1452 年误记成 1442 年（正统七年）了，且又把正统七年误记成 1441 年，错上加错。另，此节又称"（成化）二十三年（1487）杨廉金榜题名，以进士第三名的资格，荣授庶吉士之职"。据《明清进士题名碑录索引》，成化二十三年（1487）丁未科进士一甲第三名是涂瑞，杨廉只是该科三甲第 202 名进士。同时庶吉士只是明清由新科进士中选入翰林院庶常馆学习者，不是授官，也没有俸禄，仅给酒馔房舍纸笔膏烛之资；期满经考试，优者留翰林院为编修、检讨等官，其余出为部属或州、县等官。故庶吉士还不是什么官职。疑此二者皆误记了。

2. 第 169 页在"桂萼"节中，称"桂萼，字子实，号古山"。据《国朝献征录》

卷16第555页，有胡松为桂萼所撰"墓表"文，其中称："盖公少与其兄古山先生师事康斋吴聘君门人张先生。"可见"古山"应是其兄桂华之号。又据清同治十一年《饶州府志》卷18第2027页在《人物志》中称："桂华，字子朴，安仁人，正德癸酉乡荐……有《古山先生集》行世"，亦证其兄桂华号古山。故疑在"桂萼"节中，是将其兄之号"古山"误作为桂萼之号了。

3. 第180页有"汪俊"条，首先将其卒年定为1538年，即嘉靖十七年。而此条后文在第182页又称汪俊因议大礼开罪于世宗，致仕归，"家十年后卒"（注："家"下疑脱一"居"字）。据《明史》卷112《七卿年表二》第3450页载，汪俊致仕在嘉靖三年三月，照此推算，其应当卒于嘉靖十三年（1534）。像这样在同一文中前后自相矛盾，不如暂存疑为是。而1991年版《弋阳县志》第585页汪俊条下，却称其卒于1529年（嘉靖八年），目前尚未查到确证来辨定孰是。第180页倒数第八行记：汪俊弘治六年"赴京会试，得中状元，授庶吉士，进编修"。据《明史》卷191第5058页载："俊举弘治六年会试第一"，是该科会元。据《中国历代文状元》，此科的状元是昆山毛澄。此处是把"会元"误成了"状元"。再说庶吉士并不是官职，只是选入翰林院庶常馆读书，期满经考试再授官，故此处应记为"选庶吉士，授编修"，详见本节第1条所述。又第181页倒数第13行记"世宗即位后六日，诏议本生父兴献王宋祐抗尊号"。据《明史》卷17《世宗本纪一》第215页所载，世宗生父兴献王名朱祐杬，此处姓名皆误记了。

4. 第187页"费宏"条下称费宏"以重识大体，明悉国家故事称"。据《明史》卷193第5108页"费宏本传"称："宏持重识大体，明习国家故事。"故疑此处"以"字下脱一"持"字，"明习"误成了"明悉"。第188页第2行记：费宏"曾参与编修《宪宗实录》，在全书大功告成之际，费宏提出身体不舒服，要求请假回家调理，家人劝他等皇帝颁发恩命获赐以后再提，费宏以为为利禄而不能不称职，坚持告归"。据《名山藏》卷72何乔远撰《费宏传》称："预修《宪宗实录》，垂成矣，以疾告，其长总裁杨守陈谓宏'书成当有恩叙，不少待耶？'宏谢曰：'疾安能待也。'盖修书故事，不论前劳，论最后录名进御者，故翰林中语曰：'经筵头，修书尾。'是举也，人称宏恬让。"《费宏集》附录二有李时为费宏所撰"神道碑铭"。其中称"辛亥，以疾请归，时史事将告完，金称公不伐劳，且恬退自守如此"。此处称"家人劝他等皇帝颁发恩命获赐以后再提"，疑是误记了。且下句"费宏以为为利禄而不能不称职"句，颇费解，疑是有误。第189页倒数第8行记："正德十三年，宸濠的叛乱在持续了四十三天后，即被王守仁带兵镇压。"据《武宗实录》卷175所述，宸濠叛乱是在正德十四年，此处误记成"正德十三年"了。

5. 第210页"夏言"条下，称"夏言，字公谨，号桂州……在代明中叶的政治舞台上曾产生过重要的影响"。据《中国历史大辞典》等辞书，夏言号桂洲。桂洲是夏言家乡贵溪的一个小地名，而桂州则是广西的一个大地名。此处是把"洲"误成

"州"了。夏言有文集《桂洲集》，故本文末尾称夏言的文集为《桂州集》，亦是误了。句中"在代明中叶"，依文意疑是"在明代中叶"之误。第 213 页第 4 行称夏言"以致遭来杀身之祸"，句中"遭来"疑是"招来"之误。第 214 页第 12 行记"论年令和中进士的时间，严嵩可称选达"，句中"年令"疑为"年龄"之误；"选达"疑为"先达"之误。

6. 第 216 页"费宷"条下，正文第 1 行称："费宷，字子和，号钟石，铅山县人，正德二年（1511）进士。"正德二年是丁卯年（1507），明代规制进士开科是丑、辰、未、戌年，卯年无进士科，故费宷不可能成为丁卯年进士。据《明清进士题名碑录索引》等史料，费宷是正德六年（辛未，1511）进士，此处是将"正德六年"误记成"正德二年"了。第 216 页第 4 行称费宷"祖父应麒生有五子，长子旬、次子瑞，并发贤科，三子渲进士，四子璠（宏之父）五子与（宷之父）耕读传家，后以子贵赠如子官"。这里将应麒公五个儿子顺序全搞错了，三个儿子的名也误记了。据《鹅湖横林费氏宗谱》所载，应麒公五子：长子珣，字伯玉；次子瑄，字仲玉；三子璠（宏之父），字叔玉；四子玙（宷之父），字季玉；五子瑞，字幼玉。珣、瑞举乡荐，瑄中进士，璠、玙以子贵封赠如子官。五子之名皆有斜玉旁，且有美玉之意，而旬、渲、与皆无此意。故对古人的名字还是以原字为好。从倒数第 2 行起，有多处将费宷的"宷"记成了"采"，《辞海》将宷作为采的异体字，又将其作为采的第二读音"菜"，注为"采地，古代卿大夫封邑"。在《中国汉语大字典》中，采有24 个义项，只在读第二音"菜"时才有古卿大夫封邑之义。在现代汉语中，更易引发歧义，故对古人的名字，愚以为还是以用原字为好。第 217 页倒数第 14 行有"明朝的官制条系"句，依文意，疑为"明朝的官制体系"之误；倒数第 9 行有"曾为经筵进官"句，依文意，疑是"曾为经筵讲官"之误。第 218 页第 11 行记费宷"二十六年六月，又加太子太保……二十八年八月，再晋少保，备赐公孤之荣，仅亚于首辅严嵩，而又在次辅张治、李本之上"。而在同篇第 219 页第 5 行又记费宷于"嘉靖二十七年十二月"去世，怎么会在去世后再加官晋爵？据《明史》卷 112 "七卿年表二"第 3462 页记，费宷是在嘉靖二十七年八月晋少保的，此处是误记在"嘉靖二十八年八月"了。且据《明史》卷 110 "宰辅年表"第 3358 页载：嘉靖二十八年二月。张治"晋礼部尚书兼文渊阁大学士入"阁，李本以"少詹事兼学士入"阁，而费宷在年前的十二月已逝，故不能与此二人作兼官上的比较的。

7. 第 235 页在"邹守益"条下的篇末，述及其箸作时称："现有《东郭集》十二卷，存目于《四库全书》集部别集类。《明史·艺文志》载，有《东郭遗稿》十三集。"据清光绪元年《吉安府志》卷 31 第 1011 页载：邹守益因上言忤嘉靖帝意，落职归，"里居，日事讲学，四方从游者踵至，学者称'东廓先生'，居家二十余年卒"。东廓是其乡一山名，邹守益讲学其处，故学者称其为"东廓先生"。如称其为"东郭先生"，那岂不是《东郭集》了，真成了讲述东郭先生与狼的故事了。查《四

库全书存目丛书》集部第 65—66 册，有《东廓邹先生文集》十二卷，注明是
"（明）邹守益撰，清刻本"。后面的《东郭遗稿》亦当是《东廓遗稿》之误。"廓"
和"郭"，形、音、义皆不同，愚以为还是以原字为好。

8. 第 236 页在"欧阳必进"条下篇末载："公以题请，忓上意，上怒，令致
仕"。依上下文意，句中"忓上意"，疑为"忤上意"之误。下文又称"欧史必进被
勒致仕、罢官后"，依文意，句中"欧史必进"疑是"欧阳必进"之误。

9. 第 239 页在"魏良弼"条下称："时值明武宗朱厚照驾崩，改朝换代，武宗之
侄朱厚佑即位不久。"据《明史》等众多史料，武宗驾崩后继帝位的不是武宗之侄，
而是其从弟；其名也不是"朱厚佑"，而是"朱厚熜"。疑皆有误。

四、《名山藏》江苏广陵古籍出版社 1993 年版

"臣林记·嘉靖臣一"第 4356 页载："（费）宏子懋贤、宷子懋中皆举进士"，
据《鹅湖横林费氏宗谱》等史料，费懋中不是费宷之子，而是费宷从兄费宪之子。
疑是错记了。

五、《太保费文宪公摘稿》台北文海出版社 1970 年版

1970 年，由沈云龙先生选辑的《明人文集丛刊》第一辑由台北文海出版社出版，
费宏文集《太保费文宪公摘稿》在 1—1820 页。卷首增列"作者小传"，其中多处
有误：

1. 其中称费宏"正德中，累官至礼部尚书兼文渊阁大学士预机务"。据《明武
宗实录》等史料，这是费宏正德六年初入阁时的职务，次年即进太子太保武英殿大
学士，，正德九年又进户部尚书。故费宏在"正德中"的职务应是"以礼部尚书兼文
渊阁大学士入阁预机务，累官至户部尚书兼武英殿大学士"。

2. 其中又称"值幸臣钱宁阴党宁王宸濠，欲交欢宏，不得，因构他事，罢职"。
此是正德九年五月事，据《明武宗实录》卷 112，"五月乙丑，太子太保户部尚书兼
武英殿大学士费宏致仕。宸濠之请复护卫也，为宏所持，权幸受其贿者深衔之，阴
求宏事，亡所得。有语以御史余珊尝劾其从弟宷者，宷亦尝峻绝濠使，遂潜于上，
传旨责宏，令陈状。宏即日具疏求去位，且引咎。疏入，……遂许之，宷亦附批致
仕"。可见钱宁不是因"欲交欢宏，不得"而陷害费宏，而是因费宏阻复宁王护卫而
恨之；费宏也不是被"罢职"，而是遭幸臣"因构他事"，被迫致仕去。

3. 其中又称"宸濠败，言者文章荐宏"，句中的"文章"，依文意疑为"交章"
之误。

4. 其中又称费宏"迨华盖殿大学士杨廷和去位，遂为首辅"。据《明世宗实

录》，嘉靖三年，因议大礼忤帝意，大学士杨廷和、蒋冕、毛纪在半年内相继去位：杨廷和致仕去位在二月十一日，继任首辅是蒋冕；蒋冕致仕去位在五月一日，继任首辅是毛纪；毛纪致仕去位在七月二十六日，此后费宏遂为首辅。可见费宏不是直接继杨廷和为首辅的，故此应记为费宏"追华盖殿大学士杨廷和去位，继任首辅蒋冕、毛纪亦相继去位，遂为首辅"。

5. 其中还称费宏"年六十八卒，加太保，谥文宪"。据《明世宗实录》等史料，费宏卒后获"赠太保，谥文宪"。因为明代的官制，官员在生时升职称加某官，死后升职称赠某官。故此处当为"赠太保，谥文宪"。

六、《中国历代文状元》 解放军出版社 2004 年版

1. 第 254 页在明代状元丁显条下称其为"明太祖洪武十七年（1384）乙丑科进士第一人"。据史料，明太祖洪武十七年（1384）是甲子年，怎么称是乙丑科？原来书中又记："明朝自洪武四年（1371）开科取士后，太祖曾一度废除科举，改荐举，直至洪武十七年（1384）方恢复科举考试。翌年二月会试 472 人……三月殿试，太祖亲制策问……遂擢为状元，这一年丁显 28 岁。"原来是明太祖在洪武十七年决定重开科举考试，但会试、殿试均在次年的二、三月举行，取状元、进士等当然也在洪武十八年了。愚以为此科要么称"洪武十七年（1384）甲子科"，要么就称"洪武十八年（1385）乙丑科"，像这样两夹生的表述，容易造成误解。如明武宗正德十五年（1520）庚辰科会试后，因武宗南巡，久驻南京未回，殿试一再展期，直至他死后也未能进行；后在世宗继位后的正德十六年（1521 辛巳年）五月补行，书中即称这科是"明武宗正德十六年（1521）辛巳科"，如称之"明武宗正德十五年（1520）辛巳科"，就教人难解了。还是应以举行殿试取状元、进士之年来计科。

2. 第 297 页在明代状元费宏条下记："正德九年（1514）费宏被迫致仕还乡。钱宁一伙还嫌不过，派人追踪至山东临清，一把火将费宏的船和家产全部烧掉。"句中的"嫌不过"，依文意，疑是"嫌不够"之误；句中称钱宁在临清把"费宏的船和家产全部烧掉"，据《明史》卷 193"费宏本传"第 5108 页载，是"焚其舟，资装尽毁"，这里的"资装"是指费宏带回乡的行装，不能作"家产"解。第 298 页又称"归乡后，费宏闭门谢客不敢履城府"。据李时为费宏所撰"神道碑"记："抵家，杜门谢客，足不履城府"；不是"不敢"，而是为避嫌，后来为躲避濠党的追杀，费宏还是避入了县城和府城的。又称"嘉靖三年（1524），杨廷和等人被逐出朝廷后，费宏二次入阁，为首辅"。据众多史料，费宏第二次入内阁是在正德十六年四月世宗继位后第三日，即下诏召还费宏，而不是嘉靖三年。杨廷和等人也不是"被逐出朝廷"的，而是因议大礼与世宗不合，主动辞位致仕的。又称"嘉靖十四年（1535）桂萼、张璁或死或去，世宗重召费宏入阁……对其眷遇益厚，闲暇时，常与费宏讨

论诗词，世宗还多次御制诗文，命费宏恭和，以至'盈卷帙'。世宗曾有'睠兹忠良副倚赖，未让前贤专令名'之句。为此，费宏也遭到臣僚的猜忌。有人甚至上疏攻击费宏以'诗词小技，猥劳圣躬，且使宏窥意指，窃恩遇以压朝士，假结纳以救过'。世宗不理睬"。这段记述多与史实不符：世宗与费宏等君臣诗词唱和之事不是在嘉靖十四年，而是在嘉靖五年；猜忌、攻击费宏的也不是所谓"臣僚"，而是议礼新贵桂萼、张璁等人，且看《明史》卷193"费宏本传"第5109页所记："璁、萼由郎署入翰林，骤至詹事，举朝恶其人，宏每示裁抑，璁、萼亦大怨。帝尝御平台，特赐御制七言一章，命辑倡和诗集，署其衔曰'内阁掌参机务辅导首臣'。其见尊礼，前此未有也。璁、萼滋害宏宠，萼言：'诗文小技，不足劳圣心，且使宏得冯宠灵，凌压朝士。'帝置不省。"这些情节与前面所称"嘉靖十四年（1535）桂萼、张璁或死或去，世宗重召费宏入阁"大相矛盾。又称"费宏历事五朝，三入内阁"，据众多史料，费宏只经历了成化、弘治、正德、嘉靖四朝，这里称"历事五朝"，是误记了。又记："据传，费宏16岁时会试落第，其伯父费瑄在京供职，一夜梦见费宏入京，于国子监就学，所领到的班签，是正统年间状元彭时曾用过的证号，故去信叫费宏赴京入国子监读书"。此段记述亦颇有误，费瑄当时不是在京，而是在吕梁；不是叫费宏赴京，而是让费宏不用南归，留京直入国子监。且看《西园闻见录》卷44"科场"所记："费宏……甲辰上春官不第，世父瑄方以都水司主事出治吕梁，贻之书曰：'汝脱下第，毋南归，宜入北监读书。'丙午还，讯之曰：'伯父何以逆知宏之弗第而必令入北监耶？'复庵笑曰：'此尔远到之兆耳。盖吾尝梦尔入监领班签，签乃彭文宪公故物也。文宪尝游北监，中状元矣，汝第勉之。'"

3. 第302页在明代文状元朱希周条下，载其生卒年为1473—1557，条末又称其享年84岁。据《明史》"朱希周本传"称："嘉靖六年，大计京官，南六科无黜者。桂萼素以议礼嗛希周，且恶两京言官尝劾己，因言希周畏势曲庇。希周言：'南京六科止七人，实无可去者。臣以言路私之固不可，如避言路嫌，诛责之，尤不可。且使举曹皆贤，必去一二人示公；设举曹皆不肖，亦但去一二人塞责乎？'因力称疾乞休。温旨许之，仍敕有司岁给夫廪。林居三十年……卒年八十有四。"（《明史》卷191第5063页）由此可见他是卒于嘉靖三十五年（1556）。《国榷》亦在嘉靖三十五年十月乙卯条下称"前南京吏部尚书朱希周卒"。查此年十月丙戌朔，乙卯即十月三十日。又《国朝献征录》载张衮撰"资政大夫南京吏部尚书赠太子太保谥恭靖朱公希周墓志铭"称："公讳希周，字懋忠，享年八十有四，嘉靖三十五年十月三十日终于正寝。"（《国朝献征录》卷27第397页）这个嘉靖三十五年即1556年，如卒于1557年，则是嘉靖三十六年了。明代人计算年龄的习惯是以虚岁算的，朱希周的生卒年应为1473—1556，这里是误成1557了，疑是误以周岁计算使然。

七、《中国历代状元录》 沈阳出版社 1993 年版

第 223 页在"费宏"条下称：费宏"明宪宗成化二十二年（1484）"状元及第。这里帝王年、公历年两个年代均错，据《明史》"费宏本传"等史料，应是"明宪宗成化二十三年（1487）"。又称其"弘治九年改左赞善大夫"，据明代官制，五品以上才得称大夫，而左赞善是六品官，还不能称大夫。又称其"及杨廷和等去位，遂为礼部尚书文渊阁大学生"，这里将"大学士"误写成"大学生"；"礼部尚书文渊阁大学士"是费宏在正德六年初入阁时的衔，"杨廷和等去位"后，费宏遂任首辅大学士，已是少师兼太子太师、吏部尚书、谨身殿大学士了。又称其"有《费文宪公集》等著述"，这种表述亦不规范，应是"有《太保费文宪公摘稿》等著述"。

八、《中国状元谱》 广州出版社 1993 年版

第 230 页在"成化丁未科状元费宏"条下称："据传，费瑄 16 岁时参加成化甲辰科（1484）会试落第，其伯父因夜梦其入京于国子监就学，所领到之班签（学生证）是正统戊辰科状元彭时曾用过之物，故去信叫费宏赴京入国子监就读。"据《鹅湖横林费氏宗谱》等史料，参加成化二十年（1484）甲辰科会试落第的是费宏，而不是费瑄，费瑄是其二伯父，这里是把"费宏"误成了"费瑄"；其时费宏已 17 岁，这里误成了"16 岁"。当时费瑄奉命以工部主事在吕梁洪治水患，而费宏会试落榜正在京师，故不是去信叫其"赴京"，而应是"去信叫费宏留在京师，以入国子监就读"。

九、《弇州史料》 载《四库禁毁丛刊》史部第 50 册，北京出版社 1997 年版

《弇州史料》后集卷 54 第 9 页"迎立爵赏"条下，把嘉靖帝为报答众臣拥戴迎立之功而大行爵赏之事记在嘉靖九年，显误。据《世宗实录》卷 89，早在嘉靖七年六月三日，帝就因杨廷和等在"大礼议"中执拗忤旨而"敕定议礼诸臣之罪"，敕中斥"杨廷和为罪之魁，怀贪天之功制胁君父，定策国老以自居，门生天子而视朕。法当戮市，特大宽宥，革了职，着为民。次毛澄，病故，削其生前官职。又蒋冕、毛纪、乔宇、汪俊，俱已致仕，各革了职，冠带闲住"。据史料所记，帝对这些得罪他的大臣，至死都没有丝毫宽宥之意，又怎会在两年之后的嘉靖九年对他们再行爵赏呢？这显然是不可能的。据《世宗实录》卷 12 第 12 页，此事发生在嘉靖元年三月壬申（二十五日），《明通鉴》卷 50 亦在嘉靖元年三月记"壬申，论定策功，封大学士杨廷和、蒋冕、毛纪皆为伯爵，费宏荫一子锦衣卫指挥，皆世袭"。可见"嘉靖九年"当为"嘉靖元年"之误。其次，此文是以第一人称记录嘉靖帝敕书来述事的，

故应忠实于原文，而此文中却多有增减错漏。现以《世宗实录》所录原敕书来对照此文，并将与原文不同的内容在括号中标出：嘉靖九年（原是元年三月壬申）敕吏、兵二部："朕入继大统，赖尔内外文武勋戚大臣定策迎立，各宣忠悃，保安社稷。今山陵及徽称大礼事毕，宜加殊恩，以答元功。大学士杨廷和、蒋冕、毛纪，首先定策，忠义大节，功尤显著；俱进封伯爵，给予诰券，子孙世世（衍一'世'字）袭，食禄一千石，俱仍在内阁办事。大学士费宏，荫他（衍一'他'字）一子锦衣卫指挥使，世袭。亲捧信符迎立等官，驸马都尉崔元，进封侯爵，给与券诰（'诰券'之误），子孙世世承（衍'世承'2字）袭，食禄一千五百石。皇亲太傅寿宁侯张鹤龄加太师、禄米三百石。礼部尚书毛澄加太子太傅，荫他（衍一'他'字）一子为锦衣卫世袭指挥同知。太监张锦，荫他（衍一'他'字）弟侄一人锦衣卫世袭指挥佥事。定国公徐光祚中途有疾，已先赏了，罢。（此句15字全衍）司礼监各能同心赞襄大计，太监扶安、温祥、赖义、秦文、张钦、张淮各岁加禄米三十六石（脱'三十六石'4字），荫他（衍一'他'字）弟侄一人（脱'一人'2字）为锦衣卫世袭指挥，（衍'指挥使'3字）指挥同知、佥事等官（衍'佥事等官'4字）。萧敬岁加禄米三十六石，荫弟侄一人为锦衣卫世袭指挥使。黄伟、鲍忠各岁加禄米二十四石，荫弟侄一人为锦衣卫世袭指挥佥事（此句52字全衍）。从朕藩邸效劳年久，左右朕躬，各有功绩张佐等（衍一'等'字），岁加禄米四十八石，荫弟侄（疑二本皆脱'一人'2字）为锦衣卫世袭指挥同知，一人世袭正千户。戴永岁加禄米三十四石，荫弟侄一人为锦衣卫世袭指挥佥事，一人为世袭百户。张忠岁加禄米二十四石，荫弟侄一人为锦衣卫世袭指挥佥事。刁永、马俊、贾友、陈宣、国洪、赵山、黄锦、李清、王竚、孙瑞各荫弟侄一人为锦衣卫世袭正千户。赵霦、李堂、李云、张昇、苏瑾、郭坤、赵林、张昺、刘臣、刘锐、刘荣、丁玉各荫弟侄一人为锦衣卫世袭百户（以上从'四十八石'下脱150字）有差，荫他弟侄（疑脱'一人'2字）为锦衣卫世袭指挥、同知、佥事、千、百户等官。（此26字全衍）督兵迎驾道路，惠安伯张伟岁加禄米三十石。侍郎郑宗仁、赵璜各升俸一级。当时在朝宗人府、五府、六部、都察院、大理寺、通政司等衙门掌印官各赏紵丝二表里、银二十两。科道官各赏紵丝一表里、银十两。皇亲太保建昌侯张延龄加太傅、禄米一百石。指挥邵某嘉（'某嘉'是'喜'字之误）进封伯爵。副千户邵辅升指挥佥事。百户邵佐（'佐'为'茂'之误）升正千户。指挥蒋轮进封伯爵。蒋山、蒋寿升锦衣卫世袭正千户。庆阳伯夏臣加散官一阶。舍人夏勋升锦衣卫世袭正千户。如敕奉行。"从以上错漏可以看出，不仅是错漏太多，而且很多错漏会造成偏离原意，如"荫弟侄一人"将"一人"脱，就会扩大成遍荫其弟侄。故不可忽视这些错漏。

十、《翰海》 载《四库禁毁丛刊》集部第20册，北京出版社1997年版

《翰海》卷10《论读书》第27页载黄山谷"答曹荀龙"称："费文献公曰：'观

书当如酷吏断狱，用意深刻，而后能日知其所无；记书当如勇将用兵，焚舟沉甑，而后能月无忘其所能。'"这段话当引自费宏所著《太保费文宪公摘稿》卷20之《偶书》一文，对照原文，其中"勇将用兵"原文作"勇将决胜"。但这是从费宏著作中摘引应是无疑的。只是此文一开头就将费宏的谥号写错，费宏卒后谥"文宪"，这里却误成了"费文献"。

十一、《冠盖里——江西铅山费氏科第世家寻踪》
百花洲文艺出版社 2005 年版

1. 封面出版单位标为"江西铅山费宏研讨会"编。这作为一次会议的会标是可以的，但作为一个学术研究机构，应标为"江西铅山费宏研究会"才是，其经批准的正式名称亦是如此。

2. 封面衬里载"铅山不让燕山秀，费氏曾同窦氏芳"，落款为"明吏部尚书华盖殿大学士李东阳"。"叔状元侄探花连登甲第，兄宰相弟尚书并作名臣"，落款为"明礼部尚书武英殿大学士夏言"。"科第连芳，人文济美"，落款为"明礼部尚书武英殿大学士徐阶"。"桃花飘景浪虎榜争看棠棣秀，桂萼喷天香龙头叠报竹林贤"，落款为"明礼部尚书文渊阁大学士申时行"。"九世服官垂政绩，三朝锡命荷荣封"，落款为"明礼部尚书东阁大学士郑以伟"。笔者经反复查检，这些名人赠联，除"鹅湖费氏宗谱"中载有徐阶语系出自其为该谱所作序中外，其他在国史、方志、宗谱中均不见有载。而1992年续修的《鹅湖费氏宗谱》中载有以上除徐阶语外的四联，并"鹅峰相对含珠福泽，狮水廻环缩地遗风"一共五联，注明此为昔日费氏宗祠中的楹联，因宗祠已不存，故录以备考。感谢1992年参与修谱诸公的诚实和远虑，否则这将成为一桩无头公案，难以说清了。提到的这些人都是明代的大臣，且与费氏渊源颇深：李东阳系正德朝首辅大学士，又是"茶陵诗派"的创始人，政声、文名俱显赫，与费宏亦师亦友，曾为费氏作《孝友堂记》《吕梁洪记》，又曾为费宏父母铭志。夏言与费氏有通家之好，是嘉靖朝中期首辅大学士，曾为费宏作墓志。徐阶是费宏主考所取榜眼，自称"门下士"，是嘉靖朝后期首辅大学士，曾为费氏宗谱及费宏著作《太保费文宪公摘稿》作序。申时行是费尧年的同年进士，为万历朝首辅大学士，曾为费氏宗谱作序。郑以伟是上饶人，是费元禄的好友，为崇祯朝内阁大学士，曾为费氏宗谱作序，又为费尧年作墓志。既然费氏宗谱中连嘉靖、万历间广信知府赵镗、铅山知县陈映所赠"冠盖里"三字都记载得清清楚楚，对这些当朝大佬们的赞语、楹联倒会不着一墨，这简直是不可思议。这充分说明，以上的记载是没有史实根据的。这本书既定位为"文史读物"，却公然刊载这种不根之说，是极不严肃的。此下又载"明万历九年，费氏第八代代表人物、南京太仆寺卿费尧年建'冠盖里'三字碑"。同样，这一记载亦不见于史志。《鹅湖费氏宗谱》清光绪二十四年刻本、民国三十七年刻本、1992年打印本，均在"仕宦"末记"前明本郡太守赵公镗于嘉靖十八年给赠横林《冠盖里》三字，万历九年季夏邑侯陈公映书"。2013 年版《鹅湖横林费氏宗谱》第 123 页在"碑刻"中记"明嘉靖十八年，广信知府赵铠首赠横林费氏以'冠盖里'三字额。明万历年间，铅山知县陈映手书'冠盖里'三字赠横林费氏。后被刻成石牌，将横林费氏所有出仕者的名讳和任职，以族中排行长幼为序刻于碑上。碑原立于横林费氏宗祠前邑道旁，现已移入费宏纪念馆内"。这里也不曾说碑建于何时、何人所建。陈映是万历八年进士，万历八至十四年任铅山知县，万历九年书写及制碑均合乎情理，只是不见有"费尧年建'冠盖里'三字碑"的记载。其时费尧年正在外地服官，其长子费元禄亦才 6 岁，均不可能亲自操作或主持此事。但费尧年是当时族中唯一健在并在外服官的进士，由他倡议并主导此事的可能性极大，要之这一说法并没有史料记载，不可作为史实而转相引用。

3. 彩插"费宏相府正门"所摄门楼现在清湖村中，是一民居，并不是费宏相府旧居。而门上石雕"柱国第"匾额却正是费宏相府的旧物，因族中只有费宏被敕封为"柱国"，只有他的府第才能称之为"柱国第"，故把它标为"费宏相府遗匾"是合适的。此下又有"费宏相府石雕"，图中石雕不可能排列于相府门前，能够十分清楚地看出这是费宏墓前神道所排列的石雕。故应标为"费宏墓神道石雕"。

4. 序言第 1 页倒数第 4 行载"明朝另一赣籍内阁首辅夏言为此称道：'叔状元侄探花连登甲科第；兄宰相弟尚书并作名臣。'"这一说法没有根据，详见本篇第 2 节所证。倒数第 1 行又载"费氏自湖北分播江西扎根铅山以来"，这是误信了湖北阳新费氏宗谱中一似是而非的说法而造成的误解，不足为训，详见本书第三章第四节《致湖北阳新费氏宗亲书》及第五节《再致湖北阳新费氏宗亲书》。

5. 序言第 13 页倒数第 11 行载费宏"家居时，构惠济渠，筑新城坝"。构惠济渠之事实有，不过《铅山县志》称为福惠河。新成坝，据 1990《铅山县志》卷 9 第 200 页载："据《江西要览》（清光绪二十六年）记载：汪二火田畈旧时有圳，长 40 多里，浮沙闭塞，水利不通。明成化年间（1465—1486），当地士绅陈瑄开始沿着港边新筑水堤 600 多丈，种柳成荫，在坝口造石桥 1 座，以防水冲击。后又因叫猫儿潭的地段危险，不时倒塌，陈瑄再买田作水圳，圳长 500 多丈，开凿石桥 2 座，桥长 7 尺多，桥下开墩分水，圳下再分 9 个出水处，匀水灌溉农田。这是铅山有记载的最早的大型水利设施。"费宏在其著作《太保费文宪公摘稿》卷 1 也有《新渠歌寿表叔祖陈二十丈》一首，热情歌颂陈二十丈修筑新城坝的壮举，其中也提到"猫儿潭决乡人忧"，又将其誉为"秦时郑国汉白公"，这个陈二十丈就是陈瑄。由此可见，修筑新城坝的不是费宏，而是陈瑄，但费宏曾为修筑新城坝出力，这也是可信的，当地百姓至今犹在传颂不已。要之不能捏造史实，造成史事信息的混乱。此下在讲到费宏的著作时又称"今仅存《费文宪集选要》七卷，另有《宸章集录》传世"。这一陈述不准，据史志"艺文志"及各种书目所载，费宏的著作这里应称"今存《太保费文宪公摘稿》二十卷、《费文宪公文集选要》七卷、《宸章集录》一卷等传世"。

6. 序言第 16 页第 3 行在述及费瑄督治吕梁洪的功绩时称其"筑长堤，建大街"。据《鹅湖费氏宗谱·文宪公年谱》在记载费瑄治理吕梁洪时，除"募工改筑石堤"外，"又于东堤甃长衢，以疏牵挽之壅"。这里的"长衢"是通道，是四通八达的大路的意思，而不是什么"大街"，从下句"以疏牵挽之壅"即可明白此意，这里是将"长衢"误为"长街"了。第 9 行又称"费尧年在日倭蓄谋经由朝鲜入侵中国的危急时刻，力排借夷兵协防之众议，指挥军民自强自立，巩固海防，节钺镇边，国泰民安"。据《鹅湖横林费氏宗谱》第 66 页载费元禄为其父所作"行状"中称：费尧年"迁粤东左布政使……值倭入朝鲜，石大司马驰一将过粤，征兵暹罗。府君议以为'中国一统，天子圣武，一朝有急，收兵远夷，过示之弱，不可一也。且暹罗兵羸跛涉万里，师且半至，即有至者，谅皆疲病，不任干戈，不可二也。夷德无厌，有如师过，乘韦不先，激之怨恚，开门而揖，又生一敌，不可三也。非我族类，安能遥度，假令暹罗，内畏倭奴，诸师不起，且露吾情，为远人笑，不可四也'。议上，总制萧公是之，疏寝其事，粤以安义，免于蹂躏"。这里并没有"指挥军民自强自立，巩固海防，节钺镇边，国泰民安"的情节，只是议列了向暹罗借兵的"四不可"，改变了朝廷对这事的安排，使"粤以安义，免于蹂躏"。

7.《"冠盖里"费氏先人简表》中称："'冠盖里'第一代费有常（1300—1352）于元末明初辗转徙播江西铅山"。明王朝建于 1368 年，是在费有常卒后 16 年，故这里应将"明初"二字删除。第四代二房三子费应虎、四子费应豹，名字全错：按谱牒，三子名费应魋，四子名费应虠，这虽是两个疑难字，但古人名是不可擅改的。第五代将子费宪、孙费懋中俱记在费瑄名下，其实在宗谱"世系"中，以长子继长房，费瑄长子费宪已过继给长兄费珣，故费懋中也就成了费珣的孙子了。费瑄另有次子费宁，岁贡生，浙江山阴县教谕；三子费官，国学生。

以下为正文篇章，所标页码亦为正文页码：

8. 第 3 页倒数第 3 行"正如正德年间吏部尚书、华盖殿大学士、茶陵诗派领袖人物李东阳所称颂的那样：'铅山不让燕山秀；费氏曾同窦氏芳'。与费宏同朝为官，累官至吏部尚书、武英殿大学士，后为首辅的夏言，也有一副描写费氏族人科场风光的楹联：'叔状元侄探花连登甲第；兄宰相弟尚书并作名臣。'"这里已直接将夏言之语写成楹联了，但仍是没有事实依据的，详见本篇第 2 节。

9. 第 4 页第 11 行"第二代费广成（1351—1400），幼小丧父，十三岁时，因家遭火灾，随母投奔娘舅。不料孤儿寡母为舅家嫌弃，广成只好侍奉母亲返归横林。他认为，自己的家基虽残，却尚可居住，便学着做小生意供养母亲，自立自强，开创家业"。《鹅湖横林费氏宗谱》第 70 页载"谦十四公讳广成，纔十三岁。与母余氏会丧乱之余，业煨烬不自存，依母家以生。诸舅恶之，公乃问'儿有家否？'母曰'吾家故在横林，基残于乱'云。公曰：'儿故有魏舒才，舅何得无香火情耶？故基虽残，可葺而有之也'。遂与母归横林。至则斩荆诛茅以居，学小贾，给母自治"。

可见上引文所据是该宗谱，但却曲解了原意。首先广成公投奔舅家不是13岁：广成公两岁时丧父，时值战乱，孤儿寡母何以生存，只得投奔舅家；这个"十三岁"应是遭舅家嫌弃，与母亲的问答，并决定返回横林的时间。二是投奔舅家的原因不是"家遭火灾"，而是战乱。此时正是朱元璋与陈友谅在江西反复拉锯战的时候，而战乱首先受害的是百姓，其父本二公逃难不知所终，家业也因战乱而破败，故不得已投奔舅家。三是破败的家业不是"家基虽残，却尚可居住"，而是"故基虽残，可薙而有之也"，就是说已无法居住了，必须"薙而有之"，故下文有"与母归横林，至则斩荆诛茅以居"；白手起家，从无到有，这就真实体现了广成公不畏艰难，开创横林费氏家业，为科第世家打下坚实经济基础的至伟之功，但这里却被误记为"自己的家基虽残，却尚可居住"。

10. 第5页第1行记有费氏第四代兄弟六人，有二人名讳被改，其中第五"应虎"是"应魌"之误，第六"应豹"是"应虤"之误，详见本篇第二节。倒数第1行又记费珣中举后"放宁都县知县未赴，因病早殁"。此说不知其所据是何？据《太保费文宪公摘稿》卷16费宏为其二伯父费瑄所作"行状"称：费珣（号敏庵）景泰四年（1453）中举后，"又明年（景泰六年，1455）先生（费瑄）从敏庵如京师，游冢宰康懿陈公之门。初习《礼》，至是改治《书》。再期（天顺元年，1457）自京师还，而敏庵即世"。可见费珣卒于1457年，在中举四年后，其间一直仍在求学，准备参加会试，并不见其赴礼部试落榜或应吏部选"放宁都知县"的记载；嘉靖四年《铅山县志》是费珣从子费案所编，只记其中举，亦不见有任官之记。

11. 第6页第7行记费琏"由三考任江苏丹阳县少尉"，明代并无江苏一称，此时丹阳县属南直隶，应记为"南直隶丹阳县少尉"。又记费璇任"江苏武进县训导"，此费璇是费璿之误，任职亦与上同误，应记"南直隶武进县训导"。第10行记"第六代有八人登科"，所谓"登科"，明代只指科举中试者，即中举人和中进士。查横林费氏第六代登科者只有三人，此"登科"应改为"登仕"或"入仕"。此下又记费宏的任职"正德九年（1514）调户部尚书"，此是对明代官制的误解；据费宏"行状""墓志铭"等史料，皆称是"进户部尚书"，这是给内阁大学士的加官。此时费宏仍是内阁大学士，并未到户部去任尚书，以后加吏部尚书亦是如此。又记其"嘉靖二年（1523）擢为首辅"，据《世宗实录》，嘉靖三年二月杨廷和致仕，蒋冕为首辅；蒋冕五月致仕，毛纪为首辅；毛纪七月致仕，费宏遂为首辅。这里的"嘉靖二年"是错记了。此下倒数第4行记费宁任"江苏吴江县教谕"，同上应记作"南直隶吴江县教谕"。倒数第3行又记费完中举"与侄懋林中同榜"，此句衍一"林"字，应是"与侄懋中同榜"。倒数第2行又记费完"赠广东左布政司布政使"，"布政使司"是不分左右的，其主官"布政使"才分左右，此句应为"赠广东布政使司左布政使"。

12. 第7页第2行记费案"官累至荣禄大夫兼太子太保"，据《明史·七卿年表》，费寀嘉靖二十七年八月晋升少保，故他的最后官职是"累官至荣禄大夫少保兼太子太保"。第 4 行所记"费禹"，这个"禹"字上面应加一宝盖头，是"宇的籀文"；可写成"宇"，但不可写成"禹"，因这一辈族人的名字上均有一宝盖头。第 5 行记费寓任"安徽休宁建安县训导"，明代并无安徽一称，此时休宁县属南直隶，故应记为"南直隶休宁县训导"；"建安"二字属衍文。第 8 行记费懋中探花及第后"授翰林院修撰。嘉靖四年（1525）升御史出巡云南，后迁河南按察使副使、湖南提学副使"。按明代的官制，只有状元及第才能首授翰林院修撰，其实费懋中是授了翰林院编修；据《国榷》卷 53，直至嘉靖四年才因参与纂修《武宗实录》成，升任翰林院修撰，而此年亦不见有"升御史出巡云南"之说，且其一直供职于翰林院。嘉靖五年三月，费宏长子费懋贤中进士、入选庶吉士、选入翰林院为庶吉士，一时费宏、费寀、费懋中、费懋贤父子、叔侄、兄弟四人俱位列清华、官居近禁，为家族旷古之盛事，世人艳羡赞慕不已。嘉靖六年，费宏因议礼新贵张璁等陷害排挤而再度被迫致仕，张璁疯狂报复翰林官，是年九月"己丑，升翰林院修撰费懋中为湖广按察司副使"，（《世宗实录》卷 80）这里也不是什么"河南按察使副使"，也没有"按察使副使"这种官职。一个月后，翰林院"一时改官及罢黜者凡二十二人，诸庶吉士皆除部属及知县，由是翰院为空"。（《明通鉴》卷 53）费懋中最后终于"河南提学副使"，也不是什么"湖南提学副使"。总之，有关费懋中任职的记载全误。第 11 行记费懋和"嘉靖壬午科举人，与堂弟懋贤同榜"。据《鹅湖横林费氏宗谱·文宪公年谱》载：嘉靖元年"八月，从子懋和领江西乡荐"；而嘉靖四年《铅山县志》卷 10 载："费懋贤，嘉靖壬午科顺天府乡试"中举；一个江西中举，一个顺天中举，可见他们只是同科，而并不同榜。倒数第 3 行记"费懋悦（后湖）"，据宗谱，这是费完第三子，名费懋说，"说"错成了"悦"。倒数第 1 行记费懋智任"安徽祁门县主簿"，同上所证，这里应记为"南直隶祁门县主簿"。

13. 第 8 页第 3 行记费懋文"赠广东左布政使司布政使"，同本篇第 11 条所证，应为"广东布政使司左布政使"。第 10 行记费懋贞任"江苏江阴县训导"，同本篇第 11 节所证，应为"南直隶江阴县训导"。倒数第 8 行记费延之"荫都督府都事，太仆寺丞"，据《鹅湖横林费氏宗谱》"仕宦""世系"所载，均记为"荫太仆寺寺丞"，这"都督府都事"不知从何而来？倒数第 6 行记费用之任"江西建昌府益王教授"，据宗谱"世系"，应为"任都昌县教谕，升建昌府益府舒城王教授"。倒数第 5 行记费益之任"江苏吴江县县丞"，同本篇第 11 节所证，应为"南直隶吴江县县丞"。

14. 第 9 页第 3 行记费尧年中进士后"官工部营缮司主管"，部属没有"主管"之官，此应是"主事"之误。接着又记其"升苏州兵宪，知漳南道，升福建按察使、广东左布政使司布政使"。这些职务全错，据其"行状""墓志铭"，应该是"升蓟州兵备副使，转福建参政分守漳南道，升福建右布政使，再升广东布政使司左布政使。"同本篇第 11 节所证，没有左布政使司，只有左右布政使。第 12 行记费缉熙为"宜春王府朱氏郡主"，这个官职不伦不类，不知所云，据宗谱"世系"，其系娶了江西宜春王府的郡主，应为"宜春王府仪宾"。倒数第8行记费克振任"江苏宝应县县丞"，同本篇第11节所证，应为"南直隶宝应县县丞"。倒数第7行记"第九代十一人"，这里是把费华及其子费振基记为同一代，显误，故此应改为"第九代十人"。倒数第3行记费朝宗任"湖北黄州府黄安县教谕"，明代并无"湖北"一说，应记为"湖广黄州府黄安县教谕"。

15. 第10页第7行记费振基任职，同本篇第14节所证，费振基是费华之子，是第十代铨23公，应移至第十代中。倒数第6行记费如郊任职，如郊是第十一代泰16公，错记在第十代，应移至费曾谋之后。这样，倒数第4行"第十一代一人"就应改为"第十一代二人"。

16. 第11页第5行记费扬武任"湖南泸溪县教谕"，固然湖南是有个泸溪县，但在宗谱"世系"中明白记载其"雍正乙巳授建昌泸溪县教谕"，这里是将"建昌"二字忽略了。《辞海》在介绍建昌府时称："明初改肇昌府，不久改建昌府，清辖今江西南城、资溪、南丰、黎川、广昌等县地。"在介绍资溪县时称："建县于明万历六年，时名泸溪，1914年改称资溪县"。这就十分明确了其任职于江西泸溪，而不是湖南泸溪。故这里应改为"江西建昌府泸溪县教谕"。第8行以下又称"上列表明，铅山费氏一如李东阳、夏言所言，有叔侄同榜、兄弟同科……"等陈述，都是不根之言，详见本篇第2节所证。

17. 第13页正文第2行称费宏"十三岁中广信府童子试文元，十六岁中江西乡试解元"。其下在14页第9行又记费宏九岁时"和他的五叔等一同就读于县治永平城隍庙塾馆"，第二年十岁"进入了其祖父费应麒创办的含珠书舍"；三年后"费宏府试第一"；再三年"费宏夺魁解元时只有十六岁"。在16页第4行更是确称"二十岁以前，费宏连中'三元'"。恕笔者不学，遍查国史、方志、宗谱、费宏及其他明人的著作，均不见有如此离奇的说法。对于费宏16岁中举之前的学业，载籍中只有很少的记述：说他"生有奇质，少读书过目成诵"；6岁时，其父"教之甚切，择上饶陈受诲先生师之"，并亲自督学的情景。9岁时"能属文，从叔父雪峰公瑞，肄业含珠山"，且直至其16岁赴省乡试前，仍在此研习，当年且有"含珠双花开"的科举吉兆。至于陈受诲先生，直至费"宏既通朝籍，以再请告家食，先生犹在家塾"；不仅费宏，且张祐、费宁、费完、费寀、费懋中、费懋和、费懋乐等"皆先生徒也"，可见这家塾从成化早年至正德初年，历经三朝几二三十年之久，费宏有必要"就读于县治永平城隍庙塾馆"吗？由此可见这些说法编造的痕迹太露；该文既标称为"史事"，那我们在史学研究中捏造史实是不可取的，如被人转相引用，那它的危害性也是不言而喻的。对于"文元"一词，笔者也是查找了不少工具书，均不得其解；按照上引之说是指府考第一名，且把它作为"三元及第"之一元，这就更是荒诞不经。我们知道，明代的所谓"三元及第"，是指乡试第一称解元，会试第一称会元，殿试第一称状元；一人在科举路上先后皆得，故称。事实上费宏没有"三元及第"，一是有诗为证：弘治六年弋阳汪俊中会元，费宏赋七律《寄汪会元用之》一首贺之，其中有"两姓通家才半舍，七年相继备三元"；指的是汪家与费家相隔只有半舍，七年中相继得了三个科举第一，即成化二十三年（1487）费宏中状元，弘治二年（1489）汪俊中解元，弘治六年（1493）汪俊中会元。二是有史为证：成化十九年（1483）费宏江西乡试中举，据《江西通志》卷21第33页载，此科解元是李素，江西万安人；成化二十三年（1487）费宏第二次参加会试，中式，据《宪宗实录》卷287，这科的会元是程楷，江西乐平人；又据《江西通志》卷161载，费宏中的是会试第16名，而松江张鼐是第15名，故就有了张鼐"尝梦登第在状元前"的佳话了。详见本书第五章第二节《费宏"三元及第"说考辨》。

18. 第17页第3行记弘治五年费宏"父病瘫"，对此费宏在《太保费文宪公摘稿》卷10有《赠疡医朱君铨序》，卷11有《赠医师夏君孟厚序》详述：是病癗（痈），肿病也，非瘫，瘫是指瘫痪，这是字形相似所误。同一行又记"弘治七年（1494）费宏病愈返京复职"，据《孝宗实录》卷101载，弘治八年"六月丁卯，翰林院修撰费宏病痊至京，复除原职"。《鹅湖横林费氏宗谱·文宪公年谱》亦将此事记在弘治八年，这里的"弘治七年"是误记了。第5行记"弘治十一年（1498），明孝宗朱祐樘为太子慎选师傅，费宏改任左春坊左赞善"，据《孝宗实录》卷112，这事发生在弘治九年（1496）四月甲午（17日），此处所记晚了两年。第12行记（弘治）十八年（1505）年三月，费宏"升任左谕德兼翰林院侍讲"，据《孝宗实录》卷221载，此年二月"丙寅，升左春坊左赞善费宏为左谕德兼翰林院侍讲，以九年秩满也"。此是受了《鹅湖横林费氏宗谱·文宪公年谱》所误，当以国史为是。倒数第9行记费宏在"明武宗朱厚照在位十六年间……两次入阁"，这是不准确的，因费宏第二次入阁虽在正德十六年十月，但其时武宗已死，不在位了，他是受继位皇帝世宗的诏命复入内阁的，故不应称"明武宗朱厚照在位十六年间"。倒数第6行记费宏"正德元年（1506）纂修《孝宗实录》，兼经筵日讲"，据《武宗实录》卷3载，弘治十八年七月十五日武宗即位后不久，费宏升任"太常寺少卿兼侍读"；在《太保费文宪公摘稿》卷4亦载费宏《转官后答毛维之用傅邦瑞韵》诗一首，记述其参加日讲的喜悦心情。又据《武宗实录》卷8，预修《孝宗实录》事在弘治十八年十二月七日，《明史》卷193"费宏本传"记作"武宗立，擢太常少卿兼侍讲，预修《孝宗实录》"；故此事不应记在正德元年，而应记为"弘治十八年武宗立"。倒数第3行记"正德三年（1508）端午日，武宗宴群臣于文华门，费宏与同僚的席位因长幼关系而互换了，同时循理谏议调整庆典次序"。这事正史不载，《鹅湖横林费氏宗谱·文宪公年谱》记为"公与太常少卿以长少易其位"；而吴肃公《明语林》卷11记为"费文宪公为侍郎，兄为太常卿，一日公宴，以长少易位"；据宗谱，费宏并无嫡兄，有一从兄费宪，并未入仕，故推其为费宏同年进士中之年长者；因参加公宴皆同僚，而公宴中的座位是以职衔排序的，只有同年进士才可以"长少易位"，可见此处不能记为"同僚"，记为"同年"更为准确。下一句"同时循理谏议调整庆典次序"，不见有载，也不解其意，该不会又是杜撰？

19. 第18页倒数第10行"正德六年（1511）二月，会试天下举人，费宏主持了这次科考。他的从弟费寀三年前乡试中举，是年，中了进士"。据《武宗实录》卷72载，正德六年二月"己丑，以礼部会试天下贡士，命少傅兼太子太傅吏部尚书武英殿大学士刘忠、吏部右侍郎兼翰林院学士靳贵为考试官"，可见这次科考主考是刘忠，副主考是靳贵，而费宏则是以礼部尚书总管科考事务，碑铭中称其"知会试贡举"是也，不能称他"主持了这次科考"；主持科考者，主考也。另费寀是在正德二年（1507）江西乡试中举，至正德六年应是"四年前"，而不是"三年前"。

20. 第20页第4行记杨廷和草拟复宁府护卫旨下后，"费宏质问道：'收受了这些王的贿赂，允许恢复护卫的是谁'？"何谓"这些王的贿赂"？这话不伦不类，不太像是费宏所言。这段言词国史、方志、著作中均无，只是《鹅湖横林费氏宗谱·文宪公年谱》中有载，原文是"既而旨下，公言：'纳王赂、许护卫者何人也？'"两下对照，是否有误？第11行在谈到费宏致仕时又记"上面责成说明原委。费宏请求休息"。据《武宗实录》卷112载：由于费宏反对恢复宁府护卫，受了贿的众幸臣深衔之，"遂谮于上，传旨责宏，令陈状。宏即日具疏求去位"。这里的"上"不是"上面"，而是皇上；不是"请求休息"，在位也可以休息，而是请"求去位"，辞官回家，称"致仕"，或曰"休致"。

21. 第20页倒数第6行至第21页第6行一段，叙述铅山李、周、吴三姓受宁王指使作乱、祸害费氏之事，全记在了正德十年（1515），称此年"正月，费宏避其锋芒移入县城"；又记三月八日群凶攻入县城，"费氏族人东西逃散，内眷避难上了葛仙山，费宏、费寀避入府城"；"六月十四日"毁费宏母余夫人墓，"七月二十三日"毁费宏祖父母合葬墓；并称"四年后，宁王宸濠果然举叛"，这是指正德十四年宸濠在南昌叛乱，这就进一步坐实了三姓作乱的各项事件全发生在正德十年。据《武宗实录》《国榷》及费宏、费寀的著作等史料所记，争祭肉成讼事在正德十年末，李镇等作乱在正德十一年，费宏、费寀避入县城在正德十二年正月。而避入广信府城在同年三月八日，费宏母余夫人墓被毁在同年六月十四日，费宏祖父母墓被毁在同年七月十三日。但全不在正德十年，更不见有"内眷避难上了葛仙山"的记载，难不成又是杜撰？

22. 第22页第4行记宸濠之叛平定后"王守仁建议朝廷给费记头功……武宗南下，来不及处置这些事情"，这种说法是不确切的。据《明史》卷195王守仁本传，当时大学士杨廷和与兵部尚书王琼不相能，而"守仁前后平贼，率归功琼，廷和不喜"；其在平定叛乱后的记载中，并不见有其为费宏请记头功的内容；《武宗实录》卷179中倒是载有：正德十四年"十月甲申，御史谢源言：'逆藩宸濠谋为不轨久矣，当时固有先事折其奸谋而反为中伤者，在今日尤宜录其功，如大学士费宏及其弟编修寀之去，以沮复护卫也……'御史伍希儒亦言：'宏、寀当濠之请复护卫也，抗言力阻，已怀先事之忧；及反谋之既成也，间道献策，尤急勤王之义……'时纪功给事中徐之鸾、祝续，御史章纶、孙孟和皆言：'宸濠恶宏不附己，于其既归也，要之于路而焚其舟，胁之以盗而破其家，甚至杀其兄弟、掘其坟墓，数年间所以图宏者无所不至，至于今日，宏之心迹始暴白于天下。……'上俱下其章于所司。"这里不见王守仁有片言只语，在他的文集中也不见有给费宏记头功的记载。这时武宗皇帝南下驻跸南京，叛乱平定后还在南京玩了一年多，不肯班师回朝，那里是什么"来不及处置"，而是处置为"俱下其章于所司"就不了了之了；分明就是不想让这个"持正识大体"的老师回到身边，免得打扰了他的玩兴。倒数第8行"世宗登基十来天后"即降敕起用费宏、费寀，据《世宗实录》卷1载，世宗四月二十二日登基，二十五日即命奉迎母妃入京，同时"召致仕大学士费宏照旧入阁办事，复其弟翰林编修寀官"。可见不是"十来天后"，而是"三日后"。倒数第4行"嘉靖朝前期，发生'大礼'之议"，据载籍，这一事件的正式名称是"大礼议"。

23. 第23页第1行"费宏是三朝老臣"，此时费宏奉世宗诏命复入阁，已是经历了成化、弘治、正德、嘉靖四朝了，应称"四朝老臣"为是。第3行"嘉靖元年三月，费宏上奏了《慎始修德以隆治化疏》"，据《世宗实录》卷9载，此事在正德十六年十二月十三日，所记晚了四个月，当以正史所记为是。第9行记世宗"因内阁大臣们拥戴登极有功，都加恩晋伯爵位，对费宏还荫封一子为锦衣卫指挥使世袭"，好像对费宏的爵赏要更多一些。其实不然，因为费宏再入阁是在世宗登极之后，故谈不上什么拥戴功。当时内阁四人中，参与此事的杨廷和、蒋冕、毛纪俱封伯爵，费宏只是荫子一人。倒数第8行记"世宗册立陈妃为皇后"，据《世宗实录》卷53所载是"立皇后陈氏"，她是"大名府元城诸生陈万言"之长女，是从普通民女直接选立为皇后，先前并未立为王妃或太子妃、世子妃，故不能称之"陈妃"。倒数第2行"费宏等上《选左右停斋醮疏》"，此题不通，据《世宗实录》，此疏的由头是"为慎选左右速停斋醮以光圣德事"，故应题为《慎选左右速停斋醮以光圣德疏》；《鹅湖横林费氏宗谱》记为《慎选左右停斋醮疏》，此处漏掉开头关键的"慎"字，就变得不知所云了。

24. 第24页第1行记嘉靖二年十一月"杨廷和辞官了，费宏升为首辅，时为五十六岁"，此事发生在嘉靖三年，不是"嘉靖二年"，详见本篇第11节所证。第7行记嘉靖三年"五月，费宏兼任吏部尚书，晋谨身殿大学士。明朝对于大臣的任命任用，这时的费宏已经到了顶峰"。据《国朝献征录》载费宏"行状"，其"甲申五月，进吏部尚书谨身殿大学士"，这只是加官，并未兼任吏部尚书。据明代官制，费宏此时只是少保，往上还有少傅、少师、太保、太傅、太师及华盖殿大学士等上升空间，因此不能说其官位"已经到了顶峰"。第10行记嘉靖三年八月大同兵变，"张瑽提议讨伐之"，其时张瑽刚从南京应召进京，议礼形势汹汹，他正疲于应付廷臣的攻击，甚至不敢上任；况以他当时的职位，也轮不到他说三道四。查阅《世宗实录》，当时有众多朝臣对此的讨论，亦不见有张瑽的言论。《西园闻见录》卷83在记述此事时称"议者将遣将出师，大举讨伐"，也不见有张瑽之言。其实张瑽主张"讨伐之"的是第二次大同兵变，时在嘉靖十二年，其已为首辅，与主张招抚的夏言、黄绾等唱对台戏，此处记在这里明显是搞混了。倒数第10行"嘉靖四年（1525）下诏修撰《武宗实录》"，据《国榷》卷52载，正德十六年"十一月己酉朔，敕修《武宗实录》"，费宏任总裁官，此处所记又晚了五年。

25. 第25页第11行记张瑽"参加七次乡试都没有中举"，这是大误了，据史料记载，他在弘治十一年（1498）24岁就已中举，此后21年他是连赴礼部试不中，至正德十六年47岁时才中进士，这里应当是"参加七次礼部试都没有中式"。此下又记"第二年即嘉靖元年（1522），因积极上疏追崇大礼，由'在部观政'授予南京刑部主事，正六品"。据《明史纪事本末》卷50，此事发生在正德十六年十二月，因张瑽上疏支持世宗尊崇亲生父母，与在朝群臣为敌，"至是，廷和衔瑽，授意吏部，除为南京主事。尚书石珤语瑽曰：'慎之，大礼说终当行之也'。廷和寄语曰：'子不应南官，第静处之，勿复为大礼说难我耳。'瑽怏怏而去"。明代自永乐建都北京后，南京官员就是留守闲散之职，这明显就是遭贬的意思，绝不是因他"积极上疏追崇大礼"的奖赏。且当时他是在大理寺观政，大理寺不在六部之列，故不是"在部观政"。

26. 第29页第5行"费宏进身仕途刚刚显贵之时，就写下一条规诫自己的箴言：'毫末之污，终身可耻。心之神明，岂可欺蔽之。'"这是误读误解了。此话引自费宏为其父所作"行状"，原文是在陈述其父"廉介自守"的众多事迹时，称"宏既贵，深以盈满为惧，复作箴以自警，有'毫末之污，终身可耻。心之神明，岂可欺蔽'之语焉"。这是写其父作箴自警，在这种文章里，费宏是不可写自己的，且句末的断句也不能断在"之"字，而应断为"岂可欺蔽"。

27. 第29页倒数第6行以下记述"嘉靖八年（1529）八月十二日，铅山县令王瑄之前来拜访费宏"及其命名"惠济渠"；"嘉靖十二年（1533）汪二火田畈旱情严重"，费宏兴建新城坝、县令张玺陪同考察、求助汪俊等情；"正德十三年（1518）出资扩建含珠私塾"、嘉靖八年（1529）再行扩建、并更名'含珠书院'等情；"正德十一年（1516）清明节后，费宏和费寀、费完一道与地方官会晤，倡议集资扩建葛仙山大葛仙殿。费氏兄弟带头出资白银五千两"云云。这些情节就连错漏颇多的清乾隆年间费氏族人所作《文宪公年谱》也丝毫不曾提及，真不知来自何典？据笔者所知，费宏倡议、主导兴修惠济渠，诸多载籍均不见，只是在清同治十二年《铅山县志》卷4有载："福惠河，在县治二十五都即河镇之小河，其源在七里亭之西南，前明费文宪公所开，引铅山河水曲折十余里萦绕河口，自二堡大桥出会信河。可通小舟，容水碓，居民利之。至国朝，为洪水淤塞其源，河身现在者皆逼窄成田。

嘉庆十九年，同知彭昌运劝捐修复，改名福惠河。河源仍费文宪之旧，而以石工；河口设有木闸，以便启闭，防冲决；河口之东为石坝，长五十丈，宽五丈，高三尺，引水入河至镇，农商皆称利焉。"后有彭昌运所作记。除此之外，别无上引情节。至于新城坝，各种县志皆有记载，是县人陈瑄明成化年间所修，即费宏诗文中称之为"陈二十丈"者是也，何待几十年后由费宏等来修。但费宏确实为此歌之呼之，尽心尽力，不然当地民众也不会至今不忘。至于葛仙山之事，更是子虚乌有，笔者曾撰文详析，请参看本书第一章第一节"葛仙山志"。还有第31页第12行对费宏著作的介绍也是不准确的，详见本篇第5节所证。

28. 第32页倒数第6行称"综观武宗在位十五年"。据史料，明武宗从弘治十八年五月十八日即位，至正德十六年三月十四日卒，在位15年另10个月，史籍中均称其在位16年，不见有"在位十五年"之说。第34页第10行记费宏1512年"晋武英殿大学士，不久又调任户部尚书"；其实这只是加官，其时任户部尚书的是孙交，详见本章第11节所证。第35页第8行"宸濠与大内总管钱宁以及陆完商议过多次"谋复护卫，下文又称其为"钱公公"，而这个所谓的"钱公公"钱宁可不是宦官、太监，而是"左都督掌锦衣卫事"的权臣，这是对历史人物官职的误解而作的随意编排。倒数第5行"费宏拒绝结交，令朱宸濠十分恼怒。对此，《明史》形容为'宁惭且恚'"；这原是《明史》"费宏本传"中的记述："幸臣钱宁阴党宸濠，欲交欢宏，馈彩币及他珍玩。拒却之，宁惭且恚。"这个"宁"非指宁王，而是钱宁，这里是钱冠朱戴了。第36页记朱宸濠在复得护卫后"更严重的是构陷费宏主政的户部对皇上准复宁藩护卫、屯田权制抗旨不办"，如上所证费宏并未主政户部，当时户部也没有抗旨不遵，濠党构陷费宏诸事也不及此事。再者屯田就是屯田，这"屯田权制"不知是何意？

29. 第37页第9行记铅山奸人李镇等残害费氏时"幸费宷夫人娄氏之胞姐为宁王妃，娄妃深明大义，于事前派人奔赴铅山密报了其夫宸濠暗害费氏的阴谋，才使费宏兄弟及家眷及时去家避难，免遭浩劫"。娄妃是从上饶理学世家娄家巷走出来的女子，她虽深明大义、忠君爱国，但更本质的性格是"三从四德"，她是不会干出如此背叛丈夫的事来的；载籍中也从无这些记述，这编造的痕迹太过明显，要之此不可作为史实引用。笔者有专箸《论娄妃》述及此事，详见本书第五章第1节。倒数第4行记"然此计却被太监江彬识破"，此江彬并非太监，而是大同边将，得幸于武宗，召入豹房同起卧，武宗自称总督天下军务威武大将军总兵官朱寿，而命江彬为威武副将军。第38页第10行记宸濠举叛，"他声称宗室列祖列宗已三年不得血食"，据《武宗实录》卷175载，原文是"我祖宗不血食者今十有四年"，意为武宗是抱养的民间子，登基十四年了，祖宗不得朱氏子孙祭祀，如讲"宗室列祖列宗已三年不得血食"则不知何意了。倒数第9行记：得知宸濠叛乱后，"费宏又遣弟完送信至弋阳、余干、进贤等州县，号召四方起义兵勤王，自己则随信府及铅邑官军参赞军务"。费宏以书信联络并为地方起义兵勤王赞画等事实则有，派费完送信及自己随军参赞军务事则不见于载籍，要之此不可作史实引用。第39页第5行记王守仁谏武宗疏请"罢奸谀以回动天下忠义之心，绝迹巡游以杜天下奸雄之望"，这段话难以读通，且其意费解，查得原文是"罢奸回以动天下忠义之心，绝巡游以杜天下奸雄之望"，此处把原文引错了。第40页第5行"世宗即位，又十日"召费宏复职，史实是在世宗即位三日后，详见本篇第22节。第9行记"宸濠之乱断送了武宗三十一岁年轻的生命"，这论断值得商榷，依笔者愚见，是他自己的荒淫不经断送了自己的生命，与宸濠之乱并无干系。

30. 第41页正文第1行"费宏在弘治三年（1490）八月的一天向明孝宗讲述治国方略时，着重诠释了曾子的'爱民之道'，说：人君以一身居万民之上，须要得民之心，然后可以保住天位"。据《孝宗实录》卷221载，费宏是在弘治十八年二月十日升任左谕德兼翰林院侍讲的，此前十五年，他还只是翰林院修撰，并不具备直接给皇帝讲书的资历。这讲的内容是在费宏著作"摘稿"卷7之讲章中，首篇题即"三年八月十八日起讲"，可能是由此而误会成了弘治三年。其实在同篇讲《虞书舜典》时，费宏就讲到"百四十年来，列圣监成宪而无衍"，这就明白说到了讲书时明王朝已建国140年了。明建国在1368年，140年后即1508年，这是正德三年，此时费宏已任讲官第四年，为武宗讲书再正常不过了。故这段应是费宏在正德三年（1508）给武宗讲的内容，不能安到孝宗头上。第43页第5行记嘉靖三年大同发生兵变时，"张璁主张出重兵弹压"，这是与嘉靖十二年发生的第二次大同兵变混淆了，详见本篇第24节所证。

31. 第44页及下两页，所述费宏与刘瑾、与鲁府邹平王袭爵等情节，冠以"史事"实在不妥，只当故事、小说的情节就是了，切不可作史实引用。

32. 第47页正文第1行"嘉靖元年（1522），新皇登极，赐封内阁诸臣为伯爵，并荫授费宏一子为世袭锦衣卫指挥使"；这与史实不符，费宏并未"与杨廷和等迎立大臣一样"封伯爵，只是荫子一人，详见本篇第23节。至于在第48页说到"大礼议"是"两宫皇太后的'大礼之争'"，嘉靖帝发动"大礼议"是"深感自己在政治力量上的'先天不足'，越想就越加对前代遗臣，特别是对杨廷和等迎立大臣有所疑忌"，这皆与史实不符。笔者有专著《"大礼议"述评》，可供参考。

33. 第51页正文第6行"正德初年，费宏尚未入阁，凤阳人孙幼贞出任江西参议"；此事所据《费文宪公摘稿》卷12《送亚参孙公之江西序》，文中说到孙幼贞升任江西的时间时称"比者天官卿荐公往参江西布政司议，姑以常资论之，自丁未至今甫十年，而官至方岳，腰黄衣绯者，亦同年所未有，有之实公始。"其为费宏同年，成化二十三年进士，依此推算，十年后当在弘治九年为是，早于"正德初年"在十年以上。

34. 第55页倒数第9行有"肖诏并奏谐律吕"句，"肖诏"应为"箫韶"之误，两字皆错。倒数第 3 行有"敢效传说希阿衡"句,"传说"应为"傅说"之误。第 56 页第 2 行的"肖诏"同样应为"萧韶"之误。倒数第 2 行的白框是"以"字。第 57 页第 2 行有"昏昧故逸"句,其中"故"应作"放"。第 3 行"治流兴亡"中,"流"应作"乱"。倒数 11 行有"现道岂复颠"句,"现道"应是"道理"之误。以上各误,皆因未认真核对原文。

35. 第 59 页记费宏与惠济渠、新城坝事,多不合史实,尤为不经的是在 63 页倒数第 11 行竟记"明嘉靖年间,当地有位居乡耕读的布衣陈瑄,他在闻知费宏主持兴修河口水利之事后,深受鼓舞";这里把事情完全弄颠倒了,《江西通志》《铅山县志》均将此事记为明成化初铅山"耆老陈瑄"所为,并称"费文宪宏作诗美之";费宏出生于成化四年,称陈瑄为"表叔祖陈二十丈",至 60 多年后的嘉靖年间,新城坝早已修成,陈瑄恐怕也早已作古,何谈"深受鼓舞",这杜撰得也太离奇了。详情请参阅本篇第 27 节所述。

36. 第 66 页倒数第 5 行李东阳于《费瑄吕梁祠记》中描绘为"石狞恶廉,利虎踞剑,撰阳扼阴,龃中仅可下山,水势为所束不得肆,则激为飞流,怒为奔湍,哮吼喧闹。见者皆骏愕失度";李东阳原题为《重修吕梁洪记》,这段引文之所以令人无法读懂,是由于其中漏字、错字、错断句所至,且录原文:"洪石狞恶廉利,虎踞剑擢,阳扼阴龃,中仅可上下。水势为所束,不得肆,则激为飞流,怒为奔湍,哮吼喧哄,见者皆骇愕失度。"第 67 页第 2 行的"十五万"应为"二十五万"。据费宏为其二伯父费瑄所作"行实",第 69 页第 3 行"得靖告归"应为"得请告归"之误。第 4 行"至天津送行",应为"至天津迎接",接与送弄颠倒了。

37. 第 70 页倒数第 2 行记费寀正德"六年(1511)上京会试,中辛未科进士,授翰林院编修";据费寀的"墓志铭",此年他只是中进士,被选庶吉士,授翰林院编修则在两年多后的正德八年十月。第 72 页第 10 行记费宏兄弟致仕归乡后,宁王"又派心腹携重金至铅山横林,许以高官厚禄,聘请供职于宁王府,但遭到严正斥责",这不合史实。据载,是宁王为拉拢费宏兄弟,邀其至南昌相见,被婉拒。按明代的制度,王府的官员不是他自己可以聘请的,一律要经朝廷任命,何况费宏这样的内阁重臣,怎能到王府任职?这没有先例,也违反常识。倒数第 8 行记宁王妃娄氏"当她得知其夫暗害费氏的阴谋后,急派人飞马横林密报,才使费氏兄弟及内眷回避恶锋暂离家园";这种杜撰太假,不可信,详见本篇第 29 节所证。第 73 页第 7 行记宸濠叛乱后,费寀不仅献平叛之策,"亦随军行动";此事不见载籍有记,不可妄信。第 74 页倒数第 8 行记"世宗悼念费寀,赠予光禄大夫、柱国少保、武英殿大学士的殊荣";据宗谱所载,只是赠光禄大夫,并无"柱国少保、武英殿大学士"之赠,但他在去世前十个月的嘉靖二十七年二月已升为少保。倒数第 1 行所记费寀著作,其中《礼部集》是费懋贤的著作;他也没有"增修嘉靖《广信府志》二十卷",但却主修了嘉靖四年《铅山县志》。

38. 第 75 页正文第 2 行记费完"正德十六年（1521）四十四岁时才任职顺天府通判"；据《费宏集》卷 15"与子美弟"所记，直至嘉靖三年（1524）朝中"大礼议"左顺门事件发生后，费完仍在乡，因担心在朝兄长的安危，派家人并寄书进京，可见此事不太可能。此下对费完参加科举考试的记载也多无史料依据，尤其是记其与江西考官的过往，称"弘治十四年（1501）六月，督学蔡虚斋奉诏任江西乡试主考官，蔡是费宏的门生"云云。据《明史》卷 282，蔡清，字介夫，号虚斋，福建晋江人，成化十三年乡试解元，二十年成进士，不管中举还是登进士第都早于费宏，是费宏的先达，怎能说他是费宏的门生？况他在弘治年间一直在家"授徒不出，正德改元，即家起江西提学副使"，不可能早在弘治十四年出任江西乡试主考官。而这时费完正在丁母忧、父忧，也是不能参加乡试的。

39. 第 81 页第 7 行记费尧年调任"苏州兵备副使"，据费尧年"行状"是"蓟州兵备副使"，这里是把"蓟州"误成了"苏州"。第 82 页记明万历间日本侵朝事件，称"朝廷又在首辅张居正的力荐下，特派尧年出使日本斡旋谈判，改善关系"；据《明史纪事本末》卷 62 所载，援朝鲜事在万历二十年（1592），而张居正早在万历十年已死，并被神宗清算，何来"力荐"？况也没有任何载籍记述有费尧年出使日本，万历二十年事发时，"兵部尚书石星亦谓诸将未得利，计无所出，议遣人探之，嘉兴人沈惟敬应募。惟敬者，市中无赖也"。二十一年平壤大捷后，"沈惟敬三入平壤"，约为封典。二十四年，沈又与副使杨方亨"奉册如日本，平秀吉（注：即丰臣秀吉）斋沐三日，郊迎节使，受封"。沈惟敬后以通倭弃市。这里从头至尾，均不见提及费尧年，可见此事之伪。更为离奇的是，文中竟称费尧年"与日本天皇有着特殊的关系：现天皇当年作为皇太子曾出使中国，明嘉靖帝因为中国沿海屡受倭寇侵害，欲诛杀来使，以报前仇和以儆效尤。费宏出于对中日关系长远利益的考虑，竭力保奏了他，才使其安然回国。自此，他与费宏结下了友善的关系"。以当年倭寇对中、朝的残害及国人对日本的仇恨，面对这样暧昧的关系，费宏、费尧年如地下有知，定当汗颜。况遍捡史籍，并不见有当年日本皇太子出使（注：有人还说是出质）中国的记载，也没有费宏救日本皇太子的说法，可见其伪。又称"由于日本在侵朝军事上的失利、尧年代表中国朝廷的外交媾和、天皇私情上的权衡、丰臣秀吉战略上的考虑等因素，终致日本同意撤军出朝，恢复三国和平。中日关系从此得以缓和，尧年亦得以安全返国复命。回国时，日本天皇除将他所献礼物全部退还外，还加倍回报一份，一并馈赠中国。万历帝见尧年不辱使命，在高兴之余，将日方返回和加赠的礼物全部转赐给他，以示慰嘉。同时，擢其为南京太仆寺正卿"。这些说法真不亚于天方夜谭。历史上这一事件被称为"万历援朝战争"，是日本丰臣秀吉发动的侵朝战争引起的，明朝作为朝鲜的宗主国，援朝是必然的，最后中朝联合打败了日军。这次胜利并不是什么天皇的私情、明朝的外交，而是始作俑者丰臣秀吉已死，终战原因根本就不存在"丰臣秀吉战略上的考虑"。这是中、日、朝之间重大的历史事件，三国均有史籍详记，岂容现在胡编乱造？对于如此重大严肃的国际政治历史事件，我们文史工作者不能采取如此轻率任意的态度。这一事件中的所谓外交斡旋，其实就是浙江商人沈惟敬在中、日、朝三国间上蹿下跳，最后自己也落得个横死。我们不应把这样一个丑陋的角色，通过编造来强加在刚正不阿的费尧年头上，尤其是还把贪赃二字贴上其身。这里说日本天皇将费尧年带去的全部礼物退还，还加倍回报一份；而万历帝一高兴就全部赐给了费尧年。有人则直接说成是费尧年带去了18船珍宝，日本天皇全部送给了费尧年，另外还加送了18船珍宝给他。这种故事缺乏最基本的常识，不去说君主专制社会，即便是现在，外交人员在公务活动中所得礼品，是要上交国库的，若占归私有，是要以贪赃论处的。如果费尧年就这样占有了36船珍宝，不就成为大贪官了吗？更为可笑的是文中说费尧舜年用这些财物"广为善举和修葺家园"，也就是拿去修了甲秀园。其实费尧年"广为善举和修葺家园"用的都是自己的合法所得。说起甲秀园，其实也就是一些自然山水风光和普通民居，别无高档楼阁亭馆，更无奇石珍宝，用不了这许多财富。至于说到他被任为南太仆寺卿，并不是万历帝为了他"不辱使命"而提拔他，据其子费元禄为其所撰"行状"，费尧年"藩粤三载，廷议推领连帅，飞语忽构，乃量移南太仆卿。南省虽有诽苛，北垣亦复交争，府君慨然曰：'吾八命作牧，年几悬车，而乃糜怀止足、夜色行不休乎？'拂衣还里，绝意人间事"。这哪是什么因功擢拔，分明就是被迫致仕。

40. 第88页倒数第10行记费懋中中举后"懒意功名多时，原因是其父费宪被宁王朱宸濠党徒报复费门时杀害了"。此事原记在《鹅湖费氏宗谱》中，其中《文宪公年谱》记着：正德十二年"三月八日，群凶入城劫狱，公一从兄遇害，一从弟被执"；而《清湖公宦绩》更确言此事件中"杀伯兄宪"。笔者在拙著《费宏年谱》第408页考证称："费宏在族中第六代排行第二，只有一个从兄，即费宪，系二伯父瑄公长子……可在该谱《世系》中又记费宪第四子懋贞出生于此后四年的正德十六年五月廿三日，疑此二者必有一误。"故此事当存疑。况其中举后的正德九年、十二年两科礼部试，都在事发之前，不应受到影响；事发后的正德十五年礼部试，其确是参加了的，且翌年得中探花，授官编修，何等春风得意；故不管其父是否被害，这个"懒意功名多时"的说法都是不能成立的。倒数第5行又记费懋中"直至正德十六年（1521），他终于从沉默中奋起，进京会试，中取辛巳科进士。殿试，又得中一甲第三名，探花及第"。这一说法亦不确，据史料，费懋中参加会试是在正德十五年，并中式；只因武宗皇帝借南征宸濠叛乱之名久驻南京嬉戏而不回，应由他主持的殿试只得一拖再拖，最后还是其死后由继任的世宗皇帝来完成，故本应庚辰科进士就成了辛巳科进士。第89页第10行记费懋中"廉直公正，由是未免不时得罪同僚或上司，不久即迁官外调"；据史料，他由翰林被调外任是因为"大礼议"中议礼新贵张璁等疯狂报得翰林官，根本不是什么"得罪同僚或上司"。详见本篇第12节所证。

41. 第 92 页第 7 行记费元禄著作有误，据《鹅湖横林费氏宗谱》第 128 页，其中《晁采馆集》当为《晁采馆清课》，《甲秀园全集》当为《甲秀园集》，《转精集》当为《转情集》。

42. 第 93 页倒数第 11 行记横林费氏第三代荣迪公四子为"应龙、应彪、应虎、应豹"，其中第三、四两子错记："应虎"是"应麹"之误，"应豹"是"应虓"之误。估计是不识或不能打出这两字，但古人的名讳是不能随意改变的。第 95 页关于正德十三年、嘉靖八年费宏出资扩建含珠书院等情，据笔者所知，恐缺乏必要的确切史料佐证。

43. 第 99 页关于甲秀园的记述时序混乱、前后矛盾、多有不确。前在第 8 行称甲秀园始创于费宏、费完兄弟，是在宸濠将"横林田庄尽毁，难后遂弃之卜筑湖上（即清湖）重建家园"；后在倒数第 6 行又称"在正德十四年（1519）平定宁王叛乱期间，钓鱼台曾充作运筹勤王、策划兵事之所"；这样看来甲秀园在宁王叛乱前就已然修成，那就是正德十二、三年之间事，可这期间费宏兄弟为避宁王迫害，四处流徙，不得稍宁，他在给广信府官员的信中说："使此贼迁延不灭，贱兄弟未能一日无惧祸之心。"（《费宏集》第 529 页）就连修葺被毁祖墓也是在宁王被处死之后，怎么能想象出这期间他们兄弟会有可能来修园子，这是史实吗？倒数第 4 行又记"费宏于六十七岁（嘉靖十三年，1534）分播湖东（烈桥）"。笔者从夏言到访烈桥、赋诗词贺烈桥卜筑，费宏在酬答中称其为谏官，及费寀至烈桥拜望费宏称"忆自壬辰之春，拜公于列桥"等史料考证；夏言于嘉靖十年三月由吏科都给事中升任少詹事兼翰林学士，从此告别谏官生涯；而"壬辰之春"即嘉靖十一年春也，由此推定费宏迁居烈桥至迟在嘉靖十年，详见拙作《费宏年谱》第 752、753 页。第 100 页第 4 行称"甲秀园可谓洋洋大观，显然造价不菲。园主自费宏、费完始皆清正一生，仅以俸禄、家产养园是难以为继的。它得于朝廷奖掖第三代园主费尧年的一笔巨额财物"。这里再次坐实了甲秀园的建造资金非费氏正常收入，而是费尧年所得横财。其不值一驳，不待言讲，详请参阅本篇第 39 条所证。

44. 第 104 页倒数第 3 行"费应麒（费氏第五代，费宏祖父）；他是费宏的祖父不假，但却不是"费氏第五代"，而是第四代，有费氏族谱为证。第 105 页第 5 行记费瑠（费宏父）"生母故去，又侍奉继母张氏为亲娘，周细到临睡前必先以手试其体温"；据费宏亲为其父所写"行状"载："逮事继祖母张孺人，晨夜叩寝阁问，必手扪其肌体寒燠，温存再三，得命而后退"；足见此处是把继祖母误作继母了。倒数第 11 页记费瑠决定冒险渡江与病中的五弟见面时说："吾弟忍死，我待天乎，其谅我也"，这句话令人费解，其实费宏所写的原文应断为"吾弟忍死我待，天乎其谅我也"，这是断句之误。倒数第 4 第记费瑠"为了家族的全局利益，遵从父母之命不入仕途居乡主理家务"；据前引"行状"称：费瑠"年十五六能属文矣。会敏庵即世，府君亦弃养，少参公谓先君曰：'吾父兄之志，期以诗书大吾门。不幸相继沦丧，成其志者，吾与汝之责也。吾虽质不汝逮，业已游庠校，不可中废，誓卒所业，以瞑吾父九泉之目。然老母在堂，寡嫂在室，弟妹在襁褓、在中闺。吾内顾之忧繁，至于米盐之务类，妨功夺志。非汝弃所学，以为吾佐不可也。'语未毕，泪数行下。先君亦泪数行下，敬对曰：'敢不惟吾兄之教是听。'"可见其时其父已逝，他是承仲兄之命而弃学操持家业的。第106页第2行"孝友堂又称'树德堂'"；其实"树德堂"是个较普适和多用的堂名，笔者在乡就亲见不少宗族都使用这个堂名。而"孝友堂"则是较特殊的堂名，就全国费氏而言，堂名众多，使用"孝友堂"的只有铅山横林费氏一家，遑论其他家族。此文冠名"孝友堂"，却通篇不及此堂名的由来，令人费解。据费氏宗谱载明首辅大学士李东阳所撰《孝友堂记》称："太子太保、礼部尚书、武英殿大学士费公子充，有世居之堂，其乡士大夫相与名之曰'孝友'，以表世德，而为之请记于予曰：'言之不如文之远也'……予知子充久，此与同事已阅岁。"文中撰述了大量横林费氏孝友的感人事迹，但仅从上引内容就可知这一堂名的由来，是铅山甚而江西的士大夫有感于横林费氏众多孝友的事迹，"相与名之曰'孝友'"的堂名给费氏，并请当时的首辅李东阳作记。据史料，费宏正德六年十二月十七日以礼部尚书兼文渊阁大学士入阁，正德七年十月二十七日加太子太保武英殿大学士，从记中称费宏的官衔，就可断定作记在出任大学士之后。又称"此与同事已阅岁"，记末落款又自称"赐进士少师太子太保户部尚书华盖殿大学士"，可见李东阳尚在位，而其在此年十二月二十七日即致仕，可见此记应作于这之前。明于此，就可知"孝友堂"不是横林费氏自诩，面是当时士大夫的公论，是有其特殊的家族特色和历史意义的，是不可将其混同于"树德堂"这样普通堂名的。第107页倒数12行记费宏与蔡虚斋的关系云云，前文已作剖析，详见本篇第38节所证。

45. 关于"九夫人"的记述，对照《铅书》原文多处有误：第109页倒数第12行"宜室家，兄乐翁为贤"，原文是"宜室家，兄乐翁为贤"。倒数第6行"不涉闲外事，催俭横（？）而贞婉"，原文是"不涉外事，俭朴而贞婉"。倒数第4行"有古和凡（？）风"，原文是"有古和丸风"。第111页第12行记娄夫人"大变不惊，佐宏、案平定濠乱"；原文是"能不为鸡祸，故大变不惊"，并无"佐宏、案平定濠乱"的表述；娄夫人卒于正德五年，早在宸濠叛乱之前九年，怎能"佐宏、案平定濠乱"？这显然是杜撰，详见拙作《论娄妃》。第18行记杨夫人"相太仆（尧年）逮侍妾，视大姑不异黄贞父"，这又令人不解了，其实原文是"夫人当年佐太仆，封夫人，子元禄，相太仆逮侍妾视大姑不异。黄贞父先生有传在《文选》赞中，又见《妻道传》"。

46. 第112页正文第3行记娄妃是"宁王后，深得宠幸"；是不是深得宠幸暂且不论，但当时藩王的正妻不能称"后"，而是王妃。倒数第3行记宸濠"在南昌举旗反叛，娄妃羞愤，投江自尽，以全忠烈"；这不符史实。据《武宗实录》，从南昌反叛到陷瑞昌、下九江、攻安庆，直至回军救南昌在樵舍被围，全程43天，娄妃均在叛军中，在被俘前一刻才投江自尽。详见拙作《论娄妃》。第 113 页第 1 行 "娄妃墓为士人构筑，半个世纪后又得士人保护，他便是乾隆年间名士蒋士铨"；娄妃之葬，据传说是南昌百姓或渔人捞尸野葬，就该称 "土人"，而不是 "士人"；据史料又称是王阳明葬之，也可说是 "士人"，但其说亦不确。其始葬在正德十四年（1519），而乾隆辛未（十六年，1751），铅山蒋士铨告于布政使彭家屏，访得其处，立碑表之；此时已过去了 232 年，怎能说是 "半个世纪后"？

　　以上是对该书 "史事" 部分的讨论，存在问题主要是缺乏对史实的尊重，加之断句等技术性缺陷，使人难以理解，且易于以讹传讹，故不可小觑。此下的 "传说" 部分，我们只当它传说就好，不必细细讨论，但切不可把故事、小说当史料来引用。尽管如此，笔者还是对其中少数极不靠谱的传说心存疑虑，比如 "金头" 之说。这种说法不仅在铅山殃及费宏，在上饶还有关于夏言、杨时乔的金头传说，均十分不经。费宏、杨时乔均卒于任上，国史有明文记载，何来被杀头而获赔金头？夏言虽在京弃市，后平反昭雪，却也不曾有赔金头的记载。之所以民间会出现如此传言，我想除了大众有对冤屈的同情心外，不能排除别有用心的人想诱导歹人盗墓的恶意。尤其是费宏，逝于北京首辅任上，皇帝赐葬、派员护丧归葬于 "祖居横林东首"，白纸黑字记得明明白白，那里有什么百棺疑冢。但这传说的负面效应确也存在，在铅山费案的墓被盗数次，费完的墓也未能幸免，近又打起费宏墓的主意，有歹徒竟从信江河畔打地道欲盗费宏墓，幸被村民及时发现，使其未能得逞。愚以为像这种有违公序良俗的不经传说，在民间口头传传也就算了，形成文字、载入研究历史的国家正式出版物就大可不必了。

　　47. 第 178 页第 6 行 "费宏的父亲费璠是一名落第秀才，他功名不及自己的三位兄弟"。这是对费璠一生未得功名的误解。费宏在为其父所撰 "行状" 中称：他的祖父 "奉训府君才性迈豪，襟度旷达，尝自恨早孤失学，既有子，力教之。敏庵颖悟，甚称其意，年二十遂领乡荐。先君质类之，复令业举子，年十五六能属文矣。会敏庵即世，府君亦弃养"；时费璠年 18 岁，遭此家庭变故，为保证仲兄及幼弟科场进取，不得已放弃儒业，全力操持家政。这就是 "他功名不及自己的三位兄弟" 的根本原因，而并不是他学力不逮成了落第秀才所至。详见本篇第 44 节所述。第 180 页第 4 行记：正德 "五年（1510）九月，前任礼部尚书入阁，费宏升任尚书"。明清之际不设丞相，而以殿阁大学士在内阁预机务，执掌宰辅大权，简称 "入阁"。据《明史·七卿年表》，费宏的前任礼部尚书是白钺，正德五年九月 "加太子少保，改内阁，管诰敕"；《明史》中白钺本传中也只称其 "累官至太子少保、礼部尚书"，均不及其入阁事。这里的所谓的 "改内阁" 是指其在内阁专典诰敕，并未任大学士预机务，故不能称为 "入阁"。第 182 页第 3 行记宸濠叛乱 "破南安，陷九江，围安庆"；据《武宗实录》卷 175，这里的 "南安" 系 "南康" 之误，时称南康府。同页第 9 行 "王守仁征兵平叛的羽檄传到饶州，饶州知府周朝佐、铅山知县杜民表领所属兵马响应"；据《铅山县志》这两个"饶州"俱为"广信"之误。第183页第12行"国声秦公感栗、刘公士修、李公想文移往来必有密处"；这里读不通顺是由断句有误所至，依文意应断为"国声秦公、感栗刘公、士修李公，想文移往来必有密处"。

48. 第190页正文第6行"宸濠复护卫于正德十四年，十余年间，棋布星罗，'贼几遍海内'"。据宸濠叛乱的各有关史料，均记宸濠复护卫在正德九年，举叛在正德十四年，先后只五六年间，这里的两个年代数字都误了。第192页第8行"成化十六年（1480），费宏十三岁上中信州府童子试文元（1480），十九年（1483）中江西乡试解元"；这里的"信州府"是"广信府"之误，据众多史料，这两个第一的事实均不存在，详见本篇第17节所证。第198页倒数第5行记费案《处濠大略》引文"往见，至则（？）之日，而后见之"；据《铅书》原文，此句应为"往见，至则三日而后见之"。第202页"王守仁征兵平叛的羽檄传至信州，信州知府周朝佐、铅山知县杜民表领所属兵马响应"；其时信州实已改广信府，故这里两个"信州"皆是"广信府"之误。（如若是信州，岂不是要称信州知州？）第224页第10行"费懋尹，字民觉，号志轩，嘉靖庚子举人，费完之子，早殁"；据宗谱，费懋尹生于弘治十四年（1501），嘉靖庚子（1540）举人，此时年已40，即使中举后便卒，也是中年沦丧，不至为早殁。同页第14行记费尧年"其先人试武闱，'以对策见罢，遂弃兹技，下帷发愤，勉就大业'"；"其先人试武闱"当是"其先入试武闱"之误。

49. 第244页正文第4行记费宏"四十三岁为礼部尚书，四十四岁兼文渊阁大学士，晋户部尚书，入阁参预机务，次年即因反对宁王宸濠复护卫事而致仕"；这些记述多不符合史实。据《明史》"费宏本传"及其"行状""墓志铭""神道碑铭"等有关史料，费宏是正德六年以礼部尚书兼文渊阁大学士入阁预机务的，晋户部尚书则在正德九年。"因反对宁王宸濠复护卫事而致仕"是在入阁三年后的正德九年，而不是次年。第258页第5行称"桂萼，字子实，安仁（今湖南省东南部）人"；据《中国历史大辞典》，明代有两个同名县叫安仁，一在湖南，一在江西。江西的安仁县是南朝陈时建县，明时属江西饶州府，1914年因与湖南安仁同名，遂改为余江县。据清同治十一年《饶州府志》卷14，桂萼是该府安仁县人，正德六年杨慎榜进士。由此可见，桂萼是江西安仁人，而不是湖南安仁人，当确实无误。

50. 第268页正文第5行记横林费氏"明清两朝，乡村里人才辈出，仕宦聚居"；据《鹅湖横林费氏宗谱》载，费氏在明代确可称"乡村里人才辈出，仕宦聚居"。但明末渐次中落，万历丙午（二十五年，1546）以后再无举人登科，遑论进士了。清代267年中，更是没有一个进士和举人出现，衰落已是极致。因此这里称"明清两朝"是不确切的，应直书明代即可。第269页倒数第11行记横林费氏"仅仅第五代至第十代共六代的一百五十三年间，出了进士六人、举人十四人。在明朝做官的达七十八人之众（封赠的除外），清朝还有九名"。据宗谱，从第五代费珣景泰四年（1453）中举，至万历二十五年（1546）第十代费映环中举，前后六代九十三年间，横林费氏共有进士六人，其中状元一人，探花一人；举人十二人，其中武举三人。如果因进士也曾中举，故称中举十八人亦可。这里的"六代的一百五十三年间，出了进士六人、举人十四人"不知是怎么统计的？另明代入仕宦者只有七十七人，清代入仕宦者只有六人。这个"七十八人"，"九名"也不知何据？第273页倒数第3行记横林费氏第四代六人中"应彪、应豹"，据宗谱应为"应觑、应唬"之误。第274页第8行记费宏自警之言写道："毫末之污，终身可耻。心之神明，岂可欺蔽之。"此话是费宏之父费璠在费宏显贵后写下的自警语，不能记到费宏头上，详见本篇第26节所证。同页倒数第4行记费尧年"在日本侵朝战争期间，出使日本，不辱使命；晚年以朝廷所赐财物为善举捐办书院"；这些情节毫无根据，影响恶劣，详见本篇第39节所证。第275页第13行记费瑄语"吾于吾侄不患其才识之不远，而患其学之不博，无以充其才与识也"；据费宏为其伯父所撰"行状"，原文是"吾于吾侄，不患其才识之后人，而患其学之不博，无以充其才与识也"，如此文字才能使人读懂。第280页倒数第9行记宋时洪皓"并揭露秦桧叛卖徒行径"，不解其意，反复细看，可能是中间衍一"卖"字，删除后即可读通。

51. 第291页倒数第9行称"汉、唐、宋之所不逮者"；原文是"汉、唐、宋之治不古若"。倒数第3行称"首举三代，汉、唐、宋之创业者"；"三代"下的逗号应改顿号。倒数第1行记"而欲究夫奋砺有为，功业可称之实"，"奋砺有为"下的逗号应改顿号。第292页第1行"且倦倦以法祖为念"；其中"倦倦"应为"惓惓"之误。第4行"臣请稽之经，订之史，按之当今之务，为陛下陈之"；"稽之经""订之史"后两个逗号均应改为顿号。同页第6行"臣闻天下重器也"；应断句为"臣闻：天下，重器也"。以上均校自《太保费文宪公摘稿》卷5。

52. 第301页倒数第11行"取太祖皇帝所编祖训及宋儒真德秀《大学衍义》"句中，"皇帝"前脱一"高"字，祖训二字应加书名号。同页倒数第9行"群臣章奏，有关于圣躬，切于治道者，置诸坐右"；"有关圣躬"下逗号应改为顿号。倒数第7行"勿杂以险邪狎昵之辈"句中，"险"为"憸"之误；"狎昵之辈"下逗号应改为句号。倒数第6行"皆不得导诱意向，蛊惑聪明，"句末逗号应改为句号。倒数第3行"益绵永祚之休"句中，"永"为"胤"之误。第302页第1行"以备接日儆心之助"句中，"接日"为"接目"之误。第4行"其仁爱人君有所谴告，见于灾异"；应断句为"其仁爱人君，有所谴告，见于灾异"。第5行"即今全星昼见"句中，"全星"为"金星"之误。第6行"各处水旱为灾，天意不和，"句末逗号应改为句号。第7行"一应修斋设醮，务为禳祷之事"句中，"修斋设醮"下逗号应改为顿号。第9行"而《太祖高皇帝祖训》"；应点为"而太祖高皇帝《祖训》"。倒数第7行"凡言及闾阎疾苦，减赋轻徭等事"句中，"阎间疾苦"下逗号应改为顿号。倒数第5行"宜亲近儒臣，诵读经书。披阅史册，讲明义理，"句，"经书"下句号应改为逗号，句末逗号应改为句号。倒数第1行"即行之后"句中，"即"是"既"

之误。第303页第3行"凡官赏必当其功"句中，"官赏"为"爵赏"之误。第14行"一切谗佞险巧之徒"句中，"险"为"憸"之误。以上均校自《太保费文宪公摘稿》卷6。

53. 第304页正文第2行"祭告天地宗庙、社稷山川"；应点为"祭告天地、宗庙、社稷、山川"。第4行"是即帝舜泲水儆予，周宣遇灾而惧之意也"；"泲水儆予"下的逗号应改为顿号。倒数第6行"心有敬肆，而安危治乱恒必由之天心之仁爱。陛下盖欲其长治久安，而恐其至于危乱也"句；这里读不通是由于断句之误，似应断为"心有敬肆，而安危治乱恒必由之。天心之仁爱陛下，盖欲其长治久安，而恐其至于危乱也"。第305页第1行"昊天曰明，及尔出二"句中；"二"为"王"之误。第9行"绢（应为'缉'）熙圣学"句；不管是对照原文还是依文意判断，均可确定是"缉熙圣学"，用"绢熙圣学"则不知何意也。第12行"实宗社万万年无疆之休（？）也"；句中的（？）可删去。以上均校自《太保费文宪公摘稿》卷6。

54. 第306页标题"选左右停斋醮疏"，题前即脱一"慎"字。正文第5行"臣等先于正德十六年四月初，间已赏具启请于昭圣慈寿皇太后"句；这是给嘉靖帝的奏章，此年四月初，帝尚在藩邸，费宏亦尚在乡，故应是"十月初"之误；此句逗号应断在"间"字下，即"十月初间"；"赏"应是"尝"之误。第6行"四执事，及膳房、茶房、殿内答应、掌宫侍卫、牌子等项人员，逐一豫选老臣（成）厚重慎密小心之人"句中，"四执事"下的逗号可删除；"掌宫侍卫"下的顿号可删除；"老臣（成）"可直书为"老成"。第8行"其曾经先朝堕事坏事人员"句中，"堕事"应为"随侍"之误。倒数第9行"臣又尝极言异端邪说，渎经乱伦，伤风败俗，亟宜痛绝"句中，前两个逗号应改顿号。倒数第6行"恩宠赏赉过于寻常。远近传闻过于惊骇，"句中，"过于寻常"后的句号应改为逗号；"过于惊骇"后的逗号应改为句号；倒数第5行"皆因先年坏事之徒，各名下掌家管家等项人员"句中，逗号应删除，"掌家"下应加一顿号。倒数第4行"巧言狂惑"句中，"狂"应是"诳"之误。倒数第3行"各该坏事人员，从来坏事非止一端。至于今日，犹以斋醮一事，试探圣心。"句中"非止一端"下的句号应改为逗号；"斋醮一事"下的逗号应删除。倒数第1行"狂惑时俗，假此名目，以为衣食之计"句中，"狂"应为"诳"之误；"假此名目"下的逗号应删除。第307页第3行"一则累（缧）系金房"句，累、缧二字用其一即可，其意是相通的，不必打括弧。第8行"所费金银不可胜计"下的逗号应改句号。第9行"家底败亡"下的句号应改逗号；第14行"不知年来远求亢旱，风霾变灾，彼何不诵一经、念一咒，以消弭之乎？"句中"远求亢旱"应为"远近亢旱"之误；"念一咒"后的逗号可删除。倒数第7行"修设斋醮，靡费财粮，亦甚多矣，何不移之以周困穷？"句中"靡费财粮"后的逗号删除；"困穷"当为"穷困"之误。第308页第2行"其余夤缘阿附者，尽数斥逐"句中，"阿附者"下的逗号应删除。第5行"又命内库查报，各该人员赏过亲施银两等物"句中，"查报"下的逗号应删除；"亲"应是"榇"之误。第7行"更乞大施干断"句中，"干"当为"乾"之误。第9行"惟日以敬天法祖，修德保身为先务"句中，逗号应改顿号；此段可不分段，接上段即可。以上均校自《鹅湖横林费氏宗谱》。

55. 第309页正文第7行"弘治间常决张秋坝"，句中"常"应为"尝"之误。第8行末有"……"，应为"至于正德之末"。第9行"闻涡河等河，日逐淤浅，黄河大股南趋之势，既无所杀"，此句可接上段；"涡河等河"下的逗号可删除；"南趋之势"下的逗号可删除。第10行"奔赴丰沛飞云桥等处"句中，"丰"和"沛"下应各加一顿号。倒数第6行"递（？）年粮草无从办纳，民生困苦之状，所不忍见。官民船只，南去北来者"，句中"（？）"可删除，直书"递年"即可，不必疑惑；"困苦之状"和"官民船只"下的逗号皆可删除。倒数第3行"又闻沛县沙河等处，浮沙涌塞四十余里"句中，"沛县"下应加一顿号。第310页第1行"京师岁收四百万之粮石，何由可达？官军数百万之众，何所仰给？"此句可点作"京师岁收四百万之粮石何由可达，官军数百万之众何所仰给？"第2行"为今之计必须涡河等河如旧通流"，句中"为今之计"后应加一逗号。第3行"徐邳之民乃得免于漂没"句中，"徐邳"之间应加一顿号。第6行"即于大臣中推举通时务，识地理，能任大事者一人"，句中"通时务"和"识地理"下逗号皆改为顿号。第8行"应该作何区划，"句末"区划"后逗号应改为问号。以上均校自《太保费文宪公摘稿》卷6。

56. 第311页正文第1行"而淮扬、庐、凤等储"，句中"淮扬"之间应加一顿号。第2行"前项地方自六月至于八月，数十日之间"句中，"八月"下的逗号可删除。第4行"茫如湖海，"句末逗号应改为句号。第5行"房屋椽柱漂流满河下。壮者攀附树木，偶全性命"；此句断句应断在"漂流满河"后，句号应改为逗号；"下"应是"丁"之误，应断在下半句，即"丁壮者"，与下句"老弱者"对称；全句似应断为"房屋椽柱漂流满河，丁壮者攀附树木，偶全性命"。第312页第3行"则民安国固。"句中后引号移至同页第5行"国势危矣。"之后。第8行"各衙门一应岁办、额办钱粮、在此地方者，俱宜暂从蠲免"句，应标点为"各衙门一应岁办、额办钱粮，在此地方者，俱宜暂从蠲免"。第9行"未死之民得延其残喘；未萌之变，可保其或无矣。"全句似应标点为"未死之民得延其残喘，未萌之变可保其或无矣。"以上均校自《太保费文宪公摘稿》卷6。

57. 第313页正文第2行"臣等非敢抗违触忤自取谴责"句中，"抗违触忤"下应加一逗号。第2行"但以陛下奉天明示，为民父母"句中，"明示"应为"明命"之误。第3行"其道在于节用省费以宽恤民力；节德施惠以固结民心"句中，分号应改为逗号，"节德"应是"布德"之误。第4行"一切举动伤民之力而拂民之心者"句中，"一切举动"后应加一逗号。倒数第2行"料至彼时民食已足，地方已安，凡百事务易于办集，"句中"料至彼时"下应加一逗号；"易于办集"下逗号应改为句号。第 314 页第 1 行："如此，则陛下恤灾爱民，克己从谏之德，可比隆于尧舜，而传播于万世矣。"全句应标点为："如此则陛下恤灾爱民、克己从谏之德，可比隆于尧、舜，而传播于万世矣。"以上均校自《太保费文宪公摘稿》卷 6。

58. 第 315 页正文第 1 行"固必损于上，而后益于下"句中，逗号可删除。第 2 行"尤在先其事，而后食其食"句中，逗号可删除。第 8 行"尽去浮沉"句中，"沉"实为"冗"之误。第 10 行"倍加交给"句中，"交给"应为"支给"之误。第 12 行"岂人臣先事后食之义哉。"句末的句号应改为问号。倒数第 6 行："特谕所司将臣等及翰林春坊五品以上官员，日给酒饭减去十分之六"句，应标点为"特谕所司，将臣等及翰林、春坊五品以上官员日给酒饭，减去十分之六"。倒数第 3 行："且一事之省，必有一事之益。一分之宽，必有一分之赐。未可以为所减不多，而无补于时也。更望上自宫闱达于监局，凡百冗费痛加裁抑。古人有言，所省者一，即吾之一；所省者二，即吾之二。"全句似应标点为："且一事之省，必有一事之益；一分之宽，必有一分之赐。未可以为所减不多，而无补于时也。更望上自宫闱，达于监局，凡百冗费，痛加裁抑。古人有言：'所省者一，即吾之一；所省者二，即吾之二。'"第 316 页第 1 行"积少而成多，转贫而为富不难矣"句中，"转贫而为富"后应加一逗号。以上均校自《太保费文宪公摘稿》卷 6。

59. 第 317 页正文第 1 行："得亲御座，商略大政，仰瞻天颜，和粹温润；俯听玉音，从容委曲。真大圣之资，帝王之度。"全句似应标点为："得亲御座，商略大政。仰瞻天颜和粹温润，俯听玉音从容委曲，真大圣之资、帝王之度。"第 6 行"窃惟圣明所谕，御马监草场、地土、钱粮，仍听本监管理。原差踏勘太监李玺等，免其提问，"全句似应标点为："窃惟圣明所谕：'御马监草场、地土、钱粮，仍听本监管理。原差踏勘太监李玺等，免其提问。'"倒数第 1 行："与其积于一家，以利蠹国之盗臣，孰若散于穷民，以溥朝廷之恩泽。"全句似应标点为："与其积于一家以利蠹国之盗臣，孰若散于穷民以溥朝廷之恩泽?"以上均校自《太保费文宪公摘稿》卷 6。

60. 第 319 页正文第 1 行"该吏部节该钦奉手敕内阁"，句中"手敕"后应加一逗号；"内阁"应是"内开"之误。第 3 行"钦遵誊黄赍捧到，"句末逗号应改为句号。第 7 行"滥污史职"句中，"污"当是"竽"之误。第 10 行："昨者伏闻圣谕，以为《实录》加恩，累朝故事，岂可因皇考已之是，盖推尊亲之孝，广逮下之仁"。全句似应标点为："昨者伏闻圣谕，以为：'《实录》加恩，累朝故事，岂可因皇考已之?'是盖推尊亲之孝，广逮下之仁。"倒数第 7 行："臣自揣见闻孤陋，无由备悉。夫显丕之谟，才识疏庸，未能发扬，夫至纯之德，"此处断句、分段、标点皆误，似应校为："臣自揣见闻孤陋，无由备悉夫显丕之谟；才识疏庸，未能发扬夫至纯之德。"第 320 页第 2 行"亦安敢辄希大厚报？此臣所以悬辞恩命，而不敢轻受之愚诚也"句中，"希大"应是"希丕"之误；"悬辞恩命"后逗号可删除。以上均校自

《太保费文宪公摘稿》卷6。

61. 第321页正文第1页"兹者恭纠审集义师"句，应为"兹者恭审纠集义师"之误。第2行"遂平吴楚之乱""乃成淮蔡之勋"两句，"吴楚""淮蔡"之间各加一顿号。第7行"散泊货以渔厚利"句中，"泊"应为"舶"之误。第9行"残害大臣"句中，"残害"应为"戕害"之误。倒数第7行"若非国有忠贤，力扶社稷。飞羽檄以申明逆顺，扬义旗以倡率英豪；则虐焰方张……"句，应标点为："若非国有忠贤，力扶社稷，飞羽檄以申明逆顺，扬义旗以倡率英豪；则虐焰方张……"倒数第1行"国法正，而逆类潜消；天步安，而太平永亨"句，应标点为"国法正而逆类潜消，天步安而太平永亨"。第8行"某，身居农亩"句中，"某"下之逗号可删除。第9行"幸遂底宁，敢忘大惠。"句末句号应改为问号。第11行："敬驰尺楮，少布寸忱。伏惟高明照察，不备谨启。"全句似应断为："敬驰尺楮，少布寸忱，伏惟高明照察。不备，谨启。"以上均校自《太保费文宪公摘稿》卷15。

62. 第323页正文第3行"列郡之民，自是其有更生之乐乎。"句末句号应改为问号。第4行"中孚之感，可及豚鱼"句中，"中孚"二字应加书名号。第6行："岂抚之犹未尽乎，延蔓难图也。执事必思所以处之而不致其滋漫矣。"句中"未尽乎"下逗号应改为问号；"延漫"前脱一"抑"字；"所以处之"下应加一逗号。倒数第9行"惟此数人不赦，自余一无所问，"句末逗号应改为句号。倒数第6行"此兵家伐谋伐交上策。且与诛恶之义，宥过之仁，两无所失"句中，"上策"乃"之策"之误；"诛恶之义"下逗号应改为顿号。倒数第2行"亦惟此数万人多出于胁诱"句中，"数万人"下应加一逗号。第324页第3行"则其势亦横"，其中"亦"为"益"之误。第6行"是犹病寒之证传经不已，而且为流注，"句末逗号改句号。第8行"然贼未尽除，兵不可罢，而本地守御之兵及金充机快，皆不足持，"句中，"兵不可罢"后逗号应改为句号；"皆不足持"后逗号应改为句号；"持"应是"恃"之误。第9行"故论者欲所在大家团结，丁壮自相保障"句，应断为"故论者欲所在大家团结丁壮，自相保障"。倒数第12行"仅凭该县官吏里老开报金充，类多私弊，或人丁事产无大相远，而有与，有不与。甚者，放富差贫"句中，"该县官吏"下应加一顿号；"类多私弊"后逗号应改为句号；"或人丁"后加一顿号；"甚者"后的逗号删除。倒数第10行："且村落之民，未能去农亩而羁縻于官府，富室之子，未能脱履屣而甘列于戎行。则必出银若谷，募市井游手之徒，以冒名代役。"全句似应标点成："且村落之民，未能去农亩而羁縻于官府；富室之子，未能脱履屣而甘列于戎行。则必出银若谷，募市井游手之徒以冒名代役。"倒数第7行"正所谓驱市人而战"句，"驱市人而战"应加上引号。倒数第4行"今欲均其役，"句末逗号删除。又记"每岁顾募需银二十两"句中，"需"原文为"须"，点校者可能以为是错字，故改之；但古文中二字是有同义项的，为忠于原文计，不改为好。倒数第2行"或有田四万亩"句中，"或"是"若"之误。第325页第4行"各足原定机兵之额，"

句末逗号应改为句号。第6行"一再赴县中"下加一逗号。第7行"大略如操练之法，"句末逗号改句号。第8行"不得徒为具文"句中，"具文"原文为"文具"，可能点校者以为错了而改；单从这两个词来看，当以"具文"为是，但连上文"不得徒为"而看，"文具"也是可以说得通的；为忠于原文计，也是以不改为好。又记"防务追捕皆责成。如此二三人有功则赏，"句，断句、标点皆误，全句似应断成"防务追捕皆责成如此二三人，有功则赏，"其中"如此"应是"于此"之误。第10行下的分段可连接上段，如分段则意思不连贯了。第13行"县县各有应战之兵"句中，"应战"当为"任战"之误。以上均校自《太保费文宪公摘稿》卷15。

63. 第326页正文第3行"维时蹇忠定公杨文贞公，"句中，"杨文贞公"前应加一顿号，后之逗号可删除。第4行"则以守备之事，悉付之内外重臣，"句中前逗号可删除，后逗号应改为句号。第6行"又言根本重地，宜择老成忠直之人，往赞留务"句中，"根本重地"前应加前引号；"忠直之人"下的逗号应删除；"往赞留务"下加后引号。第8行"于是兵政肃而民生安；"句末分号应改为逗号。倒数第9行"呜呼！休哉"应连至上段，因为它是对上述举措的赞叹；又记"上命择才旺素著者以闻，廷臣合荐刑部左侍郎新昌何公，可当厥任"句中，"才旺"当为"才望"之误；"以闻"下逗号应改为句号；"何公"下逗号可删除。倒数第5行"至于陕中丞贰司寇常职之外"句中，"贰司寇"前须加一顿号，后须加一逗号；又记"又屡将使命，懋著劳绩，"句末逗号应改为句号。倒数第4行"按周潘（藩）之大狱，赈徐兖之荒歉，籍荆襄之流通"句中，"周潘"间须加一顿号，后面（藩）可删除；"徐兖"及"荆襄"间各加一顿号。倒数第1行"则当新朝膺重托，孰不以为甚宜而无歉哉！"句中，"当新朝"后应加一顿号；句末惊叹号应改为问号。第327页第4行，在"宏闻而叹曰"下加冒号及前引号，至倒数第4行"而亦公之能事也"句末再加后引号，因这三段皆是费宏的表述，故不应再分段。第6行"而复诏至谓子孙百世难忘江左之民"句中，将"子孙百世难忘江左之民"这段话用单引号引起来。第8行"本于丰镐。而答（洛）邑之建，徒以便朝贡，愍殷民而已"句中，"丰镐"间应加一顿号，后之句号应改为逗号；"便朝贡"下的逗号应改为顿号。第10行"克勤小物如毕公者而后命之，诚以一在下之冲，形势所在。防闲备御之机"句中，"而后命之"前应加一逗号，后之逗号改句号；"一"为"天"之误，"在"是衍文，原文是"诚以天下之冲"；"形势所在"下句号应改为逗号。倒数第11行"以先王驭世之微权而毕命，所谓申画郊圻，慎固封守，以康四海之意也"句中，"以先王"是"此先王"之误；"微权"下应加一逗号；"毕命"二字应加书名号；"所谓"下加前引号，"以康四海"下加后引号。倒数第8行"况建业固今之丰镐"句中，"丰镐"间应加一顿号。倒数第7行"岂得以区区远近为劳逸哉。公往"句中，"公往"前句号应改为问号，后应加逗号。倒数第6行"人心翕然而服从，老成忠进之誉"句中，"服从"下的逗号应改为分号，"忠进"当为"忠直"之误。倒数第3行"西曹故为公属吏者来督赠言，"句中，"来督赠言"前应加一逗号，后之逗号应改为句号。以上均校自《太保费文宪公摘稿》卷9。

64. 第328页正文第2行"岂以其于明刑拆（折）狱为独优耶？夫百官之事各有司存"句中，"拆狱"应是"折狱"之误，括号中的折是对的，直用即可；"夫百官之事"下应加一逗号；这段分段当从"陈为莆中望族，"始，句末逗号应改为句号。第7行"故其才识器业，自异于人"句中，逗号可删除。第8行"则能育人材，底成绩，"句末逗号应改为句号。第10行"则人皆以廉能者，盖所谓惟其所用而咸宜者"句中，"以廉能者"当为"以廉能著"之误；"惟其所用而咸宜者"应加以引号。倒数第7行"用人者之于五器殆不拘拘于格乎。"句中"殆不拘拘于格乎"前加逗号，后之句号应改为问号。倒数第5行的"嗟乎（呼）"中，"（呼）"可删除。倒数第2行"循行劝课，"句末逗号可删除。第329页第3行"今吾民方苦，群盗攻城邑，剽村落"句中，"方苦"下逗号删除；"攻城邑"下逗号改顿号。第7行"大都由于生养未遂，"句末逗号应改句号。第9行"非诚心端已（己）不能致也"句中，括号中的"己"是对的，直接用"端己"即可。第11行"而亦用人者，所以简任贤才之意也"句中，逗号删除即可。第13行"其同寅孙君德君辈来征予言，以为赠"句中，逗号可删除。以上均校自《太保费文宪公摘稿》卷9。

65. 第330页正文第1行"铅山县二十八都里老张景春呈为申明旧例，以重恩典事，蒙本县差委本役亲赍手本"句，断句、标点均有误，全句似应标点为："铅山县二十八都里老张景春，呈为申明旧例、以重恩典事。蒙本县差委，本役亲赍手本"。第3行"费宏处"，原文并无"宏"字，当然有也并无大错，但还是忠于原文为好。第5行从"内开："下另起一行分段，此下均为费宏所作呈词，不必分段，直至第331页第6行"前项情词"再分段。第7行"幸免官充任历三年之久，在旧例以应得荫。为斯事岂敢矫情，"句中，"官充"实为"官尤"之误；"斯事"实为"斯世"之误；断句、标点亦均误，全句似应标点为："幸免官尤，任历三年之久。在旧例以应得荫，为斯世岂敢矫情？"第8行"已难逃乘雁之讥。"句末句号应改成分号。倒数第7行："而该部申明，许为代请，正欲全士。夫廉耻之风，见朝廷恩典之重。"句中在"夫廉耻"处分段即使人读不懂了，且断句、标点均有误。全句似应标点为"而该部申明许为代请，正欲全士夫廉耻之风，见朝廷恩典之重。"倒数第5行"彼子之曾荫与否，部案可查。而荫之有碍与否，公论俱在。"句中，"可查"下句号应改为分号。倒数第3行"于荫子，视之太重，太臣视之太轻"句中，"于荫子"下逗号可删除，"太臣"实为"大臣"之误。以上均校自《太保费文宪公摘稿》卷20。

66. 第332页正文第1行"几年于兹矣"，句中"几年"是为"九年"之误。第3行"先生以补名其庵，"句中"补"应加引号，句末逗号可改成句号。第6行"若胡忠简公之以澹，朱文公之以晦，……先生之庵以补名……何取于补也。"句中"澹""晦"及两个"补"皆应加上引号，句末句号改为问号。倒数第1行"而补其罔略，如束广征之拟华黍，白乐天之续易征"，句中"罔略"为"阙略"之误，"束广征"为"束广微"之误，"易征"为"汤征"之误，"华黍""汤征"均应加上书名号。第333页第1行"迨今官大学"，句中"大"为"太"之误。第4行"则又将谋王断（？）国"，句中括弧、问号皆可删除。第6行："义理微矣。而先生补之士类多矣，而先生补之天下大矣。而先生补之，然则先生之所补，岂曰小补之哉。补庵之名，先生岂徒然哉。"句中"补庵"应加上引号；且断句、标点多误。全句似应标点为："义理微矣，而先生补之；士类多矣，而先生补之；天下大矣，而先生补之。然则先生之所补，岂曰小补之哉？'补庵'之名，先生岂徒然哉？"第10行"若有契于其心者，"句末逗号应改为句号。以上均校自《太保费文宪公摘稿》卷8。

67. 第334页正文第3行"兹惟敏责方亟图之，已而得淫祠一所。"句中"方亟图之"前应加一逗号，后之逗号应改为句号，句末"一所"后的句号应改为逗号。第5行"乃毁而鬻之取其直，以成是院"，句中"取其直"前应加一逗号，后之逗号可删除。第6行"此崇正所由名也"，句中"崇正"应加单引号。第10行"湖湘之游，实因之大都，欲学者观感仿慕"句，全句似应标点为"湖、湘之游实因之。大都欲学者观感仿慕"。第11行"而正道由之兴起也。"句末应加后引号。倒数第7行"又特揭崇正之名"，句中"崇正"应加引号。倒数第6行"岂不贤远于人哉？"句末后引号应删除。倒数第5行"盖古人之论学，必归于正其体，则所谓正心以修身也。其用，则所谓正人之不正也"句，似应标点为"盖古人之论学，必归于正，其体则所谓正心以修身也，其用则所谓正人之不正也"。第335页第1行"惟濂溪以是上接洙泗之统，而后诸子继之，"句中"洙泗"间应加一顿号，句末逗号应改为句号。第4行"迷溺乎记诵文词，科名功利之习，而正路之榛芜日甚，学于是者可不体侯之心，而各自致其力乎！今濂洛关闽之绪论具在，诚能探讨复行"，句中"复行"是"服行"之误，而全句标点似应为"迷溺乎记诵文词、科名功利之习，而正路之榛芜日甚。学于是者，可不体侯之心而各自致其力乎？今濂、洛、关、闽之绪论具在，诚能探讨服行"。第7行"而知事天事亲之为一致"，句中"事天"后须加一顿号。第9行"平居必以正人自期，待自树立"句，应断为"平居必以正人自期待、自树立"。第12行"不可以虚辱也，姑诵所闻，以复使学者皆知所励"句，似应断为"不可以虚辱也。姑诵所闻以复，使学者皆知所励"。以上均校自《太保费文宪公摘稿》卷8。

68. 第336页正文第1行"节嗜欲以定心气"，原文无"以"字。第3行"四时皆损人"，句首脱"嗜欲"二字。第5行"而道思过半矣"，"而"下脱一"于"字。第6行"如对君父谨之、畏之"，句中"君父"下应加一逗号。第8行"久不能校"，句中"校"为"较"之误。倒数第7行："慰谕拳拳。移时乃别，将别以一封见赠，"句，应标点为："慰谕拳拳，移时乃别。将别，以一封见赠。"倒数第6行"则曰字扇一握，手帨一条而已"，句中"字扇一握，手帨一条"应加引号。倒数第3行

"颇以教焉。自兹义迄今"，句中"以教"为"敦敬"之误，"兹义"为"辛亥"之误。倒数第2行"人乃记录如右，"句中，"人"实"文"之误，句末逗号应改为句号。第337页第2行"历官至南京兵部尚书，参赞机务，纳政归，数年，年八十余乃卒"句，应标点为："历官至南京兵部尚书参赞机务。纳政归数年，年八十余乃卒。"第4行"见井泉欲饮不敢"，句中"不敢"前加一逗号。第9行"公曰："下加前引号。第11行："稍有不测……君辈幸毋以微罪而去其前程也。"句中"稍"为"脱"之误，句末应加后引号。第14行："辄教以读书在多识、嘉言、善行，不必徒作诗文，自警编一书朝夕在手。扇中所示多节取焉。盖公之学，以治心养性为本，而非炫博争妍以遂时好者也。"全句似应标点成："辄教以读书在多识嘉言善行，不必徒作诗文。《自警编》一书朝夕在手，扇中所示多节取焉。盖公之学以治心养性为本，而非眩博争妍以遂时好者也。"句中"眩"字点校者可能以为错了而改为"炫"，其实二字意相通，为忠于原文计，不改为好；"盖公之学"前的分段，可移至句此下进行。以上均校自《太保费文宪公摘稿》卷20。

69. 第338页正文第4行"景泰癸酉乡贡进士。"句末句号应改成分号。第6行记"入赀助荒，政授浚官。"句中"浚"为"义"之误，可断句为"入赀助荒政，授义官；"第7行"则先君之弟也"句中，衍一"之"字。倒数第9行"会敏庵（费珣）即世，府君（祖父）亦弃养，少参公（费瑄）……"句中括号及其中内容均可删除，因这是"文存"，录原文即可，不必作说明。倒数第4行："弟妹在襁褓，在中闺。吾内顾之忧繁，至于米盐之务类，妨功夺志，非汝弃所学，以为吾佐不可也。"全句似可标点为："弟妹在襁褓、在中闺，吾内顾之忧繁。至于米盐之务类，妨功夺志，非汝弃所学以为吾佐不可也。"第339页第1行"公乃得专意仕途"，句中"途"为"进"之误。第6行"备尝艰苦，其后赀产渐至充裕。"句中逗号改为句号，句末句号改为逗号。第11行"遇家庆追慕府君，则泣而叹曰：'此吾父之遗体……"，句中"遇家庆"下应加一逗号，"遗体"为"遗休"之误。倒数第11行"必手扪其肌体，来燠温存再三"，句中"来"为"寒"之误，全句似应断为"必手扪其肌体寒燠，温存再三"。第10行"立床前，类辟支佛，一呼而退，殊无真情。惟第五孙（即璠）乃真爱我。"句中"立床前"下的逗号可删除，"殊无真情"下句号应改为逗号，括号及其中内容可删除。下段首句"盖先君行也"应移至上段，因它是对"第五孙"的解释。倒数第7行"诸孙往者疑畏莫敢迎视。先君一一手掇，纳诸故殓焉。"句中"诸孙往者"下应加一逗号，"迎视"为"迫视"之误，"殓"为"轊"之误。倒数第4行"必待其开霖，乃敢退休。事少参公及待二弟，极其友爱，□□谈笑，日以为常，"句中"开霖"为"开霁"之误，后之逗号可删除，"极其友爱"前逗号可删除，后面两白框为"聚坐"二字，句末逗号应改为句号。倒数第2行"捐之以给众赏，"句中"众赏"为"众费"之误，句末逗号应改为句号。第340页第1行"而犹总其大体焉。雪峰先生未娶时游学自远归，病痢危甚。"句中

"大体"为"大纲"之误，"雪峰先生未娶时"下应加一逗号，"病痫"下应加一逗号。第2行"先君持入卧内"，句中"持入"为"特入"之误。第4行"先君恃性敏"，句中"先君"为"先生"之误；又记"时其惰而策之，"句末逗号应改为句号。第5行"夺其杯掷之，先生盖奋励，是秋遂领荐。"句中"掷之"下句号应改为逗号，"盖"是"益"之误，句末句号改逗号。第7行"是成，以报汝父之孝友也。"句中"是成"为"是天"之误，后之逗号可删除。第8行"先生（费瑞）在大学感病归"，句中括号及其中内容删除，"大学"为"太学"之误。第9行"相失于淮阳瓜步间"，句中"淮阳"下应加一顿号。第11行"吾弟忍死，我待天乎，其谅我也"句，应断为"吾弟忍死我待，天乎其谅我也"。倒数第11行"先君闻念其言，即为之于邑，所以抚教其孤寡"，句中"闻"是"间"之误；全句应断为："先君间念其言，即为之于邑所，以抚教其孤寡。"倒数第8行"既出。寡犹未瘳，其顾恤群从子眷（？）恩竟意备至"，句中"眷（？）"是"妇"之误，"竟"是衍文，全句似应断为"既出，寡犹未瘳。其顾恤群从子妇，恩意备至"。倒数第7行"虽中夜间呻吟声"，句中"间"为"闻"之误。倒数第4行"其类凡七，"句末逗号应改为冒号。第341页第1行"既就日有常课"，句中"既就"下疑脱一"傅"字，此据费宏撰《先母赠夫人余氏行略》中有"就傅"一说，意为上学了，可据此出"校勘记"说明，此下并应加逗号。第2行"少陟轻肆"，句中"陟"为"涉"之误。第4行"犹礼闱不第，留大学卒所业，以故以大司成……"句首"犹"为"试"之误，"大学"为"太学"之误，"以故以"中后一个"以"字为衍文。第8行"闻间与侪朋弈戏也"，句中"侪朋"为"朋侪"之误。第10行"拳拳焉，惟修饬行检是先"，句中逗号可删除。第12行"叔父应麟甫始分异，时情少华"，句末"华"为"乖"之误，全句似应断为"叔父应麟甫始分异时，情少乖"。第13行"应麟甫不时至，邑令欲加笞掠"，全句似应断为"应麟甫不时至邑，令欲加笞掠"。倒数第10行"邻族争诬不能直者"，句中"诬"是"讼"之误。倒数第8行"欲为不义者，惟恐先君知之"句中，逗号可删除。倒数第3行"未尝加以富贵，"句末逗号应改为句号。倒数第2行"以病告者畀之药"，句中"以病告者"下应加一逗号。倒数第2行"初乡俗贷谷，息皆十五，先君独如律，息十三，"句中"初"下应加逗号，"乡俗贷谷"下逗号可删除，句末逗号改句号。第342页第1行"辄焚其券，"句末逗号应改为句号。第6行"用以苤羹故，亦择而弃之，自负知略足效。一官在田里间，"句中"故"为"臞"之误，"知"为"智"之误，"足效"下句号可删除，"一官"下加逗号。第11行"亲故或徇势，为请寄，先君曰：'吾已戒从者持柬稿于门矣。□食此者，乃能为汝忍耻以私干人"，句中"为请寄"前逗号可删除，"柬稿"为"束薤"之误，□应是"能"字。第13行"太宜人姐子窦甚，有所干先考，拒如前，"全句似应断为"太宜人姐子窦甚，有所干，先考拒如前，"句末逗号改成句号。倒数第7行"又尝闻上饶一斋娄先生，讲家人上九爻义"，句中"娄先生"下逗号可删除，"家人"加书名号。倒数第 6 行 "不遇声色。房无媵侍，"句中句号应改逗号，句末逗号应改句号。倒数第 3 行 "姻族乡鄙"，句中 "鄙"是 "郿"之误。第 343 页第 1 行 "少参公所购葬经有理致者，"句中 "葬经"应加书名号，之下应加逗号。第 2 行 "契其肯綮，后得吉于县东金相之原。"句中逗号应改为句号，句末句号应改为逗号。第 3 行 "见杞（棺）已腐尽"，句中 "杞（棺）"系 "柩"之误。第 4 行："尝谓地理家葬心之说，与程朱所论合……于水蚁沙砾之中。"句中 "尝谓"下加前引号，"程朱"间加顿号，句末加后引号。第 6 行 "少参公及雪峰之葬于芙蓉"，句中 "雪峰"下脱 "先生"二字。第 9 行 "卜图其宅北曰"应是 "图卜其宅兆，曰"之误。第 12 行 "先君固以自号云"，句中 "固"为 "因"之误。第 14 行 "居数日必出行，田园垦辟修筑"，全句似应断为 "居数日必出行田园，垦辟修筑"。第 15 行："既受封犹然。"全句似应断为："既受封，犹然。"倒数第 7 行 "而先考以先妣卒之，又明年孟冬"，句中逗号可删除。倒数第 5 行该段首句 "呜呼哀哉！呜呼痛哉！"应移至上段末尾，因其所表达的情感是对上段所述情节而发的。倒数第 3 行 "心异之，"句末逗号应改为句号。倒数第 1 行 "移日不忍去，先卒之十日，率宏、完奉先妣之柩往葬焉。而窆期尚远，乃归，"句中 "不忍去"下逗号应改为句号，"往葬焉"下句号应改为逗号，句末逗号改句号。第 344 页第 4 行该段首句 "呜呼哀哉！呜呼痛哉！"应移至上段末尾，因其所表达的情感是对上段所述情节而发的；第 4 行 "同一望族处士允徽之女"，句中 "一"为 "邑"之误。第 5 行 "详具西涯李公为所铭"，句中 "为所铭"是 "所为铭"之误。第 8 行 "孙女三"，后脱一 "人"字。第 10 行 "初先君年四十，有一尝病疫于姑苏，几不救，"全句应断句、标点为："初，先君年四十有一，尝病疫于姑苏，几不救。"第 12 行 "我公相庶几无虑矣"，句中 "相"字为衍文。第 14 行 "已而竟愈。"句末句号应改为逗号。倒数第 8 行 "痛惟先君存心制行，不愧古人处家居乡，迥绝流俗。惜也早罹孤嫠"，句末 "嫠"为 "茕"之误；全句似应断为 "痛惟先君存心制行不愧古人，处家居乡迥绝流俗。惜也早罹孤茕"。倒数第 6 行："不肖兄弟，复庸劣寡昧，弗克显扬。幸而苟生。实藉其幽光，庇我后嗣，"全句似应标点为："不肖兄弟复庸劣寡昧，弗克显扬，幸而苟生。实藉其幽光庇我后嗣。"以上均校自《太保费文宪公摘稿》卷 16。

70. 第 345 页正文第 2 行 "先外祖允徽处士能以勤俭致富，而尤好尚礼义，"句中 "处士"下应加一逗号，句末逗号应改句号。第 5 行 "先母生而慧敏铭，不烦母教，父母器异之。为择所宜归，"句中 "敏铭"为 "淑"之误，"母"为 "姆"之误，"器异之"下句号应改逗号，句末逗号应改句号。第 6 行 "时先祖赠资政大夫、礼部尚书。府君方欲以诗书振起门户"，句中顿号、句号全删除，"诗书"是 "诗礼"之误。第 7 行 "参议复庵先生受室也皆慎其选，"句中 "受室也"下应加一逗号，句末逗号应改句号。第 8 行 "先母年十八归先考。盖先祖及敏庵先生，先是已即世矣"，句中后两句划属上段，此处应不分段而连上段才是，"归先考"下句号应改逗号，"敏庵先生"下逗号可删除。第10行"命先伯（费瑄）参议公专务学业"，句中括号及其内容皆应删除。第11行"至凡阛阓米盐之务"，句中"阓"为"闺"之误。倒数第6行"先母上奉周夫人（祖母）"句中，括号及其内容皆应删除。倒数第5行"有小恚则骇汗终夕"，句中"汗"是"汙"之误；又记"周夫人曰：'是能孝我。'每举为姻党告"，句中"是能孝我"下的句号应删除。在引号外加一逗号"。倒数第4行"张孺人（宏伯母，珣之妻）性严毅"，句中括号及其内容皆可删除。倒数第3行"居常觇其频笑以为忧喜"，句中"频"为"嚬"之误。倒数第1行"乡俗富者嫁女，或割田以资奁，具所入之租"句，应断为"乡俗，富者嫁女，或割田以资奁具，所入之租"。第346页第1行"先母之嫁也有腴田数十亩"，句中"先母之嫁也"下应加一逗号。第4行"先祖父殁时，皆稚弱，"句中"父"是衍文，句末逗号应改句号。第5行"亦惟张孺人（伯母）"，句中括号及其内容皆可删除。第9行"下逮仆妾，"句末逗号应改为句号。第10行"涤器治具，不以二人□，馈宾戚务致丰洁，"句中"二人"是"委人"之误，"□"原文是"燕"字，全句应断成"涤器治具不以委人，燕馈宾戚务致丰洁。"第14行"而周给孤嫠贫乏"，句中"周"是"赒"之误。倒数第9行"卒业大学者三年"句中，"大"为"太"之误。倒数第8行"授翰林院修撰后一月，恭遇恩诏，推到先考如宏官"，句中"修撰"下应加逗号，"推到"是"推封"之误。倒数第7行"亲戚女眷"句中，"眷"为"妇"之误。倒数第5行"先母每因事劝之，或以非义相干。"句中"劝之"是"规之"之误，其后逗号应改为句号，句末句号应改为逗号。倒数第3行"吾宁贫不愿苟得，然有急而周"，句中"吾宁贫"下应加逗号，"不愿苟得"下逗号应改成句号，句末"周"是"间"之误。倒数第1行"宏入仕后"，句中"入"为"筮"之误。第347页第4行"自后，每犯疟必作"，句中"犯"是"劳"之误，故此句应断为"自后，每劳，疟必作"。第7行"北上有期，不幸以其年冬十二月三日卒。"句中逗号应改为句号，句末句号应改为逗号。第9行下段首句"呜呼哀哉！呜呼痛哉！"应移至上段末尾，因其所表达的情感是对上段所述情节而发的。第10行"十岁卒"，前脱一"生"字。倒数第10行"先母以辛酉正月十二日葬于杨梅尖之垅。少师西涯公既时赐之铭矣，句中"辛酉"下脱一"年"字，"垅"是"陇"之误，"时赐"是"辱赐"之误。倒数第6行"先母由安人，"句末逗号可删除。又记"荣养弗逮，痛悼深深"，句中"深深"是"采深"之误。倒数第5行"是用含哀沥血，仰干执事，赐之雄文"，句中"含哀沥血"是"唧哀沥血"之误，后之句号应改为逗号。倒数第3行最后一段不必分段，直接上段即可；"有所托而垂诸不朽，"句末逗号应改为句号；倒数第2行"宁有既耶。"句末句号应改为问号。以上均校自《太保费文宪公摘稿》卷16。

71. 第348页正文第1行"翌造中兴之道"，句中"翌"是"翊"之误，"道"是"运"之误。第2行"功复溥海"，句中"复溥"是"覆薄"之误。第4行"怪鲸张吻，而不能侵者，天留（？）公以醢鲸也"，句中"张吻"下逗号可删除，"天留"下的括弧、问号可删除。第5行"公实生人……则载公一世之仁"，句中"公实生"下脱一"吾"字，"载"是"戴"之误。第6行"以载于始终而已。始为变"，句中"载"为"戴"之误，"始为变"应是"始闻变"之误。第7行"咸为兄弟，要以此贼举事，必败寒家。不共戴天之仇，可雪可为。寒家百口，幸理则固，然亦非知生者也。"句中"咸为兄弟"下脱一"庆"字，衍一"要"字，然而主要还是断句太乱，全句似应标点为"咸为兄弟庆，以此贼举事必败，寒家不共戴天之仇可雪，可为寒家百口幸，理则固然，亦非知生者也。"。第9行"必楮（？）棺骨灰以谢朝廷、谢孙许、谢天下。"句中"楮（？）棺"为"潴宫"之误，"骨灰"为"灰骨"之误，"谢朝廷"下顿号应改为逗号，"谢孙许"下顿号应改为逗号，"孙许"之间应加顿号，"谢天下"后句号应改成逗号。第10行"而奚但不肖百口之利害哉。"句末句号应改为问号。倒数7行"奉以周施，弗坠复启。中曾及难脱虎口之忧"，句中"施"为"旋"之误，但断句太乱，还是不能读通，全句似应断为"奉以周旋弗坠，复启中曾及‘难脱虎口之忧’"。倒数第5行"意将何为其希承者，"句中"意将何为"下应加一问号。倒数第5行"其狭带（？）者……而又有余孽，以应之者也"，句中"（？）"可删除，"余孽"下逗号可删除。倒数第3行"一郡之祸固除"，句中"除"是"赊"之误。倒数第1行"公明屡降吉谕，父老子弟闻者，莫不感临涕泣。"句首"公明"系"明公"之误，"闻者"下逗号可删除，句末句号应改为逗号。第349页第1行"又何所虑"，句中"又"是"复"之误；又记"若先定洪州，以覆其巢穴；扼上游，以遏其归路；守要害，以虑其穷奔"句，不若标点成"若先定洪州以覆其巢穴，扼上游以遏其归路，守要害以虑其穷奔"。第3行"则此贼虽衄于前就死江中"，句中"就死江中"前应加一逗号；第4行"防贼当周之九二是也"，句中"贼"是"戒"之误，"当周"下加一逗号，此下脱一"夬"字，应成"夬之九二是也"。第5行"掬清流以俾瀚海，"句中"清"是"涓"之误，"俾"是"裨"之误。以上校自《铅书》。

72. 第350页正文第2行"云为兄报仇，须与娄氏结姻，庶不坏事"，"云"后之文应加引号。第3行"已知其意"，句中"其"为"此"之误。第5行"我□野亭辞之，云"，句中"□"为"浣"字，"辞之"下逗号可删除。第6行"其若不迎为荣"，句中"其"为"莫"之误，"荣"为"便"之误；又记"此人此心"，句中"此心"是"有心"之误。第7行"遂大减迎物，及辞，留在在渠进笋船上同行"，句中"及辞"前逗号应改为句号，"留在在"中衍一"在"字。第8行"渠许以焦阁老谋中状元。"句中"许以"是"许与"之误，句末句号应改为逗号。第9行"欲附银贺文宪公为礼部亚卿。我曰：‘今当朝观三年……"，句中"我曰"是"我云"之误，此前句号应改成逗号，"朝观三年"是"朝觐之年"之误。倒数第8行"五月半至省，稽留不见者六闰月"，句中"至省"是"临省"之误，"六闰月"是

"六阅月"之误。倒数第5行"曰：'人皆吊。'"此句应为"云：'人皆悼，我独贺。'"；脱"我独贺"三字；又记"间又云：'……祸及宗族矣。'予说（？）记之。"句中"宗族矣"下的后引号移至"记之"之后，　"予"是"预"之误，"（？）"应删除。倒数第3行"吓（？）我曰"，应为"赫我云"。倒数第1行"而待于杀妻以此将哉"，"此"为"求"之误。第351页第1行"自此，无一使往来"，句中"自此"下逗号可删除。第3行"郑岳布政食赃"，句中"食"为"贪"之误。第4行"我曰"，当为"我云"。第5行"乃出，奉文宪书，将以礼进。"句中"乃出"下逗号可删除，句末句号应改为逗号。第6行"公谓何以受书？我曰：既辞其礼，以防之也。后来数日"，句中"何以受书"四字应加引号，"我曰"改为"我云"，"既辞其礼"前应加前引号，下脱"须谨藏此书"五字，"以防之也"下须加后引号，"后来数日"应改为"复来数四"。第8行"我俱力辞不使"，句末"不使"当为"不便"之误。第10行"遍赂当道"，句中"赂"当为"贿"之误。第12行"此在仕路时，"句末逗号可删除；又记"娄容善举人承其命来招；往见，到则（？）之日，而后见之"，句中"往见"前分号可删除，后二句应为"至则三日而后见之"。第14行"首问二人何以遂回。我答曰"，此句应标点成"首问'二人何以遂回'？我答云"；又记"下不能处事乡里"，句中"事"为衍文。第16行"大学士朝廷大臣……渠曰……我曰……"，句中"大学士"下应加一逗号，"渠曰""我曰"应为"渠云""我云"。倒数第6行"于时我家三牲已听其嗾"，句中"牲"是"姓"之误。倒数第4行"对众曰"，应为"对众云"。倒数第3行"其意盖□太宗也。复招我问曰"，句中"□太宗"应为"恨大宗"，"问曰"当为"问云"。倒数第2行"蒙招而返"，句中"招"应为"召"。倒数第1行"又令王春问曰"，"问曰"当为"问云"。第352页第1行"今年实生六龟"，句中"实"为"突"之误。第2行"我曰……春曰"，当为"我云""春云"。第3行"我徉问之"，句中"徉"为"佯"之误。第5行"惟下面一句云西土之人弗靖"，句中"西土之人弗靖"应加上引号。第7行"其秋丧母"，句中"其秋"下应加一逗号。第8行："复以日前所告尼（？）之辞，归遣亲信葛某……"此句应标点成："复以日前所告尼之，辞归，遣亲信葛某……"第10行"遣校尉三人，押发三牲作乱，杀人掘坟，我因与公同往铅城，次囊罄被劫去"，句中"三牲"当为"三姓"之误，"因与"应改成"固与"，"次囊"应改成"资囊"。第12行"书相告"，应为"书来相告"，脱一"来"字。第13行"并求诸上司辱尊官"，句中"上司"后应加一逗号，并补上所脱"屈"字。第14行"己卯服阕，三月"，句中"三月"应是"六月"之误。第15行"我复遣使去以疾辞，比此而叛，已作我里居时，以处逆藩也"，句中"比此"是"比至"之误，全句似应标点成"我复遣使去，以疾辞。比至，而叛已作。我里居时以处逆藩也"。倒数第7行"锥牛携酒犒。本邑杜大尹发兵西讨，使我所以以处，逆藩既败者也"，句中"使我"为"此我"之误，"所以以"中衍一"以"字，"败"是

"叛之后"之误；全句似应断成"锥牛携酒，犒本邑杜大尹发兵西讨。此我所以处逆藩既叛之后者也"。倒数第 5 行"燃灯祠室开濠前书"，句中"祠室"后应加一逗号。倒数第 4 行"公甚喜予同心能峻却之"，句中"能峻却之"前应加逗号。倒数第 3 行"台谏文章论荐我兄弟，"句中"文章"应为"交章"之误，句末逗号应改为句号。倒数第 2 行"载在实录，公令晓然"，句中"实录"应加书名号，"公令"是"公论"之误。以上校自《铅书》。

73. 第 353 页正文第 1 行："不敢有语人者。"句末句号应改为逗号，此下脱"惧增祸也"四字。第 3 行："然则当泯泯以俟身终矣乎。"句末句号应改成问号。第 4 行"亦附于君子者，写忍不一。呜呼！于知己以明心迹，"句中"写"是"乌"之误，"呜呼"是"鸣"之误；且这里不能分段，否则文意割裂，无法读懂，全句似应断为："亦附于君子者也，乌忍不一鸣于知己以明心迹？"第 7 行"庚午之夏"开始另起一段；又记"传逆宁谓生杀妻求将以恫吓。生答云"，句中"杀妻求将"四字应加引号，"恫吓"改为"相吓"，"生答云"改为"生答之"。第 10 行"癸卯之秋，忽校以来谋，许方伯郑公致书于家兄求助"，句中"癸卯"是"癸酉"之误，"许"是"讦"之误，"于"是"拘"之误，全句似应断为"癸酉之秋，忽以校来谋讦方伯郑公，致书拘家兄求助"。倒数第 8 行"且谕以郑公廉正之不当讦校，再四强挽"，句中"谕"是"喻"之误，全句似应断为"且喻以郑公廉正之不当讦，校再四强挽"。倒数第 7 行"拘拒如初"，句中"拘拒"为"物拒"之误。倒数第 6 行"以闻直上，预以告之家中"，句中"直上，"当改作"于上。""家中"是"家兄"之误。倒数第 5 行"宁意欲勘官，驻诸老欲驻南京，以便挤排，或中以死及之戒之罪。家兄与在廷诸老，欲往南京，以佐其计。不可得。两解驻广信"，此句似应断为"宁意欲勘官驻南京，以便挤排，或中以死及之戎之罪。家兄与在廷诸老欲驻南京，以左其计不可得。两解，驻广信"。倒数第 2 行"与此戒"，应改为"与从戎"。第 354 页第 1 行："甲戌贺正暮归，……直云：我初之奏郑岳为正风化……明正其罪。"句中"贺正"下应加逗号，"直云："下应加前引号，"明正其罪"下应加后引号。第 3 行"姑忍而若之于心"，句中"若"是"匿"之误。第 5 行"因而言之朝堂"，句中"朝堂"是"朝贵"之误。第 6 行"遭惧于祸，布人耳目中间，避祸畏嫌"，句中"遭惧于祸"是"遭罹殄祸"之误，"布人耳目"下应加逗号，"中间"下逗号可删除。第 7 行"有不可以言语，尽非人所尽知者"句，应断为"有不可以言语尽，非人所尽知者"。第 9 行"恨不挥（？）戈信戮，以啖其肉，而寝其皮，亟走四出使献策当衡及王公阳明处，"句中"挥（？）"为"荷"之误，"信"为"往"之误，全句似应断为"恨不荷戈往戮，以啖其肉而寝其皮。亟走使四出，献策当衡及王阳明公处。"第 12 行"乃出癸酉所藏之书，阅之知其物之数若干"，句中"之书"下逗号移至"阅之"下。倒数第 11 行"屡却正郎求婚之请……强与成婚"，这两个"婚"字皆为"姻"字。倒数第 9 行"家兄又以择祸，不如从轻为戒。盖明指（？）宁逆之当远也"，句中"家兄又以"下应加前引号，"不如从轻"前逗号可删除、下应加后引号，"指"下的"（？）"可删除。倒数第8行"生既得此先人之言，因是正郎彼时附势害人"，句中"先人"是"先人"之误，"因是"为"因见"之误。倒数第5行"生并其屋池辞之。挈家北上，迄今尚存，可证。"句中"辞之"下句号应改为逗号，"迄今尚存"下逗号可删除。倒数第2行"督文广信守秦千兵守城"，句中"广信守"是"广信所"之误，"守城"是"城守"之误。倒数第1行"此生之所欲显言，以取薄亲家之嫌者"，句中"欲显言"前脱一"不"字，"薄亲家"的"家"是衍文。第355页第2行"宣宣一首，使生之心迹睨然大明于世。则一德之愚"，句中"一首"是"一言"之误，"睨然"是"脱然"之误，"一德"是"一得"之误。第4行"屡屡附民，又何俟于赘耶。"句中"附民"是"附名"之误，句末句号应改成问号。第6行"夫人之生辈受祸之由，于阻复护卫，而不知求护卫之奸所由。发人之怨之起于阻护卫，而不知前者怒端之所作"，句中"夫人之生""人之怨"中两个"之"字皆为"知"之误，"怒"是"怨"之误，此句似应断为"夫人知生辈受祸之由于阻复护卫，而不知求护卫之奸所由发；人知怨之起于阻护卫，而不知前者怨端之所作"。第9行"幸赐采纳大宣"，句中"采纳"下应加一逗号，"大宣"是"不宣"之误，这是古时书柬之一般格式，不宜搞错。以上校自《铅书》。

74. 第356页标题《明世宗御制祭太保费宏文二道》，"文二道"《铅书》《鹅湖横林费氏宗谱》中皆作"文三道"，且确有祭文三道，此处只录其中两道，缺第二道《祭七》。正文第4行"执使笔而事编摩，是非不爽。亚卿再擢宗伯，超千粤。自先朝简；居秘阁，"句中"使笔"是"史笔"之误，"超千"是"超迁"之误，全句似应断成"执史笔而事编摩，是非不爽。亚卿再擢，宗伯超迁。粤自先朝，简居秘阁；"第6行"委任维青"，句中"青"是"专"之误。第7行"此因机轴之重"，句中"此因"是"比因"之误。第9行"特赐奠祭，遣官卫送……冀韵承之无斁"，句中"奠祭"是"葬祭"之误，"卫送"是"护送"之误，"韵承"是"歆承"之误。正文中此下脱第二道《祭七》："惟卿通明端直，弘雅公清；历事四朝，始终一节。闳才硕德，名誉彰闻。遽尔长终，中外悼惜。俟临首七，再示恤恩。遣祭有仪，用慰溟漠。卿灵不昧，尚克歆承"。倒数第4行"堂阁省曹"，句中"堂"是"台"之误。倒数第3行"深藉谋犹。天不敕（？）遗"，句中"谋犹"是"谋猷"之误，"敕（？）"是"憗"之误。倒数第2行"谕祭载颁"，句中"载颁"是"再颁"之误。以上校自《铅书》。

75. 第357页倒数第9行"诏起，"句末逗号应删除。倒数第5行"'赐祭九坛，哀荣之典'"，句中引号应删除。倒数第2行"又晚得同朝，甚喜"，句中逗号应删除。第358页第1行"字子充"，"字"下脱一"曰"字。第6行"是为公考光禄公兄弟。"句末句号应改为冒号。第8行"少读书过目成诵。稍长、即能文。与季叔瑞同学。"句中"过目成诵"下句号应改为逗号，"稍长"下顿号可删除，句末句号应改为逗号。第9行"年十六,"句末逗号可删除。第13行"而公以疾告归",句中"告归"当为"告去"。倒数第6行"时,阉瑾窃柄",句中"时"下逗号可删除。倒数第4行"瑾虽私此,何必革?"此句似应断为"瑾虽私,此何必革?"倒数第2行记"时,鄢、兰、刘、齐群盗起,四方骚动。"句中"时"下逗号可删除,句末句号应改为逗号。第359页第2行"乃特加太子太保,"句末逗号删除或改顿号。第4行"时,钱宁怙宠作威",句中"时"下逗号可删除。第7行"濠竟得护卫。"句末句号应改为逗号。第8行"乃阴嗾里中恶少,焚公室庐",句中逗号可删除。第12行"赐蟒衣玉带。以平濠功,加恩赍并补给三代诰文之毁于火者",句中"玉带"前应加一顿号,"加恩赍"前逗号移至其后。第15行"淮扬大水",句中"淮"下应加一顿号。第16行"进吏部尚书,谨身殿大学士",句中逗号可删除或改顿号。倒数第9行"杀参将及巡抚、都御史",句中"巡抚"下顿号可删除。倒数第7行"进少师,兼太子太师,赐白金文绮",句中"进少师"下逗号可删除;"赐白金"下应加一顿号。倒数第5行"赐金绮袭衣、鞍马及御制诗一章",句中"赐金绮"下应加一顿号。倒数第4行"时,懋贤举进士",句中"时"下逗号可删除。倒数第2行"集平生所为文,曰《自惭漫稿》",句中逗号可删除。第360页第4行"愿得忠事明主",句中"愿"是"须"之误,"忠"是"终"之误。第5行"朕宁俟卿见",句中"宁"是"伫"之误。第6行"公奏对言,多切于治理",句中逗号可删除,或移至"言"之前。第7行"既召见便殿加劳慰",句中"加劳慰"前应加一逗号。第9行"会大内、启祥诸宫讫工",句中"大内"下顿号可删除。第11行"薄暮始出,右掖公归,"此句似应断为"薄暮始出右掖,公归,"又记"伏枕而逝",此句前脱一"俄"字。第12行"先是司天奏中台折",句中"先是"下应加一逗号。第13行"岂偶然哉!"句末惊叹号可改问号。倒数第9行"职方主事。"句末句号应改为分号。倒数第8行"次适贵溪江副使良贵之子,以交先卒。孙男一延之",句中"之子"下逗号移至"以交"下,"以交"是"以郊"之误,"孙男一"下应加逗号;全句似应断为"次适贵溪江副使良贵之子以郊,先卒。孙男一,延之"。倒数第5行"得告归,侍光禄公,即不忍再别去,"句中"得告归"下逗号可删除,句末逗号应改为句号。第361页第1行"持大体,不以琐琐取名誉",句中逗号可删除。第3行"公之文章,行于天下",句中逗号可删除。第6行"公自弱冠,大魁天下。"句中逗号可删除,句末句号应改为逗号。以上校自《太保费文宪公摘稿》之附录。

76. 第362页正文第1行至8行职官中的标点均可删除。倒数第7行"柱国"下应加一顿号。倒数第4行"士类传颂之",句中"颂"原文为"诵"。倒数第2行"乐庵先生封如复庵官,五峰先生封如公官",句中两个"先生"均为衍文。第363页第3行"时,史事将告完",句中逗号可删除。第4行"有白金文绮之赐",句中"白金"下应加一顿号。第6行"寻以母丧,去位",句中逗号可删除。第8行"升左谕德,兼翰林院侍讲",句中逗号可删除。第10行"擢太常少卿,兼侍读",句中逗号可删除。第 11 行"己巳，进左。时，特旨赠五峰、乐庵咸如其官"，句中"进左"下句号可删除。第 12 行"时，逆瑾窃柄，大夫士莫敢谁何。"句中"时"下逗号可删除，句末句号应改为逗号。第 13 行"公悉厘正以遵成法"，句中"厘正"下应加一逗号。第 14 行"惟江北四省乡试解额，稍增于旧"，句中逗号可删除；第 15 行"公谓："句中冒号可删除。第 16 行"恭上慈圣康寿太皇太后慈圣皇太后徽号，赐白金文绮"，句中"太皇太后"下须加一顿号，"白金"下亦应加一顿号。倒数第 8 行"赐麒麟服一袭。二月，知会试贡举。诸需旧皆取之宗兆"，句中"赐麒麟服"中原文无"麒"字，"贡举"下句号应改为逗号，"宗兆"是为"京兆"之误。倒数第 7 行"才数百金而民不堪，"句中"百金"下应加逗号，句末逗号应改句号。倒数第 5 行"公谓纶序宜改正"，句中"公谓"下五字应加引号，"纶序"应是"伦序"之误。倒数第 4 行。"奉旨擢文渊阁大学士"，句中"擢"为"兼"之误。倒数第 2 行"上谕功各厚赉之，荫子一人为锦衣卫千户，公三疏辞。时，改授六品文阶"，句中"谕功"是"论功"之误，"锦衣卫千户"下逗号应改句号，原文无"卫"字，"时"是"特"之误，"特"前句号改逗号，后逗号删除。第 364 页第 1 行"乃加太子太保，武英殿大学士"，句中逗号可删除，或改顿号。第 4 行"因撼公。乃遏以百金饮器"，句中"撼"是"憾"之误，"遏"是"遗"之误。第 6 行"疏下内阁中贵，问所以处分者，公因极言濠有异志，假此以为羽翼耳，不从之便"，全句似应断为"疏下内阁，中贵问所以处分者，公因极言'濠有异志，假此以为羽翼耳'，不从之便"。第 8 行"而从弟案，亦罢职。五月，至清源"，句中"案"下逗号可删除，"五月"下逗号可删除。第 10 行"日课诸子读书。其中濠欲倾公"，句中句号应移至"其中"下。第 11 行"胁以道里费全具奏"，句中"胁"是"助"之误，"全"是"令"之误，全句似应断为"助以道里费，令具奏"。第 12 行"且欲加罪，为濠知，计不行，遂助群凶泄忿，于公室庐积聚焚掠殆尽，又侵践（？）其先人墓"，句中"为"是"焉"之误，全句似应断为"且欲加罪焉，濠知计不行，遂助群凶泄忿于公，室庐积聚焚掠殆尽，又侵其先人墓"。第 14 行"与群众避地县城"，句中"群众"是"群从"之误。第 15 行"兄竟死，"句中逗号应改句号。倒数第 8 行"公皆为赞划"，句中"赞划"原文作"赞画"。倒数第 6 行"竟上之朝，"句末逗号应改句号。倒数第 3 行"越月赐蟒衣三袭，玉带一条，又以赞画平逆濠功，加厚赉"，句中"一条"是"一束"之误，此下逗号应改成句号，"加厚赉"前逗号可删除。第 365 页第 1 行"公荫一子为锦衣卫指挥使"，句中"卫"字是衍文。第 2 行"得改正千户"，句中"得"下脱一"旨"字。第 3 行"赐玉带袭衣"，"玉带"下应加一顿号。第 4 行"有宝锭羊酒之赐。是岁，淮扬大水"，句中"宝锭"下、"淮"下各应加一顿号。第 5 行"畀所司施行"，句中"畀"是"俾"之误。第 6 行"他如蠲逋负均，为政分轻齐载在诸曹"，句中"为政"是"马政"之误，"齐"是"赍"之误，全句似应断为"他如蠲逋负、均马政、分轻赍，载在诸曹"。第 7 行"皆经国遗猷也", 句中"遗"是"远"之误。第 8 行"进吏部尚书,"句末逗号应改顿号或删除。第 9 行"诸公祠继去位……而大礼亦定", 句中"祠"是"相"之误, "亦定"下脱一"焉"字。第 10 行"大同军叛者, 咸欲致讨, 公谓: 变出于激……", 句中"叛"下脱一"议"字, 全句似应断为"大同军叛, 议者咸欲致讨, 公谓:'变出于激……'。第 11 行"而易总兵镇其地。……公曰: 莫约姑听之,"句中"镇其地"下加后引号, "莫约姑听之"加引号, 下之逗号改句号。第 14 行"公之规划为多", 句中"划"原文作"画"。第 15 行"则白金文绮六表里, 鞍马一疋, 赐礼部", 句中"白金"下应加一顿号, "赐"下脱"宴"字。倒数第 9 行"有羊酒宝镪之赐, 上以御制咏春诗及四景律诗, 命公恭和", 全句似应断为"有羊酒、宝镪之赐。上以御制《咏春诗》及《四景律诗》命公恭和"。倒数第 5 行"疾再作, 退辞归田, 上请, 公志决去, 遂允之", 句中"退辞"为"恳辞"之误, "上请"为"上谙"之误, 全句似应断为"疾再作, 恳辞归田。上谙公志决去, 遂允之"。第 366 页第 8 行"延之长公子之子", 句中"延之"下须加一逗号。第 10 行"自入任来", 句中"任"是"仕"之误。第 12 行"而各□主之间, 有贫莫克举者, 公为出田输其入", 句中白框应是"递"字, 全句似应断为"而各递主之, 间有贫莫克举者, 公为出田, 输其入"。第 14 行"或逋负焚其券不问。幼出补庵公之门公之子若孙, 有贫不能立者, 每遇其家, 厚恤之", 句中"或逋负"下应加一逗号, "之门"下应加逗号, "遇"是"过"之误。第 16 行"常至济宁, 见有旅亲在舟遭覆溺", 句中"常"是"尝"之误, "亲"是"樏"之误。倒数第 9 行"即公之细其为泽己若也", 句中"之细"下应加逗号, "己"是"已"之误, "也"是"此"之误, 即为"已若此"也。倒数第 8 行"少喜戏 (?) 文", 句中"戏 (?)"是"绩"之误, 应直书为"少喜绩文"。倒数第 6 行"皆平正典则根于理道", 句中"平正典则"下应加逗号。倒数第 5 行"语予所亲文选主事边汝, 嘉曰", 句中逗号可删除"边汝嘉"是一人名, 不可断开。倒数第 3 行"交往甚疏,"句末逗号应改为句号。倒数第 2 行"见笑曰", 前脱一"相"字。倒数第 1 行"百凡一以旧规为准,"句末逗号应改为句号。第 367 页第 1 行"事至四面俱当照管", "四面"下应加一逗号。第 2 行"方自庆得所依。"句末句号应改逗号。第 4 行"呜呼! 伤哉!"应移至上段; 又记"先一月有星, 自文昌流入阁道", 句中"有星"后逗号移至前, 全句似应断为"先一月, 有星自文昌流入阁道"。第 6 行"有旨命公与时偕诣内殿, 捧主并至后苑", 句中"捧主"前逗号移至其后。第 8 行"公皆遍历, 为是日", 句中"为"是"焉"之误, 此句似应断为"公皆遍历焉, 是日"; 又记"公感之遂不起", 句中"感之"下应加逗号。第 10 行"其子主事君辈, 以墓道文请", 句中逗号可删除。倒数第 6 行"首任起公", 句中"任"是"召"之误。倒数第 3 行"遽 (?) 事四朝", 应是"逮事四朝"之误。倒数第 2 行"公其归乡", 句中"乡"是"兮"之误。以上校自《太保费文宪公摘稿》之附录。

77. 第 368 页正文第 1 行"丙申朔越有九日甲辰"，在"丙申朔"下应加一逗号。第 4 行在"金吾"下应加一逗号。第 7 行"东汉名贤，"句末逗号应改为句号。第 8 行"梁季兵燹，"句末逗号应改成句号。第 369 页第 3 行"益凛水渊。庶几列祖，罔恫九泉，"句中"水"为"冰"之误，句末逗号应改为句号。第 4 行"代衍衣冠，"句末逗号应改句号。倒数第 1 行注解中"黄氏"是"费氏"之误。以上校自《鹅湖横林费氏宗谱》。

78. 第 370 页正文第 2 行"先生严毅方正，克尽师道"句应移至下段之首；第 3 行记"宏每经书读讫"，原文作"每宏经书读讫"。第 5 行"听宏成诵即然喜色……即不喜"，句中"即然"是"朗然"之误；"不喜"是"不乐"之误。第 6 行"先生曰：'……事何所事耶'？""先生"前脱一"目"字，"事何"是"师果"之误，"所事"下脱一"事"字，全句应为"目先生曰：'……师果何所事事耶'？"。第 7 行"尊翁责效甚切"，句中"甚切"原文作"甚急"。第 8 行"虽代代积庆所致，而先生训导之功为多焉"，句中"代代"为"先代"之误，"训导"为"训迪"之误。第 9 行"宏既遵教籍，以再请教家食。"句中"遵教籍"是"通朝籍"之误，"请教"是"请告"之误，句末句号应改逗号。第 10 行"相见惧甚，严之如昔。或讽之曰：'门生既贵'……"，句中"惧甚"是"欢甚"之误，"严之"是"严肃"之误，"门生"原文作"门人"。第 11 行"何以贵而加之乎？""何以"原文作"可以"。第 12 行"由是，人益贤之"，句中逗号可删除。倒数第 6 行"宏自政府乞休归林"句末"林"字是衍文。倒数第 5 行"能事先生之业"，句中"事"是"世"之误。倒数第 4 行"恳予铭"前逗号可删除。倒数第 3 行"夫岂忍辞"，"岂"是"奚"之误。倒数第 2 行"别号受诲。系江州义门后因族属繁庶"，句中"受诲"下原文有"轩"字，"系"下脱一"出"字，"义门"下应加一逗号；全句应断为："别号受诲轩。系出江州义门后，因族属繁庶"。倒数第 1 行"有讳琪者"，句中"琪"是"某"之误。第 371 页第 1 行"子孙亦繁……考谓子行"，句中"子孙"原文作"子姓"，"考谓"是"考讳"之误。第 3 行"持家能勤且俭，见才虽不见用于时"，句首"持家"为"治家"之误，"见才"是"其才"之误。第 4 行"而能以经术讲授。出其门者，多显名。宏之外，若方伯张合溪公祜"，句中"讲授"下句号应改为逗号，"多显名"前逗号删除，后句号应改逗号，"宏之外"前加"自"字，"祜"为"祐"之误。第 5 行"予从弟司训潭山先生费宁、冬官清湖费完、庶子钟石费寀"，句中"潭山"下"先生费"三字皆衍文，"清湖"下、"钟石"下两"费"字皆是衍文。第 6 行"懋乐皆先生之徒也"，句中"懋乐"下应加逗号，"先生"后"之"字是衍文。第 8 行"卒于正德己巳十一月三日"，"三日"是"十三日"之误。第 9 行"墓在本里龙头祖茔之次"，句中"龙头"下脱一"丘"字。第 10 行"长维祯、"句末顿号应改为逗号。第 11 行"维恒，皆邹氏出"，句中'维恒'是"维垣"之误，"氏"是衍文；又记"女一：许嫁进贤赵氏"，此句应排在第 12 行孙男辈后。

倒数第 11 行"拙我弗显",句中"显"为"类"之误。倒数第 10 行"惟以永怀……勒此贞后",句中"怀"是"忆"之误,"后"是"石"之误。行文至此,费宏为老师所作铭文已结束,自"呜呼"以下皆《铅书》作者的评论,原文是在铭文后另起一段,以示区隔;故在此下不应再分段,以免与铭文相混。第 371 页倒数第 8 行"自师导晦,而当世世为人师者",句中"师导"是"师道"之误,"世世"为"世之"之误。倒数第 7 行"尝谓师以糊口耳,岁得修所足以自润",句中"尝"为"常"之误,"修所"为"修脯"之误。倒数第 5 行"及今铅山",句中"今"为"令"之误。倒数第 4 行"享人名,当国以委之,曰风气所钟。实而然也,有师焉。"句中"享人名"后的逗号移至"以委之"后;"风气所钟"应加上引号;"实而"是"实不"之误;全句似应断为"享人名当国,以委之曰'风气所钟',实不然也,有师焉。"倒数第 3 行"真足以耀当世之为人师者矣",句中"耀"是"愧"之误。第 372 页第 1 行"先生能化弟子之多",句中"弟子"原文作"子弟"。第 2 行"以表师表之益",句中"师表"为"师友"之误。以上校自《铅书》。

79. 第 373 页正文第 1 行"为时肯袖擎天手。"句末句号应改问号。第 2 行"知名最旧(?)",句末"(?)"可删除。第 3 行"当机会,"句末逗号应改为顿号。第 4 行"捷书驰,"句末逗号应改为顿号;又记"此功岂比寻常奔走",句中"此功岂比"下应加一逗号。第 5 行"磨崖勒颂。临江酾酒,贺邦家,"句中"勒颂"下句号应改为逗号,"酾酒"下逗号应改为句号,句末逗号改顿号。以上校自《太保费文宪公摘稿》卷 1。

80. 第 374 页标题"咏安庆"下脱一"府"字。正文第 1 行"要把那龙虎江山占据,安庆城边,却被我两个忠臣拦住",句中"要把那"下应加一顿号,"占据"下逗号应改为句号,"却被我"下应加一顿号。第 4 行"一心防御,遮蔽江淮。"句中"防御"下逗号应改成句号,"江淮"间加一顿号,句末句号改逗号。第 5 行"功不让,往日睢阳张许",句中"功不让"下逗号应改为顿号,"张许"间加一顿号。第 6 行"何人为达明主。"句末句号应改为问号。以上校自《太保费文宪公摘稿》卷 1。

81. 第 375 页标题中"为间邑"是"为阃邑"之误。正文第 1 行"有文事必有武备。君亲宜重为孝子",句中句号应改为分号,"宜重"下应加一逗号。此下自第 2 行开始,完全不接上文意,就不知所云了。经反复翻检、反复揣摩,终是不得其解。偶然间才省得其是把这首《满庭芳》和紧接的下首《满江红》连接在一起,以前首之前部,连接下首之后部,中间全缺,这就难怪我等丈二和尚摸不着头脑了。为释疑,且把这两首词按原文补齐:上接"为孝子",连成下文:"为孝子必为忠臣。能勇则见义必为,有才则临事自著。恭惟县主杜公,性禀忠贞,心存正直。嘘枯沃渴,惠已洽于间阎;是治危明,念每切于廊庙。顷缘宗藩不道,祸变忽生。怒发冲冠,誓捐躯而赴难;赤心吁众,期助顺以除凶。乃率义兵,往从主帅。扬旗西指声先振,而叛逆遂平。振旅东归大功成,而室家胥庆。惟兹僚寀,及我士民。击鼓荷戈，虽莫效先驱之力；赋诗酾酒，亦未忘助喜之私。敬制小词，用申下悃，惟电瞩幸甚。 　　鼓角喧天，旌旗耀日，问公此出何为？主忧臣辱，奔赴岂容迟。听取中流击楫，从湖东，直指江西。貔貅集，龙蛇阵布，枭獍尽诛夷。 　　乾坤初整顿，凯歌喧闲，民物恬嬉。看壶浆夹道，争献新词。从此功名日盛，膺鹗荐，稳步鸿逵。朝廷上，还须忠直，重立太平基。" 　　满江红·为铅山县官贺周太守平逆贼还郡

伏以《春秋》大一统，诸侯必谨于尊王；《洪范》叙《九畴》，八政实终于锄乱。惟逆顺之从违既定，斯征讨之功业易成。恭惟大府鲁轩周公，性禀忠贞，风裁清峻。绣衣持斧，久宣击断之威；画戟凝香，复播循良之誉。近缘宗室，忽叛本朝。守在封疆，不负专城之托；望依霄汉，常悬捧日之心。乃奉鱼符，亲提虎旅。鼓角欢亮先（回到第357页正文第2行）"声扼而首恶遂擒。油幕笑谈，言语传"，句中"声扼"为"声振"之误，此下应加一逗号，"笑谈"下逗号可删除，"言语"是"古语"之误。第3行记"惊疑虽释"，句中"虽"是"顿"之误。第5行"负重望，能文能武，忽听得，奸雄倡乱。妖言讪主，"此句应标点为"负重望、能文能武。忽听得、奸雄倡乱，妖言讪主。"第7行"平吴楚"，"吴楚"间应加一顿号。此下为词的下半阕，应另起一段；第8行"洗甲倒倾河。汉水归，旗半卷，晴空雨"，此句应断为"洗甲倒倾河汉水，归旗半卷晴空雨。"以上校自《太保费文宪公摘稿》卷1。

82. 第376页正文第1行"奇才卓荦，自巡抚江西，不孤（辜）重托。谈世事，每蹙双眉。"句中"卓荦"下逗号应改为句号；"（辜）"可删除，因原文作"孤"，且有"辜负，有负"的义项，故不能算错，不必怀疑作"辜"；"谈世事"下逗号应改为顿号，"双眉"下句号改逗号；第2行记"贺罢千秋猛可里，风波大作，仗孤忠劲节。"句中"千秋"下加一逗号，"猛可里"下逗号改顿号，"风波大作"下逗号改句号，"劲节"下句号应改为逗号。第4行"独障狂澜，宁甘鼎镬，"应移至上半阕，否则就违反了《解连环》词的格式，逗号应改为句号。此下为下半阕，第4行"此心真无愧。怍想那，正气如生"，此句似应断为"此心真无愧怍，想那正气如生"。第5行"阴扶庙略，驱厉鬼，誓杀奸雄。看吴楚淮南"，句中"庙略"下逗号应改为句号，"奸雄"下句号应改为逗号，"吴"下、"楚"下各加一顿号。第6行"思惠政，人人泪落。只这死，"句中"思惠政"下逗号应改为顿号，"只这死"下逗号应改为顿号。以上校自《太保费文宪公摘稿》卷1。

83. 第377页正文第1行"龙战睢阳"，句中"睢阳"是"疑阳"之误。第2行记"生虽屈"，句中"虽"是"难"之误，原文此下有一行小字，此处脱，应补上"（公面骂贼，比死犹挺立不屈。）"第3行原文在"忆衡门"下有一行小字，此处脱，应补上"（去冬，唐侍御臣过南昌，公极言地方必乱，慨然有避去之志。）"第4行末句后原文有一行小字，此处脱，应补上"（公年仅三十有七。）"以上校自《太保费文宪公摘稿》卷4。

84. 第378页，标题《游鹅湖（二首）》。费宏诗中无此标题，页末注明此诗分

别录自《太保费文宪公摘稿》和《鹅湖横林费氏宗谱》中。愚以为作为"文存"，照录原文则可，重新别拟标题则不妥。正文第1行"鹅湖自朱吕二陆聚讲之后"，句中"朱""吕"之下各加一顿号。第2行"躬谒祠堂以泄景仰之私，"句中"祠堂"下应加一逗号，句末逗号应改为句号。第3行"而稽勋阳朔黎公、邑长熟任侯、邑博定海金君、吴兴沈君、致政弋尹欧文实偕行"，句中"邑长"下脱一"常"字，"弋尹欧文"是"大尹欧丈"之误，全句似应断为"而稽勋阳朔黎公，邑长常熟任侯，邑博定海金君、吴兴沈君，致政大尹欧丈实偕行"。以上校自《太保费文宪公摘稿》卷4。第10行诗的标题"次朱陆韵"，前脱"鹅湖书院"四字，应补回原标题。以上校自《鹅湖横林费氏宗谱》。

85. 第380页正文第2行"逼骚雅"中，"骚"和"雅"各应加上书名号；又记"谁能肩。"句末句号应改为问号。第4行"贵妃力士空招权"，句中"贵妃"下应加一顿号。第9行"残陋欲议王临川"，句首"残"应为"浅"之误。以上校自《太保费文宪公摘稿》卷2。

86. 第381页正文第1行"出去行藏……甘投祸阱，"句中"去"为"处"之误，句末逗号应改为分号。第2行"日出事尘，意长兴短。"句中"事尘"为"事生"之误，句末句号应改为逗号。第3行"须流行坎上"，句中"坎上"为"坎止"之误。第4行"早家食能将孝女推，"句中"早家食"下应加一顿号，"孝女"是"孝友"之误，句末逗号改句号。第5行"朝耕暮读。取适还临陪钓矶"，句中"暮读"下句号应改为逗号，"陪钓矶"是"旧钓矶"之误。以上校自《太保费文宪公摘稿》卷1。

87. 第382页正文第2行"遣司礼监官韦霦召臣宏与臣时从至无逸殿"，句中"韦霦"下须加一逗号，"与臣时从"下须加一句号。第7行"边事为急，"句末逗号应改为句号；又记"但行路祭之礼为弗敬"，句中"之礼"下应加一逗号。第9行"因得遍观翠芬、锦芬二亭及花卉松竹，"句末逗号应改为句号。倒数第5行"朝夕不忘，"句末逗号应改为句号。倒数第2行"惬快睹之愿"，句中"快"为"快"之误。第383页第1行"比隆尧舜"，在"尧舜"之间应加一顿号。第4行"望岌崇之新宫"，句中"崇"为"巢"之误。第5行"殿录书之无逸兮。亭写诗之豳风。本姬录之攸昌兮"，句中"书""无逸""诗""豳风"各皆加书名号，"无逸兮"下句号应改为逗号，"录"是"篆"之误。第8行"蹑尧舜之希踪"，在"尧舜"之间加一顿号；又记"取周公之训诫兮"，句中"诫"是"戒"之误。第10行"亩罹布而横纵"，句中"罹"是"罦"之误。倒数第4行"祈雨赐之时若兮"，句中"赐"为"旸"之误。以上校自《太保费文宪公摘稿》卷1。

88. 第384页正文第11行"处拥旦奭联夔龙"，句首"处"为"庭"之误，"旦"下应加一顿号，"奭"下应加一顿号。倒数第3行"谁燃起鹃雀诳汉主"，句中"鹃"为"鹃"之误。倒数第1行"方今天子舜文配，德化丕昌扶桑东"，句中

"舜文"之间加一顿号，"昌"是"冒"之误。以上校自《太保费文宪公摘稿》卷1。

89. 第386页倒数第3行"却笑老饕赋，茗碗策新功"，句中"老饕赋"应加书名号，"碗"是"挽"之误。以上校自《太保费文宪公摘稿》卷1。第387页倒数第2行"夏言桂洲氏谨撰"，句中"氏"是衍文。第388页正文第1行"其粹然者""其廓然者"之下的逗号皆可删除。第4行"由宫詹而翱翔于入座"，句中"入座"为"八座"之误。第5行"接柏氏台鼎之阶"，句中"柏氏"是"伯氏"之误。第7行"贵盛而守之以让"，句首脱一"处"字。第8行"当见大平之象。于戏禄位名寿，终始克全;"句中"大平"为"太平"之误，"于戏"下应加一惊叹号，句末分号应改为句号。第9行"奕叶象贤"，句中"象"是"像"之误。倒数第3行"江西按察司金事"，当为"江西按察使司金事"。以上校自《鹅湖横林费氏宗谱》。

90. 第389页正文第1页"太子太保，礼部尚书，"句中两个逗号皆可删除或改为顿号。第2行"而为请记于予，曰：'言之不如书之远也'。"句中"曰"之前逗号可删除，"书之"为"文之"之误。第4行"予皆尝为之铭志，"句末逗号应改为句号。第5行"又观丘文庄公所著大父赠尚书乐庵公墓表及传，文穆公所志伯父参议复庵公及子充所自为诗。其叔父雪峰君者"，句中"传"为"傅"之误，"诗"为"志"之误，全句似应断为"又观丘文庄公所著大父赠尚书乐庵公墓表，及傅文穆公所志伯父参议复庵公，及子充所自为志其叔父雪峰君者"。第8行"子充祖父乐庵君未冠时"，句中有脱文、有衍文，原句应为"盖乐庵未冠时"。第9行"事继母张如此。代父养祖妣徐终其身"，句中"如此"是"如母"之误，此下句号应改为逗号，"祖妣"是"祖母"之误。第10行"病则俱卧起，每见人家析产，辄然不乐"，句中"俱卧起"下逗号应改为句号，"然"是衍文。第11行"事寡嫂甚恭"，句中"甚恭"原文是"恭甚"。倒数第6行"五峰公以父赢资悉以季父"，"悉以"是"悉与"之误。倒数第5行"至察其秽器，闻其革"，句中"秽器"下逗号应改分号，"闻其"下脱"病"字。倒数第4行"托其孤寓"，句中"托"是"抚"之误。倒数第2行"伯氏敏庵及幼叔雪峰，皆举乡贡。季叔顺庵为义官"，"雪峰"前"幼叔"及"顺庵"前"叔"字皆为衍文。倒数第1行"子充复振起"，句末脱一"之"字。第390页第2行"此与同事，已阅岁"，句中"此"是"比"之误，"同事"下逗号可删除。第4行"必于世，乃与于国，于天下。乡也者，国家之交也"，句中"必于世"为"必世者"之误，"于国"下逗号应改为顿号，"国家"是"家国"之误。第5行"亦惟独如费氏世德传哉。"句中"独如"是"独为"之误，句末句号改问号。第6行"以示夫耳目所遗者，庶不一为恒言庸行而忽之也"，句中"遗"为"逮"之误，"一"为"以"之误。文末脱落款"赐进士少师太子太师户部尚书华盖殿大学士家侍教弟李东阳敬撰"。以上校自《铅书》。

91. 第393页正文第1行"费文宪公摘稿"，应加书名号。第3行"昔岁癸未"，此为下段首句，此下应加逗号。第4行"文章可以观人，"句末逗号应改为句号。第

7行"阶谨再拜识之，退而考公之文"，不必分段，可连接上段，句末应加一逗号。第8行"其度廓乎有容;"句末分号应改为逗号。第9行"人无一不如其文"，句首"人"是"又"之误。第11行"然又尝疑之，自汉以降，士以文章名家者莫过于韩柳欧苏。四子之中"，句中"疑之"下应加句号，"韩柳欧"下各加一顿号，句末加逗号。倒数第5行"其所自待宜不甘于人下。而顾三子之不能及此，必有物以蔽之"，句中"人下"后句号应改为逗号，"此"下逗号移至前，断句在"及"下，这样断句则顺。倒数第3行"岂其自得之妙。不容轻授"，句中句号可删除。倒数第2行"而使阶深思而自识之欤。"句末句号应改为问号。第394页第1行"无以副公之教惕然。不宁于心，"句中"惕然"前加一逗号，后之句号删除，以改断句之误；句末逗号应改为句号。第2行"刻成因论次所闻"，句中"刻成"下应加一逗号。第3行从"公历官至少师"另起一段。第4行"卒赠太保"下应加一逗号；又记"故稿以文宪名"，句中"文宪"两字应加上引号。第5行"有古行。"句末句号应改为逗号；又记"又以板归尚宝藏于公之祠"，句中"尚宝"下应加一逗号。第7行在"嘉靖乙卯季春望日"下补署名"赐进士及第光禄大夫柱国少保兼太子太傅礼部尚书武英殿大学士知制诰，门人华亭徐阶序"。以上校自《太保费文宪公摘稿》序。

92. 第395页倒数第9行"寿岳母张太夫人赋"下脱"赋得佛郎机"。倒数第7行"皇太后尊号颂"前脱一"上"字。倒数第1行"临江仙·立春和韵"中及以下第396页各题中的间隔号均可删除。第396页第8行"西江月为杜县尊侯作送高三衢致仕"，应为"西江月为县尊杜侯送高三衢致仕作"。第15行"念奴娇　咏安庆……""安庆"下脱一"府"字。第18行"满庭芳　为间邑里老……""间"为"阊"之误。此题下脱"满江红为铅山县官贺周太守平宁贼还郡"。第397页第7行"题宋仁宗与群臣观歌器图"，题中"歌"为"欹"之误。倒数第4行"拟宪宗皇帝挽歌辞二十韵"，题中"辞"字是衍文。第398页第7行"送王水部献可馈韭"，题首"送"为"谢"之误，题末"韭"是"虀"之误。倒数第7行"寿邱阁老七十"，"邱"为"丘"之误，因明代还没有邱姓。第399页第7行"井井序"，"序"是"亭"之误。第11行"送张叔成分教江阴"，"成"原文作"诚"。第17行"送少保砺庵分送葡萄"，题首"送"字是"谢"之误。第401页第3行"葛御史按广东因归寿母"，"按"字前脱一"巡"字。第7行"挽肖封君莘夫"，"肖"为"萧"之误。14行"二十一日经蕲江口"，"蕲"为"靳"之误。第403页12行"同表弟张祜游清风峡"，"张祜"为"张祐"之误。第404页11行"送完弟还乡应举"，"乡"原文作"家"。第405页倒数第8行"送鲁振之使南安"，"南安"为"安南"之误。第406页第12行"送蕲公清明谒陵次其赠乔公原韵"，"蕲"为"靳"之误。第15行"次毛维之分献中镇韵（庐山边）"，"（庐山边）"为"霍山也"之误。第407页"寄南吏侍罗圭峰"，"南吏侍"三字是衍文。第7行"和子和弟冬至谒陵（四首）附五言古一首"，"古"下原文有一"体"字。第15行"宜兴乡老苏文举以诗投赠且持卷乞题次答之"，"次答之"前脱一"因"字。第 408 页倒数第 11 行"题丁山人溪山胜览卷吴太守肃威韵"，"吴太守"前脱一"次"字。第 409 页第 16 行"雨中过闲斋少宰和下居自述韵（二首）"，"下居"为"卜居"之误。倒数第 2 行"御制试题一道"可删除。倒数第 1 行"廷试对策一道"，原文作"对制策一道"。第 412 页倒数第 4 行"象以典刑流宥王刑……"，"王刑"是"五刑"之误。倒数第 2 行"文命敷于四海祗承力帝曰后……"，"力帝"是"于帝"之误。第 413 页第 6 行"嘉靖五年元宵节皇上宴致语"题下脱"章圣皇太后圣旦宴致语"一题。第 415 页第 5 行"送长芦运使刑君时望序"，"刑"是"邢"之误。第 12 行"寿礼科给事中韩公序"，"寿"字下脱一"封"字。倒数第 7 行"送福建按察使副使陆公君美序"，"按察使"为"按察司"之误。倒数第 1 行"寿封南京吏部主事杨君七十寿序"，句末"序"字之前的"寿"字为衍文。第 417 页倒数第 8 行"送君翼如为府推官序"，"送"下脱一"■"，"为"下脱"■■"。倒数第 1 行"送京卫千户兰轩孙侯……"，"兰轩"为"菊轩"之误。第 418 页第 10 行"寿建阳卫指挥佥事裴公八十序"，"八十"原文作"八秩"。第 419 页第 1 行"送夔州太守英君显之序"，"英君"为"吴君"之误。倒数第 12 行"送浙江按察司副使刘君元克序"，"元克"是"元充"之误。倒数第 9 行"费亨父子序"，"子序"是"字序"之误。第 420 页第 3 行"寿查君孟常六十序"，"孟常"为"孟尝"之误。第 423 页倒数第 6 行"与子美弟书"，"书"字是衍文。倒数第 5 行"与朱县导书"，"县导"是"县尊"之误，"书"字是衍文。倒数第 4 行"与刘大理汝澄书"，"书"字是衍文。倒数第 1 行"慰林夏官志道书"，"书"字是衍文。第 424 页第 1 行"与张学谕书"，"书"字是衍文。第 3 行"答严四府书"，"书"字是衍文。第 9 行"提学……及其配肖孺人像赞"，"肖"是"萧"之误。第 426 页第 3 行"明故承直郎……肖君墓志铭"，"肖"是"萧"之误。第 9 行"明故奉训大夫……唐公墓志铭"，"唐公"前脱"员外郎"三字。倒数第 1 行"明故大传瑞安侯……"，"太传"为"太傅"之误。第 427 页第 6 行"明故资德大夫正治上卿南京工部尚书兼太子少保丛公墓志铭"，"兼太子少保"为"赠太子少保"之误。第 12 行"明故封通议大夫……淑德饶氏合葬墓志铭"，"淑德"为"淑人"之误。第 428 页第 7 行"明故光禄大夫柱国……大傅谥忠定韩公神道碑铭"，"大傅"为"太傅"之误。第 429 页倒数第 10 行"祭大傅韩忠定公文"，"大傅"为"太傅"之误。第 430 页倒数第 13 行"跋黄堂懋迹后"，"迹"为"绩"之误。倒数第 5 行"题少司空沈公……"，"题"为"跋"之误。倒数第 2 行"题云凤所藏……"，"云凤"是"云凤"之误。第 431 页第 1 行"书陈方伯子螯杨溪书屋后"，"后"为"卷"之误。以上校自《太保费文宪公摘稿》。

　　93. 第 432 页之下列有"费宏年表"，年表者，按年编排记述史事或人物事迹的表之谓也，在《史记》等古籍中，通常都是以表格的形式出现的。而这里并无表格，只是按年罗列了一些费宏的事迹，颇像按年记载人物的生平事绩、经历、著述等的年谱，但又过于简略，远不足以展现费宏精彩传奇的一生。对此形式只得存疑。从内容上看，文中不少地方是受到《鹅湖横林费氏宗谱·文宪公年谱》的影响，多有不确。须知这一"年谱"受到当时主客观条件的限制，正如其"后记"所言，"崖略虽具，罣漏犹多"；如不细加考证甄别，盲目引用，势必错上加错。况且文中某些说法，就连该"年谱"亦不曾载，更无其他史料支撑，只是凭空信口道来。如记费宏"九岁就读于县治永平城隍庙塾馆"，"年谱"却记此年"公能属文，从叔父雪峰公瑞肄业含珠山"。至于此页所记"十三岁随叔辈赴上饶府考中文元""十六岁八月偕叔瑞参加南昌乡试中举夺魁解元"之说，更是与历史记载相冲突，本文在前第17条已有详细考证，在此不赘。第433页第2行记"复补业于京口致仕礼部侍郎费闇门下"，此话令人难解，费宏当时是入太学读书，费闇是国子司业，与此说都对不上号。倒数第6行记弘治七年费宏"病愈回京。娶侧室李氏"，其实费宏是在弘治八年回京的，《孝宗实录》卷101记弘治八年"六月丁卯，翰林院修撰费宏病瘥至京，复除原职"。置侧室李氏更不在此年，据新近出土的"李氏墓志铭"，其生于成化二十一年（1484），"年十六归太保……为二室"，那就应当是弘治十二年（1499）。倒数第4行记弘治十一年"十二月初三日，母余太夫人去世，辞京服丧"，据李东阳《怀麓堂集》卷86载余安人《墓志铭》称："费母余安人讣至京师，其子春坊赞善讳宏校士礼闱"，这已是弘治十二年二月了，后又被唐寅科场案耽搁，直至是年五月才得请回乡守制。第434页倒数第8行记正德四年"调礼部左侍郎，赐三品诰命。五月，继娶夫人孙氏（礼部尚书孙清简女）"。其实他从礼部右侍郎是升任左侍郎，而不是什么调任；这年五月是他的小女儿淑恩出生，继娶孙夫人则在正德三年，这是据费宏所撰《亡女江妇墓志铭》称"正德戊辰，娶故冢宰谥清简德兴孙公之女为继室"，孙清简公时为南京兵部右侍郎，其不是也从未任过"礼部尚书"。第435页第4行记正德七年"与内阁诸公同进伯爵位，另各荫一子领世袭锦衣卫正千户"，据《武宗实录》卷92，这年是"李东阳、杨廷和、梁储、费宏各赏银五十两、纻丝四表里，荫子侄一人为锦衣卫世袭正千户"，这个所谓"伯爵"的事是在嘉靖二年。第9行记正德八年"阻宁王宸濠加害良工郑汝华"，这个"良工"不知何意，其事是宁王欲拉拢费宏助其陷害江西布政使郑岳（字汝华），遭婉拒。第12行记正德九年"调户部尚书"，其时费宏任内阁大学士已三年，这时并未调任户部尚书，而是由原礼部尚书入阁，这时加户部尚书衔。倒数第6行记正德十年宁党迫害费氏等情，完全是一笔糊涂账，整个事件从正德十年至十四年，迁延五年。其中迁居清湖当在十五年宸濠被诛后，"弟完携家小避难葛仙山，弟寀飞驰京城告危"等节皆不知何据；笔者在拙作《费宏年谱》中各有考证，可供参考。第436页所记正德十一年"费氏为首集资扩建葛仙祠"，十三年"出资扩建含珠私塾"，十四年"与从弟寀起义兵勤王、且随军参赞"，嘉靖二年"据理平息两宫皇太后尊号之争"等情节，亦皆不知所据。倒数第1行记嘉靖二年"十一月升内阁首辅"，据史料这事发生在嘉靖三年七月，本节前已说明，不赘。第 437 页第 2 行记嘉靖三年"春，诏修《武宗实录》。五月，改吏部尚书"，据《世宗实录》，诏修《武宗实录》这事在正德十六年十一月；"改吏部尚书"应是"加吏部尚书"，理由同前。倒数第 4 行记嘉靖六年"是年幼子被陷下狱，翌年出狱，升广西太平知府"，据《国榷》，幼子下狱事在嘉靖五年，随即事白出狱，何待嘉靖七年之有？据其生母《李氏墓志铭》，其受荫在嘉靖十六年，荫尚宝寺丞，直至其母卒时的嘉靖二十二年仍是此职；至于其以后累官至广西太平府知府，但何年不详，总归是在嘉靖二十二年之后，此处将升职记在嘉靖六年总是不妥的。倒数第 2 行记嘉靖八年"与来谒知县王瑄之议论铅河改道事"，及下页"再行扩建含珠私塾，并更名含珠书院"，"王瑄之命名惠济渠，又曰福惠河"，"汪二火田畈"，"新城坝"等情节，皆不见有史料支撑，本文前多已涉及，不赘。第 438 页第 12 行记费宏嘉靖十三年"遂迁湖东（烈桥）安居"，笔者在拙作《费宏年谱》中据费宏著作考证，此当在嘉靖十年，请参阅考订。总之，这篇"年表"从形式到内容问题较多，请读者阅读、引征时注意考订鉴别，以免以讹传讹。

十二、《本朝分省人物考》《续修四库全书》史部第 533 册

1. 卷 6 第 150 页"屈伸，字引之，号蠖庵，任丘人，弘治初进士"。据《宪宗实录》卷 288 载，成化二十三年三月二十七日"选进士程楷、蒋冕、屈伸……三十人改为庶吉士"。又据《明清进士题名碑录索引》，屈伸，直隶任丘人，是成化二十三年二甲第 18 名进士。这里记其为"弘治初进士"是误了，应记作"成化末进士"，或"成化二十三年进士"

2. 卷 12 第 268 页"史学，溧阳人，弘治丁未进士"。查《明史》，弘治年号下无丁未年。据《明清进士题名碑录索引》，史学，应天府溧阳人，成化丁未即二十三年二甲第 104 名进士。这里所记"弘治丁未进士"显误，应是"成化丁未进士"。

3. 卷 40 第 78 页"濮诏，当涂人，未冠，即以文名，领解南京，天顺登进士，授翰林院编修。奔父丧归，以病卒。母邹氏，通经善诗，亦多内训焉"。据费宏著作及众多史料，这个"濮诏"是"濮韶"之误。濮韶，当涂人，是费宏发妻濮夫人之兄；其母邹赛贞号士斋，有诗名，在其箸《士斋诗集》卷 3《祭女文》中称"丙辰之岁……长兄甲第，尔心怡愉。甥舅往返，玉堂联驱"；说的是濮韶在弘治（丙辰）九年成进士，与费宏同处翰林院任职。又据《国榷》卷 43 载，弘治九年"闰三月己酉，选翰林庶吉士……濮韶……"这里所称濮韶中进士后是选入翰林院为庶吉士，官至翰林院编修是庶吉士散馆以后的事。天顺年间其应是幼童，其或还未出生。故此段记载在"濮诏、天顺登进士、授翰林院编修"三处皆有误。

4. 卷 60 第 646 页记"费宏，字子充，铅山人。生而秀异，年数岁，书过目辄成诵不忘。稍长，负文明，与季叔雪峰瑞相上下，祖喜曰：'亢吾宗者必二子也。'"

这里的"负文明"，依上下文意，疑是"负文名"之误。雪峰，名费瑞，字幼玉，，他不是费宏的季叔，而是五叔或幼叔，其季叔是费玙，字季玉，号顺庵，是费寀的父亲。据《鹅湖横林费氏宗谱》，费宏祖父费镇，字应麒，号乐庵，生于永乐五年（1407），卒于天顺三年（1459）；其时费瑞才5岁，费宏还未出生，他不可能见到二人的学业大进，喜曰："亢吾宗者必二子也"。这里应是误记了。又记费宏"癸卯，甫冠，遂与雪峰同领乡荐"。"癸卯"年是成化十九年（1483），这年费宏才16岁，遂与叔父雪峰先生同领江西乡荐，首开了横林费氏叔侄同榜的先河；而"冠"旧指男子年二十，故此处称"甫冠"是不适宜的。又记"甲辰宏上春官时，祖复庵公方以都水主事出治吕梁，贻之书曰……"甲辰是成化二十年（1484），时费宏首赴礼部试，落榜后，其二伯父费瑄（号复庵）以工部主事在吕梁洪治水，写信要其若下第，不必返乡，就留在太学继续学业。可见这里的"复庵公"不是费宏之祖，而是费宏之二伯父。又记费宏在正德"丁卯擢礼部右侍郎，己巳进左侍郎……会瑾败……十月升礼部侍郎，力辞，不允"。正德丁卯是正德二年（1507），费宏擢礼部右侍郎；己巳是正德四年（1509），费宏进礼部左侍郎；刘瑾败露被诛是在正德五年八月，此年十月费宏升任礼部尚书。故此处记在正德四年"十月升礼部侍郎"是误记了，应是正德五年"十月升礼部尚书"。又记嘉靖五年"十月，御制敬一箴及注心箴视听言动箴赐宏等，宏言此帝王传心之要，乞立亭刊行天下学校。上如议"，此处所据应是《世宗实录》卷69，但缺失较多，无法断句，且难读通；原文是嘉靖五年十月"庚午，上制《敬一箴》及注范浚《心箴》、程颐《视听言动四箴》，颁大学士费宏等。宏等疏谢，因言：'此帝王传心之要法，致治之要道。'奏请敕工部于翰林院盖亭竖立，以垂永久。仍敕礼部通行两京国学，并在所提学官摹刻于府、州、县学，使天下人士服膺圣训，有所兴起。上命如议行"。

5. 卷60第652页记费寀"卒年六十三"。据吏部尚书闻渊为费寀所撰墓表文，费寀生于成化癸卯（十九年，1483），卒于嘉靖戊申（二十七年，1548），"享年六十有六"。这里所记"卒年六十三"是误记了，当以墓表文为是。

6. 卷60第661页载"黄玄，建昌人，成化丁未进士"。据，明清进士题名碑录索引》载，黄玄龄，江西建昌人，成化二十三年三甲第120名进士。另据《江西通志》卷18在成化二十三年费宏榜下亦记有"黄玄龄，安义人，官翰林检讨"。可见这里的"黄玄"是误记了，后面脱一"龄"字。

7. 卷98第663页记"蓝章，字文绣，即墨人，成化丁未进士，终南京工部侍郎"。据《明清进士题名碑录索引》，蓝章是山东即墨人，成化二十年三甲第九十八名进士。"成化二十年"是甲辰科，此处记为"成化丁未"，这是成化二十三年，显误了。

8. 卷104第90页记"阎价，字允德，陕西陇州人，成化二十年进士，由庶吉士授浙江道御史"；据《宪宗实录》卷288载，成化二十三年三月二十七日"选进士程楷、……阎价、杨廉、潘楷三十人改为庶吉士"。又据《明清进士题名碑录索引》，阎价，陕西陇州人，是成化二十三年三甲第 195 名进士。这里记其为"成化二十年进士"，是误记了。

9. 卷 107 第 124 页记"任汉，温江人，成化进士。"据史料，成化二十三年间开进士科七次，这里笼统记"成化进士"，失之过宽，难以确定何科。据《明清进士题名碑录》："任汉，四川温江人，成化二十三年三甲第 24 名进士。"故应记作"成化二十三年进士。"

10. 卷 110 第 210 页记"祁顺，字致和，号达庵，又号巽川居士，三水人。宣德甲寅，年十七领乡荐，天顺庚辰进士"。据此所记，祁顺在宣德甲寅（九年，1434）中举时就已 17 岁了，那他应出生于 1418 年（永乐十六年，戊戌）。但据费宏为祁顺所撰墓表文："公以弘治丁巳十一月六日卒于位，享年六十有四。""弘治丁巳"是弘治十一年（1497），那距其生年 1418 年，应是 80 岁了。就享年来讲，这二者必有一误。检《国朝献征录》卷 86 第 582 页祁顺同年南京翰林院侍讲学士张元祯为其所撰《墓志铭》称："公讳顺，字致和，号达庵，又号巽川居士。公生宣德甲寅，年十七领乡荐，天顺庚辰进士。"这里祁顺生于 1434 年，与"人物考"所记生于 1418 年，这二者又必有一误。我们从费宏前所撰墓表中又得知"公生十有七年，以《春秋》领广东庚午乡荐。天顺庚辰，始成进士。"这个"庚辰"年是景泰元年（1450），以此年 17 岁推算，祁顺应出生在 1434 年（宣德九年，甲寅）那他卒于弘治十一年（1497），享年六十有四就顺理成章了。可见"墓志铭"和"墓表文"纪年是正确的，而"人物考"所记在"宣德甲寅"前脱"公生于"三字，使人误以为此年是"年十七领乡荐"的年纪了。

十三、《历科状元总考》《四库禁毁丛刊》集部第 19 册，北京出版社 1997 年版

1. 在"状元曾登解元及会元者一人"条中只记有商辂一人名，据《中国历代文状元》在商辂条下记"商辂于宣德十年（1435）夺浙江乡试解元……正统十年（1445）以会试、殿试双第一大魁天下，成为明代'三元及第'第二人"。那还有一人是谁？就是下文中在"状元曾登会元者八人"条中所记的首位"许观"。据《太祖实录》卷 208 载：洪武二十四年三月"丁酉，上御奉天殿策试礼部中式举人，制曰……时廷对者三十一人，擢许观为第一，赐观等进士及第出身有差"。而《中国历代文状元》第 256 页却把这科的状元记作"黄观"，并称"洪武二十四年（1391）黄观以乡贡解元夺会试第一"。估计《历科状元总考》是把他们当成了两人，故只在"状元曾登会元者八人"中记许观，而不知其"三元及第"。另据《明通鉴》卷 10 第 430 页载：洪武二十四年三月"丁酉，赐许观等进士及第、出身有差。观，贵池人，本姓黄，以父赘许，从其姓。初贡太学，以孝名。至是礼部、廷试皆第一，累

官至礼部侍郎，乃请复姓"。可见"许观""黄观"，实一人也，故在"状元曾登解元及会元者一人"应改为二人，在商辂前加上黄观之名。《状元曾登解元者八人》也应改为九人，并在原载"吴伯宗、陈循、李骐、商辂、彭教、谢迁、李旻、杨维聪"八人前首位加上黄观。然而奇怪的是，在"状元曾登会元者八人"中却只记有"许观、吴宽、钱福、伦文叙、杨守勤、韩敬、周延儒、庄际昌"八人，不记商辂，那商辂的"三元及第"岂不就不复存在了，这是显误。应在这八人中许观之后加上商辂，这条也就成了"状元曾登会元者九人"。

2. 在"状元父子兄弟叔侄任翰林者一"条下记"费宏，从弟寀：由庶吉士至礼部侍郎。子懋贤：由庶吉士任礼部郎中。从子懋中：正德辛巳探花"。据《鹅湖横林费氏宗谱》，费寀应是由庶吉士至翰林院编修、礼部尚书。费懋中应是由翰林院编修至提学副使。

3. 在"状元父子元魁者一"条下记"秦鸣雷，子文，弘治壬子解元"。据《中国历代文状元》第322页，秦鸣雷嘉靖二十二年（1453）乡试中举，这个弘治壬子（五年，1492）中举的秦文比他早39年，绝不可能是他的儿子。同时，据下文"状元三世科第者六"条记"秦鸣雷，父文，弘治癸丑进士"，可以确证秦文是秦鸣雷的父亲，这里称"子文"是显误了。

4. 在"状元三世科第者六"条下记"秦鸣雷，父文，弘治癸丑进士，参政；亲叔礼，己丑进士，按察使……"笔者在本文第一章"方志"第七节《乾隆四十九年铅山县志》第21条"有关秦鸣雷的记载中的两个疑点"中已证实秦礼是秦鸣雷的生父，秦文是秦鸣雷的伯父，也是承嗣之父；这里称秦礼为"亲叔"，是按过继后的关系陈述的，请检索参考，在此不再赘述。这里又称秦礼是"己丑进士"，有必要对此作一讨论。据《中国历史年代简表》，在秦礼存世的时间段，可能会有两个"己丑"年，前一个己丑年是成化五年（1469），后一个己丑年是嘉靖八年（1529）。据《铅山县志·职官》载，秦礼在弘治十五年（壬戌，1502）由进士始任铅山知县，如其是在前一个己丑年、成化五年（1469）中进士，那他怎么会在中进士33年后才出任铅山知县？这显然不合情理。又据秦鸣雷"行状"称，秦礼卒于嘉靖二年（1523），那他就绝不可能在六年后再中嘉靖八年（己丑，1529）的进士。可见这两个"己丑"年皆不可能，那就只能说这一记载是错误的。查《明清进士题名碑录索引》，秦礼是弘治十二年（己未，1499）进士，《历科状元总考》中是把"己未"错记成"己丑"了。

5. 在"状元同榜得四相者一"条下记："洪武庚辰科吉水胡广，建安杨荣，石首杨溥，新淦金幼孜。"据王世贞《弇山堂别集》卷3载："一榜四相：成化丁未，华盖殿大学士费宏，谨身殿大学士蒋冕、毛纪，武英殿大学士石珤。"因此这里应记"状元同榜得四相者二"，除条下所记四人外，还有成化丁未科铅山费宏，正德六年以礼部尚书兼文渊阁大学士预机务；全州蒋冕，正德十一年以礼部尚书兼文渊阁大学士预机务；掖县毛纪，正德十二年以礼部尚书兼东阁大学士预机务；藁城石珤，嘉靖三年以吏部尚书兼翰林院学士兼文渊阁大学士预机务。

6. 在"状元四世科第者"条下记："费宏亲叔瑄，成化乙未进士，参政；珣，景泰癸酉举人；瑞，成化癸卯举人，俱同父。从弟寀，正德辛未进士，礼部尚书；亲弟完，癸酉举人，工部郎中。子懋贤，嘉靖丙戌进士，选庶吉士，礼部郎中；从子懋中，正德辛巳探花，珣孙；懋文，举人，知县。从孙尧年，嘉靖壬戌进士，太仆卿，文子。"据《鹅湖横林费氏宗谱》，费珣、费瑄是费宏的大伯父、二伯父，不能列为"亲叔"，费瑞才是费宏的五叔。另费懋中官至提学副使，费懋文是嘉靖庚子举人。

7. 在"南直隶状元二十四人"条中，漏登史惇，他是崇祯十五年特用进士第一人。当时崇祯帝急于用人，在这年特加开一科。据《中国历代文状元》第 367 页，他是金坛人，故应列在南直隶，这条也应改为"南直隶状元二十五人"。

8. 在"江西状元十七人"条所记有"吴伯宗、胡广、曾棨、萧时中、陈循、曾鹤龄、刘俨、彭时、王一夔、彭教、罗伦、张昇、曾彦、费宏、舒芬、罗洪先、刘同升"十七人。据《中国历代文状元》，漏登了洪武五年状元朱善，他是江西丰城人，应在吴伯宗下补登朱善。故此条应为"江西状元十八人"。

9. 在"山东状元四人"条下，四人之末列有魏德藻，据《中国历代文状元》第 365 页，他是崇祯十三年状元，顺天通州人，故不当列在山东。而此条也应改为"山东状元三人"。

十四、《万历野获编》《续修四库全书》第 1174 册

1. 卷 5 第 216 页《驸马再选》载："嘉靖六年，永淳公主将下降，礼部选婚。时永清卫军余陈钊名在第三，上亲定为驸马矣。听选官余德敏奏'钊父本勇士，家世恶疾，母又再醮庶妾，不可尚主'。礼部郎中李浙奏'德敏妄言，请逮治'。上不许，命斥钊，并夺侍郎刘龙俸，别选得谢诏。上以公主为献皇亲女，命诏成婚二十日后令师教习经书，以礼部仪制司主事金克厚为之师，驸马教习用春曹，自此始。"文中的"献皇"即嘉靖帝的生父兴献王，此处称永淳公主是其"亲女"，实可疑。据《明史》卷 121《公主传》第 3673 页载："孝宗三女。太康公主，弘治十一年薨，未下嫁。永福公主，嘉靖二年下嫁邬景和……永淳公主，下嫁谢诏。睿宗二女。长宁公主，早薨。善化公主，早薨。嘉靖四年，二主同日追册。"此处的"睿宗"即嘉靖帝生父兴献王，可见这个"献皇帝"二亲女早已亡故，嘉靖帝此时实已无亲姐妹存世；而这个永淳公主只是其伯父孝宗之第三女、皇兄武宗之妹，也就是他的从妹而已。可《谕对录》卷 4 载有嘉靖帝给时任首辅大学士张璁的三道谕旨及张璁的复奏，均谈及这个"朕妹"，一是"谕张少保：今朕闻桂萼密疏，言驸马谢诏学未进，以其

无徒阻间之。内而妇人诱朕妹专务释事，外而阉者阻诏不必读书，云教书官来时，只是不要礼他，诏中日忧恨之。朕惟帝王以齐家为先，而后亲族化之，天下又化之。今朕妹专尚释教，诏又忧疑不肯进学，非所宜也。夫宫中所习，不过佛事为最，故朕妹惑之。我圣母亦崇此教，朕每进谏，慈意未回。而朕妹所以无忌畏心，此非圣母责谕之。朕恐失伦纪，岂不上累父母，亦自取过愆矣。朕欲上书进奏圣母，请训朕妹，未知可否？预密与卿计，可备录来闻。嘉靖七年二月初六日"。张璁当日复奏："臣张孚敬谨奏：伏承圣谕，桂蕚所言驸马谢诏事情，其言必有所自也……又谕永淳长公主好尚佛事……"这里均言及驸马谢诏，可见这个"朕妹"就是这位永淳长公主了；而"圣母"这个称号，嘉靖帝甫登基，曾以之称孝宗皇后张氏为圣母皇太后，但随着议大礼的深入，至嘉靖三年九月，已改称孝宗为皇伯考、圣母昭圣皇太后为皇伯母了，嗣后的"圣母"即专指世宗生母章圣皇太后了，这里的"圣母"亦应是指后者。二月初九日又"谕张少保：谢诏府中事，朕已与卿计书奏圣母，不忍便言；欲面陈，又恐不悉，谨书密奏一通，预陈之。卿自看其可否封来，用待圣母区处再行。夫我圣母只恐佛事加祸耳，朕虽不明，岂不识此虚幻之事。卿密看来，前日文书并封来"。二月十一日又"谕张少保：前与卿计谢诏事，朕昨遣肃奉夫人捧书密奏圣母，正值朕妹入朝，因训朕妹。但教引作佛事之徒，云无人教引，此以圣母所尚，故朕妹行之也。然而圣母之意似未回，朕恐有渎，不敢再言。用复与卿计。又蕚欲以王琼补南部参赞官，杨少师弗可之，卿可为朕详审果可用否来闻"。这里嘉靖帝把妹妹的事与军国大事放在一起商议，可见他对这个妹妹的亲切和重视，这又好像真是他的亲妹。又据《世宗实录》卷79知1761页，嘉靖帝在与大臣议及驸马谢诏读书事时称永淳"公主乃我皇考亲女，为朕亲妹，驸马都尉谢诏作国家亲臣，焉可使之不读书识礼？朕欲选一儒臣与诏为师"。这里就是称永淳公主是"亲女""亲妹"。如按《明史》《公主传》所记，这永淳公主不过是他的从妹，且当时议大礼的斗争正激烈残酷，嘉靖帝对孝宗、武宗一系亲人正排斥打压，慈寿、章圣两太后也嫌隙丛生，他怎会对这个从妹如此亲密关怀？其时慈寿皇太后尚健在，她应是永淳公主的嫡母、亲母，公主怎会与嘉靖帝的生母圣母章圣皇太后这个叔母亲密无间，且同尚佛事？如是他的亲妹，那《明史》的记载又当作何解？而此处又记永淳公主为"献皇亲女"，且嘉靖帝对她又十分重视，亲为择婿，又突破惯例、亲自下令用礼部官为驸马教习，这些皆似多有疑点，故当存疑为是。

2. 卷13第364页《礼部六尚书》载："至嘉靖二十五年丙午，则北礼部为费宏，南礼部为王学夔"。据众多史料，费宏早在此十一年前的嘉靖十四年已卒，怎能再为此职？据《明史》卷112《七卿年表》第3460页载：费寀于嘉靖二十三年三月以礼部尚书掌詹事府事，九月回部，此后直至嘉靖二十七年十二月卒，都在礼部尚书任上。故此时的北礼部尚书应是费寀，这里误成了"费宏"。

十五、《明儒学案》《四库全书》史部七

1. 卷 5《崇仁学案》在"广文娄一斋先生谅"条下载："先生子兵部郎中性，其女嫁为宁庶人妃，庶人反，先生子姓皆逮系，遗文散失，而宗先生者绌于石斋、敬斋矣。"据王华为娄性所撰"墓志铭"，娄性并不是"兵部郎中"，其所任是南京兵部武库清吏司郎中，简称"南京兵部郎中"亦可；在明代，这两个职务是有区别的，如《明史》中的《七卿年表》就不载南京的六部尚书和都御史。这里所记娄性任"兵部郎中"是不确的。文中又对宁王朱宸濠反叛后给娄谅带来了两大影响，一是"先生子姓皆逮系，遗文散失"，二是"宗先生者绌于石斋、敬斋矣"。据《明实录》《明史纪事本末》等史料，正德十四年宁王反叛时，娄谅已故去 28 年，其长子娄性也已故去 9 年，不可能、确也未受到牵连。被逮系和剿灭的只是参与叛乱的人员，当然，也有个别无辜受祸的，如娄谅次子娄性就含冤死于狱中；但要之并没有出现"先生子姓皆逮系"的情况。说到"遗文散失"，也不尽然，娄性的《皇明政要》流传至今就是明证。至于娄谅的学派"绌于石斋、敬斋"，并不是受宁王反叛的影响，而是有其客观原因的，正如该文中所述：娄谅"以收放心为居敬之门，以何思何虑、勿助勿忘为居敬要旨，康斋之门最著者陈石斋、胡敬斋与先生三人而已。敬斋之所訾者，亦唯石斋与先生为最，谓两人皆是儒者陷入异教去"。胡敬斋即胡居仁，也是娄谅同门中大学者，却对他有如此非议。娄谅虽曾从吴与弼学，但声望不及同为吴与弼门人的胡居仁、陈献章、胡九韶、谢复等人。其学颇近于禅学，故《明史》"娄谅传"中亦称"其时胡居仁颇讥其近陆子，后罗钦顺亦谓其似禅学云"。《玉剑尊闻》卷 7 第 457 页亦称"娄谅自负道学，佩一象环，名'太极圈'。桑悦怪而作色曰：'吾今乃知太极匾而中虚'，作《太极诉冤状》，一时传诵"。从中亦可想见娄谅学术思想在当时社会中的地位。明代中后期的讲学者甚多，学派林立，一些著作随着世代交替而散佚，也不足为怪，要之这应当与宸濠叛乱不太相干。

2. 卷 5《崇仁学案》在"广文娄一斋先生谅"条下又记："文成年十七，亲迎过信，从先生问学，深相契也，则姚江之学，先生为发端也。"据《明史》卷 195 "王守仁本传"第 5168 页亦称：王守仁"年十七谒上饶娄谅，与论朱子格物大指"。据众多史料，王守仁生于成化八年（1472），十七岁时应是弘治元年（1488）。可据台湾商务印书馆《王文成公守仁年谱》载：弘治"二年己酉，十八岁，寓江西。十二月以夫人诸氏归余姚，舟至广信，谒娄一斋谅，语宋儒格物之学，谓圣人必可学而至，遂深契之"。弘治二年是 1489 年，而这年的十二月，必定是 1490 年了，故王守仁借新婚夫人回浙江，路过上饶谒娄谅，以阴历是 18 岁，以阳历应是 19 岁了，这里记作"年十七"，疑有误。另据此《年谱》载："孝宗弘治元年戊申，十七岁，七月，亲迎夫人诸氏于洪都，外舅诸公养和为江西布政司参议，先生就官署委禽。合

卺之日，偶闲行入铁柱宫，遇道士趺坐一榻，即而叩之，因闻养生之说，相与对坐忘归。"新婚之夜，新郎官王守仁竟在道观中与道士对坐相谈，彻夜忘归，这是多么大的精神相契。王守仁在江西的这两次交谈，一为南昌偶遇相欢，一为上饶慕名拜谒，要之皆是谈讲学问，并无拜师求学的仪式和意涵，更不能说这是"师从道士"或"从先生问学"。显然，王守仁不是娄谅的门人，众多的史料皆不及此。而这里却以一次路过访谈，就得出"姚江之学，先生为发端也"的结论，这过于草率，太过牵强，不足为信。黄宗羲在书中的这一学术局限，是有其根源的，正如该书的"四库提要"中所称："大抵朱陆分门以后，至明而朱之传流为河东，陆之传流为姚江，余或出或入，总往来于二派之间。宗羲生于姚江，欲抑王尊薛则不甘，欲抑薛尊王则不敢；故于薛之徒阳为推重而阴致之微词，于王之徒外示击排而中存调护。夫二家之学各有得失，及其末流之弊，议论多而是非起，是非起而朋党立，恩仇轇轕，毁誉纠纷，正嘉以还，贤者不免。蔓延及于明季，而其祸遂中于国家，讲学诸儒实不能辞其责。宗羲此书，犹胜国门户之余风，非专为讲学设也。"

十六、《西园闻见录》《续修四库全书》子部第 1168 册

1. 卷 26《宰相》上第 8 页载《王守仁寄杨廷和书》曰："明公进秉机密，天下士大夫忻忻然相庆，皆为太平可立致矣。门下鄙生独切至忧，以为甚难也。亨也倾否，当今之时，舍明公无可以望者。夫惟身任天下之祸，然后能操天下之权，操（注：疑脱，据上下文意补）天下之权，然后能济天下之难。然当其权之未得也，致之甚难，而其归之也，则操之甚易。夫权者，天下之大利大害也，小人之不可一日有者也。欲济天下之难，而不操之以权，是犹倒持太阿而授人以柄，希不割矣。故君子之致权也有道，太之至诚以立其德，植之善类以多其辅，示之以无不可容之量以安其情，扩之以无所竟之心以平其气，昭之以不可杀之节以端其向，神之以造（注：疑有阙文）群臣虽刘基之智、宋濂之博，通俯伏受成，嗣主莅政，咨询是急，六部分隶，各胜厥掌，故皇祖废左右相、设六部。成祖建内阁参机务，岂非相时通变之道乎？永乐初以翰林史官直阁，后必俟其尊显而方登平章之寄，俨若周宰国卿，是故削相之号，收相之益；任愈于前，用慎于今，养望于素，坚操于诎，表能于诚，显拔于萃，特崇于礼。流品非可限，历考不足稽矣。英皇复辟，擢三贤薛瑄、岳正、李贤。正德中逆瑾窃政，囚戍元老，奴仆端揆，犹尊内阁。刘文靖、谢文正之怨止于褫秩，顾近世之选者惟曰淳厚宽详，守故习常，是特妇女之狷躬、乡民之寡尤，岂胜大受载？是故约己让善如唐怀慎，是之谓德；忘死殉国如宋君实，是之谓忠；防细图大如汉张良，是之谓才。不然鄙于人主，贱于六曹，堕国纲，靡士风。昔文帝故宠邓通，必展申屠之道直；钱若水感昌言之见薄，即辟位而去。夫有君之荐托，有臣之自重，胡患于不治耶？又曰古之大臣不荐士，人皆责之。文侯择相以系天人

之去留，非他宰辅、小臣百执事可以出入进退其间者。求之古人，如稷、契、伊、周为天下万世之第一流，始克当之，今不可得而见矣。就以一代之才供一代之用，亦必抢选难任。求如汉平、勃之重厚，唐房、杜之谋断，宋韩、范之救时，庶克颠隮，不徒执簿呼名、窠坐资级、备员数而已。然不知今日内阁为宰相第一人者，果稷、契、伊、周之佐欤，抑平、勃、房、杜、韩、范之佐欤？臣见其直不如平，厚不如勃，谋断不如房、杜，而救时又不如韩、范远甚，徒以奸佞伴食怙宠，上激天变，下鼓民怨，中失物望，臣固以逆知其情非天下第一流人矣。夫居天下第一等之位，而非天下第一流之人，正古所谓有圣君无贤佐，时不相值，功不可成。曾贞观、庆历之不若，则将焉用彼相矣。臣谨按陛下之师，得《易》"同人之屯"四，持太师之权，而势不能以自克，五隔强臣之拒，而清莫得以下同。又屯飞鼎伏，当经纶之任，无济难之才，将有折鼎覆铼之凶，不可以不慎也。臣又按陛下之友，得《易》姤之剥，一阴生于下，而君子之朋将以类去；一阳剥于上，而小人之朋将以类聚。若是者，王顺长息则我之使，注训惇卞则我之仇，尚友之云。臣愿陛下谨未然之防而进将来之阳，若曰士之处也，求其为斯世也，而不必如范升之诋诮；士之出也，求其顺吾志也，而不必如张楷之责望。人言杞奸而已，不觉人言外有变而内不知，则是重阴抑阳，党邪陷正，虽有金柜之固，不可止矣，岂不激成天变也哉？今地震京师，且在十月者，兹谓重阴；相臣妨政，天下不宁。仕三边者，君相不能制夷狄，而夷房侵中国，积阴为水，雨水不时，则水潦为败。夫水没都城，则阴渗阳，小人在相位，兵起之兆。電毁瓦甓杀禽兽者，国任小人而弗疑也。雷电霹雳，大风伐屋折木者，小人在高位，贤人走遁也。人生有两首四目，兹谓人祸。政出多门，宰相乱位，四夷来侵之象。赤风主火灾，贤奸不分，官人无序，故火失其性。夫灾不妄作，变不虚生，人感天应，捷于桴鼓，然则今日之变，谓非相臣之积渐也耶？夫是臣者，历事先朝，曾无寸补，每以奸佞唉取宠荣。既覆前辙之车，莫及噬脐之悔，此陛下之所亲见也。今又曲营虚誉以欺陛下于再误，若弗早辨，则后车弗戒，祸将焉极？臣以为此臣不去，则纪纲益颓，而风俗益坏；此臣不去，则国势益轻，而夷狄益强；此臣不去，则邦本益摇，而人才益凋；此臣不去，则言路益塞，而邪正益淆；此臣不去，则君臣益暌，而灾异益臻。臣请陛下亟去之，更求才兼文武、应变几神、可与共济时艰如昔大学士杨一清；悖德凤成、木强重厚、可与共临患难如今大学士石珤。若有其人取置左右，如不兼得，宁虚位以俟，而不求备焉。斯弊政可除，人才可用，必有上帝者默赉良弼，起而协梦卜之求矣。臣遐荒疎逖粪土之臣，平生未识宰相一面，去京师万里，岂有深怨积怒于是臣，而固欲攻之以快己私也哉？其所以反覆开谕，不避斧锧之诛者，区区之意，以为宰相论道，亲切化原，苟非其人，必基祸本；明诏所谓'弊政未除，人才未用'，正在于此。故为国长远之虑，而不敢自为身谋，其愚亦可见矣。"

此文重大疑点有二：一是此书标明是王守仁致杨廷和的，且称"明公进秉机密，天下士大夫忻忻然相庆，皆为太平可立致矣"。开头是对杨廷和出任首辅时的颂扬，可又在文中以大量篇幅大肆攻击"天下第一人"的首辅的种种不堪，反复劝帝撤换之，这岂不是前后大相径庭，不可理喻。再其在信中又自称"门下鄙生"，而据史料载，他与杨廷和并无密切关系，倒是与时任兵部尚书的王琼深相交结，"而大学士杨廷和与王琼不相能。守仁前后平贼，率归功琼，廷和不喜"。（《明史》卷195第5156页）传言以杨廷和为首的内阁对王守仁多有压制，他怎么可能给杨廷和写这样的信。笔者遍检《王文成全书》，不仅不见有其给杨廷和的此信，亦不见有其给当时内阁其他大学士的信，倒是我找到几封他给杨一清的信，其中一封壬午年《寄杨邃庵阁老》，与上引书信高度吻合，为辨析计，且照录于下："前日尝奉启，计已上达。自明公进秉机密，天下士大夫忻忻然动颜相庆，皆为太平可立致矣。门下鄙生独切生忧，以为犹甚难也。亨也倾否，当今之时，舍明公无可以望者。则明公虽欲逃避乎此，将亦有所不能。然而万斛之舵操之非一手，则缓急折旋，岂能尽如己意？临事不得专操舟之权，而贲事乃与同覆舟之罪，此鄙生之所谓难也。夫不专其权而漫同其罪，则莫若预逃其任，然在明公亦既不能逃矣。逃之不能，专之不得，则莫若求避其罪，然在明公亦终不得避矣。天下之事果卒无所为欤？夫惟身任天下之祸，然后能操天下之权，操天下之权，然后能济天下之难。然当其权之未得也，致之甚难，而其归之也，则操之甚易。万斛之舵，平时从而争操之者，以利存焉。一旦风涛颠沛，变起不测，众方皇惑，震丧救死不遑，而谁复与争操乎？于是起而专之，众将恃以无恐，而事因以济。苟若从而委靡焉，固沦胥以溺矣。故曰其归之也，则操之甚易者，此也古之君子洞物情之向背而握其机，察阴阳之消长以乘其运，是以动必有成，而吉无不利，伊、旦之于商、周是矣。其在汉、唐盖亦庶几乎此者，虽其学术有所不逮，然亦足以定国本而安社稷，则亦断非后世偷生苟免者之所能也。夫权者，天下之大利大害也，小人窃之以成其恶，君子用之以济其善，固君子之不可一日无，小人之不可一日有者也。欲济天下之难，而不操之以权，是犹倒持太阿而授人以柄，希不割矣。故君子之致权也有道，本之至诚以立其德，植之善类以多其辅，示之以无不可容之量以安其情，扩之以无所竟之心以平其气，昭之以不可杀之节以端其向，神之以不可测之机以摄其奸，形之以必可赖之智以收其望。坦然为之下以上之，退然为之后以先之，是以功盖天下而莫之嫉，善利万物而莫与争，此皆明公之能事，素所蓄而有者。惟在仓卒之际，身任天下之祸，决起而操之耳。夫身任天下之祸，岂君子之得已哉？既当其任，知天下之祸将终不能免也，则身任之而已。身任之，而后可以免于天下之祸。小人不知祸之不可以幸免，而百诡以求脱，遂致酿成大祸而已，亦卒不能免。故任祸者，惟忠诚忧国之君子能之，而小人不能也。某受知门下，不能效一得之愚以为报，献其芹曝，伏惟鉴其忧悯而悯具（注：疑"具"为"其"之误）所不逮。幸甚。"（《王文成全书》卷21）王守仁在正德初因得罪刘瑾谪贵州龙场驿丞，刘瑾诛，量移庐陵知县，时杨一清为吏部尚书，把他提拔为吏部验封主事，累迁至吏部考功郎中，是王守仁仕途上的伯乐。故他称杨一清为"明公"、自称"门下鄙生"，这是合乎情理的。这封书信注明写于壬午年，即嘉靖元年，而此时杨一清尚致仕家居，并未"进秉机密"，其为首辅则是在嘉靖六年费宏致仕后，故此时间点或称呼疑有误，但信中所发议论与二人的经历倒颇合。

此信疑点之二是，信的后部自称"臣"，称对方为"陛下"，这就不像是给杨廷和或杨一清的书信了，而像是奏章了。且其中大肆攻击"第一人""宰相"的内容，就更像是弹章了。书中在攻击在任宰相的同时，极力推崇"昔大学士杨一清"和"今大学士石珤"；石珤是在嘉靖三年五月入阁为大学士的，故此奏章当在此之后。查《世宗实录》卷54，嘉靖四年"八月己丑，四川副使余珊上言时事渐不可终者十，曰纪纲渐颓、风俗渐坏、国势渐轻、夷狄渐强、邦本渐摇、人才渐凋、言路渐塞、邪正渐淆、臣工渐暌、灾异渐臻。'此十者，率由首相非人，徒以伴食怙宠，上激天变，下致民怨，中失士望。原亟去之，更求应变如杨一清、厚重如石珤者同署左右"。据《明史》卷208余珊本传，余珊是在嘉靖四年二月应诏上疏陈"十渐"的，在疏的末尾称"陛下圣明，何以至此，无乃辅弼召之欤？窃见今日之为辅弼第一人者，徒以奸佞，伴食怙恩。致上激天变，下召民灾，中失物望。臣逆知其非天下之第一流，而陛下乃任信之，不至于鱼烂不已。愿亟去其人，更求才兼文武如前大学士杨一清，老成厚重如今大学士石珤者，并置左右，庶弊政可除，天下可治……疏反复万四千言，最为剀切，帝付之所司。其所斥辅弼第一人，谓费宏也"。当时朝中"大礼议"方稍有平息，议礼新贵张璁等恃帝宠擅政，受到首辅费宏及廷臣的极力抵制，故全力攻讦费宏，诬其贪赃，甚至颠倒黑白、指费宏因反对宁王复护卫而受到濠党疯狂迫害是"在乡不法"事。又指费宏引导帝习正学、亲儒臣是"得冯宠灵，凌压朝士"。为了攻去费宏，又假借推荐杨一清入阁而排挤费宏，无所不用其极。故帝渐渐骄奢，朝中人心不定，弊政丛生。余珊此疏不辩产生弊政的根本原因，一味地归罪于首辅费宏，在客观上迎合了张璁等的政治操弄。一年多后的嘉靖六年二月，费宏终被诬致仕去位，杨一清如愿成首辅；八个月后，张璁遂入阁，成了当时京师"十可笑"之一："进士七年便抬轿"。但正如圣人所言"君子和而不同，小人同而不和"，这伙由利益勾兑而成的联盟，不日土崩瓦解；他们相互攻讦，争权夺利，倾轧不已，不几年杨一清被诬致死，张璁等也被谴去位。帝始追念费宏，嘉靖十四年下诏起费宏复为首辅。费宏"亦竭诚无隐，承璁、萼操切之后，易以宽和，朝士皆慕乐之"。(《明史》卷193第5110页) 可惜不久他即因操劳过度而逝于任上，践行了其作为士大夫"鞠躬尽瘁，死而后已"的初心。历史是公正的，事实证明上引余珊疏中对费宏的指责是缺乏根据的，是有失公允的。余珊在此疏末尾为避开攻讦的恶名，自证清白，表白为"臣遐荒踈逖粪土之臣，平生未识宰相一面，去京师万里，岂有深怨积怒于是臣，而固欲攻之以快己私也哉？其所以反覆开谕，不避斧锧之诛者，区区之意，以为宰相论道，亲切化原，苟非其人，必基祸本；明诏所谓'弊政未除，人才未用'，正在于此。故为国长远之虑，而不敢自为身谋，其愚亦可见矣"。真的是如此吗？余珊是正德三年进士，授行人，擢御史。正德八年，翰林院庶吉士教习期满，"十月庚子，授翰林院庶吉士许成名、刘栋、张璧、刘朴、费寀、张潮、孙承恩、刘泉、林文俊、孙绍祖为编修，金皋、吴惠、郭维藩、陈环、张衍庆、边宪为检讨……甲子，湖广道御史余珊言：'近大学士杨廷和选留翰林院许成名等十七人皆铨注本院编修、检讨，实兼史职，所任者万世之事，苟非有刘知几所谓才、学、识三者之长，曷足以堪之？我祖宗虑斯人之难得也，特重兹典，每科选之不敢过多，每选留之宁为过少，盖恐一时滥及，或非其人耳。迩年以来，其法浸弊，取之或止于一地，留之或尽于一科。寒畯之士虽负豪杰之材，终无以自达，此偏之为害也。今所选留十七人，其间如孙承恩，如刘朴，如边宪，如费寀，可议者纷如也。何冗滥若此？请敕吏部会内阁覆试，各拔其尤者而留之。或十取三四人焉，或五六人焉，多不过十人而止，余随其材而任使之……'疏入，得旨：'各衙门因材授官，自有定规，珊何为不察可否，一概奏扰？'继而承恩等上疏辩理，诏令用心供职"。（《武宗实录》卷105）这本来是朝中一个正常的封驳政事，但余珊却自认是"语侵内阁，不纳"；因当时内阁首辅是杨廷和，费宏亦在内阁，又牵涉到其从弟费寀，故或有心结。而且次年五月，因阻宁王复护卫，这事又被濠党拿来炒作，成了迫使费宏致仕去位的缘由之一。保不齐这就是"深怨积怒"的根苗。嘉靖帝即位后，余珊又擢江西佥事，在费宏的家乡任职。可见余珊并非像他疏中所说的那样，与费宏没有渊源，没有过结，"欲攻之以快己私"的动因也不是他想遮掩就能遮掩的。

总之，这一书信并非王守仁写给杨廷和的，前半段是其写给杨一清的，后半段窜入了余珊的奏疏。这种混搭的文章确是让人摸不着头脑，很难看懂的，故不厌烦言，仔细剖析，冀稍有助于读者的阅读，并提醒谨慎引用而已。

2. 卷28《宰相》下第8页在"费文宪公"条下载："时上以御制《咏春诗》及《四景律诗》命公等恭贺，自是日有圣制，皆命公和之。又赐御制七言古诗一章，是日大雨，上御平台召对，命自左顺门度文楼，历中左门而入，时以为荣。嘉靖十四年公坚以疾乞休，上允之，未几有旨起用。"文中"命公等恭贺"句中"恭贺"疑为"恭和"之误。文中对帝平台召对赐诗一事不记何时，众臣进宫路线只称"自左顺门度文楼，历中左门而入"，不甚了然。据费宏在《宸章集录》中所记："嘉靖五年六月十三日朝罢，上御平台，召臣宏、臣一清、臣琮、臣咏入见。台在后左门之左，盖门之翼室也。臣等由东角门历中左门至焉……是日大雨如注，阶墀间顷刻水深尺余。近侍传旨导自东角门，循廊而入，出复穿文楼而行。"可见前引文中是把进出的路径混在一起了。又依文中所述意，费宏以疾乞休去位和有旨起用皆在嘉靖十四年。可据《明史》及《世宗实录》等史料所载，费宏以疾乞休去位是在嘉靖六年，而有旨起用则是在嘉靖十四年，这里是把二事混在一年中了。

3. 卷44第26页在"费宏"条下称："费宏，字子元。"据《明史》卷193"费宏本传"，费宏字子充，这里误成了"子元"。又称"公甫弱冠领乡荐，甲辰上春官，不第，世父公瓘方以都水司主事出治吕梁"。据《鹅湖横林费氏宗谱》，费宏 16 岁与五叔费瑞同举成化癸卯（十九年，1483）江西乡试，第二年甲辰（二十年，1484）与五叔费瑞同赴礼部试，不第。16 岁不能称"弱冠"，其实他弱冠（20 岁）是成化二十三年状元及第。这里是将费宏"领乡荐"与"中状元"搞混了。同时将"世父瓘公"误成了"世父公瓘"。其下又称"正德辛未会试天下士，公以礼部左侍郎知贡举"。"正德辛未会试"是正德六年春的礼部试，据《明史》卷 111《七卿年表》，费宏在正德五年九月已任礼部尚书，第二年是以礼部尚书主礼部试。这里误成了"礼部左侍郎"。

4. 卷 45 第 19 页在"李逊学"条下称：李逊学"未几以其父正议公忧去，诸生送之水浒，多泣下。木斋谢公艰曰：'李君何以得士心若此耶'？"据文意，这里的"艰"（艰），疑是"歎"（叹）之误，原文应是"木斋谢公歎曰"。这里是将"叹"与"艰"的繁体字弄混了。

十七、《辨定嘉靖大礼议》清华大学图书馆藏清·康熙刻西河合集本

1. 卷 2 第 19 页载："至（嘉靖）四年，光禄寺丞何渊请立世室崇祀皇考于太庙，命礼部集议，席书、璁、萼等皆言不可，且曰：'礼所得为则为之，礼所不得为则不为。'大学士费宏、石珤、贾泳，尚书廖纪、秦金及九卿、台谏官各上疏力争，俱不报。书等乃请于皇城内别立祢庙，名'世庙'，不与太庙并列，祭用次日，其后与孝宗同世，亲尽则祧。帝曰：'他日奉祧，藏于何所？'书曰：'宜藏主寝殿，岁暮出祭，如太庙仪。'帝曰：'皇考生朕一人，入继大统，宜世世不迁。'乃以大礼告成，刊布全书，名曰《明伦大典》，加璁少傅、谨身殿大学士，而追夺议礼诸臣官，敕自廷和以下若干人，布告天下。"据《明史纪事本末》卷 50，何渊请立世室，群臣力争，及刊布全书均在嘉靖四年，但刊布的不是《明伦大典》，而是《大礼集议》。刊布《明伦大典》、加张璁少傅及追夺杨廷和等议礼诸臣官则在嘉靖七年。这里将前后之事混在一起表述，好像这些事均发生在嘉靖四年，极易使人误解。

2. 卷 2 第 27 页载："问邵太后虽宪宗之妃，然兴国母也，居兴邸有年，一旦入宫而崩，而遽持之以重服，不亦过乎？曰：使其终于兴邸也，抑又何言。惟一旦入宫而崩，则其礼有大异者。"据《武宗实录》卷 175 第 3387 页载，兴献王是宪宗第四子，成化二十三年册封为兴王，是年 12 岁，其母是宪宗之妃邵氏。弘治二年"出学于西馆，孝宗敬皇帝命大学士刘吉等授经书、课字学"。弘治三年，其年 15 岁，"出居外邸"。弘治七年之国安陆，"甫出张家湾，即具请迎养，格于例，黾勉茹痛而南"。《明史》卷 113 第 3524 页邵太后传中亦称"兴王之国，妃不得从。世宗入继大统，妃已老，目眚矣，喜孙为皇帝，摸世宗全身，自顶至踵"。由此可见邵氏并未居

兴邸，而后又入宫。该书称邵太后"居兴邸有年，一旦入宫而崩"是不符合当时的国家体例的，也是没有史实根据的。

十八、《杨文忠三录》《四库全书》史部六第 428 册

1. 该书共有四篇序文：卷首有乔宇序、杨廷和自序、温纯序，卷 5《辞谢录》前有林俊序。前之乔宇序及后之林俊序，读之皆属正常，中间的杨廷和自序及温纯序多处难以卒读，且也出现不少令人费解之处。为便于分析，且将二序分别照原文录出：

杨文忠三录序：《视草余录》者，录在朝奏对之言及政事可否之议也。何为录之，志愧也。廷和承乏内阁，前后十有八年，视近岁诸臣，号为颇久。初从文正李公后，因以寡过。及文正去，任事多龃龉，凡关切利害之大者，知之必言，言之必尽。虽未得尽如所请，而先帝每优容之，一无所忤。寅恭敕以雷霆临之，不力执则事日非而国体益亵，一难也。于时六龙出狩，宸居虚拱且岁余，二宁谋益，人势将倾；行则有骇舆之虞，居则有固圉之责，二难也。銮舆既回，大行事迫，四家环布，毫发失宜，虀粉立至，三难也。既而肃皇帝入御，遭逢何奇，比议大礼，则以鱼水之投而为冰炭之隔，四难也。公周旋其间，停威武敕不草，竟见信任。居守维鼎，擒瑾诒彬，押虎逐狼，外宁内安，人孰不服公有定倾之功。然后手扶日月，启四十六年丕承之烈，又孰不归公有定策之忠。比其力辞伯封，耻为灞上之请；宁守碚碚，不从永嘉之议，又孰不亮公有信心之微而言必信，在朝廷可以表纳谏之美，在臣不可以见敬事之义。藏之箧笥，姑以示我后人，不必其传之久远也。嘉靖六年丁亥秋八月丙午石斋杨廷和序。（文中标点为笔者所加。其中"二宁谋益，人势将倾"句，依文意疑为"二宁谋逆，大势将倾"之误。"在臣不可以见敬事之义"句，疑为"在臣下可以见敬事之义"之误，唯如此，才可以不违文意，且能与上句"在朝廷可以表纳谏之美"对仗。）

这篇杨廷和自序，从"寅恭敕以雷电临之"至"在臣不可以见敬事之义"一大段中，在表"四难"时，有"肃皇帝"之称。"肃皇帝"是嘉靖帝死后朝廷所上之尊号，由大臣们公议，后继皇帝恭上，当在杨廷和写此序的近 40 年后，故可以断定这不是杨廷和自序中的内容。此下在表述杨廷和的功绩时，又多处自称"公"，这有违常识。因此均可断定这些是插入了其他文章的内容。

杨文忠三录序：隆庆庚午，余为台史，而内江赵文肃以阁学兼领台事。属边报急，京师戒严，公语余曰："新都杨文忠当武皇时，肘腋大奸，弄之掌上，顿安宗社。傥藉筹边，何皇皇如此日？"继得公所撰"文忠墓祠碑"，读之信公知文忠，而言之非苟也。万历己亥，余为工相，与惟一二同志之贤是赖。今上入继大统，推诚委任，化理维新，时有献纳。不过仰承德意，坯土细流无补海岳，亦惟同志之助，

勉强从事，以至乞休而归。常自念平生遭际最胜，在任最久，而器识最下。驱策不前，所为报效者，止于如此。上负圣明，下负所学多矣。视草之余，随事录之，用以志愧。一曰儿辈见之，请曰："昔人有所著述，多在闲居之日。今政务丛委，应接不暇，仓卒记录，未必无所遗忘。奈何？"辄语之曰："政恐久而或遗，乃役志于此。纵不能悉，犹愈于通无所述也。若昔人归田之录，间取士大夫之笑谈。天顺曰录，或涉公卿之美刺。今兹所录，皆亲承天语及阁中常议拟关系职业者，此外一无所附。事有介时，则永嘉进而公退。永嘉之难，难在违众；公之难，难在婴鳞。而卒之易名，皆不失为'忠'，虽永嘉盖棺即允，公则蒙庄皇帝以肃皇帝遗命而及。然肃皇帝知公，不忘公之心，一也。惟是肃皇帝知公，人人能言之，毅皇帝知公、信任公，未有能言之者。初公制归，有召守趣终制即起，异数也。谏斋祀，止织造，停两挂印，率勉从，疏留浃旬或月余，未有竟不下者。中使诣公，或罗跪，有罪逮系不少假，竟安国家于磐石，非毅皇帝知公，信任公，宁至此？公乡人左司马赵公合刻公视草、题奏、辞谢三录于楚，以序属余。余题曰'杨文忠公三录'。为辅弼龟鉴，而因追颂我朝列圣慎简辅弼而崇重之，竟延国家有道灵长之庆，如此亦可为万世当宁献。万历癸卯上元日侍经筵资德大夫正治上卿都察院掌院事左都御史关西温纯序。"（文中标点为笔者所加。文中"一曰儿辈见之"句，依文意疑是"一日儿辈见之"之误，这里是把"日"错刻成"曰"了。又"初，公制归，有召守趣终制即起，异数也"，依文意疑是把"守"字放错了地方，应为"初，公守制归，有召趣终制即起，异数也"之误。这里是讲杨廷和回乡为父守孝，"制归"恐难以表此意，还是"守制归"为好；且说"有召守趣终制即起"，亦使人感到不知所云。另文中称颂杨廷和在武宗朝的功勋时，有"谏斋祀，止织造"之语，而这二事均发生在后来的世宗朝，疑是原序有误。）

温纯这篇序作于万历三十一年（1603），距杨廷和自序嘉靖六年（1527）已过去76年，前后已是嘉靖、隆庆、万历三个皇帝。而"今上入继大统"是嘉靖朝发生的事，写序时的"今上"万历帝是顺继父亲帝位，并未入继大统。因此可以断定此句以下至"今兹所录，皆亲承天语及阁中常议拟关系职业者，此外一无所附"，这一大段文字均不是温序所应有，而可能是杨自序中的内容。

温纯，字景文，三原人，嘉靖四十四年进士，历官知县、户科给事中、大理卿、浙江巡抚、户部左侍郎、南京吏部尚书等；万历二十一年任工部尚书，二十六年改左都御史，三十三年致仕。温纯"清白奉公，五主南北考察，澄汰悉当。肃百僚，振风纪，时称名臣。卒，赠少保。天启初，追谥恭毅"（《明史》卷220第5802页"温纯本传"）。序中所言与此皆合。《四库全书》有其文集《温恭毅集》，集中卷七有《杨文忠公三录序》，虽与上引序言略有不同，但对我们鉴别这二序大有裨益，不妨全文照录：

杨文忠公三录序：粤稽我国家名世辅弼之臣，有两"文忠"，曰新都杨公，曰永嘉张公。永嘉当嘉靖壬午龙飞之际，议尊亲如聚讼，于是创统、嗣之辨，以破千古不决之疑难矣。然值义可起之礼，而承心无所解之情，宜入也易。惟公当正德辛巳驰骏之时，每草敕以雷霆临之，不力执则事日非而国体益亵，一难也。于时六龙出狩，宸居虚拱且岁余，二宁谋逆，大势将倾；行则有骇舆之虞，居则有固围之责，二难也。銮舆既回，大行事迫，四家环布，毫发失宜，齑粉立至，三难也。既而肃皇帝入御，遭逢何奇，比议大礼，则以鱼水之投而为冰炭之隔，四难也。公周旋其间，停威武敕不草，竟见信任。居守维鼎，擒瑾诒彬，押虎逐狼，外宁内安，人孰不服公有定倾之功。然后手扶日月，启四十六年丕承之烈，又孰不归公有定策之忠。比其力辞伯封，耻为灞上之请；宁守硁硁，不从永嘉之议，又孰不亮公有信心之介。时则永嘉进而公退，永嘉之难，难在违众；公之难，难在婴鳞。而卒之易名，皆不失为"忠"。虽永嘉盖棺即允，公则蒙庄皇帝以肃皇帝遗命而及。然肃皇帝知公，不忘公之心，一也。惟是肃皇帝知公，人人能言之，毅皇帝知公，信任公，未有能言之者。初公制归，有召守趣终制即起，异数也。谏斋祀，止织造，停两挂印，率勉从，疏留浃旬或月余，未有竟不下者。中使诣公，或罗跪，有罪逮系不少假，竟安国家于磐石，非毅皇帝知公，信任公，宁至此？公乡人左司马赵公合刻公视草、题奏、辞谢三录于楚，以序属余。余题曰"杨文忠公三录"。为辅弼龟鉴，而因追颂我朝列圣慎简辅弼而崇重之，竟延国家有道灵长之庆，如此为当宁献。（注：文中标点为笔者所加，原文因录在温纯文集中，故未有落款。）

鉴于以上分别对二序的解读，及参照温纯在《四库全书》中的原序文，足见二序是相互穿插了一些文句，故文意颠倒，使人难以理解。现依原序之意，试将二序重新整理，以期大致恢复二序的原样：

杨文忠三录序：《视草余录》者，录在朝奏对之言及政事可否之议也。何为录之，志愧也。廷和承乏内阁，前后十有八年，视近岁诸臣，号为颇久。初从文正李公后，因以寡过。及文正去，任事多龃龉，凡关切利害之大者，知之必言，言之必尽。虽未得尽如所请，而先帝每优容之，一无所忤，与惟一二同志之贤是赖。今上入继大统，推诚委任，化理维新，时有献纳。不过仰承德意，坯土细流无补海岳，亦惟同志之助，勉强从事，以至乞休而归。常自念平生遭际最胜，在任最久，而器识最下。驱策不前，所为报效者，止于如此。上负圣明，下负所学多矣。视草之余，随事录之，用以志愧。一日儿辈见之，请曰："昔人有所著述，多在闲居之日。今政务丛委，应接不暇，仓卒记录，未必无所遗忘。奈何？"辄语之曰："政恐久而或遗，乃役志于此。纵不能悉，犹愈于通无所述也。若昔人归田之录，间取士大夫之笑谈。天顺曰录，或涉公卿之美刺。今兹所录，皆亲承天语及阁中常议拟关系职业者，此外一无所附。事徵而言必信，在朝廷可以表纳谏之美，在臣下可以见敬事之义。藏之箧笥，姑以示我后人，不必其传之久远也"。嘉靖六年丁亥秋八月丙午石斋杨廷和序。

杨文忠三录序：隆庆庚午，余为台史，而内江赵文肃以阁学兼领台事。属边报急，京师戒严，公语余曰："新都杨文忠当武皇时，肘腋大奸，弄之掌上，顿安宗社。傥藉筹边，何皇皇如此日？"继得公所撰"文忠墓祠碑"，读之信公知文忠，而言之非苟也。每草敕以雷霆临之，不力执则事日非而国体益亵，一难也。于时六龙出狩，宸居虚拱且岁余，二宁谋逆，大势将倾；行则有骇舆之虞，居则有固圉之责，二难也。銮舆既回，大行事迫，四家环布，毫发失宜，虀粉立至，三难也。既而肃皇帝入御，遭逢何奇，比议大礼，则以鱼水之投而为冰炭之隔，四难也。公周旋其间，停威武敕不草，竟见信任。居守维鼎，擒瑾诒彬，押虎逐狼，外宁内安，人孰不服公有定倾之功。然后手扶日月，启四十六年丕承之烈，又孰不归公有定策之忠。比其力辞伯封，耻为灞上之请；宁守硁硁，不从永嘉之议，又孰不亮公有信心之介。时则永嘉进而公退。永嘉之难，难在违众；公之难，难在婴鳞。而卒之易名，皆不失为"忠"。虽永嘉盖棺即允，公则蒙庄皇帝以肃皇帝遗命而及。然肃皇帝知公，不忘公之心，一也。惟是肃皇帝知公，人人能言之，毅皇帝知公、信任公，未有能言之者。初公守制归，有召趣终制即起，异数也。谏斋祀，止织造，停两挂印，率勉从，疏留浃旬或月余，未有竟不下者。中使诣公，或罗跪，有罪逮系不少假，竟安国家于磐石，非毅皇帝知公、信任公，宁至此？万历己亥，余为工相，公乡人左司马赵公合刻公视草、题奏、辞谢三录于楚，以序属余。余题曰"杨文忠公三录"。为辅弼龟鉴，而因追颂我朝列圣慎简辅弼而崇重之，竟延国家有道灵长之庆，如此为当宁献。万历癸卯上元日侍经筵资德大夫正治上卿都察院掌院事左都御史关西温纯序。

2. 第 820 页缺首行，查得原文，上栏首行是"钦定四库全书"，下栏首行是"相承正是如此可启请皇太后降懿旨大行皇帝降敕"。

十九、《严嵩年谱》中国人事出版社 1995 年版

1. 正文（以下皆是正文页码）第 8 页第 11 行载《钤山堂集》引文："予卧钤山阁八稔，正德丙子春三月，疾愈，治装将如哀师。"句末"哀师"，依文意，疑是"京师"之误。

2. 第 9 页第 10 行称严嵩正德十三年"充册封靖江王府副使，归途卧家逾两岁，应王守仁之招，赞画平定宁王叛乱"。其所据是民国《介桥严氏族谱·少师介溪公传》所载：正德"十三年戊寅，册封宗藩，承命赴广西靖江王府……归次里门，值宁藩之乱，应阳明先生招，赞成大议，与有力焉"。据史籍，平定宁王叛乱，确有不少在乡江西籍官员积极参与，贡献良多。据《武宗实录》卷 175 载，叛乱发生"时，致仕都御史王懋中亦遣子敏贺濠生日，被留，伪授领军职事；懋中力赞守仁起兵，且曰：'吾已弃不才子，惟知杀贼效忠尔'。既而诸乡官副使罗循、罗钦顺，郎中曾

直，御史张螯山、周鲁，评事罗桥，同知郭祥鹏，进士郭持平，谪降驿丞王思、李中，编修邹守益等皆来会，移檄远近，声宸濠之罪。是时变起仓卒，众心汹汹，及闻守仁举义，始有倚仗，亡不响应，由是军声大振。会两广清军御史谢源，刷卷御史伍希儒道经吉安，守仁以便宜留之军前"。当时致仕居家的费宏、费寀兄弟，亦为平定叛乱尽心尽力，御史伍希儒上言："宏、寀当濠之请复护卫也，抗言力争，已怀先事之忧；及反谋之既成也，间道献策，尤急勤王之义。"御史谢源、章纶，纪功给事中徐之鸾、祝续等皆有为费氏兄弟请功的奏章载在史册。时致仕在乡的南京吏部右侍郎罗玘，《明史》卷286亦称"宁王宸濠慕其名，遣使馈，玘避之深山。及叛，玘已病，驰书守臣约讨贼，事未举而卒"。惟严嵩参与平定宸濠叛乱之事，除严氏宗谱外，诸多史志均不见载。对此，原中国明史学会张显清会长在其所著《严嵩传》（黄山书社1992年版）中曾予以评说：正德十四年初，严嵩充副使册封藩府由桂林返回，"六月中旬，严嵩行至江西临江（今清江），遇'宸濠之变'……在此社稷危难之际，严嵩虽也忧心重重，但却既未兼程回朝，也未参加义师，而是再度告假，就地养病。临江府与南昌府比邻，在临江有一慧力古寺，幽邃清静，严嵩就在这里栖息下来。尽管羽檄频传，兵火连天，他依然漫游于古道苍松、青山碧水之间，沉吟于僧阁石堂、孤灯禅榻之内。（有诗四首，皆在《钤山堂集》卷六，题下自注'时有宁藩之变'。）《严氏族谱》所载《严嵩传》云：'己卯（正德十四年）归次里门，值宁藩之乱，应阳明先生（王守仁）招，赞成大议，与有力焉。事平，王公致燕席、彩帛以酬。'（曹国庆《严嵩评传》附录三）族谱所言是否可信，甚觉可疑。就笔者见到的有关史料，都未发现有严嵩参预平定宸濠之乱的记载。王守仁曾多次向朝廷奏报平乱有功地方官员及居赣乡官的姓名，他们或率兵征战，或定谋设策，但其中皆无严嵩……如果严嵩真的参预了'协谋讨贼'的话，与他私交笃密的王守仁是不会隐而不报的。在严嵩本人的诗文中，虽有同情义师、孤枕忧纷的诗句，但同样没有自己曾参预平乱的明确记述。宸濠之乱平定后，御史吴间曾弹劾严嵩与宸濠党羽太监毕真私通，这是'党恶害贤，欺天罔上，罪不容诛'之罪。如果严嵩确有赞成平叛大议之功的话，那么它无疑是驳斥吴间'诬陷'的最有力证据。但是他在辩诬疏中却只字未提，只是辩白说与毕真'素未尝相识，踪迹辽绝'；吴间所云乃'迹涉于疑似之间，事得于传闻之误'。（严嵩'奏为辩诬以全名节'《历官表奏》卷九）最后以事出有因，查无实据结案，严嵩免予追究。"（《严嵩传》第21页）张先生以上考据颇详，愚以为是中肯的。

3. 第23页倒数第13行引《明史·严世蕃传》卷308："由父任入仕。以筑京师外城劳，由太常卿进工部左侍郎，仍掌尚室司事。剽悍阴贼，藉父宠，招权利无厌。然颇通国典，晓畅时务。尝谓天下才，惟己与陆炳、杨博为三。炳死，益自负。嵩耄昏，且旦夕直西内……朝事一委世蕃，九卿以下浃日不得见，或停至幕而遣之。士大夫侧目屏息，不肖者奔走其门，筐篚相望于道。世蕃熟诸中外官饶瘠险易，责贿多寡，毫发不能匿……日拥宾客纵淫乐，虽大僚或父执，虐之酒，不固不已。居母丧亦然。好古尊彝、奇器、书画，赵文华、鄢懋卿、胡宗宪之属，所到辄辇致之，勒索之富人，必得而后已。邹应龙劾戍雷州，未至而返，益大治园亭。"这段引文多处读之难解其意，经核对原文，才知是有一些字错了："仍掌尚室司事"句中，"尚室司"是"尚宝司"之误。"藉父宠"句中，"藉"原文作"席"。"惟已与陆炳、杨博为三"句中，"已"是"己"之误。"或停至幕而遣之"句中，"幕"是"暮"之误。"世蕃熟诸中外官饶瘠险易"句中，"熟诸"是"熟谙"之误。"日拥宾客纵淫乐"句中，"淫乐"原文作"倡乐"。"不固不已"句中，"不固"是"不困"之误。"勒索之富人"句中，"勒"是"或"之误。"必得然后己"句中，"己"是"已"之误。"邹应龙劾戍雷州"句中，"邹"是"被"之误。

4. 第 29 页倒数第 3 行载"毛澄（字宪清，号自斋，又号三江）"，其中"号自斋"似有误。据《国朝献征录》卷 36 第 630 页，毛澄，"号白斋"，这里是将"白"误成了"自"。

5. 第 30 页第 8 行载"毛纪（字维之，号龟峰逸雯）"。据《中国历史大辞典》第 495 页，毛纪，"号鳌峰逸叟"，这里是将"鳌"误成了"龟"，将"叟"误成了"雯"。

6. 第 31 页第 4 行，称 1480 年严嵩出生时，费宏 12 岁。据《鹅湖横林费氏宗谱》，费宏出生于成化四年（1468），长严嵩 12 岁，如依中国旧时年龄计算方法，严嵩出生时即称 1 岁，那费宏此年应是 13 岁了。书中多处忽以虚岁、忽以周岁，颇不一致，难以辩清。

7. 第 31 页倒数第 16 行称"许浩（字廷伦，号函谷山人）"，据《明史》卷 186 "许进本传"，其次子名诰，字廷纶。这里是将"诰"误成了"浩"，将"纶"误成了"伦"。

8. 第 32 页第 3 行称"顾鼎臣（字九和，号木斋）"。据《皇明词林人物考》卷 5 第 55 页，顾鼎臣，字九和，号未斋。此处疑是将"未"误成了"木"。

9. 第 32 页第 7 行称"许瓒（字廷美，号松泉）"。据《明史》卷 186，许赞与第 7 条所述许诰，皆是吏部尚书许进之子，其名傍旁都是"言"，《明史》其本传也是名赞。这里是将"讚"误成"瓒"了。另据《明人室名别称字号索引》，许讚字九和，号松皋，此处疑是将"皋"误成了"泉"。

10. 第 32 页倒数第 7 行称"何塘（字粹夫，号柏斋）"，所据是《国朝献征录·何文定公传》卷 64。《明史》卷 282 其本传作"何瑭，字粹夫"。复检《国朝献征录》卷 64 第 520 页，亦作"何瑭，字粹夫，号柏斋"。故疑此处是将"瑭"误作了"塘"。

11. 第 33 页第 8 行称"张聪（字秉用，后赐名莩敬……）"，据《明史》"张璁本传"及众多史料记载，此人名张璁。此处疑是将"璁"误成为"聪"了。

12. 第 34 页倒数第 13 行称"吕楠（字仲林，号泾野）"，其所据为《明儒学案·文简吕泾野先生楠》。据《明史》卷 282 第 7243 页载，吕楠字仲木，别号泾野。《辞海》吕楠条下，亦称其字仲木。复检《四库全书》中《明儒学案》卷 2 "文简吕泾野先生楠" 所载，"吕楠，字仲木，号泾野"。《国朝献征录》卷 37 第 11 页吕楠墓志铭亦记为 "字仲木，号泾野"。故疑此处是将 "木" 误成了 "林"。

13. 第 34 页倒数第 7 行在刘天和条下称其所据是 "《龠州山人四部稿·刘庄襄公墓志铭》卷 86"。经检《四库全书》中有《弇州四部稿》，其第 86 卷即《明光禄大夫太子太保兵部尚书赠少保刘庄襄公墓志铭》。由此疑这里是把 "弇州" 误成了 "龠州"。

14. 第 39 页第 3 行载 "孙承恩（字贞夫，号毅斋）"，据《国朝献征录》卷 18 第 733 页孙承恩 "墓志"，其 "字贞甫，号毅斋"。此处疑是将 "贞甫" 误成了 "贞夫"。

15. 第 41 页倒数第 8 行称 "明成化二十年甲辰 1484 年罗洪先（字达夫，别号念庵）生"。查《国朝献征录》卷 19 第 34 页罗洪先 "墓志铭" 载 "弘治甲子十月十四日生公……（嘉靖）甲子八月十五日卒于松元之新第，年六十一"。可见其生是弘治十七年（1504），终是嘉靖四十三年（1564），正好一个甲子，虚龄 61 岁。此处把罗洪先的出生放在 1484 年，整整提前了 20 年。况本书第 54 页亦载有罗洪先条，把其生年又放在了 1504 年（弘治十七年甲子），其所据是《明儒学案·文恭罗念庵先生洪先》，且同字达夫、号念庵。这应当是同一个人，而不会是两个同名同姓且同字同号的名人。据前引《国朝献征录》所记，1504 年条下应当是正确的，1480 年条疑有误，不知是原文所据《罗念庵先生年谱》有误，还是引证时有误。

16. 第 44 页倒数第 13 行载 "邱浚进《大学衍义补》"，据《明史》卷 181 丘濬本传载：成化二十三年孝宗即位后，丘濬 "以《衍义补》所载皆可见之行事，请摘其要者奏闻，下内阁议行之。帝报可"。这里明白记述其时进《大学衍义补》的是丘濬，而不是 "邱浚"。邱姓始于清雍正年间，雍正帝为尊孔，避孔丘之名讳，把 "丘" 姓改为 "邱" 姓，故在明代是只有丘姓而无邱姓的。"浚" 和 "濬"，在《康熙》字典中分别是两个字，虽同音，在 "濬" 字下亦注有 "《玉篇》同浚"，但义项多有不同。查《辞海》第 1117 页将 "濬" 作为 "浚" 的异体字处理了，好像今后就只能写成 "浚" 了。而《中国汉语大字典》在 1769 页却保留了 "濬" 字，在 "jùn" 这个读音下，只有疏通、深两个义项；而 "浚" 除此外还有挹取、索取、地名、通 "骏"、敬、谨等义项。且古人取名为 "濬"，大都是含有深和通的意思。为了避免歧义，不违古人取名的原意，在涉及历史上的古人名时，还是应当尽量保留原字为好。2000 年出版的《中国历史大辞典》第 800 页在 "丘濬" 条下，就是仍然保留了原字的，此实可为我们在研究历史时所师法。

17. 第 47 页第 1 行称 "明弘治三年庚戌，1491 年"；第 10 行称 "明弘治四年辛亥，1490 年"。据《中国历史年代简表》，明弘治三年的干支年是庚戌，这里误成了 "庚戌"；对照西历这年是 1490 年，这里误成了 1991 年。明弘治四年对照西历应是 1991 年，这里误成了 1990 年。

18. 第 49 页第 3 行记"陈九川（字惟浚）"，据《明史》卷 189 第 5023 页，陈九川，字惟濬，理由同上第 15 条所述。

19. 第 49 页第 4 行在弘治七年（1494）条下记"王翱（一名九皋，又名羽，字时举）生。（据《震川先生文集·王君时举墓志铭》）"。据《国朝献征录》卷 24 第 232 页，王翱字九皋，永乐十三年（1415）进士，官至吏部尚书。查王翱出生于洪武十七年（1384），卒于成化三年（1467），他怎么也不可能会与严嵩有交集，更不可能出生于弘治七年（1494），因在此前 80 年他就已经是进士了。如此一来，一时还真不知这错出在哪里。经查该条所据《震川先生文集》，其卷 20 有《王君时举墓志铭》，其中称"君姓王氏，初名翱，后更讳羽，字时举，世居海上，而以医名家……君卒于嘉靖三十四年某月日，享年六十有二"。由此推其生于 1494 年（弘治七年），这就与本书中所记吻合了，原来这里所记的是这个王翱（又名羽，字时举）。据此墓志，这个王时举是一代名医。然而同时代还有一官员亦名王时举，《明史》卷 177 有传："（嘉靖）四十五年十月，御史王时举劾刑部尚书黄光昇……帝怒，命编氓口外……时举，顺天通州人。"名医王时举在嘉靖三十四年已卒，而御史王时举至嘉靖四十五年还活跃在政坛上，且前者上海人，后者北通州人，足见这是同名同姓的两个人。而本书所记的应是名医王时举，因其所据是《震川先生文集》及其初名"羽"及字"时举"。为避免混淆，此条似可记为"王羽（初名翱，字时举）生（据《震川先生文集》·王君时举墓志铭》）"。"一名九皋"句，显然是造成混淆的衍文，应当删除。

20. 第 56 页第 5 行记"时泾川张公灿为读卷官"，而下页第 57 页第 6 行又称"《国献征录张公神道碑铭》卷 42：张璨，字仲湜，号泾川，平南人，成化十四年进士，累官兵部尚，参赞机务，寻致仕"；句中"兵部尚"后疑脱一"书"字。据《国朝献征录》卷 42《张公神道碑铭》，此公名张澯，字仲湜，号泾川。书中两处"灿"和"璨"都是明亮的意思，而"澯"则是清的意思。三字虽同音，但字义不同，尤其是古人名，似不应作更改。故疑此处是将"澯"误成了"灿"和"璨"。

21. 第 56 页倒数第 2 行称："顾鼎臣，字九和，昆山人。弘治十八年士第……"疑后句有阙文。依其所据《明史顾鼎臣传》卷 193，第 5115 页载原文是"弘治十八年进士第一"，原来"士第"前脱一"进"字，后脱一"一"字，应是"进士第一"。

22. 第 57 页第 14 行称"葛守礼（字与字，号与川）"，据《国朝献征录》卷 54 第 60 页："葛守礼，字与立，别号与川。"此处疑是将"字与立"误成了"字与字"。

23. 第 58 页倒数第 8 行载（正德二年）"十月二十五日。《国榷》卷 46：'正德二年十月戊寅，翰林庶吉士崔铣、严嵩、湛若水、陆深、徐缙为编修。'"据《武宗实录》卷 31 第 767 页载，正德二年十月"辛未朔"，戊寅是初八日，而不是二十五日。且记此日"授庶吉士崔铣、严嵩、湛若水、陆深、翟銮、徐缙为翰林院编修"。此处是把日期推算错了，又疑在徐缙前脱"翟銮"之名。

24. 第 59 页第 2 行称"唐顺之（字应清，学者称荆川先生）"。据《明史》卷 205 第 5422 页："唐顺之，字应德。"疑此处将"应德"误成了"应清"。

25. 第 62 页第 8 行称"王慎中（字道思，初号南江，更号遵岩）"。依其所据《国朝献征录》卷 92 第 215 页其"行状"所载："先生讳慎中，字道思，别号遵岩居士。"又据《明史》卷 287 第 7367 页"王慎中，字道思……初号遵岩居士，后号南江"。疑此处应作"王慎中，字道思，初号遵岩居士，后号南江"。这里是将别号的前后次序搞颠倒了。

26. 第 62 页第 12 行称"赵明春，字景仁，号浚谷"。据《熙朝名臣录》卷 26 第 414 页载"赵公时春，字景仁，别号浚谷"。又据《明史》卷 200 第 5300 页称"赵时春，字景仁"。故疑此处是将"赵时春"误成了"赵明春"。

27. 第 66 页倒数第 10 行称"邵宝，字国贤，号二泉，成化二十三年进士"。据《熙朝名臣录》卷 20 第 332 页：邵"公名宝，字国贤，无锡人，成化二十年进士"。《皇明词林人物考》卷 3 第 518 页亦如是说。经查该条所据《国朝献征录》卷 36 第 733 页载杨一清为其所撰"神道碑铭"：邵宝"学者称二泉先生。文正公成化庚子主考南畿得公，归以诧于予曰：'吾得天下士。'举甲辰进士"。成化甲辰即二十年，可见邵宝无疑是成化二十年进士。这里是误录成"成化二十三年进士"了。

28. 第 77 页第 10 行记"江畔有楼名嘉会，乃阁老费公里第，登岸寻径，谒公矣语，抵暮乃还舟。二十一日，次船山河口"。依上下文意，句中"谒公矣语"及句末"次船山河口"二处颇难理会。经查其所据《钤山堂集》卷 27《北上志》第 3 页，"谒公矣语"的原文是"谒公欵语"，"次船山河口"的原文是"次铅山河口"。此处疑是将"欵语"误成了"矣语"，将"铅山"误成了"船山"。

29. 第 77 页倒数第 11 行称"费宏，字子充，铅山人，成化二年进士第一……嘉靖初起少保入阁，累加少师，六年致仕卒，赠太保，谥文宪"。据《明史》卷 193《费宏本传》及诸多史料，费宏是成化二十三年进士第一。这里是将"二十三年"误成了"二年"。又费宏并不是在"嘉靖初起少保入阁"，而是在"正德十六年起复入阁，寻加少保"；此时世宗虽已登基，但还不能称之为"嘉靖初"次年才是嘉靖元年，或可称"世宗初"。他也不是在嘉靖"六年致仕卒"，而是"六年致仕"后，嘉靖十四年再召入内阁为首辅，是年卒于北京任上，赠太保，谥文宪。这里是将费宏的历官、卒年误记了。

30. 第 78 页第 13 行载："张巅，字时峻，号枫山，萧山人。"依其所据《国朝献征录》，在卷 52 第 709 页有费宏为其所撰"行状"称："公姓张，讳嵩，字时俊，号枫山。"又据《明史》卷 200 第 5279 页记"张嵩，字时俊，萧山人"。故疑此处是将"张嵩"误成了"张巅"，将"字时俊"误成了"字时峻"。

31. 第 79 页第 16 行记："郡僚暨孙太史征甫、张给舍时行、吴二部子仪及良伯诸君，偕饯于问俗亭下。"这个"吴二部"令人费解，经查其所据《钤山堂集》卷

27 "北上志" 第 4 页，"吴二部子仪" 的原文是 "吴工部子仪"。此处疑是将 "吴工部" 误成了 "吴二部"。

32. 第 83 页第 2 行载 "《钤山堂集·孟公墓志铭》卷 29：孟泽，字望之，一字有涯，信阳人，弘治十八年进士，授行人，擢监察御史，历金都御史督理粮储，大理寺卿，有《节爱汪府君诗集》《白泉文集》《白泉选稿》等"。同页第 5 行又将此段重复一遍，只是段末将 "有《节爱汪府君诗集》《白泉文集》《白泉选稿》等"，变成了 "有《孟有涯集》"。此段虽属上段的重复内容，但段末《孟有涯集》应确是孟泽的著作，因孟泽字有涯，故名。而前段段末所记著作 "《节爱汪府君诗集》《白泉文集》《白泉选稿》等" 已见于第 82 页倒数第 3 行汪文盛条下，疑这些著作名是从上一条 "汪文盛" 条窜至了 "孟泽" 条中。故为了理顺文意，似应将第 83 页第 2 行至 4 行整段删除。

33. 第 86 页倒数第 8 行记 "杨慎，字用修，成都人"。据《明史》卷 192 第 5081 页："杨慎，字用修，新都人，少师廷和子也。"且众多史料皆记其父杨廷和亦是 "新都人"。可见这里是将 "新都" 误成了 "成都"。

34. 第 87 页第 7 行记 "靳贵，字克道，直隶丹徒人"。据《国朝献征录》卷 15 第 519 页载："靳贵，字充道。"此处疑是将 "充道" 误成了 "克道"。

35. 第 90 页第 5 行载 "汪俊字折之，号石潭，弋阳人也，弘治癸未进士，选庶吉士，授翰林编修。正德初，忤逆瑾，调南工部侍郎、礼部尚书……大礼议起，先生力主宋儒之议"。据《明史》卷 191 第 5058 页，《明代江右闻人》第 180 页及《弋阳县志》所载，汪俊，字抑之，弘治六年进士。查其所据《明儒学案》，在卷 48 有《文庄汪石潭先生俊》篇，称 "汪俊字折之，号石潭，弋阳人也，弘治癸未进士，选庶吉士，授翰林编修。正德初，忤逆瑾，调南工部员外郎，瑾诛，复还翰林，历侍读学士，嘉靖初晋吏、礼二部侍郎、礼部尚书兼国史副总裁。大礼议起，先生力主宋儒之议"。原来 "字折之" "弘治癸未进士" 是录自该文，而任职却与该文及《明史》"汪俊本传" 等史料大异：汪俊在南京只任了工部员外郎，并未任南京工部侍郎和礼部尚书，任礼部尚书是在从南京返回北京且在 "大礼议" 最紧张的时候。对汪俊是 "弘治癸未进士" 一说，查弘治年号的十八年中只有癸丑 (六年，1493)、癸亥 (十五年，1503)，并无癸未年。按《孝宗实录》，汪俊实为弘治六年会试第一，殿试成进士，弘治六年是癸丑年，应当是 "弘治癸丑进士"，故疑原文是将 "癸丑" 误成了 "癸未"。至于汪俊的字，查得《太保费文宪公摘稿》卷 4 第 89 页有诗《寄汪会元用之》，费宏称汪俊为 "用之"，这应该是汪俊的又一个字。至于到底是 "字折之"，还是 "字抑之" "字用之"，抑或曾先后都用过，古人字号中的这种情况时有见之，姑暂存疑为是。

36. 第 92 页倒数第 13 行在述及宪宗孝贞皇后王氏时称："孝宗即位，尊为皇太后，武宗即位，尊为皇太后。"宪宗王皇后对孝宗而言是母行，自当尊其为皇太后；

而对武宗来讲，已是祖母行了，再尊为皇太后就不妥了。查其所据《明史·后妃一》卷 113 第 3521 页，原来是"尊为太皇太后"。这里是在摘录时脱一"太"字。

37. 第 92 页倒数第 11 行载严嵩正德十三年"七月，充册封宗藩付使"。查《钤山堂集·杂记·西使记》卷 27，此"付使"应是"副使"无疑。

38. 第 98 页第 4 行载"张简，字允敬，辆可斋"。《国朝献征录》卷 99 第 620 页有张简"墓志铭"，称张简"字允敬，号可斋"。此处疑是将"号"误成了"辆"。

39. 第 99 页第 5 行记"戊午早至龙津驿，饶郡二宁钱汝和署余干县来致燕饯，宿驿下，已，至邬子驿"。查其所据《钤山堂集·杂记·西使记》卷 27，句中的"饶郡二宁"应是"饶郡二守"之误；"余干县"下似应加一逗号；"已"应当是"己未"之误，即"戊午"的后一日。

40. 第 100 页第 6 行记"同知府徐珽登浚渠亭，随即又昌风雨，日夜兼程"。依文意，句中"昌风雨"疑为"冒风雨"之误。这里是将"冒"误成了"昌"。

41. 第 100 页第 11 行载"《钤山堂集·使粤稿·同徐郡侯登凌渠亭》卷 5"。题中"凌渠亭"据原文疑是"浚渠亭"之误，况此前本节第 40 条亦称"浚渠亭"。

42. 第 102 页倒数第 12 行记"蒋升，字诚之，号梅轩，全州人，成化二十三年进士"。据《明清进士题名碑录索引》，这位字诚之、号梅轩的进士名蒋昇，广西全州人，与弟蒋冕同登进士，是该科三甲第 134 名进士，事迹附在《明史》其弟蒋冕传中。同科确另有名蒋昇的进士，湖广祁阳人，是该科三甲第 45 名进士，《明史》卷 187 第 4960 页有传。此文及第 14 行"升之弟"，均是将"昇"误成了"升"。

43. 第 104 页第 7 行载张璁（实为张溁，详见前本节第 20 条）"正德丁卯迁礼部侍郎，寻转左，乙巳升南京礼部尚书"。所据"《国朝献征录张公溁神道碑铭》卷 42"，经查原文是"巳巳升南京礼部尚书"。"巳巳"不能成为干支年，而正德年号之十六年间亦无"乙巳"年。联系后文称其"前后引疾乞休，疏凡十五上，至乙亥始得请"，这个"乙亥"是正德十年。古文中"己、已、巳"，多通写成"巳"。故疑这个"乙巳"年应是"己巳"年（正德四年）之误。

44. 第 105 页第 5 行载"六、七月，宁王宸濠叛乱，惟中移疾慧力寺，忧心时事，应巡抚江西右副都御史王守仁之招，赞画军务"。第 14 行在按语中又称"考《王文成公全书·奏平宁藩捷音》开列预平叛乱有功之臣，内有在乡养病的翰林编修邹守益等，而惟中不获入列，乃因前者皆是随军赞画、听用，惟中虽预赞画，而身未离慧力寺病榻"。这就有些矛盾了，既是应招，如不前去何能应之，又怎么赞画军务，难不成遥控赞画？况此事只是在严氏族谱中提及，众多史籍均不见有载，可信度应是不高。详见本节第 2 条所述。

45. 第 107 页第 6 行称"惟中使节静江还抵分宜在正德十四年三月"。据《钤山堂集·使粤稿》，句中"静江"疑为"靖江"之误。

46. 第 110 页倒数第 11 行记"上巳，节日名，古时以阴历三月上旬巳日为'上已'"。这里的三个"已",疑均是"巳"之误,当作"上巳节"。

47. 第111页第7行载"王鏊,字济之,号守溪,南直隶吴县人,成化十一年进士,累进户部尚书文渊阁大学士"。据《明史》卷181第4825页:"王鏊,字济之,吴人,成化十年乡试,明年会试,俱第一……正德元年……进户部尚书文渊阁大学士。"另有《国朝献征录》卷14第482页,《熙朝名臣录》卷11第175页,《皇明词林人物考》卷3第509页,此人皆作"王鏊"。故疑此处是将"王鏊"误成了"王鳌"。

48. 第113页第11行载:"《国榷》卷52:'正德十六年九月甲子,召前太子太保户部尚书武英殿大学士费宏……'"据《世宗实录》卷1第43页记:正德十六年四月丙午(二十五日)"召致仕大学士费宏照旧入阁办事",这里却误成了"九月甲子"。

49. 第114页第8行载"汪司成,即汪伟,字器之,号间斋,弋阳人,汪俊之弟……嘉靖三年擢吏部侍郎"。据《费宏集》卷4第143页,有诗《三月二十一日雨中过闲斋少宰止宿宝稿堂和其卜居自述韵二首》及《再和闲斋韵二首》,这个"少宰"即曾任吏部侍郎的汪伟,故推其号为"闲斋"。此字原文作"閒",在《辞海》第990页有二解,一是作"闲"的异体字,二是同"间"。现在把它作"间斋"或"闲斋",均应不违原字义。但从古人用作名号或室名而言,恐称"间斋"多有不妥,愚以为还是以"闲斋"为好。

50. 第119页倒数第7行载"召南京刑部尚书赵镜为刑部尚书"。查所据《国榷》卷52,原文作"赵鑑","鑑"现已简化为"鉴",这与后面第120页第10行"赵鉴,字克正,寿光人,成化二十三年进士……历官刑部尚书"之说相符。故疑此处是将"鉴"误成了"镜"。

51. 第127页第8行载"十月,前南京户部尚书蒋升卒",及以下两个"蒋升",疑均是"蒋昪"之误。详见本节第42条所述。

52. 第127页倒数第4行载"一曰止纳银以清士之流,二曰复月粮以充士之养,三曰减历以苏士之困,四曰革欺伪以端士之民"。与同页倒数第8行对照,"三曰减历"疑是"三曰量减历"之误;"端士之民"疑是"端士之行"之误。

53. 第158页第12行载"潘旦,字希周,号后泉,婺源人,弘治十八年进士"。查其所据《讷溪文录》卷7《潘尚书传》,原文作"号石泉"。故疑此处是将"石泉"误作了"后泉"。

二十、《严嵩传》黄山书社1992年版

1. 第42页第4行在论及嘉靖朝"大礼议"时称:"内阁中的争斗更是你死我活,势不两立。张璁联合杨一清搞掉首辅杨廷和,杨一清为首辅。接着张璁又搞掉杨一清,自为首辅。然后是夏言搞掉张璁……"这一表述对嘉靖朝前期内阁的变化不仅过于简略,且欠准确。正德十六年四月,嘉靖帝即位之初,亦即"大礼议"开始之

时，内阁大学士依次是杨廷和、梁储、蒋冕、毛纪四人。登基后三日，即召致仕大学士费宏还内阁。五月，梁储获准致仕去位，帝亲简任藩邸长史袁宗皋入阁预机务，袁称病未入，且于九月卒。费宏于十月应召还内阁，嘉靖元年、二年内阁仍是杨、蒋、毛、费四人。嘉靖三年二月，杨廷和因议礼与嘉靖帝矛盾激化，累上疏辞位，帝遂准其致仕，但待遇非常优厚，因此不能说杨廷和的首辅是被"张璁联合杨一清搞掉"的；且其时张璁还远在南京任刑部主事，杨一清也还在致仕家居，二人一是下僚小吏，一是无职无权致仕官员，他们没有、也无力掀起搞掉首辅的风浪。当时的内阁也还是很团结的，根本没有相互倾轧的现象。再说杨廷和去位后的首辅并不是杨一清，而是次辅蒋冕。三个月后蒋冕致仕，继任首辅是毛纪。七月毛纪致仕去位，费宏继任首辅，直至嘉靖六年。事实上，"张璁联合杨一清搞掉"的首辅不是杨廷和，而是费宏。嘉靖三年七月，张璁等议礼新贵被帝召入京师，委以重任，激化了帝与朝中士大夫的矛盾。张璁乘机挑动，七月酿成了左顺门惨案，大批朝士被杖杀、下狱、流放、罢官，众大臣纷纷请辞去位，朝堂几乎为之一空。面临如此艰难危局，费宏一面保护士大夫，平息议礼风波；一面引用正人，维持朝政。嘉靖五年五月，杨一清从三边召回内阁为次辅，他自以资历老，虽表面谦让，而心中不愿久居费宏之下。张璁等议礼新贵把费宏看成是他们速贵的障碍，但自知体量太小、资历太浅，遂联合杨一清倾轧费宏。他们极尽造谣诬蔑之能事，把费宏和众朝臣说成是杨廷和余党。杨一清假借灾异上疏，诱导帝"因灾异策免公卿"。嘉靖六年二月，张璁等唆使在新政中被革除的锦衣卫百户王邦奇上告"哈密失国"是杨廷和之罪，并称费宏为弥缝此事，"尝夜过杨一清问计，议论不合而出"，欲借此兴大狱，陷害费宏等大臣。此事原本很易澄清，当时南京给事中彭汝实等上疏言："至谓大学士费宏、石珤夜入杨一清之门，此近易可见。今既不闻召问一清，而一清亦久不为白，何也？"（《世宗实录》卷74）费宏由此被迫请辞去位，杨一清如愿以偿成为首辅，张璁也于十月入阁任大学士，此时他中进士才第七年，遂成为嘉靖时的民谣"十好笑"之一："进士七年便抬轿"。张璁入阁后，并不甘居于杨一清之下，遂攻杨一清为"奸人鄙夫"。杨一清亦攻张璁"志骄气横，狎视公卿"，极暴其短，又嗾其乡人给事中陆粲疏劾张璁、桂萼不法事，帝一日为之尽去张、桂二人，并对其余党分别区处。同为议礼新贵的詹事霍韬立即上疏为张、桂辩，且攻杨一清"大肆纳贿"等不法事，帝又召回张、桂，且令杨致仕去。此是嘉靖八年九月事，距杨一清为首辅仅两年多。嗣后夏言与张璁的争斗更为复杂、尖锐，内阁的倾轧也一直延续下去，直至明亡，这是后话。

2. 第88页第8行在谈到"青词"时，称"嘉靖皇帝移居西苑后，钦定几名主要官员随之侍直无逸殿，'俾供应青词、门联、表疏之类，庶务从便取裁'。侍直大臣在西苑皆有直庐，不再赴朝办公，夜晚亦需宿住于此，不得随意回家。这是一种特殊的待遇和尊荣。先后入直西苑的勋戚和文武大臣有20余人，他们是：太师翊国公郭勋，太师成国公朱希忠，太保驸马都尉崔元，太傅威宁侯仇鸾，驸马都尉邬景和，少保安边伯方承裕，太保都督陆炳，太保都督朱希孝，少师大学士夏言，少傅大学士翟銮，少师大学士严嵩，少保大学士顾鼎臣，少保尚书费宏，宫保大学士纺治，少傅学士李本，少师大学士徐阶，尚书欧阳德，宫保尚书李默，宫保尚书王用宾，少保尚书吴山，少傅大学士袁炜，宫保大学士严讷，少保大学士李春芳，少保大学士郭朴，尚书大学士高拱等。他们不仅自己竭精尽虑，而且召募海内名士代为撰写，争新斗巧，以求得宠"。这份 25 人的名单中，除"宫保大学士""尚书大学士""宫保尚书"等职衔称谓不尽规范外，尚有二人被列入其中颇值得商榷：一是"驸马都尉邬景和"，他所娶的是孝宗皇帝第二女永福公主；孝宗有三女，长女太康公主于弘治十一年早卒，未成婚，故永福公主实际上是孝宗朝的长公主。嘉靖二年，公主下嫁邬景和，故他是娶了当朝的大长公主。如此尊贵的身份地位，却因不愿撰玄文、修玄事而开罪于嘉靖帝。据《明史》卷 121 第 3674 页载："景和，昆山人，尝奉旨直西苑，撰玄文，以不谙玄理辞。帝不悦。时有事清馥殿，在直诸臣俱行祝釐礼，景和不俟礼成而出。已而赏赉诸臣，景和与焉。疏言：'无功受赏，惧增罪戾。乞容辞免，俾洗心涤虑，以效他日马革裹尸、啣环结草之报。'帝大怒，谓诅咒失人臣礼，削职归原籍，时主已薨矣。三十五年入贺圣诞毕，因言：'臣自五世祖寄籍锦衣卫，世居北地。今被罪南徙，不胜犬马恋主之私。扶服入贺，退而私省公主坟墓，丘封翳然，荆棘不剪。臣切自念，狐死尚正首丘，臣托命贵主，独与逝者魂魄相吊于数千里外，不得春秋祭扫，抆心伤悔，五内崩裂。臣之罪重，不敢祈恩，惟陛下幸哀故主，使得寄籍原卫，长与相依，死无所恨。'帝怜而许之。"但也只是允他不回昆山，直至十二年后，在嘉靖帝死后的隆庆二年，才允复官，可见在嘉靖帝的有生之年，他虽曾"奉旨直西苑"，但他"以不谙玄理辞"，此后均不再有入值西苑的可能了。二是"少保尚书费宏"：费宏早在正德六年就已入阁为大学士预机务，嘉靖初年更已是首辅少师华盖殿大学士，且于嘉靖十四年卒于首辅任上。据众多史料，亲信大臣入直西苑，发生在嘉靖帝移居西内之后，该书第 88 页亦称"嘉靖皇帝移西苑后，钦定几名主要官员随之侍直无逸殿"。又称"（嘉靖）十八年，命将西苑无逸殿左右厢房辟为'直庐'，赐予侍直大牙臣居住"。可见这西苑入直之事，最早应始于嘉靖十八年，而费宏此前四年已卒，怎能参与此事？况费宏在明代历仕四朝，素以"持重识大体"称，怎会在晚年以修玄文、撰青词来谄事人君？故把这两人列为入直西苑的大臣名单中，均恐有误。不知是其所引用的王世贞《弇州史料后集》卷38"大臣从游直宿应制"原文有误，还是作者引用时误录，抑或是付梓后手民误植？

二十一、《弇山堂别集》载《中国野史集成续编》第 11 册，巴蜀书社 2000 年版

1. 卷 4 第 45 页载："三入内阁：正德六年，费文宪宏以宫保武英殿学入，九年归。

十六年以少保召入，嘉靖六年归。十四年以少师华盖殿学复召入，凡三拜相。"据《明史》卷 191《费宏本传》，其于正德六年以礼部尚书兼文渊阁大学士入阁预机务，并无"宫保武英殿学"衔；正德七年冬，才加太子太保武英殿大学士。可见上引文称费宏正德六年"以宫保武英殿学入"是误记了。正德十六年费宏也并未"以少保召入"，据《世宗实录》卷 7，只是"命召至太子太保户部尚书兼武英殿大学士费宏照旧入阁办事"；嗣后，才下诏"加少保"。可见只是以正德九年致仕时的旧衔召入。

2. 卷 5 第 58 页载："早达：……四十二岁，费少师宏为礼部尚书。"据《费宏年谱》，费宏生于成化四年（1468），正德五年（1510）为礼部尚书，因该条所列均为虚龄，故此时费宏应为 43 岁。

3. 卷 26 第 17 页载有"《宪章录》言：大学士刘忠等主考辛未会试，时礼部尚书费宏知贡举，将会录所刊文字指摘其疵谬，以白纸贴票于文字之旁，托中官入奏。上召李东阳至暖阁，内太监张永以所进会录授之，曰：'令欲别有施行，恐坏衙门体面，但与乡辈知之耳。'是日，忠适以省墓陛辞，抱恨而去。抵家，遂具疏乞休。考史及李文正《燕对录》，其称传旨指摘谬误同，而不言为谁进。惟嘉靖五年詹事桂萼、张璁改大学士费宏为礼部尚书时，谋入阁，将会录旁注某句不好、某句不好，托人奏武宗皇帝，说刘忠没学问。刘忠去位，宏遂入阁。正德九年，大学士梁储主会试考，宏复将会试录旁注某句不好、某句不好，谋去梁储以进已位，赖武宗察知，适宏又在武宗前嗤笑不恭，密旨行锦衣卫察究，将声其罪"。这段引文中有四处疑有误："令欲别有施行"句，据文意"令"疑为"今"之误。"但与乡辈知之耳"句，据文意"乡"疑为"卿"之误。"惟嘉靖五年詹事桂萼、张璁改大学士费宏为礼部尚书时"句，据文意"改"疑为"攻"之误。"谋去梁储以进已位"句，据文意"已位"疑为"己位"之误。

二十二、《甲秀园全集》爱日楼藏清·道光甲申版

1. 卷 1《洪都赋》第 2 页载："成祖徙封宁献王王北，藩邸渐开，五世遂有宸濠之变。"句中"王北"，据文意，疑是"王此"之误。全句似应为"成祖徙封宁献王王此"。

2. 卷 5《游章岩记》第 20 页载："嘉木畏佳竹，势森郁，菁葱可爱。"据乾隆四十九年及 1990 年《铅山县志》，句中"嘉木畏佳竹"，皆作"嘉木偎佳竹"，依文意，似当以两志所载为是。

3. 卷 5《游章岩记》第 20 页载："道出田间，而香风稻气散入衣裾。所谓南城粳稻，上风吹之，百里闻香，不然耶？"据乾隆四十九年及 1990 年《铅山县志》，句中"不然耶"前，皆有"岂"字，当作"岂不然耶"。依文意，似当以两志所载为是。

4. 卷5《游章岩记》第20页载："田尽缘坂，十级而上，行数里皆两山夹峙。"据乾隆四十九年及1990年《铅山县志》，句中"十级而上"，皆作"拾级而上"。依文意，似当以两志所述为是。

5. 卷5《游章岩记》第20页载："磴折而西，度一小岭，岭上石砺沙，怪恶互出。"据乾隆四十九年及1990年《铅山县志》，句中"岭上石砺沙"皆作"岭上石砺沙磜"。依文意，似当以两志所述为是。

二十三、《上饶赋》作家出版社2011年版

1. 第33页在记述上饶二十三个宰相时，称"……铅山费宏、信州夏言，为正宰相"。据《明史》等史料，夏言是明代广信府贵溪县人，其时不能称为"信州"；况既前已称"铅山费宏"，则当称"贵溪夏言"为是。

2. 第34页又称"曾任信州知府夏言，四任首辅四次罢相"。据《明史》《夏言本传》及《宰辅年表》等史料，夏言从一入仕就在京任职，从未任过地方官，当然也就没有任过信州知府；况府主才能称知府，州主只能称知州；而当时信州已改为广信府。夏言也没有四任首辅；嘉靖十五年闰十二月，夏言以少傅太子太师礼部尚书兼武英殿大学士入阁，其时首辅是华盖殿大学士李时，直至两年后的嘉靖十七年十二月李时卒于任上，夏言均为次辅。嘉靖十八年正月，夏言晋特进光禄大夫上柱国少师，才为首辅。五月，夏言就被降为少保兼尚书致仕，但尚未离京，又以少傅兼太子太傅礼部尚书武英殿大学士复入阁。嘉靖二十年八月，又落职致仕；十月，复以少傅兼太子太师礼部尚书武英殿大学士入阁办事。嘉靖二十一年七月再革职闲住。嘉靖二十四年十二月，复以少师兼太子太师吏部尚书华盖殿大学士起用。嘉靖二十七年正月削夺保傅，以尚书致仕；十月弃市。

3. 第34页又称"这些宰相，多兼尚书。玉山汪应辰，任吏部尚书；婺源汪泽民，任礼部尚书；德兴孙原贞，任兵部尚书；铅山费寀，任吏部尚书；信州杨时乔，任吏部尚书；余干李颐，任兵部尚书；婺源余懋衡，任吏部尚书"。首先，不管是宋代还是明代，为了加强皇权，宰相都是不能兼任尚书的；尤其是明代，六部尚书直接对皇帝负责。其次，上列诸位都没有任过宰相，也就不存在兼任尚书的问题。再看他们的任职："玉山汪应辰任吏部尚书"，遍查《宋史》"宰辅表"，并不见有汪应辰名列其中。《宋史》卷387有"汪应辰本传"，其曾"除吏部尚书，寻兼翰林学士并侍读"，宋代往往官与职分离，官是虚名，职才是实际的官。汪应辰最后的官职是"以端明殿学士知平江府"。1985年版《玉山县志》以其为"端明殿大学士"既是"大学士"，遂误为宰相了。"婺源汪泽民任礼部尚书"：据《婺源县志》第572页载：汪泽民"至正三年调任国子司业，撰修辽、金、宋三史，书成，改任集贤直学士，太中大夫。未几改授嘉议大夫，封礼部尚书。后告老退归宣州"。"嘉议大夫"

一般授予侍郎等三品官员；官员职位称"封"称"赠"，即是受某种恩典所得，生时得之称"封"，死后得之则称"赠"，所谓"生封死赠"是也。据《元史》卷 185《汪泽民本传》称："至正三年，朝廷修辽、金、宋史，召泽民赴阙，除国子司业。与修史书成，迁集贤直学士，阶大中大夫。未两月，即移书告老。大学士和尚曰：'集贤、翰林，实养老尊贤之地，先生何为遽去？愿少留，以副上意。'泽民曰：'以布衣叨荣三品，志愿足矣。'遂以嘉议大夫、礼部尚书致仕。"可见汪泽民并未实任礼部尚书，而是以此虚衔作为致仕的荣耀。"德兴孙原贞，任兵部尚书"：遍查《明史》《七卿年表》，兵部尚书一栏，均不见有孙原贞名列其中。据《明史》卷 172《孙原贞本传》，正统年间，孙原贞以兵部左侍郎镇守浙江，景泰三年"六月进兵部尚书，镇守如故"。可见孙原贞是以兵部尚书衔镇守浙江，并未实任兵部尚书。"铅山费寀，任吏部尚书"：据《明史》《七卿年表》，在"吏部尚书"栏并不见费寀名列其中，在"礼部尚书"栏中，则有费寀于嘉靖二十三年三月以礼部尚书掌詹事储事；九月，礼部尚书张璧入阁，费寀才回部掌部事，直至二十七年十二月卒于任上。可见费寀以礼部尚书终，并未任吏部尚书。"信州杨时乔，任吏部尚书"：杨时乔为明代上饶县人，不是现代的"信州区"，故当称"广信府上饶县杨时乔"。据《明史》《七卿年表》，在"吏部尚书"栏载："万历三十二年，杨时乔，五月以左侍郎署。"且连署五年，至三十六年九月，朝廷召孙丕扬任吏部尚书，但直至三十七年二月杨时乔卒，四月孙丕扬才上任。可见杨时乔只是以吏部左侍郎署部事，并不曾任吏部尚书。"余干李颐，任兵部尚书"：据清同治十一年《余干县志》卷 11 第 729 页载：李颐"升右都御史，已，迁掌南院右都御史。黄河南徙，诏以兼司空总河漕……甫两月，以劳卒，赠兵部尚书"。可见李颐并未任兵部尚书，只是死后赠官。"婺源余懋衡，任吏部尚书"：遍查《明史》《七卿年表》，在"吏部尚书"栏中，未见有余懋衡名列其中。据 1993 年《婺源县志》第 574 页载：余懋衡在明万历年间"任南京吏部尚书"。而《明史》卷 232《余懋衡本传》称：余懋衡天启元年改兵部右侍郎，"三年八月廷推南京吏部尚书，以懋衡副李三才，推吏部左侍郎；以曹于汴副冯从吾。帝皆用副者。大学士叶向高等力言不可，弗听。懋衡、于汴亦以资后三才等，力辞新命，引疾归。明年十月再授前职。懋衡以珰势方张，坚卧不起。既而奸党张讷丑诋讲学诸臣，以懋衡、从吾及孙慎行为首，遂削夺。崇祯初，复其官"。可见，余懋衡并未出任吏部尚书，即使这个南京吏部尚书也并未实任，只是恢复了名誉而已。综上所述，所列诸人，不仅未任宰相，其所兼任的尚书之职也是不实的。

二十四、《鹅湖书院》湖南大学出版社 2013 年版

1. 第 32 页倒数第 1 行称费宏"一度担任内阁首辅"。此说不确。据《明史》卷 193《费宏本传》等史料，费宏于嘉靖三年、十四年先后两次任内阁首辅大学士，此

处"一度"疑是"两度"之误。

2. 第33页第1行称费宏1468年"出生于江西信州铅山"。此说不妥。据《上饶地区志》，明太祖朱元璋早在此108年前的元至正二十年（1360）就已将信州改为广信府，并在明建国后的洪武四年（1371）划归江西管辖。故此处应称"江西广信府铅山县"。

3. 第33页第2行称费宏"13岁参加童试中会元，16岁参加江西乡试中解元"。此二说均无史料书证为凭，国史、方志、宗谱皆不曾有此记载，纯属以讹传讹的杜撰。况参加童子试也不可能中会元，礼部会试的第一名才被称为会元，这是起码的旧时科举常识。且据《江西通志》"选举"载，费宏于成化十九年参加江西乡试，与五叔费瑞同中举人，但这科的解元是万安人李素。

4. 第33页第3行载费宏"四十三岁为礼部尚书，四十四岁兼文渊阁大学士，进户部尚书，入阁参与机务"。好像费宏44岁时，是以户部尚书入阁预机务的。据《明史》卷193"费宏本传"等史料，正德六年（1511）费宏44岁，以礼部尚书兼文渊阁大学士入阁预机务，进户部尚书则在入阁后三年后的正德九年（1514）。详见拙著《费宏年谱》。

5. 第33页第6行称费宏于"嘉靖三年（1524）继杨廷和之后为首辅"。此说与史实不符。据《世宗实录》，嘉靖三年二月杨廷和致仕，蒋冕继任首辅；五月蒋冕致仕，毛纪继任首辅；七月二十六日，毛纪致仕，费宏遂受命继任首辅，故《名山藏》卷72称："相纪去，上命宏代之。"

6. 第33页倒数第9行载费宏瞻仰鹅湖书院，"并对陪同前来的几位官宦说：'鹅湖自朱、吕、二陆聚讲之后遂闻名于天下，予生长此地，未及一游，心甚愧焉。此幸病体就安，躬渴祠堂，以泄景仰之私。'而稽郎黎公邑长，常熟任侯邑博，定海金君，吴兴浓君，兼政大尹欧丈实偕行。登眺之余，感慨无量"。这段文字教人很难读懂。其实这不是什么费宏对陪同官员的讲话，而是费宏《游鹅湖》诗前的小引，对照原文，足见这段文字的错漏及断句、标点之误太多，故令人费解。《太保费文宪公摘稿》的原文是："鹅湖自朱、吕、二陆聚讲之后，遂有闻于天下。予生长兹地，未及一游，心甚愧焉。兹幸病体就安，躬谒祠堂，以泄景仰之私。而稽勋阳朔黎公，邑长常熟任侯，邑博定海金君、吴兴沈君，致政大尹欧丈实偕行。登眺之余，感慨无量，因短述写怀。"

7. 第36页第13行摘录明汪伟《文宗书院记》中的一段文字，对照清同治十二年《铅山县志》，首句"晦庵倡明道学"，句首脱"愚惟"二字；第14行"终有不能同者。古人非好为是纷纭也"，句首"终有"是"有终"之误，"纷纭"是"纷纷"之误；第17行"要有不可泯者"，后脱"晦庵尝称：'陆氏学者，多持守可观，而欲弃短集长以自立。'"第19行"久不能废者"，"久"字后脱一"而"字。

8. 第160页引录白潢《颁赐鹅湖书院御书》一文，倒数第5行"衣冠士庶扶携来观"。句中"扶携"为"扶杖"之误；倒数第4行"西江之士"后的逗号可删除；倒数第1行"盖'理'无形而著于事，事至迹而统于理"。前一个"理"字的引号可删除，"事至迹"是"事至赜"之误，"赜"意为幽深难见。

9. 第161页第13行"以四子统学术之全"，句中的"四子"原文作"四字"。这里用"四子"代"四字"，是理解错了；此处所表"统学术之全"的不是指鹅湖之会的"四子"，而是指康熙帝所赐"穷理居敬"四字，用"四字"才合原意。

10. 第161页第14行"参赞化育，无难矣。夫太平兴国二年"。句中"参赞化育"后的逗号可删除，"太平兴国"前的"夫"字是衍文。

11. 第161页第18行"相与博穷事理以尽致知之方；朝乾夕惕，以端力学之基；"句中"博穷事理"后应加一逗号，"力学之基"后的分号改为句号。全句断为："相与博穷事理，以尽致知之方；朝乾夕惕，以端力学之基。"

12. 这本书是《中国书院文化丛书》之一，是一部专门解读鹅湖书院的专著，却只是讲了在上饶至铅山、至福建的驿道边和在峰顶山上的鹅湖书院，却不提移至铅山县城中的鹅湖书院；只讲"鹅湖精舍""四贤祠""文宗书院""鹅湖书院"，而不知有"景行书院"这段历史的存在。但在明万历年间修的《铅书》卷七第288页的"碑记"中，载有明代"石敢当御史"柯挺所撰《景行书院记》，详细记述了景行书院的情况，是一篇很翔实的史料，不妨全文抄录：铅山古有"四贤祠"，所以祠朱仲晦，吕东莱，陆子寿、子静四先生也。宋即鹅湖绝顶四先生讲学故址，建祠祀焉。提刑蔡抗为之请于朝，赐名为"文宗书院"。其后迁徙无定，迄我朝提学李梦阳乃复寻山阴故址以为"鹅湖书院"。然山僻而祠陋，粢盛不供，士罕迹焉。其山阴之祠，存古迹而已，不便焉故也。于是邑人太仆费公尧年，既检藏俸，捐二百金以修学宫，复告士子曰："与其不便于山，孰若行。"遂捐邑西广宅，目曰"景行书院"，迁四先生于其宅而祀之。迁四先生于其宅而祀之者，迁不便而之便也。昔之祀四贤者曰"鹅湖"，今之祀四贤者曰"景行"。昔也高山仰止，今也景行行止。合四贤而得其宗，欲仰者仰，欲行者行，两存而并祀之，胡不可乎？惟其便，便士则景行绾焉。其便五：地阴而今阳，地鄙僻而今平夷，隘而今移之廓，春秋菜莫，取办于头会里甲者，今乃有萍藻箫鼎之赀，而诸生又得日雍容于濂、洛、关、闽之道，学视昔之履硚嘎嗌不同也。夫士本以为道，何乃苦此嘎嗌？又浚民之膏与民以不乐，岂四贤之心哉？且四贤以辟为其道，曰吾之颉颃论议，岂相为非；天下不相为非，则各相为是。辟不必其皆同，较同为独，则同者亦独；辟不必其不同，不独各是其是，于同同独独之中，则同同独独而亦不同不独。人孰不曰朱之辟道在问学，而陆之辟道在德性；曰异乃不相为谋矣，相为谋者，辟其所及见而不相撝其所不相闻。使但有陆而无朱，鹅湖人第知以陆为宗。前此乎唐则有大义禅师，是不祖大义而宗陆耶？为禅而已，陆亦何志愿于此乎？忆象山义利之解，朱仲晦至汗背交下，此德性乎，问学乎？问学道处亦无复有德性之尊矣。两贤岂相异政，不妨互证殊契而同参耳。

士特患所参不同，参得时无言而躬行也。即不得已而好辨也。应世虽不同，而修道则一。后世轻发议儒曰两宗，释曰五种，此不惟不知四贤、不知释种，并不知祀者之意也。余去四贤之世远，不知四贤之所以辟道鹅湖；而第闻铅山士之祀四贤也，始文宗书院，继之鹅湖书院，鹅湖不已，改迁景行。何以久而更廓之，则其辟道之不相为异而相为同，大都可概论已。不然从来合一之祀，凡三祀，何独无有议宗者乎？故知祀者之意，亦微有关焉。然景行之功，亦不在文宗、鹅湖下也。余辛卯视学南都，以内制归家食，过鹅湖山下，便程登眺，见四先生之祠乎山之阴也。祠所谓永无人迹到，时有鸟行过，况是苍茫外残阳落照，多砌碑横草、廊画杂苔，勿复言则发长叹曰："鹅湖四先生，今者无其教花鸟学解语哉。"延二十余年所，乃有费太仆者至，捐己宅以崇贤，卒而遗命于其长子元禄，元禄亦顺命出田租二百石以成春秋粢盛。四贤于是乎有祭祀之供，谁之供？士子于是乎有讲学之颂，谁之颂？将以为名乎？顾名思义，续往贤于不坠，开来学以聿新，名亦实也。何居乎四先生祠之载，迁四先生之道又一载，辟铅山士，其又将有兴于此，则以邑有太仆耳。铅诸士若有能精信讨四贤而尚论，疏其义，绎其旨，以不坠吾道焜煌之运于花鸟之间，是则铅山祀者之心，与铅山多士始也抱名，卒也实归已。余为四先生为吾道合一之宗，恶得讳言。矧铅山之邑，都人接踵，士女摩肩，不之大义禅林，则之葛仙山。夫佛仙之教大行，而吾道乃分矣。我太祖恢复中原，著三教论，发为合一之旨，正欲俾二氏知有我孔子之道之大，不欲隘视道而使夫妇父子之伦不行于中国，夫亦昔四贤讲学鹅湖意载。夫鹅湖昭昭之多，汉葛仙隐焉，唐大义智孚相继禅焉，宋则四贤辩揭其中，是则逃仙归释，逃释归儒，世运也，人心也。不默相有契乎今，恶可使儒道不明、儒行不立，而令二氏之人得复鼾睡哉。由是观之，太仆之捐宅，其与乎道也；太仆之出田租，其饱乎仁义也。太仆即要名，而名亦当其功。余论之将使四贤有宅、有田，在四贤之道，其将不坠。夫亦告朔存羊意尔，故碑之。碑者，俾世世祀之，田宅无得而迁之，又将使颂碑者亦有味乎四贤之教。而予以阐绎其辩，不徒局一隅、闭一户而可穷，是则所谓景行尔。

二十五、《长街忆——方志纯散文诗歌选》 百花洲文艺出版社 1992 年版

1. 书中首篇《领袖情》在第 32 页记述了作者在 1959 年庐山会议期间与毛主席有关费宏的一次谈话。话题是由在会议期间看了江西省赣剧团演出的《还魂记》引出的，毛主席觉得戏很好，由此联系到汤显祖的《临川四梦》，"接着，毛主席又说：'江西是个出人才的地方，唐宋八大家，江西就占了三家，临川的王安石、吉水的欧阳修、南丰的曾巩，都是北宋有名的文人。'毛主席沉思了片刻，忽然问道：'你们赣东北的铅山有个费宰相，晓得不晓得？'"作者回说不知，"毛主席见此，便把这个人的情况简单和我说了一遍，并告诉我说：'这个人死后就葬在铅山县。'"文中

最后又记了两段毛主席的话："江西有的县，不是流传'隔河两宰相，十里一状元'的说法嘛，铅山这地方就有这样类似的说法……""铅山这个地方我没有去过。你们江西大部分地方我都去过，就是没去过赣东北，有机会我是要去的。"这一段毛主席在庐山谈论费宏的回忆，前因后果都讲得很详细，很明白：因看赣剧而起，到感叹江西出人才，重点提到铅山有个费宰相，从而引发想要到铅山和赣东北去看看的意愿。可唯独中间最重要的部分，毛主席对费宏的评介却语焉不详，简略成"这个人死后就葬在铅山县"。这次谈话是在 1959 年庐山会议期间。据李锐等人的回忆录，毛主席曾对身边的工作人员谈到类似"家贫思贤妻，国难思良相"的话。而费宏在史志中是被赞为"持重识大体"的政治家的，可见毛主席此时在"沉思了片刻"后谈到了费宏，肯定是有原因的。现在谈话人和聆听者都已作古，要恢复这段谈话的原样已很困难，但愿能有其他渠道能得以弥补，譬如当时毛主席身边工作人员的回忆录等。

2. 第 32 页倒数第 6 行称作者"路经铅山时，特意到离河口十几华里的费宏墓察看，原来仅存墓室，牌坊、石雕荡然无踪"。据曾参与接待作者的当事人回忆，此事在 1959 年 10 月，即庐山会议后不久。那时横林（今称柴家埠）的"状元坊"还是存在的，笔者小时还见过，只是在"文革"后不复存在。1959 年时不可能"荡然无踪"，疑是作者误记了。

第五章　史论

一、关于封禁山的思考

铜钹山，古亦称铜塘山，位于赣浙闽三省之交，方圆数百里，崇山峻岭，古木参天。正是这独特的地理位置和险恶的自然环境，使之人迹罕至，在历史上长期处于原始封闭状态。但随着社会的发展，人类活动的痕迹亦与这方神奇的土地联系了起来，千百年来有无数惊心动魄、可歌可泣的往事，而封禁和弛禁又留下了许多是是非非和功过论说。

据史志记载：唐僖宗乾符六年（879），黄巢起义军"在江西者为镇海节度使高骈所破，寇新郑、郏、襄城、阳翟者为崔安潜逐走，在浙西者为节度使裴璩斩二长，死者甚众。巢大沮畏，乃诣天平军乞降，诏授巢右卫将军。巢度藩镇不一，未足制己，即叛去，转寇浙东，执观察使崔璆。于是高骈遣将张潾、梁瓒攻贼，破之。贼收众，逾江西，破虔、吉、饶、信等州，因刊山开道七百里，直趋建州"。又载"唐季群盗依以为巢，伪吴据而有之，续入伪唐"。这所刊之山即铜塘山，是为此山与人类活动相联系的最早记录，也是封禁的开始。至南宋建炎四年（1130），建州武装私盐贩首领范汝为率众起义，受饥民拥戴，有众数万人，攻破建阳县。次年队伍达十余万人，分兵攻邵武军、南剑州等地，"有贼党据此造器械以助"。宋高宗绍兴二年（1132），被福建、江西、荆湖宣抚副使韩世忠督师镇压，范汝为自焚而死，义军被戮万余人。"汝为既败，其党纵横四出"。余部由范忠率领继续抵抗，至是年年底溃败。"自范寇平后，始立诸寨，闽志备存，后之增设诸隘自此始。元时尤为盗薮，禁令最严，累加防守，诖民逃匿，辄加重刑，或合山焚之。明初，郡县分属三省，禁止互相侵越，以山当三省之中，非荒度所及，第令封守如故而已。最后草窃发时，乃因有司所请，以上饶四十九都、五十二三四等都，永丰十五、十九等都，铅山十三等都，每都置十堡；添设里老，画地盘诘，不许阑入，犯者处以极刑，家属流放"。明成祖永乐十年（1412）命三省会议"铜塘果否荒僻不堪建治"，"时各省会勘如前，惟令各县分别所隶，驱逐逋匿。每岁上、永、铅三县会同福建浦、崇二县官查考一次，详报各该司存案"。进一步加强了封禁。明英宗正统七年（1442），浙江丽水人陈善恭，庆元人叶宗留，率众"盗掘"福建宝峰场银冶。十二年（1447）叶宗留又率"盗"矿群众在福建政和起义，邓茂七又在福建宁化起义，与政府军转战于赣浙闽三省之间，十三年（1448）被镇压下去。朝廷在会议善后时重申"凡去铜塘数十里内者悉加封禁。"并于"上饶设高洲、枫林、张湾，永丰设竑山、军潭、港头凡六隘，择素有恒业居民充为老人，添设快手，月给口粮，令分守信地"。进一步强化了封禁措施。明孝宗弘治五年（1492）、七年（1494），安徽人孙荣、程希道等在永丰十三都，开化人徐天锡、郑白等在上饶五十二都，作炭、造枋，皆被治罪。明武宗正德六年（1511）朝廷下令开采山木，地方官员以"所畜树木不过榉栎，仅供樵薪之用，且不能深入，事遂寝"。正德十年（1515），江西宁王宸濠蓄谋反叛，为报复沮其逆谋的大学士费宏，策动铅山县奸民李镇、吴三八、周伯龄围攻费氏，杀人焚屋，掘墓毁尸，并攻破铅山县城；有奸民即入山采铁，聚众以应，后被巡抚都御史韩雍剿灭。"因即旧界立石示禁"，并"严连坐之法"。明世宗嘉靖二十三年（1544），朝廷又"申严禁约，用石立界，……有擅取其中寸木者，必罪无贷"。四十年（1561）福建邵武、延平农民起义军袁三率部取道此山，突至贵溪、弋阳。清世祖顺治五年（1648），广丰县民杨文聚众占据此山，至十年（1653）尚未平息，时工部要地方"将封禁山有无出产木植查明具奏"。江西巡抚蔡士英则以杨文"未经荡平，今日一旦轻议开采，是启奸人之乱谋"为由，奏请朝廷重申"采木有害无利，以后不许妄请"。清高宗乾隆初年，户部侍郎赵殿最、江西巡抚陈宏谋以"自然之利，可资垦种，可采木植，可煎矿砂"，两请开禁，皆不果。十九年（1754）广信知府五诺玺率同上饶知县李文耀、广丰知县游法珠进山勘察，提出不宜弛禁的五大理由，并以此山"重峦复嶂，最易藏奸，且地气旺盛，若一经弛禁，必滋不轨之谋"为由，请罢弛禁之议。后二年，江西巡抚胡宝泉又赴山查勘，以"禁则并无弃利，开则必有遗害"而奏请永禁。清仁宗嘉庆十四年（1809），广信知府王赓言（琰）亲往相度，具禀请开，但因其不久即调任，事遂中止。清文宗咸丰十年（1860），广信知府钟世桢禀复禁山弛禁经制事宜，主张"自应查勘，熟筹经制，必须事无窒碍，方免贻祸将来"。清穆宗同治元年（1862）到任的广丰知县王恩溥，奉命进山编立保甲，造具清册，提出"可以弛禁之道其说有五"。五年（1866）江西巡抚刘坤一派督粮道会同府、县官员进山搜捕斋教徒，查实"并无匪类，惟有耕种棚民"。八年（1869）到任的广信知府蒋继洙，在《稽查铜塘山禀稿》中称封禁止是"有禁之名，无禁之实"，主张"仰体朝廷惠周穷民之意，奏准弛禁"。同年七月，两江总督马新贻上《铜塘山弛禁折》，提出了"弛禁勘丈升科移调员弁分防事宜"。至于后来的结果如何，及晚清以至现代有关封禁、弛禁的情况，以笔者目前掌握的资料来看，尚不得而知。

从上述记载中，铜塘山封禁和弛禁的脉络是基本清楚的。封禁是为了防止民众据险作乱，弛禁则是想避免百姓被迫造反。主张封禁者看到的是此山险绝陡峭，易守难攻，担心起事者"托名采木，实则利于铜铁，或妄意其间有银矿"，以此"诱聚流民"，"旬月之间。数万之众可立聚也。山故多铜铁，可成矛戟；藤竹之属，可为矢牌盾。以战以守，隐然一巨敌也"。主张弛禁者以为，封禁是"置此险阻之地为其逋逃之薮，官之耳目难于周知"。"利不贵乎能兴，而贵乎不弃；害不在乎能防也，而在乎能除。"让百姓合法公开经营，"有利于民，不如因利而利，下聚民生，上增国赋。"对禁内土地勘丈升科，"以奏明定案之次年入额征粮"，并明确此为官山，不准转让和买卖。对居民则"编查保甲，核对门牌"，并严连坐之法，以防百姓造反。总之，封禁也好，弛禁也好，根本都是为了巩固封建统治，手法不同，目的则是一致的。至于产生民变的根本原因及如何让百姓安居乐业，真正解决足国和养民的问题，则不是刻意回避，就是语焉不详。明朝大学士费宏在论述这一问题时曾说："吾信之永丰故有银冶，实与浙之温、处邻。温、处之豪每负课，辄来盗采，扰及鸡犬，追捕之而猖猖拒斗，大为一方之害。以予观之，是岂浙之民得已哉？地利既尽，而民力既穷，理其事者于恤之道，容有未讲耳。"明确把浙民窜入铜塘山盗采的责任归咎于"理其事者"。如何解决这一问题？他认为："理财所以足国，而必先于养民。盖国课不可亏，然山泽之利其生有限，苟民隐不恤，而必取盈，吾未见财之能理、国之能足也。《语》曰：'虞人反裘而负薪，徒惜其毛，不知皮尽而毛无所附。'经国者可不以恤民为先乎？"因此他主张在山泽之利有限的情况下，理财之道不能一味科索百姓，"必损于上，而后益于下"，要求统治者"上自宫闱，达于监局，凡百冗费，痛加裁抑"。诚然，这一损上益下、恤民足国的理财思想，在那个时代是不可能真正实行的，因而民变连绵不断，封禁山的悲剧也就一再上演，这也是历史的必然。

封禁山历经千百年，依史志记载来看，封禁是主流，而弛禁不是"奉部驳"，就是"经上宪批止"，或因主事官员调动而人去政息、不了了之。事实上，封禁并不能彻底封死，代有农民起义军或矿民起义者占据其中与官府周旋；或有民众被迫遁入山中避难，在险恶的环境下，以辛勤劳作搏取升斗；亦有奸民隐匿其间为非作歹，祸害民众。但由于镇压和封禁措施的加强，对民众的迫害也不断升级。既使是弛禁，也没有给民众带来什么根本性的好处，而是施行强化保甲、连坐和勘丈科索，加之额外摊派和吏胥侵吞，民众艰苦劳作换来的微薄收入，怎经得如此横征暴敛的摧残；不是含恨逃离，就是被迫反抗，而这又必将招至更加变本加厉的镇压和封禁。因此，笔者以为，不管是封禁还是弛禁，在区域发展历史进程中所产生的影响都是负面的，唯独给我们留下了这份珍贵的自然遗产，却歪打正着，使我们有了意外的巨大收获。

铜钹山的秀美、铜钹山的神奇，都在于她的封禁，把她定位成"千年封禁神山"，是很有见地的。封禁对于当时的民众来说，是残酷的，是悲剧的，但却把这神奇和秀美留给了现在的我们。历史上这种类似悖论的现象也不少见，如秦始皇为了他的江山千秋万代，征发无数军民修筑西起临洮、东至鸭绿江的长城，仅蒙恬率领戍守长城的士卒就有 30 万。多少白骨散落长城上下，多少孟姜女的悲剧不断上演，可却把世界第六大奇迹的万里长城交到了我们手上，如今成了中国的标志和骄傲，仍为世人所景仰。又如荒淫无耻的隋炀帝，为了个人希图巡游享乐，征发大批民工开凿北起涿郡、南达余杭的大运河。有多少民工葬身沿河两岸，又有多少家庭妻离子散，却给我们留下了贯通南北、连接长、黄、淮、海、钱塘五大水系的京杭大运河，至今仍造福于国人。这些遗产既透着悲惨，又闪烁着智慧，历史的发展把腐朽化作了神奇，而铜钹山则是把大自然的鬼斧神工完好地交到了我们手上。

如何继承和利用好这一遗产，关键在于观念的科学和指导思想的正确。我们知道，历史上既有化腐朽为神奇的造化，亦有始欲造福于民、终却遗祸不浅的好心办坏事的痛失。如20世纪六七十年代，我国为解决粮食问题，大力开山造田，开荒造田，围湖、围海造田；虽然扩大了耕种面积，增加了些许粮食，但却造成了严重的水土流失和生态失衡，从而遭到大自然的疯狂报复。又如50年代初，为解决厦门岛的交通和当时军事斗争的需要，在厦集海峡建造了雄伟的高集海堤，近60年来发挥了很大的作用。但却阻隔了海潮的自然回流，对海峡的生态造成了极大的破坏。60年代初，笔者通行于海堤之上，看到宽阔的海峡风帆点点，碧蓝的海水波光潋滟，使人心旷神怡。2009年笔者在时隔40多年后旧地重游，看到的却是混浊的海水和刺眼的荒洲，真是叫人沮丧。好在厦门人终于想明白了，2010年把海堤炸开重设海水回流通道了，相信不日又可恢复自然，再现昔日的风采。

有鉴于此，对铜钹山的利用，亦必须在加强保护的基础上适度开发。铜钹山的价值，就在于她千年封禁的神奇和原始的美，只有把她保护好，才能充分体现她的价值。假如盲目开发，致使这亘古留传下来的自然遗产在我们手里被破坏，那我们将成为历史的罪人。因此，笔者以为，那种急功近利式的开发及以为开发才是硬道理的观念是不智的，是不能持续发展的，也是违背科学发展观的。现在铜钹山的理事者称作"管委会"，所谓管理者，既包括保护，又包括开发，这个定位是准确的。加强保护，就是摸清情况，在现有基础上，制定切实可行的保护措施。可借鉴发达地区设立"不开发区"的经验，明确划出红线，加大监管处罚力度。同时还要和周边相关地区联手搞好保护，起码那种滥砍滥伐的现象是再也不能容忍了。适度开发是保护性的开发，开发不忘保护。开发要量力而行，循序渐进，留有充分的余地，不搞大哄大嗡。所有开发都要有可行性研究，都不能破坏保护。在引进项目时，要认真做好环评，那种以牺牲环境为代价的项目，坚决不能引进。在开发中要保护好古迹、古貌，即使新建项目，也要融入自然和历史的原韵，不搞"四不像"的假古董。尽量保持和减少固定居民，逐步改变居民的生活习惯，真正做到低碳、节能、环保。只有这样，才能让这耸立在赣浙闽三省交界处的天然氧吧、巨大空调继续更好地发挥作用，我们也才能向历史交出一份合格的答卷。

（此文载于《上饶文史》第10辑）

二、论娄妃

写下这个题目，心中不免有些无奈。娄妃是明代广信府上饶县一女子，因嫁给第四代宁王朱宸濠为正妃，故史称娄妃。史志上有关她的记载并不多，但史实却是很清楚的，历来也没有什么争议，且其投水自尽亦已逾五百年了，这时缘何专门撰文来讨论她？只因近些年来，有人不知为何对娄妃产生了兴趣，讴歌赞美她的文章时而见诸报刊，且其中多为虚幻溢美之词；为此或把文艺作品中的情节混同为历史事实，或无中生有地杜撰故事来作史志撰述，或不顾史实强行翻案之举；且相互转引，以讹传讹，越传越神，不惜冠之以"上饶最有名的女人"、最令人称道的"人妻'典型'"，是"深明大义、才智节烈、处变能自全"的"名留青史的贤妃"，恨不能将其奉为"九天玄母娘娘"。更为令人不解的是，一些人不明就里，盲目跟风，一时娄妃俨然成了一位可歌可泣、可敬可爱的地方历史文化名人。这就不仅是一个历史研究中的学风或学术不端问题，而且牵涉到我们的价值取向和舆论导向，故而不得不撰文论之。如何论？笔者以为还是当遵循"论从史出，史由证来"的原则，把历史人物放到当时的历史条件中去认识，还原历史的真实，从而得出中肯的结论，以清本原，以正视听。

（一）宁王朱宸濠的叛乱

娄妃与其同时代的女子一样，本当是默默无闻度过一生；即使嫁入王府，也将与明代众多王妃一样，虽尽享荣华富贵，却不会为史志所关注。她在史籍中留名，不是因为她的懿德才貌，更不是由于她的功劳勋绩，而是她丈夫宁王朱宸濠的叛乱。在载籍中，凡是涉及宸濠叛乱的叙述，必提及娄妃曾劝其毋反，故我们讨论娄妃，这也必定是个绕不开的首要问题。

宁藩第一代献王朱权，是明太祖朱元璋第十七子，封国在喜峰口外的巨镇大宁，"带甲八万，革车六千，所属朵颜三卫骑兵皆骁勇善战"。（《明史卷117第3591页》）在诸王中其以多谋善战名。燕王阴谋"靖难"之变，建文帝恐其与燕王合，使人召朱权，朱权不至，坐削三护卫。后朱权助燕王夺得了天下，不仅未能因功受赏，反而失去了兵权，还徙封至南昌。于是自行韬晦，日与文学士相往来，托志于化外，自号"臞仙"，遂得终老。世子先卒，孙奠培嗣宁王。奠培性卞急，多嫌猜，兄弟反目，又被人告其私父、祖二王的宫人，逼死内官等罪，遂夺护卫。靖王奠培卒，子觐钧嗣。弘治十年（1497）康王觐钧卒，子上高王宸濠嗣。宸濠母原为娼妓，"幼有禽兽行，其父康王屡欲杀之"，（《武宗实录》卷176第3437页）以其妻娄氏贤而能内助，冀其改悔，乃止。宸濠为人轻佻无威仪，而善以文行自饰，既嗣王，渐骄奢淫虐。一些术士又称其有异相，并妄言南昌城东南有天子气，遂建阳春书院当之，号称离宫，宸濠不轨之心急速膨胀。他见武宗大婚后多年无子，且未建皇储，遂阴结帝左右幸臣，欲召其世子进京为司香王，企图以宫廷政变的方式夺取皇权。但因其非皇室大宗，未能得逞，于是急切筹划武装叛乱逆取帝位，而谋取恢复护卫就成为他掌握军事力量的最佳途径。正德初，他重贿司礼太监刘瑾复得向所夺护卫，但随后因刘瑾伏诛，其护卫再度被夺。"及陆完为兵部尚书，宸濠结嬖人钱宁、臧贤为内主，欲奏复，大学士费宏执不可。诸嬖人乘宏读廷试卷，取中旨行之。宸濠益恣，擅杀地方官员，养群盗，劫财江、湖间，日与致仕都御史李士实、举人刘养正等谋不轨。副使胡世宁请朝廷早裁抑之。宸濠连奏世宁罪，世宁坐谪戍，自是无敢言者"。（《明史》卷 117 第 3593 页）于是宸濠自称国主，将身边卫士改称侍卫，其令旨改为圣旨；"招江湖剧盗杨清、李甫、王儒等百余人入府，号曰'把势'"（《明通鉴》卷 45 第 1459 页）。命鄱阳湖贼首杨子乔统贼徒肆行劫掠，并招募剧盗五百余人，四集亡命，藏在丁家山寺，"劫掠官军民财商货，复厚结广西土官狼兵，并南赣、汀、漳洞蛮，欲图为应。遣人往广东收买皮帐，制作皮甲，及私制枪刀盔甲，并佛郎机铳兵器，日夜造作不息"。（《明史纪事本末》卷 47 第 693 页）遣人到京城侦探，沿途设快马传递信息。又"大集群盗凌十一、闵廿四、吴十三等四出劫掠，有抗者，阴使盗屠其家，吴十三劫新建库银七千余两"。（《明史纪事本末》卷 47 第 694 页）经过长时间策划，正德十四年六月十四日宸濠在南昌反。当日江西官员入王府贺谢宸濠生日，宸濠即令闭门，甲士露刃包围，指责武宗不是孝宗所生子，伪称奉太后密旨起兵入朝监国。"都御史孙燧毅然曰：'密旨安在？'濠曰：'不必多言，我今往南京，汝保驾否？'燧张目直视濠，历声曰：'天无二日，臣安有二君？太祖法制在，谁则敢违？'濠大怒，命缚燧，众骇愕，相顾失色。按察副使许逵大呼曰：'孙都御史，朝廷大臣，汝反贼敢擅杀耶？'顾燧语曰：'我欲先发，不听，今制于人，尚何言！'濠并缚之，讯逵'且何言'？逵曰：'惟有赤心耳，岂从尔反！'且缚且骂。贼捶折燧左臂，并缚逵，喝校尉火信等拽出惠民门外杀之。逵且死，骂曰：'今日贼杀我，明日朝廷必杀贼！'时烈日中忽阴暗惨淡，城中闻之无不流涕者"。（《明史纪事本末》卷 47 第 696 页）众官员被胁迫从逆，众宗室亦相率听命，皆稽首称"万岁"。宸濠遂封李士实、刘养正为左右丞相，又欲改元"顺德"，李士实、刘养正以起事之初，未可急遽，俟至南京正位，然后行之；于是宸濠革正德年号，只称"大明己卯"。派人持檄谕降诸郡县，四出募兵，并命叛军前锋攻陷南康府、九江府，又焚彭泽、湖口、望江。七月初一日，宸濠亲率大军出江西，载其妃媵、世子从，总一百四十余队，号称十万大军，分五哨出鄱阳，舳舻蔽江而下，声言直取南京登位。不想被阻于安庆城下，久攻而不得克。这时江西各郡县纷纷集义军参加平叛，七月二十日王守仁率军收复南昌，宸濠闻之"大恐，李士实等劝宸濠忽还兵，舍安庆，径取南京，既即大位，江西自服。宸濠不从，解安庆围，移兵阮子江"。（《明史纪事本末》卷 47 第 700 页）王守仁率军逆击之，吉安知府伍文定率义军与叛军大战于新建樵舍。七月二十六日，"时濠方晨朝其群臣及从行三司等官，让以不致死力，而火已及附舟，其妃娄氏赴水死，从之者甚众。濠易舟而遁，犹挟宫女四人自随。知县王冕所部兵棹渔舟追及之，濠知不免，亦赴水，水浅不死，遂并宫女执之送冕所"。（《武宗实录》卷 176 第 3436 页）"将士执宸濠入江西，军民聚观，欢呼之声震动天地"。（《明史纪事本末》卷 47 第 702 页）濠世子及郡王、将军并伪国师等官员数百人皆被擒。至是，历时 43 天的宸濠之叛终被平定。

纵观宸濠叛乱始末，我们可以看出这是一个为遂政治野心而行破坏国家的武装叛乱，根本谈不上任何的正义性和合理性。而现在有人为了给歌颂娄妃解套，竟不惜为宸濠叛乱翻案，且其藉口有二：一是当时的武宗皇帝十分荒诞，朝政紊乱，取而代之可使国家脱难；二是不想当将军的士兵不是好士兵，宸濠想当皇帝，是一个有抱负的政治家，不过只是没有成功而已。

诚然，武宗皇帝昏狂无道，淫乱荒嬉，幸臣挟帝用事，弊政不可胜记。然而当时正直的大臣李东阳、杨廷和、费宏、蒋冕、毛纪等先后在内阁，极力维持朝政，把弊政的影响尽量减至最小，故武宗在位 16 年，"竟外御强房，内平大乱，卒晏然死于豹房"；史学大家孟森先生在评论这一现象时称："武宗之无道，不可胜纪，而灾赈蠲贷犹如故事，百司多守法，凡祖制之善者，虽无朝命，士大夫自不计祸害以奉行之"；"至江彬、钱宁辈之导帝淫荒，转于朝事不甚过问，于是祖宗所贻之纲纪，仍托士大夫之手，遇无道之事，谏净虽不纳，亦不甚摧折朝士。惟于十四年帝欲南幸时，正邪相激，多有被祸，而佞人卒为夺气，公论益见昌明，此即国祚未倾之徵验也。……正德十四年二月，帝降手敕，欲南巡，阁臣及科道官皆切谏，不报。罚跪午门外五日，廷杖，而车驾亦不复出。宸濠之反即在是年六月，距廷杖诸臣之日不过两月，不旋踵而即平，功成于讲学之士王守仁，而祸起于佞幸及一二无骨气之大臣。综其本末，亦见当时士大夫之未泯。"（《明清史讲义》第 190—199 页）愚以为这一论断是十分中肯的。而现在有人为给宸濠叛乱以道德的高度，谎称其对武宗的统治一直不满，好像他的叛乱是为国为民。其实不然。面对武宗的弊政，如若宸濠是个忧国忧民的政治家，就该为国计民生极力净谏，力行补救，像朝中其他忠直大臣所为；可他却时时窥测朝中情势，闻得对皇帝不满辄喜；又迎合武宗荒嬉，别为奇巧花灯以献，并遣人入宫悬挂，贮火药于其中，把好端端的乾清宫烧成灰烬。可见他欲取而代之并不是为了救民于水火，而是为了实现自己当皇帝的野心而已。那么他当上皇帝后国家会安定、百姓会脱难吗？因这未成事实，无法臆测，但我们从这个王爷在江西的所作所为是否也可推测出一二。他幼有禽兽行，嗣王后更是公然与部下妻女淫乱，又纵诸伶人入王宫与其嫔妃淫乱，可见是个特奇葩的滥性狂，比之武宗是有过之而无不及。为钳制人口，他诬陷江西宗室，多方打击江西地方官员，擅杀都指挥戴宣，逐布政使郑岳、御史范辂，幽知府郑𪩘、宋以方。为扩展王府，尽夺诸附王府民庐，对不从者竟纵火焚毁其屋，强行夺占。责民间子钱，强夺田宅子女，养群盗，劫财江、湖间，有司不敢问。为了恢复护卫等叛乱的准备事项，他收集大量珍宝笼络朝中权贵，"不合多方设计，谋为聚财。招纳奸人投献田产，强占官湖，倚势贩卖私盐、胡椒、苏木等货。摊放官本稻谷，加倍取利。假代兑军，多收银两，重科夫价，军民遭害百端。正德十一年二月内，有今死瑞昌王拱栟将置买田地投献，宸濠加租，被佃户魏志英抗违不纳，良民辜增守正不阿。宸濠嗔怪，就令陈贤带火信、杨子乔，已故校尉周孟清、葛镇等，统众前去，将辜增、魏志英家眷二百余人尽行杀害，房屋焚烧一空"（《国朝典故·后鉴录·宁府招由》第2204页）。这些倒行逆施把个江西搞得官员不安，百姓遭殃，商旅不行，路断人稀。此时他还不过是个藩王，并无行政治民之权，就这般祸国殃民；如其当了皇帝，君临天下，影响力遍及全国，那国家和人民定当陷入更加深重的灾难。宸濠曾在其簿记中所记平日受其馈送的主名，"遍于中外，多者累数万，少亦不下千，李士实尝疑其太费，濠笑曰：'此为我寄之库耳。'"（《武宗实录》卷193第3616页）其意为这些财物只是让他们暂时保管一下，日后是要他们加倍奉还的；可见他一登上龙位，就连那些曾经助他叛乱的幸臣也不会有好日子过，遑论其他。

从宸濠叛乱失败后"将士执宸濠入江西，军民聚观，欢呼之声震动天地"的情形来看，这一叛乱没有些许的民众基础，也就没有任何的正当性和合理性，它只是野心家的愚蠢盲动。再说宸濠也不是一个有政治抱负和雄才大略的王爷，从上述他在江西的种种所作所为可以看出，他是一个人品非常龌龊的滥小人；他想夺取天下，却只会玩一些偷鸡摸狗的小阴谋，心中缺乏韬略，行动毫无章法：刚一起事，就"舆服升朝，俨然大宝"。（《明史纪事本末》卷47第705页）面对众人山呼"万岁"过起了皇帝瘾，并要立即改换成"顺得"年号；进军被阻安庆后，久攻不下，他只会苦苦缠斗，不识变通，坐失直取南京从而震撼全国的时机；闻老巢被王守仁攻克，即不听谋士献策直取南京，而是中人之计马上撤安庆之围回夺南昌，逆江而上，被顺流而下的义军所破，全军覆没；当敌军火攻已烧及附舟，他仓皇逃命之际还要"挟宫女四人自随"；被万安知县王冕获俘，他竟还神气活现地问王冕是何官，"冕曰：'万安知县'，濠曰：'赖汝活我，当以高爵酬功'，尚不谓被擒也，其愚至此"。（《武宗实录》卷176第3436页）在被押解见到王守仁时，他竟还"呼曰：'王先生，我欲尽削护卫，请降为庶民可乎？'守仁曰：'有国法在。'遂俯首不言"。事已至极，还摇尾乞怜，妄图活命，可乎？真是无耻之极，活脱脱的一副小丑嘴脸，令人齿寒。他在囚车中泣语人曰："昔纣用妇人言而亡天下，我以不用妇人言而亡其国，今悔恨何及！"（《明史纪事本末》卷47第702页）难道宸濠这时天良发现真的在悔罪了吗？否！这不过是专制社会那些失败者以"红颜祸水"来寻找借口的陈词滥调的反用而已，他至死都不明白自己毁灭的原因；"天作孽，犹可违；自作孽，不可活"，其实正是他自己的政治野心恶性膨胀毁了他自己；也害惨了娄妃及其家族，与听不听妇人之言何干？

（二）娄妃及其家族在叛乱中的地位

娄氏在上饶是个很有历史渊源的大家族，至明代，娄妃的父祖这一支更是文脉深厚，名人辈出，是地方有名的理学府第、科举世家。娄妃的祖父娄谅，字克贞，号一斋先生，是上饶有名的理学家。"少有志绝学，闻吴与弼在临川，往从之。一日，与弼治地，召谅往视，云：'学者须亲细务。'谅素豪迈，由此折节，虽扫除之事必身亲之。景泰四年举于乡，天顺末选为成都训导，寻告归，闭门著书，成《日录》四十卷，《三礼订讹》四十卷。谓周礼皆天子之礼，为国礼；仪礼皆公卿大夫士庶人之礼，为家礼。以《礼记》为二经之传，分附各篇，如冠礼附冠仪之类。不可附各篇者各附一经之后，不可附一经者总附二经之后，其为诸儒附会者以程子论黜之。著《春秋本意》十二篇，不采三传事实，言'是非必待三传而后明，是《春秋》为弃书矣'。其学以收放心为居敬之门，以'何思何虑、勿忘勿助'为居敬要旨。然其时胡居仁颇讥其近陆子，后罗钦顺亦谓其近似禅学云"。(《广信府志》卷九之三人物·理学第9页) 娄妃叔祖父娄谦，字克让，成化二年（1466）进士，"任御史，尝督南畿、陕西学政，以躬行实践为教，士类风动。时汪直新贵，能祸福人，谦绝不与接，衔之，使逻校伺察，竟莫问。升四川左布政使"。(《广信府志》卷九之二人物·宦业第15页) 娄妃父娄性，字原善，号野亭，明成化十七年（1481）进士，官至南京兵部郎中，曾参与朝廷修筑康济渠。被人所诬，入狱三年始白，遂乞休而归。尝主教白鹿书院，修白鹿之废坠，反鹅湖之侵田，西江之士从之遊者甚众。著有《野亭诗稿》《皇明政要》诸书。且颇善经营，家业丰厚，据王华为其所撰墓志铭称，其乞休归乡时"尝为予言：'人之才能非必居官任职，虽家居亦可有为。今人饥饿不能出门户，以为安贫，实亦才短，不能营画耳。夫父母之养，祭祀宾客之奉，皆人事不可缺，苟为之有道，亦何伤于儒者之学乎？'其后，人有自上饶来，言原善田宅园池之胜、遊观之乐者，始而疑之，既而思原善言，笑曰：'彼固尝言之，是必得其道也。'"娄妃叔父娄忱，字诚善，学识精到，《明史》称其"传父学"。"幼有奇质，落笔惊人。不徇时，不得志，晚以岁贡授归安训导。弃官归，忧其兄之所为，托疾不下楼者十年，户部侍郎邵公二泉呼为'楼上先生'，其兄死，乃下楼"。(《广信府志》卷九之三人物·理学第10页) 娄愉，正德八年（1513）举人，字容善，是娄妃伯祖娄谯之子。娄怿，是娄妃叔祖娄谦之三子，官至知县。娄伟，正德十一年（1516）举人，娄愉之子。

　　娄妃生长在这样一个簪缨之家、富庶之地，加之其天生丽质，秉性聪慧，不出意外，定当坐享锦衣玉食之福；如姻缘得遂，定能相夫教子，夫贤子贵，尽享皇封诰命之荣。可惜命途多舛，她不幸嫁入了宁王府，更不幸的是夫婿宸濠是个寡廉鲜耻的野心家，一场短命的叛乱使她不得善终，更把自己的家族牵连进了这万劫不复的深渊。

　　娄妃生平事迹不详，我们只能依据一些史料的零星记载来推测：宸濠在正德十一年（1516）时已40岁，推其当出生于成化十三年（1477）；弘治十年（1497）21岁嗣王，其成婚当在弘治八年（1495）前后。由此推测出娄妃生于1477年左右，嫁入宁府当在1494年，是年十月宸濠以"宁府庶长子镇国将军"册封为宁府的上高王。第一节中提及宸濠之父宁康王因濠"幼有禽兽行"，屡欲杀之，只是以濠妻娄氏贤而能内助，冀其改悔，故不仅没有杀他，还让他嗣了藩王，可见宸濠娶娄妃当在袭王之前。可惜的是娄妃未能以遂公爹的厚望，她嫁入宁王府二十余年，无法使宸濠有丝毫的改悔。宸濠嗣王后，兽行更是变本加厉，不仅公然与部下妻女淫乱，还纵诸伶人入王宫与自己的嫔妃淫乱。按当时的礼法制度，前殿王为主，后宫妃为主，作为后宫主人的娄妃未能严格有效地治理，使宫闱丑恶在她眼皮子底下肆行，只是没有把她也拉入淫乱，让其得以洁身自保而已。宸濠觊觎大位，久畜异心，嗣王后不久即有改葬祖父母坟墓、用琉璃瓦盖宫殿等僭拟之行。正德二年（1507）五月，更是以重贿刘瑾得复护卫，公然加紧了武装叛乱的准备。十几年间，同在一个屋顶下的娄妃，对此应是耳闻目睹，了然于心的。深厚的家学渊源，使她能够确认这是大逆不道的恶行，但理学戒律的"三从四德"，同样使她必须笃行从夫，不能违背丈夫的意志。这样矛盾的纠结，使她既想劝阻，又不能有过激的言行，故载籍中凡有宸濠叛乱的记述，必有娄妃劝王毋反的提示，但具体内容俱不详；于是后来就有了娄妃题诗"采樵图"的说辞，笔者以为这种"讽劝"的样式倒是蛮符合娄妃的身份和性格的，也是最接近历史事实的。只是到了最紧要的关头，娄妃终于再也隐忍不住了；正德十四年六月十四日，宸濠终于公开反叛，并于当日残杀江西巡抚孙燧、副使许逵，娄妃闻之大惊，面对宸濠的暴行，"娄曰：'奈何作此，如异日何？'濠曰：'妃居深宫，何自知之？'密捕时在旁内侍十人，皆斩之，缄其首于娄。娄发之，大惊，自后亦不复敢言"。(《武宗实录》卷176第3437页) 这一记载既充分表现了宸濠的残暴无忌，也印证了娄妃处境的艰难和真实的性格。

　　既然娄妃"自后亦不复敢言"了，现在却又出现了娄妃报信助费宏平定叛乱的记载，说是宸濠叛乱开始时，"正在后院的娄妃听到前厅传来的消息，如五雷轰顶，宁王叛乱，自己该怎么办？我们不知道那个晚上娄妃究竟是怎样度过的，但历史事实告诉我们，最后还是为国忠君的理学观念占了上风。娄妃找来了前来祝寿的妹妹，将已经知道的宁王图谋、进军路线和战略战术都如数告诉了妹妹，要她迅速赶回铅山，与费宏、费寀一起想方设法通知朝廷应对宁王的叛乱"云云。如此这般奇妙之辞，不知是从何说起？恕笔者简陋，虽努力地遍查目前能接触到的文献，均不见有这个"历史事实"，实实地不知出自何典。然而循之史实，揆之事理，这种"历史事实"是没有也不可能发生的。其一，据《铅书》所载，娄妃之妹即费寀之妻娄氏，正德四年（1509）已随夫前往北京，次年四月廿七日在京"以产卒"。(《铅书》卷6第79页) 怎么在此九年之后还能来南昌祝寿并担当通风报信的大任？可见这不根之说只不过是今人的拙劣杜撰而已。再者叛乱发生在祝寿次日，江西众官员前往宁王府谢宴，被宸濠乘机全部扣押，胁迫众人加入叛乱。孙燧、许逵不从，当即被屠，其他官员均被裹胁参与了叛乱，没人能溜出王府自保。那王守仁更是超级幸运，他恰巧因公干未赶上祝寿，正在前往南昌补行祝寿的路上，得知了宁王已叛，遂未进城；史家断定他若进城，不是被杀就是被迫从逆，二者必居其一，不可能有第三种选择；如这样，历史也将改写，哪里还会有什么平叛英雄新建伯王守仁？不是英烈王守仁，就是从逆劣士王守仁。这众多足智多谋的饱学须眉尚不能逃出宸濠的魔掌，何况娄妃胞妹一弱女子哉？其三，这不是诞育于理学世家娄家巷、且嫁入宁王府二十多年来一贯以"从夫"为本的娄妃所能做出来的事，这太不合情理。诚然，事无常师，人在被突发事变所激时有可能产生思想骤变；但既然娄妃从叛乱一开始就已然是"为国忠君的理学观念占了上风"，且以通风报信的实际行动与宸濠决裂，彻底暴露了自己的思想，对此宸濠定然知悉，那如何解释她在此后 43 天随叛军从征的经历呢？宸濠并没有因为她通风报信的背叛而整治她，她也没有继续与宸濠的叛乱作斗争的表现，而是带着世子及众嫔妃随着宸濠的大军一路下瑞昌、陷九江、围安庆，又随叛军回夺南昌；只是在回军途中，叛军于黄家渡、八字脑、黄石矶连续被义军重创，退保樵舍，娄妃眼见败亡之局已定，遂下定了自尽的决心，并做好了准备；这从她在被围军溃，义军纵火已烧及附舟，自己即将被抓的前一刻投水赴死的时机，且当时从之者甚众的情形，即可显现她选择自尽的真实心路历程。冰雪聪明的娄妃当然洞悉自己被俘的后果，残暴混乱的战场，森严无情的国法，不仅难免一死，而且还会受尽侮辱和摧残。日后事件发展显现的事实亦是如此：武宗班师回朝，在通州即处死宸濠，并焚弃其尸。入宫之日，"俘诸从逆者及其家属数千人陈辇道东西。陆完、钱宁等皆裸体反接，以白帜标姓名于首，死者悬首于竿，亦标以白帜，凡数里不绝"。（《武宗实录》卷 194 第 3635 页）试想如果娄妃不死，难道能逃过此劫吗。故她在被俘前选择投水自尽，虽是无奈的，却也是明智的，合理的。而现在有人却把这说成是娄妃的"为国忠君思想"所至，这是否有无端拔高之嫌？殊不知就在这同一时空，宸濠在被义军渔舟追及，自知不免，亦曾投水自尽，只因水浅不死，遂被俘虏。有鉴于此，如果娄妃赴死是"为国忠君"之说能成立，那宸濠之举又当如何评价？所以我们对此举不能盲目拔高，而应具体问题具体分析，实事求是地作出结论。揆之前引史实，稍作分析，就可知宸濠投水是自知作恶多端，畏罪自杀；娄妃投水则是被迫无奈，避辱保贞，也是对宸濠恶行的血泪控诉。至于那种以为娄妃"不管宁王为阶下囚还是登基为帝"都会选择自尽的说辞，就更是无端的揣测，且与事实和情理都大相径庭。试想如果宸濠有雄才大略，早下南京登基，再徐图勘定天下；加之前面所列翻案之说为此举赋以革除武宗弊政的正当性、合理性，宸濠登基就是利国利民的宏图伟业；而娄妃当了皇后娘娘之后还要自尽，这不仅是背叛了丈夫，更是对新王朝的抹黑，哪里还有什么"为国忠君"的思想，这还是娄妃吗？再加上那个"通风报信"的事件，娄妃岂不成了一个不忠不慧、不贞不洁、破坏丈夫丰功丰业的蠢妇恶女？故还请君慎之。

对娄妃之死，文献中只是"赴水死"寥寥数笔，并无详述，而现今却有了死前娄妃用白锦帛密裹全身之说，又有"等到宁王兵败的消息传来，她挥笔写了一首诗《题西江石壁》，然后纵身投江"的具体情节描述。然而如前所述，兵败时娄妃就在被义军围捕叛军现场的舟上，危急之情系其亲眼所见，何待消息传来之有，仓促间在船上她又到哪里去找石壁题诗？可见这种描述，杜撰的意味太浓；残酷血腥的屠杀现场，竟被描摹的如此具有诗情画意，想象力也忒丰富了。但揆之情理，前面绵帛裹身之说虽出自蒋士铨的戏剧情节，倒也蛮符合历史的现状和娄妃的性格；因为依当时的情势而言，娄妃定能想像到自己万一不幸被俘，必遭乱兵玷污；即使能遂投水自尽之愿，也难免死后身体暴露；这对把妇人名节、身体贞操看得比生命还重的娄妃而言是无法接受的，她的身子是不容侵犯的，故白锦裹身之说使人尚可接受。可面对石壁题诗之情，笔者再度坠入五里雾中，不知何自？

这场叛乱不仅使娄妃香消玉殒，横死江野，还把自己的家族牵扯进了这万丈深渊。上饶娄氏作为诗礼传家的名门望族，从本能上与武装叛乱这种大逆不道的行为是格格不入的，娄妃的叔父"楼上先生"娄忱，就曾"忧其兄所为，托疾不下楼者十年"，这应是对其兄娄性与宁王联姻及宸濠久畜异志的极度忧虑。正德十一年（1516）宁王宸濠母丧，僭拟国母丧仪，"例授衰服，忱独力陈古义，几为宸濠捶死，赖都宪王阳明救得免。卒以妃族被逮死狱，非其罪也"，（《广信府志》卷九之三人物理学第10页）足见娄氏族人与宸濠的逆行是有过斗争的，他们是被无辜殃及的。不过其中也有些人迫于宸濠的淫威，惑于其利诱，自觉不自觉地参与了逆行，受到牵连就在所难免，而娄妃对此亦不能有效地予以制止。对娄氏族人被卷入此祸的情形，笔者未查到确切记载，但从一些史料中也可略知一二。《明史纪事本末》载：叛起，宸濠"分遣逆党娄伯、王春等四出收兵……娄伯至进贤，知县刘源清诛之"。《武宗实录》载：叛起，宸濠派"妃弟娄伯如进贤、广信"募兵，被进贤知县刘源清"执而戮之，并随行内侍数十人"；"娄氏家童载兵甲西下"，亦被龙津驿丞孙"天祐所遏，擒七十余人，余皆溃归。濠初欲倚娄氏为援"，至此"计皆不行"。据娄性墓志铭，其"配徐氏，长女为宁国妃，次女适铅山费案；二子伯、仲，出侧室翁氏，皆尚幼"。娄伯是为娄妃同父异母弟，正德六年娄性卒时其"尚幼"，至八年后的正德十四年宸濠举叛时也还只是个小青年，但他长期居于宁府，自始至终被裹进了叛乱。《后鉴录》中载有当时审理此案的司法文书《宁府招由》一份，是该案重犯刘吉的供词。刘吉时年53岁，抚州府临川县人，自幼私自净身投入宁府，历升至承奉，是宸濠身边的心腹太监，实施叛乱的核心成员。他详细供述了叛乱的全过程，其中牵涉娄氏的供述称："宸濠自知反谋败露，即召吉与在官承奉等官"进府商议，"王亲娄伯"参加了商议，并在听了宸濠的策划后，"各不合回说'此谋最好'"。叛乱开始，宸濠指派"娄伯带同在官家人娄福童，前往进贤、广信并横风窑等处"收兵；在进贤"娄伯等各被杀死，娄福童等脱走，潜至广信，不合起取伊一般家人已故娄图等同来助逆；彼有娄伯另居族叔、在官知县娄怪，及娄怡，在官家人娄墨童，各不合知情不首"。对案犯的处置，文中称"与宸濠共谋反逆，起兵为乱，罪大恶极，处以极刑，情法允当，应该依律缘坐家口，籍没财产，分为第一等"；因娄伯已前死，故未涉及。娄福童"系临时顺从反逆，处以极刑，于法亦当，但与共谋者则有间，相应罪止其身，免连坐家口、籍没财产，分为第二等"。娄怪、娄墨童、娄相童、娄真等 14 名"俱合依谋反、知而不出首者律……律皆杖一百、流三千里，各准徒四年"；娄怪系职官，"照例送工部，各照徒年限运炭，完日仍彼照行止有亏事例，各革去职役，送顺天府，给引照回原籍为民"。(《国朝典故·后鉴录·宁府招由》第 2210—2223 页) 这里未提及娄妃次弟娄仲，不知是否卷入叛乱？然而只要他当时还活着，即使未曾涉足，必定也会被牵连其中，因为连他叔父"楼上先生"都"非其罪也"地被逮而死于狱中，何况他哉。据史料载：嘉靖元年九月，"副都御史刘玉奏：'濠妃娄氏亲族助逆，罪在不赦。而广信知府周朝佐勘问失出，未尽其辜。'帝怒，夺朝佐官四级，边地序用；其娄星等各遣戍边，娄愉等削籍为民"。(《皇明书》卷 10 第 12 页) 因为他们都是娄妃的近亲属，牵涉宸濠之叛，法当被连。但上饶娄氏在当时已是个大家族，除娄妃这一支外，其他族人好像鲜有卷入其中，并未受到牵连。可有人在论述这一事件时，不仅把娄妃的弟弟错写成"娄伯将"，为了突显娄氏受到的祸害，又称宸濠反叛后"娄谅父子皆受牵连而被捕入狱"；这个玩笑开大了，实际上娄谅在此前 28 年的弘治四年（1491）就已卒，娄性在此前 8 年的正德六年（1511）也已卒，怎会再遭被捕入狱？就是娄妃的同胞妹妹，也因嫁入了铅山鹅湖横林费氏，幸而免遭了叛乱牵连之祸。

（三）费宏及其家族与宸濠叛乱的斗争

鹅湖横林费氏是铅山有名望的大家族，其始迁祖费有常元朝末年在铅山信江之畔的横林落户；经过数代人百余年的努力，农商创家业，诗礼振厥宗，从这小小的村落竟走出了 1 个状元、1 个榜眼、6 个进士、18 个举人及众多的国学生等；文风鼎盛，精英辈出，成为史上罕见的科举世家、西江甲族，时人称之"冠盖里"，而"状元宰辅"费宏就是其中的杰出代表。

同为诗礼世家、簪缨之族，横林费氏与上饶娄氏交集颇多，过往甚密：费宏的大伯父费珣与娄妃之祖父娄谅同中景泰四年（1453）举人，二伯父费瑄与娄妃叔祖父娄谦同领成化元年（1465）乡荐；两对兄弟，皆成同年。成化十九年（1483）费宏与五叔费瑞及娄妃之叔娄忱一起赴乡试，并同寓于菩提寺，是科费宏叔侄同榜中举，娄忱落第。正德八年（1513）费宏胞弟费完、从子费懋中与娄妃族叔娄愉同登乡试举人榜。费宏与娄性、娄忱兄弟还常有诗词唱和，收入费宏文集的就达 39 首之多。两姓世代经年通家之好，弘治末又有了费宏从弟费寀与娄妃胞妹的联姻，然而正是这一联姻使两家关系发生了微妙的变化。

与上饶娄氏结亲，就间接地与宁王成了姻亲。对于与宁王府联姻，不仅娄忱十分担忧，费氏族人也是非常排斥的。一是由于中国历来皇族的斗争残酷且诡谲，荣辱不定，福祸难测；二来明代朝廷对宗室的控制防范尤为严密，限制甚多，至有王亲不得做京官之规，故而致力于仕途的士大夫谁愿意成为王亲？尤其是他们目睹了在江西的宁王府多行不法，宫闱紊乱，护卫屡革，天下侧目，秉持儒家"君子不立危墙之下"观念的书香世家，又有谁愿去蹚这潭浑水？自娄氏与宁府联姻后，费氏就与之保持了距离，费宏在过吕梁祭伯父费瑄的文中写道："乡有宵人，为宗室妃。华而不实，结士求知。辄欲招宏，饮酒联诗。公辄呵止，曰此祸机。谨当豫避，宏不敢违。"（《费宏集》卷20第691页）费瑄的警示是明确而及时的，使族人早早就有了足够的警惕。费寀少时，娄性欲与费氏结亲，因其二伯父费瑄与"先妻父娄正郎不协，尝大慨云：'王府不当亲，亲有祸。'屡却正郎求姻之请。先伯死后，次先伯有大不得已之故，强与成姻"。（《铅书》卷6第76页）费寀成亲后，入上饶府学为生员，娄性在上饶"城中筑一室，极宏壮，有池塘数亩"，（《铅书》卷6第77页）作为其读书之所。正德二年（1507）费寀中举后，娄性又在上饶建起石碑坊二座，宸濠亦备厚礼，并承诺向阁老焦芳说项使费寀得中状元。这些都是宸濠为了通过笼络费寀来拉拢费宏助其谋逆，费宏对此保持着清醒的头脑，告诫家人"择祸莫如轻，得罪宁府，不过去官；得罪朝廷，祸及宗族矣"。（《铅书》卷6第80页）于是费寀婉言谢却了这一切，于正德四年（1509）以入北监修学为由携妻娄氏北上进京，暂时离开了这是非之地。不幸次年其妻在京以产卒，宸濠为了乘机胁迫费寀就范，竟让其外甥王春（注：据《江西通志》此人系南昌人，弘治十四年（1501）举人，推为宁府某郡主之子，后参与宸濠叛乱被诛）进京会试时诬指费寀"杀妻求将"，被费寀严词驳斥。宸濠恼恨江西布政使郑岳阻其阴谋，正德七年（1512）差人以贺费寀中进士为名进京邀费宏助其陷害郑岳，反复数四上门，均被费寀谢绝。宸濠遂上疏诬劾郑岳贪赃不法，朝廷即遣官往勘；为便于操纵，宸濠要求勘官驻南昌，经费宏调停，勘官驻在广信府，使郑岳得免死谪戍。宸濠恼羞成怒，正德九年（1514）借进京贺正之机，派人投惹名文书再行恫吓，直称"我初之奏郑岳，为正风化，不意奸党满朝，反助郑岳。我将奏闻朝廷，明正其罪"。费宏置之不理。是年三月，宸濠因得到兵部尚书陆完等朝中权贵的支持，派人挟巨资进京谋复护卫。其承奉致赂费宏，亦遭严拒。一日陆"完在朝迎谓宏曰：'宁王求复护卫，可与之否？'宏逆知其意所在，婉词讽之曰：'不知革之者何故也。'完厉声言：'恐不能不与也。'宏应之曰：'若是，则宏不敢与闻。'及至阁，内传文书内臣卢铭亦以为言，宏复答曰：'若宁王得遂所图，则我为乡人，顾不可乎？但揆诸事理，非所宜耳。'"（《武宗实录》卷111第2265页）宸濠又将金银珠宝分馈诸权要，费寀同年检讨郭维藩闻之以告，于是"大学士费宏知之，宣言曰：'今宁王以金宝钜万复护卫，苟听其所为，吾江西无噍类矣。'陆完知宏必阻之，乃密谋于钱宁等。会三月十五日廷试进士，内阁与部院大臣皆在东阁读卷，完遂与十四日投覆宁王乞护卫疏。十五日，中官卢明以疏下阁，密约杨廷和出下制许之，而宏竟不与闻。廷和与完惧宏发其状，会言官交章论护卫不可复，乃谋去宏，以宏私其弟费寀入翰林、乡人黄初及第谮之，且曰：'乾清宫灾，下诏皆宏视草，归咎朝廷。'传旨令宏致仕。宏南归，舟至清源，濠党阴遣人入舟中纵火，行李皆为煨烬。濠党使人舟尾窥之，见舟焚而余赀尽，遂以是复濠，濠乃已"。（《明史纪事本末》卷 47 第 690 页）费宏如此旗帜鲜明地反对复宁王护卫，不仅招来了宸濠的疯狂反扑，而且使自己在朝中陷入了孤立的境地。兵部尚书陆完是费宏的同年进士，因此遂成仇寇；杨廷和与费宏早年同为翰林官，武宗为太子时又同入选青宫教读官，是时又同居内阁有年，交谊不谓不深，但却因此对费宏极端不满，他在自己的著作中言及此事时称："费宏言'宁府近日驮载金银数骡以谋此事，闻者色变'。是日午后，与费宏同出，至承天门桥，臣语之曰：'公今日数骡之言似太露。昔人云：但可云骊山不可游，不可云游必有祸。我辈但知护卫不可复，银之有无不必问。'"（《杨文忠公三录》卷 8 第 882 页）可见他对费宏反对复宁王护卫的立场是很不以为然的。正如明史专家曹国庆教授在其所著《明代铅山费氏与宁王叛乱》中所指："费氏兄弟在与宸濠的斗争中长期处于孤立无援、人为刀俎、我为鱼肉之境，非只是不容于宁王，而且是不容于皇权运作系统内的一批权贵。"（《南昌大学学报》1996 年增刊第 88 页）正是这一坚定立场戳到了朝中权贵们的痛点，也使同僚们不敢施以援手，在他被逼致仕时，朝中竟无一人抗疏挽留；其实他当时才 46 岁，正当年富力强，是内阁中最年轻的大学士；从弟费寀也被逼一同致仕，他更是只有 31 岁，才刚刚进入仕途。好在历史是公正的，明代史家王世贞在论及此事时就指出："宁庶人之复护卫，大抵钱宁受贿数万，而张雄、张锐辈半之，表里恫胁。而兵部之长陆完迫于势、诱于利，而傅会其说。当时内阁大臣独费铅山（注：费宏别号）持正不肯予，而杨新都（注：杨廷和别号，时为首辅）、梁南海（注：梁储别号，时为次辅）辈畏祸而莫敢主持。"（《弇山堂别集》卷 26 第 292 页）

费宏归家后，闭门谢客，教子课读，但宸濠仍不肯放过，未几即派娄妃族叔举人娄愉召费寀往见；"至则三日而后见之，盛陈兵卫，首问'二人何以遂回？'我答云：'上不能补报朝廷，下不能处乡里，今日之回，已是迟矣。'渠云：'老先生留心机务，有志未就，归后可得见否？'我云：'大学士，朝廷大臣，不能远出。'渠云：'还说那朝廷。'我云：'朝廷待王府有亲亲之谊，大学士是朝廷臣子，踪迹不便，两京科道官有议论，无益于府中，有损于大学士。'益忤其意，娄氏诸亲及凡侍从者，皆缩栗咬指，以为我过抗也"。（《铅书》卷 6 第 82 页）宸濠仍不死心，屡要费寀请费宏前往南昌相见，均被婉词谢绝。正德十年（1515）末，宸濠派老吏毛让嗾使铅山奸人李镇等三姓，借与费宏族弟费三六争祭肉成讼为由攻费氏，讦告不已，将作大祸。次年六月宸濠 40 岁生日，再三邀费宏前往，不得已，只好派胞弟费完及费寀代他前往。至则宸濠高挂太祖高皇帝像，大言当今天下宗藩都是太祖之泽，意为他也是有当皇帝的资格的，被费寀以《尚书》中语阴折其不臣之心。是年秋，宸濠母丧，费宏仍谢绝相召，只是派人与费寀往吊。于是，正德十二年（1517）春，宸濠遣校尉三人押发铅山奸人李镇、吴三八、周伯龄三姓据险作乱，众至三千人；执与讼者支解之，杀人放火抢劫，横林屋舍被焚，资囊尽被劫去。费宏与费寀被迫率家人避入县城，从弟费官、费宗及从子费懋和上省听理，被囚禁于狱中，饮食不通，经费宗赴省哀恳，才得全活。三月八日，李镇等有恃无恐，竟率匪众攻入县城，杀人劫狱；费宏一从兄遇害，一从弟被执，其余群从东西散走，费宏与费宗只得避入府城，相传费宏一度还曾流落福建，隐姓埋名作了一名教书先生。当时江西地方"守巡官以下畏濠，置不问，三姓势益张"。（《武宗实录》卷 166 第 3223 页）于是，六月十四日，李镇等竟惨无人道地发掘费宏母余太夫人坟墓，剖椁棺，藏弃遗骨不知下落。七月十三日，又发掘费宏祖父、母墓，用火入内烧炼椁棺，遗骸悉为灰烬。费宏惟有叩地号天，抚膺痛哭，即派胞弟费完、从子费懋中进京控诉。朝廷命江西巡抚孙燧讨平之，李镇等列阵拒敌，至一年多后乃克；李镇被俘，周伯龄投降，吴三八走匿宸濠府中，后余党多从宸濠反叛被歼。乱匪虽平，但宸濠仍虎视眈眈，费宏及族人久处危疑之地，惟有四散迁避，其间颠沛流离、惶惶不可终日的危境是可以想见的，对宸濠更是惟恐避之不及。正德十三年（1517）冬，宸濠葬母西山，费宗托疾不赴；次年六月宸濠生日，众亲戚皆往贺，费宗复以疾辞，然而幸好没去，否则叛乱一作，定当与孙燧、许逵一同被戮。就这样直至宸濠叛乱平定后，费宏与族人才得安心修复先人墓地和迁至清湖筑宅。

宸濠叛作后三日，费宏在乡得讯，即与费宗谋划集义兵参与平叛。费宗间道往见王守仁，献上"先定洪州以覆其巢穴，据上游以遏其归路，守要害以虑其穷奔"的平叛方略；（《铅书》卷 6 第 72 页）又作祸牙文督广信卫所秦千兵固守饶城，以安乡土。费宏又利用自己的影响，派人四出致书江西各地官员和在乡士大夫，号召大家全力参与平叛。在给广信府通守俞良贵的信中，"告以操练机快，整点窑兵，以俟机兵；且勉以忠义，使之遍达郡中诸公"。（《鹅湖横林费氏宗谱》第 167 页）在给进贤知县刘源清的信中，"谓其与余干马公（注：余干知县马津）兵力果足以胜之，宜率兵直捣城下，与之一决，不必待王师之至而后发也"。在致钦差三堂的信中，言"事不可缓，不可惑于浮言，以堕奸人之计"。在给王守仁的信中称："昨见飞文，知杨公晋叔已协兵进剿矣，国声秦公、感栗刘公、士修李公，想移文往来，必有密处，以成犄角之势。然临敌慎重，良用自爱，宜亟奖忠义，以为诸郡之劝。"又致书弋阳知县杨翱，嘱之"玉山之寇，闻有逆府宗支及内臣在其中，若捕之不获，深为可虑"。（《鹅湖横林费氏宗谱》第 167 页）在广信知府周朝佐、铅山知县杜民表率军参加平叛时，皆与之赞画方略，锥牛携酒犒劳。并写了大量诗文，以揭露叛乱，歌颂英烈，凝聚人心，鼓舞士气，对平定叛乱真可谓竭尽全力。当时在江西参与平叛的官员纷纷上疏盛赞费氏兄弟之功，御史谢源言："逆藩宸濠谋为不轨久矣，当时固有先事折其奸谋而反为中伤者，在今尤宜录其功。如大学士费宏及其弟编修宗之去，以阻复护卫也。"御史伍希儒亦言："宏、宗当濠之请复护卫也，抗言力阻，已怀先事之忧；及反谋之既成也，间道献策，尤急勤王之义。"纪功给事中徐之鸾、祝续，御史章纶、孙孟和皆言："宸濠恶宏不附己，于其归也，要之于路而焚其舟，胁之以盗而破其家，甚至杀其兄弟、掘其坟墓，数年间所以图宏者无所不至。至于今日，宏之心迹始暴白于天下。若其弟寀，未闻有过，一旦与宏俱废弃不录，言者多为扼腕。"（《武宗实录》卷179第3493页）

宸濠之叛虽已平定，但江西仍未得安宁。荒唐的武宗皇帝在得知宸濠被擒后仍坚持要御驾亲征，且长期驻跸南京不还；又派大太监张永、安边伯许泰等幸臣率京、边军进驻南昌，以剿捕宸濠余党为名，"搜求微隐，罗织平民，妄诛戮以为功，而没其货财；军马驻省城五阅月，糜费浩烦，江西骚然，不胜其扰。（《明史纪事本末》卷47第705页）甚至谩骂、冲撞江西巡抚王守仁，企图挑起事端，以便浑水摸鱼。对此王守仁等江西官员束手无策，得知张永"志于不朽，雅好文辞，余不足为赠"，（《费宏集》卷14第503页）就派专使到铅山，请费宏撰文以促张永离赣返京。张永是正德中宦官"八虎"之一，曾多次监军平叛、御边，在太监中唯其卓有功勋，深得武宗宠信。而费宏是明代少有的状元宰辅，为文典雅，文章行于天下，为时所重；但绝不为宦官幸臣撰文，此前就曾因此得罪专横霸道的锦衣卫帅钱宁。这时叛乱初平，费宏深得朝野赞誉，官声文名大振，以他儒家士夫的秉性，是不可能为张永之流撰文的。但这时费宏为了国家的利益，为了使江西军民早脱苦海、免遭涂炭，他还是违心地写下了促张永《献凯还朝序》；在文中曲陈利害，巧达江西军民的愿望，使张永很快就率军离开了南昌，也促使驻跸南京一年多的武宗皇帝班师回朝。江西军民终于结束了这场旷日持久的灾难，国家大局也渐趋稳定，时人谓此序大有斡旋之功。

费宏能置个人仕途和家族安危于不顾，毅然决然与宸濠叛乱作斗争，且身临险境而不惧，历经磨难而不悔，除了根深蒂固的忠君思想，更是他对儒学亲民思想的忠实践行。他认为"天之立君，皆以为民"，百姓才是国家的根本；亲民爱民，关键是要解决民生问题，极力主张"必损于上而后益于下"的理财之道，故他主政时在处置救灾、减赋、治河、漕运、兵变、民变、江南织造、宫室营建等重大朝政上坚持以仁义待百姓，多有惠政。宸濠的暴行他耳闻目睹，故在朝中愤然发出"苟听其所为，吾江西无噍类矣"的激呼，且深知如其叛谋得逞，举国百姓将受其荼毒，故他必然义无反顾地成为阻击宸濠叛乱的中流砥柱。正如明史专家曹国庆教授指出的那样："费氏兄弟举一族之力与宁王逆行相抗，不仅是维护正统天璜秩序，也是为了天下的安宁和黎民苍生免遭涂炭，正是明乎大义、顺乎人心的集中体现。"（《南昌大学学报》1996年增刊第87页）可如今却有人把铅山县奸人李镇、吴三八、周伯龄受宸濠指使戕害费氏的暴乱被剿灭，说成是"铅山县农民周、吴、李举行起义被镇压"；或把费寀间道献平叛之策，说成是"给王守仁出奇谋良策而镇压宁王"，并为"叛乱平息后，在娄氏家族大受牵诛时，费寀却官运亨通、屡屡升迁"而打抱不平。试想如果当年费氏也同娄妃族人一样卷入了这场叛乱，那后来的遭遇岂不也是和娄氏一样？因此，这是对宸濠叛乱的不同态度、不同作为，决定了他们不同的遭遇。历史研究固然应当有科学的理念和分析，要有所创新，但更应有褒善贬恶的社会功能，那种不顾历史事实，以混乱的逻辑来颠倒是非、抹杀忠奸的观点，既不符合中华民族的优良传统，也违背社会主义的价值观。况据笔者所知，卷入叛乱并受到牵诛的主要是娄妃近支的族人，间或有些许旁支族人因卷入叛乱而被牵连陷入，但绝大多数娄氏族人并未卷入叛乱，也未受到牵连，至今上饶娄氏还是一个兴旺发达的大家族就是明证。即便是娄妃亲支，遭遇也不尽相同：娄妃的叔叔娄忱受牵冤死狱中，而娄妃的胞妹因嫁入费门，得配忠良，虽不幸早逝，却得皇封诰命，累赠一品夫人；宗谱中荣列横林费氏九夫人之一，《铅书》赞其"能不为鸡祸，故大变不惊"，真个是名垂青史、尽享荣耀。而娄妃的身后荣耀，却只能是在蒋士铨的戏剧梦幻之中。

（四）蒋士铨戏曲中的娄妃

蒋士铨字心余，一字苕生，号清容、藏园，晚号定甫、离垢居士，清江西铅山人。是清代中期著名的文学家，诗名雄于当代，与袁枚、赵翼共称"乾隆三大家"。他的戏曲成就亦不菲，其中有关娄妃的有《一片石》《第二碑》《采樵图》三种。

《一片石》作于乾隆十六年（1751），蒋士铨时年26岁，这是其早期的剧作，共四出，主要情节是书生薛天目在南昌寻访娄妃墓的故事。《第二碑》又名《后一片石》，作于乾隆四十一年（1776），共六出，是写汉阳秀才阮剑彩在南昌酒楼见吊娄妃诗，央其舅江西盐道季延陵重修娄妃墓，并书表娄妃事迹。这两个剧目情节平淡、内容简单，本没有多少吸引人的地方，作者也无太多施展才华的空间；但蒋士铨却抓住了人性中同情弱者的特质，妙笔生花地"稍设神道附会"，"诙笑点染，以乡人言乡事"，（《一片石》作者自序）敷衍成了令人喜闻乐见的剧本。如娄妃之墓，作者并不曾得见；娄妃死后尸陈南昌也不合情理，但他却道："疑妃沉樵舍，有顺流西下皖江耳，安得逆溯城阙？是独不闻曹孝娥先雄之故事乎？夫义烈之鬼，皮骨苟存，且有应声逐人者矣，有反侧鼎镬中者矣。精气不泯，可动天日。区区河伯，敢不回既倒狂澜，成贤妃首丘之志？"（《一片石》自序）硬是把娄妃死后尸陈南昌编排的入情入理。又借剧中人醉梦仙人娄妃，借其口自称"蒙上帝敕封灵慈英烈贞妃，总制豫章河道，兼管浔阳水部印务"。（《一片石》第一出"梦楼"）并让娄妃端午日在滕王阁宴请西山吴彩鸾、麻姑，"即烦他二人文翰，成我墓志，藏于幽圹，他日流传，庶堪不朽"。（《一片石》第四出"宴阁"）在《第二碑》中还让娄妃道出"我乃灵慈英烈贞妃娄氏是也，本天帝之三女，作宁王之妃，忠诚贯金石，敢云出嫁从夫；节烈凛冰霜，窃许守身如玉"。（《第二碑》第二出"留香"）甚至搬出上帝特敕千多年前南北朝时梁武帝长子昭明太子萧统为娄妃"编排墓表，使我忠贞流芳百世"。（《第二碑》第六出"书表"）这一切"稍设神道附会"的演绎，遂使娄妃的形象神圣化、梦幻化了。

《采樵图》是蒋士铨晚期的作品，创于其去世前四年的乾隆四十六年（1781）。全剧十二出，自娄妃"出阁"至王阳明"学道"，对宸濠之叛全方位、实景式地

"传演本事"，大有写实主义新编历史剧的味道。如第一出"出阁"，娄谅在女儿出嫁前的训教："你生长儒门，于归宗室。那些《内则》《女诫》之言，你平日俱能娴习。只是王妃内政与士夫家大不相同，你且听我道：（二郎神）王姬馆，掌宫帏，要恩周鱼贯。举止言词存体段，幽娴贞静兢（矜）持，佩玉鸣鸾。我看宁王蜂目豺声，不是安静之人。你默运潜移毋怠缓。保家国，防他心乱；守墙垣，那逾闲越畔，脚步休宽。"把娄妃对待叛乱的思想根源如实表现了出来。第二出"复卫"中借宸濠之口"为此将金帛买嘱钱宁、江彬两个嬖臣，幸得朦胧准奏"，揭露了复护卫的内幕。第三出"题画"，宸濠令他的军师刘养正画《采樵图》，要娄妃为此画题诗："妇语夫兮夫转听，采樵须是担头轻。昨宵雨过苍苔滑，莫向苍苔险处行。"把娄妃讽劝宸濠的诚恳急切之情表现无遗，比之第四出"听歌"中所编秧歌的规劝更为精到。第五出"召客"，描述唐寅识破宸濠不臣之心，装疯全身以去。又借剧中人李士实之口称："臣差心腹到铅山，勾通奸人李镇，带领劫贼三百人，先将太保费宏祖坟发掘，后到他府中掳掠一空……可恨他虽然是个宰相，家中财货甚少，想来是个呆子，不会弄钱的，是当朝一品精穷鬼。"还从宸濠口中说出："费宏呀，我与你是亲戚，你竟看我不起，在朝中阻我护卫，在家中却我礼物。到今日，你怎知祸从天降，都是孤家的作用来。"突出表现了费宏不畏艰险与宸濠叛乱作斗争的精神。第六出"双殉"，再现了孙燧、许逵怒斥宸濠叛乱被杀殉国的情景。第七出"誓师"描绘了王阳明誓师平叛的经过。第八出"密纫"，以娄妃随叛军败退樵舍即将被俘时的内心独白："我想沉江之后尸骸暴露，冠佩无存，可不玷了奴家体也。"吩咐侍儿取出针线，"俺已将衣裙鞋袜一概缝得紧固，身后横陈之辱，定可无虞矣。"精确表现了娄妃投江自尽前的实情和心态。第九出"禽叛"表现了宸濠被擒的经过。第十出"勒铭"叙述王阳明平定叛乱后题名勒铭。第十一出"私葬"表现省城北门外江岸渔民发现娄妃尸体，葬于隆兴观侧。第十二出"学道"写王阳明平叛后孤立可危，群疑莫避，上九华山学道。这样的剧情安排，比较全面地演绎了娄妃故事，剧本所以定名为"采樵图"，就是为了以娄妃在《采樵图》上题诗讽劝宸濠毋反来突出娄妃的精神风貌和思想感情。对宸濠叛乱全景式的描写，突显出宸濠叛乱的反人民性和非正当性。对娄妃投江自尽前内心活动的细腻描摹，较为真实地反映出娄妃的性情和风格。剧中主要人物均以真名实号出现，给人以真实感，更增强了戏剧的感染力。总之此剧较之前两剧显得更加成熟，为我们正确全面理解娄妃提供了一个较好的作品。

通观三剧，有两个史实值得探讨一下。一是《一片石》第一出"梦楼"中称："自沉之后，阳明虽欲收殓遗骸，究无知者。"且三剧都以娄妃沉江后为南昌人私葬或渔家捞尸野葬。但据《武宗实录》卷176所载，宸濠被擒后"见守仁无他言，惟以葬娄为属"。《明史纪事本末》卷47更是直书"守仁为求娄妃尸葬之"。王守仁不仅葬了娄妃，还葬了刘养正之母。刘养正是安福县举人，屡赴会试不第，诡谈性理之学，士夫多为所欺，而王守仁却尤重之，引为道学友。刘养正积极参与宸濠叛乱，被捧为刘伯温式的人物，平叛后被处死；其母丧，暴露，王守仁"使人葬之，且祭以文曰：'君臣之义不得私于其身，朋友之情尚可伸于其母。'有儒生上书辩论君臣、朋友本无二理而批驳之，守仁为之愧屈"。（《武宗实录》卷 176 第 3439 页）收葬这二人，一是年伯之女、一是朋友之母，本属无辜，王守仁此举合乎情理；事在平叛之后，又属所辖之区，王守仁作此并无过难。蒋士铨作为翰林纂修官，接触这些史料、弄清这一事实本应不难，但因娄妃沉江后"二百年来无有志者"，故作者还是相信了野葬的传说。二是不知为何作者会将娄妃写成是娄谅之女？据查《明史》娄谅传中称："子忱，字诚善，传父学。女为宁王宸濠妃，有贤声，尝劝王毋反。"（《明史》卷 283 第 7263 页）清乾隆四年（1739）刊行的《明史》是未标点本，前引断句是中华书局的标点；从字面上看，未曾提及娄性，又将子和女并列述之，娄妃遂成了娄谅之女。在《广信府志》中，这段话竟成"子忱，字诚善，传父学，忱女为宁王宸濠妃，有贤声，尝劝王毋反"；中间加了一个忱字，遂又把娄妃当成娄忱之女。而在明万历年间铅山所修县志《铅书》中，费宷妻娄氏是上饶"娄正郎"之女，那娄妃也应是南京兵部郎中娄性之女，即娄谅之孙女、娄忱之侄女。1986 年在上饶灵溪出土的娄性墓志铭也证实了这一点。该文系王守仁之父王华所撰，王华与娄性是同年进士，所言当不虚。此碑现存上饶市信州区博物馆。蒋士铨很可能是受到了《明史》的影响，且其断句与中华书局本相同，故将娄妃当作了娄谅之女；但作为同郡之乡人，作此剧又是"以乡人言乡事"，作者竟对上饶娄氏和《铅书》的相关内容均未作深入地了解，故将孙女误作女儿，留下了这不应有的遗憾，有点可惜。

蒋士铨在娄妃沉江 232 年之后撰写《一片石》以志其事，个中缘由，他在《第二碑》中有所表露；借剧中娄妃闻知阮剑彩要为其墓诗命，叹曰："关心为甚来？吊古偏能耐。故国山围，潮打空城在。咳，此地徐稚之坟、澹台之墓，皆破碎蓬蒿中，无人料理。我不过一亡国妇人，几根腐骨，何足深烦知重也。那先贤断碣歪，遍蒿莱，何况沉沙折脚钗。为什么前人冷澹今人爱，早难道仙吏荒唐俗吏才，谁交代？是心心相印，一样情怀。"（《第二碑》第二出"留香"）这种情怀与蒋士铨的自身经历有关：他生有异质，甫 4 岁，母钟氏教习之，过目辄不忘。稍长，工为文，诗文操笔立就，称为"江西四子"之一，士大夫中待之以国士，称之为"孤凤凰"。然三赴会试皆不第，直至 33 岁才得中进士；入选庶吉士，三年后散馆授翰林院编修，几年后却毅然辞官南归。据吴长庚教授考证："蒋士铨的辞官，当为面斥达官而致谤遭谗于掌院，因而长期抑郁下僚，自觉官场污浊，愤而求去的。"（《饶信之美》第 222 页）此后他长期浪迹江湖，郁郁不得志。直至 52 岁，闻乾隆皇帝在诗中称他为"江右两名士"之一，遂感激涕零，决然入京供职，充国史馆纂修官。不久又因病辞归，一年多后卒于南昌，终年 60 岁。其一生仕途坎坷，苦怀经济心，却未能施展抱负，故他"穷探奇胜，凭吊古今，凡遇可骇可愕、可泣可歌之情状，一一者皆笔之于诗，以发其抑塞磊落之蕴蓄"。（《广信府志》卷九之三人物·儒林第 49 页）又如在《采樵图》第五出上场诗中有"白璧应防有玷瑕""不羡长安酒肉家"之类的话，应是作者的自白；剧中江南才子唐寅装疯逃离宸濠，也是作者经历的真实表现。剧中"一倡三叹，唯解人知之耳"（《采樵图》作者自序）的表述，即作者以戏剧来抒发心中块垒的写照。

蒋士铨与《红楼梦》作者曹雪芹所处的时代大体相同，表面上的康乾盛世其实孕育着深刻的社会矛盾，是清代社会思潮大变革的前夜；他们对社会种种的丑恶有着诸多不满和憎恨，故他们在作品中对女性悲惨遭遇寄予的极大同情也是相通的。曹雪芹在《红楼梦》中写了"金陵十二钗"正册、副册、又副册等众多女性的命运，但他无力补天，无法改变她们的命运，只能在太虚幻境中为她们立传，使之一个个成为神仙姐姐。如被封建婚姻逼上黄泉路的林黛玉，在生备受风刀霜剑，死后却成了潇湘妃子。因被公公贾珍玷污而投环天香楼的秦可卿，死后却因扒灰公公贾珍花巨资捐官而得封御前侍卫龙禁卫五品宜人，两个撞破丑行的丫鬟也一个触柱而亡、一个愿为义女，丧事办得无限风光，且还成了警幻仙子的妹妹；书中对此写得十分隐秘，只是让爆料人宁国府老家人焦大骂出了"爬灰的爬灰，养小叔子的养小叔子"的大实话。蒋士铨在《空谷香》《香祖楼》两种戏曲中也写了备受恶人欺凌摆布的弱女子的不幸遭遇，对不能掌握自己命运的女性表达了深厚的同情。《空谷香》是作者听闻南昌县令顾瓒园小妾姚氏生前不幸的故事后，深受感动，称"姬以弱女子，未尝学问一丝，既聘，能为令尹数数死之，其志卒不见夺，虽烈丈夫可也。……念斯世之大，饮刃投环之妇何日无之，其埋没泥塗、骼胔中者，安能一一在人耳目间。寄百端于茫茫，存什一于千百，亦可长歌当哭矣"。（《空谷香》作者自序）但这种歌颂也存在一些失真，如把大老婆写成主动为丈夫买妾、且待小妾如慈母的贤媛，将男子把小妾当作泄欲和延续香火的工具美化成钟情，这种将一夫多妻制合法化甚至极至美化的敷陈，也是作者思想局限和时代局限的表现。

蒋士铨的这种思想局限，同样也反映在对剧中娄妃的表现上。他的母亲钟令嘉知书达礼，工诗善文，自小对其课督甚严，在其成长的道路上影响很深，也使他对知性女子的崇敬根深蒂固。他自少年起就游历甚广，见识亦丰，耳闻目睹了当时社会的种种丑陋现象，尤其是对女性的种种不公和戕害，激发了他对女性的深切同情。加之他秉性耿直，仕途失意，心中充满了对社会的愤懑，发之笔端，创作了一系列揭露社会黑暗、反映女性悲惨命运的文学作品。作为同郡乡人，他对生于理学世家、知书识礼的娄妃定是心怀敬意，对其不幸的遭遇更是充满同情，故在剧中用了大量的笔墨来宣泄这种情和意。然而他却无法揭示这一不幸遭遇的深层次矛盾和社会根源，只能作一些失真的美化和虚幻的神化：如借剧中人之口宣称："我们江西省城田家是也，只因娄娘娘爱听秧歌，在此梳妆台下，开垦良田百亩，白赏我们耕种。"（《采樵图》第四出"听歌"）这就与当时宁王府惨无人道地对待南昌百姓的实况大相径庭。又借仙人西山吴彩鸾之笔称娄妃："你本生天上，偶现人间。那些往事，都似烟云变灭，何损太虚？"（《第二碑》第六出"书表"）并把娄妃称作天帝之三女，上帝敕封为灵慈英烈贞妃，等等。这些思想局限，深深反映了作者找不到解决问题的方向和办法的苦闷。与蒋士铨一样，过往几个以诗文来赞美娄妃的文人士夫，也是这种思想局限和心理矛盾的反映。但瑕不掩瑜，蒋士铨毕竟是戏剧高手，他在剧中对宸濠叛乱的性质、娄妃思想性格的细微描写，都是非常精当的，全面准确地了解蒋士铨的戏剧思想，对我们正确评价娄妃是不无俾益的。

（五）我们应当如何评价娄妃

前面已经提及，娄妃本当与她同时代的绝大多数女性一样，会无声无息地度过一生，不着痕迹于史志文献，但她却因其丈夫宸濠的叛乱恶行而在史志中留名，且得到"贤妃"之美誉。《武宗实录》在详述宸濠叛乱始末之后称："娄氏，上饶人，素贤。濠幼有禽兽行，其父康王屡欲杀之，以娄能内助，冀其改悔，乃止。"又记述宸濠被俘后"见守仁无他言，惟以葬娄为属。居囹圄中，每饭必别具馔祝之，言及辄叹曰：'负此贤妃。'"（《武宗实录》卷176第3437页）史籍中藉两代宁王父子之口将娄氏称之为贤妃，揆之其由，不外有三：其一，娄妃政治正确，绝无僭越之心，讽劝宸濠毋反就是明证。其二，操行贞洁，宸濠不仅公然淫人妻女，还"纵诸伶人内庭与诸姬乱，独畏娄，不敢犯以非礼"。（《武宗实录》卷176第3437页）娄妃身处淫乱的宁府后宫，面对禽兽一般的丈夫宸濠，仍然一身正气，凛然难犯，冰清玉洁，实是难能可贵。其三，大节不亏，娄妃虽屡劝宸濠毋反，但绝不在行动上公然反对丈夫；既使明知叛乱必败，自己难免一死，且早早就做好了自尽的准备，但直至宸濠兵败后方才实施，这只是为了不因自己的死而影响丈夫的事业，可见她的一生都丝毫不曾逾"三从四德"之矩。明乎此，娄妃"贤妃"之称确也不是虚名滥誉，是合乎那个时代的道德标准的，这一点在今天也是应该值得我们理解的。但毕竟历史在发展，时代已前进，彼时所赞许的一些典范，并不都一定适应当下的时代精神。至于蒋士铨借戏剧人物之口，将娄妃称为"英烈"，难免太过牵强；所谓英烈者，建立杰出功绩之谓也，与娄妃何涉？这不过是反映了蒋士铨之类文人的思想局限而已。而更为令人不解的是，当下竟有人将娄妃称作"节烈"，力捧为上饶史上最有名的女人，又编出所谓恩爱夫妻、通风报信、石壁题诗、绝意为后等情节，甚至为了美化娄妃而不惜为宸濠叛乱正名翻案，这就应当引起我们的深思了。正确地评价娄妃，不仅是历史研究的学术问题，而且关乎时代的价值取向。娄妃是一个充满性格矛盾的历史人物，她出生于理学世家，身处封建专制社会极盛的明代，又被迫卷入了一场罕见的政治旋涡之中，这就使得矛盾在她身上表现得更加尖锐和复杂。面对这样一个历史人物，我们的评价不能简单化、标签化，而是应当遵循习近平主席关于"对历史人物的评价，应该放在其所处时代和社会的历史条件下去分析，不能离开对历史条件、历史过程的全面认识和对历史规律的科学把握，不能忽略历史必然性和历史偶然性的关系"的论述，（习近平《在纪念毛泽东同志诞辰 120 周年座谈会上的讲话》）坚持马克思主义的历史唯物主义和辩证唯物主义，把娄妃还原到当时的历史条件和历史过程来分析研究，从中引出正确的结论。

明代是中国帝王专制社会极为成熟的时期，开国之君明太祖朱元璋吸取了历朝历代的经验教训，对可能危及皇权的后宫、外戚、宦官、皇族、相权、藩镇等因素全面加强了管控和约束，以期皇权稳固、国家安定。但百密一疏，期以拱卫皇权正统的皇族亲藩兵权过重，尾大不掉，遂引发燕王朱棣"靖难"之役，在血腥中发生了皇权正统的非正常更替。此后 11 代 14 帝皆为朱棣一系，他们鉴于自身的经验，对藩王的控制越发绵密极端，不仅削去了他们的兵权，且限制了他们的人身自由，一切都在地方官的监视之下，连出城扫墓都要报告皇帝。正是因为如此，在宸濠叛乱前的近百年中，虽先后发生了汉王朱高煦、安化王寘鐇之叛，皆不旋踵而灭，足以证明当时皇权正统的巩固。娄妃出身书香门第、理学之家，对此政治大势应该是了然于心的，且家学渊源的忠君思想，也使她对亲王叛乱的逆行必然抵触。但她嫁入了宁王府，且遇人不淑，夫君宸濠竟是个野心勃勃的莽汉，眼看着他叛逆的癫狂，明知道是死无葬身之地的结果，她怎能不心急如焚？可理学戒律的"三从四德"，迫使她必须从夫，不能公然违拗丈夫；王与王妃不仅是夫妻，而且是君臣，这也使她不得犯上违君。身处这尖锐的矛盾之中，讽劝是她无奈且必然的选择。蒋士铨在剧中描写娄妃编传秧歌、题诗《采樵图》劝宁王毋反，及《武宗实录》记载了娄妃面对宸濠送来的十颗内侍的人头而"自后亦不复敢言"，这些都是符合她的性格特征和内心矛盾的。相反，那些有关娄妃在叛乱发生时让胞妹向铅山费氏通风报信并提供平叛方略的杜撰，是不符历史事实的，也是有悖娄妃的性格的。试想如真的如此，这还是那个贞静贤淑的娄妃吗？有关它的真伪，本文第二节已作详辩，不再赘述。而这种貌似赞美娄妃，实则造成了向她泼脏水的桥段，除了这"通风报信"说外，还有"夫妻恩爱"之说；即把娄妃与朱宸濠描绘成"感情融洽"的恩爱夫妻，人人称羡。我们知道，所谓恩爱夫妻，必须具备两个起码的前提：一是志同道合，二是情趣相投。娄妃囿于道学世家的教养，必然忠君爱国，而宸濠野心勃勃，蓄意策动叛乱；娄妃洁身自爱，坚贞不二，而宸濠极度淫乱，行同禽兽；不仅淫人妻女，还纵容亲信入内宫与自己的嫔妃淫乱，只是面对娄妃的正气，不敢贸然犯之而已。这般精神、操守截然相反的男女，怎能成为恩爱夫妻？况且史籍也不见有此记载，不知这是典出何处。笔者所见史料中只是载有娄妃讽劝宸濠毋反，宸濠不听；叛乱兴起时又劝其不要妄杀大臣、把事做绝，宸濠竟以十颗内侍的人头来回应她；直至兵败逃命的最后关头，宸濠要带走的也不是娄妃及其幼子，而是四个年轻貌美的宫女，这哪还有一丝恩爱夫妻的影子？可见所谓恩爱夫妻的说辞，只不过是虚无缥缈的幻象而已。就连娄妃现在频频被人称之为娄素贞，也不知源自何方？笔者不学寡闻，但遍检国史、方志、宗谱及明人著作的有关内容，均不见娄妃有素贞之名，就连蒋士铨的戏曲和一些文人有关娄妃的诗词中也未曾提及；在当代出土的娄妃之父娄性的墓志铭中，更是只提到娄妃两个同父异母的弟弟名娄伯、娄仲，亦不见娄妃名素贞之说。那么有心人为何会给娄妃安上此名？恕笔者斗胆揣测，是否由于一些家喻户晓的文艺作品中屡屡出现此名，如《白蛇传》中的白素贞、《女驸马》中的冯素贞、《四进士》中的杨素贞等。这些女子惹人怜惜，且命途多舛，令人恻隐。给娄妃安上此名，其意欲如何，不言自明。然而更令人忧心的是，这些毫无史实根据、仅凭个人臆测的杜撰，现在却被竞相转引，俨然成为史学研究的重要资料，这是不可取的，也是很可怕的。在当下的历史研究中，这种谣传成野史、野史变轶事，再转相引用成史料的现象并不少见，三人成虎，积非成是，此风不可长，此害不可忽。

　　关于娄妃之死，史籍记载得明确，是在叛乱43天后宸濠兵败樵舍、火烧副舟、即将被俘时，娄妃投江自尽。有人回避这一史实，笼统地说宸濠叛后娄妃投江自尽，给人以娄妃以死抗争、对丈夫叛乱行尸谏之义举的错觉，借以坐实娄妃节烈之妇的光辉形象。更有甚者，编造叛乱之日清晨娄妃题诗一首送别丈夫，以壮行色，好像其非常支持叛乱，可却没有随叛军同行一般；叛乱失败的消息传来，娄妃又在西江石壁题诗一首，然后投江自沉、英勇献身，好像娄妃自始至终并未被裹胁进叛乱之中，投江自沉是慷慨悲壮的丈夫之风。对娄妃自沉前的细节，史料并无详述，于是就有了娄妃早就准备好了自尽，并用绵帛密缝于全身的描述，以彰显娄妃必死的决心。而蒋士铨在《采樵图》院本中把娄妃沉江前的"密缝"一场安排在第九场"擒叛"之前，这虽是戏词虚构情节，笔者以为这大致符合娄妃的性格和身份，与她"从一而终"的贞洁观也是一致的。至于那娄妃决不会当皇后，"不管宁王为阶下囚还是登基为帝"娄妃都会选择自尽的说辞，就不仅是有违史实，而且是逻辑混乱了。想那宸濠叛乱蓄谋已久，娄妃定当心知肚明，不然怎会有屡劝其毋反之说？娄妃在"看他自得复护卫之后，言语支离，精神散乱，苟一旦举止癫狂，我夫妇死无葬身之地矣"。（《采樵图》第四出"题画"）可见她对宸濠必反且叛乱必败的严重后果也是清楚的。叛乱伊始，宸濠就残杀了孙燧、许逵两位朝廷命官，娄妃谏劝却招来了十颗内侍首级的威胁，她自知已无退路，自此不复敢言。而对宸濠叛乱失败和当叛臣妻的后果她是明白的，"妾身羞作叛臣妻，忍脱簪环供浣衣。汉皇重色不择耦，入宫恐为巢剌妃。君不见，花蕊夫人、小周后，古来亡国无烈妇"。（《一片石》第四出"宴阁"）这么长的经历，这么多的时间节点，娄妃如果是为了不当叛臣之妻而自尽，那此前早就可能实施了。叛乱兴起，群臣山呼万岁，年号将改"顺德"；从南昌至安庆的一路之上，早朝廷仪，宁王皆被称为万岁，同在军中的娄妃此时难道还不是皇后娘娘吗？这一切就差到南京正式登基后向全国宣布了。娄妃如果是为了不当留下骂名的皇后而自尽，这时也正是时候了。可为什么她直到43天后在樵舍兵败时才投江自沉？因为这时败局已定，一切希望皆已破灭，等待她的不仅是死亡，而且还要受辱；或在战场上被乱兵强暴，或掳入后宫为奴，陷入无穷无尽的凌辱。这一切都不是她所能承受的，她必然作出了最后的决断，以此既表明了自己的心迹，又避免了失败后的侮辱，且无违背丈夫意志的指责。试想她如果在此前自尽，或以死来尸谏宸濠叛乱，都是对丈夫事业的破坏；其者如以死来拒当宸濠登基后的娘娘，那就更是对丈夫不世之功、至伟之业的激烈对抗，既失人伦，又违天命，那这还是贤妃吗？须知宸濠不仅是她丈夫，而且是她的王，她这样做不仅是背叛了丈夫，而且是不忠于君王，在她那个社会绝不允许她这样做，她也决不可能成为这种不忠不义的妇人。最后她选择在宸濠叛乱彻底失败时投江自尽，既不存在对丈夫事业的背叛，也避免了生前、身后的侮辱，从而保持了她一生的不二贞操。这对她而言无疑是明智的，也是无论在当时或现在她都能受人敬重的根本所在，因为这是符合当时的妇道思想的。然而这种思想是封建社会用来禁锢和迫害女性的精神鸦片，鲁迅先生百余年前在《我之节烈观》一文中就曾说过，"表彰节烈"是专门针对女子的，"大约节是丈夫死了，决不再嫁，也不私奔，丈夫死得愈早，家里愈穷，他便节得愈好。烈可是有两种：一种是无论已嫁未嫁，只要丈夫死了，他也跟着自尽；一种是有强暴来污辱他的时候，设法自戕，或者抗拒被杀，都无不可。这也是死得愈惨愈苦，他便烈得愈好，倘若不及抵御，竟受了污辱，然后自戕，便免不了议论"。并"断定节烈这事是：极难，极苦，不愿身受，然而不利自他，无益社会国家，于人生将来又毫无意义的行为，现在已经失去了存在的生命和价值"。（《我之节烈观》第55页）娄妃面临污辱，无可奈何地选择了投水自尽，她的死，虽谈不上英勇悲壮、轰轰烈烈，但确也是令人扼腕、无限叹息，不仅是对宸濠野心膨胀恶行的血泪控诉，也是对那戕害妇女的理学戒律的悲愤揭露。我们对娄妃的悲惨遭遇深表同情，但切不可将她的死颂扬成"节烈"之举，因为在节烈"已经失去了存在的生命和价值"的当下来妄谈"节烈"，不仅起不了对娄妃称颂的作用，且也非常不合时宜。对此，鲁迅先生所作的剖析已十分精到，故笔者就不必在此絮叨了。至于谈到"今天我们颂扬娄妃，就是要颂扬其好的家风家训，礼敬传统，让良好家风薪火相传"；只要对娄妃这支一些人在宸濠叛乱中的表现稍作了解，就不难得出明确的结论：这是风马牛不相及的。

关于宸濠叛乱的性质，史籍中早有定论，并无争执；就连蒋士铨也借剧中人之言称"宸濠不知天命，又无燕王雄才大略，护卫既复，蛮触即兴。其与高煦、宸鐇先后覆灭，毋足为怪"。（《一片石》第一出"梦楼"）明史专家曹国庆教授亦认为"宸濠叛乱的实质，不过是一个宗室成员中的野心家为窃取皇权铤而走险而已。武宗无德，宸濠亦非善类，他既不似成祖有经天纬地之才、治国安邦之志，也无广泛的社会基础；对于下层民众对现实不满的情绪也不是合理的利用，'凭其强梁，一以劫掠聚贿饵、购近幸为主，此盗贼之行为，万无成者'"。（《南昌大学学报》1996年增刊第89页）现在却有人为了溢美娄妃，不惜以种种理由来为宸濠叛乱翻案，对此本文第一节已作详细剖析。但必须特别强调的是，对历史上的"造反"，我们不能概以

"造反有理"来一味盲目肯定，而是要具体问题具体分析。首先要看造反是为了解百姓于倒悬，还是为了实现自己的野心；同时还要看这个造反对国家、人民是有利还是有害，能不能得到最广大人民的支持和拥护，这是检验我们历史观正误最根本的标准。宸濠叛兴，号称十万大军，却被安庆知府张文锦率领当地军民坚守阻于城下，旷日不得前行。其东进的党羽又被进贤知县刘源清、余干知县马津、龙津驿丞孙天祐截杀。叛乱仅43天，平叛的大军还未出京，就被江西军民剿灭了，而参与平叛的只是江西各府、州、县的地方部队和民兵所组成的义军，擒获宸濠的也只是万安知县王冕所率的义军。"将士执宸濠入江西，军民聚观，欢呼之声震动天地"。（《明史纪事本》卷47第702页）由此足以佐证宸濠叛乱不得人心，毫无正当性、合理性可言，这应该就是历史的结论。

　　诚然，我们应当尊重历史研究的自由，但这自由也必须是有个度的。毕竟历史不是由人任意打扮的小姑娘，历史研究是严谨的科研行为，也切不可凿空而行，而是必须诚实地遵循基本学术规范的研究方法。"论从史出，史由证来"，对历史要充满敬畏之情，一切研究和结论都必须建立在对史料的收集整理和分析把控上，绝不可借口"增加可读性"而刻意制造哗众取宠的历史常识，而这些常识往往是经不起史料及历史研究的检验的。如现在有人为了给宣扬娄妃增添一些色彩和暧昧，竟称唐伯虎应宁王之请，曾到南昌担任娄妃的国画老师，并编造出了二人的师生之恋：说是唐伯虎对这位才貌双全的女弟子产生了超出师生关系的情感，且坐怀不乱；娄妃在跟着唐伯虎学画期间对老师钦佩有加，在知道宁王将叛乱，设巧计帮老师逃离宁王府；娄妃投江后，唐伯虎又以美女画像和伤感诗作来表达深深的怀念之情。这是多么地缠绵悱恻、婉转动人，相信因了广为人知的唐伯虎之风流成性，更加之家喻户晓的"三笑姻缘"故事，这个桥段定能教人浮想联翩，从而俘获不少人的眼球。但据笔者所查史料，王世贞在《弇州山人四部稿》卷155中谈到文徵明（待诏）和唐伯虎时称："正德末，待诏困诸生，而伯虎为山人以老，宁庶人慕其书画名，以金币卑礼聘之。待诏谢弗往，伯虎往，而觑庶人有反状矣。乃阳为清狂，宁使至，或纵酒，箕踞谩骂，至露其秽。庶人曰：'果风耶'，放之归。归二年，而庶人反，伯虎已卒矣。"这里并不及娄妃。就连蒋士铨在其戏剧《采樵图》第五出《召客》中，也只是借剧中人之口称："小生唐寅……今被宁王遣书仪逼迫来到南昌，我想宸濠素有不臣之志，岂可依比？太白、柳州，前车可鉴，不免假作疯癫，全身而去，多少是好。"可见宁王招徕唐伯虎，只不过是他惯于"善以文行自饰"的举动罢了，也不见有上述暧昧离奇的桥段。笔者上引资料的作者王世贞，明嘉靖进士，以当代人记当代事，应当比较可信。令人遗憾的是，无法知晓上述缠绵情节引自哪位高人的大作，该不会又是一出杜撰？苟如是，那个贞洁自好的娄妃安在？虽然我们辨别这一史实的真伪并不难，但要消除它的影响却不易。当下国人的历史常识深受一些学术不端行为的影响，时常呈现混淆的状态：一方面很少接触专业的历史知识，史学研究书籍少人问津便是明证；一方面又对畅销书、影视剧中的戏说和架空情节津津乐道，好像这就是历史。更叫人不解的是，一些专家学者竟也把小说演义当作历史来讲，把大讲堂混同如说书场。这就使国人的历史常识真真假假，对错难分，好像是一片稗麦共生的荒地，良莠不齐，甚而良不敌莠。然而只要我们坚持实事求是的原则，不受这些不良风气的影响，就能对娄妃作出正确的评判。

对历史人物，尤其是对娄妃这样充满矛盾的历史人物，我们应当更多的抱有宽容之心，不要站在今人的立场上溢美或者苛求于她。首先不要对她作简单的道德评判，她是一个悲剧人物，怜其不幸犹则可，恨其不争倒不必。由于有"从夫"的戒律，她对宸濠的禽兽之行未有也不可能救正，在那污秽的环境中能得洁身自保已属不易。对宸濠的叛乱她同样也未能谏止，虽自始至终参与在叛乱之中，但这也不是她的本意，其实是被迫裹胁其中，故我们不应像古代那样把她当作叛臣看待。不同的时代产生不同的历史事件和人物。我们不应因她被裹胁进了叛乱而否认她"贤妃"的历史定位，但也不必对娄妃作不切实际的溢美；她虽不是叛贼罪妇，但也不至成节烈英豪；尤其不能无原则地为了拔高娄妃而不辨忠奸、混淆是非、甚而颠倒黑白、丧失底线。我们文史工作者应坚持"守正创新"，守正不失方向，创新不忘初心，消除学术不良风气的影响，让历史回归于历史，让娄妃还原于娄妃；愿无谓的杜撰得以匿迹，愿不幸的灵魂得以安息。行文至此，嘘唏不已，聊敷短句一首，权作本文之尾：

妃本良善，秀外慧中。理学浸淫，从一而终。生不逢时，坠入孽宗。遇人不淑，不得善终。哀其不幸，叹天不公。呜呼哀哉，一揖长空。

三、费宏"三元及第"说考辨

费宏是明代著名的状元宰辅，他科举考试的功名在史籍中的记载是明确而具体的，史上亦绝无争议。只是近期不知何故就出现了费宏"三元及第"之说。2005 年费宏研究会在铅山召开《冠盖里——江西铅山费氏科第世家寻踪》一书的编写筹备会，我与吴长庚教授都应邀与会，并在会上对此说提出了质疑。令人遗憾的是，写有这一说法的文章还是被录入了该书中正式出版；更为严重的是，这一说法嗣后又被转相引用，时不时地出现在一些展览和报刊的文章中，俨然成了信史，且其影响还有不断扩大之势。为了不致使这一说法以讹传讹、贻误后人，故不得不为之一辩。

所谓费宏"三元及第"之说，其表述是：费宏"十三岁中广信府童子试文元，十六岁中江西乡试解元，二十岁中进士，廷试钦定状元"。(《冠盖里——江西铅山费氏科第世家寻踪》第 13 页) 我们知道，明代科举考试分四个阶段，即郡试、乡试、会试、殿试。据《明史》卷 69《选举志》所载："明制，科目为盛，卿相皆由此出，学校则储才以应科目者也。""科举必由学校，而学校起家可不由科举。学校有二：曰国学，曰府、州、县学。府、州、县学诸生入国学者，乃可得官，不入者不能得也。"所谓科目者，"三年大比，以诸生试之直省，曰乡试，中试者为举人。次年以举人试之京师，曰会试。中试者，天子亲策于廷，曰廷试，分一、二、三甲以为名第之次"。可见郡试不是科举的正式考试，只是学校考试，是为科目考试储备人才。而所谓科目考试的"三元及第"，这一指称是固定且约定俗成的，其意专指一人在乡试中得第一名，称解元；又在礼部试中得第一名，称会元；再在殿试中得一甲进士第一名，称状元。这就是当时国家的正式科举考试的最高功名，其他所产生的功名是：乡试中试称举人，礼部试中试称中试举人，殿试过后经一、二、三甲排名才称进士；其中根本就不包括不作为国家正式科举考试的府试，因此也就没有府试中文元一说，可见对费宏"三元及第"的表述是有违当时科举考试的制度常识的。再说从目前能够查阅到的载籍中，也不见有费宏十三岁参加广信府童子试的得中"文元"的记述，可见这也是没有史实依据的，总之是不太靠谱。

　　那么，除了这不靠谱的"三元及第"，就正规的"三元及第"而言，费宏在三次国家大考中是否真的"三元及第"了呢？我们不妨作一考证。据史料载，明宪宗成化十九年（1483），16岁的费宏与五叔费瑞同赴江西癸卯科乡试，叔侄双双中举，首开横林费氏科场"叔侄同榜"的盛举。而这次费宏却并没有中解元，据《江西通志》卷21第33页记载，这一科乡试的解元是万安人李素。次年，费宏叔侄同赴京师参加甲辰科（成化二十年1484）的礼部试，双双落榜。费宏遵二伯父费瑄的安排留京师入太学攻读，学业大进。成化二十三年（1487）费宏叔侄再赴丁未科礼部试，结果其五叔费瑞再次落榜，费宏中式。这科的会元，据史料载：成化二十三年三月"乙卯，上御奉天殿策试举人程楷等三百四十九人"。（《宪宗实录》卷288第4859页）可见这科的会元是程楷。又据《饶州府志·选举志》第1881页载，成化"丁未会元"是乐平人程楷。另据《通志》载："松江张黼尝梦登第在状元前，觉而叹曰：'岂有科名先状元者，吾殆在深山外矣。'及是年会试，黼名在十五，文宪公名在十六。"（《鹅湖横林费氏宗谱》第153页）这亦可以佐证费宏是科不曾中会元，只在礼部会试中式榜中名列第十六名。后在殿试中被宪宗皇帝钦点为进士第一人，高中状元，成了有明一代最年轻的状元。又，费宏在弋阳汪俊得中会元时曾赋《寄汪会元用之》诗一首贺之，其中称"文名籍甚满乾坤，更觉吾乡胜事繁。两姓通家才半舍，七年相继备三元"。（《费宏集》卷4第89页）这里说的是，费宏成化二十三年（1487）中状元，汪俊弘治二年（1489）中解元、弘治六年（1493）中会元，二人在这前后七年里合中了三元。明代在科举考试中像汪俊这样连中两元的人不少，一般是状元、解元，或会元、解元，"三元及第"之最难处，在于既是会元又连中状元。这大概是因为会试是礼部主持，会元名次由主考大臣所定；而殿试则是皇帝亲自主持，状元也由皇帝钦点，故而二者雷同的可能性极小，否则如何体现皇帝的至高无上和不同凡响？据《中国历代文状元》载，明代在277年中开了90科，取状元91名，其中只有黄观、商辂、吴宽、钱福、伦文叙、杨守勤、韩敬、周延儒、庄际昌9人既是状元又是会元，不到十分之一，可见其概率之小；而在这9人中，又只有黄观、商辂二人亦是乡试解元，故整个明代科举中，只有黄观、商辂二人才是真正的"三元及第"。

由此可知，费宏在科举考试中只是状元及第，中解元、会元之说是没有史实根据的，故不管是真"三元及第"还是假"三元及第"之说，都是不能成立的。在明代的科举考试中，"三元及第"只是个很高的荣誉，取其难得稀少以为贵。其实解元、会元并没有什么特别的恩惠，而只有"状元及第"才有实质性的意义。状元是皇帝钦点的，故称为"天子门生"，这在当时是至高无上的荣誉；一中状元，即被授予翰林院修撰，位列禁近，身居清华，成了朝廷从六品的官员；虚龄二十的费宏，刚刚进入仕途，就成为副地级干部，这起点确实够高的。而其他的进士，绝大多数还要经观政、回乡等过程，待以时日后方能授官；授官也只是七品、八品，要成为六品官员，还不知要在官场奋斗多少年，有些人恐怕是一辈子都未能企及。同时，费宏的人生闪光点不仅是在这状元及第的光环上；更在于他之后的辉煌政绩。明代91位状元中，只有17人入阁成为大学士，其中更是只有9人位列首辅，成了真正的"状元宰辅"。且在这9人中，唯费宏为了国家的统一，历经坎坷，不畏艰险，九死一生，"终亦无损清誉"；他出仕近50年，历官四朝，三入内阁，两为首辅，一生正色立朝，被史册赞为"持重识大体"的政治家。因此，我们在费宏研究中，要多从他的纯正思想和杰出贡献上着眼；功名荣耀只要如实反映其状元及第的科名就可以了，大可不必为了人为拔高历史人物而胡编乱造诸如"三元及第"的科名，这样做不仅不能扩大事主的影响，反而会贻笑大方，损害我们史学研究的公信力；而不加审慎考订就贸然转引一些不实资料的作法，是不可靠的，亦是不可取的。

四、关于鹅湖横林费氏始迁祖的考证

鹅湖横林费氏在明嘉靖年间创修宗谱时，明确记录其始迁祖是本二公费有常。谱中有四处述及此事：

其一是在第十一节"孝友·本二公事实"下记："本二公讳有常，不知其何所自，而居横林。遭元之乱，红巾啸聚豁峒间，旦夕窃发，自官兵不能救御，民往往自逃入山谷。于是，本二公亦逃，念家室，不能舍去，数数往眴焉。无何，为红巾所伤，以死不得其处，葬衣冠于横林之后园，与余氏妈同穴。生一子：谦十四公。"这一段很明确地记录了不知费有常的出处，在铅山是因避红巾之乱逃难中遇害，故不知其死在何处。并不是说其是因遭红巾之乱而避迁至铅山的，这一点是十分明确的。

其二是在第34节"世系·第一世本字派"下记"始迁祖，本二公，讳有常，字永兴，生于元成宗大德四年庚子（1300）二月二十日午时。其时因避红巾之乱，家于铅山廿八都官坂，继迁横林。娶本邑土溪局余氏，改合葬黄豹坞。生子一：广成。"这一段与"本二公事实"略有不同，把"家于铅山廿八都官坂，继迁横林"归因于"因避红巾之乱"，这就容易造成歧义：可能是因红巾之乱从铅山其他地方迁到官坂；也可能是因避红巾之乱，从外地迁到铅山官坂。总之这是把避红巾之乱说成是迁徙之因，而未说明是其死因，故给后来"本二公只身来到铅山"之说留下了想象的空间。

其三是在第6节费元禄所著"族谱四篇·例义第一"中："本二公讳有常，不知其何所自，始而居横林。遭元之乱，红巾哨聚谿峒间，且夕窃发，自官兵不能救御，民往往自逃入山谷。于是，本二公亦逃，念庐井不能舍去，数数往瞷焉。亡何，为红巾所伤，以死不得其处，葬衣冠于横林之后园。"除这段与"本二公事实"基本相同的记述，还记有："余费氏，世家铅山仁义乡横林。遭元乱而谱毁不存。永乐间，县有剧盗发冢，得埋铭云：'五季之乱，费氏与诸葛氏自蜀徙居铅山，世为婚好'，则费故汉大将军祎裔也。而远者未遽能复详，自九世祖本二公以来，积德累功，则耳目可考矣。"这里除肯定了不知费有常的出处和避红巾之乱是其死因外，还明确了费氏自"五季之乱"徙居铅山，且世代家于铅山，遭元之乱家谱被毁，世系不清，而尊费祎为远祖是根据永乐间出土的埋铭。

其四是在第六节费元禄所著"族谱四篇·谱序第四"中称："费氏自蜀大将军祎，代有著者。遭乱数徙，亦遭乱数失：即来自铅山，载籍亡者过半，谱者何所考焉？乃断自本二公以下。"这里十分明确地表述了鹅湖横林费氏以本二公为始迁祖的原因，是自三国时的费祎以来，千余年"遭乱数徙、遭乱数失"，就是来到铅山后，亦"载籍亡者过半"，谱牒无所考据，故"断自本二公以下"。

《鹅湖横林费氏宗谱》从创谱之初，即如实记载其始迁祖本二公是一赤贫之人，且不知所自，不晓所终。这种客观务实不作假的精神，得到了当时许多有名望的士大夫的极力推崇和肯定：如大学士李东阳赞费氏宗谱"远代难稽，宁阙莫补，恐其讹且伪，第谱其所可知者，相续次而成谍焉。斯谱之兴，可法而可传欤"；大学士徐阶对费氏"谱以辨真伪、杜冒窃、示不二，非敢为增华"的态度十分赞赏；大学士申时行称"推原其谱，修于鹅湖、钟石二公之意，参于清湖公之谋，成于少湖、屏石、望湖诸君之手。以彼西蜀远不胜论，就其迁居横林，代衍绵绵，子贵孙荣，一脉流传，自不必牵引附会，以夸世胄耳"；大学士郑以伟赞"费氏之谱，与其远稽，莫若近述，断以始迁祖有常为始祖，所以徵实之道也"。

创谱四百多年来，鹅湖横林费氏后人对宗谱进行了八次重修，均秉承了这种"实事求是"的精神，在未得到准确无误的证据之前，没有也不敢对始迁祖的记述妄作任何改变。当然，随着宗族繁衍，人口渐众，产生一些不同见解也在所难免，于是就出现了两个插曲。

一是在创谱前贤费宷逝世后，明太子太保、吏部尚书闻渊为费宷所撰墓表文中称："按状，公讳案，字子和，别号钟石。其先出蜀费祎后，元季有名禾者，为弋阳令，因家焉，遂籍广信之铅山。"这里是把费禾记为横林费氏的始迁祖了。闻渊是费案的同年进士，且同朝为官，但这篇墓表文却是"按状"而写，即按费案后人所提供的"行状"写的，说明其时横林费氏后人中亦有想攀官员为祖的想法。据嘉靖四年《铅山县志》卷10"选举·乡举"第213页载："费禾，字明道，仁义乡人，咸淳间中，任弋阳县尉。"此志是费案主编，如费禾确是其始迁祖，岂有不载明之理？可见不太靠谱。据铅山《九鲤堂费氏宗谱·世系》，费禾是铅山九鲤堂费氏的先人，显然与横林费氏不相干。文中又将费禾记作"元季"人，亦疑有误，据县志、府志所载，其中举、任官皆在宋代。总之这一说法与鹅湖横林费氏宗谱及费宏著作所记皆不合，故族人对此历来予以认可，2013年重修宗谱时，还就此作了特别说明。

鹅湖横林费氏后人对自己始迁祖本二公的来历成谜，始终觉得这是个天大的憾事，故对此孜孜以求，不遗余力。虽经多方找寻，但皆无确证，这种长期寻根问祖而不得解所引发的焦虑，遂带来了第二个插曲：2000年11月17日，湖北阳新费氏四位宗亲来到铅山，说他们谱中记载了其族丙二公为避红巾之乱，从湖北迁徙到铅山官坂，称这个丙二公就是横林费氏的始迁祖本二公。鹅湖横林费氏后人得此信息，如若久旱逢甘露，欣喜不已，未加细思，即信以为真。经数次来往商谈，遂于2002年进行了合谱合派，即认了湖北阳新的丙二公为始迁祖。然而随着全国费氏宗亲交往的增多，有关铅山横林费氏始迁祖的信息也越来越多：江苏江阴费氏宗谱中记述了费有常"迁广信府铅山县"及其子广成，其孙荣祖、荣迪的信息。无锡费氏宗谱中亦记载其第13世有名革、字惠峰者"迁居江右广信府铅山县"，并有其子友常、其孙广成的信息。再加上自己宗谱中关于费禾的信息，遂引起了横林费氏后人对2002年与湖北阳新费氏合谱、合派的反思：阳新的"丙二"是人名，横林的"本二"是派行，他的名字是费有常；丙二公生于1288年，本二公生于1300年，相差12岁；作为事件焦点的"红巾之乱"发生在元顺帝至正十一年到二十七年（1351—1367），丙二公在红巾军起事时已64岁，才从湖北阳新迁徙铅山；而这时本二公费有常在铅山官坂、横林已生活了几十年，他的儿子广成也已出生了，且不久他就死于避红巾之乱的逃难之中。这种种的疑点都说明了阳新的丙二公不是铅山的本二公，且都指向了同一个结论：2002年的合谱、合派是轻信了、草率了。于是，以费荣兴为代表的横林族人，毅然决然地于2013年提前自主重修了宗谱，坚决彻底地纠正了这一错误，详见铅山费宏研究会《致湖北阳新费氏宗亲书》及《再致湖北阳新费氏宗亲书》。

寻根问祖的长期和曲折，再加上这些插曲的沉痛教训，使我们反思对横林费氏始迁祖研究所存在的问题：就是我们不能光局限于宗谱中有关始迁祖本二公的某些模糊记述，人为地把本二公与铅山其他费氏族人分割开来，而应从放眼对整个铅山费氏的研究中来探寻真相。在2013年重修宗谱时，我们检校宗谱，从中发现了一个奇怪的现象，就是横林费氏前五代各字派序号中多有空缺，如本字派只有本二公，谦字派只有谦十四公，荣字派只有荣三、荣五公……直至第六代浚字派及以下，才各派序号以自然序数完整无缺地编排。当时分析这是由于嘉靖年间创修宗谱在编派行时，前五代都是与左近其他费氏宗人共用字派的，从第六代开始，横林费氏才单独使用字派。可惜这一分析与猜想，当时没有从其他费氏宗谱中得到印证。

同时，笔者在点校、整理费宏著作《太保费文宪公摘稿》时，发现其中有两篇涉及铅山费氏情况的文章。一是卷16的《费处士行状》，这是费宏为宗兄费诚之父处士费良佐而作，文中称："处士讳良佐，姓费氏，世为铅山仁义乡人。永乐间盗发宋时冢，得埋铭云：'五季之乱，费氏与诸葛氏自蜀徙居铅山，世为婚好。'疑自蜀徙者，即大将军袆之苗裔也。诸费往往聚族以居，有居横林者，有居范坞者，有居费墩者。其谱谍失次，数世以上，莫详其系，而称呼庆吊尚不绝。处士盖范坞之族，讳德芳，讳思安、讳九思、娶张氏者，处士之曾大父、大父、父母也。"这篇文章作于费诚任顺昌令之后，即弘治二年（1489），其时费宏已中状元，且任翰林院修撰。文中明确证实了铅山费氏尊费袆为远祖，是依据明初所出土的墓志铭的记述。笔者曾有幸受邀参与上饶诸葛氏的修谱大会，得知铅山诸葛氏后人与其同宗共谱，至今还居住在与横林隔河相望的重阳庙附近，这也佐征了费宏文中关于埋铭的记述。该文还真实地记录了其时铅山费氏有横林、范坞、费墩三支后人聚族而居，虽谱谍失次，不辨世系，但往来密切。如费宏祖父（奉训公）费应麒，于费良佐为父行；费宏伯父（参议君）费瑄，于费良佐为弟行。"奉训公见义必为，为乡邑豪杰，以处士机警解事，心甚喜之：百尔区画，辄询之处士。处士亦以得所依为幸，未尝一日去左右。正统末，复修经界之法，乡推奉训公长其役，履亩核实，无毫发欺。其籍记之劳，实处士任之。奉训公自恨孤弱失学，以教子读书为先务，而处士效之，亦惟恐在后。子诚，甫髫龀，即在奉训家塾授《孝经》《小学》诸书。暨长，遣补邑庠弟子员，授业参议君之所。处士殁后六年为成化辛卯，诚领江西乡荐，今为顺昌令"。第二篇是卷12的《送宗兄顺昌令成之先生致仕序》，此篇作于弘治十年，其时费宏伯父费瑄得请致仕，费诚亦追随其后，恳辞致仕，在答复费宏的劝说时称："吾之生也，与族父修撰公（注：费宏之父费璠）为同甲，童子时尝同游。修撰公荣膺驰封，眠食任意，束带见客尚以为劳，子乃欲吾以既衰之年，受束缚驰骤之苦乎？况吾幼尝受学于亚参公（注：费宏伯父费瑄），用有今日。公今宦成而归，吾苟得相从，以免危殆之辱，不亦可以远追二疏之风耶？"这些记载都翔实地描述了两家的亲密关系，对了解其时铅山费氏的状况是可靠的第一手资料。

更为可喜的是，笔者近期在上饶东湖花园一古玩店发现一方宋代墓志铭碑，并得店主所赠拓片一纸，对我们研究铅山费氏的历史大有裨益。墓主费时登，字君庸，"居琛山之阳曰蛤湖，距琛山不一舍，有水曰葛溪，世传长房遗迹，费之派实出于此。蛤湖首枘尾琛，环数里皆费姓，繁衍且数百年，然而未大也。公大王父德照，王父智承，相继积累，至皇考文珍而家声益大振，植产为一乡甲"。碑中对铅山费氏居住地的方位作了详尽的描摹，且"环数里皆费姓"，这与费宏文中"诸费往往聚族而居"的说法是相符的。此碑作于宋理宗嘉熙三年（1239），且称费氏在此"繁衍且数百年"；费宏文中亦称费氏迁徙到铅山是因"五季之乱"，所谓"五季之乱"，是指五代十国（907—960）的混乱年代，距南宋末年已有300余年，这与碑中"且数百年"的说法也是相符的。综合两碑的记述，可以看出铅山费氏自五代之乱时迁徙至铅山，300余年后的南宋末年，已有费时登这样富且大的家族；至明代，铅山有横林、范坞、费墩三支后裔聚族而居。由于历经战乱灾难，谱牒不存，数世以上，不知所系，但交往密切，亲情不断。

费时登究竟是铅山费氏的那一支？因铭文中有其家至"皇考文珍而家声益大振，植产为一乡甲"的记述，可以确定费文珍即是费时登之父，而费文珍是被九鲤堂费氏尊为其族之始迁祖的。检得1998年重修之《九鲤堂费氏宗谱》，卷首多篇序言及传记、墓志皆称费文珍从四川成都迁江西铅山，可在"世系"中又载有其父志诚，其兄文杰、文仲，及其叔父志议，祖父秉毅，曾祖父谦受，高祖元甫等的信息，且称其曾祖谦有受"世居四川成都府成都县龙头山家焉，有铁井，其水烹茶味极香甘"：在费文珍长子费时登的墓志中，称其祖父为智承（注：与谱中"志诚"同音不同字、义），曾祖父为德照（注：与谱中"秉毅"二字全不同）。但确实可知在文珍公之前，其先人已在铅山居住多年，只因谱谍无存，数代以上不知世系，故断自文珍公为始迁祖。联想到横林费氏以本二公费有常为始迁祖，亦应当是有相似的原因的。

查1998年重修之《九鲤堂费氏宗谱》，卷首光绪八年《费氏重修宗谱源流新序》中称："必廉迁范坞，纯典迁横林。"《世系》中载有文珍的叔父志议公一支的传承：志议生文忠，文忠生时泰、时来、时乐：长子时泰生必廉（迁范坞），必廉生显烈、显思，显思生纯慈、纯明，纯慈生良友，良友生敏闻（字孔行，行本六）、敏得（字孔益，行本七）。次子时来生必全，必全生纯典（迁横林），纯典生良琰、良瑜，良琰生本一、本二、本三、本四、本八、本十一。三子时乐生必寿（迁官坂）。从这一系列的传承中，我们可以看出：其一，迁范坞、横林、官坂三支均是文忠公之后。其二，迁横林的不是本二公，而是本二公之祖父纯典公。其三，用"本"字派的不仅是横林良琰公六个儿子，还有范坞良友公的两个儿子。这也佐证了2013年横林费氏重修宗谱时，关于前五代是与左近费氏其他支族共用字派的分析。

综合以上的考证和剖析，我们可以得出的结论是：铅山费氏在五代十国时期已从四川成都徙居铅山，至今已千余年。现有两部宗谱传世，即《鹅湖横林费氏宗谱》和《九鲤堂费氏宗谱》，后者是费墩费氏与范坞费氏合修的。在创修宗谱之初，九鲤堂费氏和鹅湖横林费氏分别尊费文珍、费有常为始迁祖，此皆因战乱、灾难频仍，对其前数百年在铅山的世系传承无法确认，迁铅前的世系传承就更无从得知，故不得已而断自此始。鹅湖横林费氏始迁祖本二公费有常，并不是独自一人从外地迁到铅山，他的祖先已在铅山生活了数百年；他的祖父纯典公首迁横林，他的父亲良琰公生下本一、本二、本三、本四、本八、本十一6子；只是由于难以想象的特别重大的变故，致使本二公陷入了极端的孤独和赤贫，只身一人到官坂宗亲处帮佣，后虽返还横林创业，但在52岁得子后不久即因避乱逃难而遇害，且死不得其所。其子广成时尚年幼，不得已依外家以生，13岁时因无法忍受诸舅嫌恶而偕母重回横林创业，故对父祖及先人的世系传承不甚了然，但从本二公及广成公以下是传承清晰的，故后世创谱只能断自本二公以下。费宏等创谱先贤以本二公费有常为始迁祖，虽出于无奈，但这种实事求是的精神是难能可贵的，我们应当继承和发扬。

特别需要指出的是，《九鲤堂费氏宗谱》中的一些记载，虽然没有史志等资料佐证，可信度不高，其对宋、元先祖世系传承的记述也不尽准确。但结合费宏的著作及新近出土的费时登《墓志铭》等史料来综合研究，其对费氏先人迁居铅山的历史框架的描述是明确的，是有史实依据的，因而是有史料价值的，是可信的。这也是我们考证鹅湖横林费氏始迁祖本二公费有常的历史事实的关键所在，对我们作出正确的结论也是大有俾益的。

五、君臣诗歌唱和与嘉靖新政

明代嘉靖初年，帝与首辅大学士费宏君臣间诗歌唱和，传说颇多，史籍亦有所记载。《明史》卷193《费宏传》第5109页称："帝尝御平台，特赐御制七言一章，命辑倡和诗集，署其衔曰'内阁掌参机务辅导首臣'，其见尊礼，前此未有也。璁、萼滋害宏宠，萼言：'诗文小技，不足劳圣心，且使宏得冯宠灵，凌压朝士。'帝置不省。"这里只讲帝御平台赐诗，未记何时及具体内容；只讲七言诗，不知是七言绝句、七言律诗还是七言古诗。《明通鉴》卷52对此事有相同的记载，但将其记在嘉靖五年四月"壬戌，詹事桂萼、张璁以陈九川侵盗贡玉事攻讦大学士费宏"条之后，四月"庚午，小王子犯大同"之前。查得嘉靖五年四月癸丑朔，壬戌即四月十日，庚午即四月十八日。因该史为编年体，故在此虽未明确赐诗日期，但亦大致给出了赐诗的时间范围是嘉靖五年四月初十日至十八日之间。而费宏箸《宸章集录》和《世宗实录》俱记在嘉靖五年六月十三日，可见《明通鉴》这里所记亦是不太准确的。

以上二史均为清代人所撰，且因史书篇幅之限，对史料必有所取舍，故使赐诗的具体情形和内容均阙如。对此倒是明代人的著作记述较为详尽。如张萱的《西园闻见录》卷28《宰相》下第1页在记述费宏的历史功绩时称："时上以御制《咏春诗》及《四景律诗》命公等恭贺，自是日有圣制，皆命公和之。又赐御制七言古诗一章，是日大雨，上御平台召对，命自左顺门度文楼，历中左门而入，时以为荣"。这里记实了赐诗之日天正下大雨，并明确了唱和的御制诗名为《咏春诗》及《四景律诗》，而赐诗则为七言古诗一章，这就比以上二史所记更为详细了，但仍不记赐诗的内容。又有沈德符在《万历野获编》卷 2《列朝》第 70 页载："世宗初政，每于万几之暇喜为诗，时命大学士费宏、杨一清更定，或御制诗成，令二辅臣属和以进，一时传为盛事。而张璁等用事，自愧不能诗，遂露章攻宏，诮其以小技希恩，上虽不诘责，而所出圣制渐希矣。"由此可见嘉靖帝常命费宏更定、唱和御制诗，后因张璁等的攻讦而"渐希矣"，并非以上二史所记"帝置不省"即不了了之的。这里将更定御制诗之事除费宏外又列入了杨一清，遍查有关嘉靖帝与臣下诗词交往的史料，只在《世宗实录》卷 72 第 1632 页载有：嘉靖六年正月"甲午，上政暇喜为诗文，大学士杨一清以所拟元宵诗呈览，内有'爱看冰轮清似镜'，上以为类中秋诗，改云'爱看金莲明似月'。一清疏谢，以为'曲尽情景，不问可知其为元宵作矣。圣资超悟，殆非臣下所能及也'"。其他也不见有其为帝更定诗的记载，疑为误记。

上引史料虽提及平台赐诗之事，但均不涉及诗的内容。查得明人余继登在其所著《皇明典故纪闻》卷 17 第 962 页载："世庙于万机之暇留心篇章，嘉靖五年六月，御平台召大学士费宏、杨一清、石珤、贾咏入见，各作一诗相勖。赐宏诗云：'睠兹忠良副倚赖，舜皋仿佛康哉赓。朕缵大服履昌运，天休滋至卿其承。沃心辅德期匪懈，未让前贤专令名'。赐珤诗云：'黄阁古政府，辅导须才良。卿以廷荐入，性资特刚方。在木类松柏，在玉如珪璋。可否每献替，忠实无他肠。'赐咏诗云：'卿本中州俊，简在登台衡。君臣际良难，所贵德业并。朕固亮卿志，夙夜怀忠贞。卷阿有遗响，终听凤凰鸣。'赐一清诗云：'迩年西陲扰，起卿督边方。宽朕西顾忧，威名满华羌。予承祖宗绪，南欲宣重光。卿展平生猷，佐朕张皇纲。'"这里所引赐费宏诗只有六句，既不像七绝，亦不像七律，更不像七言古诗；赐其他人的五言诗也只有八句，与五言绝句、律诗、古诗皆不同，且诗意均不贯通，疑其都是不全的摘录。

又查得明人王世贞在其所著《弇山堂别集》卷 13《皇明异典述》中称："世宗赐少师、太子太师、吏部尚书、谨身殿大学士费宏：古昔贤王勤圣学，必资贤哲为朕股肱。君臣上下俱一德，庶政惟和洪业成。顾余眇末德寡昧，钦承眷命历数膺。宵旰兢兢勉图治，日御经幄延儒英。每从古训寻治理，歌咏研磨陶性情。诗成朕意或未惬，中侍传宣出紫清。补衮卿任仲山甫，为朕藻润皆精明。睠兹忠良一以赖，舜皋仿佛康哉赓。朕所望者独卿重，庙堂论道迓熙平。虞延盛治须百揆，商诹伊傅周两卿。朕缵大服履昌运，天休滋至卿其承。帝赉良弼匡吾政，协恭左右待钧衡。大旱须卿作霖雨，淫潦亦赖旋开晴。沃心辅德期匪懈，未让前贤专令名。"这里所载全诗共 28 句，符合七言古诗的体例，与费宏《宸章集录》所录诗句基本相同，虽其中个别字有所不同，但不影响整个诗意的表达。

《世宗实录》对此有较为详细的记载，卷 180 第 3857 页在表述费宏一生的功绩时称："上尝制《咏春诗》及《四景诗》属宏和，上自序其端，名曰《咏春同德诗》，题其衔为'内阁参掌机政辅导首臣'，其见任如此。"又在卷65第1495页记：
嘉靖五年"六月甲子，上御平台，召大学士费宏、杨一清、石珤、贾咏入见。宏、珤、咏先入，上谕之曰：'卿等昨和朕诗，朕亦为卿等各作一诗相勖。其用心辅导'。乃以诗手授宏等。一清继至，上谕之曰：'卿昨岁督边，殊有劳勋，兹特召还资辅理。朕为一诗赐卿，卿其勉之。'宏等皆顿首谢。上于万几之暇留心篇章，兴到即成，睿藻天然，不由思勉。是日赐诸臣诗，皆长篇，各因其人为褒训，俱有新意，赐宏诗有云：'睠兹忠良副倚赖，舜皋仿佛康哉赓。朕缵大服履昌运，天休滋至卿其承。沃心辅德期匡懈，未让前贤专令名。'赐珤诗有云：'黄阁古政府，辅导须才良。卿以廷荐入，性资特刚方。在木类松柏，在玉如珪璋。可否每献替，忠实无他肠。'赐咏诗有云：'卿本中州俊，简在登台衡。君臣际良难，所贵德业并。朕固亮卿志，夙夜怀忠贞。卷阿有遗响，终听凤凰鸣。'赐一清诗有云：'迩年西陲扰，起卿督边方。宽朕西顾忧，威名满华羌。予承祖宗绪，南欲宣重光。卿展平生猷，佐朕张皇纲。'"这里记述了平台赐诗的时间、地点、经过及主旨，但所录赐诗的内容与前引《皇明典故纪闻》所录相同，仍是缺漏不全，不成体例。卷68第1565页又记：嘉靖五年九月丙午（26日）"时上听政之暇，间与大学士费宏讨论。詹事桂萼以为诗词小技，恐劳圣躬。上曰：'朕学诗自娱，不妨政务。尔言固见忠爱，但宏既居辅弼，职在讲论，朕有所疑，亦必谘问。'"这里所记嘉靖帝与费宏讨论诗词遭到桂萼的反对，与《明史》所记亦略有不同，帝不仅是"不省"，且表明了其学诗的态度。

对于嘉靖帝平台赐诗，费宏在其著作《宸章集录》中有详尽的记述："嘉靖五年六月十三日朝罢，上御平台，召臣宏、臣一清、臣珤、臣咏入见。台在后左门之左，盖门之翼室也。臣等由东角门历中左门至焉，班台之外，西面序立，司礼监官传旨曰：'来'。臣宏、臣珤、臣咏先入，榻前顿首讫，上复呼臣等前，谕之曰：'卿等前日恭和朕制诗章，朕亦偶作一诗以赐卿等，其用心辅导。'内侍立于西者乃以御制诗次第捧进，上取之，手授臣宏，次臣珤、咏。宏等谢云：'陛下天纵圣明，制作精妙，岂臣等愚陋所能赞助？钦承宠谕，赐以诗章，臣等不胜感激。'命赐酒馔，复顿首而出。臣一清乃入，上谕之曰：'卿去年提督边务，劳勋昭著，特兹召还。朕作一诗以赐卿，卿其用心供职。'臣一清谢云：'臣本老病无用之人，荷蒙陛下召还内阁，分当委身报国。今又蒙赐酒面谕，不胜感戴，凡事敢不竭尽心力？'命赐酒馔亦如之。是日大雨如注，阶墀间顷刻水深尺余。近侍传旨导自东角门，循廊而入，出复穿文楼而行。圣明眷遇之厚，臣下遭际之奇，诚近岁所未有也。明日，臣宏等三人及一清各奉表以谢。上复各赐批答，以为称颂太过，尤可见圣德谦冲不自满假，有非近代之君所可及者。"这里将平台赐诗的经过记述的更为清楚、全面，且其进宫的路线是"自东角门，循廊而入，出复穿文楼而行"，与《西园闻见录》所记"自左顺门度文楼，历中左门而入"不尽相同，似应以当事人费宏所记为是。

对为嘉靖帝调和诗词，费宏在其著作中亦有不少记述。如《太保费文宪公摘稿》

卷6《进览润色御制诗题本》中称:"伏蒙皇上以臣等调和诗句,面赐慰劳,加以浓赏,且谕令宜益用心供职。臣等仰荷天地之恩至高至厚,其将何以为报哉?是日午后,又蒙遣司礼监官宣示御制《四景诗》十二律,欲臣重加润色。臣仰叹圣学之勤,圣德之谦,皆有不可及者。谨更定数语,录上用尘御览。臣窃窥圣制,每及于农事之艰苦,此可见近日所注《无逸》,盖深知小民之依在于稼穑。而一话一言忧念不置,故于吟咏之间往往见之。由此一念扩充,必能崇俭素、节浮费、薄赋敛、省征徭,仁政之及于天下者多矣。商之三宗,周之文王,又岂多让耶?臣不自揣,辄敢依韵恭和,而讽劝之意亦寓乎其中,伏惟圣明留意。又,臣待罪家居,今日午后,内阁典籍郭昊忽捧御制诗章一摺,云是司礼监官在左顺门发出,令伊送至臣家,欲臣润色。臣谨遵圣意,更定数字,谨录进呈,并原草封上,伏俟圣裁。臣不胜恐惧之至。"又在《奉命看详御制疏》中称:"昨者伏蒙皇上以所制《敬一箴》《斋暇治志》二篇,遣司礼监官垂示。臣等拜命伏读,仰见皇上潜心圣学,念念不忘。知君位之当慎也,则笃于持敬,而欲造乎纯一之德;知祀事之当严也,则志在图治,而欲慰乎祖考之灵。且正心诚意,莫先于慎独;敬天勤民,莫急于用贤。而圣作皆归重于此,此乃尧、舜、禹、汤、文、武传授之心法,唐、虞、夏、商、周致治之本源。自汉、唐以下之君,鲜有知者。而皇上独见之真、论之切,所谓有天德、可语王道者矣。由此进而不已,二帝三王岂得专美于前古耶?臣等相与叹服,且自庆得遭圣明之君,而与闻精密之论,真千载一时之快事也。二篇之文,见理分明,用意深远,非臣等所能企及。其中间有简古奥妙、读之未易领会者,则臣等略加补缀,谨录呈上,伏候圣裁。"又在《伏蒙皇上赐诗表谢再厪宸翰批答陈悃疏》中称:"臣等昨者伏蒙皇上召至平台,各赐以诗而加褒谕。感幸之极,无以为报。乃假俪语,少陈谢悃,其中颂美之词,岂能揄扬圣德之万一?盖帝尧之大,荡荡如天,固不可以言语形容也。顾蒙各赐批答,又特遣司礼监官谕臣等,谓'表中称颂大过,朕弗敢当。览之数日,足见忠诚。宜用心辅导'。臣等拱听纶音,伏读宸翰,仰惟圣心谦抑,不自满假,是即古帝王之盛节。而况兢业万几,筹画精密。一举一指,随事而应之,各当其可;一言一语,因人而施之,各适其宜。非天纵聪明,日新圣学,岂能至此?第臣等愚陋,不足以当付托之重。夙夜皇皇,恒以为惧。兹承圣谕,惟相与馨竭此心,勉图报塞,以期无负于天地父母覆育生成之德耳。臣等诚不胜拳拳。"从这些记述中可以看出,费宏与嘉靖帝诗歌唱和并为帝润色所作诗的频仍密勿,甚至在其因病家居时,帝仍命人将御制诗送至其家中请予润色,且君臣间的慰谕、讽劝之意溢于言表。

嘉靖帝与费宏等君臣之间的诗词唱和,当时遭到了议礼新贵张璁、桂萼等的恶毒攻击,称之"诗文小技,不足劳圣心,且使宏得冯宠灵,凌压朝士"。被诬为邀宠的技俩。对此,嘉靖帝亦自称是"学诗自误",极力淡化它的政治涵义。但只要我们对它产生的时代背景和朝政发展的情势稍作分析,就能看出当时明王朝权力中心的一些端倪，从而对这一在特定的历史时期发生的特定的文化现象，及其所发生的特定的历史作用，作出中肯的历史评价。

　　嘉靖帝朱厚熜是宪宗皇帝第四子兴献王之子，封国在明湖广安陆（今湖北钟祥），属皇族旁支的藩王，本与皇权无缘，可是由于一场非典型性的皇位继承，把他推向了明代政治舞台的中心。他的父亲兴献王只活了 44 岁，且只有朱厚熜一子。他的伯父孝宗皇帝在位 18 年，也只活了 36 岁，且也只有一子，就是继他皇位的武宗皇帝。而这武宗皇帝是一位在中国历史上十分奇葩的皇帝，他 15 岁即位，成天被一拨太监和佞臣包围，不问政事，专事游畋荒嬉，使国家处于非常混乱的局面。极度荒淫的他也被掏空了身子，正德十六年，年仅 31 岁的他病死于豹房；且这时他既无子嗣，也无兄弟，整个皇室大宗再无男丁可继承皇位，又没有预先指定皇位继承人。这一专制皇朝历史上罕见的现象，使皇位继承面临极大的困难，不得不采取另类的办法来解决。在大学士杨廷和等的拥戴下，年仅 15 岁的兴王世子朱厚熜登上了皇位，是为嘉靖皇帝。

　　嘉靖帝早在藩邸，就耳闻目睹了他的从兄武宗皇帝因嬉戏荒淫而导致宦官弄权、朝政紊乱、人民遭殃的政治局面。这位少年天子雄心勃勃，决心励精图治，以期实现中兴。他在杨廷和等大臣的辅佐下，大刀阔斧地拨乱反正，废除正德朝的弊政，出现了朝野期盼日久的嘉靖新政。首先清除了前朝诱帝害政的内竖佞臣，恢复了废止已久的经筵日讲，帝日与儒臣讲习治道、商榷政务，出现了君臣共治的良好政治生态。而费宏作为前朝阁老，又是状元宰辅、饱学之士，且立朝刚正，嘉靖帝早已心仪，他在给费宏的诏书中称："卿以硕德旧学辅佐先帝，嘉谟入告，备竭悃诚，随事纳忠，贤劳茂著。逆濠护卫之请，昌言沮止，触忤权奸，遭谗去国。朕在藩邸，已知卿名，新政之初，首先召起。"（《世宗实录》卷 14 第 483 页）诚然，正德十六年四月二十二日，嘉靖帝即位，三日后的二十五日，即下诏召回致仕在家的大学士费宏照旧入阁办事，后又任以为内阁首辅。

　　费宏深感知遇，竭诚图报，悉心辅政。"时水旱相仍，宏条陈救荒十事，上嘉纳。又蠲逋负，减太仆马价十五，以轻赍之羡给漕卒，议安大同叛卒，皆宏谋也"。（《世宗实录》卷 180 第 3857 页）费宏不仅尽力推行和维护嘉靖新政，还有鉴于前朝武宗皇帝的教训，深知要保持君臣共治的良好局面，必须使这位少年天子亲贤臣，远小人，习正学，弃荒嬉。他在给嘉靖帝所上的《讲学疏》中称："窃惟人君之治天下，其所当务者有二焉：曰勤政，曰讲学。二者之中，讲学尤为急务。盖人君之政，实由一心而推，心苟不正，则发于政事必有不当于理者。况一心之微，众欲攻之。人君居崇高富贵之位，在深宫独处之时，所以娱耳目、惑心志者，杂陈于前，皆足以为政事之害。一有所好而不知察，则始焉虽勤，终必流于荒怠而不能以自致。惟勤于务学，日以圣贤义理涵养本原，不使之昏昧放逸，而又究观古昔治乱兴亡之故，随事省察，惕然警惧；然后心无不正，政无不善，而天下可保其常治也。"（《费宏集》

卷 6 第 195 页）悉心劝导皇上坚持经筵日讲，亲近君子，以圣贤之学屏蔽邪念杂欲，以诗词之雅陶冶高尚情操，从而赋予君臣共治以坚实的思想和情感基础。

嘉靖帝也把从兄武宗皇帝的乱政引以为前车之鉴，在老臣们的忠诚诱导下，决心努力使自己成为一代大有作为的中兴之君。他在处理繁忙的政务之余，不仅每日与儒臣讲习圣学，研习治理，还潜心诗作；且不耻下问，虚心就教于费宏，每有诗作，即请费宏更定，甚至命人送至费宏家中请其润色。其中就有《咏春诗》及《四景诗》十二律，属费宏倡和，并亲自作序，名之曰《咏春同德诗》。嘉靖五年六月十三日，又在平台召见首辅大学士费宏等全体内阁辅臣，各赐一诗。赐费宏为七言古诗一章，其他为五言古诗各一章。这些诗作皆因人慰谕和警戒，勉励内阁成员悉心辅政，以期共成嘉靖新政。大学士们感激不已，不仅各自上表谢恩，还各赋诗以答，充分体现了君臣同心致治的浓厚情意。嘉靖帝又属费宏将赐诗与和诗合为《宸章集录》梓行，在朝野引起极大的反响，士子向慕，风气大变，一时传为盛事、佳话，嘉靖中兴已然成了众望所归。

面对勤政潜学的皇上，费宏欣喜万分。他不避嫌疑，不辞辛劳，诚恳地为御制诗更定、润色、倡和，并把"讽劝之意"寓乎其中；引导皇上重视民生，关心稼穑，使皇帝的亲民思想更加坚定、纯正，以期实现"崇俭素、节浮费、薄赋敛、省征徭、仁政之及于天下"的政治目标，使君臣拨乱反正、施行新政有了更多的政治共识，从而极大地推动了嘉靖新政的发展。

然而好景不长，随着"大礼议"的深入，嘉靖帝本能地要崇尊自己的亲生父母，坚持继统不继嗣；杨廷和等大臣却执拗地劝谏帝既继统又继嗣，要其成为孝宗皇帝的儿子，而置亲生父母于叔行；群臣也是一边倒地支持杨廷和，帝不能堪。议礼新贵张璁等又乘机挑拨，把杨廷和等的劝谏说成是权臣胁君，廷臣是畏权臣而不畏皇上，并诱导帝以锦衣卫武士来镇压群臣。于是君臣关系日益紧张，大学士杨廷和、蒋冕、毛纪相继去国，六部尚书悉数去位，再加上左顺门哭谏惨案的发生，杖死廷臣 17 人，流放、罢官者不计其数，朝堂几乎为之一空。费宏等虽苦心竭力维持朝政，但在嘉靖六年与石珤一起也被张璁等陷害被迫致仕，"自宏、珤罢政，迄嘉靖之季，密勿大臣无进逆耳之言矣"。（《明通鉴》卷 53 第 1719 页）君臣共治的政治局面荡然无存，而帝仍念念不忘议大礼之根，长期疯狂打击报复议礼廷臣，性情亦大变；从热爱诗词到喜欢青词，从钻研圣学到迷信邪教，从经筵日讲到设坛斋醮，从亲近君子到宠幸奸佞；成天与什么"青词宰相""尝尿尚书"、无良宦官、行骗方士混在一起。长期不上朝，不接士大夫，迷恋女色、秘方，沉湎寻药、服丹，幻想长生、成仙。遂造成朝政紊乱，内忧外患，嘉靖新政中途夭折，国家也日渐走向衰败，直至灭亡。

从这一正一反的朝政巨变，可以看出嘉靖初年帝与费宏等大臣的诗歌唱和的非凡政治意义，既不是帝自称的所谓"自娱"，更不是张璁、桂萼等所攻讦的希恩邀宠；而是嘉靖帝奋发图强、积极向上的表现，是费宏等大臣们辅导皇帝正本清源的得力举措，是君臣共治局面产生的思想情感基础，也是嘉靖新政的重要一端。正确地总结和评价这一历史现象，对我们研究明史无疑是大有俾益的。

六、费宏诗话

费宏（1468—1535），字子充，号健斋，一号鹅湖，晚号湖东野老，民间称费宰相，明江西铅山人。16 岁中举，20 岁状元及第；一生两为首辅，三入内阁，历官四朝，出仕近 50 年。他持重识大体，体恤民情，为官清廉，刚正直亮，不畏权奸，正色立朝。他不但勤政爱民，使天下阴受和平之福，还勤于笔耕，著作颇丰，体裁醇正，不尚雕刻，文章行于天下。他不仅文章功业皆卓有所立，且在理政、问学之余，亦工诗词，已收入《费宏集》中的就有近 600 首。这些歌咏虽不乏应酬之作，但平正典则，根于道理，充满着正能量。尤其是有大量篇幅反映了当时的重大历史事件，使我们能更为直观地了解历史。这里仅就其中有关宸濠叛乱和嘉靖新政的内容作一剖析。

宁王朱宸濠的封地在江西南昌，他为人轻佻，有禽兽行，且野心勃勃，蓄谋叛乱。其妃娄氏与费宏从弟费寀妻是姐妹，宸濠欲藉此拉拢、胁迫费宏兄弟助其谋叛。费宏耳闻目睹宸濠在江西的暴行，深为家乡人民和国家安定忧虑，竭力阻止其分裂逆行，曾奉旨《拟御制戒亲王诗四首》：

"居藩胜似为君乐，《祖训》分明不汝欺。只恐宴安偏易溺，可言忧惧未尝知。初筵醴酒休忘设，暇日遗篇得纵披。天下一家今最盛，相期无负太平时。""从来宗子重维城，勉奉亲王辅大明。樛葛绵绵还自庇，庭花靴靴固多情。乐知为善方称最，道在持谦每忌盈。历代诸王谁可法，至今惟数汉东平。""善积能延庆，衍微亦致姎。一篇昭鉴录，昕夕是羹墙。""派本银潢共，名看玉版联。宗盟宜固守，国祚永流传。"（《费宏集》卷 4 第 114 页）

宸濠对费宏阻其谋复护卫恼羞成怒，以重金买通朝中幸臣陷害费宏，又指使铅山李、吴、周三姓作乱，杀人烧屋，掘墓焚尸；费宏仍不屈服，时刻警惕，当正德十四年五月十八日闻宸濠有异动时，作七言古体一首以纪其事：

"百年异事骇初闻，反袂开缄老眼昏。太史岂应侵谏职，寒儒自欲报君恩。骊龙颔逆难遭睡，虎豹关严枉叫阍。但使有光争日月，不惭无力正乾坤。妖蟆寸铁心何苦，骏马千金骨仅存。烈士殉名元可表，佞人多巧舌空扪。唐科讵愧刘蕡策，楚些须招屈子魂。事定盖棺真不朽，声缘忧国竟须吞。干将在狱犹冲斗，砥柱当流少遏奔。文运盛衰关世运，长歌写罢不堪论。"（《费宏集》卷 2 第 60 页）

此年六月十四日，宸濠在南昌反，并残酷杀害江西巡抚孙燧等，费宏立即寄书策划平叛，同时又作《解连环哭巡抚孙公为逆贼所害》一首并斌诗二首以致哀悼：

"奇才卓荦。自巡抚江西，不孤重托。谈世事、每蹙双眉，叹蔓草难图，妖氛甚恶。贺罢千秋，猛可里、风波大作。仗孤忠劲节，独障狂澜，宁甘鼎镬。此心真无愧怍。想那正气如生，阴扶庙略。驱厉鬼、誓杀奸雄，看吴楚淮南，登时被缚。千里湖山，思惠政、人人泪落。只这死、羞杀奸谀，重如山岳。"（《费宏集》卷 1 第 23 页）

"为臣但识义当由，谁问朝王忽起洲。省城之西有洲名朝王，近忽涌起，奸贼逆谋益甚。无识者或附之以为异徵。一死已堪扶社稷，孤忠自合动宸旒。奸雄既败应追忆，懦竖虽存不掩羞。仿佛英姿犹在日，西风老泪几行流。"（《用坤字韵哭中丞孙公德成》《费宏集》卷 4 第 132 页）

"龙战疑阳血染坤，忠臣事主有常尊。舌能骂贼生难屈，公面骂贼，比死犹挺立不屈。发欲冲冠死未昏。即拟旌贤崇庙祀，向闻忧乱忆衡门。去冬，唐侍御臣过南昌，公极言地方必乱，慨然有避去之志。妙年英誉传千古，公是睢阳几世孙？公年仅三十有七。（《用坤字韵哭宪副许公》《费宏集》卷 4 第 133 页）

当得知宸濠叛军在安庆被阻遏不得前进时，作《念奴娇咏安庆府守备杨锐、知府张文锦阻遏宁贼》一首咏之：

"宁王东下，要把那、龙虎江山占据。安庆城边，却被我、两个忠臣拦住。火箭空多，云梯枉设，贼死应无数。几番大战，痛哭相呼且去。　闻是守备杨侯，协同张太守，一心防御。遮蔽江淮，功不让、往日睢阳张许。逆贼回舟，魂游江上，已心灰气沮。功劳如此，何人为达明主？"（《费宏集》卷 1 第 23 页）

七月二十八日接弋阳知县杨翱来报王阳明已攻克南昌，赋诗二首纪其事：

"履霜先已虑纯坤，欲以心攻奉至尊。潜毒每防溪蜮射，老眸还苦战尘昏。故人或亮能忧国，捷报初传屡及门。四海兵威如此盛，井蛙端合啸公孙。　居藩最乐叛何由，战舰空劳倚浅洲。赖有诸公忧社稷，依然万国仰宸旒。忠臣就死真无负，逆党偷生甚可羞。屈指邻封多茂宰，义声煇赫动儒流。"（《杨弋阳报王中丞克复省城二首》《费宏集》卷第 131 页）

八月初三日，又接弋阳知县杨翱来报宸濠前已被擒获，赋诗二首以贺：

"中丞有力正乾坤，四海方知一统尊。已痛湖波成赤水，久疑日食似黄昏。甲戌八月辛卯朔，日食昼晦，鸡鹜皆归。其占为'诸侯谋王，其国不昌，终受其殃。'诸君幸免长从戍，百郡仍看草启门。更祝天王忧社稷，莫教愁乱向儿孙。　折展呼声不自由，马军持捷过沧洲。称兵谁敢侵天阙，拜表还应贺玉旒。天上飞龙须有象，穽中饥虎定含羞。也缘孝庙栽培久，报称今多第一流。"（《得报逆藩已获》《费宏集》卷 4 第 132 页）

又作《水龙吟贺提督王公伯安克平逆贼》一首寄王守仁表示祝贺：

"天生俊杰非凡，为时肯袖擎天手？胸藏兵甲，贼闻破胆，知名最旧。羽扇轻麾，逆巢忽破，遂擒乱首。非丹心许国，雄才盖世，当机会、能然否？　北望每依南斗，捷书驰、夜同清昼。力扶社稷，此功岂比，寻常奔走。造阁图形，磨崖勒颂，临江酾酒。贺邦家、有此忠臣孝子，加南山寿。"（《费宏集》卷 1 第 24 页）

闻知致仕家居的好友林见素，造佛郎机铳送至南昌支援平叛时，赋诗赞之：

"佛郎机，异铳之名也。王公伯安起兵讨宸濠时，林见素范锡为此铳，且手抄火药方，遣人遗之。伯安有诗记其事，邀予同赋。谁将佛郎机，远寄豫章城？逆濠无君谋不轨，敌忾赖有王阳明。莆阳林见素，与公合忠诚。身虽家食心在国，恨不手刃除挽枪。火攻有策来赞勇，驶足百舍能兼程。洞濠之胸毁濠穴，见素之怒应徵平。濠擒七日铳乃至，阳明发书双泪零。二颜在昔本兄弟，二老在今犹弟兄。吁嗟乎，世衰道愈降，嫉邪余愤常填膺。武安多取汉藩赂，贺兰不救睢阳兵。义殊蜂蚁有臣主，行类鬼蜮犹簪缨。吁嗟乎，阳明之功在社稷，见素之志如日星。臣欲死忠子死孝，讵肯蓄缩甘偷生。走于二老何敢望，朴忠自许为同盟。濠今渐尽无余毒，得随二老同安宁。闻兹奇事不忍默，特写数语抒吾情。"（《赋得佛郎机》载《费宏集》卷 1 第 10 页）

宸濠叛乱兴起，费宏就为广信知府周朝佐、铅山知县杜民表筹划集义兵参与平叛。在他们功成返回时。又分别作《满庭芳为阖邑里老贺杜侯望之平逆贼还县》及《满江红为铅山县官贺周太守平逆贼还郡》表示祝贺：

"切以圣哲训存，有文事必有武备；君亲谊重，为孝子必为忠臣。能勇则见义必为，有才则临事自著。恭惟县主杜公，性禀忠贞，心存正直。嘘枯沃暍，惠已洽于闾阎；是治危明，念每切于廊庙。顷缘宗藩不道，祸变忽生。怒发冲冠，誓捐躯而赴难；赤心呼众，期助顺以除凶。乃率义兵，往从主帅。扬旗西指声先振，而叛卒遂平；振旅东归大功成，而室家胥庆。惟兹僚寀，及我士民，击鼓荷戈，虽莫效先驱之力；赋诗酾酒，亦未忘助喜之私。敬制小词，用申下悃，惟电瞩幸甚。鼓角喧天，旌旗耀日，问公此出何为？主忧臣辱，奔赴岂容迟。听取中流击楫，从湖东，直指江西。貔貅集，龙蛇阵布，枭獍尽诛夷。乾坤初整顿，凯歌喧闲，民物恬嬉。看壶浆夹道，争献新词。从此功名日盛，膺鹗荐、稳步鸿逵。朝廷上，还须忠直，重立太平基。"（《费宏集》卷 1 第 24 页）"伏以《春秋》大一统，诸侯必谨于尊主；《洪范》叙《九畴》，八政实终于锄乱。惟逆顺之从违既定，斯征讨之功业易成。恭惟大府鲁轩周公，性禀忠贞，风裁清峻。绣衣持斧，久宣击断之威；画戟凝香，复播循良之誉。近缘宗室，忽叛本朝。守在封疆，不负专城之托；望依霄汉，常悬捧日之心。乃奉鱼符，亲提虎旅。鼓角欢亮先声振，而首恶遂擒；油幕笑谈古语传，而群心胥快。惟兹属吏，幸睹成功。喜贺曷胜，惊疑顿释。铅山传远，待纪勤王之勋；磨盾摛词，窃效旋师之凯。伏惟电瞩，幸甚。畴昔乌台，负重望、能文能武。忽听得、奸雄倡乱，妖言讪主。仗剑拟诛南浦蜃，弯弓欲射西山虎。霎时间、报道汉条侯，平吴楚。那元恶，如狐兔。那余党，如豚鼠。喜王师奏凯，民生安堵。洗甲倒倾河汉水，归旗半卷晴空雨。赏功时、准拟进官阶，加封户。"（《费宏集》卷 1 第 25 页）

宸濠叛乱短短的 40 多天里，费宏在努力策划平叛的同时，倾注了大量心血，以一篇篇激昂的诗词揭露叛贼的恶行，讴歌江西军民平叛的功勋，忠君爱国、忧国忧民的赤子之心跃然纸上。

平叛后二年的正德十六年，年仅31岁的武宗皇帝驾崩，他一无后嗣，二无兄弟，只好由从弟朱厚熜继位，是为嘉靖皇帝。是时帝虽说已是15岁，其实足龄只有十三岁半，是典型的少年天子；可他在藩邸就久慕费宏忠直之名，登基后第三日就遣使前往铅山召费宏重返内阁。费宏深感知遇之恩，竭诚报答，悉心辅政。但当时的朝政却十分棘手：一方面武宗朝弊政尚未尽除，另一方面因"大礼议"使朝臣们与嘉靖帝的矛盾日益尖锐，而议礼新贵张璁、桂萼等又曲迎帝意，乘隙拨弄是非，疯狂残害朝臣，嘉靖新政难以推进。费宏持重识大体，极力从中调停，将顺帝意，曲护朝士，对张璁等的妄行则多所裁抑，使朝中政治秩序渐趋平顺。费宏深知要革除武宗朝弊端，深入推行嘉靖新政，就必须辅导年轻的皇帝亲贤臣、远小人、习正学、弃荒嬉，从而赓续君臣共治的政治局面，以收拨乱反正之新政功效。他努力通过经筵日讲和诗词唱和来实现这一政治目标：经筵常开，君臣勤于讲学，以儒学正道来远离奸佞之徒；谈诗论文，君臣陶冶性情，以高雅情趣来抵制异端邪说。可喜的是，在这较好的勤学环境下，嘉靖帝在繁忙政务之余，能潜心诗作，且不耻下问，虚心就教于费宏；每有新作，即嘱费宏更定，甚至命人送至费宏府中，嘱其润色。其中有《咏春诗》及《四景诗》十二律，嘱费宏唱和，并自序其端，名曰《咏春同德诗》。面对勤政潜学的少年天子，费宏欣喜万分，诚恳地为御制诗更定、润色，并在奉和的诗作及题本中寓入讽劝之意："蒙遣司礼监官宣示御制《四景诗》十二律，欲臣重加润色。臣仰叹圣学之勤、圣德之谦，皆有不可及者。谨已更定数语，录上用尘御览。臣窃窥圣制，每及于农事之艰苦，此可见近日所注《无逸》，盖深知小民之依在于稼穑。而一话一言忧念不置，故于吟咏之间往往见之；由此一念扩充，必能崇俭素，节浮费，薄赋敛，省征徭，仁政之及于天下者多矣。商之三宗，周之文王，又岂多让耶？臣不自揣，辄敢依韵恭和，而讽劝之意亦寓乎其中，伏惟圣明留意。"（《费宏集》卷6第203页）而议礼新贵桂萼却攻击君臣的诗词唱和是费宏邀宠："诗文小技，不足劳圣心，且使宏得冯宠灵，凌压朝士。"（《明史》卷81第5109页）嘉靖帝置不省，并于五年六月十三日召费宏等至平台，"特赐御制七言一章，命辑倡和诗集，署其衔曰'内阁掌参机务辅导首臣'。其见尊礼前此未有也"。（《明史》卷81第5109页）帝赐费宏诗云：

"古昔明王勤圣学，必资贤哲为股肱。君臣上下俱一德，庶政惟和洪业成。顾余眇末德寡昧，钦承眷命历数膺。宵旰兢兢勉图治，日御经幄延儒英。每从古训寻治理，歌咏研磨陶性情。诗成朕意或未惬，中侍传宣出紫清。补衮命卿作山甫，为朕藻润皆精明。眷兹忠良副倚赖，舜皋仿佛康哉赓。朕所望者卿独重，庙堂论道迓熙平。虞延盛治须百揆，商咨伊傅周两卿。朕缵大服履昌运，天休滋至卿其承。帝赉良弼匡吾政，协恭左右待均衡。大旱须卿作霖雨，淫潦亦赖旋开晴。沃心辅德期匪懈，未让前贤专令名。"（《费宏集》附录一第731页）

费宏即上表谢恩，并恭上和诗一首：

"六月十三日，钦蒙皇上召臣等至平台，手赐臣以御制七言古诗一首。臣顿首拜受，捧归舍寓，妻孥惊喜，亲友交贺，以为此乃万金之至宝，千载奇逢。盖自我圣祖亲作《醉学士歌》以赐宋濂之后，百年以来未尝再见。臣等果何修，而得此于今日邪？臣愚，过不自揣，辄敢依韵恭和，以申感激之私。谨用录上，仰尘御览。臣特恩忘分，不胜恐惧之至。皋陶赓歌始元首，帝舜作歌先股肱。明良喜起吾惊发，正妃一体交相成。吾皇盛德与舜并，穰穰百福宜躬膺。一从绍统御宸极，玩味经定求精英。间挥宸翰有所述，后兼孔思前周情。萧韶并奏谐律吕，宫声和缓商轻清。天章焕烂映奎璧，坐见天下皆文明。小臣拭目辄心醉，岂有才力能酬赓。仰窥圣志甚宏远，欲追隆古跻升平。臣愚辅导愧无术，崇阶屡进叨孤卿。平台宣召赐圣作，襃逾华衮真难承。对扬休命竭忠荩，敢效傅说希阿衡。龙文五彩照蓬室，云气绕护无阴情。恩深感极思献颂，尧天荡荡谁能名。"（《费宏集》附录一第734页）

费宏遵帝意，将帝赐各大臣诗及和诗辑为一集，名《宸章集录》行于世，（注：此集已录入《费宏集》和《四库全书存目丛书》）成就了一段君臣诗歌唱和、共襄新政的佳话。可惜好景不常，这一大好局面没能维持多久，嘉靖六年，费宏被议礼新贵攻击诬陷被迫再度致仕去官；朝中政局为之一变，史称费宏罢政后"迄嘉靖之季，密勿大臣无进逆耳之言者矣"。（《明通鉴》卷53第1719页）君臣共治的局面不再，喜爱诗词的嘉靖帝深深地陷入了道教迷信之中，嘉靖新政也就渐次名存实亡。

费宏的诗词不仅反映了明代很多重大历史事件，其大量篇幅也蕴含着他的学术思想和执政理念。由于篇幅所限，本文不能尽数罗列，只能分门别类地摘录有关内容以飨读者：

（一）仁爱亲民　注重民生

"经时不雨二麦枯，四野极目惟寒芜。民生国计深可忧，何人肯进《流移图》。"（《祈雪有应志喜》载《费宏集》卷2第57页）

"茧丝之请不可忽，念民无裤须宽恤。"（《子和有歌贺赐衣用韵答之》载《费宏集》卷1第28页）

"却念民穷欲流涕，采薪剥枣亦劳止，冻或无襦饿蒙袂。吾侪坐食已堪耻，岂忍随时恣奢侈。但愿吾君法文帝，事事惜才还惜费。"（《恩赐兽炭有感》载《费宏集》卷1第32页）

"岂惟闾左苦征戍，只恐豪右犹难堪。牧民如马在去害，务奖廉靖驱贪婪。若教郡县总循吏，田里自合安农蚕。"（《送顾少参与成之浙江》载《费宏集》卷1第33页）

"是时秦晋正饥苦，不雨经时巫可暴。爷娘食子夫食妻，米石宁论钱一斛。"（《过灵济宫》载《费宏集》卷2第48页）

"公家爱民不如马，马在偿驹毙偿价。……君今养马先养民，须知马耗由民贫。"（《送永平蒋通判》载《费宏集》卷2第49页）

"安居尚觉华堂冷，坐食因思委巷艰。"(《乙亥二月朔雪三日不止》载《费宏集》卷2 第60页)

"今年春雨疑天漏，十日都无一日晴。……真宰怜民应上诉，须留余沥佐秋成。"(《苦雨》载《费宏集》卷4 第91页)

"眼看天际阴犹在，念切民间喘未苏。衮职自惭无寸补，只应投劾卧江湖。"(《朝退言怀》载《费宏集》卷4 第124页)

"盘粟漫劳田父饷，樵歌能和野童讴。丰年处处秋田好，忘却诗翁为国忧。"(《予庄发舟入吴》载《费宏集》卷4 第126页)

"龙卧海滨应未稳，苍生忧旱苦难堪。"(《寄贺谢方石先生致仕》载《费宏集》卷4 第91页)

"塞予亦有通灵药，要使苍生病尽痊。"(《谢锐医士》载《费宏集》卷4 第91页)

"惟王业之草昧兮，率肇迹于农功。知民依在稼穑兮，必轸念夫鳏穷。……取周公之训戒兮，独闵闵于村农。当八珍之前列兮，念民腹之未充。"(《赐同游西苑赋》载《费宏集》卷1 第8页)

"薄暮雨声急，灯前见飞霰。方旱喜甘霖，少慰农人愿。胡为有此异，二气固多变。调燮非吾忧，问天天甚远。"(《初四日早暄暮寒纪异》载《费宏集》卷2 第47页)

"天将解雨苏穷困，人仰离明照隐微。山野癯儒忧治切，幸逢新政喜将肥。"(《弘治改元用镜川学士韵》载《费宏集》卷4 第82页)

（二）爱惜人才　重视吏治

"铸人如铸金，大冶宜兼收。兼收入模范，始足应所求。"(《送苏伯诚提学江西》载《费宏集》卷2 第43页)

"几年届就吏曹选，一郡小试平生才。翁尝作牧应有谱，事若迎刃非难裁。从来良吏先惠政，愿以生意嘘枯荄。况当戎马始残害，所在凋瘵堪怜哀。"(《送李汝章知六安州》载《费宏集》卷2 第59页)

"汉世龙门重李膺，后来风采属云仍。回天有论看披腹，医国何人是折肱。"(《送黄门宗岳之南都》载《费宏集》卷4 第83页)

"儒吏名家真不忝，士民私幸属陶熔。"(《送兴化王大守分韵得封字》载《费宏集》卷4 第86页)

"黎庶万千蒙雨露，山河百二绝风尘。埋轮久试摧奸手，叱驭应抛报主身。"(《题骢马行春图》载《费宏集》卷4 第86页)

"政在舜江应有谱，魁传巴蜀素通经。极知列宿垂光处，无限疲民待福星。"(《送刘衡仲之濬县》载《费宏集》卷4 第93页)

"独骑瘦马出长安，铜墨依然笑里看。作县已无前辈恨，切云何负旧时冠》"(《送同年任象之》载《费宏集》卷4 第95页)

"得士总输京府盛，持衡应赖主司明。"(《送张天益同考顺天试事毕还太平》载《费

宏集》卷 4 第 98 页)

"圣主宅中图治切，共将明德荐馨香。"（《次毛维之分献中镇韵》载《费宏集》卷 4 第 117 页）

"勤政自古世道升，朝回华月满觚棱。九重屡答民间奏，六校分携仗外灯。"（《九月二十四日视朝甚早次见素志喜韵》载《费宏集》卷 4 第 137 页）

"六月王事未可休，宣王勤励再兴周。吾君若问安边策，攘外先须内治修。"（《弘治十八年六月二日嗣皇始御西角门视事以诗纪之》载《费宏集》卷 3 第 70 页）

"近日公车里，频收赤白囊。边兵多陷没，虏骑正猖狂。芳雨妨行戍，腥风满战场。庙堂方拊髀，论将忆冯唐。"（《闻警》载《费宏集》卷 3 第 77 页）

"在野本无干进累，输边微露济时心。"（《贺黄编修乃兄入赀补官》载《费宏集》卷 4 第 85 页）

"正恐别怀方作恶，莫烦津吏趣征帆。"（《拜墓中途遇雨晚归得诗》载《费宏集》卷 4 第 100 页）

"圣主乘乾新御极，好将忠赤佐元戎"（《赠南京前府都事陈允彝》载《费宏集》卷 4 第 109 页）

"筹边小试吾儒术，侧席方劳圣主求。谁用木牛通远饷，又携琴鹤伴清游。"（《和守溪韵送史少参文鉴之蜀》载《费宏集》卷 4 第 111 页）

"凤阁诏批催代写，时虏入山西，兵部有疏，就斋官批答。龙盘珍赐得分尝。穹苍应监忧边意，胡骑潜奔我武扬。"（《和邃庵太宰》载《费宏集》卷 4 第 121 页）

（三）尊师重教　兴学育才

"百年绝学如能继，一代坎坷何须惜。从来风教属严师，况也儒官非冗职。逸足终遭伯乐知，名材定荷中郎识。"（《送张叔成分教江阴》载《费宏集》卷 2 第 59 页）

"圣朝取士，以四仲而开科；我祖论谋，用一经而启后。父子孙传衣于三世，酉卯午领荐者九人。独子年未有科名，在今日又添盛事。惟我民悦春元贤侄，天资颖异，学力精专。雪案萤窗，每潜心于经籍；词源笔陈，久驰誉于文场。士类让其先登，父兄倚为后继。屈称屡负，素志乃酬。萍野鹿鸣，乐嘉宾之在宴；梧冈凤起，庆吉士之登庸。振起家声，延绵世泽。老椿丛桂，拟窦氏之流芳；玉树芝兰，并谢阶之挺秀。山川增重，闾里生辉。二阮同游，更补丑科之捷；双亲未老，即看封诰之颁。缀缉词腔，发舒嘉气。几度槐黄，大家准拟，虎榜题名。喜一枝丹桂，先期入梦；燕山老树，复吐秋英。竹所储祥，兰阶苗秀，奕世云梯接踵升。从前数，子午卯酉，科第相成。　　十年窗下书声，每夜对、韩膏三尺檠。叹楚璞难酬谢，昔曾三献；有人识玉，价重连城。鹏鸟搏风，蛟龙得雨，此是青霄第一程。更明春，看花得意，平步登瀛。"（《沁园春贺民悦侄领乡荐》载《费宏集》卷 1 第 21 页）

"夏葛冬裘，朝耕暮读，取适还临旧钓矶。教儿辈，更推明家学，止法宣尼。"（《沁园春为严四府乃弟用声赋随可斋》载《费宏集》卷 1 第 23 页）

"养及重闱欢陪百，教孚多士乐成三"（《送李希贤提学浙江》载《费宏集》卷 4 第 94 页）

"师模不愧抠趋地，客袂应多去住情。遍岭梅花看策塞，满庭榕叶德啼莺。"（《送蒋官谕令甥俞廷美司训四会》载《费宏集》卷 4 第 114 页）

"登科正及少年时，怪底红黄溢满眉。温说芝兰堆玉树，敢夸桃李有连枝。"（《喜寀弟中进士有感》载《费宏集》卷 4 第 117 页）

"登瀛妙选重当时，赢得人呼是白眉。天上自连鸿雁影，池头又借凤凰枝。词林进学心方壮，秘阁论文出每迟。圣主储才有深意，制题先欲谨恬嬉。"（《喜寀弟选庶吉士》载《费宏集》卷 4 第 118 页）

"贤科必得真才重，莫让前修擅异芬。"（《寄进士民受侄用旧韵》载《费宏集》卷 4 第 134 页）

（四）忠君爱国　维护统一

"感极不知图报地，此生忠孝誓无违。"（《转官后答毛维之用傅邦瑞韵》载《费宏集》卷 4 第 109 页）

"圣主恩深廊庙远，先忧一念未应无。"（《题明山草亭送王户部致仕》载《费宏集》卷 4 第 111 页）

"圣主宅中图治切，共将明德荐馨香。"（《次毛维之分献中镇韵》载《费宏集》卷 4 第 117 页）

"咫尺天颜许暂违，臣忠子孝本同归。"（《送杨太常归省次杨邃庵韵》载《费宏集》卷 4 第 119 页）

"沃心望切商岩雨，回首忧深杞国天……平生心事惟忠孝，看取荣名万古传。"（《送宗伯傅北潭致仕》载《费宏集》卷 4 第 122 页）

"廉蔺徒争寸尺功，党分牛李自相攻。谁知揖逊唐虞俗，还在深山矮屋中。"（《题黄廷用文选》载《费宏集》卷 3 第 69 页）

"凭公莫恋风泉乐，移孝为忠义所关。"（《贺邵二泉升南京礼部尚书》载《费宏集》卷 4 第 133 页）

"赐环恩重真难避，劝驾情深讵忍违。再出已拚闻鹤怨，九重何幸见龙飞。"（《赴召登舟谢诸公劝驾》载《费宏集》卷 4 第 135 页）

"再入黄扉分已逾，重劳紫诏礼尤殊……誓将忠直酬知遇，忍作波门泛泛凫。"（《次清源闻报》载《费宏集》卷 4 第 136 页）

"誓竭赤心长捧日，坐看沧海几扬尘。"（《贺毛砺庵六十》载《费宏集》卷 4 第 137 页）

"闲中未必浑忘国，远梦还应绕紫微。"（《寄太宰白岩乔公》载《费宏集》卷 4 第 141 页）

"也知尽职惟忠孝，不在区区文字间。"（《初入翰林》载《费宏集》卷 4 第 82 页）

"宝轴牙签旧赐存，恩波浩荡荷乾坤。寸心缱绻常图报，只用忠贞教子孙。"

（《三叠韵答木亭》载《费宏集》卷 3 第 74）

"英风如在凛寒飔，乱世危言死不辞。"（《题刘谏议文节祠》载《费宏集》卷 4 第 84 页）

"平生心事惟忠孝，看取荣名万古传。"（《送宗伯傅北潭致仕》载《费宏集》卷 4 第 122 页）

（五）修身防腐　崇尚气节

"极知雅抱非王密，报我应无暮夜金。"（《送门生常文载出宰昌邑》载《费宏集》卷 4 第 113 页）

"身名自分我为我，世事安知然不然。"（《赠王直古》载《费宏集》卷 4 第 86 页）

"德爽以贪饕，名成必清苦。"（《谢水部王献可馈斋》载《费宏集》卷 2 第 45 页）

"案头兼置相牛经，农事年来已渐明。野老无心歌扣角，惟求二满与三平。"（《再叠前韵答木亭》载《费宏集》卷 3 第 73 页）

"心能持满无倾覆，警戒不妨常寓目。"（《题宋仁宗与群臣观欹器图》载《费宏集》卷 1 第 32 页）

"人与物接，情随景触。意安于所适，心乱于可欲。若茂叔之爱莲，灵均之颂桔。以气味之相投，乃缔盟而自勖……尔其外洁中虚，韵高质美，独立不惧，群居不倚。挺英标以抗秋严，凛正色而惭春媚。确乎有不夺之节，浩乎有至刚之气。固前哲所以比德而咏歌，今日所以名堂而砥砺也。"（《绿竹堂赋》载《费宏集》卷 1 第 3 页）

"知行检之为重兮，见物诱之为轻。虽襁顺而里方兮，蕲不忝乎斯名。却幕府之厚馈兮，已蚤著夫廉声。辞礼闱之聘帛兮，亟见重于宗卿。久扬历于中外兮，需膏泽于民生。名与岩而并峻兮，节与竹而俱贞。"（《竹岩赋》载《费宏集》卷 1 第 6 页）

"臣欲死忠子死孝，讵肯蓄缩甘偷生。"（《赋得佛郎机》载《费宏集》卷 1 第 10 页）

"赤心知报国，素志不谋身。"（《送徐舜和使高丽十六韵》载《费宏集》卷 2 第 45 页）

"百年异事骇初闻，反袂开缄老眼昏。太史岂应侵谏职，寒儒自欲报君恩。骊龙颔逆难遭睡，虎豹关严枉叫阍。但使有光争日月，不惭无力正乾坤。妖蟆寸铁心何苦，骏马千金骨仅存。烈士殉名元可丧，佞人多巧舌空扪。"（《得邸报有异闻感而有作》载《费宏集》卷 2 第 60 页）

"报国方当少壮年，可堪狐鼠竞夤缘……无端孝子忠臣事，莫恋孤云待补天。"（《王工部天申以得罪权贵请告归永丰》载《费宏集》卷 4 第 98 页）

"自是菜根滋味好，万钱谁复羡王公。"（《谢姜宽送芋子》载《费宏集》卷 4 第 97 页）

（六）学术纯正　反对邪说

"架上古书经眼熟，世间尘务到心稀。"（《再和闲斋韵》载《费宏集》卷 4 第 144 页）

"尘编日与圣贤对，斗室中藏天地宽。"（《答夏公谨见贺并题象麓草堂》载《费宏集》卷 4 第 143 页）

"读书贵有用，岂但工词章。出仕贵有补，岂但夸银黄。"（《送段惟勤更任庐陵》

载《费宏集》卷 2 第 42 页）

"人生荣寿能几全，应知世外无神仙。"（《题季所朴荣寿图》载《费宏集》卷 1 第 29 页）

"乃云二阙在清都，能与苍生造冥福。谁知无益只劳民，骨间推髓心剜肉。神输鬼运谅未难，即使为之应夜哭。忆昔鸠工庀材日，健卒赪肩车折轴。是时秦晋正饥苦，不雨经时巫可暴。爷娘食子夫食妻，米石宁论钱一斛。地下真应有劫灰，人间忍见生妖木。星摇石语皆缘此，下土狂夫谓神酷。神亦何心人自愚，以此事神诬且渎。谁能因鬼见上帝，流涕长吁一披腹。"（《过灵济宫》载《费宏集》卷 2 第 48 页）

"休耕有例疲农乐，浴佛无凭异教传。"（《食乌饭》载《费宏集》卷 4 第 87 页）

（七）爱乡敬贤　造福乡梓

"予以成化癸卯侍叔父雪峰先生讲学含珠山中，是秋遂同领乡荐，往游太学。越四年忝甲科，官翰林，又五年始获赐归。每欲登山一赏旧游，则以兹山密迩吾庐，林姿壑态常耳目可见……身在蓬莱绝顶还，旧游乘兴更跻攀。追寻岁月遽如许，深觉尘劳不似闲。冠壁老松常郁郁，入厨流水自潺潺。桂枝谁拟淮南旧，踏遍层楼又下山。"（《游含珠山》载《费宏集》卷 4 第 88 页）

"禅林奇绝隔溪濆，怪石棱层绕洞门。雕琢颇怜真宰苦，往年疑有异人存。仙将蜕骨留尘世，大得余丹守近村。初到便应忘甲子，却疑钟鼓报晨昏。此山三十二峰，奇形异状，应接不暇，令人神魂飞动，翛然有出尘之想，而仙人、仙魏二峰尤奇绝可爱。"（《游龟峰》载《费宏集》卷 4 第 88 页）

"鹅湖自朱、吕、二陆聚讲之后，遂有闻于天下。予生长兹地，未及一游，心甚愧焉。兹幸病体就安，躬谒祠堂，以泄景仰之私，而稽勋阳朔黎公，邑长常熟任侯，邑博定海金君、吴兴沈君，致仕太尹欧丈实偕行。登眺之余，感慨无量，因短述写怀。一从无极分明后，荒径锄茅见讲堂。自古乾坤惟此理，至今山水有余光。庭空蔓草凭谁薙，涧满香蘋欲自将。冠盖追寻恨迟暮，却愁猿鹤笑人忙。"（《游鹅湖》载《费宏集》卷 4 第 92 页）

"谁从混沌剖刚柔，石室天成玉不酬……披襟尚快清风至，洗眼来寻古刻幽。"（《同表弟张祐游清风峡》载《费宏集》卷 4 第 92 页）

"一声两声牛背笛，三只四只渔人舟。江村风景描难就，倚杖闲行古渡头。"（《柴埠津》载《费宏集》卷 3 第 69 页）

"丈人本是经纶手……说义谈仁常在口……猫儿潭决乡人忧……受符督役经时久……筑堤种柳绿成阴，引水灌田余万亩。田家嬉笑了耕耘，壁间龙骨生尘垢。丈人渐老堤渐坚，里闾年年歌大有。寿筵高映弧南开，欢极如儿得慈母。争持渠水当卮酒，上祝皇天下神后。吾侪何以报深恩，但愿遐龄等山阜。我歌此曲代民谣，浓墨生香笔如帚。"（《新渠歌寿表叔祖陈二十丈》载《费宏集》卷 1 第 27 页）

"虚庵气象果何如，名利无干乐有余。兴到浅斟篘罢酒，老来闲把读残书。方塘一鉴风澄后，高阁千寻月上初。此景此情谁会得，静中相忆正愁予。"（《寄沔川张廿一丈》载《费宏集》卷 4 第 95 页）

"春风拂面散轻阴，信宿禅房会此心。客思只应孤雁得，交情大胜碧潭深。"
（《陪都宪简公宿叫岩寺因次其旧题韵》载《费宏集》卷4第90页）

（八）孝友传家 忠贞结友

"却病但求虚静药，思亲初试密缝衣。"（《戊午新年以病谢客试老母所寄绿绸袄子感而有作》载《费宏集》卷4第99页）

"楚天空阔雁成群，执手那堪与子分。夜枕关心初听雨，秋魁入望且屯云。"
（《送完弟还家应举》载《费宏集》卷4第99页）

"羽仪虽箧渐鸿群，臂握时惊减一分。兀兀心旌偏爱日，悠悠亲舍每瞻云。学须忠孝惭无补，书得平安喜欲焚。微禄也知迎养足，未应丛桂恋清芬。"（《又用韵寄父母大人》载《费宏集》卷4第99页）

"居家有政惟孝友，化俗无争尽谦让。"（《寿忍庵章公八十一》载《费宏集》卷2第56页）

"半年相聚百忧宽，骨肉情深欲别难……客里关心惟弟妹，便鸿常为报平安。"
（《送余国信归上饶》载《费宏集》卷4第108页）

"手足情多晚更亲，每从忧患见天真。夜床风雨伤心切，春草池塘入梦频。雁足随云传一札，鹊声喧树解双鞶。玉堂天上回瞻处，喜有衣冠在后尘。"（《得赞善弟子和书》载《费宏集》卷4第142页）

"结交贵知心，不论早与暮。譬如同舟人，共济乃克渡。"（《次韵送马汝砺还庐州》载《费宏集》卷2第43页）

"同年兄弟亦手足，心醉盛事真忘眠。无鞭缩地陪燕贺，志喜谩赋《双魁篇》。"
（《贺仁仲乃弟发解》载《费宏集》卷2第51页）

"忆昔同游杏园里，我初结发犹无须。流光冉冉今七闰，日斜会见搔霜颜。坐中耆艾昔强壮，意外感慨殊荣枯。几人扬历尚台省，大半出牧居江湖。晨星在眼已可数，胜日此会安能无……寒儒图报从释褐，况此袍带多金朱。雍雍谛听冈上凤，泛泛肯效波间凫。汇征共贺拔茅茹，终誉各拟收桑榆。何妨比美称稷契，相与辅世跻唐虞。"（《与诸同年会于城东黄都尉宅分韵得无字》载《费宏集》卷2第55页）

"初尝早已念相知，一物虽微不自私。"（《谢少保砺庵分送葡萄》载《费宏集》卷2第61页）

"文名籍甚满乾坤，更觉吾乡盛事繁。两姓通家才半舍，七年相继备三元。风惭后辈弦歌盛，誉重前修德业存。独怪神交先入梦，何时对榻与君论。辛亥九月，谒金相陇，宿山庄，梦用之乃尊太守公着进士巾袍、系银革带相访，其时已知为春榜佳兆矣。"
（《寄汪会元用之》载《费宏集》卷4第89页）

"红芳晚对喜澄鲜，野绿连空远抹烟……同志我应先和汝，融和景媚日长天。"
（《田园杂兴回文》载《费宏集》卷4第130页）

七、"冠盖里"中话费宏

鹅湖山下，信江河畔，绿荫丛中镶嵌着一个秀丽的村庄，这就是明首辅大学士费宏的出生地横林，亦称柴埠。费宏曾以一首《柴埠津》的小诗来描绘她："一声两声牛背笛，三只四只渔人舟。江村风景难描就，倚杖闲行古渡头。"（《费宏集》卷3）好一派江南鱼米之乡的恬静田园风光耀然纸上，然而她在明代却异乎寻常地被称作"冠盖里"。

据《铅山县志》和《鹅湖横林费氏宗谱》载，横林费氏始迁祖费有常元朝末年在铅山横林的一片荒芜中开辟家园，几代人亦农亦商，孝友传家。至第四代费应麒，乃决心以诗礼衣冠振厥宗；到福建经商，唯置书籍数笥而归，并创建含珠书院，聘请名师以教子孙。他就像《三字经》中的"窦燕山"一样，"教五子，名俱扬"：伯子费珣，中景泰四年（1453）举人，首开横林费氏科举风气之先；仲子费瑄，中成化十一年（1475）进士，首开横林费氏进士科，官至贵州参议；叔子费璠，以子宏贵，得赠户部尚书武英殿大学士；季子费玙，以子寀贵，得赠礼部尚书兼翰林院学士；幼子费瑞，中成化十六年（1480）举人；费应麒本人也因孙宏贵得赠户部尚书武英殿大学士，故时有楹联称"铅山不让燕山秀，费氏曾同窦氏芳"。这"五丈夫子"身体力行，始终坚持父祖辈的宏愿，经过几代人、百余年的努力，文风大开，从这小小的村落竟走出了一大批科举精英：其中有状元一人，探花一人，进士六人，举人十八人（含武举三人），贡生、国学生、邑庠生不计其数；更有四人叔侄同榜，四人兄弟同科，真是盛极一时。其进入仕途者，遍布于朝堂和地方，有宰相（首辅大学士）一人，尚书一人，入翰林者四人，其余寺卿、部郎、地方封疆大吏、将军、府州县官及佐吏、教职、医术等不胜枚举。这等科举世家之盛，不仅在铅山，即便在整个江西亦至为罕见，故被时人称作"西江甲族""簪缨之家"。嘉靖十八年（1539），广信府知府赵镗有感于横林费氏"冠盖如云"，首赠"冠盖里"三字额。万历九年（1581），铅山知县陈映又手书"冠盖里"三字赠横林费氏。后被刻成石碑，并将族中所有出仕者的名讳和任职刻于碑上。碑立在费氏宗祠前的邑道旁，十分引人注目，路人无不景仰；据说明清之际，过往官员皆文官下轿、武官离鞍，以示崇敬之意。

这些科举精英们努力践行忠君亲民的儒家思想，正色立朝，廉洁勤政，为国为民分忧解难，涌现了一批彪炳史册的贤良之臣：如除害兴利、不为苟且之政的贵州布政使司参议费瑄；冰蘗自持、刚介有器识的工部郎中费完；深明大义、操履严正的礼部尚书费寀；立身多节气、特称为中流砥柱的河南提学副使费懋中；为官勤勉、不侵君脂、不食民膏的工部郎中费懋乐；捕巨盗、息争讼、省夫役、禁揽户、释冤狱的临武县令费懋文；抗倭救民、打击豪右以整肃屯政的四川署都指挥佥事费懋甫；

晓畅军国大计、为国宣惠布化的南太仆卿费尧年；爱民如子、取士若神的宁波府同知费映环；危难中保护百姓、以身殉职的河南通许知县费曾谋，等等，而费宏则是这其中最杰出的代表。

费宏（1468—1535），字子充，号健斋，晚号鹅湖，一号湖东野老。成化十九年（1483）十六岁即中举，二十岁又状元及第，是有明一代最年轻的状元，时称"少年状元"。（王世贞《列朝盛事》）他一生两为首辅，三入内阁，历官四朝，出仕近五十年。《明史》称他"持重识大体，明习国家故事"；"起家文学，致位宰相"；"拒宸濠，忤张、桂，再踬再起，终亦无损清誉"。（《明史》卷193）他处在明王朝逐渐由强盛走向衰败的转折时期，且又一直处于中央政权的中心，从翰林院修撰历官至内阁首辅，浮沉宦海，经历了不少政治风浪；之所以能彪炳青史，作出无愧于时代的历史贡献，不仅是他"状元宰辅"的显赫地位，更根本还在于他的"持重识大体"。嘉靖帝称他"临大事而能济，虽小节而克勤"；（《鹅湖横林费氏宗谱·诰敕》）与费宏同时代的大学士李东阳曾赞费宏"论必传正，守不循俗"；（李东阳《孝友堂记》）清代铅山知县王之道作像赞称费宏"天际鸿飞，云中龙矫。忠结主知，谤招群小。进退从容，悉心辅导。一代名臣，用资师保"。（《鹅湖横林费氏宗谱·赞文》）中国明史学会商传会长在评价费宏时也认为："明代自成化至嘉靖的百年，乃前期百年之后继，晚明八十年之前奏，恰处于有明一代之中期，诸多的社会转变与旧的传统观念之冲突，已见于端倪。此时在朝的重臣，或以持正而得清誉，或以变通而应于时运，能得清誉且应时变者，唯内阁大学士费宏一人而已。"（《商传《冠盖里·序言》）

费宏的"持重识大体"，集中、特出地表现在他对宁王叛乱事件的因应上。

宁王朱宸濠是明宗室宁藩的第四代亲王，封地在江西南昌。他自幼轻佻，无威仪，好弄喜兵，嗜利循色；"有禽兽行，其父康王屡欲杀之……既嗣，渐骄蹇淫虐"。（《武宗实录》卷176）且又野心勃勃，企图利用当时武宗皇帝昏庸荒嬉、朝政紊乱和未建皇储的机会，通过宫廷政变或武装叛乱来夺取皇权。为此他一面贡献奇巧，百般迎合武宗的荒诞，骗取信任，并以此来迫害江西地方官员，几任江西巡抚，不是被毒杀，就是被贬谪。一面又大肆搜刮民财，残害江西军民，掠得大量金银珠宝向朝中权贵行贿，以求恢复护卫，为夺取皇权进行军事准备。而朝中的权贵们囿于武宗无后，皇权不稳，害怕影响到自己的既得利益，不是畏缩观望、噤不敢言，就是受其收买、倒向濠党，国家的政治形势变得异常诡谲。

朱宸濠的王妃娄氏，与费宏从弟费寀之妻是姐妹，故利用这层亲戚关系，遣其承奉致赂，欲以此得到大学士费宏对恢复其护卫的支持。而费宏耳闻目睹宁王在江西的暴行，清醒地认识到：如果恢复宁府的护卫，让他掌握了军事力量，必将如虎添翼，加速其武装叛乱的进程。虽然这种皇族内斗的结果，对费氏家族有益无害，但国家将从此陷入战乱，人民将遭受苦难。且朱宸濠荒淫无耻、凶残歹毒，如让其上台，对国家和人民必将是个更大的灾难，而首当其冲的就是自己的家乡江西。于是费宏明确指出："濠久蓄异志，若与之护卫，是藉寇以兵也。"（夏言《费宏墓志铭》）又在内阁中公开宣示："今宁王以金宝钜万复护卫，苟听其所为，吾江西无噍类矣。"（《明史纪事本末》卷47）旗帜鲜明地反对恢复宁府的护卫。但这却遭到时任内阁首辅杨廷和的奚落，据杨廷和所记："夫宸濠逆谋……及护卫之请……费宏言：'宁府近日驮载金银数骡以谋此事，闻者色变。'是日午后，与费宏同出，至承天门桥，臣语之曰：'公今早数骡之言似太露。昔人云：但可云骊山不可游，不可云游必有祸。我辈但知护卫不可复，银之有无不必问。'"（《杨文忠公三录》卷8）兵部尚书陆完是费宏的同年进士，这时也在朝中为宁王复护卫说项，并要挟费宏；太监卢明也来找费宏商议此事，试图取得费宏的同意，均遭费宏严拒。费宏如此刚正坚定的态度，却使自己在朝中完全陷入了孤立。濠党经过一番密谋，乘殿试进士、费宏在东阁阅卷时，由陆完"于十四日投覆宁王之护卫疏，十五日中官卢明以疏下阁，密约杨廷和出，下制许之，而宏竟不与闻"。（《明史纪事本末》卷47）对于内阁密撰诏书的是首辅杨廷和还是次辅梁储，史上曾有很多争论，杨、梁二家后人亦互诋不止，至今无有定论。但费宏被孤立、不能与闻此事却是不争的事实。正如明代史学家王世贞所指出的："宁庶人之复护卫，大抵钱宁受贿数万，而张雄、张锐辈半之，表里恫胁；而兵部之长陆完，迫于势、诱于利而傅会其说。当时内阁大臣独费铅山持正不肯予，而杨新都、梁南海辈畏祸而莫敢主持。"（王世贞《史乘考误七》）濠党"惧宏发其状，会言官交章论护卫不可复，乃谋去宏。以宏私其弟费寀入翰林、乡人黄初及第谮之，且曰'乾清宫灾，下诏皆宏视草，归咎朝廷'。传旨令宏致仕"。（《明史纪事本末》卷47）费宏从弟翰林院编修费寀亦一同被迫致仕。回乡路上，在山东临清又被濠党袭击焚掠，险些丧命。回乡后，费宏仍不改初衷，坚持不受朱宸濠的再三拉拢利诱，由此又招致濠党变本加厉的迫害：朱宸濠派老吏毛让嗾使铅山奸人李镇、周伯龄、吴三八等聚众围攻费氏，费宏的亲人被杀，庐室被焚，祖墓被毁，被迫避入铅山县城；县城旋被贼众攻破，又被迫避入广信府城，相传还一度流落到福建浦城，隐姓埋名当了一名教书先生。但这一切都未能使费宏屈服，数年间他与族人仍顽强地与濠党周旋、抗争，并派人向朝廷揭露朱宸濠的阴谋和罪行，以期引起朝野的警惕。

正德十四年（1519）六月，朱宸濠在朝廷对他的夺权阴谋已有所察觉的情势下，急忙在南昌起兵叛乱。费宏闻讯后，立即派从弟费寀间道至提督军务都御史王守仁的行辕，提出"先定洪州以覆其巢，扼上游以遏其归路"（《鹅湖横林费氏宗谱·文宪公年谱》）的剿濠方略。又致书进贤县令刘源清，肯定其遏守要道、诛杀娄伯以阻截濠党东进招募叛军的行动，并鼓励其和余干县令马津直捣贼巢南昌城。还致书广信府通判俞良贵，告以操练机快，整点窑兵，以俟机会；且勉以忠义，使遍达郡中诸公。当广信知府周朝佐、铅山县令杜民表集义兵前往进剿叛军时，费宏亦都极力为之赞画；并以大量的书信、诗词联络地方官员、乡贤参与平叛，颂扬江西军民英勇杀贼，出谋划策，鼓舞士气，为剿灭叛乱尽心尽力。

宁王之叛，只经历了42天，就被江西军民剿灭。久被朱宸濠残害的江西正待喘息复苏，而荒唐的武宗却顽固地坚持要御驾亲征；派太监张永和安边伯许泰等幸臣率京、边军进驻南昌，以剿捕余贼为名，搜求微隐，罗织平民，妄诛戮以为功，而没其货财。军马驻南昌五个多月，靡费浩烦，江西骚然，不胜其扰；甚至纵嗾军士呼名嫚骂、冲道启衅，公然侮辱江西巡抚王守仁，企图藉以挑起事端，乘乱谋利。怎样才能尽快送走这些瘟神，王守仁等江西官员束手无策；后得知张永"志于不朽，雅好文辞，余不足以为赠"，（《费宏集》卷14）就派专使到铅山，请费宏撰文以促张永等离赣返京。张永曾多次监军平叛、御边，在太监中唯其卓有功勋，深得武宗宠信。费宏为明代少有的状元宰辅，为文典雅，文章行于天下，为时所重，但绝不为宦官幸臣作，此前就曾因此而得罪佞臣钱宁。钱宁是武宗的义子，赐名朱宁，把持特务机关锦衣卫，怙宠作威，朝野侧目；曾以百金饮器求费宏撰写诰文，遭费宏峻拒，故恨之入骨，极力助宁王宸濠迫害费宏。当此叛乱初平之际，费宏又得到朝野交章赞誉和举荐，官声、文名大振，按常理是不可能为张永之流著文的。但此时情势危艰，为了国家的利益，为了使江西军民早脱苦海、免遭涂炭，他还是应请违心地写下了《奉贺提督赞画机密军务大内相守庵张公献凯还朝序》。在文中曲陈利害，巧达江西军民的愿望，使张永很快就率兵离开了南昌，也促使驻跸南京一年多的武宗皇帝班师回朝。江西军民终于结束了这场旷日持久的灾难，国家大局也渐趋稳定，时人"谓此序大有斡旋之功"，（《鹅湖横林费氏宗谱·文宪公年谱》）对费宏的"持重识大体"给予了充分的肯定。

费宏的"持重识大体"，有着深厚的思想渊源，是其对儒学亲民思想的忠实践行。在费宏所处的时代，程、朱理学已上升为官方哲学，而陆、王心学又广为流传，士大夫中言论空泛、门户林立之风盛行。作为出身寒微的封建知识分子，费宏笃求正学，不喜当时学士大夫言论过高、好立门户的风气，坚持践行务实亲民的正统儒学思想。在他的著作中对这一思想有大量的阐述：如他认为"圣贤之学必切于身心，措诸实用，不在于言语文学之末"；而作为儒学思想根本的"性命道德之微，不出乎民生日用彝伦之外"。对君权神授的天命之说，他以为"天命之去留实由于人心之得失"；"天之立君，皆以为民也"；"民为邦本，所谓心之体、舟之水，存亡载溺胥此焉系而不可忽焉"；因此各级官吏都是为君牧民者，对百姓应该"为之父兄师保而与之最亲，使之乐生兴事而无叹息怨恨之声"。而恤民之道的根本是关心民生，"盖衣食足而后民生安，民生安而后和气应"，民生"惟在乎敦本节用以开衣食之源"。"理财所以足国，而必先于养民。盖国课不可亏，然山泽之利其生有限，苟民隐不恤而必取盈，吾未见财之能理、国之能足也"。并以当时江西广信府永丰县的银冶为例，说明恤民的重要："吾信之永丰故有银冶，实与浙之温、处相邻。温、处之豪每负课，辄来盗采，扰及鸡犬。追捕之而猖獗拒斗，大为一方之害。以予观之，是岂浙之民得已哉？地利既尽，而民力既穷，理其事者于恤之之道容有未讲也。"他极力主张"理财之道必损于上而后益于下"，为此他率先垂范，大幅削减自己及所属衙门的费用，并建议嘉靖帝"上自宫闱，达于监局，凡百冗费痛加裁抑"，以此来解决朝廷的财政困难，而不是一味地向百姓加大科索。他对民间的疾苦非常了然，在给嘉靖帝的奏章中，真切地反映了当时两淮水灾的惨状："自扬州北至沙河数千里之地，无处非水，茫如湖海。沿河居民悉皆淹没，房屋橡柱漂流满河。丁壮者攀附树木，偶全性命；老弱者奔走不及，大半溺死。即今水尚未退，人多依山而居，田地悉在水中，二麦无从布种。或卖鬻儿女，易米数斗，偷活一时；或抛弃家乡，就食四境，终为饿莩。流离困苦之状，所不忍闻。"在他的诗词中，亦有大量念及民瘼的抒发："是时秦晋正饥苦，不雨经时巫可暴。爷娘食子夫食妻，米石宁论钱一斛"；"经时不雨二麦枯，四野极目惟寒芜。民生国计深可忧，何人肯进流移图"；"却念民穷欲流涕，采薪剥枣亦劳止。冻或无襦饿蒙袂，吾侪坐食已堪耻"；字里行间，透见悲伤，忧国忧民之情跃然纸上。对当时在大同发生的兵变，他坚持认为士兵"变出于激，不叛者固多"；顶着"姑息"的责难，坚决反对一味镇压，主张用安抚的方法解决。就是对当时被视为盗贼的起义民众，他亦以为"所谓盗贼者，其初皆良民也，困于苛虐，迫于寒饥，贸贸焉求生而无术；乃始猖狂结聚，苟为逸脱逃刑之计，庶几偷一旦之活，而不暇恤于其他"；是统治者"以盗贼待其民，其民始弃其身于盗贼"；如统治者能"以齐鲁待其民，民亦以齐鲁之人待其身"。所以他认为要使社会稳定，最根本的是要解决民生问题。因此，他在处置救灾、减赋、治河、漕运、兵变、民变、江南织造、宫室营建等重大朝政的措施上，极力主张以仁义待百姓，以民生为根本，殚精竭虑，多有惠政。即使在他远离朝堂而赋闲家居时，仍念念不忘民生，对乡人和宗亲施以仁义：遇灾年即减租，有不能还清债租者，即焚券不复问；捐田以其入为合族祭祖之费，其余赡族之贫者；并在铅山修筑福惠河，开引铅山河水曲折十余里萦绕河口，居民利之；又在铅山清流乡凿石圳上主持修造石桥，方便了民众，促进了民生发展。传说他还为修筑新成坝尽心出力，造福乡梓，县人至今不忘。

费宏的"持重识大体"，为当时的朝堂带来了一股清新的问政风格，他曾援引前首辅李东阳的话对阁中的同僚们说："内阁机务重地，事至四面，俱当照管，不可任意图目前。"（《李时《费宏神道碑铭》》）所以他的施政总是顾大体，尚宽和，朝士皆慕乐之。他"立朝执政，忠诚直亮，持大体不以琐琐取名誉。故天下阴受和平之福，而人不知。至摧抑权奸，则一以赤心殉国，不复顾其身家"。（夏言《费宏墓志铭》）虽然有时也因此会遭到僚友的误解、埋怨，以及政敌的攻讦、陷害；但他始终不渝地顾全大局，调燮鼎鼐，维系朝纲大政，直至68岁时在北京卒于首辅任上；可谓"鞠躬尽瘁，死而后已"，故历代史家和史志对他多有正面的评价。而作为政治家"持重识大体"的执政为民思想，也是可为今人资以借鉴和发扬的。

（此文载于《文化铅山》）

八、费宰相的故事

费宏，字子充，号健斋，明成化四年出生在铅山县仁义乡横林（现河口镇柴家）。20 岁状元及第，历官成化、弘治、正德、嘉靖四朝，官至内阁首辅大学士，是历史上少有的状元宰辅，故民间称之费宰相，就连毛主席也称"铅山有个费宰相"。载籍与民间有关他的记述和传说颇多，笔者且撷录数则，以飨读者。

（一）严父之教

费宏的父亲费璠，自幼即与众兄弟同习举子业，十五六岁即精通诗文，科场遂志在望。然命途多舛，会长兄早卒，父又去世；时老母在堂，寡嫂在室，弟妹在襁褓、在中闺；为助次兄费瑄科场奋战，18 岁的他不得已放弃举业而操持家政，全力为家人的生计而奔波，故把自己科场上未能实现的愿望，全部寄托在儿子身上。费宏生有奇质，禀赋聪明，自幼年即开始了刻苦的学习，且过目成诵。费璠虽甚钟爱，而教之最严，自能言即诱以远大。在家中设私塾，请上饶名师陈受海先生教之，自己操持家业之暇也常亲自来督学；在塾中设二席南向，自己和先生处之，设一席东向，费宏处之，派一书童携茶水随侍，读倦了即钦。每经书读完，必令背诵；背得顺畅则喜，或一字一句稍有龃龉即不乐，必令反复重背。教子不仅重学业，尤谨礼教，言词动止少涉轻肆，必呵责之。即使在费宏高中功名、得做高官之后，仍不放松对他的教育，每寄信到任上，除了嘱咐谨疾爱身之外，拳拳惟修饰行检为先，嘱曰："吾见士大夫忽略小节而能令终者，鲜矣。汝宜刻于心。"又曾寄诗以戒，有"百倍工夫宜自励，一毫私欲勿相关"之句。在严父的不懈教导下，费宏不仅学业精进，而且人品高洁，遂成一代名臣。

（二）含珠书院开双花

含珠山在横林之南，经官畈数里，即抵山脚。山势高耸，左右二峰形若双龙含珠，故名含珠山。山上树木葱郁，修竹成林，北麓两峰之间，地势平坦，幽静古朴，此即含珠书院旧址。当年的书院虽现已改作寺庙，但至今石磉、瓦砾等遗迹犹存。横林费氏四世祖费应麒，欲以诗礼科举振兴家族，在含珠山创建书院，供族中子弟及亲友学子作读书讲习之所。他经商至福建，购置大量书籍而归，并请当时的大儒名师执教讲学。成化十九年，16 岁的费宏与 28 岁的五叔费瑞同在含珠书院读书，以备战这年的江西乡试。在书院的石阶下，有棵小山栀，长的十分茂盛可爱，是年竟破天荒地开出了双花，且一花结出了果实。众皆被这登科之兆所惊喜，期待着有双举之盛。这年秋，叔侄二人同赴南昌应试，竟如愿双双中举，首开了横林费氏科场叔侄同榜的先河。嗣后又有费完与侄费懋中叔侄同榜，费懋尹与弟费懋文兄弟同科，费懋和与从弟费懋贤兄弟同科。有明一代，从这里走出了一大批科举精英，仅横林费氏就出了 1 个状元、1 个探花、6 个进士、18 个举人及众多生员士子，文风之盛，举世无双，遂成西江甲族、簪缨之家。同时，广东布政使汭口张祐，顺昌知县范坞费诚等，也都是经过这书院熏陶而成的举子，从这个意义上讲，她已成为江右当时科举成果最为丰硕的当红书院

（三）状元班签

费宏叔侄双双中举之后，期待一股作气，再捷科场，联登进士之榜。次年春，叔侄冒寒进京赶赴礼部试。这是他们第一次参加会试，结果大失所望，双双落榜。这时，费宏收到了远在徐州奉命以工部主事出治吕梁洪的二伯父费瑄的来信，嘱咐他如果落榜，不必南下返乡，应留在太学读书。两年后，费瑄完命返京，费宏请教伯父为何能预料到自己落第，而又必令要入太学读书？费瑄呵呵笑道：这是你远到的吉兆啊；我曾梦见你入太学读书，领到的班签恰是彭文宪公的故物；彭文宪公也曾入太学，以后中状元了，希望你以此自勉。无独有偶，费宏中状元后，前往拜见恩师尹直；尹直是江西泰和人，时任兵部尚书兼翰林院学士，他即对费宏说：我们江西前辈士夫以高科至大位的人很多，而学术醇正，我最敬慕的还是彭文宪公，愿你以为法。这个彭文宪公即彭时，江西安福人，正统十三年状元及第，后入阁预机务；劝阻景泰帝易储，力主革除中官、后妃干政，减退庄田还民，被《明史》誉为"持正识大体"的政治家，卒后谥文宪。费宏谨遵伯父和恩师的教海，一生以彭时为楷模，忠君爱国，正色立朝；卒后亦谥文宪，亦被《明史》誉为"持重识大体"的政治家，完美继承了状元班签的衣钵。

（四）巧对成就好姻缘

费宏 17 岁入太学卒业，肆力于学。平常节衣缩食，所省经费用来购置大量书籍，刻苦攻读；故自六籍子史莫不旁通，月考、季试每每都居首列，一时在京城名声大振。时南直隶太平府当涂县宿儒濮未轩先生，在国子监任教。其妻邹赛贞，博览子史，工于诗词，士大夫皆以"士斋"称之，有"班姑谢娘"之誉，所著诗集大行于世。其女濮秀兰，亦博学工诗，俱被时人号为女士，方志即称其母女为"双才"。其时秀兰父母欲为爱女择佳婿，遂邀一些在国子监求学的未婚学子以诗文相聚，欲考察他们的才思人品。于时士斋老人出一上联："金杯春泛绿"，众人正苦苦思索寻觅佳句，不想费宏应声对曰："银烛夜摇红"。士斋老人称奇不已，又闻知费宏家世清白、年少才高，不久即将爱女秀兰许配他为妻。

（五）超级豪华的费宏榜

费宏成化二十三年丁未科状元及第，故这一榜的进士史称"费宏榜进士"。据史

籍记载，此榜人才济济，亮点纷呈：一是出了个少年状元；费宏虚龄二十成为榜首，是有明一代最年轻的状元，时称"少年状元"。二是再现状元宰辅；有明一代 277 年开进士科 90 次，钦点状元 91 人，只有费宏及正统十年乙丑科的商辂等九人位至首辅大学士，史上实为少见。三是一榜四相；费宏同榜进士中有四人先后入内阁预机务：费宏正德六年入阁，官至华盖殿大学士；蒋冕正德十一年入阁，官至谨身殿大学士；毛纪正德十二年入阁，官至武英殿大学士；石珤嘉靖三年入阁，官至武英殿大学士。四是有八人兄弟同科成进士；他们是广东番禺涂瑾、涂瑞，广西全州蒋昪、蒋冕，南直隶上元陈钦、陈镐，北直隶藁城石珤、石玠，这种盛况在科场上也是极为罕见的。同时还有尚书、督抚等重臣、贤臣多名，同榜进士同道相益，同心共济，勉为国之名臣。这超级豪华的进士榜，成为了中国科举史上的一段佳话。

（六）士子有异梦，科场添奇谈

据志书载传，费宏同科两名进士登第前均有奇梦：南直隶上海县人张黼，赴考前曾做一梦，梦见自己登科名列状元之前。醒来不觉长叹：世上岂有功名能在状元之前的？如此怪梦，怕是预示着自己会名落深山。本不想赴考，家中亲友再三相劝，勉强上京。不想会试一张榜，自己竟意外中式，奇梦之谶遂被破解。几日后殿试所录进士榜公布，张黼中了三甲第六十一名进士，而费宏高中状元，这再次圆了他的奇梦；原来此前会试榜上，费宏名列十六，而张黼名列十五，这岂不正是功名在状元之前吗？又有湖广宁远人刘良，早中景泰七年举人，此后 30 余年，十赴礼部试，皆不得中。可他却愈挫愈战，矢志不渝；原来他早年得一梦，说是他会成为费某人榜的进士，故他毫不气馁，且每次赴试必寻找此人，可久而不得。直至成化二十三年，他已年近 60，终于见到了期盼已久的 20 岁的费宏，且得中此榜三甲第八名进士。后人遂将这两人的异梦经历，敷衍成了科场奇谈。

（七）严父之责

费宏状元及第后，即授翰林院修撰，一入仕就成了地厅级官员，可谓是少年得志。这翰林院地处禁近，是皇帝的侍从咨询机构，虽位列清华，职级高贵，却并无烦琐杂务，倒是超脱清静。费宏自幼喜欢下棋，一日与同年好友、翰院同事陕西陇州人阎价下棋，局中互相争胜，费宏在其脸上戏拍了一下。阎价心中十分不悦，但嘴上不说，只是开始自行疏远。费宏深自懊悔，每日至其门前长跪请罪，阎价却绝不理睬。此事不知怎的就传到了在乡的费宏父亲耳里，其父大怒，封一竹棰，附诗一首，内有"翰林事业多如许，博奕何劳枉用心"之句，派一老仆送至京师，令其自扑。费宏持竹棰及书又三至阎价门前，自扑者三次，阎价始出，二人对跪抱头而哭。费宏说：这是我的罪过，该当受罚，你却为何要哭？阎价说：你有过错尚能得到父亲督责，可我想求这种督责而得不到了，所以哭耳。自是两人遂成刎颈之交。

时人盛赞二人笃孝，更是美慕费宏有此严父而世不可多得也。

（八）怒斥"九千岁"

刘瑾，就是京剧《法门寺》中那个专横跋扈的大太监"九千岁"。明陕西兴平人，自幼入宫为宦官，正德皇帝为太子时，他陪侍东宫。时费宏亦以左赞善任太子宫僚，在东宫为太子讲读，是太子的师傅之一，故与刘瑾也算是老熟人。正德皇帝即位后，刘瑾深得帝宠信，遂专权乱政，威轹公卿，人称"立皇帝""九千岁"；他不择手段地凌辱、残害士大夫，人人畏之如虎，即便是朝中大臣，见到他也要行跪拜之礼，而费宏独不为之屈。一次端午节，正德帝在万寿山河前检阅骠骑，赐朝中大臣一同观看，并在文华门之东设宴庆贺。在宴会上，费宏与一同年好友正互相谦让，欲以年齿少长易换座位。刘瑾恰好从旁经过，欲借机调侃一番，以示羞辱；便停下脚步，大声口占一联："费秀才以牛易羊"。众士夫一时惊愕，屏息无声。只见费宏不徐不疾，应声对曰："赵中贵指鹿为马"，这是在大庭广众之中，公然怒斥刘瑾是秦始皇时祸国殃民的宦官中贵赵高。刘瑾一时气夺，怫然而去。众公卿大觉解气，纷纷向费宏投来赞许的目光。

（九）公开、公正行公权

正德中，费宏任礼部尚书，采取诸多措施纠正刘瑾专权时造成的乱政。正德六年，会试天下举子，费宏以礼部尚书主持试事。此前试院各项开支皆取自京师顺天府的宛平、大兴二县，加派不仅使两县官民倍感不公、不堪重负，而试院资金不足，用且不给。费宏与大家商议，以各省乡试经费开支后均有羡余，请解礼部转存于顺天府库中，会试时取而用之，不仅消除了苦乐不均，试院经费也更为充裕。礼部所属铸印局，额设大使、副使各一员，食粮儒士二名等吏员，任满将补选，报考者竟有数千人，其中多半皆找关系请托，造成了不良风气，管事者也难以处分。费宏决定，除食粮儒士二名，再增加听缺者四人，习字四人，全部拟依次第补，这就把十数年的员缺都解决了，于是投考者和请托者皆敛迹。这两项措施使大家都感到公平、公正，遂由皇帝批准著为律令，长期施行。

（十）依法依规纠错封

鲁王府的郡王邹平王，早年正妃张氏卒，无嫡子，姜周氏生庶子二，当漤为长。后来邹平王又纳丁氏为内助，生子当凉，王甚爱之，遂隐瞒真相，奏请封丁氏为继妃、当凉为嫡长子，且已得封20余年了。正德六年，邹平王卒，当漤与当凉争袭封，事下礼部议。尚书费宏主持公、侯、驸马、伯、府部大臣商议，依照朝廷的律令，宗室正妃故后，无嫡子但已有庶子者，王只能娶内助，且不得授继妃之封。丁氏是内助，与当漤母周氏无嫡妾之分，故当凉与当漤同为庶子。按《祖训》之规，有嫡立嫡、无嫡立长，当澋应袭封邹平王，当凉嫡长子和其母丁氏继妃之封均应撤销。这一延续 20 多年的错封得以纠正。但当凉不服，奏诉不已，并诬主其事者费宏受贿不法，连续缠诉三年，费宏始终不为所动。正德八年，帝命朝中大臣多人前往鲁府勘查，再次查实了当澋、当凉均为庶子，且当澋为长的事实，肯定了当年费宏所作处置是依法依规纠错。于是帝下诏重申了三年前的处置，并严惩了当凉及弄虚作假之人，一场旷日持久的袭封之争终告平息。

（十一）　勇斗宁王朱宸濠

宁王朱权是明太祖朱元璋第十七子，封国在喜峰口外的边陲重镇大宁，带甲八万，革车六千，所属朵颜三卫骑兵皆骁勇能战，在诸王中以多谋善战名。燕王朱棣阴谋夺权，建文帝恐其与燕王联合，使人召之，朱权不至，坐削三护卫。后朱权助燕王夺得了天下，不仅未得兑现"平分天下"的承诺，反而被夺去了兵权，还徙封至南昌，遂郁郁不得志而终。孙子嗣王，又被人告其私父、祖二王的宫人，逼死内官等罪，再夺护卫。

五世传至朱宸濠嗣王，其母原为娼妓，且幼有禽兽行，嗣王后更是骄奢淫虐，不仅肆意奸淫部下妻女，还公然勾连亲信入宫与姬姜淫乱。又存不轨之心，妄言南昌城东南有天子气，建"阳春书院"当之，僭称"离宫"。为扩建王府，索要邻居屋基不得，竟纵火将其房烧毁，强行霸占。招集四方亡命、群盗劫掠居民和过往商旅，稍有反抗，即纵盗大行屠戮，有一姓数百口人竟无一遗存，备极惨酷。他用掠得的财物收买朝中权贵，大肆招兵买马、打造兵器。他见正德帝大婚后多年无子，且未建皇储，遂阴结帝左右幸臣，欲召其世子进京为司香王，企图以宫廷政变的方式夺取皇权；但因其非皇室大宗，未能得逞，于是急切筹划武装叛乱夺取帝位，而谋取恢复护卫则成为他掌握军事力量的最佳途径。正德初，他重贿司礼太监刘瑾复得向所夺护卫，但随后刘瑾伏诛，其护卫再度被夺。

费宏从弟费寀之妻是宁王正妃娄氏的妹妹，朱宸濠想利用这层亲戚关系，拉拢费宏助其夺权。藩王谋夺皇位，这本是皇室内部的权利之争，但费宏耳闻目睹宁王在江西的种种恶行，深知这是一个比正德皇帝更加凶残无耻的暴君；如让其阴谋得逞，不仅国家将陷入分裂和战乱，而首先遭殃的就是自己的家乡江西。于是费宏多次婉拒了宁王送来的重金和珍宝，坚决抵制其阴谋。陆完是费宏的同年进士，曾在江西为按察使，宁王与其深相交结，又极力推荐和运作，使其进京得任兵部尚书；于是利用陆完及朝中幸臣钱宁等为内主，运送大量金银珠宝进京谋复护卫。一日，费宏上朝，陆完迎上来问道：宁王求复护卫，是不是给他复了？费宏反问道：不知当日将它革除是何缘故？陆完阴阴地说：现在恐怕不能不给他了。费宏正色告之：那你自己看着办吧。权贵们知道费宏一定会坚决阻止，于是乘费宏在文华殿批阅廷试卷，下旨恢复了宁府护卫。并以费宏从弟费寀不当留翰林，乡人贵溪黄初不当榜眼及第，均指为其罪。费宏被迫请辞致仕，其实他当时只有 46 岁，是内阁中最年轻的大学士。同时费案也一并致仕，而他则刚刚出仕三年，年才 31 岁。在回乡途经山东临清时，又遭濠党追杀，资装全被烧尽，仅得逃出保住性命而已。

费宏归家，闭门谢客，课子读书。宸濠仍不死心，多次邀费宏去南昌相见，费宏以朝廷有令，大臣不得交结亲王而婉拒。宸濠恼羞成怒，遂派老吏毛让到铅山，唆使铅山奸人李镇、周伯龄、吴三八等围攻费氏。费宏横林屋舍被烧，亲人被杀，祖父母、母亲坟墓遭毁，被迫避入县城。匪众又攻破县城，劫狱杀人。江西守巡官以下畏惧宁王，不敢过问。费宏无奈，只得避入府城上饶，并派人进京控诉宸濠的暴行和阴谋。在朝廷正直大臣的干预下，迁延三年，才把这股匪徒剿灭。然而宸濠仍在虎视眈眈，不断威逼，费宏及全族亲人皆不得安宁。但他仍初心不改，决不屈服，并密切注视着宁府的动向。

正德十四年，宸濠在南昌举兵反叛，费宏在铅山得讯，即与从弟费案谋起义兵，又让费案间道致书王阳明，赞划"先定洪州覆其巢穴，扼上游以遏其归路"的平叛方略。同时致书在乡的江西籍官员，号召他们勇敢站出来急勤王之义，积极参与平叛以保卫国家安定。又致书进贤知县刘源清、余干知县马津、龙津驿丞孙天祐，为其谋画参与平叛的策略，使宸濠派往广信府招兵的党羽全部被歼灭，切断了叛军东向的通道，保住了赣东北一方的平安。在广信知府周朝佐、铅山知县杜民表举义兵参与平叛时，又积极为其赞划进军方略，有力地配合了王阳明的平叛成功。

宸濠之叛平定后，正德帝身边的幸臣又率京、边军进驻南昌，借口清剿余党，残杀百姓以冒军功，甚至冲撞王阳明行辕，妄图挑起事端而混水摸鱼。地方官民不胜其扰，但苦于无法送走这些瘟神，后闻知统军太监张永"志于不朽，雅好文辞"，即派专使到铅山，请费宏写篇文章，以促张永等尽快离赣。费宏是状元宰辅，文名传于天下，但决不为宦官幸臣作，以前就曾因此而得罪锦衣卫帅钱宁。此时费宏勇斗宁王的事迹被朝野广为传播赞颂，名声大振，完全没有什么理由会主动给太监张永撰文。然而为了国家的安定，为了使家乡早日免遭涂炭、脱离苦海，他违心地写下了一篇序文，曲陈江西军民的苦衷和愿望，晓以大义，促使张永率军离开了南昌。不久，驻跸南京一年多的正德皇帝也班师回朝，国家趋于安定，平定宸濠的斗争也顺利地画上了句号，时人谓此序大有斡旋之功。费宏在孤立无援的情形下，不顾身家性命，以一族之力勇斗宁王朱宸濠，且自始至终为平定叛乱尽心尽力，尽显了一个精忠爱国大臣的家国情怀和赤子之心。

（十二）君臣诗词唱和助新政

嘉靖帝与他的前任从兄正德皇帝一样，都是虚龄十五登基。费宏鉴于前朝正德帝被群小包围诱惑、荒嬉乱政、国事大坏的教训，十分重视引导这少年天子近君子、远小人、习正学、弃荒嬉，故嘉靖初年经筵日讲常开，君臣共效勤学为本的帝王致治之道。嘉靖帝日与士夫儒生交接，志趣高雅，且热衷于诗词，每有新作，必令人送至费府，请费宏为之润色；其中有《咏春诗》及《四景诗》十二律，嘱费宏唱和集录，并亲自作序，名曰"咏春同德诗"。又在宫中平台召费宏等阁僚，当面一一亲赐诗章。在赐费宏的诗中称："每从古训寻治理，歌咏研磨陶性情。诗成朕意或未惬，中侍传宣出紫清。补衮卿任仲山甫，为朕藻润皆精明。眷兹忠良一以赖，舜皋仿佛康哉赓。"费宏奉命对曰："仰窥圣志甚宏远，欲追隆古跻升平。臣愚辅导愧无术，崇阶屡进叨孤卿。平台宣召赐圣作，褒逾华衮真难承。对扬休命竭忠荩，敢效傅说希阿衡。"费宏又奉帝命，将帝与群臣的赐诗、和诗辑录成集，名曰《宸章集录》，付梓颁行。面对潜学勤政的小皇帝，费宏欣喜万分，诚恳地更定、润色御制诗作，并在和诗中寓入讽劝之意，深当帝意。这种君臣之间的良性互动，给朝堂带来一股清新的政风，嘉靖初年，朝廷广布赈济、减免税粮、免前朝逋赋、罢去冗员、妥处大同兵变、停罢一切不急之务，新政得以大力推行。

（十三）以仁义妥处大同兵变

大同南蔽太原，西阻榆林，东连上谷，在明代为北方边防重镇。嘉靖三年，巡抚张文锦在城北90里筑五堡，欲每堡500家，迁卒2500家前往戍守。有些人不乐意前往，请求免迁，张文锦不允，严令悉数迁徙。管事参将贾鉴又希文锦旨，杖责其队长并将之治罪，悍卒郭鉴等遂倡乱，杀贾鉴、张文锦，啸聚为乱，势颇汹汹；且惧罪不可赦，或有逃奔塞外之虞。朝中得报，议者以众卒作乱犯上，欲派重兵大举讨伐。费宏时为首辅大学士，他认为事出于激变，不是预谋叛乱，且没有参与的人很多；如重兵讨伐，胜则玉石俱焚，不胜则拒城抗命，甚至被逼出奔塞外，边境将不得安宁。不如派大臣前往抚定，慢慢处置，不使矛盾进一步激化。嘉靖帝力排众议，按费宏所奏，派兵部侍郎李昆前往抚谕，命都督桂勇代还原总兵，令只取首恶，胁从不问，群情稍定。而有人欲图军功，遂又传言将屠城，大同人心复大乱，叛卒五十余人复围攻桂勇辕门，桂勇家仆桂彪等殊死搏斗，十余人皆遇害。这时朝中讨伐之声再起，费宏仍坚守以仁义善待边卒的初心，再派山西按察使蔡天佑为大同巡抚，作出周密部署，安抚众戍卒，擒杀首恶40余人，重镇以安。兵变平定后，费宏又亲自为这些默默无闻作出牺牲的小人物撰写《桂氏义仆碑》文，盛赞他们忠勇赴义、为国捐躯的崇高精神。当朝宰相亲自为一群仆人写碑文，这也成为史上的一段佳话。

（十四）葛仙山上的夏布鼓

葛仙山是铅山的圣山，山上葛仙祠供奉的葛仙翁，传说是玉皇大帝的宰相。山中林木葱郁，云雾缭绕；祠里香烟飘忽，钟鼓齐鸣。一派神山仙境，故邻近数省信众颇多，朝拜之期热闹非凡。传说一日费宏欲上山观瞻，可行至山下，却怎么也迈不开上山的脚步。正疑惑间，忽从山上飘下一条黄绫，上面写明费宏不能上山的原因，是他脚上穿着牛皮靴。时朝中大臣上朝时穿的朝靴，当然定制是牛皮做的。费宏看罢，微微一笑，随即索来笔墨，在黄绫上写道："你是天上一相，我为人间一相。你既可以打牛皮鼓，我何不能穿牛皮靴。"写毕，即着人送上山去。不一会，只见山上的牛皮鼓就咕咚咕咚地滚到山涧里去了。从此，葛仙山的鼓就是夏布的鼓面了，且世代相传，至今亦然。

（十五）不畏先生畏后生

费宏一生勤奋好学，阅读不辍，笔耕不止。至年老休致在家，还是经常手捧一编书卷，口中诵读不已，伊吾不休。夫人觉得很是奇怪，笑着问他说：相爷你早已不是学生了，还这样嗜书入癖，难道是怕先生责罚你吗？费宏很感慨地说：我不是怕先生，而是畏怕后生呐。故他学无止境，学问精到，遂为天下景仰。他曾同考礼闱者二，主试应天者一，鉴别精慎，得人为多，门生满天下。他为文"平正典则，根于道理"，"体裁醇正，不尚雕刻"，文章行于天下。在朝中曾参与纂修《宪宗实录》《孝宗实录》《历代通鉴纂要》，主修《武宗实录》《献皇帝实录》，见于史志书目的著作还有《武庙初所见事》《宸章集录》《湖东集》《遗德录》《太保费文宪公摘稿》等，其中《太保费文宪公摘稿》二十卷本为《四库全书》录入存目，《续修四库全书》已录入再出版行世。文章功业，古人以为难兼有者，他皆卓有所立，足以震耀当世，留芳千古。

（十六）慷慨解囊，睦族济贫

费宏继承父祖的衣钵，传承勤俭的家风，雅尚俭朴，不事奢华。虽自青年就进入官场，但仍是布衣蔬食，每餐食无兼味，衣着除朝廷命服外，绝少穿绫罗绸缎，自奉极薄。然而对于施仁举义之事，则总是豁然为之，毫不吝啬。少时在太学读书，曾受到国子祭酒丹徒费氏宗人费訚的殷殷教诲，后其子孙多不能自立，费宏每经过其家，必以厚资给予帮助。一次从京师返乡路过山东济宁，见一扶柩返乡的船只在运河中倾覆遭溺，幸存者在河边痛哭不已，虽素不相识，却毫不犹豫即刻出厚资助其平安扶丧回家。在乡遇灾年即行减租，有积年欠租债而贫不能还者，即焚其债券而不复问。家族中历代祖墓，依规是各房轮流负责主持祭祀及其经费，间有贫困的宗支无法承担此任，费宏即慷慨解囊，出资买田若干，号为"清明田"，以其所入作为合族祭祀的经费；剩余资金用来奖励、资助族中家贫学子求学及帮助族中贫困宗亲，故合族和睦，亲密无间。

（十七）殷殷故里情，造福乡梓地

费宏热爱故乡，浓浓乡梓之情，不仅表现在诗文中对鹅湖书院、叫岩、清风峡、柴埠津、含珠山、龟峰、冰溪、葛源等的热情讴歌，而且十分关心家乡的人文风尚。他热忱帮助健全、完善县学，亲自为县学立碑作跋。提议并督促恢复、扩大乡贤祠、群贤堂，全县上下尊师重教、向善向上蔚然成风，遂使铅山在明代成为江右文风鼎盛、精英辈出之区。当他得悉知县朱鸿渐与知府张士镐龃龉不和，便耐心疏导劝解，终使二人消除隔阂，也成就了朱鸿渐在铅山任上大有作为，故位列名宦，不久即升任广信知府。他对家乡的民生福祉也是孜孜以求：成化间表叔祖陈瑄主持修筑新成坝，他出资、出力积极支持，并以《新渠歌》长诗热情赞颂。从西乡往县城（永平）途经清流乡，有一凿石圳，遇山洪暴发，水势湍急，深浅莫测，交通阻断；费宏亲撰一疏，倡导"大家出谷出银，各随雅意；舍桥舍路，便是阴功；毋吝余财，共成好事"，终于建成石桥一座，大大方便了县人出行。费宏还在家乡主持开凿了一条人工河，引铅山河水向西北而去；中途分作二支，一支向北注入信江，一支向西由清湖折入信江，全长十数里，极大便利了乡人的灌溉、洗涤。后来人们渐渐临河两岸建造民居，粉墙黛瓦，鳞次栉比，不数十年，荒芜滩涂的沙弯竟成了商贾云集、八省通衢的河口重镇；水穿市井过，人居河傍楼，一派江南水城的美景，如诗如画似仙境。人们赞颂费宏的功德，称之"费记河"，亦叫"惠济河"，现称"福惠河"，意即费宏造福乡梓之河。

（此文载《瓢泉》2021年第1期）

九、清湖费家村史话

清湖费家村始建于明代，至今已近500年。明武宗正德十一年（1516），时任内阁大学士的费宏，因阻宁王朱宸濠的叛乱阴谋而致仕返乡；又遭其疯狂报复，亲人被杀，祖坟被掘，横林屋舍被焚毁，不得已与胞弟费完一起迁居湖上，在清湖之畔定居，故称清湖费家。其时周遭荒芜，几代人相继经营，渐成规模。村东有岑湖，西有菜湖，南有清湖，北有后湖，中有官湖；村中又有四口清水井，故称"五湖四海"。村北大航渡畔有大牌楼"三入阁坊"，为费宏立；村中有"柱国第"，前有四柱牌楼"乔梓传芳坊"，为费完及其二子懋尹、懋文立；村东有"进士坊"，为费尧年立。明万历中，费尧年在官湖畔治"甲秀园"，其子元禄又在园中建"黾采馆"，村落进入鼎盛；而其时河口经70余年发展，亦从开始的二三户，而百而千、成邑成都矣；故人称"先有费家村，后有河口镇"。随着家族的世代繁衍，族人不断扩展迁徙：费宏率子孙迁烈桥；费完后裔先后迁长生坂、福建汀州、贵溪新田，其他因事业、生活、战乱等散居各地者正不知其数。历明、清、民国，费家村先后属清流乡、福惠乡；解放后属福惠区、民和乡，后为河口镇清湖大队第五、六、七、八生产队；大队改为村后，亦相应改称为村民小组。本世纪初，随着县城不断扩展，上、下坂田地悉数被征，村已并入河口城区，成为城中村。牌楼、假山等古迹渐次消失，只有村东古樟仍然繁茂，而村西宗祠却早已不存。费氏宗祠解放初即辟为清湖小学，1981 年修建铁路时被拆，而易址还建了清湖小学。现村中道路平整，绿树成荫；别墅林立，装修精美；亲情融融，居民和谐。随着人们生活水平的日益提高，对建设老年活动中心的愿望更为迫切。2015 年秋，荣兴公倡导奔走，众居民积极捐款，又得政府资助，遂于 8 月 8 日动工建设，翌年　月　日竣工。是役，诸老费荣兴、费章金、费正保、费果仔、王水仔列为顾问；董其事者费德志、费荣德、费章虎、费明瑞、费毛倪、叶茂彬、何云贵、费先其、夏怀森、费天赦、费贵宗、费传龙、费正孝、费仕亮、王加来、费文瑞、费水泉、杨福进。老年活动中心位于清湖小学之北，长 21.8 米，宽 12.8 米；框架结构，上下二层；下为厅，上为室；装饰得体，美而适用。居民聚于斯，娱于斯，定当其乐融融，延年益寿。正忠冒昧，不揣浅薄，谬受族人所托，草此陋文塞职，聊作往事之志，尚祈来人之识。

2016 年仲夏

十、官湖史话

官湖，是明内阁大学士费宏与弟费完，在正德末年，由横林迁居湖上时开基所创五湖之一；居中，在村中四柱牌楼前之南面，东有岑湖，西有菜湖，南有清湖，北有后湖。周遭可二里许，良田棋布，可耕可渔。临湖有古樟树，周可三四十围，清湖公费完所植。明万历年间，费尧年、费元禄父子先后在湖边构甲秀园、鼍采馆，湖中设小艇两只，不少文人名士荡漾其中，诗词唱和，遗篇斑斓，明文学家屠隆曾改称其名为鼍湖。湖有三园，各有胜处：东园甲秀，据湖为胜；南园地多幽散，胜在短墙乔木修竹；西园以松林胜，阴可百亩。其水泓溁清澈，常年不涸，是村中灌溉、生活的主要水源。1981 年修建的横南铁路穿湖而过，将湖一分为二；近年湖边建房又屡有侵塞，至今水面已大为缩减，东边只剩 12 亩，西边亦只有近 18 亩。2016 年在政府支持下，对官湖进行了清理整治，并把西边修葺成官湖公园，使这一汪近 500 年的古湖得到较好的保护，焕发出绚丽的新姿。

第六章　报刊

一、《前线》中共北京市委前线杂志社 2021 年第 3 期

　　第 92 页刊登《〈六然训〉里道道多》一文，讲述"明代官员、著名学者崔铣，清正廉洁，刚直不阿。《明史·崔铣传》说他'言动皆有则'。其'言'很多，最有影响的莫过于《六然训》"。在论述其"自处超然"时称："嘉靖十四年，崔铣因得罪权臣刘瑾，赋闲家中，门可罗雀。他却自甘寂寞，不为财利所动，不为物欲所诱，自食其力，清贫度日，足以体现其自处超然的品格。"《明史》中固然有其"言动皆有则"的记载，但并不见"六然训"及他因得罪刘瑾而赋闲家中的记载。据《明史》卷 282 第 7255 页载："崔铣，字子钟，安阳人。父升，官参政。铣举弘治十八年进士，选庶吉士，授编修。预修《孝宗实录》，与同官见太监刘瑾，独长揖不拜，由是忤瑾。书成，出为南京吏部主事。瑾败，召复故官。"《皇明词林人物考》卷 5 第 13 页"崔文敏"中亦称其"以忤刘瑾调南京吏部验封主事"，且均不见有其因此"赋闲家中"之说。更令人不解的是，文中竟称"嘉靖十四年，崔铣因得罪权臣刘瑾，赋闲家中"。据《明史》等资料，刘瑾早已于正德五年被正德帝处死，怎能在 23 年后的嘉靖十四年再来作威作福，让崔铣因得罪他而赋闲家中？《明史·崔铣传》又载："世宗即位，擢南京国子监祭酒。嘉靖三年集议大礼，久不决。大学士蒋冕、尚书汪俊俱以执议去位，其他摈斥杖戍者相望，而张璁、桂萼等骤贵显用事。铣上疏求去，且劾璁、萼等曰：'臣究观议者，其文则欧阳修之唾余，其情则承望意向，求胜无已。悍者危法以激怒，柔者甘言以动听。非有元功硕德，而遽以官赏之，得毋使侥幸之徒踵接至与？臣闻天子得四海欢心以事其亲，未闻仅得一二人之心者也。赏之，适自章其私昵而已。夫守道为忠，忠则逆旨；希旨为邪，邪则畔道。今忠者日疏，而邪者日富。一邪乱邦，况可使富哉！'帝览之不悦，令铣致仕。"可见造成崔铣被迫赋闲在家的不是因得罪刘瑾，而是因在"大礼议"中得罪了嘉靖帝及议礼新贵张璁、桂萼等；事发不是在嘉靖十四年，而是在嘉靖三年。揆自笔者以上所引二书证，均不见提及"六然训"，想必作者引证另有所据。据网上搜索，记有崔铣的"六然训"："自处超然，处人蔼然，有事斩然，无事澄然，得意淡然，失意泰然"。但却不曾注明出处。即便如此，这与文中的记述之误也不太相干，我们在论述和引用时也应有一些鉴别、考证的功夫，绝不可造成以讹传讹。这虽是一段陈年往事，但作为一个严肃的理论刊物，出现这样不符史实、且时空错乱的表述，总归是不太合适的。

二、《明代殿阁大学士非阁臣代名词》《中国史研究》2005 年第 1 期

该文第 176 页第 4 行称：据《明史·王国传》载："张居正疾笃，疏荐其座主潘最入内阁，帝从之。"查得《明史》卷 232 第 6059 页《王国本传》，原文是："张居正疾笃，疏荐其座主潘晟入内阁，帝从之。"又查得《明史》卷 213 第 5650 页张居正本传称："居正不起，荐前礼部尚书潘晟……等可大用，帝为粘御屏。"可见张居正死前所荐的是潘晟，而不是潘最。二字形似，可能是摘录时误抄，亦可能是码工误植，要之是人名错了。且事或亦不确，据《明史》卷 110《宰辅年表》，万历十年六月张居正"晋太师，寻卒"；而潘晟以"礼部尚书武英殿大学士，六月命，未任罢"，可见其并未出任内阁大学士。帝对张居正的推荐也未"从之"，只是将其"粘御屏"而已，并不想真的任用，这也为其后对张居正的清算埋下了伏笔。

三、《明代藩王继统与庙制变革——以永乐、嘉靖为中心》
《中国史研究》2005 年第 1 期

该文第 157 页称：到嘉靖二十年时，明朝国家的情况更加糟糕。河南道御史杨爵上疏指出："方今天下大势，如人衰病之极，内而腹外，而百骸无不受病……迩来四方饥馑相仍，小民委命沟壑，此诚节用惜用、与民休养之时，而土木之兴，十年于此矣。"并出注标明此文引自"《明世宗实录》卷 246 嘉靖二十年二月丙寅"。依此文中原意，句中"内而腹外，而百骸无不受病"的断句疑有误，似应断为"内而腹，外而百骸，无不受病"。查得《明史》卷 209 第 5524 页《杨爵本传》，记其在嘉靖二十年二月上书极谏曰："今天下大势，如人衰病已极，腹心、百骸，莫不受患。"又检得《明世宗实录校勘记》第 1428 页在卷 246 第 3 页前八有"内而腹，广本、抱本"腹"下有心字，是也"；后六有"节用惜用，广本"惜用"作"惜财"，是也"。综合上述资料，此段引文似应为："方今天下大势，如人衰病之极，内而腹心，外而百骸，无不受病……迩来四方饥馑相仍，小民委命沟壑，此诚节用惜财、与民休养之时，而土木之兴，十年于此矣。"可见引用文字、断句皆有误，故造成文义难懂。

四、《试论明代监察官的考选制度》《中国史研究》1993 年第 2 期

1. 该文在第 116 页倒数第 8 行引用明太祖朱元璋的话称："论道经邦，辅弼之臣；折冲御侮，将帅之职；论恩献纳，侍从之任；激浊扬清，台察之司。此数者，朝廷之要职也。"其中"论恩献纳"，依文意疑为"论思献纳"之误。这里是将"思"误成了"恩"。

2. 该文在第 116 页倒数第 5 行记述明太祖朱元璋讲到选拔监察官时称："必国而

忘家，忠尔忘身之士，方可任之。"其中"忠尔忘身之士"，依文意疑为"忠而忘身之士"之误。这里是将"而"误成了"尔"。

3. 该文在第 117 页倒数第 8 行称，选拔科道官"尤其注意从政绩显著，人为清廉的地方官中选擢"。其中"人为清廉的地方官"，依文意疑是"为人清廉的地方官"。这里是将"为人"误成了"人为"。

五、《论明代内阁制度的特点》《中国史研究》1992 年第 4 期

1. 该文在第 112 页倒数第 14 行引用徐阶的一段话中有"而恩威常在干上"，依文意，此段话疑是"而恩威常在于上"。这里是将"于上"误成了"干上"。

2. 该文在第 113 页倒数第 16 行称："据王其榘统计，明代阁臣一百六十四人中，入阁前曾担任地方官的，只有二十九人，占阁臣总数百分之二十七。"这里的百分比疑有误，依这里提供的两组数字，占比应为百分之十七点六八。

3. 该文在第 114 页第 20 行引用杨荣的一段话："吾辈衰残，无以效力，当择后生可任者，报圣思也。"其中"报圣思也"，依文意疑为"报圣恩也"之误。这里是将"恩"误成了"思"。

4. 该文在第 116 页倒数第 11 行载"丘浚继任首辅后，这争夺人事权的斗争仍在继续"。据《明史》卷 109"宰辅年表一"，丘濬于弘治四年十月以太子太保礼部尚书兼文渊阁大学士入阁预机务，至弘治八年二月卒于任上，先后任四辅、三辅、次辅，并未擢为首辅，其间的首辅分别是刘吉、徐溥。这里称"丘浚继任首辅"，显误了。另这里及此下八处均称丘濬为"丘浚"。"浚"和"濬"，在《康熙》字典中分别是两个字，虽同音，在"濬"字下亦注有"《玉篇》同浚"，但义项多有不同。查《辞海》第 1117 页将"濬"作为"浚"的异体字处理了，好像今后就只能写成"浚"了。而《中国汉语大字典》在 1769 页却保留了"濬"字，在"jùn"这个读音下，只有疏通、深两个义项；而"浚"除此外还有挹取、索取、地名、通"骏"、敬、谨等义项。且古人取名为"濬"，大都是含有深和通的意思。为了避免歧义，不违古人取名的原意，在涉及历史上的古人名时，还是应当尽量保留原字为好。2000 年出版的《中国历史大辞典》第 800 页在"丘濬"条下，就是仍然保留了原字的，此实可为我们师法。

六、《明代的配户当差制》《中国史研究》1991 年第 1 期

1. 该文第 24 页倒数第 3 行在讲到明代对役户的管理时称："朱明皇帝设置了个龙大的管束机构"，其中"龙大的"，依文意疑是"庞大的"之误。

2. 该文第 25 页倒数第 10 行载"官府文件中你它为'户役'"，其中"你它

为"，依文意疑是"称它为"之误。

3. 该文第 32 页第 3 行在列举各种当差户名时称"杏行炮（供杏），梨行户（供梨）"，依前后户名的写法，其中"杏行炮（供杏）"，疑是"杏行户（供杏）"之误。

4. 该文第 6 行载"如驿夫户、站户，有的县志分别你之为'马牛驴户'……"句中"分别你之为"，依文意疑是"分别称之为"之误。

5. 该文第 39 页第 8 行载"有的县志中把性质相同而役籍不同的役户合你为一种役户"，其中"合你为"，依文意疑是"合称为"之误。

6. 该文第 39 页第 9 行载"'僧户''道户'合你为'僧道户'，实际上名虽合你，役籍还是分别存在的"。其中两个"合你"，依文意均疑是"合称"之误。

7. 该文第 39 页第 10 行载"实际上名虽合你"，其中"合你"，依文意疑是"合称"之误。

8. 该文第 39 页第 17 行称"《蕲水县志》载军载 4841 户，贴军户 4083 户"，其中"军载 4841 户"，依文意疑是"军户 4841 户"之误。

9. 该文第 42 页第 4 行在讲到徭户时称："当差户古时或你'役门'"，句中"或你"依文意疑是"或称"之误。

七、《严嵩与江西籍阁臣》《江西社会科学》1994 年第 12 期

1. 该文第 99 页左侧倒数第 16 行述严嵩"读中秘书，试常寇"。句中"试常寇"，依文意疑是"试常冠"之误，这里是将"冠"误成"寇"了。

2. 该文第 99 页左侧倒数第 13 行载"正德十一年，严嵩再入宦海，及至京师，方知费宏已于两年前获罪宸濠而致仕"。据严嵩《钤山堂集》卷 27"北上志"称："予卧病钤山阅八稔，正德丙子（注：十一年）春三月病愈，治装将如京师……四月……二十日，过叫岩寺……江畔有楼名'嘉会'，乃阁老费公里第，登岸寻径，谒公矣语，抵暮乃还舟。"由此可见，严嵩正德十一年并不是至京师后才知费宏已于两年前致仕家居的，而是在此之前就知道了，故在此年四月进京途中特意顺道探访在铅山家中的费宏，并赋《题阁老费公至乐楼》诗一首，该诗收在《钤山堂集》卷 6。

3. 该文第 99 页左侧倒数第 11 行载："正德十三年，朝廷册封宗藩，严嵩承命出任册封副使，赴广西靖江府。途经信州，严嵩专程登门看望费宏。其时宸濠勾结佞臣钱宁之辈，权势正炽，并在竭力迫害费宏一门……严嵩冒险前来探访前贤，并作《奉题阁老费公至乐楼》，以示敬意。"此段两处疑有误：一是信州是上饶在宋、元时的建制称呼，至明代严嵩来的时候早已是广信府了，不应再称"信州"了。二是如前第 2 条所记，严嵩至费宏家中拜访并赋《题阁老费公至乐楼》是正德十一年事。至正德十三年，正如文中所述："其时宸濠勾结佞臣钱宁之辈，权势正炽，并在竭力

迫害费宏一门。"宸濠指使铅山李、周、吴群匪攻击、残害费氏，烧房、掘墓、杀人，费宏被迫避入县城；群匪又攻破县城，费宏只得再避入府城。严嵩此次与与费宏见面应该是在广信府城，不是到铅山费宏家中"登门看望"；此时至乐楼也早已被濠党焚毁，哪还能赋《奉题阁老费公至乐楼》诗。这是把两年前发生在铅山的事与在广信府治的会面弄混淆了。

4. 该文第99页右侧第3行称"世宗入继大统甫旬日，即降旨起用费宏"。"旬日"亦称"旬时"，《辞源》的解释是指十天。据《世宗实录》卷1，世宗即位甫三日，即"召致仕大学士费宏照旧入阁办事"；世宗即位是在正德十六年四月癸卯（二十二日），召费宏是在四月丙午（二十五日）。记为"旬日"疑是误了。

5. 该文第99页右侧第7行载严嵩诗，其中有"直道谁云竟忏时"句，依文意，疑是"直道谁云竟忤时"之误。这里是把"忤"误成"忏"了。

6. 该文第100页左侧倒数第5行称"世皇优旨批答"，句中的"世皇"，依照该文的行文范式及其他文史资料的称呼习惯，还是称"世宗"为好。

7. 该文第100页右侧倒数第3行讲到夏言时，称其"号桂州"。据《中国历史大辞典》等辞书，夏言号桂洲。夏言有文集《桂洲集》。桂洲是夏言家乡贵溪的一个小地名，而桂州则是广西的一个大地名。此处是把"洲"误成"州"了。

8. 该文第101页左侧第2行讲夏言与严嵩"两人始相交，见诸文字记载是在嘉靖八年春"。据严嵩《钤山堂集·杂记·西使志》卷27载，正德十三年九月，严嵩奉命充副使前往广西册封宗藩，"乙卯，次贵溪，黄太史慎卿，夏大行公谨，毕工部汝霖同集"。夏言正德十二年成进士，即被授行人，可见严.夏两人早在正德十三年就相交了，无须等到十一年后的嘉靖八年"始相交"了。

9. 该文第101页左侧第6行载"此后，夏言以强直开敏议郊视，赞定文庙祀典及大禘礼"。句中"郊视"，依文意疑为"郊祀"之误。

10. 该文第101页左侧第14行称严"嵩科第先夏言，而位下之。始倚言，事之谨。尝置酒邀言，躬诣其第，言辞不见。嵩布席，展所具启，跽读。言谓嵩实下己，不疑也"。并标明这段引文出自《明史·夏言传》。经查《明史·夏言传》，不见有此段文字，倒是在《明史·奸臣传》《严嵩本传》中见之，文在《明史》卷308第7915页。

11. 该文第101页右侧倒数第16行载"言既失帝意，嵩目以柔佞宠"。其中"目以"，依文意疑是"日以"之误。

12. 该文第101页倒数第5行载，世宗在斥责夏言时称"联不早朝，言亦不入阁"。句首的"联"字，依文意疑是"朕"字之误。

13. 该文第102页左侧第5行称嘉靖二十四年十二月，"夏言官复原职，任了两年多首辅的严嵩又退为次辅"。据《明史》卷110"宰辅年表二"，嘉靖二十一年七月夏言革职闲住，翟銮继任首辅，直至二十三年八月其被削籍去位，严嵩才为首辅；

至二十四年十二月夏言复位，前后只有一年零四个月。这里称严嵩此前"任了两年多首辅"，疑是有误。

14. 该文第 102 页右侧第 11 行载世宗下敕给严嵩称"尔既知未可，如何不力正言于铣初至，即密具奏帖，亟口称人臣未有如铣忠……朕亦思，为言已具可之奏，必语尔为朕知而主之，尔未宜诅其谋者"。句中"如何不力正"下疑应加一问号，断句于此，才不至与下文混淆，下文的意思才能完整，也才合于整段的文意。"人臣未有如铣忠"是引夏言语，似也应加上引号。全句似应断为："尔既知未可，如何不力正？言于铣初至，即密具奏帖，亟口称'人臣未有如铣忠'……朕亦思，为言已具可之奏，必语尔为朕知而主之，尔未宜诅其谋者。"

八、《明代江西科第世家的崛起及其在地方上的作用

——以铅山费氏为例》《中国文化研究》1999 年冬之卷（总第 26 期）

1. 第 51 页第一节第 2 段载："由于兵燹之乱，谱牒遇焚毁。"据文意，疑此处"遇"应是"遭"之误。

2. 第 51 页第一节第 2 段载："攀附名人是谱牒文化的通病，铅山费氏也未能免俗。"这里是因为在《鹅湖横林费氏宗谱》中列了三国时费祎为远祖，故误认为这也是为了攀附名人。其实，《鹅湖横林费氏宗谱》由费宏等在嘉靖初创立时，就断自赤贫的本二公费有常为始迁祖，且不避讳其不知所自、不知所终的悲惨遭遇。这一实事求是的态度，当时就得到士大夫们的普遍赞扬：大学士李东阳在为费氏宗谱作序时称：费氏宗谱"远代难稽，宁阙莫补，恐其讹而且伪，第谱其所可知者，相续序次而成谱牒焉。斯谱之兴，可法而可传欤"。费宏之子费懋贤在请大学士徐阶为宗谱作序时称："谱以辨真伪、杜冒窃、示不二，非敢藉为增华"；故徐阶在序中称赞："余乃恍然悟，夫子向以盈满戒予，故居朝二十载，每恬退蔼如敦古处焉。今兄等不求增华于谱事，亦戒满之遗意乎。"大学士申时行在为费氏宗谱作序时称："以彼西蜀远不胜论，就其迁居横林，代衍绵绵，子贵孙荣，一脉流传，自不必牵强附会，以夸世胄耳。"大学士郑以传在为费氏宗谱作序时称："费氏之谱，与其远稽，莫若近述，断以迁祖有常为始祖，所以徵实之道也。"至于在宗谱中将费祎列为远祖，也不是空穴来风、胡乱捏造的，是有出土的文物为据的。费宏在其著作中谈及此事时称："永乐间盗发宋时冢，得埋铭云：'五季之乱，费氏与诸葛氏自蜀徙居铅山，世为婚好。'疑自蜀徙者，即大将军祎之苗裔也。"且如实地记载了当时铅山费氏的情况："诸费往往聚族以居，有居横林者，有居范坞者，有居费墩者。其谱牒失次，数世以上莫详其系，而称呼庆吊尚不绝。"（《费宏集》卷 16 第 569 页）自五代至元末的数百年都不能搞清，那自三国至元末的千余年就更无法明确了。故谱中只是据出土文物而遥尊费祎远祖，并未像有些家谱那样乱编数十代世系以造假，从这个意义上讲，横林费氏并未有攀龙附凤之意。

3. 第 51 页第一节第 4 段记费应麒"次子価，字仲玉，号复庵"。据《鹅湖横林费氏宗谱》，这里的费应麒次子应是费瑄，此处及其后的十几处，皆将"费瑄"误记成"费価"了。

4. 第 52 页第一节第 4 段又记费应麒第"五子瑞，字幼玉，号雪峰，成化十九年举人，与侄宏同榜，早夭"。据《辞源》第 384 页在解释"夭昏"时称："幼年死亡。短折曰夭，未名曰昏。《左传》昭十九年：'寡君之二三臣，札瘥夭昏。'疏：'子生三月，父名之，未名之曰昏，谓未三月而死也。'"《汉语大字典》第 523 页在解释"夭折"时亦称"年未三十而死曰夭"。若依民间习惯，一般幼年死亡、或年少未及成家即死才谓之"早夭"。据《鹅湖横林费氏宗谱》，费瑞死时已 33 岁，成婚多年，且有二子，称其"早夭"疑有不妥。

5. 第 52 页第一节第 5 段记"费宏，字子充，号建斋"。据《鹅湖横林费氏宗谱》等众多史料，费宏号健斋，这里是把"健斋"误成了"建斋"。

6. 第 52 页第一节第 5 段引用了《文宪公年谱》中的一段，记费宏之父"听公成诵，朗然则色喜，或一字一句少有龃龉即不乐"。这段的断句疑有误，据前后文意，似应断成"听公成诵朗然，则色喜；或一字一句少有龃龉，即不乐"。

7. 第 52 页第一节第 5 段又引用《明史》卷 193《费宏本传》赞曰："费宏等皆起家文声，致位宰相。宏却钱宁，拒宸濠，忤张、桂，再踬再起，终也无损清誉。"据《明史》卷 193，这段引文中，"文声"是"文学"之误，"终也"是"终亦"之误。

8. 第 52 页第一节第 5 段在记述费宏、费寀的事迹后，记费完"与两位兄长相比，费完的科场奋斗之路更多了一些坎坷"。据《鹅湖横林费氏宗谱》，费完生于成化十三年，费寀生于成化十九年，小费完 6 岁，这里是把费寀误记为是费完的兄长了。

9. 第 52 页第一节第 6 段记费宏长子费懋贤在嘉靖"五年二甲进士，选翰林院庶吉士，当时费宏自少保入内阁"。据《明史》卷 110"宰辅年表"，费宏在正德十六年十月在应召再入内阁时，就已"加柱国少保"了；嘉靖四年"六月加少师兼太子太师"，因此在嘉靖五年三月费懋贤中进士时，不应再称"当时费宏自少保入内阁"了，而应称"当时费宏以少师兼太子太师已在内阁"。

10. 第 52 页第一节第 6 段在记述横林费氏第七代六位举人的情况时，对照《鹅湖横林费氏宗谱》，多有误：称"费懋和号民育"，应是"费懋和，字民育"，其无号。称"费懋乐为费懋贤之弟，字民悦，号屏石"，费懋乐是费宏四叔费玙之孙，从弟费宗之子，弘治十二年生；费懋贤是费宏长子，生于弘治十三年，故费懋乐是费懋贤的堂兄，或称再从兄。称"费懋文与费懋甫同为费完所出"，这里的三位举人，费懋尹为费完次子，费懋文为费完五子，费懋甫为费完七子，故此处应称"费懋尹、费懋文、费懋甫同为费完所出"。称"费懋尹，号志轩，费宗之子，仕至工部清吏司郎中"。应是"费懋尹，字民觉，号志轩，费完之子"；他也没有"仕至工部清吏司郎中"，而是"以子岳年贵赠武定州州判"，"仕至工部清吏司郎中"的是其父费完。

11. 第54页第二节第6段记费宏二伯父费瑄"不私蓄铢金粒粟，俸入所赢，悉与其之"。据费宏为其二伯父所作"行状"，这里的"悉与其之"，应是"悉与共之"之误。

12. 第54页第二节第6段载有费宏为其父所作《先君封翰林修撰承务郎五峰先生行实》中一段费宏二伯父费瑄（少参公）与其父费璠的对话："少参公谓先君曰：吾父兄之志，期以诗书大吾门，不幸相继沦丧，成其志者，吾与汝之责也。吾质虽不汝逮，业已游庠校，不可中废，誓卒所以瞑吾父九泉之目，然老母在堂，寡嫂在室，弟妹在褓褓中，闺无内顾之忧繁，至于米盐之务类，妨功夺志。非汝弃所学以为吾佐不可也。语未毕泪数行下，先君亦泪数行下，敬对曰：敢不惟吾兄之教上听。少参公既免母丧，遂应现年之贡，北游太学，在外之日十八九，凡大小之事，先君以身任之，公仍得专意仕进，迄于宦成。"对照原文，这里有错字、衍文、脱文、断句等误，似应断为："少参公谓先君曰：'吾父兄之志，期以诗书大吾门，不幸相继沦丧。成其志者，吾与汝之责也。吾质虽不汝逮，业已游庠校，不可中废，誓卒所业，以瞑吾父九泉之目。然老母在堂，寡嫂在室，弟妹在褓褓、在中闺，吾内顾之忧繁，至于米盐之务类，妨功夺志。非汝弃所学，以为吾佐不可也。'语未毕，泪数行下。先君亦泪数行下，敬对曰：'敢不惟吾兄之教是听。'少参公既免丧，遂应限年之贡，北游太学，在外之日十八九。凡小大之事，先君以身任之，公乃得专意仕进，迄于宦成。"

13. 第55页第二节第8段有一大段关于费宏二伯父费瑄求取功名的引文："景泰辛未，从珣游邑庠，弟兄名俱载籍。及珣之荐，族人竟置酒为贺，公引满无算。奉训（费应麒）曰：今日之会，为汝耶！公从容对曰：儿乐兄之成，足取法，以酬大人志耳，他奚敢？奉训颔之。乙亥从兄珣游学京师，再期归，而珣即世，又更奉训丧三年，乃应限年之贡，升太学。既归，领成化乙酉乡荐，乙未登进士第。"这段引文出注引自《鹅湖横林费氏宗谱》卷首，遍查该宗谱，并未发现有此文，而在费宏著作《太保费文宪公摘稿》卷16有费宏为其二伯父费瑄所作"行实"中有一段与此文相近，现摘录并点校如下："景泰辛未，遣敏庵偕先生补邑庠弟子员。癸酉之试，敏庵领荐，族人有置酒为贺者，先生素善饮，引满无算。奉训公顾谓之曰：'今日之会，为汝兄，非为汝也。汝反纵饮沾醉，无惭乎？'先生对曰：'儿敢以酒荒业哉？顾乐吾兄之成，有所钦法，可以酬大人之志耳。'于是奉训公尽欢而罢。又明年，先生从敏庵如京师，游冢宰康懿陈公之门。初习《礼》，至是改治《书》。再期，自京师返，而敏庵即世，奉训公亦弃养矣。服除，遂应限年之贡，升于太学。既而循例得归，与故韶守蒋君钦，今都宪郑公龄，讲学不辄。成化乙酉领江西乡荐，累试礼部不利，乙未始登进士第。"愚以为，既是引文，当忠实于原文，如要作较大改动，就径自改写，不必作引文使用。

14. 第 55 页第二节第 8 段载费宏祭五叔费瑞文，文末费宏称："阅数岁，当请告归省，遂拜展诣墓，教训遗孤。"据《太保费文宪公摘稿》卷 20 原文，此处"拜展诣墓"是"拜展坟墓"之误。

15. 第 56 页第三节第 5 段记述费宏与宁王朱宸濠的斗争，称："宸濠遂暗令老吏毛让唆使李镇诬陷费宏'以主，令行动'。"据《鹅湖横林费氏宗谱》，这里的"以主，令行动"，"动"应是"劫"之误，全句疑为"以主令行劫"。

16. 第 56 页第三节第 6 段记费宏、费寀极力参与平定宸濠之乱，引文称"告以操练机快，整点密兵"。又称"谓其与余干马公兵力果足以胜之，宜率直捣城下，与之一决"。这二段皆引自《鹅湖横林费氏宗谱》之《文宪公年谱》，其中"密兵"应是"窑兵"之误；"宜率直捣城下"中，"率"后脱一"兵"字，全句应是"宜率兵直捣城下"。

17. 第 56 页第三节第 6 段又记"费寀则抄小道日夜兼程，赶赴赣州，急呈'上王伯安公擒宁书'。据《武宗实录》卷 175 载：正德十四年六月宁王朱宸濠在南昌反叛，"庚辰，吉安知府伍文定及提督南赣、汀、漳军务都御史王守仁起兵讨宸濠。初，守仁奉命勘事福建，以宸濠生日将届，取道南昌贺之。会大风，舟不得前，至丰城，知县顾佖以变告。守仁大骇，遂弃官船，取小艇潜迹还赣。时宸濠与其伪国师刘养正谋使人追之，不及。文定闻守仁还，急以卒三百迓于峡江，至吉安，进曰：'此贼暴虐无道，久失人心，其势必无所成。公素望重，且有兵权，愿留此城，号召各郡邑义勇为进取图，贼不难破也。'守仁初不许，既而深然其言，乃下令各郡邑，谕以大义，与文定日夜筹划，军需、器械、粮草旬日间皆具"。由此可见王守仁此时应在吉安，不可能回到赣州，那费寀也不可能去赣州面见王守仁，而是"赶赴吉安"。

18. 第 57 页第三节第 7 段记："正德十六年（1521）四月二十二日，兴献王世子朱厚聪即位，是为明世宗。"据《明史》等史料，句中世宗应名为"朱厚熜"，这里是把"熜"误成了"聪"。

19. 第 57 页第三节第 10 段记："予兄鹅湖先生初及第，读巾秘书，考求四方故事。间得乡邑遗文，因录示吾子弟。"这段引文录自费寀为嘉靖四年《铅山县志》所作序文，文中"巾秘书"系"中秘书"之误；"示"前脱一"风"字，且引录多有遗缺，原文应是："予兄鹅湖先生初及第，读中秘书，考求四方故事。间得乡邑遗文，如《群贤堂赞》，出楳埜徐先生手作，所以纪群贤行实甚详，因录以风示吾子弟"。

20. 第 57 页第三节第 10 段又记："尝于京师偶得朱鸿渐、真西山所作铅山县学宫记抄本，费宏视如'不啻黄钟大吕之相召也'，责成地方随即刻于学宫。嘉靖三年，费寀与知县朱于磐论及志事，并亲就馆中纂辑，历数月告成，凡 12 卷，这是已知现存最早的《铅山县志》。"这段引文把《铅山学宫记》和《铅山县志》两事混为一谈，使人难解。朱鸿渐嘉靖二年来为铅山知县，费宏怎么可能把他的记"视如

"黄钟大吕"？据清乾隆四十九年《铅山县志》载："明大学士费宏嘉靖间为重修县学立碑所作跋：宋大儒朱晦庵先生有记，后真西山先生于斯学又有记，尝熟复乎记之辞云云。跋曰：西山先生作此记在文公作记五十年后，《西山集》传布未广，吾铅山士初不知有此记也。往年宏在京师，得录本于故学士吉水徐君穆，传写以归，邑人始见之。兹与文公之记并刻之学宫，不啻黄钟大吕之相宜也。"原来费宏在京师是从其同庚好友翰林学士徐穆那里得到真西山为铅山县学所作记的，而"文公之记"指的是"宋大儒朱晦庵先生有记"，与明代铅山知县朱鸿渐无干。另外，费案与朱鸿渐所论的是修县志之事，也与此无涉。真西山为铅山县学宫所作记及费宏所作跋，其文在清乾隆四十九年《铅山县志》中，其残碑现存于上饶师范学院图书馆中。

21. 第 57 页第三节第 11 段记："《铅书》，不仅大量记载收录了费氏族人的书启、诗人、墓葬、坊表等行迹。"句中"诗人"疑为"诗文"之误。

九、《明代铅山费氏与宁王宸濠叛乱》《南昌大学学报》1996 年增刊

1. 第 82 页第一段载："宸濠复护卫于正德十四年，十余年之间，棋布星罗，贼几遍海内。"这与史实不符。经查这是一段引文，注引自谷应泰《明史纪事本末》卷 47，可原文却是："宸濠复护卫于正德二年，举兵于正德十四年。十余年之间，棋布星罗，贼党几遍海内。"是引文中脱"正德二年，举兵"及"党"数字，故使文意出错。

2. 第 82 页第二段载："宫掖树私人，六卿半其羽翼，京省津梁，飞骑立达，荆蛮百越，振臂能呼。"这段引文出处同上，原文却是"宫掖树其私人，六卿半其羽翼，京省津梁，飞骑立达，荆蛮、百越，振臂能呼"。是引文中"私人"前脱一"其"字，"荆蛮"后脱一顿号。

3. 第 83 页第一段载："元朝末年有费有常（？—1352）氏开基于铅山横林。"其中把铅山横林始迁祖费有常的生年标成问号，即不知晓。而《鹅湖横林费氏宗谱》对此却有明确的记载：费有常生于元成宗大德四年庚子（1300），故此处可标为（1300—1352）。

4. 第 83 页第二段载："成化十六年（1480），费宏十三岁上中信州府童子试文元，十九年（1483）中江西乡试解元。"费宏是明中叶人，其家乡并不是信州府，而是广信府。且其"十三岁中信州府文元"一事，没有任何历史文献的记载，只是现代人的杜撰而已。成化十九年，费宏与五叔费瑞同中江西乡试，首开横林费氏"叔侄同榜"的盛举，但并没有中解元。据《江西通志》卷 21 第 33 页记载，这一科乡试的解元是万安人李素。这亦是当代人的杜撰，不符已有的文献记载，切不可著为信史。

5. 第 83 页第四段载清乾隆《南昌县志》卷 10 的引文："景泰中，弋阳王奠壏芏

其反逆罪于巡抚韩雍（正统七年进士），雍以闻。帝遣官往讞逮军民六七百人。遇天顺改元赦不治，第谪戍诱王为恶者教授游坚。奠培由是憾守土官，不为礼。布政司崔恭（1409—1479）拒奠培请嘱，遂诬惕恭不法。于是，崔恭与按察使原桀惕奏'奠碏私献、惠二王官人，逼内官壁自尽。'按问皆实，遂夺护卫。"引文中，"芏"疑是"讦"之误，"布政司"疑是"布政使"之误，两个"惕"均疑是"劾"之误，"官人"疑是"宫人"之误，"壁"疑是"璧"之误；文中的引号等标点亦误用，全文似应断为："景泰中，弋阳王奠壒讦其反逆罪于巡抚韩雍（正统七年进士），雍以闻。帝遣官往讞，逮军民六七百人。遇天顺改元，赦不治，第谪戍诱王为恶者教授游坚。奠培由是憾守土官，不为礼。布政使崔恭（1409—1479）拒奠培请嘱，遂诬劾恭不法。于是，崔恭与按察使原杰劾奏'奠培私献、惠二王宫人，逼内官壁自尽。'按问皆实，遂夺护卫。"

6. 第83页第六段载："随即发生的安化王（？—1510）叛乱和刘瑾被诛事件。"句中"安化王"的名字下空白二字，估计是未能打印出此二字。据《明史纪事本末》卷44"寘鐇之乱"，安化王名寘鐇。

7. 第84页第二段载：《杨文忠三录·视草余录》称："正德九年二月，宁府请护卫屯田，予与鹅湖极力谏止。鹅湖言：近日，宁府驮金银数骡，以谋此事，闻者变色。予曰：我辈但知护卫不可复，无问银之有无也。鹅湖曰：正是正是。盖宸濠逆谋，予料之久矣。"这段引文虽前已标明是出自《杨文忠三录·视草余录》，但却注明转引自日文资料，故与原文有较大差异。在《四库全书》所载《杨文忠三录》卷8"视草余录"中杨廷和自述道："夫宸濠逆谋，臣料之久矣。……及护卫之请，臣与同官费宏极力谏止。臣谓'伊祖以谋逆而革，刘瑾复之，方才革还，朝廷岂可又从其请?'费宏言'宁府近日驮载金银数骡以谋此事，闻者变色。'是日午后，与费宏同出，至承天门桥，臣语之曰：'公今早数骡之言似太露。昔人云：但可云骊山不可游，不可云游必有祸。我辈但知护卫不可复，银之有无不必问。'宏因举手揖谢。"这段引文可能是因日文资料所摘有误而误。

8. 第84页第二段载："诚如《明史纪事本末·宸濠之乱》卷47所载。"据《明史纪事本末》载，卷47是"宸濠之叛"，这里误成了"宸濠之乱"。这里的"叛"字很重要，它标定了事件的性质，不可误以"乱"字替代。

9. 第84页第四段载："正德九年（1514）三月十五日正值殿试新科举子。"所谓"新科举子"，是指殿试之前一年名省新中式的举人；而每次参加会试、殿试的不一定全是新科举人，还有不少是历科的举人。参加殿试的，应是当年会试中式的举人，亦称"中式举子"。

10. 第84页第五段在谈到"费宏的从弟费寀"时，"寀"字空白，此段六处皆空白，且本文在后面凡有"寀"字时皆空白。疑是出版时，未能打出此字。

11. 第84页第五段记："申戌春，（宸濠）以二万金入京，遍贿当道求护卫，我以告于公（宏），复扬于众，公复力阻于朝。"句末出注 26，其前有注 24，后有注 26，此处应是注 25。句首"申戌春"疑有误，申是地支，戌也是地支，不可能组成干支年，绝无有"申戌"年之说。此处应是"甲戌"之误，正德甲戌，即九年是也，恰也与文中所述之事相合。

12. 第 84 页第六段记"费宏之子费懋中（正德十六年进士）尝言："据《鹅湖横林费氏宗谱》，费懋中是费宏从兄费宪的长子，故应是费宏之从子。

13. 第 85 页第一段记："钱宁数侦公事无所得，以御史余珊尝惕钟石公案不当留翰林，即指为公罪。"据文意，句中"惕"，疑是"劾"之误。

14. 第 84 页第三段引用了费寀在《处濠大略》一文中的内容："既归，娄容善举人承其命来招往见，至则之日，而后见之盛陈兵卫，首问二人何以遂回，我答曰：上不能补报朝廷，下不能处乡里，今日之回，已是迟矣。渠曰：老先生留心机务，有志未就，归后可得见容？对曰：大学士朝廷大臣，不能远出。渠云：还说那朝廷！我云：朝廷待王府有亲亲之谊，大学士是朝廷臣子，踪迹不便，两京科道倘有议论，于益于府中，有损于大学士。益忏其意。"这段文字很难读懂，对照《铅书》中费寀《处濠大略》原文，上引文中有多处错漏字，且断句亦有误。原文应是："既归，娄容善举人承其命来招往见，至则三日而后见之。盛陈兵卫，首问：'二人何以遂回？'我答曰：'上不能补报朝廷，下不能处乡里，今日之回，已是迟矣。'渠云：'老先生留心机务，有志未酬，归后可得见否？'我云：'大学士，朝廷大臣，不能远出。'渠云：'还说那朝廷！'我云：'朝廷待王府有亲亲之谊，大学士是朝廷臣子，踪迹不便。两京科道官有议论，无益于府中，有损于大学士。'益忏其意。"

15. 第 85 页第四段载："宸濠遂暗令老吏毛让嗾使李镇诬陷费宏'以主，令行动'。宸濠密谋叛乱的一个重要特点，就是其社会基础中保含有许多社会下层的'四方盗贼渠魁'。"句中"以主，令行动"，疑是"以主令行劫"之误。"保含"疑是"包含"之误。

16. 第 85 页第五段载："宸濠'则主令镇等杀人发岁，以快其愤'，"每发一岁，则毛让令子佺启报，皆厚偿发归。"句中两个"岁"字均为"冢"之误；"皆厚偿发归"，疑为"皆厚赏以归"之误。

17. 第 85 页第五段载："执所与讼者支解之，动掠远近，众至三千人。"句中"动掠远近"，依文意，疑为"劫掠远近"之误。

18. 第 86 页第一段载："从而扼制了宸濠对费氏族人报复活坳的嚣张气焰。"依文意，句中的"扼制"疑为"遏制"之误；"报复活坳"，疑为"报复活动"之误。

19. 第 86 页第二段载："愚兄弟之受祸逆宁有自矣。当其方炽，不敢语人者，惧增祸也。"又称为"避祸畏嫌，防几脱诱，苦心百状，有不可以言语，尽非人所尽知者"。这段引文摘自《铅书》载费寀所著《又奉所知书》中，对照原文，有脱字及误断句多处，原文应为："愚兄弟之受祸于逆宁有自矣。当其方炽，不敢以语人者，惧增祸也。"为"避祸畏嫌，防几脱诱，苦心百状，有不可以言语尽，非人所尽知者"。

20. 第86页第三段载："'今太后有诏，令我起兵计贼'，右副都御史孙燧、按察副使许逵不从其命被杀。"句中"令我起兵计贼"后的逗号可改句号；"计贼"疑是"讨贼"之误。又据《武宗实录》卷175载："六月丙子，巡抚江西都御史孙燧、按察副使许逵死之。"可见孙燧死事时的官职是'巡抚江西都御史'，而不是"右副都御史"。

21. 第86页第三段载："宸濠伪封致仕右都御史李士实拜国师、贡士安福刘养正为军师，参政王伦为兵部尚书。"句中"拜国师"应是"为国师"，以与前之"伪封"相呼应；后之顿号可改为逗号。

22. 第86页第四段载："王守仁征兵平叛的羽檄传至饶州，饶州知府周朝佐、铅山知县杜民表领所属兵马响应。"据众多史料，句中的两个"饶州"均为"广信"之误，周朝佐是广信知府，而不是"饶州知府"。

23. 第86页第四段载："告以操练机快，整点密兵，以俟机会。"句中"密兵"，依文意，疑为"窑兵"之误。

24. 第86页第四段载："谓其与余干马公兵力果足以胜之，宜率直捣城下，与之一决，不必待王师之至而后发也。"依文意，句中"率"字之后脱一"兵"字，应为"宜率兵直捣城下"。

25. 第86页第五段载："先是逆宁东下，娄仆有助乱者，生（采）作枵牙文，督广信所秦千兵城守。"此文引自费寀所作《又奉所知书》，"生"是费寀自谓，后之括号及其中内容为摘引时所加，故应作"寀"，而不应作"采"。

26. 第86页第五段载："费寀抄小道日夜兼程，赶赴赣州，急呈'上王伯安公议擒宁书'，献进平叛方略。"据史料，王守仁此时应在吉安，故费寀不应赶往赣州，而是前往吉安面见王守仁。详见本章第八节《明代江西科第世家的崛起及其在地方上的作用——以铅山费氏为例》第17条所述

27. 第87页第三段载费宏致书王守仁，内称"昨见飞文，知杨公晋叔（旦，弘治三年进士）已协兵进巢矣。国声秦公（金，1467—1544）、感栗刘公、士修李公（充嗣，1462—1528）想文移往来必有密处"。句中"进巢"疑为"进剿"之误；"感栗刘公"疑为"咸栗刘公"之误。这段文字注明摘自《鹅湖横林费氏宗谱》"文宪公年谱"，查该谱光绪、民国、1990、2013年等四个版本，皆作"感栗刘公"。可见此误源自该谱。据《明史》卷203第5353页载："刘玉，字咸栗，万安人……玉登弘治九年进士"。《国朝献征录》卷46第422页亦称："刘玉，字咸栗，江西万安人，弘治丙辰进士"。《吉安府志》卷26第869页亦载："刘玉，字咸栗，万安人"。似当以史、志所述为是，称为"咸栗刘公"。

28. 第87页第四段载："当即致书王守仁，祝贺扫除氛，整顿乾坤，将其比为汉周亚夫之平吴楚、唐裴中立之定淮蔡，'芳垂汉竹，绩纪太常'。"注明此文摘自费宏

《太保费文宪公摘稿》卷14"贺大中丞阳明王公讨逆成功序"。查对原文，此处有误，系出自该书卷15"贺中丞王公平定逆藩启"。句中"氛"字下空白一字，查原文是"扫除氛祲"，则此处脱一"祲"字。

29. 第87页第五段载："兴献王世子朱厚聪即位，是为明世宗"。据《明史》等诸多史料，明世宗名朱厚熜，这里是将"熜"误成了"聪"。

30. 第87页第五段载："给赠一品诰命，累及三代。"句中"累"有受牵连及连累的歧义，用在此处，疑不妥。习惯用法有"上及三代""赠及三代""荣及三代"等。

31. 第87页第五段在述及费宏正德十六年复出的荣耀时称："五月，长子费懋中高中鼎甲探花，锦上添花，合族喜庆。"据《鹅湖横林费氏宗谱》，费懋中不是费宏的长子，而是费宏从兄费宪的长子，即是费宏的从子。

32. 第88页第二段载："明武宗朱厚照两岁立为太子，14岁登上皇帝宝座。"据《孝宗实录》卷55、61所记，朱厚照生于弘治四年九月丁酉，弘治五年三月丁丑两岁立为太子（注：其实一周岁还不到），弘治十八年登基时，已十五岁了。这里的两岁、十五岁，都是按照明人计算年龄的习惯，指的是虚龄，十四则是周岁；不可一会儿虚岁，一会儿又周岁，容易使人误解。

33. 第88页第二段载：正德二年，宸濠"遗内官梁安辇金银二万通瑾"，句首"遗"字，依文意，疑是"遣"字之误。

34. 第88页第三段载："宸濠之前便有汉王高煦之叛，安化王之叛。"句中将安化王的名字空白，估计是出版时未能打出此二字。据《明史纪事本末》卷44"寘鐇之叛"，安化王名"寘鐇"。

十、《报刊文摘》上海报业集团主管主办

（一）300多年的疑案如何被破解

2015年7月22日第3598期第7版，载有《吴三桂、陈圆圆墓葬发现始末》一文，称摘自2015年7月16日的《北京青年报》。先前曾闻报道有"21世纪重大发现"，称吴三桂之子吴应麒在吴周王朝行将灭亡时，护送陈园园等人躲避到云贵交界地带，并悄悄来到岑巩县安身隐藏。吴三桂遗体也被其大将马宝秘密运到黔东南，最后将其葬在岑巩马家寨。这个事实经过一些清史专家的考察而被确定。因未看到具体的考察资料，不明就里。但确知岑巩县在贵州东部，靠近湖南西部，历史上隶思州府，属黔东道；1956年才划入黔东南苗族侗族自治州，但地处该州东北角，从地理位置上讲，仍是黔东，而不是黔东南，更不在黔西南的云贵交界处，故对此说法不敢贸然相信。而见到此文，据称是"随国家清史编纂委员会委员李治亭教授前

往传闻中的陈圆圆归隐地马家寨探寻"的纪闻，似当可信，可细细读来，却令人疑窦丛生。

首先，文中称"康熙十七年（1678），平西王吴三桂镇守的昆明城破之后其尸骨何在？陈圆圆归葬何方？"把这列为300多年来的疑案，以引起读者的好奇和兴趣。诚然，300多年来，坊间关于吴三桂、陈圆圆的传闻多而诡异，但国家正史却是交待的明明白白的，吴三桂死于康熙十七年，但他长期盘踞的昆明城被破却是在三年之后的康熙二十年。据《清史稿》卷474"吴三桂本传"第12847页载，吴三桂于康熙十二年以云南反，至十七年，"是岁，三桂年已六十有七，兵兴六年，地日蹙，援日寡，思窃号自娱。其下争劝进，遂以三月朔称帝，改元昭武，以衡州为定天府。置百官，大封诸将，首国公，次郡公，亚以侯、伯。造新历。举云、贵、川、湖乡试。号所居舍曰殿，瓦不及易黄，以漆髹之。构庐舍万间为朝房。筑坛衡山，行郊天即位礼，将吏入贺。是日大风雨，草草成礼而罢。俄病噎，八月，又病下痢，噤不能语。召其孙世璠于云南，未至，乙酉，三桂死。宝、国柱攻永兴方急，闻丧，自焚其垒，引军还衡州。世璠，应熊庶子，留云南，奔三桂之丧，至贵阳，其下拥称帝，改号洪化"。关于昆明城破，该卷第12851页亦有详记：康熙二十年二月，清军进攻昆明，围困激战数月，至九月，部将"谋执世璠及郭壮图以降，世璠与壮图皆自杀。十月戊申，缄等以城降。穆占与都统马齐先入城，籍贼党，执方光琛及其子学潜、从子学范，磔于军前。戮世璠尸，传首京师。世璠所署将吏一千五百有奇，皆降。云南、贵州、四川、湖广诸省悉平。上令宣捷诏，赦天下。二十一年春，从议政王大臣请，析三桂骸，传示天下。悬世璠首于市。磔马宝、夏国相、李本深、王永清、江义，亲属坐斩。斩高启隆、张国柱、巴养元、郑旺、李继业，财产妻女入官"。吴三桂尸骨已被析，马宝亦在城破后被磔，怎么还能秘密转运吴三桂的遗体？从历史上看，吴三桂在外族入侵的关键时刻，叛变投敌，引狼入室；又从北杀到南，对各地抗清义军极尽屠戮之能事，用同胞的鲜血染红了顶子。三十多年后，当民族矛盾下降为次要矛盾，国家和人民都需要休养生息时，他又为个人的政治野心而再次反叛，使国家陷入内战的深渊。他虽以"反满复明"相号召，但应之者寥寥，皆因国人已通过其30多年的自我表演，看透了他是一个见利忘义、口是心非、反覆无常的野心家。但凡是稍有气节的汉族知识分子，对之更是嗤之以鼻，耻与为伍。故他的失败是必然的，他的家族及部属遭到清廷的追杀也就是必然的。想用他与陈圆圆的疑案来吸引眼球，使沉渣泛起，其成效想必也不会太大。

其次，文中称看到马家寨吴姓族人，家家称为"延陵堂"，李治亭教授说："我们看到延陵两个字，就基本确定了马家寨吴氏族人和吴三桂的关系了。"并据此称"原来，吴三桂当上将军后的别号就是'延陵'，马家寨人以此为堂名，与吴三桂同出一族应该毋庸置疑"。延陵是春秋时的古地名，在今常州、江阴、丹阳等沿江一带地区。据《史记》卷31"吴太伯世家第一"，季札是吴王寿梦第四子，号称"延陵季子"，寿梦因其贤，欲传位于他，他却三让君位，史称其能让。吴姓后裔均尊其为祖、以其为荣，笔者所熟悉的吴姓友人，家中堂上皆挂"延陵堂"匾，而他们与吴三桂皆无关联。以吴姓人家挂一"延陵堂"匾额，就确定他们与吴三桂的族属传承关系，似乎太武断了。且史料称吴三桂字长伯，一字月所，不知其当上将军后是否就用"延陵"作了别号。若果然是真，那吴三桂可真是一介武夫、毫不知礼义廉耻了，那有用自己祖上先贤的地望来作自己别号的？但他用"延陵"作自己的堂名是可能的，就像马家寨吴姓人家一样，也是正常的。我国其他家族也有类似的情形，如很多李姓人家都悬挂"陇西人家"的牌匾，但不见得其就是李唐皇室的后裔。

三是文中称陈圆圆的墓碑"其上阴刻铭文为：'故先妣吴门聂氏之墓位席'"。对此李治亭教授说："吴永鹏做出的解读就是，'先妣'指最先来这里开发繁衍的老祖太婆；'吴门'是借用苏州的别称，暗指陈圆圆籍贯为苏州；'聂氏'代表陈圆圆有两个姓，陈圆圆六岁以前姓邢，六岁父母双亡，她姨夫把她养大的，所以随姨夫姓陈，那么邢、陈二姓都有一个耳刀旁，还是一左一右的耳，所以'聂'字代表陈圆圆的这两个姓；碑文中只有'聂'字一个简体字，'双'字的繁体字上半部分可看做是'佳佳'二字，'佳佳'意为'最好'，引申义为'花好月圆'，也即'圆圆'之意"。在这里，李教授是引用吴永鹏的解读，但未见有其评论，想必应该对此也是首肯的。可这一解读实在有违常识，太不靠谱。据《礼·曲礼》下称："生曰父，曰母，曰妻；死曰考，曰妣，曰嫔。"故称亡父为"先考"，称亡母为"先妣"；形容人之悲伤，说他"如丧考妣"，这是国人丧葬文化的常识，墓园石碑、厅堂位牌上随处可见；"先妣"怎会是"指最先来这里开发繁衍的老祖太婆"，不知其所据何典？况以陈圆圆在吴三桂家族中的地位，吴氏后人心中也不可能这么认可她。据《中国历史大辞典》陈圆圆条载：其生于1624年，死于1683年，常州武进人，本名邢元，字畹芬，小字圆圆。她是苏州名妓，崇祯十四年被贵戚买下带进北京，崇祯十六年赠与吴三桂为妾。李自成攻入北京，即被俘获，被占有；三桂降清，导清军陷北京，又复归三桂，随赴云南。吴三桂统治云南后，久畜异志，穷奢极欲，"采买吴伶之年十五者共四十人为一队"（甲申朝事小纪）。此时陈圆圆因年老色衰，又与吴三桂正妻不谐，且吴三桂另有爱妾八面观音、四面观音、莲儿等数人，故逐渐失宠。她"晚年为女道士，改名寂静，号玉庵。吴三桂叛清失败后，自杀于云南"（中国历史大辞典），故她也不太可能被葬到靠近湖南的岑巩县马家寨去。而这样一个经历复杂、命途多舛、且无后嗣的红尘女子，怎能被封建大家族的吴氏后裔尊为"最先来这里开发繁衍的老祖太婆"？至于说到碑文中的"吴门"是"借用苏州的别称，暗指陈圆圆籍贯为苏州"，这就更不靠谱了。"吴门"虽是苏州的别称，但陈圆圆号称"苏州名妓"，却不是苏州人，《中国历史大辞典》称她是"常州武进人"；《辞源》称其为"吴人"，但这个"吴"是指古吴国，含今江苏、上海市大部和安徽、浙江的一部分，武进亦属吴地，故称其为"吴人"亦不错，但她决不是苏州人，这一说法真是无稽之谈。而更为奇葩的还是其对"聂氏"的解读：陈圆圆固然曾有"陈""邢"两个姓，二字的一左一右也确有两个耳刀旁，但这与"聂"字有什么关系呢？我们知道"聂"的繁体字是三个耳，到解放后的1956年才有简化的"聂"字，可不知为什么这明末清初的碑文中就有了简化的"聂"字，且"碑文中只有'聂'一个简体字"，难道他能未卜先知，是他首先发明了这个简化的"聂"字？既然有了简化的"聂"字，那就有了呗，可他还要把这"聂"字的下半部简化的"双"字繁化为"雙"字，可汉字中也绝没有上半部为"耳"、下半部为"雙"的怪字。原来他也不是要这个"雙"字，而是要这"雙"字上半部的两个"佳"字。这下好了，"佳佳意为'最好'，引申义为'花好月圆'，也即'圆圆'之意"。就这样，通过这神奇的七弯八拐，终于把"聂氏"幻化成了陈圆圆，目的也就达到了。可这还哪是什么历史研究、文字考证，简直就成了测字算命变戏法了，不知世人谁会信之？其实这碑文写的是很清楚的，表达的意思也很通俗浅显，就是"已故的母亲是嫁入吴家的聂氏之女"，这应该是没有什么疑问吧？

四是文中称在黔东南发现了吴三桂正妻张皇后的墓，并记录了对其墓碑文的考证："最初地方专家将碑文考订为'受皇恩眷养一次八十五岁吴公张君后墓'，最终，李治亭等学者辨认出'眷'应为'颐'，以此为基本点，解读后面的'一次'，可直译为'第一次'也就是指吴三桂为'大周开国皇帝'。接下来碑文上的'八十五岁'该如何解读？李治亭说：'八十五岁'我们一直想不明白，后来在和秘传人的密切接触中，发现在他们对吴三桂的死亡日期的记录与史料的普遍记载相差两天。史书记载吴死于康熙十七年八月十七日，秘传人的传承是八月十五日。以此为突破口，我们认为'八十五'就是指八月十五日。'岁'就是'年'的意思，指吴三桂死的那一年，也就是康熙十七年干支为戊午年。这样的话，整个碑文解释起来就是：'受皇天之恩颐养大周太祖高皇帝吴公号硕甫墓，卒于康熙戊午年秋'。三百多年的一桩疑案，终于被破解了。"这段文字拐的弯太多，教人眼花缭乱，不甚了了，我们且耐心地加以剖析。该碑的原样我们不得而知，只知最初地方专家将碑文考订为"受皇恩眷养一次八十五岁吴公张君后墓"，未解李治亭等学者是如何将"眷"字辨认为"颐"字的？"眷"是上下结构，"颐"是左右结构，笔划迥然不同，二字不易混淆，也牵扯不到一起，似有强改之嫌。更为奇怪的是，以这"颐"字为基本点，就可将"一次"直译为"第一次"，且直接就变成"吴三桂为'大周开国皇帝'"了，这真是太神奇了。为了斜解"八十五岁"，学者们明明知道史料所确记吴三桂的死日是康熙十七年八月十七日，却搬出所谓"秘传人"的"八月十五日"之说，并"以此为突破口"，把"八十五岁"确认为吴三桂的死期"康熙十七年八月十五日"，再据此得出奇妙的结论："整个碑文解释起来就是：'受皇天之恩颐养大周太祖高皇帝吴公号硕甫墓，卒于康熙戊午年秋'"。看吧，编着编着自己就编迷糊了，前面明明说是在考证、解读吴三桂正妻张皇后的墓碑文，眼睛一眨，老母鸡变鸭，不知怎的就变成吴三桂的墓了，真是教人哭笑不得。而这凭空添出来的"大周太祖高皇帝""号硕甫""卒于康熙戊午年秋"等，也就顺理成章地被"考证"出来了。可就是这样一个滑天下之大稽的所谓考证，竟还自诩为"三百多年的一桩疑案，终于被破解了"。其实这碑文的意思也是很清楚的，墓主是八十五岁的吴公，曾受过皇恩眷养一次，即清代对老年人的恩典。清代行文中多有此类说法，如《鹅湖横林费氏宗谱》中费金吾在"祭祖文"中就自署"江西等处承宣布政使司督粮道副使，今升陕西等处提刑按察使司加三级、纪录三十一次金吾"。只是后面的"张君后"三字不太好理解，推测是不是吴公名张、字君后？笔者在网上也曾见过有人把此墓碑记为"受皇恩御养一次八十五岁吴公张君后墓雍正元年岁次癸卯季春二十七藏立"，这后缀"雍正元年岁次癸卯季春二十七藏立"在前引考证文中不见载，未知是无意漏摘还是有意隐去？如确有这后缀，那我们对碑文的原意就更好理解了，它不立于吴三桂死时的康熙十七年，而是立于四十四年后的雍正元年，这也从另一个侧面说明这不太可能是所谓张皇后的墓，更不可能是吴三桂的墓。前面说到，笔者未见到这一考证的有关实物，也未读到具体的考察、考证资料，只是对《报刊文摘》所摘探寻文章的评论，可能针对性不强。但仅从这篇报导中，我们可以看出当前史学研究中的一些不正之风：面对严谨的学术问题，或作戏说，或出斜解，无实事求是之意，有哗众取宠之心，必然会产生不良的社会效果。我们还是应当坚持守正创新，在史学研究中秉持科学严肃的态度，论从史出，尊重史实，切不可迎合某些不良需求，使史学研究走入歧途。

（二）且看"野史"如何变成"轶事"

2017年6月23日第2版刊有《北大破格录取罗家伦？谣言是如何成真的》摘文，称摘自《书屋》第6期。笔者未睹原文，仅对摘文介绍的内容聊发感触。文中列举了一则流传的故事："1917年北京大学入学招生考试，考生罗家伦虽然数学零分，但因作文满分，被校长蔡元培和阅卷教师胡适破格录取"。这常被某些人用来作为编造民国大学神话的重要例证，可故事中的三位当事人的著作中均未提及此事。"2006年，罗家伦的女儿罗久芳就此事专门辟过谣：'1917年夏天，二十岁的父亲投考北京大学。我后来曾看到一篇文章说当时给父亲阅卷的人是胡适，他看到父亲的文章大为赞赏，于是给了他满分。其实当年父亲是在上海报考的，而胡适先生那年刚留美回国，不可能给父亲阅卷。'"如此不靠谱的故事来自何方？原来"1996年出版的《民国野史大观》一书中有一则《罗家伦破格录取》的小故事，作者未注明资料来源。2005年出版的《近代学人轶事》在谈及罗家伦的轶事时，除个别字变动外，几乎原文摘录了《民国野史大观》的说法，于是'野史'变成'轶事'。此后，多本知名刊物对此事进行转载，使其具备了某种知识合法性"。类似谣传在学术界还不少见，"如吴晗'数学考零分，破格进清华'的谣言"，还有关于葛剑雄的恩师谭其骧的很多不实传闻，等等。如此神乎其神，似我等学识浅薄，孤陋寡闻，受骗上当的概率是很高的。幸喜有罗久芳、葛剑雄站出来揭穿谎言，才使我等免于被骗，应为他们点赞，向他们致敬。同时，面对诡如妖雾般的谣传、杜撰、变幻，切盼正直、有责任心的文史工作者，尤其是学者、专家能站出来拨乱反正、揭露真相，还国人一个干净、可信的文史天地。

（三）琦善的另一面是什么

2018 年 10 月 31 日第 3 版刊登摘文《琦善的另一面》，称摘自 2018 年 10 月 8 日《文汇报》。

琦善，何许人也，相信只要略知中国近代史及鸦片战争史的读者，均熟知其为臭名昭著的卖国贼。此文借介绍蒋廷黻的《中国近代史》，来为琦善翻案，称"琦善之'奸臣误国'，受英人贿赂而撤防、主和以致败，不独鸦片战争初息便为朝野所共认，且主导了之后百余年的主流'历史'。至今学校历史课讲述鸦片战争时仍常见师生斥骂琦善之痛恨加鄙夷表情。其实，琦善之种种罪状纯属朝中'清议'的构陷，蒋氏在其书中为琦善辩诬，考之甚详"。既不是奸臣，且又加上一顶桂冠："若言林则徐是近代中国'睁眼看世界第一人'，则可谓琦善为近代中国'努力外交'之第一人。"这个"第一人"是如何办外交的？文中又称："琦善系林则徐两广总督继任者，对中英之战诚然悲观，但此'悲观'是其识见'超人'之处。他知道中国不能战，故努力于外交。蒋氏说：'琦善与鸦片战争的关系，军事方面，无可称赞，亦无可责备。在外交方面，他实在是远超时人，因为他审察中外强弱的形势和权衡利害的轻重，远在时人之上。'"

难道真的如此？我们且看《清史稿》卷 370《琦善本传》第 11500 页的记载：琦善在嘉庆、道光年间，由一个荫生升至直隶总督、文渊阁大学士，深得宣宗道光皇帝所倚任。道光二十年，鸦片战争爆发，他被派驻天津筹办防务。"八月，英兵船至海口，投书乞通商，诉林则徐、邓廷桢等烧烟启衅。琦善招宴英领事义律及兵官，许以代奏。遂入面陈，授钦差大臣，赴广东查办。谕沿海疆吏但防要隘，遇英船毋开炮"。他又上密疏为英国侵略者开脱，陷害林则徐等，"疏入，报闻，则徐以是获罪"。琦善署两广总督后，"时广东撤水师归营，猝被敌轰击，掠去米艇兵丁"。这年"十二月，义律见防御渐撤，数遣挑战，琦善谕止之。义律曰：'战后再议，未为迟也。'乃犯虎门外沙角、大角两炮台，副将陈连升力战死之，遂陷。提督关天培守靖远炮台，总兵李廷钰守威远炮台，并请援，琦善不敢明发兵，夜遣二百人往。二十一年正月，事闻，上震怒，下琦善严办"。

不仅如此，琦善还私自把香港许给英国："义律数索香港，志在必得，琦善当事急，佯许之而不敢上闻。至是，义律献出所踞炮台，并愿缴还定海以易香港全岛，别议通商章程。琦善亲与相见莲花城定议，往还传语，由差遣之鲍鹏将事，同城将军、巡抚皆不预知。及英人占踞香港，出示安民，巡抚怡良奏闻，琦善方疏陈：'地势无可扼，军械无可恃，兵力不固，民情不坚，如与交锋，实无把握，不如暂事羁縻。'上益怒，诏斥琦善擅予香港，擅许通商之罪，褫职逮治，籍没家产。英兵遂夺虎门靖远炮台，提督关天培死之。"自此，鸦片战争局势急转直下，"海内莫不以罢战言和归咎于琦善为作俑之始矣"。这是琦善仕途中唯一接触外交的经历，纵观事件的全过程，难道还可以说其"军事方面，无可称赞，亦无可责备。在外交方面，他实在是远超时人"吗？面对外敌入侵，撤防罢兵；所属守将求援，又不敢明发兵，致使战败，这岂只是应当"责备"，明明是足当依法严惩。琦善对侵略者极事谄媚，一味退让，诬陷同僚，为虎作伥，甚至私下割让国土；这算是什么外交？直言之惧敌卖国即可。如果中国多是琦善之流的所谓外交，岂不是注定要亡国灭种，万劫不复。对外敌奴颜婢膝，而对自己的同胞那可是凶残无比，毫不手软；道光二十九年，琦善"调陕甘总督，兼署青海办事大臣，剿雍沙番及黑城撒拉回匪。既而言官劾其妄杀，命都统萨迎阿往按，革职逮问。咸丰二年，定谳发吉林效力赎罪"。`

对这样一个媚外残内，有罪于国家、人民的卖国贼，国人嗤之以鼻、恨之入骨。可现在竟有人要为之翻案，且手法还是老一套，直接给国人普遍接受和认可的历史评判准则扣上"泛道德主义"的帽子，彻底否认国人的忠奸正邪是非观，那就一切都 ok 了。请看文中的高论："宋以降，主战、主和的朝议之争，由于受制于泛道德主义思维，遂有了忠奸顺逆的道德色彩。主战即为忠臣，主和即为奸逆。其实，战争的发动与否（'打'还是'不打'）不可仅凭意气，无论这意气是否多高尚，而应凭对战争双方形势的审察及对战争的成本与收益的核算"。琦善在鸦片战争中"审察中外强弱的形势和权衡利害的轻重，远在时人之上"。他认为打不过英国人，就投降，就割地赔款，这种毫无民族气节的人，竟然被捧为"努力外交之第一人"。而朝中主张抗英的士大夫，直被斥之为"清谈误国"；林则徐们和三元里的民众奋起抗击英军，则是"虚骄自大"、不识时务。这与对南宋主战、主和的评价大翻盘如出一辙，如此恰也从另一侧面证明了琦善与秦桧同属一类。

诚然，在重大战争面前，打与不打，确实不能"仅凭意气"，而是要对形势进行实事求是、触及本质的分析，才能作出正确的判断。毛泽东在国家濒临灭亡的危急关头，面对气焰嚣张、不可一世的日本帝国主义，秉持中华民族的伟大气节，运用马克思主义的科学方法，揭穿了"亡国论"，驳斥了"速胜论"，作出了"持久战"的英明判断，并以此指导国人经过艰苦卓绝的斗争，终于打败了武装到牙齿的日本帝国主义。

战争有正义的战争和非正义的战争之分，我们反抗英国殖民主义是正义的反侵略战争。尽管当时英国"船坚炮利"，但他们强行向他国贩卖鸦片，进而发动侵略战争，是不得人心的，已然引起了中国人民的强烈反抗。如果不是琦善之流卖国行径的破坏，侵略者的阴谋岂能得逞？而摘文中却无视战争的性质，抽象地谈什么主战、主和"应凭对战争双方形势的审察及对战争的成本与收益的核算",好像是做生意一样。于是琦善这样的"精算师"就在强敌面前吓破了胆,从"唯武器论"出发就算出了投降才是硬道理,而把林则徐"苟利国家生死以,岂因祸福避趋之"的士大夫气节视作"不智"。其实,对战争的分析,不仅要看强弱,更要看它的性质,从本质上进行分析。正如毛泽东所指出的:"战争的伟力之最深厚的根源,存在于民众之中。"在鸦片战争中,中国东南沿海的广大民众自发组织起来,积极支持清军的作战,英军所到之处,无不遭到当地人民的抗击:英军攻陷厦门,当地人民自动组织起来袭击侵略者,迫使他们退守鼓浪屿;浙江人民组织"黑水党"狠狠打击英军;长江沿江人民以各种方式袭击侵略者,阻止英军舰船前进;三元里人民反抗英军的暴行,给侵略者以沉重的打击。英军无法得逞,就北上天津,威胁要进攻北京。道光皇帝被吓破了胆,在投降派的怂恿下,按英军要求,撤换林则徐,派琦善去向英人乞降,使战事走向了失败。不然,当时英军只有区区40多艘舰只,4000余名士兵,又远离本土,怎能敌我四万万同胞的抗争?如果不是清朝统治者的腐败无能和投降派的倒行逆施,致使国人如一盘散沙,外国侵略者如何能得逞其图谋。但我中国人民素有民族气节,从鸦片战争起到1949年的100多年里,正是无数仁人志士前赴后继,英勇奋斗,才终于赶走了侵略者,打倒了反动派,取得了革命战争的伟大胜利。正如"人民英雄纪念碑"文中所称道的那样:"由此上朔到一千八百四十年,从那时起,为了反对内外敌人,争取民族独立和人民自由幸福,在历次斗争中牺牲的人民英雄们永垂不朽!"而琦善之流却必然要被抛进历史的垃圾堆。

以上笔者只是对摘文中的内容谈了些自己的看法,至于对蒋廷黻及其所著《中国近代史》,自有专家学者会作出中肯和专业的评判,恕不烦言。

(四)岳飞被"神化"了吗

2019年10月30日第6版刊载《〈非常之人〉:历史人物的"神化"与"黑化"》的摘文,称摘自2019年10月20日的"澎湃新闻"。文中借介绍张明扬的新书《非常之人:20人的历史时刻》,列了"岳飞为何被封为'鄂王'""李广缘何成为'飞将'""宰相为何容易'被黑化'"三个问题,本文只涉及有关岳飞的问题。

文中称"张明扬认为,岳飞是历史上'被神化'的典型代表之一"。查了《辞海》等众多工具书,均不见收录"神化"这个词。从"360搜索"中得知,所谓"神化",就是"把人或物当做神来看待",就是"变化为神""美化为神"。那什么是"神"呢,按照《辞海》的解释,神"亦称'神仙''神灵''神道'。宗教及神话中所幻想的主宰物质世界的、超自然的、具有人格和意识的存在"。反观有关岳飞的事迹,《宋史》列传卷125及《宋史纪事本末》卷70"岳飞规复中原"中均有翔实的记载,且都是实实在在的战功和忠孝言行,何来"神话"和"神化"之有?

文中又称,岳飞的"被神化","从艰难平反的罪臣,到被神般崇拜的鄂王,岳飞的身后事始终与现实政治共沉浮"。好像岳飞的被平反和追封为鄂王就是被"神化"了，而且是作为"政治图腾""神主牌"被利用了。

岳飞是罪臣吗？否，他是中国历史上最著名的民族英雄，他是因坚持抗金而被敌人与内奸合谋陷害而死的，他何罪之有？对此历史早有定论，今人更不能这样轻佻地称之为"罪臣"。请看《宋史》的记载："岳飞以恢复为己任，不肯附和议，读桧奏至'德无常师，主善为师'之语，恶其欺罔，惠曰：'君臣大伦，根于天性，大臣而忍面谩其主耶？'兀术遗桧书曰：'汝朝夕以和请，而岳飞方为河北图，必杀飞始可和。'桧亦以飞不死终梗和议，己必及祸，故力谋杀之。以谏议大夫万俟卨与飞有怨，风卨劾飞。又风中丞何铸、侍御史罗汝楫交章弹论，大率谓今春金人攻淮西，飞略至舒蕲而不进，比与俊按兵淮上，又欲弃山阳而不守。飞累章请罢枢柄，寻还两镇节，充万寿观使奉朝请。桧志未伸也，又谕张俊，令劫王贵诱王俊诬告张宪谋还飞兵。桧遣使捕飞父子证张宪事，使者至，飞笑曰：'皇天后土，可表此心。'初命何铸鞫之，飞裂裳以背示铸，有'尽忠报国'四大字深入肤理。既而阅实无左验，铸明其无辜。改命万俟卨，卨诬飞与宪书，令虚申探报以动朝廷。云与宪书令措置使飞还军，且言其书已焚。飞坐系两月，无可证者，或教卨以台章所指淮西事为言，卨喜白桧，簿录飞家，取当时御扎藏之，以灭迹。又逼孙革等以证飞受诏逗留，命评事元龟年取行军时日杂定之，傅会其狱。岁暮，狱不成，桧手书小纸付狱，即报飞死，时年三十九。云弃市，籍家赀，徙家岭南。幕属于鹏等从坐者六人。初，飞在狱，大理寺丞李若朴、何彦猷，大理卿薛仁辅并言飞无罪，卨俱劾去。宗正卿士儒请以百口保飞，卨亦劾之，窜死建州。布衣刘允升上书讼飞冤，下棘寺以死。凡傅成其狱者皆迁转有差。狱之将上也，韩世忠不平，诣桧诘其实，桧曰：'飞子云与张宪书，虽不明其事体，莫须有。'世忠曰：'莫须有三字何以服天下？'时洪皓在金国中，蜡书驰奏，以为金人所畏服者惟飞，至以父呼之。诸酋闻其死，酌酒相贺。"可见被秦桧以"莫须有"的罪名所陷害的岳飞，不是什么罪臣，而是功臣。"桧死，议复飞官，万俟卨谓'金方愿和，一旦录故将，疑天下心不可及'。绍兴末，金益猖獗，太学生程宏图上书讼飞冤，诏飞家自便。初，桧恶岳州同飞姓，改为纯州，至是仍旧。中丞汪澈宣抚荆襄，故部曲合辞讼之，哭声雷震，孝宗诏复飞官，以礼改葬，赐钱百万，求其后悉官之，建庙于鄂，号'忠烈'"。冤案的始作俑者秦桧一死，昭雪平反便被提上议事日程，这不仅是孝宗的政治需要，更是天理人心所向。且后世帝王纠正前代冤案，历朝历代实属平常而多见，有何"被神化"之谓。"初，飞下狱，桧令亲党王会搜其家，得御札数箧，束之左藏南库"。岳飞之了岳霖"请于孝宗还之。霖子珂以淮西十五御札辨验汇次，凡出师应援之先后皆可考，嘉定间为《呼天辨诬集》五卷，《天定录》二卷上之"。"淳熙六年谥'武穆'，嘉定四年追封'鄂王'。"此时已是岳飞被害的 70 年之后了，况在专制社会给功勋大臣封王拜爵也是常有的事，与岳飞同时代的韩世忠在生就被封为"蕲春郡公"，对岳飞来讲，这迟到的封爵是国家对他政治上的褒奖，又何谈"被神般崇拜"？

更为令人惊异的是，为了坐实岳飞的平反昭雪是"被神化"，文中又称"到清代，钱彩等人编写的《说岳全传》更是歌颂了岳飞英勇作战、精忠报国的忠勇行为，树立了岳飞的高大形象。其中的'岳飞朱仙镇大捷'，实属后人编造的胜利，出于政治需要而无人道破，进而流传至今成为史实"。依此说，"朱仙镇大捷"只是小说《说岳全传》中的编造，可笔者翻检《宋史》列传卷125载：绍兴"十年，金人攻拱、亳，刘锜告急，命飞驰援。飞遣张宪、姚政赴之，帝赐札曰：'设施之方，一以委卿，朕不遥度。'飞乃遣王贵、牛皋、董先、扬再兴、孟邦杰、李宝等分布经略西京、汝、郑、颖、昌、陈、曹、光、蔡诸郡。又命梁兴渡河，纠合忠义社取河东北州县。又遣兵东援刘锜，西援郭浩，自以其军长驱以阚中原。将发，密奏言：'先正国本以安人心，然后不常厥居以示无忘复仇之意。'帝得奏，大褒其忠，授少保河南府路陕西河东北路招讨使，寻改南北诸路招讨使。未几，所遣诸将相继奏捷，大军在颖、昌诸将分道出战，飞自以轻骑驻郾城，兵势甚锐。兀术大惧，会龙虎大王议，以为诸帅易与，独飞不可当，欲诱致其师，并力一战。中外闻之大惧，诏飞'审处自固'。飞曰：'金人技穷矣。'乃日出挑战，且骂之，兀术怒，合龙虎大王、盖天大王与韩常之兵逼郾城。飞遣子云领骑兵直贯其阵，戒之曰：'不胜，先斩汝。'鏖战数十合，贼尸布野。初，兀术有劲军皆重铠，贯以韦索，三人为联，号为拐子马，官军不能当。是役也，以万五千骑来，飞戒步卒以麻扎刀入阵，勿仰视，第斫马足。拐子马相连，一马仆，二马不能行，官军奋击，遂大败之。兀术大恸曰：'自海上起兵，皆以此胜，今已矣。'兀术益兵来，部将王刚以五十骑觇敌，遇之，奋斩其将。飞时出视战地，望见黄尘蔽天，自以四十骑突战，败之。方郾城再捷，飞谓云曰：'贼屡败，必还攻颖昌，汝速援王贵。'既而，兀术果至，贵将游奕，云将背嵬，战于城西，。云以骑兵八百挺前决战，步军张左右翼继之，杀兀术婿夏金吾，副统军粘罕孛堇，兀术遁去。梁兴会太行忠义及两河豪杰等累战皆捷，中原大震。飞奏'兴等过河，人心愿归朝廷。金兵累败，兀术等皆令老少北去，正中兴之机'。飞进军朱仙镇，距汴京四十五里，与兀术对垒而阵，遣骁将以背嵬骑五百奋击，大破之。兀术遁还汴京"。这一汴京西南的重大战事，诸多史书皆有记载，不过没有此处记载详细而已。《中国历史大辞典》第1055页载："朱仙镇，在今河南开封县西南，南宋绍兴十年（1140）岳飞大败金兵于郾城，乘胜进军朱仙镇，又大破之，即此。"这般清楚明白，岂能说不是"史实"？也不知文中所说"后人编造"，所据何典。

民族英雄岳飞在国人心目中的地位，不是几句奇谈怪论就轻易可以撼动的。岳飞精忠报国的英勇事迹和那首慷慨激昂的《满江红》词，给了国人巨大的精神鼓励，多少仁人志士以深厚的家国情怀，前赴后继，舍生忘死，才有了我们今天的江山静好。史学研究当然要创新，要与时俱进，但首先必须守正，总也不能做出颠覆国人的基本价值观、违背国人的精神追求、伤害国人的思想情感的事来。当下我们正面临着复杂多变的国际形势,未来的斗争势将更加难苦卓绝,所以精神支柱不能倒,英雄气概不能减。一个国家,一个民族不能没有灵魂。广大的文史工作者,肩负着启迪思想、陶冶情操、温润心灵的重要职责,承担着以文化人、以文育人、以文培元的崇高使命。我们的文史研究要维护英雄的形象,发扬英雄的精神,以造就更多的英雄人物。正如习近平总书记所言:"一个有希望的民族不能没有英雄。"英雄是民族的脊梁,英雄是民族最闪亮的坐标,我们要捍卫英雄的光辉形象,不能把英雄搞得灰溜溜的,不要让英雄流血又流泪。幸喜我们的国家已在立法层面作出了保护英雄的措施,使诋毁英雄的言行再也不能肆意横行。我们的社会将更加充满正能量,我们的国家将成为英雄辈出的国度。这也是笔者所以写下这段文字的初衷。

(五)"相干邑"当作何解?

2021 年 10 月 8 日第 4529 期第 3 版载《无数心花发桃李》一文,摘自河北教育出版社《唐宋词十七讲》,称"苏东坡曾在《与李公择书》里写道:'吾侪虽老且穷,而道理贯心肝,忠义填骨髓,直须谈笑于死生之际。若见仆困穷便相干邑,则与不学道者大不相远矣。'这就是中国古人的修养"。句中"若见仆困穷便相干邑",反复揣摩而不解其意。查国际文化出版公司 1998 年版《唐宋八大家全集》第四卷《苏轼集》,在书、启、尺牍中均不见有"与李公择书"的篇名。在卷 78 "尺牍一百九首"中倒有二篇"与李公择",但内容不符。卷 80 "尺牍七十九首"中有《与李公择二首》,其"又"中有"吾侪虽老且穷,而道理贯心肝,忠义填骨髓,直须谈笑于死生之际。若见仆困穷便相怜,则与不学道者大不相远矣"。原来这"相干邑"是"相怜"之误,难怪费解。但不知是原作之误还是摘录之误?

十一、《上饶文史》上饶市政协主办

第一辑 2007 年 9 月

1. 第 8 页第 4 行句首称:"上饶市地处长江中游南岸"。这个"长江中游南岸"是个很狭窄、很具体的概念,很容易使人想起长江南岸边的某地,而上饶市离长江南岸甚远。为不产生歧义,似可称之"长江中游流域南部"为是。

2. 第 8 页第 11 行载:"鄱阳湖平原及饶河、信江河平原约占 26%以上"。前面在讲述中、低山及丘陵面积时,都明指了是占"总面积"的百分比,这里却漏掉了,使人不知道是占什么的百分比;此外,"约"和"以上"都表示约数,保留其一即可。

3. 第 9 页第 7 行载:"赣东北地区因扼闽、浙、赣、皖、要冲,视为'豫章第一门户'。"文中"皖"字后的顿号似可删除,"视为"前应加一"被"字。全句经修改后应为："赣东北地区因扼闽、浙、赣、皖要冲，被视为'豫章第一门户'。"

4. 第9页第9行载："'区境自夏至周，称番邑'《上饶地区志 P232》。"段中的意思是引号中的内容摘自《上饶地区志》第232页。可这样标点是不规范的，除漏了括号，还不应将页码标入书名号中。似应标点成："区境自夏至周，称番邑"（《上饶地区志》第232页）。

5. 第9页倒数第11行载："吴王使太子夫差代楚。"据《史记》卷31"吴太伯世家第一"，原文是："吴王使太子夫差伐楚。"此处将"伐"误成为"代"。

6. 第13页第12行载：干将与欧冶子"两人协力铸成龙渊、秦阿、工布三剑，这皆都是楚王剑了"。文中"皆""都"意思重复，用其一即可，即"这皆是楚王剑了"，或"这都是楚王剑了"。

7. 第14页第4行载："经历过2000多年历史长河的冲刺，原封未动的留存肯定难以寻觅。"文中"冲刺"一词，遍查《辞海》等工具书，俱不见载。从360搜索中得知，冲刺是指跑步、滑冰、游泳等体育竞赛中临近终点时全力向前冲；比喻接近目标或快要成功时做的最大努力，现多见于报刊及影视节目中。不管是原意还是比喻意，用在这里均不合适。既把历史比喻成"长河"，此处用"冲刷"似更贴切。

8. 第14页第6行载："只有我们有这份诚心去求证，肯定是不会永远沉默的。"文中"只有我们有"的用法似较别扭，改为"只要我们有"再接下文才会比较顺畅。

9. 第14页第11行载："'此处未言番邑亦属东楚。"此句不是引文，又只有前单引号而没有后单引号，故疑此处前单引号为衍文，应删去。

10. 第14页第12行载："东楚之地虽亦已名楚，然皆战国时取之齐，越者。"文中"越者"前的逗号应改为顿号。

11. 第14行倒数第9行载："据《百越源流史》何光岳研究。"这样的表述不太清楚，易产生歧义。如后引内容引自该书中，可作"据《百越源流史》中何光岳研究"；如后引内容是何光岳在其他作品中的研究内容，就应作"据《百越源流史》的作者何光岳研究"，这样方能明白且无歧义。

12. 第16页倒数第11行载："该墓出物数量之多、品类之众、造型之奇特、纹饰之精美、铸工之精巧，全国罕见。"文中的"出物"令人难解其意，依后文所述，猜测好像是出土文物的简称。故愚以为不如直言"出土文物"为好。

13. 第22页第2行载："德兴存长沙王隐居地吴阐城遗址，铸印墩、凤凰台、走马堤、淬剑池、寅宾园。"依文所表述的内容，"遗址"后的逗号应改为冒号；句末"寅宾园"疑为"宴宾园"之误。

14. 第24页第9行载："素有'豫章节一门户'之称。"文中"节"字疑为"第"字之误，应为"素有'豫章第一门户'之称"。

15. 第25页第9行载："皆注重考虑怎样才能使西门福辏之地成为名副其实的阛阓之门。"文中"福辏"当为"辐辏"之误。

16. 第 59 页第 7 行载："不由让我想起一九七二年初交，第一次专进三清山的那些时光。"这里的"初交"，令人难解，依文中的描述，当是"初夏"之误。"专进"一词也不太好理解。三清山是作者的家乡，之前曾多次进过山，而这次是特地进山拍摄三清山风景的，遂成为用镜头记录三清山的第一人。故愚以为此处称"特进"为好。全句成"不由让我想起一九七二年初夏，第一次特进三清山的那些时光"。

17. 第 59 页倒数第 2 行载："邀画家李友仁（现在江西电影制电厂退休）。"文中"电影制电厂"，疑为"电影制片厂"之误。

18. 第 65 页第 8 行载："全国和省摄影艺术展全牌奖。"句中"全牌奖"当为"金牌奖"之误。

19. 第 69 页倒数第 12 行载："浴血奋战，保家为国。"句中"保家为国"疑为"保家卫国"之误。

20. 第 69 页倒数第 10 行载："共产国际的代表包罗廷等。"句中"包罗廷"疑为"鲍罗廷"之误。

21. 第 69 页倒数第 10 行载："后来任朝鲜总统的李承晚。"李承晚所任是"大韩民国"总统，可简称韩国或南朝鲜总统，但绝不能称之"朝鲜总统"。这是个政治问题，不能掉以轻心，否则会引起外交纠纷。

22. 第 103 页倒数第 4 行载："以'抢救、保护'为已任。"文末的"已任"，依文意疑为"己任"之误。

23. 第 104 页第 1 行载："精品荟萃的馆藏体系，令世所瞩目。"句中"令世"后疑脱一"人"字，全句当为"令世人所瞩目"。

24. 第 104 页第 7 行载："中原氏族迁徒南下，对当地山越屠迁。"依文意，句中"迁徒"疑为"迁徙"之误。而"屠迁"一词，不解何意，存疑。

25. 第 106 页第 5 行载："因婺源历史上归歙县所制。"依文意，句中"所制"当为"所辖"之误；同时，婺源作为县，并不会隶属于"歙县"，而是建县时隶于"歙州"；后"歙州"成为"歙县"，婺源则隶属于徽州府。这里是把"歙州"误成了"歙县"。

26. 第 107 页第 8 行载："清康熙已丑年姚文田制退思堂墨。"句中"已丑"不能成为干支年，疑为"己丑"之误，清康熙己丑年为康熙四十八年（1709）。

27. 第 107 页第 10 行载："清詹有乾号（笠亭）仿汉砖墨。"句中括号错用了地方，全句似应为"清詹有乾（号笠亭）仿汉砖墨"。

28. 第 108 页第 5 行载："二则此件容像尺幅达到 127.5 公分、横 59 公分。"此句后面既标有横的尺度，前面就该标出竖，全句应为"二则此件容像尺幅达到竖127.5 公分、横 59 公分"。

29. 第 109 页倒数第 10 行摘引民国八年版《德兴县志》中关于聚远楼的记载："聚远亭在县东南二百步学宫后。宋熙宁间，邑人余仕隆创，据邑最高处。单令名曰

'聚远楼'。侍郎刘定记。苏东坡、赵清献、王宣徽、黄鲁直赋诗。元丰七年（1084）大文豪苏东坡送长子苏迈赴德兴任县尉时登楼并赋诗：'云山烟水苦难亲，野草幽花各自春。赖有高楼能聚远，一时收拾与闲人。'在建炎年（1127）宋高宗赏苏东坡诗特赐金匾。时有诗云：'高皇题御墨，内翰播声诗。聚远楼佳致，名闻天下知。'元末毁。令原地建敬一亭。"文中错漏颇多："单令名曰"，单令是指时任德兴县令单锡，此处脱一"锡"字，原文作"单令锡名曰"。"在建炎年（1127）宋高宗赏苏东坡诗特赐金匾"，1127 年是建炎元年，此处脱一"元"字；宋高宗并未"特赐金匾"，而是"特书匾名"。诗"聚远楼佳致"句，原文作"聚远亭佳致"。"元末毁，令原地建敬一亭"，原文为"元末毁，今输地建敬一亭"。另：元丰七年（1084）大文豪苏东坡送长子苏迈赴德兴任县尉时登楼并赋诗："云山烟水苦难亲，野草幽花各自春。赖有高楼能聚远，一时收拾与闲人。"文中诗四句，因在引文中，故不能再用双引号，应改为单引号。这首诗称是"苏东坡送其长子苏迈赴德兴任县尉时登楼并赋诗"，据史料载，元丰七年（1084）苏迈"授饶州府德兴县尉，六月初九丁丑日，同父至齐安湖口石钟山下，公分路赴德兴任"。可见苏东坡在石钟山与苏迈分手，并未到德兴，更未登聚远楼。但这首诗在《苏轼集》中确有，集中卷 6 第 3343 页载《单同年求德兴俞氏聚远楼诗三首》，上引诗是其一。原来这是苏东坡应同年进士德兴县令单锡之求，为聚远楼而作，不知怎么就把这诗移花接木成苏东坡送子到德兴登楼而作的了。且引文中又遗漏了聚远楼由楼改名为亭的过程。今查清同治十一年《德兴县志》卷 1《地理志》所载："聚远亭在县东南二百步学宫后。宋熙宁间，邑人余仕隆创，据邑最高处。单令锡名曰'聚远楼'。侍郎刘定记。苏东坡、赵清献、王宣徽、黄鲁直赋诗。继而德寿宫建聚远楼，遂改名亭。高宗赏苏文忠公诗，特书匾名，时有诗云：'高皇题御墨，内翰播声诗。聚远亭佳致，名闻天下知。'元末毁。今输地建敬一亭。"

30. 第 112 页第 12 行载："明嘉靖年间（公元 1522 年左右）。"文中的公元 1522 年是嘉靖元年，如果用以标示"嘉靖年间"这个时段，就不能再左了。依下文所述，似应标为"明嘉靖年间（公元 1522—1566）"。

31. 第 116 页第 14 行载："直到三国吴赤乌八军又迁回鄱阳城。"文中"赤乌八军"疑为"赤乌八年"之误。

32. 第 117 页倒数第 2 行载："无论老街新区，商楼店铺林立，茶楼酒肆飘飘。"这"茶楼酒肆"如何能够"飘飘"起来？此说法令人难解。是否可作"茶楼酒肆栉比"，不仅意思明白，亦可与上句"商楼店铺林立"对仗。

33. 第 122 页倒数第 8 行载："言笑不接，定省久违，几于怨忿，角胜之为。"依文中所欲表达的意思，句中"几于怨忿"后的逗号可删除，遂改成"言笑不接，定省久违，几于怨忿角胜之为"。

34. 第 131 页第 3 行小标题"三、'五桂'呼? '乌龟'呼?"文中这个"呼"字是动词或象声词，而这里要表达的是疑问，故可用助词"乎"。另句中也不必连用两个问号，后边用一个即可。这样标题为"三、'五桂'乎，'乌龟'乎?"

第二辑　2008年2月

1. 第3页第14行载："楮溪、峙溪（以上饶境内）。"括号内的"以上饶境内"，依文意，疑为"在上饶境内"之误。

2. 第14页第8行载：夏言，"字公谨，号桂州"。据《中国历史大辞典》等众多工具书及史料，夏言号"桂洲"，其著作亦称"桂洲奏议"《桂洲集》。这个"桂洲"就是夏言的祖籍地贵溪县上清镇桂洲村。

3. 第14页第11行载：夏言"先后提升为兵部给事中"。文中的"给事中"是言官，明代的言官不属六部，而称六科，故应为"兵科给事中"。

4. 第14页第12行载：夏言"1534年升至一品尚书（明朝废宰相制）"。文中括号中注"明朝废宰相制"，意在以此说明当时尚书就是朝廷中最大的官、最高的品级了。其实，这是误解了。明代虽废宰相，但尚书并不是最高职位和品级。据《花当阁丛谈》卷1第63页"文武官品阶勋禄"称：正一品是"太师、太傅、太保、少师、少傅、少保、宗人令、左右宗人、左右都督"；从一品："太子太师、太子太傅、太子太保、都督同知"；正二品："太子少师、太子少傅、太子少保、尚书、左右都御史"。可见尚书初授只能是正二品，当然随着资历渐深，有了前述三孤三少的加官，升至从一品甚至正一品都是有可能的。同时，夏言升任礼部尚书也不在1534年，据《明史》卷112"七卿年表"，嘉靖十年九月，礼部尚书李时入阁，夏言升任礼部尚书，这年是1531年。

5. 第14页倒数第9行载："在嘉靖十五年（1536）至二十七年（1548）的十二年间，夏言位居内阁首辅。"据《明史》卷110"宰辅年表"，夏言虽在嘉靖十五年闰十二月入阁，但其时首辅是李时，直至嘉靖十七年（1538）十二月李时卒于任上，之后夏言才继任首辅。其后又多次被罢，尤其是在在嘉靖二十一年（1542）七月革职闲住后，直至二十四年（1546）十二月才复职，这三年半他完全不在位。因此，文中说夏言在1536年至1548年这12年间位居内阁首辅是不准确的，其间他起码有一半时间不在首辅位上。

6. 第14页倒数第4行载："夏言仕途如此平坦、如此平步青云，官运亨通，原因是何在?"句末"原因是何在"的用法欠通顺，要么"原因何在"，要么"原因是何"均可，重复使用便至不通。

7. 第14页倒数第2行载："夏言长得帅气，身材高大，有一对漂亮的胡须。"文中用"一对"来描述胡须，胡须怎以"对"计，似有不妥。《明史》夏言本传描述"言眉目疏朗，美须髯"，现在似可用"一部漂亮的胡须"，或"一把漂亮的胡须"，或可勉强。

8. 第15页第12行载："明朝中期，从英宗到武宗，长期不理朝政，让身边的宦官代笔审理章疏、传布政令，造成内阁空置宦官专权，政局混乱。1522年武宗崩，世宗继位，正直的朝臣们寄希望于新帝。时任兵科给事中的夏言，不惮位卑言微，不惧权贵气焰，不畏宦官专权，带头上疏。"首先，"武宗崩，世宗继位"不在"1522年"，而是1521年即正德十六年。其次，明中叶，从英宗到武宗，经历了英宗、景泰帝、宪宗、孝宗、武宗五帝，共85年；虽英宗时有王振乱政，武宗时有刘瑾专权，但在英宗后期的天顺年间，及景泰帝、宪宗、孝宗等帝皆不至"宦官专权，政局混乱"；尤其是孝宗，还是明代比较勤政的皇帝，故此说大过笼统，有失公允。况这期间，朝中有内阁"三杨"（杨士奇、杨荣、杨溥）辅政的佳话，还有彭时、商辂、李贤、徐溥、刘健、李东阳、谢迁、杨廷和、费宏、蒋冕、毛纪等贤相辅政，怎能说是"内阁空置"？当然，期间中官弄权、乱政时有发生，对朝政的干扰是很大的，但内阁对皇权的规制是有力的。与嘉靖后期完全听命于皇帝的情形是根本不同的。后引夏言给嘉靖帝的奏疏，所说内容针对的是武宗朝的情形，不可任意扩至前三朝。当时夏言是言官，上疏谏劝正是他的职责，不存在"位卑言微"；当时嘉靖新政伊始，也不存在什么"权贵气焰"和"宦官专权"的情况。所以，这段记述的准确性是值得商榷的。

9. 第15页倒数第5行载："夏言凭着特殊的职务、出众的素质、独特的品格，驰骋官场，深及皇帝的素睐、厚遇、特眷。"句中"深及皇帝的素睐"不太好理解，据文意，疑为"深得皇帝的青睐"之误。

10. 第15页倒数第1行载："嘉靖十三年（1534）夏言升任礼部尚书。"夏言升任礼部尚书在嘉靖十年（1531），详见本节第4条所证。

11. 第17页第6行记夏言在嘉靖十七年任首辅后所做的几件事，"（三）力主抗击倭寇，反对通敌谋私"。明代倭寇大举入侵与抗倭斗争发生在嘉靖三十一年之后，其时夏言早已被处死，不曾经历。他与倭事有关的是在嘉靖初任给事中时，"上言：'倭患起于市舶。'遂罢之。初，太祖时虽绝日本；而三市舶司不废。市舶故设太仓黄渡。寻以近京师，改设福建、浙江、广东。七年罢，未几复设。盖以迁有无之货，省戍守之费，禁海贾，抑奸商，使利权在上也。自市舶内臣出，稍稍苦之。然所当罢者市舶内臣，非市舶也。至是，因言奏，悉罢之。市舶罢，而利权在下。奸豪外交内诇，海上无宁日矣"。可见夏言涉倭的言行只是奏罢市舶，并无"抗击倭寇"之情，故这不是史实。

12. 第17页第7行载："夏言不畏权贵、刚悍不阿、勇于直谏、为官扶正。"句中"刚悍不阿"不知何意，遍查工具书，不见有如此组词法，如用惯常的成语"刚直不阿"可好？句后"为官扶正"更是别扭，"扶正"在旧时是指正妻死后将妾继为正妻，用此来表述"为官"，太不合适，故拟用常见成语"为官清正"岂不更好？

13. 第17页倒数第12行载："决定了'恃才傲物''謇谔自复'的夏言'三起

四落' 的仕途厄运。" 句中"謇谔自复" 亦不知何意？查此句引自《明史》"夏言本传"，原文是讲夏言"及居言路，謇谔自负"，指夏言正直敢言而自许很高。这里误成"自复"，则使人不解其意了。

14. 第 17 页倒数第 10 行载："夏言刚升任内阁首辅不久，随帝巡幸大崿山，因'进呈居守敕稿迟缓'，即被嘉靖帝削去官职令其退休。"据《明史》《夏言本传》，文中的"大崿山"为"大峪山"之误，"居守敕稿"为"居守敕稿"之误。除此之外，文中对夏言第一次被罢相的原因表述为"进呈居守敕稿迟缓"，其实不然，主要是因夏言的不慎、自大引起了嘉靖帝的愤怒。夏言为首辅后不久，嘉靖"十八年，以祗荐皇天上帝册表，加少师、特进光禄大夫、上柱国。明世人臣无加上柱国者，言所自拟也。武定侯郭勋得幸，害言宠。而礼部尚书严嵩亦心妒言。言与嵩扈跸承天，帝谒显陵毕，嵩再请表贺，言乞俟还京。帝报罢，意大不怿。嵩知帝指，固以请，帝乃曰：'礼乐自天子出，可也。'令表贺，帝自是不悦言。帝幸大峪山，言进居守敕稍迟。帝责让，言惧请罪。帝大怒曰：'言自卑官，因孚敬议郊礼进，乃怠慢不恭，进密疏不用赐章，其悉还累所降手敕。'言益惧，疏谢。请免追银章、手敕，为子孙百世荣，词甚哀。帝怒不解，疑言毁损，令礼部追取。削少师勋阶，以少保尚书大学士致仕"。这事发生在嘉靖十八年五月。

15. 第 17 页倒数第 7 行载："事隔不久，昭圣太后崩，皇帝诏问太子服制，夏言上疏中出现错别字，嘉靖恼怒，斥责夏言轻慢之罪，第二次罢了夏言的官令其退休。"首先夏言第二次被罢发生在嘉靖二十年八月，距前次被罢已过去两年零三个月，不能说是"事隔不久"。造成的原因也不是"上疏中出现错别字"，而是与第一次一样，是夏言的自大、不慎激起帝怒：两位皇太后故后，慈庆、慈宁两宫空置，郭"勋尝请改其一居太子。言不可，合帝意。至是帝猝问太子当何居，言忘前语，念兴作费烦，对如勋指。帝不悦。又疑言官劾勋出言意。及建太享殿，命中官高忠监视，言不进敕稿。入值西苑诸臣，帝皆令乘马，又赐香叶束发巾，用皮帛为履。言谓非人臣法服，不受，又独乘腰舆。帝积数憾欲去言，而严嵩因得间之"。

16. 第 17 页倒数第 1 行载："帝深感不祥，下诏：'日食过分，正坐下慢上之咎'，眷令削夺夏言官职。"文中的"眷令"不知何意？依文意，用"诏令""敕令""责令"均可。

17. 第 19 页第 9 行载："便启用夏言，夏职为旧，以制横严嵩。"文中"启用"疑是"起用"之误；而"夏职为旧""制横"均不知何意？依文意，"夏职为旧"疑是"复职如旧"之误；"制横"疑为"制衡"之误。全文似应为"便起用夏言，复职如旧，以制衡严嵩"。

18. 第 19 页倒数第 10 行载："收复河套，乃'轻启边'之举。"依文意，文中"轻启边"之后疑脱一"衅"字，全文应为"收复河套，乃'轻启边衅'之举"。

19. 第 20 页第 7 行载："嘉靖崩，隆庆初，新帝明神宗继位。"嘉靖帝崩后，其子朱载垕继位，是为明穆宗，年号隆庆。文中误为"明神宗"，明神宗是嘉靖帝的孙子朱翊钧，年号万历。且新帝继位不在"隆庆初"，而是在嘉靖四十五年嘉靖帝驾崩之后。

20. 第20页第10行载："夏言豪迈有俊才，纵横辩博，不畏权贵、刚直勇谏、人莫能屈，为官扶正。"文中"纵横辩博"，疑为"纵横辩驳"之误；"为官扶正"，应是"为官清正"之误，详见本节第12条所证。

21. 第24页第3行载："必须切入历史层面而拷量之。"依文意，文中的"拷量"，疑是"考量"之误。

22. 第25页第8行载："展开清国治十一年《上饶古城图》。"文中"清国治十一年"疑是"清同治十一年"之误。

23. 第69页第3行载："如'宣纸'不产于宣州出自辖地泾县，以州名而曰宣纸。"此段文字脱字和标点，使文意难以理解："宣州"后应加一逗号及"而"字；"辖地"前加一"所"字，全文应为："如'宣纸'不产于宣州，而出自所辖地泾县，以州名而曰宣纸"。

24. 第71页第9行载："然后进行开采但到后来，'县人病，其须索复溪流如初，右乃中绝'。"这段文字由于标点及文字错误，使人难以理解。查得此文引自《歙砚说》，对照《四库全书》中的原文，摘文中将"石"误成了"右"，此段应标点为："县人病其须索，复溪流如初，石乃中绝。"故全文应改为："然后进行开采，但后来'县人病其须索，复溪流如初，石乃中绝'。"

25. 第71页第12行载："夏改溪流，遵钱公故道，而后，所得尽佳石也。"经查，这段文字仍摘自《歙砚说》，对照《四库全书》中的原文，方知是脱字、错字，且标点有误，致使文意难解。原文是："后邑官复改溪流，遵钱公故道，而后所得尽佳石也。"摘文中将"后邑官"三字脱，"复"字错成"夏"字，"而后"下多加一逗号。

26. 第72页第6行载黄庭坚《砚山行》诗中的两句："自从元祜献朝贡，至今人求终不止。"对其中的"元祜"一词甚不解，开始疑是"元祐"之误，经查黄庭坚诗的原文，是"自从天祐献朝贡"，原来是把"天祐"误成了"元祜"，两字均错。

27. 第72页第7行载："元年间（1086—1093）比嘉祐开采时要晚二、三十年。"这个"元年间"不知何意，是那个年号的元年？查得后面括号所注"1086—1093"，才知道这是宋哲宗元祐年间的时段。另表示二十年与三十年之间，在二和三之间是不须加顿号的。故全文应改为："元祐间（1086—1093）比嘉祐开采时要晚二三十年。"

28. 第72页倒数第4行载："南宋现宗时（1225—1264）。"这个"南宋现宗"不知是何人？但由其后所注（1225—1264），得知这是宋理宗宝庆元年至景定五年，原来摘文是把"宋理宗"误成了"宋现宗"。

29. 第73页第5行载："并表达了对龙尾砚的推重崇倍至之情。"文中"推重崇倍至之情"艰涩难解，如改成"推重倍至之情"或"推崇倍至之情"均可。

30. 第75页倒数第2行载："乾隆丁夏五月，余从京师归于歙。"这个"乾隆丁夏"不知何意？幸文中载明这是摘自清代学者程瑶的《纪砚》一文中。经查原文，是"乾隆丁酉"，即乾隆四十二年（1777）。摘文是把"丁酉"误成了"丁夏"。

31. 第76页第1行载："其中不中绳矩者，砚工自之，以售于人。"文中"砚工自之"句不解何意？这段文字仍摘自程瑶的《纪砚》，对照原文，是"砚工自琢之"；况下文第6行亦有"砚工自琢之，以售于人"句，可见这是摘文脱一"琢"字。

32. 第83页第1行载："此时制墨中心已同黄山转移至婺源黄岗山。"依文意，句中"已同黄山"应是"已由黄山"之误。

33. 第91页第3行载："河口这个有着近千年历史文明和深厚文化底蕴的古镇"；又在第6行载："早在明代嘉靖年间就成了江南五大手工业中心之一。"此文撰于2008年，此前"近千年"即北宋初年。据费元禄《甲秀园全集》卷13载："去铅山三十里为河口，九阳港、龙门关在其下。先王父清湖公始卜居而得湖上，湖上以中具五湖而得名也。岑湖在其东，叶湖在其西，后湖在其北，清湖在其南，而官湖在其中。灵山、鹅湖、九阳、白鹤、章岩、马鞍、峨眉诸山罗列棋布，则障然其间。田畴相因，林莽相望，可耕可渔，真隐者之居也。河口，余家始迁居时，仅二三家，今阅世七十余年，而百而千，当成邑成都矣。山川风气，清明盛丽，居之可乐。平原广隩，东西数十里。灵岳、鹅湖、章岩、鹤岭，岗峦靡迤，四顾可挹。葛水湖波，流出平地，故瞻眺之美，间阎与缙绅竞胜，而园林亭榭秀甲一时。每花时春事，元夕灯棚，歌声伎馆，钟鼓丝竹，千家嘹亮。士女云集，斗鸡蹴踘，自打樗蒲，赏心乐事，技艺杂沓。盖其舟车四出，货钱所兴，铅山之重镇也。"费元禄是明代万历年间人，当代人记当代事，可信度应较高。据《明史》《鹅湖横林费氏宗谱》等史料，正德十二年，宁王朱宸濠为报复费宏阻其复护卫，唆使李镇等攻击费氏；横林屋舍被焚，祖墓被毁，亲人被杀，费宏等被迫避迁县城、府城。正德十四年宸濠叛乱被平定，费宏兄弟被迫迁居湖上，即现在的河口镇清湖村，其时附近"仅二三家"，还是"真隐者之居也"，那有什么"深厚文化底蕴"可言。那时距今也才近500年，更不用说到此前"近千年"的北宋了。费氏迁居湖上在正德末、嘉靖初，"阅世七十余年"，即到万历中后期，河口才"成邑成都矣"，这是费元禄亲眼所见，当是纪实之笔，所以"早在明代嘉靖年间就成了江南五大手工业中心之一"的说法也是缺乏史料依据的。

34. 第116页第5行载："起义军促不及防。"依文意，句中"促不及防"，疑是"猝不及防"之误。

35. 第136页第5行载："'龚氏十二世祖思信公，于明成仕二年（1466）任满返梓，首议创建宗祠，工成。历代祖辈……一片尽忠报国心，未见史传，镌前后浣纱记石雕二块于祠内，以寓祖志云'。根据这一记载，该石刻应刻于明末，距约有500余年。"句中"明成仕二年"不知是何年？依句后所标"1466年"，当为成化二年，这里是把"成化"误成"成仕"了。句末又称"该石刻应该刻于明末"，成化二年距明开国的1368年近百年，距明灭亡的1644年还有178年，故不能说是明末，而是明中叶。

第三辑　2008年6月

1. 第1页第4行载："地名学是一个专门学科，我无意问鼎。"文中的"问鼎"，《辞海》释为："《左传·宣公三年》：'楚子伐陆浑之戎，遂至于雒，观兵于周疆。定王使王孙满劳楚子，楚子问鼎之大小轻重焉。'三代以九鼎为传国宝，楚子问鼎，有觊觎周室之意。后遂以'问鼎'比喻篡夺。《晋书·王敦传》：'有问鼎之心，帝畏而恶之。'"文中讲到"地名学"，这与"问鼎"何涉？这个词明显是误用了。

2. 第7页倒数第7行载：夏言"于嘉靖13年（1530）在广信府为他敕建府第"。文中"嘉靖13年"应作"嘉靖十三年"，此年为1534年；而1530年为嘉靖九年，不知到底是要讲嘉靖九年还是嘉靖十三年？

3. 第13页第1行载："沿江形成了一息？乱糟糟的棚户带。"文中"沿江形成了一息？"句不知何意，依下文之意，可能是"沿江形成了一片乱糟糟的棚户带"。

4. 第29页倒数第12行载："明朝中期，规定内阁大学士必须由尚书担任，官居一品。"文中所言明朝的这一规定是不存在的，恰恰相反，入阁任大学士的多不是尚书；中后期虽有尚书入阁，但均不得再兼任尚书，实为遏制相权。以明中期成化朝为例：二年，刘定之以太常寺少卿兼翰林院侍读学士入。三年，商辂以兵部左侍郎兼学士入。五年，万安以礼部左侍郎入。十一年，刘珝以吏部左侍郎入，刘吉以礼部左侍郎入。二十二年，尹直以户部左侍郎入。二十三年，徐溥以吏部左侍郎入，刘健以礼部右侍郎入。其间并无一人以尚书入阁。至弘治四年，丘濬以太子太保礼部尚书入，史籍记载这是明代以尚书入阁之始，但他当时并未实任礼部尚书，只是以礼部尚书衔入阁，这时担任礼部尚书的是耿裕。另外，当时的尚书也不是"官居一品"，只是二品而已，详见本节第二辑第4条所证。

5. 第29页倒数第6行载："明神宗万历帝在位四十四年，就有二十几年没有上过朝。"据《明史》，明神宗年号万历，1572年登基，1620年驾崩，在位48年，这个"在位四十四年"是误记了。

6. 第29页倒数第5行载："从明宣宗（1465）到嘉靖（1621）的160多年中，皇帝没有召见过大臣。"明宣宗登基不在1465年，而是1425年，1465年是明宪宗成化元年。嘉靖帝登基也不在1621年，而是1521年，1621年是明熹宗天启元年。即便从明宣宗登基的1425年，至嘉靖帝登基的1521年，也只有96年，何来"160多年"？从明宪宗元年的 1465 年，到嘉靖帝登记基的 1521 年，只有 56 年，也不可能是"160 多年"。故不知这个"160 多年"是从何而来？同时，不管是从宣宗到嘉靖初年，还是从 1465 至 1621 年，都不曾出现"皇帝没有召见过大臣"的情况，这一情况只出现在嘉靖后期和万历中后期的特殊阶段。故这段记述缺乏史实依据。

7. 第 30 页倒数第 3 行载：杨时乔的《三几九弊三势疏》："'夫几者何也？理之著动之微，所谓念头事端，实治乱安危之托始者也。惟圣人知而慎之防于未估斯。去乱即治，舍危就安言乎！'简而言之，就是'去乱舍危，治国安邦'。为此，皇帝必须做到三点：（1）'朝讲日勤为慎于德之几'。皇帝应以奋自强，'鸡鸣临朝，务尽咨询政事之评，事毕御讲务尽究穷理之要'，就能'德日进。业日广，而帝王可诏轨矣'。（2）'票拟亲裁为慎于出令之几'。皇帝'对奏章务必面议，批答亦须亲笔，须令议尽天下之公，仍择其是者细究利弊所在，明白的确然后施行'。（3）'闻言力行为慎于图政之几'。'治道在臣言君听，听言知易行艰自昔。贤君乐闻戒勉之言。'今勉言者，在勤政、讲学、敬天、法祖、节用、爱士、重农、备武'。'戒者在声色、货利、土木、神仙、游玩、骑射'。"这一大段读来艰涩难懂，只因断句、标点有误，且有错漏字。对照《皇明经世文编》卷 54《新刻杨端洁公文集》卷 1 杨时乔的原文，此段理顺后可为："夫几者何也？理之著，动之微，实治乱安危之托始者也。惟圣人知而慎之，防于未然，斯去乱即治，舍危就安。言于今者三：简而言之，就是去乱舍危，治国安邦。为此，皇帝必须做到三点：一曰朝讲日勤，为慎于修德之几。臣闻周宣王早朝晏罢，奋发自强，鸡鸣而临朝，务尽咨询政事之详；事毕而御讲，务尽究穷义理之要，就能德日进，业日广，而帝王可诏轨矣。"（2）票拟亲裁，为慎于出令之几。皇帝凡奏章要须面议，批答亦须亲笔；即命票拟，亦须令议尽天下之公，仍择其是者，细究利弊所在，明白的确，然后施行。（3）闻言力行，为慎于图政之几。治道在臣言君听，听言，知易行艰。自昔贤君，乐闻戒勉之言。今进言勉者在勤政、讲学、敬天、法祖、节用、爱士、重农、备武；戒者在声色、货利、土木、神仙、游玩、骑射、拒谏、启宠。"

8. 第 31 页倒数第 8 第载："杨时乔把'三势'喻为人体：'宦侍者腹心也；宗藩者骨肉也；边境者皮肤也。一有疾焉即身不安，三者皆病，甚何以堪兹？'"，对照原文，文中"甚"字为"其"字之误，似应标点为："杨时乔把'三势'喻为人体：'宦侍者腹心也，宗藩者骨肉也，边境者皮肤也。一有疾焉，即身不安，三者皆病，其何以堪兹？'"

9. 第 67 页第 13 行载："一无（无起动资金）的单位。"依文意，其中"无起动资金"疑为"无启动资金"之误。

10. 第 67 页倒数第 2 行载："上饶各县（市）建成的水电工程建设都在她的主持下开展的。"前有"建成"后又有"建设"，似重复。如改成"上饶各县（市）建成的水电工程项目，都是在她的主持下开展的。"

11. 第 73 页第 4 行载："二是刊登影视歌舞明星的奇文轶事。"文中"奇文轶事"，依文意疑是"奇闻逸事"之误。

12. 第 86 页第 4 行载："时任地区革委会书记的军分区政委王瑞卿同志。"文中"地区革委会书记"的职务有误，其时上饶军分区政委王瑞卿所任是"上饶地委书记、地区革委会主任"。

13. 第 88 页第 11 行载："晚上排练，经常停电，便点上腊烛挑灯夜战。"句中的"腊烛"当为"蜡烛"之误。另外，挑灯是指旧时点油灯，须不时挑起灯芯，使灯光加亮。既然是点蜡烛，不是点油灯，就连电灯也没有，与灯搭不上边，何谈"挑灯夜战"？不如直言"秉烛夜战"。全句可改为"晚上排练，经常停电，便点上蜡烛，秉烛夜战"。

14. 第 95 页第 2 行载："建团四十周年团庆，这一天，差不多的新老同志，差不多曾关心过剧团的各方领导，齐集一堂。"这两个"差不多"用在这里，不知何意，是不是想说那天新老同志和"曾关心过剧团的各方领导"差不多都到齐了？如此似可改为"这一天，团里的新老同志和曾关心过剧团的各方领导，差不多都来了，齐集一堂"。

15. 第 109 页倒数第 5 行载某领导"在铅山考察了手工造纸及连史纸生产。工艺时说"。全句意思令人难解，据文意，"考察"后的"了"字是衍文，"连史纸生产"后的句号亦是多余的，不应与下文的"工艺"断开，如改成"在铅山考察手工造纸及连史纸生产工艺时说"即可。

16. 第 119 页第 3 行载："上海市博特馆还派人到铅山寻找连史纸。"文中的"博特馆"，依文意疑为"博物馆"之误。

17. 第 126 页第 9 行载："自古，'铅山唯纸利天下'。（明《明史·铅书》）。"因引文录自《铅书》，标成"明《明史·铅书》"，不妥当，应标成"（《铅书》）"；后引号前的句号应删去。

18. 第 128 页第 5 行载传主"早年留日时加入同盟会，投身民主革命活动，辛亥回国"。文中的"辛亥"是个天干地支组合符号，可标示年，亦可标示日。依文中之意，可能是辛亥革命时回国，为免生歧义，应标为"辛亥年回国"。

19. 第 128 页第 8 行载："1927 年'四一二'政变后，愤而隐退，在民间筹办常玉汽车路股份有限公司，任董事长，为开创人民交通事业，发展民生经济作出了贡献。"文中称传主在 1927 年蒋介石发动反革命政变后筹办常玉公路，是"开创人民交通事业"，此说不妥。这一公司是募集民间资本而开办的民营公路，从常山到玉山，延伸到广丰，从性质上讲，还不是"人民交通事业"。称之"为开创地方交通事业，发展民生经济作出了贡献"较为妥帖。

20. 第 128 页第 10 行载："亲赴驻地，甘冒风险，以辛亥元老身份公开支持新四军北上。"文中的"驻地"缺乏明确指向，易生歧义。事实上当年传主是亲赴铅山石塘而采取这一行动的，故不如直书"亲赴铅山石塘"，或称"亲赴铅山新四军驻地"亦可。

21. 第128页倒数第3行称：传主"他鼓励帮助八弟后来留学土木工程专业，得硕士学位，回国后，先在詹天佑主持的京张铁路任工程师，后全力支持兄长办常玉汽车路公司"。文中的主语是"他"，即传主，而后述的内容却是传主的八弟，故难以读懂，且表意混乱。如把"他鼓励帮助八弟后来留学土木工程专业"，改成"八弟在他的鼓励帮助下，后来留学攻读土木工程专业"，再接"得硕士学位，回国后，先在詹天佑主持的京张铁路任工程师，后全力支持兄长办常玉汽车路公司"，这样就把主语变成了"八弟"，全句就通顺了。

22. 第129页第2行载："少年俞应麓遵从父命就读于私塾随着当时西学东渐的新思想的影响。"这里在"私塾"后应加一逗号，"西学东浙"疑是"西学东渐"之误。全句为："少年俞应麓遵从父命就读于私塾，随着当时西学东渐的新思想的影响。"

23. 第129页第4行载："悄悄从数学、自然、地理等科学知识吸取着营养，问时开始倾慕汉书记述杨震的节操，文天祥、岳飞的忠君报国热肠。"文中"科学知识"后应加一"中"字；"问时"疑是"同时"之误；"汉书"应加上书名号"文天祥"前应加上"及宋代"三字。全句应为："悄悄从数学、自然、地理等科学知识中吸取着营养，同时开始倾慕《汉书》记述杨震的节操，及宋代文天祥、岳飞的忠君报国热肠。"

24. 第130页第6行载："俞应麓和李烈钧、彭程万等国民党重要骨干仍追随孙中山再度流亡日本。随孙中山召开机密的决策会议，研究回国如何继续革命。""流亡日本"后的句号应改为逗号，"随"字应改为"参加"。全句修改后为："俞应麓和李烈钧、彭程万等国民党重要骨干，仍追随孙中山再度流亡日本，参加孙中山召开机密的决策会议，研究回国如何继续革命。"

25. 第130页倒数第10行称传主1911年离开日本回国后，其夫人安间依姬"忠贞而艰难地在日本故乡抚孤长成"。"孤"是指幼而无父者，或幼年失去父母之人。当时其子父母俱在，只是与父离隔，不能称之曰"孤"，改成"抚子长成"即可。

26. 第166页第3行载：胡"润芝先生一生清寒。至今仍是如此"。"一生"，据《辞海》等工具书的解释，是指人的"从生到死，一辈子"。此文作于胡先生辞世前11年，文中亦称其"至今仍是如此"，可见先生健在，故称之"一生"恐有不妥。应为"一身"才是。

27. 第166页倒数第7行载："可喜的是其次子胡志颖已能续其衣。"此处后空一格，依文意"衣"字后应是一"钵"字，疑是付印时未能打出。第167页亦有一处如此。

28. 第169页第12行载："润芝先生少时家贫，幼年失恃。"据本辑第157页介绍，其"生父是一位贫苦农民，去世时他还没有出生……刚刚熬到十三岁，赖以护持的母亲又撒手西去"。可见他是一个遗腹子。"失恃"指母亲去世，13 岁应当不是幼年了，故应称"年少失恃"才是。

第四辑　2008 年 10 月

1. 第 21 页倒数第 8 行载："闽北起义有二个地区：一个是崇安上、下梅起义，一个是铅山、石圹起义。"文中的"铅山、石圹起义"，看起来好像是两地起义，故"铅山"后的顿号应删除，直书"铅山石圹起义"才是。

2. 第 32 页倒数第 7 行载："工交部长张值基为副主任委员。"据《中国共产党江西省上饶地区组织史资料》，时任工交部长名"张植基"，其中"植"字误成了"值"字。

3. 第 33 页倒数第 2 行载："保留政教、中语、教学专业。"依后文"并并入被同时撤销的原抚州赣东大学中文、物理、数学等三个专业"，故句中的"教学专业"疑为"数学专业"之误。

4. 第 39 页第 4 行载："众多市民纷纷进入站台，见证自 2004 年开始征地，总投资 7.91 亿元的新火车站正式启用后的第一趟火车。"句中的"见证"与下文的"第一趟火车"不能搭配，要么是见证"新火车站正式启用"，要么是见证"新火车站正式启用后的第一趟火车进站"，句末加上"进站"二字即可。

5. 第 40 页第 11 行载："一个曾经跨越两个世纪的上饶老火车站正式退出历史舞台。"句中"跨越两个世纪"会使人误以为跨越了 200 多年，其实上饶火车站 1936 年建成，2007 年结束使命，只经历了 71 年，但却跨越了 20 世纪到了 21 世纪，故称"一个曾经跨世纪的上饶老火车站"更为贴切，且不至产生歧义。

6. 第 47 页第 1 行载："员工罹口口水灾疫疠而殉职者不下二千余人。"这里的两个口字令人难解，可能是此两字不清或未能打出，这应标为"□□"，不可标为两个口字。然而据前页有"两年中筑路员工死于战争、水灾、疫疠者两千多人"句，故这"口口"疑是"战争"之误，全句当作："员工罹战争、水灾、疫疠而殉职者不下二千余人。"

7. 第 48 页第 10 行载："对曾经在罗桥、横峰、弋阳各站工作过的老同志、老工人中进行调查。"句中"老同志、老工人"这种并列不妥，"老工人"难道不能称为"老同志"吗？猜作者原意是想讲"老干部"，这与"老工人"是可以并列的，故当改为"老干部、老工人"。

8. 第 53 页倒数第 5 行载："上饶车房职工在解放前。"句中"上饶车房"依文意疑是"上饶车站"之误。

9. 第 55 页倒数第 11 行载："日军先用飞机和火炮轰炸，分别从玉山和浙江江山入侵广丰很快，广丰 25 个乡镇、29168 户居民相继沦陷。"这一段缺少断句，难以卒读。应在"入侵广丰"后加一逗号以断句，全句断成"日军先用飞机和火炮轰炸，分别从玉山和浙江江山入侵广丰，很快，广丰25个乡镇、29168户居民相继沦陷"。

10. 第88页第8页载：1927年上海发生反革命政变后，"汪辰等幸存的革命党人急于与中央取得联系"。"革命党"是指从事推翻旧政权的政党，国内专指辛亥革命时期的国民党和后来的共产党，含义较广。此时汪辰等早在1926年前就参加了共产党，再说他们是革命党人，就太宽泛了，易起误解，不如直言"汪辰等幸存的共产党人"更为明确无误。

11. 第88页倒数第2行载："1932年4月他回到苏区担任土地部长负责经济工作，同年12月在横峰的一次反'围剿'战斗中不幸牺牲。"当时全国有六大苏区，这里的"苏区"指向不明。据后文所述，当写成"赣东北苏区"为是。

12. 第89页第2行载："一个普通的乡下教书先生用这么短的时间内完成从一个青年到一个职业革命家的转变。"句中"用"与"内"不能搭配，可把"用"改为"在"，全句为："一个普通的乡下教书先生，在这么短的时间内完成从一个青年到一个职业革命家的转变。"或前面保留"用"，而后面删除"内"，全句可为："一个普通的乡下教书先生，用这么短的时间完成从一个青年到一个职业革命家的转变。"二者均能通顺达意。

13. 第89页倒数第2行载："1927年任鄱阳县委书记这是中共鄱阳县第一任县委书记。"句中"这是"前脱一逗号，否则无法一口气把这段话念下来。另句中"中共鄱阳县"的提法不妥，应改为"中共鄱阳县委第一任书记"。

14. 第90页第3行载："1929年至1937年间他在日本东京工业大学毕业，在日本东京帝国大学攻读博士。"读大学毕业的时间只能是在某年，不可能在"1929年至1937年间"。据文意，这段话欲表达的意思可能是："1929年至1937年间，他在日本东京工业大学毕业后，又在日本东京帝国大学攻读博士。"通顺是通顺了，但不知是否猜对了？

15. 第101页第3行载："浙赣铁路，是在1933年11月从杭州开通至玉山，1934年7月玉山延伸到南昌。"句中"1934年7月"后应加一"由"字，成为"1934年7月由玉山延伸到南昌"。

16. 第101页第7行载："1937年7月7日，日本发动全面侵华战争，8月13日，日军侵犯上海，浙沪战争开始。"句末的"浙沪战争"，应为"淞沪抗战"之误。

17. 第101页倒数第11行载：浙赣线上"大批兵员、军用物资不断地输往战场，这就为日本侵略者视为轰炸的重要军事目标"。后句中的"为"与"视为"搭配不妥，应改为"被"与"视为"搭配，后句成"这就被日本侵略者视为轰炸的重要军事目标"。

18. 第101页倒数第8行载："铁路工人英勇奋战，昼夜维修，火车司机开着车头时而前进，时而后退的办法与日机周旋，保持了线路的畅通。"句中"时而前进，时而后退的办法"缺少主语，应在前加一"以"字，成"火车司机开着车头，以时而前进、时而后退的办法与日机周旋"。

19. 第109页倒数第8行载："《工农读本》是当时国内根据地唯一一本苏区教材。"这一说法不妥。据有关资料，毛泽东不仅制定了苏维埃的文化教育方针政策，还亲自兼任苏维埃大学的校长，办起了各种训练班和学校，并担任教学工作，撰写了在苏大的讲义《区、乡苏维埃怎样工作?》徐特立为农校编写了《农业常识课本》一书。小学教材有中央教育部在1933年编订的《共产儿童读本》（六册），湘赣苏教育部出版的《列宁初级小学适用常识读本》，还有中央和各省苏维埃文化教育部门编订的《竞争游戏》《少队游戏》《儿童游戏》《儿童唱歌集》等。社会教育教材则有教育部编订的《夜校识字班教材和宣传材料》等。红军教育教材则有中华苏维埃中央军委出版的《识字课本》，中国工农红军总政治部编订的《红军识字课本》，中央军事政治学校编印的《红军教育与管理》等。干部教育教材则有中央教育部编订的《共产党、共青团、儿童团讲授大纲》《苏维埃政权》《土地问题》《算术常识》《自然常识》《理化常识》《地理常识》《生物常识》《农业常识》（上、下册）等。专业教育教材则有《看护教科书》（三册）等。如此众多的苏区教材，怎能说《工农读本》"是当时国内根据地唯一一本苏区教材"?

20. 第110页第1行载："并在根据地内开展了一场轰轰烈烈的群众性的扫盲识字的初级教育运动，作为革命教材的《工农读本》，就是这场群众性的教育运动的直接产物。"文中"的"字用得太多，读来艰涩拗口，如减少一些，似更通顺："并在根据地内开展了一场轰轰烈烈的群众性扫盲识字初级教育运动，作为革命教材的《工农读本》，就是这场群众性教育运动的直接产物。"

21. 第110页倒数第3行载："节选的内容保持原来的内容敬请广大读者……"句中"敬请"前应加一逗号，把句子断开，否则难以一口气读完。

22. 第156页倒数第5行称武宗皇帝1505年登基时年"14岁"。据《明史》，武宗皇帝出生于弘治四年（1491），弘治十八年（1505）继位，时年15岁。按明代在记述事主年龄时，通常都以虚龄计。当然，此处要按足岁计也未尝不可，但要注明是周岁，否则容易引起混乱。

23. 第156页倒数第3行载："弘治的老子成化的皇后万氏年轻时救助过成化，她比皇帝大了19岁，小产过一次，没有子嗣。"这段记述多处失实：据《明史》等史料，弘治帝的老子是宪宗皇帝，或称成化帝，万氏是成化帝的贵妃，而不是皇后。万贵妃是山东诸城人，4岁被选入宫，为宪宗生母孙太后的宫女，年轻时并没有什么"救助"过宪宗的经历，只是在宪宗幼小时就开始侍候他，故帝从小就对她产生了依恋。宪宗18岁即位，万氏已35岁，大帝17岁，而不是19岁。但她为人机警，善迎帝意，被封为皇贵妃，遂谗废皇后吴氏，得帝专宠，六宫希得进御。帝每游幸，妃戎服前驱。但因年岁已大，成化二年（1466）产下皇第一子，且被封为皇太子，但旋即夭折后，妃遂不复娠，可见并不是"小产过一次"。然帝犹专宠不已，妃益骄，中官用事者一忤其意，立见斥遂。宫中御幸有身者，被其用药伤坠者无数。

24. 第 157 页第 1 行载："弘治是偷偷地生下来的，一直到 5 岁成化皇帝才知道自己有这么一个儿子。"据《明通鉴》卷 33 载：成化十一年"五月丁卯，始召见皇子于西内。上自悼恭太子薨，恒郁郁不乐。一日，召太监张敏栉发，照镜叹曰：'老将至而无子。'敏伏地曰：'万岁已有子也。'上愕然，问：'安在？'对曰：'奴言即死，万岁当为皇子主。'于时太监怀恩侍，叩首曰：'敏言是，皇子潜育于西内，今已六岁矣，匿不敢闻。'上大喜，即日幸西内，遣使至安乐堂迎皇子"。弘治帝于成化六年（1470）生于西内，成化十一年（1475）被父皇知晓，并被立为皇太子。可见此时他已 6 岁了，而不是 5 岁，当然，与同本辑第 23 条所述，这是按照明代通行的计龄方法计算的。

25. 第 157 页第 6 行载：为镇压王浩八起义，"连忙派重兵镇压，把兵部尚书陈金都用上了"。据《明史》"陈金本传"及《武宗实录》等史料，陈金正德六年是以"左都御史总制江西军务"衔在江西主持镇压农民起义的，他在之前和之后均未任过兵部尚书，这里是误记了。

26. 第 157 页第 10 行载："武宗皇帝，也就是正德皇帝（武宗是帝号，正德是年号）。"括号中的"帝号"是封建专制社会对最高统治者皇帝的称号，包括谥号、庙号、年号和尊号。"庙号"是皇帝死后在太庙里追加的称号，如正德皇帝庙号武宗，他父亲弘治皇帝庙号孝宗，他的继任者嘉靖皇帝庙号世宗。故"武宗"是庙号，而不是"帝号"。

27. 第 157 页第 11 行记述了太监刘瑾参与给万年建县取名之事，称"他一知道新建的县要起一个县名，马上就意识到一个拍马屁的机会来了。他脑子一转，当即跪伏于地：启奏皇上，为保我们大明江山永固万年，臣建议将新建之县起名万年"。据《明史》，此事发生在正德七年（1512），而在此两年前的正德五年（1510）刘瑾就已被武宗处死，故这一情节不是史实，纯属杜撰。

第五辑 2009 年 3 月

1. 第 88 页第 13 行载："除负责修理机车设施、车轮外，还担负了一定的枪枝弹药修建任务。"依文意，句中"枪枝"当为"枪支"之误，"修建"当为"修造"之误。

2. 第 90 页第 11 行载："同年 3 月 1 日，同民党交通部，宣布铁路分区浙赣区铁路管理局设在杭州。"依文意，句中"同民党"疑是"国民党"之误；此处如用"国民政府交通部"岂不更确？

3. 第 92 页摘录玉山铁路殉职员工纪念碑文："东南半壁江山，惟持浙赣铁路，独负输将之责。蜿蜒百节，冲烽烟而龙跃，关山万里，刻漏以峻奔。"无法对照原文，仅依文意，句中"惟持浙赣铁路"疑是"惟恃浙赣铁路"之误。"刻漏"后疑脱一字。全句当是："东南半壁江山，惟恃浙赣铁路，独负输将之责。蜿蜒百节，冲烽烟而龙跃；关山万里，刻漏□以峻奔。"

4. 第96页第9行载："电请铁路当局采纳言派员勘察外，拟请钧座俯念交通大计，值此尚未修筑之时，准予请改路线，国计民生实得利。"此段因脱字及标点不准，难以卒读。对照原文，应为"电请铁路当局采纳刍言，派员勘察外，拟请钧座俯念交通大计，值此尚未修筑之时，准予转请改路线，国计民生实得利赖"。

5. 第97页摘横峰县政府的电文："谁知道近日以来，改线之说又甚嚣遐迩诸击击旦有，已实行测量之说。"句中"甚嚣遐迩"后可加一逗号以断句，可后面"诸击击旦有"数字，令人难以理解。

6. 第97页倒数第7行载："我们可以看出铅山县政府当时组所织成立的协进委员会。"句中"组所织"一词不知何意，疑为"组织"二字，"所"字是衍文；全句可为："我们可以看出铅山县政府当时组织成立的协进委员会"。

7. 第98页第5行载："委员会下设筹捐组、总务组、财务组。"句中的"筹捐组"不知何意？

8. 第101页第11行载："宿士平也于1940年6月在金华被国民党特务逮捕，关押上饶中集中营。"末句"关押上饶中集中营"令人难解，疑是"关押在上饶集中营"之误。

9. 第104页第2行载："共产党齐景春、又名齐克璋。"句中"共产党"后疑脱一"员"字，顿号可改为逗号。全句应为"共产党员齐景春，又名齐克璋"。

10. 第130页第12行载：鄱阳郡"从此在近两千多年里，成为赣东北地区的重要政治、军事、经济、文化中心。"句中"近两千多年"中的"近"与"多"在此连用，不妥。"近"则不够，"多"则有余，要么"近两千年"，要么"两千多年"，不可前后矛盾。

11. 第131页倒数第11行载："丰城张巷乡白马寨人张宗枉，随同乡到鄱阳谋生……张宗琳去世后，第二代传人张义仿。"依文意，前"张宗枉"，后"张宗琳"应是同一人，二名孰是？

12. 第151页倒数第4行载："同年12月17日，方志敏赶到葛源，在万年县召开了六千多人参加的大会。"这段话令人难以理解，怎么"赶到葛源"，又"在万年县召开六千多人参加的大会"？葛源与万年县两地相隔很远，以当时的交通、通信条件，不可能在同一时间发生这种情况，故疑有误。据称葛源有个"万年台"，这"万年县"有可能是"万年台"之误。

13. 第155页第9行载："葛源位于德兴、横峰、弋阳和上饶四县交界处，是赣东北纵横南北的交通要道。"葛源处于四县交界之地不假，但要说它是"赣东北纵横南北的交通要道"，则有违事实。葛源毗邻德兴、上饶、弋阳，四周俱是大山，交通闭塞，唯如此，它才能成为红军武装割据的根据地。如在交通要道，国民党岂能容它存在，很快就会被剿灭。不仅葛源，当时就是其他根据地，也是利用这一地理条件进行工农武装割据的。故文中的这一表述是不妥的。

14. 第 158 页第 2 行载："葛源迈还开设各种形式的训练班，籍以提高党员的思想觉悟和理论水平。"依文意，"葛源"后的"迈"字疑是衍文；"籍以"的"籍"是"藉"之误，"藉"是"借"的意思，而"籍"无此义。

15. 第 159 页倒数第 12 行载：在葛源"省军事委员会、军区司令部、少年先锋队部队等均在此驻扎"。句中"少年先锋队部队"，依文意，疑为"少年先锋队部"之误。

16. 第 159 页倒数第 6 行载："一九二九年十月创办的信江军政学校随着省委机关迁来以后，改为中国工农红军第五分校。"句末的"中国工农红军第五分校"，疑是"中国工农红军学校第五分校"之误，文中脱"学校"二字。

17. 第 174 页第 5 行载"《劳动部训令》、（第一号）"。句中（第一号）前的顿号应删除，改成"《劳动部训令》（第一号）"。

18. 第 174 页第 12 行载："《青年实话》1—6、9 期，是共青团闽浙赣省委编印的机关刊物，于 1993 年 3 月出版发行。"句中"1993 年"疑为"1933 年"之误。第 175 页第 11 行的"1993 年"亦是"1933 年"之误。

19. 第 175 页倒数第 9 行载："培养青年群众和多儿童使成为苏维埃建设的工程师是目前苏维埃文化教育的主要任务。"句中的"多儿童"不知何意？疑是"少年儿童"之误。"工程师"后应加一逗号，以断句，否则一口气读不了，也影响意思的表达。

20. 第 176 页第 7 行载："体现了闽浙赣苏区的革命文化建设和文泛开展的群众性文化教育活动的鲜明的革命性……"句中的"文泛开展"，依文意疑是"广泛开展"之误。

21. 第 188 页倒数第 4 行载："暂把反动派，坚决消灭尽。"句首"暂把"，据文意，疑为"誓把"之误。

22. 第 190 页倒数第 6 行载"《历史上的父子宰相——张英、张迁玉》"。依文意，句中的"张迁玉"疑为"张廷玉"之误。

23. 第 196 页第 9 行载："长篇小说《啼笑因缘》。这部小说描写的是到北京求学的杭州青年樊家树和在北京天桥唱大鼓书的姑娘沈风喜这对恋人被军阀刘某拆散，风喜被迫致疯的凄惨故事。"句中两个"风喜"均是"凤喜"之误。

第六辑 2009 年 7 月

1. 第 3 页倒数第 8 行引《韩诗外传》卷 5 的文字："成王之时……越裳氏重九译而献白雉于周公，曰'吾受命国之黄发曰，久矣天之不迅风疾雨也，海不披溢也，三年于兹矣，意者中国殆有圣人，盍往朝之，于是来也'。"这段引文难以读懂，疑摘录、标点有误。对照《四库全书》中《韩诗外传》卷5而重加断句，原文应为："成王之时，有三苗贯桑而生，同为一秀，大几满车，长几充箱。成王问周公曰：'此何物也？'周公曰：'三苗同一秀，意者天下殆同一也。'比几三年，果有越裳氏重九译而至，献白雉于周公。道路悠远，山川幽深，恐使人之未达也，故重译而来。周公曰：'吾何以见赐也？'译曰：'吾受命国之黄发曰：久矣，天之不迅风疾雨也，海不波溢也，三年于兹矣，意者中国殆有圣人，盍往朝之，于是来也'周公乃敬求其所以来诗，曰'于万斯年，不遐有佐'。"原来引文不全；"越裳氏重九译而"后脱一"至"字，影响断句；"海不披溢也"中的"披"字是"波"字之误，造成文意错乱。

2. 第4页第4行载："越裳氏在不断迁徙中仍然形成了向朝庭进献白雉的常例。"句中的"朝庭"疑是"朝廷"之误。

3. 第6页第14行载："唐贞元进士李翱唐元和四年（809）正月乙未日起从东都（洛阳）出发。"整段话不加断句，难以一口气读完。据文意，似应断成："唐贞元进士李翱，唐元和四年（809）正月乙未日起，从东都（洛阳）出发。"

4. 第6页倒数第3行载："长久以来这都是一条贯通南北的官商大道，担负着繁忙的槽运、驿运、商运和军运的重任。"句中"槽运"，依文意，疑是"漕运"之误。

5. 第6页倒数第1行载："这种情景在上饶境内一直持续到19世纪下半叶的民国初年。"中华民国元年即1912年，应为20世纪，怎会是"19世纪下半叶的民国初年"？再说民国自1912年至1949年，其初年不可能是"下半叶"，疑是"上半叶"之误。

6. 第10页第13行载："山西茶邦因茶叶贸易获利巨大。"句中"山西茶邦"，依文意疑为"山西茶帮"之误。

7. 第16页第14行载："东南部的武夷山脉，是闽赣两省的天然通道，也是陆上的交通命脉。"武夷山脉横亘闽赣两省，不管是陆上还是水上，交通都十分艰难，没有"天然通道"，只是"天然屏障"。至于它成了两省交通的命脉，那是政治、经济、军事的需要，是人为而成的。故它不是"天然通道"，却是"重要通道"。

8. 第17页第3行载："婺源与乐平、浮梁三县地域，犬牙交错。"句中提到"三县"，却只有两县名，对照《上饶地区志》原文，是"婺源与浮梁、乐平、德兴三县地域，犬牙交错"，原来这里是漏掉了"德兴"二字。另外，"地域"后的逗号可删除。

9. 第22页第9行载："左宗棠与广信知府沈葆桢都坐阵指挥。"句中的"坐阵指挥"，依文意，疑为"坐镇指挥"之误。

10. 第22页倒数第11行载："民国六年（1917）至民国二十四年（1935），方志敏在上饶成立了闽浙赣苏维埃政府，以上饶为中心根据地，与国民党展开了长达18

年的战斗。"这段叙述与史实多有不符：民国六年方志敏才 17 岁，哪有建立苏维埃政权的壮举？闽浙赣皖苏维埃政府起源于 1928 年方志敏领导的弋横暴动，后陆续成立了弋阳、横峰等苏维埃政权。至 1932 年 11 月，赣东北苏维埃政府才更名为闽浙赣苏维埃政府，驻地在横峰葛源枫林。至 1935 年 1 月方志敏在玉山被俘，前后 8 年，这里称"与国民党展开了长达 18 年的战斗"，也是不准确的。同时，弋横暴动也好，闽浙赣苏维埃政府也罢，都不是"以上饶为中心根据地"，因为以当时的条件，这是根本不可能的，而事实上也是以横峰葛源为中心根据地的。

11. 第 22 页倒数第 8 页载："民国二十八年（1939），抗日战争时期，国民党第三战区长官司令部由安徽屯溪迁来上饶，一直到民国三十四年迁出，历时 7 年。上饶成为是当时东部五省（江苏、浙江、安徽、江西、福建）的抗战指挥中心。"这一说法，笔者以为不妥。国民党的第三战区司令部成立于 1937 年 8 月，辖江苏、浙江两省，意在保卫首都南京和上海。首任司令是冯玉祥，淞沪会战时曾由蒋介石兼任，1938 年后均为顾祝同。此人是蒋介石的心腹，内战内行，外战外行，从江、浙退至安徽、江西，最后退到福建。讲到抗战，他乏善可陈，从未听说他有什么抗击日寇的壮举，倒是制造皖南事变的直接操盘手，在上饶建集中营残害新四军和抗日志士的魔头。讲他的司令部所在地上饶，是"当时东部五省的抗战指挥中心"，这缺乏史实根据。当时此五省的抗战指挥中心，应是新四军的军部驻地江苏盐城。

12. 第 27 页第 5 行载："这里山川秀现，气候温和。"句中"山川秀现"不知何意？据文意，疑是"山川秀丽"或"山川秀美"之误。

13. 第 27 页倒数第 11 行载："茶叶远销世界数十个国家和地区，为祖国统一国创下了大量外汇。"后句"为祖国统一国"中末尾的"国"字应是衍文。且把茶叶出口创汇与"为祖国统一"直接联系在一起，似太牵强。

14. 第 27 页倒数第 5 行载："区内山峦起优，水网纵横。"句中"山峦起优"，依文意，疑是"山峦起伏"之误。

15. 第 28 页倒数第 6 行载："宋景祐年间（1034—1038）以后，白水团茶、小龙凤团茶成为进贡朝廷的佳品。"这段引文摘自《铅山县志》卷 6，但在"宋景祐"后衍一"年"字，"白水团茶"前脱"铅山的"三字。当然，这并不会对原文造成太大的歧义，但在"宋景祐"后加一"年"字，成了"宋景祐年间"，这就更突出了是 1034—1038 年间的含义，与"以后"的时间概念相矛盾。这里似应直书"宋景祐以后"即可。

16. 第 29 页第 3 行载："宣宋大中年（公元 851）中国盐为国王之课税品。"句中的"宣宋大中年"教人看不懂，幸亏后面有（公元 851）的注释，查此年为唐宣宗大中五年，故此处应称为"唐宣宗大中五年"，却被误成了"宣宋大中年"这种叫人无法理解的说法。

17. 第 36 页倒数第 1 行载："民国期间，因为军阀混乱，日本帝国主义的大举略。"日本帝国主义有什么"大举略"？依文意，"略"字前疑脱一"侵"，应是"大举侵略"之误。

18. 第37页第7行载："据有关资料反映，婺源绿茶产生1922年面积为88693亩。"句中"产生"应是"生产"之误，唯如此，才能使人看得懂。

19. 第38页第1行载："加之货贬值，物价上涨。"句中"货贬值"难以理解，依文意，疑为"货币贬值"之误，"货"字后脱一"币"字。

20. 第38页第7行摘录了清光绪三十年铅山县梁树棠的上表："县属原本产茶，从前茶杯望而却步林立，自光绪二十年后，茶商歇业殆尽。"句中"从前茶杯望而却步林立"怎么也读不懂，因无法查对原文，故只好存疑。

21. 第38页第10行载："民国初期，经过一段时间的恢复。"河红茶叶"产理虽有所提高，销量亦有起色，至"民中10年……"这一段标点符号混乱，此处是照原样引录下的。句中"河红茶叶"前后的引号用反且不必用引号；"产量"之误；"民中10年"应是"民国十年"之误，且"民中10年"前的后引号应删除。

22. 第38页倒数第3行载："由于婺源绿在国内外享有的盛誉，无不令外国销费者对婺绿的喜好和钟情。"句中"婺源绿"，要不称"婺源绿茶"，要不简称"婺绿"，这"婺源绿"有点不伦不类。"销费者"应是"消费者"之误。后句"无不令外国销费者对婺绿的喜好和钟情"，读来也感别扭，全句应成："由于婺源绿茶在国内外享有的盛誉，无不令外国消费者喜好和钟情。"

23. 第39页第3行载："日本在非州的市场即我国绿茶所取代，如摩洛哥是世界是最大的绿茶消费国。"前句中"即我国"疑是"被我国"之误，或改为"即被"亦可。后句的"是最大"中的"是"字是衍文，或将其改为"上"字。全句可修改为"日本在非州的市场即被我国绿茶所取代，如摩洛哥是世界上最大的绿茶消费国"。

24. 第39页第7行载："婺源这种超群的品质"，及第10行"婺源的外销价格"，第16行"婺源抽蕊售价"，第17行"婺源在国际市场销价"等中的"婺源"，均应是"婺绿"或"婺源绿茶"之误。

25. 第40页第3行载："税北为5%。"依文意，句中的"税北"，疑是"税率"之误。

26. 第40页第5行载："民国时其由于行政区划与现行不同。"句中的"民国时其"应为"民国时期"之误。

27. 第40页第7行称婺源茶叶各项指标都高于铅山、德兴两地，"茶税征亦大于两地"。这个"茶税征"也是教人看不懂的。故疑其为"茶税征收"之误。

28. 第40页列有德兴、河口两地茶税征收情况表格，在第10行称："特列表附扣，以供参考。"文中的"附扣"亦是令人难解，疑是"附后"之误。

29. 第40页倒数第5行载："中华人民共和国成立后，新社会主义经济基础和生产的建立。"后句疑为"新的社会主义经济基础和生产关系的建立"之误。

30. 第42页第12行称：省委书记杨尚奎"到婺源茶区考察和调查研究扣指示"。句中的"扣"字，依文意，疑为"后"字或"时"字之误。

31. 第43页第3行载：婺源"县委、县政府作出《关于进一步发展茶叶生产的决定》，提出对茶叶和平要'四抓四促'"。句中"对茶叶和平要'四抓四促'"不知何意，依文意，疑为"对茶叶生产要'四抓四促'"之误。

32. 第44页第1行载："婺县委、政府实施了茶叶生产工艺'7361'工程。"依文意，句首"婺"字后疑脱一"源"字。

33. 第44页倒数第8行载："这时原茶叶生产和税收，不仅为社会主义现代化建设作出了贡献，所创出的名茶也为祖国赢得了荣誉。"句首"这时原"，依文意疑为"这时期"之误。

34. 第46页第8行载："往事历历，索绕脑际。"句中的"索绕"，依文意，疑为"萦绕"之误。

35. 第52页倒数第12行载："他用了最大力气说了这句话，就剧烈地咳嗽，呼吸稍平静扣，转脸对妈妈说。"句中"稍平静扣"，令人难解，依文意，疑为"稍平静后"之误。

36. 第55页倒数第10行载"《毛泽东同志听完略加思索后说"。句首的前书名号应是衍文；"听完"后应加一逗号以断句；全句应为："毛泽东同志听完，略加思索后说。"

37. 第56页倒数第11行载：黄永辉任"中共浮梁地委记员"。依文意，此应为"中共浮梁地委书记"之误。

38. 第56页倒数第7行载：黄永辉"先后当选为中共七届全国人民代表大会代表"。句中"中共七届全国人民代表大会代表"的说法不伦不类，中国共产党的代表大会历来都称"次"，如"第一次""第十九次"；而中央委员会的历次全会则称"届"，如"七届二中全会""十九届六中全会"。故此处把"中共七届"和"全国人民代表大会"糅合在一起，是不通的，应是"中国共产党第七次全国代表大会"；解放后的"全国人民代表大会"是国家的最高权力机关，称"届"，这与党代会的"次"是两个不同用法的概念。据资料，黄永辉同志是中共七大、八大的代表，故此处应称"先后当选为中共七大、八大的代表"。

39. 第57页第9行载：人民解放军"在四百里正面上，从安徽歙县、江西上饶、贵溪为目标，多路追击溃逃的国民党部队"。句中"从"与"为"不搭配，应改为"以"；"歙县"后的顿号应改为逗号；即"以安徽歙县，江西上饶、贵溪为目标"。

40. 第58页第4行载："欲勾结鄱北土匪连续顽抗。"句中"连续顽抗"，依文意，疑为"继续顽抗"之误。

41. 第58页第9行载：解放军"从鄱阳饶埠李家渡假村口抢渡乐安河，迅速占领万年石镇街解除县保警队武装"。句中"李家渡假村口"中的"假"字疑是衍文。"石镇街"后应加一逗号。全句应为"从鄱阳饶埠李家渡村口抢渡乐安河,迅速占领万年石镇街,解除县保警队武装"。

42. 第68页倒数第10行载:1949年发布的《向全国进军命令》"署名是中国人民解放军革命军事委员会主席毛泽东,中国人民解放军总司令朱德"。文中《向全国进军命令》,原文是《向全国进军的命令》,脱一"的"字。当时毛泽东的署名职务是"中国人民革命军事委员会主席",句中的"解放军"三字是衍文。

43. 第73页第3行载:"《换了人间》的演出,震动了与会人员,好评如潮,被曰为放了一颗氢弹。"文中"被曰为"不好理解,依文意应为"被目为"之误。

44. 第74页第3行载:"时任地区革委会书记的王瑞卿政委。"句中"地区革委会书记"的职务有误,其时上饶军分区政委王瑞卿同志所任是"上饶地委书记、地区革委会主任"。详见第三辑第12条所证。

45. 第75页倒数第2行载:"对意识形态的亵渎越发扰乱了人们的思维。"句中的"亵渎",依文意,疑是"亵渎"之误。

46. 第80页第1行载:"1963年7月,剧团创作了反映共产主义劳动大学题材的大型观代戏《山绿人红》参加江西省新编现代戏汇演。"文中"大型观代戏",依文意,疑为"大型现代戏"之误,"现代"误成了"观代"。

47. 第81页倒数第2行载:"上饶茶剧团书记团长。"文中的"茶剧团"疑为"采茶剧团"之误。另"书记""团长"是两个职务,中间应加顿号。

48. 第88页第10行载:"《唐书》载:阎公太宗时任主任主爵郎中、刑部侍郎,(649年高宗即位)659年任将作少监。"据《旧唐书》卷77,阎立本所任是"主爵郎中",句中的"任主任"应是"历任"之误。句中的"刑部侍郎"为"刑部郎中"之误;"将作少监"为"将作大匠"之误。

49. 第90页第10行载:"米芾对怀玉砚作了中恳的评价。"句中"中恳",依文意疑为"中肯"之误。

50. 第90页第14行载:"庆元丁(1197)三月庚子。"文中的"庆元丁"不知何义?但后有(1197),查得此年是宋宁宗庆元三年,公历1197年,干支年是丁巳年。故此句应为"庆元丁巳(1197)三月庚子"。

51. 第92页第8行载:"怀玉研因受到阎立本等诸名家追捧,早以成为时人之掌上明珠。"句首"怀玉研",依文意,疑为"怀玉砚"之误。"阎立本等诸名家","等"和"诸"的意思重复,要不"等名家",要不"诸名家"皆可。"早以"疑是"早已"之误。全句应为:"怀玉砚因受到阎立本等名家追捧,早已成为时人之掌上明珠。"

52. 第93页倒数第2行载:"耐人导味。"这种说法让人莫名其妙;依文意,疑为"耐人寻味"之误;"导"与"寻"形似。故误。

53. 第 100 页第 7 行载："谨以浅识，披露如众。"句中"披露如众"，依文意，疑为"披露于众"之误。

54. 第 101 页第 1 行载："烦忧不惊，幽趣弥多，不精亚世外桃源。"末句"不精亚"不知何意？依文意，句中"精"字疑为衍文，"不亚"即可表原意。

55. 第 101 页第 9 行载："以符溪先生'香远而益清'之意。"句中"溪先生"未知何所指？但见后有引"香远而益清"句，（注：原文是"香远益清"）这是周敦颐《爱莲说》中的一句，故推此"溪先生"当为"濂溪先生"是也，句中"符"后脱一"濂"字，"远"后衍一"而"字。

56. 第 101 页倒数第 4 行载："从这些诗作的所涉及题材中。"此句读来拗口，"的"字所用不是地方，如改成"从这些诗作所涉及的题材中"，岂不更顺？

57. 第 101 页倒数第 1 行在讲到上饶的一些名胜湮没后，称"昔日繁华今天已经望尘莫及了"。句中"望尘莫及"这个成语，所表达的是远远追赶不上的意思，用在这里表达昔日的风景名胜已不再现了，不太妥帖，莫若改作"难觅其踪"如何？

58. 第 102 页第 4 行载："氏族繁盛，文脉昌隆，向未原族而居，安土重迁。"依文意，句中"向未"，疑为"向来"之误。即"向来原族而居，安土重迁"。

59. 第 102 页第 9 行载："1784 年 7 月叶书绅由朝庭廷特委以知县衙总运四川各县上贡京城的的楠木，交货时出现'价值短缺'而得罪。"句中"朝庭廷"中，依文意，疑衍一"庭"字。"以知县衙"疑为"以知县衔"之误。"上贡京城的的楠木"中衍一"的"字。"出现"前应加一"因"字。全句应为"1784 年 7 月，叶书绅由朝廷特委以知县衔总运四川各县上贡京城的楠木，交货时因出现'价值短缺'而得罪"。

60. 第 102 页第 11 行载："这种时候他已经没有告假处理表事的余地。"句中"处理表事"，依文意，疑为"处理丧事"之误。

61. 第 102 页倒数第 10 行载："1787 年才运低广信府。"句中"运低"，依文意，疑为"运抵"之误。

62. 第 103 页第 1 行载："这处宅基叫蔼曾非常喜欢。其自撰《新迁状元坊基宅记》云：'状元坊乃宋状之徐公元查杰……'"句首"这处宅基"后应加一逗号；"叫蔼曾"，依文意疑是"叶蔼曾"之误；"状元坊乃宋状之徐公元查杰……"，依文意疑是"状元坊乃宋状元徐公元杰……"之误。

63. 第 103 页第 7 行载："若夫继祖武而抿家声。"依文意，句中"抿家声"疑为"振家声"之误。

64. 第 104 页第 3 行载："今天的上饶就是在这些历史文化城基上建造起来的。"句中的"历史文化城基"，依文意，疑是"历史文化沉积"之误。

65. 第 104 页第 8 行载："因父勋援例诰授朝义大夫候选同知加四级。"句中"朝义大夫"，依文意疑为"朝议大夫"之误。

66. 第 105 页第 4 行载："此说荒廷无稽。" 句中的 "荒廷"，依文意，疑为 "荒诞" 之误。

67. 第 105 页倒数第 4 行载："在父母而前仍强装笑颜。" 依文意，句中 "在父母而前"，疑为 "在父母面前" 之误。

68. 第 106 页第 10 行载："过滟堆堆根时，船入大旋涡。" 依文意，句中 "滟堆堆"，疑为 "滟滪堆" 之误。滟滪堆，在白帝城下瞿塘峡口，是长江中的一大险境。

69. 第 106 页倒数第 6 行载："化千金葬好的坟……直可谓孝子贤孙。" 依文意，句首的 "化千金"，疑为 "花千金" 之误；后句的 "直可谓"，疑为 "真可谓" 之误。

70. 第 107 页第 7 行载："虽然父亲已经损俸补助过" 及第 10 行载 "曾损献店屋八间"。依文意，这两个 "损" 字，均为 "捐" 字之误。

71. 第 108 页倒数第 8 行载："于是除春秋祭祀 '仍必丰洁' 之处，只得 '闭门谢客'。" 依文意，句中的 "之处"，疑为 "之外" 之误。

72. 第 109 页倒数第 9 行载："可谓慷慨而能善和易，而能决择者。" 依文意，此句断句似有误，应断在 "而能善" 后；句末 "决择者" 中的 "择" 字疑是衍文。全句似应为："可谓慷慨而能善，和易而能决者"。

73. 第 109 页倒数第 3 行载："他甚至还在父亲出口办差的时候协商过雅州任上的政务。" 句中 "出口办差" 的说法十分别扭，易引起歧义，依文意疑是 "出口外办差" 之误，文中脱一 "外" 字。

74. 第 109 页倒数第 2 行载："当然最重要的还标两件事：一是买下状元坊，并进行增建政建；二是弥补了广丰石五都叶氏宗谱教百年的空白。" 依文意，句中 "还标两件事"，疑是 "还算两件事" 之误。"增建政建" 疑是 "增建改建" 之误。"二是" 后的顿号是衍文，可删除。"广丰石五都" 疑是 "广丰县五都" 之误。"教百年" 疑是 "数百年" 之误。全句应为："当然最重要的还算两件事：一是买下状元坊，并进行增建改建；二是弥补了广丰县五都叶氏宗谱数百年的空白。"

75. 第 110 页第 2 行载："如果说叶书坤几十年为国为民幸劳一生。" 依文意，句中 "幸劳"，疑是 "辛劳" 之误。

76. 第 110 页第 5 行载："老子是英雄，儿子亦是好汉，叶氏一脉这两代人做出了出色的楷模。" 句中 "做出了" 与后文的 "楷模" 不搭，不如改成 "做出了出色的业绩"，或 "成为出色的楷模"。

77. 第 110 页从第 10 行至页末一大段，如读天书，难解其意。如第 10 行 "乾隆 26 年率已 (1761) 挑发四川知县试用，富岳见"，句中的 "率已"，因有 "乾隆 26 年" 及 (1761) 的记述，应是 "辛巳" 之误，这两个 "26 年" 均应改为 "二十六年"。但这 "富岳见" 的意思就猜不出了。第 12 行 "曾被委派赴云南办理以需，在灌县县令时，因以不知县衙总运各府县赴京城以来南来短缺数目而丢官去任"。这里的 "以需" 亦猜不出何意。后面一大段，因在前第 102 页及后面第 112 页均有记述，说叶书坤以知县衔总运四川各县上贡京城的楠木，因交货时出现短缺而得罪丢官，不知为何此处会写成这般。第 14 行"后以两次金川军功劳绩复升重庆江北镇用知"，这个"用知"疑为"同知"之误。倒数第 9 行"抚血地震，堪造工程"，依文意，"抚血"疑为"抚恤"之误，但这"堪造工程"却又猜不透了。倒数第 9 行"总运台湾军粮获卓异正荐芋一，推利广西苍梧盐法道，乡试入围提调照护投诚安南阮藩入关"。这个"芋一"，疑是"第一"之误；但"推利"则不知何意？推测是"推任"之误；"乡试入围提调"，疑是'乡试入闱提调"之误；此下应加一逗号断句。句末则又不知何意了。据称这段"是叶书绅的墓之铭对他一生的简略介绍"，句中"墓之铭"应是"墓志铭"之误。当然，其他疑点，只有对照该墓志铭原文才能弄清楚。

78. 第 111 页第 13 行载："愧疚和悔恨常常索绕在心头。"依文意，句中"索绕"疑是"萦绕"之误。

79. 第 111 页倒数第 10 行载："这可能是高氟缺氧所至，那是会引发所病症的。"句中的"所病症"，不知是何意？亦需对照原文方能得解。

80. 第 111 页倒数第 7 行载："所以才使得皇上和上峰把他当一个工具来传回，无休止的用着，直到生死拉倒。"句中"来传回"及"生死拉倒"均不解其意？疑是"所以才使得皇上和上峰，把他当一个工具来回无休止的用着，直到死去拉倒"。

81. 第 111 页倒数第 3 行载："是一代治也边理番的能臣干员。"依文意，句中的"也"字疑是衍文，"治边理番"即可。

82. 第 112 页倒数第 8 行载："后头在运送楠木进京时，因短少数目丢官去职，发往军中效力。一事，按理说并不是他的错。"句中"一事"前的句号是打错了，断句应断在"一事"后，即"发往军中效力一事"。

83. 第 112 页倒数第 6 行载："他以一个知县衙总运各府州县。"句中"知县衙"，依文意，疑是"知县衔"之误，原意应是"他以一个知县衔总运各府州县进贡京城的楠木"。详见本辑第 58 条所证。

84. 第 113 页第 4 行载："虽然在军营是司笔墨和机智宜。"这里的"司笔墨和机智宜"不知是何意？

85. 第 113 页第 6 行载："番人都俯首以拇指加额以至后来口外'呀么呀么'！番语'顶好'也。"依文意，"加额"后应加一逗号，"口外"疑是"口称"之误。全句应为："番人都俯首以拇指加额，以至后来口称'呀么呀么'！番语'顶好'也。"

86. 第 113 页第 11 行载："办理屯田事务，分发牛贝种子。"句中"牛贝"不知何意？

87. 第 113 页第 12 行载："运送江南赈灾粮类列到芜湖，勘审石柱彭水。"依文意，句中"赈灾粮"，疑是"赈灾粮"之误。但句中"类列"不知何意？后句"勘审石柱彭水"亦不解其意。

88. 第113页倒数第9行载："统旧达赖喇嘛管辖。"依文意，句中"统旧"疑为"统由"之误。

89. 第113页倒数第3行载："口外竹窝土司抢掠东科土地。"依文意，句中"抢掠"疑为"抢掠"之误。

90. 第114页第7行载："在生命极限地区进进出出，他的健康化费百万所建能没有损害吗？"依文意句中"化费"疑为"花费"之误；但后面的"所建能没有损害吗"却不解何意。

91. 第114页第10行载："他以55岁高龄再署建昌道印奔赴川东各临河洲县监兑浙江济荒米石。"句中称"55岁高龄"，即使在清代，55岁也不能称之为"高龄"；"建昌道印"后应加一逗号；"临河洲县"疑为"临河州县"之误。

92. 第114页倒数第8行载："至此时书绅已经九次出口处办差。"依文意，句中"至此时书绅"疑为"至此，叶书绅"之误；"出口处办差"疑为"出口外办差"之误。

93. 第115页第6行载："八月份乡试入闹提调。"依文意，"入闹提调"疑为"入闱提调"之误。

94. 第115页第11行载："此君生于雍正庚死于乾隆庚戌刚好一个花甲。"句中"雍正庚"不能成为一个干支年，依后文"死于乾隆庚戌刚好一个花甲"，他当生于雍正庚戌年，此处是脱一"戌"字。句中应加上标点以断句，全句应为"此君生于雍正庚戌，死于乾隆庚戌，刚好一个花甲"。这篇文章的标点多有误，主要是一逗到底，句逗不分，因数量太多，无法一一标出。

95. 第119页倒数第1行称石涛是"藩靖江王后裔"。据史料，石涛是明宗室靖江王的后裔，故此处"藩"字疑为"明"字之误，或称"明藩"亦可。

96. 第120页第2行载："晚年寓杨州。"依文意，句中"杨州"疑为"扬州"之误。

97. 第120页第5行载："花卉萧酒隽朗。"依文意，句中"萧酒"疑为"潇洒"之误，两字均错。

98. 第125页第7行载："画面右下角有一坚行行书。"依文意，句中"坚行"疑是"竖行"之误。

99. 第125页倒数第8行载："黄起凤虽为专业画家，便他亦精鉴赏。"依文意，句中"便他亦精鉴赏"，疑为"但他亦精鉴赏"之误。

100. 第127页倒数第1行称黄起凤一生坎坷，"晚年困于病榻之上，正值壮年而逝"。"晚年"当在"壮年"之后，但不可能"病"在"逝"之后，故疑此处有误。

101. 第128页第1行载："昔假天年，则极有可能成为近代山水画之巨擘。"依文意，句中"昔假天年"疑为"若假天年"之误。

102. 第134页第12行载："未逾年政成惠治。"据《广信府志》及本页倒数第

10 行，均为"政成惠洽"，依文意亦是。故疑此"惠治"为"惠洽"之误。

103. 第 135 页第 14 行载李白《行路难》诗，其中"功成不退皆殒身"句，"殒身"，依李白诗原文，当作"殒身"，误作"殡身"则不通。

104. 第 137 页倒数第 6 行载："参将康如昇重建。"句中"康如昇"，据《广信府志》，疑为"康时昇"之误。

105. 第 137 页倒数第 5 行载："郡守孙世昌加丹護。"句中"加丹護"，依文意，疑为"加丹腹"之误。

106. 第 137 页倒数第 4 行载："郡守朱惟熊复葺。"句中"朱惟熊"，据《广信府志》，疑为"朱维熊"之误。

107. 第 138 页倒数第 9 行载："宋郡宋赵忠定公立。"句中的"宋郡宋"，依文意，疑为"宋郡守"之误。

108. 第 140 页第 6 行载："其地虽为文人雅士吟风弄月之所。"依文意，句中"吟风弄月"，疑为"吟风弄月"之误。

109. 第 140 页倒数第 8 行载："十三年甲寅春三月，耿逆告警广信城。守副将柯升于四月二十四日挟标下兵，叛夺城出，由永丰至二渡关驻扎。"此段断句有误，依文意似应断成："十三年甲寅春三月，耿逆告警，广信城守副将柯升，于四月二十四日挟标下兵叛，夺城出，由永丰至二渡关驻扎。"

110. 第 140 页倒数第 3 行载："耿逆伪将郭忠孝自九龙山牵贼众由广丰至广信水南一杯亭。"依文意，句中"牵贼众"，疑为"率贼众"之误。

111. 第 141 页第 17 行载："登临远眺'灵山遥时，峰历历可数'有'如画江山如画城'之美景，"句中"灵山遥时"，依文意，疑为"灵山遥对"之误；全句可标点成："登临远眺，'灵山遥对，峰历历可数'，有'如画江山如画城'之美景。"

112. 第 141 页倒数第 5 行载："接录数篇以飨读者。"依文意，句中"接录"，疑为"摘录"之误。

113. 第 143 页倒数第 6 行载："四山环绕，奇态各呈；觉秀色时时来，扑人衣裾。"依文意，此句似可断为："四山环绕，奇态各呈，觉秀色时时来扑人衣裾"。

114. 第 143 页倒数第 1 行载："江流绕之隐现，山没历落如画。"依文意，句中"山"字疑为"出"字之误；全句似可断为："江流绕之，隐现出没，历落如画"。

115. 第 144 页第 1 行载："城之西一楼危立，故少师夏文愍公旧业也，繁华已矣，此迹仅存，辄为喟然，自感而伤，相国功名之不终；"此文断句有误，依文意似可断为："城之西一楼危立，故少师夏文愍公旧业也。繁华已矣，此迹仅存，辄为喟然自感，而伤相国功名之不终。"

116. 第 144 页第 2 行载："还顾山阿，则叠山先生祠堂在焉，堂亦稍圮矣；然先生大节，精忠直与河岳同敝岂藉此为存亡哉！"对照《上饶县志》，句中"圮"是"圯"之误；"直"是"真"之误，"敝"是"敞"之误，似当以县志为是。全句似可断成：“还顾山阿，则叠山先生祠堂在焉，堂亦稍圮矣；然先生大节精忠，真与河岳同敞，岂藉此为存亡哉？”

117. 第144页第10行载：“或探元旨于秘阁，则玉尘频挥；或抒雄略于壮怀，斯唾壹欲碎，”依文意，句中“唾壹”疑为“唾壶”之误；句末逗号应改为句号。

118. 第144页12行载：“语不袭常，见皆各出僮仆，亦欣骇乐听，左右给事靡有倦容，客以是竟醉起，视四山暮色，群来分手告别，而月满前溪矣。”此段难解其意，皆因断句多误，依文意，全句似应断为：“语不袭常，见皆各出。僮仆亦欣骇乐听，左右给事，靡有倦容。客以是竟醉，起视四山，暮色群来，分手告别，而月满前溪矣”。

119. 第144页第14行载：“时主人为翁凯臣，客则王子炳若，邓子卫玉，内兄汪吉兆家仲秀子，暨余六人集之，明日次公郑子记之。”全句意难明，亦以断句之误，依文意，此段似应断为：“时主人为翁凯臣，客则王子炳若、邓子卫玉、内兄汪吉兆、家仲秀子暨余六人。集之明日，次公郑子记之。”

120. 第145页第5行载：“嘉庆已巳。”句中“已巳”不能成为干支年，依文意，当为“己巳”之误，即嘉庆十四年（1809）己巳。

121. 第146页倒数第1行载：“累官至吏部考功司主事，文选司员外郎……”因句中列举了所任众多官职，不是最终或最高官职，故句中“至”字是衍文。

122. 第147页第2行载：“后迁江西道守，江西按察使，又调常镇通海兵备道守，江苏布政使等职。”句中“江西道”“兵备道”俱是官职，而“守”则是暂管某事，故此段似应断为：“后迁江西道、守江西按察使，又调常镇通海兵备道、守江苏布政使等职”。

123. 第147页第13行载：“若忠定者又岂区区一杯能名千载耶！王公之景仰忠定亭其迹耳，”依文意，此段似应断为：“若忠定者，又岂区区一杯能名千载耶？王公之景仰忠定，亭其迹耳。”

124. 第147页倒数第1行载：“缘石径以频登，呼朋携酒，依云梯而直上；怀古高歌，槛外螺峰难数，尽樽前驹隙，曾几何？”依文意，此段似应断为：“缘石径以频登，呼朋携酒；依云梯而直上，怀古高歌。槛外螺峰难数尽，樽前驹隙曾几何？”

125. 第148页第5行载：“公曰甚矣，兹胡为乎？人乐公之社熟与行，兵部之厨歆胈蠜之俎，岂若倾饮；燕之壶扇无东阳之风，敢从民之所好，樽有北海之酒，聊为我之所须；”依文意，此段似应断为：“公曰：‘甚矣，兹胡为乎’？人乐公之社熟，与行兵部之厨，歆胈蠜之俎，岂若倾饮燕之壶？扇无东阳之风，敢从民之所好；樽有北海之酒，聊为我之所须。”

126. 第148页第12行载：“松墩暮霭将军之故宅，何存茶坞荒烟处士之遗，踪曷有对景感怀，何物在手，两年腰绶，少安一瞬之间；万姓口碑直任千秋之后，亭堪共眺，杯亦交傅倾倒一时之圣，流连一座之仙，酒泉一郡，酒星一天，”全句皆因错字、断句之误，教人难解；依文意，句中"交傅"疑为"交传"之误；此段似可断为："松墩暮霭，将军之故宅何存；茶坞荒烟，处士之遗踪曷有？对景感怀，何物在手？两年腰绶，少安一瞬之间；万姓口碑，直任千秋之后。亭堪共眺，杯亦交传。倾倒一时之圣，流连一座之仙。酒泉一郡，酒星一天。"

127. 第148页倒数第11行载："宛同蓬社之游，妙添清兴，不数兰亭之会，偶集群贤醉眼，频开应豁醉翁之态，欢心悉协，犹联欢伯之绿，"依文意，句末"绿"字疑是"缘"字之误；全句似可断为："宛同蓬社之游，妙添清兴；不数兰亭之会，偶集群贤。醉眼频开，应豁醉翁之态；欢心悉协，犹联欢伯之缘。"

128. 第148页倒数第6行载："泊乎公之人相也，凤阙呈才，龙门焕彩；援晦庵以复还召，留正以为宰；"依文意，句中"人相"疑为"入相"之误；全句似可断为"泊乎公之入相也，凤阙呈才，龙门焕彩。援晦庵以复还，召留正以为宰。"

128. 第149页第2行载："试看韩圈而后堂，仅半间，孰若信水之滨，亭犹千载，"依文意，此句似应断为"试看韩圈而后，堂仅半间；孰若信水之滨，亭犹千载。"

129. 第192页倒数第3行载："铅山建县始于后周广顺二年（953），因历史上产铅而名。县治之所古称'沙湾'，明宣德年间改称河口，明万历年间设镇。"这一记述不实。据1990年《铅山县志》"概述"第2页载，铅山于"南唐保大十一年（953）置县。因永平镇西四里有铅山，遂以山名县……自建县起至1949年6月，县治所设永平镇……1949年7月，县治所迁河口镇"。又据史料，五代十国是唐亡后中国历史上的一个分裂时期，中原地区先后建有五个政权，史称五代；除中原外的其他地区先后建有十个政权，史称十国，在江南的有南吴、南唐、吴越国、闽国等。上二文中提到的"后周"属中原的五代之一，"南唐"属十国之一，铅山即属在江南的南唐政权所建，不属在中原的后周，且后周广顺二年也不是953年，而是952年。故铅山建县时代当以县志所述为是；县名也是以山而名，不是以产而名；县治在建国前也一直是在永平，解放后才迁至河口。关于河口的兴起，明宣德年间应还是荒芜的沙湾，并未"改称河口"，直至近百年后的正德末年，费宏兄弟被迫从横林迁至"湖上"，费元禄在其文章中说：沙湾还是只是"仅二三家"的荒僻之地。后至万历年间，"今阅世七十余年，而百而千，当成邑成都矣"。详见本节第二辑第33条所证。这是当代人记当代事，应有较高的可信度。

130. 第193页第9行在记述横峰建县时称："明嘉靖三十九年（1560）系弋阳、上饶两县辖地"。依文意，句中"系"字疑是"析"字之误；句末脱"建兴安县"四字。全句应为"明嘉靖三十九年（1560）析弋阳、上饶两县辖地建兴安县"。

131. 第194页第2行载："《明一统志》曰："据史料，这本书应是《大明一统志》；句末的"曰"字，及本页第10行"《大清一统志》曰"，第195页第4行"王朝栋《信江诗选》曰"，本页第12行"顾祖禹《读史方舆纪要》曰"，第196页第6

行"程建平《信江赋》日"中的"日"字，均是"曰"字之误。

第七辑　2009 年 10 月

1. 第 13 页摘引《胡氏家谱》中的"昭公实录"，称"与魏书胡昭传大同小异"。第 17 行载："魏太祖时为司空，以策书加礼请公，公往应命授以博士，官至中书。公陈以一介野生，无军国之用，投簪求去，太祖苦留，不可，乃曰：'人各有志，出处异宜，理不相屈。'"据《魏书》卷 11 载："太祖为司空、丞相，频加礼辟，昭往应命。既至，自陈'一介野生，无军国之用'。归诚求去。太祖曰：'人各有志，出处异趣，勉卒雅尚，义不相屈。'昭乃转居陆浑山中，躬耕乐道，以经籍自娱，闾里敬而爱之"。这里并没有"授以博士，官至中书"的情节，不知所据是何。

2. 第 13 页倒数第 5 行载："吴侯孙权闻公之德，欲致之，未能，以问周瑜，瑜曰招贤以礼，宜少从容。未几，孙策掠文义归江东。瑜复请吴侯曰：'贤者勿以常礼遇之，粗待以骨肉；况观其风格俊整，他日必有所遂者。'"据史料，孙权是在其兄孙策死后才得掌东吴，成为吴侯更是之后的事，这里在孙策健在时就称孙权为吴侯，有悖史实。

3. 第 13 页倒数第 1 行载："当时有陆浑民孙狼，恶惮丁苦差，兴兵虏掠，杀害官长。乃谓陆浑南约言胡居士，贤者也，约戒勿犯，乃退一州，秋毫无犯。"这段文字难以理解，且看《魏书》卷 11 载："建安二十三年，陆浑长张固被书调丁夫当给汉中，百姓恶惮远役，并怀扰扰。民孙狼等因兴兵，杀县主簿，作为叛乱，县邑残破。固率将十余，吏卒依昭住止，招集遗民，安复社稷。狼等遂南附关羽，羽授印给兵，还为寇贼。到陆浑南长乐亭，自相约誓言：'胡居士，贤者也，一不得犯其部落。'一川赖昭咸无怵惕，天下安辑。"这就比较清楚了。

4. 第 17 页倒数第 10 行载："循迹不仕。"依文意，句中"循迹不仕"疑为"遁迹不仕"之误。

5. 第 26 页第 4 行载："《上饶府志》和《上饶县志》的许多版本中。"作为书名，是没有《上饶府志》这本书的，依文意，疑是《广信府志》之误。

6. 第 29 页第 11 行载："只觉其为人也而已，忘乎其为山世。将灵山烟云，比之石人呼吸，灵山也霖雨，比之石人咳唾。"疑断句有误，依文意，句中"灵山也"的"也"字是衍文；全句似可断为："只觉其为人也而已，忘乎其为山。世将灵山烟云，比之石人呼吸；灵山霖雨，比之石人咳唾。"

7. 第 29 页倒数第 11 行载："事闻朝庭，晋武帝司马懿不忘昔日求命之恩，于太康元年（280）下昭立祠，民间习惯称'石人峰祠'厥后灵威信郡，护国庇民，多有显应。"首先司马懿不是晋武帝，且他已于魏明帝嘉平三年（251）卒，不可能再在三十年后的太康元年（280）下诏。晋武帝是司马懿的孙子司马炎，他即位后，追封祖父司马懿为晋宣帝。其次，依文意，句中的"朝庭"疑为"朝廷"之误；（注：后文中有多处将"朝廷"误成"朝庭",恕不一一列出。)"求命"疑为"救命"之误;"下昭"疑为"下诏"之误。同时文中多处标点有误:"下昭立祠"后及句末后的引号疑俱为衍文;"石人峰祠"后应加一句号。全句似应断为:"事闻朝廷,晋武帝司马炎不忘昔日救祖父命之恩,于太康元年(280)下诏立祠,民间习惯称'石人峰祠'。厥后灵威信郡,护国庇民,多有显应"。

8. 第29页倒数第8行载:"宗伯(官命……侍郎则称此宗伯)。"依文意,括号内"官命"疑为"官名"之误;"此宗伯"疑为"少宗伯"之误。

9. 第29页倒数第3行载:"降事敕封助顺将军。"依文意,句中"降事敕"为"降敕"之误,"事"字是衍文。

10. 第30页倒数第9行载:"明成化末年,郡宋……谈纲。"依文意,句中"郡宋"疑为"郡守"之误。

11. 第32页第12行载:"清雍正、乾隆年间经太伦(县名,今江苏省)……"依文意,句中的"太伦"疑为"太仓"之误;"今江苏省"应为"今属江苏省"。

12. 第32页倒数第7行载:"灵山神灵,始于明嘉靖十九年戊子邑人朱州同之乎。"首先,明嘉靖十九年不是"戊子"年,而是"庚子年"(1540);句末"朱州同之乎",疑为"朱州同之手"之误。

13. 第32页倒数第3行载:夏言"字公谨,号桂州"。据众多史料,夏言号"桂洲",这里误成了"桂州"。

14. 第33页第5行载:"降庆初昭雪,复其官赐愍,谥文愍。"依文意,句首"降庆"疑为"隆庆"之误,这是明穆宗的年号;"愍,"为衍文。全句似应断为:"隆庆初昭雪,复其官,赐谥文愍。"

15. 第34页第9行载:"先是费宏(铅山人,宰相)在正德十二年(1517)五月,葛仙山宫观扩建工程竣工后,定于六月初一上山,此后就成了葛仙山开山门的日期。费宏死后,夏言利用护送费宏灵柩归里的时机,事毕登山朝谒葛仙庙,便将关山门的日期定于十月初一。"据史料,费宏一生坚守正统儒家思想,忠君爱国,辅政为民,曾在奏疏中坚决反对皇帝信佛信道,故他不可能参与地方寺庙的活动。再者正德十二年,正是宁王朱宸濠疯狂迫害费宏之时,费宏家宅被烧,祖坟被毁,亲人被杀,正疲于躲避濠党的追杀,哪有如此闲情逸致去搞什么开山门。费宏卒于嘉靖十四年十月十九日,帝遣官护丧归里,于次年正月安葬于出生地横林村东头。但这个官员绝不是夏言。据夏言著作《夏桂洲先生文集》,自嘉靖十四年十月至十五年全年,夏言都在北京,根本不可能护丧到铅山,更没有参与葛仙山的关山门活动。经查阅史料,此二说均源自2001年出版的《葛仙山志》,其没有任何史实依据,只是当代人的杜撰,故不可以讹传讹、作为史实转相引用,以免造成"谣言成信史"的恶果。详见本书第二章第一节《葛仙山志》所证。

16. 第102页第4行载:费宏"历官左赞善、左谕德、太常寺少卿兼侍讲读、礼

部侍郎、礼部尚书、文渊阁大学士、太子太保、武英殿大学士、户部尚书"。句中的
"太子太保、武英殿大学士、户部尚书"都不是费宏的官职，而只是加官而已。据史
料，费宏于正德六年十二月以礼部尚书文渊阁大学士入阁；正德七年冬加太子太保
武英殿大学士；正德九年二月进户部尚书兼秩如故，正德十六年十月加少保；嘉靖
三年五月进吏部尚书谨身殿大学士，《武宗实录》成，进少师兼太子太师，余秩如
故；嘉靖五年六月兼华盖殿大学士。可见费宏并没有任过户部尚书、吏部尚书，都
只是作为内阁大学士的加官而已。故记费宏的任职，在礼部尚书之后，只记内阁大
学士即可，其他只作为加官记载。

17. 第103页第3行载：费宏的著作有"《惭愕录》"。据《明史》，此当为
"《自惭漫稿》"之误。另有《太保费文宪公摘稿》录入《续修四库全书》第1331
册，《明太保费文宪公文集选要》录入《四库全书存目丛书》集部第43册。

18. 第103页第9行载：费案"历官至礼部尚书兼学士、兼詹事府事，加封太子
少保。死后谥文通。遗著有《钟石集》《优患稿》……《四库全书总目提要》存
《费文通集选要》六卷"。据史料，费案官至礼部尚书兼学士，不是"兼詹事府事"，
而是"掌詹事府事"。这是嘉靖二十三年三月，费案晋升礼部尚书兼学士，但当时的
礼部尚书是张璧，故费案只是以礼部尚书衔"掌詹事府事"，这才是他的实职。是年
九月，张璧入阁，费案即回部掌部事。费案嘉靖二十四年加太子少保，二十六年加
太子太保，二十七年晋少保，故要记其加官，要么记全，要么记最后的加官"少保"
即可，而不能只记最初的加官"太子少保"。句中的"《优患稿》"，疑是"《忧患
稿》"之误。句末的"《费文通集选要》六卷"后遗漏"现已录入《四库全书存目
丛书》集部第67册"。

19. 第105页倒数第10行载娄谅事迹，称："寻告归，闭门著书，成《目录》四
十卷，《三礼订讹》四十卷。谓周礼皆天子之礼，为国礼仪；皆公卿大夫士庶人之
礼，为家礼。以《礼记》为《二经》之传，分附各篇。如冠礼冠义之类，不可分附
各篇者，附《二经》之后。其为诸儒附会者，以程子论黜之。著《春秋本意十二
篇》，不采三传事实。言是非必待三传而后明，是《春秋》为弃书矣。"这段引文摘
自《广信府志》卷九之三"人物"之"理学"第10页，对照原文，多有错漏，且
断句、标点亦有误：如《日录》误成了《目录》，"为国礼。《仪礼》"误成"为国
礼仪"。全句似应断成："寻告归，闭门著书，成《日录》四十卷，《三礼订讹》四
十卷。谓'《周礼》皆天子之礼，为国礼。《仪礼》皆公卿大夫士庶人之礼，为家
礼'。以《礼记》为'二经'之传，分附各篇。如《冠礼》附'冠义'之类，不可
分附各篇者，各附'一经'之后。不可附'一经'者，皆总附'二经'之后。其为
诸儒附会者，以程子论黜之。著《春秋本意十二篇》，不采《三传》事实。言'是
非必待《三传》而后明，是《春秋》为弃书矣'。"

20. 第105页倒数第2行载"子忱字诚善，传父学（性——引者如）。女为宁王

宸濠妃。有贤声，尝劝王毋反，王不听，卒反。谅子姓皆捕系，遗文遂散轶矣"。这段是引自《明史》"娄谅传"，原文是"子忱字诚善，传父学，女为宁王宸濠妃"，引文在这里加一"性"字是对的，但括号中的"引者如"应是"引者加"之误。宸濠叛乱时，娄谅已卒 28 年，其长子娄性亦已卒 9 年。平叛后追究的只是涉及参与叛乱的娄氏族人，但娄妃叔父娄忱确是被冤下狱，而对已故的娄谅、娄性父子应并未波及，娄性的著作《皇明政要》至今尚传于世就是明证。至于娄谅著作的散佚，当别有他因。娄谅虽曾从吴与弼学，但声望不及同为吴与弼门人的胡居仁、陈献章、胡九韶、谢复等人。其学颇近于禅学，故该传中亦称"其时胡居仁颇讥其近陆子，后罗钦顺亦谓其似禅学云"。《玉剑尊闻》卷 7 第 457 页亦称"娄谅自负道学，佩一象环，名'太极圈'。桑悦怪而作色曰：'吾今乃知太极匾而中虚'，作《太极诉冤状》，一时传诵"。上饶《娄氏家谱》有夏尚朴撰"娄一斋先生行实"，其第 117 页称："成化丁亥始有《日录》册子，记其为学工程，间有所得，辄书数语其上，平正明白，多有补于世教。先生殁，缔姻宁藩，不幸逆濠之变，遗文散失无存，独《日录》数册，假受于先，幸存予家，意者无有在乎。中间敬用纂录，俟访遗逸续书于后，以备考德者择焉。"可见宸濠叛乱平定后，娄谅所著《日录》还是幸存的，至于其后是否散佚、如何散佚，不甚了了。或许当时讲学者甚多，学派林立，一些著作随着世代交替而散佚，也不足为怪，要之这应当与宸濠叛乱无太大干系。

21. 第 107 页第 1 行载："王守仁少时亦尝受业于谅。"这一说法当引自《明史》"娄谅传"中。所谓"受业"，"从师学习"之谓也，王守仁少时曾拜娄谅为师吗？从众多史料来看，王守仁是浙江余姚人，从未师从过上饶娄谅。据《明史》卷 195"王守仁本传"第 5168 页称：王守仁"年十七谒上饶娄谅，与论朱子格物大指"。以其生于成化八年（1472）计，十七岁时应是弘治元年（1488）。据台湾商务印书馆《王文成公守仁年谱》载：弘治"二年己酉，十八岁，寓江西。十二月以夫人诸氏归余姚，舟至广信，谒娄一斋谅，语宋儒格物之学，谓圣人必可学而至，遂深契之"。弘治二年是 1489 年，而这年的十二月，必定是 1490 年了，故王守仁偕新婚夫人回浙江，路过上饶谒娄谅，以阴历应是 18 岁，以阳历应是 19 岁了。但不管是 17 岁、18 岁还是 19 岁，要之均已不是少年了。另据此《年谱》载："孝宗弘治元年戊申，十七岁，七月，亲迎夫人诸氏于洪都，外舅诸公养和为江西布政司参议，先生就官署委禽。合卺之日，偶闲行入铁柱宫，遇道士趺坐一榻，即而叩之，因闻养生之说，相与对坐忘归。"新婚之夜，新郎官王守仁竟在道观中与道士对坐相谈，彻夜忘归，这是多么大的精神相契。王守仁在江西的这两次交谈，虽一为慕名拜谒，一为偶遇相欢，要之皆是谈讲学问，并无拜师求学的仪式和意涵，更不能说这是"师从道士"或"尝受业于谅"。

22. 第 107 页第 6 行载："长曰性，字原善，成化丁酉举人，辛丑进士，南京兵部职方司郎中；次曰忱，字诚善，宏治贡元。"句中"成化丁酉"当为"成化丁酉"

之误；"宏治贡元"当为"弘治贡元"之误，"弘治"是明孝宗的年号，清人为避清高宗乾隆皇帝"弘历"的名讳，即改成"宏治"，除引文外，我们现在写文章可不必避讳。

23. 第 107 页第 9 行载："次女适铅山费采，二女皆有贤声。《明史》'诚善传你学'"。句中"费采"疑为"费宷"之误；"诚善传你学"，疑为"诚善传父学"之误。

24. 第 108 页倒数第 4 行载："娄妃善书画，宁王尝请唐寅（伯虎）教习……唐伯虎觉察宁王有异谋，装疯逃离南昌，宁王也不追究，娄妃伤感不已。"这里称宁王请唐伯虎教娄妃作画的情节，不知所出何典？据笔者所查史料，王世贞在《弇州山人四部稿》卷 155 中谈到文徵明（待诏）和唐伯虎时称："正德末，待诏困诸生，而伯虎为山人以老，宁庶人慕其书画名，以金币卑礼聘之。待诏谢弗往，伯虎往，而觍庶人有反状矣。乃阳为清狂，宁使至，或纵酒，箕踞谩骂，至露其秽。庶人曰：'果风耶'，放之归。归二年，而庶人反，伯虎已卒矣。"就连蒋士铨在其戏剧《采樵图》第五出《召客》中，也只是借剧中人之口称："小生唐寅……今被宁王遣书仪逼迫来到南昌，我想宸濠素有不臣之志，岂可依比？太白、柳州，前车可鉴，不免假作疯癫，全身而去，多少是好。"可见宁王招徕唐伯虎，只不过是他惯于"善以文行自饰"的举动罢了，均不见有教习娄妃作画的情节，更没有唐伯虎逃去后，"娄妃伤感不已"的暧昧离奇桥段。笔者上引资料的作者王世贞，是明嘉靖进士，以当代人记当代事，应当比较可信，而引文中的说法是缺乏史料依据的；详见本书第 5 章第 2 节《论娄妃》。

25. 第 110 页第 3 行载：夏言"字公谨，号桂州。……著有《桂州集》《南宫奏稿》《桂州奏议》。"这里的三个"桂州"，皆是"桂洲"之误。

26. 第 123 页倒数第 3 行载："陈文蔚（1210 前后），字才卿，上饶县上沪人。师父朱熹，举进士。《广信社志》载，陈文蔚'隐于丘园，屡聘不起，聚徒讲学，以斯文自任'。学者称克斋先生，现存斋集十七卷行世。"文中称陈文蔚 1210 年前后在世，这种说法太过笼统，所史料，其生于宋绍兴二十四年甲戌（1154），卒于宋嘉熙三年己亥（1239）。句中称其为"上沪人"，上饶县也没有"上沪"这个地名，疑是"上泸"之误。句中的"师父朱熹"，疑是"师从朱熹"之误。句中称其"举进士"，这与后文"隐于丘园，屡聘不起"相矛盾，况府志、县志等史料均无陈文蔚中进士的记载。《四库全书》在《克斋集》提要中称其"尝举进士"，但不具何年进士，而《克斋集》"原序"却称其"隐居不仕"，与志书所述同。愚以为当以志书所记为是。句中"《广信社志》"，依文意，疑为"广信府志"之误。句末"现存斋集十七卷行世"，疑为"现存《克斋集》十七卷行世"之误。

27. 第 139 页倒数第 6 行载：郑以伟"明万历二十二年（1594）进士，改庶吉士，授翰林院检讨，迁小詹事。泰昌元年（1620）升吏部右侍郎。崇祯二年（1629）拜礼部尚书兼东阁大学士（即首辅）……明史《徐光启传》后附《郑以伟传》"。

这一记载多处有误，据《明史》卷 251 第 6194 页"郑以伟传"，其为"万历二十九年（1601）进士"，这里误为"万历二十二年（1594）进士"。句中"迁小詹事"，应为"迁少詹事"之误。句中"升吏部右侍郎"，为"升礼部右侍郎"之误。句中又称郑以伟"拜礼部尚书兼东阁大学士（即首辅）"。据《明史》卷 110，其时首辅是周延儒，郑以伟并未任过首辅，"东阁大学士"也不是首辅之衔。句末"明史《徐光启传》后附《郑以伟传》"亦有误，似可改为"《明史》中《徐光启传》后附《郑以伟传》"。

第八辑　2009 年 12 月

1. 第 2 页第 9 行载："……许多动物骨骼和大量已石化的泛白色螺壳。"依文意，句中的"骨骼"，疑为"骨骼"之误。

2. 第 32 页第 3 行载："时趋者川奔学者市聚"，"奔问禅扃日闻"，并注这是摘自"《全唐文》卷七一五、七一六"。因文意难解，查得《全唐文》卷 715《兴神福寺内道场供奉大德大义禅师碑铭》原文，这两句分别应断为："时趋者川奔，学者市聚"，"奔问禅扃，日闻秘偈。"可见引文有遗漏，且无断句、标点，故令人费解。

3. 第 37 页第 6 行载："录贤士、大夫诗文。"这里是把"贤士大夫"理解成"贤士"和"大夫"两类人了，其实这里说的是"贤士大夫"这一类人，句中的顿号是不应有的，即为"录贤士大夫诗文"。

4. 第 42 页倒数第 7 行记雷维输入选庶吉士后，"三年期满以优良业绩到授翰林院编修职，继任掌陕西道御史。吏科给事中"。依文意，句中"到授"一词难以理解，"到"字疑为衍文，或是"例"字之误。句中标点亦有误；依文意，似应断成："三年期满，以优良业绩授翰林院编修职，继任掌陕西道御史、吏科给事中。"

5. 第 42 页倒数第 2 行载："他忠于职守、秉公为政'渐誉师及至江南'几件很有代表性的事件就能说明问题。"引号中的"渐誉师及至江南"难以理解，疑有衍文或阙文。

6. 第 43 页第 2 行载："他努力整饬所区治安。"句中的"所区"令人费解，依文意，疑是"辖区"之误。

7. 第 45 页第 6 行载："在元代以前，社会上流传养大男的有关孝道、孝行的故事，到了元代的郭居敬开始把这些流传的美丽的传说筛选编辑……取名为《二十四孝图集》。"句中的"养大男"不知是何意？

8. 第 46 页倒数第 8 行载："碑石一块，下该朱松井铭。"依文意，句中"该"字，疑为"刻"字之误。

9. 第 47 页第 2 行载："女方家即择日组织一支庞大的'三八考察团'到男方家去细细科考。"句中的"科考"是个专用名词，旧时专指科举考试，现在有将此作为"科学考察"的简略语来用。但不管怎样，都与文中所表达的相亲不搭，故疑此"科考"系"考察"之误。

10. 第 47 页第 3 行载："愚以为为应该是'第'。"依文意，句中衍一"为"字。

11. 第 47 页第 5 行载："在有遥乡村则直接呼之为'察人家'。"依文意，句中"有遥"疑为"有的"之误。

12. 第 47 页第 6 行载："再如婺源方言，我们有的同志比较喜欢从字面上去探求徽言大义或诗情画意，华丽则华丽，然而总有一种隔靴之痒。"依文意，句中"徽言大义"疑为"微言大义"之误。"然而总有一种隔靴之痒"，没有把意思完整地表达出来，似应为"然而总有一种隔靴搔痒的感觉"。

13. 第 47 页第 9 行载："在我们的方言中有一句骂人的话叫'粪箕滚'。"依文意，句中的"粪箕滚"疑是"畚箕滚"之误。

14. 第 47 页倒数第 11 行载："此碑两面该字。"依文意，句中"该字"疑为"刻字"之误。

15. 第 50 页倒数第 5 行载："记载了乾隆五十七年（179）冯氏与婺源县发生在高岭争夺山场的纠纷。"句中乾隆五十七年不是 179 年，而是 1792 年。"179"后脱一"2"字。

16. 第 51 页第 4 行载："詹元甲，婺源庆源人……赏客皖省设磁铺。"依文意，句中"赏客"疑为"尝客"之误。

17. 第 59 页第 9 行载："赣东北行政政公署。"依文意，句中"行政政公署"疑为"行政公署"之误，中间衍一"政"字。

18. 第 61 页第 4 行载："宣传党对国民党旧政权人民的政策……"依文意，句中"旧政权人民"应为"旧政权人员"之误。

19. 第 63 页第 4 行载："军分区司令员周桂生，政委白潜（兼），司令员员张克球，副政委顾汉臣。"依文意，句中"司令员员张克球"中衍一"员"字；因前有司令员、政委的记述，后面则应为副司令员、副政委，故"司令员员张克球"疑为"副司令员张克球"之误。

20. 第 68 页倒数第 2 行载："章程明确规定信汇解放社的宗旨为。"依文意，句中"信汇解放社"为"信江解放社"之误。

21. 第 73 页倒数第 12 行载："这支武装后来扩充为信江支队第四大队人。"依文意，句末的"人"字是衍文。

22. 第 73 页倒数第 10 行载："鳌峰乡的武装在俞玉昆、叶善成、越瑞家、王应元、王友春率领和接应下。"依前文第 72 页倒数第 2 行所记，句中"越瑞家"为"赵瑞家"之误。

23. 第 74 页倒数第 9 行载："及时对反动派部队和地方武做了大量的分化瓦解和策反工作。"依文意，句中"地方武"后脱一"装"字，应是"地方武装"。

24. 第 75 页第 12 行载："在必要进可配合行动的起义部队和零散收缴的武装总

共有 2500 左右人、枪。"依文意,句中"在必要进"疑是"在必要时"之误;"收缴的武装"疑是"收缴的武器"之误。

25. 第 75 页倒数第 6 行载: "中共赣东工委书记俞百巍、副书记熊芜陵奉命与……"依本篇前文第 68 页第 2 行作者署名"俞百巍、熊荒陵",此处与第 77 页倒数第 3 行的"熊芜陵",均是"熊荒陵"之误。

26. 第 78 页第 6 行载: "校长杨勇,副校长政委苏政华、刘星。"据史料,二野军政大学第五分校的校长、政委分别由杨勇、苏振华兼任,他们当时是二野五兵团的司令员、政治委员。故此处的"副校长政委苏政华、刘星",疑是"政委苏振华,副校长刘星"之误。文中还将"苏振华"误成了"苏政华"。

27. 第 78 页倒数第 3 行载: "三个大队:大队长王增长,政委匡作先。"依前文表述二野军大五分校一大队、二大队的方式,这里的"三个大队"应是"三大队"之误。

28. 第 81 页第 7 行载: "刘星副校长还向大家介绍了杨勇、苏政华首长的出身。"依前第 26 条所证,这里的"苏政华"亦是"苏振华"之误。

29. 第 85 页第 9 行载: "学员们在艰苦西进的征途上,行军三个月……胜利到达贵阳。从此,五分校也胜利地结束了五分校的历史使命。"句末"五分校也胜利地结束了五分校的历史使命"的说法读来别扭,也不合逻辑。似可改成: "学员们在艰苦西进的征途上,行军三个月……胜利到达贵阳,从此胜利地结束了五分校的历史使命。"

30. 第 92 页第 2 行载: "县政府和彭泽县第三区乡公署等地方行政机构,他们利用解放军人生地不熟的不利因素,偷袭骚扰解放军。"句中"他们"的具体指向不明确,似应改为: "国民党彭泽县政府和第三区的区、乡公署等地方行政机构,他们利用解放军人生地不熟的不利因素,偷袭骚扰解放军。"

31. 第 92 页倒数第 11 行载: "遭致匪李逢春袭击。"依文意,句中的"遭致匪"疑是"遭土匪"之误。

32. 第 92 页倒数第 4 行载: "动走枪支 11 支。"依文意,句中的"动走"应是"劫走"之误。

33. 第 93 页倒数第 2 行载: "土改工作队,深入农村进行访贫问苦、宣传党的土改方针、政策,运动广大苦大仇深的雇农、贫农、下中农起来当家作主人。"依文意,句中"访贫问苦"后的顿号可改成逗号;"运动"疑是"动员"之误。

34. 第 94 页倒数第 1 行载: "其号称'水上大王'红帮头目标王传宝。"依文意,句中的"红帮头目标"疑是"红帮头目"之误,"标"字是衍文。

35. 第 95 页第 1 行载: "在镇反运动中收缴获长枪 8000 余支。"依文意,句中"收缴获"中,"获"字是衍文,称"收缴"即可。

36. 第 97 页倒数第 11 行载: "大办红白喜等,藉以揽钱。"依文意,句中"红白喜等"疑为"红白喜事"之误。

37. 第99页倒数第6行载:"原来这天晚上有一列从浙江方向上饶方面开来的专列火车。上面有国民党军两个团。"这种说法把人绕糊涂了,依文意,似可改成:"原来这天晚上,有一列从浙江向上饶开来的专列,上面有国民党军两个团。"

38. 第102页倒数第10行载:"且委各部门的负责人是:社会部长兼弄装部长蒋润生、组织部长曾鲁民、宣传部长杨子远、民防部副主长李育民。"依文意,句中的"且委"疑是"县委"之误;"弄装部长"疑是"武装部长"之误;"民防部副主长"疑是"民防部副部长"之误。

39. 第103页第6行载:"原国民党区、区、镇、乡长,绝大多数都到了会。"依文意,句中第一个"区"字疑是"县"字之误。

40. 第103页倒数第1行载:"沙溪镇由五传佃任镇委书记兼镇长。"依前第102页倒数第3行载"沙溪镇党委书记兼镇长王传佃",此处的"五传佃"应是"王传佃"之误。

41. 第108页倒数第6行载:"他演的骐派戏《四进士》既学周信芳,而又有所创新。"依文意,句中的"骐派"应是"麒派"之误。

42. 第109页第2行载:"他搏采众长,苦心孤诣。"依文意,句中的"搏采众长"疑是"博采众长"之误。

43. 第109页倒数第5行载:"他博古论今。"依文意,句中的"博古论今"疑是"博古通今"之误。

44. 第112页第6行载:"所以,话题自然不再主要是这个让多少羡慕的美丽光环了。"依文意,句中"让多少"后脱一"人"字,应为"让多少人羡慕的美丽光环了"。

45. 第113页第10行载:"我说老姚你真会开玩笑,我怎么敢班门弄斧呢?于情理于水平,我也不能承受之重。"依文意,句末"我也不能承受之重"在此不通,似应改为"这也是我不能承受之重"。

46. 第115页第7行载:"宋末明初,南戏风靡一时。""宋末明初"这种句式,在行文习惯中都是指两个朝代交替之际,如"明末清初""清末民初"等。从宋到明,中间还隔着个元代,如果是从宋末一直到明初,那应表述为"从宋末至明初"。但依文意,此处疑是"元末明初"之误。

47. 第116页第8行载:"明代设置的徽州府,管辖六省,婺源为其一。"依文意,句中的"六省"疑是"六县"之误。

48. 第125页第2行载:"离开了仙舞台,汪新梧必然若失。"依文意,句中"必然若失"疑是"怅然若失"之误。

49. 第125页倒数第8行载:"该班在1931年由婺源人黄讨饭带出江西,1925年到浙江淳安演出,有一姓徐的讼棍搭班,隔年全部戏班也归他所有,再也没有回过婺源。"这段叙述中，"1931 年"在前，"1925 年"在后，不合逻辑，疑这两个年份有误。

50. 第 126 页第 1 行载："'新长春'有个小生叫双寿，是江西小福升科班出身，唱昆腔极有韵味。汪新丁从他那里也学了不人少腔戏。"依文意，句末的"不人少腔戏"疑是"不少昆腔戏"之误。

51. 第 138 页第 9 行载："对于他们来说未来的道路多以艰难，将也无法预料。"依文意，句中的"多以艰难"疑为"有多艰难"之误。

52. 第 138 页倒数第 8 行载："把原党、机关绝大部分干部送到干校学习、劳动、锻炼、改造世界观。"依文意，句中"把原党、机关"疑为"把原党政机关"之误。

53. 第 140 页第 7 行载："从上山下乡转到四城安置。"依文意，句中的"转到四城安置"疑为"转到回城安置"之误。

54. 第 140 页倒数第 6 行载："他们对农村的一切都到陌生。"依文意，句中"都到陌生"中脱一"感"字，应是"都感到陌生"之误。

55. 第 141 页第 10 行载 1971 年对知青年收入情况的统计，80 元以上的占 37%，60~80 元的占 36%，"60 元以下年收的为不能自给，仅占 37%。"依文意，句中"年收"疑是"年收入"之误；句末的"37%"与前两个百分比相加，超过了百分之百，故疑是"27%"之误，这样才符合文中的"仅占"之意。

56. 第 143 页第 11 行载："从走访的 8 个县 2500 多的收统计表明，年收入 80 元的……"句中"2500 多的收统计表明"，疑为"2500 多人的年收入统计表明"之误。

57. 第 143 页第 14 行载："大部分知青能做到在生活上自给，在农村基本上能安下以来。"依文意，句末"能安下以来"疑为"能安下心来"之误。

58. 第 144 页第 13 行载："全区知青已婚的 6299 人，占知青人数 17.8%，期中 72 年前的知青已婚 4451 人。"依文意，句中的"期中"疑是"其中"之误。

59. 第 144 页倒数第 8 行载："双方都是上海知青之间结婚 241 人。"既然"双方都是上海知青"结婚，那这就应是一个偶数，故这个"241 人"疑有误。

60. 第 145 页倒数第 7 行载："地、县两通过招生、招工、征兵等各种途径。"依文意，句中"两"字后疑脱一"级"字，应是"地、县两级"之误。

61. 第 147 页倒数第 8 行载："现在都已进入天命、花甲之年。"句中"花甲"表示 60 岁，而"天命"并不表示年龄，《论语七则》中有"五十而知天命"之说，故将 50 岁称为"知天命"，文中脱一"知"字，应为"知天命、花甲之年"。

62. 第 148 页倒数第 9 行载："从小学到高中，我的老师都是下放的。"依文意，句中"下放的"疑是"下放来的"或"被下放的"之误。

63. 第 148 页倒数第 9 行载："这些老师有的还健在，有的经常见到，有的已不知在何处，有的去世了，但在我的记忆中，他们当年下放教书的音容宛在。"句末的"音容苑在"是个汉语成语，意思是声音和容貌仿佛还在，形容对死者的想念，作为横幅经常悬挂在死者的灵堂内。而依文中表达的内容，用在这里显然是不合适的。

64. 第 150 页倒数第 3 行载："用一种空心的小树做萧吹。"依文意，句中的"萧"是一种乐器，而这个"萧"是一种草，亦作地名、人名、姓氏，但不能作为乐器。这里是把"箫"误成了"萧"。

65. 第 152 页第 6 行载："涛老师一家。"依前文所述，疑是"子涛老师一家"之误，句首脱一"子"字。

66. 第 161 页第 6 行载："历来被誉为'江以东望城'。"依文意，句末"江以东望城"疑为"江东望城"之误，句中衍一"以"字。

67. 第 172 页第 13 行载："2007 年文物管理所开格为文物局。"依文意，句中的"开格"疑为"升格"之误。

68. 第 174 页倒数第 1 行记载上饶地区的很多戏剧"还走上了北京和全省的领奖台"。依文意，这里的"北京"应当是指"全国"的意思，故当直接表述为"全国和全省的领奖台"。

69. 第 175 页第 14 行载："1982 年文普查，发现各类文物点 2022 处。"依文意，句中"文普查"疑是"文物普查"之误，"文"字后脱一"物"字。

70. 第 183 页 14 行载："猿州地委文工团。"依文意，句中的"猿州"疑为"袁州"之误。

71. 第 200 页倒数第 5 行载："说祝庭诤为祝代祠堂里的碑记，其中亦有文字藐视朝庭等等。"依文意，句中"祝代祠堂"疑是"祝氏祠堂"之误；"里的碑记"疑是"作的碑记"之误；"朝庭"疑是"朝廷"之误。全句似应改为："说祝庭诤为祝氏祠堂作的碑记，其中亦有文字藐视朝廷等。"

72. 第 215 页第 12 行载："清礼部侍郎曾国潘（后任两江总督）。"依文意，句中的"曾国潘"疑是"曾国藩"之误。

73. 第 215 页第 13 行载："太平军于万年境内战败湘军，斩其营官刘本杰。"句中的"战败"，往往是指被人家打败了，吃了败仗，不是文中所要表达的意思。依文意，此处应是"打败湘军"。

74. 第 216 页倒数第 1 行载："太平天国堵王黄文金、孝王胡以汉晃。"据史料，句中的孝王应是胡鼎文，而"胡以汉晃"疑是"胡以晃"之误，胡以晃却是太平天国的豫王。故此处的"孝王胡以汉晃"明显有误。

75. 第 217 页第 7 行载："咸十一年（1861）。"句中的 1861 年是清咸丰十一年，此处"咸"后脱一"丰"字。

76. 第 220 页第 5 行载太平天国"奖王陶会金"。据史料，太平天国奖王为"陶金曾"。

第九辑 2010 年 3 月

1. 第 2 页倒数第 7 行载："从此开始了以讲学之路，生活也逐渐安定下来。"依文意，句中的"以"字是衍文，当为"从此开始了讲学之路"。

2. 第 2 页倒数第 4 行载："成化四年（1468），他丁父丧完毕后……入主白鹿洞书院……一年以后，1468 年，胡居仁又因母亲去世，丁母忧而归。""丁"是指丁忧，如言父丧，当称"守"。这两件事若同时发生在 1468 年，怎么能说是"一年以后"；如在"一年以后"，就当在 1469 年；况他是在 1468 年守完父丧，又入主白鹿洞书院一年后才丁母忧的，这个 1468 年定当有误。

3. 第 3 页第 8 行载："回到余干老家修养。"依文意，句末的"修养"疑为"休养"之误。

4. 第 3 页倒数第 6 行载："就连这些简单的饭食有时也难以维继。"依文意，句末的"难以维继"疑是"难以为继"之误。

5. 第 4 页第 12 行载："谢绝淮王的好意与提携，随后幡然归故山，筑室南谷讲学。""幡然"有迅速彻底改变的意思，如"幡然醒悟"。文中讲胡居仁谢绝淮王的好意，并没有做错什么而需要彻底改正的，故用在这里不合适。依文意，应当是"毅然"或"欣然"之误。

6. 第 4 页倒数第 6 行载："镇天不讲到利禄上去。"依文意，句首"镇天"疑是"整天"之误。

7. 第 6 页第 8 行载："敬斋先生……其醇然大儒之言，而其要柢则一以敬为主。尝自励曰诚敬既立，本心自存，先生居敬之功可谓至矣。"句中"要柢"一词不知何意，"柢"是树根，与"要"不搭。而"尝自励曰：'诚敬既立，本心自存'"应用引号作标点。

8. 第 7 页第 4 行载："明初宣德——成化年间，以胡居仁为代表的余干学派。"据史料，胡居仁生于宣德九年，至宣德末年（十年）他才两岁，怎能成为余干学派的代表人物？他一生主要的学术活动，应是在天顺至成化年间。

9. 第 7 页倒数第 4 行载：李颙"曾任陕西监察御史、南京总督、都察院右都察史等职"。句中的"南京总督、都察院右都察史"的官职在明代俱无。据《明史》李颙本传，其中进士后，历官中书舍人、御史，湖州知府、苏松兵备副使、湖广按察使、河南右布政使、右佥都御史巡抚顺天、右副都御史、兵部右侍郎、兵部左侍郎、右都御史、工部右侍郎，卒后赠兵部尚书。可见他从未在南京任过官，"都察院右都察史"疑是"都察院右都御史"之误。

10. 第 8 页第 5 行载："其平居著述有《易传》《春秋传》，今颇散佚失，次存于世者，有《居业录》……"引文中断句有误。依文意，似当断为："其平居著述有《易传》《春秋传》，今颇散佚失次，存于世者有《居业录》……"

11. 第 23 页第 3 行载："当时清朝廷中不少炙手可热之人。"依文意，句中"炙手可热"疑为"炙手可热"之误。

12. 第 23 页倒数第 5 行载："假清逊帝傅仪之命封官许爵。"据史料，清逊帝不名"傅仪"，此乃"溥仪"之误，两字音、形、义皆不同。

13. 第29页第13行载："詹天佑军仍不下舰只，继续向敌舰开火反击。"依文意，句中称"詹天佑军"，詹天佑并无军队，疑为"詹天佑等"之误。

14. 第30页第8行载："笔者相信詹同济的说法，没有参加就没有参加，没有必要把莫须有的东西往祖父脸上贴金。"句中"莫须有"，犹言恐怕有、也许有，是秦桧陷害岳飞的说辞。据《宋史·岳飞传》："狱之将上也，韩世忠不平，诣桧诘其实。桧曰：'飞子云与张宪书虽不明，其事体莫须有。'世忠曰：'莫须有三字何以服天下？'"后因称无罪被冤称"莫须有"。而此处只是讲述詹天佑有没有参加马尾海战的事，传说实与不实，都不存在被陷、被冤之情。故此处用"莫须有"是不适合的。

15. 第41页第1行载："他独爱其诗词、书法艺术。其诗内容丰富……"依文意，句中的第一个"其"字是衍文。原文应是："他独爱诗词、书法艺术。其诗内容丰富……"

16. 第41页第6行载："如《丁已题植众芳》写道"，及第15行"又如《丁已秋日怀远》"。这两句中的"丁已"均是"丁巳"之误。干支年并无"丁已"。

17. 第41页倒数第4行载："如先生已丑清明凭吊词人辛疾所作的《满江红》。"依文意，句中"已丑"疑是"己丑"之误，干支年并"己丑"；"辛疾"中间脱一"弃"字，应为"辛弃疾"之误。

18. 第45页第3行载："南宋绍熙五年（1194年），宋宁宗登基以为'欲进修德业，追踪先哲王，则须寻天下第一人乃（洪本《朱子年谱》）经彭龟年等举荐……"这段引文断句、标点、文字均有误，似当断为："南宋绍熙五年（1194年），宋宁宗登基，以为'欲进修德业，追踪先哲王，则须寻天下第一人'（洪本《朱子年谱》），乃经彭龟年等举荐……"

19. 第45页倒数第5行载："迈刻《讲义》一篇，以传于事世。"依文意，后句"以传于事世"疑为"以传于世"之误，"事"字是衍文。

20. 第45页倒数第1行载："从现有的史料看，朱熹应当是在怀玉山中的草堂书院。"引文没有交代朱熹在草堂书院干什么，故疑是在"朱熹"后脱"讲学"二字。全句似当为："从现有的史料看，朱熹讲学，应当是在怀玉山中的草堂书院。"

21. 第46页第12行载："清乾隆江西布政使汤聘在《端明书院记》中说玉山县城端明书院与县北金刚峰朱子讲学之怀玉书院巍然并峙，'盖朱子即杨文公读书之处见书院以讲学，颜曰'草堂'。后人更之，曰'怀玉'。"这段引文多缺标点，句中"见书院以讲学"，依文意疑为"建书院以讲学"之误。全句似应标点为："清乾隆江西布政使汤聘，在《端明书院记》中说：玉山县城'端明书院'与县北金刚峰朱子讲学之'怀玉书院'巍然并峙；盖朱子即杨文公读书之处建书院以讲学，颜曰'草堂'，后人更之曰'怀玉'。"

22. 第46页倒数第7行载："明代嘉靖年间江西提学副使王宗沐到县学视察时将

当时被和尚占据并作为寺庙的该处重新恢复为书院，改题'怀玉'。"全句缺断句、标点，据文意，似应断为："明代嘉靖年间，江西提学副使王宗沐到县学视察时，将当时被和尚占据并作为寺庙的该处，重新恢复为书院，改题'怀玉'。"

23. 第48页引用朱熹《玉山讲义》中语，对照原文，标点、文字或有误：如第10行"坚贤教人，始终本来"，应是"圣贤教人，始终本末"之误；第13行"学者于此固当以尊德性以主"，应是"学者于此，固当以尊德性为主"之误；第14行"要当使之有以交相滋益，互相发明，则自然该贯通达而于道体之全，无欠阙矣"，句中"使之"为"时时"之误，全句应点为："要当时时有以交相滋益，互相发明，则自然该贯通达，而于道体之全，无欠阙矣。"倒数第3行"须是格物、致知、诚意、正心、修身而推之，以至于齐家、治国，可以平治天下，方是正当学问"。句中"正当学问"，应是"正大学问"之误，全句似可点为："须是格物、致知、诚意、正心、修身，而推之以至于齐家、治国，可以平治天下，方是正大学问。"第49页第2行"圣贤教人为学，非是使人缉缀言语，造作文词，但为科名爵禄计"，句中"文词"为"文辞"之误，"爵禄"后脱一"之"字，应是"科名爵禄之计"。第6行："今时学者，心量窄狭不耐持久，故其学略有些少影响见闻，便自主张，以为至是，不能遍观博考，反复参验，其务为简约者，既荡而为异学之空虚，其急于功利者，又溺而为流俗之卑近，此为今日之大弊，学者尤不可以不戒。"全句似可断为："今时学者，心量窄狭，不耐持久。故其学略有些少影响见闻，便自主张，以为至是，不能遍观博考，反复参验。其务为简约者，既荡而为异学之空虚；其急于功利者，又溺而为流俗之卑近。此为今日之大弊，学者尤不可以不戒。"

24. 第52页第9行载："患其校订未精，讹舛间出，爰细加改正。石碑体制……"对照第54页引文的原文，句中"爰细加改正"为"爰细加考正"之误；"石碑体制"之前尚有一大段文字，疑为脱落遗漏；如作为节录，似也应在之前加上一省略号作为提示为是。

25. 第54页第6行载："岂能凭虚而索，冥坐而悟。此古人左图右书，为格物穷理之实学，"依文意，此句似可标点为："岂能凭虚而索，冥坐而悟？此古人左图右书，为格物穷理之实学。"

26. 第54页第9行载："或者乃疑一旦豁然贯通而后诚意正心，将终身无诚正之日，可谓刻舟求剑，拘虚之致矣。"依文意，似可断为："或者乃疑，一旦豁然贯通，而后诚意正心，将终身无诚正之日，可谓刻舟求剑，拘虚之致矣。"

27. 第54页倒数第1行载："东里之治铅山，政通人和，成效丕显，复有余力研奥剖赜，汲汲如诸生时宜乎？榕门陈中丞称之为西江第一贤令也。东里以是书刊竣久，属以序，余识见疏卤，不敢援心学以自通，愿学者由经以求道，体立而用行，庶天下有真儒，学术无歧趋也。"依文意，引文断句、标点均有误，似可断为："东里之治铅山，政通人和，成效丕显，复有余力研奥剖赜，汲汲如诸生时，宜乎榕门陈中丞称之为'西江第一贤令'也。东里以是书刊竣久，属以序。余识见疏卤，不敢援心学以自通。愿学者由经以求道、体立而用行，庶天下有真儒、学术无歧趋也。"

28. 第56页第2行的标题"鹅湖书院六经图碑记"，题中"六经图"为书名，似应加书名号。

29. 第56页第4行载："六经皆经世之书也，而实治性之书，盖治性体也，经世用也，大体立而后大用行。"句首"六经"是《诗》《书》《礼》《易》《乐》《春秋》的合称，属专用名词，故似应加上引号。全句似可断为："'六经'皆经世之书也，而实治性之书。盖治性，体也；经世，用也；大体立而后大用行。"

30. 第56页第8行载："由汉及唐，刘向、马融、陆德明辈，解诠博引，亦未免附会支离，千百年来……"依文意，"附会支离"后的逗号似可改为句号。

31. 第56页第10行载："迨宋中叶，周、程、开其宗，朱子集其成，"依文意，句中"程"后的顿号可删除，即为"周、程开其宗"。

32. 第56页第11行载："此后六经源流群归朱子者，谓其明善治性，自有真也。"依文意，句中"六经"应加引号；"治性"后的逗号可删除；全句似可断为："此后'六经'源流群归朱子者，谓其明善治性自有真也。"

33. 第56页第13行载："之侨仰承休明，而致知格物之功，不知所以用心，遽出而治铅士民，昏昧益甚。"依文意，全句似可断为："之侨仰承休明，而致知格物之功不知所以用心，遽出而治铅，士民昏昧益甚。"

34. 第56页倒数第8行载："并悟六经皆我注脚一语，亲切有味。侨因以朱陆之同白诸生也。诸生若信若疑，间出所藏六经图，对叩其系，摹石于信州学舍。批阅梗概，编次工密，位置井然。"依文意，全句似可断为："并悟'六经皆我注脚'一语，亲切有味，侨因以朱、陆之同白诸生也。诸生若信若疑，间出所藏《六经图》，对叩其系，摹石于信州学舍，批阅梗概，编次工密，位置井然。"

35. 第57页第1行载："禅家寂灭无理……及羁制久，而此心惯熟，亦不走作。"依文意，句中"寂灭无理"，疑为"寂灭天理"之误。句末"亦不走作"，则不解其意。

36. 第57页第5行载："至于微言大义，又以为非慈悲妙门，其心死矣，性灭矣。"依文意，全句似可断为："至于微言大义，又以为非；慈悲妙门，其心死矣；性灭矣。"

37. 第59页倒数第2行载：杨时乔"乙丑进士，授承德郎工部营缮清吏……万历己酉年二月十八日申时终於。"依文意，句中"清吏"后应是脱"司主事"三字，这是一个职务，不能截断省略；句末"终於"不知何意？如是讲其终，则后之"於"字为衍文；如是讲其"终于北京任上"，则后有脱文。

38. 第60页第13行载："于是我萌发了非到广丰县杨宅找谱头（即老谱）的想

法。"文中称"谱头（即老谱）"，这是误解了。其实"谱头"就是宗谱的卷首，与"世系"共为宗谱的主要组成部分。无论老谱、新谱，均有谱头。

39. 第 63 页倒数第 5 行载："原籍四川锦城县进士。"此句不加标点，令人费解，似应断为："原籍四川锦城县，进士。"

40. 第 63 页倒数第 3 行载："这个之北籍于信之北郭。"此句不加标点，亦令人费解，句中"籍"字疑为"即"之误，全句似可断为："这个'之北'，即于信之北郭。"

41. 第 64 页第 5 行载："明史部尚书杨时乔为大房。"依文意，句中"史部"，为"吏部"之误。据《明史·杨时乔本传》，杨时乔生前只是以吏部侍郎管部事，死后赠"吏部尚书"。故此句应为"明赠吏部尚书杨时乔为大房"。

42. 第 65 页第 8 行载："鸿庵公始刊定行沠六十四字。"依文意，句中的"行沠"应是"行派"之误。这个"沠"字一般工具书均不见载，《康熙字典》称音"古胡切"，是水名，并指明"以水名之沠为宗派者，讹"。

43. 第 173 页第 3 行载有阎立本流传至今的几幅画作名，其中"《布辇图》"疑为"《步辇图》"之误。

44. 第 174 页倒数第 5 行称黄家驷"他的逝世，'中国及全世界失掉一位伟大的医学家'。为纪念这位医学大师，在城中县人民医院旁兴建了黄家驷公园供后人敬仰、休闲"。依文意，句中"敬仰"疑为"瞻仰"之误。同时缺少一些必要的句子成分和标点，全句似应改为："他的逝世，使'中国及全世界失掉一位伟大的医学家'。为纪念这位医学大师，在城中县人民医院旁兴建了'黄家驷公园'，供后人瞻仰、休闲。"

45. 第 176 页倒数第 5 行载："为策应山上游，山下住战略，大力以展旅游服务……"依文意，句中"山上游"后的逗号可改为顿号；"大力以展"疑为"大力发展"之误。

46. 第 178 页第 7 行："景区面积 54.8 平方公里。湖西北畔少华山，遗有宋代少华禅寺等古建筑遗址和摩崖石刻；湖西南有溶洞成群，钟乳嶙峋，暗溪潜流；"这一大段文字，在本页同段第 15 行又重新出现，疑为衍文。且整段叙述多有次序颠倒、文意不清晰的地方。

47. 第 182 页第 4 行称陈坊"原为一滁芦茅洲"。句中的"滁"字，原只作水名、地名，在这里作量词用，不知这"一滁"为何意？

48. 第 184 页第 2 行载："正殿屋顶上有一座高二米左右，呈九葫芦形的珠砂喷釉瓷瓶作避雷针。"依文意，句中"九葫芦形珠砂"，疑为"酒葫芦形朱砂"之误。

49. 第 185 页第 9 行称华祝三为"诰修资政大史大夫花翎布政史衔"。据史料，华祝三为清道光二十七年进士，选庶吉士，散馆授翰林院编修，历任河南道御史、甘肃西宋府知府分守兰州道、钦加布政使衔。故疑文中"诰修"为"诰封"之误；

"资政大史大夫"为"资政大夫"之误;"布政史"为"布政使"之误。

50. 第185页第11行载:"向里看去,是约么三米宽二十多米长的小巷。"依文意,句中"约么"疑是"约莫"之误。

51. 第185页倒数第11行载华祝三家的藏书楼"据前主人说,这藏书楼里除藏有一部四库全书之外,各类经、史、子、集书籍数万册"。《四库全书》,清乾隆五十八年(1793)修成,乾隆帝令誊缮七部,分藏于"北四阁",仅供皇室阅览;"南三阁"仅允许文人入阁阅览。由于战乱,现仅存三部。1986年台湾商务印书馆影印出版了文渊阁本《四库全书》,2003年上海古籍出版社影印出版了文渊阁本《四库全书》,2004年鹭江出版社影印出版了文渊阁本《四库全书》,2006年商务印书馆影印出版了文津阁本《四库全书》,这样才有了民间藏《四库全书》。文中称在清代华祝三家就藏有《四库全书》,疑有误。

52. 第210页第1行载:"在明淳化年间。"据史料,明代没有"淳化"的年号,相似的只有"成化"(明宪宗年号),而北宋太宗有"淳化"年号。依文中所述之意,当是"明成化间"之误。

53. 第210页第8行载:"还有明朝内阁首辅夏言、费宏和赵汝愚也曾到此揽胜。"从这段引文的字面上理解,好像赵汝愚也是明朝的首辅。其实赵汝愚是南宋的宰辅,故全句似应改为:"还有南宋宰辅赵汝愚和明朝内阁首辅费宏、夏言也曾到此揽胜。"

54. 第213页倒数第6行载:"这也是我们苦心孤意将刊物办好的依托。"句中的"苦心孤意"疑是成语"苦心孤诣"之误,其意为"单独应付,费尽苦心"。依文意,用在此处也不尽妥。

55. 第214页第10行载:"欣慰之余不由得不对老人油然起敬。"依文意,句中"油然起敬",疑为成语"肃然起敬"之误;意为"形容对人起敬佩之心"。

第十辑 2010年6月

1. 第7页倒数第5行载:"唐乾元年(758)设立信州。"依文意,句首"唐乾元年"疑是"唐乾元元年"之误,句中脱一"元"字。

2. 第8页倒数第9行:"弘治年间,安徽人,开化人在界内外烧炭,造房,'均被擒治'。"依文意,句中"安徽人"和"烧炭"后的逗号均应改为顿号。另据史料,句中"造房"疑是"造枋"之误,"枋",木筏也。

3. 第9页第7行载:"首先提出封禁山'弛禁'主张的有乾隆年间户部侍郎赵殿最,江西巡抚陈宏谋等,两次请开禁,但无结果。"依文意,句中"赵殿最"后的逗号可改为顿号;句末的"无结果",原文作"不果",这不是无结果,而是讲有结果了,结果是两次请求弛禁均没有得到批准,即没有成为事实。"不果"是没有成为事实的意思,不能作"无结果"解。

4. 第 9 页第 9 行载："嘉靖 14 年广信知府王赓言有《拟陈封禁利弊禀》。"王赓言是清代的广信府知府，而"嘉靖"是明世宗的年号。据此，句中的"嘉靖 14 年"疑为"嘉庆十四年"之误。

5. 第 12 页第 7 行载："但这些记载对前朝的叙述肯定都是不大准确的。"依文意，句中的"不大"疑是"不太"之误；"太"犹言很、极。全句似可标点为："但这些记载，对前朝的叙述肯定都是不太准确的。"

6. 第 20 页倒数第 3 行引载江西巡抚胡宝琛奏请封禁的疏文："禁则量无乘利，开则必有遗害。"句中的"量无乘利"不解其意；对照清同治十二年《广信府志》中的原文是"禁则并无弃利，开则必有遗害"，原来是把"并"误成了"量"，"弃"误成了"乘"。

7. 第 21 页第 1 行载广信府知府王赓言主张弛禁，"写出了《拟陈封禁山利弊秉》"。对照清同治十二年《广信府志》中的原文，应是"《拟陈封禁利弊禀》"，句中衍一"山"字；"秉"字是"禀"字之误。

8. 第 37 页第 10 行载："平反怨案。"依文意，句中的"怨案"疑是"冤案"之误。

9. 第 58 页第 12 行载引《广信府志》文："铜塘井，在永乐乡，山势幽绝，欲雨则云气蒸腾，旱祷辄应，井有九，登其山则险阻，其六不能复深入矣。按连志不载铜塘井，亦以铜塘山历来封禁，类荒徼弃之耳。自奉旨弛禁，勘丈升科，粮田至一千亩之多，烟户至七百余家之众。汲饮灌溉全资九井，其民利庸有既呼。"文中有多处难以理解，对照清同治十二年《广信府志》中的原文，句中"登其山"应为"登其三"之误；"其民利"应为"其为民利"之误；句末"呼"应为"乎"之误。除有错字，断句亦有误，全句似可断为："铜塘井，在永乐乡。山势幽绝，欲雨则云气蒸腾，旱祷辄应。井有九，登其三则险阻，其六不能复深入矣。按：连志不载铜塘井，亦以铜塘山历来封禁，类荒徼弃之耳。自奉旨弛禁，勘丈升科，粮田至一千亩之多，烟户至七百余家之众。汲饮灌溉，全资九井，其为民利，庸有既乎？"

10. 第 64 页倒数第 5 行载："从那里传出的民间俗语是'打了虎三年苦，打了熊三年穷，打了獐三柱香'。可以说这是一种自发的保护野生物的意识。"依文意，句中"三柱香"应是"三炷香"之误；"野生物"疑是"野生动物"之误，脱一"动"字。

11. 第 71 页第 7 行载："在即将圆寂时，哀公禅师自己堆积薪木，然后，坐在上面引水焚烧。"依文意，句末"引水焚烧"疑是"引火焚烧"之误。

12. 第 72 页倒数第 9 行载："三十六个天井和四个水池相嵌在大屋的回廊之间。"依文意，句中"相嵌"疑为"镶嵌"之误。

13. 第 74 页倒数第 5 行载：封禁山的封禁石碑上"时任知府、知县还要俱名"。依文意，句末的"俱名"疑是"具名"之误。

14. 第 74 页倒数第 4 行载："清乾隆年初时任广丰的知县詹广誉还为封禁山题作过诗。"依文意，句首"清乾隆年初"疑为"清乾隆初年"之误；"时任广丰的知县"疑为"时任广丰知县的"之误；句末"题"和"作"用重复了，或"题过诗"，或"作过诗"均可。全句似可标点为："清乾隆初年，时任广丰知县的詹广誉，还为封禁山题过诗。"

15. 第 79 页倒数第 7 行载："又没有有家庭拖累。"依文意，句中衍一"有"字，应为"又没有家庭拖累"。

16. 第 87 页第 9 行称，铜钹山"曾被明、清为朝廷封禁山"。全句文意不清，疑为"曾被明、清朝廷列为封禁山"。

17. 第 87 页倒数第 8 行称铜钹山"如果开发出来，将是人们旅游、度假、休闲的圣地"。依文意，句末的"圣地"疑为"胜地"之误。

18. 第 89 页第 4 行称铜钹山勘界是"以法确定其两方认可的边界线"。依文意，句首的"以法确定"疑是"依法确定"之误。

19. 第 89 页第 9 行载："铜钹山镇，也不例外，亦历程多次变换名称和所属地域领导关系。"依文意，句中"历程多次"疑为"历经多次"之误。

20. 第 92 页倒数第 5 行载："到北丈岩"，第 93 页第 1 行亦称"在北丈岩以上"，而在第 92 页倒数第 12 行却称是"百丈岩"。依铜钹山景区资料，当以"百丈岩"为是。

21. 第 94 页第 1 行摘引《广信府志》有关铜钹山的资料称："势幽绝欲，雨则云气蒸腾，旱祷辄应。井有九，登其三则险阻，其六不能覆深入矣。"对照原文，文中的字和断句皆有误：句首脱一"山"字；句中"覆"字为"复"字之误。全句似可断为："山势幽绝，欲雨则云气蒸腾，旱祷辄应。井有九，登其三则险阻，其六不能复深入矣。"

22. 第 94 页第 4 行载："为了以防勘界行程中，数十里荒山野岭没有人家，吃不上饭，喝不上水，还必须自己带上充足干粮。"依文意，句首"为了以防"疑为"为了预防"之误。

23. 第 95 页倒数第 11 行称上饶、广丰二县勘界，"双县勘界办同志顶酷暑、冒严寒"。句首这个"双县"的说法有点不伦不类，依文意，要么"双方"，要么"两县"。

24. 第 102 页第 6 行载："这里绞起的漩涡故事。"依文意，句中的"绞起"疑为"搅起"之误；"这里绞起的漩涡故事"不太好理解，不若说是"这里搅起旋涡的故事"。

25. 第 103 页第 9 行载："郑芝龙养兵自重，不发一兵一卒。"依文意，句中的"养兵自重"疑为"拥兵自重"之误。

26. 第 113 页第 5 行载："所以黄军巢军队要一边打仗，另一方面要抽调两万士兵开山修路。"这段话读来别扭，句中"黄军巢军队"，前一"军"字疑是衍文；似应改为："所以黄巢军队一方面要打仗，另一方面要抽调两万士兵开山修路。"

27. 第 117 页倒数第 3 行载："成了自己的领头上司。"依文意，句中"领头上司"疑为"顶头上司"之误。

28. 第 124 页第 1 行载："越构听了非常高兴。"依文意，句首的"越构"疑为"赵构"之误；赵构者，南宋高宗也。

29. 第 133 页第 14 行载："他们分散进入欧宁县城。"依文意，句中"欧宁县"疑为"瓯宁县"之误；第 134 页第 7 行的"欧宁县"亦同。

30. 第 136 页第 16 行载："曾经负书游学。"依文意，句中"负书游学"疑为"负笈游学"之误。该语出《晋书》"王裒传"："北海郍春，少立志操，寒苦自居，负笈游学。"笈，书箱；负笈是背负书箱的意思，不是"负书"。

31. 第 143 页第 6 行载："两支军队先后占领了封禁山周边三省的三十几个州、县、令、明军闻风丧胆。"句中"三十几个州、县、令、明军闻风丧胆"的说法不好理解；依文意应将"令"字后的顿号改成逗号并移至其前，即为"占领了……三十几个州、县，令明军闻风丧胆"。

32. 第 146 页第 14 行载："于是正统 12 年叶留宗正式举行了义旗。"依文意，句中"举行了义旗"疑为"举起了义旗"之误；抑或称之为"正式举行了起义"，也无不可。

33. 第 148 页倒数第 2 行载："两军合龙后曾全歼前来进剿的邓洪新部 2000 多人。""合龙"是水利建设中堵口截流过程中最关键的阶段，用在此处不妥，疑为"两军会合后"，或"两军合拢后"。

34. 第 150 页第 2 行称起义军"破牢释囚，开创济贫"。依文意，句中"开创济贫"疑为"开仓济贫"之误。

35. 第 154 页第 10 行至 19 行摘引明代《历代禁略》文，但未按原文摘录，多有改动和错漏，如第 10 行"正统 13 年（1448）"，当为"正统十三年"；第 11 行"如上饶 52 都 3 堡至 8 堡，民田七八十石及 53、54 都等，东至永丰 15 都等，西至铅山 13 都等田地，皆不得耕种"；当为"如上饶五十二都三堡至八堡，民田七八十石，及五十三、五十四等都，东至永丰十五等都，西至铅山十三等都，田地皆不得耕种"；第 13 行"凡居民通贼者尽行诛戮"，句首"录"误成了"凡"，当为"录居民通贼者尽行诛戮"；第 14 行"被寇者量行给复，迁之他所"，句中"徙"误成为"迁"，当为"被寇者量行给复，徙之他所"；第 15 行"悉石为障。余当溪水之冲不可施人力者，仍如宋元故事。于上饶设高洲、枫林、张湾、永丰设……"句首"悉"字后脱一"甃"字，句中"施"字后脱一"以"字，"张湾"后顿号应改作逗号，全句当为："悉甃石为障。余当溪水之冲，不可施以人力者，仍如宋、元故事。于上饶设高洲、枫林、张湾，永丰设……"第 17 行"月给口粮，今各分守信地"，句中"今"为"令"之误，当作"月给口粮，令各分守信地"；倒数第 4 行"违者藉没戍边"，句中"藉没"为"籍没"之误。

36. 第 160 页倒数第 5 行载："徘徊久之，复上跻重崖，二里，登绝顶，为浮盖最高处。"依文意，似当断为："徘徊久之，复上跻重崖二里，登绝顶，为浮盖最高处。"

37. 第 160 页倒数第 1 行载："别之南下，十里，即大道，已在梨岭之麓。"依文意，似当断为"别之南下十里，即大道，已在梨岭之麓"。

38. 第 162 页倒数第 1 行载："查找一些有关资料的地理知识。"疑全句是想表达查找资料的意思，故当改为："查找一些有关地理知识的资料。"

39. 第 167 页第 4 行载：张叔夜为"宋徽宗大观三年（1109）进士"。《广丰县志》第八篇《人物传》第 451 页，称张叔夜为"宋徽宗大观戊子（1108）进士"（此为大观二年），并注"光绪《江西通志》记为大观己丑进士"（此为大观三年）。查《江西通志》卷 16 第 53 页，果称张叔夜为"大观己丑科贾安宅榜进士"。《中国历代文状元》亦称贾安宅状元是"宋徽宗大观三年（1109）己丑科"。《中国历史大辞典》又称张叔夜为"宋徽宗大观四年赐进士出身"（此为 1110 年）。综上所述，张叔夜中进士有大观二年、三年、四年三说，故此事似当存疑。

40. 第 168 页第 5 行载："明代嘉靖年间（1522—1566）修的《永丰县志》卷一载：'张叔夜大观戊子王吴傍进士。'"依文意，句中是想说这县志是明嘉靖年间修的，但不必把公元年标出，使人误以为这县志修了 45 年；据史料，"大观戊子"（宋徽宗大观二年，1108）并未开进士科，也没有什么"王吴傍"进士；句中"王吴傍"，疑为"王吴榜"之误；与此相近似的有，宋徽宗政和八年（1118）戊戌科王昂榜。此前的第 39 条已述张叔夜中进士的时间有三说，此为第四说，且与同篇文章之前的说法相矛盾。

41. 第 168 页第 13 行载："并录有元代至十六年（1356）郡人徐观记乡记乡贤祠文。"依文意，句中"元代至十六年（1356）"，疑为"元代至正十六年（1356）"之误。"徐观"后的"记乡记乡贤祠文"，疑"记乡"二字是衍文，即为"《记乡贤祠文》"。

42. 第 168 页倒数第 3 行载："离张叔殉难仅 5 年。"依文意，句中"张叔"后脱一"夜"字。

43. 第 169 页倒数第 1 行载："绍兴三年（1133）十月已酉。"依文意，"已酉"疑为"己酉"之误。干支纪年、月、日皆无"已酉"。

44. 第 170 页第 1 行载："信州守臣王自忠言：臣幸得蒙恩剖符，假守之郡……臣不胜大愿，敢冒死请事下礼部，太常合议条奏。"依文意，句中"臣幸得"前应加前引号；断句应断在"敢冒死请"后，应加句号和后引号，这样才能使人读懂。全句似应标点为："信州守臣王自忠言：'臣幸得蒙恩剖符，假守之郡……臣不胜大愿，敢冒死请'。事下礼部、太常合议条奏。"

45. 第 181 页倒数第 3 行载："饶功美是江西省弋阳县漆工镇高桥村人。高桥村距方志敏的家乡漆工镇湖塘村仅咫尺之遥（不足一华里），故对饶功美这位几年前就追随自己参加农民暴动的老乡十分信任。"依文中表述，后句的主语应是"高桥村"，这就与后面的内容不合。或在"故"后加"方志敏"三字，成为"饶功美是江西省弋阳县漆工镇高桥村人。高桥村距方志敏的家乡漆工镇湖塘村仅咫尺之遥（不足一华里），故方志敏对饶功美这位几年前就追随自己参加农民暴动的老乡十分信任"；或将"方志敏"改成主语，成为"饶功美是江西省弋阳县漆工镇高桥村人。方志敏的家乡漆工镇湖塘村离高桥村仅咫尺之遥（不足一华里），故对饶功美这位几年前就追随自己参加农民暴动的老乡十分信任"。

46. 第182页第2行载："率领红十军途经过广丰县的枧底乡……"依文意，句中的"途经过"似重复表述，改成"途经"或"经过"均可，不必"途经过"。

47. 第195页第6行称广丰的反动派在人民革命面前"一个个如丧家之犬，惶惶不可终日，他们有的逃之外地躲避，有的拼搏纠集喽罗，拼凑大刀会……"依文意，句中的"拼搏"是褒义词，用在此处不妥，且与下文之义不合，故疑为"拼命"之误；"喽罗"疑为"喽啰"之误。

48. 第195页第11行载："敌人失败，并没有善罢干休。"依文意，句末的"善罢干休"，疑为"善罢甘休"之误。

49. 第195页第12行载："浦城廿坑义勇队队长柯世禄"，及第17行载："从浦城念坑出发"，这是浦城的两个地名吗？如是一个地名，则二者疑有一误。但"廿"是二十的意思，可读成"念"音，故亦疑这是同一地名的不同写法。

50. 第216页倒数第2行载："说你暗通九仙山盗寇，阴谋造成。"依文意，句末的"造成"疑为"造反"之误。

51. 第220页倒数第5行载："杨武死后，杨文断了一只臂膀，堪不负重，日要避清军炮火，夜要查岗哨怕清军偷袭。"依文意，杨武死后，杨文不是真的断了一只臂膀，而是比喻，故在"杨文"后应加一"如"字；句中"堪不负重"疑是"不堪重负"之误。

52. 第220页倒数第2行载："清军在猛烈地炮火掩护下，登上了九仙山。"依文意，句中"猛烈地炮火"，应是"猛烈的炮火"之误。

第十一辑　2010年9月

1. 第26页倒数第5行载："6月23日，国务院国函〔2000〕84号'关于同意江西省撤销上饶地区设立地级上饶市'。"作为"大事记"，这段表述并不完整，令人费解，依文意，似应补充为："6月23日，国务院国函〔2000〕84号'关于同意江西省撤销上饶地区设立地级上饶市的批复'下发。"脱"下发"二字。

2. 第26页倒数第3行载："7月10日，江西省人民政府赣府字〔2000〕97号'关于撤销上饶地区设立地级上饶市的通知'"。同前条原因，此段似应补充为："7

月 10 日，江西省人民政府赣府字〔2000〕97 号‘关于撤销上饶地区设立地级上饶市的通知’下发"。脱"下发"二字。

3. 第 26 页倒数第 1 行载："7 月 26 日，经中共上饶地委研究，饶字〔2000〕34 号（请示）中共上饶地委，上饶地区行署正式向中共江西省委、江西省人民政府上报《关于撤地设市筹备工作的请示》。"文中的"饶字〔2000〕34 号（请示）"应是上行文的文件头的固有格式，但因下文在文件标题中有"请示"二字，故在这里作为"大事记"的记述，可不必拘泥于文件头格式，重复地标明"请示"二字，似可改为："7 月 26 日，经中共上饶地委研究，以饶字〔2000〕34 号文，中共上饶地委、上饶地区行署正式向中共江西省委、江西省人民政府上报《关于撤地设市筹备工作的请示》。"

4. 第 27 页第 3 行载："同日，中共江西省上饶地委（请示），饶字〔2000〕37 号，正式向省委报送《关于召开中国共产党上饶市第一次代表大会的请示》。"同前第 3 条的理由，此段似应改为："同日，中共江西省上饶地委以饶字〔2000〕37 号文，正式向省委报送《关于召开中国共产党上饶市第一次代表大会的请示》。"

5. 第 27 页第 5 行载："同日，中共江西省上饶地委（请示），饶字〔2000〕38 号，正式向省委报送《关于召开上饶市第一届人民代表大会第一次会议的请示》。"同前第 3 条的理由，此段似可改为："同日，中共江西省上饶地委以饶字〔2000〕38 号文，正式向省委报送《关于召开上饶市第一届人民代表大会第一次会议的请示》。"

6. 第 27 页第 8 行载："同日，中共江西省上饶地委（请示），饶字〔2000〕39 号，正式向省委报送《关于召开中国人民政治协商会议第一届委员会第一次会议的请示》。"依文意，句中在"第一届委员会"前似脱"上饶市"三字；同前第 3 条的理由，此段似可改为："同日，中共江西省上饶地委以饶字〔2000〕39 号文，正式向省委报送《关于召开中国人民政治协商会议上饶市第一届委员会第一次会议的请示》。"

7. 第 27 页第 11 行载："7 月 26 日，中共上饶地委（请示），饶字〔2000〕35 号，向中共江西省委报送《中共上饶地委关于成立撤地设市筹备工作领导小组的请示》。"同前第 3 条的理由，此段似可改为："7 月 26 日，中共上饶地委以饶字〔2000〕35 号文，向中共江西省委报送《中共上饶地委关于成立撤地设市筹备工作领导小组的请示》。"

8. 第 28 页第 1 行载："8 月 20 日由同济大学建筑与城市规划学院博士生导师、中国城市规划学院副理事长、陈秉钊教授挂帅的……"依文意，句中的"中国城市规划学院副理事长"疑为"中国城市规划学会副理事长"之误，把"学会"误成了"学院"，只有学会有"副理事长"；"副理事长"后的顿号可删除。

9. 第 28 页第 8 行载："8 月 27 日，地委召开了中共上饶市第一次代表大会代表选举工作会议，就选举产生高素质党代表的有关问题和工作进行了具体部署。"句中及后文几处提及的"党代表"，依文意疑都是"党代会代表"之误。"党代表"是近代史上一个专用的政治名称，实际上是我军早期政治工作者的专称，是代表党在军队中实行领导工作的。而此处所要表达的是上饶市第一次党代会的代表，这是经过一定的组织程序选举产生的出席党的代表大会或代表会议的代表，他们只是代表选举他们的党员出席党的会议，讨论党的重大事项，选举党的领导机构的，并不代表党做任何的领导、组织工作，故不能把他们称为党代表。况在现实中，这些代表是有范围和届次之别的，如"一大代表""二十大代表"及"省某大代表"等。文中的"党代表"可称为"市一大代表"或"党代会代表"。

10. 第 28 页倒数第 8 行载："8 月 29 日，上饶地委下达饶发〔2000〕22 号《关于召开中国共产党上饶市第一次代表大会的决议。"依文意，句末脱一后书名号。

11. 第 31 页倒数第 3 行载："10 月 1 日，上饶市信州区正式成立……地区六套班子领导及地区中级法院院长方加初、地区检察分院检察长曹炳根分别与信州区六套班领导及法检两院领导一起揭牌、并向信州区六套班子及法检两院授印。"依文意，句中"分别与信州区六套班领导"疑为"分别与信州区六套班子领导"之误，"班"字后脱一"子"字；全句似可标点为："10 月 1 日，上饶市信州区正式成立……地区六套班子领导，及地区中级法院院长方加初、地区检察分院检察长曹炳根，分别与信州区六套班子领导及法、检两院领导一起揭牌，并向信州区六套班子及法、检两院授印。"

12. 第 33 页第 8 行载："主席团会议一致通过了第一次党代表大会主席团常务委员名单，通过大会副秘书长。"依文意，句中"主席团常务委员"疑为"主席团常务主席"之误；句末脱"名单"二字，应是"通过大会副秘书长名单"。

13. 第 34 页第 12 行载："全会通过了《选举办法》监票人名单。"依文意，"监票人名单"前应加一顿号或"及"字。

14. 第 35 页倒数第 6 行载："选举产生了中共上饶市纪委书记、副书记。"依文意，句末"副书记"后疑脱一顿号和"常委"二字，全句应为："选举产生了中共上饶市纪委书记、副书记、常委。"

15. 第 38 页倒数第 11 行载："10 月 13 日，上饶市人民代表大会第一次会议胜利闭幕式。上饶市人民代表大会第一次会议在顺利通过有关决定决议，"依文意，句中的"式"字，疑是衍文，用"闭幕"即可，如要用"闭幕式"，则在"上饶市"前应加"举行了"三字。句末的"决议"前应加一顿号。

16. 第 39 页第 1 行载："曹炳根当选为上饶市人民检察院检察长，并报请省人民检察院，检察长提请省人大常委会批准任命。"依文意，句中后一个"检察长"疑是衍文，全句当为："曹炳根当选为上饶市人民检察院检察长，并报请省人民检察院，提请省人大常委会批准任命。"

17. 第 39 页第 4 行载："大会以代表举手方式，通过了……"依文意，句中"大会以代表举手方式"疑为"大会以举手表决方式"之误。

18. 第 40 页第 9 行载："列席本次大会的有：……市政府各部门、群众、团体、中央省局单位中不是市政协委员的领导同志。"依文意，句中"群众"后的顿号应删除，即为"群众团体"；"中央省局单位"疑为"中央省属单位"之误。

19. 第 42 页第 1 行载："10 月 16 日，中共江西省上饶市委发出通知，'关于原地委各部门、行署各单位、群众团体机构和地直属企、事业单位更名的通知''关于……的通知''关于……的通知'。"因后面列有三个"通知"，故句中"发出通知"中的"通知"及其后的逗号可删除。

20. 第 45 页倒数第 1 行载："大事记根据地名办、市档案局、上饶日报提供资料整理而成。"依文意，句中"地名办"前应加一"市"字；"上饶日报"应加上书名号，其后还应加一"社"字，即"《上饶日报》社"。

21. 第 62 页第 3 行载："我们今天的上饶城始建于唐乾元元年（758）'乾元'。是唐肃宗李亨的年号。"依文意，句中"乾元"后的句号应移至前，全句应为："我们今天的上饶城始建于唐乾元元年（758）。'乾元'是唐肃宗李亨的年号。"

22. 第 62 页第 9 行载："上饶'牙越控闽襟淮面浙、隐然为要冲之会'的优越战略位置应该是设置州治的优先考虑。"句中的引文不知引自何处，且"牙越"一词未能解其意。

23. 第 63 页倒数第 7 行载："南宋的经济总量占全世界的 50%。这是世界史上的一个奇迹。"这个 50% 的说法不知有何依据？近在网上查找，也有说是占全世界的 22.7%，也不知是何出处。故当存疑才是。

24. 第 69 页倒数第 1 行载："我言秋日胜春潮（注 2）"。文末注 2 称此句"引自唐刘禹锡《秋词》一诗"，既是引文，又出了注，故应把此句用引号标注，且查原诗，"春潮"应是"春朝"之误，故应成"我言秋日胜春朝"；其后有注 3 至注 6 所示的内容皆是如此。

25. 第 70 页第 4 行指上饶"在一定意义是外省看我省的窗口"。这种表述读来别扭，似应在"意义"后加一"上"字，即成为"在一定意义上是外省看我省的窗口"。

26. 第 70 页倒数第 9 行载："拟制了《关于要求撤销上饶地区设立地级市实行市领导县的请示》。1999 年 7 月 9 日，时任地委书记王兴豹在主持召开的第 10 次地委委员会议上，审议通过了这份《请示》，同意呈报省政府并请转报国务院审批。"在第 13 行又载："1999 年 8 月至年底，新任地委书记陈达恒和行署专员黄建盛，先后就该《请示》正式行文，以饶行字〔1999〕58 号和饶行字〔1999〕82 号两文上报省府。"依前面在"大事记"中的记载和行文规范，"实行市领导县"后脱"体制"二字，应是"实行市领导县体制"；上报这一《请示》是地委、行署的公务行为，与谁主持开会无关，不必记述。且本纪念文集中诸多上行、下行文件，均未标出主持讨论的领导人姓名，唯独此处作了这种记述，实为不妥。尤其是对王兴豹这种严重涉黑的腐败分子，且其时已被判重刑，更不应刻意标示在这一十分严肃的纪念文章里。

27. 第 70 页倒数第 4 行载："同意了这一请求。"依文意，句末的"请求"疑是"请示"之误。

28. 第 70 页倒数第 1 行载："上饶地委和行署经过认真研究和精心布置，于 2000 年 7 月 26 日，就撤地设市筹备工作的步骤、组织领导机构和有关事情，以及召开中共市第一次代表大会，召开市第一届人大第一次会议，召开政协市第一届委员会第一次会议等，向省委和省政府连续上报了六份请示函。"句中三个会议的名称，在"市"字前均应加上"上饶"二字，即"中共上饶市第一次代表大会""上饶市第一届人大第一次会议""政协上饶市第一届委员会第一次会议"；句末的"六份请示函"中的"函"字是衍文，因这六份皆不是"函"，而是正经八百的"请示"。句中的"有关事情"，以公文表述应为"有关事项"

29. 第 72 页倒数第 8 行载："选举产生了上饶市第一届人大主任、副主任、秘书长、委员。"依文意，句中"第一届人大"后应加上"常委会"三字。

30. 第 73 页第 10 行载："市委书记、市人大主任在闭幕式上发表了讲话。"依文意，句中"主任"前脱"常委会"三字，后脱"陈达恒"三字，即应为："市委书记、市人大常委会主任陈达恒在闭幕式上发表了讲话。"

31. 第 75 页第 6 行载："上饶老干部活动中心、老同志大学综合楼的开张庆典也隆重举行。"依文意，句中"老同志大学"为"老年大学"之误；"开张庆典"的说法也不妥，似当称"落成庆典"为是。

32. 第 79 页第 1 行载："以及大会秘收处名组负责人名单。"依文意，句中"大会秘收处名组"，疑是"大会秘书处各组"之误，是把"书"误成了"收"，"各"误成了"名"。

33. 第 79 页第 6 行载："选举中共上饶市经律检查委员会。"依文意，句中"经律"应为"纪律"之误。

34. 第 80 页第 4 行载："上级驻新闻机构党员负责人应邀列席了大会。"依文意，句首"上级驻"后脱一"饶"字，即应为"上级驻饶新闻机构"。

35. 第 81 页倒数第 1 行载："党代表走出会场。"依文意，句首"党"字后应脱"代会"二字，即应为"党代会代表走出会场"；"党代表"是我军早期政治工作人员的专称，不可与"党代会代表"混同，详见本辑第 9 条所述。

36. 第 83 页第 5 行载："县（市、区）推荐代表名额 400 名，军代表名额 9 名。"依文意，句中"军代表"疑是"军队代表"之误。"军代表"是专用名词，不能用来表示参加"人大会"的军队代表。

37. 第 85 页倒数第 3 行载："到席本次大会的有。"依文意，句首"到"字应是"列"字之误，即当为"列席本次大会的有"。

38. 第 96 页第 2 行载："政协委员要围绕刚刚召开的中共一届一次全会提出的战略构想。"依文意，句中"中共一届一次全会"应为"中共上饶市委一届一次全会"。

39. 第 97 页第 5 行载："从事医药卫生工作的 13%，占总数的 4.74%。"依文意，句中的"13%"疑是"13 人"之误，因为后面有百分比。

40. 第 97 页第 8 行载："新上饶市五个民主党派市委会和市工商联合相继成立。"依文意，句中的"市工商联合"疑为"市工商联"或"市工商联合会"之误。

41. 第 97 页倒数第 11 行引用了江泽民的讲话，前面有前引号，但在引文结束处"也是政协的生命"后脱一后引号。

42. 第 106 页第 4 行载："2000 年 10 月 18 日上午，上饶撤地设市庆典大会结束后各级领导来到了市委、市人大、市政府、市纪委的机关门口，先后为市委、市人大、市政府、市政协、市纪委揭牌。"依文意，句中"结束后"脱一逗号；"市纪委的机关门口"前脱"市政协、"。

43. 第 112 页第 6 行载："特别是把市几套班子领导、市委各部门、市直各单位主要负责人集中封闭在三江市保险公司进行两天集中讨论规划。"句中"三江市保险公司"的表述易引起歧义，似应在"三江"后加一"的"字，并作必要的断句，全句似可断为："特别是把市几套班子领导，市委各部门、市直各单位主要负责人，集中封闭在三江的市保险公司，进行两天集中讨论规划。"

44. 第 112 页倒数第 9 行载："参加会议的有市委一届全会委员、候补委员，市几套班子党员负责同志。"依文意，句中"市委一届全会委员"疑为"一届市委全体委员"之误；"几套班子"前脱"其他"二字，后脱一"的"字；全句应为："参加会议的有一届市委全体委员、候补委员，市其他几套班子的党员负责同志。"

45. 第 113 页第 2 行载："《十五计划》通篇贯彻了中央十五届三中全会和省委十届十二次会议精神……"按规范，句中"中央十五届三中全会"应称为"党的十五届三中全会"。

46. 第 114 页倒数第 8 行载："把上饶建设成为江西经济强市。"句中"经济强市"前似脱一"的"字，即应为"江西的经济强市"。

47. 第 153 页第 9 行载："共获创作奖、表演奖共 14 个奖项。"句中"共""奖"的表述均重复多余，似应改为："共获创作、表演等 14 个奖项。"

48. 第 174 页倒数第 10 行载："市委、人大、政府、政协、军区分管领导等市领导任副主任……"句中"军区"疑为"军分区"之误；"等市领导"是重复的表述，应删除；全句应为："市委、人大、政府、政协、军分区分管领导任副主任……"

49. 第 179 页第 4 行载："每当我漫步于三江公园宽阔的广场或林荫小道赏丽景时，使我回想起昔日的民用工业景，真有'今非昔比，天壤之别'的感慨。"句中的"民用工业景"不知何意？

50. 第 179 页倒数第 9 行称昔日的上饶水南下滩头村环境极差，"成为上饶城闻名的'朝阳沟'"。"朝阳沟"是 20 世纪 60 年代上演的现代豫剧中的新农村，山清水秀，朝气蓬勃；而表现城市中环境极差的是解放初上演的话剧《龙须沟》，故疑此处的"朝阳沟"应是"龙须沟"之误。

51. 第179页倒数第3行载:"尤其是二十世纪七址年代以来,政府投入巨额资金,先后修建了宽阔坚固的丰溪大堤,浇灌起水泥丰溪路,起了丰溪排灌站。"依文意,句中的"七址年代"疑为"七十年代"之误;"浇灌起水泥丰溪路"疑为"修筑起水泥丰溪路"之误;"起了丰溪排灌站"疑为"建起了丰溪排灌站"之误。

52. 第180页第2行载"苍蚊灭绝,环境改善,蚊虫抗改名为文通巷"。依文意,句中的"苍蚊灭绝"疑为"蝇蚊灭绝"之误;"蚊虫抗"疑为"蚊虫坑"之误。

53. 第180页第5行载:"尤其是2006年改选落成面积15000平方米的三江公园。"依文意,句中"改选落成"疑是"改造落成"之误。

54. 第180页第8行载:"似乎颇能感受到古人'指堤杨柳醉春烟'的得意。"诗中的"指堤"难解其意。原来此处摘引的是清代高鼎的诗《村居》中的一句,原文是"拂堤杨柳醉春烟",可见句首是把"拂"误成了"指"。

55. 第180页第9行载:"亭台轩谢。"依文意,句中的"谢"疑为"榭"之误;"榭"是指建筑在台上的房屋,如"楼台亭榭"。

56. 第180页第9行载:"置身其间倒真有'春光赖困倚微风'的感觉。"引文中的"赖困"难解其意,原来这里摘录的是唐代诗人杜甫的《江畔独步寻花》其五,原句是"春光懒困倚微风",可见这里是将"懒"误成了"赖"。

57. 第182页倒数第11行载:"省政府副省长孙用和宣读国务院关于上饶撤地设市的批复批之后。"依文意,句中的"批复批之后",后一个"批"字是衍文,应是"批复之后"。

58. 第183页第4行载:"《上饶日报》除了用评论,社论等理论宣传形式直接阐述之外。"依文意,句中"评论"后的逗号可改为顿号。

59. 第183页第5行载:"《做好本职工作,迎接撤地设市》等四、五个专栏。"按照标点符号使用规范,"四"与"五"之间的顿号应删除;书名号应改为引号。

60. 第183页第9行载:"让人民的群众充分享受到知情权。"依文意,句中的"人民的群众"疑是"人民群众"之误,中间衍一"的"字。

61. 第183页第13行载:"他充分肯定了上饶革命战争年代,建国以来,尤其是改革开放以来上饶的社会进步。"依文意,句中"上饶的社会进步","上饶"二字是衍文,可删除;此外,"建国"应改为"新中国成立"。此句可改为:"他充分肯定了上饶革命战争年代,新中国成立以来,尤其是改革开放以来的社会进步。"

62. 第183页倒数第5行载:"上饶撤地市指导组组长张友南。"依文意,"上饶撤地"后脱一"设"字,应是"上饶撤地设市指导组组长张友南"。

63. 第184页第2行载:"通过报纸——射程最远的大炮(李瑞环语)传达到群众之中。"既然标明是引用党和国家领导人的讲话,就应将"射程最远的大炮"加上引号。

64. 第 184 页第 5 行载："题为'百岁老人刘爱兰看今秋'就发表在《上饶日报》的《五○周刊》上，在领导与群众心心相印，心灵共鸣上，起到了画龙点睛之效。"依文意，句中"就发表在"前应加一逗号；"心心相印"后的逗号应改为顿号。

65. 第 184 页第 12 行载："她对记者说，撤地设市会带动上饶飞快发展，让上饶变得更大更美好。我打心眼里高兴，感谢党和政府的好政策。"依文意，"她对记者说"后应加冒号，后面的原话应加上引号，句中的"更大"后应加一顿号。

66. 第 184 页倒数第 1 行载："他们为'三会一典忙碌'的通讯。"句中把上饶撤地设市中的党代会、人大会、政协会和庆典活动简缩为"三会一典"，似有不妥。"典"有众多义项，这样用易引起歧义，还是像本纪念集中其他文章中简缩为"三会一庆典"更为妥当。第 185 页第 4 行的"三会一典"亦然。

67. 第 185 页第 8 行载："通讯以饱满的热情介绍了上饶宾馆、教育大厦、军分区招待所、月兔春大酒店，银河大厦等服务接待等单位的老总和员工们，如何为：保证'三会'代表吃好住好而精心准备。"依文意，句中的"月兔春大酒店"应是"月兔春大酒店"之误；"银河大酒店"前的逗号应改为顿号；"接待等单位"中的"等"字是衍文，应删除；"如何为"后的冒号应删除。全句应为："通讯以饱满的热情，介绍了上饶宾馆、教育大厦、军分区招待所、月兔春大酒店、银河大厦等服务接待单位的老总和员工们，如何为保证'三会'代表吃好住好而精心准备。"

68. 第 187 页倒数第 6 行载："信州区代表队的方言表演唱《老姐妹喜狂新上饶》。"依文意，句中的"喜狂"疑为"喜逛"之误。即表演唱是《老姐妹喜逛新上饶》。

69. 第 190 页倒数第 5 行载："表现出上饶人民对新上饶美好明天的憧憬以及建设新上饶而不懈奋斗的决心。"依文意，"建设新上饶"前应加一"为"字。

70. 第 191 页第 4 行载："10 月 18 日上午的上饶到处洋溢着节日的喜庆气氛。赣东北大道、中山路、中心广场、信江大桥 1200 面彩旗迎风飘扬。"依文意，句中"上饶"后应加一逗号；"信江大桥"后应加一逗号。

71. 第 191 页倒数第 1 行载："夕阳红腰鼓队扭曲起秧歌。"依文意，句中衍一"曲"字，应是"扭起秧歌"。

72. 第 192 页第 6 行载："参加游城活动的人员……高呼热烈庆祝上饶撤地设市。"依文意，句中的"高呼"疑是"欢呼"之误；如要用"高呼"，则应成"高呼'热烈庆祝上饶撤地设市'等口号"。

73. 第 192 页第 8 行载："见证这一历史的广大市民穿着节日的盛装从四面八方走向市中心广场。"这一大段没有标点符号，难以一口气读完，似应断成："见证这一历史的广大市民，穿着节日的盛装，从四面八方走向市中心广场。"

74. 第 193 页第 3 行载："2000 年 10 月 18 日，上饶撤地设市正式挂牌。一晃，就过去了十年时间，回首往昔，我对参与上饶撤地设市时的电视新闻宣传报道紧张忙碌的情景至今都难以忘怀。"依文意，句中标点有误点和漏点，似应断成："2000年10月18日，上饶撤地设市正式挂牌，一晃就过去了十年时间。回首往昔，我对参与上饶撤地设市时的电视新闻宣传报道，紧张忙碌的情景，至今都难以忘怀。"

75. 第194页第5行载："我不能声张更不能离岗。"依文意，句中"声张"后应加一逗号，断成："我不能声张，更不能离岗。"

76. 第194页倒数第2行载："参与上饶撤地设的宣传报道付出了辛勤工作而倍感骄傲。"依文意，句中"撤地设"后疑脱一"市"字。

77. 第195页第3行载："2010年10月上饶市撤地设市十周年，这是上饶城市1800多年历史上的一个重要的节点。曾经的辉煌和正在诞生的种种奇迹及不断衍生的辉煌都浓缩在方寸之间的新老照片上。"依文意，句中"上饶市"中的"市"字是衍文；"上饶城市"中的"城市"是衍文，均应删除；句中还有标点缺漏，全句似应改为："2010年10月，上饶撤地设市十周年，这是上饶1800多年历史上的一个重要的节点。曾经的辉煌和正在诞生的种种奇迹，及不断衍生的辉煌，都浓缩在方寸之间的新老照片上。"

78. 第245页倒数第1行载："六、市人民检察院院长黄严宏。"依文意，句中的"院长"应是"检察长"之误。

第十二辑　2010年12月

1. 第10页第6行载："这里应该是鄱湖之滨比较定富庶的地区之一。"依文意，句中的"比较定富庶"疑是"比较安定富庶"之误，脱一"安"字；或衍一"定"字，删除即为"比较富庶"。

2. 第11页第9行载："造成人民生命财产的重损失。"依文意，句中"重"字后疑脱一"大"字，全句应是："造成人民生命财产的重大损失。"

3. 第16页第8行载："张璁、桂萼、霍韬、方献夫、汪鋐被称为'五臣'。"所谓"五臣"，历史上有多个"五臣"之说，但据史料，明嘉靖时称为"五臣"的，只有"议礼五臣"。此五臣除句中所列前四位外，还有一位是黄绾，但并无汪鋐。文中提到汪鋐在嘉靖朝的官运亨通，是其结交霍韬、方献夫、张璁、桂萼的缘故；这固然是一端，但最根本的原因是其能投嘉靖帝之所好。据史料，副都御史汪鋐在南赣提督军务时，于嘉靖七年即首进甘露，"奏是年元日甘露降于福建长泰、龙溪等县"。（《世宗实录》卷86第1966页）帝以甘露承瑞，赐汪鋐白金文币。汪鋐在"大礼议"中因方献夫、霍韬以交张璁、桂萼，这些议礼新贵在纂修《明伦大典》时，将这一祥瑞标之卷末，称之为这是帝在"大礼议"中的孝感所应。帝大喜，立擢汪鋐为都御史，后又任之为吏部尚书，大被宠任；而汪"鋐日夜先孚敬意排斥忤己，时当众攘臂骂大礼诸臣，鲜顾忌也"。（《国朝献徵录》卷25第282页）与张璁等结成死党，狼狈为奸，为举朝士大夫所不齿。

4. 第 17 页倒数第 3 行载：御史张寅论汪鋐"阴贼险狼，卑污苟贱，陆贽所谓'诡谀顾望，畏愞王毙'鋐兼有之"。依文意，句中的"险狼"疑为"险狠"之误；句中的"王毙"令人费解，查找史料，原来这是陆贽的奏疏中指出"君主六弊""臣下三弊"：即君主的"上好胜、耻闻过、聘辩给、眩聪明、厉威严、恣强愎六弊"；臣下的"诡谀、顾望、畏愞三弊"。此处是将"三弊"误成了"王毙"，两字皆错；再加上断句、标点的错误，故教人猜也猜不透。全句似应断为："阴贼险狼，卑污苟贱，陆贽所谓'诡谀、顾望、畏愞三弊'，鋐兼有之。"

5. 第 23 页第 11 行载：廷杖"成化前只是个别单独受杖刑，正德后却打出了瘾打出了规模，群臣谏南巡，一次上百人在午门打屁股，这就是嘉靖时的'左顺门事件'，至今仍令士人瞠目结舌"。文中的"打出了瘾"应是"打上了瘾"之误；另据《武宗实录》卷 172 记，正德十四年三月二十日，因廷臣抗疏谏武宗南巡，帝令"下郎中等官黄巩等六人于锦衣卫狱，孙凤等一百七人罚跪于午门"；二十五日"杖郎中孙凤等一百七人于午门，各三十"。但这却不是嘉靖时的"左顺门事件"。所谓嘉靖朝的"左顺门事件"，是指嘉靖三年七月十五日，群臣跪哭左顺门争"大礼"，"上大怒，遂命逮系马理等一百三十四人于狱，何孟春等二十有一人、洪伊等六十有五人姑令待罪"；七月二十日"乃令拷讯丰熙等八人，充戍。其余四品以上姑令于午门前宣谕停俸，五品以下各杖之。是时诸臣被系死者：编修王思……等十有六人"。（《世宗实录》卷 41）文中把正德时的午门行杖与嘉靖朝的"左顺门"哭谏事件混在了一起，难怪叫人摸不着头脑。

6. 第 25 页第 3 行载："赵之谦（1829—1884），会稽（今浙江绍兴）人。"依介绍古人籍贯的模式，"会稽"前应加"清浙江"三字。

7. 第 28 页第 13 行载："一行到达鄱阳，开始了了解县署和辖区的环境。"依文意，句中衍一"了"字，应是"开始了解"。

8. 第 28 页倒数第 4 行载："自三月一日接印视事后给其好友舒梅圃的信中道。"依文意，句中"接印视事后"下应加一逗号，再加"就在"二字；全句应为："自三月一日接印视事后，就在给其好友舒梅圃的信中道。"

9. 第 29 页第 1 行载："惟有矢慎矢勤，籍作鸠藏而已。"依文意，句中"籍作"当为"藉作"之误。

10. 第 29 页第 11 行载："大水退去他有亲往勘验，才不至于遭受蒙骗。"依文意，句中在"大水退去"后应加上一逗号；"他有"疑为"他要"之误。

11. 第 32 页第 6 行载："赵之谦得知后将其羁押，不畏得罪权贵，重杖之，民心大快。"依文意，句中"赵之谦得知后"后应加一逗号；"不畏得罪权贵"应移至"将其羁押"前；全句应断成："赵之谦得知后，不畏得罪权贵，将其羁押，重杖之，民心大快。"

12. 第 38 页第 10 行载："稼轩虽被时人称为'风调不群'，但也可见其妻在辛弃疾眼中的地位。"前有"稼轩",又作"其妻",再称"辛弃疾",这种说法重复且很别扭。依文意,似可改作:"稼轩虽被时人称为'风调不群',但也可见妻子在其眼中的地位。"

13. 第38页第12行载:"范氏的生卒年具不详。"依文意,句中的"具不详"疑为"俱不详"之误。

14. 第47页第7行载:"从近到远逐年扩大兼济范围,淳熙见兼济仓储粮已达百担。"依文意,句中"见"字疑为"间"字之误。

15. 第49页第4行载:"高宗皇帝览其对,定为第一,意料其人是位老成之士,揭卷后才知是一翩翩少年。其感惊异。"依文意,句末"其感惊异"疑为"甚感惊异"之误。

16. 第49页倒数第8行载:"同时,还针对秦桧进行强烈抨击'当今倡言抗金复国的大臣,有的被逮捕判刑,有的被贬官,那些迎合当权者的小人,却被升官重用,造成了小人当道,庸碌无能之辈在位的局面,而忠臣义士却无立足之地,这才是当今存在的最重大问题'。"依文意,"强烈抨击"后应加一逗号;而此下加了引号的一大段话,并不是汪应辰的原话,而是以今人的口语转而叙述的,故不应加引号,只需在"当今"前加上"指出"二字即可。

17. 第53页第1行载:"汪应辰后来辞官归乡隐居永嘉菰田(今浙江省永嘉县岩坦镇屿北村)。"汪应辰是信州玉山人,"辞官归乡"怎会隐居浙江永嘉?《宋史》"汪应辰传"不见有此说;即便有这一史实,也不应说成"辞官归乡",而应是"辞官归隐"。

18. 第66页倒数第7行载:"身上到处都'虱子'。"依文意,句中"都"字后疑脱一"是"字或"有"字。

19. 第67页第2行载:"确实太饿了,我们再会想到吃一点点。"依文意,句中"再"字,疑是"才"字之误。

20. 第76页第2行载:"其中有1983乡探亲时实地参观考察广丰县……"依文意,句中"1983乡"疑为"1983年"之误。

21. 第77页第5行载:"每每谈起这些,家乡人民就会对吴老、肃然起敬。80年代初期,吴俊发先生在上饶市县美协负责人陪同下。"依文意,句中"吴老"后的顿号可删除;"上饶市"后应加一顿号。全句应为:"每每谈起这些,家乡人民就会对吴老肃然起敬。80年代初期,吴俊发先生在上饶市、县美协负责人陪同下。"

22. 第77页第12行载:"在吴老的关心下,如今上饶的版画事业开展的红红火火,涌现出一批上饶版画界的精英,他们版画作品多次在国内外的大型展览上获奖"。这种记述拖沓重复,使文义难解;依文意,句中"开展的"三字可删除;"上饶版画界的"六字可删除;"他们"后应加一"的"字,删除"版画"二字。全句可改为:"在吴老的关心下,如今上饶的版画事业红红火火,涌现出一批精英,他们的作品多次在国内外的大型展览上获奖。"

23. 第 77 页第 15 行载："广丰县政府决定筹建建设'吴俊发美术馆'。"依文意，句中"建设"二字为衍文，可删除。全句改为"广丰县政府决定筹建'吴俊发美术馆'"即可。

24. 第 77 页倒数第 8 行载："他的卓著成就名声享誉中外。"依文意，句中"名声"二字为衍文，全句为："他的卓著成就享誉中外。"

25. 第 81 页倒数第 10 行载："大家都不顾背枪了，由我一个人一直背到贵州修文县。"依文意，句中的"不顾"疑为"不愿"之误。

26. 第 91 页倒数第 4 行载："……响水滩乡已划归油墩街区营辖。"依文意，句末"营辖"应为"管辖"之误。

27. 第 104 页倒数第 2 行载："自八岁开始向张美娟练功学戏。"句中"向张美娟学戏"犹可，如称"向张美娟练功"则不通。依文意，似可改为："自八岁开始拜张美娟为师练功学戏。"

28. 第 106 页第 1 行载："上海京剧、著名表演艺术家李炳淑，上海京剧院，国家一级演员孙爱珍，著名京剧表演艺术家马长礼先生，还有远在北京京剧院、国家一级演员的姚宗儒亲临演出会场。"这一段用字、标点多有误，依文意，"远在"二字似为多余；全句似可改为："上海京剧院著名表演艺术家李炳淑，上海京剧院国家一级演员孙爱珍，著名京剧表演艺术家马长礼，还有北京京剧院国家一级演员姚宗儒，都亲临演出会场。"

29. 第 122 页第 5 行载："毛泽东于 1934 年初提出这的基本政策时。"依文意，句中"这的"疑为"这个"之误。

30. 第 122 页第 11 行引用了毛泽东在《关心群众生活，注意工作方法》中的一段话："赣东北的同志们也很好的创造，他们同样是模范工作者。"句中"也很好的创造"不好理解，对照原文，"也"字后面脱一"有"字，即"赣东北的同志们也有很好的创造，他们同样是模范工作者"。

31. 第 123 页倒数第 3 行载："毛泽东为释怀对方志敏的战友情结，指出'要多宣传方志敏烈士'，其根本用意，就是要让千古不朽的方志敏精神在神州大地发扬光大。""释怀"一是指抒发情怀，二是指放心、无牵挂。不管用何意，放在此处都不太妥当。因为这既不是抒发"对方志敏的战友情结"，也不是放下"对方志敏的战友情结"，而是怀着"对方志敏的战友情结"。依文意，似可将"为释怀"改为"怀着"。

32. 第 137 页第 6 行载："在灵堂缅怀、追思他（她）们英勇壮烈的往事。"因此文是要记述一女烈士的事迹，故在"他"后加上了一个"她"，其实不必，因烈士有男有女，《现代汉语词典》注明：在书面上，若干人全是女性时用"她们"，有男有女时用"他们"，不用"他（她）们"。这里用"他们"即可。

33. 第 137 页第 9 行载："要说这件事的前后经过，得先从上世纪 1927 年 8 月 7

日，党中央在汉口召开了具有重大历史意义的'八七会议'……"按照文中叙事的结构，既有"得先从"，后面就应有"说起"相呼应，但一直说到最后都没有出现这两个字，故疑句中是脱此二字。全句似可改为："要说这件事的前后经过，得先从20世纪的1927年8月7日说起，其时党中央在汉口召开了具有重大历史意义的'八七会议'……"

34. 第147页第10行载："水南街地区驻有国民党第三战区官部一些机关。"依文意，句中"战区"后脱一"长"字，即"第三战区长官部"。

35. 第154页倒数第1行载："辗转活动于太原、榆次第10多个县市乡村。"依文意，"榆次"后的"第"字疑是"等"字之误。

36. 第156页第3行载："陈明背着丁玲做出似乎'理智'的扶择。"依文意，句末的"扶择"疑是"抉择"之误。

37. 第161页第10行载："陈明也写了相当与《'牛棚'小品》的续篇《三访汤原》等作品。"依文意，句中"相当与"疑是"相当于"之误。

38. 第166页倒数第5行载："国内已有很多学才对百越民族史进行了研究。"依文意，句中的"学才"疑为"学者"之误。

39. 第167页倒数第6行载："春秋战国时，在浙江地区有吴国和越国两个越人建立的国家。"据史料，吴国先后建都今无锡、苏州，其地在今江苏、上海的大部，及安徽、浙江的一部分；越国建都在今绍兴，其地在今浙江，及江西、福建一部。故不能笼统说吴国、越国在今浙江地区，似应改为"在今江、浙地区"为是。

40. 第168页第4行载："在浙江地区有吴国和越国两个越大建立的国家。"依文意，句中"浙江地区"疑为"江浙地区"之误，详见前第39条所证；"越大建立"疑为"越人建立"之误。

41. 第172页第14行摘引《鄱阳县志》一段记载："英布城在县西北百五十里，布为芮婿，使将兵屯比。"依文意，句中"芮婿"疑为"芮婿"之误，"芮""芮"二字虽形似，但音、义皆不同；而英布为番君吴芮之婿。句末"屯比"疑为"屯此"之误。

42. 第173页第4行载："顾不得英布是刑徒，幸然纳叛，并以女许配于英布。"依文意，句中"幸然纳叛"疑为"欣然纳叛"之误。

43. 第173页第11页行载："番阳人尊之曰'番君'，后并立庙杞之。"依文意，句末"杞之"疑为"祀之"之误。

44. 第173页第12行载："吴芮深知，作为一个朝庭命官。"依文意，句中"朝庭命官"疑为"朝廷命官"之误。

45. 第173页第13行载："陈胜、吴广、项习、刘邦等相继起义。"依文意，句中的"项习"疑为"项羽"之误。

46. 第173页倒数第3行载："万人屯兵于此，万人练兵于此，此在兵器库存之多之大，最快就顺理成章了。故传说也不是空穴来风吧。黄土包包周边出现的大量铁剑，大量古砖是有目的，是否是当年英布练兵场兵器库存遗留之物。"这段文字读来拗口难解；依文意，句中"此在"疑为"此处"之误；"最快"疑是"很快"之误；"是有目的"疑为"是有用的"之误；"兵器库存遗留之物"疑是"兵器库遗留之物"之误，"存"字是衍文，此下 174 页第 9 行"兵器库存"及第 12 行"兵器库存"中的"存"字皆为衍文。

47. 第 174 页倒数第 3 行载："英岸上起义反秦后，他是如何来到番阳的？"句中的"英岸上"不知何意，依文意，疑为"英布"之误。

48. 第 175 页第 6 行载："史记，布列传有这样记载：'遂大战，布军败走，渡淮，数止战不利，百人走江南。布故与番君婚，以故长沙哀王使人给布，伪与亡，诱走越故信而随之番阳。番阳人杀布兹乡民田舍，遂灭黥布。'"句首"史记"应加书名号，"布列传"应为"黥布列传"，并应加上引号。所引文与《史记》卷 91 "黥布列传"对照，"百"字前脱一"与"字，后脱一"余"字；"给布"为"给布"之误；断句、标点亦有错，原文应断成："遂大战，布军败走，渡淮，数止战不利，与百余人走江南。布故与番君婚，以故长沙哀王使人给布，伪与亡，诱走越，故信而随之番阳。番阳人杀布兹乡民田舍，遂灭黥布。"

49. 第 175 页第 9 行载："长沙王吴臣是英布妻妾，番阳是其与吴芮起义老巢，英岸上毫无防备来到番阳，落入吴芮的圈套，遭来杀身之祸。"依文意，句中的"妻妾"疑为"妻弟"之误；"是其"应为"是英布"之误；"英岸上"应是"英布"之误；"遭来"应是"招来"或"遭到"之误。另，文中称英布"落入吴芮的圈套"，显误。英布反汉，事在汉高祖十一年（公元前 196），而吴芮早在此前六年的汉高祖六年（公元前 201）已逝，诱英布至番阳的是吴芮之子、袭长沙王吴臣，故此处的"吴芮"应是"吴臣"之误。

50. 第 175 页第 11 行载："《万有文库存，读史方舆纪要》云：'为长沙王哀王，辊外，余干县志亦有记载说，吴芮是余干人，英岸上战败后，逃至余干邓墩，被吴芮之子吴臣诱杀在民居里。'"依文意，句首的"万有文库存，""存"字和逗号是衍文，"文库"后可另加一间隔号；文中引《读史方舆纪要》文，有前引号，却不见有后引号，且引文也只有"为长沙王哀王"数字就没有了下文了；据《读史方舆纪要》卷 85 载："又英布置城，在府西北百五十里，汉初吴芮筑以居布。布，芮婿也，汉高十一年，布败于淮南，走渡江，为长沙哀王所诱，至番阳，番阳人杀之于兹乡，盖即此地云。"可见此处只引"为长沙王哀王"是错漏了一大段文字。另"辊外"疑是"另外"之误；"英岸上"为"英布"之误。

51. 第 175 页倒数第 9 行载鄱阳、余干两县志所记"均同《史记》中记载一亲是'诱杀于民宅'"。依文意，句中"一亲"疑是"一样"之误。

52. 第 175 页倒数第 6 行载："英布在番阳仅近一年时间，虽娶妻，但有后代留在番阳不得而知。"后句所表达的意思不明确，使人不解；疑"有"字后脱一"无"字，即为："但有无后代留在番阳不得而知。"

53. 第 176 页第 1 行载："英岸上城是吴芮的屯兵地，吴芮、英布、梅助刘邦打天下远征后，大后方的兵器库存不会放弃中。"依文意，句首"英岸上"疑是"英布"之误，倒数第 10 行的"英岸上"亦同；"梅助"疑是"帮助"之误；"库存"中的"存"（倒数第 7 行的"库存"的"存"亦同）、"放弃中"的"中"，疑皆是衍文。全句似可断为："英布城是吴芮的屯兵地，吴芮、英布帮助刘邦打天下，远征后，大后方的兵器库不会放弃。"

54. 第 176 页第 7 行载："并世世代代秉成祖训，守护英布墓。"依文意，句中的"秉成"疑为"秉承"之误。

55. 第 176 页倒数第 1 行载："望学者及读指正赐教。"依文意，句中"读"字后疑脱一"者"字。

56. 第 177 页第 5 行载："基督教、天主教属于这种普遍的社会宗教文化。早在明代后期就伴随着中西交通交往而传入我国的外来宗教。"如在"宗教文化"后用句号，则后句就没有了主语，故应改作逗号，以使"基督教、天主教"成为后句的主语；全句可改为："基督教、天主教属于这种普遍的社会宗教文化，早在明代后期就伴随着中西交通交往而传入我国，是外来宗教。"

57. 第 178 页第 1 行载："传教士常常被使用为先驱者。"依文意，句中"被使用"疑为"被利用"之误。

58. 第 179 页倒数第 3 行载："在 1853 年在太平天国军攻入鄱阳时烧毁。"这话读来别扭，句中第二个"在"字可删除；"太平天国军"，要么为"太平军"，要么为"太平天国军队"均可。全句即为"在 1853 年太平军攻入鄱阳时烧毁"。

59. 第 180 页第 12 行载："修女二人（胡彩莲于舒柏花。"依文意，句中"于"字疑是"与"字之误。

60. 第 180 页倒数第 11 行载："鄱阳天主教的传教活动还影响到辖区内的六个县，即乐平县、景德镇（浮梁县、万年、德兴、余江、余干县）。"这样的表述，好像括号中的五个县都属景德镇管辖。似可改记成："即乐平、浮梁（景德镇）、万年、德兴、余江、余干县。"

61. 第 180 页倒数第 5 行载："天主教传入上饶约十九世纪七十年代传入铅山县河口镇。"又讲传入上饶，又讲传入铅山，叫人摸不着头脑；猜测作者的意图是想说传入现在的上饶市范围内，是从传入铅山开始的。按此意，则应改成："天主教传入上饶地区，是在约十九世纪七十年代最先传入铅山县河口镇。"

62. 第 181 页第 7 行载："天主教会在河口镇火爆街（会复兴路）选定新址。"依文意，句中"火爆街"应为"火炮街"之误；"会复兴路"疑是"今复兴路"之误。

63. 第 182 页第 3 行载："最早来铅山的传教士称'白神父'（法国籍人），其后历经 11 名, 其中法籍 2 人……" 句中 "法国籍人" 的说法重复, 称 "法国人" 或 "法国籍" 均可; "历经 11 名", 应作 "历经 11 人" 为好。

64. 第 182 页倒数第 3 行载: "横峰天主教堂, 横峰天主教隶属于河口天主教总堂。约清末民国初年期间传入横峰。" 句中多有重复, 如 "横峰天主教" 五字可删除; "清末民国初年期间" 可简化为 "清末民初"。全句可为: "横峰天主教堂, 约清末民初传入横峰。"

65. 第 183 页第 2 行载: "教徒 20 余人, 公布在县城、铺前……等地。" 依文意, 句中的 "公布" 疑为 "分布" 之误。

66. 第 183 页第 7 行载: "基督教又称耶稣教, 是以信奉耶稣基督为救世主宗教。" 依文意, "宗教" 前应加一 "的" 字, 即 "为救世主的宗教"。

67. 第 183 页倒数第 11 行载: "西方的传教士……纷至踏上这东方古老大地。" 句中的 "纷至踏上", 生涩怪僻, 似可改为 "纷纷踏上"; "这" 字后应加一 "片" 字, 即为 "这片东方古老大地"。

68. 第 184 页倒数第 1 行载: "同事在下西街三官殿张家, 设立了教会医院。" 依文意, 句中的 "同事" 疑为 "同时" 之误。

69. 第 185 页第 7 行载: "这时上海差会还派遣了名姓任的教士来上饶。" 依文意, 句中 "名姓任的教士" 疑为 "一名姓任的教士", 脱 "一" 字。

70. 第 187 页倒数第 3 行载: "日军企图打通浙赣铁路, 支援太平洋争。" 依文意, 句末 "太平洋争" 疑为 "太平洋战争" 之误, 脱一 "战" 字。

71. 第 188 页倒数第 8 行载: "如 80 岁的老基督教徒宋尚林执事告知, 他一家……也见过葛。文牧师。" 依文意, 句中的 "告知" 疑为 "告称" 之误; "也见过葛。文牧师。" 应为 "也见过葛、文牧师" 之误 (前面 187 页有记载)。

72. 第 189 页第 3 行载: "1899 年他们够得民房一幢, 整修后改做了教堂。" 依文意, 句中 "够得" 疑为 "购得" 之误。

73. 第 189 页第 4 行载: "受南昌教案的影响和义和团反帝运动的勃兴。" 这种说法有些拗口, 依文意, 似可作: "受南昌教案和义和团反帝运动勃兴的影响。"

74. 第 189 页第 11 行载: "教徒的发展, 就医者的增多, 使祝福三感到教堂小狭小, 于是在宣统三年 (1911) 在县城北门购地 5 亩。" 依文意, 句中 "小狭小" 疑为 "狭小" 之误; "在宣统" 应是 "宣统" 之误; 因后面有 "在" 字, 前面的 "在" 字可删除, 即为 "于是宣统三年 (1911) 在县城北门购地 5 亩"。

75. 第 190 页第 1 行载: "湖北黄梅人吴石磐牧师来到鄱阳县城中心中购得一处房屋。" 依文意, 句中的 "中心中" 后一 "中" 字是衍文, 可删除。

76. 第 190 页第 3 行载: "常常悬牌讲演在场听众很多。" 全句没有断句, 叫人难以一口气读完, 似可断成: "常常悬牌讲演, 在场听众很多。"

77. 第 190 页倒数第 10 行载: "1981 年春节西·波舍斯和儿子敦·波舍斯重返余

干观光旅游。"依文意，应在"1981年春节"后加一逗号。

78. 第190页倒数第7行载："培植了一批忠实于教会的骨干传教士。此后，影响逐步扩大，教徒日益多。"依文意，句首"培植"疑为"培养"之误；句末"教徒日益多"疑为"教徒日益增多"之误，脱一"增"字。

79. 第191页第1行载标题"江南名刹莲花山传记"，难道莲花山是一座古庙的名称吗？或如本页下图所示为"莲花山寺庙"。据笔者了解，鄱阳莲花山古寺为"白云寺"。不知为何要把"白云寺"改成"莲花山"？

80. 第191页第5行载："转辗于黄山、婺源、浮梁等地。"依文意，句首"转辗"应为"辗转"之误。

81. 第191页第6行载："一天佛晓前，他发现……于是，既由斯地出发，向西南方向续作云游。"依文意，句中"佛晓"疑为"拂晓"之误；这个"佛晓"在古文中犹可，在当下行文中则不当。"既由"疑为"即由"之误。

82. 第193页倒数第8行载："朝拜者之多，常以万计。除本县本乡者外，多为鄱阳湖……以及安徽的祁门、湖北的黄梅等善男信女。"依文意，末句中"安徽的""湖北的"中的"的"字可删除，"等"字后加"地的"二字，成为"以及安徽祁门、湖北黄梅等地的善男信女"。

83. 第194页第11行载："使活动既庄严肃目，又扣人心弦。"依文意，句中"庄严肃目"疑为"庄严肃穆"之误。

84. 第194页倒数第10行载："曾一度上山入庙光观并特于此留宿。"依文意，句中"光观"应为"观光"之误。

85. 第196页第6行载："清光绪二十五年（1899），铅山、弋阳人民面对教会及其帮凶的侵权罪恶，在孰不可忍的情况下放火烧毁了设在河口的天主教堂。"句中的"孰不可忍"，是成语"是可忍，孰不可忍"的后句。"孰不可忍"意为"那还有什么不可容忍的"？故用在这个语境中是不妥的。依文意，似可将"孰不可忍"改为"忍无可忍"。

86. 第197页第3行载："在河口大舰渡租了1栋店屋作为天主教堂。"依文意，句中的"大舰渡"疑为"大航渡"之误。

87. 第198页倒数第6行载："趁有些人因某利原因而发生的一时无力结算的困难。"依文意，句中的"某利"疑为"某些"之误。

88. 第198页倒数第5行载："钱自旧历年底借出，正月份底便要归还，只一个月就要加一的利息。"句中的"正月份底"说来别扭，只说"正月底"即可，"份"字应是衍文。

89. 第204页倒数第5行载："作为文史读刊真实再现历史曾经发生过的场景，也应无可厚非。"句中的"文史读刊"有些生涩，依文意，作"文史刊物""文史读物"或"文史期刊"均可；"历史"后应加一"上"字；全句似可断为："作为文史读物，真实再现历史上曾经发生过的场景，也应无可厚非。"

90. 第204页倒数第3行上饶收藏界的"周云辉"，与倒数第1行提供老照片的"周之辉"，是两人还是一人？依文中所述，疑是一人，则这两个名字保留一个即可。

91. 第226页第9行载："在照相馆内还有一幅引用唐朝刘禹锡的《陋室铭》而撰写的对联'往来有鸿儒，座上无白丁'道出了刘伯甫所交的都是读书人。"文中的对联"往来有鸿儒，座上无白丁"并不是引自刘禹锡的文中，刘禹锡《陋室铭》中的原文是："谈笑有鸿儒，往来无白丁。"

92. 第234页第1行载："就目前来说，人民照相馆还是江西省唯一一家仍保持是国有的照相馆，由于没有这么大范围调查能力，据人民照相馆现任经理邱泽华了解，这种体制的还有可能是全国唯一的。"依文意，句中的"国有的"，应是"公营的"之误；"据"字前应加一"只"字；"这种体制的"后面应加上"照相馆"三字。全句可改为："就目前来说，人民照相馆还是江西省唯一一家仍保持是公营的照相馆。由于没有这么大范围调查能力，只据人民照相馆现任经理邱泽华了解，这种体制的照相馆还有可能是全国的唯一。"

93. 第236页第5行载："在中国浩瀚如海的古籍中。"句中的成语"浩瀚如海"是形容水势大的样子，一般比喻气势宏伟，这里用来形容古籍，似有不妥。而成语"浩如烟海"是用来形容文献、资料非常丰富的，故此处似可用"浩如烟海"为是。

94. 第239页倒数第8行载："余干、鄱阳等环湖地血吸虫病疫情回升显著。"依文意，句中"环湖地"后面疑脱一"区"字。

95. 第245页倒数第3行载："它们与自然景结合得如此协调和谐。"依文意，句中的"自然景"后面疑脱一"观"字。

第十三辑 2011年3月

1. 第25页第9行载："如《冬青树》歌颂爱国志土文天祥的至死不屈的斗争精神。"依文意，句中的"爱国志土"应为"爱国志士"之误。

2. 第27页第4行载："统治者'设下这个钟票九品官……'"依文意，句中的"钟票九品官"疑为"钟粟九品官"之误。

3. 第27页第9行载："蒋士铨朦胧地意识地只有冲决封建专制的罗网。"依文意，句中的"意识地"应为"意识到"之误。

4. 第28页第9行载："《藏园九种曲》在创作性地揭示戏剧冲突。"依文意，句中的"创作性"疑为"创造性"之误。

5. 第29页第11行载："《四弦秋》脱稿后，蒋士铨亟付家伶使登扬按拍，延宾共赏。"依文意，句中"亟付家伶"后应加一逗号；"登扬"疑为"登场"之误；全句似可断为："《四弦秋》脱稿后，蒋士铨亟付家伶，使登场按拍，延宾共赏。"

6. 第32页倒数第7行载："由他作主要的联络事宜。"句中的"作"与所指向的

"事宜"搭配不妥，似应改成"担负"或"负责"。

7. 第 32 页倒数第 3 行载："子谷画竹，悲鸿补松并题日："依文意，句中的"题日"应为"题曰"之误。第 33 页第 11 行的"名日"亦为"名曰"之误。

8. 第 39 页第 14 行载："柳子谷自命怀玉山人。"句中的"自命"，意为"自己认为，多指过高地估计自己"，故用在此处似有不妥，依文意，似当改为"自号"为宜。"怀玉山人"应加上引号。全句可为："柳子谷自号'怀玉山人'。"

9. 第 39 页倒数第 10 行载："常油然而生虽万千人吾往矣之豪情。"句中的引语"虽千万人吾往矣"是句俗语，出自《孟子·公孙丑上》，意为纵有千万人阻止，我也勇往直前。故句中"万千人"当为"千万人"之误；同时，这句引语应加上引号。全句可为："常油然而生'虽千万人吾往矣'之豪情。"

10. 第 39 页倒数第 5 行载："他为家乡题下了这样的语句：如玉之洁，如山之高，山清水秀，地灵人杰。"四句题词应加上引号。全句应为："他为家乡题下了这样的语句：'如玉之洁，如山之高，山清水秀，地灵人杰'。"

11. 第 40 页第 2 行副标题"辛亥革命广信首任知府李建鼎"。依文意，句中"辛亥革命"后，应加"后的"二字，即"辛亥革命后的广信首任知府李建鼎"。

12. 第 40 页第 9 行载："外祖父家世代以读书为荣。"文中对主人翁用了"外祖父""李建鼎""他"三种称呼，容易引起混淆。既然文章标题、副题已说明李建鼎是"我的外祖父"，故在文中任选其一作为主人翁的称呼即可。

13. 第 40 页倒数第 9 行载："家境却已开始沦落。"句中的"沦落"意为被驱逐流落、陷入不良的境地，这不太符合"外祖父"家当时的现状。依文中所述内容，还是称"中落"较为贴切。

14. 第 40 页倒数第 8 行载："但屡考乡试不弟。"依文意，句中的"不弟"应为"不第"之误。

15. 第 41 页第 6 行载："李建鼎彭程万这一对挚友关系实在非同寻常。"句中不断句、不标点，造成阅读困难。依文意，似可断为"李建鼎、彭程万这一对挚友，关系实在非同寻常"。

16. 第 41 页第 8 行载："同时考进秀才。"依文意，句中"考进"疑为"考中"之误。

17. 第 41 页倒数第 2 行载："此时彭程万已先期回到江西在俞应麓……"依文意，句中"江西"后应加一逗号断句。

18. 第 42 页倒数第 6 行载："外祖父就成为辛亥年的首任广信知府。"据同页倒数第 3 行称"外祖父临危受命，成为知府之时……当时清宣统皇帝刚刚逊位"。宣统帝公布逊位诏书在 1922 年 2 月 12 日，已是宣统三年的十二月二十五日了，故"外祖父"在王赓年死后紧急接任广信知府，当在民国元年了，故不应再称"辛亥年"，改为"辛亥革命后"更为妥当。

19. 第 42 页倒数第 3 行载："外祖父临危授命。"依文意，句中的"临危授命"应是"临危受命"之误，说"授命"就把意思讲反了。

20. 第 43 页倒数第 11 行载："民国之年（1912），时值光复之际。"依文意，句中"民国之年"疑为"民国元年"之误。

21. 第 44 页第 11 行载："父亲因反袁被捕入狱，泰和县各界人士发了数十通电报要求省政府放人。"此句前后明明都在说"外祖父"在任泰和县知事时，因反对袁世凯而被捕，突然冒出的"父亲"来，实在令人费解。故疑句首的"父亲"是"外祖父"或"李建鼎"之误。

22. 第 44 页倒数第 11 行载："如此为当地民众所推戴。"依文意，句中的"推戴"疑是"拥戴"或"推崇"之误。

23. 第 44 页倒数第 5 行载："发起讨袁战争，人称'二次革命'或癸丑之役。"依文意，句中的"人称"疑为"史称"之误。

24. 第 45 页倒数第 10 行载："而袁世凯则变本加厉迫不急待地做他的皇帝梦。"依文意，句中"迫不急待"疑是"迫不及待"之误。

25. 第 45 页倒数第 9 行载："外祖父从此对政治失去了信心，亦厌惓宦途。"依文意，句中的"厌惓"疑为"厌倦"之误。

26. 第 47 页倒数第 10 行称黄维"时住江西会馆无钱交膳费受到冷遇而苦闷不堪"。全句不断句，无标点，不易读通。似可断为：黄维"时住江西会馆，无钱交膳费，受到冷遇而苦闷不堪"。全文似此情形颇多，恕不一一指出。

27. 第 53 页第 3 行在说到旧时妇女缠脚，"其痛苦不堪言语"。句中的"不堪言语"似为生造的成语，疑是"不堪言状"之误。

28. 第 56 页第 3 行称鄱阳中学每年选出尖子生"留在高中部继续培养，为以后提高大学升学率做未雨绸缪"。在高中培养尖子生，怎能"提高大学升学率"？依文意，疑是"提高高考录取率"之误。

29. 第 56 页第 14 行载："这个'日记'被人搜肠挂肚整理出'五条言论'。"句中的"搜肠挂肚"似为生造的成语。依文意，疑是"搜肠刮肚"之误，意为费尽心思。

30. 第 58 页第 8 行载："对如何指导应届毕业根据自身情况填报志愿。"依文意，句中"应届毕业"后脱一"生"字，当是"应届毕业生"之误。

31. 第 60 页第 10 行载："一所 1958 年创办的'全日制'制综合性高等专科学校。"依文意，句中"综合性"前的"制"字是衍文。

32. 第 63 页倒数第 5 行载："真是'君看随阳雁，各有稻梁谋'。"句中引文是唐杜甫诗《同诸公登慈恩寺塔》的后两句，原文是"君看随阳雁，各有稻粱谋"，这里是把"粱"误成了"梁"。

33. 第 64 页第 3 行记作者"1968 年 11 月"参加"江西省第一届玉茗花戏剧节"

时，"不意接到时任地区文化局长谢进同志的通知"。1968年尚在"文革"当中，不可能举办全省的戏剧节；且其时谢进并未任地区文化局长，故对此说颇觉蹊跷。读到下文有"看完了地区体改委〔86〕2号文件"的叙述，方才大悟，原来这个"1968年"是"1986年"之误，前后相差18年。

34. 第67页第6行载："他建议先开展录相放映业务。"依文意，句中的"录相"，疑是"录像"之误，这是把"像"误成了"相"。后文还有多处有"录相""放相机"等表述，皆是"像"之误。

35. 第67页第6行载："没有场地，他出面寻租。"句中的"寻租"是个新词，《辞海》等传统工具书皆不载，其意为寻求经济租金，是一种非生产性寻利活动，往往成为腐败、社会不公及社会动乱之源。此处把"寻租"理解为"寻找出租的房屋"，实在是误解了，且误用了。

36. 第67页倒数第3行载："我们紧接又组织了一些人租借场地。"依文意，句中"紧接"后脱一"着"字，应是"紧接着"之误。

37. 第68页第2行载："几经努力，剧院终于在1978年的春夏之交全面竣工。"据本文前面所述，剧院是在1986年重启续建的，不可能在1978年竣工，故疑此"1978年"是"1987年"之误。

38. 第68页第9行载："自然无可避免地会在前进中出现偏差和失误。"依文意，句中的"无可避免"疑是"不可避免"之误。

39. 第71页第13行载："按省政办公厅〔1988〕77号文件执行。"依文意，句中"省政办公厅"应为"省政府办公厅"之误，脱一"府"字。

40. 第71页第14行载："而作为主管门文化局竟如此不按政策办事。"依文意，句中的"主管门文化局"疑为"主管部门的文化局"之误。全句应为："而作为主管部门的文化局，竟如此不按政策办事。"

41. 第72页第3行载："对改制给矛了充分的肯定和鼓励。"依文意，句中的"给矛"疑为"给予"之误。

42. 第77页第12行载："1989年1月，市委调邓赤峰任站长……时年5月，市政府召开的全市经济工作会议。"依文意，句中的"时年5月"疑是"是年5月"之误，即1989年5月。

43. 第80页倒数第9行载："回到祖籍——上饶县朝阳人民公社十里大队。"依文意，句中的"祖籍"应为"祖籍地"之误，脱一"地"字。

44. 第80页倒数第5行载："我经过一年的农活，学会了农村一年四季所干的农活。"这种叙述颇别扭，似可简述为："我经过一年的锻炼，学会了一年四季的农活。"

45. 第81页第11行载："一、二年为一个复式班，三、四年级为一个复式班。"依文意，句中"一、二年"后脱一"级"字；中间的顿号可删除，"三、四"间同；

全句似可断为："一二年级为一个复式班，三四年级为一个复式班。"

46. 第84页倒数第5行载："以我校教师（包括生产队1—2年教师）为骨干。"依文意，句中"1—2年教师"疑为"一二年级教师"之误。

47. 第87页倒数第4行载："饶城的变化始于撤地设市一年前，经过专家论证，广泛征求意见，市委、市政府决定把上饶建成现代的生态园林城市。"既然事情发生在"撤地设市一年前"，那作决定的就不是"市委、市政府"，而是"地委、行署"。故应称"地委、行署决定把上饶建成现代的生态园林城市"。

48. 第88页第9行载："2000年7月请来了上海同济大学专家对上饶市进行整体规划，这是撤地设市后的第一次给饶城作规划。"上饶撤地设市完成于2000年10月，故这次规划不能说是"撤地设市后"，似可称"撤地设市时"。

49. 第88页第11行载：上饶的城市规划"经多方论证，市人大通过已描绘"。句中的"已描绘"令人费解。依文意，后半句疑是"市人大通过了这个规划"。

50. 第89页第6行载："面向全国招标设计单位、面向全国招标施工队伍，珠海规划院中标并设计的赣东北大道、中山路由中标的中建五局路桥公司施工，11月30日如期竣工；南昌有色冶金设计院中标设计的长塘路、光学路，由南昌市二建公司、中国水利水电闽江工程局承建正在施工中……改造后的主次干道、整洁美观的人行道、平整宽阔的车道，多姿多彩的路灯、赏心悦目的美化绿化带和空中没有纵横交错的电线电缆的明净天空。"这一大段中断句、标点有漏缺、误用，似可断为："面向全国招标选择设计单位和施工队伍。珠海规划院中标并设计的赣东北大道、中山路，由中标的中建五局路桥公司施工，11月30日如期竣工。南昌有色冶金设计院中标设计的长塘路、光学路，由南昌市二建公司、中国水利水电闽江工程局承建，正在施工中……改造后的主次干道，整洁美观的人行道，平整宽阔的车道，多姿多彩的路灯，赏心悦目的美化、绿化带，和空中没有纵横交错的电线、电缆的明净天空。"此文中还有多处断句、标点之误，恕不一一指出。

51. 第90页第14行载："10月26日开工，2002年3月16日竣工的市北堤防洪工程。"句中开工只记月、日不记何年，疑句首脱"2001年"，即"2001年10月26日开工，2002年3月16日竣工的市北堤防洪工程"。

52. 第91页第7行载："为了改变这一状况，市委、市政府决定成立创建文明城市、创建卫生城市。指挥部由市委、市政府主要领导负总责，任总指挥，抽调人员集中到创办工作。"依文意，句中"成立创建文明城市、创建卫生城市"后脱"指挥部"三字，或将后文中的"指挥部"三字断归前句；"到创办工作"，"创办"为"创建办"之误。全句似可断为："为了改变这一状况，市委、市政府决定成立创建文明城市、创建卫生城市指挥部，由市委、市政府主要领导负总责，任总指挥，抽调人员集中到创建办工作。"

53. 第91页倒数第7行载："通过整治一些长期得不到解决的卫生死角，尤其是城乡接合部进行了彻底的清理。"依文意，"通过整治"后应加一逗号；补一"对"字；全句成："通过整治，对一些长期得不到解决的卫生死角，尤其是城乡接合部进行了彻底的清理。"

54. 第 92 页第 2 行载："通过整治拆除了不规范防盗窗及空调散热器 680 余户籍。"依文意，句末"籍"字是衍文，即"680 余户"。

55. 第 92 页倒数第 2 行载："9 月 19 日创建活动从大街小巷延伸，从单位向楼院延伸……"依文意，句中"从大街"后脱一"向"字，全句似可断为："9 月 19 日，创建活动从大街向小巷延伸，从单位向楼院延伸……"

56. 第 95 页倒数第 2 行载："2001 年已逝，十年后，上饶风景变得如此更加美丽。我们深信，上饶的明天会更加美好。"这样的表述使人感到别扭，且时间的递进关系易弄混了，似可改为："2000 年的撤地设市已过去十年，上饶的风景变得如此美丽。我们深信，上饶的明天会更加美好。"

57. 第 98 页第 13 行载："生生泉……在察院厅事左。"句中的"事左"不知何义？依文意，疑是"之左"之误，即为"在察院厅之左"。

58. 第 99 页第 1 行载："'官井'在城隅关防，又名义井，宋嘉泰（1201—1204）义门（义门至今尚不知在何处）郑安寿修寻，圮。"句中的"义门"，在此不应作地名解，而是旧时对尚义家族的表彰称呼，如浙江浦江郑氏就称为"义门郑氏"。另外，句末的断句有误，应断在"郑安寿修"之后。全句可断为："'官井'在城隅关防，又名义井，宋嘉泰时义门郑安寿修，寻圮。"

59. 第 100 页第 12 行载："还有一个可亲的小孩在向井里张望，看大人吊水。"句中称小孩子为"可亲的"，不若"可爱的"为好。

60. 第 105 页第 3 行称卖水的"聋哑人只会买力气，不会干别的活。"依文意，句中的"买力气"疑为"卖力气"之误。

61. 第 116 页第 3 行载徐元杰丁母忧"期满后，被授左司郎兼崇政殿说书"。据《宋史》四百二十四"徐元杰传"，徐元杰丁母忧"既免丧，授侍左郎官……兼崇教殿说书"，此处却误成了"左司郎兼崇政殿说书"。

62. 第 116 页第 7 行载："淳祐五年（公元 1245）……这年六月，徐元杰被任命为右丞相，他在就任前一天谒见左丞相范钟，在阁堂吃了午餐"，并述及其突然去世，意为"中毒"而死。据史料，句首的"淳祐五年"，应为"淳祐五年"之误。关于徐元杰的最后任职及其去世，据《宋史》四百二十四"徐元杰传"：淳祐五年"元老旧德次第收招，元杰亦兼右司郎官，拜太常少卿兼给事中、国子祭酒权中书舍人。杜范入相，复延议军国事，为书无虑数十，所言皆朝廷大政、边鄙远虑。每裁书至宗社隐忧处，辄阁笔挥涕；书就随削稿，虽子弟无有知者。六月朔，轮当侍立，以暴疾谒告，特拜工部侍郎，随即纳禄，诏转一官致仕。夜四鼓，遂卒。先元杰未死之一日，方谒左丞相范钟，归，又折简察院刘应起，将以翼日奏事。是夕，俄热

大作，诘朝不能造朝，夜烦愈甚，指爪忽裂以死。朝绅及三学诸生往吊，相顾骇泣。讣闻，帝震悼，曰：'徐元杰前日方侍立，不闻有疾，何死之遽耶？'亟遣中使问状，赙赠银绢二百计。已而太学诸生伏阙诉其为中毒，且曰：'昔小人有倾君子者，不过使之自死于蛮烟瘴雨之乡，今蛮烟瘴雨不在岭海，而在陛下之朝廷。望奋发睿断，大明典刑。'于是三学诸生相继叩阍讼冤，台谏交疏论奏，监学官亦合辞闻于朝。二子直谅、直方，乞以恤典充赏格，有旨付临安府逮医者孙志宁、及常所给使鞫治。既又改理寺，诏殿中侍御史郑寀董之，且募告者，赏缗钱十万、官初品。大理寺正黄涛谓伏暑证，二子乞斩黄涛谢先臣。然狱迄无成，海内人士伤之。帝悼念不已，赐官田五百亩、缗钱五千给其家，赐谥'忠愍'"。此传及《宋史》二一四"宰辅表"中，均无徐元杰任"右丞相"的记载，更无其在阁堂"吃午餐"的记载，不知文中所记所据是何？

63. 第140页第6行载："明嘉靖《铅山县志》载：铅山，在县治南七里招善乡，旧名桂阳山，又云杨梅山，山产铜铅，南唐尝置铅场于此，宋因之名故。"句末"宋因之名故"使人不解；依文意，断句应在"宋因之"后；"名故"疑为"故名"之误；所以末句应为"宋因之，故名"。

64. 第140页第8行载："永平镇，原是铅山老县城，唐贞元元年（公元785年）设镇。辖区面积136平方公里……16个村委会、3个居委会……"依文意，句中"辖区"是指现在的情况，故应在其前加上"现"字，即为"现辖区"。

65. 第140页倒数第6行载："地扼闽赣交通要道上分国防线，横南铁路和将于2011年建成通车的上武高速穿境而过。"依文意，句中的"上分国防线"应是"国防公路上分线"之误，全句似应断成："地扼闽赣交通要道，国防公路上分线，横南铁路和将于2011年建成通车的上武高速穿境而过。"

66. 第141页倒数第2行载："两南去鸭母关。"依文意，句中"两南"疑为"西南"之误。

67. 第144页第12行载："唐王驾有《社曰》诗：'鹅湖山下稻粱肥……'"据《唐诗》，王驾的诗是《社日》，而不是《社曰》，这是把"日"误成了"曰"；首句"稻粱肥"误成了"稻梁肥"。

68. 第145页第5行载：辛弃疾"力主抗金，遭佞奸排斥，郁愤归陷。"依文意，句中的"佞奸"疑为"奸佞"之误；句末"归陷"疑为"归隐"之误。

69. 第146页第11行载："笪继良回到县衙叫人找来一块长四尺五寸，宽二尺八寸的青石桥，自画一株青菜。"依文意，句中"青石桥"疑为"青石板"之误。全句似可断为："笪继良回到县衙，叫人找来一块长四尺五寸、宽二尺八寸的青石板，自画一株青菜。"

70. 第149页倒数第2行载："报本坊和白碑现在基本完好。"依文意，句中"白碑"疑为"白菜碑"之误。

71. 第151页第3行载："她既然扮演泼辣能干的姑娘《香香闹油坊》中的香香，又能扮演……"句中"既然"疑为"既能"之误，这样才能与后句的"又能"相呼应。

72. 第160页第9行载："1999年6月，第三次全国教育工作会议作出《中共中央国务院关于深化教育改革全面推进素质教育的决定》的精神要求。"这表述不符合我国的政治体制和行文程序，《中共中央、国务院关于深化教育改革全面推进素质教育的决定》只能是由中共中央和国务院作出的，"第三次全国教育工作会议"不可能代中共中央、国务院作出这一决定，只能是贯彻这一决定的精神。故句中"作出"应改成"根据"，全句可为："1999年6月，第三次全国教育工作会议根据《中共中央、国务院关于深化教育改革全面推进素质教育的决定》的精神要求。"

73. 第160页倒数第4行载："还不足以补充现有教师的自然成员数。"依文意，句末的"自然成员数"疑为"自然减员数"之误。

74. 第166页倒数第12行载："专家组一行在政府副秘书长、省教委有关领导陪同下抵达学校。"依文意，句中"政府"前疑脱一"省"字，应是"省政府副秘书长"。

75. 第166页倒数第7行载："考察组经过多种形式的考察，全方面了解了上饶师院的组建工作成果。上饶师院以完善教学设施配备、提高教师整体水平、增强学生综合素质、改革学校综合管理、满足各项办学指标等各方面整整一年卓有成效的努力，给专家组留下了深刻的印象，数个月后高校设置评审会上全票通过的结果已在此刻被决定。"依文意，句中"全方面"疑为"全方位"之误；在专家组考察时，上饶师院还未成立，故文中第二个"上饶师院"应是"上饶师院筹建办公室"之误；"数个月后"的说法较生涩，似可称"数月后"；句末的"决定"似当为"奠定"之误，因为这一结果不可能在考察时就已"决定"。全句似可断为："考察组经过多种形式的考察，全方位了解了上饶师院的组建工作成果。上饶师院筹建办公室以完善教学设施配备、提高教师整体水平、增强学生综合素质、改革学校综合管理、满足各项办学指标等各方面整整一年卓有成效的努力，给专家组留下了深刻的印象，数月后，高校设置评审会上获全票通过的结果，已在此刻奠定。"

76. 第168页第7行载："上饶教育学院创办时在上饶地区行署驻地上饶市西北部，上饶市罗桥公路80号，1996年元月根据上饶行署……"依文意，全句似可断为："上饶教育学院创办时，在上饶地区行署驻地上饶市西北部罗桥公路80号。1996年元月，根据上饶行署……"另外，文中多处断句、标点错漏，恕不一一指出。

77. 第168页第12行载："上饶教育学院仅用几个月的基建，1988年秋季利用江西湖村师范校牌就开始招收民师中专班，承担着上饶地区中师教育成人高等学历教育、继续教育、岗位培训、远距离教育。"句首"仅用几个月的基建"令人难以理解，在"基建"前可加上"时间进行"；为了与"承担着"组成完整的句式，句末应补上"的任务"三字。全句似可断为："上饶教育学院仅用几个月的时间进行基建，1988 年秋季利用江西湖村师范校牌，就开始招收民师中专班，承担起上饶地区中师教育、成人高等学历教育、继续教育、岗位培训、远距离教育的任务。"

78. 第 169 页倒数第 7 行载："……其投资 500 余万元。"依文意，句中"其投资"疑为"共投资"之误。

79. 第 169 页倒数第 4 行载："校园地 53360 平方米。"依文意，句中"地"字前疑脱一"占"字，即为"校园占地"。

80. 第 171 页第 8 行载："1994 年配合省教育学院开始招收四个专业本科学员，四届共招收 11490 人。"句中"招收四个专业本科学员"的说法易引起歧义，如在"本科学员"前加一"的"字，就可避免，即为"招收四个专业的本科学员"。

81. 第 175 页第 7 行载："时间上还与太平天国战争迭加。"依文意，句末的"迭加"疑为"叠加"之误。

82. 第 175 页倒数第 4 行载："中国官员又祖教仰民，人民郁积不平，被迫而起。"依文意，句中的"仰民"疑为"抑民"之误。另，此文与本刊第十二辑的《基督教、天主教传入上饶的历史述略》大同小异，文中错漏也基本一致，故不再一一指出。

83. 第 203 页第 5 行载："就像地质勘探队员抱着发现新大陆的决心。"抱着发现新大陆决心的是探险家，而地质勘探队员是要发现新矿藏，故句中的"新大陆"疑为"新矿藏"之误。

84. 第 209 页倒数第 6 行载："一行人气吁喘喘地攀上老人峰。"依文意，句中的"气吁喘喘"疑为"气喘吁吁"之误。

第十四辑 2011 年 8 月

1. 第 8 页第 2 行载："卧佛之面东望三清，卧佛之背西靠龙虎，卧佛之头斜枕龟峰，卧佛之北脚抵神农。"依文中表述的次序，末句疑是"卧佛之脚北抵神农"之误。

2. 第 11 页第 4 行称弋阳佛陀山"是刚被发现、正在崛起的中国第五大佛教圣地"。既称是"中国第五大佛教圣地"，就要得到世人的认可。据笔者了解，现在国内有关佛教的资料中，中国五大佛教圣地分别是：五台山、普陀山、布达拉宫、峨眉山、九华山，并无弋阳佛陀山之名。况文中也说到此山"是刚被发现、正在崛起"，要得到世人的认可，恐怕还得要有个过程。这个"中国第五大佛教圣地"的称呼不可自说自话，要有文献依据。

3. 第 11 页倒数第 6 行称寺僧神曜在弋阳南岩寺的山洞中凿佛像"并成为我国佛教南禅宗的发源地"。据《宗教词典》载，我国佛教南宗的开山祖师是慧能，发源地是广东韶州大梵寺。

4. 第 16 页第 13 行称弋阳佛陀山景区"东离上海 492.7 公里，离杭州、苏州等地都为 300 多公里"。苏州在上海的西北面，距离弋阳应当更远，怎会比上海还少近 200 公里？疑有误。

5. 第 17 页第 4 行介绍弋阳佛陀山景区的交通状况，称"302 国道从景区山门口通过"。据查，302 国道起自吉林珲春，终点是内蒙古乌兰浩特，怎么也到不了弋阳来。依文意，疑是"320 国道"之误。该国道起自上海，终点是云南瑞丽，途经弋阳。

6. 第 17 页第 4 行称弋阳佛陀山景区"东距江西南昌云谱机场 148 公里"。查江西南昌并无"云谱机场"，只有"青云谱机场"，况"青云谱机场"也并不简称为"云谱机场"，故疑这是"青云谱机场"之误，脱一"青"字。

7. 第 19 页第 8 行在介绍弋阳历史文化名人时称："宋代宰相陈伯康……明代吏部尚书汪俊等都曾出生在这片土地。"查陈伯康是明代昆山人，万历十六年举人，官临清知县，有文集传世，显然不是弋阳人。故疑此"陈伯康"是"陈康伯"之误。另据《明史·汪俊传》，汪俊是任礼部尚书，而不是"吏部尚书"，"吏"为"礼"之误。

8. 第 22 页第 2 行摘引清同治版《广信府志》文："南岩寺在东乡距县五里，唐太和间释神曜修，宋嘉定间王元长拓建殿门、堂庙、钟楼、架桥之亭，后圮。明崇祯间重修，邑人范有赖题额曰"自然天地"康熙五年僧圆修增修"清康熙二十二年版……"这段引文错字、漏字、断句、标点多处有误：对照原文，句中"堂庙"应是"堂庑"之误；"后圮"应是"后圮"之误，圮是毁、坍塌之意，圯是指桥，音、义皆不同；"后圮"下脱"元至正间僧嗣正修"8 字；"邑人范有赖"应是"邑人范有韬"之误，"韬"误成了"赖"；题额"自然天地"四字不可用双引号，应用单引号；"康熙五年僧圆修增修"后应加一句号。全句似可断为："南岩寺在东乡，距县五里唐太和间释神曜修。宋嘉定间，王元长拓建殿门、堂庑、钟楼、架桥之亭，后圮。元至元间，僧嗣正修。明崇祯间重修，邑人范有韬题额曰'自然天地'，康熙五年僧圆修增修。"

9. 第 22 页第 5 行摘引清康熙二十二年版《弋阳县志》文："南岩寺在东乡，去县五里石壁嶙峋与峙天，半岩下洞穴透迤，可容千人，寺随岩架立，不知所始，唐太和间，比丘神曜增修；宋嘉定间王元长拓建殿门、堂庑、钟楼及架桥之亭，又凿石为诸佛、菩萨、应真天神之像，刻划宛肖，岁久寺圮；元至正间僧嗣正重修，明崇祯间僧又修，邑人范有韬为元倡缘，且制额曰'自然天地'；康熙五年僧圆修以寺门不利，募资改迁，僧从，由是兴盛。"这段引文，错字、断句、标点有误，句中"透迤"疑为"透迤"之误；"岁久寺圮"疑为"岁久寺圮"之误；"僧从"疑为"僧众"之误；全句似可断为："南岩寺在东乡，去县五里。石壁嶙峋，与峙天半，岩下洞穴透迤，可容千人。寺随岩架立，不知所始。唐太和间，比丘神曜增修。宋嘉定间，王元长拓建殿门、堂庑、钟楼及架桥之亭，又凿石为诸佛、菩萨、应真天神之像，刻划宛肖。岁久寺圮，元至正间僧嗣正重修。明崇祯间僧又修，邑人范有韬为元倡缘，且制额曰'自然天地'。康熙五年，僧圆修以寺门不利，募资改迁，僧众由是兴盛。"

10. 第23页倒数第5行载："弋阳佛教文化鼎盛，是佛教南禅宗的发源地，却常常不被人记住。""佛教南禅宗的发源地"既不是南岩寺，更不是弋阳县，而是广东韶州大梵寺。详见本辑第3条所述。

11. 第24页第8行载："佛教自两汉由印度传入中国后。"历史上"两汉"这个时间跨度太长，从前206年到220年，足有426年。一般的说法，是从西汉末年传入中国，故疑此处"两汉"应是"西汉"之误。

12. 第27页第9行载："至七月，又救移荆州开元寺，皆北宗门下之所致也。"依文意，句中"救移"疑是"敕移"之误。本页倒数第10行"救将作大匠"亦是"敕将作大匠"之误。

13. 第27页第13行载："但因军晌缺乏，便采用右仆射裴冕的临时权计。"依文意，句中的"军晌"疑是"军饷"之误；句末"临时权计"的说法生涩难懂，似可作"权宜之计"。全句应为："但因军饷缺乏，便采用右仆射裴冕的权宜之计。"

14. 第27页第15行载："为平反叛乱做出了巨大的贡献。"怎能为叛乱"平反"？故依文意，句中的"平反叛乱"疑为"平定叛乱"之误。

15. 第27页倒数第6行载："之后不久几年，也就是在乾元元年（758）的五月十三日神会便于荆州开元寺圆寂了。"句首的"之后、不久、几年"，意义相近，不宜叠用，可改作"几年之后"或"之后不久"。

16. 第28页倒数第7行载："神会的门下多了，分子就可能复杂。"依文意，句中的"分子"疑为"成员"之误。

17. 第28页倒数第6行载：僧神会"被贬放到弋阳郡（今江西弋阳县）"；并在第29页第1行再述："至于有人认为神会到的弋阳是河南潢川，那是因为理解的错误。潢川在唐高宗三年（620）更名为光州后，就一直没有再用弋阳，而神会于唐天宝十二年（753）被流放弋阳是130多年后了，神会流放只能是南方的弋阳。"首先应当指出，文中的"唐高宗三年（620）"是误了；唐高宗李治一生用了14个年号，称"三年"的有：永徽三年、显庆三年、龙朔三年、乾封三年、总章三年、咸亨三年、上元三年、仪凤三年等，不知是指哪个三年。且不管是哪个三年，都不会是公元620年，而公元620年是其爷爷唐高祖李渊的武德三年。正如文中所述，神会被贬是到"弋阳郡"，而不是"弋阳县"，甚或不是"弋阳"。据《新唐书》及《辞海》，这个弋阳郡"隋初废，大业及天宝、至德时又曾改光州为弋阳郡"。至于文中提到的"光州""潢川"，《辞海》称：光州："州名，南朝梁置，治光城（今河南光山），唐太极元年（712）移至定城（今河南潢川）。"潢川："县名，在河南省东南部、淮河南岸，潢河流贯。汉置弋阳县，北齐改名定城县，元入光州。"《中国历史大辞典》

弋阳县条："西汉置，今河南潢川县西，魏晋为弋阳郡治。"弋阳郡条："东汉建安末置（一说三国魏黄初中置），治弋阳县。隋开皇初废，大业及唐天宝、至德间又曾改光州为弋阳郡。"光州条："南朝梁武帝置，治光城县（今河南光山县）。隋大业初改为弋阳郡，唐武德三年（620）复为光州，太极元年（712）移至定城县（今潢川县），天宝初又改为弋阳郡，乾元初复为光州。"从这些资料中可以看出：弋阳郡是东汉末置，治所曾在潢川和光州，隋文帝杨坚的开皇初年曾被废，其子隋炀帝杨广的大业年间，及唐玄宗李隆基的天宝、唐肃宗李亨的至德年间，又曾将光州改为弋阳郡，至唐肃宗李亨的乾元元年（758）才复改回光州。故文中称"潢川在唐高宗三年（620）更名为光州后，就一直没有再用弋阳"的说法不符史实，是误解了。同时也证明了文中"神会流放只能是南方的弋阳"的结论是值得商榷的。

18. 第36页第4行载："一批批游客、香客慕名纷纷踏至而来观赏，朝拜，拍照。"句中的"纷纷踏至而来"的说法显得别扭，依文意，疑是"纷至沓来"之误，全句可为："一批批游客、香客慕名纷至沓来，观赏，朝拜，拍照。"

19. 第38页第17行载："1971年又改称'国家计划革命委员会江西五〇四处'。"依文意，句中的"国家计划革命委员会"的称呼较怪异，"国家计划委员会"可简称"国家计委"，故直称"国家计委江西五〇四处"即可。但据《国史通鉴》所载，自1968年"各基层党政机关、中央、国务院各部委、企事业单位、农村人民公社，也陆续成立了革委会，一直存在到1979年"，故1971年时，应称为"国家计委革命委员会江西五〇四处"。

20. 第38页详细介绍了五〇四处在弋阳的历史，是南岩景区成为神秘的真实描述，但尚有遗漏，现根据有关资料，特作如下补充：1965年，"国家拨款31.4万元在弋阳县（注：即南岩）新建7000平方米火工仓库，同时专区物资局投资2.28万元在该库一工区新建1号洞85#产品库，并购买了3栋旧房改建成仓库，作为专区物资局火工仓库。同年10月，上述所有仓库全部划归省储运公司管理"。"1965年10月5日，为加强弋阳仓库的管理，江西省物资局决定，将该仓库划归江西省物资储运公司管理。原省物资局下达弋阳仓库24人的编制，从上饶地区物资局划拨给省物资储运公司。1965年11月11日，物资管理部发出《关于弋阳火工仓库经营管理问题的通知》，为加强弋阳仓库管理，做到边建库边投产。其领导关系，由物资管理部储运管理局为主和江西省物资局双重领导，江西省物资局负责政治和日常业务工作的管理。定名为物资管理部储运管理局弋阳仓库。主要任务是储存中转火工产品的专业仓库。编制50人，由部储运管理局拨给，人员配备，江西省物资局负责"。"1972年，地区物资局弋阳火工库划归504处使用，国家另拨款10万元在弋阳重新建火工库。1973年，地区物资局弋阳火工库建成的84#库782平方米，85#库106平方米，86#库456平方米"；"由地区物资局直接管理"。"1977年，弋阳火工库委托弋阳县物资局管理"。

第十五辑　2011 年 12 月

1. 第 1 页第 10 行摘引明代杨时乔的《东岳行祠记》文："峰下的谷，谷之外有源，其遥约至郡五里，去溪一里。地至深岑寂，多砂石，不可居，不可耕，惟道书所称于神宅最宜，故尝建有东岳行祠在焉。官亭、楼阁、门墉、坛壝，为屋千间。守祀羽流户籍田联产千亩。郡之远近乞灵祈福，至者亦无虚日。"据查原文对照，这段引文断句、标点、文字多有误：句中"峰下的谷"，应是"峰下有谷"之误；"地至深"后脱一"邃"字；"多砂石"中，"砂"为"砾"之误；"神宅最宜"中，"最"是衍文；"官亭"应是"宫亭"之误；"联产千亩"中，"联"是衍文。全句似应断为："峰下有谷，谷之外有源，其遥约至郡五里，去溪一里。地至深邃岑寂，多砾石，不可居，不可耕，惟道书所称于神宅宜，故尝建有东岳行祠在焉。宫亭、楼阁、门墉、坛壝，为屋千间。守祀羽流，户籍田产千亩。郡之远近乞灵祈福，至者亦无虚日。"

2. 第 2 页第 4 行载："明成化、万历、嘉靖年间，皆增修、重建、改建行祠。"据史料，成化皇帝是嘉靖皇帝的爷爷，万历皇帝是嘉靖皇帝的孙子，对行祠的历次增修、重建、改建，应以时间顺序排列，即"明成化、嘉靖、万历"，而不应把孙子的年号"万历"，排在爷爷的年号"嘉靖"之前，这应是常识。

3. 第 4 页第 7 行摘引新罗僧的诗偈："鬼神哭泣心无主。"对照《广信府志》中的原文，应是"鬼神哭泣嗟无主"，把"嗟"误成了"心"。

4. 第 4 页倒数第 3 行载注释称："清《江西通志》；《广信府志》卷十载：新罗僧，新罗国人，慕大义之风来参学，至时，则大义已寂。叹曰：'本为法来，师亡，法何在？'遂投崖死。数日后，其徒即寻获，端坐崖下，身体不伤，怀中偈曰：'三千里路礼师颜，师已归真塔已关。鬼神哭泣嗟无主，空山只见水潺潺。'遂以香泥祀之大义傍，建亭舍身崖畔，曰临深。"文中既称摘引自省志、府志，就应忠实于原文，可对照《江西通志》卷 42 及《广信府志》卷 10，文中有错、漏字，断句、标点均有误。以省志为准，原文是："新罗僧，新罗国人，慕大义之风造焉。至则大义已寂，叹曰：'本为法来，师亡，法亦何在？'遂投崖死。居数日后，异香满谷，乳泉流出，其徒即之，端坐崖下，身体不伤，怀中偈曰：'三千里路礼师颜，师已归真塔已关。鬼神哭泣嗟无主，空山只见水潺潺。'遂因以香泥固之，祀之大义傍，建亭舍身崖畔，命其岩为'舍身崖'，有亭曰'临深'。"府志与此大同小异。

5. 第 6 页第 7 行载："魏书释老志载：'汉哀帝元寿元年，博士弟子秦景宪从大月氏王使伊存口接浮图经'。"依文意，句首"魏书释老志"应加书名号；句中"从大月氏"疑是"受大月氏"之误；"口接浮图经"疑是"口授《浮图经》"之误。对照《魏书》原文，全句应为："《魏书·释老志》载：'汉哀帝元寿元年，博士弟子秦景宪，受大月氏王使伊存口授《浮图经》'。"同页第 11 行载"后汉书西域传"，亦应改成《后汉书·西域传》。

6. 第 7 页第 1 行载《后汉书·西域传》中的引文："帝于是遣使天竺，问佛法。"对照《后汉书·西域传》原文，应为："帝于是遣使天竺，问佛道法。"句中脱一"道"字。

7. 第 7 页第 3 行载："安世高，安息国人，于汉桓帝时（约公元 147 年），来华至洛阳，将梵语佛经翻译成汉文，为译经之始。"依文意，全句似应断为："安世高，安息国人，于汉桓帝时（约公元 147 年）来华，至洛阳，将梵语佛经翻译成汉文，为译经之始。"

8. 第 7 页倒数第 12 行载："寺庙兴建众多如铅山 36 处，德兴 22 处，广丰 16 处。"依文意，句首"寺庙兴建众多"后应加逗号以断句。全句断成："寺庙兴建众多，如铅山 36 处，德兴 22 处，广丰 16 处。"文中类此情况尚有，恕不一一指出。

9. 第 17 页倒数第 9 行载："公元 502 年萧天监元年。"如此记录古代纪年，使人难以理解，似应记成："公元 502 年（南北朝梁武帝萧衍天监元年）"，括号中或简称"萧梁天监元年"。

10. 第 19 页倒数第 11 行载：鄱阳妙果寺"公元 636 年唐太宗贞观十年建，《江西通志》有记载"。经查清康熙二十七年《江西通志》及清同治十一年《鄱阳县志》，均未查到有关妙果寺的记载，不知所据《江西通志》是何版本？

11. 第 23 页第 7 行载："直到清道三年（1823）。"查公元 1823 年是清道光三年，故疑"清道"后是脱一"光"字。

12. 第 23 页第 9 行载："当年规模宏大、香火旺盛的著名寺庙有明太祖朱元璋敕建的忠臣庙（在今康山乡）和邑治县域的东山禅林寺。"句中的"邑治县域"不知作何解。东山禅林寺当在余干县城东山岭，故不如直言"县城的东山禅林寺"。

13. 第 23 页倒数第 8 行载："在原此重建禅林寺。"依文意，句中的"原此"疑是"原址"之误。

14. 第 26 页第 6 行载："明万历三十年（1602）鹅湖寺僧养庵广心禅师主持。"据《宗教辞典》，寺庙主管僧的职称是"住持"，这是佛教的僧职，也称"方丈"，而《辞海》中的"主持"没有这个义项。依文意，此处当称"住持"为是。

15. 第 26 页第 8 行载："有万历四六年（1618）……清康熙二一年（1682）。"依文意，句中的"四六年"当为"四十六年"，"二一年"当为"二十一年"，就像第 14 条所述的"万历三十年"不能记成"万历三〇年"一样。但这种写法在我国通行的公文中是可用的，而在写作的行文中则不可，否则"二一年"易混为 1921 年，"四六年"易混为 1946 年，等等。均应规范写成"三十年""二十一年""四十六年"。

16. 第 26 页第 13 行载："鹅湖书院山长吴嵩梁又编成《鹅湖书田志》。"依文意，句中"《鹅湖书田志》"疑为"《鹅湖书院志》"之误。

17. 第 40 页第 3 行载："根据同治十二年（1873）修（《广信府》释仙卷）中转

载的……"句中"（《广信府》释仙卷）"，除书名号中"广信府"后脱一"志"字外，这种表达格式也是不妥的，似应记为"《广信府志·释仙卷》"。

18. 从第40页第7行开始，摘录《广信府志·释仙卷》中有关上饶高僧的介绍。既为摘录，就该忠实于原文，但经对照原文，存在不少错漏，叫人难解其意。下面分段摘引："慧日，六祖下第十四世。自机契云居，熟游湘汉，暨归永丰（今广丰），或处岩谷，或居尘市。今乡民称邱师伯，凡有问以莫晓答之。忽语人曰：'吾明日行脚去，汝等可来相送。'于是尽路者毕集，师笑不已，众问其故？即书偈掷笔而逝。"句中"或居尘市"中的"尘市"，疑是"廛市"之误，原文作"廛"，《辞海》注明"同廛"，而"廛"是指古代城市平民的房地，正与文意合；但它与"廛"（尘的繁体字）形似，音、义皆不同，不可混用。句中"尽路者"，"尽"用在这里使文义不通，依文意，疑为"赆路者"之误；"赆"是送的意思，正合文意。文中断句、标点亦有误，全句似可断为："慧日，六祖下第十四世。自机契云居，熟游湘汉，暨归永丰，或处岩谷，或居廛市。今乡民称'邱师伯'，凡有问，以'莫晓'答之。忽语人曰：'吾明日行脚去，汝等可来相送。'于是赆路者毕集，师笑不已，众问其故，即书偈，掷笔而逝。"

19. 第40页12行载："草衣禅师，不知何许人。有析薪者遇诸野，异其状貌，言于州长，延居南岩30余年，人咸以草衣称之。昼夜坐一绳床，然寂寞时而发言，闻者无智愚莫不领其趣。建中三年权德舆道经饶邑，闻其名往访焉，为之作记。"对照原文，句中"有析薪者"中的"有"字是衍文。"30余年"当记作"三十余年"。"然寂寞"前脱一"块"字，当为"块然寂寞"。句中断句、标点亦有误，全句似可断为："草衣禅师，不知何许人。析薪者遇诸野，异其状貌，言于州长，延居南岩三十余年，人咸以'草衣'称之。昼夜坐一绳床，块然寂寞。时而发言，闻者无智愚莫不领其趣。建中三年，权德舆道经饶邑，闻其名，往访焉，为之作记。"

20. 第40页倒数第6页载唐权德舆所作《草衣禅师记》："信州南岩，有清净宴坐之地，而禅师在焉。师所由来，莫得而详。初，信州析薪者，遇之于野中。其形块然，与草木俱。咨于州长，乃延就兹地三十年矣。州人不知其所以然也，遂以草衣号焉。足不蹈地，口不尝味，日无昼夜，时无寒暑，寂默之境，一绳床而已。万有嚣然，此身不动，其内则以三世、五蕴，皆从妄作。然后，以无有法谛，观十二因缘于正智中，得真常真，方寸之地，湛然虚无。身及智慧，二俱清净，微言软语，有时而闻。涉其境之远近，随其之上下，如雨润万物，风行空中。履其门阀，皆获趋入。若非斡元机于无际，穷实相之原底，则四时攻于外，百疾生于内矣。古所谓遗物离人，而立于独者，禅师得之。呜呼！时人感物以游心，心迁于物，则利害生焉，吉凶形焉，牵李羁锁，荡而不复至。人则返静于动，复性于情，夭寿仁鄙之珠，由此作也，斯盖世谛之一说耳。于禅之道，其犹姊稗耶。建中三年（782），予以吏役，道于上饶。时左司郎崔公出为郡左，探禅之味也，熟为予详言之。拂拭缨尘，携手接足，洗我以善，得于仪型。且以楞严之妙旨，毗邻之密用皆在是矣，又焉知此地之宴坐，不为他之方说乎。故粗书闻见，以志于石。"对照原文，句中"随其之上下"，"其"字后脱一"根"字；"履其门阀"，"阀"是"阈"之误；"夭寿仁鄙之珠"，"珠"是"殊"之误；"其犹姊稗耶"，"姊"是"秭"之误；"出为郡左"，是"出为郡佐"之误；"毗邻"，是"毗邪"之误；"又焉知"，是"又乌知"之误；"他之方说"，是"他方之说"之误。文中断句、标点亦有误，全句似可断为："信州南岩，有清净宴坐之地，而禅师在焉。师所由来，莫得而详。初，信州析薪者遇之于野中，其形块然，与草木俱。咨于州长，乃延就兹地三十年矣。州人不知其所以然也，遂以'草衣'号焉。中不蹈地，口不尝味，日无昼夜，时无寒暑，寂默之境，一绳床而已。万有嚣然，此身不动。其内则以三世、五蕴皆从妄作，然后以无有法谛观十二因缘，于正智中得真常真。方寸之地，湛然虚无；身及智慧，二俱清净；微言软语，有时而闻。涉其境之远近，随其根之上下，如雨润万物，风行空中。履其门阈，皆获趋入。若非斡元机于无际，穷实相之原底，则四时攻于外，百疾生于内矣。古所谓遗物离人而立于独者，禅师得之。呜呼！时人感物以游心，心迁于物则利害生焉，吉凶形焉，牵李羁锁，荡而不复。至人则返静于动，复性于情，夭寿仁鄙之殊由此作也。斯盖世谛之一说耳，于禅之道，其犹秭稗耶。建中三年，予以吏役道于上饶。时左司郎崔公出为郡佐，探禅之味也，熟为予详言之。拂拭缨尘，携手接足，洗我以善，得于仪型。且以楞严之妙旨，毗邪之密用，皆在是矣。又乌知此地之宴坐，不为他方之说乎。故粗书闻见，以志于石。"

21. 第 41 页倒数第 13 行载："智孚，福州人。始作讲师，后造雪峰，既领心诀至鹅湖，大彰法席。为义存法嗣。"依文意，应在"既领心诀"后加一逗号。

22. 第 41 页倒数第 11 行载："云震法师，云门偃法嗣也。僧问：'如何是佛？'师曰黎不是。师问僧近离甚处？曰：两浙。师曰：'还带得吹毛剑来否？'僧展两手。师曰：将谓是个烂柯迁。元末却是杼蒲汉。僧曰：如何是鹅湖家风，师曰：'客是主人相'。僧曰：凭么则谢师周旋去也。师曰：'难下陈蕃之榻'。"全段多处文意难解，对照原文，句中"黎不是"前脱一"阇"字，应是"阇黎不是"；"烂柯迁"是"烂柯仙"之误；"原末却是杼蒲汉"，是"原来却是樗蒲汉"之误；"凭么"是"恁么"之误。文中标点不全，全句似可断为："云震法师，云门偃法嗣也。僧问：'如何是佛？'师曰：'阇黎不是。'师问僧：'近离甚处？'曰：'两浙。'师曰：'还带得吹毛剑来否？'僧展两手。师曰：'将谓是个烂柯仙，元来却是樗蒲汉。'僧曰：'如何是鹅湖家风？'师曰：'客是主人相。'僧曰：'恁么则谢师周旋去也。'师曰：'难下陈蕃之榻。'"

23. 第 41 页倒数第 6 行载："新罗僧，新罗人。慕大义之风造焉，至大义已寂，叹曰：'本为法来，师亡法何在。'遂投崖死，数日后异香满谷，乳泉流出。其徒即往视之，乃端坐崖下，身体不伤，怀中偈云：'三千里路来礼师，师颜已归真塔关。

鬼神哭泣嗟无主，空山只见水潺潺。'遂固以香泥祠之大义傍，建亭舍身崖畔曰临身。按：宋太宗题诗：'功成积却印文端，不是南山得恐难。眼睛数重金色润，手擎一片玉光寒。炼时百火精神透，藏处千年莹彩完。定果重修真神秘，一心莫作等闲看。'"对照原文，句中"至大义已寂"，"至"后脱一"则"字；"其徒即往视之"中，"往视"二字是衍文；"三千里路来礼师"中，"来"字是衍文，句末脱一"颜"字；"师颜已归真塔关"中，"师颜"为"颜师"之误，"颜"字应补上句缺文，并在此后断句；"关"字前脱一"已"字；"遂固以香泥"中，"固"是"因"之误；"临身"是"临深"之误；"题诗"原是"有诗似咏新罗僧肉身事，诗曰"；"眼睛"是"眼睹"之误；"真神秘"是"真秘密"之误。句中断句、标点亦有误，全句似可断为："新罗僧，新罗人。慕大义之风，造焉。至则大义已寂，叹曰：'本为法来，师亡，法何在？'遂投崖死。数日后，异香满谷，乳泉流出。其徒即之，乃端坐崖下，身体不伤，怀中偈云：'三千里路礼师颜，师已归真塔已关。鬼神哭泣嗟无主，空山只见水潺潺。'遂因以香泥，祠之大义傍，建亭舍身崖畔，曰'临深'。按：宋太宗有诗似咏新罗僧肉身事，诗曰：'功成积却印文端，不是南山得恐难。眼睹数重金色润，手擎一片玉光寒。炼时百火精神透，藏处千年莹彩完。定果重修真秘密，一心莫作等闲看。'"

24. 第42页第3行载："释法政，俗姓吴，闽人。壮岁为车盘铺卒，以持诵作方便，后为僧，居云岩，下有怪物，若怒其来逞威，欲聋之使去，法政兀坐持梵音，昼夜不辍，渐乃驯伏，稍允遂与立誓分界而处。蕥除弊秽，经营坐卧之所，居十五年，有施水治病之功。"对照原文，句首"释"字是衍文；"俗姓吴"为"姓吴氏"之误；"欲聋之"是"欲耆之"之误；"稍允"是"稍久"之误；"蕥除"应改为"剪除"；"治病之功"为"活病之功"之误。文中断句、标点皆有误，全句似可断为："法政，姓吴氏，闽人。壮岁为车盘铺卒，以持诵作方便，后为僧，居云岩下。有怪物，若怒其来，逞威欲耆之使去。法政兀坐持梵音，昼夜不辍，渐乃驯伏。稍久，遂与立誓，分界而处。剪除弊秽，经营坐卧之所，居十五年，有施水活病之功。"

25. 第42页第7行载："扣米古佛，初参雪峰，雪曰：子异日必为王者师。后去鹅湖结庵温岭，继居将军岩，二虎侍侧，神人献地，为瑞岩院，学者争集。尝号为扣米古佛。复位灵蠼。天佑三年（906）应闽王之召，延居内堂赐茶，留十日以疾辞。后沐浴升堂，告众而寂，收舍利于瑞岩。"文意难解，对照原文，句首"扣米"，应为"扣冰"之误；"尝号为扣米古佛"，"尝"字后脱"谓众曰：'修行须凭苦节，吾今夏则衣褚，冬则扣冰而浴。'故世人"等23字；其中"扣米古佛"亦是"扣冰古佛"之误；"复位灵蠼"是"复住灵曜"之误；"天佑三年"是"天成三年"之误；"收舍利"后脱一"塔"字；句末脱"谥慈济"三字。文中断句、标点亦有误，全句似可断为："扣冰古佛，初参雪峰，雪曰：'子异日必为王者师。'后去鹅湖，结庵温岭。继居将军岩，二虎侍侧，神人献地为瑞岩院，学者争集。尝谓众曰：'修行须凭苦节，吾今夏则衣褚，冬则扣冰而浴。'故世人号为扣米古佛。复住灵曜。天成三年，应闽王之召，延居内堂赐茶，留十日，以疾辞。后沐浴升堂，告众而寂，收舍利塔于瑞岩，谥慈济。"

26. 第42页第11行载："宝光，居定水禅院。时有双峰长老领徒千人，遣人致辞于宝光曰：'师复酷爱此山，师具慈悲若为取舍。'光曰：'舍则不舍，来则不止。'语意深远，众莫晓解。于是双峰选日入院，老师携杖下山别建神刹，即今兴教院。"对照原文，句中"老师携杖下山"为"光师携杖下山"之误。文中断句、标点亦有误，全句似可断为"宝光，居定水禅院。时有双峰长老领徒千人，遣人致辞于宝光曰：'师复酷爱此山，师具慈悲，若为取舍。'光曰：'舍则不舍，来则不止。'语意深远，众莫晓解。于是双峰选日入院，光师携杖下山，别建神刹，即今兴教院。"

27. 第42页第15行载："神月大师贯休，文笔神敏，建读书堂，修禅院隐于怀玉山中。尝梦游他国于岩阿石室，亲见大士觉，而追想谓之应梦。罗汉每人，定观率意择染，皆其真容，非世间相，末乃照水自状来形，既而绝笔，故托于梦感。自正之外别有临模二本至道，丙申太宗搜天下古书画，悉以进呈，二年复付本寺免进。"对照原文，句中"隐于怀玉山中"，"隐于"是"隐居"之误；"罗汉每人"是"罗汉每入"之误；"率意择染"是"率意挥染"之误；"自状来形"是"自状本形"之误；"临模"应为"临摹"；"至道"是北宋太宗年号，不应断在"二本"之后。文中断句、标点亦有误，全句似可断为："神月大师贯休，文笔神敏，建读书堂、修禅院，隐居怀玉山中。尝梦游他国，于岩阿石室亲见大士，觉而追想，谓之'应梦罗汉'。每入定观，率意择染，皆其真容，非世间相；末乃照水自状本形，既而绝笔，故托于梦感。自正之外，别有临摹二本。至道丙申，太宗搜天下古书画，悉以进呈。二年复付本寺，免进。"

28. 第43页第1行载："羊肠、虾子和尚。政和间二僧寄迹台山，一喜羊肠，一喜食虾子，日给于市，不守其规，后市中儿指寺索钱，其师消责之，二僧曰：'还之易耳，一吐羊肠于石，一吐虾子于潭；虾子复生，羊肠亦鲜好如故，迄今遗迹可微，遂以为号云。"文意难解，对照原文，句中"一喜羊肠"中"一喜"后脱一"食"字；"不守其规"为"不酬其值"之误；"指寺索钱"中，"指"是"诣"之误；"还之易耳"有前引号，缺后引号；"迄今遗迹可微"中，"迄今"是"迨今"之误，"微"是"徵"之误。文中断句、标点亦有误，全句似可断为："羊肠、虾子和尚，政和间，二僧寄迹台山。一喜食羊肠，一喜食虾子，日给于市，不酬其值。后市中儿诣寺索钱，其师消责之。二僧曰：'还之易耳。'一吐羊肠于石，一吐虾子于潭；虾子复生，羊肠亦鲜好如故，迨今遗迹可徵，遂以为号云。"

29. 第43页第7行载："慧庵大师，俗姓张，马岩下人。少为邑胥，心地宽厚，性本淡薄。据传在一次捕人中，经岑山洞发现鸡飞入洞，师随之入洞，寻觅不见，但于洞之深处拾得朱提一串，复掘之，累见窑金，师悟性顿开，削发为僧，号慧庵。是岑山洞的开山祖师。师好善行，好作津梁以便涉者，若钟灵、晚港、西港、岑港数十处，皆长数十丈，宽数十尺，费数万钱，取之如寄。明末上饶县宰辅郑以伟游岑山题《赠慧庵大师》诗赞美慧庵大师。"对照原文，此段除前后几句是原文，中间一大段皆非，且义与原文不搭。原文是："慧庵大师，姓张，马岩下人。少充邑胥，奉令拘捕者，适其人出，而母止之。宿半夜，闻壁间有人作谕子语，心异之，意若家止有母，语何人者？朝起视闻语处，仅母鸡一、彐三四，见师若皇皇状，益异之。少顷，母欲割鸡食之。止母勿割，求与鸡，因携鸡竟往岑洞祝发。志行坚锐，数年即证上果。又好作津梁以便涉者，若钟灵、晚港、西港、岑港不下数十处，皆长数十丈，阔数十尺，费数万钱，取之如寄。"当然，如要另写关于慧庵的传说非为不可，但不可将自己的说法杂糅于方志原文的引文之中，使人难以辨识，误入歧途。

30. 第43页第15行载："白法琮禅师，上饶郑氏子。建构李四刹楞尤著，历主大丛林四十年，钱谦益赞曰：坐稳跏趺床，据曲入禅定，枯藤槁木长，老尊宿耶深。沉其息凝，晬抠衣敛容。有请有求者，俊人胜流耶。蒲团寂寞香，篆帖妥摇松，非人握尘表。我点默无言然，则知可。"这段文字艰涩难懂，对照原文，句中"建构李四刹"，句首脱一"兴"字，"构"为"橋"之误；"楞尤著"中，"楞"后脱一"严"字；"赞曰"前脱一"有"字；"据曲"后脱"盏如"二字；"晬"字前脱一"其"字；"蒲团寂寞"中，"寞"为"灭"之误；"握尘表"中，"表"是"丧"之误；"点默无言然"中，"点"是衍文，"然"在"默"后，即"默然无言"；"则知"后脱"其为许"三字；句末"可"字后脱一"也"字。文中断句、标点亦有误，全句似可断为："白法琮禅师，上饶郑氏子。兴建橋李四刹，楞严尤著，历主大丛林四十年。钱谦益有赞曰：坐稳跏趺，床据曲盏。如入禅定，枯藤槁木，长老尊宿耶。深沉其息，凝晬其晬。抠衣敛容，有请有求者，俊人胜流耶。蒲团寂灭，香篆帖妥，摇松非人，握尘丧我，默然无言，则知其为许可也。"

31. 第43页倒数第11行载："绍灯，名上明，闽汀州吴氏子。少遵母雷氏命，雷父仇后，弃儒投圣水华林省超和尚。一日问曰：'某甲出世已迟，天下名山前哲开创已尽。'超曰：犹有待此处有座道场，前后40里无人接待。后诣云居晦山和尚，受具复参载一。一日泊舟常山定中，闻异乐遥奏，如游白云松坞间。黎明陆行40里至玉山界缘林涧，而见泉林奇胜，宛如定中忽忆华林之十千，遂访业主姜陈二姓，募其地建接待之所，名曰：'云。'再诣载一得受记。康熙庚戌开山焉。40年九月索笔书偈，坐逝有语录诗集行世。"对照原文，句中"汀州"的"州"字为衍文；"雷父仇"中的"雷"字，是"雪"字之误；"犹有待"后脱一"者"字；"前后40里"中的"40"当作"四十"，下文的两个"40"亦然；"缘林涧而"后，脱一"入"字；"华林之十千"中，"十千"是"杆"之误；"名曰'云'"中，"云"前脱一"白"字；"得受记"后脱一"荊"字。文中断句、标点亦有误，全句似可断为：

"绍灯，名上明，闽汀吴氏子。少遵母雷氏命雪父仇，后弃儒投圣水华林省超和尚。一日，问曰：'某甲出世已迟，天下名山，前哲开创已尽。'超曰：'犹有待者，此处有座道场，前后四十里无人接待。'后诣云居晦山和尚受具，复参载一。一日，泊舟常山，定中闻异乐遥奏，如游白云松坞间。黎明陆行四十里，至玉山界，缘林涧而入，见泉林奇胜，宛如定中。忽忆华林之忏，遂访业主姜、陈二姓，募其地建接待之所，名曰：'白云。'再诣载一，得受记莂。康熙庚戌开山焉，四十年九月，索笔书偈，坐逝。有语录、诗集行世。"

32. 第 43 页倒数第 3 行载："续崖，名超羁，沙溪龙门寺僧，浙之归安人。俗姓吴氏，先世宦达，少承儒业，以孝闻。母疾割股者三而不起，乃愤志出世，嗣法于全庵进禅师，系为大觉普济能仁国师玉林琇和尚嗣法孙，因慕匡庐之胜，道经沙溪，驻锡龙门，师力作胼胝以真实行，作胜因多所修建阐扬道法于兹，凡 30 年，旋成法席而其笃行性成，尝作扳书以见志。能诗文富著述，惜乎皆散佚不传。"对照原文，句中"僧"为"释"之误；"割股者三而不起"中，句首"割"为"刲"之误，句末"起"之前脱一"能"字；"和尚嗣法孙"中，"嗣法"二字是衍文；"道经沙溪"中，"沙溪"前脱"上饶之"三字；"驻锡龙门"中，"驻"为"寓"之误；"凡 30 年"为"几三十年"之误；"尝作扳书"为"尝作报本书"之误。文中断句、标点亦有误，全句似可断成："续崖，名超羁，沙溪龙门寺释，浙之归安人。俗姓吴氏，先世宦达，少承儒业。以孝闻，母疾，刲股者三，而不能起，乃愤志出世。嗣法于全庵，进禅师，系为大觉普济能仁国师玉林琇和尚孙。因慕匡庐之胜，道经上饶之沙溪，寓锡龙门。师力作胼胝，以真实行作胜，因多所修建。阐扬道法于兹几三十年，旋成法席，而其笃行性成，尝作'报本书'以见志。能诗文，富著述，惜乎皆散佚不传。"

33. 第 44 页第 4 行载："心田，字鼎玉，号晦石，俗姓汪歙州人。六岁出家，礼云居乐野老宿粟乐师，故由博山衍派于云居者也。闻慈引讲法博山，随乐师谒之留四年，复随慈公入普宁寺。寺自唐闫丞相立大舍宅以来，兴废无常。晦石与慈公苦心图度，营建一新，承慈公命修本宗法录，编集《禀山正灯》，慈公主博山讲席，晦石监院，葺大殿前殿两庑既文塔院，建玉虹长桥，累数百金。乾隆辛末瀛山虚讲席，岁大歉收，众不能支，邑绅士延晦石主之规划，裕如坐禅榻，一童子梦香煮茗，学博倪帝简、杨基、邑庠潘椁，风雨过从相唱酬为乐。最后常熟许别驾，朝尤与为莫逆交。其次，倪学博归盱江诗云：'闲官去住似闲僧，云鹤悠然作友朋。最是愁人杨柳渡，年年送别月初升。'赠许别驾有坐对'黄花晚行看落木'之句，萧疏淡远，品格固在摩诘襄阳间也。杨学博尤赏其'一轮万古月，万古冷人心'之句，谓十字定须千古，工辟果书求者，立应遇人，无富贵贫贱，悉与钧礼。"文意难解，对照原文，句中"俗姓汪歙州人"是"俗汪姓，歙人"之误；"寺自唐闫丞相立大舍宅以来"中，"闫丞相"是"阎丞相"之误，"立大"，原文亦错，疑为"立本"之误，可出注更正；"《禀山正灯》"是"《廪山正灯》"之误；"既文塔院"是"暨方丈塔院"之误；"乾隆辛末"是"乾隆辛未"之误；"岁大歉收"中，句末"收"字是衍文；"一童子梦香"中，"梦香"是"焚香"之误；"次倪学博归盱江"后脱"原韵"二字，这是一诗题，应加书名号；"云鹤悠然"中的"悠然"是"翛然"之误；"赠许别驾"亦是一诗题，应加上书名号；"行看落木"后脱一"疏"字；"萧疏淡远"中，"淡远"为"澹远"之误；"摹诘"是"摩诘"之误；"辟栗书"是"劈窠书"之误；"悉与钧礼"后脱一"云"字。文中断句、标点亦有误，全句似可断为："心田，字鼎玉，号晦石，俗汪姓，歙人。六岁出家，礼云居乐野老宿粟乐师，故由博山衍派于云居者也。闻慈引讲法博山，随乐师谒之，留四年，复随慈公入普宁寺。寺自唐阎丞相立本（注：原文作'立大'，据文意正之）舍宅以来，兴废无常。晦石与慈公苦心图度，营建一新。承慈公命，修本宗法录，编集《廪山正灯》。慈公博山讲席，晦石监院，葺大殿、前殿、两庑暨方丈塔院，建玉虹长桥，累数百金。乾隆辛未，瀛山虚讲席，岁大歉，众不能支，邑绅士延晦石主之。规划裕如，坐禅榻，一童子焚香煮茗，学博倪帝简、杨基，邑庠潘桲，风雨过从相唱酬为乐。最后常熟许别驾朝，尤与为莫逆交。其《次倪学博归盱江原韵》诗云：'闲官去住似闲僧，云鹤翛然作友朋。最是愁人杨柳渡，年年送别月初升。'《赠许别驾》有'坐对黄花晚，行看落木疏'之句，萧疏澹远，品格固在摩诘、襄阳间也。杨学博尤赏其'一轮万古月，万古冷人心'之句，谓'十字定须千古'。工劈窠书，求者立应。遇人无富贵、贫贱，悉与钧礼云。"

34. 第45页第2行载："半俗子，亦曰宗头陀宏恩元锡禅师，号祖昙，瑞昌镇国华公第四子也。因见同欢朱履月逝，十余人惘然有省，礼博山异和尚退依雪关为师，偶见桃柳发畅作偈曰：究芝窥，柳眼为攀杏脸，唾桃腮捽破，一天些子地不萌、枝上凤凰皆质之博山。山诟骂之，示以寿昌，吃紧用工处，师遂掩关以偈示之曰：'观破云门一字关，千重百匝妙循环。如今识得东风面，优□昙花遍界颜。'答曰：'关前十字真勘，侧掌韶阳钩锁环。要识而今真面目，拈花重笑饮光颜。'由是道声蔼然，洽于丛林矣。后代雪关席缁白欣慕。"对照原文，句中"退依雪关为师"，"退依"是"皈依"之误，"雪关"后脱一"闿"字；"究芝窥"中，"究"字后脱一"验"字，"芝"后脱一"眉"字；"枝上凤凰皆"中的"皆"字是"喈"之误；"吃紧用工处"的"吃"是"叱"之误；"以偈示之曰"前脱一"闿"字；"观破云门"中，"观"是"觑"之误；"优□昙花遍界颜"中的白框是"钵"字；"关前十字真勘"中，"勘"是"赃验"二字之误。文中断句、标点亦有误，全句似可断为："半俗子，亦曰宗头陀宏恩元锡禅师，号祖昙，瑞昌镇国华公第四子也。因见同欢朱履月逝十余人，惘然有省，礼博山异和尚，皈依雪关闿为师。偶见桃柳发畅，作偈曰：'究验芝眉窥柳眼，为攀杏脸唾桃腮。捽破一天些子地，不萌枝上凤凰喈。'质之博山，山诟骂之；示以寿昌，叱'紧用工处'。师遂掩关，闿以偈示之曰：'觑破云门一字关，千重百匝妙循环。如今识得东风面，优钵昙花遍界颜。'答曰：'关前十字真赃验，侧掌韶阳钩锁环。要识而今真面目，拈花重笑饮光颜。'由是道声蔼然洽于丛林矣。后代雪关席，缁白欣慕。"

35. 第45页第10行载："智能，号汉门，襄阳王氏子。七岁求出家，父母不能阻遏，妙光为之戚染，听讲《楞严经》闻声解义。顺治癸已谒显圣，惟岑净峣结，冬闻板声有省，人宝、参扣岑，和，微诘再三，应对无滞，遂蒙印可既得旨，分化驻锡江西，乐龟峰之胜，留居不去二十余年。其说法皆是胸中流出。甲寅变起，闽贼黄尚志拥众据殿中，一日众方会食，钟忽自吼，贼众大惊徙阶下，三日吼不止，四山响答声益悲凄，贼拔寨去，咸谓道法所感云。"对照原文，句中"为之戚染"是"为之薙染"之误；"顺治癸已"为"顺治癸巳"之误；"惟岑净峣"，"峣"是"嶠"之误；"人宝"是"入室"之误；"和"是衍文。文中断句、标点亦有误，全句似可断为："智能，号汉门，襄阳王氏子。七岁求出家，父母不能阻。谒妙光，为之薙染。听讲《楞严经》，闻声解义。顺治癸巳谒显圣，惟岑净峣结，冬闻板声有省，入室参扣岑，微诘再三，应对无滞，遂蒙印可。既得旨分化驻锡江西，乐龟峰之胜，留居不去二十余年。其说法皆是胸中流出。甲寅变起，闽贼黄尚志拥众据殿中，一日众方会食，钟忽自吼，贼众大惊，徙阶下。三日吼不止，四山响答，声益悲凄，贼拔寨去，咸谓道法所感云。"

36. 第45页倒数第7行载："印法禅师，吴县沈氏子，投灯应寺受戒，未谙文理曰，念佛为事，云游灵隐，随大众打七香，坐见窗隙月光坠地，忽定去归来，澄心妙悟，拈笔成文，60余年拾枯枝，煮苦茗莳药洗竹骚人，词客至则命作伊蒲供，间有题咏则弃去，亦不欲以老诗衲名也。一日扶杖过甘露庵坐，僧自修卧榻前问尔来功果若何？答曰：'颇苦恼。'师曰：'出家人安得苦恼？吾为汝诵佛经了此尘缘。'诵毕出袖中金铃就耳边敲之一声，圆侧身自修，笑作合掌遂坐寂。"对照原文，句中"投灯应寺受戒"中，"灯"字是"证"字之误；"曰"是"日"之误，后又脱一"以"字；"60余年"为"六十余年"之误；"煮苦茗"是"瀹苦茗"之误；"间有题咏则弃去"中，"则"为"辄"之误；"问尔来功果若何"中"尔来"是"迩来"之误，"功果"，原文亦如此，依文意疑为"功课"之误，可出注正之；"颇苦恼"，"恼"原文作"脑"，应是改对了，但应出注，不可径改；"圆侧身自修"中，"侧"为"彻"之误，"身"字为衍文；"笑作合掌"中，"掌"是"讯"之误。文中断句、标点亦有误，全句似可断为："印法禅师，吴县沈氏子。投证应寺受戒，未谙文理，日以念佛为事。云游灵隐，随大众打七香坐，见窗隙月光坠地，忽定去，归来澄心妙悟，拈笔成文。六十余年拾枯枝，瀹苦茗，莳药洗竹。骚人词客至，则命作伊蒲供。间有题咏，辄弃去，亦不欲以老诗衲名也。一日，扶杖过甘露庵，坐僧自修卧榻前，问：'尔来功课（原文作"功果"，据文意正）若何？'答曰：'颇苦恼。'（注：原文作'脑'据文意正，后一个'恼'亦同）师曰：'出家人安得苦恼？吾为汝诵佛经，了此尘缘。'诵毕，出袖中金铃，就耳边敲之，一声圆彻。自修笑作合讯，遂坐寂。"

第十六辑 2014 年 12 月

1. 第 6 页第 1 行引录 "孟郊《陆鸿渐上饶新辟茶山》诗中云：'惊彼武陵状，移居此岩边。开亭如贮云，凿石先得泉，啸竹引轻吹，吟花得新篇。乃知高洁清，摆脱区中缘。'" 对照《唐诗》原文，孟郊此诗题为《题陆鸿渐上饶新开山舍》，诗题有误；诗中 "移居此岩边"，原诗作 "移归此岩边"，"归" 误成了 "居"；"开亭如贮云"，原诗作 "开亭拟贮云"，"拟" 误成了 "如"；"啸竹引轻吹"，原诗作 "啸竹引清吹"，"清" 误成了 "轻"；"吟花得新篇"，原诗作 "吟花成新篇"，"成" 误成了 "得"；"摆脱区中缘"，原诗作 "摆落区中缘"，"落" 误成了 "脱"。全句应为："孟郊《题陆鸿渐上饶新开山舍》诗中云：'惊彼武陵状，移归此岩边。开亭拟贮云，凿石先得泉，啸竹引清吹，吟花成新篇。乃知高洁清，摆落区中缘。'"

2. 第 38 页倒数第 13 行载清郑日奎《游西阳山寺记略》："寺僧以种茶为业，主持老衲，鹅湖人也，腊甚高，好谈前朝事。客至无他供，惟以茶噪啜。茶次，辄为客述明时弋之茶害也。正德中，宁藩势张甚。每岁春，辄遣官校督茶芽。凌轹官吏，民苦之。已卯逆藩败，弋患始去。" 依文意，句中 "主持老衲"，疑为 "住持老衲" 之误；"腊甚高"，不解其意，疑有错漏；"已卯" 为 "己卯" 之误，正德己卯即正德十四年（1519）。文中断句、标点亦有误，全句似可断为："寺僧以种茶为业，住持老衲，鹅湖人也，腊甚高，好谈前朝事。客至，无他供，惟以茶，啜茶次，辄为客述明时弋之茶害也。正德中，宁藩势张甚。每岁春，辄遣官校督茶芽，凌轹官吏，民苦之。已卯逆藩败，弋患始去。"

3. 第 39 页第 1 行载："邑人盛处士有纳川采茶歌。" 因文中是记述明时铅山茶户的情形，故疑句中的 "纳川" 为 "汭川" 之误。

4. 第 39 页第 5 行载："宁王及其镇守太监黎安等强取豪夺茶芽。" 据《明史》，"镇守太监" 是皇帝直接派到地方的太监，只对皇帝本人负责，他不可能隶属于宁王。故文中只要把 "其" 字去掉即可，成为 "宁王及镇守太监黎安等强取豪夺茶芽"。

第十七辑 2014 年 12 月

1. 第 2 页第 13 行载："余一介戏迷，受其请托，是为序。" 句中 "请托" 一词，按《辞海》的释义："以私事相托，走门路，通关节。" 并举书证："《汉书·何武传》：'欲除吏，先为科例，以防请托。'" 文中所述是《上饶文史》编者请其为该辑作序，这既不是什么私事，也不用 "走门路，通关节"，说 "受其请托" 则不妥。似可改作 "遵其所托" 或 "遵其所嘱"，以示谦抑。

2. 第 4 页第 7 行载："王十朋出任饶州知府，他一到上饶，就去弋阳拜访陈康伯。" 王十朋知饶州时在南宋，当时从元代的饶州路改称饶州，至明代朱元璋时，才改为饶州府，这时的长官才能称"饶州知府"。王十朋是"知饶州"，应称之为"饶州知州"，而不是"饶州知府"。当时的饶州州治在鄱阳，他不可能一上任就"到上饶"，这是把饶州误成信州了。

3. 第4页倒数第12行载："弋阳建县，迄有1800多年的历史。"句中的"迄"，按《辞海》释义有至和到的意思，这里说"至有"或"到有"均不通，故依文意，疑在"迄"后脱一"今"字，即为"迄今有1800多年的历史"。

4. 第7页第15行载："夏言在《送徐士宰上饶》诗中写道：'县衢开傍灵山麓，春日仙凫下紫清；早晚弘歌闻百里，上林花暖看迁莺。'"这诗的诗题和诗句都有多处难解，查找原文，据《桂洲诗集》卷23第11页，原来诗题是《送徐进士宰上饶》，题中脱一"进"字，把"徐进士"误成了"徐士"；诗句中"县衢"是"县衙"之误；"灵山"是"灵峰"之误；"弘歌"是"弦歌"之误；"上林花暖"中的"暖"，原诗作"煖"，此字虽是"暖"的异体字，但还有另一音和义，即读为"宣"，同"煊"，温暖之意。故还是应当保持诗中的原字为好。《送徐进士宰上饶》全诗为："县衙开傍灵峰麓，春日仙凫下紫清。早晚弦歌闻百里，上林花煖看迁莺。"

5. 第8页倒数第9行载："'遗产'一词，令人骄傲，其实悲伤。遗产，意味着濒临灭绝。"据《辞海》对"遗产"的释义有二：一是"公民死亡时遗留的个人合法财产"；二是"历史上遗留下来的精神财富。如文学遗产、医学遗产"。文中所述的是"弋阳腔、赣剧都列入国家'非遗'名录"，应该是第二义项；且不管从那个角度讲，遗产本身都不会使人"悲伤"，也不"意味着濒临灭绝"。

6. 第12页第11行载："南戏《鹧鸪天》《皂罗袍》《泣颜回》《香罗带》，北曲《新水令》《端正好》《朝天子》《快活林》，虽为套曲，却能入腔；南腔北调，皆能入戏。"文中书名号中所列的内容，都是词牌名，（注：《快活林》疑是《快活三》或《快活年》之误）既不是"南戏"，也不是"北曲"的剧名，只是戏曲中可能会唱到的词牌名。

第十九辑 2017年1月

1. 第299页载清白潢《颁赐鹅湖书院御书记》，第3行起载："康熙五十六年秋七月，潢奉命镇抚西江，陛辞曰，特赐御书鹅湖书院匾额一面，楹对一联，额曰：穷理居敬，联曰：'章岩月朗中天镜，石井波分太极泉。'潢以九月莅洪州，越明年夏四月，至书院悬。衣冠士庶，扶携来观。西江之士请为文，以纪其盛。潢窃谓宸藻辉煌，有目共睹。而'穷理居敬'一言，尤学者宜详玩焉。盖理无形著于事，事至臣而统于理。大而君臣、父子、兄弟、夫妇、朋友，小而食息起居，显而礼乐兵刑，微而鬼性命，莫不各有其理。……大哉王言，以四子统学术之全，学者于此尽心焉。士希贤，贤希圣，贤希天，参赞化育，无难矣。太平兴国二年，驿致教规于白鹿洞，考亭、东莱亟称之，以为德意良美，惟恐坠失。况我皇上亲洒宸翰，揭为学之要，昭示学者，其教化育材之意，固有什伯于太平兴国者乎？此邦之士，相与博务整理，以尽致知之方；朝乾夕惕，以端力学之基；由博而约，自下而高，以答圣天子乐育之德，则无负于学矣。潢幸躬际其隆，爰因邦人之请，谨拜于稽首而纪之。"这一段有多处令人费解，故对照清同治十二年《铅山县志》卷九第64页所载原文，其中第299页第3行的"陛辞曰"，"曰"为"日"之误。第4行的"额曰：穷理居敬"，"穷居理敬"四字应加上引号。第6行的"至书院悬"，句前脱一"赍"字；句末脱"挂讫"二字；"扶携来观"句中，"携"为"杖"之误；句末脱"凤翥鸾翔，光腾霄汉"8字。第8行的"潢窃谓"，"谓"是"惟"之误。第9行的"尤学者宜详玩焉"，句末"焉"原作"也"；"盖理无形著于事"，"无形"后脱一"而"字；"事至臣而统于理"，"臣"字的原文是"赜"，意为幽深难见，用"臣"字不合文义。第11行"微而鬼性命"，"鬼"字后脱一"神"字。第300页第10行"以四子统学术之全"，"四子"为"四字"之误，原文意是指康熙帝所赐"穷理居敬"四字，而不是鹅湖之会的朱、吕、二陆四子。第12行"驿致教规"，句中"教规"是"九经"之误。第15行"相与博务整理"，句中"务整"是"穷事"之误。第17行"谨拜于稽首而纪之"，句中"拜于"是"拜手"之误。文末脱落款"时康熙五十有七年秋七月巡抚江西等处地方兼理军务都察院右副都御史加三级臣白潢恭纪"，这个落款对我们理解文意及背景不无助益，即从忠实于原文而言，亦不可缺。全文应为："康熙五十六年秋七月，潢奉命镇抚西江，陛辞日，特赐御书鹅湖书院匾额一面，楹对一联，额曰：'穷理居敬'，联曰：'章岩月朗中天镜，石井波分太极泉'。潢以九月莅洪州，越明年夏四月，赍至书院悬挂讫。衣冠士庶，扶杖来观；凤翥鸾翔，光腾霄汉。西江之士请为文，以纪其盛。潢窃惟宸藻辉煌，有目共睹。而'穷理居敬'一言，尤学者宜详玩也。盖理无形而著于事，事至赜而统于理。大而君臣、父子、兄弟、夫妇、朋友，小而食息起居，显而礼乐兵刑，微而鬼神性命，莫不各有其理。……大哉王言，以四字统学术之全，学者于此尽心焉。士希贤，贤希圣，贤希天，参赞化育，无难矣。太平兴国二年，驿致九经于白鹿洞，考亭、东莱亟称之，以为德意良美，惟恐坠失。况我皇上亲洒宸翰，揭为学之要，昭示学者，其教化育材之意，固有什伯于太平兴国者乎？此邦之士，相与博穷事理，以尽致知之方；朝乾夕惕，以端力学之基；由博而约，自下而高，以答圣天子乐育之德，则无负于学矣。潢幸躬际其隆，爰因邦人之请，谨拜手稽首而纪之。时康熙五十有七年秋七月巡抚江西等处地方兼理军务都察院右副都御史加三级臣白潢恭纪。"

2. 第301页载清李光地《重修鹅湖书院碑记》，文中多有难解之处，故对照清同治十二年《铅山县志》卷九第64页所载原文，第6行"起于宋，淳熙间赐额文宗"。句中"起于宋"后的逗号应移至"淳熙间"后；"文宗"二字应加上引号；全句应为："起于宋淳熙间，赐额'文宗'。"第9行"余曰不然，二子之相崇重者至矣"。句中"余曰"后应加冒号；"不然"前及句末应加引号。第12行"南渡以来，理会切实工夫者，吾与子静两人而已"。这段话应加上引号。第 13 行"一则恐著精微之离真"，句中"著"后脱一"意"字。第 16 行"互为訾放。二程张邵，相与切磋者数十年"。句中"訾放"是"訾謷"之误；"切磋"是"切劘"之误。倒数第 2 行"毋陷于肤末者吠声之介，以长夫晚出横议大风"。句中"之介"为"之习"之误；"大风"为"之风"之误。第 302 页第 1 行"曩岁逆藩变乱，西江适在其冲，兵之余，早宇堙记"，句中"曩岁"为"曩时"之误；"兵"字后脱一"燹"字；"早宇"为"旧宇"之误；"堙记"为"堙圮"之误。第 3 行"惓怀名胜"，"惓怀"疑为"眷怀"之误。第 6 行"余惟为政者首访邦之明祀胜迹"，"明祀"疑是"名祀"之误。第 9 行"讲学之废，朱子犹倦倦焉"，句中"倦倦"疑为"惓惓"之误。第 11 行"江右故理学地，必有游于斯而奋乎兴起，以绍前绪者。昌明者者之功"。整段俱为衍文。倒数第 3 行"贡监生锤如珏、张宗镐、詹志魁、生员潘伦"。句中"锤如珏"是"钟如珏"之误；"詹士魁"后的顿号应改为逗号；"潘伦"是"潘抡"之误。倒数第 1 行"故为记"是衍文；文末脱落款"康熙乙未季冬朔旦吏部尚书文渊阁大学士李光地谨记"。

3. 第 303 页载明李奎《重建鹅湖书院之碑记》，对照清同治十二年《铅山县志》卷九第 68 页所载原文，第 3 行"古称文献之帮"，句中"帮"应是"邦"之误。第 5 行"由道学之在人，诵习景仰，自不能一日而或废也"。句中"人"后的逗号移至前，全句应为："由道学之在，人诵习景仰，自不能一日而或废也"。第 8 行"终不能契而合之"，句中"契"为"挈"之误。第 10 行"其学亦高大光明"，句首"其"字是衍文。第 11 行"与朱子异趣而并立"。句中"异趣"是"异趋"之误。第 13 行"发明春秋严谨之旨"。句中"春秋"二字应加上书名号。倒数第 5 行"郡首以为请"，句中"郡首"是"郡守"之误。倒数第 2 行"又前凿以泮池"。句中"以"字是衍文。

4. 第 304 页载明汪伟《重建文宗书院记》，对照清同治十二年《铅山县志》卷九第 68 页载原文，第 3 行"以祀晦庵朱翁"，为"以祀晦翁朱氏"之误。第 4 行"宋淳熙间，四君子尝约讲学于鹅湖山，皆不远数百里至此。相与极论，不合罢去，而继以书札，往夏辩难，动盈卷帙，"句中"此"字是"止"字之误；后面的句号应删除，在前面加一逗号。第 5 行"而继以书札"后的逗号可删除；"往夏辩难"的"往夏"为"往复"之误；"动盈卷帙"后的逗号改为句号；全句似可断为："宋淳熙间，四君子尝约讲学于鹅湖山，皆不远数百里至，止相与极论，不合罢去，而继以书札往复辩难，动盈卷帙。"第 6 行"后之人重四君子之道，而仰其平生。因即其他祀事焉"。句中"平生"后的句号改为逗号；"其他"是"其地"之误；全句可断为："后之人重四君子之道，而仰其平生，因即其地祀事焉。"第 7 行"蔡抗淳祐间，请于朝，赐名文宗，迄今中间，"句中的"蔡抗"请于朝，于事是不错的，但原文却是"肇庆"，可能是因蔡抗曾在广东任转运使，故原作者以"肇庆"名之，转录似当照原文为是，即使要改成"蔡抗"，也应在出注中改，不可径改原文；"淳祐间"后的逗号可删除；"文宗"应加上引号，后面的句号应改为逗号；"迄今中间"后的逗号可删除。第13行"乃畚去毁砾"，句中"砾"原文作"爍"，可简化为"烁"，与"砾"不同偏旁，如疑原文有误，要改成"砾"，也应出注说明，不可径直擅改。第14行"仍匾曰文宗书院"。句中"文宗书院"应加引号。第15行"而聆其声咳使来求记"。句中"声咳"是"謦欬"之误，后应加一句号。倒数第9行"古人非好为是纷纭也"，句中"纷纭"是"纷纷"之误。倒数第6行"晦庵尝称，陆氏学者，多持守可观，而欲弃短集长以自立"。句中"称"后应加冒号、前引号；句末"自立"后应加后引号。倒数第4行"久而不能废者"后的句号改为逗号。倒数第1行"所以开导风，示后进意甚盛"。句中"风"字后的逗号可删除，"风示"一词不能断开。第305页第2行"成于军兴秸盗之余"，句中"秸盗之余"是"诘盗之遗"之误。第3行"其亦知免先务者欤"，句中"免先务"是"急先务"之误。

5. 第309页载明王宗沐《怀玉书院记》，对照1985年版《玉山县志》卷29第475页的原文，文中第309页第12行"有司勘向未报"，句中"勘向"为"勘问"之误。第310页第3行"首立御制敬一楼像先师"，句中"敬一楼"为"敬一箴楼"之误，其后缺一逗号。第5行"益复于巡抚何公迁"，句首"益复"是"复请"之误。第14行"三代之隆治举法信庠序党比之居，钟鼓管龠簪裾揖逊之教"。缺断句、标点，全句似可断为："三代之隆，治举法信，庠序党比之居；钟鼓管龠，簪裾揖逊之教。"第15行"其为物博而其为事详"，句中"其为物博"后应加一逗号。第16行"而志意安习"，句首"而"字是衍文。倒数第12行"其教既不专于钟鼓祀乐"，句末"祀乐"为"礼乐"之误。倒数第9行"心烦气倦，而得此以为之，适若餍粱肉者咀蔬素。"句中"之"字后的逗号应移至"适"字后，属断句之误；"粱"是"粱"之误；全句应断为："心烦气倦，而得此以为之适，若餍粱肉者咀蔬素。"倒数第2行："而徒喜其幽深"，句末脱"以来"二字。倒数第2行："凡学以求诸心不得而求之师，得之师而求其地以修闻之。师得其地而又不为……"断句有误，似可断为："凡学以求诸心不得，而求之师得之，师而求其地以修。闻之师得其地而又不为……"第311页第1行"又何异夫僧之忘其师说者也"。句中"又何"后脱一"以"字。第2行"古之圣贤途之人皆可为"。无断句，似应断为："古之圣贤，途之人皆可为。"第3行"乃至在市居朝无非学者"，无断句，似可断为："乃至在市居朝，无非学者"。第8行"使其稍有厌弃则心有所系"，无断句，似可断为："使其稍有厌弃，则心有所系。"第15行"故余记其成事而以舜发其端"，无断句，似可断为："故余记其成事，而以舜发其端。"

6. 第312页载清赵佑《复建怀玉书院记》，对照清同治十二年《玉山县志》卷4第620页原文，文中第3行"事不能不举而无废"，句中"不举"是"有举"之误。第4行"怀玉之有书院旧矣，"断句、标点有误，似可断为"怀玉之有书院，旧矣"。第7行"有司门人，拓而大之，因为有斯建"。句中"因为"的"为"字是"以"

字之误；全句似可断为"有司、门人拓而大之，因以有斯建"。第 7 行"乃若考其所以废之故。则自元明以来，约之，凡三变而复焉者"。断句、标点有误，似可断为："乃若考其所以废之故，则自元、明以来，约之凡三变而复焉者。"第 13 行"黎君不过就一时权宜。"后的句号应改为逗号。倒数第 11 行"徒多市廪声利之扰"，句中"市廪"是"市廛"之误。倒数第 10 行"空委没于荒烟断岭间，而不复问"，句中"间"字是衍文，与其后的逗号皆可删除。倒数第 7 行"今皇帝御极"，"今"字后脱一"上"字。倒数第 6 行"始排众难鸠同好"，"众难"后应加一顿号。倒数第 5 行"寺僧某，正其经界。新其栋宇"，句中"经界"后的句号可改为逗号。第 313 页第 1 行"聘其乡四方之望为之师"，句中"四方"之前脱一"及"字。第 4 行"夫然后先贤之道，得以稍集。相与从容讲诵于深岩叠嶂清泉茂树之交"，断句、标点有误，似可断为："夫然后先贤之道得以稍集，相与从容讲诵于深岩、叠嶂、清泉、茂树之交。"倒数第 6 行"夫天下古今日复之"，全句拗口难解，原来句首"夫"字是衍文；句中"日复之"，"日复"是衍文，"之"字后脱一"美"字，全句应为"天下古今之美"；此下又脱"无必不可复之理，视乎其人之有志而善为之借。吾今日复之"等 24 字。倒数第 5 行"虽然，亦可以劝矣，"句末的逗号应改为句号。倒数第 2 行"且以勉来学者之游其中，而学朱子之道者"，句中的逗号可删除。

　　7. 第 314 页载清汤聘《端明书院记》，对照清同治十二年《广信府志》卷 4 第 645 页原文，文中第 4 行"与县北金刚峰麓朱子讲学之怀玉书院，巍然并峙"，句中逗号可删除。第 9 行"有诏抚绥辑之功"，句中"诏抚"为"招抚"之误。第 12 行"以祠朱、王诸贤。而邑人即以黎公衬焉"。句中"王"为"汪"之误；"衬"为"附"之误。第 13 行"城中之有怀玉书院"及第 16 行"邑人某某兴复怀玉书院"中的"怀玉书院"，均应加上引号。倒数第 9 行"延讲诵"为"延师讲席"之误。倒数第 8 行"而附郭邑近市慕学之徒"，句中"近市"后脱一"廛"字，缺一逗号断句。倒数第 7 行"欲并建两院"，句中"院"字前脱一"书"字。倒数第 3 行"戊寅"后脱一"冬"字。倒数第 3 行"邑人以是念于余"，句中"以"是"于"之误；"念"是"谂"之误。第 315 页第 1 行"两书院并建又多乎哉！"断句、标点有误，似可断为"两书院并建，又多乎哉？"第 3 行"颜曰'草堂'；后人更之，曰'怀玉'"，断句、标点有误，似可断为："颜曰'草堂'，后人更之曰'怀玉'。"且句中单引号俱可改为双引号。第 5 行"颜之曰'端明'"，句中的单引号可改为双引号。第 6 行"惧怀玉之名渐湮没"，句中"怀玉"应加上引号。第 10 行"是故城中之书院宜更其额，曰'端明'，"句中"更其额"后的逗号可删除；"端明"的单引号应改为双引号。第 13 行"行有日矣。"后的后双引号是衍文，应删除。同时，因全文是转录古文，故文中所有的括号及其中的内容均可删除；如欲对原文有所纠正，以括号出注即可。

　　8. 第 316 页载明汪俊《叠山书院记》，对照清同治十二年《广信府志》卷 4 第 348 页原文，文中第 5 行"元亡，院废。久莫克复"。句中"院废"后的句号改为逗号。第9行"太守陆徵大惧，无以妥神灵谨时祭也"，句中"陆"后脱一"侯"字；全句似可断为："太守陆侯徵，大惧无以妥神灵、谨时祭也。"第11行"率教而新之"，句中"教"为"撤"之误。第13行"爰命后记其事"，句中"后"为"俊"之误。第14行"国家有兴废者"，句中"废"后脱"而人心有不亡"六字；全句即为"国家有兴废，而人心有不亡者"。倒数第9行"曰吾宋臣也"，句中"曰"字后应加冒号；"吾宋臣也"应加上引号。倒数第6行"先生独能全其不忘者以死"，句中"不忘"为"不亡"之误。倒数第4行"率皆不失其所"，句首"率"是"卒"之误。第317页第1行"乃今获托命于祠下"，句中"托命"是"托名"之误。

9. 第320页载宋谢枋得《东山书院记》，对照清同治十二年《余干县志》卷十六第1069页原文，文中第3行"天子□□年，番阳李荣庭撰书辞托张国贤……"句中"天子"前脱"德祐"二字；"□□年"是"在燕幽之三年"之误；"番阳"是"邑人"之误；"撰书辞"后应加一逗号；全句当为："德祐天子在燕幽之三年，邑人李荣庭撰书辞，托张国贤……"第4行"笃行先生赵公及其子忠定福王严事朱文公。"句中"福王"后应加一逗号；句末的句号应改为逗号。第5行"文公过其庐，忠定长子崇宪师之"，句首"文公"二字是衍文；"忠定"后脱一"之"字。第6行"题则文公笔也"，句中"文公"后脱一"之"字。第7行"汝靓之后寒饥滨于死"，句中"汝靓之后"后面应加一逗号以断句；"滨"是"濒"之误。第8行"书院遂为北胥徒所有。荣庭不忍见。鬻常产，倍价取之，不敢曰吾庐"，句中"北胥徒"是"北胥吏"之误；"不忍见"后的句号改为逗号；"常产"为"恒产"之误；句末"吾庐"应加上引号。第10行"肄业则明体适用如湖学"，应断句成"肄业则明体，适用如湖学"。第13行"古之大臣能以道觉其君民者自伊尹始，能以学勉其君民者自傅说始，"文中断句、标点有误，似可断为："古之大臣，能以道觉其君、民者，自伊尹始；能以学勉其君、民者，自傅说始。"倒数第11行"君不幸而有受之暴、臣不幸而有文王之圣，流风遗俗犹系天人之心者百余年"。句中"之暴"后的顿号应改为逗号；"流风遗俗"后应加一逗号；"天"是"夫"之误；全句可断为："君不幸而有受之暴，臣不幸而有文王之圣，流风遗俗，犹系夫人之心者百余年。"倒数第10行"不能敌二子之正论"，句中"不能"是"不敢"之误。第9行"武王、太公凛凛无所容"，句中"无所容"前脱一"若"字。倒数第8行"淮夷不叛"，句中"淮夷"是"淮徐"之误。倒数第6行"多士多方不服者三十年"，句中"不服者"是"且不臣服者"之误。倒数第2行"江沱汉广之民……"句中"汉广"为"广汉"之误。第321页第2行"有殒无他。楚亡矣，"句中的句号应改为逗号，句末逗号应改为句号。第4行："曰吾将以扶持三极，国人未必尽信也。"文中缺断句、标点，似可断为："曰：'吾将以扶持三极，国人未必尽信也。'"第12行"子知之矣。枋得切有请焉"。句中"矣"是"乎"之误，故后面的句号应改为问号；"切"是"窃"之误。第13行"意之诚，家国、天下与吾心为一，诚之至，天地、人物与吾性为一。夫人能言之；手指目视常在于人所不见，戒谨恐惧常在于己所独知，天下能几人哉！"文中断句、标点有误，似可断为："意之诚，家国、天下与吾心为一；诚之至，天地、人物与吾性为一，夫人能言之。手指目视，常在于人所不见；戒谨恐惧，常在于己所独知，天下能几人哉？"倒数第 10 行"舜之事吾可以有为，四代礼乐吾可以自信"，缺断句，似可断为："舜之事，吾可以有为；四代礼乐，吾可以自信。"倒数第 8 行"即可成周孔"，句中"成"是"承"之误。倒数第 3 行"穷而明道者终无负于孔、孟学、者所当勉也"。断句有误，似可断为："穷而明道者，终无负于孔、孟，学者所当勉也。"倒数第 2 行"荣庭祖仰高、国贤祖介持皆以有道祠于学，汝翼则笃行四世孙"，句末"孙"之前脱一"外"字；全句似可标点为："荣庭祖仰高，国贤祖介持，皆以有道祠于学，汝翼则笃行四世外孙。"

10. 第 322 页载清王赓言《重修信江书院记》，对照清同治十二年《广信府志》卷 4 第 346 页原文，倒数第 9 行"郡城南，故有书院，曰曲江，钟灵，曰紫阳，名屡易矣"。句中"城南"后的逗号可删除；"钟灵"前脱一"曰"字。倒数第 8 行"郡守康公葺而广之。始改额信江书院"，句中"广之"后的句号应改为逗号；句末"书院"二字为衍文；"信江"二字应加上引号。倒数第 5 行"已巳秋，赓言膺天子命来守是邦"。句首"已巳"为"己巳"之误；句末的句号应改为逗号。倒数第 4 行"夫书院之设与学校相表里"，缺断句，似可断为"夫书院之设，与学校相表里"。倒数第 1 行"议以克合、乃伐石取材"，句中"克合"是"允合"之误，后面的顿号应改为逗号。第 323 页第 3 行"改修青云阁曰青云别墅。阁后鱼计池人圯新之"，句中"青云别墅"应加上引号，"人圯"是"久圯"之误，其后应加一逗号。第 4 行"别缀一亭曰蒙泉。"东隅凿皋莽为栈道，"句首"别"为"旁"之误；"蒙泉"二字应加引号；"东隅"前的前引号是衍文；"凿皋"后脱一"辟"字；全句应为"旁缀一亭曰'蒙泉'。东隅凿皋辟莽为栈道，"。第 5 行"颜日名蹬梯云"，句中"日"为"曰"之误；"名"为"石"之误；"石蹬梯云"应加引号；全句可为："颜曰'石蹬梯云'。"第 6 行"周以亚櫺，缭以石兰，而灵山绪峰贡于几席之间"。句中"亚櫺"是"亚橝"之误；"石兰"是"石栏"之误；"绪峰"是"诸峰"之误，且后面还应加上一逗号。第 7 行"补建一杯亭，左为问月亭"。句中"一杯亭""问月亭"均应加上引号；句末逗号为衍文。第 8 行"右下为夕秀亭、五星堂，与旧创春风亭相接"。句中"夕秀亭""五星堂""春风亭"均应加引号；"相接"的"相"字是衍文。第 9 行"嘉卉冉修怎么样，罗植其中"。句中"冉""怎么样"皆是衍文；"罗"字前脱一"篠"字，全句应是："嘉卉修篠，罗植其中。"倒数第 10 行"盖道胜则文不其工而自工，道不胜则文虽工而不足贵"。缺断句，似可断为："盖道胜，则文不其工而自工；道不胜，则文虽工而不足贵。"倒数第 5 行"教诲有师，人虽中材得以自尽于学。道德之归，人材之出，将于是乎在诸生能穷经笃行"，断句、标点有误，似可断为："教诲有师。人虽中材，得以自尽于学。道德之归，人才之出，将于是乎在。诸生能穷经笃行。"

11. 第 324 页载清钟世桢《重修信江书院记》，对照清同治十二年《广信府志》卷 4 第 346 页原文，第 3 行"古之明皇愿儒所心兴造规矩天下大英才者"，句中"愿儒"是"硕儒"之误；"所心"是"所以"之误。第 14 行"宋元以来，设为书院，以佐国学所不及，而当世儒流咸得讲习讨论于中，修师弟子之礼，"句中"设为书院"后的逗号可删除；"而当世儒流"后应加一逗号；句末逗号改为句号。第 16 行"《记》有之。野处而不匿其秀，民之不能为士者，必足赖也"。句首"《记》有之"后的句号应改为冒号；从"野处"至"赖也"要加引号；"民之不能为士者"中的"不"字是衍文，添此字恰恰把文义讲反了；全句应为："《记》有之：'野处而不匿其秀，民之能为士者，必足赖也。'"第 325 页第 1 行"而薰和翔洽足弭难平之患也"，"而薰和翔洽"后应加逗号以断句。

12. 本辑是《上饶书院文化专辑》，但对信州区、广信区、玉山县、铅山县的历代书院多有遗漏。如信州区、广信区（即原上饶县域）只记信江书院，玉山县只记怀玉书院，铅山县只记鹅湖书院，远不及其他八县市所记之详。就拿铅山来说，据清同治十二年《铅山县志》载，除鹅湖书院外，还有育材书院，咸丰九年知县彭际盛建；稼轩书院，旧名瓢泉书院；东岗书院，在县西五十里，地名石垅东岗坪，明员外郎费瑄所建；袁公怀仁书院，明费尧年为之作记；文公讲所，在章岩，为房十二，清嘉庆九年刘式典、陈世业捐建，等等。又据《铅书》《鹅湖横林费氏宗谱》等史料，铅山还有"费氏三书院"，除前述东岗书院外，还有景行书院和含珠书院。景行书院是鹅湖书院的一个十分独特和重要的发展阶段：明万历年间，鹅湖书院"鞠为茂草"，南太仆卿费尧年把自己建在县城"制极弘敞"的新居捐作书院，改名"景行书院"，"迁四先生于其宅而祀之"；又捐近郊良田百亩的租税二百石作为书院的资费。详见《铅书》卷七"碑记第九"第 288 页明柯挺所撰《景行书院记》及本书第 4 章第 23 节《鹅湖书院》。含珠书院在铅山河口镇西横林（今柴家埠）南五里含珠山中，是费宏祖父应麒公所创。费应麒"自恨早孤失学"，"思以诗礼衣冠振厥宗"，十分重视教育；他不仅曾捐资茸修铅山县学，又创办了含珠书院以为族中子弟习儒之所。他经商路过当时的图书出版中心福建建阳，"惟置书籍数笥而归，以教子孙"。又聘请当代名儒为师，其中有陈俊、陈纲等。据《明史》卷 157 "陈俊本传"：陈俊，字时英，福建莆田人，福建解元，正统十三年进士，官至南京兵部尚书参赞机务，加太子太保，卒谥康懿。陈纲，字伯文，号受诲，抚州临川人。"严毅方正，克尽师道"，"能以经术讲授"。费氏的科举精英费瑄、费宏、费寀等都曾在书院讲学，与众学子互为师友，学术研讨的风气十分浓郁。有了一个安静的读书环境，有了丰富的藏书，有了淳儒师长，又有一个良好的学术风气；这个书院在明代中叶的 100 多年中，仅横林费氏一家就涌现了 1 名状元、1 名探花、6 名进士、18 名举人及众多国学生、府学生等，还有范坞费诚，汭口张祐等。这些科举骄子秉承正统的儒家"济世安民"思想，在走上仕途后都能忠君爱国，廉政为民，成为彪炳国史、方志的贤能之臣。他们中有贵州参议费瑄，首辅大学士费宏，工部郎中费完，礼部尚书费寀，提学副使费懋中，工部郎中费懋乐，礼部郎中费懋贤，临武县令费懋文，南太仆卿费尧年，顺昌县令费诚，广东布政使张祐等。一个民间书院的学子，能奋战科场，取得如此骄人的硕果；一个普通的书院，能为国家培育、输送这样众多的高层次优秀人才，不仅当时的广信、饶州两府中的众多书院无能出其右者，就是在江西及全国的书院中，也是屈指可数的。然而却为本《上饶书院文化专辑》所不载，不能不说是件憾事。这既湮没了上饶书院发展的辉煌历史，也不利于"尊师重教"传统的宣传和发扬。但愿以后能有拾遗补阙的机会。

附：当代出土石碑文录

一、诰封宜人上官母吴氏墓志铭

进士及第荣禄大夫太子太保户部尚书兼武英殿大学士致政铅山费宏撰文

乡贡进士中宪大夫云南寻甸军民府知府致政贵溪龚允书篆

浙江布政司右参政上官仲昭既归田，丧其偶宜人吴氏，将葬，走书至铅山，请予铭。予与仲昭为同年进士，相知尤深，铭不可辞。按，宜人讳京真，出自安仁右族桂林吴氏，先代名显者，至父正五公讳瓒，隐处弗耀。母余氏，生五子三女，宜人其次也。仪容婉娈，性尤贞烈，父母曰："此女慎毋轻许人。"既笄，择同邑官坊上官昶仲昭归焉。初归，家道颇微，又值仲昭在学肄业，不暇干蛊，家无臧获；宜人躬执炊爨，不辞薪水之劳，虽衣食之间，自甘澹薄，至于养舅姑、奉宾祭，必丰必洁。尤勤女红，纺织常至夜分，数年之间，仲昭得尽心学业，无他累者，宜人之力也。成化戊子等年，仲昭屡赴乡试不第，心甚懊闷，宜人皆宽慰之。至丙午始高捷，丁未登进士第。己酉授直隶晋州知州，丁忧起复，改广西全州，升南京刑部员外郎，中及平乐知府，皆携宜人同之任，早晚惟以勤政守官为劝，仲昭居官二十余年矣，终以清白见称，屡承当道旌荐，宜人内助之功多也。虽膺朝廷诰命封为宜人，被有冠服之美，而自奉俭素如平时。正德癸酉，仲昭又升前职，奉敕督理一省粮储，仍携宜人同行，内助尤勤。乙亥仲昭年七十，宜人曰："卿老矣，盍以回乡保全为美。"仲昭以三年将满，意欲上京给由告请三品诰命，宜人曰："五品诰命不为不荣。"劝归益力，丙子尤惓惓为言，仲昭然之，于七月初二满日径自陈情乞准致仕，夫妇双白同回，其乐且荣何如哉？丁丑五月，宜人寿届七十旬，宗党称贺，尚乐饮无恙。七月忽遘疾，医疗不瘥，至十一月二十七日遂终正寝。临终语仲昭曰："我事卿不终，罪也。卿其教孙继志。"言讫瞑目，距其生正统戊辰五月十日春秋七十。于戏，宜人早善家政，晚沐恩封，七十善终，亦云足矣。第仲昭念其素历辛劳，才还休归，遽返泉壤，有此哀哉！有子三：长期，娶洪库曾氏，卒，续石上艾氏。次朝，娶英潭桂氏，卒，续凰岗郑氏。幼朗，早卒。孙男二，曰锶，曰鋐。孙女二：长适英潭桂渊，幼许洪库曾应辰，皆生员。将以卒之明又明年二月甲申奉葬本邑十四都苦竹墩，坐丑向未，祔先茔与仲昭寿藏同穴。予谨叙而铭之，铭曰：维女之媛，维妇之善。恩封之荣，禄食之瞻。寿底古稀，寿终而。苦竹之墩，宅兆之同。百千万年，山川气钟。庆泽所及，子子孙孙。

（此碑文为费宏所撰，依文意当撰于正德十四年，但不见载于其文集中。予存此碑照片，录之并标点整理。碑现不知存何处。）

二、宋故致政费公孺人杨氏合葬墓志铭

从侄孙乡贡进士檰撰并书　　　　　亲末寄省进士张应龙额

　　淳祐改元，致政费公与其室孺人杨氏将以十月甲申合葬于宅西梁原山先莹之右，诸孤欲得铭以藏诸幽，泣谓檰曰："尔居吾宗，知吾考妣之行为详，敢以此浼。"檰曰："朴陋不文，不足以发潜德，奚敢僭？"辞不获，于是拜而书其实。公讳时登，字君□，生而倜傥，不肯自屈于人。居琛山之阳曰蛤湖，距琛山不一舍，有水曰葛溪，世传长房遗迹，费之派实出于此。蛤湖首汭尾琛，环数里皆费姓，繁衍且数百年，然而未大也。公大王父德照，王父智承，相继积累，至皇考文珍而家声益大振，植产为一乡甲。公力任干蛊，不果终诗书，然性明敏，博览多记识，以植立门户为意，以此乡邻无敢侮者。皇考殁，公益振砺，前业有增焉。爰自俗薄不古，富者以侈相尚，公律身以朴，至于自奉止以粗粝。人或谓公太啬，公处之则自如也。其接乡党以诚信，其待子孙以慈爱。里有不平，公则攻之以理。岁或遇歉，公则不私其藏。尤喜施，如琳宫、梵宇、桥梁、道途有求于公，皆乐助之。少恨不学，故终身乐教，诸孙多齿士类，试贤关，游乡校，不为无人。少力艰苦，勤身从事。晚思自适，膏腴分畀诸子，优游嬉笑，以乐余年。诸子能承厥志，相与鼎创，别居翼于旧址。缉轩槛，峙楼阁，公时往行乐，以适性焉。公寿愈高，子孙侍奉愈虔，孺人亦与偕老。岁在壬辰，东朝推锡类恩，公与孺人俱以耆年受荣宠，庞眉皓齿，纡绿拜命，子孙满前观看荣之。后七年，以疾正寝，盖嘉熙戊戌六月一日也。孺人讳妙静，同里人，恬静简约，不好华靡之饰。性宽和，不见喜愠之色。事舅姑备敬养之道，敦睦大族，致肃雍之美。主中馈，佐烝尝，恭谨之懿表于宗门。待其己甚略，至于崇师儒、延宾客，则唯恐礼之不备。他如恤困穷，植善果，亲蚕桑，事丝枲，抑仁且勤。其富而寿，寿而荣，宜矣。公殁一载，未及葬，孺人以微恙卒，实次年五月十有三日也。诸孤谋得吉壤，阴阳家多所延访，邈愈精，意愈不合。久之，有以皇考茔侧图求献，验之果吉，诸孤相与谋无异辞，卒用之为双穴焉。呜呼，古者以祔葬为合礼，礼者以得祔先人为妥神，其诸公之欲安乎此而使然欤？诸孤曰舜诏、舜德、舜璿；女一适进士黄鼎。先公之孙男七人，曰禹迪、禹能、禹谦、禹绩、禹昌、诜老、琇郎；孙女三人；曾孙男女六人。檰于谱为公从侄孙，其所以志公与孺人也，无溢美，无愧辞。于终而系以铭，铭曰：谁无夫妇，罕同死生。谁无寿考，罕遇宠荣。维公之德，刚惠柔克。内助得贤，家势用植。梁原之山，先垄之右。既迩且安，克昌厥后。

　　（注：费时登，铅山范坞费氏。予在上饶东湖花园一古玩店中见此碑，存拓片，文从拓片转录，标点并将原文中繁体等字改为规范简体字。原碑现不知存何处。）

三、义相南溪李公墓志

嘉靖辛丑冬，予奉命使南闽，事竣归养。明年壬寅四月朔，亲人李正韶持前乡进士南京兵部员外郎黄仕隆所撰尊甫行状，告予曰："先人不幸物故，将以是年四月二十有三日归窆本都四保土名云磻方氏屋后，坐辛向乙，兼酉卯三分。惟生有行，维死有志，敢乞一言以志诸墓石，重不朽也。"予哀其情而重其请，故弗辞而书之。按状，公讳珂，字朝鸣，南溪其别号也。世为邑之紫水望族。生而颖异，倜傥不羁，涉猎书史，隐德弗耀，尤雅自标致。每遇岁歉而赒恤贫乏，人感其惠。嘉靖辛卯岁，应例输粟冠带，县尹华容王公宣之独加重焉。先是，邑治车盘驿舍宇倾圮，宦游士大夫每艰于公寓。时郡守泉南韦公以公裕于干蛊，命代修葺之。公综理有方，不日就绪而焕然一新，士夫驻节者啧口称赏，而郡守益嘉焉。弟三人，曰珉，曰瑜，曰瑞。孝友弥笃，尝迭为宾主，日夕饮酒相欢，咸有谢氏风。娶平迅郭氏，有贤行，内助居多；教子以义方，不求荣利，乡间重德而化，犹晋鄘之感杨子也，不幸于嘉靖己亥先公而卒。继娶石塘祝氏，而贤德益彰。公生于成化癸卯年二月二十六日，享年五十有八，于今嘉靖庚子五月初二日终于正寝。女二：长曰富玉，适鹤盘胡本鲸；次曰引弟，适石塘祝埙。子一曰正韶，娶媳鹤盘胡氏，孙男三：曰桥，曰楫，曰枢；孙女一，曰菊英。世胄方骎骎未艾云。

奉直大夫赐进士北京兵部郎中邑人费懋贤撰

嘉靖二十一年壬寅岁四月二十三日孝男李正韶泣血立石

（此碑予识于上饶书院路一古玩店，存拓片，碑现不知存何处。文从拓片转录，标点并将原文中繁体等字改为规范简体字。）

四、南京武库清吏司郎中致仕进阶朝列大夫娄君墓志铭

正德五年六月甲午，上饶娄君原善卒其家，使人来讣，遂请铭，且云原善之治命也。呜呼，原善之以铭属予也，岂以予为知己者邪？予犹愧夫知君之未尽也。然予原善举进士同年，又生同甲子，非泛然一日之交，情则厚矣，铭得而辞之者？呜呼，予与原善别且十几年矣。原善之乞休而归也，尝为予言："人之才能非必居官任职，虽家居亦可以有为。今人饥饿不能出门户，以为安贫，实亦才短，不能营画耳。夫父母之养，祭祀宾客之奉，皆人事之不可缺，苟为之有道，亦何伤于儒者之学乎？"其后，人有自上饶来，言原善田宅园池之胜，游观之乐者，始闻而疑之，既而思原善之言，笑曰：'彼固尝言之，是必得其道也。'继又有传原善主教白鹿书院，西江之士从之游者甚众；修白鹿之废坠，反鹅湖之侵田，则又喜曰：'吾固知其为之

有道也.'夫三公之位皆可幸得,而谈说仁义道德,为弟子师,则非心悦诚服,决不可以苟致。使原善平日自处稍有班疵可指摘,人肯尊而师事之乎?然此皆与予别后事,惜乎吾之不及下上其论,得其详也。呜呼,原善之才诚无所不可为者,使进其所好,穷所至焉,则何古圣贤之足异?始原善初举进士,开口论时事,慷慨激昂,凿凿可听,士夫相传说,交称其才。当是时,原善尚未有职守可验,而能声已著。其后为南京职方主事,历武库郎中,果绰有建树,酬其所言。朝廷修康济渠,选部属之能者,大臣以原善荐,及期而功又果成,当道益以原善为才,将大任之。忤权贵,卒为所诬,抵狱三年,其事始白。乞休以归。夫以原善之才,藉其资望,使其时不为人所挤,遂当重任,功烈所就必大有过人者,而竟弗及究。仅如其言,验诸其家,岂非命耶?原善之先公一斋先生谅,尝师事吴康斋,以道学倡其乡,四方之士往往有及门者;其弟方伯谦,亦以学行闻于时。盖原善之才得之天,而论议学术者,诸其家庭父叔之间,盖有所自。原善讳性,号野亭,所著有《野亭诗稿》《皇明政要》诸书藏于家。配徐氏;长女为宁国妃,次女适铅山费寀。二子伯、仲,出侧室翁氏,皆尚幼。墓在灵溪之原。铭曰:维潜有鲔,维山有松。若人之蓄,自其先公。维梁维柱,维云维龙。厥施则有,其究靡弘。求也多艺,赐也屡中。奚其从政,考履于宫。灵山峨峨,灵水泷泷。历百千禩,有堂其封。

赐进士及第资善大夫南京吏部尚书致仕前翰林院学士国史经筵日讲官余姚王华撰

(注:此碑1986年在上饶灵溪出土,碑及拓片皆存于上饶市信州区博物馆。此文由笔者抄录、标点,并将文中繁体等字改录为规范简体字。)

五、明故敕赠安人费母李氏墓志铭

赐进士出身中奉大夫奉敕提督抚治郧阳等处地方都察院右副都御史玉山詹瀚撰
赐进士左春坊太子左司直兼翰林院检讨儒林郎经筵国史官永丰吕怀书
赐进士出身文林郎翰林院编修弋阳黄易篆

嘉靖壬寅正月三日,尚宝丞铅山费君懋良丧其生母李氏孺人。时尚宝方以使命如晋藩,既竣事,归历维扬,伯兄武库正郎懋贤乃以讣告,即号泣徒跣以奔,而孺人已就木三月矣。呜呼哀哉,孺人有子以王事不及奉殡殓,而凡附于身者,武库君实致其诚敬,尚宝君可无憾焉。乃退而摭孺人之遗行,托方伯汭川张公祐状之,持以徵铭于予,既又嘱辩印生张子元明来速。顾予忝婚家,奚敢以不文辞?按状,孺人姓李氏,世为曹县人也,年十六归太保吏部尚书华盖殿大学士费文宪公为二室。孺人生有懿质,姆训是闲,文宪公元配濮夫人闻而悦之,为公纳焉。既事公与夫人,柔顺勤恪,凡饮食起居,罔不曲当其意;公与夫人偶有微疾,必伏榻以俟,幸其安,孺人始安。故濮夫人之阃范虽严，而孺人能不失其欢心。无何而濮夫人告殂，孺人悲恸几绝。逮事继室孙夫人，恭慎不替，孙夫人亦优遇之，每命之坐，孺人辞谢曰："名分不可干也。"孙夫人对人辄称之，而占其有后享也。性不尚华侈，虽娣于相门，平居无袭衣兼食之奉。至于佐嫡君，奉宾祭，夙夜必虔，务求精腆。待臧获不侮，遇茕独罔靳周恤，以故内外咸德之。尤明于大义，当濮夫人之丧，凡所遗积，文宪公悉命孺人掌之；有里妪以私意启孺人者，孺人谕之曰："吾之愿在得子耳，他非所冀也。"既而子懋良育焉，孺人教之慈不妨义，勉其务含晦以无忝家教，故尚宝之成就不凡，要之有所自也。岁丁酉，文宪公敕葬礼成，懋良当入谢，复荷特恩拜尚宝司司丞。报至，孺人无矜色，家众由是尊其称如夫人之称，孺人蹙然曰："太夫人在上，何敢当此？"人以是益贤之。尚宝君释服将之京，请就二亲以就养，孙夫人惮于行，乃以命孺人，孺人曰："予忍旦夕离太夫人耶？儿第行，汝荷国世恩，当思恪职图报，无以家念为也。"尚宝君之任未几，丧其配吕氏，得请归葬，重违其亲，志欲终养。孺人趣之就道，乃留继室黄氏以侍，而己独行。孺人固无恙也，新正三日，将携女孙往视吕妇塚，陡有疾，左右急扶之，遂端坐卒。呜呼，以孺人之贤，有此令子，名位且日显，顾弗少延以膺封命，而遽不可作矣。命夫，命夫？距其生成化甲辰三月七日，享年五十有九。子男一，即尚宝丞。孙男一，震之。孙女二：长禄英，许聘德兴工部尚书省庵张公从孙庠生德成；次祥英，尚幼。尚宝君将以嘉靖二十二年三月二十九日葬于六都松山之原。铭曰：维娣之良，恭慎是将。斯胤之昌，允宜贵而康。胡弗待乎封章，以遗泉壤之光。

门下周易百拜书。

（注：此碑由上饶市收藏家协会会长冯志幸捐赠，现存铅山费宏纪念馆。文由笔者转录，亦标点并将原文中繁体等字改为规范简体字。）

六、绍定初县令章谦亨重修铅山县学真西山（德秀）所作记

铅山县学自淳熙中蒋侯亿修之，距今绍定初元适五十祀矣。乡（注：与嚮同，即向）之修者益坏，士无所于业。县方疲于供亿，何暇议学校事，弦诵之音至旷岁勿闻。吴兴章侯来，环视太息，亟谋所以复其旧者。居未几，政修财羡，乃度功而赋役焉。首辟肄业诸斋，更櫺星门，缮藏书楼，升从祀于东西厢，祠先贤于左右庑；由内达外，莫不焕然。又惟廪士之储未裕，则括废寺若绝家田合五百余亩充入之，取征榷钱月三万佐其费，士之业于斯者，得以优游砥砺，益富厥艺。是岁秋试，登名倍他日，明年对大廷者凡六人，欢言曰："我侯教育之效也。"则以书来属识厥事。德秀惟淳熙之役，子朱子实记之，格言丕训，昭揭日星。德秀何人，斯而敢嗣音？独尝熟复乎记之词，有曰："古者以德行道义教其民，学者于日用起居之间既无事而

非学，于其群居藏修游息之地亦无学而非事。"呜呼，斯言至矣。试相与阐释其义可乎？盖古者学与事一，故精义所以致用，而利用所以崇德。后世学与事二，故求道者以形器粗迹，而图事者以理义为空言，此古今之学所以不同也。自圣门言之，则潇扫应对即性命道德之微，致知格物即治国平天下之本，体与用未尝相离也。自朱子言，则老庄言理而不及事，是天下无无用之体也。莞商言事而不言理，是天下有无体之用也。异端之术所以得罪于圣人者，其不以此欤？世降益末，为士者以辞艺为宗，内无穷理尽性之功，外无开物成务之益，此子朱子所为深忧而屡叹也。今之学者诚知学不外乎事，事必原于学，讲论省察于二者，交致其力，则其业为有用之业；及其至也，其材皆有用之材，其仁足以成已，其智足以成物，然后为无负于至人硕师之教，而贤大夫所薪于士也。若夫群居终日，惟雕镂珍刻是工，于本心之理不暇求，当世之务不暇究；穷居无以独善，得志不能泽民，平生所习归于无用而已。是岂朱子立言开教之旨哉，亦岂我侯所为作成尔士之意哉？侯名谦亨，字牧叔，尝令杨（注：当为扬）之泰兴，又宰斯邑，所至以养民造士为首政。方役之未竟也，盗发邻境，势张甚，侯大饬守备。有请姑辍是役者，侯曰："既作泮宫，淮彝攸服，教之能训，强暴如此，况区区小丑乎？"屹不为辍。既，盗卒不能犯，而学亦以成。其成实二年十二月丁巳，相其事者，邑之士祝大椿云。

（摘自乾隆四十九年《铅山县志》第331页）

七、大学士费宏嘉靖间为重修县学立碑所作跋

宋大儒朱晦庵先生有记，后真西山先生于斯学又有记，尝熟复乎记之辞云云。跋曰：西山先生作此记在文公作记五十年后，《西山集》传布未广，吾铅山士初不知有此记也。往年宏在京师，得录本于故学士吉水徐君穆，传写以归，邑人始见之。兹与文公之记并刻之学宫，不啻黄钟大吕之相宜也。记中所为学与事一，特推广文公立言开学之指，而不复别为新奇可喜之说。盖万古一道，千圣一心，性命道德之微，不出乎民生日用彝伦之外；仁义礼智之懿，当验诸喜怒哀乐感见发动之时。随事观理，反躬践实，斯乃圣贤为学之要，未尝有事外之理、心外之学也。学者因二公之言探讨服行，知无事而非学，有所应酬，必循乎礼而求不愧于吾心焉。然后一言一动能合乎天理之公，或穷或达，不失其本心之正，亦庶可系圣贤之籍矣。

（摘自乾隆四十九年《铅山县志》第338页）

（此碑据称来自永平铅山河中，已破残，现存于上饶师院图书馆。以上六、七两文均由笔者转录并标点、出注）

后　记

　　我会费正忠副会长经十数年潜心研究,《〈太保费文宪公摘稿〉点校本》《"大礼议"述评》《读史辨疑录》终于结集付梓了,这是近年来作者史学研究的力作,也是我会学术研究的最新重大成果。文集中资料丰富翔实,观点守正信实,议论理性平实,充满了正能量,对当前史学研究坚持"守正创新"、纠正不正之风将大有助力;亦将推动费宏研究的广泛深入开展,乃至对明史研究及方志、宗谱等研究亦不无裨益。作者在为编撰文集收集资料中,曾得到上饶师院图书馆、厦门大学图书馆、厦门市图书馆、上海图书馆、上饶市方志办、铅山县方志办、上饶市书画院潘旭辉院长、信州区博物馆周恒斌馆长等的大力协助;我会在筹备资助出版这一项目的过程中,承蒙铅山县文化广播电视新闻出版旅游局热情支持、鼎力协助,又得到福建福鼎海田费氏文化研究会及费红钧、费凤兴、费国松、费晓燕等贤达的慷慨解囊、无私相助,在此一并表示衷心感谢。

铅山费宏研究会

2022 年冬